IMAGES DE DÉBUT ET DE FIN :

Rover d'Apollo 15 sur la Lune et coucher de Soleil sur Mars au cratère Gale.

CRÉDITS PHOTOGRAPHIQUES :

(h) haut, (b) bas, (g) gauche, (m) milieu, (d) droite

Couverture (plat 1) illustration NASA/JSC/Pat Rawlings of SAIC • **(plat 4)** images NASA/JSC/GSFC/USGS et Mars Orbiter Mission/
ISRO/ISSDC/Planetary Society - Emily Lakdawalla • **(m)** document NASA • **p. 2** images NASA/JSC, retraitements O. de Goursac •
p. 8 illustration SAF/Lucien Rudaux, *Sur les autres mondes*, 1937 • **p. 9 (h)** image NASA/GSFC/Arizona State University •
(bg) illustration SAF/Lucien Rudaux, *Sur les autres mondes*, 1937 • **(bd)** couverture *Amazing Stories*, 1927 • **p. 10** image NASA/U.S.
Army • **p. 11 (h)** image NASA/KSC • **(m)** schéma NASA • **(b)** image NASA/JSC • **p. 12** illustration NASA/JSC • **p. 13 (h)** illustration
NASA • **(b)** image NASA/Robert Markowitz • **p. 14 et 15 (h)** images NASA/KSC • **(bg, bd)** images NASA/SSC • **p. 16** images NASA/
JSC, mosaïque O. de Goursac • **p. 17 (h, m)** images NASA/KSC • **(b)** image NASA/JSC, mosaïque O. de Goursac • **p. 18-19** illustrations
NASA/JSC ; illustration 12 : NASA/JSC/Grumman « Apollo Operations Handbook, LM 10 and Subsequent », NASA/Grumman NAS
9-1100, 15 June 1970 • illustration 13 : NASA/JSC/Robert Watts • **p. 20 et 21 (b)** images NASA/JSC, mosaïque O. de Goursac •
(h, m) images NASA/JSC, retraitements O. de Goursac • **p. 22 (h, b)** images NASA/JSC, retraitements O. de Goursac • **p. 24** image
O. de Goursac, d'après NASA/MSFC/Grumman Aircraft Engineering Corp. • **p. 25 (h)** image NASA/MSFC/Les Bossinas • **(m)** image
NASA/MSFC/Grumman Aircraft Engineering Corp. • **(b)** image O. de Goursac, d'après NASA/MSFC/Les Bossinas • **p. 26** image
NASA/JSC • **p. 27 (h)** image NASA/Joel Kowsky • **(b)** documents NASA, assemblages O. de Goursac • **p. 28** image NASA/JSC/GSFC
• **p. 29 (hg, hd)** images NASA/GSFC/USGS/LPI •**(b)** image NASA/JSC/GSFC • **p. 30** image ESA/P. Carril • **p. 31 (h)** image NASA/JSC/
Dennis Davidson • **(b)** image NASA/JSC/Pat Rawlings • **p. 32** illustration NASA/JSC • **p. 34** image NASA/JPL/Arizona State University,
R. Luk • **p. 35 (h)** image NASA/JPL, retraitements et mosaïque O. de Goursac • **(b)** image NASA/JPL/USGS • **p. 36 (h)** image Mars
Orbiter Mission/ISRO/ISSDC/Planetary Society-Emily Lakdawalla • **(bg, bd)** images NASA/JPL-Caltech/ESA/DLR/FU Berlin/MSSS •
p. 37 (hg) image NASA/JPL-Caltech/ESA/DLR/FU Berlin/MSSS • **(hd, bg, bd)** images NASA/JPL-Caltech/University of Arizona •
p. 38 images NASA/JPL/ASU, retraitements O. de Goursac • **p. 39 (h)** image NASA/JPL/MSSS, retraitements O. de Goursac •
(bg, bd) images NASA/JPL, retraitements O. de Goursac • **p. 40 (h)** image NASA/JPL/MSSS, retraitements et simulation
O. de Goursac • **(b)** image NASA/JPL/MSSS, retraitements O. de Goursac • **p. 42 à 44** illustrations NASA/Ames Research Center/
Carter Emmart • **p. 46** vaisseau : NASA/Ames Research Center/Carter Emmart, décor : O. de Goursac d'après images NASA/JPL •
p. 47 illustrations NASA/Ames Research Center/Carter Emmart • **p. 48** illustration NASA/Ames Research Center •
p. 49 à 51 illustrations NASA/Ames Research Center/Carter Emmart • **p. 52 à 54** illustrations NASA/JSC/Pat Rawlings of SAIC •
p. 56 vaisseau : NASA/Ames Research Center/Carter Emmart, décor : O. de Goursac d'après images NASA/JPL • **p. 57 (h)** illustration :
NASA/Ames Research Center/Carter Emmart • **(b)** vaisseaux : NASA/Ames Research Center/Carter Emmart, décor : O. de Goursac
d'après images Mars Orbiter Mission/ISRO/ISSDC et Emirates Mars Mission-HOPE/EXI • **p. 58** image ESO/M. Kornmesser •
p. 59 illustration NASA/Lewis-Glenn Research Center/Les Bossinas 1991 • **p. 60** vaisseau : NASA/Pat Rawlings of SAIC, décor :
O. de Goursac d'après NASA/Eyes on the Solar System et NASA/JPL-Caltech/Space Science Institute • **p. 61 (h)** image NASA/
JPL-Caltech/SETI Institute • **(b)** illustration O. de Goursac d'après NASA/JPL-Caltech/Space Science Institute/University of Nantes/
University of Arizona • **p. 62** image NASA/JPL/MSSS, retraitements O. de Goursac •

Éditrice : Garance Giraud - Directeur artistique : Hubert Van Rie - Graphiste : Clémence Courot
Fabricante : Carine Ruault - Photogravure : IGS-CP

Conforme à la loi n° 49-956 du 16 juillet 1949 sur les publications destinées à la jeunesse

ISBN : 979-10-401-1099-6 - Dépôt légal : septembre 2023

Achevé d'imprimer en août 2023 sur les presses de Pollina en France

www.editionsdelamartiniere.fr

DESTINATION MARS

OLIVIER DE GOURSAC

EN PASSANT PAR LA LUNE

La Martinière
JEUNESSE

À mes petits-enfants jeunes et plus âgés...
et à leurs parents !

OdG

SOMMAIRE

RÊVER DE LA LUNE ET DE MARS

▲▲▲
Aller sur la Lune et voir la Terre : un rêve qui est resté très longtemps impossible à réaliser.

Aujourd'hui, aller sur la Lune et sur Mars n'est pas considéré comme un rêve fou. Car nous avons vu les photos des astronautes sur la Lune et nous recevons chaque jour des images prises par les robots qui roulent sur la planète rouge. Mais il n'en a pas toujours été ainsi…

De l'Antiquité jusqu'aux premières observations par le savant italien Galilée en 1610, la Lune est vue comme un monde lisse où l'on peut distinguer des étendues sombres, appelées « mers ». Elle tient une place importante dans les anciennes religions et sert aussi à établir les calendriers. Lorsque Galilée pointe sa lunette astronomique qui grossit vingt fois, il découvre que la Lune possède comme des montagnes. Ensuite, les astronomes vont dessiner les premières cartes lunaires, avec ses cratères mais sans bien en comprendre l'origine ni la nature*.

Ce n'est qu'au milieu du XIXe siècle que l'on imagine sérieusement partir pour la Lune grâce aux deux romans de Jules Verne, *De la Terre à la Lune* et *Autour de la Lune* (1865 et 1870) : le grand public rêve désormais des voyages « dans la Lune » !

L'histoire de la conquête de Mars commence en 1892 grâce à un livre à succès, *La Planète Mars et ses conditions d'habitabilité*. Un astronome français, Camille Flammarion, y explique que la vie pourrait peut-être exister sur la planète rouge. Percival Lowell (1855-1916), un astronome amateur américain, le lit avec passion et, comme il est très riche, décide de faire construire un observatoire. Il étudie Mars et livre alors à la presse ses idées sur l'existence d'une civilisation martienne qui construit des canaux pour irriguer ses déserts en captant l'eau des calottes polaires... Ses histoires, très populaires, inspirent l'écrivain anglais H. G. Wells, qui publie en 1898 son célèbre roman de science-fiction *La Guerre des mondes* où les Martiens viennent nous envahir. La recherche de la vie sur Mars est lancée !

* Ce sont des cratères d'impacts : les gros chocs de météorite ou d'astéroïde ont creusé la surface.

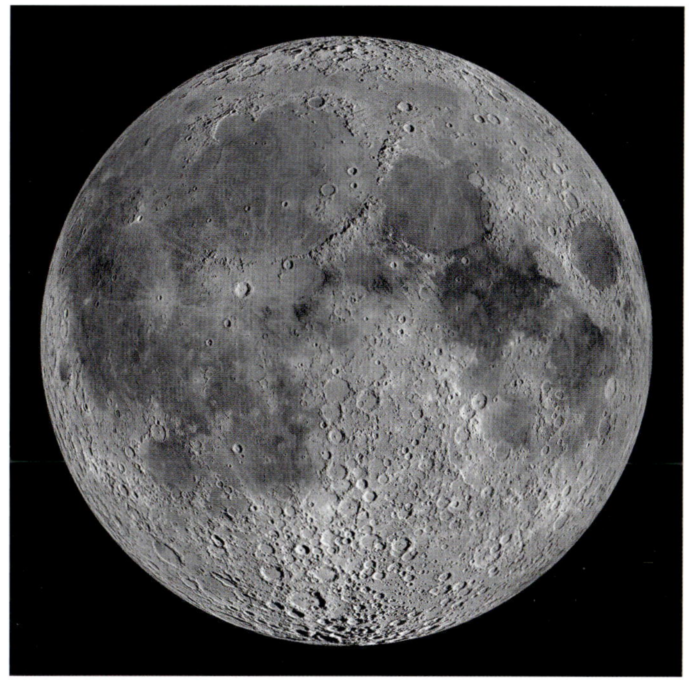

Pleine Lune reconstituée à partir d'images prises par la sonde *Lunar Reconnaissance Orbiter* de la NASA. Les « mers » lunaires, plus sombres, sont des régions lissées par des laves qui ont jailli autrefois. Notez les milliers de cratères d'impacts à la surface.

La mystérieuse planète Mars vue depuis son petit satellite Deïmos : ces anciennes illustrations ont fait rêver les gens avant l'époque des fusées.

Les Martiens envahissent la Terre dans *La Guerre des mondes* d'H. G. Wells : leurs rayons de la mort détruisent tout sur leur passage !

PARTIR DANS L'ESPACE : LES FUSÉES

▲ ▲ ▲
Lancement de *Bumper 8* en juillet 1950. L'armée a fixé une petite fusée au sommet d'un missile allemand V2 récupéré après la guerre. C'est le premier tir effectué à une base en Floride qui va devenir le centre spatial Kennedy.

Les fusées ont été inventées en Chine au XIIIe siècle : leur principe de fonctionnement est celui d'« action-réaction », où une très forte poussée vers le bas produit un mouvement inverse vers le haut. Elles fonctionnaient grâce à des moteurs à poudre et permettaient à l'armée chinoise d'éloigner ses ennemis en les effrayant. Mais ce n'est qu'au XXe siècle qu'on a découvert comment fabriquer des moteurs-fusées mécaniques. Ils sont équipés de turbines qui tournent à des milliers de tours par minute (turbopompes). Elles injectent le carburant liquide (kérosène, hydrogène, etc.) à grande vitesse dans une chambre à combustion : là, il est brûlé grâce à un comburant (oxygène liquide, peroxyde d'azote, etc.)*. Les gaz produits sont éjectés à la vitesse énorme de 2000 à 4000 mètres par seconde dans une tuyère orientée vers le sol qui convertit leur chaleur et leur pression pour créer une énorme poussée qui fait décoller la fusée. C'est un peu comme si l'on créait vers le bas une série très rapide de grosses explosions, mais qui est contrôlée!

Ce sont les militaires qui ont permis la mise au point de fusées toujours plus performantes, surtout après la Seconde Guerre mondiale. Elles étaient conçues pour lancer des bombes nucléaires sur l'ennemi. Mais, en dépassant une vitesse de 7,9 km/s, elles pouvaient aussi lancer des satellites ou envoyer des astronautes tourner autour de la Terre dans une capsule spatiale! Pour alléger les fusées et utiliser le moins de carburant possible, les ingénieurs les ont séparées en plusieurs étages, chacun construit avec ses réservoirs et son moteur. Dès qu'un étage a vidé ses réservoirs, on l'éjecte, il tombe et c'est l'étage suivant qui continue la poussée... Dix minutes après le décollage, on passe sur orbite!

* Le carburant et le comburant sont désignés ensemble par le mot « ergols ».

▲ ▲ ▲

Séparation du 1er étage de la fusée *Saturn 5* à 50 kilomètres d'altitude : le 2e étage prend la relève et continue la poussée.

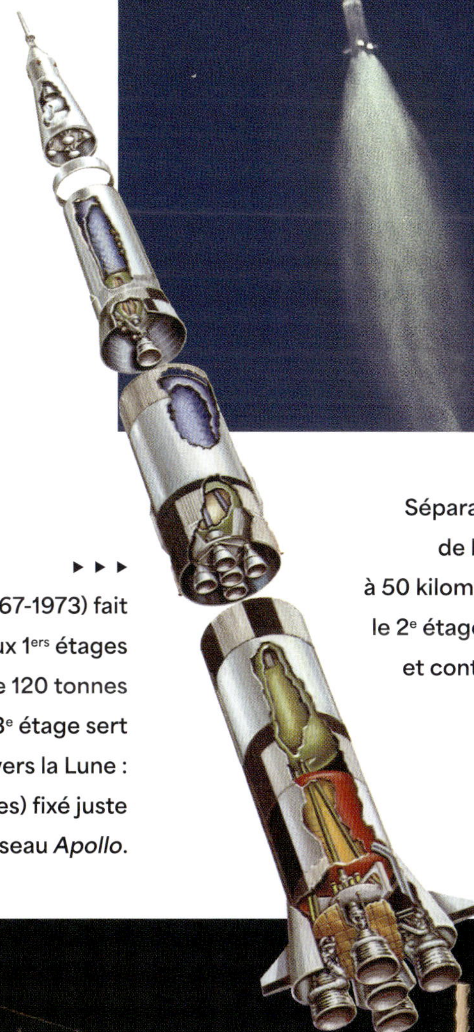

▸ ▸ ▸

La fusée géante *Saturn 5* (1967-1973) fait 110 mètres de haut. Ses deux 1ers étages peuvent mettre 120 tonnes sur orbite terrestre et son 3e étage sert à pousser 43 tonnes vers la Lune : le module lunaire (15 tonnes) fixé juste sous les 28 tonnes du vaisseau *Apollo*.

Décollage de la fusée *SLS* de la mission Artemis-1 le 16 novembre 2022. Elle fait 98 mètres de haut, peut lancer 95 tonnes sur orbite terrestre et 27 tonnes vers la Lune. Deux gros propulseurs à poudre (blancs) encadrent un étage principal (orange) qui brûle de l'hydrogène avec de l'oxygène. Au-dessus, un petit étage permet de pousser le vaisseau *Orion* vers la Lune.

▼ ▼ ▼

VOYAGER DANS L'ESPACE : LES VAISSEAUX

▲ ▲ ▲
Le vaisseau spatial *Apollo* pendant une EVA : un astronaute est près de la porte ouverte de la capsule (l'habitacle), tandis que son coéquipier travaille sur le module de service. Le troisième astronaute reste à bord de la capsule pour surveiller les instruments.

Pour aller dans l'espace, les astronautes voyagent dans des vaisseaux spatiaux. Ils ont une forme de cône large (capsule), d'avion (navette spatiale) ou de cône allongé (planeur hypersonique). Équipés d'un bouclier ou de tuiles de protection thermique, ils peuvent résister à l'énorme chaleur de la traversée de l'atmosphère (de 1700 °C à 2800 °C) et ils permettent à l'équipage de rentrer sur Terre en toute sécurité en se posant soit à l'aide de parachutes, soit comme un avion. Ils sont aménagés en deux parties :

- une zone pressurisée avec de l'air qui résiste au vide de l'espace (l'habitacle), où l'équipage peut respirer facilement et rester habillé normalement,
- une zone technique (le module de service) dans laquelle se trouvent tous les systèmes permettant de vivre (eau, air), de produire

de l'électricité (panneaux solaires, piles à combustible, petits générateurs radio-isotopiques), sans oublier des moteurs-fusées de propulsion pour les manœuvres et pour rejoindre d'autres vaisseaux.

Certains vaisseaux sont très spécialisés et sont conçus pour rester dans l'espace : modules de station spatiale, de transport et d'atterrissage sur la Lune et sur Mars grâce à des pieds dépliables (train d'atterrissage).

À bord des vaisseaux, les objets ne pèsent plus rien et peuvent voler partout : il faut tout attacher ! L'équipage économise l'eau, qui est aspirée après utilisation pour éviter les courts-circuits dans l'électronique. Un système de retraitement purifie tous les liquides : l'eau est réutilisée pour se laver et boire. Les astronautes mangent des surgelés et des aliments déshydratés* et ils ont des boîtes munies de pailles pour boire.

Quand il sort de son vaisseau (sortie extravéhiculaire**), l'astronaute doit porter une combinaison spatiale pour se protéger du vide de l'espace, mais aussi pour respirer avec ses réserves d'air.

* Aliments déshydratés : l'ajout d'eau leur rend leur aspect normal.

** Ou EVA, pour Extra Vehicular Activity, terme utilisé pour une sortie dans l'espace, sur la Lune et sur Mars.

▲ ▲ ▲
Après avoir décollé verticalement, accrochée à un réservoir et des propulseurs à poudre, la navette spatiale atterrit comme un avion. Les astronautes vivent dans son cockpit sur deux étages et travaillent dans un module-laboratoire fixé dans sa soute.

La capsule *Orion* fait 5 mètres de diamètre, 3,3 mètres de long, et sa masse est de 8,5 tonnes. Elle offre 11 m³ de volume habitable à ses quatre astronautes, contre 6 m³ pour la capsule *Apollo*.
▼ ▼ ▼

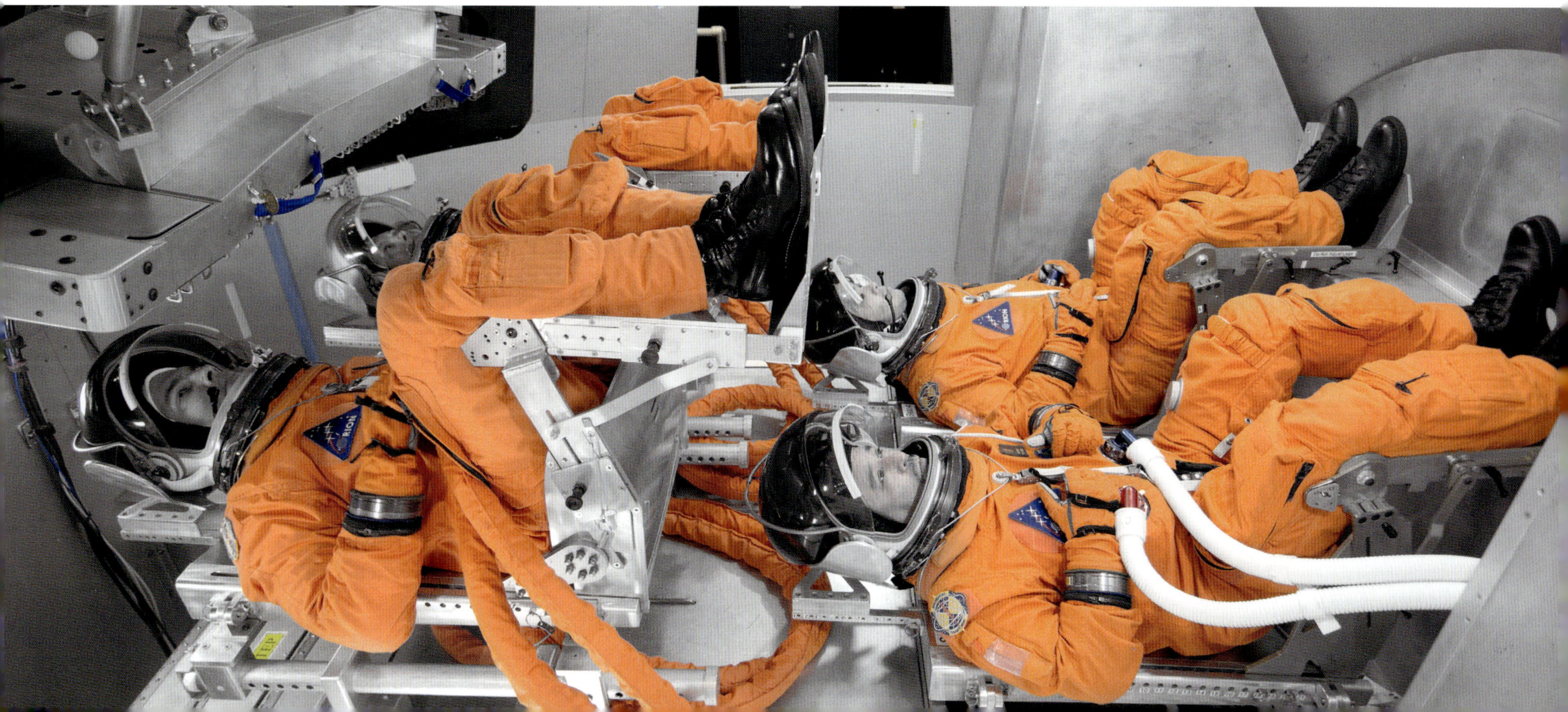

ALLER SUR LA LUNE : LE PROGRAMME APOLLO

▲ ▲ ▲
La salle de contrôle du centre spatial Kennedy : le 16 juillet 1969, tous les ingénieurs regardent le décollage de la mission Apollo 11 qui envoie les premiers hommes marcher sur la Lune.

Après la Seconde Guerre mondiale, l'espace devient la vitrine des exploits des deux grands pays victorieux, les États-Unis d'Amérique et la Russie soviétique. Le 12 avril 1961, les Russes envoient le premier homme dans l'espace, Youri Gagarine. En réaction, le 25 mai, le président américain, John Fitzgerald Kennedy, annonce un pari incroyable : l'envoi d'un homme sur la Lune avant 1970 et son retour sain et sauf sur Terre ! Les gens rêvent d'un avenir meilleur. Les ingénieurs leur proposent un monde de vitesse, de sécurité et de confort où l'on pourra bientôt partir pour de lointains voyages vers la Lune et vers Mars…

Le programme lunaire Apollo est né. Le peuple américain va se mobiliser, avec :

- l'embauche de 400 000 ingénieurs, chercheurs et techniciens répartis dans des centaines de compagnies, des laboratoires et la nouvelle agence spatiale, la NASA* ;
- un gros effort financier qu'on n'a jamais vu en temps de paix - c'est l'équivalent de 300 milliards de dollars de 2022 qui sera dépensé, soit 4,41 % du budget des États-Unis (en 2022, la NASA n'en dépense que 0,48 %) ;
- la mise au point de vaisseaux spatiaux perfectionnés, d'une informatique et de matériaux nouveaux, avec la construction d'énormes centres d'essais et de lancement de fusées.

C'est grâce au programme Apollo que l'on sait aujourd'hui :

- faire voler de grosses fusées et des vaisseaux résistants au vide de l'espace,
- piloter à distance une mission spatiale grâce à un centre de contrôle de mission,
- choisir des zones sur la Lune et sur Mars pour y atterrir en toute sécurité,
- envoyer longtemps des hommes dans l'espace et sur la Lune et les ramener sur Terre.

L'espace et toutes ses techniques font maintenant partie de notre quotidien, grâce à Apollo.

* National Aeronautics and Space Administration (Administration nationale de l'aéronautique et de l'espace).

▲ ▲ ▲
Le 12 septembre 1966, la mission Gemini-11 décolle avec deux astronautes depuis le centre spatial Kennedy. Au fond, on voit la fusée géante *Saturn 5* montée sur son pas de tir pour une série de tests.

◀ ◀ ◀
Pour Apollo, on a construit d'énormes bâtiments techniques : à gauche, on va tester les moteurs du 1er étage (haut de 42 mètres) de la fusée *Saturn 5*, et à droite, on les a allumés !

LE VOYAGE TERRE-LUNE ET L'ALUNISSAGE

▲ ▲ ▲
Après l'alunissage, Armstrong est descendu du LM et a marché sur la Lune. Il prend une photo d'Aldrin qui vient le rejoindre.

Le voyage des astronautes commence dans leur capsule *Apollo* fixée au sommet de la fusée géante *Saturn 5*. Après son décollage, la fusée largue ses premier et deuxième étages, qui tombent dans l'océan. Onze minutes plus tard, le troisième étage met sur orbite l'ensemble *Apollo* : le module lunaire (« LM »)* sous sa coiffe conique, le vaisseau *Apollo* (dit « CSM »)* avec son module de service (« SM ») et son module de commande (« CM », la capsule *Apollo* où vit l'équipage). Trois heures après, l'étage est rallumé et pousse *Apollo* vers la Lune. Puis le CSM s'accroche au LM qui est extrait de son adaptateur. Les astronautes ouvrent le sas entre le CM et le LM qui est pressurisé : ils peuvent dès lors préparer leur mission.

Trois jours après le décollage, le CSM allume son gros moteur pour se mettre en orbite lunaire : après quelques manœuvres, l'équipage se trouve à 110 kilomètres de la surface et tourne autour de la Lune en deux heures à la vitesse de 5 800 km/h. À chaque passage derrière la Lune, les communications radio sont coupées pendant quarante-cinq minutes avec la Terre.

Deux astronautes s'installent dans le LM, écartent ses pieds d'atterrissage, ferment la porte avec le CM, activent le système de pilotage et se décrochent. Le LM oriente son gros moteur vers l'avant. Derrière la Lune, il est allumé : il va freiner la vitesse pendant toute la descente. La liaison radio avec la Terre reprend et, à 15 kilomètres d'altitude, le LM débute la phase finale de l'alunissage qui va durer douze minutes. Vers 150 mètres d'altitude, le LM descend à la vitesse de 30 km/h et est bien redressé. Le LM se pilote alors d'avant en arrière comme un hélicoptère, grâce aux petits moteurs-fusées fixés aux angles, et il reste quatre-vingt-dix secondes à l'équipage pour choisir où se poser. Après l'alunissage, les préparatifs et un temps de repos, l'équipage ouvre le sas et sort du LM : ça y est, l'homme marche sur la Lune !

* LM : Lunar Module. CSM : Command and Service Module.

▸ ▸ ▸
Aidé par un technicien, l'astronaute Neil Armstrong met le casque de sa combinaison spatiale avant de partir pour la Lune.

▸ ▸ ▸ ▸ ▸ ▸
Décollage de la fusée géante *Saturn 5* de la mission Apollo 11 : ses trois astronautes, Neil Armstrong, Buzz Aldrin et Mike Collins, s'envolent dans leur capsule vers la Lune.

▸ ▸ ▸
Lors du voyage Terre-Lune, Aldrin s'est installé dans le LM pour mettre en route tous ses systèmes. Pendant l'alunissage, il se tiendra devant la fenêtre de droite.

UNE MISSION LUNAIRE APOLLO EN 18 ÉTAPES

▲ Après le décollage, les 1er et 2e étages se séparent et tombent dans l'océan. Devenue inutile, la petite tour de sauvetage au sommet de la fusée est éjectée aussi.

▲ 11 minutes après le décollage, le 3e étage met sur orbite autour de la Terre l'ensemble *Apollo*, à une altitude de 180 kilomètres et à la vitesse de 28 000 km/h.

▲ Les astronautes vérifient une dernière fois leurs systèmes et, 3 heures après le décollage, le 3e étage est rallumé et part vers la Lune à la vitesse de 38 500 km/h.

▲ Ensuite, la coiffe abritant le LM s'ouvre. Le vaisseau *Apollo* s'éloigne et fait un demi-tour à 180°.

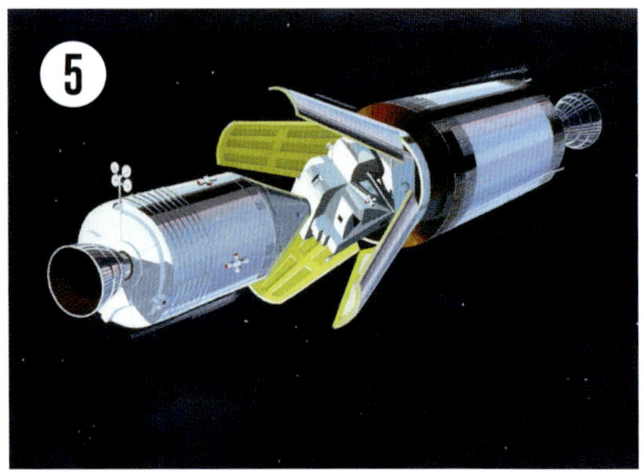

▲ Le pilote du vaisseau vient accrocher le centre du toit du LM. Puis il recule doucement pour le tirer en dehors de la coiffe.

▲ Enfin, il allume son gros moteur pour s'éloigner du 3e étage et continuer son voyage vers la Lune.

▲ Les astronautes ouvrent le tunnel entre le vaisseau *Apollo* et le LM et peuvent aller de l'un à l'autre. À 55 000 kilomètres de la Lune, *Apollo* entre dans sa zone d'attraction.

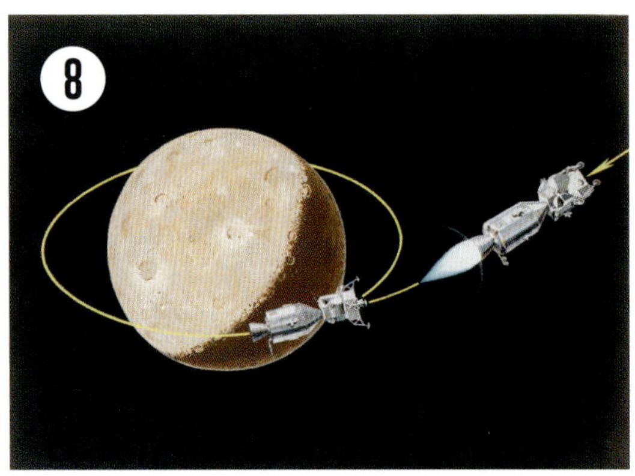

▲ *Apollo* se retourne à 180° : son gros moteur est allumé comme une rétrofusée pendant 6 minutes et entre sur orbite lunaire à 110 kilomètres d'altitude.

▲ Deux astronautes vont dans le LM, vérifient ses systèmes et se décrochent. Les pieds du LM sont orientés devant et le moteur est allumé pour freiner la descente.

▲ Le LM vole sur le ventre et les astronautes observent la surface pour bien se repérer sur leurs cartes. À 14 kilomètres d'altitude, ils redressent leur LM pour mieux voir où se poser.

▲ À 900 mètres d'altitude, les astronautes repèrent leur objectif. À 150 mètres du sol, le site est à 600 mètres de distance et il reste 90 secondes pour se poser. À 1 mètre du sol, le moteur est coupé.

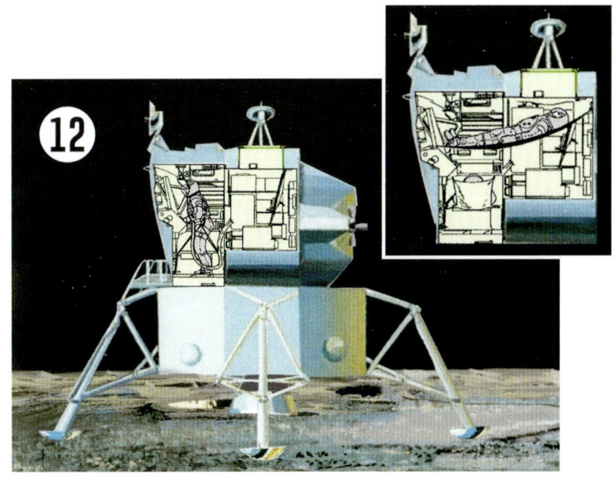

▲ Avec 4,50 m^3 de volume habitable dans le LM, les astronautes peuvent juste rester debout, s'asseoir sur le capot du moteur et dormir en croisant deux hamacs.

▲ Après les préparatifs, l'équipage sort sur la Lune. Avec ses outils, il ramasse des pierres et creuse la surface : on comprendra mieux l'histoire de la Lune !

▲ Avant de partir, l'équipage charge les sacs d'échantillons, réactive les systèmes du LM, allume le moteur de l'étage de remontée et abandonne l'étage de descente sur place.

▲ À 15 kilomètres d'altitude, 7 minutes après le décollage, le moteur est coupé et le LM rejoint le vaisseau *Apollo* sur sa lancée. À 150 mètres de distance, le pilote va raccrocher son LM.

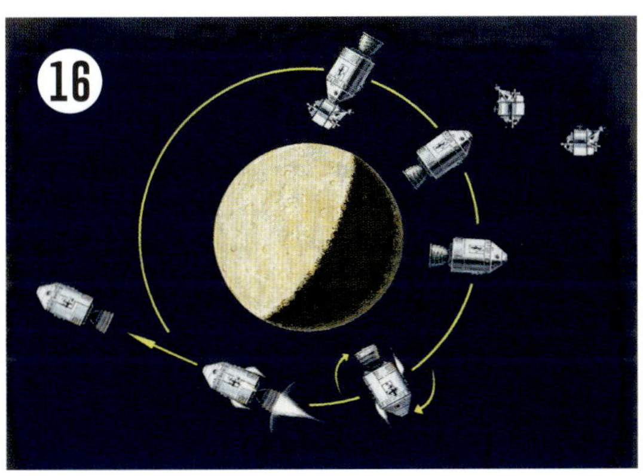

▲ Après avoir transféré les échantillons, on désactive le LM et on l'abandonne. Puis le gros moteur d'*Apollo* est allumé pendant 2 minutes 30 secondes pour partir vers la Terre.

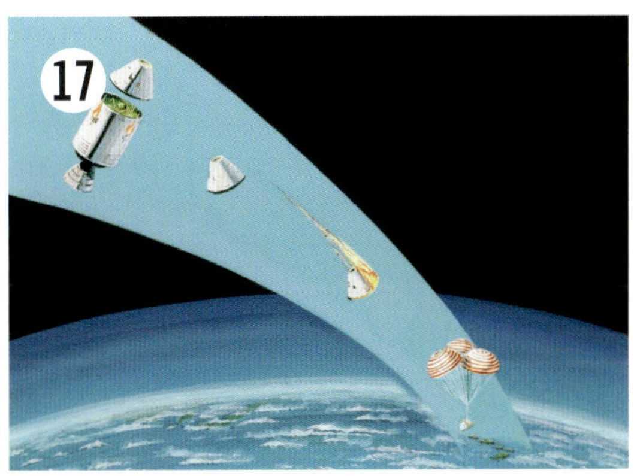

▲ *Apollo* arrive à 40 000 km/h ! 15 minutes avant d'entrer dans l'atmosphère, le pilote oriente sa capsule pour freiner avec le bouclier thermique qui sera chauffé à 2 700 °C !

▲ À 7 kilomètres d'altitude, on ouvre des petits parachutes de stabilisation, puis trois grands parachutes de freinage à 4 500 mètres. La capsule plonge dans l'océan : l'équipage est rentré !

LES MISSIONS LUNAIRES APOLLO

▲ ▲ ▲

La petite base lunaire d'une mission Apollo (ici celle d'Apollo 16). On voit le LM posé sur la Lune et dans lequel habitent les astronautes, le rover lunaire pour se déplacer et le drapeau américain qu'ils ont planté.

La NASA a lancé de 1967 à 1975 douze missions Apollo, dont neuf vers la Lune*. Le 20 juillet 1969, Armstrong et Aldrin ont marché sur la Lune et collecté des pierres lunaires. Cinq missions ont aluni** ensuite et leurs dix astronautes ont séjourné jusqu'à trois jours. Ils ont rapporté 382 kilos de roches et installé des stations scientifiques automatiques.

Apollo 11 a fait une seule EVA sur la Lune, mais il y en a eu jusqu'à trois pour Apollo 15, 16 et 17. Il était impossible aux astronautes de travailler plus de huit heures dans leur combinaison spatiale, car leurs muscles finissaient par se raidir sous faible gravité*** et les gants très rigides blessaient leurs doigts.

20

La poussière lunaire est dangereuse : elle s'infiltre partout dans les vêtements, les fermetures, les mécanismes délicats, et elle irrite les yeux. Elle a l'odeur de la poudre à pétards, est aussi fine qu'une poussière de ciment et fait éternuer ! Les ingénieurs ont décidé que, pour les missions futures, les vaisseaux auront un sas anti-poussière pour se brosser, se déshabiller et enfiler des vêtements propres avant d'entrer dans les modules d'habitation.

* Trois missions Apollo autour de la Terre : Apollo 7 et 9 pour tester le CSM, puis le LM, et Apollo 18 (avec un vaisseau russe *Soyouz*). Neuf missions vers la Lune : Apollo 8 (le premier équipage autour de la Lune), 10 (test du CSM et du LM autour de la Lune), 11 (le premier pas sur la Lune), 12, 13 (l'équipage a été sauvé d'un accident dans l'espace et a contourné la Lune), 14, 15 (première utilisation de la « jeep » lunaire), 16 et 17.

** On dit « atterrir » ou « alunir » sur la Lune, mais on dit « atterrir » sur Mars.

*** Sur la Lune, on pèse six fois moins que sur Terre et on ne peut pas marcher normalement : il faut faire de petits bonds les pieds joints ou, pour avancer vite, lancer ses jambes de biais pour éviter de tomber. C'est très fatigant.

▲ ▲ ▲
L'équipage d'Apollo 12 devait se poser à côté de *Surveyor-3*, une sonde automatique qui avait aluni deux ans auparavant. Pari gagné : l'équipage a pu en récupérer des morceaux.

▶ ▶ ▶
Le rover lunaire d'Apollo 16 filmé pendant le « Grand Prix de Lune » : il roule à 15 km/h et il saute en projetant beaucoup de poussière.

L'astronaute Gene Cernan dans le LM d'Apollo 17. Les combinaisons sont pleines de poussière lunaire. De couleur grise, elle est si fine qu'elle colle partout : les astronautes disaient que leur LM était devenu une « mine de charbon ».
▼ ▼ ▼

▲ ▲ ▲
Les astronautes d'Apollo 15 ont grimpé sur une pente de montagne très au-dessus de leur site d'alunissage. Dave Scott ne peut pas monter plus haut : ses bottes s'enfoncent dans la poussière et dérapent. Derrière lui, on voit le rover bien garé.

Les astronautes d'Apollo 17 ont garé leur rover à côté de grosses roches, à droite. Au fond, le panorama des montagnes est spectaculaire et Gene Cernan prend en photo au téléobjectif leur LM : il est haut de 7 mètres et se trouve à 3 kilomètres de distance.

▼ ▼ ▼

APOLLO : LES PROJETS ABANDONNÉS

▲ ▲ ▲
Pour AAP, on propose en 1964 un laboratoire-abri fixé sur un étage de descente de LM, le SHELAB (SHElter-LABoratory). Il se pose automatiquement et permet à deux astronautes de séjourner quinze jours sur la Lune. Ils arrivent dans un LM-taxi (au fond à droite) qui leur servira à rejoindre leur vaisseau en orbite.

Pour donner une suite au programme Apollo tout en respectant son calendrier (un homme sur la Lune avant 1970), la NASA décide en 1965 d'étudier un programme complémentaire, nommé Apollo Applications Program (AAP)*. Son but est de permettre à l'homme d'habiter dans l'espace en permanence avec des stations spatiales autour de la Terre et de la Lune, et la construction d'une base permanente sur la Lune en 1990. Puis la NASA prévoit de lancer une mission habitée vers Mars en 1986, avec un séjour sur place de 40 à 60 jours pour quatre astronautes…

Mais lors d'un test le 27 janvier 1967, la capsule de la mission Apollo 1 brûle sur son pas de tir et tue son équipage. La NASA doit repousser le premier vol habité (renommé Apollo 7) à octobre 1968. En outre, de juin à août 1967, de grandes émeutes éclatent dans les villes américaines et obligent à réduire les budgets de l'exploration spatiale, dont Apollo. Les missions lunaires AAP sont supprimées et seule l'idée de la station orbitale *Skylab* est conservée.

En février 1969, la NASA propose un dernier plan de colonisation de l'espace avec l'étude d'un remorqueur spatial (Space Tug) qui sera chargé de dépanner sur orbite, de déposer un équipage sur la Lune et d'approvisionner une base lunaire. Et on envisage le lancement d'une grosse station orbitale autour de la Terre capable de loger 50 astronautes et une expédition vers Mars dès 1981… Mais l'Amérique n'a plus d'argent pour des projets aussi ambitieux : fin novembre 1969, c'est l'annulation des dernières missions Apollo prévues (Apollo 18, 19 et 20) et on se concentre sur le projet de navette spatiale qui permettrait d'aller dans l'espace de façon plus économique. On repousse l'envoi d'une mission martienne habitée, au coût gigantesque de 78 milliards de dollars (640 milliards de 2023), à la fin du XXe siècle. Une façon polie de l'annuler…

* Programme d'Applications Apollo.

▸▸▸

Projet de remorqueur spatial (Space Tug) de 1969 : ses gros bras robotiques peuvent attraper des vaisseaux pour les réparer. On peut aussi lui fixer en-dessous un gros vaisseau-cargo et des pieds pour se poser sur la Lune.

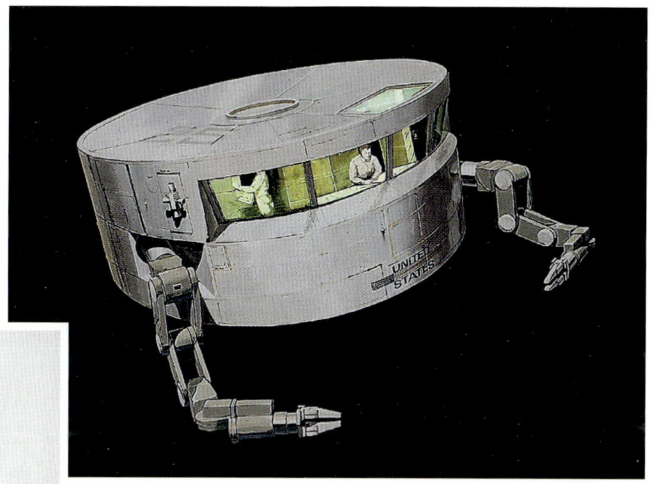

▴▴▴

Projet de LM-camion (LM-Truck) pour les missions AAP : il a une grue pour décharger la cargaison.

▸▸▸

Le Space Tug monté sur un vaisseau-cargo s'est posé sur la Lune. Les astronautes y vivent comme dans une base pendant deux mois.

ARTEMIS :
LE GRAND RETOUR VERS LA LUNE

▲▲▲
Le vaisseau *Orion* survole la Lune.

Après Apollo, la NASA connaît une longue période où l'on ne parle plus d'envoyer des astronautes sur la Lune et sur Mars. En juillet 1989, des études sont relancées mais vite abandonnées. En janvier 2004, le programme Constellation prévoit une nouvelle capsule spatiale (*Orion*) et un gros LM (*Altair*) pour emporter quatre astronautes sur la Lune, mais il coûte encore trop cher. Les ingénieurs doivent inventer une fusée simplifiée à partir des éléments de la navette spatiale. C'est le *SLS* (*Space Launch System*), qui se compare à la fusée géante *Saturn 5* d'Apollo. Après des tests de la capsule *Orion*, la NASA annonce en juin 2017 son retour sur la Lune avec le projet Artemis, du nom de la déesse grecque de la Lune et sœur d'Apollon.

Si la NASA veut maintenant retourner sur la Lune, c'est pour tester les vaisseaux habités qui partiront plus tard pour Mars. En effet, les technologies ont beaucoup progressé depuis Apollo. Aujourd'hui, on sait fabriquer des moteurs-fusées plus performants et des matériaux très solides qui sont plus légers. On allège aussi les vaisseaux spatiaux en remplaçant des systèmes mécaniques par de l'électronique et par une informatique très performante. Quatre astronautes voyageront ainsi dans des conditions plus confortables que leurs aînés d'Apollo : *Orion* offre presque deux fois plus de place à bord.

La NASA a prévu plusieurs vols vers la Lune :

- Artemis-1, un vol d'essai inhabité du vaisseau spatial *Orion* autour de la Lune (voir p. 11) ;
- Artemis-2, la même mission, mais avec quatre astronautes à bord ;
- Artemis-3, comme Artemis-2, mais deux astronautes se poseront sur la Lune dans un nouvel atterrisseur, le *Human Landing System* (*HLS*)* !

* Système d'atterrissage habité.

▸ ▸ ▸

Le *SLS* quitte son bâtiment d'assemblage haut de 160 mètres, à la façon d'une fusée *Saturn 5* d'Apollo.

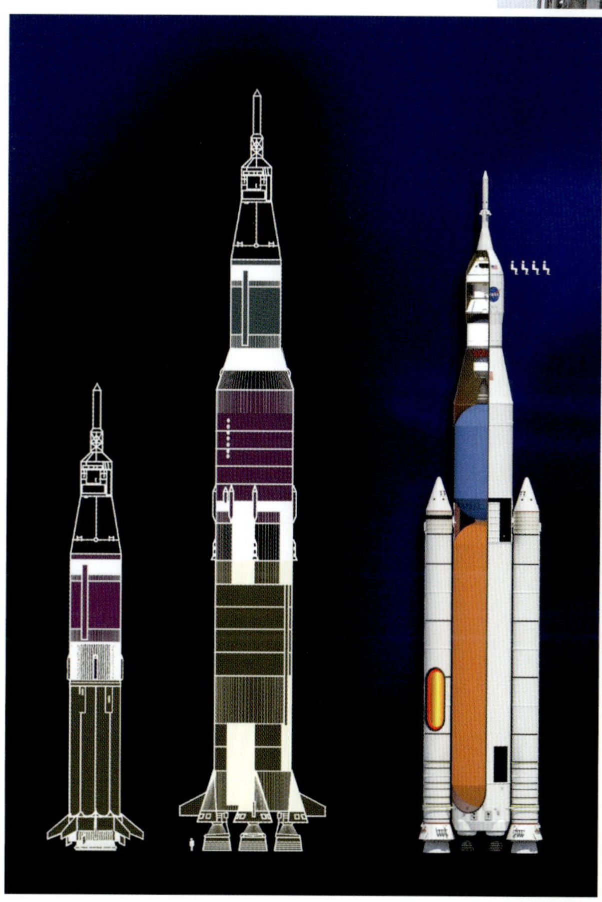

▸ ▸ ▸

À gauche, les deux fusées du programme Apollo :
- la *Saturn 1B* (hauteur : 68 mètres), qui peut placer de 15 à 21 tonnes sur orbite terrestre ;
- *la Saturn 5* (hauteur : 110 mètres), qui envoie 120 tonnes sur orbite et 43 tonnes vers la Lune.
À droite, le lanceur *SLS* des premières missions Artemis (hauteur : 98 mètres), qui envoie 95 tonnes sur orbite et 27 tonnes vers la Lune. Deux gros propulseurs à poudre sont attachés à un gros étage poussé par quatre moteurs. Au-dessus, le petit étage ICPS permet d'envoyer vers la Lune le vaisseau *Orion*.

VIVRE AUTOUR DE LA LUNE ET ALUNIR

▲ ▲ ▲
Un vaisseau *Orion* va s'accrocher à la station orbitale *Lunar Gateway*.

La NASA a prévu de construire une station spatiale en orbite autour de la Lune, le *Lunar Gateway**. Au début, elle n'aura que quelques modules d'habitation, de propulsion et de fourniture d'électricité, mais ensuite on lui en ajoutera d'autres pour étudier les roches rapportées de la surface lunaire, héberger un plus grand nombre d'astronautes et stocker le matériel qui sera envoyé sur la Lune ou qui en sera remonté. Elle sera desservie depuis la Terre par le vaisseau *Orion*, qui pourra emmener quatre astronautes à chaque trajet, puis les ramener sur Terre.

À bord du *Lunar Gateway*, l'emploi du temps est partagé entre l'observation de la surface lunaire et l'analyse des roches. Comme à bord d'une station spatiale en orbite autour de la Terre, les astronautes doivent aussi entretenir leurs modules et effectuer des exercices physiques pour se maintenir en forme. En effet, comme ils « flottent » en impesanteur, ils n'ont plus besoin de faire d'efforts pour bouger et leurs muscles risquent de s'affaiblir. Le temps libre est passé à lire, à jouer aux cartes, à écouter de la musique, à photographier la Terre vue depuis la Lune !

L'atterrisseur lunaire *HLS*, gros LM plus technique et très informatisé, est arrimé à la station orbitale lunaire et peut accueillir quatre astronautes. Ils allument ses systèmes, décrochent leur vaisseau et commencent leur descente vers la Lune. Contrairement au LM d'Apollo, le pilotage s'effectue en mode automatique et l'équipage n'a plus qu'à surveiller ses instruments, il n'agira que s'il rencontre un grave problème. Une fois sur la Lune, il sort l'explorer et ramasse des échantillons de roches. La NASA a décidé de marquer son grand retour sur la Lune avec les premiers pas d'une femme astronaute - tout un symbole pour ce changement d'époque !

* Porte d'accès à la Lune.

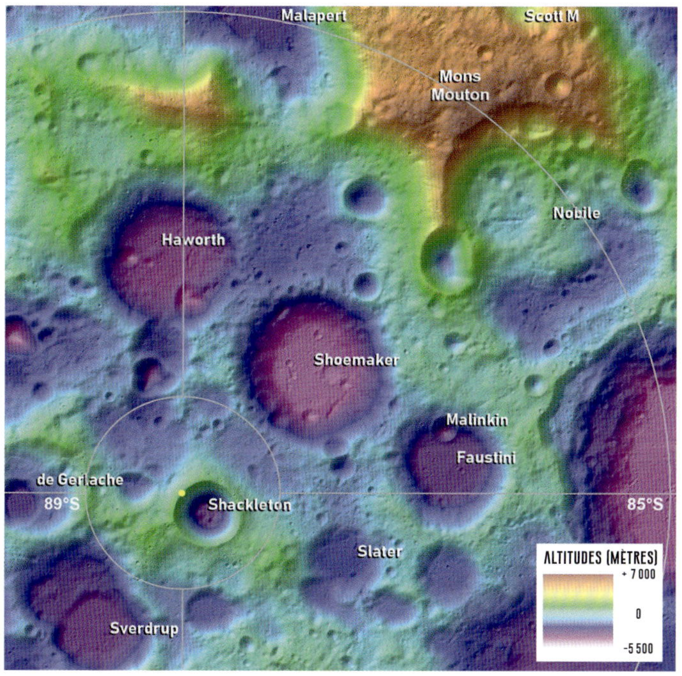

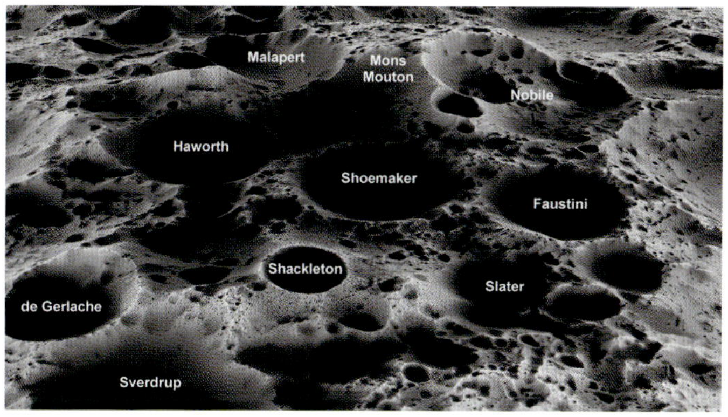

◀ ◀ ◀

Le pôle Sud est au bord du petit cratère Shackleton, large de 21 kilomètres. La région est difficile car il y a de grandes différences d'altitude : Mons Mouton fait 7 030 mètres de haut, tandis que le cratère Shoemaker plonge à 4 000 mètres de profondeur. Une différence de 11 030 mètres sur une distance de 180 kilomètres seulement !

◀ ◀ ◀

La même carte, mais vue de biais : on voit les pentes telles qu'elles existent vraiment. Plus les zones sont sombres et moins elles reçoivent la lumière du Soleil. Les astronautes doivent donc s'installer en hauteur. Mais ce sont aussi les zones les plus étroites... et les plus difficiles pour se poser.

L'équipage a posé son *HLS* près du pôle Sud et ramasse ses premiers échantillons.

▼ ▼ ▼

HABITER SUR LA LUNE
DANS UNE BASE

▲ ▲ ▲
Une petite base lunaire. Les modules d'habitation sont enfouis pour les protéger de la chaleur du Soleil et un jardin potager est cultivé sous une serre. Des panneaux solaires produisent l'électricité.

Après les premières missions, il est prévu que l'homme s'installe sur la Lune pour tester des équipements et en envoyer plus tard vers Mars. En effet, comme on pèse six fois moins que sur Terre, on peut décoller plus facilement. Et la Lune dispose d'une ressource inépuisable : son sol*. Car chaque mètre cube contient 1,4 tonne de minéraux (silice, aluminium, oxydes de fer et magnésium) qui emprisonnent 630 kilos d'oxygène. Les minéraux peuvent servir à fabriquer des matériaux de construction et l'oxygène nous aide à respirer**, mais est aussi utilisé comme ergol pour les moteurs-fusées. On aura juste à apporter l'hydrogène (ou un autre carburant) de la Terre.

Pour extraire les minéraux et l'oxygène, il faut disposer de beaucoup d'électricité. Mais avec des journées qui durent 15 jours terrestres (et les nuits autant), les bases devront être alimentées par de petites centrales nucléaires, car les panneaux solaires ne produisent rien la nuit. Les astronautes ont aussi besoin d'eau pour vivre et il faut l'emporter depuis la Terre. Mais on sait maintenant qu'il y a de la glace d'eau aux pôles lunaires, dans des zones d'ombres éternelles où elle n'a jamais pu s'évaporer. Aujourd'hui, on pense s'installer près du cratère Shackleton au pôle Sud, car de la glace est présente au fond des cratères tout autour. Autre avantage : leurs bords sont toujours éclairés par la lumière du Soleil qui reste près de l'horizon. À cet endroit, les panneaux solaires peuvent fonctionner sans arrêt pour produire l'électricité qui aide à extraire la glace du sol.

Les astronautes vivront des journées de 24 heures comme sur Terre, sans tenir compte des longues journées lunaires de 15 jours, et auront leurs petites chambres individuelles !

* Le sol lunaire, ou régolite lunaire, est fait de roches pulvérisées en poussière par tous les impacts des météorites.

** Un astronaute n'a besoin que de 800 grammes d'oxygène par jour pour respirer, soit 584 kilos tous les deux ans.

Une grande base lunaire en activité.

▼ ▼ ▼

▶ ▶ ▶

Un astronaute décharge un module d'habitation à l'aide d'un camion-grue qui va l'emporter plus loin, vers la base en construction.

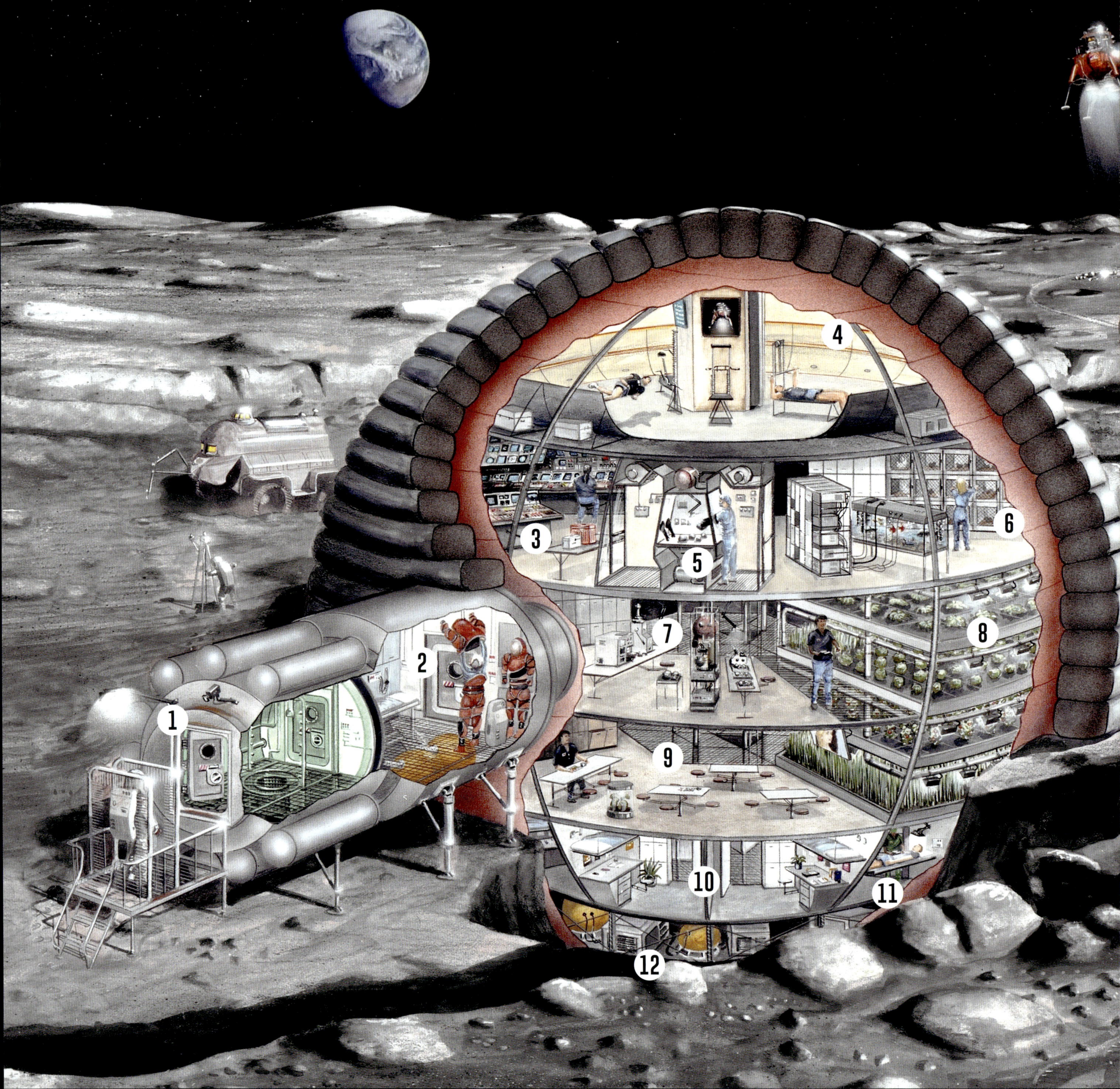
1
2
3
4
5
6
7
8
9
10
11
12

◄ ◄ ◄

Un astronaute (à gauche) entre dans la base lunaire : sur la plateforme, il passe entre les brosses qui enlèvent la poussière lunaire. Ensuite, il ouvre la porte du sas ❶, la ferme derrière lui et remplit le sas d'air. Puis il entre dans le vestiaire ❷ et enlève sa combinaison spatiale. Toutes les autres pièces de la base ont une fonction, comme dans une grande maison :

❸ salle des panneaux de commande
❹ salle de sports et de repos
❺ laboratoire d'examen des pierres lunaires
❻ élevage de poissons et poulailler (pour manger des protéines)
❼ atelier technique
❽ salle de cultures hydroponiques*
❾ cuisine et salle à manger
❿ chambres
⓫ infirmerie
⓬ espace technique
⓭ panneaux solaires pour alimentation électrique de la base

* Cultures de plantes sur sol lunaire, irriguées par de l'eau enrichie avec des sels minéraux et des composants (nutriments) nécessaires à leur développement.

MARS : UNE PETITE TERRE GELÉE

▲ ▲ ▲
Vue d'un canyon de la calotte polaire nord. Ses bords forment des falaises hautes de plus de 1 000 mètres. La glace d'eau emprisonne des couches horizontales de poussières qui se sont déposées pendant les changements de climat. Au fond du canyon, elles forment de larges champs de dunes.

Mars est plus éloignée du Soleil que la Terre et elle est deux fois plus petite. Elle ressemble un peu à la Lune, mais ses cratères ont des bords usés et les vents sculptent des champs de dunes. C'est aussi la planète des extrêmes : il y a des volcans géants et un canyon long de 5 000 kilomètres.

Mars a conservé moins de chaleur interne et sa croûte s'est épaissie plus vite. Voici pourquoi la lave a créé des volcans géants là où elle a réussi à sortir. L'hémisphère Sud est couvert de nombreux cratères, alors que l'hémisphère Nord a moins de reliefs. En effet, il y a quatre milliards d'années, Mars était aussi habitable que la Terre avec une atmosphère épaisse, chaude et humide. Il pleuvait, l'eau créait des rivières et remplissait des cratères. Mais à cause de sa faible gravité*, Mars n'a pas pu retenir une atmosphère épaisse. Son climat s'est beaucoup refroidi et l'eau a formé de grands glaciers. Enfin, avec la naissance des volcans géants, la chaleur a fait fondre la glace, qui a coulé en creusant d'énormes rivières : elles ont formé un vaste océan dans l'hémisphère Nord, qui a fini par geler. Cette glace d'eau existe toujours, parfois mélangée au sol, et elle pourra être récupérée par les astronautes. Depuis cette époque, l'oxygène de l'atmosphère a lentement fait rouiller le sol qui est riche en fer. Les vents ont soufflé partout cette poussière, donnant à la planète ses belles couleurs qui vont du rouge-orangé au brun-jaune.

Les pôles de Mars sont faits de couches de glace d'eau empilées les unes sur les autres. Mais pendant l'hiver, il y fait si froid (-120 °C) que c'est 25 % de l'atmosphère, faite à 95 % de dioxyde de carbone (CO_2), qui gèle sur place en glace carbonique. Au printemps, le Soleil réchauffe le CO_2 gelé, qui s'évapore : les vents violents soufflent alors les poussières et créent de vastes tempêtes !

* 1 kilo sur la Terre pèse 380 grammes sur Mars.

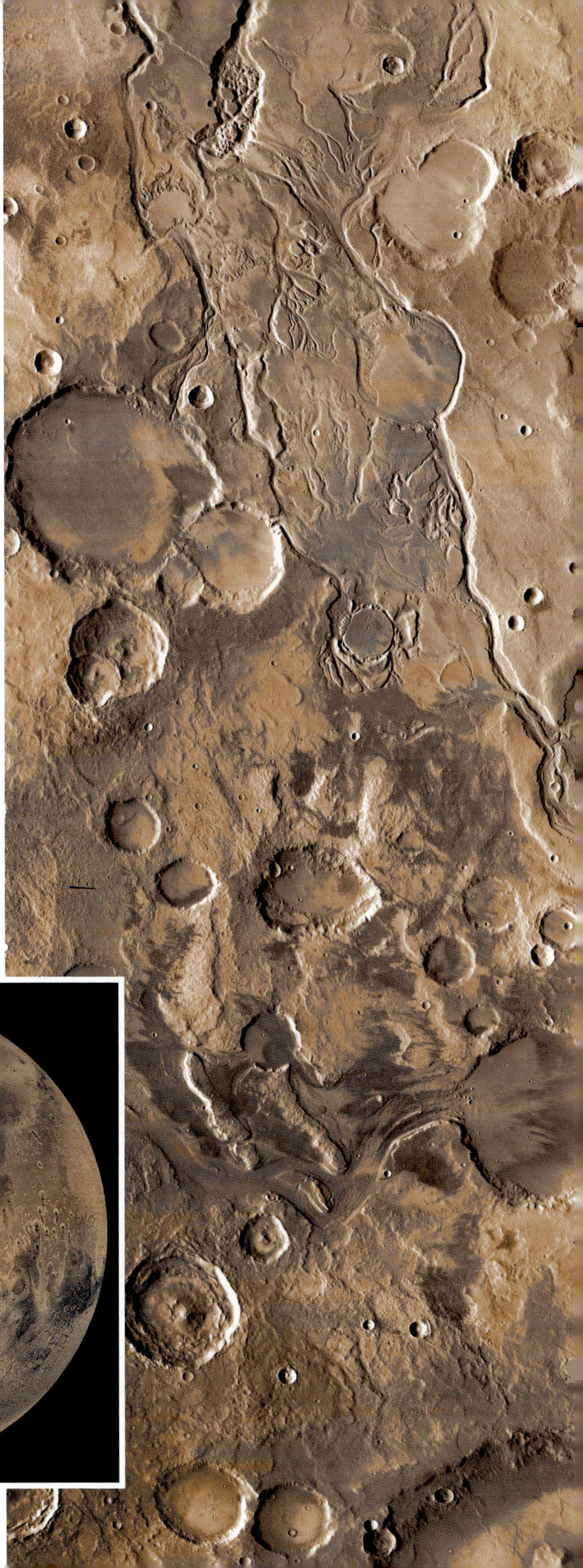

▸ ▸ ▸

Beaucoup d'eau a coulé sur Mars autrefois et a creusé d'énormes rivières comme Mangala Valles, qui s'étire sur plus de 900 kilomètres.

▸ ▸ ▸

Vue globale de Mars prise par les sondes *Viking* en orbite. Au nord, on voit les glaces du pôle, et à gauche, les quatre grands volcans : le plus grand, Olympus Mons (près de l'horizon), qui culmine à plus de 21 kilomètres, et (de haut en bas, en diagonale) Ascraeus Mons, Pavonis Mons et Arsia Mons. Au centre s'étire le canyon géant Valles Marineris.

ZOOM DEPUIS L'ESPACE POUR SE POSER SUR MARS

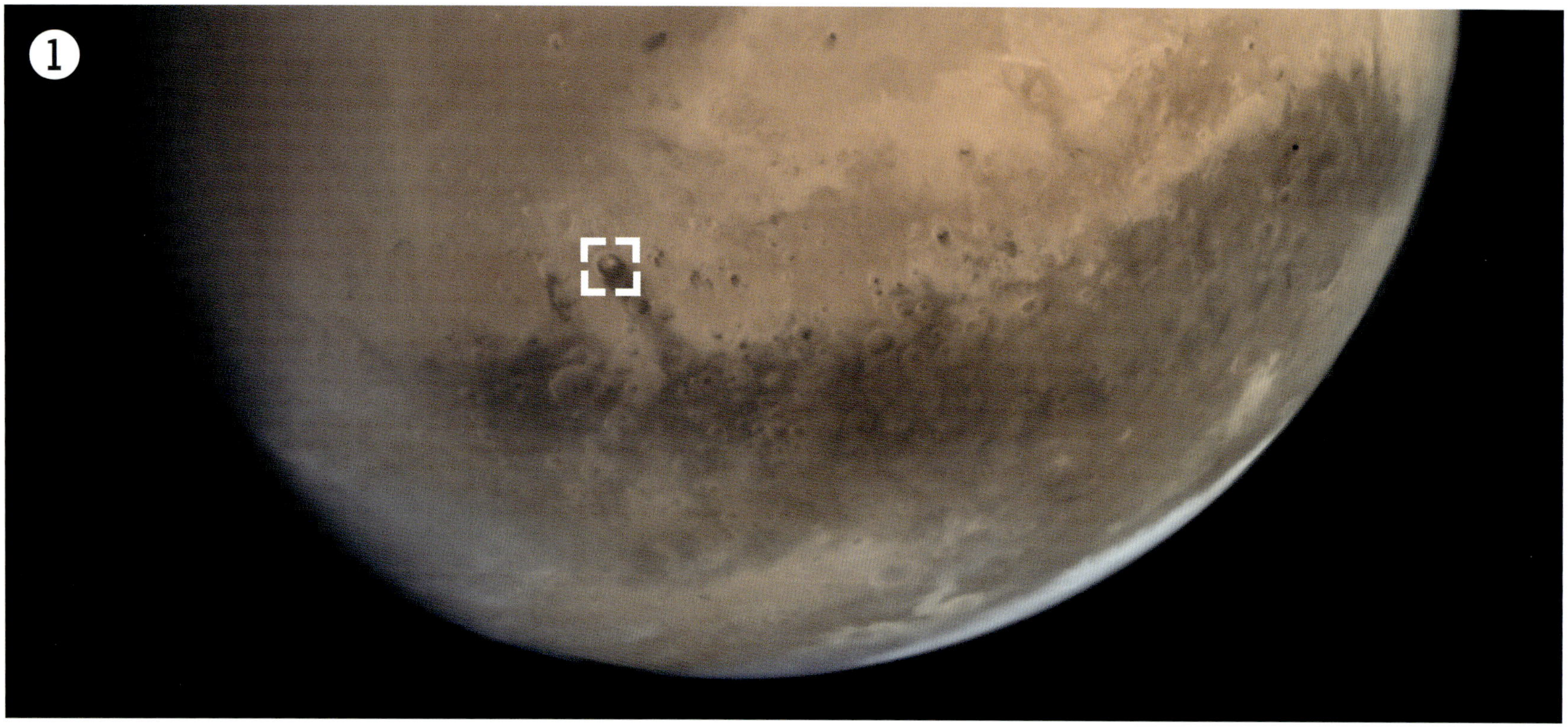

▲ La planète Mars vue d'orbite depuis une altitude de 66 300 kilomètres. Au milieu, le cratère Gale, et en bas, la bordure de la calotte polaire sud.

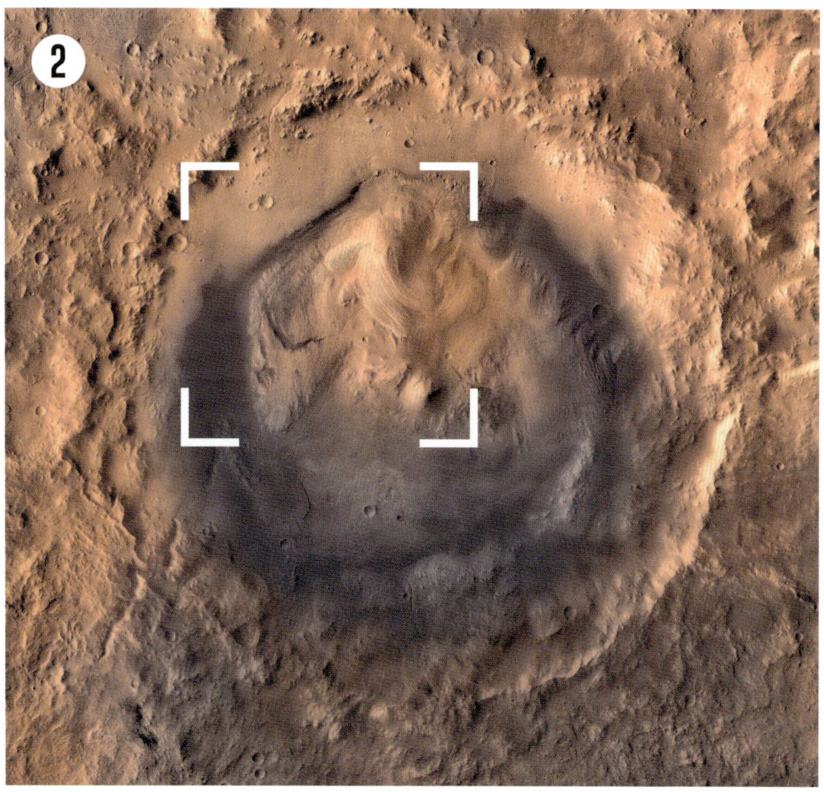

▲ Gale vu depuis 270 kilomètres d'altitude. Il est large de 150 kilomètres et, en son centre, le mont Sharp domine le fond du cratère de ses 5 400 mètres. Il est plus haut que le mont Blanc (4 807 mètres) !

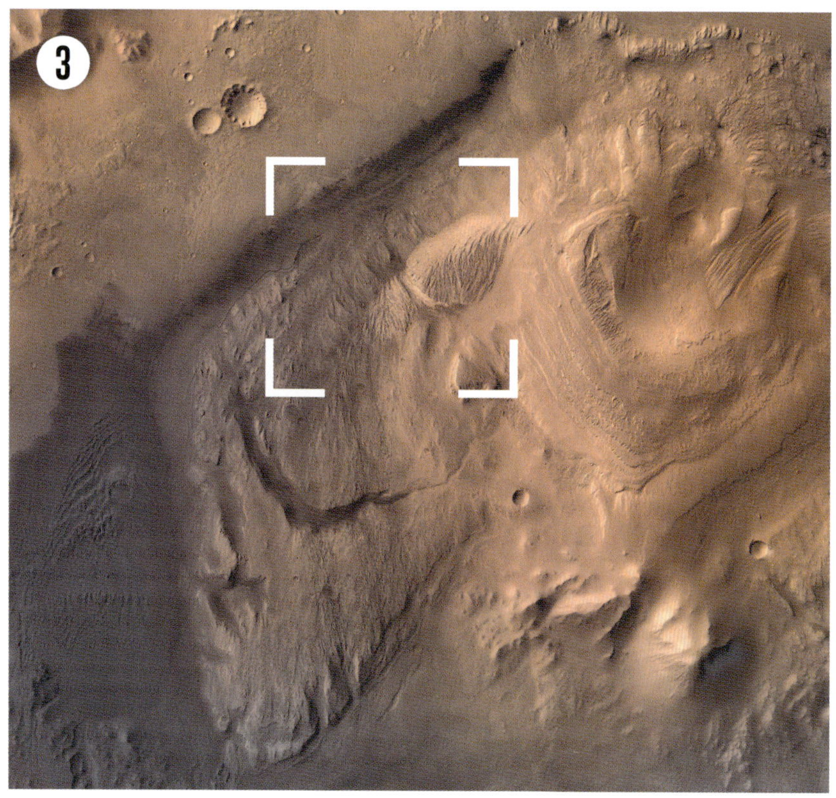

▲ Le rover *Curiosity* s'est posé au nord-ouest du cratère Gale près d'un canyon qui a été creusé autrefois par l'eau. L'image fait 70 kilomètres de large.

▼ Le canyon nommé Gediz Vallis est large de 2 kilomètres. Au bas de la pente, de grandes buttes se sont formées là où les terrains ont résisté aux coulées de l'eau.

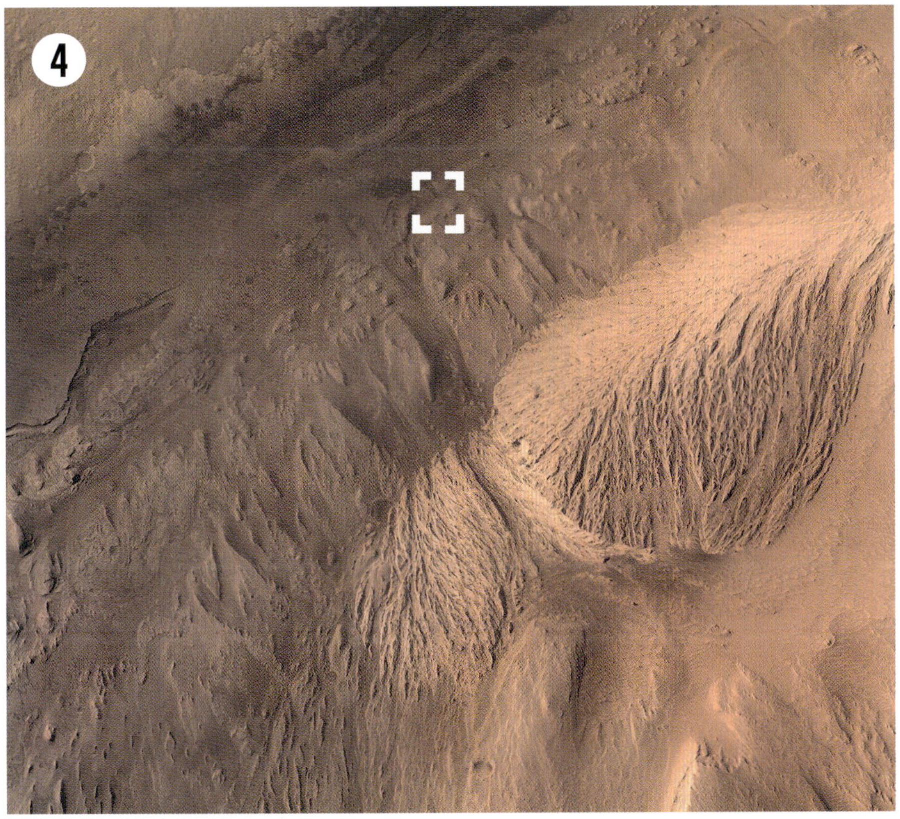

▼ La caméra HiRISE de la sonde orbitale *MRO* a pris une image détaillée depuis 270 kilomètres d'altitude. On voit que l'eau a coulé le long de la pente (à partir du bas de la photo), laissant de petits promontoires dépasser. L'image fait 900 mètres de large.

▲ Sommet d'un petit promontoire, le mont Mercou, qui a survécu entre les coulées. Surprise : on voit le rover *Curiosity* qui s'y est arrêté le 18 avril 2021 ! L'image fait 180 mètres de large.

▲ Zoom sur le rover *Curiosity*. Depuis 270 kilomètres d'altitude, chaque carré de l'image (pixel) montre un détail large de 27 centimètres. On devine les six roues du rover et sa grosse caméra rectangulaire blanche.

EXPLORER MARS PAR DES ROBOTS

▲ ▲ ▲
Aujourd'hui, on explore Mars avec de gros rovers. Ici, après avoir déposé le petit hélicoptère *Ingenuity*, *Perseverance* s'est pris en selfie en train de travailler sur Mars, avec une caméra fixée au bout de son bras robotique.

Pendant longtemps, Mars est restée un vrai mystère car les télescopes ne grossissaient pas assez pour voir comment était la surface de la planète. Grâce aux fusées et aux progrès de l'électronique, les ingénieurs et les chercheurs ont pu envoyer les premières sondes spatiales qui ont survolé Mars pour prendre des photos rapprochées (*Mariner 4*, *6* et *7*). Ensuite, des sondes ont été mises en orbite autour de Mars avec des instruments plus perfectionnés : *Mariner 9*, *Viking 1* et *2*, *Mars Global Surveyor* (*MGS*). *Mars Reconnaissance Orbiter* (*MRO*) a une caméra si puissante qu'elle peut photographier des détails de quelques dizaines de centimètres de large seulement ! Nous disposons maintenant de cartes de Mars aussi précises que celles de la Terre.

Pour cartographier les reliefs, *MGS* a pointé un rayon laser vers la surface et a mesuré les altitudes. *Mars Odyssey* a emporté des instruments capables de détecter la glace et *Mars Express* a trouvé la composition des roches et des sédiments* déposés autrefois par l'eau. On a ainsi pu mieux comprendre l'histoire de la planète.

Mais les images servent aussi à choisir les sites d'atterrissage les moins dangereux. Il y eut d'abord les deux sondes *Viking* en 1976 qui étirèrent un long bras mécanique pour prendre du sol et regarder s'il y avait de la vie sur Mars. Puis, en 1997, *Mars Pathfinder* envoya son petit rover *Sojourner* analyser les pierres. Quant aux rovers *Spirit* et *Opportunity* (2004), *Curiosity* (2012), *Perseverance* (2021) et *Zhurong* (chinois, posé en 2021), ils ont roulé des dizaines de kilomètres, prenant d'incroyables images de pierres qui ont baigné autrefois dans l'eau. Deux sondes très spécialisées se sont aussi posées sur Mars : *Phoenix* en 2008 pour analyser la glace d'eau près du pôle Nord et *InSight* en 2018 pour détecter les tremblements de terre de Mars.

* Sédiments : dépôts naturels laissés par l'eau, les vents, etc.

▸ ▸ ▸

En regardant le ciel là où le Soleil s'est couché, on peut distinguer deux planètes : la Terre (en haut) et Vénus près de l'horizon.

À l'aide d'un bras robotique, les sondes *Viking* ont creusé la surface avec une pelle pour essayer de trouver une forme de vie martienne. Mais les scientifiques ont été déçus.

▾ ▾ ▾

***Viking 2* s'est posé au nord de Mars. L'hiver, il fait -110 °C et le sol se couvre de gelée blanche d'eau. Près du rocher à droite, on voit le cylindre métallique qui protégeait la pelle et qui a été éjecté après l'atterrissage.**

▾ ▾ ▾

Paysage vu par le rover *Curiosity* sur mont Mercou. À droite, le mont Sharp et, au fond, les bords du cratère Gale forment une vaste chaîne de montagnes dont les sommets dominent de 1400 mètres la plaine.

▼ ▼ ▼

▲ ▲ ▲
Au centre du cratère Gale, le mont Sharp domine au loin les buttes qui sont restées après le passage de l'eau au début de l'histoire de Mars. Au centre, le rover *Curiosity* est perché sur un petit promontoire, mont Mercou.

ALLER SUR MARS : UN LONG VOYAGE !

▲ ▲ ▲
Une mission avec trois vaisseaux est partie vers Mars. Ils sont poussés par leurs gros moteurs.

Mars, c'est loin, car elle ne s'approche jamais à moins de 56 millions de kilomètres de la Terre : elle est alors « en opposition », c'est-à-dire qu'elle est derrière nous dans le ciel par rapport au Soleil et on la voit bien la nuit. Elle peut s'éloigner à 400 millions de kilomètres de nous quand elle se trouve derrière le Soleil dans le ciel (« en conjonction ») et on ne la voit plus car il fait jour.

Aller sur Mars, ce n'est pas comme aller sur la Lune. Malheureusement, il n'est pas possible de rejoindre une autre planète en ligne droite, car tout objet à la surface de la Terre est déjà entraîné avec elle sur son orbite autour du Soleil à la vitesse de 30 km/s. Pour faire partir une fusée vers Mars, il faut se servir de cette vitesse et créer une poussée supplémentaire de 3 km/s pour s'éloigner du Soleil... On ne vise pas la planète dans le ciel, mais l'endroit où elle sera quelques mois plus tard. Grâce à de puissants moteurs, on pourrait bien sûr pousser beaucoup plus droit vers Mars, mais il faudrait emporter tellement d'ergols à brûler pour freiner à l'arrivée et passer sur orbite que le vaisseau serait trop lourd au décollage !

Pour rejoindre Mars, les ingénieurs ont donc imaginé une trajectoire économique : les astronautes vont parcourir une large courbe qui part de l'orbite de la Terre autour du Soleil et qui rejoint celle de Mars à l'arrivée. Pendant le voyage, on rattrape Mars qui tourne moins vite que la Terre autour du Soleil (à 24 km/s). En s'éloignant du Soleil, le vaisseau a perdu de sa vitesse* et arrive à 22 km/s près de Mars : la différence est faible et on peut se mettre sur orbite facilement. Les astronautes ont alors fait un voyage de 260 jours : neuf mois qui sont longs à vivre. Mais en poussant les moteurs, on peut réduire la durée du voyage à six mois (180 jours).

* D'après la loi universelle de la gravitation, l'attraction du Soleil diminue avec la distance. Plus un corps tourne loin du Soleil, plus sa vitesse orbitale est lente. La trajectoire Terre-Mars éloigne le vaisseau de la Terre, mais aussi du Soleil : sa vitesse diminue donc progressivement.

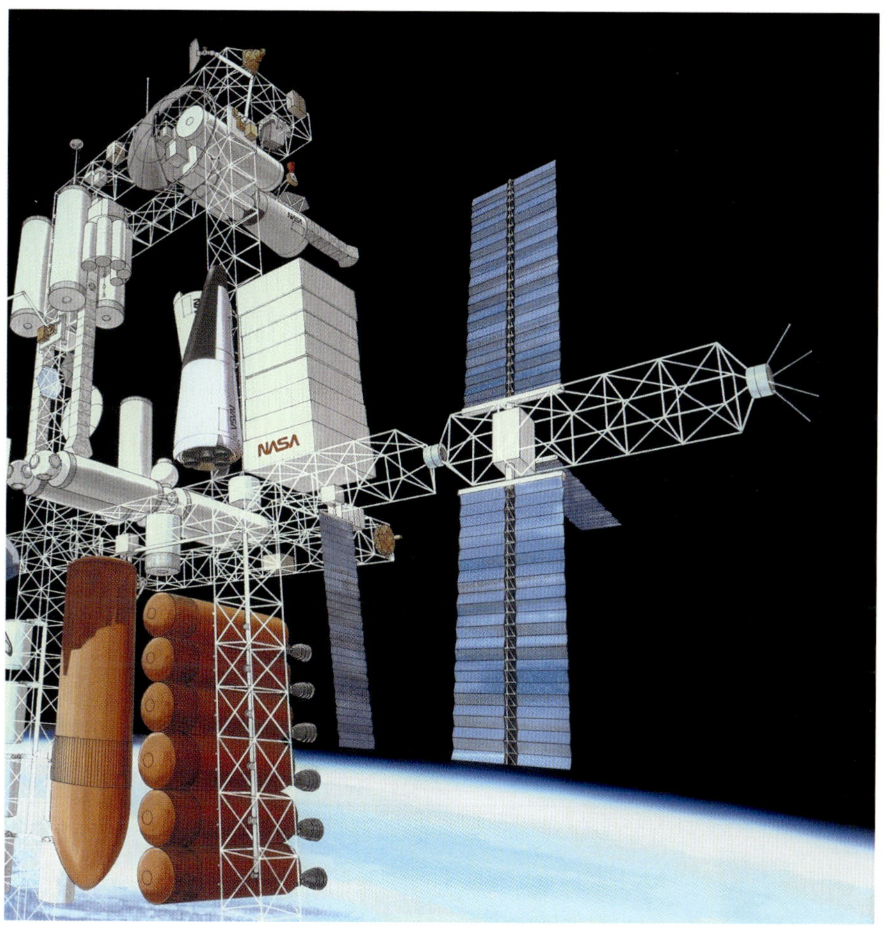

◄ ◄ ◄
Les vaisseaux des missions martiennes sont si gros qu'il faut les assembler en orbite terrestre. On voit, en bas, les gros réservoirs prêts à être montés et, à gauche, une des trois navettes coniques qui déposera les hommes sur Mars.

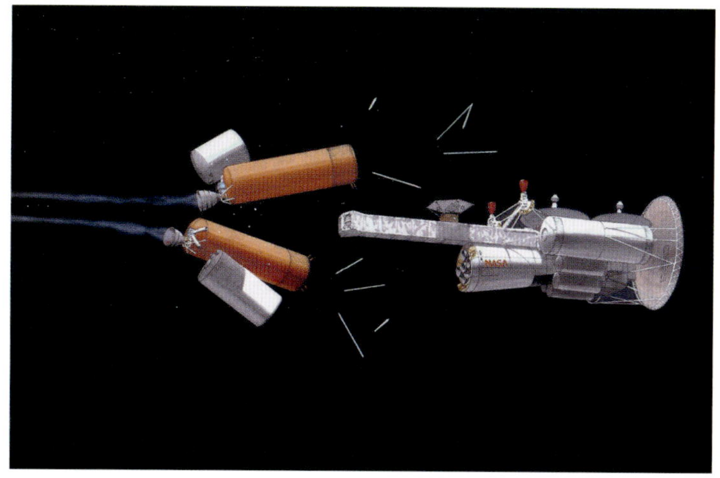

▲ ▲ ▲
Les réservoirs sont éjectés après avoir été vidés : ça y est, les trois vaisseaux commencent leur long voyage de neuf mois.

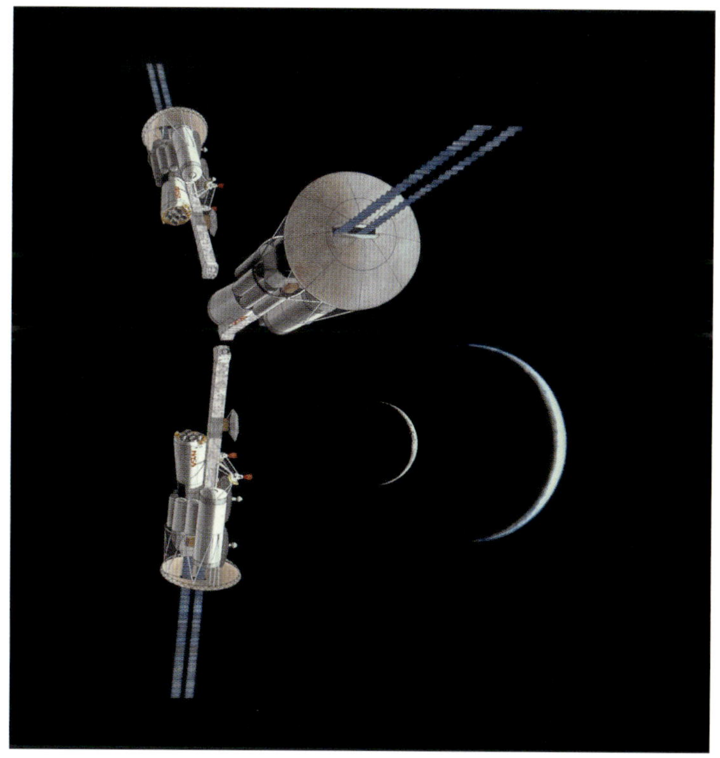

▲ ▲ ▲
Les trois vaisseaux sont réunis et sont mis en rotation lente autour de leur point d'accroche central : la vitesse de rotation va créer à chaque bout un effet de pesanteur artificielle pour permettre aux astronautes de se tenir debout comme sur Terre.

NASA
1
2
3
6

▲ ▲ ▲

Pendant le trajet Terre-Mars, les astronautes vivent en gravité artificielle au bout des vaisseaux et pèsent 38 % de leur poids, comme sur Mars. Ils peuvent se mettre debout, s'asseoir et s'allonger. La vie à bord ressemble à celle dans une station scientifique. Seule différence : le temps de communication est long, car il faut attendre de 10 à 20 minutes pour recevoir un message de la Terre et la réponse prend le même temps. Un astronaute descend l'échelle ❶, car il entre en gravité artificielle. Il va dans un module d'habitation où il trouve : la salle de sports ❷, l'espace de repos ❸, la salle à manger ❹ et la salle d'eau et ses toilettes ❺. Il peut aussi rejoindre le cockpit ❻ de la navette conique qui ira sur Mars. D'autres modules ont des petites cabines individuelles pour dormir.

BIEN CHOISIR OÙ SE POSER

▲ ▲ ▲
Une navette s'est décrochée et entame sa phase d'aérofreinage avec son bouclier thermique.

Les endroits les plus intéressants pour se poser sur Mars sont ceux où l'on pourrait trouver des traces d'une vie passée pour collecter des fossiles de bactéries : une ancienne rivière ou un ancien lac par exemple. Mais l'équipage aura besoin d'eau pour vivre et on choisira en priorité un lieu où la glace d'eau existe juste sous la surface, pour qu'il puisse la récupérer en creusant le sol ou en le réchauffant.

Mais se poser sur Mars n'est pas facile. Si Mars avait une atmosphère épaisse comme celle de la Terre, on freinerait d'abord avec un bouclier thermique (aérofreinage), puis on ouvrirait des parachutes pour se poser. Et si Mars était comme la Lune, on n'utiliserait que des moteurs-fusées pour freiner et atterrir. Mais en haute altitude, l'atmosphère de Mars est encore trop dense et on a besoin de l'aérofreinage, tandis que près de la surface les parachutes sont moins efficaces que sur Terre : le vaisseau n'a pas le temps d'être assez freiné pour se poser et il s'écrase ! Le vaisseau des astronautes aura donc la forme d'une grosse capsule spatiale, mais équipée de moteurs-fusées. Elle va freiner trois fois : d'abord avec un bouclier thermique jusqu'à 7000 mètres d'altitude, puis avec des parachutes dont elle se décroche vers 2000 mètres et, enfin, avec ses moteurs-fusées pour un dernier gros freinage et se poser en douceur.

On peut aussi utiliser une navette spatiale. Après avoir perdu la plus grande partie de sa vitesse par aérofreinage, grâce à sa surface conique recouverte d'un matériau qui protège de la chaleur, elle plane comme un avion jusqu'à 3 kilomètres de la surface. Mais comme il n'y a pas de piste d'atterrissage, dès que sa vitesse est sous Mach 2 (2500 km/h), son pilote la redresse d'abord verticalement, ouvre ensuite ses parachutes pour perdre de la vitesse et allume enfin ses moteurs-fusées à l'arrière pour freiner fortement avant de toucher le sol. Une manœuvre très risquée, mais ça y est : la navette est posée sur Mars !

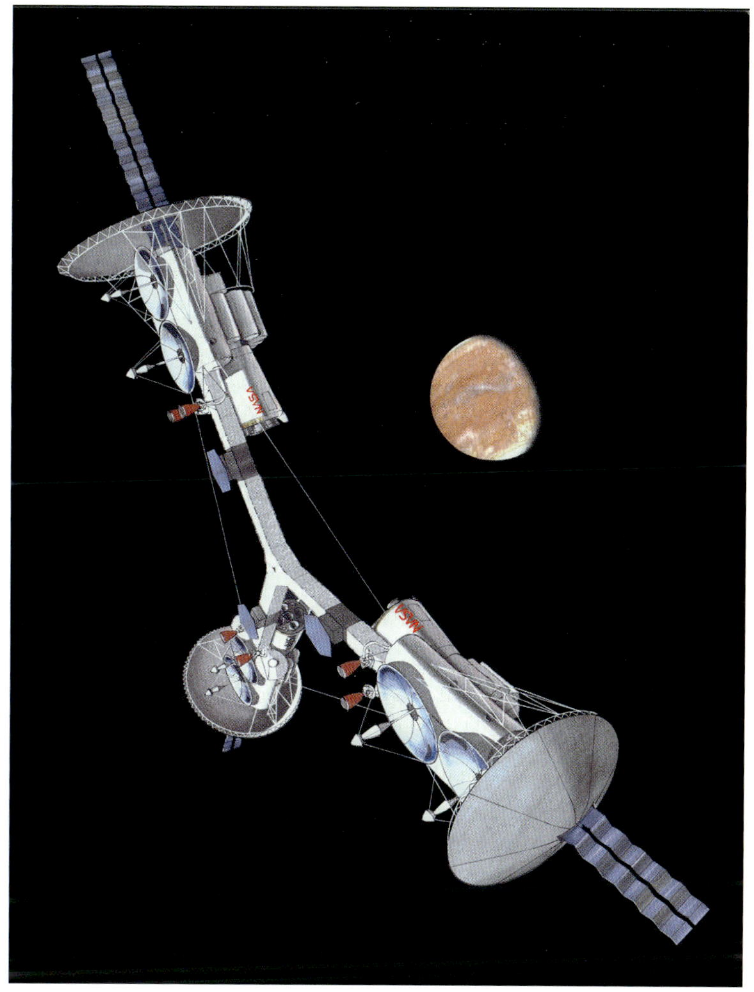

Les trois vaisseaux arrivent près de Mars et vont se mettre sur orbite.

Après avoir ouvert leurs parachutes et diminué leur vitesse,
les navettes allument leurs gros moteurs pour un dernier freinage.

Les astronautes ont atterri sur Mars à côté de vaisseaux-cargos
qui se sont posés automatiquement. Au fond, ils ont couché l'un d'eux
et déchargent sa soute.

S'INSTALLER SUR MARS

▲ ▲ ▲
Après plusieurs années et de nombreuses missions, la base a été agrandie : une centrale solaire thermique a été montée (au fond) et des modules ont été enterrés pour les protéger des radiations solaires.

Une fois posés sur Mars, les astronautes s'installent en se servant de tout ce qu'ils ont apporté depuis la Terre. Ils vident leurs vaisseaux spatiaux de leurs équipements pour les habiter. Car ils ne peuvent pas vivre dehors sans combinaison spatiale. En effet, Mars est un petit monde froid, qui tourne plus loin autour du Soleil que la Terre : à l'équateur, il fait de -80 °C avant le lever du Soleil à +5 °C à 14 heures l'été, et de -95 °C à -55 °C l'hiver ! En outre, l'atmosphère martienne est mortelle pour l'homme car faite principalement de gaz carbonique (CO_2). Et à la surface de Mars, c'est comme si l'on se trouvait à 30 kilomètres d'altitude sur Terre : la pression atmosphérique est si faible que le sang se mettrait à bouillir, entraînant la rupture des organes internes et la mort en quelques minutes ! L'eau ne peut pas non plus rester liquide à l'air libre : elle gèle sous 0 °C et, au-dessus, elle s'évapore directement dans l'atmosphère. Enfin, comme Mars n'a pas une magnétosphère comme la Terre pour la protéger des effets du vent solaire, les radiations à la surface sont dangereuses pour la santé. Les astronautes seront donc obligés d'enterrer leurs modules.

Ils doivent vivre en totale autonomie car ils ne seront pas ravitaillés par la Terre. Au début, ils vont utiliser leurs réserves, mais elles vont vite s'épuiser. Pour respirer, ils doivent alors construire une station de pompage de l'air martien afin d'en extraire l'oxygène. Pour se nourrir, ils assemblent des serres pressurisées qui protègent aussi leurs cultures des rayonnements solaires ultraviolets : sur Mars, ils sont si forts qu'ils détruisent toute forme de vie !

Se procurer de l'eau pour boire et pour arroser les plantes est plus difficile. Ils retraitent déjà les eaux usées, mais ce n'est pas suffisant. Ils peuvent aspirer l'air et récupérer l'eau à l'aide d'un déshumidificateur et, s'ils se sont posés dans une zone où la glace d'eau est présente sous la surface, ils creusent pour la récupérer et, après l'avoir filtrée pour enlever les poussières, ils peuvent l'utiliser et la boire comme de l'eau fraîche !

▸ ▸ ▸
Une navette-cargo en train d'être déchargée. Une fois vidée, la soute est aménagée en habitation.

◂ ◂ ◂
L'intérieur d'une habitation sur Mars. Les astronautes ont maintenant beaucoup plus de place et des espaces individuels pour se reposer.

▸ ▸ ▸

Une première base martienne est assemblée :

❶ le hangar à véhicules qui sert aussi de sas d'entrée et de sortie

❷ les trois habitats recouverts de sol martien pour les protéger des radiations solaires

❸ les centrales électriques photovoltaïques

❹ la station de pompage de l'air martien, de déshumidification de l'air, de séparation des gaz et de compression du monoxyde de carbone et de l'oxygène liquides

❺ le stockage des ergols liquides

❻ les serres de cultures hydroponiques avec leur réservoir d'eau - en effet, les astronautes seront végétariens : il est plus facile d'envoyer des graines depuis la Terre, car cela prend moins de place !

▲ ▲ ▲

Les vaisseaux-cargos ont été vidés et sont maintenant réunis entre eux. La centrale solaire photovoltaïque a été montée.

▲ ▲ ▲

La station de pompage de l'air martien produit l'eau à boire et les ergols nécessaires au retour.

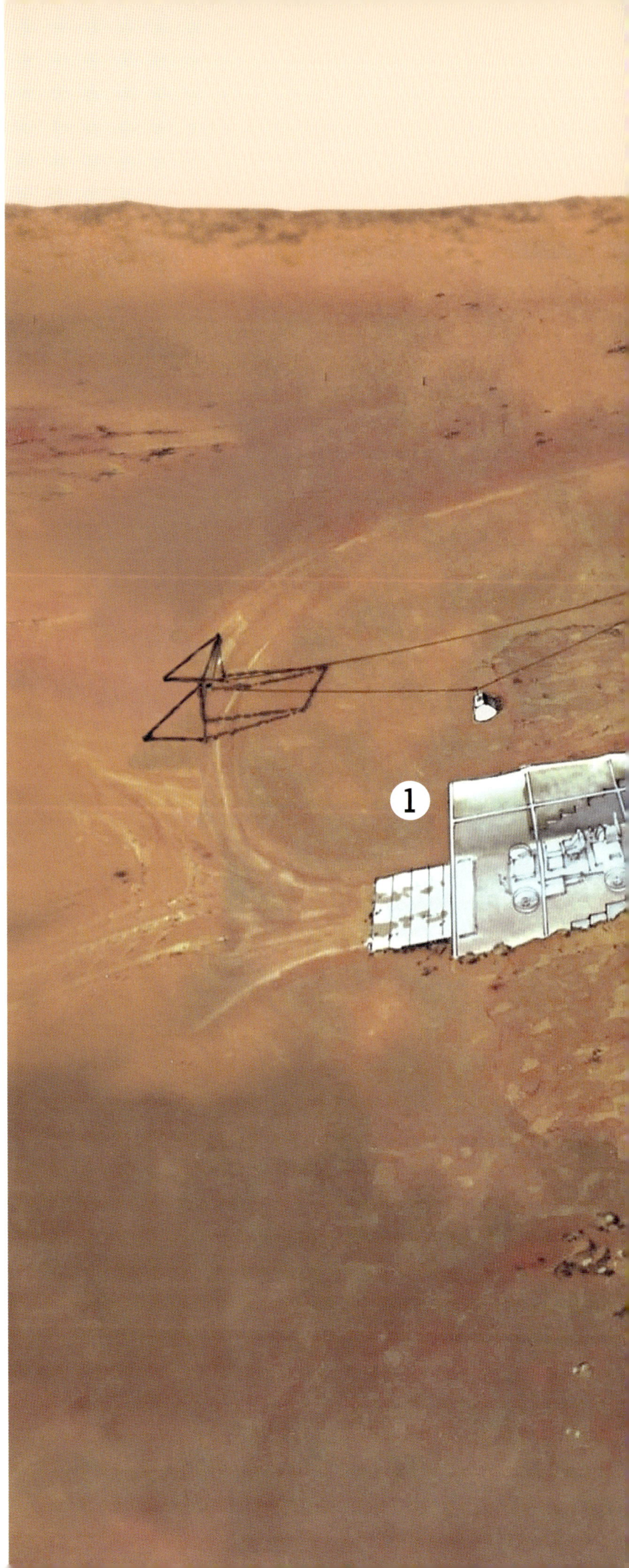

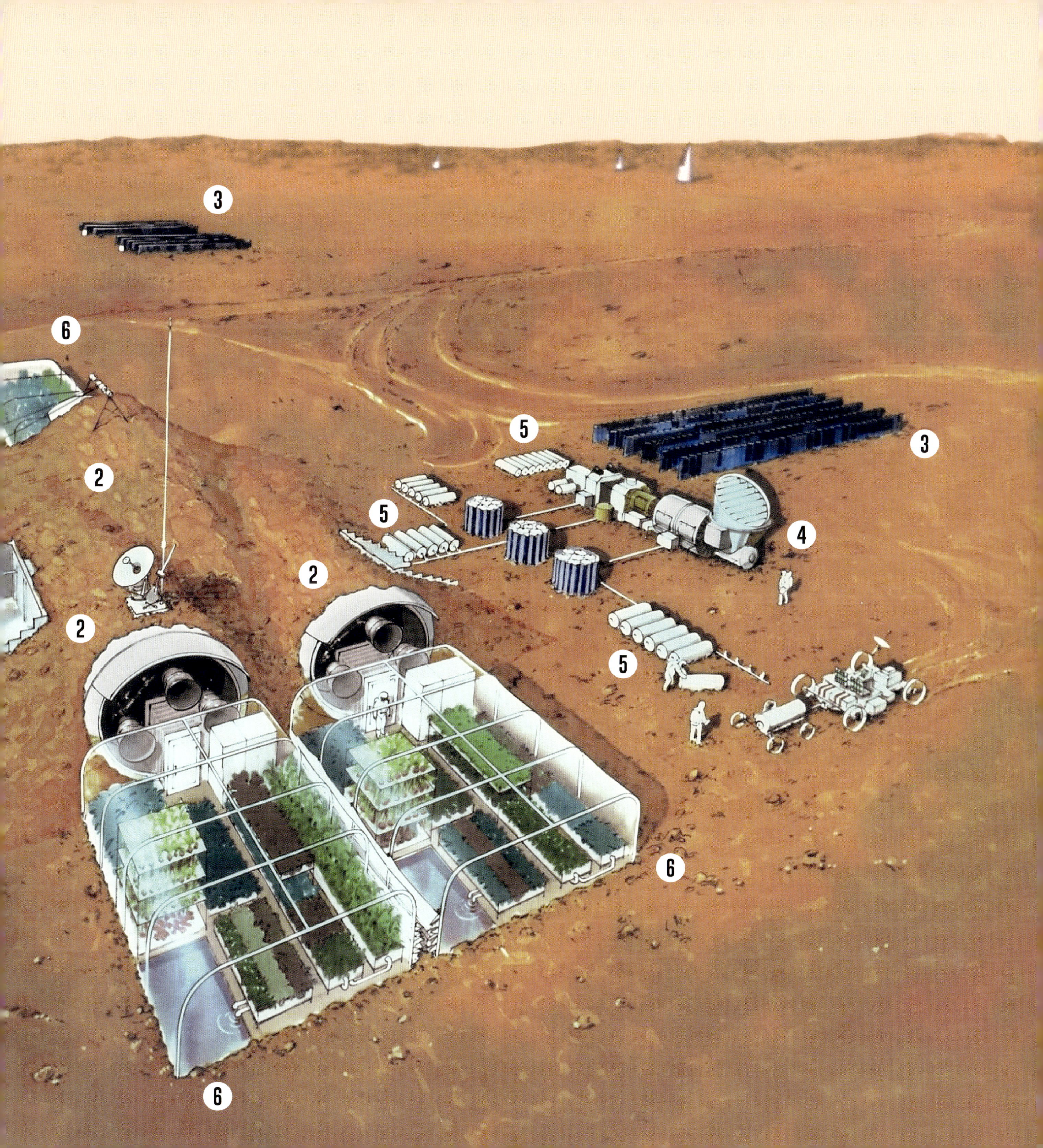
3
6
2
5
3
5
4
2
2
5
6
6

EXPLORER MARS

▲ ▲ ▲
Sortis de leur base, deux astronautes martèlent et examinent les roches à la recherche d'anciennes traces d'une vie martienne. Vont-ils la découvrir ?

Explorer Mars avec un équipage est plus efficace qu'avec des robots. On l'a vérifié sur la Lune : les astronautes de la mission Apollo 15, se dirigeant vers une pierre qui leur semblait intéressante (la « pierre de la Genèse »), ont tout de suite vu que c'était une grande découverte. Ils l'ont photographiée, puis mise dans un sac spécial : l'opération leur a pris cinq minutes ! Un rover télécommandé aurait perdu un mois à repérer cette roche, l'analyser et récupérer des échantillons.

Il en ira de même sur Mars. Les astronautes sont des scientifiques qui vont identifier les roches les plus intéressantes et surtout celles qui peuvent conserver des fossiles d'une ancienne vie martienne, si elle a existé. Ils se serviront aussi de robots, qu'ils piloteront directement à partir de leur base ou grâce à une télécommande qu'ils emporteront pendant leurs sorties. Les robots pourront parcourir une grande distance en éclaireurs pour repérer, et même marquer d'un fanion, les zones et les pierres que les scientifiques recherchent. Ceux-ci arriveront ensuite sur place, vérifieront ce que le robot a repéré et décideront si l'échantillon est intéressant à emporter ou non. Les astronautes devront aussi creuser ou forer en profondeur pour récupérer des échantillons de sol : si la vie a pu exister sur Mars il y a trois milliards d'années, ses traces sont peut-être enfouies sous des mètres de sédiments, d'anciens glaciers et même d'anciennes coulées de lave.

Le succès des recherches en astrobiologie*, avec la découverte d'anciennes traces de vie martienne (des bactéries fossilisées par exemple), serait une découverte majeure dans l'histoire de la conquête spatiale et pour l'humanité !

* Ou « exobiologie » : science où l'on étudie les conditions qui ont permis l'apparition de la vie sur Terre, sur les autres planètes et dans l'univers.

Deux astronautes viennent visiter l'ancienne sonde *Viking 2* qui s'est posée au nord de Mars en 1976. C'est la fin de l'hiver et le sol est encore couvert de gelée blanche.

▲▲▲

Les astronautes contemplent un lever de Soleil au bord des falaises de Noctis Labyrinthus, un ensemble de canyons profonds de 2 000 mètres, situé à l'ouest de Valles Marineris.

PRODUIRE SUR MARS POUR REPARTIR

▲ ▲ ▲
Une navette a décollé : elle largue son 1er étage et continue sa poussée pour rejoindre le grand vaisseau qui l'attend en orbite martienne.

S'ils ont mis 9 mois pour arriver, les astronautes doivent vivre 550 jours sur Mars, en attendant que la Terre soit bien positionnée autour du Soleil pour leur voyage retour d'environ 18 mois.

Pour économiser la masse à envoyer de la Terre, les astronautes doivent fabriquer leurs ergols sur Mars avant de repartir. Le premier projet était d'envoyer une petite usine avec l'équipage pour produire du monoxyde de carbone (CO) comme carburant et de l'oxygène liquide (O_2) comme comburant (voir p. 48, 49 et 50). Pour cela, il faut pomper l'atmosphère, qui est faite à 95 % de dioxyde de carbone (CO_2), séparer les gaz, puis les liquéfier avant de les stocker.

Ce projet reste toujours d'actualité. Mais les ingénieurs veulent maintenant réduire les risques en offrant aux équipages la possibilité de disposer d'un plus grand choix de carburants. Il faudrait ainsi poser sur Mars, là où la glace d'eau (H_2O) est présente juste sous la surface, des vaisseaux automatiques pour produire les ergols deux ans avant l'arrivée des astronautes : un vaisseau-générateur d'énergie nucléaire et un vaisseau-usine. En creusant le sol gelé avec des robots, on pourrait récupérer la glace et en extraire l'oxygène (O_2), mais aussi l'hydrogène (H_2), un carburant au contenu très énergétique. En combinant l'hydrogène avec le carbone (C) extrait de l'atmosphère, on pourrait même produire du méthane (CH_4), un autre carburant. Et si on s'est trompé et qu'on ne trouve pas de glace à faible profondeur, le vaisseau-usine pourra quand même produire du monoxyde de carbone et de l'oxygène liquide comme ergols !

Les astronautes ne décolleront de la Terre que si les deux vaisseaux automatiques ont commencé sur Mars à produire leurs ergols. Mais, une fois sur place, une grosse panne peut toujours arriver : ils devront alors réparer leurs équipements. De vrais héros capables de tout tenter pour réussir !

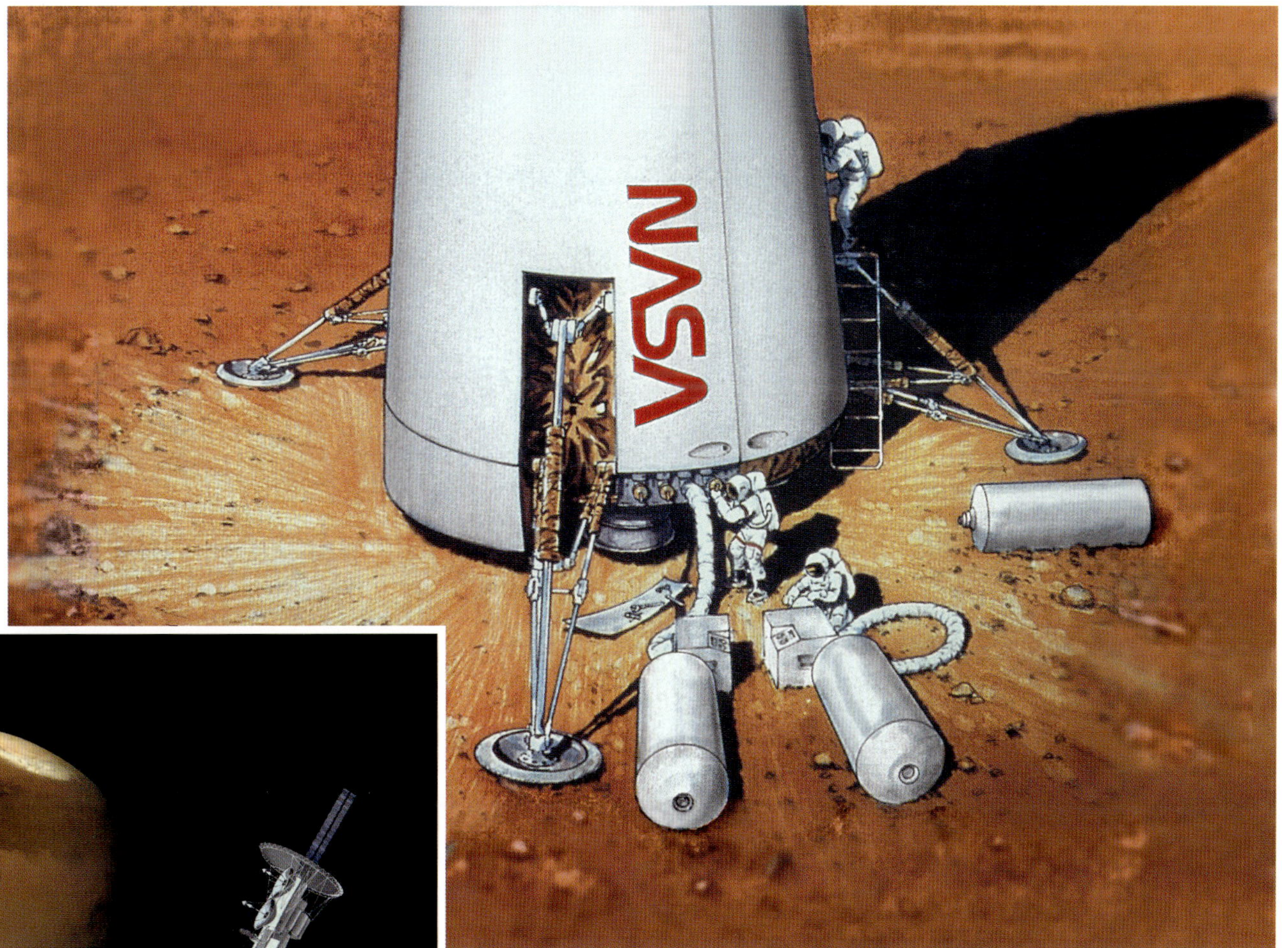

Les ergols stockés sont transférés dans les réservoirs des navettes avant leur décollage.

En survolant Deïmos, l'un des deux petits satellites martiens, les trois vaisseaux commencent leur retour qui va durer 18 mois, car il faut rattraper la Terre qui tourne plus vite que Mars autour du Soleil.

TRANSFORMER MARS, C'EST POSSIBLE ?

▲ ▲ ▲
Transformer Mars en une petite Terre ? Cela restera un beau rêve !

Pour vivre à l'air libre sur Mars et voir l'eau couler à la surface, les ingénieurs rêvent de « terraformer » la planète. Le problème est la pression atmosphérique. Sur Terre, elle est de 1013 millibars (mb*) au niveau des océans. Mais sur Mars, avec 6 mb de pression, il faut porter une combinaison spatiale (voir p. 48).

Sur Terre, on ne peut pas habiter en permanence au-dessus de 5100 mètres d'altitude (530 mb de pression) sans problèmes de santé. Les alpinistes ne peuvent pas rester longtemps au sommet de l'Everest à 8 850 mètres d'altitude (315 mb de pression), car au-dessus de 7 600 mètres (375 mb de pression), ils sont dans la « zone de mort » : sans masque spécial, leur sang ne s'oxygène plus et ils perdent leurs fonctions vitales. Si l'on voulait se déplacer à l'air libre sur Mars, il faudrait que la pression atmosphérique soit au moins de 250 mb, comme si l'on était à 10 300 mètres d'altitude. On ne souffrirait pas trop du manque de pression, mais il faudrait porter un masque à oxygène étanche pour éviter de respirer le CO_2 de l'atmosphère, un gaz mortel pour l'homme.

On sait que les minéraux, les glaces des pôles et le sous-sol de Mars contiennent beaucoup de CO_2. S'il était libéré en totalité, la pression atmosphérique pourrait monter à 360 mb… Mais, sur ces dix derniers millions d'années, la pression moyenne sur Mars n'a jamais dépassé 13,5 mb, même lorsque le climat était plus chaud, le CO_2 reste donc piégé dans le sous-sol. On pourrait l'extraire en creusant des mines géantes et en réchauffant les pôles, mais la majorité du CO_2 serait toujours inaccessible à grande profondeur et on n'arriverait à produire que 15 mb de pression supplémentaire : avec les 6 mb d'aujourd'hui, elle ne pourra jamais dépasser 21 mb. C'est comme si l'on devait vivre sur Terre à 23 000 mètres d'altitude ! Terraformer Mars restera donc un rêve d'ingénieurs et l'homme devra s'installer dans des villes protégées sous des dômes pressurisés.

* Ou hectopascals (hPa).

Un monde, deux environnements. Mars sera pour toujours un monde froid et sec et les colons devront sortir dehors en combinaison spatiale. Mais ils pourront y vivre sous abri.

▼ ▼ ▼

MARS, ET APRÈS ?

▲ ▲ ▲
Un vaisseau habité manœuvre près de Saturne pour rejoindre Titan. Il frôle Encelade, une petite lune glacée dont les geysers au pôle Sud expulsent l'eau de son océan souterrain.

Depuis que l'homme a marché sur la Lune en 1969, les techniques ont beaucoup progressé et les ingénieurs réfléchissent à envoyer des astronautes vers les planètes géantes Jupiter et Saturne avant la fin du XXIe siècle.

Les quatre grandes lunes* de Jupiter sont des destinations intéressantes : Io est très volcanique, Europe est une boule presque lisse avec un océan d'eau liquide caché sous une croûte de glace, Ganymède est la plus grosse lune de notre système solaire, tandis que la surface de Callisto a été bombardée de météorites. Callisto est suffisamment éloignée des champs mortels de radiations de Jupiter : on pourrait s'y poser et y télécommander des robots sur les trois autres lunes. On veut surtout explorer Europe, dont le gros océan caché a peut-être une température et une chimie favorables à la vie.

On peut envisager d'aller plus loin, vers Saturne pour explorer son gros satellite Titan**, presque aussi gros que Ganymède mais avec une atmosphère à 94,2 % d'azote (N_2), 5,6 % de méthane (CH_4, le « gaz naturel ») et quelques hydrocarbures. Elle est plus épaisse que celle de la Terre avec une pression au sol de 1500 mb. Il y fait si froid (-180 °C) que le méthane devient liquide comme l'eau et il en pleut des nuages ! Quant à la glace d'eau, elle est plus dure que la roche. Mais on veut surtout visiter Encelade**, une petite lune glacée qui possède un océan caché. Europe et Encelade sont aujourd'hui les meilleurs endroits pour étudier les origines de la vie extraterrestre. Si elle existe !

* Diamètres : Io (3642 km), Europe (3120 km), Ganymède (5260 km) et Callisto (4820 km).

** Diamètres : Titan (5150 km) et Encelade (510 km). Pour mémoire, la Lune : 3476 km.

▸ ▸ ▸

Europe cache un océan de 60 à 150 kilomètres de profondeur sous une croûte de glace épaisse de 15 à 25 kilomètres : elle se fracture sous les effets de marée dus à la force gravitationnelle de Jupiter.

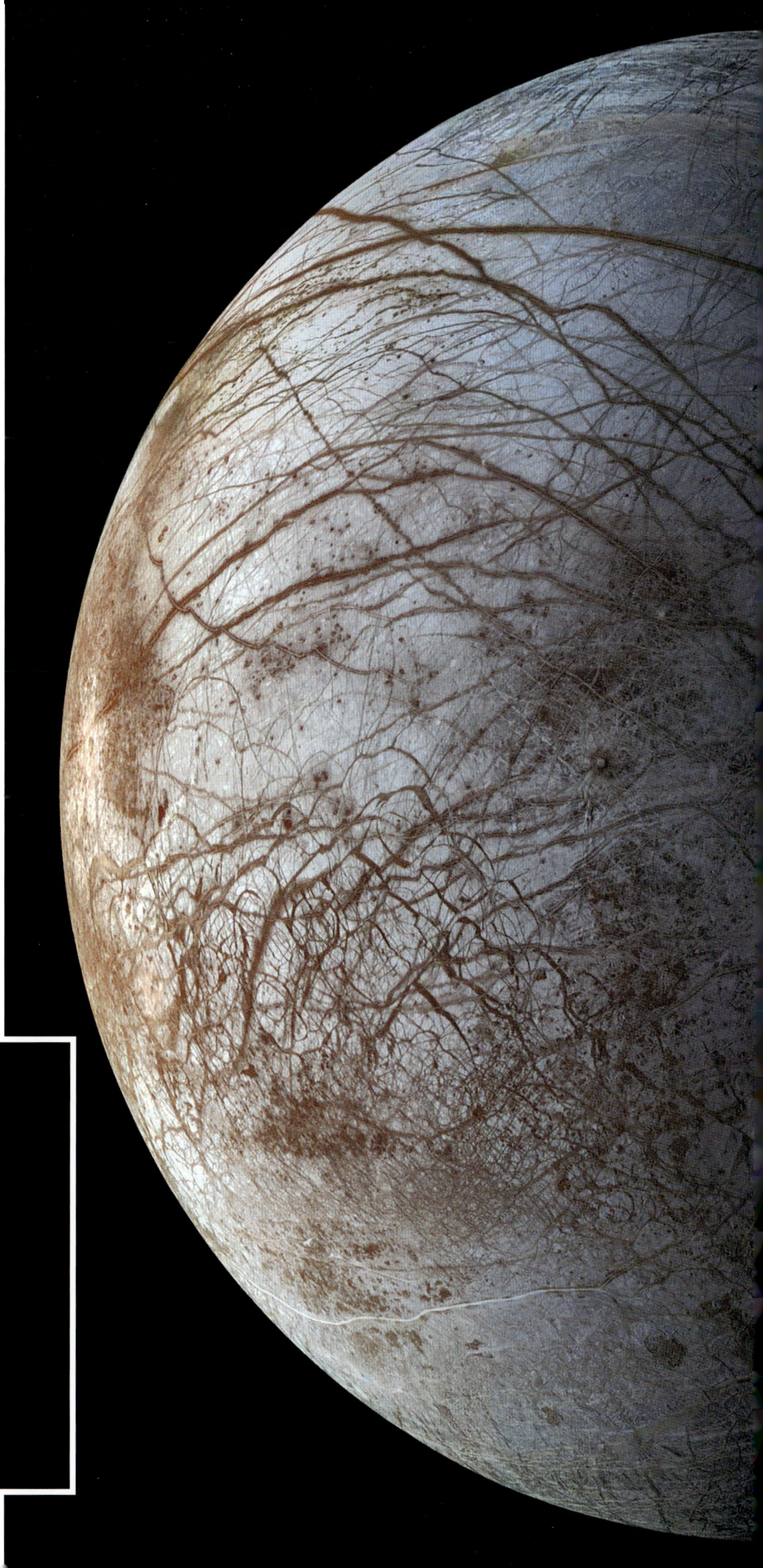

Sous les brumes orange de Titan se cachent aux pôles des océans d'hydrocarbures liquides : ils reflètent la lumière du soleil.

▾ ▾ ▾

Der Kleine Pauly
Lexikon der Antike in 5 Bänden

Der Kleine Pauly

Lexikon der Antike

Auf der Grundlage von
Pauly's Realencyclopädie
der classischen Altertumswissenschaft
unter Mitwirkung zahlreicher Fachgelehrter
bearbeitet und herausgegeben von
Konrat Ziegler
und
Walther Sontheimer

Band 2

Dicta Catonis – Iuno

Deutscher Taschenbuch Verlag

März 1979
Deutscher Taschenbuch Verlag GmbH & Co. KG,
München

Umschlaggestaltung: Celestino Piatti
Gesamtherstellung: C. H. Beck'sche Buchdruckerei,
Nördlingen
Printed in Germany · ISBN 3-423-05963-X

gaben sind bezeugt Liv. 8,16,12 *dictatorem . . . ex senatus consulto comitiorum habendorum causa dixerunt*. 7,3,4 *senatus dictatorum clavi figendi causa dici iussit* u.a. In der urspr. Gestalt ist das Amt seit 202 v. Chr. nicht mehr bezeugt. Sulla benützte es erstmals wieder als verfassungsmäßiges Instrument für eine Neuordnung des verfallenden Staates. Caesar schließlich versuchte es zur Grundlage einer monarch. Staatsordnung zu machen, womit jedoch die urspr. Struktur der Diktatur wesentlich verändert wurde.

2. Mit der Frage der Herkunft der Diktatur hängt die sogenannte »latinische Diktatur« eng zusammen, die in ehemals latin. Munizipien auftritt und als »modifizierte Fortsetzung des Königtums« verstanden wird. Rudolph 15ff. hat jedoch wahrscheinlich gemacht, daß es sich dabei um eine von Rom geschaffene Magistratur handelt, die urspr. auf sakrale Funktionen beschränkt war. W. W.

Rudolph Stadt und Staat im röm. Italien, 1935, 7ff. *Siber* Röm. Verfassungsr., 1952, 103ff. *Cohen* Mnem., 4, 10, 1957, 300ff.

Dictinius. Bischof von Astorga. Zeitweise Priscillianist (Pr.), kehrt er zur Großkirche zurück und wird auf dem Conc. Toletanum (400) erneut anerkannt, später auch von Innocenz I. (epist. 3,1 ff.) gegen baëtische Kleriker verteidigt. Die pr. Traktate des D., von ihm selber in Toledo verworfen, wirken freilich lange nach; noch das Conc. Bracarense 563 [561? vgl. 2] hat Anlaß zu ihrer Verdammung (c. 17). Von Verherrlichung der religiösen Notlüge in der (verlorenen) Libra des D. und pr. Nützlichkeitsmoral *(iura, periura, secretum prodere noli)* berichtet Aug. c. mendacium 5ff. J. Wi.

1. *E. Florez*, España Sagrada 6, 1859, 100ff. 2. *P. B. Gams* Die KG. von Spanien, II/1, 1864, 392ff. 3. *F. Lezius* Die Libra des D., in: Abh. A. v. Oettingen gewidmet, 1898, 113ff. 4. *M. Pelayo* Hist. de los heterodoxos españoles, 2, 1917, 108ff. 5. *Bardenhewer* GAL 3,413. 6. DHGE s.v. (Lit.).

Dictio dotis. Mündliche, in einseitiger Form erteilte Zusage einer Mitgift (z.B. *doti filiae meae tibi erunt centum*). Bei Plautus (Aul. 225f.; Trin. 1161f.) begegnet sie mit dem Verlöbnis verbunden, so daß die Vermutung naheliegt, sie sei als *lex sponsalibus dicta* entstanden. Die Klassiker fassen sie trotz ihrer Einseitigkeit als *pactum* auf. Sie steht nur dem *pater familias* der Frau, ihr selbst und dem von ihr delegierten Schuldner zu. Theodosius II. schaffte sie 428 ab, als er formlose Mitgiftversprechen zuließ (Cod. Iust. 5,11,6). Th. M.-M.

A. Berger Journ. of Juristic Papyrology 1, 1945, 13ff. *D. Daube*, Juridical Review 51, 1939, 11ff. *M. Kaser*, Stud. Doc. Hist. Iur. 17, 1951, 169ff.

Didache. 1883 veröffentlichte Bryennios von Nikomedien aus einer griech. Hs. des J. 1056 eine bisher als Ganzes unbekannte frühchristliche Schrift, deren vollständiger Titel *διδαχὴ κυρίου διὰ τῶν ιβ' ἀποστόλων τοῖς ἔθνεσιν* lautete. Wie

Frg. in lat., kopt., syr., arab. und georg. Sprache, mannigfache Bearbeitungen (z.B. in der Apostolischen Kirchenordnung und in den Apostolischen Constitutionen 7,1–32) und Verweise bei den Kirchenvätern beweisen, war die D. weit verbreitet und von beträchtlichem Einfluß. Altertümliche Züge – es wird von umherziehenden Charismatikern geredet, es herrscht noch eine eschatologische Spannung, Jesus wird Knecht Gottes (Jes. 53) genannt – sprechen für ein hohes Alter der Schrift (1. Hälfte des 2. Jh.), die wohl in Syrien entstanden ist. Der 1. Teil (Cap. 1–6) enthält einen durch Herrnworte bereicherten, aber nur leicht christianisierten jüd. Proselytenkatechismus, der sittliche Gebote und Verbote nach dem Schema der »2 Wege« (Der Weg zum Leben und der Weg zum Tod, vgl. Barnabas 18–20) anordnete. Der 2. Teil (Cap. 7–16) bietet die nach den Pastoralbriefen älteste uns bekannte Kirchenordnung (7 – 10 Taufe und Eucharistie, 11–16 kirchenrechtliche Bestimmungen über die Ämter), die mit eschatologischen Ausblicken (16,1 ff.) endet. Für die Gesch. der ältesten Kirchenordnung und des frühen Kultus ist die D. ungemein wertvoll. In der Kirche war der Moralismus der Synagoge und ein naiver Vergeltungsglaube eingezogen. Das »Nicht mehr und doch schon« der urchristlichen Gemeinde war vergessen. Kl. W.

Ausg. *K. Bihlmeyer* Die apost. Väter I (SQS II,1), 1956² (Lit.). *R. Knopf* Die Lehre der 12 Apostel HNT Erg.-Bd. 1920, 1–40. *Bardenhewer*, GAL 1,90ff. *Altaner* 37ff. (Lit.). *Quasten* I (Lit.).

Didaktische Poesie. Im Altertum nicht streng vom Epos geschieden.

a) Griechenland: Hesiods »Werke und Tage« und seine »Theogonie« bezeichnen 2 Typen d. P.: einerseits praktische Lebensbewältigung durch Erfahrungswissen und andererseits theoretische Seinserfassung (hier durch genealog. Reihung). Das genealog. Prinzip beherrscht auch die Eoien, während die verlorenen Sententiae Chironis und »astronomischen« Dichtungen mehr der Art der Erga nahestehen; als eth. Didaktiker ist Phokylides von Milet zu nennen (die spätere Entwicklung – Elegie und Diatribe – bleibt hier außer Betracht). Existentielle Ergriffenheit treibt die frühen Denker (Parmenides, Empedokles) zur dichter. Form, die nicht äußerliche Einkleidung, sondern innerlich notwendige Gestalt ist. Mit dem Übergang zur (anschauungsärmeren) Prosa in der Philosophie verschwindet die genuine d. P. im 5. Jh. (doch schlägt auch in anderen Gattungen das didakt. Element natürlich vielfach durch, was hier jedoch nur erwähnt werden kann). Seit dem E. des 4. Jh. lebt die d. P. in gelehrter Form wieder auf: Menekrates von Ephesos: Erga und Melissurgika; Aratos von Soloi: Phainomena; Nikander von Kolophon: Theriaka und Alexipharmaka. Später Alexandros von Ephesos (1. Jh. v. Chr.): Phainomena und Chorographie; Heliodoros von Athen (1. Jh.

D

FORTSETZUNG

Dicta Catonis. Handbüchlein der Vulgärethik in Versen, entstanden im 3. Jh. n. Chr. (vgl. CEpigr. 1988, 51; [1], LXXIII), spätestens E. 4. Jh. allgemein bekannt. Den Text, dem die Lebensarbeit des holländischen Philologen M. Boas galt ([1], LXXX ff.), überliefert 1. die Vulgatfassung *Ψ* (oder V; 306 vv.), 2. die vollständigere (331 vv.), aber durch Interpolationen und Umstellungen verdorbene Fassung *Φ*; der ant. Ursprung der barberinischen Rezension ([1], XXXVI ff.) erscheint zweifelhaft. Titel von *Ψ* urspr. »*Marci Catonis ad filium libri*«, von *Φ* (= Cod. Veron. Cap. 163) »*Dicta Marci Catonis ad filium suum*« ([1], LXV ff. [2], 30 ff.), seit Erasmus (Ed. Löwen [2]1517) »*Catonis Disticha*«. »*Dionysius Cato*«, eine Fälschung von S. Bosius, hielt sich infolge von J. Scaligers Ausgabe (Leiden 1598) bis ins 19. Jh. ([2], 40 f.). – Inhalt: a) Einleitungsepistel in Prosa, b) 57 pros. »*breves sententiae*«, c) 4 B. ethischer Anweisungen in je 2 Hexametern, B. 2–4 mit metr. praefationes, die nach Boas ([2], 26 f.) wie die b.s. interpoliert sind. Eine sachliche Gliederung ist nicht nachweisbar. Das Politische tritt gegenüber dem Privaten zurück: man wird gemahnt, maßzuhalten (II,6), im Unglück nicht zu verzagen (II,25), die Freuden der Gegenwart zu genießen etc.; I,26. II,18 u.a. sind ausgesprochen opportunistisch. So erübrigt sich die Frage nach der weltanschaulichen Bindung des Versifikators. Manche Gedanken stammen von Seneca, prägnante Formulierungen etwa von Horaz oder Seneca (vgl. [1], App.). – Nachleben: Als Schulbuch gelangten die D. im MA zu breitester Wirkung (vgl. Schanz-Hos. 3, [3]1922, 37 ff.): Zitate ([1], LXXII ff. und App.), Kommentare (z. B. von Remigius von Auxerre), Umdichtungen, Fortsetzungen und Übertragungen in fast alle europäischen Nationalsprachen zeigen die allgemeine Gültigkeit sittlicher Mindestforderungen.

Die sog. Monosticha (FPR 3,236 ff.): 77 Hexameter (in 2 Rezensionen, vgl. [4], 614; zum Titel [3], 44 ff. [4], 608, A. 2) mit knapp formulierten Lebensweisheiten. Einen t.a. bietet Alcuin, spätant. Ursprung ist also wahrscheinlich. Die von den D. fast stets getrennte Überlieferung ([1], LXIII) sowie die Anonymität der Sammlung sprechen gegen Boas' Annahme einer Urfassung der D., aus der auch die M. entwickelt worden seien. P. L. Sch.

1. Disticha Catonis, ed. *M. Boas* 1952. 2. *Ders.* Die Epistola Catonis, Verh. Ak. Wet. Amst., Lett. N. R. 33, 1934, 1. 3. *Ders.* Alcuin und Cato, 1937. 4. *Ders.* RhM 1917/18, 594 ff. 5. *L. Bieler* Lustrum 2, 1957, 226 ff.

Dictamnus. *Δίκταμνος* oder *δίκταμνον* b Aristot., Theophr. 9,16, Diosk. 3,34, *dictamnus* b Verg., Plin. u. a., neugr. *δίκταμνο, στοματόχορτ σ σαθῶρι*, ist nicht die Rutacee Dictamnus albu L. = fraxinella Pers. (Diptam oder Diptamnus schon im 13. Jh., neugr. *ῥακοβότανο*), sondern die auf Kreta heimische, seit der Antike in Südeuropa oft als Heil- und Zierpflanze gezogene Labiate Amaracus (→ Amarakos) dictamnus (L.) Benth. (= Origanum dict. L.), ein Halbstrauch mit rundlichen, dicht grauhaarigen Blättern, der bes. gegen Frauenleiden empfohlen wurde und daher besonders der Artemis Eileithyia und der Hekate geweiht war. H. G.

Dictator. Griech. Entsprechungen: *αὐτοκράτωρ στρατηγός, δικτάτωρ*, später *μόναρχος* (z. B. Plut. Cam. 18,5: *εἵλοντο πολλάκις μονάρχους, οὓς Δικτάτορας καλοῦσιν*). 1. In Rom außerordentlicher Magistrat mit Imperium, der bis etwa 200 v. Chr. bei Staatsnotstand auf Vorschlag des Senats von einem Konsul für höchstens 6 Monate ernannt wurde (Cic. leg. 3,9. Pompon. Dig. 1,2,2,18. Liv. 4,17,8. 4,26,8 u. a.). Wegen der unzuverlässigen Überlieferung sind die Einzelheiten über die Entstehung und das Wesen der Diktatur umstritten. Die urspr. Bezeichnung des Amtes war *magister populi* (Cic. rep. 1,63: *nam dictator quidem ab eo appellatur, quia dicitur, sed in nostris libris vides eum, Laeli, magistrum populi appellari;* leg. 3,9.10; fin. 3,75. Varro l.l. 5,82. 6,61. Fest. p. 216,11 ff. L.: *Optima lex . . . in magistro populi faciundo, qui vulgo dictator appellatur.* Isid. orig. 9,3,11 nimmt irrtümlich die umgekehrte Entwicklung an). Das Korrelat zum *magister populi* ist der *magister equitum* (Befehlshaber der Reiterei, vom d. bestellter, ihm untergeordneter Kollege im Amt), dessen Amtsbezeichnung sich länger erhalten hat. Die terminolog. Entwicklung läßt Zweifel am Alter, jedenfalls aber an der Fassung der bei Liv. 2,18,5 erwähnten *lex . . . de dictatore creando . . .* zu. Cic. rep. 2,56 bezeichnet das Imperium des d. als *proximum similitudini regiae.* Urspr. hatte der d. zweifellos ein unumschränktes Imperium, doch war sein Amt vorwiegend militär. Natur. Die seit dem 4. Jh. v. Chr. auftretenden Kompetenzbeschränkungen des d. auf gewisse Aufgaben, bes. bei Abwesenheit der Konsuln, wird mit dem Verfall des Amtes zusammenhängen. Als Sonderauf-

v. oder n.Chr.): Apolytika; Ἰταλικὰ θεάματα (Ἰατρικὰ θαύματα?); Andromachos von Kreta (unter Nero): Antidoton (in eleg. Versen); Markellos von Side (unter Marc Aurel): Iatrika; »Manetho« (4. Jh. n. Chr.): Apotelesmata; Dionysios Periegetes (unter Hadrian): Οἰκουμένης περιήγησις; Oppian (unter Marc Aurel) Halieutika und Ps.-Oppian (unter Caracalla): Kynegetika. Die letzteren Dichtungen erstreben durch ep. Stilisierung Lesbarkeit und dienen der Unterhaltung, das Werk des Dionysios ist hingegen ein Schulbuch, das in memorierbarer Form Sachwissen vermittelt.

b) Rom. Über die frühesten röm. Lehrdichtungen wissen wir wenig (Ennius' Hedyphagetica; Accius' Didascalica, vgl. die Literaturkritik bei Porcius Licinus, Volcacius Sedigitus und Ciceros Freund Q. Valerius Soranus; auch bei Lucilius und noch bei Horaz ist die Berührung von Didaktik und Satire spürbar). Jedenfalls steht an der Wiege der röm. Lehrdichtung zunächst die hellenist. Poesie (vgl. die zahlreichen Nachbildungen von Arats Phainomena – Cicero, Germanicus, Avienus u.a. – und anderer hellenist. Vorbilder: so in Varros Chorographia und des Aemilius Macer Theriaka und Ornithogonia). Die Gipfel röm. d.P. überragen jedoch Hellenistisches weit: tiefe Ergriffenheit vom Gegenstand und bewußter Anschluß an Frühgriechisches (Lucrez/Empedokles, Vergil/Hesiod) machen Lehrdichtung im Römischen zu Weltdichtung von vorsokrat. Anspruch: Lucrez durchdringt die epikur. Philosophie mit dem Feuer seiner persönlichen Überzeugung, Vergil gestaltet aus den Lehren vom Landbau ein umfassendes Bild Roms, der Welt und des Menschenlebens. Esoter. Spezialisierung ist überwunden. Die menschl. und künstler. Grundlagen solcher Leistung macht Horazens Ars poetica sichtbar, in ihrer reifen *humanitas* den Georgica ebenbürtig. Ovids erot.-eleg. Lehrdichtungen spielen in anderer Weise – durch Parodie – das Genos ins Allgemein-Menschliche hinüber; im Alter scheint er sich der hellenist. Tradition wieder zugewandt zu haben, sofern die Halieutica echt sind. Etwa zur selben Zeit schreibt Grattius seine Cynegetica und Manilius seine Astronomica, letzterer wiederum in eigenster Verwirklichung von »Weltdichtung«, trotz des spröden Stoffes. Columella kleidet seine Lehren über den Gartenbau (B.10) in Hexameter; im 1.Jh. n.Chr. entsteht die pseudovergil. Aetna, im 3.Jh. Nemesians Cynegetica. Über Laute, Silben und Metren schreibt Terentianus Maurus (2.Jh.) in virtuoser Beherrschung der verschiedensten Maße; Q.Serenus dichtet über Medizin; Avienus (2. Hälfte des 4.Jh.) verfaßt sein Werk De ora maritima in Jamben und bearbeitet den Arat und den Periegeten Dionysios, dem sich im 6.Jh. Priscian noch einmal zuwendet. M. v. A.

Didaskalia. Die D., d.h. »die katholische Lehre der 12 Apostel und heiligen Schüler unseres Erlösers« ist ein im 3.Jh., wohl in Syrien, entstandenes Werk kirchenrechtlichen Inhalts, in dem in der Form paränetischer Predigten Vorschriften für die kirchliche Disziplin (Wiederaufnahme von Sündern, Stellung der Christen zum jüd. Gesetz) und das Leben der Kirche (Taufe, Gottesdienst, Ämter) gemacht werden. Außer Bibelstellen benützt die D. auch die Didache und andere Apokryphen für ihre Ermahnungen. Der griech. Urtext der D. ist verloren, doch besitzen wir eine vollständige, wohl leicht überarbeitete syr. Übersetzung (ed. DE LAGARDE D. Apost. syriace, 1854) und Teile in lat. Übersetzung (F.X. FUNK D. et Constitutiones Apostolorum I, 1905). Kl. W.

Altaner (Lit.). *Quasten* II 147ff. (Lit.).

Didaskaliai. Διδασκαλία heißt allgemein »Lehre, Unterricht« (Belege seit Pind.P. 4,102), dann spezieller das Einstudieren eines Chores (Belege seit Simon.147,5, Plat.Gorg. 501e); der Plural literarhist. konkret: Listen von Daten über Theateraufführungen (Chordarbietungen, Tragödien, Komödien): Titel, Dichter, Jahr, Fest, Choregen, Schauspieler, Erfolg (sicher schon seit es Aufzeichnungen in den Archiven der spielleitenden Behörden gab). Am besten informiert sind wir über das athen. Material. 1. Die Daten wurden im Archiv der spielleitenden Behörde aufbewahrt. 2. → Aristoteles sammelte dieses Material in seinen Werken Διδασκαλίαι. Νῖκαι Διονυσιακαὶ ἀστικαὶ καὶ Ληναικαί. 3. Auf Aristoteles fußen alle Dokumente und setzen ihn fort. Ihm verdanken wir also alle überlieferten Nachrichten, vor allem: a) IG II^2 2318, gewöhnlich als Fasti bezeichnet. Dieses Verzeichnis enthielt: 1. Name des Archons; 2. Phyle, die mit dem Knabenchor siegte, Name des Choregen; 3. Ebenso für Männerchor; 4. Siegreicher Chorege und Dichter in Tragödie; 5. seit 449 siegreicher trag. Schauspieler. b) IG II^2 2319–2323, gewöhnlich Διδασκαλίαι genannt: 1. Tragödien an Dionysien; 2. Komödien an Dionysien; 3. Komödien an Lenäen; 4. Tragödien an Lenäen; in jeder Kategorie verzeichnet Name des Archon, Namen der Dichter und ihrer Stücke samt den jeweiligen Protagonisten in der Reihenfolge des Erfolges; jede Kategorie schloß mit dem Namen des siegreichen Schauspielers. c) IG II^2 2325 Listen siegreicher trag. Dichter, trag. Schauspieler, kom. Dichter, kom. Schauspieler an Dionysien und Lenäen in der Reihenfolge der 1. Sieger an dem betr. Fest unter Beifügung der Gesamtzahl der Siege an diesem Fest. d) IG II^2 3073; e) IG XIV 1097.1098: Listen von kom. Dichtern, deren Stücke nach dem erreichten Erfolg gruppiert sind. f) Hesp.7, 1938, 116f. g) Marmor Parium. h) didaskal. Angaben der → Hypotheseis in den Handschriften. i) didaskal. Angaben der Scholien. j) didaskal. Angaben im Lexikon der → Suda.

Viel weniger reich ist unser Material für Wettkämpfe außerhalb Athens:

Attika: Ländliche Dionysien: IG II^2 1008.

1210.1214. Piräus, Dionysien: Demosth. 21,10; Ail. var. 2,13. Salamis: IG II^2 1011,58. Eleusis: IG II^2 1235. Ikaria: IG II 5,1281 b; IG II^2 1178. 1210.1214.1282b.1285b. Delos: Dionysia und Apollonia IG XI 2,105–133. Kos: Inscr. Kos 45. Magnesia: Romaia Inscr. Magn. 88. Ptolemais (Aegypten): OG I 51. Delphi: Soteria GD I 2563–2566; Syll.^{3} 424.509. IG V 2,118. GD I 2569 = Syll.^{3} 690. Orchomenos: Charitesia IG VII 3197. IG VII 3195. Homoloia IG VII 3196. Tanagra: Serapieia IG VII 540. Oropos: Amphiaraia IG VII 416.420. Akraiphia: Soteria IG VII 2727. Thespiai Museia IG VII 1760. Theben: IG VII 1773. Angaben für Aufführungen röm. Dramen: für Plautus zum Stichus und Pseudolus; für Terenz in den Hss., in den dem Donat zugeschriebenen praefationes. F. St.

Reisch, RE V 394. *K. Schneider*, RE III A 492. *A. Pickard-Cambridge* The Dramatic Festivals of Athens, Oxf. 1953, 69ff. 110ff.

Didius. Röm. pleb. Gentilname (auf Mz. und Inschr. auch *Deidius*, vgl. SCHULZE Eigennamen 438). Namensträger sind seit dem 2. Jh. v. Chr. hervorgetreten. Cognomina fehlen, vgl. RE IV 226.

I. Republikanische Zeit: **1.** (T.?) D. veranlaßte vermutlich als tr. pl. im J. 143 (BROUGHTON Mag. 1,472) eine lex Didia sumptuaria zur Ergänzung der 18 J. zuvor erlassenen lex Fannia sumptuaria. Macrob. Sat. 3,17,6. **2.** C. D. war 46 und 45 als legatus Caesars Flottenkommandeur, schlug 46 die Pompeianer bei Carteia, verfolgte nach der Schlacht bei Munda 45 den Cn. Pompeius und rieb dessen Flotte auf (wobei dieser ums Leben kam). Während einer Instandsetzungspause für seine Schiffe geriet er in eine Falle und wurde von Lusitanern und Pompeianern getötet. Bell. Hisp. 37, 2f. 39,3. 40,1–6. M. GELZER Caesar^6 271 f. **3.** Q. D. ging unmittelbar nach der Schlacht bei Actium als Statthalter Octavians nach Syrien (Titel nicht erhalten, BROUGHTON Mag. 2,421), wo er in diesem und im folgenden J. die noch vorhandenen Kräfte des Antonius – auch dessen Flotte im Roten Meer – in geschickter Weise ausschaltete. Cass. Dio 51,7. **4.** T. D., bedeutendster Namensträger in der röm. Republik, begründete das Ansehen der Familie; Sohn eines T., Enkel eines Sex. Zunächst war er wohl Münzmeister (Datierung nach SYD. LX 73 jetzt ca. 105–104, vgl. BROUGHTON Mag. 2, 438). tr. pl. 103, Praetor ca. 101, Statthalter in Macedonia (100–99?), wobei er die thrak. Skordisker besiegte und seinen 1. Triumph errang. 98 war er zusammen mit Q. Caecilius Metellus Nepos Consul (leges Caeciliae Didiae, vgl. RE XII 2337) und ging im gleichen J. nach Spanien, wo er sich auch als Proconsul von 97–93 aufhielt und mit List und Grausamkeit einen Krieg gegen die Keltiberer führte (Einnahme von Termessos und Kolenda); einer seiner Kriegstribunen war Q. Sertorius. 93 kehrte er nach Rom zurück und triumphierte *ex Hispania de Celtibereis* (Act. triumph.). Im → Bundesgenossenkrieg kämpfte er 90 und 89 als Consularlegat auf dem s. Kriegsschauplatz, nahm 89 Herculaneum und fiel am 11. Juni 89 – vielleicht bei der Belagerung von Nola oder Pompeii. – Sein Name mit dem Zusatz *imp(erator)* erscheint auf Münzen des P. Fonteius Capito (RE VI 2845 Nr. 13, BROUGHTON Mag. 2,440; h. auf ca. 61 datiert). – Quellen bei A. SCHULTEN Fontes Hispaniae antiquae 4, 1937, 150ff. vgl. W. SCHUR D. Zeitalter des Marius und Sulla, 1942, 117f.

H. G. G.

II. Kaiserzeit. **1.** A. D. Gallus. Nach CIL III 7247 (12278), verbessert von J. H. OLIVER, Hesp. 10, 1941, 240 Nr. 40, war er vor 36 Statthalter von Sizilien; XVvir sacr. fac., cos. suff. 36 nach A. DEGRI XIII 1 p. 219. L. VIDMAN Fast. Ost. p. 14.39. Von 38–49 curator aquarum, Frontin. aq. 102. CIL VI 31559 a–c. Im J. 43 begleitete er Claudius als comes und legatus bei seinem Zug nach Britannien, AE 1947, 76. 1949, 11. Im J. 44/45 legatus Aug. pr. pr. Moesiae (A. STEIN Legat. Moes. 25f.) und setzte als solcher im bosporan. Reich statt Mithridates den Cotys als König ein, Tac. ann. 12, 15,1; er erhielt die *ornamenta triumphalia*, CIL III 7247. Zwischen 49/52 procos. Asiae, ebd.; ca. 52 bis 58 legat. Aug. pr. pr. Britanniae, Tac. ann. 12, 40,1. 14,29,1. Agr. 14,3. **2.** A. D. Gallus Fabricius Veiento, s. Fabricius. **3.** L. D. Marinus. Inhaber zahlreicher Prokuratien an der Wende des 2./3. Jh. CIL III 6753. AE 1911, 4.5. Forsch. Ephes. 3 p. 137f. AE 1933, 282, s. H. G. PFLAUM Carrièr. proc. eq. 2,765–769. **4.** D. Scaeva. Flavianer, fiel bei der Erstürmung des Kapitols durch die Vitellianer im J. 69, Tac. hist. 3,73,2. **5.** Imp. Caes. M. D. Severus Iulianus Aug. Sohn des Petronius D. Severus und der Aemilia Clara, HSA vit. Did. 4,2, aus Mailand, epit. Caes. 19,1 (mütterlicherseits) verwandt mit dem Juristen Salvius Iulianus, Eutr. 8,17, P. LAMBRECHTS, AC 6, 1937, 134f. * am 30. Jan. 133, Cass. Dio 73,11,5 (nach vit. Did. 9,3 am 2. Febr. 137). Erzogen im Hause der Domitia Lucilla, der Mutter des Marcus, durchlief er durch deren und des Marc Aurel Einfluß (vit. Did. 1,3ff.) frühzeitig die Ämter bis zur Praetur etwa im J. 162, Dig. 28,1, 20,9 (A. GROAG Reichsbeamte von Achaia 108f.), war Legat des procos. von Achaia und Africa, Legat der leg. XXII Primigenia in Germ. sup. (vit. Did. 1,6), leg. Aug. pr. pr. prov. Belgicae ca. 170 bis 175 (vit. 1,7), wo er die Chauken besiegte, cos. suff. um 175, Herodian. 2,6,6, vit. Pert. 14,5, leg. Aug. pr. pr. Dalmatiae im J. 176/77 (A. JAGENTEUFEL Statth. Dalm. 72ff.), leg. Aug. pr. pr. Germaniae inf. um 178 (RITTERLING–STEIN Fast. röm. Deutschl. 74 Nr. 32), vit. 1,9, curator alimentorum in Rom, vit. 2,1, fälschlich in den Verdacht der Teilnahme an einer Verschwörung gegen Commodus im J. 182 geraten (Cass. Dio 72,10,5). Leg. Aug. pr. pr. Ponti et Bithyniae und um 189/90 procos. Africae, CIL VI 1401, s. B. THOMASSON Statth. Nordafr. 2,92f. Dann befand sich D. in Rom. Als am 28. März 193 dort Pertinax ermordet wurde und der Stadtpräfekt Sulpicianus den Thron beanspruchte, erhoben die Prätorianer D. zum Kaiser, da er ihnen ein höheres Donativ versprach, Cass. Dio 73,11, vit. Did. 2,4–7, Herodian 2,6,4–8, s. E. Hohl Kaiser Pertinax SDAW 1956, 2,20ff., und der Senat, in dem sich Cass. Dio befand, bestätigte ihn, Cass. Dio 73,12,3, und ernannte Gattin und Tochter zu Augustae, D. zum *pater patriae*, vit. Did. 4,5. Doch das Volk in Rom stellte sich gegen ihn, Cass. Dio 73,13, in Syrien ließ sich Pescennius Niger, in Carnuntum Septimius Severus von den Legionen zum Imperator ausrufen, vit. Sev. 5,12. Als letzterer bis Rom vorrückte, fand D.' Herrschaft am 1. Juni 193, an dem er ermordet wurde, ein Ende, Cass. Dio 73,17. Seine Gattin war → Manlia Scantilla; seine Tochter Didia Clara vermählte D. mit Cornelius Repentinus, den er zum praef. urbi erhob, vit. Did. 3,6. R. H.

A. Calderini I Severi 34–44. Mz. bei *Mattingly* RIC IV 1 p. 13–18. Bildnisse: *J. Bernoulli* II 3 p. 8–12.

Dido. Wir begegnen ihr zuerst bei Timaios FGrH 566 F 82: Sie habe (griech.) *Theiosso* (sonst nirgends belegt), phoinik. *Elissa* geheißen; *Δειδώ* sei sie in Libyen wegen ihrer Irrfahrten genannt worden (Serv. auct. Aen. 1,340 aber: *D. id est virago Punica lingua*). D. ist Tochter des tyr. Königs Mutto (*Methres* Serv. Aen. 1,343; *Belus* Verg. Aen. 1,621) und Schwester des Pygmalion. Dieser tötete aus Habgier D.s Gatten (*Ac[h]erbas* Iust.; *Sychaeus* Verg.). D. entflieht mit den Schätzen ihres Gatten in Begleitung mehrerer Adeliger nach Libyen. Um nicht zur Heirat mit dem lyb. König (*Hiarbas* Iust.; *Iarbas* Verg.) gezwungen zu werden, stürzte sie sich in einen Scheiterhaufen. Das Exzerpt aus Timaios ist wesentlich verkürzt (Jacoby), ausführlicher sind Iust. 18,4–6 und die bekannte Erzählung Verg. Aen. 1,335–368 und 4,1ff.; auch Serv. und App. Lib. 1 berichten davon: alle nach Jacoby (gegen Frühere) ohne direkte Abhängigkeit von Timaios, ohne daß sich eine Quelle konstatieren ließe (zu Timaios' Synchronismus der Gründungen von Karthago und Rom s. Jacoby zu frg. 59 bis 61). Iust. gibt Namen, die in dem Timaios-frg. fehlen, er erzählt Einzelheiten: D. entkam mit List ihrem Bruder, der sie, durch Bitten der Mutter und Drohungen der Götter bewogen, nicht verfolgte, sie ging in Kypros an Land, wo sich nach dortiger Sitte 80 Jungfrauen ihren Begleitern hingaben, die als Stamm-Mütter Karthagos geraubt wurden (die Zahl gemäß den karthag. vornehmen Geschlechtern?); in Libyen kaufte sie so viel Land, wie »mit einer Rindshaut bedeckt (richtiger Verg.: umgeben) werden könne, worauf sie diese in schmale Streifen schneiden ließ, daher heiße (die Burg von) Karthago *Byrsa*, »Fell«.

Umstritten ist, wer die Begegnung mit Aeneas und die Liebesgeschichte erfunden hat. Frühere nahmen meist die ersten beiden B. des Naevius an; ihnen schlossen sich u. a., z. T. mit neuen Argumenten, Klingner, G 42, 1931, 127 und bes. Oppermann und Perret an. Nach den von Heinze geäußerten Zweifeln trat für Vergilische Erfindung Dessau ein, dem auch Jacoby IIIb, Anm. 424 folgte. Sicherheit ist nicht zu gewinnen: Anna und D. kommen bei Naevius vor; Varro (Serv. Aen. 5,4. Serv. auct. 6,682) behauptet, Anna, nicht D. sei Aeneas' Geliebte gewesen und auf dem Scheiterhaufen gestorben (was Heinze für einen Versuch, D.s Gattentreue zu retten, Dessau für Entstellung des Sev. hält); die Liebe und Feindschaft D.s. zu Aeneas gehört eher zu den Ursachen der röm.-pun. Feindschaft, trotz Vergils großartiger Darstellung. Andererseits wird neben dem Schweigen des Dion. Hal. bes. Macr. Sat. 5,17,4ff. angeführt (dagegen Oppermann 210f.: Macr. komme es nicht auf den Stoff, sondern auf die Darstellung an). Nicht heranziehen dürfe man Äußerungen wie die des Macr. oder Anth. Plan. 16,151, Verg. habe D. – Vorbild der Gattentreue und häufig auch nach Verg. noch so gesehen! (Oppermann 211,15) – schlecht gemacht, denn Kunst und Wirkung Vergils übertrafen die eines Naevius bei weitem.

Reine Spekulation ist die Vermutung, in der Sagengestalt D. verkörpere sich die karthag. Stadtgöttin *Tanit*. W. E.

Die ältere Lit. s. *Schanz-Hos.* 1,54. – *Heinze* Vergils ep. Technik, 1903[1], 113ff. 1915[3], 115ff. *Dessau*, H 49, 1914, 508ff. 52, 1917, 470ff. *Oppermann*, RhM 88, 1939, 206ff. *J. Perret* Les origines de la légende troyenne de Rome, Paris 1942, 90ff. *Jacoby* zu Timaios (Nr. 566) F 82.

Didrachmon. Münze im Wert von 2 → Drachmen. Das D. bildete in vielen Silberwährungen, so urspr. in Athen, durchweg in Aigina, Korinth, Elis, in manchen Orten Siziliens, vor allem Kleinasiens und S.-Italiens das größte gängige Nominal und das Einheitsstück (Stater). In der Goldwährung ist das die Regel (so in Athen, Pantikapaion, bei Philipp II. und Alexander d. Gr. und im Grunde auch bei den Persern, → Dareikos). Das Gewicht bestimmt sich nach den jeweils zugrunde liegenden Drachmen und beträgt nach att. Fuß 8,73 g, nach aiginet. 12,48 g. Ähnlich schwer wie der leichte Schekel, wird dieser oft einfach D. genannt (→ Siglos). Für alles Weitere → Drachme. H. Ch.

Hultsch, RE V 433ff. *Schrötter*, WBMzK s. v.

Didyma. Name kar. Ursprungs der auch Didymaion genannten Orakelstätte des Apollon im S. der miles. Halbinsel. Von Milet führte eine Straße zum Hafen Panormos, von da ein Heiliger Weg nach D. Er war stellenweise gepflastert, an den Rändern besetzt mit Marmorbildern von Löwen und sitzenden Männern, Darstellungen von Priestern aus dem Geschlechte der Branchiden, Fundstücke meist in London (Pryce Cat. Sculpt. 1 S. 106ff. Zschietzschmann Stud. pres. to D. M. Robinson 1039) und Istanbul (Möbius Ant. Plastik II, 2, 1963, 23ff. E. Akurgal Kunst Anatoliens Abb. 188ff. 242f.), um 570–530 urspr. 60–70 Exemplare (Lippold Hdb. der Arch. S. 53). Ältere

Lit. RE s.v. Die französ. Unters. (Rayet-Thomas Milet et le Golfe Latmique, 1877. Pontremolli-Haussoullier Didymes, 1904) wurden fortgesetzt und abgeschlossen durch Th. Wiegand u.a. (Milet Ergebnisse, 1906ff. speziell: Th. Wiegand u.a. Didyma I 1941, dazu v. Gerkan Gn. 19, 1943 = V. ant. Architektur und Topogr., 1959, 199), II. Inschr. 1958. – Die Orakelstätte bestand schon vor der Einwanderung der Ionier (Paus. 7,2,6). Der alte Tempel, erbaut im 6. Jh., wurde 494 (480?) von den Persern zerstört, sie entführten auch das Kultbild des Apollon Philesios von Kanachos aus Sikyon (Plin. nat. 34,75. Paus. 1,16,3. – Mz. von Milet Br. Mus. Coins Jonia Taf. 22a. Lippold Hdb. der Arch. Taf. 136,4. Furtwängler Gemmen Taf. 44,57. Relief: Langlotz Bildhauerschulen Taf. 22. Nachklang: Br.-Statuette Payne Knight, London), Seleukos I. brachte es um 300 wieder zurück. – Der archaische Bezirk (Berve-Gruben Griech. Tempel 1961, 294ff. G. Gruben, JDAI 78, 1963) ist durch Fundamentteile und Funde von Baugliedern bekannt, unter ihnen Reste von Columnae Caelatae (Didyma I Taf. 214. C. Blümel, die archaischen griech. Skulpturen in den staatlichen Museen zu Berlin, 1963 Abb. 162ff.), er lag an der Stelle des späteren Neubaues und hatte wohl schon dessen Ausmaße. Mit diesem wurde Ende des 4. Jh. begonnen und nach Ausweis vieler Einzelheiten bis ins 2. Jh. n. Chr. fortgesetzt, noch Pausanias sah ihn (7,5,4) unfertig. Plünderung durch die Galater im 3. Jh. n. Chr.; 1453 stürzte der gewaltige Bau durch Erdbeben zusammen (Knackfuss in Didyma I. v. Gerkan Der Tempel von D. und sein ant. Baumaß, JOEAI 32, 1940, 127ff. = V. Ant. Arch. und Topogr. 204ff.). Der Tempel hat die Form eines Dipteros mit 10 zu 21 Säulen ion. Ordnung auf siebenstufigem Unterbau mit großer Freitreppe im O., diese führt zu einem tiefen Pronaos mit 12 Säulen, am Ende eine riesige Türwand. Es folgt als Zwischensaal ein Breitraum mit 2 Säulen korinth. Ordnung. Von hier führen, beiderseits die Mitte flankierend, 24 Stufen in das nur den Priestern zugängige Adyton, den Sekos. Dieser ist ein ungepflasterter offener Hof in Form eines langgestreckten Rechteckes mit hohem Sockelteil, über diesem die durch Pilaster gegliederten Wände. Der Hof umfaßt den im W. liegenden Naiskos (v. Gerkan JDAI 57, 1942, 183ff. = V. ant. Archit. und Topogr. 216ff.), einen tetrastylen Prostylos, das Gehäuse für das Kultbild (Krischen Weltwunder der Baukunst, 1956, Taf. 32–34). Beiderseits des Zwischensaales führten Treppenanlagen (»Labyrinthe«) aufs Dach. Die Basen der Frontsäulen zeigen vielfach variierte Formen, desgleichen die Figuralkapitelle, wahrscheinlich ausgeführt von der Bauhütte in Aphrodisias (Gruben). W. Z.

Didymos (*Δίδυμος*). **1.** Sohn des Didymos aus Alexandreia, griech. Grammatiker des 1. Jh. v. Chr. Sein großer Fleiß (Suda s. *Δ.* nennt 3500,

Sen. ep. 88,37 übertreibend 4000 Bücher. Die Zahl der Werktitel war natürlich niedriger) trug ihm den Beinamen *Χαλκέντερος* (z. B. Athen. 4,139c. Suda a. O.) ein. Demetrios von Troizen nannte ihn mit bissiger Anspielung auf die unübersehbare Vielschreiberei *Βιβλιολάθας* (Athen. a. O.).

Die Schriftstellerei des D. umfaßte alle Gebiete der Philologie. Durch Vergleich des ihm zur Verfügung stehenden reichen, aber gelegentlich widersprüchlichen Materials suchte er in der Schrift *περὶ τῆς Ἀριστάρχου διορθώσεως* die genuinen Lesarten der Homerausgabe Aristarchs zu ermitteln, dessen Schule er besonders verpflichtet war. Da hier eine bequeme Übersicht über die Ansichten zahlreicher alexandrin. Gelehrter gegeben wurde, ging das Werk in den sog. → Viermänner-Komm. ein und ist deshalb in den sog. A-Sch. noch faßbar. In der Nachfolge alexandrin. Exegese standen die zahllosen Komm. des D., die sich auf fast alle namhaften Dichter (Epiker, Lyriker, Tragiker, Komiker) der klass. Zeit erstreckten. Am besten ist hiervon noch ein Komm. zu Soph. Oid. K. (vgl. [7]) kenntlich. Ziemlich selbständig sind die Leistungen des D. auf dem Gebiet der Prosaikererklärung, die vor ihm kaum betrieben worden war. Die Art seiner gelehrten Erläuterungen erkennen wir an den umfangreichen Resten des Pap. Berol. 9780, der einen Komm. zu Demosth. 9–11 und 13 enthält (nicht überarbeitet; vgl. [11]). Die Erklärung bezieht sich, wie in → Asconius' Cic.-Komm., fast nur auf die hist. Vorgänge, wobei D. stark aus den → Atthidographen (→ Atthis) u. Universalhistorikern des 4. Jh. v. Chr. schöpfte. Flüchtigkeiten fehlen allerdings nicht (widersprüchlich z. B. col. 13,25ff. und 40ff.). Auf lexikograph. Gebiet kompilierte D. Sammelwerke über den Sprachgebrauch d. Komiker u. Tragiker, doch ist ihre Anlage nicht mehr sicher zu ermitteln. Mit Fragen der Sprache, ihrer Veränderungen und Möglichkeiten beschäftigte er sich in *περὶ ἀπορουμένης λέξεως* (mindestens 7 B.), *περὶ διεφθορυίας λέξεως* und *λέξις τροπική*. In denselben Zusammenhang gehört auch die Schrift *περὶ παθῶν*, zu der später → Herodianos einen Komm. verfaßte. (Andere Titel gramm. Schriften sind D. Nr. 2 zuzuweisen.) Literargesch. Unters. vereinigte D. in *περὶ λυρικῶν ποιητῶν*, wo er die verschiedenen Arten von Dichtung definierte und auch wohl Angaben über die wichtigsten Vertreter lieferte. Mythographischen Themen war die *Ξένη ἱστορία* gewidmet, an deren Resten eine stark rationalistische Tendenz zu erkennen ist. Die *Συμποσιακά* (wohl identisch mit dem Titel *Σύμμικτα*) häuften entlegene Gelehrsamkeit im Rahmen einer Unterhaltung bei Tisch, eine Form, die später z. B. Plutarchos und Athenaios wieder aufnahmen. Von den übrigen Werken des D. verdient eine Sprichwörter-Slg. (13 B.) Erwähnung. D. erweiterte hierbei ältere Slg.en (z. B. peripatet. Ursprungs) und fügte Erläuterungen und Belege hinzu. Spuren des Werkes lassen sich in der (stark redigierten) Slg. des → Zenobios nachweisen.

Die große Gelehrsamkeit des D. kann nicht darüber hinwegtäuschen, daß er ein vorwiegend unschöpferischer Kompilator war. Durch seine Sammlertätigkeit blieben zwar viele Erkenntnisse aus hellenist. Zeit erhalten, aber der Gewinn wurde durch starke Verdünnung des Vorhandenen erreicht. D.' Werke, die in der Folgezeit in höchstem Ansehen standen und den Ruhm der von ihm exzerpierten Autoren verdunkelten, gingen ihrerseits in der späteren Kaiserzeit unter, weil noch knappere Kompilationen an ihre Stelle traten. Die kümmerlichen Reste müssen mühsam aus den Sch. zu klass. Autoren, Lex. (Harpokr., Hesych., Phot.), Etymologica und Buntschriftstellern (z.B. Athen.) wiedergewonnen werden.

Frg.: *M. Schmidt*, Lpz. 1854 (in vielem überholt, aber nicht ersetzt). Hom.-Erkl.: *A. Ludwich* Aristarchs hom. Textkritik 1, Lpz. 1884, 177ff. Demosth.-Komm.: *H. Diels-W. Schubart*, BerlKlT 1, 1904; *Dies.*, Lpz. 1904. Sonst.: FGrH 340.

Lit.: BursJb 142, 1909, 303ff. 248, 1935, 78f. *R.A. Pack*, Gr. u. Lat. Lit.Text, Nr. 241. 1. *Christ-Schmid* 2,1,432ff. 2. *Susemihl* 2,195ff. 3. *Wilam.* Eur. 1,157ff. 4. *J.E. Sandys* A Hist. of Class. Scholarship 1, Cambridge 1903, 139ff. Zu Homer: 5. *A. Ludwich* De Aristarchi stud. Hom., Lpz. [3]1882, 16ff. 6. *A. Roemer* Aristarchs Athetesen in der Hom.-Kritik, Lpz.-Bln. 1912, 98ff. Zu Soph.: 7. *Joh. Richter*, WS 33, 1911, 37ff. Zu Aristoph.: 8. *A. Roemer* Philol. 67, 1908, 366ff. 9. *F.-J. Tausend* Stud. zu den att. Festen . . ., Diss. Würzburg 1920. 10. *G. Zuntz* Byzantion 13, 1938, 631ff. Zu Demosth.: 11. *F. Leo*, NAG 1904, 254ff. 12. *P. Foucart* Mém. del'Inst. Nat. de France 38, 1909, 27ff. 13. *A.E. Raubitschek*, C & M 19, 1958, 73ff. (87ff.). Unsicheres: 14. *G. Zuntz*, CR 49, 1935, 4ff. 15. *N. Terzaghi* Parola del Passato 11, 1956, 378ff.

2. D., stammte aus Alexandreia, griechischer Grammatiker in Rom, *ὁ νεώτερος* genannt zur Unterscheidung von D. *χαλκέντερος*. Deshalb dürfte er zeitlich in die Nähe des älteren Grammatikers gehören. Suda *Δ*. Nr. 3 nennt einen Titel *Πιθανά*, worüber wiederum Apollonios Dyskolos ein Buch verfaßt haben soll, und ein Werk *περὶ ὀρθογραφίας*. Von beiden können wir keine Vorstellung mehr gewinnen. Sein Name erscheint in der Liste von *γραμματικοί* des Cod. Coisl. Gr. 387.

3. D. Claudius. Griechischer Grammatiker der frühen Kaiserzeit in Rom. Aus seiner Schrift *περὶ τῆς παρὰ Ῥωμαίοις ἀναλογίας* sind durch Priscianus einige Fragmente erhalten. D. erklärte offenbar den Aufbau der lat. Sprache als Imitation der griech. Ein weiteres Werk über die Verstöße des Thukydides gegen die Analogie (*περὶ τῶν ἡμαρτημένων παρὰ τὴν ἀναλογίαν Θουκυδίδῃ*) ist vollständig verloren, ein 3. Titel *ἐπιτομὴ τῶν Ἡρακλεῶνος* bleibt unverständlich. Es spricht einiges für die Vermutung, daß eine Schrift, die Kritik an Ciceros Lebensweise und politischer Haltung übte (von Amm. 22,16,16 auf D. Chalkenteros bezogen), in Wirklichkeit diesem D. zuzuweisen ist (laut Suda *Τράγκυλλος* verfaßte Sueton eine Entgegnung darauf). Der Titel lautete wahrscheinlich *περὶ* (oder *κατὰ*) *τῆς Κικέρωνος πολιτείας*. Frg.: FunGrRF 1, 447ff. H. Gä.

4. D. von Alexandreia schrieb gegen E. des 1. Jh. n. Chr. einen Traktat über *μέτρα μαρμάρων καὶ παντοίων ξύλων*, worin er angibt, wie der Kubikinhalt von Marmorblöcken und von Nutzhölzern zu bestimmen ist, und über äg. Längenmaße und Berechnung von Flächen handelt. Ausg. in Hultschs Edition des Heron, Bln. 1864. H. Ch.

Hultsch, RE V 474.

5. D., der Blinde, Leiter der chr. Katechetenschule von Alexandreia, * um 313, † um 398. Über ihn berichten aus persönlicher Bekanntschaft Palladios, Historia Lausiaca 4, Rufinus KG. 11,7 und Hier. vir. ill. 109. D. setzte die Tradition des → Origenes fort; daß dieser später als häretisch galt, hatte den Untergang der meisten Schriften auch des D. zur Folge. Erhalten blieben 3 B. De spiritu sancto in lat. Übers. des Hier. ([1]), eine lat. Übers. des Komm. zu den kath. Briefen des NT (→ Cassiodorus [10]), die Schrift *Κατὰ Μανιχαίων* ([2]) und 2 B. gegen die Arianer, überliefert unter dem Namen des Basileios im Anhang zu dessen 3 B. *Κατὰ Εὐνομίου* ([3]). Frg. der Bibelkomm. des D. stecken in den Catenen ([2]). Erst ein Papyrosfund aus Tura brachte 1941 vollständige exeget. Werke ans Licht. Ediert ist der Komm. zu Zacharias, den D. auf Wunsch des Hier. um 387 verfaßt hat ([4]); zu erwarten sind Ausg. von Komm. zur Genesis und zu Hiob. Nicht gesichert ist D. als Vf. der Komm. zum Ecclesiastes und zu Ps. 20–44; die Catenen-Frg. der Ps. zeigen keine völlige Übereinstimmung ([4],1,22). Aus der jetzt möglichen Kenntnis von Stil und Interpretationsweise des D. erheben sich Zweifel an der Echtheit der ihm seit dem 18. Jh. zugeschriebenen 3 B. *Περὶ τριάδος* ([2]), einer antiarian. Streitschrift aus den J. 381 bis 392, die bisher als das Hauptwerk des D. gegolten hat ([4],1,126ff.). O. H.

1. *Migne* PL 23,101–154. 2. *Migne* PG 39. 3. *Migne* PG 29,671–773. 4. *Louis Doutreleau* Sources chrétiennes 83 bis 85, 1962, mit Einl. 5. *Joh. Leipoldt* D. der Blinde, TU NF. 14,3, 1905. 6. *Gust. Bardy* D. l'aveugle, 1910. 7. *W.J. Gauche* D. the Blind, 1934. 8. *Altaner* 250. 9. *Quasten* 3,85–100.

6. D., der Bewacher des Drusus, des Sohnes des Germanicus bei seiner Haft im Kaiserpalast bis zum J. 33, Tac. ann. 6,24. **7.** Vornehmer Spanier, Verwandter des Kaisers Theodosius I., der sich 408 mit seinem Bruder Verenianus gegen Constantinus III. erhob, Oros. 7,40,5ff., doch 409 nach schweren Kämpfen (Soz. 9,11) getötet wurde, Zos. 6,5,1ff. R. H.

Dierna (Ptol. 3,8,10: *Δίερνα*, Tab. Peut.: *Tierna*, Ulp. de Censib. Dig. L 15,1,8,9, Not. dign. or. 42,37: *Zerna*, Prok. de aedif. 4,6 p. 288: *Ζέρνη*).

Stadt und Militärlager am dakischen Donauabschnitt, w. des Eisernen Tores, auf dem Stadtgebiet des h. Orsova. Der Ausgangspunkt der mit Militärlagern befestigten D.-Tibiscum-Straße, die von Moesien nach Dazien führte, war die illyr. Zollstation (CIL III 1568. I.I. Russu, SCIV 4, 1953, 784). D. war eine alte dakische Siedlung, die im 1. dakischen Krieg Traians in die Hände der Römer fiel. Die Inschrift CIL III 14468 nennt sie ein *municipium*, ob es bereits von Traianus den *colonia*-Rang erhielt, ist fraglich (Ulp.). Das 65×54 m große Lager wurde von der moesischen *cohors I Brittonum* ∞ erbaut (CIL III 8074,10). Auch nach der Aufgabe Daziens verblieb D. im röm. Besitz. Not. dign. or. erwähnt im 4. Jh. den *praefectus legionis tertiae decimae geminae*. J. F.

Diespiter. Wie Iuppiter zum idg. Stamm *dei̯eu-* (*di̯éu-*, *di̯u̯-*, *di̯u-*) »leuchtender göttlich verehrter Himmel und leuchtender Tag« gehörend (Pokorny Idg. WB 1,184). *di̯ēus-pətēr* »Himmelvater«; D. »mit nach dem Akk. *d(i̯)i̯em* geneuertem Nom. *diēs*« (Pokorny a. O.). In der Ant. als *diei pater* verstanden (Macr. Sat. 1,15,14. Serv. Aen. 9,567. Prisc. GrL 3,515. Bes. von Dichtern (Plaut., Hor. vgl. Prisc. a. O.) gelegentlich als anderer Name für Iuppiter gebraucht. So auch in der Fetialformel Liv. 1,24,8; vgl. Paul.-Fest. 115 M. (Überlieferung in beiden Fällen nicht eindeutig, doch bestehen kaum Zweifel). Flexion *Diespitris* usw., da als e i n Wort empfunden. – In den Hss. oft mit *Dis pater* verwechselt; so wohl auch Sen. apocol. 9, wo außer Iuppiter D., → »*Vicae Potae filius*« erscheint (Wissowa nach K. Schenkl SAWW 44, 1863, 23; trotzdem problemat.). Isid. orig. 8,11,42 behauptet die Identität von D. und *Dis pater*. Problemat. sind bes. Aug. civ. 4,11 und Tert. nat. 2,11, die auf Varro zurückgehen: *Diespater* (hss. Varianten *diis pater, diespiter;* Tert. *Diespiter*) *qui partum perducat ad diem*, was Wissowa mit Varros Streben erklärt, alle Götter und Beinamen in ein System zu bringen. W. E.

Wissowa, RE V 478f. *Wackernagel* Synt. 1,310. *Hermann*, AGG 23,3,125. *Kretschmer* Glotta 13, 1924, 112. *Bickel*, RhM 80, 1931, 293ff. *Sommer* HB 154.217.354. *Walde-Hof.*[3] 1,732.

Dieuches. Arzt im 3. Jh. v. Chr., Verf. eines diätetischen Werkes, aus dem → Oreibasios mehrere Bruchstücke erhalten hat (u. a. eines über die Behandlung von Seekrankheit); auch der ältere Plinius hat dieses Werk mehrfach benutzt. Man wird D. den → dogmatischen Ärzten zurechnen. F. K.

Dieuchidas (*Διευχίδας*). Sohn des Praxion aus Megara, griech. Historiker des 4. Jh. v. Chr. Auf den Abrechnungen vom delph. Tempelbau erscheint D. im Kollegium der *ναοποιοί* in den J. 338–329 (z. B. Sylloge[4] 241 C 141. 250 I 21). D. verfaßte *Μεγαρικά* in mindestens 5 B. Kenntlich ist aus den Frg. die megarische Archäologie, die einen breiten Raum einnahm. Wie weit das Werk zeitlich hinabreichte, ist ungewiß. Es wurde sicher von Hermippos benutzt. Das Verhältnis zu Ephoros ist unklar. H. Gä.

FGrH 485. *D. W. Prakken*, AJPh 62, 1941, 348ff. *J. A. Davison*, CQ 53, 1959, 216ff.

Diffarreatio ist der korrespondierende Akt der Scheidung einer durch → *confarreatio* geschlossenen Ehe, von dem nur die *flamines* ausgeschlossen waren. Ebenso wie die confarreatio war auch die d. ein eigener Sakralakt, der vermutlich die Ausstoßung aus den Familiensacra enthielt (Fest. 74. Plut. qu. Rom. 50). Ab dem Zeitpunkt, ab dem die *confarreatio* auch der *manus*-Begründung diente, hat sicher auch die d. bestanden. F. R.

Kaser Altröm. Ius, 1949, 345. *Kunkel*, RE XIV 2277.

Differentiarum scriptores sind Vf. der Slg.-en von Worten mit verschiedener Form und gleicher Bedeutung bzw. mit gleicher Form und verschiedener Bedeutung. Viele Zusammenstellungen dieser Art finden sich noch jetzt bei lat. Lexikographen und Grammatikern, z. B. bei Varro l. L., Verrius Flaccus, Sueton in den Prata, Gellius, Flavius Caper usw. Einen bes. Hinweis verdient Nonius Marcellus (4. Jh.), dessen Kap. 5 die Überschrift De differentia similium significationum trägt und ausschließlich dieser Frage gewidmet ist.

Einige Slg.-en dieser Art sind auf uns gekommen, die in ma. Hss. oft literar. oder grammat. Größen der Vergangenheit zugeschrieben worden sind, und zwar: 1. Sog. Synonyma Ciceronis (in Hss. des 8. bzw. 7. Jh.). 2. Sog. Slg. *inter polliceri*, die in unserer Überlieferung teils Isidor, teils Cicero zugeschrieben ist. 3. Sog. Diff. Suetonii. 4. Sog. Diff. Remi Palaemonis (3. und 4. in einer einzigen Hs. aus dem 9. Jh. überliefert). 5. Sog. Diff. Probi (die ihren Namen lediglich dem Zufall verdanken). 6. Sog. Diff. Frontonis (auch ohne Grund in einer Hs. des 7. bzw. 8. Jh. Fronto zugeschrieben). 7. Slg. *inter aptum et utile* (Isidor in einer Hs. des 7. bzw. 8. Jh. zugeschrieben). 8. Diff. Sangallenses (8. Jh.). 9. Diff. Montepessulanae (9. Jh.). W. Str.

Goetz, RE V 481ff. *Brugnoli* Studi sulle Differentiae verborum, Rom 1955.

Digentia (Nissen It. Ldk. 2,616. Hor. epist. 1, 18,104). Bach eines Tales, das von N. bei Vicovaro in den Anio mündet; Name von Krahe Die Sprache der Illyr. 1,90 zu dem der nor. Tigantia gestellt; h. Licenza. G. R.

Digesta. Die Digesten Justinians bilden jenen Teil seiner Kompilation, der das klass. Juristenrecht in Gesetzesform dokumentiert. Ihre Bezeichnung entlehnen sie der klass. Literaturgattung der d.; diese boten eine Zusammenschau von Zivil- und Honorarrecht, wobei die Stoffanordnung auf einem aufgelockerten Ediktssystem beruhte. Der erste Vf. von d. war Alfenus Varus, von späteren Autoren sind Celsus, Iulianus und Marcellus zu nennen, wobei die Prominenz der d. des Ediktsredaktors Justinian veranlaßt haben dürfte, seine Kompilation des Juristenrechts d. zu nennen.

Dem Anliegen einer Ordnung des Juristenrechts galten zunächst Privatarbeiten, von denen uns nur die Fragmenta Vaticana und die röm. rechtlichen Partien der → Collatio legum Zeugnis geben. Die Kaiser beschränkten sich lange auf die Regelung der Zitierfähigkeit von Schriften: Theodosius II. allerdings plante in seinem Erlaß vom 26.3.429 (Cod. Theod. 1,1,5) sogar eine Kaiserkonstitutionen und Juristenrecht zusammenfassende Kodifikation. Die eingesetzte Kommission war dieser Aufgabe jedoch nicht gewachsen, so daß nur eine Slg. der Kaisergesetze entstand, der Codex Theodosianus. Die Kompilation des Juristenrechts blieb Justinian vorbehalten.

Offiziell nahm er sie am 15.12.530 mit der Konstitution Deo auctore in Angriff. Der Digestenplan selbst wird aber wohl etwas älter sein und mag schon auf den Beginn der Kodifikationsarbeiten im J. 528 zurückgehen. Die von Tribonian präsidierte, 16köpfige Kompilationskommission, hat nach dem Bericht der constitutio Tanta (§ 1) 2000 *libri* mit 3000000 *versus* durchgearbeitet und daraus eine Slg. von 50 *libri* mit 150000 *versus* geschaffen. Neben der Einteilung in Bücher, Titel und Fragmente (= Leges, deren Unterteilung in Paragraphen ist nachjustinian.) zerfallen die Digesten in 7 *partes*, auf die in der const. Tanta (§§ 2–8) großes Gewicht gelegt wird: *πρῶτα* (libri 1–4), *de iudiciis* (5–11), *de rebus* (12–19), *umbilicus* (20 bis 27), *de testamentis et legatis* (28–36); Teil 6 und 7 haben keine spezielle Bezeichnung.

Wie in so kurzer Zeit so viel Material verarbeitet werden konnte, ist noch immer ein Rätsel, zumal viele Texte verschiedener Juristen so kunstvoll miteinander verwoben sind, daß sie durchgehende Sätze bilden. Mit der Annahme eines geschickten arbeitsteiligen Verfahrens versuchte 1823 FRIEDRICH BLUHMES genialer Aufsatz »Die Ordnung der Fragmente in den Pandektentiteln« (Ztschr. für geschichtliche Rechtswissenschaft 4 [1820], 257ff.) das Rätsel zu lösen. Er unterstellte 3 Kommissionen, denen 3 Stoffmassen entsprochen hätten: Die Sabinusmasse für das ius civile, die Ediktsmasse für das ius honorarium und die Papinianmasse für die Problemliteratur. Im Zug der Arbeiten aufgefundene kleinere Schriften wären in eine Appendixmasse gewiesen worden. Sobald jede Kommission das Material ihrer Masse exzerpiert hatte, hätte man die Titel einfach zusammengesetzt.

Bluhmes Massentheorie stieß bei F. HOFMANN Die Compilation der D. Justinians, 1900, und bei H. PETERS Die oström. D.-Kommentare und die Entstehung der D., 1913, auf Widerspruch: Anknüpfend an von der Massentheorie nicht erklärte Textversetzungen und -verschleifungen wurde die These aufgestellt, Justinian habe ältere Slg.en, vielleicht überhaupt ein »Predigesto« (Ausdruck nach ROTONDI Scritti 1,87ff.) verwendet. Ging diese Annahme auch wohl zu weit, so nehmen heute doch viele vorzügliche Sachkenner (bes. ARANGIO-RUIZ) scholast. Vorläufer der D. Justinians an. Meines Erachtens stammen bloß einige zu Bluhmes These überhaupt nicht passende, durch Versetzungen und Verschleifungen sofort kenntliche Textgruppen aus den Schulen von Beryt und Byzanz, der Rest ist Ergebnis intensiver Exzerptionsarbeit.

Die Frage der Entstehung der D. hängt eng mit dem Problem ihrer legislativen Funktion zusammen. Eine schon bestehende und nun bloß mit Gesetzeskraft ausgestattete Slg. war gewiß weniger geeignet, Ausdruck des gesetzgeberischen Wollens des Kaisers zu sein, als eine, wenn auch durch Kompilation gewonnene Neuschöpfung. Dafür, daß die D. nicht einfach nur eine autoritative Dokumentation des Juristenrechts waren, spricht schon, daß sie unverkennbar von einer energischen klassizistisch-restaurativen Tendenz getragen werden. Die Ordnung der *usucapio* oder der *locatio conductio*, um nur 2 Beispiele zu nennen, zielt auf Wiederbelebung klass. Prinzipien, die im Vulgarismus des 4. und 5. Jhs. verlorengegangen waren. Auch das Gebot, alle Antinomien und Geminationen zu eliminieren, und der ausdrückliche Auftrag zu rechtsändernden Interpolationen sprechen für die Annahme des Kaisers, sein Gesetzbuch werde von der Praxis ebenso beachtet werden wie die Konstitutionen der beiden Codices und der Novellen. Die völlige Wandlung der sozialen Verhältnisse seit den Tagen der klass. Jurisprudenz mußte solches gesetzgeberisches Wollen jedoch zum Scheitern bringen: Während uns zeitgenössische Papyri eine beträchtliche Beachtung des 2. Codex und der Novellen bezeugen, fehlt es an D.-Zitaten. Nur in päpstlichen Dokumenten wird auf die D. Bezug genommen. So hat also der Welt wichtigstes Gesetzbuch zunächst die denkbar geringste praktische Resonanz gehabt.

Am 16.12.533 konnte Justinian in der latein.-griech. Doppelkonstitution Tanta/*Δέδωκεν*, gerichtet *ad senatum et omnes populos*, die D. publizieren. Zugleich mit den Institutionen traten sie am 30.12.533 in Kraft.

Unsere Überlieferung der D. beruht fast ganz auf der littera Florentina, die um 600 geschrieben worden sein dürfte und um die Mitte des 11. Jh. in Pisa auftauchte. Die Vulgattexte der Bologneser Professoren des 12. Jh. waren von ihr abgeleitet, aber nach einer anderen, nicht auf uns gekommenen Hs. korrigiert. In der Florentina steht auch ein Verzeichnis in den D. verwerteter Schriften (index Florentinus), dessen starke Abweichungen gegenüber den wirklich verwerteten Werken viele Rätsel aufgeben. Zitiert wurden die D. einst nach der sog. jurist. Methode, die nur abgekürzte Titelüberschriften angab (z. B. l. 5 § 2 D. mand.), während die nun allein übliche philolog. Methode dieses Zitat mit D 17,1,5,2 bietet. Die ma. Ausgaben gliederten die D. in 3 Bände: digestum vetus, infortiatum, digestum novum. Die h. verwendeten

Standard-Ausgaben beruhen allesamt auf Mommsens Editionsarbeit.

Justinian hatte alle Kommentierung seiner Gesetze (und damit auch der D.) verboten und bloß Übersetzungen, Inhaltsangaben und ergänzende Anhänge (Katapoden, Indizes, Paratitla) zugelassen. Alsbald entstanden in Byzanz aber auch Scholien und Summen, bis unter Leo d. Isaurier die Kaisergesetzgebung wieder aktiv wurde und das Material der D. in Ekloge und Procheiron einarbeitete; schließlich fand es auch in die Basiliken Eingang. Im W. brachte erst das ausgehende 11. Jh. eine intensivere Auswertung der D. Th. M.-M.

H. Krüger Die Herstellung der D. Iustinians, 1922. *V. Arangio-Ruiz*, Conferenze per il XIV centenario delle Pandette, 1931, 287ff. F. *Schulz* Einführung in das Studium der D., 1916. *L. Wenger* Die Quellen des röm. Rechts, 1953, 576ff. *Th. Mommsen* D. Iustiniani Augusti, 2 Bde., 1870.

Digitus s. Daktylos

Dikaiarcheia s. Puteoli

Dikaiarchos. Peripatetischer Philosoph, aus Messene in Sicilien, Schüler des → Aristoteles und des → Theophrast. Das biograph. Material ist ungewöhnlich dürftig. Er galt als *condiscipulus et aequalis → Aristoxeni, so* Cic. Tusc. 1,41; doch erlaubt diese Notiz so wenig wie der unscharfe Art. im Suda das Geburtsjahr zu fixieren. Man wußte – so Cic. Att. 2,16,3 – von einer liter. Kontroverse des D. mit Theophrast über die Frage, ob der *βίος πρακτικός* der bessere sei (dies D.' Postulat) oder der *βίος θεωρητικός*. Die Notiz bei Themist. orat. 23; 285c scheint einen sachlichen Gegensatz zu Aristoteles in einen persönlichen umzufärben. Offenbar hielt sich D. nicht regelmäßig im Peripatos auf, sondern verbrachte einen Teil seines Lebens auf der Peloponnes, so Cic. Att. 6,2,3; man wußte von einer Rede, die D. in Korinth gehalten hatte, Cic. Tusc. 1,21. Der Aufenthalt auf der Peloponnes führte zu einer Arbeit über Höhenmessungen dortiger Berge (Suda nennt den Titel); da D. aber noch eine Reihe anderer Berge vermaß (darunter den Pelion und den Olymp), darf mindestens eine ausgedehnte Studienreise als sicher gelten. Weiteres über sein Leben läßt sich den Zeugnissen nicht entnehmen. In Hellenismus und früher Kaiserzeit galt er als einer der gelehrtesten und vielfältig interessiertesten Männer; Varro rust. 1,2,6 *doctissimus homo*. Cic. Att. 6,2,3 *ἱστωρικώτατος*. Plin. nat. 2,162 *vir in primis eruditus*. Tatsächlich hat er den Kreis der Gegenstände, die bisher von Philosophen behandelt wurden, beträchtlich erweitert.

Die Seelenlehre des D. ist nur in vergröbernder Wiedergabe Späterer kenntlich; D. scheint die Seele, nach der Formulierung der Pythagoreer, als *ἁρμονία* bezeichnet, ihr die Unsterblichkeit also abgesprochen zu haben. Auf jeden Fall standen seine Überlegungen über das Wesen der Seele in enger Verbindung mit den Problemen der Mantik und der Orakel; daß die Seele ein mantisches Organ habe – so Cic. div. 2,100 – scheint D. zuerst formuliert zu haben; offenbar ging er, wie es Plat. Tim. 71 CD vorzeichnet, der Entrückung der Seele im Schlaf und in der Ekstase nach. Die Titel zweier Schriften sind kenntlich, die diesem Forschungsgebiet gewidmet waren: *περὶ ψυχῆς* und *εἰς Τροφωνίου κατάβασις*.

D. hat eine Reihe von biograph. Studien unternommen, so vor allem zum Leben des Pythagoras. Es ist wahrscheinlich, daß die Unters. vorbildlicher *βίοι* mit dazu beitrug, seine These zu erhärten, daß der *βίος πρακτικός* vorzuziehen sei (Cic. Att. 2,16,3). D. untersuchte aber nicht nur, wie Menschen leben, sondern auch wie sie umkommen: weit mehr Menschen hätten durch menschliche Einwirkung (Kampf, Krieg und Mord) das Leben verloren als durch Naturkatastrophen, so Cic. off. 2,16. Offenbar besteht eine Beziehung zwischen den Arbeiten zum Leben der Menschen und ihrem Sterben.

Einen ungewöhnlichen Schritt tat D. damit, daß er – wohl als erster – über individuelle *βίοι* hinaus einen *βίος Ἑλλάδος* in 3 B. verfaßte: Dies wichtige Buch muß als eine Kulturgesch. Griechenlands verstanden werden. Natürlich liegen die hesiod. und die sophist. Theorien über die Kulturstufen zugrunde. Später hat namentlich → Poseidonios das wichtige Werk benutzt.

Ähnlich seinem Lehrer Aristoteles sammelte D. Material zur Verfassungsgesch.; sicher verfaßte er eine *πολιτεία* von Sparta und von Pellene, wahrscheinlich auch anderer *πόλεις*. Ein *τριπολιτικόν* genanntes Werk ging polemisch auf Platons Staatslehren ein; der Titel weist auf die 3 Verfassungen hin, die nach Platon Entartungen des Ideal-Staates sind.

Zu einer ganzen Reihe von literargeschichtl. Fragen nahm D. Stellung; er steuerte zur Homer-Erklärung bei, frg. 90–93; ein Buch über Alkaios lag vor, das Athenaios ausgebeutet hat, frg. 94–99. Intensiv muß er sich mit der Tragödie befaßt haben; die Hypotheseis mehrerer Tragödien (frg. 79 bis 82) und Komödien (frg. 84 und 86) enthalten Notizen, die auf D. zurückgehen. Das von ihm gesammelte Material stand also den Alexandrinern zur Verfügung. Nach frg. 74 und 75 beteiligte sich D. an den Unt. des Peripatos zur Gesch. chor. Aufführungen und zur Fixierung der *διδασκαλίαι*.

Strabon rechnet D. zu den großen Geographen. Über seine Vermessung griechischer Berge s. o.; auch in die Diskussion über die Gestalt der Erde im ganzen griff er ein, frg. 109f. Als Theoretiker in den Kerngebieten der Philosophie wird D. gar nicht kenntlich. Offenbar ging er den Weg entschlossen weiter, den Aristoteles gewiesen hatte: D.' Interesse galt den Fachwissenschaften, und in ihnen dem Detail. Darum wurden seine Schriften für Spätere eine Fundgrube der Belehrung; freilich drohte die Philosophie aus dem Blickfeld zu verschwinden. D. hat offenbar viel dazu beigetragen, im Peripatos an die Stelle der intensiven philosoph. Bemühung das Streben nach außer-philosoph. Bildungswerten heimisch zu machen. Frg. F. Wehrli Die Schule des Aristoteles 1,1944. H.D.

Dikaiogenes (*Δικαιογένης*). **1.** Athen. Trierarch, fiel 411 bei Knidos (Is. 5,42); vom Streit um seine Hinterlassenschaft handelt die 5. Rede des Isaios. Fr. Kie.

2. D., Dichter von Tragödien und Dithyramben (Suda), frühes 4. Jh. Aristoph. Eccl. 1 parodiert vielleicht eine Stelle aus einer seiner Dichtungen (Sch. Aristoph. Eccl. 1); Aristot. berücksichtigt ihn in der Poetik (16,1455a 1). 2 Titel bekannt: *Κύπριοι*, *Μήδεια*, 5 sententiöse Frg. ohne Herkunftsangabe bei Stob. zitiert. Dieses wenige zeigt ihn als keineswegs geringen Dichter: in den *Κύπριοι* gestaltete er eine ergreifende Anagnorisis nach dem Vorbild von Hom. Od. 8,521 ff. (Aristot. a. O.); die Frg. zeigen starke Neigung zu Metaphern und Bildern (1.4.5), zu Wortspielen (2.3) und Klangfiguren (1.2.3); die rhetor. Schulung ist unverkennbar. F. St.

Trag. Gr. Fr. N². 775f. *T.B.L. Webster* Fourth Century Tragedy and the poetics, H 82, 1954, 298.302.

Δικαστήριον. I. Athen. 1. Gerichtsstätte. Es gab 2 Arten von Gerichtsstätten, solche, an denen über Tötungsverbrechen gerichtet wurde (*φονικά*) und solche, an denen andere öffentliche oder private Klagen verhandelt wurden. Jene, 5 an der Zahl, waren aus sakralen Gründen am Stadtrand und nicht überdacht, um eine Befleckung durch den Angeklagten zu vermeiden (Antiph. 5,11. Aristot. Ath. pol. 57,4), diese lagen am Markt oder in seiner unmittelbaren Nähe. Sie waren bis auf die beiden größten, die *ἡλιαία* und die Stätte der *ἐκκλησία* mit einem Dach versehen. Die *φονικά* waren nach Heiligtümern benannt, so *ἡ ἐν Ἀρείῳ πάγῳ βουλή* (→ *Ἄρειος πάγος*), *τὸ ἐπὶ Παλλαδίῳ* nach einem der Göttin Athene geweihten Platz, *τὸ ἐπὶ Δελφινίῳ* (→ *Δελφίνιον*), *τὸ ἐπὶ Πρυτανείῳ* (→ *Πρυτανεῖον*) und *τὸ ἐν Φρεαττοῖ* nach dem heiligen Bezirk eines Heros Phreatos auf der Peiraieus-Halbinsel. Vor den am Markt für die Tagung der Geschworenengerichte bestimmten Gerichtsstätten war ein geräumiger Platz abgegrenzt, von dem aus sämtliche Gerichtsstätten betreten werden konnten. Hier wurden täglich die Richter für die Geschworenengerichte ausgelost. Die älteste und größte Gerichtsstätte derselben war die → *ἡλιαία*. Auf der → Agora tagte auch die Vollversammlung des Volkes unter dem Vorsitz eines aus den Prytanen erlosten Vorsitzenden, wenn sie ausnahmsweise über Freisprechung oder Verurteilung eines Angeklagten abzustimmen hatte (Busolt-Swob. GStk 990). Als weitere Gerichtsstätten der Volksgerichte kennen wir noch mehrere, deren Verwendung als Gerichtsstätte sich aus der Benennung nicht unmittelbar ergibt: so z. B. das → *ᾠδεῖον*, die → *στοὰ ποικίλη* und die → *στοὰ βασίλειος* (Demosth. 25,23). Am Eingang jeder Gerichtsstätte stand ein Bild des nach seiner Wolfsgestalt benannten *Ἥρως Λύκος*, der als Beschützer der Angeklagten galt. Die Geschworenen saßen auf mit Schilfmatten belegten Holzbänken, die den Vorsitz führenden Jahresbeamten auf einem Podest, *βῆμα*, die Parteien mit ihrem Beistand auf einem besonderen Podest. Ein 3. war für den Vortrag der Parteien und die Aussagen der Zeugen vorgesehen. In der Nähe dieser Rednerbühne befand sich ein steinerner Tisch zum Auszählen der Stimmen (Aristoph. Vesp. 333). Zur weiteren Ausrüstung gehörten noch 2 Stimmurnen → *καδίσκος* und eine Wasseruhr → *κλεψύδρα*. Gegen die Zuschauer waren die Gerichtsstätten durch Schranken (*δρύφακτοι*) und ein hölzernes Gittertor (*κιγκλίς*) abgegrenzt. – Auf der Felskuppe des Areshügels dienten den Redenden 2 rohe Steine als Bühnen, von denen der des Angeklagten *λίθος Ὕβρεως*, der des Klägers *λίθος Ἀναιδείας* (d. h. der Unversöhnlichkeit) hieß. Dort stand auch die Stele, auf der die Blutgesetze aufgezeichnet waren (Lys. 1,30). In unmittelbarer Nähe befand sich ein der Athene → Areia geweihter Altar und ein Heiligtum der Erinyen ([1],167f.). 2. Entscheidungskörper. a) Arten: Mit beamteten Richtern besetzte Kollegien und Geschworenengerichte. Zu den ersteren gehörten seit Drakon als ältester Gerichtshof in Blutsachen die → *ἐφέται* ([7], 143f.), die »Zulasser« (nämlich der Selbsthilfe), später durch Geschworenengerichte ersetzt ([7], 147) und erst nach Solon der → *Ἄρειος πάγος* ([1],21. [4],10f. [7],130f.). Dieser ist von einem dem frühen König beigegebenen Rat herzuleiten. Er ergänzte sich aus den gewesenen Archonten, die lebenslänglich dem Kollegium angehörten. – Die andere Kategorie von Gerichten, die Geschworenengerichte, → *ἡλιαία*, wurden von Solon eingeführt und unter Kleisthenes vervollkommnet ([5] Bd. 1,196. [8],83). Über die geschichtliche Entwicklung s. [8],84f. b) Gerichtspersonen. aa) Die Geschworenen. Diese mußten bestimmten Vorbedingungen entsprechen und wurden in einem bis ins einzelne geregelten Verfahren erlost ([1], 151f.). Vor Beginn ihrer Tätigkeit hatten sie einen Eid abzulegen (Wortlaut: [1],152). Ihre Zahl stieg im 5. Jh. bis auf 6000. Urspr. wurden die Geschworenen in bestimmter Zahl für ein Jahr zugewiesen, später fand die Verteilung der Richter auf die einzelnen Gerichtshöfe, um die Gefahr von Bestechungen zu vermeiden, täglich durch das Los statt (Aristot. Ath. pol. 63,4. [1],136f.). bb) Die Gerichtsvorstände. Die einzelnen Rechtssachen gehörten zur Zuständigkeit von verschiedenen Beamtenkollegien und Einzelbeamten, z. B. der Thesmothetai, der Elfmänner, des Polemarchos u. a. ([1],57ff.). Der Archon Basileus, dem die 4 »Könige« der gentilizischen Stämme zur Seite standen, war Vorsitzender der Blutgerichte. Den Vorsitzenden, die das Verfahren bereits vorbereitet hatten, stand die *ἡγεμονία τοῦ δικαστηρίου* zu, auf Grund deren sie die Verhandlungen leiteten. cc) Sonstige Gerichtspersonen. Ein besonderer Beamter führte die Sachen von der Behörde in die Gerichtshöfe ein → *εἰσαγωγεύς*. Zu dem unteren Personal gehörten ständige besoldete Schreiber, Herolde, Gemeindesklaven als Henker, Folterknechte und Gefängniswärter (Busolt-Swob. GStk 980. 1057f.) und Gerichtsdiener. c) Die Zuständigkeitsordnung. Der Geschäftskreis der Blutgerichte war von vornherein genau abgegrenzt. So richtete zuerst das *δ.* der Ephetai allein über Blutsachen, später der Areopag über vorsätzlichen Mord, Mordversuch, Brandstiftung und Giftmord, während die zu Geschworenengerichten umgewandelten Ephetai nur über unvorsätzliche und bußlose Tötungen zu entscheiden hatten ([7],143f.). Bei den Geschworenengerichten richtete sich der Geschäftskreis nach der Zuständigkeit der dem betreffenden Gericht vorsitzenden Jahresbeamten. Die Vollversammlung des Volkes war als Geschworenengerichtshof nur ausnahmsweise in Strafsachen von außerordentlicher Bedeutung zuständig. d) Verfahren. Dem Verfahren vor dem *δ.* ging ein Vorverfahren voraus, in Mordsachen die 3 *προδικασίαι* vor dem Basileus ([5] Bd. 1,290), in den übrigen Fällen eine *ἀνάκρισις* ([8],60f.) vor den zur Gerichtsvorstandschaft berufenen Verwaltungsbehörden. In Privatsachen diente ein vorgeschaltetes Verfahren vor einer bes. Verwaltungsbehörde, *τετταράκοντα*, der Erledigung von Bagatellsachen ([1],636f.). Auch in Strafsachen war eine Bestrafung im Verwaltungsverfahren möglich, wenn der Täter auf frischer Tat ertappt worden war und ein Geständnis abgelegt hatte. Mit → *ἔφεσις* konnte der auf frischer Tat ertappte, aber nicht geständige Täter gegen die Vollstreckung der Strafe widersprechen (U. E. Paoli in ZRG 76, 1959, 97f.). Über die Grundsätze des Hauptverfahrens s. [1],804f. [2]. [3]. [6], über die Prozeßtaktik E. Heitsch, MH 18, 1961, 204ff. II. Außeratt. Gerichtshöfe. 1. Auch für das übrige Griechenland sind Geschworenengerichte bereits vor der Zeit der att. Redner bezeugt (A. Ehrhardt, ZRG 76, 1959, 483. Belege s. RE V 570). 2. Ägypten. Hier gab es in ptolemäischer Zeit auf dem Lande Dikasterien von 10 Richtern als Spruchinstanzen für die eingewanderte Fremdbevölkerung ohne Unterschied der Nationalität, sodann die Volksrichter, *λαοκρίται*, ein äg. Gericht für die einheimische Bevölkerung mit einem griech. *εἰσαγωγεύς*, und ein gemischtnationales Kollegialgericht, das *κοινοδίκιον*. In den autonomen Griechenstädten Alexandreia, Naukratis und Ptolemais sind städt. Gerichtshöfe für die Streitigkeiten der griech. Bürger und Fremdengerichtshöfe für gemischtnationale Prozesse bezeugt. E. B.

1. *J.H. Lipsius* Das att. Recht und Rechtsverf., 1905–1915. 2. *A. Steinwenter* Streitbeendigung durch Urteil, Schiedsspruch und Vergleich nach griech. Recht, 1925. 3. *U.E. Paoli* Studi sul processo attico, 1933. 4. *U. Kahrstedt*, Klio 30, 1937, 10f. 5. *Bonner-Smith* The administration of justice from Homer to Aristotle, Bde. 1 u. 2, 1930–1938. 6. *E. Ruschenbusch* Hist. 6, 1957, 257f. 7. *Ders.* Hist. 9, 1960, 129f. 8. *H.J. Wolff* Beitr. z. Rechtsgesch. Altgriechenl., 1961. 9. *Ders.* Das Justizwesen der Ptolemäer, 1962, dazu *Seidl* Tijdschrift 31, 1963, 119ff.

Δικαστικὸς μισθός. In der frühen Demokratie Athens galt der Grundsatz der demokrat. staatsrechtlichen Gleichheit. Die immer mehr zunehmende wirtschaftliche und soziale Ungleichheit führte aber in der Folge dazu, daß nur wirtschaftlich unabhängige Bürger, also nur der wohlhabende Teil der Stadtbevölkerung, an den Gerichtsversammlungen teilnahm, während die minderbemittelten oder armen Bürger, bes. die Landbevölkerung, die Arbeit, die sie ernährte, nicht zwecks Ausübung des Geschworenenamtes im Stiche lassen konnte und wollte ([2],850). Darum führte die entschiedene Demokratie unter Perikles Tagegelder für die Geschworenen ein (Aristot. Ath. pol. 2,2. [1],226ff.). Diese Tagegelder, die die Athener als Richtersold bezeichneten, entsprachen in der Höhe etwa dem Durchschnitt eines Tagesverdienstes und betrugen urspr. wahrscheinlich einen Obolos ([3],163,96). Dem Staatsmann Perikles wurden für diese Neuerung eigensüchtige Beweggründe unterstellt (Aristot. Ath. pol. 27,3. Plut. Per. 9. [2],897), auch glaubte man, daß die Verschlechterung der Gerichtshöfe eine unmittelbare Folge der Einführung der Diäten sei (Aristot. Ath. pol. 27,4. Plat. Gorg. 515 E. [1],231). Infolge der Notlage der Bürgerschaft kam es im Peloponnes. Krieg zu einer Erhöhung auf 2 Obolen für jede Sitzung (Sch. Aristoph. Vesp. 88) und im J. 425 durch Kleon auf 1 Triobolon. Die oligarch. Reaktion kehrte im J. 411 wieder zu dem Grundsatz zurück, daß für die Ausübung einer staatlichen Funktion keine Entschädigung gezahlt werden solle (Thuk. 8,65,3. 67,3. Aristot. Ath. pol. 29,5), ein Grundsatz, an dem auch in der nachfolgenden Demokratie festgehalten wurde (Thuk. 8,97,1). Nach Wiederherstellung der Volksgerichte nach dem Fall der Dreißig wurden die Tagegelder in der alten Höhe von 3 Obolen wieder eingeführt. Dieser Satz bestand bis auf Aristoteles weiter (Ath. pol. 62,2). Allerdings reichte er damals kaum noch zur Befriedigung der notwendigsten Bedürfnisse aus (Isokr. 7,54. [2],204,5). E. B.

1. *Bonner-Smith* The administration of justice from Homer to Aristotle, 1930/38. 2. *Busolt-Swob.* GStk. 3. *J.H. Lipsius* Das att. Recht und Rechtsverf., 1905–1915.

Dike (*Δίκη*). **1.** Von dem bei Hom. schon manchmal gestalthaft gebrauchten Begriff der → Themis hat sich D. (= Weisung, zu *δείκνυμι*) für das Gebiet des Rechtslebens abgespalten. Das zeigt schon ihre Verbindung mit Eunomia und Eirene zur Dreizahl der → Horai, Hes. theog. 901. Wenn Themis bei Hom. die gesamte als göttlich empfundene Ordnung des Lebens meint, so bezieht sich D. bes. auf die Rechtsprechung. Kein Wunder, wenn Hes., der »Prophet der Gerechtigkeit«, die von den Göttern geehrte (Hom. Od. 14, 84ff.) D. zu einer lebendigen, der göttlichen Sphäre angehörigen Gestalt erhebt. Was Hom. Od. 19, 109ff. ohne Bild ausführt: wo ein gottesfürchtiger König gute Rechtssprüche (*εὐδικίας*) handhabt, da bringt die Erde Lebensmittel in Fülle hervor, und es gedeiht das Volk, oder Il. 16,386 schon leidenschaftlicher zum Ausdruck bringt: wo man krumme Urteile fällt und das Recht vertreibt, da schickt Zeus Naturkatastrophen: das gestaltet sich bei Hes. zu einer dichterisch-religiösen Vision. Wenn das Recht gebeugt wird, hört er förmlich, wie man D. fortschleift, er spürt, wie sie den Völkern, die sie ausgestoßen haben, in Nebel gehüllt, unheilsinnend folgt, er sieht, wie sie sich neben ihren Vater Zeus setzt, ihm ihr Leid klagt und Vergeltung heischt. Hes. erg. 220ff. 256ff. Drastisch war auf der Kypseloslade (7. Jh.) dargestellt, wie D. die Adikia mit der einen Hand würgt, mit der andern schlägt, Paus. 5,18,2, ähnlich auf einer erhaltenen Amphora aus Caere, Baum. Denkm. 2, Abb. 1442 (S. 1300). Pind. führt die »Personifikation« weiter, indem er etwa P. 8,1 *Ἡσυχία* (die Ruhe im Staat) zur Tochter der D. macht. Bei Bakchyl. 14,54 führt D. die Schlüssel der Beratungen und der Kriege, 16,25 die Waage als Attribut. Bei Solon wirken sich D. und Adikia, ohne im Einzelfall die Götter zu bemühen, immanent aus; er beschäftigt sich mit dem Problem der späten Vergeltung des Unrechts. Anaximandros wendet die Begriffe D. und *τίσις* sogar auf den Naturlauf an, und Herakleitos gibt dieser kosmischen D. die Erinnyen als Helferinnen. Eine große Rolle spielt D. bei den Tragikern. Auch bei ihnen ist sie eine objektive Macht, nicht etwa ein inneres Rechtsbewußtsein. Bei Aischyl. vollstreckt sie Zeus' Willen auf Erden ohne Ansehen der Person; ihr Attribut ist das Schwert, und sie ist von Poine, Erinys und Aisa begleitet, Cho. 639.946. Stellensammlung zu den Tragikern Waser RE V 576. Soph. nennt D. Beisitzerin nicht nur des Zeus, sondern auch der unterirdischen Götter, Oid. K. 1381. Ant. 451; er spricht zuerst von dem »Auge« der D. Auch die Personen des Eur. verweisen häufig auf die Macht der D., die für ihn wieder mehr ein kosmisches Prinzip ist; frg. 223 nennt er sie ein Kind der Zeit. In Aristoph.' Wolken führen der *δίκαιος* und der *ἄδικος λόγος* einen Redeagon. Bei späteren Autoren zeigt sich in der Auffassung der D. z. T. mystischer oder philosophischer Einfluß. Kultische Ehren genoß D. mit ihren beiden Schwestern in Korinth, Argos, Olympia, allein in Nisaia (Megaris) u. Gortyn (Kreta). H. v. G.

Usener Götternamen, 2/929. *Hirzel* Themis, D. und Verwandtes, 1907. *L. Petersen* Zur Gesch. der Personifikation, 1939. *K. Latte* Ant. und Abendland 2, 1946, 63. *Nilsson* GgrR 1,58.711. 2,347.

2. Rechtsbegriff. I. Athen. 1. Genereller, abstrakter Begriff für sämtliche Klageformen, also sowohl für die *δ. δημόσιαι*, → *γραφή*, als auch für die *δ. ἴδιαι*. 2. Im engeren Sinn eine auf die »Privatklagen«, *δ. ἴδιαι* (Poll. 8,41), einschließlich der → *διαδικασία* beschränkte Sammelbezeichnung. Über die urspr. Bedeutung s. [5]. Die Haupteinteilung der Klagen in öffentliche und private, die der att. Gesetzgeber selbst vorgenommen hat, beruht auf der bei den beiden Klagegruppen verschiedenen Berechtigung zur Klageerhebung. Die öffentliche Klage konnte außer dem von einer Rechtsverletzung Betroffenen auch jeder andere im Vollbesitz seiner bürgerlichen Rechte befindliche Athener erheben, während bei den *δ. ἴδιαι* zur Klagestellung nur der Betroffene oder sein gesetzlicher Vertreter berechtigt war ([1],238f. 460). Materiell waren die *δ. ἴδιαι* dem Schutz privater Interessen zu dienen bestimmt. Über den delikt. Charakter sämtlicher *δ.* s. [4],72f., wo zutreffend die technische Unterscheidung zwischen Strafklage, *δ. κατά τινος*, und Zivilklage, *δ. πρός τινα* (vgl. [2],19f.), abgelehnt wird. Über die Unterschiede zwischen *δ. δημόσιαι* und *δ. ἴδιαι* in bezug auf Gerichtszuständigkeit und Verfahren s. [2],9f. 3. Bezeichnung für die Verfahrensart als solche, für das konkrete Verfahren dieser Art und für die einleitende Klageschrift ([3],243f.).

II. Außerhalb Athens. 1. Der Gegensatz zwischen *ἴδιαι καὶ δημόσιαι δ.* ist auch für Teos bezeugt (Sylloge³ 578,53). 2. In den Pap. bedeutet *δ.* teils Strafe, Bestrafung, teils Gerichtsverhandlung, Prozeß oder Privatklage (Preisigke Pap. WB s. v.). In Urkunden begegnet vielfach die Klausel *καθάπερ ἐκ δίκης*, die der Beschleunigung der Vollstreckung diente ([6]). E. B.

1. *J. H. Lipsius* Das att. Recht und Rechtsverf., 1905–1915. 2. *E. Gerner* Zur Unterscheidbarkeit von Zivil- und Straftatbest. im att. Recht, 1934. 3. *Ders.*, Festschr. für Leop. Wenger 2. Bd., 1945, 242f. 4. *L. Gernet* Droit et société dans la Grèce ancienne, 1955, 61f. 5. *H. J. Wolff* Beiträge zur R.-Gesch. Altgriechenlands und des hellenist.-röm. Äg., 1961, 248f. 6. *E. Seidl* Ptolem. R.-Gesch., 1962, 102f.

Dikte. Gebirge in der O.-Spitze Kretas, h. Modi (539 m), nicht das Lasithigebirge, wie früher allg. angenommen. Auf der Dikte sollte Zeus geboren oder aufgezogen worden sein. Berühmtes Heiligtum des diktaeischen Zeus an der O.-Küste auf der Stelle der großen minoischen Stadt Palaeokastro mit Resten des 7./6. Jh. v. Chr. und Kult bis in die Kaiserzeit. Die diktaeische Grotte scheint nur Verwechslung mit der idaeischen zu sein. Strab. 10,4,12 p. 478f. Dion. Hal. 2,61. Diod. 5,70, 6. Apollod. 1,5 (1,1,6). Athen. 9,18 p. 375f. u. a. E. M.

1. *M. Guarducci* Inscr. Cret. III 1942, 5ff. 2. *R. W. Hutchinson*, ABSA 40, 1939/40, 62f. 67f. 3. *P. Faure*, BCH 84,

1960, 189ff. 4. *R. F. Willets* Cretan cults and festivals 1962, 208ff. 215f.

Diktynna (*Δίκτυννα*). »Die von der Dikte« (FRISK 394. [1],192.202. [4],511), kret. Höhengöttin, auf dem Dikte-Gebirge im O. der Insel (Serv. Aen. 3,171. WIL. GldH 1,55,5.117. [6],109) Kurotrophos des Kindgottes Zeus *Δικταῖος* (BMCGr Crete 3ff. Taf. I 9. HEAD HN² 479. COOK Zeus 1,541. [1],193f. [7],191.193). Ihr eigentlicher Name war Britomartis (skeptisch [4],512); ihn offerieren die der Dikte vorgelagerten Kultorte O.-Kretas zwischen Gortyn (Kall. h. 3,189. Vgl. Inscr. Cret. 4,237. D. COMPARETTI Leggi di Gortyna, 1893, 23) und der Bucht von Mirabello: Lyttos (Inscr. Cret. 1, XVIII 9,7), Chersonesos (Inscr. Cret. 1, VII 4. HEAD 460. S. MARINATOS, AA 1930, 163. Strab. 10,479), Dreros (Inscr. Cret. 1, IX 1 A, 29. Sylloge³ 527), Lato und Olus (Inscr. Cret. 1, XVI 5,75/76. HEAD 472) mit altem, angeblich von Daidalos gefertigtem Xoanon (Paus. 9,40,3. [1],189). Unter der Herkunftsepiklese D. (Beleg vielleicht schon HT 52a.2 *di-ka-tu*[-*na?*] G. PUGLIESE CARRATELLI Minos 5, 1957, 170,1) dringt die Göttin kultisch nach W. vor (P. MINGAZZINI, Religio 1, 1920, 276f. [2],129) bis zum *Δικτυνναῖον ὄρος* auf der Tityros-Halbinsel (Hdt. 3,59. Strab. 10,479. Inscr. Cret. 2,128ff. G. WELTER - U. JANTZEN DAI-Forschungen auf Kreta, 1942, 106ff.) mit den peripheren Stationen Kydonia, Polyrrhenia und Phalasarna (Strab. a.O. HEAD 464.474f. [1],189f.). Diktynnaion im W. und Diktaion im O. fließen zusammen in den lokalen Vorstellungen der ätiol. D.-Legende bei Kallimachos (h. 3,189ff.). Sie will mit der Verfolgung der jagdliebenden Nymphe Britomartis durch Minos, ihrem Sprung vom Felsen ins Meer, ihrer Rettung durch Fischernetze und Wandlung zur D. früh verdunkelte rel. Sachverhalte erklären: die Personalunion D.-Britomartis ([5],290; verfehlt [1],192.202), den Sinn des Kulttitels D. (volksetymol. zu *δίκτυον* »Netz«: Aristoph. vesp. 368. J. GONDA *Δείκνυμι*, 1929, 221f. [4], 510f. [6],109), Vorgebirge und Meer als Domäne der Höhenherrin, schließlich das nuptiale Verhältnis der D. zu dem durch Minos substituierten Junggott ([5],292) Diktys-Diktaios (USENER Götternamen 41f. U. PESTALOZZA Rel. Mediterranea, 1952, 123), dessen Name in Fischer- und Versenkungssagen abgedrängt wurde (Apollod. 2,35f. Paus. 2,18,1. Plut. mor. 353e. R. EISLER, OLZ 39, 1936, 721ff.). – Die Rolle der Zeusamme rückt die D. neben → Adrasteia, → Amaltheia und → Melissa ([4],537.538,10) in den Kreis der kret.-min. Muttergöttin → Rhea (H. R. HALL Oldest Civilisation of Greece, 1901, 295f. R. DUSSAUD Civilisations préhelléniques, 1914², 388.390f. [5],289) und ihrer → Kureten (CH. PICARD, RHR 98, 1928, 64). Die Atmosphäre des Geburtsmythos in der dikt. Grotte (Apollod. 1,4. P. FAURE, BCH 84, 1960, 189ff.) verleiht ihr maternale Züge (J. WIESNER Vor- und Frühzeit der Mittelmeerländer 1, 1943, 74); dagegen tritt an der flüchtigen Nymphe Britomartis jungfräulich-sprödes Wesen hervor (Kall. h. 3,201ff. m. Sch.). Die Ambivalenz Mutter-Jungfrau ist wesentlich für D.-Britomartis ([5],289f. [7],180); sie schließt die Aufgaben der Tierhegerin (J. PUHVEL Minoica, Festschr. Sundwall, 1958, 331) und der Geburtshelferin ein (J. POERNER De Curetibus et Corybantibus, 1913, 267), denen beiden die Heilkraft der »Pflanze des Berges Dikte« → (*δίκταμνον* P. CHANTRAINE Formation des noms en grec ancien, 1933, 216. R. STRÖMBERG Griech. Pflanzennamen, 1940, 126. PESTALOZZA 230) gewidmet ist: Aristot. hist. an. 9,6. Theophr. h. plant. 9,16,1. Verg. Aen. 12,412ff. – Hippokr. nat. mul. 29. Cels. 5,25,13. J. MURR Die Pflanzenwelt in der griech. Myth., 1890, 189. A. S. PEASE Mél. Marouzeau, 1948, 468ff. [6],119f. Die Berührung und allmähliche Verschmelzung mit → Artemis (Aristoph. Ran. 1359f. Paus. 3,14,2. Diod. 5,76,3. Hesych. s. *Βριτόμαρτις*), kultisch evident vor allem auf Delos (IG XI 2,145.203 A. BCH 6, 1882, 23.14, 1890, 493. [1],198f.202) und in der Peloponnes (Eur. Hipp. 145f. Iph. T. 127), erfolgt aus der Gemeinsamkeit der Doppelnatur und der daraus entspringenden Funktionen (*πολύθηρος, οὐρεία*. Vgl. A. EVANS Palace of Minos 2, 1928, 842ff.). Dazu zählt auch die altmin. Eigenschaft einer strandbeherrschenden Berg- und Seegöttin (Hom. h. 27,6ff. A. LESKY Thalatta, 1947, 15. EVANS 2,250f. 843): Kultausbreitung der D. über die Inseln und Randgebiete der Ägäis ([1],198ff.), Fusion mit der äginet. Kurotrophos Apha-Aphaia (IG IV 1580ff. Aegina 1,370.373. Hesych. s. v. Paus. 2,30,3. Verg. Cir. 303. H. HOLLAND, H 60, 1925, 60ff. [2],129f. [4],512f.) und der troizen. Küstengöttin Saronia (Paus. 2, 32,10. S. WIDE Festschr. O. Benndorf, 1898, 14. L. RADERMACHER, SAWW 182,3, 1916, 13) finden unter artemis. Vorzeichen statt (Eur. Hipp. 149ff. 1126ff.). Die Legenden der Aphaia (Ant. Lib. 40. E. MAASS, H 58, 1923, 175ff. [1],188) und der Saronia (Etym. m. 708,51. Sch. Eur. Hipp. 1200. F. PFISTER, RVV 5, 1909, 59f.) haben mit der Britomartissage die Latenz und Fluchthaltung bzw. den Meeressprung der Göttin gemeinsam (MAASS, KZ 50, 1922, 231ff. H. THIERSCH, NGG 1928, 157ff. RADERMACHER 12f. LESKY 143f. [6],97.130f.). Zugrunde liegt das verbreitete Phänomen der *dea fugitiva et demersa* (J. FONTENROSE, Univ. Calif. Publ. Sem. Phil. 11, 1951, 125ff.), dem bisweilen rit. Katapontismen zugeordnet sind (G. GLOTZ L'ordalie dans la Grèce primitive, 1904, 34ff. 39ff. R. TEXIER, RPh 8, 1934, 163). Die bekannteste dieser Gestalten, die »weiße Göttin« → Ino-Leukothea (Hom. Od. 5,333ff.), scheint u. a. nach Kreta zu gehören (Hesych. s. *Ἰνάχεια*). Ein Deutungsversuch des prähellen. Namens Britomartis, der die Primärform **Βρυτάμαρπις* (RANGABÉ Ant. Hell. Nr. 691. SGDI 4952 A 30. 5075,44.76. MARINATOS *Ἀρχ. Δελτ.* 9, 1924/25, 79ff. P. WAHRMANN, Gl 19, 1931, 170) berücksichtigt, führt analog auf die »weiße Felsenherrin« ([6],123 ff. Vgl. [5],288 f.). Die ant. Übersetzung *dulcis virgo* (Solin. 11,8. Vgl. Hesych. s. βριτύ mit Lattes Anm. G. Legerlotz, KZ 8, 1859, 127 ff. F. Solmsen, KZ 35, 1899, 482 f. [2],128) ist jedenfalls sprachlich nicht mehr haltbar, neuere Erklärungen (J. Whatmough, JRS 11, 1921, 250,2. V. Magnien Acropole 4, 1929, 118 ff. G. W. Elderkin, AJPh 60, 1939, 203 ff.) vor allem auch semantisch bedenklich. W. F.

1. *M. Guarducci*, SMSR 11, 1935, 187 ff. 2. *A. W. Persson* Rel. of Greece in prehist. times, 1942. 3. *Ch. Picard* Les rel. préhelléniques, 1948. 4. *M. P. Nilsson* Minoan-Mycenean Rel., 1950^2. 5. *G. Glotz* La civilisation égéenne, 1952^2. 6. *W. Fauth* Hippolytos und Phaidra II, AAMz 1959, 8, 108 ff. 7. *R. F. Willetts* Cretan Cults and Festivals, 1962.

Diktys (Δίκτυς). **1.** Sohn des Magnes und einer Najade, Apollod. 1,88, nach andern direkt oder im 4. Glied von Poseidon abstammend, Tzetz. Lyk. 838. Pherekyd. frg. 10. Bruder oder Halbbruder (Sch. Apoll. Rh. 4,1515) des Polydektes, mit dem zusammen er die Insel Seriphos besiedelt, Hyg. fab. 63. Als Fischer (D. = Netzmann) nimmt er Danae mit ihrem Söhnchen Perseus, die in einem Kasten an Seriphos antreiben, auf und schützt sie gegen die Silenen (in Aischylos' Satyrspiel Diktyulkoi, s. u. Lit.) und gegen den König Polydektes. Pind. P. 12,15 weiß von Sklaverei und Zwangsehe Danaes bei diesem. Der heranwachsende Perseus wird von ihm ausgeschickt, um das Haupt der Medusa zu holen. Er kommt mit dem Gorgoneion zurück und versteint den Bedränger, Apollod. 2,36.45, nach Strab. 10,487 auch die ganze Insel. D. wird König von Seriphos. In Athen wurden D. und die Nereide Klymene als Retter des Perseus verehrt, Paus. 2,18,1. Eur. schrieb eine Tragödie D. – Kerenyi Heroen der Griechen 59 sieht in Polydektes einen alten Unterweltskönig, in D. dessen Gehilfen. H. v. G.

R. Pfeiffer, SBAW 1938. *E. Siegmann* Philol. 1948. *A. Lesky*, G 61, 1954, 296 f. *Ders.* GGrL^2 295 f. *H. J. Mette*, G 62, 1955, 402 ff. *Ders.* Fragm. d. Aischyl., Berlin 1959.

2. Einer der tyrrhen. Schiffer, die von Bacchus in Delphine verwandelt wurden. Ov. met. 3,615. Hyg. fab. 134. **3.** Kentaur, der von Pirithous getötet wurde. Ov. met. 12,334 ff. **4.** Von Hyg. fab. 157 unter den Söhnen Neptuns genannt. Seine Mutter ist Agamede, die Tochter des Augias. **5.** Plut. mor. 353 F Pflegetochter der Isis.

6. D. Cretensis. Angeblicher Vf. einer Ἐφημερὶς τοῦ Τρωικοῦ πολέμου. Erhebt den Anspruch. die wahre Gesch. des Troian. Krieges mitzuteilen, an dem er selbst mit Idomeneus und Meriones teilgenommen habe. Der Name D. kommt nicht bei Homer vor. »Daß man zu all dem Erdichteten gleich auch den Gewährsmann hinzuerfand, liegt im Stile solcher Literatur«, Lesky 916. In dem vorangestellten »Prologus« wird behauptet, das Werk sei im 13. Regierungsjahr Kaiser Neros durch Erdbeben aus dem Grab des D. an Licht gekommen; es sei auf Lindenbast in pun. Schrift und Sprache geschrieben gewesen. Von Hirten gefunden, sei es schließlich zu Nero gekommen, der es ins Griech. übersetzen ließ. Obgleich die Byzantiner aus D. schöpften, ging das griech. Original verloren. Bekannt war in MA und Neuzeit nur eine lat. Übers. eines Septimius, der (vielleicht im 4. Jh.) die ersten 5 B. ziemlich getreu ins Lat. übersetzte, das übrige, nämlich die Heimkehr der Griechen, in ein B. zusammenzog. So berichtet Septimius in einer vorangeschickten »Epistula«, die an einen Q. Aradius Rufinus adressiert ist. Obwohl wir einige Männer dieses Namens kennen, läßt sich eine Identifikation nicht sicherstellen. Bemerkenswerteste Abweichung der Epistula gegenüber dem Prologus: Nur die Schrift sei pun., die Sprache griech. gewesen. Von den wichtigsten Hss. weisen die der einen Familie nur den Prolog, die der anderen nur die Epistel auf. Durch einen Papyrus, veröffentlicht von Grenfell–Hunt–Goodspeed 1907 im 2. Bd. der Tebt.-Pap. (= Nr. 240 Pack Greek and Lat. lit. Texts), der ein Stück des 4. B. enthält, ist der Streit um die Existenz eines griech. Originals beendet. Der Pap. stammt aus dem frühen 3. Jh. Die Angabe »im 13. J. Neros« darf man also mindestens so deuten, daß der Text im 1. Jh. verfaßt sein dürfte. (Eine Identifikation des im Prol. genannten Rutilius Rufus mit T. Atilius [sic!] Rufus [PIR 1304] ist trotz Cichorius und Jacoby 527 unwahrscheinlich). Der Pap. zeigt, daß der Übersetzer sich recht getreu ans Original hielt. D. erzählte vom griech. Standpunkt. Charakteristisch ist das Fehlen aller unrationalen, sagenhaften Züge. Groß war, neben dem vom phryg.-troi. Standpunkt aus schreibenden Dares, die Wirkung auf ma. Troiaerzählungen. Noch Goethe hat beim Plan seiner »Achilleis« D. als Vorlage benützt (K. Reinhardt Trad. u. Geist 283 ff.). W. E.

Ausg. des D.-Septimius: *W. Eisenhut* Lpz. (Teubner) 1958. Über D. bzw. Septimius: *Eisenhut* a. O. V ff. (S. L die ältere Lit.). *John Forsdyke* Greek before Homer, Lond. 1956, 153 ff. *Schanz-Hos.* 4,1,85 ff. *Jacoby* FGrH Nr. 49. *Lesky* GGrL 916 f.

Dilectus. D. (Fest. 73,5 M: *dilectus militum et is, qui significatur amatus, a legendo dicti sunt*), nach Pol. 6,12,6. 21,7 διαγράφειν, διαλέγειν bedeutete die Aushebung für den Heeresdienst. In der Frühzeit des röm. Milizheeres wurde das Heer anfangs vom König unter Mitwirkung des Senats gebildet, in der Republik war dieser allein dafür maßgebend (Mommsen RStR 1075 ff.). Nach den Steuerlisten wurde die Stammrolle für den Heeresdienst aufgestellt. Die Wehrpflichtigen waren darin nach den Vermögensklassen und dem Alter gemäß in *iuniores* von 17 bis 46 J. und in *seniores* von 46 bis 60 J. aufgezeichnet (Mommsen RStR 2,407 ff.). Diese Stammrolle enthielt offenbar auch die Angaben über die mitgemachten Feldzüge und die Dispensierungen. Der d. war zunächst Aufgabe der Konsuln (Mommsen RStR 3,1076). Ferner konnte der *dictator* (Liv. 3,27,3) und in Abwesenheit der Konsuln auch der *praetor* (Liv. 25,3,4) die Aushebung vornehmen. Der Tag, an dem sich die Dienstpflichtigen in Rom innerhalb des 1. Meilensteines stellen mußten (Pol. 6,19,5. MOMMSEN RStR 1,71), wurde durch ein Edikt bekanntgemacht. Die Aushebung fand anfangs auf dem Kapitol statt (Liv. 26,31,11), später als die Zahl der Wehrpflichtigen wuchs, auf dem Marsfeld (Varro rust. 3,2). Von der ausgehobenen Infanterie stellte jede Tribus 3 schwere Zenturien und 1 leicht bewaffnete, die → *rorarii*. Die Spezialisten bildeten 2 Zenturien → *fabri*, 2 Zent. → *cornicines* und → *tubicines* und 1 Zent. → *accensi velati*. Gegenüber der Infanterie, die aus Plebejern und Patriziern bestand, setzte sich die Reiterei ausschließlich aus Patriziern (KROM.-VEITH 268 f.) zusammen. Wenn 2 konsular. Heere von insgesamt 4 Leg. zur Aushebung kamen, wurden zuerst die 24 Tribunen ernannt (Pol. 6,19,8). Dies besorgten anfangs die Konsuln oder der Diktator, ausnahmsweise Prätoren. Später wählte das Volk die Tribunen. Darauf wurden die Verbände gebildet. Anschließend erfolgte die Eidesleistung legionsweise, und zwar derart, daß die Tribunen, die wie später die Legaten zuerst vereidigt wurden, einen Mann verpflichteten (Pol. 6,21,1 ff.) und die anderen mit *Idem in me* folgten (Fest. 224 M). Dazu kam der Lagereid (Pol. 6,33,1,2), der später unterblieb (Gell. 16,4,2). Wenn die Zeit drängte, wurde der Diensteid auch in Form der *coniuratio* vorgenommen (Serv. Aen. 8,1) und war an die jeweilige Person des Feldherrn für die Dauer eines Jahresfeldzuges gebunden (KROM.-VEITH 305). Die Aushebung der Kavallerie erfolgte zeitlich gesondert (Liv. 1,43,8. Pol. 6,20,9), die Flotte stellten größtenteils die Bundesgenossen. Zeitpunkt, Stärke und Ort bestimmten bald die jeweiligen Verhältnisse für den d. (KROM.-VEITH 304). Wer der Mobilmachung fernblieb, wurde in Rom mit Geldstrafen, Konfiskation des Vermögens (Dion. Hal. ant. 8,81), körperliche Züchtigung, Gefängnis (Liv. 2,55,5. 7,4,2), Verkauf in die Sklaverei (Val. Max. 6,3,4) und zensor. Rüge bedacht (MOMMSEN RStR 2,378,1), bei den ital. Stämmen mit dem Tode (Liv. 4,26,3). Die rechtliche Prüfung der Entschuldigungsgründe wurde vom Konsul vorgenommen. Mit der Heeresreform des Marius kam die bisherige Art der Aushebung außer Übung (KROM.-VEITH 385 f.). Praktisch trat die Werbung an Stelle der Aushebung (Sall. Cat. 29,2. App. b.c. 1,80) und wurde nicht mehr in Rom, sondern in den verschiedenen ital. Landschaftsgebieten von *conquisitores* (Cic. Att. 7,21,1) durchgeführt. Doch wahrte man dabei möglichst die Form der Aushebung. Die Nichtdienstpflichtigen nahm man als Freiwillige auf und, wer von den Dienstpflichtigen nicht dienen wollte, konnte sich loskaufen (Plut. Crass. 17). Der Census spielte keine Rolle mehr, das Heer setzte sich größtenteils aus röm. Bürgern der niederen Stände zusammen. Seit der lex Iulia (90 v. Chr.), durch die die ital. Bundesgenossen das

röm. Bürgerrecht erhielten, fanden auch sie Zugang in die röm. Legionen. Während der Bürgerkriege kümmerte man sich nicht mehr um die alten Vorschriften, und in die Legionen wurden nicht nur röm. Bürger aufgenommen. Die Nichtbürger erhielten allerdings mit dem Eintritt das röm. Bürgerrecht. Da die dauernden Kriege und die Notwendigkeit von Besatzungen die Zählung nach Feldzügen ad absurdum führten, wurde die Zählung nach Dienstjahren eingeführt und der Diensteid auf die ganze Dauer von 16 bis 20 Dienstj. erstreckt. Ungeachtet dessen, blieb die Möglichkeit, Aushebungen vorzunehmen, gewahrt (Cass. Dio 39,39). Die Kavallerie stellte zum geringsten Teil noch Italien (App. civ. 2,70), meistens Gallien (Plut. Crass. 17), Spanien (Caes. Gall. 5,26), Thrakien (Plut. Luc. 28), Numidien (App. civ. 1,42) und Germanien (Caes. Gall. 8,13). Andere Hilfsvölker, wie Schleuderer und Bogenschützen, kamen von den Balearen (Flor. 3,8) oder aus Kreta (App. civ. 2,49,71). In der Kaiserzeit konnte allein der Kaiser, als alleiniger Inhaber des *imperium*, den d. anordnen (Cass. Dio 53,15,17). Eine Aushebung ohne kaiserlichen Auftrag galt als Majestätsverbrechen (Dig. 48,4,3). Der d. wurde durch kaiserliche *dilectatores* vorgenommen (Paul. Dig. 4,6,35). Wer seine Aushebung oder die von anderen verhinderte, dem drohten schwere Strafen (Suet. Aug. 24). Freigelassene nahm man in der Regel bloß in die Flotte und in die *cohortes vigilum* auf. In der Zeit von Augustus bis Hadrian bildete der lat. W. das Rekrutierungsgebiet für die Legionen der w., der griech. O. für die der ö. Reichshälfte. Die Italiker, die seit Augustus bloß selten für den Dienst in den Legionen herangezogen wurden, schloß Vespasian gänzlich aus. Vor Hadrian kam es bereits zur Einführung der lokalen Ergänzung, wobei wohl auch klimat. Erwägungen mitbestimmend waren. Die Auxilien hob man in den kaiserlichen Provinzen aus und für die Prätorianer stellte Italien den größten Teil der Mannschaften. Septimius Severus löst die ital. Garde auf und bildete sie neu aus Provinzialen (Cass. Dio 74,2,4). Die *cohortes urbanae* wurden aus Italikern ergänzt, die *equites singulares* aus Peregrinen. In spätröm. Zeit nahm der Strom an Freiwilligen verschiedener Herkunft ins Heer, gefördert durch viele Privilegien, zu (GROSSE 202 ff.). Eine 2. Quelle der Heeresergänzung bildete die Pflicht der Grundbesitzer, Rekruten zu stellen (GROSSE 210 ff.). Ihre Zahl richtete sich nach der Steuerquote (Cod. Theod. 7,13,7). Davon blieben in der Regel unberührt die kaiserlichen Güter (Cod. Theod. 7,13,12). Wenn die Rekrutenstellung durch Geld abgelöst wurde, mußten auch diese Güter die erforderliche Summe entrichten (Cod. Theod. 7,13,2). In iustinian. Zeit kam die Art der Stellung von Rekruten seitens der Grundbesitzer ab und wurde durch Geldablösen ersetzt (Cod. Iust. 12,16,2). Die von den Grundbesitzern gestellten Rekruten mußten wegen häufiger Untauglichkeit einer strengen *probatio* unterzogen werden (GROSSE 215ff.). Selbstverstümmelungen wurden streng bestraft (Cod. Theod. 7,13, 4,5), und jedermann hatte die Berechtigung, einen Fahnenflüchtigen zu verhaften und bei Widerstand zu töten (Cod. Theod. 7,13,21). Sklaven waren vom Dienst im röm. Heer seit jeher ausgeschlossen, doch kamen Ausnahmen vor und häuften sich bes. in spätröm. Zeit. Nach dem J. 380 war auch der Sklave dienstfähig (GROSSE 198f.). Die Heeresergänzung in der spätröm. Kaiserzeit erfolgte ferner durch Erbzwang, wie im Falle der *filii veteranorum* (GROSSE 204ff.) und durch Barbaren (GROSSE 200ff.). Aus ihnen setzten sich die *auxilia*, die Elitetruppen des spätröm. Heeres zusammen. Sie wurden bes. in Gallien und Germanien ausgehoben. A. N.

Krom.-Veith 268f. 302ff. 385f. 486ff. 575f. *G. Forni* Il reclutamento delle legioni da Augusto a Diocleziano, 1953. *A. Passerini* Le coorti pretorie, 1939, 141ff. *K. Kraft* Zur Rekrutierung der Alen und Kohorten an Rhein und Donau, 1951. *R. Grosse* Röm. Militärgesch., 1920, 198ff.

Dill. D. (ahd. *tilli*, wohl verwandt mit Dolde) ist die wohl aus Vorderasien stammende, seit der Antike als Küchengewürz geschätzte Umbellifere Anethum (*ἄνηθον*, auch *ἄννηθον*, aiol. *ἄνητον*, z. B. bei Diosk. 3,58, *anethum* bei Verg., Colum., Plin.) graveolens L., die sich von dem nah verwandten, als Küchenkraut noch verbreiteteren Fenchel (Foeniculum vulgare Mill. = officinale All.) u. a. durch niedrigeren Wuchs, kleinere Blüten und Früchte unterscheidet. H. G.

Dillius. 1. C. D. Aponianus. Aus Corduba; seine Ämterlaufbahn AE 1932, 78. Als Legat der legio III Gallica 69/70 kämpfte er bei Cremona, Tac. hist. 3,10,1ff. Vor 73 wird er cos. suff. gewesen sein, da er im 2. Halbj. 73 die *cura riparum et alvei Tiberis* innehatte, CIL VI 31547. **2.** C. D. Vocula. Verwandter (Bruder?) von Nr. 1. Seine Laufbahn CIL VI 1402. Im J. 69 stand er als Legat der leg. XXII primig. unter dem Kommando des Hordeonius Flaccus in Mainz. Von diesem wurde er zum Entsatz der durch Iulius Civilis eingeschlossenen Legionen nach Castra Vetera geschickt; er unterdrückte auf dem Anmarsch einen Aufstand in Köln und schlug nach Überwindung gefährlicher Situationen den Civilis, Tac. hist. 4,24.34–36. R. H.

Dimensuratio (demensuratio) provinciarum und **divisio** orbis terrarum ist der Titel zweier kurzer Verzeichnisse der Länder und – nur in der dimens. – der größeren Inseln der Welt (auch außerhalb des Imperium Romanum) mit Angaben über die Grenzen und die Ausdehnung (Länge und Breite in *milia passuum*). Die D. entstand wohl kurze Zeit vor der anders angeordneten, jedoch inhaltlich verwandten div., welche nach einem beigefügten Epigramm um 435 n. Chr. abgefaßt wurde. Beide Schriften gehen wie der geograph. Exkurs bei Oros. 1,2 (dazu A. KLOTZ in Charist. Rzach, 1930, 120ff.) über Zwischenquellen auf die commentarii bzw. die aufgrund der commentarii verfertigte Weltkarte des → Agrippa zurück. Die div. wurde ca. 825 durch den ir. Mönch Dicuil ausgeschrieben. A. L.

Ta.: *P. Schnabel* in Philol. 90, 1935, 405f. 425ff.
Lit.: *A. Klotz*, Klio 24, 1930/31, 38ff. 386ff. *H. Bardon* La litt. lat. inconnue 2, 1956, 103f.

Dimum (h. Belina) war eine Station an der Donau im Siedlungsgebiet des getischen Stammes Dimenses in Moesia inferior (Itin. Anton. 221. Tab. Peut. *Dimo;* sollte es vielleicht mit Ptol. 3,10,10 *Δίακον* identisch gewesen sein?). Der Name blieb uns in CIL III 12399 erhalten: *stat(io) Dim(ensis)*. Später wurde D. eine militär. Station: Not. dign. or. 40,6 = 12, in der sich nach ihrer Befestigung der *cuneus equitum Solensium* aufhielt (Prokop. de aedif. 307,19 *Διμώ*). Das Volk der Dimenses war den Römern zu militär. Dienstleistungen verpflichtet. Im J. 241 dienten 16 Mann in der Garde: CIL VI 2391. 2392. 2858. 3901. 3902a. J. F.

Dindymene s. Kybele

Dindymon. Name dreier Erhebungen in Kleinasien, nach ihrer äußeren Gipfelgestalt so benannt (*δίδυμος* = gegabelt, doppelt), von ihnen zwei mit einem Heiligtum der Kybele (*Ῥέα*). **1.** Höchster Gipfel der Insel Arktonnesos (Kyzikos), h. Kapi Dagh, 800 m. Apoll. Rhod. 1,985 mit Sch. p. 86–87 W. App. Mithr. 76. Nonn. Dion. 15,379. Strab. 12,8,11. Zos. 2,31. Atlas of the World, Plate 37. **2.** Von W. nach O. verlaufender Bergstock oberhalb der Stadt Pessinus, h. Bala-Hissar, der h. Murat Dagh (W. SIEGLIN Schulatl. zur Gesch. des Alt., S. 11. Atl. of the World, Plate 36. Strab. 12,5, 3. Ptol. 5,2,10 M. Nonn. Dion. 48,855). **3.** Gebirge in der Troas (Steph. Byz. p. 231: *Δίνδυμα, ὄρη τῆς Τρῳάδος*), vielleicht ident. mit D. 1). A. FORBIGER HB der alten Geogr. 2,340. 365. Les Guides Bleus, Turquie 340–341. H. T.

Dinkel s. Far

Dinogetia (*Δινογέτεια*). Wichtiges röm. Kastell am rechten Ufer der unteren Donau, der h. rumänischen Stadt Galatz entgegengesetzt, in der Nähe des h. Garvăn. Ptol. 3,8,2. 10,1 (*πόλις*). Besonders nachdrücklich ist die Befestigung von D. z. Z. Diokletians betrieben worden. Die Besatzung von D. in der Spätantike bestand aus *milites Scythici* (Not. dign. or. 39,19–27). Die Lage und Einrichtung von D. ist dank der rumänischen Ausgrabungen hier unzweideutig geklärt. Durch Gh. Ştefans Grabungen kamen zahlreiche landwirtschaftliche Werkzeuge sowie Hausgeräte zum Vorschein. D. lag einerseits an der Straße, die entlang der Donau das Delta erreichte und andererseits an der Straße, die über die Donau und entlang dem Seret nach Pyroboridava und Angustia führte. D. war einer der Mittelpunkte des Frühchristentums in der Dobrudscha. Z. Z. Iustinians ist D. neu befestigt worden. Chr. D.

I. Pârvan Getica 89. 2. *Vulpe* Histoire ancienne de la Dobroudja, 103. 165. 171 und passim; Planskizze: Istoria Romînici, 1, 1960, 583. Funde, ebd. und 585. 3. *Gh. Ştefan* Dinogetia, a problem of ancient topography, Dacia, N.S. 2, 1958, 317–329. 4. *I. Barnea* Garvăn – Dinogetia, rum. Bukarest, 1961, passim.

Dinon (*Δίνων*). Griech. Historiker des 4. Jh. v. Chr. aus Kolophon, Vater des Historikers Kleitarchos, Vf. von verlorenen *Περσικά* in mindestens 3 Teilen (*συντάξεις*), die jeweils wiederum mehrere Bücher umfaßten und wenigstens bis 343/42 (Eroberung von Äg. durch Artaxerxes III. Ochos) hinabreichten. Spätere (z.B. Nep., Trog., Plin., Plut.) benutzten ihn neben Ktesias als Autorität für persische Geschichte. H. Gä.

FGrH 690.

Dinos (nicht Deinos). Ein von den Komikern oft mit dem menschlichen Kopf verglichenes, seiner Form nach nicht sicher bekanntes Trinkgefäß. Im modernen archäolog. Sprachgebrauch ist D. ein halbkugeliger, henkelloser Mischkrug (Kessel) mit weiter Öffnung, der zum Aufstellen eines eigenen Untersatzes bedarf, PFUHL Abb. 150. 494. 506. W. H. G.

Richter-Milne Shapes and Names of Athenian Vases, 1935, 10.

Diobolon (*διώβολον*). Silberne Münze im Wert von 2 Obolen und somit $^1/_3$ → Drachme. Das D. war in Athen als *θεωρικόν*, der an den Bürger gezahlte Betrag für den Theaterbesuch, später auch als *ἐκκλησιαστικόν*, die Entschädigung für die Teilnahme an der Volksversammlung, ein gängiger Wert. Die Vorderseite zeigt den Athenakopf, die Rückseite eine Eule mit 2 Körpern (Wertangabe; falsche Beschreibung bei Poll. 9,63). D. begegnen auch in den Prägungen anderer Städte und geben gelegentlich ihren Wert an: *ΔΙΩ, ΔΙΟ, Δ*. H. Ch.

Schrötter WBMzK s.v.

Diocletiani arcus. In Rom über der via lata, dem h. Corso, in der Nähe der Kirche S. Maria in Via lata. Die bis ins späte MA. noch erhaltenen Reste wurden unter Innocenz VIII. im J. 1491 abgetragen. Zur Dekoration des Bogens gehörte ein 1530 ausgegrabenes Relief. Nach der darauf befindlichen Inschrift (CIL 31383) wurde der Bogen vielleicht 303 n. Chr. anläßlich des großen Triumphes Diocletians errichtet. Rud. G.

Urlichs Cod. top. 239. *Matz-Duhn* Antike Bildwerke in Rom 3525.

Diocletiani thermae. Die größte und prachtvollste derartige Anlage Roms, von D. nach dem Vorbild der Caracallath., aber mit größeren und prächtigeren Haupträumen, in den J. 298–305 n. Chr. für die Bevölkerung des Viminal erbaut (CIL VI 1130. 1131). Sie bedeckten eine Fläche von 356× 316 m und reichten von der h. Piazza dei Cinquecento im S. bis in den Hof des Finanzministeriums im N. Der Eingang befand sich in der Mitte der n.ö. Umfassungsmauer, die Mittelachse führte durch das Frigidarium, Tepidarium und Caldarium zu der riesigen Apsis im SW., deren

Grundriß heute noch an den beiden Rundbauten der Piazza dell'Essedra zu erkennen ist. Die Anlage war eine Verbindung von *balaneion* und *gymnasion*, mit Gärten, Säulenhallen, Lesesälen, Palästren und Nymphäen, ein Typus, der auf Apollodor, vielleicht auch auf Rabirius zurückgeht; sie enthielt nach der Überlieferung u.a. 3000 marmorne Badesessel; die Wände waren mit Marmorplatten und Stuck verkleidet.

Das Tepidarium wurde unter Pius IV. 1563 bis 1566 von Michelangelo zur Kirche S. Maria degli Angeli umgebaut. Im 18. Jh. zerstörte Vanvitelli bei einem Neubau des Chors und der Apsis die noch erhaltene *piscina natatoria* mit ihren Pilastern, Bögen, Nischen und den charakteristischen, vorspringenden Aedikulen auf Konsolen. Ein Stich Piranesis vermittelt noch einen Eindruck der Anlage. Die Fassade der Kirche bildete einst die O.-Wand des Caldariums. Nach der Seite des Bahnhofs Termini sind noch einige Säle erhalten, in denen heute das Nationalmuseum untergebracht ist; eine Eckrotunde im NW. wurde von den Kartäusern zur Kirche S. Bernardo umgestaltet, in ein achteckiges Nymphäum ist heute das Planetarium eingebaut.

Die Überlieferung (vgl. ANDREA FULVIO Antiquitates Urbis Romae 3, p. 47) will wissen, daß bei dem Bau 40000 Christen Frondienste leisten mußten und vor Hunger und Erschöpfung zugrunde gingen. Während der Völkerwanderung zerstörten die Goten des Witigis die Wasserleitung. Als dann die durch Kriege und Seuchen dezimierte Bevölkerung sich in die tiefer gelegenen Teile der Stadt zurückzog, hörte die Benutzung der Thermen auf; sie dienten im MA. als Steinbruch, bis, vor allem unter dem Einfluß von Petrarca und Palladio, das archäologische Interesse an dem Bau erwachte. Rud. G.

Curtius-Nawrath Das antike Rom[3], bearb. von *Nash*, 1944. *Lugli* I Monumenti antichi di Roma, Bd. 3, p. 359–371.

Diocletianus. Kaiser 284–305. Voller Name C. Aurelius Valerius D., CIL III 22; bis zur Erhebung hieß er Diocles, * in Dalmatien aus niederem Stande, Eutrop. 9,19,2; Geburtsj. (etwa nach 230) steht nicht fest, Aurel. Vict. epit. 39,7. Wahrscheinlich hat er seine Laufbahn als gemeiner Soldat begonnen, brachte es aber zum Kommandanten in Mösien, Zon. 12,31 (A. STEIN Legat. Moes. 108). Cos. suff. vielleicht 283, Synk. 725,4f. Chr. Pasch. (Chron. min. I 229, 283), schließlich unter Carus und Numerianus Kommandant der *protectores domestici*, der kaiserl. Leibwache, Aurel. Vict. 39,1. Nach der Ermordung des Numerianus wurde D. in Nikomedia am 17. November 284 zum Kaiser ausgerufen, Zos. 1,73,2. Euseb. mart. Pal. 1,5. Im Frühj. 285 zog D. gegen Carinus, mit dem es an der Margus (Morawa)-Mündung in Mösien zur Schlacht kam, Eutrop. 9,20,2. Carinus wurde von seinen Offizieren ermordet, Aur. Vict. Caes. 39,11, worauf D. auch vom Senat anerkannt wurde. Um andringende Germanen abzuwehren, ernannte D. seinen Freund, den Pannonier Maximianus, Anf. Sommer 285 (oder im Frühj. 286) zum Caesar und übertrug ihm den Schutz des W., vor allem bei einer Revolte der Bagauden in Gallien (Paneg. 10,4), während D. selbst als Augustus nach dem O. ging. In Nikomedia erhob er am 1. April 286 (oder im Herbst) Maximianus zum Augustus, Chron. min. 1,229,286. Durch Annahme der Namen Iovius bzw. Herculius brachten die beiden *fratres* (Vorbild: Marcus-Verus), die in Nikomedia und (Aquileia oder) Mailand residierten, doch die übergeordnete Stellung des D. zum Ausdruck, Aurel. Vict. Caes. 39,18. 286/87 bereiste D. die O.-Provinzen und sorgte für den Ausbau des Straßennetzes. 288 kam mit dem Perserkönig ein Abkommen zustande, das am Euphrat als Grenze festhielt, Paneg. 10,9,2. 10,6. Im gleichen J. begab sich D. nach dem W., um gegen die Alemannen zu kämpfen, Paneg. 12,9,1, und um Maximianus' Stellung gegenüber dem von → Gesoriacum aus operierenden Usurpator Mausaeus Carausius zu stärken. 289 kämpfte D. gegen die Sarmaten, Paneg. 11,5,4. 7,1. 16,1, CIL XIII 5249, überwinterte in Sirmium (Cod. Iust. 10,3,4) und begab sich 290 wegen eines vom Perserkönig unterstützten Sarazeneneinfalls in den Orient zurück, Paneg. 11,4,2. 9,7,1. D. setzte in Armenien Tiridates III. als König ein, Paneg. 11,6,6; dann überwinterte er in Sirmium, Cod. Iust. 2,3,19, von wo er im Frühj. 291 zu einer Zusammenkunft mit Maximianus reiste, Paneg. 11,9,5. 292 mußte er nicht nur gegen die Sarmaten wieder Krieg führen (Paneg. 8,5,1), sondern auch in Äg., Aurel. Vict. Caes. 39,20ff. Eutrop. 9,22,1. Die Ausweitung der kriegerischen Verwicklungen veranlaßte D. zu einer Umformung des Regierungssystems in eine Tetrarchie. Am 1. März 293 erhob jeder seinen Gardepräfekten, D. den Galerius Maximianus, Maximianus den Constantius zum Caesar, adoptierten sie und banden sie durch Heirat an sich. Galerius heiratete die Tochter des D., Valeria, Constantius schon etwas früher die Stieftochter des Maximianus, Theodora, Paneg. 8,3,1f. Lact. mort. persec. 18,5. Als Operationsgebiet erhielt Constantius Gallien, um Britannien dem Carausius zu entreißen, Galerius Illyricum. 294 feierte D. in Nikomedia seine Decennalien, MATTINGLY, RIC 5/II 238 Nr. 174ff. Der Aufstand des Usurpators Achilleus in Äg. zwang D. 296/97 zur Belagerung von Alexandria, Aurel. Vict. Caes. 39,33. 38. Eutrop. 9,23. Eine Grenzbereinigung im S. und eine Neuordnung des Steuerwesens in Äg. beschloß den Feldzug, Procop. bell. Pers. 1,19,29ff. Während Constantius 297 Carausius und seinen Nachfolger Allectus beseitigte und Britannien zurückgewann, führte die Vertreibung Tiridates' III. aus Armenien durch den Sassaniden Narses D. 297/98 zu einem Perserfeldzug, bei dem Galerius Nisibis eroberte, Petr. Patr. frg. 14 = FGH 4,189

und D. in Mesopotamien einrückte (Lact. mort. persec. 9,6), das er bis zum Tigris wieder dem Reich einverleibte, Petr. Patr. a. O. Der Galeriusbogen in Thessalonike zeigt D. in Antiochia beim Abschluß des Krieges, durch den Tiridates in Armenien als Vasallenkönig wieder eingesetzt wurde. Das außenpolit. Ziel des D., die Sicherung der Rhein-Donaulinie im W., der Euphratlinie im O. war um die Jahrhundertwende erreicht. Dem so gesicherten Reich eine der allmählichen Entwicklung entsprechende endgültige Form auch im Inneren zu geben, dienten die Reformen des D., s. W. PUVIANI Le riforme di D., 1947. Einer Aufteilung der Macht durch Dezentralisation, die auch darin zum Ausdruck kam, daß Rom nicht mehr Residenz und der Senat bedeutungslos war, wirkte die Oberaufsicht des D. und die endgültige Verwirklichung des hellenist. Königsgedankens in Augustus durch dessen Vergöttlichung, s. CIL III 710, entgegen (W. ENSSLIN Gottkaiser und Kaiser von Gottes Gnaden, SBAW 1943, H. 6,44f.), dem im *sacrum palatium* am jeweiligen Aufenthaltsort Proskynese und strenges Hofzeremoniell zukam (A. ALFÖLDI, MDAI(R) 49, 1934, 1ff. 50, 1935, 3ff. Lact. mort. pers. 18,9. Paneg. 11,11,3. Aurel. Vict. Caes. 39,2–4). Seine Berater bildeten das *sacrum consistorium*. Die Trennung der Provinzen in kaiserliche und senatorische wurde aufgehoben und die Provinzen einschließlich Italien und Äg. in ca. 100 kleinere, von *consulares*, *correctores* (aus dem Senatorenstand) und *praesides* (Ritterstand) betreute Verwaltungsgebiete aufgeteilt (abgesehen vom praefectus urbi in Rom und den procos. von Asia, Achaia, Afrika). Andererseits wurden diese Provinzen außer den 3 Prokonsulaten in 12 Diözesen zusammengefaßt, die einem ritterlichen *vicarius* der Praetorianerpraefekten unterstellt waren. Die Anzahl der Legionen wurde auf ca. 60 erhöht, doch das Feldheer blieb stärkemäßig auf einer halben Million Mann, die an den großangelegten Grenzbefestigungen disloziert wurden, s. D. v. BERCHEM L'armée de D. et la reforme constantin, 1952. Eine gewaltige Bautätigkeit, z. B. an den Thermen des D. in Rom, an Prachtbauten in Nikomedia und anderen Städten (Aur. Vict. 39,45), am Palast in Salona, verschlang Unsummen, zu deren Deckung eine Steuerreform und eine Mz.-Ordnung diente. Eine neben der Viehsteuer in Naturalien zu entrichtende Grundsteuer *(annona)* und eine auf den Kopf festgesetzte Arbeitsertragssteuer *(iugatio capitatio)* belasteten den Grundbesitz (Rom blieb steuerfrei!), s. M. ROSTOVTZEFF G. u. W. 2,210ff. M. AMELOTTI Per l'interpretaz. della legislazione privatistica di D., 1960. Die Mz.-Reform bestand in der Prägung abgewerteter Gold- und Silbermz. und überwerteter Billonmz. Die fortschreitende Teuerung führte 301 zum Erlaß des Preisediktes mit seinen Maximaltarifen, Lact. mort. pers. 7,6. Der Versuch, auch das religiöse Leben zu reformieren, führte einerseits zur Hebung des Iuppiterkultes (CIL III 1090) als eines für alle Bürger verbindlichen Staatskultes, andererseits zum Manichäeredikt 297 (Coll. 15,3,2 ff.) und durch das Edikt vom 23. Februar 303 zur → Christenverfolgung. Eine schwere Erkrankung veranlaßte D. am 1. Mai 305, vor versammeltem Heer in Nikomedia abzudanken, Lact. 19,1 ff., nachdem er hierzu einen Monat zuvor Maximianus gezwungen hatte. D. ernannte zugleich Constantius und Galerius zu Augusti sowie Flavius Severus und Maximinus Daia zu Caesares, Eutrop. 9,27,2. Als senior Augustus (Cod. Theod. 13,10,2) begab sich D. in seinen Palast bei Salona, Lact. 19,6. Dort erlebte er den Tod des Constantius I., die Erhebung Constantins und des Maxentius zu Augusti 306, den Versuch des Maximianus, wieder auf den Thron zu kommen, Eutr. 10,2,3. Zon. 12,33, 310 die Erhebung von 4 Augusti, 311 durch das Toleranzedikt des Galerius den Beginn des Fehlschlages seiner Religionspolitik, durch den Sieg Constantins über Maxentius den Zusammenbruch der Tetrarchie und zugleich den Sieg des Christentums sowie den Tod seiner Gattin Prisca und seiner Tochter Valeria auf Befehl des Licinius, Lact. 41, 1 ff. D. starb am 3. Dezember 313, Chr. min. 1,231, 316 und wurde im Mausoleum bei Salona bestattet, Sidon. c. 23,495 f. Bildnisse: H. P. L'Orange Stud. zur Gesch. des spätant. Porträts, 101. R. Delbrück Ant. Porphyrwerke, 121 f. u. a. – Mz.: Mattingly, RIC 5/II, 1933, 204–258. R. H.

W. Seston D. et la Tétrarchie, 1947. *A. H. A. Jones* Later Rom. empire 1, 1964, 37–76.

Diodoros (*Διόδωρος*). **1.** Athen. Flottenbefehlshaber, im Winter 409/08 nach → Alkibiades' Weggang mit ausreichenden Streitkräften am Hellespont zurückgelassen (Diod. 13,68,2). **2.** Sohn des Schriftstellers Xenophon, in Sparta erzogen, aber 366 v. Chr. vom Vater nach Athen gesandt, Mitkämpfer in der Schlacht bei Mantineia 362 v. Chr. (Diog. Laert. 2,52–54). **3.** Von Demetrios Poliorketes nach der Schlacht bei Ipsos 301 v. Chr. zum Kommandanten von Ephesos eingesetzt und dann wegen verräterischer Verhandlungen mit Lysimachos beseitigt (Polyain. 4,7,4), vielleicht identisch mit dem Ephesier D., der z. Z. Alexanders d. Gr. bei der Ermordung des Tyrannen Hegesias von Ephesos mitwirkte (Polyain. 6,49). Fr. Kie.

4. Sohn des Timarchides, angesehenes Mitglied des Rates von Syrakus, der 70 Cicero bat, seine Beschwerden über Verres vor Gericht zu vertreten. Cic. Verr. 4,138. **5.** Berühmter Kitharoede, den Nero auf seiner Kunstreise durch Griechenland 67 n. Chr. zum Wettkampf zwang und besiegte. Cass. Dio 63,8,4. D. wurde von Vespasian mit 200 000 Sesterzen bei der Einweihung des wiederhergestellten Marcellustheaters beschenkt. Suet. Vesp. 19,1. Friedländer-Wiss. 2, 1923, 181. H. V.

6. D., aus Tarsos, griech. Grammatiker des 1. Jh. v. Chr. mit dem Beinamen *ὁ Ἀριστοφάνειος* (Strab. 14,675. Athen. 5,180 e). Wahrscheinlich bezeichnet der Beiname nur, daß D. in der Methode und der Wahl seiner Arbeitsgebiete Aristophanes von Byz. verpflichtet war. Auf Homer-Erklärung deuten Sch. Il. 2,865 und Athen. a. O. Beschäftigung mit Pindar beweist Sch. Isthm. 2,54. Erhalten sind von D. lediglich 3 Epigramme (Anth. Pal. 7,235.700.701).

Von ihm zu trennen ist der von Athen. (z. B. 11, 478 a) zusammen mit Apion genannte und deshalb wohl als jünger zu betrachtende D., Vf. einer Slg. von *Ἰταλικαὶ γλῶσσαι*.

7. D., mit dem Beinamen *Ζωνᾶς*, griech. Rhetor aus Sardeis, um 100 v. Chr. Auf eine gewisse politische Bedeutung weist Strab. 13,627 f.: Verdächtigt, gegen Mithradates Stimmung zu machen, gelang es D., sich überzeugend zu verteidigen. Erhalten sind von ihm mehrere, ziemlich gekünstelte Epigramme über verschiedene Themen (Anth. Pal. 6,22.98.106. 7,365.404. 9,226.312.556).

Verwandt mit Zonas war der jüngere Rhetor D. von Sardeis, Freund und Zeitgenosse Strabons, Vf. von (verlorenen) hist. Schriften und Epigrammen (z. B. Anth. Pal. 9,219). Da außerdem noch Gedichte des etwa gleichzeitigen Grammatikers D. aus Tarsos in der Anth. erhalten sind, ist überall dort, wo der Name des Vf. ohne weitere Zusätze genannt wird, eine sichere Zuweisung so gut wie aussichtslos. H. Gä.

8. D., von Aspendos in Kleinasien. Pythagoreer des 4. Jh. v. Chr. Nach Diog. Laert. 6,13 trug er sich wie ein Kyniker, gehörte also wohl der Generation an, in der der Pythagoreismus zerfiel. Athen. 4, 163 d ordnet ihn der Zeit nach wohl richtig der Generation Alexanders d. Gr. zu; Iamblich, vit. Pyth. 266 erwähnt D. mit chronol. unmöglichem Ansatz. Irrtümlich und ohne Stütze in der Überlieferung wurde ein Abschnitt aus Theodoret, quaest. in Gen. 20 (Mg 80,108) auf D. bezogen. H. D.

9. D. von Iasos. Sohn des Ameinias, mit dem Beinamen Kronos; Dialektiker der → megarischen Schule; lebte um die Wende des 3. Jh.; die Philosophen-Legende (Diog. Laert. 2,111 und 115) läßt ihn am Hofe des Ptolemaios I. mit → Stilpon zusammentreffen; Kall. frg. 393 Pfeiffer schrieb ein Spottepigramm gegen D. Eine weitere Anekdote bei S. Emp. Pyrrh. hyp. 2,245; über seinen Tod Plin. nat. 7,180. Eine ausführl. Charakteristik gibt S. Emp. adv. math. 1,310. D. galt als *valens dialecticus*, Cic. fato 12; → Zenon und → Arkesilaos gehörten zu seinen Hörern. Erhalten sind die Beweise des D. gegen die Möglichkeit der Bewegung, so bei S. Emp. adv. math. 8,85–120 und 143. Sein wichtigstes Argument wurde unter dem Namen *Κυριεύων* berühmt; vgl. Cic. fato 12 ff. und Arrian-Epiktet. diss. 2,19. Weitere Zeugnisse bei Cic., ac. 2,143; Gell. 11,12. S. Emp. Pyrrh. hyp. 2,110 und 3,52; adv. math. 9,363.

10. D., Peripatetiker. Schüler des → Kritolaos, nach Stob. ecl. 1,1 (I 35,5 Wachsmuth) war D. aus

Tyros gebürtig, lebte und lehrte gegen E. des 2. Jh. v. Chr., vgl. Cic. de or. 1,45. Nach den knappen Zeugnissen zu urteilen, hat sich D. in der Seelenlehre (Stob. a. O.) ganz an seinen Lehrer Kritolaos angelehnt; in der Telos-Lehre hat er nach Klem. Al. Strom. 2,127,3 zwischen den damaligen Schulen vermittelt: *τέλος ἀποφαίνεται τὸ ἀοχλήτως καὶ καλῶς ζῆν*. Vgl. Cic. ac. 1,2,131; fin. 2,19.
Frg.: F. Wehrli Die Schule des Aristoteles 10, 1959, 87/88.

11. D., vielleicht mit D. 10 identisch; ein Sch. zu Aphthon. 2,7 Waltz = Nikolaos progymn. 3, 451 Spengel, eine an Aristoteles angelehnte Definition der Rhetorik, kehrt fast wörtlich bei Quint. inst. 2,15,16 wieder; aber der Name lautet in den beiden guten Hss. A N *Theodorus*, in den übrigen *Eudorus*. Das Problem, das sich durch diese Schwankung der Namen stellt, ist vorerst nicht lösbar. H. D.

12. D. aus Agyrion (Sizilien), wirkte unter Caesar, hielt sich u. a. in Alexandrien (vgl. 17,52) und Rom (1,4,3) auf. Das späteste Datum, das er erwähnt, ist das J. 36 (weniger wahrscheinlich: 21) v. Chr. Seine Universalgesch. (*Βιβλιοθήκη*) in 40 B. reichte von der Entstehung der Welt bis zur Eroberung Britanniens (54 v. Chr.). Er schreibt sorgfältig, aber noch kein purist., sondern hellenist. Griechisch; wie Polybios meidet er den Hiat. Der Stil ist klar und trotz der verschiedenen Vorlagen bemerkenswert einheitlich. Zitiert wird D. erst von chr. Schriftstellern. Die B. 1–5 und 11–20 sind vollständig, die übrigen in Exzerpten erhalten. Das Werk beginnt (1,7 f.) mit einer »wissenschaftlichen« Kulturentstehungslehre (vielleicht über Hekataios von Teos auf Demokrit zurückgehend) und einer »Archäologie«, die in myth. Zeiten zurückgreift (die Götterlehre wird dabei euhemerist. gedeutet): B. 1 Äg., 2 Mesopotamien, Indien, Skythien, Arabien, 3 N.-Afrika, 4–6 Griechenland und Europa 7–17 vom Troian. Krieg bis zu Alexander d. Gr., 18–40 von den Diadochen bis Caesar. Die reiche Information über griech., sizil. und röm. Gesch. ist in ihrer Zuverlässigkeit von der Qualität der jeweils benutzten Vorlagen abhängig; Quellenforschung daher eine Vorbedingung der Beurteilung. Als Gerüst diente eine chronograph. Vorlage, in die der Stoff aus verschiedenen Quellen eingearbeitet wurde. Einige wichtige sind: Hekataios (Äg.), Ktesias (assyr. und med. Gesch.), Megasthenes (Indien), Dionysios Skytobrachion und ein unbekanntes HB. (griech. Mythen), Ephoros (griech. Gesch.), Timaios, ein Alexanderhistoriker (Kleitarchos? vielleicht mittelbar durch Duris?), Duris (Agathokles-Gesch.), Philinos, ein röm. Annalist (nicht unbedingt Fabius Pictor), Polybios, Poseidonios, Agatharchides. Diodor selbst hat histor. Kritik nicht beabsichtigt. Seine von Polybios und Poseidonios ausgehende »organische« Konzeption der Weltgesch. (1,1,3) wird heute günstiger beurteilt als früher, und,

nachdem sein Streben nach umfassender ethischer Belehrung (1,3,2) und seine Hervorhebung der Heldengestalten erkannt ist, scheint nicht nur für das Quellenstudium (Drews), sondern auch für die Einschätzung der Persönlichkeit D.s (Pavan) eine neue Grundlage gewonnen zu sein. Doch bleibt bestehen, daß D. als Geschichtsquelle nur so viel wert ist wie seine jeweilige Vorlage, soweit seine Angaben nicht (wie nachweislich immerhin 1,83,8.9. 84,8) auf Autopsie beruhen.

Ausg.: *L. Dindorf* 1866–1868. *F. Vogel–C. T. Fischer* 1888 bis 1906 (unvollständig). *C. H. Oldfather* (mit engl. Übers.) 1933 ff.

Lit.: *Ed. Schwartz*, RE s. v. (grundlegend). *M. Kunz* Zur Beurteilung der Prooemien in D.' hist. Bibl. 1935. *W. Nestle* Griech. Weltanschauung, 1946, 352 f. *F. Jacoby* Atthis 1949. *J. Palm* Über Sprache und Stil des D. von Sizilien, 1955. *G. Perl* Krit. Unters. zu Diodors röm. Jahreszählung, 1957. *R. Laqueur*, H 86, 1958, 257–290. *W. Spoerri* Späthellenist. Berichte über Welt, Kultur und Götter (Schweiz. Beitr. 9), 1959. *M. Pavan* La teoresi storica di Diodoro Siculo RAL 16, 1961, 19–52. 117–151. *R. Drews* Diodorus and his sources AJPh 83, 1962, 383–392. Zur Quellenkritik vgl. die Ztschr. Kokalos (1955 ff., s. auch u. Duris Nr. 1).

13. D., der Perieget, schrieb wohl um 300 v. Chr. (Jacoby): *περὶ τῶν δήμων* (wohl vor 306/05 v. Chr.) und *περὶ μνημάτων*. Zu diesen Schriften über athen. Altertümer kommt vielleicht noch ein Werk *περὶ Μιλήτου* hinzu, wenn der Titel nicht aus *περὶ μνημάτων* verlesen ist. M. v. A.
FGrH 372.

14. D. von Sinope, Komödiendichter, wurde früher zur *μέση* gerechnet, aber E. Capps, AJA 4,74, hat erkannt, daß der Diotimos, unter dem er nach IG II² 2319,61 mit 2 Stücken den 2. und 3. Preis gewann, nicht der Archon von 354/53, sondern der von 289/88 war. Von dem Grabstein IG II² 10321 wissen wir nun, daß D. ein (jüngerer) Bruder des → Diphilos (Nr. 5) war und gegen 250 gestorben ist. D. trat auch als komischer Schauspieler auf (286 und 282 auf Delos, BCH 7,105. 107). Wir haben nur 3 Fragmente, darunter eine lange Rede auf die einzig göttliche Kunst des Parasiten. W. K.
Wilhelm Urk. 52.59 f.

15. D. war Physiologe, Meteorologe u. Mathematiker in Alexandreia z. Zt. Cäsars und Ciceros nach Hultsch, RE V 710. Achill. Tat. (Maass comm. in Arat.) 2.5.10.14 gibt Auszüge aus Eudoros, wonach D. in einer *μετεωρολογικὴ στοιχείωσις* betitelten Schrift auf poseidon. Lehren zurückgriff und Physikalisches und Astronomisches nach Anaxagoras, Platon und Aristoteles behandelt hat, Macr. somn. 1,15,4. Er hat eine Schrift über das → Analemma verfaßt in Anlehnung an Arbeiten von Vorgängern in dieser Wissenschaft, Prokl. hypotyp. 103. Heath Hist. Math. 2,287. D. war bestens erfahren in der Theorie und Praxis der Gnomonik, Pappos coll. 4,27 p. 246,1 Hu., rühmt sich in einem Kommentar zu dieser, den halben Tagesbogen der Sonne auf d. Analemmazeichnung gesechstelt zu haben, s. Zeichnung zu Analemma. HULTSCH a. O. 720,20ff. und Praef. zu Bd. 3 der Papposausgabe p. IX–XI. Prokl. in I. Eukl. p. 41,25 Fr. berichtet, daß D. den Satz Eukl. elem. I 27–29 (Parallelenpostulat) durch viele und verschiedenartige Figuren bewiesen habe (nach Simplikios HEATH 1,358), und daß die Erde im Verhältnis zur Sonnensphäre als mathematischer Punkt zu behandeln sei, d. h., daß die Sonnenstrahlen allenthalben parallel auffallen, vgl. Anaritius in dec. lib. prior. elem. Eucl. ed. HEIB. Suppl. 35,1.65,23 CURTZE. Marinos zu Eukl. Data 234, 13 Me. teilt mit, daß ein mathematisches Problem von D. auch für den Fall von Irrationalität *per intuitionem* bewiesen worden sei. R. B.

16. D., Metrologe (Arzt?) des 4./5. Jh. n. Chr., schrieb über Gewichte und Hohlmaße. H. Ch.

Hultsch, RE IV 712, vgl. *Schmid-Stählin* 2^6,298.

17. D., Bischof von Tarsos seit 378, † vor 394. Als Presbyter in Antiocheia hatte er dort der Exegetenschule die Richtung gewiesen, indem er gegen die allegorisierende Methode des Origenes die hist.-grammat. Erklärung in den Vordergrund stellte. Seine berühmtesten Schüler waren Johannes Chrysostomos und Theodoros von Mopsuestia. Die nachträgliche Verurteilung des Theodoros als Lehrers des Häretikers Nestorios wirkte auch auf D. zurück; die meisten seiner Schriften sind deshalb verloren. Im Auszug des Phot. Bibl. 223 erhalten ist das B. *Κατὰ εἱμαρμένης* gegen die astrolog. Schicksalslehre der Gnostiker. Aus den Catenen sind Frg. seiner Bibel-Komm. zu gewinnen ([1]). Zitate aus dogmat. Schr. auch in syr. Übers. ([2]). O. H.

1. *Migne* PG 33,1546–1628. 2. *Rud. Abramowski*, ZNW 42, 1949, 19–69. 3. *Quasten* 3,397–401. 4. *Bardenhewer*, GAL 3,304–311. 5. *Altaner* 284f.

Diodotos (*Διόδοτος*). **1.** Athen. Politiker, der 427 Kleon entgegentrat und eine mildere Behandlung der überwundenen Mytilenaier durchsetzte (Thuk. 3,41–49). Fr. Kie.

2. Satrap von Baktrien und Sogdiana, *mille urbium Bactrianarum* (der makedon.-griech. Militärkolonien) *praefectus* unter Antiochos II. (→ 2), nahm 239/38 während des seleukidischen Bruderkrieges zwischen Seleukos II. und Antiochos Hierax den Königstitel an und hinterließ 234 das griech.-baktrische Reich seinem Sohn Diodotos. Iust. 41,4,5.8. Strab. 11,515. H. V.

Goldmünzen, z. T. mit dem Beinamen Soter bei *E. T. Newell* The coinage of the eastern Seleucid mints 1938, 248. *W. W. Tarn* The Greeks in Bactria and India^2 1951, 72ff. *J. Wolski*, Klio 38, 1960, 116ff.

3. D., stoischer Philosoph, Lehrer → Ciceros, der ihn voll Hochachtung erwähnt: ac. 2,115; nat. 1,6; Tusc. 5,113; fam. 9,4.13,16; Att. 2,20. D. verbrachte seinen Lebensabend in Ciceros Haus und starb dort, erblindet, um 60 v. Chr. H. D.

4. D., Gemmenschneider august. Zeit, von ihm signiert ein Cameo mit Kopf der Medusa. A. R.

Encicl. Arte Class. Or. III 104 *(Stazio)*.

Dioecesis s. Dioikesis

Diogeiton (*Διογείτων*). Athener des 5. Jh. v. Chr. Gegen ihn verfaßte Lysias die 32. Rede, deren Zweck es ist, D. zu zwingen, das Vermögen seines Bruders Diodotos an dessen Erben herauszugeben. Die Rede galt als Muster eines *ἐπιτροπικὸς λόγος*. H. Gä.

Blass AttBereds. ^{3}1,608ff.

Diogenes (*Διογένης*). **1.** Athener, seit 233 makedon. Phrurach im Piraeus, forderte von den Achaiern die Aufgabe Korinths, räumte 228 nach Empfang von 150 Talenten zur Soldzahlung Athen und wurde durch Proedrie im Theater (Marmorsessel *Διογένους εὐεργέτου* IG II^2 5080) und das Fest der Diogeneia in dem Gymnasion Diogeneion geehrt. Plut. Arat. 34,6. Paus. 2,8,6. IG II^2 834.1039,56.3474. BELOCH GG^2 4,2,455ff. **2.** Verteidigte 221 als Stratege des Antiochos III. (→ 3) die Burg von Susa gegen Molon und begleitete als Stratege von Medien die »Anabasis« des Antiochos 209. Pol. 5,46,7.48,14.54,12.10,29,5. 30,6. H. BENGTSON Die Strategie 2, 1944, 150ff. **3.** Gesandter des Orophernes von Kappadokien 157 in Rom, beteiligt an einem mißlungenen Attentat auf Ariarathes V. Pol. 32,10,4ff. Diod. 31,32b. **4.** Freund des jüdischen Königs Alexander Iannaios, 88 von rachsüchtigen Pharisaeern getötet. Ios. ant. 13,410; bell. Iud. 1,113. **5.** Stiefsohn des Archelaos (→ 3). Plut. Sulla 21,6; nach App. Mithr. 49, Gran. Lic. S. 25,4 (FLEMISCH), Eutr. 5,6,3, Oros. 6,2,6 dessen Sohn, fiel 86 bei Orchomenos. **6.** Vermittelte 51/50 Briefe zwischen Cicero und M. Caelius Rufus. Cic. fam. 2,12,2.8,8,10. H. V.

7. D., Notarius am Hof Constantius II. wurde 355 von Mailand nach Alexandria geschickt, um die Absetzung des → Athanasius zu vollziehen. Der Widerstand des Volkes zwang ihn nach 4 Monaten (am 22. Dezember), unverrichteter Dinge abzureisen (Athan. apol. ad Const. 22. Hist. Ar. ad mon. 48.52). **8.** D., Statthalter in Bithynien; 371, angeblich wegen Hochverrates, hingerichtet (Amm. 29,1,43). **9.** D., diente als Offizier unter → Belisar in Afrika (533/34), Italien (536ff.) und im O. (542). Als Belisar 548 aus Italien abberufen wurde, übertrug er D. die Verteidigung Roms. Am 16. Januar 550 nahm → Totila Rom durch Verrat; D. flüchtete verwundet nach Centumcellae und verteidigte die Stadt gegen die Goten (Prok. 2,12,2.3,23.5,27, 11.6,5,9.9,9.7,36f.39,25f.). A. L.

Bury Hist. R 2,249ff.

10. D., mit Beinamen *Οἰνόμαος* (Suda 1142). Zeit: Sturz der 30 in Athen (Suda). Die Suda zählt 8 Titel von ihm auf, die ersten 7 in alphabet. Reihenfolge, dann noch als letztes *Σεμέλη*. Die alphabet. Reihe ist identisch mit den bei Diog. Laert. 6,80 als dem → D. 14 gehörig aufgezählten Tragödien; es wird also Verwechslung vorliegen. Aus der Σεμέλη zitiert Athen. 14,636 A ein Stück von 11 V. (= Tr. Gr. Fr. N.[2] 776f.). F. St.

11. D. Laertios, Vf. der Philos.-Gesch. Lebenszeit und -umstände sind unbekannt; der Zusatz Laertios ist ein Unterscheidungszeichen, weist also nicht auf die Herkunft des D. Vermutlich hat D. gegen E. des 3. Jh. n. Chr. gelebt und geschrieben. Verloren ist seine Vorarbeit, betitelt πάμμετρος. In deren 1. B. behandelte er die Todesarten berühmter Männer in Versen der verschiedensten Metren. Diese Dichtungen, soweit sie Philosophen betrafen, nahm er in sein Hauptwerk auf. Dieses trägt den Titel Λαερτίου Διογένους φιλοσόφων βίων καὶ δογμάτων συναγωγῆς τῶν εἰς ι' – so ausweislich der Subscriptio des 10. B. Damit ist gut zum Ausdruck gebracht, daß D. regelmäßig zum biograph. Material eine συναγωγή = knappe Zusammenfassung der Lehre gibt. Das Werk ist vollständig erhalten, abgesehen von einer Lücke am E. des 7. B.; dort waren über Chrysipp hinaus (mit dem das B. nun schließt) die jüngeren Stoiker bis herab auf Kornutos behandelt, darunter auch Poseidonios.

Einteilung. D. trägt 1,12ff. eine ganz singuläre Theorie von der Abfolge der Philosophen-Schulen vor. Jeder Philosoph ist einer Schule oder einem Lehrer zugeordnet, auch die Schulen folgen einander. So gibt es nur 2 Überlieferungs-Stränge der Philos., die »ionische« und die »italische« Richtung. Die ion. läßt er von Thales und Anaximander begründet sein und mit Akademie und Stoa enden; die ital. wird auf Pythagoras zurückgeführt; aus ihr werden Demokrits und Epikurs Schulen abgeleitet. Dank dieser Theorie werden die vorsokrat. Philosophen ebenso auseinandergerissen wie die hellenist. Schulen. Denn sie beherrscht die Einteilung der Philosophen-Gesch. Es behandeln: B. 1: die sieben Weisen. B. 2: Anaximander, Anaxagoras, Sokrates und die »kleineren« Sokratiker. B. 3: Platon. B. 4. Platons Schüler bis herab auf Kleitomachos. B. 5: Aristoteles nebst Schülern. B. 6: Antisthenes und die Kyniker. B. 7: Zenon, Kleanthes und Chrysippos (Rest verloren, s. o.). B. 8: Pythagoras und Empedokles, nebst »kleineren« Pythagoreern. B. 9: Herakleitos, Xenophanes, Parmenides, Zenon von Elea, Leukippos, Demokritos, Protagoras, Pyrrhon v. Elis und Timon. B. 10: Epikur. – Die B. 8, 9, 10 sind also der »italischen« Richtung gewidmet; ins 9. B. mußte bes. viel Heterogenes zusammengetan werden.

Arbeitsweise und Vorlagen. Das B. ist ein Sammelwerk; D. hat vielerlei Wissen – und zwar in Formulierungen, die er vorfand – zusammengetragen. Wo er Gelehrte der hellenist. oder der Kaiserzeit zitiert, darf man fast nie annehmen, er habe die zitierten Werke selbst eingesehen. Bei D. reihen sich oft ganze Ketten von Zitaten und Exzerpten, die alle aus 3. oder 4. Hand übernommen sind. Es galt als legitim, die Zwischenglieder solcher Überlieferung nicht zu nennen. D. gibt einen Querschnitt aus der Überlieferungs-Masse, die im 3. Jh. kursierte. Es läßt sich nicht ermitteln, ob er ein, zwei oder mehr B. von Vorgängern zusammenarbeitete oder ob er sein Werk in anderer Weise (etwa durch Aufweiten eines Grundstockes) zusammenbrachte; es ist müßig, aus dem Werk des D. Zwischenquellen zurückgewinnen zu wollen.

An der Lebensführung der Philosophen interessiert das Anekdotische. Im Grunde ist D.' Werk arm an biograph. Detail, das als authentisch gelten dürfte. Aber es ist reich an [meist wohl hellenist.] Anekdoten, welche das Typische an einem Philosophen oft sehr treffsicher bezeichnen. Daneben freilich hat sich bei D. viel böswilliger Spott gegen Philos. und Philosophen niedergeschlagen.

Nur das 10. B. ist anders gearbeitet: über Epikur gab es kaum Anekdoten zu erzählen. Glücklicherweise hat D. dieses 10. B. mit authentischem Material angefüllt: mit den 3 Briefen und dem Testament des Epikur. Dadurch ist das 10. B. zu einem wertvollen Zeugnis geworden.

Zur Charakteristik: Das Material, das die übrigen B. füllt, ist meist von geringem Wert; viele Klatsch-Geschichten, viel abenteuerliches Fabulieren ist darunter gemischt. Das sind Wesenszüge, die nicht nur den D., sondern viele seiner Vorgänger kennzeichnen. Dazwischen freilich sind immer wieder Notizen von hohem wissenschaftlichem Wert eingestreut.

Das Werk des D. wird von keinem ant. Autor zitiert; dagegen enthält es über 20 wörtliche Berührungen mit anderen Sammelwerken, namentlich mit den Stromateis des Klemens. So ist das Werk des D. zu bezeichnen als ein Querschnitt durch die Überlieferungsmasse seiner Zeit.

Ta. von *H. S. Long*. OCT 1964, wodurch die ganz unzulängliche Ausgabe von *Cobet* bei F. Didot, 1850, endlich entbehrlich geworden ist.

12. D. von Apollonia, Sohn des Apollothemis, einer der jüngsten Vertreter der ion. Natur-Philos. Was Diog. Laert. 9,57 von seinem Leben berichtet, ist leider verwirrt (Vermengung mit dem Tod des Protagoras). Auf seine Lehren spielen an Aristoph. Nub. 225ff. und 828ff., und Eur. Tro. 884ff. Simpl. in Arist. phys. 151,28 hat 6 längere und 1 kurzes Frg., aus dem Werke des D. περὶ φύσεως erhalten; ein 2. Werk περὶ φύσεως kennt Galen.

D. erklärte die Luft für das Grundwesen alles Bestehenden: er wendet sich gegen den Ansatz mehrerer Elemente, auch gegen Anaxagoras' These, der den νοῦς gesondert vom Stofflichen ansetzte; nach D. hat die Luft eben die Eigenschaften des νοῦς. In vielem Detail steht D. auf den Schultern von Empedokles, Anaxagoras und Anaximenes.

Slg. der Frg.: Vorsokr. 64, II 51–69. – Lit.: *W. Theiler* Zur Gesch. der teleolog. Naturbetrachtung, Zürich 1925, bes. 6–15.

13. D. von Smyrna (oder Kyrene?), Schüler des Metrodoros von Chios, Lehrer des Anaxarchos von Abdera, vgl. Diog. Laert. 9,58. Die wenigen Nennungen des D. sind zusammengestellt von H. Diels DoxGr. 170.397.591 und Vorsokr. 71; II 235. Als philosoph. Persönlichkeit wird D. nicht kenntlich.

14. D. von Sinope, der Kyniker, Sohn des Geldwechslers Hikesias. An Lebensdaten nur bekannt: D. hörte in Athen den → Antisthenes; † hochbetagt (81? oder 90? J. alt) zu Korinth. Dort sah noch Pausanias (2,2,4) sein Grabmal, das mit dem Marmorbild eines Hundes geschmückt war (Diog. Laert. 6,78).

Wie keine andere Gestalt der Philos.-Gesch. hat D. die Bildung von Anekdoten und Legenden auf sich gezogen. Sein Lebenswandel war in allen Einzelheiten eine Provokation; dahinter stand seine Absicht, das Verhalten aller Mitmenschen als von der Konvention geprägt, aber unvernünftig, zu verspotten. Und diesen Spott über alles, was der *νόμος* gebot, hat man offenbar deutlich herausgehört. Anders als Timon, der Menschenfeind, dessen asoziale Flucht aus der Gesellschaft die Legende festhielt, ist D. als der Feind jeglichen Herkommens in die Philosophen-Legende eingegangen. Er wußte sich selbst von allen Bindungen an die *πόλις* frei, suchte aber gerade die Städte auf, um sich in Gegensatz zu den übrigen Bürgern zu setzen; die meisten Anekdoten haben Athen als Schauplatz.

Er versuchte die *αὐτάρκεια* zu verwirklichen, und zwar in dem Sinne, daß er keines Menschen u. möglichst keiner äußeren Güter – *ἔξω ἀγαθά* – bedurfte. Das hieß: Verzicht auf Unterkunft, Ehe, Nahrung und Kleidung, sofern sie das Existenz-Minimum überschritt; aber auch *ἄσκησις*, d.h. Einüben solcher Lebensführung. Zugleich mußte D. für dieses Ideal »missionieren«, freilich, statt zu werben, tadelte er die Torheit aller übrigen, die bei ihren »Vorurteilen« beharrten.

Die Anekdoten sind durchweg diesen 2 Themen-Kreisen zuzuordnen: teils illustrieren sie die Bedürfnislosigkeit des D., meist aber lassen sie die Schlagfertigkeit seines Spottes hervortreten. Nur wenige sind dem D. feindlich, d.h. sie zeigen ihn in Lagen, in denen er den kürzeren zieht.

So gern die Legende D. mit Platon und anderen Zeitgenossen in Berührung bringt, tatsächlich ist er (mit Ausnahme des Theophrast, Diog. Laert. 6,22) von keinem zeitgenöss. Autor erwähnt worden. Vermutlich haben seine Schüler, vor allem Krates von Theben, versucht, Aussprüche des D. festzuhalten. Aber die Masse des Erhaltenen ist rund 500 J. jünger als sein angeblicher Urheber. Wohl hat zunächst die Stoa den D. als einen ihrer Vorläufer in Anspruch genommen; dann aber ist im 2. Jh. n. Chr. der Kynismos wieder Mode geworden: Nun wurde die Lebensführung des D. ebenso als verpflichtendes Vorbild angesehen wie von den Pythagoreern der *βίος* des Pythagoras, und allem Anschein nach verdanken viele der Anekdoten dem Bedürfnis, über D. »mehr« zu wissen, ihre Entstehung. Vor allem Lukian stand diesem erneuerten Kynismos nahe, er hat daher viel über D. erhalten, nächst ihm ist der Kaiser Iulian als D.-Verehrer zu nennen. Ein wichtiger Fundort ist Diog. Laert. 6,1–81, nächst dem Plutarch, Dio Chrysostomos, Epiktet und Maximos von Tyros. Die berühmte Anekdote von der Begegnung mit Alexander d. Gr. steht freilich schon bei Cic. Tusc. 5,92.

Ed. Schwartz Charakterköpfe 2,1–26. *D. R. Dudley* A History of Cynism, 1937. F. Sayre Diogenes of Sinope, 1938. *K. v. Fritz* Quellen-Unters. zu Leben und Philos. des D. von Sinope, Philol. Suppl. 18,2, 1926.

15. D. aus Seleukeia am Tigris, gewöhnlich »von Babylon« genannt; stoischer Philosoph. D. war Schüler des Chrysipp; er folgte dem Zenon von Tarsos als Schulhaupt. D. nahm an der berühmten »Philosophen-Gesandtschaft« nach Rom 156/55 teil. Nach Cic. Cato 23 war D. im J. 150 schon nicht mehr am Leben; nach Lukian. Makrob. 20 erreichte er ein Alter von 88 J. Sein bedeutendster Schüler war Panaitios.

D. hat in vielen Einzelfragen das stoische System ausgebaut; die Titel seiner Werke weisen auf Beschäftigung mit der stoischen Sprachtheorie, der Politik, der (von D. abgelehnten) Rhetorik, der Mantik und dem Problem des *ἡγεμονικόν* in der menschlichen Seele.

Frg.-Slg.: *v. Arnim*, SVF III 210–243. – Lit.: *M. Pohlenz* Die Stoa 1,180–190.

16. D. v. Tarsos, epikur. Philosoph; Lebenszeit unbekannt; von Diog. Laert. mehrfach (10,26. 10, 97 u. ö.) zitiert als Vf. von 20 B. *ἐπίλεκτοι σχολαί*. Wahrscheinlich identisch mit einem D., der *ποιητικὰ ζητήματα* verfaßte und durch Diog. Laert. 6,81 für das 2. Jh. v. Chr. bezeugt ist; vgl. Strab. 14,675. H. D.

H. Usener Epicurea, 331.

Diogenianos (*Διογενιανός*). **1.** Epikur. Philosoph, von ihm sind Stücke einer Polemik gegen → Chrysipps Lehre von der *εἱμαρμένη* erhalten: Eus. PE 4,3,137a ff. und 6,8,262a ff. Viguier. Vermutlich gehört D. ins 2. Jh. n. Chr. Frg. A. Gercke JbPh Päd, Suppl. 14, 1885, 748 ff. H. D.

2. D., aus Herakleia Pontike stammend, griechischer Grammatiker in hadrianischer Zeit. Sein bedeutsamstes und folgenreichstes Werk war die *Παντοδαπὴ λέξις* (5 B.), ein alphabetisch geordnetes Lex. der griech. Sprache. Es war seinerseits eine Epitome des großen Sammelwerkes *Περὶ γλωσσῶν καὶ ὀνομάτων* des Zopyros und Pamphilos (auf dem Wege über die *Ἑλληνικὰ ὀνόματα* des Iulius Vestinus). Es ist nicht sicher auszumachen, ob das von Hesychios weitgehend benutzte Werk *Περιεργοπένητες* des D. mit dieser Epitome gleichzusetzen ist (so z. B. [4],456,1. [2], 781) oder nicht (für diese Möglichkeit zuletzt [5],

XI). Die für beide Werke nachweisbare Abhängigkeit von Pamphilos kann auch darauf beruhen, daß D. von der Epitome ein weiteres Kompendium herstellte. Die Knappheit des Lex., die D. durch Verzicht auf ausführliche Belege erreichte, verhalf seinem Werk in der Folgezeit bis in das 12. Jh. hinein zu ausgedehnter Verbreitung. Benutzung läßt sich nachweisen bei den Scholiasten zu Platon, Aischines, Kallimachos, Nikandros und bei vielen Lexikographen, zuletzt im 1. Teil des Etym. Magnum.

Suda Δ. nennt unter den Werken D.' alphabetische Kataloge geogr. Eigennamen (*Περὶ ποταμῶν λιμνῶν κρηνῶν ὀρῶν ἀκρωρειῶν*), ein Kompendium des Flußkatalogs und ein Verzeichnis aller Städte der Oikumene. Von diesen Slg.en ist so gut wie nichts erhalten. Auf D. geht schließlich eine alphabetisch angelegte Slg. überwiegend satirischer und sympotischer Epigramme (*ἐπιγραμμάτων ἀνθολόγιον*) zurück, deren Reste sich im 11. B. der Anth. Pal. noch nachweisen lassen. Fälschlich wird ihm eine Sprichwörter-Slg. (Paroem. 1,180ff.) zugeschrieben, deren Redaktion sicher erst in spätere Zeit fällt. Unsicher ist die Zuweisung des kleinen Traktats *Περὶ παροιμιῶν* (Paroem. 1,177ff.). H. Gä.

1. *Christ-Schmid* 2,2,874. 2. RE V 778ff. 3. *H. Weber* Philol. Suppl. 3, 1878, 449ff. 4. *R. Reitzenstein* RhM 43, 1888, 443ff. 5. *K. Latte* Hesych. Alexandr. Lex. 1, Kopenhagen 1953, Xf. XLIIff.

Diognetos (*Διόγνητος*). **1.** Sohn des Nikeratos, Bruder des Feldherrn Nikias, floh vor Sykophanten, vielleicht in den Mysterienprozeß verwickelt, mied nach Rückkehr die Oligarchen und wurde 403 als Vermittler zu Pausanias gesandt. Lys. 18,4.9f. And. 1,15. Plat. Gorg. 472a. **2.** Nauarch des Antiochos III., führte 222/21 dessen Braut Laodike, Tochter des Mithradates II. von Pontos, nach Seleukeia am Zeugma, erstürmte 219 Seleukeia in Pieria und begleitete mit der Flotte an der Küste den Landangriff des Antiochos im 4. syrischen Krieg. Pol. 5,59,1.60,4.62,3.68,9.69,7.70,3. **3.** Lehrer des Kaisers Marcus Aurelius in Philosophie und der Malkunst. M. Aurel. *τῶν εἰς ἑαυτόν* 1,6. H. A. 50,9 H. H. V.

4. D., Tragiker, Zeit des Ptolemaios II. Bull. Hell. 9,133. F. St.

5. D., heidnischer Adressat eines griech. Briefes, dessen unbekannter Vf. in gewandter Sprache nach kurzer Kritik des Heiden- und Judentums die Vorzüge des Christentums darlegt. Die 1870 verbrannte Straßburger Sammelhs. (Ms. grec 9, 14. Jh.), die als einzige den Text bewahrt hatte, setzte ihn fälschlich unter den Namen des Apologeten Iustinos. Marrou nimmt als Abfassungszeit das E. des 2. Jh. an; die Schrift sei in der Nähe des Clemens von Alexandreia entstanden, der Adressat der Procurator Claudius D. (PIR² 852). Die auf eine Lücke der Hs. folgenden Schluß-Cap. 10–11 sind meist einem andern Vf. zugesprochen worden; Marrou hält jedoch die Einheit für möglich. O. H.

Ta.: *Henri-Irenée Marrou* Sources chrétiennes 33, 1951, mit Einl. und Komm. *Joh. Geffcken*, 1928. Bibliogr.: *Quasten* 1,248–253. *Altaner* 108f.

Dioikesis (*Διοίκησις*). **1.** Allg. Verwaltung, Plat. leg. 6,768 D, bes. Finanzverwaltung des Staates im Gegensatz zur Tempelverwaltung. Xen. hell. 6,1,2. Demosth. 24,96. In Athen wurde erst Lykurgos (338–326) mit der zentralen Verwaltung der gesamten Staatseinkünfte, mit der D., betraut, ohne einen diesbezüglichen Titel zu führen. Hyp. Frg. 118 B³. Diod. 16,88. Lykurgos hielt auch eine Rede *περὶ τῆς διοικήσεως*. Harpokr. Die gleiche oberste Finanzgewalt hatte dann Demetrios von Phaleron (317–307). Pol. 12,13,9. Plut. Arist. 27,4. Athen. 12,542 C. Nach der Restaurierung der Demokratie erhielt Habron, Sohn des Lykurgos, 304/03 erstmalig Titel und Amt des *ὁ ἐπὶ τῇ διοικήσει*, dessen Zuständigkeit für die Einkünfte und Ausgaben Poll. 8,113 bezeugt. IG II² 463,36 (zur Datierung U. Kahrstedt Unters. zur Magistratur in Athen, 1936, 13f.). E. Bayer Demetrios Phalereus, 1942, 35ff. Das seitdem einjährige Amt wurde im 3. und 2. Jh. bald von einem Kollegium, bald von einem einzigen verwaltet. Der inschr. bezeugte Wechsel entsprach der wachsenden Unabhängigkeit oder Abhängigkeit Athens von Makedonien. W. Kolbe, H 51, 1916, 543ff. D. bezeichnet in dem ptolem. Äg. ebenso die allg. Staatsverwaltung, daher heißt in den Pap. *ἔστι δὲ διοικήσεως*» ist an die Staatskasse zu zahlen«, *τῆς διοικήσεως λόγος* »Rechnung der Staatskasse«. Der Chef der Finanzverwaltung hat meist den Titel *διοικητής*, gelegentlich auch *ὁ ἐπὶ τῆς διοικήσεως*. Mitt.-Wilcken Grdz. 1,301. H. V.

2. In der Bedeutung »Verwaltungsbezirk« ist das Wort nach Rom übernommen worden. D. begegnet vereinzelt schon bei Cicero, hauptsächlich für die → *conventus iuridici*. In der Zeit des Prinzipats bezeichnet d. entweder das Territorium einer Stadt (wie *regio*) oder vor allem Teilbezirke einer → *provincia*, die meist unter der Leitung eines Legaten stehen. Solche Teilbezirke gibt es freilich nur in einigen Provinzen, und auch hier verschwindet die Bezeichnung d. allmählich, weil aus der d. selbst eine Provinz wird. – Seine technische Hauptbedeutung erlangt d. durch die diokletianisch-konstantinische Reichsreform. Mit ihr kehrt sich das Verhältnis zwischen *provincia* und d. um: Die Zahl der Provinzen wird stark erhöht (auf 96, später auf 120), um die Macht der Statthalter *(praesides provinciarum)* und damit ihre Stellung gegenüber den Kaisern zu schwächen. Auch soll diese Zerreißung urspr. Einheiten gegen Aufstände sichern. Mehrere solche Provinzen werden zu einer d. zusammengefaßt. Über der d. wiederum steht als größte Einheit der Bezirk eines → *praefectus praetorio*. Solche Bezirke gibt es schließlich 4:

Oriens, Illyricum im O., Italia, Galliae im W. In diesem Rahmen bildet die d. also die Mittelstufe der Territorialverwaltung. Ausgenommen sind von diesem Schema freilich vor allem die beiden Hauptstädte Rom und Konstantinopel. An der Spitze jeder d. steht ein *vicarius*, der aber – zur Stärkung der Zentralgewalt – nicht vom Praefekten, sondern vom Kaiser ernannt wird. In der Gerichtsbarkeit ist der *vicarius* 2. Instanz nach dem Provinzstatthalter. – Im einzelnen bestehen folgende Diözesen: 1. Oriens, wovon später Äg. abgespalten wurde, 2. Pontica, 3. Asiana, 4. Thracia (alle Präfektur Oriens), 5. Illyricum (Moesiae), später in Dacia und Macedonia zerlegt, 6. Pannoniae (beide Präfektur Illyricum), 7. Italia, später geteilt in Italia (Mailand) und die urbs (Rom), 8. Africa (beide Präfektur Italia), 9. Hispania, 10. Britanniae, 11. Galliae, 12. Viennensis (alle Präfektur Galliae). Dabei schwankt die Zahl der zu einer d. gehörenden Provinzen zwischen 4 und etwa 20. – Im O. übernimmt sehr bald die chr. Kirche mit dieser Einteilung auch die Bezeichnung d.; im W. dagegen, wo die politische Gliederung wegen der Schwäche des Kaisertums viel geringere Bedeutung hat, setzt sich d. als Bezeichnung für den Amtsbereich eines Bischofs nur langsam durch (Scheuermann, RACh 3, 1957, 1056ff.). D. M.

1. *L. Cantarelli* La diocesi Italiciana, Studi e documenti 22, 1901, 83ff. 23, 1902, 49ff. 24, 1903, 143ff. 273ff. 2. *Bernh. Kübler* Gesch. des röm. Rechts, 1925, 323f. 3. *E. Kornemann* Weltgeschichte des Mittelmeerraumes 2, 1949, 236f.

Diokles (Διοκλῆς). **1.** Heros in Megara, den man anrief, um eine Behauptung zu bekräftigen (ναὶ τὸν Διοκλέα Aristoph. Ach. 774), und dem man das Frühlingsfest Diokleia, einen Wettkampf der Knaben im Küssen, feierte (das Aition Sch. Theokr. 12,28). Bei Hom. h. 5,153.474 ist er einer der Fürsten von Eleusis, bei späteren Historikern megarischer Befehlshaber in Eleusis, Plut. Thes. 10. **2.** Fürst im messen. Pherai, bei dem Telemachos auf seiner Reise von Pylos nach Sparta und zurück einkehrte, Od. 3,488. 15,186; vgl. 21, 15. Paus. 4,1,4. 30,2. Seine Söhne fielen von der Hand des Aineias, Il. 5,541. H. v. G.

3. D., demokrat. syrakusan. Staatsmann und Gegenspieler des Hermokrates. 413 v. Chr. setzte er eine harte Behandlung der athen. Kriegsgefangenen durch (Diod. 13,19,4. 33), 412 verwandelte er durch eine umfassende Gesetzgebung den syrakusan. Staat aus einer Hoplitenpoliteia in eine radikale Demokratie att. Prägung (Aristot. pol. 1304 a 27ff.) und führte dabei auch die Losung der Beamten ein (Diod. 13,34,6), wodurch Syrakus der karthag. Gefahr bald hilflos gegenüberstand und der Tyrannis Dionys' I. der Boden bereitet wurde. 409/08 kommandierte D. selbst die dem von Hannibal belagerten Himera zu Hilfe gesandten syrakusan. Truppen. Nach unglücklichen Kämpfen räumte er auf haltlose Gerüchte hin die Stadt und gab sie damit den Karthagern preis (Diod. 13,60–62), wofür er 408/07 auf Betreiben des Hermokrates gestürzt und verbannt wurde.

M. Märker Die Kämpfe der Karthager auf Sizilien 409–405 v. Chr. Diss. Lpz. 1930, 35–45. *H. Wentker* Sizilien und Athen, 1956, 52. 162f.

4. D., prominentes Mitglied der oligarch. Hetairie der 600 in Syrakus, im Zusammenhang mit deren Sturz 316 v. Chr. von → Agathokles verhaftet und hingerichtet: Diod. 19,6. Polyain. 5,3,8. Fr. Kie.

5. D., C. Appuleius war einer der berühmtesten röm. Wagenlenker *(agitatores)*. Gebürtiger Spanier, begann er im Alter von 18 Jahren in Rom Rennen zu fahren und setzte sich mit 42 zur Ruhe; damals wurde ihm von seinen Bewunderern eine lange, ehrende Inschrift gewidmet, CIL VI 10048 (ca. 146/47). Von 4257 Wagenrennen mit Viergespannen gewann er 1462. Davon waren 1361 für die rote Partei, für die er nach 131/32 ausschließlich fuhr, nachdem er vorher für die Weißen, Blauen und Grünen Rennen gewonnen hatte. Seine gesamten Renngewinne beliefen sich auf die enorme Summe von 38 863 120 Sesterzen. Aus seinen Daten: in einem Jahr kamen bei Rennen, in welchen für jede der vier Parteien ein Wagen lief, von 138 Siegen 118 allein auf ihn und 8 Siege mit den gleichen drei Pferden. Sein Sohn und seine Tochter ehrten ihn mit einer Inschrift, die in Praeneste gefunden wurde, wo er sich zur Ruhe gesetzt hatte, CIL XIV 2884. O. W. R.

Friedländer-Wiss. 2,26f.; 3,185f.

6. D., Dichter der Alten Komödie, aus Athen oder Phleius, Zeitgenosse des Sannyrion und Phillyllios (Ende 5. Jh.): so das Suda-Lexikon, das D. 5 Titel gibt. S. dazu Kaibels Kritik RE V 796,42ff. Wenig Fragmente, nur eins von ein paar Versen. W. K.

7. D. von Karystos, berühmter Arzt im 4. Jh. v. Chr., soll von den Athenern als »jüngerer Hippokrates« bezeichnet worden sein (vgl. [1] S. 4 A. 4). Engere Beziehungen des D. zu Athen und bes. zur att. Philosophie (des späten Platon) sind als sicher anzunehmen ([3]); rein ärztlich scheint D. – ebenso wie der späte Platon im »Timaios« und wie Aristoteles – Anschauungen der sog. westgriech. Heilkunde zugeneigt zu haben (Empedokles, Philistion). W. Jaeger ([1] und [2]) hat den D. wegen der durch diesen offenbar repräsentierten Synthese zwischen Hippokratismus, westgriech. Heilkunde und att. Philosophie zu einem Peripatetiker und Schüler des Aristoteles machen und seine Lebenszeit auf 340–260 v. Chr. festlegen wollen; damit hat Jaeger dann weitgehende chronologische und sonstige Konsequenzen für die Geistesgeschichte des 4. und beginnenden 3. Jh. verbunden. Wir werden diese Hypothesen h. insgesamt, als ungenügend begründet und der Wahrscheinlichkeit widersprechend, abzulehnen haben; D., dessen Bedeutung als »Synthetiker« nicht bestritten sei, gehört eben auch in dieser Eigenschaft am ehesten in die Zeit des späten Platon und der Auseinandersetzungen um die »Hypothesenmedizin« und um eine möglichst flexible medizinische Methodik – d.h. in die Zeit um 360 v. Chr. ([3]). Sein eigentlicher Ruhm scheint tatsächlich im Bereich der Methodik und der Diätetik gegründet zu haben. In dem bekannten »Methodenfragment« (s. dazu [1],25 ff.) weist D. mit größtem Nachdruck auf die Individualität des Patienten und auf die keinesfalls immer gleiche Wirkung gleicher oder ähnlicher Mittel hin und warnt, als deutlicher Empiriker, vor Verallgemeinerungen und voreiligen Theorien (wie sie ja bestimmten hippokrat. Schriften eigen sind). Ob D. Anhänger einer »hippokratischen« Viersäftelehre gewesen ist, dürfte danach mehr als fraglich sein. Eher wird er eine solche, wie der spätere → Praxagoras, stark modifiziert haben. An methodisch wichtigen Werken von ihm sind vor allem die Ὑγιεινά (→ Diätetik) und Πάϑος Αἰτία Θεραπεία zu nennen; er hat (nach Gal. 2,282) als erster eine Ἀνατομή geschrieben, die aber, soweit wir sehen können, noch weit hinter den Alexandrinern (→ Herophilos) zurückgestanden hat; auch das älteste Kräuterbuch der Griechen (ῥιζοτομικόν) stammte von ihm (s. M. WELLMANN Festg. für Susemihl, Lpz. 1898, 1 ff.). Einige mineralogische und meteorologische Nachrichten wird man, gegen JAEGER, kaum dem Arzt, sondern wohl einem gleichnamigen peripatetischen Naturwissenschaftler zuzuweisen haben ([3]). Der sog. D.-Brief, auf den JAEGER so viel Wert gelegt hat, ist bestimmt unecht (s. F. HEINIMANN, MH 12, 1955, 158 ff.). Eine erneute Fragmentsammlung (WELLMANN hat u.a. späte doxograph. Nachrichten wie die des → Vindician zu stark überschätzt) und Gesamtwürdigung des D. wäre für Philologen und Medizinhistoriker gleichermaßen erwünscht. F. K.

M. Wellmann Fragmentsammlung der sikelischen Ärzte Akron, Philistion und des D. v. K., 1901. 1. *W. Jaeger* D. v. K. Die griech. Medizin und die Schule des Aristoteles, 1938. 2. *Ders.* Vergessene Fragmente des Peripatetikers D. v. K. Nebst 2 Anh. zur Chronologie der dogmat. Ärzteschule, ABAW 1938. 3. *F. Kudlien* Probleme um D. v. K., Sudh. Arch. 47, 1963.

8. D., Mathematiker, wahrscheinlich 1. Hälfte 1. Jh. v. Chr., schrieb ein Buch über »Brennspiegel« περὶ πυρείων (HULTSCH, RE V 813,26), in welchem u.a. die propp. Archim. sph. et cyl. 2,3.4. abgehandelt waren (mittels Einführung dreier simultaner Analogien, HEATH Hist. Math. 2,47), sowie die Findung zweier mittlerer Proportionalen zur Verdoppelung des Würfels mittels einer der γραμμὴ κισσοειδής verwandten Kurve, s. RE IX A 1219. R. B.

9. D. von Peparethos (FGrH 820), nach Plut. Rom. 8 wahrsch. (δοκεῖ) Vf. einer Ῥώμης κτίσις. Seine Zeit ist bestimmt durch eine beiläufige Erwähnung durch Demetrios von Skepsis bei Athen.

2,22 und durch Fabius Pictor, der nach Plut. Rom. 3 und 8 den D. benützte (vgl. SCHANZ-HOS. 1,172 f. mit Lit.), während sich Dion. Hal. ant. 1,79 und 83 für die gleiche Geschichte auf Fabius Pictor beruft. SCHWARTZ und CHRIST glaubten nach dem Vorgang NIEBUHRS RG 1,113 und anderer nachweisen zu können, daß das Verhältnis umgekehrt sei: s. aber v. HOLZINGER, LEO, KRAMPF, MESK. – Die Annahme, Plut. habe nicht den D. selbst, sondern nur das Exzerpt eines »Antiquars der August. Z.« (SCHWARTZ) vor sich gehabt, beruht nur auf allg. Überlegungen. PETER bezieht ᾧ Plut. Rom. 3 nicht auf D., sondern auf λόγου, so daß D. und Fabius von einander unabhängig gleiche Quellen benützt hätten. → Promathion. W. E.

Schwartz, RE V 797 f. *Peter*, PhW 1906, 241. *Ders.* HRR LXXX. *W. Christ*, SBAW, 1905, 1,116 ff. *C. v. Holzinger*, WS 34, 1912, 175 ff. *Leo* RLitGesch. 90,1. *F. Krampf* Die Quellen der röm. Gründungssage, Diss. Lpz. 1913, 1 ff. *J. Mesk*, WS 36, 1914, 18 ff. *Christ-Schmid* 2,222. *Schanz-Hos.* 1,172 f.

10. D. von Magnesia (unbekannt von welchem). Freund des → Meleagros von Gadara, der ihm – vgl. Anth. Pal. 4,1,3 – seinen Elegienkranz widmete; also dürfte D. eine Generation jünger gewesen sein als Meleagros (140–50 v. Chr.). Nach Diog. Laert. 2,54.82.7,48.10,11 verfaßte D. ein Werk ἐπιδρομὴ τῶν φιλοσόφων in mindestens 3 B.; diesen Wortlaut des mit Schwankung überlieferten Titels hat F. NIETZSCHE RhM 23, 1868, 641/42 zweifelsfrei hergestellt. An 19 Stellen verwendet Diog. Laert. Notizen aus diesem Werk; welcher Schule D. angehörte, wird nirgends erkennbar. Vielleicht vermittelte das Werk biograph. und doxograph. Wissen (wichtig Diog. Laert. 7,48: die Darstellung der stoischen Logik) ohne Parteinahme. Der Titel ἐπιδρομή bezeichnet das Summarische des für Laien bestimmten Buches. H. D.

11. D., alexandrin. Grammatiker wohl des 2. Jh. v. Chr. (Aristarcheer? vgl. POxy 1241 col. II 19 f.). Auf Beschäftigung mit Homer weisen 4 Bemerkungen in den Hom.-Sch.

J. Tolkiehn, WklPh 32, 1915, 1143 ff.

12. D., griech. Deklamator des 1. Jh. v. Chr. aus Karystos, gemäßigter Asianer, von Sen. (contr. 1, 8,15 f. 7,1,26. 10,5,26 u.ö.) mit Anerkennung erwähnt und zitiert. H. Gä.

Buschmann Charakteristik der griech. Rhetoren beim Rhet. Sen., Progr. Parchim 1878, 8 ff. *H. Bornecque* Les déclamations et les déclamateurs d'après Sén. le père, Lille 1902, 165.

Diomede (Διομήδη). **1.** → Deïon. **2.** Kriegsgefangene aus Lesbos, Geliebte Achills, Hom. Il. 9,665 und Sch. Bei Eustath. Il. 596,22 und Diktys 2,16.19. 3,12 Diomedeia. Die Vexierrätsel Anth. Pal. 14,18. 16,29 spielen mit der Doppelbedeutung von Διομήδης ἀνήρ. Dargestellt auf einem Gemälde Polygnots in Delphoi, Paus. 10,25,4, und der Berliner Euphroniosschale. H. v. G.

Diomedes (*Διομήδης*). **1.** König der thrak. Bistonen, Sohn des Ares und der Kyrene. Dessen menschenfressende Rosse nach Argos zu bringen, war → Herakles' achte Aufgabe. Eur. Alk. 479ff. Her. 380ff. Diod. 4,15f. Apollod. 2,96f. Serv. Verg. Aen. 1,752. Steph. Byz. s. *Ἄβδηρα* (Hellanikos). Mela 2,29. Die Rosse zerrissen Herakles' Liebling → Abderos, Eponymos von Abdera. D. wurde von Herakles im Kampf getötet oder den eigenen Rossen vorgeworfen. Eurystheus ließ die Rosse frei, sie gingen nach dem Olymp, wo sie wilden Tieren zum Opfer fielen, oder er weihte sie der Hera, und ihre Zucht hielt sich lange, Gell. 3,9. WILAM. Her. 1,303 hält die Verbindung des Herakles mit Thrakien für sekundär und sucht die ursprüngl. Heimat des D. und seiner Rosse in der weiteren Umgebung von Argos. Paus. nennt mehrere ant. Darstellungen des D.-Abenteuers, 3,18, 12. 5,10,9. 9,11,6. Erhalten ist u. a. eine sf. att. Lekythos, F. BROMMER Herakles, 1953, 34. Tafel 19b. Auf der Metope von Olympia ist Herakles ohne D. und nur mit einem Pferd dargestellt. **2.** Sohn des Tydeus und der Deïpyle, einer der berühmtesten griech. Helden vor Troia, oft patronymisch *Τυδείδης* genannt. Seine Gattin ist seine Tante Aigialeia, Hom. Il. 5,412. Als Oberführer des ganzen ö. Argos war er mit 80 Schiffen nach Troia gekommen, Il. 2,559ff. Im 4. Buch zeigt er sich bei einer Scheltrede des musternden Agamemnon diszipliniert. Im 5. ist er der Hauptheld, tötet Pandaros, kämpft mit Aineias, verwundet Ares und Aphrodite (s. u.). Im 6. tauscht er mit Glaukos die Rüstung. Dann weist er das Friedensangebot der Troer zurück und wiederum die Fluchtgedanken Agamemnons. Ein gemeinsames Spähunternehmen mit Odysseus schildert Buch 10, → Dolonie. Ein Pfeilschuß des Paris verwundet ihn (B. 11). Bei den Leichenspielen für Patroklos siegt er im Wettfahren und im Speerstechen (B. 23). Daß D. ein vorhom. Heros ist, ergibt sich daraus, daß Il. 4,405 auf seine früheren Taten zurückkommt: Zug der Epigonen gegen Theben; sein Vater Tydeus war mit den Sieben gescheitert. Die kyklischen Epen stellten dar, wie er mit Odysseus zusammen Palamedes beseitigte, Philoktet von Lemnos holte (Eur. Philokt., anders Soph.), das Palladion aus Troia entführte (Verg. Aen. 2,162ff.). Später zürnt er Achilleus wegen der Tötung des Thersites, mit dem er verwandt ist (W. KULLMANN H(ES 14), 85ff. 214. 326,3), und verhindert die feierliche Bestattung der Penthesileia, indem er sie in den Skamandros wirft (Aithiopis). Nach Troias Fall kommt er heil nach Argos, Apollod. epit. 6,1. In Libyen hatte ihn die Liebe der Königstochter Kallirrhoe gerettet, Plut. Parall. Gr. Rom. 23. Von Argos aus zieht er nach Aitolien, um die Widersacher seines Großvaters Oineus zu strafen (Eur. Oineus). Hyg. fab. 175. Apollod. 1,78. Paus. 2,25,2. Anton. Lib. 37. Das ehebrecherische Verhalten seiner Gattin Aigiale(ia), die als Rache von Aphrodite (s.o.) erklärt wird, verleidet ihm die Heimat.

Nun wird er nach Italien verschlagen und von Daunos, dem König der Daunier in Apulien, freundlich aufgenommen. Er hilft ihm gegen die Messapier und erhält dafür ein Stück des Landes und die Hand der Tochter Euippe. Er gründet Argyrip(p)a (als *Ἄργος ἵππιον* gedeutet, später Arpi). Strab. 6,284. Lykophr. 592ff. Den Gesandten sowohl des Latinus wie des Turnus verweigert er die erbetene Hilfe, Verg. Aen. 8,9. 11,225ff. Ov. met. 14,457ff. Sein Tod wird verschieden erzählt: er starb im Alter oder von Daunus ermordet, in Daunien oder auf einer der → Diomedeischen Inseln oder im heimatlichen Argos. Seine trauernden Gefährten (bei Ov. schon auf der Hinreise) werden in Vögel verwandelt. Verg. Aen. 11,271ff. Ov. met. 14,496ff. Strab. 6,284, Plin. nat. 10,127. In vielen Orten Unteritaliens, deren mehrere ihre Gründung auf ihn zurückführten, wurde D. göttlich verehrt, auch in Umbrien und bei den Henetern im Winkel der Adria. Nach ihm benannt die erwähnten Inseln, ferner Diomedis campi und Diomedis promunturium. In Argos war er eng mit Athena verbunden; am Badfest der Göttin wurde sein Schild neben ihrem Bilde in der Prozession getragen, Kall. h. 5,35. Das Palladion wurde in Argos, aber auch in Athen (→ Demophon) und Sparta gezeigt. Durch die Kultsage war er im messenischen Mothone mit Athena verknüpft, Paus. 4,35,8. Nach Pind. N. 10,7 hat Athena D. zum unsterblichen Gott gemacht. Die These von ROBERT Gr. Heldens. 303ff., D. sei ein alter argivischer Kriegsgott, wird dadurch freilich nicht bewiesen. H. v. G.

Bildl. Darst. *Baum.* Denkm. 1, Abb. 505. 782.3, Abb. 1336. *Rumpf* Chalkid. Vasen Taf. 12. *F. Eckstein* Stud. zu dem figürl. Weihgeschenk im Heiligtum von Olympia, Freiburg 1959. *K. Bielohlawek* WSt 65, 1950/51, 15.

3. D., Athenodoros' Sohn. Komödiendichter des 2./1. Jh., geehrt durch Statuen im Dionysostheater zu Athen (IG II^{2} 4257) und in Epidauros (IG IV 1146), hier als Athener, in Magnesia anläßlich eines Sieges bei den *Ῥωμαῖα* (Sylloge^{3} 1079, 20) als Pergamener bezeichnet, unter den Techniten aus Athen auch in Delphi im J. 97/96 (Sylloge ^{3}728 K 34) genannt, scheint trotz seinem Erfolg bei den Zeitgenossen mit seinen Werken in die Lit. nicht eingegangen zu sein. W. K.

Wilhelm Urk. 61.136.

4. D., lat. Grammatiker, Vf. einer auf uns gekommenen ars in 3 B., lebte nach Sacerdos und vor Priscianus (also 4. Jh. n. Chr., wahrscheinlich 2. Hälfte). Das 1. B. enthält die Lehre von den *partes orationis*, das 2. trägt alles nach, was der Lehre von den *partes orationis* vorauszugehen und zu folgen hatte. Die Einteilung des Stoffes ist in diesen B. recht sonderbar und verdankt ihre Entstehung pädagog. Rücksichten (vgl. KEIL GrL 1,299,9). Das 3. B. behandelt Metrik und Poetik.

In den beiden ersten Büchern muß D. verschiedene Quellen ineinandergearbeitet haben; Tatsache ist, daß die Ars des D. viele Berührungspunkte mit Donatus, Charisius, Anonymus Bobiensis und Dositheus aufweist. Was den Charisius anbelangt, so scheint D. dessen Ars direkt eingesehen zu haben, obwohl er hauptsächlich auch von dessen Quellen abhängig ist. Die Benutzung des Terentius Scaurus im 2. B. unterliegt keinem Zweifel. Anderer Natur ist das Quellenproblem im 3. B., wo der Abschnitt über Poetik – direkt oder indirekt – auf Sueton zurückgehen mag; metr. Ansichten des Vf. enthalten varron. Lehre, obwohl eine unmittelbare Benutzung Varros ausgeschlossen ist. W. Str.

Ta.: *Keil* GrL 1,297ff. (beruht hauptsächlich auf 3 Hss.: Paris 7493 und 7494, Monac. 14467, *Keil* XXIXff.
Lit.: *Jeep* Redeteile 56ff. *Goetz*, RE V 827ff. *Teuffel-Kr.-Sk.* III^6 § 419,3–4. *Barwick* Philol., Suppl. 15,2 (passim).

Diomedon (*Διομέδων*). **1.** Unter Antiochos III. 221 v. Chr. Kommandant von Seleukeia am Tigris. Beim Anrücken des aufständ. Satrapen Molon von Medien ergriff er die Flucht (Pol. 5,48, 12). **2.** Athen. Feldherr in der Schlußphase des Peloponnes. Krieges. 412/11 gewann er als Stratege Lesbos für Athen zurück und siegte in einem Seetreffen über die Rhodier (Thuk. 8,55,1). Im Sommer 411 wurde er von den demokrat. Kräften auf der athen. Flotte bei Samos seines Amtes enthoben (Thuk. 8,73,4. 76,2). Nach → Alkibiades' Schlappe bei Notion für 407/06 und 406/05 wieder zum Strategen gewählt, erlitt er bei einem gescheiterten Versuch, den im Hafen von Mytilene eingeschlossenen Konon zu entsetzen, schwere Verluste (Xen. hell. 1,6,22.23). Nach der Seeschlacht bei den Arginusen trat er im Feldherrnrat vergeblich für eine vordringliche Rettung der Schiffbrüchigen ein. Wegen deren Unterlassung wurde er im Herbst 406 wie seine Kollegen zum Tode verurteilt und hingerichtet (Xen. hell. 1,7,1 ff. Diod. 13,101,7). Fr. Kie.

Diomeia. Kleiner Demos der Aigeis, im 3. Jh. v. Chr. wahrscheinlich der Demetrias, s. von Athen am Wege nach Phaleron s. des Ilissos mit dem oft genannten Heiligtum des Herakles und Gymnasion Kynosarges, dessen Lage am S.-Ufer des Ilissos bei der Brauerei Fix inschr. gesichert ist (*Ἀρχ. Δελτ* 8, 1923, 85ff. SEG 3, 18, 115–117). Ein Stadttor Athens hieß *Διομηὶς πύλη* (Alkiphr. 3,3,3. 51,2. Hesych. s. *Δημίαισι πύλαις*). Aristoph. Ran. 651 m. Sch. Steph. Byz. Harpokr. s. *ἐν Διομείοις Ἡράκλειον*. Hesych. Suda s. v. und s. *Κυνόσαργες*. Athen. 14,614d. Plut. mor. 601 B. E. M.

1. *W. Judeich* Topographie von Athen^2, 1931, 169f. 2. *W.B. Dinsmoor* The archons of Athens in the hellenistic age, 1931, 448.

Diomos (*Δίομος*). Eponym des att. Demos → Diomeia und des gleichnamigen Heraklesfestes. Er ist Held zweier ätiologischer Legenden. Ein weißer Hund (*κύων ἀργός*) entreißt ihm beim Opfern das Fleisch; ein Orakel ordnet an, wo der Hund es niederlege, sei ein Altar des Herakles zu errichten. So erkläre sich der Name → Kynosarges. Sch. Aristoph. Ach. 603 u. a. Ähnlich, aber sinnreicher ist die Ätiologie der → Buphonia, des Hauptaktes der → Dipoli(ei)a. Hier frißt ein Stier von dem Opferkuchen und wird, als erstes blutiges Opfer, geschlachtet. Neben Thaulon und Sopatros wird hierbei D. als Priester des Zeus Polieus genannt, Porph. de abstin. 2,10. Deubner Att. Feste 158ff. H. v. G.

Διωμοσία. Vor Drakon das durch einen Eid beider Parteien gekennzeichnete formale Beweisverfahren in Mordprozessen vor dem Basileus. Der Ankläger beschwor in einem feierlichen Eid unter Anrufung der Rachegöttinnen und anderer Gottheiten unter Einsatz seiner eigenen Person, seines Geschlechts und seines Hauses seine Berechtigung zur Verfolgung sowie die Tat des Angeklagten (Demosth. 23,67. Antiph. 6,16). Dieser wurde ihm hierauf sofort zum privaten Vollzug der Rache ausgeliefert, falls er nicht mit einem Gegeneid unter den gleichen Feierlichkeiten die Tat bestritt (Lys. 10,11). Im Fall eines beiderseitigen Eides kann in der Frühzeit nur ein Gottesurteil entschieden haben, welcher Eid ein Meineid war. Das formale Beweisverfahren verlor seinen Sinn mit der durch Drakon vollzogenen Scheidung des vorsätzlichen vom unvorsätzlichen Handeln ([1],150f.). Über das Vorliegen des subjektiven Teiles des Tatbestandes entschied das von Drakon eingesetzte Kollegium der → *ἐφέται* in freier Beweiswürdigung, die sich bald auch auf den objektiven Teil des Tatbestandes erstreckte ([1],146.153). Der als bedeutungslos erkannte (Demosth. 23,67f. Plat. leg. 948d) doppelte Parteieneid blieb aber weiterhin Bestandteil des Vorverfahrens ([2], Bd. 2 168f.). Der Ausdruck erstreckte sich im Laufe der Zeit auch auf die beeideten Aussagen der Zeugen in Mordprozessen, auf die beeideten Aussagen der Parteien und Zeugen in anderen Prozessen und dehnte sich schließlich in der Rednerzeit, in der die Vereidigung auf die Klageschrift und die Klagebeantwortung erfolgte, auch auf die Prozeßschriften aus ([3],548). Die *δ.* ist auch außerhalb Athens bezeugt ([3],549). E. B.

1. *E. Ruschenbusch* Hist. 9, 1960, 129ff. 144ff. 2. *Bonner-Smith* The administration of justice from Homer to Aristotle, Bd. 1, 1930, 174ff. Bd. 2, 1938, 165ff. 3. *Busolt-Swob.* GStk 548ff. 1184,2.

Dion (*Δίων*). **1.** (409–354 v. Chr.), Schwager und Schwiegersohn Dionysios' I. von Syrakus. 388 bei Platons erstem Besuch in Syrakus dessen leidenschaftlicher Bewunderer. Zwischen beiden bildete sich ein geistig-erotisches Band von Dauer aus. In den folgenden zwanzig J. erwarb sich D. im Dienste von Dionysios I. ein enormes Vermögen und ein großes Ansehen, das ihn als Kandidaten für dessen Nachfolge erscheinen ließ. Dann nahm er unter → Dionysios II. eine einflußreiche Stellung ein, vermittelte 366 den Friedensschluß mit Karthago, rief Platon abermals nach Syrakus, um durch ihn Dionysios II. für die Umwandlung der Tyrannis in ein gesetzlich begrenztes Königtum zu gewinnen, und nahm im Weigerungsfalle dessen Sturz in Aussicht. Doch die an der Erhaltung der Tyrannis interessierten Militärs unter Philistos verdächtigten D. infolge seiner allzu guten Beziehungen zu Karthago des Hochverrats. Er mußte nach Hellas weichen, wo er fürstlich auftrat und gegen Dionysios II. zu konspirieren begann. Nachdem auch Platons 3. Besuch in Syrakus 360 ergebnislos geendet hatte, landete D. E. 357 mit wenigen Söldnern bei Minoa im karthag. Sizilien und erhielt sogleich karthag. Unterstützung. Auf dem Marsch nach Syrakus strömten ihm in Massen Anhänger zu, dort erhob sich das Volk gegen die innerlich ausgehöhlte Tyrannis. Dem triumphalen Einzug D.s in Syrakus folgten fruchtlose Verhandlungen mit dem auf Ortygia beschränkten Dionysios und wechselvolle Kämpfe. Daß die befreiten Poleis Siziliens in ein Bündnis mit Syrakus traten, erschien als Beginn der Realisierung der Ideen Platons. Zunächst zum *στρατηγὸς αὐτοκράτωρ* gewählt, erregte D., hinter dem die oligarch. Kreise standen, freilich bald das Mißtrauen der Demokraten, an deren Spitze sein Kampfgenosse, der Flottenbefehlshaber Herakleides, trat. Des Strebens nach der Tyrannis bezichtigt und abgesetzt, zog D. mit seinen Söldnern nach Leontinoi, mußte jedoch zum Kampf gegen die Streitmacht Dionysios' auf Ortygia bald zurückgerufen und wiedereingesetzt werden. Hierauf ging D. rücksichtslos an die Realisierung seiner und Platons Ideen und löste die Flotte als Brutstätte der Demokratie auf. Als er 355 Ortygia durch Vertrag gewonnen hatte, nahm er selbst eine tyrannengleiche Machtstellung ein, konstituierte eine verfassunggebende Versammlung aus Syrakusanern und Korinthern und ließ Herakleides als Opponenten hiergegen ermorden. An die Spitze des platon. syrakusan. Staates sollten ein mehrstelliges Königtum und 35 Gesetzeswächter treten, die über die bewaffnete Macht geboten. D. gedachte selbst einer der Könige zu werden. Rat und Volksversammlung sollten weitgehend machtlos sein. Doch alle polit. Richtungen lehnten diese Neuordnung ab und drängten hierdurch D. immer mehr in die Rolle eines Tyrannen. Der der Akademie nahestehende Kallippos bewog schließlich 354 v. Chr. Söldner zur Ermordung des polit. Gescheiterten. Platon hat ihn aufrichtig betrauert (Quellen: Plut. D.; Plat. Epist. 7 und 8).

Fr. Kie.

H. Berve, AAMz 1956, Nr. 19. *Ders.*, HZ 184, 1957, 1ff. *H. Breitenbach* Platon und D., 1960; dazu *H. Berve*, Gn. 35, 1963, 375ff.

2. D. aus Alexandreia, Schüler und Freund des → Antiochos von Askalon; vgl. Ind. Akad. col. 35,8, p. 111 Mekler, Cic. Luc. 12. Plutarch nennt D. im Prooem. der quaest. conv. als Vf. von Tischgesprächen. Im Jahre 56 v. Chr. kam D. in politischer Mission nach Rom: Cass. Dio 39,14; Strab. 17,1,11. Cic. Cael. 23 und 51; D. wurde – wohl mit der ganzen Gesandtschaft – durch Gift aus dem Wege geräumt, weil er sich der Rückkehr des → Ptolemaios Auletes widersetzte. Mit ihm ist wohl sicher identisch D., auf den das Sprichwort *τὸ τοῦ Δίωνος γρῦ* zurückgehen sollte, vgl. Stob. ecl. 3,19 (III 537,16 Hense); vollständiger Zenobios (Paroemiogr. Gr I) 5,54. Die Notiz stand in der ps.-plutarch. Schrift de proverbiis Alexandrinorum, ed. O. Crusius Progr. Tübingen 1887. Vgl. K. Ziegler, Art. Plutarch, RE XXI 889. H. D.

3. D. Cocceianus (vgl. Plin. ep. ad Trai. 81.82), später Chrysostomos zubenannt, aus Prusa in Bithynien. Dort ist D. um 40 n. Chr. geboren; nach anfänglicher Gegnerschaft wurde D. zur Philos. bekehrt; er wurde Schüler des Stoikers Musonios. Unter Domitian traf ihn die Strafe der Verbannung, die ihn zu langem Wanderleben zwang; während dieser Zeit führte D. in Abhärtung und Bedürfnislosigkeit das Leben des Kynikers. Nach Domitians Tode hatte D. wieder Zutritt nach Rom; er erwirkte vom Kaiser Nerva Privilegien für Prusa, die er in der 44. Rede seinen Mitbürgern vortrug; danach führte er eine Dankgesandtschaft nach Rom an. Von dieser Zeit datiert seine Bekanntschaft (Freundschaft?) mit dem Kaiser Traian, dessen Triumph 102 D. in Rom, vom Kaiser ausgezeichnet, miterlebte. D., in sein freilich heruntergekommenes Besitztum in Prusa wieder eingesetzt, wollte als Wohltäter seiner Heimatstadt große öffentliche Bauten aufführen lassen, verfeindete sich aber mit seinen Mitbürgern; endlich kam es 110/11 zu Anklage und Prozeß vor dem Richterstuhl des Prokonsuls → Plinius. Dieser führte hierüber einen Briefwechsel mit Traian, ep. Trai. 81 und 82, dessen Vorentscheid für D. denkbar günstig war. Hiernach sind weitere Ereignisse aus dem Leben D.s nicht bekannt.

D. war der berühmteste Redner seiner Zeit. Obwohl er mehrfach polit. Fragen anrührt, sind seine Reden am besten als »Sittenpredigten« zu kennzeichnen, d. h., D.s Empfehlungen – auch zu Tagesfragen – sind vom kyn.-stoischen Begriff der *φύσις* und der *ἀρετή* her bestimmt. Die Thematik dieser *διατριβαί* ist sehr reichhaltig; so Rede 18 über die Auswahl griech. Lektüre; reich an kulturgesch. Detail sind die Mahnreden an die Städte Rhodos, Alexandreia, Tarsos und Kelainai (31–35); berühmt ist die idyll. Einlage in den Euboikos (Nr. 7).

D.s Einstellung zum Bildungserbe, das ihm in reicher Fülle zur Verfügung stand, ist das des Klassizismus: mit Wehmut blickt D. auf die einstige Größe hellen. Bildung und Gesittung, für die er freigebig exempla anführt. Er erkennt die Kräfte der großen Bildungstradition, die er durch seine werbenden Reden reaktivieren möchte. Seinem Bekenntnis zum Kynismos fehlt daher alles Revolutionäre, das diesem urspr. anhaftete (stark kyn. geprägt sind die Reden 6. 8–10). Wie zuvor die Stoa, so ist nun auch der so verstandene Kynismos ins Konservative gewendet.

80 Reden des D. sind erhalten (von diesen haben 2, Nr. 37 und 64, D.s Schüler Favorinos zum Vf.); Jugendschriften des D. sind verloren. D. hat stark auf die Folgezeit gewirkt; je mehr die 2. Sophistik ihre τέχνη verfeinerte, um so mehr wurde D. als Muster der ἀφέλεια gerühmt; Philostrat lobt ihn vit. soph. 1,7 und vit. Apoll. 5,37; vgl. Eunap. vit. soph. prooem. 2, ed. Boiss. Maximos von Tyros steht oft in der Nachfolge des D., und vor allem hat ihm Synesios in der D. betitelten Monographie seine hohe Bewunderung bezeugt: er empfiehlt seinem Sohn, der noch gar nicht geboren war, die Lektüre des D. H. D.

Ta. *H. von Arnim*, 1893. 1896, 2 Bde. *G. de Budé*, 1916 (nur Band 1!). – *H. v. Arnim* Leben und Schriften des D, von Prusa, 1898. *W. Schmid* Der Atticismus in seinen Hauptvertretern 1, 1887, 72–191.

4. s. Cassius Dio

Dion (*Δῖον*). **1.** Schon Hom. Il. 2,538 (*αἰπὺ πτολίεθρον*) genannte Stadt auf der Halbinsel Lithada beim Kap Kenaion, der NW-Spitze Euboias. Geringe Spuren wohl beim h. Dorf Lithada (Lichas). Danach genannt Athenai Diades. Galt als Mutterstadt von Kanai in der Aiolis und gehörte sowohl dem 1. att. Seebund an mit einem Tribut von 1000 und nach 450/49 v. Chr 2000 Drachmen (*Διῆς* oder *Διῆς ἀπὸ Κηναίου*) wie auch dem 2. Seebund (IG II² 43 = Syll. I³ 147,88). Strab. 10,1,5 p. 446. Plin. nat. 4,64. Ptol. 3,14,22. Steph. Byz. Nonn. Dion. 13,161. E. M.

1. *Fr. Geyer* Topogr. und Gesch. der Insel Euboia, 1903, 99 ff. 2. IG XII 9 S. 170,43 ff. 3. *Philipps.-Kirst.* 1, 1951, 570. 4. *B. D. Meritt* The Athenian tribute lists 1, 1939, 264 f. 482.

2. D., alte, für die Makedonen hlg. Stadt in Pierien am N.-Fuß des Olymp an dem im Alt. schiffbaren Fluß Baphyras beim h. Dorf Malathria, etwa 4 km von der W.-Küste des Thermaischen Golfes. Dank seiner günstigen Lage beherrschte D. nicht nur die Gebirgsstraße nach Perrhaibien, sondern auch die Küstenstraße zwischen Makedonien und Thessalien. So war es die wichtigste s. Grenzfestung Makedoniens in einem ethn. urspr. thrak. Gebiet. 20 Stad. von der Stadt zeigte man das Grab des Orpheus. Nach D. gelangte das spartan. Heer unter Brasidas über den Gebirgsweg von Perrhaibien (Thuk. 4,78). Vom König Archelaos wurden hier olymp. Festspiele eingerichtet (Diod. 17,16). D. war durch zahlreiche Bauten und Kunstwerke geschmückt (Liv. 44,7,3). Im Bundesgenossenkrieg wurde D. von den Aitolern zerstört, erholte sich aber wieder.

Nach der Schlacht bei Pydna (168) wurde D. röm. Kolonie, die alle übrigen Poleis Pieriens überflügelte, wahrscheinlich durch die Einverleibung einer Anzahl bisher autonomer Gemeinden. D. wird als einzige Stadt Pieriens in den spätant. Quellen erwähnt. D. wurde unter Augustus *Colonia Iulia Augusta Diensis* mit ital. Recht. Die amtliche Sprache war das Latein., aber die bisher gefundenen griech. Inschr. sind zahlreicher als die latein. Die Ausgrabungen der dreißiger J. unter Sotiriadis bei Malathria haben Baudenkmäler aus vorwiegend hellenist. Zeit zutage gefördert. Thuk. 4,78. Pol. 4,62. Diod. 17,16. Liv. 26,25. 33,3. 42,38. 44,2.3.7.9. Strab. 7,330. Plin. nat. 4,10. Ptol. 3,2. Skyl. 26. Chr. D.

Leake North. Greece 3,408 ff. 419. *Heuzey* Mont Olympe 113; Mission en Macédoine 267 ff. *Σωτηριάδης*, *Πρακτ. Ἀρχ.*, 1928–1931. *Μακαρονᾶς*, *Ἀρχ. Ἐφ.*, 1938, 527. *Σωτηριάδης*, *Ἐπετηρὶς τῆς Φιλοσ. Σχολῆς Θεσσαλ.* 2, 1932, 7 ff. *Οἰκονόμου*, *Ἐπιγραφαὶ Μακεδ.*, 1915. *Papazoglu*, Makedonski gradovi u rimsko doba (serb. Die makedon. Städte in der röm. Zeit, Skopje 1957, 101–109.

Dione (*Διώνη*; vgl. *δῖος*, *δῖα*). Ursprüngl. Gemahlin des Zeus oder wenigstens weibliches Gegenstück zu ihm, trat sie hinter Hera zurück, bewahrte aber mancherorts ihre alte Stellung, z. B. in Dodona, wo sie als D. *ναΐα* neben Zeus *νάιος* verehrt wurde. Münzen von Epirus zeigen die thronende D., den Kopf der D. oder des Zeus und der D. In Athen hatte sie einen Altar auf der Burg. Vorzugsweise galt Aphrodite als ihre und des Zeus Tochter, schon Hom. Il. 5,370 ff. Eur. Hel. 1098. Theokr. 15,106. 17,36. Plat. symp. 180 d. Cic. nat. 3,23. Auf dem pergamenischen Altarfries erscheint sie mit Aphrodite und Eros. Auch Aphrodite selbst wurde D. genannt, Ov. fast. 2,461. 5,309. Die Theologie machte D. zur Titanin, Tochter von Uranos und Ge, Apollod. 1,2. Bei Hes. theog. 353 ist sie eine der Süßwassernymphen, Tochter des Okeanos und der Tethys. Mehrere Vasen zeigen sie im Umkreis des Dionysos; bei Eur. frg. 177 ist sie sogar Mutter des Dionysos (verwechselt mit Thyone?). H. v. G.

Carapanos Dodone, Paris 1878. *Prell.-Rob.* 1,125.

Dionysiades. Sohn d. Phylarchides aus Mallos (Suda s. v.) oder Tarsos (Strab. 14,675), in 2 Listen der alexandrin. trag. Pleias zugezählt: Schol. A in Hephaest. 140 Consbr.; Suda s. v. F. St.

F. Schramm Trag. Graec. hellenist. quae dicitur aetatis frg.-a, Diss. Münster 1929, 5. 59.

Dionysios

I. Historische Persönlichkeiten:

1. Dionysios (*Διονύσιος*) I. von Syrakus, etwa 430 – 367 v. Chr., war der Begründer der längsten und mächtigsten Tyrannenherrschaft der Antike (Diod. 13,96,4), groß und kräftig, mit rotblondem Haar und sommersprossigem Gesicht, im Besitz der sophist. Bildung seiner Zeit (Cic. Tusc. 5,22,63) und von unbändigem Macht- und Herrscherwillen erfüllt (Isokr. Phil. 65). 407 Teilnehmer an dem gescheiterten oligarch. Umsturzversuch des Hermokrates, erreichte er im Winter 406/05 durch hemmungslose Demagogie gegen die »Reichen« und »Mächtigen« den Sturz der Strategen, die Akragas den Karthagern preisgegeben hatten, und die Neuwahl des Kollegiums, in das auch er trotz seiner Jugend gewählt wurde (Diod. 13,91,1 ff.). Alsbald empfahl er sich dem seit der Gesetzgebung des → Diokles maßgeblichen Demos weiter durch einen Schlag gegen die Oligarchen Gelas. Daraufhin wurde er im Frühjahr 405 zum alleinigen *στρατηγὸς αὐτοκράτωρ* gewählt (Diod. 13,93,1 ff.), in Syrakus ein reguläres Amt in Krisenzeiten, weshalb D. hiermit den Boden der Legalität noch nicht verlassen hatte. Doch die scharfen sozialen Gegensätze und die Karthagergefahr trugen ihn weiter. Im Frühsommer 405 ließ er sich auf ein fingiertes Attentat hin von einer Heeresversammlung der jüngeren Jahrgänge und unteren Volksschichten eine starke Leibwache bewilligen, was der entscheidende Schritt zur Tyrannis war. Im Sommer 405 versuchte D. dann den Entsatz des von der karthag. Übermacht belagerten Gela in revolutionärer Abkehr von der Phalanxtaktik durch eine in einzelne Treffen aufgelöste Schlacht. Doch führten Unstimmigkeiten beim Aufmarsch zu einem Mißerfolg (Diod. 13, 109,4 ff.), was zur Preisgabe von Gela und Kamarina nach Evakuierung der Bevölkerung zwang und zu einer freilich rasch niedergeworfenen Erhebung der Oligarchen in Syrakus führte. Eine Seuche veranlaßte Karthago Ende 405 zum Friedensschluß (Diod. 13,114,1 f.), bei dem es seine Eroberungen behielt und den Rest der Griechen durch eine Autonomieklausel zersplitterte, aber D. als Herrn von Syrakus anerkannte. Gegen die hierauf zu erwartende Erhebung der Bürger baute D. die Insel Ortygia samt dem Isthmos zu einer Festung innerhalb der Stadt aus, in der sich seine Residenz, die Häuser seiner »Freunde« und Söldnerkasernen befanden, und erweiterte seine Anhängerschaft durch eine umfassende soziale Umschichtung: Befreiung von Sklaven und hierdurch Vergrößerung der Bürgerschaft (Diod. 14,7,4 f.), Enteignung der Oligarchen und Neuverteilung des Bodens an solche Neubürger, besitzlosen Pöbel und Söldner, sowie an seine »Freunde«, schufen eine neue, mit ihm eng verbundene Oberschicht und eine Bürgerschaft, deren Masse das traditionelle Selbstbewußtsein der griech. Politen fremd war. Hiergegen erhoben sich 404 die Demokraten mit Hilfe der Poleis O.-Siziliens; D. wurde in seiner Zitadelle eingeschlossen, in monatelangen Kämpfen in höchste Bedrängnis gebracht (Diod. 14,8,4 ff.) und nur durch kampan. Söldner und eine Intervention Spartas (Diod. 14,10,2 ff.) gerettet. Nach seinem Sieg im Frühjahr 403 unterwarf er dann die chalkid. Poleis O.-Siziliens und verpflanzte deren Bevölkerung massenhaft nach Syrakus, das dadurch zur Metropole Siziliens und 402/01 durch Ummauerung der Hochfläche Epipolai und das Kastell Euryalos auch zur größten Festung der damaligen Welt wurde. Zugleich verwandelte D. die Stadt in eine riesige Waffenschmiede (Diod. 14,18; 41 ff.). Damals wurden dort das Katapult und die Pentere erfunden. Dann begann D. 398 unter der Parole »Befreiung der Sikelioten« (Diod. 14,45,4) mit einem Heer von über 80000 Mann und 300 Kriegsschiffen den Angriff auf die völlig unvorbereiteten Karthager und stieß mit dem Ziel ihrer völligen Vertreibung aus Sizilien sogleich bis zu dessen W.-Spitze vor, wo er mittels seiner neuen Belagerungstechnik ihren Hauptstützpunkt Motye eroberte. Doch 397 erfolgte von Panormos aus der Gegenstoß der Karthager mit 100000 Mann und 400 Kriegsschiffen, der sie unter allgemeinem Abfall von D. über Messana alsbald vor Syrakus führte, in dem sich D. unter Massenfreilassung von Sklaven und mit Hilfe Spartas (Diod. 14,63,4) zu äußerstem Widerstand vorbereitete. Im ungewöhnlich heißen Sommer 396 dezimierten dann Seuchen das in der Anaposniederung lagernde karthag. Heer, so daß es D. schließlich größtenteils vernichten konnte (Diod. 14,71,1 ff.), was zu einer bis 394 dauernden gefährlichen Erhebung der afrikan. Untertanen Karthagos führte (Diod. 14,76,3 ff.). Währenddessen konnte D. O.-Sizilien zurückgewinnen und mittels Söldnerkolonien sichern und dann 392 dort eine neue karthag. Offensive durch Kleinkrieg zum Stehen bringen (Diod. 14,95,1 ff.). Im Frieden von 392 beschränkte sich Karthago de facto auf das w. Viertel Siziliens. D. hatte damit eine Monarchie gewonnen, die den Polisstaat überwölbte, dessen untere Institutionen er bestehen ließ, z. B. die Volksversammlung von Syrakus als gefügige Abstimmungsmaschine; doch in den Schlüsselstellungen saßen seine Anhänger und die polisfremde Militärmacht bildete die Hauptstütze des Regimes. Dem Ziel, den Rücken gegenüber Karthago frei zu bekommen, diente die Italienpolitik des D. Seit 399 mit Lokroi verbündet, schlug er 388 den von Kroton geführten Italiotenbund vernichtend am Elleporos und eroberte 386 Rhegion, dessen Bevölkerung versklavt und das syrakusan. Gebiet wurde. Vor allem aus wirtschaftlichen Motiven griff er dann 385/84 auf die Adria über und gründete Kolonien auf dalmatin. Inseln (Diod. 15,13 f.), sowie Ancona und an der Pomündung Hadria, von wo aus er regen Kontakt mit den als Söldnerreservoir betrachteten Kelten aufnahm, deren Gegner er 384/83 durch die Eroberung von Pyrgoi, dem Hafen von Caere, schwächte (Diod. 15,14,3 f. M. SORDI I rapporti romano-ceriti, 1960, 36 ff.). 382 eröffnete D. erneut den Krieg gegen Karthago, das sich in großräumiger Strategie mit Poleis Großgriechenlands verbündete und Truppen in Süditalien landete. Durch die Eroberung Krotons um 379 im Rücken frei geworden, schlug er die Karthager dann 375 zu Lande bei Kabala, trieb sie aber hierauf durch die Forderung nach völliger Räumung Siziliens zum Äußersten, was zu seiner schweren Niederlage bei Kronion, nahe Palermo, führte. 374 mußte D. deshalb Selinus und Himera an sie abtreten und den Halykos als Grenzfluß anerkennen. 369 ließ er durch ein Söldnerkorps Sparta vor dem völligen Zusammenbruch retten, 368 wurde er Ehrenbürger von Athen, das 367 ein Defensivbündnis mit ihm schloß, was das Ansehen seiner Macht in der griech. Welt verdeutlicht. Überraschend begann er 368 erneut einen Karthagerkrieg und drang abermals bis zur W.-Spitze Siziliens vor, wo er Karthagos neuen Hauptstützpunkt Lilybaion freilich vergeblich belagerte. Mitten in seiner Lebensaufgabe, dem Kampf gegen Karthago, starb D. im Frühjahr 367 (Diod. 15,73,5).

H.Berve, HZ 177, 1954, 1ff. *K.F. Stroheker* D. I., 1958.

2. D. II., ältester Sohn und Nachfolger von D. I., zunächst von diesem von der Regierung ferngehalten, aber 367 von den Militärs im Interesse einer geordneten Sukzession anerkannt. Sehr verschieden von seinem Vater, neigte er einer verschwenderischen Hofhaltung und dem Alkohol zu, besaß aber auch Sinn für Lit. und Philos., bes. eine Vorliebe für die Pythagoreer. Dem nach dem Friedensschluß mit Karthago 366 von → Dion an den Hof geholten Platon zeigte er sich sehr aufgeschlossen, auch nach Dions Entfernung noch einige J. bis 360. Platon vermittelte sogar ein Bündnis zwischen D. und dem von Archytas geleiteten Tarent, im Zuge weiteren Ausbaus der syrakusan. Position in der Adria und der Gründung von Stützpunkten in Apulien. Doch D.' Charakterschwäche und Inkonsequenz ließ seine Herrschaft willkürlich erscheinen und unterminierte den Staatsbau D.' I. Als er sich 357 mit einer Flotte in südital. Gewässern befand, vermochte ihn Dion zu stürzen, und nach schweren Kämpfen übergab sein Sohn Apollokrates diesem 355 auch die zunächst noch behauptete Zitadelle Ortygia (Plut. Dion 41 ff. Diod. 16, 17). D. blieb nur die Herrschaft über Lokroi, von wo aus er 347 die Macht in Syrakus erneut an sich reißen konnte (Plut. Timol. 1). Dabei verlor er freilich Lokroi und 345 auch Syrakus an Hiketas, damals den Herrn von Leontinoi, der ihn schließlich im Bunde mit den Karthagern auf Ortygia zu Wasser und zu Lande belagerte. An seiner Sache verzweifelnd, übergab er 344 die Festung dem von Korinth als *διαλλακτής* gesandten Timoleon gegen freien Abzug (Plut. Timol. 13. Diod. 16,70) und lebte hierauf als wohlhabender Exulant in Korinth noch bis in die Zeit Alexanders d. Gr.

3. Jüngerer Sohn des 353/52 v. Chr. verstorbenen Tyrannen Klearchos von Herakleia am Pontos, 337/36–305 Alleinherrscher über diese Stadt (Diod. 16,88,5. 20,77,1). Infolge guter Beziehungen zu Alexander d. Gr. gelang es ihm, seine Macht beim Zusammenbruch der pers. Herrschaft nach 334 auszudehnen. Als Gegner des Perdikkas und Anhänger Antigonos I. bewies er auch bei der Parteinahme für die Machthaber der Diadochenzeit eine glückliche Hand und soll sich, deren Vorbild folgend, zuletzt ebenfalls den Königstitel zugelegt haben. Fr. Kie.

4. D., Sklave Ciceros, diente als Vorleser (fam. 5,9,2), war 49 mit seinem Herrn auf dem Formianum, stahl diesem später mehrere Bücher und entfloh 45 nach Illyrien, wo er sich als Freigelassener ausgab und von Cic. über die Statthalter gesucht wurde. H. G. G.

5. D., Bischof von Korinth, † vor 190. Eus. KG. 4,23 nennt ihn einen Verfechter der Rechtgläubigkeit und referiert kurz den Inhalt von 7 Sendschreiben des D. an auswärtige chr. Gemeinden sowie eines Briefes an eine Christin Chrysophora. In dem für Rom bestimmten Brief, einer Antwort auf ein Schreiben des Papstes Soter (um 170), wird zum erstenmal Clemens als Vf. des sog. 1. Clemensbriefes genannt.

Quasten 1,280–282. *Altaner* 117.

6. D., Bischof von Rom 259–268 nach der Verfolgung unter Valerius. Er sandte 2 Briefe an D. von Alexandreia, in denen sowohl die von jenem bekämpfte Häresie des Sabellius (Identität von Vater und Sohn) verurteilt wurde wie die entgegengesetzte Lehre (der Sohn ein dem Vater untergeordnetes Geschöpf), deren der alexandrin. Bischof durch Ankläger aus Äg. in Rom bezichtigt worden war. Athanas. De decretis Nicaenae synodi 26 p. 22,1 ff. O. zitiert das einzige erhaltene echte Frg. Ein Trostschreiben an die Gemeinde von Caesarea erwähnt Basileios epist. 70.

Quasten 2,239–242. *Altaner* 150.

7. D., Bischof von Alexandreia 248–265, zuvor Schüler des Origenes und dessen 2. Nachfolger als Leiter der Katechetenschule. Die meisten Nachrichten über ihn verdanken wir Eus. KG. 7. In *Περὶ φύσεως* bekämpfte D. geschickt die Atomistik Epikurs (exc. bei Eus. pr. ev. 14,23–27). Gegen den Bischof Nepos von Arsinoë, der gegen die Allegoristen, d. h. die Schule des Origenes, die Verheißung des tausendjährigen Reiches wörtlich genommen wissen wollte, schrieb D. 2 B. *Περὶ ἐπαγγελιῶν*. Hier bestritt er die Identität des Vf. der Apokalypse mit dem Apostel Johannes auch durch phil. Argumente (exc. bei Eus. KG. 7,24–25). In 4 B. *Ἔλεγχος καὶ ἀπολογία* wies er vor D. von Rom (→ D. 6) seine Rechtgläubigkeit nach (Athanas. De sententia Dionysii. Eus. pr. ev. 7,19). Von 2 vollständig erhaltenen Briefen mahnt der eine Novatian, er möge durch seinen Rücktritt das Schisma beenden (Eus. KG. 6,45).

Ta.: *Ch.L. Feltoe*, 1904. *Migne* PG 10. – *Quasten* 2,101 bis 109. *Bardenhewer* GAL 2,203–227. *Altaner* 186f.

8. D. der Areopagite (*ὁ Ἀρεοπαγίτης*), der vom Apostel Paulus bekehrte (NT Act. apost. 17, 34) 1. Bischof von Athen. Wahrscheinlich gegen E. 5. Jh. erschienen 4 Abh. (*Περὶ θείων ὀνομάτων, Περὶ μυστικῆς θεολογίας, Περὶ τῆς οὐρανίας ἱεραρχίας, Περὶ τῆς ἐκκλησιαστικῆς ἱεραρχίας*) und 10 Briefe ([1]), deren Vf. sich den Anschein gibt, der Paulusschüler D. zu sein. Schon

532/33 erklärte der orthodoxe Erzbischof Hypatios von Ephesos, als die Anhänger des Monophysiten Severus sich auf D. beriefen, die Schriften für eine Fälschung ([2]). Doch sehr bald stand Pseudo-D. im Ansehen des ältesten Kirchenvaters, unter dessen Namen nun weitere unechte Werke in Umlauf kamen. Der Komm. des Maximus Confessor (7. Jh.) festigte den Ruhm des D. Im J. 827 übersandte Kaiser Michael eine Prachths. (jetzt Paris. gr. 437 [3]) als Geschenk an Kaiser Ludwig den Frommen. Nach diesem Text entstanden die zwei ersten lat. Übers. durch Abt Hilduin von St.-Denis, der den Vf. für identisch hielt mit dem Patron seines Klosters, dem Märtyrer D. von Paris, und durch Joh. Scotus Eriugena ([4]). D. gewann auch im Abendland fast kanon. Geltung. Sein Einfluß wirkt am stärksten im theolog.-spekulativen Denken der Scholastiker und in der Mystik. Erst die Humanisten (Lorenzo Valla, Erasmus) zogen die Echtheit der Schriften wieder in Zweifel. Der Vf. will die chr. Lehre mit den Denkformen und in der Begriffssprache der Neuplatoniker ausdrücken. Dazu hat er vor allem die Werke des Proklos, z. T. mit wörtlichen Übernahmen, benutzt und sich an dessen Triaden-Schema angelehnt. Gott ist das Eine (*ἕν*), aus dem die Welt hervorgeht in stufenweisem Abstieg, von den 3 noch rein geistigen Triaden der Engel bis hinab zur leblosen Materie; von unten kehrt alles aufsteigend zu Gott zurück durch die 3 Stufen der Reinigung (*κάθαρσις*), Erleuchtung (*φωτισμός*) und Einswerdung (*ἕνωσις* [Cael. hier. 3,2 p. 165AC]).

1. Ta.: *Migne* PG 3. La hiérarchie céleste, ed. *Günter Heil* Sources chrétiennes 58, 1958. 2. Acta conciliorum ed. *Schwartz* 4,2, 1914, 173,13ff. 3. *Henri Omont* REG 17, 1904, 230ff. 4. Dionysiaca, Recueil donnant l'ensemble des traductions lat. etc., 1937 (2 Bde., mit griech. und lat. Indices). 5. *Bardenhewer* GAL 4,282–300. *Altaner* 466–470. *René Roques* RACh 3,1075ff.

9. D. Exiguus, * in Scythia minor, lebte seit etwa 500 als Mönch in Rom, † gegen 545. Als Übersetzer ist er einer der bedeutendsten Vermittler griech. Geistesgutes an das lat. MA. Aus persönlicher Bekanntschaft preist ihn Cassiod. inst. 1,23,2ff. als Menschen und Gelehrten. Bis heute wirkt nach seine Übernahme der alexandrin. Berechnung des Osterdatums ([2]), weil er hierbei erstmals die Jahrzählung von Christi Geburt an einführte und die Zeitwende ins J. 754 ab urbe condita legte. Dieser zu späte Ansatz ist nie mehr aufgegeben worden, so daß Christus in Wirklichkeit im J. 5/4 v. Chr. nach unserer Zählung geboren ist. Wichtig wurden ferner seine lat. Slg. der griech. Quellen des Kirchenrechts (Canones) und der Konzilsakten ([3]). Von Gregor von Nyssa übersetzte D. die Schrift De conditione hominis ([1]). O. H.

1. *Migne* PL 67. 2. *Bruno Krusch* Stud. zur chr.-ma. Chronologie, APrAW 1937, 8. 3. *Ed. Schwartz* Acta conciliorum oecumenicorum 2,2,141ff. 4,2,195ff.; vgl. 4,2, XVIIf. *Cuthbert Hamilton Turner* Ecclesiae occidentalis monumenta iuris antiquissima, 1899–1939. *A. Strewe* Die Canones-Slg. des D. E. in der 1. Redaktion, Arbeiten zur KG. 16, 1931. 4. *Bardenhewer* GAL 5,224–228. *Altaner* 443f. *Alb. Siegmund* Die Überlieferung der griech. chr. Lit. in der lat. Kirche, 1949, 288.

II. Literarische Persönlichkeiten:

A. Dichter

10. D. Chalkus, so genannt, weil er einen Antrag auf Einführung von Kupfermünzen gestellt hatte, Dichter und Rhetor (Athen. 15,669d), aus Athen, nahm an der Gründung von Thurii 444 teil (Plut. Nic. 5), schrieb sympot. Elegien (nach Wilam. Hell. Dicht. 1,97,1 ein zusammenhängendes Werk), in denen er das Distichon mit dem Pentameter beginnen ließ (Athen. 13,602c). Die Sprache ist gekünstelt und nähert sich dem *γρῖφος*. R. K.

Frg.: Anth. lyr. 1^3 p. 88–90. *Garzya*, RFIC 80, 1952, 193–207.

11. D. von Sinope, Komödiendichter. Athen. hat 3 Fragmente, darunter 2 längere (381c. 404e), in denen Köche reden. Einer zitiert Archestratos' Lehrgedicht über die Kochkunst (um 330). Der Name D. wird von Wilhelm Urk. 123.128 in der Liste der Lenäensieger ergänzt (IG ^{2}2325, 1 Sieg), ebenda (Urk. 134) ein jüngerer D. (2 Siege). Das Zitat aus einer drastischen Szene zwischen Herakles und Silenos (Schol. T Hom. Il. 11,515) hat Nauck FTG^2 p. 794 auf ein Satyrspiel des Tyrannen D. bezogen. W. K.

Kaibel, RE V 928. *Edmonds*, The Fragm. of Att. Com. 2,542.

12. D. von Athen. Dichter von Tragödien und Satyrspielen, E. 2. Jh. v. Chr., PA. Nr. 4152. F. St.

13. D., Epiker, schrieb *Βασσαρικά* in wenigstens 14 u. eine *Γιγαντιάς* in wenigstens 7 (17?) B. Frgm. bei Steph. Byz. und auf einem Pap. des 3./4. Jh. Die Gedichte können wesentlich älter sein. Die *Βασσαρικά*, von Nonnos stark benutzt, behandelten den Inderfeldzug des Dionysos. B. 3 und 4 enthielten den Inderkatalog. In der Schilderung der Kämpfe eigenartige Erfindungen; so wird ein gefangener Inder in ein Hirschfell gekleidet, damit ihn seine Landsleute verzehren. Die *Γιγαντιάς* behandelte den Gigantenkampf auf Pallene, dazu ausführlich Ereignisse aus der Vorgeschichte (Herakles' Rückfahrt von Troia nach Kos; Raub der Rinder des Helios durch Alkyoneus). Die Sprache ist von hellenist. Poesie (Nikandros) beeinflußt. Nach der Vit. Chisiana wurden die B. von einigen dem Samier D. zugeschrieben.

Heitsch Griech. Dichterfragm. der röm. Kaiserzeit 1^2, 1963, Nr. 19.

14. *Ὀρνιθιακά* wurden nach der Vit. Chisiana von einigen D. dem Periegeten, von anderen einem D. von Philadelphia zugeschrieben. Erhalten ist eine prosaische Paraphrase (mit accentuierendem Satzschluß) des Lehrgedichts eines D., in einigen Hss. *Ὀππιανοῦ Ἰξευτικά* betitelt, über Vögel und Vogelfang, in 3 B. (1 Land-, 2 Wasservögel, 3

Vogelfang), z.T. paradoxograph. Charakters. Deutlich sind Berührungen mit Ailian, der das Gedicht vielleicht benutzt hat. Hauptquelle nach WELLMANN, H 26, 1891, 506ff. Alexandros von Myndos. R. K.

Ausg.: *Garzya*, Byz. 25/27, 1957, 195ff.

B. Philosophen

15. D., Sohn des Theophantos, aus Herakleia am Pontos, nachm. zubenannt *Μεταθέμενος*. Er war ein Schüler Zenons (ind. Stoic. Herc. col. 10,4 und Diog. Laert. 7,166f.), fiel aber von dem stoischen Grund-Dogma, daß Schmerzen für die *εὐδαιμονία* unerheblich seien, ab, als schwerer körperlicher Schmerz ihn plagte; die Gesch. steht bei Cic. Tusc. 2,60; vgl. fin. 5,94. Lukian. bis acc. 21. Athen. 7; 281e; wichtig die Darstellung des Ind. Stoic. Hercul. col. 30 und 31. Nach seiner Genesung berücksichtigte D. die Erfahrung, die er durch seine Krankheit gemacht hatte. Sein Abfall von der Stoa gab deren Gegnern ein wichtiges Argument gegen den stoischen Rigorismus in die Hand.

M. Pohlenz, Stoa, 1,27.

16. D. von Kyrene, Stoiker, im Ind. Stoic. Herc. co. 52 als Schüler des → Antipater Nr. 9 von Tarsos genannt, wo er als tüchtiger Geometer gelobt wird. Möglicherweise wurde die Erkenntnistheorie des D. von → Zenon von Sidon angegriffen.

A. Schmekel Die Philos. der mittleren Stoa 298ff. *M. Pohlenz* Stoa 1,245/46.2,91.

17. D., Stoiker, Zeitgenosse Ciceros, von diesem erwähnt Tusc. 2,26; er hatte die Gewohnheit, Dichterzitate in seine Vorlesung einzufügen. Ein Stoiker D. wird von Diog. Laert. 4,43 genannt; Tert. adv. nat. 2,2,14. 2,14,1 bezieht sich auf die Götter-Lehre eines D. In beiden Fällen ist ungesichert, ob D. 122 oder D. 123 gemeint ist. H. D.

C. Musiker

18. D., aus Theben, von Aristox. frg. 76 WEHRLI (Schule des Aristot. 2, 1945, 29) neben Pindar, Lampros und Pratinas als Vertreter der alten Musik genannt, Lehrer des Epameinondas, »in der Musik nicht weniger berühmt als Damon oder Lampros« (Nep. Epam. 2), wohl Vater des → Antigeneidas. R. K.

D. Rhetoren

19. D., mit dem Beinamen *Σκυτοβραχίων* oder *Σκυτεύς* (Suda *Δ. Μιτυληναῖος*). Er lebte im 2. Jh. v. Chr. in Alexandreia, stammte aber wohl aus Mitylene. Die häufige Variante *Μιλήσιος* erklärt sich wahrscheinlich so, daß D. einen erfundenen Gewährsmann aus Milet »zitierte«. Er war Vf. mythograph. Romane (Suda a.O.: *ἐποποιός* und *ταῦτα δέ ἐστι πεζά*), darunter einer Bearbeitung der Argonautensage (wohl 6 B.), der allein mit Sicherheit Frg. zuzuweisen sind. Die Titel *Τρωικά*, *'Αμαζονικά* und eine Behandlung der Dionysosmythen bleiben schattenhaft. In den Frg. lassen sich euhemeristische und aitiologische Züge feststellen. Die verschiedenen Sagenkreise sind stark zueinander in Beziehung gesetzt. H. Gä.

FGrH 32. *Susemihl* 2,45ff. *Ed. Schwartz* De D. Scytobr., Diss. Bonn 1880. *E. Bethe* Quaest. Diodor. mythogr., Diss. Gött. 1887, 5ff.

20. D. von Halikarnassos, Rhetor und Geschichtsschreiber, lehrte 30–8 v. Chr. in Rom. Vorbild dieses Attizisten ist Demosthenes (vgl. *Περὶ τῆς Δημοσθένους λέξεως*), während Caecilius von Kalakte den Lysias verehrte. Aus der Schrift des D. über die att. Redner ist außer dem genannten Teil der Abschnitt über Lysias, Isokrates und Isaios erhalten. – Sehr wertvoll ist De compositione verborum (*περὶ συνθέσεως ὀνομάτων*), eine Untersuchung über Wortwahl (*ἐκλογή*) und Fügung der Wörter im Satz (*σύνθεσις*) in der Nachfolge Theophrasts. Das Werk *Περὶ μιμήσεως* behandelt das Problem der liter. Abhängigkeit von Stilmustern (Imitation). Als Stilkritiker befaßt D. sich mit Thukydides (*Περὶ τοῦ Θουκυδίδου χαρακτῆρος*, vgl. auch den 2. Brief an Ammaios) und Platon (an C. Pompeius). Echtheitskritik übt D. in der Schrift über Deinarchos; eine angebliche Abhängigkeit des Demosthenes von Aristoteles wird im 1. Brief an Ammaios widerlegt. Die »Techne« ist unecht. D. erweist sich als Pionier auf verschiedenen Gebieten philolog. Kritik und als feinsinniger Stilanalytiker (*ὁ κριτικός*). Verloren ist eine Schrift über die Figurenlehre (Quint. 9,3,89), ebenso die Streitschrift *ὑπὲρ τῆς πολιτικῆς φιλοσοφίας πρὸς τοὺς κατατρέχοντας αὐτῆς ἀδίκως*, eine Verteidigung der Rhetorik gegen Philosophen (Epikureer?). Sein stilist. Programm verwirklicht D. in seinem Geschichtswerk, der »Röm. Archäologie«. Im J. 7 v. Chr. veröffentlicht, umfaßt sie die Zeit von der Gründung Roms bis zum 1. Pun. Krieg, ergänzt also das Werk des Polybios nach oben. Von den 20 B. sind die ersten 10 ganz, das 11. lückenhaft erhalten, der Rest in Exzerpten des Konstantinos Porphyrogennetos und in einer Mailänder Epitome. D. schöpft, wie der Vergleich mit Livius und Plutarch zeigt, aus der jüngeren Annalistik und verwendet bes. auf die Ausgestaltung der Reden große Sorgfalt. Der Grieche kennt altröm. Verhältnisse nur ungenau und geht bei der Umsetzung staatsrechtlicher Begriffe in »klassisches« Griechisch oft in die Irre. Seine Begeisterung für altröm. *virtus* ist echt, doch schlägt der Nationalstolz des Hellenen durch, wenn Rom für eine griech. Gründung erklärt wird. – Eine Vorarbeit zu dem Geschichtswerk war die Studie *περὶ χρόνων* (FGrH 251). M. v. A.

Ta.: *H. Usener–L. Radermacher* Dion. Hal. opuscula, 1899 bis 1929. *Rhys Roberts* De comp. 1910. *R. Roberts* Three Lit. Letters, 1903. *C. Jacoby* Ant. Rom., 1885–1925. *E. Cary* (mit engl. Übers.) 1937–1950. *G. Pavano* Saggio su Tucidide (mit it. Übers., Einl. und Komm.) 1958.

Lit.: *Ed. Schwartz* und *L. Radermacher*, RE s.v. *E. Gaida* Die Schlachtenschilderungen in den Ant. Rom. des D. v.

H., 1934. *A. Klotz* Zu den Quellen der Arch. des D. v. H. RhM 87, 1938, 32. *Ders.* Livius und seine Vorgänger III, 1941. *S. Ek* Herodotismen in der Arch. des D. v. H., 1942. *Ders.* Eine Stiltendenz in der röm. Arch. des D. v. H. Eranos. 7, 1945, 198ff. *M. Untersteiner* Dionisio di Alicarnasso, fondatore della critica pseudepigrafica, Anales de Filologia Clasica (Buenos Aires) 7, 1959, 72–93. *H. Hill* D. of H. and the origins of Rome, JRS 51, 1961, 68–93.

21. D. v. Milet, gefeierter Rhetor des 1./2. Jh. n. Chr., vom Kaiser→ Hadrian mehrfach ausgezeichnet. Er war ein Virtuose der Redekunst, der sich auf Vortragsreisen bewundern ließ. Es machte Eindruck, daß er seine Reden fast zu singen pflegte. Als er in Ephesos starb, bekam er dort ein Grab auf dem Marktplatz. Lebensbeschreibung mit Stilproben: Philostr. vit. soph. 1,22. H. D.

22. D. von Antiocheia, Sophist zu Beginn des 6. Jh. An ihn richtete Aineias von Gaza das Empfehlungsschreiben 17 für einen Schüler und pries die Vorstadt Daphne, den Wohnort des D., als Musensitz. Von D. selbst ist eine Slg. von 46 kurzen Briefen an verschiedene Adressaten erhalten sowie 39 Briefstücke ohne Adresse, »die leersten Briefe der griech. Lit.« (Christ-Schmid 2,1031), in gedrechseltem, pointiertem Stil. O. H.

RE V 975,65ff. Ta.: *Rud. Hercher* Epistolographi graeci, 1873, 260–274.

E. Grammatiker

23. D., ὁ Ἴαμβος. Alexandrin. Grammatiker, Lehrer des Aristophanes von Byzantion (Suda Ἀριστοφάνης Βυζάντιος), Vf. eines Werkes *περὶ διαλέκτων*. Von seinen Arbeiten haben sich nur geringe Spuren, nicht einmal weitere Titel, erhalten.

Susemihl 1,346.

24. D., aus Sidon, alexandrin. Grammatiker, Aristarcheer. Durch Vermittlung des Didymos und anderer sind Reste seiner Homerkritik erhalten. Er folgte zwar in allen wesentlichen Punkten seinem Lehrer, wich aber in Fragen der Prosodie häufig von dessen Ansicht ab. Wie die übrigen Aristarchschüler war auch D. Anhänger der Lehre von der Analogie als Prinzip des Sprachbaues. Es ist ungewiß, ob D. regelrechte gramm. Werke verfaßte. Auf Beschäftigung mit Pindar weist Sch. Pind. P. 1,172.

Susemihl 2,716. *A. Blau* De Aristarchi discipulis, Diss. Jena 1883, 45ff.

25. D., aus Phaselis, Grammatiker alexandrin. Zeit, Vf. eines Werkes *περὶ ποιητῶν*. Der ebenfalls für ihn bezeugte Titel *περὶ τῆς Ἀντιμάχου ποιήσεως* bezieht sich vielleicht auf einen Teil dieses B. Didymos zitierte ihn gelegentlich zu Pindar. Aus welchem Werk die Stellen stammen, ist ungewiß.

26. D. aus Alexandreia, Sohn d. Teres, mit dem Beinamen ὁ Θρᾷξ. Er war Schüler des Aristarchos, wodurch sich seine Lebenszeit annähernd auf das 2. Jh. v. Chr. bestimmen läßt (ungenau Suda Δ.). Nach Ausbildung (und Lehrtätigkeit?) in Alexandreia siedelte er nach Rhodos über (Strab. 14,655. Athen. 11,489a). Aus seiner Schule gingen wiederum bedeutende Grammatiker (Tyrannion, Aelius Stilo) hervor.

Während sich von seiner in der Aristarchschule traditionellen Homererklärung (unter Benutzung der Arbeiten seiner zahlreichen Vorgänger, mit entschiedenem Eintreten für die Analogie) verhältnismäßig wenige Reste erhalten haben und auch seine Schriften gegen die pergamenischen Anomalisten verloren sind, besitzen wir unter seinem Namen eine Schrift *περὶ γραμματικῆς* (S. Emp. adv. math. 1,57 nennt sie *παραγγέλματα*). Ihre Echtheit (zuletzt von [7] bestritten) kann nicht bezweifelt werden. Es ist somit das älteste HB der Grammatik und der erste Versuch, die zahlreichen Erkenntnisse über die Sprache, die man spekulativ (in den Philosophenschulen, besonders der Stoa vgl. [3], [4],145ff. und [6]. Skeptisch [8]) oder bei der erklärenden Beschäftigung mit der klass. Lit. (vor allem bei den alexandrin. Philologen) gewonnen hatte, zu systematisieren. Daraus erklärt sich die gewaltige Wirkung, die das für moderne Begriffe überraschend dürre Werk gehabt hat. Es wurde nämlich für den gramm. Lehrbetrieb der Folgezeit einschließlich der byz. Epoche (vgl. die große Zahl von Komm. und Scholien) zugrunde gelegt und diente auch im MA. und in der Neuzeit (bis zum 18. Jh.) als Muster und Grundlage aller Grammatiken. Weiterhin ist eine syrische Bearbeitung erhalten, und eine armenische Grammatik verwendet die von D. entwickelten Kategorien in teilweise wörtlicher Übersetzung.

Das Werk beginnt mit der Definition der *γραμματική* (als *ἐμπειρία* verstanden; dazu S. Emp. a. O.), die entsprechend dem Gebrauch der Zeit umfaßt, was modern »Philologie« heißen würde. Aber die Darstellung hält sich nicht an die Definition, die 6 Aufgaben des Philologen umreißt, sondern auf die Behandlung der *ἀνάγνωσις* folgt abrupt als Hauptteil die Lehre von den Buchstaben, Silben und (8) Wortarten sowie deren Konjugation bzw. Deklination. Gelegentlich findet sich versteckte Polemik gegen stoische Einteilung (z. B. § 11, wo die *προσηγορία* unter die *ὀνόματα* subsummiert wird). Die Vorzüge des Buches liegen in der Knappheit der Darstellung und der Klarheit der Definitionen. Ungewohnt für den modernen Leser ist das Fehlen jeglicher Bemerkungen zu Syntax und Stilistik.

Ta: *G. Uhlig* Gramm. Gr. I 1, Lpz. 1883. Frg.: *M. Schmidt* Philol. 7, 1852, 360ff. Sch.: *A. Hilgard* Gramm. Gr. I 3, Lpz. 1901. Lit.: 1. *Christ-Schmid* 2,1,427f. 2. *Susemihl* 2,168ff. 3. *R. H. Robins* Ancient and Mediaeval Gramm. Theory in Europe, London 1951, 36ff. 4. *M. Fuhrmann* Das system. Lehrbuch, Gött. 1960, 29ff. 145ff. 5. *A. Traglia*, St. Class. e Orient. 5, 1956, 38ff. 6. *R. H. Robins*, PCA 1957, 67ff. 7. *V. di Benedetto* Ann Sc. Norm. Sup. Pisa 2. S. 27, 1958, 169ff. 28, 1959, 87ff. 8. *H. Rosenstrauch*, Class. Wratisl. 1, 1961, 97ff.

27. D., Sohn des Tryphon, Grammatiker der frühen Kaiserzeit, Vf. eines Werkes *περὶ ὀνομάτων* in mindestens 10 B. (Athen. 6,255c). Eine größere Zahl von Frg. läßt sich aus Steph. Byz. gewinnen. Vielleicht war das Werk angeregt durch *περὶ ὀνομασιῶν* seines Vaters Tryphon.

28. D., aus Halikarnassos, Grammatiker unter Hadrian, mit dem Beinamen *ὁ μουσικός* (Suda *Δ. Ἁλικαρνασεύς*). Seine fast restlos verlorenen Werke behandelten Fragen der Musik und Musikgeschichte (*μουσικὰ ὑπομνήματα* in 24 B., *μουσικὴ ἱστορία* in 36 B., *μουσικὴ παιδεία* in 22 B.), ferner des Prosarhythmus (hierzu wohl zu rechnen *τίνα μουσικῶς εἴρηται ἐν τῇ Πλάτωνος Πολιτείᾳ*). Sie enthielten umfangreiches Material über Kitharodik und Lyrik, aber auch über die Dichter und Komponisten. Von diesem D. ist wohl zu trennen der ungefähr gleichzeitige Attizist Aelius D.

R. Westphal Frg. und Lehrsätze der griech. Rhythmiker, Lpz. 1861. *C. Scherer* De Ael. D. musico qui vocatur, Diss. Bonn 1886. *Christ-Schmid* 2,2,870f.

29. D., *Αἴλιος Δ.* aus Halikarnassos, angeblich ein Nachfahre des Rhetors (Suda *Δ. Ἀλεξάνδρου*) in hadrianischer Zeit, Vf. eines attizistischen Lex. (*Ἀττικὰ ὀνόματα*) in 5 B., einem gewissen Skymnos gewidmet. Es war alphabetisch geordnet und erklärte seltene att. Wörter. Daneben hatte es den Zweck, für strenge Attizisten »brauchbares« Wortmaterial in bequemer Weise zu bieten. Viele spätere Lex. sind von dem Werk des D., ebenso wie von dem des Pausanias, weitgehend abhängig. Bis in die Zeit des Eustathios, der die *Ἀττικὰ ὀνόματα* für seine Homer-Erklärung verwertete, war das Werk erhalten. Photios, der die Slg. las, äußert sich anerkennend über sie (bibl. 152). Er kannte noch eine 2. Ausgabe, ebenfalls in 5 B., die sich von der ersten durch reicheres Belegmaterial unterschied. Die sichere Wiedergewinnung von Frg. aus Scholien und Komm. bereitet größte Schwierigkeiten.

Frg. zuletzt: *E. Schwabe*, Lpz. 1890. *H. Erbse* Unters. zu dem attiz. Lex., ADAW 1949 (1950), 93ff. Lit.: *Christ-Schmid* 2,2,873f. *H. Erbse* a. O. *M. van der Valk*, Mn 4. S. 8, 1955, 207ff.

F. Geographen

30. D. der Perieget, schrieb, vielleicht angeregt durch Alexandros von Ephesos, in 1186 Hexametern eine *Περιήγησις τῆς οἰκουμένης*, verfaßt 124 n. Chr., wie aus dem Akrostichon 513–532 hervorgeht (*ΘΕΟΣΕΡΜΗΣΕΠΙ ΑΔΡΙΑΝΟΥ* = als Hadrian in Samothrake eponymer König war; U. Bernays Stud. zu D. Perieg., 1905, 12ff. Wilam. Kl. Schr. 2,219). Ein anderes Akrostichon, 109–134, nennt den Namen des Dichters und seine Heimat Alexandreia (*ΕΜΗΔΙΟΝΥΣΙΟΥΤΩΝΕΝΤΟΣΦΑΡΟΥ*). Dazu stimmt die Angabe der Vit. Chisiana (hrsg. v. Colonna Bollett. del comit. per la prepar. della Ediz. Naz. dei class. gr. e lat. N.S. 5, 1957, 9ff.), daß er Sohn eines D. war u. aus

Alexandreia stammte. Sein Vater D. wird der Suda 2,1173 Ad. genannte D. aus Alexandreia, Sohn des Glaukos, gewesen sein. Die direkten Quellen des Gedichtes sind nicht bekannt; mittelbar ist sicher Poseidonios benutzt. Geograph. Irrtümer fehlen nicht. Die gefällige sprachliche Formung entlehnt manches von Kallimachos und Apollonios. Glatt, fast ganz kallimacheisch, ist auch die metr. Technik. Das Gedicht wurde viel gelesen, früh, später auch von Eustathios, kommentiert und war im MA Schulbuch. Auch Karten wurden ihm beigegeben. Latein. bearbeitet wurde es von Avienus und Priscianus. In der Vit. Chis. werden diesem D., wahrscheinlich richtig, *Λιθιακά* (wenigstens 2 B.) zugeschrieben (2 Frg.), dazu *Διοσημίαι*.

Ausg.: GGM 2,103ff. Die Frg. der *Λιθιακά* ebd. p. XXVI.

31. D., aus Byzantion, Vf. eines ausführlichen *Ἀνάπλους Βοσπόρου* (Steph. Byz. *Χρυσόπολις*; vgl. Suda *Δ. Βυζ.*). Er gehört wohl in das 2. Jh. n. Chr. (terminus ante quem dürfte 196 sein, das Jahr der Zerstörung von Byzanz durch Septimius Severus). Die von Petrus Gyllius gefundene vollständige Hs. ist seit 1555 verschollen, ein Athous, der einzige Überlieferungsträger, hat starke Blattverluste erlitten. Einige Lücken lassen sich mit Hilfe der Werke des Gyllius (De Bosporo Thracio und De topographia Constantinopoleos) schließen. Im Stil des D. zeigen sich Anklänge an die ep. Sprache, daneben Herodot- und Thuk.-Reminiszenzen. Weniger geogr. Interesse als vielmehr das Bestreben, den Leser zu unterhalten, steht im Vordergrund. Die Sprache ist attizistisch und verwendet alle Mittel der sog. 2. Sophistik.

Ta: GGM 2,1ff. *C. Wescher*, Paris 1874, beide überholt durch *R. Güngerich*, Bln ²1958. Lit.: *Christ-Schmid* 2,2,806.

32. D., Sohn des Kalliphon (*Δ.-ίου τοῦ Καλλιφῶντος*: Akrostichon der Verse 1–23) unbekannter Lebenszeit (1. Jh. v. Chr.? eher noch später), Vf. einer *Ἀναγραφὴ τῆς Ἑλλάδος* in iamb. Trimetern, einem gewissen Theophrastos gewidmet. Die Beschreibung beginnt mit Ambrakien und behandelt dann die s. angrenzenden Gebiete bis Megara nach der Art eines Periplus. Die Darstellung der Peloponnes ist verloren, erhalten erst wieder die der griech. Inseln, insgesamt 150 Verse. Die Reihenfolge ist wirr und das Ganze auch verstechnisch ein äußerst dürftiges Machwerk. H. Gä.

Ta: *A. Meineke*, Bln. 1846. GGM 1,238ff. Lit.: *Christ-Schmid* 2,1,424. *F. Pfister* Reisebilder des Herakleides, SAWW 227,2, 1951, 20ff.

G. Astronom

33. Astronom in Alexandreia unter Ptolemaios Philadelphos, mit dessen Thronbesteigung die nach D. benannte astronomische Zeitrechnung begann, 26. Juni 287 v. Chr. Beobachtungen des D. aus der Zeit zwischen 275–241 finden sich bei Ptolem. synt. 9, p. 264,18. 265,9. 19. 267,3 u. a.

Heib. D. verwendet ein äg. Jahr von 12^{mens} zu je 30^{d}, und 5 Epagomenai, jedes 3. Jahr erhält einen 6. Schalttag. Die Monate hießen *Ταυρών*, *Διδυμών*, *Καρκινών* usw. Im Clodiuskalender (RE XXIII 96,23) sind die Jahrpunkte des D., in einer ihm eigentümlichen beschreibend-phänomenologischen Terminologie, erhalten zum 28. Dezember, 28. März, [26. oder] 27. Juni, 24. September und 23. Dezember, an welchem Tage die 5 Zusatztage (bis 27. Dezember) einsetzten. R. B.

Böckh Sonnenkr. 286ff. *Hultsch* RE V 991. *Manitius* Ptol. HB der Astr. 2,406ff.

III. Ärzte. Künstler

34. Von den Ärzten dieses Namens sei der älteste erwähnt, um 280 v.Chr. Zeitgenosse des → Herophilos (Cael. Aurel. m. chr. 2, 186). Dieser D. ist wohl der *Δ. ὁ τοῦ 'Οξυμάχου*, der die Aderbezeichnung *ἐπανθισμός* einführte (Ruf. Eph. p.162 Dbg.-R.) und also vielleicht zu den ältesten alexandrin. Anatomen gehörte. F. K.

35. D. von Argos. Bildhauer der 1. Hälfte des 5. Jh. v. Chr. Nach Paus. 5,26,3 Meister zahlreicher unterlebensgroßer Figuren im Weihgeschenk des Mikythos an der N.-Seite des Zeustempels zu Olympia und eines Pferdes im selben Heiligtum (Paus. 5,27,2). Von der Basis des Mikythos sind Bruchstücke erhalten. Der Versuch, den Ganymed in dem vergoldeten »Epheben« von Pompeii zu erkennen, ist abzulehnen. Kopien des Orpheus glaubt man in einem Basaltkopf in München und in einer Kleinbronze in Leningrad zu besitzen, des Homer im sog. Blindentypus (»Epimenides«).

Paus. ed. Hitzig/Blümner 2,443f. HB Arch III 1 (5. Lfg. 1950) 103 *(Lippold)*. Encicl. Arte Class. Or. III 117 *(Anti/Cressedi)*.

36. D., Maler des 1. Jh. v. Chr., tätig in Rom als Porträtist, daher sein Beiname *ὁ ἀνθρωπογράφος*.

Encicl. Arte Class. Or. III 119 *(Catteruccia)*.

37. D. des Apollonios Sohn von Athen. Bildhauer des 1. Jh. n. Chr. Von ihm signiert die Porträtstatue eines weiblichen Mitgliedes des röm. Kaiserhauses aus der Zeit des Claudius; in Anlehnung an Porträtstatuen des 4. Jh. v. Chr., am Heraion in Olympia gefunden. A. R.

Encicl. Arte Class. Or. III 118 *(Guerrini)*.

IV. Monatsname

38. D., Monatsname des makedonischen Kalenders, hauptsächlich im w. Mittelgriechenland und in den dor. Kolonien am Bosporos und Pontos vorkommend. In Aitolien nahm der D. die 8. Stelle im Kalender ein und entsprach dem att. Munichion (= April), in Lokris dem att. Poseideon (= Dezember). Er ist außerdem bezeugt für Byzantion, Kalchedon, die Provinz Bithynia, Chersonesos, Kreta und Tauromenion. W. S.

Dionysodoros (*Διονυσόδωρος*). **1.** Vetter und Schwager des Sprechers der 13. Rede des Lysias, unter den Dreißig auf Grund einer Denunziation hingerichtet (Lys. 13,2.16.18.30.34). **2.** Fremder Kaufmann in Athen, der für eine nicht zustande gekommene Fahrt nach Äg. Geld aufgenommen hatte und gerichtlich belangt wurde, als er dann weder das Kapital zurück- noch Zinsen zahlte. Die 56. Demosthen. Rede handelt von dieser Sache. **3.** Theban. Olympionike, eben deswegen von Alexander d. Gr. freigelassen, als er, wohl seit 336/35 als Gesandter am Hofe Dareios III. lebend, 333 v. Chr. in Damaskos in seine Gefangenschaft geraten war (Arr. an. 2,15,2). **4.** Gesandter Ptolemaios' VI. Philometor und Ptolemaios' VIII. Euergetes II., der 169 v. Chr. von den Achaiern Hilfe gegen Antiochos IV. erlangen wollte (Pol. 29,23. F. Kiechle Gesch. in Wiss. und Unterr., 1963, 160). **5.** Sophist, Bruder des Euthydemos und wie dieser von Platon in dem gleichnamigen Dialog verspottet. Nach Platon war er von Chios über Thurioi nach Athen gekommen, wo er zuerst Kriegskunst und dann Sophistik lehrte. Fr. Kie.

6. D., alexandrin. Grammatiker aus Troizen. Gesichert sind für ihn die Titel *περὶ ποταμῶν* (Sch. Eur. Hipp. 123) und *περὶ τῶν παρὰ τοῖς τραγικοῖς ἡμαρτημένων* (Sch. Rhes. 508). Auf Homerkritik in der Nachfolge Aristarchs weist die Bemerkung des Didymos zu Il. 2,111. Spuren führen auf Slg.en. von Sprichwörtern (Plut. Arat. 1), Briefen (des Ptolemaios I.: Lukian. Pro lapsu 10) und auf gramm. Werke. H. Gä.

FHG 2,84 und FGrH 68 mit Komm. *A. Blau* De Aristarchi discipulis, Diss. Jena 1883, 43ff.

7. D., aus Amisos, lebte zur Zeit des → Apollonios Nr. 2 oder wenig später, löste die aus Archim. de sph. et cyl. 2,4 resultierende kubische Gleichung (Heath Archimedes CXXVI) mittels Schnittes einer Parabel und einer rechtwinkeligen Hyperbel. Er schrieb eine Abhandlung *περὶ τῆς σπείρας*, in der er den Inhalt des Torus nach der → archim. »Methode« bestimmte. R. B.

Heath Hist. Math. 2,46.318.334; vgl. *Hultsch* RE V 1005, 38ff.

Dionysopolis (*Διονυσόπολις*). Früher Krunoi (*Κρουνοί*), h. Balčik, kleine milesische Kolonie an der W.-Küste des Pontos Euxeinos, gegründet etwa zu gleicher Zeit mit Tomi und Odessos, zunächst wegen der reichen Karstquellen Krunoi genannt. In D. wurde die Siedlung erst in hellenist. Zeit umgenannt. Die höchste Blüte fällt wahrscheinlich in das 3. und 2. Jh. v. Chr. Seinen Wohlstand verdankte D. hauptsächlich dem Getreide- und Weinbau in der Umgebung und an 2. Stelle dem Gewerbe und Handel. Die härteste Prüfung für die Stadt war ihre Einnahme und Plünderung durch die Römer unter Lucullus (im Mithradatischen Krieg). D. war Mitglied des linkspontischen *κοινόν*. Reichste Mz.-Prägung in der Römerzeit zwischen der Regierung des Commodus und der des Gordianus. Chr. D.

Pick-Regling Die ant. Mz. N. Griechenl., I, 1, 125ff. *Bilabel* Die ionische Kolonisation, 1920, 15ff.; *O. Tafrali* La cité pont. de D., Paris 1927, 1-43. *Danoff* Zapadnijat brjag na Černo more w drewnostta, bulg.: Die w. Schwarzmeerküste im Altertum, Sofia 1947, 97ff. *Blawatskaja* Zapadnopontijskije goroda w VII-I w. do n.e., russ.: Die westpontischen Städte im 7.-1. Jh. v. Chr., Moskau 1952, 30ff; *Danoff* RE Suppl. IX 1077ff. Nachtr. 1914.

Dionysos (Διόνυσος Hom. Od. 11,325; Διώνυσος Il. 6,132; Διέννυσος IG XII 7,78 [Amorgos]; ion. Δεόνυσος Etym. m. 259,30 [Samos]; Δεονῦς IG XII 8,270 [Thasos]; Δεύνυσος Anakr. frg. 2,11. Schwyzer Griech. Gramm. 283). Griech. Gott, Sohn des Zeus und der → Semele (Hes. theog. 940. Hom. Il. 14,325. Soph. Ant. 1115f.). Die Formen äol. Ζόννυσος (SGDI 271 [Lesbos]), thess.-kret. Διόννυσος (SGDI 1329 IIa 10 [Turnawo]; 4957 [Eleutherna]) geben die sprachliche Grundlage für P. Kretschmers Erklärung D. = * Διὸς νῦσος »Zeussohn« (Aus der Anomia, 1890, 17ff. Einleitung 241f.), wobei 1. der Vergleich mit thrak. Δεοσπουρις = Διογενής (Stara Zagora: G. Kazarow Denkmäler des thrak. Reitergottes, 1938, 918. D. Detschew Charakteristik der thrak. Sprache, 1952, 101), 2. die Mutterschaft der mit dem Blitzgott Zeus gepaarten (διως ζεμελω in phryg. Fluchformeln: W. M. Ramsay, ZVS 28, 1887, 388ff. J. Friedrich Kleinasiat. Sprachdenkmäler, 1932, 128f.) phryg.-anatol. Erdgöttin (V. Hehn Kulturpflanzen und Haustiere, 1902[8], 580), 3. das Phänomen der Νῦσαι (F. Fröhde, BB 21, 1896, 185ff.), der myth. Wärterinnen des jungen D. (Terp. frg. 8. Sophilosvase: F. Winter, MDAI 14, 1889, 1ff. Taf. I. F. Studniczka Eranos Vindobonensis, 1893, 233ff. [9],59) aus dem gleichnamigen, mit Thrakien identifizierten Fabelland (Hom. h. 26,5. Pind. frg. 85a Sn.), einer Bestimmung des ethn.-geograph. Horizonts dient (vgl. M. Grošelj, Ziva Ant. 3, 1953, 205f. Detschew Thrak. Sprachreste, 1957, 127.140f. 429). Das singuläre Erscheinen der Form *di-wo-nu-so-jo* auf der Pylos-Tafel Xa 102 (P. Meriggi Glossario miceneo, 1957, 21. O. Landau Griech. Myken. PN., 1958, 44.211) und die Interpretation des Gottestitels *di-ri-mi-jo di-we i-je-we* (PY Tn 316. Meriggi, Gl 34, 1955, 19ff. Landau 43) als * δριμίῳ Διὸς υἱεῖ = D. (C. Gallavotti, RFIC 34, 1956, 227ff. PP 14, 1959, 99) rücken, im Hinblick auf die Anwesenheit des dionys. Priestersehers → Melampus in Pylos (Od. 15,225f. Hdt. 2,49) und die aus den Oxy.-Frg.en des Alkaios (24a D. 5ff.) ersichtliche Rolle des D. innerhalb der Triade von Lesbos (Ch. Picard, BCH 70, 1946, 455ff.), die Relevanz dieses Horizonts bis in die Epoche der min.-myken. Kultur hinauf (Pugliese Carratelli Stud. U. E. Paoli, 1956, 613. [10], 47f. Vgl. KN As 1516/18 I-wa-ko Iakchos; KN Sc 247/49 Pa-re Phales T. B. L. Webster, CeM 17, 1956, 158f. [12],18). Diesem Umstand muß man es zuschreiben, wenn an D. so bedeutsame Merkmale mediterraner Rel. begegnen, daß die Neigung, ihm auf Kreta frühes Heimatrecht zuzusprechen (Picard Les origines du polytheisme hell. 1, 1930, 94ff. Mél. G. Glotz 2, 1932, 714ff.) sich trotz des Verdikts von M. P. Nilsson Min.-Mycen. Rel.[2] 579 neuerdings verstärkt hat (K. Kerényi Ursprung der D.-Rel., 1956. [12]). Von den diversen an Geburt und Kindheit des D. haftenden Mythologemen trägt der theban. Hieros Gamos zwischen Himmelsgott und Erdmutter mit der κεραύνωσις der Semele und der Schenkelschwangerschaft des Zeus (Eur. Bacch. 1ff. 94ff. 242ff. 286ff.) noch am ehesten den Ausdruck einer Durchdringung mediterraner Grundschichten mit dem Vorstellungsgut n. Volksstämme (U. Pestalozza, Acme 3, 1950, 417ff. [5],55). Dagegen scheint die Schlangenhochzeit Zeus-Persephone (Kall. frg. 171 Schn.) Eigentum der ägäischen Welt (Kerenyi, Maia 4, 1951, 1ff.), während die Abstammung des D. von der euboiischen Artemis Aithiopia (Anakr. frg. 135) nach Kleinasien weist (G. Dunst in: Irmscher-Steffen Philol. Vorträge, 1959, 96f.). Das sagenhafte Nysa, die Heimat der dionys. Ammen (τιθῆναι), ist zwar bei Hom. Il. 6,130ff. wegen des D.-Verfolgers Lykurgos (Apollod. 3,34f.) wohl in Thrakien zu suchen (Nilsson GgrR 1,565), gemahnt jedoch bei anderen Autoren (Hdt. 2,146. Soph. Ant. 1131f. Xen. kyn. 11,1. Apoll. Rhod. 2,1217. Diod. 3,65,7) in seiner geograph. Unbestimmtheit und seinem Exotismus an die aus dem Blickfeld des Mittelmeermenschen projizierten peripheren Wunsch- und Götterländer der Hyperboreer und Aithiopen (L. Malten, ARW 12, 1909, 291f. [9],58ff.). Die Begleitumstände des unirdischen Wohlgeruchs (Dion. Per. 935ff. J. Hubeaux-M. Leroy Mél. Bidez 2, 1934, 517ff. W. Deonna, Genava 17, 1939, 171.175) und der Aufzucht mit Honig durch die Bienennymphen (→ Βοῖσαι Apoll. Rhod. 4,1131ff. Sch. Pers. 1,76. W. Schultz, Memnon 2, 1908, 51f.) verstärken den Eindruck der Ähnlichkeit mit dem Geschick des göttlichen Kindes ägäisch-vorderasiat. Prägung (Nilsson 1,315ff. 578ff.), vom bienengenährten → Zeus Κρηταγενής (Kall. h. Iov. 49ff. M. Marconi, Ath. 18, 1940, 171f.) bis zum *puer in aromatis nascens* des vergil. Cumaeum Carmen (H. Jeanmaire Le Messianisme de Vergile, 1930, 185ff.) der Mittelmeerwelt vertraut (K. Giannulides, Ἀθηνᾶ 63, 1959, 312ff. 317). Der Annahme eines originär kret. D. (Paus. 2,23,7), mithin eines Doppelgängers des Zeus Δικταῖος (Kerényi, Diogène 20, 1957, 3ff. 14), bereitet die Tradition des thrak.-phryg.-anatol. Ausgangsgebiets gewisse Schwierigkeiten (W. K. C. Guthrie, BICS 6, 1959, 40f. [8], 2), welche den Kern des D.-Problems ausmachen. Zweifellos räumt seine Kultmythol. dem Phänotyp des mediterranen Junggottes breiten Raum ein, sei es in dem infantilen Stadium des von den Thyiaden geweckten, gewarteten und verborgenen »Wiegenkindes« (Λικνίτης Plut. mor. 365a. Opp. kyn. 4,244ff. G. van Hoorn, BVAB 24/26, 1949/51, 7ff.), dem femininen bzw. androgynen Habitus des Kouros (Aischyl. frg. 61 N. Nonn. 17,283. [5],81 ff. M. DELCOURT Hermaphrodite, 1958, 39 ff.), dem Alumnusverhältnis zu weiblichen Naturdämonen (C. ROBERT, PhU 10, 1886, 183 ff.), etwa den koryk. Nymphen (Soph. Ant. 1126 f. Aischyl. Eum. 22 ff.), und zu großen Göttinnen des ägäisch-anatol. Raumes wie → Ariadne (Vase von Palermo: H. HEYDEMANN, 10. Winckelmannsprogr. 1885, 20.22), → Ma (Steph. Byz. p. 436 M.), → Hipta (Orph. h. 48,4), → Ino-Leukothea (Paus. 3,24,4. Opp. kyn. 4,237 f. M. HALBERSTADT Mater Matuta, 1934, 22 ff. 27 ff.), sei es in der Fluchthaltung oder Latenz, die aus dem Hinabtauchen zur Meerherrin Thetis (Il. 6,135 ff.), dem Versteck bei den Musen (Plut. mor. 717 a) oder dem Weilen im Haus der Persephone (Orph. h. 53,3) ablesbar, die Schwäche und Gefährdung dieses Gottwesens, zugleich aber seine Vertrautheit mit den unterweltlich-maternalen Tiefen der See (KERÉNYI, Paideuma 1, 1938/40, 276 ff.) und der Erde zum Vorschein bringt ([9], 74 f. 146 f.). Auch das Faktum seines Todes, der Existenz seines Grabes (Philoch. frg. 22. G. W. ELDERKIN Kantharos, 1924, 109 ff. Taf. IX), vor allem das rit. Mysterium der Zerreißung durch weißgeschminkte (d. h. als Frauen verkleidete) Titanen ([10],48) sowie des in diesen Mythos eingebetteten Koch- und Verzehropfers eines bocksgestaltigen D. *Ζαγρεύς* (Apollod. 3,4,3. KERÉNYI, Eranos-Jahrb. 19, 1950, 18 ff. Dioniso 14, 1951, 139 ff. [12],40 ff.) wird dem Funktionskreis eines jugendlich sterbenden Vegetationsdämons der ägäischen Welt zugeordnet. Demgemäß hat das orph. gefärbte »Kreter«-Fragment des Euripides (472 N.) über die ekstat. »Mysterien« des Zeus *Κρήσιος* und des Zagreus *Νυκτιπόλος* eine beachtliche Aufwertung erfahren (KERÉNYI, Universitas 9, 1954, 645 f. PICARD Éléments orient. dans la rel. grecque anc., 1960, 170 f.), zumal archäol. Spuren im kret. Sybrita auf einen thronenden, szepterführenden, gehörnten D. samt thiasot. Gefolge hindeuten (E. KIRSTEN Stud. D. M. Robinson 2, 1953, 1204. PICARD, Journ. Sav. 1955, 106 ff.). Der Vergleich des choreut. ausgerichteten dionys. Orgiasmus mit der tänzerischen Exaltation im Kreise des kret. Zeus (Eur. Bacch. 120 ff. Strab. 10,466), das Auftreten des D. in Stiergestalt (Orph. h. 45,1. Ath. 11,476 a. H. GRÉGOIRE, RA 1948, 401 ff. J. CHARBONNEAUX, Gallia 18, 1960, 39) und im Zeichen der Doppelaxt (Theop. FHG 1,332. A. MINTO, AeR NS. 4, 1923, 1 ff.), somit Ebenbild des Minotauros (Fouilles R. Gamberini-Montgenet [Rom]: P. ROMANELLI, Boll. Art. 40, 1955, 203 ff. Abb. 1; Hydria von Polledrara: C. SMITH, JHS 14, 1894, 206 ff. Taf. VII 5), beruft gleichermaßen den Konnex zu der sterbenden min. Vegetationsgöttin Ariadne (→ Aphrodite), der Herrin des Labyrinths und der knoss. Tanzplätze (C. GALLINI, Acme 12, 1959, 166 ff.), wie zu der Ariadnetöterin → Artemis (Od. 11,324 f.), der ägäisch-anatol. *Πότνια θηρῶν* (PICARD Éphèse et Claros, 1922, 405. 407 f. 410. PESTALOZZA, RIL 91, 1957, 598 ff. [5], 72 ff.). Der Stier- und Beilgott D. ist jedoch auch szepterführender Königsgott (R. GUSMANI, RIL 92, 1958, 853 ff.), wie ihn Sybrita zeigt, Protektor oriental. inspirierten Herrschertums bis auf hellenist. Zeit (J. TONDRIAU, AIPhO 12, 1952, 441 ff.). Als Inbegriff von Kraft, Fruchtbarkeit und Wehrhaftigkeit verlangt der herrscherliche Stier (*ἄξιος ταῦρος*), der dem Schwarm seiner *Βάκχαι* voranzieht (Eur. Bacch. 920) oder den Weibern von Elis in stürmischem Lauf naht (Plut. mor. 299 b), eine adäquate anthropomorphe Erscheinungsform. Daher begegnet neben dem kindlichen D. *παραπαίζων*, wie ihn eine Elfenbeingruppe des Palastheiligtums von Mykene in der Obhut zweier Göttinnen vorführt (PICARD Epitymbion Ch. Tsountas, 1940, 446 ff.), der sieghaft einherziehende mannbare Gott, bei der Vermählung mit der naxischen Ariadne (VAN HOORN, Mn 12, 1959, 193 ff.) in überlegener Position den königlichen Minosstier vertretend (G. GLOTZ Civilisation égéenne, 1952², 292), bei der Symmixis mit der Basilinna im *βουκολεῖον* von Athen (Aristot. Ath. pol. 3,5. A. KLINZ *Ἱερὸς γάμος*, 1933, 72 ff. A. WILHELM, AAWW 74, 1937, 39 ff.) den einstigen Tauromorphismus nicht verleugnend. In der Fähigkeit, sowohl jugendlich-feminin als auch bärtig-männlich zu erscheinen (*δίμορφος* R. TURCAN, MEFR 70, 1958, 243 ff.), darüber hinaus durch den Wechsel in die Tiergestalt (Eur. Bacch. 1017 f.) die Manifestation mag.-rel. Grundkräfte zu leisten (Orph. h. 50,5), bietet sich, im Verein mit dem Phänomen der Berauschtheit im weitesten Sinne, eine Wesensseite des D., die über den Kreis der mediterranen Rel. in den thrakophryg. Bereich hinüberweist. Die Reh- und Fuchsfellverkleidung der thrak. Mainaden u. Bassariden (Aischyl. frg. 59. 64 N. Eur. Bacch. 136 f. 249. Hesych. s. *βασσάραι*. Sch. Lykophr. 772. Ath. 5,198 e), die Hirschkalbtätowierung der Bakchen (P. WOLTERS, H 38, 1903, 267 f. KAZAROW Beitr. zur Kulturgesch. der Thraker, 1916, 70. [11],38 f. 104. T. II), die Stiermaske der maked. *Λαφύστιαι* (Sch. Lykophr. 1237) und der *ταυρόφθογγοι μῖμοι* bei den Edonen (Aischyl. frg. 57 N. NILSSON 1,571) kennzeichnen eine Atmosphäre barbar.-animal. Wildheit im Medium orgiast. enthemmter Bewegung (*θίασος* Eur. Bacch. 680 ff. Theokr. 26,1 ff. G. E. RIZZO Thiasos, 1934). Schreie (H. GÜNTERT Sprache der Götter und Geister, 1921, 63 f.), Musik (ROHDE Psyche 2,9) und tänzerischer Rhythmus (*διθύραμβος* Archil. frg. 77 D. Aischyl. frg. 355 N. 4,5 ff. W. FAUTH Rhythmus, Inhalt und Aktion in den Cantica des griech. Dramas, 1953, 153 ff.), Erscheinen und Verschwinden (L. WENIGER, ARW 22, 1923/1924, 26 ff. ROHDE 12 f.), Gelöstheit, Schrecken und Grausamkeit haben sich darin unter dem Zeichen der Verwandlung bereits während der Phase des min.-myken. Kulturkontakts (WEBSTER,

BICS 5, 1958, 43ff. Ant. und Abendland 8, 1959, 7ff. R. Cantarella, Dioniso 22, 1959, 52ff.) zur Urzelle des ant. Dramas verbunden (H. Schreckenberg Δρᾶμα, 1960, 102ff.). Ob man die D.-Epiklese *Βάκχος* als »Stier« (Tondriau 447f.) oder als »Schreier« (= *Ἴακχος*, lyd. *bakiś*: A. J. van Windekens, BN 4, 1953, 125ff.) deutet, läuft auf das gleiche hinaus: die ungestüme Lautäußerung (*εὔιος* Soph. Oid. T. 211; *ἐρίβρομος* Hom. h. 26,1) bleibt an die ekstat.-bestial. Offenbarung der Naturkraft geknüpft (*θιασώτης* Anth. Pal. 9,524, 9; *μαινόλης* Phil. 1,351; *ὠμάδιος* Orph. h. 30,5). Der »Lärmer« (*Βρόμιος* Pind. frg. 75,10; → *Σαβάζιος* Sch. Aristoph. Vesp. 9. Rohde 2,7ff.) und der »Taumler« (*Δύαλος* Hesych. H. Krahe Sprache der Illyrier 1, 1955, 82f. van Windekens, ZVS 73, 1956, 116), bei den thrak.-illyr. Paionen Erster der *Δευάδαι* (= *Θυιάδες* Hesych. s. v. [5],58. 62. 78), ist daher nicht verschieden von dem Seher- und Kündergott D. (Eur. Bacch. 298ff. Hec. 1267. Rhes. 972), im Gebiet der thrak. Bisalten Eigner eines Lichtorakels (Aristot. mir. ausc. 122), am Pangaion-Gebirge im Bereich der Bessen und Satren »Besitzer« einer ekstat. Prophetin (Hdt. 7,111. P. Perdrizet Cultes et mythes du Pangée, 1910, 37. 64). Divinator. Erhellung und prophet. Enthusiasmus fließen bei dem thrak.-anatol. D.-Bakchos, der in Delphi mit Apollon konkurrierte (Plut. mor. 369c), als Bakiś (lyd. = Bakchos G. Ipsen, IF 46, 1928, 75. L. Deroy, Gl 35, 1956, 188) Eponym einer Weissagergilde geworden ist, aus der Synthese von erleuchtender (zugleich auch entsetzender) Epiphanie, symbolisiert im prophet. Feuerzeichen, und weiblicher Besessenheit der *Θυιάς* (Timoth. frg. 1 B. Soph. Ant. 1151). Sie ist myth. veranschaulicht durch den *πυρκαϊσμός* der weissagenden Semele-Thyone (Sch. Apoll. Rhod. 1,636. [5],78), kult. dokumentiert in den makedon. *Κλώδωνες-Μιμαλλόνες* (Plut. Alex. 2. Etym. m. 521,48ff. J. N. Kalléris Les anciens Macédoniens, 1954, 210ff.) wie in den ligur. Thyiaden (Strab. 4,198. G. Capovilla, RIL 92,971ff.). Die dionys. Riten der *Μαινάδες* (Diod. 4,3,3. R. Ganszyniec, Przeglad Hist. 11, 1935, 279ff. E. R. Dodds, HThR 33, 1940, 155ff.) implizieren auf der Grundlage rhythm. Entzückung (Ail. var. 3,40. Ath. 14,631b) grausames Tun, schmerzliches Erleiden und das Wunder der Metamorphose. Der Ochsenstachel des Lykurg (Il. 6, 134f. Soph. Ant. 955ff.), die wahnsinnige, von Athamas als vermeintliches Reh verfolgte Ino (Nonn. 9,107ff.) einerseits, die Pentheus- und Orpheussage (Eur. Bacch. 539ff.), der Minyadenfrevel (Plut. mor. 299f. Ail. var. 3,42) andererseits sind mythol. Exempel für das kult. Charakteristikum, daß die *Βάκχαι ἔνθεοι*, welche beim Ammendienst an D. (Soph. Oid. K. 678f.) Reh- und Wolfsjungen die Brust reichen (Bacch. 699f.), im sakralen Status entmenschten Handelns und animal. Duldens wechselseitig mit ihrem Gott die Rolle

des gepeinigten Opfers und des mordlustigen Verfolgers übernehmen (Dolch und Thyrsoslanze: Ath. 5,198e. Polyain. 4,1). Wahnsinn (Nonn. 9, 38ff. Suda s. *μέλαν*), magische Flucht und Tierverwandlung (Ant. Lib. 10,5,64ff.), Geißelung (Paus. 8,23,1. Nonn. 9,264f. Halberstadt 17ff.) stehen als passive Verhaltensformen zu der aktiven Raserei wütender Jagdhetze und barbar. Omophagie (Bacch. 139. 725ff. B. Haussolier, REG 32, 1919, 265) im Ausgleich. Wenn entsprechend D. selbst als *Μελαναιγίς* (Suda a. O.), *Βασσαρεύς* (Corn. 30. Elderkin, CPh 31, 1936, 260f.), *Κεμήλιος* (Alk. frg. 24a, 8 D. L. Deubner, APrAW 1943, 7), *Ἐρίφιος* (Steph. Byz. s. *Ἀκρώρεια* Hesych.) die Gestalt des Jagd- und Opfertieres annimmt (Picard, BCH 70,463ff.), umgekehrt als *Ὠμηστής* (Plut., Them. 13), *Λαφύστιος* (Sch. Lykophr. 1237), *Ἀνθρωπορραίστης* (Ail. nat. 12, 34) den blutigen *διασπασμός* menschlicher und tierischer Kreatur (Porph. abst. 2,55. Phot. Harpokr. s. *νεβρίζειν*. Clem. Al. protr. 2,12) vollziehen läßt (A. B. Cook Zeus 1, 1914, 654ff.), so nähert er sich mit diesem an den Namen des nächtlichen »Jägers« und »Fängers« (*Ζαγρεύς* Aischyl. frg. 228 N. Etym. Gud. 227,37. *Νυκτέλιος* Paus. 1,40,6) geknüpften Wesenskomplex (Picard Mél. Navarre, 1935, 317ff. Kerényi, Dioniso 15, 1951, 131ff.) weniger dem min. *Δεσπότης θηρῶν* (E. Langlotz, A 8, 1932, 177ff. Kerényi, SO 33, 1957, 127ff.) oder dem unterweltlichen Hades samt seinen verschlingenden Monstren der Totenwelt ([2],104f.; zu Heraklit. frg. 15 A. Lesky, WS 54, 1936, 24ff.) als dem sich selbst zum Opfer gespießten und gehängten »wilden Jäger« Odin, dem zauberkundigen, mantisch-erregten Sturmgott n. Reiterkultur (J. de Vries Studia Germanica E. A. Kock, 1934, 392ff. Altgerman. Religionsgeschichte 1, 1935, 150f.), während er durch die konträren Seinsweisen caelest. Lichtoffenbarung und unterweltlicher Latenz dem getischen → Zamolxis (Hdt. 4,94ff. [13],174ff. F. R. Schroeder Hommages G. Dumezil, 1960, 195f.) vergleichbar wird. Von den archäol. Denkmälern des thrak. D. (J. Todorov Paganisme dans la Mésie inferieure, 1928, 80f. Ch. M. Danov, AMNS 6, 1936, 153ff. Abb. 117f. J. Venedicov, BIAB 18, 1952, 358ff. Abb. 362f.) betonen einige die jagdlich-reiterliche Komponente, indem sie ihn mit dem berittenen chthon. Heros verschmelzen (Relief von Melnik: Kazarow Xenia. Hommage International, 1912, 113), andere geben ihm die Attribute des Fruchtbarkeits- und Jahresgottes (Kazarow, RE VI A 488ff. D. Tsontchev Monum. Arch. 4, 1956, 133ff. Abb. 4. RA 1958, 33ff.): Thyrsos, Traube, Kantharos, Fruchtkorb, Panther und Schlange. In der Tat ist der dionys. Rausch im Unterschied zur schamanist. Hanfdampfekstase der nomad. Skythen (Hdt. 4,75) und mys.-get. Kapnobaten (Strab. 7,297. G. Widengren, Numen 2, 1955, 66f. [11],32) an das Kulturgewächs Wein gebunden, dessen Übernahme aus pont.-ostmediterranen Zonen (A. Meillet, MSL 15, 1908/09, 163. A. Carnoy, Muséon 71, 1958, 161 ff.; Euanthes-Maron von Ismaros: Od. 9,196 ff. Hehn 66 ff.) durch die feindliche Einstellung der N.-Stämme gegenüber dem abusiven Weingenuß im Strahlungsfeld der thrak. D.-Rel. (Plat. leg. 637e. Macr. 1,18,1) noch zu hist. Zeit (Oktomasades-Skyles: Hdt. 4,79; Burebista: Strab. 7,303 f.) illustriert wird. Wo der griech. D. – etwa im Kreis der Ariadne oder Persephone (Kerényi, Saec. 7, 1956, 392 ff.) – der chthon. Sphäre zugewandt erscheint (H. Metzger, BCH 68/69, 1944/45, 296 ff. K. Schauenburg, JDAI 68, 1953, 38 ff. Turcan, MEFR 71, 1959, 287 ff.) bleibt das vegetative (Langlotz Anthemon. Festschr. C. Anti, 1955, 73 ff.) und das charit.-aphrodis. Moment (Pind. O. 13,18 f. R. M. Rosado Fernandes, Euphrosyne 3, 1961, 199 ff.) spürbar beteiligt (J. Przyluski, RHR 121, 1940, 139 f.). Indem der martial.-berserkerhafte Habitus (Orph. h. 45,3) des dem thrak. → Ares verwandten Tiertöters (Macr. 1,19,1. [11], 36) von mediterranen Faktoren gemildert wird, bietet die Phallossymbolik seiner halbanimal. wald- und feldverbundenen Begleitdämonen (Plat. leg. 815c; thrak. *Σίληνοι* Fauth, G 69, 1962, 81 f.; illyr. *Σάτυροι* Krahe, WG 3, 1937, 295 f.) weniger Reminiszenzen an jagdlich-reiterliche Kultgepflogenheit als Hinweise auf agrar.-tellur. Fertilität (Phallagogie: Plut. mor. 527 d. Aristoph. Ach. 247 ff. Nilsson Griech. Feste 247 ff.). Die Rebwunder des Gottes (Soph. frg. 234 N. Eur. Phoen. 229 f. Euphor. frg. 118), die Verwandlungsmirakel der Bakchen (Plat. Ion 534a. Eur. Bacch. 692 ff.) und Oinotropen (Sch. Od. 6,164. Lykophr. 580 m. Sch.) konzentrieren den Effekt der ekstat. Metamorphose auf Wein, Honig, Milch, Öl, Früchte; sie betonen die Vergesellschaftung des D. mit Winzerheroen und Pflanzerdämonen wie → Oineus (H. J. Rose, Acropole 7, 1932, 58 ff. [5],76), → Staphylos (Diod. 5,62. Skymn. 581), → Ikarios (Nonn. 47,34 ff.), seine Nähe zu der Korngöttin → Demeter (Pind. I. 7,3 f.), während die Tatsache zurücktritt, daß der Gott und seine Schar urspr. der wilden Natur der Berge und Waldtäler zugehören (Plut. mor. 249c. 953d. Kerényi, SMSR 11, 1935, 23 ff.), wo sein pflanzliches Wahrzeichen, der Efeu gedeiht (Bacch. 81 f. 11,104) und seine in die Atriden-Genealogie eingegangenen Hypostasen Orestes und Thyestes ([5],75 ff.) ihre eigentliche Heimat haben. Bei dem Maskengott D. (W. Wrede, MDAI 53, 1928, 66 ff.) rückt nicht so sehr die auf die schamanist. Momente der Ekstase, Zweigeschlechtigkeit und Zustandsveränderung gerichtete Tiervermummung (Wiesner Vor- und Frühzeit der Mittelmeerländer 1,147) des nächtlichen Zagreus in den Blick als vielmehr die menschengesichtigen Oscilla (Aristoph. frg. 131 N.) des phytomorphen Dendrites (Plut. mor. 675 f.), Stylos (Eur. frg. 203 N.) und Perikionios (Sch. Eur. Phoen. 649. O. Kern, JDAI 11, 1896, 113 ff.). Die der Maske verpflichtete dramat. Epiphanie des D. zeigte jedenfalls nicht den geopferten Bocksdämon, um den die Tierchöre der *τραγῳδία* klagen (Nilsson, Op. 1, 1951, 62 ff. 111 ff.), wohl aber den anthropomorphen *Λιμναῖος* auf dem Schiffskarren (Nilsson, JDAI 31, 1916, 333 ff. [4],114 ff.). Das Nahen des *Ἐλευθερεύς* (F. Muller Med. Ak. Wet. 74,7, 1932, 37 ff.), die Ankunft des *Λυαῖος* (Ath. 8,363b. Paus. 2,7,6) stellen ausgesprochen glückhafte und bereichernde dionys. Erscheinungsweisen dar (vgl. Il. 14,325: *χάρμα βροτοῖσι*). Die ausgelassene Stimmung (*πολυγηθής* Hes. theog. 941) der erwartungsfrohen Festgemeinde (G. N. Belknap, RHR 106, 1932, 575 ff.) galt dem Reichtum einer genußliebenden Kultur (L. Gernet, REG 66, 1953, 378), den der Gott auf der Meerfahrt in seinem Wunderschiff (Exekiasschale: Nilsson Op. 1,21 ff. Griech. Feste 270) alljährlich von den pont.-anatol. Küsten herüberbrachte. Der Rebstock am Mast seines Nachens, der Maulesel, auf dem er den kunstfertigen anatol. Schmiedegott Hephaistos auf den Olymp zurückführt (F. Brommer, JDAI 52, 1937, 198 ff.), der trunkene Silen an den Weinbrunnen und in den Rosengehegen des goldreichen Midas (Hdt. 8,138. [11], 67) erweisen den kleinasiat. D.-Bakchos als Vermittler des reichen Erbes ostmediterraner Region (J. Heurgon, REL 35, 1957, 108 ff.), wo Weinbau, Metallkunst und Maultierzucht im Rahmen einer üppigen Baum- und Gartenkultur originäre Stätten besaßen (L. Robert, Anatolia 3, 1958, 137 ff. R. D. Barnett Éléments orientaux 149 ff. [10], 49). Die etymologische Verbindung von griech. *Βάκχος*, etr. *paχies* mit lat. *bacca* »Weinbeere« (Varro l.l. 7,87) findet daran ihren Anhalt (V. Bertoldi, AGI 31, 1939, 87 f. G. Alessio, SE 15, 1941, 209). Mit Beginn des Hellenismus (vgl. Bacch. 1 ff.) sind die dionys. Wesensseiten der Raumüberwindung, des glanzvollen Götteradvents und der sieghaften Stärke in den exotischen Triumph (= *ϑρίαμβος* M. Durante, Maia 4, 138 ff.) der Indien- und Asienzüge umgeschlagen (Arr. an. 7,10,6. J. Noiville, RPh 55, 1929, 245 ff.). Der Konnex mit dem allesunterwerfenden Herakles (Strab. 3,171. F. Altheim Lit. und Gesellschaft 1, 1948, 153 f.), in der Bildkunst von Thrakien (Tsontchev Festschr. R. Egger 1, 1952, 37 ff.) bis Libyen (J. Carcopino Libyca 2, 1954, 428 f.) rezipiert, steigert seit Alexander ([8], 54. Reiterstatue als D.-Herakles: N. Oikonomides, Athene 22, 1961, 24 ff.) den Tierbezwinger und Menschenbeglücker D. zum Weltheiland (V. Stegemann, Stoicheia 9, 1930, 172 ff.) und oriental. Endkönig (vgl. F. Taeger, Numen Suppl. 4, 1959, 395 f.). W. F.

1. *G. Quandt* De Bacchi in Asia Min. cultu, 1901. 2. *P. Foucart* Le culte de D. en Attique, 1904. 3. *G. M. Davis* The asiatic D., 1914. 4. *A. W. Pickard-Cambridge* Dithyramb, tragedy and comedy, 1927. 5. *W. Borgeaud* Les Illyriens en Thrace et en Italie, 1943. 6. *R. P. Winington-Ingram* Euripides and D., 1948. 7. *H. Jeanmaire* D., 1951.

8. *A. Bruhl* Liber Pater, 1953. 9. *W. F. Otto* D. 1960². 10. *J. Wiesner* Olympos, 1960. 11. *Ders.* Die Thraker, 1963. 12. *K. Kerényi* Der frühe D., 1961. 13. *W. K. C. Guthrie* The Greeks and their Gods, 1962, 145ff.

Diopeithes (*Διοπείθης*). **1.** Athen. Orakelausleger und zelotischer Gegner der z. Z. des Perikles in Athen hochkommenden Aufklärung. Sein Antrag auf Verfolgung von Gottlosigkeit war eine der Ursachen des Prozesses gegen Anaxagoras vor Ausbruch des Pelop. Krieges (Diod. 12,39,2. Plut. Per. 32). Vielleicht war er auch jener D., der 399 in Sparta Orakel gegen die Thronfolge des Agesilaos verbreitete (Xen. hell. 3,3,3. Plut. Ages. 3. Lys. 22). **2.** Athen. Stratege, der 343 v. Chr. Athens Position auf der thrak. Chersonnes durch eine Kleruchie sichern sollte und dabei versuchte, auch in das mit Philipp II. von Mak. verbündete Kardia Kleruchen zu legen. Philipps Vorschlag einer gütlichen Bereinigung der Angelegenheit wurde 342 von Athen abgewiesen. Ein eigenmächtig im Hellespont erhobener Durchgangszoll ermöglichte D. die Aufstellung eines Söldnerkorps, mit dem er 341 während Philipps Feldzug gegen die Thraker zu deren Unterstützung unter Bruch des Friedens von 346 in den makedon. Machtbereich einfiel. Philipps neuerliche Beschwerden in Athen überspielte Demosthenes in seiner Rede über die Chersonnes im April 341 geschickt mit allgemeinen polit. Erwägungen und erreichte, daß D. sogar Verstärkungen erhielt (Ps.-Demosth. 12,3) und Philipp weiterhin an den Meerengen entgegenwirken konnte. Deshalb ist durchaus möglich, daß es sich bei D.' Vorgehen auf der Chersonnes um einen planmäßigen Anschlag der antimakedon. Partei in Athen auf den Frieden von 346 handelte, durch den Philipp zur Wiederaufnahme des Krieges provoziert werden sollte. Fr. Kie.

F. R. Wüst Philipp II. von Mak. und Griechenland 346 bis 338, 1938, 114ff.

Diophanes (*Διοφάνης*). **1.** Aus Mytilene, griech. Rhetor; aus polit. Gründen verbannt, ging nach Rom, wurde dort Lehrer u. Freund des Ti. Gracchus, dessen polit. Pläne er (zusammen mit C. Blossius aus Kyme) beeinflußte; er wurde kurz nach Tib. im J. 132 getötet. Cic. Brut. 104. Strab. 13,617. Plut. Tib. Gr. 8,20. Schanz-Hos. 1,219. RE XVI 1415. II A 1413. M. Gelzer Kl. Schr. 2, 1963, 77. **2.** D. aus Nikaia, landwirtschaftlicher Schriftsteller, Zeitgenosse des Cicero, Varro rust. 1,1,8. Er verfertigte aus dem Werk des Karthagers Mago (urspr. 28 Bücher), das Cassius Dionysius in 20 B. übersetzt und ergänzt hatte, einen Auszug in 6 B., den er dem König Deiotarus widmete. Seine Arbeit wurde auch später noch benutzt. Schanz-Hos. 1,241f. H. G. G.

Diophantos (*Διόφαντος*). **1.** Antimakedon. athen. Redner und Politiker aus der Mitte des 4. Jh. (Demosth. 19,86.198.297). **2.** Aus Sinope, Feldherr Mithridates' VI. Eupators, unternahm um 110 auf der Krim einen erfolgreichen Feldzug gegen die Skythen, wofür er um 107 von der Stadt Chersonesos durch einen goldenen Kranz und Aufstellung einer ehernen Statue auf der Akropolis geehrt wurde (Syll.⁴ II 709). **3.** Sohn des Mithares, Feldherr Mithridates' VI., 73 nach Kappadokien gesandt, aber 71 von Lucullus besiegt. Fr. Kie.

4. D., alexandrinischer Mathematiker, vermutlich um 250 n. Chr., schrieb 13 B. »Arithmetica«, (davon nur 6 erhalten), in denen 189 Einzelaufgaben abgehandelt werden in Form der griech. »redenden Algebra« (Nesselmann) und unter Verwendung einer primitiven Begriffszeichen-Schrift. In Fragment ist ein Traktat von geringem Wert über »polygonale Zahlen« erhalten (eingehend besprochen von Hultsch RE V 1064ff.), verloren sind »Porismata«, auf welche in den Arithm. verwiesen wird, und »Moriastika« (Teilungsgrößen). Die Arithm. enthalten (vgl. Tannery Mém. sc. II Nr. 32.33.47) A) *bestimmte* lineare und gemischt-quadratische Gl.-n; auf lineare oder quadratische Terme rückführbare Simultangl.-n; B) *unbestimmte* Einzel- und Doppelgl.-n, *διπλοϊσότητες*, und Systeme 1., 2. und höheren Grades; C) *Zerlegung ganzer Zahlen* in Quadratzahlen (QZ) mit Grenzapproximationen V 9–14. Heath D.-Ausg. und Hist. Math. 2,484–514, gibt eine übersichtliche Klassifikation der von D. behandelten propp. in moderner algebraischer Umschrift, dazu für charakteristische Fälle Erläuterungen der Lösungsmethoden. D. geht aus von *einem πλῆθος μονάδων ἀόριστον*, genannt *ἀριθμός*, signetiert ϛ (wir schreiben mit Heath ξ), z. B. schreibt sich 11 x = 11 *ἀριθμοί* = ϛϛ*οὶ ια*. Die variablen Unbekannten in »unbestimmten« propp. ($x, x_2 x_3$) werden beschrieben ‹*ἀριθμοί*› *ὁ μὲν α*^οϛ^, *ὁ δὲ β*^οϛ^, *ὁ δὲ γ*^οϛ^. Für sie werden, jeweils nach Formulierung der prop., am Eingang der Lösungserörterung so geschickt bestimmte Zahlen gewählt, daß sie auf eine rationale, positive Lösung (nur solche werden zugelassen) führen, oder aber sie werden als einfache Funktionen von der Grundvariablen ϛ (oder eines der x selber) und Konstanten eingeführt (Hilfsgl.-n.). Die Einheit der bestimmten Zahlen (Konst., Parameter) heißt *μονάς*, $\mathring{M}$. Heron schon kennt die unanschauliche Potenz x^4 = *δυναμοδύναμις* [*Δ*ʏ*Δ*], D. steigert weiter auf x^5 = *δυναμόκυβος* [*Δ*ʏ*K*] und x^6 = *κυβόκυβος* [*K*ʏ*K*]. Das Signet ⋏ gilt als Minuszeichen. Nach alledem schreibt sich z. B. $x^3 - 5x^2 + 8x - 1$ (vgl. D. E. Smith Hist. Math. 2,422f.) *K*ʏ*α* ⋏ *Δ*ʏ *ε*ϛ*η* ⋏ $\mathring{M}$*α*. Wenn schon die Arithm. auf der großen Linie von einfacheren zu komplizierteren Problemen fortschreiten, so ist doch alles recht systemlos aneinandergereiht. Niemals findet sich ein Ansatz, eine prop. mit ihren algebraischen Varianten einer allgemeinen Lösungsmethode zuzuführen, oder eine solche aus gegebenen Lemmata schlüssig abzuleiten. So müssen wir uns hier darauf beschränken, die – oft genialen – Findungen D.s für einige charakteristische propp. anzuzeigen. Die wissenschaftliche Untersuchung der D.schen Zahlentheorie wurde späterhin eine Aufgabe der franz. Mathematiker Viète, Fermat, Lagrange u.a. Bei D. selber lassen sich unschwer Einflüsse babylon. und äg. Rechenmethoden aufzeigen.

Die Unbestimmtheit der D.-schen Probleme ist in den meisten Fällen eine schnell vorübergehende, denn nach Aufstellung jeweils eines Systems von weniger Gl.-n als Unbekannten springt D. sofort mit einer genügenden Anzahl von Zusatzgleichungen zu Hilfe, ohne Motivation für deren Formulierung. Gibt z.B. eine prop. drei Gl.-n zwischen x_1 x_2 x_3 und drei Quadraten (u^2, v^2, w^2), so werden alsbald nachgeliefert weitere Gl.-n zwischen diesen Unbekannten oder – bei Einführung einer Grundvariablen ϛ (ξ) – vier weitere zwischen ihnen und ξ. Oft wird auch – geschickt gewählt – eines der x selbst als Grundvariable genommen. Manchmal bedient sich D. der Methode des falschen Ansatzes, die auf die Unmöglichkeit einer rationalen Lösung führt und dann Schlüsse auf einen richtigen Ansatz gestattet.

Wird bei einer linearen Gl. in x_1 x_2, x_3 praktisch in Termen von x_2 gefunden, so heißt eine solche Lösung *ἐν ἀορίστῳ* 4,19.34–36.

D. kennt die Möglichkeit der Lösung der Gl. $Ax^2 + Bx + C = y^2$ durch Substitution $y = (ax - m)$, wenn A eine QZ ist, oder durch die Substitution $y = (mx - c)$, wenn C eine QZ. Er kann Gl.-n der Form $ax^2 \pm bx \mp c = 0$ »genauso gut lösen, wie die Babylonier, Inder und die Araber« (van der Waerden Erw. Wiss. 464). D. benutzt gerne Umwandlungen von Quadratsummen (oder Differenzen) in Produkte – und umgekehrt – mittels einfacher Identitäten. Er kennt Eukl. 6,3 und den Satz am rechtwinkeligen Dreieck $c^2 \pm 2ab$ = Quadrat. Hübsch ist das paradoxe Problem, zwei Zahlen zu finden, deren Summe der Summe ihrer Quadrate gleich ist. Ungewohnt für unsere heutige dimensionale Auffassung geometr. und phys. Gebilde ist die (babylonische) Manier, unbedenklich Dreieckflächen und Seiten zu summieren. Einige zahlentheoretische Sätze bei D. seien erwähnt: Jede QZ kann auf beliebig viele Arten in zwei andere QZ.-n zerlegt werden 2,8; die Summe zweier QZ.-n kann auf beliebig viele Arten in zwei andere QZ.-n zerlegt werden, 2,9. zwei ganze Zahlen – Summen von je 2 QZ.-n – geben multipliziert – auf zwei Wegen – wiederum eine Summe zweier QZ.-n, 3,19. Jede ganze Zahl kann als Differenz zweier QZ.-n angeschrieben werden, 2,10. Die Differenz zweier Kubikzahlen ist stets als Summe zweier anderer Kubikzahlen aufzuspalten. Für zwei rechtwinkelige Dreiecke mit rationalen Seiten läßt sich stets eine gemeinsame Hypotenuse finden, 3,19. Das 6. B. handelt von einer Algebra, demonstriert an Seiten und Flächen pythagoreischer Dreiecke (p + q Hypotenuse, p – q und 2pq Katheten), vgl. van der Waerden Erw. Wiss. 127. R. B.

P. Tannery D. Alex. opp. omn., 1893/95. *Th. Heath* D. of Alexandr., ²Cambr. 1910. *Czwalina* Übers. sämtl. Traktate, Gött. 1952. *Paul ver Eecke* D. d'Alex., Paris 1959. Weitere Literatur bei *G. Sarton* Introd. Hist. Scienc. I, Repr. 1953, 336.

Dioptra. Einfaches Peilgerät zur Ausmessung von Distanzen oder lateralen Breiten ferner Objekte (Sterne, Sonnen- oder Monddurchmesser, Gebäude-, Berg- und Wolkenhöhen u.ä.), vgl. Hultsch, RE V 1073ff. Sie besteht aus einem geglätteten Richtscheit – mit einem »Okular« an einem Ende –, auf dem in einer Schwalbenschwanz-Längs-Nut *πελεκυνάριον* (s. A. Rome Comm. sur L'Almag., Roma 1931, I: Pappos p. 91) ein kleiner Querbügel *πρισμάτιον* ohne Spiel verschiebbar war. Man visierte durch die Absehe über die Kanten – *κρόταφοι* – (bekannten Abstandes) des »Reiters« (Archim. benutzte einen kleinen Zylinder) die Objekte an und las auf der Teilung des *κανών* die Einstellung ab, die benötigt war, die zu messende Distanz gerade zu unterspannen. Seit Hipparch hatte die Teilung eine Länge von 4 auf ⅛ Fingerbreiten unterteilte Ellen ($1^e = 24^f$). Während bei Hipparch Sehnentafeln zur Feststellung des abgelesenen Winkels gegeben wurden (RE VIII 1669, 8f.1671,22, Cantor Gesch. Math.⁴ 1,362), benutzte Archim. einen künstlichen auf 1'5 eingeteilten Rundhorizont-Quadranten, um eine gefundene Apparateinstellung an diesem *ὀργανικῶς* (aren. 10, p. II 248,22 Heib.¹) abzuaichen. Er stellte damit fest, daß der Durchmesser der Sonne $< 1/164$ ($\sim 33' = 22$ TStr.) und $> 1/200$ ($27' = 18$ TStr.) eines Quadranten sei. A. glaubte, aus der Breite der Augenlinse einen parallaktischen Fehler herleiten zu können.

Die instrumentelle Variante des Proklos hypotyp. 309ff. Man. Hultsch a.O. 1078,21ff., daß die Objekte durch 2 feine Bohrungen im *πρισμάτιον* einzuvisieren seien, dürfte am Schreibtisch erfunden sein. Es ist nahezu unmöglich, bei bewegtem Sternenhimmel und durch den »Objektiv«-Träger rings verdeckter Umgebung der Objekte (Sterne, parallele Ränder von Sonne oder Mond u.ä.) zu gleicher Zeit beide Sehstrahlen in diesen minimalen Objektivbohrungen einzufangen. (Schon bei einem Stern benötigt man heutzutage beim Teleskop ein Suchfernrohr.)

Levi ben Gerson (1288–1344) entwickelte die D. zu dem im Mittelalter viel gebrauchten »Jacobstab«, Zinner Gesch. Astr. 393. Über den Namen vgl. RE IX A 149,47ff.

Die D. wurde verwendet für die Ablesungen in der Technik der Feuertelegraphie RE II A 1335, 49, für geodätische und topographische Zwecke in der Horizontebene, Sud. s.v., und zur Messung von Berges- und Wolkenhöhen, vgl. W. Capelle Stoicheia 5,1916. Die technische Ausführung entwickelte sich im Laufe der Zeit von einer einfachen Doppelröhre zu dem komplizierten, uns von Heron *περὶ διόπτρας* 3,187ff. SCHÖ. beschriebenen Präzisionsinstrument, vgl. CANTOR Gesch. Math. 1^4,382. HEATH Hist. Math. 2,345. Theon Smyrn. 124, 19–125 HILLER.

Die grundlegende Untersuchung zum Thema stammt von FR. HULTSCH Winkelmessungen mit der hipp. D., Abh. Gesch. der Math. 9, 1899, 196ff. R. B.

Diores (*Διώρης*). **1.** Einer der 4 Führer der Epeier aus Elis, Hom. Il. 2,622, von dem Thraker Peiroos getötet 4,517. Paus. 5,3,4. Nestor erzählt 23,630ff. von den Leichenspielen für dessen Vater Amarynkeus. W. KULLMANN H(E 14),98.162. **2.** Vater des Wagenlenkers → Automedon Il. 17,429. **3.** Sohn des Priamos, Gefährte des Aeneas, beteiligt sich bei den Leichenspielen für Anchises am Wettlauf, wird später von Turnus erschlagen. Verg. Aen. 5,297. 12,509. Hyg. fab. 273. H. v. G.

Dios. Monatsname des maked. Kalenders, der 11. Monat des Mondsonnenjahres, das mit der Herbstnachtgleiche begann, dem att. Pyanopsion (= Oktober) entsprechend, vorkommend auf makedonischen Inschr. und in den Gemeinden des Orients, die den maked. Kalender übernommen hatten, bes. in Pergamon. Außerdem findet er sich bei den Aitolern als der 4. Monat (= att. Poseideon = Oktober) und bei den Perhaibern (= thess. Themistios, dessen Platz in dem dortigen Kalender unbestimmt ist) sowie in Inschr. der Kaiserzeit (aus der Provinz Asia). W. S.

Dioskoros (*Διόσκορος*). Patriarch v. Alexandreia († 454), christ. Cyrill nahestehend, der streitbarste Verfechter alexandrin. Machtpolitik. Als Vorsitzender der »Räubersynode« (Leo epist. 95,2: *latrocinium*) zu Ephesos (449) ist D., die Gesandten Leos d. Gr. übergehend, Flavian v. Konstantinopel mißhandelnd und die Absetzung der bedeutendsten Antiochener verfügend, tatsächlich wie ein »Primas« (v. HARNACK) des O.s aufgetreten. Das Conc. Chalcedonense (451) hat D. verdammt, aber das Gefälle zur monophysitischen Nationalkirche Äg.s nicht mehr aufhalten können. D. war kein Schriftsteller; der Brief an Makarios von Tkou ist unecht (ed. E. AMÉLINEAU, 1888). Eine Vita D.s verdankt man seinem Schüler Theopistus [1,2]. J. Wi.

1. *F. Nau*, JA 10, 1903, 5ff. 241ff. 2. *W. E. Crum*, Pros. of the Soc. of Biblical Arch. 25, 1903, 267ff. 3. *F. Haase*, Kirchengesch., Abhandlungen 6, 1908, 141ff. 4. *J. Lebon*, Muséon 59, 1946, 515ff. 5. DHGE s. v. (Lit.).

Dioskorides s. Dioskurides

Dioskurias (*Διοσκουριάς*, in der röm. Kaiserzeit in Sebastopolis umbenannt, h. sowjet. Hafenstadt Suchumi). Ionisch-milesische Stadt an der O.-Küste des Pontos Euxeinos. Gegründet wurde die Stadt gegen Ende des 7. Jh. v. Chr. n. von der Mündung des Flusses Phasis (h. Rioni) in d. Kolchis. D. bildete den natürlichen Stapelplatz für den Handel der kaukasischen Stämme (Holz, Hanf, Leinen u. a.); unter den mithradatischen Kriegen hattes es zu leiden. Noch nennenswerte Ruinen vorhanden. Skyl. 81. Strab. 1,3,2. 2,5,22. 11,2,1ff. Chr. D.

N. Lomouri Is istoričeskoj geografii drewnej Kolchidi (russ.): Aus der historischen Geographie der antiken Kolchis, Westnik drewnej istorii (russ.): Zeitschrift für alte Geschichte, 1957, 4,98ff. *Danoff* RE Suppl. IX 1140 und Nachträge S. 1919.

Dioskurides (*Διοσκουρίδης*). **1.** Neffe des Antigonos (→ 1), vertrieb als Flottenführer 314 die Athenerflotte unter Aristoteles von Lemnos. Diod. 19,62,7.9. 68,4. **2.** Angesehener Ratgeber des Königs Ptolemaios XII. Auletes und dessen Gesandter in Rom. Caesar schickte ihn, als er 48 in Alexandreia von Achillas angegriffen wurde, als Unterhändler zu diesem, der aber D. töten ließ. Caes. civ. 3,109,4f. Liv. 112 frg. 39 WEISSNB. H.V.

3. D., Epigrammatiker, lebte in der 2. Hälfte des 3. Jh. v. Chr. (Anth. Pal. 7,708 auf den verstorbenen Komiker Machon) in Alexandreia (11,363). Seine Gedichte zeichnen sich durch Vielfalt der Themen, zumeist auch durch Lebensnähe aus. Das Großstadtleben spiegeln außer den erotischen Epigrammen solche auf eine Sängerin (5,138) und einen Pantomimen (11,195) wider. Interesse für fremde Kulte zeigen 6,220 (Kybele-Kult), 5,53 (Adonis), 7,162 (persische Bestattungssitte). Ägyptisches fehlt, schwerlich durch Zufall; dagegen tritt die Invektive 11,363 für herkömmliche Ordnung im griech. Gymnasion ein. Die Gedichte zum Lobe spartan. Heldentums werden durch die Beziehungen Äg. zu Kleomenes III. veranlaßt sein. Eigentliche Grabepigramme sind selten. Der Literatur gelten die Würdigungen älterer und jüngerer Dichter, von Sappho bis zu Dramatikern des 3. Jh. (GABATHULER Hellenist. Epigr. auf Dichter [1937] 60–67), darunter ein mit Thespis beginnender Zyklus auf Dramendichter. Dieser zeigt literaturgeschichtliche Gelehrsamkeit, Vorliebe für das Archaische (Euripides fehlt), rühmt an den Modernen die Erneuerung der alten Kunst. Die Form läßt vermuten, daß diese Gedichte sich auf Buchillustrationen beziehen. Im Stoff berührt sich mit ihnen 7,450 (auf Philainis), in der Gelehrsamkeit 9,340 (Erfindung der Flöte). D. ist ein glänzender Stilist, bei Übernahme älterer Motive auf Verlebendigung bedacht (7,430 neben 7,431; die Erzählung 6,220 neben 6,217). Nachgeahmt ist er bereits von Antipatros von Sidon. Ob D. auch Episches verfaßt hat, ist unsicher. Ob Sch. Apoll. 1,740 auf ihn zu beziehen ist, ist sehr fraglich; dagegen kann Anth. Pal. 11,195 auf ein Temeniden-Epos hinweisen. R. K.

Wilam. Hell. Dicht. 1,222. *Weinreich*, SHAW 1944/48, 1, 1–39.

4. D., Schüler des Isokrates (Athen. 1,18 p. 11 a). Die Zuweisung der Fragmente an den Isokrateer (dem v. WILAMOWITZ und ED. SCHWARTZ die *Λακώνων πολιτεία* zuschreiben; nach Vermutung Bergks wäre D. auch bei Isokrates 12,200 bis 202 und 234 gemeint) bzw. an Dioskurides von Tarsos (letzterer um 100 v. Chr.) ist unsicher. Die *'Απομνημονεύματα* lagen freilich bereits dem Hegesandros (um 150 v. Chr.) vor. Die *Λακώνων πολιτεία* ist jedoch nach Jacoby erst um 100 v. Chr. verfaßt, möglicherweise vom Autor der Schrift *περὶ τῶν ἡρώων καθ' Ὅμηρον βίον*. Über den Vf. der *Νόμιμα* läßt sich nichts sagen. M. v. A.

FGrH III B Nr. 594 (mit ausführl. Kommentar).

5. Pedanius, aus Anazarba, Militärarzt unter Claudius und Nero, berühmtester Pharmakologe des Altertums. Sein Hauptwerk *περὶ ὕλης ἰατρικῆς* (5 B.) behandelt (in nicht immer geglückter Systematik) pflanzliche und tierische Genuß-, Nahrungs- und Arzneimittel sowie Getränke (Weinsorten) und Mineralien nach medizinischen Gesichtspunkten. Magisches fehlt dabei keineswegs (s. etwa 1,138,5–10 und 161,15 oder 3,91 ff. Wellm.). Die Überlieferung dieses in MA. und Renaissance gleichermaßen berühmten Werkes ist bes. kompliziert durch die Fülle der Hss., der Auszüge und Umarbeitungen und der frühen Übersetzungen in verschiedene Sprachen; 2 bes. berühmte und alte Wiener D.-Hss. (aus dem 5. und 7. Jh.) sind mit kostbaren Illustrationen versehen. Anderes unter D.' Namen Erhaltene: Eine Schrift *περὶ ἁπλῶν φαρμάκων* (falscher Titel *Εὐπόριστα*), lange für unecht gehalten, gilt heute für echt (vgl. M. Wellmann Die Schrift des D. *π. ἁπλ. φαρμ.*, Bln. 1914); für weitere angebliche Pseudodioscuridea (ed. im 2. Bd. der Ausg. von K. Sprengel, Halle 1830) wäre wegen der darin enthaltenen wertvollen Nachrichten eine Echtheitsuntersuchung erwünscht. Ausg.: M. Wellmann D. De materia medica libri quinque, 3 Bde., 1906 bis 1914.

6. D. Phakas (»der Warzige«). Arzt in Alexandreia z. Z. von Kleopatra und deren Vater (Ps. Gal. 19,105 K. und Caesar civ. 3,109). D. war Herophileer und schrieb, nach der Suda, 24 medizin. B., darunter über Geschwüre und über Hippokratesglossen; er wird auch neben dem Philosophen Poseidonios als zeitgenössischer Berichterstatter über eine große Pest in Libyen genannt (vgl. H 90, 1962, 428 f.).

7. D. *ὁ νεώτερος* oder *ὁ γλωσσογράφος* (Ps. Gal. 19,106 K.), Grammatiker aus hadrian. Zeit; veranstaltete ebenso wie sein Zeitgenosse → Artemidoros Kapiton eine Hippokrates-Gesamt-Ausgabe; war auch, wie → Erotian, Hippokrates-Glossator. F. K.

8. D. von Samos. Mosaicist. Von ihm signiert 2 Mosaiken (Emblemata) ausgezeichneter Technik aus der sog. Villa des Cicero bei Pompeii. Die Schriftformen deuten auf das 1. Jh. v. Chr. Beide geben Szenen der Neuen Komödie wieder. Es sind zweifellos Kopien nach Vorbildern der 1. Hälfte des 3. Jh. v. Chr., für deren Berühmtheit Wiederholungen auf einem Wandbild und in Terrakotta sprechen.

A. Simon Comicae tabellae, Diss. Köln 1938, 14. HB Arch IV 1 (6. Lfg. 1953) 153. Encicl. Arte Class. Or. III 132 *(Bianchi Bandinelli)*.

9. D., berühmtester Gemmenschneider august. Zeit. Er fertigte 31 v. Chr. den Siegelstein für Augustus (Plin. nat. 37,8. Suet. Aug. 50, vgl. Cass. Dio 51,3). Sein Sohn Eutyches nennt als seine Heimat Aigeai; vielleicht stammte auch D. dorther. Seine Signatur wurde öfter gefälscht. Sicher echt sind 8 Gemmen, zu denen eine Kopie kommt, meist Wiedergaben klass. Statuen, doch auch ein Porträt des Demosthenes und eines des Cicero (?). Der Stil ist der des august. Atticismus, die Qualität ausgezeichnet. Söhne und Schüler des D. sind Eutyches, Herophilos und Hyllos. A. R.

Furtwängler Die ant. Gemmen 3,352 f. Encicl. Arte Class. Or. III 133 *(Vlad Borrelli)*. *G. M. A. Richter* HB. Gr. Art, Lond. 1959, 242.

Dioskuroi (*Διόσκουροι*, att. *Διοσκόρω* bis ins 4. Jh.). »Das göttliche Zwillingspaar, das schon in vordor. Zeit in ganz Griechenland verehrt, in verschiedenen Landschaften mit verschiedenen Einzelnamen benannt, schließlich unter den lakonischen Namen Kastor und Polydeukes (Pollux) allgemein bekannt und als unzertrennliches ritterliches Paar in jeder Not, zumal in Kampf und Sturm, helfend gedacht wurde« (Bethe). Ähnliche Zwillingsgestalten sind die messenischen → Apharetiden Idas und Lynkeus, mit denen Kastor und Polydeukes um die → Leukippiden kämpften, die elischen Molionen oder → Aktorionen Kteatos und Eurytos, → Amphion und Zethos in Boiotien u. a. Wie die Überlieferung über die Abstammung der D. (von Zeus bzw. Tyndareos und Leda) sich widerspricht, so ist erst recht die Problematik ihres ursprüngl. Wesens verwickelt und bisher nicht einheitlich gelöst. Die ethnologische Mythenforschung geht von der den Primitiven rätselhaften Zwillingsgeburt aus; sie habe zu der Annahme einer göttlichen oder einer doppelten Vaterschaft geführt und zur Auffassung der Zwillinge als heiliger Wesen. Die vergleichende Mythologie stellte göttliche Zwillinge als Nothelfer bei Indern (die Aśvins), Kelten (Diod. 4,56), Germanen (die Alci bei den Naharnavalen Tac. G. 43 und schwedische Felszeichnungen) und Letten fest und schloß daraus auf altindoeuropäisches Gemeingut. Die ältesten Symbole der D. in Lakonien indes sind 2 durch Querhölzer verbundene Balken (Plut. de frat. amore 478 A) oder 2 schlangenumwundene Amphoren ohne Boden. In dem erstgenannten Fetisch sieht Nilsson GgrR 1, Taf. 29,4, das Fachwerk eines Hauses und hält die D. für Hausgeister, ursprüngl. der spartan. Könige, die von Zwillingen abstammten; sie begleiteten diese ins Feld und wurden so allmählich zu Kriegshelfern und ritterlichen Jünglingen. Hausgeister seien auch die aus den Amphoren trinkenden Schlangen gewesen.

Sie erinnern an die Kultstätte der D. in Therapne, wo sie unter der Erde leben, Alkm. frg. 5 Pind. N. 10,56. Paus. 3,20,2. Die im Kult der D. geübten privaten Speisungen (Theoxenien, lectisternia) seien auch aus dem Kult von Hausgeistern herzuleiten. Pind. O. 3,39. Athen. 4,137e. KAIBEL (s. u.) hält zwerghafte oder kinderhafte Doppelfiguren, wie sie für Lakonien bezeugt und für das übrige Griechenland durch Votivfigürchen (2 Kinder in der Wiege) gesichert sind, für die Urform der D. Andere sehen in der Bezeichnung der D. als λευκὼ πώλω in Boiotien (Eur. Antiope frg.) eine Andeutung ursprüngl. Pferdegestalt: daraus hätten sie sich zu Reitern und ritterlichen Schirmherren entwickelt.

Entgegen der vergleichenden Mythologie hielt BETHE, wohl mit Recht, ihre Herleitung von Zeus für sekundär. Älter als der Name D. ist der Name Tyndaridai, Söhne des → Tyndareos. Beide Benennungen nebeneinander Hom. h. 17,2. Theokr. 22. Interessant der Versuch von MARESCH Gl 1925, 298, D. als Übersetzung von Tindaridai (ältere Form) zu deuten (*tinia* der etr. Himmelsgott, *dar* Patronymikon). Lange galt BETHES Auffassung, Kastor und Polydeukes seien von Haus aus selbständige Heroen gewesen, erst später zu einem Zwillingspaar verschmolzen; er begründete sie mit ihrer gemeinsamen Beziehung zu Helios und Phoibos. Ob zu diesem Schluß aber u. a. die Aussage Pindars N. 10,49, beide seien im Hause ihres Stammvaters Παμφάης eingekehrt, oder die der Kyprien, daß die von ihnen geraubten Leukippiden Phoibe und Hilaeira Töchter Apollons seien, u. ä. genügt? Aber die schon bei Hom. vorliegende Differenzierung von Kastor als Rossebändiger und Polydeukes als Faustkämpfer, auch ihre Ungleichheit im Kult, so das Vorwiegen Kastors in Italien, mag Stütze für BETHES These sein. Noch zu Ciceros Zeit hieß der Tempel der D. in Rom offiziell *aedes Kastorus*. Der Schwur der Frauen *mecastor* war älter als der der Männer *edepol*, Gell. 11,6. Den Kult der D. in Rom erklärte man mit der Legende, sie hätten in der Schlacht am See Regillus (499) erfolgreiche Waffenhilfe geleistet und die Siegesbotschaft selbst nach Rom gebracht, wo sie ihre Rosse am lacus Iuturnae tränkten Cic. nat. 2,6. 3,11: eine Nachbildung der Legende von der Epiphanie der D. in der Schlacht der ital. Lokrer gegen Kroton an der Sagra, Iustin. 20,2f. Strab. 6,261. Ähnlich die Epiphanien bei Pydna, Val. Max. 1,8,1, und bei Verona gegen die Cimbern, Plut. Mar. 26. Schon früh galten die D. auch als Helfer in Seenot (die sich als St. Elmsfeuer oder als rettende Sterne zeigten). Hom. h. 33,10f. Alkaios frg. 78 D. Eur. Hel. 140.1495ff. Kall. h. 5,24. Hor. c. 1,3,2. Sterne über ihren Mützen (πῖλοι) sind seit Ende des 4. Jh. für ihre Darstellung charakteristisch. Die Benennung des Tierkreisbildes der Δίδυμοι-Gemini-Zwillinge findet sich zuerst Eratosth. katast. 10. Über die D. in den Heldensagen → Kastor, → Polydeukes, → Helene. – Bekannte Plastiken: Raub der Leukippiden im Fries des Heroons von Gjölbaschi-Trysa, 5. Jh. (Wien). D. als Rossebändiger auf dem Quirinal (»Monte Cavallo«), nach Original des 5. Jh. H. v. G.

J. Rendel Harris Cult of the Heavenly Twins, 1906. *F. Cornelius* Idg. Rel. Gesch., 1942, 65. *Eitrem* Die göttl. Zwillinge bei den Griechen, 1902. *Sternberg* Der ant. Zwillingskult, Ztschr. für Ethnol. 61,152. *S. Wide* Lakon. Kulte 304. *Farnell* Greek Hero Cults 175. *Robert* Gr. Heldens. 306. *Nilsson* GgrR 1,380 u. s. *Ders.* Griech. Feste 417ff. *Lesky* Thalatta 145f. *F. Chapoutier* Les D. au service d'une déesse, Paris 1935. *H. Hunger* Lex. d. griech. und röm. Myth., 1959, 96. *Bethe* RE 5,1087ff. *Kaibel* NGG phil.-hist. Kl. 1901, 512.

Diospolis (Διόσπολις). **1.** Stadt in der Eparchie Thracia (Hierocl. Synecd. p. 390 Bonn; Notit. Episc. ed. PARTHEY, p. 72; Theophan. ed. BOOR, p. 177) mit unbestimmter Lage. KIEPERT FOA XVII, Text 2, Ann. 22 setzt Diospolis = Diampolis und lokalisiert die Stadt bei Tauschán-tepé, 9 km n. von der h. Stadt Jambol in SO.-Bulgarien. Nach BEŠEVLIEV Dinibuli u Idrisi e grad Jambol (bulg.) – Dinibuli bei Idrisi ist die Stadt Jambol, Ztschr. Bălgarski ezik, bulg. »Die Bulgarische Sprache«, 11,4, 1961, Sofia, 333–336 – ist jetzt wohl mit ziemlicher Sicherheit anzunehmen, daß Diospolis – Διάμπολις – Δάμπολις tatsächlich dem h. Jambol entsprach. Bei Tauschán-tepé liegt wohl die altthrak. Stadt Kabyle. Chr. D.

V. Velkov Die thrak. und dak. Stadt in der Spätant., bulg. mit dt. Zusammenf., Sofia 1959, 107–108 (Zweifel über die klare Verbindung zwischen den Namen Diospolis-Diampolis – Jampolis-Jambol).

2. D., Ort an der S.-Küste des Schwarzen Meeres, s. Dia Nr. 5. F. K. D.

3. D. magna (μεγάλη), in griechischer und römischer Zeit offizieller Name der Stadt Theben in Ober-Ägypten, nach dem großen Tempel des Amun in Karnak benannt, der mit Zeus gleichgesetzt wurde. Der Name D. wurde dabei meist nur auf den Ortsteil auf dem Ostufer des Nils beschränkt. **4.** D. μικρά bzw. ἄνω, Bezeichnung der altäg. Stadt Ḥw. t-sḫm, Hauptstadt des 7. oberäg. Gaus, jetzt Hu auf dem linken Nilufer, nach ihr hieß der Gau Diospolites. **5.** D. κάτω, alt Smꜣ – Bḥd. t, j. Tell el-Balamun, s. w. Damiette im n. Delta, alter Amunkultort, gern als nördlichster Ort Äg. bezeichnet. W. H.

Diotima (Διοτίμα). Priesterin aus Mantinea. Bei Plat. symp. 201 D ff. berichtet Sokrates, er sei durch D. zum wahren ἔρως und zur Schau der Ideen geführt worden; die Rede über den Aufstieg zur θεωρία ist D. in den Mund gelegt. Ohne Zweifel ist D. eine von Platon erfundene Person; Anstoß zu dieser poet. Fiktion war die Notwendigkeit zu erklären, wieso Sokrates, der nichts zu wissen vorgab, nun positives Wissen vorträgt. Von diesem Anstoß aus ist der Höhepunkt des Symposion zum literar. Kunstwerk gestaltet. Aus der Platon-Lektüre hat Hölderlin die Gestalt der D. übernommen. H. D.

Diotimos (*Διότιμος*). **1.** Einer der Strategen des 433 v. Chr. den Korkyraiern zu Hilfe gesandten athen. Flottengeschwaders (Thuk. 1,45,2). Später ging er an der Spitze einer athen. Gesandtschaft nach Persien (Strab. 1,47). PA 1,4386 (mit Stemma).
Busolt, GG 3,1,347,2.

2. Athen. Stratege 388/87 v. Chr., zunächst als Nachfolger des→ Chabrias Befehlshaber des athen. Söldnerheeres bei Korinth, mit dem er über die Sikyonier siegte. Im Winter 388/87 operierte er zus. mit Iphikrates in den kleinasiat. Gewässern. PA 1,4370.
W. Judeich Kleinasiat. Stud., 1892, 101.

3. Urenkel von Nr. 1, vornehmer u. reicher Ahtener, * vor 375 v. Chr., † vor 325. In der Zeit Philipps II. von Mak. spielte er sowohl in der Innenpolitik Athens wie als Flottenführer eine Rolle. Er war antimakedon. eingestellt, doch ist unsicher, ob Alexander d. Gr. nach der Zerstörung Thebens wirklich anfänglich seine Auslieferung verlangt hat (Arr. an. 1,10,4; anders Plut. Demosth. 23). 335/34 kommandierte D. ein athen. Flottengeschwader gegen die Seeräuber. Fr. Kie.
H. Berve Alexanderreich 2, 1926, Nr. 281.

4. D., Epigrammatiker des Meleagerkranzes, von Meleager in der Einleitung Anth. Pal. 4,1,27 erwähnt. Epigramme, die mit Sicherheit oder Wahrscheinlichkeit dem Meleagerkranz angehören und den Autornamen D. tragen, sind Anth. Pal. 6,267.358; 7,227.261.420.475.733, alle ohne Heimatbezeichnung mit Ausnahme von 7,420, wo *Ἀθηναίου τοῦ Διοπείθους* jedoch auf Rasur steht, also Vermutung sein kann. Die Aufteilung dieser Epigramme unter D. von Athen und D. von Adramyttion bleibt unsicher, zumal Meleager nur einen D. nennt. Sicher ist jedoch, daß sie aus stilistischen Gründen nicht alle dem zur Zeit des Demosthenes lebenden D. v. Athen gehören können.
Gow, CR NS. 5, 1955, 240,4.

5. D., Epigrammatiker des Philipposkranzes, aus Milet, sicher Vf. von Anth. Pal. 5,106; die Zuweisung von 7,173; 9,391; 16,158 ist unsicher. R. K.

Dioxippos (*Διώξιππος*) v. Athen. Dichter eher der Mittl. Komödie als der Neuen, zu der ihn Meineke Frg. Com. Gr. 4,541, und J. M. Edmonds The Fragments of Attic Comedy 3,292, rechnen. Dafür spricht die Erwähnung eines Amphikles, offenbar einer realen Person (frg. 3). Der Name D. kann ferner ergänzt werden IG XIV 1098 (Wilhelm Urk. 114. 202) als der des Didaskalos bei der Aufführung eines Stückes des Anaxandrides im J. 349. Auch der Titel *Ἱστοριογράφος* könnte auf Auseinandersetzung mit Zeiterscheinungen weisen. Die Fragmente sind nichtssagend. W. K.

Diphilos (*Δίφιλος*). **1.** Athener, baute als Grubenpächter die Sicherheitspfeiler aus Profitsucht gesetzwidrig ab und wurde auf Antrag des

Lykurgos um 330 zum Tode verurteilt; das Vermögen von 160 Talenten wurde eingezogen und an die Bürger verteilt. Plut. mor. 843d. IG II² 1587, 11. S. Lauffer Die Bergwerkssklaven von Laureion, 1955, 29; Hist. 6, 1957, 295. **2.** Kommandant des Antigonos (→ 1) in der Burg von Babylon, die Seleukos 312 einnahm. Diod. 19,91,3. H. Bengtson Die Strategie 1, 1937, 201,5. **3.** Sekretär *(scriptor)* und Vorleser *(lector)* des Redners L. Licinius Crassus. Cic. de or. 1,136. **4.** Tragischer Schauspieler, demonstrierte in einer Rolle Juli 59 bei den Apollinarspielen mit auf Pompeius bezogenen Versen gegen dessen Macht unter ungeheurem Beifall. Cic. Att. 2,19,3. Val. Max. 6,2,9. J. van Ooteghem Pompée le Grand, 1954, 325f. H. V.

5. D., Dions Sohn, aus Sinope, bildete mit Menander und Philemon die Trias der Klassiker der Neuen Komödie. Stadtbekannt war sein Verhältnis mit der Hetäre Gnathaina, die um 330 blühte, geboren ist er daher spätestens 350; Philemon erwähnte ihn im Phasma als Lebenden (Plaut. Most. 1149), aber das Stück ist nicht zu datieren (Körte, RE XIX 2143). D. starb in Smyrna, wurde aber in Athen bestattet, den Grabstein hat Wilhelm gefunden (Urk. 60, IG II² 10321). Bei Lebzeiten hatte D. nicht viel Erfolg: nach IG II² 2325 (Wilhelm Urk. 123) siegte er an den Lenäen dreimal, zuerst um 318. Aber schon 254 wurden seine [*Μισ-* oder *Φιλ*]*άνθρωποι* als klass. Stück wiederaufgeführt (Pickard-Cambridge Dram. Festiv. 123). 100 Stücke wurden ihm zugeschrieben, wir kennen etwa 60 Titel, 130 Fragmente; außerdem durch latein. Nachdichtung, von hypothetischen Zuschreibungen abgesehen, die *Κληρούμενοι* (Plaut. Cas.), das Original von Plaut. Rud. (das kaum die *Ἐπιτροπή* war) und eine Szene aus den *Συναποθνήσκοντες* in Terenz' Übersetzung (Ad. II 1, s. Prolog 6ff.). Die Casina ist, wie der Prolog bezeugt, stark umgearbeitet, der Rudens gibt ein treueres Bild von D. Kunst; bemerkenswert das Atmosphärische des Schauplatzes am Meeresstrand, vielbewundert der feierlich-heitere Prolog des Arcturus. Diese Stücke zeigen den vollentwickelten Charakter der *νέα*, dem auch die meisten Titel – viele bei anderen Dichtern wiederkehrend – und Fragmente entsprechen; ein *Πολυπράγμων* verrät den Einfluß peripatet. Charaktertypologie. In anderem zeigt sich ein Festhalten an älterer Art: in mytholog. Titeln (Danaides, Lemniai, beide nach Aristophanes, Peliades; Titel im Singular wie Anagyros, wieder nach Aristophanes, Theseus, Herakles bezogen sich vielleicht nur auf den Prologsprecher). Im Theseus gaben 3 Mädchen einander Rätsel auf, ein charakteristisches Motiv der *μέση*. Wie Ameipsias, Antiphanes u. a. schrieb D. eine Sappho, in der Archilochos und Hipponax als vermutlich grobsinnliche Freier der Dichterin auftraten. Merkwürdig auch andere histor. Personennamen als Titel: Amastris (da Themistokles' Tochter vorkam, vermutlich nicht

D.' Zeitgenossin, sondern → Amastris 1, s. Hdt. 9,109) und Tithraustes. Der *Αἰρησιτείχης* mochte auf Demetrios Poliorketes gehen; das Stück wurde von D. vielleicht aus polit. Rücksichten umgearbeitet und hieß dann *Εὐνοῦχος* oder *Στρατιώτης* (regte es Terenz' Erweiterung von Menanders Eunuchos an?). Auch im einzelnen gab es aktuelle Anspielungen (frg. 38, auf Künstler frg. 77, Rud. 932) und ernst klingende Zeitkritik (frg. 24.97. 101); aber wenn D. seine Personen moralisieren läßt, so ironisiert er doch die Wirkung (Rud. 1249). Spuren von Polymetrie sind das archiloch. Dikolon frg. 12, Hexameter 126 und das metrum Diphilium, wenn es nach diesem D. heißt. W. K.

W. H. Friedrich Euripides und Diphilos, Zetemata 3, München 1953. *T.B.L. Webster* Studies in Later Greek Comedy, Manchester 1953, 152–183.

6. D. v. Siphnos, Arzt in der 1. Hälfte des 3. Jh. v. Chr., Leibarzt des makedon. Königs Lysimachos (Athen. 8,355 a). Athenaios (a. O. 355 a – 357 a) hat uns ein Bruchstück aus seinem Werk *περὶ τῶν προσφερομένων τοῖς νοσοῦσι καὶ τοῖς ὑγιαίνουσι* überliefert; D. war also → Diätetiker und scheint als solcher sich vor allem an → Diokles von Karystos angeschlossen zu haben, indem er die Wirkungen zahlreicher (pflanzlicher und tierischer) Nahrungsmittel auf Körpersäfte und Verdauung beschrieb. F. K.

Diploma (*δίπλωμα*). D. bezeichnet urspr. jede Doppelheit, etwa ein Duplikat, CIG 3276, ein Doppelgefäß, Dioscur. Mater. Med. 2,77, die parallelen Streifen der Milchstraße, Aristot. meteor. 346 a 24, sogar eine äg. Steuer, BGU 213. Als t. t. bezeichnet D. die gefaltete Urkunde (Brief), die auf Papyrus, Pergament oder nach Art eines → Diptychon aufeinandergelegten Schreibtafeln stand. Erhalten haben sich vornehmlich D. in Bronze. Inhaltlich waren es entweder Briefe, Cic. Att. 10,17,3, oder kaiserliche Geleit- und Berechtigungsurkunden, Tac. hist. 2,54.65. Sen. clem. 1, 10,3. Plin. epist. 10,64.120 f. (→ Cursus publicus), militär. Urlaubspässe, Dig. 48,10,27, oder die dem einzelnen Veteranen übergebene Urkundenausfertigung über die mit der *honesta missio* verbundenen Rechte *(civitas* und *conubium)*, Abschrift aus der zentralen Entlassungsrolle in Rom. Von der letzteren Art D. sind zahlreiche Exemplare seit Claudius erhalten, gesammelt in CIL XVI 1936. Aus Urkunden aller Art (Verträgen, Verordnungen, Besitztiteln usw.) müssen auch die D. der kaiserlichen Archive bestanden haben, Suet. Cal. 38,1. Die Ausstellung der kaiserlichen D. unterstand dem Büro *a diplomatibus*. – Die Militär-D. bestehen technisch aus 2 Bronzetafeln, die so aufeinandergelegt sind, daß der rechtsverbindliche Text sich auf den Innenseiten befindet. Sie sind mit versiegelten Schnüren verschlossen, zur Vereinfachung der Kontrolle ist der Text außen wiederholt. Der innere Text ist nur solange verbindlich, als die Siegel unverletzt sind. W. H. G.

Dipoinos und **Skyllis** von Kreta, Bildhauer, Schüler und Söhne des Daidalos, waren nach der Überlieferung vor der Einnahme von Sardeis durch Kyros tätig, daher setzt sie Plin. nat. 36,9 in Ol. 50 (580 v. Chr.). Sie arbeiteten in parischem Marmor, aber auch in Holz und Elfenbein, sowie in Smaragd. Werke von ihnen werden in Sikyon, Kleonai, Argos, Tiryns, Ambrakia und Sardeis erwähnt. Als ihre Schüler galten Tektaios und Angelion, Dontas, Dorykleidas, Kleandros von Rhegion. A. R.

Overbeck Die ant. Schriftquellen Nr. 321 ff. HB Arch III 1 (5. Lfg. 1950) 23 *(Lippold)*. Encicl. Arte Class. Or. III 135 *(Cressedi)*.

Dipteros. Nach Vitr. 3,2,7 ist ein D. (scil. *ναός*) ein Tempel von mindestens 8 Frontsäulen Breite, dessen Cella allseitig von 2 (an den Schmalseiten u. U. 3) Reihen Säulen umgeben ist. Der sehr aufwendige Bautyp kommt urspr. aus Ionien (Heraion, Samos. Artemision, Ephesos: [1],240 ff.); er hat sich anderwärts nur selten und meist erst spät durchgesetzt (Olympieion, Athen: [1],188 ff. Quirinustempel, Rom: Vitr. 3,2,7), in der Magna Graecia und in Sizilien fehlt er ganz. Vom Grundrißentwurf her ist der D. nur in der ion. Ordnung zu Hause, die nur literar. belegte dor. Variante (Quirinustempel) ist späte, hybride Erfindung. Häufiger ist der aus dem D. entwickelte → Pseudo-Dipteros. W. H. G.

1. *Berve-Gruben* Griech. Tempel und Heiligtümer, 1961. 2. *Weickert* Typen archaischer Architektur, 1929. *Dinsmoor* Architecture of ancient Greece, 1950.

Diptychon. Die doppelte, verschließbare, aus 2 durch Schnur oder Gelenk verbundenen Holztafeln bestehende Schreibtafel diente für Notizen, Briefe, Listen, Urkunden, Schularbeiten usw. Die Innenseite hatte erhabene Ränder, zwischen denen helles Wachs, *λεύκωμα*, verstrichen war, in das geschrieben wurde. Zur Tilgung des Textes wurde das Wachs mit dem umgedrehten Griffel, *stilus*, geglättet, dann konnte die Tafel neu benützt werden. Man konnte statt dessen auch mit Tinte auf das blanke Holz oder eine Gipsschicht schreiben, [2],23. Der Gebrauch solcher D. ist sehr alt, wohl schon Hom. Il. 6,169; vgl. auch Hdt. 7,239,3. Darstellungen: z. B. Payne-Young Archaic Marble Sculpture from the Acropolis, 1936 Taf. 118. Corpus Vasorum Antiquorum Berlin 2 Taf. 77,2. Erhaltenes B.: BGU 2,15 (326). – Bei den Römern heißt das D. *tabella duplex*, spätantik auch Diptycha (Pl.); erhalten sind die D. mit Quittungen des L. Caecilius Iucundus, Pompei: CIL IV Suppl. Zu den Entlassungsurkunden der Soldaten → Diploma. Seit dem 4. Jh. n. Chr. werden Prunk-D. von hohen Beamten als Neujahrsgeschenke versandt (in Elfenbein von Consuln, in geringerem Material von den anderen Rangstufen, Cod. Theod. 15,9. [4]), von denen viele erhalten sind, [3]. Sie sind außen oft reich geschnitzt, innen ist Platz für den Namen des Gebers und die Adresse. Die chr.

Kirche verwendet die D. schon früh für das Memento Vivorum und Memento Mortuorum, wohl auch für die Register der Taufen und der Kleriker. W. H. G.

1. *Bloch*, Dar.-Sagl. 2,1,272ff. 2. *Schubart* D. Buch bei den Griechen und Römern, 1921. 3. *Delbrueck* D. Consular-Diptychen, 1926. 4. *Weigand*, JDAI 52, 1937, 121ff. 5. *Stegmüller*, RACh 3, 1957, 1138ff.

Dipylon s. Athenai o. I 699.

Diribitores. Beeidete Stimmzähler, die nach Einführung des geheimen Wahlrechts in Rom (139 bis 107 v. Chr.) die Stimmabgabe zu beaufsichtigen und nach dem Wahlakt die Stimmtäfelchen *(tabellae)* zu sortieren *(diribere)* hatten (Lex Malac. 2,4ff. *ad cistam* [Stimmkasten] *cuiiusque curiae ex municipibus eiius municipi terni sint, qui eiius curiae non sint, qui suffragia custodiant, diribeant, et uti ante quam id faciant quisque eorum iurent: se rationem suffragiorum fide bona habiturum relaturumque)*. Beim Sortieren wurden die verschiedenen Stimmen nach Punkten auf Stimmtafeln *(tabulae)* vermerkt (CGlL 5,62,6: *diribitores erant qui suffragia populi in tabulis scripta separabant* [vgl. 6,348]*)*. W. W.

Mommsen RStR 3,406ff.

Dirke (*Δίρκη*). **1.** Flüßchen in Theben, in die theban. Sage verflochten, von der Poesie verklärt, Paus. 9,25,3. Strab. 13,388. Pind. I. 8,20. Eur. Her. 784. Das Adj. *Διρκαῖος (Dircaeus)* wird auch im Sinne von *Θηβαῖος* (*Thebanus*) verwendet, Verg. ecl. 2,24. Hor. c. 4,2,25 *D. cygnus* = Pindaros. **2.** Nymphe dieses Flusses, Tochter des benachbarten Ismenos (auch des Acheloos), Eur. Herc. 27. Kall. h. 4,76. Sen. Herc. f. 916 u. s. Sie nahm einst den von Zeus aus den Flammen geretteten Dionysos in ihre Fluten auf, bis Zeus ihn in seinen Schenkel einnähte, Eur. Bakch. 518f.; jedes neugeborene Thebanerkind wurde in Quellwasser der D. gebadet. Sie und ihr Gemahl Lykos waren Feinde der → Antiope; das dieser zugedachte Schicksal mußte D. selbst erleiden. Nach der Schleifung wurde sie in den Fluß geworfen oder in den Fluß verwandelt, der von ihr den Namen bekam. An ihrem Grabe fanden geheimnisvolle Riten statt, Plut. de genio Socr. 578 B. Neben der Neapeler Kolossalgruppe des Farnesischen Stiers (Plin. nat. 56,34) sind noch ein att. Krater (um 400) und Wandgemälde aus Herculaneum und Pompeji mit Darstellungen der D.-Sage zu erwähnen. H. v. G.

Baum. Denkm. 1, S. 455ff.

Discens. Damit wurde offenbar nur der voll ausgebildete röm. Soldat, der in Spezialausbildung stand, bezeichnet. So sind z. B. *discentes* der legio II Adiutrix (CIL III 3565) und legio XI Claudia (CIL V 944,8278) nachgewiesen, ferner *discentes* für die verschiedensten Funktionen, z. B. *acquiliferum* (CIL VIII 2988), *armaturae* (CIL VIII 2618), *bucinatorum* (CIL VIII 18086 c 3), *capsariorum* (CIL VIII 2553), *equitum* (CIL VIII 2882), *mensorem praet.* (CIL VI 32536), *officii rationum leg.* (Dig. 50,6,7), *polionum* (CIL VIII 18086 c 8) und *signiferum* (CIL VIII 2568,81). A. N.

RE V 1171. II A 2350. BJ 68, 1880, 54. 117, 1908, 25f. 40. 45. 49. Class. Phil. 43, 1948, 165, Anm. 42.

Discessio. Von *discedere:* das Auseinandergehen, die Auflösung einer Einheit; CGlL 6,349 *διαχωρισμός, ἀποστασία, divortium, separatio* u. a. In dieser allg. Bedeutung etwa Cic. Sest. 77: *nam ex pertinacia . . . intercessoris oritur saepe seditio . . ., oritur . . . aliqua discessione contionis;* auch für den Abfall von einem Glauben wird das Wort gebraucht (Vulg. act. 21,21: *audierunt autem de te quia discessionem doceas a Moyse eorum* [*ἀποστασίαν διδάσκεις*]). Technisch wird das Wort für einen Abstimmungsvorgang im Senat gebraucht, bei dem sich die Vertreter der verschiedenen Meinungen an dafür bestimmte Stellen begeben (Plin. epist. 8,14,19 *lex . . . ita discessionem fieri iubet: »qui haec censetis, in hanc partem, qui alia omnia, in illam partem ite, qua sentitis«.* Lex de imp. Vesp. 4 *senatus consulta per relationem discessionemque facere liceat.* Gell. 14,7,12. Cic. Phil. 3,24. 6,3. 14,21. Cass. Dio 41,2,1 *διαψηφίσεως . . . ἐν τῇ ἐπὶ τάδε καὶ ἐπ' ἐκεῖνα τοῦ βουλευτηρίου μεταστάσει γενομένης*). Der Vorgang wird auch mit dem Ausdruck *pedibus in sententiam ire* bezeichnet (Tac. ann. 14,49,1 *postquam discessionem consul permiserat, pedibus in sententiam eius iere*). W. W.

Mommsen RStR. 3,983f. 991ff. *O'Brien Moore*, RE Suppl. VI 711,30ff. 716,48ff. *Siber* Röm. Verfassungsr., 1952,137f.

Disciplina arcani. Seit dem 17. Jh. üblicher [11] t. t. für die altkirchliche Sitte, gewisse Sanctissima (Taufe, Eucharistie usw.) als kultische Mysterien vor Ungläubigen und Nichtgetauften (Katechumenen) geheimzuhalten. Von der D. a. zu unterscheiden sind Selbstschutzmaßnahmen einer religio illicita sowie die Esoterik gnostischer und apokalyptischer Sektierer [gegen 10,119ff.]. Erstmals durch Hippol. sicher bezeugt [TU 58, 1954, 24f.], wird die D. a. im 4./5. Jh. zur gemeinkirchlichen Lebensäußerung [12], um schließlich in der verchristlichten *οἰκουμένη* bis auf geringe liturgische Spuren abzuklingen. Nicht einfach Folge des christlichen Unterrichts und Katechumenats [1], ist die D. a. vielmehr Beweis für den Einfluß der ant. Mysterienkulte mit ihren Arcana [4] und verdeutlicht sie zugleich einen folgenreichen Wandel im Kirchenbegriff: die Ausrichtung auf ein theurgisch-priesterlich vermitteltes Kultgeschehen, vor dem die Menge sich ihres »Laientums« bewußt wird ([2], 295ff.). J. Wi.

1. *R. Rothe* De d. a. origine, 1841. 2. *N. Bonwetsch*, ZHTh 43, 1873, 203ff. 3. *V. Huyskens* Zur Frage über sog. Arkandisziplin, 1891 (Lit.). 4. *G. Anrich* Das ant. Mysterienwesen in seinem Einfluß auf das Christentum, 1894. 5. *H. Gravel* Die Arkandisziplin I, Diss. 1902. 6. *O. Casel* De philosoph. graec. silentio mystico, 1919. 7. *P. Battifol*, EHT 1^7, 1926, 1ff. 8. *G. Mensching* Das hl. Schweigen, 1926, 125ff. 9. *H. Classen* Die Arkandisziplin in der Alten

Kirche, Diss. 1956. 10. *J. Jeremias* Die Abendmahlsworte Jesu, 1960³. 11. DHGE s.v. 12. RACh s.v. (Lit.).

Disciplina etrusca s. Etrusker

Disciplina militaris. D.m. bedeutete die ausübende Zucht des Feldherrn, die Manneszucht der Soldaten, die militär. Ausbildung und das militär. Wissen überhaupt (MAUCH 72ff.). Sie war ein bes. Ausdruck röm. Geisteshaltung, und die Voraussetzung für ihre Schärfe lag einmal im Aufbau der röm. Familie, deren rechtliche Grundlage die → *patria potestas* bildete. Eine andere Bedingung stellte das *imperium* der Staatsorgane dar, dessen Einheitsgedanke trotz empfindlicher Schwächungen stets erhalten blieb. So hatte die d.m. schon in der Frühzeit des Milizheeres ein hohes Niveau. Heer und Bürgerschaft waren identisch, und die unbedingte Befehlsgewalt des Vorgesetzten war von Anfang an für die d.m. kennzeichnend. Die Todesstrafe stand auf schwere Vergehen im Wachdienst, Feigheit und Insubordination und bezog sich auch auf Abteilungen, die dezimiert wurden. Dazu kamen die Prügel des Centurio, die offenbar nicht als Strafe zählten. Zu den Auszeichnungen → corona Nr. 2 und dona militaria. Daneben gab es Belohnungen wie größeren Beuteanteil, bessere Verpflegung und erhöhten Sold, die in der Regel ganze Abteilungen betrafen (KROM.-VEITH 284). Die Phalanx, die Kampfform dieser Zeit, hatte zeitweise Übungen zur Voraussetzung, bei denen das mündlich überlieferte Heeresreglement erprobt wurde (KROM.-VEITH 284f. 288). Die Manipulartaktik, bei der es auf das Einhalten von Abständen zwischen den einzelnen Manipeln ankam (Liv. 8,8. KROM.-VEITH 366), und durch die der röm. Soldat zum Einzelkämpfer wurde (KROM.-VEITH 290. 324f.), verschärfte die Disziplinierung. Die Wehrpflichtigen mußten öfter und für längere Zeit zur Einübung dieser Taktik einberufen werden. Die Grundausbildung umfaßte zunächst Übungen im militär. Schritt, Laufen, Springen und Schwimmen. Darauf folgten die Waffenübungen mit der Armatur, dem Scheingefecht ganzer Abteilungen. Der 3. Ausbildungsabschnitt umfaßte das Pferdespringen, den Gepäckmarsch, das Schlagen und Befestigen eines Lagers und das Aufmarschieren von einer Schlachtformation in die andere. Über die Strafen und Auszeichnungen berichtet Pol. 6,37–39. Die Todesstrafe traf auch die Nachtwache, die auf ihren Posten eingeschlafen war oder sich überhaupt nicht dort befand (RE Suppl. IX 1694ff.). Neben dem Feldherrn waren die Tribunen für die Verhängung von Strafen zuständig, bei denen wohl, neben dem schriftl. fixierten Reglement (RE Suppl. VIII 356ff.), auch Strafen nach freiem Ermessen eine Rolle spielten wie Erhöhung des Marschgepäcks (App. Ib. 86). Für die Beurteilung der Disziplin z.Z. der Manipulartaktik fällt ferner ins Gewicht, daß sich die Identität von Bürgerschaft und Heer zu lösen begann, da die oft weit entlegenen Kriegsschauplätze den Bauernstand schwer trafen und teilweise auch des Klimas wegen unbeliebt wurden. Z.Z. der durch die Heeresreform des Marius (KROM.-VEITH 376ff.) eingeführten Kohortentaktik wurde die Rekrutenausbildung in der Legion durch das Gladiatorenfechten, Pfeilschießen, Schleudern von Steinen und Bleigeschossen und durch den Kavalleriedienst erweitert. Das Marschgepäck wurde auf ein Gewicht von 20–40 kg normiert (CPh 13,162ff.). Der Bundesgenossenkrieg brachte die Gleichstellung der röm. Legionen mit den *socii* (KROM.-VEITH 381ff. 387ff.), auch war die Erhöhung des Soldes für den gemeinen Mann durch Caesar von 120 auf 225 Denare jährlich für die Disziplin von Bedeutung. Unter den Strafen ist die → *missio ignominiosa* (Suet. Div. Iul. 69) zum erstenmal nachweisbar. Unter den Auszeichnungen (→ torques, armillae, coronae) sind die *laudatio* vor der *contio* (Caes. Gall. 5,52,4) und die acclamatio des Feldherrn (→ imperator, KROM.-VEITH 416f.) bes. bemerkenswert. Die schärfere Disziplinierung spiegelte sich vor allem im Kampfe röm. Legionen gegeneinander wider (App. civ. 2,79). In der Bürgerkriegszeit hing die Disziplin nur von der Persönlichkeit des Feldherrn ab, der das Heer führte und für dessen Bedürfnisse sorgte (KROM.-VEITH 414ff.). Das so verlorengegangene Staatsbewußtsein des röm. Soldaten stellte Augustus durch die Schaffung des Prinzipats wieder her. Die Disziplin wurde durch die Einführung der *imagines* und Zodiakalzeichen bei den Legionen und anderen Truppenteilen (KROM.-VEITH 520f.) auch religiös verankert eine Entwicklung, die durch die Erhebung der d.m. zur Gottheit unter Hadrian ihren Höhepunkt fand (MAUCH 74 Anm. 3). Augustus erweiterte die Rekrutenausbildung durch eine Felddienstübung (Veg. mil. 1,27. CPh 13,170ff.) und reorganisierte die im 1. Jh. v. Chr. verfallenen Jugendbünde, die vor allem für die Heranbildung des Offiziersnachwuchses von Bedeutung waren. Septimius Severus bildete sie zu rein militär. Verbänden aus und vereinigte in ihnen die gesamte wehrfähige Jugend des röm. Weltreiches. Die einheitliche Ausbildung war durch das von Augustus neu herausgegebene Heeresreglement und durch die Besetzung der Centurionenstellen in den Provinzarmeen mit Praetorianern gewährleistet. In der frühen Kaiserzeit wurde der Bürgersoldat auch gemeiner Delikte wegen der Strafgewalt der militär. Stellen unterstellt (RE XV 1668, KROM.-VEITH 533f.). Abgesehen davon, daß Augustus wieder alte, nicht mehr angewendete Strafen einführte (Suet. Aug. 24), änderte sich gegenüber der früheren Periode nicht viel. Dem Ermessen war auch jetzt Spielraum gegeben, so daß sich strenge Strafen (Tac. ann. 11,18) neben milden (Tac. Agr. 19) finden. Dezimierungen kamen in Hinblick auf die Ergänzungsschwierigkeiten bloß ausnahmsweise vor (Tac. ann. 3,21), während im 3. Jh. die Strafen an Grausamkeit zunahmen (H. A. Macr.

12), was bes. darauf zurückzuführen ist, daß das nationalröm. Element im Heere zu schwinden begann und die d. Romana nur noch ein äußeres Band bildete. Hervorzuheben ist auch der Arbeitsdienst, für den es viele Zeugnisse gibt (RE VI 1657ff.). Die allmähliche Erhöhung des Soldes seit Domitian (KROM.-VEITH 525f.) hing mit der Währungsverschlechterung seit Nero zusammen, und auch die → donativa stellten nur selten hohe Beträge dar. Der jeweilige disziplinäre Zustand war vom Kaiser und den einzelnen Kommandeuren abhängig. Augustus hatte sie und das Heer durch strenge Bestimmungen in der Hand (Suet. Aug. 24). Dies blieb noch unter Tiberius so, auch wenn er, was verhängnisvoll werden sollte, die Praetorianer in Rom in einer eigenen Kaserne zusammenzog (Cass. Dio 19,6). Unter den Nachfolgern lockerte sich der Kontakt mit dem Heer. Erst Hadrian gelang es, die Disziplin im alten Sinn wiederherzustellen (H. A. 1,10,3). Seine Verfügungen blieben offenbar bis Konstantin jedoch nur noch teilweise in Geltung. Mit Commodus begann die Disziplin sich wieder zu lockern. Die Versuche seiner Nachfolger, das alte Niveau wieder zu erreichen, blieben ohne Erfolg, lediglich Septimius Severus gelang es, die Praetorianergarde aufzulösen und aus Illyriern neu zu bilden (Herodian 2,13.14). Die d.m. suchte man in verschiedener Weise zu festigen, so durch die Demokratisierung des Heeres (GROSSE 12ff.). Erst die diokletian.-konstantin. Militärreform stellte wieder gute disziplinäre Zustände her und beseitigte zunächst den alten Korpsgeist. Bedenklich wurde jedoch die immer größer werdende Einstellung von Ausländern, vor allem Germanen, in das Heer (KROM.-VEITH 576). Bewaffnung, Ausrüstung und Ausbildung wurden zusehends leichter (KROM.-VEITH 597ff.). Die Strafen (GROSSE 236f.) ließen an Härte nichts zu wünschen übrig, im Auszeichnungswesen kamen die alten Orden nicht völlig ab (→ dona milit.). Die Beförderung erfolgte oft nicht nach Verdienst (Cod. Theod. 7,3,1). Die Standesunterschiede waren im Schwinden begriffen, und der gemeine Soldat konnte es ohne weiters bis zum *magister peditum* bringen. Der Sold war unbedeutend und wurde allmählich vom *donativum* ersetzt. Träger des auch jetzt noch strengen Arbeitsdienstes war der Legionär (GROSSE 222f.). Trotzdem im 4. Jh. die alte d.m. dahinschwand und das Grenzheer verbauerte, zeigte sich das Feldheer seinen Aufgaben gewachsen (KROM.-VEITH 591). Die d.m., die als eine der Ursachen der Weltmachtstellung Roms anzusehen ist (Val. Max. 2,7. Veg. mil. 1,1) und die in den verschiedenen Reglements bei den Militärschriftstellern und einigen Iuristen und Historikern eine Rolle spielt, wirkte durch das Werk des Vegetius bis in die Neuzeit nach. A. N.

O. Mauch Der lat. Begriff D. Diss. Basel 1943. *R. Grosse* Röm. Militärgesch., Bln. 1920. RE Suppl. X.

Discordia. 1. Poet. Personifizierung und Vergöttlichung nach griech. Quellen (E. SKARD, Abh. AkOslo 1931, 2,71). D. schlägt bei Enn. ann. 266f. V² die Kriegstore ein und entfacht den 2. Pun. Krieg (NORDEN Enn. und Verg. 10ff.). Genealogie u. dgl. griech. (→ Eris): Hyg. fab. praef. Verg. Aen. 6,280 (am Eingang zum Orcus); 8,702. Petron. 124, V. 271ff. Val. Flacc. 2,204. Claud. Ruf. 1,28ff. **2.** Bei Mart. Cap. 1,47 Gottheit aus der 3. Region des Himmels. W. E.

Discussor. Von *discutere* in den Bedeutungen »untersuchen, prüfen«, daher die allg. Bedeutung »Untersucher, Prüfer« (CGlL 6,351 *examinator*, *λογοθέτης* [so auch in den Pap. für Rechnungsprüfer]). Das Wort kommt erstmals bei Tertullian vor (nat. 1,3,1 *vos igitur, alias diligentissimi ac pertinacissimi discussores scelerum*). Seit dem 4. Jh. n. Chr. wird diese Bezeichnung für Beamte verwendet, die Abrechnungen, Schätzungen oder Preise, vor allem aber Steuerunterlagen und die Steuereingänge zu prüfen hatten. Die Amtsbezeichnung d. kommt erstmals in Cod. Theod. 11,26,1 (Valent., Valens und Grat., 369 n. Chr., = Cod. Iust. 10,30,1) vor (SEECK, RE V 1183,45 gibt irrtümlich Cod. Theod. 8,15,5 an, dort ist nur von der *discussio* die Rede). Die meisten Gesetze wenden sich gegen den Amtsmißbrauch der d. als Steuerprüfer (so Cod. Theod. 11,26,1 und 2 [= Cod. Iust. 10,30, 2]. 13,11,8 [= Cod. Iust. 11,58,6] *quae in damnum provincialium fuerint accepisse convicti, in quadruplum cogentur exsolvere* [Honor. 396 n. Chr.]; 11 eod. Gegen die *sententiae* der d. konnte appelliert werden. Appellationsinstanz war der *comes rerum privatarum* (Cod. Theod. 11,30,45 = Cod. Iust. 7,62,26 [385 n. Chr.]). In Cod. Theod. 16,8,10 [Arcad. 396 n. Chr.] erscheinen d. als Preisbehörde. D. wurden auch beim *census* verwendet (Cassiod. var. 9,10,4). W. W.

Diskoduraterai (*Δισκοδουρατέραι*). Ansehnliches Emporion zwischen den h. Dörfern Gostilitza und Slawejkowo am l. Ufer des Jantraflusses (ant. Iatrus), 12 km w. von Drjanowo und 32 km s.w. von Nikopolis ad Istrum, begründet von Augusta Traiana, wahrscheinlich unter Marcus Aurelius; bes. blühend war D. unter den Severern (befestigt); z. Z. Aurelians wurde D. dem Territorium von Nikopolis ad Istrum zugeschlagen. Zahlreiche Inschr. und bedeutende Baureste. Chr. D.

Welkov Jahrb. des arch. Nat. Mus., Sofia 1922–1925, 1926, 127–137. Neuer Inschriftenfund *Sultov* Iswestija (Mitteilungen) des Bezirksmus. von Tirnowo, 1, 1962 (Warna), 21ff. Die früher gefundenen Inschr. auch bei *Mihailov*, IG Bulg. II 137–145.

Diskos. Eine kreisrunde, linsenförmige Scheibe, in homer. Zeit aus Stein, Od. 8,186, später ausschließlich aus Metall. Sie wurde bei Wettkämpfen zum Weitwurf benützt. Nicht zu verwechseln mit *σόλος*, einem Stein oder Metallklumpen, Il. 28,826. Größe und Gewicht waren für Männer und Knaben verschieden. Von den ungefähr 15 vorhandenen Exemplaren, manche verziert und mit Inschriften versehen, sind vier deutlich als Opfergaben zu erkennen. Das Gewicht liegt zwischen 5,7 und 1,25 kg; der Durchmesser zwischen 15,5 und 34 cm; die Stärke zwischen 4 und 13 mm. O. W. R.

E. N. Gardiner Gk. Athletic Sports, 1910, 316.

Dispensator. Von *dispensare* genau abwägen, verteilen, verwalten. CGlL 6,353: *οἰκονόμος, ἐπιδαπανητής*. Seit Varro und Cicero belegte Bezeichnung für einen Verwalter, Kassier (Varro l.l. 5,183 *ab . . . aere pendendo dispensator;* Gai. inst. 1,122 *qui dabat olim pecuniam . . . eam . . . appendebat; unde servi, quibus permittitur administratio pecuniae, dispensatores appellati sunt . . .*; Hier. epist. 121,6 (864): *οἰκονόμος . . . tam pecuniae, quam frugum, et omnium, quae dominus possidet, dispensator est*). Zunächst wurden Sklaven als d. von Privaten verwendet (Iul. Dig. 14,3,12. Pompon. Dig. 50,16,166 pr.). In gleicher Weise verwendeten jedoch auch die Kaiser seit Augustus d. für die Verwaltung ihres Privatvermögens (Suet. Aug. 67,1; Galba 12,3; Vesp. 22. CIL III 333). In diesen Stellungen konnten d. zu großem Reichtum gelangen. Sie wurden auch häufig freigelassen oder erkauften sich die Freiheit. In der späteren Kaiserzeit treten sie in den meisten Verwaltungszweigen als Kassenbeamte in Erscheinung (CIL VI 544 *disp. fisci frumentari* [Traian]. Lampr. Alex. 32,4 *dispensator publicus* [?]). D. ist häufig inschr. als Titel bezeugt. Später begegnet der d. auch als Verwalter des Kirchenvermögens (Leo Cod. Iust. 1,3, 32 [33], 4 *dispensatorem pauperum, id est oeconomum ecclesiae* [472 n. Chr.]). W. W.

Hirschfeld VB 461. *Tudor* Latomus 17, 1958, 355. 357 f.

Disteln. Eigentliche Disteln (*ἄκανθα, ἄκανθος*, auch *κάκτος*, z. B. bei Theophr., neugr. *ἀγριάκανθος, ἀκονάχι, ἀγκυνάρα, γαιδαράγγαθο*, lat. *carduus, cactus* z. B. bei Plin.) sind die mehr oder weniger bestachelten Kräuter der Compositentribus Cynareae, von denen es in Hellas und Italien etwa 70 Arten aus 15 Gattungen (u. a. Cynara → Artischocke) gibt. Im weiteren Sinn werden dazu auch habituell ähnliche Pflanzen anderer Familien gezählt, wie Umbelliferen (Eryngium u. a.), Acanthaceen (→ Akanthos) und Dipsacaceen. Erst im 17. Jahrhundert ist der Name Cactus auf aus Amerika eingeführte, heute im ganzen Mittelmeergebiet eingebürgerte Opuntia-Arten und andere Cactaceen übertragen worden. Von Disteln abgeleitete Namen haben mehrere Inseln (so Zakynthos), Orte (so Akanthos in Makedonien) und Personen (so Akanthos und Akanthis, die Kinder des Autonoos und der Hippodameia, und Akantho, Mutter des Helios von Rhodos). H. G.

Disticha Catonis s. Dicta Cat.

Dithyrambos (*διθύραμβος*). Eine der bedeutendsten Formen der Chorlyrik (→ Chor). Das Wort ist sicher nicht griechisch. Ant. wie moderne Deutungen sind entweder offenbar falsch oder doch ganz hypothetisch. Jedenfalls hängt der D. aufs engste mit → Dionysos zusammen, in dessen Kult ihn Archilochos – ältestes Zeugnis – als Vorsänger angestimmt hat, frg. 77 D.: *ὡς Διωνύσοι' ἄνακτος καλὸν ἐξάρξαι μέλος οἶδα διθύραμβον οἴνωι συγκεραυνωθεὶς φρένας*. Alle Angaben, die eine bestimmte griech. Stadt oder Landschaft als Heimat des D. bezeichnen (Korinth, Theben, Naxos, Großgriechenland) sind von vornherein durch die Tatsache widerlegt, daß er offenbar zusammen mit dem Gott – dem er auch als Epitheton beigegeben wurde (nicht umgekehrt) – von außen her in die griech. Welt gekommen ist. Nach der erwähnten 1. Bezeugung in ion. Sprachgebiet hören wir im 6. Jh. am meisten über D.-Pflege aus dorisch-achaiischem Gebiet: aus Korinth, wo am Hofe Perianders → Arion den D. schuf und einstudierte (Hdt. 1,23), und aus Sikyon, wo der Tyrann Kleisthenes die dort bislang die *πάθεα* des Adrastos besingenden *τραγικοὶ χοροί* auf Dionysos übertragen ließ (Hdt. 5,67). Man kann in diesen D.n der ersten Jahrzehnte des 6. Jh. schon eine Vorform der Tragödie sehen (die »dorische« Tragödie, ZIEGLER, RE VI A 1909 ff. PATZER Die Anfänge der griech. Tragödie 89 ff.); wirklich zum Drama entwickelt hat sie sich, soviel wir sehen, jedenfalls erst ein halbes Jh. später im Athen der Peisistratiden, welche die großen Dionysien glänzend ausgestalteten.

Die großen chorlyrischen Dichtungen des griech. Westens (→ Stesichoros, → Xenokritos von Lokroi, Ps.-Plut. de mus. 10) den D. zuzurechnen (CRUSIUS, RE V 1209), scheint trotz gewisser Ähnlichkeiten gewagt. Die ant. Theorie hat wie die Praxis die genera der Chorlyrik scharf voneinander getrennt nach Kriterien, über die wir allzu wenig wissen.

Die Sonderentwicklung, die die aus dem D. hervorgegangene Tragödie nahm, hat seiner eigenen Entfaltung keinen Abbruch getan. Gleichzeitig mit → Thespis hat → Lasos von Hermione in Athen mit großem Erfolg gewirkt, den D.-Agon eingeführt und die Rhythmen in eine *διθυραμβικὴ ἀγωγή* gebracht (Ps.-Plut. de mus. 29: wie das zu verstehen ist, ist allerdings schwer zu sagen, ABERT, RE XII 888). Die D.-Aufführungen erforderten sogar einen größeren Aufwand als die Dramen: sie wurden von Chören von 50 Männern (oder Knaben) gesungen und getanzt, welche von den einzelnen Phylen gestellt wurden. Als Dichter von D. hat sich neben Lasos auch → Simonides betätigt.

Im Laufe des 5. Jh. hat der D. einen weiteren glänzenden Aufschwung genommen. → Pindar, → Bakchylides, dann → Melanippides, → Diagoras, → Kinesias, → Phrynis, → Philoxenos haben ihn gepflegt. Von Melanippides berichtet Aristot. rhet. 3,9, 1409 b 26, daß er als erster den strophisch-epodischen Bau auch für umfängliche Dichtungen aufgegeben, sie also »durchkomponiert« habe, und der einzige uns zu einem großen Teil erhaltene D., die »Perser« des – schon tief ins 4. Jh. hinabreichenden → Timotheos, bestätigt das. Das Eindringen derartig gebauter Gesangstücke – freilich nicht in der Chor-, sondern in der monodischen Form – in die Tragödie des Euripides geschah ohne Zweifel in Nachahmung dieses jüngeren D.

Die Neuerung des Melanippides war nicht – oder jedenfalls weniger – vom Wort her begründet als von der → Musik, die sich damit von einer Fessel befreite und in zunehmendem Maße die Oberhand über das Wort gewann, so daß der Text der D. am Ende nur so etwas wie ein Libretto darstellen mochte. Über diese »moderne« Musik liegen uns, von den att. Komikern angefangen, über Platon und Aristoxenos bis zu Plutarch und noch Späteren fast nur abschätzige Zeugnisse und Urteile vor, und so auch über den jüngeren D. Seine Lebensfähigkeit und Beliebtheit beweist aber – neben vielen inschr. Zeugnissen – z. B. die Notiz bei Plut. Philop. 11,3, daß bei den Nemeen des J. 205 die Perser des Timotheos aufgeführt worden sind. K. Z.

Lit. s. beim Art. → Chor. Dazu *H. Schönewolf* Der jungattische Dith., Diss. Giessen 1938.

Diverbium. Mit d. *(deverbium)* bezeichnete man die Teile im röm. Drama, die ohne jede Musikbegleitung (Senarszenen) nur gesprochen wurden (Abkürzung dafür in der Pfälzer Rezension des Plautus: DV); den diverbia wurden die Gesangszenen (in lyr. Metra) und die melodramat. vorgetragenen Partien gegenübergestellt. W. Str.

Wissowa, RE V 1232f. *Dziatzko-Hauler* Terenz Phormio [4]48ff. ThlL. 5,851,8.

Dives. Cognomen (zur Bezeichnung des Reichtums, vgl. RE XIII 246), zunächst von dem Pontifex Maximus P. Licinius Crassus D. (212 v. Chr.) und dann von den meisten → Licinii geführt, Plin. nat. 33,133; → Crassus Nr. 2. H. G. G.

Divico. Führer der helvet. Tiguriner, der 107 die Römer unter L. → Cassius Longinus (Nr. 16) schlug und 58 Caesar gegenüber als bewußter Sprecher seines Stammes auftrat, Caes. Gall. 1,13,2 bis 14,7. M. GELZER Caesar[6] 96. H. G. G.

Divinatio heißt im röm. Strafprozeß jener Abschnitt des Vorverfahrens, in dem entschieden wird, welcher von mehreren Anklagebewerbern zur → delatio nominis zugelassen wird. Denn im jüngeren → iudicium publicum war die Anklage *cuivis ex populo* freigegeben, es durfte aber jeweils nur ein Ankläger wegen ein- und desselben Verbrechens einschreiten, damit nicht mehrere Prozesse hierüber entstehen konnten. Dieser Grundsatz ist nicht verletzt, sofern eine Personenmehrheit, untereinander verbunden, Anklage erhebt, dergestalt, daß einer als Hauptankläger, die übrigen als → subscriptores fungieren. Nur wenn mehrere Personen unabhängig voneinander Anzeige beim Gerichtsmagistrat erstatten und Erteilung der *potestas nominis deferendi* beantragen (→ postulatio), und ein Zusammenwirken unter ihnen nicht herbeigeführt werden kann, muß durch die d. der bestgeeignete Ankläger ermittelt werden (vgl. Cic. div. in Caec. 10. Gell. 2,4,1.3; der Sache nach auch: Ulp. Dig. 48,2,16). Vor dem Gerichtsmagistrat und einem *consilium* aus Richtern des für die Tat zuständigen Gerichtshofes findet hierzu ein kurzes Verfahren statt, in dem die Bewerber angehört werden. Die Entscheidung fällt das *consilium* (welches mit der Geschworenenbank des Hauptprozesses jedoch nicht identisch ist) durch geheime Abstimmung auf Wachstäfelchen. H. St.

Brasiello Art. Divinatio. Noviss. Digesto ital., VI 32f. *Serrao* Studi Francisci II (1656) 492f. und Anm. 3. *Humbert* Art. Divinatio, Dar.-Sagl. *Kunkel* Unters. zur Entw. des röm. Kriminalverf. in vorsullan. Zeit, 1962, 95.

Divio. Stadt in Gallia Lugdunensis, h. Dijon (Dép. Côte d'Or). Das *castrum Divionense* wird nur von späten Autoren erwähnt (Greg. Tur. etc.). In den Mauern des castrum sind Skulpturen und Inschr. gefunden. M. L.

Espér. Rec. IV 2, p. 370. CIL XIII 5473. *Longnon* Géogr. Gaule au IIe s. 210. Fyot, Bull. Comité, 1920, p. 299. A. Grenier, Manuel 3,1,408.

Divisor. Geld- oder Getreidespenden wurden in Rom durch besondere Beamte verteilt, die sich für die technische Abwicklung der divisores als – wohl nichtamtlicher – Hilfspersonen bedienten. Diese mißbrauchten jedoch gegen Ende der Republik ihren Auftrag immer stärker zu polit. Zwecken, indem sie die Stimmen der Wahlkörperschaften, etwa der *tribus*, für einen bestimmten Kandidaten zu gewinnen suchten. Bei Erfolg wurden sie dann von diesem bezahlt. Daher geriet das Gewerbe des d. in Verruf und galt schließlich als unehrlich; vgl. Cic. Planc. 48. 53. 55. Auswüchse dieser Art sollten durch die Gesetzgebung gegen den *ambitus* bekämpft werden. D. M.

Divitia, h. Köln-Deutz. Seit 1879 durch Ausgrabungen in seinem Grundriß untersuchtes Kastell, das als befestigter Brückenkopf am rechtsrhein. Ufer, gegenüber von Köln, in constantin. Zeit erbaut worden war und bis ins 5. Jh. bestand. Auf die wohl gleichzeitig errichtete Brücke über den Rhein bezieht sich Paneg. Lat. 6 (7), 11,3 und 13,1–5 vom J. 310 n. Chr. H. C.

Ihm, RE V 1238. *A. Marschall, K. J. Narr, R. v. Uslar* Die vor- und frühgesch. Besiedlung des Berg. Landes, 1954, 159. *H. v. Petrikovits* Das röm. Rheinland, Arch. Forsch. seit 1945 (1960) 77.

Divitiacus. Kelt. Name, inschr. auch *Diviciacus* (CIL XIII 2081), urspr. vielleicht *Deiviciacos.* **1.** D., um 80 v. Chr. König des Belgenstammes der Suessionen; als mächtigster Gallierfürst seiner Zeit hatte er seine Herrschaft bis nach SO. England ausgeweitet, Caes. Gall. 2,4,6. **2.** Fürst der Haeduer, Bruder des → Dumnorix, Vertreter einer romfreundlichen Politik. 61 erbat er in Rom – ohne eigentlichen Erfolg – Hilfe gegen die Sequaner (und Ariovist, Caes. Gall. 1,31,9 u. ö.) und trat mit Cic. (div. 1,90) in Verbindung. 58 rief er Caesar gegen die Helvetier und vor allem gegen Ariovist zu Hilfe (1,31,3 ff. 32,3). Als sein Bruder ausgeschaltet und auf seine Bitten begnadigt war, unterstützte er Caesar 58 gegen Ariovist und 57 gegen die Belgen (2,5,2. 10,5), wobei er die Begnadigung der Bellovaker erwirkte (2,14,1 ff.). Bald darauf wird er gestorben sein. H. G. G.

M. Gelzer Caesar[6] 95 ff. *G. Walter* Caesar, 1955, 151 ff. 194 ff.

Divodurum. Stadt in Gallia Belgica, Hauptstadt der Mediomatrici, an der Mosel, h. Metz (Tac. hist. 1,63. Ptol. 2,9,7. Itin. Ant. 240. 363–365. 371), Straßenkreuzung. In später Zeit heißt sie *Mettis (Mettensis urbs)* Not. Dig. occ. 11,59. 12,27. Ruinen: Röm. Basilica und Baptisterium (?), Thermen innerhalb des Museums; Reste einer Wasserleitung, A. Grenier, Manuel . . . 4,1, p. 199. Über die neuen Ausgrabungen s. Gallia VI, 1948, 237. XVI, 1958, 323. XVIII, 1960, 213. Inschr.: CIL XIII 4288. 11352. M. L.

Espérandieu Rec. X 1, p. 377. *M. Toussaint* Metz à l'époque gallo-romaine, Metz 1948.

Divona. Stadt in Aquitania, Hauptstadt der Cadurci, h. Cahors (Dép. Lot). Ptol. 2,7,9. Auson. Clar. urb. 11. Tab. Peut. Neue Ausgrabungen: Gallia 13, 1955, p. 220. Inschr.: CIL XIII, p. 206. M. L.

Divortium. Von *di-vertere* in der Bedeutung »sich vom Ehegatten trennen« abgeleitet, umfaßt d. den allg. Begriff der Scheidung. Im röm. Recht war grundsätzlich jede Ehe mit Ausnahme jener der Oberpriester (*flamines;* Paul. Fest. 89. Gell. 10, 15,23) trennbar. Dieser Grundsatz der Scheidungsfreiheit war allerdings in frühröm. Zeit durch sakralrechtliche Bestimmungen (Plut. Rom. 22) und durch die Sittenaufsicht des Zensors eingeschränkt. Beide Beschränkungen, die im übrigen die Wirksamkeit einer vollzogenen Scheidung nicht berührten, verblaßten jedoch bald, und es blieben bei leichtfertiger Scheidung nur mehr gesellschaftliche sowie vermögensrechtliche (→ dos) Nachteile.

In der Gewaltehe *(manus-)* war nur der Gewalthaber zur Scheidung befugt. Die Auflösung der ehelichen Gemeinschaft führte jedoch nicht zur Aufhebung der *manus* über die Frau. Dazu mußte die *manus* an den urspr. Gewalthaber zurückübertragen oder die Frau in die *manus* eines Treuhänders übergeben werden, der sie sodann aus seiner Gewalt entließ (*remancipatio, dimissio ex manu;* Gai. Inst. 1,137. Fest. p. 277). Beides konnte die Frau im Kaiserrecht erzwingen (Gai. inst. 1,137 a). Um von einem *verum divortium* sprechen zu können, war es notwendig, daß nach Erklärung des Scheidungswillens längere Zeit vergangen war, um damit zu bekunden, daß es sich nicht um eine vorübergehende Entzweiung *(iurgium)* handelte. (Iav. Dig. 24,1,64. Pap. Dig. 23,4,26,5. Paul. Dig.

24,2,3). Dieser Scheidungswille konnte in klass. Zeit bei gewaltfreier Ehe von jedem Teil selbständig und formlos kundgetan werden *(repudium)*. Es bildeten sich jedoch gewisse bevorzugte Formen heraus, wie *nuntium emittere, res tuas tibi habeto (agito)* oder etwa der nachklass. Scheidebrief *(libellus repudii)*. Durch den erklärten Scheidungswillen, verbunden mit der tatsächlichen Aufhebung der Lebensgemeinschaft, war der von der Sitte geordnete, faktische Tatbestand der Scheidung gegeben.

Die Auflösung einer durch → *confarreatio* geschlossenen Ehe war nur durch den *contrarius actus* der → *diffarreatio* möglich.

Die grundsätzliche Scheidungsfreiheit des frühen röm. Rechts wird unter dem Einfluß des Christentums in nachklass. Z. stark eingeschränkt. Das chr. Dogma der Unauflöslichkeit der Ehe konnte sich zwar nicht voll durchsetzen, es wurde jedoch die Scheidung nur mehr aus ganz bestimmten, zeitlich wechselnden Gründen zugelassen. Eine endgültige Regelung traf Justinian in den Novellen 22 und 117, in denen er, für Mann und Frau verschieden, anerkannte Scheidungsgründe anführt. Für den Mann etwa gerichtlich bewiesener Ehebruch, Lebensnachstellung gegen den Mann, liederliches Verhalten wider den Willen des Mannes; für die Frau etwa Lebensnachstellung, Preisgabe zum Ehebruch, aber nicht mehr eigener Ehebruch des Mannes, jedoch Verächtlichmachen der Frau durch unzüchtiges Verhalten. – Die Möglichkeit, daß die Ehegatten einseitig ihren Scheidungswillen erklären, blieb erhalten. Die einverständliche Scheidung, die Justinian nahezu verboten hatte, stellte Iustinus II. wieder vollständig her. F. R.

Levy Der Hergang der röm. Ehescheidung, 1925. *Kaser* Das röm. Privatr. 1, 1955, 72 ff. 279 f. 2, 1959, 120 ff. *Ders.* Das altröm. Ius, 1949, 320 f. *Kunkel,* RE XIV 2275 ff.

Diyllos von Athen. Wahrscheinlich Sohn des Atthidographen Phanodemos, lebte um 330–290 v. Chr., setzte die Universalgesch. des Ephoros fort (Diod. 16,14,5 und 16,76,6). M. v. A.

FGrH II A (und C) Nr. 73.

Doberos (*Δόβηρος*). Stadt der gebirgigen Landschaft Paionien, n. von Makedonien, mit oft veränderten Grenzen. Nach D. kam der Thraker-(Odryser-) König Sitalkes, als er im Peloponnesischen Krieg als Bundesgenosse der Athener in Makedonien einfiel (Thuk. 2,98 ff.). Die Lage von D. ist bisher nicht einwandfrei festgelegt. Chr. D.

A. W. Gomme A Historical Commentary on Thucydides, 2, 246. *Gerov* Untersuchungen über die westthrak. Länder in röm. Zeit (bulg. mit deutschem Résumé), Jahrbuch (Annuaire) Univ. Sofia, 54,3 (Philol. Fak.) 163 ff. (11 ff.). *F. Papazoglu* Makedonski gradowi u rimsko doba, serb. Die makedon. Städte in der röm. Zeit, Skopije 1957, 248 ff.

Doclea (*Δοκλέα*), h. Dukla. Bedeutende röm. Stadt nicht weit von der h. Stadt Podgoritza in der Crna Gora (Montenegro in Jugoslavien) auf dem

Stammesgebiet der illyrischen Docleati (Doclati). D. gehörte ursprüngl. dem Reiche von Scodra an. Im J. 168 v. Chr. wurde es von den Römern erobert; unter den Flaviern erhielt D. das Bürgerrecht; unter Diokletian wurde es Hauptstadt der Provincia Praevalitana. Chr. D.

Sticotti Die röm. Stadt Doclea in Montenegro, Wien 1913 (Schriften der Balkankommission), passim. *Saria* RE XXII 1673 ff. und 1675 ff.

Doctor. Die d. waren Fechtlehrer der Gladiatoren (Quint. decl. 302). Sie unterstanden dem *lanista* (s. gladiator), der in der Regel mehrere d. unter sich hatte. Dabei handelte es sich, wie Inschr. zeigen, um Vertreter verschiedener Waffengattungen, z. B. um *d. myrmillonum* (CIL VI 10174) oder *oplomach(orum) d.* (CIL 10181). Ebenso hatten auch die Athleten und Wagenlenker d. Der Unterricht im Gladiatorenfechten wurde 105 v. Chr. vom röm. Heer übernommen (Val. Max. 2,3,2), offenbar eine auf Marius zurückgehende Neuerung (CPh 43, 1948, 162 f.). Daneben gab es 2 *d. armorum*, Exerziermeister niederen Ranges, eine Bezeichnung, die wahrscheinlich E. des 2. Jh. n. Chr. an die Stelle von → armatura wie *campidoctor* für *exercitator* getreten sein dürfte. BJ 117, 1908, 26, CPh 43, 1948, 164 f. A. N.

Dodekaschoinos. Das Gebiet von Assuan s. bis Hierasykaminos hieß D., »Zwölfmeilenland« (Ptol. 4,5,74). Es gehörte ursprüngl. dem Chnum-Tempel von Elephantine, wurde aber in griech. Zeit dem Isistempel von Philae übergeben. Den alten Anspruch erhebt eine Stele auf Sehel, in der die Chnum-Priester dem alten König Zoser die Überweisung an ihren Gott zuschreiben; diese Inschrift stammt aus ptolemäischer Zeit (BARGUET Stele de la Famine). W. H.

Dodona s. Orakel

Dodrans (aus *de[esse]* und *quadrans*). Das Ganze (As = 12 unciae) weniger ¼, also ¾ oder 9 Unzen. D. begegnen in allen Bereichen der As-rechnung: als ¾ der → libra, des → pes, des → iugerum, des → sextarius, der Erbmasse, einer Schuldsumme, des Tagewerks und der Stunde. Als Münze wurde er nur von den Münzmeistern M. Caecilius Metellus und C. Cassius mit dem Typ: Büste des Vulcanus mit Lorbeerkranz und Pileus, und der üblichen Prora auf der Rückseite geprägt (SYD. Nr. 481 und 503 aus den J. 125/120 bzw. 119/110). Als Wertmarke erscheint S ⁙ H. Ch.

Hultsch, RE V 1265 f. *Schrötter* WBMzK s. v.

Dogmatiker (δογματικοί) ist Bezeichnung für alle Philosophen, die nicht der → Skepsis zuneigen, sondern philos. Lehrmeinungen formulieren. D. als Terminus ist darum im Grunde nur für Skeptiker brauchbar, die damit die ganze übrige Philos. bezeichnen, von der sie sich abgrenzen (vgl. S. Emp. pyrrh. Hyp. 1,3. adv. math. 7,1. Diog. Laert. 9,70. In der Medizin werden die D. von den Empirikern unterschieden (vgl. Galen. De sectis 1,1,65 K). H. D.

Dogmatische Ärzte. Die »Dogmatiker« unter den Ärzten sind in der Regel, etwa bei Galen (s. z. B. CMG V 10,2,3 s. v.), den → »Empirikern« gegenübergestellt. Medizinhistoriker und Philologen pflegen auch jenen Begriff (ebenso wie → Methodiker oder → Pneumatiker) als Schulbezeichnung aufzufassen. In Wirklichkeit kennzeichnet das Wort »dogmatisch« (synonym »logisch« oder »rational«, so z. B. bei Celsus De med., proöm.) hier urspr. nur alle theoretisch-spekulativ ausgerichteten Ärzte, im Gegensatz zu den reinen und betonten Empirikern. Eine echte »Dogmatikerschule« müßte also zwangsläufig Ärzte der verschiedensten theoretischen Anschauungen in sich aufgenommen haben. Der Begriff »Dogmatiker« wird vielleicht, zumindest im medizin. Bereich, im 3. Jh. v. Chr. aufgekommen sein, als sich die → Empiriker als eigene Schule konstituierten. Erst in der Kaiserzeit aber, als die Diskussion um medizin. Theorien unter dem Einfluß der erneuerten Skepsis wieder aufflammte, sprach man simplifizierend (s. z. B. Ps. Gal. 14,678 ff. K.) von einer λογική bzw. δογματική αἵρεσις und konstruierte eine die heterodoxesten Ärzte (Hippokrates, Diokles, Herophilos, Erasistratos usw.) umfassende Schulhäupterliste. F. K.

Doidalsas. Das bei Plin. nat. 36,35 im Bambergensis überlieferte *daedalsas* hat man in D. verbessert. Dort wird er als Bildhauer und Meister der sich badenden Aphrodite genannt. Ob die ältere Fassung der kauernden Aphrodite (fleischig, mit Überschneidungen) oder die jüngere (schlank, flächig) gemeint ist, bleibt zweifelhaft. Da der Name D. in Bithynien belegt ist, hat man den Daidalos, von dem eine Statue des Zeus Stratios in Nikomedeia erwähnt wird, zu D. gemacht. Einer darauf bezogenen Münze fehlen die für Zeus Stratios charakterist. Attribute (Brustplatte, Doppelbeil); sie hat also weder mit D. noch mit Daidalos etwas zu tun. A. R.

HB Arch III 1 (5. Lfg. 1950) 319 *(Lippold)*. Encicl. Arte Class. Or. III 155 *(Laurenzi)*.

Dok (Δώκ). Bei Ios. ant. 13,8,1 (§ 230); bell. 1,2, 4 (§ 56) Dagon (Δαγών). Burg der Makkabäerzeit, in der der Makkabäer Simon mit 2 Söhnen von Ptolemaios ermordet wurde (1 Makk 16,15 f.); wohl auf dem *dschebel ḳaranṭal* n.w. Jericho. Der Name findet sich wieder in der um 340 n. Chr. hier von Chariton gegründeten Laura von Duka (Δουκᾶ); er haftet h. an dem Gelände n.ö. unterhalb des *dsch. ḳaranṭal* zwischen *ḍahr eṭ-ṭenīje* und *ʿēn ed-duḳ*. E. Ku.

G. Dalman PJ 10, 1914, 16. *A. Alt* PJ 23, 1927, 30 f. *Abel* Géogr. 1,376. 2,307.

Doketai. Sammelname (so Theodoret. epist. 82) für die seit der christlichen Frühzeit (1. Joh. 4,2; IgnSmyrn 24) nachweisbaren Anhänger einer die Wirklichkeit des Menschen Jesus ganz oder bedingt leugnenden häretischen Christologie (Scheinleiblichkeit, Doketismus). Clem. Al. kennt eine besondere Sekte der *Δ.* (Strom. 7,17) unter dem enkratitischen *ἐξάρχων τῆς δοκήσεως* Julius Cassianus (3,13), der nach Hieronymus eine *putativa caro Chr.* gelehrt habe (In Gal 6,8). Als Liebhaber theogonischer Spekulationen treten die von Hippol. Phil. 8,8 ff. geschilderten *Δ.* hervor. Doketische Neigungen gehen schließlich auch mit grundsätzlicher Anerkennung der Menschheit Jesu einher (Clem. Al., Orig.). J. Wi.

1. *A. Hilgenfeld* Ketzergesch. des Urchristentums, 1884, 546 ff. 2. *E. Meyer* Urspr. und Anfänge des Christentums, 3, 1923, 627 ff. 3. RE f. prot. Theol. und Kirche, ^{3}1896 bis 1913, Bd. 1–24. Dict. de Théol. Cath. 1903–1950, Bd. 1 bis 15. Enciclopedia Catt. Bd. IV. s. v. (Lit.).

Dokimasia (*Δοκιμασία*). Allg. die staatlich angeordnete Prüfung von Personen oder Gegenständen. In Koressos gab es die D. der Opfertiere (Sylloge^3 958), die D. eines Herolds auf Bürgerrecht und Stimmstärke erwähnen Demosth. 19,338. Aischin. 1,20. Maße, Gewicht und Geld unterlagen der D. Anecd. Bekk. 1,238 s. v. *δοκιμαστής*. Sylloge^3 334,45. H. VOLKMANN, H 74, 1939, 99 ff. In Athen musterte der Rat der 500 die Ritter und Pferde auf Tüchtigkeit und die Empfänger von Staatsunterstützung auf Bedürftigkeit. Xen. oik. 9,15. hipp. 1,13. 3,9. Aristot. Ath. pol. 49,1. Aischin. 1,104. Eine bes. D. fand statt 1. für die Epheben bei der Eintragung in das Bürgerbuch (*ληξιαρχικὸν γραμματεῖον*) des betr. Demos (→ Demoi) hinsichtlich des Alters. Einschreiben Minderjähriger wurde mit Geldstrafe belegt. Aristot. Ath. pol. 42. *Δοκιμάζεσθαι* gebrauchen daher die Redner häufig für »mündig erklärt werden«. Lys. 32,9. Isokr. 7,37. – 2. Für die Neubürger. Als die Demokraten des zerstörten Plataeaes 427 das athen. Bürgerrecht erhielten, wurden sie einzeln auf Abstammung und polit. Gesinnung geprüft und ihre Namen inschr. aufgezeichnet. Demosth. 59,105. Seit Ende des 4. Jh. prüfte ein von den Thesmotheten geleitetes Volksgericht von 501 Mitgliedern die mit dem Bürgerrecht Beschenkten. IG II^2 398. – 3. Für Beamte vor dem Amtsantritt. Künftige Archonten und Ratsmitglieder wurden von dem amtierenden Rat, die übrigen Beamten von der Heliaia geprüft. Die D. betraf die bürgerliche Herkunft in Namen und Demoszugehörigkeit der Eltern und Großeltern, Teilnahme am Kult des Apollon Patroos und Zeus Herkeios sowie den Besitz von Erbbegräbnissen, die gute Behandlung der Eltern, den Kriegsdienst und die Steuerzahlung, wofür Zeugen gestellt werden mußten. Aristot. Ath. pol. 55. Aischin. 3,15.29. Aus solchem Anlaß wurden die Reden Lys. 16 (für Mantitheos im Rat), 26 (gegen Euandros im Rat wegen des Archontenamtes) und 31 (gegen Philon im Rat um einen Ratssitz) gehalten. Auch außerhalb Athens werden gelegentlich D. für Ratsherren erwähnt, 129 n. Chr. übernahm sie Hadrian in Ephesos für seinen Günstling L. Erastus. Sylloge^3 838, 10. – 4. Für die Redner nach einem Gesetz (*ὁ νόμος περὶ τῆς τῶν ῥητόρων δοκιμασίας*, Aischin. 1,186; im Wortlaut großenteils erhalten 1, 28–32). Die D. war durch Klage (*ἐπαγγελία*) beim Geschworenengericht einzuleiten, wenn ein Redner die Ehrenrechte verloren hatte und nicht hätte auftreten dürfen, weil er seine Eltern schlecht behandelt oder seinen Wehrdienst nicht geleistet hatte oder weil er geflohen war oder Unzucht getrieben oder sein Erbgut vergeudet hatte. Den Schuldigen traf Atimie. Demosth. 19,257. 284. Aischin. 1,134. Auf leichtsinnige Anklage stand eine Buße von 1000 Drachmen. Demosth. 22,21. H. V.

Dokimos (*Δόκιμος*). Von Perdikkas 322 zum Satrapen von Babylon eingesetzt (Diod. 18,45,3. FGrH 156 F 10 A), 319 bei Kretopolis von Antigonos (→ 1) gefangen, befreite als dessen Feldherr 313/12 Milet (Diod. 19,75,3), gründete als Stratege und Militärgouverneur von Großphrygien die Stadt Dokimeion, trat aber vor der Schlacht bei Ipsos 301 zu Lysimachos über. Diod. 20,107, 4 f. Paus. 1,8,1. H. V.

H. Bengtson Die Strategie 1, 1937, 199,5.

Dolabella. Cognomen (»kleine Hacke«, von *dolabra*, WALDE-HOF.^{3} 1,364), bei den Corneliern vom Individualcognomen zur erblichen Bezeichnung einer *stirps* geworden (RE IV 225), → Cornelius Nr. 21–26; 1. bedeutender Namensträger der Consul von 283 (Nr. 25). Stammbaum: DRUMANN^2 2,482 ff.

1. P. Cornelius D. (69–43), der Schwiegersohn Ciceros, Sohn eines P. (wohl des Praetors von 69, RE IV 1300 Nr. 140). Er war bereits durch seine Lebensweise unangenehm aufgefallen, als er 51 XV vir sacris faciundis wurde. Sein 1. Auftreten, eine Anklage gegen Ap. Claudius Pulcher (Nr. 28), im J. 50, endete mit einem Mißerfolg. Etwa gleichzeitig verlobte er sich gegen den Willen Ciceros mit Tullia (aus der Ehe gingen 2 Kinder hervor), von der er sich im J. 46 scheiden ließ. Nach seiner Geldheirat ging er aus opportunistischen Gründen zu Caesar über, auf dessen Seite er 49 und 48 auch Cicero zu ziehen suchte. Er kämpfte 49 im Adriat. Meer und 48 bei Pharsalos mit, ließ sich dann in Rom von einem Plebeier adrogieren und wurde für 47 tr. pl. (BROUGHTON Mag. 2,287); seine unter sozialreformerischer Flagge eingebrachten Anträge auf Schulden- und Wohnungsmietenerlaß brachten ihn in Konflikt mit seinen Kollegen Pollio und Trebellius (Bandenkämpfe) und veranlaßten den mag. equ. Antonius, mit dessen Frau D. Ehebruch getrieben hatte, schließlich zum Einschreiten gegen ihn. Cic. war zwar empört, daß D. Clodius (Nr. 8) durch eine Statue ehren wollte, und leitete die Ehescheidung seiner Tochter ein, blieb aber mit D. in Verbindung. Caesar nahm ihn 47/46 mit nach Africa und 46/45 nach Spanien, wo D. (wohl als legatus) verwundet wurde. Caesar hatte ihn, obwohl er die Praetur nicht bekleidet hatte, zum cos. suff. für 44 bestimmt (gegen den Einspruch des Antonius); nach den Iden des März trat D. auf die

Seite der Mörder, erlangte so die Bestätigung als Consul (DEGR. I 13,52f. 500f. BROUGHTON Mag. 2,317) und erhielt im März die Provinz Syrien. Im Oktober 44 ging er nach dem O., ließ im Januar 43 in Smyrna C. Trebonius, den Statthalter von Asia, töten, wurde im Februar vom Senat geächtet, rüstete mit Nachdruck und marschierte durch Kilikien nach Syrien, wo inzwischen Cassius (Nr. 15) vom Senat mit dem Krieg gegen ihn beauftragt war. In Laodicea wurde er jedoch eingeschlossen und ließ sich von einem Getreuen den Tod geben. App. civ. 4,62. Cass. Dio 47,30,5. H. G. G.

Hauptquelle: für D.: Cic. vgl. *Drumann*^{2} 1, 195ff. 2,110ff. 486ff. *K. Hönn* Augustus^4 17f. 35f. *R. Syme* D. röm. Revol., 1957, 158.

2. s. a. Cornelius II 12–14

Dolabra. Unter d. verstand man eine Axt, deren Eisen an der einen Seite eine dem Stil parallele Schneide, gegenüber eine etwas abwärts gebogene Spitze hat (Darstellung zu CIL V 908). Die d. wurde zu Holzarbeiten aller Art, auch zu Erdarbeit verwandt, bes. vom Militär. Der *dolabrarius* gehört zum *collegium fabrum*. Seltener bezeichnet d. auch ein Schlachter- (Dig. 33,7,18) und Opfer-Gerät. W. H. G.

Dolates Sallentini (NISSEN It. Ldk. 1,543,2) der 6. Region (Plin. nat. 3,113) vielleicht im J. 266 v. Chr. aus Calabria (Eutr. 2,17. Liv. ep. 15) nach Umbrien umgesiedelt. G. R.

Doliche (*Δολίχη*). In der perrhaib. Tripolis im n. Thessalien, h. Kastri bei Duklista. Lat. Grenzinschr. gegen Elimiotis, 101 n. Chr., ABSA 17, 1910/11, 193ff. EA 1923, 161f. Pol. 28,13 (11),1. Liv. 42,53,6. 44,2,8. Ptol. 3,12,39. IG IX 2,1268ff. E. M.

Fr. Stählin Das hellenische Thessalien, 1924, 21.

Dolichenus. Iuppiter Optimus Maximus D., semit. Baal von Doliche in Kommagene, wie andere Baalim mit Iuppiter identifiziert. Aus vorröm. Zeit sind wir über ihn nicht unterrichtet. (Vermutungen über den Weg des Gottes nach Doliche: CUMONT 135). Dargestellt wird er auf einem r. gewendeten Stier stehend, mit Doppelaxt in der r., Donnerkeil und Blitzen in der l. Hand; zuweilen wie ein röm. Offizier gekleidet. Sein Kult verbreitete sich durch syr. Sklaven und Kaufleute, bes. aber mit und in dem Heer (*cohortes* und *alae Commagenorum* gab es seit den Flaviern). Er wurde zu einem Schutzgott der Soldaten. Zahlreich sind in den Provinzen und in Italien die Weihungen, am frühesten, wo syr. Truppen standen. In Rom gab es neben einem wahrscheinlich privaten kleinen Heiligtum auf dem Esquilin (renoviert i. J. 191 n. Chr.) und einem Altar *trans Tiberim* seit Antoninus Pius auf dem Aventin einen Tempel (im 3. Jh. restauriert, gefunden 1935). Stärkste Ausbreitung dieses wie anderer oriental. Kulte seit Commodus, Septimius Severus, Caracalla. Die Verehrung als höchster Gott liegt im Zuge der oriental., bes. semit. henotheist. Tendenzen (LATTE 352f.). Auch Heilungen wurden von ihm erwartet (LOESCHKE 67f.). Als weiblicher Entsprechung wird ihm öfter eine »Iuno« beigesellt, auf Kuh, Hindin oder Löwin stehend. W. E.

A. H. Kan De Iovis Dolicheni cultu, Groningen 1901. *Ders.* Iuppiter Dolichenus, Leiden 1943. *P. Merlat* Répertoire des inscr. et monum. figurés du culte de Jupiter D., Rennes 1951. *Ders.* Jupiter D., Paris 1960. *K. Zangemeister* und *G. Loeschcke*, BJ 107, 1901, 61ff. *F. Cumont* 1959^4, 103. 135f. *Wissowa* Rel.^{2} 362f. *Latte* RRel 347f. *Ed. Meyer* Myth. Lex. 1,1191ff. *Nash* 1,521ff. *Platner-Ashby* 292.

Dolichos (*Δόλιχος*). Langstreckenlauf bei den Wettrennen, nach dem *στάδιον*, *δίαυλος* und *ἐφίππιος*, Plat. leg. 833b. Die Länge der Strecke wird verschieden angegeben, nämlich mit 7, 8, 10, 12 und 24 Stadien, Suda s. v. Sch. Aristoph. Av. 292; Sch. Soph. El. 687. Philostr. gymn. 11 nennt 10–12 Stadien als Trainingsstrecke; Hero Geom. 4,13 gibt 12 Stadien als Regel an. Da das Ganze urspr. auf die Meldeläufer zurückging, die von Stadt zu Stadt rannten, weist Philostr. gymn. 4 darauf hin, daß es bei diesem Wettrennen vor allem auf Ausdauer und erst in zweiter Linie auf Schnelligkeit ankam. Dies wiederum beeinflußte die Technik des Laufens, wie auf Vasenbildern zu sehen ist: die Arme sind über der Brust gekreuzt, die Schritte kürzer, mehr wie eine beschleunigte Gangart, abgesehen vom Endspurt, Philostr. gymn. 32. Der *d.* wurde zum erstenmal bei der 15. Olympiade gelaufen; er ist sowohl für Olympia als auch für andere Spiele, für Männer und Knaben bezeugt, Paus. 10,7,5. IG II^2 2313,21.41. 958 (155/54); 2087 (163/64). O. W. R.

Doliones (*Δολίονες*). Zahlreicher Thrakerstamm im kleinasiatischen Mysien, der in der Umgebung und an der Stelle des später von Milesiern gegründeten Kyzikos wohnte; die Dolionis (das Stammgebiet der D.) lag zwischen dem Aisepos, dem Rhyndakos und dem daskylitischen See. Der Sage zufolge soll ihr König Kyzikos die D. aus Thessalien in die späteren Wohnsitze geführt haben. Die D. waren bereits Hekat. bekannt: FGrH 219. Steph. Byz. 235,8. Strab. 12,4,4. 8,10. 14,529. Chr. D.

Hasluck Cyzicos, Cambr. 1910, Indices s. v. *Bilabel* Die ionische Kolonisation, Lpz. 1920, 46ff. 140ff. Über die ant. Denkmäler auf dem Gebiet der D.: *Akurgal* Die Kunst Anatoliens von Homer bis Alexander, Bln. 1961, s. v. *Ders.* Phrygische Kunst, Ankara 1955, 115; Anatolia 1, 1956, 15–20. Älteres Schrifttum: *Ed. Meyer* Gesch. v. Troas, Lpz. 1877, s. v.

Dolios 1. (*Δόλιος*). Beiwort des Hermes, bei Dichtern, z. B. Soph. Phil. 133, bei Cornutus 16, auch im Kult, z. B. bei Pellene, Paus. 7,27,1. **2.** (*Δολίος*). Alter Sklave der Penelope, den sie nach Ithaka mitbrachte und der das Landgut besorgte, auf das Laertes sich zurückzog. Od. 4,735ff. 24,222. Er stellt seine 6 Söhne für den Kampf mit den Verwandten der getöteten Freier zur Verfügung, 24,384ff. 492ff. Anderwärts werden der Ziegenhirt Melanthios und die verräterische Melantho als seine Kinder bezeichnet, 17,212. 18,320. H. v. G.

Dolium. Das größte tönerne Gefäß der Römer (für die Griechen → Pithos) diente vornehmlich für flüssige und Körnervorräte wie Wein, Öl, Essig, Getreide, aber auch für andere Vorräte, Cato agr. 10,4. 11,1. 13,2. Dig. 50,16,206. Die für Wein bestimmten d. werden innen mit Pech ausgestrichen; im d. macht der Wein in der cella vinaria die Gärung durch, danach *de dolio haurire*, ganz jungen Wein trinken, Cic. Brut. 83,288. Zahlreiche d. sind, vor allem in Campanien, gefunden; sie haben keinen Hals, weite Öffnung, sind annähernd kugelförmig, unten abgeplattet und mit einem Fuß versehen, dessen Standfläche etwa der Öffnung bzw. einem Drittel des größten Durchmessers entspricht. Zylindrische, kleinere Vorratsgefäße → seria. Die zum Aufstellen oder Eingraben in den Boden bestimmten d. hatten meist ein rundes Inhaltsmaß, vgl. die d. sesquiculearia Colum. 12,18,7; das d. quinquagenarium Cato agr. 69,1. 112,3. Ein d. aus Scafati faßt etwa 1150 l = 2 cullei. Verschluß durch horizontalen Tondeckel mit Henkel in der Mitte, darüber gelegentlich noch 2. flach gewölbter Deckel, mit Vertikalzapfen auf der Rundung des d. aufliegend. Die Größe des d. ist Voraussetzung der Novelle Apul. met. 9,5 ff. Nur selten werden d. erwähnt, die nicht aus Ton sind (Holz: Plin. nat. 8,16. Blei: Dig. 33,7,26), das Holzfaß ist nördlicher Brauch, Plin. nat. 14,132, vgl. [2]. Zur technischen Herstellung der d. und Pithoi vgl. die ausführlichen Berichte bei [3]. W. H. G.

1. *Mau*, RE V 1284 ff. 2. *Loeschcke* Denkmäler vom Weinbau aus der Zeit der Römerherrschaft an Mosel, Saar und Ruwer, 1933. 3. *Hampe-Winter* Bei Töpfern und Töpferinnen in Kreta, Messenien und Zypern 1962.

Dolon (Δόλων, zu δόλος). Troer, Sohn des Herolds Eumedes, unansehnlich und unheldisch, schleicht im Auftrag Hektors, der ihm Wagen und Rosse Achills verspricht, nachts als Kundschafter ins griech. Lager, wird aber von Diomedes und Odysseus, die in gleicher Absicht zum troischen Lager auszogen, überlistet, gefangen, ausgefragt und getötet. Durch seine Angaben wird den beiden Griechen ein erfolgreicher Überfall auf den neu angekommenen thrak. König → Rhesos ermöglicht. Auf dessen erbeuteten Pferden reiten sie ins Griechenlager zurück. Das ist der Inhalt von Il. 10, der **Dolonie** (Δολώνεια), eines Sondergedichtes, das nur unzulänglich mit den Voraussetzungen der vorhergehenden Handlung verknüpft ist. Apollod. epit. 4,4. Verg. Aen. 12,347 ff. Ov. met. 13,243 ff. Tab. Iliaca. V gl. Ps. Eur. Rhesos. H. v. G.

Baum. Denkm. 1,459 ff. Taf. 13 (S. 735). *H. Heusinger* Stilist. Unters. zur D. Diss. Leipzig 1939. *F. Klingner* H 75, 1940, 337 ff. *G. Jachmann* Der hom. Schiffskatalog, 1958, 77 ff. *Lesky* GGrL 45.

Dolonkoi (Δόλογκοι). Zahlreicher Volksstamm im Innern der Thrak. Chersonesos. Danach hieß auch das Innere Dolonkias. Einer alten Überlieferung zufolge, die nur bei Hdt. 6, 34 ff. erhalten ist, wurden die D. schon im J. 560 v. Chr. von ihren stammverwandten Apsinthiern so bedrängt, daß sie sich um Rat nach Delphi wandten. Das Orakel bestimmte den älteren Miltiades als ihren Führer, der ihnen aus der Not helfen sollte. Seine erste Tat war, die Linie Kardia-Paktye durch eine Mauer zu befestigen und ein attisches Fürstentum dort zu begründen. Chr. D.

St. Casson Macedonia, Thrace and Illyria, 227 ff. *H. Bengtson* GG^2 1960, 134,7. *Detschew* Die thrak. Sprachreste, 148. *I. I. Russu*, Dacia (rum. Ztschr.), 2, 1958, 464.

Dolopes. S.w. Nachbarstamm der Thessaler in der w. Flyschzone des Pindosgebirges (Hochland von Agrapha), im O. an Achaia Phthiotis, im S. an die Ainianen, im W. an Epeiros grenzend, eines der abgelegensten, unwegsamsten und dünnstbevölkerten Gebiete Griechenlands. An ant. Ortsnamen sind nur die benachbarten (Grenzinschr. Rev. phil. 35, 1911, 289 ff.) Angeia (nach [1] bei Ano-Dranitsa, nach [2] bei Rentina) und Ktimene (nach [1] bei Kydonia, nach [2] bei Ano-Dranitsa, das h. offiziell Ktimeni heißt), Menelais (vielleicht bei Kastania) und Ellopia (Lage unbekannt) bekannt, ant. Reste sind spärlich. Die Doloper sind schon bei Homer genannt und Mitglieder der delph. Amphiktyonie, nach dem 3. Heil. Krieg ist ihre Stimme mit der der Perrhaiber vereinigt (die Hieromnemonen Sylloge I^3 S. 314/15. EDelph. III 5,324 f.). Teilen im allg. die Schicksale Thessaliens. Von 278/77 bis 207 v. Chr. im aitol. Bund (Flacelière Les Aitoliens à Delphes 185. 304), im 2. Jh. v. Chr. zu Makedonien, von 198 bis 189 v. Chr. wieder zu Aitolien gehörend, seit 167 v. Chr. frei (Flacelière 348. 358. G. Daux Delphes au IIe et I^e siècle 304 ff.). In der augusteischen Neuordnung der Amphiktyonie wurde ihre Stimme an Nikopolis übertragen (Paus. 10,8, 3), seitdem nicht mehr genannt. Bei Thuk. 1,98,2. Diod. 11,60,2. Plut. Kim. 8,3. Nep. Kim. 2,5 auch als Bewohner von Skyros genannt. Hom. Il. 9,484. 11,302. Thuk. 2,102,2. Strab. 9,5,5 p. 431. 11 p. 434. E. M.

1. *Y. Béquignon* La vallée du Spercheios, 324 ff. BCH 52, 1928, 452 ff. 2. *Fr. Stählin* Das hellenische Thessalien, 145 ff. RE VIA 108 f. XI 2081 ff. (Ktimenai). 3. *Philipps.-Kirst.* 2,144 ff. 179 ff. 186 f.

Dolus. D. bedeutet Absicht oder List, vor allem den bösen Vorsatz als Schuldform. Nach Ulpians Bericht (Dig. 4,3,1,2) definierte ihn Servius Sulpicius als *machinatio alterius decipiendi causa*, Labeo als *omnis calliditas fallacia machinatio ad circumveniendum fallendum decipiendum alterum.* Von evolutionist. Vorurteilen befangen, wies man die Berücksichtigung des d. lange erst in das schon entwickelte Recht, während man für die Frühzeit Alleinherrschaft der Erfolgshaftung annahm. Doch schon die alte Formulierung des *parricidium*-Tatbestandes (Fest. 221) indiziert mit der Partie *qui hominem liberum dolo sciens morti duit* viel frühere Relevanz der Absicht. Mit KASER wird daher auch für das altröm. Recht große Bedeutung eines typisierten d. anzuerkennen sein.

In der klass. Ordnung begegnet der d. sowohl im Delikts- wie im Kontraktsrecht. Als Verschuldensform bildet er eine unerläßliche Voraussetzung vieler *actiones poenales*, das Honorarrecht macht ihn auf Grund einer Initiative von Aquilius Gallus (vgl. Cic. off. 3,14,60) zum selbständigen Tatbestand. Als einjährig befristete Strafklage richtete sich die *actio de dolo* gegen den Betrüger (ohne daß es freilich zu einer exakten Konvergenz mit den modernen Betrugsbegriffen gekommen wäre).

Jede Treuwidrigkeit wird erfaßt, wenn es in einem *iudicium bonae fidei* um Vertragshaftung wegen d. geht. Ebenso weit ist der Begriff des von der *exceptio doli* in *iudicia stricti iuris* vorausgesetzten d. Die Grenze zur *culpa* war dabei so fließend, daß Nerva und Celsus gegen Proculus die *culpa latior* dem *dolus* gleichhalten konnten (Dig. 16,3,32). Beim Vertragsabschluß gesetzter d. wird bisweilen als *d. specialis*, späterer (z. B. in einer Klagseinbringung liegender, vgl. Dig. 50,17,173,3) als *d. generalis* bezeichnet.

Als Haftungsmaßstab hilft der Begriff des d., die Tragung von Schäden zwischen Kontraktspartnern zu verteilen. So begegnet er in Katalogen wie dem von Dig. 50,17,23. Der dort angezogene Umstand, daß einige Kontrakte *dolum malum dumtaxat recipiunt*, andere *dolum et culpam*, hat dazu geführt, daß man versuchte, die unterschiedliche Reichweite der Vertragshaftung mit Hilfe des Utilitätsprinzips aus der jeweils verschiedenen Interessenlage zu erklären. Th. M.-M.

Palumbo L'azione di dolo, 1935. *G. Longo* Contributi alla dottrina del dolo, 1937. *M. Kaser* Bulletino dell' istituto di diritto romano 65, 1962, 79ff.

Domavia. Dalmatinische Bergstadt (h. Gradina), gehörte mit ihren Blei- und Silbergruben zu den wichtigen dalmatinisch-pannonischen Bergbauzentren. Es ist anzunehmen, daß hier bereits vor der röm. Herrschaft Bergbau betrieben wurde, worauf der Name der Stadt und auch das Namenmaterial der Einwohner hinweist (CIL III 8292). In der Kaiserzeit war noch ein *vicus* (CIL III 8292), der dann (unter Macrinus, CIL III 8363 = 12733, vgl. 8297.8359.8360.12732) ein *municipium* wurde und später (unter Gallus, CIL III 12738, 12739) zur *colonia* erhoben wurde. Zahlreiche Inschr. erwähnen den *procurator metallorum Pannoniorum et Dalmatiorum* (CIL III 8361. 8363 = 12733.12734. 12736 u. a.). In den J. 1883, 1884f. und 1890/91 fanden hier Ausgrabungen statt. J. F.

Domesticus. D., zunächst (seit Constantius II.) privater Begleiter, dann (seit Valentinian I.) allmählich den meisten bedeutenderen militär. und zivilen Beamten unterstellter *officialis* (Cod. Iust. 1,51,6), in einigen Officien identisch mit dem → *cancellarius* oder dem *primicerius*. Der Rang des d. richtete sich nach dem des Vorgesetzten, dessen Vertrauensmann er war (Prok. 3,4) und von dem er selbst ausgewählt wurde. Um Mißbrauch bei der Besetzung der begehrten Stellen zu vermeiden, wurde das Auswahlrecht jedoch eingeschränkt. Zeichen der Macht der d. ist auch, daß sie nur einmal – für 3 J. – wählbar waren oder etwa, daß die d. der Statthalter nach Ablauf der Amtszeit 50 Tage in der Provinz bleiben sollten, um eine Anklage zu ermöglichen (Cod. Theod. 1,35,3. Cod. Iust. 1,51, 3). Im militär. Bereich hatten die d. vielfach Aufgaben der Intendantur zu versehen, wurden aber auch mit wichtigen Kommandos betraut (Cod. Iust. 12,37,19. Oros. 7,42,11. Olymp. frg. 17. Prok. 3,11). D. kennen wir unter anderem beim Kaiser (zuerst E. 5. Jh. Malch. frg. 18 = FHG 4,126. Cassiod. var. 10,11,3), den praefecti praet. (Cod. Theod. 8,1,17), praefecti urbi (Symm. epist. 3,67), mag. mil. (Oros. Prok. a. O.), den duces und comites der Provinzen (Amm. 28,6,21. Cod. Theod. 8,1,16.9, 27,3) und den Statthaltern (Cod. Theod. 1,35,3. Iust. 1,51,3). A. L.

R. Grosse Röm. Militärgesch., 1920, 120f. *A. H. M. Jones* The Later Roman Empire, 1964, 602f.

Domicilium bezeichnet sowohl die Wohnung (jurist. Dig. 11,5,1,2) als auch den Wohnsitz als jenen Ort, an dem man sich gewöhnlich aufhält und an dem man bleiben will. Dieser Ort wird folgerichtig von der Gesellschaftsordnung herausgegriffen, wenn es um die Verteilung von Steuerpflichten oder um die Abgrenzung von Gerichtsbarkeiten geht. Definiert in Cod. Iust. 7,40,7,1, hängt der röm. Begriff des Wohnsitzes eng mit der *domus* zusammen, die nach dem Vorklassiker Alfenus Varus (Dig. 50,16,203) dort lag, *ubi quisque sedes et tabulas haberet suarumque rernm constitutionem fecisset*; vgl. auch Cic. pro Archia 4. Th. M.-M.

V. Tedeschi Del domicilio, 1936.

Dominium. Von *dominus* oder *dominari* (griech. Entsprechungen: κυρεία, δεσποτεία).

1. Seit dem Ausgang der röm. Republik aufkommender Ausdruck für die Herrschaftsgewalt des Hausvaters *(pater familias)* über Personen und Sachen seiner Hausgemeinschaft (Ulp. Dig. 50,16, 195,2 *pater . . . familias appellatur, qui in domo dominium habet*).

2. Seit dem Beginn des Prinzipats (Augustus) wird mit d. bes. die rechtliche Vollgewalt (Inst. Iust. 2,4,4 *plena in re potestas*) des Eigentümers bezeichnet. Seneca stellt sie der staatlichen Gewalt *(imperium)* gegenüber (Sen. benef. 7,5,1 *proprium quisque in rebus suis dominium habeat, quemadmodum sub optimo rege omnia rex imperio possidet, singuli dominio*). Urspr. gab es nur ein einheitliches *d. ex iure Quiritium* (Gai. inst. 2,40 *unum esse dominium: . . . aut enim ex iure Quiritium unusquisque dominus erat aut non intellegebatur dominus*). Doch faßt die Schuljurisprudenz der Hochklassik

auch das prätor. geschützte *in bonis habere* als eine Abart des d. auf und spricht daher von einem *duplex dominium* (Gai. inst. 1,54. 2,40 *divisionem accepit dominium, ut alius possit esse ex iure Quiritium dominus, alius in bonis habere*). W. W.

Kaser Eigentum und Besitz im älteren röm. Recht, 1943, 308ff. *Fuenteseca* Labeo 4, 1958, 135ff.

Dominus (Domnus). In allg. Bedeutung: Herr, Träger einer Herrschaftsgewalt (*κύριος, δεσπότης, τύραννος*).

1. Für den Träger der Hausgewalt *(pater familias)* ist die Bezeichnung d. seit dem Ende des 3. Jh. v. Chr. überliefert (Plaut. Most. 686: . . . *aedium dominus* [Hausherr]. Ter. Ad. 88ff. *in aedis inruit alienas; ipsum dominum atque omnem familiam mulcavit.* Sen. epist. 47,14 *dominum patrem familiae appellaverunt*). Wahrscheinlich war es alte Sitte, daß die Kinder gegenüber dem *pater familias* die Anrede *domine* gebrauchten. Augustus hat, nach einem allg. Verbot der Verwendung des von ihm gemiedenen Titels d., um jeden Anlaß zu seiner weiteren Verwendung zu beseitigen, auch seinen Kindern diese Anrede verboten (Suet. Aug. 53,1 *dominumque se posthac appellari ne a liberis quidem aut nepotibus suis vel serio vel ioco passus est*).

2. Als Abspaltung von der vollen Hausgewalt wird mit d. auch der Herr über Sachgüter, der Eigentümer bezeichnet (Ulp. Dig. 29,5,1,1 *Domini appellatione continetur qui habet proprietatem* [= *dominium*]). Im weiteren Sinne auch der Geschäftsherr, in dessen Auftrag oder für den jemand handelt (Ulp. Dig. 3,3,1 pr. *Procurator est qui aliena negotia mandatu domini administrat*), bes. der Prozeßherr (Ner. Dig. 2,11,14 *dominus litis*), d. h. derjenige, dem das prozessual verfolgbare Recht zusteht.

3. Für Träger staatlicher Gewalt wird d. in republikan. Zeit meist in abwertendem Sinne gebraucht (Cic. rep. 2,47: *Videtisne igitur, ut de rege dominus extiterit uniusque vitio genus rei publicae ex bono in deterrumum conversum sit? Hic est enim dominus populi, quem Graeci tyrannum vocant*). Daher vermieden Augustus und die meisten seiner Nachfolger *domini appellationem ut maledictum et obprobrium* (Suet. Aug. 53,1). Dennoch setzt sich diese Bezeichnung für den Herrscher immer mehr durch. Schon Ov. Pont. 2,8,26 sagt von Augustus *terrarum dominum . . . sua cura facit.* Antoninus Pius (138–161 n. Chr.) sagt von sich (Dig. 14,2,9) *ἐγὼ μὲν τοῦ κόσμου κύριος*, eine Erklärung, an welche die ma. Rechtslehre weittragende Konsequenzen knüpfte. Den Titel *dominus et deus* hatte schon Domitian für sich in Anspruch genommen, Diokletian nimmt ihn endgültig an (Aur. Vict. Caes. 39,4).

4. D. für Gott. Vgl. Cic. leg. 2,15 *dominos esse omnium rerum ac moderatores deos.* Bes. häufig wird diese Bezeichnung in chr. Zeit gleichermaßen für Gottvater und Christus gebraucht (Tert. adv. Marc. 5,5,3 *patri . . . domini nomen accedere ob potestatem, quod et filius per patrem capiat*).

Mommsen RStR 2,760ff. *Friedländer* 4^{10}, 1921, 82ff. *Kaser* Eigentum und Besitz im älteren röm. Recht, 1943, 308ff. W. W.

Domitianus. 1. Imp. Caes. Domitianus Aug. = T. Flavius Domitianus (IGR IV 636), Kaiser vom 14. September 81 bis 18. September 96, jüngerer Sohn des Vespasian und der Flavia Domitilla, Bruder des Titus und der Domitilla, Suet. Vesp. 3,1ff. * 24. Oktober 51, Suet. Dom. 1,1. CIL X 444. Ohne geregelte Erziehung genossen zu haben, ging er mit Vespasian 67 nach Iudaea und rückte nach dessen Erhebung, durch die D. Caesar und *princeps iuventutis* wurde (IGR IV 120; MATTINGLY, RIC 2,17f. 31. 49. 62), im J. 69 mit Mucian in Italien ein. E. 69 befand er sich anläßlich des Kampfes zwischen den Vitellianern und Flavianern bei seinem Oheim Flavius Sabinus auf dem Kapitol, Tac. hist. 3,59,3. 69,4. Durch List entkam er, Tac. hist. 3,74,1. Cass. Dio 65,17,2. Nach der Ermordung des Vitellius (21. Dezember 69) wurde D. auch von den Prätorianern (Cass. Dio 65,22,2) und den Heeren in Rom als Caesar begrüßt (Ios. bell. 4,654. Cass. Dio 65,22,2) und für 70 praetor urbanus consulari potestate (Suet. Dom. 1,3. RIC 2, p. 61 Nr. 386) als Stellvertreter seines Vaters, stand aber unter dem Einfluß des Mucian, des Antonius Primus und des Arrius Varus. Nicht ungelegen kam Mucian nach der Verheiratung des D. mit Domitia Longina (Cass. Dio 66,3,4) seine vergebliche Sucht, Lorbeeren in einem gall.-german. Krieg zu erlangen; D. kam nur bis Lyon (Suet. Dom. 2,1. Ios. bell. 7,85–88. Tac. hist. 4,85f.), dann kehrte er heim, da Vespasian im Sommer 70 Italien nahte, Cass. Dio 66,3,4. 9,4. D. ging dem erzürnten, von Mucian aufgehetzten Vater nur bis Benevent entgegen, Cass. Dio 66,9,3. Trotzdem cos. uff. von März bis Juni 71, CIL XVI 14–17; V 7239; damals nahm er am jüd. Triumph von Vater und Bruder teil, Suet. 2,1. Cos. II ord. im J. 73, CIL VI 1877. Cos. III suff. (von da an immer an Stelle des Titus) 74, CIL IV 5526. Cos. IIII suff. 76, CIL VIII 10116. Cos. V suff. 77, CIL III 6993. PSI 6,729. Cos. VI suff. 79, D. war *sacerdos omnium collegiorum*, CIL III 12218, *XVvir sacr. fac.*, NSA 1899, 64, pontifex CIL VIII 22190, frater Arvalis 75, CIL VI 2054. Schon am 23. Juni 79 erklärte Titus den D. als *consors* und *successor imperii*, Suet. Tit. 9,3. Cos. VII ord. 80, CIL II 4803. Als Titus am 13. September 81 starb, wurde D. vom Heer und Senat als Nachfolger anerkannt, Cass. Dio 66,26,3. Seine trib. pot. zählt vom 14. September an (M. HAMMOND Mem. Amer. Ac. Rome 15, 1938, 36ff.). Cos. ord. VIII–XIV von 82 bis 88; cos. XV 90, XVI 92, XVII 95. Im J. 81 wurde Titus konsekriert und die Errichtung des Titusbogens beschlossen. In Britannien fanden in diesem und den folgenden J. die Feldzüge des Agricola statt, über die Tacitus seine Monographie schrieb, K. v. FRITZ Tac., Agricola und D., CPh 52, 1957, 73–97. 82 war der Wiederaufbau des

Kapitols abgeschlossen, Cohen 23,85–90. D.' Hauptsorge galt 83 der Abwehr der Germanengefahr am Rhein, deshalb begann er den Chattenfeldzug zwischen Lahn und Main, an dem neben anderen Frontin teilnahm. D. besiegte nach einem Täuschungsmanöver die Chatten, Frontin. strat. 1,1,8 und drang auch im Neuwieder Becken und in Baden vor, H. Nesselhauf, H 80, 1952, 222–245. Er feierte einen Triumph, Suet. Dom. 13,3 und erhielt den Siegernamen Germanicus, Frontin. strat. 2,11,7. Ein breiter Landstreifen am rechtsrhein. Ufer wurde durch die Anlage eines starken Limes vom Einfluß der Kinzig in den Main bis zum Einfluß des Vinxtbaches durch zahlreiche Kastelle gesichert, die mit Auxiliarkohorten und Alen belegt wurden. Mit Recht hat Statius in einem verlorengegangenen Epos (silv. 4,2,66) diese Erfolge, durch die um 85 (K. Christ, G 64, 1957, 522) die Provinz Germania sup. innerhalb einer Linie Karlsruhe–Pforzheim–Cannstatt–Donau (H. Nesselhauf Umriß einer Gesch. des obergerm. Heeres, JRGM 7, 1960, 160f.) eingerichtet werden konnte, verherrlicht. D. übernahm die *censoria potestas* nach seiner Rückkehr vom Rhein E. 84; seit 85 censor perpetuus in konsequenter Verfolgung seiner Auffassung vom Principat als eines autokrat. Regimes; doch war dieses Amt Zündstoff für die Opposition im Senat. Im Winter 85/86 drangen unerwartet die Daker unter Diurpaneus über die Donau; das Heer des Statthalters von Moesien C. Oppius Sabinus wurde geschlagen, er selbst fiel, Iord. Get. 13,76. Oros. 7,10,3, worauf D. selbst an die Donau zog, Suet. Dom. 6.1. Cass. Dio 67,6,1 ff. Er blieb im Hauptquartier in Naissus (C. Patsch Der Kampf um den Donauraum unter D. und Trajan, SAWW 217, 1937, 6), das Frontkommando übernahm der praef. praetorio Cornelius Fuscus. D. reorganisierte Verwaltung und Heerwesen der Provinz, teilte das Land in Moesia sup., zu dessen Statthalter er L. Funisolanus Vettonianus (CIL III 4013) machte, und Moesia inf., jedes mit eigenem Armeekommando, und zog große Truppenverbände zusammen. 86 säuberte Fuscus ganz Moesien, Oros. 7,10,4. D. ging nach Rom, feierte einen Triumph über die Daker (Stat. silv. 3,3,118. 169) und gründete die *ludi Capitolini* (Cens. die nat. 18,15), s. *I. Lana*, RFIC 79, 1951, 145–160. D. ließ sich seither *dominus et deus* nennen, Hieron. J. 2102 Abr. Die Führung der Daker übernahm Decebalus. 87 drang Fuscus in Dakien ein, wurde vernichtend geschlagen (s. Altar mit Liste der Gefallenen CIL III 14214) und fiel selbst, Iord. 13,77f. Cass. Dio 68,9, 3. D. eilte wieder an die Donau, sorgte für die Reorganisierung der Streitkräfte durch Tettius Iulianus, der 88 in Dakien einfiel und Decebalus bei Tapae (Eisernes Tor-Paß) entscheidend schlug, Cass. Dio 67,10,1 ff.; Dakien wurde Klientelstaat, D. konnte im September 88 die *ludi saeculares* feiern, Stat. silv. 1,4,17. Cens. 17,11. Ende 88

erhob sich gegen D. der Statthalter von Germania sup., L. Antonius Saturninus, in Mainz; doch wurde der Aufstand vom Statthalter von Germania inf., A. Lappius Maximus Norbanus, anfangs Jan. 89 niedergeschlagen, bevor D. eintraf, CIL VIII 1026, Suet. Dom. 7,3. Cass. Dio 67,11. CIL VI 2066. Nach Kämpfen mit den Donaugermanen im J. 89 fielen Markomannen und Quaden 91 in Pannonien ein; D. begann das *bellum Suebicum*, CIL X 135, bei dem eine Legion vernichtet wurde, Eutr. 7,23. Tac. Agr. 41. Vom Frühjahr bis Herbst 92 sicherte D. dann Pannonien durch ein *bellum Sarmaticum*, einen Krieg gegen die Jazygen, Cass. Dio 67,5,2f. Martial. 8,8.9,31. Stat. silv. 4,7, 49f. E. 92 weihte D. dem Iuppiter Capitol. einen Lorbeerkranz *de Sarmatis*, Suet. Dom. 6,1. D. hat die beiden Germanien sowie Pannonien auf lange Zeit hin gesichert und dadurch erst die Erfolge Trajans in den Dakerkriegen möglich gemacht (s. R. Vulpe Stud. Clas. 2, 1960, 337–357). Auch im O. hat er Trajans Feldzüge vorbereitet, F. Grosso Aspetti della politica orientale di D., Epigr. 16, 1954, 117–179. 17, 1955, 33–78. Als ca. 91 der König M. Iulius Agrippa II. starb, annektierte D. sein Reich, Bethanien und die Trachonitis, sowie das Gebiet am Antilibanon, s. Th. Frankfort Le royaume d'Agrippa II. et son annexion par D., Hom-mag. Grenier, 1962, 659–672. Doch ebenso zielstrebig, wie D. gegen äußere Feinde vorging, tat er dies gegen die Gegner des absoluten Prinzipates im Innern. Je mehr D. in die hellenist. Autokratenrolle des *dominus et deus* hineinwuchs (F. Jäger Charisma 2, 1960, 330ff.), desto stärker wurde die Opposition im Senat; wer sich ihr nicht anschloß, hatte nichts zu befürchten und wurde befördert, der spätere Kaiser Trajan ebenso wie Tacitus. Wer dem Kaiserkult das religiöse und polit. Konzept der Stoa entgegensetzte, kam mit D. in Konflikt. Bereits im J. 87 gab es Verschwörungen gegen D., CIL VI 2065 (vom Sept.), vorher schon dauernde Hinrichtungen, Cass. Dio 67,31,1. Der Aufstand des Antonius Saturninus schürte die Opposition, gegen die sich D. in der großen Stoikerverfolgung des J. 93 zur Wehr setzte, Tac. Agr. 45. Plin. epist. 3,11,3. 9,13,2f. Die Philosophen wurden aus Italien ausgewiesen, Suet. Dom. 10,3f. Cass. Dio 67,13,1 ff. Die Angst D.' vor Verfolgung, die das wieder aufblühende Delatorenwesen steigerte (die oberste Schicht hatte aus Gewinn- und Ehrsucht an ihrer Lage vielleicht mehr Schuld als D., der, vom Senat seit früher Jugend enttäuscht, sich auf das Heer stützte), erreichte ihren Höhepunkt zu Beginn des J. 95, als er Acilius Glabrio, cos. 91 (Cass. Dio 67, 12,1), vor allem aber den cos. ord. T. Flavius Clemens, seinen eigenen Vetter, *repente ex tenuissima suspicione tantum non in ipso eius consulatu* (Suet. Dom. 15,1) hinrichten, seine Gattin Flavia Domitilla verbannen ließ, beide wahrscheinlich doch Anhänger des Christentums, Cass. Dio 67,14,1 ff. M. Serdi La persec. di D., Riv. stor. della chiesa in Italia 14, 1960, 1–26. Das führte zur Verschwörung seiner Gattin Domitia mit Freunden und Hofbeamten (Parthenius), der D. am 18. Sept. 96 zum Opfer fiel, Suet. Dom. 16f. Cass. Dio 67,15ff. Bei den Rittern, denen D. hohe Ämter verlieh (Suet. Dom. 7,9), beim Heer und Volk beliebt, verfiel der durch den Senat, dessen größerer Teil ihn haßte, der *damnatio memoriae*. Seine Leistungen für das Reich haben die senator. Historiker der trajanischen Epoche (s. K. WILLMER Das D.-Bild des Tacitus, Diss. Hamb. 1958) herabgezerrt. Trajans Außenpolitik führte die des D. weiter (K. CHRIST Zur Herrscherauffassung und Politik D.', Schweiz. Ztschr. für Gesch. 12, 1962, 187–213). Er schuf in Rom auf dem Kapitol (Juppitertempel), Palatium (D.-Palast, Stadion), Forum (Vespasianstempel, Atrium Minervae, Titusbogen) und Marsfeld (Isis- und Serapistempel u. a.) gewaltige Bauten, allerdings auf Kosten des anfangs geordneten Finanzwesens. Der Landwirtschaft Italiens suchte er durch Verbot neuer Weinkulturen zu helfen. Die Provinzen erfreuten sich guter, zweckdienlicher Verwaltung (H. G. PFLAUM Essai sur les procurat. éq., 1950, 50ff. H. W. PLEKET D., the senate and the provinces, Mnem. 14, 1961, 296 bis 315). Seine Sorge für das Rechtswesen hebt Suet. 8 hervor, die darniederliegende Moral und Religion der oberen Schichten suchte D. durch strenge Maßnahmen zu heben (Quint. inst. or. IV prooem. Martial. 6,4. Cass. Dio 67,3). E. SCHMÄHLING Sittenaufsicht der Censoren (Würzb. Stud. 12, 1938, 165f.). Wenn auch Züge von Perversität an D. (WATERS Character of D., Phönix 18, 1964, 49ff.) nicht geleugnet werden sollen, korrigiert die moderne Geschichtsschreibung das D.-Bild der nachflav. Zeit mit Recht immer mehr. Bildnisse: BERNOULLI Röm. Ikonogr. 2,2 p. 52–62. R. MATZ, MDAI(R) 54, 1939, 145ff. Mz. RIC 2, p. 149–213. *St. Gsell* Essai sur le regne de l'emp. D., 1894. *Charlesworth*, CAH 11,23ff. *A. Degrassi* Domiziano, 1955. *K. Gross*, RACh 4, 1959, 91–109.

2. Feldherr des Aureolus, der im J. 261 in Dalmatien den Usurpator (T. Fulvius Iunius) Macrianus und seinen Vater (M. Fulvius) Macrianus vernichtete, HSA vit. Gallien. 2,6. Zon. 12,24. Zu Beginn der Regierung Aurelians stand D. in Gallien u. ließ sich dort ca. 271 zum Gegenkaiser ausrufen. Er wurde aber bald getötet, Zos. 1,49,2. R. H.

3. D., Notarius des Constantius II.; er stieg zum comes sacrarum largitionum und 353 zum praefectus praet. Orientis auf. In Antiochia sollte er den Caesar → Constantius (Nr. 5) zur Reise an den Hof → Constantius' II. bewegen. Bei einem durch den Caesar entfachten Tumult wurde D. umgebracht (Amm. 14,7. Zon. 13,9. Liban. or. 2, 401). A. L.

4. D., Bischof von Ankyra seit 537. Als Anhänger der Lehren des Origenes schrieb er im sog. Dreikapitelstreit an den Papst Vigilius. Ein kurzes Frg. des Briefs ist in lat. Übers. zit. bei Facundus defens. 4,4 MIGNE PL 67,627B. O. H.

RE V 1313,8.

Domitius. Röm. pleb. Familienname, seit dem 4. Jh. v. Chr. bezeugt. Hervorgetreten sind die Familien der Calvini (Nr. 13–16) und als eine der angesehensten unter der pleb. Nobilität die der Ahenobarbi (Nr. 5–12). Das Familiengrab der D. lag auf dem Pincio (Suet. Nero 50). Patriz. wurde die Gens 30 v. Chr. Suet. Nero 1,2. MOMMSEN RF 1,73f. Im 1. Jh. v. Chr. vertraten die führenden Namensträger die Sache des Senats und später die des Principats. Der letzte der Ahenobarbi wurde in das iul.-claud. Haus adoptiert: → Nero (54–68 n. Chr.). Zu nennen ist ferner der Kaiser L. D. → Aurelianus Nr. 4 (270–275), der Usurpator von 276/77 D. → Domitianus, der Jurist D. → Ulpianus, der magister privatae rei Africae 320/21 D. → Dracontius, der Praeses Ciliciae 367–375 D. → Eutropius und der praef. praet. Orientis D. → Modestus. DRUMANN[2] 3,1ff. PIR. MÜNZER Adelsp. passim. R. SYME D. röm. Rev., 1957, passim (The Rom. Rev., 1960, 546). – Via Domitia s. Nr. 7. Lex Domitia s. Nr. 8. Bauten: Nr. 5.10 (Tempel). 14 (Regia).

I. Republikanische Zeit: **1.** D. aus Intimelium, Gastfreund Caesars, 49 ermordet. **2.** Cn. D., wohl mehrere Personen, für die Zeugnisse aus den J. 56, 54, 52, 49 (praef. equ., BROUGHTON Mag. 2,270) vorliegen und die nicht zu den bekannten D. der damaligen Zeit gehören. – Außerdem zwei Münzmeister, die in die Zeit von 150–146 bzw. 119–109 datiert werden, Belege bei BROUGHTON Mag. 2,438f. **3.** L. D. (Cn. f. Pup.), Senator 129. S. C. de agro Pergameno, gegen C. CICHORIUS, Lucil. 3f. wohl nicht mit dem cos. von 94 (Nr. 11) zu identifizieren, BROUGHTON Mag. 2,490. **4.** M. D. (P. f.), Gesandter 113 v. Chr. nach Kreta, H. VAN EFFENTERRE Rev. d. Et. Anc. 44, 1942, 36. **5–12.** Ahenobarbi. Zum Cognomen (etwa = »Rotbart« Plut. Aem. Paull. 25 – oder wegen der Rauheit des Bartes, *barba dura*, CGlL 5,339,34. 439,53) vgl. RE IV 225. XVI 1651 (nach griech. Muster gebildet). III A 1829. Abriß der Gesch.: Suet. Nero 1. Stammbaum: RE V 1315f. Tribus: Fabia. Gelegentlich in der Form *Aenobarbus*. Mz.: BAHRFELDT Z. f. Numism. 19,53ff. SYD. **5.** Cn. D. Ahenobarbus, der 1. Consul der Familie. 196 Pleb. Aedil, Anklage gegen Weidepächter, Bau des Faunus-Tempels auf der Tiberinsel, der von ihm als praetor urbanus 194 eingeweiht wurde, Liv. 33,42, 10. 34,53,3. LATTE RRel 84. Consul war er 192 mit L. Quinctius Flamininus, DEGR. I 13,48f. 454f. RE XXIV 1045, kämpfte gegen die Boier, Liv. 35,22,3f. 40,2ff., in deren Gebiet er auch 191 als Proconsul stand (BROUGHTON Mag. 1,353). 190 nahm er als legatus am Krieg gegen Antiochos teil und spielte in der Schlacht bei Magnesia vielleicht eine wesentliche Rolle (App. Syr. 30ff.). **6.** Cn. D. Ahenobarbus, Sohn von Nr. 5, 172 Pontifex,

169 und 167 Gesandter nach dem Balkan (doch hat man dabei auch an seinen Vater gedacht), 162 consul suffectus, FCap. **7.** Cn. D. Ahenobarbus, Sohn von Nr. 6. Legatus war er 129–126 (?, Broughton Mag. 1,505. RE Suppl. III 349), Praetor um 125, Consul 122 mit dem Oberbefehl in S.-Gallien, besiegte die Allobroger und zusammen mit seinem Nachfolger Q. Fabius Maximus 121 die vereinigten Allobroger und Arverner (→ Bituitus), um dann den Krieg gegen die Arverner allein zu beenden. Er blieb wohl auch weiterhin bis 118 in Gallien (Neufund eines Meilensteins, Broughton Mag. 2,644) und triumphierte 118 oder 117 *de Galleis Arv[e]rneis*, fast triumph., Vell. 2,10,2. Er ließ die Verbindungsstraße nach S.-Gallien ausbauen: Via Domitia (zu der Station Forum Domiti vgl. RE VII 67). 115 war er zusammen mit L. Caecilius Metellus (Diadematus, vgl. Broughton Mag. 1,531) Censor: 32 Personen wurden aus dem Senat ausgestoßen und luxuriöse Theateraufführungen verboten. Bis zu seinem Tod (etwa 104) war er Pontifex. **8.** Cn. D. Ahenobarbus, Sohn von Nr. 7. Seine polit. Laufbahn begann er vielleicht als IIvir coloniae deduc. 118 (nach Narbo, neue Münzinterpretation, vgl. Broughton Mag. 2,644), war dann Münzmeister (ca. 108–107, Datierung nach Syd. LX 67f.). tr. pl. 104 (erfolglose Anklagen gegen M. Aemilius Scaurus Nr. 28 und M. Iunius Silanus, Gesetz über Priesterwahlen, lex Domitia, RE XII 2345). 103 wurde er Pontifex maximus und hatte dieses Amt bis zu seinem Tode ca. 89 inne, Cic. Deiot. 31 u. a. 100 stand er in den Reihen der Optimaten im Kampf gegen L. → Appuleius Saturninus Nr. 6. Praetor ca. 99, Consul 96 zusammen mit C. Cassius Longinus Nr. 13 (Broughton Mag. 2,9) und Censor 92 mit dem Redner L. Licinius → Crassus Nr. 1 (Streit mit dem Kollegen, Edikt gegen die lat. Rhetoren). Strenge, würdige und geistvolle Persönlichkeit. Sein Bruder war L. Nr. 11. H. H. Scullard From the Gracchi to Nero, 1959, 42.55. **9.** Cn. D. Ahenobarbus, Sohn von Nr. 8, Schwiegersohn des L. Cornelius → Cinna Nr. 3, wurde 82 von Sulla geächtet, sammelte in Africa mit Unterstützung des Königs Hiarbas ein Heer, wurde jedoch von Pompeius 81 völlig geschlagen (Plut. Pomp. 12,1 f.), wobei er den Tod fand. RE XXI 2071 f. M. Gelzer Kl. Schr. 2, 1963, 135. **10.** Cn. D. Ahenobarbus, Sohn des L. Nr. 12. 49 wurde er von Caesar begnadigt, nahm aber dann doch am Bürgerkrieg gegen ihn teil und soll 44 zu den Verschwörern gehört haben. 44–42 war er legatus oder praefectus classis, bewarb sich 43 um eine Priesterstelle, war 42–40 als Promagistrat Flottenbefehlshaber der Caesarmörder (Sieg über Cn. D. Calvinus Nr. 14; Imperatortitel auf seinen Mz.), hielt sich nach Philippi im Ion. Meer und versöhnte sich 40 mit M. Antonius, wobei Asinius Pollio als Vermittler auftrat, Vell. 2,72,3.76,2. Unter dem Schutz des Antonius wurde er gegen anfänglichen Wider-

stand des Octavian Statthalter in Bithynien, 40–34, wobei er 36 am Partherfeldzug des Antonius teilnahm und 35 gegen Sex. Pompeius einschritt. 32 bekleidete er das ihm bereits im Frieden von Misenum 39 zugesagte Konsulat zusammen mit C. Sosius, der ebenfalls Anhänger des Antonius war, Broughton Mag. 2,417. Bald verließen beide Rom und trafen im März bei Antonius in Ephesos ein, wo D. nachdrücklich gegen den Einfluß der Kleopatra polemisierte, H. Volkmann Kleopatra 1953, 157. Obwohl er den Oberbefehl über einen Teil der Flotte innehatte, ging er kurz vor der Schlacht bei Aktium 31 zu Octavian über und starb kurz darauf. Vell. 2,84,2. Tac. ann. 4,44. Suet. Nero 3. Plut. Ant. 2. Gardthausen Augustus 1, 210; sein Porträt auf Goldmünzen und vielleicht Marmorbüsten (Bernoulli Röm. Ikon. 1,198ff.). B. Schweitzer Bildniskunst der röm. Rep., 1948, 102f. Abb. 144. Er weihte einen Neptunus-Tempel *in circo Flaminio*, Plin. nat. 36,26, jedenfalls verband man lange diese Nachricht mit D., während neuere Forschungen sie eher auf D. Nr. 7 beziehen, vgl. RE XVI 2526f. **11.** L. D. Ahenobarbus, Sohn von Nr. 7, jüngerer Bruder von Nr. 8, war 97 Praetor (Sicilien, strenge Verwaltung) und 94 Consul (mit C. Coelius Caldus Nr. 7), Broughton Mag. 2,12. Da er zu den Optimaten gehörte und Anhänger Sullas war, wurde er 82 durch den Praetor L. Iunius → Brutus Damasippus Nr. 15 auf der Schwelle der Curia Hostilia ermordet, Vell. 2,26,2. Oros. 5,20,4 u. a. **12.** L. D. Ahenobarbus, Sohn von Nr. 8, wahrscheinlich jüngerer Bruder von Nr. 9, Vater von Nr. 10, Gatte der Porcia (RE XXII 216 Nr. 27), erbitterter Gegner Caesars. 73 trat er im Prozeß gegen die Oropier als Anwalt der Steuerpächter auf, war 70 im Verresprozeß Zeuge, 61 curul. Aedil (prächtige Spiele, Plin. nat. 8,131. RE II 2759); zusammen mit seinem Schwager M. Porcius → Cato Nr. 10 opponierte er gegen Pompeius und später auch gegen die Triumvirn, so daß er 59 in der Vettius-Affaire denunziert wurde (Cic. Att. 2,24,3, RE VIII A 1846ff.). 58 Praetor (Angriffe gegen Caesars acta von 59, Absicht, für Ciceros Rückberufung einzutreten). Für das Konsulat von 55 kandidierte er vergeblich (Widerstand des Pompeius und Crassus, die infolge der Vereinbarungen von Lucca 56 selbst das Konsulat übernehmen sollten), erhielt es aber für das J. 54, zusammen mit Ap. → Claudius Pulcher Nr. 28. Anfang 52 versöhnte er sich mit Pompeius und wurde vorsitzender Quaesitor im Prozeß des Milo, Cic. Mil. 22. Etwa 50 Pontifex (bis 48). Anfang Januar 49 wurde er zum Nachfolger Caesars in dessen Statthalterschaft bestimmt (Caes. civ. 1,6,5); im Februar suchte er Caesar bei Corfinium im Paelignergebiet zurückzuschlagen, was jedoch völlig mißlang, weil seine Truppen ihn Caesar auslieferten, der ihn großzügig begnadigte (Gelzer Caesar[6] 183ff.). D. begab sich bald nach Massalia, wo er führend an den Kämpfen gegen die Belagerungsarmee unter D. Brutus und C. Trebonius teilnahm, aber kurz vor dem Fall der Stadt entfloh, Caes. civ. 1,34,2. 36,1 f. 56–59. 2,3–7. 22,2–4. Er ging zu Pompeius nach Thessalien, führte am 9. August 48 bei Pharsalos den einen Flügel und wurde auf der Flucht niedergemacht, Caes. civ. 3,99,4. Cic. Phil. 2,27.71. Lucan. 7,599 ff. u.a. Seine Persönlichkeit ist durch Klarheit des polit. Wollens, zugleich aber durch schroffes Wesen und gelegentlich recht ungeschickte Handlungen (Corfinium!) gekennzeichnet. Vielleicht ist er von Curiatius Maternus in einer Tragödie (Tac. dial. 3) behandelt worden; man hat jedoch dabei auch an seinen Sohn Nr. 10 zu denken, vgl. RE IV 1833. **13.** Cn. D. Calvinus, Consul 332, Liv. 8,17,5 (zum Cognomen [von *calvus*, kahl] vgl. RE III A 1828). **14.** Cn. D. Calvinus, Gegner, später Anhänger Caesars. 62 legatus, 59 tr. pl. (unterstützte den cos. M. → Calpurnius Bibulus Nr. 9), 56 Praetor (Cic. Sest. 113; Verfahren de ambitu; prächtige ludi Apollinares, Cic. Att. 4,16,6. 17,3). 54 suchte er mit unsauberen Mitteln seine Wahl zum Consul zu erreichen; die Wahlen fanden nicht statt und nach dem Interregnum von Anfang 53 wurde er für die 2. Hälfte des J. 53 Consul (Broughton Mag. 2, 227 f.). Er ging dann zu Caesar über und kommandierte 48 in Makedonien, führte bei Pharsalos die Mitte des caesar. Heeres (Caes. civ. 3,89,3), ging dann nach Kleinasien (legatus oder proconsul, 48–46), wo er bei Nikopolis von Pharnakes besiegt wurde, sich aber in der Provinz Asia hielt, bell. Alex. 34–40. Nach Caesars Sieg bei Zela 47 zwang D. den Pharnakes zur Kapitulation in Sinope. 46 war D. in Caesars Umgebung in Afrika, bell. Afr. 86,3. 93,1. 45 trat er in Rom als Entlastungszeuge für Deiotarus auf, wurde etwa 45 Pontifex und empfing in dieser Funktion wohl am Morgen des 15. März 44 in seinem Haus Caesar und Spurinna. Für 43 war er zum mag. equitum von Caesar bestimmt. 42 sollte er von Brundisium aus Verstärkungen zu Antonius und Octavian bringen, wurde aber von L. Statius Murcus und Cn. D. Ahenobarbus (Nr. 10) völlig geschlagen, App. civ. 4,115 f. 40 war er Consul II, zusammen mit C. Asinius Pollio. Als Statthalter in Spanien 39–36 kämpfte er gegen Pyrenäenstämme, siegte bei Osca, nahm den Imperatortitel an (Mz. und Inschr.) und feierte am 17. Juli 36 einen Triumph (Inschriftbasis vom Weihgeschenk aus der Beute: CIL VI 1301, Dess. ILS 42). Dann ließ er die abgebrannte Regia auf dem Forum prächtig wiederaufbauen, Cass. Dio 48,42,4 f., RE I A 467 f. E. Nash Bildlexikon zur Topogr. des ant. Rom 2,264 ff. Fragmente der Arvalakten und des Kalenders vom Arvalenhain (Eph. Epigr. 8,317. CIL I² p. 214 f.) hat man auf ihn bezogen und damit seine Lebenszeit bis um 20 v. Chr. wahrscheinlich gemacht. **15.** M. D. Calvinus, Praetor 80 v. Chr., Statthalter von Spanien, wo er sich auch 79 mit prorogiertem Imperium befand, aber am Anas von Truppen des Sertorius

unter dem Quaestor L. Hirtuleius geschlagen wurde und fiel. Sall. hist. 1,111 M. Liv. per. 90. Plut. Sert. 12,3 f. u. a. vgl. A. Schulten Font. Hisp. ant. 4, 1937, 351 ff. **16.** Cn. D. Calvinus Maximus, Sohn von Nr. 13. Sein Amt als curul. Aedil 299 (Piso frg. 28 P. bei Liv. 10,9,12. Plin. nat. 33,17) ist sehr verdächtig (nicht so skeptisch: Broughton Mag. 1,173 f.). Consul war er 283, wobei er mit seinem Kollegen P. → Cornelius Dolabella Nr. 25 erfolgreich gegen Kelten kämpfte. 280 war D. als 1. Plebeier Censor, Liv. per. 13, und trat dies Amt an, nachdem er die ihm zur Abhaltung der Wahlen übertragene Dictatur niedergelegt hatte, FCap. Degr. I 13,40 f. 428 f. Broughton Mag. 1,191; singulär ist dabei die Bekleidung dieser beiden Ämter in einem Jahr. Mommsen StR 1,515.

H. G. G.

II. Kaiserz.: **1.** Cn. D. Ahenobarbus, cos. ord. 32 n. Chr., Sohn des D. Nr. 2 und der Antonia maior, Vell. 2,72,3, Enkel der Octavia und Großneffe des Augustus, Tac. ann. 4,75. Bruder der Domitia Nr. 17 und der Domitia Lepida Nr. 21, Vater Neros, Suet. Ner. 6,3. Praetor, Suet. Ner. 5,2, schon 27 war er Mitglied des Kollegiums der Arvalbrüder, CIL VI 2024. Im J. 28 vermählte ihm Tiberius seine Enkelin, die Tochter des Germanicus, die jüngere Agrippina, Tac. ann. 4,75. Cos. ord. 32 (ganzjährig), Cass. Dio 58,20,1. Vidman Fast. Ostiens. p. 13. Inscr. It. XIII 1, p. 299. Er baute Thermen an der via sacra, Sen. contr. 9,4,18. Mitglied einer Brandschadenskommission in Rom im J. 36, Tac. ann. 6,45,2. Einer Klage wegen *maiestas* und Blutschande mit seiner Schwester entkam er durch den Tod des Tiberius, Suet. Ner. 5,2, anfangs 37 wurde er wegen Ehebruches mit Albucilla angeklagt, Tac. ann. 6,47,2. 48,1. † im J. 40, Suet. Ner. 5,2. CIL VI 32347 (im Juni nicht mehr im Arvalbrüderkolleg). Höchstem Adel angehörig, war er *omni parte vitae detestabilis*, Suet. Ner. 5,1. **2.** L. D. Ahenobarbus. Cos. ord. 16 v. Chr. Sohn des Cn. D. Ahen. cos. 32 v. Chr., Vater von Nr. 1 von der Antonia maior, Plut. Ant. 87. Tac. ann. 4,44,2. Curul. Ädil 22 v. Chr., Suet. Ner. 4. Als Praetor (19 v.?) und cos. ord. 16 v. Chr. (ganzjährig, Inscr. It. XIII 1, p. 273 ff. (Colot.) Cass. Dio 54, 19,1) gab er kostspieligste Spiele, Suet. Ner. 4. Procos. Africae ca. 12 v., CIL VIII 1180. 68. Thomasson Statth. Nordafr. 2,12. Als legat. Aug. pr. pr. Illyrici drang er über die Elbe nach Germanien ein und siedelte die Hermunduren im Gebiet der Markomannen an, Cass. Dio 55,10 a,2. R. Syme, CAH 10,365 f.; dafür erhielt er den Triumph, Tac. ann. 4,44,2. Als legatus exercitus Germanici am Rhein 1 n. Chr. versuchte er vergeblich, die vertriebenen Cherusker in ihre Wohnsitze zurückzuführen, Cass. Dio 55,10 a,2; er legte zwischen Rhein und Ems über die Sümpfe »lange Brücken« an, die 15 n. Chr. Caecina benützte, Tac. ann. 1,63, 4. † im J. 25 n. Chr., Tac. ann. 4,44. **3.** L. D. Ahenobarbus, Sohn von Nr. 1 → Nero. **4.** L. D. Apollinaris, voller Name CIL VI 9310, cos. suff. 97. Legatus Aug. pr. pr. Lyciae-Pamphyliae ca. 93/95, TAM 2,2,570. Er sprach anfangs 97 als cos. des. im Prozeß des Publicius Certus, Plin. epist. 9,13, 13. Als cos. suff. bei L. Vidman Fast. Ostiens. p. 17. Freund des Plinius, epist. 2,9. 5,6. Gönner Martials, der ihm zwischen 88–96 Gedichte (4,86. 11,15 u. a.) widmete. **5.** D. Balbus, reicher Praetorier, dem 61 von Valerius Fabianus ein falsches Testament unterschoben wurde, Tac. ann. 14,40,1. **6.** D. Caecilianus, teilte dem befreundeten P. Clodius Thrasea Paetus 66 den Senatsbeschluß über sein Todesurteil mit, Tac. ann. 16,34,1. **7.** D. Celer, Freund des Statthalters von Syrien Cn. Calpurnius Piso; er versuchte 19 n. Chr. vergeblich, bei Laodicea die leg. VI ferrata für diesen zu gewinnen, Tac. ann. 2,77–79. **8.** Cn. D. Corbulo, Vater von Nr. 9. Er begann als quaestor pr. Asiae, Forsch. Ephes. 2, 173,59. Praetor peregrinus 17 n. Chr., Inscr. It. XIII,1, p. 297 (fast. Arv.). Von 21 an beklagte er viele Leute wegen Veruntreuungen bei Straßenbauten in Italien, Tac. ann. 3,31,5; das brachte ihm unter Caligula den Suffektkonsulat ein, Cass. Dio 59,15,3; ob im J. 39, erscheint nicht ganz sicher, R. Syme Tacitus 2,788. Unter Claudius mußte er einen Teil des Geldes, das den unter Tiberius und Caligula Verurteilten abgenommen worden war, aus eigenen Mitteln zurückgeben, Cass. Dio 59,15, 5. 60,17,2. **9.** Cn. D. Corbulo, cos. suff. ca. 45, Sohn von Nr. 8 und der Vistilia, Halbbruder der Milonia Caesonia, der letzten Gattin Caligulas, Plin. nat. 7,39. Bedeutendster Feldherr seiner Zeit; cos. suff. wohl 44, ebd. legatus Aug. pr. pr. exercitus Germanici inf., wohl seit 46. Er trieb die dort eingefallenen Chauker zurück, stellte die Disziplin im röm. Heer wieder her und machte mit ihm die Friesen abhängig; Claudius fürchtete sich, ihn weiter in Germanien eindringen zu lassen. Das Heer wurde auf die Rheinlinie zurückbeordert, Corbulo, der noch einen breiten Kanal bauen ließ, abgelöst; doch erhielt er die *ornamenta triumphalia*, Tac. ann. 11,18–20,2. Cass. Dio 60,30,4–6. Vor 54 procos. Asiae, Babelon Coll. Wadd. 5953. Brit. Mus. Phrygia 190 Nr. 14.15. D. Magie Roman Rule in As. Min. 544,1403. Mz.: BMC Phrygia p. 190, pl. XXIV 5. Als 54 in dem zwischen Römern und Parthern ständig strittigen Interessengebiet Armenien Tiridates, der Bruder des Partherkönigs Vologaeses I., auf den Thron kam (Tac. ann. 12,44–51), war Rom zu einem Partherkrieg gezwungen, und auf Rat des Seneca und Burrus wurde D. von Nero als Feldherr erwählt (Tac. ann. 13,6–8) in der Stellung eines legatus Aug. pr. pr. Cappadociae et Galatiae (R.K. Sherk Legat. Galatia 32 ff.) 54–60. Streitigkeiten zwischen D. und dem Statthalter von Syrien, C. Ummidius Quadratus, wegen Geiseln, die der Partherkönig zur Anerkennung der röm. Oberhoheit stellte, schlichtete Nero (Tac. ann. 13, 9), so daß sich D. ganz der Reorganisation des Heeres widmen konnte, Tac. ann. 13,35. Im J. 58 brach der Krieg wieder aus; D. eroberte und zerstörte die Hauptstadt Armeniens, Artaxata, Tac. ann. 13,37–41. Da der Partherkönig durch Schwierigkeiten in Hyrkanien behindert war, konnte D. 59 auch Tigranokerta und damit ganz Armenien in Besitz nehmen, Tac. ann. 14,23 f., Tigranes, der lange in Rom gelebt hatte, wurde als König eingesetzt, ebd. 14,26,1. Im J. 60 erhielt D. nach dem Tod des Quadratus die Statthalterschaft von Syrien dazu, ebd. 14,26,2. Cass. Dio 62,20,2. Doch schickte Rom, als 61 Vologaeses mit den Hyrkanern Frieden geschlossen hatte und Armenien zurückerobern wollte, auf Bitte des D. den L. Caesennius Paetus als leg. Aug. pr. pr. Cappadociae nach Armenien. D. setzte Syrien in Verteidigungszustand, um einen Einfall des Partherkönigs zu verhindern; er erreichte auch, daß Vologaeses, der schon nahe von Tigranokerta stand, sich zurückzog und in Rom verhandeln wollte. Doch Rom lehnte ab; Paetus drang über das Taurusgebirge vor, geriet aber bald am Fluß Asarnia gegen Vologaeses in größte Schwierigkeiten und mußte nach schweren Verlusten in Rhandeia (Cass. Dio 62,21, 1) kapitulieren. D. kam ihm, wohl wieder aus Eifersucht, nicht entschlossen zu Hilfe. D. gab die Kastelle jenseits des Euphrat auf, Vologaeses machte Armenien frei von parth. Besatzung, Tac. ann. 15,1–17 (nach den Memoiren D.', s. G. Misch Gesch. der Autobiogr. I 1,266 f.). Das aufgerüttelte Rom beschloß 63 Krieg unter dem alleinigen Oberkommando des D. als legatus Aug. pr. pr. Syriae mit einem *imperium maius* über den ganzen Vorderen Orient, Tac. ann. 15,25. Doch Vologaeses vermied den Krieg. In Rhandeia empfing Tiridates von D. Armenien als röm. Lehensstaat (und parth. Sekundogenitur), Tac. ann. 15,26–31. Cass. Dio 62,19–26. Stat. silv. 5,2,34–47. D. wurde wieder legatus Aug. pr. pr. Cappadociae et Galatiae, CIL III 6741 f.; nach Syrien kam C. Cestius Gallus. Doch D. war Nero, zumal ihn ein Untergebener, Arrius Varus, bei ihm verleumdete (Tac. hist. 3,6,1), zu mächtig geworden. 67 berief er ihn nach Kenchreai in Griechenland; als er dort erfuhr, Nero habe seinen Tod beschlossen, stieß sich D. das Schwert in den Leib, Cass. Dio 63,17,5 f. Tac. hist. 2,76,3. Eine seiner beiden Töchter, Domitia Longina Nr. 22 wurde Gattin Domitians. **10.** D. Decidius, CIL VI 1403, Senator aus der Narbonensis (R. Syme Tac. 1,21), Vater der Domitia Decidiana, Schwiegervater des Cn. Iulius Agricola, Tac. Agr. 6,1. **11.** C. D. Dexter, cos. II 196. Legatus Aug. pr. pr. Syriae 182/83, IGR III 1276, Harrer Stud. hist. Syria 39 f. Stadtpräfekt seit 193, SHA vit. Sev. 8,8. Cos. II 196. CIL V 6596. 6649. AE 1933, p. 424, Nr. 214. **12.** L. D. Gallicanus Papinianus. Afrikaner, nach Prätur und praefectura aerarii Saturni (Cagnat-Merlin Inscr. Afr. 322) cos. suff. anfangs 238; im gleichen J. ließ er, schon als Konsular, in die Kurie eingedrungene Soldaten töten, Herodian. 7,11,3–7, ab

239 legat. Aug. pr. pr. Dalmatiae (J. Jagenteufel Statth. Dalmat. 94 ff.), Hispaniae cit., Germaniae inf., CIL II 4115. III 10054. **13.** L. D. Honoratus. Praefectus Aegypti 221/22, Pap. Oxy. I Nr. 62 verso. RE XXII 2375. Praefectus praetorio wohl ab 222, CIL III 12052, erhielt den Clarissimat, CIL IX 338. Stein Praef. Aegypt. 125 f. M. Durry Cohort. prét. 177 ff. **14.** Cn. D. Afer Titius Marcellus Curvius Lucanus, adoptiert von dem Redner Cn. D. Afer, den er und sein Bruder (Nr. 16) im J. 59 beerbten, Plin. epist. 8,18,5–7. Seinen cursus honorum verzeichnet CIL XI 5210; von Vespasian und Titus 73 oder 74 in den Patriziat aufgenommen, war er wohl im Germanenkrieg, den der Statthalter von Germania inf. Rutilius Gallicus führte, im J. 77 praefectus auxiliorum omnium und erhielt hohe Auszeichnungen. Als prätor. Legat diente er in Afrika in Sondermission zu Beginn der Regierung Domitians, wurde cos. suff. und um 90 procos. Africae und blieb im nächsten J. in der Provinz als Legat seines Bruders, B. Thomasson Statth. Afr. 2,52 f. 155 f. † 93 oder 94, Martial. 9,51, der die Einmütigkeit der beiden 1,36. 5,28,3 preist. **15.** L. D. Paris. Freigelassener der Tante Neros Domitia, Schauspieler, Suet. Ner. 54, Pantomime und Tänzer, Cass. Dio 63,18,1. Vertrauter Freund Neros, hinterbrachte er diesem im J. 55 im Auftrag der Domitia eine Nachricht von der angeblichen Absicht der Agrippina, der Mutter Neros, ihn mit Hilfe des Rubellius Plautus zu stürzen, Tac. ann. 13,19–22. Damals entging er zwar der Rache der Agrippina, wurde sogar freigelassen und konnte 56 gegen Domitia einen Prozeß auf Rückgabe der Freilassungssumme anstrengen, Dig. 12,4,3,5 (aus Neratius Priscus); jedoch 67 ließ ihn Nero töten, Suet. Ner. 54, angeblich weil er ihm das Tanzen nicht beibringen konnte, Cass. Dio 63,18,1. **16.** Cn. D. Tullus. Adoptivsohn des Redners Cn. D. Afer, Bruder von Nr. 14. Seinen cursus honorum verzeichnet CIL XI 5211. Von Vespasian und Titus in den Patriziat erhoben, nahm er am Germanenkrieg Vespasians im J. 78 in Sondermission als praefectus auxiliorum (wie sein Bruder im nächsten Jahr) teil und erhielt Auszeichnungen. Zugleich praetor des. als candidatus principis. Zu Beginn der Regierung Domitians kommandierte er die leg. III Augusta in Afrika und wurde in Abwesenheit unter die Prätorier aufgenommen. Cos. suff. bald nachher, etwa um 90 procos. Africae, CIL XI 5210, B. Thomasson Statth. Afr. 53 f. Anläßlich des Todes des Bruders schrieb Martial das Gedicht 9,51. D. war sein Gesamterbe, Plin. epist. 8, 18,2.7; er adoptierte die Tochter des Bruders, ebd. § 4; nach Plin. starb er ca. 106/07.

17. Domitia, Tochter von Nr. 2, Tante Neros, Gattin des C. Sallustius Passienus Crispus, cos. II ord. 44 (Quint. inst. 6,1,50), der sie später wegen der Agrippina verließ, Plin. nat. 16,242. Sch. Iuv. 4, 81, weshalb beide einander haßten, Tac. ann. 13, 19,4. Über ihren Freigelassenen Paris s. Nr. 15.

ca. 59 ließ sie Nero durch Gift umbringen, Cass. Dio 61,17,1 f., und eignete sich ihr Vermögen an, Suet. Ner. 34,5. **18.** Domitia Calvina, Tochter von L. Calpurnius Bibulus, Legaten des M. Antonius, CIL VI 16988, Gattin eines Silanus, Mutter des M. Iunius Silanus Torquatus. **19.** Domitia Decidiana, Tochter von Nr. 10, heiratete ca. 62 den Cn. Iulius Agricola, Tac. Agr. 6,1, von dem sie 2 Söhne und eine Tochter hatte, die Tacitus heiratete; sie war noch am Leben, als dieser die Monographie ihres Gatten schrieb (J. 98), Tac. Agr. 46. **20.** Domitia Faustina. Wahrscheinlich 1. Kind des späteren Kaisers M. Aurelius und seiner Gattin Domitia Lucilla, * 146, † vor 161, im Mausoleum Hadrians beigesetzt, CIL VI 995. **21.** Domitia Lepida. Tochter von Nr. 2 und der Antonia maior, Tac. ann. 12,64, Schwester von Nr. 1, Suet. Ner. 5,2, und der Domitia Nr. 17; Enkelin der Octavia und Großnichte des Augustus. Verheiratet mit M. Valerius Messalla Barbatus, Suet. Claud. 26,2; von ihm Mutter der (Valeria) Messalina, Tac. ann. 11, 37,3. Cass. Dio 60,14,3. Eine 2. Ehe schloß sie mit Faustus Cornelius Sulla cos. suff. 31, von dem sie einen Sohn Faustus Cornelius Sulla Felix cos. ord. 52 hatte, Zos. 11,9. Ihr Bruder Nr. 1 war 37 des Inzestes mit D. angeklagt, Suet. Ner. 5,2. Sie zog den jungen Nero auf, ebd. 6,3. Als ihr Schwiegersohn Claudius 41 Kaiser wurde, vermählte er sie mit C. Appius Iunius Silanus cos. 28, Cass. Dio 60,14,3, der schon 42 nach Aufdeckung einer Verschwörung hingerichtet wurde, wobei die Tochter der D., Messalina, die Anklage unterstützte, Tac. ann. 11,29,1. Ein Konflikt zwischen Mutter und Tochter war die Folge; trotzdem stand D. der Messalina 48 in ihrer Todesstunde bei und bestattete ihren Leichnam, ebd. 11,37 f. Nach der Adoption Neros durch Claudius rangen D. und Agrippina um Einfluß auf Nero. Agrippina brachte 54 das Todesurteil gegen D. zustande, ebd. 12,64–65. **22.** Domitia Longina. Tochter von Nr. 9, Gemahlin Domitians, der sie im J. 70 dem L. Aelius Plautius Lamia Aelianus entführte, Suet. Dom. 1,3. Cass. Dio 66,3,4. CIL X 1422. Ein 73 geborener Sohn starb bald und wurde konsekriert, RIC 2, 180,213 tab. V 86. Stat. silv. 1,1,97. Martial. 4,3,8. Sie selbst seit 81 Augusta, CIL VI 2060. Des Ehebruches mit Kaiser Titus beschuldigt (Suet. Tit. 10,2), mit dem Schauspieler Paris überführt (Aurel. Vict. Caes. 11,7); von Domitian verstoßen, aber bald wieder zurückgeholt, Suet. Dom. 3,1. Cass. Dio 67,3,1 f. Sie wußte um die Verschwörung, der Domitian am 18. September 96 zum Opfer fiel. Sie selbst starb erst vor 140, CIL XIV 2795. Bildnisse: RIC 2,209,440–443 tab. VII 109. Bernoulli Röm. Ikonogr. 2,2,22–26. **23.** Domitia Cn. f. Lucilla (maior). Tochter von Nr. 14, adoptiert von Nr. 16, Plin. epist. 8,18,4. Mutter von Nr. 24, Gattin des P. Calvisius Tullius Ruso, cos. 109, s. das Stemma PIR I² p. 124. Reich begütert, s. H. Bloch, Bull. com. 64, 1936, 141–225. **24.** Domitia P. f. Lucilla (minor). Tochter von Nr. 23, Gattin des M. Annius Verus (vor 121 vermählt) Mutter des Kaisers M. Aurelius (εἰς ἑαυτ. 1,3. 1,17,15.9,21,3) und der Annia Cornificia Faustina; an sie hat Fronto 2 Briefe gerichtet, p. 20–23.32–33 v.d. Hout; er gedenkt ihrer aber auch sonst oft (Fronto p. 250). Von ihr wurde auch Didius Iulianus (vit. 1,3) erzogen. † zwischen 155–161, s. Dressel CIL XV p. 267. H. Bloch Bull. com. 66, 1938, 188. **25.** Domitia Paulina, Schwester Hadrians, CIL X 6220. IGR I 1004. III 773. Cass. Dio 69,11,4. Gattin des L. Iulius Ursus Servianus, cos. III 134, vit. Hadr. 1,2. R. H.

III. Literarische Persönlichkeit:

26. Cn. D. Afer. Redner claud. Zeit, * in Nemausus. Aus bescheidenen Verhältnissen, 25 n. Chr. Prätor, in den folgenden J. als Ankläger hervortretend (Tac. ann. 4,52 mit verallgemeinernder Bewertung; 4,66). Seine Wendigkeit rettete ihn 39 aus gefährlicher Situation; er bekleidete damals sogar mit Caligula das Konsulat (Cass. Dio 59, 19 f.); ab 49 *curator aquarum* (Frontin. aq. 102,8 f.). Die Zeit seiner Hauptwirksamkeit bes. als Verteidiger fällt in die Herrschaft des Claudius (Hier. chron. z. J. 2060 = 44,179 f. H.). Trotz nachlassender Fähigkeiten fiel es ihm im Alter schwer, zurückzutreten (Quint. inst. 12,11,3). † 59 (Tac. ann. 14,19). Seine Ziegeleien (CIL XV 979–983, vgl. ebd. S. 265 ff.) gehen an die Adoptivsöhne (Plin. epist. 8,18, 5 ff.) über. – Werke (nur Frg. erhalten): 1. Reden (gesicherte Titel) pro Cloatilla (vgl. Rogers, TAPhA 76, 1945, 264 ff.); pro Voluseno Catulo (Quint. inst. 10,1,24); pro Laelia (ebd. 9,4,31); pro Taurinis (Charis. p. 184 B.). 2. Mehrere Bücher *urbane dicta* aus den Reden (Quint. inst. 6,3,42). 3. Zwei Bücher *de testibus* (ebd. 5,7,7). D. gilt als führender Redner der Zeit (Tac. dial. 13,3. Quint. 10,1, 118 Vergleich mit den *veteres*). Sein Schüler Quintilian (ebd. 10,1,86) hebt neben schlagfertigen Pointen die *maturitas* (12,10,11), das *grave et lentum* (Plin. epist. 2,14,10 ff.) von D.' Stil hervor. Die Ablehnung moderner Deklamationspraxis zeigt ihn als Anhänger der »unverdorbenen Beredsamkeit« (vgl. Tac. dial. 15,3). P. L. Sch.

H. Meyer ORF 1842^2, 563 ff. PIR III^2, 29 f. *H. Bardon* La Litt. Lat. Inconnue 2, 1956, 158 f.

Domnacus. Fürst der Andecaven. 51 v. Chr. belagerte er in Lemonum (= Poitiers) den Pictonenfürsten Duratius und wich erst vor einem 2. röm. Ersatzheer unter C. Fabius zurück, von dem er später geschlagen wurde. Hirt. Gall. 8,26 f. 31. Bei einem erneuten Erhebungsversuch mußte er fliehen. H. G. G.

Domninos. Philosoph und Mathematiker aus Larissa (= Laodikeia) in Syrien. Mitschüler, Kollege und Rivale des → Proklos Diadochos. Nach Damaskios (Suda s. D.) war er ein guter Mathematiker, aber ein etwas oberflächlicher Philosoph, eine Kritik, die ihm seine wenig konservative Einstellung gegenüber Platon (besser wohl: gegenüber dem neuplaton. Schuldogma) eintrug. Diese liberale Haltung zeigt sich gut in dem einzigen von ihm erhaltenen Werk Ἐγχειρίδιον ἀριθμητικῆς εἰσαγωγῆς (Anecd. Gr. Boissonade, Paris 1832, 4,413–429), einem übersichtlichen und doch exakten Kompendium, an dem Tannery (Bull. des sci. math. 8, 1884, 288–298) eine Abwendung von dem für die neuplaton. Schule nahezu kanonischen aber math. unstrengen Nikomachos und eine Rückwendung zur axiomatisch fundierten Arithmetik des Euklid beobachtete. Leider ist seine Στοιχείωσις ἀριθμητική, auf die er am Schluß der Schrift verweist, nicht erhalten. Vermutlich war sie wie die erhaltenen Elementationes des Proklos axiomatisch aufgebaut, berücksichtigte aber wie Theon von Smyrna bes. solche Theoreme, die zum Verständnis der mathemat. Partien des Platon dienlich waren. Wenn Damaskios (Suda) ihm vorwirft, er habe gegen das Verbot seines Volkes durch Tempelschlaf ein Orakel des Asklepios eingeholt und die Anweisung des Gottes, gegen sein mit Blutauswurf verbundenes Leiden viel Schweinefleisch zu essen, ebenso verbotswidrig befolgt, liegt es nahe, in ihm ein Mitglied des liberalen hellenisierten Judentums zu sehen, zumal die Erzählung des Damaskios auf jüd. Gesetze anspielt. Nach Prokl. In Plat. Tim. 1,110,1 Diehl bemühte er sich um eine physikal. Erklärung der von Platon 22c bis d erwähnten Zerstörungen der Erde durch Feuer. Marinos, Vit. Procli 26, erzählt von D.' u. Proklos' gemeinsamem Studium bei Syrianos, die Suda von ihrem späteren Streit um das rechte Verständnis Platons. J. M.

Dona militaria. Die d. m., d. h. die Orden und Ehrenzeichen des röm. Heeres, hatten bereits griech. und oriental. Vorstufen und ihre Ursprünge liegen, wie A. Büttner (BJ 157,129 ff.) im Gegensatz zu P. Steiner (BJ 114/115,5 f.) zeigen konnte, in verschiedenen zivilen Bereichen. Dabei spielte auch die magische Bedeutung (BJ 157,160 ff.) der einzelnen Objekte eine Rolle. Die ältesten röm. Militärauszeichnungen waren die → *hasta donatica* oder *pura* (δόρυ), ursprüngl. *cornuculum* oder *corniculum*, γαῖσος genannt (→ *corniculum*, Cato or. 5, 39, frg. 2, Eggerfestschrift 265, BJ 157,142. 177) und die → *corona*. Letztere kannte schon die Zeit der Zwölftafelgesetzgebung (Plin. nat. 21,7) und Pol. 6,39 erwähnt die *corona muralis* und *corona civica*. Erst später, jedenfalls z. Z. des Polybios, kamen eine Schale (φιάλη, → *patera*) für einen Infanteristen und eine Pferdeschmuckplatte (φάλαρα → *phalerae*) für die gleiche Tat durch einen Kavalleristen hinzu. In der Inschr. des Cn. Pompeius Strabo (CIL I^2 709, p. 714.726) aus der Zeit des Bundesgenossenkrieges erhalten die dort erwähnten spanischen Reiter beides *(patella, phalereis)*, und als neue Auszeichnungen werden → *torques* und → *armilla* erwähnt. *Torques*, *armillae* und *phalerae* bildeten sich als Auszeichnungen heraus, die jedem Soldaten zugänglich waren. Das *cornuculum* der Straboinschrift kam bald ab und wurde aus Edelmetall geformt *(hasta pura)*, eine den Offizieren vorbehaltene Auszeichnung wie das → *vexillum*, das um die gleiche Zeit aufgekommen sein dürfte. In nachpolybianischer Zeit kamen die *corona obsidionalis* aus Gras *(graminea)*, die *corona vallaris* und die *corona navalis* hinzu (Zon. 7,21). Zu ihrer Unterscheidung wurden verschiedene Kennzeichen notwendig, und ihre Herstellung in Metall scheint zu Beginn der Kaiserzeit üblich gewesen zu sein. Lediglich die *corona triumphalis* und *corona myrtea* blieben davon unberührt (Eggerfestschrift 267). Vielleicht bedeutete aber die Zeit des Kaisers Augustus insofern eine Wendung, als die Kranzauszeichnungen wieder aus natürlichen Gewächsen hergestellt worden zu sein scheinen. Dies könnte aus Suet. Aug. 25 (Eggerfestschrift 266f.) geschlossen werden. Die Differenzierung der verschiedenen Orden wurde in der Kaiserzeit zu einem genau abgestuften System entwickelt (Krom.-Veith 537ff.). An neuen Orden kamen unter Caligula die *corona exploratoria* (J. Sulser, 53) und früher schon *phalerae* aus Metall und Glas (JÖAI 35, 1943, Beibl. 27ff. BJ 157, 149ff.) mit figürlichen Darstellungen hinzu. Wie A. Büttner (BJ 157,172ff.) nachweisen konnte, wurden Orden und Ehrenzeichen nicht, wie A. v. Domaszewski (Westd. Ztschr. 14, 1895, 43ff.) vermutete, von Septimius Severus abgeschafft, sondern noch in der Spätantike verliehen, doch weniger in der Mehrzahl wie bisher, sondern meistens in der Einzahl, und möglicherweise ist ein Weiterleben im MA. anzunehmen (BJ 157,176). Das Recht der Verleihung der d. m., die nicht nur einzelne Soldaten, sondern ganze Einheiten erhalten konnten (Krom.-Veith 538f.), hatte in der Republik der Oberbefehlshaber des Heeres (Val. Max. 4,3,10), in der Kaiserzeit der *princeps* (Mommsen RStR 2³,854) und der mit einem selbständigen Kommando ausgestattete *proconsul* (Suet. Tib. 32). Die d. m. durften bei feierlichen Gelegenheiten sichtbar getragen werden (Tac. hist. 2,89), und teilweise waren mit bestimmten Orden und Ehrenzeichen besondere Vorrechte (Krom.-Veith 284) verbunden. A. N.

BJ 157, 1957, 129, Anm. 15.149, Anm. 12. Das dortige Verzeichnis ist durch Festschrift für R. Egger II, Klagenfurt 1953, 265ff. *J. Sulser* Disciplina, Basel 1920, 48ff. und RE VIII A 2452f. zu ergänzen.

Donatio. Unter d. verstand man im jurist. Sinne jede Zuwendung unter Lebenden, die in der Absicht gemacht wird, dem Empfänger etwas unentgeltlich zukommen zu lassen *(animus donandi)*. In klass. Z. war diese d. noch kein eigener *contractus*, kein selbständiger Obligierungsgrund. Sie bildete lediglich das Rechtsgrundgeschäft *(causa)* für einen beliebigen Zuwendungsakt sachenrechtlicher (Übereignung, Aufhebung eines beschränkten dinglichen Rechts) oder obligatorischer (Stipulation, Litteralkontrakt, Zession, Schulderlaß) Natur. Sollte ein Schenkungsversprechen verpflichtend wirken, so mußten es in Stipulationsform gekleidet sein. Justinian läßt dieses Formerfordernis fallen und anerkennt das bloße Schenkungsversprechen als einen selbständigen, durch Konsens begründeten Verpflichtungsgrund.

Die aus der Zeit der Luxusbekämpfung zu verstehende Abneigung der Römer gegen die Schenkung findet bes. in dem Plebiszit der Lex Cincia des J. 204 v. Chr. ihren Ausdruck. Danach waren Schenkungen, die einen uns unbekannten Wert überstiegen, an jedermann – *personae exceptae* ausgenommen (vgl. Paul. frg. Vat. 298ff.) – verboten. Wurde dennoch geschenkt, so war die Schenkung nach *ius civile* gültig, da der *lex* eine Sanktionsnorm fehlte. Klagte jedoch der Beschenkte, dem die Leistung noch nicht erbracht wurde, auf Vollzug der Schenkung, so konnte der Schenker der Klage die *exceptio legis Cinciae* entgegensetzen.

Mit dem Vordringen des Christentums und karitativer Gedanken in dessen Gefolge wurde das Gesetz stark eingeschränkt. Schon in spätklass. Z. konnte der Erbe des Schenkenden sich nicht mehr auf die lex Cincia berufen (*morte Cincia removetur*, Pap. frg. Vat. 259), wenn sich die Sache bereits in der Hand des Beschenkten befand, die Schenkung jedoch imperfekt geblieben war, weil etwa *res mancipi* bloß tradiert wurden. Ungefähr seit dem 4. Jh. n. Chr. verschwand die *lex* ganz aus der Praxis.

In Dig. 24,1,1, führt Ulpian das Verbot der Schenkung unter Ehegatten *(d. inter virum et uxorem)* an, das sich, vermutlich von den august. Ehegesetzen herkommend, bis in das Gemeine Recht erhalten hat. Schenkungen gegen das Verbot waren nichtig. Ob das Verbot bereits z. Z. der lex Cincia gegolten hat, ob also die Ehegatten zu den *personae exceptae* gehörten, ist trotz frg. Vat. 302 fraglich. Durch eine *oratio* des Severus (206 n. Chr.; vom Mitregenten Caracalla eingebracht?) wurde eine Milderung des Verbotes erreicht: Schenkungen, die der Ehegatte bis zu seinem Tode nicht widerrufen hatte, blieben den Erben gegenüber wirksam.

Die Schenkung unter Brautleuten *(d. ante nuptias)* sollte für die vermögenslose Gattin im Falle der Scheidung oder des Todes des Mannes weitgehend die Funktion der *dos* übernehmen: Der Bräutigam schenkte der Frau den Gegenstand der *d. propter nuptias* (spätröm. Morgengabe) als *d. ante nuptias*, und die Frau gab diesen sodann als *dos* an den Mann zurück *(d. ante nuptias in dotem redacta)*.

Eine Schenkung von Todes wegen *(d. mortis causa)* setzte zu ihrer Gültigkeit voraus, daß der Beschenkte den Schenker überlebte. Um durch dieses Geschäft nicht die Vorschriften für Vermächtnisse zu umgehen *(leges Furia, Voconia, Falcidia)*, wurden bald die Verbotsnormen der Legate auch auf die *d. mortis causa* angewendet. F. R.

G.G. *Archi* La Donazione, Corso di Diritto Romano, 1960; dazu *Pringsheim*, ZRG 78, 1961, 474 ff. *F. Casavola* Lex Cincia, Contributo alla storia delle origini della donazione Romana, 1960; dazu *Wesener*, ZRG 78, 1961, 485 ff. *E. Levy* Weström. Vulgarrecht, Obligationenrecht, 1956, 235 ff.

Donativum. Das schon am E. der röm. Republik nachweisbare d., mit dem sich die verschiedenen Machthaber der Treue und des Wohlwollens der Soldaten versichern wollten (Sall. Cat. 11,5, Suet. Caes. 38. Cass. Dio 45,12,2. App. civ. 4,89, 100 f. 118. Cass. Dio 44,13,1–3), hieß auch ἐπίδοσις (Herodian. 4,5,1), δωρεά (Cass. Dio 57,5,3) und *congiarium* (Cic. Att. 16,8,2. H. A. Ant. Pius 4,9) und wurde für die röm. Kaiserzeit charakteristisch. Es war ein außerordentliches Geldgeschenk, das die Soldaten aus verschiedenen Anlässen erhielten. In der Regel bewilligten die Kaiser ein d. anläßlich ihrer Thronbesteigung (Cass. Dio 56,32,2), doch wurde ein d. auch bei der Wiederkehr der Thronbesteigung (Cass. Dio 76,1,1. H. A. Diad. 2,1), am *dies tirocinii* des Thronfolgers (Cass. Dio 55,6,4), bei der Bekleidung mit der *toga virilis* (Suet. Nero 7), der Verleihung eines Ehrentitels an einen kaiserlichen Prinzen oder Mitregenten (Cass. Dio 78,34,2), bei einer Adoption (H. A. Hadr. 23, 12.14) und Heirat (H. A. Ant. Pius 10) ausbezahlt. Mit einem d. versuchte man aufständische Soldaten zum Gehorsam zurückzuführen (Tac. hist. 36, 38) oder Truppen vom Plündern abzuhalten (Cass. Dio 79,1,1). Schließlich wurde durch ein d. die Ergebenheit der Soldaten (Tac. ann. 15,72) belohnt, oder es war ein Mittel, Anhänger aus den feindlichen Reihen zu gewinnen (Herodian. 3,6,8. H. A. Maximinus 2, 18,4). Nach Veg. mil. 20 wurde aus disziplinären Gründen bloß die Hälfte des d. ausbezahlt. Kriegsgefangene (Cod. Iust. 12, 35,1) und der Desertion Beschuldigte (Dig. 49, 16,10) hatten keinen Anspruch auf ein d. D. kannte auch die späte Kaiserzeit (Amm. 28,6,19. Sozom. hist. eccl. 5,17. Grosse 244) als ständige Soldzulage (Prok. HA 24,27 ff.). A. N.

Dar.-Sagl. 2,1,385 ff. RE V 1542 ff. *J. Sulser* Disciplina, Basel 1920, 66 ff. *R. Grosse* Röm. Militärgesch., Bln. 1920, 243 ff. *Krom.-Veith* 634.

Donatus. 1. D., Proconsul Africae 11. bis 24. Nov. 408 (Seeck Reg.), den Augustinus epist. 100.112 um Einschreiten gegen die Donatisten bittet.

RE V 1545,43.

2. D. von Casae Nigrae, seit 313 Gegenbischof von Karthago und Führer der donatist. Kirche. Während der Christenverfolgung von 303 waren auch Bischöfe der Aufforderung, die Expl. der Hlg. Schrift bei den heidn. Behörden abzuliefern, nachgekommen. In Afrika gab es schon seit Tert. rigoristische Kreise, denen die Kirche als Gemeinschaft der Auserwählten galt; die Auslieferer der Bücher *(traditores)* verloren nach ihnen die Kirchengemeinschaft, von diesen gespendete Sakramente waren ungültig, d.h. bes. die Taufe mußte wiederholt werden. So wurde 312 die Erhebung des Caecilianus zum Bischof von Karthago angefochten, weil einer der ihn weihenden Bischöfe *traditor* gewesen sei, und ein Gegenbischof gewählt, dessen Nachfolger nach kurzer Zeit D. wurde. Hinter den Donatisten standen die Volksmassen, und vor allem die nur wenig romanisierten Einheimischen in Numidien; nationalist. Opposition gegen den röm. Staat verband sich mit dem religiösen Schisma. Das Kennwort der Donatisten war »*deo laudes*«; Hauptstreitpunkt die in Afrika schon von → Cyprianus verfochtene Wiedertaufe. Stark war der Zug zum Märtyrertum: Die wahre Kirche ist die, welche Verfolgung leidet. Als Martyrium galt außer dem Tod durch Hinrichtung auch der rituelle Selbstmord. Um die zahlreichen Märtyrerkapellen scharten sich Banden *(circumcelliones)*, die mit Terrorakten gegen Katholiken und Grundbesitzer als Räuber zu leben und als donatist. Märtyrer zu sterben trachteten. Außerhalb Afrikas fanden die Donatisten kaum Anhang. Nachdem die Konzilien von Rom 313 und Arelate 314 sich für Caecilianus entschieden hatten, stellten sich Kaiser Constantinus und seine Nachfolger auf die Seite der Katholiken. Doch D. machte seine Partei in Afrika zur Massenbewegung; um 336 konnte er 270 donatist. Bischöfe in Karthago versammeln. Constans erließ 346 ein Verbannungsedikt; D. starb um 355, bevor Iulianus 361 die Rückkehr aller Verbannten gestattete. In der Folgezeit führten Optatus von Mileve und Augustinus (s. o. I S. 742,5 ff.) den lit. Kampf gegen die Donatisten, vor allem den Nachfolger des D., → Parmenianus, und → Petilianus von Constantine. Von den zahlreichen Schriften des D. selbst ist keine erhalten. Dagegen kennen wir einige donatist. Märtyrerakten [2],337. Donatist. sind der *liber genealogus* (ed. Mommsen MGAA 9,160 ff.) und Ps.-Cypr. *de singularitate clericorum*. Anerkennung auch auf kath. Seite fand von den donatist. Autoren einzig → Tyconius. Als 397/98 der Aufstand des numid. Heerführers → Gildo gegen das röm. Reich niedergeschlagen wurde, ging man auch gegen seine Anhänger, die Donatisten, energischer vor. Augustinus erreichte 411 eine Disputation von 286 kath. gegen 284 donatist. Bischöfe in Karthago vor dem kaiserlichen Kommissar Marcellinus, welcher die Verurteilung des Donatismus aussprach. Doch trotz rigoroser Verfolgung blieb die Kirche des D. bestehen, bis durch den Islam das afrikan. Christentum überhaupt unterging. O. H.

1. *Paul Monceaux* Histoire littéraire de l'Afrique chrét. 4–7, 1912–1923. 2. *W. H. C. Frend* The Donatist Church, 1952. 3. *Ders.* RACh 4,128–147. 4. *Emin Tengström* Donatisten und Katholiken, 1964.

2. D. Aelius, lat. Grammatiker, Lehrer des hl. Hieronymus, um die Mitte des 4. Jh. n. Chr., Vf. einer Ars minor (über 8 Redeteile) und einer für ältere Schüler bestimmten Ars maior (in 3 Teilen).

D. benutzte diese oder eine sehr ähnliche Fassung der Schulgrammatik, die nachher dem Consentius vorlag; unter den Quellen ist bes. Crassicius Pasicles Pansa hervorzuheben, der aber nur mittelbar auf den D. eingewirkt haben wird. Die Ars des D. fand noch im Altertum einige Kommentatoren, im MA. wurde sie zur allg. gebrauchten Schulgrammatik. D. schrieb auch einen Kommentar zu Terenz, der – freilich mit fremden Zusätzen – auf uns gekommen ist (zu 5 Komödien; der Kommentar zum Heaut. ist verlorengegangen). Aus dem Kommentar zu Vergil des D. besitzen wir nur die Vorrede, die Vergil-vita und die Einführung in die Bucolica. Doch scheint der Kommentar des D. in den sog. Sch. Danielina zu Vergil zu stecken.

Ta. der beiden Artes: *Keil* GrL 4,355ff., der Kommentatores ebd. 4,403ff. 486ff. 5,10ff. Ta. des Terenz-Kommentars: *Wessner*, Lpz. 1902–05.

Lit.: *Jeep* Redeteile 24ff. *Wessner*, RE V 1545ff. *Dziatzko-Hauler* Terenz, Phormio ^{4}28f. *E.K. Rand*, CQ 1916, 158ff. *Barwick* Philol. Suppl. 15,2 (passim).

3. D. Tib. Claudius, gegen E. des 4. Jh. n. Chr., Vf. eines Kommentars zur Aeneis (Interpretationes Vergilianae). Der Kommentar hatte geringen Einfluß auf die spätere Exegese des Dichters. W. Str.

Ta.: *Georgii*, 2 Bde. 1905–1906. Vgl. *Wessner*, RE V 1547.

Donuca s. Dunax

Dora (hebr. *do'r* und *dôr*, phön. *d'r*, äg. *djrꜣ* akkad. *du'ru*, griech. *Δῶρος*, *Δῶρα*, *Δοῦρα*, Tab. Peut. *Thora*). Stadt an der paläst. Mittelmeerküste w. des Karmel, die h. *ḫirbet el-burǧ* bei *eṭ-ṭantūra* bzw. *naḥšôlîm* (vgl. Eus. Onom. 78,8. 136,16 Kl.: 9 mp. n. Kaisareia). Besiedlung für ca. 1400 v. Chr. archäol. nachgewiesen; um 1100 im Besitz der zu den »Seevölkern« gehörenden *ṯkr*. (Wen Amon: AOT 71f. ANET 26.) Gegenüber den einwandernden Israeliten blieb D. selbständig (Ri. 1,27); auch Salomo scheint nur das Hinterland der Stadt besessen zu haben (1. Kön. 4,11). Wohl 734 assyr. Provinzhauptstadt. Um 450 erhielt der König Ešmunazar von Sidon die Stadt von dem Perserkönig (CIS I,3 Z. 18f.). 219 v. Chr. von Antiochos d. Gr. (Pol. 5,66), 139/38 von Antiochos Sidetes vergeblich belagert (1. Makk. 15,11ff. Ios. ant. Iud. 13,223ff.; bell. Iud. 1,50); 63 v. Chr. röm. Nach einer Zeit des Verfalls vom 5.–7. Jh. Bischofssitz. – Ausgrabungen: 1924 Tempel, 1951 röm. Theater, 1952 byz. Kirche. E. Ku.

G. Dahl The Materials for the Hist. of D., New Haven, 1915. *K. Galling* Bibl. Reallex., 1937, 136ff. Reallex. der Assyriol. 2, 1938, 230. *Alt* I–III, 1953/59 (Reg.). Bibl.-Histor. HWB 1, 1962, 350.

Dorieis. Einer der großen griech. Stämme, später als alle übrigen nach Hellas eingewandert im Gefolge der Völkerverschiebungen der Ägäischen oder → Seevölker-Wanderung des 13. und 12. Jh. v. Chr. (E. SCHACHERMEYR, AAWW 1956, 187). Wohl aus dem dalmatin.-alban. Raum kommend, fanden die D. die myken. Burgen bereits zerstört vor (vgl. V. MILOJCIC, JRGM 2, 1955, 165ff. F. MATZ, Atti del 7^{0} congr. intern. di Arch. Class. 1, 1961, 197ff.), weshalb die myth. Erinnerung an ihre Einwanderung, die Sage von der Rückkehr der Herakliden, hiervon auch nichts zu berichten weiß. Die für sie charakterist. Phylenordnung brachten die D. schon aus ihrer Urheimat mit: Die Hylleer, von welchen es später noch Spuren in Dalmatien (Timaios, FGrH 566 F 77. Ps.-Apollodor, FGrH 244 F 321. IG I^{2} 329,20.24. Steph. Byz. s. v. Ὑλλεῖς) und auf Kerkyra (Thuk. 3,72.81) gab und auf deren Konto kultische und kulturelle Übereinstimmungen der D. mit den Philistern, Venetern und n. Illyrern (R. HERBIG, JdAI 55, 1940, 58ff. P. KRETSCHMER Glotta 30, 1943, 154ff. V. MILOJCIC, AA 1948/49, 12ff.) zu setzen sein dürften, bildeten deren illyr. Komponente, die → Dymanen die eigentlich griech., während die Pamphyloi ihrem Namen nach eine Zusammenfassung von Splittergruppen darstellten, die sich den beiden anderen Phylen angeschlossen hatten. Der Einwanderungsweg der D. – doch wohl über den Golf von Korinth und nicht über Kreta (hierzu F. MILTNER, Klio 27, 1934, 54ff.) – ist nicht gesichert, auf der Peloponnes war dann eindeutig die Argolis das Ausgangsgebiet ihrer schrittweisen Expansion. Sie mußten aber selbst hier die Reste der myken. Bevölkerung als 4. Phyle gleichberechtigt in ihre Reihen aufnehmen und vermochten sich etwa in Troizen und in der Kynuria (Hdt. 8,73) erst allmählich gegenüber dem ion. Element durchzusetzen. Die sehr intensive Dorisierung der Megaris erscheint in der Überlieferung als das bleibende Ergebnis eines gescheiterten Angriffs auf Athen (K. HANELL Megar. Stud. 1934, 69ff.), die frühesten Siedlungsspuren der D. Spartas stammen aus dem 10. Jh., aber erst in der 1. Hälfte des 8. Jh. scheinen sie das achaiische Königtum von Amyklai und S.-Lakonien in ihre Hand bekommen zu haben (F. KIECHLE Lakonien und Sparta, 1963, 55ff.). Schwer abzuschätzen ist das Ausmaß eines etwaigen Eindringens der D. in Messenien schon vor dem 1. Messen. Krieg. Auch Thera dürften sie erst im 9. Jh. von der Argolis aus besetzt haben. Über die s. Kykladen und Sporaden gelangten sie an die SW.-Küste Kleinasiens und bis nach Pamphylien. Von ihren Kolonien wurden die spartan. Gründung Tarent und die theraiische von Kyrene wichtig, und vor allem im 5. und 4. Jh. gewann polit. Bedeutung, daß die größten und schließlich maßgeblichen griech. Kolonien Siziliens, vor allem Syrakus, Akragas und Messana, dor. waren und diese Insel hierdurch zu einem Bollwerk des Doriertums wurde. Fr. Kie.

Dorieus (*Δωριεύς*). **1.** Sohn des Königs → Anaxandridas von Sparta, von dessen zunächst unfruchtbarer 1. Frau. Daß sein etwas älterer Halbbruder Kleomenes I., von Anaxandridas' 2. Gemahlin, als der 1. im Purpur geborene den Thron erhielt, konnte D. nicht verschmerzen (Hdt. 5,39ff.) und übernahm deshalb, entschlossen, sich in der Fremde eine eigene Herrschaft zu errichten, 514 v.Chr. die Leitung eines spartan. Kolonisationsunternehmens im Oasengebiet am Kinyps in Libyen, ö. des h. Tripolis, dessen Ziel sowohl die Stärkung der Griechen in Kyrene wie die Schaffung einer Expansionsbasis gegen Karthago war. Im Bunde mit den lib. Makeern vernichteten die Karthager deshalb 512 diese Kolonie (Hdt. 5,42). Hierauf versuchte D. um 510 in die karthag. Position an der W.-Spitze Siziliens einzubrechen und gründete am Fuße des Eryx die Stadt Herakleia, erlag jedoch wohl 508/07 auch hier den vereinigten Elymern – vor allem von Segesta – und Phoinikern und fand dabei den Tod (Hdt. 5,46ff.. Paus. 3,16,4). Dem großartigen Plan des Tyrannen Gelon von Gela um 489, D. rächend dessen Unternehmungen gegen die Karthager und Elymer umfassend fortzusetzen, haben Sparta und D.' Bruder Leonidas, der spätere Thermopylenkämpfer, jegliche Unterstützung verweigert (Hdt. 7,158. Iust. 19, 1,9).

A. v. Stauffenberg Dorieus, Hist. 9, 1960, 181ff. *Ders.* Trinakria, 1963, 180ff.

2. Sohn des → Diagoras, aus einer gefeierten, von Pindar, O. 7, besungenen rhod. Athletenfamilie stammend, siegte im Pankration in Olympia 432, 428 und 424 v. Chr. (Syll. I³ 82; L. Moretti Olympionikai, 1957, 105); weiterhin gewann er 8 isthm. Siege, 7 nemei. und einen pyth. (Paus. 6,7,4) und wurde hierdurch so berühmt, daß ihn die Athener 407 freiwillig aus ihrer Gefangenschaft entließen, obwohl er ein erbitterter Gegner ihrer Politik war (Xen. hell. 1,5,19. Paus. 6,7,5f.). Schon 412 hatte er vor den Athenern nach Thurioi emigrieren müssen, 411 kämpfte er unter den spartan. Nauarchen → Astyochos und Mindaros in den Gewässern Ioniens, und auch beim Synoikismos von Rhodos 408/07 hatte er wohl seine Hand im Spiele. Als er sich jedoch 395 für Konon und gegen Sparta entschied, richteten ihn die Spartaner als Verräter an der hellen. Sache hin. Fr. Kie.

Hiller v. Gaertringen, RE Suppl. V 763.773. *F. Kiechle* Messen. Stud., Kallmünz 1959, 128ff.

Dorimachos (*Δορίμαχος*). Aitoler aus Trichonion, Sohn des Nikostratos, leitete 220 den Einfall der Aitoler in Messenien, besiegte die Achaier bei Kaphyai und führte mit dem illyr. Piratenfürsten Skerdilaidas den Raubzug nach Arkadien, wo Kynaitha verbrannt wurde, Lusoi sich loskaufte und Kleitor sich hielt. Pol. 4,3ff. 10ff.16ff. Als Stratege des aitol. Bundes plünderte D. 219/18 Epirus und Dodona, wurde aber von Philipp V. zum Rückzug aus Thessalien gezwungen. Pol. 4,67. 5,17,5ff. Als *princeps Aetolorum* trat D. 212 für das Bündnis der Aitoler mit Rom gegen Philipp ein. Liv. 26,24,7. Wiederum 211/10 zum Strategen gewählt, konnte er das von Philipp belagerte thessalische Echinos nicht befreien. Pol. 9,42. Seine 3. Strategie ist für 207/06 anzusetzen. Während der 4. 204/03 wurden D. und Skopas zu

Nomographoi für eine Sozialreform gewählt, die auf großen Widerstand stieß. Pol. 13,1,2f. 1a. Später trug D. als aitol. Gesandter am alexandrin. Hofe 196 zum Sturz des Skopas bei. Pol. 18,54,4. IG IX² 30. H. V.

Dorion. Verf. (1. Jh. v. Chr.) eines Werkes *π. ἰχθύων*, einer Kompilation älterer Werke über Namen, Arten, Aussehen, Zubereitung von Fischen; es wurde eine der wichtigsten fischkundlichen Quellen des → Athenaios. W. R.

Wellmann, H 33, 1888, 179. *Christ-Schmid* 2,1,289.

Doris (*Δωρίς*). **1.** Tochter des Okeanos und der Tethys, Gattin des Nereus, Mutter der 50 Nereiden. Hes. theog. 241. Apollod. 1,11. Ov. 2,11.269. **2.** Eine der → Nereiden. Hom. Il. 18,45. Hes. th. 250. Sprechender Name, vgl. Eudore, Doto, Hes. th. 243.248. Metonymisch = Meer: Arat. ph. 658. Verg. ecl. 10,5 *D. amara.* Ov. fast. 4,678. **3.** Eine der Okeaninen (Süßwassernymphen), Töchter des Okeanos und der Tethys, Hes. th. 350. Zum Namen vgl. Polydore, Eudore a. O. 354.360. Goethes »Doriden« in der klass. Walpurgisnacht. H. v. G.

A. Lesky Thalatta, 1947, 115f.

4. D., die kleinste und nördlichste Landschaft Mittelgriechenlands, im Quellgebiet des Kephisos, im N., W., S. von hohen Gebirgen abgeriegelt, nur nach O. gegen Phokis offen. Wichtig ist auch in der Kriegsgeschichte der nach S. (Amphissa) führende Paß von Gravia zwischen Giona und Parnaß. Vor den Doriern sollen Dryoper die Bewohner gewesen sein. Hist. nur 4 »Städtchen« (daher auch »Tetrapolis« genannt), Boion am N.-Rand der Kephisosebene bei Paläochori (noch bei Hierokl. synecd. 643,9), Erineos bei Kato-Kastelli und Kytinion bei Gravia am S.-Rand der Ebene, diese 3 oft allein genannt, und Pindos in den Vorbergen der Giona bei Ano-Kastelli. Galt unbestritten als »Metropolis« und Heimat der Dorier, wegen der Kärglichkeit des Landes auch als »Hungerdorier« bezeichnet (Skyl., anders Hesych. s.v.). D. gehörte zu den alten Mitgliedern der delph. Amphiktyonie (die Hieromnemonen Sylloge I³ S. 314/15. EDelph. III 5,324f. Daux Delphes au IIe et Ie siècle 329ff. 644f. 679ff.). Im 3. Jh. v. Chr. zum aitol. Bund (Flacelière Les Aitoliens à Delphes 186.191f.). Vorübergehende Zugehörigkeit des oberen phok. Kephisosbeckens mit Drymos, Teithronion, Lilaia zu D. (Liv. 28,7, 13. Ptol. 3,14,14. Sch. Pind. Pyth. 1,121) sehr zweifelhaft ([1],309f. Flacelière 302 A. 2). Pausanias besucht und erwähnt die Landschaft nicht mehr. Hdt. 8,31.43. Strab. 8,4,10 p. 362. 8,6,13 p. 373. 9,3,1 p. 417. 4,10 p. 427. 10,4,6 p. 475f. Skyl. 62. Skymn. 592ff. Diod. 4,67,1. Konon FGrH 26,27. Inschr. [2],110f. SEG XVI 346. E. M.

1. *H. G. Lolling* Zur Topographie von Doris, MDAIA 9, 1884, 305ff. 2. *F. W. G. Foat* Notes on Doris, ABSA 23, 1918/19, 104ff. 3. *Philipps.-Kirst.* 1,420.422.657f.661f.669. 714 A. 46. RE XX 1704f. (Pindos).

Dorische Wanderung. Die indo-europäischen Voreltern der späteren Griechenstämme scheinen sich im Laufe der jüngeren Bronzezeit (ca. 2500–2000) nach S. bis an die Grenzen von Hellas vorgeschoben zu haben. Etwa um 1950 brach ein Teil von ihnen in Griechenland ein, wandte sich hier dem Ackerbau zu und begründete die mittelhellad., wie nachher die myken. Kultur. Die übrigen blieben in den Gebirgsbereichen von N.-Griechenland und Epeiros zurück und behielten hier während der gleichzeitigen Blüte des Mittelhelladikums und der myken. Ära die Wirtschaftsform von Viehzüchtern mit Almauftrieb und bloß spärlichem Ackerbau bei. Schließlich organisierte sich ein Teil dieser räumlich wie kulturell zurückgebliebenen Volkselemente als → Dorier. Nach Hdt. 1,56 hielten sich diese zuerst im Bereich des Ossa und Olympos auf, nachher im n. Pindos, dann in der Dryopis und schließlich in der Doris Mittelgriechenlands. Auch Tyrtaios erinnert seine Volksgenossen an den früheren Aufenthalt in der Doris (Anth. Lyr. Gr. Diehl ^{3}1949, 2).

Daß die Dorier zur myken. Zeit noch nicht im griech. Kulturlande und vor allem noch nicht in der Peloponnes gesessen waren, geht u. a. daraus hervor, daß in den myken. Linear B-Tafeln von Pylos und von Mykenai der dor. Dialekt noch nicht verwendet wurde und daß auch in den homer. Dichtungen (von der anachronist. Stelle Od. 19,175 ff. abgesehen) keinerlei Dorier erwähnt werden. Die D. W. erfolgte somit erst nach dem E. der myken. Kulturblüte. Die von J. Beloch, GG I 2, ^{2}1913, 76 ff. vertretene Auffassung, daß die Dorier schon während der myken. Z. ihre peloponnes. Wohnsitze innehatten, muß nun als endgültig überholt gelten.

Umstritten ist allerdings noch immer der genauere Zeitpunkt der D. W. und auch der Weg, den diese Bewegung genommen hat: Die ältere und auch jetzt noch von verschiedenen Forschern vertretene Ansicht (vgl. z. B. Busolt, GG I, ^{2}1893, 201 ff. Ed. Meyer GdA II 1, ^{2}1928, 569. Bengtson, GG ^{2}1960, 50 ff.) geht dahin, daß die D. W. selbst erst den Zusammenbruch der myken. Kultur herbeigeführt habe. So hat das einst auch schon die altgriech. Überlieferung aufgefaßt, als sie zusammen mit der Einwanderung der Dorier die sog. Rückkehr der Herakliden stattfinden ließ: Der Herakles-Sohn Hyllos begab sich zum Dorierkönig Aigimios und wurde von diesem adoptiert. Seine Nachkommen eroberten nach einigen mißglückten Versuchen an der Spitze der Dorier schließlich die Peloponnes, wo sie sich in Lakonien, Argos und Messenien teilten. Es versteht sich dabei von selbst, daß diese Anknüpfung an Herakles dem Zwecke diente, die Eroberung der genannten Landschaften zu legitimieren (eingehend und am besten darüber. Ed. Meyer GdA 2, ^{1}1893, 249 ff.). Diese Version, die zweifellos von dorierfreundlichen Sängern in die Welt gesetzt worden war, wurde nachher von Ephoros (vgl. FGrH 70 F 15 ff. 116 f.) in ihren Einzelheiten weiter ausgeschmückt.

Diese ant. Berichte und ebenso die darauf sich gründenden Auffassungen der Modernen werden aber weder den oriental. Quellen noch den Ergebnissen der Ausgrabungen im ö. Mittelmeerbereich gerecht. Wir entnehmen aus den Inschr. Ramses' III. über die Seevölkerangriffe, aus dem AT über die Philisterkriege und aus den Keilschrifttexten Tiglat Pilesars I. über die Angriffe der Muski, daß im 12. Jh. der gesamte Kreis des ö. Mittelmeeres von Fremdvölkern überschwemmt wurde, die zu Land und zur See bis an die Grenzen von Äg. vordrangen (→ Seevölkerwanderung). Dabei spielten die Philister die Hauptrolle.

Diese Wanderungskatastrophe scheint sich aber auch über den ägäischen Bereich ausgedehnt zu haben, denn im AT werden neben den Philistern auch noch Kreter als Eindringlinge genannt, und es zeigt die Philisterkultur der Küste Palästinas nachher beträchtliche myken. Kultureinflüsse (bes. in der Keramik). So dürfte sich die Philisterherrschaft zeitweise auch über Kreta ausgedehnt haben.

Auf Grund dieser Tatbestände hat F. Schachermeyr Etrusk. Frühgesch. 1929, 27 ff. 50 ff.; Griech. Gesch. 1960, 76 ff. angenommen, daß die Zerstörung der myken. Kultur gar nicht durch die Dorier erfolgte, sondern durch die Philister und ihre zahlreichen Bundesgenossen (→ Seevölkerwanderung). Die Dorier wären erst nach dieser ersten (etwa ins 12. Jh. fallenden) Wanderungskatastrophe in den nun bereits darniederliegenden ägäischen Bereich eingewandert (etwa im 11. Jh.).

Diese Auffassung hat neuerdings V. Milojcic, AA 1948/49, 12 ff.; Sprockhoff – Festschrift I (Jahrb. Z. Mus. Mainz), ^{2}1955, 153 ff. mit wertvollen archäolog. Beobachtungen gestützt. Er erkannte, daß auf dem griech. Festland und auf Kreta zwei aufeinanderfolgende Wellen von Fremdelementen festgestellt werden können, deren erste mit dem Zusammenbruch der myken. Welt etwa um 1200 zusammenginge, während die zweite in einem gewissen Abstand folgte.

In der griech. Rückerinnerung ist von den beiden Wanderungen vor allem die zweite und jüngere in Erinnerung geblieben. Für die ältere haben sich nur einige schattenhafte Hinweise erhalten, so auf die »Achäerzerstreuung« bei der Rückkehr aus Troia, auf Mopsos, auf Kalchas und die wichtigen Bemerkungen bei Kallinos (Poet. Lyr. Gr. Bergk II fr. 7 und 8).

Was den Wanderungsweg der Dorier anbetrifft, so liegt die Annahme am nächsten, daß sie teils über die Meerenge von Rhion, teils über den Isthmos nach der Peloponnes gelangt sind, von wo mancherlei Schwärme dann nach Kreta und den s. Inseln, bes. nach Rhodos und Kos, übersetzten. Auf letzteren läßt sich eine dor. Besiedlung archäologisch erst seit protogeometr. Z., d.h. seit etwa 1000 v.Chr., nachweisen. Die von WILAMOWITZ Herakles 1^2,16f., ED. MEYER (s.o.), F. MILTNER, Klio 27, 1934, 54ff. und anderen vertretene Ansicht, daß die Dorier über See in die Peloponnes eingewandert seien, findet in den Quellen keine hinreichende Stütze und ist an sich unwahrscheinlich. F. Sch.

Doriskos (*Δορίσκος*). **1.** Die Küstenebene an der Mündung des Hebros in Thrakien. **2.** Ein gleichnamiger befestigter Ort mit starker persischer Besatzung und mit Proviantmagazinen. Hdt. 8, 105ff. Bei D. fand die große Truppenschau der Perser statt (Hdt. 5,98. 7,25.58ff.108. 121. An der Stelle von D. (10 km w. von Dyme-Feredžik) wurde am Anfang des 2.Jh. n.Chr. Traianopolis gegründet. Chr. D.

Casson Macedonia, Thrace and Illyria, 2,93,256. *Oberhummer* RE VI A 2082ff.

Doron (*δῶρον*), begegnet schon bei Hom.Il. 4,109 und Hes.erg. 426 und war nach späteren Autoren (z.B. Vitr. 2,3,3) gleich der → *παλαιστή*, dem röm. *palmus* im Betrag von 4 → Daktyloi und somit ¼ Fuß. Entsprechend rechnet es Eust. zu Il. 4,109 als ⅓ Spanne (→ *σπιθαμή*). Das führt auf eine Größe von 7½ bis 8½ cm. H. Ch.

Hultsch, RE V 1569.

Δώρων γραφή. In Athen Klage wegen Bestechlichkeit (Poll. 8,42). Hierunter fiel auch die Richterbestechlichkeit. Über Bestechung → *Δεκασμοῦ γραφή*. Tathandlung war das Annehmen von Geschenken durch Amtsträger – wozu auch die Anwälte in öffentlichen und privaten Prozessen gerechnet wurden (Demosth. 46,26) – zum Schaden des Staates (Lys. 21,22: *ἐπὶ τῷ τῆς πόλεως κακῷ*. Demosth. 21,113: *ἐπὶ βλάβῃ τοῦ δήμου*). Die Klage wurde in leichteren Fällen bei den Logistai, in schwereren bei den Thesmothetai (Aristot. Ath. pol. 59) eingereicht. Hauptstrafe: in schweren Fällen drohte der Tod, in leichteren die Strafe des zehnfachen Betrages des Geschenkwertes oder der Bestechungssumme (Aristot. Ath. pol. 54,2). In jedem Fall kam noch als Nebenstrafe der völlige Verlust der bürgerlichen Ehrenrechte hinzu, der sich auch auf die Abkömml. erstreckte. E. B.

1. *J.H. Lipsius* Das att. Recht und Rechtsverfahren, 1905, 401. 2. *Busolt-Swob.* GStk 1077.1098.

Doros (*Δῶρος*). Myth. Ahnherr der Dorier, Sohn des Hellen und der Orseis, Enkel des Deukalion, Bruder des Xuthos und Aiolos. Hes. Katal. 28 Rz. Von Phthia aus begründete er eine Herrschaft in der thessal. Hestiaiotis oder in der mittelgriech. Landschaft Doris oder in Südaitolien, Diod. 4,58,6.60,2.80,3. Strab. 8,383. Apollod. 1, 50.57. Als Söhne werden Teutamos (Kreta) und → Aigimios genannt. H.v.G.

Dorotheos (*Δωρόθεος*). **1.** Aus Askalon, griech. Grammatiker der frühen Kaiserzeit, Vf. eines Sammelwerkes *Λέξεων συναγωγή* (auch *'Αττικαὶ λέξεις* zitiert) in mindestens 108 B. (so Athen. 7,329d). Der gewaltige Umfang dürfte dadurch seine Erklärung finden, daß offenbar ganze Monographien unter diesem Obertitel vereinigt waren (z.B. über *κλισίον* bei Homer und über das Wort *ματτύη* in der jüngeren att. Komödie). Phot. (bibl. 156) besaß noch ein alphabetisch geordnetes Glossar des D., das von den *ξένως εἰρημέναι λέξεις* handelte. H. Gä.

2. D. von Sidon. Wohl im 1. Jh. n. Chr. Vf. eines astrol. Lehrgedichtes in 5 Büchern, von dessen Versen und einer Prosafassung Frg. bei Späteren A., bes. bei Hephaistion, erhalten sind. D.' Werk wurde früh im Orient bekannt und übersetzt, schon im 3. Jh. in Pahlavi, daraus ins Arabische, wie es noch eine Hs. in Constantinopel (Yeni Cami 784) erhalten hat. Arab. Astrologen zitieren D. sehr oft. E. Bo.

Die Frg. des D. von *V. Stegemann*, Lfg. 1, 1939; Lfg. 2, 1943. Vollständige A. in Vorbereitung.

3. D., um 290 Presbyter in Antiochien. Nach Eus. h.e. 7,32,2–4 ist D. ein allgemein und theologisch hochgebildeter Mann, der sogar hebräische Sprachkenntnisse besaß. Einen Namen hat sich D. als Schriftausleger gemacht. Unter Diokletian ist er durch die Gunst des Kaisers Vorsteher einer Purpurwäscherei in Tyros geworden. Vielleicht ist er mit dem Märtyrer D. (Eus. h.e. 8,1,4.6,1,5) identisch. **4.** Von Tyros, soll unter Kaiser Julian den Märtyrertod erlitten haben und ist angeblich der Verf. der im 6. Jh. im Kampf zwischen Rom und Byzanz um den Primat auftauchenden Schriften über die Propheten, Apostel und Jünger Jesu, die auch anderen zugeschrieben wurden.

R.A. Lipsius Apokryphe Apostelgesch. 1, 1883, 193ff.; Erg.-H. 1890, 15f. *Th. Schermann* Propheten- und Apostellegenden (TU 31,3), 1907. *Bardenhewer*, GAL 2,285.

5. 431 Bischof von Markianopolis, hat als Anhänger des → Nestorios alle verdammt, die Maria *θεοτόκος* nannten. Auf dem Konzil von Ephesos (431) drängte er auf die Absetzung des Kyrillos, wurde aber selbst von der Mehrheit seines Amtes enthoben und exkommuniziert. Nach Kappadokien verbannt, gelang ihm trotz mächtiger Fürsprecher nie mehr eine Restitution. Von seinen Schriften sind nur wenige Briefe christologischen Inhalts erhalten.

Texte und Materialien: *Mansi* Coll. Concil. V. *C.J. Hefele* Conciliengesch.^{2} 2,250–284.

6. Um 500 Mönch in Alexandrien, verfaßte im Sinne der Theologie von Chalkedon ein umfangreiches Werk gegen die Monophysiten: *τραγῳδία ἤγουν προφητεία τῆς νῦν καταστάσεως*. In die Hände des monophysitenfreundlichen Kaisers Anastasios gelangt, der es als Beleidigung empfand, wurde das Buch verbrannt und sein Verf. in die Verbannung geschickt. Kl. W.

7. D. von Argos, Bildhauer des 5. Jh. v. Chr. Seine Signatur auf der Basis eines Vierfüßlers in Hermione, vielleicht auch auf einer verstümmelten Basis in Delphi.

HB Arch III 1 (5. Lfg. 1950) 170 *(Lippold)*. Encicl. Arte Class. Or. III 176 *(Guerrini)*.

8. D., Maler. Plin. nat. 35,91 wird eine Kopie der Aphrodite anadyomene des Apelles von D. erwähnt, welche Nero an Stelle des beschädigten Originals setzen ließ. A. R.

Encicl. Arte Class. Or. III 177 *(Guerrini)*.

Dorsuo. Cognomen (auch *Dorso*, nach der besonderen Größe oder Stärke des Rückens, vgl. RE XVI 1828), im 4. Jh. v. Chr. bei den Fabii bezeugt, → Fabius. DEGRASSI FCap 1954, 144. H. G. G.

Dorticum (*Δορτικόν*). Röm. Kastell und Station der Donauuferstraße an der Mündung des Timacus (h. Timok) in die Donau, zuerst in Moesia Sup., dann in Dacia Ripensis (h. Rakovitza in Serbien), Standort eines *cuneus equitum Dalmatarum Divitensium*, z. Z. Iustinians I. stark befestigt (Ptol. 3,9,4. Procop. de aed. 4,6,20. Cosm. Rav. 190,8. Tab. Peut. 7,4. Itin. Anton. 219, I. Not. dign. or. 42,3,14. Chr. D.

Detschew Die thrak. Sprachreste, 151. *Patsch* RE V 1576.

Dorylaion. In der ant. Lit. erst zu Beginn der chr. Zeitrechnung erwähnte n.-phryg. Stadt am Flusse Thymbris (auch Tembris genannt, h. Púrsak), beim h. Eski-schehir, wird erstmalig von Cic. Flacc. 17,39 erwähnt, dann von Strab. 12,8,12 und Diod. 20,108,6–7. Nach Diodor bestand D. schon lange vor Chr. und war in die Kämpfe des Antigonos, Lysimachos und Seleukos verwickelt (302 v. Chr.). D. gehörte den hellenisierten Städten Kleinasiens an (Gr. Hist. Weltatl. I, S. 20a) und war wohl entsprechend seiner günstigen geograph. Lage ein sehr alter Platz. Die röm. Itin. lassen D. unter dem Namen *Dorileo* oder *Doryleon* (Geogr. Rav. 2,19, p. 110) als einen Ort an einem Schnittpunkt wichtiger Straßen erkennen (s. K. MILLER Itin. Rom., S. 688 und 720 mit Skizze Nr. 227, S. 689. H. T.

Dorylaos (*Δορύλαος*). **1.** Der Taktiker aus Amisos, Urgroßvater des Geographen Strabon, warb als Freund des Mithradates V., Königs von Pontos, Söldner in Thrakien, Griechenland und Kreta. Nach der Ermordung des Mithradates (120) blieb D. in Knossos und besiegte, zum Strategen gewählt, 110 die Bewohner von Gortyn. Strab. 10, 477. 12,557. M. LAUNEY Recherches sur les armées hellénistiques 1, 1949, 31.274.389.483,6. **2.** Neffe des vorigen, als Syntrophos des Mithradates VI. in Sinope erzogen, erhielt das Hofamt des *ὁ ἐπὶ τοῦ ἐγχειριδίου* und das Priestertum von Komana. Im mithradat. Kriege führte D. 80000 Mann nach Griechenland und wurde 86 mit Archelaos von Sulla bei Orchomenos besiegt. Strab. 10,477. App. Mithr. 49. Plut. Sulla 20. Oros. 6,2,6. Eutr. 5,6,3. Nach Memnon FGrH 434 F 23 wurde D. von Mithradates mit der Bestrafung der Insel Chios beauftragt. Wegen Verrats an die Römer wurde D. im 3. mithradat. Kriege getötet. Strab. 12,557. Nach Plut. Luk. 17 starb D. bei Kabeira. P. ROUSSEL und M. LAUNEY Inscriptions de Délos, 1937, 1572. H. V.

Doryphoros (Claudius). Einflußreicher Freigelassener Neros. Als Verwalter des Amtes *a libellis* Ducenarier, Cass. Dio 61,5,4. In seiner Perversität vermählte sich Nero mit ihm, Suet. Ner. 29. Da er sich dessen Heirat mit Poppaea Sabina widersetzte, wurde er 62 vergiftet, Tac. ann. 14,65. In Äg. begütert, Pap. Ryl. 2,99.1·71. R. H.

Dos. Die Mitgift der Ehefrau, deren Bestellung im klass. röm. Recht nur eine sittliche, keine rechtliche Pflicht war, hatte einen zweifachen Zweck. Sie diente einmal als Beitrag zur Bestreitung der ehelichen Lasten *(onera matrimonii)* von seiten der Frau, ein andermal als Sicherstellung der Frau für den Fall der Auflösung der Ehe, sei es durch Scheidung oder durch Tod des Mannes. – Bestellte der *pater familias* oder, sofern der Vater nicht Gewalthaber war, dieser die d., so sprach man von einer *d. profecticia.* War ein beliebiger Dritter der Besteller, so hieß sie *d. adventicia.* Ließ sich der Geber der d. ihre Rückgabe förmlich versprechen, nannte man diese d. *recepticia.* Alle 3 Bezeichnungen dürften aus der Schuljurisprudenz stammen. War die Frau gewaltfrei *(sui iuris)*, so konnte sie selbst die d. bestellen. Wie weit das Eigentum des Mannes, das er an den Gegenständen der d. erlangte, durch Rechte der Frau beschränkt war, ist umstritten. Eine *lex Iulia de fundo dotali* (18 v. Chr.) jedenfalls verbietet, zum Schutze der Frau, die Veräußerung von ital. Grundstücken.

Als Form der d.-Bestellung gab es neben der *datio dotis* (etwa durch *mancipatio*, *in iure cessio*, *traditio*) die in Stipulationsform abgegebene *promissio dotis* und die *dotis dictio* (Proc. Dig. 50,16, 125); diese war eine einseitiges mündliches Leistungsversprechen, das nur ein begrenzter Personenkreis abgeben konnte. Justinian bezeichnete mit *dotis promissio* jedes, auch ein formales Mitgiftversprechen.

Nach Auflösung der Ehe konnte der Mann durch 2 Klagen gezwungen werden, die d. herauszugeben: Durch die *actio ex stipulatu* wenn der Mann versprochen hatte *(cautio rei uxoriae)*, bei Auflösung der Ehe die d. an den Besteller herauszugeben; fehlte ein solches Versprechen, so verurteilte der Richter den Mann nach einer *actio rei uxoriae* auf Herausgabe dessen, *quod melius aequius erit* (Ulp. Dig. 24,3,12. Mod. Dig. 42,1,20). Gingen Sachen der d. verloren, so haftete der Mann bei dieser *actio* seit der späten Republik für *culpa.* Entfernte die Frau eigenmächtig Gegenstände der d., um sich bei bevorstehender Scheidung ihr Rückgaberecht zu sichern, so konnte umgekehrt der Mann gegen sie mit der *actio rerum amotarum* vorgehen.

Je nach den Gründen, die zur Auflösung der Ehe führten, oder nach der Art der d. mußte der Mann diese nach Auflösung der Ehe entweder ganz herausgeben, konnte sie behalten oder an den Gegenständen ein Zurückbehaltungsrecht ausüben (*retentio propter liberos* – pro Kind ein Sechstel der d.; *retentio propter mores graviores* bzw. *leviores* – ein Sechstel bzw. ein Achtel). Unabhängig von den Gründen, die zur Scheidung führten, stand dem Mann ein Retentionsrecht zu *propter res donatas, propter res amotas* und *propter impensas*.

Justinian verschmolz unter dem Einfluß hellenist. Praxis *actio rei uxoriae* und *actio ex stipulatu* inhaltlich zu einer Klage, für die er jedoch die alte Bezeichnung *actio ex stipulatu* wählte. Auch wandelte er das Eigentumrechts des Mannes an der d. in ein bloßes Nutznießungsrecht um. F. R.

A. Wacke Actio rerum amotarum, 1963. *Lauria* La dote romana (ANap. 58, 1937, 219ff.). *Ders.* Matrimonio-Dote, 1952. *Kaser* Das röm. Privatr. 1, 1955, 284ff. 2, 1959, 127ff.

Dosiadas. Verf. eines Figurengedichtes in Form eines Altars, in dem in Rätselsprache (*γρῖφοι*) über die Stiftung des Altars auf oder bei Lemnos durch Iason berichtet wird. Es ist wahrscheinlich vor der unter Theokrits Namen gehenden Syrinx, mit der es sich eng berührt, und wohl sicher nach der Alexandra Lykophrons geschrieben. Ist diese am Anfang des 2. Jh. v. Chr. verfaßt, so kann es frühestens in dieses Jh. fallen. Es ist nachgeahmt von Besantinos (unter Hadrian), erwähnt von Lukian. Lexiph. 22, überliefert in Bukoliker-Hss. und Anth. Pal. 15,26. R. K.

Ta. auch *Powell* Collect. Alex., 1925, 175.

Dosiades (auch Dosiadas und *Δωτιάδης*) Vf. einer Lokalgesch. Kretas (Athen. 4,143a). Nach Ed. Schwartz (RE s.v.) als Vertreter einer »rationalistischen Theologie« nicht ident. mit dem gleichnamigen Verf. des Figurengedichts. Jacoby tritt jedoch, wohl mit Recht, für Identität ein. M. v. A.

FGrH III B Nr. 458.

Δόσις. I. Schenkung. 1. Begriff. In der griech. Rechtssprache die Zuwendung von Vermögensgegenständen unter Lebenden oder von Todes wegen, die das Vermögen des Schenkers minderte und den Empfänger bereicherte. Über die Haftung des Schenkers s. ([9],433f.). 2. Form. Die δ. wurde in Griechenland formlos von Hand zu Hand vollzogen, bedurfte aber, wenn unbewegliche Sachen und Sklaven Gegenstand der Schenkung waren, der jeweils vorgeschriebenen Publizitätsform ([1],134.322ff.), im griech.-äg. Recht z.B. der Form der *καταγραφή* ([10],399f.). 3. Arten. Die Schenkung unter Lebenden war in Griechenland selten ([2] 3. Bd., 123). Der Ausdruck δ. bezeichnete im allgemeinen die Schenkung auf den Todesfall ([2] 3. Bd., 123. 140ff. [4]), das ist eine echte Schenkung mit der Besonderheit, daß ihre Geltung davon abhängig war, daß der Beschenkte den Schenker überlebte ([2] 3. Bd., 135). Die Brautschenkung – nur für Gortyn und das griech.-äg. Recht bezeugt – diente als Gegengabe des Mannes für die Mitgift ([1],272ff.). Über die Ehegattenschenkung s. ([8],122f.). 4. Schenkungsverbote. In Attika durften die Beamten vor Ablegung der Rechenschaft keine Geschenke machen, in Delphi war den Freigelassenen dieses Recht genommen (SGDI 1878). Über Beschränkungen des Vaters im Hinblick auf das Noterbrecht der Kinder s. [2] 3. Bd., 124ff. Schenkungen durften in Athen die Bürger nicht annehmen, die zu einem obrigkeitlichen oder richterlichen Amt berufen waren, sowie die unehelichen Kinder über den Betrag ihrer *νοθεῖα* hinaus. In Gortyn waren Schenkungen unter Ehegatten nur bis zu einer gewissen Höhe erlaubt ([2] 3. Bd., 137. [8],122f.). Platon sah Luxusgrenzen für Geschenke an die Götter vor (leg. 955f.). 5. Rechtsbeständigkeit. Eine Rückforderung wegen groben Undanks (*δίκη ἀχαριστίας*. [2] 3. Bd., 132f.) war in Attika wenigstens in klass. Zeit nicht vorgesehen, wohl aber konnten nach dem Gesetz von Gortyn zur Benachteiligung der Gläubiger gemachte Geschenke zurückgefordert werden ([2] 3. Bd., 134). II. Stiftung ([3]. [5]. [11]), auch *δωρεά* genannt. 1. Wesen. Mit der δ. konnte auch der Zweck einer Stiftung verfolgt werden. Das griech. Recht kannte keine selbständige Stiftung, d.h. eine Einrichtung mit Rechtspersönlichkeit, die dauernd bestimmten Zwecken dienen soll. Um eine stetige zweckgebundene Verwendung der Zuwendungen und einen dauernden Bestand der Stiftung zu erreichen, wurde das Vermögen meist einer bereits bestehenden juristischen Person (Stadt, Heiligtum, Verein) unentgeltlich mit der Bestimmung, es der Zweckwidmung entsprechend zu verwenden, zugewendet. Soweit die Trennung des Stiftungsvermögens vom eigenen Vermögen des Empfängers (Verwaltung durch besondere Organe) angeordnet wurde, handelte es sich um eine Zuwendung unter Auflage, andernfalls um eine fiduziarische Zuwendung. 2. Entstehung. Es war ein Doppelakt nötig, das Stiftungsgeschäft, die δ., und die Annahme der Stiftung durch den Stiftungsempfänger. Das Stiftungsgeschäft war die einseitige Erklärung der Zweckwidmung durch den Stifter und kam, wenn es von einer juristischen Person ausging, durch Beschluß, sonst durch ein Rechtsgeschäft unter Lebenden, evtl. unter amtlicher Mitwirkung ([3], 313) oder von Todes wegen ([5],244) zustande. Die Annahme wurde, wenn der Empfänger eine Stadt war, durch einen Ratsbeschluß vollzogen, sonst, wenn z.B. ein Kultverein der Empfänger war, durch einen privaten Rechtsakt. 3. Zwecke ([5], 243). Die unselbständige Stiftung des griech. Rechts entstand urspr. aus dem Bedürfnis des Erblassers, den Kultus seiner künftigen Begräbnisstätte sicherzustellen (über Seelgerätstiftung s. [7], 158ff.), daneben wurden aber auch schon bald andere sakrale Zwecke verfolgt. Ihnen schlossen sich profane Zwecke, bes. agonale und soziale, an. Unter den Zuwendungen für soziale Zwecke ragten die wohltätigen Stiftungen, wie z.B. die Stiftungen zur Ernährung von Kindern, die dann zum Vorbild für die weitverbreiteten Alimentationsstiftungen des röm. Rechtes wurden, hervor. Andere Zweckwidmungen im Interesse der Allgemeinheit waren die Errichtung öffentlicher Bauwerke, Straßen, Schulen oder Bibliotheken. III. Untechnischer Ausdruck für testamentarische Verfügung anstelle von → *διαθήκη* ([6],561). E. B.

1. *L. Mitteis* Reichsrecht und Volksrecht, 1893. 2. *L. Beauchet* Hist. du droit privé Bd. 1–4, 1897. 3. *E. Ziebarth* Die Stiftung nach griech. Recht, Ztschr. f. vgl. RW 16, 1903, 249–315. 470–475. 4. *E. F. Bruck* Die Schenkung auf den Todesfall im griech. Recht, 1909. 5. *B. Laum* Stiftungen in der griech. und röm. Antike, 1914. 6. *J. H. Lipsius* Das att. Recht und Rechtsverf., 1905–1915. 7. *E. F. Bruck* Totenteil und Seelgerät im griech. Recht, 1926. 8. *W. G. Becker* Platons Gesetze und das griech. Familienrecht, 1932. 9. *F. Pringsheim* The Greek Law of Sale, 1950. 10. *R. Taubenschlag* The law of Graeco-Roman Egypt, 1955. 11. *A. Mannzmann* Griech. Stiftungsurkunden, 1962, dazu *K. Latte*, ZRG 79, 1962, 374 ff; *H. J. Wolff*, IURA 13, 1962, 265 ff.

Dositheos. 1. Offizier des Iudas Makkabaios. Zusammen mit Sosipater vernichtete er eine von Timotheos im O.-Jordanland zurückgelassene syr. Besatzung (2. Makk. 12,19). Timotheos selbst fiel den Leuten des D. in die Hände, wurde aber wieder freigelassen (12,24 f.). 12,35 wird von der Heldentat eines D. erzählt, der den Statthalter Gorgias fast gefangen hätte. Ob die beiden D. identisch sind, ist sehr fraglich. **2.** Jüd. General unter Ptolemaios Philometor und Kleopatra, Ios. c. Ap. 2,49. Die Erinnerung an diesen D. dürfte auch hinter der Legende von der Rettung des Königs Ptolemaios IV. Philopator durch den später abtrünnig gewordenen Juden D., Sohn des Drimylos, stehen, 3. Makk. 1,3. Zur ganzen Frage vgl. H. Willrich Judaica, 1900, 19 ff. Moffatt bei Charles The Apocrypha and Pseudepigrapha of the Old Testament 1, 1963, 161 ff. **3.** Sohn des Kleopatridas aus Alexandreia, Gesandter in Rom, der es erreichte, daß die Juden mit röm. Bürgerrecht ihrer Religion wegen vom Kriegsdienst befreit wurden (Ios. ant. Iud. 14,236 f.), wohl identisch mit dem D. von ant. Iud. 15,168 ff. Danach war er ein Vertrauter Hyrkans II., verriet aber dessen heimlichen Briefwechsel mit Malchus an Herodes. Anläßlich der Verschwörung des Kostobaros ließ ihn Herodes hinrichten (15,252). K. N.

4. D., Schüler des Astronomen → Konon in Alexandreia, Freund des → Archimedes, der ihm die Abhandlungen de quadr. parab., de sph. et cyl., de spir., de conoid. et sphaeroid. widmete, seine Blüte etwa 229 v. Chr., Hultsch, RE V 1607 f. 4 Notate aus seinen *φάσεις τῶν ἀπλανῶν* und *ἐπισημασίαι* sind erhalten im Kalender des Ps.-Gemin., s. RE XXIII 96,31.87. 33 Notate geben die Phaseis des Ptolem. von ihm. In beiden Überlieferungen wird der 2. Athyr und der 16. Tybi erwähnt, sein Siriusaufgang fällt auf ♋ 16^{d} = alex. 25. Epiphi = 19. VII jul. Nach Hultsch hat eine seiner Schriften den Titel *περὶ τῆς Εὐδόξου ὀκταετηρίδος* getragen, eine andere hieß *πρὸς Διόδωρον*, in der er erwähnt, daß sich Aratos längere Zeit am Hofe Antiochos' I. aufgehalten habe. Die auf den 2. Athyr, 1. Choiak, 2. Tybi, 1. Mechir, 1. Phamenoth, 2. Pharmuthi, 4. Epiphi und 3. Mesori fallenden Notate sind als Eintritte der Sonne in die Zeichen zu deuten. Wir können mit großer Wahrscheinlichkeit den 2. Phaophi = alex. 30 Sept. – als 101. Niltag – ergänzen. An ihm trat nach dem äg.-hellen. Schema das erstbemerkbare Rücktreten des Nilpegels ein, zugleich mit der Herbstgleiche, Plut. de Is. c. 39 b.c; vgl. Brugsch Thes. Inscr. Aeg. I 345 Tag 73; Matér. 12 f. Damit ergibt sich ein Jahreszeitenschema HGl-WW 90^{d}, WW-FrGl 90^{d}, FrGl-SW 92^{d}, SW-HGl 93^{d}. Die primitive Aufteilung der Epagomenen auf die sommerliche Sonnenanomalie und die Lage des Siriusaufganges 21^{d} nach SW. lassen auf eine Epoche des Schemas im 7./6. Jh. v. Chr. schließen. R. B.

5. Chr. Schriftsteller um 350, gilt als *κορυφαῖος* isaurischer Enkratiten (Macarios Magn. apocrit. 3,43), deren (manichäische?) Praxis er in 8 (verlorenen) Büchern verteidigt habe (Soz. 5,11).

A. v. Harnack GAL² I/1, 152 f.

6. Samaritanischer (nicht chr., so Hegesipp bei Eus. h. e. 4,22) Messias und Häresiarch des 1. Jh. Hauptquelle: Eulogios (bei Phot. Bibl. 230) und Orig.; die *βίβλοι τοῦ Δ.* (Orig. In Jo 13,27) sind wohl unterschobene Schülerschriften. J. Wi.

F. X. Krauss, REJ 42, 1901, 27–42. *K. Kohler*, AJTh 15, 1911, 404–435. *R. Wilson*, ZRGG 9, 1957, 21–30. Lex. f. Theol. und Kirche ²1957 ff. Bd. 1–10. DHGE. Encyclop. Iudaica, 1928–1934, Bd. 1–10 s.v. (Lit.)

Dositheus. Wahrscheinlich E. 4. Jh. n. Chr., jedenfalls nach Cominianus, den er benutzt, Vf. einer lat.-griech. Ars (Grammatica Dosithei magistri), die lange Zeit als Schulbuch im Gebrauch war. Infolgedessen erlitt die Schrift im Laufe der Zeit starke Änderungen und Verstümmelungen. Unter dem Namen des D. ist auch ein griech.-lat. Schulbuch auf uns gekommen (Ps.-D.), das urspr. aus 12 Teilen bestand. Nr. 6 der Sammlung (Hygini genealogia) ist in den Hss. auf das J. 207 n. Chr. datiert. W. Str.

Ta. Ars: *Keil* GrL 7,376 ff. *Tolkiehn* 1913. Ps. Dositheus: *Goetz*, CGlL 3,1 ff.

Lit.: *Goetz*, RE V 1606 f. *Teuffel-Kr.-Sk.* III⁶ § 431,7–8. *Barwick* Philol. Suppl.-Bd. 15,2,4 ff.

Dossennus. 1. Figur der Atellane (vgl. Novius *Duo Dossenni*, Pomponius *Philosophia* v. 109 Ribb., 108 Frass.); eine fingierte Grabschrift zit. Sen. epist. 89,7. Man nannte den gefräßigen D. auch *manducus* (Varro l.l. 7,95, vgl. Hor. epist. 2,1,173, wo die ant. Erklärer D. wohl fälschlich zum Atellanendichter machen). **2.** Auf einem Silberstater von Poseidonia erscheint die Legende

Δοσσέννου. **3.** Als Quellenautor wird von Plin. nat. 14,92 ein Fabius D. zitiert. M. v. A.

G. Manganaro, RFIC 37, 1959, 395ff. (mit weiterer Lit.).

Dothan (*Δωθάειμ*; hebr. *dōtajin, dōtān*; äg. 14. Jh. *tutajana*). Ort 15 km n. Samaria/Sebaste (vgl. Jdt 3,9. 4,6. 7,3. 8,3), der h. *tell dōtā*. Ausweislich der Ausgrabungen von der Frühbronze- bis in die hellenist. Zeit besiedelt; in der Josephsgeschichte genannt (Gen 37,17; vgl. Jub 29,14. 34,10. Test Sim 2,9); nach 2Kön 6,13ff. z.Z. Elisas von Aramäern umzingelt. E. Ku.

J.P. Free BASOR 131,16–20. 135,14–20. 139,3–9. 143,11 bis 17. 147,36f. 152,10–18. 156,22–29. 160,6–15.

Dotion. Der abgesonderte, allseits von Bergen umschlossene fruchtbare O.-Teil der ostthessal. Ebene (Ebene von Keserli), vom ant. N.-Ende des Boibesees bis zum Tempetal, mit einem Heiligtum der Demeter in einem Wald, als dessen Filiale das Heiligtum in Knidos galt (Kall. h. 6,24ff. Diod. 5,61,1f. Plut. mor. 293F. Athen. 6,262e). Hier sollte Asklepios geboren sein (Hom. h. 16,3) und sollten frühhist. die Ainianen gewohnt haben. In hist. Zeit gehörte sie zu Thessalien. Steph. Byz. Strab. 9,5,22 p. 442. E. M.

Fr. Stählin Das hellenische Thessalien, 57f.

Doto (*Δωτώ*). Eine der → Nereiden, Hom. Il. 18,43. Apollod. 1,12. Verg. Aen. 9,102. Ein Heiligtum besaß sie in der syrischen Küstenstadt Gabala, Paus. 2,1,8. H. v. G.

Drabeskos (*Δραβησκός*), h. Sdravik (nicht Drama, wie früher angenommen). Städt. Siedlung im Stammesgebiet der Edonen (später O.-Makedonien). Bei D. wurden die athen. Ansiedler von Amphipolis durch die Thraker geschlagen (Thuk. 1,100. 4,102. Strab. 7,331, frg. 33.34. Chr. D.

Casson Macedonia, Thrace and Illyria, 45ff. *Collart* Philippes, ville de Macédoine, 44.67.57.66ff.68.98.507.

Drachme (*δραχμή*), »Handvoll«, leitet sich von *δράττεσθαι* = fassen ab, da die Obolen einst die Form von Eisenspießchen hatten (→ Obeliskos) und 6 derselben mit einer Hand zu fassen waren (vgl. Plut. Lys. 17). Solche Obolen u. D. sind durch Funde u. frühe Inschr. bezeugt. Die spätere Münze repräsentiert den Wert der frühen D. in Silber.

D. war wie die meisten Münznamen auch Gewichtsbezeichnung. Urspr. gleich, differierten später beide Größen infolge von Reformen oder Währungsmanipulationen. Überall gingen 100 D. auf eine Mine zu $^1/_{60}$ Talent, das mithin 6000 D. zählte, ihrerseits hatte die D. 6 → Oboloi zu 8 oder 12 oder 16 → Chalkoi. Abweichende Angaben erklären sich als Umrechnung in andere Norm. Von Haus aus ist die D. gleich dem pers. → Siglos ein zum Ganzstück erhobener Halbschekel einer leichten Fünfzigermine. Das erklärt, weshalb neben und über der D. ihr Doppeltes, das → Didrachmon als Einheit (→ Stater) steht, das mit seinen 12 Obolen und als $^1/_{3000}$ des Talents eine im Orient übliche Staffelung aufweist. Da es zu den leichten → Gewichten schwere von der doppelten Norm gibt, ist das Tetradrachmon als Schekel einer zugehörigen schweren Mine zu 4 Halbschekeln der leichten Form verständlich. Eine Ausnahme bildet Korinth, wo auf den Stater im Gewicht eines att. Didrachmons 3 D. gingen. Diese hatten aber nur 4 Obolen, so daß die duodezimale Teilung der Einheit gewahrt blieb.

Die silbernen D. waren gängiger Rechenwert, erscheinen aber ausgeprägt weit seltener als Didrachmon und Tetradrachmon. Andere Multipla: Hexadrachmon, → Dekadrachmon, Dodekadrachmon, bilden Ausnahmen. Es gibt zahlreiche Standarde, so den att. zu 4,37 g (auch auf der Chalkidike, in Sizilien, Kyrene, wohl auf Euboia, die Mz. Alexanders d. Gr.), den aiginetischen zu 6,24 g (auf der Peloponnes, den Inseln, in Mittelgriechenland, seit dem 5. Jh. weitgehend vom att. verdrängt), den sog. phoinik. zu 3,63 g (seleukid. Prägungen in Syrien, Ptolemaiergeld), den chiischen oder rhod. zu 3,88–3,80 g (Kleinasien, Makedonien vor dem att.), den korinth. zu 2,8 g (aber 4 Obolen, s.o.). Viele D.-Sorten heißen nach Prägeorten (Delos, Sikyon, Tyros usw.) oder Prägenden (Antiochos, Attalos, Lysimachos etc.), ohne daß eine bes. Norm gemeint ist. Im Laufe der Zeit sinkt das Gewicht. Die Römer rechneten meist die D. zu $^3/_4$ des Denars (→ Assarion) und setzten schließlich die att. auf 3,41, d.h. das Gewicht des neron. → Denars. Goldd. erscheinen selten, kupferne im ptolemaiischen Äg. mit einem Wertverhältnis von 120 zu 1 Silberd. – Siglen für D. sind $<$ und $\vdash$ in den Inschr., Pap. und Codices, Δ und Varianten auf den Münzen. H. Ch.

Hultsch, RE V 1613ff. *Schrötter* WBMzK s. v. *Chantraine* Jahrb. Numism. und Geldgesch. 8, 1957, 70ff. *Kraft*, ebd. 10, 1959/60, 21ff. *Tod*, NC 1960, 1ff.

Draco (narius). Als die Zenturie gemäß der Heeresreorganisation des Kaisers Hadrian taktische Einheit wurde (Klio 22. Bh. 1930, 18ff.) erhielt sie ein *vexillum* als Fahne, die Kohorte dagegen den d. (Veg. mil. 2,13). Dieses Feldzeichen in Gestalt eines farbigen Stoffdrachens auf einer Stange (Arr. tact. 35,3. Amm. 16,10,7) kam von den Reitervölkern Asiens nach dem W. und damit auch zu den Persern, Parthern, Skythen, Dakern, Germanen und Römern. Wie lange es sich erhielt, ist unbekannt, doch scheint es im 6. Jh. n. Chr. nicht mehr existiert zu haben (Grosse 125.310). Der Träger des d. war der *draconarius*, der als Abzeichen eine Halskette trug (Amm. 22,4,18). Eine *schola draconariorum* ist für das Büro des *praefectus praetorio Africae* bezeugt (Cod. Iust. 1, 27,1, 35). A. N.

RE V 1633f. *R. Grosse* Röm. Militärgesch., Bln. 1920, 125.231f.310. *F. Altheim* Die Soldatenkaiser, Frankf./M. 1939, 77.156.182f.

Dracontius. 1. Domitius D., Magister privatae rei Africae 19. Mai 320 bis 17. April 321 (Seeck Reg.). **2.** Praepositus monetae in Alexandreia, am 24. Dezember 361 als Christ von der heidn. Volksmenge ermordet (Amm.22,11,9. SEECK Reg.). **3.** Antonius D., Vicarius Africae 364–367.

Seeck Reg. 452. *Dess.* ILS 758.763. *Reynolds-Perkins* Inscr. of Roman Tripolitania 57.58.472.473.

4. Blossius Emilius D., lat. Dichter des 5. Jh. in Karthago, wo er als Jurist *(togatus fori proconsulis)* wirkte. Als Römer aus senator. Familie *(vir clarissimus)* und Katholik gehörte er zu der von den vandal. Eroberern unterdrückten Klasse. Ein Gedicht, in welchem D. nicht das vandal. Königshaus, sondern einen auswärtigen Herrn (wahrscheinlich den von den Römern als ihr legitimer Herrscher angesehenen byz. Kaiser Zenon) feierte, trug ihm die Ungnade des Königs Gunthamund (484–496) und der ganzen Familie langjährige Kerkerstrafe ein. Aus ihr wurde er wohl erst unter dem Nachfolger Thrasamund befreit, dem er mit einem Lobgedicht huldigte. Beide Werke sind verloren. 2 größere Gedichte schrieb D. in seiner Haft: Die *satisfactio* (Buße), in der er Gott und den König um Gnade und Befreiung anfleht aus einem Lose, das schlimmer sei als das eines Hundes. Das Versmaß, eleg. Disticha, ist wohl der themat. Verwandtschaft mit Ov. trist. 2 wegen gewählt. In den 3 B. *de laudibus dei* in ep. Hexametern sucht der Gefangene Trost und Erlösung bei Gott. Das 1. B. behandelt die Weltschöpfung und den Sündenfall, nach dem Gott barmherzig die Menschen errettet. Das 2. B. beschreibt die Erlösung der auch durch die Sintflut nicht gebesserten Menschheit durch Christus. Es enthält 98 ff. eine christolog. Polemik gegen den Arianismus, mit der D. erneut das Mißfallen der arian. Vandalen riskierte. Im 3. B. werden chr. Beispiele heldenhaften Gottvertrauens neben Beispielen des Opfermutes aus klass. Tradition aufgeführt. Die Slg. *Romulea* enthält kleinere Gedichte aus der Zeit vor und nach der Gefangenschaft. Neben 2 Hochzeitsgedichten stehen myth. Epyllia, rhet. Controversiae und Suasoriae in Hexametern, 2 Widmungen an den Lehrer Felicianus, der die aus Afrika verbannten Studien wiedererweckt und Barbaren (d.h. Vandalen) wie Römer zu seinen Schülern gezählt habe. Ep. Form hat die *Orestis tragoedia*. Die unbefangene Mischung heidn. und chr. Stoffe zeigt, daß die geistige Trennungslinie nicht mehr zwischen Chr. und Heiden verlief, sondern zwischen den kath. Römern, den Trägern ant. Kultur, und den arian. Germanen, den *barbari*. Obwohl bis ins MA. beliebt, war bis 1791 das Werk des D. nur in einer Bearbeitung von *satisfactio* und Schöpfungsbericht des 1. B. der *laudes* bekannt, die Bischof Eugenius von Toledo Mitte 7. Jh. dem Westgotenkönig Chindaswinth gewidmet hatte. Der Humanist Corio überliefert 2 kleine Gedichte *de mensibus* (12 × 2 Hexameter) und *de origine rosarum*. Fraglich ist die aus stilist. Gründen erfolgte Zuweisung der anon. *aegritudo Perdicae* an D. Die 1. vollständige Ausg. erschien 1905. O. H.

Ta.: *Friedr. Vollmer* MGAA 14, 1905. *Ders.* Poetae lat. minores 5, 1914. Orest., *E. Rapisarda*, 1951. Satisf., *S. Gennaro*, 1961. Laudes, *F. Corsaro*, 1962. *Fr. Vollmer* RE V 1635 bis 1644. *P. Langlois*, RACh. 4,250–269. *Dirk Kuijper* Varia Dracontiana, Diss. Amsterdam 1958.

Drakon (*Δράκων*). **1.** Die rationalistische Mythendeutung, die die Götter als vergöttlichte Menschen auffaßte, sah auch in den furchtbaren Drachen (Lindwürmern) der myth. Vorzeit vielfach Menschen, die wegen ihres wilden, gefährlichen Wesens den Namen D. führten. So erklärte schon Ephoros, wie Strab. 9,42 f., nicht ohne Kritik, mitteilt, den pythischen Drachen für einen Räuber namens Python. Andere machten ihn zum frevlerischen Sohn des boiotischen Königs Krios, Paus. 10,6,6. Nach der 1. Hypothesis zu Pind. Pyth. war Python der Besitzer des weissagekräftigen Dreifußes. In Wahrheit spiegelt sich in dem Drachenkampf die Besitzergreifung eines chthonischen Orakels durch einen andersartigen Gott wider. Nach Palaiphatos *περὶ ἀπίστων* war der von Kadmos erschlagene thebanische Drache ein König von Theben, der von Herakles erlegte Hesperidendrache ein bes. grimmiger Wächter, die dreigestaltige Chimaira eine lykische Königin mit ihren Brüdern Leon und Drakon. In denselben Kreis gehört die Fabelei, der Gott, der Alexander d. Gr. in Gestalt einer Schlange erzeugt haben sollte, sei in Wirklichkeit ein Arkader namens D. oder der äg. König und Zauberer Nektanebos gewesen. H. v. G.

O. *Weinreich* Der Trug des Nektanebos, 1911.

2. Bedeutender (s. [2],815 f.) athen. Gesetzgeber um 624 (Aristot. Ath. pol. 4,1; dazu [5],147), sicherlich hist., wenn auch vieles, was die ant. Überlieferung über sein Leben zu berichten weiß, der Legende angehört (unzutreffend BELOCH, GG I² 1, 350. 2,257 f. u. A.: myth. Gestalt). Seine polit. Stellung im Staat z. Z. der Gesetzgebung ist umstritten ([5],148). Über vorderasiat. Einflüsse s. [8], einschränkend SAN NICOLÒ, ZRG 54,429 f. 1. Bezeichnung der Ges.: Sie werden gewöhnlich als *θεσμοί* bezeichnet und von den *νόμοι* Solons unterschieden (And. 1,81. Aristot. Ath. pol. 4,1. 7,1). 2. Publikation: Diese ersten schriftl. aufgezeichneten Ges. Athens (Aristot. Ath. pol. 41,2) waren auf drehbaren, pyramidenförmigen Pfeilern, *κύρβεις*, nach der Wagenachse auch *ἄξονες* ([3],807. [6]. [7]) genannt, veröffentlicht. 3. Überlieferung: Ein Teil des Wortlauts des Blutrechts ist in einer Inschr. aus dem J. 409/08 überliefert (IG I² 115). Er betrifft nur die Verfolgung der unvorsätzlichen Tötung. Die dem Text urspr. vorangegangenen Bestimmungen über die Verfolgung der vorsätzlichen Tötung sind offenbar in der Zeit nach Solon durch eine Neuregelung ersetzt worden ([5],135), können aber dem Inhalt nach aus den Bestimmungen des Blutrechtes aus dem 5. und 4. Jh. (s. [9]) rekonstruiert werden. 4. Anlaß der Gesetzgebung: Den auf Blutrache beruhenden

Fehden des Adels sowie dessen Gewaltsamkeiten gegen die übrigen Bürger sollte gesteuert werden ([2],805f. [3],110). 5. Inhalt: Ob D. öffentliche Straftatbestände wie z.B. Bestechung im Amt, Hochverrat u.a. in seiner Kodifikation geregelt hat, ist nicht zu erkennen ([5],149), hinsichtlich der privaten hat er jedoch in der Form des Blutrechtes ein für seine Zeit vollständiges Deliktsrecht gegeben, welches – von der Tötung abgesehen – das althergebrachte unbeschränkte Selbsthilferecht bestätigte ([2],814f. [5],151). Eine Tätigkeit auf dem Gebiete des Verfassungsrechtes (Aristot. Ath. pol. 4. Vgl. [1]) hat er nicht entfaltet (s. zuletzt [4], 421f.). – D. berücksichtigte als erster die Willensrichtung des Täters, indem er zwischen vorsätzlicher und unvorsätzlicher Tat unterschied. Die vorsätzliche Tötung wurde auf dem Wege der Selbsthilfe von den Angehörigen des Getöteten, deren Kreis gesetzlich festgelegt war, geahndet. Diese durften erst nach Ankündigung der Fehde, → πρόρρησις, und nach ergangenem Urteil ([5], 144) zur Selbsthilfe schreiten. Nur ihnen, nicht allen Bürgern gegenüber, war der Täter und sein Eigentum friedlos ([5],140). Die Verfolgungsberechtigten hatten nur bei unvorsätzlicher Tötung das Recht zum Abschluß eines Friedensvertrages, → αἴδεσις. Für das Wergeld galten gesetzlich vorgeschriebene, feste Bußsätze ([5],136f.). Im Falle der Flucht des Täters waren die Verfolgungsberechtigten zu Druckmaßnahmen gegenüber den Angehörigen des Täters berechtigt, → ἀνδρολη ψία. Bei unvorsätzlicher Tötung wurde der Täter, wenn es zu keiner αἴδεσις kam, unter gleichzeitiger Androhung der Friedlosigkeit für den Fall des Betretens athen. Staatsgebietes verbannt. Bis zum Verlassen des Landes wurde ihm Friedensschutz gewährt ([5],139). Die Ausübung der Fehde setzte sowohl bei vorsätzlicher als auch bei unvorsätzlicher Tötung einen Urteilsspruch voraus. Die Tatfrage wurde in einem rein formalen Beweisverfahren, → διωμοσία, vor dem Basileus geklärt. Nach Feststellung der Tat hatten die von D. eingesetzten → ἐφέται zu entscheiden, ob vorsätzliche, unvorsätzliche oder bußlose Tötung vorlag. E. B.

1. *J. Hofmann* Studien zur drakont. Verfassung, 1899. 2. *Busolt*, GStk. 3. *Bengtson*, GG. 4. *E. Ruschenbusch*, Hist. 7, 1958, 398f. 5. *Ders.*, Hist. 9, 1960, 129f. 6. *St. Dow*, Proc. Massachusetts Hist. Soc. 71, 1959. 7. *A. R. W. Harrison* Class. Quart. 11, 1961, 3f. 8. *M. Mühl* Untersuch. zur altorient. und althellen. Gesetzgebung, 1963. 9. *D. M. MacDowell* Athenian Homicide Law, 1963.

3. D., aus Stratonikeia in Karien, alexandrin. Grammatiker, älterer (?) Zeitgenosse des Dionysios Thrax. Die Titel seiner Werke (Suda Δ. Nr. 2) lassen erkennen, daß sich D. im wesentlichen an die Tradition der Schule Aristarchs hielt. Allerdings scheint er sich nicht mit der Erklärung epischer Dichtung befaßt zu haben. Neben gramm. Schriften (ὀρθογραφία, περὶ ἀντωνυμιῶν u.a.) verfaßte er Werke über Pindar, Sappho u. Alkaios. Auf Beschäftigung mit dem Drama weist der Titel περὶ σατύρων. Ein weiteres Werk war Fragen der Metrik gewidmet. Seine Arbeiten sind bis auf wenige Fragmente verloren. Der unter seinem Namen überlieferte Traktat περὶ μέτρων ποιητικῶν ist eine Fälschung des 16. Jh. H. Gä.

L. Cohn Phil. 47, 1888, 133ff.

4. Ärzte dieses Namens kommen in Hippokrates-Viten vor: Ein D. I soll Sohn des Hippokrates und der Ablabeia (!) gewesen sein; ein D. II, angeblicher Enkel des Hippokrates von dessen Sohn Thessalos, soll einen gleichnamigen Sohn (D. III) gehabt haben, der nach der Suda Leibarzt Alexanders d. Gr. war und die Roxane geheilt hat. Man wird dabei mit romanhafter Fiktion rechnen müssen. F. K.

H. Schöne Bruchstücke einer neuen Hippokrates-Vita, RhM 58, 1903, 57 und 62.

5. s. Sternbilder

Drakontides (Δρακοντίδης). **1.** Athen. Politiker, 446/45 v. Chr. Epistates (Syll. I³ 64) und 433/32 Stratege, dann erbitterter Gegner des Perikles, dessen Absetzung und Verurteilung er im Sommer 430 einleitete (Plut. Per. 32). Ob D. dabei zur konservativen oder zur radikalen Opposition gehörte, läßt sich nicht entscheiden. PA 1,4551. **2.** Athen. Politiker, der im Herbst 404 v. Chr. die Einsetzung der Dreißig beantragte und dann zu ihnen gehörte (Aristot. Ath. pol. 34,3. Lys. 12,73. Xen. hell. 2,3,2), nach ihrem Sturz jedoch in den Genuß der Amnestie von 403 kam und weiter in Athen gelebt zu haben scheint. PA 1,4546. Fr. Kie.

Drama. Das Substantiv δρᾶμα von δρᾶν (beide vorwiegend im Attischen bezeugt) ist vor allem literar. Terminus. (Anderweitige Verwendung sehr selten, z.B. Aisch. Ag. 533). Bedeutung: Theaterstück – sowohl Tragödie und Satyrspiel wie Komödie – im Hinblick auf die Aufführung.

Fraglich ist, ob schon Solon den Terminus kannte (Ioann. Philop., RhM 63, 1908, 150). Die Urkunden über dramat. Aufführungen verwendeten ihn aber von Anfang an. Aus der Sprache der Urkunden drang er dann in die Lit. und gelangte schließlich in die uns erhaltenen didaskal. Notizen aller Art.

Der literar. Terminus δρᾶμα hat also folgende Geschichte: 1. Urkunden der spielleitenden Behörden. 2. In gleichem Sinn in literar. Texten (z.T. in direkter Entlehnung aus den Urkunden): Hdt. 6,21; → Ekphantides Frg. 2K; → Telekleides Frg. 39K; Aristoph. vielfach; im 4. Jh. nicht selten, vor allem bei Platon und den Dichtern der mittleren Komödie, auch in literarhist. Diskussion, z.B. Aristot. Poet. 3. 3. Unmittelbar auf die Urkunden zurückgreifend: Aristot.' didaskal. Schriften (→ Διδασκαλίαι, νῖκαι Διονυσιακαὶ ἀστικαὶ καὶ Ληναϊκαί). 4. Von Aristoteles aus a) die inschr. Theaterurkunden und b) die didaskal. Notizen der hellenist. Gelehrten und ihrer Nachfahren (→

Hypotheseis, → Scholien, → Suda usw.). Stereotype Formen dieser Urkundensprache kehren überall wieder: ἐδιδάχθη τὸ δρᾶμα, ἡ σκηνὴ τοῦ δράματος, Werturteile und Erfolgsangaben der Hypotheseis immer mit dem Wort δρᾶμα, Personenverzeichnisse, wo immer überliefert, unter der Überschrift τὰ τοῦ δράματος πρόσωπα.

H. Schreckenberg Δρᾶμα. Vom Werden der griech. Tragödie aus dem Tanz, Würzburg 1960. *G. Zuntz* The Political Plays of Eurip., Manchester 1955, 129ff. *B. Snell* Aischylos und das Handeln im Drama. Philol. Suppl. 20, 1928. *Raddatz*, RE IX 414. F.St.

Drangai. Ostiran. Volk im zentralen Seengebiet am Unterlauf des Etymandros (Hilmand); das Land selbst hieß Drangiane, was aber die medo-persische Form zu sein scheint. Die landesübliche Form erscheint in Zaranka der Keilinschr. des Dareios, in dem Volksnamen Zarangai (Hdt. Σαράγγαι) und Zarangaioi, und im Landesnamen Zarange und Zarangiane. Im Avesta bedeutet *zrayah-* »See«, im altpers. *draya* »Meer«, vgl. neupers. *daryâ* »großer Fluß«.

Die Sarangai erscheinen bei Hdt. 3,93 samt einigen Stämmen der zentralen Wüste und Karmanias zu einem Steuerbezirk verbunden, an der S.-Seite der Parthoi und Hyrkanioi. Nach ihm trugen die Sarangai im Heere des Xerxes medische Bewaffnung. Alexander eroberte zunächst Prophthasia, die Hauptstadt von Drangiane. Das Land wurde dem Arsames, Satrapen von Areia, überlassen. Nach Alexanders Tode scheint Antiochos III. Megas anfänglich Areia und Drangiane noch behauptet zu haben; doch bemächtigte sich auch dieser Teile der helleno-baktrische Fürst Euthydemos. Gefährlicher erwies sich die Macht der Parthoi. Isidor von Charax beschreibt Paraitakene oder Sakastene, das Uferland am mittleren Etymandros, dessen sich die nordischen Sakai um 128 v. Chr. bemächtigt hatten; im MA. bezeichnet jedoch Sagistan (h. Seistan) das ganze Hilmendbecken. Ein Sagenkreis knüpft sich an die Heroennamen Geršâsp und Rustam. Über das Eiland Kûh i Chwâja in der Hamun-See vgl. GULLINI in East and West, 1962. J. D.-G.

Drapsaca (Δράψακα). Erstmalig in Verbindung mit den Feldzügen Alexanders d. Gr. erwähnte Stadt Baktriens, auch in den Namensformen Δάραψα und Δρέψα (Arr. an. 3,29,1. Strab. 15,725. Ptol. 6,12,6. 8,23,13 N. Steph. Byz. p. 218). In dem h. Landschaftsnamen Andarâb n. Kabul (Hindukusch) hat sich die Form Δάραψα erhalten, während das h. Kunduz als das antike Δ. zu betrachten ist (Atlas of the World II, Plate 31). Ptol. rechnet Δ. zur Sogdiana und erwähnt zugleich (6, 12,4) die Bewohner (Δρεψιανοί). Das von Ptol. 6,9,6 genannte hyrkan. Ἄδραψα hat mit Δ. nichts zu tun, ist aber etym. Zeugnis für alte Beziehungen zwischen Baktrien und Hyrkanien (Wanderungen). Alexander durchzog 329 v. Chr. Δ. auf dem Wege nach Ἄορνος und → Βάκτρα. H. T.

Drausus s. Drusus

Dreifuß s. Tripus

Drepanon. Name mehrerer Vorgebirge. **1.** An der N.-Küste des w. Kreta, Ptol. 3,15,5, h. mit gleichem Namen.

M. Guarducci Inscript. Cret. II 10.

2. Der nördlichste Vorsprung der Peloponnes, 7 km n.ö. von Rhion, mit dem es bei Strab. und Ptol. gleichgesetzt wird, flacher Schuttkegel eines Gebirgsbachs, daran die »Festung der Athena«. Strab. 7,2,3 p. 335. Paus. 7,22,10. 23,4. Ptol. 3,14, 29.

1. *E. Curtius* Peloponnesos 1,447. 2. *A. Philippson* Der Peloponnes 261. 3. *Philipps.-Kirst.* 3,67.189.

3. Bis in die Neuzeit erhalten gebliebener Name eines Kaps an der W.-Küste Cyperns mit Ruinen einer Stadt röm.-byz. Zeit, Ptol. 5,13,1. E. M.

1. *D. G. Hogarth* Devia Cypria, 1889, 10ff. 2. *Eug. Oberhummer* Die Insel Cypern, 1903, 129f. 430.

4. D. oder Drepana, Drepane, Vorgebirge und Hafenort an der W.-Spitze Siciliens n. von Lilybaeum, am Fuße des Eryx, h. Trapani, im Anfang des 1. Pun. Krieges von den Karthagern als Kriegshafen ausgebaut unter Verpflanzung eines Teiles der Einwohnerschaft von Eryx (Diod. 23,9), im J. 249 Ort der vernichtenden Niederlage des Konsuls P. Claudius Pulcher bei seinem Versuch, den Platz von der See her zu nehmen (Pol. 1,49–51. Diod. 24,1), 242 von C. Lutatius Catulus überraschend besetzt und als Basis für die kriegentscheidende Seeschlacht bei den Aegaten benützt (Pol. 1,59.60. Diod. 24,8.11). In der Folgezeit Hafenort ohne Stadtrecht. Erwähnungen Cic. Verr. 2,140. 4,37. Plin. 3,88.90.91. Ptol. 3,4,4 u. a. Vgl. CIL X p. 747. Geringfügige Reste. K. Z.

5. D., Ort in Bithynien s. Helenopolis. F. K. D.

Dreros. Stadt in O.-Kreta beim h. Neapolis mit hocharchaischem Tempel geometr. Zeit und wichtigen Inschr. (Eid der Drerier). E. M.

1. *M. Guarducci* Inscr. Cret. I, 1935, 83ff. 2. Syll. I³ 527. *Cauer-Schwyzer* 193. 3. *P. Demargne-H. van Effenterre*, BCH 61, 1937, 5ff., 327ff. 85, 1961, 544ff. 4. *Sp. Marinatos* Le temple géométrique de Dréros, BCH 60, 1936, 214ff. 257ff.

Dreschen. Das D. (ἀλοᾶν, τρίβειν, ἀλόησις, *terere, tritura*) hat den Zweck, das Korn von seinen Hüllspelzen zu befreien, die nur bei dem sog. Nacktgetreide lose genug sitzen, um dies zu ermöglichen, während »Spelz«-Getreide, mindestens im Alt., ein Stampfen nach vorherigem Rösten benötigte. Daher war das D. fast ausnahmslos auf die Nacktweizen (πυρός, *triticum, siligo*) und den im Alt. kaum gebauten Roggen beschränkt. (Der Name *triticum* bedeutet fast sicher »Dreschweizen« im Gegensatz zum Spelzweizen → *far*, der das Korn der frühen Römer gewesen war.) Die Dreschtenne (ἀλωή, δῖνος, *area*), deren sorgfältige Anlage öfters beschrieben ist (z. B. Cato agr. 91.129, Varro rust. 1,51, Colum. 2,19), mußte nicht nur fest und trocken, sondern auch dem Winde ausgesetzt sein, damit dieser die Spreu nach dem D. und nachherigem Worfeln wegblasen konnte. Zum D. selbst wurden, trotz der Gefahr, daß das Korn leicht dabei beschädigt wurde, lange Zeit meist Tiere verwandt, die angetrieben wurden, im Kreise herumzulaufen und mit den Hufen die Körner herauszutreten, wobei Männer (*ἐπαλωσταί*, Xen. oik. 18,5) ihnen immer neues Getreide unter die Füße schoben. Am häufigsten kamen hierzu wohl Rinder zur Verwendung (denen, dem biblischen Verbot entgegen [Deut. 25,4], entweder das Maul verbunden oder die Nase mit Kot eingerieben wurde [Ail. nat. 4,25]), obgleich Pferde offenbar vorgezogen wurden (z. B. Colum. 2,20,4). Auch die Verwendung von Männern mit Stöcken oder Knütteln (*bacula, fustes, perticae*), aus denen sich der eigentliche, zweiteilige Dreschflegel wahrscheinlich erst nach dem Alt. entwickelte, ist, namentlich aus Italien, öfters bezeugt, bes. wo die Ähren ohne Halme geerntet worden waren. Ein D. mit maschinellen Geräten ist aus Griechenland kaum vor 100 v. Chr., wohl aber aus Rom beweisbar. Das *tribulum* (griech. *τρίβολοι*) war nach Varro rust. 1,52,1 ein einfaches Brett, unten mit Steinen oder Eisen beschlagen und rauh gemacht und durch Gewichte (oder das Gewicht des Lenkers) beschwert, welches von Tieren gezogen wurde. Der Unterschied zwischen diesem und der mit ihm von röm. Autoren öfters verbundenen *traha* oder *trahea* (anscheinend auch *tragula* genannt und als »Fahrzeug ohne Räder« beschrieben), welche auch eine Art Dreschtafel oder -schlitten, wahrscheinlich einer Egge ähnlich, gewesen sein muß, ist aus den Beschreibungen nicht klar. Hingegen scheint das, offenbar in Karthago erfundene, *plostellum Punicum*, obgleich Varros Beschreibung (rust. 1,52) nicht deutlich ist, ein auf eisernen Walzen laufender »Dreschwagen« gewesen zu sein, wie er in vielen Gegenden lange im Gebrauch blieb. Im ganzen scheint sich (mit Ausnahme des zweiteiligen Dreschflegels) beim D., wie bei den meisten landwirtschaftlichen Geräten und Tätigkeiten, zwischen dem Ausgang der Antike und dem 19. Jh. wenig geändert zu haben. L. A. M.

Blümner Techn. I^2, 3–7.

Drilai (*Δρῖλαι*). Kriegerischer Volksstamm an der s. Küste des Pontos Euxeinos, der das Hinterland der Stadt Trapezus bewohnte. Hauptquelle: Xen. an. 5,2,1 ff., bes. 5,2,3 ff., wo die Eroberung ihrer Burg und Stadt geschildert wird. Chr. D.

M. Maximowa Antičnyije goroda jugo-wostočnogo Pričernomorija, russ. Die ant. Städte des s.ö. Gestades des Schwarzen Meeres, Moskau-Leningrad 1956, 125–132. *Danoff* RE Suppl. IX 1035.

Drilon (*Δρίλων*), auch Drinus, Fluß in Illyrien, der h. albanesische Drin, dessen Quellflüsse der Weiße und der Schwarze Drin sind. Dieser ist der Abfluß des Lychnitis- (h. Ochrida-) Sees (in Makedonien, jener scheidet den Scardus mons (h. Šar planina) von den nordalbanesischen Alpen. Erste Erwähnung bei Kallim. *Αἴτια* frg. 744 Pf. Chr. D.

Casson Macedonia, Thrace and Illyria, passim. n. *Papasogen*, Maked. Städte in röm. Zeit (serb.), Skopije, 1957, s.v.

Drinus (*Δρεῖνος*). Rechter (und größter) Nebenfluß des Savus (h. Save), dessen Quellgebiet in der Nähe des Unterlaufes des → Drilon liegt. Er vereinigt sich mit dem Savus oberhalb Sirmium (Mitrovitza). Früher hat man angenommen, daß der D. Dalmatien von Obermoesien scheide. Ptol. 2, 16,4. Chr. D.

Casson Macedonia, Thrace and Illyria, passim. *P. Jovanović*, Enciclopedija Jugoslavije, 3, 1958, 89 ff.

Drobeta. Stadt und militärisches Lager am dazischen Donauabschnitt, ö. vom Eisernen Tor, wo h. Turnu Severin liegt. (Not. dign. or. 42,6 = 16,24,35. Tab. Peut.: *Drubetis*. Ptol. 3,8,10 *Δρουφηγίς*, *Δρουφηγύς*). Es war eine alte getische Siedlung, die unter die röm. Oberherrschaft kam und im 2. dazischen Krieg der Hauptstützpunkt der röm. Streitkräfte war. D. verdankte seine Entwicklung der wichtigen Handelsstraße, die zur Traianus-Brücke und zum Hafen führte. Unter Hadrianus war D. ein *municipium* (CIL III 6309 = 8129. 1581–8017. 1559 = 8009. 1579), Septimius Severus verlieh der Stadt den Rang einer *colonia* (Ann. ép. 1914, 118. CIL III 1209. 1570. 1580. 2679. 8019). Das 137,50×123 m große Militärlager erbaute die *cohors I Cretum sag.* während der Regierungszeit von Traianus. Im 2. Jh. stellte die *cohors III Campestris* (CIL III 14216,8,10) die Besatzung, im 3. Jh. die *cohors I sag.* (CIL III 1583. 6279. 8074), im 4. Jh. der *cuneus equitum Dalmatarum Divitensium* und das *auxilium primorum Daciscorum* (Not. dign. or. 42,6,16. 24). Constantinus ließ das Lager neu bauen. Das durch die Hunnen zerstörte Befestigungswerk wurde durch Iustinianus wiedererrichtet. J. F.

D. Tudor Oltenia Romana, Bucuresti ^{2}1958, 151. 476.

Drogen s. Gifte. Pharmakologie. Salben

Dromedarii. Die im Orient weit verbreiteten Kamelreitertruppen finden sich im röm. Heer (*καμηλῖται*, Herodian. 4,15,2) erst in der Kaiserzeit (Tac. ann. 15,12). So hatte die in der Thebais stationierte *cohors I Augusta praetoria Lusitanorum* 156 n. Chr. eine Abteilung d. (EE 7,458 f.). Ein Grabstein eines Kamelreiters ist aus Palmyra (Syria 1933, 158. 167 f.) bekannt. Die Gliederung der d. in *alae* ist für die diokletianische Zeit bezeugt (RE I 1240). Die Not. dign. vermerkt für die Thebais 3 *alae*, und zwar die *ala III Maximiana d.* (or. 31,48), die *ala II Herculia d.* (or. 31,54) und die *ala I Valeria d.* (or. 31,57). A. N.

RE V 1712 f. *W. Wagner* Die Dislokation der Auxiliarformat., Bln. 1938, 41 f. *F. Altheim* Die Soldatenkaiser, Frankf./M. 1939, 125 ff.

Dromichaites (*Δρομιχαίτης*). König der Geten, mit dem Lysimachos schwere Kämpfe zu bestehen hatte. Im J. 292 v. Chr. wurde dieser mit seinem ganzen Heer von D. gefangengenommen, der ihn aber mild behandelte und gegen Rückgabe der Länder n. der Donau entließ. Lysimachos versprach ihm eine seiner Töchter zur Frau. Hauptquelle ist Diod. 21,2 ff., der eine offenbar dem Lysimachos feindliche Quelle benützt. Daher die Idealisierung des D. auch bei Strab. 7,302. 14,305. Chr. D.

Kazarow Beiträge zur Kulturgesch. der Thraker, 55 ff. *Detschew* Thrak. Sprachreste, 158. *Pârvan* Getica 55–65 u. ö. *Vulpe* Hist. anc. de la Dobroudja, 81–83 u. ö.; Istoria Romînici, I 228 ff. n. ö.; zuletzt *J. Wiesner* Die Thraker, 1963, 141.

Dromokleides (*Δρομοκλείδης*). **1.** Athen. Archon 475/74 v. Chr. **2.** Athen. Demagoge, der 307 und 295 durch widerliche Schmeichelei die Gunst des Königs Demetrios Poliorketes zu gewinnen versuchte (Plut. Demetr. 13.34). Fr. Kie.

Dromos. Lauf, Wettrennen. Wettläufe bei öffentlichen Spielen gehen bis auf die erste Feier der eleusinischen Mysterien, Schol. Pind. O. 9,154 und bis auf die Zeit Homers zurück, Il. 23,754 ff. Bei den ersten 17 Olympiaden wurde überhaupt nur gelaufen, Paus. 5,8,6. Standardstrecken waren: das Stadion, 600 Fuß = ca. 180 m; der diaulos, 1200 Fuß = 360 m; der *δόλιχος*, der unterschiedlich mit 7, 12, 20 und 24 Stadien angegeben wird; der *ἐφίππιος*, so genannt nach der 4 Stadien langen Rennbaln im Hippodrom; der *δ. ὁπλίτης*, der Lauf über 1 (normalerweise), 2 und 4 Stadien, Paus. 2,11.8, Philostr. gymn. 7–8, mit Helm, Schild und Beinschienen, aber barfuß, wie bei anderen Wettläufen auch. Die Griechen liefen unbekleidet, der Körper war mit Öl eingerieben. Sie starteten von einer Doppellinie, *γραμμή*, der von hölzernen Schranken, *βαλβῖδες*, Schol. Aristoph. Equ. 1159, O. Broneer Hesp. 27, 1958, 10 ff. Die Kämpfer waren in Altersklassen eingeteilt: in Olympia und Delphoi schied man in Männer und Knaben, die nemeischen und isthmischen Spiele fügten noch eine Gruppe für Jünglinge hinzu, *ἀγένειοι*. Bei den Dorern und Aiolern nahmen auch Mädchen teil, die dabei einen kurzen Chiton trugen, Paus. 3, 13,7, ebenso in spätröm. Zeit, Cass. Dio 67,8. Ein *d.* gehörte zu manchen kultischen Festen: der Fackellauf, *λαμπαδηδρομία, λαμπάς*, wobei die einzelnen Mitglieder einer Mannschaft in Abständen voneinander aufgestellt waren und jeder Läufer dem nächsten eine brennende Fackel weitergab; *σταφυλοδρόμος*, ein Wachstumsritus, wobei eine Gruppe eine andere, die vorausgelaufen war, zu überholen suchte; der einfache Wettlauf bei den Oschophorien, und *ὁ πρὸς Ἄγρας δρόμος*, dabei lief offenbar eine Gruppe mit einer anderen um die Wette, wie die Epheben, IG II² 2219, 128. Wettläufe waren bei den Römern weniger beliebt, obwohl sie von Anfang an einen Bestandteil der *Ludi Magni* bildeten, Dion. Hal. ant. 7,73,3 und *cursores* auch bei den circensischen Spielen auftraten, Suet. Aug. 43, Plin. nat. 8,24. O. W. R.

Dropides (*Δρωπίδης*). Gesandter Athens, der 330 beim Tode des Dareios in die Hände Alexanders fiel. Der Grund seiner Mission ist unbekannt, doch ist aus seiner Verhaftung zu entnehmen, daß er erst nach Beginn des Feldzuges zu geheimen Verhandlungen nach O. geschickt worden war, etwa als sich Alexander in Äg. aufhielt, Sparta die offenen Feindseligkeiten begann und Dareios selbst zum großen Vernichtungsschlag rüstete: Athen hatte um diese Zeit Grund, sich entgegen den Statuten des Korinthischen Bundes nach allen Seiten, zumindest diplomatisch, zu sichern. Curtius 3,13,15 läßt bereits 333 bei Damaskus gefangen werden, doch wird dies auf Verwechslung beruhen. G. W.

Berve Alexanderreich II nr. 250

Drossel (*κίχλη*, dor. *κιχήλα*, *turdus*). Sammelbezeichnung für mehrere Arten, darunter (nach Aristot. hist. an. 9,20,617a) die Mistel-D. (*ἰξοβόρος*), die Sing.-D. (*τριχάς*) und die nicht näher bestimmbare *ἰλλάς*. Erste Nennung Hom. Od. 22,468; seit dem 6. Jh. sehr häufig erwähnt. In Griechenland und Italien ist nur die Mistel-D. Standvogel in Gebirgsgegenden; die anderen Arten leben nur im Winter dort. Sie nähren sich von Insekten und Larven (Aristoph. Av. 591), Wacholderbeeren (Ail. nat. an. 1,35), Oliven (Epich. bei Athen. 2,64. Calpurn. 3,48). Als Zugvogel tritt die D. am Mittelmeer nicht nistend und brütend auf: daher fehlen Beobachtungen über die Lebensweise fast ganz. Was Varro rust. 3,5,7 und Plin. nat. 10,72 über den Flugweg sagen, ist unklar, z. T. ungereimt. Das Interesse der Alten konzentrierte sich auf Eßbarkeit (die D. gilt als größte Delikatesse: Aristoph. passim und die bei Athen. 2,64 f. 6,268. 9, 370 gesammelten Zeugnisse; in Rom: Hor. sat. 2,5,10; epist. 1,15,40. Ov. ars 2,269. Martial. 13,51. 92. Pers. 6,24 al. Preis in Athen 1 Drachme je Stück: Aristoph. Ach. 960; Händlertricks: Av. 1080) und den Fang der D. (mit Netzen oder Schlingen: Od. 22,468; mit Leim: Alkiphr. 3,30,1; in Gruben: Dionys. de av. 3,13). Seit Ausgang der röm. Republik wurden sie auch von Liebhabern oder gewerbl. Züchtern gemästet (Plin. nat. 10,60. Plut. Luc. 40; Pomp. 10 al.); Beschreibung eines *turdarium (aviarium, ὀρνιθών)* geben Varro rust. 3,5 und Colum. 8,10 mit Anweisung über Fütterung. Absatz eines Züchters in Reate um 54 v. Chr. 5000 D. zu je 3 Denaren (Varro 3,2,15); Maximalpreis im Ed. Diocl. 6 Denare je Stück. Das Fleisch der D. wird von den Ärzten meist empfohlen, gehört aber nicht zu den spezif. Diät- oder Sympathiemitteln. W. R.

O. Keller Ant. Tierwelt 2,76 ff.

Druentia. Fluß in Gallia Narbonensis, in den Cottischen Alpen entspringend, Nebenfluß der Rhône, h. Durance (Strab. 4,179.185 [*Δρουεντία*]. 203.217. Liv. 21,31.32. Plin. nat. 3,33. Sil. Ital. 3,468 ff. [*turbidus . . . Druentia*]. Ptol. 3,10,4. Auson. Mos. 479. Amm. 15,10,11. Cassiod. var. 3,41,

2). Der Name scheint *rapida, incitata* zu bedeuten. *Nautae Druentici* erwähnt in der Inschr. von Arles (CIL XII 731.982). Über eine Vereinigung von *utricularii* s. J. ROUGÉ Utricularii, Cah. d'hist. 4, 1959, 285, der sie für Flußschiffer hält, die Schlauchbrücken über Sümpfe und Wasserläufe benützten. M. L.

Desjardins 1,164.

Druidae. Die Etymologie schwankt zwischen »sehr weise«, »erfahren in heiligen Dingen« und »zur Eiche gehörig«. Das Wort D. lebt im Ir. und Wall. weiter. Die ant. Autorennachrichten sind in wenige Einflußgruppen einzuteilen. Der Peripatetiker Sotion, der etwa 200/170 v. Chr. die D. eng in einer Philosophengesch. mit den Pythagoreern verknüpft, wirkt in Alexander Polyhistor, Caesar, Strab., Pomponius Mela, Dion Chrys., Val. Max., Amm., Diog. Laert., Hippolytos, Clem. Al. deutlich und wohl auch in einer nicht erhaltenen und späten Pseudaristotel. Schrift über Magie nach. Poseidonios, der die D. mit ihrer Landschaft und ihrem Volkstum zu verbinden sucht, hat mindestens Caes. Gall., Cic., Diod., Strab., Lucan. und den älteren Plin. beeinflußt, obwohl unabhängige Augenzeugenbeobachtungen hier nicht fehlen. Das wohlbegründete Material der kaiserlichen Anklageschrift für die Ächtung der D. unter Claudius wirkt auf den älteren Plin., Tac., Suet. und Pomponius Mela ein, ebenfalls mit andersartigem Quellenmaterial vermischt. Völlig unabhängig sind die kurzen Hinweise in Auson. und vielleicht Nennius, unglaubwürdig die romant. Wundergeschichten über Severus Alexander, Aurelian und Diokletian. Primärquellen sind ein Schatzfund von Llyn Cerrig auf Anglesey, der beweist, daß Geschenke von SW.-Britannien bis Yorkshire und selbst von Nordirland dem offenbar sehr einflußreichen D.-Zentrum von Anglesey zukamen, bis es 59 n. Chr. durch Suetonius Paulinus vernichtet wurde (Tac. ann. 14,30). Weniger vertrauenswürdige Primärquellen sind weiter ein umstrittenes Relief von Mavilly, ein ähnlich umstrittener Inschriftstein von der Isle of Man aus dem 5./6. Jh. n. Chr. und eine andere öfters in ihrer Echtheit angezweifelte Grabinschrift aus der 2. Hälfte des 1. Jt. n. Chr. von Killen Cormac (County Kildare, Eire). Diese Zeugnisse erlauben uns, als gesichert zu betrachten, daß die D. die Zukunft voraussagten, oft mit Hilfe von Menschenopfern oder von Himmels- und Sternbeobachtungen, daß sie die vornehme Keltenjugend in Morallehren, Mythologie, Kalenderkunde und mündlich überlieferten kelt. Dichtungen unterrichteten, daß sie Gerichtssitzungen über Fragen des privaten und öffentlichen Rechts und jährliche Versammlungen in heiligen Hainen abhielten, daß sie von größtem polit. Einfluß waren, daß sie an eine Art Seelenwanderung glaubten, daß Eiche, Mistel, Schlangeneier und gewisse Sammelpflanzen bei ihren Zauberhandlungen eine Rolle spielten, daß auch Frauen D. werden konnten und daß es Oberdruiden gab, die von ihren Untergebenen gewählt wurden. Die D. sind wohl eine Weiterentwicklung der wohlbekannten indo-europ. Priesterklasse, die bei Indern, Iraniern, Skythen, Griechen, Römern und andern sprachverwandten Völkern ebenfalls mit ähnlichen Funktionen erscheint. F. M. H.

Sir Cyril Fox A Find of the Early Iron Age From Llyn Cerrig Bach, Anglesey 1946. *T. D. Kendrick* The Druids, 1927. *F. le Roux* Les Druides. Mythes et Religions 41, 1961. *Oxford* Classical Dict. Art. Religion, Celtic. *Ihm*, RE V 1730; ThlL. V, 1, 2, 1909/34, 2070 s. v.

Druna. Fluß in Gallia Narbonensis, Nebenfluß der Rhône, h. Drôme (Auson. Mos. 479). M. L.

Desjardins 1,164.

Drusi arcus. Hinter der p. Appia (h. p. S. Sebastiano), von Honorius mit dieser durch Seitenmauern verbunden, kein Triumphbogen und nach Drusus irrtümlich benannt. Die Architektur des Bogens, vor allem die flankierenden Säulen auf hohen Sockeln mit den zu kleinen Kapitellen, die wahrscheinlich einem anderen Monument entstammen, weisen auf die Zeit des Septimius Severus hin. Es handelt sich um einen Durchgang unter einer Wasserleitung, die nach Canina (Edifici di Roma antica) von der Aqua Marcia nach den Thermen des Caracalla abzweigte. Rud. G.

Lugli I monumenti antichi di Roma, Bd. 2, p. 232 ff. *Curtius-Nawrath* Das antike Rom[3], bearb. von *Nash* 1944.

Drusilla. 1. Dritte Tochter Agrippas I. (Ios. ant. Iud. 18,132; bell. Iud. 2,220), in 1. Ehe mit König Azizos von Emesa (ant. Iud. 20,139), in 2. Ehe – wider das jüd. Gesetz – mit dem heidn. Prokurator Antonius Felix verheiratet (ant. Iud. 20,141 ff. Apg. 24,24). Beider Sohn Agrippa (vielleicht auch sie selbst) fand beim Ausbruch des Vesuvs 79 n. Chr. den Tod (ant. Iud. 20,144). K. N.

Schürer 1,572 ff.

2. s. Iulia

Drusipara (*Δρουσιπάρα*). Bedeutende thrak. Siedlung *(oppidum?)* im s. ö. Teil Altthrak. an der Heerstraße von Hadrianopolis nach Byzantion (h. Karaštiran). Ptol. 3, 2, 7 (13). Itin. Anton. 137. 323. Itin. Hier. 569. Tab. Peut. VIII. Rav. 4,6; die Namensform der Siedlung bei den byzant. Autoren ist meistens *Δριζιπάρων*. Chr. D.

Jireček Die Heerstraße von Belgrad nach Constantinopel 50.100. *Detschew* Thrak. Sprachreste, 159. *D. P. Dimitrov* Le voyage de saint Alexandre de Rome à travers la Thrace, bulg. mit franz. Résumé, Bull. Inst. Arch. Bulg. 8, 1934, 116–163 und bes. 135.

Drusus. Cognomen in der Gens Livia, die im 2. und 1. Jh. v. Chr. zu den Spitzen der plebeischen Nobilität gehörte. Nach Suet. Tib. 3,2 nahm ein nicht näher bekannter Livius nach seinem Sieg im Zweikampf über den Keltenführer *Drausus* das Cognomen an und vererbte es, vgl. HOLDER 1, 1335 ff. Eine von MÜNZER, RE V 1668 in Anlehnung an CGlL VI 366 vertretene Herleitung aus dem Lat. läßt sich nicht halten, vgl. WALDE-HOF.

^{3}1,375. In der frühen Kaiserzeit erhielt der Beiname bei den prominentesten Trägern den Wert eines Gentilnamens, vgl. RE IV 228f.

I. Republikanische Zeit: **1.** (Livius?) D., nach einem Teil der Überlieferung Reiteroberst des Dictators L. Papirius Cursor (Fast. Hydat., Chron. Pasc., vgl. BROUGHTON Mag. 1,148f.), möglicherweise der 1. Träger des Cognomens, Suet. Tib. 3,1, s.o. **2.** C. Livius D., Praetor um 150, Consul 147, zusammen mit P. Scipio Aemilianus. Er war Sohn des M. Livius Aemilianus, der um 200 als Sohn des bei Cannae gef. L. Aemilius (→ Nr. 23) Paullus aus der Gens Aemilia adoptiert war (der erste bekannte Fall eines derartigen Übergangs, vgl. MÜNZER Adelsp. 236ff.), und der Enkel des M. Livius Salinator. **3.** M. Livius D., Sohn von Nr. 2, konsequenter Vertreter der Nobilität. Als Volkstribun 122 suchte er seinen Kollegen und Gegner C. Gracchus durch die bisher noch nicht befolgte Methode der Vorlage volksfreundlicher Anträge auszuschalten. Praetor um 115. Consul 112 mit der Provinz Macedonia, wo er auch 111 bis 110 stand und u.a. Thraker und Skordisker bekämpfte (vgl. BROUGHTON Mag. 2,644f.), über die er in Rom triumphierte. 109 war er zusammen mit M. Aemilius (→ Nr. 28) Scaurus Censor und starb im Amt. Durch Charakter, Beredsamkeit und Reichtum war er einer der angesehensten und einflußreichsten Männer seiner Zeit, Plut. C. Gracch. 8,5, vgl. Diod. 37,10,1. Er war verheiratet mit einer Cornelia; Sohn: Nr. 4, über einen möglichen weiteren Sohn s. MÜNZER Adelsp. 311ff. **4.** M. Livius D. (um 124–91), Volkstribun 91 v. Chr. Sohn von Nr. 3. Als ein durch Herkunft, Vermögen, Begabung und Bildung hervorragender und überdies ehrgeiziger, aber gesundheitlich nicht widerstandsfähiger Vertreter der Nobilität trat er früh in die Politik ein: ca. 105 tribunus militum, ca. 104 Xvir stlitibus iudicandis, ca. 102 Quaestor. 100 nahm er am Kampf gegen Saturninus (→ Appuleius I 6) und Glaucia teil. Um 94 war er Aedil, den Pontifikat bekleidete er von einem unbekannten Jahr an bis zu seinem Tod (91). Das Amt als Volkstribun trat er am 10. Dezember 92 an. Er stellte sich uneigennützig die Aufgabe, die schwebenden innenpolitischen Fragen, bes. die Agrarfrage, die Geschworenenfrage und die Bundesgenossenfrage zu lösen (vgl. z.B. Vir. ill. 66,4: *Latinis civitatem plebi agros, equitibus curiam, senatui iudicia permisit*) und wurde so zum »Gracchus der Aristokratie« (MOMMSEN RG 2,217). Die Überlieferung über die Durchführung, die vielleicht mit dem Kampf gegen die Geschworenengerichte der Ritter begann, und über das wahrscheinlich erst allmählich entstandene Gesamtprogramm läßt zahlreiche offene Fragen; Hauptquellen: Liv. per. 70f. Diod. 37,10,1–3. Vell. 2,13,1 bis 15,1. Flor. 2,5,6. App. civ. 1,155–165. Vir. ill. 66,1ff., vgl. BROUGHTON Mag. 2,21f. Beschlossen wurden je eine *lex iudiciaria*, *lex agraria*, *lex frumentaria* und auch wohl z.T. durchgeführt (nach dem Elogium – CIL I^{2} p. 199 = DESS. ILS 49 = DEGR. I 13,3,74 – war D. Xvir agr. dand. assign. und Vvir agr. dand. assign.). Da aber bei der Annahme Verfassungsverletzungen vorgekommen waren, erklärte der Senat die Gesetze für ungültig. Damit wurde auch die Durchführung der Pläne des D. zugunsten der Bundesgenossen hinfällig. Seine Ermordung in seinem Haus auf dem Palatium war ein Anlaß für den → Bundesgenossenkrieg.

Lit.: *Münzer* RE XIII 859ff. Nr. 18. *W. Schur* Das Zeitalter des Marius und Sulla, 1942, 106ff. *R. Syme* D. röm. Revolution, 1957, 24.28 u.ö. *A. Heuss* RG, 1960, 158ff.

5. M. (Livius) D. (Claudianus), Gemahl der Alfidia, Vater der → Livia, Großvater des Tiberius (als solcher später durch Statuen geehrt). Er wurde wohl von D. Nr. 4 (auf dem Totenbett?) aus der Familie der Claudii Pulchri (?) adoptiert, war im J. 50 Praetor oder Richter (BROUGHTON Mag. 2,248), trat 45 mit Cicero in Geschäftsverbindungen (Att. 12,21,2 u.ö.), stand 43 als Anhänger der Senatspartei auf den Proskriptionslisten, entkam, kämpfte 42 bei Philippi mit und schied nach der Niederlage durch Selbstmord aus dem Leben, Vell. 2,71,3. Cass. Dio 47,44,1. H. G. G.

II. Kaiserzeit. **1.** D. (II) = Drusus Iulius Caesar. Sohn des Kaisers Tiberius von seiner 1. Gattin Vipsania Agrippina, Enkel des Ti. Claudius Nero, Suet. Tib. 7,2. * am 7. Oktober (CIL X 8375) zwischen 15/12 v. Chr. Trotz der Adoption seines Vaters durch Augustus, durch die D. aus der Familie der Claudier in die der Iulier kam, war D. von der Thronfolge zunächst ausgeschlossen; denn Augustus hatte Germanicus, der auf dem 7/8 n. Chr. errichteten Bogen von Pavia (CIL V 416) neben D. zu sehen ist, zu seinem übernächsten Nachfolger bestimmt. D. wurde bald nach 2 n. Chr. *princeps iuventutis*, CIL VI 31200, im J. 11 n. Chr. Quaestor, Cass. Dio 56,25,4. Nach dem Tode des Augustus hatte er im Senat Schriftstücke zu verlesen (Zon. 10,38. Suet. Tib. 23,1) und die Grabrede zu halten, Cass. Dio 56,34,4. Im J. 14 schickte Tiberius D. und Seian zur Unterdrückung des pannon. Aufstandes, Tac. ann. 1,24–30. D. war cos. ord. 15 das ganze Jahr hindurch, Inscr. It. XIII 1, p. 184f. Im J. 17 wurde er Statthalter in Illyricum (Tac. ann. 2,44,1), wo ihn Germanicus zu Ende 17 besuchte, Tac. ann. 2,53,1. Im J. 19 nahm er die Unterwerfung des Marbod entgegen, Tac. ann. 2,62f. Nach dem Tod des Germanicus eilte D. nach Italien und empfing zu Beginn des J. 20 in Tarracina dessen Witwe und geleitete sie nach Rom; dort wohnte er der Trauerfeier bei, Tac. ann. 3,2,3. Dann begab er sich wieder nach Illyricum, ebd. 3,7,1 AE 1952, 152. Am 28. Mai 20 *triumphavit ex Illyrico*, Inscr. It. XIII 1, p. 186f. Tac. ann. 3,11,1; er erhielt einen Triumphbogen auf dem Augustusforum beim Marstempel, Tac. ann. 2,64,1, und wurde cos. ord. II des J. 21, Tac. ann. 3,31,1. CIL X 1333. Im J. 22 erhielt D. die *tribunicia potestas*, Tac. ann. 3,56,1. Das veranlaßte Seian, die Gattin des D., Livilla, die Tochter von Drusus (I), erst zum Ehebruch, dann durch ihren Leibarzt zum Giftmord an D. zu verleiten. † nach dem 1. Juli 23, Suet. Tib. 62,1 f. Er wurde auf Grund eines Senatsbeschlusses (CIL VI 31200) mit den höchsten Ehren bestattet, Tac. ann. 4,9,2. – Münzen: Mattingly RIC I p. 103 nr. 6,7 p. 106 f. nr. 24,28. Bildnisse: Bernoulli II 1, p. 198 ff. Taf. XXXIII 2. 3. V. Poulsen Claud. Prinzen 8 ff.; Röm. Privatporträts 28. **2.** D. (III) = Drusus Iulius Caesar. 2. Sohn des Germanicus und der Agrippina Maior. * 8 n. Chr. Er erhielt die *toga virilis* Anf. 23 n. Chr., Tac. ann. 4,4,1. Tiberius empfahl nach dem Tod des Drusus II D. und seinen älteren Bruder Nero dem Senat, Tac. ann. 4,8,3 ff. und gab dem Volk ein *congiarium*, Suet. Tib. 54,1. Im J. 25 fungierte D. als Stadtpräfekt während des Latinerfestes, Tac. ann. 4,36,1. Er war pontifex (CIL III 380), sodalis Augustalis und bekleidete verschiedentlich hohe Munizipalämter (CIL XIV 2965. X 6101. V 7567). D. heiratete die Aemilia Lepida, Tac. ann. 6,40,3. Als Seian den ältesten Germanicussohn, Nero, zu beseitigen suchte, machte er erst D. Hoffnungen auf den Thron (Tac. ann. 4,60,2), dann verband er sich mit dessen Gemahlin, die D. durch Verleumdungen zum Sturz brachte, Cass. Dio 58,3,8. D. wurde angeklagt und vom Senat verurteilt, Suet. Tib. 54,2. Daß er für Tiberius gefährlich blieb, zeigt das Auftreten des falschen D. im J. 31, Tac. ann. 5,10,1 ff. In den Kellern des Palatin wurde D. gefangengehalten, wo er schließlich im J. 33 Hungers starb, Tac. ann. 6,23,2. Cass. Dio 58,22,4. Sogar seine Asche wurde verstreut, Suet. Tib. 54,2. Als sein Bruder Caligula Kaiser wurde, gelangte D. wieder zu Ehren; Statuen wurden ihm gesetzt (Suet. Claud. 9,1) und Münzen geprägt. In Alpendorf wurde ihm ein Kenotaph errichtet, CIL V 4953. Mz.: Mattingly I, p. 154 Nr. 44, p. 156. Bildnisse: Bernoulli II 1 p. 252 ff. R. H.

3. s. a. unter Claudius

Dryas I (Δρύας, »Eichenmann«). **1.** Thessal. Lapithe, mit Peirithoos befreundet, von Nestor beraten, Hom. Il. 1,263. Hes. Asp. 179. Kämpft mit Kentauren. Ov. met. 12,290 ff. **2.** Thraker, Sohn des Ares, Teilnehmer an der kalydonischen Jagd, von seinem Bruder → Tereus ermordet. Apollod. 1,67. Hyg. fab. 45.159. Ov. met. 8,307. **3.** Vater des thrakischen Königs → Lykurgos, der sich Dionysos widersetzte, Hom. Il. 6,130. Soph. Ant. 955. Tötet seinen gleichnamigen Sohn, den er im Wahn für eine Rebe hält. Apollod. 3,34 f. Hyg. fab. 132. **4.** Thraker, beim Wettfahren um die Hand der → Pallene zum Sturz gebracht und von seinem Nebenbuhler Kleitos getötet. Parthen. narr. am. 6. Konon narr. 8. H. v. G.

Drymos. 1. Ort im n. Phokis, auch Drymaia, am N.-Rand der oberen Kephisosebene beim h. Glunista mit gut erhaltener Akropolis. Hdt. 8,33. Paus. 10,3,2. 33,12. Liv. 28,7,13. Hierokl. synecd. 643,9. IG IX 1,226–231. BCH 26, 1902, 340 ff. Nr. 51. SEG XIV 468.

1. *Fr. Schober* Phokis 1924, 28. 2. *A. Philippson* Die griech. Landschaften 1, 1951, 423.657 f.

2. Attisches Grenzgebiet gegen Boiotien und Kastell im Kithairon, wahrscheinlich Hochebene von Skurta und auch Bezeichnung des ganzen Grenzgebiets dort. Demosth. 19,326 mit Sch. p. 446,2 R. Harpokr. Hesych. Suda. E. M.

1. *U. Kahrstedt*, MDAIA 57, 1932, 15 ff. 2. *E. Kirsten*, RE XX 2261,5 ff. 3. *A. Philippson* Die griech. Landschaften 1,533.947 f. 1033 A. 5.

Dryope (Δρυόπη). **1.** Tochter des → Dryops, Gespielin der Hamadryaden am Oitegebirge. Apollon, in eine Schildkröte verwandelt, ließ sich von ihr auf den Schoß nehmen; sie ergab sich ihm und gebar → Amphissos. Vorher hatte sie → Andraimon geheiratet, der die Stadt Amphissa und in ihr einen Apollontempel erbaute, in dem D. Zuflucht suchte. Aus diesem entführten die Nymphen sie und ließen statt ihrer eine Schwarzpappel und eine Quelle entstehen; D. selbst wurde eine Nymphe. Amphissos baute den Nymphen ein Heiligtum, das Frauen verschlossen blieb, weil zwei Mädchen D.s Aufenthalt verraten hatten. So Anton. Lib. 32 nach Nikandros. Anders Ov. met. 9,324 ff.: D., Tochter des Eurytos von Oichalia, pflückt ihrem Söhnchen Amphissos eine Lotosblume; diese blutet, weil in ihr die Nymphe → Lotis lebt; nun wird D. in einen Baum verwandelt. Beide Fassungen der Sage knüpfen an einen alten Dryadenkult an.

Mannhardt Ant. Wald- und Feldkulte 2,17. *L. Castiglioni* Studi intorno alle fonti delle Metamorfosi di Ov., Pisa 1906, 19.

2. Von Faunus, der Pan gleichgesetzt wurde, Mutter des Rutulers Tarquitus, Verg. Aen. 10,550. H. v. G.

Dryops (Δρύοψ »Eichenmann«). Eponymos der Dryopes, Sohn des Spercheios und der Danaide Polydora, auch des Apollon und der → Dia (Nr. 3), Tochter des Arkaders Lykaon, so daß er selbst als Arkader galt, Strab. 8,373. Pherek. frg. 23. Nikand. frg. 41 (= Anton. Lib. 32). Er hatte einen Kult in der Dryopenstadt Asine in Messenien, Paus. 4,34,11. Eine Tochter von ihm gebar von Hermes den Pan, Hom. h. 19,34. Nach dem Namen zu urteilen, ist er, wie seine Tochter → Dryope, ein alter Baumgott. H. v. G.

Nilsson Griech. Feste 422.

Dubis. Fluß im O. Galliens, im Lande der Sequaner, Nebenfluß des Arar (Saône), h. Doubs (Caes. Gall. 1,38. Strab. 4,186.189.192. Ptol. 2,10,3. Iul. epist. 38,68. Géogr. Rav. 4,27 *Duba*). M. L.

Desjardins 1,163.

Ducenarius. 1. Richter der von Augustus eingeführten 4. Dekurie mit einem Zensus von 200000 Sesterzen (Suet. Aug. 32,3 *ad tris iudicum decurias quartam addidit ex inferiore censu, quae ducenariorum vocaretur iudicaretque de levioribus summis*).

2. Kaiserlicher Beamter aus dem Ritterstande *(procurator)* mit einem Jahreseinkommen von 200000 Sesterzen. Der Rang der Beamten richtete sich schon z. Z. des Augustus nach dem Gehalt, doch hat erst Hadrian die später üblichen Rangklassen *(trecenarii, ducenarii, centenarii, sexagenarii)* fest normiert. Claudius gewährte den d. die konsular. Ehrenzeichen (Suet. Claud. 24,1 *ornamenta consularia etiam procuratoribus ducenariis indulsit*). Unter den Provinzialprokuratoren (normalerweise *centenarii*, Jahreseinkommen 100000 Sesterzen) waren die *ducenarii* die ranghöchsten. Gegen Ende des 2. Jh. wurde es üblich, die vom Gehalt her bestimmte Rangbezeichnung auch als Titel zu führen (Dess. 1455: *ducenario* [*ducenarius vir*]. POxy 2130,15 ff. *ἐπὶ τὸν κράτιστον ... δουκηνάριον* [267 n. Chr.]). Eine bloße Titularwürde ist die *ducenae ... dignitas* (Konstantin Cod. Theod. 8,4,3 u. a.). In der späteren Kaiserzeit treten d. als Unterbeamte verschiedener Art in Erscheinung (Cod. Iust. 12,23,7,1 ff. [a. 384]. 12,20,3,1 [Leo]). W. W.

Hirschfeld VB 432 ff. *Pflaum* Les carrières proc. 2, 1960, 950 ff.

Ducenius. 1. A. D. Geminus. Cos. suff. vor 62; damals als Konsular Mitglied einer Kommission zur Aufsicht über staatliche Steuern, Tac. ann. 15, 18,3: Dess. 9378. 9484. 62–67 legatus Aug. pr. pr. Dalmatiae (A. Jagenteufel Statth. Dalm. 39 ff.) CIL III 2883. 9973. Nach Groag JOEAI 19/20, 1919, Beibl. 323 f. procos. Asiae 67/68 (D. Magie Rom. Rule 2,1582), s. IGR IV 1620. Praefectus urbi 68/69, Tac. hist. 1,14,1. **2.** C. D. Proculus. Cos. suff. 87, CIL VI 2065. AE 1949, 23,6. **3.** P. D. Verus. Cos. suff. 1. Mai bis 31. August 95, Inscr. It. XIII 1, p. 194 f. Dig. 31,29, pr. Pontifex, CIL VI 31034. 32445. R. H.

Duenos. Altlatein. Personenname auf dem sog. Dresselschen Gefäß, einem am Quirinal gefundenen Topf mit 3 Öffnungen und linksläufiger Inschr., dem drittältesten lat. Sprachdenkmal, das in die Zeit um 350 oder früher datiert wird: *Duenos med feced en manom* (Bennus hat mich verfertigt für einen Verstorbenen – 3. Abs. der Inschr.). CIL I^2 361. Dess ILS 8743. H. G. G.

RE XVI 1651. *E. Bickel* Gesch. der röm. Lit., 93. Abb. z. B. bei *A. Kappelmacher* Lit. der Römer 22, Abb. 21.

Duilius. Name eines pleb. Geschlechts, das im 3. Jh. v. Chr. ausstarb. Die alte Namensform war *Duilius* (FCap.) oder *Duillius* (Hss., so auch von Broughton Mag. 2,560 f. geschrieben); eine falsche Etymologie leitete den Namen von *duellumbellum* ab in der Form *Duellius*, *Bellius*, Cic. or. 153. Quint. inst. 1,4,15, vgl. Pol. 1,22,1. Walde-Hof.^{3} 1,100. Mz.-Legenden mit *MD* und *D* dürfen nicht auf D. bezogen werden. Cognomina fehlen bei der Gens; vgl. RE IV 226.

1. C. D. war 352 quinquevir mensarius, d. h. Mitglied einer Kommission zur Schuldenablösung. Liv. 7,21,5–8. **2.** C. D., Sohn und Enkel eines M.,

Consul 260 zusammen mit Scipio Asina (→ Cornelius Nr. 73); dieses Amtsjahr ist durch den röm. Flottenbau epochemachend. Nachdem Asina bei Lipara gefangen worden war, übernahm D. auch den Oberbefehl der bei Messana stehenden Flotte, die er mit Enterbrücken versah und einübte. Bei Mylae (N.-Küste Siciliens) brachte er dann der karthag. Flotte unter Hannibal eine völlige Niederlage bei. Im Landkrieg befreite er das belagerte Segesta und nahm Macella. Wegen der Wahlen kehrte er nach Rom zurück, feierte als 1. Römer einen *triumphus navalis* und wurde bes. geehrt. Aus der Beute ließ er den Ianus-Tempel am Forum holitorium erbauen. Das Andenken an seinen Sieg wurde durch eine mit feindlichen Schiffsschnäbeln geschmückte Säule auf dem Forum Romanum wachgehalten, die sog. *columna rostrata*, deren Inschr. in der frühen Kaiserzeit erneuert wurde und erhalten ist (CIL I 195 = VI 1300 = DessILS 65, gegen Mommsen mit Wölfflin SBAW 1890, 293 ff. als echt anzusehen, Abb. jetzt bei E. Nash Bildlex. zur Topogr. des ant. Rom, 1282, Abb. 333); wichtigste Quelle Pol. 1,21–23, weitere Quellen bei Broughton Mag. 1,205 nachgewiesen, Reste des Elogiums auf C.: CIL I^2 p. 193, el. XI. 258 war er zusammen mit L. Cornelius Scipio (→ Cornelius Nr. 62) Censor, FCap. In hohem Alter wurde er 231 noch einmal Dictator zur Abhaltung der Wahlen, Degr. I 13,44 f. 440 f. A. Heuss RG 68. **3.** K. D. gehörte nach Liv. 3,41,10 zum (2.) Decemviralkollegium des J. 450, vgl. RE IV 2259. **4.** K. D., Consul 336, zusammen mit L. Papirius Crassus, Liv. 8,16,1, vgl. Broughton Mag. 1,139; er stieg als 1. seiner Gens zu dieser Würde empor. 334 gehörte er zu den III viri coloniae deducendae, die eine Colonie nach Cales führten, Liv. 8,16,14. **5.** M. D., tr. pl. 471 und 449, der älteste bekannte Namensträger. Für die Geschichte des Volkstribunats war das J. 471 hochbedeutsam, weil das Amt damals überhaupt eingesetzt wurde (Diod. 11,68,8) oder weil die Zahl der Tribunen vermehrt und ihre Wahl durch die comitia tributa geregelt wurde (Piso frg. 23 bei Liv. 2,58,1 f.); nach Diod. gehörte D. zu den ersten 4 tr. pl. (bei Liv. 2,61,2 wird er auch für 470 als tr. pl. genannt, was jedoch zumindest anzweifelbar ist, obwohl Broughton Mag. 1,31 D. nur zu diesem J. aufführt). 449 soll er die Anregung zur *secessio plebis* gegeben haben (Liv. 3,52,1) und wurde nach der Rückkehr wieder zum tr. pl. gewählt; er soll – nach späterer Konstruktion – ein Gesetz zum Schutz des tribuniz. Interzessionsrechts eingebracht haben, Liv. 3,55. E. Kornemann RG 1^4,80 ff. **6.** M. D., tr. pl. 357, legte durch Gesetz den jährlichen Zinssatz auf 8⅓ % fest, Liv. 7,16,1. Münzer Adelsp. 38. **7.** C. D. Longus, Konsulartribun 399. H. G. G.

Duketios (*Δουκέτιος*). Sikelerfürst, eine der wenigen Gestalten, die aus dem Kreis der Eingeborenen Siziliens ins Licht der Geschichte getreten sind. Im Gebiet von Mineo w. von Syrakus geboren (Diod. 11,88,6) und griech. erzogen, versuchte er, die nach dem Sturz der Deinomeniden 466 v. Chr. ausgebrochene Verwirrung auszunützen, um sich selbst eine Machtstellung zu schaffen und verlorenes Sikelerland zurückzugewinnen (Diod. 11, 49. 76,3). 460/59 siedelte er im Bunde mit den Syrakusanern die hieron. Kolonisten aus Aitne um, 459 gründete er sich als »König der Sikeler« Menaion als neue Hauptstadt (Diod. 11,78,5). Deren Zusammenfassung unter seiner Führung, seine Landgewinne und die Festigung seiner Macht nach dem Vorbild der griech. Tyrannen veranlaßten schließlich Syrakus und Akragas zur Intervention. Nach Anfangserfolgen wurde er 450 bei Nomai geschlagen (Diod. 11,91) und nach Korinth in die Verbannung geschickt. Von dort 448/47 zurückgekehrt, starb er 440 bei dem Versuch, von dem von ihm gegründeten Kale Akte an der N.-Küste aus nunmehr die n. Sikeler zusammenzufassen. Seine Politik stellte nicht etwa deren nationale Reaktion gegen die Griechen Siziliens dar, sondern den Versuch einer hellenisierten Persönlichkeit, auf die Sikeler gestützt nach dem Schema der Deinomeniden ein Machtgebilde zu errichten. Fr. Kie.

H. Wentker Sizilien und Athen, 1956, 54–77. *D. Adamesteanu* L'ellenizzazione della Sicilia ed il momento di D., Kokalos 8, 1962, 167–198.

Dulgubnii. Germ. Volk, das von Tac. Germ. 34 als Nachbarn der Casuarii, der Angrivarii und der Chamavi bezeugt wird. Ptol. 2,11,9 erwähnt sie als Nachbarn der Langobarden. Eine Festlegung des Siedlungsgebietes der D. ist bisher nicht gelungen. H. C.

Ihm, RE V 1784.

Dumnonii. Kelt. Volk im s.w. Britannien (CIL VII 12), das erstmals von Pytheas (durch Poseid. Varro und Nepos bei Solin. 22,7) erwähnt wird. Danach kannten die D. kein Geld, trieben Tauschhandel, verehrten Götter und hatten die Gabe der Weissagung, Männer wie Frauen. Das Stammesgebiet im h. Cornwall und Devon wird von Ptol. 2,3,8 w. der Darotrigen angesetzt. Stammeshauptort ist Isca D. (Itin. Ant. 483,8. 486,8. RE IX 2056), daneben werden Voliba, Uxella und Tamare als größere Ansiedlungen erwähnt. Durch Inschr. bei der Station *Magnae* ist eine Beteiligung der civitas D. am Ausbau des Hadrianwalles (CIL VII 775/76) bezeugt. H. C.

Hübner, RE V 1792. *Collingwood-Myres* Roman Britain and the English settlements (Oxf. 1937²).

Dumnorix. Fürst der Haeduer, Bruder des → Divitiacus, Gemahl der Tochter des Helvetiers Orgetorix (Name auf Mz. *Dubnoreix*). 58 v. Chr. vermittelte er den auswandernden Helvetiern den Weg durch das Sequanergebiet, konnte sich jedoch, obwohl er der mächtigste Mann im Lande war, mit seiner Absicht einer Wiederherstellung des Königtums gegen seinen Bruder und den Vergobret Liscus nicht durchsetzen und wurde nach Caesars Eingreifen ausgeschaltet, aber begnadigt (Caes. Gall. 1,3.9.2 ff. 17–20). D. blieb auch weiterhin seinem Ziel treu. Als Caesar ihn 54 nach Britannien mitnehmen wollte, meuterte er, wurde aber von röm. Truppen verfolgt und erschlagen (5,6,1–7,9).

M. Gelzer Caesar⁶ 95. 128. 144. H. G. G.

Dunax (*Donuca* Liv.). Das h. Rila-Gebirge in Bulgarien im s.w. Teile Altthrak. nahe der Grenze von Dardanien und Makedonien. Zuerst bei Pol. 34,10,15 erwähnt, dann bei Liv. 40,58,2. Strab. 4,6,12. Auf Inschr. aus der röm. Kaiserzeit auch als Heimat von Legionssoldaten *(domo Dinace)* angegeben. Für D. als Personennamen s. J. M. R. Cormack Inscr. from Beroea, ABSA 41, 110–111. Bechtel HP 592. Preisigke Namenbuch 92. Chr. D.

G. I. Kazarow Zur Geogr. des alten Thrak., Wochenschr. Kl. Phil. 1905, Nr. 33–34, 930 ff. *Detschew* Die thrak. Sprachreste 153.

Duodecim scripta (s. a. Brettspiele). Ein Spiel, ähnlich unserm Puff oder Trick-Track; Cic. de or. 1,217. Quint. inst. 11,2,38. Ov. ars 3,363. Vielleicht handelt es sich um dasselbe Spiel wie bei den Griechen, wo, durch κύβοι bestimmt, im Verein mit Geschick und Glück, die Steine gesetzt wurden, Plat. rep. 1,333 b. 604 c. B. de Fouquières Les jeux des anciens², 372 ff., gibt auf Grund von Anth. Pal. 9,482 die einleuchtendste Erklärung. Auf einem Brett mit 12 zweigeteilten Linien sind die linken von 1–12, die rechten von 13–24 numeriert. Der eine Spieler zieht mit 15 weißen Steinen von der Linie 1 nach 24, der andere mit 15 schwarzen umgekehrt, von Linie 24 nach 1. Drei Würfel bestimmen die einzelnen Züge; man muß ziehen, aber es kann mit einem, zwei oder drei Steinen geschehen. Befinden sich auf einer Linie zwei oder mehr Steine des Gegners, so darf dorthin nicht gezogen werden, ist es aber nur 1 Stein (ἄζυξ), so darf man ihn nehmen. Gewonnen hat, wessen Steine das Brett (am anderen Ende) zuerst verlassen haben. O. W. R.

Duoviri (Duumviri). Stadtröm. außerordentliche Magistrate ohne Imperium mit sehr verschiedenen Funktionen. Seit dem 4. Jh. v. Chr. auch oberste Magistrate röm. Bürgerkolonien, seit dem 1. Jh. v. Chr. die höchsten Munizipalmagistrate. In den Quellen begegnen verschiedene Schreibweisen (CIL XIV 4063 *duo virei* [Zeit Sullas]; X 3726 *duo viri;* häufig *IIviri*, so Lex Salpens. 2,12 u. a.). Die Form *duumviri* kommt seit Cicero (leg. agr. 2,93. Liv. 4,25,3 u. a.) vor und ist in den jurist. Quellen seit der klass. Zeit herrschend. Von d. wurde auch die Singularform *duovir* gebildet (CIL VIII 977 *duo vir;* Lex agr. 59 [u. ö.] *IIvir*), auch *duumvir* (CIL VI 518 *duum vir.* Liv. 2,42,5 u. a. CGlL 2,438,44 Στρατηγός *magistratus duumvir.* 3,182,41 *dimandros* [= δύανδρος]).

I. Die stadtröm. d.

1. D. perduellionis. Die ältesten bekannten d. wurden nach der Überlieferung zur Verfolgung der *perduellio* (Hochverrat) eingesetzt. Nach dem li-

vian. Bericht über den sagenhaften Horatiusprozeß soll ihre Einsetzung auf einer *lex horrendi carminis* beruht haben, die Brecht Perduellio 150 für den einzigen Bestandteil in diesem Bericht hält, »den wir als wirklich histor. anerkennen können« (Liv. 1,26,6 *lex horrendi carminis erat: duumviri perduellionem iudicent. si a duumviris provocarit, provocatione certato. . . .*; vgl. Fest. p. 380,15 ff. L.). Gegen diese Auffassung sind Bedenken erhoben worden (Bleicken, ZRG 76, 1959, 333 ff.). Immerhin ist das Duumviralverfahren ein sehr altertümliches, das jedoch schon früh (Mitte 3. Jh. v. Chr.) durch den tribuniz. Perduellionsprozeß verdrängt wurde. Auch die »künstliche Wiederbelebung« (Kunkel Unters. 1962, 34 Anm. 109) des Duumviralverfahrens im Falle des Rabirius 63 v. Chr. (Cic. Rab. perd. 12 f.) gestattet bei der Dürftigkeit der Überlieferung keine verläßliche Rekonstruktion dieses alten Verfahrens. Brecht Perduellio, 1938, 125 ff. Bleicken, ZRG 76, 1959, 333 ff.

2. D. sacris faciundis. Behörde, die im Auftrag des Senats die sibyllin. B. einzusehen und die sich daraus ergebenden Maßnahmen durchzuführen hatte (Liv. 3,10,7. 5,13,5 f. *libri Sibyllini ex senatus consulto aditi sunt. duumviri sacris faciundis lectisternio tunc* [399 v. Chr.] *primum in urbe Romana facto . . . [deos] placavere*). Seit 367 v. Chr. hatten *decemviri* diese Aufgabe zu erfüllen (Liv. 6,37,12 u. a.), seit Sulla *quindecimviri* (Cic. fam. 8,4,1. Varro l. l. 7,88). Latte RRel., 1960, 160 f. 242.

3. D. aedi dedicandae. Seit 484 v. Chr. Sie hatten anstelle eines Magistrats mit Imperium die Weihe eines Tempels vorzunehmen (Liv. 2,42,5. 23,30,14 *senatus decrevit, ut T. Sempronius consul . . . ad populum ferret, ut Q. Fabium duumvirum esse iuberent aedis dedicandae causa*). Wenn der Tempel erst zu errichten war, wurden (seit 345 v. Chr.) auch bes. *d. ad aedem faciendam* (Liv. 7, 28,5) oder *ad aedem locandam* (Liv. 40,44,10) bestellt. Das Amt verschwindet im letzten Jh. der Rep. Augustus aktiviert es nochmal (Cass. Dio 55, 10,6), später treten jedoch *curatores* an die Stelle der d. Mommsen RStR 2,618 ff. Siber Röm. Verfassungsr., 1952, 112.

4. D. navales. Sie wurden 311 v. Chr. durch Volksbeschluß zur Ausrüstung und Führung der Flotte eingesetzt (Liv. 9,30,4). Sie begegnen noch 282 (Cass. Dio frg. 39,4 [Boissev.]: *ναυαρχῶν*) und 178 v. Chr. (Liv. 41,1,3). Später sind sie nicht mehr erwähnt. Mommsen RStR 2,579 ff. Siber Röm. Verfassungsr., 1952, 113.

5. D. agris dandis assignandis. »Magistrate für Landanweisung«. Als d. begegnen sie nur in der Lex agr. 28 und 52 ff. (111 v. Chr.), sonst kommen sie in größeren Kollegien vor. Mommsen RStR 2,628 ff.

6. D. viis purgandis. Wahrscheinlich von Caesar geschaffene Magistratur zur Reinigung der Straßen außerhalb der Mauer Roms bis zum 1. *miliarium* (Lex Iul. munic. 51). Das Amt wurde von Augustus 13 v. Chr. beseitigt (Cass. Dio 54,26,7). Mommsen RStR 2,603 f.

7. Für Einzelaufgaben wurden 272 v. Chr. d. aquae perducendae (Frontin. aq. 6,3) und 43 v. Chr. d. zur Leitung der Konsulwahlen (Cass. Dio 46, 45,4) eingesetzt.

II. D. als höchste Magistrate in röm. Bürgerkolonien und in den Munizipien.

An der Spitze der röm. Bürgerkolonien dürften bereits seit dem 4. Jh. v. Chr. d. gestanden haben. Um 63 v. Chr. setzt Cicero sie als normal voraus (leg. agr. 2,93 . . . *cum ceteris in coloniis duumviri appellentur, hi se praetores appellari volebant*). Eine Duoviralverfassung wird auch für die latin. Kolonien seit dem 3.–2. Jh. v. Chr. angenommen. Auf diese alten Vorbilder hat Caesar bei der Ordnung der Munizipalverfassungen (lex Iul. munic. 47 v. Chr.?) zurückgegriffen, die Stellung der d. aber gleichzeitig umgestaltet, indem er ihre Funktion als Jurisdiktionsmagistrate in den Vordergrund stellte. Seither werden sie d. iure dicundo genannt (Lex Urson. 96 [44 v. Chr.] u. a.). Die d. iure dicundo sind die munizipalen Höchstmagistrate. Sie werden aus den Dekurionen (Paul. Dig. 50,2,7,2) auf ein Jahr gewählt. Ihnen stehen d. aediles zur Seite, die den kurul. Aedilen in Rom nachgebildet sind. Unter den d. hat der jeweils ältere den Vorrang (Lex Malac. 52. Ulp. Dig. 50,3,1 pr.). Mommsen RStR 3,812 ff. Rudolph Stadt und Staat im röm. Italien, 1935, 132 ff. 207 ff. Degrassi Omagiu Daicoviciu, Bucarest 1960, 141 ff. W. W.

Dupondius (später auch *dupondium*). Gewicht von 2 röm. Pfd., Münze von 2 (urspr. libralen) Assen, daher auch *dussis* genannt. Der Münzd. mit Wertmarke II findet sich gegossen in der libralen Roma-Rad-Serie und der postsemilibralen Janus-Prora-Reihe (mit Vorderseite: Minervakopf), im etrusk. Schwergeld von Velathri und vom Typ Rad-Anker, Rad-Rad (→ Aes grave, As), geprägt in der Janus-Prora-Reihe unzialen Fußes (Minervakopf) und in Venusia. Mit der Wertangabe B von den Flottenpräfekten des Antonius geschlagen, wird er in der Kaiserzeit ohne Wertmarke (doch II nochmals kurz unter Nero) und im Gegensatz zum kupfernen As gleich dem Sesterz in Messing ausgebracht. Mit der Zeit nimmt der Zinkgehalt ab, sinkt das Gewicht von ½ uncia = 13,64 g auf 10 g und weniger. Das Portrait der regierenden Kaiser erscheint auf der Vorderseite erst seit Nero und fortan im Unterschied zum lorbeerbekränzten der Asse in der Regel mit dem Strahlenkranz. Die Rückseite wurde wie die des → As gestaltet. Die Prägung endet wohl unter Probus. Als Rechenwert findet sich D. in der → Kleingeldrechnung, übertragen für eine Strecke von 2 Fuß, (*pes* = As), im Recht für ein verdoppeltes Ganzes, aber auch einfach für die Zahl 2. Die Anwendung auf wertlose Personen und Dinge erklärt sich aus dem geringen Münzwert. H. Ch.

Schrötter, WBMzK s.v. *Syd.* passim. *Mattingly,* RIC passim.

Dura. 1. Stadt Assyriens am l. Ufer des oberen Tigris unweit Ninive, einst Dur Šarrukin (h. Khorsabâd; s. Gr. Hist. Weltatl. I, S. 10b, mit Erläut. H. S. 65. Atl. of the World II, Pl. 34. D). wurde von Sargon II. (722–705; RE II 1760ff. Reallex. der Assyr. 2,249–252 unter Dûr-Šarruukîn) als Herrschersitz aufgebaut (Dûr-Šarrukîn = Sargonsburg), aber von seinem Sohn Sanherib für Ninive aufgegeben (um 700 v. Chr.) und daher fast unversehrt ausgegraben. Rekonstruktion bei Grollenberg (Kl. Bildatl. zur Bibel, S. 112,185). Hier kam u.a. eine Liste der assyr. Könige zutage, die für die Herstellung der Chronol. des alten Orients von großer Bedeutung wurde. In der lit. Überlieferung erscheint D. erst spät, für die Zeit um 220 v. Chr. (Pol. 5,48,16. 52,2; Steph. Byz., bei dem unter Mesopotamien spez. das Tigrisufer zu verstehen ist), als sich Molon, der damalige Satrap von Medien, gegen Antiochos III. wandte und dabei u.a. das assyr. D. einnahm, dieses aber von Antiochos wiedergewonnen wurde. Nach dem E. der Herrschaft der syr. Diadochen in Vorderasien wurde D. seit der Mitte des 3. Jh. v. Chr. ständig durch das w. Ausgreifen der Parther (Arsakiden) bedroht und sogar für längere Zeit in Besitz genommen, bis sein Gebiet am Ende der Regierung Traians dem Imperium zufiel, dessen O.-Grenze es nunmehr bildete (Gr. Hist. Weltatl. I, S. 21b. 22a. 29a. 34). D. wird zuletzt von Amm. 25,6,9 genannt, als es nach dem Tode Iulians Apost. (363) durch einen ungünstig. Friedensschluß an das neupers. Reich (Sassaniden: Schahpur, Sapor II.) kam.

HBArch. 1,720–721 mit Lit. (in HB der Alt.-Wiss.). *E.F. Weidner* Arch. für Orientforsch. 14, 1941–1944, 362ff. *A. Poebel* JNES 1, 1942. 2, 1943.

2. Dura-Europos. A. Lage und Name: Eine durch das Ergebnis der Ausgrabungen berühmte alte Stadt auf dem w. Ufer des mittleren Euphrat etwa bei 34° 40' n. Br. (h. Qalat es Salihiya). In einer von N. nach S. gerichteten Darstellung berichtet grundlegend Isid. Char. 1 (GGM 1, p. 248: ... *ἔνθεν ⟨Ἄσιχα⟩ Δοῦρα Νικάνορος πόλις κτίσμα Μακεδόνων, ὑπὸ δὲ Ἑλλήνων Εὔρωπος καλεῖται*), wozu noch bestätigend die mit Isid. übereinstimmende Angabe der röm. Itin. (Geogr. Rav. 2,13, p. 82: *Dura Nicanoris*) kommt. D. lag als die bedeutendste Euphratstation an einer Hauptstraße, der sog. »parth. Königsstraße«, die von Syrien nach Babylon führte, in einer geograph. sehr vorteilhaften Position dank seiner Lage auf einem Plateau zwischen 2 tiefeinschneidenden Felsschluchten, die sich zum Euphrat herabsenken. Schon der Name D., ausgesprochen semit. Herkunft, im Akkad. als *dûru (= Mauer) erwiesen und in Ortsnamen häufig zu finden (W. v. Soden Akkad. HWB, Lief. 3, p. 178ff. Reallex. der Assyr. 2,241ff. 254), bestätigt dies. Europos, ein typ. nordgriech.-makedon. Name, wurde zusätzliche Bezeichnung, geknüpft an die Persönlichkeit eines Makedonen Nikanor (s.o.; vgl. RE Nikanor Nr. 13), ist aber vornehmlich eine Gründung Seleukos' I. Nikator. – B. Geschichte: Die Gründung von D. erfolgte spätestens 312 v. Chr. Als Seleukos Makedonen sowie andere Griechen als herrschende Schicht in sein weites Reich umsiedelte, entstand auch D. als eine solche Pflanzstadt. D. war zunächst nur von Militärkolonisten makedon. Herkunft besiedelt und trug den Charakter einer *πόλις*; der semit. Bevölkerungsteil war ohne Bürgerrecht. Allmählich traten die einheim. Elemente wieder stärker hervor, und D. wurde mehr und mehr orientalisiert, ohne daß die hellen. Einflüsse kultureller Art jemals aufhörten. Die Anlehnung an den Okzident blieb bestehen. Im übrigen nahm D. an den Geschicken des vorderen Orients teil, soweit sie seinen Raum betrafen, wobei es mehrmals an ein Grenzgebiet fiel: Während es noch im 3. Jh. v. Chr. ein Teil des Seleukidenreichs im W. war, reichte in der 2. Hälfte des 2. Jh. das Partherreich von O. her nahe an D. heran. Mit der Gründung der Mesopotamia (mit Assyria) als röm. Provinz durch Traian (116 n. Chr.) wurde D. ein Teil des Imperiums an dessen O.-Grenze und eine Karawanenstadt, über die der kürzeste Karawanenweg vom Mittelmeer zum Orient führte. Die neue Zugehörigkeit D.s zum Imperium währte bei den im 3. Jh. beginnenden wechselvollen Kämpfen Roms mit den Sassaniden nicht lange. Damals ging die Geschichte D.s zu Ende. Schon einmal (253) freiwillig geräumt, wurde es 272 endgültig verlassen und verödete. Der Grund hierfür war wohl das Verhalten des Euphratstroms, der heute in beträchtlicher Entfernung von den Ruinen D.s fließt, aber vermutlich schon im Altertum seinen Lauf geändert hatte. Dazu kam das Vordringen des neupers. Reiches gegen W. – 242 hatte Schahpur I. sogar Antiocheia am Orontes erobert – wobei sich D. in dem dauernd gefährdeten Bereich der Kämpfe Roms mit dem O. befand. Jedenfalls trafen die Römer, als sie 363 unter dem Kaiser Iulian am Euphrat von N. her vordrangen, D. als ein *desertum oppidum* an (Amm. Marc. 23,5, 8. 24,1,5; Zos. 3,14,2. D. blieb auch in der Zeit des Islam eine tote Stadt. – C. Ausgrabungen: Schon 1912 und 1918 waren Reisenden einige Ruinen und Fresken von D. aufgefallen, und im März 1921 entdeckten englische Soldaten die ganze Ruinenstätte. 1928 setzten die systemat. Ausgrabungen der Yale University ein. Die Stadt weist in hellenist. Grundlage ein rechtwinkliges Straßennetz auf, das ausgesprochen Parthische spielt eine untergeordnete Rolle. Eine gut erhaltene Akropolis mit bedeutenden Fresken, steinerne Festungsmauern mit Türmen und ein Landtor mit überwölbten Durchgängen sind u.a. aufgedeckt. Unter den freigelegten Tempeln befindet sich ein solcher der Artemis, einer der ältesten in D. Zahlreiche Inschr., Bildwerke, Wandmalereien und eine Fülle von wertvollen, mit dem J. 195 v. Chr. beginnenden Pergamenturkunden sind gefunden, auch eine röm. Gerichtsstätte. Das Bestehen einer vorgriech. Siedlung beweist schon der einheim. Name D. Doch war sie längst nicht so bedeutend wie Europos. Daß in D.-Eur. Angehörige verschiedener Religionen und Kulte nebeneinander lebten, beweisen eine sehr frühe chr. Kultstätte sowie eine Synagoge mit farbigen Wandbildern aus der bibl. Gesch. Doch bleibt gewiß, daß die längste Zeit in D. der griech. Einfluß maßgebend war und daß D. eine Schöpfung der syr. Diadochen gewesen ist.

Lit. und Karten. I. Lit. a) Allg.: Oxf. Class. Dict. S. 350. HBArch. S. 745–746, HB der Alt.-Wiss. Reallex. der Assyr., 1938, 241. *Fr. Altheim* Weltgesch. Asiens 1,282. *H. Berve* GG 2,294. 364. *Kroll*, RE Suppl. V 183–186. *Marcel Simon* Remarques sur les Synagogues à images de Doura et de Palestine in Neue Beitr. zur Kunstgesch. des 1. Jt. GG 283. 313. 361. b) Spez.: *P. V. C. Bauer–Rostovtzeff* The excav. at D.-Eur. Prelim. Report, New Haven 1929. *F. Cumont* Une dédicace de D.-Eur. *Ders.* Fouilles de D.-Eur. (1922/23), Paris 1926, mit Bildatlas. *Rostovtzeff* u. a. The excav. at D.-Eur., New Haven 1939–1956. *Ders.* D.-Eur. and its art, Oxf. 1938. II. Karten: a) Gr. Hist. Weltatl. 1, S. 10b. b) Atl. of the World a. O.

3. Erstmalig im AT. von Daniel 3,1 überlieferter Platz, der sowohl mit dem *oppidum Bura* am Fluß Pallacontas (Plin. nat. 6, 118) als auch mit dem von Ptol. (5,19 p. 1021 M. mit Comm.) genannten Ort *Δουράβα* in Babylonien identisch sein dürfte. Der Pall. des Plin. kehrt in dem Pallukat-Kanal der babylon. Keilschr. wieder (vgl. RE XVIII 2. H. 229) und in der gleichnamigen Stadt Pallukat (h. Felludscha; Kalaat Feludja in Andrées Allg. Handatl., S. 152–153). D. lag vermutlich n. n. w. des alten Babylon, wo der Name *Dur* als Bezeichnung von Hügeln öfter anzutreffen ist. C. Müller nennt hier einen Ort *Daurah* für das alte D. (Comm. p. 1021). H. T.

Duranus. Fluß in Gallia Aquitania, Nebenfluß der Garumna; h. Dordogne (Auson. Mos. 464. Sidon. 22,102); später *Doranonia* Ruric. epist. 2, 45,1; *Dornonia* Greg. Tur. Hist. Fr. 7,29,32. *Dronona* Geogr. Rav. 4,40. M. L.

Desjardins 1,148.

Duratius. Fürst der Pictonen, der infolge seiner Treue zu Rom im J. 51 v. Chr. von → Domnacus in Lemonum belagert u. von Caesars Truppen entsetzt wurde (Mz. mit Legende *Durat.*). H. G. G.

Duria (Nissen It. Ldk. 1,185). Name zweier (Plin. nat. 3,118: *Durias duas*) Westalpenflüsse, deren einer, h. Dora Riparia, am Mt. Genèvre entspringt und bei Turin in den Po mündet, während der längere, h. Dora Baltea, von den Bergen w. und n. Aostas an Ivrea vorbeifließt und früher bei Industria (h. in neuer Mündung b. Crescentino) in den Po mündete. Die salass. (d. h. nördlichere) D. soll goldhaltig gewesen sein (Strab. 4,205). G. R.

Duris 1. von Samos. »Schüler« Theophrasts (Athen. 4 p. 128 a; zumindest peripatet. beeinflußt),

Bruder des Lynkeus, »Tyrann« von Samos (Athen. 8 p. 337d und Suda s. v. *Λυγκεύς*). Vielseitiger Schriftsteller: *Ἱστορίαι. Τὰ περὶ Ἀγαθοκλέα. Σαμίων ὧροι. Περὶ νόμων. Προβλήματα Ὁμηρικά. Περὶ τραγῳδίας. Περὶ Εὐριπίδου καὶ Σοφοκλέους. Περὶ ζωγραφίας. Περὶ τορευτικῆς. Περὶ ἀγώνων.* Im Prooimion der *Ἱστορίαι* Polemik gegen die Isokrateer Ephoros und Theopomp, die »epideiktisch« schrieben. Die Gesch. solle vielmehr wie die Tragödie *πάθος* erregen (und auch den *βίος* schildern). Zum »tragischen« Stil vgl. Phylarchos; Gegner des D. war Hieronymos (Diadochengesch.). Diodor (19–21) benützt (zumindest!) die Agathokles-Gesch., Plutarch auch die *Ἱστορίαι*. Die *Σαμίων ὧροι* sind häufiger herangezogen. M. v. A.

FGrH II A Nr. 76. *P. von der Mühll*, MH 11, 1954, 243 f. *M. J. Fontana* Kokalos 1, 1955, 155–190. *E. Manni* Kokalos 6, 1960, 167–173. *C. Dolce* ebd. 124–166. Zur Lysipp-Vita *J. Bialostocki* Meander 15, 1960, 226–230.

2. Attischer Töpfer und Vasenmaler, etwa 500–450 v. Chr. Seine Signatur ist auf 39 Vasen erhalten; einmal als Töpfer und Maler, einmal als Töpfer allein, sonst als Maler. Eine Schale mit Malerinschrift weicht stilistisch von den übrigen ab, doch ist die Schrift, namentlich das charakteristische Delta, die des D. Ist es eine ant. Fälschung oder eine Gefälligkeitssignatur (Plin. nat. 36,17)? Sie stammt aus der Zeit des D. Sir John Beazley hat an diese eine Reihe weiterer Vasen angeschlossen (Triptolemos-Maler). Mit den übrigen hat er über 270 rf. Vasen, meist Schalen, verbinden können. Der Stil des D. ist nicht sehr originell. Er schließt sich in der Frühzeit dem Onesimos an, entwickelt dann eine eigene, nicht kraftvolle, aber stets saubere und gefällige Manier. Er arbeitete in der ersten Zeit auch für den Töpfer Python und vielleicht auch für Euphronios. Er behandelt die in der Zeit beliebten Themen: Palästra, Symposion, Komos; seltener Gynaikonitis, Kämpfe, ep. und myth. (Theseustaten) Gegenstände. Einige Meisterwerke heben sich aus der Masse heraus: der Psykter in London, der Kantharos in Brüssel, unter den Schalen der Waffenstreit in Wien, Eos im Louvre, die Schulvase in Berlin und (unsigniert) Iason im Vatican, Athena und Herakles in München. Auch eine sf. Scherbe wurde D. zugewiesen. Seine Art fand viele Nachahmer. Manche, wie der Oidipus-Maler, sind von ihm schwer zu unterscheiden. Eine Reihe von Schalenmalern, z. B. der Euaion-Maler, setzen seine Art fort. Er wirkte auch in die Ferne; die älteste etrusk. rf. Schale kopiert ein Werk des D. A. R.

Karl Peters Stud. zu den panathenäischen Preisamphoren, Diss. Köln 1941, 79. *J. D. Beazley* Etruscan Vase-Painting, Oxford 1947, 25. *Ders.* Attic Red-Figure Vase-Painters², Oxf. 1963, 425 ff.

Durius = Duero (span.), Douro (portug.). Der Name lautet *Dūrius* (nach Sil. It. 1,438. 5,323 etc.), vielleicht mit der Nebenform *Duris* (CIL II 2370), griech. $\Delta\acute{o}\varrho\iota o\varsigma$ (z.B. App. Ib. 55.71.72.91), aber auch $\Delta o\acute{v}\varrho\iota o\varsigma$ (z.B. Strab. 3,3,2.4.6) und $\Delta\acute{\omega}\varrho\iota o\varsigma$ (Cass. Dio 37,52) und ist vermutlich ligurisch, jedenfalls vorkeltisch (HOLDER 1,1380. [1] 347). Nach allen Nachrichten (Strab. 3,3,2.4.6. 3,4,12. 20. Mela 3,8,10. Plin. nat. 4,112f.115) war sein Verlauf im Altertum derselbe wie heute. Daß er 800 Stadien aufwärts von großen Schiffen befahren wird (Strab. 3,3,4), ist noch heute richtig: von der Mündung bis Barca d'Alva ([1] 348), aber auf seinem Oberlauf ist heute keine Kleinstschiffahrt möglich ([1] 299), während 133 v. Chr. da noch Segelschiffe fuhren (App. Ib. 91). Infolge der Entwaldung ist bei allen spanischen Flüssen der Wassergehalt geringer und vor allem ungleichmäßiger geworden. Nach Sil. It. 1,234 war der D. goldhaltig. Die wichtigste an ihm gelegene Stadt war Numantia, in deren Geschichte er oft erwähnt wird. R. G.

Genaueres über den D. einst und jetzt: *Ad. Schulten* Iber. Landesk., Strasbourg/Kehl, 1, 1955, 346ff.

Durnomagus. Kastell zwischen Colonia Agrippina und Novaesium (Itin. Ant. 254), h. Dormagen. Die genaue Lage bisher nicht festgestellt. H. C.

Holder s.v. *Ihm*, RE V 1860.

Durocortorum. Hauptstadt der Remer, dann der Provinz Gallia Belgica, im spätröm. Reich der Provinz Belgica II (Caes. Gall. 6,44. Strab. 4, 194. Ptol. 2,9,6.8,5,6). Straßenknotenpunkt: Itin. Ant. 356.362.365.379.381. Tab. Peut. Später hieß sie *Remis* (Amm. 15,11,10. 16,2,8. Not. dign. occ. 9, 36.11,34.56.76.42,42,13), daher der h. Name Reims. Ruinen: die »Porte de Mars«, unterirdische Gänge unter dem alten Forum; Ausgrabungen: A. GRENIER Manuel 3,1,310. Neue Ausgrabungen: Gallia 15, 1957, 173. M. L.

Espér. Rec. V 1, p. 3.

Duronius. Pleb. Familienname, seit dem 2. Jh. v. Chr. bezeugt. **1.** C. D., Freund des Milo (→ Annius Nr. 16), Cic. Att. 5,8,2f. **2.** L. D., Praetor 181 (Amtsbereich: Apulien und Istrien), schritt gegen Seeräuber ein und leitete Untersuchungen über die Bacchanalien, Liv. 40,18,3.19,9f. BROUGHTON Mag. 1,384. **3.** M. D., tr. pl. etwa 97 (BROUGHTON 2,7), ließ eine lex (Licinia?) aufheben und wurde 97 aus dem Senat gestoßen; später klagte er den Censor M. Antonius an, Cic. de or. 2,274. **4.** Duronia, Mutter des P. Aebutius (Nr. 2), Gattin des T. Sempronius Rutilus, wollte 186 ihren Sohn in die Bacchanalien einweihen lassen, was zu deren Aufdeckung und ihrer Verurteilung führte. Liv. 39,9,2ff.18,6. Val. Max. 6,3,7. H. G. G.

Durostorum ($\Delta o\upsilon\varrho\acute{o}\sigma\tau o\varrho o\nu$; altbulg. *Drăstăr*, neubulg. *Silistra*). Bedeutende Siedlung städtischen Gepräges aus der Römerzeit in der Dobrudscha am rechten Ufer der unteren Donau. Der Name D. ist wohl thrak. Herkunft, obwohl vorläufig von den umwohnenden Thrakern keine greifbaren Spuren in D. selbst vorliegen. Seit 105/06 ist D. Standort der *legio XI Claudia*. Z. Z. des Antoninus Pius entstand hier zunächst ein Lagerdorf *(canabae) Canabae Aeliae leg. XI Claudiae*, das unter M. Aurel das Munizipalrecht erhielt. D. war auch eine wichtige Zollstation an der Donau. Am Ende des 2. Jh. wurde D. das Opfer der Kostobokeneinfälle in Moesien und litt im J. 238 unter den Einfällen der Karpen, wobei ein Teil seiner Bürger in die Sklaverei verschleppt wurde. Z. Z. Aurelians wird ein *vicus Carporum* unweit D. erwähnt. Nach der Schaffung des Verwaltungssystems durch Diokletian wird D. Hauptstadt der Provinz Scythia. Seitdem stieg die Bedeutung der Stadt beträchtlich; sie wurde mit einer Reihe von beachtenswerten Bau- und Kunstdenkmälern geschmückt. Das bedeutendste bisher bekannte und erforschte Denkmal in D. ist ein prachtvolles bemaltes Grabdenkmal, wohl aus dem späten 4. Jh. D. war einer der Mittelpunkte des Frühchristentums in der Dobrudscha, Mittelpunkt der Tätigkeit des hl. Dasius und Geburtsort des Aetius. Das spätantike D. verschwindet am Anfang des 7. Jh. Ein Teil seiner Einwohner flüchtet nach Ancona in Picenum. Chr. D.

1. *Detschew* Die thrak. Sprachreste, 154ff. 2. *Pârvan* Municipium Aurelium Durostorum, RFIC 1924, 307ff. 3. *V. Velkov* Durostorum etc. im Sammelbd. »Antike und Mittelalter in Bulgarien«, hg. von Beševliev und Irmscher, Bln. 1960, 214ff. 4. *R. Vulpe* Histoire ancienne de la Dobroudja, Buk. 1938, s.v. 5. *D. P. Dimitrov* Le système décor. et la date des peint. mur. du tombeau ant. de Silistra, Cah. Archéol., 12, 1962 (Paris), 35-52 mit dem italien. Schrifttum S. 35, 1.

Durus. Cognomen (Individualbeinamen nach einem Wesensmerkmal, vgl. RE IV 225) des Q. Laberius D., tribunus militum 54 v. Chr., Caes. Gall. 5,15,5. H. G. G.

Dusares (der Name in dieser Form z.B. Tert. Apol. 24,8; inschr. $\Delta o\upsilon\sigma\alpha\varrho\eta\varsigma$ und *dw šr'*), »der aus Scharā«, einer wasser-, baum- und wildreichen, zur Anlage eines Ḥaram geeigneten Wildnis (3 Gegenden dieser Art bei J. WELLHAUSEN Reste arab. Heidentums$^{2.3}$,51. D. ist also Beiname, der eigentliche Name ist unbekannt), ist die nabatäische Manifestation des → Baal. Inschr. ist er vor allem in Petra, → Bostra, dem Hauran (→ Batanaia), auf dem Sinai und der arab. Halbinsel bezeugt. Einen Tempel hatte er in Petra, einen weiteren vielleicht in Gerasa. Ein Filialkult bestand in Leptis Magna, von wo Severus Alexander ihn nach Rom brachte (F. ALTHEIM Helios und Heliodor, 1942, 22); Kaufleute führten ihn auch in Puteoli ein (CIL X 1556). Als Baal ist er urspr. vielleicht nicht Himmels- und Wettergott, sondern nur Herr der Scharā und als solcher bereits halbwegs Vegetationsgott; andererseits war er ein schwarzes, viereckiges, unbehauenes, 4 Fuß hohes und 2 Fuß breites → Baitylion auf goldenem Sockel in Petra, auf welches man das Blut von Opfertieren rinnen ließ (Suda s. $\Theta\varepsilon\grave{o}\varsigma$ $\text{"}A\varrho\eta\varsigma$; Maxim. Tyr. 38; keine Menschenopfer, doch vgl. Porph. abst. 2,56). Ob eines dieser beiden numina älter ist als das andere, steht dahin. Um D. als Parhedros der altarab. Göttin Allāt zu sehen, reicht Hdt. 3,8 nicht aus. Eindeutig als Repräsentanten der Fruchtbarkeit weisen den D. dann die griech. Identifikation mit Dionysos (Arrian 7,20. Hesych. s.v.; Dusarespriester in Dionysias, WADDINGTON 2312), der Rebenschmuck seiner Denkmäler und die Kelter auf nab. Münzen aus. Auf Einfluß des Mithrasmythus weist die Auffassung seines Baitylion als seine jungfräuliche Mutter (Epiphan.pan. 51,22,8–11); in Sīʿ (Seia) im Hauran war D. direkt mit Mithras verbunden (RHR 78, 1918, 207ff.). Daraus wie aus dem Vegetationszyklus, den die Sonne regiert, kann sich der solare Charakter erklären, den D. im 3.Jh. n.Chr. hatte; in dieser Zeit wurden zur Erinnerung an seine Geburt in Bostra, Adraa und wohl auch Petra sogar z.Z. der Wintersonnenwende nächtliche Feiern begangen (Epiphan. a.O.), die Dusaria hießen, und zwar wohl jeweils zwischen den Olympiaden. C. C.

Duvius. L.D. Avitus. Prätor, legat. pr.pr. Aquitaniae, Plin.nat. 34,47. Cos.suff. E. 56, CIL X 826. IV 3340 XXII, XXVI, XXVII (tab.cer. Pomp.). 57/59 legat. pr.pr. exercitus German.inf., CIL XII 1354, E.RITTERLING Fast. röm. Deutsch. 50f. Als die Friesen das rechtsrhein. Niemandsland besetzten, vertrieb er sie, Tac.ann.13,54,2–4. Die Ampsivarier versuchten gleiches n. der Lippe und wiegelten eine Reihe german. Stämme zum Kampf auf; D. rückte in das Gebiet der Tenkterer und drohte mit Krieg. Die Ampsivarier wurden im Stich gelassen und völlig vernichtet, Tac.ann.13, 55–56. R. H.

Dux. Im allg. Sinne der Führer, Anführer (Varro l.l. 6,62 *ab eo quod scit ducere qui est dux aut ductor;* CGlL 6,370: ὁδηγός [Führer im Sinne von »Wegweiser«], ἡγεμών, auch στρατηγός, ἀρχιστρατηγός u.a.; erst seit dem 4.Jh. n.Chr. ist für die militär. Rangbezeichnung d. auch δούξ belegt: POxy 1190,4f. ἡ ἐξουσία τοῦ . . . διασημοτάτου δουκὸς Φλαουίου).

Neben der allgemeineren Bedeutung »Führer« und »Wegweiser« hat das Wort auch die Bedeutung: Führer einer Mehrheit von Personen zu irgendeinem Zweck (Cic.dom.12 *parati atque armati seditionis duces*). Bes. wird mit d. der Führer eines Heeres oder einer militär. Einheit bezeichnet (Varro l.l. 5,46 *Caelius mons a Caele Vibenna, Tusco duce nobili.* Isid.orig.9,3,22 *dux dictus, eo quod sit ductor exercitus; sed non statim quicunque principes, vel duces sunt, etiam reges dici possunt. In bello autem melius ducem nominari quam regem; nam hoc nomen exprimit in proelio ducentem.* Ulp. Dig.29,1,1,1 *Graeci mille hominum . . . ducem χιλίαρχον appellant*). Auch der Princeps (Kaiser) wird nicht selten d. genannt (von Augustus sagt Ov.trist.1,2,103 *Hoc duce si dixi felicia saecula.* Oros.hist.7,9,1 *tranquilla sub Vespasiano duce serenitas rediit*).

Im 3.Jh. n.Chr. wird mit d. bereits ein bestimmter militär. Rang bezeichnet, der zwischen dem Tribunen und dem Legaten liegt (Lampr.Alex. 52,4 [Alexander Severus] *iussit . . ., ut ante tribunum quattuor milites ambularent, ante ducem sex, ante legatum decem*). Diokletian hat bei der Neuordnung der Reichsverwaltung die Zivilverwaltung von der Militärverwaltung getrennt. Das Kommando über die in den Grenzprovinzen stehenden Truppen wurde d. übertragen. Sie hatten für die militär. Sicherung der Grenzen zu sorgen (z.B. Cod.Theod.7,1,9 *Tam duces quam etiam comites et quibus Rheni est mandata custodia* [Valent. und Valens, 367]) und hießen *duces limitum* (Malal.12 p. 308,19 Διοκλητιανὸς . . ., προχειρισάμενος καὶ δοῦκας κατὰ ἐπαρχίαν . . . πρὸς παραφυλακήν; Konstantin Cod. Theod. 7,22,5 *duces singulorum limitum*). Einzelheiten über die Zahl und den Zuständigkeitsbereich der d. *(ducatus)* enthält die Not.dign.occ.1,37–49. or.1, 38–56 (vgl. Dizion. Epigr. II 2078f.). Ihr Amtsbereich deckte sich gewöhnlich mit dem der Provinz, doch konnte er auch größer sein. Ein deutliches Bild von der Zuständigkeit und Besoldung der d. bietet das von Iustinian zur Neuordnung der Militärverwaltung in Africa erlassene Gesetz Cod.Iust.1,27,2. Die Bedeutung der d. kann auch um diese Zeit noch nicht gering gewesen sein. W. W.

Mommsen Ges. Schr. 6,204f. 206ff. *Sprandel*, ZRG Germ. Abt.74, 1957, 42ff.

Dymanes (Δυμᾶνες). Eine der 3 Phylen, in welche die Dorier urspr. gegliedert waren (zur Etym. von τριχάικες Od. 19,177 und Hes.frg. 191, freilich jetzt M.LEUMANN Homer. Wörter, 1950, 65). Neben den offenbar illyr. Hylleern (Timaios, FGrH 566 F 77) und den Pamphylern, einer Zusammenfassung von Splittergruppen, verkörperten die D. die griech. Komponente, also den Kern der Dorier. Ihren Namen erklärte O.LAGERCRANTZ in: Streitberg-Festgabe, 1924, 223 unter Zustimmung von P.KRETSCHMER Glotta 15, 1927, 194, als φυλέται, d.h. Geschlechtsgenossen, Stammverwandte. Kaum zutreffend ist der Versuch von WILAMOWITZ Hellenist. Dichtung 2, 1924, 177 und Glaube der Hell. 1, 1931, 69f., Dyme in Achaia mit den Dymanen in Verbindung zu bringen: schon in der Ant. leitete man dieses von δυσμή ab (V.VOLLGRAFF, BCH 83, 1959, 255). Fr. Kie.

F.Kiechle Lakonien und Sparta, 1963, 116ff.

Dymas (Δύμας). **1.** Phryg. König am Sangarios, Vater der Hekabe, Priamos' Gattin, und des Asios, Hom.Il.16,717ff. Apollod. 3,147. Hyg.fab. 91 u.a. Ov.met.11,761. Anderwärts werden Sangarios, Kisseus oder Eioneus als Vater Hekabes genannt. **2.** Ein Phaiake Od. 6,22. **3.** Ein Troer, der sich bei Troias Fall am Aeneas anschloß, aber im Gefechte blieb. Verg.Aen. 2,340.428. **4.** Sohn des Dorierkönigs → Aigimios, Bruder des Doros und des Pamphylos, fiel bei der Einwanderung der Herakliden in die Peloponnes im Kampf gegen Tisamenos. Nach D., Pamphylos und ihrem Adoptivbruder Hyllos sollen die 3 dor. Phylen, Dymanes, Pamphyloi, Hylleis benannt worden sein. Eponym der achaiischen Stadt → Dyme. Apollod. 2,176. Paus. 7,17,6. Sch. Pind. P. 5,92. H. v. G.

Meyer GdA 2,249.252.

Dyme (oder Dymai). **1.** Die westlichste Stadt Achaias, an der Küste beim h. Kato-Achaia, eine der alten 12 Städte der Landschaft (Hdt. 1,145), angeblich aus 8 Dörfern zusammengesiedelt (Strab. 8,3,2 p. 337), von denen Paleia (Paus. 7, 17,6f. Strab. RE XVIII 2. H., 89) u. Stratos (Strab. Steph. Byz.) mit Namen bekannt sind. Vor 280 v. Chr. Einverleibung des verlassenen Olenos [10]. Gehörte dann zu den 4 Städten, die den achaiischen Bund nach 280 v. Chr. neu gründeten (Pol. 2,41,12. Strab.). Pompeius siedelte Seeräuber in D. an (App. Mithrid. 96. Plut. Pomp. 28. Strab.). Durch Antonius oder Augustus röm. Kolonie (Strab. 14, 3,3 p. 665. Plin. 4,13. Mz.), dann zu Patrai geschlagen (Paus.). Ant. Reste fehlen fast völlig. Steph. Byz. Strab. 8,7,4f. p. 386ff., dazu ALY Sb. Heidelberg 1931/32, 1,13f. De Strabonis codice rescripto 21f. Paus. 7,17,5ff. Plin. nat. 4,13. Sch. Paus. 7,18,1 (HITZIG-BLÜMNER Pausanias 2,2,810). Inschr. CIG 1543f. BCH 78, 1954, 395ff. SEG XI 1258ff. XIII 273ff. XIV 369ff. XVII 207. Mz. HEAD HN^2 414.417. E. M.

1. *M. Grant* From imperium to auctoritas 264f. 2. *v. Duhn*, MDAIA 3, 1878, 72ff. 3. *Frazer* Pausanias 4,135f. 4. *Bölte*, RE XVII 2435ff.

2. D., Ort im ägäischen Thrakien am unteren Hebros (h. Maritza), beim h. Feredžik. Ptol. 3, 2, 7 (13). Itin. Anton. 322 und 333. Itin. Hier. 602. Chr. D.

Detschew Thrak. Sprachreste 160.

Dyrrhachion oder Epidamnos. Korinth.-kerkyr. Kolonie an der Küste der epeirot. Taulantier, h. Durazzo, alban. Durres, nach Euseb. Chron. 626/25 v. Chr. gegründet, blühend durch den Handel mit dem Inland, eigenes Schatzhaus in Olympia (Paus. 6,19,8). Das durch innere Zwistigkeiten veranlaßte Eingreifen von Kerkyra, Korinth und Athen war der 1. Anlaß zum pelop. Krieg. Im 1. illyr. Krieg an Rom angeschlossen (Pol. 2,9,1ff. 10,9. 7,9,13. App. Ill. 7. Liv. 29,12,3. 42,48,7f. 44,30,10.14. 45,43,10). Hauptbedeutung in röm. Zeit als bester Hafen für die Überfahrt nach Brindisi und ein Ausgangspunkt der Via Egnatia. Als echte Hafenstadt als Lasterhöhle verrufen (Plaut. Men. 258ff. Catull. 36,15). Vergebl. Belagerung des Pompeius bei D. durch Caesar 48 v. Chr. Durch Antonius oder Augustus röm. Kolonie (Cass. Dio 51,4,6. Plin. Mz.) mit Ius Italicum (Dig. 50,15,8,8). In Spätant. und MA. blühend und Bischofssitz, Verfall seit dem zerstörenden Erdbeben von 1273. In griech. Zeit literar. und inschr. nur Epidamnos, auf den Mz. schon klass. Dyrrhachion, angeblich Name der Halbinsel, röm. angebl. wegen des *damnum* im Namen nur noch D. Ant. Reste sehr gering. Steph. Byz. Skyl. 26. Skymn. 435f. Strab. 6,3,8 p. 283. 7,7,4 p. 322f. 7,5,8 p. 316. Paus. 6,10,6ff. Cass. Dio 41,49. App. b.c. 2,152ff. Etym. M. Plin. nat. 3,145. Anna Comn. Alex. 3,12. Cic. fam. 14,1. Inschr. CIL III 602ff. SEG I 254ff. II 369ff. Albania 5, 1935, 91ff. Mz. HEAD HN^2 315.406. M. GRANT From imperium to auctoritas 275ff. E. M.

1. *L. Heuzey-H. Daumet* Mission archéol. de Macédoine, 1876, 349ff. 2. *C. Praschniker-A. Schober* Archaeol. Forsch. in Albanien und Montenegro, 1919, 32ff. 3. *C. Praschniker*, JOEAI 21/22, 1922/24, Beibl. 203ff. 4. *A. Schober*, JOEAI 23, 1926, Beibl. 231ff. 5. *L. Rey* Albania 1, 1925, 26ff. 6. *G. Veith* Der Feldzug von Dyrrhachium zwischen Caesar und Pompejus, 1920, 132ff. 7. *P.C. Sestieri* Vita pubblica e monumenti di Durazzo in età romana attraverso le iscrizioni, Epigraphica 4, 1942, 127ff.

Dysaules (*Δυσαύλης*). Bruder des Keleos in Eleusis, durch Ion vertrieben, übertrug die eleusinischen Weihen nach Keleai bei Phleius, in Keleai begraben: so die dortige Kultlegende, die sich offenbar auf sprachlichen Anklang stützt. Paus. 2,14,1-5.12,4. Der merkwürdige Name D. gehört jedenfalls nicht in die alteleusinische Sage. Erst die Orphiker haben ihn eingereiht. Orph. h. 41,6. Paus. 1,14,3. Harpokr. s. *Δ*. Danach war er Autochthone, heiratete → Baubo, wurde Vater des Eubuleus und des Triptolemos und nahm Demeter gastlich auf. H. v. G.

Nilsson Griech. Feste 336.

Dysnomie (*Δυσνομίη*). Personifikation der Gesetzwidrigkeit im Gegensatz zur Eunomia; unter den Kindern der Eris nächstverwandt der Ate, Hes. theog. 230. H. v. G.

E

Ebenholz. Ἔβενος oder ἐβένη bei Hdt., Theophr., Strab., Diosk., Plut., *ebenus* bei Verg., Plin. u.a.) ist das dunkle Kernholz verschiedener Laubbäume, besonders aus der großen Gattung Diospyros (D. ebenum in Indien, D. hirsutus und haplostylis im tropischen Afrika), von der andere Arten auch geschätztes Obst liefern (D. lotus im Vorderen Orient, D. kaki in O.-Asien). Über die Einfuhr dieser hochgeschätzten Edelhölzer aus Afrika und Vorderindien berichten die genannten Autoren. Später wurden als Ebenholz auch Nutzhölzer von ganz anderen Gattungen, wie Acacia (→ Akazie) und Bignonia, bezeichnet. H. G.

Ebora. HOLDER 1,1394.2,205 hält den Namen für iberisch, AD. SCHULTEN (Numantia 1,68) für ligurisch, später (Font. Hisp. Antiquae VI 150) für keltisch. Sicherheit ist nicht zu gewinnen. **1.** Aebura (Liv. 40,30.32.33), wohl identisch mit Libŏra (Ptol. 2,6,56. Cosmogr. Rav. 4,44 p. 312,11: *Lebura.* Doch vgl. CIL II p. 111 s. *Caesarobriga*), Stadt der Carpetani, h. Montalba am Tajo. **2.** Ebora, h. Évora in Portugal (Alentejo). Die Identität der alten und der h. Stadt ist durch Inschr. und Reste (Kastell, Aquaeduct, Tempel) gesichert (CIL II p. 13. Nr. 110.114.504.339. Suppl. p. 805. Nr. 5187. 5199.5450 [?]). Plin. nat. nennt 3,10 *E., quae Cerialis*, 4,117 *oppida veteris Lati E., quod idem Liberalitas Julia . . .*; beide sind wohl identisch. Auch mit Strab. 3,1,9: *Ebura*, Ptol. 2,4,9: *Ebora*, 2,5,6: *Ebura.* Vermutungen über andere Städte dieses Namens in RE V 1896. Encicl. Univ. Ilustr. 18,2753 s. Ebura. E. war zweifellos bedeutend, noch in westgotischer Zeit als Münzstätte und Bistum. Font. Hisp. Antiquae IX, Barc. 1947, 12.446: *Elbora, Elvora, Ebora.* Mz. s. ANTONIO VIVES La moneda hispánica, Madrid 1926. 1924, III 105 *(Aipora).* IV 119. R. G.

Eboracum (Eburacum nur lectio inferior), wohl kelt. etym. »Eibenfeld« oder »Platz des Eboros«, röm. Legionslager und colonia, wurde 71/74 n. Chr. von Petilius Cerealis aufgebaut. Nur bronze-, aber keine eisenzeitlichen oder frühröm. Zeugnisse existieren z.Z., wohl aber für Agricola (?), Trajan und Hadrian. Septimius Severus verstärkte 197 die vorher durch Maeatae zerstörte Festung und starb hier 211. Vor 237, vielleicht bereits 210/13, wurde E. colonia als Hauptstadt von Britannia Inferior. Nach 296 mußte Constantius I. die von Eingeborenen unter Allectus zerstörte Festung voll wieder aufbauen. Im Juli 306 starb er hier, und Konstantin d. Gr. wurde hier zum Kaiser ausgerufen. Archaeol. Indizien machen wahrscheinlich, daß E. trotz mancher Zerstörungen als Angelsachsensiedlung weiter bestand, so daß Kontinuität zum ma. York möglich ist. J. Ward-F. M. H.

Vgl. mit Bibliogr. Royal Commission on Historical Monuments, An Inventory of the Hist. Monum. in the City of York I (1962), dazu *P. H. Blair* Roman Britain and Early England (1963). *A. R. Burn* Agricola and Rom. Brit. (1953). *R. G. Collingwood* The Archaeology of Rom. Brit. (1930). *Ders.* Rom. Brit.^{2} (1934). *Ders.-J. N. L. Myres* Rom. Brit. and the English Settlements, ^{2}1937. *F. Haverfield* The Romanization of Rom. Brit., 1923. *Ders.* The Roman Occupation of Brit., ^{2}1924. *A. H. M. Jones* The Later Roman Empire I–III, 1964. *I. A. Richmond* Roman and Native in North Brit., 1958. *Ders.* Rom. Brit., ^{2}1963. *Ders.* Arch. Journ, 1946, 74f. Victoria County History, A History of Yorkshire, The City of York, 1961; The County of York I (1907), II (1912).

Eborarii. Die Elfenbeinarbeiter bilden zusammen mit den Citrusholztischlern, *citriarii*, ein collegium. Beide Arten Luxustischlerei, eng verwandt, mögen gelegentlich von der gleichen Person ausgeübt worden sein. Seit Constantin gehören die e. zu den von den *munera* befreiten Handwerkern (Cod. Theod. 13,4,2 = Cod. Iust. 10,66,1) → Elfenbein. W. H. G.

Eburnus. Cognomen, abgeleitet von der Haut- oder Haarfarbe, RE IV 225. III A 1829 (in obszönem Witz bei Fest. p. 245. Arnob. adv. nat. 4,26). Uns faßbar bei Q. Fabius Maximus Eburnus, cos. 116 v. Chr. (RE VI 1796 Nr. 111) und bei Ps. Quintil. decl. 3,17. H. G. G.

Eburodunum. 1. Heute Embrun an der Durance an der Straße über den Mont Genèvre, in Itinerarien und sonst genannt.

RE V 1901 f.

2. Schon vorröm. vicus der Helvetier, h. Yverdon, mit Schwefelbädern, Thermen und spätröm. Kastell. Zur sehr unwahrscheinlichen Gleichsetzung mit Ebrudunum Sapaudiae Not. dign. occ. 42,15: 1,313ff. mit A. 7. P. DUPARC, CRA 1958, 375f. E. M.

1. *Fel. Staehelin* Die Schweiz in röm. Zeit^3, 1948, 476. 612f. u.o. 2. *How.-Meyer* R. Schweiz, 246ff. 3. *A. Kasser* Mélanges d'archéologie . . . offerts a Louis Bosset, 1950, 149ff.

Eburones. Volksstamm in Gallia Belgica, zwischen Rhein und Maas (Caes. Gall. 5,24), Nachbarn der → Treveri (2,4), deren Clienten sie waren (4,6), sowie der → Menapii (6,5), → Segni und → Condrusi (6,32). Sie lieferten den Römern unter ihren Führern Ambiorix und Catuvolcus (5,26.29. 33) heftige Kämpfe bis zu ihrer Vernichtung durch Caesar (6,29). An ihre Stelle traten die → Tungri. In der Mitte ihres Gebietes lag Aduatuca (6,32. 38), h. Tongres. Vgl. Liv. ep. 106.107. Strab. 4,194. Flor. 1,45,7. Cass. Dio 40,5. Oros. 6,10. CIL XIII 1, p. 573. M. I.

Ebusus s. Pithyusai

Ecdicius. Arverner, Sohn (oder Neffe?) des Kaisers → Avitus (Nr. 2; 455/56), Schwager des Sidonius Apollinaris (Sidon. epist. 5,6; carm. 20). Zu seiner Erziehung wurden berühmte Lehrer berufen. Um 471 verteidigte er seine Heimatstadt längere Zeit heldenmütig gegen die W.-Goten (Iord. Get. 240. Sidon. epist. 3,3). Kaiser → Anthemius (Nr. 2) versprach ihm den Patriziat. Iulius → Nepos (474/75) machte ihn zum 1. Heermeister (Sidon. epist. 5,16). A. L.

K.F. Stroheker Der senat. Adel im spätant. Gallien, 1948, 165 Nr. 110.

Ecetra (Nissen It. Ldk. 2,649). Volsk. Stadt am N.-Rand (nicht sicher bestimmbar) der Monti Lepini (zur Lage: Liv. 4,61,5. 6,31,5), die neben Antium während des 5. Jh. eine wichtige Rolle im Kampfe gegen Rom spielte (Dion. Hal. ant. 4,49. 6,32. 8,4.36. 10,21. Liv. 2,25,6. 3,4,3. 4,61,5. 6,31,5). Der Name (bei den griech. Autoren Ἐχέτρα; Aspiration unter etrusk. Einfluß?) ähnelt dem von Caletra, Velitrae. G. R.

Echedemos. Athener, aus einer vornehmen Familie stammend, die sich vom 3. bis ins 1. Jh. v. Chr. verfolgen läßt, bemühte sich 191/90 bei den Scipionen um Friedensvermittlung zwischen Rom und den Aitolern (Pol. 21,4f. Liv. 37,7). Seine Söhne Mnesitheos und Arketos siegten um 190 in den Panathenäen. Fr. Kie.

Echeia (ἠχεῖον zu ἦχος, ἠχώ) hießen nach Vitr. 1,1,9 und 5,5,1–9 die bronzenen Schallgefäße *(vasa aerea)*, die in manchen ant. Theatern unter einer oder (in größeren Theatern) 3 Sitzreihen in Kammern, die sich mit Schallschlitzen gegen den Zuschauerraum hin öffneten, in ganz bestimmter Weise aufgestellt waren zu dem Zweck, die von der Bühne kommenden Töne (Gesang und Instrumentalmusik) zu verstärken und zu veredeln. Vitr. macht genaue Angaben, auf welche Töne die (wohl glockenförmigen) Gefäße abzustimmen seien. In kleineren Städten würden aus Sparsamkeitsgründen tönerne statt der bronzenen E. eingebaut. In hölzernen Theatern seien sie überflüssig wegen der natürlichen Resonanz der Holzplatten. In den Theatern Roms fehlten sie, fänden sich aber in gewissen Gegenden Italiens und in griech. Städten; so habe Mummius nach der Zerstörung Korinths die E. nach Rom gebracht und in den Tempel der Luna gestiftet. Die Angaben Vitruvs sind oft angezweifelt worden, aber sicher im Kern richtig. Wichtigste Behandlung – nach Müller Griech. Bühnenaltertümer 43ff. und Graf, RE V 1908 – P. Thielscher in Festschr. Dornseiff 1953, 334 bis 371. K. Z.

Echeklos (Ἔχεκλος). **1.** Sohn des Troers Agenor, von Achilleus getötet, Hom. Il. 20,474. Paus. 10,27,2 weist auf eine Motivparallele in der Kl. Ilias hin, wo Achilleus' Sohn Neoptolemos den Vater des E. tötet. W. Kullmann H (E 14) 354. **2.** Troer, von Patroklos getötet, Il. 16,692. **3.** Kentaure, Ov. met. 12,450. H. v. G.

Echekrates (Ἐχεκράτης). **1.** Thessaler, Feldherr des Ptolemaios IV. Philopator und Ausbilder des äg. Heeres, half wesentlich zu dem Siege bei Rapheia 217 über Antiochos III. Pol. 5,63,11.65,6. 82,5.86,1. Da E. sich in die junge Pythia verliebte, übertrugen die Delpher fortan nur alten Frauen dieses Amt. Diod. 16,26,6. H. V.

M. Launey Recherches sur les armées hellénistiques, 1950, 1141.

2. E. von Phleius, Pythagoreer des 4. Jh. v. Chr., Schüler des Archytas; er gehörte der letzten Generation des Pythagoreertums an, das bald nach ihm erlosch. Platon erwähnt den E. im Dialog Phaidon: E. berichtet dem Phaidon über Sokrates' Ende; im ps.-platon. 9. Brief wird E. erwähnt (358 B); die Philosophen-Legende erzählte, Platon habe E. in Lokroi aufgesucht, so Cic. fin. 5,87 und Val. Max. 8,7,3. H. D.

Diels-Kranz Vorsokr. Nr. 53; I 443.

Echelidai (Ἐχελίδαι). Örtlichkeit an der Mündungsebene des Kephisos in Attika, nahe der nach Phaleron führenden »Langen Mauer«, etwas n. des h. Neu-Phaleron. Der Name ist von ἕλος, Sumpf, abgeleitet. Der Hippodrom Athens lag dort. Fr. Kie.

Echemmon (Ἐχέμμων). **1.** Sohn des Priamos, zugleich mit seinem Bruder Chromios von Diomedes erlegt, Il. 5,160. Apollod. 3,153. **2.** Nabatäer, Gegner des Perseus, der ihn erlegt. Ov. met. 5,163.176. H. v. G.

Echemos (Ἔχεμος). **1.** Sohn des Aeropos, Nachfolger des Königs Lykurgos in Tegea, Arkadien, hemmt den Vorstoß der Herakleiden in die Peloponnes durch siegreichen Zweikampf mit Hyllos um 50 (100) J. Hdt. 9,26. Diod. 4,58. Paus. 8,5,1. Sieger im olymp. Faustkampf. Pind. Ol. 10, 66. Grab und Stele mit Darstellung des Zweikampfs in Tegea, Paus. 8,45,3.53,10. Gemahlin Timandra, Tochter des Tyndareos und der Leda; Sohn Ladokos. Paus. 8,5,1.44,1. **2.** E. (= Echedemos, Akademos) und Marathos verrieten den Tyndariden das Versteck Helenes. Sie galten als Eponymen der Akademie (→ Akademos) und von Marathon. Plut. Thes. 32,5. Hdt. 9,73. Steph. Byz. H. v. G.

Echenais → Daphnis.

Echephron (Ἐχέφρων). **1.** Sohn Nestors, Hom. Od. 3,413. Apollod. 1,95. **2.** Sohn des Herakles, Zwillingsbruder des → Promachos. H. v. G.

Echepolos (Ἐχέπωλος). **1.** Pelopide, Sohn eines Sikyoniers Anchises, kaufte sich durch die Stute Aithe von der Troiafahrt los, Hom. Il. 23,296 mit Sch. W. Kullmann H (E 14) 261. **2.** Troer, von Antilochos erlegt, Il. 4,458. H. v. G.

Echetimos → Nikagora.

Echestratos. König von Sparta, nach der offiziellen Genealogie Sohn des eponymen Agis und damit der 3. Herrscher aus dem Haus der Agiaden (Hdt. 7,204. Paus. 3,2,3). Fr. Kie.

Echetla (Ἐχέτλα). Städtchen im Innern Siciliens, nach Diod. 20,32 den Gebieten von Leontinoi, Syrakus und Kamarina benachbart, nach Pol. 1,15,10 im Grenzgebiet der Reiche der Karthager und Hierons II. gelegen und zu Beginn des 1. pun. Krieges von den Römern belagert. Plin. nat. 3,91 nennt die *Echetlienses* als *stipendiarii*. E. lag, nach der Namensähnlichkeit zu schließen, auf dem Hügel Occhialà bei Granmichele ö. von Caltagirone, wo siculisch-griech. Reste und ein Demeter-Heiligtum festgestellt ist. P. Orsi Mon. dei Lincei VII 1896, 201 ff. K. Z.

Echetlos, Echetlaios (Ἔχετλος, Ἐχετλαῖος). Ein Bauer, der in der Schlacht von Marathon mit seinem Pflugsterz (ἐχέτλη) viele Perser erschlug und nachher verschwunden war; als Heros verehrt, auf dem Gemälde in der Stoa Poikile dargestellt. Paus. 1,32,5. 15,3. H. v. G.

Echetos (Ἔχετος, »Festhalter«). Unmenschlich grausamer König auf dem Festlande (Epeiros?), mit dem der Freier Antinoos den Bettlern Iros und Odysseus droht. Hom. Od. 18,85 (mit Sch. und Eustath.). 116. 21,308. Er blendet seine Tochter Amphissa und verstümmelt deren Verführer Aichmodikos, Apoll. Rh. 4,1093 mit Sch. Rationalistisch als ein sizilischer Tyrann erklärt, der die Fremden marterte und schließlich von seinen Untertanen gesteinigt wurde. Der Name deutet auf einen Todesdämon. H. v. G.

Echidna (Ἔχιδνα »Schlange« = Urschlange). **1.** Fabelwesen, bei Hes. th. 295 ff. Tochter von Phorkys und Keto (nicht Chrysaor und Kallirrhoe), auch von Tartaros und Ge (Apollod. 2,4) oder Peiras und Styx (Paus. 8,18,2 nach Epimenides). Halb Weib, halb Schlange, Hes., Pherek., Vasen; auf einem Porosgiebel in Athen als einfache Schlange dargestellt. Unsterblich nach Hes.; als Wegelagerin auf der Peloponnes von Argos Panoptes getötet (Apollod. 2,4). Sie wohnt mit Typhon in einer Höhle bei den lydischen Arimern (Hes., nach Hom. Il. 2,783); nach Aristoph. Ran. 473 haust sie, 100köpfig, in der Unterwelt. Von ihr und Typhon stammen nach Hes. die Ungetüme: Orthos, der Hund des → Geryones; → Kerberos der Höllenhund; die Wasserschlange → Hydra von Lerna; die → Chimaira; die thebanische → Sphinx (Φίξ); der nemeische Löwe; dazu der Drache der → Hesperiden und der Adler des → Prometheus (Apollod. 2,113.119) und → Skylla (Hyg. fab. 151. Ciris 67). Überwindung solcher Ungetüme war Lieblingsthema archaischer Kunst. A. B. Cook Zeus III, Cambridge 1940. **2.** Stammutter der Skythen, ein riesiges Schlangenweib, Hdt. 4,8 ff. Die Schlangengestalt deutet auf Autochthonie. Herakles zeugte mit ihr 3 Söhne, darunter Skythes. Diod. 2,43,3. IG XIV 1296 I 96. H. v. G.

Echinades (Ἐχινάδες, bei Homer Il. 2,625 f., ebenso Eur. Iph. A. 286 f. Steph. Byz. Ἐχῖναι), der Inselschwarm vor der W.-Küste Akarnaniens und der Mündung des Acheloos, in hist. Z. unbewohnt, h. zumeist als Dragonara-Inseln bezeichnet. Daß einzelne dieser Inseln durch die starke Anschwemmungstätigkeit des Acheloos landfest geworden waren oder es weiter wurden, ist im Alt. stark beachtet worden (Hdt. 2,10. Skyl. 34. Thuk. 2,102,3 f. Strab. 1,3,18 p. 59. 10,2,19 p. 458). Daß nicht alle Inseln landfest wurden, wie man erwartete, erklärt Paus. 8,24,11 mit der Verödung Aitoliens, tatsächlich war schon im Alt. die Linie erreicht, wo die Küste stark absinkt und weitere Verlandung nicht mehr möglich ist. Einzelne Inseln werden teils zu den E. gerechnet, teils gesondert erwähnt, so bes. die südlichsten, die Ὀξεῖαι, (h. Oxia und wohl der landfest gewordene Hügel Kutsolari, wohl die θοαὶ νῆσοι von Hom. Od. 15,299), ferner Ἀρτεμίτα (Rhianos bei Steph. Byz. Plin. nat. 4,5, wohl das h. Dioni oder Hügel Kunuvina) und Δολίχα (Strab. 10,2,19 p. 458, nicht sicher zu identifizieren). Ebenso werden die Ταφίαι νῆσοι (Strab. 10,2,20 p. 459) zwischen Leukas und dem Festland gelegentlich zu den E. gerechnet (Eustath. Dion. per. 431). Eine lange Namenliste bei Plin. nat. 4,53. Prähist. Siedlungsspuren [4],236. E. M.

1. *E. Oberhummer* Akarnanien 15 f. 20 ff. 2. *Philipps.-Kirst.* 2,396. 406 ff. 3. *V. Burr* Νεῶν κατάλογος (Klio Bh. 49) 74 ff. 4. *S. Benton* ABSA 32, 1931/32, 234 ff. 5. *E. Kirsten*, RE XVIII 2003 f. (Oxeiai).

Echinos (Ἐχῖνος). **1.** Stadt an der Grenze der Landschaften Malis und Achaia Phthiotis am N.-Ufer des malischen Golfs mit mehrfach wechselnder Zugehörigkeit. Stadtmauer, großenteils erst justinian., und andere Reste beim h. Achino. Spätant. und ma. Bischofssitz. E. M.

1. *Fr. Stählin* Das hellen. Thessalien 186 f. 2. *Y. Béquignon* La vallée du Spercheios, 1937, 299 ff. mit Plan. 3. *Philipps.-Kirst.* 1,205 f. 4. *L. W. Daly* Echinos and Jusitinian's fortifications in Greece, AJA 46, 1942, 500 ff.

2. Der runde Kessel mit elastischer Kontur am dor. (und tuskan.) Kapitell, unterhalb des Abacus, oberhalb des Säulenschaftes. An altertüml. dor. Kapitellen findet sich im Übergang vom E. zum Säulenhals eine Hohlkehle, in die sich ein Blattüberfall schmiegt (Hampe, AA 1938, 359 ff.). Die Ausladung des E. nimmt von archaischer bis in hellenist. Zeit ab, die Kurve wird straffer, die Schulter kleiner; im Beginn des Säulenhalses, am Ende des Abacus, E. und Ansatz der Säule umfassenden Steinblocks, finden sich meist 3 »Riemchen«, parallele Einschnürungen. Beispiele jetzt reichlich bei Berve-Gruben Griech. Tempel und Heiligtümer, 1961. W. H. G.

3. s. Igel. Seeigel

Echion (Ἐχίων »Schlangenmann«). **1.** Einer der übriggebliebenen 5 Sparten in Theben, → Kadmos. Gemahlin die Kadmostochter Agaue; Sohn Pentheus. Paus. 9,5,3 f. Apollod. 3,26.36. Hyg. fab. 178.184. Ov. met. 3,126. Bei Verg. Aen. 12,514 f. tötet Aeneas den Rutuler Onites, einen Sohn des E. und der Peridia. Hor. c. 4,4,64 *Thebae Echioniae*.

2. Sohn des Hermes und der Antianeira, am Pangaion oder in Thessalien oder Arkadien beheimatet, Argonaut und kalydonischer Jäger, Pind. P. 4,178f. Apoll. Rh. 1,52. Ov. met. 8,311.345. Hyg. fab. 14. Val. Fl. H. v. G.

Echo. 1. Physikalisch: vgl. Aristot. an. 419b 25. probl. 899a 24. b 25. Lucr. 4,570ff. Plin. nat. 2,115. Lukian. de domo 3. E. galt als ungünstig für Bienenzucht (Varro rust. 3,16,12. Verg. georg. 4, 50. Colum. 9,5,6. Plin. nat. 11,65). Berühmte E.-Hallen in Olympia (Plin. nat. 36,100. Paus. 5,21, 17) und in Hermione (Paus. 2,35,10); über Ephesos Plin. nat. 36,99, über die Berge Massicus und Gaurus Stat. silv. 4,3,63. Bedeutsames E.-Gleichnis Plat. Phaidr. 255c. **2.** E. als Gestalt in der Lit. (Ἠχώ, Ἀχώ Pind. O. 14,18f.): Eur. frg. 118 (Aristoph. Thesm. 1056ff.). E. ist Titel einer Komödie des → Eubulos; sie erscheint auch in der Tragödie »Adonis« des Ptolemaios IV. Philopator. Als Angebetete des Pan (Orph. h. 11,9) begegnet sie häufig (s. bes. Anth. Plan. und Nonn. Dion.); ihre Töchter heißen Iambe (Schol. Eur. Or. 964) und Iynx (Kall. frg. 685 Pf.). Doch wird die Liebe Pans zu E. meist als unglücklich dargestellt (E. zieht den Satyros vor: Mosch. id. 6 Gow = 2 Wilam.), Pan tröstet sich auf bedenkliche Weise (Dion Chrys. or. 6, p. 87,21 Arnim) oder rächt sich sogar: Nach Longos 3,23 ist E. Tochter einer Nymphe und eines Sterblichen (sonst gilt sie als Nymphe [Oreade]); der verschmähte Pan läßt sie von Hirten zerreißen; wo ihre verstreuten Glieder liegen, erklingt heute noch das E. Nach einer ebenfalls späten Sage bei Ovid (met. 3,356ff.) hält E. die Iuno durch langes Gespräch hin, während Iuppiter bei anderen Nymphen weilt. Zur Strafe verliert sie die Fähigkeit, selbständig zu reden. Sie kann nur noch fremde Worte nachsagen. Als → Narkissos ihre Liebe verschmäht, verschmachtet sie zur körperlosen Stimme, ihr Gebein wird zu Stein (vgl. auch Auson. epigr. 101). Spätere Mythographen, die im übrigen von Ovid abhängig sind, nennen E. Tochter der Iuno (d.h. wohl: der Luft): Script. rer. myth. ed. Bode 1,185. 2,180. – E. hatte wohl keinen Kult, in der bildenden Kunst wurde sie einzeln (Anth. Plan. 4,153–156. Philostr. imag. 2,33) oder zusammen mit Pan dargestellt (Kallistr. ekphr. 1). Zuweisungen erhaltener Denkmäler sind wegen fehlender Namensbeischriften meist unsicher. Erwähnt sei eine att. Tonlampe in Berlin (Abb. Myth. Lex. und Encicl. ital. s.v.). Auf pompeian. → Narkissos-Bildern ist wohl nicht E., sondern die Quellnymphe gemeint. **3.** Echowirkungen als Kunstmittel: s. schon Eur. und Aristoph. a.O. Seit alex. Zeit (z.B. Kall. epigr. 28 Pf.) bes. in buk. und epigrammat. Poesie beliebt, im Epos bei Ovid (s.o.). Über Vergil s. M. Desport, REA 43, 1941, 270–281. Über den versus Echoicus (Versende: *malis lis*) Serv. GL 4,467,4. *Elegi echoici* erwähnt Sidon. epist. 8,11,5. E. als rhetor. Begriff: Sen. contr. 7,7,19 (scherzhaft). M. v. A.

F. Wieseler Die Nymphe E., 1844 (^{2}1854). *J. Bolte* Das E. in Volksglaube und Dichtung, SPrAW 1935, 262–288. 852–862. *E. Colby* The echo-device in literature. Bull. of the New York Public Library 23, 1919, 683–713. 783–804. *R. Herbig* Pan, 1949, 34. *H. Hunger*, Lex. der gr.-röm. Mythol. ^{4}1956, 228. *A. Hermann*, RAChr, Lief. 27, 1958, 500–505.

Ecloga. Varro (bei Charis. p. 154 B.) gebraucht das Fremdwort in eigentlicher Bedeutung (Auswahl); ebenfalls direkt übernommen (aus Eus. hist. 4,26,14) *eclogae* als Titel einer bibl. Exzerptslg. Hier. vir. ill. 24. Unklar die Bedeutungsentwicklung zum Sprachgebrauch des 1. Jh. E./2. Jh. Anf.: E. kann hier einzelne lyr. Gedichte aus einer Slg. (Stat. silv. 3 praef. = 3,5.4 praef. = 4,8, ähnlich Auson. opusc. 24 praef.), im Plural diese insgesamt bezeichnen (Plin. epist. 4,14,9 neben *epigrammata, idyllia, poematia*); dann übertragen auf Horaz (Suet. poet. 117 Rost. = epist. 2,1. Sidon. epist. 9,13,2 v. 12 = Carm.; Epod. und Sat. bei Gramm.), bes. auf Verg. Bucolica (zuerst vita Don. 176 H. = Suet.), die das Weiterleben des Titels garantieren. P. L. Sch.

H. W. Garrod, CQ 1916, 218ff.

Eculeus (equuleus). »Pferdchen«, ein Folterapparat. Der zu Folternde wird auf den e. gelegt, an oder unter den e. gehängt und durch Reißen gestreckt; zusätzlich können Feuer und »Krallen« *(ungulae)* verwandt werden. Der e., griech. στρεβλωτήριον, στρέβλη, bis in die Märtyrerakten literar. reich belegt, ist zu unterscheiden vom *aculeus*, σκόλοψ, dem pyramidalen Spitzpfahl zum Pfählen. W. H. G.

Vergote, ZNW 37, 1938, 240ff. *Roos*, Opuscul. Archaeolog. 7, 1952, 98 Abb. 5. 105ff.

Edelsteine. Bis zum 5. Jh. v. Chr. werden E. in der ant. Lit. nicht erwähnt; archäol. Funde dagegen sind viel älter (z.B. Mykene). Die mineralog. Kenntnisse über E. sind zunächst ganz verschwommen, vgl. z.B. Plat. Polit. 303 E, der den Diamanten für einen Bestandteil des Goldes zu halten scheint; dies weist aber gleichzeitig auf die uralte Rolle der E. in der Magie hin. Auch E.namen wie ἀδάμας, ἀμέθυστος, ὀφίτης zeigen die mit E. verbundenen abergläubischen Vorstellungen. Die 1. wissenschaftliche Monographie περὶ λίθων stammt von Theophrast (auch einiges über E.); vieles ältere Material bietet auch Plinius nat. (im letzten Buch). Die ps.-wissenschaftliche Literaturgattung der → Lithika ist recht umfangreich und umfaßt auch einige berühmte Gedichte (→ Orpheus); in der → Lithomantie wurden E. (Kristall) bes. bevorzugt. Unter dem Einfluß der Volksmedizin haben die Ärzte, vor allem der Kaiserzeit, E. nicht nur in Amuletten, sondern auch medikamentös (pulverisiert) verwendet (vgl. Dioskurides III 91ff. Wellmann). Die Kunst hat sich der E. seit den ältesten Zeiten (s.o.) mit Vorliebe bemächtigt; antike → Gemmen und → Kameen sind ein Spezialgebiet der archäolog. Forschung. F. K.

J.H. Krause Pyrgoteles oder die edlen Steine der Alten, Halle 1856.

Edessa (*Ἔδεσσα*, Bewohner *Ἐδεσσαῖος* oder *Ἐδεσσηνός*). **1.** Früher (→*Αἰγαί*), alte Hauptstadt Makedoniens, an der via Egnatia, am Eingang des Passes von der Küstenlandschaft nach Obermakedonien. Eine Abzweigung dieses Passes verband E. mit der Lynkestis und Pelagonien. E. nahm somit in militär. und verkehrsgeogr. Hinsicht eine Schlüsselstellung ein. Die Stadt lag malerisch an den von einem Nebenarm des Lydias gebildeten Wasserfällen. E. übernahm den Namen einer der Vorstädte des alten Aigai. Es entspricht seiner Lage nach genau dem h. Edessa, slav. Voden. Die Stadt E. erlebte mehrere Perioden der Blüte, hatte aber bes. in byz. Zeit sehr unter slav. und bulg. Angriffen zu leiden. Da sie von der modernen Stadt überbaut ist, sind ihre Befestigungsanlagen und öffentlichen Bauten fast ganz verschwunden. Auch die Inschriftenfunde sind relativ spärlich. Pol. 5,97. 34,12. Diod. 31,8,8. Strab. 7,323. 10,449 u. die Itin.; die Wasserfälle bei Ael. Arist. 2, 62 erwähnt. Chr.D. *Hoffmann* Die Makedonen, 257. *Detschew* Die thrak. Sprachreste 164ff. *Casson* Macedonia, Thrace and Illyria, 50ff. *Geyer* Makedonien bis zur Thronbesteigung Philipps II., 38. *Gaebler* Ant. Münzen, 2,62. *Papasoglu* Makedonski gradovi u rimsko doba, serb. Makedon. Städte in röm. Zeit, Skopije 1957, passim. Mz. bei *Head* HN² 198ff. Cat. coins Brit. Mus., Macedonia, 37ff. *Σαρρῆς*, *Μεγάλη Ἑλλην. Ἐγκυκλοπ.* 9,706ff. (Bericht über archäolog. Funde; Angaben über Reste eines Theaters u.a. Bauten sind fragwürdig). Älteres Schrifttum bei *Smith* Dictionary of Greek and Roman geography, 1, 805ff. *Oberhummer*, RE V 1933. *J.M.R. Cormack* Inscr. from Macedonia, ABSA 58, 1963, 20ff. Nr. 1–7.

2. Syr. Stadt, auch Antiocheia genannt, von Plin. nat. 5,86 zu Arabien gerechnet, von Ptol. 5, 17,7 M. zu Mesopotamien, nahe der Quelle des Balissos (h. Belîch), eines l. Nebenflusses des Euphrat, öfter in der späteren ant. Lit. genannt (App. Syr. 57. Prok. b. Pers. 1,17,24 u.ö. Steph. Byz. s.v. u.a.). E. erscheint zuerst am Anfang der hellenist. Periode (Seleukos I.), so bezeichnet nach dem mak. E. (= Aigai) und auch wie dieses in wasserreicher Umgebung (Steph. Byz. a.O. und s. *Ἀντιόχεια⟨ὀγδόη⟩* Plin. a.O.). In dem h. Namen für E., Urhai bzw. Orfa, ist die vorgriech. Bezeichnung dieses sehr alten Platzes, *Ὀρρόη*, enthalten (W. Sieglin Schulatl. zur Gesch. des Alt., S.9). Das E. umgebende Gebiet hieß Orrhoëne oder Osroëne (der Name vermutlich auch auf Wasserfülle zu beziehen). E. lag nach den röm. Itin. an einer wichtigen Straße (K. Miller Itin. Rom. S. 776–777 mit Skizze Nr. 241, S. 741–742). E. wurde 132 n. Chr. selbständiges Königreich und, in die Kämpfe Roms mit den Parthern verwickelt, 165 n. Chr. röm. Kolonie. Es nahm früh das Christentum an (bedeutendster Bischofssitz in Syrien) und fiel später an das neupers. Reich (Sassaniden). 639 wurde E. islamisch.

RE V 1933ff. s. E. Nr. 2 mit Lit. Gr. Hist. Weltatl. I S. 20a.

3. Ein anderer Name für → Bambyke nach Strab. 16,748. H. T.

Edetani. Ein iberischer Stamm an der span. O.-Küste. Ihre Hauptstadt war Liria, noch h. Liria am Guadalaviar (CIL II p. 509), und ihr Gebiet entsprach etwa dem Hinterland von Valencia und Sagunt. So richtig Helm. Simon Roms Kriege in Spanien, Frankf./M. 1962, 111. Ad. Schulten Numantia I 326, bezeichnet sie als Bewohner der Prov. Teruel, die weiter n. liegt. Die Lage läßt sich aus der ihrer Hauptstadt und den sonstigen Quellen erschließen. S. auch Encicl. Univ. Ilustr. 19,58: *Edeta(nia)*. In der Kriegsgeschichte werden sie 209 und 141 v. Chr. genannt: Polyb. 10,34,2 (Lesart unsicher). App. Ib. 330f. (Hier ist statt *Sedetania* zweifellos *Edetania* zu lesen, eine häufige Verwechslung. S. Font. Hisp. Ant. IV, Barc. 1937, 40), außerdem in einigen Inschr. CIL II 3786. 3793. 3874 (?). 4251 = Dess. ILS I 2711, in der sonstigen Literatur ziemlich selten (Strab. 3,4,1.12.14. Plin. nat. 3,20. Ptol. 2,6, 15), in der Spätzeit gar nicht mehr.

Der Name ist wohl abgeleitet von den Personennamen Edeco, Edesco (Ad. Schulten Numantia 1,235,4) und ist wahrscheinlich iberisch, Holder 1 s. Ed-ec-o. R. G.

Edfu, griech. *Ἀπολλωνόσπολις μεγάλη*. Stadt in Oberäg. auf dem w. Nilufer, äg. *Ḏbꜣ*, Hauptstadt des 2. oberäg. Gaues. Hier »thronte« der Gott Horos, weshalb der Ort auch *Bḥd.t* »Thron« genannt wurde. Dieser Horos galt als göttliches Abbild des äg. Königs und Himmelsgott. Sein Tempel (aus ptolem. Zeit) ist noch gut erhalten. E. war in röm. Zeit Standort der Legio II Traiana. W. H.

Edictum Diocletiani (de pretiis rerum venalium), ein Edikt Diokletians aus dem J. 301, das für den Preis sehr vieler Waren und Dienstleistungen Höchstbeträge festlegte. Ihre Überschreitung machte zwar das Geschäft nicht unwirksam, doch wurden gegen den Verkäufer oder den Schuldner der Dienstleistung strenge Strafen bis hin zur Todesstrafe angedroht. Als sein Motiv gibt das E. D. die Habsucht der Verkäufer an. Wahrer Grund ist jedoch die Geldentwertung, die durch staatliche Münzverschlechterung und den wirtschaftlichen Verfall der Spätzeit hervorgerufen war. Sie benachteiligte vor allem die vielfach noch in Geld entlohnten Beamten und Soldaten; ihnen sollte das E. D. helfen. Es ist vielfach publiziert worden und uns in Bruchstücken von Inschr. erhalten. Wesentlichen Erfolg hatte es nicht. D. M.

Ausg.: *Th. Mommsen–H. Blümer*, 1893, Neudruck 1958. Lit.: 1. *Th. Mommsen* Jur. Schriften 2, 1905, 323ff. 2. *Elem. Balogh*, Atti Congr. internaz. di dir. rom. Verona 1948, 1953, 2,352ff. 3. *Leop. Wenger* Quellen d. röm. Rechts, 1953, 460. 4. *Ernst Schönbauer* Journn. Jur. Papyrology 9/10, 1955/56, 53ff.

Edictum Theodorici. Eine der mehreren Gesetzessammlungen, die von den auf weström. Gebiet vorgedrungenen Germanenstämmen um 500 veranstaltet worden sind. Es wurde bisher dem Ostgotenkönig Theoderich d. Gr. (489–526) zugeschrieben. Es galt, abweichend von ähnlichen Sammlungen (Leges Romanae Visigothorum; Burgundionum), nicht nur für die Römer, sondern auch für die germ. Einwanderer. Man hat das als Ausfluß der Bemühungen Theoderichs um einen Ausgleich zwischen Germanen und Römern angesehen. In neuester Zeit wird jedoch die Herkunft des E. T. von Theoderich d. Gr. angezweifelt; statt dessen wird es dem Odoaker (479–493) oder dem Westgotenkönig Theoderich II. (453–467) zugeschrieben (dazu [1],[2],[4–6]). – Das E. T. besteht aus einem Vorspruch und 154 meist sehr kurzen Kapiteln. Ihr Inhalt ist hauptsächlich geschöpft aus den 3 vorjustinianischen Codices (Gregorianus, Hermogenianus und Theodosianus) und aus den Paulussentenzen. Die Regeln des E. T. weichen vom klassischen röm. Recht z. T. erheblich ab; sie sind Beispiele für ein stark verwildertes → Vulgarrecht. Nach der Eroberung des Ostgotenreiches durch Justinian ist das E. T. durch Teile der just. Kodifikation verdrängt worden. D. M.

Ausg.: *Bluhme* Monumenta Germaniae Historica 5, 1875, 149ff. *Baviera* Fontes iur. rom. anteiust. 2, 1940[2], 681ff., wo S. 683 auch die ältere Lit. Dazu noch 1. *Piero Rasi* Arch. giur. 145, 1953, 105ff. 2. *Ders.* Studi De Francisci 4, 1956, 347ff. 3. *Leop. Wenger* Quellen d. röm. Rechts, 1953, 560f. 4. *Giulio Vismara* Cuadernos de Inst. Jur. Esp. 5, 1956, 49ff. 5. *Alvaro d'Ors*, ebd. 111,60. 6. *Paulo Merêa* Bol. Fac. Dir. Coimbra 32, 1957, 305ff.

Editio (*edere* = vorzeigen, -legen, bekanntmachen und dgl.; vgl. HEUMANN-SECKEL s. v.) ist **1.** *t. t.* des (ordentlichen) Zivilprozesses in den Verbindungen *e. actionis (iudicii, formulae)* und *e. instrumentorum.*

a) *E. actionis* ist im Formularverfahren einerseits die außergerichtliche Bekanntgabe der *formula*, die der künftige Kläger geltend machen will, an den künftigen Beklagten ([1],353f. 359f.), andererseits *in iure* der »Vorschlag des Klägers für eine Fassung der Prozeßformel« (*e. iudicii;* vgl. [2],206. 168,20), der, verbunden mit dem *postulare iudicium*, auch zur Information des Gerichtsmagistrates dient (vgl. [9], § 11 II); übertragen kann *edere iudicium* weiters »die gesamte Tätigkeit des Klägers bei der Verhandlung *in iure*« bezeichnen ([2],179). – Daß darüber hinaus ein formales *e. iudicium*, wie die herrschende Meinung, WLASSAK folgend, annimmt, als Teilakt der *litis contestatio* einem förmlichen *accipere iudicium* des Beklagten entsprochen habe (beide Parteihandlungen Elemente eines »Prozeßbegründungsvertrages«), hat JAHR mit guten Gründen bestritten ([3],501; vgl. auch [4],413f. u. ö.; anders die [5] und [6] Zitierten). – Die *e.* erfolgte in Form einer mündlichen Erklärung oder durch Ermöglichung einer schriftlichen Aufzeichnung des Gegners; bei der außergerichtlichen *e.* genügte auch das *producere adversarium ad album*, um ihm das in Aussicht genommene Formelblankett zu zeigen (Dig. 2,13,1,1. [1], 356ff. [2],167ff. 174).

Im klass. und nachklass. Kognitionsverfahren verschmolzen die (bisher getrennten) Akte der Beklagtenladung und außergerichtlichen »Anspruchs«-Mitteilung zu einem einzigen; Justinian hat vielleicht auch hier, wenngleich mit Modifikationen, die urspr. Formen restauriert: die *e. actionis* durch Übermittlung des *libellus conventionis* an den Beklagten trat wieder neben die Ladung *(oblatio admonitionis)*, [7], cit. [1],354,93. – Doch ist dies strittig, ebenso auch die von COLLINET vermutete Identität der gerichtlichen *e.* mit der *postulatio simplex* (vgl. [8],377ff.).

b) *E. instrumentorum* ist die Mitteilung der Beweisurkunden, deren sich der Kläger vor dem Richter bedienen will, an den Beklagten (Dig. 2, 13,13). Ob sie als Teil der außergerichtlichen *e. actionis* erfolgte oder erst *in iure*, ist fraglich ([1], 361f. m. Lit.), ebenso, wie das Unterlassen der vorgeschriebenen *e. instrumentorum* bzw. der (außergerichtlichen) *e. actionis* geahndet wurde ([1], 367ff.). – Eine E.-Pflicht von Urkunden oblag *dritten* Personen im allg. nur ausnahmsweise (so, wenn gegen sie ein Anspruch auf Herausgabe der Urkunde bestand), weitgehend jedoch den *argentarii*, die »aus ihren Rechnungsbüchern *(rationes)* jene Partien, welche sich auf ihre Kunden beziehen, . . . im wörtlichen mit Datum versehenen Auszuge mitteilen« mußten, wenn der Kunde anläßlich des E.-Begehrens schwur, *non calumnia e causa postulare edi sibi* (Dig. 2,13,6 § 2. 9 § 3. RE V 1966. Vgl. [10]).

2. *E. interdicti = reddere interdictum* ([11]).

3. Im Quästionenverfahren geschah zuzeiten die Bildung der Geschworenenbank durch *e.* und *reiectio* seitens der Parteien, dergestalt, daß der Ankläger aus der Richterliste eine gewisse Zahl *iudices* namhaft machte (= *e.*), von denen der Angeklagte einen Teil ablehnen durfte ([12]). H. St.

1. *G. Pugliese* Il processo civile romano II/1, [2]1963, 353 bis 369. 2. *G. Jahr* Litis contestatio, 1960, 165–206. 3. Dazu *Theo Mayer-Maly* ZRG. Rom. Abt. 78, 1961, 493ff., ferner 4. *G. I. Luzzatto*, Studia et doc. hist. et iuris 26, 1960, 407ff. und 5. *F. Bonifacio* Labeo 7, 1961, 89ff. und 6. *A. Biscardi*, IURA 12, 1961, 410ff. 7. *P. Collinet* La procédure par libelle (Étud. histor. sur le droit de Justinien IV), 1932, 91f. 107–132 u. ö. 8. Dazu *A. Steinwenter*, ZRG Rom. Abt. 54, 1934, 373ff. 9. *L. Wenger* Institutes of the Roman law of civil procedure[2], 1955, § 11 u. ö. (engl. Übers. von *O. H. Fisk*). 10. *M. Talamanca* Art. Argentarii, Noviss. Digesto ital. I/2, 1958, 941. 11. *G. Gandolfi* Contrib. allo studio del processo interdittale romano 1955, 76ff. 12. *W. Kunkel* Art. Quaestio 1, RE XXIV 749ff.

Edobicus. Franke, erzwang 407 als magister mil. → Constantins III. die Aufhebung der Belagerung Valentias, wo sein Herr eingeschlossen war (Zos. 6,2,4). 411 suchte E. den in Arelate belagerten Constantin zu entsetzen, wurde aber von → Constantius (Nr. 6) und Ulfilas geschlagen. Diese Niederlage veranlaßte Constantin zur Kapitulation (Soz. 9,14f.). A. L.

Edom. 1. Landschaft und Volk (Edomiter) s. Idumaea. E. Ku.

2. s. Eduma

Edones (Edoni, Ἠδῶνες, Ἠδωνοί). Thrak. Stamm am l. Ufer des Strymon von dessen Mündung im S. bis zum Angitesfluß im N. (Stammesgebiet Ἠδωνίς). In frühen Zeiten erstreckte sich das Gebiet der edonisch-mygdonischen Stämme zwischen dem Unterlauf des Axios und des Nestos. Einige Splitter der E. wanderten nach Kleinasien (Mysien). Als Nachbarn des goldreichen Pangaiongebirges waren die E. an der Ausbeutung der dortigen Bergwerke stark beteiligt. Auf eine Besiedlung der Insel Thasos durch E. in der Frühzeit deutet ihr Name Ὀδωνίς (Hesych.). Auf edonischem Gebiet gründeten die Athener 437 v. Chr. Amphipolis, wo sie wiederholt schwere Kämpfe mit den E. zu bestehen hatten, während die E. ihrerseits den Makedonen ein Dorn im Auge waren. Die E. gliederten sich in einige Unterstämme mit reguli an der Spitze. Ihr Niedergang begann bereits in klassischer Zeit und wurde von den Makedonen vollendet. Des öfteren erscheinen sie in der att. Tragödie. In späthellenist. und röm. Zeit spielen sie eine unbedeutende Rolle. Steph. Byz. s.v. (aus Aristot.). Plin. nat. 5,123. Hesych, s.v. Hdt. 7,114. Thuk. 1,100,3. 2,99,4. 4,102,3. 4, 107,3. Schol. Lykophr. 418. Chr. D.

Detschew Thrak. Sprachreste 197ff. *Casson* Macedonia, Thrace and Illyria, 39ff. Παπασταύρου Μακεδονικὴ πολιτική, 1936, 24ff. *Ders.* Amphipolis, Gesch. und Prosopogr. 1936, 9, 11, 13 *Papazoglu* Makedonski gradowi u rimsko doba (serb.), Skopije 1957, 60,283–302. *Perdrizet* Cultes et mythes du Pangée, passim. *Collart* Philippes, ville de Macedoine. *M. Sakellariou* La migration grecque en Ionie, 1958, 434ff.

Eduma (Hieron. Onom. 87,25ff. Kl.) = Ἐδουμά (Euseb. Onom. 86,24ff. Kl.) = Edom bei Hieron. ad Obad. Cap. 1. Ort in Palästina, nach dem Onom. ca. 12 mp. ö. (richtig: ssö.) von Neapolis *(nāblus)*, h. *dūma;* kaum ident. mit dem *idmj'* der Ortsliste des Pharao Schoschenk I. (Nr. 56). E. Ku.

S. Herrmann, ZDPV 80, 1964, 61.67ff.

Edusa. Gottheit der → Indigitamenta, lehrt das Kind essen, wie Potina trinken: Varro bei Non. 108 M = 480 aus De liberis educandis. (Aus Varro Aug. civ. 4,11.4,34.6,9 in der Form *Educa*. Tert. nat. 2,11: *Edula*. Don. Ter. Phorm. 49: *Edulia*.) Nach ALTHEIM RRelGesch. 1,1931, 78 ist E. urspr. etr. Gentilgottheit, was später nicht mehr verstanden wurde; zustimmend WALDE-HOF.[3] 1,393. W. E.

R. Peter Myth. Lex. 2,130f. 197f. *Jordan* Krit. Beitr. zur Gesch. der lat. Spr., Bln. 1879, 120.

Eeriboia (Ἠερίβοια). **1.** Enkelin des Hermes, die ihm das Versteck des Ares verrät, Stiefmutter der → Aloaden. Hom. Il. 5,389f. **2.** Tochter des Alkathoos, Gattin des Telamon, Mutter des großen Aias, Sch. Il. 16,14. Sie heißt Ἐρίβοια Pind. I. 6,45. Soph. Ai. 569, Περίβοια Paus. 1,42,2. Apollod. 3,12,7,2. H. v. G.

Eetion (Ἠετίων). **1.** König der Kiliker in Theben unter dem Plakos in Mysien. Hom. Il. 1,366. 6,396ff. Mit seinen 7 Söhnen von Achilleus erschlagen, aber mitsamt den Waffen ehrenvoll bestattet. Aus der Beute stammen das Pferd Pedasos, eine Phorminx und ein eiserner σόλος (Diskos) 16,153. 9,186. 23,826. Die Frau des E. wurde losgekauft und starb durch Artemis, d. h. eines natürlichen Todes. Die Tochter → Andromache heiratete Hektor. Sapph. frg. 55 D. W. KULLMANN H(E 14), 289ff. weist nach, daß die Il. in der Sage von E. auf den Voraussetzungen der Kyprien aufbaut. **2.** Imbrier, Gastfreund des Priamos, der den von Achilleus erbeuteten und nach Lemnos verkauften Priamossohn Lykaon auslöste und ihm die Rückkehr nach Troia ermöglichte. Il. 21,35ff. 23,747. **3.** Troer, Vater des Podes Il. 17,575.590. **4.** = → Iasion, Sohn des Zeus und der Pleiade Elektra. **5.** Eponym der att. → Eetioneia, Steph. Byz. **6.** Vater des Kypselos in Korinth. Hdt. 1,14. 5,92. Paus. 2,4,4. H. v. G.

Eetioneia (IG II[2] 244,2 Ἠτιώνεια). Die schmale Halbinsel w. des Haupthafens des Piraeus innerhalb der Befestigungsmauern, die von den 400 im J. 411 v. Chr. besonders befestigt wurde, Thuk. 8,90–92. Harpokr. Ein Thiasos Ἠετιωνιδῶν, Πολέμων 1, 1929, 107f. E. M.

1. *A. Milchhoefer-G. von Alten* in E. Curtius-Kaupert Karten von Attika Text H. 1, 1881, 19ff. 51f. 2. *Wachsmuth*, RE V 1978f. 3. *Th. Lenschau*, RE XIX 85,21ff. 95,40ff.

Effatum. *Effari* ist t.t. der → Augures, die *fando* die Örtlichkeit für die Auspikation bestimmen (s. Bd. I 735). Die Stellen: Thes. l. L. V 2,199 (vgl. bes. Varro l.l. 6,53. Serv. auct. Aen. 1,446.) »Man muß *effatus* im Sinne von *fando exemptus* fassen.« (WISSOWA 472,3). Bei der Gründung von Siedlungen befreit das Abgrenzen von äußeren störenden Mächten durch *effari et liberare* (LATTE 42. s. Cic. leg. 2,21). W. E.

Wissowa Rel.[2] 472,3. 528f. *Latte* RRel 42. → Augures.

Effractor (bei Sen. einmal *effractarius*) im weiteren Sinn ist jeder, der verschlossene Gegenstände (Häuser, Behältnisse etc.) unter rechtswidriger Gewaltanwendung aufbricht. Hierher gehört auch der »Ausbrecher« aus einem Gefängnis (der strenger bestraft wird, als wer *per neglegentiam custodum* entkam, Dig. 47,18,1). Im engeren Sinn e. ist der Einbruchsdieb; seine Tat ist ein *crimen extraordinarium.* H. St.

Egelasta. Der Name dieser Siedlung ist iberisch (AD. SCHULTEN Numantia 1,58). Sie lag bei den Salinen von Men Baca, zwischen Castulo und den h. Orten Linares und Vilches (CIL II 5091, p.710. Irrig ist die Identifikation mit h. Iniesta in Encicl. Univ. Ilustr. 19,175) und gehörte zum Bezirk von Carthago Nova (Plin. nat. 3,25). 31,80 lobt er ihr *(Egelestae)* Salz wegen seiner einzigartigen medizinischen Wirkung. Sonst wird sie nur selten erwähnt (Strab. 3,4,9. Ptol. 2,6,56: *Egelesta*), in der späteren Zeit nie mehr. R. G.

Egeria. Gottheit des durch den Hain der Diana zu Aricia fließenden Zuflusses des Nemisees (Verg. Aen. 7,763 ff. Ov. fast. 3,261 ff. Strab. 5,240. Schol. Iuv. 3,17). SCHULZE Eigenn. 123, WALDE-HOF.^{3} 1,395, ALTHEIM 94 fassen sie als etr. Gentilgottheit (zusammen mit → Egerius) auf (dagegen LATTE 171: für eine Quellgottheit ohne Parallele). Meist wird angenommen, sie sei mit Diana von Aricia nach Rom gekommen. ALTHEIM 128 f. aber verficht röm. Ursprung (BÖMER: etr. Einfluß geht eher von Rom aus. Anders LATTE 171). E. ist als Geliebte oder Gattin Ratgeberin → Numas vor allem in kult. Fragen (Plut. Numa 4.13. Ov. fast. 3, 273 ff. Dion. Hal. 2,60. Verwandlung in Quelle nach Numas Tod: Ov. met. 15,487 ff.). Die Verbindung ist »rätselhaft« (LATTE), aber sehr alt (BÖMER; über etr. Geschlechterverbindung: vgl. ALTHEIM 128. WALDE-HOF.^{3} 2,187). In Rom wurde E. im Hain der → Camenae verehrt, wo das → ancile vom Himmel gefallen sein sollte. Die Deutung als Geburtsgöttin (Paul. Fest. 77 M.) könnte in ihrer Verbindung mit Diana ihren Ursprung haben (auch sonst Quellnymphen hilfreich bei der Geburt); die Etym. (zu *egerere*) wird aus der Funktion entstanden sein (nicht umgekehrt). W. E.

Wissowa Rel.^{2} 160.219.248.250. *Latte* RRel 170f. *Altheim* RVV 22,1,94.124.127ff. *Bömer* zu Ov. fast. 3,261.

Egerius. 1. E. Collatinus. Sohn des Ar(r)uns, Enkel des Demaratus, der erst nach dem Tode seines Vaters geboren wurde, weshalb das Vermögen an den Bruder des Aruns, Lucumo, übergegangen war; so habe E. von seiner Armut *(egere)* den Namen erhalten. Lucumo wurde später als L. Tarquinius Priscus König, E. erhielt die Herrschaft über das eroberte Collatia. Sein Sohn ist L. Tarquinius Collatinus, der Gatte der → Lucretia (Liv. 1,34,2 f. 1,57,6. Dion. Hal. 3,50,3. 4,64,3: an dieser Stelle beruft er sich auf Fabius Pictor, legt aber chronol. dar, daß Tarquinius Collatinus nur der Enkel des E. sein könne). **2.** Nach Festus 145 M. soll den Hain der Diana Nemorensis ein Manius E. geweiht haben. Vielleicht urspr. nur die männliche Komplementärgestalt zu → Egeria. **3.** Laevius E. → Diana. W. E.

Egesta s. Segesta

Egestas s. Penia

Egge (*ὀξίνη, occa*). Ackergerät, das aus mehreren in einem Rahmen befindlichen Zinken, Haken (*ὀδούς, dens, raster*) bestand, nur bei seßhaften Stämmen nachweisbar, die vom Nomadisieren zur Bodenbearbeitung übergegangen waren (Neolithikum). Der Name geht auf gemeinsame indoeurop. Wurzel *ŏc-* zurück (apr. *aketes*, ahd. *egida* u. a.). Verwendungszweck: 1. Zerkleinern der nach dem Pflügen verbliebenen Schollen und Ebnen der Ackerfläche. Obwohl die ältesten Römer den Acker für schlecht gepflügt hielten, wenn er noch geeggt werden mußte (Colum. 2,4,2), erwies sich doch später der Einsatz der E. als ertragsteigernd (Theophr. h. plant. 2,7,5. 8,11,8. Plaut. Capt. 663. Cato agr. 10,2. 33,2. Verg. georg. 1,94. Varro r. r. 1,29,2. Colum. 2,8,4). 2. Bedecken breitwürfiger Saat, vor allem bei fettem, feuchtem, schwerem Boden (Plin. nat. 18,50,1. Colum. 2,10,5. Pallad. 12,1,1). 3. Ausbreiten des Düngers (Colum. 2,15,5. 3,15,1. 11,2,60. Pallad. 9,2). 4. Ausreißen des Unkrauts aus dem Erdreich (Varro l. l. 5,136. Serv. georg. 1,95).

Es entsprach den technischen und ökonomischen Arbeitsbedingungen in der Sklavenhaltergesellschaft, daß die E. selten von Rindern (Geop. 2,24, 1. Varro a. O.), meist von Sklaven (Verg. georg. 1,105. Colum. 2,12. Isid. orig. 17,2,4) gezogen wurde. G. Sch.

Ch. Parain Das Problem der tatsächlichen Verbreitung der technischen Fortschritte in der röm. Landwirtschaft, ZfG 8, 1960, H. 2,357–366.

Eggius. 1. C. E. Ambibulus. Cos. ord. 126, CIL XV 127,375 u. a.; sicher ident. mit C. E. Ambibulus Pom[ponius Lon]ginus Cassianus L. Maecius Pos[tumus], Xvir stlit. iud., Tribun der leg. XI. Claudia p. f., Quaestor, von Traian adlectus inter patricios, legat. prov. Macedoniae, praetor, CIL IX 1123.1124. **2.** C. E. Marullus, curator riparum et alvei Tiberis unter Claudius, CIL VI 31545. **3.** L. E. Marullus, cos. suff. 111, Inscr. It. XIII 1, p. 200 f. **4.** L. Cossonius E. Marullus. Er war 170 salius Palatinus (CIL VI 1978), cos. ord. 184, CIL VI 2099 III 19. AE 1958, 142, Procos. Africae 198/99, AE 1942, 111. R. H.

Egnatia s. Gnathia

Egnatia via. Straße von Dyrrhachium bzw. Apollonia über Thessalonica und Cypsela nach Byzanz (It. Ant. 317 ff. 329 ff. Burd. 601 ff. Tab. Peut. 7 f.; vgl. MILLER Itin. Rom. 516 ff.). Der Name nur bei Strab. 7,322 f. 327. 329,10.13. 330,21. Vielleicht kannte Pol. 34,12,1 f. die Strecke Apollonia–Thessalonica (Endstation auch bei Strab. 329), deren Länge er auf 267 mp angibt, ohne einen Namen zu nennen; Pompeius benutzte die E. im J. 48 v. Chr. (Caes. civ. 3,79,2 *per Candaviam . . . in Macedoniam*). In august. Zeit ausgebaut und vermessen bis zum Hebrus bei Cypsela (Strab. 322). Cic. prov. cons. 4 spricht allgemein von *via militaris*. Deutung des Namens völlig ungewiß (nicht zum Ortsnamen Gnatia!). G. R.

Egnatius. Röm. Familienname, urspr. vielleicht samnit. (vgl. Nr. 3), SCHULZE Eigennamen 187 f. Inschr. auch in Mittelitalien bezeugt (CIL I 1408. 1414 f. X 1207 ff. XI 3647). In Rom sind Namensträger seit dem 2. Jh. v. Chr. hervorgetreten, beginnend mit Nr. 2. Unklar ist, ob die wichtige →

Egnatia Via ihren Namen von einem E. hat, der dann zwischen 146 und um 120 amtiert haben müßte, aber sonst in keiner Weise bekannt ist (vgl. MÜNZER, RE V S. 1993), oder in Anlehnung an die apul. Stadt Gnathia oder Egnatia, was dem natürlichen Zuge einer alten Handelsstraße entsprechen würde (so nach der gewöhnlichen Auffassung OBERHUMMER, RE V 1989). Als Praenomen würde E. faßbar sein bei dem völlig legendären E. Mecennius (oder Metennius), der seine Frau beim Weintrinken überrascht und erschlagen haben, aber von Romulus freigesprochen worden sein soll (Val. Max. 6,3,9. Plin. nat. 14,89) und in einer volsk. Inschr. (MOMMSEN Unterital. Dial. 325). Mz.: H. A. SEABY Rom. Silver Coins, 1952, 38. SYD. (Register).

I. Republikanische Zeit: **1.** E. praef. equ. des Crassus, rettete sich 53 v. Chr. aus der Katastrophe bei Karrhai. **2.** Cn. E. (C. f. Stell.), Senator um 165 v. Chr. BROUGHTON Mag. 2,490. **3.** Gellius E., Führer der Samniten im 3. Samnitenkrieg. Er brachte 296 die Koalition zwischen Samniten, Etruskern, Umbrern und Kelten zustande mit der Absicht, einen entscheidenden Angriff gegen Rom von N. her vorzutragen. Nachdem er die Truppen der Samniten nach Etrurien geführt hatte, übernahm er den Oberbefehl über die Verbündeten, ohne jedoch in diesem J. noch den gewünschten Stoß durchführen zu können (die Kampfereignisse sind unklar). In der Schlacht bei Sentinum 295 siegte Rom über die dem E. als *imperator* unterstellten Kräfte. E. selbst fiel im Kampf um das Lager der Samniten. Liv. 10,16–21. 29,16. **4.** Marius E., wahrscheinlich Nachkomme von Nr. 3, einer der 12 Praetoren der Italiker im → Bundesgenossenkrieg. 90 gewann er auf dem s. Kriegsschauplatz Venafrum durch Verrat und brachte dann dem cos. L. Iulius Caesar (Nr. 3) wohl an der Via Latina schwere Verluste bei. 89 fiel er nach Liv. per. 75 in einer Schlacht gegen Cosconius (Nr. 2) und Lucanus *(nobilissimum hostium ducem occiderunt)*. Vell. 2,16,1. App. civ. 1,181.183.199. Oros. 5,18,14. A. VON DOMASZEWSKI Bellum Marsicum, SBAW 201,1, 1924, 19.24. 26. **5.** C. E. Maximus, Münzmeister um 73 (BROUGHTON Mag. 2,439), Senator 74 und Richter im Prozeß des Oppianicus, wurde wegen Bestechung von seinem Vater (Cn. E., der als Senator 70 von den Censoren ausgestoßen wurde) enterbt, Cic. Cluent. 135. **6.** C. E. Rufus, Xvir agr. dand. assig. 91 (?), CIL X 44. CICHORIUS RSt 121. **7.** L. E. Rufus, röm. Ritter, Geschäftsmann und Freund Ciceros, der ihn 55 mehrfach empfahl (Att. 4,12; fam. 13,43–45.47.73.74) und noch im J. 45 nannte. H. G. G.

8. E., Verfasser eines Lehrgedichts *de rerum natura* in mehreren Büchern; 2 frg. aus B. 1 bei Macr. Sat. 6,5,2.12, der ihn zu den Vorgängern Vergils (*veteres*, § 2 nach Accius) zählt. Der Titel läßt auf Lukrezimitation schließen. Vielleicht identisch mit dem von Catull 37,17 ff. 39 angegriffenen Spanier, vgl. aber RE V 1996 Nr. 11. P. L. Sch.
Morel FPL 65 f. *Schanz-Hos.* 1^4,314.

II. Kaiserzeit: **1.** E. Capito, Consular, von Commodus getötet, vit. Comm. 4,10. **2.** Q. E. Catus, Legat der leg. XV Apollinaris im J. 73, CIL III 11194 ff. Legatus Aug. pr. pr. leg. III. Aug. (Statthalter in Numidien) CIL VIII 10116 = 22190. **3.** P. E. Celer. Stoiker, Lehrer des Barea Soranus, den er trotzdem mit seiner Tochter im J. 66 durch falsche Zeugenaussage ums Leben brachte, Tac. ann. 16,32,2 f. Cass. Dio 62,26,1 f. Ende 69 deshalb von Musonius Rufus angeklagt (Tac. hist. 4,10,1), wurde er 70 verbannt, Tac. hist. 4,40,3. **4.** M. E. Marcellinus. ca. 104 quaestor in einer Provinz, Plin. epist. 4,12. Cos. suff. 116, VIDMAN Fast. Ostiens. p. 21.62. **5.** M. E. Postumus. Cos. suff. 183, CIL VI 2099 vgl. 32386. **6.** M. E. Rufus. Er erwarb sich als Ädil ca. 22 v. Chr. die Gunst des Volkes in Rom durch private Hilfe bei Bränden; schon 21 gegen das Gesetz Praetor, Cass. Dio 53,24,4 ff. Deshalb verhinderte 19 v. Chr. der cos. C. Sentius Saturninus seine Bewerbung um den Konsulat. E. zettelte eine Verschwörung gegen Augustus an (Sen. brev. vit. 4,5; de clem. 1,9,6) und wurde daher eingekerkert und getötet, Tac. ann. 1,10,4. Vell. 2, 91,3 f. **7.** E. Victor. Cos. suff. vor 207, legat. Aug. pr. pr. von Pannonia sup. 207–209, CIL III 11082. W. REIDINGER Statth. Pannon. 102 f. **8.** L. E. Victor Lollianus. Sohn von Nr. 7. Unter die *sodales Antoninianos* kooptiert 213, CIL VI 2001, legat. Aug. pr. pr. Galatiae unter Elagabal 218, CIL III 6900; daher ca. 219 cos. suff., s. IG VII 2510 f. Corrector von Achaia (s. GROAG Reichsbeamte Ach. 136), legat. Aug. pr. pr. Bithyniae et Ponti, IGR III 33; procos. Asiae durch 3 J., Forsch. Ephes. III 222 Nr. 89. IGR IV 1284. Inschr. Magnesia 257 (zwischen 244/47). AE 1923, 41. 1959, 12. Praefectus urbi 254, Chron. min. 1,65. **9.** E. Victor Marinianus. Legatus Aug. pr. pr. Arabiae, IGR III 1359, um 230 legatus Aug. pr. pr. Moesiae sup., ÖJ. 6, 1903, Beibl. 14,16. Über seine Tochter Mariniana Großvater des Gallienus, Schwiegervater des Valerian. A. STEIN Legat. Moes. 55 f. **10.** Egnatia Maximilla. Gattin des P. Glitius Gallus; sie folgte ihm ins Exil nach Andros (Syll.^{3} 811/12), Tac. ann. 15,71,3. Nach Neros Tod muß sie nach Italien zurückgekehrt sein, CIL XI 3097. R. H.

Egnatuleius. Seltener röm. Familienname, Weiterbildung von Egnatius (vgl. RE XVI 1667). **1.** C. E., Münzmeister, moderne Datierung: 96 bis 94, vgl. BROUGHTON Mag. 2,439.458. **2.** L. E., Quaestor 44. Im Auftrag des M. Antonius führte er die 4. Legion von Macedonia nach Italien, fiel dort zu Octavian ab, erhielt dafür auf Antrag Ciceros eine Belobigung des Senats (Cic. Phil. 3,7. 39 u. ö.), wird aber später nicht mehr genannt (vielleicht Opfer der Proskriptionen 43). H. G. G.

Egrilius. Gens aus Ostia, R. MEIGGS Rom. Ostia 196 ff. 502 ff. **1.** A. E. Rufus, durch Plaria

Vera Vater von Nr. 2 und 3, AE 1955, 168. **2.** A. E. Plarianus, praef. aerar. Saturni, AE 1955, 173 cos. suff. 93 oder 97, CIL XIV 399; DEGRASSI Fast. cons. p. 28. **3.** M. Acilius Priscus A. E. Plarianus, adoptiert von M. Acilius Priscus, s. H. BLOCH, Not. scav. 1953, 254–264. In seiner Ämterlaufbahn wurde er legatus prov. Siciliae et Asiae, procos. Galliae Narbonensis, legat. leg. VIII Augustae, CIL VI 31678, und ca. 106 praef. aerar. militaris, CIL XIV 4442–4444. AE 1945, 34. Inscr. It. XIII 1 p. 196f. 226. **4.** A. E. Plarianus. Sohn von Nr. 2; praef. aerarii milit., CIL XIV 4445. cos. suff. 128, Inscr. It. XIII 204f. L. VIDMAN Fast. Ost. p. 57. **5.** Q. E. Plarianus. Sohn von Nr. 3, cos. suff. ca. 143, CIL VI 30868 (SYME, JRS 38, 1946, 167), procos. Africae 159/60, CIL VIII 11030. ILT 672, s. B. THOMASSON Statth. Nordafr. 2,75f. R. H.

Ehe. 1. Die Griechen sahen in der Ehe meist nur das Mittel zur Erzielung der von Religion und Sitte geforderten vollbürtigen Nachkommenschaft ([1], 155ff.). Einen beachtlichen Fortschritt in der Auffassung des Wesens der Ehe erzielten erst Sokrates und ihm folgend Aristoteles (eth. Nic. 8,14 § 7–8 p. 1162a: wahre Lebensgemeinschaft zwischen Mann und Frau. S. A. EHRHARDT, ZRG, 1957, 359). Voraussetzungen der Eheschließung waren Ehemündigkeit und – wenigstens in klass. Zeit – → ἐπιγαμία ([2]. [4]). Wegen naher Verwandtschaft bestand ein Eheverbot. Die Ehe wurde durch einen Vertrag zwischen dem Bräutigam und dem Vater oder sonstigen Gewalthaber der Braut begründet → ἐγγύησις ([3]. [6]). Die Erfüllung dieses Vertrages war die → ἔκδοσις. Über die Ehe im griech.-äg. Recht s. [5], 101ff. E. B.

1. *W. Erdmann* Die Ehe im alten Griechenland, 1934. 2. *A. P. Christophilopoulos*, Abh. Ak. Athen 17, 1951, 1ff. 3. *H. J. Wolff*, Tijdschr. 20, 1952, 1ff. und 157ff. 4. *E. Volterra*, Studi i. m. Albertario 2, 1953, 375ff. 5. *R. Taubenschlag* The Law of Greco-Roman Egypt, 1955, 101ff. 6. *H. J. Wolff* Beitr. zur Rechtsgesch. Altgriechenlands, 1961, 155ff.

2. s. Matrimonium

Eiche. Die idg. Namen für Holz und Baum (ind. und alban. *dru*, avest. *dauru*, gr. *δένδρον*, *δρῦς*, maked. *δάρυλλος*, altnord. *tre*, got. *triu*, slav. *derevo* usw.) sind in vielen Sprachen auf Eichen (Gatt. Quercus L.), bes. sommergrüne, eingeschränkt worden, ebenso *δρῦς* (s. Sch. Aristoph. Equ. 675: *οἱ ἀρχαῖοι πᾶν δένδρον δρῦν ἐκάλουν*), neugr. *δένδρο* wie lat. *quercus*. Von den über 200 Arten der Gattung sind im Mittelmeergebiet 6–7 immergrüne und etwa 20 sommergrüne vertreten, die bis h. oft verwechselt werden, auch mit Arten ganz anderer Gattungen. So sind Namen der um die Mittelmeerküsten bes. verbreiteten Steineiche (Qu. ilex L., gr. *σμῖλαξ*, neugr. *ἀριά*, lat. *ilex*, it. *leccio*, frz. *chêne-vert*) auf die Stechpalme (Ilex aquifolium L., lat. und it. *agrifolia*) und die Stechwinde (Smilax aspera L.) übertragen worden. Von den anderen immergrünen ist die Korkeiche (Q. suber L., it. *sugera*, frz. *chêne-liège*) rein westmediterran, war daher Theophr. wohl unbekannt. Seine *φελλός*, *φελλόδρυς* und wohl auch *ἁλίφλοιος* und *εὐθύφλοιος* sind wohl die weiter verbreitete, niedrigere Q. crenata Lam. (= pseudosuber Sant.). Noch niedriger und weiter verbreitet ist die Kermeseiche Q. coccifera L. (gr. *πρῖνος*, neugr. *πιρνάρι*, *πουρνάρι*). Die dem Zeus, Iuppiter und andern Himmelsgöttern heiligen großen, sommergrünen Eichen, wie die von Dodona und Hera (Paus., Ov. u. a.) sind vor allem die großfrüchtige Q. aegilops L. (gr. *φηγός*, dor. *φαγός*, auch *ἥμερις*, neugr. *ἡμεράδι*, *ἡμέρη βαλανιδιά*, lat. *esculus*, *aesculus*, dagegen kaum *αἰγίλωψ* des Theophr. u. a., s. SENN in Vierteljahrsschr. Naturf. Ges. Zürich 1928, und sicher keine Buchen, Fagus L., gr. *ὀξύη*, auf die der Name *fagus* anscheinend erst in Italien übertragen worden ist. Zu den Götterbäumen zählen auch die ähnlich großen Stieleichen (in Europa weit verbreitet Q. robur L. = pedunculata Ehrh. und ihre mediterranen Verwandten Q. pedunculiflora Koch und Haas Kotschy, dazu wohl *ἐτυμόδρυς*, vielleicht auch *αἰγίλωψ*) und Traubeneichen (Q. petraea [Matt.] Liebl. = sessilis Ehrh. und Dalechampii Th., neugr. *ρουπάκι*) mit mehr oder weniger eßbaren Eicheln (*glandes dulces*, *βάλανοι γλυκεῖς*), wie sie auch die westmedit. var. ballota Rod. der immergrünen Q. ilex besitzt. Kleinere bittere Eicheln haben Zerreiche (Q. cerris L., vielleicht *δρῦς πλατύφυλλος* und *ἄσπρις* des Theophr., neugr. *τσέρρι*, lat. *cerrus*) und die meist niedrigeren Flaumeichen (Q. pubescens Willd. = lanuginosa Thuill., it. roverella, und Verwandte). Als Speise verdrängt wurden alle Eicheln durch die wegen Größe und Wohlgeschmacks *Διὸς βάλανοι*, *Iovis glandes* genannten Früchte der Kastanie (*castanea*, gr. *καρύα*, neugr. *καστανιά*) und Walnuß (*Iuglans*, neugr. *καρυδιά*), haben aber in Mittel- und Nordeuropa nie die Bedeutung der Hasel (*corylus*, neugr. *λεπτοκαρυά*, → Hasel) erlangt. Während die dunkeln Steineichen (bes. Q. ilex) der Hekate, den Erinyen und dem Pan geweiht waren, galten die großen sommergrünen als Sitz der Himmlischen, der Dryaden und Hamadryaden (Athen. 3,78b), ja als Ursprung der Menschen (*οὐδ᾽ ἀπὸ δρυὸς ἔσσι* usw. bei Homer, Hesiod u. a., Myrmidonensage bei Ov. met. 7,623). Altbekannt ist die Blitzgefährdung von Eichen, weshalb z. B. das Holz der *ἁλίφλοιος* bei Opfern verpönt war. Außer dem Holz, der Borke (Kork und Gerberlohe), dem Laub (zu Kränzen) und den Eicheln fanden und finden auch die auf den meisten Eichen (bes. den darnach benannten Q. coccifera L. und infectoria Oliv.) häufigen und auffälligen Gallen verschiedener Gallwespen (Cynipiden) Beachtung und Verwendung zum Gerben, Färben (Tinte) und zum Heilen von Wunden, Geschwüren, Augen- und Ohrenleiden, wie z. B. Plin. nat. 24,7–13 über *coccus ilicis*, *galla solida*, *perforata*, *alba*, *nigra*, *maior* und *minor* berichtet. H. G.

Eid (griech.). **1.** I. Bedeutung. Der griech. E. ist auf das zauberkräftige Gebet zurückzuführen, in dem der Schwörende das, was er sehr lieb hat (über Fluchobjekt und Eideshelfer s. [6],52f.), unter einer Bedingung verfluchte. Die Götter wurden durch den Zauber – nach späterer Vorstellung wegen des unter ihrem Namen begangenen Frevels – gezwungen, nach Eintritt der Bedingung mit Strafen gegen den Frevler vorzugehen (s.u. III). Da der Schwörende somit ein Interesse daran hatte, daß die Bedingung nicht eintrat, wurde der E. zur Bekräftigung des Gegenteils der Bedingung, also der Wahrheit einer Aussage oder der Einhaltung eines Versprechens ([1]. [6],44). Über die Geringschätzung des E. in Athen s. [4],124ff. Das griech. Eidesrecht lebte noch teilweise im ptolem. und röm.-äg. Provinzialrecht fort ([8]).

II. Die Eidesformel. Sie gliederte sich in Anrufung, Eidesthema, Fluch und Segensformel (*ἀρά*) sowie – gelegentlich – Wahrheitsformel ([6],21. [3]). Schwurgötter, *θεοὶ ὅρκιοι*, waren die obersten Staatsgötter, z.B. in Athen Zeus, Apollon (oder Poseidon) und Demeter. Die angerufenen Götter, deren Zahl in den einzelnen Staaten verschieden war, spielten die Rolle von Zeugen und Gewährsmännern. In letzterer Eigenschaft sollten sie dem Eidestreuen ihren Segen zukommen lassen, den Eidbrüchigen aber bestrafen. Das Eidesthema war entweder durch Gesetz formelmäßig festgelegt oder ad hoc, manchmal recht umständlich, formuliert. Es hatte – auch bei dem *ὅρκος νόμιμος* – keinen festen Platz, bald stand es vor Anrufung und Fluchformel, bald zwischen ihnen ([6],21). Über die Bildung gemeinschaftlicher Schwurformeln in Staatsverträgen s. [2],21ff.

III. Der Eidesschutz. Die Bestrafung der → *ἐπιορκία* blieb den Göttern überlassen ([6],104).

IV. Die Formen. 1. Der *ὅρκος νόμιμος* war ein von den Gesetzen vorgeschriebener E. (in den übrigen Fällen wurde ein rein privater E. im Tempel geleistet: [8],1. Teil, 2), für den die Vornahme der Eideshandlung in der Öffentlichkeit, die Verknüpfung mit einem Opfer und der Schwur bei einer Götterdreiheit charakteristisch war (Aristot. Ath.pol. 55,5. Pap. Hal. 1,214ff.). Die Anwendungsfälle legte das Gesetz fest ([8],1. Teil, 1ff.). Nichtbürgern wird er urspr. verschlossen gewesen sein. Er ist für das heimatgriech. und das alexandrin. Stadtrecht bezeugt ([6],19ff. [7],232ff.). 2. Der auf altäg. Vorstellungen beruhende Königseid verdankte seinen Ursprung dem im ptolem. Reich künstlich geschaffenen Königskult, der beide Nationen mit dem Herrscherhaus verknüpfen sollte. Er war nach Form und Inhalt griech. und wurde urspr. mündlich am Königsaltar geschworen und nachträglich beurkundet. Die Beurkundung trat aber bald so in den Vordergrund, daß die mündliche Eidesleistung ganz entfallen konnte. Regelmäßig wurde er nur den Behörden gegenüber abgelegt ([7],234ff.).

V. Die Anwendungsfälle. Der E. begegnet im griech. Mutterland in der Gestalt der att. → *διωμοσία*, des Zeugeneides ([5],28ff.), des den Richter nicht bindenden, frei zugeschobenen Parteieneides ([5],6f.) und des prozeßentscheidenden Eides auf Grund eines bedingten Endurteils ([5], 17. S. für das ptolem. Recht Kupiszewski, J. 9/10, 329ff.). Er wurde im Staatsrecht, in allen Verwaltungszweigen, im streitigen Verfahren und im Privatrechtsverkehr verwendet. E. B.

1. *E. v. Lasaulx* Der Eid bei den Griechen, 1844. 2. *E. Ziebarth* De iure iurando in iure Graeco quaest., 1892. 3. *L. Ott* Beiträge zur Kenntnis des griech. Eides, 1896. 4. *R. Hirzel* Der Eid, 1902. 5. *K. Latte* Heiliges Recht, 1920, 5–47. 6. *E. Seidl* Der Eid im ptolem. Recht, 1929. Dazu *Ders.*, Ägyptus 32, 1952, 311ff. 7. *W. Kunkel*, ZRG 51, 1931, 229ff. 8. *E. Seidl* Der Eid im röm.-äg. Provinzialrecht, 1. Teil, 1933. 2. Teil, 1935.

2. s. ius iurandum

Eidechse, *σαύρα* (Lehnwort? vgl. Boisacq Dict. ét.), *lacertus*, *lacerta* (zu *lacertus* »Oberarm«? vgl. Walde-Hof.³ 1,743). In den Mittelmeerländern mit mehreren Arten vertreten; am häufigsten die Mauer-E. (Lacertus muralis), ferner die grüne E. (lacerta viridis, auch *χλωροσαύρα*, vgl. Sch. Theocr. 2,85. 7,22); seltener die Perl-E. (L. ocellata), bes. in SW.-Europa und N.-Afrika (vielleicht bei Hdt. 4,183 gemeint). Eine Sonderart ist der Waran. Meist werden die Arten nicht unterschieden: eine Ausnahme machen die Mitteilungen über Verwendung in der Medizinalmagie (bei Plin. nat. 29 und 30 passim, s. Ind.), wo die grüne E. oft ausdrücklich genannt wird (Nachweise über die sehr vielfältigen Indikationen bei Gossen-Steier, RE XI 1960–1962). Aristoteles und Plinius bieten viele gute Einzelnachrichten über Körperbau und Lebensgewohnheiten (s. die Indices von Bonitz und Mayhoff), aber bei Aristot. fehlt noch klare Unterscheidung von den Schlangen (Heck Hauptgruppen des Tiersystems 9. Steier Aristot. und Plin. 23); auch sonst ist Plin. z.T. besser informiert (z.B. 11,249 gegen Aristot. hist. an. 498a 13). Als Feinde der E. erscheinen in Lit. und bild. Kunst die Eulen, Störche, Kraniche, Hähne, Wiesel, Spinnen, Skorpione und Schlangen. Sie selbst galt als gefährlich für Bienen (Verg. georg. 4,13. Colum. 9,7,1. Geopon. 15,2,18). Berühmt war ihre Lebenskraft bei Verlust des Schwanzes (Aristot. a.O. 508b 7. Plin. nat. 9,86. 11,264. Alex. Aphr. probl. 1 p. 62 Id.), die Anlaß zu sagenhafter Übertreibung bot (Ail. nat. an. 2,23. 5,47). Aristot. a.O. 599a 31 zählt sie zu den Winterschlaf haltenden Tieren (vgl. Timoth. v. Gaza 47 Matth.), obwohl dies in den Mittelmeerländern nur für die Mauer-E. gilt. Daher wird sie Sinnbild für den Todesschlaf mit folgender Auferstehung, bes. auf röm. Grabsteinen (vgl. Keller Ant. Tierwelt 2,272). In Griechenland ist sie teils Sonnengott-Symbol (Paus. 6,21,4. Porph. p. 178 N.), teils Hermes-Attribut (Welcker Götterlehre 2,441); auf rhod. und thas. Mz. wird sie vom Sonnengott *(Hercules Tyrius)* getötet; auf röm. Mz. republikan. Zeit ist sie der Göttin Salus zugeordnet. Ihre Erscheinung im Traum bedeutete verächtliche Gesinnung (Artemid. 4,56). In der äg. Hieroglyphenschrift ist sie Zeichen für »unendlich viele«. W. R.

Eidolon (*εἴδωλον*). Das Scheinbild, bei Homer die Schatten in der Unterwelt, dann Schatten, Spiegelbild, bei Hdt. 1,51 eine unterlebensgroße Statue aus Gold. Bei den LXX und im NT. ist E. = Götzenbild. Dieselben Bedeutungen hat lat. *idolum*. A. R.

Eidothea s. Protheus

Eidyllion s. Idyll

Εἰκών s. Plastik

Εἰκοστή (*εἰκοστή*). Bezeichnung einer Abgabe von 5% (1/20).
Die wichtigsten Abgaben sind:
1. Athen unter den Peisistratiden. Umstrittene Grundsteuer (Thuk. 6,54,5, dagegen *δεκάτη* in Aristot. Ath. pol. 16,6 und anderswo). 2. Attische *'Αρχή*. Ein- und Ausfuhrsteuer von 413 v.Chr., ersetzt als höher den Bundesgenossentribut (Thuk. 7,28,4), was Rückschlüsse auf die damalige Handelskapazität der *'Αρχή* zuläßt. 3. Att. *'Αρχή*. Von Thrasybulos für den kurzlebigen »zweiten« Att. Seebund wieder eingeführt. 4. Frühhellenist. Delos. *'Επώνιον* für Steuerpacht. 5. Hellenist. Samos. Abgabe vom Ernteertrag für den Tempel der Hera Anaitis (wohl älter). 6. Hellenist. Königreich Pergamon. Grundsteuer der Soldatensiedler. 7. Ptolemäerreich, Abgabe von Wolle, vielleicht eine Verkaufssteuer. 8. Ptolemäerreich. Grundsteuer, vielleicht bereits hauptsächlich vom Bauplatzverkauf erhoben. 9. Römerprovinz Ägypten. Grundsteuer vom Verkauf von Bauplätzen und anderem Grundbesitz. 10. Römerprovinz Ägypten. *Διχοινικία*, Grundsteuer vom Ernteertrag. 11. Römerprovinz Ägypten. Zusatzsteuer bei Gartenland. 12. Römerprovinz Ägypten. Steuer in Zusammenhang mit Tempelabgaben. 13/14. Hellenengebiete der Prinzipatszeit. Griech. für *Vicesima libertatis* und *Vicesima hereditatium*. F. M. H.

RE V 2100f. *A. M. Andreades* Gesch. d. griech. Staatswirtschaft 1, 1931, 130.316.318.332. *H. Bengtson* GG² (1960), 239. *Busolt-Swob.* GStk (1920/26), 610.615f.836/37 Anm. 4.863 Anm. 3.1228/9 mit Anm. 1354.1363f. Sylloge³ Nr. 136.976. *A. Ch. Johnson*, in *Frank* ESAR 2, 1936, 508f. 518f. 559. *B. D. Meritt* The Athen. Trib. List. (1939/53), I 575.590 (T 142). II 78 (D 24). 94 (T 34), Index s. Five Percent Tax. *Cl. Préaux* L'économie royale des Lagides (1939), 112.300. *Rostovčev*, Soc. a. Ec. Hell. W. (1941), 562.1450, Anm. 329. 19. *Tod* IGH II, 1948, S. 39.41. *Sh. L. Wallace* Taxation in Egypt from Augustus to Diocletian (1938), 75.230.231.241f.332.333.

Eileithyaspolis, h. Elkab, Stadt in Oberäg. auf ö. Nilufer, äg. *Nhb*, Hauptstadt des 3. oberäg. Gaues. Hauptgöttin war ein Geier (Nechbet), der mit der Uto von Buto zusammen Schutzgottheit des äg. Königs war. Als Schützerin der Geburt setzten sie die Griechen mit → Eileithyia gleich; von ihrem und des Thot Tempel wie von der Stadtmauer sind Reste erhalten. W. H.

Eileithyia (*Εἰλείθυια*). Kret.-min. Geburtsgöttin (*μογοστόκος* Hom. Il. 16,187. h. 3,115) mit Kult in Lato ([6],223. P. DEMARGNE, BCH 53, 1929, 382ff. 427). Die zahlreichen onomast. Varianten ([4],519,43) können auf die für Kreta bzw. die Peloponnes belegte Form *'Ελεύθυια-'Ελευθία* (SGDI 5149,13. IG V 1,1276) zurückgehen, die mit den Knossostafeln übereinstimmt: *ereu-ti-ja* KN Gg 705.1. A. EVANS Scripta Minoa 2, 1952, 705. G. PUGLIESE CARRATELLI Stud. U. E. Paoli, 1956, 605). Von W. SCHULZE (Quaest. Epicae, 1892, 260ff.) wurde sie zu griech. *ἐλεύθω* gestellt und als »die (zur Geburtshilfe) Kommende« verstanden (vgl. A. CARNOY Mél. Lévy, 1953, 52). Andere halten sie für vorgriech.-kleinasiat. (U. v. WILAMOWITZ, SPrAW 1908, 331. H. GÜNTERT Kalypso, 1919, 38,3.258. T. W. ALLEN, RPh 10, 1936, 207. [4],521); als sprachlich verwandt zogen R. VAN DER LOEFF (De ludis Eleus., 1903, 13ff.) und L. MALTEN (JDAI 28, 1913, 40ff.) die Lokalnomina Eleusis und Elysion heran. Die Nähe der E. zu der kret. Frauen- und Muttergöttin → Demeter Eleusinia ([4],520f. [6],222) läßt sich nicht verkennen (A. W. PERSSON, ARW 21, 1922, 294f.), selbst wenn man die kret. E.-Variante *'Ελευσίνα* (CIG 2554,183. H. KRAHE, IF 59, 1949, 74) als zu unsicher beiseite läßt (P. DEITERS De Cretens. titulis publ., 1904, 49). Andererseits bestehen im Zusammenhang mit der Letoidengeburt (Hom. h. 3,97ff.) Beziehungen zu der kret. → Artemis vom Amnisos (Apoll. Rh. 3,877f. Kall. h. 3,15), die auf Delos im Kreis der → Hyperboreerinnen (Hdt. 4,35) den Titel E. führte (W. SALE, HThR 54, 1961, 80ff. – E.-Hymnos des Olen: Paus. 1,18,5. 9,27,2). Schließlich weist die Sage von der Geburt der E. am Amnisos (Paus. 1,18,5) auf das enge Verhältnis zu ihrer »Mutter«, der maternalen Zeusgattin → Hera (K. KERÉNYI, Saec. 1, 1950, 241f.), das sich kult. bes. in Sizilien und Unteritalien als Identität ausgibt (M. RENARD Mél. Lévy 531ff. P. C. SESTIERI, Archaeology 7, 1954, 210ff.). Eine etr. Statuenaufschrift *atis ilithial* (Gen.) »der Mutter E.« (CIE 302. M. BUFFA, SE 7, 1933, 445ff. H. L. STOLTENBERG Etr. Gottnamen 1957, 13) erhellt die Zusammenhänge. Die E.-Figur im Heraion von Paestum (U. ZANOTTI BIANCO, JHS 56, 1936, 232, Abb. 12) demonstriert den Situs *ἐν γόνασιν* (E. SAMTER Geburt, Hochzeit und Tod, 1911, 14ff. S. SIMONYI, KZ 50, 1922, 152f.), wie er der göttlichen Mutter, zugleich der Helferin aller menschlichen Geburt, in ihren Erscheinungsformen → Rhea, → Leto, Auge, Damia und Auxesia eigen ist ([1],481f. [2],13f. [6],221. F. MARX, MDAI (A) 10, 1885, 177ff.). Auf einer theban. Amphore (P. WOLTERS, EA 1892, 213ff. Taf. 8.9) stehen der kreißenden *Πότνια Μεγάλη* ihre helfenden Hypostasen, die *μογοστόκοι Εἰλείθυιαι* zur Seite

(J. Charbonneaux, Préhist. 1, 1932, 215. [2],12. 20f.), bei Hom. Il. 11,270f. ausdrücklich Töchter der Hera geheißen. Die Stiftung von 2 E.-Bildern durch → Phaidra in Athen (Paus. a. O. [3],135) bzw. eines E.-Sanktums durch → Helena in Argos (Paus. 2,22,6) besagt das gleiche, da hinter beiden Heroinen die Dea Mater steht (S. Wide De Sacr. Troez.^{2}, 1886, 86f. M. Becker Helena, 1939, 96f.146). Tellurische Wurzeln der Mütterlichkeit werden im stalagmitischen Grottenkult der E. vom Amnisos (Hom. Od. 19,188. [3],134. Marinatos, FF 10, 1934, 341ff. Evans Earlier Rel. of Greece, 1931, 6ff.) mit myken. Honigopfern (Marinatos, Minos 4, 1956, 18. Stella, Numen 5, 1958, 29) sichtbar. Die Ambivalenz der Artemis-E. und der Demeter-E. ([2],28f.) findet darin ihre Begründung (J. Pirenne Les Civilisations Antiques, 1957, 352). W. F.

1. *P. Baur*, Ph Suppl. 8, 1899/1901, 453ff. 2. *U. Pestalozza*, SMSR 14, 1938, 12ff. 3. *S. Marinatos*, Rev. Rel. 5, 1941, 134ff. 4. *M. P. Nilsson* Minoan-Mycenean Rel., 1950^2. 5. *W. Kraus*, RACh 4,786ff. 6. *R. F. Willetts*, CQ 52, 1958, 221ff. = Cretan Cults and Festivals, 1962, 168ff.

Einhorn (*μονόκερως*, nach einem ind. Wort *καρτάζωνος* [-ον?], *monoceros*). Ein fabelhaftes ind. Tier von ungewöhnlicher Wildheit, Kraft, Schnelligkeit und Ungeselligkeit, von dem zuerst → Ktesias berichtet hat (Phot. bibl. 72 = FGrH 3 C 1,505f.). Seine Darstellung kehrt in 2 Brechungen wieder: a) bei Aristot. hist. an. 2,1,499b 18ff.; part. 3,2,663a 18ff. Antig. Caryst. mir. 66. Ail. 4, 52 (E. eine Wildeselart); b) Megasthenes bei Strab. 15,710. Ail. 16,20. Iuba bei Plin. nat. 8,76 (E. ähnlich dem Pferd, doch als Mischung vieler Tierformen geschildert). Hauptmerkmale sind für Aristot. die angeblich bes. ausgebildeten Sprunggelenke, für alle übrigen das aus der Mitte der Stirn ragende Horn (1½ bzw. 2 Ellen lang), das heilende und zerstörende Wunderkraft besitzt. An der Realität des Tieres hat man nie gezweifelt; Apollonios von Tyana will es selbst gesehen haben (Philostr. vit. Apoll. 3,2); der Ausgangspunkt der Berichte wird beim ind. → Nashorn zu suchen sein (vgl. Shepard 214ff.). – In den LXX wird *μονόκερως* oft für *re'em* (»Wildochse«) eingesetzt (Num. 23,22. 24,8. Dtn. 33,17. Job 39,9. Ps. 21,22 al.); die Vetus Latina bietet entsprechend *unicornis*, die Aquila-Übersetzung dagegen *ῥινόκερως*; in der Vulgata erscheinen beide Versionen ohne Unterschied. Die Kirchenschriftsteller, bei denen Kenntnis der ant. Berichte nicht nachweisbar ist, deuten das Tier allegor. teils in gutem Sinn (Christus, Christen, Apostel), teils in bösem (Teufel, Juden, Herren der Welt). Erst seitdem begegnet es auch in der Kunst (zuerst wohl 5. Jh.), bes. häufig in der ma. Buchmalerei. Eine halb ant., halb chr. Darstellung gibt der Physiologus (vgl. Perry, RE XX 1087). W. R.

Schrader Die Vorstellung vom *μονόκερως* und ihr Ursprung, SDAW 31, 892, 573ff. *Keller* Ant. Tierwelt 1,415. *Shepard* The lore of the Unicorn, Boston 1930. *Brandenburg* Art. RACh 4, 1959, 840ff.

Einsiedler Gedichte. Aus der Einsiedler Hs. 266 veröffentlichte H. Hagen 1869 2 (unvollständige?) anon. bukol. Gedichte, die einen mit Iuppiter und Apollo gleichgesetzten Herrscher und, nach Verg. ecl. 4, die Wiederkehr des goldenen Zeitalters feiern. R. Peiper datierte die E. G. in neron. Zeit; die *curae* 2,1.11 schienen speziell auf die späteren J. Neros zu weisen. Doch vertragen sich neuere Deutungen der *curae*-Stellen ([4]. [8]) auch mit dem Ansatz in die Anfänge der neron. Herrschaft, zumal 2,2 kaum auf polit. Opposition gegen Nero anspielt ([4],70ff. [5]. [8],364). In der Vf.-Frage ([2], [3] und Verdière [ed.] dachten an Lucan, andere, wie [6], an C. Calpurn. Piso) ist Einigung noch nicht erzielt, vgl. [4],94ff. G. Schm.

Ausg.: u.a. Anth. Lat. ed. *Riese* 2 Nr. 725f. Ausg. von *Giarratano, Verdière* → Bukolik.

1. *F. Bücheler*, RhM 26, 1871, 235ff. = Kl. Schr. 2,1ff. 2. *St. Lösch* Die E. G., Diss. Tüb. 1909. 3. *L. Herrmann* in: Mél. P. Thomas, 1930, 432ff. 4. *W. Schmid*, BJ 153, 1953, 63ff. 5. *Ders.* in: Studi Funaioli, 1954, 418ff. 6. *E. Bickel*, RhM 97, 1954, 193ff. 7. *W. Theiler*, SIFC 27/28, 1956, 565ff. 8. *H. Fuchs*, HSPh 63, 1958, 363ff.

Eion (*Ἠϊὼν ἡ ἐπὶ Στρυμόνι*). **1.** Stadt an der thrak. Küste am l. Ufer des Strymon, 25 Stadien von Amphipolis, als dessen Hafen sie diente. E. wurde schon unter Dareios I. als pers. Stützpunkt angelegt. Unter Xerxes wurde bei E. ein großes Proviantmagazin errichtet. Oberhalb der Stadt wurden Brücken geschlagen, über die das pers. Heer 480 nach Makedonien zog. Die Perser konnten noch einige J. nach ihrer Niederlage E. halten, erst 476 fiel es in die Hände der Athener, die dort eine Kolonie errichteten. Von nun an diente E. als Ausgangspunkt der athen. Unternehmungen in Thrakien. Seine Bedeutung wuchs bes. nach der Gründung von Amphipolis 437. Im Pelop. Kriege spielte es eine außerordentlich wichtige Rolle (Thuk. 4,102,4. Hdt. 7,25,113. 7,107. 8,118.120. Thuk. 1,98. 4,50,1. 4,106ff. 5,6,1. 10,3–10). Im 4. Jh. v. Chr. wurde E. von den Athenern zerstört. Theop. (FGrH. 2,51).

P. Collart Philippes, ville de Macédoine, 63,2,73ff. 74,1. *F. Papazoglu* Makedon. gradowi u rim. doga (serb.). 284ff.

2. E. (*Ἠϊὼν ἐπὶ Θρᾴκης*). Kolonie der Stadt Mende in der Chalkidike mit nicht genau bekannter Lage. Von den Athenern unter Simonides im J. 425 v. Chr. besetzt, kurz darauf durch die Chalkidier und Bottiaier wieder befreit (Thuk. 4,7). Man sucht E. an der bisaltischen Küste zwischen Strymon und Bolbe. Chr. D.

Papazoglu Mak. gradowi u rimsko doba (serb.), 29.31.38 und bes. 285,10.

Eioneus s. Dia 2.

Eira s. Hira

Eiraphiotes s. Dionysos

Eirenaios (*Εἰρηναῖος*). **1.** E. lat. Minucius Pacatus. Alexandrin. Grammatiker (Suda s. *Εἰ.* und *Πάκατος*) des 1. Jh. n. Chr. Die Lebenszeit ergibt sich daraus, daß E. Schüler des Metrikers → Heliodoros war und von → Erotianos und → Soranos zitiert wird. Auf Beziehungen nach Rom weist außer der lat. Namensform frg. 7 (Prosodie von *Καπετώλιον*, Steph. Byz. s. v.). Ob er der von Sen. contr. 10 praef. 10 f. genannte Rhetor Pacatus ist, bleibt unsicher. E. schrieb Komm. zu Herodot, Eur. Medea und Apoll. Rhod. Vor allem aber beschäftigte er sich, Vorläufer der Attizisten des 2. Jh. (vgl. seinen gelegentlich angeführten Beinamen ὁ Ἀττικιστής), mit Fragen der Prosodie und Wortbedeutung. In lexikogr. Anlage (*κατὰ στοιχεῖον*) behandelte er den Dialekt von Alexandreia (7 B.), den er aus dem att. herleitete; 3 B. waren der *Ἀττικὴ συνήθεια* gewidmet. In den *Κανόνες Ἑλληνισμοῦ* und der Schrift *περὶ Ἀττικισμοῦ* (je 1 B.) stellte E. als Grundsätze für die literar. Verwendbarkeit eines Wortes seine Bezeugung bei klass. Autoren und die korrekte Bildung im Sinne der Analogie auf. Die Werke sind bis auf wenige Frg. verloren, obwohl E. eine Zeitlang Autorität war (vgl. Suda Prooem.). H. Gä.

Frg.: *Mor. Haupt* Opusc. 2, Lpz. 1876, 434 ff., ergänzend dazu *R. Reitzenstein* Gesch. der griech. Etymologica, Lpz. 1897, 382 ff.

2. E. (Irenaeus), Bischof von Lugdunum seit 177/78. E. stammte aus Kleinasien, wo er in früher Jugend noch den Märtyrerbischof und Apostelschüler Polykarpos gehört hatte. Während der Christenverfolgung in Lyon (177) befand er sich als abgesandter Presbyter der Lyoner Gemeinde in Rom. Die meisten Nachrichten über ihn gibt Eus. im 5. B. der KG.; Frg. seiner Schriften im griech. Urtext werden auch zit. von Hippolytos, Epiphanios von Salamis und in Katenen. In Übers. erhalten sind 2 Hauptwerke: 1. *Ἔλεγχος καὶ ἀνατροπὴ τῆς ψευδωνύμου γνώσεως*, teilweise armen. und syr., ganz lateinisch [1], sprachlich ein Zeugnis des frühchr. Übers.-Lateins vor Hier. [2], hist. neben Tert. die wichtigste Quelle des 2. Jh. für die Gesch. (B. 1) und Widerlegung (B. 2–5) der gnost. Häresien. 2. *Ἐπίδειξις τοῦ ἀποστολικοῦ κηρύγματος*, armenisch [3].

1. Ta.: *Adolf Stieren*, 1848–1853. *W. W. Harvey*, 1857. B. 3, *Franç. Sagnard*, 1952. Neue griech. Frg., *Richard-Hemmerdinger* ZNW 53, 1962, 252–255. 2. *Sven Lundström* Stud. zur lat. Irenaeusübers., Diss. Lund 1943. *Ders.* Neue Stud. z. l. I., LUÅ Avd. 1,44,8, 1948. *Bruno Reynders* Lexique Comparé du texte grec et des versions lat., arménienne et syr. ..., 2 Bde., 1954. 3. Ta.: *K. Ter-Mekerttschian-E. Ter-Minassiantz* TU 31,1, 1907. Französ. Übers. mit Anm., *L. Froidevaux*, 1959. *B. Reynders* Vocabulaire de la Démonstration et des frg., 1958. 4. *André Benoit* S.-Irénée, introduction à l'étude de sa théologie, 1960. *Altaner* 118–125. *Quasten* 1,287–313.

3. E., Comes am Hofe Theodosios II., seit 443 Bischof von Tyros. E. begleitete 430 als persönlicher Freund den → Nestorios zum Konzil von Ephesos. Mit ihm wurde er 436 nach Petra verbannt, aber um 443 wieder in die Kirche aufgenommen und, obwohl er als Laie zum 2. Mal verheiratet war, zum Bischof von Tyros geweiht. 449 setzte ihn ein kaiserliches Dekret als irregulär ab. Unter dem Titel Tragoedia gab er jetzt zur Rechtfertigung des Nestorianismus eine Aktenslg. heraus. Große Teile davon wurden durch Rusticus ins Lat. übersetzt; griech. Stücke finden sich in der sog. Collectio Atheniensis. O. H.

Ed. Schwartz Acta conciliorum oecumenicorum 1,1,7 (griech.) und 1,4 (lat.). Vgl. 1,4,X–XV; 1,1,7,VII. *K. Junack*, RGG³ 3,892.

Eirene (*Εἰρήνη*). **1.** Tochter des Königs Ptolemaios I. und der athen. Hetäre Thais, vermählt um 307 mit König Eunostos von Soloi auf Kypros. Athen. 13,576 E. Beloch, GG² 4,2,181.332. **2.** Hetäre des Ptolemaios, eines Sohnes des Ptolemaios II., wurde um 259 nach dem Aufstand des Sohnes in Ephesos von thrak. Söldnern erschlagen. Athen. 13,593 B. **3.** Konkubine des Ptolemaios VIII. Euergetes II., den E. bei dem Regierungsantritt 145 veranlaßte, Kyrenaier zu töten. Diod. 33,13. Als Ptolemaios die Juden, die seine Mutter Kleopatra II. gegen ihn unterstützt hatten, durch trunkene Elephanten vernichten wollte, soll E. ihn davon abgebracht und sollen die Juden den Jahrestag ihrer Rettung gefeiert haben. Ios. c. Ap. 2, 53 ff. Zu dem legendären Charakter des Berichtes vgl. H. Bengtson Hist. 4, 1955, 154. Corpus Papyrorum Judaicarum 1, 1957, 21 f. H. Volkmann, RE XXIII 1726. Dem Sohn der E., Ptolemaios Apion, vermachte Ptolemaios VIII. 116 testamentarisch die Kyrenaika. Iust. 39,5,2. H. V.

4. E. bezeichnet den vergöttlichten »Frieden« (IG III 170. Orph. h. 15,10); das Wort wohl vorgriech. (A. Debrunner RLV 4,526. Frisk 467), nach H. Lamer, IF 48, 1930, 230, auch die Gestalt (?). Zum Begriff J. L. Myres, CR 61, 1947, 81. E. begegnet a) als eine der → Horen, Tochter des Zeus und der → Themis, Schwester der → Dike und → Eunomia, Hes. theog. 901 f. Pind. O. 13,6 ff. A. T. Ehrhardt Polit. Metaphysik von Solon bis Augustin 1, 1959, 90 f. 151. b) einzeln als weiblicher Genius des Friedens, dessen Segnungen die Dichter preisen, Bakchyl. frg. 4. Eur. Suppl. 448 ff. Men. frg. 556. Sie heißt *φιλάνθρωπος* (Philem. frg. 71 K.), *βαθύπλουτος* und *καλλίστη* (Eur. frg. 453 N.; Or. 1682 f. Aristoph. frg. 109 K.), *ὀλβοδότειρα* oder *πλουτοδότειρα* (Eur. Bacch. 419 f. Lyr. frg. ad. 89 Bgk.). Im »Frieden« des Aristophanes (421 v. Chr.) wird sie aus einer dunklen Höhle befreit, in die Polemos sie verbannt hatte (221 ff. 292 ff.). Apostrophen wie *δέσποινα* (705) oder *σεμνοτάτη βασίλεια θεά* (974) verbürgen, trotz der Opferparodie (973 ff.), noch nicht einen offiziellen Kult zu dieser Zeit (Wilam. GldH 2,177. [2],37,2), wohl aber die Macht der E. als eines polit. Ideals, das in der imperialistischen Phase der griech. Polis mit ihrer staats- und handelsrechtlichen Problematik nach vertraglich gesicherter Verwirklichung drängte (vgl. [1],7. J. Hasebroek Trade and Politics in Ancient Greece, 1933, 118. Ehrhardt 158). Von daher erklärt sich die sakr. Würdigung der E. nach dem Friedensschluß von 371 v. Chr. (Isokr. 15, 109f. Nep. Timoth. 2), auf die man auch die von Kephisodot geschaffene Statue der Göttin mit dem Plutoskind zu beziehen hat (Paus. 1,8,2. 9,16,2. [2], 38), und die Errichtung des E.-Altars nach Kimons Sieg am Eurymedon 465 v. Chr. (Plut. Kim. 13). W. F.

1. *B. Keil* E., 1916. 2. *M. P. Nilsson*, Eranos 50, 1952, 31 ff. 3. *I. Rodriguez*, Helmantica 3, 1952, 17ff.

Eiresione (*Εἰρεσιώνη*. Zur Semantik und Etymol. P. Chantraine Formation des noms 208. M. Grošelj, Živa Ant. 1, 1951, 122f. [4],85f.). Ein mit bunten Wollfäden umwundener Oliven- oder Lorbeerzweig (dah. zu *εἶρος* »Wolle« W. Meid, IF 62, 1956, 277), mit Früchten, Kuchen, wein-, öl- und honiggefüllten Näpfen behangen (Sch. Aristoph. Plut. 1054. Etym. m. 303,17 ff. Usener Götternamen 284f. K. I. Merentitis, Platon 4, 1952, 199 ff.), der an den athen. → Pyanepsien und → Thargelien, von Knaben getragen, in einer Prozession von Haus zu Haus wanderte, Sch. Aristoph. Equ. 729. Paus. Rhet. b. Eust. in Il. 1283,7 ff. W. R. Halliday Folklore Studies, 1924, 125 ff. Dazu erklang ein ebenfalls E. geheißenes Lied, das auf die erwähnten Applikationen Bezug nahm, Plut. Thes. 22 (Athen). Ps. Hdt. v. Hom. 33 (Samos). Der Umzug galt dem → Apollon, Harpokr. p. 162,1 ff. Eust. a. O. Suda s. *διακόνιον* (→ Daphnephoria. [2], 101f.); zu Sch. Equ. 729 (Helios und Horen) [1], 217f. Man rechnet die E. zu den Ernteriten ([1], 215.256. C. Boetticher Baumkultus der Hellenen, 1856, 393 ff.); entsprechender Deutungsversuch des Wortes: als »Kornmuhme« zu *εἴρειν* »(Garben) binden« ([4],86f.). W. F.

1. *W. Mannhardt* Ant. Wald- und Feldkulte, 1877, 214ff. 2. *A. Dieterich*, ARW (Beih.) 8, 1905, 99ff. 3. *W. Klinger*, Eos 29, 1926, 157ff. 4. *J. K. Schoenberger*, Gl 29, 1942, 85ff. 5. *J. Pley*, RVV 11,2, 1911, 58ff. (Belege).

Εἰσαγωγεύς. I. Attika. 1. Jedes Amt, dem die Gerichtsvorstandschaft zustand, hatte die bei ihm anhängig gemachten Prozesse in den Gerichtshof einzuführen (*εἰσάγειν*) und wurde nach dieser Tätigkeit *ἐ.* genannt ([1],55). 2. Im engeren technischen Sinn ein Beamtenkollegium, dem die Gerichtsvorstandschaft in gewisser schleunigen Rechtssachen zustand ([1],84). II. Ägypten. In ptolemäischer Zeit ein vom König ernannter ständiger Beamter griech. Nationalität, der bei den Gerichten des Landes und der Hauptstadt Alexandreia als Geschäftsführer fungierte. Bei den Chrematisten diente der Name dieses Beamten zur Identifizierung der einzelnen Kammern ([2],29,28. 68). E. B.

1. *J. H. Lipsius* Das att. Recht und Rechtsverf., 1915. 2. *H. J. Wolff* Das Justizwesen der Ptolemäer, 1962.

Εἰσαγγελία. Im att., aber auch außeratt. ([1],178,5) Recht seit Solon (Aristot. Ath. pol. 8,4. [2],848) im technischen Sinn eine Art öffentlicher Klagen in Strafsachen, und zwar sowohl die Klageschrift selbst (Lykurg. 34,137) als auch das durch sie eingeleitete Verfahren. Die Klagen wurden schriftlich eingereicht und meist ausführlich begründet ([3],207). Das Verfahren hat im Laufe der Zeit eine Reihe von Wandlungen durchgemacht ([1],294). Urspr. war es wohl gegen noch nicht dagewesene und in den Gesetzen nicht vorgesehene Straftaten gerichtet (lex. Cantabr. S. 667,12. [1], 185), später wurden die Straftaten in einzelnen Gesetzen abgegrenzt und um die Mitte des 4. Jh. durch einen *νόμος εἰσαγγελτικός* zusammengefaßt und einem einheitlichen Verfahren unterstellt ([2],1007f. [3],192). Anfangs wird nur der Areiospagos als Aufsichtsbehörde über die Ausführung der Gesetze zuständig gewesen sein ([3], 178), später bestanden mehrere Zuständigkeiten, von denen uns durch die Quellen folgende überliefert sind: die Volksversammlung wegen schwerer Schädigung des Gemeinwohls ([2],1007. [3], 192), der Rat der Fünfhundert wegen Amtspflichtverletzungen ([3],196f.), der Archon wegen Überschreitung der elterlichen oder vormundschaftlichen oder (bei Erbtöchtern) ehemännlichen Gewalt ([3].351f.) und die Gesamtheit der Diaitetai wegen Pflichtverletzung eines Schiedsrichters ([1], 238. [2],1113). E. B.

1. *Bonner-Smith* The administration of justice from Homer to Aristotle, 1930/38. 2. *Busolt* GStl. 3. *J. H. Lipsius* Das att. Recht und Rechtsverf., 1905–1915.

Eisen (*σίδηρος, ferrum*). In der Antike kein Guß-, sondern Schmiedemetall. Die Gewinnung und Verarbeitung von E. setzte größere Kenntnisse und höhere Produktivität als von Kupfer und Bronze voraus, weshalb E. im gesamten Altertum selten und kostbar blieb. Aus diesem Grunde ging auch überall die Verwendung der Bronze der des E. voraus (Hes. erg. 150. Ov. fast. 4,405. Lucr. 5,1265. Aug. civ. 7,24). Beim Übergang zur E.-Zeit Ende des 2. Jt. v. Chr. waren beide Metalle im Gebrauch, z. B. Erwähnung der Bronze (Hom. Il. 270×, Od. 80×), des E. (Hom. Il. 23×, Od. 29×); das Verhältnis änderte sich von 12:1 auf 3:1, was die wachsende Bedeutung des E. erkennen läßt.

Erzlager waren sehr zahlreich (Griechenland: Balkan, Kleinasien; Rom: Etrurien, Sardinien, n. und w. Provinzen, Plin. nat. 34,41). Nach Funden von Villanova bei Bologna beginnt die italische E.-Zeit um 1000 v. Chr. Ausgiebige Lager von Elba beeinflußten die E.-Förderung der Etrusker, später der Römer (Strab. 5.223. Plin. nat. 3,12,2. 34, 41,1. Serv. Aen. 10,174), Verarbeitung vor allem in Populonia und Arretium (Diod. 5,13); letzteres lieferte noch 205 v. Chr. Waffen und Geräte aus E. (Liv. 28,45,13–21). Zentren der E.-Verarbeitung waren Comum (Plin. nat. 34,41,3), Minturnae, Cales, Venafrum, Nola (Cato agr. 135) und Rom (Cic. Sull. 18).

Χαλκεύς und *faber aerarius* bedeuteten Bronzeverarbeiter. Obwohl Schmiedeofen und Blasebalg für E.-Verarbeitung frühzeitig Verwendung fanden (Theophr. h. plant. 5,9,3. Verg. Aen. 7,636.

8,421. Plin. nat. 34,41,2. Colum. 12,5,2), kamen die Begriffe *σιδηρεύς* und *faber ferrarius* erst später auf (Xen. Ag. 1,26. Thuk. 4,25. 7,62. Poll. 7,105. Plaut. Rud. 531. Cato agr. 7,2. Verg. Aen. 8,418. CIL VI 1892. 9400. XII 1384. XIII 2006. 5475).

Die Technologie des E. mag am Anfang recht primitiv und die Produktion wenig ergiebig gewesen sein. Ende des 6. Jh. v. Chr. wurde E. nur zur Herstellung von Ackergeräten verwendet (Plin. nat. 34,39,2), Fingerringe als Brautgeschenke verwendet (Plin. nat. 33,4,5). Fortschritte in der E.-Technik sind erkennbar im Metallschweißen (Cass. Dio 38,49,4), in der Rostbekämpfung (Plin. nat. 34,43,2. 35,51,5), im Härten des E. zum Stahl (Plaut. Truc. 492. Poll. 10,186), in der Anwendung seiner magnetischen Eigenschaften (Plin. nat. 34, 42) und in der Herstellung von Medikamenten aus E. (Plin. nat. 34,44–45).

Durch einen Senatsbeschluß (wahrscheinlich 2. Jh. v. Chr.: Plin. nat. 33,21,11) wurde in Italien die E.-Förderung, wohl aus Gründen schwindender Rentabilität, eingedämmt, zumal Spanien, reich an E. (Plin. nat. 4,34,4), röm. Provinz geworden war. In der Kaiserzeit wurden die Alpen- und die w. Provinzen (Noricum, Gallien, Britannien u. a.: Plin. nat. 34,41) Hauptlieferanten für E. im Imperium. G. Sch.

F. Behn Kultur der Urzeit, Bln 1950, bes. 3. Bd.

Εἰσφορά, die außerordentliche direkte Vermögenssteuer, die in Athen bei finanzieller Notlage, vorwiegend in Kriegszeiten, erhoben wurde. Im Prinzip älter (Erwähnung der → Adeia für den Antragsteller im Kallias-Dekret, Tod IGH I^2 51 B, 17), ist sie erstmalig für 428/27 bezeugt (Thuk. 3,19,1: 200 Talente). Das System ihrer Erhebung beruhte einerseits auf der progressiven Belastung der 3 höchsten Zensusklassen im Rahmen der → Symmoriai (Poll. 8,129 f.: 1, ½, $^1/_6$ Talent), andererseits auf der Fixierung einer von den → Metoikoi zu leistenden Quote ($^1/_6$) der Gesamtsumme der E. (Demosth. 22,61; IG II^2 244,20). Gelegentlich kam es zu einer Häufung von Eisphorai innerhalb weniger J. (Lys. 19,29). Unter dem Archontat des → Nausinikos 378/77 wurde die E., abgesehen vom Sechstel der Metoikoi, auf eine neue Basis gestellt: Eine Vermögensschatzung (*τίμημα*) ergab 5750 Talente (Pol. 2,67,7), die, auf 6000 aufgerundet (Demosth. 14,19), gleichmäßig auf neuformierte Symmoriai verteilt wurden. Innerhalb einer Symmoria galt für die Zahlung der E. der Grundsatz der Proportionalität, d. h. jeder zahlte von seinem Vermögen den jeweils vom att. Gesamtvermögen des J. 378/77 festgesetzten Bruchteil, z. B. $^1/_{100}$ (Demosth. 3,4). Bald nach dieser Reform erfolgte die Einführung der → Proeisphora: Die 300 reichsten Bürger (und Metoikoi, IG II^2 835,7) zahlten im voraus den Gesamtbetrag der E. und trieben die Einzelbeträge von den übrigen Steuerzahlern ein. Zwischen 347/46 und 323/322 wurde jährlich eine E. erhoben (IG II^2 505). Andere griech. Staaten kannten ebenfalls die Auferlegung einer E. H. B.

A. Andreades Gesch. der griech. Staatswirtsch. 1, 1931, 348–371. *G. E. M. de Ste. Croix* Classica et Mediaevalia 14, 1953, 30–70. *R. Thomsen* Eisphora, 1964.

Εἴσπραξις. Darunter wurde in Griechenland und im griech.-röm. Äg. die Vollstreckung von Ansprüchen der öffentlichen Verwaltung verstanden (Isokr. 12,63. Demosth. 14,22. IG II^2 1273,24 und die Belege im Pap.-WB. s. v. 2). E. B.

Eisvogel (*alcedo hispida, ἀλκυών, ἀλκυονίς*, das [alte] Männchen *κηρύλος* [Antig. mir. 27] Sch. Theocr. 7,57], *alcedo* [Varro l. L. 7,88], *halcyo*). Zuerst in Il. 9,563 im Zusammenhang mit der → Alkyone-Sage erwähnt. Fast alles, was die Alten über diesen am Wasser von Fischen lebenden, selten sichtbaren (vgl. Stesich. frg. 12 B.), angeblich in 14 Tagen vor und nach der Wintersonnenwende nistenden, legenden und brütenden (dazu Keller Ant. Tierwelt 2,58), teils singenden, teils nicht singenden, auffallend bunten Vogel wußten, gibt Aristot. hist. an. 5,9,542 b 4 ff. und 9,14,616 a 14 ff.; beide Stellen kombiniert Plin. nat. 10,89–91. Man bewunderte sein kunstvoll gebautes, sehr hartes Nest (nach ihm hieß eine Schwammkoralle *ἀλκυόνιον*, vgl. Wellmann, H. 26, 1891, 515) und die monogamische Treue des Weibchens, das das Männchen im Alter hegen und auf der Schulter tragen soll (Alkman frg. 26 B. Aristoph. av. 302. Plut. soll. an. 35. Ail. 7,17.) In chr. Zeit wird der E. zum Mariensymbol. Darstellungen in der Kunst fehlen. W. R.

Ekbatana (*Ἐκβάτανα*). **1.** Metropole Mediens, wohl urspr. *Ἀγβάτανα* (h. Hamadan), h. zu Iran (Persien) gehörig mit 120000 E. In günstiger Lage auf fruchtbarer Hochebene (fast 2000 m) war E. schon in vormed. Zeit von Bedeutung. Von Ktesias bei Diod. 2,13,5 wird die Königin Semiramis (um 800 v. Chr.) mit E. in Verbindung gebracht, das also assyr. Hoheit unterstand. Quellenmäßig erscheint E. im 5. Jh. v. Chr. im AT. (Esra 6,2) als *Ahmetha* und wird sonst von Hdt. 1,96–98. 110. 3,92 u. ö. zuerst beschrieben, auch von Strab. mehrfach erwähnt (524 f. u. ö.). Nach Hdt. galt ein Deiokes als Gründer. E. war die stark befestigte Hauptstadt Mediens (Curt. 5,8,1. Plin. nat. 6,42. 133. Strab. 11,522. Ptol. 1,12,5 N. 6,2,14. 8,21,9 N.). Nach der Einnahme durch Kyros (550 v. Chr.) wird die Stadt pers. und spielt zunächst nur eine passive Rolle, wird aber später wegen ihres günstigen Klimas Residenz der Großkönige (Strab. 11, 524). Xenophon nennt sie zweimal (an. 3,5,15; Kyr. 8,6,22). Von Alexander d. Gr. wird E. 330 v. Chr. besetzt und von den Alexanderhistorikern öfter erwähnt (Arr. 3,19,2. 4,7,3. Curt. 4,5,8. 5,13, 1. 7,10,10; s. auch Strab. 15,724. 731. 16,742 f.); gewaltige Schätze ließ Alexander damals aus ganz Persien in E. zusammentragen. Ein anderer Name für E., *Ἐπιφάνεια* (s. Steph. Byz. s. *Ἀγβάτανα*) sowie in Verbindung mit E. die Nennung Seleukos'

I. (Plin. nat. 6,43) weisen auf den Einfluß des Hellenismus; Medien mit E. wurde Teil des Seleukidenreichs und später den Reichen der Arsakiden und Sassaniden einverleibt. Trotz polit. Abhängigkeit behauptete E. seinen Platz auch in der nachchr. Zeit als ansehnliche Stadt (Ptol. s. o.), nach den röm. Itin. auch bedeutend als Kreuzungspunkt wichtiger Straßen (K. Miller Itin. Rom. S. 782–783 mit Skizze Nr. 254, S. 786). Vgl. RE V 2155ff. mit Lit. **2.** Von Nr. 1 verschiedener Ort Syriens (Hdt. 3,64. Steph. Byz. s. Ἀγβάτανα. Plin. nat. 5,75). Das E., in dem Kambyses an den Folgen eines Unfalls starb (Hdt. a. O.), kann nur das syr. E. gewesen sein, und zwar entweder ein Ort auf dem Berge Karmel an der phoinik. Grenze oder, wahrscheinlicher, das h. Hama am l. Ufer des Orontes (s. Stein Comm. zu Hdt. 3,64). **3.** Nur von Plin. nat. 6,116 erwähntes *oppidum (Magorum)* der Landschaft Persis, dessen Lage nicht zu ermitteln ist. H. T.

Ekdemos (Ἔκδημος), von Megalopolis, Akademiker des 3./2. Jh. v. Chr., Schüler des → Arkesilaos. E. war philosoph. Lehrer des → Philopoimen, wirkte an einer Verschwörung mit, um den Tyrannen Aristodemos von Megalopolis zu beseitigen und ebenso, als Arat von Sikyon den dortigen Tyrannen vertrieb; E. war also, obwohl Philosoph, tief in die polit. Händel jener Zeit verstrickt. Nachmals wurde E. nach Kyrene berufen, wo er der Stadt eine Verfassung gab und damit die inneren Wirren von Kyrene beendete. Zeugnisse zum Lebensgang des E.: Pol. 10,29. Plut. Philop. 1. Arat. 5.7. Paus. 8,49,1. H. D.

Ekdikios, studierte um 338 zusammen mit Libanios in Athen (Lib. epist. 147. 267); vor 361 war er Consularis Galatiae (Lib. epist. 308), 362/363 praefectus Aegypti (Cod. Theod. 15,1,8.9. Iulian. epist. 107ff. Bidez). Die Söhne studierten bei Libanios in Antiochia (Lib. epist. 745. 1359. 1502).
C. Vandersleyen Chronol. des préfets d'Egypte, 1962. A.L.

Ἔκδικος. **1.** »Rächer«, ein archaischer griech. Schiedsrichter, der mit seinem Bescheid den Selbsthilfeakt autorisierte ([1]). **2.** In hellenist. Zeit Staatsanwalt, *defensor civitatis* (vgl. z. B. IG IX 61 Z. 63f. [2]). **3.** Im röm. Äg. Prozeßbevollmächtigter einer Partei ([2]. [4]). **4.** In byzantin. Zeit Beamter in Äg. ([3]). E. B.
1. *R. Düll*, ZRG 55, 1935, 30ff. 2. *F. Preisigke* Fachwörter des öffentlichen Verwaltungsdienstes, 1915, 70. 3. *Ders.* Papyruswörterbuch Abschn. 8 s. v. 4. *R. Taubenschlag* The Law of Greco-Roman Egypt, 1955, 176 und 501.

Ἔκδοσις. In Griechenland die Erfüllung der → ἐγγύησις, die diesem Vertrag erst volle Gültigkeit verschaffte ([2],170; unrichtig: [1],250). Der Gewalthaber der Braut übergab diese dem Bräutigam. Über die ἔ. in den Pap. s. [3]. E. B.
1. *W. Erdmann* Die Ehe im alten Griechenland, 1934. 2. *H. J Wolff* Beitr. zur Rechtsgesch. Altgriechenlands, 1961. 3. *R. Taubenschlag* The Law of Greco-Roman Egypt., 1955, 117ff.

Ἐκεχειρία. Ist term. techn. 1. für den »Waffenstillstand« (H. Bengtson Staatsvertr. des Altert. 2, 1962, 179.185.196), 2. für die »Gerichtsruhe« (L. Robert Étud. anatol., 1937, 177–179), 3. für den »Gottesfrieden«, wie ihn Iphitos von Elis und Lykurgos von Sparta für die Spiele in Olympia vereinbarten (Plut. Lyk. 1,2. Paus. 5,20,1) und auch die anderen großen Festorte für sich in Anspruch nahmen. H. B.

Ekklesia (ἐκκλησία). In den griech. Poleis Volksversammlung mit Exekutivgewalt, oberstes Organ der Volkssouveränität, auch ἁλία, ἁλιαία, ἀπέλλα, ἀγορά genannt, hatte in den einzelnen Staaten hist. bedingte unterschiedliche altersmäßige Zusammensetzung und verschiedene Kompetenzen und Rechte.

Die E. war ursprüngl. Versammlung aller wehrfähigen Männer des Stammes, in hom. Zeit schon in sozialer Abhängigkeit von König und Eupatriden (Hom. Od. 3,125), gewann als wichtigste staatliche Institution an Bedeutung in Sparta seit Lykurg, in Athen seit Solon. Ihr größtes politisches Gewicht erlangte sie im 5. Jh. v. Chr. In hellenist. Zeit blieb die E. formal bestehen, ihre Bedeutung sank, da ihr die Entscheidung wichtiger außen- und innenpolitischer Fragen genommen wurde.

Versammlungsplatz der E. in Athen war anfangs der Markt, später die Pnyx, zuletzt das Dionysos-Theater (Syll.^{3} 227.466); Theater der Städte häufig als Ort der E. erwähnt, u. a. Milet (Syll.^{3} 683), Rhodos (Cic. rep. 3,48), Syrakus (Iust. 22,2,9). In Sparta Platz zwischen Babyka und Knakion (Plut. Lyk. 6), später das Skias-Gebäude (Paus. 3,12,8). Eigens für die E. errichtete Anlagen sind selten, ein E. sterion für Tralles (Vitr. 7,5,5) und Olbia (Syll.^{3} 218) belegt.

Ordentliche τεταγμέναι ἐ. (Syll.^{3} 319. 485) fast regelmäßig zur gesetzlich vorgeschriebenen Zeit, außerordentliche σύγκλητοι ε. (Syll.^{3} 651) nur in dringenden Situationen einberufen. In Athen fanden in einer Prytanie gewöhnlich 3–4 E., d. h. im Jahr 30–40, statt (Aristot. Ath. pol. 44), anderswo bisweilen nur 1 in jeder Prytanie, so in Delphoi (Syll.^{3} 241.672), in Rhodos (IG XII 1,3) u. a. Die E. war meist nicht an bestimmte Tage gebunden; Ausnahmen: in Iasos jeweils am 6., in Demetrias am 10. Monatstag, in Athen die 1. E. eines J. am 11. Hekatombaion.

Recht der Einberufung und Vorsitz der E. hatte der ἐπιστάτης der Prytanen, im Kriege der στρατηγός, seit 4. Jh. allgemein das Kollegium der 9 πρόεδροι (Harpokr. 8,96), die sich an die festgelegten Termine und Tagesordnung der E. halten, deren Nichtbeachtung Strafen nach sich zog, z. B. 1000 Drachmen Geldstrafe (Demosth. 24,8). Recht der Teilnahme an der E. hatte grundsätzlich jeder freie Bürger der Polis, der nach Kontrolle durch 6 Lexiarchen (Poll. 8,104) am Eingang ein Täfelchen erhielt, gegen dessen Abgabe er am Ende den Sold, das E. stikon, empfing (Aristot. pol. 8.5. Cic.

rep. 3,48): anfangs 1, später 3 Obolen Tagegeld, das Zuspätkommende verloren (Aristoph. Eccl. 292.300,380. Aristot. Ath. pol. 41). Die Einführung des Tagegeldes erfolgte, um das demokratische Element der E. zu stärken (Aristot. pol. 6,5). Der Beginn der E. lag am frühen Morgen (Aristoph. Ach. 20; Thesm. 376; Eccl. 85.291. Xen. hell. 1,7,7), am Nachmittag schon in früher Zeit selten (Hom. Od. 3,137). Den Anfang der E. bildeten Opfer und Gebete (Aristoph. Ach. 43; Eccl. 128), zusätzlich auch Aufzug einer Fahne (Aristoph. Thesm. 277).

Den Verlauf der E. bestimmte meist eine feste Tagesordnung, die der Vorsitzende bekanntzugeben hatte (Aristot. Ath. pol. 43–45). Verhandelt wurden Anklagen wegen Verbrechen, Erbsachen, Gesuche, Anträge, innen- und außenpolitische Fragen. Jeder Bürger hatte das Recht, zu sprechen und Anträge zu stellen, dabei war es Grundsatz der Verhandlungen, daß kein Antrag zur Beratung und Beschlußfassung gebracht werden durfte, über den kein Ratsgutachten *προβούλευμα* vorlag (Aristot. Ath. pol. 45. Plut. Sol. 19. Syll.³ 108; für Mytilene IG XII 2,5; für Megara Syll.³ 642).

Die Abstimmung in der E. (*ψῆφος, ψηφοφορία, διαψήφισις*), bei der jeder Bürger eine Stimme hatte, erfolgte durch Handheben (Athen Aristot. Ath. pol. 43. Kos Syll.³ 943), durch einfachen lauten Ruf (Athen Thuk. 1,87. Thera IG XII 3,326) oder durch Abgabe von Stimmtäfelchen oder -steinen (Xen. hell. 1,7,9. IG II 5,489). Ein Beschluß der E. (*ψήφισμα*) mußte im Bereich der bestehenden Gesetze liegen (Syll.³ 946) und hatte Gültigkeit bei einer Mindestzahl an abgegebenen Stimmen (in Athen 6000: FHG 1,396). Die Beschlüsse wurden in die öffentlichen Archive eingetragen, auch in Stein gemeißelt und öffentlich aufgestellt (u.a. Athen Syll.³ 227. Rhodos Syll.³ 974); sie umfaßten verschiedene politische Bereiche: 1. Gesetzgebung war Aufgabe der Thesmotheten, in der E. stellten sie veraltete und sich widersprechende Gesetze zusammen, bearbeiteten sie neu, die E. beschloß über Vorlagen, 2. Beamtenwahl, 3. Beschlüsse über einzelne Bürger, z.B. Verbannung durch Ostrakismos, 4. Entscheidung der Innen- und Außenpolitik, Verträge, Bündnisse, Kriegserklärung, Friedensschluß, Bürgerrechtserteilung, Verwendung öffentlicher Gelder aus Zöllen, Tributen usw., Sklavenfreilassung, 5. Rechtsprechung nur in Ausnahmefällen; diese Funktion lag bei der Heliaia. Die E. in den einzelnen Poleis hatten viele gemeinsamen Züge, wurden unter prinzipiell gleicher Zielsetzung durchgeführt. Unterschiede in Kompetenzen, Befugnissen und Aufgaben waren von den jeweiligen Verfassungen und Gesetzen bestimmt, so daß demokratische Poleis (Athen u.a.) der E. größere, oligarchische Staaten dagegen (Sparta u.a.) ihr geringere Entscheidungsgewalt und weniger Vollmachten übertrugen. G. Sch.

V. Ehrenberg Der Staat der Griechen, 2 Bde, Lpz. 1957, u.a. 1,39–44, 2,44–48. *W.I. Avdiev*, Istorija drevnej Grecii, Moskva 1962, (russ.), 160–171, 252–263.

Ἐκκύκλημα (öfters *ἐγκύκλημα*). Das Wort erscheint nur bei Schol. und Poll. 4,128. Alle einschlägigen Stellen verzeichnet bei Pickard. Dazu Eust. ad Il. p. 976,15: *τὸ ἐγκύκλημα, ὃ καὶ ἐγκύκληθρον λέγεται, μηχάνημα ἦν ὑπότροχον, ὑφ᾽ (ἐφ᾽?) οὗ ἐδείκνυτο τὰ ἐν τῇ σκευῇ ἢ σκηνῇ.* – Nach den verschiedenen Notizen war es ein hölzernes Gestell auf Rädern, das aus dem Spielhintergrund herausgeschoben oder herausgedreht wurde, um Innenszenen sichtbar zu machen oder Götter erscheinen zu lassen. Möglicherweise gab es 2 Formen, deren eine *ἐξώστρα* hieß. Wahrscheinlich handelt es sich um eine Einrichtung erst des hellenistischen Theaters (Thyromatabühne), die von den Schol., veranlaßt durch *ἐκκυκλεῖν* bei Aristoph. Ach. 409; Thesm. 96,265, irrtümlich auf das klassische Theater übertragen wurde. C. F.

E. Bethe Ekkyklema und Thyroma RhM 83, 1934, 21 ff. *A.W. Pickard-Cambridge* The theatre of Dionysos at Athens, Oxf. 1946, 100–122.

Eklektos. Ägypter (Herodian. 1,17,6), Freigelassener des Verus (vit. Veri 9,5). Er war *cubicularius* erst des (M. Ummidius) Quadratus, seit ca. 182 des Commodus, Dio-Xiph. 72,4,6. vit. Comm. 15,2; er kämpfte bei *lusiones* (öffentl. Scheinkämpfen) mit Commodus, Cass. Dio 72,19,4. Mit Aemilius Laetus und der Marcia betrieb er die Ermordung Caracallas am 31. Dez. 192, ebd. 72,22,1.4 f. Er heiratete die Marcia (Herodian. 1,17,6) und führte mit Aemilius Laetus die Regierungsgeschäfte für Pertinax, Cass. Dio 73,1,1 f. Mit diesem wurde er am 28. März 193 umgebracht, ebd. 73,10,1 f. R.H.

Ekliptik. Die E. ist die im geozentrischen System der Alten als sphärischer Großkreis gesehene Bahn der Sonne. Die gegen die E. um einige Grad geneigten Bahnebenen des Mondes (und der Planeten) schneiden die E. – perspektivisch gesehen – in Knotenpunkten mit langsamer Eigenbewegung. An bzw. nahe bei diesen finden die Verfinsterungen statt. Es gab eine oft erwähnte Lehre (von Hipparch bekämpft), daß auch die Sonnenbahnebene eine geringe Neigung gegen einen ideellen Bezugskreis (*ὁ διὰ μέσου κύκλος*) habe, vgl. Dreyer Hist. Astr. (repr. 1933) 93 ff. Die Neigung des *λοξὸς κύκλος* (Belegst. bei Lidd.-Sc.) gegen den Äquator wurde von Anaximander und Oinopides mit $^1/_{15}$ Umfang des Solstitialkolurs angenommen (RE VIII A 2382,53 ff.). Den für Eratosthenes überlieferten Wert von 11/83 KrUmf. will Heath Aristarch. (repr. 1959) 131 f. erst als von Hipparch und Ptolemaios verwendet annehmen. Die Aufteilung der E. in 12 *signa* wird dem Kleostratos von Tenedos (um 520 v. Chr.) zugeschrieben (RE XXIII 876). Erstmalig treten in babyl. Horoskopen aus den J. 419/18 und 410 v. Chr. (Sachs, JCSt 6, 1952, 52 ff.) Planetenpositionen in nach Tierkreisbildern benannten »Zeichen« auf.

Sonst kennen wir solche Ortsangaben nach Ellen (2^0) und Bruchteilen ab Mitte 6. Jh. bis in die Spätzeit, bezogen auf ekliptiknahe Fixsterne (KUGLER Sternkde... I 27 ff. Die Äg. teilten – spätestens ab Mitte des 3. Jt., RE Suppl. VII 118 – die Sonnenbahn kalendarisch in 36 Dekaden (Dekagrade, Dekane), deren Kulminationen zur Messung der Nachtstunden dienten. Mit den E.-Bezirken (Zeichen, Dekanen, Gradgruppen, Einzelgraden) hat die hellenistische Astrologie einen Zwölfgötterzyklus (BOLL, Sphaera 472), Namen von Planetengöttern, Dekandämonen (BÖKER, H 1958, 220 ff.) und Essenzen der Fixsterne (nach ihrer Länge) als ideellen Wirkungszentren verbunden nach bestimmten Anordnungs- oder Abzählungsregeln. Diese »Maskierungen« (s. BÖKER, RE XXIII 869 ff.) schufen schicksalbestimmende Kraftfelder, gleich als ob die *ἀπόρροια* von einem echten Astralkörper ausginge (astrologischer »Namensfetischismus« A. WARBURG). Die Anfangspunkte babyl. E.-Zählungen lagen bei ν Pisc., ξ Taur., α Virg. u. a. Sternen. Die griech. feste E. hatte ihren sideralen Fixpunkt bei η/π Pisc., d. h. bei 25^0 $34'$ der E. von 1900. Diese siderale Lage der E. finden wir bei Arat und beim Sternkatalog des Ptolemaios. Die griech. Autoren berichten von Jahrespunkten auf dem 8., 10., 12. und 15. Grad der Zeichen. Hipparch legte sie auf die 0-Punkte der Quadranten seiner gleitenden Sonnenbahn-Zwölfteilung, deren Dodekatemoirien bis h. noch die alten Namen der ihnen seinerzeit correspondierenden Tierkreisbilder tragen, wenn schon z. B. das Bildzeichen »Zwillinge« sich infolge der Präzession derzeit nahezu mit dem Bild des Stieres deckt. R. B.

R. Böker Die Entst. d. Sternsph. Arats BSAW math. Kl. 99, 1952, 5. *Bouché-Leclercq* Astrol. gr., 1899, 124 ff. u. passim. *P. F. Gössmann* Planet. Babyl., Rom 1950. *W. Gundel* Neue Texte d. Herm. Trismeg. ABAW, 1936, H. 12. *H.-G. Gundel* und *R. Böker* Art. Zodiakos RE (in Vorber.). *A. Rehm* Art. Kykloi RE XI 2321. *van der Waerden* Hist. of Zodiac AfO 16, 1953, 216 ff. *E. F. Weidner* Art. Fixsterne RL d. Ass. 3, 76 ff.

Eknomon (*Ἔκνομον*, *Ecnomus mons*). Gebirgsstock im s. Sicilien nahe der Mündung des Fiume Saldo oberhalb Licata, h. Poggio S. Angelo oder Mte. Cufino. Erwähnungen Diod. 19,108 (Burg des Phalaris), Plut. Dion 26 (J. 357), Diod. 19,107–110 (J. 311, Niederlage des Agathokles), Pol. 1,25 (J. 256, Stützpunkt der Römer). K. Z.

Ekphantides. Früher Dichter der Alten Komödie, siegte nach IG II^2 2325, I 49 (WILHELM Urk. 107) an den Dionysien viermal, zuerst 457/54. Nur 1 Titel wird von Ath. zitiert: *Σάτυροι*. Einen 2. nennt IG II^2 3091 (s. v. WILAMOWITZ Kl. Schr. 4,511. PICKARD-CAMBRIDGE Dram. Festiv. 52): *Πεῖραι* (?). Wie Aristoph. Vesp. 57 und Eupolis frg. 244 verwahrte sich E. dagegen, auf megar. Art zu dichten (frg. 2). Kratinos kritisierte den älteren Rivalen (frg. 334. 335), huldigt ihm aber auch, indem er den Anfang offenbar eines Parabasenlieds von ihm zitierte (frg. 324). W. K.

Kaibel, RE V 2214. *Körte*, RE XI 1228.

Ekphantos (*Ἔκφαντος*) **1.** Von Syrakus, Pythagoreer des 4. Jh. v. Chr. Von seinen Lehrmeinungen sind bei Hippolyt. ref. 1,15 = doxogr. 566, 11–18 und bei Aetios knappe Auszüge erhalten; aus ihnen wird keine bezeichnende Eigenart des E. sichtbar. Vgl. DIELS-KRANZ Vorsokr. Nr. 51, I 442. H. D.

2. E., Maler des 6. Jh. v. Chr. Seine Signatur auf der auf Melos gefundenen »columna Naniana« in epichor. Alphabet; ob er mit dem bei Plin. nat. 35,16 genannten *Ecphantus Corinthius* identisch ist, bleibt ungewiß. A. R.

BJ 158, 1958, 257 ff.

Ἔκφρασις s. Progymnasma

Ekstasis (*ἔκστασις*, verbal *ἐξίστασθαι*) wird im klass. Griechisch durchweg von körperlichen Vorgängen gesagt, die aus dem Normalen herausführen: *ἄρθρων ἔκστασις* bezeichnet die Verrenkung, *ἔκστασις μανική* das »Verrückt«-Sein. Hatte → Platon die *θεία μανία* als werthaft, weil zur Wahrheit führend, über die übrigen *μανίαι* emporgehoben, so machte *ἔκστασις* in enger Anlehnung an *θεία μανία* (*ἐνθουσιασμός*) in den ersten Jahrhunderten der Kaiserzeit die gleiche, aufwertende Entwicklung durch. In der E. gelingt es dem Mysten a) die Beengung durch den Körper und b) die Beengung durch alles Rationale und Diskursive zu überwinden; erst in der E. gewinnt er die Potenz zur *unio mystica*. Häufige Belege bei Plotin und Porphyrios. H. D.

E. Rohde Psyche 2,19 mit Anm. *W. R. Inge* ecstasy, Enc. of Rel. and Ethn. 5,157–159. Ders. The philosophy of Plotinus 2,135–163. *Th. Hopfner* Offenbarungszauber 2,79 und 102. *F. Pfister* Pisciculi (Festschr. F. J. Dölger, 1939) 178 ff.

El (*Ἦλ* Damasc. v. Is. 115). Westsemit. Gottesappellativ ([5],1 ff. W. RÖLLIG Festschr. J. Friedrich, 1959, 403 ff.) < protosemit. 'il(u) »deus« ([1], 6 ff. J. HEHN Bibl. und babyl. Gottesidee, 1913, 150 ff.); zur Etymol. J. STARCKY, Arch. Or. 17,2, 1949, 383 ff. [5],16 ff. [7],74); im Unterschied zu → Baal nicht an lokale bzw. gentile Qualifikationen gebunden, daher zur Aufnahme universalist. Hochgottvorstellungen geeignet ([6],87 gegen [1], 124 ff.). Das AT enthält zwar nicht die Spuren eines ursemit. E.-Monotheismus (G. B. ROGGIA, Aevum 15, 1941, 559 ff.), wohl aber Anzeichen einer prämosaischen, auf kanaan. Boden erwachsenen henotheistischen E.-Rel. der hebr. Patriarchen ([3],8 ff. [4],25.30.34), die in der Apostrophe *'Ēl 'eljôn qônēh šamajim wā 'āres* » E. Eljon, Schöpfer Himmels und der Erde« für den Gott des Melchisedek von Salem gipfelt (Gen. 14,18. 2,1 f. V. HAMP Sacra Pagina 1, 1959, 516 ff.). Als individueller Gott neben anderen erscheint E. auf den aram. Inschriften von Sam'al und Sudschin ([3],

5f.) sowie im geneal. Schema der phöniz. Götterkönige bei Sanchunjathon (Phil. Bybl. FHG 3, 566ff. [1],11f.), wo er als Sohn des → Uranos, Enkel des → Hypsistos mit → Kronos gleichgesetzt wird (frg. 2,14. [5],4.29ff.). In der ugarit. Mythol. ist er entsprechend Vater der Götter (*'b bn 'l* [3], 63ff.), die seine Familie bilden (*dr'l* [7],66), somit nominelles Oberhaupt eines polytheist. Pantheons (R. Follet, Verbum Domini 34, 1956, 280ff.) mit den Zügen des gütig-weisen, manchmal launenhaften *deus senex* ([3],56ff. [5],32ff.), der zum *deus otiosus* zu werden droht (W. F. Albright, JBL 75, 1956, 255. [5],93ff.). Dem israelit. Jahwe hat die Fusion mit dem kanaan. Obergott im AT (M. H. Segal, Jew. Quart. Rev. 46, 1955, 91f.) manches von seiner Schroffheit genommen und dafür die E.-Eigenschaften des Götterkönigs (*mlk* [5],25f.) und schöpferischen Demiurgen (*bnj bnwt* [5],47) eingetragen (F. Løkkegaard Studia Orient. J. Pedersen, 1953, 232f. [4],36f. [7],73f.). Letztere werden an E. betont durch das Prädikat *'b 'dm* (»Vater der Menschheit«) in der Keret-Legende (R. de Langhe in: Myth, Ritual and Kingship, 1958, 169.174f. [6],88) und vor allem durch seine produktive Rolle im Text von der »Geburt der freundlichen und lieblichen Götter« (R. Largement La Naissance de l'Aurore, 1949. Follet, Biblica 32, 1951, 317ff.). Der adäquate Titel »E., Schöpfer (bzw. Halter) der Erde« (*'l qn 'rṣ* [5], 49ff.) findet sich auf dem unteren Tor von Karatepe (KAI 26 A III 18. Marcus-Gelb, JNES 8, 1949, 116ff. A. Alt, WO 1,3, 1949, 274f.) und auf einer neupun. Inschr. von Leptis Magna (G. Levi della Vida, Libya 3, 1927, 105ff.). Palmyr. Tessèrae (Ingholt-Seyrig-Starcky Recueil des tesseres de Palmyre, 1955, 220ff.) bringen die Form '*Elqōnera*'; ein kanaan. Mythos aus Boghazköi läßt den *ᵈel-ku-nir-ša* auftreten (H. Otten, MIO 1, 1953, 124ff. 135ff. MDOG 85, 1953, 31ff.). Während die sprachliche Gleichung mit griech. → Kinyras (Kirris, Gingras) oder → Kronos problematisch bleibt (Otten 138. S. Kirst, FF 30, 1956, 188f. [5],53f.), bietet eine palmyr. Altarbilingue (J. Cantineau, Syria 19, 1938, 78f.) die Identifikation mit dem griech. »Erdhalter« → Poseidon (E. Littmann, Orientalia 11, 1942, 293. O. Eissfeldt, OLZ 45, 1942, 432. [2],6ff.). Da die gleiche Interpretatio Graeca auch bei dem »Poseidon« von Berytos (W. Baudissin Adonis und Esmun, 1911, 234) und dem »Zeus-Poseidon« von Gerasa (C. H. Kraeling Gerasa, 1938, 392f.) vorliegt, wird E. gegenüber seinen beiden caelest. Vorfahren Uranos (Ba'al Šamēm) und Hypsistos ('Eljôn) auf die Domäne des Wasser- und Erdreichs verwiesen (Levi della Vida, Riv. Stud. Or. 21, 1946, 247f. Festschr. J. Friedrich 302ff. [2],4ff.). Dazu fügt sich die Ähnlichkeit des E.-Kronos mit seinem Bruder Dagan-Dagon (*Δαγών* Phil. Bybl. frg. 2,14. P. Dhorme, RHR 138, 1950, 129ff. [7],78ff.), urspr. Erd-, später vielleicht Wassergott (= *'Οδάκων* Beross. frg. 29 Schn.?). Für eine Gleichsetzung beider (J. Fontenrose, Oriens 10, 1957, 277ff.) mag sprechen, daß man Dagon seinerseits mit Poseidon zusammengebracht hat (R. Bourgault, Scienc. Eccl. 11, 1959, 253ff.). Die poseidon. Natur des E. geht ferner hervor aus der Bezeichnung *Tōr 'Ēl* »Stier E.« ([5],35ff.) für den zeugungskräftigen Gott, den Konsorten der »Ašera des Meeres« (*rbt 'ṯrt jm* R. Dussaud, RHR 105, 1932, 251ff. [6],93), der »an den Quellen der Flüsse, bei den Strömen der 2 Tiefen wohnt« ([6],87f.216; zur Lokalisierung bei Afqa-Jammuneh am Libanon [5],61ff. Albright a. O.) und nach G. Widengren, HB. der Orientalistik 8,2, 1961, 91f. in dem »an einem verborgenen Ort des Wassers« waltenden Taurēl-Uthra der Mandäer fortlebt. Da ein ugarit. Text (V AB F 12ff. J. Aistleitner, Bibl. Or. Hung. 8, 1959, 31) den E. anscheinend in Beziehung zu Kreta *(kptr)* und Äg. *(ḫkpt)* setzt (nach Eissfeldt, FF 20, 1944, 26. [3],43 ist aber vielmehr Kōṯar, der ugarit. → Hephaistos, gemeint), hat R. Dussaud, CRAI 1938, 536ff. die Linie zu dem kret. Stiergott und seiner Parhedra Europa-Hellotis gezogen; man will in ihr die Gattin des »Stier-E.«, Elat-Ašera-Astarte (II AB IV 41ff. Albright Festschr. A. Bertholet, 1950, 5) finden, welche nach Lukian. dea Syr. 4 in Sidon mit der Agenortochter Europa eins war (G. Bonfante, CPh 36, 1941, 14, 31). W. F.

1. *W. v. Baudissin* Kyrios 3, 1929. 2. *G. Levi della Vida*, JBL 63, 1944, 1ff. 3. *O. Eissfeldt* E. im ugarit. Pantheon, 1951. 4. *Ders.* E. und Yahweh, Journ. Sem. Stud. 1, 1956, 25ff. 5. *M. H. Pope* E. in the Ugaritic Texts, Vetus Testamentum Suppl. 2, 1955. 6. *W. F. Albright* Die Rel. Israels im Lichte der archäol. Ausgrabungen, 1956. 7. *M. J. Dahood*, Stud. Semit. 1, 1958, 65ff.

Elagabal (*'Ελαγάβαλος*). **1.** Phot. bibl. 35 B. *'Ελεαγάβαλος* Cass. Dio 79,11,2 [v.l.]. Zon. 1,567, 14 P. *'Ελαιαγάβαλος* Herodian. 5,3,4), syr. *'ēlāgabāl* (Ed. Meyer Myth. Lex. 1,1229) bzw. arab. *ilāh hağabal* ([3],28), der »Gott des (Burg)-Berges« von Emesa am Orontes (Avien. descr. orb. 1084. [4],217), also zunächst Ortsnumen (→ Baal; anders [4],216), jedoch mit einem den semit. Baalim eigenen Zug zur Universalität, dem sein solarer Charakter (Herodian. a. O. Cass. Dio 78,31,1) Vorschub leistete (*Heliogabalus* Aur. Vict. 23,1. Eutr. 8,22). Auf dem Stein von Cordova ist E. als *῞Ηλιος Μέγας* dem äg. Re (*Φρῆν*) gleichgesetzt ([2],117ff. 122). Zwei weibliche Astralgottheiten bilden mit ihm eine gewöhnlich E., Iuno Caelestis, Pallas (A. v. Domaszewski, SHAW 1918, 13,151. [1],226. [2], 118) heißende Trias ([3],27. [4],219): a) *Κύπρις*, hier einmal = → Tanit-Iuno Caelestis (Cass. Dio 79,12,1), den Mond vorstellend (Herodian. 5,6,4), daher anscheinend mit einer arab. Mondgottheit ([2],125; s. aber F. Cumont, Syria 5, 1924, 342ff.) identifiziert, zum anderen = → Aphrodite-Astarte Urania (Ioh. Malal. 10 p. 296 B. [1],225), als Venusstern (*'Αστροάρχη* Herodian. a. O.) der arab. 'Al-

'Uzzā (Kaukabtā »Sternin«: Isaac Antioch. 1,210 B. G. Ryckmans Les rel. arabes préislamiques, 1951[2], 15. J. Henninger, Ztschr. für Ethn. 79, 1954, 101 ff.) geglichen; b) die arab. Mond- bzw. Gestirngöttin 'Αθηνᾶ 'Αλλάθ ('Al-Lāt: F. V. Winnett, Muslim World 30, 1940, 113 ff. 124 ff. A. Grohmann Arabien, 1963, 78 f. 82 f.), bei Hdt. 1, 131. 3,8 als 'Αλιλάτ = Aphrodite Οὐρανία (G. Dalman Petra, 1908, 51. Henninger 99 f.). Die Synthese von siderischer Natur und stadtschützender Funktion erklärt sich bei E. aus der Eigenart eines meteorit. Höhenkults (→ Baitylia). Auch hier weist manches nach Arabien: mit dem ebenfalls solaren Dusares-Dionysos von Petra und Gerasa (E. Littmann Nabataean Inscriptions, 1914, 35. M. Rostovtzeff Caravan Cities, 1932, 46 f.) hat E. u.a. das bätyl. Format (Ammudates zu arab. *'ammūdat* »Standsäule«) seines schwarzen, omphalosähnlichen Idols gemeinsam ([4],217 f.); die Priesterfürsten von Emesa, wie Azizos, Soaemus, Samsigeramus (Strab. 16,753), tragen arab. Namen ([1],230. [3],26. J. Cantineau, Ann. Inst. Ét. Or. Alg. 1, 1934/35, 78. R. Dussaud La pénétration des Arabes en Syrie, 1955, 82. 148 f.), ebenso die weiblichen Mitglieder dieser Dynastie, die seit Septimius Severus maßgebend in den röm. Kaiserfamilien auftreten ([1],223 f. J. Réville Rel. sous les Sévères, 1885, 237 ff.): Maesa, Soaemi(a)s, Mam(m)aea ([2],125,2); schließlich nahm der nachmalige Kaiser Marcus Aurelius Antoninus (K. Gross RACh 4,987 ff.) als Großpriester seines Gottes dessen Kulttitel E. an (anders [4],267), wie es ähnlich bei dem arab. "Ηλιος θεὸς Αδμος (OGIS 619) der Fall ist. Die offizielle Institution des E. als Staatsgott durch seinen kaiserlichen Archiereus in Rom (218 n. Chr. G. Bartoli, RPAA 27, 1951/52, 47 ff. Latte RRel 349) rückte ihn an die Spitze des w. Pantheons, dessen angesehenste Gestalten ihm einverleibt bzw. subordiniert (Iuppiter, Sol-Helios) oder anvermählt (Iuno, Pallas) wurden: CIL VI 708. 2269. Cass. Dio 79,11,1. Herodian. 5,5,7. 6,3. H. A. Heliog. 17,8. [1],226. [2],222. F. Studniczka, MDAI(R) 16, 1901, 277 f. J. Geffcken Ausgang des griech.-röm. Heidentums, 1920, 13. In seinen neuerrichteten Tempel auf dem Palatium (Eliogabalium: H. A. Heliog. 1,6. Platner-Ashby 199) wurden alle möglichen den Römern teuren Kultidole geschleppt (Herodian. 6,1,3. Heliog. 3,4. [2],131), die syr. Eigenart seines Dienstes mit verschwenderischem Prunk, orgiastischen Riten und pomphafter Feierlichkeit nach Rom übertragen (Herodian. 5,5,3. 6,6. Altheim, WG 5, 1939, 292 f.). Nach dem Sturz des weibischen Kaisers (222 n. Chr.) kehrte der gynaikophile Götze in seine syr. Heimat zurück (Dio Cass. 79,21,2. Cumont[4] 104 f.); auf die abscheulich und demütigend empfundenen Exzesse seines Kultes erfolgte eine nationalröm. Reaktion. Die Huldigung, die später Aurelian nach seinem Sieg über Zenobia von Palmyra (272 n. Chr.) dem E. zuteil werden ließ (H. A. Aurel. 25,3.4), galt eigentlich nicht mehr dem Stein von Emesa, sondern der röm. ausgeformten Idee eines universalen und übernationalen → Sol Invictus ([1],231. A. D. Nock Conversion, 1952[2], 76). W. F.

1. *A. v. Domaszewski*, ARW 11, 1908, 222 ff. 2. *H. v. Gärtringen-Littmann-Weber-Weinreich*, ARW 22, 1923/1924, 117 ff. 3. *F. Altheim* Aus Spätantike und Christentum, 1951. 4. *Ders.* Niedergang der Alten Welt 2, 1952, 215 ff. 5. *W. Hartke* Röm. Kinderkaiser, 1951, 298 ff.

2. E. = imp. Caes. M. Aurelius Antoninus Aug. Röm. Kaiser 218–222. Vor der Thronerhebung hieß er Varius Avitus als Sohn des S. Varius Marcellus und der Iulia Soaemias (Cass. Dio 78,30,2), die aus der Familie des Königs Samsigeramos von Emesa stammte, wo E. 204 geboren wurde (Herodian. 5,3,3). Über seine Tante Avita Mamaea war er verwandt mit Kaiser Alexander Severus, über seinen Urgroßvater Iulius Bassianus, den Priester des Sol Elagabal, des Schutzgottes von Emesa, mit Iulia Domna, der Gattin des Septimius Severus und Mutter des Caracalla; seine Großmutter war Iulia Maesa, von der E. in Rom erzogen wurde (Herodian. 5,3,2 f.). Nach 217 ging er nach Emesa, wo er Priester des Elagabal wurde, Herodian. 5, 3,6; erst Aurel. Vict. Caes. 23,1 gibt auch dem Kaiser den Namen E. Die ehrgeizige Iulia Maesa setzte durch, daß die in Emesa stehende leg. III Gallica E. am 16. April 218 zum Kaiser ausrief, Cass. Dio 78,31,1 ff.; Herodian. 5,3,8–12 (Zeitgenossen!). Macrinus schickte gegen den Usurpator den Praetorianerpraefekten Ulpius Iulianus, dessen Legionen aber zu E. übergingen und der ebenso getötet wurde wie anfangs Juni 218 der geschlagene Macrinus selbst, Herodian. 5,4,5 ff. Cass. Dio 78,38–40. Als Alleinherrscher sah E. sich als Abkömmling Nervas an (CIL VIII 10347) und begann, in den Regierungsgeschäften geleitet von Iulia Maesa und P. Valerius Comazon, der mit Iulius Flavianus praef. praet. (AE 1955, 260), im J. 220 cos. war (AE 1950, 238), von Antiochia aus (Mattingly, RIC 4/II p. 42 Nr. 184) entgegen den Weisungen seines Erziehers Gannys (RE VII 708), den E. deshalb tötete (Cass. Dio 79,6,1.3), ein autokrat. Regiment mit zahlreichen Hinrichtungen von Anhängern des Macrinus, Cass. Dio 79,2–7. Im Winter 218/19 trat E. die Reise nach Rom an. In Nikomedia erklärte er sich zu Beginn des J. 219 zum cos. II (CIL II 4805). In Rom gegen Mitte 219 mit dem heiligen Stein von Emesa angekommen (Mattingly, RIC 4/II p. 32 Nr. 57. CIL VI 31162) erhob er Elabagal, dem auf dem Palatin und bei der Porta Maggiore Tempel erbaut wurden, zum höchsten Staatsgott, Cass. Dio 79,11,1–3. SHA Heliog. 3,4. Im Senat ließ er seine Mutter (AE 1948, 212. RIC 4/II p. 45 Nr. 207; p. 48 Nr. 234–248; p. 60 Nr. 400–408) die höchste Rolle spielen, SHA Heliog. 4,2. Er heiratete die Iulia Cornelia Paula (Mattingly, RIC 4/II Nr. 209–224; Nr. 378–387. JDAI 68, 1953, 124 ff.), verlieh ihr den Augusta-titel, verstieß sie aber bald, Cass. Dio 79,9,1. 3. Cos. III im J. 220, AE 1955, 210. Zwischen Sept.–Nov. 221 (nach PH. LEDERER, NC 1943, 94ff.) heiratete er die Vestalin Aquilia Severa (RIC Nr. 225–231; Nr. 388–398, AE 1944, 104), Cass. Dio 79,9,3f., zu der E. nach kurzer Ehe mit Annia Faustina noch im J. 221 (Herodian. 5,6,2) wieder zurückkehrte. Im J. 221 war E. trib. pot. IIII, cos. III, AE 1961, 79. Gegen die wachsende Unbeliebtheit des E. und seiner Mutter setzte die mächtige Großmutter ihre 2. Tochter Iulia Mamaea und deren 12jährigen Sohn Alexianus ein, der bei den Soldaten sehr beliebt war. E. mußte diesen 221 unter dem Namen Alexander adoptieren und zum Caesar erheben, Cass. Dio 79,17,2. Herodian. 5,7,1ff. ÖJ 29, 1935, 265ff. Über die IG II^2 1824 genannten Aurelii s. Hesp. 20, 1951, 65f. 346ff. Versuche des E., Alexander umbringen zu lassen, vereitelten die Praetorianer, SHA vit. Heliog. 13–15. Cos. III im J. 222 mit Alexander versuchte E. aufs neue, diesen zu töten. SHA vit. Heliog. 16,1. Da brachten die Soldaten E. und seine Mutter am 11. März 222 um, Cass. Dio 79,20,2. Herodian. 5,8,6ff. Sein Name eradiert auf AE 1948, 145. Mz.: RIC 4/II p. 23–61. Bildnisse: BERNOULLI II 3, p. 83–93. H. P. L'ORANGE, Symbol. Oslo 20, 1940, 152–159. R. H.

O. F. Butler Stud. in the life of Heliog., New York 1910. *A. Calderini* I Severi 108–113. *W. Hartke* Röm. Kinderkaiser 298ff. *R. Gross*, RAC 4, 1959, 987–100.

Elaia (Ἐλαία). Hafenbucht an der epeirot. Küste im Gebiet von Thesprotien, in die der → Acheron mündet (Skyl. 30. Ptol. 3,13,3), bei Strab. 7,7,5 p. 324. Itin. Anton. 325,1. Tab. Peut. VII 3 Γλυκὺς λιμήν, danach die Umgebung Ἐλαιάτις (Thuk. 1,46,4), h. Bucht von Phanari oder Ammudia. Richtiger wohl Elea [2]. Daß Ptol. a. O. Acheronmündung u. E. trennt, besagt nichts. E. M.

1. *H. Treidler* Epirus im Alt., Diss. Lpz. 1917, 115ff. 2. *Ders.*, Die antiken Münzen von Epirus T 40ff. 300ff. 3. *Philipps.-Kirst.* 2,104ff.

Elaius (Ἐλαιοῦς, später auch Ἐλεοῦς). Stadt an der S.-Spitze der thrak. Chersones, die die Einfahrt in den Hellespont beherrschte (h. Eski-Hissarlâk), wahrscheinlich eine Gründung der Athener und vom jüngeren Miltiades als Hafen benutzt (Hdt. 6,140). Berühmt war das altertümliche Heiligtum des Protesilaos (Hdt. 7,33. 9,116. Thuk. 8, 102. Strab. 7, frg. 52 und 13,1,31 p. 595), das dem praehistor., in Eski Hissarlâk aufgedeckten Tumulus (aus der Zeit von Troia I) zu entsprechen scheint. E. war Mitglied des att. Seebundes, aber zusammen mit anderen Χερσονησῖται nur mit einer geringen Summe beteiligt (SCHWAHN, RE XX 567ff.). Im J. 375 v. Chr. trat E. auch dem 2. att. Seebund bei. Als die thrak. Chersones in die Hände des Odryserkönigs Kotys I. fiel, blieb E. mit Krithote im athen. Besitz. Auch z. Z. der großen Auseinandersetzung zwischen Athen und Philipp II. von Makedonien blieb E. auf der Seite der Athener. Später wird E. erwähnt beim Besuch Alexanders d. Gr., der am Grabe des Protesilaos opferte, bevor er nach Kleinasien übersetzte (Arr. an. 1,11, 5). Chr. D.

Casson Macedonia, Thrace and Illyria, 210–227. *Beloch* GG 2^2,366ff.

Elam s. Elymaïs

Elaphebolion (Ἐλαφηβόλιον). Der 9. Monat des att. Kalenderjahres, dem März/April des jul. Kalenders entsprechend. Der Name leitet sich von dem Beiwort der Artemis → Ἐλαφηβόλος bzw. von dem in dem Monat E. gefeierten Fest Ἐλαφηβόλια ab. Der Monat ist außer in Athen in Apollonia (Chalkidike) und in Iasos (Karien) bezeugt. W. S.

Elaphebolos (Ἐλαφηβόλος). »Hirschtöterin«, poet. Epitheton der → Artemis (Anakr. frg. 1. Soph. Trach. 213), dem Kultnamen Ἐλαφί(αι)α (Paus. 6,22,10f. Strab. 8,343) gleichwertig. Feste (Ἐλαφηβόλια Anecd. Bekk. 1,2,49. Athen. 14, 646e) in Elis und Athen würdigen in der seit Homer (Od. 6,104) bekannten Verbindung der Göttin mit der gehörnten Hinde (F. ALTHEIM Lit. und Gesellschaft im ausg. Altertum 2, 1950, 24ff. 27) eine rel. Eigenheit, die nach Ausweis der Sage von der kerynit. Hirschkuh (E. MUDRAK, Fabula 4, 1961, 165) dem Einfluß nomad. Jägerkultur des s. Eurasien entstammt (K. SCHEFOLD, Eurasia Sept. Ant. 12, 1938, 14ff. 34ff. J. WIESNER Vor- und Frühzeit der Mittelmeerländer, 1, 1943, 138. 147. Olympos, 1960, 32f.). Die Fusion der Artemis E. mit der thrak. → Bendis (D. DETSCHEW Serta Kazarowiana 2, 1955, 95ff.) unterstreicht die Wirksamkeit dieser euras. Komponente (WIESNER, AA 1942, 423ff.), die auch im Bereich der anatol. → Kybele-Kubaba (M. RIEMSCHNEIDER Welt der Hethiter, 1955^2, 70f. 85ff.) das sakr. Bildsymbol gezähmter Cerviden evolviert (H. FRANKFORT Art and Architecture of the Ancient Orient, 1958, 115ff.) und damit die Annäherung an die thrakophryg. Artemis-Bendis begünstigt hat (Hippon. frg. 120 Bgk. W. TOMASCHEK Die alten Thraker 2, 1893, 47). W. F.

1. *T. Gerassimov*, BIAB 24, 1961, 241ff. 2. *J. Wiesner* Die Thraker, 1963, 106f. 216f. (Lit.).

Elate (Ἐλάτη »Fichte«). **1.** Schwester d. Aloaden, ihnen an Größe ähnlich. Sie klagte über den Untergang ihrer Brüder und wurde in eine himmelhohe Fichte verwandelt. Liban. narr. 34 = App. narr. 10 (WESTERM. Mythogr. S. 361,34ff.). Eustath. zu Od. 5,239 (ἐλάτη τ' ἦν οὐρανομήκης) und zu Il. 5,560. 14,287. H. v. G.

2. s. Fichte

Elateia (Ἐλάτεια). **1.** Größte Stadt und Hauptstadt von Phokis (Strab. 9,2,19 p. 407. 3,2 p. 418. 3,15 p. 424. Paus. Steph. Byz. Inschr.), am Ausgang der Straße von den Thermopylen in die Kephisosebene und damit Mittelgriechenland und daher von großer strateg. Bedeutung. Geringe Reste von Stadtmauer und Akropolis beim h. Lefta bei Drachmani (h. offiziell E.). Zwei Stunden n.ö. geringe Reste des von Paus. beschriebenen Heiligtums der Athena Kranaia mit dor. Tempel ausgegraben. 480 und 346 v.Chr. zerstört, Herbst 339 v.Chr. Besetzung durch Philipp II., erfolgreiche Verteidigung gegen Kassander 301 v. Chr. und 86 v.Chr. gegen Mithridates' VI. Feldherrn Taxiles, danach von Rom für frei erklärt, Verteidigung gegen die Kostoboken 170 n.Chr. Noch bei Hierokl. synecd. 643,8 genannt (Ἐλατίνα). Ἐν Ϝελατίῃ IG VII 3171,26. Paus. 10, 34,1–8 nennt bes. Agora und Asklepiosheiligtum. In der Ebene unterhalb der Stadt bedeutende neolith. Siedlung. Inschr. IG IX 1,97–185. SEG III 416f. XI 1107 = XIX 327. XVIII 197. Mz. HEAD HN^2 342f. E. M.

1. *P. Paris* Elatée, 1891. 2. *J.G. Frazer* Pausanias 5,425ff. mit der älteren Lit. 3. *Fr. Schober* Phokis, 1924, 29f. 4. *Philipps.-Kirst.* 2,423f. 342. 687f. 5. *S. Weinberg* Excavations at prehistoric E., 1959; Hesp. 39, 1962, 158ff.

2. Stadt am W.-Ausgang des Tempetales in Thessalien, Mauerring beim h. Hadschobasi n. von Mikro-Keserli, das h. offiziell E. heißt. E. M.

1. *A. Arvanitopulos*, *Πρακτικά* 1911, 330ff. (mit Plan). 2. *Fr. Stählin* Das hellen. Thessalien 88f.

Elaterion (ἐλατήριον). Seit Hippokrates Bezeichnung für Medikamente, die als Abführ- oder Brechmittel benutzt wurden (oral oder als Zäpfchen). Zubereitung: zugrunde liegt gewöhnlich die unreife Frucht der sog. Eselsgurke (σίκυος ἄγριος), deren Saft entweder flüssig mit anderem vermischt oder als getrockneter und pulverisierter Bodensatz zu Pillen verarbeitet wurde. Das E. galt wegen seiner treibenden Wirkung auch als Abortiv. F. K.

Elatos (Ἔλατος). **1.** Kentaure, von Herakles' Giftpfeil durchbohrt, der gleichzeitig → Chiron verwundete. Apollod. 2,85. **2.** Lapithenfürst zu Larisa, Vater des Argonauten Polyphemos, Apoll. Rhod. 1,41. 1241. Apollod. 1,113. Orph. Arg. 168. Auch Vater des → Kaineus (Hyg. fab. 14. 173. 242. Lukian. Alektr. 19) bzw. der → Kainis, die auf ihren Wunsch nach der Umarmung Poseidons in einen unverwundbaren Mann verwandelt wurde, Ov. met. 8,305. 12,171ff. 459ff. **3.** Sohn des Arkas und der Leaneira (oder anders), König in Arkadien auf der Kyllene, Bruder von Azan und Apheidas, durch Laodike, Tochter des Kinyras, Vater des Stymphalos und Pereus, Apollod. 3,102, Paus. 8,4,2. Gründer von Elateia Paus. 8,4,4. 10, 34,2. Hier und in Tegea sah Paus. Grabstelen von ihm, 10,34,6. 8,48,8. Weitere Söhne: Aipytos, Ischys, Kyllen. Hom. h. 2,32. Hes. frg. 148 Rz. Pind. P. 3,31; O. 6,33. Apollod. 3,118. Paus. – E. eine Hypostase Poseidons, IMMERWAHR Kulte und Mythen Arkadiens 1,40. Über Identität von Nr. 2 und 3 WILAM. (PhU 9) Isyllos 59ff. **4.** Troischer Bundesgenosse aus Pedasos, von Agamemnon getötet, Il. 6,33f. **5.** Freier der Penelope, von Eumaios erlegt. Od. 22,267. H. v. G.

Elaver. Fluß in Gallia Celtica (später Aquitanien), Nebenfluß des Liger (Loire), h. Allier. Caes. Gall. 7,34. 35. 53. Sidon. Carm. 5,209 nennt ihn *Elaris*. Greg. Tur. Hist. Franc. 5,33 *Elavaris*. Geogr. Rav. 4,40 *Alere*. M. L.

Desjardins Géogr. 1,44. *Longnon* Géogr. Gaule VIe s. 161.

Eleas s. **1.** Elaia **2.** Velia

Eleatische Philosophie. Sie hat ihren Namen von der Stadt Elea (Velia in Unteritalien); schon → Plat. Soph. 242 D bezeichnet diese Schule nach der Stadt Elea. Dort begründete sie → Xenophanes um 540; nach ihm waren → Parmenides, → Zenon und → Melissos geachtete Häupter der e. Ph. Durch diese Männer ist, über die ion. Natur-Philosophen hinaus, der Schritt zu einer Ontologie getan worden. Diese Ontologie trug zwei wesensbestimmende Merkmale: 1. die ὄντα müssen jenseits der dem Werden und Vergehen ausgesetzten Dinge der Sinnenwelt liegen; das Sein ist also nicht in, sondern hinter den Dingen. 2. Das Sein steht im Gegensatz zum Werden, weil letzteres aus dem Nicht-Sein kommt und in das Nicht-Sein mündet. Damit sind die beiden entscheidenden, von → Aristoteles wohl eingeengten, aber nie überwundenen Axiome der griech. Ontologie für ein Jahrtausend aufgeprägt worden. H. D.

Diels-Kranz Vorsokr. 1,113–128. 217–275.

Eleazaros (hebr. 'el 'āzār »Gott hat geholfen«, gräzisiert *Lazaros*). **1.** Sohn des Aaron, auf den das an diesem von der Priesterschrift paradigmatisch dargestellte Hohepriesteramt überging (Ex. 6,23–Jos. 24,33, bes. Num. 20,26). **2.** Hüter der Bundeslade (1. Sam. 7,1). **3.** Hoherpriester, der dem Ptolemaios Philadelphos die 72 Bibelübersetzer zugesandt haben soll, → Aristeasbrief (Ios. ant. prooem. 3; ant. 12,2,5–7. 11. 15. 4,1). **4.** Bruder des Iudas Makkabaios (1. Makk. 2,5. 6,43ff. 2. Makk. 8,23). **5.** Pharisäer, der dem Johannes → Hyrkanos I. nur das Königtum belassen wollte (Ios. ant. 13,10,5f.). **6.** Hüter des Tempelschatzes in Jerusalem, der den → Crassus (Nr. 2) zu überlisten versuchte (54 v.Chr.) (Ios. ant. 14,7,1). **7.** Sohn des Boethos, für kurze Zeit (4 v.Chr.) Hoherpriester von Archelaos' Gnaden (Ios. ant. 17,13,1). **8.** Zelot, der unter Cumanus (48–52) einen Raubzug der Juden gegen die Samaritaner anführte und von Felix (52–60) zur Aburteilung nach Rom geschickt wurde (Ios. ant. 20,6,1. 8,5; bell. 2,12,4. 13,2). **9.** Sohn des Hohenpriesters Ananias. Als Tempelhauptmann in Jerusalem löst er durch Zurückweisung des kaiserlichen Opfers den Krieg gegen Rom aus, vertreibt die Sikarier aus der Stadt, zwingt die Römer darin zur Übergabe und läßt sie gegen die Vereinbarung an einem Sabbat niedermachen. 66/67 n.Chr. geht er als Stratege nach Idumäa (Ios. ant. 20,9,3; bell. 2,17,2. 5. 9. 10. 20,6). **10.** Jude mit dem Beinamen Gigas, den → Artabanos III. (12–ca. 38) dem Tiberius (Suet. Vitell. 2) oder dem Caligula (Suet. Cal. 14) zum Geschenk machte (Ios. ant. 18,4,5. Dio ep. 59,27, 3). **11.** Anführer der priesterlichen Gruppe der Juden bei der Verteidigung Jerusalems gegen Titus, der sich mit Johannes von Gischala entzweite (Ios. bell. 2,20,3. 4,4,1. 5,1,2–4. 3,1. 6,1. Tac. hist. 5,12). **12.** Sikarierhauptmann, der Masada verteidigte und vor der nicht zu verhindernden Eroberung durch den Legaten Flavius Silva seine Untergebenen zum Selbstmord überredete (73 n. Chr.) (Ios. bell. 7,8 f.). -Rabb. Schriftgelehrte E. s. STRACK-BILLERBECK 6, 47–52. C. C.

Elefant, ἐλέφας (altgr. »Elfenbein«, seit Hdt. »Elefant«), *elephas, elephans, elephantus* (zum idg. Urspr. KRETSCHMER Anz. Öst. Ak. 88, 1951, 307), daneben *barrus* (ind.? Isid. orig. 16,5,19). Größtes Tier der alten Welt, außer den heutigen Verbreitungsgebieten in Mesopotamien und Syrien lebend, in Äg. schon im 4. Jt. ausgestorben oder ausgerottet (zum Namen → Elephantine). Thutmosis III. reist zur E.-Jagd nach Asien (ERMAN-RANKE Äg. [1623] 274); assyr. Königsinschr. des 11.–9. Jh. berichten von E.-Jagd im Zweistromland, der Obelisk Salmanassars III. von E.-Tributen aus Indien (vgl. auch 1. reg. 10,22 über E.-Tribute an Salomon; Arr. exp. Al. 5,35 über E.-Geschenk des Taxilas an Alexander). Der E. war also ein königl. Tier, seine Jagd wohl altes königliches Privileg.

Das frühe Griechenland kennt nur das Elfenbein als Handelsobjekt (TREU, Philol. 99, 1955, 151), nicht das Tier. Erst Hdt. 3,114. 4,191 erwähnt es, wohl nach äg. Nachrichten. Eigene Kenntnis erhalten die Griechen durch den Alexanderzug; erste zool. Darstellung bei Aristot. hist. an.; Hauptstellen 1,497 b 22 Körperbau; 2,500 b 6 Geschlechtsteile; 501 b 30 Zähne; 6,571 b 32 Verhalten in der Brunstzeit; 578 a 18 Begattungszeit, Tragzeit; 8, 596 a 3 Ernährung; 605 a 23 Krankheiten und Heilmittel; 9,610 a 15 Kämpfe untereinander, Jagd; 630 b 19 Vermischtes über Charakter und Lebensweise. Nach Urteil moderner Zoologen (z. B. HECK Brehms Tierl., Säugetiere 3[4], 1915, 525 ff.) ist Aristot. so sachkundig, daß anatom. Studien zugrunde liegen dürften. Spätere Schilderungen Plin. nat. 8,1–34. Aretaeus Cappad. acut. 4,13,1–7 (CMG 2,85 ff.). Plut. soll an. 12. 14. 17 f. 20. 25. Ail. nat. an. passim. Die monograph. Behandlungen des Königs → Juba und des Amyntianos (2. Jh. n. Chr.) sind nicht erhalten, z. T. aber in spätere Lit. eingegangen. Über die Verhaltensweisen gibt es zahllose Anekdoten mit psycholog. Deutungen (bes. Plin., Plut., Ail.); der E. galt als klug, gelehrig, behutsam, gutmütig, gemütvoll, dankbar, treu, ehrliebend, gerecht und fromm (letzteres vielleicht unter oriental. Einfluß: MATZ, AAMz 10, 1953. PASSERINI. Athenaeum 11, 1933, 142. MOMIGLIANO ebd. 267 über Verehrung von Sonne und Mond durch den E.).

Für die Jagd des E. war man auf fremde Berichte angewiesen (zuerst → Ktesias). Trefflich Aristot. 610 a 26 über Einfangen und Zähmen mit Hilfe zahmer E. In Afrika war Fangen in Fallgruben und an Badeplätzen üblich (Ail. nat. 4,24. 8,10. Plin. nat. 8,24 nach Iuba). Der Wert des E. lag in der Möglichkeit, ihn für allerlei Zwecke abzurichten, wofür mannigfache Methoden überliefert werden.

Nutzung zu schwerer Arbeit (Rodung, Bauabbruch und dgl.; eine kleine Art diente zum Pflügen: Plin. 8,3) scheint auf Indien beschränkt geblieben zu sein. In den hellenist. Staaten dagegen wird er ein wichtiges militär. Instrument (KROM.-VEITH 1928, 140). Erste Begegnung bei Gaugamela. Einsatz in fast allen Diadochen- und Epigonen-Heeren bis zur Stärke von 500 Stück (GOWERS-SCULLARD, NC 6,10, 1950, 271). Dabei übernahm man den ind. »Turm« für den Lenker und die Kampfbesatzung. Die vorwiegend moral. Wirkung auf Mensch und Pferd wurde später durch ausgeklügelte Abwehrtaktik stark abgeschwächt. Die Römer lernten die E.-Taktik durch Pyrrhos kennen (Plut. Pyrrh. 16 f. Iust. 18,1. Plin. 8,16) und erbeuteten im 1. pun. Krieg mehrere größere E.-Kontingente. E. begleiteten Hannibal über die Alpen. Die Römer selbst setzten nur selten E. ein (221 gegen die Gallier; 46 bei Thapsus im republikan. Heer). Mit Beginn des Prinzipats war die Zeit der Kampf-E. im wesentlichen vorbei.

In Rom sah man E. zuerst als Beute im Triumphzug 275 v. Chr.; seit 169 erscheinen sie im Zirkus (Liv. 44,18,8); im 1. Jh. v. Chr. werden E.-Schaukämpfe gegen Tiere und Menschen Mode, in der Kaiserzeit durch artist. Darstellungen abgelöst (Ail. 2,11. Plut. 12,2. Plin. 8,5 f. Sen. ep. 85,41 u. a.; z. T. Unglaubwürdiges, vgl. HECK 542).

Mz. der Ptolemäer und Seleukiden zeigen den E. oder die E.-Quadriga, vielleicht als Zeichen der Unbesiegbarkeit des Herrschers (MATZ 470), doch fehlen Belege für Könige auf dem E.-Wagen. Trotzdem muß es dies gegeben haben, denn nur so erklärt sich der (an der Enge der Stadttore gescheiterte) Versuch des Pompeius (im J. 81?), auf einer E.-Quadriga in Rom einzuziehen (Plin. 8,4). Tatsächlich tun es erst Severus Alexander und Gordianus. Dagegen erscheinen seit Augustus auf Consecrationsmünzen verstorbene Angehörige des Kaiserhauses auf der E.-Quadriga (MATZ 479), seit Domitian auch lebende Kaiser. Sonst sind E.-Darstellungen erstaunlich selten: gelegentlich E.-Gespanne vor Götterwagen (Venus, Dionysos; vgl. SCHAUENBURG, G 60, 1953, 128) und an Triumphbögen (KÄHLER, RE VII A 381 N. 10. 386 N. 23. 457 N. 20; vgl. 397 N. 40). In Pompeji flankieren 2 E. eine allegor. Figur (SPINAZZOLA Pompeji [1953] Abb. 617); E. auch auf spätröm. Jagd-Mosaiken. Christliche Monumente zeigen den E. nicht vor der Wende zum 5. Jh. W. R.

Lit. (außer der zitierten): *Armandi* Hist. milit. des él. depuis le temps le plus reculé jusqu'à l'introduction des armes de feu, 1843. *Keller* Ant. Tierwelt 1,372. *Jennison* Animals for Show and Pleasure in anc. Rome, 1937. *Matz* Der Gott auf dem E.-Wagen, AAMz 10, 1953. *Reinach,* Dar.-Sagl. 2,1,536. *Leclercq,* DACI 4,2,2655. *Opelt,* RAChr 4,1002.

Elegie. 1. Das Wort: ἔλεγος (ant. zu ἒ ἒ λέγειν = klagen, h. [phryg.?] Fremdwort, zu arm. *elegn* Flöte bezogen) bezeichnet Eur. Hel. 184f. und Aristoph. Av. 218 ein Klagelied in beliebiger Form; ἐλεγεῖον, ἐλεγεία, ἐλεγεῖα das eleg. Distichon (früher = ἔπη Sol. 2,2) verschiedenen Inhalts: Preislied, Weihinschrift, Spruch, begleitet von der Flöte (Archil. 123 B u.a.). Die Strophe (Hexam. + Pentam.) gilt für weicher als der ep. Hexam. **2.** Die ältere griech. E.: Ursprung u. erste Entwicklung sind schon im Alt. dunkel (Strab. 14,64,7; Hor. ars 77). Wort, Flöte und der (urspr. orgiastische?) Inhalt (Klage, Schmerz, Leid, Freude) deuten auf fremde Herkunft, Dialekt und Vers auf hom.-ionische, beides nach Kleinasien. Möglicher Anlaß war Totenklage bzw. Symposion, oder beide vereint im Totenmahl (O. WEINREICH, H 62, 1927, 118). Dazu fügen sich kaum die ältesten E., die zu Kampf und politischem Streit rufen; freilich deutet die schon vollendete Technik der Form auf (uns nicht erkennbare) Vorentwicklung. Kallinos von Ephesos, Archilochos von Paros und Mimnermos von Kolophon sind die Archegeten. Kall. ruft zum Kampf für die Heimat auf. Archil. füllt seine E. mit seinen lebensbejahenden Gefühlen um Krieg, Frieden, Eros und Tod (frg. 7 D), Mimn. fordert erstmals zur Liebe auf ob der Kürze des Lebens und der Sorgenerfülltheit der Welt; nach ant. Urteil Dichter der Liebe (Hermesianax frg. 2,35ff. D; Hor. ep. 2,2,101; Prop. 1,9,11), Archeget der nach einer Frau benannten E.-Bücher, wissen wir nichts über die Art seiner »Nanno« ([19],112); ebensowenig über Anakreons ἐλεγεῖα (CHRIST-SCHMID 1,438,14). Im Mutterland dichten zuerst Tyrtaios und Solon E.; Tyrt., wohl Spartaner von Geburt (LESKY, GGrL, 1963[2], 140), ruft, selber Kämpfer, zum Kampf. Sol. weitet den Kreis der Angesprochenen (alle Athener) wie den Inhalt der E. (philos.-politisch wie menschlich-persönlich). Weniger deutlich als E.-Dichter sind Semonides von Amorgos, Phokylides von Milet, Asios von Samos. Die E. wird im 5. Jh. Symposiendichtung, Unterhaltung, Belehrung. Xenophanes von Kolophon, Reformer voll Glut (H. HERTER, WS 69, 1956, 47), füllte seine Lehren in die Gelagepoesie (vgl. Plat. symp.) und schuf die Technik der im Gedicht ablaufenden Handlung. Leichterer Art war die Gelagedichtung des Ion von Chios, Dionysios Chalkus (der den Pentam. vor den Hexam. setzt) und Euenos von Paros. Den paränetischen, bis ins Römische erkennbaren (W. ABEL Die Anredeformen bei der röm. E., 1930) Charakter – auch in der Ansprache an nur einen – zeigt die Sammlung der E. und – nie genau abgetrennten (Hor. ars 75f.) – Epigramme des Theognis. Neben Gelageliedern stehen Sprüche und Mahnungen an Kyrnos oder einen anonymen παῖς, eine Erziehungslehre aristokratisch-pessimistischer Schau, auch eine Liebeslehre, aber kein persönliches Liebesbekenntnis. Grundlegend für

alle Zeit sind gewisse Formelemente: Antithesenschritt, Ringkomposition, assoziative Gedankenführung (W. J. VERDENIUS, LEG 73, 1960, 352ff.). Meister der Weihe- und Trauer-E. wie des Epigramms war Simonides von Keos; Erregung von Mitgefühl (Catull. 38,8; Hor. c. 2,1,30) und Darstellung des Zart-Weiblichen (frg. 13 D) waren berühmt. – Versinken der adeligen Gesellschaft, Zersingen einer einst wenigen vorbehaltenen Form, dazu die Entwicklung der künstlerischen Prosa, Verschwimmen der γένη-Grenzen (Erinna von Telos dichtet E. in dor. Hexam.), sind Kennzeichen des Niederganges im 4. Jh. Antimachos von Kolophon eröffnet neue Wege; in Nachfolge des Panyassis von Halikarnaß (Epos in Distichen) fügt er den Mythos in die E. und vereint im »Lyde«-Buch viele, meist unglückliche Liebessagen, Vorbild für spätere Katalogdichtungen. **3.** Die hellenistische E.: Schöpfung eines engen Kreises um Ptolemaios II. und Arsinoe II., verging sie bald nach dem Tod der Fürsten. Die Dichter, bedeutende Gelehrte, suchen, abseits ausgetretener Wege, auch unter Rückgriff auf (uns verlorene) Vorstufen – etwa der dor. Dialekt in Kall. h. 5 nach früheren Hymnen ([2],2270)? – in Sprache, Stil und Inhalt Neues, Überraschendes, Pretiöses. Die τέχνη wird Norm (R. PFEIFFER, Philol. 87, 1932, 217). Der Mythos unter erotischem Aspekt, seltene Sagen zur Deutung von Festen, Bräuchen, Stiftungen, Katasterismen, Enkomien auf Fürsten und Sportsiege, alles ist kunstvoll (bis zur Zahlenproportion: E. CASTLE Ztschr. für Ästh. und allg. Kunstwiss. 37, 1943, 42ff.) komponiert, gefühlsdurchdrungen erzählt (K. LATTE Philol. 90, 1935, 134ff.) – eine Kunst der Exklusivität. Der Bedeutendste ist Kallimachos von Kyrene, jünger sind Eratosthenes von Kyrene (Katasterismos: Erigone), Alexandros von Pleuron (Phainomena), Simmias von Rhodos (Μῆνες: Vorbild für Ovids Fasti?), Euphorion von Chalkis. Älter als Kall. ist Philetas von Kos, der wieder ein E.-Buch nach einer Frau benannt hat (»Battis« oder »Bittis«, doch vgl. M. PUELMA Philol. 101, 1957, 97); dann Hermesianax (»Leontion«) und Parthenios von Nikaia (»Arete«). Liebe, zumeist unglückliche, ist Hauptsujet – aber ist sie Selbstdarstellung, Bekenntnis eigenen Fühlens? Dies ist das Problem der postulierten (FR. LEO Plautin. Forsch., 1895[2], 146ff. J. MARTIN, WJ 2, 1947, 193), h. meist abgelehnten [18],59ff.; [20],179ff.) »subjektiven« E. der Alexandriner. Das Fehlen der Texte erschwert Beweis wie Gegenbeweis. **4.** Die röm. E.: Kürze der Blüte (ca. ½ Jh.), Exklusivität des Publikums, Absetzung als *ludus poeticus* gegenüber dem Epos (H. WAGENVOORT. LEC 4, 1935, 108ff.), Sorgfalt in Sprache, Metrik und Komposition, ferner die Thematik (Eros, Hymnos, Enkomion, Aition, Mythos) verbinden sie mit ihren Vorbildern: Mimnermos, Philetas, Kallimachos (Prop. 2,34,31. 3,1.3,9,43.4,6,3. Ov. a.a. 3,329; rem. 759ff. Stat.

silv. 1,2,252). Weitere Quellen sind altgriech. Lyrik (Sappho), Epigramm ([15],81 ff.), Komödie, Rhetorik der Schule (R. REITZENSTEIN Hellen. Wundererzählungen, 1906, 152ff.; doch vgl. [10], 38ff.). Trotz aller imitatio ist sie ein durchaus röm. Geschöpf; anders als bei den Alexandrinern wird der Beruf des Dichters wie sein Liebesbekenntnis so ernst genommen wie altröm. Berufe und Werte ([14], passim), er selbst scheut nicht den Dienst unter seiner schönen, anmutigen, göttinnengleichen *domina* (F. KLINGNER Röm. Geisteswelt, 1960^4, 225. L. ALFONSI Festschr. Enk, 1955, 35ff.). Erwachsen in Opposition zu fragwürdig gewordenen Lebenswerten, verliert die E. in der Kaiserzeit ihre Lebensgrundlage. – Dunkel bleibt die lit. Vorgeschichte. Das Distichon führt Ennius ein, später verwenden es Lucilius, Valerius Aedituus ([20], 57), Porcius Licinus und Q. Lutatius Catulus epigrammatisch, mit erotischem Inhalt, nach alexandrinischem Vorbild. E. schufen erstmals die Neoteriker. Kaum faßbar sind die E. (oder *nugae*? Vgl. L. ALFONSI Poetae novi, 1945, 81 ff.) des P. Terentius Varro Atacinus auf Leucadia sowie jene des C. Licinius Calvus auf Quintilia (Catull. 96. Prop. 2,34,85ff. [20],70ff.) und des Schulhauptes Valerius Cato auf Lydia. Bei C. Valerius Catullus erfolgte der Durchbruch seines freud- und leidvollen Liebeserlebens und schwermütigen Todesbewußtseins im Lied (c. 65.67.68: A. SALVATORE Phoibos 6/7, 1951/53, 7ff. L. ALFONSI Gedenkschr. G. Rohde, 1961, 9ff.; [20],263). Als inventor der röm. E. galt (Ov. trist. 4,10,51. Quint. inst. 10,1,93. Diomed. 484,21 KEIL) C. Cornelius Gallus. Er dichtete nur E., besang darin seine Geliebte Lycoris, ließ (nach Catull.) im griech. Mythos Persönliches widerklingen, berührte vielleicht bukolische Themen (Verg. ecl. 10,32ff.) und gab 4 B. unter dem Titel »Amores« als literarische Einheit heraus ([15],67ff. L. WINNICZUK Meander 14, 1959, 223ff.). In seinen und Catulls Bahnen ([10],51) folgen Albius Tibullus, Sextus Propertius und P. Ovidius Naso. Aus der (z.T. übernommenen) Themenvielfalt (Freundschaft, Feste, Feiern, Tod, Sagen) ragt das römischeste hervor: die Liebe zu einer Frau (die Knabenliebe tritt zurück) mit allem Glück und Schmerz. Aus Erlebtem und Erdachtem formt der Dichter, literarische Tradition mitverwebend, ein Kunstwerk persönlichen Charakters (A. SALVATORE a.O. 36ff.; Versuch einer Definition: A. L. WHEELER Catull, 1934, 159), keinen bloßen Abklatsch der Wirklichkeit (daher das Pseudonym für die Geliebte: U. KNOCHE, G 65, 1958, 153f.). Tibulls melancholischen E. auf das Glück des einfachen Landlebens steht Properz gegenüber, bereits um eine Position im Augusteischen Rom ringend, leidenschaftlicher, selbstbewußter (KNOCHE a.O. 162ff.; [10],133ff.), gelehrter, gedrängt-fülliger und farbiger im Stil, reicher an Themen. Ovid, schon unproblematisch eingebettet in die *aetas aurea*, dichtet in geistvoll-künstlerischem Spiel: Liebesempfinden von Mann und Frau (am.; dann her.: nach Prop. 4,3), Lehre für und gegen die Liebe (ars und rem.), Ausweitung der ätiologischen E. (nach Prop. 4,2.4,9.4,10) zum »Epos« (fast.) und, aus Leid geboren, Selbstbekenntnisse (trist.; Pont.). – Nur im Schatten der Großen überlebten wenige E.-Dichter den literarischen Untergang. Im Corpus Tibullianum die erlebnistiefen Kurz.-E. der vornehmen Sulpicia; 6 E. eines unbekannten Lygdamus ([10],201 ff.) und ein Kranz von 5 E. (von Tib.?: [10],107f.). Unter Ov.' Namen das Lied der Nux und ein Trostgedicht auf Livia, unter dem Verg.' 2 E. auf Maecenas. Dichter aus dieser und späterer Zeit (Valgius Rufus, L. Varius Rufus, Domitius Marsus, C. Passennus, Arruntius Stella u.a.: SCHANZ-Hos. 2,562f.) bleiben bloße Namen. Später wurden E. verschiedenen Inhalts (Ausonius, Parentalia; Epitaphien; ein Trauerlied auf den Vater; Rutilius Claudius Namatianus, Loblied auf Rom, als Einlage in De red. suo) und zuletzt noch Liebes-E. eines Greises Maximianus geschaffen. Auch chr. Dichter dichteten E.: so Sedulius, Orientius, Ennodius, Arator, Boethius, Dracontius u.a.

5. Nachleben: Nach der Wiedererweckung im Humanismus trennt sich in den nationalen Sprachen die E. als Gattung einer empfindsam-melancholischen Lyrik von der distichischen Form, die, von wenigen Versuchen im Englischen abgesehen, nur im Deutschen verwendet wird, aber auch da nicht ausschließlich: Opitz, Klopstock, der Göttinger Hain, vor allem Goethe (Röm. E.), Schiller und Hölderlin, später Mörike, Geibel, von Saar, zuletzt Rilke, George, Hofmannsthal, Werfel, Kölwel, Krolow als wichtigste Dichter von E. Im Französischen sind die ersten E.-Dichter Ronsard, Desportes, Bertaut (16. Jh.), später La Fontaine, Parny, Bertin, schließlich Chénier (Élegies à Lycoris!), Millevoye u.a. Im Italienischen werden »elegische« Dichtungen seit Petrarca, Liebesdichtungen bes. seit dem Cinquecento geschaffen: L'Ariosto, Bernardo Tasso, später Carducci, Pascoli, D'Annunzio, Malvano u.a. Einzigartig in der germanischen Welt ist die altenglische E. in stabender Langzeile (einiges aus dem 9.–10. Jh. ist erhalten). Distichen wurden von Spenser (16. Jh.) und später von Swinborn und Watson (19. Jh.) versucht, Hammond, Gray, Shenstone verwenden eine vierzeilige Strophe. K. V.

1. *L. Alfonsi-W. Schmid* E. in RACh 1959, 4,1026–1061. 2. *O. Crusius*, RE V 2260–2307,. 3. *G. Funaioli* Elegia antica, Studi di letteratura antica, 1,121–132, 1946. Griech. El.: 4. Anthologia lyrica, ed. *Diehl*, fasc. 1, 1949^3; fasc. 2, 1950^3; vol. 2, 1942^2. 5. *C. M. Bowra* Early Greek Elegist, 1938. 6. *v. Wilamowitz* Hellenist. Dichtung, 1924. Röm. E.: 7. *Morel*, FPL. 8. Poetae Latini minores, ed. *W. Baehrens*, 1–5, 1879–1883. 9. CEpigr. 10. *G. Luck* Die röm. Liebeselegie, 1961. 11. *O. Gruppe* Die röm. Elegie, 1838. 12. *W. Y. Sellar* Horace and the Elegiac Poets, 1899^2. 13. *K. Witte* Die Gesch. der röm. E., 1924. 14. *E. Burck*

Röm. Wesenszüge in der Augusteischen Liebeselegie, H 80, 1952, 163ff. 15. *F. Jacoby* Zur Entstehung der röm. E., RhM 60, 1905, 38ff. 16. *G. Provasi* Il problema del l'origine dell'elegia latina, RIFC 15, 1937, 32ff. 17. *A. A. Day* The Origins of Latin Love-Elegy, 1938. 18. *A. Rostagni* L'influenza greca sulla origine dell'elegia erotica latina, Fond. Hardt, 2, 1953, 59ff. 19. *M. Puelma* Die Vorbilder der E.-Dichtung in Alexandria und Rom, MH 11, 1954, 101. 20. *G. Lieberg* Puella Divina, 1962. – Nachleben: Reallex. der dt. Lit. Gesch., ed. *Merker-Stammler*, 1, 1958^2, »Elegie« *(Wiegand)*. *F. Beißner* Gesch. der dt. Elegie, 1941. *M. Lord* Elegies, 1903. *L. Malvano* L'elegia amorosa nel XVII s., 1908. Enciclopedia Italiana, 13,628 »Elegia«.

Elektra (Ἠλέκτρα, »strahlend«). **1.** Tochter des Okeanos und der Tethys, von Thaumas, dem Sohn des Pontos, Mutter der Iris und der → Harpyien, Hes. th. 265.348. Hom. h. 5,418. Apollod. 1,10. **2.** Danaide, Apollod. 2,19. **3.** Tochter des Atlas und der Okeanostochter Pleione, eine der 7 → Pleiaden. Auf der Kyllene geboren, Apollod. 3,138, gebar sie ebendort oder auf Samothrake dem Zeus → Iasion (Eetion), → Dardanos und Harmonia, Hellan. frg. 56.129. Diod. 5,48. Dion. Hal. 1,61. Apoll. Rh. 1,916. Val. Fl. 2,431 (*tellus Electrica*). Spätere Legende brachte sie mit dem → Palladion in Troia und mit → Korythos in Verbindung. Auf Rhodos hieß sie Alektrona (→ Elektryone) und galt als Tochter des Helios. **4.** Schwester des Kadmos, nach der ein Tor in Theben benannt war, Paus. 9,8,4.7. **5.** Tochter Agamemnons und Klytaimestras. Dem Epos unbekannt, zuerst in Stesichoros' Orestie herausgehoben, ist sie bei den Tragikern mit ihrem Bruder Orestes in verschiedenem Maße an der Ermordung der Mutter und ihres Buhlen beteiligt. Bei Eur. ist sie mit einem draußen wohnenden Bauern verheiratet, bleibt aber Jungfrau. Sie heiratet später Orestes' Freund Pylades; ihre Kinder sind Strophios und Medon. Weil sie in Phokis lebte, kann ihr Grab nicht in Mykenai sein (so ist die Textlücke Paus. 2,16,7 zu ergänzen). Eine andere Version findet sich Hyg. fab. 122 (nach Soph. Aletes): Auf die falsche Nachricht von der Opferung von Orestes und Pylades in Taurien übernimmt → Aletes die Herrschaft in Mykenai, und E. geht nach Delphoi, um Näheres zu erfahren; dort treffen auch Iphigeneia und Orestes ein. Jetzt hört E., Iphigenie habe ihren Bruder geopfert; da reißt sie einen Feuerbrand vom Altar, um ihre Schwester zu blenden. Schließlich klärt sich alles auf. Vgl. Apollod. epit. 2,3ff. Darstellungen von den streng rf. Vasen bis zu den röm. Sarkophagen. Deutung der Neapeler Gruppe auf E. und Orestes ist unbegründet. ROBERT Bild und Lied 149ff. 167ff. H. v. G.

Elektron (ἤλεκτρον). Bezeichnung für → Bernstein und für Metallegierung aus Gold und Silber. E. kam in der Natur als Mischmetall vor (Sardes: Soph. Ant. 1037. Spanien: Plin. nat. 33, 22,1). In künstlicher Herstellung ist es ein Gemisch aus 3–4 Teilen Gold und 1 Teil Silber (Plin. a. O., Serv. Aen. 8,402. Isid. orig. 16,24,2), das schon in früher Zeit verarbeitet wurde, z. B. ein Diadem aus Mykenai um 1600 v. Chr. (Arch. Museum Athen, Kat.-Nr. 37), als Schmuck im Palast des Menelaos (Hom. Od. 4,71ff.), Tempelinventar von Lindos (Plin. nat. 5,36,1). E.-Gefäße sind oft belegt (Verg. Aen. 8,402.624; georg. 3,522. Sil. Ital. 1,229. Martial. 8,51,5. H. A. Alex. Sev. 25). E.-Münzen sind für Kleinasien, Griechenland, Sizilien, Karthago und für Campanien (BABELON Descr. 1, 29) erwiesen. G. Sch.

Elektryon (Ἠλεκτρύων). Tirynthischer oder mykenischer Heros, Sohn des Perseus und der Andromeda, Gemahl der Anaxo, der Tochter des → Alkaios, Vater der → Alkmene (s. auch → Amphitryon). Alle Söhne außer dem unmündigen (oder unehelichen) Likymnios verlor er im Kampf mit den Teleboern. Hes. Asp. 3. Apollod. 2,4,5f. Hyg. fab. 244. Paus. 2,25,8. Latinisiert *Electrus* Plaut. Amph. 99. H. v. G.

Elektryone (Ἠλεκτρυώνη). **1.** Patronymikon der Alkmene als Tochter des Elektryon. Hes. Asp. 16.35.86. **2.** (Alektrona) rhodische Heroine, Tochter des Helios und der Rhodos. Diod. 5,56. Sch. Pind. O. 7,24. **3.** = Elektra 3. H. v. G.

Eleon (Ἐλεών). Bei Hom. Il. 2,500 genannte Stadt Boiotiens, in hist. Z. Dorf Tanagras, wohl die ausgedehnten Ruinen auf einem Felshügel bei Dritsa 11 km n.w. von Tanagra mit schon myken. Scherben. Strab. 9,2,12 p. 404. 2,14 p. 405. 5,18 p. 439. Paus. 1,29,6. Plut. mor. 301 A–C. E. M.

1. *Bursian* Geogr. Griechenl. 1,223f. 2. *V. Burr* Νεῶν κατάλογος, Klio Bh. 49, 1944, 22f. 3. *Philipps.-Kirst.* 1,513.

Eleos (Ἔλεος), das »Mitleid«, τεθνεῶσιν ἐπιεικὴς θεός Timokl. frg. 31 K. Der von den Athenern dem E. errichtete Altar (Paus. 1,17,1. Diod. 13,22,7. Stat. Th. 12,481ff.) war ein bekanntes → Asylon (Lukian. Dem. 57 m. Sch. Liban. or. 22,1ff. Sch. Aischin. 2,15), angeblich in myth. Zeiten zurückreichend (Apollod. 2,1,67. 3,79. Philostr. ep. 39. Lact. Theb. 12,497). Man identifiziert ihn seit U. v. WILAMOWITZ (PhU 1, 1880, 201,4) mit dem Altar der Zwölfgötter (M. CROSBY, Hesp. Suppl. 8, 1949, 102. [2],49ff.), neuerdings auch wieder mit dem des Zeus Ἀγοραῖος (A. N. OIKONOMIDES, Τὰ Ἀθηναϊκά 16, 1960, 1ff. Vgl. [1],438). W. F.

1. *C. Wachsmuth* Die Stadt Athen im Alt. 2, 1890, 436ff. 2. *H. A. Thompson*, Hesp. 21, 1952, 47ff. 3. *R. E. Wycherley*, CQ 48, 1954, 143ff. 4. *G. Zuntz*, CM 14, 1953, 71ff.

Elephantine (altäg. ꜣbw) galt als südlichste Stadt Äg. und Grenzfestung gegen Nubien; seit 3. Dyn. nachzuweisen, hat es seinen Namen wohl vom Elfenbeinhandel erhalten. Stadtgott war ein widderköpfiger Chnum, daneben die eine Federkrone tragende Anukis und die Gazellengöttin Satis, Herrin der s. liegenden Insel Sehel. In E. residierten im A. R. die kgl. Expeditionsleiter, deren Gräber noch jetzt unter der Kubbet el-Hawa erhalten sind. Hist. erschöpfte sich die Rolle der Stadt in ihrer Aufgabe als Festung und Handelsplatz. Religiös galt E. als myth. Quellort des Nil, der hier aus dem Bein des Osiris in einer Höhle entstehen sollte (vgl. Hdt. 2,28). Außerdem lagen auf dem O.-Ufer bei E. bedeutende Granitsteinbrüche, die seit alters ausgebeutet wurden, vgl. Barguet La Stèle de Famine, Kairo 1953; Theophr. *περὶ λίθων* 31. Erhalten sind Reste des Chnumtempels aus der Zeit Alexanders mit den Begräbnisstätten der hlg. Widder; 2 kleine Tempel aus der Zeit Thutmosis' III. und Amenophis III. sind vor 100 J. abgerissen worden. Bedeutsam ist der Fund einer Kultkapelle eines vergöttlichten Gaufürsten, sowie der Nilometer (röm., vgl. Strab. 17,817). In den Resten der Siedlung auf der S.-Spitze der Insel fanden sich die Urkunden einer jüd. Militärkolonie, die in der Zeit der Perser dort stationiert war (Sachau Aram. Pap. und Ostraka; Kraeling Brooklyn Mus. Aramaic Pap., 1953). Von der Besatzung in röm. Zeit berichtet Tacitus (ann. 2,61). W. H.

Elephantis s. Pornographie

Elephenor (*Ἐλεφήνωρ*). Sohn des → Chalkodon (Nr. 1). Als Freier Helenes nahm er am Zuge gegen Troia mit 40 Schiffen teil. Die Abanten, die er führte, hatte er von einer Klippe im Euripos aus zum Kampfe aufgerufen; wegen versehentlicher Tötung seines Großvaters Abas war er aus Euboia verwiesen. Ihm folgten nach Troia auch die Söhne des Theseus, → Akamas. E. fiel von der Hand → Agenors (Nr. 2). Hom. Il. 2,540. 4,457. Apollod. 3,130. Lykophr. 1034. Paus. 1,17,6. E. galt als Gründer von Amantia in Illyrien. H. v. G.

Kullmann H(ES 14) 122f.

Eleusinia (*Ἐλευσίνια*). a) Penteter. und trieter. Fest. (P. Boesch, PhW 37, 1917, 155ff.) agonalen bzw. panegyr. Charakters (Dekret von Gonnoi: A. S. Arvanitopulos, EA 1914, 10. P. Foucart, REG 32, 1919, 190ff.), wahrscheinlich im → Metageitnion oder → Boedromion (R. van der Loeff De ludis E., 1903, 74ff. [1], 102f.), mit *πομπή* und Opfern u.a. an Ge, Hermes *Ἐναγώνιος*, die → Chariten, Triptolemos *Τελεσίδρομος* (IG I^2 5. A. Koerte, Gl 25, 1936, 134ff.). Der Agon war den Herrinnen von Eleusis, Demeter und Kore, geweiht, Siegespreis daher eine Ration heiliger Gerste (Sch. Pind. O. 9,15b. [3],91f.). b) Eine Anzahl agrar.-eueter. Begehungen in Attika (M. P. Nilsson, Eranos 42, 1944, 70ff.) zu Ehren der altmediterranen Frauen- und Saatgöttin → Demeter *Ἐλευσ(ιν)ία - Ἐλευθία*, mit den Symptomen sexueller Fruchtbarkeitsmagie ([2],165) und primitiver, gentilizisch gebundener Initiation (F. Speiser, ZfE 60, 1928, 362ff. R. Pettazzoni, AeR 17, 1914, 377) im rel. Denken prähellen. Hackbaukultur wurzelnd (G. Daniels, Mn 1948, 94ff.); zu → Eleusis selbst unmittelbar präsent in den Vegetationsfesten Haloa, Proerosia, Chloia, Kalamaia sowie der agonalen Balletys (Ath. 9,406d. Hom. h. Dem. 265ff. Nilsson Griech. Feste 414. [3],69), mittelbar als vorwiegend tellurisch-maternales Substrat ([2],162.195ff. → Baubo) in den el. → Mysterien (K. Pruemm, Anthropos 30, 1935, 215ff. S. Eitrem, SO 20, 1940, 133ff.): so scheint das Entsenden des Erstlingsgetreides (*ἀπαρχαί*) nach Eleusis (Rohde Psyche 1,282) urspr. einem Thesaurismos in den subterranen Speichern (F. Noack Eleusis, 1927, 194ff.) der Kornherrin gedient zu haben (F. M. Cornford Stud. W. Ridgeway, 1913, 153ff.). Die arch. Daten für das Telesterion u. seine Umgebung (G. E. Mylonas *Ἐλευσινιακά* 1, 1932, 1ff. AJA 40, 1936, 415ff. [5], 28ff. K. Kuroniotis, *Ἀρχ. Δελτ.* 14,1931/32, 54ff. ARW 32, 1935, 52ff.) gestatten es, auf eine rustikal-primitive Vorform der Weihen im *ἀνάκτορον* des myken. Stammesherrn (Palast des Keleos: h. Dem. 96.184. [6],14f.) rückzuschließen (L. Deubner, ADAW 1945/46, 2. [3],90f. Nilsson GgrR 1,474f.). Zumindest entstammten die Spitzen des Kultpersonals (Hierophant, Daduchos, Keryx, Altarpriester [2],175ff.) den alten epichor. Geschlechterverbänden der Eumolpiden und Keryken-Kekropiden (Isokr. 4,157. J. Toepffer Att. Genealogie, 1889, 24ff. 86ff.); die el. Krokoniden (Paus. 1,38,1f. Toepffer 103ff.) erfüllten seit jeher ein wichtiges Amt im präparator. Stadium der Mysterien, das apotrop. Umwinden der *μύσται* mit Wollfäden (*κροκοῦν* Anecd. Bekk. 1,273,25. W. Deonna, REG 42, 1929, 169ff.). Aus der Fülle kathart. und prophylakt. Handlungen im Bereich der kleinen und großen Mysterien ([3],70ff.) betonen die rit. Waschungen (Polyain. 3,12,2. 5,17,1. Clem. Al. strom. 5,70,7. P. Roussel, BCH 54, 1930, 51ff. Ch. Picard, RHR 154, 1958, 129ff.) und die Speisetabus (P. R. Arbesmann, RVV 21,1, 1929, 75ff.) den Charakter der Initiation (C. Clemen, Anthropos 18/19, 1923/24, 431ff. 436. Speiser 366ff.). *Νηστεία* und Trinken des Kykeon als Bestandteile des el. Synthema (Clem. Al. potr. 21,2. A. Delatte, BAB 40, 1954, 699ff. 710ff.) fordern dazu auf, auch den primären Sinn des *ἐργάζεσθαι* mit dem unbekannten Inhalt von *κίστη* und *κάλαθος* (L. Ziehen, GGA 197, 1935, 455) aus den sakr. Gepflogenheiten primitiver Bäuerlichkeit herzuleiten (van der Loeff, Mn 45, 1917, 361ff. E. Maass, ARW 21, 1922, 260ff. Speiser 369f. Delatte 690ff.). Gleiches gilt für die *ὕε κύε*-Formel (Prokl. in Tim. 293c) und die Ährenepoptie (Hippol. ref. 5,8,39). Übertragung in die Symbolik der menschlichen Sexualsphäre (Koerte, ARW 18, 1915, 116ff.; s. aber Ziehen, Gn 5, 1929, 152f.) lag als Möglichkeit immer nahe, wenngleich man den Hieros-Gamos Zeus-Demeter (Sch. Plat. Gorg. 497c) und die Brimos-Geburt (Hippol. a.O.) als analoge anthropopath. Dromena ([3],86f.) neuerdings aus dem echten Kultrepertoire der E. ausklammert (Mylonas, EEAth 9, 1958/59, 42ff. Nilsson 1,662). Davon abgesehen bietet die den E. zugrunde liegende Mythologie mit Koreraub, Demeterzorn und Triptolemosmission sowohl agrar. wie katachthon. Motivgehalten Raum; das lokale Pantheon enthält neben dem epichthon. Paar der beiden Göttinnen (τὼ ϑεώ) das unterweltliche Pluton-Persephone (ὁ ϑεός, ἡ ϑεά) nebst der finsteren Kore-Bewacherin Daeira (H. VON PROTT, MDAI 24, 1899, 258ff. [4],81ff.); von den Kultheroen tragen Triptolemos mit Pflug und Ähre auf dem Schlangenwagen und der schweinehütende, von der Erde verschlungene Eubuleus gleichermaßen agrar. wie tellur. Züge (O. KERN, MDAI 16, 1891, 1ff. [4],84ff.). W. F.

1. *H.G. Pringsheim* Arch. Beiträge zur Gesch. des el. Kultes, 1905. 2. *M.J. Lagrange*, Rev. Bibl. 16, 1919, 157ff. 3. *L. Deubner* Att. Feste, 1932. 4. *M.P. Nilsson*, ARW 32, 1935, 79ff. 5. *G.E. Mylonas* The hymn to Demeter and her sanctuary at Eleusis, 1942. 6. *Ders.* Eleusis and the E.Mysteries, 1961.

Eleusis (Ἐλευσίς). Ortschaft und Demos der Phyle Hippothontis in Attika mit dem berühmten Mysterienheiligtum. E. liegt etwa 21 km w. von Athen, mit diesem durch die »Heilige Straße« verbunden, an der Küste der Bucht von E. auf und um den ö. Teil eines niedrigen, 1,5 km langen Hügelzuges unmittelbar am Ufer, dessen W.-Gipfel, der einst eine hellenist. Festung und einen ma. Turm trug, h. durch Steinbrucharbeiten völlig verschwunden ist, während der etwas höhere O.-Gipfel (63 m) die Akropolis von E. bildete, Siedlung bereits mittelhelladisch, in myken. Z. befestigt, ebenso in hist. Z. Das Heiligtum lag außerhalb der myken. Stadt am O.-Abhang des Stadtberges, aber innerhalb der klass. Stadtmauer und war seit dem 6. Jh. v. Chr. gesondert ummauert mit Erweiterungen im 5. und 4. Jh. v. Chr. Eine besondere Mauer trennte das innere eigentliche Heiligtum von einem äußeren, mehr profanen Teil. Haupteingang waren die nach dem Muster der Propylaeen von Athen gebauten »Großen Propylaeen«, in der jetzigen Form aus der Zeit Marc Aurels, in den inneren heiligen Bezirk führten die »Kleinen Propylaeen«, um 50 v. Chr. von Appius Claudius Pulcher begonnen und von seinen Neffen vollendet. Ältestes Weihehaus schon myken. in Form eines Megaron, mehrfach stets an der gleichen Stelle umgebaut; erhielt seine spätere Form als Telesterion für den Vollzug der Mysterien im 6. Jh. v. Chr., unvollendet gebliebener Neubau unter Kimon, endgültiger Ausbau durch Iktinos und Nachfolger im 5. Jh.; nach Verwüstung im Kostobokeneinfall (s. u.) neu hergerichtet. Quadrat. Bau von 52 : 52 m mit 6 Türen, 6x7 Innensäulen, an den Wänden umlaufenden Sitzreihen für die Zuschauer und »Anaktoron« in der Mitte. Um 330 v. Chr. im O. durch Philon Anbau einer Vorhalle von 12 dor. Säulen. Beiderseits führen Felstreppen zu einer künstlichen Felsterrasse mit einem Tempel röm. Z. an ihrem N.-Ende. Innerhalb der Kleinen Propylaeen Tempel und Höhle des Pluton, daneben auf besonderer Terrasse Tempel röm. Z., verschiedene Nebenbauten im inneren und äußeren heiligen Bezirk. Der Platz vor den Großen Propylaeen wurde in der Kaiserzeit monumental ausgebaut mit dem Brunnenhaus Kallichoron neben den Propylaeen, Tempel der Artemis Propylaia, Altären, umgebenden Säulenhallen und Torbau in der SO.- und SW.-Ecke nach dem Muster des Hadriansbogens in Athen. S.w. des heiligen Bezirks röm. Thermen, Mithraeum, röm. Hafen und weitere Gebäude. Nekropole vor allem am Weg nach Megara. Paus. 1,38,6f. beschreibt aus religiösen Gründen nur Gebäude außerhalb des Heiligtums.

E. war urspr. selbständig, ebenso 403–401 als Zufluchtsort der »Dreißig«, 170 n. Chr. Einfall der Kostoboken, 395 n. Chr. Verwüstung durch die Goten Alarichs. Ende des Kults wohl im 5. Jh. n. Chr. → Eleusinia. Mysterien. E. M.

1. *F. Noack* E., 1927. 2. *K. Kuruniotes* Ἐλευσινιακά I 1932. 3. *Ders.* E., Führer durch Ausgrabungen und Museum, 1934. 4. *Ders.* Das eleusin. Heiligtum von den Anfängen bis zur vorperikl. Z., ARW 32, 1935, 52ff. 5. *G.E. Mylonas* The hymn to Demeter and her sanctuary at E., 1942. 6. *Ders.* E. and the Eleusinian mysteries, 1961. 7. *N. Bonacasa* E., Enciclopedia dell'arte antica 3, 1960, 301ff. 8. *Philipps.-Kirst.* 1,862f. 9. *J. Travlos* The topography of E., Hesp. 18, 1949, 138ff. 10. *K. Kuruniotes–G.E. Mylonas* Excavat. at E. 1932, AJA 37, 1933, 271ff. 11. *G.E. Mylonas* Eleusiniaka, AJA 40, 1936, 415ff. 12. *J. Travlos* Ἐλευσίς 1950–1960, Ἀρχ. Δελτ. 16, 1960, Χρον. 43ff. 13. *O. Rubensohn* Das Weihehaus von E. und sein Allerheiligstes, JDAI 70, 1955, 1ff. 14. *J. Travlos* Τὸ ἀνάκτορον τῆς Ἐλευσῖνος, ΕΑ 1950/51, 1ff. 15. *H. Berve–G. Gruben* Griech. Tempel und Heiligtümer 1961, 193ff. 16. *H. Hörmann* Die inneren Propyläen von E., 1932. 17. *O. Deubner* Zu den großen Propyläen von E., MDAIA 62, 1937, 73ff. 18. *P. Faure* Ploutonion, BCH 82, 1958, 800ff. 19. *K. Lehmann-Hartleben* Die ant. Hafenanlagen, Klio Bh. 14, 1923, 200f. 20. *G.E. Mylonas* E. in the bronze age, AJA 36, 1932, 104ff. 21. *U. Kahrstedt* Eine Urkunde der Republik E., NGG 1932, 77ff. (SEG X 60). 22. Ausgrabungsber. bes. in den Πρακτικά und Ἀρχ. Δελτ.

Eleutherai (Ἐλευϑεραί). Urspr. zu Boiotien, seit dem E. des 6. Jh. v. Chr. zu Attika gehörende Ortschaft am S.-Fuß des Kithairon an der Straße über den Dryoskephalaipaß; Reste beim h. Kaza, darüber das Kastell Panakton = Gyphtokastro (RE XVIII 449). Aus E. stammt der Kult des Dionysos Eleuthereus am S.-Abhang der Akropolis mit dem Theater und der Bildhauer Myron. Neuere Grabungen und Funde (Tempel, chr. Basiliken) Πρακτικά 1939, 44ff. AA 55, 1940, 171ff. 57, 1942, 107f. Paus. 1,38,8f. Xen. hell. 5,4, 14. Arr. an. 1,7,9. Athen. 11,486d. Strab. 9,2,31 p. 412. Eur. Suppl. 757ff. IG I² 943,96 = TOD 48. IG I² 400 = Syll. I³ 51. IG I² 537. E. M.

1. *A. Milchhöfer*, RE V 2345. 2. *K. Beloch*, Klio 11, 1911, 436ff. 3. *U. Kahrstedt* MDAIA 57, 1932, 10ff. 4. *Ders.* Staatsgebiet und Staatsangehörige in Athen 351ff. 5.

N.G.L. Hammond, ABSA 49, 1954, 120ff. 6. *E.Kirsten*, RE XX 2260,13ff. 7. *Philipps.-Kirst.* 1,525f. 975f.

Eleutherios s. Zeus

Eleutherna (*Ἐλευθέρνα*), Eleuthernai (mehrere weitere Varianten des Namens). Ethnikon stets *Ἐλευθερναῖος*, Stadt im n. Mittelkreta am N.-Abhang des Ida, wenig ansehnliche Reste auf einem Kalkhügel beim h. Dorf Prinès, der bis in die Neuzeit den ant. Namen bewahrte. Bündnis mit Antigonos Doson [3],20. Belagerung durch Polyrrhenia und Verbündete 220 v.Chr. (Pol. 4, 53–55), Beteiligung am Bündnis der kret. Städte mit Eumenes II. von Pergamon 183 v.Chr. (Inscr. Cret. IV 179 = Syll. II³ 627,4). 67 v.Chr. von Metellus erobert (Cass. Dio 36,18,2. Flor.1,42,4). Spätant. Bischofssitz (Le Quien Oriens christianus 2,269f. [3] 145. Not. episc. 8,226. 9,135). Inschr. [3]. SEG XIII 463. Mz. Head HN² 464f. [3],145f. E. M.

1. *T.A.B. Spratt* Travels and researches in Crete 2, 1865, 89ff. 2. *Bürchner*, RE V 2351ff. 3. *M.Guarducci* Inscr. Cret. II 1939, 141ff. (mit allen Quellenbelegen und Lit.). 4. *H. van Effenterre* La Crète et le monde Grec de Platon à Polybe 1948 passim (s. Index).

Eleutherolakones. Bund der einst Sparta zugehörigen Periökenorte (*κοινὸν τῶν Λακεδαιμονίων*), seit 195 v.Chr., als Rom die lak. Küstenorte dem achaiischen Bunde unterstellte. Liv.35, 13,2.38,31,2. Strab.8,366. Head HN² 435. Augustus bildete 21 v.Chr. das *κοινὸν τῶν Ἐλευθερολακώνων*. IG V 1161.1167.1177.1243.1360. Paus. 3,21,7 nennt 18 der 24 Orte. H. V.

K.M.T. Chrimes Ancient Sparta, 1952, 435ff.

Elfenbein. Als kostbares Material für dekorative und repräsentative Schnitzarbeiten ist E. schon der minoischen und myken. Kultur wohlbekannt und seitdem aus der Ant. nicht mehr wegzudenken. E. kam als Rohmaterial, in älterer Zeit auch verarbeitet, aus Afrika, vielfach über Phoinikien-Syrien, seit Alexander d.Gr. auch aus Indien. Das afrikan. E. mußte im Lauf des Altertums immer weiter s., bis Äthiopien hinunter, gesucht werden. Als Ersatz dienten Nilpferd- und Eberzahn und Knochen. Noch in den röm. Triumphzügen werden ganze E.-Zähne als bes. geschätzte Beute (*captivum ebur* Hor.epist. 2,1,193) mitgeführt, Liv.37,59,3. Die Verarbeitung geschah mittels Schnitzmesser, Bohrer, Feile; die Oberfläche, manchmal geritzt, wurde oft bemalt, die Technik des Aufweichens der Zähne, in griech. Zeit viel geübt, ging später verloren [2]. Arbeiten aus massivem E. kommen nur in kleinem Format vor, z.B. [4.5]. [6] Abb.60, im allg. werden E.-Plättchen auf ein Grundmaterial, meist Holz, aufgeleimt, oder es werden ornamental oder figürlich geschnitzte E.-Plättchen in anderes Material eingelegt, z.B. Paus.5,17,5. Verbindung mit weiteren kostbaren Materialien ist möglich. Den höchsten Ruhm hatten im Altertum die Gold-E.-Bilder (z.B. Zeus, Athena des Pheidias, Hera des Polyklet) der klass. Bildhauer, die später schwächliche Nachfolge fanden (z.B. durch Leochares in Olympia, Paus.5,20, 10. Poseidongruppe, Stiftung des Herodes Attikos am Isthmos, Paus. 2,1,7); dabei ist durchweg. E. für alle nackten Teile, Gold für Haare, Bart, Gewand usw. benützt. Seit ältester Zeit wird E. verwandt für Luxuswaren, Kästchen, Schwertgriffe, Schmuck, zum Einlegen kostbarer Geräte und Möbel, zur Griffverschalung bei Messern usw. Seltener sind Statuetten aus E., wenn auch von myken. bis in spätröm. Zeit belegt [3.4.5]. [6] Abb.60, häufig Haarnadeln, Würfel usw. Eine bes. Rolle spielt E. in der staatlichen und religiösen Repräsentation, z.B. Athen. 5,202a.205.207, von der poet. Schilderung des Sessels der Penelope Hom. Od.19,56 bis Rom. Hier ist die *sella curulis* des Magistrats mit E. verziert wie der Triumphwagen, sind die Zepter, auch das Adlerzepter des Triumphators, aus E. Palast und Tempel können mit E. geschmückt sein, in der Spätant. liebt man bes. kostbare Geschenke aus E., sowohl Kästchen wie → Diptychen. Die christliche Kirche verwendet E. im gleichen Sinne weiter, vom Buchdeckel über reichgeschnitzte Kästchen und Dosen (Pyxiden), unter denen vor allem die Lipsanothek von Brescia hervorragt, [7] Nr.107, bis zur Kathedra des Bischofs Maximianus von Ravenna, [7] Nr.140, während Bischofstäbe und *flabella* aus E. erst ma. sind. – Zu Schutz und Konservierung des E. dient altes Olivenöl, Plin.nat.15,32. Paus. 5,11,10. Mit E. verbundener Aberglaube: Plin.nat.7,64 und Prop. 5,7,82. Sil.12,239. Martial. 4,62.7,13.8,28, 12: in Tibur bleibt bzw. wird E. immer weiß. W. H. G.

1. *Blümner*, RE V 2356ff. *Kollwitz*, RACh 4, 1959, 1106ff. *Wessel*, RGG³ 419ff. *Albizzati-Becherucci*, Encicloped. Arte Antica 1, 1958, 937ff. 2. *Blümner* Techn. 2,361ff. 3. *Graeven* Antike Schnitzereien aus E. und Knochen 1, 1903. 4. *Wace* Ivories from Mycenae 1, 1961. 5. *Dörig*, MDAI (A) 77, 1962, 72ff. *Walter*, MDAI(A) 74, 1959, 43ff. *Himmelmann-Wildschütz* Bemerkungen zur geometr. Plastik, 1964, Abb. 24–27. 6. *Thompson* Miniature sculpture from the Athenian Agora, 1959, Abb. 2.41.43.60.62. 7. *Volbach* E.-Arbeiten der Spätantike und des frühen MA. 1952.

Elicius s. Iuppiter

Elimea (*Ἐλιμεία, Ἐλιμιῶτις*). Urspr. zu Epeiros gehörige Landschaft, später von den Makedonen erobert, am Oberlauf des Haliakmon s. der Orestis. Noch z.Z. des Aristot. hatten die Elimioten eine eigene Dynastie, eine Seitenlinie der makedon. Dynastie. 382–381 v.Chr. unterstützte der elim. König Derdas die Spartaner im Krieg gegen Olynthos, ein elim. Kontingent kämpfte unter Alexander d.Gr. bei Arbela und später unter König Perseus gegen die Römer. Chr. D.

Oberhummer, RE V 2367ff. *Geyer* Makedonien bis zur Thronbesteigung Philipps II., 2,78ff. u.s. Salonike, 1936, 14ff. *Papasoglu* Makedonski gradovi u rimsko doba, serb. Die makedon. Städte in röm. Zeit, Skopije 1957, 172ff.

Walbank Philip V. of Macedon, 1940, 3 u.ö. *P. Meloni* Perseo e la fine della monarchia Macedone, Rom 1953, 224 u.ö.

Elis (Ἦλις). **1.** Einheimische Namensform *Valis*, Ethnikon Ἠλεῖοι (Ϝαλεῖοι), »Tal, Talleute«, die n.w. Küstenlandschaft der Peloponnes; Grenze im N. gegen Achaia der Fluß Larisos (h. Mana), im O. das innere Achaia (Grenze das Skolliongebirge, h. Santameri) und Arkadien, im S. eine Linie, die etwa vom Kap Phea (Katakolo) nach NO. verläuft. Nach ihrer Eroberung durch E. werden die urspr. selbständigen Landschaften → Pisatis am Alpheios und → Triphylien s. des Alpheios zu Elis gerechnet, so daß nun die Neda die S.-Grenze gegen Messenien bildete. Das eigentliche E. wird auch als das »Hohle E.« bezeichnet.

E. ist zur Hauptsache Schwemmlandebene mit dahinter liegendem breitem Hügelland, das ebenfalls neogen aus Sanden und Mergeln besteht mit einer Höhenlage um 200–400 m ü.d.M. Die Küste ist eine von nur einzelnen isolierten Felsenkaps unterbrochene, von der starken Meeresbrandung in langen flachen Bogen geformte Flachküste ohne einen einzigen guten Hafen. Begleitet ist die Küste von einer Kette seichter Lagunen, die durch Dünenstreifen vom Meer getrennt sind und mindestens z.T. im Alt. noch nicht bestanden. Hauptfluß ist der Peneios, der im Hügelland des Mittellaufs von S. den elischen Ladon aufnimmt.

An ant. Ortschaften werden in E. außer der gleichnamigen Hauptstadt (→ 2) nur genannt Pylos am Zusammenfluß von Ladon und Peneios, Thalamai bei Santameri oder s. davon im gleichen Tal, Myrtuntion im n. E. bei Kapaleti, ein Oinoe im s. E. (RE XVII 2240ff. Nr. 10), ferner an der Küste Kyllene, der Haupthafen für E. (Glarentsa beim h. Kyllini [8]) und Phea (Hg. Andreas an der Außenseite des Kaps Katakolo, N. Yaluris, EA 1957, 1960, 31ff. BCH 83, 1959, 649ff.). Nach O. schließt sich das zumeist von E. abhängige »Bergland« an, die Akroreia, in dem Hügelland zwischen Peneios und Alpheios und z.T. auf der 600–800 m hohen, ö. angelagerten Konglomeratplatte der Pholoe (h. Kapellis). Von den 4 Orten der Akroreia (Xen. hell. 3,2,30. 4,2,16. 7,4,14. Diod. 14,17,8) Eupagion, Halion, Opus und Thraistos ist nur Opus in Gartsiko bei Skiada mit Wahrscheinlichkeit anzusetzen. Noch weiter ö. gegen die arkad. Grenze liegt auf der Pholoehochfläche beim h. Kumani das ebenfalls von E. abhängige Lasion, zu dessen Gebiet auch das oberste Peneiostal zwischen Astras und Skiadovuni gehörte.

Die Landesnatur mit der breiten, fast hafenlosen Küstenebene und dem niedrigen weiten Hügelland dahinter und das günstige Klima mit den für griech. Verhältnisse reichlichen Niederschlägen machen aus E. in Alt. und Neuzeit ein bevorzugtes Agrarland, in dem Großgrundbesitz vorherrschend war. Städte entwickelten sich deshalb und wegen der Offenheit und geringen Gliederung der Landschaft kaum, und auch die Hauptstadt entstand als künstliche Gründung erst 471 v. Chr. Im Alt. wird bes. der Viehbesitz hervorgehoben (z.B. Hom. Il. 11,671ff. Od. 4,635ff. Thuk. 2,25,3. Xen. hell. 3,2,26), und noch Pol. 4,73,5ff. betont die Vorliebe für das Leben auf den Gütern. Plin. nat. 19,20 und Paus. 5,5,2. 6,26,2 rühmen den Anbau der feinsten Flachssorten (Byssos). Dementsprechend spielte E. weder in der polit. Geschichte noch in der Kulturentwicklung Griechenlands eine größere Rolle.

Älteste Zeugnisse menschlicher Besiedlung gehen bis in die ältere Steinzeit zurück [10], weitere prähist. Funde [6. 9], schon damals keine bedeutendere Siedlung. Der Name E. für das Land schon bei Hom. Il. 2,615. 11,673ff. Od. 4,635), doch heißen die Bewohner Epeioi (Ἐπειοί), Il. 4,537. 11, 688ff. 13,686; Il. 11,671 aber Ἠλεῖοι. Im übrigen zur homer. Geographie von E. [9]. Mit der dor. Wanderung wanderten Griechen aus Epeiros und Aitolien ein; der elische Dialekt gehört zur n.w. griech. Gruppe mit manchen Erscheinungen, die mit dem Arkad. gemeinsam sind, die Dialekte der Pisatis und Triphyliens zeigen Besonderheiten. Schon früh suchte der herrschende Adel seine Macht auf die Nachbargebiete auszudehnen, die erobert und zu abhängigen Periökengebieten gemacht wurden, so die Akroreia im O. und vor allem die kleinen Gaue der Pisatis im S. bis zum Alpheios. Letztere Eroberung war besonders wichtig, da die Eleer damit Olympia und die Leitung der Spiele besaßen. Olympia und die Orte an der nach E. führenden »Bergstraße« im Tal der Lestenitsa wurden unmittelbar elisches Gebiet. Diese Eroberung gehört in die Z. um 570 v. Chr., RE XX 1737ff. 1747ff. Auch Skillus scheint damals elisch geworden zu sein, Paus. 5,6,4. 6,22,4.

An den Hauptereignissen des Perserkrieges war E. trotz Zugehörigkeit zum Peloponnes. Bund nicht beteiligt (Hdt. 8,72. 9,77,3), wurde aber trotzdem auf den Weihgeschenken in Olympia und Delphi genannt (Syll. I³ 31,27 = Tod 19. Paus. 5, 23,2). Gleich nach dem Kriege kam es zu einer Verfassungsänderung im demokrat. Sinn nach athen. Muster unter gleichzeitiger Gründung der Hauptstadt E. (472/71 v. Chr., Diod. 11,54,1. Strab. 8,3,2 p. 336. FGrH I Nr. 4 F 113. Paus. 5,9,5). Um die Mitte des 5. Jh. v. Chr. Eroberung von Triphylien (Hdt. 4,148. Strab. 8,3,30 p. 355) außer Lepreon, das aber bald danach in Abhängigkeit geriet (Thuk. 5,31,2). Im peloponnes. Krieg zunächst Teilnahme auf spartan. Seite, dann aber wegen eines Konflikts um Lepreon Bruch mit Sparta und Anschluß an den gegen Sparta gerichteten Bund nach dem Nikiasfrieden. 402/400 Krieg Spartas gegen E., das zur Freigabe aller Periökengebiete und zum Wiedereintritt in den Peloponnes. Bund gezwungen wurde, Xen. hell. 3,2,21ff. Diod. 14,17, 4ff. 34,1. Paus. 3,8,3ff.). Nach Leuktra wieder unabhängig und Rückgewinnung der Periökengebiete n. des Alpheios und von Skillus, Xen. hell. 7,4,12ff. Paus. 5,6,6. Zunächst engerer Anschluß an Arkadien, dann aber 365–363 v. Chr. Krieg mit den Arkadern mit Schlacht auf der Altis und vorübergehende Abtrennung von Olympia als selbständiger Staat Pisa. In den nächsten Jahrzehnten vielfach wechselnde Bündnisse und mehrfache Verfassungsänderungen. Anschluß an den aitol. Bund, dadurch 245 v. Chr. Rückeroberung von Triphylien und Lasion, 219/18 v. Chr. siegreicher Feldzug Philipps V. in E. und Triphylien, wodurch E. im Frieden von 217 Triphylien und Lasion wieder verlor. 191 v. Chr. mußte E. in den achaischen Bund eintreten, womit die selbständige Geschichte von E. endet, mit dem Triphylien seit 146 v. Chr. aber wieder vereinigt wurde. E. M.

1. *E. Curtius* Peloponnesos 2, 1852, 3ff. 2. *K. Bursian* Geogr. Griechenl. 2,267ff. 3. *A. Philippson–H. Swoboda* Elis, RE V 2368ff. 4. *Philipps.-Kirst.* 3,319ff. 5. *A. Skias* 'Ηλείας Τοπογραφικά, EA 1919, 42ff. 6. *J. Sperling* Explorations in E. 1939, AJA 46, 1942, 77ff. 7. *A. Bon* 'Ηλειακά, BCH 70, 1946, 15ff. 8. *J. Servais* Recherches sur le port de Cyllène, BCH 85, 1961, 123ff. 9. *Ders.* Le site helladique de Khlémoutsi et l'Hyrminé homérique, BCH 88, 1964, 9ff. 10. *Ders.* Outils paléolithiques d'Elide, BCH 85, 1961, 1ff. 11. *B. Niese* Drei Kapitel eleischer Gesch., Genethliakon C. Robert 1910, 1ff. 12. *O. Viedebantt* Forsch. zur altpeloponnes. Gesch., 2. E. und Pisatis, Philol. 85, 1930, 23ff. 13. *U. Kahrstedt* Zur Gesch. von E. und Olympia, NGG 1927, 157ff. 14. *Fr. Kiechle* Das Verhältnis von E., Triphylien und der Pisatis im Spiegel der Dialektunterschiede, RhM 103, 1960, 336ff. 15. *C. T. Seltman* The temple coins of Olympia 1921.

2. Die erst 471 v. Chr. gegründete Hauptstadt von → 1 am Austritt des Peneios aus dem Hügelland beiderseits des Flusses, ohne Stadtmauer, h. Palaeopolis mit nur sehr geringen ant. Resten, Paus. 6,23–26,3. Strab. 8,3,2 p. 336f. Ausgegraben bes. das Theater, darunter liegen frühhellad. und submyken. Gräber. E. M.

1. *J. G. Frazer* Pausanias 4,101ff. mit der älteren Lit. 2. *Philipps.-Kirst.* 3,344. 3. *O. Walter* Ausgrabungen in E., Ber. über den 6. Intern. Kongreß f. Archäologie, Bln. 1940, 341ff. 4. *Fr. Tritsch* Die Agora von E. und die altgriech. Agora, JOEAI 27, 1931, 64ff. 5. *V. Leon* Erster vorläufiger Ber. über die Wiederaufnahme der Grabungen in Alt-E., JOEAI 45, 1960, Beibl. 99ff. 6. BCH 86, 1962, 744ff.

Ellopia s. Hellopia

Ellops s. Stör

Elogium. Jede knapp gefaßte Sentenz heißt urspr. E., Cic. Cato 20,73. In der Juristensprache der Kaiserzeit bezeichnet e. sowohl die polizeiliche Tatbestandsaufnahme, z. B. Dig. 48,3,6. Tert. ad nat. 1,2,7, wie den Auszug aus dem Strafregister, CGlL VI 1,382 (vgl. das öffentlich verlesene e. der Dirnen anläßlich der Floralia, Tert. de spectac. 17,3), aber auch die richterliche Entscheidung im Strafprozeß, Amm. 14,7,2, die sonst *sententia* oder *iudicium* heißt. Auch das mit Endurteil abgeschlossene Protokoll des Strafprozesses bzw. ein Auszug daraus kann e. genannt werden, Suet. Cal. 27. Amm. 14,5,5. 30,8,3 (dazu Mommsen RStrR 285,4), ebenso die Bewilligung des Kaisers zur Folterung von Rangpersonen im Majestätsprozeß, Amm. 19, 12,9 (vgl. Cod. Theod. 9,35,1. Mommsen RStrR 407,4). Im Zivilrecht bez. e. eine Testamentsklausel (auch in Form eines Zusatzes, Dig. 28,2,14,2. Quint. decl. 2,15) beliebigen Inhalts, Sen. contr. 2,7. Suet. v. Horat. (aus dem Testament des Maecenas), bes. häufig freilich zur Angabe des Enterbungsgrundes, z. B. Cic. Cluent. 135. Petron. sat. 53,9. Quint. inst. 7,4,20. Im spätant. Recht heißt *ultimum e.* geradezu »Testament« und hält sich so bis ins MA.

Außerhalb der Rechtssprache bez. e. eine Inschrift (*titulus cuiuslibet rei* CGlL VI 1,382), Cato bei Gell. 3,7,19, z. B. eine Weihinschrift, Suet. Cal. 24,3 (auch: Kohlekritzelei auf einer Tür, Plaut. Merc. 409 m. Konjektur von Turnebus-Ritschl?), spez. die Angaben über Laufbahn und Verdienste unter den Ahnenbildern der röm. gentes, Suet. Galba 3, und in Grabschriften, z. B. Cic. Cato 61. 73; fin. 2,116; Pis. 72. Verg. Cul. 412. Suet. Claud. 1,5. Wenn man die Texte zu den *hebdomades* des Varro und den *imagines* des Pomponius Atticus (Nep. Att. 18,5f.) als e. bezeichnen darf (für Varro vgl. Symm. epist. 1,2,2. 4,1), liegt hier die Überleitung zur literar. Gattung der e., vgl. die *carmina de viris illustribus Romanis* (Poetae lat. min. ed. Baehrens V Nr. 81). Im modernen wiss. Sprachgebrauch der Epigraphiker ist die Bedeutung des Wortes e. eingeengt: nur Inschriften auf Statuenbasen, die den Namen im Nominativ geben, sind e. in diesem Sinne. Die seit dem Alt. berühmteste Serie solcher e. stellen die Texte auf den Basen der Statuen dar, die Augustus auf seinem Forum in Rom errichten ließ, womit er eine etwa hundertjährige Tradition der öffentlichen Ehrung der *maiores* in monumentalem Maßstab fortsetzte. In den Nischen zwischen den Blendsäulen der Längsseiten und Hemicyclen des Forums (Lugli Roma antica, Il centro monumentale 1946, 258ff. Nash 1,401ff.) standen die Statuen der röm. Großen, auf der einen Seite die alban. Könige und die Iulier, gegenüber die Triumphatoren (mit gewissen Ausnahmen) und einige andere Römer, unter jedem sein e. Die erhaltenen Frg. jetzt bei DegrI XIII 3, 1937. Das Beispiel des Augustus setzte angeblich Severus Alexander mit Statuen und e. der *divi imperatores* fort, H. A. Alex. Sev. 28,6, doch hat sich nichts davon erhalten. W. H. G.

Elpenor ('Ελπήνωρ). Gefährte des Odysseus, von Kirke in ein Schwein verwandelt; rückverwandelt, stürzte er im Rausch schlaftrunken vom Dach ihres Hauses, brach das Genick und blieb unbestattet liegen. Sein Schatten flehte Odysseus, als er die Unterwelt besuchte, um Bestattung an, und dieser erfüllte die Bitte. Od. 10,552. 11,51. 12, 10. Apollod. epit. 7,17. Hyg. fab. 97. Ov. met. 14,

252ff. In Polygnots Nekyia war E. dargestellt, Paus. 10,29,8. Sein Grab wurde in Circeii gezeigt. Skyl. 8. Theophr. h. plant. 5,8,3. Plin. nat. 15,119. H. v. G.

Elpinike (Ἐλπινίκη). Politisch umstrittene Tochter des Miltiades. Ihr Zusammenleben mit dem Stiefbruder Kimon legte der Stadtklatsch als unerlaubtes Verhältnis oder Heirat aus und hängte E. Beziehungen zu dem Maler Polygnotos an. Plut. Kim. 4,6ff. 15,4. Nep. Cim. 1,2. Sch. Aristeid. 515 DDF. Athen. 13,589 E. Doch heiratete E. den reichen Kallias, Sohn des Hipponikos. Plut. 4,8f. Nep. 1,3. Dion Chrys. 73,6. Über Perikles soll E. 463 den Freispruch des Kimon und 457 seine Rückkehr aus der Verbannung erwirkt haben. Plut. Kim. 14,5; Per. 10,6. H. V.

Elpis (Ἐλπίς). Die »Hoffnung (trügerische) Erwartung« (Pind. frg. 214 Sn. Antiph. 6,5. Soph. Ai. 477f. Eur. Tro. 681f. Suppl. 479f. K. F. NÄGELSBACH Nachhom. Theologie, 1857, 382ff. F. MARTINAZZOLI, SIFC 21, 1946, 14ff.). E. ist ἐσθλὴ θεός, der man als erster und letzter opfern soll; als einzige Segensmacht blieb sie auf der Erde zurück, Thgn. 1135ff. Vgl. Babr. 58; sie erscheint den Menschen als παρθένος γελῶσα, Artemid. 2,44. Der negat. Aspekt findet sich Thgn. 637f. Semon. Amorg. frg. 1,6f. Aischyl. Prom. 250. F. M. CORNFORD Thucydides Mythistoricus, 1907, 224ff. Bei Hes. op. 96ff. verbleibt E. im Faß der Pandora, während die κακά ihm entweichen: A. S. F. GOW Essays and Studies W. Ridgeway, 1913, 99ff. H. TÜRCK Pandora und Eva, 1931, 18ff. [3],329ff. Den Plural Ἐλπίδες liebt bes. die Spätzeit: Anth. Pal. 7,420,1.4 (ἐλαφραὶ θεαί, κουφόταται δαίμονες ἀθανάτων). 10,70,1f. (Τύχης ἑταῖραι). Als Glied der valentin. Dodekas ist E. Tochter des Logos und der Zoë, Hippolyt. 6,30,5. F. LEGGE Forerunners and Rivals of Christianity 2, 1915, 101. W.F.

1. *Th. Birt* Elpides, 1881. 2. *O. Lendle* Die Pandorasage bei Hesiod, 1957. 3. *H. Fraenkel* Wege und Formen frühgriech. Denkens, 1960².

Elusa. Stadt in Gallien (Aquitania), Vorort der Elusates, h. Eause (Caes. Gall. 3,27. Plin. nat. 4, 108), röm. Kolonie vielleicht seit dem 1. Jh. n. Chr., sicher am Anfang des 3. Jh.: CIL XIII 546: [*co*]*loniae Elusatiu*[*m*]. Im 4. Jh. wurde E. Metropole der Provincia Novempopulana (Not. Gall. XIV). In späterer Zeit erscheint die Form *Elosa*. Amm. 15,11. Itin. Anton. Itin. Hier. Tab. Peut. 54. Sidon. Ep. 7,6. Geogr. Rav. CIL XIII 1, p. 72. M. L.

Desjardins Géogr. 2,364ff. 404. *Longnon* Géogr. Gaule VIe s. 589.

Elymaïs (Ἐλυμαΐς). **1.** Landschaft in oder nahe der Susiana (Marc. Heracl. 1,21. GGM 1, p. 529) oder mit dieser ident. (s. u.). Nach Plin. nat. 6,135 trennte der Eulaios (h. Ulai) die Susiana von der Elymaïs; gemeint ist das Flußsystem des → Choaspes – Eulaios. Damit werden wir für die E. in einen Abschnitt der h. Landschaft Chusistan geführt, in der sich der Name der alten Susiana bewahrt hat (s. ANDRÉES Allg. Handatl. S. 154 bis 155). Die E. ist im Zusammenhang mit Ereignissen um 164 v. Chr. zuerst von Pol. 31,9,1 erwähnt (Ἐλυμαῖοι u. a. bei App. Syr. 32. Plut. Pomp. 36. Strab. 16,739 u. ö. Ptol. 6,3,3 N. Liv. 35,48,6: *Elymaei*). Aber die hist. Bedeutung der E. reicht zurück bis zu dem biblischen Elam., von dem ein König, Kedar-Laomor bereits in Mos. 14,1.5.9 erscheint, in die Zeit eines elamit. Großreichs (s. Nr. 2), das vom Assyrierkönig Asnaphar (= Assurbanipal) 640 v. Chr. zerstört wurde und von dessen Bewohnern, nebst anderen Völkern, Teile in die Stadt Samaria umgesiedelt wurden (Esra 4,10). Trotzdem blieben die Elamiter in großem Ansehen, wie die Dareios-Inschr. von Behistun (→ Achaimenidai. Bagistana. Dareios) erweist. Später spielen die Elymäer nur noch die Rolle eines Stammes. Schon in der Satrapienliste bei Hdt. 3,91 werden sie nicht mehr genannt. Damals galten sie als eines der ὀρεινὰ καὶ ληστρικὰ ἔθνη im h. Zagros-Gebirge und s. ö. anschließend im Kuh Malu und Kuh-i-Kainu, als τοξόται ständig in Kämpfen mit ihren Nachbarn (Strab. 16,744. Liv. 37,40,9: . . . *Elymaei sagittarii* . . .), sogar mit den Susiern (Strab. 15,732). Als Stamm hielten sie sich noch weit in das Alt. hinein (Ptol.). Nach Strab. a. O. gab es auch seßhafte, ackertreibende Elymäer. Die Elamiter in Apg. 2,9 waren Juden der Diaspora, in Elam wohnhaft. – S. Elymais Nr. 1, RE V 2458–2467 und Art. Elam im Reallex. der Assyr. II, S. 324–354. **2.** Landschaft in Medien, quellenmäßig nur von Pol. 5,4,49 und Ptol. 6,2,6 N. gestützt und ethnogr. von E. Nr. 1 kaum verschieden. Das Flußsystem des Choaspes-Eulaios war das Bindeglied der beiden *'E.*, die urspr. eine Einheit in dem einstigen Großreich Elam waren. Die med. Ἐλυμαῖοι waren den Τάπουροι s. w. benachbart. In ihrer Gesamtheit sind die Elamiter als die vorpers. Bevölkerung zu betrachten. – S. RE Elymais Nr. 2, vgl. auch *Harper's* Dict. class. liter. a. ant. 588. Zu Elymaïs Nr. 1 und 2 bzw. Elam s. Gr. Hist. Weltatl. I, S. 10a und b und S. 38b. **3.** Nur in Makk. 1,6,1 erwähnte Stadt *Elimais*, die Antiochos IV. Epiphanes – er hatte es auf die Tempelschätze abgesehen – vergeblich angriff (164 v. Chr.); Parallelber. bei Pol. 31,9,1 und Diod. 28,3. 29,15 (vgl. Strab. 16,144.), in denen Pol. einen Artemistempel, Diod. einen Zeustempel erwähnt. Die Stadt *Elimais* kann nur ein anderer Name für Susa sein; denn hier war der Tempel der Stadtgöttin Nanaia, der die griech. Artemis entsprach (vgl. Oxf. class. dict. 1949/61, Art. Susa, S. 870). Auch das Land Elymaïs wird öfter dem Lande Susiana gleichgesetzt (HARPER a. O.). H. T.

Elymer (Ἔλυμοι). Vorgriech. Volk im w. Sicilien mit den Städten → Eryx, → Segesta und → Entella, von Thuk. 6,2,3, dem Strab. 13,608 u. a. folgen, für Nachkommen geflüchteter Troer erklärt, nach Hellan. FGrH 4 F 79 b von den → Oinotrern aus Italien verdrängt; meist mit den Phoinikern verbündet und den Griechen feindlich; nach ihrer Hellenisierung im 5. Jh. nicht mehr als Volk erwähnt. Die Namen ihrer Städte scheinen auf ligur. Herkunft zu weisen. Nissen It. Ldk. 1,469. 546. Kahrstedt WJ 2, 1947, 16. Bengtson GG^2 92. Schenk Graf v. Stauffenberg Trinakria, 1963, 22 f. 306. 329. K. Z.

Elymos. Eponym der → Elymer, Troer, der mit → Aigestes (so Dion. Hal. 1,47. 52 f.) oder mit Aeneas (so Strab. 13,608) nach Sicilien kam und sich im Gebiet des → Eryx niederließ. Vgl. auch Verg. Aen. 5,73. 330 mit Serv. Tzetz. Lykophr. 965. K. Z.

Elyros (Ἔλυρος). Stadt in SW.-Kreta, ausgedehnte Reste bes. röm. Z. beim h. Rodovani, Skyl. 47. Steph. Byz. BCH 45, 1921, 19 III 105 (ἐν Ἰλύρωι), Getreidespende Kyrenes 330 v. Chr. SEG IX 2,54 (Ἰλυριοῖς), Beteiligung am Bündnis der kret. Städte mit Eumenes II. von Pergamon 183 v. Chr., Inscr. Cret. IV 179 = Syll. II^3 627,7. Weihgeschenk in Delphi Paus. 10,16,5, noch bei Hierokl. synecd. 650,15 und Bischofssitz, Not. episc. 8,229. 9,138. Mz. Head HN^2 465. [2],176. E. M.

1. *L. Savignoni*, Monumenti antichi 11, 1901, 424 ff. 2. *M. Guarducci*, Inscr. Cret. II 1939, 175 ff.

Emancipatio. E., wohl nach den XII Taf. (vgl. tab. 4,2) eingeführt, bedeutet gewöhnlich die Entlassung aus der väterlichen Gewalt. Dies geschah bei Haussöhnen durch dreimaligen Verkauf *(mancipatio)* an einen Vertrauensmann. Jeweils nach dem 1. und 2. Verkauf wird der Sohn aus dem *mancipium* des Vertrauensmannes wiederum entlassen und fällt dadurch in die Gewalt des *paterfamilias* zurück. Bei der 3. *mancipatio*, durch die der *paterfamilias* seine *patria potestas* über den Sohn endgültig verlor, pflegte man ein *pactum fiduciae* abzuschließen, in dem sich der Vertrauensmann verpflichtete, den Sohn dem bisherigen *paterfamilias* zu remanzipieren, der ihn sodann als eine in seinem *mancipium* befindliche Person selbst freilassen konnte *(parens manumissor)*. Der *paterfamilias* erhielt so die (zwar geminderten) Patronatsrechte eines Freilassers und damit dessen Recht auf Intestaterbfolge. – Bei Töchtern und Enkeln genügte die einmalige *mancipatio* und *manumissio*.

Zweck der e. war es urspr. wohl, den Haussöhnen ihre wirtschaftliche und rechtliche Selbständigkeit zu verschaffen. Wieweit freilich der XII-Tafelsatz (tab. 4,2. Gai. Inst. 1,132. Ulp. reg. 10,1) *si pater filium ter venum duit, filius a patre liber esto* das Recht des Vaters zur entgeltlichen Veräußerung der Arbeitskraft des Sohnes einschränkte, ist umstritten.

Die e. hatte eine *capitis deminutio (minima)* des Haussohnes zur Folge, da dieser aus seinem agnatischen Familienverband ausschied, er wurde eine *persona sui iuris*. In der prätor. Intestaterbfolge und der *bonorum possessio contra tabulas* wird der *filius emancipatus* neben den *sui heredes* (vgl. Gai. Inst. 3,26) zur Erbschaft berufen. Da jedoch die Emanzipierten zum Unterschied von den *sui heredes*, die noch unter *patria p.* standen, bereits selbständig Vermögen erwerben konnten, schienen diese ihnen gegenüber zurückgesetzt, weshalb die Emanzipierten das nach der e. erworbene Vermögen in die Erbmasse einwerfen mußten *(collatio bonorum)*. F. R.

Kreller, RE XVIII 2. H. 1456 ff. *Kaser*, ZRG 67, 1950, 474 ff. *Levy-Bruhl* Nouv. étud. sur le très ancien droit rom., 1947, 80 ff. *Ders.*, Festschr. Lewald, 1953, 93 ff. *Kunkel*, Symb. Taubenschlag III, 1957, 210 f. *Mayer-Maly*, ZRG 75, 1958, 116 ff.

Emathia (Ἠμαθία). Alter Name des makedon. Kernlandes zwischen Haliakmon (Bistritza) und Axios (Wardar). Bei Hom. Il. 14,226 als ἐρατεινή bezeichnet, bei Ptol. 3,12,36 zusammen mit 13 Städten, darunter den städt. Zentren in Makedonien (Edessa, Beroia, Pella u. a.) genannt. Autoren, vor allem Polybios (und nach ihm Liv. 40,3, 3) verstehen unter E. das Land der Paionen, spätere (bes. die Dichter) gebrauchen den Namen für Makedonien. Pol. 23,10,4. Chr. D.

Geyer, RE XIV 648. *Papasoglu* Makedonski gradovi u rimsko doba (serb. Die maked. Städte in röm. Zeit), Skopije 1957, 145–147,293. Neuere Inschr. bei Φ. Πέτσας Ὠναὶ ἐκ τῆς Ἠμαθίας, EA 1961 (1963) 1–57.

Embas, ἐμβάς. Der mit über den oberen Schaftrand umgeschlagen herabhängenden Laschen ausgestattete, vorn mit Riemen geschnürte, oft gefütterte Stiefel, der Form nach dem κόθορνος verwandt und wie dieser auch als Theaterstiefel benützt, scheint aus Thrakien zu stammen. Er ist vornehmlich Männertracht, bes. für Jäger und Reiter, wird aber auch von Frauen getragen. Die bildende Kunst kennt ihn seit dem Ende des 6. Jh., z. B. Pfuhl Abb. 391. 430. 499. 506. 574. Lullies Griech. Plastik (1956) Abb. 147–148. Als Sonderausführungen waren e. aus Sikyon (Lukian. rhet. praec. 15) und Lakonien (Aristoph. Eccl. 507 f.) beliebt. Unterschiede des ἐμβάτης des kom. Schauspielers (Poll. 4,115. 7,91) vom e. der Tragödie sind nicht feststellbar. W. H. G.

Erbacher Griech. Schuhwerk, Diss. Würzburg 1914.

Ἐμβατεία war in Athen die Besitzergreifung durch »Betreten« unbeweglicher Sachen (auch Schiffe, s. Demosth. 33,6) auf Grund eines Rechtes zum Besitz (Erbrecht [1],577. [3], Pfandrecht [2],377 f.), Urteil im Eigentumsstreit über ein Grundstück [1],949). In den Pap. bedeutete ἐμβαδεία die amtliche Besitzeinweisung ([4]). E. B.

1. *J. H. Lipsius* Das att. Recht und Rechtsverf., 1905–1915, 577 u. ö. 2. *E. Rabel*, ZRG 36, 1915, 374 ff. 3. *A. Kränzlein* Eigentum und Besitz im griech. Recht, 1963, 94 ff. 4. *P. M. Meyer* Jur. Pap., 1920, 145.

Embaterion (ἐμβατήριον, ἐμβατήριοι ῥυθμοί, κινήσεις) militär. Marschmusik, gesungen mit Blasmusik (→ Auloi) oder nur instrumental ausgeführt, naturgemäß im Gleichtakt, also in Anapästen, bezeugt bes. für Sparta (Plut. Lyk. 22,5. Polyain. 1,10. Athen. 14,630f. vgl. Thuk. 5,70), für Arkader (Pol. 4,20,12) und Kreter (Hesych. s. ἰβυκτήρ); übernommen von Tragödie und Komödie bes. für die Einmarschchöre. K. Z.

Emblema (ἔμβλημα), der Einsatz. Bei Prunkgefäßen sind es Reliefs, die eingelassen sind; sowohl im Original, wie auch als Gipsmodelle oder in Tonüberformungen erhalten. Ferner heißen so sorgfältig ausgeführte Mosaiktafeln, die in Fußböden eingelassen sind, wovon vorzügliche Beispiele aus Pergamon, aus Pompeii und aus der Hadriansvilla bei Tivoli erhalten sind. A. R.

Pernice, 58. Berl. Winckelmmann Progr. 1898. *Winnefeld*, 68. Berl. Winckelmann Progr. 1908. AJA 62, 1958, 369ff. 63, 1959, 241ff. Hommages Grenier (Coll. Latomus 58, 1962), 1322ff. *(G.M.A. Richter)*. Encicl. Arte Class. Or. III 324ff. *(Elia)*.

Emeriti. Unter e. (ἠμέριτοι [CIL III 14695] oder ἀποστρατευόμενοι [App.civ. 5,26]) wurden im stehenden röm. Heer jene Soldaten verstanden, die ihre volle Dienstzeit abgedient hatten oder denen die Ableistung derselben aus einem bestimmten Grunde (RE Suppl. IX 1597f.) erlassen worden war und die Anspruch auf ehrenvolle Entlassung und *emerita* (Suet. Cal. 44) hatten. Die Bezeichnung e. wurde gleichbedeutend mit *veterani* (CIL XII 2250) gebraucht, was bes. daraus hervorgeht, daß für Veteranenkolonien der Beiname Emerita (CIL VIII 398) vorkommt. E. galt auch für jene, die die Berechtigung zum Weiterdienen erhalten hatten (BJ 117,11). RE V 2460 und Suppl. IX 1598. BJ 117, 1908, 11. A. N.

Emesa (Amm. 14,8,9 *Emissa*. Plin. nat. 5,19,81 *Hemeseni*), Stadt in Syrien am Orontes. Da auf der Zitadelle noch nicht gegraben worden ist, wird sie uns erst mit Pompeius als Sitz eines Geschlechts arab. »Könige« bekannt, die von den mit ihnen verschwägerten → Herodes Agrippa I. (Ios. ant. 18,5,4. 19,8,1; → Aristobulos Nr. 5) und M. Iulius Agrippa II. (ant. 20,7,1) bis zum Ende des jüd. Krieges (Ios. ant. 20,8,4; bell. 2,18,9. 3,4,2. 7,7,1. Tac. hist. 2,81. 5,1) Vasallen d. Römer waren. Nachdem ihre Herrschaft durch Domitian beendet war, trat das neben ihnen stehende Geschlecht der Priester des → Baal von E., der → Elagabal hieß und in einem berühmten Tempel verehrt wurde (Avien. 1082–1093), auch polit. in den Vordergrund. Die Priestertochter Iulia Domna, die später den Philostratos zur Abfassung seiner Vita Apollonii Tyanensis veranlaßte, wurde Gattin des späteren Kaisers Septimius Severus, dem sie für die Legitimität seines Strebens nach Universalherrschaft bürgen mochte, und Mutter des Caracalla. Ihre Schwester → Iulia Maesa ließ 218 den Sohn ihrer einen Tochter → Iulia Soaemias zum Kaiser ausrufen, der mit der H. A. den Namen seines Gottes erhielt. Sie wiederholte dies 222 mit dem Sohn ihrer andern, mit Origenes literar. Beziehungen pflegenden Tochter

→ Iulia Mammaea, der wie Elagabal Priester des Gottes von E. war und als Kaiser Severus Alexander hieß. Es wirkten bis 359 der des Sabellianismus bezichtigte Exeget Eusebios, um 400 der Platoniker Nemesios als Bischöfe in E. 636 wurde E. arab., der Omajjadenfeldherr Ḫālid b. al-Walīd hat hier auf dem Platz einer Kirche eine Grabmoschee. H. Homs (< byz. Χέμψ), 80000 muslim., 20000 chr. Einwohner. C. C.

Lit. s. zu Elagabal. Außerdem 1. *F. Altheim* Die Soldatenkaiser, 1938. 2. *Ders.* Helios und Heliodor von E., 1942. 3. *Ders.* Lit. und Gesellschaft Bd. 1, 1948. 4. *E. Kornemann* Große Frauen des Alt.^{3}, 1952. 5. *K. Gross* Aurelianus, RAChr 1,1004ff. *Ders.* Elagabal, RAChr 4,987ff. S. auch → Heliodoros von E.

Emmaus. 1. Ἀμμαοῦς, auch Ἐ- (gräzisiert aus **Ḥammāh* o. ä. »Warm[brunn]«), rückentlehnt *'Emmā'ûs* u. ä.: zuerst 1. Makk. 3,40 und dann oft, seit 47 v. Chr. Vorort einer Toparchie, um 221 als Nikopolis zur Stadt erhoben; h. 'Amwās, ca. 23 km n.w. Jerusalem (Jordanien). **2.** Ἀμμαοῦς Ios. Bell. 7,217: Veteranensiedlung Vespasians, wohl das deswegen Κολωνία/*Q^{e}lônjāh* zubenannte *(Ha-) Môṣā'* der rabbin. Lit. (Ios. verderbt?); h. Qālōnīje, isr. Motsa, 6,3 km n.w. Jerusalem (Israel). **3.** Ἐμμαοῦς Lk. 24,13: Dorf 60 Stadien (11,1 km) von Jerusalem; wohl = 1, sicher nicht = el-Qubēbe 11 km n.w. Jerusalem (Jordanien), erstmals 1280 für E. erklärt. Chr. B.

Abel Géogr. 2, 1938, 314–316. 392f. *C. Kopp* Die heiligen Stätten der Evangelien, 1959, 445–450.

Emona s. Nachtr. am Schluß des Bandes

Empedokles (Ἐμπεδοκλῆς) von Agrigent, der letzte unter den großen Naturphilosophen des 5. Jh., * um 483/82 v. Chr., † um 423 (chronolog. Einordnung vor allem auf Grund von Aristot. met. A 3,984 a 11, wo Anaxagoras im Vergleich mit E. den Jahren nach als älter, im philos. Forschen als jünger bezeichnet wird. Vgl. ferner F. Jacoby, Apollodors Chronik 271ff.). Der breite biograph. Bericht bei Diog. Laert. 8,51–77 geht wohl über Apollodor auf Glaukos von Rhegion zurück, ist aber durch viele Elemente aus der anekdot. Philosophenlegende aufgeweitet und entstellt; vor allem ist die Sage von E.' Sprung in den Aetna aus philosophenfeindlicher Anekdoten-Tradition herzuleiten [E. sei in den Aetna gesprungen, um eine Himmelfahrt zu fingieren, sei aber als Schwindler entlarvt worden, weil der Berg die Sandalen unverbrannt ausspie].

E. führte ein Wanderleben; wenn man die verschiedenen Aspekte seines Wirkens mit »Redner – Arzt – Sühnepriester – Magier« umschreibt, so ist damit das gleiche gemeint: er suchte zu heilen, zu ordnen und zu schlichten. Vor allem durchzog er in solcher Tätigkeit Sizilien; offenbar ist er auch nach Thurioi gekommen (ein Faktum, das nachmals benutzt wurde, E. zum Schüler der Pythagoreer zu stempeln); auch ein Aufenthalt auf der Peloponnes steht fest – vielleicht starb E. dort.

Von 2 Schriften – Lehrgedichten – geben erhaltene Verse (Fundstellen vor allem Sextus Emp., Plutarch, Simplikios in Arist. phys.) gesicherte Kenntnis: 1. *περὶ φύσεως*, 2. *καθαρμοί*. Unter seinem Namen gingen in der Ant. ferner ein *ἰατρικὸς λόγος* und 24 (?) Tragödien um, von denen ersterer vielleicht, letztere bestimmt dem E. nicht gehören.

Stets hat man gesehen und gewürdigt, daß E. sowohl der → heraklit. Philosophie des Werdens wie der → eleatischen Philos. des Seins Rechnung trägt. Diese Erkenntnis steht schon hinter der ant. Behauptung, er sei beider Schüler gewesen, und der Pythagoreer dazu. E.' Welt-Erklärung ist daher zugleich stat. und dynam.; stat., insofern alles auf 4 stets sich gleichbleibende *ῥιζώματα* (frg. B 6), d.h. die Elemente zurückgeführt wird; dynam., indem alle Formen und Erscheinungen durch die Wechselwirkung von *μῖξις* und *διάλλαξις* (frg. B 8) zustande kommen (synonym damit: *φιλία* und *νεῖκος*, so frg. B 17 f. u.ö.). Mithin gibt es keine Entstehung aus dem Nichts und kein Zergehen ins Nichts; nur die Mischungsformen und Mischungszustände können sich ändern; die Vorgänge des Werdens und Vergehens haben nichts zu tun mit dem Problem des Nicht-Seins oder Nicht-Mehr-Seins – dies die These, die E. im Unterschied zu Parmenides vertrat. Somit ist das als kugelgestaltig vorgestellte Weltganze = die Himmelskugel – mit den in ihr wirkenden antithet. Kräften die Summe des Seienden; in klarer Wendung gegen anthropomorphe Gottesvorstellungen (frg. B 29) wird diese Summe des Seienden als göttlich bezeichnet.

Viel diskutiert wurde E.' Erkenntnistheorie. E.' Versuch, eine für alle Wahrnehmungsarten (5 Sinne) gemeinsame Formel zu finden, hat manche Komplikation im Gefolge gehabt. Als einfache Formel war intendiert: es muß ein Kontakt zwischen Wahrgenommenem und Wahrnehmendem stattfinden, wie bei der *ἀφή* selbstverständlich. Wird über eine Entfernung hinweg wahrgenommen, so darum, weil *ἀπορροιαί* von Sichtbarem, Tönendem, Duftendem stattfinden, welche in die geeigneten *πόροι* des Wahrnehmenden eintreten. Dabei kommt es zur Wahrnehmung nur, wenn Gleiches auf Gleiches trifft (frg. B 109).

Diese Lehre scheint Ausfluß eines Bewußtseins von der Harmonie der Welt zu sein, die nicht gestört werden sollte. Wohl scheinen in den aus *περὶ φύσεως* erhaltenen Fragmenten *φιλία* und *νεῖκος* als gleichwertige Kräfte die Welt zu regieren; die *καθαρμοί* indes ließen erkennen, daß E. keine Indifferenz der Werte vertrat: Der Mörder und der Meineidige (frg. B 115) sind allen Elementen »ungleichartig« geworden: alle stoßen sie aus und versagen ihnen die Ruhe im Tode: Die Schuldigen müssen die Reinkarnation in vielen Gestalten durchmachen; E. macht sich mithin (vgl. frg. B 117) den orph.-pythagor. Gedanken zu eigen, in der Wiedergeburt drücke sich die Strafe für frühere Verfehlung aus. Außer den Pythagoreern ist E. der einzige unter den Natur-Philosophen, der unverkennbar Nachwirkungen der → Orphik zeigt, – wohl eine Nachwirkung alter, von Pind. O. 2 für Akragas bezeugter orph. Tradition. H. D.

H.Diels-Kranz Vorsokr. 1,276ff. (Nr. 31). *J.Zafiropoulo* E. d'Agrigente, 1953 (einseitig). *J.Bidez* La biographie d'E., 1894. *E.Bignone* E., studio critico 1916, Neudruck 1964. *Th. Gomperz* Griech. Denker 1[4], 1922, 187–210. *J.Bollack* Die Metaphysik des E. als Entfaltung des Seins, Philol. 101, 1957, 30–54. *F.M. Cornford* Greek religious thought, 1923. 1950, 69–74. *W.Jaeger* Die Theologie der frühen griech. Denker, 1953, 147–176. *W.Kranz* E., ant. Gestalt und romantische Neuschöpfung (mit Übers. der Frg.) 1949. *J. Bollak* bereitet ein zweibändiges Werk über E. vor, thèse Paris 1965.

Emphyteusis. Die E. ist eine der Formen der Erbpacht im Bereich des röm. Rechts. Anders als das *ius* am *ager vectigalis* entstammt sie dem O. des Reiches. Zu Beginn des 4. Jh. n. Chr. bezeichnet man vor allem die langfristige Pacht von Domanialgut als E. (vgl. Cod. Iust. 11,62,1 von 313). Gegen Ausgang des 4. Jh. fließt das *ius perpetuum* an kaiserlichen res privatae in die Ordnung der E. ein. Im W. wird dann die Erbpacht mehr und mehr vom ebenso umfassenden wie verschwommenen Eigentumsbegriff des Vulgarrechts aufgesogen, so daß wir die Bezeichnung E. seit der 2. Hälfte des 5. Jh. nicht mehr antreffen. Im O. dagegen gestaltet Kaiser Zeno mit einem zwischen 476 und 484 anzusetzenden Gesetz den *contractus emphyteuticarius* als selbständiges Rechtsinstitut aus, dessen Regelung ins justinian. Recht einging (Cod. Iust. 4,66,1). Während das klass. Recht am *ager vectigalis* nur vereinzelte Ansätze zur Verdinglichung aufgewiesen hatte, geriet die E. alsbald in den Problemkreis des Sachenrechts. Die an der Fortdauer der Bodenbewirtschaftung mehr als an Vorteilen der Wiederverpachtung interessierten Kaiser schärften ihren Untergebenen immer wieder ein, bestehende Dauerpachtverhältnisse nach Möglichkeit aufrechtzuerhalten. Zenos Versuch, wenigstens für den O. eine dogmat. klare Qualifikation zu gewinnen, leitete das *ius emphyteuticarium* weder aus Kauf noch aus Pacht ab, sondern sprach es als ein *ius tertium* an. Der *emphyteuta* erhält eine *actio in rem*, die noch viel Verwirrung stiften sollte, da man sie zur Deutung der ma. Unterscheidung zwischen Substanz- und Nutzungseigentum *(dominium directum* und *utile)* heranzog. Der oft *canon* genannte Zins war jährlich zu bezahlen; eine Säumnis von 3 Jahresbeträgen ließ das Recht des Erbpächters erlöschen. Th. M.-M.

L.Mitteis Zur Gesch. der Erbpacht im Alt., 1901. *A.Hajje* Études sur la location à long terme, 1926. *F.Lanfranchi* Studi sull'ager vectigalis I–III, 1938–1940. *L.Wenger* Canon, 1942 (SAWW 220/22). *M.Kaser* Röm. Privatrecht 2, 1959, 223ff. *L.Bove* Ricerche sugli agri vectigales, 1960.

Empiriker (ἐμπειρικὴ ἀγωγή). Ärzteschule, die um 250 v. Chr. von → Philinos aus Kos, einem Schüler des → Herophilos, begründet wurde. Diese Ärzte lehnten sich von Anfang an eng an die skeptische Philosophie, zunächst an die des Pyrrhon, später an die des Ainesidemos; sie hielten sich, wie die Skeptiker, von jeder ätiolog. Forschung fern. Daher waren ihnen Physiologie und Anatomie suspekt; man könne ja ohnehin aus den ganz andersartigen Leichenverhältnissen keine verbindlichen Erkenntnisse gewinnen (vgl. Cels. De medicina, proöm.). Deshalb hatten die E. sich auch von dem großen Anatomen Herophilos – der sich im übrigen gerade in der ätiolog. Skepsis stark mit ihnen berührt – getrennt und polemisierten generell gegen die → »dogmatischen« Ärzte. Ihre Wirksamkeit liegt folgerichtig in der Therapie, insbes. in der → Pharmakologie, die von ihren bedeutendsten Vertretern (→ Herakleides von Tarent) sehr gefördert wurde. Ferner pflegten sie die Hippokrateskommentierung und -glossierung, worin z. B. die E. → Bakcheios, Glaukias, Zeuxis u. a. Bedeutendes leisteten. Die E. haben sich ein System von 3 method. Grundbegriffen geschaffen, den sog. »Dreifuß« (in Anlehnung an eine Schrift des Skeptikers Nausiphanes): sie ließen sich allein von der *πεῖρα* (»Erprobung« = eigene Erfahrung), der *ἱστορία* (»Erkundung« = Benutzung fremder Beobachtungen) und der *τοῦ ὁμοίου μετάβασις* (Analogieverfahren) leiten. Indem die E. jedes Dogma bekämpften, sind sie so durch allzu starre Betonung ihrer Prinzipien selbst einem kräftigen Dogmatismus verfallen, gerieten schließlich in unfruchtbaren Streit mit den Herophileern und anderen »Sekten« und haben spätestens seit der Kaiserzeit, bes. auch durch Galens scharfe Angriffe, entscheidend an Ansehen und Bedeutung verloren. Dem Galen verdanken wir einen großen Teil unserer Kenntnisse über die E., vor allem durch seine »Subfiguratio empirica« und seine erst seit 20 J. voll zugängliche Schrift »Über die ärztliche Erfahrung« (R. Walzer Galen On medical experience, first edition of the Arabic version, with English translation and notes, London 1944). F.K.

K. Deichgräber Die griech. E.-Schule, 1930 (Neuaufl. in Vorbereitung).

Emplekton. Nach Vitr. 2,8,7 und Plin. nat. 36,171 f. heißt E. eine urspr. griech., später von den Römern übernommene Art des Mauerbaus (2 Außenschalen aus Quadern, dazwischen Füllung aus unbearbeiteten Steinen und Kalkmörtel) im Unterschied zum reinen, meist mörtellosen Quaderbau einerseits und zum *diatonicum* andererseits (mörtellose, »trockene« Steinfüllung zwischen den Außenschalen). Zur Festigung des Mauerwerks wird Verwendung von Bindern, d. h. von einer Außenschale zur anderen durchlaufenden, diese verbindenden Quadern, empfohlen. E. ist an ant. Bauten öfter erhalten. W. H. G.

Lugli La tecnica edilizia Romana, 1957, 367ff.

Emporia. Im vorröm. Africa z. Z. der karth. Herrschaft Name der Umgegend der Kl. Syrte und des Küstengebietes zwischen den beiden Syrten (Pol. 3,23,2. 32,2,1. Liv. 29,23,8. 34,62,3), während der pun. Kriege die Kornkammer Karthagos (Pol. 1,82,6. Liv. 29,25,11). Doch ist der Boden arm und das Klima trocken (S. Gsell Hist. Anc. Af. N. 1,23.70. 2,127). Im J. 201 blieb ein Teil karthagisch (Liv. 34,62,9), später kam es in die Hand Massinissas (Pol. 32,2. Liv. 34,62,2. App. Lib. 72,79: *'Εμπόριον*). M. L.

Tissot Géogr. Afr. 1,534.

Emporiae (*'Εμπόριον*). Seehandelsplatz, das h. Ampurias am Ostende der Pyrenäen, Prov. Gerona [1]. Hier hat seit Anfang dieses Jh. eine in Spanien beispiellose Ausgrabungstätigkeit stattgefunden, die ihren Niederschlag in einer umfangreichen Literatur gefunden hat [2]. Die Inschr. haben wenig ergeben, unter ihnen fanden sich merkwürdigerweise nur 2 chr. [3]. Reich und bedeutungsvoll sind die Münzfunde [4]. Hier können nur die wichtigsten Ergebnisse kurz skizziert werden.

E. ist zusammengewachsen aus 4 verschiedenen Städten. Der älteste Teil ist die Palaiopolis auf der Insel, heute Halbinsel, von San Martín de Ampurias mit einem Tempel der ephesischen Artemis. Sie ist von Massilia aus gegründet worden, vielleicht erst nach 520 v. Chr., da Avien. or. m. sie noch nicht kennt. Allerdings reichen die Funde viel weiter zurück. S. von ihr lag der Hafen, noch heute geschützt durch eine Mole griech. Arbeit. Vielleicht nach 500 entstand die Neapolis, die sich terrassenförmig über dem Strande des Festlandes aufbaut [5]. W. von ihr lag die Ibererstadt Indike [6], von ihr durch eine Mauer getrennt [7]. An sie schloß sich an die röm. Kolonie, 45 v. Chr. von Caesar gegründet. Aufgedeckt sind ferner griech., röm. und iber. Nekropolen, leider meist ausgebeutet und zerstört [8]. Die Funde sind zahllos, darunter manche Werke klassischer Kunst [9]. Sehr beachtenswert ist das gefundene Hauptteil (*capitulum, πλινθίον*) einer röm. *catapulta*, wodurch die für die Saalburg geschaffenen Rekonstruktionen röm. Geschütze als richtig erwiesen wurden [10].

E. war der Ausgangspunkt der röm. Operationen in Spanien (Scipionen, Cato). Später war es zweifellos eine reiche, blühende Stadt. Anscheinend bedeutete der Einfall der Franken (256–262 n. Chr.) für sie eine Katastrophe, doch spielte sie in westgotischer Zeit noch eine Rolle als Bischofsstadt [11]. Dies fand nach dem Einfall der Araber ein Ende, doch blieb ein condado de Ampurias bestehen [12]. R. G.

1. Quellen: Gesammelt und kommentiert in Font. Hisp. Antiquae, Barc. seit 1925, und von *Martín Almagro* Las fuentes escritas referentes a Ampurias, Barc. 1951. 2. Wichtigstes: *Ad. Schulten* Ampurias. Eine Griechenstadt am iber. Strande, NJb. 1907, 334ff.; Eine unbekannte Topogr. von Emporion, H 60, 1925, 66ff.; Forsch. in Spanien,

AA 1940, I/2, 94. Anuari der Junta d'Estudis Catalans 1908ff. *Botet y Sisó* data aproximada en que 'ls Grechs s'establiren á Empories etc., Gerona 1908. *Aug. Frickenhaus* Zwei topogr. Probleme. I. Emporion. BJ 118, 1909, 17–27. *Martín Almagro* Ampurias. Historia de la ciudad y guía de las excavaciones, Barc. 1951. *Pericot García* La España primitiva, Barc. 1950, 273ff. 3. *Martín Almagro* Las inscripciones ampuritanas griegas, ibéricas y latinas, Barc. 1952. 4. Die ältere Lit. s. RE V 2527. Sodann: *Antonio Vives* La moneda hispánica, Madrid 1926. 1924, I 6ff. II 5ff. IV 6ff. *J. Amorós* Les monedes empuritanes anteriores a les dracmes, Barc. 1934 (Junta de Museus, Gabinet numismatic de Catalunga, sèrie A núm. 3). Vgl. dazu *Adrien Blanchet* R.N. 4. Série, tome 38, 1935. *M. Almagro* Ampurias etc. (s.o.) 251ff. und die hier angeführte Lit. 5. Die versandete N. wurde seit 1930 ausgegraben durch das Institut d'Estudis Catalans. 6. S. RE IX s. Indiketes. 7. Eine Schilderung des Zusammenlebens beider Völker bei Strab. 3,4,8. Liv. 34,9. 8. *Martín Almagro* Las necrópolis de Ampurias, 2 voll., Barc. 1953. 1955 (vgl. Gn 1954, 284 und 1957, 238). *M. Almagro* y *Pedro de Palol* La Ampurias Paleocristiana y visigoda. Monografías Ampuritanas Nr. IV (soll das eb. gen. Werk fortführen, ist 1963 noch nicht erschienen). 9. S. den Überblick bei *Pericot* a. O. [2],275f. 10. *Erw. Schramm* Die ant. Geschütze der Saalburg, Bln. 1918, 40ff. *M. Almagro* Ampurias etc., a. O. [2],234ff. 11. Font. Hisp. Antiquae IX 447: Emporiae. Impuritana civitas. Hitación de Wamba (ed. *A. Blázquez*, Madrid 1907) 373: Empurias. S. F.H.A. IX 3. 12. Encicl. Univ. Ilustr. 5,274.

'Εμποϱικαὶ δίκαι waren in Athen Klagen aus Handelsgeschäften, welche die überseeische Einfuhr und Ausfuhr betrafen ([1]). Als Parteien traten Großkaufleute und Reeder auf, die vorwiegend Fremde oder Metoikoi waren ([2], 1100). Diese Handelsklagen, die stets nur in den Sommermonaten während der Zeit des größten Schiffsverkehrs ([3]) anhängig gemacht werden konnten, fielen zuerst unter die Zuständigkeit der Schifferrichter, → ναυτοδίκαι, seit der 2. Hälfte des 4. Jh. unter die der → θεσμοθέται ([2],1094). Seit dem Wechsel der Zuständigkeit mußten sie beschleunigt binnen Monatsfrist ([2],1094,5. [3]) erledigt werden. Die Vollstreckung des Urteils war durch Bestimmungen über Bürgenstellung und Haft bes. gesichert ([2],1182). E. B.

1. *J. H. Lipsius* Das att. Recht und Rechtsverf., 1905–1915, 942f. 2. *Busolt-Swob.* GStk. 3. *U.E. Paoli* Studi sul processo attico, 1933, 175f.

'Εμποϱικοὶ νόμοι (Demosth. 35,3) waren in Athen die nach ihrem objektiven Inhalt (nicht – wie sonst üblich – nach der Zuständigkeit der einzelnen Behörden, s. [2]) zusammengefaßten Gesetze über Handelsfreiheit, Handelszwang und Handelsverkehr ([1]. [3]). Sie förderten den Überseehandel vor allem durch eine bes. Zuständigkeit, ein beschleunigtes Gerichtsverfahren, → ἐμποϱικαὶ δίκαι, und durch die Erschwerung leichtsinniger Anklagen gegen Kaufleute und Reeder (Demosth. 58,10f.). E. B.

1. *J. H. Lipsius* Das att. Recht und Rechtsverf., 1905–1915, 631,15. 2. *Busolt-Swob.* GStk. 303f. 3. *U.E. Paoli* Studi sul processo attico, 1933, 16.

Emporion s. Nachtr. am Schluß des Bandes

Emptio venditio. Der Kauf, neben der *locatio conductio* (Miete) der typische, auf Leistung und Gegenleistung gerichtete Austauschvertrag (gemeinrechtlich sog. *contractus bilateralis aequalis*), war in seinen Anfängen ein Barkauf. Die Eigentumsübertragung an Sklaven und *res mancipi* geschah durch → *mancipatio*, bei der der Erwerber die Sache ergriff und eine bestimmte Geldsumme an den Veräußerer bezahlte. Erst als die Zahlung des Geldes gestundet werden konnte und später gar in Form der *mancipatio nummo uno* nur mehr eine *imaginaria quaedam venditio* (Gai. Inst. 1,113. 119) erfolgte, jedenfalls aber im 2. Jh. v. Chr., gewann die formlose Kaufvereinbarung obligator. Wirkung. Damit war der Übergang zum Konsensualvertrag vollzogen. Mit der Einigung der Parteien über Ware und Preis war der Vertrag, dessen Verpflichtungsgrundlage die *fides* bildete, perfekt. Doch noch im klass. Recht lebt der Barkaufgedanke im Stückkauf, in der Regelung der Gefahrtragung und in der Haftung des Verkäufers weiter.

Gegenstand der e.v. konnte jede *res in commercio* sein, aber auch Rechte (Forderungen, beschränkte dingliche Rechte) und sonstiges Vermögen (die Erbschaft nach dem Tode des Erblassers). Für Gattungskäufe finden sich im röm. Recht nur Ansätze. Der Kaufpreis bestand regelmäßig in Geld.

Nach h. nahezu unbestrittener Lehre trägt nach der Regel *perfecta emptione periculum ad emptorem respicit* (vgl. Paul. Dig. 18,6,8 pr.) der Käufer in klass. Z. die Gefahr für zufällige Verschlechterung oder zufälligen Untergang der Kaufsache, d.h. er muß den vollen Kaufpreis auch dann bezahlen, wenn er die Sache überhaupt nicht oder in schlechterem Zustand erhält. Als Ausgleich dafür gebühren ihm ab dem Zeitpunkt des Gefahrenüberganges auch etwaige Früchte der Sache. Nach Abschluß des Kaufvertrages haftet der Verkäufer bei Unmöglichkeit der Leistung neben *dolus* und *culpa* für → *custodia*.

Bei Übertragung der Sache durch *mancipatio* – auch bei *m. nummo uno* – war der Verkäufer verpflichtet, dem Käufer das *habere licere*, die *vacua possessio* (nicht aber das zivile Eigentum) zu verschaffen und für den Fall, daß die Sache von einem Dritten mit dinglicher Klage herausverlangt wird, als Gewährsmann *(auctor)* entweder neben dem Käufer oder an dessen Stelle in den Prozeß einzutreten. Verweigerte er dies oder verlor er den Prozeß, so mußte er dem Käufer den doppelten Kaufpreis bezahlen. – In Geschäften mit Peregrinen *(res mancipi* konnten dabei nur tradiert werden) erreichte man den gleichen Erfolg mit einer *stipulatio duplae*, deren Abschluß in klass. Z. mit der *actio empti* erzwungen werden konnte. Urspr.

durfte die *actio empti* nur bei Arglist des Verkäufers (Verschweigen einer auf der Sache lastenden Servitut, wissentlicher Verkauf einer fremden Sache) angestellt werden, seit Julian in allen Eviktionsfällen (vgl. Iulian. Dig. 19,1,30,1). Sie war auf das Interesse des Käufers am Unterbleiben der Eviktion gerichtet (Iul. Dig. 21,2,8. Paul. Dig. 21,2, 70. 19,1,43). Neben diesem Anwendungsbereich der Klage bei Rechtsmängeln wurde sie auch bei Sachmängeln, wie arglistig verschwiegene Mängel, Fehlen zugesicherter Eigenschaften, gewährt. Julian läßt auch den redlichen Verkäufer haften, aber nur auf Preisminderung.

Eine bes. Sachmängelhaftung konstituierten 2 Edikte der kurul. Aedilen (Marktgerichtsbarkeit): Das Sklavenedikt und das Iumentenedikt (*iumenta* = Zugtiere). Bei diesen konnten bestimmte, nicht kundgemachte und nicht offenkundige Mängel anfänglich binnen 2 Monaten mit der *actio redhibitoria* (Wandlungsklage, Rückzahlung des Kaufpreises gegen Rückgabe des Kaufgegenstandes) gerügt werden. Später wurde die Frist auf 6 Monate ausgedehnt und der Anwendungsbereich auf *dicta et promissa*, schließlich auf jegliche Arglist erweitert.

Für den Kauf typische Nebenabreden sind die *in diem addictio*, bei der sich der Verkäufer den Rücktritt für den Fall vorbehält, daß er binnen Jahresfrist einen besseren Käufer findet, die *lex commissoria*, die den Verkäufer bei nicht rechtzeitiger Zahlung des Kaufpreises berechtigt, vom Vertrag zurückzutreten und das *pactum displicentiae*, wonach ein Teil nach seinem Belieben zurücktreten konnte. F. R.

Arangio-Ruiz La compravendita in dir. rom.², 1954/1961; Stud. in the Rom. law of sale. Ded. to the mem. of F. de Zulueta, 1959. *F. Cancelli* L'origine del contratto consensuale di compravendita nel dir. rom., 1963. *F. de Zulueta*, The Rom. law of Sale, 1945/1957. *Meylan*, Festschr. Simonius, 1955, 247ff., *Feenstra*, Studi Paoli, 1956, 273ff. *Betti*, Studi Francisci 1, 1956, 131ff. *Levy*, Iura 14, 1963, 1ff. *Watson*, Tijdschr. v. Rechtsgesch. 32, 1964, 245ff. *Kaser* Das röm. Privatr. 1,455ff. *Ders.* Mél. Meylan 1, 1963, 173ff. *Thormann*, Jura 5, 1954, 1ff. *G. Impallomeni* L'editto degli edili curuli, 1955. *Pringsheim* Ges. Schr. 2, 1961, 122ff. (= Studi Riccobono 4, 1934, 315ff.). 179ff. (= Rev. hist. 4, 1954, 475ff.).

Empusa s. Hekate

Empylos (*Ἔμπυλος*). Griech. Rhetor des 1. Jh. v. Chr. aus Rhodos (Quint. 10,6,4), Vf. einer von Plutarch (Brut. 2,4) günstig beurteilten Flugschrift *Βροῦτος*, in der er für seinen Freund Brutus nach der Ermordung Caesars Partei ergriffen haben dürfte. FGrH 191 m. Komm. H. Gä.

Ἔμπυρα s. Opfer

Enalos (*Ἔναλος*). Lesbischer Heros aus dem Poseidonkreis, in die Besiedlungssage von Lesbos verflochten. Ein Spruch Amphitrites forderte, dem Poseidon an einem Felsen der Küste einen Stier, ihr selbst und den Nereiden eine Jungfrau zu opfern. Das Los traf die Geliebte des E. Er sprang ihr nach, und beide wurden von Delphinen heil ans Ufer getragen; vgl. Taras, Phalanthos, Arion. Plut. conviv. sept. 20, p. 163; soll. an. 36 p. 984 e. Nach Antikleidas (Athen. 11,466 cd) verschwanden beide in den Wellen: E. hütete Poseidons Stuten, sie wurde Nereide. E. habe das später selbst erzählt, als er bei einer Springflut mit einem goldenen Becher auftauchte; vgl. die Theseussage. Polypen folgten ihm zum Poseidontempel; der größte von ihnen trug einen Stein, den E. ihm abnahm und dem Poseidon weihte; auch der Stein wurde E. genannt. Der Sage liegt neben dem Fetischdienst die Vorstellung des Brautraubes durch einen Gott oder Dämon des Meeres zugrunde. H. v. G.

Enarete s. Aiolos Nr. 1

Ἔνδειξις. Diese »Anzeige« war in Athen eine bes. Form der öffentlichen Klage, die die sofortige Verhaftung des Angeklagten oder die Anordnung einer Gestellungsbürgschaft durch den Gerichtsvorstand zur Folge hatte. Sie war gegen Personen (Staatsschuldner, Verbannte, *ἄτιμοι*) zulässig, die Orte (Heimat, Volksversammlung, Rat, Gerichtshöfe, Heiligtümer, Markt) besuchten, deren Besuch ihnen durch Gesetz oder Volksbeschluß untersagt war (Harpokr. s. v.), oder die gesetzlich verbotene Tätigkeiten ausübten. In der Mehrzahl der Fälle waren die Elfmänner zuständig, nur gewisse Fälle gehörten vor die Thesmothetai (Aristot. Ath. pol. 52,1. Demosth. 24,22; vgl. auch IG II² 1128 Z. 35). Die Strafen waren nach der Schwere des Deliktes abgestuft und reichten von der richterlichen Schätzung bis zur Todesstrafe. E. B.

1. *J. H. Lipsius* Das att. Recht und Rechtsverf., 1905–1915, 331ff. 2. *U. E. Paoli* Studi di diritto attico, 1930, 238.

Endeïs s. Aiakos

Endelechius. Severus Sanctus, mit Supernomen E., chr. Rhetor um 400, Vf. einer bukol. Ekloge in 33 asklepiadeischen Strophen. 2 Hirten klagen über eine Viehseuche; Tityrus verrät ihnen, daß seine Herde durch die Macht des Kreuzeszeichens verschont geblieben sei. Die 2 bekehren sich sogleich zum Christentum. O. H.

Ta.: Anth. Lat. 893. *Schanz-Hos.* 4,2,360f. *Wolfg. Schmid*, RhM, 96, 1953, 120–153. *Ders.*, RACh 5, 1–3.

Endios. Spartiat, verhandelte 420 v. Chr. als Gesandter in Athen erfolglos über die Ausführung des Nikiasfriedens (Thuk. 5,44,3) und folgte 413/412 als Ephor den Ratschlägen des ihm durch Gastfreundschaft verbundenen → Alkibiades: er setzte durch, daß der Krieg so schnell wie möglich zur See nach Ionien hinübergespielt wurde (Thuk. 8,12. 17,2). Fr. Kie.

Endromis, *ἐνδρομίς*. Der Stiefel bedeckte den ganzen Fuß und die halbe Wade, hatte zunächst seitlich geschlitzte Schäfte (Verschluß durch waagerechten Riemen um die Wade), später einen durch Schnürung geschlossenen Schlitz vorderseitig bis hinab zum Fußblatt. Er ist seit frühester

Zeit bekannt, z. B. EA 1898 Taf. 4,4. PFUHL Abb. 92. 110. 265. 360. 424. 797 (z.T. stark stilisiert). W. H. G.

Erbacher Griech. Schuhwerk, Diss. Würzburg 1914.

Endymion (Ἐνδυμίων). Er erscheint in 2 verschiedenen Gestalten, die aber früh vermengt wurden; weshalb, ist nicht ersichtlich. Zunächst ist er in der griech. Stammessage der Sohn des 1. Königs von Elis, Aëthlios, und der Kalyke. Er führt thessalische Aioler nach Elis. Als Gemahlin wird u.a. Asterodia genannt. Seine Söhne→ Aitolos, Paion, Epeios ließ er einen Wettlauf um seine Nachfolge halten, in dem Epeios siegte. Sein Grabmal vor dem Stadion in Olympia (nebst Standbild in einem der Schatzhäuser) weist ihn als einen der Stifter der olymp. Spiele aus. Paus. 5,1,3-5;8,1. – Schon bei Hes. und Sappho klingt die Gestalt des schönen, von Selene geliebten Schläfers an, der auf dem Latmos bei Herakleia (nahe Milet) ewig schlummert. Auch dort zeigte man sein Grab nebst Adyton (Strab. 14,636. Paus. a.O.). Den ewigen Schlaf verdankt er Zeus auf eigene oder Selenes Bitte oder als Strafe für seine Liebe zu Hera (Sch. Apoll. Rhod. 4,57. Cic. Tusc. 1,92). Zugrunde liegt die Vorstellung vom frühen Tode jugendlicher Schönheit durch göttliche Entrückung. Seit dem Hellenismus beliebtes Motiv der Kunst. H. v. G.

L. Radermacher Das Jenseits im Mythos der Griechen, 1903, 113ff. *Kern* Die Religion der Griechen 1,44. *Wilam* GldH. 1,114,1.

Ἐνεχυρασία. Die Vollstreckung wegen Geldforderungen oder wegen Forderungen auf Herausgabe von Sachen geschah in das bewegliche oder unbewegliche Vermögen (nur außerhalb Athens auch gegen die Person) des Schuldners nach Ablauf einer nicht näher bekannten Frist auf Grund eines Urteils oder einer vertraglichen Vollstreckungsklausel durch private Pfandnahme des Gläubigers ([1]. [3]). Dieser mußte die Pfändungshandlung persönlich vornehmen. Der Demarchos der Wohnsitzgemeinde des Schuldners verschaffte ihm den Zutritt zu den Pfandgegenständen. Der Gläubiger war in der Wahl der Pfandobjekte frei (s. aber Demosth. 47,58). Binnen bestimmter Frist nicht eingelöste Pfänder wurden verkauft (strittig [5],77, 3). Im ptolem. Äg. hieß der gerichtliche Pfändungsbeschluß und das durch ihn eingeleitete Verfahren ἐ. Die Vollstreckungshandlung oblag hier einem eigenen Vollstreckungsbeamten ([4]). E. B.

1. *H.F. Hitzig* Das griech. Pfandrecht, 1894. 2. *Ders.*, ZRG 26, 1905, 436ff. (Pergamon). 3. *J.H. Lipsius* Das att. Recht und Rechtsverf., 1905–1915, 950. 4. *P.Jörs*, ZRG 36, 1915, 234ff. 5. *Ders.*, ZRG 40, 1919, 47ff.

Ἐγγύη. 1. Bürgschaft. Ihre älteste Gestaltung, nämlich die der Geiselbürgschaft, zeigt Hom. Od. 8,266–366. Die ἐ. bedeutete darnach eine Garantie des Bürgen für den Fall, daß der Hauptschuldner seiner Zahlungspflicht nicht nachkommen werde. Die Sicherheit bestand in dem Zugriff, den der ἔγγυος dem Gläubiger auf seine Person einräumte. Er verfiel wie ein Pfand dem mit privater Eigenmacht vorgehenden Gläubiger, wenn der verbürgte Erfolg nicht eintrat, daher auch der postverbale Ausdruck ἐ. von ἐγγυάω »in die Hand geben« (FRISK Etymol. WB. s.v. [1],94. [3],519f.). Über die im klass. griech. Recht erfolgte Umdeutung in »Übernahme der Person des Schuldners« s. [1],46f. Daneben gab es aber auch als rangverschiedene Rechtsfigur die Bürgschaft durch Treuversprechen ([5]). Die Zahlungsbürgschaft, ἐ. εἰς ἔκτισιν, hat sich nicht aus der Geiselbürgschaft, sondern aus der Gestellungsbürgschaft entwickelt ([5]). Das gesamte hellen. Recht schrieb für die – im übrigen formfreie – Garantieübernahme Ausdrücklichkeit vor ([1],146.215). In einem schriftlichen Vertrag über die Hauptschuld wurden auch die Namen der Bürgen eingetragen ([2],711). Die ἐ., die im Gegensatz zu den modernen Rechten nicht akzessor. war, konnte auch für künftige Verpflichtungen übernommen werden ([2],709,115). Sie begegnet auf allen Gebieten des Schuldrechts ([2],709f.), im Handelsrecht (Demosth. 33,10), im Sachenrecht (vgl. das Gesetz des Zaleukos bei Pol. 12,16), im öffentlichen Recht und vor allem im Prozeßrecht, wo sie als Gestellungs- und Prozeßerfüllungsbürgschaft ([1],706) erscheint. Über die ἐ. in Äg. s. [6], über die Nachbürgschaft des griech.-äg. Rechts [4]. 2. Syn. auch→ ἐγγύησις. E. B.

1. *J. Partsch* Griech. Bürgschaftsrecht I, 1909. 2. *J.H. Lipsius* Das att. Recht und Rechtsverf., 1905–1915, 705f. 3. *K. Sethe–J. Partsch* Demot. Urkunden zum Bürgschaftsrecht, 1920, 516ff. 4. *M. San Nicolò* Zur Nachbürgschaft in den Keilschrifturkunden und in den graeko-äg. Pap., 1937, 37f. 5. *A. Erler*, ZRG 65, 1947, 312ff. 6. *E. Seidl* Ptolem. R.-Gesch., 1962, 160f.

Ἐγγύησις. In Griechenland ein unter Zuziehung von Zeugen zwischen dem Bräutigam und dem Brautvater oder dessen Stellvertretern abgeschlossener feierlicher Rechtsakt, der die ehemännliche Gewalt begründete (unrichtig also [1], 469: bloße Verlobung). Er wurde erst mit der Übergabe der Braut an den Mann, → ἔκδοσις, voll wirksam ([2],170). Über die Ehe in Gortyn s. [3], 160. – In den Pap.: Verbürgung (BGU 981 Z. 36). E. B.

1. *J.H. Lipsius* Das att. Recht und Rechtsverf., 1905–1915, 468ff. 2. *H.J. Wolff* Beitr. zur Rechtsgesch. Altgriechenlands, 1961, 170. 3. *Ders.*, Tijdschr. 20, 1952, 160ff.

Ἔγκτησις. Darunter verstand man das Recht zum Erwerb von Grundbesitz im Inland. Nach griech. Rechtsanschauung konnten nur Bürger Anteil am Grund und Boden der πόλις haben ([1]). Auch der vom inländischen Staat zum Staatsgastfreund, πρόξενος, ernannte Bürger eines auswärtigen Staates konnte im Inland kein Eigentum erwerben. Doch war es möglich, ausgewählten Nichtbürgern, bes. Staatsgastfreunden, die entweder unbeschränkte oder dem Gegenstand nach (auf Häuser) oder dem Wert nach beschränkte

Fähigkeit zum Grunderwerb ausdrücklich zu verleihen ([4]). In den bundesstaatlichen Sympolitien hatte jeder Bürger eines Bundesstaates kraft seines Bundesbürgerrechts auch die ἔ. in den übrigen Bundesstaaten (s. RE IV A 1177ff.). Über die Bedeutung der ἔ. in hellenist. Zeit s. [3] und dagegen [2]. E. B.

1. *E. Szanto* Das griech. Bürgerrecht, 1906, 7. 2. *W. Kolbe*, ZRG 49, 1929, 129ff. 3. *U.E. Paoli* Studi di diritto attico, 1930, 286ff. 4. *A. Kränzlein* Eigentum und Besitz im griech. Recht, 1963, 38ff. 82.

Engyon (*Ἔγγυον, Enguini*). Kleine Stadt im Innern Siciliens, angeblich von Kretern gegründet (Diod. 4,79. Plut. Marc. 20), von Timoleon dem Tyrannen Leptines entrissen (Diod. 16,72), im 2. pun. Kriege karthagofreundlich, aber von Marcellus glimpflich behandelt (Plut. a. O.), nach Cic. Verr. 3,103 *civitas decumana*, nach Plin. nat. 3,91 *stipendiarii;* berühmt das Heiligtum der »Mütter« (Plut.), bei Cic. Verr. 4,97 *Mater Magna*, 5,186 *Mater Idaea*, mit Reliquien des Meriones und des Odysseus. Lage nicht festgestellt. K. Z.

Enipeus (*Ἐνιπεύς*). **1.** Rechter Nebenfluß des Alpheios, auch *Βαρνίχιος*, »Lämmerfluß« [3] genannt, h. Lestenitsa w. von Olympia. Strab. 8, 3,32 p. 356. Hom. Od. 11,328ff.

1. *E. Curtius* Peloponnesos 2,71f. 2. *J. Partsch* in E. Curtius-F. Adler Olympia 1, 1897, 4ff. 3. *W. Aly*, Parola del passato 5, 1950, 231.

2. Der größte s. Nebenfluß des Peneios in Thessalien, h. Tsanarlis, entspringt bei Melitaia im Othrys und nimmt im Unterlauf von links mehrere Nebenflüsse auf. Ob im Unterlauf der E. in den Apidanos oder der Apidanos in den E. fließe, war im Alt. strittig, → Apidanos. In der Grenzinschr. Melitaia-Pereia IG IX 2,205,8 = Syll. II^3 546 (3. Jh. v. Chr.). IG IX 2 add. p. XI 205 II (= Cauer-Schwyzer 555. SEG XVIII 238), 27f. *Ἐλιπεύς*, so auch Hesych. E. M.

Fr. Stählin Das hellenische Thessalien 81ff.

Enkelados (*Ἐγκέλαδος* »tobend«). Der stärkste → Gigant, der gegen Zeus (Batrachom. 284), Dionysos (Eur. Cycl. 5), Athene (Eur. Herc. 908. Apollod. 1,37. Paus. 8,47,1) kämpft. Schauplatz: Phlegra, Ossa, Arkadien. Getötet vom Blitz des Zeus (Verg. Aen. 3,578) oder vom Wagen Athenas (Paus. a. O.); gewöhnliche Erzählung: Athene warf die Insel Sizilien bzw. den Aetna auf ihn (Kall. frg. 382 Schn.). Dargestellt am delphischen Tempel (Eur. Ion 209), am pergamenischen Fries und sonst. H. v. G.

Enkomion (*ἐγκώμιον*). In den Etymologica abgeleitet von *κώμη*: [1],9f. [2],36; doch Pind. N. 3,4 und Sch. N. 2,37: Zusammenhang mit *κῶμος*, daher = Lied der feiernden Schar. I. Poetisches E.: Die Epinikien (→ Pind., → Bakchyl., → Simonid.) werden in den Oden meist E. genannt: O. 2,52; N. 1,7. Diod. 11,11,6. II. Prosa-E.: Bedeutungserweiterung im 5. Jh.: Lobrede; 1. Beleg: Gorg. Hel. 21. Ursprung vielleicht in Gelagepoesie: [3],333. [5],27 A 2; bezweifelt [4],37 A 5. Die ersten E. sind ohne ernsten Zweck abgefaßt → *παίγνια*: [1],45ff. [4],155; vgl. Isokr. Hel. 12. Plat. symp. 177b. Hauptwerk mit größtem Einfluß auf die Folgezeit: Isokr. Euagoras: 1. E. auf verstorbene Einzelperson (Gegensatz: → Epitaphios) Weiterbildung: Xen. Ag. Gliederung nach Taten (Euag.) oder Tugenden (Ag. Isokr. 15,107ff.), in Praxis meist verwischt. III. Theoret. Behandlung zuerst bei Aristot. rhet. 1,3,9. 3,12–17. Unterscheidung von E. = Lob einer einzelnen Tat (vgl. Epinikion) u. Epainos: eigentlich Lobrede; lobenswert ist nur der Arete-Träger, [4],132ff.: dadurch wird ein festes Schema gewonnen: Zusammenhang mit Ethik (eth. Eud. 1219b 6ff.). Bedeutungsvoll ist die Scheidung von *ἀρεταί* der Seele und *τὰ ἔξω ἀγαθά* (Reichtum, Kraft etc.), rhet. 1366b 25ff. [4],132ff. Die sophist. Theorie (Gorgias-Isokr.-Anaximen.) baut vor allem auf Isokr. auf: kein eth. Bezugsschema wie bei Aristot.: z. B. Anaximen. 1,186,10 Sp. Willkür des Redners entscheidet über Lob. Rhetoren der Kaiserzeit (Theon, Menander, Aphthonios) sind vor allem von sophist. Theorie beeinflußt; [1],94ff., [4],208ff. IV. In hellenist. und röm. Zeit werden epische E. geschrieben (*ἐ. ἐπικά*): erh. Theokr. 17 auf Ptolemaios; vgl. Preislieder von Ov., Varius; erh.: Panegyricus auf Messala (Tib. 3,7); Verg. Aen. 6, 791ff. (E. Norden, RhM 54,466). Prosa: Beeinflussung der Biographie durch das E. [6],129ff. E.-Elemente beherrschen auch die Panegyrici der späten Kaiserzeit [3],337. RE XVIII 2. H. 570ff.: *λόγος βασιλικός*. Lobreden auf Städte: Aristeid. *ἐ. Ῥώμης*; Quint. inst. 3,7,26. In chr. Zeit wird das Schema des E. auf Preisreden auf Märtyrer und Heilige übertragen: Gregor v. Nyssa, Gregor v. Nazianz, [3],337f. H. Vr.

1. *G. Fraustadt* Encomiorum in litteris Graecis usque ad Rom. aetatem hist. Diss. Lpz. 1909. 2. *H. Färber* Die Lyrik in der Kunsttheorie der Ant., Münch. 1936. 3. *Th. Payr*, RACh 5, 332–343. 4. *V. Buchheit* Unters. z. Theorie des Genos epideiktikon von Gorgias bis Aristoteles, Münch. 1960. 5. *A. Dihle* Stud. z. griech. Biographie, AAG, phil.-hist. Kl., 3. Folge, H. 37, 1956. 6. *W. Steidle* Sueton und die ant. Biographie. Zet. 1, 1951.

Enneakrunos s. Kallirrhoe

Ennius, Q., * 239 v. Chr. (Varro bei Gell. 17, 21,43. Cic. Brut. 72; 240 falsch Hier. chron. 1777) in Rudiae auf messap. Gebiet (ann. 377 V^2), sicher aus vornehmer Familie (Serv. Aen. 7,691). Etwa 204 wurde er von dem Quästor M. Porc. Cato aus Sardinien, wo er wahrscheinlich im röm. Heer diente, nach Rom mitgenommen (Nep. Cato 1,4; phantast. Sil. 12,390ff.). Hier entfaltete er seine literar. Tätigkeit, war auch als Lehrer des Griech. und Lat. tätig (Suet. gramm. 1) und gewann die Freundschaft und Protektion großer röm. Familien. Bezeugt sind Beziehungen zu Scipio Africanus (Cic. Arch. 22; doch s. [3], Praef. XIII) und Scipio Nasica (wahrscheinlich dem Konsul 191.

Cic. de or. 2,276), zu M. Fulvius Nobilior, den er auf dem Feldzug in Aetolien 189 begleitete, um dessen Taten zu verherrlichen, und zu dessen Sohn Q. Nobilior, der ihm, als er 184 Kolonien nach Potentia und Pisaurum führte, das röm. Bürgerrecht verschaffte (Cic. Brut. 79), schließlich zu Ser. Sulpicius Galba (wahrscheinlich dem Prätor 187. Cic. ac. 2,51).

E. wohnte auf dem Aventin (Hier. a. O. vgl. [3], X. f.) und lebte, wie es scheint, ziemlich dürftig (Hier. a. O. Cic. Cato 14). † 169 an der Gicht (vgl. sat. 64), nachdem er den Thyestes auf die Bühne gebracht hatte (Cic. Brut. 7; 168 Hier. chron. 1849. Er wurde auf dem Janiculus verbrannt und seine Asche nach Rudiae überführt (Hier. ebd.); die Nachricht von seiner Beisetzung in der Gruft der Scipionen (Hier. ebd.) ist darauf zurückzuführen, daß sich dort angeblich eine Statue des E. befand (Cic. Arch. 22 *putatur*. Liv. 38,56,4 *dicuntur*. Ov. ars 3,409 f. usw.). Porträt Ant. Denkm. 1, 1889, T. 49.

E. kam etwa 35jährig nach Rom, im Besitz einer gründlichen griech. Bildung, daher bei Fest. 293 M. und Suet. a. O. *Graecus* oder *Semigraecus* genannt; er sagte selbst von sich, er habe *tria corda*, weil er Griech. Osk. und Lat. konnte, Gell. 17,17, 1. Damals waren die Begründer der neuen Lit., Livius Andronicus und Naevius (deren »Schüler« er sicher nicht war), nicht mehr tätig. Plautus war es wohl schon, während Tragödie und Epos keine bedeutenden Vertreter hatten. E. wurde es, während er sich um die Komödie nur in begrenztem Maße bemüht hat, vielleicht, weil hier Plautus den Vorrang hatte, oder auch, weil er dazu neigte, als »niederen« Stil den der Satire zu pflegen. Mit ihr führte E. in Rom als erster einen Typus der »niederen« Produktion von wechselnd scherzhaftem, gelehrtem und philos. Charakter ein nach dem Vorbild des alexandrin. Literaten, das sich übrigens auch im Epos zeigt und treffend ausgedrückt ist in dem Prädikat, das E. sich selbst gibt: *dicti studiosus*, d. h. *φιλόλογος* (ann. 216, vgl. u. a. O. Skutsch The Annals of Q. E., Lond. 1951, 8 f.). Auch in der Metrik war er ein Neuerer, er schuf den Hexameter, das eleg. Distichon (Isid. orig. 1,39,6. 15) und den Sotadeus (sat. 59 ff.; var. 25 ff.). Wenig Sicheres weiß man über die Chronologie seiner Werke. Die dramat. Produktion, der er sich, darf man annehmen, von seiner Ankunft in Rom an widmete ([3], XVII), hat er bis zu seinem Tode (Thyestes) fortgesetzt. Die Ambracia muß kurz nach 189, der Achilles und die Andromacha wahrscheinlich vor dem Tod des Plautus (184) entstanden sein (Plaut. Poen. 1 ff., bzw. Enn. scen. 92 V^{2} ~ Plaut. Bacch. 933). Die Hedyphagetica fallen wohl nach 189 und vor die Annalen (s. u.).

Dramen. Erhalten sind über 400 Verse oder Versteile u. 24 Titel, darunter 2 aus *praetextae* (*Sabinae* und *Ambracia*, erkannt von Vahlen Ges. phil. Schr. 1,418, bzw. Ribbeck CRF^{1} p. IX) und

3 aus Komödien (†*Cupiuncula* [*Caupuncula* Ribb.] und *Pancratiastes;* über die von Isid. orig. 1,26,2 zitierten kom. Verse demnächst A. Traina Festschr. Teubner). Im Drama zeigt sich E. der lat. Tradition stärker verbunden als anderwärts, und seine Arbeitsweise gleicht im ganzen der des Plautus. Auffallend ist seine bes. Vorliebe für euripid. Vorbilder (vgl. CGlL 5,250,9 [Usener, Kl. Schr. 3,38]), von denen ziemlich sicher abhängen: Alexander (Varro l.l. 7,82, vgl. B. Snell Eurip. Alex., Bln. 1937 [H(E.). 5]), Andromeda (112 f. ~ Eur. frg. 114 N.^{2}), Erechtheus (137 f. ~ Eur. frg. 360,14 ff.), Hecuba (Gell. 11,4), Iphigenia (213 f. ~ Iph. A. 1 ff. usw.), Medea exul (Cic. fin. 1,4), Melanippa (*Μελανίππη ἡ σοφή*, vgl. [1],176 ff.). Gesichert ist als Vorbild der Eumenides Aischylos (147 ~ Eum. 463 ff. usw.) und für den Achilles → Aristarchos Nr. 4 (*Ach. Aristarchi* Fest. 242 M. Plaut. Poen. 1; vgl. CGlL a. O.). Auf Euripides soll nach Varro a. O. (anders [6],189,2) auch die Andromeda (oder A. aechmalotis) zurückgehen, doch schließen die Frg. das aus (an die Tro. denkt Wilamowitz, Kl. Schr. 4,374,2, an Antiphon W. Morel, PhW 57, 1937, 558 ff.). Wahrscheinlich euripid. sind dagegen Cresphontes und Telephus, unsicher Aiax (Soph.?), Alcmeo (Eur. *Ἀλκμ. ὁ διὰ Ψωφῖδος*? Theodektes? Für diesen G. Perrotta, SIFC NS. 6, 1928, 128 ff.), Athamas, Hectoris lytra (Aischyl. Achilleustril.?), Nemea (Aischyl.?), Telamo, Thyestes (Eur. *Κρῆσσαι*?). Bei der Verwendung seiner Vorbilder gestattete sich E. viel Selbständigkeit (er gab mehr die *vis* als die *verba* wieder, Cic. ac. 1,10, der anderswo, fin. 1,4, das Gegenteil behauptet); wenn er auch manchmal genau dem Wortlaut folgt, so erlaubt er sich doch oft Zusätze, Abstriche und Modifikationen, vor allem mit dem Ziel, das Original rhetorischer und pathetischer zu gestalten (vgl. W. Röser E., Eurip. und Homer, Würzb. 1939, 4 ff. A. Traina, Maia 16, 1964, 112 ff. 276 f.). Auch die Metra oft verändert mit bes. häufigem Gebrauch des troch. Septenars. Beispiele von Monodien sind erhalten, während der Gesang des Chors, der sicher nicht fehlte (vgl. die Titel *Eumenides, Sabinae;* über Iphig. s. u.), wohl beschränkt war (vgl. [5],14 ff. O. Skutsch, RhM 96, 1953, 197). Einschneidendere Änderungen im Aufbau der Tragödie zeigt die Ersetzung des eurip. Frauenchors in der Iphigenie durch einen Soldatenchor (Gell. 19,10,12; über einen möglichen Einfluß der Iphig. des Soph. zuletzt O. Skutsch a. O. 198 ff.; andere Erklärungen [6], 192,3. Wilamowitz a. O. 290 f.). Ob man hier von Kontamination sprechen darf, ist nicht ganz sicher, doch müssen wir bei der Medea des E. Kontamination oder vielmehr Nebeneinanderstellung von zwei Tragödien, wovon die zweite wahrscheinlich der *Αἰγεύς* des Eur. ist, annehmen (2 Tragödien des E. unterschied z. B. Ribbeck [1], 157, doch s. [3], CCVIII; Ähnliches ist für Hectoris lytra vermutet worden, z. B. [1],126 f.). Jeden-

falls wird Kontamination ausdrücklich für E. bezeugt von Ter. Andr. 18. Auch in einem der spärlichen Fragmente der Praetexta findet sich ein Anklang an griech. Tragödie (vgl. VAHLEN zu 370).

Kleinere Werke. Die *Saturae*, in 4 B. (Porph. Hor. s. 1,10,46; nicht von E. v. 14ff.), bestanden aus Gedichten verschiedenen Inhalts und Metrums. Das Vorkommen moralisierender Motive (1.8f. usw.; eine »äsop.« Fabel 21ff.; vgl. 65 ohne Werktitel) und dialog. Folgen (6f. Streit zwischen Tod und Leben 20) zeigt, daß E. sich stofflich schon auf der Linie der lucil.-horaz. Satire bewegte (A. S. PEASE, TAPA 27, 1896, XLVIII ff. u. a.; über satir. Elemente in dem vermeintlichen »Selbstporträt« des E. ann. 234ff. [12],127ff.), wenn auch sein Ton sicher weniger aggressiv war (Diom. GrL 1,485,30ff.). Sicher ließ er sich von den Iamben des Kallimachos beeinflussen (L. DEUBNER, RhM 96, 1953, 289ff. u. a.) und mit dem sicher originalen Titel *Satura(e)* wollte er griech. Titel, wie *Σύμμικτα, Ἄτακτα*, wiedergeben (W. KROLL, RE II A 194), oder auf die vorliterar. *satura* anspielen mit einem Vorgehen, ähnlich dem bei der Übernahme des Titels Annales (SC. MARIOTTI, Maia 5, 1952, 272ff.). Schwach begründet sind die Versuche, andere kleinere Werke den Sat. einzuordnen.

Scherzhaft waren die *Hedyphagetica* (var. 34ff.), die wahrscheinlich nach 189 zu datieren sind ([10], 42,99), eine Bearbeitung des parod. Epos des → Archestratos, und der *Sota* (= *Σωτᾶς* für *Σωτάδης*; var. 25ff.), in Sotadeen, inspiriert von → Sotades von Maroneia. Dem Interesse für philos. und religiöse Fragen entsprangen der *Epicharmus* (var. 45ff.; troch. Septenare), in dem E. sich in einem Traum von → Epicharmos pythagor. anmutende Lehren vortragen ließ, und der *Euhemerus* (var. 60ff.), eine Übers. der *Ἱερὰ ἀναγραφή* des → Euhemeros, in einer gewollt naiven Prosa, die sicher ein Charakteristikum des Originals wiedergab (E. NORDEN Agn. Theos 374ff. ED. FRAENKEL Kl. Beitr. 2,53ff.). Vom Anschluß des E. an Euhemeros spricht Cic. nat. 1,119. Aus den beiden Werken scheint eine skeptische Haltung des E. zur überlieferten Religion hervorzugehen, verbunden mit einer Anlehnung an den Pythagoreismus, die auch durch das Proömium der Annalen bestätigt wird, begreiflich bei einem Mann, der aus S.-Italien kam. Ein philos. Titel ist *Protrepticus* (var. 30), der gewöhnlich mit den *Praecepta* gleichgesetzt wird (var. 31ff., in Septenaren), trotz der verschiedenen Bedeutung der beiden Wörter (vgl. [6],204).

Der *Scipio* (var. 1ff.) war ein Gedicht hohen Stiles zur Verherrlichung des Africanus (keine Tragödie: [6],198), bemerkenswert durch die Verbindung des ep. Hexameters mit dem trag. troch. Septenar (vermischt mit dem Oktonar: [12],49f.). Auch 4 Grab- und Statuenepigramme des E. in Distichen (var. 15ff.) sind überliefert, auf ihn selbst und auf Scipio Africanus. Schon in der Antike war die ennian. Urheberschaft uns verlorener Abhandlungen über Buchstaben und Silben und über Metra bestritten, die ein nicht identifizierbarer L. Cotta einem späteren E. (Sp. oder Sex. nach unsicheren Hypothesen, s. FUNGrRF 101 f.) zuwies, *cuius etiam de augurandi disciplina volumina ferantur* (Suet. gramm. 1), doch werden mit voller oder ausreichender Sicherheit dem Dichter Beiträge zur Orthographie zugeschrieben (Einführung der Konsonantenverdoppelung, Fest. 293 M.; Spekulationen inc. 48f.) und zur Schreibweise (Einführung von Abkürzungen, Isid. orig. 1,22,1, vgl. RE XI 2225,18f.).

Annales. Hist. Epos in 18 B. (Diom. GrL 1,484, 3ff.; erhalten etwa 600 v., z. T. unvollständig), das die Gesch. Roms von der Ankunft des Aeneas in Italien bis in die Zeit des E. behandelte (wenigstens bis 179, vgl. Cic. prov. 20), bes. ausführlich die zeitgenöss. Epoche. Sie wurden wahrsch. etwas nach 189 begonnen (S. TIMPANARO Ann. Sc. Norm. Pisa II 18, 1949, 188,3; B. J. 172 nach Varr. ap. Gell. 17,21,43[?]) und abschnittweise veröffentlicht (z. T. vielleicht in Hexaden oder Triaden). Nach einem berühmten, von Hesiod und Kallimachos inspirierten Proömium, in dem E. erzählte, wie ihm Homer im Traum erschienen sei und er die Musenweihe empfangen habe (v. 1–15; [12],55f. und zuletzt J. H. WASZINK, Maia 16,1964, 327ff.), führten die B. 1–3 die Erzählung wahrscheinlich bis zum E. der Königszeit; 6 behandelte den Pyrrhuskrieg; 7–9, eingeleitet durch ein Proömium, das die Auslassung des 1. Pun. Krieges rechtfertigte, weil schon von Naevius, wenn auch in nunmehr als roh beurteilten Formen, erzählt (v. 213ff. und Cic. Brut. 75f.; vgl. [7],63ff. [111],23,26ff.), reichten wahrscheinlich bis zum E. des Hannibalkrieges; 10 behandelte die Kriege mit Philipp von Mak., 13–14 den mit Antiochus, 16 den istr. Krieg (TH. BERGK Kl. Schr. 1,252f.).

Wenn auch der Titel und manche Einzelheit des Gedichts absichtlich auf die ann. pontificum anspielen ([4],2603f.), so war doch seine liter. Eigenart toto caelo von ihnen verschieden. Schon mit der einleitenden Erzählung vom Übergang der Seele Homers auf E. setzten sich die Annalen das Ziel, das röm. Nationalgedicht zu werden und das Epos des Naevius zu ersetzen. Obgleich sich E. im Kern an den Gang der hist. Ereignisse hielt (über E. als hist. Quelle vgl. O. SKUTSCH a. O. 11ff.), bewahrte er sich doch die Freiheit, seine Aufmerksamkeit auf Ereignisse zu konzentrieren, die ihn bes. interessierten, und für seine Erzählung Elemente der hom. Tradition zu benützen, sei es, in der Linie des Naevius, durch die Einbeziehung des Übernatürlichen (62ff., 291 usw.; über Träume s. [11],23, 44ff.) u. den Aufbau selbst der hist. Episoden (vgl. Macr. Sat. 6,3,2f. 7f. usw.), sei es in dem Bemühen um einen reicheren und farbigeren Erzählungsstil, als den des Naevius. In dieser Hinsicht ging E. sogar über Homer hinaus, vor allem durch einen bes. ausgiebigen Gebrauch der Wort- und Klangfiguren, die bekanntlich in der arch. lat. Poesie beliebt waren. Mit dem Geschmack für eine Überfülle formaler Wirkungen geht in gewissem Maße Hand in Hand das Streben nach Reichtum und Vielfalt des Inhalts: so schlichen sich in das Gedicht auch Elemente ein, die im allg. der ep. Tradition fremd sind: autobiograph. (374ff. usw.), polem.-liter. (213ff.), gelehrte (148 usw.) und philos. (10ff. usw.). Ein wesentliches Mittel, über Naevius hinauszukommen, ist die Übernahme des Hexameters, für dessen Erfordernisse E. einen gewissen poet. Schatz von Formen schuf, von denen sich viele für das Epos schon durch ihre Feierlichkeit empfahlen: Archaismen wie *induperator* usw., Nachbildungen griech. Komposita wie *altitonans* usw. Wie bei Homer stehen im Mittelpunkt des ennian. Gedichts gewaltige Führergestalten ([6],171 f.), die auch durch den reichen Gebrauch von Reden hervorgehoben werden. Bemerkenswert ist die Hochachtung, die bedeutenden Feinden gezollt wird (Pyrrhos 194ff.) und die öfters wiederkehrende Verherrlichung der *sapientia* gegenüber der *vis* [12], 111 ff.).

Fortleben (s. bes. [3], IIIff.). E. hat auf die ganze spätere Lit. einen tiefgreifenden Einfluß ausgeübt, vor allem durch die Einführung eines neuen ep. Metrums und einer ep. Sprache, der Satire, und dadurch, daß er der 1. Wegbereiter einer philos. Lit. war. Sein unmittelbarster Einfluß reichte jedoch bis in das ganze 1. Jh. v. Chr. hinein. Seine Schüler waren → Caecilius und sein Neffe → Pacuvius (Varro Men. 356,1 B.), in der nächsten Generation folgten ihm auf verschiedene Weise → Lucilius (vgl. MARX Luciliusausg. 1,100) und → Accius. Tiefgreifend ist dann sein (nicht nur formaler) Einfluß auf die Poesie des Lukrez (Lucr. 1,117ff.) und Ciceros (E. WRESCHNIOK De Cic. Lucretioque Ennii imitat., Diss. Bresl. 1907), dessen ganzes Werk eine aufrichtige Bewunderung des E. und die Vertrautheit mit ihm bei seinen Zuhörern und Lesern bezeugt (W. ZILLINGER Cic. und die altröm. Dichter, Diss., Erl.-Würzb. 1911). Gegen Anlehnungen an die arch. Poesie wendet sich der Geschmack der Neoteriker (Cic. Tusc. 3,45; doch s. I. FROEBEL Ennio quid debuerit Catullus, Diss. Jena-Weida 1910), der den Kritiken des Horaz den Weg bereitet (epist. 2,1,50ff.). Vergil benützt in der Aeneis, auf dem Boden einer verfeinerten Poetik, weithin den E. oder spielt auf ihn an ([7],18ff. usw.); doch wurde der Erfolg des neuen Nationalepos ein entscheidender Grund für das fortschreitende Schwinden des Interesses an den Annalen. Die Epiker des 1. Jh. n. Chr. zeigen geringe Kenntnis des E. und ahmen ihn spärlich nach (z.B. → Silius, s. RE III A 82f.). Sein Fortleben verdankt er hauptsächlich den archaisierenden Rhetoren (→ Fronto), Gelehrten und Grammatikern (→ Gellius, → Nonius usw.). Sie halten in abgeschwächter Form das Interesse an E. aufrecht, das schon im 2. Jh. v. Chr. ([3], XXVff.) eingesetzt hatte, und dann vor allem durch Varro und Verrius Flaccus wachgehalten wurde. Nur gelehrt-grammat. Wißbegierde sind die Nachahmungen des E. bei → Ausonius zu danken (349,3. 17ff. p. 167f. P.). An der Schwelle des MA. ist das Werk des E. faktisch verschwunden (vgl. [7],82ff.), wenn auch die Erinnerung an ihn und die Hochachtung vor seinem Namen nicht erloschen sind (C. PASCAL Scritti varii, Torino 1920, 57ff.) und durch die Humanisten wieder erstarken (über E. bei Petrarca, vgl. G. MARTELLOTTI Ann. Sc. Norm. Pisa II 10, 1941, 258ff.), deren Interesse für ihn die Voraussetzung für die anschließende gelehrte Beschäftigung mit ihm bildet (1. Ausg. der Frg. R. und H. STEPHANUS 1564). Sc. M.

Neuester Forschungsbericht: *S. Timpanaro jr.*, AAHG 5, 1952, 195ff.

Frg.: Beste Gesamtausg. *I. Vahlen* Ennianae poesis rell., Lps. 1903². Dazu *L. Müller*, Petrop. 1884. *E.H. Warmington* Remains of Old Latin I²,2ff. 562ff. (mit Übers.). Ann.: *L. Valmaggi*, Torino 1900. *E.M. Steuart*, Cambr. 1925 (beide mit Komm.). Scen.: TRF 17ff. 323f. (und *Klotz* Trag. Frg. 44ff. 361f.), CRF 5f. Var.: *E. Bolisani* Ennio minore, Padova 1935 (mit Übers. u. Komm.).

1. *O. Ribbeck* Die röm. Tragödie im Zeitalter der Rep., Lpz. 1875, 77ff. 2. *L. Müller* Q.E., St. Petersb. 1884. 3. *I. Vahlen* Praef. zur Ausg. 4. *F. Skutsch*, RE V 2589ff. 5. *F. Leo* De tragoedia Rom., Gött. 1910 (Ausgew. Kl. Schr. 1,191ff.). 6. *Ders.* Gesch. d. röm. Lit. 1,150ff. 7. *E. Norden* E. und Vergilius, Lpz. 1915. 8. *M. Lenchantin de Gubernatis* Ennio, Torino 1915. 9. *K. Ziegler* Das hellenist. Epos, 1934, 30ff. (2. Aufl. in Vorbereitung). 10. *O. Skutsch* Enniana, CQ 38, 1944, 79ff. 42, 1948, 94ff. 54, 1960, 188ff. 55, 1961, 252ff. 57, 1963, 89ff. 58, 1964, 85ff. 11. *S. Timpanaro jr.* Per una nuova ediz. crit. di E., SIFC NS. 21, 1946, 41ff. 22, 1947, 33ff. 179ff. 23, 1948, 5ff. 12. *Sc. Mariotti* Lezioni su E., Pesaro 1951.

Ennodius. Magnus Felix E., Bischof von Ticinum (Pavia) 514–521, * um 473/74 in Arelate (?). Er wuchs in N.-Italien auf, wurde 493 Diakon in Pavia, seit 496 in Mailand, wo er als Vf. weltlicher und geistlicher Lit. hervortrat und mit einer Schrift für Papst Symmachus gegen die Anhänger des Gegenpapstes Laurentius in die Kirchenpolitik eingriff. Als Bischof leitete er 2 päpstliche Gesandtschaften nach Konstantinopel (515 und 517), ohne daß ihm die Beilegung des akakianischen Schismas gelang. Seine Grabinschrift ist in der Michaelskirche von Pavia erhalten (CEpigr 1368 = ILCV 1046). E. hatte die für Söhne des gallo-röm. Adels übliche rhet. Bildung durchlaufen. In seinen Schriften mischen sich klass. und chr. Tradition im Modestil eines hochgezüchteten preziösen Manierismus, der stets den ungewöhnlichen Ausdruck, auch auf Kosten der Verständlichkeit, sucht. Hauptwerke: Vita des Epiphanius, Bischofs von Pavia. Vita des Mönchs Antonius von Lérins. Panegyricus auf König Theoderich. Paraenesis didascalica (Anweisung zur rhet. Bildung). Dictiones (teils echte Gelegenheitsreden, teils Schuldeclamationen, Controversien und Suasorien). 297 Briefe. Gedichte in verschiedensten metr. Formen. O. H.

Ta.: *Wilh. Hartel* CSEL 6, 1882. *Friedr. Vogel* MGAA 7, 1885. *Aug. Dubois* La latinité d'E., 1903. *Schanz-Hos.* 4,2, 131–148. *Altaner* 442f. *Jacques Fontaine*, RACh 5,398–421.

Ennomos (*Ἔννομος*). **1.** Mysischer Führer und Seher, im Troerkatalog aufgeführt mit dem Hinweis, daß Achilleus ihn im Flußkampf bezwungen habe, Hom. Il. 2,858, als Gefolgsmann Hektors erwähnt 17,218, dann aber bei der Darstellung des Flußkampfes »vergessen«. Vgl. → Chromis. **2.** Troer, von Odysseus erlegt, Il. 11,422. H. v. G.

G. Jachmann Der Schiffskatalog 144. *W. Kullmann* H(ES 14) 174 mit A. 3.

Enodia s. Hekate

Enomotia (*ἐνωμοτία*). E. wurde im spartan. Bürgerheer die niedrigste und kleinste Unterabteilung bezeichnet, die vom *ἐνωμοτάρχης* kommandiert wurde. Ihre Stärke betrug im 5. und 4. Jh. v. Chr. durchschnittlich 32–36 Mann (Thuk. 5,68. Xen. hell. 6,4,12). Die Tiefe ihrer Aufstellung war größer, als die Front. Bildete die e. eine Rotte allein, so erfolgte die Aufstellung zu mehreren Rotten aus einem Linksaufmarsch heraus (Xen. Lak. pol. 11,8), so daß nach dessen Beendigung sich alle Rottenführer im ersten Gliede befanden (Xen. Lak. pol. 5). A. N.

Krom.-Veith 34f. 76. 79.

Enope s. Gerenia

Ensérune. Oppidum in der Nähe von Béziers, in Gallia Narbonensis. Neue Ausgrabungen haben eine primitive Siedlung aus dem 6. Jh. v. Chr. mit Hütten in Stampferde und in die Erde gegrabenen Vorratsräumen ergeben. Die Bevölkerung war mit der der spanischen Küste verwandt und benützte ein iber. Alphabet mit 27 Buchstaben. Die Keramik zeigt griech. Einfluß. Hannibal hielt sich ohne Zweifel im J. 218 dort auf. Bedeutende Handelsstraße. Röm. Einflüsse seit dem 2. Jh. v. Chr.: JANNORAY, 441. M. L.

J. Jannoray Ensérune. Contribution à l'étude des civilisations préromaines de la Gaule méridionale, Paris 1955.

Ente. In der ganzen alten Welt verbreiteter Wasservogel, dessen zahlreiche Arten (18 in Äg. erkennbar: KEES Das alte Äg., 1955, 48) nur mangelhaft unterschieden wurden. Griechen und Römer kannten außer der *νῆσσα*, *anas* (Demin. *νηττίον*, *νηττάριον*, *aneticula* [Kom.]) = Stock-E. (Anas boschas L.) die kleine *βοσκάς* = Knäckente (?), die *φασάκς* = *querquedula* (= *κερκίων* Ail. nat. 16,3?) = Kriekente (?), das *γλαυκίον*, eine kleine E.-Art mit blassen Augen (alle bei Athen. 9,395 DE nach Alex. Mynd. *π. ὀρνίθωρ* [1. Jh. n. Chr.]), die *πηνέλοψ* (Moor-E.?) mit purpurnen Streifen (Ibyk. fr. 8 B.[4] Aristoph. Av. 1302), weder in alter noch in neuer Zeit sicher bestimmt (Schol. Aristoph. a. O. OLCK, RE V 2644); endlich die »diomedischen Vögel«, in die die Gefährten des Diomedes verwandelt wurden (Verg. Aen. 11, 271. Ov. met. 14,509. Plin. nat. 10,126 nach Iuba. Anton. Lib. 37), mit gezähntem Schnabel, also wohl Brand-E. (Anas tadorna L.). Die E. lebte bes. massenhaft in Äg., wo sie der Frauengöttin Hathor heilig (JUNKER, SAWW 221,5, 1934, 44) und beliebtes Jagdwild war (nicht immer sicher von der Nilgans, *χηναλώπηξ*, zu unterscheiden). Hier wie in Mesopotamien und Palästina gehört sie zur Tafel der Vornehmen (für Salomon s. 1. Reg. 5,3; vgl. Mt. 22,4 *σιτιστά* = *altilia*). In Griechenland tritt sie wenig in Erscheinung; immerhin werden in Athen E. auf dem Markt gehandelt (Aristoph. Pax 1004. Ach. 875), sicher erjagte. Die Jagd war zu allen Zeiten gleich: Fallen, Netze, Wurfhölzer. Auch Nachtjagd war damals wie heute bekannt (Varro b. Non. 460,7, vgl. LINDERMAYER Vögel Griechenl. 161. KELLER 232). Da die Wild-E. Zugvogel ist, war die Jagd meist auf Spätherbst und Winter beschränkt; nur in Italien ist sie auch Standvogel.

E.-Zucht kannte man in Äg. seit der 18. Dynastie; auch in Mesopotamien begegnen frühzeitig E.-Herden mit eigenen Hirten (MEISSNER Babyl. und Ass. 1, 1920, 222. 288). Die Griechen lernen sie im Hellenismus von den Äg. (zuerst Arat 918. 970); die Römer bauen sie mit techn. Raffinesse aus. Anlage und Betrieb von Zuchtstationen *(nessotrophia)* beschreiben Varro rust. 3,5.11. Col. 8, 15 (Verwendung von Bruthennen: Cic. nat. 2,124. Plin. 10,155. Col. a. O.); noch in später Kaiserzeit waren sie eine vornehme Liebhaberei (H.A. Alex. Sev. 41,6. JENISSON Animals for show and pleasure in anc. Rome, 1937, 101). In Rom wird die E. von allen Volksschichten gegessen, von Vornehmen aber nur Brust und Rücken (Petr. 13,52. 93,2). Cato hielt sie für Krankenkost (Plut. Cat. m. 23), aber die Ärzte kannten ihre schwere Verdaulichkeit (Gal. 6,700. Aët. 2,130 u. a.). Ihr Blut galt als Gegengift (Diosk. 2,97. Gal. 14,124. Scrib. Larg. 177 u. a.).

Darstellungen der E. begegnen seit spätmin.-myken. Zeit, in großer Zahl, bes. Salbengefäße in E.-Form, Kleinplastiken (viele Terrakotten), Vasenbilder u. a., überwiegend ornamental und genrehaft. Kaiserzeitliche Mosaiken zeigen sie meist in idealisierter Nillandschaft (vgl. Philostr. imag. 1,9, 2. SCHEFOLD Die Wände Pompejis [1957] 217. 245). In hellenist.-röm. Goldschmiedekunst ist sie ein beliebtes Motiv. Mz. mit E. sind selten. Schöne Miniaturen bei BETHE 323. – Die äg.-oriental. Kunst stellt die E. oft in Zusammenhänge, die auf erot. Bedeutung schließen lassen; die früher verbreitete Ansicht, dies gelte auch für Griechenland und Rom (STEPHANI, CR 1877, 29. OLCK 2645), wird h. mit Recht stark eingeschränkt HERMANN, RAChr 5,444ff.); erst der Hellenismus bringt Einschlägiges (E. mit Eros; E. mit Mädchen u. ä.). W. R.

Keller Ant. Tierwelt 2,228. *Hempelmann* Brehms Tierl. 6, 1911, 232. *Meinertzhagen*, *Nicoll's* Birds of Egypt, 1930.

Hermann Das Motiv der E. mit dem umgewendeten Kopf, Z. Äg. Spr. 68, 1932, 86. *D'Arcy* A Glossary of Greek Birds, 1936. *Cobianchi* Ricerche die ornitologia nei papiri..., Aegyptus 16, 1936, 91. *Bethe* Ant. Vogelbilder, A 15, 1939, 323. *Kretschmer* Penelope, AAWW 82,9, 1945, 80. *Hermann* Art. E., RAChr. 5, 1963, 433.

Entella (*Ἔντελλα, Entellini*). Stadt der → Elymer im w. Sicilien (Thuk. 6,2,3), oft genannt in den Kriegen des Dionysios I., dann des Timoleon mit den Karthagern (Diod. 14,9.48.61. 15,73. 16, 67.73, von Cic. Verr. 3,103 zu den *civitates decumanae*, von Plin. nat. 3,91 zu den *stipendiarii* gezählt, erst im 13. Jh. von Friedrich II. zerstört; h. Rocca d'Entella w. von Corleone. Mz. HEAD HN² 137. K. Z.

Entellus. 1. Nach Verg. Aen. 5,362ff. Sikuler; in seiner Jugend berühmter Faustkämpfer. Bei den am Todestag des Anchises von Aeneas angesetzten Spielen kämpft er, von König Acestes (→ Aigestes) aufgefordert, trotz seines Alters gegen Dares und siegt. Statt seines von Eryx ererbten Caestus-Paares benützte er ein gleiches Paar wie sein Gegner. Den als Preis gewonnenen Stier tötet er mit einem Schlag. Erwähnt auch von Hyg. fab. 273. Er ist wohl Eponym der sizil. Stadt Entella. W. E.

2. Chef des Amtes *a libellis* unter Domitian; er nahm an der Verschwörung gegen diesen im J. 96 teil, Cass. Dio 67,15,1. Über seinen Palast und seine Gärten in Rom Martial. 8,68 (vom J. 93). R. H.

Entremont. Kelt.-ligur. Oppidum, seit Beginn des 3. Jh. v. Chr., 3 km n. von Aix-en-Provence, Vorort der Salluvii, zerstört im J. 123 von C. Sextius Calvinus. Überreste: Stadtmauer auf der N.-Seite mit rechteckigen Türmen, schachbrettförmige Anlage, Straßen, rechteckige Häuser in Mauerwerk. Magazine, Sammelspeicher. Heiligtum mit dem Ritus der abgehauenen Köpfe. M. L.

F. Benoît Entremont, capitale celtoligure des Salyens, 1957.

Enyalios, Enyo s. Ares

Eordea (*Ἐορδαία*, Bewohner Eordi, *Ἐορδοί*). Landschaft im alten Makedonien, im W. an die Lynkestis, im O. an Edessa, im N. an Pelagonien und im S. an Elimea grenzend. Das Siedlungsgebiet der E. lag im allg. n. vom Fluß Eordaikos (h. Devól). E. wird z. Z. der makedon. Kriege öfters erwähnt. Im J. 171 v. Chr. zog König Perseus von Begorritis (h. Ostrovosee[?]) aus durch E., 167 wurde E. zusammen mit der Lynkestis und Pelagonien dem 4. makedon. Bezirk zugeteilt. Das Land war reich an Seen, darunter der Begorritis-See (wahrscheinlich h. Ostrovosee). Pol. 18,23,3. 24,12,7. Liv. 31,40,7. 42,53,5. Chr. D.

Oberhummer, RE V 2656ff. *Geyer* Makedonien bis zur Thronbesteigung Philipps II. 13. *Papasoglu* Makedon. gradovi, 125–129. 167–172 u. s. *Walbank* Philip V. of Macedon, 147. *Meloni* Perseo e la fine della monarchia Macedone, 75,224.258.422.

Eos (*Ἠώς*, att. *Ἕως*, aiol. *Αὔως*, lat. *Aurora*). Die Morgenröte, Tochter der Titanen Hyperion und Theia (Hes. theog. 371) bzw. Euryphaessa (Hom. h. 31,2ff.) oder des Titanen Pallas (Ov. met. 9,421 und sonst). Ihre Geschwister sind Helios und Selene (Hes. a. O. Apollod. 1,8), Schlaf und Tod (Aithiopis, KULLMANN, H[ES 14] 36). Sie erhebt sich jeden Morgen aus dem Lager ihres Gatten Tithonos und schwebt oder fährt mit ihrem Rossegespann aus dem Okeanos empor (nach Hom. Od. 12,4 hat sie Wohnung und Tanzplätze auf → Aiaia) vor Helios her am Himmel hin. Sie vollendet ihre Bahn erst abends und bedeutet somit nicht nur den Morgen, sondern auch den Mittag und überhaupt den Tag; vgl. Il. 21,111. Od. 10, 190. Il. 2,48. Od. 19,571. Verg. Aen. 6,535. Ihre Beinamen *ῥοδοδάκτυλος*, *κροκόπεπλος* u. a. entsprechen den Farben des Himmels z. Z. der Morgendämmerung. – Mit → Astraios zeugt sie die Winde und die Gestirne, darunter den Morgenstern *Ἑωσφόρος (Lucifer)*, Hes. theog. 378ff. Von Tithonos, den sie entführte und zum Gatten machte, gebar sie → Memnon und Emathion, Hes. theog. 984; der letztere wurde von Herakles erschlagen, Apollod. 2,119. 3,147. Sie entführte auch → Orion (Od. 5,121) und → Kleitos (Od. 15,250). Ihr Liebesabenteuer mit → Kephalos wurde mit der Prokrissage kontaminiert. – Die Kunst stellte E. geflügelt, seit 5. Jh. auch ungeflügelt dar. Beliebte Motive: Klage um Memnon, Entführung des Kephalos. Im pergamen. Fries erscheint sie als Gegnerin der Giganten, auf dem Panzer des Augustus von Primaporta wird sie von der Taugöttin getragen. Kultische Bedeutung hat E. kaum gehabt, Ov. met. 13,588. PRELL.-ROB. 1,440ff. H. v. G.

Epagomenai (*ἐπαγόμεναι* scil. *ἡμέραι*). Bezeichnung der 5 Zusatztage, die am E. eines äg. J. von 12 Monaten zu 30 Tagen angehängt wurden. Nach Plut. Is. et Os. 12 hatte sie Thot (Hermes) dem Mond (Selene) im Spiel abgewonnen, damit an ihnen Nut (Rhea) ihre z. T. im Ehebruch gezeugten Kinder gebären könne, da sie von ihrem Gatten Geb (Kronos) verflucht worden war. So galt der erste dieser Tage als Geburtstag des Osiris, der 2. des (älteren) Horos, der 3. des Seth, der 4. der Isis, der 5. der Nephthys. Zusammen hielt man sie für gefährliche Tage, an denen man nicht arbeitete. Der Versuch, unter Ptolemaios Euergetes einen alle 4 J. einzuschiebenden, ihm und der Berenike geweihten 6. E.-Tag einzuführen, um den Kalender dem astronom. J. noch weiter zu nähern, hat sich nicht durchsetzen können. W. H.

Epainetos (*Ἐπαίνετος*). Ein bei Athen. 9, 387e. 12,516c zitierter Vf. eines Kochbuches, *Ὀψαρτυτικόν*. Die Zitate bei Athen. stammen wahrscheinlich durch Vermittlung des → Artemidoros (Nr. 3) aus dem Lexikon des Pamphilos (Athen. 9,387e): E. lebte im 1. Jh. v. Chr. Ein Rezept bei Athen. 14,662d. Sch. Nik. Ther. 585 erwähnt eine Schrift über Küchenpflanzen (*περὶ λαχάνων*). H. Vr.

Epameinondas (*Ἐπαμεινώνδας*). Sohn des Polymnis. Nep. Ep. 1,1. Plut. mor. 579 D. 585 D.

Paus. 9,12,6. Ail. var. 2,43. 11,9. Über sein Geburtsjahr ist nichts, über sein Leben bis zur Leuktraschlacht wenig Sicheres zu ermitteln, da seine Biographie des Plut. verloren ist und die übrige Überlieferung außer Xen. E. verherrlicht. So soll E. bei Mantineia 385 den verwundeten Pelopidas gerettet und als Freund gewonnen haben, was an die ähnlich zwischen Sokrates und Alkibiades begründete Freundschaft erinnert. Plut. Pel. 4. Paus. 9,13,1. Gegen die betonte Armut der Familie (Plut. Pel. 3,5. Paus. 9,13,1. Nep. 2,1) spricht die sorgfältige Erziehung des E. in Musik, Tanz und Gesang. Cic. Tusc. 1,2. Nep. 2,1. Athen. 4,184 E. Durch den in das väterliche Haus aufgenommenen Pythagoreer Lysis von Tarent wurde E. geradezu ein Pythagoreer. Diod. 10,11,2. 15,39,2. Plut. mor. 583 C. 585 E. Paus. 9,13,1. Nep. 2,2. Freiwillig lebte E. bedürfnislos (Plut. Pel. 3. Ail. var. a. O.) und war wie Aristeides unbestechlich. Pol. 31,22,6. Nep. 4. Plut. mor. 583 F. Ail. var. 5,5. 11,9. Ehelos hatte E. neben dem eng verbundenen Pelopidas zahlreiche Freunde. Nep. 3,4. 5,5. 10,1. Plut. Pel. 3; mor. 761 D. Athen. 13,605 A. Er besaß große Beredsamkeit und treffenden Witz. Nep. 5. Plut. mor. 808 E. 809 A. An der Befreiung Thebens 379 war E. nicht beteiligt. Sein Diod. 15,38 erwähntes Auftreten auf dem Friedenskongreß in Sparta 375/74 ist erfunden und Dublette der Verhandlungen von 371 in Sparta. Erst damals forderte E. als Boiotarch, in der Friedensurkunde das Wort »Thebaner« durch den Begriff »Boioter« zu ersetzen und so den boiotischen Bund anzuerkennen. Der spartanische König Agesilaos lehnte ab und erklärte Theben den Krieg. Xen. hell. 6,3,18 ff. Diod. 15,50,4. Nep. 6,4. Plut. Ages. 27. Paus. 9,13,2. S. LAUFFER Hist. 8, 1959, 343 ff. Als der spart. König Kleombrotos aus Phokis anrückte, wußte E. die Stimmung in Theben durch Nachrichten über Wunderzeichen wie Themistokles vor der Salamisschlacht zu heben. Xen. 6,4,7. Diod. 15,52,3 ff. 53,4 f. 54,2. Paus. 9,13, 4. Plut. Pel. 20; mor. 773 C. Polyain. 2,3,8. 12. Frontin. 1,11,6. 12,5. Kallisthenes FGrH 124 F 22. H. POPP Die Einwirkung von Vorzeichen . . . auf die Kriegführung der Griechen 1957, 32 f. Bei Leuktra w. von Theben begann E., der im Rat der 7 Boiotarchen den Angriff durchsetzte, mit der »schiefen Schlachtordnung« (*λοξὴ φάλαγξ*) eine neue Epoche der Kriegführung, schob den 1.50 Mann tiefen Flügel keilartig vor, während er den r. in hinhaltendem Gefecht zurückhielt, und schlug 371 mit nur 7000 Mann das 10000 Mann starke spart. Heer vernichtend. Kleombrotos und 400 Spartiaten fielen. Xen. 6,4,1 ff. Diod. 15,51 ff. Plut. Pel. 23. Paus. 9,13,3 ff. TOD, IGH 2,130. P. LÉVEQUE und P. VIDAL NAQUET Hist. 9, 1960, 294 ff. führen die neue Taktik auf pythagoreische Lehren zurück. Auf dem 1. Zug in die Peloponnes, der dem eben gegründeten arkad. Bund helfen sollte, konnte E., wieder Boiotarch, Winter 370/69 zwar Sparta nicht einnehmen, gefährdete aber dessen Existenz durch die Gründung des messen. Staates mit der befestigten Stadt Messene. Diod. 15,62 ff. Paus. 9,14,5. BELOCH GG 3^2,2,247 ff. verbindet Plut. Pel. 25, Nep. 7 f. über die Anklage des E. nach diesem Zuge mit dem Diod. 15,72,2 nach dem 2. Peloponneszug genannten Prozeß gegen E. zu einem Verfahren Herbst 369, dagegen hält P. J. CUFF, Ath. 32, 1954, 259 an 2 Prozessen fest. Trotz dem Gewinn von Sikyon und Pellene im 2. Zuge 369 (Diod. 15,68.69. Xen. 7,1,15 ff.) kämpfte E. 368 nur als Hoplit in Thessalien. 367 wieder Boiotarch, erreichte E. die Freigabe des von Alexander von Pherai gefangenen Pelopidas. Diod. 15,75,2. Plut. Pel. 29. Paus. 9,15,2. Mit dem 3. Peloponneszug zwang er die achaiischen Städte zum Anschluß an Theben, der durch die gegen die Zusicherung des E. dort eingeführte Demokratie kurzfristig blieb. Xen. 7,1,42. Nach dem durch Pelopidas 367 erreichten Vertrag mit Persien und dem Sonderfrieden mit Korinth und Phlius 366 erwirkte E. 365 den Bau von 100 Trieren und brachte 364 auf einer Flottenexpedition vorübergehend Byzanz, Chios und Rhodos auf die Seite Thebens. Diod. 15,78 f. Sylloge^3 179. F. CARRATA THOMES Egemonia beotica e potenza marittima nella politica di Epaminonda 1952. Das in seiner Abwesenheit an Orchomenos vollzogene Strafgericht mißbilligte E. Diod. 15,79,3 ff. Plut. Marc. 31. H. VOLKMANN Die Massenversklavungen der Einwohner eroberter Städte 1961, 14 f. Da der arkad. Bund zerfiel und Mantineia sich mit Sparta, Elis, Achaia und Athen verbündete, zog E. 362 für die treu gebliebenen Bundesgenossen Tegea, Megalopolis, Messenien und Argos zum 4. Male in die Peloponnes. Sein überraschender Vorstoß bis auf die Agora in Sparta wurde von Agesilaos zurückgeschlagen, ein Überfall auf Mantineia mißlang. Pol. 9,8. Xen. 7,5,8. In der Schlacht bei Mantineia 362 durchbrach E. dank seiner Taktik wieder mit dem 1. massierten Flügel den r. der Spartaner und Mantineer »wie eine Triere« (Xen. 7,5,23), fiel aber im Kampf. Sein Tod lähmte die Thebaner, die Schlacht blieb unentschieden. Mit dem allgemeinen Frieden (*κοινὴ εἰρήνη*) von 362/61 brach die Hegemonie Thebens zusammen. Xen. 7,5,19 ff. Diod. 15, 84 ff. Nach dem Epigramm der Statue des E. auf der Kadmeia in Theben verdankte ihm »ganz Griechenland die Freiheit«. Paus. 9,15,6. Als den »ersten aller Griechen« preisen E. Diod. 15,39,2. 88,3 f. Cic. Tusc. 1,2,4; de or. 3,139. Ail. var. 7,14. E. war ein glänzender Taktiker und Feldherr, als Politiker fand auch er keine dauerhafte Neuordnung Griechenlands. H. V.

M. Fortina Epaminonda, 1958.

'Επαγγελία war in Athen die gesetzlich vorgeschriebene Ankündigung der Einreichung einer gerichtlichen Klage, → *δοκιμασία*. Sie konnte von jedem Bürger gegen einen Redner in der Volksversammlung vorgebracht werden, der sich einer Handlung, die ihm das Rederecht entzog, schuldig gemacht hatte, aber noch nicht gerichtlich verurteilt war (Aischin. 1,81). In den Pap.: Ansage einer Klage gegen den Schuldner (Pap.-WB. s.v.). E. B.

1. *J. H. Lipsius* Das att. Recht und Rechtsverf., 1905–1915, 279ff. 2. *Busolt-Swob.* GStk 998.

Epaphos s. Io

Epaphroditos. 1. Freigelassener Octavians, der im J. 30 einen Selbstmord Kleopatras hätte verhindern sollen, jedoch überlistet wurde, Plut. Ant. 79,6. Cass. Dio 51,11,4. **2.** Freigelassener Neros, der vielleicht seit 62 das Amt *a libellis* innehatte, Suet. Ner. 49,3; im J. 65 trug er zur Aufdeckung der pison. Verschwörung bei, Tac. ann. 15,55,1. Er folgte Nero bei seiner Flucht aus Rom (Cass. Dio 63,27,3. Aurel. Vict. epit. Caes. 5,7) und half ihm beim Selbstmord, Cass. Dio 63,29,2. Domitian verbannte ihn im J. 95, dann ließ er ihn töten, Suet. Dom. 14,4. Cass. Dio 67,14,4. Er war sehr reich, Epict. diss. 1,26,12, ihm gehörten die *horti Epaphroditiani* (Frontin. aq. 68). Selbst sehr gebildet, veranlaßte er Iosephus Flavius zur Abfassung seiner jüd. Archaeologie. Iosephus hat ihm diese (ant. 1,8f.), ferner die Schrift contra Apionem (1,1) und die Vita (4,30) gewidmet. Sein Sklave war der Stoiker Epiktet (Sud. Adler), der ihn diss. 1,1,20. 1,19,19. 1,26,11f. nennt. R. H.

3. E., später M. Mettius E. Griech. Grammatiker des 1. Jh. n. Chr. aus Chaironeia, Sklave und Schüler des → Archias in Alexandreia. Er wurde danach vom praefectus Aegypti M. Mettius Modestus als Lehrer für dessen Sohn Petelinus gekauft und dann freigelassen (Suda s. *᾿Ε.*). Als angesehener Gelehrter lebte E. anschließend in Rom, wo er 2 Häuser und eine gewaltige Bibliothek (30000 Bde.) besaß. Zur Zeit Nervas (?) starb er 75jährig an der Wassersucht. Eine Porträtstatue des E. aus antoninischer Zeit ist in der Slg. Altieri in Rom erhalten (vgl. E. Q. Visconti Iconogr. gr. 1, Milano 1824, 367ff. u. T. 31; F. Matz–F. v. Duhn Ant. Bildwerke in Rom, Nr. 1320). Seine gramm. Werke sind bis auf Zit. in Schol. und Etym. verloren. Reste haben sich von den Komm. zu Homer erhalten, in denen E. sprachlich-gramm. und sachliche Fragen (vor allem geogr.) behandelte. Dabei stützte er sich auf hellenist. Vorarbeiten, wohl auch Werke des → Didymos. Kenntlich sind ferner Komm. zu Hes. scut. und Kall. Aitia. Durch Vermittlung des → Oros gelangten zahlreiche Lemmata aus seiner Slg. von *λέξεις* in die Etymologica. Unsicher ist ein Titel *περὶ στοιχείων*. H. Gä.

Frg.: *E. Luenzner* E. gramm. quae supersunt, Diss. Bonn 1866. – Lit.: *Christ-Schmid* 2,1,439.

Epeigeus (*᾿Επειγεύς*) herrschte im thessal. (oder boiot.) Budeion; weil er einen Vetter getötet hatte, floh er zu Peleus, der ihn mit Achilleus nach Troia schickte. Sein Tod durch Hektor spornte Patroklos zu stürmischem Kampfe an. Il. 16,570ff. H. v. G.

Epeioi (*᾿Επειοί*). Ein verschollenes Volk im n. Elis, das nach dem Schiffskatalog in 4 Gruppen zerfiel, Il. 2,619. Nach Pind. O. 9,54ff. waren sie die ältesten Bewohner von Elis. Angeblich nach Epeios benannt und später nach Eleios, dem Vater des Augeias, umbenannt. Paus. 5,1,4.8. Strab. 8 p. 336f. 340–342. H. v. G.

Epeios (*᾿Επειός*). **1.** Sohn und Nachfolger des elischen Königs → Endymion. Paus. 5,1,4ff. **2.** Sohn des Phokers Panopeus. Er tritt in der Il. nur bei den Leichenspielen für Patroklos hervor: mit groben Worten fordert er zum Faustkampf auf und gewinnt ihn; beim Werfen mit der Scheibe aber erntet er nur Spott, 23,664ff. 836ff. Dementsprechend galt E. als unkriegerisch und feige. Stesichoros frg. 9 (Athen. 10,457) nennt ihn Wasserträger der Atriden, und in Karthaia wurde ein wassertragender Esel E. genannt. Sprichwörtlich: *᾿Επειοῦ δειλότερος*. – Es ist als eine Art Ehrenrettung aufzufassen, wenn die Kl. Ilias und die Iliupersis ihn als Baumeister des »Trojanischen Pferdes« bezeichnen; allerdings leiht ihm Athene »aus Mitleid« ihre Hilfe, Hom. Od. 8,493. Die Il. scheint davon noch nichts zu wissen; anderer Meinung ist Kullmann, H(ES 14) 132.340. Nach Verg. Aen. 2,264 hat E. selbst das hölzerne Roß bestiegen. Dieses mag eine »verschwommene Erinnerung an oriental. Belagerungsmaschinen« sein: H. J. Rose Griech. Mythologie 246 Anm. 1. Plin. nat. 7,202. Auf das riesige Bronzebild des hölzernen Rosses auf der Akropolis in Athen, von dessen Basis 4 Blöcke gefunden sind, spielt schon Aristoph. Av. 1128 an. E. galt als Gründer von Metapont und Pisa. H. v. G.

Epeiros (*῎Ηπειρος*). Die n.w. Nachbarlandschaft Griechenlands an der Küste des ion. Meeres, als deren Grenzen galten: im S. der Golf von Ambrakia gegen Akarnanien und weiter ein Teil der N.-Grenze Aitoliens, im O. der Pindos gegen Thessalien und Makedonien, im N. das akrokeraun. Vorgebirge und die das Aoostal gegen N. abschließenden Gebirgsketten gegen Illyrien. E. ist ein fast nur von der Küste zugängliches, sonst nur nach N. gegen Illyrien offeneres, aber vor allem gegen O. stark abgeriegeltes Gebirgsland, das von den zumeist parallel von NNW nach SSO laufenden hohen und schroffen Ketten der dinar. Kalkgebirge (bis zu 2633 m, Smolikas) durchzogen ist mit dazwischen liegenden Flysch- und Sandsteinmulden mit breiteren Talsohlen und langgestreckten Ebenen. Im O. führen nur aus der Gegend des h. Metsovo gangbare Pässe ins Haliakmontal nach Makedonien und über den Zygospaß (1705 m) nach Thessalien. Einzelnamen von Gebirgen an der Küste im N. die sehr schroff zur Küste abfallende und wegen ihrer häufigen Gewitter gefürchtete und danach benannte Mauer der Keraunia (Reza e Kanalit, 1593 m), im Kap Akrokeraunia endend, der Tomaros oder Tmaros über Dodona (h. Olytsikas, 1974 m) und in den zentralen Pindosketten gegen Makedonien und Thessalien die im einzelnen nicht genau bestimmbaren Tymphe (Strab. 7,325), h. zumeist mit dem Palaeovuni, 2480 m, gleichgesetzt, Lakmos oder Lakmon (Hdt. 9,93,1. Strab. 6,271. 7,316) und Lynkos (Liv. 32,13,2). Hauptflüsse sind der nach N. in die Adria mündende → Aoos, der in den ambrak. Golf mündende Aratthos (Arachthos) und der Inachos, Nebenfluß des → Acheloos, dazu die kleineren Küstenflüsse → Acheron und Thyamis (h. Kalamas). Da die großen Flüsse die Gebirgsketten mehrfach in unzugänglichen Schluchten durchbrechen, spielen sie als Verkehrslinien keine Rolle. Größere Ebenen entwickeln sich nur als Anschwemmungsebenen der Flüsse an der Küste, Kestrine am Thyamis, die Eleatis am Acheron und bes. die große Mündungsebene des Aratthos an der N.-Küste des ambrak. Golfs. Zwischen letzteren beiden das fruchtbare Hügelland Kassopia. Im Innern nur die Beckenlandschaft von Jannina (→ Hellopia) mit dem berühmten Heiligtum von Dodona (→ Orakel) in einem Seitental und 2 Binnenseen. Das regenreiche, in den tiefen Lagen milde, in der Höhe aber rauhe und frostreiche Klima schafft günstige Voraussetzungen für Acker- und Obstbau und in den Berglagen für Weidewirtschaft. Die Flüsse führen daher auch dauernd Wasser. Der einst reiche Waldbestand ist größtenteils zerstört. Das Land galt im Alt. als dicht besiedelt und ist es in günstigen Gebieten noch heute. Die Küste weist eine ganze Reihe von für ant. Verhältnisse günstigen Hafenbuchten auf. Archaeolog. und siedlungsgeschichtlich ist E. noch sehr wenig bekannt, überlieferte Ortsnamen lassen sich nur vereinzelt lokalisieren (Liste in [3],279 A. 3).

Kenntnis und Gesch. von E. im Alt. ist engstens mit Griechenland verbunden. E. bedeutet zunächst nur »Festland« allg., erst in der 2. Hälfte des 4. Jh. beginnen Belege für die bes. geograph. Verwendung im späteren Sinne. Als polit. Begriff erscheint E. erst mit dem Stammbund vor 330 v. Chr. (s. u.). Die wenigen vorgeschichtlichen Beobachtungen scheinen Zusammenhang mit Makedonien zu belegen. Kenntnis und Gesch. des Landes beginnen mit den korinth. Kolonien von der Küste her, das Innere bleibt noch lange fast unbekannt. Die Epeiroten zerfielen in eine große Zahl von Groß- und Kleinstämmen, die stets Grundlage des ganzen staatl. Lebens bildeten. Theop. bei Strab. 7,323 kannte 14 Namen. Die Epeiroten sind nach Sprache und Kultur einerseits mit den Makedonen, andererseits mit den Illyriern verwandt. Grenzen gegen beide wie auch gegen Thessalien waren daher je nach den gesch. Verhältnissen schwankend und unbestimmt. Griech. Kultur wirkte schon früh ein, Mz. erscheinen seit dem 4. Jh. v. Chr.

Die wichtigsten Stämme sind im N. an der Küste die Amanten im Tal der Susica, die → Atintanen in dem großen, fruchtbaren Tal Dropoli, weiter an der Küste die → Chaoner bis zum Thyamis, dann die → Thesproter und → Kassopaier, im mittleren E. der große Stamm der → Molosser, in den Gebirgstälern des Inneren die → Parauaier am oberen Aoos und weiter s. und ö. gegen Thessalien → Tymphaioi, Talares und Aithikoi, s. davon im Pindos die → Athamanen und im S. die → Amphilocher, die sich früh den Akarnanen anschlossen. Auch die → Oresten galten als Epeiroten (Thuk. 2,80,6. Steph. Byz.). Zur Bildung von Städten kam es erst in hellenist. Zeit. Ursprüngliches Königtum war bei den Thesprotern und Chaonen schon im 5. Jh. beseitigt, hielt sich im Inneren länger (Thuk. 2,80,5 f.), bei den Molossern bis zum Untergang der Dynastie der Aiakiden (s. u.), bei den → Athamanen noch im 2. Jh. v. Chr. Macht und Befugnisse der Könige waren stark beschränkt, im wesentlichen Heereskönigtum (vgl. Aristot. pol. 1313 a 17 ff.), bei den Molossern mehrfach Doppelkönigtum. Führend waren zunächst die Thesproter (Strab. 7,328. Hdt. 2,56. 7,176,4), im 5. Jh. die Chaoner (Thuk. 2,80,5), dann die Molosser.

In die Gesch. tritt E. erst ein mit → Tharypas (Tharyps) am E. des 5. Jh., der wohl auch die führende Rolle der Molosser begründete. Schon er schloß sich an Athen an, sein Nachfolger → Alketas gehörte dem 2. att. Seebund an. Unter Philipp II. v. Mak. geriet E. ganz unter maked. Einfluß. Nach dem Tod Alexanders I. in Italien entstand ein 1. Bund epeirot. Stämme unter Führung der Molosser mit dem Namen *Συμμαχία τῶν Ἀπειρωτᾶν*, der sich in der Folge zu einer Sympolitie entwickelte. Ein Königtum von E. gab es aber auch jetzt nicht, sondern nur das Königtum der Molosser. Gesch. Bedeutung erhielt E. nur unter → Pyrrhos (297–272), unter dem allein auch alle epeirot. Stämme vereinigt waren. Er machte → Ambrakia zu seiner Hauptstadt. Um 234/33 wurde das Königtum der Molosser gestürzt und die Mitglieder des Königshauses ermordet (Iust. 28,3. Polyain. 8,52). Ihre Nachkommen lebten später bei Pydna (Hesp. 18, 1949, 84 ff.). In der Folge bildete E. einen republikan. Bundesstaat unter einem Strategen, dessen Hauptstadt → Phoinike im Gebiet der Chaoner war. E. blieb polit. auch weiter mit Makedonien eng verbunden. Das führte zu der furchtbaren Katastrophe, die das Ende der eigentlichen Gesch. von E. im Alt. bedeutet. Aemilius Paullus ließ E. nach Beendigung des Perseuskrieges furchtbar verwüsten und die Bevölkerung in die Sklaverei verschleppen (Strab. 7,322. Liv. 45,34,1–6. Plut. Aem. 6,29). Ein epeirot. Bund bestand trotzdem bis 146 v. Chr. weiter. In der Kaiserzeit gehörte E. zunächst zur Provinz Achaia, wurde aber anscheinend seit Nero eigene Provinz unter einem Procurator, einschl. des zu Nikopolis gehörenden Akarnanien und der ion. Inseln. In der diokletian. Neuordnung wurde es Epirus Vetus mit der Hauptstadt Nikopolis, während S.-Illyrien mit der Hauptstadt Dyrrhachium Epirus Nova wurde.

Skyl. 26–33. Strab. 7,322–329. Inschr.: SGDI II 1 Nr. 1334–1377. EA 1914, 232ff. SEG XIII 96. XIV 475. XV 383–412. XVI 383–388. XVII 303 bis 311. XVIII 263f. XIX 425–434. CIL III Nr. 574 bis 584. 7312f. 12298–12305. Ausgrab. (außer Dodona und Nikopolis) *Πρακτικά* 1951, 173ff. 1952, 306ff. 1953, 159ff. 1954, 201ff. 1955, 181ff. EA 1950/51 *παρά*. 31ff. 1952 *παρά*. 1ff. 1956, 114ff. *'Αρχ. Δελτ.* 16 B, 1960, 201ff. 17 B, 1961/1962, 187ff. E. M.

1. *C.Bursian* Geogr. Griech. 1,9ff. 2. *Philippson-Kaerst*, RE V 2718ff. 3. *Philipps.-Kirst.* 2,11ff. 202ff. 241ff. 4. *H. Treidler* E. im Alt., Diss. Lpz. 1917. 5. *Ders.* Epirot. Völker im Alt., Arch. f. Anthropol. N.F. 17, 1919, 89ff. 6. *P.R. Franke* Alt-E. und das Königtum der Molosser, 1955. 7. *Ders.* Literaturüberblicke der griech. Numismatik. E., Jahrb. f. Numismatik 7, 1956, 77ff. 8. *Ders.* Die ant. Mz. von E. 1, 1961. 9. *S.Dakaris* *Συμβολὴ εἰς τὴν τοπογραφίαν τῆς ἀρχαίας 'Ηπείρου*, EA 1957 (1961), 88ff. 10. *M.P. Nilsson* Stud. z. Gesch. des alten E., Acta Univ. Lund. N.F. I Bd. 6,4, 1909. 11. *C.Klotzsch* Epirot. Gesch. bis zum J. 280 v. Chr., 1911. 12. *E.Lepore* Ricerche sull'antico Epiro, 1962. 13. *G.N. Cross* E., A study in Greek constitutional development, 1932. 14. *N.G.L. Hammond* Prehist. E. and the Dorian invasion, ABSA 32, 1931/32, 131ff. 15. *C.Bottin* Les tribus et les dynastes d'Epire avant l'influence macéd. (352 av. J.-Chr.), Musée Belge 29, 1925, 57ff. 185ff. 239ff. 16. *R.L. Beaumont* Corinth, Ambracia, Apollonia, JHS 72, 1952, 62ff. 17. *S.Accame* La diarchia dei Molossi, RFIC 12, 1934, 522ff. 18. *S.J. Oost* Roman policy in E. and Acarnania in the age of the Roman conquest of Greece, 1954. 19. *H.H. Scullard* Charops and Roman policy in Epirus, JRS 35, 1945, 58ff. 20. *G.Stadtmüller* Das röm. Straßennetz der Provinzen E. Nova und E. Vetus, Hist. 3, 1954, 236ff. 21. *'Ηπειρωτικὰ Χρονικά* 1, 1936ff.

Epetium. Urspr. illyr. Siedlung (h. Stobreč) in Dalmatien, um 220 v. Chr. mit Griechen aus der griech. Kolonie Issa besiedelt (Ptol. 32,18,1). E. lag an einer Küstenstraße, die von Salona zur Narentamündung führte, auf einer Halbinsel, die in den Canale di Split vorspringt, mit einem Hafen, landwirtschaftlich und kommerziell günstig gelegen. Ein *collegium saccariorum* bestand in E., auch die Umgebung war dicht besiedelt, was in der Römerzeit die Blüte von E. bezeugt. Von Kulten in E. kennt man den des Liber, des Silvanus und der Nymphen. Mehrere Begräbnisstätten aus dem Alt. freigelegt: bei der Pfarrkirche, bei der Kapelle Beata Vergine od Sita, Vrbovnik. Zahlreiche Inschr. zeigen, daß die führende Schicht in E. romanisiert war. J. Sz.

Ephebia (*'Εφηβεία*). Ein Zeitabschnitt der Jugend, in Attika das 19. und 20. Lebensjahr. Seit 372/71 dienten Epheben dieses Alters als *περίπολοι* (Aischin. 2,167). E. bezieht sich bes. auf den militär. Ausbildungsdienst, der von Aristot. Ath. pol. 42 (ca. 328/27) beschrieben und inschr. für das J. 334/33 bezeugt ist (IG II² 1156.1189). Manche Gelehrten legen den Anfang der E. in das J. 336/35 und betrachten die genannten Inschr. als die frühesten, aber nichts in dem vollständig erhaltenen Dekret II² 1156 deutet auf eine Neuerung, und Aischines' Berufung auf *συνέφηβοι* und *ἄρχοντες ἡμῶν* als Zeugen seines Ephebendienstes beweist nur, daß im J. 372/71 keine Inschr. darüber gesetzt worden war. Aristot'. Bericht über die Verfassung des Thrasybulos (403/02) gibt keinen Anhaltspunkt dafür, daß darin die E. nicht eingebaut gewesen wäre. Es besteht kein Grund zu der Annahme, daß das auf die E. bezügliche Gesetz des Epikrates (Harpokr. s. v.) sie begründete, oder in ihm eine Maßnahme zur Schaffung eines militär. Ausbildungsprogramms gegen Makedonien zu sehen, um die Niederlage von Chaironeia auszuwetzen. Die E. wird noch für das J. 265/66 n. Chr. bezeugt, mag aber bis 394/95 bestanden haben.

Im Lauf von mehr als 700 Jahren erlebte sie viele Wandlungen. Am Anfang handelte es sich vielleicht nur um die militär. Grundausbildung der beiden jüngsten Jahrgänge, der *νεώτατοι*, durch Truppenführer. Solche Ausbildung gab es in vielen griech. Städten.

Das 1. Stadium der eigentlichen Ephebenausbildung in Attika läuft vom J. 336/5 bis 323/22. Der zweijährige Militärdienst wurde zu einer vollberuflichen Ausbildungszeit; er war obligatorisch für alle jungen Männer im 19. und 20. Lebensjahr als Voraussetzung für die Erlangung des vollen Bürgerrechts. Das gesetzliche Alter wurde durch Aufnahme in dem *δῆμος* und durch eine *δοκιμασία* vor der *βουλή* festgestellt. Ein Stab von Männern wurde gewählt, die Ausbildung der E. zu leiten, die sich auf Überwachung ihrer Lebensführung, Festigung in der Religion und Förderung der körperlichen Leistungsfähigkeit durch Gymnastik und Sport erstreckte, später auch auf philosophische, rhetorische, literarische und politische Erziehung mit dem Ziel, sie zu guten Bürgern und guten Soldaten zu machen. Der *δῆμος* wählte den Leiter, *κοσμητής*, einen *σωφρονιστής* für jede der 10 Phylen, 2 Sportlehrer *παιδοτρίβαι* und Lehrer (*διδάσκαλοι*) für den Waffengebrauch: Bogen, Wurfspeer und Schleuder. Für die Gemeinschaftsverpflegung einer jeden Phyle erhielt der *σωφρονιστής* aus der Staatskasse 1 Drachme für sich selbst und 4 Obolen für jeden Epheben. Eine Gesamtzahl von 400–650 Epheben kostete demnach jährlich 34–50 Talente. Die 1. Pflichterfüllung galt den Göttern: eine Prozession zu den heiligen Stätten, einschließlich des Heiligtums des Aglauros, wo sie vielleicht bei dieser Gelegenheit den berühmten Ephebeneid leisteten (Or. Att. [Didot] 2,367. Sch. Demosth. 19,438), obwohl Lykurg. Leokr. 76 angibt, daß alle Bürger den Eid bei der Eintragung in den Demos ablegten. Vgl. Poll. 8,105–106. Stob. 43.48. L. ROBERT Ét. épigraph. et philol. 297–307). Sie waren kaserniert, während sie den Wachtdienst in Munychia und der Akte versahen. Am Ende des 1. J. wurde ihnen bei einer Versammlung im Theater Schild und Speer feierlich überreicht. Im 2. J. versahen sie den Dienst als Grenzwächter. Außerhalb Attikas taten sie keinen Dienst. Ihre Uniform war eine schwarze *χλαμύς* und ein breitrandiger Hut (*πέτασος*), Poll. 10,16. Die E. jeder Phylen bildeten eine »E.-Phyle«, mit ehrenamtlichen Offizieren aus der eigenen Zahl, einem *ταξίαρχος* und mehreren *λοχαγοί*. (F. W. Mitchell, TAPhA 92, 1961, 347–37). Ähnlich waren sie schon im J. 61/62 (IG II^2 1990,19) als »Staat im Kleinen« organisiert mit E.-Archonten, Strategen usw.: 2017,8 (115/16). 2039 (ca. 147/148). 2243 (244/45). Solange sie als Gruppe unter der Befehlsgewalt der Strategen standen, scheint ihre Ausbildung unter ihren eigenen Instruktoren fortgeführt worden zu sein. Sie waren von Steuern befreit und nicht berechtigt zu prozessieren, außer wenn es sich um eine Erbschaft, eine Erbin oder ein erbliches Priesteramt handelte.

Aus der Zeit zwischen J. 334/33 und 323/22 sind ca. 14 Phyleninschr. zu Ehren eines *σωφρονιστής* und einer »E.-Phyle« erhalten. Die oligarch. Verfassung der J. 323/22–307/06 reduzierte die Zahl verfügbarer E. durch Beschränkung des Bürgerrechts auf Inhaber höherer Einkommen, und die E. geriet in Verfall. Die Wiederherstellung der Demokratie im J. 307/06 ließ die E. neu aufleben. IG II^2 478, obwohl verstümmelt, zeigt, daß über 400 E. gemustert werden konnten. Die Inschr. weicht darin von älteren ab, daß alle Phylen auf einem Stein verzeichnet sind; der Name des *σωφρονιστής* steht am Kopf jeder Phylenliste; zweimal werden Brüder aufgeführt. Die Inschr. scheint neue Regelungen der E. widerzuspiegeln, die ein sehr fragmentarisch erhaltenes Dekret der Zeit, IG II^2 556, enthielt. Man kann nur vermuten, daß es den E.-Dienst auf ein Jahr beschränkte und ihn freiwillig machte; für die Zeit zwischen 307/06 und 257/56 existiert nur eine weitere Inschr. Die 13 Inschr. 267/66–166/65 ergeben zwischen 20 und 40 E. jährlich. Offenkundig war der E.-Dienst nicht mehr obligatorisch und nur einjährig. Die *σωφρονισταί* verschwinden, nur 1 *παιδοτρίβης* bleibt. Sehr wahrscheinlich strich die Reform von 307/06 alle Zahlungen, ausgenommen vielleicht für die Instruktoren. Der *κοσμητής* trug einen großen Teil der Kosten, für die laufenden Ausgaben sowohl, Beschaffung des Öls (IG II^2 1028, 78–80), Opfer (1011,35), Anschaffung der Waffen für Minderbemittelte (1039,24), wie für Sonderbelastungen (Reparatur der Mauer am *Διογένειον*, 1011,41, und Wiederherstellung einer Wurfmaschine, 1006,82). Reiche E., Athener und später auch Ausländer, trugen zu den Kosten bei durch Betätigung als *γυμνασίαρχοι* und *ἀγωνοθέται*, 1043,29 (38/37). 2037,8 (125/26). 2050 (143/44 oder 144/45). Unsere ergiebigste Quelle für die Veränderungen im Programm der

E. sind 15 Inschr. zwischen 162/61 und 39/38, die 70–179 E. jährlich verzeichnen. Die kulturellen Gesichtspunkte gewannen zunehmend an Bedeutung, die militär. Übungen wurden mehr zur Formsache: 2024,134 (112/13). 2119 (190/91–191/92).

Eine bemerkenswerte Neuerung war 119/18 die Zulassung von Ausländern aus den Mittelmeerstädten, einschließlich Roms. Sie wurden nach den att. E. unter den Rubriken *ξένοι*, *Μειλήσιοι* aufgeführt, in der röm. Zeit regelmäßig als *ἐπέγγραφοι*. Von dieser Zeit ab bis 239/40 geben Inschr. stets 2 Ephebengruppen an: Bürger und Ausländer. Die 4 letzten machen diesen Unterschied nicht mehr. Man kann daraus folgern, daß ausländischen E. auf Grund ihrer E.-Ausbildung vielleicht schon ab Ende 1. Jh. n. Chr. die Staatsbürgerschaft de jure verliehen wurde (O. W. Reinmuth Ephebate and Citizenship in Attica, TAPhA 79, 1948). Die Aufgaben der E. waren gesetzlich geregelt: eine kultische Zeremonie beim Eintritt, *εἰσιτητήρια*, und bei der Entlassung, *ἐξιτητήρια*; 3 reguläre (und einige außerordentliche) Paraden in voller Rüstung; Opfer einer Schale für die Göttermutter; Ankauf von Büchern für das Gymnasion; zahlreiche Prozessionen und Zeremonien bei den Festen (u. a. Dionysia, Demeter und Kore, Artemis Agrotera, Galaxia, Theseia, Epitaphia); Paraden und Fackelläufe; Flottenfeste und Bootsrennen; bei Volksversammlungen stellten sie die Ehrenwachen. Sie beteiligten sich an Vorlesungen und Wettbewerben im Lykeion, in der Akademie u. im Ptolemaion, doch war das Diogeneion anscheinend ihr Hauptquartier für die sportliche und militärische Ausbildung. Eine förmliche Prüfung in Literatur, Geometrie, Rhetorik und Musik erwähnt Plut. mor. 736 D und 4,358 für das 1. Jh. n. Chr. Ein *διδάσκαλος* lehrte diese Fächer. 2 Weihungen an die Musen durch *μελλέφηβοι* ehren den *διδάσκαλος*, 2991 (94/93). 2986 (95/94); eine andere Studentengruppe nennt ihren Trainer, den *παιδοτρίβης*, in Weihungen an Hermes: 2981–2985 (ca. 105/04–160/59). Von den vielen Inschr. zwischen 31/30–100/01 enthalten nur 2 ein ziemlich vollständiges Namensverzeichnis, 1963 (13/12) mit nur 69 Athenern, 1996 (84/85–92/93) mit 92 Athenern und 151 *Μειλήσιοι*. Manche E.-Paare bezeichneten sich als *φίλοι-γοργοί-γνήσιοι* oder als Wettkampfgenossen, *συστάται*, 1948. Über 150, z. T. fragmentar. Inschr. bezeugen die Blüte der E. im 2. Jh. n. Chr. Zufällig vollständig erhaltene Inschr. nennen folgende Zahlen: 2024 (112/13), 24 Athener und 79 *Μειλήσιοι*; 2068 (155/56) 81 *πρωτέγγραφοι* (Athener) und 141 *ἐπέγγραφοι*; 2128 (197/98–199/200) 94 Athener und 105 *ἐπέγγραφοι*. Entsprechend hohe Zahlen wurden im 3. Jh. n. Chr. registriert: 2199 (207/08) 62 und 32; Mitsos, BCH 73, 1949, 355–358, Nr. 3 (221/22) ca. 68 und 80; eine unvollständige Liste 2235 (234/35) ca. 87 und ca. 79. Die letzten 3 vollständigen Listen, die nicht mehr zwischen Athenern und ἐπέγγραφοι unterscheiden, 2239 (239/40); 2245 (254/55) und Hesperia 11, 1942, 71, Nr. 37 (ca. 265/66) geben Gesamtzahlen von jeweils 231, 333 und 79 E.

Der Lehrkörper war größer geworden. Zuerst waren 6 σωφρονισταί hinzugekommen, dann 6 ὑποσωφρονισταί; sie hatten offenbar ganz andere Aufgaben als früher die Beamten mit dem gleichen Titel. Einer aus jeder Gruppe war Aufsichtsführender eines σύστρεμμα, einer Gruppe E. unter einem Studenten, συστρεμματάρχης, 2055,19–20 (145/46). Der τοξότης, ἀκοντιστής und καταπαλταφέτης werden 1029,34 (etwa 97/96, vgl. 1028,53) zum letzten Mal erwähnt. Den ὁπλομάχος gab es bis zum Schluß. Schon im J. 269/68 kam ein γραμματεύς hinzu, ein διδάσκαλος, ἡγεμών, κεστροφύλαξ etwa 95/94, ein προστάτης erscheint 172/73, ein θυρωρός 45/46, ein ὑπερέτης, ein ἐπὶ Διογενείου zu Beginn des 2. Jh. n. Chr. In der spätesten Zeit sind ein λεντιάριος, καψάριος, πυριωτής (nur einmal), ζάκορος, ἰατρός aufgeführt. Assistenten (ἀντι-, ὑπο-) sind bezeugt für den κοσμητής, παιδοτρίβης, ὁπλομάχος, γραμματεύς und ζάκορος, und viele Mitglieder des Lehrkörpers – auch dies nur in der letzten Zeit – waren auf Lebenszeit ernannt (διὰ βίου), der παιδοτρίβης vielleicht schon gegen Ende des 1. Jh. n. Chr., 2000, bestimmt im J. 141/42 (3739,8–10).

Die E. entwickelte sich aus einer ganz vom Staat getragenen militär. Ausbildungsstätte zu einer aristokrat. Erziehungsanstalt für reiche junge Männer, die, unter staatlicher Aufsicht, die Kosten selbst trugen. Κοσμηταί, Lehrkörper und E., hauptsächlich diese, bezahlten das Öl, die Opfertiere, die Spiele und die Weiheinschr. Auf Lehrgänge in Philosophie, Rhetorik und Literatur, auf Ausbildung in den verschiedenen μαθήματα und auf Körperschulung, verbunden mit Spielen und athletischen Wettkämpfen, wurde mehr Wert gelegt als auf militär. Ausbildung. Ausscheidungskämpfe in ἐγκώμια, ποιήματα, προτρεπτικοὶ λόγοι, κήρυκες und Musik bildeten einen wesentlichen Teil des Programms der E., dazu Fackelläufe, Wettrennen und andere sportliche Ereignisse, 2119 (190/91–191/92); 2291 a; 956–965 (161/60 bis ca. 130/29). Die jüngste uns erhaltene Ephebeninschr. ist etwa auf 265/66 zu datieren.

Die E. besaß wohl Lebenskraft genug, um die Unterbrechung durch den Herulereinfall von 267/268 zu überstehen, aber wir haben kein Zeugnis dafür. Keinesfalls kann sie das Edikt von 394/95, in dem Theodosius die Olymp. Spiele verbot, überlebt haben. O. W. R.

C. Pélékidis Histoire de l'Ephébie Attique, Paris 1962. *O. W. Reinmuth* The Foreigners in the Athenian Ephebia, Lincoln, Nebr., USA, 1929. *Ders.* The Genesis of the Athenian Ephebia, TAPhA 83, 1952, 34–50.

Ephedra. Die ἐφέδρα, ἔφεδρον oder ἀνάβασις, d.h. die aufsitzende oder aufsteigende bei Hesych., Diosk., Plin. u. a., ist, wie schon aus den Namen (→ Anabasis und Equisetum) und aus den Beschreibungen hervorgeht (*scandens arbores et ex ramis propendens*, Plin. nat. 26,36), unzweifelhaft der in den Balkanländern weit verbreitete, an Felsen und Bäumen klimmende und hängende, fast blattlose, nacktsamige Rutenstrauch Ephedra campylopoda C. A. Mey und nicht seine aufrechten Verwandten E. distachya L. (= vulgaris Rich., »uva marina« oder »Meerträubl« im 17. und 18. Jh.) und major Host. Alle diese Arten wurden schon von Hesych., Diosk. und Plin. unter Namen wie ἵππουρις *equisetum* mit habituell ähnlichen Schachtelhalmen (→ Equisetum) verwechselt und ebenfalls medizin. verwendet, u. a. gegen Husten. H. G.

'Εφεδρισμός, »Aufhucken«, hieß ein Knabenspiel, bei dem der Sieger im Ball- oder Steinwerfen nach einem Ziel von dem Besiegten, dem er die Augen zuhielt, auf dem Rücken getragen werden mußte, bis der Träger trotz der verdeckten Augen des Ziel fand. Ähnlich ἱππάς, κυβησίνδα und ἐν κοτύλῃ. Poll. 9,119.122. Athen. 11,479 a. Hesych. s. ἐφεδρίζειν u. a. mit kleinen Varianten. Darstellung auf der Berliner Kanne Nr. 2417. JÜTHNER, RE V 2747. O. W. R.

Ephemerides (Ἐφημερίδες). Offizielles Tagebuch, wohl spätestens seit Beginn des Zuges gegen Persien im Hauptquartier Alexanders d. Gr. unter Aufsicht des Eumenes von Kardia und persönlicher Kontrolle des Königs geführt. Es enthielt in minutiöser Genauigkeit (Arr. an. 7,25,1 – 26,3. Plut. Al. 76) sämtliche Alexander betreffenden privaten und offiziellen Ereignisse, Maßnahmen, Briefe (wohl in Regestenform), Gesandtschaften usw. Ihr Zweck war neben Herstellung einer archivmäßigen Überschau möglicherweise von vornherein auch die Materialsammlung für spätere Historiker. Unbekannt ist die Art ihrer Abfassung, ebensowenig ihr Verhältnis zu den Ὑπομνήματα. Nach dem Tode des Perdikkas scheint das Material 321 an den Hof von Alexandreia gekommen zu sein, wo es die Gedankenstütze für Ptolemaios I. zur Abfassung seiner Alexandergeschichte bildete. Ob die E. darüber hinaus eigens veröffentlicht wurden, wissen wir nicht (für Alexandreia könnte die Erwähnung des Serapis Arr. an. 7,26,2 Hinweis sein), benutzt haben könnte sie auch Hieronymos von Kardia, der nach Alexanders Tod nachweislich enge Verbindung zu Eumenes hatte. Ein Werk über die E. verfaßte um die gleiche Zeit Strattis von Olynth. G. W.

U. Wilcken Ὑπομνηματισμοί Philol. 53, 1894, 80–126. *J. Kaerst* Ptolemaios und die Ephemeriden Alexanders d. Gr., Philol. 56, 1897, 334–359. *H. Endres* Die offiziellen Grundlagen der Alexanderüberlieferung und das Werk des Ptolemaios, Diss. Würzburg 1913. *Berve* Alex. I S. 50. FGrH Nr. 117 und IId 403–406.

Ephesia s. Artemis

Ephesia grammata s. Zauber

Ἔφεσις. In Athen konnte der von einer Verwaltungsbehörde zu einer Strafe Verurteilte durch die ἔ. εἰς τὸ → δικαστήριον dagegen Einspruch erheben und die Entscheidung eines städt. Gerichts verlangen. Dadurch hinderte er die Vollstreckung der Strafe im Verwaltungsweg. Der Strafprozeß wurde dann durch eine Popularklage vor dem Heliastengericht eingeleitet ([1]). Über die ἔ. in den Pap. s. [2]. E. B.

1. *U.E. Paoli*, ZRG 76, 1959, 102ff. 2. *R. Taubenschlag* The Law of Greco-Roman Egypt, 1955, 521.

Ephesos (Ἔφεσος). Stadt an der w.-kleinasiat. Küste, einst an der Mündung des Kaystros, jetzt 10 km landeinwärts gelegen, urspr. karische Siedlung, dann von Griechen aus Athen besiedelt (Lage KEIL 15). Kroisos erzwingt Aufgabe der Befestigung, neue Siedlung beim Artemision. E. bleibt dem ion. Aufstand fern, daher von Dareios verschont, schließt sich nach den Perserkriegen dem att. Seebund an, steht aber im peloponnes. Kriege auf seiten Spartas, nach 386 wieder den Persern untertan, kommt 190 v.Chr. an Pergamon, 133 v.Chr. an Rom, 263 Plünderung durch die Goten, 358 und 365 Erdbeben, dennoch Wiederaufbau (KEIL 115). Im 7. Jh. führt die Verlandung den endgültigen Untergang der Stadt herbei. Erforschung: nach den Vorgängen der Engländer, Wood, Hogarth u.a. seit 1895 systemat. Grabungen der Österreicher (ALZINGER 253).

Lit.: Ältere RE V 2773. Forsch. in E. I 1906 (u. a. Stadtgeschichte). II 1906 (Theater). III 1923 (Agora). IV 1, 1932 (Konzilskirche). IV 2, 1937 (Siebenschläfergrotte). IV 3, 1951 (Johanneskirche). V 1, 1944 Bibliothek). Grabungsber. laufend in Öst. Jahresh. – *F. Miltner* E. 1951. – *W. Alzinger* Die Stadt des 7. Weltwunders 1962. – *J. Keil* Führer durch E. 1964 (5).

Topographie: Vom Artemision sind 4 archaische Perioden feststellbar, aus kleinen Anfängen entsteht der große Bau des Chersiphron und Metagenes Mitte 6. Jh. Reste der von Kroisos gestifteten Columnae Caelatae in London (PRYCE, Cat. Sculpt. I 1 Akurgal, Anatolien Abb. 212ff. Rekonstruktionen: F. KRISCHEN Weltwunder der Baukunst 1956, 62ff.) Neubau nach dem durch Herostrat verursachten Brande 356 v.Chr. Das Kultbild mit den vielen »Brüsten« ist spät: H. THIERSCH Artemis Ephesia, 1935, hadrian. Fassungen 1956 gefunden: MILTNER 41. KEIL 62. – Von der griech. Stadt nur das Heiligtum der Göttermutter am Panayirdag bekannt (KEIL 17). Lysimachos verlegte Stadt und Hafen nach W. in den durch den von NW. nach SO. streichenden Bülbüldag und den von SW. nach NO. streichenden Panayirdag gebildeten Zwickel und umgab die Stadt mit einer 9 km langen Mauer. Diese Fläche bestimmte auch die röm. Stadt, die byzantin. beschränkte sich auf das Gebiet Hafenthermen – Theater – Stadion. Das Zentrum lag beim Prytaneion inmitten der Stadt (Öst. Jh. 43. KEIL 127) mit Altar der Hestia Bulaia, unter Augustus erneuert, gegen 400 abgebrochen. Spuren lysimach. Bauten noch nachweisbar z.B. beim Theater (Forsch. III. KEIL 87) – röm. Umbauten unter Claudius, Nero, Trajan. – An der Theaterterrassenmauer steht ein hellenist. Brunnenhaus (Forsch. III. KEIL 86). – Zahlreiche Ehrengräber dieser Zeit liegen an der Straße zum Magnes. Tor im SO. bis auf den Panayirdag hinauf (Forsch. I. KEIL 116). Die Anlage der Agora geht sicher auf Lysimachos zurück (Forsch. III). Die röm. Zeit bereichert die Stadt, auf der Grundlage der lysimachischen, sehr: Anlage einer großen Wasserleitung (Forsch. III. KEIL 133), noch unter Constantius II. repariert, ferner: Nymphaeum für C. Sextus Pollio (KEIL 124) augusteisch, 93 erweitert. – Vom Hafen zieht eine große Prunkstraße zum Theater, später Arkadiane genannt, sie beginnt mit dem Hafentor (Forsch. III. KEIL 73). Das Tor des Mazaeus und Mithridates, Freigelassene des Agrippa (Forsch. III. KEIL 97) an der SO.-Ecke der Agora, entstand 4/3 v. Chr. Im 1. Jh. n. Chr. wurde außer einer Wasserkunst (Hydreckdochion KEIL 126) der große Domitianstempel als 1. großer Kaisertempel in Kleinasien errichtet (Jh. 27. MILTNER 35, KEIL 124); nach der Damnatio Domitians Übertragung des Kultes auf Vespasian. – An der S.-Seite der Agora liegt die Celsus-Bibliothek (Forsch. V 1. MILTNER 55. KEIL 105), errichtet von T. Julius Celsus, Senator u. Konsul des J. 92 n. Chr., vollendet von einem Sohn des Stifters, etwa gegen 135; der Bau mit seiner berühmten Fassade diente als Heroon für den Stifter, dessen Grab unter der Apsis in der Mitte der Rückwand liegt. 114 n. Chr. wurde das Nymphaeum Traiani errichtet (MILTNER 50. KEIL 122), ein weiteres aus gleicher Zeit in der Nähe des Magnes. Tores (KEIL 138).

Bald nach 117 entstand zunächst der Hadrianstempel (Jh. 44. KEIL 118), wohl gleichzeitig mit einer Badeanlage innerhalb eines großen Wohnviertels (spätere Scholastikiatherme); der figurenreiche Fries mit Darstellungen aus der Gründungssage von E. in der Vorhalle stammt von einer spätant. Restaurierung. Hadrian. ist gleichfalls ein Torbau in einer Nebenstraße zum Bülbüldag (Jh. 8.42). Das Odeion (Jh. 15. KEIL 130), ein kleines überdecktes Theater dicht neben dem Prytaneion hinter der Stierkopfhalle (Jh. 15. MILTNER 68. KEIL 130), erbaute P. Vedius Antoninus und seine Gattin Flavia Papiena. Ein bedeutsames Werk war die überdeckte Straße vom Magnes. Tor bis zum Artemision, Stiftung des Sophisten Damianus (Jh. 26. KEIL 143), von dem auch ein Tetrakionion als Grabbau der Familie bekannt ist (KEIL 144). Eine eigenwillige Lösung fand der Architekt des dreieckigen Torbaues am Hafen (Forsch. III. KEIL 74) mit Front zur Parallelstraße der Arkadiane, um 200. Neben der Bibliothek ist das Serapeion (Jh. 18. MILTNER 69. KEIL 102) der bedeutendste Bau des 2. Jh., ein großer Hallenbau, angelehnt an das S.-Ende der Agora-W.-Seite, vor der Rückseite erhebt sich auf vielstufiger Freitreppe und Podium der Tempel als achtsäuliger Prostylos mit tiefer Vorhalle und innerem Tonnengewölbe.

Die 2. Hälfte des 2. Jh. ist gekennzeichnet durch den Neu- und Ausbau großzügiger Sport- und Badeanlagen. Es entstehen die Großen Thermen mit dem Hafengymnasion und den Verulanus-Hallen (Forsch. 1. Keil 76): lysimach. Plan, die Palästra mit den Marmorsälen ist flav. Architektur, Renovierung im 4. Jh. als Thermae Constantianae. P. Vedius Antoninus erbaut n. des Stadions ein Sport- und Thermengebäude (Jh. 24–26. Keil 56) mit reichem Skulpturenschmuck im Kaisersaal, h. in Izmir. Diesem Bau verwandt, daher gleichzeitig ist das Theatergymnasion (Jh. 25/26. Miltner 73. Keil 84), in der Palästra Sitzstufen für Zuschauer. Das O.-Gymnasion wurde in der Zeit des Septimius Severus gebaut (Jh. 27/28. Keil 141), die Palästra mit prunkvollem Propylon, Kaisersaal und Auditorium (W. Zschietzschmann Wettkampf- und Übungsstätten II, 1961). – Das Stadion im N. der lysimach. Stadt (Jh. 15. Keil 61) hat seit dem Neubau unter Nero manchen Umbau erfahren, zuletzt etwa um 300, als ein stattliches Tor errichtet und im O., unter Benutzung der Sphendone, ein kreisrunder Platz geschaffen wurde für die Hetze »lybischer Bestien«. Im N. des Hadrianstempels errichtete die Christin Scholastikia gegen E. des 3. Jh. auf einem Bau des 2. Jh. eine große Badeanlage unter Verwendung zahlreicher Spolien. Die Agora s.w. des Theaters (Forsch. III. Keil 94) besteht in ihrer jetzigen Form nach einem gründlichen Umbau unter Caracalla aus einem freien Platz von 110 m² mit Säulenhallen und Magazinen, einem Horologion in der Mitte und einer breiten Zufahrtsstraße im W. Die dor. Halle im O. entlang der Straße, deren Pflaster Eutropios im 5. Jh. wiederherstellte, gehört ins 1. Jh. (Forsch. III. Keil 93), sie vermittelt zwischen dem höheren Niveau der Straße und der tiefer liegenden Marktplatzfläche. Die Bauten der chr. Stadt erstrecken sich vom 4. bis zum 7. Jh. Über die ersten Anlagen Miltner 87. Unmittelbar nach der Anerkennung der Christen 313 entsteht die große Konzilskirche (Forsch. IV 1. Miltner 91) über dem ant. Museion, der Hohen Schule von E., mit ständigen Veränderungen dient sie noch im 7. Jh. als Bischofskirche. Justinian errichtet die Johanneskirche, eine mächtige Kuppelbasilika über dem Grab des Johannes, des Hagios Theologos, auf dem noch h. nach diesem genannten Hügel Ayasoluk, hoch über dem Artemision (Forsch. IV 3. Keil 34). Bedeutend war der monumentale Ausbau der breiten Hauptstraße vom Hafen zum Theater unter Arcadius, daher Arkadiane genannt. (Forsch. II. Keil 71) mit der Errichtung von 4 Säulen in der Mitte der Strecke, auf ihnen wohl die Standbilder der 4 Apostel. Das Coemeterium der Siebenschläfer wurde, nach Ausweis der zahlreichen Lampen, im 5. Jh. angelegt (Miltner 112), es liegt auf dem Panayirdag ö. des Stadions. Die byzant. Stadtmauer mit der großen Zitadelle auf dem Ayasoluk (Forsch. I. Keil 40) umgrenzt die stark verkleinerte Stadt, in der unzählige Mäuerchen über den ant. Gebäuden von dem bescheidenen Leben der chr. Bevölkerung zeugen. Immerhin entstand auch noch der stattliche Bau des byzantin. Bades mit Gymnastiksaal und Vierkonchenanlage (Jh. 42–44. Keil 65). W. Z.

Ephestris, ἐφεστρίς. Der kurze, von den Schultern hängende Mantel aus verhältnismäßig dickem Zeug hatte einen einfachen, dem Quadrat angenäherten rechteckigen Schnitt, da das gleiche Wort auch Decke, Pferdedecke (Sattel) bedeuten kann. Die E. wird von einfachen wie vornehmen Leuten, Soldaten wie Königen getragen, konnte Fransen haben (Plut. Luc. 28,1) und viel Geld kosten (Athen. 5,215 C). Auch Frauen trugen die E. (Heliod. Aethiop. 3,6), sogar Aphrodite (Anth. Pal. 9,153) und die Eroten (Philostr. m. imag. 1,6, 2) dachte man sich damit ausgestattet. Die Römer setzten E. gleich → *birrus*, doch hat die E. nie eine Kapuze gehabt. W. H. G.

Ἐφέται. »Zulasser« (nämlich der Selbsthilfe), in Athen seit Drakon → *δικαστήριον* in allen Blutsachen ([2],143 f.). Die Beamtenrichter wurden später, wahrscheinlich unter Eukleides, durch Geschworene ersetzt ([2],147, a. A. [3], 56). Ihre Zahl läßt sich wegen der einander widersprechenden Quellenangaben nicht feststellen ([3], 50). Mit der Einsetzung des → *Ἄρειος πάγος* als Mordgericht wurde ihre Zuständigkeit auf die Fälle der unvorsätzlichen und bußlosen Tötung eingeengt ([2],147.[1],601 f.). E. B.

1. *J. H. Lipsius* Das attische Recht und Rechtsverfahren 1905–1915, 15. 601. 2. *E. Ruschenbusch*, Hist. 9, 1960, 129ff. 3. *D. M. MacDowell* Athenian Homicide Law, 1963, 48ff.

Epheu. Die Gattung Hedera L. (gr. *κισσός*, *ἕλιξ*, lat. *hedera*) ist die einzige in Europa vertretene Araliaceengattung, Epheu oder Efeu von ahd. *ebihouui* oder *eboue*, daraus auch → Eppich und engl. *ivy*. Diosk. 2,210 und Plin. nat. 16,145 unterscheiden *hedera mas* und *femina* (wohl H. poetarum Bert. und helix L.), sowie schwarz-, gelb- und rotfrüchtige, rechnen aber auch die nicht verwandte Stechwinde (Smilax aspera L., → Eiche) dazu. Epheukränze schmückten, wie schon Pratinas und Pindar berichten, vor allem den Dionysos, der daher *κισσεύς, κισσοφόρος, κισσοκόμης, κισσοστέφανος*, sowie *Bacchus corymbifer* und *racemifer* hieß, aber auch Apollon, Herakles, Aphrodite, Artemis, Athene u. a. Nach verschiedenen Sagen hat der Jüngling → Kissos den Dionysos begleitet und ist in Epheu verwandelt oder auch durch solchen von tyrrhenischen Seeräubern befreit worden. Paus. 2,13,3 berichtet von einem Fest *Κισσοτόμοι* zu Ehren der Ganymeda-Hebe in Phleius und 2,29,1 von einer *Ἀθηνᾶ Κισσαία* zu Epidauros. H. G.

Ephialtes (Ἐφιάλτης. Ant. Volksetym. »der auf den Feind bzw. auf die Brust des Schlafenden springt« (ἐφάλλεσθαι); vgl. jedoch die Nebenformen zu 3 und FRISK s.v.). **1.** Sohn des Aloeus oder Poseidon, → Aloadai. **2.** Gigant, dem in der Gigantomachie Apollon und Herakles die Augen ausschossen. Apollod. 1,37. **3.** Nachtmahr, Dämon des Alpdrucks, dem Pan ähnlich, Artemid. 2,34.37. Nebenf. *Epiales, Epialos;* vgl. ἠπίαλος Schüttelfrost. Lat. *Incubus.* H. v. G.

W. Mannhardt Ant. Wald- und Feldkulte 2,131.178. *O. Kern* Die Religion der Griechen 1,206f. *Wilam.* GldH 1,268. *Usener* Götternamen 229.

4. E., Trachinier, der sich 480 v. Chr., nachdem die persischen Angriffe auf Leonidas' Stellung an den Thermopylen 2 Tage lang erfolglos geblieben waren, nach Hdt. 7,213ff. bereit erklärte, die Perser auf einem auch früher schon zur Umgehung benutzten Fußpfad über den Kallidromos in den Rücken der Griechen zu führen, und diese Aufgabe auch ausführte. Neben dieser populären Version gab es noch andere (Hdt. 7,214. Ktes. Pers. 24), doch muß E. beim Untergang des Leonidas eine Rolle gespielt haben, da nach der Schlacht bei Plataiai auf den Kopf des geflüchteten E. ein Preis gesetzt und er später auch getötet wurde.

C. Hignett Xerxes' Invasion of Greece, 1963, 145f.

5. Athen. Staatsmann, nach Themistokles' Sturz Führer der Demokraten und seit 464 v. Chr. Hauptgegner Kimons. Als Vorkämpfer des Prinzips einer wirklichen Selbstregierung der Bürger ging er mit Überlegung zunächst auf dem Prozeßweg gegen die im Areiopag herrschende Korruption vor und erschütterte hierdurch dessen Ansehen. Während Kimons Abwesenheit in Messenien 462/61 setzte er dann durch, daß diesem sich – da aus gewesenen Archonten bestehend – aus den besitzenden Schichten rekrutierenden Gremium die Kontrolle über die Staatsverwaltung und die meisten Jurisdiktionsbefugnisse entzogen und auf den Rat der 500, die Ekklesia und das Volksgericht übertragen wurden. Als Kimons Versuch, dies rückgängig zu machen, 461 mit seiner Ostrakisierung endete, war E.' Sieg entschieden. Doch wenig später erlag er einem unbekannt gebliebenen, im Solde der Konservativen stehenden Mörder. Sein Werk führte sein jüngerer Parteifreund Perikles weiter (Aristot. Ath. Pol. 25,2ff. Plut. Kim. 15).

Busolt, GStk. 2,894ff.

6. Anhänger des Demosthenes, einer jener 10 athen. Politiker, deren Auslieferung Alexander d. Gr. 335 v. Chr. anfänglich forderte. E. trat hierauf in pers. Dienste und fiel 334 bei der Verteidigung von Halikarnass gegen Alexander d. Gr. (Arr. an. 1.10. 3,21, 5. Diod. 17,25,6ff.). **7.** Makedon. Höfling, der Alexander d. Gr. die Flucht des Harpalos meldete (Plut. Alex. 41). Fr. Kie.

Ephippion (ἐφίππιον, lat. *ephippium*). Die Reitdecke (Schabracke) aus Stoff oder Fell, aus dem Orient, wo sie bereits im 7. Jh. v. Chr. belegt ist (z. B. HBArch I Taf. 170,3) zu unbekannter Zeit vor dem 4. Jh. zu den Griechen gekommen, diente an Stelle unseres Sattels und wurde meist durch einen Bauchriemen am Rutschen verhindert. Das E. wird zuerst von Xenophon erwähnt (hipp. 8,4; equ. 7,5.12,8), erscheint auf Denkmälern aber erst nach der Mitte des 4. Jh. (noch zur Zeit des Perikles reiten die Athener offenbar auf dem nackten Pferderücken), häufig seit dem Hellenismus. Die Römer übernahmen mit der Sache die nie übersetzte Bezeichnung (Cic. fin. 3,4,15); *sella* »Sattel« ist erst spätlat. belegt. W. H. G.

Ephippos (Ἔφιππος). **1.** Aus Olynth (Athen. 3,91, Χαλκιδεύς Arrian. an. 3,5,3). Teilnehmer am Alexanderzug, wurde als ἐπίσκοπος τῶν ξένων in Äg. zurückgelassen. Er gilt als Vf. einer Schrift über den Tod Alexanders und Hephaistions, in der er Alexander an Trunksucht zugrunde gehen läßt, was er als Rache des Dionysos für die Zerstörung Thebens hinstellt. Größere Bedeutung hat das Werk wohl nicht gehabt. G. W.

FGrH Nr. 126 und IId 437–439. *Berve* Alex. II Nr. 331.

2. E., Dichter der Mittleren Komödie, siegte um 370 an den Lenäen (IG II^2 2325. III 145. WILHELM Urk. 126). Wir kennen 12 Titel, z. T. mytholog., eine Σαπφώ, 29 Frg., alle bei Athen., daher meist von Essen und Trinken handelnd. Doch findet sich auch verhältnismäßig viel Zeitsatire (Alexander v. Pherai, Dionysios der Tyrann als Tragiker, Menekrates Zeus, ein Stutzer aus Platons Schule), anderes trägt schon den Charakter der Nea. W. K.

Ephodion (ἐφόδιον). Reisegeld, das in Athen den von der → Ekklesia oder in ihrem Auftrag von der → Bule gewählten Gesandten für die Tage ihrer Abwesenheit in der jeweils durch Volksbeschluß festgesetzten Höhe (äußerst 2 Drachmen je Tag: Aristoph. Ach. 66. A. ANDREADES Gesch. der griech. Staatswirtsch. 1, 1931, 240) aus der Staatskasse gezahlt wurde. Zahlung von E. begegnet auch anderswo, z. B. in Delphi (Sylloge^4 672,33). H. B.

Ephoroi (ἔφοροι). Wichtigste staatliche Behörde in dorischen Poleis, vor allem in Sparta, wo sie von dem mythischen Gesetzgeber Lykurg (Hdt. 1,65. Diog. Laert. 1,68), nach anderer Auffassung von König Theopompos (Aristot. pol. 5,11. Plut. Lyk. 7) geschaffen worden sei (um 730 v. Chr.). Es steht fest, daß E.-Listen seit 754 v. Chr. geführt wurden.

Anfangs von den Königen eingesetzt, später von der Volksversammlung gewählt, waren die E. eine demokratische Institution, die die Interessen des Volkes, d. h. der Spartiaten, zu vertreten hatten, indem sie bei Amtsantritt eine Proklamation an das Volk richteten und nach einjähriger Amtszeit Rechenschaft ablegten (Plut. Kleom. 9). Mit dem Anwachsen der militär.-polit. Macht Spartas und bedingt durch Differenzen unter den Königen dehnten sie ihre Machtbefugnisse aus und wurden zum entscheidenden Organ des oligarchischen Staates, so daß sie auf der Höhe ihrer Macht im 5. Jh. v. Chr. die gesamte Außenpolitik bestimmten und selbst die Könige anleiteten. Immerhin war die Macht der E. im 3. Jh. noch so stark, daß ihnen König Agis III. erlag, als er versuchte, die lykurgische Verfassung wiederherzustellen und die Befugnisse der E. einzuschränken (Plut. Agis 12). Deshalb wußte König Kleomenes III., im J. 226 seine Reformen mit der Aufhebung des Ephorats zu beginnen, das jedoch nach seiner Niederlage 221 v. Chr. wieder eingesetzt wurde (Plut. Kleom. 7–9).

Die Zahl der E. betrug 5 und wird bisweilen mit den 5 Phylen Spartas (κῶμαι) in Verbindung gebracht (Aristot. pol. 2,10). Der 1. der E. war eponym. Zu den Aufgaben der E. gehörten: 1. Vertretung und Beratung der Könige (Diog. Laert. 1,68), 2 E. begleiteten die Könige auf Kriegszügen (Xen. hell. 2,4,36) und befahlen die Aushebungen und den Ausmarsch der Truppen. 2. Polizeiaufsicht und Jurisdiktion; E. konnten über Heloten und Perioken unumschränkt verfügen (Isokr. 12, 181), hatten wohl gegen Spartiaten, Beamte und Könige nicht die letzte Entscheidung, konnten aber Beamte suspendieren, Bürger und sogar Könige anklagen (Hdt. 5,40. 6,82. Thuk. 1,131. Xen. Lak. rep. 4,6); z. B. wurde 469 v. Chr. König Pausanias auf Befehl der E. ins Gefängnis geworfen, weil er das Amt der E. abzuschaffen trachtete (Aristot. pol. 5,1. Thuk. 1,128). 3. Die Leitung der Volksversammlung (Thuk. 1,87), wo sie Anträge vorbringen (Xen. hell. 4,63), die Rechenschaft der Beamten entgegennehmen und die wichtigsten innen- und außenpolitischen Fragen gemeinsam mit den Geronten beraten (Hdt. 5,40. Plut. Agesil. 4). 4. Den E. oblagen verschiedene staatliche Aufgaben, bes. im Bereich des Staatshaushalts, so u. a. Festsetzung und Einnahme der Steuern und Abgaben, Verwaltung der Finanzen und der gesamten Kriegsbeute. G. Sch.

Ephoros (Ἔφορος). Aus Kyme (Aiolis), griech. Historiker des 4. Jh. v. Chr. Zuverlässige biograph. Angaben fehlen. Als Vatersname wird (Suda) Demophilos oder Antiochos angegeben. E.' Sohn war der Historiker Demophilos. Die Nachricht, E. sei Schüler des Isokrates gewesen (z. B. Strab. 13,622. Cic. de or. 2,57) dürfte aus der Beobachtung verwandter Stiltendenz entstanden sein (vgl. Dion. Hal. comp. 23; de Isaeo 19).

E.' Hauptwerk war eine Universalgeschichte in 29 B. (B. 30, das die J. 357/46 behandelte, wurde von Demophilos ergänzt, der vielleicht auch die letzten Bücher edierte), in der er, unter bewußtem Verzicht auf die myth. Epoche, alle Ereignisse seit der Rückkehr der Herakleiden (Diod. 4,1,2. 16,76, 5) bis auf die eigene Zeit darstellte. E., der sehr langsam arbeitete, starb vor der Fertigstellung (wohl nach 330: frg. 217) des Werkes, dessen geplanter Endpunkt nicht feststeht (zur Chronol. der Abfassung und Publikation: JACOBY, FGrH II C 24f.; [8]). Die Anlage der Ἱστορίαι, deren Bucheinteilung von E. selbst stammt (Prooemien), war nicht annalistisch, sondern κατὰ γένος. So umfaßten B. 1 (dazu [9]) – 3 die Aufteilung Griechenlands und den Beginn der einzelnen Staaten, 4 (gelegentlich als Εὐρώπη zit.: Strab. 7,302) – 5 einen Überblick über die Geogr. der οἰκουμένη, 6–10 die Ereignisse bis zu den Perserkriegen, in B. 20 war der Höhepunkt der spartan. Hegemonie (386) erreicht. Die folgenden 5 B. enthielten die Zeit der theban. Vorherrschaft. Daran schloß sich die Darstellung der Zeitgeschichte bis 341/40, wobei B. 27 den Kriegen Philipps im N. vorbehalten war. Den Stoff für die ältere Zeit entnahm E. in erster Linie den Werken des Herodot, Thukydides und Hellanikos, später folgt er einer boiot. Quelle (→ Daimachos?). Die um 340 erschienenen Hellenika des → Kallisthenes konnte er für seine letzten B. noch benutzen, während sein Werk bereits von → Theopompos verwendet wurde ([7]). Das mit rationalistischen Plattheiten (frg. 31) und Äußerungen eines grotesken Lokalpatriotismus (Kyme z. B. frg. 114. 236) durchsetzte, im ganzen unkritisch kompilierte (vgl. frg. 42. 65. 196) Werk, dessen Materialreichtum jedoch bemerkenswert gewesen sein dürfte, beeindruckte (im Unterschied zu anderen hellenist. Historikern, denen die Anlage zu wenig kunstvoll erschien) Polybios, der den Vf. der ersten καθολικὴ πραγματεία gegen die Angriffe des → Timaios verteidigt (z. B. 12,28,8ff.), wenngleich er die mangelnde Autopsie des E. kritisiert (z. B. 12, 25f). Diodoros (in den B. 11–15; vgl. [6]) und → Nikolaos von Damaskos exzerpierten große Partien (vgl. [5]), Strabon und → Ps.-Skymnos sind streckenweise von ihm abhängig. In der Kaiserzeit schwindet das Interesse an E. endgültig, weil man seinen matten, schwunglosen Stil unerträglich findet (Spott über E.' endlose Feldherrnreden: Plut. mor. 803 B) und mittlerweile andere Darstellungen der Universalgeschichte besitzt. Die Zahl der Papyri (vgl. frg. 191 und PRyl. 492, dazu Aegyptus 29, 1949, 45ff.) ist dementsprechend verschwindend gering. Wenige Frg. haben sich von E.' Schrift Περὶ εὑρημάτων erhalten; aus dem Ἐπιχώριος, einem Enkomion auf seine Heimatstadt, ist ein Abschnitt überliefert (frg. 1), der die Herkunft Homers aus Kyme ausführlich begründet. Mit Fragen des Prosarhythmus befaßte sich E. in Περὶ λέξεως. Andere Titel (Suda) beziehen sich wohl auf spätere Exc. aus dem Geschichtswerk. H. Gä.

Frg.: FGrH 70 m. Komm. Π. λέξεως auch bei *L. Radermacher* Artium Script., SAWW 227,3, 1951, 195ff.

Lit.: 1. *Lesky* GGrL ²674. 2. *G.L. Barber* The historian E., Cambridge 1935. 3. *R. Laqueur* H 46, 1911, 161ff.; 322ff. 4. *A.E. Kalischek* De E. et Theopompo Isocr. discipulis, Diss. Münster 1913. 5. *J. Forderer* E. und Strabon., Diss. Tüb. 1913. 6. *E. Cavaignac* Mél. G. Glotz 1, Paris 1932, 143ff. 7. *A. Momigliano*, RFIC 63, 1935, 180ff. 8. *F. Car-*

rata Atti Acc. Torino 81/83, 1947/49, 147ff. 9. *A. Andrewes*, CQ 45, 1951, 39ff. 10. *K.B.J. Herbert* E. in Plutarch's Lives, Diss. Harv. Univ. 1954. 11. *A. Peretti*, St. Class. e Orient, 10, 1961, 5ff. 12. *W. R. Connor* Studies in E...., Diss. Princeton 1961. 13. *R. Drews*, AJPh 84, 1963, 244ff.

Ephraim. 1. Der Syrer, größter Kirchenlehrer syr. Sprache, * nach 300 in Nisibis, † 373 in Edessa, wohin er übergesiedelt war nach der Eroberung von Nisibis durch die Perser (363). Komm. zur Bibel und apologet. Werke schrieb er in Prosa, vor allem aber war er Dichter. Entweder in Reihen von Versen mit gleicher Silbenzahl (meist 7) oder in Strophen mit Refrain schrieb er Hymnen und Versreden, darunter exeget. Predigten und Streitgedichte gegen Gnostiker, Manichäer, Arianer und Kaiser Julianos. Seine liturg. Gesänge fanden Nachahmung auch in der griech. und dann der lat. Kirche. Schon zu seinen Lebzeiten wurden viele seiner Werke ins Griech. übersetzt. O. H.

Ta.: *J. S. Assemani*, 1732–1746 (Bd. 1–3 griech., 3–6 syr.). *S. Joh. Mercati*, 1915 (griech., nur Bd. 1). *Bardenhewer*, GAL 4,342–375. *Altaner* 308–311. *Edm. Beck*, RACh 5,520 bis 531.

2. s. Israel und Iuda

Ephyra (*Ἔφυρα*, *Ἐφύρα*). **1.** Hom. Il. 6,152 Stadt »im Winkel von Argos«, Heimat des → Sisyphos, später mit Korinth gleichgesetzt. **2.** Hom. Il. 2,659. 15,531, E. am Flusse Seleeis, Od. 1,259. 2,328 Ort, von dem man Giftpflanzen holt. Die Homererklärer hielten beides für den gleichen Ort, nach Apollod. = Nr. 3, nach Demetrios von Skepsis = Nr. 4, Strab. 7,7,10 p. 328 (dazu W. ALY, Sb. Heidelb. 1931/32, 1,24 A. 1). 8,3,5f. p. 338f. FGrH II B Nr. 244 F 179–181 mit Komm. **3.** Stadt in Thesprotien, später Kichyros, landeinwärts der Bucht von → Elaia Nr. 3 (Thuk. 1,46,4. Strab. 7, 324. → Acheron Nr. 1), wohl die myken. Siedlung Xylokastro beim h. Mesopotamon.

1. *S. Dakaris* Neue Ausgr. in Griechenland, 1. Bh. zu Ant. Kunst 1963, 48.50f. 2. BCH 83, 1959, 665ff.

4. Elische Lokalhistoriker erfanden ein offenbar nicht existierendes E. an der el. Küste bei einem Ort Oinoe, das sie für das homer. E. erklärten, übernommen von → Demetrios von Skepsis und anderen, s. Nr. 2 und RE XVII 2240ff. Nr. 10. **5.** Strab. 8,338 und Steph. Byz. s. v. nennen mehrere andere Orte des Namens. E. M.

L. Deroy Ephyre, ville imaginaire, AC 18, 1949, 401f.

Ephyre (*Ἐφύρη*). Eponyme Heroine des späteren Korinth. Nach Eumelos' Korinth. Geschichten (Sch. Apoll. Rhod. 4,1212. Paus. 2,1,1) Tochter des Okeanos und der Tethys, Gattin des Epimetheus, nach andern Tochter des Epimetheus oder des Myrmex. Bei Verg. georg. 4,343 Gefährtin der Nymphe Kyrene. H. v. G.

Epibatai. 1. Die Bewaffneten eines griech. Kriegsschiffes, deren Zahl im Gegensatz zu den *ναῦται* und Ruderknechten sehr gering war, z. B. je 18 Hopliten auf den att. Trieren in der Schlacht bei Salamis. Erst in hellenist. Z., als immer größere Schiffe gebaut wurden, stieg ihre Zahl. **2.** Auch bei den Römern bildeten die e. die militär. Besatzung (Pol. 2,23,6, Liv. 21,61,2) und wurden in der Republik von der regulären Infanterie gestellt (Liv. 37,2,10. Caes. civ. 1,57,1). In der Kaiserzeit bestand kein strenger Unterschied zwischen militär. und nautischer Besatzung (Ulp. Dig. 37,13, 1. CIL X 3436). Außer der Flottenmannschaft zog man auch Legionäre zum Marinedienst heran (CIL III 14507). Die Bekleidung der e. bestand aus einer kurzen, mit *cingulum* gegürteten Tunika von bläulicher Farbe (Veg. mil. 4,3,7) und einer → Paenula oder einem → Sagum. Die Bewaffnung bildeten Schwert, Dolch, Lanze, Helm und Schild. A. N.

Lit. s. Classis.

***Ἐπιβολή*. 1.** In Attika a) eine kleine Geldbuße, die unter gewissen Voraussetzungen von den Beamten innerhalb ihres Geschäftskreises bis zu einer gesetzlich festgelegten Höhe im Verwaltungsweg als Ordnungsstrafe auferlegt werden konnte ([1]. [2]. [3]). Über das Verfahren → *ἔφεσις* ([4]). In gleicher Bedeutung ist *ἐ.* auch noch durch Pap. Zen. 51,15 im 3. Jh. v. Chr. bezeugt. b) Eine gerichtlich verhängte Geldstrafe (vgl. Demosth. 53,14. [2]). **2.** Röm. Reich: = *permixtio* oder *adiectio*, behördliche Anordnung einer Zwangsbebauungspflicht an verödetem Ackerland ([5]). E. B.

1. *J. H. Lipsius* Das att. Recht und Rechtsverf., 1905–1915, 197.801.954. 2. *Busolt* GStk. 423.466.883.1054. 3. *Bonner-Smith* The administration of justice from Homer to Aristotle, Bd. 2, 1938, 245f. 4. *U. E. Paoli*, ZRG 76, 1959, 97ff. 5. *Preisigke* Pap. WB. Abschn. 11.

Epicharmos, dor.-sizil. Komödiendichter, war nach Aristot. Poet. 3 aus Megara Hyblaia, nach Neanthes FGrH 84 F 13 aus der Sikanerstadt Krastos. Auf Spekulation beruht es, wenn andere (T. 1) ihn aus dem O., aus Samos, wie Pythagoras, als dessen Schüler er galt (T. 4), oder Kos (Komodia!) stammen ließen. Er wirkte unter Hieron in Syrakus (T. 8, Timaios FGrH 566 F 133). Seine Blüte wird auf Ol. 73 (488/5) gesetzt (T. 1. 9); zur selben Zeit trat in Athen → Chionides auf. Wenn also Aristot. a. O. von E. sagt *πολλῷ πρότερος ὢν Χιωνίδου καὶ Μάγνητος* so kann das nur heißen, daß E.' Wirksamkeit schon erheblich früher einsetzte; er ist ja auch sehr alt geworden. Man hatte von E. 35 Stücke, nach andern 40, von denen 4 bestritten waren (T. 1). Zitiert werden 36 Titel, darunter die bestrittenen *Ἀταλάνται*; dazu eine *Μήδεια*, Pap. Ox. 2426, vielleicht das Stück des Deinolochos (s. CGrFrg. p. 149). Die grundlegende Ausgabe machte Apollodor v. Athen in 10 Rollen; das ergibt für das Stück einen Umfang von ca. 400 Versen. E. schrieb in iamb. Trimetern und trochäischen Tetrametern; auch Anapäste kamen vor, 2 Stücke bestanden ganz aus anap. Tetrametern. Alle 3 Maße scheint er von

Aristoxenos v. Selinus übernommen zu haben, der wohl ein dor. Iambograph war (CGrFrg. p. 87, E. frg. 88). In Homerparodie gab es Hexameter (frg. 123). Anapäst. Stellen zeigen lyr. Färbung (frg. 101.109), auch Musik gab es (frg. 127), einen Chor aber höchstens ausnahmsweise. Im *῎Αμυκος* (frg. 6) hatte E. 3 Schauspieler; von einzelnen Stücken hat man vermutet, daß es Monodramen waren. Etwa die Hälfte stellte Mythisches dar, sei es in autonomer Komik wie Heraklesabenteuer (5 Stücke), die Rückführung des trunkenen Hephaistos (*Κωμασταί*), Prometheus (dazu Neues: Pap. Ox. 2427), sei's ernste Dichtung parodierend: *Τρῶες, Φιλοκτήτης, ᾿Οδυσσεὺς αὐτόμολος* (dazu Pap. Ox. 2429, B. Gentili, Gn 33, 1961, 333), *Κύκλωψ, ᾿Οδυσσεὺς Ναυαγός*. Wo die Handlung aus dem Alltag genommen war, gab es Charaktertypen wie den tölpelhaften Landjunker (*᾿Αγρωστῖνος*) und eine Figur, der ein langes Leben auf ant. Bühne beschieden war, den Parasiten. Das erinnert an den späteren Mimos, ebenso die Darstellung von Wallfahrern (*Θεαροί*). Viel spekuliert wurde über den Agon bei E. In *Γᾶ καὶ θάλασσα* stritten vermutlich ein Bauer und ein Fischer, wo mehr für den Gaumen zu finden sei (frg. 24, vgl. Sophron *῾Ωλιεὺς τὸν ἀγροιώταν*). Ob *Λόγος καὶ Λογίνα* ein Agon war, wissen wir nicht. Auch Aktuelles gab es, Anspielungen auf Dichter (Aischylos), auf die eben aufkommende Rhetorik (frg. 147–149), vor allem auf die Lehren der Denker (frg. 170–173). Aber frg. 171 ist zweifellos Platonparodie; Diels hat kühn, doch einleuchtend vermutet, bei Platons zweitem Besuch in Syrakus seien E.-Stücke vor ihm aufgeführt und derlei Anzüglichkeiten eingelegt worden. Alkimos FGrH 560 F 6 benutzte diese Bearbeitungen, um zu behaupten, Platon habe seine Ideenlehre dem E. entlehnt. Denn die Philosophenparodie und das eigene gnomische Element hatten E. den Ruf eines Philosophen eingetragen, und so ging mancherlei unter seinem Namen: eine *Πολιτεία*, die nach Aristoxenos v. Tarent der Aulet Chrysogonos verfaßt hatte, *Κανών* und *Γνῶμαι*, die nach Philochoros von einem gewissen Axiopistos stammten. Die Einleitung einer Gnomensammlung ist erhalten (Diels Vorsokratiker 1^5, S. 193), frg. 254 Kaibel könnte der Schluß dazu sein. Zu diesen Pseudepigrapha gehörte auch das Gedicht, das Ennius unter dem Titel E. übersetzte. W. K.

Testimonia (T.) und Frg. bei *Kaibel*, CGrFrg., vgl. *A. Olivieri* Frammenti della comm. Greca ... nella Sicilia ... 1^2, Napoli 1946.

Epidamnos s. Dyrrachion

Epidauros (*᾿Επίδαυρος*). **1.** Stadt der argol. Akte an der S.-Küste des saron. Golfs mit sehr ausgedehntem Landgebiet bis zum argol. Golf (Skyl. 50. SEG XI 377) und guter Landverbindung zur argol. Ebene. Die ant. Stadt lag an einer Bucht mit flachem Strand und einer kleinen Küstenebene auf einem in die Bucht vorspringenden doppel-

gipfligen Felsenhügel (Nisi) beim h. Palaea-Epidavros. Ant. Reste sind sehr gering. Neue Funde BCH 76, 1952, 221.

Im Gebiet der Stadt selbst sind keine prähist. Funde bekannt, in der Umgebung viele, Klio 10, 1910, 391. AA 53, 1938, 558f. Genannt bei Hom. Il. 2,561. Mitglied der Amphiktyonie von → Kalaureia, Strab. 8,374. Im 7./6. Jh. Tyrannis des Prokles, Hdt. 3,50. Paus. 2,28,8. Beteiligung am Perserkrieg mit Heer und Flotte, Niederlage gegen Athen bei Halieis 459/58, Thuk. 1,105,1. Diod. 11, 78,1f. Im pelop. Krieg und später auf seiten Spartas, auch nach Leuktra. Beteiligung am lam. Krieg Diod. 18,11,2. 243 Anschluß an den achaiischen Bund, Plut. Arat. 24,3. Paus. 2,8,5. Mz. Inschr. Verlustliste von der Schlacht am Isthmos 146 v. Chr.: IG IV 1,28. Späteste Erwähnungen im Alt. Hierokl. synecd. 647,2. ZKG 12, 1890/91, 533 Z. 781 (Ztschr. f. wiss. Theol. 35, 1892, 419ff. 422).

9 km s.w. der Stadt lag in einer weiten Talmulde das berühmte Heiligtum des → Asklepios. Der Kult beginnt im 7. Jh. in dem am Abhang des Kynortion liegenden Heiligtum des später mit Apollon gleichgesetzten → Maleatas, im Heiligtum selber im 6. Jh.; Apollon und Asklepios waren gemeinsam Inhaber des Heiligtums. Großer glanzvoller Ausbau bes. im 4. Jh., Plünderungen des Heiligtums durch Sulla (Plut. Sulla 12,3) und die Seeräuber (Plut. Pomp. 24,5). Um 163 n. Chr. reiche Förderung und mehrere Neubauten durch den Senator Sextus Iulius Maior Antoninus Pythorus aus Nysa in Kleinasien (F. Hiller von Gärtringen H 64, 1929, 63ff. IG IV 1^2 XXXIII 74ff. XXXV 62ff.). Statuen für röm. Kaiser reichen bis in die Zeit der Severer und Gordians (IG IV 1^2, 610–613). Chr. Basilika etwa des 4. Jh. im N.-Teil des Bezirks: AE 1929, 198ff.

Hauptzugang zum Heiligtum von der Stadt im N. (n. Propylaeen). Mittelpunkt des Heiligtums ist der dor. Peripteraltempel (ca. 380–375 v. Chr.) mit der goldelfenbeinernen Kultstatue des thronenden Asklepios von Thrasymedes aus Paros, dahinter der Rundbau der Tholos (»Thymele«) des jüngeren Polyklet, der reichst ausgestattete Kultbau der klass. Z., über einem Unterbau aus konzentr. Mauerringen mit Gängen dazwischen, wohl für den chthon. Kult des Asklepios. Mehrere weitere Tempel, bes. Artemis, Themis, Aphrodite, »ägyptische Götter«. Große Gebäude für die Unterbringung und Behandlung der Heilungsuchenden und sonstigen Besucher, dazu die Gebäude für die Agone des Hauptfestes, Gymnasion, Palaistra, Stadion und das berühmte, wohl frühhellenist. Theater, mehrere Thermen und sonstige Nebengebäude und eine sehr große Anzahl von Altären und Kunstwerken.

Die Kranken suchten Heilung in den Traumorakeln, die sie beim Schlaf in der z.T. doppelstöckigen Halle des Abaton erhielten. Berichte über bes. wunderbare Heilungen wurden von der

Priesterschaft auf großen Stelen, die z.T. erhalten sind, verzeichnet (IG IV 1²,121–127). Daneben gab es auch Heilkuren unter Verwendung von Wasser. Skyl. 50.54. Strab. 8,374. Paus. 2,26–29,1. Liv. 45, 28,3. Inschr.: IG IV 1² (1929). SEG I 74–78. II 56–58. III 317–319. XI 392–452. XIII 251–254. XIV 326–328. XV 205–214. XVI 266–270. XVII 178–186. XVIII 154f. XIX 322. Mz.: HEAD HN² 418. 441f. Vollständige Testimonia IG IV 1² S. IX bis XXXIX. E. M.

1. *J.G. Frazer* Pausanias 3,234ff. 2. *Philipps.-Kirst.* 3,105f. 3. *B. Conticello* Encicl. dell'arte ant. 3,358ff. (mit großer Bibliogr.). 4. *B. Kötting*, RACh V 531ff. 5. *A. Frickenhaus–W. Müller*, MDAIA 36, 1911, 29f. 6. *P. Kavvadias* Fouilles d'Epidaure, 1893. 7. *Ders.* Τὸ ἱερὸν τοῦ Ἀσκληπιοῦ ἐν Ἐπιδαύρῳ, 1900. 8. *A. Defrasse–H. Lechat* Epidaure. Restauration et description des principaux monuments du sanctuaire d'Asclépios, 1895. 9. *F. Robert* Epidaure, 1935. 10. *U. v. Wilamowitz* Isyllos von E., 1886. 11. *K. Herzog* Die Wunderheilungen von E., Philol. Suppl. 22,3, 1931. 12. *F. Robert* L'édifice E d'Epidaure et la topographie du hiéron d'Asclépios à Epidaure, BCH 57, 1933, 380ff. 13. *J. Fr. Crome* Die Skulpturen des Asklepiostempels von E., 1952. 14. *F. Robert* La destination culturelle de la Tholos d'Epidaure, REG 46, 1933, 181ff. 15. *Ders.* Thymélé 1939, 296ff. 16. *A. v. Gerkan–W. Müller-Wiener* Das Theater in E., 1961. 17. *J. Delorme* Recherches au gymnase d'Epidaure, BCH 70, 1946, 108ff. 18. *J. Papadimitriou* Le sanctuaire d'Apollon Maléatas à Epidaure, BCH 73, 1949, 361ff. 19. *Ders.* Πρακτικά 1948, 90ff. 1950, 194ff. 1951, 204ff.

2. E. Limera, Hafen und spartan. Perioikenstadt an der O.-Küste der Parnonhalbinsel an der Bucht n. von Monemvasia, in der Kaiserzeit zum Bund der → Eleutherolakonen gehörend. Bereits myken. Siedlung, Reste der Stadtmauer und mehrerer Tempel. Paus. 3,23,6ff. erwähnt bes. den Kult des Asklepios und den »Teich der Ino«. Skyl. 46. Thuk. 4,56,2. 6,105,2. Strab. 8,368. Paus. 3,21,7. 24,1. Eustath. Il. 287,31ff. Inschr. IG V 1,931–934 Hesp. 22, 1953, 170f. SEG XI 894. XIII 259. E. M.

1. *Hasluck*, ABSA 14, 1907/08, 179ff. (mit Plan). 2. *Philipps.-Kirst.* 3,493. 3. *H. Waterhouse–R. Hope Simpson*, ABSA 56, 1961, 136f.

Epidaurum *(Epitaurum, Epidaurus)*. Stadt in Dalmatien (h. Zavtat, Zaptat, kroat. aus »civitate«, italien. Ragusa vecchia). Urspr. (nach den Münzfunden) eine griech. Siedlung. In kommerziell sehr günstiger Lage, auf einer Halbinsel, die in einen Golf vorspringt, mit 2 Häfen. Zuerst 47 v. Chr. genannt, als es von Pompeius erfolglos belagert wird (bell. Alex. 44). In der Römerzeit eine der wichtigsten frühen Kolonien, zur tribus Tromentina gehörig (Plin. nat. 3,144), an einer Kunststraße (altem Handelswege) gelegen, welche in das Binnenland führte und hier abzweigte. Nach CIL 1742. 1743 war eine Vexillation der cohors VIII volunt. civ. Rom. im 1. Jh. n. Chr. in E. stationiert. Von Magistraten sind auf Inschr. *duumviri*, *aedilis*, *lustratores*, dann *decuriones*, *sacerdos*, *Augustales*,

seviri verzeichnet. Mit den Orientalen kamen auch deren Kulte nach E. Mithras hatte 2 Heiligtümer, die noch im 4. Jh. blühten. Im J. 530 war E. durch einen Bischof auf der Synode von Salona vertreten. E. ist in der Slaveninvasion um 600 n. Chr. zugrunde gegangen, als die Bewohner nach dem festen Ragusa flüchteten. In einer Urkunde des J. 1253 wird zum letzten Mal der Name E. erwähnt: *Stari grad Epitaur.* J. Sz.

Ἐπίδειξις. Allgemein das Vorweisen zur Begutachtung oder Kontrolle (Sylloge³ 83,60. 736,70. 114 u. ö.), im speziellen rhet. Sinne öffentl. Auftreten mit einem Vortrag oder einer Deklamation, entweder im Rahmen eines Agons oder in einer Einzelveranstaltung (häufig bei Götterfesten und dgl.). Die Sophisten des 5. Jh., welche die Prosarede als der Dichtung gleichwertige Kunstform erweisen wollen, wählen mit Vorliebe paradoxe (z. B. Gorgias' Helena) oder bes. spröde Themen (etwa Hippokr. π. τέχνης), bei deren prunkvoller Ausgestaltung die δεινότης des Redners bestechen soll (vgl. Isokr. 4,11 ἐπιδεικτικῶς – ἀφελῶς). Isokrates distanziert sich programmat. von der sophist. E. (polem. ep. 6,5 ἐπιδείξει προσέχειν – σπουδάζειν) und fordert nützliche, d. h. erziehliche Themen. In der Folgezeit, bes. der sog. 2. Sophistik, wo die Fähigkeit, über jeden beliebigen Gegenstand einen künstlerisch geformten Vortrag halten zu können, in hohem Ansehen steht, dominiert jedoch wieder der Gesichtspunkt der formalen Gestaltung gegenüber dem des Inhalts (→ Meletai, → Panegyrici). Eine ausgebildete Theorie des ἐπιδεικτικὸς λόγος (neben dem δικανικός und συμβουλευτικός) ist erst bei Aristot. rhet. 1358 a 36ff. nachweisbar. Ansätze, die sich im wesentlichen auf ἐγκώμιον und ψόγος als wichtigste Arten epideikt. Beredsamkeit beziehen, bieten Isokr. (vgl. L. RADERMACHER Art. Script. S. 163ff.) und die Rhet. ad Alex. (→ Anaximenes 2) Cap. 35. Eine Spezialschrift von → Menandros von Laodikeia stammt aus spätant. Zeit. H. Gä.

W. Schmid, RE VI 53ff. *W. Kroll*, RE Suppl. VII 1128ff. *V. Buchheit* Unters. zur Theorie des Genos epideikt., München 1960 (mit reichen Lit.-Ang.). *H. Lausberg* HB der lit. Rhet., München 1960, 129ff.

Epidius, mit dem Praenomen Marcus (so Sueton), röm. Rhetor und Redelehrer, 1. Jh. v. Chr. (vgl. die Nachrichten bei Suet., de gramm. et rhet. 28 und in der Verg. vita Bern.). Von Natur war er bösartig (Sueton nennt ihn *calumniator*). Zu seinen Schülern gehörten u. a. Antonius, Augustus und Vergil. Es ist nicht ausgeschlossen, daß der bei Plin. nat. 17,243 und Quellenverzeichnis erwähnte C. Epidius, der Vf. einer Schrift über die Prodigien, mit unserem E. identisch ist, obwohl das Praenomen dagegen spricht. Ob der Name des E. in der verderbten Lesart bei Diomedes GLK 387,6 *(Didius in Sallustio)* steckt, wie man zu vermuten geneigt war, muß unentschieden bleiben. W. Str.

Vgl. *Brzoska*, RE VI 59.

Ἐπιγαμία. 1. In Griechenland Bezeichnung der durch Staatsvertrag ausnahmsweise gegenseitig gewährleisteten Ehegemeinschaft für die Bürger der beiderseitigen (griech.) Staaten ([1].[2]. [6]). Eine Ehegemeinschaft mit Barbaren war nicht denkbar. Die Ehe mit dem Ausländer wurde auf Grund der internationalen Vereinbarung als gesetzliche Ehe anerkannt und den Kindern die Stellung von *γνήσιοι* gesichert ([6],175). In Athen schrieb erst das Epigamiegesetz aus dem J. 451 athen. Bürgerrecht beider Ehegatten für die Eingehung einer gültigen Ehe vor. Über die urspr. milde, später verschärfte Sanktion dieses Gesetzes s. [6],172ff. Personelle Epigamiebewilligungen kamen selten vor ([6],175). In hellenist. Zeit gehörte die *ἐ.* zusammen mit der → *ἔγκτησις* zu den festesten Bindemitteln der Bündnisse zwischen den griech. *πόλεις* ([3]. [4]. [5]. [8]). **2.** Übersetzung von → *conubium* ([7]). E. B.

1. *J.H.Lipsius* Das att. Recht und Rechtsverf., 1905–1915, 417.474. 2. *E.Szanto* Das griech. Bürgerrecht, 1906. 3. *W.Kolbe*, ZRG 49, 1929, 130.152f. 4. *U.E. Paoli* Studi di diritto attico, 1930, 287ff. 5. *W.Schwahn*, H 66, 1931, 97ff. 6. *W.Erdmann* Die Ehe im alten Griechenland, 1934, 167ff. 7. *E.Volterra* Studi Albertario Bd. 2, 1953, 369ff. 8. *J.A.O. Larsen*, Symbolae Osloenses 33, 1957, 5ff.

Epigenes (*Ἐπιγένης*). **1.** Offizier des Ptolemaios III. 247/46 im 3. syrischen Kriege. FGrH 160,20. **2.** Aus Teos, Stratege des Attalos I. (→ 4) im Kampf gegen die Galater und Antiochos Hierax, stiftete 2 Weihgeschenke für Attalos. OGIS 280. M. Fraenkel Inschr. von Pergamon, 1890, 30. Attalos stellte in Delos eine Reiterstatue des E. auf. IG XI 4,1109. E.V. Hansen The Attalids, 1947, 268. **3.** Feldherr und Staatsmann des Seleukos III. und Antiochos III. (→ 3), riet Antiochos zum Zuge gegen den Usurpator Molon, wurde aber von dem Kanzler Hermeias durch einen gefälschten Brief der Konspiration mit Molon bezichtigt und als Verräter getötet. Pol. 5,41f. 49f. H. V.

4. E., Sohn des Antiphon, aus dem Demos Kephisia, war einer der jüngeren Anhänger des Sokrates. Platon erwähnt ihn zweimal: apol. 33e; Phaid. 59 B; danach war E. bei Sokrates' Tod anwesend. Als Sokrates' Gesprächspartner führt Xen. mem. 3,12 den E. ein. H. D.

5. E. von Byzanz. Astrolog wohl des 2. Jh. v. Chr., der von den Chaldaeern unterwiesen wurde. Wohl durch Poseidonios sind Teile seines Werkes weitergegeben worden. Die Frg. über Geburtenmöglichkeit in den verschiedenen Monaten (Cens. De die nat. 7,5,6), Lebensdauer (Cens. ebd. 17,4. Plin. nat. 7,160), Natur der Kometen (Sen. nat. 7,4–10) sind besprochen bei P. Schnabel Berossos, 1923, Cap. 5,109–118. E. Bo.

Ἐπίγονοι, »Nachkommen«. So hießen die Söhne der sieben Helden, die unter Adrastos' Führung unglücklich gegen Theben kämpften; den Söhnen gelang es 10 J. später, Theben zu zerstören. Als Führer wird meist → Alkmaion, Sohn des Amphiaraos, genannt. Außer ihm nahmen teil: Aigialeus, Sohn des Adrastos, Diomedes, S. des Tydeus, Sthenelos, S. des Kapaneus, Thersandros, S. des Polyneikes, der die Herrschaft in Theben übernimmt; ferner Promachos und Euryalos, deren Väter nicht zu den »Sieben« gehörten. So Paus. 10,10,4 nach den delph. Statuen des 5. Jh. Apollod. 3,82 fügt Alkmaions Bruder Amphilochos hinzu. Vgl. Sch. Hom. Il. 4,401ff. Hyg. fab. 71. In der Schlacht bei Glisas erlegten der theban. Führer Laodamas, Sohn des Eteokles, den Aigialeus, Alkmaion den Laodamas. Darauf zogen die Einwohner Thebens größtenteils nach Thessalien oder Illyrien, Hdt. 5,61. Diod. 4,66f. Die Sage, die Il. a.O. bekannt ist, enthält vielleicht einen hist. Kern: Theben war am Ausgang der myken. Zeit bedeutungslos, kein Thebaner kämpft vor Troia mit, der Schiffskatalog kennt nur Hypothebai (2,505). Sie war in dem → kykl. Epos E. und in Aischylos' E. dargestellt. H. v. G.

Bethe Theb. Heldenlieder 109ff. 131ff. *Prell.-Rob.* 2,949ff. *Wilam.* GldH 1,59,2.

Epigonos (*Ἐπίγονος*). Bildhauer, blühte in Pergamon in der 2. Hälfte des 3. Jh. v. Chr. Von ihm sind Signaturen für Porträts und Siegesdenkmäler Attalos' I. erhalten; Plin. nat. 34,88 nennt besonders von E. einen Trompeter und ein Kind, das die tote Mutter liebkost. Man hat ihn daher mit hoher Wahrscheinlichkeit für den Meister der in Kopien erhaltenen großen Galliergruppen angesehen. Ob der in einer Künstlerinschr. aus Pergamon von der Wende des 3. Jh. genannte E. Sohn des Charias aus Pergamon dieser Meister oder etwa sein Enkel ist, bleibt zweifelhaft. A. R.

HBArch III 1 (5. Lfg. 1950) 341f. und 354 *(Lippold)*. Encicl. Arte Class. Or. III 368f. *(Cressedi)*.

Epigramm (urspr. Bezeichnung Elegeion) ist dem Wortsinne nach Aufschrift. Metrische Aufschriften finden sich schon auf Gefäßen des 8. Jh. (P. Friedländer Epigrammata Nr. 53. Atti Acc. Linc. Ser. 8 Rendic. sc. mor. 10, 1955, 215). Es folgen seit dem 7. Jh. Weih- und Grab-E., in Hexametern, seit der Mitte des 6. Jh. auch, und dann vorwiegend, in elegischen Distichen, vereinzelt in Iamben. Der Stil wird zunächst vom Epos, dann im Grab-E. von der Elegie, schließlich von der Tragödie beeinflußt. Im Grab-E. folgt auf archaische Anfänge die Würde und Kürze unnachahmlich vereinigende klassische Form der Zeit der Perserkriege. Dann weiten sich Umfang und Ausdruck, die Zurückhaltung der Empfindung wird allmählich aufgegeben, das Persönliche rückt immer mehr in den Vordergrund, ein fester Bestand an Motiven bildet sich aus. Vom Hellenismus übernimmt das Christentum das Grab-E.; es schafft in den Formen nichts Neues, füllt aber den Inhalt, bei Bewahrung älterer Motive, mit chr. Geist. Auch die Weih-E. haben eine Entwicklung von archaischer Kürze zu größerem Wortreichtum durchgemacht, der besonders in den sich an sie anschließenden Ehreninschriften hervortritt. – Das literarische E. hat 2 Wurzeln, das inschriftliche E. und die beim Symposion vorgetragenen Sprüche. Aus letzteren entwickelte sich ein Kurzgedicht, das nicht Aufschrift sein will und diese Form völlig aufgeben kann. Das Zusammenwirken beider Gattungen bestimmt die Geschichte des griech. E. seit dem 4. Jh. Echte Aufschriften werden, wie schon von Simonides, dem aber viele E. zu Unrecht zugeschrieben wurden, weiterhin auch von namhaften Dichtern verfaßt. Ihr Stil, kunstvoller als der des alten E., wird von der Persönlichkeit der Dichter geprägt. Zu den Grab- und Weih-E. kommen solche auf frei stehende Götterbilder und Brunnenanlagen (die der Anyte Anth. Pal. 9, 313f. zeichnen sich durch Naturgefühl aus), später auf Bäder und andere Gebäude. Aber neben die echte Aufschrift tritt, von ihr nicht immer zu scheiden, das fingierte Grab- oder Weih-E., teils zweckbedingt, etwa als Spott-E. (Grabschrift auf Aristoteles von Theokrit von Chios, Weih-E. des Leonidas von Tarent Anth. Pal. 6,293.298) oder als Ausdruck literarischen Urteils, wie die Grab-E. auf Dichter, teils als reines literarisches Spiel, wie bei Leonidas von Tarent, dessen E. für Weihungen von Handwerkern, die ihren Beruf aufgeben, viel nachgeahmt worden sind. Seit Erinna in einem nicht erhaltenen E. den Tod einer Zikade und eines Heuschrecks beklagt hatte (Plin. nat. 34,57), ist die Totenklage um Tiere ein beliebtes Thema des E., auch in der Form der fingierten oder echten Aufschrift, bis zum Ende des Altertums geblieben. An das Grab-E. schließen sich die E. an, die die Empfindung beim Tode einer Person ausdrücken (Kallimachos Anth. Pal. 7,80), an das Weih-E. die, die den Eindruck eines Porträts vermitteln (Erinna 6,352; Nossis 353f.). Den letzteren folgt das ekphrastische E. auf Kunstwerke, zuerst bei Leonidas von Tarent. Das Motiv des in der Landschaft stehenden Götterbildes (Hermes bei Anyte 9,314) wird von Leonidas auf Priap angewandt; ihm folgt eine lange Reihe Priapea. Das von der Form der Aufschrift gelöste E. vermag alles auszudrücken, was den Dichter bewegt. Schon bei Platon hat das E. die Funktion, die heute der Lyrik zufällt. In weiterem Umfange gilt das für Asklepiades von Samos, dessen zügelloses Leben sich in seinen Liebes- und sympotischen E. spiegelt. Aber auch das Apophthegma (Nossis 5, 170) und die Sentenz (seit Leonidas von Tarent, Griech. Epigr. 307 u.a.) finden Gestalt im E. Auch eine Anekdote kann im E. erzählt werden (Kallimachos ep. 1, Dioskorides Anth. Pal. 6,220). Das E. wird in seiner Blütezeit (Ende des 4. Jh. und 3. Jh.) gepflegt in Unteritalien (Nossis, Leonidas), im Mutterland (Mnasalkes), in anderem Stil in Samos (Asklepiades, Hedylos), dann in Alexandreia, wohin Hedylos und Poseidippos (aus Pella) gingen und wo Kallimachos und Dioskorides wirkten. Im 2. Jh. beginnt die Rhetorisierung des E. (Antipatros von Sidon, dann Meleagros); der Witz treibt sein Spiel in der Pointe und der Variation fremder und eigener E. Er führt im 1. Jh. n. Chr. bei Lukillios zur Ausbildung eines Spott-E., das sich nicht gegen Einzelpersonen, sondern gegen menschliche Typen richtet. Im Liebes-E. sind Erlebnis und Fiktion oft nicht zu unterscheiden. Doch geht die Verbindung mit dem Leben dem E. nie ganz verloren; sie wird bewahrt noch in den höfischen E. des Krinagoras (unter Augustus), in manchen E. des Palladas (4. Jh.) und auch noch, wenn auch spärlich, in den E. des Kreises um Agathias, dem jedoch als Kunstprinzip die Nachahmung der Alten gilt. – Unter den Römern hat zuerst Ennius das hellenistische Buch-E. übernommen. Ohne dieses sind auch die E. Catulls nicht denkbar, die aber aus leidenschaftlichem Erleben hervorgehen, natürlich auch nicht die Priapea. Der Klassiker des lat. E., Martial, übertrifft seine griech. Vorbilder weit und verwendet im Spott-E. die Pointe mit Meisterschaft. Auf die spätere lat. Epigrammatik hat er, neben dem griech. E., stark gewirkt, bis zu ihrer letzten Blüte im 6. Jh. in Nordafrika. – Die lat. Aufschriften vor allem auf Gräbern haben ihren Ausgangspunkt in den metrischen Elogien (Scipionen-Inschriften), nehmen aber später auch Motive der griech. Grabinschriften auf. R. K.

Wilamowitz Hellenist. Dicht. 1,119ff. *Beckby* Anthol. Graeca 1,11ff. (mit Bibliographie). *Peek* Griech. Grabgedichte, 1960, 1ff. Spätzeit: Art. E. RACh.

'Επιγραφεῖς hieß in Athen eine Kommission, die das Vermögen zwecks Heranziehung zur → εἰσφορά registrierte (Isokr. 17,41), die Selbsteinschätzung der Steuerpflichtigen kontrollierte und säumige Staatsschuldner vor Gericht brachte (Poll. 8,103). E. B.

Epikaste (Ἐπικάστη). **1.** Tochter des → Augeias, von Herakles Mutter des Thestalos, Apollod. 2,166. **2.** In der kykl. Oidipodie und Hom. Od. 11,271 = → Iokaste, Mutter und Gattin des → Oidipus. H. v. G.

Epikedeion (ἐπικήδειον). Lied beim κῆδος, (Trauer, Bestattung): Eur. Alc. 828 Plat. leg. 7: 800 E. Grenzen zum → Threnos sehr verwischt Prokl. (Phot. 321a30): Thr. an keine Zeit gebunden, E. bei Bestattung (unklar); vgl. Suda s.v. E. [1],38. Bald wird es liter. Trost- und Trauergedicht (Hes. wird ein E. zugeschrieben, Suda s.v.), bes. im Hellenismus und in röm. Lit.: Arat, Parthenios; Hor. c. 1,24. Prop. 4,11 (→ Elegie); Stat. silv. 2,1.5,1; e. Drusi (RE IV 943); inhaltlich gehören auch manche → Epigramme hierher: CEpigr. 1109ff. [3],88ff. Im Hellenismus finden wir auch E. auf Tiere seit Anyte, [2],57ff. S. auch Consolatio. H. Vr.

1. *H. Färber* Die Lyrik in der Kunsttheorie der Ant., Münch. 1936. 2. *G. Herrlinger* Totenklage um Tiere in der

ant. Dichtung. Tübinger Beitr. zur Alt. Wissensch. 8, 1930 (mit Beispielen für Nachleben). 3. *W.Peek* Griech. Grabgedichte, Bln. 1960.

Ἐπίκληρος. Gemeingriechisches aber in den einzelnen Städten verschieden ausgestaltetes ([3]. [5]), eigentümliches ([8]), der Erhaltung des väterlichen *οἶκος* dienendes Rechtsinstitut ([1]. [2]. [4]. [9]). Im att. Recht wurde die bruderlose Tochter, über deren Hand der Vater weder zu Lebzeiten noch von Todes wegen durch die Verheiratung mit einem Adoptivsohn verfügt hatte, von Gesetzes wegen ([6],79) zur Erbtochter, *ἐ.*, auf die der Nachlaß des Vaters überging ([7],112) und auf deren Hand der nächste Erbberechtigte, → *ἀγχιστεύς* ([7]), mittels *ἐπιδικασία* selbst dann Anspruch erheben konnte ([6],73), wenn die *ἐ.* bereits einem sippenfremden Mann verheiratet worden war. E. B.

1. *J.H.Lipsius* Das att. Recht und Rechtsverf., 1905–1915, 349ff. 2. *A.Ledl* Studien zum att. Epiklerenrecht, 1907 bis 1908. 3. *J.Kohler* und *E.Ziebarth* Das Stadtrecht von Gortyn, 1912, 111ff. 4. *L.Gernet*, REG 34, 1921, 337ff. 5. *W.Becker* Platons Gesetze, 1932, 50ff. 6. *W.Erdmann* Die Ehe im alten Griechenland, 1934, 65ff. 7. *U.E.Paoli* Studia et doc. hist. et iur. Bd. 2, 1936, 77ff. 8. *Ders.* Miscellanea Mercati Bd. 5, 1946, 524ff. 9. *H.J. Wolff*, Tijdschrift 20, 1952, 17ff.

Epiknemidioi s. Lokris

Epikrates (*Ἐπικράτης*). **1.** Athen. Demokrat, 403 v.Chr. hervorgetreten, um 389 in der 27. Rede des Lysias wegen Unterschlagung auf Leben und Tod angeklagt, verhandelte dann als Gesandter beim Perserkönig, bestochen, zum Schaden Athens, wofür er zum Tode verurteilt wurde (Demosth.19,277). **2.** Athener, der dem bei Admetos weilenden Themistokles heimlich Frau und Kinder nachsandte und deswegen von Kimon angeklagt wurde (Plut. Them. 24,6). Fr. Kie.

3. E., Sohn des Polystratos, rhodischer Flottenführer, schützte 190 v.Chr. im Kriege gegen Antiochos III. Delos gegen Piraten. Sylloge^3 582. E. ZIEBARTH Beitr. zur Gesch. des Seeraubs 1929, 27. Auf der Fahrt, um Kephallenia zu sichern, traf E. im Piraeus L.Aemilius Regillus, der ihn zurücksandte. E. beantragte dann einen Zug nach Lykien. Liv.37,13,11.14,1.2.15,6. H. V.

4. E. aus Ambrakia, Dichter der Mittleren Komödie. Wir kennen 6 Titel, 11 Frg. Das interessanteste (11) ist ein Dialog in Anapästen und iamb. Trimetern über Platon und seine Schule, der stark an die »Wolken« erinnert. (Der dort genannte Menedemos ist der Pyrrhäer, nicht der Eretrier, EDMONDS The fragments of Attic comedy 2,355, macht sich unnötige chronologische Schwierigkeiten.) W. K.

Ἐπίκρισις. Die *ἐ.*, von der es 2 Arten gab, bezog sich bloß auf das römische Ägypten. Die eine war die bürgerliche oder fiskalische (MITTEIS-WILCKEN Grdz. 196ff.). Sie schloß an die *κατ'οἰκίαν ἀπογραφαί* an und diente der Ermittlung der Voraussetzungen für eine volle oder teilweise Befreiung von der Kopfsteuer, der alle Personen männlichen Geschlechts zwischen 14 und 60 J. unterworfen waren. Die Entscheidung über die Privilegierung traf eine eigene Kommission (*ἐπικριταί*) im Heimatort des e.-Pflichtigen. Die militär. (MITTEIS-WILCKEN Grdz. 395) *ἐ.* *(probatio)* fand vor dem *praefectus Aegypti* oder dessen Stellvertreter statt und diente der Einstellung der Rekruten, der Abweisung von Untauglichen und Versetzungen. Die schriftliche Unterlage dafür war die Musterrolle, der *τόμος ἐπικρίσεων*, der auch die Veteranen enthielt. Alle, die sich gemeldet hatten, erhielten ein *ἀντίγραφον*. Dagegen bestreitet LESQUIER 155ff. die Existenz der mil. *ἐ.* und bezieht die fiskalische bloß auf die privilegierten Klassen; vgl. 175ff. 200f. A. N.

Mitteis-Wilcken, Grdz. 57.142.167.172ff.196ff.395.401f. 399ff. *J.Lesquier* L'armée romaine d'Égypte d'Auguste à Diocletien, Kairo 1918. *K.Kraft* Zur Rekrutierung der Alen und Kohorten an Rhein und Donau, Bern 1951, 129ff.

Epikteta (*Ἐπικτήτα*). Witwe des theräischen Adligen Phoinix, vollendete auf dessen Wunsch das von ihm begonnene Museion für den jung gestorbenen Sohn Kratesilochos und begründete gemäß den Weisungen ihres 2 J. nach Phoinix verschiedenen Sohnes Andragoras eine »Männergemeinschaft der Verwandten«. In ihrem inschr. erhaltenen Testament (IG XII 3,330, *διαθήκα*, Z. 1–108 [Ende 3./Anf. 2. Jh. v.Chr.]) vermachte sie ihrer Tochter Epiteleia und deren Erben das Museion sowie den von ihr hinzugeschaffenen Heroenhain für Phoinix und seine Söhne (denen nachträglich E. selbst beigesellt wurde) unter der Bedingung einer jährlichen Zahlung von 210 Drachmen an das um weibliche Verwandte und die Deszendenz der Mitglieder erweiterte *κοινόν*. Die laufenden Zuwendungen für dieses sicherte E. durch Belastung ihrer Güter mit einer Hypothek von 3000 Drachmen, deren Zinsen (7%) den Jahresbetrag ausmachten. Für die kult. Zusammenkünfte bestimmte sie 3 Tage im Monat Delphinios; die Leitung hatten Epimenioi. Verbotsbestimmungen und Strafen sollten die Rechtsnachfolger der Stifterin hindern, Museion und Temenos ihrem Zweck zu entfremden. Die Satzung des Vereins (a.O., *νόμος*, Z. 109–288) bestätigte die Annahme der Stiftung, behandelte die Obliegenheiten der einzelnen Organe (Opferpriester, Rendant, Kassierer), regelte den Verlauf der Feier und belegte mit Strafe, wer den Bestand des Vereins gefährden würde. Die Existenz des *κοινόν* in späterer Zeit bezeugt die Inschrift EA 1914, 131-133. H. B.

E.F.Bruck Totenteil und Seelgerät im griech. Recht, 1926, 160f. u.ö. *R.Laqueur* Epigr. Unters. zu den griech. Volksbeschlüssen, Anhang: Das Testament der Epikteta, 1927, 186–202. *P.Boyancé* Le culte des Muses chez les philosophes grecs, 1937, 330–347. *W. Kamps*, Archives d'histoire du droit oriental 1, 1937, 159–168. *A. Mannzmann* Griech. Stiftungsurk. 1962, 140–143 u.ö.

Epiktetos 1. Aus Hierapolis (in Phrygien) ca. 55 bis ca. 135, stoischer Philos., E. war Sklave des Freigelassenen → Epaphroditos. Mit dessen Erlaubnis hörte E. den Stoiker → Musonios Rufus; nach seiner Freilassung erteilte E. selbst in Rom philos. Unterricht. Deshalb wurde E. von der Ausweisung betroffen, die Domitian 89 gegen alle Philosophen verfügte. E. wandte sich nach Nikopolis (→ Aktion Nachtr. Bd. I), wo er bis zu seinem Lebensende, offenbar vor vielen Zuhörern, stoische Philos. lehrte. Seine Lehrvorträge wurden von seinem Lieblingsschüler Flavius → Arrianos gesammelt und vermutlich in gutes Attisch umstilisiert. Diese *διατριβαί* wurden in 8 B. veröffentlicht, von denen 4 erhalten sind. Die Quintessenz daraus faßte E. selbst in dem berühmten Handbüchlein – *ἐγχειρίδιον* – zusammen. Dieses hat bis in die Neuzeit eine ungemeine Wirkung ausgeübt; es hat auch, weil es der einzig vollständig erhaltene Text eines stoischen Schulphilosophen ist, das Bild, das die Wissenschaft von der Stoa entwarf, erheblich bestimmt.

Mit gutem Grund ließ E. sich nicht in Athen nieder. Zwar weicht seine Lehre in keinem Punkt vom offiziellen, seit Jahrhunderten geprägten Dogma ab (→ Stoa, → Chrysippos); aber E.' Stil zu lehren unterscheidet sich sehr deutlich; er wendet sich nicht künftigen Fachleuten, sondern einer Rat suchenden Menge zu; E. spricht zu Laien. Die theoret. Bemühung um die Logik und um viele Aspekte der Physik tritt zurück; E. warnt sogar vor wissenschaftlichen Unters. und vor B., die den Menschen vom Wesentlichen ablenken. E.' Philos. konzentriert sich darauf, die Menschen aus ihren Wirrungen, den *πάθη*, herauszuführen, sie dem *λόγος* zu öffnen und damit die *εὐδαιμονία*, das Glück, gewinnen zu helfen. Da der *λόγος* ein Aspekt der Allnatur, d.h. des Göttlichen, ist, führt die Besinnung auf den *λόγος* auf die theolog. bestimmte Frage, welche Aufgabe die göttliche *διοίκησις* dem Menschen gestellt hat; E. fragt, was damit in Reichweite und Verfügung – *τὰ ἐφ' ἡμῖν* – des Menschen gestellt wird. Viel stärker als zuvor wird der von der Stoa oft untersuchte Begriff der Freiheit (vgl. 1,12,7) in theolog. Bezug gerückt (vgl. die Ansprache des Zeus an E., 1,1, 10–13). Ist solche Erkenntnis von der Zweckbestimmung des Menschen – *τέλος* – erreicht, dann fordert E. auch von den Laien radikale Hinwendung (Konversion) – nicht gelegentliches Dilettieren – zur Philos., die, weit davon entfernt, eine Kathederwissenschaft zu sein, jeden Schritt im Leben bestimmen soll; denn jede Aktion des Menschen soll mit den Intentionen des göttlichen Verwalters übereinstimmen; zur beherrschenden Vorstellung *θεία διοίκησις* vgl. 1,4,7. 2,10,3. 3,11,1 u.ö. In dieser philosoph. Haltung ordnet sich E. zwischen → Seneca und dem Kaiser Marc → Aurel ein. H. D.

Ta.: 1. E.-i dissertationes ab Arriano digestae ad fidem codicis Bodleiani recensuit *H. Schenkl*, Lpz. 1894; enthält auch das Encheiridion. Guter Wort-Index.

Lit.: 2. *A. Bonhoeffer* Epictet und die Stoa, Unters. zur stoischen Philos., Stuttg. 1890. 3. *Ders.* Die Ethik des Stoikers Epiktet, Stuttg. 1894. 4. *Th. Colardeau* Étude sur Épictète, Paris 1903. 5. *D. S. Sharp* Epictetus and the NT., 1914. 6. *R. Bultmann* Das religiöse Moment in der Unterweisung des E. und das NT., ZNW 13, 1912, 97–110 und 177–191. 7. *L. Spanneut*, Art. E., RAC 5, 1961, 599–681, mit reicher Bibliogr. 8. Zusammenfassend *M. Pohlenz* Die Stoa 1,327–341.

2. E., Name zweier att. Vasenmaler. Der ältere, um 530–490 v. Chr., bekannt durch 40 Signaturen. Einige Signaturen stehen auf Vasen der Töpfer Aischylos, Nikosthenes, Andokides, Pamphaios, Python und Pistoxenos. Einmal nennt er sich Töpfer auf einem von ihm bemalten Teller. Die ältesten Augenschalen zeigen schwarzfigurige Innenbilder, alle übrigen Stücke sind rein rotfigurig. E. ist ein sauberer, gefälliger, nicht sehr origineller Zeichner.

Ganz anderer Art ist der jüngere E. (um 490 bis 460), einer der gewaltigen Meister. Schüler des → Euthymides, setzt er seine groß gesehenen Figuren teils einzeln, teils in wohlabgewogenen Kompositionen meist auf große Gefäße. Von ihm stammen an schwarzfigurigen Arbeiten panathenäische Amphoren und ein Pinax. Eine seiner Schalen ist vom Töpfer Kleophrades signiert, daher er auch Kleophradesmaler genannt wird. A. R.

Beazley Attic Red-Figure Vase-Painters², Oxf. 1963, 70ff. 181ff.

Epikuros (*Ἐπίκουρος*), S. d. Neokles, Begründer der epikureischen Schule, 342/1–271/0. E.' Vater, obgleich att. Bürger, war seit etwa 352 als Kolonist (und als Lehrer?) auf → Samos ansässig, wo E. geboren wurde. Seine 2 J. als → Ephebe – wie üblich das 18./19. – verbrachte E. zu Athen; → Menander war sein Jahrgangskamerad = Synephebe. Inzwischen war Samos der att. Herrschaft verloren gegangen (→ Lamischer Krieg); E.' Eltern gingen nach Kolophon ins Exil, wohin E. ihnen folgte. In diesem Jahrzehnt vollzog sich E.' philos. Bildung, deren Anfänge gewiß in die Ephebenzeit, ja nach Cic. nat. 1,72 ins 14. Lebensjahr zurückreichen. Der Name eines philos. Lehrers des E. läßt sich nicht mit der erforderlichen Sicherheit nennen. In jener über 10 J. währenden Zeit der Vorbereitung hat E. den Einfluß des → Demokrit, zugleich aber des → Aristoteles erfahren, durch welche Medien, ist nicht mehr erkennbar. Ant. Tradition lag daran, zu betonen, daß es außeratt. Einflüsse (d.h. weder Platon noch Aristoteles) waren, die E. formten; in jüngster Zeit (vgl. E. Bignone) hat man die Einseitigkeit dieser These erkannt; zwar ist unverkennbar, daß E. auf Demokrit aufbaut, aber das in steter Berücksichtigung namentlich der von Aristoteles gewonnenen Ergebnisse.

Nach solcher Vorbereitung, nun über 30 J. alt, begann E., Philos. zu lehren, erst in Mytilene (311/10), bald darauf in Lampsakos. Diese Stationen auf E.' Lebensweg wurden darum wichtig, weil E. hier die für später bestimmenden Freundschaften schloß: → Hermarchos stammt aus Mytilene, → Metrodoros und → Kolotes nebst mehreren anderen stammten aus Lampsakos und folgten E. auf seinem weiteren Wege.

306 ließ sich E. in Athen nieder und tat damit kund, daß er es »wagte, mit den mächtigen Organisationen, die Plato und Theophrast in Athen geschaffen hatten, in Athen selbst zu rivalisieren« (Ed. Schwartz Epikur 145). E. erwarb in Athen ein Haus (Apollodor bei Diog. Laert. 10,11 weiß sogar den Kaufpreis: 80 Minen) mit dem berühmten Garten – *κῆπος* –, von dem nachmals E.' Schule den Namen erhielt. Die Rechtsform von E.' Schule war die gleiche wie die der → Akademie und des → Peripatos: sie bildete einen *θίασος*. Hier wie dort wurde der Geburtstag des Gründers festlich begangen; dies stets in engem Zusammenhang mit einem Apoll und den Musen geweihten Fest (vgl. P. Boyancé Le culte des Muses chez les philos. Grecs, 1937, 323 ff.).

In dieser Schul- und Hausgemeinschaft lebte E. mit den ihm eng verbundenen Freunden; dieser Gemeinschaft kam es nicht auf Erkenntnisgewinn als absoluten Wert an, sondern auf Bewährung der gewonnenen Erkenntnis im Zusammenleben – *συμφιλοσοφεῖν*. So hielt man enge und herzliche Verbindung zu den Gruppen Gleichgesinnter auf den Inseln und in Kleinasien, die E. zwei- oder dreimal aufsuchte (Diog. Laert. 10,10); recht streng aber sonderte man sich von der unbelehrten und unbelehrbaren Menge ab, wodurch E.' Schule etwas Sektenhaftes bekam. Ob diese Ausschließlichkeit erfolgte, weil die Öffentlichkeit an E.' Lehre Anstoß nahm (wie oft vermutet), muß als ungesichert gelten. Umgekehrt gab das Sichabschließen des Kepos manchem übelwollenden Gerücht Raum.

E. starb nach langem, schmerzhaftem Leiden. Sein Testament – erhalten bei Diog. Laert. 10, 16–22 – setzte → Hermarch von Mytilene zum Nachfolger und Schulhaupt ein und wies ihm den Nießbrauch an dem Haus mit Garten zu; als Erben des Eigentums bezeichnet E. Amynomachos und Timokrates, die als att. Bürger Grund und Boden besitzen konnten. Das Testament ist ein schönes Zeugnis für die Fürsorge E.' für die Gemeinschaft seiner Freunde.

Das Charakterbild, das Diog. Laert. 10,9–10 entwirft, ist verfaßt, um Entstellungen abzuwehren; offenbar entnimmt es Diog. Laert. epikur. Vorlage. Es rühmt die *εὐγνωμοσύνη* des E. und gipfelt in dem Lob seiner *φιλανθρωπία*. Noch höher gesteigert ist sein Bild bei Lukrez, namentlich 1,60 ff. und 3,1040; E. wird als der *σωτήρ* gepriesen; seine Heilstat besteht darin, den Aberglauben besiegt zu haben – *nos exaequat victoria caelo* (1,79).

Trotz vieler Anfeindungen hat sich über E. weniger an »Philosophen-Legende« gebildet als über andere; selbst Böswillige konnten über dieses stille Leben nicht viel berichten. Dies ein wichtiger Mitgrund, warum Diog. Laert. verhältnismäßig viel gutes biograph. Material bietet; ja, er hat seinem E.-Buch (dem 10.) 3 authent. Stücke, die 3 Lehrbriefe, eingefügt. Dadurch ist von E., als einzigem hellenist. Philosophen, philos. Text in nennenswertem Umfang – 48 Teubner-Seiten ~ 44 SS. OCT – erhalten. Alle 3 Briefe sind an Freunde E.' gerichtet: 1. an Herodotos, enthält einen Abriß der Physik. 2. an Pythokles, über Himmelserscheinungen. 3. an Menoikeus, ein Abriß über die Lebensführung. Erhalten sind ferner der Abriß *ratae sententiae* = *κύριαι δόξαι* = 40 Sentenzen, in denen E.' hauptsächliche Lehrsätze zusammengefaßt sind, ergänzt (bei 13 Überschneidungen) durch die Sentenzen des Gnomol. Vatic., das, im cod. Vat. Gr. 1950 erhalten, 1888 wiederentdeckt wurde. Diese Sentenzen hatten doppelte Funktion: a) Anfängern das Wesentliche von E.' Lehre in knappem Überblick darzubieten, b) im philos. Gespräch das »Zitat« von bereits gewonnenen, der Diskussion nicht mehr unterliegenden Ergebnissen zu erleichtern. Somit waren diese Sentenzen die loci communes der Schule; sie sind nicht alle von E. selbst formuliert; bisweilen gelang einem Schüler die erwünschte Verdichtung.

E.' schriftlicher Nachlaß war überreich; es sollen – so Diog. Laert. 10,26 – an die 300 Schriftrollen gewesen sein – gewiß nur zum kleinen Teil für eine Herausgabe bestimmt. Immerhin nennt Diog. Laert. 10,28 über 40 Titel, die offenbar außerhalb des Kepos zugänglich waren. Von dem an 1. Stelle genannten Werk, *περὶ φύσεως* (in 37 B.!) sind Reste auf Pap. in Herculaneum gefunden worden; gründliche Bibliogr. über die [oft entlegenen] Publikationen hierzu bei W. Schmid, Art. E., RAC 5, 1961, 699–706. Neben Fragmenten, die aus Werken stammen, die E. selbst verfaßte, ist in Herculaneum vieles aufgetaucht, das von E.' Schülern und Nachfolgern, bis herab auf → Philodem, herrührt.

E.' Philosophieren knüpft an eine vorsokrat. und vorplaton. Stufe der griech. Philos. an. E. verdankt dem – später freilich als *Ληρόκριτος* verspotteten → Demokrit nicht nur die Atom-Lehre (→ Atomistik) und die Wahrnehmungs-Lehre (alle Wahrnehmung geschieht, weil sich unablässig Bildchen vom Wahrnehmbaren ablösen) – hinter solchen Philosophemen, die man nicht isoliert betrachten sollte, steht ein Begriff vom Sein, durch den sich E. radikal von Platon unterscheidet: Das Sein ist i n den Dingen (nicht transzendent hinter oder über ihnen); es steht nicht im Gegensatz, sondern in Relation zum Werden. Folgerichtig wird von diesem Ansatz her jede Absolutheit geleugnet. Keineswegs kann – etwa mit Platon – dem Sein oder irgendeinem Seienden absolute Geltung zugeschrieben werden, soweit es in die Ursache-Wirkung-Relation einbezogen ist (sind Wesen, wie die Götter, jeder Veränderlichkeit entrückt, dann können sie auch nicht Ursache sein; sie erreichen diese Welt nicht und sind von ihr aus unerreichbar). Ebenso wenig kann dem Menschen eine absolut gültige Aufgabe gestellt werden, denn keiner der Werte – *ἀρεταί* – hat absolute Geltung. Vielmehr haben Erkenntnis der Natur-Zusammenhänge wie die *ἀρεταί* ihren (relativen) Wert darin, daß sie den Menschen frei von Schmerz und Unruhe – *ταραχή* – machen sollen. Diese Forderung nach Befreiung, ja Erlösung verleiht der Philos. E.' den Charakter einer Heilsbotschaft. Um E.' Lehre vom Hedonismus etwa → Aristipps von Kyrene abzugrenzen, muß freilich unterstrichen werden, daß E. das stat. (katastemat.) Bewußtsein ungetrübter Ruhe sorgsam scheidet (Diog. Laert. 10,136) von den transitor. Hochstimmungen *χαρά* und *εὐφροσύνη*. So ist E.' Lehre zur »Philos. der (richtig verstandenen und geübten) Freude«, besser zur Philos. des intensiv gelebten Lebens geworden. E.' Lebenskunst führt zu der Warnung, sich nicht in Lebensbereiche hineinziehen zu lassen, die mit Sicherheit unruhevollen Störungen ausgesetzt sind – darum hält der Epikureer sich der Politik fern und übt kein öffentliches Amt aus. Um so mehr empfiehlt E.' Lehre das Wirken im kleinen Kreise Gleichgesinnter: Der Vereinzelte wird sich kaum zur *ἀταραξία* durchringen können; der eigentliche Ort für die epikur. Lebensführung ist der Freundeskreis. In kleinen Gemeinschaften, die in gemeinsamem Bemühen auf die Verwirklichung von E.' Lebensideal hinwirkten, hat E. fern aller lauten Öffentlichkeit eine Jahrhunderte überdauernde Nachwirkung gefunden (→ Philodemos v. Gadara, → T. Lucretius Carus, → T. Pomponius Atticus, → Siron).

E.' Bildnis, kurz vor seinem Tode geschaffen, ist in 26 Repliken erhalten, davon 2 mit dem Namen E. bezeichnet; am eindrucksvollsten die in New York befindliche Wiederholung (K. SCHEFOLD Bildnisse d. ant. Dichter, Redner, Denker, 1943, 119). Das Original war eine Sitz-Statue (4 Repliken). H. D.

Ta.: 1. Epicurea, ed. *H. Usener*, 1887. 2. E.-i et Epicureorum scripta, ed. *A. Vogliano*, 1928. 3. E.-i epistulae tres et ratae sententiae, ed. *P. von der Mühll*, 1922.

Lit.: 4. *J. Mewaldt* Die geistige Einheit E.', 1927. 5. *C. Bailey* The Greek atomists and E., 1928. 6. *R. Philippson* Die Götterlehre der Epikureer, RhM 83, 1934, 171 ff. 7. *C. Diano* Epicuri ethica, 1946. 8. *A.J. Festugière* E. et ses dieux, 1946. 9. *E. Bignone* L'Aristotele perduto e la formazione filosofica d'E., 1936, 2 vol., dazu Rez. von *M. Pohlenz*, GGA 198, 1936, 514–531, jetzt Kl. Schr. I. 10. *R. Philippson* Neues über E. und s. Schule, NGG 1929/30.

11. *Ders.* Zur epikur. Götterlehre, H 51, 1916, 568–608, mit Nachtrag H 53, 1918, 358–395. 12. *M. Boyancé* Les Épicuriens et la contemplation, Epicurea in mem. Bignone 1959, 89–99. 13. *W. Schmid* Götter und Menschen in der Theologie Epikurs, RhM 94, 1951, 97–156. 14. *A. Vogliano* Gli studi epicurei nell'ultimo cinquantennio, Mus. Helv. 11, 1954, 187–194. 15. *W. Schmid*, Art. E., RAC 5, 1961.

Epikydes. 1. Athener, 480 v. Chr. von Themistokles veranlaßt, seine Bewerbung um das Strategenamt zurückzuziehen (Plut. Them. 6). **2.** Kampfgenosse Hannibals, Sohn eines syrakusan. Verbannten und einer karthag. Mutter, in Karthago geboren und aufgewachsen. 214 v. Chr. einer der Gesandten, die das Bündnis zwischen Karthago und Syrakus zustande brachten, stieß er dann ins röm. Sicilien vor (Liv. 24,6 f.). 213 wurde er durch einen prokarthag. Staatsstreich in Syrakus einer der Strategen mit unumschränkter Gewalt (Liv. 24,29,4 ff.) und leitete hierauf die Verteidigung der Stadt gegen die Römer. Als sie 212 fiel, floh E. nach Akragas, von wo aus er den Kampf fortsetzte. Nach dem Fall auch dieser Stadt 210 entkam er nach Karthago. Fr. Kie.

Epikydidas. Spartiat, der 394 v. Chr. dem König → Agesilaos den Befehl zur Räumung Kleinasiens überbrachte (Xen. hell. 4,2,2. Plut. Ages. 22). Möglicherweise hatte er vorher in der Seeschlacht bei Aigospotamoi ein höheres Kommando innegehabt und stand seine Statue auf Spartas Siegesdenkmal in Delphoi (Paus. 10,9,10). Er fiel unter Agesilaos 378 in Boiotien. Fr. Kie.

Epilykos (*Ἐπίλυκος*) wurde früher fälschlich als Vasenmaler gedeutet; es ist ein »Lieblingsname«, den der Maler Skythes besonders häufig braucht. A. R.

Beazley Attic Red-Figure Vase-Paint.[2] Oxf. 1963, 1578.

Epimeletai (*ἐπιμεληταί*). **1.** Aufsichtsbeamte in größeren Staatswesen (Aristot. pol. 7 (6),8, 1321 b). In Athen übten E. zahlreiche Funktionen einzeln oder kollegial aus. Unter den regelmäßigen Aufgaben im Bereich der Zivilverwaltung ragten hier hervor: Leitung der untertänigen Gemeinden (F. GSCHNITZER Abhängige Orte, 1958, 105), Gerichtsbarkeit in Phorosangelegenheiten (IG I² 63), administrative Vorstandschaft in den → Symmoriai für die → Trierarchie (Demosth. 47,21) und die → Eisphora der → Metoikoi (IG II² 244,26), Verwaltung der Schiffswerften (*ἐ. τῶν νεωρίων*, IG II² 1629), Kontrolle der Ein- und Ausfuhr (*ἐ. τοῦ ἐμπορίου*, Aristot. Ath. pol. 51,4), Sorge für die Brunnen (*ἐ. τῶν κρηνῶν*, Aristot. Ath. pol. 43,1). Beaufsichtigung von Bauten wurde außerordentlichen E. innerhalb einer für ein bestimmtes Projekt gebildeten Kommission übertragen (F. G. MAIER Griech. Mauerbauinschr. 1, 1959, Nr. 10 A, 29 und S. 43). Die Bezeichnung E. war so geläufig, daß die Elfmänner, *οἱ ἕνδεκα*, auch *ἐ. τῶν κακούργων* genannt wurden (Antiph. 5,17) und Demetrios von Phaleron der Titel *ἐπιμελητὴς τῆς πόλεως* beigelegt werden konnte (Diod. 20,45). Zu d. Aufgaben kult. Art, die in Athen von E. besorgt wurden, gehörte vor allem die Ausrichtung der eleusin. Mysterien (ἐ. τῶν μυστηρίων, Aristot. Ath. pol. 57,1) u. der großen Dionysien (ἐ. τῆς πομπῆς, IG II² 668. Aristot. Ath. pol. 56,4). In einflußreicher Position außerhalb Athens fungierten E. z. B. in Olympia (Inschr. v. Olympia 65. 80 u. ö.), Andania (Sylloge⁴ 736,49), Rhodos (IG XII 1,49.50). In Delphi residierten in der 2. Hälfte des 3. Jh. v. Chr. E. als Zivil- und Militärgouverneure des aitol. Bundes (R. FLACELIÈRE Les Aitoliens à Delphes, 1937, 332–339), ebendort verwalteten E. in beamtengleicher Stellung die Stiftungen Eumenes' II. und Attalos' II. von Pergamon (G. DAUX Delphes au IIe et au Ier siècle, 1936, 686–698). Besondere Erwähnung verdienen die äg. E. der Ptolemäerzeit, denen die Finanzverwaltung in den Gauen (MITT.-WILCKEN Grdz. 1, 1,149 f.) mitsamt einer ausgedehnten Sondergerichtsbarkeit (E. BERNEKER Die Sondergerichtsbarkeit im griech. Recht Äg., 1935, 90–94) übertragen war. **2.** Selbstverwaltungsorgane der → Phylen, → Phratrien, Gene. Bedeutung kommt allein den erstgenannten E. zu. Sie versammelten in Attika die Phyle zur → Agora (IG II² 1165,31–34), überwachten die Liegenschaften (IG II² 1165,18–22) und nahmen vor Gericht die Interessen der Phyle wahr (Demosth. 21,13). 3. Funktionäre in Vereinen, bes. solchen kult. Charakters (F. POLAND Gesch. d. griech. Vereinswesens, 1909, Reg. s. v.). 4. Übers. röm. Titel: *curator*, z. B. IG Rom. III 172, *procurator*, M. GELZER Stud. zur byzant. Verwaltung Äg., 1909, 42–50. 5. Götter, als »Schützer« der erlangten Freiheit von Sklaven in Freilassungsurkunden wie IG IX 1,119 angerufen, F. BÖMER Unters. über die Rel. der Sklaven 2, 1960, 22. H. B.

Epimenides (Ἐπιμενίδης). Kret. Theologe und Wundertäter, von angeblich zwischen 157 und 299 J. schwankender Lebensdauer. Ähnlich wie Pythagoras, Empedokles oder die Orphik verkörperte er religiöse Strömungen, die auf schamanist. Einflüsse zurückgingen, welche in der Epoche der Kolonisation aus den Gebieten n. des Schwarzen Meeres nach Griechenland eingedrungen waren (dazu W. BURKERT, RhM 105, 1962, 36 ff.). In diesen geistigen Bereich gehören auch die Erzählungen von seinem über 50jährigen Schlaf in einer Höhle und von der Wanderung seiner Seele aus dem Körper, was ihn an die Seite des → Aristeas (1) stellt. E. dürfte als Vf. einer Theogonie zu betrachten sein (Diog. Laert. 1,111. U. HÖLSCHER, H 81, 1953, 408 f.), die an jene Hesiods und der Orphiker anknüpfte, in der Luft und Nacht als die Urelemente betrachtet wurden, aus welchen zunächst der Tartaros und schließlich das Weltei hervorgingen. Den Zeusmythos gab er nach kret. Lokaltradition. Um 500 v. Chr. scheint er als Sühnepriester in Athen gewirkt zu haben (Plat. leg. 1,642 D), was dann zu der Legende Anlaß gab, von ihm sei die Stadt auch nach dem Kylon-Frevel entsühnt worden (Aristot. Ath. pol. 1). Fr. Kie.

Diels-Kranz Frg. d. Vorsokr.⁵ 1,27–37. *E. R. Dodds* The Greeks and the Irrational, Berkeley 1950, 141 f.

Epimerismen (ἐπιμερισμοί). Seit der Kaiserzeit übliche Bezeichnung für die Zergliederung eines Satzes oder Verses in seine gramm. Bestandteile und deren Klassifizierung (älterer t. t. μερίζειν bzw. μερισμός). Aus dieser im Unterricht bes. an den hom. Epen geübten Praxis erwuchs bald eine Gattung gramm. Lit. (→ Herodianos). Die E. folgen in den urspr. Slgen. (bestes Beispiel: Anecd. Par. 3,294 ff.) dem Homertext Wort für Wort, wobei Bedeutung, Form, Wortklasse usw. sowie parallele Erscheinungen vermerkt werden. Alphabetisch geordnete E. (Anecd. Oxon. 1,1 ff. A. LUDWICH Aristarchs hom. Textkritik 2,606 ff.; vgl. auch Anecd. Oxon. 2,331 ff.) entstammen späterer Redaktion. Zahlreiche Hom.-E. wurden in die Etymologica aufgenommen. H. Gä.

Epimetheus s. Prometheus

Epinetron (ἐπίνητρον oder ὄνος). Nach Hesych. s. v. dient das E. zum Reiben des Fadens, d. h. zum Aufrauhen des schon gesponnenen Wollfadens vor weiterer Verarbeitung. Das E., eine Erfindung des 5. Jh. v. Chr., gleicht einem in der Längsrichtung halbierten Zylinder mit Verschluß der einen Schmalseite; es wird auf den Oberschenkel gelegt und hat die Oberseite aufgerauht. Einige Exemplare haben sich erhalten. W. H. G.

Robert, EA 1892, 247 ff.; MDAI(A) 35, 1910, 324 f. *Pfuhl* Abb. 769. *Schweitzer* Mythische Hochzeiten, SHAW 1961/6.

Epinikion s. Pindar

Epinikos. Phryger, wurde durch Einfluß der Kaiserin → Verina zuerst comes rerum privatarum, dann comes sacrarum largitionum (Cod. Iust. 10,5 von 474). Von → Basiliskos 475 zum praefectus praetorio Orientis ernannt (Cod. Iust. 5,5,8), machte er sich durch starken Steuerdruck verhaßt. 479 war er an der Verschwörung gegen Kaiser → Zeno beteiligt und wurde wohl nach deren Aufdeckung hingerichtet (Ioh. Ant. frg. 211 = FHG 4,618 f.). A. L.

Epione s. Asklepios. Hygieia

Ἐπιορκία bedeutete seit Homer zu allen Zeiten »Meineid« (nur einmal in Solons Gesetzen »Eid«: Lys. 10,17). Jeder Eid endete gewöhnlich mit einer Verwünschung des Meineidigen (vgl. z. B. CAUER-SCHWYZER 198 Z. 22 ff.). Da die ἐ. kein weltliches Delikt war, blieb ihre Ahndung, die sich nicht nur auf den Täter, sondern auch auf dessen ganzes Haus erstreckte, den Göttern überlassen, die ja Zeugen und Garanten des Eides waren (Xen. an. 2,5,21. Demosth. 23,68. 19,220. Lys. 32,13. CAUER-SCHWYZER 366 Z. 19 f.). Bei dieser Bedeutung blieb es auch im ptolem. und röm. Äg. (s. die Belege im Pap.-WB. s. v.). E. B.

1. *K. Latte*, RE XV 346 ff. 2. *G. M. Calhoun*, CPh 10, 1915, 1 ff.

Epiphaneia (*'Επιφάνεια*). **1.** Mehrfach in der ant. Lit. (Plin. nat. 5,93. Ptol. 5,7,7 M. mit Comm. Steph. Byz. p. 274 u. a.) erwähnte Stadt im ö. Kilikien, früher Oeniandos (Plin.) genannt, ihr Name nach Antiochos IV. Epiphanes. Ruinen w. des h. Ursin (Erzin im Atlas of the World, Plate 36). E. war später an das röm. Straßennetz angeschlossen (Geogr. Rav. 2,16 p. 93. K. Miller Itin. Rom. S. 766 mit Skizze Nr. 219, S. 666). Ihre Schicksale, als sie noch Oeniandos hieß, sind unbekannt; E. blühte wohl nur in hellenist. Zeit und war später bedeutungslos. Münzen. Vgl. »Les Guides Bleus« Turquie, S. 462. **2.** Sehr alte Stadt Syriens, schon im AT. (Amos 6,2) als Hamath bekannt, am Orontes, dem h. Nahr el-Āṣī, selbst ident. mit Hama. E. wurde 720 v. Chr. assyr., später hellenist. und im 7. Jh. n. Chr. von den Arabern erobert, behielt aber bis h. Geltung, jetzt eine Stadt von etwa 80000 Einwohnern. Quellen: Plin. nat. 5,82. Ptol. 5,14,12 mit Comm. Steph. Byz. p. 274. Das syr. E. war ein Knotenpunkt wichtiger Straßen (vgl. K. Miller Itin. Rom. S. 824 mit Skizze Nr. 259, S. 805–806). Münzen. S. auch RE VI 192. **3.** Ein anderer Name für Ekbatana (s. Steph. Byz. *'Αγβάτανα*). H. T.

Epiphanios (*'Επιφάνιος*). **1.** Bischof von Constantia (= Salamis) auf Cypern 367–403, * um 315 bei Eleutheropolis in Judaea, wo er vor seiner Wahl zum Bischof ein Kloster leitete. Seinen ganzen Eifer setzte er an den Kampf für die Orthodoxie und gegen die Haeretiker mit seinen 2 Hauptwerken: *'Αγκυρωτός* (Der im Glauben fest Verankerte) und *Πανάριον* (Arzneikasten gegen alle Irrlehren). Bilderverehrung lehnte er ebenso scharf ab wie den Einfluß griech. Wissenschaft in spekulativer Theologie und hist. Kritik. Um 390 predigte er in Jerusalem gegen Origenes, dessen Theologie er als den Ursprung des Arianismus anprangerte; in dem darauf ausbrechenden 1. Origenistenstreit trat Hieronymus auf seine Seite gegen den Bischof Johannes von Jerusalem und Rufinus von Aquileia. In einer vom Bischof Theophilos von Alexandreia im J. 400 abgehaltenen Synode wurde die Lehre des Origenes verurteilt, und als die verfolgten äg. Mönche in Konstantinopel Zuflucht fanden, wandte sich E. mit seinen Anklagen sogar gegen den Patriarchen Johannes Chrysostomos. Dessen Verurteilung auf der sog. Eichensynode bei Chalkedon (403) erlebte E. nicht mehr; er war abgereist, als er erkannt hatte, daß es Theophilos auf einen kirchenpolit. Machtkampf ankam, und auf der Heimfahrt gestorben.

Ta.: *Karl Holl–Hans Lietzmann* 1915–1933, GCS 25.31. 37. – *Bardenhewer*, GAL 3,293–303. *Altaner* 281–284. *Quasten* 3,384–396. *Wilh. Schneemelcher*, RACh 5,909–927.

2. E., Bischof von Ticinum (Pavia) 466–496, vermochte im Untergang des weström. Reichs durch das Ansehen, das er auch bei den arian. Gotenkönigen Odoaker und Theoderich genoß, das Los der Bevölkerung zu lindern. Sein Andenken bewahrt die von → Ennodius verfaßte Vita. **3.** E. Scholasticus übersetzte um die Mitte des 6. Jh. im Auftrag des → Cassiodorus griech. Werke ins Lat.

Pierre Courcelle Les lettres grecques en occident, 1948. *Alb. Siegmund* Die Überlieferung der griech. chr. Lit., 1949. Ta.: → Cassiodorus [9–11]. Codex encyclius (Aktenslg.), *Ed. Schwartz* Acta concil. oecumen. 2,5,1–98.

4. E. von Petra wirkte, wie Eun. vitae soph. 93 B. berichtet, Mitte 4. Jh. n. Chr. neben Prohairesios als Sophist und Rhetor in Athen. Seine in der Suda E 2741 genannten Werke (Lehrbücher, Prunkreden) sind verloren bis auf ein Frg. über die Stasis-Lehre [1], 2 kleine rhet. Frg. [2] und 2 Bem. in den Demosth.-scholien [3], die alle einem vermutlich mit dem Peträer ident. E. zugeschrieben werden.

1. *Walz* Rhet. 4,463–465. 2. *Steph. Glöckner* Quaestiones rhetoricae, 1901, Breslauer phil. Abh. 8,2. 3. 177,8 und 266,3 D.

5. E., Mitglied des Sophistenkreises von Gaza um die Wende vom 5. zum 6. Jh. An ihn haben Prokopios und Aineias von Gaza Briefe gerichtet.

Vgl. Index zu *Hercher* Epistolographi graeci, 1873.

6. E., lat. Bischof, Vf. einer von G. Morin 1905 entdeckten *interpretatio evangeliorum*. Nach ihrer vulgär gefärbten Sprache kann sie nicht vor dem 5. Jh. entstanden sein. O. H.

Ta.: *Alvar Erikson*, 1939, Skrifter utg. av Kungl. Humanistiska Vetenskapssamfundet i Lund 27. *A. Erikson* Sprachliche Bem. zu E., 1939.

Epischer Zyklus. Der Begriff des E. Z. ist antik. Während Prokl. (bei Phot. 319 A 17) darunter die Epen über die Vorgänge zwischen dem *ἱερὸς γάμος* von Uranos und Gaia einerseits und dem Tod des Odysseus anderseits versteht, erblickt das Sch. zu Clem. Al. Protr. 2,30 im E. Z. jene Epen, welche die Vorgesch. der Ilias und die daranschließenden Heimkehrergesch.n darstellen. Für die Auffassung des Prokl. könnte der Titel eines verlorenen Epos Titanomachie (J. Dörig und O. Gigon Der Kampf der Götter und Titanen, 1961) sprechen. Ob die Konzeption einer zusammenhängenden Erzählung aller troischen Sagen auf die Dichter dieser Epen zurückgeht oder ob uns nur durch die kompilatorische Überlieferung der Epen dieser Eindruck vermittelt wird, bleibt eine offene Frage. Die starke Tendenz zur Systembildung, die etwa in Hes. theog. sichtbar wird, kann (neben anderem [4],102 f.) vielleicht als Argument für die Ursprünglichkeit des Konzepts gewertet werden. Für den troischen Sagenkreis steht uns Prokl. Chrest. zur Verfügung; diesem (2. oder 5. Jh.?) lagen aber auch sicher die Epen nicht mehr vor. Die → *Κύπρια* (11 B.) schildern die Vorgesch. der Il. von der Hochzeit des → Peleus und der Thetis bis zur unglücklichen Landung in Teuthranien und die Kämpfe in der Troas (vgl. auch A. Severyns, Mel. Grégoire, Ann. de l'inst. d'hist. Orient. et Slav. 10, 1950, 571 f.; Ders. Recherches sur la chrestomathie de Proclos 3 Bde. 1938–1953), während die → Aithiopis (5 B.) die Siege des Achilleus über → Penthesileia und → Memnon und das E. des Peliden erzählen. Die → Ἰλίου πέρσις (2 B.) brachte offenbar den Fall von Troia. Ob die »Kleine Ilias« (4 B.) ihrem Inhalte nach zwischen die beiden Epen zu stellen ist oder diese beiden zusammen die »Kleine Ilias« darstellten oder ob in ihr kurzgefaßt ähnliche Erzählungen wie jene in den beiden Epen geboten wurden, läßt sich nicht recht entscheiden. Die Bezeichnung μικρά im Titel mag man (neben der skizzierenden Stoffauswahl bei Aristot. rhet. 1459b 4ff.) als Argument für die letztgenannte Möglichkeit gelten lassen. Neben der Od. gab es noch andere → *Νόστοι*, mit denen auch das sicher zeitlich späteste Epos des E. Z., die → Telegonie (A. Hartmann Unters. über die Sagen vom Tod des Odysseus, 1917. R. Merkelbach, Zet. 2, 1951, 142ff.) verwandt ist. Diese zeigt Elemente, welche auf ein älteres Epos → Thesprotis (Paus. 8,12,5) zu weisen scheinen, und jüngere, wie etwa die Ehestiftung von Kirke-Telemachos und Penelope-Telegonos (vgl. [4],102). Der theban. Sagenkreis ist durch 3 etwa gleich große Epen → Oidipodeia, → Thebais und → Epigonen (E. Bethe Theban. Heldenlieder, 1891. C. Robert Oidipus 1915. L. Deubner, APrAW, phil.-hist. Kl. 1942/4, 27ff.) und durch die → Alkmeonis vertreten. Andere Sagen kamen in der → *Οἰχαλίας ἅλωσις*, Danais, → Minyas, → Phokais u.a. zur Sprache. – Die untereinander verschiedene Entstehungs-Z. der Epen dürfte ins 7./6. Jh. zu setzen sein (vgl. [4],101, aber auch W. Kullmann, H. [E] 14, 1960 mit Lit.). Bereits im Alt. Autorschaft der Epen umstritten; als Dichter einzelner Epen Namen wie → Arktinos, → Eugammon, → Hagias, → Hegesias, → Homer, → Kinaithon, → Lesches, → Stasinos genannt, bzw. die ganze Dichtung Homer zugeteilt. Zur Autorschaft vgl. Hdt. 2,117. 4,32, für Kritik Aristot. rhet. 1459 b 1, zu allem die entspr. Art. mit Lit., ebenso die Abschnitte bei [1], [2], [3], [4]. W. P.

1. Homeri opera 5, hg. *Th.W. Allen*, 1946. 2. *E.Bethe* Homer 2, 1929^2. 3. *Christ-Schmid* 1,195ff. 4. *Lesky*, GgrL^2, 98ff.

Ἐπίσκοποι heißen 1. in abhängigen Städten die von der herrschenden Stadt oder Macht entsandten Aufsichtsbeamten wie die athen. in Erythrai (H. Bengtson Staatsvertr. d. Altert. 2, 1962, 134) und Mytilene (Sylloge^4 76), der Vertreter Massalias in Nikaia (CIL V 7914, F. Gschnitzer Abhängige Orte, 1958, 24f.) oder der Statthalter Mithridates' VI. in Ephesos (App. Mithr. 187), 2. in selbständigen Städten bestimmte Mitglieder des Beamtenkollegiums (Rhodos: IG XII 1,49.50.731, Ephesos: Mionnet, Suppl. VI 127, 329), 3. in Äg. Spezialdelegatare des → Dioiketes (Mitt.-Wilcken Grdz. 2,2,5), 4. in Syrien fallweise ernannte Bau-»Aufseher« (Inscr. grecques et latines de la Syrie V 2100), 5. Vereinsfunktionäre (F. Poland Gesch. des griech. Vereinswesens, 1909, 377). H. B.

H.W. Beyer-H.Karpp, RACh 2, 1954, 394–398.

Ἐπιστάται heißen die »Vorsteher«, Leiter von staatlichen oder privaten Kollegien, Institutionen und Vereinigungen mit verschiedenartigen Aufgaben, insbesondere nachgewiesen als: **1.** Vorsteher des Rates (→ Bule) und der Volksversammlung (→ Ekklesia), so in Athen (Syll.^{3} 204.334.340. 725.765), auf Samos (Syll.^{3} 976) u.a. Als »Stadtrat« fungierten 3 E. in Rhodos (IG XII 1,731) und in Lindos (IG XII 1,761.762). Die E. bewahrten und führten in Athen das Staatssiegel (Xen. mem. 1,1,18. 4,4,2. IG II 5,104). Bekannt ist Demetrios von Phaleron (345–283 v. Chr.), der als ἐπιστάτης oder ἐπιμελητής von Athen erwähnt wird (Diod. 20,45. IG II 584. Cic. rep. 2,1). **2.** Vorsteher der Nomotheten, so in Athen E. τῶν νομοθετῶν, die neue Gesetze vor ihrer Annahme überprüften (Syll.^{3} 226. IG II 115), und des Ausschusses, der Rechtsgeschäfte führte und richterliche Entscheidungen traf (ἱερομνήμονες) (Aristot. Ath. pol. 44). **3.** Vorsteher der Tempel und Verwalter ihrer Gelder (Syll.^{3} 91.144.971. IG I 322. II 758. Aristot. Ath. pol. 44). **4.** Als E. τῶν δημοσίων Vorsteher öffentlicher Arbeiten, so für Mauerbau, Errichtung von Werften und Häfen (IG I 289.296.300–311. II 167.834), verantwortlich für Tempelbau in Epidauros (IG IV 1492), für Theaterbau in Ilion (Syll.^{3} 330). **5.** In kleinen Wirkungskreisen sind E. bezeugt, z.B. als E. τῶν παίδων in Rhodos (Syll.^{3} 577) oder als E. τοῦ μουσείου in Delos (BCH III 470). G. Sch.

Epistolographie. Bezeichnung für die (ant.) Brieflit. ([5],186); hier soll auch der nicht für die Veröffentlichung bestimmte B. des Alltags behandelt werden, von dem uns Ciceros B. und die Pap. einen Eindruck vermitteln.

I. Äußere Form, Beförderung: Korrespondiert wurde urspr. (Hom. Il. 6,168ff.) auf innen mit Wachs bezogenen, zusammenlegbaren Holztäfelchen (*δέλτος, tabellae, codicilli*), die mit der Antwort zurückkehren konnten (Prop. 3,23,1ff.), später für kürzere, eilige Mitt. verwandt. Schon in klass. griech. Z. ist der B. auf Pap. üblich (*βιβλίον, charta*), der umfangreicher sein und aufbewahrt werden konnte. Das Blatt, zuerst fortlaufend der Langseite, später wie ein Buch (in Kolumnen) der Schmalseite folgend beschrieben ([2],1207), wurde zusammengerollt, zugebunden und versiegelt; das Datum stand am Schluß, die Adresse auf der Außenseite der Rolle. Die Beförderung vertraute man eigenen Briefboten *(tabellarii)* oder Bekannten an mit den entsprechenden Risiken der Zustellung ([3],242ff. 279ff.). Das B.-Geheimnis war durch die Sitte, nicht durch Gesetz geschützt ([2], 1211).

II. Der B. als Mittel der Kommunikation: Neben der schriftlichen Unterrichtung von Abwesenden dient ein B.-Wechsel der Pflege menschlicher Kontakte ([2],1206. [4],70), deren Überbetonung in der Spätant. zur Entsachlichung des B. führt ([5],200.218. [8],9f.). Ausdruck der Gesprächssituation (so die ant. Theorie, vgl. [4],34 ff. [5],192) sind der Gruß im Präskript (ὁ δεῖνα τῷ δεῖνι χαίρειν; *salutem dicit*, der Name des Adressaten je förmlicher, desto ausführlicher, vgl. [1],839), die Anreden im Text (Dihle, SIFC 1952, 169 ff.) und der Schlußgruß. Der amtliche B. (Cic. Flacc. 37) hebt sich vom privaten durch Konzentration auf den Inhalt (Plin. epist. 1,10,9) und den Rang der Korrespondenten ab ([4],159). Die Kanzleien der hellenist. und röm. Herrscher (*ἐπιστολογράφος*, *ab epistulis*) entwickeln ihren eigenen Stil ([5],196), doch wetteifert seit Hadrian, der die Sekretärsposten mit Literaten besetzte, der amtliche mit dem lit. B.-Stil: Cassiodor ediert seine Variae als stilistische Musterstücke ([7],201 ff.). Zu Erlassen in B.-Form vgl. [1],843; Welles Royal Correspondence in the Hellenistic Period, 1934. Die Bedingungen der hellenist. Großreiche wie des Imperium Romanum führten zu einer Vermehrung des gesamten B.-Verkehrs.

III. Ant. B.-Theorie: Das Alt. kennt keine verbindlichen Regeln für die Abfassung eines B. Die Praxis hielt sich soweit nötig an die imitatio der Vorbilder; sie wird in einzelnen theor. Aussagen reflektiert (Übersicht [4],18 ff.): Der Exkurs in Demetrios' *περὶ ἑρμηνείας* (§ 223–235, 3. Jh. v. Chr., vgl. Grube A Greek Critic, 1961, 39 ff.) ist das einzige ältere Zeugnis, wesentlich später (3. Jh. n. Chr. u. ff.) Philostr. III, B. an Aspasios (Text [9],14 f.); C. Iulius Victor, *Ars Rhetorica* c. 27 (RLM 447 f.); Gregor v. Nazianz, B. 51; »Proklos«-B.-Steller 2.46–50 F. (vgl. [4],56 f.). Hinzu kommen Äußerungen in den B. selbst. Daß sich ein in den Hauptzügen geschlossenes Bild von Wesen und Form des B. ergibt, liegt in der Natur der Sache. Gefordert werden Kürze (Isokr. epist. 2,13. Plin. epist. 7,9,16. Damit kommen manche Themen für den echten B. nicht in Frage, vgl. Demetr. 230 f.; Greg. Naz. und Prokl. 50 bemessen den Umfang nach der Sache) und Klarheit ([4],27 f.), der Stil soll die Mitte zwischen gehobener Rede und alltäglichem Plauderton halten (Demetr. 223 f. Cic. fam. 9,21,1. Quint. inst. 9,4,19. Sidon. epist. 8,16,3). Lange Perioden, gekünstelte Figuren, entlegene Wörter und unpassende Gelehrsamkeit sind zu meiden, zu erstreben ist eine unaufdringliche Eleganz (vgl. [5],194). Empfohlen werden z. B. eingeflochtene Sprichwörter (Demetr. 232. Prokl. 50). Da der B. Ausdruck der eigenen Persönlichkeit sein (Demetr. 227. Sidon. epist. 7,18,2), doch auch der Lage des Adressaten angepaßt werden soll (Cassiod. var. 11, praef. 2. Iul. Vict. 448,16), ergibt sich das »*genus*« des B. aus der B.-Situation (21 B.-Arten in dem anonymen, nicht sicher datierten B.-Steller *τύποι ἐπιστολικοί*, vgl. [4],54 ff.; 41 B.-Arten bei Prokl.; zu Ciceros »*genera epistularum*« vgl. [2],1210; Koskenniemi, Arctos 1954, 97 ff.).

IV. Publ. B.-Slgen: 1. a) Eigentliche B. Eine Einteilung in private und lit., d. h. veröffentlichte B.

(Kunstb., »Epistel«, vgl. [5],187; [4],88 ff.) scheint nicht sinnvoll, da manche der (postum) edierten Korrespondenzen (Cicero, Ruricius, vgl. [8],10 f.) durchaus privaten Charakters sind. Das Stilniveau des Schreibers bestimmte den B. stärker als die Rücksicht auf eine mögliche Publikation. Von Kunstb. läßt sich nur sprechen, wenn sie mit dem Blick auf ein weiteres Publikum verfaßt (Cic. fam. 15,21,4) oder für die Edition umgearbeitet sind. »Episteln« in diesem Sinn sind, soweit echt, die B. Isokrates', Demosthenes' und Platons (zu Aristoteles vgl. Plezia Arist. epist. frg., 1961). In Rom las man die B. der Cornelia, Mutter der Gracchen, doch bricht erst die Veröffentlichung von Ciceros B. der neuen Lit.-Form Bahn. Plinius (vgl. sein Progr. epist. 1,1) und Fronto ([7],124 ff.) folgen eigenen Stiltendenzen. Die Anordnung der Slg. der Symmachus-B., von seinem Sohn veranstaltet, schließt sich den B. des Plinius an, den Sidonius Apoll. (neben Symmachus, vgl. [7],150 ff. Loyen S. A. et l'esprit précieux, 1943, so auch Ennodius, vgl. [7],166 f.) als Vorbild nennt. Die großen Epistolographen des 4. Jh. sind Kaiser Julian und Libanios, die Kirchenväter Basileios d. Gr., Gregor v. Nazianz (selbst ediert), Gregor v. Nyssa und Synesios sowie Ambrosius, Hieronymus und Augustin (Marrou Saint Augustin, ⁴1958, 96 ff.; zum chr. B. allg. [6],574 ff.). Die B. wurden aus dem Archiv des Absenders ([7],33, zu zurückerbetenen B. [2],1216) oder des Adressaten (Cic. Att.) herausgegeben. Selbstveröffentlichung bedingte Auswahl, wobei möglichst viele Freunde durch die Aufnahme eines B. geehrt werden sollten (Sidon. epist. 8,5,1), und Korrektur (Sidon. epist. 1,1,1). Anordnungsprinzip war dann die *varietas* (Plin. epist. 1,1; vgl. [7],209 f. zu Cassiod. var.), bei postumer Ed. meist die Folge des Archivs, chronol. (Cic. Att.) oder nach Empfängern (Symmachus). b) Traktate in B.-Form: Die lockere Form des B. bot sich als Einkleidung längerer Abhandlungen an, die, persönlich gefärbt, weitere Kreise zu polit. (Flugschriften, vgl. [7],213, z. B. Sall. epist.), philosoph. (Epikur, Seneca), aesthet. (Hor. epist. 2) und naturwiss. Themen (Eratosthenes, Archimedes) ansprachen. Verwandt ist der einl. Widmungsb. (Martial.). c) Auch der poet. B. kann Ausdruck persönlicher Beziehung sein ([1],842, z. B. Hor. epist. 1, Ausonius-Paulin). Da das Formular fehlt, ist eine Bestimmung nur nach Hinweisen durch den Titel oder im Text (Catull. 68 a. Ov. Pont. Stat. silv. 4,4) möglich.

2. Pseudepigraphe B.-Slgen., eigene Lit.-Gattung seit hellenist. Z. (etwa B. des Anacharsis, ed. Reuters, 1963, 3. Jh. v. Chr.), die in erbaulicher (Sokrates, Pythagoreer) oder darstellender Absicht (vgl. Brut. epist. praef.; Theon 115,20 ff. nennt den B. unter rhet. Anfangsübungen. B.-Roman z. B. Chion v. Heraklea, vgl. [10],18) Korrespondenzen hist. Figuren (Themistokles, Phalaris) fingiert; zur Überlieferung vgl. [10],26 ff.

3. B., deren Vf. nicht mit dem Absender identisch sind: a) eingelegte B. (vor allem in hist. Werken, vgl. v. D. HOUT Mnem. 1949, 19ff.138ff.; [7], 168ff.). b) Briefdichtungen: Hier gewinnt der Liebesb. lit. Gestalt ([5],214f., vgl. Prop. 4,3. Ov. her., dazu WINNICZUK Ov. Elegie und die epistologr. Theorie, P. Ov. Naso, 1957, 39ff.; aus dem 5. Jh. n. Chr. Liebesnovellen des Aristainetos). Lukian verspottet in den ἐπιστολαὶ Κρονικαί den Himmelsb. ([5],206), während die B. Alkiphrons und Ailians (2./3. Jh. n. Chr.) in Gruppenporträts (Fischer, Bauern etc.) das Bild eines idealisierten Attika zeichnen. P. L. Sch.

1. RE III 836ff. 2. RE VII A 1192ff. 3. *W. Riepl* Das Nachrichtenwesen des Alt., 1913. 4. *H. Koskenniemi* Stud. zur Idee und Phraseologie des griech. B., 1956. 5. RE Suppl. V 186ff. 6. RACh 2,564ff. 7. *H. Peter* Der B. in der röm. Lit., 1901. 8. *H. Hagendahl* La corresp. de Ruricius, 1952. 9. Epistologr. Gr., ed. *R. Hercher*, 1873. 10. Chion of Heraclea, ed. *I. Düring*, 1951.

Epistrophos (Ἐπίστροφος). **1.** Führte Schiffe der Phoker gegen Troia Hom. Il. 2,517. **2.** Führte die Halizonen aus Alybe den Troern zu Hilfe, ebd. 856. **3.** Bruder des Mynes, Schwager der Briseis, Herrscher von Lyrnessos, von Achilleus getötet, ebd. 692. H. v. G.

W. Kullmann, H(ES 14) 72.174.299.

Epistula. Der Brief als Mittel der Dokumentation und daher nicht nur auf Adressaten, sondern auf ein Publikum angelegt, zählt, wie die Plinius-Briefe als Paradigma erweisen, für den Römer zu den wichtigsten Enuntiationen im gesellschaftlich-polit. Bereich. So begegnen uns viele Geschäfte des täglichen Lebens, bes. Kaufverträge, Fideikommisse und Schuldanerkenntnisse in Briefform. Juristen kleiden ihre Rechtsgutachten in Briefform und wählen daher bisweilen *epistulae* als Buchtitel kasuistisch verfahrender Publikationen (Labeo, Proculus, Iavolenus, Neratius, Celsus, Africanus, Pomponius). Als Antwort des Kaisers auf Rechtsprobleme betreffende (den Sachverhalt voraussetzende) Anfragen bilden die *epistulae* eine der wichtigsten Arten des Reskripts (und damit der Kaiserkonstitutionen); sie richteten sich meist an Beamte und gingen von einer eigenen Kanzlei *ab epistulis* aus. Ein schönes Beispiel für eine kaiserliche e. liefert die als BGU 140 erhaltene e. Hadrians über das Erbrecht der Soldatenkinder. Th. M.-M.

Lafoscade De epistulis imperatorum, 1902. *L. De Sarlo* Il documento oggetto di rapporti privati, 1935. *L. Wenger* Die Quellen des röm. Rechts, 1953, 234ff. 464f.

Ab Epistulis. Eines der kaiserlichen Hilfsämter, nämlich dasjenige, das den Briefverkehr des Kaisers zu erledigen hatte. In der höflichen Form des dem Anfragenden zugestellten Briefes wendet sich der Kaiser hauptsächlich an Körperschaften, Beamte und hochgestellte Privatpersonen. Den Gegensatz bildet der nur öffentlich ausgehängte kaiserliche Randbescheid *(subscriptio)* auf den *libelli* niedriger gestellter Personen (→ a libellis). Den *epistulae principis* wird ebenso wie anderen Formen kaiserlicher Meinungsäußerung im 2. Jh. Gesetzeskraft zuerkannt (Ulp. Dig. 1,4,1,1: *legem esse constat*). Schon daraus folgt die Bedeutung des Amtes ab e.

Entstanden ist es, vielleicht nach griech. Vorbildern, als privates Hausamt. Zunächst bestand auch noch kein Unterschied zwischen privater und amtlicher Korrespondenz des Kaisers. Besetzt wurde das Amt daher regelmäßig mit kaiserlichen Freigelassenen meist griech. Abkunft. Eine gewisse Verfestigung des Amtes wie auch seine Teilung in *ab e. latinis* und *graecis* tritt unter Claudius ein. Aber erst seit Hadrian treten die Freigelassenen fast ganz zurück; das Amt ist nun vornehmen Römern aus dem Ritterstand vorbehalten. Die Kanzlei selbst heißt *scrinium epistularum;* ihr Vorsteher trägt seit dem 3. Jh. den Titel *magister ab e.* Doch hat sich in der Dominatszeit die Bedeutung des Amtes dadurch vermindert, daß es nicht mehr unmittelbar unter dem Kaiser steht; vielmehr schiebt sich jetzt die Zuständigkeit des *quaestor sacri palatii* ein.

Als Aufgaben des Amtes ab e. nennt Stat. Silv. 5,1,85–100: Versendung der kaiserlichen Befehle, Verkehr mit den Provinzstatthaltern, Benachrichtigung der Beamten und Offiziere von ihrer Ernennung durch den Kaiser. Gelegentlich scheint auch der Verkehr mit ausländischen Gesandtschaften über das Amt ab e. gelaufen zu sein. Vom 5. Jh. an tritt es auch bei der Behandlung der an den Kaiser gerichteten *appellationes* gegen Urteile in Erscheinung. D. M.

Ältere Lit. RE VI 210ff., dazu *Francesco De Martino* Storia della Costituzione Rom. 4, 1962, 588ff.

Epistylion. Mit E. bez. die Antike den über den Säulen waagerecht liegenden Balken (modern: Architrav) des Gebälks. In der dor. Ordnung hat das E. oben eine Taenia und (unter jeder Metope des darüberliegenden Triglyphons) die Regula mit Tropfen. In der ion. und korinth. Ordnung ist das E. durch 3 (selten 2) waagerechte schmale Leisten, *fasciae*, gegliedert und wird oben durch Eierstab oder lesbisches Kyma abgeschlossen; die Unterseite kann durch eine Zierleiste belebt sein. E. aus Stein sind entweder monolith, d. h. von einem Auflager zum anderen aus einem Stück, oder aus 2–3 hintereinander liegenden Schichten zusammengesetzt. Bei kleineren Bauten können E. und Fries aus einem Stück bestehen, erst die Kaiserzeit liebt dies Verfahren auch bei großem und größtem Maßstab. Auch die Konstruktion des E. als scheitrechter Bogen ist erst röm. Selten hat ein dor. E. einen figürl. Relieffries (Tempel in Assos), häufiger in späterer Zeit haben ion. und korinth. E. auf den Fascien dekorative Zieraten. Beliebt war, an den E. der großen Tempel Schilde, Kränze, Girlanden, in Rom auch Porträtmedaillons, als Weihegaben und zur Repräsentation aufzuhängen. Erhalten sind nur Stein-E., deren Länge, von geschätzter statischer Leistungsfähigkeit abhängig, mit dem Säulenabstand gleich ist, doch stammt das E. urspr. aus dem Holzbau. Seine Formen sind im ganzen Altertum erstaunlich konstant geblieben. W.H.G.

Epitalion (Ἐπιτάλιον). Stadt in Triphylien über dem h. Agulinitsa mit nur geringen Resten. Xen. hell. 3,2,25.29 f. Pol. 4,80,13. Strab. 8,343. 349. E. M.

E. Meyer, Neue pelop. Wanderungen, 1957, 49 f. 60 f.

Ἐπιτάφιος. 1. ἐ. ἀγών, s. Agon (I S. 137, Z. 57 ff.) und Eurygyes. **2.** ἐ. λόγος. In Athen wurden in Kriegszeiten die Gefallenen jährlich in einer gesetzlich angeordneten Feier (Thuk. 2,34), die unter der Leitung des Polemarchen stand (Aristot. Ath. pol. 58), bestattet. Dabei wurde (seit wann, wissen wir nicht genau) eine Rede, der *Ἐ.*, gehalten. Der Redner wurde vom Rat bestimmt (Plat. Menex. 234 b. 235 c). Der att. *Ἐ.*, eine der frühesten Formen der Kunstprosa, übernimmt von der Poesie den Enkomiencharakter, später zählt er natürlich zur »epideiktischen« Redegattung (vgl. Theon 2,109,23 Spengel und Menandros 2,418,5 bis 422,4. [Dionys.] ars rhet. 6,1). Üblicherweise schlossen sich an eine Einleitung über die Schwierigkeit der Aufgabe folgende Punkte an: Herkunft der Gefallenen (Lob des Landes und seiner Bewohner), Erziehung der Gefallenen unter der freiheitlichen Verfassung des Staates, Taten der Vorfahren (schon seit der myth. Vorzeit), Lobpreis der Gefallenen und ihrer Tapferkeit, Ermahnung der Lebenden, es ihnen gleichzutun, Tröstung der Angehörigen. – Der *Ἐ.* ist in 1. Linie Lob der Polis, nicht des Einzelhelden, die röm. → laudationes funebres sind dagegen Sache der gens. Erhalten sind 6 *Ἐ.*: der älteste ist der des thukydid. Perikles (431/30: Besonderheit: Epochenbewußtsein, die große Gegenwart tritt gegenüber der Vergangenheit stark hervor), der späteste wohl der des Hypereides (322: auffallend die Rolle der Persönlichkeit – Leosthenes – und die religiöse Unsterblichkeitshoffnung). Platons Menexenos vermittelt die Schau eines idealen Athen und betont die Verpflichtung der Lebenden an die Zukunft (»Hymnus des Dialektikers im Gewande rhetor. Diktion« LOEWENCLAU). *Ἐ.*-Charakter haben auch einzelne Abschnitte wie Lykurg. Leokr. 46–51 und Isokr. paneg. 74–81. In ihrer Echtheit zweifelhaft sind die dem Gorgias (um 421), Lysias (um 391) und Demosthenes (338/37) zugeschriebenen *Ἐ.* Doch ist mangelnde Originalität in diesem festgelegten Genos nicht immer ein Argument gegen die Authentizität. M. v. A.

B. Goßmann Quaestiones ad Graecorum orationum funebrium formam pertinentes, Diss. Jena 1908. *K. Oppenheimer* Zwei att. Epitaphien, 1933 (über Thuk. und Plat.). *L. Weber* Solon und die Schöpfung der att. Grabrede, 1935. *J. Walz* Der lysian. E., 1936 (Philol. Suppl. Bd. 29,4) (Argumente für die Echtheit). *G. Colin* L'oraison funèbre d'Hypéride. Ses rapports avec les autres oraisons funèbres athén. REG 1938, 209–266. 305–394. *M. Pohlenz* Die att. Reden auf die Gefallenen. Symb. Osl. 25, 1947, 46–74 (der demosth. E. echt, der lysian. unecht). *I. von Loewenclau* Der platon. Menexenos. Tübing. Beitr. 41, 1961. *J. Th. Kakridis* Der thukyd. E. Ein stilist. Komm. Zet. 26, 1961.

Epithalamion s. Hymenaios

Epitherses (Ἐπιθέρσης). Griech. Grammatiker aus Nikaia, Vf. einer Schrift *Περὶ λέξεων Ἀττικῶν καὶ κωμικῶν καὶ τραγικῶν* in mindestens 2 B. (Steph. Byz. s. *Νίκαια*. Erotian. s. *ἄμβην* p. 24,3 N.). Die Erzählung des Philippos, eines Schülers von E., bei Plut. mor. 419 BC datiert ihn in die Regierungszeit des Tiberius. Sein Sohn Aemilianus war Rhetor (vgl. auch Sen. contr. 10,5,25). H. Gä.

Epitimos (Ἐπίτιμος). Att. Töpfer der Mitte des 6. Jh. v. Chr. Von ihm sind 2 signierte, sf. bemalte Schalen erhalten. A. R.

Beazley Attic Black-Figure Vase-Paint., Oxf. 1956, 119,9. Acta Archaeologica 31, 1960, 129 ff. *(K. Friis Johansen)*.

Ἐπίτροπος. 1. In Athen »Vormund« für Jugendliche ohne väterliche Fürsorge ([1],520 ff.). Die Berufung zur Vormundschaft geschah meist letztwillig durch den Vater, der häufig zwecks gegenseitiger Kontrolle mehrere Vormünder aus dem Kreise der näheren Verwandten benannte. Im Intestatfall trat gesetzliche Vormundschaft ein. Die Reihenfolge der zum ἐ. berufenen Verwandten bestimmte sich dann nach dem Erbgesetz. Der gesetzliche Vormund wurde durch den Archon bestätigt ([2],223). Die Führung der Vormundschaft war gesetzlich geregelt (Demosth. 27,58. Lys. 32,23): dem ἐ. stand die Personenfürsorge, die Vermögensfürsorge und das Recht zur Vertretung des Mündels zu ([2],235 ff.). Nach Beendigung der Vormundschaft hatte der ἐ. das verwaltete Vermögen seinem Mündel zu übertragen und Rechnung abzulegen, die mit der *δίκη ἐπιτροπῆς* erzwungen werden konnte. Die Vormünder hafteten auf vollen Schadensersatz (Aristot. Ath. pol. 56,6). **2.** »Testamentsvollstrecker« ([1],565). Über den ἐ. in den Pap. s. [3]. E. B.

1. *J. H. Lipsius* Das att. Recht und Rechtsverf., 1905–1915. 2. *W. G. Becker* Platons Gesetze und das griech. Familienrecht, 1932, 220 ff. 3. *R. Taubenschlag* The Law of Greco-Roman Egypt, 1955, 157 ff.

Ἐπωβελία. In Athen mußte der unterlegene Kläger in einigen Privatprozessen eine Buße wegen mutwilligen Prozessierens in Höhe des 6. Teiles der Schätzungssumme des Streitgegenstandes, nämlich von der Drachme einen Obolos (daher der Name ἐ.) an den Beklagten zahlen. Das galt auch für die Partei, die mit einer Widerklage → *παραγραφή* unterlegen war oder die eine → *διαμαρτυρία* vergeblich angefochten hatte, hier allerdings nur unter der Voraussetzung, daß der Widerkläger oder der Anfechtende nicht einmal den 5. Teil der Richterstimmen für sich gewonnen hatte (Isokr. 18,12). E. B.

1. *J. H. Lipsius* Das att. Recht und Rechtsverf., 1905–1915, 937ff. 2. *U.E. Paoli* Studi sul processo attico, 1933, 98. 114.172. 3. *Bonner-Smith* Administration of Justice, 2, 1938, 58.80.87.89.

'Εποικία (lokr. *hαπιϝοικία = hα ἐπιϝοικία*, Sylloge[4] 47 = Tod IGH I[2] 24) bezeichnet im Gegensatz zu → Apoikia die Ansiedlung von Kolonisten, die wie die Lokrer in → Naupaktos oder die Issaier in Melaina (→ Korkyra) einer bereits bestehenden Gründung sich anschließen (Sylloge[4] 141: *ἐφέρποντες*). Die Rechtsstellung der *ἔποικοι* dortselbst und gegenüber der Mutterstadt ist gesetzlich fixiert. H. B.

Epona s. Nachtrag am Schluß des Bandes

Epopeus (*'Επωπεύς*). **1.** Aus Thessalien zugewanderter Herrscher von Sekyon, Sohn des Aloeus oder Poseidon, Großvater des eigentlichen Stadtgründers. E' Grab lag an dem von ihm gebauten Athenatempel. Urspr. war E. (mit Demeter Epopis) wohl der Stadtgott von Sekyon. In die → Antiopesage verflochten, galt er neben Zeus als Vater von Amphion und Zethos. In den Kyprien erzählt Nestor dem um Helene werbenden Menelaos von dem Untergang des E., der des Lykurgos' Tochter geschändet habe. In Eumelos' Korinth. Geschichten erscheint er als großer Frevler. Apollod. 1,53. Paus. 2,1,1. 6,1–4. 11,1. Hyg. fab. 7f. 157. Sch. Apoll. Rhod. 4,1090. **2.** Gigant, Hyg. fab. p. 9 (cod. *epaphus*), nach dem der Vulkan Epomeo auf Ischia benannt ist. Mayer Giganten und Titanen 69. **3.** Einer der tyrren. Schiffer, die Dionysos fingen und von ihm in Delphine verwandelt wurden. Ov. met. 3,618f. Hyg. fab. 134. H. v. G.

Epoptes s. Mysterien

Eporedia (Nissen It. Ldk. 2,169). Im J. 100 v. Chr. (Vell. 1,15,5; irrig *in Bagiennis*) auf Geheiß der Sibyllinen (Plin. nat. 3,123) im Gebiet der Salasser (Strab. 4,205. Ptol. 3,1,34) gegründete Kolonie. Später in günstiger Straßenlage (Tab. Peut. 3,5. It. Ant. 345,1. 347,4. 351,1) zwischen Vercelli und Aosta in der 11. Region (Plin.) gelegenes bedeutendes (Tac. hist. 1,70) *municipium* der trib. Pollia (CIL V p. 751) mit Parfümindustrie (Plin. nat. 21,43 *saliuncula*); h. Ivrea. G. R.

Eporedorix (inschr.: *Eporedirix*). Kelt. Name. **1.** E. Haeduerführer im Kampf gegen die Sequaner (und Ariovist) um 60. Im J. 52 wurde er als Aufständischer im Kampf gefangen, Caes. Gall. 7,67,7. Vielleicht Vater von Nr. 2. **2.** E., junger Haeduer von vornehmer Herkunft, polit. Rivale seines Landmannes Viridomarus. Beide befanden sich im J. 52 mit der Reiterei der Haeduer im Heere Caesars vor Gergovia (Caes. Gall. 7,39). Als Litaviccus, der das Fußvolk der Haeduer nachführte und dieses durch die falsche Nachricht, E. und Viridomarus seien von Caesar hingerichtet worden, zum Abfall bringen wollte, verhinderte E. dies (38,2. 39,3ff. 40,5). Später beurlaubte Caesar beide in ihre Heimat (54), wo sie sich den Aufständischen anschlossen (63,9) und von Vercingetorix mit führenden Stellungen betraut wurden (64,5. 76,4). Nach der Unterwerfung der Haeduer dürfte E. begnadigt und mit der *civitas* beschenkt worden sein; Nachkommen: CIL XIII 2728 = Dessau ILS 4659. Gelzer Caesar[6] 144f. H. G. G.

Epos (*ἔπος*). Wort, Ausspruch, Vers; pl.: E. Einh. des E. der einzelne Vers, nicht die Strophe. E. also längere, aus daktyl. Hexam. bestehende, vor allem Heldensage behandelnde Poesie. – Über Vorformen (vgl. T. B. L. Webster From Mycenae to Homer, 1958) der literar. E.n gibt Il. (9,186ff.) und Od. (8,72ff.) Aufschluß. Die durch *τέχνη* und häufig Familientradition verbundenen Aoiden kannten die Sagen und die Formelemente (Gleichnis, Epitheton, u.a.; typ. Szenen wie Hochzeit, Leichenspiel, Rüstung, Zweikampf u.a.); daraus entstand das improvisierte Heldenlied (vgl. M. Bowra Heroic Poetry, 1952 mit Material von verschiedenen Völkern; Ders. Homer, and his Forerunners, 1955. S. J. Sys-Reitsma Het Homerisch epos als orale schepping van een dichterhetairie, 1955. [4], bes. 83ff.).

Aus der oral poetry entstanden schon früh E.n, die für die hom. als Vorformen, nicht als Teile anzusehen sind. Die Il. bildet den Beginn der europ. Lit. Nach langen Irrwegen der Homer-Analyse scheint der beziehungsreiche Aufbau der Il. mit Vor- und Rückverweisen dieses E. als genuine Schöpfung eines Dichters (W. Schadewaldt Iliasstudien 1938 u.a. Anders etwa W. Theiler Die Dichter der Il., 1947). Schadewaldt (Von Homers Welt und Werk, 1959) glaubt sogar, die Person Homers greifen zu können. Etwas anders steht es bei der Odyssee, für die wir ep. Vorformen anzunehmen haben, ohne den Charakter des Kunstwerkes unserer Od. damit in Frage zu stellen (Lit. u.a. im AAHG 13, 1960, 11ff.). Il. und Od. setzen die Kenntnis der Schrift voraus. Lit. zu Hom. und die hom. Frage: A. Lesky, AAHG 4, 1951, 65ff. 195ff. 5, 1952, 1ff. 6, 1953, 129ff. 8, 1955, 129ff. 12, 1959, 129ff. 13, 1960, 1ff., Ders. Art. Homeros. Zuletzt A. Heubeck G 71, 1964, 43 (mit Rückverw.). Nach Hom. haben sich dann die → Homeriden benannt.

Mit → Hes. setzt ein vertieftes Streben nach der »Wahrheit« ein. Nicht mehr die wenn auch an geglaubten myth.-sagenhaften Erzählungen vollzogene Ergötzung der Zuhörer (wie etwa Od. 8,91 zeigt), sondern die heilige Gesch. als solche ist Gegenstand der theogon. Dichtung, die dann gelegentlich Medium spezieller Spekulationen (vgl. → Epimenides von Kreta) wurde. Mit der Theog. greift Hes. auf altes Gedankengut des ägäischen Raumes zurück; das Kumarbi-Epos ist ein instruktives Beispiel für solche Mythen (vgl. H. Otten, ADAW Inst. f. Orientf. 3, 1950. G. Güterbock, AASO 1952. Lesky, Eranos 52, 1954, 8; Saec. 6, 1955, 35. F. Dornseiff Ant. u. alter Orient 1956. G. Steiner, Ant. u. Abendl. 6, 1957, 171ff.). Innerlich verbunden mit dem Suchen nach Wahrheit und Wissen ist das lehrhafte E. *ἔργα καὶ ἡμέραι.*

Die reiche ep. Produktion des 7. und 6. Jh. ist im allg. durch Konzentration auf bestimmte Gestalten (Herakles, Theseus) und bestimmte Orte, deren »Gesch.« sie berichtet (Phoronis, Korinthiaka, Naupaktika), gekennzeichnet. Die größte Bedeutung (vgl. Dion. Hal. de im. 2) kam → Panyassis (6./5. Jh.) mit seinem Herakles-E. (14 B) zu. Daneben standen merkwürdige literar. Erzeugnisse wie *Ἀριμάσπεια* des Aristeas (→ Arimaspoi). – Ein früher Vorbote hellenist. Virtuosität scheint der Hom.-Philol. → Antimachos von Kolophon (5./4. Jh.) gewesen zu sein. Seine Thebais über das auch später beliebte Thema (vgl. → Menelaos von Aigai, → Antagoras, → Demosthenes) knüpfte offenbar an die alte ep. Dichtung an, aber suchte diese in fein zivilisierter Manier einer formalen Vervollkommnung entgegenzuführen. Diese ist in den Argonautika des → Apoll. Rhod. erreicht. Trotz allem Gegensätzlichen gegenüber → Kallimachos (vgl. E. Eichgrün Kall. u. Apoll. Rhod., Diss. Bln. 1961), der die Wiederbelebung des E. ablehnt und worin ihm → Theokr. Gefolgschaft leistet, dient auch Apoll. Rhod. der Mythos nur als Material für seine Dichtung. Die Betonung des *ἔρως*, der schon bei → Eurip. im Kampfe gegen die *βουλεύματα* die Entscheidung des Menschen motiviert hatte und dessen *πάθος*-Charakter der hellenist. → Philos. zum Problem wurde, fand Eingang in das E. und verlieh diesem psycholog. Tiefe. Hand in Hand damit geht die Darstellung des Eros-Knaben in dessen kindlicher Art (vgl. H. Herter, Bonner Jb. 132, 1927, 250).

Neben Apoll. Rhod. gab es im Hellenismus reiche ep. Produktion, die wie schon in älterer Z. um bestimmte myth. Gestalten (z. B. das E. des → Neoptolemos von Parion um Dionysos, des → Rhianos um Herakles) oder um Orte (Messenika, Eliaka usw. des Rhianos) kreiste. Diese Tendenz blieb auch in der Kaiserzeit erhalten. Für die Gründungs- bzw. Stadt-E. soll hier nur kurz → Claudianus und → Christodoros aus Koptos genannt werden; beliebt war das Thema der → Gigantomachie und der Dionysos-Sage, die in dem umfängl. E. des → Nonnos (48 B.) aus dem 5. Jh. n. Chr. eine eigenartige Gestalt gewann (vgl. R. Keydell Nonni Panopolitani Dionysiaca, 1959). Im Gefolge Homers (Kampfszenen, Leichenspiele u. a.) und des Kall. (Idylle, Behandlung des Hexam., den Nonn. nach noch strengeren Regeln baut, u. a.) zugleich, dichtet Nonn. aber doch in dionys. Begeisterung und erfüllt das längst ins E. eingedrungene Pathos mit rel. Gehalt. Mehr als Quelle für die Rel.-Gesch. denn als Dichtung schätzen wir *Τὰ μεθ' Ὅμηρον* von → Quintus Smyrn. (vgl. F. Vian Recherches sur les Posthomerica de Quintus de Smyrne, 1959. Phanis J. Kakridis, *Κόϊντος Σμυρναῖος*, 1962). Ähnliches gilt für → Tryphiodors *Ἰλίου ἅλωσις* und des → Kolluthos *Ἁρπαγὴ Ἑλένης*. Einer weit überspitzten, inhaltlosen Virtuosität verdankte sich die *Ἰλιὰς λειπογράμματος* eines → Nestor von Laranda.

Daß es neben der Kleinepik des Kall. und dem mytholog. E. des Apoll. Rhod. auch ein großes zeitgeschichtliches E. gegeben hat, das die Taten der hellenist. Herrscher verherrlichte und das Vorbild für das hellenist.-röm. E. des Ennius abgab, selbst aber aus weltgeschichtlichen Gründen völlig zugrunde ging, ist von K. Ziegler Das hellenist. Epos, ein vergessenes Kapitel griech. Dichtung, 1934, gezeigt worden.

War durch die Wendung Hesiods von der Unterhaltung zum »Wissen« bereits eine Entwicklung angebahnt, die zum Lehr-E. führte, kam dieses doch erst bei den vorsokr. Dichterphilos. zur Ausbildung. Dort war die poet. Form dem intuitiven Charakter der vorgetragenen philos. Inhalte adäquat (zu einem Beispiel bei Xenophan. vgl. W. Pötscher, Emerita 32, 1964, 1 ff.). Anders aber steht es bei dem 2. Höhepunkt des Lehr-E. im Hellenismus, s. Didaktische Poesie o. II 4. Die Funktion des E. als → Parodie, die uns am frühesten in der → Batrachomyomachia, aber auch in dem nicht rein hexametr. Gebilde des → Margites entgegentritt, und in der → Hegemon von Thasos (2. H. des 5. Jh. v. Chr.) durch seine Gigantomachie brillierte, braucht hier ebenso nur am Rande vermerkt zu werden wie die Aufgabe dieses Genos, das Lob eines Herrschers (vgl. Plut. Lys. 18) zu künden, wodurch bes. → Choirilos berüchtigt war. Den Übergang zum röm. E. (H. Fraenkel, H 67, 1932, 303 ff.) bildet die Od.-Übers. des → L. Livius Andronicus (Alfonso Traina, Paideia 8, 1954, 185 ff.). Erst → Naevius (Mariotti, Il Bellum Poenicum e l'arte di Nevio, 1955) trat mit einem eigenen E. bellum Poenicum hervor. → Ennius aber fällt die bedeutsame Leistung zu, den Hexam. dem röm. E. erschlossen zu haben. → Hostius, → Aulus Furius Antias, → Varro von Atax besangen röm. Kriegstaten. Enn. zur Seite zu stellen ist erst der Dichter der augusteischen Z. → P. Vergilius Maro (R. Heinze Vergils ep. Technik, 1915[3]). Wie für Enn. ist auch für Verg. (in der Aen.) Hom. das große Vorbild, neben den freilich Enn. (E. Norden Ennius und Vergil, 1915) und die griech. Trag., bes. des Eur. treten. Zahlreiche Bezüge zu anderen Autoren bei Verg., der wie die Dichter der hellenist. Z. (auch wie Ovid und Spätere) richtiges Quellenstud. betrieb, sind selbstverständlich. Die Georg. sind nicht bloß ein »Ascraeum carmen«, sondern beziehen Wissen auch von Nik. usw., während die Ecl. in einigem Theokr. verbunden sind. Ov. met. ([3],383 ff.) stellen eine seltsame Verbindung von Groß-E. und hellenist. Empfinden für die virtuose Erzählung dar (vgl. u. a. W. Kroll Stud. zum Verständnis der röm. Lit., 1924, 215). Aus dem reichen Schaffen (vgl. u. a. Ov. Pont. 4,16) der Kaiserzeit kann nur auf einiges hingewiesen werden. Die Argonautica des → Val.Fl. (J.Stroux, Philol. 90, 1935, 315ff.) zeigt, wie der in der späteren griech. Epik immer wieder aufgegriffene Stoff der Argonautensage (vgl. schon Varro At.) auch das röm. Publikum der Kaiserzeit interessiert hat. Ebenso greift → Stat. (vor allem mit seiner prunkvollen Thebais) nach einem vielbehandelten Stoff, während → Lucan. ([3],414ff.) in den Pharsalia (B.M. Marti, AJPh 66, 1945, 352ff.) polit. Zeitgesch. ([3],417ff.) in blendend geschliffener Sprache bot. Dem nationalen Gedanken dienten die 17 B.er Punica des Vergil-Verehrers → Silius Italicus. Ein Meister der ep. Poesie in Stil und Metrum war der späte Claud. (de raptu Proserpinae, u.a.), wenngleich ihm die Ausgewogenheit früherer Dichter abgeht. Panegyr. ist das E. des → Apollinaris Sidonius. → Alcimus Avitus dichtete ein E. mit bibl. Inhalt. Für das Epyllion (vgl. [5]), das Kall. mit so viel Schwung dem Groß-E. vorzog und von dem wir eine köstliche Probe (Hekale) auf einer Schultafel des 4.Jh. n.Chr. besitzen, soll neben Theokrit. und → Philitas und → Musaios bei den Griech. und → Helvius Cinna, → Cornelius Gallus und Teilen der App. Verg. (vgl. [3],234f. 299f. 348f.) bei den Röm. nur auf → Catull. (H.Patzer, MH 12, 1955, 77ff.) gewiesen werden. Die Wirkung des → Euphorion auf die röm. → Neoteriker kommt bei Cic.Tusc. 3,45 zum Ausdruck. Zu einzelnen Dichtern und der Lit. vgl. die entspr. Art. im Kl. P. und in [1], [2] und [3]. W. P.

1. *Christ-Schmid.* 2. *Lesky* GgrL. 3. *K.Büchner* Röm. Lit.-Gesch., 1957. 4. *G.S. Kirk* The songs of Homer, 1962. 5. *M.M. Crump* Epyllion from Theocrit. to Ov., 1931. 6. *A.Meillet* Les origines indo-europ. des mètres grecs, 1923. 7. *H.Trümpy* Krieger. Fachausdr. im griech. E. 1950.

Eppich. Dieser Name gilt für Doldenpflanzen mit großen, glänzenden, zu Kränzen geeigneten Blättern aus 2 verwandten Familien: die immergrünen Araliaceen Hedera helix und poetarum (*κισσός* und *ἕλιξ* bei Theokrit, Athen., Diosk., *edera* und *hedera* bei Plin., der dem Dionysos – Bacchus heilige Epheu oder Efeu) und mehrere, bis heute auch als Gemüse geschätzte Umbelliferen, vor allem die Sellerie Apium graveolens (*σέλινον* schon bei Homer, *σέλινον κηπαῖον* bei Diosk., *apium* bei Plin. u.a., angeblich von *apis*, dazu Ortsnamen, wie *Σελινοῦς*) und Smyrnium olusatrum (*σμυρνίον* bei Diosk. und Galen, neugr. *σμυρνιά*, *olus atrum* bei Plin. u.a.), auch Sium-Arten (*ἐλεότρεπτον σέλινον* bei Homer, *ἐλειοσέλινον* bei Theophr.) und wohl erst später die im Altertum kaum bekannte Petersilie Petroselinum hortense (das *πετροσέλινον* des Diosk. ist als Felspflanze wohl etwas anderes) und Arten der heutigen Gattungen Selinum, Peucedanum und Tordylium. H.G.

Eppius. Ital. Familienname (vgl. osk. *Epius*, Walde-Hof.³ 1,412), seit dem 1.Jh. v.Chr. in Rom bezeugt. **1.** L.E., röm. Ritter, trat 59 als Zeuge im Prozeß des L.Valerius Flaccus auf. **2.** M.E. (M.f. Teretina tribu), Senator 51 (vgl. Broughton Mag. 2,490) – war also vorher Quaestor –, trat 49 zu Pompeius über. 46 stand er als legatus in Africa, wurde nach der Schlacht bei Thapsus von Caesar begnadigt (Bell. Afr. 89,5) und war 44 legatus unter Sex. Pompeius in Spanien (Broughton Mag. 2, 331). **3.** Eppia verließ unter Domitian ihren Gatten (einen Senator, wohl Fabricius Veiento) und ihre Kinder und folgte dem Gladiator Sergius nach Äg., Iuv. 6,82–114. H. G. G.

Epponina. Gattin des Iulius Sabinus, eines aufrührerischen Lingonen; sie verbarg ihn 9 J. lang in einer Höhle und gebar ihm 2 Söhne; schließlich wurden beide von Vespasian in Rom getötet, Plut. amat. 25 p. 770f. Dio-Xiphil. 66,16,1f. Tac. hist. 4,67,2. R. H.

Eppuleius. Galeo Tettienus Severus M.E. Proculus Ti. Caepio Hispo. Cos. suff. ca. 101, procos. Asiae 118, ÖJ 25, 1929, Beibl. 16. Er sprach als Konsular im Prozeß gegen Iulius Bassus im J. 103, Plin. epist. 4,9,16–20. Ulp. Dig. 40,5,26,7. CIL XI 14. R. H.

Eprius, T. Clod. Marc. Aus niederen Verhältnissen in Capua geboren, Tac. dial. 8,1. Von Claudius unter die Tribunizier aufgenommen, CIL XIV 2612. Am 30. Dez. 48 hatte er nach L. Iunius Silanus für einen Tag die Prätur inne, Tac. ann. 12,4,3. CIL X 3853. Er war 56/57 legatus Aug. pr. pr. Lyciae, IGR III 553; nachher ergebnislos in einem Repetundenprozeß angeklagt, Tac. ann. 13, 33,3. Cos. suff. 62, La Parola del Passato 34, 1954, 69. Er trieb Nero zur Ermordung von vielen Unschuldigen, Tac. hist. 4,7,3. Sidon. epist. 5,7,3. Im J. 66 beklagte er, ein glänzender Redner (Tac. dial. 5,7; ann. 16,22,6), mit Cossutianus Capito den Thrasea Paetus, Tac. ann. 16,22,5, wofür er 5 Millionen Sesterzen erhielt, ebd. 16,33,2. Nach Neros Tod versuchten Thrasea Paetus und andere vergebens ihn anzuklagen, Tac. hist. 4,6,1.2,53,1.4, 43,1. Durch 3. J. war er procos. Asiae, IGR IV 524 (s. D. Magie Rom. Rule Asia Min. 2,1427), CIL X 3853. XIV 2612, wohl 70–73. Cos. II suff. im J. 74, CIL XVI 20. Er wurde vertrauter Freund Vespasians, Tac. dial. 8,3, und führte, im Besitz eines Vermögens von 200 Mill. Sest., ein großes Haus, Tac. dial. 8,2. Columella widmete ihm die nicht erhaltene Schrift *de cultura vinearum et arborum*, Col. re rust. XI ed. Lundström p. 70 adn. Im J. 79 nahm er an einer Verschwörung gegen Vespasian teil und kam seiner Verurteilung durch Selbstmord zuvor, Cass. Dio 65,16,3f. Zon. 11,7. R. H.

Epulo. 1. Name (wahrscheinlich Spitzname – *rex epulo* –, der von den Römern stammt) des Königs der Histrer. Er schlug 178 den cos. A. Manlius Vulso (RE XIV 1215. Broughton Mag. 1,395), wurde aber aus dem eroberten röm. Lager, wo die Sieger sich an den Vorräten erfreuten (*rex accubans epulari coepit*, Liv. 41,2,12), wieder unter Verlusten hinausgeworfen (4,7). Im J. 177 wurde er in Nesactium belagert und tötete sich nach der Eroberung der Stadt (11,1.6). Abweichend Flor. 1, 26,1–3 (dort der Name *rex Apulo*). Der Name E. von BERGK auch bei Enn. 16 frg. 11 (aus Varro l.l. 6,82 und Fest. p. 330) erkannt, vgl. RE V 2609. VI 265 f. (MÜNZER: »Eine vollständige Aufklärung der Geschichte des sog. rex Epulo ist kaum möglich, aber als Beispiel von Sagenbildung in hist. heller Zeit verdient sie Beachtung«). H. G. G.

2. Beiname Iuppiters (CIL I[2] 988 = VI 36756 vom *collegium teibicinum*. NSA 1934, 214 [Zweifel bei CIL VI 30932 durch Neufund behoben]). Ein *epulum*, d.h. feierliche Bewirtung, bekommt Iuppiter an den Iden des Nov. während der → ludi plebei und an den Iden des Sept. während der → ludi Romani (MOMMSEN RF 2,45,4: bei letzteren erst in der Kaiserzeit; LATTE: schon Ende der Rep.). Vergleichbar ist das häusliche Opfer von *daps* an Iuppiter Dapalis vor der Aussaat. Auch Mercurius führte den Beinamen (CIL VI 522), ohne daß wir den Grund kennen.

Das Collegium der IIIviri epulones, später VIIviri (unter Caesar 10 Mitglieder: Cass. Dio 43,51) wurde 196 v. Chr. zur Entlastung der Pontifices gegründet. Die epulones übernahmen allmählich die Ausrichtung aller *epulae publicae*. W. E.

Marqu. RStV 3,347ff. *Wissowa* Rel.[2] 127.423.453f.518. *Latte* RRel 74,2. 165,2. 251. 377f. 398f.

Epulones s. Septemviri E.

Equisetum. Als *equisetum, equisaeta, cauda equina, cauda caballina, ἱπποχαίτη, ἵππουρις,* neugr. *οὐρὰ τοῦ ἀλόγου*, Roß- oder Katzenschwanz, werden von der Antike bis heute blattlose bis kleinblättrige, daher schweifähnliche Pflanzen aus 4 ganz verschiedenen Gattungen vermengt: Equisetum L. (einschließlich Hippochaete Milde, Schachtelhalm, Schaftheu, Zinnkraut), Ephedra L. (gymnosperme, z.T. kletternde Rutensträucher, *ἔφεδρον* und *ἵππουρις* bei Diosk. und Plin.) und die Wasserpflanzengattungen Chara (Armleuchteralgen, als Equisetum foetidum noch bei C. Bauhin) und Hippuris L. (Tannenwedel). H. G.

Equites militares-singulares. Bei der Gliederung des Gesamtaufgebotes in der Frühzeit des röm. Milizheeres in 2 Legionen (KROM.-VEITH 261 f. 266) wurden je 3 Reiterzenturien je 1 Legion zugeteilt. Später scheint eine Vermehrung auf 18 Zenturien, also 1800 Reiter erfolgt zu sein. Diese Kombination von Infanterie und Kavallerie innerhalb der Legion blieb sicher bis zur marian. Reform bestehen. Die Reiter waren in → *turmae* zu je 30 Mann gegliedert mit je 3 → *decuriones* und je 3 → *optiones* und je 1 → *vexillum* als Fahne. Die → Bewaffnung bestand anfangs aus einem Metallrundschild, einem Helm, Beinschienen, die in der Zeit der Manipulartaktik abkamen, und einer langen Stoßlanze. Neben der schweren patriz. Kavallerie scheint es eine leichte plebeische, die → *ferentarii*, gegeben zu haben. Für die Reiter, die auch zu Fuß kämpfen konnten, war das plänkelnde Gefecht charakteristisch, doch wurden auch Frontalangriffe durchgeführt (Liv. 22,47,1–3). Der Reiter, dessen Dienstzeit 10 J. betrug, war in verschiedener Weise bevorzugt, so z.B. von der Schanzarbeit befreit, und stand im Range über dem → *centurio*. Die Bürgerreiterei verlor zusehends an Bedeutung und wird zuletzt im Sklavenkriege des J. 133 v. Chr. erwähnt (Val. Max. 2,7,9). Sie wurde allmählich durch entsprechende, dreifach so starke Kontingente der → *socii* ersetzt, von denen ein Drittel die *equites* → *extraordinarii* bildeten, und schließlich nach dem Bundesgenossenkrieg durch die Kavallerie der → *auxilia*. Eine Reminiscenz an die röm. Bürgerreiterei erhielt sich in der Kaiserzeit in den Inhabern des Staatspferdes, die am 15. Juli gemustert wurden und bei feierlichen Angelegenheiten als geschlossenes Korps auftraten. Sie waren in 6 *turmae* gegliedert, an deren Spitze je ein vom Kaiser ernannter, jährlich wechselnder *sevir* (CIL VI 3550) stand. In der Z. des homogenen Heeres hatte die Legion wieder Kavallerie, unter Augustus bis Vespasian und unter Hadrian bis Gallienus nachgewiesen (Klio 22. Bh. 21), mit je 120 Reitern pro Legion unter Vespasian (Ios. bell. Iud. 3,6,2), zu dessen Z. die Bewaffnung neben Helm, Panzer, Schild und Stoßspeer auch aus einem Schwert und mehreren Wurfspeeren bestand (Ios. bell. Iud. 3,5,5). In hadrian. Z. kamen kurze Speere (*λόγχαι*), lange breite Schwerter (*σπάθη*), kleine Beinschienen und längliche viereckige Schilde auf. Reiter gab es auch im Verband der *cohortes praetoriae* (→ cohors).

Ihnen rangmäßig gleichgestellt waren die e. singulares. Diese wurden als Teil der kaiserlichen Garde an Stelle der durch Galba aufgelösten *Germani corporis custodes* (RE IV 1900) vor Traian aufgestellt (CIL VI 31,156). Sie dienten bloß in Rom und begleiteten den Kaiser ins Feld. Der *numerus e.s.*, unbekannter Stärke, stand seit Septimius Severus unter 2 Tribunen (CIL VI 224.226. 228). Die Zweizahl erklärt sich aus den beiden Kasernen in Rom, von denen eine an der Piazza di San Giovanni in Laterano 1732 und 1838 festgestellt wurde. Der *numerus e.s.* ist bis in die Z. des Kaisers Constantin nachweisbar (CIL 31165). E.s. standen ferner den Legaten in den Provinzheeren zur Verfügung (CIL III 7800). Auch sie bildeten einen *numerus* (BJ 117,50ff.). Die seit dem 1. Jh. v. Chr. steigende Bedeutung der Reiterei führte unter Gallienus zur Aufstellung einer von den Legionen losgelösten Schlachtenkavallerie (GROSSE 15ff.). Ob Diokletian die Legionskavallerie wieder einführte, wird bestritten (Klio 22. Bh. 21,2). Durch die dioklet.-konstant. Heeresreform wurde die Kavallerie der Garde und des Feldheeres zu → *vexillationes* formiert, die des Grenzheeres zu *cunei* und zu Abteilungen, die einfach *equites* hießen (GROSSE 49ff.). Kennzeichnend für das spätröm. Heerwesen ist dabei die Mannigfaltigkeit der Bewaffnung und das Überwiegen barbar. Völkerschaften in der Zusammensetzung. Im 6. Jh. wurde die Bewaffnung mit dem Bogen allgemein (GROSSE 314f.). A. N.

Krom.-Veith, 634. 636. *R. Grosse* Röm. Militärgesch., Bln. 1920, 342. RE VI 272ff. I A 551ff. Suppl. V 631ff. Suppl. VIII 888ff.

Equites Romani. Röm. Reiter, Ritter. 1. Urspr. Reiter im Unterschied zum Fußvolk; sie gehörten zu den Patriziern, später zur Nobilität, stellten in der Kaiserzeit die Mehrzahl der Offiziere. 2. In der späteren Republik die Oberschicht der Plebejer und der nicht amtsfähige Geldadel, Vertreter des Großhandels, des Wucherkapitals und der Provinzausbeutung *(publicani)*, sie stellten in der Kaiserzeit die Mehrzahl der Beamten.

Die Schaffung einer Reiterei im röm. Heer wird Romulus oder Numa zugeschrieben: aus den Stämmen Ramnes, Tities, Luceres sei je 1 Zenturie gebildet worden (Liv. 1,13,8. Dion. Hal. 2,13. Plut. Rom. 20.26. Numa 7). Die E.R. waren in 10 *turmae* zu je 30 Mann gegliedert (Isid. orig. 9,3,51), jede *turma* war von 3 Dekurionen befehligt (Pol. 6,25,2). Die Gesamtzahl der E.R. wurde laufend vermehrt, betrug unter Servius Tullius 1800 Mann (Liv. 1,30.36,43) und umfaßte 225 v. Chr. 21 000 Mann (Oros. 4,13,7. MOMMSEN RStR. 2,411,3). Sie bildeten in den Komitien eine eigene Klasse (Liv. 1,43,11. 10,22,1. Dion. Hal. 4,18. 7,59. Cic. or. 156. Gell. 13,14), besaßen hier anfangs das Prärogativrecht (Liv. 10,22,1). Die Uniform bestand in einem Mantel mit Purpurstreifen *(trabea)*, sie trugen einen goldenen Fingerring (Liv. 9,46,12. Hor. s. 2,7,53. App. Pun. 104. Cass. Dio 48,45,8), besetzten die besten Plätze in Zirkus und Theater (Liv. 1,35,8. Cic. Mur. 40. Iuv. 3,159. Ov. fast. 4, 383. Martial. 3,95. Tac. ann. 15,32). Die Aushebung der E.R. erfolgte durch die Konsuln, seit 443 durch die Zensoren (Liv. 29,37. 38,28. Cic. Cluent. 134. Val. Max. 4,1,10), Bewerber mußten freie Bürger, 17 J. alt sein und ein Vermögen von 400 000 Sesterzen besitzen (Nep. Att. 1,1. Liv. 5,7,1. 34,31,17. Ov. trist. 4,10,8; Pont. 4,8,17. Pol. 6,20,9. Cic. Planc. 32. Tac. Agr. 4). Seit Augustus spielte dabei weniger die aristokratische Herkunft (Freigelassene als E.R.: Hor. s. 2,7,53. Cass. Dio 54,23. CIL XIV 2298), als vielmehr der Reichtum die Hauptrolle (Cic. Q. Rosc. 42). Privilegien der E.R.: sie erhielten als staatliche Zuwendung 10 000 As zum Ankauf und jährlich 2000 As zur Unterhaltung des Pferdes (Liv. 1,43,9), als Sold 1 Drachme pro Tag (Pol. 6,20,9. Liv. 5,12,12. 7,41,8), als staatliche Geschenke Geldmittel (Liv. 10,46,15. 36,40,13) oder Ländereien (Liv. 37,57,8). Seit der späten Republik stellten sie die Offiziere der Legionen (Caes. Gall. 3,10. 7,65; civ. 1,77. 3,53. Val. Max. 4,7,5. Plut. Sull. 31). Ausscheiden aus dem Dienst war nach 10 J. möglich (Polyb. 6,19. Plut. C. Gracch. 2. Liv. 27,11,14) und meist mit Abgabe des Reitpferdes verbunden (Plut. Pomp. 22. Cic. rep. 4,2. Ausnahme: Liv. 26,36,6). Ausschluß erfolgte bei Unwürdigkeit und bedingte den Vermögenseinzug (Liv. 24,18,8. 27,11,13. Cic. de or. 2,287. Gell. 4, 12,2). Die politisch-soziale Bedeutung der E.R. beginnt mit dem Entstehen einer selbständigen gesellschaftlichen Schicht, des *ordo equester* (Liv. 9,38,8. 21,59,10), dessen Entwicklung durch die lex Claudia (220 v. Chr.) gefördert wurde (Handel und Wucher gingen an die E.R. über: Cic. Verr. 5,8. Liv. 21,63) und auch durch die Gesetze des C. Gracchus (Übertragung richterlicher Funktionen und der Steuerpacht in den Provinzen an die E.R.: Liv. ep. 60. Plin. nat. 33,34. Plut. C. Gracch. 5. App. civ. 1,22. Tac. ann. 12,60) begünstigt wurde. Die Bildung einer eigenen sozialen Schicht hat ihre Ursache in den Gegensätzen zur Plebs infolge größeren Reichtums sowie militärischer und sozialer Privilegien der E.R. und sodann zur Nobilität: trotz gemeinsamen Interesses an der Provinzausbeutung wurden die E.R. bei Steuerpacht und Großhandel schneller reich als die Nobiles in der Latifundienwirtschaft (Dion. Hal. 6,27. Vell. 2,32,3. Suet. Aug. 15; Nero 11; Vesp. 9). Diese Gegensätze nährten das Feuer der sozialen Kämpfe in der Zeit der Bürgerkriege; z. B. ließ Sulla 2600 E.R. hinrichten (App. civ. 1,103), von den Triumvirn wurden 2000 E.R. geächtet (App. civ. 4,5). In der Kaiserzeit ändern sich Rechte und Pflichten der E.R. Verleihung von Pferd und Titel erfolgt durch den Kaiser (Iuv. 7,89. Strab. 3,169. Tac. ann. 3,30. CIL II 4211. VI 3550). Beginn der sozialen Verflachung: Aufnahme von Freigelassenen (Suet. Aug. 74. App. civ. 5,80. Cass. Dio 47,7,5. 53, 30,2) und sogar von Kindern (CIL X 3924). Mit Titeln wie *praefectus*, *procurator* u. a. waren sie vor allem hohe Staatsbeamte: Statthalter von Äg. (Tac. ann. 2,59) und anderen Provinzen, Kommandeure der Flotten von Misenum und Ravenna und der Prätorianergarde, Vorsteher der kaiserl. Post und der Kanzleien. Seit dem 2. Jh. n. Chr. bestand eine feste Rangordnung: *viri eminentissimi*, *perfectissimi*, *egregii* (MOMMSEN RStR 3,565), von Juristen als *honorati* und *honestiores* bezeichnet (Cod. Theod. 6,22,1. 6,35,9. Ulp. 7,1. H. A. Alex. 15,1. Valer. 6,3. Zos. 2,29); sie sind also Hauptvertreter der kaiserl. Bürokratie. In der späten Kaiserzeit kommt es zu einem zahlenmäßigen Anwachsen und zu weiterer sozialer Verflachung der E.R. (Cod. Iust. 12,31). G. Sch.

A. Alföldy Der frühröm. Reiteradel, Baden-Baden 1952.

Equitius. Röm. Familienname, selten. Zur Ableitung: Varro rust. 2,1,10. Namensträger in republikan. Zeit in Caere inschr. bezeugt. **1.** L. E., Abenteurer unbestimmter Herkunft, der sich als Sohn des Ti. Gracchus ausgab, aber 102 vom Censor Q. Caecilius Metellus Numidicus nicht anerkannt und anschließend vor den Tributkomitien von der Schwester der Gracchen abgelehnt wurde. 101 bewarb er sich als Werkzeug des Saturninus

(→ Appuleius Nr. 6) gesetzwidrig um das Volkstribunat, wurde von Marius inhaftiert, vom Pöbel jedoch befreit und für 99 tatsächlich gewählt. Am Tage seines Amtsantritts als tr. pl. (10. Dez. 100) fiel er zusammen mit Saturninus und anderen der Lynchjustiz seiner Gegner zum Opfer. Inscr. Ital. XIII 3,16b. Cic. Sest. 101. Val. Max. 9,7,1f. Vir. ill. 62,1.73,4. App. civ. 1,32f. H. G. G.

2. E., Pannonier, 364 tribunus scholae primae scutariorum und nach Jovians Tod zeitweilig als Kaiser vorgesehen. Er hielt dann treu zu → Valentinianus I., wurde 364 comes, 365 magister utriusque militiae per Illyricum (Amm. 26,1,4. 6,5,3. 10f. Cod. Theod. 7,1,8). Er sorgte für die Verstärkung der Grenzbefestigung im N. (Dess. ILS 762.774f.). Mit → Merobaudes bewirkte E. im J. 375 beim Heer die Ausrufung Valentinians II. zum Kaiser (Zos. 4,19). A. L.

J. Straub Vom Herrscherideal in der Spätant., 1939, 18f.

3. s. Probus (Kaiser)

Equizeto. Stadt in Mauretania, h. Ouled-Agla, Lecourbe. S. Gsell Atl. Arch. Alg. f[e] 15 (Akbou) Nr. 91. Tab. Peut. Municipium unter Alexander Severus: Bull. Com., 1897 p. 567, Nr. 29. Ruinen in 30 ha Ausdehnung: Reste von Thermen, chr. Basilika, Mosaiken; Inschr. CIL VIII 9045. 20606. 22658. Ein donatist. Bischof von E. nahm an dem Konzil zu Karthago im J. 411 teil (I, 201. PL 11,1339). M. L.

Equus s. Sternbilder

Er (῞Ηρ). Sohn des Armenios, aus Pamphylien, offenbart im Endmythos der platon. Politeia (10, 614bff.), nachdem er im Kampf gefallen, am 12. Tag aber wieder zum Leben erwacht ist, in der visionären Form der Katabasis-Lit. (C. Pascal Le Credenze d'Oltretomba 2, 1912, 34ff. J. Kroll Gott und Hölle, 1932, 86,1 F. Cumont Lux Perpetua, 1949, 65.) die Geheimnisse der → Unterwelt mit Totengericht, Jenseitsstrafen, Spindel der → Ananke und Loswahl der → Lachesis (H. W. Thomas *ΕΠΕΚΕΙΝΑ*, 1938, 97ff.). Name und Abstammung des E. (Suda s. v.; vgl. NT. Luk. 3, 28) weisen auf den oriental. Hintergrund (W. Bousset, ARW 4, 1901, 256f. J. Bidez, BAB 19, 1933, 273ff. [4], 185) einer von Platon, allerdings nur in einigen äußerlichen Anklängen (vgl. [3],246, 80), aufgegriffenen Resurrektionslegende ([2],137f. Vgl. Thomas 159). Bestätigend wirkt nicht so sehr die späte Gleichsetzung des E. mit → Zoroaster (H. Windisch Die Orakel des Hystaspes, 1929, 15f.) bei Proklos (in rem p. 2,109 Kr. [4], 110f.) u. Clemens Alexandrinus (strom. 5,14. [2],140ff.) als die von den armen. Historikern Sebeos-Ps. Agathangelos (hist. Arm. ant. 102. H. Gelzer, Ber. Sächs. Ges. d. Wiss. 48, 1896, 128ff.) u. Moses von Chorene (hist. Arm. 1,15. V. Langlois Collection des hist. anciens et modernes de l'Armenie 1,26ff. 157ff.) nach dem Syrer Mar Abas Katina (A. v. Gutschmid Kl. Schr. 3, 1892, 317ff.) überlieferten Novelle ([2],138f.), der zufolge die Ninosgattin → Semiramis den jungen Ara (= E.), Sohn des Aram von Armenien, begehrte, in der Schlacht tötete, beweinte und durch Dämonen wieder zum Leben erwecken ließ (J. Marquart, ZDMG 49, 1895, 658f. [3],243ff.). W. F.

1. *K. Reinhardt* Platons Mythen, 1927. 2. *J. Kerschensteiner* Platon und der Orient, 1945. 3. *K. Kerényi* Die griech.-oriental. Romanlit., 1962². 4. *Bidez-Cumont* Les Mages hellénisés, 1938.

Ἔρανος. Das etym. nicht sicher erklärte Wort bedeutete urspr. Freundesmahl (Hom. Od. Pind.). Die Kosten wurden von den Teilnehmern gemeinsam getragen. Auf dieser Grundlage bildeten sich 2 rechtliche Institutionen heraus. 1. Eine Art Sammelvermögen. Die von einer Mehrzahl von Personen, *πληρωταί* (Demosth. 21,184f.), zusammengebrachten Mittel, *εἰσφοραί*, wurden zugunsten eines Bedachten einem bestimmten Zweck (Erlegung einer Geldstrafe, Auslösung aus der Gefangenschaft, Loskauf aus der Sklaverei) zugeführt. Der Bedachte sammelte das Vermögen, das nach dem Einsammler benannt wurde, in der Regel selbst ein. Es wurde dem Bedachten bestimmungsgemäß nur als Darlehen übertragen ([1]). Die unverzinsliche Forderung konnte von den Mitgliedern der Spendergemeinschaft eingeklagt werden (s. dagegen Plat. leg. 11,915 E). 2. Ein besonderer Typus eines privaten Vereins ([2]). – Beide Begriffe begegnen auch in den Papyri ([2]). E. B.

1. *J. H. Lipsius* Das att. Recht und Rechtsverf., 1905–1915, 729ff. 770ff. 2. *M. San Nicolò* Äg. Vereinswesen 1, 1913, 212ff. 2, 1915, 188ff.

Erarichus. Rugier, König der O.-Goten 541; führte – teils geheime und hochverräterische – Verhandlungen mit Kaiser Iustinian. Da die Goten mit E. unzufrieden waren und mehr zu Totila neigten, wurde er wahrscheinlich schon nach 5 Monaten Regierung getötet (Prok. 7,2. Iord. Rom. 378f.). A. L.

Erasinides (Ἐρασινίδης). Demokrat. athen. Feldherr, Mitglied des Strategenkollegiums, das → Alkibiades im Frühjahr 407 v. Chr. nach der Schlappe bei Notion ablöste (Xen. hell. 1,5,16). Zusammen mit Konon 406 von Kallikratidas im Hafen von Mytilene eingeschlossen, konnte er sich mit einem Schiff durchschlagen und die Nachricht von der Einschließung nach Athen bringen. Stratege in der Seeschlacht bei den Arginusen, setzte er danach den freilich mißglückten Versuch durch, sogleich auch Spartas Truppen unter → Eteonikos auf Lesbos zu vernichten (Xen. hell. 1,6,35ff.). Mit dem Vorgehen des damals führenden Demagogen Archedemos gegen ihn begann deshalb das Verfahren gegen die Feldherrn dieser Seeschlacht wegen der Unterlassung der Rettung der Schiffbrüchigen: E. wurde nach seiner Absetzung und Verhaftung deswegen und wegen angeblichen Unterschleifs vor Gericht gestellt, zum Tode verurteilt und hingerichtet (Xen. hell. 1,7,2. Diod. 13,10, 5). Fr. Kie.

Erasinos (Ἐρασῖνος). Name mehrerer Bäche und Flüsse nach Strab. 8,371, bei → Brauron, bei → Eretria, h. Bach von Vathia (?), Oberlauf des Buraikos in Arkadien, h. Ladopotamos (E. MEYER Pelop. Wanderungen 133 ff.) und bes. stets wasserreicher Bach s. von Argos, in einer starken Quelle am Chaon entspringend und nach 5 km ins Meer mündend, nach ant. Auffassung Abfluß des Sees von → Stymphalos. Paus. 2,24,6. 8,22,3. Strab. 6, 275. 8,371. Hdt. 6,76 u.a. E. M.

1. *A. Philippson* Der Peloponnes 79f. 2. *Philipps.-Kirst.* 3,139f.

Erasistratos aus Iulis auf Keos. Arzt um 250 v. Chr., einer der bedeutendsten hellenist. Mediziner. E. hat zunächst Einflüsse durch den Peripatos (vielleicht war er Schüler Theophrasts), dann vor allem durch die Philosophie Demokrits und Epikurs empfangen. Als theoretischer Mediziner stand er, wie sein ebenso großer älterer Zeitgenosse → Herophilos, in bewußtem Gegensatz zu den Hippokratikern: Er war Solidarpathologe, d.h. er nahm eine Vielzahl von kleinsten, jeweils mit einem Vacuum umgebenen und daher unverbundenen (ἄναρμα) Atomen im Körper an (der Einführung des Vacuum-Begriffs und des von → Straton aufgestellten horror vacui-Gesetzes in die Medizin verdankte E. übrigens die ersten richtigen Erkenntnisse über den Respirationsmechanismus). Ein weiterer physiolog.-patholog. Grundbegriff des E. ist das von den westgriech. Ärzten übernommene und weiter differenzierte Pneuma. Die bedeutendsten Leistungen des E. liegen in der Physiologie und Anatomie; hier entdeckte er z.B. die Chylusgefäße, und als patholog. Anatom wies er zuerst auf bestimmte Organveränderungen, etwa auf Leberverhärtung bei an Ascites Verstorbenen, hin. Auch die vergleichende Anatomie verdankt (nach Aristoteles) ihm entscheidende Impulse. In der Physiologie stand E., so könnte man grob sagen, vor der Entdeckung des großen Kreislaufs, dessen Einzelelemente (er beschrieb u.a. als erster den Klappenapparat im Herzen) er bereits im wesentlichen erkannt hatte. Aber andererseits hielt auch er die Arterien noch für pneumahaltig. So muß man feststellen, daß letztlich seine glänzenden Forschungen von ihm selbst durch das Festhalten an unzulänglichen theoret. Spekulationen um den entscheidenden Erfolg gebracht worden sind. An Werktiteln des E. kennen wir *διαιρέσεις* (Anatomie), eine *περὶ τῶν καθόλου πραγματεία* (Physiologie), *ὑγιεινά* sowie Monographien über einzelne Krankheiten (z.B. Lähmungen), in denen auch die Therapie (die wesentlich von seinem spekulativen Plethora-Begriff bestimmt gewesen ist) genau abgehandelt gewesen zu sein scheint. Seine Berühmtheit hat den Namen des E. auch mit der bekannten Legende von der Heilung eines liebeskranken Prinzen zusammengebracht (Plut. Demetr. 38 u.a.). Bis in die röm. Kaiserzeit hielt sich die Schule der Erasistrateer. F. K.

R. Fuchs Erasistratea, Diss. phil. Bln. 1892 (eine vollständige Fragmentslg. nebst umfassender Würdigung wäre wie bei Herophilos dringend erwünscht).

Erato (Ἐρατώ) **1.** s. Musai

2. E., Schwester und Gemahlin von Tigranes III., regierte zuerst mit ihm in Großarmenien. Sie wurden aber von Augustus vertrieben, dann mit Unterstützung des Partherkönigs Phraataces wieder eingesetzt. Da schickte Augustus seinen Adoptivsohn Gaius in den Orient. Tigranes unterwarf sich, fiel aber im J. 1 n. Chr. im Kampfe gegen Barbaren und E. legte die Regierung nieder. Trotz Gaius' Tod gelang es den Römern, den Mederkönig Ariobarzanes einzusetzen, der aber nicht lange danach starb, von seinem Sohn Artavasdes gefolgt. Nach Tigranes IV. dann (oder gemeinsam mit ihm?) gelangte E. ein drittes Mal zur Regierung. (Tac. ann. 2,3–4, Cass. Dio 55,9–10, Ovid. ars 1,195 ff. usw.). J. D.-G.

Eratosthenes (Ἐρατοσθένης). **1.** Athen. Politiker, der sich 411 v. Chr. als Trierarch den Oligarchen in Athen anschloß (Lys. 12,42) und 404 Mitglied der Dreißig wurde (Lys. 12,48 ff.). Zunächst Anhänger des Theramenes, wandelte er sich aus Gründen der eigenen Sicherheit schließlich zum Mitläufer der Ultras und ausführenden Organ bei einigen ihrer Verhaftungen. Nach ihrem Sturz wußte er die durch die Amnestie von 403 gebotene Möglichkeit der Rechtfertigung erfolgreich auszunützen. Da sich unter den von ihm Verhafteten auch Lysias' dann hingerichteter Bruder Polemarchos befunden hatte, wurde er hierauf von Lysias als dessen Mörder angeklagt, aber freigesprochen. Lysias' in diesem Zusammenhang gehaltene Rede »gegen E.« (12) stellt eine Meisterleistung in der Verdrehung der Tatsachen und in polit. Diffamierung dar. Fr. Kie.

F. Kiechle, Altsprachl. Unterr. V 5, 1962, 8–18.

2. E. von Kyrene, Philolog, Bibliothekar und Prinzenerzieher in Alexandreia. * vor 276/72 (so fälschlich Suda), weil er nach Strab. 1,2,2 Schüler des Stoikers Zenon war, der nach Philodem (J. BELOCH H 38, 1903, 130) 262/61 starb. E. wurde sehr alt, nach Ps. Lukian. Macrob. 27 82 J., lebte also, wenn er nach Suda Ptolemaios V. noch erlebte, etwa von 284–202. Studierte auch bei dem Akademiker Arkesilaos und dem Peripatetiker Ariston, dem Grammatiker Lysanias und dem Dichter Kallimachos. Auf allen diesen Gebieten blieb er tätig. Seine Schriften bis auf Fragm. verschollen.

1. *Πλατωνικός*, von Theo Smyrn. in »Mathematik zur Plato-Lektüre« benutzt, war vermutlich ein Dialog (E. WOLFER, E., Groningen 1954, 14). Daher stammt die Konstruktion des Spezialrechenschiebers zum Finden zweier mittlerer Proportionalen oder der Würfelverdoppelung, überliefert mit einem unechten Brief des E. von Eutok., In Archim. de sph. et cyl., Archim. Bd. 3,102 H. Das dort erhaltene Widmungsepigramm für den

Apparat an König Ptolem. halten WILAMOWITZ (NGG 1894,1) und E. WOLFER für echt. E.s Verfahren, Primzahlen zu bestimmen (das Sieb, Nikom., Introd. Arith. 1,13 S. 29 Hoche), läßt sich keinem bestimmten Buch zuweisen. 2. In *Περὶ μεσοτήτων* (über mittlere Proportionalen) hat E. nach Pappos 7 S. 636,24 H. die pythagoreische, aus Platon bekannte Lehre von den 3 math. *μεσότητες* erweitert.

3. Die von J. FELL 1672 voreilig als E.s *Καταστερισμοί* (Konstellationen), bez. Prosa-Epitome kann nur zusammen mit Hygin., Astrol. B. 2 und 3 und den Germanicus-Arat-Scholien zur Rekonstruktion von E.s mytholog.-astronom. Prosawerk verwendet werden (C. ROBERT E. Catast. 1878. Neudr. Bln. 1963). Gegen die Annahme einer solchen Prosaschrift ist E. MAASS Anal. Erathost., Bln. 1883. Ihre Existenz wird mit Recht bejaht von G. A. KELLER, phil. Diss. Zürich 1946. Lit. dort. Es enthielt die mythol. Begründung für die Namen der Sternbilder.

4. Aus *Π. ἀναμετρήσεως τῆς γῆς* (Erdmessung) beschreibt Kleomed. 1,10 S. 94,24 Z. E.s theoret. korrekte Berechnung der Erdperipherie aus einer bekannten N.-S.-Strecke und der Differenz der Einfallswinkel der Sonnenstrahlen an beiden Orten. Das Ergebnis von 252000 Stad. ist nicht nachprüfbar, weil E.s Maßeinheit nicht bekannt ist. 5. Aus Strab. B. 1 und 2 sind die Geographica gut bekannt (A. BERGER Die geogr. Fragm. d. E., Lpz. 1880). Entgegen seinen Zeitgenossen sprach er Homer die Autorität in geograph. Dingen ab und stützte sich auf die Forschungen des Anaximander, des 1. Kartenzeichners, des Hekataios und der Begleiter des Alexanderzuges. Wie Herodot schloß er aus dem Vorhandensein von Meeresmuscheln im Gebirge auf Veränderungen der Erdoberfläche. In B. 3 ist die Erdkarte entworfen, gegen die nach Strabon Hipparchos polemisierte. In Ermangelung von gnomon. Breitenangaben teilte er die Länder je nach ethnolog., botan. und zoolog. Eigenarten 7 Breitengürteln zu. Schlimmer noch steht es mit den Längen, für die noch Ptolemaios sich auf Seefahrt- und Marschberichte verlassen mußte. Seine von Hipparch bestrittene Verbesserung älterer Entwürfe besteht in sorgfältiger krit. Prüfung der perieget. Lit., was ihm z. B. im Falle des Timotheos, *Περὶ λιμένων*, als Plagiat ausgelegt wurde (GGM 1,566).

6. Die Chronographie, Olympioniken und die Oktaeteris legten den Grund für exakte histor. Forschung und wurden von Apollodor benutzt. Frg. und Lit. bei F. JACOBY, FGrH Nr. 241. Teil II D S. 1010–1021. 7. Unter den lit.-wiss. Schriften ragt »Über die alte Komödie« hervor, die Fragen der Echtheit, Textkritik, Exegese und Chronologie behandelt. Zahlreiche Frgm. bei G. BERNHARDY E., Bln. 1822. 8. Ganz geringe Spuren haben seine philos. Schr. hinterlassen, so daß er auch aus diesem Grunde keiner der Philos.-Schulen zugeordnet werden kann (dazu FR. SOLMSEN, TAPhA. 72, 1942).

9. An Dichtwerken sind Reste des »Hermes«, der »Anterinys«, der »Erigone« und ungenannter Schriften erhalten, ges. E. HILLER E. carm. rel. Lpz. 1872 und J. U. POWELL Coll. Alex., Oxford 1925, 58 f. »Hermes« scheint nach dem Muster des Kallimachos eine alexandrin. gelehrte Version des homer. Hymnus zu sein, nicht, wie behauptet wurde, ein Vorläufer hermet. Lit. (G. KELLER a. O.). In der »Anterinys« ist die Sage von Hesiods Tod behandelt. Ihre gesuchte Sprache ist der Grund für viele Grammatikerzitate. Die »Erigone« wandelt die Dionysos-Legende in einen Katasterismenkranz um und war wohl das meist gelesene Gedicht des E.

Ob ihm schon seine Zeitgenossen den Spitznamen Beta, Zweiter, gegeben haben, ist bei der Unsicherheit der Überlieferung (BERNHARDY praef. 8) nicht zu entscheiden. Immerhin war er z. Z. der beginnenden Spezialisierung wohl der letzte Universalgelehrte, und für einen solchen ist der 2. Platz in mehr als einer Disziplin recht ehrenvoll. J. M.

Erbrecht (griech.). I. Der erbrechtliche Erwerb. Das griech. Recht kannte nicht den Vonselbsterwerb, sondern nur den Antrittserwerb und den Erwerb durch behördliche Einweisung. Leibliche oder bei Lebzeiten des Erblassers adoptierte Söhne erwarben die Erbschaft nach att. Recht durch eine formlose Tathandlung, → *ἐμβατεία*, andere Erben dagegen nur auf Antrag durch Zuspruch des Archon, der auch, wenn die Erbschaft streitig war, in einem bes. Verwaltungsverfahren, → *διαδικασία*, entschied. Die Tochtermitgift wurde auf den Erbteil angerechnet. Das E. konnte nur kraft öffentlichen Rechts in den Fällen erblicher Atimie und erblicher Verbannung ausgeschlossen sein. Gegenüber dem att. Recht, das nur die Anfechtung eines Testaments, → *διαθήκη*, kannte, erweiterte Platon die Anfechtung zu einer allgemeinen, die auch die gesetzliche Erbenberufung mit einschloß ([4],284). Über das griech. E. in Äg. s. [2].

II. Das gesetzliche E. Die Abkömmlinge des Erblassers hatten den unbedingten Vorrang, und zwar erbten die Kinder zu gleichen Teilen ([1], 540). Es galt das Repräsentationssystem und das Eintrittsrecht. In Gortyn erbten dagegen die Söhne das Grundvermögen mit Haus, Hof und Viehbestand, während Adoptivsöhne und Töchter von dem beweglichen Vermögen einen halben Sohnesanteil bekamen ([4],253 f.). Eine etwaige Mitgift der Töchter galt allgemein als Abfindung. Die Ehefrau erbte nur auf Grund eines Testaments als Miterbin neben ihren Söhnen ([4],256). Die Ordnungsprinzipien des E. der weiteren Verwandten waren in den Rechten der griech. Poleis verschieden. Nach att. Recht (Demosth. 43,57. [1],552 f. [6], 69 f. [7]) erbten die durch Frauen verwandten Kognaten erst, wenn 4 ihnen vorangehende agnat.

Erbklassen mit Repräsentation – die Grenze der Verwandtschaft wurde durch die urspr. Verpflichtung zur Blutrache bestimmt – erschöpft waren ([4],258 f.). Die gemeingriech. Einrichtung der Erbtochter, → ἐπίκληρος, bezweckte, ein im Mannesstamm aussterbendes Haus am Leben zu erhalten ([4],317 f. [5]). Ein E. des Fiskus gab es erst im 1. Jh. v. Chr. in Europos ([3],300).

III. Das testamentarische E. Schon früh setzte sich der in einem Testament, → διαθήκη, festgelegte letzte Wille des kinderlosen Erblassers gegenüber der gesetzlichen Regelung durch.

IV. Die Miterben. Eine ungeteilte Erbengemeinschaft der Brüder findet sich als Rest eines urspr. Familieneigentums vor allem in Sparta. Das Institut der elterlichen Teilung ([8]) beugte einem Streit unter Miterben wirksam vor. Nur in Athen hat sich ein bes. Teilungsprozeß ausgebildet ([4], 279).

V. Die Erbenhaftung. Der Erbe haftete ideell bes. für die Erfüllung der Totenehren (Bestattung, Pflege des Andenkens, Verehrung der Toten-Daimones). In und außerhalb Athens begegnet vereinzelt auch die Atimie als vererbliche Ehrenstrafe. Materiell haftete der Erbe grundsätzlich für die Schulden des Erblassers. Fernerstehende Verwandte konnten auf die Erbschaft verzichten, während Söhne notwendige Erben waren. Sie konnten sich von der Haftung nur im Wege der → ἐκποίησις befreien ([1],540. [4],291). E. B.

1. *J.H. Lipsius* Das att. Recht und Rechtsverf., 1905–1915, 537 ff. 2. *H. Kreller* Erbrechtl. Untersuchungen, 1919. 3. *P. Koschaker*, ZRG 46, 1926, 290 f. 4. *W.E. Becker* Platons Gesetze und das griech. Familienrecht, 1932, 251 ff. 5. *U.E. Paoli*, Miscellanea Giovanni Mercati 5, 1946, 524–538. 6. *I.C. Miles*, Hermathena 75, 1950, 69–77. 7. *L. Lepri* Sui rapporti di parentela in diritto attico, 1959. 8. *E. Rabel*, Labeo 7, 1961, 65 ff.

II. Römisch. Erbrecht ist jener Teil einer Rechtsordnung, der die Rechtsfolgen des Todes eines rechtsfähigen Menschen ordnet. Im frühröm. Recht steht es mit der Ordnung der Familie und damit des Hauses in engstem Zusammenhang. Alle Streitfragen zur altröm. Sozialstruktur, bes. zum Verhältnis zwischen *populus* und *gens* und zum Verhältnis von Groß- und Kleinfamilie, spiegeln sich daher in den Konzeptionen der neueren Erbrechtsforschung wider; ja ein guter Teil der Thesen zur frühen Sozialstruktur hat – wie BONFANTES »politische« Deutung von *hereditas*, *tutela* und *patria potestas* – erbrechtliche Forschung als Ausgangspunkt. Dabei erweist es sich immer wieder als bedeutungsvoll, daß die Römer bei erbrechtlichen Fragen viel weniger als wir Heutigen nur an vermögensrechtliche Probleme dachten. Der Kult der Hausgötter mit der Kontinuität der *sacra* und die Überleitung von Herrschaftsbeziehungen wie Vormundschaften stehen ebenbürtig neben der Frage nach der Zuweisung des Vermögens der Verstorbenen.

Das hohe Alter der Ausbildung einer jurist. kunstvoll gestalteten Erbordnung wird schon durch den relativen Normenreichtum der Zwölftafelsätze zum Erbgang erwiesen. Mit dem Satz *uti legassit super pecunia tutelave suae rei, ita ius esto* (Tit. Ulp. 11,14) wird die Rechtsgültigkeit letztwilliger Verfügungen (zunächst wohl nur von Legaten- und nicht auch schon von Erbeinsetzungstestamenten) anerkannt. Eine präzise konzipierte Intestatordnung (die also die Erbfolge für den Fall des Fehlens eines Testamentes regelt) beruft (in dieser Reihe) *suus heres*, *adgnatus proximus* und die Gentilen. Die letztwillige Bestellung von Vormündern wurde geordnet (Gai. inst. 1,155), das erbrechtliche Schicksal von Obligationen behandelt. Die Auseinandersetzung unter Miterben, der eine *actio familiae erciscundae* diente, gilt den Römern als decemviral (Dig. 10,2,1 pr.).

So spricht viel dafür, unserer Überlieferung auch dann Glauben zu schenken, wenn sie von einer vordecemviralen Erbordnung berichtet. Varr. rust. 1,10,2 spricht von *bina iugera*, die Romulus *viritim* zugeteilt habe; sie hätten *heredium* geheißen und seien auf Erben übergegangen *(quae heredem sequerentur)*. Acker- und Wehrzenturien stehen demnach seit der Königszeit in Zusammenhang, vgl. auch Fest. s.v. *heredium* (ed. Lindsay 89) und s.v. *centuriatus ager* (ed. Lindsay 47); Plin. nat. 19,4,49 f. Liv. 5,30. Plut. Numa 16,1. Läßt man die für Legendenbildung anfälligeren biograph. Bezüge weg, so verbleiben gute Gründe dafür, daß die Könige durch Eröffnung einer Individualerbfolge in Liegenschaftseinheiten die gentile Bodenhoheit zu durchbrechen suchten, um mit der Bodenzuteilung ein eigenes, hundertschaftlich gegliedertes Aufgebot zu gewinnen. H. KAUFMANN Die altröm. Miete, 1964, 115 schließt neuerdings aus der sicul. Inschr. JACOBSOHN 79 (vgl. PISANI IF 48, 1930, 239) sogar darauf, daß man bereits für die Zeit um 1500 v. Chr. anzunehmen habe, der Begriff *heredium* sei den Italikern schon geläufig gewesen. Dies freilich erscheint mir etwas gewagt.

Entgegen den geistvollen Thesen von BONFANTE wird mit RABEL die Intestaterbfolge (auch: »gesetzliche« Erbfolge genannt) als älter, die Testamentserbfolge als jünger anzusehen sein. Wie vor allem WIEACKER gezeigt hat, zielt das häufigste altröm. Testament, das in Manzipationsform errichtete *testamentum per aes et libram*, zunächst auf Einzelverfügungen (Legatentestament) und nimmt erst später die schließlich wesentliche Erbeinsetzung auf, so daß für das klass. Recht gilt, die *heredis institutio* sei *caput et fundamentum testamenti* (Gai. inst. 2,229). Das der Gesetzesform angenäherte *testamentum calatis comitiis* sowie das dieses supplierende *testamentum in procinctu* dürften dagegen (als *adrogatio* auf den Todesfall) schon immer eine Erbeinsetzung ausgesprochen haben.

Die Intestaterbfolge nach *ius cirile* baut auf der Agnation auf. Es ist die prätor. Ordnung der *bonorum possessio*, die dem Gedanken der Kognation größere Konzessionen macht. Auch im Recht der Testamentserbfolge stoßen wir auf große Unterschiede der Leitgedanken ziviler und prätor. Erbfolge: Schriftlichkeit und Zeugensiegelung kennzeichnen das zur *bonorum possessio secundum tabulas* führende Testamentsgeschäft. Iustinians Ziel war es dann auch in diesem Bereich, die verschiedenen klass. Rechtsschichten einzuebnen. So entspricht der Intestaterbordnung der Novellen 118 (aus 543) und 127 (aus 548) das *testamentum tripertitum* von Inst. Iust. 2,10,3.

Der Erbvertrag galt den Römern als sittenwidrig. So steht neben der testamentar. und der gesetzlichen Erbfolge bloß noch das Noterbrecht. Als formelles tritt es auf, wenn *sui heredes* (die durch des Erblassers Tod gewaltfrei werden) weder enterbt noch eingesetzt wurden; als materielles kann es seit Ende der Republik mit der *querela inofficiosi testamenti* geltend gemacht werden, wenn einem Noterben nicht einmal ein Viertel seiner Intestatportion hinterlassen wurde.

Auf den Erben bezogen, ist Erbrecht (*ius hereditarium*, vgl. Dig. 35,2,14 pr.) das aus der Universalsukzession des *heres* abgeleitete (subjektive) Recht. Vom *suus heres* und vom *cum libertate* eingesetzten Sklaven wird es mit dem Tod des Erblassers automatisch erworben, der *heres extraneus* dagegen muß eine Antrittshandlung (*cretio* oder *pro herede gestio*) setzen. Den Rechtsschutz des Erbrechts vermittelt für die zivile *hereditas* die der *rei vindicatio* verwandte *hereditatis petitio*, für die praet. *bonorum possessio* das *interdictum quorum bonorum*. Th. M.-M.

P.Bonfante Corso di diritto rom. VI, 1930. *E. Rabel* ZRG 50, 1930, 297ff. *P.Voci* Diritto ereditario rom., 1956ff. *F. Wieacker* Hausgenossenschaft und Erbeinsetzung, 1940.

S. a. Bonorum possessio. Testamentum

Erbsen. E. (ahd. *arawiz*, verwandt mit ὄροβος, ἐρέβινθος) sind die Samen mehrerer Hülsenfrüchte der Leguminosentribus Vicieae, die im Vorderen Orient seit dem Mesolithikum, in S.- und Mitteleuropa seit dem Neolithikum gebaut werden; im engsten Sinn Pisum sativum L. (incl. elatius und arvense, πίσον, πίσος, πίσσον, neugr. μπιζέλι, πιζέλια, von *pisum* abgeleitet Pisa, Piso u.a.), ferner Cicer arietinum L. (ἐρέβινθος schon bei Homer, neugr. ῥεβίνθια, it. cece, frz. pois-chiche, span. garabanzo, Kichererbse, κριός, cicer arietinum nach den Widderkopf-förmigen Samen schon bei Colum. und Plin., der mehrere Sorten kennt, daher Cicero) und Platterbsen der Gattung Lathyrus (incl. Orobus, wie L. cicer, sativus, ochrus und clymenum, λάθυρος bei Theophr., neugr. λαθοῦρι, ferner ὦχρος für L. ochrus, vielleicht wegen der blaßgelben Blüten, und κλύμενον), s. auch → Abrus, Arakos, Bohnen und Erve. H. G.

Ercavica. Die Herkunft des Namens dieser keltiberischen Siedlung ist unsicher (Holder 1, 1458 bezeichnet ihn als »keltiberisch«, Ad. Schulten Numantia 1,72 hält baskische Herkunft für möglich), und obgleich für sie viele Zeugnisse vorliegen, ist ihre genaue Lage nicht zu bestimmen. Eine sehr unsichere Vermutung RE VI 397 und Encicl. Univ. Ilustr. 20,447: auf der Cabeza del Griego. Dagegen: Ad. Schulten Numantia 1,331, 5. S. auch CIL II p. 419. 425. Sie gehörte zum *conventus Caesaraugustanus* (Plin. nat. 3,24. CIL II 4203). Die *nobilis et potens civitas* ergab sich 179 v. Chr. ohne Widerstand dem Ti. Gracchus (Liv. 40,50,1). Sie war später *municipium* (Mz.: Antonio Vives La moneda hispánica, Madrid 1926. 1924, IV 109) und besaß das *vetus Latium* (Plin. nat. 3,24). Sonst wird sie wenig erwähnt (Ptol. 2,6, 57: Ἐργαούικα. Cosmogr. Rav. 4,44 p. 312,2: *Erguti*). In westgotischer Zeit wird sie (*Arcavica, Ircavica*) öfters als Bischofssitz genannt (Font. Hisp. Antiquae IX, Barc. 1947, p. 9.442 s. *Arcavica*), später m. W. nicht mehr, wenn man absieht von der Hitación de Wamba, deren Abfassungszeit aber umstritten ist. S. F.H.A. IX p. 3. R. G.

Erchia (Ἐρχιά). Großer att. Demos der Inlandtrittys der Aigeis bei Kokla w. von Spata. Lage durch die Ortsangaben der großen Inschr. [4] bestätigt; früher ö. von Spata bei Vurva angesetzt (Milchhöfer, RE VI 398f. Philipps.-Kirst. 1,816). Große vollständige Opferliste mit vielen Orts-, Götter- und Festnamen [4]. Aus E. stammten Xenophon (Diog. Laert. 2,6,48) und Isokrates (Plut. mor. 836 E). E. M.

1. *Hommel*, RE VII A 367f. 2. *Philipps.-Kirst.* 1,986. 1036 A. 19a. 3. *Kirsten*, Atti del 3° Congresso di epigrafia gr. e lat., 1959, 162. 170. *Westermanns* Atl. z. Weltgesch. 1956 Karte 13. 4. *G. Daux* La grande démarchie, BCH 87, 1963, 603ff.

Erdbeben. Ein Verzeichnis der histor. E. im alten Griechenland und ö. Mittelmeergebiet zwischen 600 v. Chr. bis 600 n. Chr. gibt Capelle, RE Suppl. IV 346ff.; über eine Reihe vernichtender E. der späteren Zeit vgl. A. Philippson Die griech. Landsch., 1950, Ind. s.v. Das Phänomen mußte die griech. Naturphilosophen zu Erklärungstheorien anregen, doch sind die Doxai leider nur in späten Rekapitulationen und stark gekürzt auf uns gekommen. Auf eine Grundanschauung des Thales geht die Lehre zurück, daß die Erde – auf dem Urwasser schwimmend – in Schwankungen gerate. Anaximenes denkt an das Einstürzen von mächtigen, durch übermäßige Trockenheit nach Feuchtigkeit entstandenen Rissen der Erdoberfläche. Anaxagoras und sein Schüler Archelaos lassen Äther (oder Luft) von unten in die flache, poröse Erdscheibe eindringen und Kompressionen und Explosionen erzeugen, ähnlich Metrodor. Demokrit denkt an Druck- und Schlagwirkungen gewaltiger Wassermassen in unterirdischen Höhlen.

Antiphon (nach Empedokles) glaubt an Runzlig- und Brüchigwerden der Erdoberfläche wegen der Austrocknung durch das innere Feuer. Aristot. met. 2,8 geht von seinem dualistischen Prinzip zweier grundsätzlich verschiedenen Elemente der Erdausdünstung (ἀναθυμίασις) aus: der feuchten ἀτμίς und dem trockenen καπνός (CAPELLE, RE Suppl. VI 343. BÖKER VIII A 2222,45ff.). Verdunstungsvorgänge außerhalb und innerhalb des Erdkörpers führen zu Pneumabildung. Aristot. denkt sich dieses πνεῦμα etwa wie den Hochdruckwasserdampf moderner Technologie, heiß, trocken und komprimiert. In die Erdschluchten eindringendes Wasser (Meer) presse das Pneuma zusammen, welches sich gewaltsam einen Ausweg suche. Ähnlich Theophrast. Straton folgt seinem dogmatischen Formalismus von der ἀντιπερίστασις, dem Kampf des Warmen und Kalten und den erderschütternden Begleiterscheinungen. Seneca nat. 6,4ff. schreibt eine αἰτίαι φυσικαί-Slg. des Poseidoniosschülers Asklepiodotos aus, leider vielfach mit Auslassung der Autorennamen: 6,9,2 tektonische Beben »vulkanischer« Ursache, 6,11 rein vulkanische Theorie, wonach tief im Erdinnern entstehende Dampfmassen das höher gelegene Pneuma komprimieren und zur Explosion treiben. Weiter erwähnt Seneca eine neptunische, an Demokrit angelehnte Theorie, eine kombiniert neptunisch-pneumatische, an die Anschauung des Kallisthenes, und eine animalistische, an die Lehren der Pneumatiker, erinnernde Theorie. Poseidonios entwickelt – anschließend an Aristot. meteor. 366b 18ff. 368b 22ff. – eine Klassifikation der E. nach Richtung ihres Stoßes; er betrachtet die Wirkung der E. im Großraum der Oikumene und erkennt die Tiefe ihres Entstehungsortes. Zur Mythologisierung der E. (Poseidon) s. RE XXII 454ff. CAPELLE a.O. 360. R. B.

Erdbeerbaum. Von den 20 immergrünen Laubhölzern der Ericaceengattung Arbutus L. (*arbutus* bei Varro, Ovid u.a., E. wegen der entfernt erdbeerähnlichen, eßbaren Steinfrüchte) sind in den südeuropäischen Macchien 2 Arten vertreten: Arbutus unedo L. (*unedo* bei Colum. und Plin., gr. κόμαρος, neugr. κουμαριά, die Frucht μεμαίκυλον, it. corbezzolo) mit gesägten Blättern und reif roten Früchten, von Hellas westwärts bis in die S.-Alpen und atlantischen Küsten bis Irland, und A. andrachne L. (ἀνδράχνη bei Diosk., neugr. ἀνδράκλα, ἀγριοκουμαριά, → Andrachle) mit ganzrandigen Blättern und kleineren, orangegelben Früchten, von Hellas bis rings um das Schwarze Meer. H. G.

Erdbeere. Die allbekannten Früchte der 3 in S.- und Mitteleuropa einheimischen Arten der Rosaceengattung Fragaria L. (*fragum* bei Verg., Ovid, Plin., *fragaria* zuerst bei Mathaeus sylvaticus), gr. τρίφυλλον μοροφερές vielleicht infolge Verwechslung mit Trifolium fragiferum, neugr. φραοῦλες), d.h. von Fr. vesca, viridis (collina) und moschata, zu denen großfrüchtige Kreuzungen amerikanischer Arten kommen. H. G.

Erdkarten s. Karten

Erebos s. Unterwelt

Erechtheion s. Athenai

Erechtheus (Ἐρεχθεύς). Nach Apollod. 3, 196 der 6. König von Athen, Sohn des Pandion und der Zeuxippe, Bruder von Prokne und Philomela, Zwillingsbruder des → Butes. Von Praxithea hatte er 3 Söhne (Kekrops d.J., Pandoros, Metion) und 4 Töchter (Prokris, Chthonia, Oreithyia, Kreusa). Schon Od. 7,81 wird die feste Burg des E. erwähnt, nach Il. 2,547 hat Athene den erdgeborenen E. zum König von Athen aufgezogen und ihm in ihrem Tempel Aufenthalt gegeben. Es ist der Tempel der Athene Polias mit dem → Erechtheion. Hier hat E. Kultgemeinschaft mit Butes, Hephaistos und Poseidon, Paus. 1,26,5; E. ist auch Beiname Poseidons (allerdings auch des Zeus). Poseidon schafft dort die Ἐρεχθὴς θάλασσα, Apollod. 3,178, und das Dreizackmal: er scheint den alten Heros in sich aufgenommen zu haben. Doch spricht die Sage von Kämpfen des E. mit Poseidons Nachkommen, dem Thraker Immarados, dem Sohn des Eumolpos (Paus. 1,5,2), und mit dem Poseidonssohne Eumolpos selbst, auf den sich das leitende Geschlecht in Eleusis zurückführte (Paus. 1,38,1. Thuk. 2,15,1). In diesen Kämpfen, in denen Eumolpos fiel, mußte E. auf Weisung des Orakels eine Tochter opfern, und damit war auch der Untergang der anderen verbunden, die ohne Wissen der Eltern geschworen hatten, sich gegenseitig nicht zu überleben; nur Kreusa entging dem Verhängnis (Eur. Ion). Sie galten später als Beispiel der Vaterlandsliebe (Lykurg in Leocr. 98). E. selbst verschwand unter den Schlägen des Dreizacks in der Erdtiefe (Eur. Ion 281, vgl. Cl. Al. protr. 45,1), oder Zeus erschlug ihn mit dem Blitz auf Poseidons Wunsch (Hyg. fab. 46).

E. war Heros der 1. att. Phyle Ἐρεχθηΐς. Eur. schrieb ein Stück E. H. v. G.

Ereike. Von den gegen 500 vorwiegend afrikanischen Strauch- und Baumarten der Gattung Erica (ἐρείκη zuerst bei Aischyl. Ag. 295, Theophr. 1,14, neugr. ἀρίκι, *erica* bei Plin. u.a., it. brughiera, scopa, frz. bruyère, dt. Heide) sind in Frankreich 11, Italien 9, Hellas nur 3 Arten vertreten, in den Macchien des ganzen Mittelmeergebiets vor allem die strauch- bis baumförmige E. arborea L., deren Maserholz zu feinen Drechsler- und Einlegearbeiten, u.a. zu Pfeifenköpfen, verwendet wird. H. G.

Ereleuva (Erilieva). Frau Thiudimers, Mutter → Theoderichs d. Gr., Katholikin. Sie wurde Eusebia getauft, führte aber weiterhin den Geburtsnamen (Iord. Get. 269. Anon. Vales. 58. epist. Theodoricianae variae 4/5 = MGAA 12,390f.). A. L.

Eresos (Ἔρεσος). Stadt an der W.-Küste der Insel Lesbos, z.T. gut erhaltener Mauerring um den Stadtberg, Terrassenmauern, Hausreste und andere Reste, auf der Kuppe des Berges genuesischer Festungsring. Der an sich offene, schlechte Hafen ist durch Felsriffe, kleine Inseln und einen künstlichen Hafendamm etwas geschützt. Skyl. 97. Strab. 13,618. Ptol. 5,2,19. Plin. nat. 5,139. Mela 2,101.

E. war 428 v. Chr. am Aufstand gegen Athen beteiligt (Thuk. 3,18,1), ebenso 412 (Thuk. 8,23, 2ff. 100,3ff. 103,2). 389 durch Thrasybul wieder für Athen gewonnen (Diod. 14,94,3f.), dann im 2. att. Seebund (IG II^2 43 = Syll. I^3 147,117. IG II^2 107 = Syll. I^3 164,29). Etwa von 350 bis 343 Tyrannis, durch Philipp II. v. Mak. beseitigt, neue Tyrannis vor 336 (Demosth. 17,7). 333 Eroberung durch→ Memnon (Diod. 17,29,2), Rückeroberung durch → Hegelochos, die Tyrannen zu Alexander nach Äg. und von diesem zur Aburteilung zurückgeschickt (Arr. an. 3,2,3ff. Demosth. 17,7. Tyrannengesetz IG XII 2,526 = OGIS I 8). Später zum Reich des Antigonos (Tyrannengesetz), dann ptolemäisch (IG XII 2,527. Suppl. 122). Mehrere Ehreninschr. für röm. Kaiser und ihre Familien von Augustus bis Traian. Frühchr. Kirchen: D. Evangelides *Πρακτικά* 1925/26, 95. 154ff. A. Orlandos *Πρακτικὰ τ.'Ακαδημ.'Αθηνῶν* 1928, 322ff. Das h. gleichnamige Dorf liegt 4 km landein. Berühmt war die Gerste von E. (Athen. 3,111 F). Aus E. stammten wahrscheinlich Sappho und sicher die Aristotelesschüler Theophrast und Phainias (Phanias). E. M.

1. Inschr. IG XII Nr. 526–576. Suppl. Nr. 120–133. SEG III 712. 2. Mz.: *Head* HN^2 560. 3. *Al. Conze* Reise auf der Insel Lesbos, 1865, 26ff. 4. *R. Koldewey* Die ant. Baureste der Insel Lesbos 22ff. T. 8–10 (Pläne). 5. *Bürchner*, RE VI 420f. 5. *H. Pistorius* Beiträge zur Gesch. von Lesbos im 4. Jh. v. Chr., bes. 60ff. 65. 67. 70ff. 120ff. 6. *J. D. Condis* Capitello eolico di Eresso, ASAA 24/6, 1950, 25ff.

Eretria (*'Ερέτρια*). Zweitgrößte Stadt Euboias beim h. Nea Psara 23 km s.ö. von Chalkis mit ausgedehnten ant. Resten. Erhalten oder ausgegraben bes. die Mauern der urspr. allein befestigten Akropolis (ca. 125 m hoch), Stücke der jüngeren Stadtmauer, das Theater am Abhang der Akropolis (3. Jh. v. Chr. mit älteren Resten, [5. 6]), dabei ein Tempel des Dionysos [5], Tempel des Apollon Daphnephoros aus dem Ende des 6. Jh. über älteren Resten (*Πρακτικά* 1910, 267ff. [9]), ein Isistempel aus dem 3. Jh. v. Chr. (*'Αρχ. Δελτ.* 1, 1915, 115ff. IG XII Suppl. S. 201f.), große, wohl hellenist. Tholos (*'Αρχ. Δελτ.* 17 B, 1961/62, 148ff.), Gymnasion [5], Palaistra, Thermen, Privathäuser, Molenreste des Hafens [7]. Das Hauptheiligtum der Stadt lag im Demos → Amarynthos.

E. ist bereits bei Homer Il. 2,537 genannt, lag an der späteren Stelle mindestens seit dem 8. Jh. (unrichtig Strab. 10,447). Größte Bedeutung in der Z. der 2. Kolonisation, Kolonien Andros, Tenos, Keos und auf der Chalkidike, bes. Mende und Dikaia auf der Pallene, ferner Methone und teilweise Kyme in Italien (Dion. Hal. 7,3), angeblich auch 1. Besiedlung Kerkyras. Im »lelantischen Krieg« verlor E. die fruchtbare lelant. Ebene an Chalkis. Sturz der Oligarchie gegen Ende des 6. Jh. Beteiligung mit 5 Schiffen am ion. Aufstand, dafür Eroberung und Zerstörung durch die Perser 490 v. Chr., Bewohner verschleppt und in der Nähe von Susa angesiedelt (Hdt. 6,99ff. 119. RFIC 36, 1958, 350ff.). Beteiligung am 2. Perserkrieg. Bronzestier in Olympia (Paus. 5,27,9. Inschr. Ol. 248). Im 1. att. Seebund zunächst mit Schiffen, dann mit einem Tribut von 6, dann 3, dann 15 Talenten (B. D. Meritt Athenian tribute lists 1,270f. 2,80. 3,31 A. 7. 197. 267. 294). Beteiligung am Aufstand gegen Athen 446 v. Chr., danach att. Kleruchie; neuer Abfall 411 v. Chr. mit Seeschlacht vor E. (Thuk. 8,60. 95). Im 2. att. Seebund; 366 v. Chr. Tyrannis des Themison, 349 Abfall von Athen mit Unterstützung Philipps II. v. Maked., Tyrannis des Kleitarchos, 341 Anschluß an Athen und Vereinigung mit Chalkis zum euboiischen Bund. Nach 338 v. Chr. im allg. mit Unterbrechungen unter maked. Herrschaft, 308–304 im Boiotischen Bund (Beloch GG $4,2^2$,428f.). 198 v. Chr. durch die Römer erobert und gründlich zerstört (Liv. 32,16, 8ff. Paus. 7,8,1). 196 für frei erklärt (Pol. 18,45,5. 47,10f. Liv. 33,34,10). Von der Zerstörung 198 v. Chr. hat sich die Stadt nie wieder erholt. Spätere Bauten fehlen fast ganz, und von Inschr. auf röm. Kaiser gibt es nur eine für Diokletian und Mitregenten und vielleicht Konstantin aus → Amarynthos (IG XII 9,146 A und B). Unter Augustus soll E. sogar kurze Zeit den Athenern gehört haben (Cass. Dio 54,7,2). Bei Hierokles ist E. nicht mehr genannt, und im MA. existierte es nicht mehr.

Das Gebiet von E. war bes. seit der Einverleibung von→ Styra (Strab. 10,446), sehr ausgedehnt und umfaßte große Teile von Mittel- und S.-Euboia von Meer zu Meer. Es sind über 50 Demennamen bekannt [4]. Ackerbau und Viehzucht, bes. Pferde und Hunde, bedeutend, daneben Fischerei und Handwerk wie bes. die Töpferei. E. war Heimat und Sitz der Philosophenschule des Menedemos und des Malers Philoxenos, auf den wohl das Original des berühmten Alexandermosaiks zurückgeht (RE XX 201f. Nr. 29). Strab. 10,446. 447f. Inschr. IG XII 9 Nr. 52–897. Suppl. Nr. 532–643. SEG I 409. II 761f. XII 400f. XIII 462. XIV 573f. XV 557–561. XVI 521. XVII 431. Mz.: Head HN^2 360ff. E. M.

1. *Fr. Geyer* Topogr. und Gesch. der Insel Euboia 55ff. 2. *Philipps.-Kirst.* 1,607ff. 3. *L. Vlad Borrelli* Enciclopedia dell'arte ant. 3,409f. (mit Bibliogr.). 4. *W. Wallace* The demes of E., Hesp. 16, 1947, 115ff. (mit Karte). 5. *Ch. Waldstein* u.a. Excavations at E., AJA 7, 1891, 233ff. 371ff. (Gesch., Inschr., Theater, Topographie mit Abb. und Plänen). 10, 1895, 326ff. (Dionysostempel). 338ff. (Theater). 11, 1896, 152ff. (Gymnasion), zusammengefaßt in Papers of the Amer. school 6, 1897, 56ff. 6. *E. Fiechter*

Das Theater in Eretria (Ant. griech. Theaterbauten 8) 1937. 7. *K.Lehmann-Hartleben* Die ant. Hafenanlagen des Mittelmeeres, Klio Bh. 14, 1923, 99f. 8. *K.Kuruniotes* Goldschmuck aus E., MDAIA 38, 1913, 289ff. 9. Hauptstücke vom Giebel des eretr. Tempels des Apollo Daphnephoros, Ant. Denkm. III T. 27–29. 10. *J.Boardman* Early Euboean pottery and history, II Eretria, ABSA 52, 1957, 14ff. 11. *Ders.* Old-Eretria a.O. 22ff. 12. *W. Wallace* An Eretrian proxeny decree of the early fifth century, Hesp. 5, 1936, 273ff. (= IG XII Suppl. 549). 13. Ausgrab.: *Πρακτικά* seit 1886. 1952, 159ff. 1955, 125ff. *'Αρχ. Δελτ.* 17 B, 1961/62, 144ff. (Stadtplan). Ant. Kunst 7, 1964, 102ff.

Eretum (Nissen It. Ldk. 2,479). Unbedeutende sabin. Ortschaft (Strab. 5,228.238) 18 mp von Rom an der via Salaria (Tab. Peut. 5,5. It. Ant. 306,5), die in älterer Zeit häufig in der Kriegsgesch. genannt wird (Liv. 3,26,2.29,7.38,3. Dion. Hal. ant. 3,32.59.4,3.51.5,45.11,3). Der Name irrig mit dem der Hera verbunden (Serv. Aen. 7,711. Solin. 2,10). Lage b. Monte Maggiore (Ashby, PBSR 3, 1ff.). G.R.

Ergastulum. E. bezeichnet den Bau, in dem diejenigen Sklaven in Gewahrsam gehalten wurden, die gefesselt arbeiten mußten *(vincti, compediti)*, auch die Gesamtheit dieser *vincti*. Der Aufseher des E. heißt *ergastularius*. Vorschriften für die Anlage eines E. bei Colum. 1,6,3. E. sind bisher nicht mit Sicherheit in ant. Bauresten nachgewiesen. Im E. wurde nicht gearbeitet, die *vincti* waren vornehmlich Feldarbeiter, ihre Verwendung für Latifundienwirtschaft charakteristisch (Colum. 1, 3,12. Sen. benef. 7,10,5. Plin. nat. 18,21), wenn auch nicht überall üblich (Plin. epist. 3,19,7). Angeblich hob Hadrian die E. auf, H.A. Hadr. 18,10, doch bestanden sie später auch noch, Apul. apol. 47, gelegentlich sogar als Strafe für Freie (H.A. a.O. Cod. Theod. 9,40,3). W. H. G.

Erginos (*'Εργῖνος*). Myth. König des boiot. Orchomenos, Repräsentant der alten Minyerherrschaft, Sohn des Klymenos und der → Budeia. Er machte Theben tributpflichtig, weil des Menoikeus Wagenlenker seinen Vater auf einem Fest des Poseidon durch Steinwurf getötet hatte. Herakles befreite Theben von diesem Tribut durch einen Kampf, in dem E. fiel. Als Siegeszeichen des Herakles galten ein Altar des Zeus Soter und ein steinerner Löwe im Tempel der Artemis Eukleia. In hohem Alter zeugte E. noch → Trophonios und Agamedes. Paus. 9,37,1–4. Eur. Her. 49.220. Apollod. 2,65ff. Diod. 4,10,3ff. – Der Argonaut E., als Sohn des Klymenos oder Poseidon bezeichnet, der sich nach Tiphys' Tode zum Steuermann meldete und auf Lemnos trotz hohem Alter im Wettlauf siegte (Pind. O. 4,19 m. Sch. Apoll. Rhod. 1,185f. (»aus der Stadt des Miletos«). 896 (mit Sch. Apollod. 1,113. Hyg. fab. 14) ist wegen der Beziehungen des Klymenos zu Poseidon urspr. mit dem König E. identisch. H. v. G.

Ergokles (*'Εργοκλῆς*). Athen. Demokrat, der 390/89 zusammen mit Thrasybulos als Stratege am Hellespont und an der W.-Küste Kleinasiens befehligte. Nach seiner Rückkehr wurde er wegen Unterschlagung und Schädigung athen. Bürger angeklagt und zum Tode verurteilt. Von dieser Sache handelt die 28. Rede des Lysias. Fr. Kie.

Ergotimos s. Klitias

Erianthes (*'Εριάνθης*). Thebaner, Kommandant des boiot. Flottengeschwaders in der Seeschlacht bei Aigospotamoi, weshalb seine Statue auf dem spartan. Siegesdenkmal in Delphoi stand (Paus. 10,9,9). Bei Athens Kapitulationsverhandlungen anfangs 404 beantragte E. als Vertreter Boiotiens, unterstützt von Korinth, die Zerstörung der Stadt (Xen. hell. 2,219. Plut. Lys. 15), scheiterte damit aber am Widerspruch Spartas. Später behaupteten die Thebaner beschönigend, es habe sich dabei um einen eigenmächtigen Antrag des E. gehandelt (Xen. hell. 3,5,8). Fr. Kie.

Eriboia → Periboia

Erichthonios (*'Εριχθόνιος*). **1.** Mit → Erechtheus dem Namen und der urspr. Bedeutung nach identisch; in E. ist der Stamm *χθον-* deutlicher zu hören ist als in jenem. Es handelt sich um dasselbe myth. Wesen, das im 6. Jh. (Einfluß des Peisistratos? Escher, RE VI 409,35ff.) oder im 5. Jh. nach seinen beiden Bezeichnungen aufgespalten wurde, ohne daß man konsequent verfuhr. Auf Gefäßen des 5. Jh. stellt man beide nebeneinander dar, in der Lit. werden sie zuerst von Pind., Eur. und Plat. unterschieden. Die Genealogen machten Erichthonios zum Großvater des Erechtheus, und so erscheint der erstere in der att. Königsliste Apollod. 3,186 als 4. König, Nachfolger des Amphiktyon, den er vertrieb. E. gilt hier als Sohn des Hephaistos und einer Tochter des 2. Königs Kranaos, oder des Hephaistos und der Athena, in Wirklichkeit jedoch der Erde (*γῆ*), die den Samen des Gottes aufnahm, da Athena sich gegen ihn zur Wehr setzte (Paus. 1,2,6). Athena zog aber den Knaben auf, um ihn unsterblich zu machen. Sie übergab ihn in einem verschlossenen Kasten einer Kekropstochter, deren Schwestern ihn aus Neugier öffneten und zu ihrem Entsetzen das Kind von einer Schlange umwunden darin erblickten, → Aglauros und Ov. met. 2,552ff. Von einem Kinde in Schlangengestalt spricht nur Hyg. astr. 2,13, halb Schlange, halb Mensch ist es bei Hyg. fab. 166. Doch sah man E. in der heiligen Burgschlange verkörpert, Paus. 1,24,7. Hdt. 8,41. Athene erzog E. in ihrem Heiligtum. Als Priesterkönig stellte er das hölzerne Bild Athenas auf der Burg auf, begründete die Panathenäen und andere Bräuche. Soweit Apollod. Andere fügen hinzu, daß er die eleusin. Mysterien einführte, den Namen *'Αθηναῖοι* zur Geltung brachte (Hdt. 8,44), zuerst Wagenrennen abhielt (Verg. georg. 3,113). Seine Gemahlin heißt auch Praxithea wie die des Erechtheus, sein Sohn Pandion, der Erechtheus' Vater wurde.

Zur Deutung: *Nilsson* GgrR 1,294f.414. *Kern* Rel. der

Griechen 2,11f. *Kerenyi* Mythol. der Griechen 121; Heroen der Griechen 232. *W.Judeich* H 64, 1929, 401ff. *A.B. Cook* Zeus 3,181. *M.Fowler* Class.Phil. 38, 1943, 28. *Deubner* Att.Feste 11.23. *Wilam.* GldH 2,140.

2. Sohn des Troers → Dardanos und der → Bateia, Gemahl der → Astyoche (oder Kallirhoe), Apollod. 3,140. Dion.Hal.ant.1,62. Stammbaum → Dardanidai. Nach Aischyl.frg. 358 ist E. Sohn, nicht Enkel des Zeus. Vielleicht ist E. durch att. Einfluß in die tro. Königsliste gelangt, ESCHER, RE VI 440, vgl. Strab.13,604. H. v. G.

Eridanos (Ἠριδανός). **1.** Myth. Strom des fernen W., als Gott Sohn des Okeanos und der Tethys, Hes. theog. 338. Schon Hes. brachte ihn in Verbindung mit dem Sturze → Phaethons, andere mit der Entstehung des Bernsteins, Plin.nat.37, 30ff. Hdt. 3,115 und Strab. 5,215 bestritten die Existenz des E. Bei dem Versuch geogr. Fixierung dachte man an Rhein, Rhone und Po, die man auch für Arme des E. hielt, → Argonauten, vereinzelt auch an Indus und Nil. Verg.Aen. 6,659 läßt den E. aus dem unterirdischen Elysium nach oben fließen. Nach H.PHILIPP, RE XVIII 2179 Art. Padus hat der Reteno (Bachiglione) n. des Po den Namen für den E. hergegeben. E. als Sternbild → Sternbilder. **2.** Att. Bach, der in den Kephisos mündet. Plat. Kritias 112a. Strab. 9,397. Paus.1,19,3. DÖRPFELD stellte seinen Lauf fest, MDAI(A) 13,211ff. o. Bd. I 686, 46. H. v. G.

Erigon (Ἐρίγων), h. Černa, der bedeutendste Nebenfluß des Axios (Vardar); er entspringt in den illyr. Bergen, durchfließt die Landschaften Deuriopos und Pelagonia sowie den Gau Lynkestis, wo er zahlreiche Zuflüsse erhält, und mündet bei Stoboi in den Axios. Bei dem E. (in der Lynkestis) gab es nach Theop.frg. 278 (JAC.) eine Quelle, deren Genuß wie Wein berauschte. Strab. 7,7,8.7, frg. 20.22ff. Arr.an.1,5,5. Liv. 31,33,6. 39, 53,15. Chr. D.

Geyer, RE XIV 627ff. *Casson* Macedonia, Thrace and Illyria, 14. *Papazoglu* Makedonski gradovi u rimsko doba (serb.)., Skopije, 203–206 u.ö.

Erigone (Ἠριγόνη). **1.** Tochter des → Ikarios, Eponymen des att. Demos Ikaria. Als dieser im Auftrag des Dionysos den Weinbau einzuführen versuchte, wurde er von Kameraden der für vergiftet gehaltenen Betrunkenen erschlagen. E., von dem Hund Maira geführt, findet den toten Vater unter einem Baume und erhängt sich daran. Aetiolog. Legende zu dem Kultgebrauch der → Aiora. Eratosthenes' Gedicht E. schildert die Verstirnung des Vaters (Bootes), der Tochter (Jungfrau mit Traube) und des Hundes (Seirios, Prokyon). Apollod. 3,191ff. Hyg.fab.130; astr. 2,4f. Ov. met.10,451, abweichend 4,125. **2.** Tochter des Aigisthos und der Klytaimestra. Orestes will sie töten, aber Artemis entrafft sie nach Attika und macht sie zur Priesterin. So Hyg.fab.122. Andere Darstellung Paus. 2,18,5f. Diktys 6,4. H. v. G.

Erigyios (Ἐρίγυιος). Jugendfreund Alexanders d.Gr., mit diesem 337 verbannt (Plut.Al.10) und auch später einer von dessen engsten Vertrauten (Arr.an. 3,28,2), nahm am Feldzug gegen Persien teil. Er führte eine Hipparchie der bundesgenössischen Reiterei, nach 330 scheint er Führer der μισθοφόροι zu Pferd gewesen zu sein. Mehrfach zu selbständigen Unternehmungen abgeschickt, tötete er im Zweikampf Satibarzanes (Arr.an. 3,23,2) und trug wesentlich zur Unterdrückung des Aufstandes in der Areia bei, starb aber bereits 327. G.W.

Berve Alex. II Nr. 302.

Erinna lebte Mitte des 4.Jh. v.Chr. auf Telos, starb früh. Neunzehnjährig schrieb sie nach dem Tod ihrer Freundin Baukis das von den Grammatikern »Die Spindel« benannte Gedicht, 300 Hexameter in fast hellenistischer Technik und einem mit Aeolismen durchsetzten Dorisch. Die im Papyrus PSI 9 Nr.1090 erhaltenen Reste zeichnen Bilder aus der Kinderzeit, unterbrochen durch Klagen, mit ergreifender Unmittelbarkeit des Ausdrucks. Ganz persönliche Dichtung sind auch die Epigramme: Anth. Pal. 6,352 auf ein Porträt, 7, 710.712 die vom Stein in die Anthologien übernommenen Grabepigramme auf Baukis. Verloren ist das aus Plin.nat. 34,57 zu erschließende Epigr. auf den Tod eines Heuschrecks und einer Zikade, unecht das Athen.7,283d zitierte Propemptikon. Quellen: Suda; Asklepiades Anth.Pal.7,11; anon. 9,190. R. K.

Latte, NAG Phil.-Hist. Kl. 1953 Nr. 3.

Erinys (Ἐρινύς). »Zorn, Rachedrang« (vgl. Paus. 8,25,6; zur Etymol. FRISK 559. [3],83f.) der Seele des Gemordeten (Aischyl.Choeph. 577ff. 1048f.), auch die Fluchkraft des grollenden Vaters (Sept. 70) oder der gekränkten Mutter (Hom. Od.2,135. [1],131); personifiziert (»die Zürnende« H.HERTER, Lexis 3, 1952/53, 232) als Rachedämon (A.DIETERICH Nekyia, 1893, 54ff.) dem Bereich der → Unterwelt zugeordnet (ROHDE, RhM 50, 1895,6ff.; Psyche 1,206,2. [3],127. [4],131); Tochter der → Nyx (Eum. 321ff.416f.), daher ἠεροφοῖτις (Il. 9,571), δασπλῆτις (Od.15,234), μέλαινα (Sept. 977): [1],130.132ff. Sie hört Il. 9,565ff. die → Althaia, welche sühneheischend mit den Händen die Erde schlägt, aus dem Erebos (W.PÖTSCHER, G 70, 1963, 410). Das gemahnt an die altertümliche subterrane Lokalgottheit Ἐρινύς in Arkadien und Boiotien (Paus. 8,25,4.4,129ff. G.CAPOVILLA, Aegyptus 40, 1960, 49f. Vgl. *e-ri-nu* KN Fp 1.8. A.FURUMARK, Eranos 52, 1954, 34), die in der → Demeter aufgegangen ist ([1],137. [3],94ff.). Roßgestalt und Quellenkult verdeutlichen eine Zweiseitigkeit des unterweltlichen Charakters: Totenglaube und Fruchtbarkeitssymbolik lassen den blutgierig raffenden und den maternal förderlichen Aspekt der E., aus der hesiod. Geburtssage (theog. 185ff.) noch ablesbar, als zusammengehörig erkennen ([1],137ff.). Während die maked.-illyr. Glosse

'Αράντισιν 'Ερινύσιν (Hesych. H. Krahe, ARW 30, 1933, 393 ff. Capovilla, RFIC 39, 1961, 19). Wesensnähe zu dem schadenstiftenden → Ares anzuzeigen scheint (vgl. Pötscher 398), sind die Kennzeichen fruchtbarkeitsfördernder Milde (Eum. 834 f. 904 ff.) in der E.-Mythologie zu Euphemismen verblaßt (*Εὐμενίδες* Sch. Aischin. in Tim. 188; *Σεμναί* Paus. 1,28,6. '*Αβλαβίαι* Sylloge^3 1014 b 67. F. Sokolowski Lois sacrées en Asie Mineure, 1955, 73). W. F.

1. *K. Hedén* Hom. Götterstudien, 1912. 2. *P. Robin* Le culte des E. dans la Grèce class., 1939. 3. *E. Wüst*, RE Suppl. VIII, 1956, 82 ff. (alle Belege). 4. *B. C. Dietrich*, H 90, 1962, 129 ff.

Eriphyle ('Εριφύλη). Tochter des Talaos und der Lysimache, Schwester des → Adrastos, Gemahlin des Sehers → Amphiaraos in Argos. Die Schwäger gaben sich das Wort, daß E. bei ihren Meinungsverschiedenheiten entscheiden solle. Nun geht es um die Teilnahme am Zuge gegen Theben. Obwohl Amphiaraos seinen Tod voraussieht, treibt E., von Polyneikes mit dem berühmten Halsband der → Harmonia bestochen, ihren Gatten in den Krieg. Hom. Od. 11,326 f. 15, 247. Pind. N. 9,16. Apollod. 3,60 ff. Hyg. fab. 73 (nach dem kykl. Epos Thebais). Vor dem Zuge der → Epigonen gegen Theben wiederholt sie ihren Verrat dem Sohne → Alkmaion gegenüber, der sie dafür nachher tötet. Apollod. 3,81 ff. Die arch. Kunst stellte die Sage in Form einer Abschiedsszene dar, so auf der Kypseloslade, Paus. 5,17,7 f. Baum. Denkm. 67. E. häufig in Unterweltsdarstellungen, Polygnot Paus. 10,29,7. Verg. Aen. 6, 445. H. v. G.

Eris ("Ερις). Der »Streit« (zur Etymol. und Bed. bei Homer H. Trümpy Krieger. Fachausdrücke im griech. Epos, 1950, 139 ff.). In der Ilias weiblicher Dämon der Kriegshändel (11,73 ff.) im Range einer *θεά* (11,10); von Zeus als schlimmer (*ἀργαλέη*) Aufpeitscher gesandt, das Gorgonenhaupt (*τέρας πολέμοιο*) in Händen, flößt sie den Achaiern laut schreiend Kampfeskraft ein (11, 3 ff.). Ihre Freude am blutigen Hader betonen die Attribute *ἄμοτον μεμαυῖα* (5,518), *πολύστονος* (11,73), *κρατερὴ λαοσσόος* (20,48); neben → Ares, Athene, Deimos und Phobos wirkt sie im Kampfgewühl (4,440 ff.). Auch sonst erscheint sie im Epos mit wesensähnlichen Mächten verbunden (Il. 5,740. 18,535. Hes. asp. 147 ff. Nonn. Dion. 32, 177 f. Q. Smyrn. 5,29 ff. J. Fontenrose Python, 1959, 328 f.). Homer schließt E. genealogisch als Schwester des → Ares an den Olymp an, Hesiod ordnet sie qualitativ unter die Kinder der Nacht (theog. 224 ff. H. Schwabl, G 62, 1955, 531) und läßt sie Erzeugerin abscheulicher Unmächte sein (W. F. Otto Varia Variorum, Festgabe K. Reinhardt, 1952, 54 f.). Die Bildkunst stellt sie entsprechend häßlich dar (Paus. 5,19,2). Doch wohnte der E. auch eine positive Möglichkeit im Sinne des »Wettstreits« inne, die sich in der relativ späten mytholog. Szene des Parisurteils (Apollod. epit. 3,2) nur andeutet, bei Hes. op. 11 ff. mit dem Dualismus der E. *ἀγαθή* und der E. *βαρεῖα* hingegen voll ausgeprägt ist: J. Kühn, WJ 2, 1947, 273 ff. [3], 409 ff. W. F.

1. *F. Wieseler*, NGG 1885, 87 ff. 2. *L. Petersen* Zur Gesch. der Personifikation, 1939, 12 ff. 3. *H. Munding*, G 67, 1960, 409 ff.

Eristiker s. Megar. Schule

Erle. Von den 17 Laubholzarten der Gattung Alnus (idg. und kelt. *aliza*, → alausa, *κλήθρη* oder *κλήθρα* schon bei Homer, it. ontano, dt. Erle oder Eller) wachsen in Italien 4, in Hellas nur die im größten Teil von Europa in Bach- und Flußauen und an feuchtschattigen Hängen weitverbreitete Schwarzerle, Alnus glutinosa, die wohl wegen ihres Standorts (in Homers Od. z. B. vor der Höhle der Kalypso) in vielen Mythologien als unheimlich oder unheilvoll galt. In Erlen sollen die um ihren Bruder Phaethon trauernden Heliaden verwandelt worden sein. H. G.

Ernte (*θερισμός, ἄμητος, messis*). Daneben spezielle Bezeichnungen: für Weinlese *τρύγητος, vindemia*, für Heu-E. *συγκομιδή, ποίη* (*πόα*), *fenisicium*, für Oliven-E. *olivitas*, für Obst-E. *ὀπώρα, messis pomaria.* Bei den antiken Schriftstellern finden sich vor allem Ratschläge, die die E. betreffen, z. B.: 1. Über günstigste E.-Termine für das Einbringen der Feld- und Gartenfrüchte. So soll in Böotien die Gersten-E. Mitte Mai erfolgen (Hes. erg. 384), an die sich die Weizen-E. anschließt (Theophr. h. plant. 8,2,7), im Juli solle der Getreidedrusch beendet sein (Geop. 3,10,5). In Italien solle die Heumahd im Mai (Varro r. r. 1,31,4. Colum. 11,2,40. Pallad. 6,1,2), jedenfalls nicht zu spät erfolgen, weil dies den Ertrag mindere (Cato agr. 53. Plin. nat. 18,67,8.72,2). Die Gersten-E. habe im Juni vor der Vollreife (Colum. 2,9,15. 11,2,50. Pallad. 7,2,1), die des Weizens vor der Sommersonnenwende (Varro r. r. 1,32,1. Colum. 9,14,5), die der Hirse im September (Colum. 11,2,72. Pallad. 7,2,2) zu beginnen.

2. Über beste Arbeitsmethoden bei den verschiedenen Früchten. So soll das Getreide derart abgemäht werden, daß langes Stroh gewonnen werden kann (Geop. 2,22,2. Varro r. r. 1,50. Plin. nat. 18,72,1). Die beste Tageszeit sei der Morgen, wenn noch Tau liegt (Geop. 2,25. Verg. georg. 1, 289), dann sei der Mehlertrag größer (Theophr. c. plant. 4,13,3). Hülsenfrüchte ernte man in saftigem Zustand, damit die Kerne nicht ausfallen und ihr Geschmack erhöht werde (Theophr. c. plant. a. O. h. plant. 8,11,3. Geop. 2,25), Heu bringe man nicht zu feucht ein, um ein Erhitzen und Entzünden zu vermeiden (Colum. 2,18,1).

3. Über die Arbeitsorganisation in der E.-Zeit. Eine rentable Wirtschaftsführung erfordere nicht nur den rationellen Einsatz der ständigen Arbeitskräfte der Güter, meist Sklaven, sondern auch die Einstellung von Saisonkräften, also Mietsklaven

und Tagelöhnern (Demosth. 18,51.53,21. Varro r. r. 1,17,2), sie erfordere auch die Festlegung bestimmter Arbeitsnormen; so solle ein Arbeiter pro Tag 1 Jugerum Heu (Colum. 11,2,40. Plin. nat. 18, 67,10) oder 1 Jugerum Gerste (Colum. 2,12,1) oder $^2/_3$ Jugerum Weizen mähen (Colum. 2,12,1). Es werden auch Ratschläge über die Verwendung des Arbeitsgeräts gegeben: Sichel (Geop. 4,9. Varro r. r. 1,50. Colum. 11,2,72), Gabel und Harke (Varro r. r. 1,49,1. Ov. rem. am. 192), Mähmaschine (Plin. nat. 18,72,1. Pallad. 7,2,2).

Die Bedeutung der E. für die Existenz antiker Menschen geht schließlich aus zahlreichen Sprichwörtern hervor, in denen sich allgemeine Erkenntnisse und Lebensregeln finden, z. B. ἀλλότριον κάματον ἀμᾶν = sich fremde Arbeit aneignen (Hes. theog. 599), *ut sementem feceris, ita metes* (Cic. de or. 2,261) oder: *tibi aras, tibi occas, tibi seris, tibi item metes* = wie die Saat, so die E. (Plaut. Merc. 71). G. Sch.

Eros (Ἔρως). Die Liebe, der Liebesgott (P. Kretschmer, Gl 13, 1924, 104). Als dämon. Gestalt bei Homer unbekannt, nimmt E. in der Chaosszenerie ant. → Weltentstehungslehren ([2],61 ff.) einen primären Platz ein: Hesiod stellt ihn neben Tartaros und Gaia elternlos an den Beginn aller Dinge (theog. 120 ff.), so wie, Eudem von Rhodos zufolge, die »Kosmogonie der Sidonier« den wesensgleichen Πόθος (Damasc. de princ. 125). Nach Parmenides (frg. B 13) ersann die weibliche Urpotenz (Δαίμων) den E. πρώτιστον θεῶν (H. Schwabl, WSt 70, 1957, 284); Phaidros greift im platon. »Gastmahl« (Symp. 178 b. M. Pohlenz Aus Platos Werdezeit, 1913, 372) auf den θεὸς παλαιότατος des Hesiod, Akusilaos und Parmenides zurück. Die von Aristophanes Av. 692 ff. parodierte altorph. Konzeption läßt den Demiurgen E. einem von der → Nyx im Schoß des Erebos hervorgebrachten Weltei entsteigen, ehe noch Erde, Luft und Himmel waren (R. Mondolfo, RFIC 59, 1931, 433 ff.). Die Rolle des kosmisch zeugenden und verbindenden Prinzips schlechthin (Av. 700 f. Lesky GGrL 92) fällt dem E. aus einer Vorstellungsweise zu, die Entstehen und Entwicklung noch unter dem Bild geschlechtl. Mixis und geneal. Abfolge begreift. Man hat für ihn vorgriech. Ursprünge vermutet (F. Messerschmidt, Jahresb. Schles. Ges. für Vaterl. Kultur 108, 1935/36, 147). Damit verträgt sich einmal der hocharchaische Steinkult des anikon. E. von Thespiai (Paus. 9,27,1) mit seiner Synthese von phallisch-priap. und kosmisch-keraunischer Sinnbildlichkeit (G. Kaibel, NGG 1901, 506 f.) sowie – unter gleichem Vorzeichen (Nilsson GgrR 1,494 f,) – die ebenfalls alte Sakralgemeinschaft mit der uranischen Fruchtbarkeitsgöttin → Aphrodite ἐν κήποις zu Athen (O. Broneer, Hesp. 1, 1932, 31 ff. 49 ff.); zum anderen die für personifizierte Potenzen ungewöhnliche Plastizität des primigenen E. (A. Savić Rebac, WSt 55, 1937, 200 f.): κάλλιστος ἐν ἀθανάτοισι ist er bei Hesiod; die frühe Orphik verleiht dem glanzvollen Lichtbringer goldene Flügel (Av. 697), entstellt ihn freilich bald darauf in der rhapsod. Theogonie (Orph. frg. 74.82) durch Vermengen mit anderen schöpferischen Gottwesen zu einem vielnamigen, vielgesichtigen bisexuellen Monstrum → Phanes-Erikepaios-Protogonos, in seiner polymorphen Unnatur dem mithrischen → Kronos-Chronos verwandt (F. Saxl Mithras, 1931, 61.73. F. Cumont, RHR 109, 1934, 63 ff. 68. [2],96 ff.). Dagegen hat die griech. Dichtung die im Kontrast zu chaotischen Dunkelmächten konzipierte Lichterscheinung des kosmogon. E. auf der Grundlage einer aus Reflexion erwachsenen erot. Pathologie zur ästhet. Glorifizierung einer unüberwindbaren Lebensmacht umgemünzt (Savič Rebac 202 ff.). Bereits Hesiod anerkannte in dem »Schönsten der Unsterblichen« den gliederlösenden (λυσιμελής) Bezwinger von Göttern und Menschen (121 f.). Goldhaarig (Anakr. frg. 14), goldgeflügelt (Aristoph. Av. 1738), frühlinghaft (Thgn. 1275 ff.), im Glanz himmlischer Blitze (Ibyk. frg. 1), dem Westwind und dem Regenbogen sohnverwandt (Alk. frg. 13 B), bringt der δεινότατος θεῶν, einem Sturm gleich (Sapph. frg. 42) das Bittere und das Süße der Liebe (γλυκύπικρος frg. 40) mit fataler Gewalt (Soph. Ant. 781. Eur. Hippol. 538. L. Castiglioni Convivium, Festg. K. Ziegler, 1954, 1 ff.). Da E. keine vorlit. Mythen besitzt – das Märchen von Amor und → Psyche bei Apuleius (met. 4,28 ff. J. Ö. Swahn The Tale of Cupid and Psyche, 1955) ist ein später Auswuchs philos. Allegorese (Plat. Phaidr. 255 c) im Bannkreis der hellenist. Isismysterien (R. Merkelbach, Philol. 102, 1958, 103 ff.) –, erfährt er seine Formung durch das Spiel poet. Phantasie, die einen starken Effekt in dem Gegensatz von pueriler Unschuld und finsterer Raserei aufspürt: μαργὸς Ἔ. οἷα παῖς παίσδει (Alkm. frg. 38). Der Typ des göttlichen Mellepheben mit den dekorativen Attributen Blume, Leier oder Bogen scheint von dem Urgott von Thespiai und Parion durch eine Kluft getrennt (Messerschmidt 147 ff.); immerhin umgreift seine Kindnatur (symp. 195 a.b), indem sie ihn einer geneal. oder mythol. Fixierung entzieht und ohne weibliche Konsorten läßt, als Symbol hochzeitstiftender Reinheit des παῖς ἀμφιθαλής (Av. 1738 ff.) die Vielfalt der Möglichkeiten, die dem wesenhaft Dämonischen vorbehalten bleiben (A. D. Nock, CR 38, 1924, 152 ff.). Sie gestattet die Multiplikation zum Zweck der Veranschaulichung differenzierter erot. Wirkungsweisen: aus päderastischantagonist. Idealen der Palaistra erwuchs das Paar E. und → Anteros (Plat. Phaidr. 255 d. R. V. Merrill, Speculum 19, 1944, 265 ff.); sophist. Dichotomie unterschied seit dem »Theseus« (frg. 388 N. Pohlenz 373) und der »Stheneboia« (frg. 22 P.) des Euripides den E. σώφρων vom E. αἰσχρός (Plat. symp. 180 c ff. K. Reinhardt Platons Mythen, 1927, 55); systemat. Spekulation gelangte zu einem E. triplex im »Götterkatalog« Cic. nat. 3,60. Die ungezählten *Ἔρωτες*, die samt den artgleichen Dämonen → Himeros und Pothos seit Pindar (N. 8,5f.) und Bakchylides (9,73) die einschlägige Lit. bevölkern (T. G. Rosenmeier, Phoenix 5, 1951, 11ff.), mindestens seit gleicher Zeit die Motive der griech. Vasenmalerei bereichern (A. Greifenhagen Griech. Eroten, 1957, 39 Abb. 29), sind letztlich Ausdruck einer auf die Universalität des E. zielenden Begriffssymbolik (Cornut. 32. Usener Götternamen 298f.), nicht minder die vom jeweiligen funktionalen Aspekt bedingte geneal. Zuordnung (Sch. Apoll. Rhod. 3,26. Sch. Theokr. 13 prooem.) zu Eileithyia (Paus. 9,27,2), Uranos und Ge (Sapph. frg. 132), Nyx und Aither (Akusil.), Ares und Aphrodite (Simon. frg. 43), Hermes und Persephone (Cic.), Zephyros und Iris (Alk.), Penia und Poros (Plat. symp. 203b. A. Vanhoye, Ét. Class. 20, 1952, 3ff.). Ein trichotom. Prinzip beherrscht noch die mit synkretist. Nuancen versehene Darstellung des E. im hellenist Hirtenroman des Longos (H. H. O. Chalk, JHS 80, 1960, 32ff.); der spielerische Kontrast der martialisch-grausamen und der freudespendenden Züge wird überaus deutlich an den ebenfalls synkretist. Zeugnissen graekobaktr. Kunst in Kuh-i-Khwaja, wo der geflügelte E., auf einem Pferd bzw. einem Leoparden reitend, der Angleichung an irano-skyth. Bogengötter wie an den ind. Dionysos teilhaftig wurde (E. E. Herzfeld Archeol. History of Iran, 1935, 69). W. F.

1. *F. A. Spencer*, CW 25, 1932, 121ff. 2. *W. Staudacher* Die Trennung von Himmel und Erde, 1942. 3. *F. Lasserre* La figure d'E. dans la poesie grecque, 1946. 4. *W. Strobel* E., Versuch einer Gesch. seiner bildlichen Darstellung, 1952. 5. *H. Gollob* Die Metamorphosen des E., Veröff. Verein Thermae Carnunt. 3, 1958.

2. E., Geheimsekretär des Aurelian, SHA vit. Aurel. 36,4. 37,2. Aurel. Vict. Caes. 35,8. Doch war er im J. 275 der Urheber der Verschwörung, die zur Ermordung Aurelians führte, Zos. 1,62,1. Zon. 12, 27. R. H.

Erotianos (*Ἐρωτιανός*). Griech. Arzt und (?) Grammatiker des 1. Jh. n. Chr., Vf. eines Hippokr.-Glossars (*Τῶν παρ' Ἱπποκράτει λέξεων συναγωγή*), das in überarbeiteter und verstümmelter Form in mehreren Hss. des 16. Jh. erhalten ist. Es ist Andromachos, dem *ἀρχιατρός* Neros, gewidmet (Prooem. und frg. 60). Die urspr. Fassung war nach der »dogmatischen« Reihenfolge der hippokrat. Schriften (semeiot., beginnend mit dem *Προγνωστικόν*, aitiol.-physiolog., therapeut.) angelegt. Durch nachträgliche Redaktion wurde daraus ein Glossar *κατὰ στοιχεῖον*, doch sind die Schichten der urspr. Anordnung noch kenntlich (vorbildliche Rekonstruktion: [1]). Der erhaltene E.-Text reicht zwar bis *Ω*, ist aber stark gekürzt und lückenhaft (z. B. fehlen die in der Vorrede angekündigten Fundstellen der Lemmata). Ergänzend treten Glossen aus den Hippokr.-Sch. hinzu, die auf ein vollständigeres E.-Expl. zurückgehen. Der Wert des Glossars liegt, trotz des kümmerlichen Erhaltungszustandes und der Unselbständigkeit des Vf. (vgl. [5]), in den Zit. aus verlorener Dichtung sowie hellenist. Hippokr.-Exegese (bes. oft wird → Bakcheios von Tanagra genannt, auf dessen Komm. E.' Vorlage letztlich zurückgeht), und in den Lemmata selbst, welche die alexandrin. Rezension des Hippokr.-Textes voraussetzen. H. Gä.

Ta.: *E. Nachmanson*, Göteborg 1918. – Lit.: 1. *J. Ilberg* Das Hippocr.-Glossar des E. und seine urspr. Gestalt, ASächsAW 14, 1893, 101ff. 2. *E. Nachmanson* E.-Studien, Uppsala 1917. 3. *O. A. Danielsson*, Eranos 19, 1919, 1ff. 4. *J. Ilberg*, NJA 47, 1921, 34ff. 5. *M. Wellmann*, Qu. und St. zur Gesch. der Nat.-Wiss. und der Med. 2, 1931, 19ff.

Erucius. Röm. Familienname, seit dem 1. Jh. v. Chr. bezeugt. Nebenformen: *Eruccius, Herucius*. Herkunft möglicherweise aus Etrurien (Schulze Eigennamen 112. 170. 411. Walde-Hof.^{3} 1,418).

I. Republikanische Zeit. **1.** C. E. gewerbsmäßiger Ankläger, uns durch Cic. (bes. Rosc. Am. 35. 38. 46 usw.) aus den Prozessen des Sex. Roscius aus Ameria bekannt. **2.** L. E., Senator im J. 44. Broughton Mag. 2,490. H. G. G.

II. Kaiserzeit: **1.** Sex. E. Clarus. Cos. II ord. 146. Sohn des E. Clarus bei Plin. epist. 2,9,4 und 1,16, Neffe des praef. praet. 117/19 C. Septicius Clarus. Durch Vermittlung des Plinius (ep. 2,9,2) erhielt er um 99 die Quaestur und dann den Volkstribunat und die Praetur. Als praetor. Legat machte er sich 116 im Partherkrieg um die Eroberung von Seleukeia verdient, Cass. Dio 68,30,2. Cos. suff. 117, Chron. min. 1,255. Freund des Censorius Niger, Fronto p. 157,23 v. d. Hout; cos. II ord. 146 und zugleich praefectus urbi, Gell. 7,6,12. 13,18,2. AE 1936, 98. 1954, 139. Ein Reskript des Antoninus Pius an ihn Dig. 1,15,3,2. Er starb Ende Februar im Amt, Inscr. It. XIII 1 p. 204f. **2.** C. E. Clarus, Sohn oder Enkel von Nr. 1, Cos. ord. 170, CIL XI 619, dann leg. Aug. pr. pr. Iudaeae, IGR III 172. **3.** C. Iulius E. Clarus Vibianus. Sohn von Nr. 2, cos. ord. 193. Vor Amtsantritt wollte Commodus ihn töten lassen, Dio-Xiph. 72,22,2. Als E. sich 197 weigerte, als Ankläger gegen die Anhänger des Albinus aufzutreten, ließ ihn Sept. Severus töten, Cass. Dio 74,9,5f. R. H.

Erve. Als E. (*ervum* bei Colum. und Plin., *ervilia* bei Mamilius und Plin., gr. *ὄροβος* verwandt mit *ἐρέβινθος* → Erbsen) werden kleinsamige Hülsenfrüchte aus den Gattungen Vicia (Untergattung Ervum L., besonders V. ervilia (L.) Willd., die in Kleinasien schon in vormykenischer Zeit, in S.-Europa seit dem Neolithikum gebaute Linsenwicke), neugr. *ὄροβο, ῥόβι, ῥοβίδια*), Lens (*lens* und *lenticula* bei Cato und Plin., gr. *ῥακός*, hebr. adaschum, die in Vorderasien, Äg. und S.-Europa seit dem 3. Jt. v. Chr. gebaute Linse) und Lathyrus (*λάθυρος, κλύμενον, ὦχρος* → Arakos und Erbse) zusammengefaßt, von denen mehrere zu den ältesten Kulturpflanzen des Vorderen Orients zählen. H. G.

Erykios (d.i. Erucius). Epigrammatiker des Philippos-Kranzes, aus Kyzikos (Anth. Pal. 7,230), in der 2. Hälfte des 1. Jh. v. Chr. (7,377 Schmähung des toten Parthenios, 368 Grabgedicht auf eine 86 gefangengenommene Athenerin). Aufenthalt in Rom wahrscheinlich (6,96,2 nach Verg. ecl. 7,4). Er behandelt elegant überkommene Motive, besonders aus dem Hirtenleben. R. K.

C. Cichorius Röm. Studien, 1922, 304–306.

Der **Erymanthische Eber.** Dieses Ungetüm, das im unwegsamen Erymanthosgebirge (NW.-Pfeiler Arkadiens) furchtbare Verheerungen anrichtete, sollte → Herakles lebend dem König Eurystheus bringen, meist als 4. Arbeit gezählt. Auf dem Wege besteht er das Abenteuer mit → Pholos und den Kentauren. Den Eber treibt er in tiefen Schnee, wo er ihn mit Stricken binden kann. Als er ihn dem König bringt, verkriecht dieser sich in ein tiefes, in die Erde eingelassenes Vorratsfaß. Diese Szene ist seit 550 auf zahlreichen att. Vasen dargestellt, desgl. in den Metopen von Olympia. Vielerorts wurden Münzen mit Herakles und dem Eber geprägt. Literar. Erwähnungen erst seit Hekataios frg. 6 und Soph. Trach. 1097. Später Apoll. Rh. 1,126 mit Schol. Apollod. 2,83.87. Diod. 4,12,1. Lucr. 5,25. Ov. met. 9,192. Sen. Herc. f. 228 f. H. v. G.

F. Brommer Herakles, 1953, 18 f. 83 ff.

Erymanthos (*'Ερύμανϑος*). **1.** Das imposanteste, großartigste u. wildeste westlichste Gebirgsmassiv der n. Peloponnes, aus dichten Plattenkalken bestehend mit mehreren parallelen Ketten, bes. nach N. und NW. steil abstürzend, höchster Gipfel h. Olonos (2224 m). Der ö. Teil trug den Sondernamen Lampeia, h. Kalliphoni. Berühmt durch die Sage vom erymanth. Eber, den Herakles erlegte. Hom. Od. 6,103 f. Paus. 5,7,1. 8,24,4. Plin. nat. 4,21. Apoll. Rhod. 1,126 f. mit Sch. Apollod. 2,5,4,83 u. a.

1. *A. Philippson* Der Peloponnes 280 ff. 2. *Philipps.-Kirst.* 3,201 ff. 3. RE VI 566 ff.

2. Rechter Nebenfluß des Alpheios, h. Doana, aus dem Lampeiagebirge (→ E. 1) kommend. Pol. 4, 70,8 ff. Strab. 8,357. Paus. 5,7,1. 8,24,4. Kall. h. 1,18 f. E. M.

1. *A. Philippson* Der Peloponnes, bes. 280 ff. 2. *Philipps.-Kirst.* 3,208.

Erysichthon (*'Ερυσίχϑων*). **1.** Sohn des Triopas oder Myrmidon, in Dotion (Phthiotis) zu Hause, wegen seiner Unersättlichkeit Aithon genannt, Hellan. frg. 7 (Athen. 10,416 b). Seine Sage ist von Kallim., Lykophr. und Ovid dargestellt. Bei Kallim. h. 6,24–117 fällt E., um eine Festhalle zu bauen, eine hochragende, heilige Schwarzpappel. Vergeblich erscheint ihm Demeter, erst in der Gestalt ihrer Priesterin, dann leibhaftig und warnt ihn. Den hohnvoll Drohenden straft sie mit unstillbarem Heißhunger (*λιμὸν αἴϑονα* v. 66 f.). Niemand kann ihm helfen; er verzehrt alle Vorräte, trotzdem magert er ab; von den Eltern verflucht, endet er als Bettler an den Dreiwegen. Bei Lykophr. 1393 ff. (m. Sch.) findet sich das Märchen von der zauberkundigen Mestra (Hypermestra Ant. Lib. 17 nach Nikandros) mit der E.-Sage kontaminiert. Sie ist seine Tochter; um sich zu ernähren, verkauft er sie täglich; sie aber verwandelt sich alsbald in verschiedene Tiere und kommt jedesmal zu ihm zurück. Ausführlichste Schilderung Ov. met. 8,738–878 mit geschickten Änderungen der Sage und lebendiger Ausmalung der Einzelheiten; glänzend ist die Schilderung der *Fames.* **2.** Sohn des att. Königs Kekrops und der Aglauros, der vor seinem Vater auf der Rückreise von Delos, von wo er das älteste Holzbild der Eileithyia mitbrachte, starb. Apollod. 3,179 f. Paus. 1,18,5. 31,2. Athen. 9,392 d. H. v. G.

Zur Deutung: E. = »Erdaufreißer« (= Pflüger) paßt weder zu 1 noch zu 2; etwaige Beziehung zu Poseidon hat nicht E., sondern die sekundäre Figur der Mestra, der Pos. die Verwandlungsfähigkeit verlieh. E. = »Schützer des Landes« (*Frisk. Kerényi* Heroen der Griechen 231) würde nur zu 2 passen.

Zielinski Philol. 50, 1891, 137. *Crusius* Myth. Lex. 1,1373. *Wilam.* Reden und Vorträge 1, 1925, 229; Hellenist. Dichtung 2,33,5.40 f. *Rose* Gr. Mythol. 297. *Büchner* Humanitas Romana 206 ff.

Erytheia (*'Ερύϑεια*). **1.** »Rotland«, sagenhaftes Land der Abendröte, die Insel, auf der → Geryon(es) haust, Hes. theog. 290. Urspr. als ein Jenseits gedacht, lokalisierte man E. gewöhnlich in der Gegend von Gadeira oder Tartessos, so Stesichoros, Pherekydes, Hdt. 4,8, Ephoros frg. 40, Mela 3,47. Widerspruch dagegen bei Hekataios, Polybios, Ps. Aristot. *π. ϑαυμ. ἀκ.* 133. **2.** Eine der → Hesperiden. H. v. G.

Erythra thalatta (*'Ερυϑρὰ ϑάλαττα*). **1.** Ein sehr häufig, von Herodot an bis in das späte Alt. hinein genanntes Meer (ion.: *'Ερυϑρὴ ϑάλασσα,* = Rotes Meer), in seiner normalen Ausdehnung etwa dem nw. Ind. Ozean (h. Arab. Meer) entsprechend, wobei das h. Rote Meer und der h. Pers. Meerbusen als *κόλποι* der E. th. galten. Zweifellos reichte aber später dieser Name noch viel weiter ö.; schon die Bezeichnung Periplus Maris Erythraei für die Küstenbeschreibung, die sich vom Inneren des h. Roten Meeres bis S.O.-Asien erstreckte, erweist die Anwendung des Namens E. th. bis weit in den Ind. Ozean hinein, wenigstens sofern es sich um die küstennahen Abschnitte dieses Meeres handelte. Curtius (8,9,6) bestätigt dies, indem er Indos und Ganges in das Rubrum mare münden läßt. Ihren Ursprung nahm die E. th. im h. Pers. Meerbusen; das geht aus Herodot hervor (1,1. 180. 189. 3,30. 93. 4,37. 6,20 u. ö.), auch noch aus Xen. Kyr. 8,6,20. 8,1. Das h. Rote Meer hieß bei Herodot *'Αράβιος κόλπος* (2,11. 102. 158. 4,39. 42. 43). Den Namen *'Ινδικὸν πέλαγος* kennt Herodot nicht, doch dürfte die

Bezeichnung E. th. im 5. Jh. v. Chr. auch noch die Straße und den Golf von Oman umfaßt haben, womit der Anfang einer Ausbreitung dieses Namens in ö. Richtung gegeben war. Jedenfalls gehörten die »Inseln der Verbannten« (Hdt. 7,80; vgl. W. Sieglin Schulatl. zur Gesch. des Alt., S. 7), hart an der Straße von Oman, noch der E. th. an. Die Eigenheit des die rote Farbe (*ἐρυϑρός*) ausdrükkenden Namens leitet sich her von einigen im Pers. Meerbusen auftretenden Korallenbänken und ferner von dem Anblick der benachbarten arab. Wüstentafel; die E. th. war das Meer des roten Landes (s. Strab. 16,4,20). Die myth. Erklärung mit einem König Erythra(o)s (Mela 3,72. Curt. 8,9,14. Plin. nat. 6,107. Steph. Byz. s. *'Ερύϑρα*) ist wertlos. Die Jahrhunderte nach Herodot führten keinen grundsätzlichen Wandel in den bisherigen Anschauungen herbei. Daß auch andere Quellen des späteren Alt. den Namen E. th. mindestens bis Indien gelten lassen, erweist u. a. Eust. Dion. Per. 1088 (GGM 2,397 f.), wonach der Indos seine Flut schnell nach S. richtet, gegenüber (*κατεναντίον*) der *'Ε. ϑ.*, und dieses Meer gleichzeitig als *'Ερυϑραῖος ὠκεανός* bezeichnet wird. Unter allen Quellen stellt der Peripl. M. E. nicht nur die längste Schiffahrtsroute dar, sondern auch den größten Geltungsbereich des Namens E. th. Zugleich erkennt man Anzeichen einer rückläufigen Entwicklung, nach der die E. th. schließlich auf den dem h. Roten Meer entsprechenden Raum begrenzt wurde, ein Vorgang, der schon deutlich bei → Agatharchides festzustellen ist, der unter dem m. Erythr. vornehmlich das h. Rote Meer versteht. Die Tatsache, daß in bibl. Quellen (s. E. th. Nr. 2) der Name »Rotes Meer« auf den nördlichsten Abschnitt des h. Roten Meeres angewandt wurde (vgl. Diod. 1, 33,8–9), läßt mit Recht vermuten, daß – schon vor Herodot – auch das ganze Rote Meer einmal so genannt wurde, dessen Benennung durch die Nähe der arab. Wüstentafel und durch Korallenvorkommen in seinem s. Teil phys. genauso begründet war wie beim Pers. Golf. Rotes Meer, Pers. Meerbusen, Arab. Meer und Ind. Ozean (z. T.) sind die Meere und Nebenmeere, denen im Alt., wenn auch niemals als Ganzem zu einer Zeit, der Name *'Ε. ϑ.* beigelegt wurde. **2.** Rotes Meer in bibl. Überlieferung (Makk. 1,4,9. Apg. 7,36. Hebr. 11,29 u. ö.) bedeutet nur den nördlichsten Teil des h. Roten Meeres, auch »Schilfmeer« (hebr. *jam suf*) genannt. H. T.

Berger, RE VI 592–601, mit Lit. Art. Arabicus sinus o. I. S. 485. Gr. Hist. Weltatl. I, S. 9a und 17a.

Erythrai (*'Ερύϑραι*). Schon bei Hom. Il. 2,499 genannte Stadt im s. Boiotien am N.-Abhang des → Kithairon, ö. von Plataiai und Nachbarstadt von → Hysiai (Eur. Bacch. 751. Thuk. 3,24,2. Xen. hell. 5,4,49. Strab. 9,404. Paus. 9,2,1). Vor der Schlacht bei Plataiai Stützpunkt der Griechen, Hdt. 9,15,3. 19,2. 22,1. 25,2. Diod. 11,29,4. In hist. Z. zu Theben gehörend (Hell. Oxy. 16(11),3. Strab. 9,409), das die Bevölkerung 427 v. Chr. nach Theben überführte (Hell. Oxy. 17(12),3). Die Angabe bei Strab. a. O., daß es früher zu Plataiai gehört habe, ist wohl irrig. Zu Pausanias' Z. in Ruinen. E. lag etwa 5 km o.n.ö. von Kriekuki, das h. offiziell Erythrai heißt, auf dem nach einer Kapelle der hl. Triada benannten Höhenzug beim h. verschwundenen Dorf Katsula. E. M.

1. *V. Burr* *Νεῶν κατάλογος*, Klio Bh. 49, 1944, 22. 2. *E. Kirsten*, RE XX 2259ff. 2264. 3. *W. Kendrick Pritchett* New light on Plataia, AJA 61, 1957, 9ff.; bes. 13.23.

Eryx. 1. (*"Ερυξ, Erucus, Erycus, Eryx*). Hoher, isolierter Bergklotz auf der W.-Spitze Siciliens (751 m), jetzt Mte. San Giuliano, schon prähist. besiedelt, seit früher Zeit Stätte des berühmten Heiligtums der wohl phoinik. Göttin vom E. *'Ερυκίνη*, die die Griechen der Aphrodite gleichsetzten, dann (nach Thuk. 6,2,3) *πόλις* der → Elymer. Des → Dorieus Versuch einer griech. Koloniegründung (um 510) endete mit seiner Vernichtung durch die Phoiniker und die Elymer von Segesta (Hdt. 5,43–46), denen E. schon damals unterstand wie 416, als sie unter Vorweisung der ihnen angeblich zur Verfügung stehenden Tempelschätze von E. die Athener zu der großen sicil. Expedition verlockten (Thuk. 5,46). Danach war E. mit nur zeitweiligen Unterbrechungen – bes. die Eroberung durch Pyrrhos 278/77, Diod. 23,21. Plut. Pyrrh. 22 – einer der stärksten Stützpunkte der Karthager bis zum Ende des 1. pun. Krieges. In der röm. Zeit stand der Tempel, nun als Gründung des Aeneas für seine Mutter Venus betrachtet, in hohem Ansehen, und die Bewohner, *Venerii servi*, zu denen auch die → Hierodulen gehörten, genossen eine Sonderstellung: Diod. 4,83. Strab. 6,272. Cic. div. in Caec. 55; Verr. 3 passim. Restaurierung des baufällig gewordenen Tempels durch Kaiser Tiberius bezeugt Tac. ann. 4,43,4 (J. 25), durch Claudius Suet. Claud. 25,5. Danach scheint der Kult verfallen zu sein. Plin. nat. 3,91 zählt die *Erycini* zu den *stipendiarii*. Die Ringmauern der Stadt S. Giuliano auf dem Gipfel des E. sind großenteils ant. Ursprungs, sonst nur unbedeutende Reste. Inschr. IG XIV 281–286. CIL X 7253–7262. 8042,1. Viele Mz. Head HN² 138. Hill Coins of anc. Sicily 89. Franke-Hirmer D. griech. Mz. 1964, Taf. 69. **2.** Eponymos von Berg und Stadt E., Erbauer des Tempels, Sohn des Poseidon (Apollod. 2,111. Tzetz. Lykophr. 1232) oder des → Butes und der Aphrodite, von Herakles auf der Rückkehr vom Geryoneus-Abenteuer im Ringkampf um den Preis der Rinder oder des Landes besiegt und getötet, woraus dann der Heraklide → Dorieus den Anspruch auf das Land ableitete: Hdt. 5,43. Diod. 4,23. Paus. 3,16,4. 4,36,4 (8,24,2 Tochter Psophis). Verg. Aen. 5,392ff. Klausen Aeneas und die Penaten 361ff. 479ff. K. Z.

Eryximachos. Ein nur aus Platon, vor allem aus dessen »Symposion«, bekannter Arzt (Asklepiade), Sohn eines ebenfalls nur aus Platon bekannten Arztes Akumenos und Freund des Phaidros. Als platon. Dialogpartner hat E. die Rolle eines recht oberflächlichen sophist. Fachwissenschaftlers zu spielen und wird entsprechend verspottet; spricht dies, im Zusammenhang mit seinem Namen »Schluckenkämpfer« (der Name ist sonst offenbar ganz selten), für eine erfundene Figur? F. K.

Erzgestaltung. Das Erz (→ Bronze) χαλκός, *aes*, eine Legierung von Kupfer und Zinn – im späteren Alt. vereinzelt mit Zusatz von Galmei *(aurichalcum)* – ist seit vorhist. Zeit das ganze Alt. hindurch das bevorzugte Material für alles Gerät, für Kunstwerke, auch für Türen und Dächer von Tempeln. In der Ausführung gehen von Anbeginn Treibarbeit und Guß nebeneinander her. Getrieben werden namentlich bauchige Gefäße, Panzer, Helme, der Überzug von Schilden, Emblemata und sonstige Reliefbilder, aber bis ins 6. Jh. v. Chr. auch große figürliche Bronzen. Der Guß wird zunächst als Vollguß für Füße und Henkel von Dreifüßen und anderen Geräten, für Lanzen, Schwerter, Spiegel und Statuetten verwendet; letztere aber bald im Hohlguß. Für große Statuen ist Hohlguß – meist in Teilstücken für die einzelnen Körperteile – seit dem 6. Jh. v. Chr. üblich. All diese Güsse sind aus verlorener Form gewonnen, daher immer nur ein Exemplar aus einer Form erzielt werden kann. Erst in der röm. Kaiserzeit gibt es Sandformen, die mehrfachen Ausguß gestatten. Da aber Teilformen in moderner Art unbekannt sind, kommt dies Verfahren nur für flache Gegenstände und Reliefs ohne Unterscheidung in Frage. A. R.

G. M. A. Richter, Metropolit. Mus. Greek, Etruscan and Roman Bronzes, New York 1915, Lit. auf S. XXVII, XXXII. *De Ridder* Les bronzes antiques du Louvre I/II. Paris 1913/15. *Kluge/Lehmann-Hartleben* Die ant. Großbronzen, Bln. u. Lpz. 1927. *W. Lamb*, Greek and Roman Bronzes, Lond. 1929. Ὀρλάνδος, Τὰ ὑλικὰ δομῆς 2, Athen 1958, 1–14.

Eschara (ἐσχάρα). E. bezeichnet urspr. das Feuerloch, dann die Feuerstätte, Herd, Altar, Feuerbecken und verschiedene durch eine Höhlung charakterisierte Gegenstände. Bei den Dichtern bezeichnet E. den Altar, unterschiedslos zu βωμός. Ant. Gelehrte unterschieden E. und βωμός (z. B. Sch. Eur. Phoen. 274. Harpokr. und Phot. s. v. E. Porph. de antr. nymph. 6) teils nach der Form, teils nach dem Zweck (dann ist E. der Altar für chthon. Gottheiten), doch sind die Theorien zu widerspruchsvoll, um wirklich Klarheit zu schaffen. Im modernen wissenschaftlichen Sprachgebrauch bezeichnet E. meist eine Höhlung auf einem Altar oder zu Opferzwecken auf dem Erdboden, während im Alt. E. immer mit Brandopfer verbunden ist. → Altar. W. H. G.

Stengel 11–17. *Ziehen*, RAChr 1,310ff. *Yavis* Greek Altars 1949.

Esche. Von den 40 Arten der Oleaceengattung Fraxinus (*fraxinus* zuerst bei Ennius, von idg. *farnus*, das auch Birken und Eichen bezeichnet), sind in S.- und Mitteleuropa 4 Arten vertreten, neben der gemeinen, vielleicht schon in der Steinzeit zur Futterlaubgewinnung genutzten Esche (Fr. excelsior L., im Mittelmeergebiet nur in höheren Lagen, βουμελία bei Theophr.) vor allem die Manna- oder Blütenesche (Fr. ornus L., *ornus* bei Verg. u. a., μελία schon bei Homer und Hesiod, wohl wegen des honigsüßen Saftflusses, der auch von den Mannazikaden geschätzten Manna), von der nach Hesych. alle Menschen, nach Hesiod die des ehernen Zeitalters entsprungen seien, nach andern die Nymphen Μελίαι zugleich mit den Erinyien und Giganten aus dem Blut des Uranos. H. G.

Esel. 1. Wildesel, ὄνος ἄγριος, ὄναγρος, *onager* (*onagrus* Varro rust. 2,6,3) bezeichnet gewöhnlich den westasiat. Equus onager, eine schlanke, starke, schnelle, unbändige und scheue Rasse mit zierlichem Kopf und kleinen Ohren (Abb. bei SIMPSON Horses 19), die in der ant. Lit. für Kleinasien, Syrien, Armenien, Mesopotamien, Persien und Arabien bezeugt ist; weit seltener den plumperen, langohrigen afrikan. (»nubischen«) Wild-E. Beste Beschreibung bei Opp. cyn. 3,183ff.; vgl. auch Ps. Aristot. mirab. 10,831a. Man jagte ihn mit Spießen oder Schlingen (Poll. 5,84) und schätzte sein hirschähnliches Fleisch im O. (Xen. an. 1,5,2. Ps. Luc. asin. 39. Galen. 6,664; für Griechenland bestritten von Porph. de abst. 1,14) und in Rom (Plin. nat. 8,170), verwendete auch die Milch der E.-Stute gegen Vergiftungen (Plin. 28, 158). In der Kaiserzeit erscheint er bei Tierkämpfen im Zirkus (Martial. 13,100. Hist. Aug. Gord. 33,1; vgl. 3,7). Nach Kallixenos (Athen. 5,200f.) enthielt die große Dionysosprozession Ptolemaios' II. 4 Wild-E.-Gespanne. Weit wichtiger war die Verwendung eingefangener Wild-E.-Hengste zur Zucht guter Zucht-E. und Maultiere (Varro rust. 2,6,3. Col. 6,37,3f. Plin. 8,174).

2. Zahmer E., ὄνος, *asinus, asellus;* κανθήλιος, κάνθων (? Aristoph. Vesp. 179. Lykophr. 817) »Packesel«; μυχλός (Hesych) *asinus admissarius*; spätant. (arab.?) γαϊδάριον (Pap. Amh. 2, 153). Er tritt in der ö. Mittelmeerwelt sehr früh auf, in Äg. schon vor dem AR. In der myken. Welt ist er durch Knochenfunde, neuerdings auch inschr. (Name: *o-no*; s. VENTRIS-CHADWICK Documents in Myc. Greek 210f.) bezeugt. Die Leitrasse der Mittelmeerländer geht wohl auf Domestizierung des nubischen E. (Asinus Africanus; Abb. bei SIMPSON a. O.) zurück (ANTONIUS Stammesgesch. der Haustiere 266ff. STEGMANN V. PRITZWALD Rassengesch. der Wirtschaftstiere 244ff.). In hist. Zeit ist der E. in ganz S.- und SW.-Europa als kostbares Zucht-, bald auch als billiges Arbeitstier verbreitet (SCHRADER bei Hehn, Kulturpfl.[8] 136). Bei Hom. nur einmal genannt (Il. 9, 558ff.), gehört er seit dem 6. Jh. zu den meist-

erwähnten und in der Bildkunst am häufigsten dargestellten Tieren. Hauptstellen über Natur und Zucht: Aristot. hist. an. 6,573 a ff. Varro rust. 2,8. Col. rust. 7,1. Plin. nat. 8,167 ff. 11,196 ff. Geopon. 16,21 (meist realist. Beobachtungen; wenig differenzierte Zuchtanweisungen). Bevorzugte Rassen waren die von Arkadien und Reate (Varro 2,6,1. Colum. a.O.), auch von Magnesia (Et. M. 594. Schol. Lykophr. 771). Der wirtschaftliche Wert lag zunächst in der Arbeitsleistung als Tragtier der Landwirtschaft (Hdt. 1,194. Demosth. 42,7. Verg. georg. 1,273. Hor. epist. 1,13,8. Varro 1,19,3 und oft), aber auch der Truppe (Xen. oec. 8,4. Hdt. 4,129. Pol. 6,40,3. Plin. 24,2), wofür der E. mit einem Tragsattel (*κανθήλια, clitellae*, auch *σάγμα (sagma* [daher »Saumtier«] *stratum)*, beim Austragen von Dünger (Cato 7,1,3. Veg. mul. 3, 59,1) mit Tragkörben ausgestattet wurde. Daneben ist er Reittier (A.P. 11,399. Ps. Lukian. asin. 44. 49. Apul. met. 10,18; in Indien: Arr. Ind. 17,1), als solches weniger beliebt als das schnellere → Maultier; in spätröm. Zeit gelegentlich neben Pferd und Maultier im staatlichen Postdienst zur Personenbeförderung eingesetzt (Kornemann, RE XXII 1006). Als Normalbelastung galten damals 200 röm. Pfund = 65,5 kg (Ed. Diocl. 14,11). Seltener erscheint er als Zugtier (im O.: Arr. Ind. 17,1. Athen. 10,434 f.; in Italien: Cato agr. 4. 62. Colum. 7,1,2). Eine wichtige Arbeitsleistung war das Antreiben der Getreidemühlen (Cato agr. 10,1.4. Varro 1,20,4. 2,6,5. Colum. 7,1,3), seltener das Pflügen, nur auf lockeren Böden (Varro und Colum. a.O.), gelegentlich mit einem Rind zusammengespannt (Plaut. Aul. 229; mit einer Frau in N.-Afrika: Plin. 17,41). – Eselsfleisch zu essen war ungewöhnlich; nur aus Athen wird öfter davon berichtet (Aristoph. Vesp. 194; Equ. 1399. Xen. an. 2,1,6 von der Truppe); es gab dort einen E.-Fleischmarkt (*μεμνόνεια*, Poll. 9,48). Ebenso unüblich waren E.-Käse und E.-Milch als Nahrungsmittel; dagegen galt die Milch als Medikament gegen unzählige Krankheiten und als Hautpflegemittel (extremes Beispiel: das Bad der Poppaea Sabina, Plin. 11,238. Cass. Dio 62,28). – Zunehmend hohe Gewinne warf die seit hom. Zeit eifrig betriebene Maultierzucht ab; während Arbeits-E. immer als billig galten und erst im 4. Jh. n. Chr. im Wert stiegen, begegnen für gute Zucht-E. schon in republikan. Zeit extreme Preise (40000–60000 Sest. = 9200–13800 Goldmark: Varro 2,1,14. 3,2, 7); eine keltiber. Eselin soll ihrem Besitzer 400000 Sest. eingebracht haben (Plin. 8,170).

Der tägliche Umgang mit dem E. und sein Charakter, den man als träge, störrisch, zäh, anspruchslos, dumm und geil bezeichnete, regte die Phantasie zu zahlreichen Anekdoten (z.B. vom Schatten des E., Plut. dec. or. vit. 8. Zenob. 6,28), Fabeln (s. Aisop. 84.114.154.156.190–204. 286; Aphth. 9. 10; Syntip. 1.29.30 Hausrath) und Sprichwörtern an (z. B. *ὄνῳ μῦθον λέγειν* = Sinnloses tun;

ὄνου πόκας »E.-Schur«), d. h. Unmögliches; *ὄνος εἰς ἄχυρα* = Glückspilz; *ὄνος ἐν πιθήκοις* = abgrundhäßlich; *ἀφ' ἵππων εἰς ὄνους* = herunterkommen [weitergebildet bei Plaut. Aul. 235 *ab asinis ad boves*]; *ἀπ' ὄνου καταπεσεῖν* = auf dumme Weise scheitern; *qui asinum non potest, stratum caedit*, Petr. 45,8; vgl. Schneidewin-Leutsch Corp. Paroem. Gr. ^{2}818 Ind.; A. Otto. Sprichw. 40 ff.). Auch die Physiognomiker bedienten sich gern der E.-Merkmale am menschlichen Gesicht zur Charakterbestimmung (vgl. Physiogn. ed. Foerster, Ind. s.v. *ὄνος, asinus*). Im allg. galt die Anrede »E.« als Beschimpfung oder Spott (z.B. Lysipp. frg. 7 Edm.; Diog. Laert. 7,170 = Stoic. vet. frg. 1.463. Cic. Pis. 73; Quint. 6,3,57; vgl. auch Pers. 1,59 und Sch.). Dagegen sind wohl gelegentliche Erwähnungen geschlechtlicher Beziehungen zwischen Mensch und E. (Stob. 64,37 [*Onoskelia*]. Iuv. 6,334. Ps. Lukian. asin. 50. Apul. met. 10,19) in den Bereich exaltierter Phantasie zu verweisen.

Die allg. Verachtung des E. drückt sich in Äg. religiös durch Zuordnung zu Typhon und kult. Schimpfhandlungen aus (Plut. Is. et Os. 30. 50; sept. sap. conv. 5. Ail. 10,28. Apul. met. 11,6). In der griech. Welt steht er entsprechend seinem geilen und ausgelassenen Wesen in engem Verhältnis zu → Dionysos und dessen Begleitern (*ὄνος ἄγων μυστήρια*; Athen. 2,52 e; vgl. W. F. Otto Dionysos 154). Dionysos, Seilenos, Hephaistos, Satyrn, Mainaden, auf (meist ithyphall.) E. reitend, sind seit der Zeit der sf. Vasen bis ins ausgehende Alt. ein beliebtes Motiv der Kunst (vgl. z. B. Haspels Att. Black Fig. Lekythoi, Ind. s.v. Dionysos, Maenads, Satyrs; G. M. A. Richter Animals in Gr. Sculpture, Abb. 81 ff.). Auch die Sage von seiner Versetzung an den Sternhimmel hat hier ihren Ursprung (Lact. inst. 1,21,27. Hyg. astr. 2,23. Ps. Eratosth. catast. 11). Selten begegnet der E. als Opfertier: in Lampsakos für Priapos (Ov. fast. 1, 391.440) und für Vesta (Ov. fast. 6,345. Lact. inst. 1,21,25), in Tarent für die Winde (Et. M. 103,33. Hesych. s.v. *ἀνεμώτας*), bei den pers. Karmaniern für »Ares« (Strab. 15,727), angeblich bei den Hyperboreern für »Apollon« (Pind. Pyth. 10,33 und Sch.); das Vorkommen des E. in n. Ländern ist unwahrscheinlich). Bei den Römern hat er keinerlei religiöse Bedeutung; die Feiertage gelten für ihn nicht (Cato agr. 138).

In der Lit. wird er, abgesehen von der Fabel, ein beliebter Held in Komödie, Satire und Abenteuerroman, so bei Kratinos (Gesch. von Oknos, dem der E. das frischgedrehte Seil auffrißt, Plin. 35,137; vgl. Paus. 10,29,1 über ein Bild Polygnots mit gleichem Thema), Leukon (*ὄνος ἀσκοφόρος*, Mißgeschick eines Bauern beim Honigschmuggel), Archippos (*ὄνου σκιά*), Demophilos (*ὀναγός*, Vorbild für Plaut. Asin.), in Varros Satire *ὄνος λύρας* (sc. *ἀκούων*; der E. hört angeblich keine Saitentöne), Ps. Lukians *ὄνος* und dem ihm nachgebildeten Roman des Apuleius (Schicksale des in einen E. verwandelten Lukios). W. R.

V. Hehn, Kulturpflanzen und Haustiere[8] 132ff. *O. Keller* Ant. Tierwelt 1,259ff. *Brehm* Tierleben 12,655ff.

Eshmun (*Ἔσμουνος* Damasc. v. Is. 302). Phöniz. Junggott, nach Cic. nat. 3,22,57 Sohn des Arsippos (= Rešep-Apollon CLERMONT-GANNEAU, Rec. Arch. Or. 7, 1906, 173f.), nach Phil. Bybl. frg. 2,11.27 (FHG 3,569) Sohn des Sydyk, der achte der → Kabiren (Damasc. a. O. [1],208.214ff.245ff.) als Vegetationsdämon dem → Adonis bzw. → Attis verwandt ([1],345ff. [2],319); infolge einer aus dem Schlangenattribut (M. VERNES, RA 1918, 36ff.) ersichtlichen tellur. Disposition u.a. ([1],219ff.) in Berytos (Strab. 16,756. Damasc. a. O.) und Karthago (Strab. 17,832. App. Lib. 130. Apul. flor. 18) dem → Asklepios gleichgesetzt (E. BABELON, CRAI 1904, 231ff.); als Heiler auf der Trilingue von Cagliari (CIS I 143 *'šmn m'rḥ* = *Ἀσκληπιῷ Μήρρῃ*) gewürdigt ([1],243f.). In Sidon war E. der *Šr qdš 'n Jdll* (Ešmunazar-Inschr.: CIS I 3. COOKE Textbook of North Semitic Inscriptions 26) mit Tempel des Bodaštart im nahegelegenen Bostan-eš-Šeḫ (Rec. Arch. Or. 5,1902, 224ff. 253ff. [1],211ff.), somit vielleicht dem lokalen → Baal gleichwertig (J. PLESSIS Étude sur les textes concernant Ištar-Astarte, 1921, 165ff.); in Tyros (d*Ja-su-mu-nu* hinter d*Mi-il-qar-tu* [1],211. R. BORGER, AOF Beih. 9, 1956, 109) wahrscheinlich, in Philadelphia ('Amman) sicher ([1],307f.) dem → Melqart (Herakles) und der Astarte (Asteria-Astronoe) triadisch zugesellt (R. DUSSAUD, RHR 63, 1911, 331ff. CRAI 1947/48, 216f.) wie in Leptis Magna (G. LEVI DELLA VIDA, BASOR 87, 1942, 29ff. J. G. FÉVRIER, RAss 50, 1956, 185ff.) der wesensgleiche Šadrapa (*Liber Pater*): DUSSAUD Hommages W. Deonna, 1957, 203ff. Falls in den Triaden des Hannibal-Schwurs (Pol. 7,9,2. [2],222ff.) Apollon bzw. Iolaos = E. zu setzen ist (E. VASSEL Panthéon d'Hannibal, 1912, 39. [1],286. [2],316f. 322f.; anders FÉVRIER, Byrsa 6, 1956, 13ff.: E. = *Δαίμων Καρχηδ.*?) hat das Schema auch für Karthago Gültigkeit, wo E. (Aesculapius), wie mehrfach in N.-Afrika (Dugga, Thizika, Henchir el Ust: G. CHARLES-PICARD Les Rel. dans l'Afrique du Nord, 1954, 125) der → Tanit (Caelestis) assoziiert ist (Tertull. apol. 23. CIL III 993). Abhängigkeit des E. von der Dea potior lehrt die Sage von seiner Verfolgung durch Astronoe-Astarte (A. M. HONEYMAN, RHR 121, 1940, 9f.) und seinem Tod durch Selbstentmannung (Damasc. a. O. 2,318f. CHANTEPIE 1, 639). Bei seiner Stellung in der Dreiheit von Hierapolis (Sylloge[3] 1135) bleibt das Verhältnis zu → S(e)imios (G. GOOSSENS Hiérapolis de Syrie, 1943, 56.68) unklar, ebenso das zu dem mesopotam. Šulman (*Σελαμανης* W. F. ALBRIGHT, AOF 7, 1931/32, 164ff.). W. F.

1. *W. von Baudissin* Adonis und E., 1911. 2. S. *Gsell* Hist. Anc. de l'Afrique du Nord 4, 1920.

Esquiliae. Urspr. gemeinsamer Name für die beiden Hügel Oppius und Cispius, die Ausläufer einer bis zum Anio sich erstreckenden Hochfläche. Sie bildeten mit einem Teil von ihr, der im 4. Jh. in die sog. Serv. Mauer einbezogen wurde, in rep. Zeit die Regio Esquilina, in der vor allem Gewerbetreibende wohnten (Varro l.l. 5,50. Fest. 344). Außerhalb der Mauer, im sog. *pagus montanus* (CIL VI 3823), lag das Gräberfeld des rep. Rom, seit dem 2. Jh. v. Chr. wurden dort die Massengräber für die Armen *(puticuli)* angelegt. Der Name E. hängt mit *excolere* zusammen und bedeutet soviel wie Außen- oder Vorwerk. Er ging schon in rep. Zeit auch auf die außerhalb der Mauer gelegene Hochfläche über, die durch die künstliche Wasserversorgung Roms (Anio vetus 270, Marcia 144), vor allem in der Kaiserzeit (Aqua Claudia, Anio novus), immer größere Bedeutung gewann. Längs der großen Landstraßen (Via Labicana, Praenestina, Tiburtina) entstanden zahlreiche Gehöfte und Gärten. Unter Augustus wurde diese Gegend unter dem Namen Esquilina als 5. Region eingerichtet, hier entstanden große Parkanlagen der Aristokratie *(horti Maecenatis,* h. Pallantiani), die später vielfach in kaiserlichen Besitz übergingen. Der Cispius blieb ein stark besiedeltes Wohnviertel, auf dem Oppius baute Nero den Hauptteil seines goldenen Hauses, später entstanden dort die Thermen des Titus und Traian. Sonst blieben die E. arm an öffentlichen Gebäuden; längs der großen Straßen erhoben sich zahlreiche Grabdenkmäler, vor allem Columbarien. Die Entvölkerung und Verödung der Gegend begann mit der Zerstörung der Aquädukte während der Belagerung Roms durch die Goten (537 und 546 n. Chr.). Rud. G.

Jordan-Hülsen Top. 1,3,254–371.

Esquilina porta. Tor der Serv. Mauer, s. des Agger Serv. Tullii, Ausgangspunkt der v. Tiburtina und der v. Labicana, von App. (civ. 1,50) im Zusammenhang mit der Besetzung Roms durch Sulla (88 v. Chr.) erwähnt. Unter Augustus wurde sie abgebrochen, später stand dort der Bogen des Gallienus. Rud. G.

Jordan Top. 1,1,221; 1,3,343.

Esquilinum forum. Bis in die späte Kaiserzeit (CIL VI 2223) Mittelpunkt des öffentlichen Lebens auf dem Esquilin, bei der p. Esquilina gelegen (in der Gegend von Sta. Maria Maggiore), von App. (civ. 1,58) im Zusammenhang mit der Besetzung Roms durch Sulla im J. 88 erwähnt. Dort stand das von Augustus erbaute Macellum Liviae. Rud. G.

Jordan-Hülsen Top. 1,3,317f. *Lugli* 3,418f.

Esquilinus. Cognomen, offensichtlich nach dem stadtröm. Wohnsitz der Träger gebildet, vgl. DEGRI 13,1,90. In republikan. Zeit ist der Beiname nachweisbar bei den Licinii, Minucii, Sergii, Verginii, vgl. A. DEGRASSI FCap. 1954, 144. H. G. G.

Essedarius. Der Wagenkämpfer des → *essedum* hieß zu Caesars Zeit (Caes. Gall. 4,33) e., z.Z. Agricolas (Tac.Agr. 35) *covinnarius eques*. Wenn der Wagen, den ein *auriga* lenkte, die feindlichen Reihen durchbrochen hatte, so sprang der Wagenkämpfer ab und kämpfte zu Fuß. Inzwischen fuhr der Wagenlenker an einen Punkt, wohin der Kämpfer sich rasch zurückziehen konnte. Die e. wurden vor allem gegen Kavallerie eingesetzt, um deren Pferde scheu zu machen. Die Kampfart der e. wurde auch in der Arena vorgeführt (Cic.fam. 7,6,2. Suet.Claud. 21). A. N.

ThlL V 2,861. *Friedländer-Wiss.* 4,265ff.

Essedones s. Issedones

Essedum war ein zweirädriger Kampfwagen (Diod. 5,21,5) kelt. Ursprungs, der bei den Belgern (Verg.georg. 3,204) aufkam. Seine Identifizierung mit dem → *covinnus* ist naheliegend, da der → *essedarius* auch *covinnarius eques* hieß. Nach Martial. 12,24 soll aber e. zum Unterschied vom *covinnus* einen eigenen Lenkersitz gehabt haben. Bei den Römern ist e. als leichter Reisewagen (Cic. fam. 7,7. Suet. Galba 6), Luxuswagen (Suet. Claud. 16) und Lastwagen (Sidon. 2,10,24) nachweisbar. A. N.

ThlL V 2,861f.

Essener. *'Εσσηνοί, 'Εσσαῖοι* (Phil. immer, Ios. u.s. bisweilen), *Esseni* (meist aus dem Aram. abgeleitet, dessen doppelter Plural, mask. indet. *-în*, emphat. *-ajjâ*, die aber auch innergriech. mögliche doppelte Namensform erklären könnte; oft < *ḥasjâ* »rein«, bisher freilich nur syr., nicht w.-aram. belegt): Name, unter dem eine palästin. Gemeinschaft beschrieben wird, die seit der Zeitwende zum Bildungsgut der Ant. und der chr. Welt gehört. Älteste Quellen (die vielen anderen von diesen abhängig oder unergiebig kurz): Phil., Quod omnis probus liber sit 72–91; Apologie, zit. bei Eus. praep. ev. 8,11,1–18. Plin. nat. 5,73. Ios. bell. Iud. 2,119–161; ant. 13,171f. 15,371f. 18,11. 18–22. Dion Chrys., erwähnt bei Synesios v. Kyrene, Dion 3,2. Solin. 35,9–12 (auf Plin. fußend, aber 10f. wohl aus anderer Quelle); einzelne E. bei Ios. bell. 1,78–80 ant. 13,311; bell. 2,111–113 ant. 17,345–348; bell. 2,566–568. 3,11; ant. 15, 373–379; vgl. vita 10f.; E.-Tor in Jerusalem bell. 5,145. – I. Inhaltlich sind zu unterscheiden die 3 kurzen Berichte bei den Heiden Plin., Dion-Synesios, Solin. (die E. eine Völkerschaft in eigenem Territorium am Toten Meer) und die längeren bei den hellenist. Juden Phil. und Ios. (die E. eine über Palästina verstreute jüd. Bewegung). 1. Für Plin. sind die E. eine *gens*, die, in einem Landstrich am W.-Ufer des Toten Meeres n. von Engedi zu Hause, das einfache Leben pflegt *(sine ulla femina, omni venere abdicata, sine pecunia, socia palmarum)* und sich paradox nicht durch Geburten, sondern den Zustrom Zivilisations- und Lebensmüder aus anderen Völkern *(convenae)* vermehrt. Nach Dion-Synesios sind die E. eine *πόλις ὅλη εὐδαίμων* am Toten Meer, Exempe eines jedermann zugänglichen natürlichen Tugendlebens ([*τὸν βίον*] *κατὰ τὴν κοινὴν φύσιν ..., καὶ τὸν ἅπασιν ἐγχωροῦντα, δίκαιον, ὅσιον, αὐτουργόν, ἀπὸ τῶν ὄντων φιλάνθρωπον* 3,1). Solin. ergänzt seinen Plin. dahin, daß *locus ipse addictus pudicitiae est;* wer *reus vel levis culpae* Aufnahme erbittet, *divinitus submovetur*. 2. Für Phil. und Ios. (das folgende im wesentlichen nach bell. 2,119–161) sind die E. ein prakt.-philos. jüd. Bund reifer und freier Männer (Sklaverei verworfen), der mit über 4000 Gliedern in Palästina verbreitet ist. Sie lehnen die Heirat ab (bell. 2,160f. nennt eine Richtung, die doch heiratet, um die Menschheit zu erhalten) und leben in Ortsverbänden eng zusammen. Gemeinsamer Tageslauf mit Morgengebet bei Sonnenaufgang, Mittag- und Abendessen in bes. Kleidung in bes. Gebäude mit vorherigem Tauchbad (von gemeinsamem Wohnen verlautet bei Ios. nichts, anders wohl Phil. apol. 5). Sie arbeiten hart (bes. landwirtschaftlich und handwerklich – offenbar nicht oder nicht nur in gemeinsamen Betrieben –, doch nennt Ios. auch im öffentlichen Leben stehende E.), haben aber nur gemeinsames Vermögen (reisende E. werden umsonst versorgt). Untereinander kaufen und verkaufen sie nicht, sondern treiben Tauschhandel oder nehmen sich einfach, was sie brauchen (bell. 2,127 – der Satz paßt nicht recht zur behaupteten Lebensgemeinschaft). Sie studieren daneben die »Schriften der Alten«, sind medizin. interessiert und deuten gern und mit Erfolg die Zukunft. Ihre Organisation wird (bes. oberhalb der Ortsverbände) nicht deutlich. Ios., nicht an der Verfassung als solcher, sondern an der Übereinstimmung von Verfassung und dem Willen aller, von Sittenstrenge und innerer Freiheit (Phil.: *σπουδαῖος = ἐλεύθερος*) interessiert, nennt demokrat. (Vollversammlung von »nicht weniger als hundert« als oberste rechtsetzende und -sprechende Instanz, gewählte Amtsträger [einer in jedem Ortsverband?, vgl. Phil. apol. 10]), hierarch. (4 streng geschiedene Klassen [*μοῖραι*] nach Anciennität, Unterscheidung von Laien und Priestern [im Judentum erblicher Stand]) und autoritäre (Gehorsam gegenüber den Amtsträgern, frei nur Hilfe und Fürsorge für würdige Bedürftige) Züge. Klarer spricht Ios. vom Noviziat: 1 J. Einübung außerhalb des Bundes in die Pflichtordnung zum Beweis der *ἐγκράτεια*, dann 2 J. Teilgliedschaft (Zulassung zu den Bädern) zur Prüfung des *ἦθος*, dann detaillierter Eintrittseid und Zulassung zur Lebens- und Eßgemeinschaft; mitgebrachtes Vermögen wird dem Bund überschrieben. Die in einer durchgebildeten Lebensordnung zum Ausdruck kommenden Ziele der E. sind Bedürfnislosigkeit (z.B. wird Kleidung getragen, bis sie zerfetzt), Affektlosigkeit (Zölibat, Verbot des Zorns, Schmerzverachtung u.a.), Frömmigkeit und vor allem Reinheit (Bäder, rituelle Diät, weiße Kleidung, umständliche Abortvorschriften u. a.). Sanktionen bis zum Ausschluß (Todesgefahr, weil rituelle Ernährung unmöglich) und Todesstrafe (für Lästerung des νομοθέτης) schützen die Ordnung. Über die Ideologie der E. erfährt man wenig. Daß sie Juden sind, wird an strengster Sabbatheiligung (Sabbatgottesdienst Phil. pr. l. 81 f.) deutlich, aber sonst unterspielt. Nach Ios. lehrt ihre Anthropologie, daß die aus feinstem Äther bestehende Seele aus himmlischem Schwebezustand ins Gefängnis des Leibes gelockt wurde und nach dem Tod in die Höhe zu ewiger Freude oder Verdammnis zurückkehrt. – II. Ihren hist. Gehalt geben die E.-Berichte wegen ihrer lit. Eigenart nur schwer her. Erstens sind sie nicht Geschichtsschreibung, sondern Stücke paradoxograph. Ethn. bzw. stark typisierender, natürlichen ante- und antizivilisator. Tugendgemeinschaften nachspürender Soziographie (Phil. sieht die E. überhaupt nicht im Rahmen der jüd. Gesch., sondern als Beispiel für καλοκἀγαθία im Judentum, wie es die Sieben Weisen im griech. und die → Gymnosophisten im indischen Bereich sind, oder als Verwirklicher eines πρακτικὸς βίος in Kontrastparallele zum β. θεωρητικός der → Therapeuten [vita cont. 1]; für Ios. sind die E. zwar neben → Pharisäern und → Sadduzäern eine der 3 zeitgenöss. judäischen Parteien, die er aber als »philos.« beschreibt; er vergleicht die E. mit den → Pythagoreern und zieht Parallelen zur griech. Myth.). Zweitens hängen die E.-Berichte selbst wieder von (schriftl.?) Quellen ab. Drittens sehen sie die E. von außen und mit hellenist. Augen. Ihre hist. Unt. endete deshalb in Skepsis (Bauer). Versuche, die E. etwa in der rabbin. Lit. wiederzufinden oder ihnen Teile der → Apokryphen zuzuschreiben, ergaben nichts Sicheres. Religionsgesch. Vergleiche ermittelten unjüd. Einschläge, doch blieben Herkunft und Stärke umstritten (Ableitungen des Christentums von einem auf dieser Basis rekonstruierten E.-tum – Renan: »un essénisme qui a largement réussi« – enthalten darum einen guten Schuß explicatio ignoti per ignotius). Die E. qua Subjekt der E.-Berichte sind weniger hist. Wirklichkeit als lit. Topos. Seit 1947 liefern nun aber → Qumran (= Q.) und die Q.-Lit. archäol. und eigene lit. Zeugnisse der Gruppe, von der die E.-Berichte reden, obwohl der Name (offenbar von außen gegeben) nicht vorkommt (so die Mehrzahl der Forscher; starkes Argument das geogr.-archäol.e: Plin. kann nach den archäol. Verhältnissen am Toten Meer n. von Engedi nur die Gegend um Q. meinen). Q. läßt sich also als hist. Kriterium der E.-Berichte heranziehen (und umgekehrt), vorausgesetzt, man beachtet, daß die Q.-Bewegung eine 200jährige Gesch. hat und nicht immer und überall einheitlich war und daß die E.-Nachr. nicht alle dieselbe Zeit und dieselbe Richtung spiegeln müssen. Eine eingehende phil., lit. und hist. Neuanalyse in diesem Licht steht noch aus. Deutlich ist, daß das aus paradoxograph. und prakt.-philos. Interesse entworfene Bild der E.-Berichte die streng jüd., thoragebundene, eschatolog. radikalisierte religiöse Heiligungsbewegung von Q. (besser weder »Orden« noch »Sekte«) stark umzeichnet. Ihre hist. Individualität (etwa der Ursprung in einer Priestersezession am Jerusalemer Tempel um 150 v. Chr., die Gründergestalt des Lehrers der Gerechtigkeit, das Zentrum in Q., eigener Kalender) kommen gar nicht zur Sprache, Selbstverständnis und Theologie (Darstellung des wahren Gottesbundes in Sichtweite des Weltendes, Dualismus, krieger. Eschatologie, mehrfache Messiaserwartung, spezielle Schriftauslegung, Übernahme von Reinheitsvorschriften aus dem Priesterdienst und dem heiligen Krieg) nur schwach, besser dagegen Verfassung und Sitte. Immerhin läßt sich für viele Details der E.-Berichte ein qumran. Sachgrund nachweisen, obwohl oft charakterist. umfunktioniert (z. B. wird Prädestination zur εἱμαρμένη). Nicht Belegtes ist in Q. oft jedenfalls denkbar (weiße Kleidung, Ablehnung von Sklaverei und Salböl); einige Unterschiede bleiben (z. B. der Pazifismus Phil. pr. l. 78, der allerdings auch zu Ios. nicht recht paßt). – III. Direkte Nachwirkungen der (mit der Zerstörung von Q. 68 n. Chr. wohl tödlich getroffenen, aber vielleicht nicht ausgelöschten) Bewegung auf → Johannes d. Täufer, das NT., die alte Kirche und die → Karäer sind erst durch Q. erkennbar geworden; ihre Unt. ist noch im Fluß. Davon zu unterscheiden ist die indirekte Nachwirkung der Bewegung als Bildungsgut und lit. Topos »E.« in Gestalt und auf Grund der ant. E.-Berichte, ein reizvolles geistesgesch. Phänomen für sich. Chr. B.

Quellen: *A. Adam* Ant. Berichte über die E. (KlT 182), 1961; zur Analyse immer noch unentbehrlich, obwohl hist. zu skept., *W. Bauer* E., RE Suppl. IV 386–430 (ältere Lit.). Forschungsgesch.: *S. Wagner* Die E. in der wissenschaftl. Diskussion vom Ausgang des 18. bis zum Beginn des 20. Jh. (Bh. zur ZAW 79), 1960. Im übrigen: *Chr. Burchard* Bibliogr. zu den Hss. vom Toten Meer I (Bh. zur ZAW 76)², 1959; II (Bh. zur ZAW 89), 1965. *J. Hempel* Qumran, RE XXIV 1334–1396.

Essig (*ὄξος, acetum*). Älteste dem Menschen bekannte, schon in Äg. und Indien verwendete Säure, hergestellt aus Wein (Aischyl. Ag. 307. Aristoph. Plut. 720; Ach. 35; Av. 534; Ran. 620. Plin. nat. 14,26. 23,29. Macr. Sat. 7,6,12), aus Kernobst (Pallad. 2,15,5. 3,25,11), Datteln (Xen. an. 2, 3,14), Feigen (Plin. nat. 14,19,4. Colum. 12,17). Zu verschiedenen Zwecken wurden Zusätze beigemischt, u. a. Pfeffer (Geop. 8,39. Colum. 12,59,1), Salz oder Honig (Plin. nat. 23,29). Herstellungsrezepte: Cato agr. 104. Colum. 12,5.

Die Verwendung des E. war vielseitig: 1. In der Ernährung für Speise- und Getränkezubereitung (Plaut. Rud. 937. Cato agr. 117. 156,1. Varro r. r. 1,2,28. 2,11,4. Hor. s. 2,3,116. Martial. 10,45. Plin. nat. 14,24. 23,28), zur Konservierung von Lebensmitteln (Plin. nat. 23,27,4). 2. Zur Herstellung von Medikamenten für Wundbehandlung, Dampfbäder, für Heilung von Schlangenbissen, Eiterungen u.a. (Hippokr. 2,26. 6,249.415. 7,35.41.83.97. 8, 117.193.269.271.389. Galen. 11,413. Cato agr. 157. Varro Men. 484. Petron. 47. Plin. nat. passim: ca. 500 Stellen, u.a. 23,27–32). 3. Zu industriellen Zwecken, so zum Reinigen des Silbers (Plin. nat. 33,46,2), zur Quecksilberherstellung (Plin. nat. 33, 41), zur Lösung von Kalk (Plin. nat. 10,80), zur Sprengung von Gestein (Liv. 21,37. Iuv. 10,153. Plin. nat. 23,27,4. Amm. 15,10,11). G. Sch.

R. J. Forbes Studies in ancient Technology, Leiden 1955 bis 1958, 3,78. A History of Technology, ed. *C. Singer*, Oxf. 1956–1958, 1,285.

Esuvii (Esubii). Volksstamm in Gallia Celtica zwischen der unteren Seine und der Loire. Caes. Gall. 2,34. 5,24. 53 erwähnte ihn unter den Stämmen der Armorica (Bretagne), zwischen den Curiosolites und den Aulerci, in der Gegend der h. Stadt Séez. M. L.

Esuvius. 1. Imp. Caes. C. Pius Esuvius Tetricus Aug. Er stammte aus vornehmer, wahrscheinlich gall. Familie (Aurel. Vict. Caes. 33,14) und gehörte schon vor seiner Erhebung zum Augustus dem Senat an; um 269/70 war er als Praetorier praeses prov. Aquitaniae (Eutr. 9,10, CIL XIII 8927 = Dess. 566. 8963), als Victorinus die Herrschaft über das gall. Teilreich ausübte. Nach seiner Ermordung um 270 veranlaßte seine Mutter Victoria, die mit E. verwandt war (SHA trig. tyr. 24,1), daß die Soldaten ihn zum Kaiser erhoben, Vict. epit. Caes. 35,7. Er nahm die Augustuswürde in Bordeaux an, Ioh. Antioch. exc. de insid. 110,61 De Boor (FGH IV 598,152,1). E. herrschte über Gallien (Dess. 567), Britannien (CIL VII 1150. 1151) und Spanien (SHA vit. Claud. 7,5); allerdings fiel Spanien und ein Teil der Gallia Narbonensis am Anfang seiner Regierung zu Claudius (268–270) ab. Trib. pot. I 270, da für 270/71 trib. pot. II bezeugt ist (Dess. 567. Mattingly, RIC 402,4.5); 271 war er cos. in Gallien. Im J. 271/72 trib. pot. III, 272 cos. II, RIC 402,6.7. Im J. 272/73 trib. pot. IV (unbezeugt), im J. 273/74 trib. pot. V (unbezeugt), im J. 274 cos. III (RIC 406,45. 416, 204f. 418,214. Degrassi, Fast. cons. p. 73). Meilensteine aus Gallien bei Decombe-Bézier-Espérandieu Les milliaires de Rennes, 1892, 55,11. 59,10. Er prägte Münzen in Köln und Trier. Im J. 273 erhob er seinen Sohn Nr. 2 zum Caesar, SHA trig. tyr. 25,1. Von Anfang an stand er im Abwehrkampf gegen die über den Rhein dringenden Germanen, Elmer p. 78. Der praeses prov. Belgicae Faustinus wiegelte gegen E. die Truppen auf (Aur. Vict. Caes. 35,4), Aurelian rückte mit einem Heer gegen Gallien. Angesichts der drohenden Entscheidungsschlacht auf den katalaun. Feldern (bei Châlons) verriet E. seine Truppen und ergab sich kampflos, Eutr. 9,13,1. Zos. 1,61,5. Paneg. Lat. 5,4,3, s. A. Chastagnol, Hist. 4, 1955, 173–188. E. wurde zwar mit seinem Sohn und Zenobia im Triumph aufgeführt (Eutr. 9,13,2), erhielt aber hohe Ämter; er wurde corrector Lucaniae, Aur. Vict. Caes. 35,5. Er erreichte ein hohes Alter, Eutr. 9,13,2.

Mz.: *R. Delbrück* Münzbildnisse 139ff. Taf. 21. *G. Elmer* Die Münzprägung der gall. Kaiser in Köln, Trier und Mailand, BJ. 146, 1941, 74–94. 96f. *Mattingly*, RIC V 2 p. 369ff. tab. XIV.

Bildnisse: *Bernoulli* 2,3,179f. *B. Felletti Maj* Iconogr. Rom. Imp. 2,258f. tav. XLIX 165. 166. *C. Jullian* Hist. de la Gaule 4^2,585ff.

2. C. Pius E. Tetricus Caesar. Sohn von Nr. 1; in jungen J. (SHA trig. tyr. 25,1) wurde er 273 zum Caesar erhoben und war 274 princeps *iuventutis* (Mattingly, RIC V 2 p. 424 Nr. 281.) Im J. 274 war er in Gallien cos., *Espérandieu* ILG 656. Mit dem Vater 274 im Triumph aufgeführt, erhielt er doch die höchsten senator. Ämter, Aur. Vict. Caes. 35,5. SHA vit. Aurel. 34,2. 39,1. R. H.

Mz.: *G. Elmer*, BJ. 146, 1941, 81ff. *Cohen* ^{2}6,90–118. RIC 5,2 p. 419ff. tab. XV.

Bildnisse: *B. Felletti Maj* Iconogr. Rom. imp. 2,259, tav. XLIX 168.

Etanna. Station in Gallia Narbonensis (*civitas* der Allobroges), am l. Rhône-Ufer, an der Straße Vienne–Genève, Tab. Peut. Manchmal beim h. Yenne angesetzt, ist es vielmehr mit Etain bei Yenne zu identifizieren. Die Stadt blühte im 2. bis 6. Jh. Inschr.: CIL XII p. 305. M. L.

P. Wuilleumier Etanna, Gallia 1943, 139.

Eteokles (*Ἐτεοκλῆς*, ein redender Name). **1.** König im boiot. Orchomenos, auf den man den dortigen Kult der 3 Chariten (unbehauene, angeblich vom Himmel gefallene Steine) zurückführte. Theokr. 16,104. Pind. O. 14,4 mit Sch. Strab. 9,414. Paus. 9,34,9. 35,1. 38,1. **2.** Theban. Held, Sohn des Oidipus und seiner Mutter Epikaste (= Iokaste) (schon Hom. Il. 4,377.386); in der kykl. Oidipodie ist die Mutter Euryganeia. Sein Zwist mit dem Bruder → Polyneikes beruht in der Thebais und in der att. Tragödie (Aischyl. Hept., Soph. Oid. T., Oid. K., Ant. und Eur. Phoen.) auf dem Fluch des von den Söhnen mißachteten und eingesperrten Vaters. Die Einigung über jährlich wechselnde Regierung wurde von E. gebrochen. Aischylos zeichnet E. als das Musterbild eines tapferen, vaterlandsliebenden und selbstlosen Herrschers. Bekannt ist der Wechselmord des Brüderpaars im Kampf um Theben. Sohn und Nachfolger des E. ist Laodamas. Apollod. 3,57ff. Hyg. fab. 70ff. Stat. Thebais. Paus. passim. H. v. G.

Prell.-Rob. 2,902ff.

Eteoklos (*Ἐτέοκλος*, Nebenform von *Ἐτεοκλῆς*, Usener Sintflutsagen 53f.). Sohn des Iphis, argivischer Doppelgänger des Eteokles von Orchomenos und von Theben. In der att. Tragödie, außer in Eur. Phoen., gehört er zu den Angreifern gegen Theben. Er fällt im Kampf gegen Megareus (oder Leades, Apollod. 3,74). Paus. 10,10,3. H. v. G.

Prell.-Rob. 2,924.930.

Eteokreter. »Echte Kreter«, bei Hom. Od. 19,176 einer der Stämme Kretas, galten als Autochthonen und Urbewohner (Diod. 5,64,1. Strab. 10,475. Skymn. 541f. Hesych. Apoll. Soph. lex. Etym. M. s.v. Eustath. Od. 19,176), in hist. Z. um → Praisos in O.-Kreta (Hdt. 7,170,1. 171,1. Strab. a.O. und 10,478). Ferner Pap. Oxy. X 1241 col. V 26ff. In Praisos, → Dreros und an anderen Orten sind Inschr. in griech. Schrift, aber ungriech. also offenbar eteokret. Sprache gefunden. E. M.

1. *J. Miller*, RE VI 709f. 2. *Joh. Friedrich* Kleinasiat. Sprachdenkmäler 145ff. 3. *M. Guarducci* Inscr. Cret. III 137ff. Nr. 1–6. 4. *H. van Effenterre* Une bilingue étéocrétoise, RPh 20, 1946, 131ff. 5. *C. H. Gordon* Eteocretan, Journ. of Near Eastern stud. 21, 1962, 211ff. 6. *Ders.* The Drerian bilingual, Journ. of Semit. stud. 8, 1963, 76ff.

Eteoneus (*Ἐτεωνεύς*). Vertrauter Diener des Menelaos Hom. Od. 4,22.15,95. Sein Patronymikon *Βοηϑίδης* dient seiner Charakterisierung. H. v. G.

Eteonikos (*Ἐτεόνικος*). Spartan. Flottenführer im Peloponnes. Krieg. Nach Kallikratidas' Niederlage bei den Arginusen 406 vermochte er Chios zu halten, nach Lysandros' Sieg bei Aigospotamoi eroberte er die thrak. Küste (Xen. hell. 2,2,5). 400 v. Chr. als Harmost nach Byzanz geschickt, kam er mit Xenophon in Kontakt (Xen. an. 7,1,12ff.). Im Korinth. Krieg störte er 390 von Aigina aus den Handel Athens. Fr. Kie.

Etesien. Die *Ἐτησίαι* (var. *Βορέαι*) sind jährlich mit Regelmäßigkeit Mitte Juli – zur Zeit des Sirius-Aufganges – einsetzende kühle, kräftige Winde aus N. bis NO. von beachtlicher Stetigkeit und ungefähr 40tägiger Dauer (andere Fristen bei Rehm RE VI 714). Angeblich sollten den E. Winde gleichen, passatähnlichen Charakters von der Dauer einiger Tage voraufgehen (Böker, RE XXIII 96ff.). Den im Pontos kolonisierenden Griechen konnten die aus der Propontis herabfegenden E. auf der Hinfahrt äußerst hinderlich werden. Die Alten nahmen auch winterliche etesiale Schönwetterwinde an: *οἱ λεγόμενοι Λευκόνοτοι* (Rehm, RE XII 2284). Man glaubte, daß die E. zufolge Wasserstau die Nilschwelle bewirkten (Rehm, RE XVII 579f.), nach anderer Version, weil die E. die äthiopischen Regen veranlaßten. Die E. galten als Wogen aufpeitschend, das Meer dunkelnd, gesund, trocken und die sommerliche Hitze brechend. Zahlreiche Notate der griech. Kal. haben ihren Anfang und ihr Ende zum Gegenstand. N. Passatwinde galten den Griechen grundsätzlich als E. (Aristot. meteor. 362 a 23). Bei ihrer erstaunlich schlechten Segelkunst (Assmann RE II A 1051) waren die Griechen während der Dauer der E. nicht in der Lage, selbst wichtigste Kriegsfahrten nach N. zu unternehmen. Die geophysischen Ursachen des Auftretens der E. klärt G. Schmidt, RE VIII A 2212f, auf. → Prodromoi. R. B.

Ethos – Pathos. Der rhet. Affektlehre angehörendes Begriffspaar, meistens im Plural (z.B. Demetr. eloc. 28; Dion. Hal. ad Pomp. 3,18; vgl. Varro Men. Frg. 399). Es bezeichnet Partien, vor allem innerhalb von Gerichtsreden, wo Schilderungen des Charakters bzw. seelischer Zustände einer Person in die Argumentation einbezogen sind zu dem Zweck, die Zuhörer in eine der Absicht des Redners dienliche Stimmung zu versetzen (vgl. Aristot. rhet. B. 2, bes. 1377 b 30 *διακεῖσϑαί πως τὸν ἀκροατήν*). Die Vieldeutigkeit des Begriffes E., der in der älteren Theorie ausschließlich als *ἦϑος τοῦ λέγοντος* verstanden wurde, und die Schwierigkeit, die es bereiten mußte, präzise Anweisungen für eine im psycholog. Sinne geschickte Taktik innerhalb einer rhet. Techne zu geben, führte zu vielerlei Unklarheiten, die sich in fast allen ant. Definitionen spiegelt (bes. charakteristisch Quint. 6,2,8ff.). E. wurde als schwächere Stufe des P. verstanden (Quint. a.O. 12; vgl. Iul. Vict. rhet. 22 S. 439,32ff. Halm), und man empfahl entsprechend einen zurückhaltenderen, einfacheren Stil (Quint. a.O. 19. Iul. Vict. a.O.; etwas anders Demetr. eloc. 28). Die späthellenist. Literarkritik verwendet die Kategorien E.-P. mit Vorliebe für die Beurteilung klass. Autoren: Dion. Hal. Lys. 19; ad Pomp. 3,18: Thukydides ist Meister der *πάϑη*, Herodotos der *ἤϑη*; *π. ὕψ.* 9,15: Homers »Entwicklung« von der Ilias zur Odyssee wird als *ἀπακμὴ τοῦ πάϑους . . . εἰς ἦϑος* gedeutet. Ähnlich ordnet Servius (zu Verg. Aen. 3, 718 und 4,1) B. 4 dem *ἦϑος*, B. 2 dem *πάϑος* zu. H. Gä.

H. Lausberg HB der lit. Rhet., München 1960, 141f. *W. Süss* Ethos, Lpz.-Bln. 1910.

Etionos s. Skarphe

Etrūria (G. Dennis Cit. and Cemet. of Etr.³ 1883. A. Solari Topogr. stor. dell'Etr. 1915/20. H. Nissen It. Ldk. 2,277ff. Müller-Deecke Die Etrusker 1,192ff. M. Pallottino The Etruscans 127f. G. Devoto Hist. 6, 1957, 23ff. v. Vacano Die Etrusker u.a.), Landschaft des w. Mittelitalien ohne alten Durchgangsverkehr. Die geläufigen Grenzen (tyrrhen. Küste im W., Macra und Arnus im N., Tiber in O. und S.) entsprechen denen der 7. august. Region (Strab. 5,222. Plin. nat. 3,53), beziehen aber Capena mit dem sabin. (Radke Romanitas, im Satz) Kult der Feronia, Falerii, das ligur. Casentino (Pol. 2,16,2), Florentia und den Raum zwischen Luna und Pisa nur aus Organisationsgründen mit ein. Im N. setzte Ps. Skymn. 216 die ligur.-etr. Grenze in die Nähe von Antipolis, ein Mißverständnis, das aufzuklären wäre, wenn wir das bei Ps. Skyl. 4f. genannte *Ἄντιον* zu lokalisieren wüßten (dieser nach *Antiates* der tab. alim. Vel. CIL XI 1147. III 99 ligur. Name braucht nicht mit Punta d'Anzo übereinzustimmen); während Bodenfunde des 5. Jh. in Pisa etr. sind (Banti, RE XX 1768), liegt die Arnomündung nach Theopomp (Iust. 20,1,11) und Ps. Aristot. mir. ausc. 92

in Liguribus oder gilt Pisa als 1. Stadt von E. (Pol. 2,16,2). Zu Caesars Z. gehörte das nahe Luca zur Gallia cisalpina (bes. Suet. Iul. 24,1); die Chronologie PHILIPPS, RE XIII 1806, ist irrig. Der Name E. (inschr. gelegentlich falsch *Aetruria*), nicht mit Serv. Aen. 11,598 aus ἕτερος und ὄρος zu erklären, wird meist aus **Etrusia* (ū jedoch ungeklärt) hergeleitet, das durch Liquidenumstellung (U. COLI Antiquitas 1/2, 1947, 72ff. S. E. BARBERINI Gli Etruschi ecc. 136) und Vorschlaglaut aus **eturs-* entstanden sein soll. Im N. E.s bestehen die apuan. Alpen aus kristall. Kalk mit Marmorbrüchen (Strab. 5,222. Plin. nat. 36,14. 48. 135. Iuv. 3,257 *saxa Ligustica*).

Dem erzreichen Hügelland s. des Arno ist auch Elba zuzurechnen; daran schließt eine durch unterseeische Eruptionen gebildete Tuffschicht, die sich später hob, das etr. Tafelland mit seinen tiefeingeschnittenen Tälern und Kraterseen; dazwischen vulkan. Massive wie die cimin. Berge und die Berge von La Tolfa. Flüsse zum tyrrhen. Meer: Aventia, Umbro, Caecina, Albinia, Marta, Minio u.a., zum Tiber Clanis und Pallia. Seen: Lacus Ciminius, Alsietinus, Statoniensis, Volsiniensis, Sabatinus, Trasumenus, Vadimonis und der Strandsee lac. Prelius. E. galt als γῆ πάμφορος und παντελῶς εὔγειος (Diod. 5,40) mit Spelt-, Weizen-, Flachs- und Weinbau; daneben Wald, Jagd, Fischerei und Viehzucht, wie sich beispielhaft aus der Lieferliste etr. Städte 207 v. Chr. bei Liv. 28,45,14ff. ergibt. E. erhielt 89 die *civitas Romana*, hielt dann zu Marius und wurde von Sulla dafür gestraft. Bei der diokletian. Neuordnung als *Tuscia et Umbria* stand E. unter *correctores*. – Die via Claudia dürfte die älteste Straße sein, die von Rom nach E. führte, dann die Küstenstraße (v. Aurelia, fortgesetzt durch v. Aemilia Scauri); die v. Cassia wurde später in Richtung Florenz ausgebaut; im O. die v. Amerina. Welche Städte zu den etr. Zwölfstädtebund gehörten, ist unsicher (ALTHEIM Der Ursprung der Etrusker 8); von Cortona, Arretium, Perusia und Volsinii ist es wahrscheinlich. Zur Verwaltung vgl. J. HEURGON Hist. 6, 1957, 68ff. Von den Städten E.s haben Veii, Caere, Tarquinii große Bedeutung für Rom besessen; Vetulonia, Rusellae, Arretium, Clusium waren früh mit Rom in Verbindung. Kunstgewerbe in Nachahmung älteren griech. Imports bedeutend (P. DUCATI Die etr. italo-hell. und röm. Malerei), daneben Marmorverarbeitung in N.- und Tuffschneiden in S.-E. Die Länge der tyrrhen. Küste wird von Plin. nat. 3,51 mit 284 mp, Strab. 5,222 mit 2500 stad. (ungenau), It. mar. 498ff. mit 292 mp angegeben; die Differenzen sind erklärbar (RADKE, RE XXIV 26f.). E. entspricht der heutigen Toscana. G. R.

Etrusker. I. Herkunft. Nach Hdt. 1,94 sind die Etrusker wegen einer Hungersnot unter ihrem Führer Tyrsenos (daher ihr Name Tyrsener, Tyrrhener) aus Lydien in das Gebiet der Umbrer eingewandert (Befürworter wegen des starken oriental. Einschlags in Kunst und Kunstgewerbe u.a. MONTELIUS, DUCATI, PATRONI, PIGANIOL, ÅKERSTRÖM, BLOCH); nach Dion. Hal. 1,28,2ff. sind sie Autochthonen, die sich selbst Rasenna nannten (Befürworter u.a. ED. MEYER, TROMBETTI, RIBEZZO, DEVOTO); 1741 sprach FRÉRET erstmals öffentlich die Meinung aus, sie seien Indoeuropäer = Italiker und von N. her über die Alpen gekommen (NIEBUHR, K.O. MÜLLER, HELBIG, PIGORINI, CHIERICI). Vor allem dank den vielen neuen Funden an Villanovakulturen und dank der Tatsache, daß diese nahtlos in die etr. Phase übergehen, neigt die Forschung heute dazu, die Entstehung des »Etruskertums« im Lande selbst durch allmähliche Entwicklung aus dem ital. Substrat anzunehmen, wobei fremde Einflüsse durchaus befruchtend gewirkt haben können und müssen; durch sie würden sich vor allem die nach dem Orient weisenden Züge erklären lassen. PALLOTTINO zieht auf seinen Karten aber wohl zu scharfe Trennungslinien, da die Villanovaleute auch südlicher gesessen haben und wohl Indogermanen waren. – Alle Theorien haben manches für sich, aber jede hat auch einen unauflösbaren Rest.

II. Politische Organisation. Augenscheinlich hat es in ältester Zeit eine Art Monarchie gegeben, der Fürst hieß wohl *lauχume*, *luχume*, lat. *lucumo*. Seit dem E. des 6. Jh. gewannen wie im ganzen Mittelmeergebiet demokratische Ideen das Übergewicht. Immer aber handelt es sich, wie etwa in Griechenland, um Stadtkulturen, es hat niemals einen etr. Gesamtstaat gegeben. Das Kennzeichnende ist gerade, daß untereinander kein Zusammenschluß bestand. Das ist z.T. geograph. bedingt, durch tiefeinschneidende Flußläufe oder durch Bergrücken, aber im ganzen bleibt es so unverständlich, wie eine Stadt nach der anderen durch die Römer erobert werden konnte, ohne daß sie Hilfe bekam, daß man von einem »Selbstmord Etruriens« gesprochen hat. Nur im J. 295 versuchten die Etr. erfolglos, bei Sentinum den Römern geschlossen entgegenzutreten. – Dagegen sprechen die ant. Schriftsteller mehrfach von δώδεκα ἡγεμονίαι, von den *duodecim* oder *quindecim populi Etruriae*, von *concilium* oder *foedus*, was von der Etruskologie immer als Städtebund gedeutet wird; es hat einen in Zentraletrurien gegeben, zu dem u.a. Veji, Tarquinia, Vulci, Caere, Chiusi, Rusellae, Vetulonia gehörten, einen 2. in der Po-Ebene mit Felsina bei Bologna (nur Nekropole bekannt), Mantua, Marzabotto, einem nicht lokalisierbaren Melpum (Spina an der Adria lag außerhalb des eigentlich etr. Gebietes), einen 3. in Campanien mit dem Hauptort Capua (im J. 445 oder 424 von den Samniten erobert) und Nola, Pompeji, Herculaneum, Sorrento, Acerra, Nocera (ohne daß hier alle Städte genannt seien, die nacheinander, je nach Aufblühen oder Absinken, dazugehört hätten). Die Gleichsetzung *foedus* = Städtebund wird neuerdings von L. BANTI angegriffen. – Die Zusammenkünfte der Lucumonen, die gemäß dem stark religiös betonten Charakter der Etr. Priesterfürsten gewesen sein müssen, fanden in dem *fanum Voltumnae* statt, dessen Lage völlig unbekannt ist (es wird nach Orvieto, Volsinii, Bagnoregio, Veji verlegt). Dort wurde noch z. Z. Constantins d. Gr. das großes Jahresfest zusammen mit den Umbrern gefeiert, und um diesen letzten innerpolit. Zusammenhalt zu zerschlagen, »erlaubte« der Kaiser den Umbrern, das Fest zu Hause und »zu Ehren der Flavier« zu feiern. – Von der eigentlichen polit. und sozialen Struktur wissen wir fast gar nichts, da noch keine Stadt ganz ausgegraben worden ist; ein Sklavenaufstand in Volsinii im J. 265 führte zunächst zu einer völligen Umkehrung der sozialen Verhältnisse, wurde aber mit Hilfe der Römer unterdrückt. Aber daß die Römer ihre wichtigsten Magistrats-Insignien von den Etr. übernommen haben, sagen sie selbst: *sella curulis, fasces, toga palmata, corona aurea,* Zepter. Z. Z. der späteren Republik finden wir manche Zweige oder Mitglieder alter etr. Familien in Rom, so einen Zweig der *keikna* von Volterra (Caecina, den Freund Ciceros) und Maecenas, den Abkömmling der Fürsten von Arezzo.

III. Städte und Nekropolen. Es bestehen wichtige Unterschiede zwischen S.-Etrurien und Mittel- und N.-Etrurien, wobei die Grenze etwa der h. zwischen Latium und der Toscana entspricht. Der S. hat sich – und zwar zunächst an der Küste – früher und rascher entwickelt, die Städte liegen immer einige Kilometer vom Meer entfernt, aber ziemlich dicht beieinander: Caere, Pyrgoi, Tarquinia, Populonia, Vetulonia; ihre Entwicklung ist stark abhängig von den Metallvorkommen, bes. in den Bergen von La Tolfa. Sie sind durch die Malaria in den Maremmen entvölkert worden und waren z. T. schon in der Spätant. untergegangen. Dagegen liegen die Städte im Binnenland weiter auseinander (Chiusi, Cortona, Arezzo, Perugia, Fiesole, Volterra), trieben dank der reichen Vegetation im Vorapennin Ackerbau und haben eine ungestörte Fortdauer im MA. und in der Neuzeit gehabt. Das Faliskerland s. ö. Perugia war etr. Einflußgebiet. – Nach Möglichkeit liegen die Städte auf steilen Bergkuppen, so daß sie gar keine Mauern brauchten oder nur an wenigen gefährdeten Stellen. Aus der Art des Mauerwerks (z. B. den »uralten zyklopischen« Polygonalmauern der älteren Lit.) auf ein bestimmtes Alter zu schließen, geht oft nicht an, es handelt sich um zu viele regionale Unterschiede. – Über die eigentliche Stadtanlage sind wir kaum unterrichtet. Jedenfalls dürfen Vetulonia und Marzabotto mit ihrem rechtwinkligen Straßennetz nicht zum Maßstab genommen werden a) wegen ihrer bisherigen Vereinzelung, in Vet. außerdem nur wenige Reste, b) weil solche rechtwinklige Einteilung damals im ganzen Mittelmeerraum verbreitet war. Die direkte Ableitung des »italischen« oder »pompejanischen« Hauses von dem etr. ist wegen der Vielfalt der Hausformen in den Kammergräbern nicht mehr aufrechtzuhalten; immerhin findet sich sowohl in den Gräbern wie in Marzabotto das Atriumhaus. – Eine Sonderstellung nimmt Rom (etr. *Ruma*) insofern ein, als die eigentliche Bevölkerung latin.-sabin. war, die Etr. aber das kulturbildende Element darstellten. Das spiegelt sich in der Überlieferung über die Zeit der etr. Königsherrschaft wider, die bisher meist als Sagen abgetan oder wenigstens mit großem Mißtrauen betrachtet worden ist. Ihre Glaubwürdigkeit zeigt sich aber immer mehr, vor allem dank den Funden im Bezirk von S. Omobono am Forum Bovarium, die augenscheinlich bis ins 13. Jh. zurückgehen, und wo 1963 eine Scherbe mit einer etr. Inschrift aus dem 7. Jh. gefunden wurde. Über das etr. Element in der Frühzeit s. bes. die Arbeiten von A. ALFÖLDI. – Die Nekropolen liegen immer außerhalb der Stadt und sind oft ausgedehnter als diese selbst. Typologisch sind sie untereinander sehr verschieden; so baut z. B. Caere Tumulusgräber, Orvieto Kammergräber, die ganze regelmäßige Straßenzüge bilden, in Cortona herrscht das Grab »a melone«, im Innern, in Norchia, Bieda, sind es Felsengräber mit ausgehauenen Fassaden oder »Würfelgräber«. In Tarquinia sind die Kammergräber ausgemalt, in Veji gibt es die frühe ausgemalte tomba Campana, in Vulci die tomba François mit Fresken aus der etr. Geschichte (jetzt in Villa Albani, Rom), einige ausgemalte Gräber liegen bei Orvieto und Chiusi. In Volterra dagegen hat man kein einziges ausgemaltes Grab, nur ein flaches Relief mit einem Grabdämon gefunden. Die gleichen Unterschiede gelten für die Beisetzung: z. B. in Tarquinia und Tuscania Sarkophage mit dem darauf liegenden Verstorbenen in Lebensgröße, in Chiusi in den Kammergräbern Totenbetten und cassa mit dreieckigem Giebel an dem einen Ende (in der frühen Zeit die menschenförmigen Kanopen) – alle im allgemeinen zu zweit in kleinen Räumen; in Volterra dagegen kleine Aschenurnen, bis zu 40 auf den umlaufenden Stufen in einem großen Raum nebeneinanderstehend, in der Umgegend von Volterra und in Fiesole Stelen mit dem Bild des Verstorbenen. Das heißt zugleich: im S. in klass. Z. Bestattung, im N. Verbrennung.

IV. Sitten. Da kein vollständiges Haus erhalten ist (der Sockel war aus Stein, der Oberbau aus Holz), so stammt alle unsere Kenntnis vom täglichen Leben der Etr. aus den Grabgemälden, von den Grabbeigaben, den Reliefs auf Sarkophagen und Urnen und aus der (spärlichen) röm. und (mißgünstigen) griech. Überlieferung. Die Gemälde und Reliefs zeigen Familienszenen mit Kindern und Haustieren, Fisch- und Vogelfang, Wettrennen, Tänze zur Musikbegleitung, Banketts, Gladiatoren- und Theaterspiele (das Theater ist wie das Flötenspiel aus Etrurien nach Rom gekommen, *histrio* und *subulo* sind etr. Lehnworte). Bekannt sind die Tracht (ganz ähnlich der ion., bei den Frauen verbunden mit dem hohen *tutulus*), die Schnabelschuhe, die Vorliebe für gravierte Spiegel und Schmuck (die reichen Goldfunde mit Granulation aus den Fürstengräbern von Vetulonia und Praeneste, jetzt in Florenz und Rom, Villa Giulia), Hausrat und Waffen (tomba dei rilievi, Caere). Auffallend die Vorliebe für griech. Vasen, die z.B. in Vulci im 19. Jh. in solchen Mengen gefunden wurden, daß man sie für etr. hielt; neuerdings die Funde von Spina (in Ferrara). – Psycholog. Entwicklungen, Spannungen oder persönliche Erlebnisse, alles, was das Innere des Menschen betrifft, lassen sich aus diesen Grabfunden natürlich nicht ablesen; der Mangel an Lit. verhindert hier wie überall in der Etruskologie, zu einem befriedigenden Schluß zu kommen. Eine Schilderung im Rahmen des Möglichen hat Heurgon gegeben: »La vie quotidienne chez les Etrusques« (1961), eine sachliche Analyse führt zur endgültigen Zurückweisung der griech. Vorwürfe von Sittenlosigkeit und Unmoral sowohl der Männer als der Frauen. Die Etr. waren gute Kaufleute und zugleich gefürchtete Piraten, die bis in den griech. Archipel vorstießen; ihre Vorherrschaft zur See fand allerdings schon im J. 474 mit der Schlacht von Cumae ein Ende. Sie scheinen aber wenig kriegerisch gewesen zu sein, die Durchdringung des Landes ist augenscheinlich friedlich vor sich gegangen. Sie bezahlten mit Tauschwaren und *aes rude; aes grave* und Coniaten kommen erst im 4. Jh. auf (Münztafel [3], 426).

V. Sprache. Alle Texte sind glatt lesbar, denn sie sind mit griech. Buchstaben – fast immer von r. nach l. – geschrieben, aber sie sind mit Ausnahme weniger Wörter (sicher etwa 30, höher gegriffen, aber unsicher, etwa 50) nicht zu übersetzen, weil das Etr. mit keiner anderen Sprache zusammenzubringen ist. Das Alphabet haben die Etr. von den Griechen übernommen, es ist auf einigen kleinen Objekten erhalten ([2], Taf. 25); dagegen kann es nicht, wie es gerade die Tradition will, von Demaratos aus Korinth nach Tarquinia mitgebracht worden sein, da es mit dem korinth. Alphabet nichts zu tun hat (Tabelle [1],383). Bekannt sind etwa 10000 Inschr., darunter 16 Bilinguen, aber im Gegensatz zu anderen Sprachen (assyr., äg.), die mit Hilfe einer einzigen Bilingue entziffert werden konnten, nützen die etr.-lat. nichts. Sie sind auch zu kurz, und die Hoffnung, daß in Vulci längere Bilinguen, etwa röm. offizielle Verlautbarungen gefunden würden, hat sich bisher nicht erfüllt. Die längsten Inschr. sind die Agramer Mumienbinde mit 1500 erhaltenen Worten, ein in Äg. gefundenes, zu Streifen zerrissenes Buch aus Linnen, wohl ein Ritualtext; der Cippus von Perugia, ein Grenzstein; der Ziegel von Capua (Berlin), das Bleitäfelchen von Magliano (Florenz) mit Götternamen. Abgesehen von Weihinschr. auf Statuetten sind

alle anderen fast nur Grabinschr. mit dem Namen des Verstorbenen, den Namen seiner Eltern oder eines Elternteiles, seiner Eigenschaft als Sohn *(clan)*, Tochter *(sec, seχ)*, Frau *(puia)*, seinen eventuellen Titeln (z.B. *zilaϑ*, *maru*), die wir in ihrer Bedeutung fast nie bestimmt fassen können. Am Schluß die Angabe der Lebenszeit *(lupu avils XV)*, wobei *avils* sicher »Jahre« heißt, *lupu* aber »er lebte –« oder »er starb im –« heißen kann. Bekannt sind also eine Reihe von grammatikal. Abwandlungen, die erwähnten höchstens 50 Worte, die Eigennamen in ihrer latinisierten Form, Götternamen, weil sie auf den Spiegeln und Vasen den Figuren beigeschrieben sind, und dank einer neugefundenen, noch unveröffentlichten Inschr. die Zahlen 1–6, die mit ihrem Lautwert auf den Würfeln von Toscanella vorkommen, aber bisher eine Crux bildeten, die die Feststellung des Lebensalters verhinderte. – Die krit. Beschäftigung mit der Sprache hat vor allem seit Deecke, Pauly, G. Herbig am E. des 19. Jh. ihren Aufschwung genommen, nachdem die Epigraphik mit den Werken von Lattes, Vermiglioli, Fabretti genügend Material geliefert hatte. Bis zu Corssen herrschte die etymolog., seit Deeckes Kritik daran mit Pauly, G. Herbig, Torp die induktive Methode. Trombetti verband die etymolog. mit der kombinator. Methode (wie Deecke selbst, h. Goldmann, Vetter). Es ist klargeworden, daß das Etruskische sowohl voridg. als auch idg. Elemente enthält, trotzdem ist der Stand der Forschung im ganzen etwa derselbe wie vor 25 J., und wie weit man noch von einer Lösung ist, zeigt schon die Konstruktion von Sprachgruppen durch die einzelnen modernen Forscher: Präindoeuropäisch (Trombetti), protoindoeuropäisch (Kretschmer), periindoeuropäisch (Devoto). Für grammatikal. Studien: Pallottino, Eva Fiesel, Slotty. Veröffentlichung der Inschr. im CIE; regelmäßiger epigraph. Bericht in den Studi Etruschi, die vom Istituto di Studi Etruschi e Italici in Florenz herausgegeben werden.

VI. Religion und disciplina etrusca. Den Etr. werden von den lat. Schriftstellern immer wieder ihre starke Religiosität, ihr Eifer zu opfern bescheinigt, bei den Kirchenvätern verkehrt sich das in »Aberglauben«, aber ihre Religion ist im Eigentlichen nicht zu fassen, da aus der Frühzeit keine Götterbilder erhalten sind und später die Götter in griech. Gestalt und z.T. mit gräzisierten Namen auftreten (Quelle für mytholog. Darstellungen vor allem die gravierten Spiegel). Der höchste Himmelsgott ist *Tinia* (mit Zeus-Iuppiter zu vergleichen, aber oft jugendlich bartlos dargestellt); *Uni* = Juno ist in vielen Städten die auf der Burg verehrte Patronin, *Menerva* = Minerva = Athena hat viele Züge der voridg. Muttergöttin des Mittelmeergebietes bewahrt, z.B. als Kinderpflegerin; *Mars* ist ein alter Vegetationsgott, kein Kriegsgott, *Fufluns* = Dionysos, *Selvans* = Silvanus, *Neϑuns* =

Neptunus. Dazu dämon. Wesen aus der ober- und unterweltlichen Sphäre und die Schar der griech. Heroen und Halbgötter. Entgegen der griech., aber entsprechend der ital. und röm. Religion gibt es, soweit wir sehen, keine Götterehen und -kindschaften. Aber falls die Agramer Mumienbinde ein Ritualtext ist, gibt er nur an, was und wann welchem Gott geopfert werden soll; die Spiegel zeigen ganz selten ungriech. Mythen, wie die Säugung des erwachsenen Herakles durch *Uni* im Olymp, aber literar. ist keine einzige wirklich religiöse Erzählung überliefert. Durch Arnobius wissen wir nur (spät!), daß sie glaubten, daß ihre Seelen durch gewisse Opfer zu Göttern wurden (Bluttaufe). – Tempel sind nur in kleinen Modellen und mit ihren Fundamenten erhalten, da der Oberbau aus Holz war. Sie standen in der Regel auf einem Podium; die hölzernen Säulen waren gedrungen, das Dach tief herabgezogen, Fassade und Traufleisten waren mit buntbemalten Terrakottaplatten verkleidet, manchmal liefen Tonfiguren die Dachschräge empor oder standen längs des Firstes (Veji). Das Giebelfeld trug zunächst (bis zum 5. Jh.?) keinen Figurenschmuck. Jede rituell richtig gegründete Stadt mußte 3 Tempel – wie auch 3 Tore – haben, je einen des *Tinia*, der *Uni* und der *Menerva;* die immer noch lebendige Vorstellung von dem »Dreizellentempel« dieser – in Etrurien nie nachgewiesenen – »Trias« beruht auf einer falschen Interpretation von Serv. Aen. 1,422, dazu Banti Studi Etr. 17, 1943, 187. Falls der neugefundene Tempel in Pyrgoi aus der 1. Hälfte des 5. Jh. stammt, wäre er der älteste bekannte etr. Dreizellentempel. – Etwas besser unterrichtet sind wir über die d i s c i p l i n a e t r u s c a, d.h. die prakt. Ausübung der Weissagung, Omen- und Blitzdeutung, rituelle Weihungen der Städte u. ä., weil – wenn auch nur geringe – Zitate aus den heiligen Büchern bei den ant. Schriftstellern erhalten sind. Die disciplina soll den Etr. von dem aus der Erde gepflügten Tages gebracht worden sein und war in den *libri acheruntici*, *fulgurales* und *agrimensores* (diese von der Nymphe Begoe geschrieben), niedergelegt. Am besten ausgebildet war die Blitzdeutung, für die die Leberschau entwickelt worden war. Der Himmel war in 16 Regionen eingeteilt, in jedem dieser Häuser wohnten mehrere Götter (die mächtigsten im N. und NO.: *Tinia*, *Uni*, die hilfreichen im O., im S. die Fruchtbarkeitsgötter, die schrecklichsten, darunter das Fatum, im NW.). Dasselbe System fand man in der Maserung der Schafsleber wieder und konnte mit deren Hilfe feststellen, welcher Gott den Blitz gesandt hatte. Ein Nachklang von dieser Himmelsteilung findet sich bei Mart. Cap. Hochzeit des Mercur mit der Philosophie, aber, da spät, mit einiger Verschiebung der Häuser. Leider ist das B. des Kaisers Claudius über die Etr. restlos untergegangen. Noch Iulian Apostata nahm etr. *haruspices* mit einer Feldausgabe der hl. B. auf seine Kriegszüge mit, und sie werden von Prokop noch mit Selbstverständlichkeit erwähnt. Gesetze gegen sie im Cod. Theodos. Die disciplina beweist eine starke Abhängigkeit der Etr. von den Göttern, sie enthielt aber nicht nur dieses Gefühl, sondern auch Vorschriften über Baumkultur, Veredelung u. ä., mit denen die Priester unter dem Anschein von religiösen Vorschriften das Volk praktisch belehren wollten. Das Abbild des Himmels auf Erden war das von dem Augur mit seinem Stab auf den Boden gezeichnete *templum;* die Orientierung der Tempel scheint sich nach den 16 Himmelsregionen zu richten, sie sind keineswegs generell n.s. orientiert, wie im Gegensatz zu den o.w. gerichteten griech. Tempeln bisher vereinfachend angenommen wurde (Enking Studi Etr. 25, 1957, 541).

VII. K u n s t. Die vor allem gegen E. des 19. Jh. herrschende Anschauung, jedes in Etrurien gefundene gute Werk sei von eingewanderten Griechen geschaffen, jedes minderwertige von den Etr. selbst, dürfte als überwunden gelten, bes. seit die große Wanderausstellung 1955–1956 weiteste Kreise mit den Etr. bekannt gemacht hat. Trotzdem muß die Frage gestellt werden, ob die Etr. wirklich große Kunstwerke geschaffen haben oder ob es sich nicht vielmehr um ein, wenn auch oft höchst ausdrucksvolles, Kunstgewerbe handelt. Es ist etwas Zwiespältiges darin: einmal lassen sich (nach 700) in der »orientalisierenden Periode« die ö. Einflüsse, später dann die griech. ohne weiteres aufzeigen (wobei manche Städte 50–100 J. hinter der griech. Entwicklung zurückblieben), andererseits ist ein etr. Werk auch der Kleinkunst durch ein ganz spezif., meist sehr reizvolles, oft unwägbares Fluidum fast immer mit Sicherheit von einem griech. zu unterscheiden. Die Periode der spannungslosen Klassik hat es in Etrurien nie gegeben; am E. des 5. und im 4. Jh., als Etrurien durch die Ereignisse von der Umwelt abgeschlossen war, blieben die archaischen Formen in Geltung, und nach diesem »Hiatus« setzte sich dann sofort der hellenist. Geschmack durch. Der Unterschied liegt auch darin, daß die Etr. fast keinen Marmor verarbeiteten (die Brüche von Luni/Carrara wurden erst von den Römern entdeckt), sondern neben der Bronze vor allem den Ton, der viel besser erlaubte, momentane Bewegungen, flüchtigen Ausdruck festzuhalten. Nur – abgesehen von den frühen guten Buccherovasen – weder die Formen noch die Bemalung der späteren Vasen erreichen irgendein bemerkenswertes Niveau. – Bilderbände sind neuerdings zu viele erschienen, als daß sie hier aufgezählt werden können. Es sei aber bemerkt, daß L. Banti [2] zum erstenmal den Versuch gemacht hat, die Kunstwerke jeweils im Zusammenhang mit den Städten zu behandeln, wodurch die Eigenart der einzelnen Zentren deutlicher wird, als bei dem üblichen chronolog. Vorgehen. R. E.

Bibliographie. Statt einer in diesem Rahmen unmöglichen Auswahl sei hingewiesen auf die vorzüglichen

Bibliographien bei 1. *Massimo Pallottino* Etruscologia, [5]1963 und 2. *Luisa Banti* Il mondo degli Etruschi, 1960 (deutsch: Die Welt der Etrusker, 1960). 3. Tafelwerk *G. Qu. Giglioli* Arte Etrusca, 1935.

Etymandros. Längster Fluß (1000 km) der altpers. Länder Arachosien und Drangiana (h. Hilmend), jetzt innerhalb der Grenzen Afghanistans. Gegenwärtig erreicht der Hilmend wegen Ableitung des Flusses an einigen Stellen zwecks Bewässerung nicht mehr das Seebecken des Daryacheh ye Sistan, sondern verliert sich in Sümpfen. Arrian. an. 4,6,6 berichtet über dieses Gewässer, es fließe durch das Gebiet der *Εὐεργέται* (→ Ariaspai, o. I 546). Plin. nat. 6,92 nennt den Fluß Erymandus. Von Curt. 8,9,10 ist der E. unter dem Namen *Ethymantus* irrtümlich nach Indien verlegt. H. T.

Gr. Hist. Weltatl. I, S. 17a. Atlas of the World II, Pl. 32: Iran (Persia).

Etymologie, -ica. 1. (Griech.) Versuche, Wörter von ihrem Ursprung herzuleiten und damit zu ihrer wahren Bedeutung vorzudringen, sind sehr alt. Schon in der ältesten Dichtung werden bes. Eigennamen gerne etym. gedeutet (Hom. Od. 19,406 ff.; vgl. 562 ff. Hes. theog. 195 ff. Pind. I. 6,49 ff.). Beliebt ist dieses Spiel bei den Tragikern (Aischyl. Ag. 1080 ff.; Soph. Ai. 430 f.; Eur. Tro. 989 f. Phoen. 636 f. Bacch. 367 f. Frg. 181. 517 u. ö.). Anstöße zu eingehenderer Beschäftigung mit Fragen der E. erfolgten im 5. Jh. von seiten der Philosophie (→ Kratylos), die bei dem Bemühen, den Ursprung der Sprache zu ergründen und ihre Begriffe »richtig« zu bilden, wichtige Vorarbeit für das System der Stoiker geleistet hat (→ Chrysippos 2; erst hier begegnet der Begriff *Ἐτυμολογικά* als Titel eines selbständigen Werkes: Diog. Laert. 7,200 = SVF 2,9. Das frühere Werk des → Herakleides Pontikos trug möglicherweise den Titel *π. ὀνομάτων*: Diog. Laert. 5,89). Die Stoa verstand die Sprache als ein natürliches System, in dem die einzelnen Bezeichnungen in sinnvoller Beziehung zu dem Wesen des bezeichneten Gegenstandes stünden. Die Elemente der Sprache werden teils (Substantiva) direkt »wahrgenommen«, teils (die übrigen Wortarten, ferner Ableitungen und Neubildungen) durch einen Denkprozeß »ermittelt«. Neben diesem anomalist. System, das naturgemäß viele Erscheinungen unerklärt ließ, bildete sich aus der erklärenden Beschäftigung der Grammatiker mit der älteren Epik ein mit dem stoischen konkurrierendes System aus, das die Sprache als *θέσει* entstanden auffaßte und die Herleitung von Wörtern nach dem Prinzip der Analogie als richtige Methode forderte (kenntlich bei → Philoxenos). Beide Anschauungen bestehen lange Zeit nebeneinander und werden auch auf die lat. Sprache angewendet.

Etymologica, d. h. Slg.-en etymol. Deutungsversuche einzelner Wörter, entstehen vorwiegend erst in spätant. und byz. Zeit durch kritiklose Kompilation aller einschlägigen Notizen älterer Zeit. Quellen sind vor allem Scholien, → Epimerismen, Lexika und grammat. Werke. Nur in kümmerlichen Exc. haben sich die Sammelwerke des → Orion und → Oros (*Ὦρος*, beide aus dem 5. Jh. n. Chr.) erhalten. Aus dem 9. Jh. (jedenfalls vor → Photios) stammt das bislang unveröffentlichte E. genuinum (im Cod. Vatic. gr. 1818 und Laur. 304), das neben einfachen Wortableitungen sehr viel gramm. Material aus zahlreichen alten Quellen verzeichnet. Sein Entstehungsort dürfte Konstantinopel gewesen sein. Auf der Grundlage des E. gen. und anderer kleinerer Slg.-en dieser Art sowie gramm. Schriften aus byz. Zeit wurde gegen 1100 das E. Gudianum angelegt, das in mehreren Rezensionen bekannt ist. Wohl ebenfalls aus dieser Zeit stammt das E. magnum (von → Eustathios benutzt), das aus dem leicht umgeformten Material des E. gen. und Gud. unter Benutzung weiterer gramm. und literar. Quellen (z. B. der sog. Bibliothek des Photios) kompiliert wurde. Die Tradition solcher E. findet mit dem Werk des Symeon (12. Jh.?), über das sehr wenig bekannt ist, und später in humanist. Slg.-en ihren Abschluß. H. Gä.

Ta.: Orion: *Fr. W. Sturz*, Lpz. 1820. Oros: Anecd. Par. 4,262,4 ff. E. Gud.: *Fr. W. Sturz*, Lpz. 1818 (im Anhang kleinere E.). *E. L. de Stefani*, Lpz. 1909/20 (nur A-*Ζειαί*). E. m.: *T. Gaisford*, Oxf. 1848 (Nachdr. Amsterdam 1962). Lit.: *R. Reitzenstein* Gesch. der griech. E., Lpz. 1897 (Nachdr. Amsterdam 1964).

2. (Lat.) s. Nachträge am Schluß des Bandes.

Euadne (*Εὐάδνη* = *Εὐάγνη*). **1.** Tochter des Poseidon und der Pitane, der Tochter des Flußgottes Eurotas, erzogen von König → Aipytos, gebar dem Apollon den → Iamos. Pind. O. 6,30 ff. WILAM. Isyllos 162 ff. **2.** Tochter des Iphis, stürzte sich in den brennenden Scheiterhaufen ihres Gatten → Kapaneus, als Beispiel der Gattentreue gefeiert, Eur. Suppl. 980 ff. Apollod. 3,79. Verg. Aen. 6,447. Solches Witwenopfer hat in der griech. Welt kaum eine Parallele. H. v. G.

Rose Griech. Mythol. 191. *Cornelius* Indogerm. Religionsgesch. 260. 272. *Wilam.* GldH 1,302,1. *Rohde* Griech. Roman[3] 119 f.

Euagoras (*Εὐαγόρας*). **1.** E. I. (ca. 435–374/373 v. Chr.), eine der hervorstechenden Herrennaturen des 4. Jh., entstammte den Teukriden, den seit Mitte des 5. Jh. durch griechenfeindliche phoinik. Usurpatoren entmachteten erblichen Stadtkönigen von Salamis auf Kypros. Nach seiner Machtergreifung durch den Sturz des → Abdemon 411 stärkte E. die Befestigungen von Stadt und Hafen und das griech. Element in Salamis durch Heranziehung von Flüchtlingen (Isokr. E. 47,50 ff., 67); auch Konon begab sich mit einigen aus der Katastrophe von Aigospotamoi entkommenen athen. Trieren zu ihm. Der Bruch mit Persien wurde zunächst hinausgeschoben, da Konon Kypros zu einer Basis für die Aufstellung der gegen Sparta gerichteten pers. Flotte machte. Doch nach

Konons Entlassung durch die Perser versuchte E. seit 390, vom Großkönig unabhängiger Herr der ganzen Insel zu werden. Nach Bündnissen mit → Akoris von Äg. und Athen 390/89 (BENGTSON Staatsvertr. des Alt. 2, 1962, Nr. 234 und 237) – letzteres sandte ihm 387/86 ein Hilfskontigent unter → Chabrias – und infolge der lustlosen Kriegführung durch die z. T. mit ihm sympathisierenden pers. Satrapen konnte E. fast ganz Kypros und Teile Kilikiens und Phoinikiens, darunter Tyros, erobern. Doch nach dem Antialkidasfrieden (386) rüstete der Großkönig umfassend mit Hilfe der griech. Küstenstädte Kleinasiens. Ein 382 auf Kypros gelandetes pers. Heer versuchte E. zunächst durch Kaperschiffe zu blockieren, wurde jedoch dann 381 in einer Seeschlacht bei Kition geschlagen und in Salamis eingeschlossen (Diod. 15,3). In der Hoffnung auf äg. Hilfe getäuscht, erreichte er aber schließlich durch Ausspielung der pers. Befehlshaber gegeneinander doch ehrenvolle Friedensbedingungen (Diod. 15,9,2). Danach regierte er Salamis noch einige J. unter pers. Oberhoheit, bis er wohl 374/73 einer Intrige an seinem Hof zum Opfer fiel.

K. Spyridakis E.I., 1935. *G. Hill* A Hist. of Cyprus, 1949, 125ff.

2. E. II., wohl Enkel von Nr. 1, propersisch eingestellter Stadtkönig von Salamis, deshalb Mitte des 4. Jh., als Kypros vom Großherrn abfiel, gestürzt und von diesem schließlich mit Sidon belehnt. Wegen seiner Mißwirtschaft aber bald wieder abgesetzt, kehrte er nach Kypros zurück, wo er, vielleicht 346, festgenommen und hingerichtet wurde. Fr. Kie.

3. E., griech. (neuplaton.?) Philosoph und Rhetor des 3./4. Jh. n. Chr., Vf. einer Schrift *περὶ τῶν στάσεων* (Teil einer *τέχνη ῥητορική* in 5 B.? Vgl. Suda s. *Εὐ.*), in der er wie → Hermogenes 14 *στάσεις* unterschied. Sie wird von → Syrianos in den Sch. zu Hermog. *τέχνη* (2,1 ff. RABE) und in seiner Schrift zur Statuslehre (2,56 ff. R.) häufig zit. Da dort aber fast immer E. und Aquila gemeinsam genannt und wegen ihrer exakten Definitionen gelobt werden, liegt die Vermutung nahe, daß Aquila die Schrift des E. überarbeitet hatte und daß Syrianos den E. überhaupt nur indirekt benutzt hat. H. Gä.

St. Gloeckner Quaest. rhet., Bresl. phil. Abh. 8,2, 1901, 64ff. *L. Schilling* JbPhPäd Suppl. 28, 1903, 693 ff. *B. Keil* H 42, 1907, 548ff.

Euagrius. 1. Praefectus praetorio Orientis, nachweisbar von 326–336 (Cod. Theod. 9,7,2. 12, 1,13. 22). **2.** E. aus Antiochia (Hieron. Chron. 2289) erhielt 363 und 364 durch den praef. praet. Sallustius Ämter, wurde aber bald eines Amtsvergehens bezichtigt und kam nur auf dem Gnadenweg von einer Geldbuße frei (Lib. epist. 1312. 1314. 1426). Später Presbyter, trat E. in Beziehung zu Hieronymus, setzte sich im röm. Bischofsstreit bei Valentinian I. für → Damasus ein (Hieron. epist.

1,15. 3,3), war mehrfach als Gesandter im W. (z. B. beim Konzil von Aquileia 381). Beim antiochen. Bischofsstreit zwischen → Meletius und Paulinus stellte er sich auf die Seite des Paulinus und wurde um 388 in unkanon. Wahl dessen Nachfolger; er starb um 392 (Theodoret. 5,23. Sokr. 5,15. 6,3). Athanasius' Biographie des hl. Antonius übersetzte E. ins Lateinische (MIGNE PL 73, 125/70). **3.** E., Ponticus, * um 345 in Pontus, † um 400 in Äg. Von Gregor v. Nazianz zum Diakon geweiht, wirkte E. längere Zeit als Prediger in Constantinopel; seit 382 lebte er bei den Mönchen in Äg., wurde Freund des Macarius, verkündete das Mönchsideal. Da er im J. 553 mit Origenes verurteilt wurde, sind die meisten seiner vorwiegend asket.-myst. geprägten, origenistisch beeinflußten Schriften (E. bevorzugte das Genos des Spruchbuches) im griech. Original verloren; vieles ist durch lat., syr. und armen. Übers. erhalten. Sein Einfluß auf die Späteren ist weitreichend. A. L.

Ausg.: *Migne* PG 40,1213/86. *J. Muyldermans* Euagrii Syriaca, 1952. Lit.: *Altaner*^{6} 236f. *H. U. v. Balthasar*, Z. Kath. Theol. 63, 1939, 86ff. 181ff.

Euainetos (*Εὐαίνετος*). Der bedeutendste Münzstempelschneider nicht nur des Alt., tätig im letzten Drittel des 5. Jh. v. Chr. auf Sicilien, zuerst in Katana und Kamarina, dann in Syrakus, wo seine prachtvollen Dekadrachmen entstanden. A. R.

Weil, 44. Berl. Winckelmann Progr. 1884, 10ff. *Liegle*, 101. Berl. Winck. Progr. 1941. Encicl. Arte Class. Or. III, 508ff. *(Breglia)*.

Euaion (*Εὐαίων*). Tragiker, Sohn des Aischylos. Suda s. Aischylos. F. St.

Euandridas (*Εὐανδρίδας*). Sohn des Hestiaios, aus Milet, Tragiker, 1. Jh. v. Chr. RAYET, RA 27, 1874, 113f. KAIBEL Epigrammata Graeca, 1878, p. X, Nr. 222b. F. St.

Euandros (*Εὔανδρος, Evander*). **1.** Heros des arkad. Pallantion, urspr. wohl ein dem Kreise des Pan angehörender Dämon, Sohn des Hermes und einer Flußnymphe oder des Echemos von Tegea und der Timandra, schon von Hes. erwähnt. Bedeutung gewann er erst mit der alexandrin. Mythenforschung und der stärkeren Berührung der griech. Welt mit Rom. Eratosth. nennt ihn Sohn der ital. Sibylle (Sch. Plat. Phaidr. 244b). Pol. 6,11a leitet den Namen des stadtröm. Hügels Palatium von Pallas, dem Großvater bzw. Enkel des E., ab, geht also von der Gleichsetzung von Palatium und Pallantion aus. Nach Cassius Hemina u. a. alten röm. Historikern hat E. den Kult des Faunus in Italien begründet. Mindestens seit dem 3. Jh. gilt E. als der 1. Siedler auf dem Boden des späteren Rom. Seit Varro ist die Sage von der Auswanderung des E. aus Arkadien an den Tiber, 60 J. vor dem Trojan. Kriege, kanonisch. Vergil hat die Sage im 8. B. der Aeneis dichterisch ausgestaltet, indem er ihn mit Aeneas zusammenführt (wichtig sind die ant. Vergilkommentare);

Ovid hat sie in den Fasti behandelt, Dion. Hal. in seiner Röm. Urgeschichte (bes. 1,31 ff.) pseudhistorisch ausgewertet. E.' Mutter wurde mit der altröm. Göttin → Carmenta (Carmentis) gleichgesetzt. Ihr Kult so wie u. a. der des Faunus (s. o.), des Poseidon Hippios (→ Consus), des Lupercus (die → Lupercalien wurden als Entsprechung der arkad. *Λύκαια* aufgefaßt), des Hercules wurden auf ihn zurückgeführt, ebenso die Buchstabenschrift und verschiedene Musikinstrumente. Er selbst bekam ein Heiligtum am Aventin. H. v. G.

Schwegler RG 1,350ff.443 (scharfe Zergliederung der mythistor. Konstruktionen). *Immerwahr* Kulte und Mythen Arkadiens 91.117.119. *Prell.-Jord.* 19ff. u.s. *F. Altheim* RRelG. 1932, 2,71ff.; 1951, 1,130ff. (über Faunus, Daunus und E.' angebliche Tochter Launa). *Heinze* Vergils ep. Technik 40.174.262.

2. E., Philosoph der mittl. Akademie, aus Phokaia, war Schüler des → Lakydes (Cic. ac. 1,16), dem er, wohl 215 v. Chr., in der Schulleitung folgte (Eus. pr. ev. 14,7,14), zunächst zusammen mit Telesikles (Diog. Laert. 4,60). Schriften und Lehren sind nicht bekannt. G. Schm.

3. E. (Avianus Euander), Bildhauer des 1. Jh. v. Chr. in Athen, dann in Alexandreia, seit 30 in Rom. Cicero kaufte Werke von ihm, Horaz erwähnt ihn, nach Plin. nat. 36,32 setzte er für Augustus der Artemis des → Timotheos einen neuen Kopf auf. A. R.

HBArch III 1 (5. Lfg. 1950) 381 *(Lippold)*. Encicl. Arte Class. Or. I 936f. *(Guerrini)*.

Euangelion (*εὐαγγέλιον*). 1. Begriff; 2. Lit.-Gatt.; 3. Tradition und *εὐ*. 1. Seit Homer (Od. 14, 152f. 166f.) ist der Begriff *εὐ*. bezeugt. Er bezeichnet hier den Botenlohn für eine gute Nachricht. Bei Plut. Sert. 11,8. 26,6; Phok. 16,8. 23,6 u. ö. und Ps. Lukian, asin. 26 heißt dann die Botschaft selbst *εὐ*., bei Plut. Demetr. 17 und Philostr. Vita Ap. 5,8 die Siegesbotschaft. Außerdem dient *εὐ*. auch noch als Bezeichnung für polit. und private Freudenbotschaften (Cic. Att. 2,3,1 – weitere Beispiele bei [2], 152) und für Orakelsprüche (Plut. Sert. 11). Religiöse Bedeutung gewinnt *εὐ*. im Kaiserkult. Hier werden die Nachrichten von der Geburt des Herrschers (Inschr. v. Priene 105,40 = OGIS II 458, 40), von seiner Mündigkeitserklärung und bes. seiner Thronbesteigung (s. DEISSMANN Licht vom Osten 314) genau so *εὐ*. genannt wie seine Befehle. Im NT. dient der Begriff *εὐ*., der hier im Gegensatz zum Kaiserkult nur im Sing. vorkommt, wesentlich als Bezeichnung der urchr., mündlich verkündigten Heilsbotschaft von Jesus Christus und wird fast immer determiniert oder aber absolut gebraucht. Trotz seiner Verwandtschaft mit dem *εὐ*. des Kaiserkults hat der nt. Begriff nicht nur hier seine Wurzeln, sondern doch wohl auch im AT. Zwar fehlt dort das hebr. Aequivalent zu *εὐ*. als Bezeichnung einer Heilsbotschaft, doch spielt das dem Verb *εὐαγγελίζεσθαι* entsprechende בִּשַּׂר und das substantivierte Partizip מְבַשֵּׂר = Freudenbote, der eine neue Zeit mit seinem wirkkräftigen Wort ankündigt und mit seiner Botschaft Heil, Rettung und Frieden bringt, bes. bei Deuterojesaja eine wichtige Rolle. Der Inhalt des *εὐ*. ist bei Paulus, aber auch im Markusevangelium und in den meisten nichtpaulin. Briefen, Jesus als der Christus und Herr, der als Gekreuzigter und Auferstandener das eschatolog. Heilsereignis, die Offenbarung des Heils darstellt. Die Tatsache, daß Markus die Heilsbotschaft nicht mehr in kurzen Formeln darstellt, sondern mit Traditionen vom ird. Wirken Jesu (vgl. auch Apg. 2,22f.) erweitert und so das kurze Bekenntnis der urchr. Gemeinde und des Paulus veranschaulicht, gab dem Begriff *εὐ*. schon im 2. Jh. als Bezeichnung der typisch chr., in der Ant. analogielosen Literaturgattung der sog. Evangelien eine 2. Bedeutung. Eine 3. Bedeutungsvariante des Begriffs findet sich bei Matthäus, der *εὐ*. nie ohne näheren Zusatz – wie etwa »vom Reich« – verwendet und ihn Teilen der Lehre Jesu zuordnet. (Bei Lukas fehlt das Substantiv *εὐ*. völlig.)

2. Weder die Biosliteratur noch die *ἀπομνημονεύματα* sind mit den Evangelien des NT. zu vergleichen, weil jene ihr Dasein wesentlich einem hist.-biograph. Interesse verdanken, diese aber dem Glauben der chr. Gemeinde an Jesus als dem eschatolog. Heilsereignis. Dieser Glaube verkündigt Jesus als das eschatolog. Heilsereignis in Form von »Erzählungen«. Diesem missionar. Interesse des chr. Glaubens an Jesus als den *κύριος* entspricht der eigentümlich schillernde Doppelcharakter der Evangelien als Bericht und Glaubenszeugnis. Literar. gesehen, besitzen wir in den kanon. wie in den apokryphen Evangelien Slgen. urchr. Traditionen, die nach Gesichtspunkten, die die jeweilige Gemeindesituation, das Bekenntnis und die Bedürfnisse der Mission diktierten, mehr oder weniger kunstvoll zu einer fortlaufenden Gesch. Jesu zusammengefügt, redigiert und interpretiert worden sind. Der Begründer dieser Literaturgattung ist wohl Markus, dessen Buch für Matthäus und Lukas Quelle ist. Das Johannesevangelium nimmt insofern eine Sonderstellung ein, als es noch weniger von hist.-biograph. Interesse zeugt und die Traditionen noch mehr in den Dienst der Glaubensbotschaft stellt als die Synoptiker.

3. Die urchr. Tradition, die den Evangelien zugrunde liegt, besteht im großen ganzen aus Logien Jesu (Gesetzes-, Weisheits- und prophet. Worten), Gleichnissen, Erzählungen (Wundergesch., Apophthegmata, Verkündigungsgesch. wie die Perikopen von der Versuchung, der Verklärung und der Geburt Jesu) und der Passionsgesch., die wegen ihrer großen Bedeutung für das Bekenntnis (vgl. Röm. 3,24. 4,25 u.a.) wohl schon früh geschlossen überliefert wurde. Alle diese Traditionsstücke hatten schon vor ihrer Slg. in den Evangelien eine längere Überlieferungsgesch., die sie nicht unverändert ließ. Die Gesetze der Entwicklung der

Traditionen werden von der Forschungsrichtung der sog. »Formgeschichte« untersucht. Kl. W.

Zu 1: 1. *M. Burrows* The Origin of the Term Gospel. In: JBL 44, 1925. 2. *J. Schniewind* *Εὐαγγέλιον* 1.2, 1927/31. 3. *E. Molland* Das paulin. Euangelion. Das Wort und die Sache, 1934. 4. *R. Asting* Die Verkündigung im Urchristentum, 1939. 5. ThWB II 705ff. 6. *R. Bultmann* Theologie des NT., ⁴1961. Zu 2: 7. *K.L. Schmidt* Die Stellung der Evangelien in der allg. Lit.-Gesch. in: Eucharisterion, H. Gunkel dargebracht, 2, 1923, 50–134. 8. RGG II ³1958, 749ff. (Lit.). Zu 3: 9. *M. Dibelius* Die Formgesch. des Evangeliums, ⁴1961. 10. *R. Bultmann* Die Gesch. der Synopt. Tradition, ³1957. 11. RGG II, 749ff., bes. 753ff.

Euanthius. 1. Hälfte 4. Jh. n. Chr., lat. Grammatiker, wahrscheinlich älterer Zeitgenosse des Aelius Donatus. Spärliche Zeugnisse über Eu. liegen vor: Hieron. chron. a. 358 und Rufinus GLK 6,554,4 (vgl. auch 565,5). Eu. war Vf. eines Kommentars zu Terenz, dem er allgemeine Ausführungen über das Drama *(de fabula)* vorausschickte. Dieser Abschnitt ist in dem Donatkommentar zu Terenz auf uns gekommen. Es ist nicht ausgeschlossen, daß Teile des Kommentars des Eu. in den sog. Donatkommentar zu Terenz hineingearbeitet worden sind. W. Str.

Ta. de fabula: *Wessner* Donati Comm. Terent. vol. I Lpz. 1902, 11ff. Vgl. *Wessner*, RE VI 847.

Euaretos (*Εὐάρετος*). Tragiker, IG II² 2320: 341 2. Preis mit Teukros, Achilleus, unbekanntes Stück; 340 3. Preis mit Alkmeon (?) und einem unbekannten Stück. F. St.

Pickard-Cambridge The Dramatic Festivals at Athens, Oxf. 1953, 95.110.

Euboia (*Εὔβοια*). Die zweitgrößte Insel Griechenlands, in ganzer Länge der O.-Küste Mittelgriechenlands vorgelagert und von ihm nur durch den schmalen Meeresarm des euboiischen Sundes getrennt, 175 km lang und 5½–50 km breit mit einem Flächeninhalt von 3580 qkm. Die Insel ist großenteils von W.–O. streichenden Gebirgszügen von zumeist nur mäßiger Höhe durchzogen. N.-E. ist ein jungtertiäres fruchtbares Hügelland mit einigen Gebirgszügen (Telethrion) aus Schiefer und Kalk von nicht über 1000 m Höhe, Mittel-E. ist in Fortsetzung der lokr. Gebirge durchzogen von hohen und schroffen Ketten aus Kalk und Schiefer, die hier ihre größte Höhe erreichen (Dirphys 1743 m), dazwischen liegen jungtertiäre Becken und Ebenen von z.T. großer Fruchtbarkeit. Der S. der Insel wird von der Fortsetzung der att. Bergzüge aus kristallinem Schiefer und Marmor eingenommen, ein niedriges, wenig fruchtbares und dünn besiedeltes Hügelland, aus dem sich ganz im S. die Ocha noch einmal zu 1398 m erhebt. N.- und Mittel-E. sind noch h. sehr waldreich und von gefeierter landschaftlicher Schönheit. Die NW.-Spitze der Insel ist das Kap Kenaion (h. Lithada) mit Zeusheiligtum, die NO.-Spitze das durch die Seeschlacht von 480 v. Chr. bekannte Artemision mit Artemistempel, die SW.-Spitze bildet das Kap → Geraistos (h. Mandelo) und die SO.-Spitze das bes. gefürchtete Kap → Kaphereus (in der Neuzeit Kap Doro), in der Mitte der O.-Küste trennt Kap Chersonesos (h. Oktonia) Mittel- und S.-E. Die fast hafenlose O.-Küste war bes. im S.-Teil (Koila) wegen der Stürme sehr gefürchtet. Auch die menschliche Besiedlung hält sich an die W.-Küste, im O. liegen nur → Kerinthos und → Kyme. Neben Ackerbau, Wein-, Gemüse- und Obstbau war die Viehzucht von Bedeutung, mehrere Städte haben das Rind als Münzsymbol, und man erklärte im Alt. den Namen als »rinderreich«. Ebenso war Fischerei und Purpurfischerei ein wichtiger Erwerbszweig. Die großen Waldungen lieferten Holz für gewerbliche Zwecke, und bes. → Chalkis, → Eretria und Kyme waren bedeutende Mittelpunkte handwerklicher Tätigkeit (Keramik und Metallverarbeitung). Die große Handelsbedeutung der Insel drückt sich in der Verbreitung des euboiischen Maß- und Gewichtssystems aus. Sehr geschätzt waren Marmor und Asbest von → Styra und → Karystos und heilkräftige Erden aus dem Gebiet von Chalkis und Eretria. Auch Salz wurde ausgeführt. Ant. Bergbau auf Eisen und Kupfer (Strab. 10,447. Steph. Byz. s. *Αἴδηψος*) ist jedoch nicht sicher nachweisbar (O. Davies Roman mines in Europe, 1935, 243ff.).

In der gesch. Z. sind die Bewohner der Insel Ionier, in Einzelstädte zerfallend, ohne erkennbare Spuren alten Stammeszusammenhangs. Als alte Stammesnamen werden genannt im N. die nach Thessalien weisenden → Hellopier und → Perrhaiber (Skymn. 578. Strab. 9,437), in der Mitte → Abanten und im S. → Dryoper (Hdt. 8,46, 4. Thuk. 7,57,4. Skymn. 577. Diod. 4,37,2. Paus. 4,34,11). Prähist. Funde sind erst wenig bekannt, RE XXII 1426.1457. Suppl. VI 609. In der gesch. Z. ist die geringe Zahl der selbständigen Städte auffallend, wohl Folge der frühen überragenden Bedeutung von → Chalkis, → Eretria und auch → Histiaia. Zu erwähnen sind an der N.-Küste Histiaia-Oreos, im NW. → Dion, Athenai Diades und → Aidepsos mit seinen heißen Mineralquellen, Orobiai und → Aigai, in der Mitte → Chalkis und → Eretria, im S. Dystos, Styra (beide später Demen von Eretria) und Karystos, an der O.-Küste in der Mitte → Kyme, im N. → Kerinthos. Von ihnen nennt Hom. Il. 2,536ff. Chalkis, Eretria, Histiaia, Kerinthos, Dion, Karystos und Styra, Skyl. 58 nur 4, Karystos, Eretria, Chalkis und Hestiaia. In den Listen des 1. att. Seebundes erscheinen Athenai Diades, Chalkis, Diakrioi, Dion, Eretria, Grynchai (später Demos von Eretria), Hestiaia, Karystos, Kyme, Posideion (später Demos von Histiaia), Styra, im 2. att. Seebund Chalkis, Arethusa (bei Chalkis, s. aber IG XII 9 S. 149,1ff.), Eretria, Dion, Athenitai (= Athenai Diades), Hestiaia und Karystos.

Die größte Bedeutung besaß E. in der Frühzeit, in der von Chalkis und Eretria, aber auch Kyme viele Kolonien ausgingen. Der lelant. Krieg zwischen Chalkis und Eretria schwächte wohl beide. 506 v. Chr. konnte Athen nach seinem Sieg über Chalkis bereits Siedler in der lelant. Ebene ansiedeln, die 490 zurückkehrten. 490 Eroberung von Karystos und Eretria durch die Perser, dann Beteiligung am 2. Perserkrieg außer Karystos. Dann im 1. att. Seebund, Aufstand 446, nach dessen Niederwerfung Athen att. Kleruchen ansiedelte. 411 neuer Abfall außer Oreos (Histiaia). Seitdem gab es mit manchen Unterbrechungen einen euboiischen Bund, dem zunächst nur Chalkis und Eretria angehörten [10]. Im korinth. Krieg auf seiten von Theben und Athen, dann im 2. att. Seebund. Nach Leuktra Anschluß an Theben, doch konnte Athen 357 die Insel wieder in den Seebund zurückbringen. 349 neuer Abfall außer Karystos, Einflußnahme Philipps II. von Maked. 341 Anschluß an Athen und Neugründung des euboiischen Bundes. Nach 338 zumeist unter maked. Herrschaft und daher auch im 2. maked. Krieg in Mitleidenschaft gezogen. 308–304 kurze Zugehörigkeit zum boiot. Bund (Beloch GG 4,2²,428 f.). Nach 196 für frei erklärt. 192/91 ist Chalkis Hauptquartier Antiochos' III., ebenso 88–85 des Archelaos, des Feldherrn des Mithridates. Nach 146 wegen Beteiligung am Aufstand schwer bestraft (Pol. 39,17 (40,11),4. Liv. per. 52) und tributpflichtig (CIL I² 588 Lat. 5, Griech. 23 f., 78 v. Chr.). In der Kaiserzeit zu Achaia; von der Verödung des Südens gibt Dion Chrys. or. 7 ein anschauliches Bild. Hierocl. synecd. 644,10 ff. nennt noch Aidepsos, Chalkis, → Porthmos (bei Aliveri, RE XXII 340 ff.) und Karystos, Bistümer sind bezeugt für Euripos (= Chalkis), Oreos, Porthmos und Karystos. Im MA. wurde Euripos zum Namen der Insel, woraus über Egripos italien. Negroponte wurde. Strab. 10,444 bis 449. Ptol. 3,14,22. Plin. nat. 4,63 f. Mela 2,107 f. Solin. 11,15 f. 24 f. Inschr. IG XII 9 und Suppl. Nr. 527–688. SEG passim. Testimonia IG XII 9 S. 143 ff. Suppl. S. 200 ff. 204 ff. Grabungen bes. *Πρακτικά* seit 1886. E. M.

1. *Ch. Bursian* Geogr. Griech. 2,395 ff. 2. *Fr. Geyer* Topogr. und Gesch. der Insel E. I. Bis zum pelop. Krieg, 1903. 3. *Philipps.-Kirst.* 1,561 ff. 641 ff. (Lit.). 4. *P. Pace–L. Pernier* Ricognizioni archeol. nell'Eubea settentrionale, ASAA 3, 1921, 273 ff. 5. *F.P. Johnson* The »dragon-houses« of Southern Euboea, AJA 29, 1925, 398 ff. 6. *G.A. Papavasiliu* *Εὐβοϊκὰ Β'. Τοπωνυμίαι ἀρχαῖαι καὶ νῦν ἔτι σωζόμεναι*, EA 1905, 25 ff. 7. *Fr. Geyer* Euboia in den Wirren der Diadochenzeit, Philol. 85, 1930, 175 ff. 8. *J. Boardman* Early Euboean pottery and history, ABSA 52, 1957, 1 ff. 9. *H. Chantraine* Lit.-Überblicke der griech. Numismatik. Euboea. Jahrb. f. Numismatik 9, 1958, 21 ff. 10. *W.P. Wallace* The Euboean league and its coinage. Numismatic notes and monographs 134, 1956.

Eubuleus s. Eleusinia. Hades. Zeus

Eubulides (*Εὐβουλίδης*). **1.** Aus Milet stammend, Zeitgenosse des Aristoteles. Als Schüler des → Eukleides Nr. 2 ist er einer der ältesten Vertreter der Megar. Schule. Die wichtigsten Nachrichten über seine Lehre finden sich bei Diog. Laert. 2, 108 f., der ihm 7 Fangschlüsse bzw. Paradoxien zuschreibt: *ψευδόμενος*, *διαλανθάνων*, Elektra, *ἐγκεκαλυμμένος* (diese 3 Abwandlungen des gleichen Grundschemas), *σωρ(ε)ίτης*, *κερατίνης* und *φαλακρός* (letzterer eine Variante des Sorites mit anderer Einkleidung). Am bekanntesten waren der Lügner (»wenn einer sagt, er lüge, lügt er oder sagt er die Wahrheit?«) und der Sorites (Haufenschluß, ausgehend von der Frage: »wieviel Körner machen einen Haufen?«, oder allgemeiner [vgl. die auf die Stoiker Zenon oder Chrysipp zurückgehende älteste erhaltene Formulierung Diog. Laert. 7,82]: »mit welcher Zahl beginnt die Vielheit?«). Anders als bei den Paradoxien der Eleaten besteht bei E. das Ziel nicht in der Bestätigung einer bestimmten metaphys. und ontolog. Lehre (z. B. der Nichtexistenz der Bewegung), sondern im bloßen Aufweisen der Paradoxie (RE Suppl. V 710). Nach Philod. rhet. 1,85,13 ließ E. Beweise nur in syllogist. Form gelten. Bezeugt sind ferner Angriffe des E. auf Aristoteles (Eus. praep. ev. 15, 2,5. Athen. 7,354 C. Themist. or. 23). Als Schüler des E. wird u. a. der Redner Demosthenes genannt (Philod. rhet. 2,209,9 Sudh. Diog. Laert. 2,108. Vit. X orat. 845 C. Apul. apol. 15. Phot. cod. 265. Suda s. *Δημοσθένης*). Eine Komödie wird E. von Athen. 10,437 D wohl zu Unrecht zugeschrieben. G. Schm.

RE VI 870. Suppl. V 710 f. *Deycks* De Megaricorum doctrina, 1827. *Prantl* Gesch. d. Logik 1, 1855, 40 ff. *Zeller* PhdGr II 1, ⁴1889, 264 f. Zum Lügner: *A. Rüstow* Der L., 1910. *I.M. Bocheński* Formale Logik, 1956, 150 ff. Zum Sorites: *E. W. Beth* in: La vie, la pensée. Actes du VIIe Congrès des Soc. de Philos. de Langue Française, 1954. *E. G. Schmidt*, FuF 34, 1960, 112 f.

2. E., Name mehrerer Bildhauer. Die Signatur eines E. des 4. Jh. v. Chr. auf der Basis einer Siegerstatue in Tanagra. Plin. nat. 34,88 nennt von einem E. einen »*digitis computans*«, worin man eine Statue des Stoikers Chrysipp vermutete. E., Sohn des Eucheir aus dem Demos Kropia, hat nach att. Inschr. mit Eucheir oder allein um 100 v. Chr. gearbeitet. Von einem seiner Weihgeschenke im Kerameikos (Paus. 1,2,5) glaubt man den klassizist. Kopf einer Athena zu besitzen. Aus dem Jahr 53/54 n. Chr. stammt die Inschr. eines E., Sohn des E. aus dem Peiraieus. A. R.

Overbeck Schriftquellen 2235–44. *Löwy* Inschr. griech. Bildhauer 133–35. 223–29. 324. 542–44. HBArch III 1 (5. Lfg. 1950) 304. 338. 366. Encicl. Arte Class. Or. III 512 *(Cressedi)*.

Eubulos (*Εὔβουλος*). **1.** Realistischer athen. Politiker und Finanzfachmann (ca. 405–330). Er beantragte 369 die Rückkehrerlaubnis für Xenophon (Diog. Laert. 2,59) und riet 355, den Bundesgenossenkrieg durch Nachgeben zu beenden. 354

bis 350 war er dann Vorsteher des Theorikons, der Schauspielgelderkasse, und erreichte, daß ihr Athens gesamte Finanzen unterstellt und alle Einnahmeüberschüsse zugeführt und somit an die Bürger verteilt wurden. Hierdurch interessierte er nicht nur die Reichen, sondern auch die breite Masse materiell an der Erhaltung des Friedens, was eine planvolle Finanzpolitik ermöglichte. Außenpolit. hielt sich Athen unter E. dann auch sehr zurück und ließ seine Verbündeten allein kämpfen. Lediglich eine Kleruchie wurde 353/52 in Sestos auf der Chersones eingerichtet, und 352 beantragte E.' Assistent Diophantos eine Flottendemonstration, durch die Philipp II. v. Mak. an den Thermopylen zur Umkehr gezwungen wurde. Weder die Flotte, die 353/52 v. Chr. 349 Einheiten umfaßte, noch die Befestigungen wurden von E. vernachlässigt; sein Hauptverdienst war jedoch eine enorme Erhöhung der Einnahmen Athens, auf etwa 400 Talente 347/46. Auch die Tribute der verbliebenen Bundesgenossen wußte er von 45 Talenten 354 auf 60 im J. 347/46 zu steigern. Ohne E. wäre Athen nicht in der Lage gewesen, 349 v. Chr. 1500 Talente für Rüstungen auszugeben. → Demosthenes, → Aischines und → Philokrates begannen ihre Laufbahn als Anhänger des E., und vielleicht schrieb Xenophon 355/54 seine Schrift »über die Staatseinkünfte« zur Unterstützung von dessen Politik. 348 versuchte E., freilich vergeblich, einen panhellen. Kongreß gegen Philipps imperialist. Politik zustande zu bringen (Demosth. 19,304), 346 trat er für den Frieden des Philokrates ein, indem er dem Volk totale Kriegsanstrengungen als einzige Alternative aufzeigte, 343 unterstützte er Aischines in dem daraus erwachsenen Prozeß »über die Truggesandtschaft«. Nach E.' Tod opponierte Hypereides gegen die ihm zuerkannten Ehren. Fr. Kie.

A. M. Andreades A History of Greek Finance I, 1933, Index s. v.

2. E., bedeutender Dichter der Mittleren Komödie, aus Athen, blühte um 376/72, hinterließ 101 Stücke (Suda), siegte sechsmal an den Lenäen (IG II^2 2325 III 144), außerdem vielleicht noch mit Stücken, die er durch Philippos, Aristophanes' Sohn, aufführen ließ (vgl. frg. 22. 67. Wilhelm Urk. 114. 123. 126). Wir kennen 58 Titel, fast die Hälfte davon mytholog., z. T. Parodien von Euripides und Sophokles (*Πρόκρις*). Andere Stücke heißen nach Zeitgenossen wie Dionysios I. oder berühmten Hetären, wieder andere nach sozialen Typen (*Σκυτεύς*, *Πορνοβοσκός*); manche scheinen schon in der Art der Nea gewesen zu sein. Im wiederholten Spott über die verfressenen Thebaner spiegeln sich polit. Stimmungen der Zeit. Auch die Römer scheinen E. gelesen zu haben, vgl. Hor. s. 1,2,101 ff. mit frg. 67. Prop. 2,12 mit frg. 41. W. K.

3. E., aus Alexandreia, wird in der Skeptiker-Liste Diog. Laert. 9,116 genannt und dürfte, Glaubwürdigkeit dieser Liste vorausgesetzt (Zweifel bei Zeller PhdGr 3,1, ^{3}1880, 483,2. 484,1), um 200 bis 130 v. Chr. gelebt haben. **4.** E., aus Ephesos, Sohn des Kallikrates, Schüler des → Lakydes und des → Boethos v. Marathon, und E., Sohn des Antenor, waren Philosophen der mittleren Akademie in der 2. Hälfte des 2. Jh. v. Chr. (Ind. Acad. Hercul. col. 28). E. aus Athen leitete zusammen mit Theodotos die Akademie um 260 n. Chr. (Longinos bei Porph. v. Plot. 20,40, der auch eine Schrift des E. zitiert). G. Schm.

Eucheria. Einer *E. Poetria* werden im Cod. Thuaneus die 16 Distichen Anth. Lat. 390 R. zugeschrieben, wo einer langen Liste gepaarter unvereinbarer Dinge der Schluß folgt: *rusticus et servus sic petat Eucheriam* (v. 32). Das Gedicht stammt spätestens aus dem E. des 7. Jh. Nach Gallien wird man durch sprachliche und sachliche Indizien geführt (bes. 29 *cavannus*, bzw. 9 *Lingonico ... aere*). Sc. M.

Ta.: Anth. Lat. 1,303 ff. R. (vgl. 2,375). PLM 5,361 ff. Lit.: *F. Skutsch*, RE VI 881 f. *Teuffel-Kroll* 3,538 f. Vgl. auch *M. Manitius* Gesch. d. christl.-lat. Poesie, Stuttg. 1891, 472 (hypoth. Identifikationsversuch).

Eucherius. 1. Flavius E. (CIL VI 36982), Onkel Kaiser Theodosius' I. (Themist. or. 16,203 d); 380 proconsul Africae (Cod. Theod. 10,20,9), 381 Consul (Themist. a. O.). Aus späterer Zeit nur bekannt, daß er noch 395 lebte (Zos. 5,2). **2.** Einziger Sohn → Stilichos und Serenas, der Tochter Theodosius' I. (Zos. 5,34,7), * 389 in Rom (Claud. cons. Stil. 3,176). Am Hofe des → Honorius wurde er trib. et notarius, 400 mit → Galla Placidia verlobt (Claud. cons. Stil. 2,354 ff.). Als man nach → Arcadius' Tod im J. 408 Stilicho verdächtigt hatte, E. zum Augustus im O. erheben zu wollen, und ihn ermordete, floh E. nach Rom; er suchte Asyl in einer Kirche, wurde jedoch bald ermordet (Zos. 5,32. 34,5. 35,4,37. Olymp. frg. 6 = FHG 4,59. Oros. 7,38).

R. Delbrück Die Consulardiptychen, 1929, Nr. 63. *E. Demougeot* De l'unité à la division de l'empire Rom., 1951.

3. E., † um 450, seit ca. 435 Bischof von Lugdunum, aus senator. Geschlecht. Zwischen 410 und 420 hatte sich E. mit seiner Familie in die Mönchskolonie Lerinum, dann nach der Insel Lero zurückgezogen. E., der hohes Ansehen gewann, verfaßte nach 426 u. a. je 2 exeget. und asket. Schriften. 449 widmete ihm → Polemius Silvius seinen Laterculus. A. L.

Ausg. CSEL 31 *(Wotke)*. Lit. *K. F. Stroheker* Der senat. Adel im spätant. Gallien, 1948, 168 Nr. 120.

Eudaimon. Griech. Dichter und Grammatiker des 4. Jh. n. Chr. aus Pelusion, Vf. einer *τέχνη γραμματική* und einer *ὀνοματικὴ ὀρθογραφία* (Suda s. v. *Εὐ.*; zahlreiche Zit. bei Steph. Byz. und in den Etym.). Er war mit Libanios befreundet (Adressat von epist. 167. 255. 633), der mehrfach sein Talent als Dichter rühmt. H. Gä.

Eudaimon Arabia s. Arabia

Eudamidas (*Εὐδαμίδας*). **1.** Spartan. Offizier, Bruder des Phoibidas, führte 382 v. Chr. von Poteidaia aus im Bunde mit Amyntas v. Mak. Krieg gegen Olynth, wegen der geringen Zahl seiner Truppen freilich erfolglos. **2.** Spartan. König aus dem Geschlecht der Eurypontiden, Sohn → Archidamos' III., folgte 331 v. Chr. seinem Bruder → Agis III. auf dem Thron. Er war um ein friedliches Verhältnis zu Makedonien bemüht und scheint Alexander d. Gr. überlebt zu haben (Plut. Agis 3,3. Paus. 3,10,5). **3.** Enkel von Nr. 2, Sohn Archidamos' IV., König von Sparta, Vater des berühmten Reformkönigs → Agis IV. (Plut. Ag. 3,2.3). Fr. Kie.

Eudamos (*Εὔδαμος*). **1.** Maked. Stratege 323 v. Chr. in Indien neben dem Satrapen Taxiles, Arr. an. 6,27,2. Curt. 10,1,20, tötete 317 König Poros, kämpfte mit dessen 120 Elefanten gegen Peithon, den Strategen der Oberen Satrapien, schloß sich Eumenes an, nahm an der Schlacht in Paraitakene teil und wurde nach dem Sturz des Eumenes von Antigonos getötet. Diod. 19,14f.27.30.44. Plut. Eum. 16,3. **2.** Nauarch der Rhodier im röm. Krieg gegen Antiochos III., dessen Friedensangebot er vergeblich befürwortete, schlug 190 v. Chr. Hannibal bei Side und siegte bei Myonnesos. Pol. 21,10, 5. Liv. 37,12,7.9.29,6. App. Syr. 27. Sylloge^3 673. **3.** Nauarch der Rhodier 168 v. Chr., wohl Enkel von Nr. 2. Liv. 44,28,3. H. H. Schmitt Rom und Rhodos, 1957, 142,3. H. V.

Eudemos (*Εὔδημος*). **1.** E. von Rhodos. Über den Bios ist wenig bekannt. E. war Schüler des Aristoteles u. mit Theophrast Anwärter auf seine Nachfolge; nach Theophrasts Wahl kehrte E. vermutlich nach Rhodos zurück (Aristot.-Tradition in Rhodos). Nach W. Jaeger u. a. ist Aristoteles' – fragmentarisch erhaltene – »Altarelegie« (darin wohl von Platon die Rede) an diesen E. gerichtet. Als Autor eines E.-Bios wird Damas genannt. – Werke: A) Schriften bes. zur Logik und Physik: *'Αναλυτικά*; *Κατηγορίαι*(?); *π. λέξεως* (Berührungen mit Aristot. *π. ἑρμ.*), das Galen kommentierte; *π. γωνίας*, eine math. Spezialuntersuchung; wohl mindestens 5 B. *Φυσικά* (wichtig für die Aristot.-Kommentatoren; fast alle Frg. bei Simplikios). Unsicher ist, was die Frg. über zoolog. Mirabilia (bes. bei Ailianos Nr. 2) mit E. zu tun haben.

B) Wissenschaftshist. Werke behandelten in Befolgung aristotel. Ideen und nach der Vorarbeit des Hippias von Elis Geometrie und Arithmetik (Frg. 133 W: hist. Abriß bis Platons Zeit; 140 W: Antiphon und Hippokrates von Chios zur Kreisquadratur; 141 W: Archytas über das Delische Problem), Astronomie, Theologie (?). Der Stoff dieser bes. für die Kenntnis der alten Mathematik wichtigen Schriften war problemgesch. geordnet. – Als einzige wirkliche Nachfolger des Aristoteles versuchten E. und Theophrast, seine Wissenschaft in ihrem ganzen Umfang zu pflegen. In den Schriften zur Logik und Physik schloß sich E. inhaltlich und method. eng an die aristotel. Pragmatien an (für die Logik wohl Anschluß an die nicht überlieferte Spätlehre des Aristoteles) und erstrebte u. a. strengere Systematisierung. Die Überlieferung bezeugt oft Consensus mit Theophrast. E.' Werk wurde grundlegend für die weitere Arbeit des Peripatos. »Exoterische« Schriftstellerei ist für E. nicht belegt. – Zur Frage, was die »Eudemische Ethik« des Aristoteles mit E. zu tun hat, vgl. den Überblick bei Dirlmeier [10]. E., nach Reiner [3] vielleicht Urheber des Titels *τὰ μετὰ τὰ φυσικά*, soll sich auch an der aristotel. Metaphysik redaktorisch betätigt haben; E.' Neffe Pasikles wird als »Verfasser« von Buch *α* bzw. A angegeben. Ob E. der gleichnamige Autor eines *Λινδιακός* (FGrH 524) ist, wissen wir nicht. Die Antike kannte auch Briefe E.s (Theophrast).

Frg. und Komm.: *F. Wehrli* Die Schule des Aristoteles 8, 1955 (dazu *R. Muth*, AAHG 10, 1957, 234ff.; *O. Gigon*, MH 16, 1959, 71); 10, 1959, 100ff. 199.

Lit.: 1. *Überw.-Praecht.*^{12} 401ff. 123*. 2. *Wehrli* a. O. 3. *H. Reiner*, ZPhilos. Forsch. 8, 1954, 235ff. (vgl. *P. Merlan*, JHS 77, 1957, 87ff. *W. Jaeger* Aristoteles Metaphysica, 1957, 1. *R. Walzer*, Gn 31, 1959, 589). 4. *O. Becker*, Philol. 99, 1955, 313ff. (zu Frg. 140 p. 63,28ff. W.). 5. *I. Düring* Aristotle in the Ancient Biographical Tradition, 1957, 315ff. (Altarelegie; vgl. Gn 35, 1963, 345. *Diehl*, ALG I^3 115f.). 6. *F. Solmsen*, AJPh 82, 1961, 278ff. (zur Physik). 7. *W. Burkert* Weisheit und Wissenschaft, 1962.

Eth. Eud.: 8. *I. Düring – G. Owen*, → Eudemos Nr. 2. 9. *D. J. Allan*, in: Aristote et les problèmes de méthode, 1961, 303ff. 10. *F. Dirlmeier* Aristoteles, Eudem. Ethik, 1962, 109ff. 11. *Lesky* GGrL^2 610/11. met. *α*: 12. *W. H. Crilly* The Role of Alpha minor in Aristotle's Metaphysics, Diss. Fribourg, 1962. Zum Metaphysikbegriff vgl. *P. Aubenque* Le problème de l'Être chez Aristote, 1962, 21/68.

2. E., von Kypros. Er war ein Freund des Aristoteles, der der Erinnerung an E. den Dialog »E.« (*π. ψυχῆς*) gewidmet hat. Aristoteles (Eud. Frg. 1 W. R.) berichtet von einem Traum, den E. auf einer Reise nach Makedonien in Pherai gehabt habe kurz vor Ermordung des → Alexandros von Pherai (358 v. Chr.); in Erfüllung der Vorhersage, er werde in 5 J. in die Heimat zurückkehren, sei E. vor Syrakus gefallen (353; als Anhänger → Dios: Plut. Dio 22). Den Dialog »E.« hat W. Jaeger zusammen mit dem »Protreptikos« als Zeugen für die platon. Überzeugungen des frühen Aristoteles herangezogen; heutzutage geht die Debatte um Art und Maß des platon. Charakters dieses Werkes (Ideenlehre noch gültig oder nicht?). Platons »Phaidon« war Vorbild des Dialogs, dessen Lehrgehalt von demjenigen der Pragmatie *π. ψυχῆς* doch wohl weit entfernt ist (Unsterblichkeit und Präexistenz der Seele; Jenseitssehnsucht in der Silengeschichte).

Martini, RE VI 895. *W. Spoerri* Prosopographica (ersch.

demn. in MH). Zum Dialog »E.«: Frg. bei *Walzer* 7ff. (Lit.) u. *Ross* 16ff. (s.o., s.v. Aristoteles, 583). *W.Jaeger*, Aristotle^2, 1948. *W.Theiler* Aristoteles, Über die Seele, 1959, 78ff. *I.Düring–G.Owen* Aristotle and Plato in the Mid-Fourth Century, 1960. *F. Wehrli*, in: Aristote et les problèmes de méthode, 1961, 321ff. *Lesky* GGrL^2 598ff. 601.608. *H.J. Easterling*, MH 21, 1964, 73ff. *E.Berti* La filosofia del primo Aristotele, Pubbl. Fac. Lett.e Filos. Padova, 38, 1962, 410ff. u. passim. *J. Pépin* REG 77, 1964, 445ff. 456ff. 473ff. u.ö.

3. E., Peripatetiker, * ca. 100 n.Chr. → Galen nach seiner 1. Ankunft in Rom (am Anfang der Regierung Marc Aurels, wohl 162) kurierte den im 63. Lebensjahr an Quartanfieber erkrankten E., der damals in Rom lebte, und wurde dadurch berühmt (vgl. Gal. *π. τοῦ προγιγνώσκειν πρὸς Ἐπιγένην* [14,605,13ff. K]). E. war mit den vornehmen Kreisen Roms bekannt: Flavius Boethus (PIR^2 III 140), Sergius Paullus (RE Suppl. VI 818) etc. W. Sp.

J.Ilberg Neue Jb. f. d. kl. Alt. 15, 1905, 286ff. *Martini*, RE Suppl. III 445f. PIR^2 III 90 (ungenau). *W.Spoerri* Prosopographica (demn. im MH).

4. E., griech. Rhetor unbestimmter Zeit aus Argos (? vgl. Walz Rhet. 6,384), Vf. einer Slg. *περὶ λέξεων ῥητορικῶν* (vgl. Suda Prooem. und s. *Εὖ.*). Unter seinem Namen sind Slgen. von *λέξεις* (Auszüge?) in versch. Rezensionen erhalten (Cod. Paris. gr. 2635; Laur. 59,38; Vindob. phil. gr. 132), die ihrerseits teilweise Abhängigkeit von der Suda zeigen. H. Gä.

Ta: Eine Gesamtausgabe fehlt. Exzerpte: Anecd. Bekk. 3,1105ff. *K. Rupprecht* Philol.Suppl.15,1,145ff. – Lit.: *Krumbacher* 571. *K. Rupprecht* a.O. 46ff.

5. E., alexandrin. Anatom im 3.Jh. v.Chr., jünger als → Herophilos; widmete sich im Anschluß an diesen bes. der Anatomie der inneren weiblichen Genitalien, der Embryologie und den Drüsen (Pankreas). Auch in der Osteologie hat er, wie Zitate bei → Rufus von Ephesos zeigen, manches klargestellt. **6.** E., Arzt in der 1.Hälfte des 1.Jh. n.Chr., → Methodiker. E. war vor allem an Fragen der Therapie interessiert; er schrieb als einer der ersten über die damals gerade bekannt gewordene Hydrophobie, ihre nosologische Einordnung und Behandlung (Nachrichten bei → Caelius Aurelianus). Ferner verfaßte er, wie z.B. auch sein Zeitgenosse Andromachos, ein pharmakolog. Lehrgedicht. Histor. ist E. interessant als Angehöriger des Kreises um den jüngeren Drusus, den Sohn des Kaisers Tiberius (Tac.ann. 4,3,4.11,2). F. K.

Eudokia. 1. E., urspr. Athenais, aus Athen, Tochter des Rhetoriklehrers Leontios, getauft als Aelia E., wurde am 7.Juni 421 auf Betreiben der → Pulcheria mit → Kaiser Theodosius II. verheiratet (Sokr. 7,21,8f.; Euagr. h.e. 1,20. Priscus Frg. 8 = FHG 4,94). Seit 423 Augusta, wurde die sehr gebildete und fromme E. zur Konkurrentin der Pulcheria im Einfluß auf den Kaiser, dessen Persersieg von 422 sie in einem Panegyricus gefeiert hatte (Sokr. a.O.). 422 gebar sie → Eudoxia (Nr.2), vor 431 Flacilla. 438 erfüllte E. das Gelübde einer Pilgerreise nach Jerusalem, spendete dabei viel für die Kirchen und kehrte mit den Reliquien des Stephanus nach Constantinopel zurück (Euagr. h.e. 1,20/22. Theophan. a. 5927; Marc. Comes a. 439 = Chr. min.II 80). Nachdem ihr Einfluß bei Hof mit dem Sturz ihres Günstlings, des hochgebildeten praefectus urbi Cyrus (Consul 441) schwand, verließ E. sehr bald – wohl 443 – die Hauptstadt und blieb bis zu ihrem Tode im J. 460 in Jerusalem. Es bleibt ungeklärt, ob dieser Rückzug freiwillig erfolgte oder durch Hofintrige erzwungen war. E., die in Jerusalem bis 455 mit den Monophysiten sympathisierte (Leo Magnus epist.117. 122. Cyrill v. Skythopolis vita Euthymii 63ff.), ließ dort u.a. eine Stephanuskirche errichten und die Stadtbefestigungen wiederherstellen (Euagr. h. e., 21/22. Zon.13,23). In Jerusalem dürfte E. auch die meisten ihrer hexametrischen – nur fragment. erhaltenen – Gedichte abgefaßt haben, so das über die Märtyrer Cyprian und Iustina (Phot. bibl.184) und die Erzählungen des NT. über das Leben Christi enthaltenden Homercentonen (*Ὁμηρόκεντρα*; Zon. a.O.).

Ausg. *A.Ludwich* Eudociae Augustae Procli Lycii Claudiani reliquiae, 1897. *Migne* PG 85,831ff. Lit. *F. Gregorovius*, Athenais, 1882 (idealisierend). *H.Leclercq*, Dict. d'archeol. chrét. 14, 1939, 166ff. *G.Downey* A history of Antioch in Syria, 1961, 450f.

2. E., Enkelin von Nr.1, Tochter der → Eudoxia (Nr.2) und Valentinians III.; * 439, 455 mit Palladius, dem Sohn des Kaisers Petronius Maximus, verheiratet, aber schon im Juni 455 mit der Mutter durch → Geiserich nach Afrika entführt. Geiserich verheiratete sie 456 seinem Sohn Hunerich, mit dem sie seit 445 verlobt war, um so das Vermögen Valentinians III. fordern zu können (Prisc. Frg. 29f. Ioh. Ant. frg. 204. Prok. 3,5). E. gebar einen Sohn Hilderich, entfloh aber nach 16 J. nach Jerusalem, wo sie bald starb und neben ihrer Großmutter in der Stephanuskirche beigesetzt wurde (Victor Vitensis 3,4,9. Niceph. h.e. 5,11f.). A. L.

Chr.Courtois Les Vandales et l'Afrique, 1955.

Eudore (*Εὐδώρη*). Name einer Okeanide, Hes.theog. 360, einer Nereide ebd. 244, einer der Hyaden, Töchter des Atlas und der Pleione, Hes. frg.14 Rz. Hyg.fab.192; astr. 2,21. H. v. G.

Eudoros (*Εὔδωρος*). **1.** Einer der 5 Myrmidonenführer unter Achilleus, dessen Abstammung von Hermes und Polymele und dessen Erziehung beim Großvater Phylas Il.16,179ff. ausführlich berichtet wird. Seine Eignung zum Kampfe wird stark betont, von seinen Schicksalen aber schweigt die Ilias. Also eine vorhom. Sagengestalt; der Name läßt an eine Hypostase des Hermes denken. Spätere wissen von seinem Tod beim 1. Zusammenstoß des Patroklos mit den Achaiern, Eustath. Od. 1697,56. H. v. G.

Kullmann H(ES 14) 126.132f.

2. E. von Alexandreia, platon. Philosoph um 35 v. Chr., von → Strab. 17,790 als sein Zeitgenosse bezeichnet, von → Areios Didymos benutzt. Von seinen Werken wird nur ein Titel kenntlich: vgl. Stob. ecl. 2,42,7 W. *διαίρεσις τοῦ κατὰ φιλοσοφίαν λόγου*. Außerdem werden E.' Lehrmeinungen rund 12 mal zitiert. Aus ihnen wird E. kenntlich als ein Platoniker, der aus der Konkordanz von 4 Platon-Stellen das Postulat *ὁμοίωσις θεῷ* zur *τέλος*-Lehre der Platoniker erhob; im Unterschied zu → Antiochos von Askalon gelang E. ein teilweiser Nachvollzug von Platons Transzendental-Philos.; er stand mit → Pythagoreern in Verbindung, welche die Gegensätzlichkeit von Eins und Vielheit durch Ansatz einer höheren Eins überwanden; darüber E. bei Simpl. in Aristot. phys. 181,10ff. In den Streit um die Auslegung des Timaios griff E. ein, indem er sich mit → Krantor gegen → Xenokrates' Lehrentscheidung wandte; dazu Plut. an procr. 1013b und 1019e. In Aristoteles' Metaphysik nahm E. eine kühne Textänderung vor, durch welche Platon als Geheimlehre eine Zwei-Prinzipien-Lehre, mit Betonung des Einen, zugeschrieben wurde, Alexander in met. 59,7. Im Unterschied zur Mehrzahl der nachmaligen Platoniker übte E. Kritik an der Kategorien-Lehre. Trotz allzu schmaler Bezeugung muß E. als sehr wichtige Erscheinung zu Beginn des erneuerten Platonismus gelten. Aus den spärlichen Notizen über E. läßt sich erkennen, daß man in Alexandreia tiefer in Platons Erbe eindrang, als das der zeitgenössischen → Akademie zu Athen möglich war. H. D.

H. Dörrie Der Platoniker E. von Alexandreia, H 79, 1944, 25–39.

Eudoxia. 1. Aelia E. (CIL III 736), Tochter des Franken → Bauto, seit 395 Gemahlin des Kaisers → Arcadius; sie gebar ihm 397 Flacilla, 399 → Pulcheria, 400 Arcadia, 401 den späteren Kaiser → Theodosius II., 403 Marina (Chr. min. II 75.76. 79). Seit 400 Augusta, beherrschte sie ihren Mann weitgehend, vor allem in Fragen der Innen- und damit zugleich der Religionspolitik. Ihrerseits ließ sich E. von den Eunuchen und den Damen des Hofes beeinflussen (Zos. 5,24,2). Sie unterstützte die antigermanischen Kräfte, war streng orthodox, spendete viel für die Kirche und ließ Arcadius scharf gegen Heiden und Häretiker vorgehen (Sokr. 6,8. Marc. Diac., vit. Porph. 36ff. 51. 53). Dem Bischof Iohannes Chrysostomus war E. zunächst wohlwollend, verfeindete sich aber dann mit ihm, vor allem als der Bischof sie und ihre Damen offen angriff (Pallad. dialog. 3ff. = Migne PG 47,14ff. Sokr. 6,10. 14f.). E. hatte wesentlichen Anteil daran, daß Ioh. Chrys. im September 403 und, nachdem sie sich vorübergehend mit ihm ausgesöhnt hatte, im Frühjahr 404 abermals abgesetzt und verbannt wurde (Sokr. 6,16ff. Pallad. a. O. 9f. Ioh. Chrys. *ἐπανελθόντος ὁμιλία* = Migne PG 52,440ff.). Am 6. Oktober 404 starb E., wahrscheinlich an den Folgen einer Fehlgeburt, (Sokr. 6,19).

Mz. *R. Dekbrunk* Spätantike Kaiserporträts 1933, 101f.

2. Licinia E., * 422, Enkelin von Eudoxia Nr. 1, Tochter → Theodosius' II. und der → Eudokia (Nr. 1), verheiratet seit 437 mit → Valentinian III. (Chr. min. 1,475. 2,75f. 79), seit 439 Augusta (Chr. min. 1,30); Töchter: → Eudokia (Nr. 2) und → Placidia (Prisc. frg. 29 = FHG 4,104). Wie weit E. neben ihrer Schwiegermutter Placidia Einfluß auf Valentinian gewann, ist nicht zu klären. In Rom, wo sich E. seit 439 vermutlich öfters, von 450–455 ständig, aufhielt, stiftete sie die Kirche S. Pietro in vincoli (Dess. ILS 819. Lib. Pontif. I 508. 512). Im J. 455 zwang sie Petronius Maximus, der Mörder ihres Mannes, zur Heirat (Chr. min. 1,484. 2,27. Prok. 3,4,36f.). Schon im Juni 455 entführte → Geiserich, den sie angeblich nach Italien gerufen hatte, E. mit ihren Töchtern nach Afrika (Prok. 3,5). Erst im J. 462 erreichte man die Auslieferung nach Constantinopel (Prok. a. O. Euagr. h. e. 2.7. Prisc. frg. 24. 29). Aus späteren J. ist nichts mehr bekannt. Mz.: Cohen emp. 8,218. A. L.

Stein I.

Eudoxios. 1. * um 300, † 370 n. Chr., wurde nach 330 Bischof von Germanicia (Euphratensis), 358 von Antiochia, 360 von Constantinopel. E. galt schon um 325 als Arianer (Athan. Hist. ar. 4), befolgte aber meist einen gemäßigten Arianismus. Starken Einfluß gewann er auf Kaiser → Valens, den er zu einer antiorthodoxen Kirchenpolitik bestimmte (Sokr. 4,1.9.13f. Theodoret. h. e. 2,25. 4,12). A. L.

2. E., der Großvater des von Justinian in die Kompilationskommission berufenen Anatolios (vgl. Const. Tanta *Δέδωκεν* § 9), gehörte zu den Professoren der Beryter Rechtsschule des 5. Jh., die in den Basilikenscholien von Juristen des 6. Jh. als *οἱ ἐπιφανέστατοι, οἱ τῆς οἰκουμένης διδάσκαλοι, οἱ παλαιοί* und ähnlich, z. T. als *ἥρωες* bezeichnet werden. E. wird in den Scholien siebenmal zitiert; 3 dieser Stellen handeln vom Vergleich. H. St.

Wenger Die Quellen des röm. R., 1953, 623f. u. ö. mit weit. Lit. *Scherillo* Art. Eudossio, Noviss. Dig. ital. VI, 1960, 1036. *Schulz* Gesch. der röm. RWiss., 1961, 349.

Eudoxos (*Εὔδοξος*). **1.** Von Knidos (ca. 391–338, nach Apollodor früher), Sohn eines Aischines, Astronom, Mathematiker, Arzt, Philosoph und Gesetzgeber. Studierte Math. b. → Archytas, Medizin b. → Philistion, kam mit 23 J. mit dem Arzt Theomedon, nach Athen und hörte Vorlesungen u. a., nach → Sotion, b. Platon. Ging dann auf Kosten knid. Freunde mit einem Empfehlungsschreiben des Agesilaos an König → Nektanebos nach Äg. zusammen mit dem Arzt → Chrysippos. Lebte 1½ J. unter Priestern und schrieb die kalendar.-astron. Schrift Oktaeteris. Nach Lehrtätigkeit in Kyzikos, am Marmara-Meer und am Hofe des → Mausolos Schulgründung in Athen. Nachrichten über Feindschaft zwischen E. und Platon beruhen wohl auf Dramatisierung ihrer wissenschaftlichen Gegensätze (in der Ethik: Aristot. eth. Nic. K 2 1172b 28, in der Math.: Plut. Marc. 14,9ff.). Über seine Heimatstadt hinaus hochgeehrt. Soll Hundedialoge geschrieben (nach → Eratosthenes) oder aus dem Äg. übers. haben (v. BISSING, F. und F. 25, 1949, 228, denkt an Tiergespräche im äg. Sonnenmythos, z.B. Pap. Brit. Mus. 274). Hielt Vorlesungen über Theologie, Kosmologie und Meteorologie. Schrieb viele und gute Lehrbücher. Seine ἀκμή nach Apollodor Ol. 103 (368–365). Bei der üblichen Rechnung fiele sein Geburtstag also noch ins Ende des 5. Jh. G. DE SANTILLANA, Isis 32, 1940, 248–262 (weitere Lit. dort) bewies aber, daß ein Empfehlungsschreiben des Agesilaos an Nektanebos nur 365 hist. denkbar war. Soweit Diog. Laert. 8,86–91, der ihn unter die Pythagoreer einreiht und ihn (90) als Begründer der Theorie der Kegelschnitte (wörtlich: der Kurven) rühmt.

Aus der Schrift über Proportionen (π. ἀναλογιῶν) stammt Euklids El. 5 (schol. Eucl. Bd. 5,280, 8 Heib.). Weiter dürften El. 6, Ähnlichkeitslehre, und 12, Kreis- und Kugelinhalt, von E. entlehnt sein. Die exakte Exhaustionsmethode der Inhaltsbestimmungen nicht gradlinig begrenzter Fig. ist jedenfalls durch Archimedes (z.B. Op. Bd. 2,430,2 H.) für E. bezeugt. O. BECKER (Quell. Stud. Gesch. Math. 3, 1936, 236f. und 370f.) beweist, daß E.s Logik und Axiomensystem selbst den Forderungen von Brouwers Intuitionismus gerecht wird. Dazu auch J. HJELMSLEV, Centaurus 1,150,2–11.

Das del. Problem (Würfelverdoppelung, allg. Auffinden zweier mittlerer Proportionalen) hat E. durch sich schneidende Kurven (geom. Örter) gelöst (Eutok. In Archim. de Sphaer. et Cyl. Bd. 3, 60,11 Heib.). Das Verfahren kennen wir nicht, wissen aber aus Plut. Marc. 14,9ff., daß E. ähnlich wie Eratosthenes neben diesem abstrakt math. Verfahren auch einen Apparat zur approximativen Lösung desselben Problems konstruierte.

Die pythagor.-platon. Metaphysik forderte, daß immerwährende Bewegung nur gleichförmig rotierend sein könne. So war die Aufgabe gestellt, die komplizierte Bewegung der Planeten auf Kombinationen von Rotationen zurückzuführen. E. löste das Problem (Aristot. metaph. Λ 8,1073b 17) durch das System der homozentr. Sphären, beschrieben von Simpl. in Arist. cael. S. 488,18 und 493,4 bis 497,5 Heib., rekonstruiert zuletzt von O. NEUGEBAUER, Scr. math. 19, 1953, 225–229. Schemat.: Eine Kugel K_1 rotiere mit der Geschwindigkeit +v um ihre Achse A_1. Ein Punkt P auf ihrem Äquator beschreibt für einen Beobachter im Inneren Kreise. K_1 liege konzentrisch in der Kugel K_2 und rotiere wie oben relativ zu K_2, während K_2 um A_2 ungleich A_1 mit der gegenläufigen, aber gleichgroßen Geschwindigkeit −v rotiere und A_1 mitnehme. P beschreibt jetzt eine 8förmige Fig. (Hippopede). K_2 werde von K_3 so mitgenommen, daß die 8-Fig. in Richtung ihrer Längsachse umläuft. Bei entsprechend gewählten Geschwindigkeiten und Achswinkel A_1A_2 wird P mit period. Breitenbewegungen und Rückläufigkeiten umlaufen, entsprechend der Bewegung der Planeten um den Zodiacus. Eine 4. Sphäre bringt das System in d. tägl. Bewegung des Himmels.

Der unter dem Titel Eudoxi Ars Astronomica bekannte, auf Papyrus erhaltene (ed. BLASS, Festschr. Univ. Kiel 1887) astronom.-kalendar. Traktat ist keinesfalls von E., wohl aber benutzen sehr wahrscheinlich Teile davon ebenso wie die einschlägig. B. des Autolykos und Geminos die Lehrsätze des E.

Über Geographie hat E. sowohl deskriptiv-hist. wie math.-astronom. gehandelt (H. BERGER Gesch. der wiss. Geogr. bei den Griech.², Lpz. 1903, 246. Strab. 1,1. 10,465 Cas. Agathem., GGM 2,471). Die Kugelgestalt der Erde und das Fremdlicht des Mondes sowie Wendekreise, Äquator, Pole und Meridian sind für ihn wohlbekannt und unbestritten. Das Axiom des Columbus, Indien sei mit W.-Kurs auf dem Atlantik zu erreichen, hat Aristot. (cael. 2,14 298a 9) höchst wahrscheinlich von E.

Ethik: Die Freude (ἡδονή) war für E. das höchste Gut (H. KARPP, phil. Diss. Marb. 1933). W. SCHADEWALDT (Satura, B.-Baden 1952, 103 bis 129) zeigte, daß vom *K* der eth. Nic dem E. mehr gehört, als Aristot. sagt (aber: Wenn das Übrige von E. stammt, kann 1175b 33 [ἡδονή = ἐνέϱγεια] nicht von ihm sein). Damit wies Schadewaldt die enge Verbindung zwischen E.' Naturwiss. und Moralphilos. nach. Von E.' Metaphysik weiß man, daß er auch hinsichtlich der Ideen von Platon stark abrückte. Eine geglückte Konjektur O. BECKERS zu Aristot. metaph. *A* 9 991a 14 verschafft Einblick in die Kontroverse und ihre Beziehungen zur phys. Farbenlehre und zur Math. (a.O. 389–410). Den stärksten Nachhall haben E.' Phainomena gefunden, die Aratos in dem beschreibenden Teil seiner Phain. von 19–732 auf Bestellung des Königs → Antigonos Gonatas in Hexameter übertrug (V. Arati S. 53, 47 Biogr. Gr. min. Westermann) und unter deren zahlreichen Kommentaren vor allem der des Hipparchos (ed. Manitius, Lpz. 1894) sich eng an E. anschließt (E. MAASS, Aratea, Phil. Unt. 12, Bln. 1892, 279ff.).

J. M.

B.L. van der Waerden Erwachende Wiss., Basel 1956, 292 bis 313. *O. Neugebauer* Exact Sciences in Antiquity, Providence 1957. Weitere Lit. dort.

2. E., von Rhodos, schrieb Zeitgesch. (ἱστοϱίαι). Er ist wohl identisch mit dem Vf. von πεϱίπλοι (die vielleicht ein Teil des Geschichtswerkes waren). Er wirkte nach 278/77 und vor 200 v. Chr. M. v. A.

FGrH II Nr. 79.

3. E. von Kyzikos, griech. Seefahrer, unternahm im Dienste der Ptolemäer und auch aus eigener Initiative gegen Ausgang des 2. Jh. v. Chr. große Fahrten nach Indien, O.- und W.-Afrika. Bemerkenswert ist dabei die Angabe, E. sei an der Küste O.-Afrikas auf ein Wrack gestoßen, das sachkundige Äg. als von einem gaditan. Schiff stammend erkannt hätten, ein Beweis für die Möglichkeit der Umfahrung Afrikas. Seit dem Bericht Herodots (4,42) über die im Auftrage Nechos unternommene Fahrt der Phoiniker trat jedenfalls durch E. erstmalig wieder das Problem der Umfahrung Afrikas im Alt. in den Vordergrund. E. wird auch neben → Hippalos als Entdecker der Monsunwinde betrachtet (KORNEMANN-BENGTSON: Weltgesch. des Mittelmeerraumes 1,374). Hauptquelle für E. ist Strab. 2,98–99, weitere Angaben bei Mela 3,90.92. Plin. nat. 2,169. Alle Autoren gehen auf gute Primärquellen zurück (Poseid. für Strab. und für Mela und Plin. ein geogr. Werk des Nepos). Ob dem E. die Umfahrt gelungen ist, muß offenbleiben. Nach Strab. erscheint dies fraglich, aber nicht nach Mela und Plin. Beide berichten, wenn auch kurz, E. sei, wie die Phoin., vom Arab. Meerbusen (h. Rotes Meer) aus gefahren und bis Gades (Cadiz) gelangt. H. T.

RE VI 929–930 (E. Nr. 6). *J. H. Thiel* E. Cyzicus, Mededeel. Nederl. Akad. Afd. Letterkde. N. R. 2,8, 1939.

Euenor. Arzt im 4. Jh. v. Chr. in Athen (s. IG II 186.187), wahrscheinlich Schüler des → Praxagoras (F. STECKERL The fragments of Pr. and his school, Leiden 1958, erwähnt ihn nicht). E.s medizin. Anschauungen (z. B. über Fieber, oder sein Test der Konzeptionsfähigkeit [s. Soran CMG IV p. 24,24 Ilberg]) gleichen jedenfalls denen des Praxagoras und seiner Schule. An Werktiteln von E. kennen wir *θεραπεῖαι* (mindestens 5 B.); darin scheint er u. a. auch über Heilquellen gehandelt zu haben. F. K.

Euenos (*Εὔηνος*, *Εὐηνός*). **1.** Sohn des Ares und der Demonike oder Sterope, Vater des → Epistrophos (3) und der → Marpessa. Deren Freier schlägt er alle im Wagenrennen und schmückt die Palastmauern mit ihren Köpfen, um weitere Bewerber abzuschrecken. Dem Entführer → Idas jagt er nach, holt ihn aber nicht ein und stürzt sich deshalb in den Fluß Lykormas, der seitdem E. heißt. Hom. Il. 9,556 ff. mit Sch., das auf Simonides und Bakchylides hinweist. Apollod. 1,59 ff. Plut. parall. min. 40. H. v. G.

2. E., ein Epigrammatiker des Philippos-Kranzes (Anth. Pal. 4,2,13), aus Askalon, wenn ihm 9,75 (auch inschr. neben einem Wandgemälde in Pompeii, EpGr 1106) gehört. Innerhalb der Reste des Philippos-Kranzes steht 9,251. Wie weit die übrigen den Namen E. tragenden Epigramme demselben Verfasser gehören, ist unsicher. R. K.

3. E. von Paros. Sophist und Dichter (vgl. → Agathon, → Kritias, → Likymnios), um 399 in Athen (Plat. apol. 20b; Phaid. 60d/61c); nach Plat. Phaidr. 267a Redetechniker (*ὑποδήλωσις*, *παρέπαινοι*; E. habe auch *παράψογοι* in Verse gefaßt). Die erhaltenen poet. Frg. lehrhaften Inhalts (bes. in eleg. Form; auch stich. Hexameter) gehören wohl alle diesem E.; einiges in der → Theognissammlung (Simonidesgedichte) hat man E. zugeschrieben (467/96, wo v. 472 ∼ Frg. 8; 667/82. 903/30. 1345 ff.). Bei Eratosthenes (FGrH 241 F 3) war die Rede von 2 parischen Elegikern E., von denen nur »der jüngere« bekannt sei. Mit dem Sophisten identifiziert man oft den Artemid. Oneir. 1,4 erwähnten Erotiker E. (*ἐν τοῖς εἰς Εὔνομον ἐρωτικοῖς*). Über den (die) Epigrammatiker E. (Anth. Pal.) s. Nr. 2. W. Sp.

Frg.: *Th. Bergk*, PLG⁴ 2, 1882, 269 ff. (Testimonia). *E. Diehl*, ALG 1³, 1949, 92 ff. (Lit.). *L. Radermacher*, Artium Scriptores, 1951, 127 f.

Lit.: *Blass* Att. Bereds. 1,262. *R. Reitzenstein*, RE VI 1909, 976. *K. Preisendanz* Zu E. v. Askalon, Philol. 75 (29), 1919, 476 ff. *Zeller* PhdGr. 1,2,1324 f. *Schmid-Stählin* 4,474 f. (Lit). *A. Garzya*, E., GIF 6,1953, 310 ff. *F. Jacoby*, FGrH 556 Komm., Anm. 5. *C. M. Bowra* Greek Lyric Poetry², 1961, 358³ (ungenau). Theognis, ed. *D. Young*, 1961, ad locc. citt.

4. E., ein bedeutender und wasserreicher Fluß Aitoliens, am West-Abhang des → Korax (h. Vardusia) entspringend und in den Golf von Patras mündend, h. Phidaris; fast ganzer Lauf außer der z. T. versumpften Mündungsebene in engen Schluchten. Strab. 7,327. 10,451. Dion. Call. 61 (GGM I 240). [Plut.] de fluv. 8. E. M.

Philipps.-Kirst. 2,304.307.313 ff.

Euergetes (*εὐεργέτης*). »Wohltäter«, urspr. profaner Ehrentitel für verdiente Männer, Fürsten (z. B. Ptolemaios III. Euergetes) und Völker (die Römer als *κοινοὶ εὐεργέται* Pol. 31,10,7. H. VOLKMANN, H 82, 1954, 467 f.). Ältester Beleg Hdt. 8,136 (480 v. Chr.), weitere vor allem inschr. Nachweise J. OEHLER, RE VI 978. Zu den bürgerlichen Ehren traten bald kultische. Aristot. rhet. 1,1361a. Götter wurden selten so benannt, z. B. Dionysos nur bei Hesych. *εὐεργέτης*. E. SKARD Zwei religiös-politische Begriffe: Euergetes – Concordia, 1932. Zur hellenistischen Auffassung des Königs als Euergetes W. SCHUBART, APF 12, 1937, 14 ff. NILSSON, GgrR 2², 1961, 183. H. V.

Eugamon (*Εὐγάμων*, *Εὐγάμμων*). Testimonia, Fragmente [2],2,185 ff. Nach Prokl. Chrestom. II: Vf. der Telegonia; Eus. Ol. 53 (568–565). [2],185,8 A 3 neben E. auch Musaios als Vf. genannt. Vermutlich 3 alte Kleinepen, später vereinigt [1],70 ff. 1. Reise des Odysseus nach Elis. 2. Reise nach Thesprotien wegen der Weissagung des Teiresias, Od. 11,121 (Thesprotis). 3. Rückkehr nach Ithaka, von seinem Sohn (mit Kirke) Telegonos unerkannt getötet. H. Vr.

1. *A. Hartmann* Unters. über die Sagen vom Tod des Odysseus, Münch. 1917. 2. *E. Bethe* Homer 2, Lpz. ²1929. 3. *R. Merkelbach* Unters. zur Odyssee, Zet. 2, 1951. 4. *A. Severyns* Ulysse en Elide, AC 31, 1962.

Euganei (NISSEN It. Ldk. 1,486 f.). Ital. Volk, das seine Wohnsitze zwischen Alpen und Adria den Venetern räumen mußte (Liv. 1,1,3. Serv. Aen. 1,242: König Velesus). Cato frg. 41 Peter zählt 34 *oppida* auf; ob *Trumplini* und *Camunni* dazugehören, läßt sich aus Plin. nat. 3,134 nicht sicher erkennen. Verona (Plin. 130), Aponus (Lucan. 7, 193), Aquileia (Sil. 8,605. 12,216. Martial. 13,89,1), Altinum (Martial. 4,25,4. 10,93,1?), Patavium (Iuv. 8,15) galten als urspr. euganeisch. Auffällig ist die Erhaltung des *eu*-Diphthonges im Namen (ALTHEIM Gesch. der lat. Sprache 108); Lokalisierung und Gesch. unsicher, während der Name der Monti Euganei bei Este modern ist. G. R.

Eugenios. 1. Sohn des Trophimos aus Augustopolis (Phrygien), angesehener griech. Grammatiker des 5. Jh. n. Chr. (*πρεσβύτης* z. Z. von Anastasios I.), als Professor in Konstantinopel Vorgänger des Steph. Byz. (vgl. diesen s. *'Ανακτόριον*. Suda s. *Εὐ.*). Er behandelte die Metrik der Chorlieder der att. Trag. (aus 15 Dramen) und verfaßte eine *Παμμιγὴς λέξις*, die z. B. für die Suda benutzt ist. H. Gä.

2. E. Flavius, römischer Usurpator 392–394. E., Christ, Lehrer der Rhetorik, ca. 392 magister scrinii, wurde am 22. August 392 durch Arbogast zum Augustus erhoben. Stets von Arbogast gelenkt, suchte er zunächst Verständigung mit → Ambrosius und Kaiser Theodosius (Ambr. epist. 57. Zos. 4,54f. Ioh. Ant. frg. 187 = FHG 4,609. DESS. ILS 790). Von Theodosius nicht anerkannt, verbündete sich E. 393 in Italien mit den heidn. Senatoren unter der Führung des Nicomachus → Flavianus. Die Hoffnungen der heidn. Reaktionäre, deren Denken sich bes. in der bald nach 395 entstandenen Historia Augusta widerspiegelt, wurden zunichte, als E. am 5./6. September 394 am Frigidus geschlagen und getötet wurde (Sokr. 5,25. Rufin. h. e. 11,33. Oros. 7,35). A. L.

W. Hartke Röm. Kinderkaiser, 1952, bes. 232ff. *J. Straub* RACh s. v. Eugenius *Stein* Gesch. I.-Mz.: *Mattingly* RIC IX.

3. Bischof von Karthago seit 480/81, † um 505 (Vict. Tonn. chron. 2 MGAA 11,194,7) im Exil (Albi in Gallien nach Greg. Tur. Franc. 2,3. 44,16 K.-L.). Er verfocht die kath. Orthodoxie unter der Herrschaft der arian. Vandalen während blutiger Glaubensverfolgungen (Hauptquelle Victor von Vita 2 und 3). Seine Wahl war nach 24jähriger Vakanz des Bischofsstuhles als polit. Zugeständnis an Kaiser Zenon geduldet worden. Schon 484 aber wurden die kath. Bischöfe verjagt. Unter König Gunthamund kehrte E. 487 zurück, wurde jedoch nach dem Regierungsantritt Thrasamunds (496) endgültig vertrieben. Ps. Gennad. vir. ill. 97 nennt ihn als Vf. mehrerer Schriften. Erhalten sind durch Zit. 2 Briefe an König Hunerich (Vict. Vit. 2,41 f.) und an die Gläubigen von Karthago (Greg. Tur. Franc. 2,3). Der Liber fidei catholicae (Dogmat. Manifest im J. 484) ist von anderen Bischöfen unterzeichnet, aber nach Ps.-Gennadius von E. verfaßt (Vict. Vit. 2,56–101). *Christian Courtois* Les Vandales et l'Afrique, 1955. *A.-M. La Bonnardière*, Dict. d'histoire et de géographie ecclésiastiques 15, 1361 f.

4. E., Bischof von Toledo → Dracontius. O. H.

Eugippius. Abt von Castellum Lucullanum bei Neapel, † nach 533. Cassiod. inst. 1,23,1 erwähnt ihn als Vf. einer umfangreichen Slg. von Exc. aus Augustinus. Wichtige Quelle für die Gesch. der österr. Donauländer ist das 511 geschriebene Commemoratorium über das Leben des Klosterpatrons, des hlg. → Severinus. E. hatte in Noricum sich Severinus († 482) angeschlossen und 488 an der Aussiedlung der röm. Bevölkerung und der Überführung der Reliquien des Severinus nach Italien teilgenommen. O. H.

Ta.: *Pius Knöll*, 1885–1886, CSEL 9. Commemoratorium, *Th. Mommsen*, 1898, MGSS. *Rud. Noll*, 1963² (lat.-dt. mit Komm.). *Schanz-Hos.* 4,2,586–588. *Bardenhewer*, GAL 5, 220–224.

Eugraphius. Lat. Grammatiker, entweder um die Wende des 5. oder spätestens um die Mitte des 6. Jh. n. Chr., jedenfalls nach der Herstellung der jetzt vorliegenden Redaktion des Terenz-Kommentars des Aelius Donatus, die er benutzte, Vf. eines auf uns gekommenen Kommentars zu den Lustspielen des Terenz. Dieser hat einen rhetor. Charakter und ist in mancher Hinsicht dem Vergil-Kommentar des Ti. Claudius Donatus ähnlich. W. Str.

Ta.: *Wessner*, Donati Comment. 3,1, Lpz. 1908. Vgl. *Wessner*, RE VI 990f. *Teuffel-Kr.-Sk.* 3⁶ § 482,3. *Dziatzko-Hauler* Terenz Phormio⁴ 29f.

Euhamerion s. Alexanor

Euhemeros (*Εὐήμερος*) von Messene, stand 311–298 im Dienste des Königs → Kassandros. E. verfaßte ein nachmals berühmtes Buch mit dem Titel *ἱερὰ ἀναγραφή*. Von der äußeren Handlung her gesehen, stellt dieses B. einen Reiseroman dar; seinem Inhalt nach ist es eine Staats-Utopie, muß also eng mit → Xenophons Kyrupädie und → Platons → Atlantis zusammengehalten werden. Zwei Exzerpte bei Diodor, 5,41–46 und 6,1 [letzteres eine von → Eusebios von Kaisareia erhaltene Epitome], dazu viele einzelne Erwähnungen unterrichten über seinen Inhalt; es war so wichtig, daß → Ennius es ins Latein. übersetzte; die Zitationen lat. Kirchenväter, namentlich → Lactanz', beruhen hierauf. → Kallimachos im Zeus-Hymnus v. 8 polemisiert scharf gegen die *ἱερὰ ἀναγραφή*, für deren Abfassung damit der t. a. qu. gegeben ist.

Das B. enthielt den Bericht einer romanhaften Reise des E. in das Weltmeer des O.: In diesem ö. Meer, das → Alexander zu erforschen sich versagen mußte, entdeckt E. eine Inselgruppe, deren Haupt-Insel Panchaia E. genauer beschreibt. Sein eigentliches Interesse galt dem Staatswesen von Panchaia; es war von 3 Phylen der dortigen Bewohner und von der Rolle der Priesterschaft die Rede. Eine heilige Inschr. – *ἱερὰ ἀναγραφή* – auf goldener Stele enthielt als Grundgesetz des

Staates von Panchaia die für alle Zukunft vorbildlichen Taten der ersten Könige von Panchaia: → Uranos, → Kronos und → Zeus. Diese Herrscher ragten freilich ἰσχύϊ καὶ συνέσει unter den übrigen Menschen hervor; aber dank ihrer klugen Politik wurden sie allerorten als βασιλεῖς verehrt und stiegen so zum Rang von Göttern auf. Die göttlich-königlichen *res gestae* waren so sehr Mittelpunkt des Werkes, daß es von dieser ἱερὰ ἀναγραφή den Titel erhielt.

Die sogleich einsetzende Polemik warf E. vor, die Götter zur Menschlichkeit herabgewürdigt zu haben; das irreführende Schlagwort »Euhemerismus« bezeichnet ein Prinzip rationalisierender Mythenerklärung, die es vor und nach E. gegeben hat. Diese Polemik, die E. sogleich unter die ἄθεοι einreihte, ging freilich an der Absicht seines Werkes vorbei. Zweifellos wollte dieses nicht zur Mythenerklärung beitragen. Sondern es wollte, wie in dieser Art Literatur üblich, ein Beispiel geben: Es konnte als ein Leitfaden gelesen werden, wie ein König auf Grund seiner εὐεργεσία zu göttlichen Ehren aufsteigt (und tatsächlich ist es von den Beratern des Königs Antiochos von Kommagene so gelesen worden). Zugleich enthielt es die Rechtfertigung für den Herrscherkult, der eben erst in das Bewußtsein der Griechen trat: Wenn Uranos, Kronos und Zeus ihre göttliche Ehre als εὐεργέται und σωτῆρες erhalten hatten, warum nicht auch die εὐεργέται und σωτῆρες der polit. Gegenwart? Sehr zu Unrecht ist die polit. und die aktuelle Zielsetzung des Buches durchweg verkannt worden; es enthielt einen wichtigen Beitrag zu einer für Griechen akzeptablen theoret. Begründung des Herrscherkults. H. D.

Frg.: *G. Vallauri*, con introduz. e comment., 1956. *F. Jacoby*, FGrH 63 – kein Kommentar.

Lit.: *P. van Gils* Quaestiones Euhemereae, 1902. *H. Taeger* Charisma 1, 395f. *H.F. van der Meer*, E. v. Messene, Diss. Amsterd. 1949. *H. Dörrie* Der Königskult des Antiochos von Kommagene, Abh. Akad. Gött. 3,60, 1964, 218–224.

Eukleia (Εὔκλεια). a) Kultname der Artemis als Hegerin des Landes und der Familie (Soph. Oid. T. 161), bes. in Boiotien und Lokris, Plut. Arist. 20. Paus. 9,17,1. Feste (τὰ Εὔκλεια) in Korinth (Xen. hell. 4,4,2) und Delphi (Sylloge² 438, 64). b) Selbst. Gottheit gleicher Funktion, in Athen (Paus. 1,14,5) neben → Eunomia (IG III 277. Bakchyl. 13,183ff. [2],110f.). Nach Nilsson, Eranos 50, 1952, 34, aus a) entstanden (s. jed. [2], 115); es können aber auch a) und b) auf ein älteres boiot.-lokr. Lokalnumen zurückgehen (Wilam. GldH 1,180), das vielleicht chthon. Bindungen besaß ([1],6ff.; s. aber [2],113) und mit den epichor. Heroinen Alkis und Androkleia (Paus. a. O.) eine charitenähnliche Trias bildete (vgl. H. Heydemann Vasenslg. Mus. Naz. Neap. 708. [2],119ff.). W. F.

1. *M. Guarducci*, SMSR 14, 1938, 1ff. 15, 1939, 58ff. 2. *R. Hampe*, MDAI(R) 62, 1955, 107ff.

Eukleidas (Εὐκλείδας). Agiade, Sohn des spartanischen Königs Leonidas II. Beloch, GG IV² 2, 1927, 162. Sein Bruder, König Kleomenes III., erhob E. nach Ermordung des Archidamos 227 v. Chr. zum König. Plut. Cleom. 11,5. Paus. 2, 9,1. Seine Taktik führte zur Niederlage bei Sellasia 222, in der E. fiel. Pol. 2,65,9.67.68,3ff. Plut. Cleom. 28,3.6f.; Phil. 6,5. J. Kromayer Antike Schlachtfelder 1, 1903, 236f. H. V.

Eukleides (Εὐκλείδης). **1.** Athen. Archon 403/02 v. Chr. (Diod. 14,12), während dessen Amtszeit in Athen auf Antrag des Archinos das ionische Alphabet eingeführt wurde (Judeich, RE II 541). Fr. Kie.

2. E., aus Megara (Cic. Ac. 2,129, anders Alex. Polyh. b. Diog. Laert. 2,106), lebte etwa 450–380, war Schüler des Sokrates und Begründer der Megar. Schule. Die Anekdote bei Gell. 4,10 über nächtliche Besuche in Athen datiert das Schülerverhältnis zu Sokrates schon in den Beginn des Peloponnes. Krieges (Thuk. 1,139). Auch beim Tod des Sokr. soll E. zugegen gewesen sein (Plat. Phaid. 59 C). Während Sokr. selbst die Flucht nach Megara (also zu E.?) ausgeschlagen hatte, versammelten sich nach dessen Tode mehrere seiner Schüler, darunter Platon, bei E., um Nachstellungen in Athen zu entgehen (Diog. Laert. 2,106. 3,6). Der Zeitpunkt der Schulgründung ist unbekannt. Man besaß von E. 6 Dialoge (Diog. Laert. 2,108; Echtheit von Panaitios frg. 126 v. Straaten angezweifelt); einziger Rest bei Censor. 3,3 (aus Lucil.) und Stob. ecl. 6,63. Über E.' Lehre informieren knapp Cic. ac. 2,129. Aristokles bei Euseb. praep. ev. 14,17 und bes. Diog. Laert. 2,106f.: ἓν τὸ ἀγαθόν, πολλοῖς ὀνόμασι καλούμενον· ὁτὲ μὲν γὰρ φρόνησιν, ὁτὲ δὲ θεὸν καὶ ἄλλοτε νοῦν ... τὰ δ' ἀντικείμενα τῷ ἀγαθῷ ἀνῄρει μὴ εἶναι φάσκων. Eine Einheitslehre eleatischer Art (Aristokles a. O. leitet E.' Philos. ganz von den Eleaten ab) scheint hier mit sokr. ἀγαθόν-Denken in ähnlicher Weise verknüpft wie in → Platons Vorlesung vom Guten (deren Grundkonzeption nach H. Krämer Arete bei Platon und Aristot., Abh. Heidelb. 1959 noch zu Lebzeiten des E. entstanden sein könnte; die Frage bedarf weiterer Klärung). Einige Einzelheiten der Beweislehre des E. überliefert Diog. Laert. 2,107. Daß mit den εἰδῶν φίλοι Plat. soph. 242 B ff. E. und die Megariker gemeint seien, wurde oft behauptet, aber nie sicher bewiesen. G. Schm.

RE VI 1000ff. Suppl. Bd. V 707ff. *Deycks* De Megaricorum doctrina, 1827. *Zeller* PhdGr II 1, ⁴1889, 244ff. *I. M. Bocheński* Formale Logik, 1956, 121ff. *H. J. Krämer* Arete bei Plat. und Aristot., Abh. Heidelb. 1959, 503–13.

3. E., durch ma. Verwechslung mit Nr. 2 »von Megara« gen., wurde durch sein Werk Στοιχεῖα zum Mathematiklehrer aller Völker und Generationen bis heute. Schon aus dem 5. Jh. sind lat. Übers. und Bearb. bekannt (die unter Boethius' Namen überlieferte unecht), im 12. Jh. wurde E.

von Atelhart von Bath und Gerh. v. Cremona aus dem Arab. ins Lat. übertragen. In der Ant. war er der Geometer oder Elementist schlechthin. Ant. Kommentare → Geminos, Vettius Valens, Porphyrios, Pappos, Proklos, Simplikios.

Sicheres über sein Leben erfährt man nur von Proklos (In Eucl. El. I p. 68, 6–20 Friedlein) und aus gelegentlichen Bemerkungen von Pappos, doch scheinen auch diese Notizen nicht aus hist. Quellen zu stammen. Danach war er jünger als die Gelehrten um Platon und dessen direkte Schüler, deren Forschungen er benutzt, und älter als Archimedes (287–212), der seine Theoreme voraussetzt. Die von Prokl. a.O. erzählte Anekdote vom Königsweg scheidet als chronolog. Indiz aus, weil sie (Stob. Ecl. 2, p. 228,30 W.) auch von andern erzählt wird. Er wirkte und lehrte in Alexandreia (Papp. 7 p. 678,10 H.). Seine philos. und math. Ausbildung muß er in der platon. Schule zu Athen erhalten haben. Die detaillierten biogr. Angaben arab. Quellen (z.B. Al Fihrist, s. SUTER Abh. zur Gesch. der Math. 6, 1892, 16) beruhen auf Mißverständnissen und freier Erfindung.

Das größte und wichtigste Werk sind die 13 B. Elemente (Στοιχεῖα). Wie στ. die Buchstaben und Laute bedeutet, in die Schrift und Sprache analysierbar sind und aus denen sprachliche Gebilde wieder zusammengesetzt werden, so sind die στ. der Geometrie elementare, unbeweisbare Sätze (Definitionen, Postulate, Axiome), aus denen deduktiv weitere Sätze abgeleitet werden, die die Form von Aufgaben (προβλήματα) oder Lehrsätzen (θεωρήματα) haben. Bei ersteren wird eine Aufgabe gestellt, gelöst u. bewiesen, daß sie gelöst ist, bei letzteren eine Behauptung aufgestellt und bewiesen, daß sie wahr ist. Es gehört zum Wesen der Elemente, daß die bewiesenen Sätze und Lösungen für weitere Beweise wiederverwendet werden. Die Sätze, auf die sich ein Beweis stützt, werden ohne bes. Erwähnung vorausgesetzt. Am Schluß der El. steht die Konstruktion der in eine gegebene Kugel eingeschriebenen 5 regelm. Polyeder oder platon. Körper. Sie erscheinen so als Ziel der El., und es ist kein Element fortgelassen, das zu ihrer Konstruktion nötig ist. Freilich wird mehr geboten, bes. in B. 10. Die B. 1–4 behandeln ebene Trigonometrie. Höhepunkte sind 2,14: Konstruktion eines einer gegebenen gradlinigen Figur flächengleichen Quadrats, und 4,16: ein regelmäßiges 15-Eck in einen gegebenen Kreis einschreiben. B. 5–6 behandeln die Proportionslehre, 7–10 sind die arithm. B., unter denen B. 10 eine Sonderstellung einnimmt als erschöpfende Spezialabh. über die verschiedenen Typen von Irrationalen, die als Lösungen quadratischer Gleichungen auftreten können. B. 11–13 erheben den Inhalt von 1–4 in die 3. Dimension und streben zielsicher auf die platon. Körper. B. 14 und 15 sind nicht von E. (→ Hypsikles). Die Hss. der El. gehen fast ausschließlich auf die Rezension des Theon v. Alexandreia (4. Jh. n. Chr.) zurück. Nur der Vatic. Gr. 190 (10. Jh.) beruht auf älterer Überlieferung, ferner die Papyrus-Frg. (s. HEATH 1,50), die an einigen Stellen den vor-theonischen Text erkennen lassen.

Erhalten sind ferner die 1. Data (E. Op. VI, ed. Menge), die Pappos (B. 7 Anf.) unter die analytica einreiht zusammen mit → Apollonios, Eratosthenes und Aristaios. Sie ähneln äußerlich den ersten B. der El., befassen sich mit planimetr. Problemen und können als Vorübungen zur Analysis gelten, wenn man diese mit Pappos auffaßt als die Wissenschaft, Gleichungen zu untersuchen und zu lösen, mit den geom. Mitteln, die der modernen Algebra entsprechen. 2. Die Phaenomena (E. Op. VIII ed. Menge): Ähnlich wie → Autolykos und der Schule des → Eudoxos verpflichtet, beweist E. 16 Sätze der Sphärik, speziell über die Aufgangszeiten der Zodiakos-Teile, ohne jedoch Approximativ-Werte zu errechnen wie später → Hypsikles. 3. Optica (E. Op. VII ed. Heiberg): In 58 propos. werden die Gesetze der Perspektive und einige Meßverfahren durch Anvisieren abgeleitet. Diese Schr. ist wesentlich euklid., während die ebenfalls unter seinem Namen überlieferte Katoptrik sicher unecht ist (daß E. über die Theorie des Spiegels gearbeitet hat, ist bezeugt). 4. Die Sectio canonis (E. Op. VII ed. Menge) stellt die Grundlagen der math. Musiktheorie nach Art der Elemente dar und ist durch Form und Zitate bei Ptolemaios als euklid. gesichert (gegen TANNERY, CRAI 1904, 439–445), während die ebenfalls unter E.'s Namen überl. Introductio harmonica schon vom Inhalt her nicht euklid. sein kann.

Folgende Werke sind nur durch ant. Bezeugungen bekannt: 5. in den Pseudaria (Procl. In El. I p. 70,1–18 F.) reflektierte E. über sein eigenes so überraschend vollkommenes log. System, indem er math. Trugschlüsse gültigen Schlüssen in Form von Prop. gegenüberstellte. 6. Die Divisiones (Proclus a.O. p. 69,4) handeln über die Teilung geom. Figuren in ihnen ähnliche und unähnliche Gebilde. Eine von WOEPKE (Journal Asiat. 1851, 233 ff.) publizierte arab. Schr. paßt auf Proklos' Beschreibung. 7. Die 3 B. Porismata werden von Papp. 7 p. 648–60 H. und Prokl. a.O. p. 212. 301, 21 F. erwähnt und charakterisiert. Trotzdem befaßt sich umfangreiche Spezial-Lit. mit der Frage nach ihrem Inhalt .Sicher ist nur, daß ein Porisma äußerlich zwischen einem Problem und einem Theorem steht. Inhaltlich ist ein Porisma eine Behauptung von hoher Allgemeinheit, zu deren Beweis es für E. u.U. einer großen Menge von einzelnen Beweisen und Konstruktionen bedarf. Gesucht wird, z.B. der locus geom., auf dem die letzte Ecke eines Vielecks liegen muß, wenn für die anderen Ecken bestimmte Bedingungen gegeben sind. Dies leitet über zur höheren Math., behandelt in den 8. Conica. Hier ist die Lehre vom Kegelschnitt so weit vorgetrieben, daß → Apollonios die grundlegenden Teile seiner Conica, die E.s Buch bald verdrängen sollten, einfach übernehmen konnte. 9. Die Loci in superficie, von Papp. 7 p. 636,21 zu den analyt. Werken gerechnet, behandelten (ebd. p. 1004) Kegelschnitte und wahrscheinlich Oberflächen von Rotationskörpern höherer Ordnung sowie deren Schnitte.

Es mindert E.s Bedeutung nicht, daß bes. die El. nur Zusammenfassung des von den Vorgängern Geleisteten waren. Auch die Lit.-Gattung hat ihre Vorbilder, von → Hippokrates von Chios bis → Theudios. Wenn auch gelegentlich sogar Schwächen der Quelle mitübernommen werden, so hat doch E.s Werk alle vorigen ersetzt und ist bis heute nicht ersetzt worden. In der Neuzeit hat gerade die Kritik an E., bes. an dem Postulat El. 1,5, dem sog. Parallelen-Axiom, zur Schöpfung neuer, in der theor. Physik aktuell gewordener mathemat. Systeme beigetragen. J. M.

Ta.: E. Op. omnia, ed. *Heiberg-Menge*, Lpz. 1883ff., m. lat. Übers. Freie engl. Übers. m. Komm. und Einl.: *Th. Heath* The 13 books of E.[2], Cambridge 1925, Nachdr. durch Dover, New York 1956, gibt in Bd. 1 auf 151 S. erschöpfende Darst. von Leben, Werken, Textgesch. m. arab. Nebenüberl. und mod. Auseinandersetzungen. Dazu: *Hultsch*, in RE. Ältere Lit. bei *Heath* und *Hultsch*. Einiges Neuere: Das Axiomen-System führen auf die antik. Dialektik zurück, statt es wie üblich an mod. Math. zu messen: *A. Frenkian* Le postulat chez E. et chez les mod., Paris 1940. *K. Reidemeister* D. exakte Denken d. Gr., Hamburg 1949. *A. Szabó* in Arch. for Hist. of exact Science 1, 1960, 37–106 und Maia 12, 1960, 89–105. Über arab. Beh. des 6. Postulats *H. Dilgan*, Revue d'Hist. des Sciences 13, 1960, 191–196. *G.D. Goldat* Early medieval trad. of E.s Elements, Diss. Wisconsin 1957. *M. Clagett* Medieval Lat. Transl. from the Arabic, Isis 44, 1953, 16 bis 42. *E.B. Plooij* E.s Conception of ratio ... as criticized by Arab. comm., Rotterdam 1950. Die altpythagor. Bestandteile der Elemente durch *B.L. van der Warden* aufgedeckt in verschiedenen Aufs., zusammengefaßt in Erwachende Wissensch., Stuttg. 1956. *G. Junge*, FF 7, 1931, 55 und Osiris 8, 1948, 316–345. Dt. Übers. von C. Thaer, zuletzt die Data, Bln. 1962. *K. Mugler*, H 76, 1941, 321 bis 338. Die Optik frz. Übers. von *Ver Eecke*, Paris 1959, und hist. behandelt von *A. Lejeune* E. et Ptolemée, Louvain 1948. Frühptolem. Bearbeit. eines E.schen Problems: APF 7, 1960, 1.

Eukrates (*Εὐκράτης*). **1.** Athen. Stratege 432/431, einer der Feldherrn, die unter dem Oberbefehl des Kallias am Feldzug gegen Poteidaia und Makedonien teilnahmen (Thuk. 1,61,1). **2.** Bruder des Nikias, 415 wegen Hermenfrevels angezeigt, dann aber wieder freigelassen. 412/11 kommandierte er als Stratege in Thrakien, 405 durch eine Ergänzungswahl wieder Stratege geworden (Lys. 18,4), beteiligte er sich als radikaler Demokrat an einer Verschwörung gegen die Friedensverhandlungen des Theramenes und wurde dafür 404 unter den Dreißig hingerichtet. In Sachen der 403 beantragten Konfiskation seines Vermögens wurde die 18. Rede des Lysias von E.' ältestem Sohn vorgetragen. Fr. Kie.

Eukratides (*Εὐκρατίδης*). Durch seine Eltern Heliokles und Laodike (ihr Münzbild HEAD HN[2] 839) Vetter des Antiochos IV., stürzte in dessen Auftrag 167/66 v. Chr. den Demetrios (→ 8) von Baktrien, eroberte das Indusgebiet und wurde als *βασιλεὺς μέγας* Baktriens von seinem Sohn 156 ermordet. Strab. 11,517. 15,686. Iust. 41,6,1.5. W.W. TARN The Greeks in Bactria and India[2], 1951, 197ff. H. V.

Euktemon (*Εὐκτήμων*). Stereotyp mit Meton zus. genannter athen. Astronom und Meteorologe um 432 v. Chr. Seine *ἄστρων διαστήματα*, Sternphasen und Episemasien (REHM, RE XVIII 1340. Suppl. VII 186f. Gr. Kal. III ed. BOLL, SBHW ph.-h. Kl. [1913] 3. Abh.) sind ein Hauptbestandteil der griech. Sammelkalender geworden (BÖKER, RE XXIII 96,19ff. Lydus de ost. WACHSMUTH[2] Ind. s. v.). Die Frage der Arbeitsanteile der beiden Astronomen bei der Grundlegung der griech. Parapegmatik ist viel erörtert worden (KUBITSCHEK, RE XV 1464. REHM Parapegmastud. ABAW ph.-h. Abt. NF 19, 1941, 7f.). Dem E. war die Lehre von der Klimaänderung beim Eintritt der Sonne in die Jahrpunkte und Jahreszeitpunkte bekannt, desgl. die an wenige heliakische Sternphasen geknüpfte Lehre Hesiods (GUNDEL, RE XXI 2505). Zweifellos unter Beistimmung Metons verschmolz E. beides zu der Episemasie-Methodik der heliakischen Fixsternphasen, sowie der wahren, von Meton beobachteten Jahrpunktphasen (zur Terminol. vgl. P. V. NEUGEBAUER Astr. Chron. 1, 149), beide betrachtet als Teiler des Jahres mit festliegenden Wetter- und Klimawechseln und den Initial- und Schlußtagen von Schiffahrt- und Agrikulturbetätigung. REHM a. O. billigt dem Meton das – an sich noch bescheidene – Urparapegma zu, dem E. die auf zahlreiche Fixsterne erweiterte Buchausgabe. REHM Parap. St. 122ff. weist in dem theophrastischen B. de signis starke Spuren von Euktemons Theorien und Setzungen nach und nimmt das J. 415 v. Chr. als t. p. qu. für die Abfassung der Meteorologie des E. R. B.

Eulaios. Hauptfluß der pers. Landschaft Susiana (Arr. an. 7,7. Diod. 19,19,1. Plut. Eum. 14. Strab. 15,728. 735. Marc. Per. Mar. Ext. 1,21 in GGM I 529, dazu C. MÜLLER Tab. in GGM XXVIII. Ptol. 6,3,2 N. Plin. nat. 6,100. 31,35), an dem auch die Metropole Susa (h. Shūsh) lag, den Griechen unmittelbar durch die Alexanderzüge bekannt geworden. Die einheimische Namensform war *Ulai* (Dan. 8,2.16), aus der die Griechen *Εὔλαιος* bildeten, der pers. Name *Choaspes* (Hdt. 1 188. 5,49.52. Vgl. STEIN Comm. zu 1,188). Mit diesem Fluß (→ Choaspes Nr. 1) ist der E. auch für die längste Zeit des Alt. als ident. zu betrachten. Nur E. des 4. Jh. v. Chr. galten der Choaspes und → Pasitigris neben dem E. als selbständige Gewässer (Polykl. bei Strab. 15,728). Den E. mit einem Fluß der Gegenwart zu identifizieren, ist wegen der phys. Veränderungen ö. der Tigrismündung seit 2500 J. (Hinauswachsen des Deltas, Flußverlegungen, anderer Küstenverlauf) nicht möglich. Bei Ptol. (a.O.) erscheint der E. wieder als der die Susiana beherrschende Fluß, dessen eine Quelle Ptol. der Susiana, die andere Medien zuweist. Den phys. Hintergrund bei Ptol. bildet sehr wahrscheinlich das Zusammenwachsen zweier Flußgebiete, des h. Karkheh (auch Kercha) und des Kārūn, durch die Vereinigung des Ab-i-Diz, des ob. Kārūn, mit dem Karkheh in der Nähe von Susa. Der durch den Zusammenfluß des Ab-i-Diz mit dem Khersan (Pasitigris) gebildete Kārūn erreicht h. als einziger Fluß innerhalb der alten Susiana mit seinem einen Arm den Pers. Meerbusen in dessen nördlichstem Teil, während w. vom Kārūn und getrennt von diesem der Karkheh sich in Sumpfgebieten verliert, ohne an das Meer zu gelangen. Den Kārūn mag man, wenn auch unter Vorbehalt und zeitlich begrenzt, dem E. gleichsetzen. Daß auf den Ab-i-Diz bestimmt einmal der Name Eulaios angewandt wurde, ist durch Diod. 19,19,1 gesichert (vgl. Art. Badake, RE II 2725). H. T.

A. Forbiger HB der alten Geogr. 2,68. 581 mit Anm. 60. *Christian* Art. Susa, RE Suppl. VII 1251–1252. *Weissbach* Art. Choaspes Nr. 1, RE III 2354–2355 und Eulaios Nr. 1, RE VI 1061–1063. *Aurel Stein* Old routes of Western Irān. (Lond. 1940, Karte). Hist. Kartenwerke: *A. van Kampen* Orbis terr. ant. tab. V (1888). *W. Sieglin* Schulatl. z. Gesch. des Alt., S. 6–7. *F. W. Putzger* Hist. Schulatl. S. 29 bis 30 (1954). Gr. Hist. Weltatl. I, S. 10b u. 17a). Atlas of the World II, Pl. 32 und Pl. 34.

Eulen (Striges). Von dieser Familie aus der Ordnung der Rakenvögel nennt Aristoteles 7 Arten: hist. an. 7,592b νυκτικόραξ = ὠτός (Ohreule), γλαύξ (Kauz), βύας (Uhu), ἐλεός, αἰγωλιός (beide nicht bestimmbar), σκώψ (Zwergohreule) und 2,509 a 22 ἀσκάλαφος (ungewiß, nach Wellmann vielleicht Pharaonenbubo). Diese Unterscheidung entspricht ungefähr derjenigen der modernen Zoologie (vgl. z.B. Berndt und Meise Naturgesch. der Vögel, 2.364ff., ferner O. Keller Ant. Tierwelt 2.36ff. Brehm Tierleben 8.194ff.).

1. Steinkauz, γλαύξ, κικκαβή (sein Ruf: κικκαβαῦ, Aristoph. av. 261, aber nach Nigidius Figulus, Plin. nat. 10,39, hat er 9 verschiedene Rufe), κικυμίς (Sch. Aristoph. a.O.), κοκκοβάρη (Hesych.), *noctua*; die wichtigste E.-Art der Alten, nach Aristot. a.O. größer als der σκώψ, kleiner als der βύας. Am Mittelmeer überall verbreitet außer in Kreta (Antig. mirab. 10. Ail. nat. 4,2. Plin. 10, 76), bes. massenhaft in Attika (vgl. »Eulen nach Athen«: Aristoph. Av. 301. Paroem. Gr. 2,345 al.). Über seine Lebensgewohnheiten wird wenig berichtet (Feindschaft mit anderen Vögeln, bes. der Krähe: Aristot. 609 a 8. Ail. 2,49. 3,9. 5,48. Plin. 10,203; Vertilgung von Ungeziefer: Aristoph. Av. 589. Plin. 29,92; Tagblindheit und Nachtjagd: Ps. Aristot. hist. an. 9,619 b 18ff.). Da er bei Tag von kleineren Vögeln umflattert und geneckt wird, benützt man ihn zum Vogelfang (Ps. Aristot. a.O. Ail. a.O. Auson. Mos. 308ff.). Der Aberglaube hat ihm vielseitige Bedeutung verliehen: als Wetterprophet (Arat. 999. Plin. 18,362; Ail. 7,7. Geopon. 1,2,3), als Glücksbote, wenn er fliegt (Plut. Themist. 12. Diod. 20,11. Ail. 4,2), als Unglücksbote, wenn er sitzt oder schreit (Sch. Il. 10,274. Ail. 10, 37; viele Vasenbilder), als Auguralvogel (Verg. georg. 1,403 und Sch. Prop. 3,3,69. Fest. p. 197) und Traumerscheinung (Artemid. on. 3,65 al.). Hirn, Leber und Eier verwendete man in der Sympathiemedizin; am Scheunentor befestigt, sollte er Blitz und Hagel abwehren (Colum. 10,348. Pallad. 1,35). In Athen ist er Attribut der Athene und als geistiger Vogel verehrt (Sch. Aristoph. Av. 515; Auson. a.O.; viele Vasen, Gemmen usw.) und seit dem 6. Jh. ständiges Münzbild der att. Währungen. Einige Fabeln (Corp. fab. Ais. ed. Hausrath 2 p. 153, vgl. 132. 147. Phaedr. 3,16) spielen auf seine Klugheit an. Mehrere Verwandlungssagen sind mit ihm verknüpft (Nyktimene: Ov. met. 2,588ff. Hyg. fab. 204. Stat. Theb. 3,507; Meropis: Anton. Lib. 15; eine Minyastochter: Anton. Lib. 10). – In Äg. ist er der Sonne heilig und Attribut des Harpokrates. Als Hieroglyphzeichen bedeutet er »M«.

2. Ohreule, ὠτός, νυκτικόραξ, *otus, axio* (Ps. Aristot. 9,615 b 13. Plin. 10,68. 19,117), ein Zugvogel, der im Spätherbst nach Griechenland kommt, angeblich Feindin des Nachthabichts (κύμινδις). Obgleich leicht zu fangen (Plin. 10, 68), ist sie nur selten dargestellt und wohl auch nicht oft gesehen worden. Die Eumelos-Sage bei Anton. Lib. 15 zeigt sie als Unglücksbotin.

3. Zwergohreule, σκώψ, στύξ (Hesych), *strix*, die kleinste der E., teils Zugvogel, teils Standvogel (im letzteren Fall ἀείσκωψ genannt: Ps. Aristot. hist. an. 9,617 b 31ff.), ist die einzige bei Hom. erwähnte Art (auf Erlen und Schwarzpappeln der Kalypso-Insel horstend, Od. 5,66). Beschreibungen bei Athen. 9,391 b. Ail. 15,28. Sch. Theokr. 1,136 (Kallim.), alle nach Alexandros von Myndos. Man hat sie gejagt und gegessen (Ps. Aristot. a.O. Plaut. Pseud. 819). Auffallend schien ihr Nachahmungsdrang (daher σκώπτειν »nekken«). Auch diese E.-Art gilt als unheilverkündend (Anton. Lib. 21, Verwandlung der Polyphonte), Totenvogel (Prop. 3,6,29), Blutsaugerin (Ov. fast. 6,131. Petr. 63) und magischer Vogel (Hor. epod. 5,20. Prop. a.O. 4,5,17. Ov. met. 7, 269), in dem sich Hexen verbergen (Ov. am. 1,18, 13ff.; fast. 6,141. Plin. 11,232).

4. Uhu, βύας (selten βρύας), *bubo;* sein Ruf heißt βύζειν, *bubulare*. Die größte E.-Art, nur wenig kleiner als der Adler (Aristot. 7,592b), in Felshöhlen nistend (Plin. 10,34. Isid. 12,7,39; vgl. Ov. met. 5,550), In noch höherem Maß als die anderen Arten gilt er in der Natur und im Traum als Unheilsbote (Plin. a.O. Ov. met. 6,431.

15,791. Tac.hist. 2,50. Cass.Dio 40,17,47. Artemid. on. 365. Isid. a.O.), dessen Erscheinen in Rom mehrfach Lustrationen auslöste, und als mag. Tier (Plin. 29,81. 30,95 al. Apul.met. 3,21), als solches auch in der Sympathiemedizin von großer Bedeutung. Prop. 2,28 b, 38 und Ov.am. 3,12,1 nennen ihn den »Schwarzen Vogel«. Unheimlich macht ihn auch sein Schreien, das dem eines Menschen ähnelt (Verg.Aen. 4,463 und Sch.Plin.10, 34. Apul.Flor.13). Auch er hat seine Verwandlungssage (Anton.Lib.10. Ail.var. 3,42).

5. Fragliches: Festus p. 333,1 kennt einen Auguralvogel *spinturnix* (= σπινθαρίς?, »Feuervogel«), Plin.10,36 eine *avis incendiaria*; wahrscheinlich handelt es sich auch hier um den Uhu. Ebenso ist die *parra* der Römer (Plaut.Asin. 216. Hor.c.3,27,1. Plin.18,292; vgl. *parrus*, Anth.Lat. 762,9, und das Cognomen *Parra*, Varro rust. 3,5, 18) eher eine E.-Art als eine Meise, wie die Glossen wollen (Heinze zu Hor. a.O.). Daß sie Glück und Unglück verheißen kann, fügt sich zu den Vorstellungen vom Steinkauz. W. R.

Eulogios (*Εὐλόγιος*) *ὁ σχολαστικός*. Byz. Grammatiker unbestimmter Zeit, Vf. von *Ἀπορίαι καὶ λύσεις*, einer Schulschrift über Formenlehre in Frage und Antwort (Etym. m. 638,33). Ein Teil davon scheint den Untertitel *Περὶ δυσκλίτων ῥημάτων* (a.O. 809,34) getragen zu haben. E. ist schwerlich mit dem Freund des Hesychios identisch (vgl. K. Latte Hesych. Alex. Lex. 1, S. VII). H. Gä.

Frg.: *R. Reitzenstein* Gesch. der griech. Etymol., Lpz. 1897, 351 ff.

Eumaios (*Εὔμαιος*). Der edle Sauhirt des → Odysseus, hochverdient um den Heimgekehrten. Er war ein Königssohn von der Insel Syrie, den eine ungetreue phoinik. Magd entführte und an Laertes verkaufte. Od.15,402–482. Ihm und Philoitios gab Odysseus sich zu erkennen, 21,207 ff. Beide halfen ihm beim Freiermord. Telemachos schenkte ihm die Freiheit, und das ithakes. Geschlecht der Koliaden führte sich auf ihn zurück, Plut. qu. gr. 14. H. v. G.

Eumares (*Εὐμάρης*). Att. Bildhauer um Mitte des 6. Jh. v. Chr. Bruchstücke eines von ihm signierten Sockels sind erhalten. Als Sohn wohl dieses E. bezeichnen sich inschr. → Antenor und [Men?]-andros. Möglicherweise war E. mit dem Plin. nat. 35,56 genannten Maler *Eumarus* identisch. Auf einem Basisfragment von der Akropolis steht *EYMAP* in Schriftformen des 5. Jh. War es eine Künstlerinschr., so könnte sie von einem Enkel des E. stammen. A. R.

Raubitschek Dedications from the Athenian Akropolis, Cambridge Mass. 1949. Nr. 244, 197, 51 u. 108, S. 498 ff. Festschr. E. von Mercklin, Waldsassen 1964, 147.

Eumelos (*Εὔμηλος*). **1.** Sohn des Admetos und der Alkestis, führte 11 Schiffe aus Pherai gegen Troia, besaß nach Achilleus die besten Pferde, Il. 2,711 ff. 763 ff. Sein Sieg bei den Leichenspielen für Patroklos wurde durch Athene vereitelt, trotzdem zeichnete Achilleus ihn aus, 23, 288 ff. 354 ff. 532 ff. In der Aithiopis siegte er wahrscheinlich bei den Leichenspielen für Achilleus, Apollod. epit. 5,5. Deshalb hält Kullmann H(ES 14) 112 die Art seines Vorkommens in der Il. für sekundär. Od. 4,797 hat E. eine Schwester der Penelope zur Frau. Über die Ausdehnung seines Reiches Strab. 9,436–443. **2.** s. Agron. **3.** s. Botres. H. v. G.

4. E., aus dem Hause der Spartokiden stammend, war *ἄρχων Βοσπόρου καὶ Θεοδοσίης* 310/09–304/03. Nach dem Tode des Vaters Pairisades I. errang E. durch Vernichtung seiner Brüder die Alleinherrschaft, suchte ein pontisches Reich zu gründen und nahm 1000 Bürger des von Lysimachos belagerten Kallatis auf. Diod. 20,22–25. Sein Sohn Spartokos III. wurde König. IPE II 13 f. 348 f. Sylloge^3 370,34. H. V.

R. Werner Hist. 4, 1955, 417 f. 443.

5. E., Sohn des Amphilytos, Epiker, stammte nach Paus. 2,1,1 aus dem korinth. Geschlecht der Bakchiaden; nach Clem. Al. strom. 1, p. 399 P, Eus. z. Ol. 4,2 bzw. 8,4 ist E. in das 8./7. Jh. v. Chr. zu setzen; die olig. Herrschaft der → Bakchiaden dauerte bis ca. 650 (F. Schachermeyr Griech. Gesch. 119. 130). E. Bethe, RE VI 1080 bezweifelt die Überlieferung: E. Rhapsode aus einem Adelsgeschlecht; doch vgl. zur angesehenen Stellung der Rhaps. W. Schadewaldt Von Homers Welt und Werk, 61 ff. Von den Werken sind nur Spuren feststellbar: 1. Korinthiaka: Paus. 2,1,1 lag eine Prosabearbeitung vor (vgl. die Prosabearbeitung der hesiod. Genealogien durch → Akusilaos); erwähnt noch in Sch. Apoll. Rhod. 1,146. Behandelt wird die myth. Geschichte Korinths, die Okeanide Ephyra gibt als eponyme 1. Bewohnerin den bei Hom. (Il. 6,152) üblichen Namen. In die korinth. Sage eingearbeitet scheint ein altes Argonautenepos (Sch. Apoll. Rhod. 3,1372), vgl. Christ-Schmid 1,291 f. P. Friedländer, RhM 69,299: nach dem Tod des Korinthos wird die mit Iason vermählte Medeia aus Iolkos gerufen (fr. 6–9 k). 2. Eine Titanomachie wird teils E., teils → Arktinos zugeschrieben (Athen. 1,22 c; E. Bethe Homer 2,165), vgl. W. Kullmann Das Wirken der Götter in der Ilias, 1956, 16. 3. Inhaltlich unklar sind Europia und Bugonia. 4. Prosodion für Phintas von Messenien (Paus. 4,4,1. 33,2); erhalten sind 2 Daktylen in aiolischem Dialekt (fasc. 5, p. 1 D.). 5. Viel später wäre E. anzusetzen, wenn er die Paus. 5,19,2 erwähnten Verse auf der Kypseloslade verfaßt hätte. H. Vr.

Frg. *W. Marckscheffel*, 1840, 216–244. 397–403. *G. Kinkel*, EGF, 1877, 185.

Lit. *I. Doerig*, *O. Gigon* Der Kampf der Götter und Titanen. Ist. svizzero di Roma, Bibl. Helv. Rom. IV, 1961. *A. Severyns* Le cycle épique dans l'école d'Aristarque, Lüttich-Paris 1928.

Eumenes (*Εὐμένης*). **1.** Sohn des Hieronymos aus Kardia (Arr. Ind. 10,7), * 362/61, wurde

20jährig Kanzler (γραμματεύς) des maked. Königs Philippos II. und führte im gleichen Amt die Ephemeriden Alexanders d.Gr. Nep.Eum.1,4ff. Plut.Eum.1,4 (ἀρχιγραμματεύς). FGrH 117 T1. Nach einem Kommando als Stratege im Kathaierlande 326 war E. Trierarch der Stromflotte. Arr. an. 5,24,6; Ind.18,7. Curt.9,1,19. Bei der Massenhochzeit in Susa 324 gab Alexander E. die Artonis, die Schwester seiner Gemahlin Barsine, zur Frau. Arr.an.7,4,6. Plut.Eum.1,7. Nach Hephaistions Tode erhielt E. die Hipparchie des Perdikkas. Nep. 1. Plut.Eum.1,5. In den Kämpfen der Diadochen um Alexanders Erbe trat E. unentwegt für die Reichseinheit ein. Als Anhänger des Perdikkas, dem er zur Vermählung mit Alexanders Schwester Kleopatra riet, erhielt er 323 bei der Länderverteilung Paphlagonien und Kappadokien. Arr.succ. 5. Nep.2,2. Diod.18,3,1. Curt.10,10,3. Plut.Eum. 3,3. Iust.13,4,16. Von Perdikkas zum στρατηγὸς αὐτοκράτωρ τῶν ἐν Ἀρμενίᾳ καὶ Καππαδοκίᾳ δυνάμεων ernannt, schlug E. dessen Gegner Krateros 321 in Kappadokien, wurde aber nach dem Tode des Perdikkas durch die Heeresversammlung in Triparadeisos geächtet. Diod.18, 29ff.37,1f. Iust.13,8,10. H.Bengtson Die Strategie 1, 1937, 171ff. Der einjährigen Belagerung durch Antigonos (→ 1) in Nora am Tauros 320 entkommen, kämpfte E. als στρατηγὸς αὐτοκράτωρ τῆς Ἀσίας des Reichsverwesers Polyperchon gegen Antigonos, festigte seine Stellung als Grieche gegenüber den maked. Truppen durch einen bildlosen Kult Alexanders (Diod.18,60,4ff. Nep.7. Plut.Eum.11f. Polyain. 4,8,2. H.Herter, RhM 74, 1925, 164ff. F.Taeger Charisma 1, 1957, 229ff.), wurde aber nach der unentschiedenen Schlacht in Paraitakene 316 bei Gabiene von Antigonos besiegt, durch die eigenen Truppen ausgeliefert und auf Befehl des Antigonos getötet. Diod.19,24–44. Nep. 9ff. Plut.Eum. 16ff. Iust. 14,3f. F.Granier Die maked. Heeresversammlung, 1931, 75ff. **2.** I. von Pergamon, Sohn des Eumenes, von dessen Bruder Philetairos adoptiert. Strab.13,624. Diog.Laert. 4,38. OGIS 266. IG XI 4,1107. Als sein Nachfolger 263 schlug E. 261 Antiochos I. (→ 1) bei Sardes, begründete die Selbständigkeit des pergamen. Reiches und vergrößerte es, wie die Ortsangaben seines Vertrages mit aufständischen Söldnern nach 252 zeigen. Strab. a.O. OGIS 266. M.Launey Recherches sur les armées hellénistiques 2, 1950, 738ff. Den Galatern zahlte E. Tribute. Liv. 38,16,14. Pergamon, dessen städtische Verfassung E. durch ernannte Strategen beeinflußte, feierte E. durch die Eumeneia. C.Habicht Gottmenschentum und griech. Städte, 1956, 124f. E. förderte die Wissenschaft. Diog.Laert. a. O.; 5,67. † 241. Strab. a.O. E.V. Hansen The Attalids, 1947, 22ff. **3.** II. Soter (M.Segre, RFIC 60, 1932, 446) von Pergamon, ältester Sohn des Attalos (→ 4), setzte 197–160/59 dessen romfreundliche Politik fort, half 195 Flamininus gegen Nabis, lehnte ein Bündnis mit Antiochos III. (→ 3) 194 ab, half den Römern gegen ihn in der Seeschlacht bei Korykos 191, bei dem Übergang über den Hellespont und durch eine Kavallerieattacke zu dem Siege von Magnesia 190. Liv.34,26.29.30.35,13.17. 36,42f.37,39ff.53,13. App.Syr.5,31. Sylloge^3 595. 605. E. kam 189 nach Rom und gewann im Frieden von Apameia 188 fast das ganze seleukidische Kleinasien mit Tralleis, Ephesos und Telmessos. Der Zwergstaat Pergamon reichte nun von der thrak. Chersonesos bis zum Tauros. Pol.21,18ff. 46,9f. Liv.38,39,14ff. H.Bengtson Die Strategie 2, 1944, 212ff. Der Krieg mit den Galatern und Prusias I. von Bithynien, in dem Hannibal den E. zur See schlug, brachte E. durch röm. Intervention Ostmysien. Nep.Hann.10. Iust.32,4,8. M.Segre a.O. C.Habicht, H 84, 1956, 90ff. Mit 31 kret. Städten schloß 183 E. Verträge über Waffenhilfe. G.Dunst Philol. 100, 1956, 305ff. Die Erfolge feierte E. durch die Neuordnung der Nikephoria und um 180 durch den Bau des Zeusaltars in Pergamon. Sylloge^3 629.630. Bengtson GG^2, 1960, 472. Nach dem Machtzuwachs im Kriege gegen Pharnakes 183–179 förderte E. mit dem Bruder Attalos (→ 5) die Thronbesteigung des Rom genehmen Antiochos IV. (→ 4). Pol.25,2ff. App.Syr. 45. OGIS 248. In Rom warnte E. 172 vor dem Einfluß des maked. Königs Perseus in Griechenland. Liv.42,11f. Val.Max.2,2,1. App.Mac.11. Auf der Heimreise wurde er wohl im Auftrag des Perseus bei Kirrha überfallen. Liv.42,15. Pol.22, 18,5.8. Sylloge^3 643. Da E. für tot galt, trat Attalos die Herrschaft Pergamons an und heiratete Stratonike, die Frau des E. In Pergamon eingetroffen, übernahm E. wieder die Regierung und erhielt Stratonike zurück, ohne das gute Familienverhältnis der Dynastie zu trüben. Im Krieg der Römer gegen Perseus 171–168 erreichte E. bei der Belagerung von Kassandreia und Demetrias nichts. Pol. 29,6,1. Liv.44,11f. Sein Konflikt mit dem Konsul Marcius Philippus und Annäherungsversuche des Perseus machten E., den »schlauesten der Könige« (Pol.29,8,2), bei den Römern verdächtig. Pol.29, 5ff. Liv.44,24f. App.Mac.18. Vell.1,9. Daher suchten sie Attalos gegen E. auszuspielen. Als E. 167/66 sich in Rom rechtfertigen wollte, erhielt er in Brundisium den Befehl, Italien zu verlassen. Pol.29,6,3f.30,19. Trog.38,6,3. Die Galater, gegen die E. den Priester von Pessinus unterstützte, erklärte Rom für autonom. Pol.31,1,2.6,2ff. C.B. Welles Royal corresp., 1934, 55ff. Um so eifriger förderte E. die griech. Kultur durch Stiftungen u.a. an Athen (Stoa w. des Dionysostheaters), Delphi (G.Daux Delphes, 1936, 272.497ff.), Rhodos (Pol. 31,31), Kalauria (OGIS 297) u. durch viele Bauten in Pergamon, das durch seine Bibliothek ein Zentr. d.Hellenismus wurde. Strab.13,624. Vitr.5,9,1. H.V.

H.Kähler Der große Fries von Pergamon, 1948, 133ff. Zum Herrscherkult des E. *Nilsson* GgrR^2 2, 1961, 172f. *E.V. Hansen* The Attalids, 1947, 67ff.

4. E., *EYMENOY* oder *EYMHNOY* steht als Künstlerinschr. auf hervorragend schönen Münzen von Syrakus aus dem ausgehenden 5. Jh. v. Chr. A. R.

Weil, 44. Berl. Winckelmann Progr. 1884, 5ff. Encicl. Arte Class. Or. III 526 *(Breglia)*.

Eumenia (*Εὐμένεια*). **1.** Stadt Groß-Phrygiens (h. Ishekli, auch in der Form Ischiklü), im Gebiet des oberen Maiandros (h. Menderez), hellenist. Neugründung Attalos' II. (um 150 v. Chr.), so genannt nach seinem Vorgänger und Bruder Eumenes II. (Strab. 12,576. Ptol. 5,2,17 M. mit Comm. Plin. nat. 5,108. 113 *regio Eumenitica*. Eutrop. 4,2). E. befand sich ö. eines ebenfalls am oberen Maiandros gelegenen, auch von Attalos II. (oder Eumenes II.) gegründeten Platzes Dionysopolis (h. Ortaköi) und war Station des röm. Straßennetzes (K. Miller Itin. Rom. S. 723 mit Skizze Nr. 227. S. 689/90) im Zuge des Weges zwischen Eucarpia (h. Mentesch) und Pella (h. Muglitsch). Mz. und Inschr.

Gr. Hist. Weltatl. I, S. 20a.

2. Nur von Plin. nat. 4,44 genanntes *oppidum* auf der W.-Seite des Schwarzen Meeres zwischen den Orten Rhocobae und Parthenopolis, schwer zu lokalisieren (h. Gojemlink?), doch s. der Donaumündung nahe dem alten Tomi (h. Constanza) in der h. rumän. Dobrudscha zu suchen, zweifellos wie Tomi, Odessos (h. Varna) u. a. dortige Plätze griech.-ion. Herkunft, eine Kolonie der Milesier, in röm. Zeit der Provinz Moesia Inferior angehörig. H. T.

Gr. Hist. Weltatl. I, S. 34a und 37a. *A. Forbiger* HB. der alten Geogr. 2,350.

Eumeniden s. Erinys

Eumenius s. Panegyrici

Eumolpidai, Eumolpos s. Mysterien

Eunapios (*Εὐνάπιος*) aus Sardes, 345/46 bis ca. 420 n. Chr., Platoniker und Rhetor. Seine philos. Schulung verdankte er dem → Chrysanthios; dadurch steht E. vor allem in den von → Iamblich ausgehenden Traditionen. E. nahm mit Entschiedenheit Stellung gegen das Christentum; → Photios cod. 77 tadelt ihn bitter, weil sein Geschichtswerk zum Enkomion des Kaisers → Iulian ausgearbeitet sei. Nach seinen Studienjahren in Athen scheint sich E. meist in Kleinasien aufgehalten zu haben.

Auf Anraten seines Freundes → Oreibasios unternahm es E., ein Geschichtswerk im Anschluß an das des → Dexippos zu schreiben, vgl. vit. soph. 54 und 103; sein Titel lautete *ἱστορικὰ ὑπομνήματα*, indes gibt E. ihm, wo er in den vit. soph. davon spricht, auch andere Bezeichnungen. Es begann, an Dexippos anschließend, mit dem J. 270; E. führte es bis zur Regierung des → Theodosios, später bis zum J. 404 fort; in dieser Fassung, in der es Photios las, hatte es 14 B. Es ist nur fragmentarisch erhalten; die Frg. sind gesammelt von L. Dindorf Histor. Graeci min. 1, 1870, 205–274.

Im J. 396, als der 1. Teil des Geschichtswerkes fertig war, verfaßte E. die *βίοι σοφιστῶν* = *vitae sophistarum*, in deutlicher Anlehnung an das gleichartige Werk des → Philostratos; wie dieser gibt E. eine Übersicht über die geistigen Größen seiner Zeit; so hebt E. mit knappen Charakteristiken → Plotins und → Porphyrios' an, um dann den Kreis der Platoniker und Rhetoren zu schildern, denen er sich zuzählt. Da dies zugleich der Kreis ist, der die Innenpolitik → Iulians billigte und ein Zentrum des Widerstandes gegen das Christentum bildete, hat dieses Werk E.' hohes kulturgeschichtliches Interesse. H. D.

Io. Fr. Boissonnade, Amsterd. 1822 (2 Bde., wiederholt Paris, ed. Didot 1849, steht nach Westermanns Ausg. der Philostrate). *G. Giangrande*, Rom 1956.

Euneos (*Εὔνηος*). **1.** Lemnier, Sohn der → Hypsipyle und des Iason, der für Achaier und Troer tätig war. Den ersteren sandte er große Weinladungen, für Priamos kaufte er den kriegsgefangenen Lykaon von Patroklos los, Il. 7,468 ff. 23,747. – Anth. Pal. 3,10 (*Eunoos*). **2.** (*Euneus*, *Eunaeus*), Sohn des Clytius, Troer, von Camilla getötet. Verg. Aen. 9,666 ff. H. v. G.

Eunomia s. Horai

Eunomios. Rhet. gebildeter Wortführer der strengen Arianer (Anhomöer), kurzfristig Bischof von Kyzikos, † um 394 in der Verbannung (Dakora?). Zahlreiche gegen ihn gerichtete Schriften beweisen seine Bedeutung. Die meisten seiner Werke sind verloren, jedoch sein *ἀπολογητικός* in der Entgegnung des Basileios [1] fast ganz, die *ἀπολογία ὑπὲρ ἀπολογίας* bei Greg. Nyss. [2] z. T. erhalten. Arian. Lehrpunkte (*ἀγεννησία* u. völlige Begreifbarkeit des göttl. Wesens) erfahren durch E. ihre wissenschaftliche Weiterbildung. J. Wi.

1. Migne PG 30,835 ff. 2. *Ch. H. G. Rettberg* Marcelliana, 1794, 125 ff. 3. *C. R. W. Klose* Gesch. und Lehre des E., 1883. 4. *M. Albertz* Unt. en über die Schriften des E., Diss. 1908. 5. *F. Diekamp*, ByzZ 18, 1909, 1 ff. 6. Dict. de Théol. Cath., 5,1501 ff.

Eunomos (*Εὔνομος*). **1.** Mundschenk u. Verwandter des Königs Oineus. Ein Faustschlag, den Herakles dem Knaben für eine Ungeschicklichkeit versetzt, führt dessen Tod herbei. Dafür geht Herakles freiwillig in die Verbannung nach Trachis. Athen. 9,410 f. (Herodor). Apollod. 2,150. H. v. G.

2. E., ein König von Sparta, aus dem Geschlecht der Eurypontiden stammend, als Personifikation der Eunomia in die Königsliste eingeschoben. Bei Hdt., für den Lykurg Agiade war (1,65), steht E. zwischen → Polydektes und → Charillos (8,131), bei dem Dichter Simonides ist er ein Sohn des → Prytanis und Bruder des Lykurg, bei Dion. Hal. ant. 2,49,4 ist er Neffe des Lykurg, nach der Ansicht der »meisten« (Plut. Lyk. 1) war er dessen Vater. Als solcher soll er bei den der Lykurg. Gesetzgebung vorhergehenden Unruhen mit einem Küchenmesser ermordet worden sein. Fr. Kie.

F. Kiechle Lakonien und Sparta, 1963, 170 f. 199.

Eunostidai (*Εὐνοστίδαι*). **1.** Zur Phyle Ptolemais gehörender att. Demos, vielleicht nach einem älteren att. Adelsgeschlecht benannt, das sich auf den boiot. Heros Eunostos zurückgeführt haben könnte. Ungewiß ist auch, ob der Demos E. erst bei der Errichtung der Phyle Ptolemais 229 v. Chr. geschaffen wurde oder schon älter ist. **2.** Erst in der röm. Kaiserzeit bezeugte und unter Hadrian vorübergehend in »Antinoiten« umbenannte Phratrie in Neapel, die aber wohl wie dessen übrige Phratrien schon bei der Gründung der Stadt von Kyme hierher übertragen worden war. Fr. Kie.

Eunostos (*Εὔνοστος*). Stadtkönig von Soloi auf Kypros, der als treuer Gefolgsmann von Äg. noch auf seinem Thron saß, als die meisten anderen kypr. Stadtkönigtümer bereits beseitigt waren, und frühestens 307 v. Chr. mit Eirene, einer Tochter Ptolemaios' I. und der Hetäre Thais, vermählt wurde. Fr. Kie.

Eunus. Syr. Sklave aus Apameia, während des 1. sicil. Sklaven-Krieges (136/35–132) Führer der Sklaven. Nachdem der Aufstand in Enna nicht ohne Mitwirken des E., der dort Sklave des Antigenes war und als weissagekundiger Zauberkünstler und Verehrer der Syr. Göttin auftrat, ausgebrochen war, riefen die Sklaven den E. – auch wegen der guten Vorbedeutung des Namens – zum Führer aus; E. ließ sich Antiochos, König der Syrer, nennen. Die Zahl seiner Anhänger soll bis 70000, ja bis 200000 betragen haben, ganz Sizilien befand sich zeitweise unter ihrer Kontrolle. Rom bot gegen E. zunächst praetor. und dann in 3 J. nacheinander konsular. Heere auf, bis der Krieg 132 durch P. Rupilius mit der Einnahme von Tauromenion und Enna beendet wurde. E. wurde gefangen und starb bald darauf. Diod. 34 (aus Poseidonios). Flor. 2,7,7. Oros. 5,6,4. H. G. G.

Drumann[2] 560ff. *Taeger* Altertum 628f. *J. Vogt* Struktur der ant. Sklavenkriege, SBA Mz 1957, 14f. 18. 29. 32ff.

Euodios. Landsmann und zeitweise Hausgenosse (so MAILAND 387) Aug.s (vgl. conf. 9,8,17. 12,31), später (um 400) Bischof von Uzalis [1]. Als Theologe Antidonatist. J. Wi.

1. Dict. of Christian Biography, 1877ff., Bd. 2,429f. 2. RE VI 1154.

Euodus. 1. Freigelassener des Tiberius, der 36/37 bei ihm in hoher Wertschätzung stand, Ios. ant. 18,205. 211. 213. **2.** Freigelassener, der im J. 48 die Ermordung der Messalina zu beaufsichtigen hatte, Tac. ann. 11,37,3f. **3.** Kaiserlicher Freigelassener, Erzieher des Caracalla, Cass. Dio 76,6,2. Er trug 204 zum Sturz Plautians bei, ebd. 76,7,3. Ehrungen des Senats verhinderte im J. 205 Septimius Severus; 211 tötete ihn Caracalla, ebd. 76,6, 1. 77,1,1. R. H.

Euonymon (*Εὐώνυμον*). Großer att. Demos der Stadttrittys der Erechtheis beim h. Trachones s. von Athen mit bereits myken. Gräbern. Das archaische Demeterheiligtum mit frühchr. Basilika s. von Trachones (W. WREDE Attika 13. 29. AA 45, 1930, 100) gehört bereits zu Halimus. E. M.

1. *Milchhöfer*, RE VI 1156ff. 2. *Philipps.-Kirst.* 1,902 A. 1. 3. *K. Kerényi* Stunden in Griechenland 56ff. 4. *J. Jerulanos*, EA 1956, 73ff.

Eupalamos s. Daidalos

Eupatoria (*Εὐπατορία*). **1.** Jevpatórija, 79 km n.w. vom h. Simpheropol, Stadt, die bereits im 6. und 5. Jh. v. Chr. als skyth. Siedlung bestand und bei Hekat. und Hdt. als Kerkinitis erwähnt wird. Im 3. Jh. wurde E. dem Staatsgebiet von Chersonesos Taurika angegliedert, im 2. Jh. von den Skythen erobert, bald darauf von den Chersonesiten zurückerobert, allerdings mit Hilfe des Mithradates VI. Eupator unter dem Kommando des Diophantos. Damals wird Kerkinitis in E. umbenannt worden sein. Etwa im 4. Jh. n. Chr. hat E. zu bestehen aufgehört.

Danoff, RE Suppl. IX 1109–1111 und 1115ff. Ältere Lit. bei *M. A. Naliwkina* Sewerozapadnoje poberežie Kryima w epochu antičnoj kolonizacii (russ.: Das n.w. Küstengebiet der Krim im Zeitalter der ant. Kolonisation), 1934, Nr. 9–10.

2. Stadt in Kleinasien (Pontus Galaticus) am Zusammenfluß des Lykos mit dem Iris, gegründet von Mithradates VI. Eupator und später zerstört, weil die Stadt ihre Tore den Römern geöffnet hatte, wiedererrichtet von Pompeius unter dem Namen Magnopolis. Strab. 12,3,30 p. 556. Chr. D.

Th. Reinach Mithradates Eupator, König von Pontos, passim und bes. 346. *V. Tscherikover* Die hellenist. Städtegründungen von Alexander d. Gr. bis auf die Römerzeit, 1927, 43.

Eupatorium. *Εὐπατόριος* bei Diosk., *eupatoria* bei Plin., der den Namen von Mithridates Eupator herleitet, ist zunächst die Rosacee Agrimonia eupatoria L., Odermennig, die gegen Leberleiden verwendet wurde, der Name daher wohl eher von *hepatoria*. Im MA. wurde der Name auf andere Heilpflanzen, u. a. Teucrium scorodonia und dann bes., zuerst anscheinend durch Ibn Sina (Avicenna), auf die einzige europäische Art der vorwiegend amerikanischen Compositengattung Eupatorium: E. cannabinum L. (Wasserdost, Königs- oder Kunigundenkraut, herba regia) übertragen. H. G.

Eupatridai (*Εὐπατρίδαι*), Söhne edler Väter, nannte sich urspr. offenbar der später vornehmlich in Athen wohnende (BEKKER Anekd. 1,257) Adel der Binnenebene von Attika. Angeblich von Theseus als oberster der 3 Stände eingesetzt, hatten die E. die Priestertümer inne, waren Deuter des heiligen und profanen Rechts und wählten aus ihrer Mitte die Archonten, die dann den Areiopag bildeten (Plut. Thes. 25. Aristot. Ath. pol. 3). Die sich zu diesem Kreis zählenden Familien stellten noch im 4. Jh. v. Chr. die freilich nur religiöse Bedeutung besitzenden »Phylenkönige« (Poll. 8,111). Nachdem durch die Gesetzgebung Drakons und Solons die Rechte der E. im wesentlichen auf die Pentakosiomedimnoi übergegangen waren, führte im 6. Jh. vielleicht eine regionale Partei in der Ebene von Athen den Namen E. Im 5. Jh. scheinen dann Kleinias und sein Sohn → Alkibiades (2) in übersteigerter aristokrat. Distinktion diesen Namen speziell für ihre Sippe okkupiert zu haben (Isokr. 16,25), weshalb die E. später, wie die Eumolpiden, als besonderes Geschlecht galten. Fr. Kie.

H. T. Wade-Gery Essays in Greek History, 1958, 86–115. *R. Sealey*, Hist. 10, 1961, 512–514.

Euphantos (*Εὔφαντος*) von Olynth. Megariker (Eubulidesschüler). Zeitgenosse → Stilpons; Lehrer des → Antigonos (Gonatas) – ca. 320/19 geb. –, für den er eine »berühmte« Schrift *π. βασιλείας* schrieb. E., dessen Geburt man vor 348 (Zerstörung Olynths) ansetzt, schrieb auch Tragödien und eine Zeitgeschichte (Diadochen) in mindestens 4 B. W. Sp.

Frg. FGrH 74 *W. W. Tarn* Antigonos Gonatas, 1913, 25 (Lit.). *Stenzel-Theiler*, RE XV, 217 (Lit.) *K. v. Fritz*, RE Suppl. V 719f. *F. Jacoby*, H 69, 1934, 214/17.

Euphemia. 1. Aelia Marciana, Tochter des Kaisers → Marcianus, vermählt mit dem späteren Kaiser → Anthemius (Sidon. carm. 2,195.216). **2.** E., Gemahlin des Kaisers → Iustinus I., barbar. Herkunft, urspr. Sklavin (Prok. anecd. 6,17); sie war fromm und förderte kirchliche Bauten (Suda s. Euphemia); † vor 527. A. L.

B. Rubin Justinian 1, 1960, 66.

Euphemos (*Εὔφημος*). Sohn des Poseidon und der boiot. Europe (oder Mekionike), am Tainaron wohnend, Gemahl der Laonome, einer Schwester des Herakles. Von seinem Vater hatte er die Gabe, über das Meer zu wandeln, ohne die Füße zu benetzen. Als Argonaut war er Untersteuermann. Von Triton (in der Gestalt des Eurypylos) nahm E. auf dem Landmarsch mit der gestrandeten Argo durch Libyen eine Erdscholle entgegen, die nach Medeias Weissagung seinen Nachkommen die Herrschaft über Libyen sicherte, und zwar im 4. Glied, wenn er die Scholle in die Schlucht des Tainaron werfe. Da E. aber die dem Schiff folgende Scholle später auf Grund eines Traumes ins Meer warf – es entstand aus ihr die Insel Thera –, konnte er erst für die 17. Generation mit der Gewinnung Libyens, d. h. mit der Gründung Kyrenes, rechnen. So Apoll. Rh. 4,1551.1731. Nach Pind. P. 4,9 ff. versank die Scholle aus Unachtsamkeit ihrer Hüter ins Meer und schwamm nach Thera. Diese Legende sollte eine frühere, mit der dor. Wanderung in Zusammenhang stehende Zuwanderung nach Kyrene als illegitim erweisen. Pind. a. O. erzählt, daß E. auf der Argofahrt auf Lemnos Nachkommen gezeugt habe. Diese gelangten über Lakedaimon nach Thera und besiedelten von da aus Kyrene. Von ihnen stammt Battos und somit auch Arkesilas IV., dessen pyth. Wagensieg 462 Pind. in P. 4 besingt. Vgl. Hdt. 4,150. Apoll. Rh. 1,179 ff. 2,562. 4,1464 ff. Hyg. fab. 14,173. H. v. G.

Malten Kyrene, 1911. *Radermacher* Mythos und Sage bei den Griechen 385.

Euphorbion (*Εὐφόρβιον*) ist das heilkräftige Gummiharz, das nach Plin. nat. 25,77 zuerst der mauretanische König Juba auf den Rat seines Arztes Euphorbos von sukkulenten Wolfsmilch-Arten (Euphorbia resinifera, beaumeriana und antiquorum) gewonnen haben soll. Mehrere Arten der großen, von der Antike bis ins 18. Jh. meist *τιθύμαλλος, τιθύμαλος*, tithymalus, erst später Euphorbia (Wolfsmilch, neugr. *γαλακτόχορτο*) genannten Gattung haben stark hautreizende Milch, bes. die um die Mittelmeerküsten verbreitete E. dendroides (neugr. *σπλόνος*), manche auch stark purgierend und aphrodisisch wirkende Samen, bes. E. lathyris (*λάθυρις* bei Theophr., → Erbse und Erve), im Gegensatz zu den ähnlich wirkenden des Ricinus (cataputia major) cataputia minor, it. catapuzza, frz. épurge genannt. H. G.

Euphorbos (*Εὔφορβος*). Dardaner, Sohn des Panthoos und der Phrontis, brachte Patroklos die 1. Wunde bei und wurde von Menelaos besiegt, der den Schild des E. ins Heraion zu Argos weihte. Il. 16,806 ff. 17,1 ff. Paus. 2,17,3. Pythagoras behauptete, eine Verkörperung des E. zu sein. Diels Vorsokr. 14 A 8. Kallim. frg. 191,59 ff. Pf. Ov. met. 15,160. Diog. Laert. 8,1,4. Gell. 4,11,14. Hor. c. 1, 28,10 ff. → Aithalides. H. v. G.

Rohde Psyche 2,417. *Kullmann* H(ES 14) 181. *Pfuhl* Abb. 117. *Baum.* Denkm. Abb. 729.

Euphorion (*Εὐφορίων*). **1.** Aus Goethes Faust bekannt, geflügelter Sohn von Achilleus und Helene, vom Blitzstrahl des Zeus, dessen Liebe er nicht erwiderte, erschlagen. Erfindung von Ptolemaios Chennos. H. v. G.

A. Chatzis D. Philosoph und Grammatiker Pt. Ch. (Stud. zur Gesch. und Kultur des Alt., 1914, VII 2).

2. Tragiker, Sohn des Aischylos. 4 Siege mit nachgelassenen Werken des Aischylos, siegte 431 vor Sophokles und Euripides. Suda s. E., s. *Αἰσχύλος*. Hypoth. Eurip. Med. F. St.

3. E., aus Chalkis auf Euboia, Sohn des Polymnestos, laut Suda * 275 v. Chr.; jedoch wird dieses Datum bestritten, da E. laut Suda die Philosophen Prytanis und Lakydes hörte, der erst 241 die Leitung der Akademie übernahm. Er soll die Neigung der Nikaia, der Frau des Alexandros, Sohnes des Krateros, Königs von Euboia († etwa 244), gewonnen haben (vgl. Plut. mor. 472 D) und reich geworden sein, wurde dann Bibliothekar Antiochos' d. Gr., in Apameia oder Antiocheia begraben (alles laut Suda). Die Athener hatten ihm das Bürgerrecht verliehen (Helladios bei Phot. cod. 279). Persönliche Feindschaft verursachte offenbar die Angriffe des Theodoridas (Anth. Pal. 7,406) und des Krates (11,218). Poetische Werke (in Hexametern, Elegien nicht nachgewiesen), nur fragmentarisch erhalten, sodaß der Inhalt oft unklar ist: Ἀλέξανδρος, Ἄνιος, Ἀντιγραφαὶ πρὸς Θεοδωρίδαν. Ἀπολλόδωρος (Geschichte des Kyzikos), Ἀραὶ ἢ Ποτηριοκλέπτης, Ἀρτεμίδωρος, Γέρανος (auch Archytas zugeschrieben), Δημοσθένης, Διόνυσος (Zerreißung des Zagreus, Kampf des Dionysos mit Perseus), Διόνυσος κεχηνώς (samisches Aition), Ἐπικήδειον εἰς Πρωταγόραν, Ἡσίοδος, Θρᾷξ (Verwünschungen gegen einen Mörder), Ἱππομέδων μείζων, zu erschließen Ἱππ. ἐλάσσων, Ἱστία (Ἱστιαία?) [καὶ?, ἢ?] Ἴναχος (Gründung von Aigai durch Karanos von Argos, wahrscheinlich überhaupt argivische Altertümer), Κλήτωρ, Μοψοπία ἢ Ἄτακτα (laut Suda vermischte auf Attika bezügliche Geschichten), Ξένιος, Πολυχάρης, Ὑάκινθος, Φιλοκτήτης, Χιλιάδες (laut Suda auf Leute, die ihm Geld unterschlagen hatten, u. eine Sammlung nach 1000 J. erfüllter Orakel, in 5 B.). Die Verwünschungsgedichte häuften mythologische Beispiele. Die Personennamen der Titel bezeichnen wahrscheinlich z. T. Widmungen; Hippomedon war wohl der ptolemäische Stratege in Thrakien (etwa 240–219). Da die Suda nur 3 Titel nennt, ist es möglich, daß einige Titel Unterabteilungen bezeichnen. Die Reste zeigen Behandlung entlegener Mythen, glossenreiche Sprache, andeutende Erzählungsweise. Nachahmung des Kallimachos ist deutlich. E. hat gewirkt auf Nikandros, die Alexandra, Dionysios' Bassarika, Nonnos, die Römer Catull und Cornelius Gallus (*cantores Euphorionis* Cic. Tusc. 3,45). Epigramme von E. hat Meleagros aufgenommen (Anth. Pal. 4,1,23); erhalten sind 6,279 und 7,651. Prosawerke (spärliche Fragmente): Ἱστορικὰ ὑπομνήματα (Sammeltitel), Περὶ Ἀλευαδῶν, Περὶ Ἰσθμίων, Περὶ μελοποιῶν, Über die Sprache des Hippokrates, in 6 B. (wenn von diesem E.). R. K.

F. Scheidweiler E. Fragmenta, 1908. *I. U. Powell* Collectanea Alexandrina, 1925, 28 f. Weitere Frg.: *v. Wilamowitz*, H 61, 1926, 289. PSI 14 Nr. 1390. *Barigazzi* SIFC 26, 1952, 149. *Westerink* Mnem. 13, 1960, 329.

Euphranor. 1. Im J. 48 v. Chr. war er Befehlshaber der von Rhodos gestellten Schiffe in der Flotte Caesars vor Alexandreia, besiegte die äg. Schiffe, fiel aber in einem Gefecht bei Kanopos. Bell. Alex. 11.13.15 f. 25. H. G. G.

H. H. Schmitt Rom und Rhodos, 1957, 184. *M. Gelzer* Caesar[6], 1960, 230.

2. E. vom Isthmos. Einer der berühmtesten Künstler des 4. Jh. v. Chr., von Plin. nat. 34, 50 und 35,128 in die 104. Olympias (364–361) gesetzt. Als Maler und Bildhauer gleichermaßen gefeiert. Viele Werke sind literar. überliefert, keines in Original oder Kopie nachgewiesen; die Zuweisung des Unterteils einer bekleideten Apollonstatue von der athen. Agora entbehrt der Begründung. Im Gegensatz zu dem von Rosen ernährten Theseus des Parrhasios nannte E. den seinen mit Rindfleisch ernährt, also ist er ein Vertreter des auf die Klassik des 5. Jh. zurückgreifenden Stiles. A. R.

Overbeck Schriftquellen Nr. 1786–1806. HBArch III 1 (5. Lfg. 1950) 260 f. *(Lippold)*. IV 1 (6. Lfg. 1953) 132. Encicl. Arte Class. Or. III 531 ff. *(Bendinelli/Squarciapino)*.

Euphrates (Εὐφράτης). **1.** Längster Fluß Vorderasiens (2760 km). I. Quellen: Nach der ältesten bibl. Überl. (1. Mos. 2,14. Jos. 1,4) wird der E. zuerst von Hdt. 1,180 ff. 185. 193 erwähnt und von ihm sowie von Strab. 16,739 ff. 746 ff. u. ö., Ptol. 5,12,1–3 M., Dion. Per. 977. 1003 (GGM II, 164. 166 M. mit Eustath. Comm.), Mela 3,76–77 und Plin. nat. 5,83 ff. ausführlicher behandelt; dazu Arr. an. 2,17,4 u. ö. Xen. an. 1,3,20 u. ö. Nonn. Dion. 6,348. 23,82. 43,409 u. a.

II. Natur. Der Ursprung des E. liegt im armen. Hochland mit 2 Quellarmen; der n. (auch w. E. genannt) bei dem h. Erzerum ist der Pyxurates des Plin. (h. Kara Su), der von diesem s. fließende Murad Su (auch ö. E. genannt) entspricht dem alten Arsanias (Plut. Luc. 31. Plin. 5, 84). Beide Arme vereinigen sich oberhalb von Μελιτηνῄ (h. Malatya) zum Hauptfluß, um sich dann s. zu wenden und längs der O.-Grenze Kappadokiens nach der Durchbrechung des Tauros bei Samosata (h. Samsât) in das große Flachland Mesopotamiens, zunächst in ein überhöhtes Tafelland, einzutreten. Von seinem Austritt aus den Bergen Armeniens an schlägt der E. s.ö. Richtung ein und behält diese, nachdem er bei Hit die babyl. Tiefebene erreicht und sich im Raum von Bagdad dem Tigris am stärksten genähert hat, im ganzen bis zu seiner Mündung bei, wo er sich h. mit dem Tigris im Schatt el-Arab vereinigt. Im Alt. befand sich die Mündung nördlicher als h. Wo sich h. durch die Anschwemmungen im Deltagebiet festes Land ausbreitet, drang einst der Pers. Golf ein.

Dem durch die Täler Armeniens vorgezeichneten Lauf des E. in z. T. tief eingeschnittenen Tälern mit zahlreichen Stromschnellen steht ein ganz anderes, durch das trockene Klima und dessen Einwirkung auf den Boden bestimmtes Verhalten des Flusses in dem mesopotam. Tiefland entgegen. Der E. beschreibt viele Windungen und hat zu allen Zeiten verschiedentlich seinen Lauf geändert. So befindet sich die einst am r. Ufer des E. gelegene Stadt → Dura-Europos h. weit entfernt vom Fluß. Im babylon. Bereich wird der E. von weiten Sümpfen begleitet. Bis 1908 vereinigte sich der Unterlauf des E. mit dem Tigris bei Gorna zum Schatt el-Arab, trennte sich aber später von ihm, um sich durch ein gewaltiges Sumpfgebiet bis Garmet Ali hindurchzuwinden. Außerdem bildeten sich Abzweigungen vom E. in Gestalt von besonderen Armen. Ein solcher setzte n. von Babylon ein, der mit dem E. unweit des alten Uruk (h. arab. Warka, hebr. Erech) hinzog, das wegen Verlagerung des E. im 5. Jh. v. Chr. aufgegeben wurde.

Zur Zeit Alexanders d. Gr. wurden wegen der Schneeschmelze im Gebirge künstliche Anlagen geschaffen (Strab. 16,740) und Kanalverbindungen mit dem Tigris hergestellt, von denen die berühmteste der Naarmalcha, der »Königsfluß«, war (RE XVI 1440ff. Plin. nat. 6,120), sowie Berieselungskanäle.

Die Schiffbarkeit setzt ein, wo der Fluß in das Flachland eintritt, etwas n. vom h. Urfa (Edessa). Im Alt. bestand sie innerhalb Armeniens nur streckenweise (Plin. nat. 5,84: ... *navigatur Sartona* ...). Im übrigen war der *celer et fremens E.* (Mela a. O.; vgl. Strab. 16,742) auch hier einer Flußfahrt durchaus hinderlich. Es kam aber ebenso außerhalb des Gebirges an einigen Stellen zu Stauungen des reißenden und ungleichen E. und Stromschnellen, so nach Hdt. 1,185 oberhalb Babylons, was zu Stromregulierungen führte (vgl. Plin. nat. 6,120). Doch sonst entstand in dem weiten Mesopotamien eine rege Schiffahrt. Darauf beruhte die große Bedeutung des E. als Verkehrsweg (zugleich mit dem Tigris) zwischen Kleinasien einerseits und andererseits über See zu den am Pers. Golf liegenden Staaten und zu noch ferneren Ländern (Indien u. a.). Babylon war ein natürlicher Mittelpunkt der Flußschiffahrt; auch Thapsakos (h. Dibse) galt als Flußhafen. Hinzu traten den Fluß begleitende Landwege bis in die Zeit des Imperium Romanum (K. Miller Itin. Rom., Skizze Nr. 241, S. 741–742). Den Spuren ant. Wege folgte später die berühmte Karawanenstraße von Aleppo nach Bagdad.

Während innerhalb Mesopotamiens von der arab. Wüstentafel her nur gelegentlich stark intermittierende Gewässer den E. erreichten, flossen dem linken Ufer des E. der Chaboras, auch Araxes (→ Nr. 4) genannt (h. Kebûr), bei dessen Einmündung in den E. die Stadt Kirkesion (h. Abu Serâi) lag, und der Balicha (h. Belîch) von N. her zu. Xen. erwähnt an. 1,4,9 als kleineren w. Zufluß den Chalos (h. Nahr el-Kuweik) n. von Thapsakos (h. Dibse) und 1,4,10 den Daradax bzw. Dardes (h. Sajur Suyi) s. von Thapsakos. Innerhalb des armen. Hochlandes fließt dem E. von N.O. der Peri zu mit eigenem Flußsystem.

III. Der E. in der alten Gesch. Das gesamte E.-Gebiet bewohnten 2 große Völkergruppen, im armen. Bereich die Indogermanen, in Mesopotamien die Semiten; dazu als Frühbewohner am ob. Euphrat die Hethiter, im n. Mesopotamien Vertreter der Hurri-Kultur und s. am unteren E. die sumer.-akkad. Vorbevölkerung. Wie das Nilland wurde auch das mesopot. E.-Land die große Anziehung für die Menschen, eine Oase mit hohen Kulturen. Hier lag am unteren E. Ur, die Heimat Abrahams, und zwischen dem oberen Balicha und E. Aram(u), ein anderes Land Abrahams, mit dem Ort Haran. Hier entstand die Reihe der babylon. Reiche, nach hier griffen die Assyrer, Meder und Perser über. Die Griechen lernten erstmalig z. Z. des Feldzuges des jüngeren Kyros einige Abschnitte des E. mit den ihm anliegenden Städten kennen und passierten auf dem Rückweg in Armenien den Teleboas, einen Nebenfluß des E., und dann seinen s. Quellarm (Arsanias). Nach Alexander beherrschten die Seleukiden das ganze E.-Gebiet. Die Parther lösten die hellenist. Herrschaft in einem Teil des E.-Landes ab, und das Imperium Romanum reichte im 2. Jh. n. Chr. bis an den Pers. Golf (Traian: Provincia Mesopotamia; über den *limes* dieser Provinz s. RE XIII 653). H. T.

Lit.: *Ainsworth* The E. Expedition (1888). *Baedekers* Palästina und Syrien, 1910, 381. 386. 401. *V. Christian* Altertumskde. des Zweistromlandes 1,1ff. (1940). Les Guides Bleus, Moyen-Orient, 1956, 552ff. *Tomaschek* Hist.-Topogr. vom oberen Euphrat und aus O.-Kappadokien. Festschrift für *Heinrich Kiepert;* Berlin 1898, S. 137ff. *C. Uhlig* Mesopotamien; Ztschr. d. Ges. f. Erdk. zu Bln. 1917, 333–397. 530ff. *Weissbach* RE VI 1195–1215 (mit Lit.). Reallex. d. Assyriologie II s. Eufrat 483–484 (mit Lit.). Mod. Karten: Atlas of the World II, Plate 32. 34. 37. Hist. Karten: *A. van Kampen* Orbis terrarum antiquus, 1888, tab. 4. 5. *W. Sieglin* Schulatl. z. Gesch. d. Alt. 6–9. *F. W. Putzger* Hist. Schulatl 1954, 17f. 29f. Gr. Hist. Weltatl. I (1954), 10a–b, 15c, 17a.

2. E. v. Tyros (so Philostr.; von Epiphaneia: Steph. Byz.). Angesehener Stoiker (wohl Musoniusschüler), der in Syrien (er war Schwiegersohn des Pompeius Iulianus) u. später in Rom wirkte; er starb betagt durch Freitod (119). Als Moralist redete E. sehr eindrucksvoll; Bruchstück bei Epikt. 4,8,17ff. Lehrer des → Timokrates v. Herakleia; Seelsorger und Berater von Plin. d. J., der E. ca. 80 schon in Syrien gehört hatte (bewundernde Schilderung ep. 1,10). Philostr. vit. Ap. erwähnt E.' Streit mit → Apollonios v. Tyana (s. auch dessen Briefe), Beziehungen zu → Dio v. Prusa (mit E. und Apollonios angeblich Berater Vespasians in Äg. im J. 69; vgl. auch vit. soph. 1,7,2) u. a. W. Sp.

Christ-Schmid 2,2,1528. PIR² 3,21.91/92. *M. Pohlenz* Die Stoa 1, 1948, 476. 2, 1949, 146/47. *P. Grimal*, Latomus 14, 1955, 370ff.

Euphron (*Εὔφρων*). **1.** Sikyonier, bis 369 v. Chr. Führer der prospartan. Oligarchen in seiner Vaterstadt. 367 führte er dort mit Hilfe arkad. und argiv. Truppen die Demokratie ein und baute seine Stellung an deren Spitze durch Söldner rasch zu einer Tyrannis aus. Sein Wüten gegen polit. Andersdenkende stürzte Sikyon schon 366 in wilde innere Kämpfe, in die sich alle damals bedeutenden Staaten Griechenlands einmischten. Schließlich wurde E. von polit. Gegnern in Theben erstochen, als er die Gunst der theban. Regierung zu gewinnen versuchte (Xen. hell. 7,3,4ff.). **2.** Enkel von Nr. 1, Führer der Demokraten in Sikyon, das er 323 v. Chr. beim Ausbruch des Lam. Krieges als 1. Stadt der Peloponnes zum Anschluß an Athen veranlaßte. Nach dessen Niederlage fiel er im Kampf mit der nach Sikyon zurückkehrenden makedon. Besatzung. Fr. Kie.

3. E., Dichter der Neuen Komödie, von dem 8 Titel und 11 Fragmente erhalten sind. Frg. 8, das *Κωμῳδούμενοι* der *Μέση* nennt, gibt die Hs.

Athen. 8,343b dem Euphanes, den wir aus IG II² 2325 III 149 (Wilhelm Urk. 123. 127) kennen, die Suda führt aber den Titel *Μοῦσαι* mit Berufung auf Athen. unter denen des Euphron an. W. K.

Kaibel RE VI 1218.

Euphronios (*Εὐφρόνιος*). **1.** Alexandrini-Dichter und Grammatiker des 3. Jahrhunderts v. Chr. von Cherronesos, Lehrer des → Aristophanes von Byzantion (Suda s. *Ἀρ. Βυζ.* Choirob. zu Heph. p. 241 Consbr.), gelegentlich zur → Pleias gerechnet (Choirob. a. O. 236). Von den Dichtungen ist nur ein Priapeen-Frg. (Powell Coll. Alex. 176 f.) erhalten. Seine Komm. zur att. Komödie werden häufig in den Aristoph.-Sch. und späteren Lex. zitiert. H. Gä.

Susemihl 1,281 u. A. 60. *K. Strecker* De Lycophr., E., Eratosth. comicorum interpretibus, Diss. Greifswald 1884 (mit Frg.).

2. E., att. Vasenmaler um 510–490 v. Chr. Als Meister des spätarchaischen Stiles bedeutender als seine Rivalen → Phintias und → Euthymides. Seine Malersignatur auf 5 Gefäßen vollständig, auf 2 unvollständig. Einen Krater bemalte er für → Euxitheos, 2 Schalen für → Kachrylion. Er meistert den menschlichen Akt in Muskulatur und Bewegung, doch der Gewandstil ist noch befangen. Alle seine Werke sind rotfigurig, nur die Scherbe einer schwarzfigurigen panathenäischen Preisamphora wurde ihm zugeschrieben.

Wir besitzen auch 11 Signaturen eines Töpfers E. von ca. 490–460. Sie sind von verschiedenen Meistern bemalt, von → Duris, → Onesimos und vom sog. Pistoxenosmaler, von letzterem 3 prächtige weißgrundige Schalen. Ob der Töpfer und Maler E. eine Person sind, läßt sich nicht beweisen. A. R.

Beazley Attic Red-Figure Vase-Painters, ²Oxf. 1963, 13 ff. 313 ff. 427, 1 und 2, 859 f.

Euphrosyne (*Εὐφροσύνη*, Frohsinn). **1.** Eine der → Chariten, Hes. theog. 909. Pind. O. 14,12. Apollod. 1,13. Eiresionelied. **2.** (= *Εὐφρόνη*) Tochter von Erebos und Nyx, Hyg. fab. praef. Cic. nat. 3,44 *(Gratia)*. Beiname der Nyx, Orph. h. 3,5. H. v. G.

Eupolemos. Jüdisch-hellenist. Historiker, der Mitte des 2. Jh. v. Chr. in Palästina *Περὶ τῶν ἐν τῇ Ἰουδαίᾳ βασιλέων* schrieb. Erhalten sind Bruchstücke über Mose (lehrt die Juden Buchstaben und Gesetz, Eus. praep. ev. 9,25,4. Clem. Al. strom. 1,153,4), David und Salomo (u. a. Tempelbau und die Briefwechsel mit Uaphres und Suron, vgl. Clem. Al. strom. 1,130,3, in denen sich Benutzung der epistola ad Philocratem zeigt, Eus. praep. ev. 9,30,1–34,20) und die Zerstörung Jerusalems nach Weissagung Jeremias (Eus. praep. ev. 9,39,2–5) sowie ein chronolog. Abriß von Adam bis → Demetrios (Nr. 5) (Clem. Al. strom. 1,141, 4 f.). E. glorifiziert die Gesch. der Juden über seine Vorlagen (bei den Königen namentlich die Chronikbücher) hinaus und füllt Lücken phantasievoll aus. Neben der LXX benutzte er den hebr. Urtext, sehr zum Schaden seines Stils.

FGrH C Nr. 723, S. 671–678 (Nr. 724, S. 678 f., gehört einem samarit. Historiker und ist von Alexander Polyhistor [bei Eus. praep. ev. 9,17] fälschlich dem E. zugeteilt worden). P. Dalbert (→ Artapanos) 35–42. C. C.

Eupolis. Klassiker der Alten Komödie (Hor. s. 1,4,1. Quint. 10,1,65). 1. Aufführung 430/29 (Anon. de com. 10); daß E. damals erst 17 Jahre alt war (Suda), ist kaum glaublich (Kaibel, RE VI 1230). Was Duris über seinen Tod erzählte – Alkibiades habe ihn 415 auf der Fahrt nach Sizilien wegen der *Βάπται* (s. u.) ertränken lassen –, hat Eratosthenes chronolog. widerlegt (Cic. Att. 6,1,18). Die Version, E. sei im Hellespont im Krieg gegen die Lakedaimonier (411) umgekommen, betrachtet Kaibel als sekundär. Aber ein E. findet sich auf dem Denkmal der Gefallenen einer Seeschlacht IG I² 950,52; freilich muß das nicht der Dichter sein, und jene Tradition konnte daraus entstehen, aber jedenfalls zeugt nichts für ein Wirken des E. nach 412. Ail. nat. 10,41 erwähnt ein Grab des E. auf Aigina, Paus. 2,7,3, in Sikyon; was dahinter steckt, wissen wir nicht. Man hatte von E. 14 Stücke, und 14 Titel kennen wir noch. 7 waren siegreich (Wilhelm Urk. 107. 123). Wenn Pap. Soc. It. 1213 (Page Select pap. 3,216) mit Recht den *Προσπάλτιοι* zugeschrieben und richtig gedeutet wird, war dieses das älteste Stück: es geht um Perikles' Kriegführung. Auf 427 hat v. Wilamowitz, Phil. Unters. 1,66, die *Ταξίαρχοι* datiert: hier erschien Dionysos persönlich als Rekrut. In die ersten Kriegsjahre gehören auch die *Ἀστράτευτοι* (»Drückeberger«). Mit den *Νουμηνίαι* blieb E. hinter Kratinos und Aristophanes Dritter (Len. 425); das Stück wird nirgends zitiert, wurde wohl gar nicht herausgegeben. Len. 424 führte E. selbst nicht auf, hatte aber an den »Rittern« seines damaligen Freundes Aristophanes mitgearbeitet (frg. 78). Seinen eigenen Angriff auf Kleon brachte 3 Monate später das *Χρυσοῦν γένος*; das Stück enthielt die für die Alte Komödie typische Wendung zu einem Idealzustand (»Goldenes Zeitalter«), womit ironisch Kleons Regime gemeint war (frg. 290). In diese Jahre gehören auch die *Αἶγες*, in denen E. ähnlich wie später Aristophanes in den »Vögeln« der Kritik an der Kultur (hier speziell der Musik) ein humorist. Naturidyll gegenüberstellte; wohl auch die *Φίλοι*, in denen Aspasia vorkam. In den *Πόλεις* (Dion. 422?) stellte E. wie Aristophanes in den »Babyloniern« das Verhältnis Athens zu seinen Bundesgenossen dar; die Bundesstädte bildeten als Frauenzimmer, einzeln auftretend, den Chor. Den Rittern ähnlich war der *Μαρικᾶς* (Len. 421): wie dort Kleon, so wurde hier sein Nachfolger Hyperbolos als Sklave barbar. Herkunft karikiert, der seine Bildung in Barbierstuben aufgeschnappt hat. Kein Wunder, daß Aristophanes sich plagiiert fand (Wolken 553), worauf E. ihm seine Mitarbeit an den »Rittern« vorhielt. In den *Κόλακες*, mit denen E. Dion. 421 über Aristophanes' »Frieden« siegte, stellte er die großen Sophisten als Schmarotzer im Hause des Kallias dar (vgl. Plat. Protag.). Sokrates nannte er zum Unterschied von ihnen einen schwatzhaften Bettler, der an alles denke, nur nicht, wovon er satt werden sollte (frg. 352. 361). Der *Αὐτόλυκος* (420), von dem es eine 2. Fassung gab, heißt nach dem Geliebten des Kallias. Die *Βάπται* (ca. 416), eine Satire auf den Kult der Kotyto, enthielten einen Angriff auf Alkibiades. Von E.' letztem und vielleicht bedeutendstem Werk *Δῆμοι* (412) haben Papyri Reste erhalten (PAGE 3,202 ff.). In Athens schlimmster Bedrängnis ließ E. 4 große Männer der Vergangenheit, Solon, Miltiades, Aristeides und Perikles aus der Unterwelt heraufholen und machte sie zu Richtern über die Gegenwart. Die Gegenstände der Satire und ihr ideales Gegenbild waren für E. im wesentlichen dieselben wie für Aristophanes, nur scheint er für die Notwendigkeiten der Politik, einschließlich des Krieges, und so auch für Perikles mehr Verständnis gehabt zu haben. Die Alten rühmen die Kraft seiner Phantasie (CGrFrg. p. 8), v. WILAMOWITZ zitiert Beispiele für seine schlagenden Formulierungen. W. K.

v. Wilamowitz Aristoph. Lys., 44–51. *P. Geißler* Die Chronologie der altatt. Komödie, Bln. 1925.

Euricus. Sohn → Theoderichs I., von 466 bis 484 König der W.-Goten nach Beseitigung seines Bruders und Vorgängers Theoderichs II. (Chr. min. 1,664. 2,34.222. Iord. Get. 234 f.). Seine Frau war Ragnahilda, sein Sohn → Alaricus (Nr. 2). E. war strenger Arianer, bekämpfte aber die Katholiken nur mit Maßen und hatte zu einigen Bischöfen sogar gute Beziehungen (Sidon. epist. 6,12,3 f. 7,6,6 ff. Ennod. vita Epiphan. 80 ff.). Die kathol. Römer Leo und Victorius gewannen hervorragenden Einfluß (Sidon. epist. 4,22,3.7,17,1). Leo, bekannt als Dichter und Redner, stilisierte die Verfügungen Eurichs, der als 1. Germanenherrscher für sein Volk ein Gesetzbuch kompilieren ließ (Codex Eurici = MG leg. nat. Germ. I 1–32). E. kündigte das *foedus* der Goten mit den Römern (vielleicht erst 475), suchte aber mit den röm. Regierungen im O. und W. ebenso Kontakte, wie mit den Sueben in Spanien und → Geiserich. Doch schon 467 kam es mit den Sueben und 469 mit den Römern zum Konflikt. E. eroberte weite Teile Spaniens. 475 mußte ihm das Arvernerland abgetreten werden (→ Ecdicius). 476 besiegte er die Franken. Nach Überschreitung der Rhone war er schließlich noch gegen die Burgunder erfolgreich. Seit 476 war E. der mächtigste Germanenfürst seiner Zeit (Iord. Get. 237 ff. Sidon. epist. 1,7.3,1 ff. 7,1.8,9 u. a.). A. L.

K.F. Stroheker Eurich 1937. *Ders.* Saec. 12, 1961, 140 ff. *J. Bidez* Julian[5] 1947.

Euripides (*Εὐριπίδης*). **1.** Tragiker aus Athen. Älter als E. Nr. 2, schrieb 12 Tragödien. 2 Siege. Suda Nr. 3964 Adler.

v. Wilamowitz, GGA 1906, 621,1.

2. Aus Athen, Sohn des Mnesarchos oder Mnesarchides, Tragiker.

Leben: a) Satyros, Ox. Pap. 9, 1912, 1176; *γένος* der Hss.; Suda; Gell. 15,20. b) Marm. Par. 60,63,50; Athen. X 424 e, f; Anth. Pal. VII 44,1 ff. VII 43. 44,5. 51,3. Stob. 4,34,8. Vitr. 8,3,16. Amm. 27,4,8. Itin. Hierosol. Die Biographie enthält viel Klatsch und Anekdotisches, das in letzter Linie auf der Verulkung durch die Komödie beruht. * 485/84 (M.P. 60,63,50) oder 480 (*γένος*), vornehme und begüterte Familie, Demos Phyle. 2 Ehen, 3 Söhne: Mnesarchides, Mnesilochos, Euripides Nr. 3). Letzte Lebensjahre fern von Athen am Hof des Archelaos in Pella, † 406 in Pella; begraben entweder in Pella oder Arethusa, Kenotaph in Athen. Seine Lebenszeit beherrscht: polit. vom Kampf Oligarchie–Demokratie, pelop. Krieg; geistesgesch. von der Sophistik (Protagoras!), im trag. Theater vom Spätwerk des Aischylos und dem erfolgreichen Schaffen des Sophokles, in dessen Schatten er immer stand.

Porträt: 2 Typen a) Rieti–Kopenhagen. b) Neapel (Farnese).

Werke: 92 Tragödien (*γένος*, Suda) oder 78 (Suda), offenbar die in Alexandreia erhaltenen, darunter 3 unecht, daher 75 bei Varro (Gell. 17,4, 3). Aufführungen 22 (Suda), erstmalig 455 v. Chr.; 4 Siege bei Lebzeiten (Suda), erstmalig 441 (M.P. 60), einer postum (Sch. Aristoph. Ran. 67).

Erhalten 18 Stücke (17 Tragödien, 1 Satyrspiel), dazu der unechte (?) Rhesos; zahlreiche Frg. Über die Chronologie unterrichtet die Tabelle auf der nächsten Seite (bloß Erschlossenes kursiv).

Erhaltene Dramen: Alkestis, Medea, Herakliden, Andromache, Hippolytos, Hekabe, Hiketiden, Herakles, Elektra, Troerinnen, Helena, Iphigeneia bei den Taurern, Ion, Phoinissen, Orestes, Iphigeneia in Aulis, Bakchen, [Rhesos], Kyklop.

Dazu Fragmente (oder wenigstens Titel) von 61 Dramen, wovon aber 3 dem Kritias gehören (*Πειρίθοος*, *Ῥαδάμανθυς*, *Τέννης*), 2 zu streichen sind (*Κάδμος*, *Μυσοί*, v. WILAMOWITZ Anal. Eur. 159 ff.), ferner ein Stück, von dem nur der Anfangsbuchstabe *Π* bekannt ist (IG II/III ed. min. 2363,38 ff.), also 57. Wir wissen demnach von insgesamt 75 Stücken, 67 Tragödien, 8 Satyrspielen (*Αὐτόλυκος*, *Βούσειρις*, *Εὐρυσθεύς*, *Θερισταί*, *Κύκλωψ*, *Σίσυφος*, *Σκείρων*, *Συλεύς*); *Ἄλκηστις* nahm bei der Aufführung den Platz des Satyrspiels ein. Da E. 22mal aufführte, sind bis zu 13 Satyrspiele verschollen. Die Zahl der Fragmente hat sich seit N.² (1889) erheblich vermehrt, viele incerta konnten eingereiht werden durch Neufunde: a) Anfang des Lex. des Photios, ed. REITZENSTEIN, 1907. b) Pap.-Funde. Fragmente des E. außer speziellen Tragödienpap. jetzt

JAHR	ERHALTEN	FRAGMENTARISCH	QUELLE
455		Peliaden	γένος p. 4,2 Schw.
ca. 450		*Likymnios*	*Photios, ἄκομψον*
438	Alkestis	Kreterinnen, Alkmeon in Psophis, Telephos	Hyp. Alk.
?		*Aigeus*	
431	Medea	Philoktet, Diktys, Theristai	Hyp. Med.
430	*Herakliden*		
429?	*Andromache*		
vor 428		*Hippolytos I*	Hyp. Hipp.
Zw. 429–425?		*Kresphontes*	Aristoph. Georg.
428	Hippolytos		Hyp. Hipp.
vor 425		*Phoinix*	*Arist. Ach. 421*
vor 425		*Bellerophontes*	*Arist. Ach. 426, mit Schol.*
vor 425		*Ino*	*Arist. Ach. 434*
425?	*Hekabe*		
425?		*Melanippe Desmotis*	
vor 423		*Stheneboia*	*Schol. Arist. Vesp. 111,1047*
vor 423		*Peleus*	*Schol. Arist. Nub. 1154*
vor 423		*Aiolos*	*Schol. Arist. Nub. 1371*
nach 424	*Hiketiden*	*Erechtheus?*	
vor 422		*Theseus*	*Schol. Arist. Vesp. 313*
?	*Kyklop*		
?	*Herakles*		
?	*Elektra*		
vor 414		*Pleisthenes*	*Arist. Av. 1232*
415	Troerinnen	Alexandros, Palamedes, Sisyphos	Ail. var. II 8
vor 411		*Weise Melanippe*	*Schol. Arist. Lys. 1125*
412	Helena	Andromeda	Schol. Arist. Thesm. 1012. 1040; Ran. 53
nach 412		*Hypsipyle*	*Schol. Ar. Ran. 53*
nach 412		*Antiope*	Schol. Ar. Ran. 53
?	*Iphig. Taur.*		
?	*Ion*		
ca. 411–408	*Phoinissen*	*Oinomaos, Chrysippos*	Hyp. Phoin. *Schol. Ar. Ran. 53*
408	Orestes		Schol. Or. 371
nach 408		*Archelaos*	*Vita 2, p. 2,9, Schw.*
406 oder später	*Iphigenie in Aulis, Bakchen*	*Alkmeon in Korinth*	*Schol. Ar. Ran. 67, Suda*

bei B. SNELL im Supplementum zu N.², 1964. Die Pap.-Funde bis 1950 verzeichnet bei R. A. PACK The Greek and Latin Literary Texts from Greco-Roman Egypt, Ann. Arbor, 1952, Nr. 276–329. Seither: R. MERKELBACH, Arch. Pap. Forsch. 16, 1956, 103f., Nr. 1078–1081. Griech. Papyri der Hamburger Staats- u. Univ. Bibl., ed. SIEGMANN, Hamb. 1954. Pap. Soc. Ital. XIII,1 ed. M. NORSA, Firenze1949, XII, 2ed. V. BARTOLETTI, Firenze 1951, Pap. Oxy. XXVII ed. E. G. TURNER, I. REA, L. KOENEN, J. F. POMAR, Lond. 1962. Tragikerpap. brachten Reste zu folg. Dramen: Ἀλέξανδρος: Pap. Straßb., ed. CRÖNERT, Nachr. Gött. gel. Ges. 1922, 1–17. Ἀλκμήνη(?): Pap. Hamb. 119, ed. SIEGMANN. Ἀλκμέων ὁ διὰ Ψωφῖδος: Pap. Soc. Ital. XIII 1,1302. Ἀντιόπη: Flinders-Petrie Pap. ed. J. P. MAHAFFY, Cunningham Memoirs Nr. 8, 1891. Ἀρχέλαος: Pap. Oxy. III 419; Pap. Hamb. 118, ed. SIEGMANN (?), Pap. Hamb. 119 ed. SIEGMANN. *Θησεύς*: (?) Pap. Oxy. XXVII 2461. *Κρεσφόντης*: Pap. Oxy., XXVII 2458. *Κρῆτες*; Berl. Klass. T. V 2,73–79 ed. WILAMOWITZ. (?), Pap. Oxy. XXVII 2461. *Μελανίππη ἡ Δεσμῶτις* und *ἡ Σοφή*: Pap. Berol. 5514: Berl. Klass. T. V 2,84–87; Pap. Berol. 9772: Berl. Klass. T. V 2,125. Pap. Straßbg. W. G. 306 (?). *Μελέαγρος*: D. L. PAGE. CQ 31, 1937, 178 bis 181. *Οἰδίπους*: Pap. Oxy. XXVII 2459, Pap. Oxy. nondum edita: Fr. 556 Sn. *Τήλεφος*; Pap.

Berol. 9908: Berl. Kl. T. V 2, p. 64 (früher fälschlich dem Sophokles zugewiesen), Pap. Oxy. XXVII 2460, Aegyptus 15, 1935, 239–245 (Calderini), Pap. Oxy. VI 856. ῾Υψιπύλη: Pap. Oxy. VI 852, Pap. Flinders Petrie 2,49c, 2,49d. Φαέθων: Pap. Berol. Berl. Kl. T. V 2,79–84. Ferner brachten Papyri Reste von Hypotheseissammlungen zu Dramen des E.: Pap. Amh. 2,17 (Σκίρων), Gallavotti, Riv. Fil. 61, 1933, 177–188 (῾Ρῆσος, ῾Ραδάμανθυς, Σκύριοι) Pap. Soc. Ital. XII 1286, Pap. Oxy. XXVII 2455 Medeia (?), Melanippe ἡ Σοφή, Orestes, Oidipus, Sisyphos, Stheneboia, Skeiron, Syleus, Temenos, Temenidai, Telephos, Troades, Tennes, Hypsipyle, Phaethon, Phrixos I, Phoinix, Philoktetes, Phrixos II, Phoinissai, Chrysippos, Archelaos?, Alkmeon in Korinth. Pap. Oxy. XXVII 2457 (Ἄλκηστις, Αἴολος). Da in diesen Hypotheseis jeweils der Anfangsvers zitiert wurde, gewannen wir den Beginn (oder Teile davon) folgender Stücke: Αἴολος Pap. Oxy. XXVII 2457, 18: Fr. 13a Sn. Βούσειρις Pap. Oxy. XXVII 2455 fr. 19: Fr. 312a Sn. Οἰδίπους Pap. Oxy. 2455, fr. 4,40: Fr. 539a Sn. Σκίρων Pap. Oxy. 2455,75: Fr. 674a Sn. Σκύριοι Pap. Soc. Ital. XII 1286, col. 2,10: Fr. 681a Sn. Χρύσιππος Pap. Oxy. 2455, 306: Fr. 838a Sn. Τήμενος Pap. Oxy. 2455,110: Fr. 741a Sn. Trag. inc. P. Oxy. 2455, fr. 21: Fr. 845a Sn.

Wie es die Regel der dramat. Feste verlangte, führte E. Trilogien, resp. Tetralogien auf. 5 (6) solcher Großeinheiten sind uns bezeugt, davon a) inhaltlich zusammengehörige (wie meist bei Aischylos): Alexandros-Palamedes-Troerinnen-Sisyphos (415; Ail. var. 2,8); Oinomaos – Chrysippos – Phoinissen (ca. 411–408; Hyp. Eur. Phoin.; Sch. Aristoph. Ran. 53); Temenos – Temeniden – Archelaos (? Christ-Schmid 627 ff.). b) Aus inhaltlich voneinander unabhängigen Stücken bestehende (wie bei Sophokles): Kreterinnen-Alkmeon in Psophis-Telephos-Alkestis (438, Hyp. Alkestis); Medea-Philoktet-Diktys-Theristai (431, Hyp. Medea); erst postum aufgeführt: Iphig. Aul.-Alkmeon in Korinth-Bakchen (Schol. Aristoph. Ran. 67; Suda s. E.).

Der Chor ist bei E. nur mehr miterlebender, mitleidender, mitfühlender, mitbetroffener, miterregter Teilhaber am Geschehen, der Held seines Dramas ist das Individuum.

E. zu würdigen fehlt hier der Raum; nur einige Grundzüge seines Wesens, einige Grundmotive seiner Dichtung mögen an wenigen Beispielen dargelegt werden. Das Gesagte muß notwendigerweise subjektiv bleiben.

Noch tragen die Gestalten die Namen der Heroen der Heldensage, aber man merkt ihnen ihre Gottkindschaft kaum noch an, sie sind nicht mehr in Größe, Tat, Schuld, Leid übermenschliche Kolossalgestalten wie bei Aischylos, sondern Menschen, die auf menschliche Weise ein tragisches Schicksal erfahren, es meistern oder an ihm zerbrechen. Wo die Götter mithandeln, stehen sie ebenso vor dem moralischen Richterstuhl des Dichters wie die Menschen; und wo sie schlichtend, erlösend, weisend eingreifen, repräsentieren sie eine höhere Macht, die von irdischem Schicksal kaum betroffen wird. Seine Stoffe entnimmt E. oft weniger behandelten Sagen, auch lokaler Tradition (Alkestis, Medea, Herakliden, Hippolytos, Hiketiden, Ion, Bakchen); oft gestaltet er aus großen Sagenkreisen Episoden abseits vom Hauptstrom der Ereignisse (Andromache, Hekabe, Troerinnen, Herakles, Iphigenie Aul. und Taur., Helena). Immer geht er mit der Sagentradition sehr frei um und erfindet kühn auch wichtige Züge (Medea, Hekabe, Elektra, Iphigenie Taur., Phoinissen, Orestes); seine Umgestaltungen bewirken ein Sinken des sozialen Niveaus: die Götter werden entgöttlicht (Ion!), die Heroen vermenschlicht, Frauen wachsen zu Hauptgestalten heran, Personen niederer Schicht dringen in die Gesellschaft der Tragödie ein (Landmann in der Elektra; Philoktets Freund Aktor im Philoktet). Immer ist der Mensch selbst zur Tat aufgerufen, er muß aus freiem Willen handeln und trägt die Verantwortung im Guten wie im Bösen: Admet hält Alkestis für tot und widersteht doch der Versuchung, die von Herakles gebrachte Fremde in sein Haus aufzunehmen; Medea könnte unangefochten mit oder ohne Kinder nach Athen fliehen und tut doch das Entsetzliche; Agamemnon (Iph. Aul.) wäre frei, auf das Opfer der Tochter zu verzichten, da Menelaos zurücktritt, und nimmt doch dieses Schwerste auf sich, ja erzwingt es. Ihre großartigste Manifestation findet diese Freiheit des Menschen in der Hingabe des eigenen Lebens als Opfer für höhere Zwecke: Alkestis, Makaria (Herakliden), Andromache, Euadne (Hiketiden), Menoikeus (Phoinissen), Iphigenie (Aul.). Liegt die Verantwortung beim Menschen selbst und in seiner Seele, so auch der Weg zur Erlösung aus Not und Schuldverstrickung. Admet erwirbt seine Beglückung durch die lebende Alkestis, indem er der Toten die Treue hält; Orestes und Elektra brechen im Schuldbewußtsein zusammen und werden so würdig der lebbaren Zukunft, die ihnen die Dioskuren weisen; dem Herakles erscheint der Retter Theseus erst, nachdem er im Gefühl seiner Schuld erliegt. Das Bewußtwerden der eigenen Tat und Verantwortung hat einen Akt des Erkennens und Verstehens zur Voraussetzung. Aber noch in viel weiterem Sinne kreisen die Tragödien des E. um die Möglichkeit menschlichen Erkennens wie um einen Mittelpunkt, fast immer begeben sie sich als Widerstreit von Schein und Sein: die verhüllte Alkestis. Iason, Andromache, Theseus (Hippol.), Polymestor (Hekabe), Klytaimestra (Elektr.), Thoas (Iph. Taur.), Theoklymenos (Hel.), Pentheus, Agaue (Bakch.) erliegen dem Trug, den sie nicht durchschauen; Leben und Rettung hängt an der Erkenntnis, am Sieg des Seins über den Schein:

Helena, Iph. Taur., Ion. Aus diesem Ringen zwischen Sein und Schein als dramatischem Grundmotiv und aus der konstanten Frage nach Schuld und Verantwortung erklärt sich E.s Vorliebe für mit höchster rhetorischer Kunst geführte Streitgespräche. In dem ewigen Ringen zwischen den dunklen Lebensmächten Trieb, Begierde, Leidenschaft und den hellen Kräften von Verstand und Vernunft stand E. auf der Seite der Helle; tragischer Untergang erwächst, wo der ϑυμός über λόγος und νοῦς siegt und den Menschen in grauenvolle Schuld verstrickt (Medea, Hekabe, Hippolytos, Andromache, Elektra, Herakles, Phoinissen, Bakchen); Erlösung begibt sich, wo λόγος und νοῦς durchdringen: Ion, Iphig. Taur., Helena.

Der Text und seine Geschichte. E., der zu Lebzeiten verhältnismäßig wenig Erfolg hatte, wurde schon im 4. Jh. zum beliebtesten der Tragiker, Wiederaufführungen sind bezeugt. (Möglichkeit von Schauspielerinterpolationen). Der Staatsmann Lykurgos ließ ein Staatsexemplar der Texte der 3 großen Tragiker – also auch des E. – mit autoritativer Geltung herstellen (Ps. Plut. Vit. X or. 7,15). Die große wissenschaftliche Gesamtausgabe der hellenist. Zeit veranstaltete Aristophanes von Byzanz, der auch Erklärungsschriften dazu verfaßte (ὑπομνήματα). Eine Schulauswahl des 2. Jh. n. Chr. scheint diejenigen Stücke umfaßt zu haben, zu denen noch Scholien erhalten sind: Hekabe, Orestes, Phoinissen, Hippolytos, Medea, Alkestis, Andromache, Rhesos, Troades; dazu wahrscheinlich Bakchen. Auf diese Auswahl geht die eine Klasse unserer Hss. zurück, die die Stücke der Auswahl mit Scholien enthält: Marc. 471 (12. Jh. Hekabe, Orestes, Phoinissen, Andromache, Hippolytos bis V. 1234), Paris. 2712 (13. Jh. Dieselben Stücke und Medea), Vat. 909 (13. Jh., alle 9 Scholienstücke), Paris. 2713 (12./13. Jh. Die Scholienstücke ohne Troades und Rhesos). Außer der Auswahl mit Scholien gab es eine Pap.-Ausg., die je ein Drama in einer Rolle enthielt und deren je 5 in einem Behälter vereinigt waren (B. Snell, H 70, 1935, 119); Hekabe, Helena, Elektra, Herakles, Herakliden waren in einem, Kyklop, Ion, Hiketiden, Iphig. T., Iph. A. in dem anderen Behälter. Die 2. Hss.-Kl. bietet außer den Scholien-Stücken auch die aufgezählten der scholienlosen Pap.-Ausg.: Laur. 32,2 (13./14. Jh. alle Stücke bis auf Troades); Pal. 287 und Laur. conv. sopr. 172, die zusammen den P (14. Jh.) bilden.

Ausgaben: *I. Laskaris* Medea, Hippolytos, Alkestis, Andromache (aus Paris. 2888, einer Abschrift des L), Florenz 1496. *M. Musuros*, alle Stücke bis auf Elektra (aus P und einer Abschrift des L), Aldina 1503. *P. Victorius* Elektra, Rom 1545. *A. Nauck*, Lpz. 1854, ^{3}1913–1921. *A. Kirchhoff*, Bln. 1855. *R. Prinz–N. Wecklein*, Lpz. 1878–1902. *G. Murray*, Oxf. 1902. ^{3}1910. Coll. des Universités de France (*L. Méridier, L. Parmentier, H. Grégoire, F. Chapouthier, J. Mennier*), Paris 1925–1961 (es fehlt noch Iphig. Aul. und Rhesos). *H. Weil* Sept tragédies d'Euripide ^{2}1879 (Hipp., Med. Hek. Iph. Aul. Iph. Taur., Alk., Or.). Fragmente: *A. Nauck*, TGF ^{2}1889 mit Suppl. von *B. Snell*, ^{2}1964. *H. v. Arnim*, Suppl. Eurip., Bonn 1913. Scholien: ed. *Ed. Schwartz*, Bln. 1887, 1891. Kommentierte Ausgaben einzelner Stücke: Alkestis: L. Weber 1930. Herakles: v. Wilamowitz, 2 Bde. 1889, seither mehrere Aufl. Ion: v. Wilamowitz, 1926. Iphig. T. H. Strohm 1949. Spezialwörterbuch: *J. T. Allen* und *G. Italie* A concordance to E., 1953. Für Sekundärliteratur muß auf die Bibliographien verwiesen werden: Außer Marouzeaus APh *A. Lesky*, Anz. f. d. Altertumswiss. 16, 1963, 129 ff. (wo die früheren Forschungsber. d. Vf. zitiert sind). *A. Lesky* Die trag. Dichtung der Hellenen, 1956, 148–213. *H. J. Mette* Lit. zu E., 1952–1957, G 66, 1959, 151–158.

3. E. der Jüngere. Sohn oder Neffe des E., führte nach dem Tode des E. dessen Iphigenie in Aulis, Alkmeon, Bakchen auf. Sch. Aristoph. Ran. 67; Suda; Γένος E. p. 2,14 Schw. F. St.

Euripos (Εὔριπος). Allg. ein Graben, Kanal, enge Meeresenge, bes. der »chalkidische E.«, die im ganzen 9 km lange Meerenge zwischen Boiotien und Euboia mit 3 bes. engen Durchfahrten. Die engste Stelle bei Chalkis bestand urspr. aus einer nur ½ m tiefen und 15 m breiten Rinne am Festland und, durch ein Felsriff getrennt, einer 18 m breiten Durchfahrt auf der Seite von Euboia, und wurde bereits 411 v. Chr. durch eine Brücke mit beiderseitigen, befestigten Brückenköpfen überbrückt. Heute ist die Durchfahrt durch Wegsprengen des Riffs auf 30 m verbreitert. Berühmt war die täglich viermal, nach ant. Meinung siebenmal, bei bestimmten Mondständen aber häufiger und unregelmäßiger die Richtung wechselnde starke Strömung, daher E. auch Bezeichnung für unbeständige Menschen. Diod. 13,47,3 ff. Strab. 1,55. 9,400. 403. 10,445.447. Plin. nat. 2,219. 4,63.71. Mela 2,108. Aristot. meteor. 366a 22 ff. Liv. 28,6,10. Suda. E. M.

1. *Philippson, Bürchner, Pollak*, RE VI 1281 ff. 2. *Philipps.-Kirst.* 1,553 ff. 605.

Euromos. Mehrfach in der ant. Lit. erwähnte Stadt Kariens im s.w. Kleinasien (Pol. 18,2,3. 44,4. 30,5,11.13.15. Strab. 14,636.658. Steph. Byz. s. v. Liv. 33,30. Plin. nat. 5,109), vorgriech. wie die meisten kar. Plätze. Ruinen bei Ayaklý (n.w. von Milas, dem alten Mylasa), auch Mz. und Inschr., doch noch keine systemat. Ausgrabungen. E. wurde 129 v. Chr. gleich den übrigen kar. Städten der röm. Provinz Asia eingegliedert. Später bedeutungslos. H. T.

K. Baedeker Konstantinopel und Kleinasien, 1905, 213. *F. v. Caucig* Türkei, Bonn 1956, 318–319.

Europe (Εὐρώπη, auch -εια). **1.** Die Hes. theog. 357 u. 359 im Okeaninenkatalog getrennt erwähnten Nymphen Asie und E. sind von den gleichnamigen Heroinen zu scheiden, Aly Lexik. Streifzüge Gl 4. Doch pflegte man im Altertum die

Namen der Erdteile auf sie zurückzuführen; man erfand dazu noch die Okeaninen Libye und Thrake. Der Zusammenhang zwischen der Okeanine E. und der Bezeichnung des Erdteils war schon Hdt. 4,45 rätselhaft. Hom. h. 2,251. 291 ist E. das griech. Festland im Gegensatz zur Peloponnes und zu den Inseln. Die Ioner erweiterten die Geltung des Namens wahrscheinlich unter der Auswirkung der Perserkriege. – Fraglich sind die Etymologien von E. (griech. εὐρύοπα »weithin schallend oder blickend« – zu warnen ist vor den mythol. Folgerungen ESCHERS, RE VI 1288 –, semit. *ereb* Dunkel, vorgriech. SOMMER, IF 55,185. Vgl. FRISK). – In Boiotien war E. eine Erdgöttin, in einer Höhle bei Teumessos von Zeus verborgen und bewacht (Hom. h. 2,46. Paus. 9,19,1), Tochter des Tityos, Mutter des → Euphemos (Pind. P. 4,46. Apoll. Rh. 1,179), Gattin des *Βοιωτὸς Ζεύς* (Philostr. epist. 47 p. 248 K.). Der Beiname E. der Demeter in Lebadeia zeugt von ihrem alten Kult. Die boiot. E. wurde aber schon früh mit der von Zeus entführten Mutter des kret. Minos verbunden. Diese galt Hom. Il. 14,321, Hes. frg. 30 Rz., Bakchyl. 16 (17) 31 und später wieder bei Moschos als Tochter des Phoinix, sonst gewöhnlich des → Agenor, Königs von Sidon oder Tyros, und der Telephassa. Die Sage von der Entführung der am phoinik. Strand blumenpflückenden Prinzessin durch Zeus in Stiergestalt ist häufig in der Lit. und in der Kunst dargestellt worden. Von den älteren Dichtungen kennen wir allerdings kaum mehr als den Titel (Eumelos, Stesichoros, Simonides, Aischyl. *Κᾶρες ἢ Εὐ.*). Erhalten sind das Epyllion des Moschos (c. 150 v. Chr.) und die Erzählung Ovids met. 2,846ff., dazu Nonn. Dion. 1,46ff. 322ff. Vgl. Hor. c. 3,27,25ff. Kallim. frg. 622 Pf. Von den künstlerischen Darstellungen sind am bekanntesten die Metopen vom Tempel S in Selinus (um 600) und vom sikyon. Schatzhaus in Delphoi (550), ferner das pompeian. Fresko »Entführung der E.«, L. CURTIUS Die Wandmalerei Pompejis 289f. Tafel IV. Eine ion.-etrusk. Hydria: W. KRAIKER Malerei der Griechen, 1958, Abb. 24. Unsicher ist die Deutung des blumenpflückenden Mädchens aus Stabiae: L. CURTIUS ebd. 292f. Tafel VI. K. SCHEFOLD Pompejan. Malerei, 1952, 113. Die Sage geht zweifellos auf minoische Verhältnisse zurück: Stieropfer und Stierspiele, an denen Frauen beteiligt sind, Kult des Himmelsstieres, das Erlebnis des Meeres. J. WIESNER Olympos, 1960, 219ff. mit Abb. auf S. 73. A. LESKY Thalatta 132f. (Stier als Wasserwesen). Die heilige Platane bei Gortyn mit dem ἱερὸς γάμος erwähnt Plin. nat. 12,11. Theophr. h. plant. 1,9,5. Die Münzen von Gortyn zeigen vom 5. Jh. v. Chr. bis zum 3. Jh. n. Chr. das Bild der E. Bei Gortyn nahm Zeus menschliche Gestalt an. E. gebar ihm 3 Söhne, Minos, Rhadamanthys und Sarpedon, bekam aber einen andern Gatten, → Asterion, der die Kinder aufzog (Hes. frg. 52 K. Apollod. 3,5). E. als Kultbeiname der alten Muttergottheit: A.W. PERSSON The Religion of Greece. Sather Class. Lectures 17 (1942). Verstirnung des Stieres → Sternbilder. H. v. G.

L. Radermacher Das Jenseits im Mythos der Hellenen, 1903, 99ff. *A. Lesky* WSt 45, 1926, 152. *J. Vürtheim* E., Amsterdam 1924. *L. de Brauw* E. en de Stier, Diss. Amsterdam 1940. *Winfr. Bühler* Die E. des Moschos H(ES 13), 1960. *Nilsson* GgrR 1,196. 356. – Über E. Hellotis (Athen. 15, 678a): *Nilsson* Griech. Feste 95f. *Wilam.* GldH 1,382ff. *K. Schefold* Orient, Hellas und Rom in der archäol. Forschung, 1949, S. 37. 74. 124.

2. Erdteil. Als Ursprung des Namens E. gilt im allg. das semit. Wort für »Abend« (griech. *ἔρεβος*). Doch ist griech. Herkunft nicht ausgeschlossen (s. Hes. theog. 884 *εὐρύοπα*, auch in der poet. Form *εὐρωπός* (*εὐρύς*, *ὤψ*). Der Name E. haftet schon seit dem 7. Jh. v. Chr. am mittleren Hellas (Hom. h. III 251. 291. The Homeric Hymns p. 34f. Oxf. 1963) und hielt sich später in Makedonien und Thrakien bis in den Ausgang des Alt. als Orts- (Geogr. Rav. 4,9,2 p. 197, Pind.-Parth.) oder als Gebietsbezeichnung (Sext. Rufius brev. 9). Die ant. Überlieferung kennt außerdem mit dem Namen *Εὐρωπός* eine Stadt in Thessalien (Strab. 7,327), einen Fluß in Thessalien (h. Xerias, Strab. 9,441) und 2 Städte in Makedonien, am Axios (Thuk. 2,100,3. Plin. nat. 4,34 u. ö.), und im makedon. Bezirk Almopia (Ptol. 3,12,21). E. war also von jeher an die Balkan- und Pindoshalbinsel gebunden. Hinter diesen Tatsachen treten alle anderen, auch mythischen, Erklärungen zurück. Am E. des 6. Jh. v. Chr. unterscheidet Hekataios von Milet 2 Erdteile, E. und Asien (ebenso noch Isokr. Paneg. 179); Libyen (Afrika) wird als ein Teil Asiens betrachtet (FGrH I A, S. 16–47). Als Grenze galt damals zwischen E. und Asien der Phasis (h. Rion), auch bei Aischyl. frg. 191 N. (vgl. Art. Phasis, RE XIX 1888). Bei Hdt. 4,42 erscheint die Dreiteilung der Erde in E., Asien und Libyen, die fortan das ganze Alt. hindurch verblieb. Einwohner: *Εὐρωπήιοι* (Hdt. 7,73). Die fragm. erhaltene *γῆς περίοδος* des Hekataios schilderte die mittelmeer. Küsten S.-Europas in w. Richtung bis zum alten Reich Tartessos an der atlant. Küste und die Schwarzmeerküste. Herodots Werk läßt für E. einen nicht viel größeren geogr. Horizont als Hekataios erkennen; er orientiert aber gut über Skythien (S.-Rußland), das er annähernd bis zum mittleren Rußland schildert, und nennt schon die *Κελτοί*, hat aber nur vage Vorstellungen von der ungar. Tiefebene und dem Lauf des *Ἴστρος* (h. Donau, 2,33. 4,49. 5,9–10). Mittel- und Nordeuropa sind ihm sonst unbekannt. Als Grenze zwischen E. und Asien wurde seit Herodot (4,45. Arr. an. 3,30,8–9 u. a.) der Tanais (h. Don) angesehen. Das Weltbild des → Eratosthenes von Kyrene fußt auf einer Reihe vorangegangener großer Entdeckungen, zu denen für E. die Nordlandsfahrt des Pytheas von Massalia gehört, mit der Erweiterung des geogr. Horizontes um die Küste Britanniens bis hinauf nach Island und mindestens mit der Kenntnis durch Hörensagen vom n. Eismeer, von der w. Küste Norwegens und der n.ö. Durchfahrt. Nach dem letzten bedeutsamen Weltbild des Cl. Ptolemaios (abgeschlossen um 180 n.Chr.) deckt sich das Wissen über die Ausdehnung E.s zunächst mit der Größe des Imperium Romanum innerhalb dieses Kontinents (s. Gr. Hist. Weltatlas I, S.34). Doch ging die wirkliche Kenntnis von E. über die Grenzen des Imperiums erheblich hinaus. Unbekannt oder nur im Dunkel ungewisser Nachrichten blieben von E. noch das n. Rußland und Finnland, das mittlere und n. Skandinavien, die n. Caledonia (Schottland) und einige Teile der Hibernia (Irland). Wie E. einst als der größte Erdteil betrachtet wurde, größer als Asien und Libyen zusammen (Hdt. 4,42,45), so wurde E. am Ausgang des Alt. mit Recht als der kleinste Kontinent angesehen (Marc. Heracl. 6; GGM I p. 520 M). – Weitere Quellen: Aischyl. Pers. 799. Pind. Nem. 4, 114 (Εὐρώπα χέρσος). Skyl. 68 (GGM I p. 58). Ptol. 2,1,5 M. Dion. Per. 14 (GGM II p.105), dazu Eustath. Comm. p. 220–221. Geschlossene Darstellungen finden sich bei Mela 1, Cap. 3, 15–19 und 3, Cap. 1–4, 1–35 und Plin. nat. B. III–IV. Eine vorzügliche Charakteristik E.s bietet Strab. 2,126–127. H. T.

Antichan Les grands voyages de découvertes des Anciens (Paris 1891). *H.Berger* Europe Nr. 2 RE VI 1298–1309 mit Lit. *H.Kiepert* Lehrb. d. alten Geogr., Bln. 1878, 225ff. *Müllenh.* DA I, (2.: Pytheas von Massalia) und II–IV. *H.Treidler* E. im Alt., »Hirt's Deutsche Sammlung« Gruppe I, Bd. 5 (Breslau 1930). – Hist. Karten: *W.Sieglin* Schulatl. z. Gesch. d. Alt., S. 1. *F.W. Putzger* Hist. Schul-Atl., S.13 (1954). Gr. Hist. Weltatl. I, S.8–9.

Euros. Εὖροι heißen generell die Winde aus den Sonnenaufgangsgegenden, vgl. den homer. Windeplan RE VIII A Fig. 15. Belegst. für den Term. εὖρος bei Lidd.-Sc. s.v. Rehm, RE VI 1311f. E. sowie der sinngleiche ionische Name → Apheliotes wurden späterhin als Strichwinde in die Windrose aufgenommen, wobei der Aph. an den O.-Punkt, der E. an die s. Grenze seines alten Horizontbezirkes zu liegen kam, beim Hebdomadiker und Aristoteles auf den Sommerwendepunkt (RE VIII A Fig. 8.9), bei den regulären Teilungen auf den s.ö. Punkt (Timosthenes, Achtstrichrose, Parapegmatisten). Über die physischen Eigenschaften des E. wird widerspruchsvoll berichtet: er soll die Gegenstände am Horizont sichtklar und vergrößert erscheinen lassen, er wird bezeichnet als *trux, praeceps, niger, aquosus, madidus, nubifer*, aber auch als trocken (Ptolem. tetr. 1,8) oder als anfänglich trocken, am Ende feucht, auch heiß (Aristot. meteor. 364b 20.23), ungesund, und wiederum gesunde Wohngegend definierend. An ältestes Vierwindegegenden-System anschließend haben sich folgende Wortkompositionen für die ö. Windnamen auf den Grenzlagen ausgebildet: Euroaquilo NO., synon. mit Euroborus, vgl. RE VIII A 2295; Εὐρόνοτος SO., Rehm, RE VI 1286: »aus dem Volksgebrauch«. Der Euronotos findet als s.ö. Wind in der Strichrose des Timosthenes und Poseidonios seinen Platz (RE VIII A Fig. 14. 21). Vitruv kennt sogar einen Eurocircius als SO.-Wind (RE VIII A Fig. 26). R. B.

Eurotas s. Lakonike

Euryale (Εὐρυάλη). **1.** Eine der → Gorgonen, Hes. theog. 276. Pind. P. 12,20. Apollod. 2,40. **2.** Mutter des → Orion, Eratosth. katast. 32. Hyg. astr. 2,34. Apollod. 1,25. H. v. G.

Euryalos (Εὐρύαλος). **1.** Sohn des Mekisteus aus Argos, Argonaut, Apollod. 1,113, einer der Epigonen gegen Theben ebd. 3,82, Paus. 2,20,5, zog mit Diomedes vor Troia, wo ihm eine kleine Aristie gewidmet ist, Il. 2,566. 6,20ff. Bei den Spielen für Patroklos unterliegt er dem Epeios 23,677. Apollod. 1,103. Paus. 2,30,10.

Prell.-Rob. 949ff. *Friedländer* RhM. 69, 1914, 318ff. *Kullmann H*(ES 14) 90.148ff.

2. Phaiake, Sohn des Naubolos, durch Schönheit und im Ringen hervorragend, verhöhnt Odysseus, der die Spiele nicht mitmachen will. Von diesem zurechtgewiesen, entschuldigt er sich. Od. 8,115ff. 158ff. 396ff. **3.** Sohn des Odysseus und der Euippe in Epeiros, der, herangewachsen, seinen Vater in Ithake aufsucht, aber auf Anstiften der argwöhnischen Penelope von Odysseus erschlagen wird, ehe er sich zu erkennen geben kann. Eustath. Od. 1796,52. Parthen. 3, nach einem Drama des Sophokles. **4.** Troer, Begleiter des Aeneas, hervorragend durch jugendliche Schönheit und berühmt durch seine Freundschaft mit → Nisus, mit dessen Hilfe er im Wettlauf siegt. Verg. Aen. 5,294ff. Auf einem Spähergang gegen die Rutuler finden sie gemeinsam den Tod, ebd. 9,177–445. H. v. G.

Eurybates (Εὐρυβάτης). **1.** Herold Agamemnons, Il. 1,320. 9,170. **2.** Herold des Odysseus, der ihn trotz seiner Häßlichkeit schätzte, Od. 19, 247. Il. 2,184. Auf der Iliupersis des Polygnotos in Delphoi dargestellt, Paus. 10,25,4.8. H. v. G.

Eurybiades (Εὐρυβιάδης). 480 v. Chr. spartan. Nauarch (Hdt. 8,2. 42) und Oberbefehlshaber der hellenischen Flotte in den Seeschlachten beim Artemision und bei Salamis. Mit Themistokles scheint er in gutem Einvernehmen gestanden zu haben, denn er ließ sich von ihm zum Verbleiben bei Salamis bewegen (Hdt. 8,4f. 49. 57ff. 74. 79). Nach dem Sieg bei Salamis lehnte er freilich Themistokles' Vorschlag einer energischen Verfolgung der pers. Flotte und eines Handstreichs auf die Schiffsbrücken über den Hellespont ab (Hdt. 8,111). Fr. Kie.

C.Hignett Xerxes' Invasion of Greece, 1963.

Eurydamas (Εὐρυδάμας). **1.** Greiser Troer, der die Gabe hatte, aus seinen Träumen zu weissagen. Als seine Söhne ins Feld zogen, blieben solche Träume aus; sie fielen durch Diomedes' Hand. Hom. Il. 5,148ff. mit Schol. **2.** Freier der

Penelope, Od. 18,297, von Odysseus erlegt 22,283. **3.** Ein Thessaler E. galt als Erfinder des thessal. und von Achilleus kraft seiner thessal. Herkunft vor Ilion geübten Brauches, den Mörder um das Grab seines Opfers zu schleifen. E. selbst wurde dies Schicksal zuteil, als er einen Mord beging. Das erzählte Kallim. (Aitia) frg. 466 Schn. und Ov. Ib. 329. Die thessal. Sitte war Aristot. bekannt, frg. 166 Rose³. H. v. G.

Eurydike (*Εὐρυδίκη*). **1.** Frau des → Orpheus, die, jungvermählt, auf der Verfolgung durch → Aristaios (so Verg.) an einem Schlangenbiß starb. Orpheus stieg in die Unterwelt und erreichte es durch Gesang und Leierspiel, daß ihm die Gattin herausgegeben wurde, aber er übertrat das Verbot, sich auf dem Wege zur Oberwelt umzuschauen. Ein 2. Versuch, in den Hades einzudringen, scheiterte schon an Charons Abweisung (so Verg.). Diese Sage ist im 5. Jh. nur durch das auf ein att. Original um 430 zurückgehende Neapeler Marmorrelief mit Orpheus, E. und Hermes bezeugt, das vielleicht, aber unbeweisbar, die Weihegabe eines siegreichen szen. Choregen oder die Widerspiegelung einer *εἰς Ἅιδου κατάβασις Ὀρφέως* ist. Reisch Griech. Weihgeschenke 130. Rodenwaldt Das Relief bei den Griechen 55. Eur. Alk. 357 ff. und Isokr. 11,8 wissen wohl, daß Orpheus Tote aus dem Hades heraufgeholt hat (der Plural ist rhetor. generalisierend, K. Ziegler, RE XVIII 1,1273 ff.), sprechen aber nicht ausdrücklich von E. Wenn Plat. symp. 179 d gesagt wird, daß dem Orpheus bei seinem vergeblichen Abstieg in die Unterwelt nur ein *φάσμα* der E. gezeigt worden sei, so hat Ziegler a. O. das als eine bewußte Travestie des Platon sicher bekannten echten Mythos nachgewiesen. Die hellenist. Zeugen der Sage feiern des Orpheus Triumph, schweigen aber von dem Rückschlag: Hermesianax von Kolophon (Athen. 13,597), der statt E. Agriope nennt, und der Epitaphios auf Bion (Moschos 3,122), ebenso übrigens Diod. 4,25,4 und auch Verg. Aen. 6,119. Vollständige dichterische Darstellungen der Sage finden wir erst bei Verg. georg. 4,453 ff. Culex 268 ff. Ov. met. 10,1 ff., dazu 11,61 ff.: Wiedersehen des toten Orpheus mit E. im Hades. Sen. Herc. f. 569 ff. Vgl. Hor. c. 3,11,15 ff. Apollod. 1, 14 ff. Hyg. fab. 164.

Der Name E., »die weithin Richtende«, schien vielen Mythologen für eine Unterweltskönigin bes. passend zu sein. Dieser Umstand führte zu der Vermutung, das Liebesmotiv der Sage sei sekundär, primär sei Orpheus' Absicht gewesen, die Unterwelt zu erforschen oder gar die Unterweltsherrscherin zu entführen. Aber wie häufig ist der Name E. zur Bezeichnung lebender Königsfrauen! So z. B. die Frau des Ilos in Ilion, Apollod. 3,146, des Nestor in Pylos Od. 3,452, des Aineias Paus. 10,26,1 (nach den Kyprien), des Kreon in Theben Soph. Ant. 1183 ff., des Akrisios in Argos Apollod. 2,26, des Lykurgos in Nemea ebd. 3,66. H. v. G.

Zur Würdigung und Deutung: *Paul Jahn* Aus Vergils Dichterwerkstätte, Prgr. Bln. 1905. *Rohde* Psyche⁸ 2,86 f. *J. Heurgon* Orphée et E. avant Vergile, Mélanges d'archéol. et d'histoire 49, 1932, 6 ff. *E. Norden* SDAW 1934, 626 ff. *W. Wili* Die orph. Mysterien, Eranos-Jb. 11, 1944, 61 ff. *C. M. Bowra*, CQ 46, 1952, 113 ff. (Rekonstruktion eines verlorenen hellenist. Gedichts). *Kern* Orpheus 24. *Wilam.* GldH 2,193. *Nilsson* GgrR 1,645. *Rose* Griech. Mythol. 254 mit Anm. 2, wo weitere Lit.

2. E., die Gattin des makedonischen Königs Amyntas III. seit dem J. 390 v. Chr. und Mutter des Alexander II., Perdikkas III. und Philippos II., heiratete nach dem Tode des Amyntas 369 herrschsüchtig Ptolemaios von Aloros, den Mörder ihres Sohnes Alexander, und rief den athen. Strategen Iphikrates zu Hilfe gegen den Prätendenten Pausanias. Aischin. 2,26 ff. und Sch. Iust. 7,4,7. 5,4. Als Witwe lernte sie noch lesen. Plut. mor. 14 BC. U. v. Wilamowitz, H 54, 1919, 71. F. Geyer Makedonien bis zur Thronbesteigung Philipps II., 1930, 128 ff. **3.** Tochter des Antipatros, wurde zwischen 322 und 319 mit Ptolemaios I. vermählt. Paus. 1,6, 8. App. Syr. 62. Beloch GG² 4,2,178. Obwohl Mutter des Ptolemaios Keraunos, Meleagros sowie der Lysandra und Ptolemais, wurde E. seit 317 durch Berenike (→ 1) verdrängt. Als Ptolemaios Keraunos zugunsten des Ptolemaios II., des Sohnes der Berenike, von der Thronfolge ausgeschlossen wurde, ging E. 286 nach Milet, wo die Hochzeit ihrer Tochter Ptolemais mit Demetrios Poliorketes stattfand. Plut. Dem. 46. **4.** Tochter des Lysimachos, heiratete Antipatros, den Sohn des Kassandros. Als Antipatros 293 von Demetrios Poliorketes (→ 2) aus Makedonien vertrieben wurde, floh er mit E. zu Lysimachos. Nach der Vertreibung des Demetrios aus Makedonien 287 teilte Lysimachos das Land mit Pyrrhos auf und ließ Antipatros umbringen und E. ins Gefängnis werfen. Iust. 16,2,4. H. V.

Eurygane (ia) (*Εὐρυγάνη, -εια*) heißt in der kykl. Oidipodie die 2. Frau des Oidipus, die er heiratete, nachdem seine Gattinmutter bald nach der Hochzeit infolge der Entdeckung Selbstmord verübt hatte. Von ihr stammen in diesem Epos die Kinder, die sonst der Iokaste (Epikaste) zugeschrieben werden. Paus. 9,5,11. Apollod. 3,55. *Bethe* Theban. Heldenlieder 1 ff. 25. H. v. G.

Eurykleia (*Εὐρύκλεια*). Tochter des Ops, seit ihrer Kindheit vertraute Dienerin im Hause des Odysseus, den sie bei der Fußwaschung an einer Narbe erkannte. Hom. Od. 1,429. 4,742. 19,386 ff. u. ö. H. v. G.

Baumeister Denkm. 2,1042–1044.

Eurykleides (*Εὐρυκλείδης*). Sohn des Mikion, Athener des Demos Kephisia, spendete als *ταμίας τῶν στρατιωτικῶν* 247/46 v. Chr. für die Landesverteidigung und sorgte für die Panathenäen. Sylloge³ 491 (zur Datierung B. D. Meritt Hesp. 17, 1948, 13). S. Dow Hesp. 5, 1936, 55 ff. E. war 243/42 Archon (Meritt a. O.), half

229 mit seinem Bruder Mikion wesentlich zur Befreiung Athens von der maked. Herrschaft, war *στρατηγὸς ἐπὶ τοὺς ὁπλίτας* und Priester des Demos und der Chariten. Sylloge³ 497. IG II² 1300.1705. A. WILHELM Beitr. zur griech. Inschr. 1909, 78f. E. lehnte 223 eine Hilfe Athens für Arat gegen Kleomenes ab und pflegte 217/16 die Freundschaft mit Ptolemaios IV. und 212 mit Kydonia. Plut. Arat. 14,3. Pol. 5,106,6ff. Sylloge³ 536. E. und sein Bruder wurden angeblich von Philipp V. vergiftet. Paus. 2,9,4. Zu ihren politisch sehr regen Nachkommen vgl. PA 5966. H. V.

Eurykles (*Εὐρυκλῆς*). Sohn des Seeräubers Lachares, den der Triumvir Antonius hinrichtete. Daher focht E. als Parteigänger Octavians 31 bei Actium, erhielt als C. Iulius Eurycles das röm. Bürgerrecht, die Insel Kythera und eine Art Herrscherstellung in Sparta. Plut. Ant. 67,2ff. Strab. 8,363.366 (mit der neuen Lesung des Palimpsest W. ALY De Strabonis codice rescripto 1956, 9). Auf einer Reise nach Judäa verschärfte E. 8 v. Chr. als Zwischenträger den Zwist des Königs Herodes mit dessen Söhnen. Mit 50 Talenten beschenkt, erwarb er sich durch ähnliche Ränke weitere Summen von Archelaos von Kappadokien. Ios. ant. Iud. 16,301.306.309ff.; bell. Iud. 1,513ff. Da E. nach seiner Rückkehr 7 v. Chr. in Achaia mit seinen Geldern Unruhe stiftete, wurde er bei Augustus zweimal angeklagt. E. versuchte, Einfluß auf die → Eleutherolakones zu gewinnen, baute in Sparta ein Gymnasion und in Korinth ein kostbares Bad und wurde in Asopos geehrt (Paus. 3,14, 6. 2,3,5. IG V 970), kam aber in Streit mit Nachkommen der Familie des Brasidas in Sparta. Plut. mor. 207F. Er wurde verurteilt und verbannt. Ios. ant. 16,310. Nach seinem Tode, der vor 2 v. Chr. erfolgt sein dürfte, wurde er rehabilitiert, wie die späteren Feiern der Eurykleia in Gytheion und Sparta zeigen. V. EHRENBERG und A. H. M. JONES Documents ilustrat. the reigns of Augustus and Tiberius², 1955, 102. IG V 71.86.168.550.664.655. 665f. Sein Sohn C. Iulius Laco gewann die gleiche Stellung wie der Vater. Die angesehene Familie begegnet in der Kaiserzeit noch in mehreren Generationen. Münzen des E. bei HEAD HN² 436. G. W. BOWERSOCK, JRS 51, 1961, 112ff. (mit Stammbaum der Familie). H. V.

Eurylochos (*Εὐρύλοχος*). **1.** Verwandter und Gefährte des Odysseus, führt eine Mannschaft zur Wohnung der Kirke, folgt ihrer Einladung nicht und entgeht so der Verwandlung und Gefangennahme. Später droht ihm wegen Aufwiegelung zur Meuterei die Todesstrafe. Vor dem Gang des O. in die Unterwelt bringt er die Totenopfer dar. Auf Thrinakie verleitet er die Gefährten, die Heliosrinder zu schlachten, und zieht dadurch ihnen und sich den Tod zu. Od. Buch 10–12. Ov. met. 14,287. Apollod. epit. 7,14f. Paus. 10,29,1. H. v. G.

2. Spartan. Feldherr, der 426 v. Chr. im Bunde mit den Aitolern Naupaktos nehmen sollte. Als → Demosthenes (1) dieses rechtzeitig sicherte, verabredete er mit den Ambrakioten einen Angriff auf die Amphilocher und Akarnanen. Doch nach der Vereinigung mit den Ambrakioten wurde er bei Olpai von seinen Gegnern unter Demosthenes geschlagen und fiel (Thuk. 3,100ff.). Fr. Kie.

Eurymachos (*Εὐρύμαχος*). Einer der angesehensten Freier der Penelope, Sohn des Polybos, in der Odyssee ab 1,399 häufig erwähnt. Trotz Sühneangebots von Odysseus getötet 22,88. Er siegte oft im Brettspiel der Freier, Athen. 1,17 a b. H. v. G.

Eurymedon (*Εὐρυμέδων* »weithin waltend«, daher Beiname von Göttern und Heroen). **1.** König der → Giganten, Vater der Periboia, die Poseidon den Ahnherrn der Phaiakenkönige, Nausithoos, gebar. E. stürzte sich und sein Volk ins Verderben, Hom. Od. 7,58ff.: einzige Erwähnung des Gigantenkampfs im Homer. Nach Euphor. frg. 134 Mein. (Sch. Il. 14,295f.) hat Hera, von ihm vergewaltigt, Prometheus geboren. Dafür hat Zeus später E. in den Tartaros gestürzt und Prometheus »angeblich wegen des Feuerraubes« gefesselt. Vgl. → Porphyrion. **2.** Wagenlenker Agamemnons, Il. 4,228 mit Sch. Nach der Heimkehr mit seinem Herrn von Aigisthos ermordet. Paus. 2,16,6. **3.** Diener Nestors, Il. 8,114. 11,620 mit Sch. H. v. G.

4. E., athenischer Feldherr im Peloponnesischen Krieg, Parteigänger Kleons. Von 427 bis 423 Stratege, brachte er im September 427 bei den inneren Kämpfen auf Korkyra die Demokraten an die Macht und duldete deren Massaker unter den Oligarchen (Thuk. 3,80–85). 425 kommandierte er die nach Sizilien fahrende Flotte, von der aus sich → Demosthenes (1) bei Pylos-Koryphasion festsetzte. Nach der Eroberung Sphakterias durch Kleon fuhr E. über Korkyra, wo er unter Vertragsbruch ein erneutes Blutbad unter den Oligarchen veranstalten ließ, nach Sizilien weiter. Sein Eintreffen veranlaßte jedoch die Sikelioten 424 zu dem allgemeinen Friedensschluß von Gela (Thuk. 4,58ff.). Hierauf notgedrungen heimgekehrt, wurde E. in Athen wegen angeblicher passiver Bestechung zu einer Geldstrafe verurteilt. Erst 414 wieder zum Strategen gewählt, fuhr er im Winter 414/13 mit einem 1. Hilfskontingent zu Nikias nach Sizilien, um dann zusammen mit Demosthenes weitere Verstärkungen heranzuziehen. Einer der Befehlshaber bei dem gescheiterten Sturm auf Epipolai im August 413 (Thuk. 7,43,2), vermochte auch er danach gegenüber Nikias die sofortige Räumung Siziliens nicht durchzusetzen; bei der schließlichen Katastrophe der athen. Flotte im Großen Hafen von Syrakus fand er den Tod (Thuk. 7,52,2). Fr. Kie.

5. E., ein häufig genannter, zum Teil schiffbarer Fluß Pamphyliens (h. Köprü-Su), an dem die Stadt → Aspendos lag, erstmalig im Peripl. des Skylax 101 (GGM I p. 75 M.) erwähnt, sonst von

Thuk. 1,100,1. Xen. hell. 4,8,30. Arr. an. 1,27,1. Strab. 12,571. Diod. 11,61,1. Ptol. 5,5,2 M. Plin. nat. 5,96 u. a. genannt. Der E. wurde von einer wichtigen Straße geschnitten (K. MILLER Itin. Rom., Skizze Nr. 231; S. 709), die auch das Heer Alexanders d. Gr. benutzte (Arr. a. O.). Nach dem E. ist die Schlacht benannt, in der (465 v. Chr.) Kimon, der Sohn des Miltiades, Flotte und Landheer der Perser besiegte (Thuk. Diod. a. O.). **6.** Stadt in der Gegend von Tarsos (Steph. Byz. p. 286). Lage nicht mehr zu ermitteln. H. T.

Eurymedusa (*Εὐρυμέδουσα*). Nausikaas Dienerin, Od. 7,8. H. v. G.

Eurynome (*Εὐρυνόμη*). **1.** Meergöttin, Tochter von Okeanos und Tethys, Hes. theog. 358, nahm mit Thetis den von Hera aus dem Olymp geworfenen Hephaistosknaben auf, Hom. Il. 18, 398 ff. Von Zeus Mutter der → Chariten, Hes. theog. 907. Apollod. 1,13. Paus. 9,35,5. Wohl von dieser zu trennen ist die E., die in einem Liede des Orpheus, Apoll. Rhod. 1,503 ff., an der Seite → Ophions als Himmelskönigin erscheint, bis Kronos sie in den Okeanos versenkt. Kallim. frg. 471. Beim Gigantenkampf des Pergamen. Altars ist sie vertreten. Bei Phigalia wurde sie angeblich in einem Xoanon, das ein Weib mit Fischschwanz darstellte, verehrt, Paus. 8,41,4 f. WILAM. GldH. 1,216 f. **2.** Schaffnerin der Penelope, Od. 17,495 u. s. H. v. G.

Euryphon aus Knidos. Arzt im 5. Jh. v. Chr., älterer Zeitgenosse des Hippokrates. E. hat die »Bibel« der sog. knid. Ärzteschule, die *Κνίδιαι γνῶμαι* (vgl. Hipp. *περὶ διαίτης ὀξέων* 1), verfaßt und wäre demnach deren 1. Schulhaupt gewesen; weitere Werktitel kennen wir nicht. Seine Krankheitslehre ist im Umriß durch den Anonymus Londinensis überliefert (IV 31 ff. Diels); danach führte er alle Krankheiten auf Störung der *πέψις* zurück, wodurch *περισσώματα* in den Kopf ziehen sollen. Dieser, bzw. das Gehirn, war dem E. (wie schon dem → Alkmaion) das Zentralorgan. Auch Humoralpathologisches scheint bei ihm eine Rolle gespielt zu haben. Seine Anschauungen findet man wieder in »knidischen« Schriften des CH (z. B. *περὶ νούσων* und *περὶ τῶν ἐντὸς παθῶν*), speziell auch im Bereich der Gynäkologie (die älteste griech. Bezeichnung der labia minora – *κρημνοί* – stammt von ihm, s. Erotian s. v.). Die Therapie des E. war gewaltsam (*καίειν καὶ τέμνειν*; außerdem vgl. etwa auch Soran. CMG IV 149,11 ff. Ilberg). Die Legende hat sich, neben anderen, auch seines berühmten Namens bei der bekannten Erzählung von der Heilung eines liebeskranken Fürsten bemächtigt (s. Soran. a. O. 176,6). F. K.

Eurypontidai (*Εὐρυπωντίδαι*). Spartan. Königshaus, benannt nach König Eurypon, den Hdt. 8,131 und Strab. 8,366 als 6., Plut. Lyk. 1 und Paus. 3,7,2 als 7. seit Herakles zählen. Zu der erst seit Beginn des 6. Jh. zuverlässigen Liste BELOCH GG 1^2,2,1913,191. 4^2, 2, 1927, 166. TH. LENSCHAU, RhM 88, 1939, 123 f. Bedeutende E. waren Agesilaos, Agis II. und IV., Archidamos und Leotychides. H. V.

Euryptolemos (*Εὐρυπτόλεμος*). **1.** Athener, Schwurzeuge des 409 v. Chr. von Alkibiades und Pharnabazos in Kalchedon geschlossenen Vertrages, wurde nach Susa abgesandt, auf Befehl des jüngeren Kyros hinter Gordion 3 J. festgehalten und dann entlassen. Xen. hell. 1,3,12. 4,7. **2.** Sohn des Peisianax, Vetter des Alkibiades, verwandt mit dem jüngeren Perikles (Xen. hell. 1,4,19. 7,12. 16, 21. BELOCH GG^2 2,2,30. 32), empfing 408 Alkibiades bei dessen Rückkehr nach Athen im Piräus. Im Arginusenprozeß sprach E. 406 vergebens für ein gesetzliches Verfahren nach dem Psephisma des Kannonos. Xen. 1,7,12 ff. 34. H. V.

Eurypylos (*Εὐρύπυλος*). **1.** Thessal. Heros von Ormenion und Nachbarstädten, Sohn des Euaimon oder Hyperochos, Freier der Helene, Apollod. 1, 131. Vor Troia (Il. 2,734) erlegt er manchen Gegner, meldet sich zum Zweikampf mit Hektor (7,167), wird von Paris verwundet und von Patroklos gepflegt (11,575 ff. 809 ff. 15,390 ff.). Verg. Aen. 2,114. Ov. met. 13,357. Nach Sch. Lykophr. 897 ff. gelangt er nach Libyen; s. Nr. 4. KULLMANN H(ES 14), 116. **2.** Mysischer Heros, Sohn des Heraklessohnes Telephos (und der → Astyoche Nr. 4, einer Schwester des Priamos, nach Akusilaos, Sch. Od. 11,519). In der letzten Zeit des troischen Krieges kommt er Priamos zu Hilfe. Die Kleine Ilias gibt ihm eine Aristie. Er tötet den Arzt Machaon und Nireus und fällt im Kampf gegen Neoptolemos. Od. a. O. Paus. 3,26, 9 f. Hyg. fab. 112 f. Strab. 13,584. Im Asklepieion von Pergamon durfte man den Namen des E. nicht nennen. WILAM. Isyllos 48. 51 f.; GldH. 1,79,3. KERENYI Der göttl. Arzt, 1956, 85 f. **3.** Meroperkönig auf Kos, Sohn des Poseidon und der Astypalaia, wehrt dem Überfall des Herakles auf der Rückfahrt von Troia, wird mit seinen Söhnen erschlagen, die Tochter → Chalkiope folgt dem Sieger und gebiert ihm → Thessalos. Hom. Il. 2,677 ff. 14,250 (mit Sch. zu 255). 15,28. Sch. Pind. N. 4,25. Apollod. 2,137 f. Plut. mor. 304 c. KERENYI Die Heroen der Griechen 178. KULLMANN H(ES 14) 107. Der koische Adel führte sich auf die E.-Söhne → Chalkodon (Nr. 3) und Antagoras von der Meropstochter Klytia zurück, Sch. Theokr. 7,5. **4.** Sohn Poseidons und der Kelaino, Bruder Tritons oder = Triton selbst, in die Argonautensage verflochten. S. → Euphemos. **5.** Heros von Patrai, Sohn des Euaimon (wie Nr. 1), brachte von Troia die heilige Lade mit dem Bilde des Dionysos Aisymnetes mit; auf Grund eines Orakels wurden die mit dem Kult der Artemis Triklaria verbundenen Menschenopfer abgeschafft. Über die davon handelnde Novelle bei Paus. 7,19–21 NILSSON Griech. Feste 294 ff. WILAM. GldH. 1,374–380. Der Name E. soll auf einen alten Unterweltsgott weisen. H. v. G.

Eurysakes (*Εὐρυσάκης*). Sohn des Telamoniers → Aias, nach dem Selbstmord des Vaters von → Teukros erzogen. Soph.' Drama E. ist nicht erhalten. Nach att. Sage haben E. und sein Bruder Philaios die Insel Salamis an Athen gegen das att. Bürgerrecht abgetreten; Philaios, Ahnherr der Philaiden, wohnte in Brauron, E. in Melite, wo er als Ahnherr des Geschlechts der Salaminier im Eurysakeion verehrt wurde. Plut. Sol. 10. Paus. 1, 35,2. H. v. G.

Eurysthenes (*Εὐρυσθένης*). **1.** Sohn des Aristodemos, 1. spartan. König, Stammvater der Agiaden. Hdt. 4,147. 6,52. 7,204. Paus. 3,1,7f. Cic. div. 2,90; mit dem Zwillingsbruder Prokles Stifter der spartan. Verfassung (Hellanikos FGrH 4 F 116) und der Siedlungsbezirke (Ephoros FGrH 70 F 117). 1104/03–1062/61 v. Chr. Apollodor FGrH 244 F 62. **2.** Nachkomme des 487 zu Dareios geflohenen spartan. Königs Demaratos, 399 Herr von Pergamon u. Umgebung. Xen. hell. 3,1,6. H.V.

Eurystheus (*Εὐρυσθεύς*, Kurzform von *Εὐρυσθένης*, → Aristodemos Nr. 1). Sohn des Sthenelos und der Nikippe, Enkel des Zeussohnes Perseus, König in Tiryns oder Mykenai (Thuk. 1,9,2). Ein prophet. Wort des Zeus über die bevorstehende Geburt eines machtvollen Perseiden – gemeint war Herakles – hatte Hera durch Beschleunigung der Entbindung Nikippes zugunsten des E. gewandt, und so ward Herakles Dienstmann des E. Hom. Il. 19,76ff. Apollod. 2,53. 3,105. Die Dienstzeit wurde auf 12 J. bzw. 12 Arbeiten beschränkt. Dabei fürchtete E. den Herakles so, daß er ihn anwies, außerhalb der Tore zu bleiben, und nur durch den Herold Kopreus mit ihm verkehrte; Vasenbilder zeigen, wie E. sich in ein in den Boden eingelassenes Faß verkriecht, als Herakles ihm den erymanth. Eber und später den Kerberos brachte. Euripides nahm E. zum Helden eines Satyrdramas. Nach Herakles' Tode wütete E. gegen die → Herakliden. Da Keyx in Trachis sie nicht schützen konnte, zogen sie nach Boiotien; im Kampf hieb Iolaos (oder Hyllos) dem E. das Haupt ab. Im 5. Jh. nahm Athen den Ruhm in Anspruch, die Herakliden in die att. Tetrapolis gerettet und hier gegen E. verteidigt zu haben: Eur. Heraclid. (nach Aischyl.' Vorgang). Hdt. 9, 27. Aber auch hier fällt E. durch Iolaos oder Hyllos. E. scheint außerhalb der Heraklessage keine myth., geschweige eine kult. Existenz gehabt zu haben. H. v. G.

Eurytion (*Εὐρυτίων*). **1.** Thessal. Kentaur, dessen Schicksal der Freier Antinoos dem Odysseus warnend vorhält, Hom. Od. 21,295ff. Auch später wird er als Anführer der → Kentauren gern als warnendes Beispiel hingestellt. Theogn. 542. Hor. c. 1,8,7. Prop. 3,31,31. **2.** Peloponnes. Kentaur, Sohn des Ixion, flüchtet vor Herakles ins Pholoegebirge, der ihn später im Hause des → Dexamenos tötet. **3.** Rinderhirt des → Geryon(es), Hes. theog. 293. Apollod. 2,106. **4.** König von Phthia, Sohn des Aktor, von seinem Schwiegersohn Peleus (→ Antigone Nr. 1) auf der Kalydon. Jagd unabsichtlich getötet. Apollod. 1,70. 3,160. **5.** Sohn des Lykaon, Bruder des Pandaros, wie dieser ein trefflicher Bogenschütze, Begleiter des Aeneas. Verg. Aen. 5, 495ff. H. v. G.

Eurytos s. Herakles

***Εὐσέβεια*.** **1.** Primär das richtige Verhalten gegenüber der Gottheit (bes. im Kult) und den Eltern (Plat. rep. 615c). *E.* auch als Göttin aufgefaßt (vgl. [1]). Praktisch erfuhr *ε.* durch Reflexion (z. B. Emp. Frg. 128) eine Verinnerlichung, die in polarem Verhältnis zum Äußeren religiöser Formen stand. Dies führte u. a. zu dem Vorwurf der *ἀσέβεια* gegen Sokrates. – Theoretisch zeitigte die Reflexion einige Begriffsbestimmungen (vgl. [2],10ff.); die Stoa (Stob. 2,62 W.) etwa betonte die intellektuelle Seite (*ἐπιστήμη ... θεραπείας*), Theophr. (Stob. 2,147) faßte *ε.* als Haltung (*ἕξις ... θεραπευτική*); Objekt der *ε.* sind bei ihm *θεοί* (die Götter überhaupt) bzw. *δαίμονες* (= Götter in bes. Funktionen oder »kleine« Götter). Auch die peripatet. Tradition (Ps.-Aristot. 1250 b 22f.) ordnet *ε.* der *δικαιοσύνη* unter und erblickt in *ε.* eine Form der *μεσότης* (Aristot. 1133 b 32. Stob. 2,147, vgl. [3],127f., Frg. 3 und 8). *Περὶ ε.* von Theophr. (blutigen Kult ablehnend, vgl. [3]) in Auszügen, die gleichnamige Schrift des Epikureers Philod. (hg. TH. GOMPERZ Herkul. Stud. 2, 1866) in spärlichen Resten erhalten. Interesse für *ε.* u. a. bei Plut. Zum *εὐσεβῶν βωμός* auf Delos [3], Frg. 13,46ff. W. P.

1. *Waser*, RE VI 1363f. 2. *D. Loenen* Eusebeia en de cardinale deugden, Meded. Nederl. Akad. van Wet., Afd. Letterk. 1960 mit Lit. 3. Theophrastos, *περὶ εὐσεβείας* hg. *W. Pötscher* Philos. Antiqua 11, 1964.

2. s. Kaisareia. Tyana

Eusebia, aus Thessalonike. Tochter eines → Eusebios (Nr. 1), seit 352 verheiratet mit Kaiser → Constantius (Nr. 2). E., die als ungewöhnlich schön galt (Amm. 18,3,2), übte starken Einfluß auf den Kaiser aus, bes. etwa in der arianerfreundlichen Religionspolitik (Athanas. ad mon. 6. Sokr. 2,2,4. 6). Auf ihren Rat wurde Iulianus, dem sie sehr geneigt war, zum Caesar erhoben (Amm. 15, 2,8. 8,3). 360 starb E., die kinderlos geblieben war und darunter sehr gelitten hatte (Philostorg. 4,7. Amm. 16,10,18). Zu Ehren der E. verfaßte Iulian 356/57 einen Panegyricus (oratio 3). A. L.

J. Bidez Julian [5]1947.

2. s. Ereleuva.

Eusebios (*Εὐσέβιος*). **1.** Niedriger Herkunft, wahrscheinl. Vater der Eusebia (Nr. 1), Consul 347, wohl in d. milit. Laufbahn aufgestiegen (CIL X 477. Cod. Theod. XI 1,1. Iulian. or. 3,107/10). **2.** Sohn von Nr. 1, gefördert durch seine Schwester Eusebia, war 355 consularis Hellesponti, 356 consularis Bithyniae (Liban. epist. 456/58), 359 consul (Amm. 18,1). 371/72 wurde er verdächtigt, nach dem Kaisertum zu streben, zu Unrecht bestraft und rehabilitiert (Amm. 29,2,9–11). **3.** Eunuch, praepositus sacri cubiculi unter Constantius II., nachweisbar frühestens seit 349 (falsch TELFER, Harv. Theol. Rev. 43, 1950, 79). Bei den Orthodoxen und den Anhängern Iulians wurde der allgewaltige Arianer E. berüchtigt. E. leitete 354/55 die Verfahren gegen den Caesar Gallus (→ Constantius Nr. 6) und dessen Anhänger (Amm. 14,11. 15,3; Iulian. epist. ad Athen. 272 D). 355 gelang es ihm nicht, Liberius von Rom zur Verurteilung des → Athanasius zu bewegen (Athan. hist. ad mon. 35 ff.). 359 wirkte er auf die Synoden von Ariminum und Seleukeia im Sinne der antinicaen. Politik des Kaisers ein (Soz. 4,16,22). Ende 361 wurde E. durch den von Iulian eingesetzten Sondergerichtshof zum Tode verurteilt und hingerichtet. (Amm. 18,4,3 ff. 5,4. 22,3,12). **4.** Schüler des Libanios, 355–361 einflußreich am Hof Constantius' II. (Liban. epist. 73.218.437.669). Wohl nicht ident. mit dem Liban. epist. 1411 und 1414 erwähnten Antiochener E. **5.** Praefectus Augustalis 385, nahm um 388 eine machtvolle Position am Hofe des → Arcadius ein, war mit Libanios und vornehmen Antiochenern bekannt (Liban. epist. 846.850. 870). **6.** 409 praepositus sacri cubiculi des Honorius, erschlagen auf Betreiben des progerman. mag. equitum Allobich (Zos. 5,48. Olympiod. frg. 13 = FHG 4,60). A. L.

7. E., Bischof von Kaisareia in Palästina seit 313, *wahrscheinlich ebenda um die Jahre 260–265, † um 339–340. In Kaisareia war der gelehrte → Pamphilos bemüht, die lit. Hinterlassenschaft des → Origenes zu sammeln und wissenschaftlich auszuwerten. Hierfür zog er sich E. zum wichtigsten Gehilfen heran; dieser nannte sich in seinen eigenen Werken dankbar *'Ε. ὁ Παμφίλου*. In der Christenverfolgung starb Pamphilos 310 als Märtyrer; E. ging aus der Haft unversehrt hervor und wurde zum Bischof gewählt. Im Streit um Areios (→ Arianismus) suchte er zu vermitteln, neigte aber selbst, da er in der Tradition des Origenes stand, mehr zu Areios als zur Orthodoxie der alexandrin. Bischöfe. Auf dem Konzil von Nikaia 325 stimmte er dem homo-usischen Glaubensbekenntnis als einem vom Kaiser gewünschten Kompromiß bei, wirkte aber für die Rehabilitierung des Areios und 335 für die Verurteilung und Verbannung des → Athanasios. Kaiser Constantinus schätzte E. als Bundesgenossen im Streben nach der Einheit der Kirche; E. wiederum verehrte den Kaiser, weil dieser mit der Reichseinheit der Kirche den Frieden gab. Charakteristisch für die Schriftstellerei des E. sind mehrfache Überarbeitungen der Werke und Verwendung früherer Schriften in den späteren. Noch vor 303 entstanden die *Χρονικοὶ κανόνες*. Auf einen kurzen Überblick über Chaldäer, Assyrer (mit Medern, Lydern und Persern), Hebräer, Ägypter, Griechen und Römer folgen vergleichende Jahrestabellen von der Geburt Abrahams bis 303 n. Chr. Vom griech. Urtext sind nur Frg. erhalten. Das Werk wurde bald nach dem Tode des E. ungeschickt bearbeitet u. bis 325 ergänzt. Diese entstellte Fassung liegt der armen. Übers. des Ganzen zugrunde und der lat. Übers. der Tabellen durch Hier., fortgeführt bis 378 [1]. Früh entstanden ist auch die 1. Fassung der *'Εκκλησιαστικὴ ἱστορία* (keine allg. KG., sondern bestimmte Gesichtspunkte: Apostol. Sukzession, chr. Lehrer und Schriftsteller, Gnostiker und Haeretiker, Bestrafung der Juden, Christenverfolgungen und Märtyrer). Das Werk wuchs in der letzten Ausg. (um 325) auf 10 B. an. Neben dem griech. Text besitzen wir eine syr. Übers. (4. Jh., danach die armen. Übers.) und die lat. Übers. des Rufinus aus dem J. 403, fortgeführt bis 395 [2]. Dem 8. B. angehängt ist in einigen Hss. der Bericht über die Märtyrer in Palästina während der Verfolgung 303–311 [2,907–950]. Zwischen 315 u. 323 entstanden die großen apologet. Werke *Εὐαγγελικὴ προπαρασκευή* (Praeparatio evangelica in 15 B.) [3] und *Εὐαγγελικὴ ἀπόδειξις* (Demonstratio evangelica; von 20 B. die ersten 10 und ein Frg. von B. 15 erhalten) [4]. Nach dem Tode Constantins schrieb E. 337 die 4 B. *Εἰς τὸν βίον τοῦ μακαρίου Κωνσταντίνου βασιλέως* (sog. Vita Constantini), eine Lobrede auf die chr. Tugenden des Kaisers [5], der als Anh. beigegeben sind eine Rede Constantins, die Festrede des E. zum 30. Regierungsjubiläum des Kaisers und, mit ihr als Cap. 11–18 vereint, eine Schrift zur Einweihung der Grabeskirche von Jerusalem (335). Zur Echtheitsfrage s. o. I 1286,18 ff. Wichtigste übrige Werke: 6 B. Apologie für Origenes, 1–5 gemeinsam mit Pamphilos verfaßt (B. 1 erhalten in lat. Übers. des Rufinus [6]). 25 B. gegen den Neuplatoniker und Christenfeind Porphyrios, nicht erhalten. 1 B. gegen den *Φιλαλήθης λόγος* des Hierokles [7]. 2 B. gegen Marcellus von Ankyra [8], der ihn zuvor angegriffen hatte. E. schrieb zu dessen Widerlegung noch 3 B. *'Εκκλησιαστικῆς θεολογίας* [8]. Der Streit endete mit der Absetzung des Bischofs Marcellus. 5 B. *Θεοφάνεια* [9]. Das sog. Onomastikon, ein Lex. der bibl. Ortsnamen, das von Hier. ins Lat. übertragen wurde [10]. Die sog. Kanones, synopt. Tabellen zum Auffinden der parallelen Stellen in den 4 Evangelien. Sie finden sich am Anf. vieler griech., syr. und lat. Bibelhss. [11]. Komm. zu den Psalmen (Frg. in Catenen [12]) und Isaias [13] in Nachfolge des Origenes.

Ta. (vgl. *Lampe* Patristic Greek Lex. XXVI): 1. *R. Helm*, GCS 47, 1956^{2}. 2. *Ed. Schwartz–Th. Mommsen*, GCS 9, 1903–1909 (3 Bde.). 3. *K. Mras*, GCS 43, 1954–1956. 4. *I. A. Heikel*, GCS 23, 1913. 5. *Heikel*, GCS 7, 1902. 6. *Migne* PL 17,542–615. 7. *Th. Gaisford*, 1852. 8. *E. Klostermann*, GCS 14, 1906. 9. *H. Gressmann*, GCS 11,2, 1904. 10. *E. Klostermann*, GCS 11,1, 1904. 11. *Migne* PG 22,1275–1292. 12. *Migne* PG 23 und 24. *Mercati*, Studi e testi 142, 1948. 13. *Migne* PG 24. Der 1930 von *A. Möhle* im Cod. Laur. XI 4 entdeckte fast vollständige Text ist noch nicht ediert. 14. *Ed. Schwartz*, RE VI 1370–1439. *K. Aland*, RGG^3 2,739f. *Quasten* 3,309–345. *Altaner*^{6} 206 bis 212. *D. S. Wallace-Hadrill* E. of Caesarea, 1960.

8. E., Bischof von Nikomedeia während des Konzils von Nikaia (325). Mit Areios war er Schüler des Lukianos von Antiocheia gewesen, bevor er Bischof von Berytos wurde. Gegen 318 erhielt er den Bischofssitz in der Kaiserresidenz Nikomedeia und nutzte seinen großen Einfluß am Hofe zugunsten des→ Arianismus. Durch sein Eintreten wurde der alexandrin. Dogmenstreit zur Staatsangelegenheit. Nachdem seine Sache auf dem Konzil von Nikaia unterlegen war, unterzeichnete er zwar das Credo, aber nicht das Anathema gegen Areios, und wurde dafür nach Gallien verbannt. Doch Constantinus, der keine einseitige Machtstellung des Athanasios wünschte, rief E. schon 328 zurück und schenkte ihm sein Vertrauen. E. erreichte von da an manchen Erfolg für die Arianer, u.a. die Verbannung des Athanasios (335). 337 empfing Constantinus vor seinem Tode durch E. die Taufe. 338 wurde E. Bischof der neuen Hauptstadt Konstantinopel, starb aber schon 341/342. Reste seiner Korrespondenz sind durch Zitate erhalten [2].

1. *A. Lichtenstein* E. von N., Diss. Lpz. 1903. *Quasten* 3, 190–193. 2. *H. G. Opitz*, Urkunden zur Gesch. des arian. Streites (Athanas. Werke 3,1), 1934–1935, Nr. 2. 8. 21. 31.

9. E., Bischof von Emesa, * um 300 in Edessa. Zu seinen Lehrern gehörte E. von Kaisareia. Wie dieser vertrat er eine bibl. Theologie und suchte in dem dogmat. Streit zwischen Athanasios und Areios eine mittlere Linie zu wahren. Als er 341 Nachfolger des abgesetzten Athanasios in Alexandreia werden sollte, zog er das kleine Bistum von Emesa vor. Um 359 wurde er in Antiocheia begraben. Hier. vir. ill. 91 erwähnt ihn als vielgelesenen Autor unzähliger Schriften in elegantem Stil. Was ihm gehört, ist infolge von Verwechslung mit andern Eusebioi oft ungewiß. Im griech. Urtext erhalten ist eine unter dem Namen des Basileios (4.) überlieferte Bußpredigt [1], andere Stücke in syr., armen., die meisten in lat. Übers. [2].

1. *E. M. Buytaert* L'héritage lit. d'E. d'Emèse, 1949. 2. *Ders.*, E. d'Emèse, discours conservés en latin, Spicilegium sacrum Lovaniense 26–27, 1953–1957. Vgl. *V. Bulhart* Gn 30, 1958, 537–540. 3. Katenen-Frg. von Bibel-Komm. *A. Wilmart* Anal. Boll. 38, 1920, 241–285. *K. Staab* Paulus-Komm. aus der griech. Kirche, Nt. Abh. 15, 1933. 4. *Quasten* 3,348–351. *Altaner*^{6} 212.

10. E., Bischof von Vercellae, * um 283 auf Sardinien, Lector in Rom, vor 350 zum 1. Bischof von Vercellae gewählt, † um 371. Er war einer der Vorkämpfer gegen den → Arianismus im W. und wurde deswegen von Kaiser Constantius in den Orient verbannt, von wo er 362 unter Julianus zurückkehrte. Die ihm von Hier. vir. ill. 96 zugeschriebene Übers. des Ps.-Komm. des E. von Kaisareia ist nicht erhalten. Angeblich von seiner Hand geschrieben ist der Cod. Vercellensis mit Vetus-Latina-Text der Evangelien [1]. Sicher gehören ihm 3 Briefe [2,103–110] (nur der 3. an Gregorius Iliberritanus ist angezweifelt worden [3]). Sehr zweifelhaft ist die Zuweisung der B. 1–7 von De trinitate des Ps. Vigilius Thapsensis [2,1–99. Vgl. 3] an E.

1. *Lowe* Codices lat. antiquiores 4,467. 2. *V. Bulhart*, Corp. Chr. 9, 1957. 3. Clavis patrum lat.^{2}, Sacris erudiri 3, 1961, Nr. 105–108. 4. *Altaner*^{6} 329.

11. E., Bischof von Samosata seit spätestens 361, † um 380. Zuerst dem Arianismus zugeneigt, gehörte er seit 360 zu den Verfechtern der nikaen. Orthodoxie. Zeugnis von ihm geben Briefe, die Basileios (4.) und Gregorios von Nazianz an ihn richteten, sowie eine syr. Vita. **12.** E., von Alexandreia, Vf. einer zu E. des 5. Jh. entstandenen Slg. von Predigten.

Ta.: *Migne* PG 86,287ff. 509ff. 61,733–737. 775–778. 62, 721–724. 64,45–48. Vgl. *Lampe* Patristic Greek Lex. XXVI. Bibliogr. der lat. Bearbeitungen *B. Fischer* Vetus Latina 1,1^2, 1963, 256.

13. E., Bischof von Dorylaion in Phrygien, zuvor Rhetor in Konstantinopel. Schon als Laie war er 428 der erste gewesen, der gegen die Häresie des Nestorios auftrat. Seine öffentliche Proklamation ist in den Akten des Konzils von Ephesos erhalten [1,1,1,1,101 f. vgl. 1,1,8,8]. 448 erwirkte er die Verurteilung des Monophysiten → Eutyches vor einer Synode in Konstantinopel, appellierte, als die Gegner seine Absetzung beschlossen, an Papst Leo [1,2,2,1,79 ff.] und war auf dem Konzil von Chalkedon 451 erfolgreicher Ankläger des Eutyches; sein Name erscheint oft in den Konzilsakten [1]. Über sein späteres Schicksal ist nichts bekannt.

1. *Ed. Schwartz* Acta conciliorum oecumenicorum. 2. *Bardenhewer*, GAL 4,214f.

14. E. Gallicanus. Unter diesem Namen geht eine lat. Predigtslg., entstanden in der 2. Hälfte des 5. Jh. in Südgallien, vielleicht aus dem Nachlaß des Faustus von Reii. Caesarius von Arles hat sie benutzt, manche Stücke werden auch unter anderen Namen überliefert. O. H.

Ta.: *Migne* PL Suppl. 3,545–709. Nachweis der Paralleltexte *B. Fischer* Vetus Latina 1,1^2, 1963, 257–260.

Eustathios (*Εὐστάθιος*). **1.** Rhetor aus Karien, studierte in Athen, wurde in Antiocheia von Libanios durch eine Rede geehrt (Liban. or. 44). E., der sich später in verschiedenen Ämtern bereicherte, amtierte schließlich 388 als consularis Syriae in Antiocheia und verfeindete sich dort mit Libanios (dazu die Schmährede Liban. or. 45, vgl. auch or. 1). A. L.

G. Downey A history of Antioch in Syria, 1961.

2. E., neuplaton. Philosoph des 4. Jh. n. Chr., Schüler des → Iamblichos, Nachfolger des → Aidesios in Kappadokien (Eun. v. soph. 6,4,6ff.). Wegen seiner rednerischen Begabung schickte ihn Constantius II. als Gesandten zum Partherkönig Sapor (358; vgl. Amm. 17,5,15). Zu seinen Bewunderern gehörten Kaiser Iulianus (Iul. epist. 76: Einladung, an den Hof zu kommen) und Libanios (Liban. epist. 123). E. war mit der philos. gebildeten Sosipatra vermählt. Er starb vor 390. **3.** E., griech. Rhetor des 4./5. (?) Jh. n. Chr., Vf. einer (verlorenen) *ἐξήγησις εἰς τὰς στάσεις* (des Hermogenes; vgl. WALZ Rhet. 2,545) und vielleicht auch zu dessen Schrift *περὶ εὑρέσεως* (WALZ Rhet. 7,704). E. folgt in seinen Erklärungen bes. → Minukianos. Er wird von späteren byz. Rhet. (Neilos, Doxopatres, Christophoros) häufig zit.

Frg.: *H. Rabe*, RhM 50, 1895, 241 ff. *St. Gloeckner* Quaest. rhet., Bresl. ph. Abh. 8,2, 1901, 78 ff. *L. Schilling*, JbPhPäd Suppl. 28, 1903, 715 ff.

4. E., bedeutender byz. Gelehrter des 12. Jh., * ca. 1110 (? Vgl. [3],19 ff.), 1175 bis mindestens 1192 (Rede an Kaiser Isaak II. Angelos, Opusc. 41 ff. Tafel) Erzbischof von Thessalonike, dessen Eroberung durch die Normannen er miterlebte und beschrieb (267 ff. T.). Vorher war E. in seiner Heimatstadt Konstantinopel Mönch, dann Diakon an der Hagia Sophia. Gleichzeitig nahm er das Amt *ἐπὶ δεήσεων* wahr und gab rhet. Unterricht (*μαΐστωρ τῶν ῥητόρων*). Enge Freundschaft verband ihn mit Kaiser Manuel I. Komnenos (1143–1180), wie zahlreiche Briefe (308 ff. T.) und Reden (196 ff. T.) zeigen. Ihm verdankte er auch die Ernennung zum Erzbischof (1174 von Myra, dann von Thessalonike). Vor 1175 verfaßte E. seine Komm. zu Pindaros (nur Vorrede erhalten), Dionysios Periegetes und zur Ilias und Odyssee (von diesen beiden sind die Autographen erhalten). Von seiner Aristophanes-Exegese sind Reste kenntlich (vgl. [8]). Besteht die eigene Leistung des E. auch meistens nur in einer Paraphrase des Textes, so sind die Komm. doch wegen ihrer Zit. aus mittlerweile verlorenen oder verstümmelten Schriften älterer Autoren wertvoll. Allerdings hat E. die meisten Zit. bereits aus 2. Hand. Seine wichtigsten Quellen waren reichhaltige alte Scholien zu Dionysios und Homer, daneben vor allem Schriften des Herodianos, Choiroboskos, Etymologika, verschiedene lexikogr. Werke und Buntschriftsteller wie Ailianos und Athenaios. Auch die Suda ist herangezogen (zur Rolle des E. in der Überlieferung der Suda und des Athenaios vgl. [7]). E. interessiert sich bes. für grammat. und sprachliche Erklärung, wenig für textkrit. Fragen. Eine sehr weite Auslegung des Begriffs Attizismus (vgl. [5]) gestattet es ihm, auch die ep. und trag. Sprache mit ihren Unregelmäßigkeiten als att. zu werten. Daneben gibt E. oft Hinweise auf die lebendige griech. Sprache seiner Zeit (vgl. [4] und [6]).

Die theolog. Schriftstellerei des E. umfaßt neben zahlreichen Predigten und Hymnen einen großen Komm. zum Pfingsthymnus des Ioh. Damaskenos. Ansprechende Überlegenheit zeigt die Schrift über die Reform des Mönchswesens (214 ff. T.), in der

E. u. a. gegen die Bildungsfeindlichkeit der Klöster zu Felde zieht.

Glänzende und umfassende Kenntnis der klass. Sprache und ihrer Lit. (zur Konjekturalkritik des E. vgl. [7]), bemerkenswertes stilist. Können (detaillierte Untersuchung: [3],59 ff.) und vielseitige Interessen befähigten E., eine so große Zahl verschiedenartiger Werke hervorzubringen (unter dem Verlorenen befand sich wahrscheinlich auch eine *Ἀλεξιάς*, vgl. [3],17 f.) und machten ihn zu einer der beherrschenden Gestalten des 12. Jh. H. Gä.

Ta.: Gesamtausgabe fehlt, krit. Neuausgabe fast aller Schriften notwendig; einiges ist noch immer unediert (z. B. im Cod. Escor. Y-II-10; vgl. WS 74, 1961, 160 f.; ByzZ 52, 1959, 320). Hom.-Komm.: *G. Stallbaum*, Lpz. 1825/30, Nachdr. Hildesheim 1960 (nach der ed. princ. Rom 1542/40, mit Ind. von M. Devarius). Dion.-Komm.: *G. Bernhardy*, Lpz. 1828. GGM 2,201 ff. Prolog zum Pind.-Komm.: *F. G. Schneidewin*, Gött. 1837. Joh. Damask.-Komm.: *A. Mai* Spicileg. Rom. 5, 1841, 2,161 ff. Opuscula: *L. Fr. Tafel*, Frankf./M. 1832, (Nachdruck Amsterdam 1964). Eroberung von Thess.: *S. Kyriakidis-B. Lavagnini-V. Rotolo*, Palermo 1961. *Migne* PG 135. 136. Reden: *W. Regel* Fontes Rer. Byz., Petersburg 1892/1917.

Lit.: 1. *Krumbacher* 536 ff. 2. *H. G. Beck* Kirche und theol. Lit. im byz. Reich, München 1959, 634 ff. 3. *P. Wirth* Unters. zur byz. Rhet. des 12. Jh. mit bes. Berücksichtigung der Schriften des Erzbischofs E. von Thess., Diss. München 1960. 4. *J. E. Kalitsunakis* Mittel- und neugriech. Erkl. bei E., Bln. 1919. 5. *T. Hedberg* E. als Attizist, Diss. Uppsala 1935. 6. *Ders.* Eranos 44, 1946, 208 ff. 7. *P. Maas* ByzZ 35, 1935, 299 ff. 36, 1936, 27 ff. 8. *W. J. W. Koster-D. Holwerda* Mnem. 4. S. 7, 1954, 136 ff. 9. *A. Severyns*, RBPh 7, 1928, 401 ff. 10. *E. Howald*, RhM 78, 1929, 171 ff. 11. *H. Erbse*, Mnem. 4. S. 6, 1953, 1 ff. 12. *Ders.* Beitr. zur Überl. der Ilias-Sch., Zet. 24, 123 ff. 13. *P. Wirth*, ByzZ 56, 1963, 8 ff.

5. E., Bischof von Antiocheia, * in Side (Pamphylien), wurde Bischof von Beroia, bevor er gegen 324 den Patriarchenstuhl von Antiocheia bestieg. Auf dem Konzil von Nikaia kämpfte er gegen die Arianer. Infolge dieser Haltung wurde er bald von den Gegnern gestürzt und von Kaiser Constantinus nach Thrakien verbannt, wo er vor 337 starb. In der Schrift *Εἰς τὸ τῆς ἐγγαστριμύθου θεώρημα* [1] griff er die allegorisierende Methode des Origenes am Beispiel der Hexe von Endor (Samuel 1,28) scharf an. Von seinen übrigen Werken sind nur Frg. erhalten [2].

1. *E. Klostermann*, KlT 83, 1912. 2. *Migne* PG 18,613 ff. *Fr. Cavallera*, 1905. *B. Altaner*, ByzZ 40. 1940, 30–47. *M. Spanneut*, Mémoires et travaux publ. par des prof. des Fac. Cath. de Lille 55, 1948. 3. *Bardenhewer* GAL 3,230 bis 237. *Altaner*⁶ 276 f. *Quasten* 3,302–306.

6. E., Bischof von Sebaste im Pontos seit 355, † um 377. Er verbreitete eifrig die asket. Ideale des Mönchtums, gründete Klöster und Xenodocheia. Sein Schüler Basileios (4.) folgte in seinen Mönchsregeln dem Vorbild des E. Doch kam es zwischen den beiden Freunden zum Bruch, als E. um 372 zum Führer einer Häresie wurde. Sokr. 4,12 zit. aus dem J. 366 einen Brief, mit welchem E. u. a. dem Papst Liberius ihre Rechtgläubigkeit erklären.

Bardenhewer GAL 3,128–130. *M. Rauer*, RGG³ 2,742.

7. E. übersetzte kurz vor 400 die 9 Homilien des Basileios (4.) über den bibl. Schöpfungsbericht ins Lat.

Ta.: *Emm. Amand de Mendieta* und *St. Y. Rudberg*, TU 66, 1958. *B. Altaner*, ZNW 39, 1940, 161–170.

8. E. von Epiphaneia in Syrien verfaßte einen Abriß der Weltgesch. (*Χρονικὴ ἐπιτομή*), deren 1. Teil bis zum Fall Troias, der 2. in 12 B. von Aeneas bis ins J. 503 n. Chr. führte (FHG 4,138 bis 142). Er ist schon im 6. Jh. von den byz. Historikern Malalas und Euagrios Scholastikos benutzt worden. O. H.

Eustratios. E. (ca. 1060–1120), Metropolit von Nikaia, Freund des Kaisers Alexios I. Komnenos, Dialektiker und Syllogist aus der Schule des Mich. Psellos und Ioh. Italos, Verf. polem. Traktate zur Bilderfrage sowie gegen die Lateiner, Armenier und Manichäer. Berühmt vor allem durch seine Kommentare zu Aristot. an. post. B. 2, sowie eth. Nic., B. 1 und 6 (Erstdrucke Venedig 1534/36; in Bd. XX der Berliner Ausg. der griech. Aristot.-Komm. 1892 neu bearbeitet von G. Heylblut). Gewisse – vom w. Nominalismus beeinflußte – theol. Thesen trugen ihm 1117 einen Häresie-Prozeß ein, der trotz Abschwörung der inkriminierten Lehrsätze und kaiserlicher Fürsprache mit Verurteilung und Suspension vom Amt endete. J.Sch.

Ausg.: *A. K. Demetrakopulos* *Ἐκκλ. Βιβλ.* 1, 1866, 47ff. *J. Sakkelion*, *Ἀθήναιον* 4,1875,227ff. *P. Joannou*, REByz 10, 1952, 24ff. Lit.: *P. Joannou* Die Definition des Seins bei E. von Nikaia. Die Universalienlehre in der byz. Theol. im 11. Jh., ByzZ 47, 1954, 358ff. *Ders.* Der Nominalismus und die menschliche Psychologie Christi. Das Semeioma gegen E. von Nikaia, ebd. 369ff.

Euteknios, *σοφιστής*, ungewisser Lebenszeit. Vf. von Prosaparaphrasen zu Nikanders Alex. und Ther., wahrscheinlich auch zu Oppians Kyn. und Hal. H. Gä.

TA: *U. C. Bussemaker* in: Sch. in Theocr. ed. *Fr. Dübner*, Paris (Didot) 1849. Paraphr. zu Opp. kyn.: *O. Tüselmann*, AAG 1900, 1. – Lit.: *P. Pedivellano* Boll. del Com. per la Prepar. dell' Ed. Naz. dei Class. gr. e lat. 5, 1957, 41ff.

Eutharicus. W.-Gote, 515 von Theoderich d. Gr. mit → Amalasuntha verheiratet und zum Thronfolger bestimmt. 519 feierte E. einen glanzvollen Amtsantritt als Consul in Rom (Rede Cassiodors in MGAA 12,465ff., vgl. Cassiod. var. 9,25). E. war den Römern geneigt, doch katholikenfeindlich, † um 523 (Anonym. Vales. 80). A.L.

W. Enßlin Theoderich d. Gr., ²1960, 301ff.

Eutherius. Armenier, Eunuch, Heide, kam als Sklave an den Hof Constantins d. Gr. Ammian rühmt ihn als vorbildlich. E. war seit 355 praepositus sacri cubiculi des Caesars Iulianus und wirkte vermittelnd zwischen diesem und Constantius II. Noch um 390 lebte er in Rom (Amm. 16,7, 2ff. 20,8,19. Iulian epist. 69). A. L.

Euthydemos (*Εὐθύδημος*). **1.** Athen. Stratege, der im Winter 414/13 mit Menandros nach Sizilien gesandt und 413 kurz vor der Ankunft des → Demosthenes (Nr. 1) geschlagen wurde (Plut. Nik. 20). Mit diesem und Menandros leitete er dann den Versuch, die Ausfahrt aus dem Großen Hafen von Syrakus zu erzwingen (Thuk. 7,69,4. Diod. 13,13,2). Fr. Kie.

2. E. I., von Magnesia, durch Sturz des Diodotos II. 225 v. Chr. Gründer des griech.-baktr. Reiches. Von Antiochos III. 208 geschlagen, erzwang E. durch Drohung mit dem Einfall der nomadischen Saken 206 seine Anerkennung als König, eroberte die Nachbargebiete Sogdiana, Arachosien, Drangiana und Areia, mehrte die griech.-maked. Katoikien mit Gleichberechtigung des ostiran. Adels und förderte den Handel durch reiche Münzprägung. † 184. Pol. 10,49. 11,34. Strab. 11,515f.

W. W. Tarn The Greeks in Bactria and India², 1951, 71ff. *M. Rostovtzeff* Gesellschaft und Wirtschaft der hellenist. Welt 1, 1955, 425.

3. II., Enkel des Vorig., Sohn des Demetrios (→ 8) und dessen Unterkönig in Baktrien und Sogdiana, nur durch Münzen bekannt. Head HN² 837. H.V.

4. E., einer der frühen Vertreter der Sophistik, ist nicht nur Titelgestalt des gleichnamigen platon. Dialogs (→ Platon), der ihn zusammen mit seinem Bruder Dionysodoros zeigt, sondern wird auch sonst in der griech. Lit. erwähnt: Plat. Krat. 386 D. Aristot. soph. el. 177b 12; rhet. 1401a 27. Athen. 11,506 B. S. Emp. math. 7,13. 64 (von ihm zu unterscheiden dagegen E. Nr. 5 bei Xen. mem. 4,2ff.). Da von diesen Stellen zumindest die Aristot.-Zitate von der platon. Überlieferung unabhängig sind (v. Wilam. Platon 2,155), dürfte sicher sein, daß E. keine Erfindung Platons (und auch nicht nur, wie man gemeint hat, Maske für Antisthenes, vgl. v. Wilam. a. O. 165), sondern hist. Gestalt ist, ja daß man im 4. Jh. v. Chr. noch ein Buch von ihm besaß (v. Wilam. a. O. 155, vgl. K. Praechter, Philologus 87, 1932, 133f.). Er war offenbar älter als Sokrates, stammte aus Chios, hielt sich in Athen u. an anderen Orten Griechenlands auf und wanderte zusammen mit seinem Bruder nach Thurioi aus (Plat. Euthyd. 271 C. 273 E. 288 B). Die stark karikierende Darstellung durch Platon schließt nicht aus, daß die von E. gepflegte erist. Disputiertechnik eine Rolle bei der Ausbildung der griech. Logik spielte.

5. E., Sohn des Diokles, treuer Anhänger des Sokrates (Plat. symp. 222b, Xen. mem. 4,2. 3. 5. 6, vgl. Plut. mor. 461d. Athen. 5,187d). Identisch mit ihm ist wohl der E., den Kritias liebte (Xen. mem. 1,2,29, vgl. Max. Tyr. 20,8 Hob.), nicht dagegen der Bruder des Lysias (Plat. pol. 325b) und der Eristiker. G. Schm.

6. E., Arzt wohl im 2. Jh. v. Chr. in Athen; verfaßte *ὀψαρτυτικά, περὶ ταρίχων* und *περὶ λαχάνων* (alle von Athenaios erwähnt). E. gehörte also zur Gruppe der hellenist. Speise→ diätetiker. F. K.

Euthykrates (*Εὐθυκράτης*). **1.** Olynthier, verriet 348 v. Chr., bestochen, die olynthische Reiterei an König Philipp. Demosth. 8,40. Hyp. frg. 76. JENSEN. Diod. 16,53,2. Von Athen geächtet (Demosth. 19,265ff.), trat E. für die Delier in Delphi erfolglos gegen Hypereides auf. Dem Antrag des Demades auf Aufhebung der Acht und Verleihung der Proxenie an E. widersprach 338 Hypereides. Hyp. a. O. H. V.

2. E., Bildhauer um 300 v. Chr., Sohn und Schüler des → Lysippos. Von den zahlreichen literarisch überlieferten Werken ist keines in Original oder Nachbildung nachgewiesen. A. R.

HBArch III 1 (5. Lfg. 1950) 294 f. *(Lippold).*

Euthymenes von Massilia (FHG 4,408, s. BERGER Erdk. 131ff. W. ALY, H 62, 1927, 305ff.) ist der Vf. eines Periplus der Atlant. Küste, dessen Grenzen und genauer Titel nicht bekannt sind. Ein einziges Frg. von ihm ist erhalten durch Vermittlung des → Hekataios von Milet. Oft zitiert oder kurz zusammengefaßt seit Hdt. 2,21, hat er durch → Theophrast in die griech.-lat. Doxographie Eingang gefunden (Aet. 4,1,2. Sen. nat. 4,24. [Ath.] 2,87 Meineke usw.). Dieses Frg. bezeugt, daß E. entlang der afrik. Küste bis zur Mündung eines großen, in n.s. Richtung strömenden Flusses, wahrscheinlich des Senegal, gefahren ist und dort Krokodile, Flußpferde und Flächen von Süßwasser im Meer selbst beobachtet hat, eine Erscheinung, die auch h. bei Hochwasser festzustellen ist. Aus diesen Beobachtungen zog E. den Schluß, daß dieser Fluß der Oberlauf des Nil sei und daß die Etesien, wenn sie das Wasser des Ozeans in sein Bett zurückstauen, in Äg. die große Nilschwelle des Sommers verursachen. Diese Theorie ist inspiriert von der des Thales und korrigiert sie. Sie ist also später als ca. 580, aber früher als Hekataios (ca. 510?) und vielleicht als Anaximandros (ca. 550?), wenn seine Weltkarte schon Libyen von N. nach S. durch den Nil geteilt zeigte (DIELS Vorsokr. 12 A 6, vgl. O. GIGON Der Ursprung der griech. Philos. 1945, 90). Das Werk des E. scheint vor der Zeit Herodots verschwunden zu sein und hat daher keine anderen Spuren hinterlassen als dieses Fragment. Aber es ist möglich, daß ein Teil der Nachrichten des Hekataios über den W. Libyens daher stammt. Vgl. FGrH 1 F 344ff. F. L.

Euthymides (*Εὐθυμίδης*). Sohn des Pollias. Att. Vasenmaler um 510–490 v. Chr. Mit → Phintias und → Euphronios (er rühmt sich in einer Inschr. besser als dieser zu sein) einer der bahnbrechenden Meister am Ausgang der archaischen Epoche. 7 Signaturen von ihm sind erhalten. Er setzt seine mächtigen Gestalten meist auf große Gefäße mit anatom. Beobachtung und zuweilen kühnen Verkürzungen. A. R.

Beazley Attic Red-Figure Vase-Painters^2, Oxf. 1963, 26ff.

Euthynai (*εὔθυναι*), **-os** (*εὔθυνος*). Die Kurzformel *εὔθυνας διδόναι* (vollständig *λόγον καὶ*. . ., IG II^2 798,20) und damit der Begriff E. bezeichnete in Athen das zweigeteilte Verfahren der Rechenschaftsablegung vor den → Logistai und dem für eine bestimmte → Phyle zuständigen -os, das für abgetretene Beamte vorgeschrieben war. Der 1. Akt betraf die Staatsgelder und führte eventuell zu Klagen wegen Mißbrauchs (*ἀδικίου*), Unterschlagung (*κλοπῆς*) oder Bestechung (*δώρων*) vor dem von den Logistai zu berufenden Geschworenengericht. Dieses verurteilte den für schuldig befundenen Beamten bei *ἀδίκιον* zu einfachem Ersatz, in den beiden anderen Fällen zum Zehnfachen der ermittelten Summe (Aristot. Ath. pol. 54,2). Kam es nicht zur Klageerhebung oder ergab die Abstimmung Freispruch, so erteilten die Geschworenen Entlastung (Demosth. 18, 250). Das Verfahren erlebte einen 2. Akt, wenn einem Beamten innerhalb der nächsten 3 Tage ein nicht dem finanziellen Bereich zugehöriges »Unrecht« (*ἀδίκημα*) zur Last gelegt wurde. Dem -os oblag es, die Beschuldigung zu prüfen und sie gegebenenfalls den für die betreffende Phyle zuständigen Richtern der → Tettarakonta (bei Privatdelikten) oder den → Thesmothetai (bei öffentlichen Delikten) zur Weiterverfolgung zu überweisen (Aristot. Ath. pol. 48,4f.). Einen für die Rechenschaftsablegung zuständigen -os gab es auch in den → Demoi (IG II^2 1183). Ebenso begegnet er außerhalb Athens, z. B. in Kalaureia (Syll^4. 993). H. B.

Busolt GStk 2,1033. 1076–1080.

Euthyphron (*Εὐθύφρων*). Athen. Wahrsager, aus Prospalta, Gestalt des gleichnam. platon. Dialogs, auch Plat. Krat. 396d. 399e. 428c erwähnt. Eine Schrift des E. vermutet WILAM. Platon 2, 1919, 77. G. Schm.

Eutokios von Askalon. Mathematiker, Schüler des Architekten → Isidoros von Milet, Vf. von Kommentaren zu 1. des → Archimedes Schriften *περὶ σφαίρας καὶ κυλίνδρου, κύκλου μέτρησις, περὶ ἐπιπέδων ἰσορροπιῶν*, 2. den ersten 4 B. der *Κωνικά* des → Apollonios von Perge, gewidmet dem → Anthemios, der um 534 starb, woraus sich die Datierung des E. auf die 1. Hälfte des 6. Jh. ergibt. Die Kommentare, auf vorzüglichen Quellen basierend, enthalten wertvollste Material für die Geschichte der Mathematik. Gedruckt sind sie seit dem 16. Jh. stets zusammen mit den kommentierten Texten, maßgebend von HEIBERG Ausg. des Archimedes 3,1–370, und des Apollonios 2,168–353. K. Z.

B. L. v. d. Waerden Erwachende Wissenschaft, 1956, passim.

Eutropia. 1. E. aus Syrien, Gemahlin des Kaisers Maximianus, Mutter des → Maxentius und der Fausta, später Gemahlin Constantins d. Gr.

Aus früherer Ehe stammte die dann mit → Constantius (Nr. 1) verheiratete Theodora. Nach 312 hielt sich E. in Palästina auf und war nun wohl Christin (Epit. de Caes. 40,12. Euseb. vit. Const. 3,52). **2.** Tochter des → Constantius (Nr. 1), Mutter des 350 zum Kaiser ausgerufenen → Nepotianus, bei dessen Sturz (30. Juni 350) sie den Tod fand. A. L.

Eutropius. 1. Röm. Geschichtsschreiber um die Mitte des 4. Jh. n. Chr., Teilnehmer am Perserfeldzug Julians (10,16,1), *magister memoriae* unter Valens. Vielleicht sind die Symmachus-Briefe, 346 bis 53 an ihn gerichtet; weitere Vermutungen über Leben und Laufbahn bei [1]. Er verfaßte auf Weisung des Kaisers Valens ein Kompendium *(Breviarium ab urbe condita)*, das in 10 sehr kurzen Büchern die gesamte röm. Gesch. von der Gründung der Stadt bis zum Tode Jovians (364) behandelt. Der stilist. gewandte und zu klarer, gut proportionierter Darstellung befähigte Autor beschränkte sich auf die wichtigsten Fakten; die Kaiser wurden mit kurzen Charakteristiken bedacht. E. war offenbar Heide. Der unparteiische Bericht läßt keine bestimmten Tendenzen hervortreten; als guter Römer registriert E. alle Gebietserweiterungen und -verluste des Reiches mit reger Anteilnahme. Als Quellen dienten hauptsächlich: für die Z. bis Augustus die Livius-Epitome, für das folgende Jh. die Biographien Suetons (wahrscheinlich mittelbar), für die spätere Kaiserzeit die verlorene Kaiserchronik, die auch Aurelius Victor benutzte, für die Zeitgesch. eigene Kenntnis. Offenbar tat das Werk einem lebhaft empfundenen Bedürfnis nach Vermittlung histor. Stoffes Genüge; die Wirren des 3. Jh. und die sozialen Umschichtungen hatten bewirkt, daß weiten Kreisen auch die gröbste Übersicht über die gesch. Zusammenhänge abging. So entstanden damals, in einer um Restauration bemühten Z., außer der Schrift des E. weitere, ähnliche Geschichtskompendien (Aurelius → Victor, → Festus); das Breviarium des E. wurde öfters ins Griech. übersetzt, zum erstenmal um 380 von Paianios (s. [4.6]). Der praktikable, auch in späterer Z. beliebte Leitfaden wurde u. a. von Hieronymus, Orosius und Isidor benutzt. In karoling. Z. verfertigte Paulus Diaconus eine Bearbeitung (Fortsetzung bis zum J. 553 in 6 B.); um 1000 fügte Landolfus Sagax 8 weitere B. hinzu (bis zum J. 820). Das während des MA. in vielen Hss. verbreitete Kompendium diente bis in die neuere Z. als Schulbuch. M. F.

Erstausg. (ohne die späteren Zusätze) *Schoonhoven*, Basel 1546. Ta.: *Droysen*, MGAA 2, 1879 (mit der Übersetzung des Paianios und den Ergänzungen des Paulus und Landolfus). *Rühl*, 1887.

1. *O. Seeck* Symmachi Opera, MGAA 6,1, 1883, CXXXIIff. 2. *M. Galdi* L'epitome nella letteratura latina, 1922, 229ff. 3. *W. Hartke* De saeculi quarti exeuntis historiarum scriptoribus quaestiones, Diss. Bln. 1932. 4. *D. N. Triboles* E. historicus καὶ οἱ Ἕλληνες μεταφρασταί

1941. 5. *E. Malcovati* I breviari del IV secolo, Ann. Univ. Cagliari 12, 1942. 6. *Dies.* RIL 47, 1943/44, 273–304. 7. *N. Scivoletto*, Giorn. It. di Filol. 14, 1961, 129–162 (Hss.). 8. *A. Momigliano* The Conflict between Paganism and Christianity, 1963, 79ff.

2. Nach Hist. Aug. vit. Claudii 3,2 ein vornehmer Dardaner und Vater des Kaisers → Constantius (Nr. 1). Die Notiz beruht jedoch auf Erfindung. **3.** Sohn eines Kolonen, studierte Rhetorik und Jurisprudenz, brachte es nach dem mit ihm verfeindeten Libanios um 389 durch Bestechung zum consularis Syriae (Liban. or. 4,13ff.). *P. Petit* Libanius 1955.

4. Praepositus sacri cubiculi unter → Arcadius. * als Sklave an der assyr. Grenze, wurde E. bereits als älterer Mann dem mag. ped. → Arintheus geschenkt, um 379 freigelassen, unter Theodosius cubicularius und vermutlich 395 zum praepositus s. c., 398 zum patricius ernannt (Cod. Theod. 11, 40,17). Nach Ermordung des Rufinus (27. Nov. 395), an dessen Sturz er wohl beteiligt war, beherrschte E. bis zu seiner Beseitigung im Juli 399 weitgehend den Kaiser Arcadius und trug so die Hauptverantwortung für die Politik des ö. Reichsteiles (Eunap. frg. 66ff. Zos. 5,8ff. Philostorg. h. e. 11,6.8; u. a.). E. verfeindete sich bes. mit der Kaiserin → Eudoxia, aber auch mit kirchlichen Kreisen, indem er für Beschränkung der bischöflichen Gerichtsbarkeit und des kirchlichen Asylrechtes eintrat (Cod. Theod. 9,40,16.45,3.16,2,32f.). Aus seiner Feindschaft gegen Stilicho resultiert das verzerrte Bild E.' bei Claudian (bes. c. in Eutrop. I und II). Lit. → Arcadius. A. L.

Eutyches (Εὐτύχης). **1.** Häresiarch der Monophysiten, Presbyter und Klostervorsteher in Konstantinopel. Mit Eusebios (Nr. 13) hatte er 428 die Lehre des Nestorios von den 2 Personen Christi bekämpft. Da er aber auch die orthodoxe Lehre von 2 Naturen Christi leugnete, klagte ihn ders. Eusebios 448 vor dem Patriarchen Flavianos an. Seiner Verurteilung folgte mit Unterstützung des Hofes und des alexandrin. Patriarchen Dioskuros als Gegenschlag die Absetzung Flavians und Eusebs auf der sog. Räubersynode von Ephesos (449). Nachdem der röm. Papst Leo I. sich entschieden gegen E. erklärt hatte, wurde der Streit auf dem Konzil von Chalkedon 451 für die Zweinaturenlehre entschieden. Doch gefährdeten die Monophysiten noch viele Jh. lang die Einheit des byz. Reiches. O. H.

Ed. Schwartz Der Prozeß des E., SBAW 1929. *Ders.* Acta concil. oecum. 2,6,125f. *A. Grillmeier–H. Bacht* Das Konzil von Chalkedon 1, 1951. 3, 1954.

2. E. (in einigen Handschriften irrtümlich *Eutychius* bzw. *Eutycius*), 6. Jh. n. Chr., Grammatiker, Schüler des Priscianus, Vf. von 2 grammat. Schriften, einer Ars de verbo in 2 B. und einer – lediglich in dem Auszug des Cassiodorius vorliegenden – Specialstudie orthograph. Inhalts De aspiratione. W. Str.

Ta. der Ars: GLK 5,447ff., des Auszugs De aspiratione ebd. 7,199ff. Vgl. *Jeep* Redeteile 97f. *Goetz*, RE VI 1529. *Teuffel-Kr.-Sk.* 3,6, § 482,1.

3. E. (*Εὐτύχης Διοσκουρίδου Αἰγεαῖος*), Sohn des → Dioskurides aus Aigeai (Kilikien), Gemmenschneider vom Anf. des 1. Jh. n. Chr. Von ihm ein signierter Bergkristall mit der prachtvollen Büste der Athena. A. R.

Encicl. Arte Class. Or. III 553f. *(Stazio)*.

Eutychianos. 1. Kappadoker, Christ, röm. Offizier, beschrieb in einem annalist. Werk Julians Perserkrieg von 363, an dem er teilgenommen hatte (FHG 4,6). **2.** E., Consul 398, bezeugt als praefectus praetorio Orientis von 396–399 und 404/05 (Sokr. 6,2,11. Liban. epist. 783. Cod. Theod. 3,12,3. 6,3,4. 7,4,25. 9,40,18. 15,1,42. Cod. Iust. 5,4, 19 u.ö.). Vielleicht verwaltete E. das Amt, teils in kollegialer Form, ohne Unterbrechung von 396 bis 405 (vgl. Ensslin, RE XXII 2440). A. L.

Eutychides (*Εὐτυχίδης*) von Sikyon, Bildhauer, Schüler des → Lysippos, von Plin. nat. 34,51 in die 121. Olympias (296–293 v. Chr.) gesetzt. Von seinen Werken ist die Tyche von Antiocheia am Orontes auf Grund von Münzbildern in verschiedenen stark verkleinerten, in Einzelheiten voneinander abweichenden Kopien erhalten. A. R.

Tobias Dohrn Die Tyche von Antioch., Bln. 1960.

Eutychius Proculus. Latein. Grammatiker aus Sicca, Lehrer des Marcus, der ihn bis zu einem Prokonsulat emporhob, SHA vit. Marci 2,3,5. Mit dem bei Front. p. 186,16ff. v, Hout genannten Proculus ist er nicht identisch. R. H.

Eutychus. Eseltreiber, der mit seinem Esel Nikon Octavian vor der Schlacht bei Actium begegnete und zum Omen wurde; von E. und seinem Esel ließ Octavian ein ehernes Bild aufstellen (Suet. Aug. 96,2. Plut. Ant. 65), das später nach Konstantinopel kam, aber 1204 zerstört wurde, Niket. Chron. hist. Const. 6 (PG 139,1049). R. H.

Euxitheos (*Εὐξίθεος*). Att. Töpfer vom Ende des 6. Jh. v. Chr. Von seinen signierten Vasen hat 3 → Oltos bemalt, eine Schale wird dem → Euphronios zugeschrieben. A. R.

Beazley Attic Red-Figure Vase-Painters², Oxf. 1963, 14,4. 54,4. 60, 64 und 66. *Bloesch* Formen att. Schalen, Bern 1940, 44.

Evocati. Bis E. des 2. Jh. v. Chr. waren e. (*ἠουοκᾶτοι*: CIL III 6547–7299 oder *ἀνάκλητοι*: Cass. Dio 45,12,3) Personen, die im röm. Staat freiwillig der Aufforderung *qui rem publicam salvam esse vult, me sequatur* (Isid. orig. 9,3,53–55) eines Magistrats oder eines Bürgers Folge leisteten. Sie wurden nicht vereidigt, hatten keinen Anspruch auf Sold und dienten solange, bis der Zweck, zu dem sie aufgerufen worden waren, erreicht war (Serv. Aen. 2,157. EE 5,143). Um 100 v. Chr. trat insofern eine Änderung ein, als die verschiedenen Machthaber ihre Heere durch Wiederaufnahme von *veterani* als e. zu verstärken suchten (Sall. Iug. 84,2; Cat. 59,3. Caes. civ. 3,40). Diese e. standen

den Zenturionen im Range fast gleich und bildeten ein Elitekorps, das der Feldherr im Kampfe entweder geschlossen (App. civ. 3,40) oder auf andere Truppen verteilt (Caes. civ. 3,88,4) einsetzte. Dieser Zustand erhielt sich auch in der Kaiserzeit (Vell. 2,113) neben der Neuordnung der *evocatio* durch Augustus (Cass. Dio 55,24,8), durch die die *evocatio*, nicht nur an die Vollendung der Dienstzeit und die Genehmigung des Kaisers gebunden, sondern ausschließliches Recht der *principales* war. Seit der Reform des Prätoriums durch Tiberius 24 n. Chr. konnten obendrein nur Angehörige der Prätorianer e. werden (BJ 117,75). Im 3. Jh. n. Chr. gingen e. direkt auch aus den italisch gebliebenen *cohortes urbanae* hervor (CIL VI 2893. BJ 117,75. Durry 119f.). E. wurden meistens *beneficiarii praefecti* und *cornicularii tribuni*, selten jedoch taktische Chargen. Die e. bildeten einen *numerus* (Cass. Dio 55,24,8. BJ 117,76. Passerini 77) und hatten verschiedene Obliegenheiten in der Rechtspflege (CIL X 3733), als Techniker (CIL VIII 2728), Exerziermeister (CIL III 10378), Legionszenturionen (CIL VIII 2852) und Zenturionen der *cohortes vigilum* (CIL X 3900), als Kommandanten (CIL XIII 1041. XIV 2954. Tac. ann. 2,68) und noch in anderen Funktionen (BJ 117, 76ff. Durry 124ff. Passerini 78 Anm. 1). Sie waren durch einen Rebstock (Cass. Dio 55,24. JOEAI 19/20, 1919, Beibl. 263), einen Goldring (BJ 117, 78) und *coronae aureae* (CIL X 3900) gekennzeichnet. Nach ihrer Verabschiedung hießen sie nicht *veterani* (RE Suppl. IX 1597), sondern *ex evocato* (CIL VI 2893). A. N.

ThlL V 2,1058ff. EE 5,149ff. BJ 117, 1908, 75ff. *Krom.-Veith* 311.385.392f.402.412.490f. *M. Durry* Les cohortes prétoriennes, Paris 1938. *A. Passerini* Le coorte pretorie, Roma 1939, 76ff.

Evocatio. Aufforderung an Gottheiten einer belagerten Stadt, diese zu verlassen und nach Rom überzusiedeln (Plin. nat. 28,18. Serv. Aen. 2,351). Urspr. sicher magischer Ritus. Einzig hist. bekannter Fall: Liv. 5,21,3–7 (vgl. 5,22,7. 23,7. 31,3) e. der → Iuno Regina aus Veii durch → Camillus (Basanoff 42ff. und Hubaux 157ff. machen auf den Plur. § 5 *deos evocatos* aufmerksam, der z. B. nach Weissenborn-Müller Übertreibung ist [wofür der Plur. *vocatos deos* spricht, obwohl nur von Apollo die Rede ist], dessen Lösung in 22,3 liege: *amoliri deos;* jedoch geht es auch danach nur um Iuno Regina). Die Formel *(carmen)* bei Macr. Sat. 3,9,7 mag an sich alt sein, doch daß Götter (Plur.!) aus Karthago evoziert worden seien, ist nicht richtig, denn 1. hat die Stadtgöttin (Iuno) → Caelestis erst viel später in Rom Aufnahme gefunden, 2. beschränken sich e.-nes offenbar auf frühe Zeit und Götter Latiums und des s. Etrurien.

Etwas anderes ist die e. im Privatkult, wenn eine Örtlichkeit von den darauf ruhenden relig. Verpflichtungen durch Übertragung befreit werden sollte; diese e. hat sich bis in späte Zeit erhalten

(vgl. Ulp. Dig. 1,8,9,2. Latte 125, 3.200,2). W. E.
Wissowa Rel.² 44.383f. *L. Wohleb* Die altröm. und die hethit. e., ARW 25, 1927, 206ff. *V. Basanoff* Evocatio, Paris 1947. *J. Hubaux* Rome et Véies, Paris 1958, bes. 157ff. *Latte* RRel 43.125.200,2.346,4.

Exactor, der »Eintreiber«, kann **1.** u.a. »Steuereinnehmer« schlechthin bedeuten (vgl. Cod. Iust. 12,37,11: *opinatoribus, id est e.-ibus militaris annonae*), bezeichnet aber zumeist einen speziellen Beamten dieses Titels. In den ersten Jh. der Kaiserzeit noch außerordentlicher Funktionär, der neben den gewöhnlichen Steuererhebungsorganen (*δεκάπρωτοι, decuriones*) wirkt und, oft ein kaiserlicher Sklave, die kaiserliche Gewalt repräsentiert, wurde er in der nachdiokletian. Ära zum ständigen, vornehmlich mit der Beitreibung von Steuerrückständen befaßten Beamten. In Äg. hat ein (zunächst vom Kaiser ernannter, später von den Munizipalkurien gewählter) *e. civitatis* seit dem frühen 4. Jahrh. die Oberleitung der Steuererhebung einer *civitas*, insoweit Nachfolger des nunmehr beseitigten Gaustrategenamtes (vgl. seine zeitweilige Bezeichnung als *στρατηγὸς ἤτοι ἐξάκτωρ*, zuletzt in POxy VII 1057 [362 n. Chr.]; daneben gibt es niedere, mit den *πράκτορες* identische e.es). Im übrigen röm. Reich kommt dem e. eine so bedeutende Stellung wie dem äg. *e. civitatis* nicht zu (eine Ausnahme bildet der *e. auri et argenti provinciarum III*, CIL X 3732 = Dess. ILS 1216). **2.** Das Wort e. bezeichnet ferner jemanden, der mit der Oberaufsicht über bestimmte Geschäfte oder Gegenstände (Bauten) beamtet ist, wie der *e. operum dominicorum* (CIL VI 8480 u.ö.), der die *opera publica* inspiziert; der *optio et e. auri argenti et aeris* (z.B. CIL VI 42), oft ein Freigelassener, der dem techn. Personal der Münzprägung vorsteht; der *e. ad insulas* (CIL VI 9383), ein privater Häuserverwalter; u.a.m. H. St.
E. de Ruggiero, Diz. epigr. 2/III, 1922, 2176ff. (s.v.). Zu 1. außerdem: *Lammers*, Art. Susceptor, RE IV A 978f. u.ö., mit Lit., bes. *Fr. Oertel*, Die Liturgie, 1917, 299ff. u.ö. *A. Déléage* La capitation du Bas-Empire, 1945, 134ff. u.ö., mit Lit. *R. Ganghoffer*, L'évolution des institutions municip. en Occ. et en Or. au Bas-Empire, 1963, 147ff. u.ö.

Ἐξαιρέσεως δίκη. Wer in Athen einen Menschen als Sklaven in Anspruch nahm, durfte ihn im Wege der Selbsthilfe fortführen, *ἄγειν πρὸ δίκης*. Die Fortsetzung der Eigenmacht konnte ihm aber durch einen Dritten im Wege eines Formalaktes, *ἐξαιρεῖσθαι εἰς ἐλευθερίαν*, untersagt werden. Der *ἄγων* mußte darauf den Ergriffenen, allerdings nur gegen Bürgenstellung, freigeben und konnte gegen den Dritten mit der *ἐ. δ.* klagen ([2]). Dem siegreichen Kläger wurde der *ἀγόμενος* als Sklave zugesprochen, während den Beklagten eine Geldstrafe traf, die zur Hälfte in die Staatskasse floß ([1]). E. B.
1. *J. H. Lipsius* Das att. Recht und Rechtsverf., 1905–1915, 641. 2. *A. Kränzlein* Eigentum und Besitz im griech. Recht, 1963, 159ff.

Exauctorare. Urspr. bedeutete e., d.h. *auctoramento solvere*, die Entbindung vom Fahneneid, wie *exauctoratio*, nicht die Entlassung überhaupt. Dieser Unterschied besteht offenbar noch bei Tac. ann. 1,36: *missionem dari vicena stipendia meritis; exauctorari, qui sena dena fecissent ac retineri sub vexillo.* E. Bickel, RhM 95,112 wies auf diese Stelle hin, um den Unterschied zwischen den Veteranen, die noch 4 bzw. 5 J. Reservedienst zu leisten hatten und jenen, die ihn bereits hinter sich hatten, kenntlich zu machen. Dem scheint ein Militärdiplom vom April 71 n. Chr. zu widersprechen: CIL XVI Nr. 17 [*veteranis qui militaverunt* . . .], *qui sena et* [*vice*]*na sti*[*pendia au*]*t plura meruerunt*, [*item ii, qui*] *ante emerita stipen*[*dia eo, quod*] *se in expeditione belli fortiter industrieque gesserant, exauctorati sunt*, und es ist fraglich, ob der von Bickel aufgezeigte Unterschied tatsächlich bestand, d.h. ob nicht bereits bei Tac. ann. 1,36 in e. und *missionem dare* synonyme Ausdrücke vorliegen. A. N.
RE VI 1553. Suppl. IX 1599, ThlL V 2,1188f. RhM 95, 1952, 112.

Exceptio. 1. Als *t.t.* bezeichnet sie »eine Einrichtung des Zivilprozeßrechts, nämlich die dem Beklagten günstige »'Ausnahme'« von den Bedingungen, unter denen er dem Klagsanspruch zufolge zu verurteilen wäre« ([10],29). Den Legisaktionen noch fremd ([10],29.316; [17],348,1), entstand sie im Formularverfahren als Instrument der prätor. *aequitas* (vgl. Gai. 4,116ff. m. Bspp.). Sie beruht, obwohl Institut des Amtsrechts, inhaltlich aber nicht nur auf diesem, sondern z.T. auch auf *ius civile* (= sog. zivile im Gegensatz zu den prätor. *e.nes:* [1],145; vgl. aber [9],1,199,18. [6],55f.). In formeller Hinsicht ist sie ein außerordentlicher Bestandteil des schriftlichen Prozeßprogramms, das, *in iure* Gegenstand der *litis contestatio*, *in iudicio* der richterlichen Entscheidung zugrunde liegt. Je nach der Struktur der vom Kl(äger) postulierten *formula*, ist in ihr die Aufnahme einer *e.* zur Verteidigung des Bekl(agten) nur nötig, wenn die bloße Bestreitung der Klagsgrundlage nicht schon zum Prozeßverlust des Kl.s führte ([2]. [6],51f.). In diesem Fall beantragt der Bekl. vor dem Prätor, eine *e.* zuzulassen (zur ausnahmsweisen Einschaltung einer *e.* von Amts wegen vgl. [9],1,199,15. [6],52). Wenn eine geeignete *e.* nicht bereits im Edikt vorgesehen ist, gewährt der Magistrat *causa cognita* (Gai. 4,118) eine *e. in factum* ([1],147,56. [17],348) oder eine *e. utilis*, die den Anwendungsbereich einer typischen, zivilen *e.* erweitert([17],348 m. Lit.). Jede *e.* wird in der Formel zwischen *intentio* und *condemnatio* so inseriert, *ut condicionalem faciat condemnationem* (Gai. 4,119): nämlich als meist negativer Bedingungssatz (Einleitungspartikeln: *si non, praeterquam si* etc.; nicht *nisi*: RE VI 1555,30; zu positiv bedingenden *e.nes* vgl. [7], 160). Wenn sich *in iudicio* erweist, daß der (in der *e. in contrarium* konzipierte, Gai. 4,119) Ausnahmetatbestand vorliegt, hat dies die völlige Absolution des Bekl. zur Folge (für kondemnationsmindernde *e.nes* war im Formularverfahren trotz Paul. Dig. 44,1,22 pr. wohl kein Raum: [17],346,7; anders z. B. [1],148; engl. Ausg. 158 m. Lit.); ferner konnte der Kl. in diesem Fall nicht nur bei peremptor., sondern – infolge der sog. Konsumptions- bzw. Ausschlußwirkung, vgl. [10],310 – auch bei dilator. *e.nes* keine neue Klage anstrengen (Gai. 4,123; *e.nes peremptoriae* [*perpetuae*], z.B. aus Erlaßpactum, lähmen den klägerischen Anspruch dauernd und können daher, anders als die meist zeitlich beschränkt geltenden *e.nes dilatoriae* [*temporales*], z.B. aus Stundungspactum, vom Kl. nicht »vermieden werden«, Gai. 4,120ff. [1],147ff.[17], 347. [15]). Ob freilich dem Bekl. im Formularprozeß immer die Beweislast für die E.-Behauptungen oblag, ist umstritten (Lit. bei G. BROGGINI, Jus 11, 1960, 383,140: bes. [7]). – Anders im Kognitionsprozeß: Der Bekl. ist hier für die *e.* (die nach dem Abkommen der Schriftformeln die deutlichen, vom Formalen her bestimmten Konturen verliert und teilweise mit der Bestreitung des Anspruches zusammenfließt, terminologisch außerdem von der jüngeren *praescriptio* nicht geschieden wird, vgl. [16],291.296.304f. [10],325. [9],2,45 m. Lit.; [17], 348) grundsätzlich beweispflichtig ([10],325; [7], 172ff.). Peremptor. »Einreden« können in jedem Stadium des Verfahrens erhoben werden, dilator. nur »vor dem Eintreten in die kontradiktor. Verhandlung« ([2]); jene bewirken endgültigen Prozeßverlust, diese Abweisung der Klage auf Zeit ([10],325. [17],349; teilweise anders [16],300,166). Zuweilen führt die *e.* zur bloßen Verurteilungsminderung ([10], a.O. [1],282).

Von den einzelnen *e.nes* können nur einige wichtigere besprochen werden (weitere bei [3], 501ff. [8]; Novissimo Dig. it. 6,1072ff. m. Verweisungen): a) Größte Bedeutung (vgl. z.B. [10],29) hat die *e. doli*, die nicht nur auf Betrug des Kl.s bei Vertragsabschluß zugeschnitten ist (= *dolus praeteritus* oder *specialis*), sondern auch auf allfäll. Treuwidrigkeit bei Klagserhebung (= *dolus praesens* oder *generalis*), und daher dem Richter weitgehende Ermessensfreiheit einräumt (vgl. [9],1, 422. [10],132 u.ö.). Sie lautet: »... *si in ea re nihil dolo malo Auli Agerii factum sit neque fiat* ...« (Gai. 4,119). b) Die *e. metus (quod metus causa)* ist, anders als die nur gegen den Betrüger durchschlagskräftige *e. doli*, *in rem scripta*, d.h. sie hilft gegen jeden, der, wenn auch selbst nicht an der Erpressung beteiligt, aus einem erpresserisch zustande gekommenen Rechtsgeschäft klagt ([9],1, 213. 2,61; – zu den Kategorien der *e.nes in rem* bzw. *in personam* und, davon verschieden, *e.nes rei* bzw. *personae cohaerentes* vgl. [17],347ff. [1], 148ff.). c) Im Kognitionsverfahren entstand, als Abspaltung der *e. doli*, die *e. non numeratae pecuniae*. Sie bewirkt, daß der Kl. die vom Bekl. bestrittene Darlehensgewährung beweisen muß, obwohl dieser mittels *stipulatio* oder Schuldschein die Rückzahlung versprochen hat ([9],1,452. 2, 277f. m. Lit.; dort auch zur Befristung der *e.* und der gleichnamigen *querela*). d) Die *e. pacti (conventi)* dient, wohl wahlweise mit der *e. doli*, der Durchsetzung einer formlosen Erlaß-, Vergleichs- oder Stundungsabrede ([9],1,537. 2,321f. u.ö. [6], 470). e) Die *e. rei iudicatae inve iudicium deductae* bezweckt die Geltendmachung der sog. Ausschlußwirkung der *litis contestatio* bzw. des Urteils in den Fällen, in denen Klagen *de eadem re* nicht schon *ipso iure* konsumiert sind ([10],310. [11],139ff. u.ö. [12],456f.). f) Die *e. rei venditae et traditae* schützt den Käufer einer Sache, der, sei es aus Formmangel des Übertragungsaktes *(traditio* einer *res mancipi)*, sei es wegen später allerdings wegfallenden Rechtsmangels des Veräußerers (dieser, ehemals Nichteigentümer, erlangt, etwa durch Erbgang, das *dominium ex iure Quiritium* an der veräußerten Sache), zunächst nicht selbst ziviler Eigentümer wurde, gegen dessen *rei vindicatio* ([9],1,342.369. 2,215 u.ö.). **2.** Zur *e.* im Interdiktenverfahren: → *interdictum.* H. St.

1. *L. Wenger* Institutionen des röm. Zivilprozeßrechts, 1925, 145ff.280ff. u.ö. (Engl. erweit. Ausg. [übers. von *O.H. Fisk*]: Institutes of the Roman law of civil procedure, ²1955, 155ff.291ff.). 2. *A. Steinwenter*, Art. Exceptio, HWB der Rechtswissenschaften 2, 1927, 368. 3. *O.Lenel* Das edictum perpetuum ³1927, 501ff. 4. *H. Siber* Röm. Recht 2, 1928, 16ff. u.ö. 5. *Siro Solazzi*, Rivista ital. per le scienze giuridiche 86, 1949, 64ff. (vgl. auch 60ff.). 6. *Fritz Schulz* Classical Roman Law, 1951, 50ff. u.ö. 7. *E.Levy*, IURA 3, 1952, 157ff. u.ö. 8. *Ad.Berger*, Art. Exceptio (etc.), Encyclopedic dictionary of Roman law (Transact. of the Am. Philos. Soc. N.S. 43,2) 1953, 458ff. 9. *M.Kaser* Das röm. Privatrecht 1, 1955, 199 u.ö. 2, 1959, 45f. u.ö. 10. *Ders.* Röm. Privatrecht, Ein Studienbuch, ³1964, 29f.307.325 u.ö. 11. *M. Marrone* L'efficacia pregiudiziale della sentenza nel processo civile romano (Ann. del Semin. giuridico della Univ. di Palermo 24), 1955, 192ff. u.ö. 12. Dazu: *G.Broggini* ZRG. Rom. Abt. 74, 1957, 451ff. (S. 452,2 weitere Rezensionen). 13. *A.Palermo* Studi sulla »exceptio« nel diritto classico, 1956. 14. Dazu: *G.Pugliese*, IURA 8, 1957, 474ff. 15. *M. Amelotti*, La prescrizione delle azioni in diritto rom. (Fond. G. Castelli 24), 1958, 72ff. 16. *W. Kolitsch*, ZRG. Rom. Abt. 76, 1959, 287ff. 17. *C.A. Cannatta*, Art. Eccezione (Diritto rom.), Noviss. Dig. ital. 6, 1960, 346ff.

Exceptor. Ein Stenograph *(ταχυγράφος)*, der als Protokollführer, sei es bei Gerichts- oder Senatsverhandlungen *(e. iudicis, e. senatus)*, sei es im Stab ziviler oder militär. Beamter (usw.), tätig ist. In der späten Kaiserzeit hat die Zahl der *e.es* sehr zugenommen; sie sind jetzt in *scholae exceptorum* zusammengefaßt und selbst regelmäßig Staatsbeamte ([3] und [4] a.a.O. geg. [2], 20). H. St.

1. *De Ruggiero* Dizion. epigraf. di antichità romane, 2/III, 1922, 2180f. s.v. 2. *E. Stein* Unters. über das Officium der Prätorianerpräfektur seit Diokletian, 1962², 20.31ff. u.ö. 3. *A.H.M. Jones*, JRS 39, 1949, 38ff. passim = Stud. in

Rom. governm. and law, 1960, 167.213f. u.ö. 4. *Joh. Karayannopulos*, Das Finanzwesen des frühbyz. Staates, 1958, 175f. u.ö.

Excerpta Barbari. Von Ios. Scaliger gewählte Bezeichnung für die fehlerhafte vulgärlat. Übers. einer alexandrin. Chronik, überliefert im Cod. Paris. lat. 4884 (7./8. Jh.; Abschrift mit Anm. Scaligers im Cod. Hamburg. 269). Zugrunde liegt eine illustrierte griech. Fassung des 5. Jh., die wahrscheinlich um 700 von einem Franken übertragen wurde. Die fortlaufende Darstellung endet abrupt mit dem J. 387 (urspr. bis 392 reichend?). Der Text ist durch eine große Lücke (f. 56b/57a) entstellt; daher fehlen die fasti von Domitianus bis Diocletianus. Die E. gliedern sich in 3 Teile:
1. f. 1a–36b: Weltchronik mit synchronist. Ansätzen von Adam bis Kleopatra, darin ein geogr. Exkurs über die Aufteilung der Erde (4a–14b);
2. f. 37a–48b: Listen nichtjüd. Dynastien, denen ein Verzeichnis der Hohenpriester und der röm. Kaiser bis Anastasios (der Schluß vielleicht interpoliert) angefügt ist;
3. f. 49a–63a: Fastenchronik von Caesar bis 387, die an den 1. Teil anschließt. Eingefügt sind Notizen aus apokryphen Evangelien, den Reichsfasten und der Stadtchronik von Alexandreia, wodurch dieses als Entstehungsort des Originals gesichert wird. Die E. verraten Kontamination der chronol. Systeme des Eusebios, Hippolytos und Africanus, abgesehen von den o. erwähnten Zutaten. Hinter dem kümmerlichen Gerippe läßt sich die alexandrin. Fassung der chr. Weltchronik noch erkennen. H. Gä.

Ta: *C. Frick* Chron. min. 1, Lpz. 1892, 183ff. (mit Rückübersetzung). Nur die fasti: *Th. Mommsen*, MGAA 9, 272ff. – Lit.: *F. Jacoby*, RE VI 1566ff.

Excubiae. Mit e. wurden im röm. Heer Wachen bei Nacht (Caes. civ. 3,50,1. Veg. mil. 3,8, Amm. 29,5,50), bei Tag (Serv. Aen. 9,157, Marqu. RSTV 2,419f.) und Wachen überhaupt (Tac. ann. 13,35, Amm. 21,12,15) bezeichnet. E. hießen auch die ständigen militär. Wachen beim Kaiser (Tac. hist. 4,11) und die angesiedelten Posten im Grenzgebiet (H. A. Prob. 14,1). E. -itores waren die einzelnen, Wache haltenden Soldaten (Caes. Gall. 7, 69,7, Suet. Nero 8. Marqu. RSTV 2,476,7). Im 5. Jh. n. Chr. übertrug Kaiser Leon den bisher von den Scholariern versehenen Wachdienst im Kaiserpalast, an e. -itores, eine dafür neu ins Leben gerufene 300 Mann starke Truppe (Lyd. mag. 1,16). Sie sind noch im MA. nachweisbar (GROSSE 271). A.N.

RE Suppl. IX 1693. *R. Grosse* Röm. Militärgesch., Bln. 1920, 270f.

Excusatio. Als Entschuldigung setzt die e. sowohl nach alltäglichem wie nach rechtstechn. Sprachgebrauch zunächst ein an sich pönal zu verantwortendes, Strafe oder Buße auslösendes Verhalten voraus. So wird von einer e. der auf Geheiß ihrer Eigentümer handelnden Sklaven gesprochen (Dig. 48,10,15,3), Unzurechnungsfähigkeit führt zur e. (Dig. 47,12,3,1), bisweilen auch *ignorantia* (vgl. Dig. 17,1,8,8 gegen Dig. 19,2,19,1). Die zunehmende Belastung des Durchschnittsbürgers mit ihm vom Staat auferlegten Aufgaben und Lasten verlieh den Möglichkeiten einer hier einsetzenden e. rasch so große Bedeutung, daß eine eigene jurist. Monographie, die *libri de excusationibus* des Modestinus, entstehen konnte. Diese Schrift und der ihr entsprechende Digestentitel 27,1 gilt den Gründen, die eine Bestellung zum Vormund abwenden können. Der klass. Ansatz dieser *e. a tutela* liegt bei der magistrat. Tutorenbestellung; schon Claudius bezog die Testamentstutel ein, im nachklass. Recht erfaßt die Ordnung der e. dann alle Arten der Vormundschaft. Alter, Armut, Amtsüberlastung, Kinderzahl, Krankheit und Ungeschicklichkeit waren die wichtigsten Gründe für eine solche e. Daneben gewann die *e. a muneribus* immer größer Bedeutung (vgl. Dig. 50,5. Cod. Iust. 10,48–59). Sie befreite Frauen, kinderreiche Väter und Männer unter 25 oder über 70 von persönlichen Dienstleistungen. Th. M.-M.

Debbasch Varia 2, 1956, 55ff.

Exedra (*ἐξέδρα*). Ein Sitz, eine Bank außerhalb des Hauses. Bei Vitr. im Gymnasion, aber auch im Privathaus, ein Raum, der an 3 Seiten von Wänden geschlossen ist, während die 4. Seite sich völlig frei – meist auf einen Säulenhof – öffnet; auch als Unterrichtsraum der Philosophen genannt. Die moderne Archäologie verwendet E. mißbräuchlich ausschließlich als t. t. für halbkreisförmige Bänke, welche inschr. als *scholae* bezeichnet werden, und auch für gerundete Nischen in Gebäuden. A. R.

Encicl. Arte Class. Or. III 436ff. *(Bendinelli)*.

Ἐξηγητής bezeichnet einen amtlich fungierenden »Ausleger des Sakralrechts« in Athen erwähnt zuerst Plat. Euthyphr. 4 C. D. Die Institution war wohl schon damals so organisiert, wie sie auf Inschr. der späthellenist. Zeit erscheint: Ein E. ist vom Volk gewählt (*ὑπὸ τοῦ δήμου καθεσταμένος*), ein anderer vom pyth. Gott in Delphi bestimmt (*πυθόχρηστός*); beide sind aus den altadligen Geschlechtern (→ Eupatriden) genommen und auf Lebenszeit bestellt. Ihre Obliegenheiten überschneiden sich, doch kommt dem letzteren vornehmlich die Auskunft über Reinigungen, dem ersteren die über alte Opfer- und Festgebräuche (*τὰ πάτρια*) zu (Tim. lex. in Plat. s. v.). Seit 329/28 sind außerdem Exegeten aus dem Geschlecht der → Eumolpiden für den Bereich der eleusin. Mysterien epigr. belegt (IG II² 1672,41). Außerhalb Athens begegnet der E. z. B. in Telmessos (Hdt. 1,78,2). H. B.

A. W. Persson Die Exegeten und Delphi, 1918. *F. Jacoby* Atthis, 1949, 8–51 u.ö. *J. H. Oliver* The Athenian expounders of the sacred and ancestral law, 1950. *Nilsson* GgrR 1²,636f.

Exekias (*Ἐξηκίας*). Att. Töpfer und Maler, einer der bedeutendsten Meister der schwarzfigurigen Technik um Mitte des 6. Jh. v. Chr. Zweimal signiert er als Maler, zehnmal als Töpfer. Eine der so bezeichneten Vasen, die im Stil etwas härter ist, wird von E. getrennt. Von E. rühren zweifellos auch große Tonmetopen von einem Grabbau her. In seinen Werken zeigt er nicht nur bewegte Handlung, sondern auch treffliche Stimmungsbilder.

A. R.

Beazley Attic Black-Figure Vase-Painters, Oxf. 1956, 143ff.

Exercitus. Die Anfänge des auf allg. Wehrpflicht aufgebauten röm. Milizheeres sind mangels einer ausreichenden Überlieferung wenig geklärt. Der älteste greifbare Zustand scheint das nach Stämmen und Geschlechtern gegliederte Aufgebot (Varro l. l. 5,86,91) gewesen zu sein, dem bald das auf timokrat. Basis geordnete folgte, d.h. jeder Wehrpflichtige sorgte für seine Bewaffnung, die verschieden ausfallen mußte, selbst. Daraus ergab sich die Aufstellung nach Zensus- und später nach Altersklassen, wobei der Staat zunehmend für die Bewaffnung aufkam (Liv. 1,43,9. 3,15,18). Aufstellung und Kampfesweise dürften der der griech. → Phalanx entsprochen haben. Die Entstehung der Republik führte zur Zweiteilung der Oberbefehls und des Heeres in 2 Legionen zu je 4200 Mann Infanterie und 300 Mann Kavallerie (→ legio), die je ein Konsul befehligte. Die Kämpfe mit Etruskern, Kelten, Samniten und mit Pyrrhos führten neben der horizontalen Gliederung in → *principes*, → *hastati* und → *triarii* auch zur vertikalen in der Zusammenfassung von je 2 Zenturien der aus 42 solcher Einheiten bestehenden Legion zu einem → *manipulus* und in die Aufstellung zur Manipularphalanx. Die Kavallerie, bei der sich die Beistellung der Ausrüstung aus eigenem am längsten hielt, wurde allmählich durch die der → socii ersetzt. Diese stellten an Infanterie ein gleich starkes, in Alen (→ ala) und Kohorten (→ cohors) gegliedertes Kontingent, an Kavallerie jedoch ein dreifach so großes, in Alen gruppiertes. Als man dazu überging, mehr als 2 Legionen aufzustellen, umfaßte die von je einem Konsul befehligte Armee 2 Legionen, wozu noch 2 Alen der Bundesgenossen mit → *extraordinarii* und Reiteralen kamen. Die Gesamtstärke einer konsular. Armee belief sich seither auf durchschnittlich 18000 Mann Infanterie und 2400 Mann Kavallerie (Pol. 3,107, 10–15). Nur ausnahmsweise, wenn ein → *dictator* an die Stelle der beiden Konsuln trat, kam es wie in der Königszeit zu einem einheitlichen Kommando. Die Entwicklung zur Manipularlegion war im wesentlichen mit dem Kriege gegen Pyrrhos abgeschlossen. Der Nachteil der Phalanx, daß die hinteren Glieder für den Kampf so gut wie ganz ausfielen, wurde durch die Aufstellung der Legion nach Manipeln zu je 2 Zenturien in Schachbrettform ausgeglichen, d.h. es wurde so möglich, die einzelnen Manipel durch die Zwischenräume vorzuziehen. Gleichzeitig kam die Stoßlanze ab und der Legionär wurde mit → *pilum* und → *gladius* ausgerüstet und zum Einzelkämpfer ausgebildet. Nach erfolgtem Pilumwurf begann der Massenkampf mit dem Schwert, der durch rücksichtsloses Dreinhauen den Einbruch in die feindliche Front erzielen sollte. Gelang auch dies nicht, zogen sich die einzelnen Manipel unter Wahrung der Abstände zwischen ihnen wieder auseinander zum statar. Gefecht von Mann zu Mann. Massenangriff und statar. Gefecht wechselten, bis zur Entscheidung. Dieser schablonenmäßige Kampf verlor im 2. pun. Krieg durch die völlig frei operierende karthag. Wehrmacht seinen Sinn. Dadurch wurde die weitere Entwicklung des röm. Kriegsinstrumentes bedingt. Sie lag einmal in der zum Berufsheer, andererseits in der zur völlig schablonenfreien Verwendung der Hastaten-Principes-und Triariermanipel und ging auf P. Cornelius Scipio zurück (Krom.-Veith 292ff.). Als neues Element im röm. Heer kamen in dieser Periode die volksfremden → *auxilia* hinzu, die vorwiegend die leichten Truppengattungen und die Kavallerie stellten. Die Bildung von Provinzen führte zur Entstehung eines neuen Oberkommandos in der Hand der Statthalter, denen neben den zivilen Befugnissen auch die militär. über ihre Provinzen zustanden. Die Entwicklung zum stehenden Heer der Kaiserzeit wurde Anfang des 2. Jh. v. Chr. abgeschlossen. Der Zusammenbruch des röm. Mittelstandes durch die dauernde Inanspruchnahme bei den häufigen Kriegen und das daher zunehmende Anwachsen des besitzlosen Proletariats führte zu dessen Einstellung als Freiwillige. Den 1. Schritt dazu tat Marius im jugurthin. Krieg. Mit Marius ist aber weiters die Einführung einer einheitlich zusammenhängenden Dienstzeit von 16 J., die auf 20 verlängert werden konnte (RE Suppl. IX 1598), und die einer Altersversorgung der ausgedienten Soldaten verbunden. Gesetzlich blieb zwar die Aushebung (→ dilectus) bestehen, wurde aber nun praktisch zur Werbung. Der Bundesgenossenkrieg führte zur Gleichstellung der *socii* mit den Römern, d.h. es gab von nun an nur Legionen, in denen Römer wie Italiker, die jetzt auch das röm. Bürgerrecht besaßen, dienten. Die Zusammenfassung von je 3 Manipeln ergab eine neue Dispositionseinheit, die Kohorte. 10 Kohorten bildeten eine Legion, die aus einem Armeekörper in einen Truppenkörper umgewandelt wurde. Als äußeres Kennzeichen dafür erhielt sie an Stelle der bisherigen Feldzeichen, abgesehen von den → signa der Manipel, den Adler (→ aquila), der von nun an das Symbol der Legion, ihres Korpsgeistes und ihrer Tradition war. Daß nicht nur dies, sondern auch die Verbesserung des Pilum und die Normierung des Marschgepäcks (Fest. ep. 148 M 24. CPh 43,168ff.) auf die marian. Heeresreform zurückzuführen ist, legte G. Veith (Krom.-Veith 376ff.) in überzeugender Weise klar. Zu ihr zählen auch die Einführung des Gladiatorenfechtens und die Unterweisung der

Legionäre im Pfeilschießen, im Schleudern von Steinen und Bleigeschossen und im Kavalleriedienst (CPh 43,166ff.), eine Neuerung, die durch die steigende Bedeutung der Fernwaffen seit dem 1. Jh. v. Chr. (Philol. Suppl. 23,2) veranlaßt wurde. Das von Augustus E. des 1. Jh. v. Chr. geschaffene homogene Heer stand mit wenigen Ausnahmen in den kaiserlichen Provinzen (Cass. Dio 53,15), bes. an den Grenzen des Reiches. In diesen, nach Stärke und Zusammensetzung verschiedenen Provinzarmeen war die Legion nicht mehr wie früher reiner Infanteriekörper, sondern hatte, von 2 kurzen Zeiträumen abgesehen, auch eine Abteilung Kavallerie und eine bestimmte Zahl von Geschützen. Außerdem waren der Legion bis Vespasian auch Hilfstruppen (→ auxilia) angegliedert (Tac. hist. 1,59.64). Die allmählich romanisierten Auxilien wurden neu organisiert und in der Bewaffnung und Ausbildung den Legionen teilweise angeglichen. An ihre Stelle traten seit Traian die → *numeri*. Einen weiteren festen Bestandteil des Heeres bildeten seit Augustus die Garden, deren stärkster Teil die Prätorianer (→ *praetoriani*) waren. Da die Legion sich als zu schwerfällig erwies, ging einerseits die Schlachtentscheidung an die Auxilien über, andererseits setzten sich in der Legion selbst die leichten Waffen immer mehr durch. Durch die Heeresreform des Kaisers Hadrian verschwand die alte Manipelordnung, die Zenturie wurde taktische Einheit (Philol. Suppl. 23,2. Klio Beiheft 22,18ff.) und die Kavallerie gewann an Bedeutung. Durch die zunehmenden Ausfälle und die Schwierigkeiten der Ergänzung geriet der Effektivstand der einzelnen Truppenteile immer mehr unter den Sollstand. Andererseits stieg innerhalb der einzelnen Effektivstände bei der zunehmenden Abgabe kriegsverwendungsfähiger Mannschaften und Offiziere der Stand der bloß zum Garnisonsdienst tauglichen Soldaten. Als Septimius Severus den Soldaten mit röm. Bürgerrecht erlaubte, noch während ihrer Dienstzeit eine nach röm. Rechte gültige Ehe zu schließen, wurde das Lager bloß Dienstort, nicht mehr zugleich auch Unterkunft. Am Ende dieser Entwicklung wurden die Soldaten Grundstückpächter und so Wehrbauern. Damit parallel lief die allmähliche Entnationalisierung des röm. Heeres, die bereits vor der Mitte des 2. Jh. mit der Einführung der örtlichen Rekrutierung einsetzte und durch die steigende Aufnahme von Ausländern gefördert wurde. Dies alles führte zur diokletian.-konstantin. Militärreform, die die Grundlagen des differenzierten Heeres der späten Kaiserzeit schuf. Sie bestand vor allem in der Schaffung kleinerer und zahlreicherer Einheiten als bisher, in der Aufstellung von Abschnitts- und Hauptreserven und schließlich in der Neubildung einer eigenen Feldarmee (→ *comitatenses*) im Gegensatz zur Besatzungsarmee in den alten Standlagern an der Grenze, den → *limitanei*. A. N.

Krom.-Veith 251ff. 255ff. 288ff. 376ff. 470ff. 473ff. 568ff. Burs.Jb 200, 1924, 1ff. 218, 1928, 69ff. 248, 1935, 148ff. 274, 1941, 115ff. *G. Webster* The Roman Army, Chester 1956. S. auch die Lit zu den einzelnen Art. über das röm. Heerwesen.

Exheredatio. Der Gedanke der Enterbung nahm seinen Ausgang wohl von dem Bestreben, die Einheit des Hofbesitzes zu wahren. Man setzte einen Sohn namentlich als Erben ein und enterbte die anderen Söhne, indem man sie namentlich im Testament erwähnte und ausdrücklich enterbte (*Titius exheres esto*!). Geschah dies nicht und meldete sich noch ein *suus heres*, so war das gesamte Testament hinfällig. Alle übrigen *sui*, Töchter und Enkel also, konnten in einer gemeinsamen Formel ausgeschlossen werden (*ceteri omnes exheredes sunto*!). Wurde die Formel vergessen und meldete sich eine Tochter oder ein Enkel, so hatten diese neben den Eingesetzten an der Erbschaft teil. Eine Begründung, weshalb jemand enterbt wurde, war nie gefordert.

Die Testierfreiheit blieb bis gegen E. der jüngeren Republik weiterhin unbeschränkt, der Erblasser hatte lediglich ganz bestimmte Formvorschriften einzuhalten. Söhne und nach dem Tode des Erblassers Geborene (*postumi*) mußten *nominatim*, alle anderen *sui heredes* konnten *inter ceteros* enterbt werden. Wurde ein Sohn oder *postumus* übergangen, so war das Testament ungültig; fehlte die »*inter-ceteros*«-Klausel und meldeten sich übergangene *sui*, so bekamen diese neben eingesetzten *sui* den Kopfteil, neben *extranei* die Hälfte der Erbschaft. Seit dem Ausgang der Republik tritt das materielle Noterbrecht immer mehr in den Vordergrund. Enterbte der Erblasser einen Sohn ohne, bis zur Nov. 115 nur in der Praxis ausgebildeten Grund, so konnte dieser mit der *querela inofficiosi testamenti* das Testament anfechten. Erhielt der Erblasser nach der Testamentserrichtung durch Rechtsakt (Adoption, Eintritt in die *manus*) noch einen *suus*, so wurde dadurch das Testament automatisch hinfällig, selbst dann, wenn der neue *suus* bereits als Erbe eingesetzt war (vgl. Gai. Inst. 2,138–142).

Unter Konstantin wurden diese strengen Formvorschriften aufgehoben. Justinian schließlich beseitigte den Unterschied zwischen Söhnen und Töchtern. F. R.

J. Merkel Justinian. Enterbungsgründe, 1908. *v. Woeß* Das röm. Erbrecht u. die Erbanwärter, 1911, 152ff. 172ff. 273f. *Kaser* Das röm. Privatrecht 1,95. 586. 2,364. 369. *Düll*, RE XVII 1062ff. *Voci* Diritto ereditario romano. II parte spec. ²1963, 634ff.

Exilium, bedeutet den Verbannungsort und auch allgemein die Verbannung, vgl. Dig. 48,22. Cod. Iust. 10,61. Marcian. Dig. 48,22,5 unterscheidet 3 Arten: Untersagung des Aufenthalts nur an einem Ort, Zuweisung eines bestimmten Aufenthaltsortes und die Verbannung auf eine Insel. Das e. hatte in Rom große Bedeutung. Es scheint zunächst die Möglichkeit gewesen zu sein, sich einem Strafverfahren zu entziehen. Gegen Ende der Republik soll es den Vollzug der Todesstrafe an röm. Bürgern verdrängt haben; sie konnten ihr durch die Flucht ins e. ausweichen. Aber vermutlich war das nur den Vornehmen und nicht auch den kleinen Kriminellen möglich ([4],67,253.78). In der Kaiserzeit wird das e. zur selbständigen Strafe. Es ist jetzt gekoppelt mit der *interdictio aquae et ignis* und zieht Vermögens- und Bürgerrechtsverlust nach sich. Auf unbefugte Rückkehr steht die Todesstrafe. Als mildere Form erscheint in den Quellen die *relegatio* (Paul. Dig. 48,1,2), als schärfere die *deportatio*, doch ist die Terminologie nicht einheitlich. Eine neuestens angedeutete, wesentlich abweichende Auffassung des e. [3] scheint der Kritik nicht standzuhalten [5]. D. M.

Ältere Lit. RE VI 1685, dazu 1. *Ernst Levy* Die röm. Kapitalstrafe, 1930, 22ff. 2. *Heinr. Siber* Analogie, Amtsrecht und Rückwirkung, 1936, 55ff. 3. *Giul. Crifò* Ricerche sul exilium nel periodo repubbl. I, 1961. 4. *Wolfg. Kunkel* Unt. zur Entwicklung des röm. Kriminalverfahrens in vorsullanischer Zeit, 1962, 67,253.78.140. 5. *Manfr. Fuhrmann*, ZRG 80, 1963, Rez.-Teil. 6. *Emilio Gabba* Bull. Ist. dir. rom. 65, 1962, 327ff.

'Εξωμοσία. Diese eidliche Erklärung war durch ihre bes. feierliche Form gekennzeichnet. Sie mußte nämlich unter Berührung der Opferstücke abgelegt werden, die auf dem Schwurstein auf dem Markt niedergelegt waren ([1],879. [2], 163f.). Sie war in folgenden Fällen vorgeschrieben: 1. Für die Ablehnung eines Amtes, bes. einer Gesandtschaft, wegen Armut, Krankheit oder aus einem anderen wichtigen Grunde ([1],407) und 2. für die Verweigerung einer Zeugenaussage vor einem Schiedsrichter oder einem Gerichtshof wegen Unkenntnis der zu bezeugenden Tatsache ([1], 878. [2],137.163f.). Der Ausdruck scheint später auch für → ὑπωμοσία gebraucht worden zu sein ([1],902). E. B.

1. *J.H. Lipsius* Das att. Recht und Rechtsverf., 1905–1915. 2. *Bonner-Smith* Administration of Justice, 2, 1938.

Exploratores. 1. Außer den Marschsicherungspatrouillen gab es im röm. Heere auch von der Marschordnung unabhängige Aufklärer, die e., ἐξπλωράτορες (CIG III 6771). Nach Hyg. de mun. castr. 24,30 hatten 3 Legionen zusammen 200 e. Von der 2. Hälfte des 2. Jh. n. Chr. an bestanden eigene Abteilungen von e., *numeri* (RE XVII 1327ff.) *exploratorum* oder *explorationes* (STEIN 260). Diese waren nicht nur beritten (STEIN 270) oder zu Fuß (CIL III 3254), sondern teilweise beides (STEIN 271). Sie wurden von *praepositi* (CIL XI 3104), abkommandierten Legionszenturionen (STEIN 263) oder *praefecti* (CIL VIII 9906) befehligt und hatten ihren Standort in den Grenzprovinzen (RE VI 1692f.). Ihre Organisation scheint in diesen verschieden gewesen zu sein. So gab es in Germania superior mehr als 6 *explorationes*, die, wie STEIN 260 vermutet, im Kriegsfall zu einem *numerus* vereinigt wurden. In Germania inferior ließen sich 2 *numeri exploratorum* nachweisen (*n. exploratorum Batavorum* und *n. exploratorum Germanicianorum*, STEIN 260ff.) und in anderen Provinzen überhaupt keine. In diesen scheint der Aufklärungsdienst von eigens dazu abkommandierten Mannschaften aus anderen Truppenteilen der betreffenden Provinz bestritten worden zu sein. Die Stärke der einzelnen Abteilungen von e. war schwankend und muß in den Provinzen, wo mehrere standen nur 20–30 Mann erreicht haben (STEIN 261f.). Die Verwendung von e. ist auch im 4. Jh. n. Chr. bezeugt (Zos. 3,14,1,3.16,2).

2. E. hießen auch jene Vorläufer, die für die Freihaltung des Weges zu sorgen hatten (Suet. Tib. 3,60). A. N.

Thes. Ling. Lat. V 2,1742f. RE VI 1691ff. XVII 1327ff. *Krom.-Veith* 421,426f. *E. Stein* Die kaiserlichen Beamten und Truppenkörper im röm. Deutschland. I. Wien 1932, 260ff.

Expositio totius mundi et gentium. Eine aus der Mitte des 4. Jh. n. Chr. stammende Schrift eines unbekannten Autors, der aus einer ebenfalls unbekannten griech. Vorlage schöpfte und diese in ein schlechtes Latein übertrug (Edit.: a) C. MÜLLER in GGM II, p. 513ff., dazu Proleg. p. XLIVff. b) A. RIESE in GLM 1964, p. 104ff.). Die Darstellung beginnt im O. und beschreibt zunächst Asien und Europa, geht dann von der iber. Halbinsel nach Afrika hinüber und endet in Äg. Den Abschluß bildet eine Aufzählung der Inseln des gesamten Mittelmeers (63–67, p. 124–126), wenigstens der größeren, und erwähnt dann noch, außerhalb des Mittelmeers, Britannia (68). Die Ausführung behandelt im einzelnen die Eigenheiten der betr. Länder, ihre Produkte, ihren Handel sowie das Leben der sie bewohnenden Völker. Vgl. RE VI 1693–1694. H. T.

Ex(s)uperantius. 1. Aus Poitiers, tätig in Aremorica, 424/25 als praef. praet. Gall. bei einem Aufstand in Arles getötet, vgl. MGAA 9,470.658; Rut. Nam. 1,213. **2.** Iulius E., Vf. eines hist. *opusculum*, das Marius' Aufstieg (c. 1/2, Quelle Sall. Iug.) und den Bürgerkrieg Marius-Sulla bis zu Sertorius' Niederlage behandelt (Quelle Sall. hist., bes. B. 1), der Sprache nach 4./5. Jh. n. Chr., Ident. mit 1 nicht beweisbar. P. L. Sch.

Ta. Landgraf-Weyman ALex. 1902, 561ff. *J. Vessereau*, ed. Rut. Nam., 1904, 209ff. *F. Pini*, Maia 1956, 77ff.

Extraordinarii. Die Aufstellung von bundesgenössischen Elitetruppen geht in die Frühzeit des röm. Milizheeres zurück. Als es sich infolge der dauernden militär. Anforderungen als unmöglich erwies, an der gleichen Stärke der Infanteriekontingente (KROM.-VEITH 266f.) der latin. und ital. *socii* und der Römer festzuhalten, und die latin. um $^1/_5$ erhöht wurden – die bundesgenössische Reiterei war schon ohnehin seit längerer Zeit dreimal so stark als die röm. (Pol. 6,26,7), – wurde ein Bruchteil der neuen Gesamtstärke der Bundesgenossen zu dem Elitekorps der e. zusammengefaßt. Nach Pol. 6,26,6–9 handelte es sich um die geeignetsten von allen, und zwar um $1/3$ der Kavallerie und $1/5$ der Infanterie. Diese bildeten nach Liv. 40, 27,3 je 4, von *praefecti* kommandierte Kohorten zu je 750 Mann innerhalb eines konsularischen Heeres. Die *equites e.* zählten nach Pol. a.O. im gleichen Heeresverband insgesamt 600 Mann, d.h. *equites sinistrae et dextrae alae* mit je 10 *turmae* zu je 30 Mann (Liv. 40,31,3). Die e. wurden zum Aufklärungsdienst und zur Eröffnung der Schlacht (Liv. 10,34,7) eingesetzt. Auf dem Marsche befanden sie sich in der Regel an der Spitze des Zuges, ausnahmsweise auch am Schluß (Pol. 6,40,4.8). A. N.

Krom.-Veith 267.310. *W. Fischer* Das römische Lager, Lpz. 1914, 59ff. *A. Passerini* Le coorte pretorie, Roma 1939,13ff.

'Εξούλης δίκη war in Athen eine auf das Eigentum ([3],166) gestützte Deliktsklage gegen einen nicht- oder schlechter berechtigten Dritten wegen Hinderung an der Inbesitznahme oder Vertreibung aus dem ergriffenen Besitz ([1],346f.). Sie kam im Erbrecht ([2]. [3],94ff.), Pfandrecht ([1]. [2]) und Liegenschaftsrecht ([2]. [3],140f.) vor und führte zur Verurteilung des unterlegenen Beklagten zum Schadensersatz an den Kläger und zur Zahlung einer Buße in gleicher Höhe an die Polis. E. B.

1. *E. Rabel*, ZRG 36, 1915, 340ff. 2. *M. Kaser*, ZRG 64, 1944, 191ff. 3. *A. Kränzlein* Eigentum und Besitz im griech. Recht, 1963.

Exuviae. Neben der profanen Bed. »abgelegtes Kleidungsstück, erbeutete Rüstung, Haut der Tiere« versteht man unter e. die Attribute der Gottheiten, die bei feierlichen Anlässen mitgeführt werden (Plin. nat. 7,145. Suet. Aug. 94,6. Apul. met. 9,4. 11,10. 11,29 u.a.). In der *pompa circensis* wurden sie auf bes. Wagen, *t(h)ensae*, gefahren (Fest. 364 M.), wobei ein Knabe die e. hielt (Val. Max. 1,1,16 [daraus Lact. inst. 2,16,16]). Mz.-Bilder auf Denaren des L. Rubrius Dossenus 87/86 v. Chr. werden auf e. in der *pompa circensis* gedeutet: Der Wagen Iuppiters mit Blitz, der Iunos und der Minervas mit Blitz und Adler (Grueber, Syndeham) oder vielleicht Gans bzw. Eule (Latte). W. E.

Thes. l. L. s. v. *Friedländer-Wiss.* 2,44. *Marqu.* RStV 3,509. *Latte* RRel 249,2. Mz.: *Grueber* Coins BritMus 1,311 Nr. 2448–2458. *Sydenham* CoinsRomRep Nr. 705–707.

Ezechiel (*'Εζεκίηλος*). Ein hellenist. Jude, nach Clem. Al. strom. 1,23 und Eus. praep. ev. 9,28 Vf. jüd. Tragödien. Von einer solchen, *'Εξαγωγή*, sind uns aus Exzerpten bei Alex. Polyh. von Eus. a.O. Stücke aus 6 Szenen, insgesamt 269 iamb. Trimeter, erhalten, selbst von geringem literar. Wert, aber höchst wertvoll als Zeichen, in welchem Maße das hellenist. Judentum sich griech. Literaturformen für seine national-religiöse Propaganda bedient hat, und andererseits als einziges einigermaßen umfängliches Beispiel einer hellenist. Tragödie. Die Handlung folgt im wesentlichen der bibl. Erzählung des Auszuges der Kinder Israel, ist aber durch manche Erfindungen im Stil der att. Tragödie erweitert: einen Traum, den Moses erzählt und den sein Schwiegervater Raguel ihm deutet, einen Bruder der Sepphora, Chus, von dem die Bibel nichts weiß, einen Bericht über einen wunderbaren Vogel (Name Phoenix nicht genannt). Szenenwechsel ist gewiß, Beschränkung auf 3 Schauspieler und Einteilung in 5 Akte wahrscheinlich, Verwendung des Chors möglich, alles Züge, die zu der in Horaz' ars. poet. vorliegenden hellenist. Theorie der Tragödie zu stimmen scheinen. Zeit: 2., vielleicht schon 3. Jh. v. Chr. K. Z.

Ta.: *J. Wieneke* Ezechielis Judaei poetae Alexandrini fabulae quae inscribitur *'Εξαγωγή* fragmenta, Münster 1931. Lit.: *A. Kappelmacher* Zur Trag. der hellenist. Zeit, WSt 44, 1925, 69. *Ziegler* RE VI A 1979. *Lesky* GGrL 681. Ältere Lit. bei *Schürer* 3^4,500ff. und *Dieterich*, RE VI 1701.

F

Faba s. Bohne

Fabel. Griech. Bezeichnungen für die F. sind *αἶνος* (zuerst Hes. erg. 202), *μῦθος* (zuerst Aischyl. frg. 231 Mette), *λόγος* (zuerst Hdt. 1,141,1), *ἀπόλογος* (erst in lat. Literatur). Keine gilt für die F. allein, wie denn die F. in klass. Zeit keine literar. Gattung darstellt. Dem entsprechend findet sich eine Definition der F. erst bei Theon progymn. Kap. 3: *λόγος ψευδὴς εἰκονίζων ἀλήθειαν*. In der Tat läßt sich die F. als eine offensichtlich erfundene Geschichte, aus der eine Wahrheit entnommen werden soll, definieren. Diese Wahrheit kann allgemein sein, d.h. eine Lehre der Lebensklugheit oder Moral enthalten, oder speziell, d.h. sich auf den vorliegenden Fall beziehen (z.B. in der Stesichoros zugeschriebenen F. Aristot. rhet. 1393b 10ff.); für die ältere Zeit läßt sich nur die letztere Verwendung der F. nachweisen. Es finden sich jedoch schon früh bei der Zitierung von *Αἰσώπεια* und erst recht in den späteren F.-Slgen. auch Witzworte (*Αἰσώπου τι γέλοιον* Aristoph. Vesp. 566), Aetiologien (schon Aisop. bei Aristoph. Av. 471ff.; vgl. auch Plat. Phaid. 60b), Rangstreitgespräche von Tieren (Phaedr. 4,24) und Pflanzen (Babr. 64), Beobachtungen von Tiergewohnheiten (Aisop. 120 Hausr.), Märchen (Tiermärchen und mythol.), Novellen, Schwänke, Satiren, Anekdoten und anderes, was nicht unter den oben bestimmten Begriff der F. fällt. In den F. treten zumeist Tiere, aber auch Menschen, Götter, Pflanzen, leblose Gegenstände auf. Die Hauptmasse der griech. F. wird Aisopos zugeschrieben. Neben diesen, den phryg. F., werden genannt libysche (*Λιβυστικοί* Aischyl. frg. 231 M., auch *Λιβυκοί*, *Λιβυστῖνοι*), von *Κυβίσσης* oder *Κυβισσός* herrührend (Babr. 2. Prooem.), sybaritische (Aristoph. Vesp. 1427 ff.), in denen nicht Tiere, sondern nur Menschen auftraten (Sch. Aristoph. Av. 471), kilikische, karische, äg., kyprische (Theon a. O.). Die Unterschiede sind unbekannt. Nach Babr. 2. Prooem. war die F. eine Erfindung der Syrer (Assyrer). Wirklich ist als Heimat der F. Mesopotamien anzunehmen. Schon in sumerischen Texten des frühen 2. Jt. finden sich zusammen mit Tier-Sprichwörtern Tier-F., bestehend aus einer kurzen Erzählung mit Schlußwort eines Beteiligten (vgl. z. B. Aischyl. frg. 231 M. = Babr. 185) oder aus einem Dialog zwischen Tieren, in babylon. und assyr. Texten die Urform der F. Adler und Fuchs (Archil. frg. 89–95 Diehl = Aisop. 1 Hausr.) als F. Adler und Schlange, die F. Mücke und Elefant (Mesomed. 11), Streitgespräche von Bäumen und Tieren, im aramäischen Achikar-Roman mehrere F. Ausbildung der griech. Tier-F. unter vorderasiatischem Einfluß ist daher sehr wahrscheinlich. Bei Homer fehlt die F. (der *αἶνος* Od. 14, 459 ff. ist keine eigentliche F.). Dagegen findet sie sich von Hesiod ab bis auf hellenist. Zeit oft bei Dichtern und Prosaikern, zumeist in einen größeren Zusammenhang gestellt oder auch nur gestreift, zum Zweck der Polemik oder Erläuterung. Wichtigste Stellen: Hes. erg. 202–212; Archil. frg. 48. 81–83. 89–95. 96 D.; Semon. 8. 11; Aischyl. frg. 231 M., Ag. 717 ff.; Hdt. 1,141,1; Plat. Alk. 1,123 a; Xen. mem. 2,7,13. In der Nachfolge der alten Iambographen hat Kallimachos die F., wie Zeus die Sprache von den Tieren auf die Menschen übertrug, und ein Streitgespräch zwischen Lorbeer und Ölbaum mit polemischer Spitze erzählt (frg. 192. 194 Pf.). Die F. wurde auch in Gerichtsreden verwendet (Aristoph. Vesp. 566); Aristot. rhet. 1393 a 30 rechnet sie zu den vom Redner als Beweis verwendeten Beispielen. In den erhaltenen Reden fehlt sie jedoch. In frühhellenist. Zeit wurden die F. von Demetrios von Phaleron gesammelt (Diog. Laert. 5,80). Die Reste der ältesten erhaltenen Slg., Pap. Ryl. 493 (1. Jh. n. Chr.), weisen Promythia auf, die angeben, für welchen Fall die folgende F. geeignet ist, offenbar zum Gebrauch durch Schriftsteller oder Redner. Neben die Promythia traten, sie bald verdrängend, die Epimythia, die die zu entnehmende allgemeine Wahrheit zu formulieren suchen, auch wenn diese schon im Schlußwort der F. durch einen Beteiligten ausgesprochen ist (z. B. Aisop. 4 u. 18 Hausr.). Auch zu Aetiologien werden solche hinzugefügt (z. B. 108 Hausr.). Die F. wurde nun in den rhetor. Unterricht als Progymnasma aufgenommen; Erweiterung und Kürzung der F. waren Hauptaufgaben (Theon. a. O.). Bei den Römern hat Ennius in den Saturae die F. Lerche und Landmann (Babr. 88) samt dem Epimythium in Verse übertragen (p. 207 Vahlen). In welcher Absicht Lucilius 980–989 Marx die F. vom kranken Löwen erzählte, ist unklar. Horaz verwendet die F. als erläuterndes Beispiel (s. 2,6,79; epist. 1,1,73. 1,3,18). Das Vorliegen von Slgen. regte dazu an, F.-Bücher in literar. Ansprüchen genügender Form, also in Versen, zu verfassen; das hat, soweit wir sehen, zuerst Phaedrus getan. Ihm folgte, mit griech. Versen, → Babrios, an den sich der lat. Dichter → Avianus anschloß. In rhetor. Prosa verfaßte → Aphthonios ein F.-Buch. Einzelne F. finden sich bei griech. (vgl. B. E. PERRY Aesopica 1, Nr. 425–471) und lat. Schriftstellern der Kaiserzeit mehrfach. R. K.

W. Wienert Die Typen der griech.-röm. F. (FF Communications 56) 1925. *B.E. Perry*, Studium gener. 12, 1959, 17–37 mit weiterer Lit. S. auch → Aisopos.

Faberius. Röm. Familienname, inschr. auch *Φαβέριος* (Belege bei SCHULZE, Eigennamen 161, der ihn mit etr. *hapre* in Verbindung bringt). **1.** L. F. L. f. Sergia tribu, Senator 78 v. Chr., CIL I² 2,588. BROUGHTON Mag. 2,490. **2.** F., Geheimsekretär (*γραμματεύς*, *scriba*) Caesars, identisch mit dem von Cic. (z. B. Att. 13,32,2) im J. 45 genannten F., der von Cic. ein Darlehen erhalten hatte (O. E. SCHMIDT Briefw. d. Cic. 289–308). GELZER Caesar⁶ 254. Als Anhänger des Antonius war er 44 an Fälschungen des Nachlasses Caesars beteiligt, App. civ. 3,5,16; umstritten ist seine Mitwirkung an der Lex Coloniae Genetivae Iuliae seu Ursonensis (DESS. ILS 6087. BRUNS Fontes 12 ff. Nr. 28. B. KÜBLER Gesch. d. Röm. Rechts 144). Starb wohl noch 44. DRUMANN² I 79.422. H.G.G.

Fabianus 1. C. Papirius, Stoiker aus der Schule des → Sextius, von Sen. dial. 10,10,1 den *philosophi veri et antiqui* zugerechnet. Den Werdegang des F. schildert Seneca d. Ä., controv. 2, praef. 1–5, wobei er den Erfolg seiner rhetorischen Ausbildung hervorhebt. H. D.

2. F., röm. Papst 236–250. In der Verfolgung unter Decius starb er als Märtyrer. Seine Grabschrift in den Callistus-Katakomben: ILCV 955.
Erich Caspar Gesch. des Papsttums 1, 1930, 49 ff. Lex. f. Theol. und Kirche² 3, 1331 f.

3. F., arianischer Theologe um 525, lit. Gegner des → Fulgentius (1.). O. H.

Fabianus fornix. Bogen über der Sacra via, dort, wo diese ins Forum mündete, erbaut im J. 121 v. Chr. von Q. Fabius Maximus Allobrogicus (Cic. Planc. 17; Verr. 1,19; in Vat. 28; de or. 2,167. Sen. dial. 2,1,2). Einige Inschr. (CIL VI 1303,1304, 31593) und Werkstücke wurden bei Ausgrabungen 1545 und 1882 an fremder Stelle gefunden; von den Fundamenten ist nichts erhalten. Rud. G.
Lanciani Ruins and excavations, 217 f.

Fabius. Röm. patrizischer Gentilname, nach Plin. nat. 18,10 von *faba* »(Sau)bohne«, also »Bohnenpflanzer« (RE III 611,37. Walde-Hof. [3]1,436), nach Plut. Fab. 1.2. u. a. urspr. *Fodius*, *Fovius* »Wolfsgrubenjäger« (Fabii und Quinctii bzw. Quinctilii taten Dienste als Luperci, daher später dort Fabiani und Quinctiales, RE XIII 1830ff. XXIV 988), eher aber doch auf etr. *fapi* zurückgehend (Schulze Eigennamen 162. RE XVI 1670). Die Gens gehörte mit den Aemilii, Claudii, Cornelii und Valerii zu den großen Fürstenhäusern der röm. Republik; nach ihr wurde die Land-Tribus Fabia benannt. Angehörige treten seit dem 5. Jh. v. Chr. in den Fasten immer wieder hervor und werden in der Tradition als Feldherrn, Politiker und Förderer von Kunst und Literatur gerühmt. Die wichtigsten Familien waren im 5. Jh. die Vibulani (Nr. 49ff.) und im späten 5. und 4. die Ambusti (Nr. 15ff.), im 4. die Buteones (seit Nr. 21) und Maximi (Nr. 38, Rullianus), deren größter Vertreter im 3. Jh. der Cunctator Nr. 40 war. Die Maximi starben im 2. Jh. aus, wurden aber durch Adoptionen aus den Familien der Aemilii und Servilii fortgeführt (Nr. 33. 39) und fanden im Allobrogicus (Nr. 34) um 120 nochmals einen namhaften Vertreter. Die Familien des 1. Jh. (26f. 28f.) dürften zu Beginn der Kaiserzeit ausgestorben sein. Spätere Namenträger auf Inschr. haben mit den patriz. Fabii nichts mehr zu tun, der Name blieb aber z. B. auch in Spanien verbreitet. Die Familiengeschichte wurde durch die ältere Annalistik (F. Pictor Nr. 45) und vor allem durch die jüngere ausgeschmückt, eine Spezialgesch. schrieb Nep. (vgl. Nr. 32); dabei wurden viele Einzelheiten erfunden, z. B. zum Untergang der ältesten Fabier an der Cremera 477 (Nr. 49). Das Familienfest fand an den Lupercalia statt. Wichtigste Vornamen: Q., C., M., K. (Nr. 6f.) Num. (Nr. 9). Leges Fabiae: Nr. 1. 2. 5. Triumphbogen: Nr. 34. 32, Rechtskenner: Nr. 47, Münzmeister: Nr. 3, bei Nr. 29. 35. Syd. Stammbaum der jüngeren Fabii: RE VI 1777f. Moderne Übersichten über die hist. bedeutenden Namensträger bei Broughton Mag. 2,561–564 (Republik), PIR (Kaiserzeit). Vgl. ferner: Drumann[2] 3. Münzer Adelsp., passim. H. H. Scullard Roman Politics, 220–150 B.C. (1951). R. Syme The Roman Revolution (1960). M. Gelzer, Kl. Schr. 3, 1964, 362.

I. Republikanische Zeit. **1.** F., vielleicht Volkstribun 64 v. Chr. (Broughton Mag. 2,162) brachte die l. Fabia durch, in der die Begleiterzahl der Bewerber bei zulässigem → Ambitus festgesetzt wurde, Cic. Mur. 70f. RE XII 2346. **2.** F., Urheber eines zeitlich nicht fixierbaren, erstmals von Cic. Rab. perd. 8 im J. 63 erwähnten Gesetzes gegen die Anmaßung des Herrenrechts *(plagium)* über röm. Bürger, Freigelassene und deren Sklaven. Mommsen RStrR 780f. **3.** C. F., Münzmeister ca. 103–102. Broughton 2,439. **4.** C. F., Praetor 58, Proconsul in Asia als Nachfolger des T. Ampius Balbus 57/56. Gegen RE VI 1745 mit Broughton Mag. 2,220,2 nicht mehr mit Nr. 5 identifizierbar. **5.** C. F., Volkstribun 55 (?), mit s. Kollegen Urheber der l. Mamilia Roscia Alliena Peducaea Fabia, Riccobono Font. Iur. Rom. Anteiust. 1,138ff. Rudolph Stadt und Staat in röm. Italien 196ff. 54–49 diente er als Legatus unter Caesar und zeichnete sich mehrfach aus: 54 brachte er Q. Cicero Hilfe (Caes. Gall. 5,24,2 u. ö.), 53 focht er gegen die Moriner (6,6,1), 52 verteidigte er ein röm. Lager erfolgreich (7,40f.), lag vor Alesia (7,87,1) und überwinterte bei den Remern (90,5), 51 unterwarf er mit C. Caninius Rebilus (→ o. Bd. I 1037) die Pictonen (8,6,3. 27,1ff. u. ö.). 50 war er im Gebiet der Haeduer, ging dann als Gesandter Caesars nach Rom und führte 49 drei Legionen von Narbo auf die Pyrenäenpässe und nach Spanien und starb wohl bald darauf. Gelzer Caesar[6] 196. **6.** K. F. Soll nach Liv. 9,36,2–9 im J. 310 als Bruder des Rullianus (Nr. 38) Kundschafterdienste in Etrurien geleistet und einen Vertrag mit den Camertern abgeschlossen haben. Schon von den Annalisten als freie Erfindung erkannt. **7.** K. (F.?). Erfundener röm. Gesandter nach Karthago 264, Ineditum Vatic. H. 27,121. **8.** L. F., 202 Gesandter nach Karthago, Pol. 15,1,3. Liv. 30,25,2. **9.** Num. F. Das Praenomen kommt unter den Patriziern nur bei den Fabii vor. Festus 170f. 173 führt es auf eine Ehe zwischen einem F. u. der Tochter eines Samniten Num. Octacilius zurück; vielleicht um 300: RE XVIII,1. H., 1858. **10.** P. F., diente unter Sulla im mithridat. Krieg, erwarb ein Landgut bei Thurioi, und wurde von seinem Nachbarn M. Tullius, den Cicero 71 verteidigte, verklagt, Cic. Tull. Drumann[2] 5,272ff. **11.** Q. F., auf einem Grabgemälde vom Esquilin (Musei Capitolini). CIL VI 36612, vielleicht in Erinnerung an den span. Krieg von 141. **12.** Q. F. wurde als gewesener Aedil 266 zusammen mit Cn. Apronius wegen einer Realiniurie an Gesandten diesen durch die Fetialen übergeben, aber von den Einwohnern des illyr. Apollonia zurückgeschickt; eines der röm. Exempla. Val. Max. 6,6,5.

13ff. Die Familien der Vibulani, Ambusti und Maximi sollen bei den Fabiern eine histor. Reihenfolge repräsentieren. Das Cognomen Vibulanus nach einer Ortschaft (Mommsen RF 2,292. RE VIII A 2010), Ambustus wohl von einer Brandwunde. Stammbaummäßige Klarheit über die älteren Fabii läßt sich nicht gewinnen.

13. C. F. Ambustus, Consul 358, wurde von Tarquinii geschlagen, wobei 307 Römer gefangen und vom Feind geopfert worden sein sollen, Liv. 7,12,6. 15,9f. Interrex 355. **14.** C. F. Ambustus, nach Liv. 9,23,6–17 im J. 315 magister equitum des Dictators Q. F. Maximus Rullianus Nr. 38, wahrscheinlich (Mommsen RStrR 2,175,3) ungeschichtlich. **15.** K. F. Ambustus, Quaestor 409, Consulartribun 404, 401, 395, 390; angeblich 396

Gesandter nach Delphi. **16.** M.F. Ambustus, S. von Nr.15, Consulartribun 381. 369. Nach Liv. 6,34,5 u.a. unterstützte er die Licinisch-Sextischen Rogationen (sonst wird C. Licinius Stolo bes. genannt). 363 Censor (?). **17.** M.F. Ambustus, N. f. M. n., Consul I 360 (feierte nach einem Hernikerkrieg eine Ovation), II 356 (schlug nach Liv.7,17, 2–5 Falisker und Tarquinienser, wohl annalist. Erfindung), wohl Interrex 355 und dann cos. III 354 (nach Liv.7,19,1–4 Erfolge gegen Tiburtiner und Tarquinienser [dabei Rache für 358, s.o. Nr.13], Vertrag mit Samniten). 351 Interrex und dann Dictator (Interrex 341?, IIIvir col. deduc.? 334). Magister equitum 322. Princeps senatus seit einem ungewissen Zeitpunkt (Plin.nat.7,133). Broughton Mag.2,562. **18.** N.F.N. f. M. n. Ambustus, Konsulartribun 406, wobei er sich bei der Einnahme der Volskerstadt Anxur auszeichnete, Liv. 4,59,1–10. (Vielleicht Gesandter 398 [nach Delphi], 391 und Consulartribun 390, Broughton 1,86.94.) **19.** Q.F. Ambustus, Sohn eines M., wurde 391 mit seinen 2 Brüdern nach dem von den Kelten bedrohten Clusium als Gesandter geschickt, wobei sie widerrechtlich in den Kampf eingriffen und einen keltischen Führer töteten; als die Kelten Auslieferung der Fabii forderten, wählte das Volk sie zu Consulartribunen für 390; die Folge war das Vorrücken der Kelten, ihr Sieg an der Allia und der Fall Roms. Liv. 5,24–36 (ältere Version bei Diod.14,113). Mommsen RF 2,303ff. Ed. Meyer Apophoreton 1903, 139–142. Die Tradition kaum haltbar, sondern späte Erfindung, RE VI 1751. **20.** M.F. Buteo (Cognomen: »Habicht«, »Bussard«, CGlL 6,158. Walde-Hof. [3]1,124), Consul 245 mit C. Atilius Bulbus, kämpfte in Sizilien (Seesieg und Schiffbruch bei Aigimuros, Flor.1, 18,30f., wahrscheinlich Verwechslung mit Ereignissen anderer Jahre). Censor 241, war 216 ältester damals lebender Censorier und wurde am Jahresende Dictator zur Senatsergänzung, Liv. 23,22f. Broughton Mag.1,248. Princeps senatus. Sein Bruder: **21.** N.F. Buteo (M. f. M. n.). Als Consul 247 belagerte er Drepana in Sizilien. Holm Gesch. Siz. 3,355. 224 magister equitum. **22.** Q.F. Buteo, 198 als Begleiter griech. Gesandter von Flamininus nach Rom zum Senat geschickt, 196 Praetor in Hispania ulterior. **23.** Q.F. Buteo, 188–186 (?) Quaestor in Spanien, Praetor 181 in Gallia (Cisalpina), wo er auch als Propraetor 180 wirkte und Leiter einer Dreimännerkommission zur Anlage einer latin. Colonie im Raum Pisae war; 168 legte er dort einen Zwist bei, Liv. 45,13. **24.** C.F. Dorsuo, vielleicht Pontifex 390; er soll während der Belagerung Roms durch die Gallier vom Capitol aus ein Opfer am zerstörten Vestatempel dargebracht haben und unversehrt zurückgekehrt sein, App. Celt. 6. Liv. 5,46,52. (Pronomen evt. K.: Broughton 1,96). **25.** M.F. Dorsuo, nahm als Consul 345 mit seinem Collegen Ser. Sulpicius Camerinus die Volskerfestung Sora, Liv.7,28,6. **26.** C.F. Hadrianus, Praetor 84, vertrieb Metellus Pius aus Africa, war dort 83–82 Propraetor (zur Datierung Broughton 2,69) und wurde wegen seiner Grausamkeit von den Bürgern von Utica verbrannt. Wichtigstes Beispiel der Lynchjustiz im röm. Imperium. Cic.Verr.1,70. Mommsen RG 2,316.332. **27.** M.F. Hadrianus errang als Legat des Lucullus 71 im Mithridat. Krieg einen Sieg (Plut.Luc. 17,1), wurde aber 68 von Mithridates im pont.-armen. Grenzraum geschlagen und in Kabeira eingeschlossen. **28.** L.F. Hispaniensis, 81 Quaestor in Spanien, ging später zu Sertorius über und war bei dessen Ermordung 72 zugegen. Sall.hist.frg. 3, 83. **29.** Q.F. Labeo (Cognomen nach dicken Lippen, RE III A 1828), Quaestor 196, Praetor 189 und Befehlshaber der röm. Flotte vor Kreta und dann an der thrak. Küste (188 als Promagistrat), zerstörte 50 Kriegsschiffe des Antiochos bei Patara (Lykien) und nahm Telmessos, stiftete auf Delos dem Apollon ein Weihgeschenk und feierte einen *triumphus navalis*. Liv. 37,60. 38,39,2ff. u.ö. Act. tr. Degr. I 13,1,80f.554. Dess. ILS 8765 (Beweis für den Seetriumph auch auf einer Mz. des Münzmeisters Q.F. Labeo, um 109, Broughton 2,439). 184 und 183 Mitglied des Dreimännerkollegiums zur Anlage von Potentia und Pisaurum, 183 Consul mit M. Claudius Marcellus, wobei er Ligurien verwaltete, für das ihm 182 das Imperium prorogiert wurde. 180 Pontifex, wurde wohl 167 noch als Gesandter nach Makedonien zur Ordnung der Verhältnisse geschickt und trat auch als Dichter hervor, Schanz-Hos.1,168.613. **30.** M.F. Licinus, Consul 246, S. des C.F. Dorso Licinus, Consul 273. **31.** Q.F. Maximus, S. d. Cunctators Nr. 40. Diente 217 unter seinem Vater (Anekdoten), war 216 Kriegstribun, 215 curulischer Aedil, 214 Praetor (in Apulien) und 213 Consul; die ungewöhnlich schnelle Ämterfolge (Mommsen StR 1,525) spiegelt wohl das Ansehen des Vaters. Er gewann Arpi in Apulien und hielt es 212. Später noch Legat (209–208) und Gesandter (207), starb er vor seinem Vater, der ihm die *laudatio funebris* hielt, die wohl noch Cic. las (Cato 12). **32.** Q.F. Maximus, Q.f. Q.n., Nachkomme der Paulli, Maximi und Africani, klagte 59 C. Antonius (cos. 63) an, war 57 curul. Aedil mit Q. Metellus Scipio (beide veranlaßten Atticus, ihre Familiengeschichten zu schreiben, Nep.Att.18,4), dabei Wiederherstellung des → *Fabianus Fornix* – s.u. Nr.34 –, Praetor um 48/47, Legat Caesars in Spanien (nahm Munda), und schließlich Consul suffectus 45 (1. Oktober bis 31. Dezember), wobei er einen Triumph feierte, aber am letzten Amtstag starb. Gelzer Caesar[6] 212.288 u.ö. **33.** Q.F. Maximus Aemilianus (S. d. L. → Aemilius Paullus Nr. 22, älterer Bruder des Scipio Aemilianus Africanus d.J.), vermutlich von dem Enkel des Cunctators, Q.F. Maximus (Praetor 181), adoptiert. 168 focht er bei Pydna mit und brachte die Siegesbotschaft nach Rom; dann war er wieder auf dem Balkan als Legat eingesetzt und nahm 167 am Triumph seines Vaters teil. 154 Gesandter nach Pergamon, 149 Praetor (Sizilien), 145 Consul mit L. Hostilius Mancinus; er leitete die Kämpfe in Spanien gegen Viriatus, wo er auch 144 und 143 als Proconsul blieb und das Heer reorganisierte. 140 war er Mitglied einer Gesandtschaft in den Osten (Broughton Mag. 1,480 f.), 134–133 Legat seines Bruders Scipio in Spanien und starb um 130. **34.** Q. F. Maximus Allobrogicus, Sohn von Nr. 33. Als Quaestor 134 führte er seinem Onkel Scipio Freiwillige nach Spanien zu; 129 hielt er ihm die Leichenrede (RE IV 1460). Ca. 124 Praetor und 123 Propraetor in Spanien, erhielt auf Antrag des C. Gracchus eine senator. Rüge wegen Untertanenbedrückung. 121 Consul mit L. Opimius mit dem Amtsbereich Gallien, beendete mit seinem Vorgänger Cn. → Domitius Ahenobarbus Nr. 7 den Allobrogerkrieg (RE V 1322 ff.), triumphierte 120 (Cognomen!), errichtete den Fabianus Fornix auf dem Forum (Nash Bildlex. z. Topogr. d. ant. Rom 1,398 ff.) und auf dem Schlachtfeld an der Isèremündung ein Denkmal (Strab. 4,185) und blieb als Proconsul in S.-Frankreich 120–117 (zur möglichen späteren Datierung des Triumphes s. Broughton 2,644). Später wird er – vielleicht wegen Krankheit – kaum mehr genannt, war wohl 113 Gesandter und starb sicher vor 100. Seine Bildung wurde von Accius (Cic. Brut. 107) gelobt. **35.** Q. F. Maximus Eburnus, Q. Serviliani f. Q. n., Münzmeister (?) um 134 (Nachweise bei Broughton 2,439), Quaestor 132 (Sicilia), vielleicht mit beanstandenswerter Amtsführung und daher erst 119 Praetor und 116 Consul (mit C. Licinius Geta), Degr. I 13,1,162 f. 472 f., 115 Proconsul (Macedonia?), 113 Gesandter (?), 108 Censor, 104 nach Nuceria verbannt. **36.** Q. F. Maximus Gurges, S. d. Rullianus Nr. 38 (Cognomen G. = Verschwender, Macr. Sat. 3,13,6; aber unsicher). Wenn auch viele Einzelheiten der Tradition sehr bezweifelbar sind, so steht doch die Ämterlaufbahn fest: Tribunus militum 297, Aedil 295 (Venustempel *ad circum maximum* begonnen, Latte RRelG 185.415). Consul 292, Proconsul 291 (Triumph über Samniten 290), Censor 289?, Consul II 276 (Triumph *de Samnitibus, Lucaneis, Bruttieis*, CIL I² p. 46.172. Degr. I 13,1,74 f. 546), Führer der Gesandtschaft an Ptolemaios Philadelphos 273 (Broughton Mag. 1,197), eine der bedeutenden Persönlichkeiten seiner Zeit. **37.** Q. F. Maximus Gurges, Sohn von Nr. 36 (h. nicht mehr mit RE VI 1799 f. als ident. mit diesem anzusehen, Broughton Mag. 1,201 f.) und Vater des Cunctators Nr. 40, Consul 265, starb im Amt nach Verwundung in Volsinii. **38.** Q. F. Maximus Rullianus, der bedeutendste Gentile im 4. Jh. v. Chr., Sohn von Nr. 17 (Cognomen R. ungeklärt). 331 Aedil, 325 magister equitum des Dictators L. Papirius Cursor; dieser bestrafte ihn, weil er befehlswidrig gegen die Samniten gekämpft (und gesiegt) hatte mit Hinrichtung, das Volk aber erzwang seine Begnadigung, Liv. 8,30 ff., eine sekundäre Anekdote. Er bekleidete viele hohe Ämter, im übrigen aber ist sein Bild im wesentlichen von der jüngeren Annalistik stark ausgeschmückt. Den Consulat hatte er fünfmal inne: 322 (Triumph *de Samnitibus et Apuleis*, Liv. 8,39,16), 310 (Sieg über die Etrusker bei Perusia), 308 (beendete mit seinem Collegen P. Decius Mus den Etruskerkrieg), 297 (Kämpfe in Samnium und Apulien), 295 (mit seinem Collegen P. Decius Sieg bei Sentinum). Im Anschluß an diese Ämter zeigte er auch als Proconsul (309, 307, 296) oder als Dictator (315, 313?), Reiteroberst (302, 301) oder Legat (292–291) seine Fähigkeiten als Feldherr; als Politiker war er Interrex (320), Censor (304, Bürger ohne Grundbesitz auf die 4 städt. Tribus beschränkt, vgl. o. Bd. I 1205) und seit einer unbestimmten Zeit princeps senatus. **39.** Q. F. Maximus Servilianus, Sohn des Cn. Servilius Caepio (cos. 169), adoptiert von Q. F. Maximus (Praetor 181), so daß sein Adoptivbruder der Aemilianus Nr. 33 war. Praetor um 145, Consul 142, focht als Proconsul 141 in Spanien gegen Viriatus erfolgreich, 140 aber nicht, so daß er dort einen Frieden schloß, den Rom nicht anerkannte. Trat auch schriftstellerisch hervor: HRR Nr. 76. **40.** Q. F. Maximus Verrucosus, der Cunctator. Als Q. f. Q. n. Sohn v. Nr. 36, Urenkel v. Nr. 38, berühmtester Fabier des 3. Jh. Quellen: Elogium (CIL I² p. 192). Pol. 3,86 ff. Liv. 21–30. Plut. Fab. u. a. Zum Cognomen V. (»Warze«) vgl. RE VIII A 1648, zur nicht offiziellen Bezeichnung C. Enn. ann. 370 f.: *unus homo nobis cunctando restituit rem.* – Augur seit 265, Militärtribun, Quaestor vor 237, Aedil um 235, Consul I 233 mit M'. Pomponius Matho (Triumph über Ligurer, Weihung des Honostempels), Censor 230, Cos. II 228, Dictator 221 (?), wohl Führer der berühmten Gesandtschaft nach Karthago 218 (Kriegserklärung). Als er 217 nach der Niederlage am Trasimen. See durch Volksbeschluß Dictator geworden war, blieb er nach Reorganisationsmaßnahmen wohl am Feind, mied aber in hinhaltender Kampfführung jede Entscheidung; auf Druck des Heeres wurde sein Reiteroberst M. Minucius Rufus zum Mitdictator ernannt, geriet aber bei seinen Angriffen in einen Hinterhalt Hannibals, aus dem er nur durch F. gerettet wurde. In den nächsten Jahren war er der in Rom bestimmende Mann: Consul III (suff.) 215. IV 214, Legatus 213, Consul V 209 (Einnahme von Tarent). Interrex 208? Er hat als der »Schild Roms«, sein College von 214 Marcellus (o. Bd. I 1207) als das »Schwert Roms« gegolten, Plut. 19,5. Princeps senatus 209. 204, mahnte auch gegenüber der Kriegführung des Africanus zur Vorsicht und Zurückhaltung. Seit 216 war er Pontifex (Weihung des Tempels der Venus Erucina), hielt noch seinem Sohn Nr. 31 die *laudatio funebris* und starb 203. **41.** C. F. Pictor, schmückte den Salustempel auf dem Quirinal 304 mit Gemälden aus (Cognomen!), Cic. Tusc. 1,4. **42.** C. F. Pictor, wohl älterer Sohn von Nr. 41 und

Bruder von Nr. 43, Consul 269 (nach Plin. nat. 33, 44 Einführung der Silberprägung in Rom). **43.** N. F. Pictor, Gesandter 273 (vgl. Nr. 36), Consul 266, feierte 2 Triumphe. **44.** N. F. Pictor, Münzmeister um 110. Broughton Mag. 2,439. **45.** Q. F. Pictor, der Annalist, s. u. **46.** Q. F. Pictor, wohl Sohn von Nr. 45, 190 Flamen Dialis, 189 Praetor, Liv. 37,51,1–6, starb 167. **47.** Serv. (?) F. Pictor, verfaßte um 150 v. Chr. ein Werk über die Pflichten der Staatspriester *(de iure pontificio)*, Schanz-Hos. 1,174. **48.** Q. F. Sanga, Senator, erfuhr 63 als Patron der Allobrogergesandten von den Plänen der Catilinarier und meldete sie Cicero (Sall. Cat. 41,4). 58 trat er für den verbannten Cicero ein. **49.** K. F. Vibulanus, Stammvater der Gens, um 500, hatte 3 Söhne, Q., K., M., die von 485–479 abwechselnd Consuln waren. **50.** K. F. Vibulanus, Sohn von Nr. 49, Quaestor 485, Consul 484, 481, 479, fiel 477 gegen die Veienter an der Cremera, angeblich zusammen mit allen Angehörigen der Gens außer einem Knaben, Liv. 2,48–50. **51.** M. F. Vibulanus, Consul 483, 481, fiel 477, vgl. Nr. 50. **52.** Q. F. Vibulanus, Consul, 485, 482, gestorben 480. **53.** Q. F. Vibulanus, Sohn von Nr. 51, Enkel von Nr. 49, als Ahnherr der späteren Fabier angesehen. War mehrfach Consul (I 467, II 465, III 459), kämpfte nach der Tradition gegen die Aequer, zu denen er auch als Gesandter ging (466, 458), war Praefectus urbi (462, 458), einer der angesehensten Decemvirn 450–449 und zog 449 gegen die Sabiner. Liv. 3,1–41. u. a. **54.** Q. F. Vibulanus (Ambustus), Sohn von Nr. 53, Consul 423, Consulartribun 416, 414, Cos. II 412. **55.** Fabiae, 2 Töchter des Ambustus Nr. 16, die ältere mit dem Patrizier Ser. Sulpicius, die jüngere mit dem Plebeier Licinius Stolo verheiratet; nach der vielleicht auf F. Pictor Nr. 45 zurückführbaren Anekdote (Liv. 6,34) sollen Minderwertigkeitskomplexe der Jüngeren die leges Liciniae Sextiae 367/66 veranlaßt haben. **56.** Fabia, Halbschwester der Terentia (Gattin Ciceros), Vestalin vor 73 bis nach 58 (Broughton Mag. 2,136), war 73 wegen angeblichen Inzests mit Catilina freigesprochen worden. H. G. G.

II. Kaiserzeit: **1.** C. F. Agrippinus. cos. suff. vor 218/19, als praeses von Syria Coele von Elagabal 218 oder 219 getötet, Cass. Dio 79,3,4. **2.** C. F. Agrippinus. Aus Ostia, R. Meiggs Rom. Ostia 199. Über die Anfänge seiner Laufbahn s. AE 1955, 174. Legat. Aug pr. pr. Thraciae vor 148 nach Mz., Brit. Mus. Thrac. 175,1–3. A. Stein, Reichsbeamte Thrac. 19f. W. Hüttl Ant. Pius 2. 164, Cos. suff. Okt.–Dez. 148, Inscr. It. XIII 1, p. 206f. CIL XVI 96. 179. 180. Seine Tochter CIL XIV 4450. Nr. 1 war wohl sein Enkel gleichen Namens. **3.** Q. F. Barbarus Antonius Macer, cos. suff. vor 68. G. Pugliese Carratelli Parola del Passato (PP) 3, 1946, p. 381. **4.** Q. F. Barbarus Valerius Magnus Iulianus. Als legat. Aug. pr. pr. in Numidien Befehlshaber der in Afrika stehenden

Heeresabteilungen, CIL VIII 23166. Cos. suff. am 14. August 99, CIL XVI 44. 45, B. Thomasson, Statth. Nordafr. 2,161. **5.** Q. F. Catullinus, Legat. Aug. pr. pr. der leg. III Augusta in Numidien, CIL VIII 2532 (= 18042). 2533 im J. 127/29. Cos. ord. 130, CIL VI 208a. 2083 (= 32377). Curator operum publicorum, CIL VI 31134. Von Schicksalsschlägen weiß Marc. Aurel. εἰς ἑ. 12,27. W. Hüttl Ant. Pius 2,22. B. Thomasson Statth. Nordafr. 2,169f. **6.** L. F. Cilo Septiminus Catinius Acilianus Lepidus Fulcinianus. Wohl Spanier. Er war XVvir sacr. fac., trib. mil. laticlav. leg. XI Claudiae p. f., quaestor prov. Cretae et Cyrenarum, trib. pleb., legat. pr. pr. prov. Narbonensis, praet. urbanus, legat. Aug. leg. XVI Flaviae firmae, JRS 14, 1924, 185f. CIL VI 1409. Dann war er procos. prov. Narbonensis, praef. aerari milit., legat. Aug. pr. pr. Galatiae, CIL VI 1408. 1409. R. K. Sherk Legat. Galat. 77–79. Als cos. design. bestattete er den am 31. Dezember 192 ermordeten Commodus, vit. Comm. 20,1. Cos. suff. 193, ebd. Im Dienst des Sept. Severus operierte er 193 mit Vexillationen in Thrakien, war kurze Zeit 193/94 legat. Aug. pr. pr. Bithyniae et Ponti und sicherte als comes Aug. 194 den Zug des Sept. Severus in den Orient gegen Pescennius Niger, AE 1926, 79. CIL VI 1408f. Im J. 195/96 war F. legat. Aug. pr. pr. Moesiae sup., CIL VI 1408f., wobei Caracalla seiner Obhut anvertraut war, A. Stein Legat. Moes. 51–53. In der 2. Hälfte 196 befehligte er die Vexillationen in Italien, die Sept. Severus nach Rom geleiteten, CIL VI 1409. Legat. Aug. pr. pr. Pannoniae sup. 197–202, W. Reidinger Statth. Pannon. 96–100. CIL III 4617. 15199 u. a., Cod. Iust. 2,51,1. 203/04 praefectus urbi, CIL VI 1410, tit. Ephes. (IGR IV 1674), Dig. 1,12,1,1f. Cass. Dio 77,4,2, zugleich 204 cos. II ord., CIL VI 2003. Nach der Ermordung Plautians 205 rettete F. dem Macrinus das Leben, Cass. Dio 78,11,2. Wie lange er die Stadtpraefektur (er hatte keine zweite, H. G. Pflaum, REL 36, 1958, 383f.) innegehabt hat, ist ungewiß, wahrscheinlich bis 211. Als Privatmann versuchte er vergeblich, im Konflikt zwischen Caracalla und Geta zu vermitteln, SHA Car. 4,5. Nach der Ermordung des Geta und des Papinian 212 kam F. selbst durch die Soldateska in Lebensgefahr, aus der ihn Caracalla unter dem Druck des Volkes und der städt. Truppen rettete, Cass. Dio 77,4,2–5,1. F. war als *amicus Augustorum* (Dig. 1,15,5) reich; er besaß einen Palast auf dem Aventin, Forma urbis fr. 43, Aurel. Vict. epit. Caes. 20,6. Barbieri Albo senat. p. 52f. Nr. 213. G. J. Murphy Reign of Sept. Sev. 14–16. Magie Asia Min. 1537f. **7.** F. Fabullus. Nach Plut. Galb. 27 Mörder Galbas, dem er das Haupt abschlug und auf eine Lanze steckte, was nach Suet. Galb. 20,2 ein *gregarius miles* tat; Tac. hist. 1,41,2 nennt F. nicht unter den Mördern. **8.** M. F. Fabullus war legat. Aug. pr. pr. provinciae Africae, d. h. entweder Kommandant der leg. III Augusta in Numidien, oder er hatte eine außerordentliche Legatur inne. Hernach war er trib. mil. leg. XIII Gemina in Poetovio, die dort zwischen 46–69 stand, CIL III 4118 = DESS. 996. Wahrscheinlich ist F. identisch mit dem Kommandanten der leg. V Alaudae, der im J. 69 von den Vitellianern zum Führer gewählt wurde, Tac. hist. 3,14. B. THOMASSON Statth. Nordafr. 2,147f. **9.** L. F. Iustus. Freund des jüngeren Plinius, epist. 1,11, vielleicht aus der Narbonensis, R. SYME Tac. 2,615. JRS 47, 1957, 131–135. Nach dem Tod des Domitian bat Aquillius Regulus den F., für ihn bei Plinius zu vermitteln, epist. 1,5,8. Cos. suff. 102. CIL VI 2191. Inscr. It. XIII 1, p. 194f. Vielleicht nahm er am 2. Dakerkrieg teil, Plin. epist. 7,2,2. Von 10. Dez. 108 bis 9. Dez. 109 war er legat. Aug. pr. pr. Syriae, AE 1940, 210. Damals widmete ihm Tacitus wohl seinen Dialogus, SYME Tac. 1,112ff. **10.** Paullus F. Persicus. Cos. ord. 34, Sohn des Paullus F. Maximus und der Marcia, aus vornehmstem Geschlecht, CIL XIII 1668 = DESS. 212 col. II 24 (Rede des Claudius). * ca. 1 n. Chr., schon 20 frater Arvalis, CIL VI 32340, s. PIR III² p. 106 Nr. 51. Er war Quaestor Aug. (des Tiberius), SEG 4,516. Cos. ord. 34, nur bis 30. Juni, L. VIDMAN Fast. Ost. 14. 38. Wahrscheinlich am 26. Juni wurden die Decennalien des Kaisers gefeiert, Inscr. It. XIII 1, p. 189. Unter Claudius war F. Vorsitzender der curatores (rip.) et alv(ei Tiberis) CIL VI 31545, nach 51 procos. Asiae, SEG 4,516. F. K. DOERNER Der Erlaß des Statthalters von Asia Paullus F. Pers., Diss. Greifsw. 1935. Nach Sen. benef. 4,30,2 soll er ein lasterhaftes Leben geführt haben. CIL VI 32352 (v. J. 55) ist er in den Arvalakten nicht mehr genannt, wohl bald nachher gestorben. **11.** Q. F. Postuminus. Cos. suff. 96, VIDMAN Fast. Ost. 16.50. Als Consular sprach er 97 für Publicius Certus, Plin. epist. 9,13,13. Legat. Aug. pr. pr. Moesiae inf. 102/03, CIL III 14451. A. STEIN Legat. Moes. 61f. R. SYME, JRS 49, 1959, 26–33. Procos. Asiae wohl 114/15. L. ROBERT Étud. Anatol. 1937, 301f. **12.** F. Priscus. Als Legat der leg. XIIII gemina führte er sie im J. 70 aus Britannien gegen die Nervier und Bructerer (Tac. hist. 4,68,4. 79,3), die sich unterwarfen. **13.** F. Valens. In Anagnia aus dem Ritterstand geboren, Tac. hist. 3,62,2, war er 68 Legat der leg. I in Bonn, ebd. 1,57,1 und unterstützte L. Verginius Rufus; er vereidigte seine Legion auf Galba, Plut. Galb. 10. Zusammen mit Cornelius Aquinus beseitigte er den Kommandanten des niederrhein. Heeres, Fonteius Capito, Tac. hist. 1,7,3. Plut. Galb. 15,2. Von Galba enttäuscht, hetzte er Vitellius, den Statthalter von German. inf. auf, sich auf den Thron erheben zu lassen, Tac. hist. 1,52,3. Am 2. Jan. 69 begrüßte F. den Vitellius in Köln als Kaiser, Plut. Galb. 22,11. Dieser ernannte F. und Aulus Caecina zu Feldherren seiner 2 Heersäulen, die in Italien einfielen, Tac. hist. 1,61,1, und nach Galbas Ermordung gegen Otho die Schlacht von Bedriacum gewannen, Tac. hist. 2,41–45. Plut. Otho 11–13, s. R. SYME Tacitus 1,157ff. R. HANSLIK WS 74, 1961, 113ff. In Lyon wurde F. von Vitellius geehrt, Tac. hist. 2,59,3, zog mit ihm nach Rom, wurde zum Consul designiert und war noch 69 cos. suff., Tac. hist. 2,71,2; sein Einfluß war groß, ebd. 2,92,1ff. Auch für den Krieg gegen die Flavianer Heerführer (ebd. 2,99,1), wurde er auf der Seefahrt nach der Narbonensis gefangengenommen (ebd. 3,43, 2) und in Urbinum hingerichtet, ebd. 3,62,1. **14.** Fabia Numantina. Tochter des Paullus Maximus cos. 11 v. Chr. oder seines Bruders (cos. 10 v.), vermählt mit M. Plautius Silvanus, der aber bald eine Apronia heiratete. Als er als Praetor 24 n. Chr. diese und dann sich selbst tötete, wurde F. der Zauberei angeklagt, aber freigesprochen, Tac. ann. 4,22. Sie heiratete Sex. Appuleius cos. 14 n. Chr., von dem sie einen früh verstorbenen Sohn hatte, CIL XI 1362 = DESS. 935. **15.** Fabia Orestilla. Gattin des späteren Kaisers Gordian I., dem sie 192 n. Chr. Gordian II. und eine Tochter Marcia Faustina gebar, SHA Gord. 15,2. 17,4. R. H.

III. Literarische Persönlichkeiten:

1. F. Q., Pictor, röm. Senator und 1. röm. Geschichtsschreiber (Liv. 1,44,2), 216 v. Chr. als Gesandter zum Orakel nach Delphi geschickt (Liv. 22,57,5); stellte, mit der röm. Urgesch. beginnend, in griech. Sprache die röm. Gesch. bis auf seine Z. mit dem Ziel dar, der hellenist. Welt die hist. Ereignisse und Grundsätze der röm. Politik aus der Sicht der röm. Nobilität darzulegen. Endpunkt der Darstellung (letztes Frg. zu 217 v. Chr.; Frg. 22), Anordnungsprinzip, Z. der Entstehung und Herausgabe sowie Autorschaft der lat. Fassung unbekannt bzw. umstritten. F. wurde als wertvolle Quelle von Pol. (bes. B. 1 und 2 – kritisch), Dion. Hal., Liv. u. a. benützt. FGrH 3 C, 809.

K. Hanell Entretiens sur l'antiquité class. 4,161–184.

2. F. Rusticus, röm. Historiker, von Tac. als *eloquentissimus auctor* neben Liv. gestellt (Agr. 10,3), vermutlich aus Spanien, wohl identisch mit dem im Testament des Dasumius (CIL VI 10229) 108 n. Chr. genannten F. R. Sein Geschichtswerk, von Tac. für die Z. Neros, für Senecas Wirken und Tod benützt (ann. 15,61, wohl auch ff.), zeigte Tendenzen für seinen Gönner Seneca und gegen Nero (Tac. ann. 13,20. 14,2). Umfang des Werkes (bis 68/69?), Aufbau, Z. der Entstehung und Herausgabe sind unbekannt. Die Beschreibung Britanniens (Tac. Agr. 10,3) ist wohl vor der 84 erfolgten Umsegelung entstanden. Namenlos gerühmt vielleicht Quint. inst. 10,1,104. HRR II, CLXII–CLXV und 112–113. I. B.

R. Syme Tacitus, Oxf. 1958, 289–294.

3. F. Mela. Uns nur durch Zitate späterer Autoren bekannter Jurist. Über Herkunft, Lebenszeit und Art der Schriften sind nur Vermutungen möglich. Das Cognomen weist auf Spanien oder Gallien (auch Gallia cisalpina). Sicher lebte er nach Aquilius Gallus und Servus Sulpicius Rufus, zu denen er nach Dig. 19,1,17,6 und Dig. 33,9,3, 10 Stellung nahm; sicher ist auch, daß er nicht nach Proculus schrieb, da dieser nach dem Zeugnis von Dig. 9,2, 11 pr. eine seiner Ansichten kritisierte. Gemeiniglich hält man ihn für einen Zeitgenossen Labeos. Da er relativ häufig in Ediktskommentaren angeführt wird, mag *Mela libro decimo* in Dig. 46,3,39 auf *libri ad edictum* weisen. Th. M.-M.

Dirksen De Fabio Mela iureconsulto, Progr. Königsberg 1818. *Kunkel* Herkunft und soziale Stellung der röm. Juristen, 1952, 116.

Fabrateria nova s. Fregellae

Fabrateria vetus (Nissen It. Ldk. 2,855), hernik. Stadt s. Frusino am ö. Ufer des Sacco gegenüber dem j. Ceccano; Inschr. der Kirche S. Maria del Fiume (CIL X 1 p. 552) bezeugen die Lage. F. erbat 330 v. Chr. die Hilfe Roms gegen die Samniten (Liv. 8,19,1), erhielt später *civitas sine suffragio* und gehörte als *municipium* zur trib. Tromentina (nach Plin. nat. 3,64 in der 1. Region); vielleicht erwähnt Cod. Iust. 11,39. G. R.

Fabri. Handwerker (→ artifices), die vor allem hartes Material bearbeiten, so genannt *propter operis firmitatem* (Isid. orig. 19,6,1). So versteht man unter f. Schmiede (Cato agr. 21,5. Tib. 1,3, 48), Zimmerleute (Cato agr. 14,5), Maurer (Varro rust. 1,14,4), Arbeiter in Marmor und Elfenbein (Hor. epist. 2,1,96. CIL VI 9397) – dies ausdrücklich im Unterschied zum Walker (→ fullo; Varro rust. 1,16,4) und zum Weber (Cic. Planc. 62). Meist jedoch bezeichnen Epitheta die spezielle Tätigkeit der f. durch Angabe des Materials im Genitiv *(f. aeris, marmoris, eboris)* oder durch Adjektive *(f. aerarii, aurarii, ferrarii, plumbarii, tignarii, lapidarii, vitrearii, marmorarii* u. a.).

Vornehmlich unter griech. und etrusk. Einfluß (Plaut. Most. 828. Liv. 1,56,1) entstand in Rom das Handwerk durch Herauslösung einzelner gewerblicher Tätigkeiten aus der Landwirtschaft (»Zweite gesellschaftliche Arbeitsteilung«). Die röm. Tradition setzt diesen Prozeß an den Anfang (Plut. Numa 17,3) oder das Ende der Königszeit (Flor. 1,6,3). Letztere Datierung ist glaubhaft, da die Wirkung des etrusk. Einflusses in dieser Zeit evident, eine weitgehende Differenzierung des Handwerks jedoch hist. unmöglich ist: die Kollegienliste (Plut. a.O.) mag am Ende der Republik redigiert worden sein, und die Autoren haben in gewisser Modernisierung den Zustand des Handwerks ihrer eigenen Zeit in die frühe röm. Geschichte übertragen.

Selbständige, freie f. können zuerst in den handwerkl. Bereichen entstanden sein, die im weltgeschichtl. Maßstab sehr alt sind (Töpferei, Steinbearbeitung, Kupfer- und Eisenschmiede). Es muß deshalb verwundern, daß Steinmetzen nicht in der Kollegienliste erscheinen, obwohl sie beim Bau der Cloaca Maxima und des Capitolinischen Tempels nicht gefehlt haben können (Liv. 1,56. Plin. nat. 36,104-108) und die f.-Zenturien im Heer Bedeutung haben (Cic. rep. 2,39. Liv. 1,43).

Die eigentliche, fast sprunghafte Entwicklung im Handwerk beginnt mit dem 3. Jh. v. Chr. Erste zahlreiche Belege für die Spezialisierung unter den f. finden sich bei Plaut. Diese Entwicklung findet ihren Ausdruck in folgenden Punkten: 1. Mit der Versklavung der arbeitsfähigen Menschen der besiegten Länder und dem wachsenden Zustrom der Sklaven nach Italien ändert sich die soziale Struktur der f.: Hauptproduzenten im Handwerk werden die Sklaven (CIL VI 9400.9401.9503. XII 4473). Damit gewinnen die Besitzer größerer Werkstätten die Konkurrenzfähigkeit gegenüber kleineren Betrieben. 2. Die Anwendung neuer Technik, die in der Sklaverei in begrenztem Umfang möglich ist, fördert eine weitgehende Arbeitsteilung und Kooperation in den Werkstätten sowie eine zunehmende Spezialisierung der einzelnen f.: es entstehen differenzierte Berufsbezeichnungen (z. B. finden sich jetzt in der Lederherstellung und -verarbeitung im Gegensatz zu dem allgemeinen *coriarius* und *sutor* die Spezialisten *calceamentarius, calceolarius, caligarius, sandaliarius, solearius, baxearius, lorarius, membranarius:* Plaut. Aul. 512. Men. 404. Varro l.l. 5,93. CIL II 2818. V 5319. VI 3939.9225.9528. X 3981). 3. Die Arbeitsteilung bedingt eine territoriale Spezialisierung einzelner Städte auf die Herstellung bestimmter Erzeugnisse, z. B. Metallverarbeitung in Gebieten reicher Erzvorkommen (Liv. 28,45,13–21. Plin. nat. 34,142. Diod. 5,13: Elba, Populonia, Arretium, Puteoli), Wolleverarbeitung in Schafzuchtgebieten (Po-Ebene, S.-Italien: Martial. 4,37,5.5, 13,8.14,155. Plin. nat. 8,190. Colum. 7,2,3), Salben- und Drogenherstellung in Gebieten des Oliven- und Blumenanbaus (Martial. 9,60. Plin. nat. 13,26, Varro rust. 1,2,6: Praeneste, Capua, Neapel). 4. Der wachsende Bedarf zur Versorgung der Städte und des Heeres erforderte eine erhöhte Produktion an Massenartikeln und bewirkte das Entstehen neuer Handwerkszweige (Fleischer, Bäcker, Glasbläser) und die Ausweitung des Kleinhandels *(tabernae)*. Ebenso wuchs das Luxusbedürfnis aristokratischer Schichten (Plin. nat. 33,144 ff., 35, 119), das die Reichtumsanhäufung einzelner spezieller f. (Iuv. 1,24.15,224. Martial. 9,73) ermöglichte.

Die f. als Zwischenschicht der röm. Gesellschaft standen nicht außerhalb des polit. Lebens, sie nahmen oft aktiven Anteil an den sozialen Auseinandersetzungen ihrer Zeit. Dies geht hervor aus dem wechselnden Verbot und der Wiederzulassung der Kollegien (65 v. Chr. Verbot: Ascon. in Corn. 67; 64 Zulassung: lex Clodia Cic. Sest. 25; unter Caesar Verbot: Suet. Caes. 42) sowie aus der zunehmenden Geringschätzung der f. durch die Nobilität (Cic. Flacc. 17–18. Cat. 4,17. Sall. Iug. 73,6. Cat. 50,1. Liv. 21,64,4).

Religion und Kultus, Mythologie und Volksleben können das Bild der Geschichte der f. ergänzen. Man suchte in den Göttern die Erfinder und Beschützer der Handwerke: die Schmiede Vulcanus, Walker und Weber Minerva, Bäcker Vesta, die in Volksfesten verehrt wurden (Quinquatrus: Ov. fast. 3,809). Wir treffen auf die sagenhafte Verklärung einzelner f., z. B. des etrusk. Bronzegießers → Mamurius Veturius (Plut. Numa 13. Prop. 4,2).

In der Kaiserzeit lassen sich die Tätigkeit und die sozialökonomische Stellung der f. an der Entwicklung der kaiserl. und Staatsmanufakturen nachweisen: Großbetriebe mit 200–300 Arbeitskräften (lex Fufia Caninia: Gai. 1,43) sind keine Seltenheit. Mit der Bindung der Münzarbeiter an ihre Kollegien durch Constantin 317 n. Chr. (Cod. Theod. 10,20,1) entstehen die Vorformen des ma. Zunftwesens. G. Sch.

B. Biliński Problem pracy w starozytnym Rzymie (Das Problem der Arbeit im alten Rom), Archeologia-Warszawa 3, 1949, 45–111. *G. Schrot* Unters. zur Gesch. des Handwerks im republik. Rom. Habilit.-Schrift, Leipzig 1963.

Fabricenses. Entgegen Seeck, RE VI 1925, ist nach Veg. 2,11: *Habebant etiam fabricas scutarias loricarias arcuarias, in quibus sagittae missibilia cassides omniaque armorum genera formabantur*, eine Stelle, die auf Paternus bzw. die constit. Augusti, Traiani, Hadriani zurückgeht (Klio, Bh. 22,12ff. und Anh.), anzunehmen, daß sich in jeder Legion, seitdem es ein stehendes Heer gab, f. befunden haben (Krom.-Veith 452). Auch daß zur Reparatur lediglich private Waffenschmiede herangezogen worden seien, ist ziemlich unwahrscheinlich. Die f. standen in jeder Legion unter dem Kommando eines *optio fabricae* (Dig. 50,6,7) und ihr Dienst galt als Militärdienst (CIL VII 49). Im 3. Jh. n. Chr. kam es aus wirtschaftlichen Gründen allgemein zur Einrichtung von staatlichen Waffenfabriken *(fabricae)*, die vereinzelt zweifellos schon früher bestanden haben (Krom.-Veith 452). Sie wurden in Gallien, Italien, Illyrien, Thrazien, Asien, Pontus und Oriens errichtet (Not. dign. or. 11,19–39; occ. 9,17–39) und spezialisiert. Im ö. Reichsteil dagegen scheint es auch Fabriken für jede Art von Waffen gegeben zu haben. Jede stand unter einem *praepositus* im Ritterrang mit dem Titel *vir perfectissimus* (CIL V 8721. Cod. Theod. 7,20,10). Vorsteher über sämtliche Waffenfabriken waren urspr. die *praefecti praetorio*, später jedoch ebenfalls *praepositi* hohen Ranges (CIL VI 1696). Unter Konstantin wurde dem *comes et magister officiorum* aus dem Kreis der *comites consistoriani* die Oberaufsicht über die *fabricae* übertragen (Cod. Theod. 7,8,8. Cod. Iust. 11,10,6. 7). Unter den Gotenkönigen war sie wieder dem *praefectus praetorio* anvertraut (Cassiod. var. 7,19). Die Fabrikarbeiter bildeten einen Verein, dessen Mitgliedschaft erblich war (Nov. Theod. 6). Seit 398 signierte man sie wie die Rekruten durch eingebrannte Zeichen (Cod. Theod. 10,22,4). Sie durften bei Strafe nicht als Verwalter, Pächter und Landarbeiter eines Privaten dienen (Cod. Theod. 10,22.5. Cod. Iust. 11,10,7). Der Verein war wie die Truppenkörper und *officia* organisiert. Es gab Rangstufen wie den *primicerius*, der der rangälteste jeder *fabrica* war. Nach zweijähriger Bekleidung dieser Stufe wurde er mit dem Range eines *protector* entlassen (Cod. Theod. 10,22,3). Seit 438 mußten die Arbeiter lebenslänglich Dienst tun (Nov. Theod. 6,1). Die den einzelnen Truppenkörpern für Reparaturzwecke zugewiesenen f. hießen *deputati* (Nov. Theod. Iust. 85,1–3). A. N.

BJ 117,46. 162, 139ff. *R. Grosse* Röm. Militärgesch., Bln. 1920, 97ff.

Fabricius. Plebeischer Gentilname. Wohl nicht von *faber* herzuleiten, sondern eher von etr. *hapre* wie Faberius u. a.; der Name kommt auch auf alten Grabsteinen in Praeneste vor (CIL XIV 3128–3134), Schulze, Eigennamen 161f. 258. RE XVI 1670. Namensträger sind seit dem 3. Jh. v. Chr. histor. hervorgetreten – der berühmteste Nr. 4 – und erscheinen in den Fasten bis 195 v. Chr. Es handelte sich vielleicht um eine urspr. nicht in Rom ansässige edle Familie, vgl. Münzer Adelsp. 62. 413. Ihre Bedeutung ging später fast völlig zurück. Neubildung des Namens: CIL V 4422 = Dess. ILS 7257. RE VI 1930. In Rom gab es ein Compitum Fabrici (Fest. 174) oder Vicus Fabrici (Dess. ILS 6073) und den Pons Fabricius (Nr. 2).

I. Republikanische Zeit: **1.** C. und L. Fabricii, Zwillingsbrüder aus Aletrium, Freunde des Statius Albius Oppianicus (→ Bd. I 235). C. versuchte erfolglos, den Stiefsohn des A. Cluentius Habitus zu vergiften und wurde 74 verurteilt, Cic. Cluent. 56ff. u. ö. **2.** L. F., Curator viarum 62 v. Chr., Erbauer der Steinbrücke zwischen dem linken Ufer und der Tiberinsel (Inschr. noch über den Bogen, CIL VI 1305. 31594. Dess. ILS 5892). RE VI 1942. E. Nash Bildlex. z. Topogr. d. ant. Rom 2,189f. Vielleicht Volkstribun 62, Broughton Mag. 2,174. Zur Datierung Cass. Dio 37,45,3. **3.** Q. F., trat als Volkstribun 57 für Ciceros Rückberufung ein. Cic. ad Q. fr. 1,4,3. u. ö. RE VII A 922. **4.** C. F. Luscinus, Sohn und Enkel eines C. (zum Cognomen, »geblendet«, vgl. Walde-Hof.[3] 1,838), in späterer Tradition zu einem beliebten und fast sprichwörtlichen Exempel röm. Tugend und Sittenstrenge ausgemalt (z. B. Cic. Planc. 60; de or. 3,56; off. 3,16; Cato 15. 43 u. ö. Val. Max. 4, 3,6. 4,3, vgl. H. Kornhardt Exemplum 1936, 22f.). Histor. ist zweifellos die Ämterfolge (Broughton Mag. 1): Gesandter 283, Consul 282, Gesandter 280 und 279, Legatus 279, Consul II 278 (mit Q. → Aemilius Papus Nr. 21, mit dem er alle hohen Ämter bekleidete), Censor 275. Er triumphierte 282 über die Samniten und 278 *de Lucaneis, Bruttieis, Tarentinis, Samnitibus*, Act. triumph. Thurii, das er 282 wie auch andere griech. Poleis, befreite, setzte ihm zum Dank in Rom eine Statue (Plin. nat. 34,32). Ausgeschmückt sind vor allem seine Gesandtschaften an Pyrrhos im Rahmen der durch Kineas nach der Schlacht bei Ausculum 279 eingeleiteten Verhandlungen. Seine Unerschrockenheit, Unbestechlichkeit und Rechtschaffenheit illustriert auch die Erzählung von dem Verräter, der Pyrrhos vergiften wollte, aber von F. dem König mit einer Warnung zurückgeschickt wurde. Zu den typischen und schwerlich histor. Zügen gehört auch die Armut, in der er gestorben sein soll. Unwahrscheinlich ist auch, daß er als Censor den P. Cornelius Rufinus (Nr. 58) wegen des Besitzes von 10 Pfund Silbergerät aus dem Senat gestoßen habe, Varro bei Non. 465,21. **5.** C. F. Luscinus, wahrscheinlich Enkel von Nr. 4, 195 v. Chr. Praetor urbanus (Liv. 33,42,7. 43,5. Broughton Mag. 1, 340) und 190 Legatus unter dem Consul L. Scipio (Asiaticus), Liv. 37,4,2. **6.** (F. ?) Veiento, 54 Richter und 50 stellvertretender Statthalter in Syrien, Cic. Att. 4,16,6. 7,3,5. RE VIII A 591. H. G. G.

II. Kaiserzeit: A. Didius Gallus F. Veiento. Als Praetor unter Nero verspottete er durch Hunderennen den Rennsport, Dio-Xiph. 61,6,2. Als Vf. von *codicilli* stellte er Senatoren bloß; daher im J. 62 angeklagt und verbannt (Tac. ann. 14,50,1 f.). Unter Vespasian cos. suff., anfangs 80 cos. suff. II, CIL XVI 158, wahrscheinlich 83 cos. suff. III, AE 1952, 168. Plin. pan. 58,1. Epit. Caes. 12,5. Sch. Iuv. sat. 4,129 (aus Statius). Comes Domitians im Germanenkrieg 83 oder 89, CIL XIII 7253. Obwohl er zu seinem *consilium* gehörte (Iuv. sat. 4,123 ff.), blieb er unter Nerva (Plin. epist. 4, 22,4) und Traian unbehelligt, Plin. epist. 9,13,13. 19 f. R. H.

Fabrinius. Seltener ital. Eigenname (CIL II 4627), wohl gleich etr. *haprnal*, Schulze Eigennamen 161. M. F., Münzmeister ca. 133–126. Syd. LIX. 53. Broughton Mag. 2,439. H. G. G.

Fabula. Terminus für alle Arten geformter dramat. Dichtung in lat. Sprache, abgeleitet von *fari* (Varro l.l. 6,55), dem griech. *δρᾶμα* (Diom. Keil GrL 1,490. Don. Ter. Ad. 7 p. 10 W.) oder *μῦθος* (Lyd. mag. 1,40) an die Seite gestellt. Für die verschiedenen genera waren von der Kleidung der auftretenden Personen abgeleitete Sammelbezeichnungen mehr oder weniger geläufig, *f. crepidata* und *palliata* für Trag. und Kom. griech., *praetexta* und *togata (tabernaria)* für solche röm. Inhalts, dazu *Rhintonica, Atellana* und *mimus* (*planipedia*, vgl. Schanz-Hos. 1,264 ff.). In ant. Abh. über das griech.-röm. Drama (vgl. CGF 53 ff.) werden diese Begriffe undifferenziert nebeneinandergestellt, ausführlich Lyd. a. O. Euanth. de com. 4,1. Don. de com. 6,1 f. 5, während die Anordnung bei Diom. a. O. 489 f. (*palliata* und *togata* als Oberbegriffe für Stücke griech. bzw. röm. Inhalts) Varros eigenwilligen Versuch einer Systematisierung reflektiert, wohl aus *de poematis*, vgl. Dahlmann, AAMz 1953, 3,60 ff. P. L. Sch.

A. Lesky Fabula Crepidata, RhM 1952, 357 ff.

Fabullus. Freund Catulls, Adressat des Einladungsbriefes c. 13, in anderen Gedichten zusammen mit Veranius genannt: Aus der Hispania Citerior schicken sie Catull ein Tüchlein (c. 12,14 ff.); um die Zeit seiner Reise nach Bithynien (57/56) gehören sie zur Cohors eines Statthalters Piso und sehen ebenfalls ihre finanziellen Erwartungen enttäuscht (c. 28 und 47). Wenn L. Calpurnius Piso Caesoninus gemeint ist (Cons. 58,57–55 Proconsul in Makedonien), wird auf 2 verschiedene Reisen angespielt. Bei der ersten könnte es sich um ein Privatunternehmen handeln, zumal wenn F. aus Spanien stammte, vgl. Syme, Cl. et Med. 1956, 129 ff., der auch einen früheren Aufenthalt Pisos in dieser Provinz (60/59) erwägt. P. L. Sch.

C. J. Fordyce Catullus, 1961, 113. *K. Barwick* Philol. 1958, 316.

Fackel (*δαΐς, λαμπάς, fax, taeda*). Der vielfache und seit den ältesten Zeiten belegte Gebrauch der F. zu Beleuchtung und aus religiösem Anlaß hat eine große Zahl von F.-Formen entstehen lassen, unter denen, vom einfach angezündeten Zweig oder Ast abgesehen, hervorzuheben sind: die Stab-F. aus harzhaltigem oder mit Pech bestrichenem Holz (Verg. georg. 1,292. Plin. nat. 18,233. Ov. met. 7,259. Athen. 15,699 e. Pfuhl Abb. 663); bes. zierlich gearbeitete Exemplare hießen auch Etym. m. 570,9 *λοφνίς*. Als Sonderform dazu die Kreuz-F., bei der auf der Stabspitze ein Kreuz aus kleineren Hölzern vertikal oder horizontal angebracht ist, so daß 5 Spitzen brennen; diese Form ist literar. nicht belegt, jedoch auf Denkmälern des eleusin. Kults. Ferner die Bündel-F. aus zusammengebundenen Reisern oder Stäben, bei kürzeren F. oft mit Handschutz versehen (Sch. Aristoph. Lys. 308. *δεταί*, vgl. auch Pol. 3, 93,4 *φανός* und *πανός*, urspr. Reisigbündel, ist als Bündel-F. zu verstehen). Diese Form der F. begegnet bes. häufig auf Denkmälern als Attribut eleusin. Gottheiten (z. B. Pfuhl Abb. 596. HBArch 3,1 Taf. 58,3. 73,3. 85,4. Demeter am Parthenon-Ostfries), aber auch anderer Götter (Artemis, z. B. Pfuhl Abb. 515. 522. HBArch 3,1 Taf. 41,1. 115,1. Hekate, vgl. Kraus, Hekate [1960]), der Mänaden (z. B. Pfuhl Abb. 582) oder bei Personifikationen wie dem Oistros, Pfuhl Abb. 795, oder den Lyssai (? Pfuhl Abb. 641), als Hochzeitsfackel (→ Hochzeit) und bes. bei den Fackelläufen (→ Lampadedromia). In der Kaiserzeit gehören Eroten mit Bündel-F. zu den Topoi der Sepulkralplastik (z. B. Amelung, Vatican-Katalog I Taf. 24, 12. 39,188. 43,155. 47,217). Seit dem 5. Jh. v. Chr. begegnet noch eine F., die nicht selbst brennt, sondern an ihrer Spitze eine Höhlung für brennbare Stoffe enthält; sie hat in röm. Zeit verschiedene Ausformungen erlebt. Neben Holz-F. sind literar. Wachs-F., *cereus*, z. B. Plaut. Curc. 9 f., und Talg-F., *sebacii* (? Apul. met. 4,19,2. Vgl. die *sebaciaria*

CIL VI,2298ff.) belegt. Auch der Bast des Weinstocks wurde dazu verwandt, Etym.m. 570,9, sowie als Brennstoff Pfriemengras, Plin.nat.19,27. F. wurden nicht nur getragen, bes. bei nächtlichen Ausgängen, sondern auch aufgestellt, Hom. Od.7,101. In Rom wird nach dem Anzünden der F. auch die Zeit angegeben, *prima fax, ante primam facem*, Serv.Aen. 3,587. Gell. 3,2,11. 18,1,16. Macr.sat.1,3,15. Im Krieg dienen F. und Reisigbündel als Signale oder um feindliche Städte, Lager, Schiffe in Brand zu setzen. Im Kult ist die F. urspr. wohl wegen der kathartischen und apotropäischen Wirkung des Feuers verwandt worden, doch ist nicht immer mit Sicherheit zu erkennen, in welchem Sinne die F. der einzelnen Gottheit zukommt. Zur symbol. Bedeutung der F. im röm. Sepulkralbereich vgl. [3]. W. H. G.

1. *Vassits* Die F. in Kultus und Kunst d. Griechen, 1900. 2. *Mau*, RE VI 1945ff. 3. *Cumont*, Recherches sur le symbolisme funéraire des Romains, 1942.

Factiones. Renngesellschaften, welche Pferde, Fahrer und die für Rennen benötigte Ausrüstung besorgten, dann die Fahrer und Wagen, die unter ihren Farben zum Rennen antraten. In republikanischer Zeit gewannen reiche Ritter für Geld *editores ludorum* mit ausgebildeten Fahrern und Rennpferden aus ihren Sklavenschaften und Gestüten. Die gewerbsmäßigen Renngesellschaften, die sich in der Kaiserzeit entwickelten, standen unter *domini factionum*. Über das zahlreiche Personal einer f. unterrichtet uns CIL VI 10046 = DESSAU 5313: etwa 250 Personen, nämlich *aurigae* und *agitatores, conditores* und *succonditores, sellarii, sutores, sarcinatores, margaritarii, medici, magistri* und *doctores, viatores, vilici, tentores, sparsores* und *hortatores*, CIL VI 10074–76. Jede f. hatte ihre Farbe. Zuerst gab es nur 2 f., die *russata*, Plin. nat. 8,186 (um 77 v.Chr.) und die *albata*, Plin. nat. 8,160 (47 n.Chr.). Die *f. prasina* (unter Caligula) und die *veneta* (unter Vitellius) überflügelten schließlich die ersten beiden in der Volksgunst und sogen sie in sich auf. Die *f. aurati purpureique panni*, geschaffen von Domitian, überdauerte schwerlich dessen Lebenszeit. Die leidenschaftliche Teilnahme für die f., aufgepeitscht durch die Kaiser, teilte das ganze römische Volk in 4, später 2 Lager. Rivalität und Wettfieber führten zu Aufruhr und Blutvergießen, das seinen Gipfelpunkt in Konstantinopel erreichte, wo 532 ein Aufruhr im Zirkus zum Tode von 30000 Menschen geführt haben soll. O. W. R.

Fadius. I. Republikanische Zeit: Röm. Familienname, seit dem 1. Jh. v. Chr., auch inschr. (CIL III 7371) bezeugt, vgl. SCHULZE Eigennamen 132.316. **1.** M.F. Gallus, Epikureer, seit 57 mit Cicero befreundet, der ihn oft in seiner Korrespondenz erwähnt (z.B.fam.9,26.7,23ff.) und von ihm 50 in Laodikeia und 49 in Formiae besucht wurde. 45 vermittelte er zwischen Cic. und Tigellius und half beim Erwerb von Kunstwerken

(z.B. Att.13,49,1f.; fam.7,24,2. – 7, 23–26 sind an ihn gerichtet). Vgl. H. WILLRICH Cic. und Caes. 201.220. **2.** T.F. Gallus. 63 Quaestor unter dem Consul Cicero, 57 Volkstribun, wobei er sich für Ciceros Rückberufung einsetzte. 52 verbannt, stand 46 mit Cic. (vgl. fam. 7,27) wegen seiner Begnadigung durch Caesar in Verbindung. H. G. G.

II. Kaiserzeit: L.F. Rufinus, cos.suff.113, VIDMAN Fast. Ostiens. p. 20; Freund des Plinius, epist. 8,18.9,23,4. Sein Sohn war wohl C.F. Rufus, cos.suff. 145, VIDMAN ebd. p. 22. R. H.

Fächer (ῥιπίς, *flabellum*). Im Orient seit alters bekannt und als Würdezeichen verwandt, gelangt der F. offenbar erst im 5.Jh. v.Chr. zu den Griechen; 1. literar. Erwähnung Eur.Or.1426ff., wo der Brauch noch barbarisch heißt. Poll.10,127 führt den F. unter den weiblichen Gerätschaften. Der F. wird entweder von Sklaven gehandhabt (vgl. auch die *flabellifera* Plaut.trin. 252) oder von der Besitzerin selbst getragen. Der Form nach unterscheiden wir Blatt-F. und Feder-F., die jedoch beide im Normalfall nicht mehr aus dem Material bestehen, nach dem sie urspr. benannt sind. Die Blatt-F. sind meist herzförmig, oft mit Ornamenten verziert, z.B. KÖSTER Die griech. Terrakotten T. 41.48.50.63f. PFUHL Abb.709 links; sehr naturalistisch geformt wohl das *prasinum flabellum* Martial. 3,82,11. Die F. sind aus Leder oder stoffbezogenem Rohr zu denken. Auch die Feder-F. sind meist nicht aus Federn, doch in deren Art stilisiert zu denken; sie sind bes. häufig auf etr. Denkmälern belegt (z.B. BANTI Welt der Etrusker T. 96), zahlreiche Formvarianten bezeugen die modische Beliebtheit. Unsicher bleibt die Deutung der *tenuis tabella* Ov.ars 1,161 (vgl. am. 3,2,38) als hölzerner (?) F. – Vom F. zu unterscheiden der Fliegenwedel, μυιοσόβη, *muscarium*, der nach Poll.10,94 ebenso ῥιπίς heißen kann wie das zum Anfachen des Feuers benützte Gerät aus Federn in Metallrahmen, *flabellum*, wovon *flabellare*, ῥιπίζειν »anfachen« auch im übertragenen Sinn. W. H. G.

Faenius. L.F. Rufus. Praefectus annonae im J. 55, Tac.ann.13,22,1. Er baute die horrea Faeniana, CIL VI 37796. Im J. 62 wurde er mit Tigellinus praefectus praetorio, Tac.ann.14,51,2; dieser bezichtigte ihn des Ehebruches mit Agrippina, ebd. 14,57,1. 15,50,3. Cass. Dio 62,13,3. F. nahm 65 an der pison. Verschwörung teil, spielte aber nach deren Aufdeckung keine gute Rolle; er wurde hingerichtet, Tac.ann.15,53,3. 58,3. 61,3. 66,1. 68,1. Dio-Xiph. 62,24,1. R. H.

Färberei. Wichtiger Handwerkszweig bei ant. Völkern, bereits in Äg., Mesopotamien und Indien nachweisbar. **1.** Herstellung von Farben (βαφή, *tinctura*) vielseitig (Plin.nat. 35,1ff.); Gewinnung vor allem aus a) Purpurschnecke in Phönizien (Clem.Alex.Paed.2,10), verbreitete sich nach Kreta (Hdt. 4,151), Lakonien (Paus. 3,21,6. Hor.c.2,18),

Gallien (Plin. nat. 22,3. Strab. 13,14), Äg. (Pap. Leid. 10. Pap. Holm) u. a. Ländern. b) Eichenschildlaus zur Rot- und Scharlach-F. (Plin. nat. 9, 134) breitete sich von Phönizien aus (Theophr. h. plant. 3,7,3) nach Kleinasien (Plin. nat. 9,140. 16, 32. 22,3), Phokis (Paus. 10,36,1), Afrika, Lusitanien und Sardinien (Plin. nat. 16,32. 22,3). c) Pflanzlichen Stoffen, bes. aus Blumen (Plin. nat. 21,14 ff.), Holunderbeeren (Plin. nat. 16,179) und Kräutern (Schellkraut, Orseille, Alkanna, Ginster, Waid u. a.). d) Mineralischen Stoffen, bes. aus Kupfer- und Eisenvitriol, Ruß, Kreide, Grünspan, Harn (Plin. nat. 28,146: Galle; Plut. Numa 17: Alaun).

Wo in lit. Quellen die Herstellung von Farben beschrieben wird (s. o.; dazu Plin. nat. 9,125. Vitr. 7,13), erwähnt man bisweilen auch die zu erreichenden Farbwandlungen durch Beimischen von Zusätzen (Erde, Salz, Schwefel, Alaun, Pech, Honig, Kreide, Ruß, Wein u. a.), mit denen Abstufungen zwischen weiß, gelb, grün, blau, rot, braun bis schwarz möglich werden. **2.** Die F. wurde von speziellen Handwerkern ausgeführt: *βαφεύς*, *tinctor*. Ihre Tätigkeit bezog sich auf das Färben von a) Metallen durch Bestreichen mit Farben, durch Zusätze beim Schmelzen mit Salz, Pech usw., durch Legierungen mit anderen Metallen. Dabei kam es öfters zu vorsätzlichen Fälschungen und Imitationen von Edelmetallen, z. B. Kupfer erhalte durch Behandlung mit Ochsengalle eine Goldfärbung (Plin. nat. 28,146) oder Silber einen schwärzlichen Ton durch Einreiben mit Eidotter (Plin. nat. 33,131). b) Edelstein und Glas (Pap. Holm), wobei ein Erhitzen oder Beizen mit pflanzlichen oder organischen Stoffen erfolgte. Die Inder z. B. stellten alle Arten von Edelsteinen her (Plin. nat. 37,79), Imitationen mit gefärbtem Glas waren häufig (Blümner Techn. 4,391), u. a. beim Smaragd (Plin. nat. 37,112). c) Textilien durch Kochen der Wolle im Farbstoff (Plin. nat. 9,133 f.). Ebenso verfuhr man bei Leinentüchern (Plin. nat. 19,22. H. A. Alex. Sev. 40) und bei Seide (aus Kos: Hor. c. 4,13,13; aus China: H. A. Aurel. 45; aus eigener Seidenraupenzucht: Cod. Iust. 4,40.11,8). d) Mit Hilfe von Essenzen, Ölen und Salben wurde die F. auch in der ant. Kosmetik angewendet, so zum Färben des Haars, der Fingernägel und der Augenlider (vgl. A. Neuburger Technik des Alt., 119 bis 121). G. Sch.

J. André Études sur les termes de couleur dans la langue Latine, 1949. *R. J. Forbes* Studies in ancient technology, 6 Bde., 1955–1958, 3,202 ff.

Faesulae (Nissen It. Ldk. 2,293 f. Müller-Deecke Etr. 1,123. 206. 234 ff.; etr. Inschr. b. Pallottino Test. ling. Etr. Nr. 675 ff.), auf schwereinnehmbarer Höhe gelegene (Prok. b. G. 2,24) etr. (Ptol. 3,1,48) Stadt n. Florenz, deren Quadermauer in einer Länge von 2570 m erhalten ist. Kaum mit dem bei Pol. 2,25,6 zum Kelteneinfall 225 v. Chr. genannten Orte F. identisch, da die Lage weder zu Clusium (codd. *Καλουσιον*!) noch zu Telamon paßt. Im J. 217 v. Chr. Ausgangspunkt für den Marsch Hannibals zum Trasimen. See (Pol. 3,82,1. Liv. 22,3,3). Seit 96 v. Chr. werden Prodigien aus F. gemeldet (Obseq. 49. 51. 53), das damals also schon die civ. Romana besaß; F. wird bei Flor. 2,6,11 unter den Städten genannt, die im Bundesgenossenkrieg schwer litten; weitere Unruhen durch sullan. Kolonisten (Cic. Cat. 3,14. Sall. Cat. 28) und 63 v. Chr. (Cic. Cat. 2,14. 3,14. Sall. Cat. 24 u. a. App. civ. 2,3. Cass. Dio 37, 30. 33. 39). F. gehört zur 7. Region (Plin. nat. 3,52), seine Einwohner zur trib. Scaptia (CIL XI p. 298. Nr. 1543 f.). 5 v. Chr. besucht Crispinius aus F. das Kapitol mit 8 Kindern, 27 Enkeln und 18 Urenkeln (Plin. nat. 7,60). 405 n. Chr. schlägt Stilicho bei F. die Goten des Radagais (Oros. 7,37), 539 belagert Belisar die Stadt (Prok. a. O.). Außer der Mauer bes. das Theater gut erhalten; h. Fiesole. G. R.

Fagifulae (Nissen It. Ldk. 2,792), samnit. Kleinstadt n. Campobasso w. unterhalb Montágano am Platze der Kirche S. Maria a Faifoli, die den Namen weiterführt. F. wurde 214 v. Chr. von Q. Fabius Maximus zurückerobert (Liv. 24,20,5), gehörte später als *municipium* zur tribus Voltinia (CIL IX p. 237) und in die 4. Region (Plin. nat. 3, 107). G. R.

Fagus s. Buche

Fajum (aus altäg. *P-jom* »das Meer«), h. Bezeichnung der oasenartigen Depression w. des Nil etwa 75 km s. Kairo, die die Ägypter auch *tꜣ-š* »Seeland«, die Griechen *λίμνη* nannten; der See, der sie damals mehr als h. ausfüllte (h. Karun-See), wird von Hdt. 2,149 Moiris-See (nach äg. *Mr-wr* »Großer Kanal«) benannt, der auch den Zufluß vom Nil (h. Bahr Jussuf) erwähnt. Einst ein Sumpfgebiet und Zentrum sportlicher Vogeljagd. Schon die Könige der 12. Dyn. (bes. Amenemhet III.) begannen mit Entwässerungsprojekten. Zentrum wurde *Šd.t*, das spätere Krokodeilopolis (bzw. Arsinoitōnpolis) mit dem Hauptgott Suchos (Sbk). Dann legte Ptolemaios II. die Sümpfe weitgehend trocken und siedelte hier seine griech. Söldner an. Die zahlreichen Ruinenstätten lieferten große Mengen Papyri der ptol. Zeit, z. B. Karanis, Tebtynis, Medinet Madi, Hawara (Mumienporträts), Dime, Qasr Karun (Dionysias). W. H.

Falacrinae (Nissen It. Ldk. 2,468), Geburtsort des Kaisers Vespasian (Suet. Vesp. 2,1) an der → via Salaria (It. Ant. 307,3. Tab. Peut. 5,4) am Platz der Kirche S. Silvestro in Falacrino b. Collicelle s. Cittareale. G. R.

Falarica. Die f. *(phalarica)*, ein Brandgeschoß, das dem *pilum* ähnelte, bestand aus einem runden Schaft, der am oberen Ende in einen viereckigen überging und in den eine 3 Fuß lange Eisenspitze eingelassen war (Veg. mil. 4,18). Vor dem Abschuß wurde der Brennstoff, mit dem der viereckige Ansatz umwickelt war, in Brand gesetzt. Der Ab-

schuß erfolgte aus Wurfmaschinen, wenn es sich um größere Geschosse handelte (App. civ. 3,11), bei kleineren aus der Hand (Liv. 34,14,11). A. N.
APrAW 1923, Ph. h. Kl. Nr. 3,21, Anm. 4.

Falcidius. Ital. Eigenname, Inschr. z. B. bei Schulze Eigennamen 272. C. F., Urheber eines der letzten bekannten Plebiszite, vgl. Mommsen RStR 2,312. Nach der lex Falcidia (RE XII 2346 ff.) durfte ein Erblasser nur so viele testamentar. Legate vornehmen, daß den eigentlichen Erben ein Viertel der Hinterlassenschaft erhalten blieb. H. G. G.

Falerii (W. Deecke Falisker 1888. G. Dennis, Cities and cimiteries of Etr. 1, 1883^3, 87 ff. Nissen It. Ldk. 2,363. Beloch RG 610 f. L. Adams Holland Pap. Mon. Am. Ac. Rome 1925. Cressedi, Encicl. Arte Ant. 3, 1960, 569 f. Puglisi ebd. 572 f. G. Giacomelli Ling. Falisca 1963, 19 ff.), alte nach Ausweis der Sprachdenkmäler nicht etr. Stadt (Strab. 5,226 ἴδιον ἔθνος) S.-Etruriens (j. Cività Castellana) an der Mündung der Treia in den Tiber (Ptol. 3,1,50. Steph. Byz. s. v.) in steiler Lage (Zon. 7,22. 8,18. Plut. Cam. 9. Liv. 5,26,5), als deren myth. Gründer der argiv. Hălēsus galt (Ov. fast. 4,73; am. 3,13,32. Serv. Aen. 7,695. Solin. 2,7; argiv. Gründung auch nach Cato b. Plin. nat. 3,51. Dion. Hal. ant. 1,21; chalkid. b. Iust. 20,1,13). Kämpfe mit den Römern an der Seite von Fidenae (Liv. 4,17 ff.) und später von Veii (Liv. 5,8 ff. Dion. 13,1. Plut. Cam. 9 f. Diod. 14,96,5. 98,5; Gesch. vom verräterischen Schulmeister: Liv. 5, 27. Dion. Plut. Val. Max. 6,5,1 u. a.) und Tarquinii (Liv. 7,16 ff. Diod. 16,31,7). Im J. 293 v. Chr. unterlag F. dem Consul Carvilius (Liv. 10,45 f. Frontin. strat. 2,5,9). Für die Erhebung nach Beendigung des 1. pun. Krieges wurde F. hart bestraft: Mit Ausnahme des Iunoheiligtums (Dion. 1,21. Ov. fast. 6,49; am. 3,13,35) wurde die Stadt zerstört, die Einwohner in das eben gelegene F. novi verpflanzt (j. bei der Kirche S. Maria di Falleri); vgl. Pol. 1,65. Liv. epit. 19. Val. Max. 6,5,1. Eutr. 2,18 u. a.; Triumph des Q. Lutatius Cerco am 1. März 240: CIL I^2 p. 47). Aus F. novi (b. Strab. a. O. auch *Aequum Faliscum*; vgl. Verg. Aen. 7,695) wird 217 v. Chr. ein *prodigium* gemeldet (Liv. 22,1,11); die Gemeinde war wenig begütert (Cic. leg. agr. 2,66); in späterer Zeit wechseln die Bezeichnungen *municipium* der trib. Horatia oder *colonia Iunonia Faliscorum*. F. hat keine Straßenverbindung; *Aequo Falisco* Tab. Peut. 5,4 ist noch nicht geklärt; auch an Civ. Castellana (= F.) geht die → via Flaminia ö. vorüber. Das röm. F. novi weist außer der Mauer mit Toren und Türmen viele Reste auf, F. veteres bedeutende Tempelreste. Die zahlreichen Sprachdenkmäler (außer Giacomelli vgl. Vetter HB 277 ff.) lassen verschiedene Spuren engerer Verwandtschaft zum Lateinischen erkennen; etr. Einfluß in den Namen. Kulte: Außer Iuno werden Minerva (kaum richtig *Capta Minerva* [so!] b. Ov. fast. 3,843) und Ianus genannt. G. R.

Falernus ager (Nissen It. Ldk. 2,689 f.), Gebiet zwischen Mons Massicus und Volturnus im N. Kampaniens, seit 340 v. Chr. röm. (Liv. 8,11 f.), gab 318 v. Chr. der trib. Falerna den Namen (Liv. 9,20. Diod. 19,10). Verwüstungen im 2. pun. Kriege (Liv. 22,13). Berühmt durch Wein- und Obstbau (Plin. nat. 14,62. 15,53). G. R.

Falisci s. Falerii

Falsum. *F. est quidquid in veritate non est, sed pro vero adseveratur* (Paul. Coll. 8,6,1). Mommsen RStrR 667: »Böswillige Täuschung durch Wort und Werk«. Die röm. Gesetzgebung fußt auf dem Gesetz lex Cornelia de falsis des L. Cornelius Sulla (81 v. Chr.). Unter f. verstand man: 1. Testament- und Urkundendelikte, 2. Edelmetall- und Münzdelikte, 3. Prozeß- und Advokatendelikte, 4. Fälschung der Verwandtschafts- oder Rangstellung, 5. falsches Maß und Gewicht. Das Gesetz ahndete die vollendete Handlung, die vorbereitenden wurden nicht unter Strafe gestellt. Strafen – dem Grade des Deliktes angemessen – verschiedener Höhe (*aquae et ignis interdictio*, *deportatio*, Hinrichtung). Verjährung (während der Kaiserzeit) 20 J. G. Ü.
Th. Mommsen RStrR 667–677. *Hitzig*, RE VI 1973 ff. *A. Berger*, Encycl. Dict. Rom. Law, 1953, 467 (mit Lit.).

Falto. Cognomen bei den Valerii in republikan. Zeit. Degrassi FCap. 144. H. G. G.

Falx. F., sichelförmige Haken aus Eisen wurden im Festungskrieg bes. dazu verwendet, aus Mauern, deren Gefüge vom Widder bereits gelockert worden war, Steine herauszubrechen (Curt. 4,2,3. Caes. Gall. 5,42,5. Veg. mil. 4,14). Im Seekrieg verwendete man auf Stangen befestigte f. zum Durchschneiden der Segelseile (Caes. Gall. 3,14,5). A. N.
Krom.-Veith 445.

Fama. Vgl. Ὄσσα Hom. Il. 2,93; Φήμη Hes. erg. 763 f. Verbindungen wie *fama fert*, *celebrat* u. ä. sind sehr früh, wobei aber f. noch nicht personifiziert sein muß. Bei Hor. c. 2,2,7 f. ist von F. mit Federschwingen die Rede. Gestalt und Wirken der F. schildert Verg. Aen. 4,173 ff.: F. ist von immenser Schnelligkeit, wächst im Lauf (vgl. Lucr. 6,340 f. vom Blitz), erhebt schließlich ihr Haupt in die Wolken. Terra, die viele Dämonen hervorbrachte, gebar F. aus Zorn gegen die Götter als letzte (Corssen, RhM 41,245 f. Vorbild Vergils sei Apollod. 1,6,3); sie ist ein gefiedertes Scheusal mit so vielen Augen, Zungen und Ohren wie Federn. Nachts schwirrt sie zwischen Himmel und Erde, tagsüber sitzt sie auf dem Dach oder auf hohen Türmen, Wahres wie Falsches aufnehmend und verkündend. (Das Bild der aus kleinen Anfängen wachsenden F. vielleicht von Homers Schilderung der Eris abhängig, Il. 4,442 f.; Eitrem, Symb. Osl. 5,85 f., glaubt, Schilderungen und Praktiken der Magie hätten zu dem Bild beigetragen, das ein alexandrin. Dichter geschaffen habe.) »Weniger großartig, subtiler« (Ribbeck 2,308) als Verg. ist Ov. met. 12,39 ff.: Auf hoher Burg hat ihre nie verschlossene Wohnung unzählige Öffnungen; aus klingendem Erz erbaut, tönt sie alles Gehörte in leisem Murmeln wider. Die Späteren sind von diesen Schilderungen beeinflußt (Val. Fl. 2,115ff. Stat. Theb. mehrmals). Oft ist kaum zu entscheiden, ob an den Dämon F. gedacht ist oder ob der Typ »*fama fert*« (s.o.) vorliegt (Thes. 225f. zitiert auch Stellen, wo *f.* nicht wirklich personifiziert ist, wie Cat. 80,5. Ov. met. 15,853 u.a.). – Inschr. geben wenig aus (CIL XIII 8178 aus Köln *Famae publici*... CIL II 1435 aus la Alameda, Baetica, *Famae Aug sacrum*... W. E.

Thes. l. L. VI 1,225f. *Ribbeck* Gesch. d. röm. Dichtung 2, 75. 308f. *Rob. Engelhard* De personificationibus ... Diss. Gött. 1881, 30f. *Ilberg*, Myth. Lex. 1,1442f. *Deubner* ebd. 3,2068ff. (s. ebd. 2166).

Fames. Personifikation des Hungers; griech. *Λιμός* (Hes. theog. 227). Verg. Aen. 6,275f.: F. wohnt mit anderen Dämonen am Eingang der Unterwelt (vgl. NORDEN z. St. Von Verg. abhängig u.a. Sen. Herc. f. 691). Bei Ov. met. 8,784ff. bestraft F. auf Ceres' Befehl den Erysichthon; F. haust im unfruchtbaren Kaukasus zusammen mit Frigus, Pallor, Tremor. Sie ist dürr und haucht ihrem schlafenden Opfer ständiges Hungergefühl und Eßgier ein, trotzdem geht dieses an Auszehrung zugrunde. W. E.

Rob. Engelhard De personificationibus ..., Diss. Gött. 1881, 25ff. *Usener* Götternamen 365f. *Crusius*, Myth. Lex. 1,1443. Griech.: *Schirmer-Höfer* ebd. 2,2052. *Roscher* ebd. s. Nosoi, bes. 3,467f.

Familia. Ein vor dem Aufkommen der Sklaverei entstehendes Verwandtschaftsverhältnis, das sich auf dem Wege von der Gruppen- über die Paarungsehe bis zur Monogamie bildete und mit der Unterordnung der (→) Frau unter die Herrschaft des Mannes *(pater f.s)* nach Zersetzung gentiler Verhältnisse entstand. Ihre ökonomische Basis war der private Grundbesitz, in diesem Sinne war die altröm. f. die kleinste Wirtschaftseinheit, ihr juristisches Fundament die *patria potestas*. F. ist zunächst ein Personen-, dann auch ein Vermögensbegriff. Zur f. gehören: 1. alle Personen, die der Gewalt des *pater f.s* unterstehen, so Frau und Kinder (Cod. Theod. 7,20,8), oder als Freie (Klienten) von seiner Gunst abhängig sind (Dig. 50,16, 196); Mitglieder einer *gens*, die ein gemeinsames *cognomen* führen (Wechsel der Begriffe *gens* und *f.*: Liv. 1,7,12. 2,41,10. 3,25,3. Cic. off. 1,54. Tac. ann. 3,76. 6,51; hist. 2,48); schließlich alle zu einem Hause zählenden Sklaven, die in die *f. rustica* und *f. urbana* eingeteilt werden (Dig. 7,8,10,4. CIL IX 3651. 3675). 2. Der gesamte Besitz einer Person, der beim Zensus anzugeben ist (Liv. 3,55. 45,40), so Gebrauchs- und Wertgegenstände, das lebende Vieh (Cato agr. 138) wie auch das Vermögen verstorbener Ahnen der f. (Lex. XII tab. 5,3. Liv. 2, 41. Dig. 50,16,195,2), so daß bisweilen der Begriff »*f. pecuniaque*« gebraucht wird (Cic. leg. 3,7. Gai. 2,104). Besitzveränderungen sind die *venditio* der f. als Strafe (Liv. 3,55,7) und die gewöhnliche *hereditas* als Erwerb des Nachlasses (Liv. 45,40,7). G. Sch.

Fannius. Plebeischer Gentilname, der etr. Namen nicht fernsteht, SCHULZE Eigennamen 266 (dort und 424 auch Nachweis von lat. Inschr.). Namensträger sind seit dem 2. Jh. v. Chr. bezeugt, als ältester ein C. F., Volkstribun 184 (?).

I. Republikanische Zeit: **1.** F., Legat unter Cassius gegen Rhodos 43, App. civ. 4,72,305, vielleicht mit F. Caepio ident. (Belege bei BROUGHTON Mag. 2,365). H. H. SCHMITT Rom und Rhodos 1957, 185f. **2.** C. F., der Annalist, s.u. Nr. 10. **3.** C. F. C. f., Senator 81, BROUGHTON 2,491. **4.** C. F., Republikaner in der Mitte des 1. Jh.; ob alle Quellen auf eine Persönlichkeit zu beziehen sind, ist nicht unbedingt gesichert (beste Übersicht RE VI 1991f.). Wahrscheinlich ist folgende Betätigung im öffentlichen Leben (vgl. BROUGHTON 2,565): um 63–48 Pontifex, 59 Volkstribun, Gegner Caesars (Cic. Sest. 113 u.ö.) und angeblich Teilnehmer an einer Verschwörung gegen Pompeius (Cic. Att. 2,24,3. RE VIII A 1846f.), Praetor 55, 54 oder 50, im Bürgerkrieg auf der Seite des Pompeius, mit propraetor. Imperium als Statthalter zunächst für Sizilien bestimmt, dann in Asia tätig (49, 48). Entgegen Cic. Att. 11,6,6 kam er bei oder nach Pharsalos (48) wohl nicht um, sondern war 43 Gesandter nach Massalia und wurde dann geächtet, entkam aber nach Sizilien (App. civ. 4,84,354), wo er erfolgreich für Sex. Pompeius eintrat (RE XXI 2221), dessen Sache er erst 35 mit dem Übergang zu Antonius in Asien aufgab, App. civ. 5,139,579. R. SYME The Rom. Revolution, 1960, 228. **5.** L. F., Anhänger des Fimbria, flüchtete mit L. Magius (RE XIV 439) 85 v. Chr. zu Mithridates, stellte mit jenem 79 die Verbindung des Königs mit Q. Sertorius in Spanien her, focht 73 als Feldherr gegen Rom und kehrte durch Vermittlung des Lucullus nach 72 nach Rom zurück. 68/67 war er Legat des Lucullus und wurde von Tigranes in Gordyene belagert. Cic. Verr. 1,87. Ps. Ascon. 244 Stangl. Cass. Dio 36,8,2. BROUGHTON Mag. 2,140. **6.** M. F., plebeischer Aedil um 83 (und Münzmeister, GRUEBER Coins 1,314f.), 81 Richter, 80 Praetor und Vorsitzender des Gerichtshofs für Mordprozesse, Cic. S. Rosc. 11f. **7.** C. F. Chaerea. Sein Sklave Panurgos war von dem Schauspieler Q. Roscius ausgebildet und dann von Q. Flavius aus Tarquinii ermordet worden. F. und Roscius erhielten auf ihre Klage Schadenersatz, prozessierten aber dann gegeneinander, wobei F. durch P. Saturius (RE II A 200), Roscius durch Cicero verteidigt wurde; dessen Rede (wohl im J. 76) könnte zusammen mit dem Cognomen darauf deuten, daß F. ein Freigelassener war. **8.** C. F. Strabo, C. f. C. n., Praetor um 164, Consul 161 mit M. Valerius Messalla, DEGR. I 13,1,50f. 462f. Brachte ein Gesetz gegen Tafelluxus durch (l. Fannia, RE XII 2353), Ausweisung griech. Philosophen und Rhetoren aus Rom (Gell. 15,11,1). 158 leitete er eine Gesandtschaft nach Illyrien (Pol. 32,18,3ff.), 154 nach Pergamon (ebd. 33,9,3). BROUGHTON Mag. 1, 450. **9.** Fannia, sittenlose Frau aus Minturnae, mit Titinius (RE II A 1548) verheiratet, der sich im J. 100 von ihr trennte, aber von Marius zur Herausgabe der Mitgift verurteilt wurde. 88 nahm sie den geächteten Marius in ihrem Haus in Minturnae auf, Val. Max. 8,2,3. Plut. Mar. 38,3–9. H. G. G.

10. F., C., Marci filius, röm. Politiker, Redner und Historiograph. Cic.s Annahme von 2 Fannii (C. M. filii, Brut. 99) ist irrig ([1],427–442). F. war der Schwiegersohn des Laelius, hörte, dem Scipionenkreis nahestehend, Panaitios (Cic. Brut. 101), erstürmte 146 mit Tib. Gracchus Karthagos Mauern (Plut. Gracch. 4,6), 142 Volkstribun, 141 Teilnahme am span. Krieg, wohl 132 Prätor, 122 Konsul durch Einfluß des C. Gracchus (Cic. Brut. 99). Er widersetzte sich dessen Antrag auf Bürgerrechtsverleihung an die Bundesgenossen (Plut. Gracch. 29,3. 33,2ff.) in einer berühmten Rede *de sociis et nomine Latino*. F.' Verfasserschaft von Cic. Brut. 99f. gegen Zuschreibung an C. Persius verteidigt. Der Beginn seines »Annales« betitelten Geschichtswerkes (Cic. Brut. 81) ist unsicher (vielleicht nur Darstellung der Zeitgesch., falls sich Frg. 3 mit Nennung von Drepana auf den sizil. Sklavenkrieg und nicht auf den 1. Pun. Krieg bezieht). F. stellte auch innenpolit. Kämpfe dar, fügte eigene und anderer Staatsmänner Reden ein (Cic. Brut. 81), verglich entschuldigend Scipios Wesen mit der Ironie des Sokrates (Cic. ac. 1,2,5, 15). Das Werk wurde als wertvolle Quelle der Gracchenzeit von M. Brutus exzerpiert (Cic. Att. 12,5,3), F.' Wahrheitsliebe von Sall. (Frg. 1,4 Maurenbr.) gerühmt, sein Einfluß auf Plut.s Viten ist nicht sicher zu bestimmen. HRR 1^2,139–141. I. B.

1. *F. Münzer*, H 55, 1920, 427–442. 2. *F. Klingner* Röm. Geisteswelt, 1961^4, 78f. 3. *F. Bömer* Thematik und Krise der röm. Geschichtsschreibung, Hist. 2, 1953/54, 204ff.

II. Kaiserzeit: **1.** F. Caepio. Er nahm an der Verschwörung des Varro Murena gegen Augustus im J. 22. v. Chr teil, Cass. Dio 54,3,4f. Vell. 2,91,2. 93,1 u.a. Von Tiberius Nero angeklagt, wurde er in Abwesenheit zum Tode verurteilt, Suet. Tib. 8. Von einem Sklaven in Neapel (Macr. 1,11,21) verraten, wurde er ermordet, Dio 54,3,4. 5. 7. Vell. 2,93,2. R. SYME Rom. Revol. 333f. **2.** Fannia. Tochter des Stoikers P. Clodius Thrasea Paetus und der Arria, Plin. epist. 9,13,3, Gattin des → Helvidius Priscus, dem sie zweimal, im J. 66 und unter Vespasian, ins Exil folgte, ebd. 7,19,3ff., vgl. Suet. Vesp. 15. Als Vespasian ihren Gatten tötete, ließ sie dessen Biographie verfassen, Tac. Agr. 2,1f. Im J. 93 relegiert und ihrer Güter beraubt (Plin. epist. 3,11,3), kehrte sie 96 nach Rom zurück; ca. 107 überlebte sie wohl eine schwere Erkrankung, Plin. epist. 7,19,1ff. R. H.

Fanum (in der Ant. von *fari* abgeleitet: Dagegen WALDE-HOF.[3] 1,454), jeder einer Gottheit geweihte Ort (vgl. Liv. 10,37,15). F. ist zunächst die Bezeichnung für die Örtlichkeit ohne Rücksicht darauf, was und ob überhaupt etwas darauf stand (z.B. *ara*, *aedes* oder a.), wird dann zur allg. Benennung für jedes Heiligtum. Speziell wird f. bevorzugt zur Bezeichnung einer alten Kultstätte oder eines Heiligtums außerröm., bes. oriental. Götter. – *f. sistere* ist t.t. für die Anlage eines Platzes zur Errichtung eines Heiligtums (Fest. 351 M.) und für die Herrichtung eines zeitweiligen Aufenthaltsortes für die Götter beim → lectisternium (LATTE RRel 244,2. 253,1). Gegensatz *profanum: quod non est sacrum* Paul. Fest. 228 M. Macr. Sat. 3,3,4. (Trebatius bei Macr. Sat. 3,3,4 und Varro l.l. 6,54 vermengen *profanum* mit *profanatum* = wieder profan machen: s. WISSOWA Rel.[2] 468,5). *profanare* = profanieren z. B. von Weihgeschenken zum Verkauf; das davon Erworbene wurde wieder *sacrum*. *profanatum* heißt auch das beim Opfer Verzehrte im Gegensatz zu *polluctum*, dem Verbrannten.

fanaticus »zum Heiligtum gehörig« > »von der Gottheit ergriffen, rasend« (auch *carmen* u.ä.). Priester außerröm. Gottheiten werden oft so genannt, da diese, bes. die oriental., oft in ekstatische Raserei verfielen. W. E.

Jordan H 14, 1879, 577f. *Marqu.* RStV 3,148ff. *Wissowa* Rel.[2] 468. *Latte* RRel. 391.

Fanum Fortunae (NISSEN It. Ldk. 2,384), h. Fano, Stadt an der Mündung des Metaurus (mit diesem durch Kanal verbunden) in das adriat. Meer (Strab. 5,227. Ptolem. 3,1,22. Mela 2,64) an der sog. → via Flaminia (It. Ant. 126,2. Burd. 615,3. Gadit. 95. Tab. Peut. 5,2, vermutlich mit Fortunakult); zuerst bei Caes. civ. 1,11,4 erwähnt, später augusteische Veteranenkolonie (*col. Iulia Fanestris* CIL XI 6232) der 6. Region (Plin. nat. 3, 113; zur tribus Pollia) mit Ehrenbogen für Augustus (GARDTHAUSEN Augustus 1,988. 2,602) aus dem J. 9 n. Chr., dessen Inschr. angibt, Augustus habe die Stadtmauer gebaut; sie wurde erst durch Vitiges zerstört (Prok. b. G. 3,11.25). Vitruv erbaute in F. eine Basilika, die er 5,1,6ff. beschreibt. G. R.

Far war urspr. wohl »Korn« im allg. Sinne von Getreide (WALDE-HOF.[3] s.v.), aber in gesch. Zeit war der Name durchaus nicht nur auf »Spelz«-Getreide (→ Dreschen), sondern spezifisch auf Spelzweizen, im Gegensatz zum »Dreschweizen«, *triticum*, beschränkt. Das Wort f. ist synonym mit *ador* und *alicastrum* (= Korn für *alica*, s.u.) und ist wohl aus *f. adoreum*, wie *semen* aus *semen adoreum*, abgekürzt; trotz Plin. nat. 18,82 steht es zweifellos auch mit griech. ζειά (ζέα) gleich (z.B. Dion Hal. ant. 2,25,2), welches seinerseits kaum eine andere Getreideart als ὄλυρα (= *arinca*, Plin. nat. 18,92) darstellt. Unter den 3 angebauten Spelzweizenarten ist f., von dem Colum. 2,6,3 vier

Arten kennt, aus botan. und archäolog. Gründen hauptsächlich mit dem tetraploiden Emmer (triticum dicoccum Schübler) zu identifizieren, da das primitive diploide Einkorn (t. monococcum Linné; griech. τίφη, auch ζέα ἁπλῆ) offenbar nur in Kleinasien bekannt war, während der hexaploide Spelt oder Dinkel (t. spelta L.) kaum weit s. aus seiner Heimat in der h. Schweiz und SW.-Deutschland vordrang und den Römern wohl nur in der Kaiserzeit als *spelta* oder *scandula* (vielleicht auch *brace* oder *bracis* und *spica*) bekannt wurde. (Die gebräuchliche Übers. von f. als »Spelt« [auch in RE III A 1600] ist daher zu vermeiden.)

Bis etwa ins 2. Jh. v. Chr. war f. das »Korn« (= Hauptgetreide) Roms, was Plinius dadurch beweisen kann, daß die alten Römer von Brei *(puls)* an Stelle von Brot lebten (nat. 18,83; vgl. *pultiphagi barbari* Plaut. Most. 828). Spelzgetreide verliert nämlich beim unvermeidlichen Rösten (z. B. Ov. fast. 1,693) die Eignung zur Herstellung von lockerem gesäuertem Brot, so daß die Einführung von *triticum* (vielleicht aus Griechenland) sicher durch eine Vorliebe für Brot verursacht wurde, die dann auch *f.* und *puls* langsam verdrängte. (Im dioklet. Edikt, 301 n. Chr., steht Spelzweizen sogar hinter Hirse.) Gleichzeitig änderte sich auch das Wesen der *pistores*, die urspr. f. in Mörsern stampften, um Graupe *(alica)* für *puls* zuzubereiten, später aber Müller und Bäcker von *triticum* (Mehl und Brot) wurden (vgl. Plin. nat. 18,107 bis 108. Serv. Aen. 1,179). In mancher Hinsicht bestand somit eine Ähnlichkeit zwischen der Stellung von *f.*, *alica* und *puls* im frühen Italien und der der Gerste und der daraus hergestellten ἄλφιτα (= *polenta*) und μᾶζα in Griechenland einige Jh. früher. Dort scheint Spelzweizen nie sehr wichtig gewesen zu sein und in Italien die Gerste in der menschlichen Nahrung nie eine große Rolle gespielt zu haben. Wie in Griechenland die Gerste, so behielten im röm. Kultus *puls* und *f.* (und die daraus bereiteten *mola salsa* und *libum*) ihre Bedeutung, nachdem sie diese in der Ernährung des Menschen längst verloren hatten. L. A. M.

N. Jasny The Wheats of Classical Antiquity, 1944.

Farben s. Färberei

Farfarus (Nissen It. Ldk. 2,478), sabin. Fluß (j. Farfa), dessen Name in dieser sabin. Form (< **bhăr-bhr̥r-ŏ-*; vgl. Radke Romanitas 1964, 298) bei Ov. met. 14,330. Sil. 4,182, in der latein. *Fabaris* (<**bhă[r]-bhr̥r-is*) jedoch bei Verg. Aen. 7,715. Vib. Sequ. p. 148 R. vorkommt (vgl. Serv. z. St.). G. R.

Farina s. Mehl

Farnus s. Esche

Farrago (spätlat. auch *ferrago;* griech. γράστις, κράστις) bezeichnete Grünfutter für Zugtiere (bes. Pferde), während *pabulum* (χιλός) Viehfutter überhaupt bedeutete. Nach Varro rust. 1,31,4 war *f.* ein Mischfutter (vgl. Paul. Fest. 91, 14 M) aus Gerste, Wicke und anderen Leguminosen. Colum. 2,10,24. 11,2,99 empfiehlt *f.* aus Gerste als Viehfutter. Jedoch Plin. nat. 18,140. 142 beschränkt Gersten-*f.* auf Afrika und erwähnt für andere Gegenden *f.* aus dem »Abfall« von → *far* (manchmal mit Zumischung von Wicke). Aus dieser Stelle, sowie der Ableitung des Namens selbst (Walde-Hof.[3] s. *far*), ist es wahrscheinlich, daß bei *f.*, wie auch sonst, *far* in Italien eine größere Rolle spielte als anderswo. L. A. M.

Farsuleius. Eigenname. L. F. Mensor, Münzmeister um 73. Belege bei Broughton Mag. 2,440. H. G. G.

Fas bezeichnet alles, was zu tun erlaubt ist, ohne einen religiösen Bereich zu verletzen; Gegensatz *nefas.* Den Zusammenhang mit dem Tabu-Begriff und, im röm. Bereich, mit *pietas* hebt Peeters hervor, der in *fas* auch den Ausdruck für das normative menschliche Verhalten sieht. – Latte 38: Komplementärbegriff dazu ist *sacer.* Urspr. nur in der Verbindung *fas est*, *fas habeo* u. ä., dann auch als Substantiv *(contra fas* u. ä.*).* Abgeleitet davon ist *fastus* bzw. *nefastus* (→ fasti dies).

Peeters 159 ff. sieht in *fas* das sabinische Wort, in *ius* das lateinische; letzteres sei früher kodifiziert worden; folgerichtig kommt er, wenn auch mit Vorbehalt, zu »ungeschriebenes Gesetz« als allgemeinste Bedeutung von *fas*, doch kaum zu Recht. Daß *fas est*, Gegensatz *nefas est*, gelegentlich »es ist möglich« oder sogar »es muß sein« bedeutet, darf als sekundär betrachtet werden. Was aber *fas* urspr. bedeutete (»anfänglich doch kaum rein negativ« . . . »das durch irgendeinen Spruch Gestattete gegenüber dem ohne weiteres den höheren Mächten Gehörenden?«: Waszink, Gn 34, 1962, 443 f.), ist ungeklärt. Die bisherige scharfe Gegenüberstellung *ius* = menschliches Recht, *fas* = göttliches Recht kann aber kaum mehr aufrechterhalten werden. Übersicht über die Versuche, die Etymologie festzustellen und die Bedeutung zu fixieren s. Peeters 4 ff. W. E.

C. A. Peeters Fas en Nefas, Proefschrift Utrecht 1945. *Latte* RRel 38. *H. Fugier* Rech. sur l'expression du sacré dans la langue lat. Strasb. 1963, 127 ff.

Fasces s. Lictores

Fasan, φασιανός, *phasianus (-a avis)* nach dem südkaukas. → Phasis (h. Rion) in Kolchis, der Heimat des F. (Agatharch. frg. 15 J.). τέταρος, τατύρας (aus dem Medischen? s. Hehn Kulturpfl. [8]368, anders Schrader ebd. 369). In Griechenland ist der F. nicht vor dem 5. Jh., vielleicht von dem ath. Bonvivant Leogoras (RE XII 1999) eingeführt, den Aristoph. Nub. 108 deshalb verspottet (auch Ach. 726 scheint darauf zu zielen; Martial. 13,72 ist histor. belanglos). Die zool. Lit. erwähnt den F. nur gelegentlich: Er ist Laufvogel, badet im Sand (Aristot. hist. an. 633 b 2. Athen. 9, 367 B). ist anfällig gegen Läuse (Aristot. 557 a 12), hat hörnerähnliche Ohrfedern (Plin. nat. 10,132. 11,121); das Weibchen ist kleiner (Athen. 14,654 D) und legt gesprenkelte Eier (Aristot. 559 a 25.

Plin. 10,144; irrig!). Auf den Tisch kam der F. erst in hellenist. Zeit, bes. in Alexandreia (Ptolem. b. Athen. 9,387 E) und in der Kaiserzeit (Petr. 93. Col. 8,8,10. Martial. 13,45. Plin. nat. 19,52); er galt als köstlich und bekömmlich (Galen. 6,700. Oreib. 1,222. Anthim. de obs. cib. 22) und wurde teuer bezahlt, bes. der gemästete Hahn (nach dem Ed. Diocl. 250 Denare; über Zucht- und Mastbetriebe s. Pallad. 1,29. Geopon. 14,19; die Autoren des 1. Jh. n. Chr. kennen F.-Mästung noch nicht). Natürlich gehört er zur Tafel der Kaiser, was wohl nur zufällig zuerst für Hadrian erwähnt wird (Spart. Hadr. 26). Später wird er in ganz Europa ständiges Requisit fürstlicher Geflügelhöfe und Küchen. – In der Dionysos-Prozession Ptolemaios' II. (vgl. Bömer, RE XXI 1954f.) wurden F. neben anderen kostbaren Vögeln mitgetragen; kult. Bedeutung ist aber nirgends nachweisbar. W. R.

Hehn Kulturpflanzen und Haustiere^{8} 367ff. *Keller* Ant. Tierwelt 2,145f. *Friedländer-Wiss.* 3^{8} 34. 60.

Fasciae. Gurte, Binden, Bandagen der verschiedensten Art heißen F., bes. 1. Die Gurten des Bettes, auf denen die Matratze ruht, → *lectus*. 2. Die chirurg. Bandagen, zu denen ausführlich Galen. π. τῶν ἐπιδέσμων, vgl. auch die vorzügliche Darstellung Pfuhl Abb. 418 = Greifenhagen Ant. Kunstwerke T. 56. 3. Die Windeln der Kinder, σπάργανα. Diese waren in Sparta unüblich, Plut. Lyc. 16, während Plat. leg. 7,789 e von zweijährigem Wickeln spricht. Vorschriften über den Gebrauch von F. bei Soran. Gynaec. 2,14f. (CMG 4,60ff.). Bildliche Darstellungen bei van Hoorn De vita atque cultu puerorum (Diss. Amsterdam 1909) 6ff. Aus der Variation der F. nach Stoff und Farben stammt ihre Bedeutung für die Anagnorismos-Szenen der Komödie und das *non es nostrae f.* »Du gehörst nicht zu uns« Petron. 46. 4. Als *f. pectoralis* bez. F. die Busenbinde der Frauen, *mamillare*, *taenia*, μίτρα, στηθόδεσμος(-μίς), ἀπό- und περίδεσμος, ταινία μαστῶν, ταινίδιον, μαστόδετον, μηλοῦχος (dagegen nicht στρόφιον, das den über dem Gewand getragenen Gürtel bezeichnet). Diese F., auf bloßer Haut getragen, dienten zum Aufrechthalten oder Verhüllen des Busens; straff umgelegt sollten sie das Wachstum einschränken. Sie bestanden aus Stoff (boshaft das lederne *mamillare* Martial. 14, 66) verschiedener Farben. Bildliche Darstellungen sind nicht selten, dabei ausnahmsweise auch mit Schulterband: Weege Tanz in der Antike 35 Abb. 41. 5. *F. crurales* schützten die Beine, auch *tibialia* (um die Unterschenkel) und *feminalia* (um die Oberschenkel) genannt. Sie galten zunächst als weichlich, doch trugen auch Pompeius (Cic. Att. 2,3,1. Val. Max. 6,2,7. Amm. 17,11,4) und Augustus (Suet. Aug. 82,1) solche F., die man sich aus Stoff oder Wolle denken wird. Männer trugen meist weiße F., Frauen farbige (vgl. Cic. har. 44). Bei Jägern (Grattius Cyn. 338) und Hirten gehörten diese F. zur Tracht und wurden wie Gamaschen getragen. W. H. G.

Fascinum s. Zauber

Fasti. 1. F. nennt man die für den Bürger wichtigen Verzeichnisse der Werk- und Feiertage, also die → Kalender. W. E.

2. F., röm. Amts- und Festkalender. Amtliche Aufzeichnungen wurden bei der Entstehung des röm. Staates notwendig, um die Normen für die Ausübung der Magistrate festzulegen, Beamtennamen sowie Beschlüsse und Weisungen festzuhalten. So sind die erhaltenen Teile der F. außerordentlich wichtige Quellen, da sie h. meist als histor. glaubwürdig nachgewiesen sind.

Da dem Pontifex Maximus die Aufgabe übertragen war, die offiziell gültige Zeitrechnung zu erarbeiten, führte er außer der Tages- auch die Jahres- oder Magistratstafel (*f. consulares* und *praetorii*, auf denen die Eponymität der Konsuln beruhte – wie schon der limmu in Assyrien, der Ephoren in Sparta und der Archonten in Athen) sowie die Liste der Priester und ihrer Kollegien (*f. sacerdotales* und *fratrum arvalium*). Diese Registratur wurde immer mehr vervollständigt durch Eintragung wichtiger Ereignisse des polit. und religiösen Lebens der Stadt mit genauer Tagesangabe (Mond- und Sonnenfinsternisse, Prodigien, Stadtgeschehnisse; vgl. Gell. 5,18,8). Außerdem führten die Priester Verzeichnisse der röm. Siegesfeiern (*f. triumphales*), die – mit dem legendären Romulus beginnend – bis 12 v. Chr. geführt wurden.

Die F. (CIL I^{2}) befanden sich im Haus und in den Archiven des Oberpriesters in der Regia am Forum. Sie entwickelten sich durch intensivere Bearbeitung und durch weiteres Abschreiben zu Chroniken in Buchform: Auslassungen und vor allem Zusätze, die den Charakter von Kommentaren hatten, zeigten erste subjektive Wertungen und Urteile. Damit ist erwiesen, daß diese Jahrbücher der Pontifices (daher *annales maximi*) die 1. Form der röm. Geschichtsschreibung darstellen. Ihre Abfassungszeit kann mit Cic. rep. 1,16,25 mit dem J. 404, nach Liv. 10,18 mit 296 oder gar mit dem Beginn der Prodigiensammlung des Obseq. 249 v. Chr. angenommen werden. Zumindest ist das J. 387 eine Zäsur, da beim Brande Roms während des Galliersturmes alle F.-Aufzeichnungen vernichtet wurden, wenn auch danach Rekonstruktion und Erneuerung einsetzten. Erstmalig hat Cn. Flavius, Ädil 304 v. Chr., die F. – in Marmortafeln gemeißelt – öffentlich aufstellen lassen (Liv. 9,46. Cic. Att. 6,1,8; Mur. 25. Plin. nat. 33,6. Macr. Sat. 1,15,9 u. a.). Seitdem erfolgte diese Maßnahme jährlich: es wurde bekanntgegeben, worüber die Bewohner der Stadt informiert werden sollten. Die allgemeine Verbreitung und Kenntnis der F. trug wesentlich zur Entstehung der röm. Geschichtsschreibung bei, bes. als der Pontifex Maximus 123 v. Chr., P. Mucius Scaevola, weitere

Aufzeichnungen einstellen ließ (ältere und jüngere Annalistik). Trotzdem blieb die annalist. Darstellung der röm. Gesch. auch in der Folgezeit erkennbar (vgl. Liv. und Tac.; nach Cic. Brut. 14 und or. 120 verfaßte Atticus einen *liber annalis;* Hieronymus schrieb um 400 und Hydatius im 5. Jh. n. Chr. eine histor. Chronik). Auch F. als Buchtitel war in Rom häufig (Macr. Sat. 1,11,50; am bekanntesten die F. des Ov.). Schließlich bildeten die F. die Grundlage für die von Caesar durchgeführte Kalenderreform (Suet. Caes. 40).

Eine erneute Aufstellung der Marmortafeln mag nach Cass. Dio 48,42 mit dem Neubau der Regia 35 v. Chr. zusammenfallen, und die Endredaktion der F. kann durchaus von M. Verrius Flaccus in der Zeit des Augustus unternommen worden sein (Nep. Att. 20. Suet. gramm. 17). Möglicherweise unabhängig von Rom entstanden auch in anderen ital. Städten F. als amtliche Stadtverzeichnisse (ebenfalls CIL I²), u. a. in Tusculum (auch CIL XIV 2575), Antium (X 6638), Amiternum (IX 4192), Caere (XI 3592), Urbinum in Umbrien (XI 6050), Cupra in Picenum (IX 5286), Venusia (IX 421).

Die F. in ihrer Gesamtheit werden – soweit erhalten – nach ihrem jetzigen Aufbewahrungsort im Konservatorenpalast in Rom als »F. Capitolini« bezeichnet. G. Sch.

Degrassi FCap. Teilgebiete: *Broughton* Mag. *Degrassi* FImp. *R. Werner* Der Beginn der röm. Republik, Münch.-Wien 1963. *W. Kunkel* Röm. Rechtsgesch., Weimar 1964.

Fasti dies. Damit werden die Tage bezeichnet, an denen es → *fas* ist, bürgerlichen Geschäften nachzugehen. Der Gegensatz dazu ist *nefasti dies:* Die beiden Bezeichnungen sind aus den Kalenderzeichen *F = fas (est)* und *N = nefas (est)* herausentwickelt. Da als deutlichstes Merkmal der f. d. galt, daß Rechtsgeschäfte durch den Praetor zulässig waren, brachte man die Bezeichnung mit dem Spruch des Praetors in Verbindung: s. Macr. Sat. 1,16,14: *fasti sunt, quibus licet fari praetori tria verba solemnia: do dico addico; his contrarii sunt nefasti* (weitere Stellen s. Wissowa, RE VI 2015 f.). Begünstigt wurde dies dadurch, daß ein Teil der f. d. mit *C (= comitiales)* für Volksversammlungen reserviert wurde, und nur, wenn sie dafür nicht benötigt wurden, für Rechtsgeschäfte zugelassen waren.

n e f a s t i d i e s sind die öffentlichen Feiertage (→ festi dies, → fissi dies), Zeichen *N* und N^P. N^P wird fast allg. (mit Wissowa, der N^P bzw. *NP* mit dem seltenen *FP* kombinierte) als *nefas (feriae) publicae* gedeutet. Andere lösen es zu *nefastus purus* auf oder, was sicher unrichtig ist, zu *nefastus principio;* das ganz seltene und nur in einigen Kalendern vorkommende *FP* müßte dann *fastus principio* heißen. Die neueste Deutung stammt von J. Paoli, der N^P als *nefastus feriae posteriores* erklärt; diese Feste seien seit der Zeit hinzugefügt worden, als das Septimontium mit der Quirinalstadt verbunden wurde; s. dagegen DegrJ XIII 2,331 ff. hier auch die Diskussion über N^P. → Kalender, röm. Vermehrung der N^P-Tage in der Kaiserzeit: → feriae. W. E.

Fastidius. Bischof in Britannien um 430, nach Gennad. Vir. ill. 57 Vf. von 2 B. De vita christiana und De viduitate servanda. F. war Anhänger des → Pelagius. Alle Versuche, ihm erhaltene Schriften des Corpus Pelagianum zuzuweisen, sind umstritten. O. H.

Schanz-Hos. 4,2,510 f. *Bardenhewer* GAL 4,518–520. Clavis patrum Lat.², Sacris erudiri 3, 1961, Nr. 730. 732–736. 761 bis 763.

Fatum. Zu *fari*, also »Spruch«, der sagt, was geschehen wird, daher oft = *oraculum* (Thes. 6, 356 f. Die ältere Anschauung, z. B. [1],1446 ff., hielt f. zu Unrecht für den in Worten geäußerten Willen der Götter; dagegen schon [4],2047 f.), dann etwa = *necessitas, εἱμαρμένη* (Thes. 6,357 f.). Euphemist. steht f. für *calamitas*, bes. *mors.* Ob f. oder häufig Plur. *fata* personifiziert ist, ist oft nicht zu entscheiden. In der Volkssprache (Grabinschr. Petron. 42.71.77) erscheint manchmal das masc. *fatus*, sogar auf Frauen bezogen, was »eine der in der Vulgärsprache häufigen Ersetzungen des Neutrums durch eine masculine Bildung« ist ([3],265. [4],2050. – Früher hielt man *Fatus* für ein göttliches Gegenbild des *genius* (Jordan H 7,197; ähnlich noch Messerschmidt, ARW 29,67). Die Identifizierung mit → *Μοῖρα* führte zu einer deutlicheren Personifizierung und zum Auftreten der Dreizahl (anders Usener, RhM 58,12, der die Dreizahl der *fata* für einen »wesentlichen Bestandteil des Volksglaubens« hält und nicht von der Dreizahl der Moiren ableitet. Die *tria fata* bei Plaut. Bacch. 953 haben nichts damit zu tun: dies gegen [1], 1449 u. a.: es handelt sich um 3 »Orakel, Wahrsprüche«). Die bei Dichtern (Verg., Hor.) und in der Kunst (*Fatis victricibus* Mz. des Diocletian und Maximian) erscheinenden Fata sind die griech. Moiren. (Über Vergils Darstellung des Verhältnisses zwischen Iuppiter und f. s. [2],293 ff.) Da auch → *Parca* mit *Μοῖρα* identifiziert (u. ebenfalls verdreifacht) wurde, ist eine Scheidung zwischen *Fata* und *Parcae* in Kunst und Lit. kaum möglich (die *Parcae* als *tria Fata* Varro bei Gell. 3,16,9 f.). Einen Kult gab es nicht.

Vorwiegend in kelt. Gebiet fanden sich Inschr. für *Fati* und *Fatae*, von denen man annimmt, daß außerröm. Vorstellungen vorliegen ([3],265. [4], 2050. [1],1452 f.; vgl. die Indices zum CIL. Bemerkenswert *Fatis divin(is) et barbaric(is)* CIL V 775 aus Aquileia).

Nach Tert. de anima 39,2 wurden am letzten Tag der 1. Lebens-»Woche« des Kindes (also wohl am *dies lustricus:* [5],444. [6],95,4) die *Fata scribunda* angerufen (»schreibende *Fata*«: diese Bedeutung jetzt gesichert, s. [3],266,1 mit älterer Lit. [5],444 f. Bömer, Gn 21,355). Falls eine reale Vorstellung dahintersteckt, könnte man an die schreibenden etr. Gottheiten (MESSERSCHMIDT, ARW 29,60ff.) denken ([1],1446. Bedenken dagegen [3], 266. [4],2049). Da »schreibende« *Fata* erst gedacht werden können, als die Grundbedeutung von f. verblaßt war, ist die Sache jünger als *scribunda* vermuten läßt und stammt wahrscheinlich von Varro ([5],445. [6],53).

Nach etr. Lehre konnte man Aufschub von Übeln, bes. des Todes, durch Gebete und Opfer für Iuppiter und die F. erlangen (Serv. Aen. 8,398. Cens. 14,6). W. E.

1. *Peter*, Myth. Lex. 1,1446ff. 2. *Heinze* Vergils ep. Technik³ 291ff. 3. *Wissowa* Rel.² 264ff. 4. *Otto*, RE VI 2047ff. 5. *J.H. Waszink* Tertull. de anima, ed. with Introd. and Comm., Amsterdam 1947, 444f. 6. *Latte* RRel 53.

Faunus. Den Namen F. tragen 1. der dritte Laurenterkönig, Enkel des Saturnus, Vater des Latinus, 2. ein alter Gott der Hirten und Herden. Man meint h., daß »der seit uralter Zeit verehrte Gott in der relativ spät redigierten Königsliste seinen Platz« gefunden habe, wo auch Picus Vater des F. ist ([6],1454: Wolf und Specht die heiligen Tiere des Mars). Dies ist ebensowenig beweisbar wie umgekehrt, F. sei ein zum Gott erhobener Heros (Varro bei Serv. auct. Aen. 8,275. Aug. civ. 8,5. 18,15).

In Rom erhielt F. erst 194 v. Chr. einen Tempel auf der Tiberinsel, dessen Stiftungstag am 13. Februar lag, also mit dem üblichen Zwischentag unmittelbar vor dem Hauptfest, den Lupercalia.

F. gilt als Urheber der geheimnisvollen Stimmen in der Natur (von der Existenz solcher Stimmen war man überzeugt: Belege [13],84). So wird er zu einem weissagenden Gott, daher auch Fatuus oder Fatuclus genannt. Numa listet ihm und Picus die Auskunft über die Blitzsühnung ab (Ov. fast. 3,285ff. Plut. Numa 15. Val. Ant. bei Arnob. 5,1). Ein Traumorakel bei Tibur aber gilt als Erfindung Vergils (HEINZE Verg. ep. Techn.³ 176,2. [13],84,1. Zum Ganzen H. BOAS Aeneas' Arrival in Latium, Amsterd. 1938, 178ff.), obwohl es auch von Ov. fast. 4,649ff. erwähnt wird.

Die Funktion des F. ist in uns erkennbarer Z. nicht abgegrenzt von der des → Silvanus (Trennung der Funktionen durch REIFFERSCHEID, dem WISSOWA [6],1455 zustimmt, ist Konstruktion). Kultische Verehrung von Staats wegen erhält nur F., im privaten Kult dagegen ist er, wie die Inschr. zeigen, durch Silvanus verdrängt ([7],53).

Ein Beiname des F., Inuus, war urspr. vielleicht Name eines Gottes ([7],211,7. [12] Nicht etr., wie UNGER, RhM 36,1881, 65ff. meint: s. [7],211,7. 560. [6],1455), der mit F. identifiziert wurde. Die Herleitung *ab ineundo*, womit seine Sorge für die tierische Begattung ausgedrückt sein soll, ist Volksetymologie (WALDE-HOF³. 715).

Die Etym. von F. ist dunkel: zu *faveo* (so die ant. Etym., der LATTE [13],83,3 mit Früheren zustimmt) oder (vgl. v. BLUMENTHAL Hesychstud. 38 in Verbindung mit SOLMSEN, KZ 34, 1897, 77) zu griech. θαῦνον· θηρίον, gedeutet »Wolf« als Würger; dagegen LATTE, Gn 26, 1954, 18. – Ident. mit illyr. Δαῦνος [?] [10]. [11]. Dagegen LATTE a. O. und [13],83,3. Anders wieder SMITS [1] s. u.). Die Etym. des dem F. am 15. Februar gefeierten Festes, der Lupercalia: Lupercus, ist urspr. vielleicht selbständiger Gott ([1],26ff.), vielleicht aber alter Beiname des F.: zu *lupus+arceo* »Wolfsabwehrer« (Serv. Aen. 8,343. [5],482ff. [7],209. [13], 86; dagegen [3],161ff. [10]. [11]: *lupercus* als Adjektiv »wolfsartig«. Jedenfalls ist → Lupercalia von *lupus* nicht zu trennen. So wird das »wölfische« Wesen des F. hervorgehoben, am konsequentesten von SMITS, die großes Gewicht auf die Nachricht von F. als Albdämon, Nachtmahr legt. Direkte Zeugnisse für *F. ficarius* = Albdämon, Nachtmahr *(incubus)* liegen erst vom 4./5. Jh. an vor (Pelagon. 31. Isid. orig. 8,11,104), doch versucht SMITS über die *Fauni* bei Plin. (nat. 25,29. 30,84) u. a. auf ältere Zeiten zurückzukommen; s. aber LATTE, Gn 26, 1954, 18: der Plur. ist alt nur in der Übersetzung von Σάτυροι oder Πᾶνες (außer dem generalisierenden Plur. *Fauni vatesque* Enn. ann. 214 V.²). – ROSCHER Ephialtes, AbhSächsGesWiss 20,2, 1900 trennt zu wenig frühe und späte Belege. F. als Albdämon hängt mit der Identifizierung mit → Pan (GRUPPE Gr. Myth. 771f. 1395) zusammen. Von Pan sind auch Bocksfüße und Hörner übertragen. Neben der Ähnlichkeit der Funktionen kann der Weg der Gleichsetzung über Pan Lykaios – Luperci, Lykaia – Lupercalia geführt haben ([14],38f. [16], zu Vs. 271).

Ein anderes am 5. Dezember gefeiertes, aber wohl lokales Fest nennt Hor. c. 3,18,10. W. E.

1. *E.C.H. Smits* Faunus, Diss. Leiden 1946. 2. *Marqu.* RStV 3,438ff. 3. *W.F. Otto*, Philol. 72, 1913, 161ff. 4. *Ders.* RE VI 2054ff. 5. *L. Deubner*, ARW 13, 1910, 481ff. 6. *Wissowa* Myth. Lex. 1,1454ff. 7. *Ders.* Rel.² 208ff. 8. *Marbach*, RE XIII 1816ff. 9. *Warde Fowler* Rom. Festivals 310ff. 10. *Altheim* RRelGesch., Göschen 1932, 2,71ff. 11. *Ders.* RRelGesch., Baden-Baden 1951, 1,131ff. 12. *Latte*, RE IX 1731f. 13. *Ders.* RRel 83ff. 14. *A.M. Franklin* The Lupercalia, Diss. Columbia Univ. New York 1921. 15. *H.J. Rose*, Mnem 60, 1933, 385ff. 16. *Bömer* Ov. Fasten zu 2,267ff.

Fausta, Flavia Maxima. Jüngere Tochter des Kaisers Maximian und der Eutropia, * zwischen 293 und 298, wurde 307 mit → Constantin I. verheiratet. Söhne: Constantius II., Constans und (eventuell) Constantin II. Seit 325 Augusta, wurde F. 326 auf Befehl Constantins bald nach ihrem Stiefsohn Crispus getötet (Epit. de Caesar. 41,11f. Zos. 2,29,2. Soz. 1,5. Philostorg. 12,4). A. L.

J. Vogt in Eranion, Festschr. Hommel 1961, 161f. (hier F. zu einseitig mit der Schuld an den Vorgängen von 326 belastet). *M. R. Alföldi* in Jb. f. Numism. 9, 1958, 112ff. 10,1959/60, 79ff. (zu Mz. und Porträt).

Faustina. Seit Anfang 361 Gattin → Constantius' II. (Amm. 21,6,4). 365 versuchte der Usurpator Procopius die Sympathie der Truppen zu gewinnen, indem er den Soldaten F. und ihre kurz nach Constantius' Tod geborene Tochter zeigte (Amm. 26,7,10. 9,3). A. L.

Faustinus 1. → Faustulus. **2.** Freund Martials, der ihm B. 3 (3,2) und 4 (4,10) gewidmet hat; er war reich und besaß Villen in Baiae (3,58), Tibur (4,57), Tarracina (10,51,8), Trebula (5,71). **3.** Statthalter der Belgica im J. 273 unter Tetricus, gegen den er in Trier die Truppen aufwiegelte, Aurel. Vict. Caes. 35,4. Polem. Silv. Chron. min. 1,522 M., BARBIERI Albo senat. p. 275, Nr. 1564. R. H.

4. F., röm. Presbyter um 380 (Gennad. Vir. ill. 16). F. gehörte zu den strengen Anhängern des Athanasios, die unter Führung des Lucifer von Calaris ein Schisma begründeten. Er widmete der Kaiserin Flaccilla eine Schrift De trinitate contra Arianos [1,37–80]. Erhalten sind ferner ein Glaubensbekenntnis an Kaiser Theodosius I. [1,79 f.] und eine gemeinsam mit andern Luciferianern aus dem Exil in Palästina an die Kaiser gerichtete Bitte um Schutz gegen Unterdrückung ihres Bekenntnisses [2]. O. H.

1. *Migne* PL 13. 2. Collectio Avellana, CSEL 35, 1895, 5–44. 3. *Schanz-Hos.* 4,1,305–307. *Bardenhewer* GAL 3, 475 ff.

Faustkampf s. Pygme

Faustulus. Oberhirte des → Amulius, dessen Herden er auf dem Palatium hütet, wie sein Bruder Faustinus die des → Numitor auf dem Aventin. Er stammt von Genossen des → Euander ab. F. findet die ausgesetzten Zwillinge Romulus und Remus oder läßt sie sich nach der meist erzählten Geschichte von anderen Hirten, die die Kinder fanden, geben. Da seine Frau → Acca Larentia kurz zuvor ein totes Kind geboren hat, zieht er mit ihr die Zwillinge auf (Dion. Hal. ant. 1,79–83. Plut. Rom. 3 f., ebenso die meisten anderen. Die Berichte gehen auf Fabius Pictor zurück, genau [5], 9 oder frei nacherzählt [6], 1 f.). Die jüngere Annalistik (Licinius Macer [5], 14) beseitigt alles Wunderbare (vgl. Dion. Hal. 1,84) und erzählt, Numitor habe von der Schwangerschaft seiner Tochter, der Vestalin → R(h)ea Silvia (oder Ilia) gewußt und die Zwillinge mit 2 anderen Neugeborenen vertauscht. So seien letztere von Amulius ausgesetzt, Romulus und Remus aber von Numitor dem Faustulus zur Erziehung übergeben worden, wozu diesen das Zureden seines Bruders Faustinus bestimmte. (Daneben wurden noch zahlreiche Varianten erfunden, wofür die Origo gentis Rom. 19–22 ein Beispiel gibt: vgl. H. PETER BSG 1912, 75 f.) → Acca Larentia wird in dieser Version zu *lupa*. Als Remus nach Streitigkeiten von den Hirten des Numitor gefangen und vor diesen (oder Amulius) gebracht wird, eröffnet F. die Geschichte von der Abstammung und Errettung. Amulius wird abgesetzt und getötet. F. sucht in dem späteren Streit zwischen Romulus und Remus den Tod, nachdem er vergebens vermittelt hat. – Dion. Hal. 1,87,2 sagt, einige hielten den steinernen Löwen auf dem Forum für das Grabmonument des F. (gemeint ist das sog. »Grab des Romulus«, das nach anderen von 2 Löwen flankiert war (→ Romulus). Das »Grab« wurde wahrscheinlich auf F. umgedeutet, da es mit der Himmelfahrt des Romulus unvereinbar war ([4], 1101). Dion. Hal. 3,1,2 spricht dagegen vom »Grab des Hostilius«; in der sehr zerstörten Stelle Fest. 177 M. sind vielleicht alle 3 Varianten genannt. – Von Solin. 1,18 wird ein *tugurium Faustuli* erwähnt, in dem Romulus gewohnt habe: es ist wohl identisch mit der palatin. *casa Romuli* (WISSOWA, RE VI 2091. PLATNER-ASHBY 101. JORD. Top. 1,3,39). W. E.

1. *Prell.-Jord.* 2,348. 1. 2. *R. Peter*, Myth. Lex. 1,1461 ff. 3. *Carter* ebd. 4,164 ff. 4. *Rosenberg*, RE IA 1074 ff. 5. *Mommsen* RF 2,1 ff. 6. *Fried. Krampf* Die Quellen der röm. Gründungssage, Diss. Lpz. 1913.

Faustus. Praenomen, das in älterer Zeit gebräuchlich war (vgl. RE XVI 1661), WALDE-HOF. ^{3}1,466. In der Kaiserzeit Cognomen, das bei folgenden Familiennamen vorkommt: Acilius, Allenius, Anicius, Caecilius, Caesonius, Cocceius, Cornelius, Flavius, Herennius, Iulius, Iunius, Rufius, Tadius, vgl. A. DEGRASSI FImp. 251. H. G. G.

1. s. Anicius II 2. 3. 5. Cornelius I 87. II 52. 53. **2.** Anicius Acilius Glabrio F., Praef. praet. und Consul 438 n. Chr. In seinem Hause versammelte sich der Senat, um durch ihn offiziell die Gesetzesslg. des Codex Theodosianus entgegenzunehmen (Gesta senatus urbis Romae in der Einl. des Cod. Theod.). Die Ämterlaufbahn des F. ist durch mehrere Inschr. bekannt.

RE VI 2092. *Seeck* Reg.

3. F. von Mileve in Numidien, führender Manichäer. Der junge Augustinus wartete als manich. Auditor fast 9 J., bis F. im J. 383 aus Rom nach Karthago kam, und fand in ihm einen gewandten Redner, der aber auf seine Glaubensfragen keine befriedigende Antwort geben konnte (Aug. conf. 5,6 f.). Um 397/98 schrieb Aug. die 33 B. Contra Faustum [1], in denen er eine Schrift des inzwischen verstorbenen F. gegen die kathol. Lehre widerlegte. Die Sätze des F. werden vor den Antworten des Aug. wörtlich zit.

1. *J. Zycha*, CSEL 25, 1891. 2. *P. Monceaux*, Mém. Inst. Nat. de France 43, 1933, 1–112. *J. Ries*, Rev. ét. August. 7, 1961, 242 f. 9, 1963, 204 ff. 10, 1964, 322 ff.

4. Bischof von Reii (Riez in der Provence), * Anf. 5. Jh. in Britannien, Mönch von Lérins, wurde dort um 433 Abt und um 458 Bischof von Reii, † 490/500. Er schrieb 2 B. De spiritu sancto und gegen den Presbyter Lucidus, einen extremen Verfechter der augustin. Gnadenlehre, 2 B. De gratia Dei. Dabei geriet er selbst in die Nähe der von Augustin bekämpften Irrlehre des Pelagius und fand Widerspruch durch Fulgentius von Ruspe, Caesarius von Arelate u. a. Claudianus Mamertus schrieb gegen F., um dessen Auffassung der Seele als körperlich zu widerlegen. Von den Predigten des F. gehen manche unter anderen Namen oder wurden überarbeitet [→ Eusebius (Nr. 14)] und auch stückweise von Späteren übernommen [2]. Von 12 Briefen sind 2 an F. gerichtet, für 8 F. als Vf. unbestritten.

1. Ta.: *A. Engelbrecht*, CSEL 21, 1891. 2. *B. Fischer* Vetus Latina 1,1, 1963², 265 ff. 3. *Altaner*⁶ 437 f.

5. Flavius Probus F. iunior Niger ging als Consul 490 im Auftrag des Königs Theoderich und des Papstes Felix III. nach Constantinopel. Von dieser Gesandtschaft kehrte er erst 493 ohne Erfolg zurück. 507–511 war er Praef. praet. Ennodius nennt ihn häufig in seinen Schriften.

Stein II, 111 ff., vgl. 875.

6. F. von Buzanta in Kilikien, Armenier. Sein Gesch.-Werk ist die Hauptquelle für die Gesch. Armeniens im 4. Jh. n. Chr., benutzt von Prok. Pers. 1,5. Wahrscheinlich schrieb er in syr., nicht in griech. Sprache. Erhalten ist nur eine armen. Übers. O. H.

FHG 5,2,209–310. *Stein* II 835 f.

Faventia (Nissen It. Ldk. 2,258), Ort an der → via Aemilia (Strab. 5,217. Ptol. 3,1,46. It. Ant. 100, 2. 126,11. 287,2. Burd. 616,3. Gadit. 90. Tab. Peut. 4,5; Einmündung einer Straße nach Florenz It. Ant. 283,8), *municipium* der trib. Pollia (Kubitschek Imp. Rom. trib. discr. 93) in der 8. Region (Plin. nat. 3,116). Zuerst erwähnt anläßlich des Sieges des Metellus über die Marianer 82 v. Chr. (Liv. epit. 88. Vell. 2,28. App. civ. 1,91). Berühmt durch Weinbau (Varro rust. 1,2,7) und Leinenfabrikation (Plin. nat. 19,9). Der Name entspricht in der Bildung denen von Florentia, Pollentia, Fidentia, Placentia; h. Faenza. G. R.

Favonius. 1. Seltener Familienname (später inschr. z. B. Dess. ILS 879; von ihm wohl Beiname der *Nucerini Favonienses* in Umbrien, Plin. nat. 3, 113. Schulze Eigennamen 563). Hervorgetreten ist nur: M. F. (um 90–42 v. Chr.), in Rhodos als Redner ausgebildet (Cic. Att. 2,1,9), überzeugter Gegner der Triumvirn und Anhänger Catos, in seiner Art schroff und auch deshalb mehrfach bei Ämterbewerbungen nicht zum Ziel gekommen. Quaestor vor 59, Aedil 52, Quaesitor im Sodalicienprozeß gegen Milo, Praetor 49, ging mit Pompeius, den er kritisierte, nach Makedonien (dort Propraetor? 48), lebte dann in Rom, trat der Verschwörung gegen Caesar nicht bei (Plut. Brut. 12, 2), folgte aber später den Caesarmördern, mit denen er auch Streit bekam, und wurde nach Philippi hingerichtet. Vgl. Tac. ann. 16,22,4. H. G. G.

2. F. Eulogius. Vf. einer im Cod. Bruxell. 10080 überlieferten »Disputatio de Somnio Scipionis«, die 2 Stellen aus Cic.s Somnium über die Zahlen 7 und 8 und über Sphärenharmonie (p. 128,11 ff. 131,13 ff. Ziegler) kommentiert. F. E., laut Titel *orator almae Karthaginis*, Schüler Augustins (Aug. cur. mort. 11,13 = CSEL 41,642,12 ff.), schrieb sie auf Wunsch des Prokonsuls von Byzacena Superius. Das flüchtig gearbeitete Schriftchen, das sich

auf Varro und neuplaton. Vergilexegese (E. Norden Verg. Aen. VI, ³1926, 26) stützt, scheint den Komm. des → Macrobius bereits vorauszusetzen (M. Sicherl, RhM 102, 1959, 355 ff.; anders van Weddingen p. 7), entstand also kaum vor 410. G. Schm.

Ausg. von *A. Holder*, Lpz. 1901, und *R.-E. van Weddingen*, Bruxelles 1957.

F. Skutsch, Philol. 57, 1902, 193 ff. *C. Fries*, RhM 58, 1903, 115 ff. *M. Sicherl* Beiträge zur Kritik und Erklärung des F. E., AAMz 1959 Nr. 10.

Favorinus. Rhetor, »Buntschriftsteller«, Vertreter der 2. Sophistik, * um 80–90 in Arelate. Sein Leben schildern Philostr. vit. soph. 1,8, die Suda und Gellius. Er war Zwitter (Philostr.: ἀνδρόθηλυς, εὐνοῦχος, Polemon bei Förster Script. physiogn. 1,160,10: *sine testiculis natus*). Seine Ausbildung empfing er wohl in Massalia, hörte in Rom (?) Dion Chrys. und wurde gefeierter Redner. In Ephesos geriet er in Streit mit → Polemon (Nr. 1), verlor die Gunst Hadrians und lebte, wie π. φυγῆς lehrt, verbannt auf Chios. Doch erlangte er Rückkehr nach Rom, wo er (als Ritter: [Dion Chrys.] 37,25) bis zu seinem Tode, Mitte des 2. Jh., wieder Ruhm genoß. Schüler und Freunde waren u. a. Herodes Attikos, Gellius, Fronto und Plutarch (der ihm De primo frigido widmete). – F. galt als gleich bewandert in griech. und röm. Literatur. Man rühmte die Anmut seines Ausdrucks. Seine philos. Neigung galt der akad.-skept. Richtung. Erhalten sind von zahlreichen Schriften nur 3 Reden; [Dion Chrys.] or. 37, der Κορινθιακός, voll »kleinlichen Haschens nach Effekten« (Norden AKpr. 423), wurde F. durch A. Emperius (Opusc. philol., 1847, 18 ff.) zugewiesen, [Dion Chrys.] or. 64 περὶ τύχης durch J. Geel und A. Sonny (Analecta ad D. Chrys., 1896, 219 ff.); umfängliche Reste von περὶ φυγῆς (auf Chios entstanden) brachte ein Pap.-Fund. Die Sammelwerke Ἀπομνημονεύματα in mindestens 5 und Παντοδαπὴ ἱστορία in 24 B. sind bei → Diog. Laert. benutzt. Von philos. Werken blieben nur Titel; eine Anzahl Gnomen gab aus dem Cod. Paris. Gr. 1168 J. Freudenthal im RhM 35, 1880, 409 ff. heraus. G. Schm.

F. v. A., 1. Teil der Frg., hrsg. und komm. von *E. Mensching*, 1963 (2. Teil soll folgen). Il papiro vaticano gr. 11: Φαβωρίνου π. φυγῆς, hg. von *M. Norsa – G. Vitelli*, 1931 (Studi e Testi 53). *J.L. Marres* De Favorini Arelat. vita studiis scriptis, accedunt frg., Diss. Utrecht 1853. *B. Häsler* F. Über die Verbannung, Diss. Bln. 1935. *A. Barigazzi*, SIFC 24. 1950, 187 ff. *Ders.* Ath. 28, 1950, 95 ff.; 29, 1951, 3 ff.

Febris. Personifizierung des (Malaria-)Fiebers. Der Kult ist alt (Cic. leg. 2,28. Aug. civ. 3,25). Ein Heiligtum auf dem Palatium erwähnen Cic. leg. 2,28; nat. 3,63. Plin. nat. 2,16. Ail. var. 12,11; ohne Ortsangabe Theod. Prisc. p. 250 R. und Aug. (s. u.). Val. Max. 2,5,6 nennt außerdem noch zwei Tempel (am Quirinal und wahrscheinlich Esquilin). Der F. wurden die *remedia* geweiht (Val. Max. a. O.). Bei Sen. apocol. begleitet nur F. den Claudius. Die Vergöttlichung wird wie ähnliche im chr. Kampf gegen das Heidentum benützt (Aug. civ. häufig, s. aber schon Cotta bei Cic. nat. 3,63). Malaria in Italien: NISSEN It. Ldk. 1,413 ff.). In der Kaiserzeit gab es neben F. auch Tertiana und Quartana (3- bzw. 4tägiges Wechselfieber). Im Griech. findet sich nichts Vergleichbares (ZIEGLER, RE XXIV 19). W. E.

Steuding, Myth. Lex. 1,1469 f. *Wissowa* Rel.^{2} 245 f. *Latte*, RRel 52. *Platner-Ashby* 206. *Eisenhut*, RE XXIV 829 ff.

Februarius. Nach der Überlieferung (Varro l. l. 6,34. Cens. 22,13. Macr. 1,13. Plut. Numa 19 u. a.) hat der König Numa die beiden Monate Ianuarius und F. dem urspr. mit dem Monat Martius beginnenden Mondjahr von 10 Monaten und 304 Tagen angehängt. In der Zeit der Republik war der F. der letzte Monat eines Jahres, das innerhalb eines Zyklus von 2 Gemeinjahren zu je 355 Tagen und 2 Schaltjahren zu 378 und 377 Tagen stand. Die Einfügung der 2 Schaltmonate von 23 bzw. 22 Tagen erfolgte merkwürdigerweise in der Form, daß der Monat F. mit dem 23. Tage abgebrochen, die Schalttage *(dies intercalares)* eingeschoben und danach die restlichen Tage des F. angehängt wurden. An dem 23. F. fand das Terminalienfest statt, das wohl die zeitliche Begrenzung des urspr. von Frühling zu Frühling reichenden Mondjahres bildete. Mit der Kalenderreform Caesars im J. 46 v. Chr. und dem Übergang zu dem solaren Jahr von 365¼ Tagen erhielt der F. mit 28 Tagen den 2. Platz im röm. Kalender, wobei der ¼ Tag dadurch gewonnen wurde, daß in jedem 4. Jahr der 24. F. verdoppelt wurde. Dieser Doppeltag hieß *bissextum Kal. Mart.* Mit dem Zeitpunkt schloß man sich dem vorjulian. Kalender an. Der Name F. hängt zusammen mit *februus* (reinigend), umbr. *furfu* (reinigen). Der F. ist also der Reinigung-Sühnemonat, in dem auch das Sühnefest der Lupercalia gefeiert wurde. W. S.

Fecunditas. Personifizierung der Fruchtbarkeit. Der Senat gelobte ihr nach der Niederkunft der Poppaea Sabina im J. 63 einen Tempel (Tac. ann. 15,23). Da das Kind im 4. Monat starb (Tac. a. O.), wurde der Tempel wahrscheinlich nicht errichtet (PLATNER-ASHBY s. v.). Mz.: Häufig mit Kindern auf Mz. der Kaiserinnen. Selten als Erdgöttin auf die Fruchtbarkeit des Landes bezogen. W. E.

R. Peter, Myth. Lex. 1,1471 f. *Deubner* ebd. 3,2082. 2148.

Feder. Die Schreib-F. aus Rohr, *κάλαμος*, *calamus*, spät auch *canna* (*harundo* nur dichterisch), kam wohl wie das Beschreibmaterial aus Äg. zu den Griechen, von da nach Rom. Die F. wurden aus importiertem (genannt werden Äg., Knidos, Paphos, der *lacus Anaiticus* [Armenien]) oder heimischem Rohr geschnitten, mit Spalt in der Mitte. Abgestumpfte F. wurden mit Bimstein geschärft. Messer, Stein, F. und Tinte bildeten den Hauptinhalt der *calamaria (graphiara) theca* (auch *theca libraria; καλαμίς*). Erst spätant. ist die Verwendung der Bronze-F., wohl noch später die der F. aus Vogelfedern. Eine F. aus Silber (Anth. Pal. 6,227) war immer eine Ausnahme. → Schriftwesen. W. H. G.

Feige. Von den gegen 600 großenteils immergrünen Arten der Moraceengattung Ficus sind nur 2 sommergrüne in S.-Europa heimisch geworden: mindestens seit dem Neolith. (Fruchtfunde von Lerna in der Argolis und bronzezeitlicher Pfahlbau am Mincio) Ficus carica L. (συκῆ, die Wildform ἐρινεός, die männliche Pflanze *caprificus*), im ganzen Mittelmeergebiet und bis an die Alpen als Obstbaum gebaut und verwildert, und die hauptsächlich nur als Nutzholz im Vordern Orient und in Äg., nur vereinzelt bis Hellas, gebaute Ficus sycomorus L. (συκόμορος, συκομορέα z. B. bei Diosk.), aus deren Holz die meisten Mumiensärge bestehen. Die künstliche Befruchtung *(caprificatio)* beider Arten kannten schon Herodot, Aristot., Theophr., Plin., Diodor, Athen. u. a., auch schon verschiedene Sorten von Speisefeigen (συκῆ μέλαινα, *ficus bifera* und *duplex* u. a.) und die Bereitung von Dörrfeigen (ἰσχάς, nach Alexis zuerst in Phrygien). Eine ἱερὰ συκῆ zwischen Athen und Eleusis soll Demeter dem Phytalos geschenkt haben (Paus., Plut. u. a.), unter einer *ficus ruminalis* Romulus von der Wölfin gesäugt worden sein (Plin. nat. 15,18). Feigen wurden oft neben Weintrauben genannt, beide oft in Verbindung mit Dionysos, der daher φιλόσυκος, auch μειλίχιος (auf Naxos) und ἔνδενδρος (in Boiotien) genannt wurde, auch mit Hermes und Priapos (Hor. s. 1,8). Auffallenderweise werden Feigen in der Ilias nicht genannt, dafür mehrfach in der Odyssee (z. B. 11, 588 und 12, 103). Der Αἰγύπτιος σῦκος (Theophr., Plin. nat. 12,11) ist wohl Ficus sycomorus, doch scheint der Name auch auf Ceratonia übertragen worden zu sein, wie später Ficus indica auf die aus Amerika eingeführte Opuntia ficus Indica. Hingegen wurden schon durch die Alexanderzüge immergrüne ind. Ficus-Arten bekannt, wie F. religiosa (Banyan), vielleicht auch die jetzt in S.-Italien viel gepflanzten F. benjamina und magnolioides, dagegen wohl noch nicht der erst viel später eingeführte Gummibaum (F. elastica Roxb.). H. G.

Feldmesser. Detailliertere Kenntnis besitzen wir nur über die röm. F., die deshalb hier allein behandelt sind. Für sie existieren zahlreiche Bezeichnungen: mensor, m. agrorum oder agrarius, agrimensor, metator, decempedator (von → decempeda, der Meßlatte), divisor, finitor, gromaticus (von → groma, dem Visiergerät), auch (als Lehrer) auctor, geometra oder (als kaiserlicher Beamter) togatus Augusti.

Urspr. wohl technische Gehilfen der Augurn, denen zunächst die Vermessung oblag – so gehören das Orientierungskreuz und t. t. wie → cardo, →

decumanus, pars antica und postica ihrer Disziplin an –, wurden sie bei steigendem Bedarf und höherer Anforderung selbständig. Eine Anspielung bei Plaut. Poen. prol. 48f. sowie die Reste der ungefähr gleichzeitigen Vermessungen in N.-Italien weisen auf frühe Tätigkeit größeren Umfangs. Die massenhaften Ansiedlungen seit der Gracchenzeit (vgl. DESSILS 24–26), vor allem die Militärkolonien Sullas, des Pompeius, Caesars und der Triumvirn erforderten eine Vielzahl an F. Für Antonius wird der 1. Militärf. erwähnt, während Caesar sich für die Castrametation noch der Centurionen bediente. Doch hat dieser vielleicht den Stand der staatlich besoldeten F. geschaffen (Feldmesser [s. u.] p. 355,15). Jedenfalls traten mit der Kaiserzeit neben die an keinen Befähigungsnachweis gebundenen F., die ihre Arbeit vom Staat auf dem Wege der Ausschreibung erhielten, approbierte *(professi)* Regierungsf. und verdrängten sie. Seit der konstantin. Zeit waren sie immun und bildeten unter einem *primicerius mensorum* ein Büro, das letztlich dem *magister officiorum* unterstand.

Zahlreich waren vor allem die Militärf., aus denen sich wohl ein Großteil der soeben genannten zivilen rekrutierte und die zu Theorie und Praxis der Gromatik etliches beigesteuert haben. Jede Legion hatte urspr. wohl 11, später jedoch weniger F., weitere befanden sich bei den Auxilien, den Stäben der Statthalter und den Prätorianern. Sie waren gleich anderen techn. Chargen → *immunes*. Wiederholt begegnen auch → *evocati*. Außer der Vermessung der Lager, Truppenterritorien und Heerstraßen haben sie in Konkurrenz mit den zivilen F. in großem Stil → Limitationen und Assignationen durchgeführt, die erforderlichen Flurkarten und -bücher, die Kataster angelegt, bei Grenzstreitigkeiten und dgl. als Richter oder Sachverständige fungiert. Auf ihren Domänen verwendeten die Kaiser ihre Freigelassenen und Sklaven als F. → Limitation.

Der literar. Niederschlag dieser Tätigkeit ist für uns erst unter Domitian mit Sex. Iulius → Frontinus faßbar. Unter Traian wirkten Celsus (PIR II^2 Nr. 641) und → Balbus, ins 2. Jh. gehören → Hyginus, → M. Iunius Nipsus und → Siculus Flaccus, ins 4./5. Agennius Urbicus. Ihre mit Zeichnungen versehenen Schriften sowie die vieler anderer liegen, stark bearbeitet, verkürzt, entstellt, mit falschen Verfassernamen versehen und von Interpolat. aus dem Cod. Theod., dem Corpus iuris, der Geometrie des Euklid u.a. durchsetzt, in nicht wenigen, doch sehr verderbten Hss. vor. Mit dem 6. Jh. einsetzend (Arcerianus), zeugen sie für das Weiterwirken der F. in der Spätantike und dem frühen MA. und machen uns zahlreiche, zuweilen als *perfectissimi* bezeichnete Lehrer mit ihren in praxi oft nicht befolgten Theorien (→ Limitatio) bekannt. Vorzügliche Materien sind: Bodenrecht, Limitation, Streitfälle (z.B. *de fine*, *de loco*, *de modo*, *de iure territorii*), Flurkarten, Versteinung, Flächenmaße (und Gewichte), Geometrie, gesetzliche Vorschriften. Als vor allem hist. ergiebig sei bes. der dem → Balbus zugeschriebene liber coloniarum hervorgehoben. Die Entstehungszeit der einzelnen Schriften spiegelt sich in ihrem Latein, es reicht von korrekter techn. bis zu völlig verwilderter Sprache. H. Ch.

Ausg.: Die Schriften der röm. Feldmesser, hg. und erl. von *F. Blume*, *K. Lachmann* (von diesem die Textgestaltung), *A. Rudorff* (und *Th. Mommsen*), 2 Bde., Berlin 1848/52. Von der Teubn.-Ed. *C. Thulins:* Corpus agrimensorum Romanorum, ist leider nur Vol. I 1: Opuscula agrimensorum veterum (1913), erschienen. *W. Kubitschek*, RE I 894f. *A. Schulten*, RE VII 1886ff. *E. Fabricius*, RE XIII 672ff. XV 956ff. *Schanz-Hos.* 2^4, 796. 799ff. 865f. 4,2, 302f. *A. Josephson* Casae litterarum, Uppsala 1950. *F. Castagnoli* Diz. epigrafico 4,1379ff.

Feldzeichen. Im Gegensatz zu den Griechen, bei denen sich nur selten F. nachweisen lassen (Thuk. 1,63. Arr. an. 7,14,10), waren im röm. Heer F. offenbar von Anfang an vorhanden. Ob zuerst das → *signum*, die Standarte, oder das → *vexillum*, die Zeugfahne, ist nicht zu entscheiden (RE VIII A 2446). Daneben gab es in der Legion des frühen Milizheeres noch 5 Palladien, und zwar Adler, Wolf, Minotaurus, Pferd und Eber (Plin. nat. 10, 16), die wie alle röm. F. als *signa* bezeichnet wurden und im Gefecht zwischen dem 1. und 2. Treffen standen. Allmählich entwickelte sich aus diesen Palladien der Adler (→ *aquila*) zur Fahne der Legion, was die marian. Heeresreform festlegte. Durch sie wurde auch die Kohorte takt. Einheit, die nun wahrscheinlich ein größeres *signum* als F. erhielt (RE VIII A 2447f.). F. hatten auch die *auxilia*, und zwar *signa* die Infanterie, *vexilla* die Kavallerie. In der Spätzeit der Republik kamen die → Zodiakalzeichen der Legionen auf, die sich auf deren Entstehung bezogen und für die Kaiserzeit ebenso charakterist. wurden wie die → *imagines*, Bilder von Kaisern und Angehörigen der kaiserlichen Familie. F., und zwar *vexilla* führten auch die → *vexillationes*. Mit der Heeresreform des Augustus dürften die *signa* der Kohorten durch *vexilla* ersetzt worden sein (RE VIII A 2448), und als durch die Heeresreform Hadrians die Einteilung in Manipel aufgehoben und die Zenturie takt. Einheit wurde (Klio XXII. Beih. 18ff.), erhielt diese als F. ein *vexillum*, die Kohorte dagegen eine Drachenfahne (Veg. mil. 2,13, → draco). Nur bei den Prätorianern hatten Zenturien und Kohorten je ein *signum* (RE VIII A 2450f.). Wie lange diese Fahnenordnung bestand, ist nicht bekannt. Alle F. mit Ausnahme der *imagines* lassen sich noch im Heer der späten röm. Kaiserzeit nachweisen, ohne daß sich ein klares Bild gewinnen läßt. Eine besondere Rolle spielte das → *labarum*, dessen Funktion als Fahne umstritten ist. Die religiöse Bedeutung der F. wurde besonders in der Kaiserzeit betont. A. N.

Krom.-Veith 84. 110. 132. 277f. 323f. 402ff. 517ff. 585f.

BursJb 200, 1924, 61. 218, 1928, 99. 248, 1935, 195f. 274, 1941, 144. JÖAI 35, 1943, Beibl. 27ff. RE VIII A 2446ff. SAWW, Phil. hist. Kl. 234, 1960, 3ff.

Felicissimus. Leiter des Fiskus unter Aurelian, SHA vit. Aurel. 38,3. Als Münzverfälschungen aufflogen, organisierte er ca. 274 einen Aufstand der Münzarbeiter auf dem Caelius, bei dem er selbst umkam, Eutr. 9,14. Aurel. Vict. Caes. 35, 6. epit. Caes. 35,4. BARBIERI p. 403f., Nr. 13. R. H.

Felicitas. Göttin des glücklichen Gelingens, der als erster (Aug. c.d. 4,23) L. Licinius Lucullus nach 146 v. Chr. einen Tempel im Velabrum für seine Erfolge in Spanien geweiht hat. L. Mummius überließ ihm zur Aufstellung vor dem Tempel berühmte griech. Kunstwerke (über die »Thespiades« s. LIPPOLD, RE XXII 1799. BIE, Myth. Lex. 2,3248. M. MAYER ebd. 5,765ff.). Eine Statue der F., die Arkesilaos im Auftrag von Lucullus' Enkel schuf, wurde durch den Tod beider nicht vollendet (Plin. nat. 35,156). Wahrscheinlich hat die Verehrung der F. bes. durch Sulla, der sich *Felix* und seine Schutzgöttin *Venus Felix* nannte, erheblich zugenommen (WISSOWA 266). In seinem 2. Consulat im J. 55 weihte Pompeius sein bekanntes steinernes Theater, das auf der Höhe der *cavea* ein Heiligtum der Venus Victrix und Kultstätten von Honos, Virtus und F. hatte. Stiftungstag war der 12. August (fasti Amit. f. Allif. C. KOCH, RE VIII A 863f., der Opfergemeinschaft der F. mit Venus Victrix schon seit Sulla für möglich hält).

Caesar, der F. in der Schlacht bei Thapsos als Parole ausgegeben hatte (bell. Afr. 83), ließ durch M. Aemilius Lepidus an der Stelle der dafür abgerissenen Curie des Faustus Sulla einen Tempel errichten (Cass. Dio 44,5,2).

Die jüngeren fasti Antiat. geben zum 1. Juli an: *Felicit(ati) in Capitol(io)* (vgl. f. Ant. vet.). Die f. Amit. schreiben zum 9. Oktober: *Genio public(o), Faustae* (!) *Felicitati, Vener(i) Victr(ici) in Capitol(io)* (vgl. f. Arval.). Wie beide zusammenhängen, ist unbekannt. Über die topograph. Lage des in Frage kommenden Tempels s. JORDAN 1,2,46 gegen MOMMSEN CIL I² p. 331. PLATNER-ASHBY 207. Zu einem unbekannten Tag verzeichnet ein Fasten-Bruchstück *Felicitati in cam(po) Mart(io)* (CIL I² p. 252,11).

In der Kaiserzeit ist F. von außerordentlicher Bedeutung: z. B. wurde in Rom alljährlich der F. an dem Tage geopfert, an dem Tiberius dem *numen Augusti* einen Altar geweiht hatte (f. Praen. zum 17. Januar), und im Augustus-Tempel zu Cumae wurde eine *supplicatio Felicitati imperii* alljährlich an dem Tage gefeiert, an dem Augustus zum Imperator proklamiert worden war (*feriale Cumanum* zum 16. April). Im angeblichen Geburtsort des Tiberius wurde eine Statue der F. aufgestellt (Suet. Tib. 5) und *Felicitas Tiberii* steht auf dem Schild einer Statue CIL XIII 6796. Die Arvalakten und Inschr. zeigen, daß der F. neben Salus staatlich und privat für das Kaiserhaus geopfert wurde. Mz.: Nach einem Vorläufer in einem Quinarius des Lollius Palicanus (Münzmeister unter Caesars Dictatur: MÜNZER, RE XIII 1390f. BMC RomRep Nr. 4016) erscheint F. – oft mit *caduceus* – häufig als Verkörperung der dem Kaiser verdankten Segnungen. Sonst sind nur wenige Personifizierungen bei Dichtern und auf Inschr. zu finden. Auf obszöne Umdeutungen (F. als erotisches Glück) scheinen hinzuweisen CIL IV 1454 (Pompei) und X 8053,7. W. E.

Wissowa Rel.² 266f. *Latte* RRel 322f. *Platner-Ashby* 207. *v. Schrötter*, WB der Münzkunde 191f.

Felix. Cognomen, in republ. Zeit in der Familie der Cornelier (Nr. 91) DEGRASSI FCap. 144; in der Kaiserzeit in den Fasten bei den Caelii, Cornelii, Cosinii, Flavii, Mummii, DEGRASSI FImp. 252. H. G. G.

1. Notarius, wurde i. J. 362 comes sacrarum largitionum (Cod. Theod. 9,42,5. 11,39,5) und durch Kaiser Iulianus zum Abfall vom chr. Glauben gebracht; † 362/63 (Philostorg. 7,10. Theodoret. 3,12f. Liban. or. 14,36. Amm. 23,1,5). **2.** F. aus Rom, hatte 393 wahrscheinlich ein hohes Amt durch → Eugenius; 395/97 war er quaestor sacri palatii, 398 praefectus urbis Romae (Cod. Theod. 6,2,21. 15,5,23. Symm. epist. 4,61. 5,47–54. 7,58). **3.** F. Flavius Constantius, Consul 428, seit 425 magister utriusque militiae und damit maßgebliche Persönlichkeit am Hofe Valentinians III.; Gegner des → Bonifatius (Nr. 1). Im Mai 430 wurde F. während einer von → Aetius inszenierten Soldatenrevolte in Ravenna erschlagen (DESS. ILS 1293. 1298. Chr. min. 1,471f.; 2,21f. Ioh. Ant. frg. 201 = FHG 4,615). A. L.

4. F. I., röm. Papst 268–274. Die ihm zugeschriebenen Briefe sind alle unecht, auch das dem Konzil von Ephesus 431 vorgelegte Schreiben gegen die Irrlehre des Paulus von Samosata. **5.** F. II., Gegenpapst, der 355–358 den Sitz des vom arian. Kaiser Constantius verbannten Liberius einnahm. Umstritten ist, ob die Grabschrift ILCV 967 ihm oder Liberius zugehört. **6.** F. III., Papst 483–492. In seinen Briefen trat er den Versuchen des Kaisers Zenon, einen einigenden Kompromiß mit den Monophysiten zu finden, entgegen und exkommunizierte 484 den Patriarchen → Akakios (Nr. 4).

Ta.: *A. Thiel* Epist. Romanorum pontificum 1, 1868, 222–277. *Ed. Schwartz*, ABAW NF. 10, 1934.

7. F. IV., Papst 526–530. An → Caesarius (Nr. 4) sandte er eine Slg. von Sätzen über die Gnadenlehre, die diesem die Entscheidung des gall. Konzils von Arausio gegen die Semipelagianer vorbereiten half [1]. Gegen den Brauch bestimmte er selbst seinen Nachfolger Bonifatius II. [2]. Grabschrift: ILCV 986.

1. *M. Cappuyns* Recherches de théol. anc. et médiév. 6, 1934, 121–143. 2. *Ed. Schwartz* Acta conciliorum oecum. 4,2,96f.

8. F., Manichäer, den Augustinus 404 in öffentlicher Disputation zum Eingeständnis seines Irrtums brachte. Das Streitgespräch bildet den Inhalt von Augustins 2 B. Contra Felicem Manichaeum [1]. Vorausgegangen war Aug. epist. 79 mit der Aufforderung an F., die Stadt Hippo regius zu verlassen oder sich zur Disputation zu stellen. O. H.

1. Ta.: *J. Zycha*, CSEL 25,2, 1892.

9. F., Gemmenschneider augustischer Zeit. Seine Signatur, *Φῆλιξ ἐποίει*, steht auf einem Sardonyx, der von derselben Hand die Besitzerinschrift *Καλπουρνίου Σεουήρου* trägt. Dargestellt sind Diomedes und Odysseus beim Raub des Palladion. A. R.

Furtwängler Die ant. Gemmen Taf. 49,4 und 50,11. III 355. Encicl. Arte Class. Or. III 615 (Stazio).

Felsina s. Bononia

Fenchel. Die Umbellifere Foeniculum vulgare Mill. (lat. *feniculum* zuerst bei Plaut., mlat. *fenuclum*, it. *finocchio*, gr. *μάραθον, μάραθρον*) unterscheidet sich vom nächstverwandten Anethum (→ Dill) u.a. durch Größe und Mehrjährigkeit; im ö. Mittelmeergebiet heimisch, seit der Ant. allgemein als Gemüse und Gewürz gebaut und auch in den andern Weinbaugebieten eingebürgert. Der att. Ort Marathon ist wohl eher nach F.-Feldern als nach dem Ortsheros Marathos (Plut. Thes. 32. Paus. 1,16) benannt. F. wurde auch in den Kränzen des Dionysos-Kults und anderer Mysterien verwendet (Demosth. 18,260). H. G.

Fenestella. Hist.-antiquar. Schriftsteller der frühen Kaiserzeit, † mit 70 J. vermutlich 35 n. Chr. (*novissimo Tiberii Caesaris principatu* Plin. nat. 33, 146. [3],73) und nicht 19 n. Chr. (Hieron. chron. zu 19 n. Chr.), schrieb annales in mindestens 22 B. (Non. 615,7 L.). Das Werk (mit der Urgesch. beginnend?), von Asconius (59 K.-Sch.) neben das des Sall. und Liv. gestellt, gewährte der Lit.-, Kulturgesch. und dem Antiquarischen auch in Detailfragen großen Raum; Sen. epist. 108,31 rechnet F. zu den *philologi*, Lact. ira dei 22,5 stellt ihn neben Varro. Aus diesem Geschichtswerk oder aus anderen stammen die erhaltenen Frg. (frühestes zu 57 v. Chr. [2],411). Sie beziehen sich auf Staatsrechtliches (Provokation), Jahreseinteilung, Etymologien, Wasserleitungen, Feste, Verwendung von Elefanten bei Spielen, Tragen von Ringen, Perlenschmuck und Kleidung, Tafelluxus, -aufsätze, Olivenanbau, literarhistor. Gegenstände (Terenz, Cicero). Diomedes stellte aus F.s Werk eine Epitome in mindestens 2 B. her (365,7 K.). Daß F. *carmina* geschrieben hat, wird nicht von allen bezweifelt ([3],73 zu Hieron. a. O.). Als hochgeschätzte Quelle (Lact. div. inst. 1,6,14) wurde F. benützt u. a von Plin. (nat. 33,21. 146. 35,162 u. a.), Asconius, Plut. (Crass. 5,6); Art und Umfang der Benützung ist umstritten ([2],411. [4],327 ff. [5], 927). HRR 2, CVIIII–CXIII. 79–87. I. B.

1. *J. Poeth* De F., Bonn 1849. 2. *R. Reitzenstein*, Festschr. J. Vahlen, Bln. 1900. 3. *R. Helm*, Philol. Suppl. 21,2. 4. G. *Delvaux* Les Sources de Plutarque dans les vies parallèles des Romains, Bruxelles 1946. 5. *K. Ziegler*, RE XXI 927.

Fenni. Nach Tac. Germ. 46 verallgemeinernde Benennung der Anwohner der Ostsee und des Nordmeeres von der unteren Weichsel bis zum Ural, doch bleibt offen, ob sie den Germanen oder den Sarmaten zugerechnet werden sollen. Ptol. 3,5,8 bezeugt *Φίννοι* jenseits der Wenden an der Unterweichsel, während bei Iord. Get. 3,22 die F. in Skandinavien beheimatet erscheinen. Die Schilderung der Lebensgewohnheiten der F. bei Tac. Germ. 46 trifft eher auf die Lappen zu, denn die F. kamen nach Ausweis der Ortsnamen der skandinav. Halbinsel frühzeitig mit der nordgerm. Kultur in Berührung. Neben Ackerbau und Viehzucht bildete die Jagd die Grundlage ihrer Volkswirtschaft. H. C.

Ihm, RE VI 2186. *Hoops* Reallex. der germ. Altertumskunde s. F.

Fenster (*fenestra*. *θυρίς, ὀπή*). Obwohl bereits das minoische Kreta F. gekannt hat, haben die Griechen das F. erst spät übernommen und nie ein spezif. Wort dafür gebildet. Die ältesten erhaltenen griech. F. befinden sich an Pinakothek und Erechtheion in Athen [2], an Privathäusern sind F. lit. durch Aristoph. Vesp. 379; Thesm. 797 (vgl. [3],27), monumental erst an hellenist. Bauten belegt [3],22 ff. In Italien begegnen F. im etr. Grabbau und sind zahlreich an Kult- und Profanbauten röm. Zeit erhalten; die lat. Bezeichnung f. ist wohl Adaptierung eines etr. Wortes (HERBIG, IF 37, 163). Die F. der Kultbauten sind öfter trapezförmig (oben schmäler), an Wohnbauten meist rechteckig; der Rahmen kann (mit Pilastern, Voluten, Ornamenten) ausgeschmückt sein. Im älteren Haus ist das F. immer Innen-F., d. h. es sieht auf den Hof (Peristyl), an den mehrstöckigen Wohnbauten der Kaiserzeit blickt es immer auf die Straße. Das F. wird durch durchscheinenden Stein (schon IG IV, 1488 Z. 43 ff.), *specularis lapis*, bzw. durch Holz- oder Metallgitter geschlossen, in der Kaiserzeit auch durch Glas, *vitrum* [3],7 ff. Die Römer übermitteln Sache und Name an die Germanen und das MA. W. H. G.

1. *Herbig*, RM 44, 1929, 260 ff. 2. *Ders.*, JDAI 44, 1929, 224 ff. 3. *Ders.* Das F. in d. Architektur d. Alt., Diss. Heidelberg (1925) 1929. 4. *Cressedi*, Enciclop. Arte Ant. 3, 1960, 694 ff.

Fenus s. Zins

Feralia sind Verzeichnisse der besonderen Festtage (dadurch unterscheiden sie sich von den allg. Kalendern des populus Rom.), wie sie bei jedem Heiligtum, jedem Kollegium und überall, wo besondere Festtage gefeiert wurden, aus prakt. Gründen vorhanden sein mußten. Sie unterscheiden sich stark je nach ihrem Zweck sowie nach dem Grad der Kontrolle durch die röm. Zentralgewalt; so ist das Feriale Guidizzolense privater Natur, das F. Duranum durch Rom autorisiert (FINK-HOEY-SNYDER 36). Größere Stücke wurden gefunden von: Feriale Guidizzolense (August. Z. CIL I S. 253 = DESS. 4917. Private Aufzeichnung von Landleuten. Guidizzolo liegt zwischen Mantua und Verona). F. Cumanum (zwischen 4 und 14 n. Chr. CIL I S. 229 = DESS. 108. Verzeichnis der für Augustus zu feiernden Festtage des Augustustempels von Cumae, s. MOMMSEN GSchr 4, 259 ff.). F. von Oslo (griech. Pap. aus Tebtunis. Z. Marc Aurels. Kaiserkult für Marc Aurel und seine Vorgänger. S. EITREM-AMUNDSEN Pap. Osl. III Nr. 77). F. Duranum (zwischen 225 und 227. Festkalender der *cohors* XX *Palmyrenorum;* neben militär. Festen bes. Kaisergeburtstage (zurück bis Nerva) und die Gedenktage vor allem der Severer. s. FINK-HOEY-SNYDER in YClS 7, 1940, 1 ff., mit ausführlichen Erläut.). F. Capuanum (387 n. Chr. CIL X 3792 = Dess. 4918. Festordnung für Campanien. s. MOMMSEN GSchr 8,14 ff.). Vgl. auch DESS. 4917–4920 und DEGRJ XIII 2, 278 ff.. Die Bezeichnung *feriale* findet sich im F. Capuanum. W. E.

Fer(c)tum s. Strues

Ferculum. Jede Tragevorrichtung kann f. heißen, etwa Liv. 1, 10,5 das Tropaiongerüst. Spez. bezeichnet f. die Gerüste, auf denen bei Aufzügen (Triumph, Pompa, Bestattung usw.) Gegenstände mitgetragen wurden, etwa Beutestücke (vgl. die Reliefs vom Apollontempel auf dem Marsfeld, KÄHLER Rom und seine Welt Taf. 106,1, und vom Titusbogen, a. O. Taf. 161), Götterbilder, Personen (Suet. Caes. 76), der Tote (KÄHLER a. O. Taf. 78) und Dinge, die mit ihm verbrannt (bestattet) werden sollten, Stat. Theb. 6,126. Daneben bezeichnet f. die Platte, auf der die Speisen aufgetragen wurden (KÄHLER a. O. Taf. 243,4), dann diese Speisen selbst, den Gang des Essens (auch *missus* genannt). → Cena. W. H. G.

Ferentarii. Neben der schweren patriz. Reiterei gab es in der Frühzeit des röm. Milizheeres auch eine leichte, vermutlich plebeische, die f. (Varro l.l. 7,57. Cato de re mil. frg. 6. Als *levis armatura* zu Fuß erwähnt sie Veg. mil. 1,20. A. N. APrAW 1923, Ph. h. Kl. Nr. 3,36. *Krom.-Veith* 266.279.

Ferentina aqua (NISSEN It. Ldk. 2,558), Quelle am Rand der Albanerberge (Liv. 1,51,9 *ad caput aquae Ferentinae*) im *lucus Ferentinae* (Liv. 1,50,1. 52,5.7,25,5; vgl. *ad caput Ferentinum* Liv. 2,38,1, bzw. *Ferentinae* Fest. 276,20f. L.), wo latin. Bundesversammlungen stattfanden (Dion. Hal. ant. 3, 34.51. 4,45. 5,61, wo stets von einer ἀγορὰ ἐν Φερεντίνῳ die Rede ist). Nach Liv. 1,51,9 wurde Turnus Herdonius in dieser Quelle ertränkt. G. R.

Ferentinum (NISSEN It. Ldk. 2,653), hernik. Stadt Latiums (Plin. nat. 3,64. Strab. 5,237. Ptol. 3,1,63) an der via Latina (It. Ant. 305,2. Tab. Peut. 6,2), j. Ferentino. F. wurde 413 den Volskern entrissen (Liv. 4,51 ff.), erhob sich 361 gegen Rom und wurde gestürmt (Liv. 7,9,1), blieb 306 treu (Liv. 9,42 f.), war 195 im Besitze des *ius Latinum* (Liv. 34,42,5); später *municipium* der trib. Publilia (KUBITSCHEK Imp. Rom. trib. discr. 19.22); Verstärkung der Einwohnerschaft durch *Ferentinates novi* (CIL X 5825.5828) in der Kaiserzeit. Ort für Geiselinternierung (Liv. 32,2,4). Bedeutende Reste von Stadtmauern; ob der Name zu dem der osk. Göttin Herentas gehört (PRELL.-JORD. 1,343), ist fraglich; vgl. Ortsnamen wie Ferentium, Forentum u. a. G. R.

Ferentis s. Ferentium

Ferentium (NISSEN It. Ldk. 2,341), Bergstadt 9 km n. von Viterbo, deren Reste h. Ferento (etr. Nekropole b. Poggio del Talone) heißen. F. wurde von der gracch. Reform betroffen (Feldm. 216), später *municipium* (Vitr. 2,7,4. Tac. hist. 2,50) der trib. Stellatina (CIL XI p. 545) in der 7. Region (Plin. nat. 3,52); Geburtsort des Kaisers Otho (Tac. a. O. Suet. Oth. 1,1; vgl. auch Vesp. 3. Aur. Vict. ep. 7,1). Unterschiedliche Namensformen: F. (Suet. Vesp. 3. Tac. a. O.), *Ferentis* (Vitr. a. O.), *Ferentinum* (Plin. a. O. Strab. 5,226. Suet. Oth. a. O.), Φερεντία (Ptol. 3,1,50); wohl latin. Name (vgl. Ferentinum, Forentum u. a.). G. R.

Feretrius. Alter Kultbeiname Iuppiters. Ihm wurden die → *spolia opima* dargebracht, aus seinem Tempel auf dem Kapitol holten die → Fetiales den hlg. Stein. Die Ableitungen von *ferire* und *ferre* sind schon antik: *ferire*, weil der Feldherr den Feldherrn »erschlägt« oder die Feinde »geschlagen« werden oder weil Iuppiter mit seinen Blitzen schlägt; *ferre*, weil die *spolia opima* ihm dargebracht werden oder weil auf einem *feretrum*, einem Gestell, die Waffen dargebracht werden (»Volksetym.« WALDE-HOF.^{3}); Mon. Anc. 19 übersetzt F. mit Τροπαιοφόρος (ähnlich Dion. Hal. 2,34,4 Τροπαιοῦχος oder Σκυλοφόρος, auch Ὑπερφερέτης). Die Stellen meist mit mehreren Etymologien: Prop. 4,10,46 f. Fest. 189 M. Serv. Aen. 6,859. Cass. Dio 44,4,3. Plut. Rom. 16; Marc. 8. (Paul.-Fest. 92 M.: *quod pacem ferre putaretur* → Fetiales.) Gegen die Ableitung von *ferire* (WALDE-HOF.) LATTE RRel 126,2.

Der Tempel des Iuppiter F. soll der älteste röm. Tempel sein (Liv. 1,10,6 f.), von Romulus gegründet (Liv. a. O. Nep. Att. 20,3. Dion. Hal. 2,34,4), von Augustus wiederhergestellt (Mon. Anc. 19. Nep. a. O. Liv. 4,20,7). W. E.

Wissowa Rel.^{2} 119.552. *Aust*, Myth. Lex. 2,670 ff.. *Latte* RRel 126.

Feriae (alte Form *fesiae*). Der Sing. erst bei den Christen zur Bezeichnung der Wochentage, *prima feria, secunda feria* usw., ausgehend von der Woche nach Ostern, deren Tage Feiertage waren (DU CANGE s. v.); durch diese Bezeichnungen vermied man die alten heidn. Namen (ERNOUT-MEILLET).

Es gibt 3 Gruppen von *f. publicae: f. stativae*, d. s. auf einen Kalendertag festgelegte Feste, *f. conceptivae*, die entweder innerhalb eines engeren Zeitraumes (*in dies certos*, z. B. auf landwirtschaftliche Arbeiten bezügliche) oder ohne Begrenzung *(in dies incertos)* anzusetzen waren, *f. imperativae*, d.s. außerordentliche, von Beamten mit Imperium (z.B. zur Sühnung von *prodigia*) angeordnete Feste (Macr. Sat. 1,16,5f.; vgl. Varro l.l. 6,25f.).

Wesentlich ist die Arbeitsruhe, bes. das Ruhen der Rechtspflege. Der Vollzug kult. Handlungen wird von den Beauftragten des Volkes, Magistraten und Priestern, vorgenommen, eine allgemeine Teilnahme daran ist nicht üblich. Diese Tage sind *dies nefasti* (→ fasti dies). Neben den *f. publicae* gab es auch *f. privatae* von einzelnen Familien oder Gruppen, wenn auch unter f. im allg. nur die *f. publicae* verstanden werden (→ festi dies). Die *f. stativae* der Gesamtgemeinde sind in den → Kalendern verzeichnet, unsere Kenntnis der *f. conceptivae* aber ist recht lückenhaft. In der Rep. scheint der Bestand an f. im wesentlichen unverändert; erst nach Caesars Tod wurden die *f. ex senatus consulto* durch Gedenktage vermehrt (Kalenderzeichen *N*P). Aufzählung der Festzeiten bei WISSOWA, RE VI 2212f. DERS. Religion^2 432ff. JULLIAN, Dar.-Sagl. 2,1042ff. DEGRJ XIII 2,364ff. (→ fasti dies). W. E.

Feriae Latinae. Eines der wichtigsten Feste, Bundesfest der latin. Städte, gefeiert für → Iuppiter Latiaris auf dem Albanerberg. Nach Alba Longas Untergang übernahm (vielleicht nach kurzer Unterbrechung) Rom die Leitung des Festes (Dion. Hal. 4,49; die Behauptung, es gehe auf einen der Tarquinier zurück [u.a. Dion. Hal. selbst], kann also nicht richtig sein).

Die f.L. sind → *feriae conceptivae;* sie wurden von den Consuln gleich nach Amtsantritt angesagt. Erst nach der Feier gingen die Beamten in die Provinzen ab. Der Zeitpunkt folgt so den Änderungen des Amtsjahres der Consuln (in der Kaiserzeit regelmäßig im Sommer). Erst in der Kaiserzeit ist, z.B. durch die Einführung von *ludi*, mehrtägige Dauer die Regel (anders SAMTER, RE VI 2214). Alle röm. Beamten müssen teilnehmen, einschließlich der *tribuni plebis* (die Rom nur an diesem Tag verlassen). Für Rom wurde daher ein *praefectus urbi* bestellt. Waren beide coss. abwesend, wurde ein *dictator feriarum Latinarum causa* ernannt. Alle latin. Gemeinden nahmen teil; Priester vertraten solche, die ihre polit. Existenz verloren hatten. Es wurde ein weißer, später ein roter Stier geopfert, das Fleisch unter die Vertreter aller Gemeinden verteilt. Diese, die auch noch andere Gaben darbrachten, sprachen durch ihre Beamten ein Gebet für das röm. Volk. Von einem Schaukeln *(oscillare)* berichten Fest. 194 M. und Sch. Bob. Cic. Planc. 23 (LATTE 145f.: »Mit dem Bundesfest ist kein Zusammenhang herzustellen und für röm. oder latin. Magistrate . . . undenkbar.« Rest einer uralten Zeremonie?). Noch rätselhafter ist die Behauptung in der Polemik chr. Schriftsteller vom 3.Jh. an (LATTE 144,3. SAMTER, RE VI 2215), es seien Menschenopfer (ein *bestiarius*) dargebracht worden, was unmöglich ist (anders SAMTER), da Rom solche Opfer selbst bei fremden, unter seiner Herrschaft stehenden Völkern verboten hatte (LATTE a.O.). Nur Plin. nat. 27,45 behauptet, in Rom habe gleichzeitig – auf dem Capitol! – ein Wagenrennen stattgefunden, dessen Sieger Absinth zu trinken bekam, was mit Grund von LATTE 146,1 bezweifelt wird. Die Art der Feier weist auf den griech. Ritus von Amphiktyonen hin; etr. Vermittlung ist möglich (der etr. Bund wird auch das Vorbild für das Bündnis selbst gewesen sein).

Reste von *fasti* der f.L. wurden auf dem Albanerberg gefunden (DEGRJ XIII 1,143ff.). W. E.

Chr. Werner De f. L., Diss. Lpz. 1888. *Wissowa* Rel.^{2} 124f. *Marqu.* RStV 3,295ff. *Aust*, Myth. Lex. 2,686ff. *C. Jullian*, Dar.-Sagl. 2,1066ff. *Latte* RRel 144ff. *DegrJ* XIII 1,143ff. *Ehlers*, RE XVIII 1577f.

Feridius. Seltener latein. Familienname, inschr. auch CIL VI 17887f. XIV 3766. SCHULZE Eigennamen 166. M.F., röm. Ritter, der sich 51 auf einer Geschäftsreise im O. befand und dem Proconsul Cicero empfohlen wurde, Cic. fam. 8,9, 4. Vielleicht ident. mit dem auf einem Schleuderblei (CIL XI 6721,25) 41 im Perusin. Krieg genannten Kriegstribunen. BROUGHTON Mag. 2,375. H. G. G.

Feronia. Die Göttin gehört zwar zum röm. Staatskult, jedoch ihre Herkunft und sogar ihre Funktion sind unklar. Der Feiertag ihres Heiligtums in Rom war der 13. Nov. (CIL I^2 S. 335. Fasti Ant. vet.). Es bestand schon im 3.Jh., denn 217 opferten ihr *libertae* den Erlös einer Geldsammlung; freie Frauen gleichzeitig der Iuno Regina (Liv. 22,1,18). Freigelassene standen folglich zu ihr in näherer Beziehung. Daß die einzige röm. Weihung an F. von einer *ancilla* stammt (CIL VI 30702), könnte jedoch Zufall sein.

Verbreitet war der Kult über ganz Mittelitalien, außer den osk. Gebieten und dem eigentlichen Latium (WISSOWA Rel.^{2} 285. LATTE RRel 189,1: »ausschließliche Verbreitung im Bereich der etr. Macht«; dagegen WASZINK, Gn 34, 1962, 450). Varro l.l. 5,74 leitet die Herkunft von den Sabinern her, dem MÜLLER-DEECKE Die Etrusker 2,66, u. jetzt wieder WASZINK a.O. u. G. RADKE, Romanitas 6/7, 1965, 290 wohl mit Recht zustimmen, während LATTE a.O. etr. Herkunft für unbezweifelbar hielt, obwohl auch er die Vermutung von SCHULZE (Eigenn. 165) ablehnt, F. sei etr. Gentilgottheit gewesen (Feronii sind in Etr. nicht belegt). Die Frage hängt auch von der nach dem Hauptheiligtum ab: War es Trebula Mutuesca (CIL I^2 1832 bis 1834 = IX 4873–4875) im Sabinergebiet (WASZINK) oder war es bei Capena (FOTI, NSA 1953, 13ff. BLOCH und FOTI, RPh 27, 1953, 65ff.) in Etr. (LATTE), was unweit der sabin. Grenze liegt (der Ort hieß Colonia Iulia Felix Lucoferonia, benannt nach dem auch von Cato erwähnten Hain [HRR frg. 30]; das Heiligtum wurde von Hannibal geplündert: Liv. 26,11,8f.). Da außerdem Heiligtümer im sabin. Amiternum, bei den Vestinern, Umbrern, im volsk. Tarracina und im »von Etr. wenig berührten Picenum« aber »kein Tempel aus dem stark etruskisierten Campanien bekannt« sind (WASZINK. Stellen LATTE a.O.), gewinnt Varros sabin. Hypothese an Gewicht, zumal C. KOCH in anderem Zusammenhang darauf aufmerksam machte, daß Varros »Sabinertradition« keineswegs immer abzulehnen sei (Religio = Erlanger Beitr. 7, 1960, 25ff.). Nach Liv. 26,11,9 erhielt F. außer anderen Gaben die Erstlinge von Früchten. Ausgrabungen bei Capena brachten Terrakottafiguren von Rindern und Nachbildungen von Körperteilen: Das spricht für Ackerbau- und Heilgottheit (LATTE a.O.). In dem Hain bei Tarracina gab es einen Steinsitz mit der Inschrift: *Bene meriti servi sedeant, surgant liberi*, Serv. auct. Aen. 8,564. Diese (unröm.) Art der Freilassung weist auf die Beziehung zu Freigelassenen auch in Rom hin, ohne sie zu erklären, könnte aber darauf deuten, daß der F.-Kult nach Rom aus Tarracina kam. Serv. bringt F. auf Grund von Aen. 7,799f. in Tarracina mit Iuppiter Anxurus (→ Anxur) als *Iuno virgo quae F. dicebatur* in Verbindung. In Aquileia, das im Gegensatz zu allen anderen F.-Heiligtümern nicht in Mittelitalien liegt, scheint sie als Quellgottheit verehrt worden zu sein (vgl. CIL V 8307f.). W. E.

Wissowa Rel.[2] 285f. *Warde Fowler* Rom. Festivals 252ff. *Steuding*, Myth. Lex. 1,1477ff. *Altheim* RRelGesch. 1932, 44f. 54f. *Latte* RRel 189f.

Ferrandus. Diakon in Karthago, † 546/47, Schüler und Freund des → Fulgentius von Ruspe, dessen Vita [1] mit Recht F. zugeschrieben wird. Sein wichtigstes Werk war eine kirchenrechtliche Slg. von Beschlüssen griech. und afrikan. Synoden unter dem Titel Breviatio canonum [2]. Überdies sind 12 Briefe erhalten [3]. O. H.

1. *G.G. Lapeyre*, 1929. 2. *Migne* PL 67,949–962. 88,817 bis 830. 3. Brief 1 und 2: → Fulgentius 1. 1–7: *Migne* PL 67,887–950. 4 und 8–12: Florilegium Casinense 1, 1873, 193–202. *Schanz-Hos.* 4,2,572–575. *Bardenhewer* GAL 5, 316–319. *Altaner*[6] 453f.

Ferreolus, Tonantius. Gallier, Enkel des Syagrius (Cons. 381), durch seine Frau Papianilla verschwägert mit Sidonius Apollinaris. Als praef. praet. schützte er 451 Arelate gegen Attila. 469 klagte er als Gesandter der gall. Provinzen den ehemaligen praef. praet. Arvandus an (Sidon. epist. 1,7. 2,9. 7,12; carm. 24,32ff.). A. L.

K.F. Stroheker Der senat. Adel in Gallien, 1947.

Fescennini versus. Improvisierte (Liv. 7,2, 7) Spottverse (Kretiker? vgl. Diom. KEIL GrL 1,479,13) aus dem Milieu des bäuerlichen Italien (Name abgel. von der falisk. Stadt Fescennia, vgl. Porph. Hor. epist. 2,1,145. Fest. 85f. M., dessen 2. Etym. von *fascinum* = Behexung abzuweisen ist, vgl. WALDE-HOF.[3] 1, 488), geeignet für persönl. Invektiven (Macr. Sat. 2,4,21; *F.-us* = Spaßmacher Cato ebd. 3,14,9). Bes. bei der Hochzeit war ihr aggressiver Witz am Platze (vgl. Fest. a.O. Serv. Aen. 7,695. Catull. 61,119ff. Sen. contr. 7,6,12). Hor. epist. 2,1,139ff. erwähnt dialog. F. bei Erntefesten; ihre Stelle in der Entwicklung des röm. Dramas ist umstritten. Bis in die Spätant. bleiben *F.-na (carmina)* der Inbegriff der Hochzeitsfeier (Arnob. 4,20. Prud. Symm. 1,261. Dracont. 8,644); diesen Titel tragen Gedichte Annians (2. Jh. n. Chr., vgl. BARDON Lit. Lat. Inc. 2,235f.) und Claudians (c. 11–14). P. L. Sch.

Schanz-Hos. 1,20. *E. Paratore* Stor. d. Teatro Lat., 1957, 11ff.

Festi dies, etym. zu *feriae*, urspr. *fesiae*, und *fanum* gehörig (WALDE-HOF.[3] 481.489), sind wie *feriae* Göttern geweihte Tage. Wie sich allmählich die Bedeutung von *feriae* eingeengt hat auf *feriae publicae*, so in noch stärkerem Maße die von f.d. auf »fröhliche Festfeier der Menschen« (vgl. Serv. auct. Georg. 1,268. Paul. Fest. 86 M.). Deshalb gestattete die lex Iulia sumptuaria *Kalendis Idibus Nonis et aliis quibusdam festis* einen größeren Tafelluxus als sonst (Gell. 2,24,14. s. KÜBLER, RE IV A 908). Der Gegensatz ist *profestus* (vgl. *fanum-profanum*). Die wesentlichen Stellen bei WISSOWA, RE VI 2224. → feriae. W. E.

Festungskrieg s. Poliorketik

Festus. 1. F., mächtiger Freigelassener z.Z. → Caracallas, Kämmerer, magister memoriae, † 215, als er den Kaiser nach dem Orient begleitete, in Ilion (Cass. Dio ep. 78,32,4. Herodian. 4,8,4). Vielleicht ident. mit Marcius F. in CIL XIV 3638.

2. F., Iulius Hymetius, Heide, verheiratet mit der Christin Praetextata (Amm. 28,1,9. Hieron. epist. 107,5). F. war corrector Tusciae et Umbriae, praetor urbanus und 362 consularis Campaniae (Cod. Theod. 11,30,29). 366/67 linderte er als procos. Africae eine Hungersnot in Karthago (Cod. Theod. 9,19,3. DESS. ILS 763.768). 370/71 wurde F. in einem Hochverratsprozeß verurteilt und verbannt (Amm. 28,1,17ff.), 375/76 wieder begnadigt (DESS. ILS 1256).

E.A. Thompson Ammianus Marcellinus 1947, 138f.

3. F., Tridentiner, Christ, Anwalt, wahrscheinlich 368 consularis Syriae (Cod. Theod. 84,1. Liban. or. 1,156ff.), dann mag. memoriae und 372 procos. Asiae. F. ließ die Philosophen Maximus und Koiranos hinrichten, verfolgte alle der Zauberei Verdächtigen (Amm. 29,2,22ff. Zos. 4,15. Suda s.v. Φῆστος). F. starb, nachdem er sich gegen Vorwürfe verteidigt hatte, am 30. Dezember 379 (Eunap. vita soph. 48,1).

A. Alföldi A conflict of ideas 1952, 69f.

4. F. (nicht Rufius Festus!) magister memoriae, Vf. eines breviarium. Auf die Anrede an den nicht genannten Kaiser (c. 1) – aus c. 30 ist zu schließen, daß es Valens war – folgt ein chronol. Abriß zur röm. Gesch. (c. 2). c. 3–14 wird dargelegt, wie das röm. Reich wuchs und welche Provinzen gegenwärtig bestehen. c. 15–29 sind Roms Kämpfe im O. bis Iovian geschildert. Die dürftige Kompilation entstand, als die Goten besiegt waren (369) und sich der Kaiser im Kampf mit den Persern befand (vgl. c. 30), also ca. 372. Als Quellen dürften eine Liviusepitome, die auch von Eutrop verwendete anonyme Kaisergeschichte und Florus benutzt worden sein. Da der Vf. wahrscheinlich nicht den Glauben des Kaisers teilte (vgl. c. 30), kann er nicht mit F. Nr. 3 identisch sein; gegen SEECK (RE s.v. Festus Nr. 11) ist F. auch nicht mit dem DESS. ILS 2944 genannten F. identisch (s.o. Art. Avienus). Ta.: WAGENER (BT 1886).

5. F. cos. 472, patricius, schloß 497 für Theoderich in Konstantinopel erfolgreich Friedensverhandlungen ab (Exc. Vales. 64). Im Papststreit seit 498 war F. für Laurentius und gegen Symmachus (Liber Pontificalis 46 und 260 Duchesne). A. L.

W. Enßlin Theoderich² 1960.

6. F. Sex. Pompeius. Grammatiker des 2. Jh. n. Chr., wahrscheinlich aus Narbo, Vf. einer Epit. aus dem umfangreichen (mehrere B. pro Buchstaben, vgl. 436,34 L.) Glossar *de verborum significatu* des → Verrius Flaccus (august. Zeit), das er auf 20 etwa gleich lange B. aufteilt, vgl. sein Progr. 242,28. Eigene Zusätze (etwa 122,13. 31,15) oder Kritik an der Vorlage (228,11. 440,1) sind selten. Erhalten sind in einem schon bei seiner Entdeckung unvollständigen, beschädigten Neapolitanus die B. 12–20 (Quat. 8–16 = Buchst. M ff., Quat. 8,10, 16 nur in Kopien des 15. Jh.). Für das Verlorene bieten einigen Ersatz der Auszug des → Paulus Diaconus (9. Jh.) sowie ma. Glossare, die von F. abhängen. P. L. Sch.

Ta.: *W. M. Lindsay*, 1913. *Ders.* Gloss. Lat. 4, 1930. *M. Galdi* L'Epitome, 1922, 175 ff. *Schanz-Hos.* 2,362 ff. RE XXI 2316 ff.

Fetiales. Eine der sehr alten Priesterschaften. Angeblich erfolgte urspr. der gesamte völkerrechtliche Verkehr durch sie (Liv. 9,5,1, vgl. 38,42,7. Serv. Aen. 1,62). Ihre Hauptaufgabe war, im Auftrag des Staates Bündnisse zu schließen und Kriege zu erklären. Sie bestand aus 20 lebenslänglich bestellten Mitgliedern, die sich, wie alle Priesterkollegien, durch Kooptation ergänzte. Sie war auch der Plebs zugänglich (anders WEISS 1096). Sie erteilte über die Formen völkerrechtlichen Verkehrs Gutachten. Zu allen anderen Amtshandlungen aber treten je 2 F. auf (4: angeblich Varro: s. Non. 529 M.). Nach der feierlichen Beauftragung durch den Magistrat (bzw. König) pflückt der *verbenarius* auf der Burg hlg. Kräuter, *sagmina*, an denen noch Erde sein mußte (magische Verbindung, nicht nach späterer Interpretation Abzeichen der Unverletzlichkeit: LATTE). Durch Berührung mit den *sagmina* machte der *verbenarius* einen anderen zum *pater patratus* (Name ungedeutet). Dieser ist der Wortführer. Bei Vertragsschlüssen wurde ein Ferkel mit dem hlg. *silex* erschlagen und die Verfluchungsformel gesprochen: Im Falle des Eidbruchs solle das Volk geschlagen werden wie das Tier (Liv. 1,24,7 f.) und der Vertragschließende verworfen werden, wie er selbst den Stein wegwerfe (Pol. 3,25,6: die Römer schwören bei Δία λίθον; Liv. 1,24,8. 32,6 und Paul. Fest. 115: Juppiter bzw. Diespiter. – LATTE 122,1 will die Verfluchung nur in dem Wegwerfen des Steines anerkennen, übersieht dabei aber Liv. 1,24,8). Diese Zeremonie setzt das Vorhandensein von F. beider Partner nicht unbedingt voraus, da jede Partei nach ihrem Ritus das *foedus* bekräftigen konnte (vgl. Pol. a. O.). Ob es in Urzeiten bei den unmittelbaren Nachbarn Roms F. gab, bezweifelt LATTE 123,2 trotz Liv. 1,24. 1,32. Dion. Hal. 1,21. 2,72, da wir später nur noch von beratender Mitwirkung der F. bei Verträgen hören und die »Titelsucht der Kaiserzeit nirgends in Italien« darauf zurückgegriffen habe. Den hlg. Stein bewahrte man im *sacrarium* des Iuppiter auf und holte ihn beim Eide hervor; ihm wurde also eine Wirkung zugesprochen, die dem Wegwerfen widerspricht. Die F. lieferten auch »Schuldige« des röm. Volkes aus, z. B. bei nicht ratifizierten Verträgen (Liv. 9, 8–11. Cic. Caec. 98; de or. 1,181. 2,137. Vell. 2,1).

Bei der Kriegserklärung erhoben die F. im Namen des *populus Romanus* ihre Forderungen *(res repetere)* an der Grenze, gegenüber dem ersten begegnenden Bürger der anderen Gemeinde, am Stadttor und auf dem Markt. Wurde die Forderung abgewiesen – und die Schuldigen nicht ausgeliefert – erfolgte nach 30 (oder 33) Tagen die Kriegserklärung, indem die F. eine Lanze ins feindliche Gebiet schleuderten. Diese Zeremonie kam notwendigerweise zum Verschwinden, man verfiel aber auf die Rechtsfiktion, ein Stück Land beim Tempel der → Bellona zum Feindesland zu erklären. Augustus erneuerte den Brauch (gegen Antonius und Kleopatra, die dadurch für ausländische Gegner erklärt wurden), und seitdem pflegten die Kaiser den F. anzugehören. Noch Marc Aurel eröffnete nach dem *ius fetiale* den Markomannenkrieg. W. E.

Wissowa Rel.² 550 ff. *Latte* RRel 121 ff. *Weiss* bei Dar.-Sagl. 2,1095 ff.

Fibrenus (NISSEN It. Ldk. 2,670), Flüßchen zwischen Sora und Arpino (Cic. leg. 2,6. Sil. 8,399); mündet in den Liris, h. Fibreno. Zum Namen vgl. RADKE, RE IX A 826 f. G. R.

Fibula. Mit F. (etym. zu *fig-ere* »heften«) bezeichnete man einen Bestandteil der ant. Kleidung, der die Funktion der heutigen Sicherheitsnadel, aber auch die einer Schmucknadel erfüllte (griech. περόνη, πόρπη). Die F. besteht im Normalfall aus Metall mit oder ohne Schmuckzusatz aus Glas, Bernstein, Bein usw. Die formalen Möglichkeiten der Verbindung der Nadel mit einem meist bogenförmigen Hauptteil (Bügel), auf der einen Seite elastisch, aber fest (sog. Kopf), auf das Ende der anderen Seite, den Fuß, einrastend, sind so zahlreich, daß sie als Leitformen für die einzelnen zeitlichen und örtlichen »Kultur«-Phasen benützt werden können, zumal auch die Verwendung der F. starkem modischen Wechsel unterworfen war. W. H. G.

RLV 3, 1925, 283ff. *Blinkenberg* Fibules grecq. et orient. 1926. *Sundwall* Die älteren ital. Fibeln, 1943. *Pallottino*, Enciclop. Arte Class. 3, 1960, 369ff.

Fichte. Die stammverwandten Coniferennamen F., lat. *picea* (von *pix* = Harz, Pech), gr. *πεύκη*, gelten für Nadelhölzer der Gattungen Picea (Fichte s. str. = Rottanne, in Europa P. abies [L.] Karst. = excelsa Link, den meisten Mittelmeerländern fehlend), Abies (Tanne, gr. *ἐλάτη*, engl. fir, einige Arten auch auf den mediterranen Bergen) und Pinus (gr. *πίτυς*, *πεύκη* → Föhre). F.-Stämme aus den S.-Alpen und dinar. Gebirgen und Tannenholz seit der Ant. als Bau- und Brennholz zu Masten usw. geschlagen, das bes. regelmäßige Holz der Haselfiichte (Schindeltanne, P. ab. f. fissilis) zu Dachschindeln und Geigenholz. Die Zapfen aller 3 Gattungen heißen gr. *στρόβιλοι*, *κῶνοι*, lat. *coni*, nach der Form von Pinus-Zapfen im Sinn von Kegel gebraucht. H. G.

Fictio, die rechtlich unwiderlegliche Annahme (bes. von tatsächlich nicht Zutreffendem). Oft als Rechtslüge abgelehnt (weil zu Unrecht als Annahme von stets bewußt Falschem begriffen), begegnet die Fiktion doch in fast jeder stärker entwickelten Rechtsordnung. Das Denken im Als-Ob erweist sich derart an der histor. Empirie als praktisch unentbehrlich. Sein rechtsdogmatisches Wesen liegt im Ausschluß jedes Rückgriffs vom *ius* auf ein *factum*, also in der Norm, daß etwas ohne Rücksicht auf die Lage der Tatsachen zu gelten habe. Die Fiktion berührt sich derart zum einen mit der unwiderleglichen Vermutung *(praesumptio iuris et de iure)*; zum andern aber (und das sollte sie sympathischer machen) steht sie in der Nähe der Analogie: Wie bei dieser wird durch die Fiktion die Rechtsfolge des einen Tatbestandes einem anderen, aus normativer Wertentscheidung gleichzuhaltenden Tatbestand zugeordnet.

An Fiktionen war das röm. Recht, bes. auch in seinen älteren Elementen (dort vielleicht durch sakrale Vorstellungen beeinflußt), sehr reich; bewußt gemacht hat vieles davon freilich erst der Systematiker → Gaius. Er ist es, der die Wirkung der *actio Publiciana* als Ersitzungsfiktion deutet (Gai. 4,36), er bietet in Gai. 4,34–38 ein buntes Tableau weiterer Fiktionen. Äußeres Kennzeichen der f. sind die beliebten Rechtsworte *ac si*. Wir finden sie bei den fiktizischen Aktionen und Exzeptionen, aber auch in der Gesetzessprache. So werden durch die *fictio legis Corneliae* Testamente in Kriegsgefangenschaft verstorbener Römer dadurch gerettet, daß sie angesehen werden *ac si hi, qui ea fecissent, in hostium potestatem non pervenissent* (Dig. 28,1,12). Th. M.-M.

R.Dekkers La fiction juridique, 1935. *J.Esser* Wert und Bedeutung der Rechtsfiktionen, 1940. *F.Pringsheim* Studi De Francisci 4,209ff. = Ges. Abh. 2,382ff.

Fictores, »Opferkuchenformer« (Varro l.l. 7,44), wird eine Gruppe der priesterlichen Subalternen genannt. Wir kennen neben *f. pontificum* inschr. auch *f. virginum Vestalium.* LATTE läßt die Möglichkeit offen, daß *strufertarii* (→ Strues) ein älterer Name für f. ist. W. E.

Marqu. RStV 6,249. *Wissowa* Rel.² 519,1. *Latte* RRel 410.

Ficulea (NISSEN It. Ldk. 2,608), angeblich von Aboriginern gegründete Stadt Latiums (Dion. Hal. ant. 1,16) an der via Nomentana (NIBBY, Dintorni di Roma 2,43), die früher via Ficulensis hieß (Liv. 3,52,3), von Tarquinius Priscus erobert (Liv. 1,38, 4), verbündet sich nach dem Abzug der Gallier mit Fidenae gegen Rom (Varro l.l. 6,18). F. besaß in der Kaiserzeit Stadtrecht (Plin. nat. 3,64); Atticus (Cic. Att. 12,34) und Martial (6,27,2) besaßen Güter in F. Bei Dion. a.O. *Φικολνέα*. G. R.

Fideicommissum. Das seit Anf. der Prinzipatszeit neben dem Legat auftretende f. war urspr. eine formlose Bitte *(fidei tuae committo, peto, rogo, volo)* des Erblassers an seine Erben, einem Dritten etwas aus der Erbschaft zuzuwenden. Es wurde meist dort angewendet, wo zwingende Rechtsvorschriften (etwa die lex Furia oder lex Voconia) eine letztwillige Zuwendung in Legatsform unmöglich machten. Gegenstand dieses in Testament oder Kodizill in beliebiger Sprache, schriftlich, mündlich oder durch Erklärung an den Bedachten selbst errichtete f. konnten alle Leistungen sein, die den Inhalt einer Obligation bildeten. Das f. selbst schuf jedoch keine rechtliche, sondern nur eine sittliche Verpflichtung, die erst unter Augustus, zunächst nur für Einzelfälle, bald jedoch allgemein in der *cognitio extraordinaria* klagbar wurde. Gerichtsmagistrat war anfänglich der Konsul, neben dem ein eigener *praetor fideicommissarius* amtierte.

Durch das *f. hereditatis* (Gai. Inst. 2,184.277) durchkreuzten die Römer den erbrechtlichen Grundsatz des *semel heres semper heres.* Der Erblasser trug dabei seinem Erben durch f. auf, die Erbschaft oder einen Teil davon nach einer gewissen Z. einem Nacherben herauszugeben. Dies geschah urspr. in Form einer *mancipatio nummo uno* (Gai. Inst. 2,252), bei der der »Erbschaftskäufer« durch Stipulation versprach, für alle etwaigen Belastungen, die dem Erben aus der Erbschaft in Zukunft noch erwachsen können, einzustehen. Ein SC. Trebellianum aus dem J. 56/57 n. Chr. (Ulp. Dig. 36,1,1,2. Gai. Inst. 2,253) gestattete die formfreie Übertragung der Erbschaft an den Nachfolger, der nunmehr *heredis loco* (Gai. Inst. 2,251) stand und entsprechend haftete. Ein SC. Pegasianum aus der Z. Vespasians räumte dem Erben unter ganz bestimmten Voraussetzungen auch bei Universalfideikommissen das Recht der falcid. Quart ein. F. R.

R. Trifone Il fedecommesso, 1914. *Biondi* Successione testamentaria, 1943, 289. *F. Schwarz*, ZRG 68, 1951, 266ff. *Thomas*, Rev. int. des droits de l'antiquité³ 5, 1958, 571ff.

Genzmer, Rev. hist. de droit français et étr. 40, 1962, 319ff. *Voci*, Diritto ereditario rom., vol. 2, 1963, 231ff.

Fideiussio s. Intercessio

Fidelis (*Φιδέλιος*). Aus vornehmer Mailänder Familie, zunächst Anwalt in Rom, dann Quaestor des Ostgotenkönigs Athalaricus (Cassiod. var. 8,18f. von 527/28); 536 Gesandter der Bürger Roms und des Papstes Silverius an Belisar, durch den er praefectus praetorio wurde. 538 geriet F. in die Hände der Goten, die ihn erschlugen, weil sie ihn als Verräter ansahen (Prok. 5,14,4f. 6,12,34f.). A. L.

Fidenae (NISSEN It. Ldk. 2,604f.), angeblich von alban. Königen gegründete (Verg. Aen. 6,773. Dion. Hal. ant. 2,53. Solin. 2,16), latin. Stadt an der via Salaria (Tab. Peut. 5,5; nach Dion. Hal. ant. 2,53. 3,27. 10,22 fünf, nach Eutr. 1,4.19 sechs mp von Rom; letzteres Castel Giubbileo), die zum Opfer am Albanerberg aufgerufen wurde (Plin. nat. 3,69). Etr. Ursprung (Strab. 5,226. Liv. 1,15,1) wegen der Waffenbrüderschaft mit Veii im 5. Jh. (Liv. 4,17ff. Diod. 12,80. Flor. 1,6,4 u. a.); Aufstand gegen Rom nach Abzug der Gallier (Varro l.l. 6,18. Macr. Sat. 1,11,37) und Zerstörung von F. Später unbedeutender Flecken (Cic. leg. agr. 2, 96. Hor. epist. 1,11,7. Iuv. 6,57. 10,100. Plin. nat. 3, 68), weshalb der Tod von 20000 (Suet. Tib. 40) oder 50000 (Tac. ann. 4,62) beim Einsturz eines hölzernen Amphitheaters unwahrscheinlich ist. F. wird von Macr. Sat. 3,9,13 unter den devovierten Städten genannt. Ruinen zwischen Villa Spada und Castel Giubbileo. G. R.

Fidenas. Cognomen in den Familien der Sergier und Servilier. DEGRASSI FCap. 144. H. G. G.

Fidei promissio s. Intercessio

Fidentia (NISSEN It. Ldk. 2,270), Ortschaft an der via Aemilia (It. Ant. 288,1. Burd. 616,15. Tab. Peut. 4,3), *municipium* der 8. Region (Plin. nat. 3, 116), verlor später seine Selbständigkeit (It. Ant. 99,1. 127,6 *vicus Fidentiola*); bekannt durch den Sieg des Lucullus 82 v. Chr. (Plut. Sull. 27. Vell. 2, 28. Liv. epit. 88); j. Borgo S. Donnino. G. R.

Fides (Göttin). Die Römer waren auf die röm. fides bes. stolz; ihr vertrauten sich die Unterworfenen an (zur polit. Bedeutung: E. FRAENKEL, RhM 71, 1916, 187ff. R. HEINZE, H 64, 1929, 140ff. = Vom Geist des R. 25ff. F. HAMPL, HZ 188, 1959, 417ff.). Sie gehört zu den frühesten Personifikationen abstrakter Begriffe. Um 250 v. Chr. erhielt *F. populi Romani* oder *publica* (an Stelle eines noch älteren *sacrarium*? PLATNER-ASHBY) auf dem Capitolium durch A. Atilius einen Tempel, dessen Stiftungstag der 1. Okt. war (CIL I² S. 330. Fast. Ant. vet.). An seinen Wänden waren völkerrechtliche Verträge und Militärdiplome. Häufig fanden darin Senatssitzungen statt. WISSOWA Rel.² 118 glaubt, F. sei aus dem Kult des Dius Fidius (= Iuppiter) hervorgegangen (aber das Opfer der *flamines* [Liv. 1,21,4] ist dafür kein Beweis: sie [wohl die 3 → *flamines maiores*] sollen deutlichster Ausdruck der Gesamtgemeinde sein, der fl. Dialis ist nicht allein. LATTE: *flamines* nicht beteiligt, denn Liv. gebrauche *flamines* untechnisch für *sacerdotes*). Da man sich nicht vorstellen konnte, wie der Staat ohne F. sein konnte, führte man Kult und Tempel auf Numa zurück (Stellen WISSOWA Rel.² 133,7 und 8), von dichter. Übertreibungen (Sil. 2,484: älter als Iuppiter) zu schweigen. Der Kult aber kann älter sein als der Tempel. Alljährlich fuhren die *flamines* auf einem zweispännigen gedeckten Wagen zum *sacrarium* der F. Beim Opfer war die rechte Hand in weißes Tuch gehüllt (Liv. a. O. Serv. Aen. 1,292. 8,636; daraus Myth. Vat. 1,191): Schutz des Heiligen vor Befleckung (A. DIETERICH Kl. Schr. 440ff.); warum (nur) bei F. ist unklar (Bedeckung bzw. Schutz der Schwurhand?). Die Existenz eines Tempels auf dem Palatin, angeblich dediziert von Rhome, der Enkelin des Aeneas (Festus 269), ist mehr als zweifelhaft (PLATNER-ASHBY. JACOBY FGrH 472,5, Anm. 30). Mz.: Schon im 3. Jh. v. Chr. Stater von Lokroi: *Πίστις* vor der *Ῥώμα* (BMCGrItaly 365). Erste durch Beischrift gesicherte röm. Mz. ein Denar des A. Licinius Nerva etwa 47 v. Chr. (SYDENHAM Coinage RomRep Nr. 954 = BMCRomRep 3999–4002), dann häufig in der Kaiserzeit. Spezialisiert wurde F. als *F. legionum, militum* u. ä. (SCHRÖTTER WBMzK 194). W. E.

Wissowa Rel.² 54. 118. 133f. *Ders.* Myth. Lex. 1,1481ff. *Platner-Ashby* 209. *Latte* RRel 237. *H. L. Axtell* The Deification of abstract Ideas in Rom. Lit. and Inscr., Diss. Chicago 1907.

Fidiculanius. Seltener latein. Familienname, auch *Fidicolanius, Fidiclanius, Φιδικλάνιος* (Belege bei SCHULZE Eigennamen 476, 3); vielleicht von einer Ortsbezeichnung hergeleitet, vgl. *iuvenes Fificulani* CIL IX 3578. SCHULZE 553. C. F. Falcula, Senator (BROUGHTON Mag. 2,491) und Richter im Prozeß des Oppianicus 74 v. Chr., dann wegen Bestechung verurteilt, 69 als Zeuge im Prozeß des A. Caecina wieder in Rom, Cic. Cluent. 103f. u. ö. H. G. G.

Fiducia. Die röm. Bürgern vorbehaltene f. scheint in den Quellen in verschiedener Bedeutung auf. Vornehmlich versteht man darunter eine an *mancipatio* oder *in iure cessio* angeschlossene treuhänderische Klausel, nach der sich der Erwerber einer Sache verpflichtet, das empfangene Eigentum nach einer bestimmten Zeit wieder aufzugeben und die Sache unter gewissen Umständen durch *remancipatio* oder *in iure cessio* zurückzugeben. Häufigster Anwendungsfall dafür ist das Darlehen, bei dem die Forderung des Gläubigers durch eine in dessen Eigentum übertragene Sache gesichert wird (sog. *f. cum creditore contracta*). Nach Rückzahlung der Schuld mußte der Darlehensgeber die treuhänderisch übereignete Sache wieder herausgeben. Hatte der Darlehensnehmer die Sachen jedoch bereits in Händen, so konnte er sie, falls er sie nicht als *conductor* oder Prekarist besaß, durch *usureceptio ex fiducia* zurückersitzen (Gai. Inst. 2,59 f. 3,201). Nach h. L. zählten die klass. Juristen diese Sicherungsübereignung, deren obligator. Wirkung von der Gültigkeit des Hauptgeschäftes, der *mancipatio* oder *in iure cessio* abhing – an eine *traditio* konnte keine f. geknüpft werden –, nicht zu den *contractus*.

Konnte der Fiduziant (urspr. Eigentümer) seine Schuld nicht tilgen, so war die Sache dem Fiduziar verfallen. Jedoch vielleicht schon in klass. Z. war die sehr schnell an die Stelle des Pfandverfalles tretende selbständige Verkaufsabrede (*pactum ut vendere liceret*, Pomp. Dig. 13,7,6 pr. 8,3–5. Pauli sent. 2,13) in der f. mit enthalten. Der Gläubiger, dessen Eviktionshaftung bei Verkauf der Sache ausgeschlossen war, konnte sich aus dem Erlös der Sache befriedigen. Ein etwaiges Plus *(superfluum, hyperocha)* mußte er dem Schuldner herausgeben, ein etwaiges Minus blieb als restliche Forderung bestehen. Gab der Fiduziar nach Tilgung der Schuld die ihm anvertraute Sache nicht oder in beschädigtem Zustand heraus, so haftete er nach einer von den Klassikern zu den *bonae fidei iudicia* gerechneten (Gai. Inst. 4,62) *actio fiduciae* für *dolus*, seit dem 3. Jh. n. Chr. auch für *culpa*. Die Verurteilung machte infam. Die f.-Klausel wurde jedoch nicht nur bei Verpfändungsgeschäften, wie der *f. cum creditore c.* verwendet, sie konnte auf gleiche Weise auch mit anderen Rechtsgeschäften, wie dem *mandatum*, dem *depositum* oder dem *commodatum*, verknüpft werden. Der Ausdruck *f. cum amico contracta* ist jedoch untechnisch.

Neben dem *pactum fiduciae* bezeichnete f. noch die *causa* der Eigentumsübertragung *(fiduciae causa mancipio dare; fidi fiduciae causa mancipio dare)*, die fiduzierte Sache selbst und schließlich den gesamten Akt der fiduziar. Übereignung *(f. dare, accipere)*.

Zu Beginn der nachklass. Periode verschwindet die Sicherungsübereignung, die dem Gläubiger bes. dann eine unerwünscht starke Stellung einräumte, wenn der Sachwert seine Forderung überstieg. Justinian hat die f. planmäßig beseitigt. Die anderen Zwecken als der Kreditsicherung dienende *f. cum amico c.* kam ebenfalls außer Übung. F. R.

W. Erbe Die f. im röm. Recht, 1940. *Kreller*, ZRG 62, 143 ff. *Mayer-Maly*, ZRG 77, 1960, 34 ff. *Wubbe*, Tijdschr. v. Rechtsgesch. 28, 1960, 13 ff. *Watson*, ZRG 79, 1962, 329 ff. *Kaser* Das röm. Privatrecht 1, 1955, 386 ff. 2, 1959, 226 ff.

Figulus. Cognomen (»Töpfer«, Berufsbezeichnung, WALDE-HOF. ^{3}1,502. RE XVI 1670), in den Fasten der republikan. Zeit bei den Marcii (DEGRASSI FCap. 144), sonst bei dem Schriftsteller → Nigidius F. H. G. G.

Filter. Als F. gebrauchte Geräte, Gefäße, Gegenstände (wie Tücher, Geflechte usw.), in den gröberen Formen mit zahlreichen eingebohrten Löchern versehen und vom Sieb nicht klar abgrenzbar, sind in den verschiedensten Materialien (Stoffe, Bast, Ton, Holz, Metalle, Asche. Für größere Trinkwasseranlagen empfiehlt Vitr. 8,6,15 als F. eine Mischung aus Kalk und zerkleinerten Tonscherben, *opus signinum*) seit ältester Zeit bekannt und zum Filtern von Flüssigkeiten benützt worden. Cato agr. 111 (vgl. Plin. nat. 16,155) empfiehlt einen F. aus Epheu zur Probe, ob Wein mit Wasser gemischt sei (vgl. dazu OLCK, RE V 2833,19 ff.). Seih- und F.-Gefäße sowie Durchschläge sind zahlreich erhalten. W. H. G.

Olck, RE VI 3217 ff.

Fimbria. Cognomen, in den Fasten der republikan. Zeit bei den Flavii (Nr. 9–11). H. G. G.

Fimbriae, *θύσανοι, κροσσοί*. Fransen, urspr. am Stoffrand stehengelassene Fadenenden, dienen, meist geknotet oder büschelweise vereint, sp. auch gesondert gearbeitet und angenäht, als Besatz zur Zierde an Stoff, Gewändern und Tüchern. Sie sind bei Griechen und Römern bekannt, häufig an hellenist. und röm. Statuen dargestellt (z. B. HORN Stehende weibliche Gewandstatuen, 1931, Taf. 3,1; 16,1–2. BIEBER Griech. Kleidung, 1928, T. 33,2–3). Nach Poll. 4,120 trug die Erbtochter der Komödie weißes Gewand mit F.; Schauspieler mit F.-Gewändern: BIEBER History of the Greek and Roman Theater, 1961, Abb. 306. 324. 334. 395. 479. 521. 539. 583. 771. Bei den Römern hatte der Soldatenmantel, *sagum*, F. nach Varro l. l. 5,79; s. → Ephestris; so ist er z. B. auf der Traianssäule gelegentlich dargestellt (wo auch die Daker F.-Mäntel tragen). Der röm. Panzer hatte F. an den Lederlaschen, z. B. Statue des Augustus: KÄHLER Augustusstatue von Primaporta 1959. (Ob auch die Gewänder unter dem Lederkoller der myken. Kriegervase, z. B. MATZ Kreta Mykene Troia, 1957, T. 109,1 als F. zu deuten sind, bleibt fraglich). F. trägt auch der *lictor proximus* gelegentlich am Mantel, z. B. STRONG Roman Imperial Sculpture 1961 T. 76. Endlich waren Tücher aller Art mit F. beliebt: Bettdecken (Cels. 2,6,6. Plin. nat. 7,171), Halstuch (Petron. 32), → mantele, Pferdedecken, z. B. an der Traians- und Marcussäule, wo auch Vexilla mit F. vorkommen. W. H. G.

Finanzwirtschaft (öffentliche). a) Theorie. In der ö. F. hat sich die Ant. auf unsystemat. Einzelbeschreibungen beschränkt, wie bes. die 2 allein erhaltenen Spezialarbeiten über dieses Feld zeigen, Xen. vect. und Ps.-Aristot. oec. II. b) Griechisch. Die literar. Schriftquellen sind z. Z. fast vollständig, die unliterar. weitgehend analysiert. Trotzdem ist die ö. F. der Hellenen nur fragmentar. bekannt. Ausnahmen sind: α) Die Königsoiken bei Hom. Hier, das ist vermutlich im früheisenzeitlichen Hellas, waren die Einnahmen und Ausgaben der Fürsten in Krieg und Frieden genauso entscheidend, wie wir für den Alten Orient und aus Linear B Inschr. für die myken. Bronzezeit erschließen können. Die altorientalische Königsoikenwirtschaft mit direkter Besteuerung der

Untertanen lebt im Achämenidenreich fort, wird aber durch Satrapenwirtschaft dezentralisiert und im 4. Jh. v. Chr. in den W.-Satrapien der Poliswirtschaft möglichst assimiliert. Die Tyrannenwirtschaft vom 7.–5. Jh. v. Chr. war ein letzter griech. Versuch, zur myken.-hom. und altoriental. Oikenwirtschaft zurückzukehren. β) Polis. Die spätestens in den Jahrzehnten vor 700 v. Chr. aufkommende Poliswirtschaft mit gesetzlicher Fixierung von Staatskassen unter der Kontrolle von Politengemeinschaften verfeinerte die regulären Einnahmen aus Staatsbesitz, indirekten Steuern und Monopolen derart, daß die normalen Polisausgaben reguläre direkte Steuern von Politen nicht mehr erforderlich machten. Leider ist das System der ö. F. nur für 2 Poleis einigermaßen vollständig bekannt.

I. Sparta. In dieser ältesten Polisökonomie wird der Königsoikos von Politen (Spartiaten) kontrolliert, etwas ausgebaut und leicht gesetzlich verfeinert, aber noch nicht abgeschafft. Das Resultat war ein Primitivzustand, der eine wachsende Gefahr für Sparta und seine Zukunft darstellte. II. Athen. Dies ist die durch Schriftsteller und Inschr. bestbekannte klass. Polisökonomie. Einnahmen aus Staatsbesitz (bes. Bergwerken), Gerichtseinkünften, Besteuerung von Nichtathenern, regulären Politenliturgien, und indirekten Steuern (bes. Zöllen) waren in diesem klass. Seehandels- und Archezentrum so beträchtlich, daß sie die umfangreichen Ausgaben für die innere und äußere Sicherheit, für Erziehung, Tempel, öffentliche Arbeiten usw. in Normalzeiten reichlich deckten. In Krisenzeiten wurde das Budget verstärkt durch außerordentliche Einnahmen von Politen, bes. die gestaffelte Vermögensabgabe der → Eisphora, die → Trierarchie und freiwillige Bürgergeschenke (Epidoseis), weiter den h. eingehend erforschten Bundesgenossentribut des 5. Jh. v. Chr. Selbst die regulären und irregulären Einnahmen allein aus Attika im 4. Jh. machten eine att. Großmachtpolitik, Getreide- und Geldverteilung an den Demos möglich. In Athen begann die Praxis von jährlichen Behördenbudgets für die zahlreichen Einzelkassen und eine feste Finanzorganisation im 5. Jh., ausgebaut durch → Eubulos und → Lykurgos im 4. Jh. γ) Hellenismus. In der ö. F. beginnt der Hellenismus mit den Königen, Satrapen und Neutyrannen des 4. Jh. Unter diesen ist → Dionysios I. von Syrakus für uns mehr als ein Schatten. Unter → Alexander d. Gr. beginnt die Vollhellenisierung der Achämenidenökonomie, die von seinen Diadochen in sehr verschiedener Variation vollendet wurde. Unter → Lysimachos von Thrakien, → Agathokles und → Hieron II. von Syrakus, den Antigoniden in Makedonien, den Seleukiden, Pergamenern und Kleindiadochen blieb die Verschmelzung der königlichen Staatsflächenwirtschaft mit der der zugehörigen alt- und neuhellen. Poleis so unvollkommen, daß die

Staatseinheit häufig in Gefahr war. Die ö. F. fast aller Diadochenstaaten und aller Poleis des Hellenismus (selbst von → Athen, → Rhodos, → Delos, → Alexandreia in Äg. und → Antiocheia in Syrien) ist leider nur bruchstückweise quellenmäßig bekannt. Nur für das Ptolemäerreich erlauben die äg. Papyri, dazu Inschr. und gelegentliche Schriftstellerhinweise ein System aufzubauen. Die noch recht primitive Planwirtschaft der Pharaonenzeit wurde hier durch hellen. Polis- und Geschäftslogik revolutioniert und verfeinert. Äg. und alles nichtstädt. Gebiet in der Kyrenaika, Kypros, Kreta, dem Nesiotengebiet, Thrakien, Kleinasien, Syrien und Palästina wurden nichtsdestoweniger unverändert als Königsoikos behandelt, ein Strukturzustand, der erst in spätptolemäischer Zeit abgeschwächt wurde. Das Sozialprodukt des Reiches wurde hier durch Monopole, Steuern, Zölle, Sozialgebühren und Kontraktverpachtung in gewöhnlich jährlicher Neuregelung zentral von Alexandreia aus reguliert, was auch auf die wenigen äg. und die zahlreichen außeräg. Poleis bestimmend einwirkte und unter den Frühptolemäern und selbst noch → Kleopatra VII. enorme Großmachtsausgaben ermöglichte.

c) Röm. Republik. Die ö. F. der röm. Republik war strukturell von der der griech. Polis abgeleitet, nur daß bis 167 v. Chr. jeder röm. Bürger irregulär ein → *tributum*, eine jährliche Vermögensabgabe von 1 pro mill, zu zahlen hatte. Seit 242 v. Chr. wurden die Provinzialeinnahmen von schließlich überwiegender Budgetbedeutung. Die zuständige Staatszentralkasse war damals das → Aerarium Saturni in Rom. d) Kaiserzeit: Durch Augustus verlor das Aerarium Saturni seine Reichsbedeutung in Praxis und wurde durch den Finanzkomplex des → Fiscus ersetzt, außer als faktische Stadtkasse für die Urbs Roma. Außerdem entwickelte sich seit Augustus das → Patrimonium Caesaris für die Privatvermögen der kaiserlichen Familienmitglieder. Mit Septimius Severus wird dann ein 4. Reichsfinanzkomplex geschaffen, die → Res Privata (byz. Genikon), die im 3. Jh. und in spätröm. Zeit den seit Konstantin dem Großen zur *comitiva sacrarum largitionum* umgenannten fiscus auf etwa 50% des Reichsbudgetvolumens zurückdrängte. Erst im 9. und 10. Jh. wurden die byzantin. Reichsfinanzen unter dem bereits seit dem 7. Jh. amtierenden *sacellarius* vereinheitlicht, der im 12. Jh. durch den Megas Logariastes ersetzt wurde. F. M. H.

Vgl. mit umfassender Bibliogr. *F. M. Heichelheim* An Ancient Economic History I (1958), bes. chap. V notes 64–66; II (1964), bes. note 49. *Cl. Préaux* L'économie royale des Lagides (1939). *F. M. Heichelheim* The Wilbour Papyrus, Hist. 2, 1953, 129f. *M. Th. Lenger* Corpus des ordonnances des Ptolémées, MAB 57, 1964, 1. *Rostovčev* Soc. a. Ec. Hell. W. *Ders.* GuW. *Frank* ESAR. *F. M. Heichelheim*, in Historia Mundi 4, 1956, 397f. *A. H. M. Jones* The Later Roman Empire (1964).

Fines, ad Fines. Häufiger Name von Grenzstationen an röm. Provinz- und Gebietsgrenzen, RE VI 2322ff., bes. **1.** an der Grenze von Ober- und Untergermanien an der Mündung des Vingstbachs (Abrinkas, Ptol. 2,9,8.9) in den Rhein etwa 10 km s. von Remagen mit Benefiziarierstationen des ober- und untergerman. Heeres beiderseits des Bachs. CIL XIII 7731.7732. = Riese 777.1364.

1. *Zangemeister,* Westd. Ztschr. 3, 1884, 315ff.325f. 2. *J. Hagen* Römerstraßen der Rheinprovinz 31f. 3. *K. Schumacher* Siedelungs- und Kulturgesch. der Rheinlande 2, 120. 4. Der Obergermanisch-raetische Limes Abt. A I, 59f.

2. Grenzort an der Grenze von Germania superior (vorher Gallia) und Raetia, spätröm. befestigt, h. Pfyn bei Frauenfeld (Schweiz), mit Resten der Kastellmauer. Itin. Ant. 232,2. 238,1. 251,4. Tab. Peut. III 5. E. M.

Fr. Stähelin Die Schweiz in röm. Zeit³ 595.

Finis bezeichnet vor allem die Grenze zwischen Grundstücken oder zwischen Ländern (*fines patriae* in Dig. 47,18,1,1), daneben auch die Höchstgrenze von Zinsen und anderen Geldbeträgen oder Vermögenswerten (*ad finem peculii* in Dig. D 49, 17,1). Der Feldgrundstücke trennende, 5 Fuß breite Streifen (*confinium*) wird nach dem Zeugnis von Gai. Dig. 10,1,13 schon von den 12 Tafeln behandelt. Dion. Hal. ant. 2,74 berichtet sogar von einer Sakration der Grenzsteine unter Numa. Hohes Alter der Ackerbegrenzung ist ungeachtet aller Zweifel an Details der Nachricht als gesichert anzusehen. Im Mittelpunkt des jurist. Interesses stand bald die *actio finium regundorum.* Das *confinium* gehörte den Nachbarn je zur Hälfte; der Ersitzung (*usucapio*) war es entzogen, vielleicht wegen seines urspr. sakralen Charakters (*res sacrae* und *sanctae* waren ja unersitzbar). Wurde der Grenzverlauf streitig, so sollte der Richter über die *controversia de fine* den alten Grenzverlauf ermitteln. Mißlang dies, konnte er ihn neu festsetzen und dabei durch *adiudicatio* Eigentum begründen. Die klass. Ordnung des Verfahrens geht aus Dig. 10,1 hervor, für das Kaiserrecht vgl. Cod. Iust. 3, 39. Th. M.-M.

Buckland Rev. hist. de droit 15, 1936, 741ff. *Mayer-Maly,* ZRG 77, 1960, 32f.

Finken. Aus der Familie der Finkenvögel begegnen im allg. 2 Arten, doch ist ihre Unterscheidung nicht immer sicher.

a) Buchfink, σπίζα, σπιζίον, σπίνος, φρυγίλος (Aristoph. av. 763) ποικιλίς (? Aristot. hist. an. 9,609a 6), *fring(u)illa* (*-us* Martial. 9, 5,7. Gloss.): Singvögel (Aristoph. a.O.), dessen Gesang (*fringulire, friguttire,* vgl. Varro l.l. 7,104. Paul. Fest. p. 90) traurig klingt (Martial. a.O.) und am frühen Morgen Sturm verkündet (Avien. Arat. 1761). Sonst wird wenig berichtet: Er lebt sommers in heißen, winters ln kühlen Gegenden (Aristot. 613b 3), hängt kopfüber in den Hecken (Soph. frg. 398 N.²), frißt außer Körnern Würmer (Aristot. 592b 17). Aristoph. av. 875 identifiziert ihn scherzhaft mit → Sabazios.

b) Distelfink, Stieglitz, ἀκανθίς, ἀκανθυλίς, ἀκαλανθίς, ἀστραγαλῖνος (nur Opp. ix. 3,2), *acanthis, acalanthis, carduelis* (*cardelis* Petr. 46): Unansehnliches und kümmerlich lebendes, aber kräftig singendes Vögelchen (Aristot. 616b 31; vgl. Theokr. 7,141. Verg. georg. 3,338. Calpurn. 6,7. Paul. Nol. 23,12; *avis minima:* Plin. nat. 10, 175). Aristoph. Pax 1079 bezeichnet ihn scherzhaft als κώδων, »Schelle« (angezweifelt, Inhalt des Verses ungeklärt. s. Platnauer, Komment. 1964 z. St.). Über seine Feindschaft mit dem Esel, der Goldammer, dem αἴγιθος (Meise? vgl. Ail. nat. 10,32. Plut. mor. 537 B) und anderen Vögeln s. Aristot. 610a 4ff. Plin. nat. 10,205. Ail. 4,5. In Rom hat man ihn auch gezähmt und dressiert (Petr. 46. Plin. 10,116). Nach einer Sage ist der Distel-F. eine verwandelte Pieros-Tochter (Nik. heter. 4 bei Anton. Lib. 9). Aristoph. Av. 872 bezeichnet Artemis scherzhaft als Distel-F. W. R.

Aubert-Wimmer Aristot. Thierk. 1,86.108. *Gossen,* RE Suppl. VIII 169. *Keller* Ant. Tierwelt 2,86f.

Finsternisse. Nach einem weit verbreiteten Volksglauben verkünden F. Unheil. Sogar in der Zeit der griech. Aufklärung war die Mondf. vom 27. August 413 »ein großes Schrecknis für Nikias und alle anderen, die aus Unwissenheit oder Dämonenangst sich durch solche Erscheinungen erschüttern lassen«, wie Plut. Nik. 23 berichtet. Eben wegen dieser Angst, die manchmal den Verlauf eines Krieges entscheidend beeinflußte, war es für Politiker und Strategen wichtig, über Seher oder Astrologen zu verfügen, die sagen konnten, für wen die F. Unheil bringen sollte, oder noch besser über fachkundige Astronomen, die F. vernünftig erklären oder gar voraussagen konnten.

Der Volksglaube vieler Länder betrachtete als Ursache der F. einen Drachen, der den Mond oder die Sonne verschluckt. Dieser Glaube findet sich bei den Germanen und Indern, aber auch in späten griech. Quellen als »Chaldäische Weisheit«. Nach einer anderen Auffassung waren Dämonen, die man durch Geschrei zu vertreiben suchte, an der F. schuld (Rohde Psyche¹ 319,2 und 365,2). Auch Zauberer oder thessal. Weiber (Plat. Gorg. 513 A) konnten den Mond vom Himmel herabholen. Näheres RE VI 2331–2334.

Eine andere Deutung besagt: Bei einer Sonnenf. besiegt der Mond die Sonne, bei einer Mondf. die Sonne den Mond. Diese Deutung setzt die Erkenntnis voraus, daß Sonnenf. etwas mit dem Monde zu tun haben und Mondf. etwas mit der Sonne. Um zu dieser Erkenntnis zu kommen, genügt die Beobachtung, daß Sonnenf. nur bei der Konjunktion (Neumond) und Mondf. nur bei der Opposition des Mondes zur Sonne stattfinden. Die wichtige Frage: Welchem der Gegner bringt die F. Unglück? haben die Wahrsager im 5. und 4. Jh. dadurch beantwortet, daß sie Selene als Beschützerin des einen Gegners (etwa der Perser) und Helios als Beschützer des anderen (der Hellenen) bezeichneten. Beim Heereszug des Xerxes waren es Magier, die diese Deutung gaben (Hdt. 7,37), bei der Schlacht von Gaugamela äg. Wahrsager.

Eine altbabylon. Deutungsmethode besteht darin, daß man dem n., s., ö. und w. Teil der Mondscheibe Länder zuordnet (KUGLER Sternkunde und Sterndienst 2,61). Auch hat man den 12 Monaten des Jahres Länder zugeordnet. Diese Deutungsmethode wurde in der Zeit des Dareios nach Äg. überliefert (R. A. PARKER A Vienna Demotic Papyrus on Eclipse- and Lunar Omina, Providence 1959); sie findet sich auch in spätgriech. Texten und wird dort Nechepso und Petosiris zugeschrieben.

Die richtige Erklärung der F. wird von einigen Thales, von anderen Anaximenes oder Pythagoras zugeschrieben. Bei Empedokles (Frg. 42) findet man ein klares Verständnis der Sonnenf. Nach Plut. Nik. 23 war Anaxagoras »der erste, der von allen die klarste und kühnste Erklärung der Belichtungen und der Beschattung des Mondes in einer Schrift niedergelegt hat«.

Seit 763 v. Chr. haben die Babylonier F. systemat. beobachtet. Seit dem 4. Jh. v. Chr. wurden ältere Beobachtungen, in 18jährigen Perioden geordnet, in Sammeltafeln zusammengestellt. Das beweist, daß man um diese Zeit die 18jährige »Sarosperiode« gekannt hat. Die babylon. Mondrechnung nach System A, die wahrscheinlich um 500 erfunden wurde, beruht auf der Sarosperiode. Schon in der Zeit von 681 bis 630, als Asarhaddon und Assurbanipal regierten, hat man F. der Sonne und des Mondes vorausgesagt, aber nicht auf Grund der Sarosperiode. Wenige Jahrzehnte später soll Thales eine Sonnenf. für das Jahr 585 den Ionern vorausgesagt haben (Hdt. 1,74). Welche Methode er dabei benutzt hat, wissen wir nicht. Die Sarosperiode hat er jedenfalls nicht verwendet; s. VAN DER WAERDEN Anfänge der Astronomie, Groningen (Noordhoff) 1965, 121.

Zur Zeit des Aristoteles wurden babylon. Beobachtungen nach Griechenland übermittelt. Hipparchos und Ptolemaios benutzten babylon. F.-Beobachtungen aus der Z. von 730 bis 82 v. Chr.; s. Ptolemaios, Almagest, und VAN DER WAERDEN, MH 15, 1958, 106–109.

Die babylon. Mondrechnung wurde auch zur Vorausberechnung von Zeit und Größe der F. benutzt. Bei Mondf. war die Voraussage recht genau, bei Sonnenf. nicht, da die Parallaxe des Mondes nicht berücksichtigt wurde. Erst die Griechen haben seit Aristarchos (um 280 v. Chr.) den Abstand des Mondes geschätzt. Damit war die Möglichkeit gegeben, auch Sonnenf. einigermaßen zuverlässig vorauszuberechnen. Überliefert ist uns nur die Berechnung nach Ptolemaios (Almagest, Buch VI), aber wahrscheinlich hat man schon um 200 v. Chr., zur Zeit des Apollonios, Rechenmethoden für F. gehabt, die dann nach Indien überliefert und im Pauliśa-Siddhânta und Sûrya-Siddhânta dargestellt wurden; s. Varâha Mihira, Pañchasiddhântikâ, ed. Thibaut und Dvivedî, Benares 1889. Die antiken Nachrichten über F.-Voraussagen hat T. H. MARTIN in Revue archéol. (nouv. sér.) IX 170 (1864) zusammengestellt. v. d. W.

Iulius Firmicus Maternus. Sizilianer senatorischen Ranges, hat um 335–337 n. Chr. für seinen Freund Lollius Mavortius, den Statthalter Campaniens, Matheseos libri 8 [1] verfaßt. Unter Benutzung des Nechepso, Dorotheos, Manilius u. a. gibt er im 1. B. eine Verteidigung der Astrologie, in den weiteren 7 die astrologischen Grundbegriffe und Lehren von den 12 Orten, Himmelsachsen und vor allem den Horoskopen in den Tierkreiszeichen, in ihrer Verbindung mit einem oder mehreren Planeten in ihren verschiedenen Aspekten. Danach werden die Voraussagen über Kinder, Eltern, Krankheiten, Ehe, Geisteskrankheiten, königliche Genituren und gewaltsamen Tod, auch verschiedene Berufe gegeben. Das 8. B. enthält eine kurze Darstellung der Sphaera Barbarica. F. hat zwischen 346 und 350 nach dem Übertritt zum Christentum de errore profanarum religionum [2] verfaßt. Darin fordert er die Kaiser Constans und Constantius zur Ausrottung des Heidentums auf. E. B.

Ausg. von 1: *W. Kroll* u. *F. Skutsch*, 1, 1897; 2, 1913 mit *K. Ziegler*; von 2: *K. Ziegler* 1907; Text und Übers. 1953 (Wort der Antike 3). *Pastorino* 1956 (Bibl. di studi sup. Scritt. christ. 27). Lit.: *G. Blaskó* Grundlinien der astrol. Weltanschauung nach der Mathesis des F. M., Diss. Innsbruck 1956.

Firmillianos. Seit ca. 230 (Eus. h. e. 6,26) Bischof des kappadok. Caesarea, † 268 in Tarsos. Mit Orig. befreundet (6,27) und gegen Paulos von Samosata (7,30) streitend, ist F. vor allem als leidenschaftlicher Kampfgenosse Cyprians von Karthago hervorgetreten, so gegen Novatian und bes. gegen das Verhalten des röm. Bischofs Stephanus I. im Ketzertaufstreit. Ein griech. Antwortschreiben F.' an Cyprian (256), von diesem übersetzt bzw. bearbeitet (epist. 75), verwirft die Gültigkeit der Ketzertaufe und geißelt die *stultitia* des röm. Bischofs. Alle sonstigen *λόγοι* F.' (Basileios de spiritu sancto 29,74), so seine Briefe an Orig., sind verloren. J. Wi.

CSEL 3/2, 1871, 810–827. – 1. *J. Ernst*, Ztschr. für kath. Theologie 18, 1894, 209–259 (Lit.). 2. *A. Michell* The Journ. of Theological Stud., NF. 5, 1954, 215–220. – 3. Dict. de Théol. Cath., Bd. 1–15, s. v.

Firmum (NISSEN It. Ldk. 2,423), picen. (Ptol. 3,1,52. Mela 2,4. Strab. 5,241) Stadt, 8 km von der Küste entfernt (Hafen: *Castellum Firmanum* bei Strab. a. O. Plin. nat. 3,111 *Castellum Firmanorum*); Kolonie latin. Rechts (RE IV 515) seit 264 v. Chr. (Vell. 1,14,7); im 2. pun. Kriege Rom treu (Liv. 27,10), stellt 168 v. Chr. eine Kohorte (Liv.

45,40,6), im Bundesgenossenkriege Stützpunkt gegen die Italiker (App.civ. 1,47); F. schließt sich 49 v. Chr. Caesar an (Caes. civ. 1,16,1), 44 den Republikanern gegen Antonius (Cic. Phil. 7,23), weshalb es Veteranen der 4. Legion aufnehmen mußte (CIL IX 5420. Feldm. 226,2). Verkehrslage war ungünstig (trotz Tab. Peut. 5,4. It. Ant. 316,8), so daß die Bedeutung der Stadt erst in Kriegszeiten wieder stieg (Prok. b. Got. 2,16.20. 3,11 f. u.a.); j. Fermo. G. R.

Firmus. 1. F. aus Arretium hat sich nach CIL XI 1834 = DESS. 1000 als außerordentlicher Militärtribun der leg. IV Scythica in Syrien um Vespasian verdient gemacht, wurde q(uaestor) Aug(usti) wohl im J. 70, erhielt wohl 71 vom Senat die *orn(amenta) (p)raetoria*, von Vespasian und Titus die *dona militaria*, und gelangte zur Praetur. Vielleicht ist er ident. mit dem legat. Aug. pr. pr. von Lycia–Pamphylia Cn. Avidius Celer Fiscillinus F., TAM 2,1188. **2.** F., reicher Handelsmann aus Seleucia; als Freund der Zenobia organisierte er wohl im J. 273 eine Revolte der Alexandriner, SHA quadr. tyr. 1–6. vit. Aurel. 32,1–3. Prob. 24,7.

3. F., Sohn des maurischen Fürsten Nubel, Bruder des → Gildo und des Mascezel (Amm. 29, 5). Unter Valentinian I. zum dux Mauretaniae ernannt, ließ sich F. im J. 372, des Mordes verklagt, zum Augustus erheben (Amm. a.O. Zos. 4,16,3. CIL VIII 5338 – mit erasio). F. gewann rasch Boden, fand Anhang bei den Mauren und vor allem den Donatisten (Amm. a.O.; Aug. epist. 87; c. ep. Parm. 1,10f. Symm. epist. 1,64). Der magister militum Theodosius (Vater des Kaisers) warf 373/74 den Aufstand nieder; F. endete 374 oder 375 durch Selbstmord (Amm. a.O. Oros. 7,33,6. Claud. bell. Gild. 310ff.).

Enßlin, RE V A 1940ff. *E.L. Grasmück* Coercitio - Staat und Kirche im Donatistenstreit, 1964, bes. 148ff.

4. F., Bischof von Caesarea, Metropolit von Cappadocia I, hielt sich bei der Synode von Ephesos im J. 431 zuerst zu den Antiochenern, trat dann zur Mehrheit über; er starb 439 (Theodoret. epist. 112. Sokr. 7,48). – Briefe des F. bei MIGNE PG 77, 1481–1513. A. L.

Fischereigewerbe (*Ἁλιεία, piscatus*) zu unterscheiden vom Fischfang vorgesch. Stämme; als Gewerbe entwickelt es sich in Seefischerei (Ägäis: Hom. Od. 22,384. Pontos: Plin. nat. 9,50f.), im Binnensee- und Flußfischfang (Hom. Il. 21,203. 353. Hor. s. 2,2,31. Plin. nat. 9,76. Macr. Sat. 3,16, 16). Arbeitsgeräte waren Netz (*δίκτυον, σαγήνη, verriculum, tragum*), Angel (*ἄγκιστρον, linea*), Reuse (*κύρτος, nassa*). Zum F. gehörte auch die Verarbeitung: Räuchern, Pökeln, Einlegen in Öl, Dörren, Salzen (Hdt. 4,53. Aristoph. Equ. 1246. Colum. 8,16–17. Pap. Tebt. II 336. BGU I 227.337). Erwähnung des Fisches als billiges Nahrungsmittel (Aristoph. Vesp. 491) und häufige Anlage von Fischteichen (u.a. Plaut. Most. 730; Rud. 911. Mart. 10,30. Colum. 8,1,3) lassen auf hohe Produktion im F. schließen, ebenso die Existenz von Fischmärkten (Aristoph. Ran. 1068. Liv. 26,27.40, 51) und die Bildung von Kollegien im F. (CIL VI 1872). G. Sch.

L. Bohlen Die Bedeutung der Fischerei im Altertum, phil. Diss. Hamburg 1936.

Fiscus. Lat. F. bedeutet einen zur Geldaufbewahrung bestimmten »Korb«. Augustus, nicht umsonst Enkel eines Bankiers, nannte seine verschiedenen Einzelkassen f.i, ein Sprachgebrauch, der bis zur Severenzeit fortlebte. Seit Claudius I. wurde jedoch auch von einem vereinheitlichten kaiserlichen F. gesprochen. Verschieden von Caesar, versuchte Augustus nicht, das → Aerarium Saturni direkt zu leiten. Zusätzlich zu seinem → Patrimonium, seinem von einem a rationibus (seit Tiberius bezeugt) und von Privatprokuratoren verwalteten Privatbesitz, ließ er statt dessen zahlreiche Staatseinkünfte verfassungskorrekt sich abtreten, über deren Verwendung in f.i er dann formal Rechenschaft ablegte. Hierher gehörten vor allem Provinzialeinnahmen (auch oft von Senatsprovinzen), Bergwerkseinkünfte, Prägungseinnahmen und gewisse → *vectigalia*, vor allem zugunsten des → Aerarium militare. Fast von Anfang an mußten die f.i öfters das unzureichende Aerarium Saturni stützen. Mit Claudius I., seinem a rationibus Pallas und seinen neuen Magistratsprokuratoren verlor das Aerarium alle Haupteinnahmen und fast alle Reichsausgaben zugunsten des F., dessen Einzelkassen jetzt alle demselben neu beamteten a rationibus unterstellt wurden. Nach einem leichten Rückschlag unter Nero wurde dieses System unter den Flaviern stabilisiert und Sonderfisci, wie der F. Alexandrinus, der F. Asiaticus und der F. Judaicus dem Einheitssystem zugefügt. Hadrian unterwarf F., Patrimonium und Aerarium einer sorgfältigen Rechtsnormierung, die dem → a rationibus oder rationalis, seinen → procuratores und allen Kleinbeamten klare Einnahmen- und Ausgabenfunktionen gab. Die Inflationen seit 260 n. Chr. beraubten den F. fast völlig seiner Geldeinnahmen. Als Verwaltungskomplex für Staatsfabriken, Bergwerke und Naturaleinnahme bestand er jedoch fort, bis → Constantin d. Gr. den F. zur spätant. und byz. Comitiva Sacrarum Largitionum umwandelte. F.M.H.

Vgl. mit Bibliogr. RE s. v.; Oxford Cl. Dict. s. v. *A. Berger* Encyclopedic Dictionary of Roman Law, Transact. Amer. Philos. Society 43, 1953, 2, s. v. *A.H.M. Jones* Studies in Roman Government and Law, 1960, 99f. 115f.

Fissi dies im engeren Sinne sind die Tage mit den Kalenderbezeichnungen *QRCF* und *QSTDF* *Q(ando) R(ex) C(omitiavit) F(as)* haben der 24. März und der 24. Mai, d.s. Nachtage der → *Tubilustria*. Nach Rückkehr des *rex sacrorum (sacrificulus)* von einer gottesdienstlichen Handlung auf das Comitium ist → *fas* (Paul. Fest. 259 M., die Fasti Praen. zum 24. März und wohl auch die verderbte Stelle Varro l.l. 6,31: s. LATTE 117,3, obwohl *comitiavit* auf eine Handlung auf dem Comitium deuten könnte: so ROSENBERG RE IA 724f. DEGRJ XIII 2,335.) Der erste Teil dieser Tage gehört also noch zum Fest. – So ist es auch am Abschluß der Festzeit der Vestalia, am 15. Juni, wo *Q(ando) ST(ercus) D(elatum) F(as)* steht, d.h. nach Fortschaffung des Tempelkehrichts ist *fas* (Varro l.l. 6,32. Fest. 258 M).

Im weiteren Sinne rechnet man (Vgl. Serv. auct. Aen. 6,37) zu den f.d. die Tage mit *EN (entercisi* [= *interc.* z. Form s. HERMANS-LEUMANN, MH 21,173 ff.]). Zwischen der Schlachtung des Opfertieres und der Darbringung der *exta* war *fas*, vorher und nachher *nefas* (Varro l. l. 6,31. Macr. Sat. 1,16,3. Fast. Praen. zum 10. Jan. LATTE RRel 390,3 und 4). Diese waren nach den kaiserzeitlichen Kalendern 10. und 14. Jan., 16. und 26. Februar, 13. März, 22. August, 14. Okt., 12. Dez. Der einzige erhaltene republ. Kalender, die Fasti Antiates veteres (NSA 1921, 73ff.) nennt zusätzlich 16. Okt., 15. und 17. Dez. (alle 3 möchte WISSOWA, H 58,369ff. als Irrtum ansehen, sicher zu Unrecht). Die von MOMMSEN begründete Ansicht, die Tage mit *EN* seien sämtlich Vortage von Festen, läßt sich nicht mehr aufrecht erhalten. Warum sie *intercisi* waren, ist unklar (vielleicht weil eine Werktagsarbeit verrichtet wurde, wie das Schneiden der ersten Traube bei Beginn der Weinlese [kein feststehender Tag] durch den Flamen Dialis; vgl. LATTE a.O. 390. – Hier konnte der folgende Tag sowieso nicht Festtag sein. – Die Vinalia, 23. Apr., 19. Aug., haben nicht die Buchstaben *EN*, wie LATTE 390,4 versehentlich schreibt).

Die Meinung mehrerer Gelehrter, daß auch die Tage mit *N^P dies fissi* seien *(nefas principio* oder *parte)*, der auch LEUZE und EITREM zuneigen, ist recht unwahrscheinlich (s. LATTE 2,3. BÖMER Ov. Fasten 35f.). DEGRJ XIII 2, 331ff.) → fasti dies, → Kalender. W. E.

Lit.: *Wissowa* Rel.² 435.438f. *Latte* RRel 110.117.390. *Bömer* Ovid, Die Fasten, Heidelb. 1957/58, 1,35ff. *S. Eitrem*, Symb. Osl. 25, 1957, 46f. *Paoli* REA 56, 1954, 123ff. Degr J XIII 2,334ff.

Fistula s. Wasserleitungen

Fistus. Cognomen, in republikan. Zeit bei den Curiatii (Nr. 4). H. G. G.

Fixsterne. Die Beobachtung der F. war im Alt. für die Landwirtschaft sehr wichtig. Der Morgenaufgang (= heliakischer Aufgang) des Sirius verkündete den Ägyptern die bevorstehende Nilflut; daher wurde Sothis = Sirius schon im Alten Reich als »Bringer des Neuen Jahres und der Überschwemmung« verehrt. Andere wichtige Sternphasen, die Hesiodos in ihrer Bedeutung für Landwirtschaft und Seefahrt würdigt, sind Morgenuntergang, Abendaufgang u. Abenduntergang.

Die Babylonier hatten mindestens seit dem J. 1100 Listen von 12x3 Sternen, je 3 für jeden Monat des Jahres. Die meisten dieser Sterne hatten in eben dem Monat ihren Morgenaufgang. Bessere

Listen, in denen die Daten der Morgenaufgänge auf 10 Tage genau angegeben sind, finden sich im Text MUL APIN (um 700). Der Text enthält auch Angaben über die Kulmination, den täglichen Auf- und Untergang und die gegenseitige Lage der Gestirne, sowie über die ihnen zugeordneten Götter (VAN DER WAERDEN The 36 stars, J. of Near Eastern Studies 8, p. 6).

Homer kennt die Pleiaden, die Bärin oder Himmelswagen, Orion und die Hyaden. Thales soll den Kleinen Bären bei den Griechen eingeführt haben (Diog. Laert. 1,23).

Der Tierkreisgürtel (→ Zodiakos) wurde schon im Text MUL APIN als Bahn des Mondes, der Planeten und der Sonne erkannt. Die Einteilung des Tierkreises in 12 Zeichen zu je 30 Grad findet sich aber erst in späteren Keilschrifttexten (6.–5. Jh.). Die Schiefe des Tierkreises hat von den Griechen zuerst → Anaximandros erkannt, die 12 Tierkreiszeichen → Kleostratos von Tenedos.

→ Euktemon, → Demokritos und andere haben Fixsternkalender hergestellt, sog. → Parapegmata (RE XVIII 2. H. 1343), in denen die Daten von Fixsternphasen, bezogen auf die 4 Jahrespunkte, sowie Wetterzeichen eingetragen waren. Diese Listen waren genauer als die babylonischen.

Nach Xenophon, Memorabilien, kannte man z.Z. des Sokrates Methoden, die Zeit in der Nacht am Stand der Sterne zu erkennen. Die Phainomena des → Eudoxos (um 370) enthielten solche Methoden sowie eine Beschreibung des F.-Himmels. Der Inhalt der Phainomena ist aus dem Gedicht des → Aratos und der Kritik des → Hipparchos recht gut bekannt.

Konjunktionen des Mondes und der Planeten mit F. wurden in Babylon schon um 570 beobachtet. Ebensolche Beobachtungen machte → Timocharis in Alexandreia in den J. 295–272 (Ptol. Syntaxis B. 7 und 10). Timocharis und Aristyllos beobachteten auch Deklinationen von F.

→ Eratosthenes verfaßte ein Werk über Sterne und Sternsagen, das gewöhnlich »Katasterismen« genannt wird (RE VI 377).

Hipparchos beobachtete 134 v. Chr. eine Nova und wurde dadurch veranlaßt, ein Sternverzeichnis als Grundlage für künftige Beobachtungen über Neuauftauchen und Eigenbewegung von F. zu schaffen. Das Verzeichnis ist verloren, konnte aber von H. VOGT (Astron. Nachr. 224, 1925, Nr. 5354) zu einem großen Teil wieder hergestellt werden. Als Koordinaten, die die Position eines Sternes festlegen, verwendete Hipparchos zunächst die Deklination, d.h. den Abstand zum Äquator, und die Mitkulmination, d.h. die Länge des mit dem Stern kulminierenden Ekliptikpunktes. Durch Vergleich seiner eigenen Beobachtungen mit denen des Timocharis entdeckte Hipparchos die Präzession der Äquinoktien. Darauf hat er seine Sternpositionen in Länge und Breite umgerechnet. Sein Sternkatalog enthielt etwa 850 Sterne.

→ Menelaos machte in Rom 98 n. Chr. ebenfalls Sternbeobachtungen.

Der Sternkatalog des → Ptolemaios steht im 7. Buch der Syntaxis. Er enthält die Längen, Breiten und Größen von 1022 Sternen. VOGT a. O. hat nachgewiesen, daß Ptol. nur sehr wenige Positionen von Hipparchos übernommen hat; die meisten hat er selbst, wie er ausdrücklich sagt, neu beobachtet. v. d. W.

Flaccinator. Cognomen, in republikan. Zeit bei den Folii (Nr. 2f.). H. G. G.

Flaccus. Cognomen (»schlapp, schlappohrig«, WALDE-HOF. ³1,507), also urspr. Individualcognomen (RE III A 1828). In republikan. Zeit in den Fasten bei folgenden Familien: Fulvii, Norbani, Tarquitii, Valerii (DEGRASSI FCap. 144); in der Kaiserzeit außerdem bei den Arrii, Aurelii, Bellicii, Calpurnii, Hordeonii, Iulii, Pomponii, Septimii, Tadii, Volusii (DEGRASSI FImp. 252). H. G. G.

F. aus Patavium, Martial. 1,61,4; Freund Martials (1,76,2), der ihn oft nennt; selbst Dichter (ebd. 1,76. 10,48,5); im J. 93 und 94 befand er sich auf Cypern, Martial. 8,45,1. 9,90,9. R. H.

Flächenmaße. Urspr. diente wohl, wie die gleich vorzuführenden Bezeichnungen nahelegen, überall die Menge der an einem Tage oder in einem Arbeitsgang (vom Anschirren bis zum Ausschirren) zu bearbeitende Bodenfläche die Maßeinheit. Nachdem man zu festen Normen fortgeschritten war, bildeten mit einer erheblichen Ausnahme (s. u.) die gängigen F. Quadrate vom 100fachen der Längenmaßeinheit, der Elle oder des Fußes. So maß die äg. → *ἄρουρα* 100 Ellen (zu 52,5 cm) im Geviert, also 2756 m². Ein Quadrat mit Seitenlänge von 100 Fuß (wechselnder Norm und somit von ca. 26,9–35 m, → *πούς*) stellt das griech. → *π(ε)λέθρον* dar. Das Wort bezeichnet zunächst ein Längenmaß, gehört wohl zum Stamm *πελ-* = wenden (der Pflugstiere), meint also Furchenlänge, doch scheint ein F. dieser Größe schon bei Hom. Il. 23,164 vorzukommen. Als 1/100 des Plethron findet sich die *ἄκαινα*, eigentlich Treibstecken, dann Meßlatte zu 10 Fuß, schließlich Fläche dieser Seitenlänge. Auch der Fuß (→ *πούς*), ja sogar der → Daktylos begegnen als F., letzterer wohl nur im mathem.-techn. Bereich. – Ungewisser Größe sind die hom. → *γύη* und der unterital. *γύης*. *Γύης* bedeutet Krummholz, Joch und führt somit auf »Morgen« oder »Tagewerk«.

Dem → *πλέθρον* entspricht (auch in der Etymologie) der versus oder vorsus der Italiker, eine Fläche von 100 osk. Fuß (zu 27,5 cm) im Geviert, also = 757 m². Sein Analogon bei den Römern bildet der → actus quadratus. Grundbedeutung ist gleichfalls Furchenlänge. Das Maß folgt aber dem duodezimalen System und hält somit 120 Fuß (zu 29,6 cm) im Geviert, also 35,52 × 35,52 = 1262 m². Die Einheit, den → as des röm. F., stellt jedoch sein Doppeltes dar, das → iugerum, ein Rechteck von 120 × 240 Fuß und 2523 m², das Tagewerk, das mit einem Gespann (iugum) zu bewältigen war. Das iugerum wurde gleich dem → as und der → libra unzial geteilt. Sein → scripulum (1/288 = 8,76 m²) bildet eine Fläche von 10 Fuß Seitenlänge = 1 → decempeda quadrata. Kleinstes Feldmaß war das dimidium scripulum (das System etwa bei Colum. 5,1). Außerhalb dieser Reihe steht das clima = 60 x 60 Fuß, also ¼ actus. Als von den Feldmessern verwendetes Mehrfache des iugerum nennt Varro rust. 1,10 das → heredium (2), die centuria (200, → Limitatio) und den → saltus (800). Doch galten diese Werte nicht überall und jederzeit. An Kleinmaßen findet sich der → pes quadratus ebenso wie seine Teile bis herab zur → uncia und zum → digitus.

Der gall. arapennis entsprach dem actus, das → iugum in Spanien dem iugerum, andernorts einer Steuerhufe wechselnder Größe. Unbekannt ist die Norm der narbonensischen → libra.

Eine andere Art der Flächenbemessung stellt das in der Cyrenaica und vielleicht auch in Sizilien (Cic. Verr. 2,3,112) begegnende *μέδιμνον* dar. Es handelt sich um ein nach der benötigten Saatmenge von 1 → *μέδιμνος* genormtes F. in der Größe von etwa 1 iugerum. H. Ch.

Flacilla, Aelia. Spanierin, heiratete ca. 376 den späteren Kaiser Theodosius I. Kinder: → Arcadius; Pulcheria († 385/86) → Honorius. Die in orthodoxen Quellen als fromm und mildtätig charakterisierte F. war eine strenge Gegnerin des Arianismus (Greg. Nyss. or. fun. Flacc. MIGNE PG 46,881 c). 892 c. Theodoret. h. e. 5,19. Soz. 7,6. Gennad. de vir. ill. 16). 386 starb F. in Skotumis (Thrakien). Theodosius ließ Gregor v. Nyssa die Leichenrede halten (MIGNE PG 877/92). Mz.: MATTINGLY RIC IX. A. L.

Flagellum, *μάστιξ*. Die allgemeinste Bezeichnung der Instrumente zum Antreiben und Züchtigen, vom Riemen bis zum Stock, spez. die Peitsche in ihren verschiedensten Ausführungen (ein oder mehrere einfache oder geflochtene Riemen mit oder ohne eingearbeitete Verstärkungen wie Schweinsborsten, Astragale, Kugeln). Das F. ist im ganzen Altertum zum Antreiben von Tieren, zum Strafen von Menschen, bes. Verbrechern, Sklaven und Kindern, weit verbreitet, die Anwendung der einzelnen Arten z. T. juristisch abgestuft und auf einzelne Klassen der Bevölkerung beschränkt. → Verbera. W. H. G.

Fougères Dar.-Sagl. 2,1152ff. *Fuhrmann*, RE Suppl. IX 1589ff.

Flamines. Röm. Priester eines einzelnen Gottes. Der Name ist vielleicht urspr. Neutrum »Opferhandlung« (WALDE-HOF.; LATTE RRG 36,3). Die Römer leiteten den Namen von *filum*, dem von den f. getragenen Wollfaden (s. u.) ab. Es gab 15 f. (Fest. 154), darunter einige, deren Götter bedeutungslos geworden waren. Bekannt sind *flamen Dialis*, *Martialis*, *Quirinalis*, *Volcanalis*, *Vol-*

turnalis, Palatualis, Furrinalis, Floralis, Carmentalis, Cerialis, Falacer, Pomonalis. Die 3 ersten galten als *f. maiores*, die anderen als *f. minores*. Zweifelhaft ist ein *f. Portunalis* (Belege bei SAMTER, RE s. v. LATTE a. O. 63f.). Der *f. Virbialis* (CIL X 1493) kann eine munizipale Würde in Aricia (s. RE s.v. Virbius) gewesen sein (LATTE 37,1 und 170,3); gleiches kann auch für den *f. Lucularis* aus Lavinium zutreffen (anders JULLIAN, DAR.-SAGL. 1165, 13). Von *f. curiales* spricht Paul-Fest. 64 M. Dem Rang nach stehen die 3 f. maiores hinter dem → rex sacrorum und vor dem → pontifex maximus, aber dieser hat in hist. Zeit die Oberaufsicht.

Den Patriziern vorbehalten sind die 3 f. maiores; für sie ist auch die Inauguration nachgewiesen. Die f. minores pflegten in der Republik aus den Plebeiern zu kommen, in der Kaiserzeit aus dem Ritterstand. In der Tracht hervorstechend ist die auch von den Pontifices und den Saliern getragene, aus dem Fell eines Opfertieres hergestellte Filzkappe *(pileus)*, die ein mit Wolle befestigter Ölzweig überragte. Der Name der Spitze, *apex*, wird später auch für die ganze Kappe verwendet. Die f. tragen eine doppelt gefaltete Toga mit Bronzespange. Der f. Dialis hat die *toga praetexta*, seine Kopfbedeckung ist weiß. An Feiertagen Arbeit auch nur zu sehen, ist den f. (Macr. Sat. 1,16, 9) oder wenigstens den 3 f. maiores (Fest. 249 M.) verboten.

Über die Pflichten und Rechte der f. minores sind wir kaum unterrichtet, besser über die f. maiores, bes. über den f. Dialis. Er ist *cotidie feriatus* und hat daher seine Tracht immer zu tragen (die anderen f. nur im Gottesdienst). Er muß einer confarreierten Ehe entstammen und in einer solchen leben; Scheidung gibt es nicht. Stirbt seine Frau, verliert er sein Priesteramt. Auch die Frau selbst, die *flaminica*, darf nur einen Mann haben. Das Leben des f. Dialis ist von einer Unzahl kult. Vorschriften eingeengt. Auch das der *flaminica* ist darin einbezogen.

Für die gleichzeitige Bekleidung anderer Priesterämter scheint es Beschränkungen gegeben zu haben. Auch polit. Ämter durfte der f. Dialis urspr. nicht bekleiden; den ersten Fall (curul. Aedil.) kennen wir aus dem J. 200 v. Chr. Die Bestimmungen für die anderen f. sind unbekannt. Noch in der Kaiserzeit darf der f. Dialis keine Provinz haben (bei den anderen f. maiores erlaubt). Wegen der enormen Belastungen und Beschränkungen wurde das Amt des f. Dialis immer weniger erstrebt (von 87 v. Chr. an war es 75 J. unbesetzt; erst Augustus stellte es wieder her), obwohl der f. Dialis auch ganz besondere Ehrenrechte hatte.

Der f. Dialis opferte an allen Idus ein Schaf; an den *nundinae* die *flaminica* in der Regia dem Iuppiter einen Widder. Im Februar teilte der f. Dialis mit dem Rex sacrorum die *februa* aus. Weitere Tätigkeiten: → Lupercalia, Venalia, confarreatio. Der f. Martialis opferte am 15. Oktober

dem Mars das siegreiche Pferd (→ Mars), der f. Quirinalis am 23. Dezember mit dem Pontifex maximus am Grabe der Acca Larentia, am 25. April dem Robigus, am 21. August mit den Vestalinnen dem Consus. Alle 3 f. maiores zusammen opferten der Fides publica auf dem Capitolium. In der Kaiserzeit erhielt jeder der vergöttlichten Kaiser und Kaiserinnen je einen f. bzw. eine *flaminica*, die den 3 f. maiores nachgeschaffen waren, doch durften sie zugleich noch ein anderes Priesteramt bekleiden. Ausgewählt wurden sie vom Kaiser in seiner Eigenschaft als Pontifex maximus. W. E.

Mommsen RStR passim. *Marqu.* RStV 3,326ff. *Wissowa* Rel.[2] bes. 504ff. *Latte* RRel 36f. *C. Jullian, Dar.-Sagl.* II 1156ff.

Flamingo, *φοινικόπτερος (phoenicopterus)*. In N.-Afrika (bes. Äg.) und S.-Asien heimisch, gelangte dieser Prunkvogel schwerlich vor dem 5. Jh. nach Griechenland; bei Aristoph. (Av. 270ff.), wohl auch bei Kratinos (frg. 114 K. = 108 E.), ist er als Besonderheit herausgehoben; er bleibt auch später am n. Mittelmeerrand ein relativ seltener Gast. Die zool. Lit. erwähnt ihn nicht, dagegen bietet Ail. nat. 17,23 einen Reflex der Schilderung Kleitarchs vom Erlebnis wolkenartiger F.-Scharen im Orient (FGrH 137 F 21), das mit der Schilderung Humes (zit. bei ZUR STASSEN Brehms Tierl. 6[4],199) genau übereinstimmt. Für die Römer ist er der größte Speisevogel (Cels. 2,18. Iuv. 11,139; 2 Rezepte bei Apic. 6,1); vor allem seine riesige Zunge (abgeb. bei ZUR STASSEN a. O. 198) galt als exquisiter Leckerbissen (Sen. epist. 110,12. Plin. nat. 10,133. Martial. 13,71. Suet. Vitell. 13). Martial. 3,58,14 erwähnt F. in einer *pastio villatica* von Baiae (nach ZUR STASSEN a. O. 201 ist jahrelange Haltung im Gehege möglich). Caligula ließ sich F. opfern (Suet. Cal. 22). Über Abb. auf Vasen, Mosaiken, Wandgemälden Italiens und N.-Afrikas s. O. KELLER Ant. Tierwelt 2,210ff. W. R.

Flaminia via (BORMANN CIL XI p. 995ff. NISSEN It. Ldk. 2,375. MILLER It. Rom. 300ff. MARTINORI Via Flaminia. ASHBY-FELL, JRS 11, 1921, 125ff. B. FELICIANGELI Longobardi e Bizantini lungo la via Flaminia etc. RADKE, RE Suppl. IX 1795ff. Ricerche su Camerino etc. 14ff. G 71, 1964, 211), wichtige Straßenverbindung Roms mit der n. Adriaküste und von da mit Oberitalien und Frankreich. Älteste Nennungen: Cic. Att. 1,1,2 (64 v. Chr.). Phil. 12,22 (43 v. Chr.). CIL XI 365 (27 v. Chr.). Erbaut nach Paul. Fest. 79,16 L. irrig im Konsulat des C. Flaminius (223 v. Chr.), nach Strab. 5,217 irrig im Konsulat des Sohnes (187 v. Chr.), richtig nach Liv. per. 20. Cassiod. var. a. u. 532 in der Censur (220 v. Chr.). Liv. 39,2,10. Strab. 5,217. 227 bekunden, daß die F. v. in die via Aemilia überging, doch trifft das erst für die augusteische Z. zu (zur Wiederherstellung durch Augustus vgl. Mon. Anc. 20. Suet. Aug. 30,1. Cass. Dio 53,22. GARDTHAUSEN 988ff. Strab. 5,227. It. Gad. 93ff.

Tab. Peut. 5,3 ff.: Rom–Ocriculum–Narnia–Mevania–Nuceria–Forum Sempronii–Fanum–Ariminum); die augusteische Strecke hatte von Rom bis Ariminum die Länge von 213 mp, was mit It. Gad. 93 ff., den Meilensteinen CIL XI 6626 (179 mp). 6632 (187 mp). 6635 (211 mp) zwischen Forum Sempronii und Ariminum und den Steinen des Augustus in Ligurien (CIL V 8085. 8088. 8094. 8098. 8100. 8101. 8105) und Gallien (CIL XII 5668. 5671) übereinstimmt. Seit ciceron. Z. ist eine Linie Nuceria – Prolaqueum – Septempeda – Auximum – Ancona unter dem Namen F. v. bezeugt (It. Ant. 311,5 ff. Cic. Phil. 12,22 f. Tac. ann. 3,9,1). Die Straße des Flaminius dürfte über Narnia–Interamna–Spoletium–Forum Flaminii (It. Ant. 124, 8 ff. Burd. 612,10 ff. Tab. Peut. 5,3 f.; vgl. Radke, RE VIII A 2563 ff.) und von da über den Paß von Plestia–Camerinum–Sentinum nach Sena Gallica geführt haben, während der Weg über den Scheggiapaß und Forum Sempronii vielleicht erst 177 v. Chr. als Abkürzung erbaut wurde. Für die genannte Ansetzung der originalen Strecke sprechen 1. die Benutzung seit ältester Zeit (390 v. Chr.: Radke, RE Suppl. IX 1818; 310 v. Chr.: Liv. 9, 36,1 ff. Frontin. strat. 1,2,2. Flor. epit. 1,12,3 ff.; 295 v. Chr.: Pol. 2,19,5 f. Liv. 10,25 ff.); 2. die Stellung des Centenius bei Plestia 217 v. Chr. (Radke, G 71, 1964, 226 f.); die Stellung der Konsuln 207 v. Chr. (Liv. 27,46,4); die Entfernung Brindisi–Sena b. Pol. 34,11,8, nach der für Rom–Sena 198 mp übrigbleiben; 5. die Lage des (→) Forum Flaminii bei 99 mp auf halber Strecke; 6. die Zahlen der Aemilius-Steine CIL I² 617. 618 (Radke, G 71, 1964, 211); 7. Brücken b. Spoleto und in der Val S. Angelo; 8. Eigentumsverhältnisse längs der Strecke (Radke Ricerche su Camerino 22 f.). Der pons Mulvius n. Roms ist durch die Konstantinsschlacht bekannt; eindrucksvoll die Augustusbrücke bei Narnia über das Neratal. Die Teilstrecke des Sempronius überwindet die Gola di Furlò mit einem kurzen Tunnel, neben dem Vespasian (CIL XI 6106) einen 37 m langen Tunnel baute (h. noch benutzt). Ende der F. v. nach augusteischer Rechnung an der h. noch benutzten Marecchiabrücke b. Rimini. G. R.

Flamininus. Cognomen, das zunächst den Sohn eines *flamen* bezeichnete und selten war (RE VI 2496), dann aber in der patriz. Gens Quinctia erblich geworden ist, RE XXIV 1038 ff., und eine Familie kennzeichnet, die seit der Mitte des 3. Jh. bis um 100 v. Chr. nachweisbar ist. Stammbaum RE XXIV 995 f. Unter den namhaften Trägern des Cognomens sei hier nur der bedeutendste vorweggenommen, für die übrigen vgl. → Quinctius.

1. T. Quinctius F., Consul 198, der Sieger von Kynoskephalai und Befreier Griechenlands. Er war Sohn eines T. und Enkel eines L. und hatte einen etwas älteren Bruder L. Als 20jähriger begann er 208 seine öffentliche Tätigkeit in der Stellung eines Kriegstribunen unter dem cos. M. Claudius Marcellus (Plut. Flam. [neben Pol. und Liv. die wichtigste Quelle für F.] 1,4. Münzer Adelsp. 117). 204 stand er mit propraetor. Imperium als Stadtkommandant in Tarent (Broughton Mag. 1, 303. 308), wo er bereits in direkte Berührung mit griech. Sprache und Kultur kam. 201 und 200 gehörte er zu den Xviri agris assign. (Veteranenansiedlung) und den IIIviri coloniae deducendae (Venusia). Vor 199 (oder in diesem Jahr) war er Quaestor. Sensationell war seine Wahl zum Consul für 198, weil er weder Aedilität und Praetur bekleidet hatte, noch älter als 30 J. war; sein College wurde S. Aelius Paetus Catus (o. Bd. I 88 Nr. 13), Quellen z. B. bei Degr. I. 13,48 f. 452 f. RE XXIV 1052. F. übernahm den Oberbefehl auf dem Balkan, wo seit 200 der 2. Maked. Krieg gegen Philipp V. geführt wurde. Ein Sieg am Aoos ermöglichte ihm den Vormarsch durch Epeiros nach Thessalien, von wo er in den Raum Antikyra (Phokis) in die Winterquartiere zog. Es folgte eine lebhafte diplomat. Tätigkeit (Anschluß der Achaier, Verhandlungen mit Philipp bei Nikaia) und die Verlängerung des Oberbefehls für F.; da diese auch jeweils für die folgenden J. ausgesprochen wurde, stand er von 197–194 als Proconsul in Griechenland. Die Entscheidung gegen Philipp fiel im Juni 197 in der Schlacht bei Kynoskephalai in Thessalien (Kromayer Ant. Schlachtfelder 110 f. Kromayer-Veith Schlachten-Atlas, Röm. Abt. 41 f. Karte 9,3. Kirsten, RE Suppl. VII 1018 ff. Bengtson GG² 467). Hatte sich F. damit als bedeutender Feldherr erwiesen, so gelang ihm aber noch Größeres: der Friede mit Philipp und die Neuordnung von Hellas, auch wenn Beides nur aus der damaligen Lage heraus verstanden und in seinem ephemer bleibenden Charakter gewürdigt werden kann. Auf der Grundlage der Vereinbarungen mit F. mußte Philipp in dem wohl E. 197 von Senat und Comitien gebilligten Frieden auf alle eigentlich griech. Gebiete verzichten und vor allem die »Fesseln« Korinth, Chalkis und Demetrias räumen. Nachdem F. in Griechenland die Boioter bestraft und die verstimmten Aitoler beruhigt hatte, ließ er im Frühsommer 196 im Rahmen der Isthm. Spiele die berühmte Proklamation der Freiheit an die Hellenen folgen, Pol. 18,46,5. Damit feierte seine philhellen. Politik ihren höchsten Triumph; sie war zweifellos ehrlich gemeint, mochte sich auch die Tatsache, daß nunmehr Rom zum Garanten der hellen. Freiheit geworden war, bald als ein Danaergeschenk erweisen. Vgl. M. Gelzer D. Achaica im Geschichtswerk des Polybios, S.-Ber. Bln. 1940, 2,23. H. Berve Gestaltende Kräfte der Antike, 1949, 157 f. H. E. Stier Roms Aufstieg zur Weltmacht, 1957, 143 ff. F. Schachermeyr GG 1960, 356. F. E. Adcock Röm. Staatskunst, 1961, 102 f. Die allgemeine polit. Lage im O. mit der für Rom nunmehr immer deutlicher werdenden Gefahr einer Auseinandersetzung mit Antiochos III. von Syrien und die Zuspitzung der Verhältnisse in Hellas selbst machten es notwendig, daß röm. Truppen unter F. noch bis 194 in Griechenland blieben. F. schlichtete die Streitigkeiten zahlreicher Gemeinden und sorgte überall für Ordnung, Recht, Frieden und Eintracht. Er empfing viele Ehrungen wie etwa die Akklamation zum Soter (vgl. TAEGER, Charisma 2, 1960, 40.46), Goldmünzen mit seinem Porträt (GRUEBER Coins 1, LVI. 2,340. K. LANGE Herrscherköpfe des Altert. 86) oder die auf ihn zu beziehende Alexandra des Lykophron (ZIEGLER, RE XIII 2354ff.). 195 mußte er mit den Achaiern und anderen Griechen einen Krieg führen gegen Nabis von Sparta, der Argos besetzt hatte (Liv. 34,23–41); er warf diesen auf Sparta zurück, vernichtete ihn aber nicht, sondern schuf auf der Peloponnes einen gewissen Gleichgewichtszustand. 194 verabschiedete sich F. in Korinth von den Hellenen, erbat sich die während des 2. pun. Krieges versklavten Römer als Geschenk und rückte mit seinen Truppen und der Flotte, die dem Befehl seines Bruders L. unterstand, ab (vgl. A. HEUSS Die völkerrechtl. Grundlagen der röm. Außenpolitik, 1933, 12. J. VOGT RG² 141); Hellas hatte zwar gelitten (wenn auch wohl nicht so stark wie M. ROSTOVTZEFF Gesellschafts- und Wirtschaftsgesch. der hellen. Welt 2,479 schildert), hatte aber nunmehr die Chance, von seiner Freiheit den richtigen Gebrauch zu machen, falls es dazu noch in der Lage war. F. feierte 194 in Rom einen glanzvollen dreitägigen Triumph, Liv. 34,52. Plut. Flam. 14, der den Römern erstmals eine nähere Kenntnis griech. Kulturerzeugnisse vermittelte; 193 wurden seine *acta* durch den Senat bestätigt. Anschließend fand er noch mehrfach Verwendung in diplomat. Mission, so 192 als Chef einer Spezialkommission in Hellas, wo er auch nach dem Ausbruch des Krieges gegen Antiochos (192–189) als Legat 191 blieb und seine Fähigkeit zu Vermittlung und Ausgleich erwies. 189 war er Censor mit M. Claudius Marcellus (o. Bd. I 1207 Nr. 16). In der Folgezeit trat er mehrmals für einzelne Hellenen ein, 183 auch als Mitglied einer Spezialkommission in Rom (BROUGHTON Mag. 1,381 f.). 183 führte er dann die berühmte Gesandtschaft an den König Prusias von Bithynien, während der er direkt oder indirekt die Auslieferung bzw. den Freitod des Hannibal erwirkte (Diskussion der Quellen bei HABICHT, RE XXIII 1103, vgl. W. HOFFMANN Hannibal, 1962, 127), wobei man die Schuld für das Ergebnis nicht dem F. allein zuschreiben sollte. 181/80 führte ein unter Mißbrauch seines Namens und Siegels gefälschtes Schreiben zum Tod des makedon. Prinzen Demetrios (o. Bd. I 1465, Nr. 4). Dann lebte er zurückgezogen und starb 174 im Alter von etwa 55 J.; sein Sohn richtete ihm eine großartige Leichenfeier aus, Liv. 41,21. Die Erinnerung an F. ist im Alt. weder in Hellas – man denke an die Inschr. und Feste in Chalkis, Delphi, auf Delos und in Gytheion sowie an die Erneuerung der Freiheitsproklamation durch Nero an den Isthmien des J. 67 n. Chr. – noch in Rom verlorengegangen. Die Politik des F. war durch seinen zweifellos ehrlichen Philhellenismus bestimmt, und sie kennzeichnet den Anfang der eigentlichen röm. Ostpolitik. Daß Rom bereits 193 zu einer andersartigen Balkanpolitik umschwenkte, hat nichts zu tun mit der Leistung des F. in den J., in denen er zu handeln hatte, erklärt aber z. T. die Tatsache, daß F. nach seiner Censur immer stärker in den Hintergrund getreten ist. Näheres RE XXIV 1047–1100. H. G. G.

Flamma Violens. Cognomina in republikan. Zeit bei den Volumnii, DEGRASSI FCap. 144. H. G. G.

Flaminius. Röm. plebeischer Gentilname (Berufsbezeichnung vom Priesteramt des *flamen*, SCHULZE Eigennamen 108.332. RE XVI 1653. 1670). Namensträger sind seit dem 3. Jh. v. Chr. polit. hervorgetreten, als berühmtester Nr. 1; möglicherweise hatten sie schon vorher in Rom Besitzungen (*campus Flaminius* oder *prata Flaminia* bei Varro l.l. 5,154. Liv. 3,54,15.63,7). Der Name ist durch die Via Flaminia (Rom–Ariminum) und durch den Circus Flaminius bis heute bekannt, vgl. Nr. 1. Mz.: SYD. **1.** C. F. Bedeutendster Opponent gegen die Nobilitätsherrschaft vor den Gracchen; die düstere Tradition über ihn ist durch Fabius Pictor und die spätere Annalistik bestimmt. Als Volkstribun 232 war er Urheber eines sein Ansehen begründenden Ackergesetzes, demzufolge der *ager Picenus et Gallicus* an röm. Siedler aufgeteilt werden sollte (Pol. 2,21,7f. Cato frg. 43 HRR. Cic. Cato 11 u.a. MOMMSEN RStR 3,176; unter seinen Gegnern angeblich der eigene Vater). 227 Praetor und 1. Statthalter Siziliens. Consul 223 (mit P. Furius Philus, Quellen bei BROUGHTON Mag. 1,232), Sieg über die Insubrer an der Adda, Triumph mit Zustimmung des Volkes gegen die Auffassung des Senats. Wahrscheinlich 221 war er Reiteroberst seines polit. Gegners, des Dictators Q. Fabius Maximus (Cunctator), doch wurde die Wahl aus formalreligiösen Gründen (wie auch die für 223, wo sich jedoch die Consuln im Feld behaupteten) verworfen. Von großer Bedeutung war seine Censur, die er 220 mit dem ihm wohl nicht abgeneigten Patrizier L. → Aemilius Papus Nr. 18 bekleidete, nicht nur durch eine vielleicht im Rahmen einer Neuordnung der Centurienverfassung (MOMMSEN RStR 3,270f. 281. 436) durchgeführte Neuregelung des Stimmrechts der Freigelassenen (Liv. per. 20), sondern auch durch die Anlage der Rom mit Ariminum verbindenden Via Flaminia (an ihr der Ort Forum Flamini) und den Bau des Circus Flaminius auf dem Marsfeld (vgl. o. Bd. I 1196; dazu jetzt NASH Bildlexikon z. Topogr. des ant. Rom 1,232f.). In der Folgezeit unterstützte er als einziger Senator die lex Claudia, durch die den Senatoren der Seehandel verboten wurde (218, Liv. 21,63,3, vgl. o. Bd. I 1205 Nr. 3). 217 war er

Consul II mit Cn. Servilius Geminus (Degr. I 13, 44f. 444f.). Nach schlimmen Prodigien (z.B. Cic. div. 1,77f. u.a.) auch bei Arretium brach er von dort gegen Hannibal auf und verlor gegen ihn Sieg und Leben am Trasimen. See, Pol. 3,75,5–8, 77,1f. 80,1f. Liv. 22, bes. 3,6ff. 6,1ff. 7,5f. 14,3ff.; seine Leiche fand man nicht. Nach Ov. fast. 6,767f. galt der Tag der Katastrophe (23. Juni, d.h. etwa Mitte April) später als *dies ater;* gehaßt von der Nobilität und geliebt vom Volk war F. zweifellos eine bedeutende Persönlichkeit. **2.** C. F., Sohn von Nr. 1, 209 Quaestor Scipios in Spanien (zur Datierung Broughton Mag. 1,286), 196 curul. Aedil, wobei er dem Volk billiges Getreide aus Sizilien ausgab. 193 Praetor im diesseitigen Spanien, nahm eine Stadt der Oretaner und errang mit prorogiertem Imperium 192–190 weitere Erfolge. 187 Consul mit M. Aemilius Lepidus, gegen den er seinen früheren Collegen M. Fulvius Nobilior verteidigte; in Ligurien war er gegen die Apuaner erfolgreich. 183 Mitglied einer Dreierkommission zur Coloniegründung, legte 181 Aquileia an, Liv. 39,55,6. 40,34,3. **3.** C. F., 67 curul. Aedil, 66 Untersuchungsrichter, vielleicht ident. mit dem C. F., der Ende 63 Catilina im Raum Arretium aufnahm (Sall. Cat. 36,1). **4.** L. F. Cilo, Münzmeister um 106, Belege bei Broughton 2,440. **5.** L. F. Chilo, bewarb sich 44 erfolglos um eine durch Tod freigewordene Volkstribunenstelle. Münzmeister in einem Viermännerkollegium, gegen frühere Datierungen ins J. 44 mit Syd. LXVI im J. 42. **6.** F. Flamma, 45 und 44 Schuldner Ciceros, vielleicht der Flamma, der 49 unter Curio Flottenkommandeur (?) in Afrika war, App. civ. 2,187. H. G. G.

Flavianus. 1. Praefectus praetorio mit Geminius Chrestus im J. 222; in diesem oder dem folgenden Jahr wurden beide von Ulpian getötet, Cass. Dio 80,2,2. Zos. 1,11,2. R. H.

2. F., Virius Nicomachus (Dess. ILS 2947/48), ca. 334–394, verschwägert mit Symmachus (an F. gerichtet: Symm. epist. 2,1–91). F., 364/65 consularis Siciliae, unterstützte 376/77 als vicarius Africae (Cod. Theod. 16,6,2. Amm. 28,6,28) die Donatisten. Unter Theodosius d. Gr. wurde der wegen seiner Gelehrsamkeit berühmte und als Autorität der Auguraldisziplin geltende F. (Macr. Sat. 1,5,13. 24,17. Rufin. h.e. 11,33) ca. 383 quaestor sacri palatii und 390 praef. praet. Italiae, Illyrici et Africae (Symm. epist. 2,8. 62. 3,90. Cod. Theod. 11,39,11. 1,1,2). F., Haupt der stadtröm. heidn. Aristokratie, wurde 393 zu einer der gewichtigsten Stützen des Usurpators → Eugenius, der ihn zum Consul ernannte. Das Andenken des F., der noch vor der Entscheidung am Frigidus (5./6. September 394) Selbstmord beging (Rufin. a.O. Soz. 7,22), wurde in Ehren gehalten (Ambros. de ob. Theod. 4. Symm. epist. 4,19. 6,1). Sein Wirken für das Heidentum bezeugt das wahrscheinlich 394/95 entstandene chr. Schmähgedicht Cod. Paris. 8084 (Anth. Lat. I,1 Nr. 4. H. Bloch bei A. Momigliano Paganism and Christianity 1963, 200. 217). Der liter. vielseitige F. übersetzte u.a. die Vita des → Apollonios v. Tyana ins Lateinische. Sein Hauptwerk waren die manchmal als Quelle für Ammian oder die H. A. vermuteten, leider verlorenen Annales (Dess. ILS 2947; vgl. H. Bardon Litt. latin inconnue 2, 1956, 291f.). Versuche, F. oder seinen Sohn (Nr. 3) als Vf. bzw. Redaktor eines Teils oder der ganzen H. A. zu ermitteln, sind hypothetisch (vgl. J. Straub Stud. zur H. A. 1952, 95ff. A. Chastagnol in H. A. Colloquium Bonn 1963, 1964, 50. 66f.). **3.** F. Nicomachus, Sohn von Nr. 2, procos. Asiae 383 (Cod. Theod. 12,6,18). Die unter → Eugenius erreichte Würde des praefectus urbis Romae erhielt F. nochmals 399 und nach 402 (Symm. epist. 4,4. 7,93. 104). 414 wurde er mit Caecilianus (Nr. 4) nach Afrika entsandt. F., der an der Revision des Liviustextes beteiligt war (vgl. subscriptio zu Liv. B. 6. 7. 8), wurde 431/42 noch praef. praet. Italiae, Illyrici et Africae (Cod. Theod. 11,1,36. 6,23,3. Dess. ILS 2948). An F. gerichtet: Symm. epist. 6,1–81). A. L.

4. F., Bischof von Antiocheia, * ebd. um 320, Bischof seit 381, † 404. Er zählte zu den Führern der antiochen. Theologie, war befreundet mit Diodoros von Tarsos, dessen Schüler Theodoros von Mopsuestia ebenso wie Johannes Chrysostomos durch ihn die Priesterweihe empfing. Ihm zuzuschreiben ist eine unter dem Namen des Joh. Chrys. überlieferte Predigt, in der es als Sünde getadelt wird, das Anathem auszusprechen [1]. Andere Frg. zit. Theodoretos und Leontios von Byzanz [2].

1. *Migne* PG 48,945–952. 2. *Fr. Cavallera* Eustathii Antiocheni in Lazarum homilia, 1905, 105. 3. *A.-J. Festugière* Antioche païenne et chrétienne, 1959, 534.

5. F., Bischof von Constantinopel 446–449. Ungern nahm er den Prozeß gegen → Eutyches auf, verurteilte ihn und wurde selbst von der »Räubersynode« der Gegner für abgesetzt erklärt. Seine Rehabilitierung auf dem Konzil von Chalkedon 451 erlebte er nicht mehr. Seine Schreiben an Papst Leo I. und an Kaiser Theodosius II. sind in die Akten des Konzils von Chalkedon aufgenommen. O. H.

Flavinium. Ortschaft nahe dem Sorakte (Verg. Aen. 7,696 mit Serv. Sil. 8,490; vgl. Sil. 13, 85, wo dort der Capenasbach fließt, wenn *Flavinia rura* richtig gelesen wird). G. R.

Flavium amphitheatrum. In der Senke zwischen Palatium und Esquilin, unter Vespasian begonnen und unter Titus im J. 80 n. Chr. eingeweiht. Der Name Colosseum kam erst im MA. auf. Der für Gladiatorenspiele bestimmte, elliptische Bau aus Travertin, nach Curtius der großartigste Ausdruck röm. Wesens, hat in 3 Geschossen je 80 Arkadenbögen, deren Pfeilern in der kanon. Reihenfolge dor., ion. und korinth. Halbsäulen mit Architrav, Fries und Gesims vorgelagert sind; darüber erhebt sich ein durch korinth. Pilaster und rechteckige Fenster gegliedertes Geschoß mit Konsolen, die einst die Stangen für das Sonnensegel zu tragen hatten. Den Abschluß bildet ein Kranzgesims. Die Arkadenöffnungen des 2. und 3. Geschosses waren mit Statuen geschmückt, die Quadern mit Marmor und Stuck verkleidet. Die Arena ruhte auf h. freigelegten Substruktionen, deren Bestimmung im einzelnen noch nicht gesichert ist. Auf 7 konzentrischen, überwölbten Pfeilerringen ruhen die Zuschauerränge, zu denen 16 einarmige Treppen führten. Die Ränge selbst waren durch Gürtelgänge *(praecinctiones)* gegliedert: 3,5 m über der Arena das Podium mit der Kaiserloge, darüber der 1. Rang *(maenianum)* für die Ritter, dann der 2. für die Bürger, zuletzt eine Säulengalerie für Stehplätze. Der Bau bot ungefähr 50000 Zuschauern Platz.

Das Kolosseum wurde schon im Alt. mehrmals durch Brände und Erdbeben beschädigt und dann wiederhergestellt. Die Gladiatorenkämpfe hörten unter Honorius auf, unter Theoderich fand 523 die letzte Tierhetze statt. Der Raub der bronzenen Dübel, welche die Quadern zusammenhielten, begann schon im 4. Jh. Gegen E. des 11. Jh. war der Bau ein Teil der großen Stadtburg der Frangipani, später wurde er als Steinbruch benutzt, u.a. für den Dom von Orvieto und den Palazzo Venezia. 1744 weihte man die Stätte dem Andenken der chr. Märtyrer. Erst seit Pius VII. tat man dem weiteren Verfall Einhalt. Rud. G.

Lugli Centro p. 319–346. *H. Kähler*, RM 54, 1939, 252–265. *Curtius-Nawrath-Nash* Das ant. Rom, 1957. *Nash* Bildlexikon, 1961 (dort vollständige Lit.).

Flavius. Röm. plebeischer Gentilname, abgeleitet von dem Individualcognomen *Flavus* »der Blonde« (u.ä., vgl. RE III A 1829) mittels Zugehörigkeitssuffix *-ius* (RE XVI 1656), Beispiele aus dem etr. Raum bei SCHULZE Eigennamen 167. Namensträger traten seit dem 4. Jh. v. Chr. histor. hervor, und bereits in der Republik war der Name verbreitet. Mit dem Kaiserhaus der Flavier (69 bis 96) und später der 2. Flav. Dynastie (293–395) wurde er überall sehr häufig, oft Fl. abgekürzt (RE XVI 1662).

I. Republikanische Zeit: **1.** F., *L. f. Lem(onia tribu)*, 44 Senator, Ios. ant. Iud. 14,220, vielleicht ident. mit Nr. 5, vgl. BROUGHTON Mag. 2,491. **2.** C. F., 57 Freund von Cic. Schwiegersohn Piso, 46 von Cic. fam. 13,31 dem Acilius Nr. 9 empfohlen. 44 stand er als Anhänger des Brutus mit Atticus in Verbindung, Nep. Att. 8,3. 42 fiel er als praefectus fabrum des Brutus bei Philippi und wurde noch von diesem beklagt, Plut. Brut. 51,1. **3.** Cn. F., Sohn eines Freigelassenen, der gelegentlich Annius genannt wird. Er war Sekretär *(scriba)* des Ap. → Claudius Caecus Nr. 4, des berühmten Censors von 312. Die Nachrichten, er sei vor 305 *triumvir nocturnus* und *triumvir coloniae deducendae* gewesen, sind wohl kaum historisch, sein Volkstribunat um 305 ist recht anzweifelbar (neue Lit. bei BROUGHTON Mag. 1,168,1 nachgewiesen). 304 wurde er als 1. Freigelassener in der röm. Gesch. curul. Aedil (starke Verstimmung der Patrizier, Anekdoten). Er weihte eine Kapelle der Concordia zum Dank für die Beilegung des Zwistes unter den Ständen, die 304 durch → Fabius Rullianus Nr. 38 erfolgte, Liv. 9,46,6 f. Vielleicht sind aber hier in der Tradition 2 Personen zusammengezogen (W. SESTON, REL 29, 1951, 435 f.). Die bedeutende literar. Tätigkeit (SCHANZ-HOS. 1,36) ist jedenfalls mit dem (ehemaligen?) Schreiber des Ap. Claudius zu verbinden. Er veröffentlichte 304 (?) einen Kalender, der vor allem die Gerichts- aber auch die übrigen Tage enthielt *(fasti)* und die bisher von den Pontifices tradierten Prozeßformeln *(legis actiones)*; dieses *Ius civile Flavianum* ist im einzelnen nicht mehr herauslösbar in die späteren Sammlungen ähnlicher Art übergegangen. Liv. 9,46,5. Cic. Mur. 11,25. Plin. nat. 33,17. Pompon. Dig. 1,2,2,6. **4.** L. F., röm. Ritter und Belastungszeuge des Verres 70, wohl ident. mit dem gleichnamigen Bruder von Nr. 2, der 46 und 45 in der Korrespondenz Ciceros erscheint. **5.** L. F., Volkstribun 60 (beantragte erfolglos ein Ackergesetz zugunsten der Veteranen des Pompeius, Cic. Att. 1,16,8 u.a. Cass. Dio 37,49 f.), Praetor 58 (Konflikt mit P. Clodius, weil dieser den Armenierprinz Tigranes, der dem F. von Pompeius zur Bewachung anvertraut war, entführt hatte). Vielleicht ident. mit dem 49 von Caesar für Sizilien vorgesehenen F. (Cic. Att. 10,1,2) und Nr. 1. **6.** M. F., verteilte 328 nach Liv. 8,22,2–4 erstmals Fleisch an das Volk bei der Leichenfeier für seine Mutter *(visceratio)*, angeblich, weil er von einer Anklage freigesprochen worden war. Volkstribun 327 und 323, wobei er erfolglos eine Bestrafung Tusculums beantragte, Liv. 8,37,8–12. **7.** M. F., war als *scriba* an der Kalenderreform Caesars 46 beteiligt, Macrob. Sat. 1,14,2. **8.** Q. F., aus Tarquinii, ermordete vor 76 den Schauspieler Panurgos und mußte dafür Roscius und Fannius entschädigen. Cic. Q. Rosc. 32.37.39.42. **9.** F. Fimbria (Cognomen: »Haargekräusel«, WALDE-HOF.[3] 1,498), Bruder von Nr. 11 wurde als Legat 82 ermordet. **10.** C. F. Fimbria. *homo novus*, der zunächst das Volkstribunat und (um 107) die Praetur bekleidete und 104 Consul war (zusammen mit Marius), DEGR. I 13, 162 f. 476 f. Wohl nach der Verwaltung einer Provinz wurde er wegen Erpressung angeklagt, aber freigesprochen. 100 gehörte er zu den entschiedenen Gegnerns des Saturninus (o. Bd. I 469). Cicero rühmt Haltung und Beredsamkeit des F., z.B. Planc. 12; Brut. 129. **11.** C. F. Fimbria, wahrscheinlich Sohn von Nr. 10 und Bruder von Nr. 9, Anhänger des Marius und Cinna im Bürgerkrieg. 87 war er zunächst Gesandter, schloß im Auftrag Cinnas ein Bündnis mit den Samniten und machte sich dann (als praefectus equitum oder tribunus militum, BROUGHTON Mag. 2,49) bei der Einnahme Roms durch Grausamkeit berüchtigt, wobei Familienangehörige der Crassi und Caesares ermordet wurden (u.a. Aug. civ. 3,27). 86 begleitete er den Consul L. Valerius Flaccus in den O., entzweite sich mit ihm, brachte das Heer auf seine Seite und übernahm 85, nachdem Flaccus erschlagen worden war, selbst den Oberbefehl. Als Feldherr hatte er gegen Mithridates Erfolge und gewann ganz Bithynien; scharf bestrafte er abgefallene Gemeinden (Zerstörung von Ilion). Nach dem Frieden von Dardanos, in dem sich Sulla und Mithridates einigten (Sommer 85), wurde F. von Sulla angegriffen und daraufhin von seinem Heer verlassen. Im Asklepieion zu Pergamon schied er noch 85 freiwillig aus dem Leben, der Nachwelt ein Beispiel ruchlos-toller Verwegenheit, die nach Cic. Brut. 233 auch in seinen Reden zum Ausdruck kam. **12.** F. Gallus, fiel als Kriegstribun des Antonius im Partherkrieg 36, Plut. Ant. 42f. **13.** C. F. Hemicillus, Legatus (pro praetore) 43–42, schlug Münzen für Brutus, GRUEBER Coins 2,476, vielleicht ident. mit Nr. 2, von GARDTHAUSEN Augustus mit einem C. F. identifiziert, der 40 nach dem Fall Perusias hingerichtet wurde, App. civ. 5,207, vgl. BROUGHTON Mag. Suppl. (1960) 25. **14.** T. F. Petro, Großvater des Kaisers Vespasian, kämpfte als Centurio oder Evocatus unter Pompeius bei Pharsalos (48) und war dann Auktionator in seiner Heimat Reate; er war mit Tertulla verheiratet, ihr Sohn war F. Sabinus. **15.** C. F. Pusio, röm. Ritter, 91 scharfer Gegner der lex iudiciaria des Volkstribunen M. Livius Drusus, Cic. Cluent. 153. Vielleicht war er es, der nach Val. Max. 8,4,2 von einem Sklaven ermordet wurde. H. G. G.

II. Kaiserzeit: **1.** T. F. Abascantus. Reicher Freigelassener Domitians, der ihm das Amt ab epistulis übertrug, CIL VI 8598f. Stat. silv. 5,1, 83ff.; nach v. 222ff. dieses Trostgedichtes vom J. 95 anläßlich des Todes seiner Gattin Priscilla hat er ihr an der via Appia ein prächtiges Grabmal errichtet. Auch das balineum Abascanti in der reg. I hat er errichtet. **2.** M. F. Aper. Cos. ord. 130, CIL VI 208. 219. 2083 (32377). IGR III 81. Als Statthalter einer kaiserlichen Provinz richtete Hadrian an ihn das Reskript Dig. 38,2,22. **3.** M. F. Aper. Sohn von Nr. 2. Bald nach 152 praetor. Statthalter von Lycia-Pamphylia, IGR III 706, D. MAGIE Rom. Rule Asia Min., p. 1599. HÜTTL Ant. Pius 2,114. Cos. suff. in unbekanntem Jahr, cos. II ord. im J. 176, CIL X 1843. XIII 507 u.a. **4.** F. Archippus. Philosoph aus Prusa, der unter Domitian vom Statthalter Bithyniens Veleius Paulus wegen einer Fälschung zur Zwangsarbeit in Bergwerken verurteilt worden war, doch entfliehen konnte, begnadigt und rehabilitiert wurde. Unter der Statthalterschaft des Plinius (111–113) machte er wieder von sich reden, da er an den Gerichtssitzungen nicht teilnehmen wollte; eine Anklage gegen ihn verfolgte Traian nicht, Plin. ad Tr. 58–60, gab aber auch einer von F. gegen Dio Cocceianus nicht statt, ebd. 81. 82, s. H. v. ARNIM Leben und Werke des Dio von Prusa 507–514. **5.** T. F. Artemidorus. Pankratiast aus Adama in Syrien unter Domitian; seine Siege (darunter beim ersten kapitolin. Agon des J. 86, s. Martial. 6,77,3) verzeichnet IG XIV 746. IGR I 445. **6.** T. F. Clemens. Sohn von Nr. 13, mit dem er sich am 18./19. Dez. 69 auf dem Kapitol befand (Tac. hist. 3, 69,3. Cass. Dio 65,17,2), Bruder von Nr. 15, Vetter Domitians, Suet. Dom. 15,1. Gatte der F. Domitilla Nr. 23 (Dio-Xiph. 67,14,1), von der er mindestens 7 Kinder hatte (CIL VI 8942 = DESS. 1839), von denen Domitian 2 für die Nachfolge ausersehen (Suet. Dom. 15,1) und von Quintilian unterrichten ließ (Quint. inst. or. 4 prooem. 2,3). F. war mit Domitian cos. ord. in den ersten 4 Monaten des J. 95, VIDMAN Fast. Ostiens. 16.48f. Bald nach Ablauf seines Konsulates ließ ihn Domitian mit seiner Gattin (wegen ἀθεότης, Dio-Xiph. a.O.) anklagen; F. wurde getötet *(ex tenuissima suspicione* und *contentissimae inertiae* Suet. a.O.), Eus. hist. eccl. 3,18,4. Eutr. 7,23,3. Man kann mit größter Wahrscheinlichkeit annehmen, daß F. mit dem Christentum sympathisierte. **7.** (T. F.) Domitianus, Sohn von Nr. 6; ihn und seinen Bruder bestimmte Domitian zur Nachfolge und ließ sie Vespasianus und Domitianus benennen, Suet. Dom. 15,1. **8.** F. Earinus. Freigelassener Domitians, dem er als Mundschenk (Martial. 9, 36,12) diente, Eunuch, Cass. Dio 67,2,3. Stat. silv. 3,4 verherrlicht F., als er dem Asklepiosheiligtum seiner Heimatstadt Pergamon sein Haupthaar weihte, s. auch Martial. 9,16. 17. 36. **9.** F. Iuvenalis. Von Didius Iulianus zum praefectus praetorio ernannt, beließ ihn im J. 193 Septimius Severus in dieser Stellung, SHA Sev. 6,5. Get. 2,7. CIL VIII 2755 = DESS. 2428. **10.** F. Maternianus. Caracalla übertrug ihm das Kommando über alle Truppen der Hauptstadt. In einem Schreiben warnte F. den Kaiser nach einer Befragung der Magier vor Macrinus. Diesem fiel der Brief in die Hände, und er ließ daher im J. 217 F. töten, Cass. Dio 78,4,2f.; 15,3. Herodian. 4,12,4–8. 13,1. **11.** P. F. Pudens Pomponianus aus dem 2./3. Jh. stammte aus Thamugadi; er war quaestor prov. Siciliae, Volkstribun, Praetor, verwaltete die praetor. Provinz Aquitania und als Praetorier die senator. Provinz Creta Cyrenae, DESS. 8981. Er war auch literar. tätig, Grammatiker und Redner, CIL VIII 17910 = DESS. 2937. CRAI 1947 p. 95f. vom J. 214/15. Charis. p. 145, 29 K. Sein Rufname war Vocontius, CIL VIII 17912. BARBIERI p. 58f. Nr. 240. p. 594. **12.** (F.) Sabinus. Sohn des T. F. Petro aus Reate und der Tertulla; erst Zollpächter in Asien, betrieb er später ein Bankgeschäft im Gebiet der Helvetier, wo er starb, Suet. Vesp. 1,2f. Von seiner Gattin Vespasia Polla hatte er außer einer früh verstorbenen Tochter 2 Söhne, Nr. 13 und den 9 n. Chr. geb. späteren Kaiser Vespasian (s. auch Plin. nat. praef. 20). **13.** T. F. Sabinus. Sohn von Nr.

12, * ca. 8 n. Chr. Um 34 nahm er den *latus clavus* (Suet. Vesp. 2,2), Tac. hist. 3,75,1. Im J. 43 nahm er (als Legionslegat) an der Expedition gegen Britannien teil, Cass. Dio 60,20,3. Cos. suff. ca. 45, AE 1953, 24. Ca. 53–60 legat. Aug. pr. pr. Moesiae CIL VI 31293 = Dess. 984. A. Stein Legat. Moes. 28 f. Von 62–68 hatte er die Stadtpraefektur inne, Tac. hist. 1,46,1. Pluth. Otho 5,4 (nach Tac. hist. 3,75,1 12 J. lang, was ein Irrtum ist, Borghesi Oeuvre 3,327, richtig wohl: 7 J.); sie wurde ihm von Galba (Plut. Otho 5,4) genommen, von Otho am 15. Jan. 69 wieder gegeben, Tac. hist. 1,46,1, nach dessen Tod F. die städt. Soldaten auf Vitellius vereidigte, ebd. 2,55,1, der ihn im Amte beließ, Ios. bell. Iud. 4,599. F. schritt gegen den Thronprätendenten Cornelius Dolabella ein, Tac. hist. 2,63,1 f. Nach der Erhebung Vespasians am 3. Juli 69 setzte sich F. für diesen ein. Er bewog den Feldherrn A. Caecina zum Verrat an Vitellius, Tac. hist. 2,99,2, und traf mit letzterem ein Abkommen, gegen freies Geleit aus Rom und 100 Mill. Sest. die Herrschaft niederzulegen, Suet. Vitell. 15,2. Tac. hist. 3,65,1 f. Dio-Xiph. 65,17,1 f. Als Vitellius von german. Kohorten und niederem Volk gehindert wurde, sein Versprechen zu halten, mußte sich F. nach Straßenkämpfen auf das Kapitol zurückziehen, wo er von den Vitellianern belagert, gefangengenommen, zu Vitellius geschleppt und am 19. oder 20. Dez. getötet wurde, Tac. hist. 3,69–75. Ios. bell. Iud. 4,645. Dio-Xiph. 65,17,2–4. Im J. 70 wurde ihm ein Staatsbegräbnis zuteil, Tac. hist. 4,47. CIL VI 31293. F. hatte 2 Söhne, Nr. 6 und Nr. 15, und eine Tochter. Sein Haus (Tac. hist. 3,69) an der Alta semita gestaltete Domitian zum *templum gentis Flaviae* um, Suet. Dom. 1,1. **14.** T. F. Sabinus. Zum Cos. designiert durch (Nero oder) Galba, Tac. hist. 1,77,2. Mitte April machte ihn Otho zum Befehlshaber über die vorher von Martius Macer geführten 2000 Gladiatoren, Tac. hist. 2,36,2. Nach Othos Tod schloß er sich Vitellius an, Tac. hist. 2,51. Cos. suff. spätestens vom 30. April bis Ende Juni 69, CIL VI 2051,81 = Dess. 241, vgl. XVI p. 146 Nr. 12 = Dess. 9059. Vespasian trug ihm nichts nach; er war im J. 72 cos. II suff., CIL VI 2053 (29. Mai), dann operum publicorum curator, CIL VI 814. **15.** T. F. Sabinus. Sohn von Nr. 13, Dio-Xiph. 65,17,3, vgl. Suet. Dom. 10,4. Nach Mitte Dez. 69 wurde er vom Vater auf das Kapitol geholt, Tac. hist. 3,69,4, und entkam den Vitellianern, Dio-Xiph. 65,17,4. Cos. ord. 82, Vidman, Fast. Ostiens. p. 15. CIL VI 20. 3828 = 31692. Er hatte Iulia, die Tochter des Titus, vor 81 (Suet. Dom. 22) geheiratet, Plin. epist. 4,11,6; das dürfte der Grund gewesen sein, daß er zwischen 82/89 getötet wurde, Philostr. 7,7 p. 258 K. (s. auch Dio Chrys. or. 13,1, dazu v. Arnim Leben und Werke des Dio von Prusa, 228 ff.). **16.** F. Scaevinus, Senator, im J. 65 Teilnehmer an der pison. Verschwörung, Tac. ann. 15, 49,3; er sollte den 1. Dolchstoß gegen Nero führen, ebd. 53,2. Sein Sklave Milichus verriet das Komplott, ebd. 54,1 ff., und F. zeigte die Mitverschworenen an, ebd. 56,3; trotzdem wurde er getötet, ebd. 70,2. **17.** L. F. Silva Nonius Bassus. Seit ca. 73 legat. Aug. pr. pr. Iudaeae, eroberte er das Kastell Masada am Toten Meer, Ios. bell. Iud. 7,252.275–407. Cos. ord. 81, CIL VI 2059,17; 35. **18.** T. F. (Claudius) Sulpicianus. Schwiegervater des Pertinax, Cass. Dio 73,7,1 durch Flavia Titiana. Frater Arvalis schon vor 176, CIL VI 32383 b. 2102. Suffektkonsul wohl unter Marc Aurel, Herodian. 2,6,8, procos. Asiae unter Commodus, Wiegand, Abh. Berl. Ak. 1908, 20,6. Im J. 193 machte ihn Pertinax an seiner Stelle zum Stadtpräfekten, Cass. Dio 73,7,7. Nach dessen Ermordung am 28. März 193 versuchte F., sich selbst durch die Praetorianer zum Kaiser ausrufen zu lassen, doch zogen diese den Didius Iulianus vor, Cass. Dio 73, 11,1–6. Herodian. 2,6,4–10. F. wurde der Stadtpraefektur enthoben, SHA Iul. 3,6. Erst Septimius Severus ließ F. 197 hinrichten, Cass. Dio 75,8,4. Barbieri p. 59 f. Nr. 243. **19.** (T. F.) Vespasianus, einer der beiden Söhne von Nr. 6, vor 95 von Domitian zur Thronfolge bestimmt, Suet. Dom. 15,1. Er erhielt Quintilian zum Lehrer, inst. or. 4, pr. 2. **20.** F. Ursus. Reich begüterter Anwalt, den Stat. silv. 2,6 um 90 wegen des Todes eines geliebten Sklaven tröstet. **21.** Flavia Domitilla. Tochter des F. Liberalis, scriba quaestorius aus Ferentum in Etrurien, Suet. Vesp. 3, erst Geliebte des Ritters Statilius Capella, dann Gattin des späteren Kaisers Vespasian, der von ihr außer der früh verstorbenen Domitilla die Söhne Titus und Domitian hatte, Suet. Vesp. 3. Epit. Caes. 10,1. 11,1. CIL X 1419 = Dess. 257. Ihr zu Ehren die Münzen RIC II p. 134.152. Mattingly II 270 f. Nr. 226 bis 229. **22.** F. Domitilla, Tochter von Nr. 21, Schwester des Titus und Domitian, Quint. inst. or. 4, pr. 2. Stat. silv. 1,1,98. † vor 1. Juli 69, Suet. Vesp. 3; später divinisiert, RIC 2, p. 114 f. 124. Mattingly II, p. 249, Nr. 148; p. 251, Nr. 14; p. 312, Nr. 68. CIL VI 31287. Ein sacerdos divae Domitillae CIL V 2829 = Dess. 6692, ein Tempel für sie in Feretrum, s. P. Veyne, Latomus 21, 1962, 49–98. Irrtümlich bezeichnet sie Philostr. vit. Apollon. 8,25 als Gattin des Flavius Clemens Nr. 6. **23.** F. Domitilla. Gattin von Nr. 6, Tochter von Nr. 22, Enkelin Vespasians, CIL VI 948.949. 8942 = Dess. 1839. 16246. Zugleich mit ihrem Gatten wurde sie 95 angeklagt und nach Pandateria verbannt, Cass. Dio 67,14,1 f. Sie ist die Stifterin einer Begräbnisstätte, späteren Coemeteriums an der via Ardeatina, s. P. Styger Röm. Katakomben, 1933, 63 ff. Unwahrscheinlich ist die Existenz einer zweiten F. Domitilla, die nach Euseb. hist. eccl. 3,18,4 wegen ihres christlichen Bekenntnisses auf die Insel Pontia verbannt worden sein soll, Eus. Chron. ol. 218 p. 192 H. Da nach Hieron. epist. 108,7,1 die Witwe Paula die Zelle der D. auf Pontia besuchte, dürfte diese Insel der wahre Verbannungsort der Domitilla gewesen sein. **24.** F. Titiana. Tochter von Nr. 18, Gattin des Kaisers Pertinax; Augusta trotz dessen Widerspruch, Dio-Xiph. 73,7,1 f.; 9,2. SHA Pertin. 5,4. 6,9. CIL XIII 4323. VOGT, Alexandr. Münzen 1,158. 2,112. WILCKEN Chrest. Nr. 490. Sie überlebte Pertinax, SHA Pertin. 13,7. Ihr Sohn ist der Caesar P. Helvius → Pertinax. R. H.

Siehe auch Domitianus. Iosephus. Titus. Vespasianus.

III. Literarische Persönlichkeiten:

1. F. Boethus. Hoher röm. Beamter im 2. Jh. n. Chr., über den uns der Arzt Galen eine Menge Nachrichten gegeben hat. F.B., ein für Philosophie (insbesondere aristotelische, s. z. B. Gal. 14, 612 K.) und Naturwissenschaften sehr interessierter Mann, hatte den Galen zunächst wegen eines speziellen Interesses an Problemen der Stimme – ein bekanntlich bei Aristoteles und in der Stoa vielbehandeltes Thema – und der Atmung aufgesucht (14,627 K.) und war im Laufe der Zeit zu einem aufrichtigen Förderer dieses Arztes geworden. Galen hat ihm einige (verlorene) Schriften anatomisch-physiologischen Inhalts gewidmet, darunter *περὶ φωνῆς* (dazu s. jetzt A. BAUMGARTEN Diss. phil. Göttingen 1963 [masch.]). F. K.

2. F. Caper. Lateinischer Grammatiker, wahrscheinlich 2. Jh. n. Chr., jedenfalls nach Probus und vor Iulius Romanus, Vf. zweier verlorener Schriften: De Latinitate (Redeteile und Metrik) und De dubiis generibus. Als Kriterien der Latinitas galten ihm, wie seiner Hauptquelle Plinius: *natura, analogia, consuetudo, auctoritas*, wobei er den *veteres* bes. Bedeutung beimaß. Capersches Gut liegt vielen späteren Grammatikern (Charisius, Nonius Kap. 3, Priscian usw.) zugrunde. Unecht sind 2 unter dem Namen C. auf uns gekommene Traktate: De dubiis nominibus (GLK 5,571 ff.) und De orthographia (ebd. 7,92 ff.). W. Str.

Ta. der Frg.: *G. Keil* De Fl. C. gramm. 1889. Vgl. *Goetz* RE VI 1506 ff. *Hoeltermann* De Fl. C. gramm. 1913. *Barwick* Philol. Suppl. 15,2,192 ff. *Strzelecki* De Fl. C. Nonii auctore 1936.

Flavus. Cognomen, wohl nach der Haarfarbe (RE III A 1829, WALDE-HOF. ³1,513), in republikan. Zeit in den Familien der Larcier und Lucretier, DEGRASSI FCap. 145. H. G. G.

F., Cherusker, ein Bruder des → Arminius. Während dieser nach dem J. 6 seinen Dienst als Führer germ. Hilfstruppen im röm. Heer aufgegeben hatte, blieb F. weiter, verlor im Kampf ein Auge und wurde für seine Tapferkeit ausgezeichnet. Tac. ann. 2,9–10 läßt die beiden feindlichen Brüder im J. 16 an der Weser ein Streitgespräch über den Fluß hinweg führen. Im J. 47 erbaten sich die Cherusker den in Rom erzogenen Sohn des F., Italicus, von Claudius zum König (Tac. ann. 11, 16). F. muß damals schon tot gewesen sein. O. H.

Fledermaus, *νυκτερίς, vespertilio.* Man begriff darunter alle vorkommenden Arten der Ohrenfledermäuse, Hufeisennasen und Segler. Die F. wird von Aristot. als Hautflügler zwitterhaften Wesens bestimmt (hist. an. 487 b 23. 490 a 8), von Plin. nat. 10,168. Macr. Sat. 7,16,7, Aristoph. Byz. epit. 2,436 ff. (Suppl. Aristot. 1,1, p. 120) u. a. als Säugetier beschrieben; ihre eigentümliche Hängestellung, ihr Flattern und Piepsen (*τρίζειν, stridere*) schildert schon die Odyssee (12,433. 24,6) in guten Vergleichen (der letztere wurde zu Unrecht vielfach religionsgeschichtlich gedeutet). Ihr nächtliches Treiben war kaum erforscht und dem Volk unheimlich, forderte also magischen Schutz (Efeurauch: Geop. 15,1,14; Platanenblätter: Ail. nat. 1, 37. Plin. 24,44. Geop. 15,1,18. Sext. Pyrrh. 15,2). Andererseits diente sie selbst als Sympathiemittel gegen Ameisen, Raupen, Heuschrecken, böse Geister, Schlangenbiß, unerwünschten Haarwuchs u. v. a. (bes. Plin., s. Ind. s. v. *vespertilio;* Geop. 12,8. 13,1). Als Feinde der F. galten der Storch (Ail. a. O.), die Eule (Dion. de av. 1,16), das Wiesel (Aisop. fab. 182 H.). Sonst sind Erwähnungen überaus selten, ebenso Darstellungen in der Kunst. In einigen Fabeln ist die F. klug (Aisop. 84. 182 H.), oder furchtsam (ebd. 181). In der Sage werden die Minyas-Töchter in F. verwandelt (Ov. met. 4,402 ff. Ail. var. 3,42. Plut. qu. gr. 38; nach Nik. bei Ant. Lib. 10 nur eine Minyade). *Νυκτερίς* als Spitzname in Athen: Aristoph. Av. 1564; *vespertilio* als Bezeichnung nächtlicher Passanten: Ulp. dig. 21,2, 31. – Neben den kleinen heimischen Arten werden gelegentlich große oriental. erwähnt (*ἀλώπηξ*: Aristot. hist. an. 490 a 8; *νυκταλώπηξ* Ps. Callisth. 3,17,21. Strab. 16,739, vgl. Hdt. 3,110. Plin. 12,85); gemeint ist wohl der Flugfuchs (Pteropus medius Tem., s. BREHMS Tierleben 10⁴,400). W. R.

O. Keller Ant. Tierwelt 1,11 ff. Brehms Tierleben 10⁴, 436 ff. *M. Eisentraut* Aus dem Leben der F. und Flughunde, 1957.

Flevum (Flevi-Flevo). Im Gebiet der Frisii nach Mela 3,2,24 *(lacus Flevo)* die h. Zuyder See mit der gleichnamigen Insel. Nach Plin. nat. 4,101 die Ausmündung des Sees in die Nordsee. Tac. ann. 4,72 nennt ein hier gelegenes Kastell der Römer, das die Frisii im J. 28 n. Chr. belagerten, gleichfalls F., womit das *Φληούμ* des Ptol. 2,11,12 wohl ident. ist. Eine Völkerschaft des Namens F. wird im Laterc. Veron. 13,14 bezeugt, die in diesem Gebiet zwischen Angrivariern und Brukterern siedelte. Der Name ist erhalten im Vliesstrom u. der der Zuyder See vorgelagerten Insel Vlieland. H.C.

RE VI 2743 *(Ihm).*

Ad flexum. 1. Station *(mansio)* zwischen Brescia und Verona (Itin. Burd. 558,9). **2.** Station an der via Latina zwischen Casinum und Venafrum (Tab. Peut. 6,3) beim h. S. Pietro in Fine, nach dem ca. 1 mp weiter ö. gefundenen Meilenstein CIL X 6901 nach Vermessung des Calvisius 39 v. Chr. von Rom 95 mp entfernt; NISSEN It. Ldk. 2,797 vermutet hier die alte Grenze Latiums beim 100. Meilenstein (auf der alten via Latina über die

Albanerberge sind es 100 mp; hiernach CIL I^2 654: [CX] III?). G. R.

Fliege, μυῖα (μῦα), *musca*, gemeinsame Bezeichnung für die Stuben-F. (Musca domestica), die Stech-F. (Stomoxys calcitrans), die auch κυνόμυια genannt wird, und die Schmeiß-F. (Musca vomitoria); Unterscheidung ist nur manchmal nach den Umständen der Erwähnung möglich. Die zool. Angaben bei Aristot., Plin. und Lukian. (»Lob der F.«, ausführlichste Beschreibung) haben meistens die Stuben-F. im Auge, sprechen aber auch vom Stachel an der Zunge (Aristot. hist. an. 490 a 20. 532 a 21. Plin. nat. 11,100 [*quibusdam*!]. Lukian. 6) und vom Summen beim Flug (Aristot. 535 b 9. Plin. 11,266). Homer schildert ihr zudringliches Schwirren um das Vieh, den Melkeimer, das Kleinkind (Il. 2,469. 16,641. 4,131) und um Leichen, die sie angeblich verzehren (Il. 19,25 ff.); die letzte Stelle meint wohl die Schmeiß-F. (ebenso Theophr. χαρ. 25,5. Paus. 10,28,7). Man kannte ihre Maden (Aristot. 539 b 11. 552 a 21. Plin. 10, 196), nicht ihre Eier und Puppen. Irriges über Begattung und angeblichen Winterschlaf bei Aristot. 541 b 34 ff. Die F. galt als aufdringlich und unverschämt (Phaedr. 5,3. Ail. nat. 7,19. Horapoll. 1,51), naschhaft (Il. 16,641. Aisop. 292. 293. Ail. a. O.; vgl. μυῖα als »Parasit« bei Antiph. com. frg. 195 K. Plaut. Poen. 690 ff. Anth. Pal. 16,9. Apoll. Rhod. 4,1453; als Name einer Hetäre in Com. frg. bei Lukian. 11), mutig (Il. 17,750. Lukian. 5), dumm (Plin. 19,106; das Gegenteil Lukian. 5). Zu ihrer Abwehr und Vernichtung gebrauchte man Wedel (μυισόβη, *muscarium*) aller Art (Aristoph. Equ. 60; Vesp. 597. Men. frg. 437 $Kö^2$. $Sylloge^3$ 367. Martial. 3,82,12 al.) sowie Pflanzensäfte und Chemikalien (Colum. 7,13,1. Plin. 20,184. 24,53. 25,61. 34,167. Geop. 13,12). Ihre natürlichen Feinde sind Spinnen (Aristot. 488 a 18. Nik. Ther. 735. Plin. 29,87) und Wespen (Aristot. 628 b 36. Plin. 11,72). Ihre ins Fabelhafte übertriebene Zählebigkeit führte zur Vorstellung dämonischer Macht, die teils Verderben bringt (Apul. met. 2,22; vgl. Eurynomos bei Paus. 10,28,7), teils in apotropäischen Gottheiten Gestalt annimmt, so in Myiodes, dem späteren Zeus Apomyios (Paus. 5,14,1. Plin. 29,106. Ail. 5,17; s. Eitrem, RE XVI 103), und Myiagros (Paus. 8,26,7. Plin. 10,75; s. Nilsson Gr. Feste 441), der von Keller 449 mit Baal-zebub (2. Kön. 1,2) gleichgesetzt wird. Ähnlich sollte Hercules seinen Tempel auf dem Forum boarium gegen F. schützen (Plin. 10,79. Plut. qu. Rom. 90). F. auf Gemmen schützten gegen den bösen Blick. Sonst begegnet die F. gelegentlich in der Kleinkunst (z. B. Plin. 34,83, vgl. 36,43). Redensartliches: »aus der F. einen Elefanten machen« Lukian. 12; »eine F. im Hirn« Phaedr. 4,23. Gervas. otia imp. 77; »so viel wie eine F.« (= fast nichts) Herond. 1,15; vgl. Suet. Domit. 3. Eine Verwandlungssage bei Lukian. 10. W. R.

O. Keller Ant. Tierwelt 2,447 ff. *Brehms* Tierleben 2^4,350 ff.

Fliegenfänger. Von den in Brehms Tierleben 9^4,58 ff. als Familie der F. zusammengefaßten mehr als 100 Muscicapa-Arten (darunter Laubsängern, Grasmücken, Drosseln, Nachtigallen) kommen hier nur der gemeine F. (Muscicapa striata Pall. bzw. albicollis Temm.) und der Trauer-F. (Musc. atricapilla L.), gelegentlich auch einzelne andere Arten in Betracht; das Alt. hat nicht genau unterschieden, die Modernen (Cuvier, Keller, Thompson, Olck) schwanken in der Deutung. Die Bezeichnungen συκαλ(λ)ίς, *ficedula*, it. *beccafico*, dt. »Feigendrossel« gehen von der falschen Meinung aus, der F. nähre sich von Feigen (richtig dagegen Aristot. hist. an. 8,592 b 21). Ebenso falsch ist die Vorstellung, der F. verwandle sich mit wechselnder Jahreszeit in den μελαγκόρυφος (Mönchsgrasmücke?) und zurück (Ps. Aristot. hist. an. 9,632 b 32. Plin. nat. 10,86. Geopon. 15,1, 23). Auch die Identität von συκαλίς und *ficedula* (Gloss. 4,449) ist nicht voll gesichert (Olck, RE VI 2118); Alex. Mynd. (Athen. 2,65 b) zählt die συκαλίς zu den Meisen. Der in älterer Zeit wenig beachtete kleine Vogel gehörte später zu den beliebtesten Speisen (Epich. 46 [Athen. 2,56 b]. Lucil. 978 M. [F. neben Turteltauben, vgl. Apic. 8,384]. Petr. 33 [in gepfeffertem Kalbfleisch]; Iuv. 14,9. Martial. 13,49. Favorin. bei Gell. 15,8. Poll. 6,77 [Honigkuchen zur F.-Sauce]). Diosc. 2,56 empfiehlt sein Fleisch zur Stärkung der Sehkraft. Im Ed. Diocl. 4,36 ist der Höchstpreis für 10 F. mit 40 Denaren festgelegt (gegen 60 Den. für 10 Drosseln; vgl. Blümner Maximaltarif 78). Zoolog. Mitteilungen fehlen fast völlig; einzelne bildliche Darstellungen auf Mosaiken, Gemmen u. a., teilweise zweifelhaft. W. R.

Lindermayer Die Vögel Griechenlands 97 f. *Thompson* A Glossary of Greek Birds 163. *Keller* Ant. Tierwelt 2,118 ff.

Floh (ψύλλα att., ψύλλος dor.), *pulex*, aus der Insektengruppe der Aphaniptera, gewöhnlich der Menschen-F. Er gehört zum Alltag der ant. Menschen; in die Lit. kam er durch die Bühnendichter (Epich. frg. 199, Kom. seit Aristoph.). Der letztere nennt ihn Plut. 537 als typischen Begleiter des Bettlerlebens, Nub. 145 ff. 831; Thesm. 1180 wegen seiner Sprünge. Um ihretwillen hat er nach Aristot. part. an. 683 a 34 große Hinterbeine, deren kunstvollen Mechanismus Gal. 4,362 als Naturwunder rühmt. Zoolog. war der F. wenig erforscht. Man glaubte an Entstehung aus faulen Trockensubstanzen und Unfruchtbarkeit der durch die Begattung erzeugten Eier oder Maden (Aristot. hist. an. 556 b 25 ff.; gen. an. 721 a 8. 723 b 5) und wußte, daß er vom Saft lebenden Fleisches lebt (hist. an. 556 b 22). Von F. im Meer, wo sie den Schlaf der Fische stören, will Plin. nat. 9,154 wissen. Neben Wanze und Laus (vgl. Liv. Andr. Glad. frg. 1. Plaut. Curc. 500) quält er als Parasit (bes. in Herbergen, Plin. a. O.) die Menschen, aber auch Tiere (Hühner: Colum. 8,5,3, Hunde: Geop. 19,3). Er gilt als lästig und gemein (Martial. 14,83), so daß man Kuppler, Faulpelze und dgl. mit ihm vergleicht oder nach ihm benennt (Plaut. a. O. Herond. 8,1. Anth. Pal. 7,403). Kriecht er ins Ohr, so wird er gefährlich (vgl. Cels. 6,7,9); die Folgen seines Bisses werden z.T. stark übertrieben (Ail. nat. 6,26). Das Hauptinteresse galt der Abwehr und Vernichtung: Rezepte dafür bei Plin. 20,155. 172. 24,53. 140. Ail. a.O., bes. reichhaltig Pamphil. Geop. 13,15, meist mag. Art; selbst der Ruf ὦχ ὦχ soll gegen den F. schützen. Im AT. ist er Sinnbild für Kleines und Nichtiges (1. Reg. 24,15, danach wohl Rufin. 2. Apolog. 25). – Seltener der Erdfloh: er entsteht angeblich aus Steckrüben (Plin. 19,177) und befällt Gemüsepflanzen (Colum. 10,321, vgl. Geop. 12,7,19). Wahrscheinlich auf ihn beziehen sich die von Plin. 22,27. 30,85 genannten Abwehrmittel. W. R.

O. Keller Ant. Tierwelt 2,400f. *Brehms* Tierl. 2^4,367ff. *F. Peus* Die F. (= Hygien. Zoologie 5) 1938.

Flora. Floralia. Gehört zur ältesten Schicht der röm. Religion. Die Blüte ist wesentlich für den Bauern; auch die Existenz eines → flamen Floralis spricht für das Alter des Kultes. Varro (l.l. 5,74) behauptet, der Sabiner Titus Tatius habe F. einen Altar gestiftet. Ein sehr altes Heiligtum, wahrscheinlich ein *sacellum* (Wissowa 198) lag auf dem Quirinal. Das Fehlen eines Festes im ältesten Kalender wird daher rühren, daß es anfangs *feriae conceptivae* waren. *F. mater* (Cic. Verr. 5,36. Lucr. 5,739; vgl. Ov. fast. 5,183) ist ital.; ihre Verehrung läßt sich bei Sabinern, bei denen ein Monat nach ihr benannt war, und Oskern nachweisen. Die Einengung ihrer Funktion auf den Getreidebau ist Varros Konstruktion, der sie unter solchen Gottheiten aufzählt (Aug. civ. 4,8), und *Fluusa Kerríia* auf der Bronze von Agnone (Vetter HB der ital. Dial. Nr. 147) ist kein Beleg dafür (Waszink, Gn 34, 1962, 44), obwohl sie hier zum Kultkreis der Ceres gehört (C. Koch Religio = Erlanger Beitr. 7,62). Ein Tempel in Rom wurde F. erst im J. 238 v. Chr. (Plin. nat. 18,286, im J. 173 Ov. fast. 5,329: in diesem J. wurden die Floralia jährliches Fest, im J. 241 Vell. 1,14,8 [Rechenfehler: Latte 73,1]) im W. des Circus Maximus (Platner-Ashby) auf Anordnung der sibyllin. Bücher gebaut und am 28. April durch Spiele eingeweiht (Fast. Praen. Plin. a.O. Die Fast. Allif. zum 13. August, was wohl zu einer der wiederholten Restaurierungen gehört). Die mit dem Tempel eingeführten Floralia zeigen durch die Erwähnung der sibyllin. Bücher, den volksfestartigen und z.T. lasziven Charakter der Spiele (Hasen- und Ziegenhetze, Aufführung von Mimen, Entkleidungsszenen von Tänzerinnen, womit die spätere Erzählung von F. als Dirne zusammengehört [u. worin man nicht Fruchtbarkeitszauber oder ähnliches sehen sollte]), daß hier griech. Einfluß waltete. Das Fest dauerte am Anfang der Kaiserzeit vom 28. April bis 3. Mai. Am 3. Mai verzeichnen die Bauernkalender ein Opfer an F. – Ovid. fast. 5,195ff. erzählt, F. habe urspr. Chloris geheißen. Von dieser Nymphe überträgt er die Werbung des Zephyros. Auch berichtet er, F. habe Iuno durch eine Blume befruchtet; daraus sei dann Mars entsprossen. W. E.

Wissowa Rel.^{2} 197f. *Latte* RRel 73f. *Platner-Ashby* 209f. *Steuding*, Myth. Lex. 1,1483ff. *Altheim*, RVV 22,2,129ff.

Florentia. 1. (Nissen It. Ldk. 2,294f. Davidsohn Gesch. von Florenz I 1896. Bormann CIL XI p. 306), röm. (? der Name weist auf die Zeit der Gründung von *Fidentia, Placentia, Pollentia, Valentia, Copia*) Neugründung auf prähistor. (NSA 1892, 58ff.) Siedlung am Mittellauf des Arno s. Faesulae (Zusammenhang mit Straßenbau des C. Flaminius, cos. 187 v. Chr., Liv. 39,2,6?). Unter den *municipia Italiae splendidissima* (Flor. 2,9) von Sulla confisziert, später aber dank seiner guten Verkehrslage *colonia* (Feldm. 1,213; vgl. Tac. ann. 1,79,1) der tribus Scaptia (Kubitschek Imp. Rom. trib. discr. 84) in der 7. Region (Plin. nat. 3,52. Ptolem. 3,1,48): Arno schon schiffbar (Cassiod. var. 5,17); Straßen nach Pisa (Tab. Peut. 4,2; nach CIL I^2 657 wohl aus dem J. 123 v. Chr.), Bononia (Liv. a. O.), Faventia (Itin. Ant. 284,2), Lucca und Arretium (Itin. 285,2. Tab. Peut. 4,2; nach Itin. 284,6 via Clodia, nach CIL XI 6668 später Cassia). Tempel des Iuppiter Capitolinus später S. Maria in Campidoglio; Anlage der Stadt nach Schema des röm. Lagers. **2.** (CIL XI p. 203) Station der via Aemilia zwischen Fidentia und Placentia (Itin. Ant. 288,2); h. Fiorenzuola. G. R.

Florentiana (*Φλωρεντιάνα*). Ort im Gebiete von Aquae in Moesia Superior, von Justinian wiederbefestigt. Der Name des h. bulg. Dorfes Florentin an der Donau zwischen der Mündung des Timacus (h. Timok) und der Stadt Vidin (Bononia) erinnert an F. und wird von den meisten Forschern der ant. Siedlung gleichgesetzt. Prok. de aed. 4,4. Chr. D.

Beschewliew Die lat. Ortsnamen in Moesien und Thrakien (bulg.), Serta Kazaroviana 2, 1955, Sofia, 281–282; Fontes Hist. Bulg. III (Fontes gr. hist. Bulg., II), Sofia 1958, 163.

Florentinus. 1. F., aus einer vornehmen Trierer Familie, hatte schon 379 einen höheren Rang erreicht, war Anfang 395 quaestor sacri cubiculi (Symm. epist. 4,23. 30. 53. 9,50), dann von 395–397 praefectus urbi Romae (Cod. Theod. 6,2,16. 20. 8,7,19. 12,1,153–156). F. erwarb sich höchstes Lob und konnte während einer Hungersnot die Ruhe aufrecht erhalten (Symm. epist. 6,47); ihm ist Claud. de raptu Proserpinae II gewidmet (praef. 50). A.L.

H. P. Kohns Versorgungskrisen u. Hungerrevolten im spätant. Rom, 1961, 194ff.

2. Vf. von *γεωργικά* in mindestens 11 B. (Geopon. 9,14,1), die den Geoponica als eine der Hauptquellen dienten (vgl. praef. zu B. 1, p. 3 B, zahlreiche Zitate und Kapitelüberschr.), wahrscheinlich aus dem 1. Drittel des 3. Jh. n. Chr. Das Werk ist typisch für die Spätblüte der Fachlit. im Rom dieser Zeit. P. L. Sch.

E. Oder, RhM 1890, 83ff. PIR 3^2, Nr. 454a.

3. F., der Vf. einer durch Systemstreben bemerkenswerten Einführungsschrift (institutiones), steht als Repräsentant der jurist. Elementarliteratur neben Gaius. F. schrieb, wie *divus Pius* in Dig. 41,1,16 zeigt, frühestens unter Marc Aurel. Über seine Herkunft und soziale Stellung wissen wir nichts; schon der Umstand, daß er von späteren Klassikern nie zitiert wird, spricht dafür, daß er ähnlich wie Gaius eine ungünstige soziale Position einnahm. Aus den 12 B. institutionum des F. bieten Justinians Digesten 41 Fragmente; daß das Werk des F. bei der Ausarbeitung von Justinians Institutionen berücksichtigt wurde, ist sicher. Das 3. B. des F. wird in den Scholia Sinaitica § 13 (35) zitiert. Th. M.-M.

Kunkel Herkunft und soziale Stellung der röm. Juristen, 1952, 217. *Wieacker* Textstufen klass. Juristen, 1960, 200ff. *Schulz* Gesch. der röm. Rechtswissenschaft, 1961, 189ff.

Florentius. 1. F. Flavius, suchte 346 Athanasius zur Rückkehr nach Alexandria zu bewegen (Athan. hist. Ar. ad Mon. 22). 357/60 praef. praet. Galliarum, geriet F. wegen Steuerproblemen in Konflikt mit dem Caesar Iulianus; 361 ernannte ihn Constantius II. zum Consul und praef. praet. Illyrici (Amm. 17,3. 20,4 und 8,21,6. Zos. 3,10,4). 361 wurde er in absentia zum Tode verurteilt (Amm. 22, 3,6.7,5).

J. Bidez Julian[5] 1947.

2. F., reicher Antiochener (Liban. epist. 113.510), 359/61 magister officiorum, 361 durch Iulianus verbannt (Amm. 20,2,2.22,3,6). **3.** Einst consularis Ciliciae, erregte F. um 392 als consularis Syriae durch seine Grausamkeit den Zorn des Libanios (gegen F. hielt Liban. or. 46). **4.** Orthodoxer Christ (Theodoret. epist. 47.89), war 422 praef. urbi Const. (Cod. Theod. 5,8,1), 428/29 und 438/439 praef. praet. Orientis (Cod. Theod. 15,8,2; Cod. Iust. 1,19,8. 9,27,6. Nov. Theod. 3), 429 Consul (Chr. min. 3,529). Um 445 wurde F. patricius. Als kaiserlicher Kommissar nahm er 448 und 449 an den endemischen Synoden von Constantinopel und 451 am Konzil von Chalkedon teil (Acta Conc. Oecon. II 1,1,55.138.145.171.175f. 2,69.85.138). A. L.

Bacht in *Grillmeier-Bacht* Das Konzil von Chalkedon 2, 1954, 214ff.

Florus. Cognomen (mit Ablaut zu *flavus* zu stellen, WALDE-HOF.[3]1,513), in republikan. Zeit in den Fasten bei den Aquiliern (Nr. 10), in der Kaiserzeit bei den Mestriern, DEGRASSI FImp. 252. H. G. G.

1. P. Annius Fl. a) Vf. eines Dialoges *Vergilius orator an poeta* (z. Thema vgl. Macr. Sat. 5,1,1), dessen erhaltenes Proömium seine Autobiographie skizziert: Aus Afrika stammend scheiterte er als junger Mann infolge von Domitians Eingreifen im capitolin. Dichterwettstreit. Nach weiten Reisen ließ er sich in Tarraco nieder, wo er z. Z. des Gespräches (102 oder 106, vgl. 1,6) im 5. J. lehrt. Das anmutige Stück gefällt durch den Preis der span. Landschaft und seines Berufes. **2.** Der Korrespondent Hadrians Annius F. (vgl. Charis. 66, 10.157,21 B.) ist sicher ident. mit dem F., der einige scherzhafte Anakreonteen an den Kaiser richtet (SHA 1,17 H.). Die Anth. Lat. 1,87.245ff. unter F. Namen überlieferten Verse, u. a. troch. Tetrameter, zeigen ihn als Meister der zierlichen, kleinen Form, als *poeta novellus*. Zur hypothet. Zuschreibung des *pervigilium Veneris* vgl. Burs. 273,91f. Nichts spricht gegen die Identität mit Nr. 2; danach wäre F. später nach Rom zurückgekehrt. **3.** Auch die Identität von 1 (2) mit dem Vf. der *epitome de Tito Livio* (2. Jh., vgl. praef. 8) wird aus stilist. Gründen h. allg. anerkannt (vgl. [2],2767), der im Bambergensis *Iulius*, in der anderen Hss.-Fam. *L. Annaeus* (die Namen beider Seneca!) heißt, was aus P. Annius vereinfacht sein kann. Das Werk, ein Preis der Größe Roms, baut auf einem Vergleich der röm. Geschichtsepochen mit dem menschlichen Leben auf (vermittelt wohl durch Varro, vgl. HÄUSSLER, H 1964, 313ff.), von denen nur 3 (Königszeit = *infantia; adulescentia* bis vor dem 1. pun. Krieg; *iuventus* bis zu Augustus, vgl. praef. 4ff.; die Krisen seit den Gracchen – hier herrscht *fortuna* statt *virtus*, vgl. NORDH, Eranos 1952, 111ff. – stehen a. E.), mehr rhetor. (NORDEN AKpr 2,598ff.) als hist. präzis skizziert werden; Hauptquelle ist Livius (vgl. KLOTZ, RhM 1940, 114ff.). Jordanes und Orosius sind Zeugen für die bereits in der Spätant. gespaltene Überlieferung, neben dem Bambergensis die Familie des Nazarianus, deren zahlreiche Hss. für die Beliebtheit der eingängigen Darstellung auch im MA. sprechen.

Ta.: *H. Malcovati*, 1938. Bibliogr.: ebd. XXVIIff. Burs. 273, 1941, 78ff.

Lit.: 1. RE I 2266ff. 2. RE VI 2761ff. 3. *M. Galdi* L'Epitome, 1922, 44ff. 4. *S. Lilliedahl* Florusstud., 1928. 5. *P. Zancan* Floro e Livio, 1942. 6. *V. Alba* La concepción historiográfica de L.A.F., 1953.

4. F. bei Sen. contr. 9,2,23f. als Urheber einer dem M. Porcius Latro zugeschriebenen *sententia inepte tumultuosa* genannt, nicht ident. mit dem Adressaten von Hor. epist. 1,3.2,2 oder dem bei Quint. inst. 10,3,13 erwähnten Redner. P. L. Sch.

Flottenwesen. I. Bei den Griechen. Abgesehen von den Ägyptern, die lediglich die Flußschiffahrt pflegten, besaßen bereits die Bewohner der Kykladen, die Kreter und Phoiniker, seetüchtige Flotten. Von ihnen beeinflußt, entwickelte sich das griech. F., gefördert durch die Notwendigkeit der Auswanderung aus dem Mutterlande. Das aus Kiel, Spanten und der Haut bestehende, offene und lange Ruderboot mit je einem Halbdeck und je einer Schanze diente zunächst lediglich als Transportmittel und wurde erst im 8. Jh. auch für den Kampf verwendet (→ Seekrieg). Kennzeichnend dafür war der am Vorderteil befestigte Rammsporn und das über den Rojern befindliche, sich über die gesamte Schiffslänge erstreckende Kampfdeck. Die Schiffe fuhren in Reihen gegeneinander los und suchten sich gegenseitig zu rammen, um schließlich den Kampf durch die militär. Besatzung austragen zu lassen. Das Bestreben, den Gefechtswert zu erhöhen, führte zur Vermehrung der Rojer und damit zunächst zur Verlängerung des Schiffes und später zum Aufbau von immer mehr Ruderreihen übereinander. So entstand die Triere, die gebräuchlichste Linienschiffstype des Alt. Das Handelsschiff, das eine andere Entwicklung nahm, war zum Unterschied vom Kriegsschiff bes. durch seinen größeren, gerundeten Körper und durch Mast und Segel gekennzeichnet (→ Schiffe). Die pers. Bedrohung im 6. und 5. Jh. bedingte die Entstehung der athen. Seemacht. Der Volksbeschluß vom J. 492 ermöglichte es Themistokles, einen Teil der Erträgnisse der Silberbergwerke von Laurion für den Bau von Kriegsschiffen zu verwenden. Die weitere Entwicklung war durch die Schlachten von Artemision, Salamis (480) und Mykale (479) bestimmt, die die Seeherrschaft den Griechen sicherte. Der att. Seebund hatte die Aufstellung einer großen seetüchtigen Flotte zur Folge. Inzwischen bildete sich eine höhere Seetaktik aus, und der Kampf von Schiff zu Schiff trat immer mehr zurück (→ Seekrieg). Die militär. Besatzung der Triere als Linienschiff bestand schließlich bloß noch aus 10 Hopliten und 4 Bogenschützen. Im peloponnes. Krieg (431–405) büßte Athen nicht nur seine Seeherrschaft, sondern auch seine ganze Flotte ein. Erst im 4. Jh. gewann es seine frühere Machtstellung wieder; 357/56 besaß es mit Hilfe eines neuen Seebundes 383 Trieren. Zur gleichen Zeit konnte Philipp II. von Mak. eine Flotte aufstellen. Große Bedeutung erlangte sie aber weder unter ihm noch unter Alexander d. Gr. Erst in der Zeit der Diadochen spielten Seestreitkräfte wieder eine Rolle. Jetzt gewannen Polyeren (→ Schiffe), die sich schon im 4. Jh. nachweisen lassen, immer mehr an Bedeutung. So verfügte Demetrios Pol. über Fünfzehn- und Sechzehnreiher (Plut. Dem. 43), Ptolemaios Philad. über Zwanzig- und Dreißigreiher (Plin. nat. 7,56) und Ptolemaios Philop. sogar über Vierzigreiher (Athen. 203c). Zu den Schlachtschiffen einer Flotte gehörten Spezialfahrzeuge, bes. Transportschiffe. Die Besatzung bestand in heroischer Zeit aus den in den Kampf ziehenden Helden, von denen einer das Fahrzeug kommandierte. Mit dem Aufkommen der Trieren gewann der Kapitän dieser Schiffstype eine derartige Bedeutung, daß *τριήραρχος* die Bezeichnung für den Kommandanten eines jeden Schiffes wurde. Bloß die athen. Schiffe Salaminia, Paralos und Ammonis wurden von *ναύαρχοι* befehligt. Die Navigation lag in den Händen des *κυβερνήτης*. Fahrwasser, Strömung, Klippen u. a. hatte der *πρωρεύς* zu beobachten, der auch für die Instandhaltung und Aufbewahrung der Schiffsgeräte zu sorgen hatte. Als Zahlmeister fungierte der *πεντηκόνταρχος*, die Rojer kommandierte der *κελευστής*, der vor allem für ihre Ausbildung verantwortlich war. Ihn unterstützten 2 *τοίχαρχοι*, je einer am Steuer- und Backbord. Schließlich ist noch der *τριηραύλης* der Flötist anzuführen, der das Rudertempo angab. Den Oberbefehl über die gesamte Flotte hatte bei den Athenern der *στρατηγός*, bei den Spartanern der *ναύαρχος*. Zur Bedienung der Segel, der Steuer und zum Ausguck standen 8–10 *ναῦται* zur Verfügung. Den Rest der Mannschaft bildeten die → *ἐπιβάται*.

Hafenanlagen gab es anfangs weder für Handels- noch für Kriegsschiffe. Erst der Bau größerer Handelsschiffe erforderte vor Seegang und Brandung geschützte Liegeplätze. So sind Molen bereits im 8. Jh. v. Chr., z. B. in Aigina, Delos und Eretria, und künstliche Häfen z. B. in Lechaion bei Korinth nachweisbar. Diese Anlagen waren auch für Kriegsschiffe bestimmt, die örtlich getrennt von den Handelsschiffen lagen. Mit dem Ausbau der Seestädte zu Festungen kam auch der Hafen innerhalb des Mauerringes auf und so entstand jener bis in byzantin. Zeit für das Mittelmeer charakterist. Hafen. Bloß in vereinzelten Fällen hatte die Kriegsmarine, wie im Peiraieus, Zea und Munichia, eigene Kriegshäfen. In Friedenszeiten war bloß ein Teil der Schiffe zum Auslaufen bereit, der andere befand sich in Schiffshäusern (→ Neoria) zusammen mit dem hölzernen Gerät, während das hängende in Zeughäusern untergebracht war. Dazu kamen noch Magazine, Werkstätten und Verwaltungsgebäude (→ Schiffe).

II. Bei den Römern s. Art. Classis o. S. 1200f.

A. N.

A. Köster Das ant. Seewesen, Bln. 1923, Klio, Bh. 32 (1934). *Krom.-Veith* 163ff. RE Suppl. V 864ff. 906ff. BursJ 274, 1941, 105ff. G 60, 1953, 18ff., ferner die mit dem Seewesen zusammenhängenden Einzelart.

Fluch. Die verwünschende Form des ant. → Gebets (*ἀρά*), das in seiner Ausrichtung sowohl auf Heils- als auf Unheilswirkung prinzipiell stets ambivalent bleibt (Hom. Il. 9,566. 15,598). Die Bitte des Priesters (*ἀρητήρ*) Chryses an Apollon um *τιμωρία* (Il. 1,37ff.) ist ein verkleideter F. (Nilsson GgrR 1,158). Offizielle eidliche Bindung (*ὅρκος*) bedient sich der hypothet. Selbstverfluchung (IG I² 10,15. Lys. 12,10. [3],164). Die selbsttätige Gewalt des F. wird auch bei Einbeziehung von Göttern als ausführender Instanzen (z. B. Eur. Hipp. 887ff. J. Th. Kakridis, RhM 77, 1928, 21ff.) augenscheinlich ([1],11ff.); daraus fließt seine Motivbedeutung für das religiös integrierte, in Legende und Drama gespiegelte heroisch-genealogische Geschehen ([1]; A. Lesky, DLZ 51, 1930, 1167f. R. Vallois, REA 34, 1932, 98f.). Das Moment des mag. Zwanges (F.-Zauber) bleibt rituell bis in hist. Zeit bedeutsam ([3], 161f.); die Überzeugung von der schadenwirkenden Macht des Wortes führt zu starker Ausbildung des Formelguts im Verwünschungswesen (B.

SCHMIDT, JbPhPaed 61, 1891, 561ff.). Nicht nur die dem Aberglauben der Buchstabenmagie ergebene Volksreligion ([3],162), auch gehobene Gesellschaftskreise (A. WILHELM, JOEAI 7, 1904, 118) bedienten sich seit dem 4. Jh. v. Chr. (WILHELM 105ff. NILSSON 800ff.) der Defixionstäfelchen (A. AUDOLLENT Defixionum tabellae, 1904. E. KAGAROW, ARW 21, 1922, 494ff.) aus Blei (R. MÜNSTERBERG, JOEAI 7,141ff.). Funde stammen z. B. aus Attika (MÜNSTERBERG, Wiss. Mitt. Bosnien und Herzegowina 10, 1907, 375ff.), Boiotien (E. ZIEBARTH, SPrAW 1934, 1022ff.), Sizilien (E. GABRICI, Mon. Ant. 32, 1927, 385ff.); zur Verbreitung im Hellenismus K. PREISENDANZ, APF 9, 1930, 119ff. (Quellen und Lit.). Die Rolle des dokumentarisch fixierten F. im Rechts-, Kult- und Sozialleben dieser Zeit war nicht unbeträchtlich (ZIEBARTH, H 30, 1895, 57ff. NGG 1899, 105ff.). W. F.

1. *J. Th. Kakridis* Ἀραί, 1929. 2. *E. Kagarow* Griech. F.-Tafeln, Eos-Suppl. 4, 1929. 3. *E. Stemplinger* Ant. Volksglaube, 1948. *T. Trumpf*, MDAI(A) 73, 1958, 94ff.

Flugfuchs, Flughund s. Fledermaus

Flußgötter. Der F.-Kult in Griechenland und Italien ist innerhalb der ant. Welt keine isolierte Erscheinung. Er begegnet schon im alten Orient (knappe Inform. und Lit.: [7],9–12), wo man neben den Numina einzelner Flüsse einen bes. Flußgott Id kannte. In Äg. wurde der Nil in vielerlei Formen, wenn auch nicht als Hauptgott, verehrt (H. BONNET, Reallex. d. äg. Religionsgesch., 1952, 525ff.). Verbreitet war die Verehrung fließenden Wassers (vgl. M. NINCK, Philol. Suppl. 14, 2, 1921) bzw. von F. bes. auch bei den idg. Völkern, so bei Indern (A. A. MACDONELL Vedic mythology, 1897, 86ff.), Persern (H. S. NYBERG Die Religionen des alten Iran, 1938, 284f. 379), Thrakern (Flußgott Bedy: RE VI A 476), Kelten (J. DE VRIES Kelt. Religion, 1961, 114f.); weniger sicher sind die Zeugnisse für die Germanen (J. GRIMM Deutsche Mythol., [2]1844, 549f. 565f.). Der Begriff »F.« selbst ist nicht ant.; die Belege (ab Hom. Hes.) sprechen einfach von ποταμοί. Es bleibt unklar, wie weit Fluß und Flußgott (auf dem Flußgrund oder in einer Grotte wohnend) voneinander unterschieden wurden. Nach Hom. Il. 21,195f. sind alle Flüsse aus → Okeanos entsprungen (v. WILAM. GldH 1,93[1] bezieht die Aussage durch Athetese von v. 195 auf → Acheloos; zustimmend [5],238, ablehnend A. LESKY Thalatta, 1947, 81). Hes. theog. 337. 367f. nennt sie Kinder des Okeanos und der Tethys; doch heißt → Skamandros = Xanthos Il. 14,434. 21,2. 24,693 Sohn des Zeus, vgl. die Beinamen διοτρεφής (Il. 21,223), διιπετής (z. B. Il. 16,174). Die Flüsse sind unsterblich (Il. 21,380) und nehmen an den Götterversammlungen teil (Il. 20,7). Mehrere von ihnen, bes. Skamandros, greifen in den Kampf um Troia ein (Il. 21); mit Zeus können sich freilich auch die mächtigsten, Acheloos und Okeanos, nicht messen

(Il. 21,193ff.). Die F. galten als kinderreich (Aischyl. Hik. 1038), Ahnherren vornehmer Geschlechter, so Skamandros in der Troas, Inachos in Argos, Kephissos in Boiotien. Flußnamen wurden auf Personen übertragen, z. B. Kaikos, Inachos; PN. vom Typ Asopodoros (vgl. USENER Götternamen 353; v. WILAM. GldH 2,99; [5],238) zeigen, daß die Flüsse z. T. als Kinderbringer galten (daß die Bräute in der Troas dem Skamandros ihre Jungfräulichkeit weihten, bezeugt Aischin. epist. 10,3. 8.). – F.-Sagen sammelte [Plut.] περὶ ποταμῶν.

Für den Kult der Flüsse ist charakteristisch die Haarweihe (Aischyl. Choeph. 6. Plat. pol. 391 b. Paus. 1,37,3. 8,41,3; Ersatz für Menschenopfer? ROHDE Psyche[3] 1,17ff.). Peleus gelobt Spercheios eine Haarlocke Achills und eine Hekatombe für glückliche Heimkehr seines Sohnes (Il. 23,144ff.). Il. 21,132 bezeugt Opfer von Pferden, die lebend in den Fluß gestürzt wurden (weitere Beispiele: [5], 237[1]). Im übrigen erhielten F. die auch sonst üblichen Opfer, Stiere und Schafe, vgl. Il. 11,727f. 23,147. Es gab regelmäßig (in Messenien z. B. alljährlich: Paus. 4,3,10, in Mykonos am 7. Hekatombaion: Sylloge[3] 1024) wiederkehrende Opfer, man betete und opferte aber auch beim Überschreiten eines Flusses (διαβατήρια), so Xerxes am Strymon (Hdt. 7,113), Kleomenes am Erasinos (Hdt. 6,76), Lucullus am Euphrat (Plut. Luc. 24); schon Hes. erg. 737ff. rät, einen Fluß nie ohne Gebet oder mit ungewaschenen Händen zu überschreiten. Selbst der kleine Fluß auf Scheria Od. 5,445ff. heißt πολύλλιτος. Auch beim Eid wurden Flüsse angerufen, so von Agamemnon Il. 3,278 und von der Stadt Dreros auf Kreta (Sylloge[2] 463). Die F. hatten Priester (Skamandros: Il. 5,77f.; Xanthos in Lykien: z. B. TAM 2, 294. 296; Kaikos: Aischyl. frg. 144 Nauck[3] = 413 Mette), Tempel und Altäre (Spercheios: Il. 23,148; Alpheios und Erymanthos: Paus. 5,14,6. 8,24,12).

Schon Hom. kennt die F. (denen man Verwandlungsfähigkeit zuschrieb) menschengestaltig (Il. 21,213). Nur die Bemerkung Il. 21,237, Skamandros brülle auf wie ein Stier (vgl. Strab. 10,2,19. Fest. 496,13 Lindsay), wirkt wie Nachklang alter Vorstellungsweise der F. in Stiergestalt. In der bildenden Kunst ([8]; für Münzdarstellungen [9] u. das Reg. bei HEAD HN[2] 955f.) ist der Fluß, von dem wir die frühesten Darstellungen haben, Acheloos, zunächst Mischwesen aus Mensch und Stier, seit dem 6. Jh. v. Chr. Mensch mit Stierkopf, seit dem 5. Jh. auch rein menschengestaltig (bärtiger Mann); nur kleine Hörner erinnern an den älteren Typus. Als Jünglinge erscheinen die F. Siziliens und Unteritaliens auf Mz. von der Mitte des 5. Jh. an. Reine Stiergestalt des Acheloos und anderer F., von Ail. var. 2,33 für mehrere Orte bezeugt (vgl. [5],238), begegnet (z. B. auf apul. Vasen) ebenfalls erst seit dem 5. Jh. ([8],112f.); alte theriomorph. Vorstellungen werden also wieder aktiviert. Der Typus der gelagerten F. läßt sich auf das gleiche Jh. zurückführen, falls man mit Paus. 5,10,7 in den Eckfiguren des O.-Giebels vom olymp. Zeustempel → Alpheios und Kladeos sieht, eine Deutung, die trotz [8],115f. h. nicht mehr aufrecht erhalten wird, vgl. HB Arch. 3, 1950, 120f. Der Typus ist also wohl erst hellenist.; berühmtes Beispiel der vatikan. Nil. Bezeugt ist für F. ferner Schlangengestalt ([1],2782f.). – Die Auffassung der → Kentauren als alter F. ([1],2781. [2] 2,1058ff. 1074. P. Kretschmar, Glotta 10, 1920, 50ff.; [4], 91) wurde zurückgewiesen bzw. auf → Nessos eingeschränkt von v. Wilam. Eur. Herc.², 3,89 (vgl. GldH 1,195f.) und [8],100²; vgl. [5],231.

Den Umfang ant. F.-Verehrung zeigt die Liste von rund 100 Namen (die keine Vollständigkeit anstreben kann, da die Bezeugungen vielfach nur zufälliger Art sind) vorwiegend griech., kleinasiat., sizil. und ital. Flüsse (einschließlich der → Unterweltsströme) bei [1],2791–2814 (Nachtrag ARW 17, 1914, 660ff.: Jordan). Im griech. Bereich ragen Acheloos und Alpheios heraus, die einzigen F. mit Kult von überregionaler Bedeutung, im röm.-ital. Bereich ([6], [7],52–54; Latte Rel. 131f.). → Clitumnus und → Tiber (als Gott auch *Tiberinus pater*). Er galt (ähnlich Okeanos bzw. Acheloos) als Herr und Vater aller Flüsse (Enn. ann. 55. Verg. Aen. 8,72. CIL VI 773), wurde in Gebeten angerufen (Serv. Aen. 8,63.95.330) und besaß ein Heiligtum (CIL I² p. 336), fehlte allerdings im alten Festkalender (wo ihn wohl → Volturnus vertrat). G. Schm.

1. RE VI 2774–2815. 2. Myth. Lex. 1,1487–1496. 3. *P. Gardner* Greek river worship, Transact. of the Royal soc. of. lit., 2. ser. 11, 1878, 173–189. 4. *O. Kern* Die Rel. der Griechen, 1, 1926, 90–92. 5. *Nilsson* GgrR 1²,236–240. 6. *Wissowa* Rel.² 224f. 7. *R. v. Scheliha* Die Wassergrenzen im Alt., 1931, 9–12. 25–29. 52–54. 8. *F. Matz* Die Naturpersonifikationen in der griech. Kunst, Diss. Gött. 1913, 90–117. 9. *F. Imhoof-Blumer*, Rev. suisse de numism. 23, 1924, 173ff.

Foebadius. Bischof von Aginnum (Agen) in Aquitanien, † nach 392. Schon auf den Konzilien von Sirmium 357 und Ariminum 359 trat er gegen die Arianer auf und schrieb ein B. Contra Arianos [1]. Die ihm zugeschriebene Schrift De fide orthodoxa gehört jedoch dem Gregorius von Iliberris. Ambr. richtete an F. seine Epist. 87. O. H.

1. *Migne* PL 20,13–50. *A. Durengues*, 1927. 2. *Bardenhewer* GAL 3,395f. *Schanz-Hos.* 4,1,309.

Foedus. Bedeutet, etym. wohl mit *fides* zusammenhängend, einen Vertrag. In der Nachklassik wird f. vereinzelt auch für privatrechtliche Verträge verwendet, doch kommt es sonst nur für den feierlich abgeschlossenen und durch Eid bekräftigten völkerrechtlichen Vertrag vor.

Nach einer älteren, auf Th. Mommsen [1] zurückgehenden Auffassung (ähnlich [2–5]) sollte sich der röm. Staat in einem natürlichen Zustand der Feindschaft mit den anderen Staaten befinden. Von dort aus erschien das f. als Mittel zur Herbeiführung des Friedens und zur Anerkennung des anderen Staates. Nach den Untersuchungen von Alfr. Heuss ([6], zustimmend [7]) läßt sich das nicht mehr halten. Vielmehr ist das f. nicht als notwendig konstitutiv für Frieden und Anerkennung zu denken; beides konnte auch faktisch begründet werden. Das f. ist dann bloß deklaratorisch: Die ohnehin anerkannte Souveränität des anderen Vertragspartners wird nur bestätigt und das Verhältnis zwischen beiden Partnern im einzelnen geregelt. Daher erklärt sich etwa die Aufführung der *foederati et liberi* in Proc. Dig. 49,15, 7pr.

Zu unterscheiden ist zwischen *f. aequum* und *f. iniquum*. Das *f. aequum* wird auf der Grundlage der Gleichberechtigung beider Teile geschlossen. Es bezeichnet ein Freundschaftsverhältnis und enthält oft Bestimmungen über gegenseitige Waffenhilfe (auf eigene Kosten und unter eigenem Kommando des jeweils Hilfsverpflichteten; die Vertragsteile werden *socii*) sowie über den Handel. Beim *f. iniquum* dagegen muß der andere Vertragsteil die Oberherrschaft Roms anerkennen (*maiestatem populi Romani comiter conservare*, Proc. Dig. 49,15,7,1); dieses Verhältnis wird von Proc. a. O. mit dem privatrechtlichen der *clientes* zum *patronus* verglichen. Hier verliert der andere Staat zwar seine Souveränität (oder erhält sie nach *deditio* nicht wieder zurück), doch bleiben seine Angehörigen frei (Proc. a. O.). Die Ausgestaltung der *foedera* ist im Einzelfall eine Frage der Macht; auch beim *f. aequum* kann der andere Teil in sehr weitgehende Abhängigkeit von Rom geraten. Unbegründeter Bruch des f. hat zwar sakralrechtliche Folgen (das f. enthält eine *exsecratio* für den Fall seiner Verletzung), doch läßt sich ein Grund für ein *iustum bellum* leicht finden. Die rechtliche Bindung durch ein f. ist also wenig wirksam; es bedeutet mehr ein politisch zu wertendes Zeichen für fortbestehende Freundschaft. D. M.

Lit.: 1. *Mommsen* RStR. 3, 1888, 590ff. 2. *Ad. Schmidt*, ZRG 9, 1888, 130ff. 3. *Eugen Täubler* Imperium Romanum 1, 1913. 4. *Emil Seckel* Über Krieg und Recht in Rom, 1925, 25ff. 5. *Bernh. Kübler* Gesch. des röm. Rechts, 1925, 109ff. 6. *Alfr. Heuß* Die völkerrechtlichen Grundlagen der röm. Außenpolitik in republikan. Zeit, Klio Bh. 31, 1933. 7. *Max Kaser*, ZRG 62, 1942, 54ff. 8. *Paolo Frezza* Studia et documenta historiae et iuris 4, 1939. 5, 1940.

Föhren. Von den gegen 100 Arten der Coniferen-Gattung Pinus (nach Ausschluß der früher dazu gezählten Gatt. Abies und Picea → Fichte) sind im Mittelmeergebiet etwa 12 vertreten, bes. im W. P. pinea L. (Pinie, it. pino domestico, gr. *πεύκη ἥμερος*, die Zapfen *στρόβιλοι, θύρσοι*, die eßbaren Samen it. pignoli, gr. *κόκκιλοι, κόκκωνα*) und P. maritima L. (= pinaster Sol.), im O. bes. die feinnadlige P. halepensis Mill. (Aleppo-Kiefer), die nur noch an wenigen Bergen der n. Balkanländer erhaltene P. peuce Griseb. und mehrere bis h. zur Harz- und Terpentingewinnung geschätzte Schwarzkiefern, bes. P. nigra ssp. pallasiana Lamb. u. P. Heldreichii Christ (= leucodermis Ant., Panzerkiefer am Olymp bis 2500 m). Unter πίτυς und πεύκη wurden mehrere Arten vermengt. Die dem Poseidon geweihte πίτυς ist vielleicht P. maritima, der θύρσος der Bacchanten, der als Fruchtbarkeitssymbol dem Pan und Dionysos geweihte Pinienzapfen, nach orph. Deutung Bild des Herzens des *Διόνυσος Ζαγρεύς*. Geopon. 11,10 berichtet von einer von Pan und Boreas umworbenen Nymphe Pitys. Die von Dante u. a. gepriesenen Pinienwälder von Ravenna waren z. Z. des Polyb., Plin. und Tac. noch nicht vorhanden und sind wohl erst unter Augustus gepflanzt worden. Die in Europa am weitesten verbreitete P. silvestris L. (Kiefer aus Kien-Föhre) reicht s. nur bis Oberitalien, Thessalien, Euboia und N.-Kleinasien. H. G.

Foenum Graecum s. Bockshornklee

Folius. Röm. Gentilname. Patriz. Namensträger bis zum E. des 4. Jh. v. Chr., z. T. in der älteren Form *Foslius* (vgl. MOMMSEN RF 1,114 f.). Später nur bei einfachen Leuten, wie Inschr. erweisen (z. B. CIL VI 18504 ff.) und Folia, die Freundin der Canidia bei Hor. epod. 5,29 ff. 42 ff. **1.** M. F., Pontifex maximus blieb bei der Einnahme Roms durch die Kelten 387 mit anderen in Rom und wurde getötet, Liv. 5,41,3. **2.** M. F. Flaccinator, Consulartribun 433, Liv. 4,25,2. DEGR. I 13,1,372. Vielleicht ident. mit Nr. 1. **3.** M. Foslius Flaccinator (C. f., M. n.), Enkel von Nr. 2, Mag. equitum I 320, II 314, III 313 (MÜNZER Adelsp. 61 Anm.) Consul mit L. Plautius Venox 318, Liv. 9,20,1 (M. F. Flaccina). BROUGHTON Mag. 1,154. H. G. G.

Follis. 1. Der Blasebalg, *φῦσα*, seit Homer oft erwähnt, vor allem als Gerät der Metallarbeiter, ist den modernen Handblasebälgen nah verwandt; gleichmäßiger Luftstrom wurde, wenn benötigt, durch Zwischenschalten eines Luftreservoirs bewerkstelligt. K. KLUGE Die antike Erzgestaltung 1927, 21 f. **2.** Der größte Ball der röm. Ballspieler *(pila, paganica, f.)*. Er galt als weniger anstrengend und daher für Knaben und ältere Männer geeignet, Martial. 14,45–47; er konnte mit Federn gestopft und also verhältnismäßig leicht sein, Martial. 4,19,7. – Ob *f.* und *folliculus* (Suet. Aug. 83. Athen. 1,14 F) identisch sind, ist ungeklärt. W. H. G.

3. Beutel mit Kupfergeld anfangs wechselnder, durch Siegel verbürgter Menge, nach der Inflation des 3. Jh. n. Chr. zur Ergänzung fehlenden Großgeldes als feste Größe eingeführt. Eine überzeugende Wertbestimmung steht noch aus. Zahlung in Beuteln liegt auch der Verwendung von F. bei der collatio glebalis (o. I 1552) zugrunde.

Später hat vielleicht auch die einzelne in den Beuteln enthaltene Münze F. geheißen. Heute bezeichnet man so die schwach versilberten Kupfermünzen der Reform Diocletians. Sie setzen 294 mit Stücken von 8–14 g und 27–30 mm Dm. ein und werden nach mehreren meist durch Regentenwechsel bedingten Reduktionen bis auf 1,5 g und 15 mm Dm. 346 von der sog. → Maiorina abgelöst. Es gibt nur wenige, oft mit Veränderungen im Herrscherkollegium wechselnde Typen, so etwa Genio populi Romani (–311), Marti conservatori und Soli invicto comiti (308/17), Victoriae laetae princ. perp. (317/20), Beata tranquillitas (320/24), Providentiae Augg. bzw. Caess. (324/30), Gloria exercitus (330/41), Victoriae dd. Auggq. nn. (341/346). Erneut begegnet der F. im Kupfergeld seit Anastasios I. (mit Wertmarke M = 40). H. Ch.

Schrötter, WBMzK s. v. *Kent*, NC 1957, 16 ff. *Carson, Hill, Kent* Late Roman Bronze Coinage, 1960. *Mattingly* 217 ff. *Callu* Genio populi Romani, 1960. *Jones*, JRS 49, 1959, 34 ff. *Sutherland*, JRS 53, 1963, 14 ff.

Fons. Die Quellen galten als heilig. Es gab sogar ein staatliches Fest, Fontinalia (*Fontanalia* Varro l. l. 6,22. Aus **Fontalia?* WASZINK Gn 34, 1962, 451.) am 13. Oktober (um diese Z. fließen nach der Trockenheit wieder alle Quellen: LATTE). Man warf Blumen hinein und schmückte die Brunnen mit Kränzen (Varro a. O. vgl. Paul. Fest. 85 M. CIL I² S. 332). Der Ritus war wahrscheinlich urspr. Segenszauber für reichliches Wasser (DEUBNER NJahrb. 27, 1911, 329 mit FOWLER Rom Festivals 240). Er galt zunächst der in der betr. Quelle sich manifestierenden Göttlichkeit, doch scheint man auch bald an eine allg. Gottheit F. gedacht zu haben. Denn LATTE RRel 77 kann Cic. nat. 3,52 nicht durch den Hinweis auf Zon. 8,18 mit der Behauptung entkräften, das von C. Papirius Maso 231 v. Chr. errichtete Heiligtum habe der rettenden Quelle von Korsika gegolten, da es ja in Rom stand. Auch der Wortlaut Varros a. O. spricht dagegen. Beim Opfer der → Arvales fratres erhielt F. 2 Hammel (HENZEN 146. Die Ansicht LATTES [77,1], daß damit nur die im Hain fließende Quelle gemeint sei, macht schon die Zusammenstellung mit Flora, Vesta u. a. unmöglich). Das genannte Heiligtum stand im S. des Campus Martius, wo auch die Porta Fontinalis anzusetzen ist (PLATNER-ASHBY 210). Der Name *Fontanus* findet sich CIL X 6071 (Formiae); II 150 (Vila Viçosa [Lusitan.]), *Fontana* II 150; II Suppl. 6277 (Burguillos [Baetica]). Die Hs. des Arnobius hat 3,29 den Genit. *Fonti*, was LATTE a. O. zu *Fontis* ändert; aber *Fonta* erscheint in Umbrien (CIL XI 6481 und vielleicht 6494). → Auch Iuturna. W. E.

Wissowa Rel.² 221 f. *Steuding* Myth. Lex. 1,1496 ff. *Latte* RRel 76 ff.

Fonteius. Röm. plebeischer Familienname, der in Italien verbreitet gewesen sein dürfte (einige inschr. Belege aus Etrurien bei SCHULZE Eigennamen 212). Hervorgetreten sind Namensträger aus Tusculum seit um 100 v. Chr. als Münzmeister (Darstellung der in Tusculum bes. verehrten Dioskuren), Praetoren und – seit dem E. des 1. Jh. – als Consuln (vgl. Cic. Font. 41); ungeklärt ist, ob mit ihnen zusammengehören der legatus Ti. F. von 211, die Capitones des 2. Jh. v. Chr. und der Senator um 161 (Fo)nteius Q. f. Pap. (BROUGHTON Mag. 2,491).

I. Republikanische Zeit: **1.** F. Legat des Proconsuls Q. Servilius im J. 91 in Asculum; ihre Ermordung durch das gereizte Volk löste den → Bundesgenossenkrieg aus, Cic. Font. 41.48. Vell. 2,15,1. App. civ. 1,38. W. SCHUR Das Zeitalter der Marius und Sulla, 1942, 114. BROUGHTON Mag. 2,23. **2.** F., mehrere Münzmeister: C. F. um 109, M.' F. um 103, M'. F. C. f. um 84, Datierungen nach SYD., beste Übersicht bei BROUGHTON Mag. 2,440. **3.** M. F., Legatus des M. F. Nr. 5 in Gallien, aber nicht sein Bruder, Cic. Font. 18. **4.** M'. F., Kriegstribun um 75–72 (BROUGHTON Mag. 2,481), bekannt durch eine Münze des P. F. P. f. Capito, um 61, SYD. LXIV (dieser vielleicht ident. mit Nr. 6). **5.** M'. F., nur bekannt aus Cic. Font.: Münzmeister vor 84, Quaestor urbanus 84 (spätere Vorwürfe wegen Unterschlagungen, Cic. 1–5), Legatus 81 (in Hispania ulterior) und 77–76 (?) in Makedonien, Praetor 75 (?) und dann Propraetor in Gallia Narbonensis 74–72; dabei unterwarf er einige gall. Stämme (zu Datierungsfragen MÜNZER, RE VI 2844). Nach der Rückkehr wurde er durch den Gallier Indutiomarus wegen Erpressungen angeklagt und von Cicero im J. 69 verteidigt; der Ausgang des Repetundenprozesses ist unbekannt. DRUMANN[2] 5,329–335. SCHANZ-HOS. 1,413. GELZER, RE VII A 852f. **6.** P. F. war 59 v. Chr. 20 J. alt und adoptierte den P. Clodius Pulcher (o. Bd. I 1227f.), damit dieser zur Plebs übertreten konnte, Cic. dom. 34ff. Vielleicht ident. mit dem unter Nr. 4 genannten Münzmeister P. F. Capito. **7.** Ti. F., Legat des P. Cornelius Scipio in Spanien 212 oder 211 v. Chr., wurde als Lagerkommandant zurückgelassen, nahm nach dem Tod der Brüder Cn. und P. Scipio die Reste des Heeres auf und befehligte sie zumindest vorübergehend. Abweichend von diesem Bericht bei Liv. (25,34,8. 36,12. 37,4ff. 26,17,3) wurde C. F. Crassus nach Frontin. strat. 1,5,12 = 4,5,8 von Hasdrubal eingeschlossen, konnte sich aber befreien. **8.** P. F. Balbus, Praetor 168 in Spanien. **9.** C. F. Capito, Sohn eines C., 39/38 mit propraetor. Imperium im O. (Münzen mit Bildern des M. Antonius und der Octavia), 37 in Italien, wobei er als Freund des Antonius an der Konferenz in Tarent teilnahm (Hor. s. 1,5,32), und geleitete anschließend Kleopatra aus Äg. zu Antonius nach Syrien, Plut. Ant. 36,1. RE Suppl. 3,528. 33 wurde er Consul suff. (1. Mai bis 30. Juni), Fast. Venus. DEGR. I 13,251. 254f. BROUGHTON Mag. 2,414. Sein Sohn war wohl der gleichnamige Consul des J. 12 n. Chr. Mit ansprechenden Gründen hat ST. WEINSTOCK Pap. Brit. School at Rome, 1950, 44ff. die Identifikation des Suffectconsuls mit dem Antiquar F. Nr. III vorgeschlagen; als gesichert kann ich sie jedoch noch nicht ansehen. **10.** C. F. Capito, 169 Praetor in der Provinz Sardinien, wo er auch 168–167 als Promagistrat (Propraetor?) blieb. Liv. 43,11,7. 15,3. **11.** T. F. Capito, Praetor 178 in Hispania ulterior, das er mit proconsular. Imperium auch 177–176 verwaltete, Liv. 40,59,5. 41,15,11. **12.** C. F. Crassus, s. o. Nr. 7. **13.** Fonteia, Vestalin seit vor 91 bis nach 68, Schwester von Nr. 5. Cic. Font. 46–49. H. G. G.

II. Kaiserzeit: **1.** F. Agrippa, einer der Ankläger des M. Scribonius Drusus Libo im J. 16 n. Chr., Tac. ann. 2,30,1, wofür er einen Teil von dessen Gütern und die Praetur erhielt, ebd. 32,1; wegen Trennung seiner Ehe gelang es ihm nicht, seine Tochter im J. 19 zur Vestalin zu machen, ebd. 86,1. **2.** Sohn von Nr. 1, Praetor (CIL VI 39438), cos. suff. 58, CIL IV 3340 CXLVI. Curator aq. 66–68, Frontin aq. 102, procos. Asiae 68/69, CIL III 6083. IGR IV 439, D. MAGIE Rom. Rule As. min. 1582. Im J. 69/70 leg. Aug. pr. pr. Moesiae des Vespasian (Tac. hist. 3,46,3), fiel er im Kampf gegen die Sarmaten, Ios. bell. 7,91, s. Iord. Get. 13, 76. A. STEIN Leg. Moes. 32f. **3.** F. Capito, vielleicht Enkel von Nr. 5, cos. ord. 67, Inscr. It. XIII 1, p. 266. DEGRASSI Fast. cons. p. 18. Im J. 68 Legat in Germania inf., wo er Iulius Paulus töten und Iulius Civilis in Ketten legen ließ, Tac. hist. 4,13,1. Trotz seiner Beliebtheit bei den Soldaten fiel er dem Flottenpraefekten Iulius Burdo (Tac. hist. 1,58,2) sowie den Legaten Cornelius Aquinus und Fabius Valens zum Opfer, Tac. hist. 1,7,1. 3, 62,2, Plut. Galba 15,3, Suet. Galba 11, die ihn durch den Centurio Crispinus töten ließen, Tac. hist. 1,58,2. **4.** C. F. Capito (ἱερεύς), vielleicht *flamen* Caesars 39 v. Chr., Inscr. Cos. (s. BROUGHTON Magistrat. 2,486), Freund des M. Antonius, nahm 37 mit Maecenas am *iter Brundisinum* teil, Hor. sat. 1,5,32ff. und sollte dann Cleopatra nach Syrien bringen, Plut. Ant. 36. Cos. suff. 33 v. Chr. Inscr. It. XIII 1, p. 254.283. **5.** C. F. Capito, Sohn von Nr. 4. Cos. ord. 12 n. Chr., Inscr. It. XIII 1, p. 297. CIL VI 36841. AE 1927, 17; ohne besondere Leistung, Cass. Dio 56,26,1. Trotzdem procos. Asiae 21/22, D. MAGIE Rom. Rule Asia Min. 2,1363; eine Klage gegen ihn im J. 25 durch Vibius Serenus erwies sich als haltlos, Tac. ann. 4,36,3. **6.** C. F. Capito, eher Enkel als Sohn von Nr. 5 und Bruder von Nr. 3. Cos. ord. 59, CIL VI 2042. X 1504. Plin. nat. 2,180. **7.** D. F. Frontinianus L. Stertinius Rufinus. Legat. Aug. pr. pr. Numidiae im J. 160 (CIL VIII 4203f.) und 161/62 (Bull. tr. hist. 1932/33, 432f.), im J. 162 cos. des., CIL VIII 4589. Cos. suff. wahrscheinlich 162 in Abwesenheit, CIL VIII 2740. 4599, s. B. THOMASSON 1,93. 2,178. **8.** F. Magnus, Bithyner, Ankläger des procos. Varenus Rufus im J. 106, Plin. epist. 5,20,4. 7,6,2.6. 7,10,1. R. H.

III. Literarische Persönlichkeit

F., röm. Antiquar. Lyd. mens. 4,2 zitiert aus einem Werk περὶ ἀγαλμάτων *(de simulacris)* des F. Interpretation von Ianus als dem Gott der Zeit, vgl. ebd. 4,80 (Maia der Erde gleichgesetzt); Beschreibung der Götterbilder und theolog. Auslegung gingen wohl Hand in Hand. Andere Frg. (ohne Werktitel) befassen sich mit Orakeln (ebd. frg. 7 zu Romulus), der Übernahme etrusk. Insignien (ebd. 1,37 zu Numa) und den *libri Tagetici* (Lyd. ost. 3). Auf etrusk. Quellen scheint auch die ebd. 39–41 zitierte βροντοσκοπία *(tonitruale)* zurückzugehen. Das Interesse für die disciplina → Etrusca stellt F. neben Nigidius Figulus, auch wird er mehrfach zusammen mit Varro genannt. Einer Identifikation mit C. Fonteius Capito, dem Freund des Antonius (und dem bei Lydus dann fälschlich zweimal neben F. angeführten Καπίτων, sonst mit → C. Ateius Capito gleichgesetzt, vgl. W. Strzelecki, C. A. C. Frg. 1960, 24f.), steht also nichts im Wege. P. L. Sch.

S. Weinstock C. Fonteius Capito and the Libri Tagetici, Papers Brit. School Rome 18, 1950, 44ff.

Fontinalis. Cognomen in republikan. Zeit bei der Familie der Aternier (o. I 678). H. G. G.

Forceps (πυράγρα, θερμαστρίς). Die Schmiedezange, dann allg. Zange. Als Schmiedezange kennen wir die f. vor allem von Darstellungen des Hephaistos; ihre verschiedenen Formen s. Dar.-Sagl. 2,1240. Neben der üblichen Scharnierzange benützen Metallarbeiter und Goldschmiede ein nach der Ähnlichkeit mit den gekrümmten Armen des Krebses καρκίνος genanntes Werkzeug. An Sonderformen kennen wir noch die Feuerzange sowie die verschiedenen chirurg. Zangen (Milne Surgical instruments, 1907, 90ff. 135ff.). – In der Taktik ist *f.* (jedoch *forfex* bei Gell. 10,9. Veg. mil. 3,17–19) eine Schlachtordnung, bei der das Zentrum zurücktritt, während die Flügel schräg vorwärts stehen, z. B. Cato bei Fest. 344 b 12 M. Amm. 16,11,3. W. H. G.

Fordicidia. Am 15. April wurden *fordae boves*, trächtige Kühe (Whatmough, CQ 15, 1921, 108f. versucht den Festnamen anders abzuleiten, doch s. Weinstock), in allen Curien geopfert (Varro l. l. 6,15. Ov. fast. 4,629ff.), nach Ov. auch auf der Burg, unter Beteiligung der Pontifices (vgl. Lyd. mens. 4,72). In dieser Zeit »ist das Vieh trächtig, trächtig auch von der Saat die Erde« (Ov.). Die F. galten der Tellus: ob man dabei an die Göttin denkt (Wissowa, Latte; vgl. Jacobsohn, Char. für Leo, Bln. 1911, 407ff.) oder an die nicht-personifizierte Erde (Bömer) – beides ist in Rom kaum zu trennen –, jedenfalls wird deren fruchttragende Kraft durch »sympathetische Magie« (Weinstock) verstärkt. Die Asche der aus den Kühen herausgeschnittenen Kälber wurde an den → Parilia neben anderen Sühnemitteln durch die Vestalinnen verteilt.

Das bei Varr. r. r. 2,5,6 und Lyd. a. O. überlieferte *Hodicalia* bzw. Φορδικάλια ist Umformung nach anderen Festnamen (Weinstock, Latte, Walde-Hof.^{3} 1,527). W. E.

Wissowa Rel.^{2} 192. *Ders.* Myth. Lex. 5,334f. *Weinstock*, RE V A 794f. *Ders.* Glotta 22, 1934, 143ff. *Fowler* Rom. Festivals 71f. *Altheim*, RVV 22,2, 1931, 120ff. (dazu s. *Weinstock*). *Latte* RRel 68f. *Bömer* Ov. Fast. zu 4,630.

Forentum (Nissen It. Ldk. 2,831), apul. Stadt nahe Venusia, 317 v. Chr. von den Römern erobert (Liv. 9,20,9. Diod. 19,65,7, wenn mit Φερέντη identisch); später gehörte sie als *municipium* zur 2. Region (Plin. nat. 3,105 *Forentani*); von Horaz erwähnt (c. 3,4,16 mit Sch.; Porph. verlegt *Ferente* in ein lukan. Tal). Zugehörig wohl auch der Name der ΒορϜοντῖνοι (Radke, Glotta 41, 1963, 287) bei Skyl. 15 (codd. Βορεοντῖνοι). Vgl. auch die *Forentani* in Latium (Plin. nat. 3,64). G. R.

Forfex *(forpex, forficula,* ψαλίς), die Schere. Die heute übliche Form, Schere mit sich kreuzenden, in der Mitte durch einen Stift verbundenen Armen, war im Alt. selten, meist ist die ant. f. pinzettenähnlich geformt. Dar.-Sagl. 2,1242. F. werden gebraucht zum Schneiden von Stoffen, Haaren und Bart, zum Beschneiden der Pflanzen, zum Scheren der Schafe (doch war daneben die *volsura*, das Ausrupfen der Wolle aus dem Fell, noch lange im Gebrauch, Varro rust. 2,11,9). Erhaltene f. sind meist aus Eisen, selten aus Bronze. Zum taktischen Begriff der f. → forceps. W. H. G.

Formiae (Nissen It. Ldk. 2,659f.), Stadt Latiums (Ptol. 3,1,5. Plin. nat. 3,59: 1. Region) am Meere (Flor. 1,11) in Bucht zwischen Cap Torre d'Orlando (Grab des Munatius Plancus) und Mte. Scauri am Fuß der *Formiana saxa* (Liv. 22,16,4) an der via (→) Appia (Cic. ad Q. fr. 1,1,17) 87 mp von der porta Capena (Itin. Ant. 121,10. Burd. 611,8. Tab. Peut. 6,2. CIL X 6863; Itin. 108,2: 88 mp). Der Sage nach Stadt der Laestrygonen (Plin. Cic. Att. 2,13,2. Hor. c. 3,17,6. Ov. met. 14,233. Solin. 2,22. Mart. Cap. 641) oder griech. Gründung (Strab. 5,233), die angeblich διὰ τὸ εὔορμον früher Ὁρμίαι hieß (Strab. Plin. Paul. Fest. 73,20ff. L. Serv. Aen. 7,695). Das – zeitweilig volskische (Sprachreste Fest. 374,29 L.?) – F. erhielt *civitas sine suffragio* 338 v. Chr. (Liv. 8,14,10) oder 332 v. Chr. (Vell. 1,14,4), das Vollbürgerrecht (Fest. 262, 13 L.: als *praefectura;* vgl. Ensslin, RE XXII 1309ff.) 188 v. Chr. in der tribus Aemilia (Liv. 38, 36,9. Cic. Att. 2,14,2). Das Gebiet von F. wurde 295 v. Chr. von Samnitern (Liv. 10,31,2), die Stadt vor 66 v. Chr. durch Seeräuber (Cic. Manil. 33), nach 43 v. Chr. durch Sex. Pompeius (Flor. 2,18) geplündert. Wegen des guten Klimas (Martial. 10, 30) Weinbau (Hor. c. 1,20,11. 3,16,34) und viele Villen (Cic. rep. 1,61; nat. deor. 3,86 u. a.; vgl. Hor. s. 1,5,37: *in Mamurrarum urbe*). In der Nähe seines Formianums fand Cicero den Tod (Sen. suas. 6,17. Vir. ill. 81,7). G. R.

Formido. 1. Personifizierung des Entsetzens Hyg. fab. praef. 29 (= 12,10 Sch.): *ex Venere et Marte Harmonia et F.* vgl. Hes. theog. 933ff.: Φόβος, Δεῖμος und Ἁρμονίη sind Kinder des Ares und der Aphrodite. Personif. erscheint F. auch Verg. Aen. 12,335, Claud. 3 (in Ruf. 1), 343;

22 (cons. St.), 376. **2.** Hyg. 145 nennt F. die Bremse, die auf Iunos Geheiß → Io quälte. W. E.

Formio (Nissen It. Ldk. 1,77), Grenzfluß Italiens (Plin. nat. 3,127) wohl z. Z. Caesars, h. Risano b. Capodistria, wenn die Entfernung (Straße 15,5 km) von Triest (VI mp) bei Plin. in XI geändert werden kann, sonst Recca ö. Muggia (vgl. auch Ptol. 3,1,27). G. R.

Formula enthält *concepta verba* (Gai. 4,30), nach denen sich Rechtsakte, bes. die Entscheidung des Richters im *ordo iudiciorum*, richten sollen. Ob es der Prätor ist, der durch Abfassung der Formeln (*formulas proponit*, Gai. 4,47) das Prozeßprogramm festlegt, oder ob sich die Parteien dieses selbst geben, ist strittig. Wenger in RE VI 2859 ff. bietet in vorbildlicher Form ein auf Wlassaks Lehre von der *litis contestatio* als Parteienvertrag aufbauendes Verständnis der f. Neuerdings (bes. bei Jahr) wird dieser Theorie aber nachdrücklich widersprochen; nach Jahr 93 ff. sprechen in der f. nicht die Parteien, sondern der Prätor; sie sei also Teil eines magistrat. Dekrets. Ihrer äußeren Erscheinung nach war die f. wohl Urkunde; leider kann dies aber für die stadtrömische Praxis längst nicht so gut belegt werden wie für den Osten.

Eingeführt oder wenigstens entscheidend gefördert wurde die prozessuale Bedeutung der f. durch die lex Aebutia (wahrscheinlich 1. Hälfte des 2. Jh. v. Chr.), abgeschafft wurde die *aucupatio syllaborum* 342 n. Chr. (Cod. Iust. 2,57,1) zugunsten des Kognitionsprozesses. Jede Formel enthielt eine Richtereinsetzung *(Lucius Titius iudex esto)*. Ihr folgte das Streitprogramm, regelmäßig ein Konditionalsatz. Nahezu jede f. enthielt eine *intentio* zur Bezeichnung von Klagegrund und Klagegegenstand sowie eine *condemnatio*, *qua iudici condemnandi absolvendique potestas permittitur* (Gai. Iust. 4,43). Als fakultative Formelbestandteile seien die den Sachverhalt präzisierende *demonstratio*, die Einrede *(exceptio)* und die zur Rechtsgestaltung ermächtigende *adiudicatio* hervorgehoben. Th. M.-M.

Partsch Die Schriftformel im röm. Provinzialprozeß, 1907. *Wlassak* Die klass. Prozeßformel, 1924. *Wenger* Prätor und Formel, 1926; Die Quellen des röm. Rechts, 1953, 836 ff. *Jahr* Litis contestatio, 1960.

Fornacalia. Nach Curien gefeierte, vom Curio maximus angesagte *feriae conceptivae* im Februar. Opferfeier nach dem Rösten des Getreides, aus einer Zeit, als es zerstampft, noch nicht gemahlen wurde. Nach Ov. fast. 2,513 ff. ist Fornax eine Göttin »geworden«, die dafür sorgte, daß das Getreide dabei nicht verbrannte. Fornax kommt nur noch Lact. inst. 1,20,35 vor. Die Göttin ist wohl erst aus dem Fest herausgesponnen (Wissowa, Latte, Bömer; anders Frazer zu Ov.). Der 17. Februar hieß *Stultorum feriae*, entweder, weil Unachtsamen das Korn verbrannte oder weil die, die ihre Curie nicht mehr kannten, nachfeierten (vgl. Ov. a. O. Fest. 254 f. 316. Plut. Quaest. Rom. 285 D). W. E.

Wissowa Rel.² 158. *Latte* RRel 143. *Bömer* zu Ovid Fasten 2,513 ff.

Fornax, der Ofen. **1.** Der Töpfer- und Ziegelofen, bestand im allg. aus 2 übereinander angeordneten Teilen, einem Feuerungsraum und darüber, durch einen Rost (Lochtenne) getrennt, dem Brennraum. In dieser Art Schachtofen ist das eingesetzte Töpfergut aus dem Gluthaufen des Feuers heraus in das Spiel der Flammen gehoben. Der meist überwölbte Brennraum hat oben eine Zug- und Abzugsöffnung; er ist etwa seit dem 6. Jh. v. Chr. belegt. Dieser f. hat eine relativ lange Brenndauer, dafür geringeres Risiko. Ob auch der oben offene f. antik vorkam ([1],101,3), ist nicht bekannt; bei ihm ist die Brenndauer kürzer, das Produktionsrisiko viel höher. **2.** Der Hochofen zur Herstellung des gießbaren Metalls, vor allem für den Bronzeguß. Die verschiedenen Formen, vom Rennofen über die Schachtherd- und Tiegelöfen mit Gebläse (→ Follis 1) – die Esse kommt wohl erst seit der Renaissance vor – sind bei [2] gut zu übersehen. Die f. wurde mit Holzkohle und Erz, schichtweise getrennt, beschickt und stand in der Regel seitlich oberhalb der zu beschickenden Gießform. **3.** Die Schmiedeesse, Verg. Aen. 7,636. 8,421. Curt. 4,2,13. Wie bis heute gab es technisch sehr verschiedene Ausführungen, mit oder ohne Rauchfang und Gebläse. **4.** Der Kalkofen, *f. calcaria*, ist antik nicht erhalten; die Beschreibung bei Cato agr. 38 ist nicht sonderlich klar. **5.** Der Badeofen, auch *hypocausis* (der Heizer: *fornacarius*), ist aus den Thermen wohl bekannt, vgl. [3]. W. H. G.

1. *Hampe-Winter* Bei Töpfern und Töpferinnen in Kreta, Messenien und Zypern, 1962. 2. *Kluge* Die antike Erzgestaltung, 1927, 6 ff. 3. *Krencker* Die Trierer Kaiserthermen, 1929.

Fornix. Urspr. »tragender Bogen, tragendes Gewölbe« (nicht: Kuppel, Gewölbe, d. i. *camera*, *concameratio*) bezeichnet zunächst die Bögen von Brücken (Bell. Alex. 19,4. Liv. 40,51,4. Vgl. Plin. nat. 16,223) und Wasserleitungen (Plin. nat. 31,41. CIL I, 1166. Frontin. de aqu. 125. 127. 129). Letztere heißen später immer *arcus*, wie die anfänglich ebenfalls f. genannten Triumphbögen. Ferner bezeichnet f. überwölbte Lücken im Mauerwerk für Türen und Fenster, Cic. top. 22, und von daher kleine Pforten überhaupt (Liv. 36,23,3. 44, 11,5. CIL I 1412. II 1087) sowie die Zugänge zum Zuschauerraum, Cic. har. 22. F. können auch überdeckte Fußgängerwege, Laubengänge heißen (Liv. 22,36,8), die man später *via tecta* nennt, Ov. fast. 6,191; diese waren schon früh so zahlreich, daß Plin. nat. 12,22 bildlich von *fornicato ambitu* sprechen kann. Seit der späten Republik bedeutet f. jedoch meist das Tonnengewölbe des Kellergeschosses (CIL I 1162), auch die Kellerräume überhaupt. Diese galten als (und waren sicher auch) schmutzig und daher lasterhaft; so kommt f. zur Bedeutung Bordell (seit Hor. epist. 1,14,21; s. 1,2,30 poet. häufig) und, seltener, Hure (vgl. Suet. Caes. 49). Wohl wegen dieser allg. verbreiteten Bedeutung müssen Straßen, Triumphbögen usw. ihre Bezeichnung ändern. Von der lat. Bibelübersetzung bekommt f. (= Bordell) mit seinen zahlreichen Ableitungen weite Verbreitung in den Schriften der Kirchenväter, wo jede Art der Befleckung damit bezeichnet wird. W. H. G.

1. Zur Technik: *Blake* Ancient Roman Constructions in Italy, 1947. 1959. *G. Lugli* La tecnica edilizia romana, 1957. Vgl. ferner → Triumphbogen und → Wasserleitungen.

Fors Fortuna s. Fortuna

Fortuna. Der Kult der F. gehört in Rom zu den verbreitetsten. »Die Neigung der Römer zur Differenzierung aller Manifestationen der Mächte führt hier zu einer Fülle von Fortunae, die schon den Alten auffiel« (Latte [3],182). Daher gab es sogar Tempel der *F. huiusce diei* (einer auf dem campus Martius, von Q. Lutatius Catulus am Tage der Schlacht von Vercellae, 30. Juli 101, gelobt [Plut. Mar. 26] und am Jahrestag geweiht [CIL I^2 S. 323. [4],216), ein anderer wahrscheinlich von L. Aemilius Paullus erbaut und von Catulus restauriert und ausgeschmückt [Plin. nat. 34,54]); es gab auch einen Tempel der *F. equestris* (im J. 180 von Q. Fulvius Flaccus in einem Reiterkampf gelobt und am 13. August 173 geweiht) und Fortunae von Collegien, Familien, Örtlichkeiten, dazu Fortunae mit allg. Bezeichnungen wie *F. bona, obsequens, privata* usw. (Belege [2],262 f.).

Heiligtümer der F. sind häufig in Latium, die bedeutendsten lagen in Praeneste und Antium. In Rom soll den Kult nach der Überlieferung → Servius Tullius (Ancus Marcius nur Plut. Fort. Rom. 5) eingeführt haben, der König aus dem Sklavenstand, dessen Geburtsgesch. ähnliche typ. Züge aufweist wie die des → Caeculus, des Gründers von Praeneste. Hier, wo vielleicht der älteste ital. F.-Kult bestand ([7],514), erscheint F. als F. Primigenia (Dessau, H 19, 1884, 453. CIL XIV S. 295 f.), dazu einmal als *Diovo fileia primogenia* (CIL I^2 60 = XIV 2863. Jordan Symb. ad hist. relig. Ital. altera, Ind. lect. Regiomont. 1885) und einmal als *Iovis puer primigenia* (CIL XIV 2862. *puer* ist femin.). Der Beiname *Primigenia* weist nach älterer Auffassung hin auf eine »der ital. Religion, die keine Götterkindschaften kennt, sonst durchaus fremde Auffassung, welche sich gewiß nicht zufällig nur in dem von auswärtigen (nämlich bes. etr.) Einflüssen stark durchsetzten Praeneste nachweisen läßt« ([2],259). Dagegen macht Latte ([3],176) geltend, daß das Beiwort »wohl eine Vorzugstellung ausdrücken« solle, »nicht einen genealog. Zusammenhang«; höchstens dürfe man abstrakt sagen, Tyche-Fortuna sei damals als die wichtigste der von Zeus ausgehenden Wirkungen angesehen worden. Allerdings muß Latte ([3],176,1) zugeben, daß sonst der Beiname *Πρωτογένεια, Πρωτογόνη* mytholog. Abkunft bedeutet (*Τύχη Πρωτογ.* auf hellenist. Inschr. ist Isis-Tyche: Inscr. de Délos 1072 f. Guarducci zu Inscr. Cret. III 4,14).

Die genannte Inschr. CIL I^2 60 ist von einer Frau für Kindersegen geweiht (Jordan a. O. 4 gegen Mommsen bei Dessau a. O. Vgl. [2],259,3. [3], 177). In der Nähe des großen Tempels von Praeneste gab es ein Heiligtum mit einem Bild der F., die 2 Säuglinge hielt, welche als Iuppiter puer und Iuno gedeutet wurden (Cic. div. 2,85. → Iuppiter). Das Bild genoß große Verehrung von den Müttern. Vielleicht kann man die, vor allem um Capua, wo es ebenfalls ein F.-Heiligtum gab, zahlreich gefundenen Terracottastatuetten, die Mütter mit kleinen Kindern darstellen, mit F. in Verbindung bringen ([2],260,1. [3],176 f., der auch an die sog. Mater Matuta in Florenz erinnert). Latte meint ([3],177), daß »eine Göttin des Kindersegens die lat. Benennung F. erhielt und dann diese durchsichtige und weitere Benennung das Wesen der Göttin beeinflußte«. Mindestens ebenso wahrscheinlich aber ist der umgekehrte Weg. Die Inschr. im Praenestin. Heiligtum (Fasolo-Gullini Il Santuario della Fortuna Primigenia a Palestrina, Roma 1953. Die Inschr. CIL I^2 60. 1445 ff. 2531; die nach dem 2. Weltkrieg gefundenen bei Fasolo-Gullini a. O.) zeugen von ihrer Verehrung durch alle Schichten ([7], 517, der mit Fasolo-Gullini daran erinnert, daß zahlreiche Inschr. von Gewerbetreibenden und kleinen Händlern mit dem Charakter des F.-Heiligtums als »Wallfahrtsort« zusammenhängen); es scheinen aber ebenso wie in Rom (vgl. [7],524 und die Inschr. CIL I^2 977–980 [VI 167–169]) mehr die kleinen Leute und auch Sklaven gewesen zu sein, die F. bes. verehrten, da vor allem sie besseres Geschick und glücklichen Gewinn erhofften (vgl. die angebliche Einführung des Kultes durch Servius Tullius). Da offenbar jedermann alle Glücksumstände mit F. in Verbindung bringen konnte, wird man auch an eine jeweilige Spezifizierung denken dürfen (vgl. [6], 14), die in Parallele steht zu den eingangs erwähnten F.-ae.

Verbunden mit dem Heiligtum von Praeneste war ein Losorakel (vgl. C. Koch, Frankf. Stud. 14, 1937, 48 f.). Die Lose befanden sich in einer Kiste (danach hieß der Iuppiter von Praeneste I. Arcanus. Daher auch die Bezeichnung F.s als Iuppiter-Tochter und die Deutung der Kinder als Iuppiter und Iuno? [vgl. [3],177,5]), gezogen wurden sie von einem Kinde. Auch die beiden F.-ae von Antium (die Zweiheit ist unerklärt; daß sie nicht aus der griech. Tyche-Vorstellung hervorgegangen sein kann, betont mit Recht [3],178. Auf Mz. um 12 v. Chr.: BMC Rom Rep 2,76 ff.) gaben Orakel, nach Macr. Sat. 1,23,13 in der wohl erst später importierten ([3],178,1) Form, daß aus den Bewegungen der Göttinnen bei der Prozession die Zukunft gedeutet wurde.

Rom war reich an Heiligtümern der F. Die bedeutendsten sind: Ein sehr altes am forum boarium (Lyngby, Eranos 36, 1938, 47ff.) nach Varro bei Non. p.189 (= Frg.17 Rip.) F. Virgo genannt; Stiftungstag 11. Juni, gleichzeitig mit dem der → Mater Matuta; beide durch Brand 213 v.Chr. zerstört und kurz darauf wiederhergestellt. Den Brand soll ein vollständig verhülltes Holzbild überstanden haben, das entweder Servius Tullius (Ov.fast. 6,571. Dion.Hal.ant. 4,40,7. Val.Max.1,8.11) oder F. (Plin.nat. 8,194.197.) darstellte. Das Bild scheint Seian bei sich zu Hause gehabt zu haben (Cass.Dio58,7,2). Sollte die Verbindung mit Mater Matuta auf eine innere Verwandtschaft schließen lassen (anders [3],180f.), so spräche das für die Deutung als Frauengottheit (wegen der Verhüllung dachte Thulin, RVV 3,1,37f. an etr. Schicksalsgottheit; doch s. [6],20. vgl. [3],180,3), wie das bestimmt die *F. muliebris*, am 4. Meilenstein der via Latina, war, der nur in 1. Ehe lebende Frauen nahen durften. (Zur zweifelhaften, aus Fest. 242 M. und Ov.fast. 6,615ff. hergeleiteten, bes. von Wissowa, Abh. 254ff. vertretenen Identifikation der *F. in foro boario* mit Pudicitia s. Höfer, Myth. Lex. 3,3274f. Radke, RE XXIII 1942ff. → Pudicitia). – Gegenstück dazu muß urspr. *F. virilis* gewesen sein. Aber wir wissen, daß am 1. April die Frauen zu ihr beteten, die niedrigen Standes in den Männerbädern; sie scheint später als »Glück bei Männern« verstanden worden zu sein. (Wie es zur Beteiligung der Frauen gekommen sein könnte s. [3], 181,3.) – Einen Tempel der *F. publica populi Romani* (*Fort P R* auf Mz. um 49 v. Chr.: BMCRomRep 1,503) gab es auf dem Quirinal; Stiftungstag 25. Mai (CIL I^2 S. 319. Die fasti Ant.vet. versehentlich [3],178,3. Degrassi z. St.] 24. Mai); von den fasti Venus. irrtümlich (anders [2], 261) Primigenia genannt. Ebenfalls auf dem Quirinal stand ein Tempel der *F. publica citerior in colle;* Stiftungstag 5. April (CIL I^2 S. 315). Ein dritter läßt sich aus der Bezeichnung der Gegend *ad tres Fortunas* gewinnen. – Ein Heiligtum der F. Primigenia gab es auf dem Capitol (Plut. Fort.Rom. 322 F; von Servius Tullius; vgl. fasti Ant.vet. und Arval. zum 13. Nov.). – Fors Fortuna (Differenzierung Fors und F. erst Accius Frg. 182 R^3?: so [3],179f.) hatte 2 Tempel in Trastevere, am 1. und 6. Meilenstein der via Portuensis; Fest beider 24. Juni (CIL I^2 S. 320. Ov.fast.6,773ff. S.M. Savage, Mem. Americ. Acad. Rome 17, 1940, 26ff.). Ovid hält beide für Gründungen des Servius Tullius, Varro l.l. 6,17 richtiger nur einen, denn dazu paßt Liv.10,46,14, wonach Sp. Carvilius einen neuen Tempel »in der Nähe« des alten erbaute. – Eine *ara* der F. Redux bei der porta Capena errichtete der Senat 19 v.Chr. zu Ehren der Rückkehr des Augustus aus dem O., einen Tempel der Fortuna Redux am Marsfeld Domitian 93 nach seiner Rückkehr vom Germanenkrieg.

Der Synkretismus der Kaiserzeit schuf eine Isis-F. und eine F. Panthea ([1],1530ff.).

Mz.: Nicht selten schon in der Rep., häufig auf Mz. der Kaiserzeit mit vielen Beinamen *(Felix, Muliebris, Dux, Redux, Opsequens, P[opuli] R[omani]* usw.*);* Attribute, neben mannigfachen anderen, meist Füllhorn und Steuer (oft auf Globus) (Schrötter WBMzK 210. BMCRomRep. Mattingly RIC passim).

Obwohl die *rota Fortunae* nach dem Vorgang hellenist. Schriftsteller auch bei Cic. in Pis. 22. Tib.1,5,70. Tac.dial. 23,1 u.a. erscheint, ist sie auf Darstellungen selten. W. E.

1. *Peter-Drexler*, Myth.Lex. 1,1500ff. 2. *Wissowa* Rel.^{2} 256ff. 3. *Latte* RRel 176ff. 4. *Platner-Ashby* 212ff. 5. *W.F. Otto*, RE VI 2047ff. 6. *Ders.* RE VII 12ff. 7. *Bömer*, AAMz, 1957, 7,514ff. (= Sonderpubl. 140ff.).

Fortunatae Insulae. Namen von Inseln im Atlant. Ozean (Plin.nat. 6,202–205), der afrik. Küste vorgelagert (*αἱ τῶν Μακάρων νῆσοι* Ptol. 4,6,14 M. Strab. 2,150. Plut. Sert. 8), urspr. auf die Madeira-Gruppe, dann auf die Kanar. Inseln angewandt (noch h. Islas Afortunadas). Die »Glücklichen Inseln«, sind zunächst ein Produkt eschatolog. Vorstellungen von Stätten des Fortlebens nach dem Tode (vgl. das *Ἠλύσιον πεδίον* Homers, Od. 4,561ff.). Dann werden von der Natur bes. ausgezeichnete Inseln *εὐδαίμονες νῆσοι* genannt, z.B. die Sokotra-Gruppe (am Ausgang des Golfs von Aden, Agatharch. m. Erythr. 104, GGM I, p.191) oder eine kleine Insel *Μακαρία νῆσος* (Ptol. 4,7,11 M.) des Dhalak-Archipels an der afrik. Küste gegenüber dem h. Massaua, bes. aber die Kanar. Inseln. Nach Plut. Sert. 8 war Sertorius der 1. Römer, der von dieser Inselgruppe erfuhr (um 80 v.Chr.); den Phoinikern und später den Karthagern war sie schon bekannt. Plin. schöpfte sein Wissen aus → Iuba und → Statius Sebosus. Erwähnung auch bei Mela 3,102. Geogr. Rav. 4,46 und Guid. 129. Ptol. und Plin. nennen 6 bzw. 8 Inseln mit Namen, von denen Ninguaria mit Teneriffa, Pluvialia (bzw. Ombrios) und Capraria mit Lanzarote und Fuerteventura zu identifizieren sind. Der Name Canaria ist noch der alte. Plin. und Plut. beschreiben die F. i. als außerordentlich fruchtbar dank einem gelinden Klima und mäßigen Niederschlägen. Plin. charakterisiert noch jede einzelne Insel. Die Idee von den »Inseln der Seligen« hat ihren Ursprung in Indien, von wo sie nach O. (China) und W. ausstrahlte. H. T.

RE VII 42f. mit Lit. XXII 1036f. Art. Potana. *K. Baedeker* Das Mittelmeer, Lpz. 1909, 31ff. Gr. Hist. Weltatl. I, S. 9a.

Fortunatianus. 1. F., heidnischer Philosoph und Dichter, wahrscheinlich aus Antiochia (Liban. epist. 644.694.1425). Schon um 350 hatte F. am Hofe Constantius' II. Einfluß (Liban.or.14,12); 369/70 war er comes rerum privatarum (Cod. Theod.10,19,5.7,13,2), 371 comes sacrarum largitionum (Amm.29,1,5.2,1. Zos. 4,14,1). **2.** Ca. 340 bis 360 Bischof von Aquileia, drängte seit ca. 356

im Auftrag Constantius' II. Liberius von Rom zur Nachgiebigkeit in theol. Fragen (Hier. vir. ill. 97). Nach Hieronymus (a.O.) schrieb F. *sermone rustico*, Kurzkommentare zu den Evangelien (vgl. Hier. Comm. in evang. Matth. praef.). A. L.

E. Caspar Gesch. d. Papsttums 1, 1930, 173ff. 589f.

2. s. Chirius Fortunatianus

Foruli (CIL IX p. 417. NISSEN It. Ldk. 2,469), *vicus* (Liv. 26,11,11. CIL IX 4399: *vicani Forulani*) im Sabinerlande (Strab. 5,228 *Φόρουλοι πέτραι πρὸς ἀπόστασιν μᾶλλον ἢ κατοικίαν εὐφυεῖς.* Verg. Aen. 7,714) an der alten (in der Nähe Pte. Nascosto aus dem 3. Jh. v. Chr.) Straße (RADKE, Philol. 103, 1959, 315) von Interocrium (Tab. Peut. 5,5: 13 mp) nach Amiternum (KUBITSCHEK Imp. Rom. trib. discr. 54), von der die via Claudia nova des J. 47 n. Chr. abzweigt (CIL IX 5959); h. Civitatomassa. G. R.

Forum 1. (MOMMSEN RStR 3^3, 798. MEISTER Lat.-griech. Eigennamen 1, 1916, 88f.; vgl. CIL I^2 583,31. 592 II 3.26. 593,83.85f.108f.), bei den *antiqui* das *vestibulum sepulcri* (Paul. Fest. 74,21f. L. Cic. leg. 2,61), dessen Name (wegen der Lage der Nekropole?) auf das F. Romanum als Markt- und Versammlungsort übertragen wurde: Ort der *iudicia* vor *iudex* (Paul. a.O. 18 L. Varro l.l. 5,145. Dion. Hal. ant. 3,67; Verhandlung *in iure* vor *praetor* auf *comitium:* Varro l.l. 5,155. Liv. 6,15,1.29, 16,6. Gell. 20,1,11); später allgemein »Gerichtsstand« (KIPP, RE VII 56; Cic. Verr. 3,38), der sich nach *reus* (Dioclet. Cod. Iust. 3,13,2 *actor rei forum sequatur*), Vertragsort (Gai. Dig. 42,5,3), Tatort (Pompon. Dig. 9,4,43) richtet (Rubr. Cod. Iust. 3, 13 *forum competens*); vgl. Paul. a.O. 19ff. L. Es ist zu beobachten (KUBITSCHEK, RE XVIII 1904), daß von 30 nach Erbauern benannten *viae* an deren 23 ein gleichnamiges F. jeweils auf halbem Wege liegt (RADKE, G 71, 1964, 213ff. RE Suppl. IX 1795.1798,1821): Bei 5 censorischen *viae* zwischen F. Romanum (spätere Meilensteine zählen von porta Capena, Aurelia, Collina, Tiburtina) und Straßenende, bei 10 konsular. Italiens und 3 Galliens zwischen Beginn und Ende der Straße, bei 5 konsular. bzw. praetor. Italiens zwischen Rom (d.h. F. Romanum) und Straßenende, obwohl Meilenzählung nicht in Rom beginnt. Diese Fora dienen Aufgaben, die im *ager Romanus* der *censor*, in seiner *provincia* (*Italia* schloß im J. 171 v. Chr. *Gallia* ein: Liv. 42,32,5. 43,1,4) *consul* oder *praetor* zu erledigen hat; wegen der Funktion des *censor* sind das weder jurid. noch militär., sondern nur aerar.: *negotiationis locus* (vgl. Sall. Iug. 47,1) *ut Forum Flaminium, Forum Iulium ab eorum nominibus, qui ea fora constituenda curarunt; quod [etiam locis privatis] et in viis et agris fieri solet* (Paul. a.O. 15ff. L.). Das erklärt neben F. *in viis* auch solche *in agris* wie F. Subertanum (Liv. 26, 23,5), Truentinorum (Plin. nat. 3,116), Brentanorum (Plin. 113), *Ἰουγουντῶν* (so! Ptol. 3,1,31). Älteste (s.u.) namentliche Zeugnisse: F. Licini (Plin. 124: schon von Cato genannt), Livi (163 v. Chr.), Popili (132 v. Chr.). Zur Mittellage der F. vgl. ferner die – augusteische (?) – Einrichtung der Stationen *ad medias* an der via Appia (Itin. 611; zwischen F. Romanum und Grenze Latiums), via Aemilia (Itin. 616; zwischen Placentia und Ariminum), zwischen Pavia und Turin (Itin. 557). Alle F. *in viis* liegen auf röm. Boden (z.B. Prodigienmeldung aus F. Livi; s.u.), nicht alle behielten Stadtrecht (vgl. *vicus F. Flaminii*). – F. Anni (NISSEN It. Ldk. 2,901) in Lucanien am Tanager s. Volcei (Sall. hist. 3,98 M.; RADKE, RE IX A 760) an der via Annia halbwegs (RADKE, G 71, 1964, 231f.) zwischen Rom und Metauros (jeweils 219 mp); Meilenstein des *praetor T. Annius* bei S. Onofrio (DEGRASSI Inscr. lat. lib. reip. Nr. 454a) n. Vibo. – F. Appi (NISSEN 638) an der 312 v. Chr. erbauten via (→) Appia 43 mp von der porta Capena, d.h. halbwegs der 88 mp langen Straße vom F. Romanum bis Formiae (RADKE, G 215); älteste namentliche Bezeugung für das J. 91 v. Chr., wenn Suet. Tib. 2,2 M. Livius Drusus gemeint ist (HOFMANN, RE Suppl. VIII 1177); Itin. 107.611. Cic. Att. 2,16. Hor. s. 1,5,3. – F. Aureli (NISSEN 327) an der via (→) Aurelia (Itin. 291. Cic. Cat. 1,24) zwischen F. Romanum und Salebro (jeweils 67 mp); vgl. RADKE, G 222; h. Montalto di Castro. – F. Caecili (aus *For OECRI* Tab. Peut. 5,4; *F. Decii* Guid. 54; *F. Deci* Plin. 107 herzustellen) an der via (→) Caecilia (78 mp vom F. Romanum wie von Atria). – F. Cassi (NISSEN 344) an der via (→) Cassia (Itin. 286) zwischen Rom und Fines Clusinorum (jeweils 44 mp; RADKE, G 213ff.); h. S. Maria di Forcassi ö. Vetralla. – F. Claudi 1. (RADKE, G 216) halbwegs zwischen Formiae und Capua (vielleicht von App. Claudius 295 v. Chr. als *praetor* erbaut); h. S. Maria di Foro Claudii b. Ventaroli. 2. (Ptol. 3,1,50 *Φόρος Κλαυδίου*; sonst Itin. 286 *Foro Clodi*. Plin. 52 *praefectura Claudia Foroclodi*) an der via Claudia (33 mp von Rom; RADKE, G 214.220f.); h. Oriolo. – F. Clodi (Tab. Peut. 4,1) zwischen Luna und Lucca jeweils 259 mp von Rom und Scingomagus (Plin. nat. 2,244). – F. Corneli (NISSEN 259. Itin. 100.127.287.616. Strab. 5,216. Plin. 3,116. Ptol. 3,1,46. Martial. 3,4. Cic. fam. 12,5,2) zu der alten tribus Pollia gehörig (BORMANN CIL XI p. 126) jeweils 46 mp vom Uso und vom Silarus (nach P. Cornelius Cethegus, cos. 181 v. Chr., benannt?); h. Imola. – F. Deci s. Caecili. – F. Domiti (Itin. 389.396. 552) in der Narbonensis zwischen Pyrenäen und Aquae Sextiae (jeweils 111 mp). – F. Flamini (NISSEN 393. RADKE, RE VIII A 2563ff.) n. Foligno an der via (→) Flaminia (Itin. 125.614) halbwegs (je 99 mp) zwischen Rom und Sena Gallica (RADKE G 225ff.); h. Vescia (nicht S. Giovanni Profiamma). – F. Fulvi (NISSEN 156) zwischen Placentia und Ocelum (jeweils 68 mp): Plin. 49. Tab. Peut. 3,5 (Erbauer M. Fulvius Nobilior, cos. 159 v. Chr. (Triumph *de Liguribus Eleatibus* 158 v. Chr.); h.

Villa di Foro w. Alessandria. – F. Gallorum (NISSEN 266) bei Castelfranco (Itin. 452. Cic. fam. 10,30. Frontin. str. 2,5,39. App. civ. 3,60ff.) an der via Aemilia halbwegs (je 83 mp) zwischen Placentia und Rubico-Fiumicino. – F. Lepidi (NISSEN 267. Fest. 332,25 L.) = Regium Lepidum (Itin. 99.127.283.287.616) an der via Aemilia, 58 mp von Placentia wie vom Silarus (M. Aemilius Lepidus, cos. 187 v. Chr.; RADKE, G 210); h. Reggio. – F. Livi (NISSEN 258) an der via Aemilia (Itin. 287.616. Plin. 116) 27 mp vom Silarus wie vom Uso entfernt (C. Livius Salinator, cos. 188 v. Chr.; RADKE, G 210); wenn *ESII* bei Obsequ. 14 (vgl. ebd. *LELIO* statt *Livio* bei Kursivschreibung des e) zu *Livi* wiederherstellbar ist, schon für das J. 163 v. Chr. bezeugt; h. Forlì. – F. Popili 1. *ex Falerno* (Plin. 64. Ptol. 3,1,68. NISSEN 691) aus dem J. 316 v. Chr. 2. (NISSEN 903) in Lucanien (Tab. Peut. 6,5; h. Polla) mit Bauinschr. CIL I^2 638 aus dem J. 132 v. Chr. (?), 231 mp von Rom wie von Columna entfernt (RADKE, G 231f.). 3. (NISSEN 258) an der via Aemilia (Itin. 616. Plin. 116; h. Forlimpopoli) 27 mp von Ariminum halbwegs (je 243 mp) einer Straße Rom–Spoletium–F. Semproni–Ariminum – F. Popili–Ravenna–Atria (Meilenstein des P. Popillius, cos. 132 v. Chr., CIL I^2 637; Zählung beginnt vom Rubico–Fiumicino) –Patavium (nicht auf dem direkten Wege Atria–Altinum, wie Plin. 127 die Entfernung von Ravenna bis Formio rechnet) – Altinum–Aquileia–ad Pirum. – F. Semproni (NISSEN 383. Itin. 126. 615. Plin. 113. Strab. 5,227) zwischen F. Flamini und Caesena (jeweils 69 mp) von Ti. Sempronius Gracchus cos. 177 v. Chr. erbaut (RADKE, G 212); h. S. Martino al piano ö. Fossombrone, das den Namen weiterführt. G. R.

2. (Gerichtlich). Neben der allgem. Bedeutung als »Marktplatz« bezeichnet f. auch speziell den Gerichtsort oder das Gericht. So sagen schon die XII T. 7,1: *Ni pacunt, in comitio aut in foro ante meridiem causam coiciunto.* Im selben Sinne heißt es etwa auch *in foro causas dicere* (Gai. Dig. 1,2,1) für die gewöhnliche Form der Jurisdiktion, während prätorische Amtshandlungen an anderen Orten *(pro plano)* nur ausnahmsweise, z. B. bei Freilassungen (Gai. Inst. 1,20), vorkommen. Ein Gerichtsverbot kann strafweise verhängt werden (Ulp. Dig. 48,19,9,4).

Die Bedeutung von f. zeigt sich schon weiter verengt in der Wendung *remittere ad f.*, wo mit f. nur der Privatprozeß gemeint ist (Ernst LEVY, ZRG 50, 1930, 276). Bes. aber bezeichnet f. passiv das Unterworfensein unter eine bestimmte Gerichtsbarkeit und aktiv die Zuständigkeit eines Amtsträgers für eine Rechtssache. So spricht rubr. Cod. Iust. 3,13 *de foro competenti.* Dabei bestimmt sich im Zivilprozeß die örtliche Zuständigkeit regelmäßig nach dem Wohnsitz und vielleicht auch dem Heimatort des Beklagten: *actor rei forum sequitur*, vgl. Cod. Iust. 3,13,2 (a. 293). Hinzu kommen bes. Gerichtsstände, deren Bezeichnungen freilich durchweg nicht quellenmäßig sind: bei Verträgen der Erfüllungsort (*f. contractus;* Gai. Dig. 42,5,1/3), bei Delikten der Begehungsort (*f. delicti commissi;* es ist gegeben, wo Straf- und Zivilklage verbunden sind, seine allgem. Zulässigkeit stammt aber vielleicht erst von Iust.). Das nachklass. Kaiserrecht fügt für *actiones in rem* noch den Ort hinzu, an dem sich die streitbefangene Sache befindet (*f. rei sitae*, Cod. Iust. 3,19,3 a. 385). Auch für den Strafprozeß gilt als Regel *rei f. accusator sequatur*, Cod. Iust. 3,19,5 pr. a. 397; hier ist zudem am Tat- und am Ergreifungsort ein f. begründet. – Die sachliche Zuständigkeit liegt im klass. Zivilprozeß regelmäßig beim Prätor, doch gibt es Sonderzuständigkeiten, wie etwa für Vormundschaftssachen oder der *aediles curules* für Marktsachen. Sachliche und örtliche Unzuständigkeit werden durch Parteivereinbarung behoben (*prorogatio fori*, Ulp. Dig. 5,1, 2 pr./1). Jedenfalls in der Kognition scheint ein unter Verletzung der Bestimmungen über das f. ergangenes Urteil nichtig gewesen zu sein, Cod. Iust. 7,48,4 (a. 379); den Parteien wird sogar Strafe angedroht: Cod. Iust. 3,13,5,1 (a. 397). Doch bleibt eine einmal begründete Zuständigkeit auch nach Wegfall ihrer Voraussetzungen bestehen: Iav. Dig. 5,1,34. – Nach der Klassik bilden sich im Zivil- wie im Strafprozeß nach klass. Vorläufern privilegierte Zuständigkeiten vor allem für Senatoren, Soldaten, Beamte und Geistliche. D. M.

Ältere Lit. RE VII 62, dazu 1. *Leop. Wenger* Inst. des röm. Zivilprozeßrechts, 1925, 40ff. 72f. 2. *Heinr. Apelt* Die Urteilsnichtigkeit im röm. Prozeß, o. J. (etwa 1937), 37ff. 88f.

Forum Romanum. Urspr. eine sumpfige Niederung zwischen Palatium u. Quirinal, Capitol und Velia, die nicht zu der alten latin. Siedlung auf dem Palatium u. der sabin. auf dem Quirinal und Viminal gehörte. Dies beweist das im J. 1902 beim Tempel des Antonius und der Faustina entdeckte Gräberfeld, dessen Reste bis zur Wende des 7./6. Jh. herabreichen. Zum Stadtgebiet kam das F. erst nach der Entwässerung der Talsenke, die nach der röm. Überlieferung unter Tarquinius Superbus durchgeführt wurde. Der polit. Mittelpunkt Roms war dann bis z. Z. Cäsars das *templum* des Comitiums, der Ort der Bürgerversammlung und der Rechtsprechung, ein Quadrat von 90 m Seitenlänge, begrenzt durch die Front der jetzigen Senatskurie und die Forumseite des Septimius-Severus-Bogens. Hier standen die Curia Hostilia, die → Graecostasis, auf der die auswärtigen Gesandten sprachen, und die Rednerbühne, nach den Schiffsschnäbeln der Flotte von Antium, mit denen sie nach dem Sieg über den latin. Bund (338 v. Chr.) geschmückt wurde, *rostra* genannt, neben einer monumentalen Anlage unter dem sog. Lapis niger, die als das Grab des Romulus gedeutet wurde. Zu den ältesten geheiligten Stätten gehörten außerdem das Heiligtum der Venus Cloacina (vor der späteren basilica Aemilia), neben dem Verginius seine Tochter getötet haben sollte, der → lacus Curtius vor der späteren basilica Iulia, gegen das Capitol zu das Volcanal, wohl der Ort der ältesten Leichenverbrennung mit einer Statue des Horatius Cocles, von wo aus die Könige zum Volk gesprochen haben sollen, die Regia, der Überlieferung nach einst Wohnsitz des Numa Pompilius, später Amtssitz des Pontifex Maximus, und das älteste Heiligtum Roms, der Vestatempel. An das Comitium schloß sich der eigentliche Markt an, mit den *tabernae* der Händler und Gewerbetreibenden. Das f. boarium, das f. holitorium und der Fischmarkt entlasteten später den durch das Wachstum der Stadt zu klein gewordenen Platz, auf ihm verblieben nur die Buden der Geldwechsler und Bankiers.

Nach der Entwässerung des F. begann man noch im 5. Jh. mit der monumentalen Bebauung des Platzes. 498 wurde an der W.-Seite der Saturntempel erbaut, 448 der Tempel der Dioskuren, neben der geheiligten Quelle der Iuturna, in der die beiden Heroen nach der Schlacht am See Regillus ihre Rosse getränkt haben sollten. 367 ließ Camillus unterhalb des späteren Tabulariums nach der Beendigung des Streits um die Licinischen Ackergesetze den Tempel der Concordia erbauen. 78 v. Chr. errichtete Q. Lutatius Catulus am Abhang des Capitols das Tabularium, das röm. Staatsarchiv; damit erhielt das F. im W. einen repräsentativen Abschluß. Schon zu dieser Zeit muß man sich das F. R. mit einer Unzahl von Porträtstatuen bedeckt vorstellen. Auf der Rednerbühne z. B. stand eine des Camillus, auf der Höhe der Velia eine der Jungfrau Cloelia. Zum Bilde des F. R. gehörten noch 2 prachtvolle Schauspiele, die uns Curtius im ant. Rom lebendig vergegenwärtigt hat: das Leichenbegängnis für die Angehörigen der vornehmen Geschlechter, zu dem auch Gladiatorenspiele gehörten, und der Triumphzug; beide bewegten sich über die von der Höhe der Velia aus am Nordrand des F. sich hinziehende Via Sacra.

Eine Wende in der Baugesch. des F. bringt die Zeit des Caesar und des Augustus. Cäsar verlegte die Rednerbühne in die Mitte der n.w. Schmalseite des F., das dadurch eine neue Achse erhielt. Ferner begann er mit dem Neubau der von den Banden des Clodius im J. 52 v. Chr. zerstörten Kurie und schloß die Lücke zwischen Saturntempel und Castortempel durch den Bau der basilica Iulia; doch konnte erst Augustus, der auch auf der N.-Seite des Platzes einen repräsentativen Neubau der basilica Aemilia veranlaßte, die beiden Bauten vollenden und einweihen. Das so entstandene Geviert ließ er im J. 29 v. Chr. an der s.ö. Schmalseite durch den Tempel des Divus Iulius abschließen. Auf seine Initiative geht auch das *miliarium aureum* zurück, während der *umbilicus Romae*, nach dem Vorbild des Omphalos in Delphi, wohl vom Ende des 2. Jh. stammt. Die späteren Kaiser setzten die Bautätigkeit auf dem F. durch die Errichtung von weiteren Tempeln, von Triumphbögen und Reiterstatuen fort. 81 n. Chr. ließ Domitian auf der Höhe der Velia den Titusbogen erstellen, 136 n. Chr. weihte Hadrian den von ihm selbst entworfenen Tempel der Venus und Roma ein, 141 Antoninus Pius den Tempel für seine Gattin Annia Galeria Faustina. Der letzte Monumentalbau des F. war die von Maxentius begonnene und von Konstantin beendigte Basilika, die das Vorbild für zahlreiche moderne Großhallen abgegeben hat. Das letzte Denkmal für einen Kaiser war die Phokassäule vom J. 608 n. Chr. Von da an zerfiel das F. durch Erdbeben, Brandkatastrophen und den Raub des kostbaren Marmors und der Bronzestatuen, die Trümmer versanken allmählich unter dem von den umliegenden Höhen angeschwemmten Erdreich, so daß der Platz zu Goethes Zeit nur noch als Campo Vaccino (Kuhweide) bekannt war. Erst 1848 begannen die Ausgrabungen, um die sich vor allem Männer wie Rosa, Fiorello, Lanciani, Boni und Bartoli verdient gemacht haben. S. a. die Einzelartikel. Rud. G.

Curtius-Nawrath-Nash Das antike Rom, 1957. *Lugli* Centro, p. 58–242. *Nash* Bildlex. (dort vollständige Lit.).

Fossa regia. Grenze zwischen der röm. Provinz Africa und dem Königreich Numidien, festgelegt im J. 146 v. Chr., dann im J. 46 zwischen Africa vetus und Africa nova. Die Grenzsteine wurden unter Vespasian ausgehoben: 9 sind bekannt. L. Poinssot, Bull. Comité, 1938–1940, 203. I. L. T. 623. 624. 1293. Die f. r. führte von Thabarca in die Umgegend von Sfax. M. L.

S. Gsell, Hist. Anc. Af. N. IV.

Fossae s. Kanalanlagen

Fossatum. Graben von 4–10 m Breite, lange als Grenzgraben betrachtet. Neuerliche Luftaufnahmen haben erwiesen, daß er nur ein Bestandteil des afrikanischen Limes war, mit strategischen Wegen und Festungswerken, erwähnt im Cod. Theod. 7,15,1. Er ist bes. deutlich in der Gegend von El-Kantara und Gemellae zu erkennen. Außer seiner militär. hat er auch eine wirtschaftliche Bedeutung: er bezeichnet die Grenze des nützlichen Africa, d. h. des bebauten Gebietes. Hinsichtlich der Datierung schwankt man zwischen Hadrian und der Tetrarchie. M. L.

J. Baradez Fossatum Africae, Paris 1949.

Fosilius s. Folius

Fragmenta Vaticana. Die 1821 auf einem Palimpsest im Vatikan gefundenen F. V. sind Bruchstücke einer von einem unbekannten Autor stammenden Handschrift, die Juristenschriften und Kaiserkonstitutionen in einem bisher nicht gefundenen System nebeneinanderstellt. Das in Bücher und Titel untergeteilte Werk hatte, wie man aus einzelnen Blattbezeichnungen schließen kann, einen Umfang von mindestens 464 Seiten. Vorsichtigen Schätzungen zufolge muß der Gesamtumfang der Slg. nicht ganz die Hälfte der justinian. Dig. erreicht haben. Dachte man zu Anf. des 20. Jh. noch, die Handschr. gebe die Klassikertexte in unveränderter Form wieder, so deckte die moderne Textstufenforschung auch in den F.V. bereits vorjustinian. Veränderungen der klass. Originaltexte auf.

Die Motive, aus denen sich der Sammler an die Arbeit machte, sind ungewiß. Überwiegende Meinung ist, daß die Slg. zu prakt. Zwecken für die Verwendung bei Gericht und im höheren Unterricht angelegt wurde; freilich sind dabei angesichts manch breiter Problemdiskussion wissenschaftl. Ambitionen nicht ganz auszuschließen. Aufschluß über die Entstehungszeit der vatikan. Slg. (der uns durch den vatikan. Palimpsest überlieferte Text ist kaum mit der Erstausg. der Slg. ident.) gibt vor allem das Datum der einzelnen Konstitutionen. Später als J. 318 sind nur 3 Konst., die MOMMSEN als späteren Zusatz bezeichnete. Dies und noch andere Gründe sprechen dafür, den Kern der Slg. um oder kurz nach 318 anzusetzen. Mit einiger Sicherheit freilich wird man nur den t. a. quem feststellen können: Es ist dies der 1. Januar 439, der Tag des Inkrafttretens des Cod. Theod.; denn die F.V. enthalten Konstitutionen, die nicht den verkürzten Text, sondern den vollständigen, durch den Cod. Theod. außer Kraft gesetzten wiedergeben. – Die Mehrheit der Gelehrten nimmt den W. als Entstehungsort an. Sie leitet dies vor allem aus den Erlassen von Diokletians Mitkaiser Maximian ab, der in der w. Reichshälfte regierte und demnach seine Konstitutionen nur für diese erlassen haben kann. F. R.

Mommsen, ADAW 1859/60, 265ff. *Karlowa* Röm. Rechtsgesch. 1, 1885, 969ff. *Niedermeyer*, Atti del Congr. Intern. Roma 1934, 351ff. *H.J. Wolff*, Festschr. Schulz 2, 1951, 145ff. *S. v. Bolla*, Scr. Ferrini 4, 1949, 91ff. *Felgentraeger*, Romanist. Stud. v. A. Ehrhardt, W. Felgentraeger, F. Wieacker, 1935, 27.

Fragmentum de iure fisci nennt man mit Rücksicht auf ihren fiskalrechtlichen Inhalt zwei 1820 von NIEBUHR in Verona entdeckte Pergamentblätter. Vf. und Entstehungszeit sind unbekannt, doch schließt man aus der Schrift (Semiunziale), daß das Werk im 5./6. Jh. geschrieben wurde. Ebenso zweifelhaft ist es, ob die Frg. aus einem selbständigen Werk über das Fiskalrecht oder aus dem Abschnitt *de iure fisci* eines der Digestenordnung folgenden Werkes stammen. Da von den 4 Kolumnen jedes einzelnen Blattes die obersten Zeilen weggeschnitten sind, läßt sich ihr Zusammenhang ebensowenig feststellen wie die Reihenfolge der beiden uns erhaltenen Blätter. F.R.

Krüger Gesch. der Quellen und Litteratur des röm. Rechts², 1912, 283f.

Framea. Nach Tac. Germ. 6: *hastas vel ipsorum vocabulo frameas gerunt angusto et brevi ferro, sed ita acri et ad usum habili, ut eodem telo, prout ratio poscit, vel comminus vel eminus pugnent*, handelte es sich bei der f. um einen kurzen, schmalen und scharfen Eisenspeer, eine für den Nah- und Fernkampf geeignete german. Waffe. Damit stimmen auch die Funde überein (JAHN 78ff. 216). Die Rolle, die die f. bei den Germanen spielte, wird von Tac. noch in Germ. 11,13. 14,12 und 24 geschildert. A. N.

M. Jahn Die Bewaffnung der Germanen in der älteren Eisenzeit. Würzb. 1916, Manusbibl. 16, 1916, 78ff. 216. *H. Delbrück* Gesch. der Kriegskunst, 2³, 41. 46ff. *K. Schuhmacher* Germanendarstellungen I⁴, Kat. des Röm. Germ. ZM zu Mainz Nr. 1, 56f.

Franken *(Franci)*. Seit dem 3. Jh. n. Chr. von den Römern gebrauchter Gesamtnamen für eine Reihe von Stämmen am r. Ufer des Niederrheins. Die Tab. Peut. verzeichnet gegenüber der Insula Batavorum *Chamavi qui et Franci*, während rheinaufwärts ein größeres Gebiet als *Francia* ausgewiesen wird. An die Niederfranken-Salier, die aus dem Gebiet der unteren Yssel 285 n. Chr. den Chauken weichen und nach der Bataverinsel, Toxandrien und der *silva carbonaria* ziehen, schließen sich die Mittelfranken-Ripuarier (Uferfranken) an, die das Gebiet von der Ruhr bis zum Main beherrschen. Die Oberfranken-Chatten wurden erst nach 507 n. Chr. dem Frankenreich angegliedert. Um die Mitte des 3. Jh. stoßen die F. bis zum Mittelrhein und durch die Grenzprovinzen bis nach S.-Gallien und Spanien vor (*auxilia Francica* im Heere des gall. Sonderkaisers Postumus, H. A. Gall. 8,7). Weitere Einbrüche in der Zeit des Carausius und Raubzüge auf der Nordsee zusammen mit den Sachsen. Maximian siedelt 291 einen Teil der unterworfenen F. im Gebiet der Nervier und Treverer an. Constantin I. und Constans versuchen die F. durch Verträge als Bündner zu gewinnen. 355 führt ein allg. Vorstoß der F. zur Zerstörung der Siedlungen und Städte der Rheinzone, die Julian zurückgewinnt und durch Befestigungsanlagen für das Röm. Reich zu sichern sucht. Der Zerfall der röm. Macht am Rhein und häufigere Angriffe der F. zu Beginn des 5. Jh. leiten den Verlust der Grenzprovinzen ein. Um 450 n. Chr. sind Belgien, das Mosel- und Rheinland fest in fränk. Hand. Nach 486 n. Chr. stoßen die F. bis zur Seine und Marne vor, unterwerfen 496/97 die Alamannen und beherrschen das Land vom Oberrhein bis zum Atlantik und von der Seine bis zum Niederrhein. H. C.

Fr. Steinbach Das Frankenreich in: HB. der Deutschen Geschichte, hg. L. Just 1, 107f. *K. Böhner* Die fränk. Altertümer des Trierer Landes. Bln. 1958.

Frau. Der vorgeschichtlichen Zeit gehört das Matriarchat an, in der die F. eine gehobene gesellschaftliche Stellung innehatte, größere Rechte besaß und höhere Achtung genoß als der Mann. Doch schon vor Entstehen der Sklaverei entstand in Sippen und Stämmen die urwüchsige Teilung der Arbeit zwischen Mann und F., die Voraussetzung für das Entstehen des Patriarchats. Wo sich ant. Sklaverei entwickelt, erscheint die F. dem

Manne völlig untergeordnet, degradiert zur Rechtsunfähigkeit, beschränkt auf Kinderzeugung und Hausdienst, entsteht die Auffassung, die F. sei minderwertig und bildungsunfähig. Ursache dieser Veränderung ist die wirtschaftliche und soziale Differenzierung im historischen Entwicklungsprozeß.

Bei den verschiedenen ant. Völkern vollzog sich der Übergang unterschiedlich und brachte zahlreiche Erscheinungsformen hervor. So genoß die F. in der frühgriech. Geschichte noch eine relativ hohe Achtung und lebte frei (Kreta, Mykene). In hom. Zeit beginnt die Unterordnung der F. unter die Herrschaft des Mannes, z.B. erteilt Telemachos seiner Mutter Befehle (Hom. Od. 1,345–359. 20,341–342. 21,350–353), verfällt die F. im Kriege der Sinneslust der Sieger (Hom. Il. 22,62. 23,261. Od. 10,480), werden F.en geraubt und erbeutet (Agamemnon raubt Kassandra: Hom. Il. 13,365. Aischyl. Ag.; Raub der Sabinerinnen: Liv. 1,9. Cic. rep. 2,8. Verg. Aen. 8,635. Dion. Hal. 2,30. Ov. fast. 3,199. Plut. Rom. 14. Val. Max. 9,6,1). Dagegen ist die F. in Israel gleichberechtigt (A.T. Esther 2,12 bis 20. Ruth 3), sie galt bei den Germanen noch im 1. Jh. n. Chr. als heilig und mit Wunderkräften begabt (Tac. Germ. 8).

In Griechenland und Rom erlernen Mädchen höchstens Spinnen und Weben, Lesen, Schreiben, Singen und Malen (Plato leg. 7,11–13. Ov. ars 3, 315. Suet. Aug. 64.73. Quint. inst. 1,1,12–37), damit die F. in ihren abgesonderten Gemächern die Kinder erziehen und das Haus verwalten kann (Hom. Od. 15,516), während ihr die Teilnahme an den Olympischen Spielen verboten war. So wurde die griech. F. zum *οἰκούρημα* (Soph. Phil. 868. Eur. Or. 926; Hipp. 786; Heraclid. 700). Ausnahmen in der Stellung der F. waren folgende: 1. Hetären, euphemist. Bezeichnung für hochgebildete oder dirnenhafte F.en, oft an der Seite bedeutender Männer, z.B. Aspasia, spätere Gattin des Perikles, Lais, Geliebte des Diogenes, Phryne, Lieblingsmodell des Praxiteles. 2. In Einzelfällen hatten F.en hohe öffentliche Positionen in Staat und Kultur. Königinnen treten vor allem dort auf, wo die F. hohe Achtung genießt oder die Geschwisterehe als geheiligt gilt, also Rudimente ältester Zeiten noch lebendig sind, so in Äg. (Hatschepsut), Ptolemäer (Arsinoë, Kleopatra), Assyrien (Semiramis), Karthago (Dido), Palmyra (Zenobia). Andererseits sind es Dichterinnen und Philosophinnen wie Sappho aus Lesbos, in Rom Perilla (Ov. trist. 3,7) und Theophila (Mart. 7,69), in Alexandria Hypatia um 400 n. Chr. 3. Prostitution, die aus der Gruppenehe hervorging, war mit Tempelkulten eng verbunden. Die Hingebung erfolgte jeweils im Tempel der Liebesgöttin, das bezahlte Geld floß dem Tempelschatz zu (Hierodulen der Anaitis in Armenien, der Aphrodite in Korinth, die Bajaderen in Indien). Die Hingebung, in der Frühzeit Pflicht jeder F., wurde in klass. Zeit stellvertretend für alle F.en von Priesterinnen ausgeführt, die sich damit das Recht der Keuschheit erwarben (Priesterinnen im äg. Arsinoë: Mitt.-Wilcken, Grdz. I 2,125; Vestalinnen in Rom: Liv. 1,20; Priesterin Eumachia in Pompeji: CIL X 813).

Diese Ausnahmen ändern nichts an der allg. Entwicklung, die die F. in ihrer Stellung immer weiter degradiert, sie als geschäfts- und gerichtsunmündig ansieht und deshalb meist einem Vormund unterstellt (Mitt.-Wilcken I 2,100.479. II 2,320–329), auch nachgewiesen in Ehe- und Scheidungsverträgen (Mitt.-Wilcken II 2,280 bis 300). Dies im Gegensatz zu Beispielen, in denen F.en selbst mit Behörden verhandeln (Mitt.-Wilcken I 2,394.481) oder selbständig politisch auftreten (Aristoph. Lys.; Eccl.). Sklavinnen, die meist mit persönlichen Diensten und handwerklichen Arbeiten für den Hausherrn beschäftigt sind, treten auf als Ammen (Hom. Il. 6,389. Od. 2,261. Hdt. 6,61. Pind. Pyth. 1,20.11,28. Eur. Phoen. 186. Xen. oec. 5,17. Catull. 64,18. Suet. Nero 42,1. Colum. 3,7,3. Tac. Dial. 29. Gell. 12,1, 17), als Tänzerinnen und Sängerinnen (Mitt.-Wilcken I 2,496–497. Sall. Cat. 25. Liv. 39,6,8. Iuv. 11,169. Martial. 6,71,2).

In Mythologie und Folklore der klass. Zeit blieben Vorstellungen aus alten Epochen zumeist stabil erhalten, z.B. steht Hera völlig gleichberechtigt neben Zeus; gleichzeitig finden sich erste Wurzeln der Verachtung der F., so die Vorstellung, die F. bringe Unglück (Eva: A.T. 1. Mose 3. Pandora: Hes. erg. 48ff.) oder Zank und Streit in die Welt (Xanthippe: Xen. symp. 2,10). Diese Vorstellungen leben weiter u.a. im Islam, in dem die F. nicht ins Paradies kommt, oder im Christentum, in dem die F. ihre untergeordnete Stellung behielt (*mulier taceat in ecclesia:* NT. 1. Kor. 14,34). G. Sch.

J. J. Bachofen Das Mutterrecht, Stuttg. [2]1897. *F. Engels* Der Ursprung der Familie, des Privateigentums und des Staats (2. Kapitel). *M. Ahrem* Das Weib in der ant. Kunst, Jena 1914. *E. Kornemann* Große Frauen des Alt., Lpz. 1942. *I. Becher* Das Bild der Kleopatra in der griech. und lat. Lit., phil. Diss. Lpz. 1960.

Frauenhaar s. Farne

Fravitus (Fravitta), Flavius, Consul 401, heidnischer Gote. Seit etwa 380 im Dienst des Theodosius, mit einer Römerin verheiratet, erschlug bei einem Streit Eriulf, das Haupt der Romfeinde unter den got. Föderaten. Im J. 400 vereitelte er den Übersetzversuch des Gainas über den Hellespont. Bald nach 401 wurde er heimlicher Zusammenarbeit mit Stilicho verdächtigt (S. Mazzarino Stilicone 1942, 224) und getötet (Eunap. frg. 60. 80ff. = FHG IV. Ioh. Ant. frg. 190 = FHG IV 61. Zos. 5,20f.). A. L.

Fredericus. 1. Sohn des W.-Gotenkönigs Theoderich, stürzte 453 seinen romfeindlichen Bruder Thorismund und verhalf seinem Bruder Theoderich (II.) zum Thron (Chr. Min. 1,483. 2,27. Greg. Tur. 2,7). 455 – wahrscheinlich als magister militum – war er an der Erhebung des → Avitus zum Kaiser beteiligt (Sidon. carm. 7,435. 519). 463 fiel er im Kampf gegen → Aegidius. **2.** (Fridericus), Sohn des Rugierkönigs Feletheus (oder Fewa), floh 488 mit einem Teil seines Volkes vor Odoaker zu dem O.-Goten Theoderich. 491 machte er gemeinsame Sache mit dem von Theoderich abtrünnigen Tufa (ehemaliger Heermeister Odoakers). 493 kam er in Konflikt mit Tufa, besiegte ihn, blieb aber nun auch selbst polit. bedeutungslos (Ennod., paneg. 55. Vita Epiphanii 118f. Chr. Min. 1,318/20). A. L.

W. Enßlin Theoderich[2] 1960.

Fregellae (Nissen It. Ldk. 2,655.675. G. Colasanti Fregellae 1906). Urspr. opikische (Steph. Byz. s. Φρέγελλα; Stadt der *Sidicini*, wenn Liv. 8,22,2 *Segnini* so zu verbessern ist), dann volsk. (Steph. Byz. Liv. 22,8,2. 23,6) und endlich samnit. (Liv. 8,23,6) Stadt nahe der Mündung des Trerus in den Liris, beherrscht die Lirisbrücke (s. u.). Seit 328 v. Chr. röm. Kolonie latin. Rechts (Liv. 8,23, 6), 320 von Samnitern erobert (Liv. 9,12,5) und 313 verstärkt (Liv. 9,28,3. Diod. 19,101; Devoto Gli ant. Italici[2] 291). Treu im Pyrrhoskrieg (Flor. 1,23,24) und gegen Hannibal (Liv. 26,9,3; das Abreißen der Lirisbrücke bes. anerkennenswert, wenn F. auf dem ö. Flußufer lag). Kontingente am trasumen. See (Sil. 5,542) und bei Petelia (Liv. 27,26,11) sowie gegen Antiochos (Liv. 37,34,6); von Karthago als Geiselaufenthaltsort erbeten (Nep. Hann. 7,2). Zuwanderung pälign. und samnit. Familien 177 v. Chr. (Liv. 41,8,8). Sprecher des Widerstandes gegen Rom 126 v. Chr., von Mitbürgern verraten (Cic. fin. 5,62. Phil. 3,17), 125 v. Chr. durch Praetor Opimius erobert, zerstört (Cic. inv. 1,11; leg. agr. 2,90. Liv. epit. 60. Obsequ. 30. Rhet. Her. 4,13. 22. 37. Vell. 2,6,3. Val. Max. 2,8,4. Amm. 25,9,10. Strab. 5,237) und devoviert (Macr. Sat. 3, 9,13); nur Kulte blieben bestehen (Strab. 5,237. Obsequ. 52); jetzt Dorf statt ehemals bedeutender Stadt (Strab. 5,233. 237). *Ager Fregellanus* (Cic. fam. 13,76) und Station *Fregellanum* an der via Latina (Itin. Ant. 302,2. 305,4; h. Ceprano) am w. Lirisufer (später *municipium* der 1. Region: Plin. nat. 3,64) bewahren den Namen; vgl. Paul. Fest. 80,25f. L. (F. *locus in urbe in quo civitatis eius hospites habitaverunt*). Statt der zerstörten Latinerkolonie gründeten die Römer 124 v. Chr. (Vell. 1,15,4) die Bürgerkolonie Fabrateria nova (Nissen 2,656) am Platze von h. Cività bei Isoletta, 3 mp von Fregellanum (Itin. Ant. 303,3. Tab. Peut. 6,2. Strab. 5,237); vgl. Cic. Cluent. 197; fam. 9,24,1. G. R.

Fregenae (CIL XI p. 549. Nissen It. Ldk. 2, 350), 245 v. Chr. gegründete Bürgerkolonie (Liv. epit. 19. Vell. 1,14,8) nahe dem tyrrhen. Meere (Strab. 5,226f.) in sumpfiger Gegend (Sil. 8,475) 9 mp n. Ostia (Itin. Ant. 300); gehört zur 7. Region (Plin. nat. 3,51). Flottendienst der Bewohner (Liv. 36,3); h. Maccarese. G. R.

Freigelassene 1. Griech. In altoriental. und wohl auch myken., homer., makedon. und hellenist. nichtstädtischer Gesellschaft gab es zwischen absoluter Sklaverei und absoluter Indivualfreiheit ein wahres Kaleidoskop von Rechtsvarianten. In griech. Polisgesellschaft war der Abgrund zwischen Sklaverei und Bürgerrecht tiefer. Frei war nur, wer 1. rechtlich ohne irgendeine Vormundschaft handeln konnte, 2. nicht als Eigentum eines andern beansprucht werden konnte, 3. in seinen Aktionen von niemand Befehle zu befolgen hatte, und 4. seinen Aufenthaltswohnsitz nach Wunsch ändern konnte. Die Freilassung durch den Sklavenherrn gab dem griech. Politensklaven der klass. und hellenist. Z. diese 4 Rechte, was ihm aber ohne Sonderbeschluß der Polisversammlung nur → Fremdenrecht verschaffte. Oft hatte der Sklave seine Freilassung mit seinen eigenen Ersparnissen, mit Hilfe von Eranosdarlehen oder durch theoretische Bindung an einen Tempel zu erkaufen. Die sog. → Paramone, eine pekuniäre oder dienstliche Rechtsverpflichtung vieler F. gegenüber dem ehemaligen Herrn (und öfters einigen seiner Familienangehörigen), konnte ihn noch auf Jahrzehnte hinaus binden. Die F. verdienten ihren Lebensunterhalt als kleine Handwerker, Händler, Trapeziten, Zuhälter und Dirnen und gelegentlich Bergwerks- oder Landarbeiter. Nur selten wurden sie reich, wie z. B. die Trapeziten → Pasion und → Phormion oder weltberühmte Kurtisanen. Sie bringen fremde Sprachausdrücke, Sitten und Kulte in die Polis. Gegen Verspottung durch Komödiendichter waren sie noch machtloser als Metoiken und Politen. Erst die 2. oder 3. Generation erwarb einigermaßen gesellschaftliche Gleichberechtigung und höchst selten Polisbürgerrecht, oft nur durch Stammbaumfälschung. F. M. H.

2. Röm. s. Liberti

Vgl. mit weiterer Bibliographie Oxford Cl. Dict. s. v. freedmen; *F. M. Heichelheim* An Ancient Economic History 2, 1964, Anm. 48. *M. I. Finley* Slavery in Class. Antiquity, Views and Controversies (1960). *Rostovčev* Soc. a. Ec. Hell. W. Index s. v. *W. L. Westermann* The Slave Systems of Greek and Roman Antiquity, Memoirs Amer. Philos. Soc. 40 (1955), Index s. v. freedmen. *A. M. Babakos* Zur angeblichen Freilassung, ZRG 80, 1963, 342f. *Ders.* *Σχέσεις οἰκογενειακοῦ δικαίου εἰς τὴν νῆσον Κάλυμνον* (1963). *L. Delekat* Katoche, Hierodulie und Adoptionsfreilassung, Münch. Beitr. zur Pap.-Forsch. 48 (1964).

Fremdenrecht. (Griech.) F. und Fremdenschutz konnten in der griech. Frühzeit nur religiös gewährleistet werden, meistens durch Bindung an → Zeus. Hieraus entwickelte sich schließlich griech. → Asylia und → Asylon und für längeren Fremdenaufenthalt und Fremdenhandel die → Proxenia. Für beide begannen bereits die souveränen Adels- oder Volksversammlungen der Poleis bestätigend eine Rolle zu spielen. F. für Dauersiedler ohne Einbürgerungsrecht hat nach unserer

Überlieferung erst Solon geschaffen, obwohl der zugehörige Ausdruck → Metoikos erst für das frühe 5. Jh. v. Chr. bezeugt ist. Das 5. und 4. Jh. v. Chr. bringen dann zahlreiche Rechtsvariationen für Metoikoi, die weniger privilegierten → Katoikoi und die auf kurze Zeit ein Polisgebiet besuchenden → Xenoi. Das F. des Hellenismus verfeinerte sich in zahlreichen Varianten von Spanien bis Indobaktrien auf hauptsächlich griech. Grundlage. Seit oder nach Solon wurden zugleich durch Fiktion → Freigelassene dem F. mehr oder weniger unterworfen. Das F. der Welt des Hellenismus wurde bes. häufig dazu benutzt, griech. und nichtgriech. Ausländer als Einwanderer anzuziehen. Im spätptolemäischen Äg. und anderen Diadochenreichen wurden sogar für solche Fremdengruppen bes. Rechtsorganisationen geschaffen, gewöhnlich → Politeuma genannt, und gegen Eingeborenenwiderstand geschützt. Mit dem Bund der Boioter im → Boiotia des 5. Jh. v. Chr. beginnen dazu Experimente, das griech. F. zur Flächenstaatsbildung zu benutzen, was zur → Isopoliteia vor allem der hellenist. Städtebünde führte, aber erst durch das röm. Staatsrecht welthistor. wirkungsvoll wurde (vgl. für Rom Art. → Conubium, → Latini, → Peregrini). In der Form der → Homonoia wurde dann schließlich das absterbende griech. F. dazu verwandt, griech. Poleis der kleinasiat. und althellen. Provinzialgebiete der röm. Prinzipatszeit vor der Constitutio Antoniniana (→ civitas) von 212 n. Chr. enger miteinander zu verbinden. F. M. H.

Vgl. mit voller Bibliogr. Oxford Cl. Dict. s. v. Asylia, Metics; RE s. v. Katoikoi, Metoikoi, Paroikoi, Prostates (Suppl. IX); Corpus Papyr. Iudaic. I (1957); *F. M. Heichelheim* An Ancient Economic, History I (1958), chap. V note 14; II (1964), note 47; *Ders.* Die auswärtige Bevölkerung im Ptolemäerreich, Klio Beih. 18,2 (1963). *D. Kienast* Die Homonoiaverträge in der röm. Kaiserzeit, Jahrb. f. Numism. u. Geldgesch. 14, 1964, 51f. *John F. Oates* The Status Designation Πέρσης τῆς ἐπιγονῆς. YCIS 18, 1963, 1f. *W. Peremans*, Vreemdelingen en Egyptenaren en Vroeg-Ptolemaeisch Egypte, Univ. de Louvain, Rec. de Trav. d'Hist. et de Philol., ser. 2 Bd. 43 (1937). *Ders.* De nationale Factor in de geschiedenis van Ptolemaeisch Egypte, Meded. Koninkl. Vlaamse Acad. 24 (1962, 4). *Ch. Picard* On fut à Lesbos au VIIe siècle, l'asylie temporaire du poète Alcée? RA 2, 1962, 43f. *J. Podlecki* Guest Gifts and Nobodies in Odyssey 9, Phoenix 15, 1961, 125f. *Rostovcev* Soc. a. Ec. Hell. W., Index s. v. Foreigners, Greeks, κατοικίαι, κάτοικοι, κατοικοῦντες, Metics. *F. Übel* Die Kleruchen im ptolemäischen Äg. bis um die Mitte des 2. Jh. v. Chr., Phil. Diss. Jena (1959).

Frentani (NISSEN It. Ldk. 2,778. DEVOTO Gli ant. It. ²137. ALTHEIM Gesch. der lat. Sprache 266). Samnit. (Strab. 5,241) Stamm an der adriat. Küste zwischen Marrucini und Dauni (Strab. 242. Plin. nat. 3,106: 4. Region. Ptol. 3,1,65; vgl. Steph. Byz. s. Φρεντανόν· πόλις Ἰταλίας, wo πόλις wohl *civitas* übersetzt); 319 von den Römern unterworfen (Liv. 9,16,1), seit 304 mit ihnen verbündet (Liv. 9,45,18) gegen Pyrrhos (Dion. Hal. ant. 20,1, 7. Flor. 1,13,7), 225 gegen die Gallier (Pol. 2,24, 12), gegen Hannibal (Sil. 8,519). Durchzugsgebiet 207 (Liv. 27,43,10); Aufstand 90 (App. civ. 1,39); danach mit Bürgerrecht in der tribus Arnensis (KUBITSCHEK Imp. Rom. trib. discr. 41. 49). Mz. mit *frentrei* (VETTER HB Nr. 200 D 1) etwa aus der Z. um 268 v. Chr. (HEAD HN² 28). und inschr. auf Cippus aus Chieti bei P. FRACCARO Opuscula 3,1,275 *Frentra(nis) Histoni(ensibus)* lassen Dissimilation des Namens zu F. annehmen. G. R.

Frĕtum Siculum (NISSEN It. Ldk. 1,96. 2,962; so Plin. nat. 3,91, wo WEISS, RE VII 101, falsch lokalisiert; sonst *F. Siciliense* – Cic. nat. deor. 3,24; Sest. 18 – oder nur *fretum* – Cic. Att. 2,1,5. Caes. civ. 1,29 u. a. –). Meerenge von Messina zwischen Caenus und Pelorum (Plin. nat. 3,73), deren geringste Entfernung ebd. mit 12 stad. = 1,5 mp (ebd. 86; vgl. Strab. 6,257. 268) zu gering angegeben ist (Thuk. 6,1,2: 20 stad. nach phönik.-äg. Maß = 4,2 km); dadurch entstanden, daß Sizilien von Italien abgerissen (Name Rhegions!) wurde (Plin. 86. Strab. 268. Diod. 4,85). Starke gefährliche Strömung (Cic.) führte zur Vorstellung von Skylla und Charybdis. G. R.

Frigidarium s. Thermae

Frisii. Germ. Völkerschaft, die von der Insula Batavorum bis zur Ems das Küstenland besiedelte und s. an die Brukterer, ö. an die Chauken grenzte, h. die Friesen. Erstmals bei Plin. nat. 4,101 bezeugt. Tac. Germ. 34 unterscheidet Groß- und Kleinfriesen, von denen letztere wahrscheinlich mit den *Frisiavones* des Plin. a. O. identisch sind. Im J. 12 v. Chr. von Drusus unterworfen und den Römern tributpflichtig, empörten sich die F. 28 n. Chr., belagerten das röm. Kastell Flevo und vertrieben die Römer. Cn. Domitius Corbulo, der Legat von Niedergermanien im J. 47, unterwarf die F. nochmals und ließ ihnen Land zuweisen (Tac. ann. 12,19), doch wurden bald darauf die röm. Truppen vom rechtsrhein. Ufer zurückgenommen, so daß nur der linksrhein. wohnende Teil des Volkes im röm. Reichsverband verblieb. Angriffe der F. im J. 58 und beim Aufstand des Civilis wurden zurückgewiesen (Tac. hist. 4,15). Bis ins 3. Jh. in losem Abhängigkeitsverhältnis zu Rom (Gestellung von Rekruten). 293 besiegte Constantius Chlorus eine fries. Schar, die in Gallien eingefallen war. In den folgenden Jh. breiten sich die F. nach W. und O. aus und besetzen die der Scheldemündung und der Nordseeküste vorgelagerten Inseln. Die Mittelfriesen werden 734 von Karl Martell, die Ostfriesen auf den Halligen und an der Küste Schleswigs von Karl d. Gr. den Franken unterworfen. H. C.

Fritigern. Gote, wandte sich 369 aus polit. Gründen dem arian. Christentum zu als Gegenspieler des heidnisch gebliebenen Athanarich (LIPPOLD, RE IX A 519f.). 376 gestattete ihm Valens den Donauübergang (Amm. 31,6. Eunap. frg. 42).

Weitere auf Reichsboden übergetretene und mit Rom unzufrieden gewordene Barbaren um sich sammelnd, schlug F. am 9. August 378 den Kaiser Valens bei Adrianopel vernichtend (Amm. 31, 11ff.). Ob er noch lebte, als seine Goten mit Theodosius ein *foedus* schlossen und angesiedelt wurden (3. Oktober 382), ist ungewiß. A. L.

Stein Gesch. I. *H. Vetters* Dacia Ripensis, 1950, 28ff.

Fritillus. Der Würfelbecher aus beliebigem Material (Horn nennt Sch. Iuv. 14,5), vgl. [4]. Sonderformen des f. zur Erschwerung von Betrug sind der Pyrgus, πύργος, der κημός, ἡθμός, κηθίς (mit Nebenformen κηθάριον usw.). Die Mehrzahl der griech. Worte bezeichnen auch den trichterförmigen Aufsatz auf die Stimmurne, den Vorgang schildern Anth. Lat. PLM 4,373 Baehrens und Anth. Pal. 9,482,23: die Würfel, durch einen Trichteraufsatz in den auf dem Tisch stehenden turmförmigen Pyrgos geworfen, rollen in ihm über Stufen zu einer seitlichen Öffnung und über vorgelegte Stufen aus dieser heraus auf den Tisch. Ein solcher f. scheint nicht erhalten zu sein, die Abb. bei [1] sind mit Vorsicht zu benützen. W. H. G.

1. *Dar.-Sagl.* 2,1341f. 2. *Mau*, RE VII 108f. 3. *Schenkl*, RE XI 160,18ff. 4. *Maiuri* La peinture Romaine, 1953, 145.

Frontinus, Sex. Iul. lebte im 1. Jh. n. Chr., wurde 70 praetor urbanus (Tac. hist. 4,39), 97 curator aquarum (de aq. 1), 98 cos. suff. II und 100 cos. III. Bald darauf starb er (Plin. epist. 4,8,3). Seine militär. Erfahrungen legte er in 2 Werken nieder. Das eine enthält in den ersten 3 B. Kriegslisten (στρατηγήματα), das 4. hervorragende Kriegstaten (στρατηγικά), dessen Echtheit lange umstritten war (SCHANZ-HOS. 2,797) und erst durch G. BENDZ Die Echtheitsfrage des 4. B. der Frontin. Strategemata, Diss. Lund 1938, bewiesen wurde (PhW 59, 1939, 234ff.). Die Überlieferung des Werkes, dessen Abfassungszeit nicht feststeht, beruht auf 2 Hss.-Klassen, von denen die erste durch den Cod. Harl. 2666 s. IX/X, die zweite durch den Cod. Paris. 7240 s. X/XI am besten vertreten ist. Die 1. Ausg. erschien 1494 in Rom, die h. noch maßgebende 1888 in Lpz. (G. GUNDERMANN, Bibl. Teubn.). Das 2. militär. Werk (De re militari) war ein HB. des militär. Wissens, dessen Existenz aus Strat. 1 praef. hervorgeht und das Vegetius benutzte (Veg. mil. 1,8. 2,3, SCHANZ-HOS. 2,797). Seine Amtszeit als curator aquarum spiegelt der commentarius de aquis (praef. 2) wider, der die Wasserleitungen der Stadt Rom behandelt. Grundlegend der Cod. Casinensis 361 saec. XIII, 1. Ausgabe 1484/92, krit. F. BUECHELER (Lpz. 1858) und F. KROHN (Lpz. 1922). Unter Domitian verfaßte F. noch die Schrift über die Feldmeßkunst und wurde damit der älteste lat. Fachschriftsteller auf diesem Gebiet. Die Überlieferung beruht auf 3 Hss.-Klassen. 1. wissenschaftliche Ausg. F. BLUME, K. LACHMANN und A. RUDORFF Die Schriften der röm. Feldmesser. Bln. 1848 (I), 1852 (II), Handausg. im Corpus Agrimensorum Romanorum von C. THULIN, Lpz. 1913. A. N.

Schanz-Hos. 2,795ff. BursJb 274, 1941, 53.

Fronto. Individualcognomen nach eigenartiger Stirnbildung (RE XVI 1653.1666. III A 1828), in den Fasten der Republik nicht, später aber recht häufig vorkommend, DEGRASSI FImp. 252. H. G. G.

1. F. M. Cornelius, Redner der Adoptivkaiserzeit, aus dem numid. Cirta (am. 1.2, ep. 11, zit. nach der Ausg. von V. D. HOUT 1954), * wohl im 1. Jahrzehnt des 2. Jh. ([4],1312f.), ausgebildet von dem Philosophen Athenodotos (Marc. 4,12,2. [14],18,1) u. dem Rhetor Dionysius Tenuior (ebd. 1,8,3; de eloquent. 5,4). In den letzten Jahren Hadrians galt F. als der erste Sachwalter Roms (Cass. Dio 69,18,3; zu Senatsreden dieser Zeit vgl. Marc. 2,1,1; cursus honorum bis zur Praetur DESS ILS 2928). Auch als Redelehrer (am. 1,9. 27) scheint er früh bekannt geworden zu sein, so daß ihm in den dreißiger J. (Ant. imp. 1,5,3) die rhetor. Erziehung von Marc Aurel und L. Verus anvertraut wurde (Cass. Dio 71,35,1. Hier. vir. ill. 24. H. A. Ver. 2,5). Consul suff. im Juli/August 143 (Marc. 2,5,4. Auson. grat. act. 7,32f. Marc. 2,9.1,9,4) mußte F. die Verwaltung der Provinz Asien (Marc. 5,51) später krankheitshalber (vgl. auch Marc. 5 pass.) ablehnen (Ant. P. 8). Nach seinem Tode (nach 175, vgl. [4],1317f.) beantragte Marc Aurel für ihn eine Ehrenstatue (H. A. Marc. 2,5).

F.s Ruhm im Alt. gründet sich vor allem auf seine Reden (DESS ILS 1129. Eutr. 8,12. Hier. chron. 204 H. Paneg. 8,14,2 neben Cicero), von denen wir uns jedoch kein Bild machen können. Die ant. Stilurteile sind nicht einheitlich ([4],1337. NORDEN AKpr 1,365,3), und überliefert sind nur Frg.; direkt: auf einem reskribierten Bifolium im Vat. Pal. Lat. 24 (vgl. [3],26ff.) Reste einer *Gratiarum actio pro Carthaginiensibus*, zit.: *Pro Ptolemaeensibus* (Charis. p. 175 B.), *In Pelopem* (Sidon. epist. 8,10,3); eine Rede enthielt Polemik gegen das Abendmahl (Min. Fel. 9,6. 31,2; hypothet. FRASSINETTI Giorn. Ital. Filol. 1949, 238ff. [13], 22ff.). Auch die meisten der nur in der Korrespondenz erwähnten orationes ([5],323) dürften veröffentlicht worden sein (Marc. 2,1,1. Ver. 2,9,1).

Die Briefe, nach denen wir F. heute beurteilen, werden in der Ant. ausdrücklich nur von Charisius zit. Die beiden Partien des Bobienser Palimpsests (Ambr. E 147 s. und Vat. Lat. 5750, vgl. CLA 1, 1934 und 3, 1938, Nr. 27, zus. etwa 3/5 der urspr. Hs.) wurden von A. MAI entdeckt und 1815 bzw. 1823 zuerst ediert. Erhalten sind hauptsächlich Korrespondenzen a) mit Marc Aurel (chronol. geordnet: 5 B. Ad Caesarem; Ad imperatorem, unvollständig, urspr. ebenfalls 5 B., vgl. Charis. p. 288 B.; außerdem Briefwechsel zu rhetor. Fragen, zum Partherkrieg: De bello Parthico; Principia historiae, eine als Panegyricus des Verus angelegte Einleitung zu einer geplanten – anders REVAY Acta

Ant. 1951/52, 161ff., zum Stil vgl. JANNACONE, GIF 1961, 296ff. – Gesch. von dessen Partherfeldzug; Traktate in Briefform: Laus fumi et pulveris; Laus neglegentiae), b) mit L. Verus (nur 1 B. sowie eine ausführliche Würdigung von Verus Feldzugsbericht, vgl. die neue Rekonstruktion von [3],18ff. auf Grund eines Palimpsestbl. im Par. Lat. 12161), c) mit Antoninus Pius, mehr offiziellen Charakters, d) 2 B. Ad amicos (nur Schreiben F.s, erst Empfehlungsbriefe, dann nach Adressaten geordnet). Gegen eine Herausgabe des Corpus durch F. selbst sprechen bes. die doppelt überlieferten Briefe ([2], LXVI f.); auch in den einzelnen Gruppen fehlen dafür eindeutige Beweise. Die Briefe sollten deshalb primär als private Dokumente beurteilt, erst in zweiter Linie auf ihren literar. u. künstler. Wert hin geprüft werden; die harte Kritik des 19. Jh. ist vielfach unberechtigt. F. zeigt sich uns als weiche, etwas larmoyante, ängstlich um das Rechte bemühte Persönlichkeit (vgl. Nep. am. 2); seine Zuneigung zu den Schülern wird aufrichtig erwidert, und so würdigt ihn Marc Aurel als Erzieher (M. Aur. 1,11, vgl. V. D. HOUT Mnem 1950, 330ff.; zum Ideal der *φιλοστοργία* [12],123ff.). Gellius charakterisiert F. als Mittelpunkt eines lit. Cercle (2,26. 13,29. 19,8. 10. 13; zur Bekanntschaft mit dem Hist. Appian vgl. [4],1313); gerade die pädagog. Tendenz vieler Briefe vermittelt einen Einblick in seine Theorien: einem exzessiven Kult der Form entspricht die Ablehnung der Philosophie, der bes. Stoa (vgl. [12],55ff.), als dunkel und formlos (de eloquent. 2). F. empfiehlt den Gebrauch von Bildern und genau passenden Wörtern, die vor allem bei vorklass. Autoren (Plautus, Cato, Sallust; zur gespaltenen Haltung gegenüber Cicero vgl. [4],1332f. zur Ablehnung Senecas HENDERSON, TAPhA 1955, 256ff.) zu suchen seien. Er ist damit einer der Hauptvertreter des mit dem Attizismus der 2. Sophistik zusammenhängenden Archaismus (Sidon. epist. 1,1,2 *Frontoniani*), der, scheinbar rückwärtsgewandt, zur Entwicklung der lat. Sprache Wesentliches beitrug. P. L. Sch.

Bibliogr.: BursJb 273,93ff. (1929–1937). 2,LXXXIIIff. 4, 1338ff. 10,347f.

1. Ed. *S. A. Naber* 1867. 2. Ed. *v. d. Hout* 1954. 3. *B. Bischoff* Der F.-Palimpsest der Mauriner, SBAW, philos.-hist. Kl. 1958, 2. 4. RE IV 1312ff. 5. PIR² 2,322ff., Nr. 1364. 6. *Th. Mommsen* Ges. Schr. 4, 1906, 469ff. 7. *H. Peter* Der Brief in der röm. Lit. 1901, 124ff. 8. *R. Hanslik* CommVind 1935, 21ff. 9. *H. G. Pflaum* Hommages à J. Bayet 1964, 544ff. 10. *R. Marache* La Critique Littér. de Langue Lat. et le Développement du Gout Archaïsant au IIe Siècle de Notre Ère, 1952. 11. *Ders.* Mots Nouveaux et Mots Archaïques chez F. et Aulu-Gelle 1957. 12. *F. Portalupi* M. C. F. 1961. 13. *L. Pepe*, Giorn. Ital. Fil. 1958, 12ff. 14. *A. Schmitt* Das Bild als Stilmittel F., Diss. Münch. 1933 (1934).

2. Adeliger Gönner Martials, 1,55,2; ob er mit T. Catius Caesius F., cos. 96, identifiziert werden kann, ist ungewiß, eher kann er mit dem bei Iuv. sat. 1,12 genannten F. gleichgesetzt werden. R. H.

Premerstein, H 43, 1908, 321ff.

3. s. Liternius Fronto

Frosch (*βάτραχος*, ion. *βάθρακος*, *βρόταχος*), *rana*, Sammelbezeichnung für alle F.-Lurche (*βατράχων γένος* Aristot. hist. an. 589 a 29). Von ihnen kannte man: 1. die eigentliche Frösche, bes. den grünen Wasser-F. (Rana esculenta), den braunen Land-F. (R. fusca, Unterscheidung zuerst bei Theophr. frg. 174, vgl. Plin. nat. 32,70. 130, sonst kaum beachtet), sowie den Laub-F. (Hyla arborea, ebenfalls selten genannt, z. B. Ps. Theophr. sign. temp. 15. Plin. 32,75. 92. 122. Isid. or. 12,6,58). Gewöhnlich meinen die Quellen den Wasser-F., vor allem wegen seines Quakens (*βοᾶν*, *θορυβεῖν*, *coaxare*, *garrire*, in den »Fröschen« des Aristophanes mit *βρεκεκεκὲξ κοὰξ κοάξ* nachgebildet), das Götter und Menschen störte (Aristoph. Ran. 226ff. Batrachom. 187ff. Hor. s. 1,5,14. Plin. 8,227) u. zu Sagen über sein Verstummen führte (RE VII 114,30ff.), aber Pan und den Nymphen gefiel (Aristoph. a. O. Anth. Pal. 9,406). Man schätzte ihn als Wetterpropheten, der den Regen anzeigt (Ps. Theophr. a. O. Arat. 946. Verg. georg. 1,378. Plin. 18,361, vgl. Aristot. probl. 862 a 10; so schon im F.-Hymnus des Rigveda 7,103) und fürchtete seine landplagenartige Vermehrung (Varro bei Plin. 8,104. Strab. 16,772. Diod. 3,30 u. a., vgl. 2. Mos. 8,1ff.; gegen den Aberglauben vom F.-Regen Theophr. a. O.). Die zoolog. Kenntnis vom F. war lückenhaft (amphib. Lebensweise: Aristot. hist. an. 487a 28; Zunge, Lauterzeugung: ebd. 536 a 8ff. Plin. 11,172 u. a.; Genitalien, Fortpflanzung: Aristot. 510 b 35. 540 a 31. 568 a 24. Kaulquappen [*γύρινοι*]: Plat. Theait. 161 d. Arat. 947. Plin. 9,159 u. a.; Jagd auf Bienen: Aristot. 626 a 9, vgl. Ail. nat. 1,58; Winterschlaf im Schlamm: Plin. 9,159; angebliche Entstehung aus Schlamm: Ov. met. 15, 375. Plut. qu. conv. 2,3 u. a.; Feindschaft mit Schlange, Storch, Schwan und anderen Vögeln). Das Essen der F.-Schenkel scheint verachtet, aber nicht ausgeschlossen gewesen zu sein (Varro bei Colum. 8,16). Die F. gehörten zur Unterwelt (Aristoph. Ran. 207. Iuv. 2,150), weshalb man der großen Masse kleiner F.-Plastiken verschiedenen Materials und Darstellungen an Gebäuden, Geräten usw. (auch auf dem Siegel des → Maecenas, Plin. 37,10) meist mag. (apotropäische) Bedeutung zuschreibt; in der Apokalypse des Johannes (16, 13) stellen sie unreine Geister dar (STEINMETZER, ByzZ 10, 1912, 252). Ebenso alt ist wohl die Beziehung zu Apollo als Wahrsager (Plut. or. Pyth. 12; sept. sap. 21 über ein Weihgeschenk des → Kypselos). Verwandlungssagen bei Ov. met. 6,317ff. Ant. Lib. 35. Prob. Verg. georg. 1,378; Helden einer ep. Parodie sind die F. in der → Batrachomyomachie. Die Tierfabel (Aisop. fab. 43f. 70. 143. 146. 302. 307. 312. Phaedr. 1,6. 24. 30) zeichnet sie als feige, dumm und »aufgeblasen«. – 2. Mehrere Krötenarten, meist die Erdkröte, φρῦνος, φρύνη, *rubeta, bufo* (2 Unterarten: Plin. 32,49 ff. Nik. Alex. 567 ff. und Sch. Aet. 13,37), selten die Unke, λιμναία φρύνη (Nik. a.O. Theokr. 7,139 und Sch.). Auch die Kröte lebt amphib. (Plin. 8,110. Aet. a.O.), frißt Insekten (Plin. 11,62), zeigt durch Eintauchen ins Wasser Regen an (Ps. Theophr. a.O.). Von ihrer tatsächlichen Giftigkeit herrschten übertriebene Vorstellungen (Plin. 8,110. 11,196. 32.50. Nik. Alex. 588. Ail. nat. 17,12. Ps. Diosk. 2,38 ff. u.a., zur Therapie s. Praxag. in Sch. Nik. a.O. Plin. 25, 123. Diosk. 3,152). Häßlichkeit, Unheimlichkeit und Gift machten sie zum idealen Zaubertier der Bauern (Plin. 18,158.294.303. Geop. 2,18,14) und Hexen (Hor. epod. 5,19. Prop. 3,6,27. Iuv. 1,70). Die lange Liste der F.-Sympathiemittel bei Plin. 32,48 ff. bezieht sich ebenfalls hauptsächlich auf die Kröte. W. R.

O. Keller Ant. Tierwelt 2,305 ff. *Brehms* Tierleben 4^{4}, 164 ff. *A. Heilborn* Der F. (Aufnahmen nach dem Leben) 1930. *R. Rugh* The Frog. Its reproduction and development, 1951.

Fructus. Unter f. (Frucht) verstanden die röm. Juristen das period. wiederkehrende Produkt einer Sache ohne Abnahme ihrer Substanz (z.B. Milch und Nachwuchs des Viehs, Bodenertrag: Dig. 50, 16,236). Die period. Exploitation einer Sache, deren Nutzung eine ständige, langsame Abnahme ihrer Substanz mit sich bringt, ist auch f. (z.B. Bergbau, Forstbenutzung); ebenso wird die Hausmiete *(pensio)* als f. betrachtet, das Kind einer Sklavin dagegen nicht (Dig. 22,1.28,1). Über Fruchterwerb: M. Kaser, ZRG 65, 1947, 248 ff. Beim Nießbrauch (→ *Ususfructus*) werden dem Nutznießer Gebrauch und Früchte einer Sache überlassen, dem Eigentümer steht nur das Eigentumsrecht zu. G. Ü.

R. Leonhard, RE VII 119. *A. Berger* Encycl. Dict. Rom. Law, 1953, 477. *M. Kaser* Röm. Privatrecht, 1960, 74.

Frugi. Cognomen (»tauglich, brav, wacker«, Walde-Hof. ^{3}552, Münzer Adelsp. 390), in den Fasten in republikan. Zeit bei den Familiennamen Calpurnius (Nr. 23–27) und Pupius (Degrassi FCap., 1954, 145), in der Kaiserzeit bei Iulius, Licinius, Scribonius, Tittius, Degrassi FImp. 252. H. G. G.

Frumentarii. Die Bezeichnung f. weist auf die offenbar urspr. Verwendung im militär. Verpflegungswesen hin, ohne daß sich diese einwandfrei nachweisen läßt. Vielmehr sind die f. seit dem 2. Jh. n. Chr. in verschiedenen Funktionen tätig, bes. im militär. Nachrichtendienst und als kaiserliche Geheimpolizisten. Als letztere traten sie an Stelle der → *speculatores Augusti* und wurden selbst wieder von Diokletian durch die *agentes in rebus* ersetzt (Aur. Vict. 39,4,3). Jede röm. Legion hatte eine wechselnde Zahl von *milites f.*, die von *centuriones* kommandiert wurden (CIL III 7420) und zu den *principales* zählten. In Rom waren f. verschiedener Legionen zu einem *numerus* vereinigt und in den *castra peregrina* auf dem mons Caelius kaserniert. Sowohl die Einrichtung der *castra peregrina* wie die f. scheinen eine Schöpfung des Kaisers Augustus zu sein (JRS 13, 1923, 185). Außer in Rom gab es noch kleinere Stationen der f. in Italien wie z.B. in Ostia (CIL XIV 125), Velitrae, Formiae und Puteoli (CIL X 6575. 6095. 1771) und in den *provinciae inermes* z.B. in Salona (CIL III 2063) und Ephesus (CIL III 433). JRS 13, 1923, 170 ff. 177 f. 180 ff. 183 ff. Rostočev GuW 2,365, 26. A. N.

Frumentius. Angeblich Apostel Aethiopiens und 1. Bischof von Axum, Mitte 4. Jh. Nach dem Ber. des Rufinus KG. 10,9 f., für den Rufin sich auf Aidesios, den Begleiter des F., beruft, geriet F. als Jüngling auf der Heimfahrt von Indien in Gefangenschaft, kam am fremden Hofe zu Ehren und wurde von Athanasios in Alexandreia zum Priester geweiht, um die neue Gemeinde in Indien zu leiten. Erst viel später ist F. mit Aethiopien und Axum in Verbindung gebracht worden. O. H.

Fr. Altheim Gesch. der Hunnen 5, 1962, 158–168.

Frumentum. Getreide [Weizen: *triticum, far;* Gerste: *hordeum;* Roggen: *secale;* Hafer: *avena;* dazu Hirse: *milium* (Varro l.l. 5,106. Verg. georg. 1,216. Ov. fast. 4,743. Colum. 2,9,17. Plin. nat. 18, 24. CIL IV 2069) und Reis: *oryza* (Strab. 15,1. Diod. 19,13. Hor. s. 2,3,155. Plin. nat. 18,93. Cels. 2,18. H.A. Lampr. Heliog. 21,3)] im Unterschied zu Gemüse: *legumina* und Obst: *poma;* etym. verwandt mit *frui* und *fructus.* Wir besitzen verschiedene kulturhist. Belege über die Verwendung einzelner Arten des F., z.B. daß Plin. bei Aufzählung den Hafer nicht nennt (nat. 18,48), aber verwundert feststellt, er sei bei den Germanen das wichtigste Nahrungsmittel (nat. 18,149).

Anbaugebiete Italiens waren die Po-Ebene (Polyb. 2,15.3,44,8.3,87,1), Etrurien und Campanien (Liv. 2,9.4,13.25,14.28,45. Dion. Hal. ant. 5,26.7,1. Cic. leg. agr. 2,80.83), Picenum (Martial. 13,47. Macr. Sat. 3,16,12) sowie Apulien, Bruttium und Lukanien (Cassiod. var. 1,16.2,15.8,11). Neue Forschungen zur röm. Landwirtschaft (bes. M. Sergejenko und E. M. Stajerman in der sowj. Ztschr. Westnik drewnej istorii) glauben, Italien habe schon vor der Bewegung der Gracchen den eigenen Bedarf an F. nicht voll decken können. Sizilien und Sardinien (Liv. 4,25.26,40,16.27,5.33,42.36,2. epit. 70. Dion. Hal. ant. 7,1. Polyb. 28,2. Cic. Verr. 2,2,5. App. civ. 5,72), weitgehend auch Spanien (Liv. 30,26,6. Cic. Balb. 40. Strab. 3,144) werden als Hauptlieferanten bereits in republik. Zeit erwähnt. Später kommen weitere Provinzen hinzu: Numidien und Africa procons. (Liv. 31,4.50.36,3. 43,6. Plut. Caes. 55). Eine Reduzierung des Getreideanbaus in Italien erfolgte ab 2. Jh. v. Chr. zugunsten der in rentabler Wirtschaftsführung betriebenen Latifundien und Plantagenkulturen. Deshalb war Rom, vor allem in der Kaiserzeit, gezwungen, fast den Gesamtbedarf an F. einzuführen: aus Asien und Syrien (Cic. Manil. 14. Dion Chrys. 46,8.10.14), Thrakien, Chersones und Bosporus (Themist. 27,336d. CIL XIV 3608), Griechenland (Liv. 43,6). Erstrangige Bedeutung hatte Äg. als kaiserliche Provinz (Phot. 479b. Aur. Vict. 1. Ios. bell. Jud. 2,386. Plin. paneg. 31. Suet. Dom. 7. Amm. 22,15,3. Cod. Theod. 13,5,7. 14,26,1). Die Verteilung des F.-Anbaus im röm. Reich bewirkte, daß die Versorgung der Stadt Rom und Italiens beim Ausbleiben entsprechender Einfuhren öfters stark gefährdet war (u.a. 360 n. Chr. *inopia frumentorum* in Rom: Amm. 19,10,1) und deshalb häufig Unruhen entstanden (H.-P. KOHNS Versorgungskrisen und Hungerrevolten im spätant. Rom., Bonn 1961).

Der Transport des F., dessen Kosten in der Ant. beachtlich hoch gewesen sein mögen, vollzog sich derart, daß die Bauern verpflichtet waren, das F. vom Felde zur Tenne oder zum Speicher (→ horreum) zu bringen (Cic. Verr. 3,14,36–37). Von dort oblag der Transport den privaten Händlern und Schiffseigentümern oder dem Staat, die die Kollegien der Esel-, Ochsen- und Kamelkutscher beauftragten, das F. zum Hafen zu transportieren und auf die Schiffe zu verfrachten (BGU 1022, Pap. Oxy. I 87. CIL IV 113.274). Die Transportkosten wurden durch eine dem Volk auferlegte Steuer gedeckt (Pap. Lips. 68).

Statistische Angaben über Produktionsumfang und Preise sind selten, was eine allg. Durchschnittsberechnung erschwert. Die wenigen Quellen sind meist zufällig, da die Autoren oft nur Preise erwähnen, die bei Hungersnot sehr hoch oder bei Überangebot sehr niedrig lagen (Cic. Verr. 3,98, 227). Es fehlen fast völlig Quellen über Gestehungs- und Transportkosten, so daß Preisschwankungen nicht nur im Laufe längerer Perioden, sondern auch eines einzigen Jahres als gegeben erscheinen (F. M. HEICHELHEIM Wirtschaftl. Schwankungen in der Zeit von Alexander bis Augustus, 1930).

Ein ungefähres Bild des Produktionsvolumens erhalten wir für a) Sizilien: ca. 30 Mill. Modien (1 Modius = 8¾ l) jährlich (Summe ergibt sich aus Cic. Verr. 3,23,56–49,117 und aus der Angabe 3,47,112, in Sizilien bringe 1 Jugerum = 1 Morgen Land einen Ertrag von 10 Medimnen = 60 Modien Getreide), b) Africa und Numidien lieferten jährlich 1,2 Mill. Modien nach Rom (Plut. Caes. 55), c) Äg.: in Arsinoë umfaßte 235 v. Chr. das bestellte Land 184000 Aruren (1 Arure = 2750 m²), von denen ¾ mit Weizen angebaut wurde (Pap. Petrie 75); Pelusium hatte 242 n. Chr. von 4430 Aruren Land 24500 Artaben (1 Artabe = 3,3 Modien = 29 l) Weizenertrag (BGU 84); in der Zeit des Augustus lieferte Äg. 20 Mill. Modien F. nach Rom (Aur. Vict. 1), in der Flavierzeit erhielt Rom ⅓ des Gesamtbedarfs an F. aus Äg. (Ios. bell. Iud. 2,386), und Anf. des 3. Jh. lieferte Äg. jährlich 28 Mill. Modien nach Italien (H.A. Sept. Sev. 8).

Allgemein wird die Ansicht vertreten, die Getreideabgaben der Provinzen und der Handel hätten den röm. Staatsbedarf knapp gedeckt. Bei den vorhandenen Preisangaben legen wir zugrunde: 1 Denar = 4 Sesterzen = 16 Asse und 1 Denar 1 Drachme, wobei ein Denar gewöhnlich mit dem Wert von DM 0,80 angegeben wird. In Italien hat im 3. Jh. v. Chr. 1 Modius 1–2 Asse gekostet (Plin. nat. 18,15 ff. Liv. 31,50,1. 33,42,8. Cic. off. 2,58), in der Zeit der Bürgerkriege bis zu 6 Asse (Cic. Sest. 55. Plut. Cato Min. 26), und bis zur Zeit Neros erhöhte sich der Preis auf 3 Sesterzen (Tac. ann. 15,39). In Sizilien lag der Preis für 1 Modius zwischen 3 und 4 Sesterzen (Cic. Verr. 3,70,163), während in Spanien und Norditalien für 1 Medimnos Weizen (= 52,5 l) 6 Sesterzen bezeugt sind (Polyb. 2,15. Martial. 12,76). Das röm. Äg. nennt als Preis für 1 Artabe Weizen größtenteils 7–8 Drachmen (umgerechnet: 1 Modius für 2,5 Sesterzen) (u.a. Pap. Lond. I 131. BGU 834).

Mit dem Anwachsen des Reiches fungierten die Ritter (→ Equites) nicht nur als Pächter großer Güter und staatlicher Steuern, sondern auch als Großhändler (Cic. Flacc. 91; Manil. 16; prov. 10). Dadurch wurde trotz Verbotes von Preissteigerungen (Liv. 38,35,5) die Spekulation mit F. gefördert (Caes. Gall. 7,3), besonders in Kriegszeiten und bei Piratenaktionen (Liv. 30,38. Cic. dom. 11. App. civ. 5,67). Neben den Handel treten die als Tribut nach Rom gehenden F.-Lieferungen der Provinzen (Cic. Att. 9,9,4; vgl. → Decuma, Stipendia, Tributum, Vectigal). Die Provinzen wurden nicht nur durch Abgaben und Aufkäufe geschädigt, sondern vor allem ausgeplündert durch Requisitionen der dort stationierten oder kriegführenden Legionen (Liv. 23,41. 27,8. Cic. Att. 4,1,6. Plut. Pomp. 49–50. Cass. Dio 39,9. BGU 381.708. Pap. Oxy. IV 735. Amm. 28,1,18. Cod. Theod. 6,26,14. 11,17,4).

Um die ordnungsmäßige Versorgung Roms zu garantieren, wurden die Ädilen mit der Aufsicht über den Getreidemarkt beauftragt, sie hatten die *cura annonae* (→ annona), d.h. Aufkauf und Preisregulierung des F. (Liv. 4,12,10f. 30,26,6. 31,4,6. 33,42,8 u.a.). Mit der lex frumentaria des C. Gracchus (App. civ. 1,21. Cic. Tusc. 3,20. Liv. epit. 60) wurde die Frumentatio eingeführt, die Abgabe billigen F.s an die eingeschriebenen Bürger (pro Monat 1 Modius für 6⅓ Asse), wobei das Defizit zu Lasten der Staatskasse, des *aerarium*, ging (Cic. Sest. 103; off. 2,72; Tusc. 3,48. Flor. 3,13). 58 v. Chr. begann der Staat mit der unentgeltlichen F.-Verteilung (Sch. Cic. Pis. 9. Cass. Dio 38,13; → Largitio). Infolge des hohen Kostenaufwandes reduzierte Caesar die Zahl der F.-Empfänger von 320000 auf 170000 (Suet. Caes. 41. Cass. Dio 43, 21), eine Maßnahme, die Augustus z. T. wieder aufhob (Mon. Anc. 15. Cass. Dio 55,10), außerdem übernahm er 22 v. Chr. die *praefectura annonae* (Mon. Anc. 5) und schuf 14 n. Chr. ein neues Amt mit 4 *praefecti frumenti dandi* (Suet. Aug. 37. Cass.

Dio 54,1.17. Frontin. 100). Für die Kaiser blieb es eine vordringliche Aufgabe, die Bürger zu unterstützen *(panem et circenses)*, die F.-Preise zu halten und die Gewinne der Händler zu garantieren. Wir wissen nicht, wie dies im einzelnen geschah, wir kennen nur die allg. Nachricht, Augustus habe verstanden, die Bauern und Händler zu versöhnen (Suet. Aug. 42). Die folgenden Kaiser führten keine prinzipiellen Neuerungen ein, sie wiederholten und ergänzten, z. B. die Schaffung einer Getreidekasse = *fiscus frumentarius* (CIL VI 9626) mit den entsprechenden Beamten, den *tabularii rationis fisci frumentarii* (CIL VI 8476), sowie einer speziellen Kornbank in Ostia (CIL XIV 2645). Die Kaiser konnten die F.-Verteilung beibehalten. Tiberius zahlte den Händlern zur Begleichung ihres Defizits einen Zuschlag aus (Tac. ann. 2,87), Claudius ersetzte ihnen die beim Import erlittenen Einbußen und Schiffsverluste (Suet. Claud. 18) und verlieh den Bürgern, die den Bau von Handelsschiffen finanzierten, zahlreiche Privilegien (Suet. a. O. Gai. 1,32), Nero hob die auf Transportschiffen liegende Steuer auf (Tac. ann. 13,51) und setzte einmal den F.-Preis wesentlich herab (Tac. ann. 15,39). Auch spätere Kaiser wiederholten oder erweiterten derartige Maßnahmen: Traian (Plin. paneg. 29), Severus Alexander (H. A. Sev. Alex. 22.32) und ebenfalls einzelne Kaiser in der Dominatsepoche (Cod. Theod. 13,5,16. 14,22. Cod. Iust. 4,61,6. Amm. 19,10,4. 28,4,32. Symm. 5,94. Ambr. 3,46). G. Sch.

V. Hehn Kulturpflanzen und Haustiere[8], 1912. *J. Salvioli* Der Kapitalismus im Alt., VI. Kapitel, 1922. *N. Jasny* The Wheat of Classical Antiquity, 1944. *L. A. Moritz* Grainmills and Flour in Classical Antiquity, 1958.

Frusino (Nissen It. Ldk. 2,655). Hernik. (oder volsk.?) Stadt Latiums (Ptol. 3,1,62) der 1. Region (Plin. nat. 3,64; tribus Oufentina: Kubitschek Imp. Rom. trib. discr. 21) am Cosafluß, Station der via Latina (Strab. 5,237. Itin. Ant. 303,1. 305, 3). Im J. 306 v. Chr. von Rom um $^1/_3$ des Landes gestraft (Diod. 20,80. Liv. 10,1,3: 303 v. Chr.); später praefectura (Fest. 262,14 L.); Prodigienmeldungen seit 207 v. Chr. (Liv. 27,37,5. 30,2,12). Älteste direkte Bezeugung: Plaut. Capt. 883; h. Frosinone. G. R.

Fuchs (*ἀλώπηξ*, *volpes*). Verbreitetstes Raubtier Europas und N.-Afrikas (nicht auf den Mittelmeerinseln: Xen. kyn. 5,24. Plin. nat. 8,228), wegen seiner boshaften Verschlagenheit sprichwörtlich (Archil. frg. 81 D. Aristoph. Pax 1067. 1189; Equ. 1069. Plat. rep. 2,365 C. Cic. off. 1,41. Hor. s. 2,3,186 u. a.; weiteres s. Otto Sprichwörter 189. 379. Köhler Tierleben im Sprichwort 55 ff.; auf verschlagene Menschen übertragen Theokr, 5,112. Plut. Sol. 30,2 u. a.). Seine Volkstümlichkeit bei den Griechen beweisen seine vielen Namen, wie *κερδώ*, *κερδαλέη* (Gauner, Dieb), *κίδαφος*, *σκίνδαφος*, *σκιδαφή* (Strolch), *κόλουρις*, *κοθοῦρις* (Stutzschwanz), *λάμπουρις* (Leuchtschwanz), *σκαφώρη* (vgl. Ail. nat. 7,47), dazu sizil. *κίναδος* (auch = »Biest«), libysch *βασσάρα*, *βασσάριον* (der F. ist fast immer weiblich gedacht, vgl. Simonid. frg. 7). Dennoch fehlt er bei Hom. und Hesiod; Archil. a. O. nennt ihn zuerst; seit dem 5. Jh. (bes. Komödie!) wird er oft erwähnt. Zool. Angaben sind nicht sehr reichlich (Geschlechtsteile und Fortpflanzung: Aristot. hist. an. 500 b 23. 580 a 6. Plin. 10,176; Verzehr von Geflügel, Hasen, Mäusen, Insekten, Jungwild, Honig und Trauben: Aristot. 580 b 25. Xen. kyn. 5,4. 24, Plin. 10,207. Opp. kyn. 3,460. Ail. 4,39. 6,24. 13, 11; F.-Bau: Opp. kyn. 3,449 f.; Paarung mit dem Hund: Aristot. 607 a 3. Xen. kyn. 3,1 [lakon. Hunde!]; Tollwut: Plut. soll. an. 5; Feindschaft mit Löwe, Wolf, Adler und anderen Raubvögeln: Pind. I. 4,80. Plin. 10,205. Aristot. 609 b 1 ff. Freundschaft mit Rabe, Krähe, Schlange: Aristot. ebd. Plin. ebd. Plut. soll. 31. Ail. 2,51; dabei viel Jägerlatein, wie Plin. 8,103. Ail. 4,24. 6,64). Man jagte den F. mit Hunden, Fallen, Netzen und Schlingen, teils als Schädling, teils wegen des Pelzes (Hdt. 7,75. Xen. an. 7,4,4. Aristoph. Ach. 878). In Griechenland (nicht in Rom) schätzte man auch das Fleisch, doch nur im Herbst, als schmackhaft und heilwirksam (Oreib. 1,181. Gal. 6,665; vgl. Nik. Alex. 185); Plin. 28,165 ff. kennt zahlreiche Sympathiemittel vom F. – F.-Sagen sind selten (Paus. 4,18,4. 9,19,1. Apollod. 2,8,4. Ant. Lib. 41. Prell.-Rob. 2,147); dagegen steht er unter den Tieren der griechischen Fabel an erster Stelle, teils andere Tiere überlistend (Aisop. fab. 9. 83. 126. 269 Hausr.), teils von ihnen überlistet oder entlarvt (ebd. 17. 19. 41. 203. 245. 268. 323. 334), oft nur einen Sachverhalt klug erkennend und aufdeckend (ebd. 27. 98. 128. 135. 154. 252. 287. 335). – Kult. Bedeutung hat der F. nur in Rom, wo er an den Cerealia (19. April) mit brennender Fackel am Schwanz gehetzt wurde (Fest. 177. Ov. fast. 4,681 und Bömer z. St. Wissowa Rel.[2] 197. 302). W. R.

O. Keller Ant. Tierwelt 1,88 ff.

Fucĭnus lacus (Nissen It. Ldk. 1,289. 2,450). Fast 700 m über Meeresspiegel s. ö. Alba Fucens gelegener ca. 150 qkm großer See im Gebiet der Marser (Plin. nat. 3,106. Serv. Aen. 7,750) mit unregelmäßigem Wasserstand (Strab. 5,240. Vib. Sequ. 153 R.), in den der Pitonius (legendäre Verbindung mit aqua Marcia) mündet (Lykophr. 1275 cod. *Τιτωνίου*. Plin. 31,41. Vib. Sequ. 150 R.). Überschwemmungen 137 v. Chr. (Obsequ. 24), 117 n. Chr. (CIL IX 3915). Trockenlegung von Caesar geplant (Suet. Iul. 44,3), von Claudius in den J. 41–52 n. Chr. durch 5640 m langen Stollen zum Liris erfolglos unternommen (Suet. Claud. 20,2. 21,6.32. Tac. ann. 12,56 f. Cass. Dio 60,33. Plin. 36,124), erneut von Hadrian (H. A. Hadr. 22, 12) versucht, erst 1875 erreicht. G. R.

Fucus. Gr. *φῦκος*, *φυκίον*, *φῦκος θαλάσσιος*, lat. *fucus*, hebr. *pūk* ist nicht die im Mittelmeer nur durch wenige kleine Arten vertretene

Braunalgengattung Fucus L., sondern bezeichnet urspr. wohl nur zum Rotfärben von Kleidern und Schminken *(fucare)* verwendete Rotalgen, wie die in der Tiefe des Mittelmeers verbreitete Rytiphloea tinctoria (Clem.) Ag. Spätere Autoren, wie Diosk. und Plin. erweiterten den Begriff auf braune und grüne Meeresalgen, wie Ulva lactuca (L.) Le Jol. und z.B. Horaz auch auf die zum Färben verwendete Lakmusflechte (Roccella tinctoria). Schon Plin. nat. 13,135f. 26,103) setzte *fucus* = *alga* und *zostera*, mit welchen Namen später nicht Algen im h. Sinn, sondern Seegräser (Zostera, Posidonia u.a.) bezeichnet wurden. Lat. und it. *alga* hat nichts mit ἄλγος zu tun, die Verwendung von »Algologie« für Algenkunde oder Phykologie ist daher abzulehnen. Lat. *fucus* bei Verg., Ovid. u.a. auch für Drohnen und Bienenharz. Das byzant. φουκᾶς (Simeon Seth, Math. Silv.) hat nichts mit φῦκος zu tun, sondern ist wie arab. fokka eine Art Bier. H. G.

Fufetius Mettius (*Mettus* Verg. Aen. 8,642) F., sagenhaftes letztes Oberhaupt (*dictator* Liv., Dion. Hal.; »König« Ps.-Plut. par. 307 C. Ampel 39,2 [*Suffetius* cod.]) von Alba Longa. Hauptquellen Liv. 1,23ff. und Dion. Hal. 3,5ff. Auf seinen Vorschlag findet der Zweikampf der Horatier und Curiatier statt. Später ermuntert er Fidenae und Veii zum Abfall von Rom. In der Entscheidungsschlacht, an der er als Bundesgenosse Roms teilnimmt, wird er von Tullus durch List am Überlaufen gehindert. Alba wird zerstört, F. an 2 Gespanne gebunden und zerrissen (»das erste und letzte Mal«, daß diese Strafe verhängt wurde, Liv. 1,28,11). W. E.

Fuficius. 1. Q. F. Cornutus. Nach Dess. 8975 stammte er aus Frentanum, war schon im Partherkrieg Traians ausgezeichnet worden, schlug die Staatslaufbahn ein und wurde praetor. Statthalter von Pannonia inf. im J. 145, CIL XVI 91, s. Fitz, RE Suppl. IX S. 69f. Cos. suff. wohl 147 nach der Inschr. Budapest Regiséget 12, 1937, 69,303. Bald nach 150 (nach Stein Legat. Moes. 71 im J. 156/157) war er Statthalter von Moesien, AE 1957, 266 (s. IGR I 609), schließlich 156/57 Statthalter von Dakien, G. Bordenache, Dacia 4, 1960, 263f. **2.** C. F. Fango. Veteran Caesars, Cass. Dio 48,22,1, kam in den Senat, Cic. Att. 14,10,2, (s. den Aedil CIL X 3758), deshalb angegriffen bei Catull 54,5. Augustus schickte ihn nach Philippi 41 als Statthalter nach Afrika an Stelle des Antonianers T. Sextius, nach wenig glücklichen Gefechten mit diesem wählte F. den Freitod, App. civ. 5,26, s. T. R. Broughton Magistrat. 2,373. Pallu de Lessert Fast. Afr. 1,59ff. R. H.

Fufidius. Röm. plebeischer Familienname, eine Weiterbildung von Fufius auf *-idius*, Schulze Eigennamen 239.428. RE XVI 1666. Namensträger seit dem 1. Jh. v. Chr. hervorgetreten, auch in Arpinum, der Heimat Ciceros (Freigelassene: CIL X 5685). **1.** F., röm. Ritter und Steuerpächter, stand 57 in Geschäftsverbindung mit Apollonia, Cic. Pis. 86. Ident. wohl mit dem Grundbesitzer in Arpinum, den Cic. ad Q. fr. 3,1,4 im J. 54 erwähnt und von dem er 47 zum Miterben eingesetzt wurde (Att. 11,13,3 u.a.), vielleicht auch mit dem von Hor. s. 1,2,13ff. angeprangerten Wucherer. **2.** L. F., Anhänger Sullas, soll 82 die Veröffentlichung der Proskriptionslisten veranlaßt haben, Praetor 81 (?), Propraetor in Hispania ulterior 80, wurde von Sertorius besiegt. Sall. hist. frg. 1,108. Plut. Sert. 12,3. **3.** M. F. Aedil in Arpinum, Dess. ILS 5738. **4.** Q. F. aus Arpinum, gebildeter röm. Ritter aus Arpinum, 51–50 Militärtribun Ciceros in Kilikien, 46 von Cic. dem M. Brutus empfohlen (fam. 13,11,1. 12,1f.). H. G. G.

5. F., röm. Jurist, voller Name unbekannt. Lebte wahrscheinlich im 1. Jh. n. Chr. und stammte vielleicht aus Samnium, verwandt mit dem Juristen → L. Neratius Voltinia Priscus. Wird fälschlich mit dem Juristen Aufidius Chius gleichgesetzt (W. Kunkel Herkunft und soziale Stellung röm. Juristen, 1952, 136.144). Über seine Persönlichkeit ist nichts Weiteres bekannt. F. schrieb quaestiones in mindestens 2 B. (F. Schulz Gesch. der röm. Rechtswissenschaft, 1961, 228) und wird von Africanus (Dig. 34,2,5), Gaius (Dig. 40,2,25) und Paulus (Dig. 42,5,9) benützt. G. Ü.

Karlowa 1,693. *St. Brassloff*, RE VII 201. *P. Bonfante* Storia del diritto rom.³, 1, 1923, 383. *W. Kunkel* a. O. *F. Schulz* a. O.

Fufius. Röm. plebeischer Familienname (vgl. Schulze Eigennamen 239), vielleicht aus Cales stammend u. seit dem 2. Jh. v. Chr. hervorgetreten.

I. Republikanische Zeit: **1.** F., Volkstribun (?) um 153 v. Chr., vgl. Broughton Mag. 1, 452, Urheber der lex Fufia zur Regelung der tribuniz. Amtsführung, bes. der *obnuntiatio* der Prodigien, meist im Zusammenhang mit einer ähnlichen lex Aelia genannt, RE XII 2320f. **2.** L. F., Redner um 100 v. Chr., klagte den M.'Aquilius Nr. 4 erfolglos an und hatte vor 91 einen Prozeß mit einem M. Buculeius, Cic. Brut. 182. 222; de or. 1,179. 2,91. 3,50. **3.** M. F., 62 zusammen mit C. F. als röm. Ritter und Geschäftsleute erwähnt, Cic. Flacc. 46ff. M. war wohl 52 mit Milo befreundet. **4.** L. F. Calenus, 70 Zeuge im Verresprozeß, 64 Ankläger des Q. Mucius. **5.** Q. F. Calenus, Sohn eines Q., Enkel eines C. F., der berühmteste Namensträger in republikan. Zeit. Münzmeister um 70–68 (Belege bei Broughton Mag. 2,440) 61 Volkstribun, verteidigte P. Clodius gegen Pompeius und brachte dabei eine nach ihm benannte lex Fufia durch (Cic. Att. 1,16,2, vgl. RE XII 2355), die für den Freispruch des Clodius entscheidend wurde. 59 als Anhänger Caesars Praetor (lex Fufia über Abstimmungsmodus, Mommsen RStrR 445, 5. RE XII 2355), 56 Belastungszeuge, Cic. Cael. 19. 51 Legat Caesars in Gallien (Gall. 8,39,4), stand 49 in Spanien und vielleicht vor Massilia, verlor 49/48 gegen M. Calpurnius Bibulus Nr. 9

in der Adria 30 Schiffe, brachte 48 Caesar Verstärkungen nach Epirus und ging dann als legatus pro praetore (48–47, vgl. BROUGHTON Mag. 2,281. 290) nach Griechenland (Ehrenstatuen in Olympia und Oropos). Für die letzten Monate des J. 47 wurde er zusammen mit Vatinius Consul (CIL I² 779.939). 43 wurde er von seinem Schwiegersohn, dem Consul C. Vibius Pansa, als 1. Senator befragt und war der einflußreichste Gegner Ciceros (Phil. 8,19. 10,3.6). 43 rettete er den auf der Proskriptionsliste stehenden M. Terentius Varro, App. civ. 4,47. Als Proconsul (?) oder legatus pr. pr. (42–40) kommandierte er 42 zwei Legionen für seinen Freund Antonius in Italien, war 41 Statthalter des narbonensischen und später auch des cisalpinen Gallien, wobei ihm 11 Legionen unterstanden. Nach seinem plötzlichen Tod 40 übergab sein gleichnamiger Sohn diese Streitkräfte dem Octavian. H. G. G.

II. Kaiserzeit: **1.** C. F. Geminus, cos. suff. 2 v. Chr., CIL VI 36809. Inscr. It. XIII 1, p. 284, Miturheber der lex Fufia Caninia, s. M. KASER Röm. Privatrecht 1,255. **2.** C. F. Geminus, Enkel des gleichnamigen Legaten des Augustus (Cass. Dio 49,38,1–3), Sohn von Nr. 1, Tac. ann. 6,10,1. F. und seine Gattin Mutilia Prisca waren Günstlinge der Livia, Tac. ann. 5,2,2. 4,12,3. Er verspottete den Tiberius, ebd. 5,2,2. Cos. ord. 29 n. Chr., Inscr. It. XIII 1, p. 186 f. 299; damals starb Christus, Tertull. adv. Iud. 8. Sulpic. Sev. Chron. 2,11,8. Wahrscheinlich Patron von Kaunos, JHS 74, 1954, p. 91 Nr. 27; s. auch AE 1958, 44. F. wurde zwischen 29/31 wegen maiestas verurteilt und tötete sich selbst, Tac. ann. 6,10,1. Cass. Dio 58,4,5 ff. R. H.

Fulcinius. Röm. Eigenname, auch inschr. bezeugt, Belege bei SCHULZE Eigennamen 169 (Mutter des Marius nach Plut. Mar. 3 *Φουλκινία*).

I. Republikanische Zeit: **1.** C. F., 438 als Gesandter nach Fidenae ermordet, später durch Statue auf den Rostra geehrt, Cic. Phil. 9,5. Liv. 4, 17,2. **2.** L. F., Quaestor in Makedonien 148, auf Mz. *Φουλκιννίου*. HEAD HN² 210. BROUGHTON Mag. 1,461. **3.** M. F. aus Tarquinii, Bankier in Rom im J. 69 (Cic. Caec. 10.12.17). H. G. G.

II. Kaiserzeit: **1.** C. F. Fabius Maximus Optatus. Nach einer Laufbahn bis zur Praetur war er Legat des Prokonsuls der Belgica, CIL VIII 21451. **2.** L. F. Tiro. Im J. 16 Ankläger des M. Scribonius Libo Drusus, aus dessen Gütern er entlohnt wurde, Tac. ann. 2,28,2; bald nachher Praetor, ebd. 31,1. Im J. 20 Ankläger des Cn. Calpurnius Piso, ebd. 3,10,1. 13,1. Propraetor. Statthalter von Lusitania 21/22, AE 1953, 88. Freund Seians, Cass. Dio 58,9,3. 25,2. Cos. suff. Juli-Ende 31, L. VIDMAN Fast. Ost. p. 13. 36. Tac. ann. 5,11,1. Im J. 35 wegen der Freundschaft mit Seian angeklagt, verübte er Selbstmord, Tac. ann. 6,38,2. Cass. Dio 58,25,2–4. R. H.

III. F. Priscus, röm. Jurist, lebte wahrscheinlich im 1. Jh. n. Chr. (KARLOWA 1,693). Über Leben, Persönlichkeit und Werke ist uns nichts bekannt. F. wird in den Dig. von Paulus (25,2,3.4. 25,2,6 pr. 31,49,2) und Neratius (39,6,43) zitiert und auch sonst vermerkt. G. Ü.

St. Brassloff, RE VII 212. *W. Kunkel* Herkunft und soziale Stellung der röm. Juristen, 1952, 137.

Fulgentius. 1. Bischof von Ruspe in Byzacium, * 467, † 532. Er stammte aus senator. Familie und war griech. gebildet. Seine Neigung zur Askese führte ihn zum Mönchsleben, aus dem heraus er 507 wider Willen auf den Bischofssitz geführt wurde. Kurz danach verbannte ihn der arian. Vandalenkönig Thrasamundus nach Sardinien. Zu persönlichen theol. Streitgesprächen holte ihn der König zeitweise nach Karthago; doch erst unter dem Nachfolger Hilderich durften die verbannten Katholiken 523 zurückkehren. In seinen Schriften gegen Arianismus und Pelagianismus erweist sich F. als der bedeutendste afrikan. Theologe nach Augustinus. Hauptwerke: Contra Arianos (Antworten auf 10 Fragen Thrasamunds), 3 B. Ad Thrasamundum regem, 10 B. Contra Fabianum (39 Frg.). De fide, 3 B. Ad Monimum, 3 B. De veritate praedestinationis, 7 B. Contra Faustum Reiensem (verloren). 18 Epist. 8 Sermones. Zahlreiche unechte Schriften gehen unter seinem Namen. Seine Vita schrieb → Ferrandus.

Ta.: *J. Fraipont*, Corp. Chr. 91, 1961. *Migne* PL 65. – *G. G. Lapeyre* S. Fulgence de Ruspe 1929. *Schanz-Hos.* 4,2,575 bis 581. *Bardenhewer* GAL 5,303–316. *Altaner*⁸ 453–455.

2. F., der Mythograph, schrieb E. 5. Jh. n. Chr. in Afrika. In den Hss. wird er genannt *Fabius Planciades F. v(ir) c(larissimus)* oder *Fabius Claudius Gordianus F. v. c.* Der einheitliche Stil von 4 Schriften weist diese demselben Vf. zu: 3 B. Mythologiae. 1 B. Expositio Vergilianae continentiae secundum philosophos moralis. Diese Schriften geben allegor. Erklärungen der Mythen bzw. der Aeneis. 62 altertümliche Wörter erklärt die Expositio sermonum antiquorum [2]. In De aetatibus mundi et hominis teilt der Vf. die Weltgesch. nach den 23 Buchstaben des Alphabets in 23 Epochen, bei deren Behandlung jeweilen der betr. Buchstabe im Text nicht vorkommt. Schon im MA. hielt man den Mythographen und den Bischof von Ruspe für identisch. Die unechte Allegorese zu Stat. Theb. nach Art des F. 2 geht unter dem Namen von F. 1. Gegen die Identität spricht die Torheit des Mythographen, die dem Bischof kaum zuzutrauen ist. O. H.

Für Identität: 1. Ta.: *Rud. Helm*, 1898. 2. *G. Götz* CGlL 1,73 f. 3. *O. Friebel* F., der Mythograph und Bischof, Stud. z. Gesch. des Alt. 5,1–2, 1911. 4. *Fr. Skutsch*, RE VII 215–227. Gegen Identität: 5. *G. Krüger* in *Schanz-Hos.* 4,2,196–205. *Lapeyre* (→ F. 1).

Fulginiae (NISSEN It. Ldk. 2,401). Verhältnismäßig junge Stadt Umbriens (Plin. nat. 3,113: 6. Region) der tribus Cornelia (KUBITSCHEK Imp. Rom. trib. discr. 71) im Topinotal ca. 2 km s.ö. des h. Foligno b. S. Maria in campis an der alten

Route der via → Flaminia (Itin. Burd. 613,11) ohne Mauern (Sil. 8,460); bei App. civ. 5,35 *Φουλκίνιον*. G. R.

Fullo. 1. Walker (etymol. verwandt mit *φαλός*, *φαληρός* = weiß, glänzend, WALDE-HOF.[3] 1,560), Handwerker, der Tuche herstellt sowie Kleider reinigt und färbt (BLÜMNER Techn. 1,157). In der f. nica, der Werkstatt des f. (Plaut. Pseud. 782; Asin. 907. Plut. Cic. 1. Vitr. 6 praef. 7. Lact. 1,18, 21), befanden sich Gruben und Bottiche (*pilae:* Cato agr. 10,5), das Wasser wurde mit Zusätzen versehen, u.a. Walkererde (*creta:* Plin. nat. 35, 195ff. CIL XIII 8345), Kreide, Soda, Essig.

Die eigentliche Entwicklung des selbständigen Walkergewerbes in Rom beginnt mit der späten Republik (Plaut. Aul. 508), wurde durch die lex Metilia (220 v. Chr. Plin. nat. 35,197) gefördert und hat sich danach weiter ausgebreitet: Das Gewerbe dehnte sich auch auf freie *proletarii* und Sklaven aus (z.B. *anniversarii f. nes:* Varro rust. 1,16,4). Werkstattbesitzer und Kollegien mögen zu ansehnlichem Reichtum gelangt sein; der Besitzer des Hauses der Vettier in Pompeji betrieb eine Walkerei; das dortige Kollegium stiftete der städtischen Priesterin Eumachia eine Statue (CIL X 813); die Walker veranstalteten jährlich am 19. März ihr Handwerkerfest zu Ehren ihrer Schutzgöttin Minerva (Ov. fast. 3,821).

Die Tätigkeit des f. fand auch in der bildenden Kunst ihren Niederschlag, so auf pompejanischen Wandgemälden, auf dem Relief »Walker bei der Arbeit« (Musée Municipal in St. Germain-en-Laye); der Maler Simus habe u.a. eine Walkerwerkstatt gemalt (Plin. nat. 35,143). G. Sch.

R.J. Forbes Studies in ancient technology, 6 Bde., Leiden 1955–1958, Bd. IV 81ff.

2. Cognomen, in den Fasten in republikan. Zeit bei den Apustii (Nr. 3f.). H. G. G.

Fulvianus. Cognomen, in den Fasten in republikan. Zeit bei den Manlii (DEGRASSI FCap. 145), in der Kaiserzeit bei den Valerii (DEGRASSI FImp. 253). H. G. G.

Fulvius. Röm. plebeischer Gentilname, abgeleitet von *fulvus* »rotgelb, braungelb« (WALDE-HOF.[3] 1,561, wohl nach der Haarfarbe, RE III A 1829), inschr. auch *Folvius*, CIL I 873 = VI 8263 u.ö. Belege aus dem etr. Raum bei SCHULZE Eigennamen 170. Die röm. Gens stammte wahrscheinlich aus Tusculum (Cic. Planc. 20, vgl. Phil. 3,16. Plin. nat. 7,136). Zwischen 322 und 122 spielten Gentilen als röm. Beamte oft eine große Rolle, später sank das Ansehen des Geschlechts. Folgende Cognomina wurden z.T. erblich und bezeichneten die einzelnen Familien: Bambalio, Centumalus, Curvus, Flaccus, Gillo, Lippus, Longus, Nobilior, Paet(in)us; bes. hervorgetreten sind von ihnen zunächst die Curvi und Paetini und seit dem 3. Jh. die Flacci und Nobiliores; Stammbaum RE VII 231f. – Die F. Aemiliani des 2. und 3. Jh. n. Chr. waren patriz. – Via Fulvia s. Nr. 19.

I. Republikanische Zeit: **1.** F., Legatus des Creticus im Seeräuberkrieg 73 v. Chr., BROUGHTON Mag. 2,113. **2.** A. F., Senator 63, Sall. Cat. 39. BROUGHTON 2,491. **3.** C. F., Quaestor 218 oder 217, wurde von den Ligurern dem Hannibal ausgeliefert, Liv. 21,59,10. **4.** Cn. F., Münzmeister um 106, BROUGHTON Mag. 2,440; gleichnamig ein Praetor peregrinus 197 und ein Praetor 167. **5.** Q. F., Volkstribun 197. **6.** M. F. Bambalio (»Stammler«), wenig geachteter Abkömmling der berühmten Fulvier, Vater der Fulvia Nr. 32, Cic. Phil. 2, 90. 3,16. **7.** Cn. F. Centumalus, Consul 229 mit L. Postumius, landete auf Kerkyra, warf mit seinem Collegen die Illyrier von Apollonia aus nieder und feierte 228 einen Seetriumph. Quellen bei DEGR. I. 13,44f. 118.440f. **8.** Cn. F. Centumalus, curul. Aedil 214 (erstmals viertägige Bühnenspiele), Praetor 213, Consul 211 mit P. Sculpicius Galba (Schutz Roms vor Hannibal), blieb dann in seinem Amtsbereich Apulien mit prorogiertem Imperium 210, fiel bei der Belagerung des abgefallenen Herdonea im Kampf gegen Hannibal, Liv. 27,1,4–15. MOMMSEN RG 1,645. **9.** L. F. Curvus (L. f., L. n.), Consul 322 mit Q. Fabius Maximus Rullianus. Erster in den röm. Magistratslisten hervorgetretener Namensträger, kämpfte gegen Samniten und triumphierte, Liv. 8,39,16. CIL I[2] p. 45.171. 316 war er magister equitum des Dictators L. Aemilius Mamercinus Privernus und kämpfte bei Saticula. **10.** M. F. Curvus Paetinus (beide Cognomina nach körperlichen Eigenarten, das zweite vielleicht unhistor.), 305 Suffectconsul an Stelle des gefallenen Consuls Ti. Minucius Augurinus, Sieg und Triumph de Samnitibus, Liv. 9,44,15. Act. Tr. (DEGR. I. 13,70f. 542f.). **11.** C. F. Flaccus, Bruder des Q. Nr. 17, stand als dessen Legat 211 vor Capua und 209 in Mittelitalien. **12.** C. F. Flaccus, Consul 134 mit P. Scipio Aemilianus, übernahm die Leitung der Kämpfe gegen die Sklaven auf Sizilien, Liv. per. 56. Obsequ. 27. Oros. 5,9.6. **13.** Cn. F. Flaccus, jüngerer Bruder von Nr. 17, 212 Praetor mit dem Kommando in Apulien, wurde von Hannibal bei Herdonea geschlagen und floh; 211 wurde er deshalb verurteilt und ging nach Tarquinii ins Exil. Liv. 26,2,7–3,11. **14.** M. F. Flaccus, Ahnherr dieser Familie, Volkstribun 271 (270: BROUGHTON Mag. 1,199), 270 mit M'. Curius Dentatus Duumvir zur Vollendung der Aqua Anio vetus (Frontin. aqu. 1,6), 264 Consul mit Ap. Claudius Caudex, wobei er Volsinii unterwarf, triumphierte und den Kult des Vortumnus nach Rom verpflanzte. 246 trat er nochmals als Reiteroberst des für die Wahlen bestimmten Dictators Ti. Coruncanius hervor. MÜNZER Adelsp. 110. **15.** M. F. Flaccus, wahrscheinlich 2 Personen um 180, von denen eine 184 Triumvir zur Anlage von Colonien und 180 Kriegstribun war (so in Kritik von Liv. 40,41,7ff. MÜNZER, RE VII 240f., anders BROUGHTON Mag. 1,391,3. 2,567). **16.** M. F. Flaccus, Anhänger der Gracchen. Seit 130 war er Mitglied des 2. Dreimännercollegiums zur Durchführung der Ackerverteilungen (DESS. ILS 25). Als Consul 125 (mit M. Plautius Hypsaeus) setzte er sich für die Bürgerrechtsverleihung an die Italiker ein, wurde aber von der herrschenden Nobilität durch Abordnung zum Gallierkrieg kaltgestellt, besiegte Ligurer, Salluvier und Vocontier und triumphierte nach seiner Rückkehr 123, Act. Tr. Als entschiedener und prominenter Anhänger des C. Gracchus wurde er für 122 Volkstribun und für 122/21 Triumvir col. deduc. (nach App. civ. 1,102 ff. Anlage von Iunonia Carthago, vgl. L. TEUTSCH Das röm. Städtewesen in N.-Afrika, 1962, 2). Während der Katastrophe des C. Gracchus 121 leitete er vom Aventin aus die Kämpfe und wurde auf der Flucht in einem Privathaus erschlagen; auch seine beiden Söhne kamen um, seine Tochter wurde die Gattin des L. Iulius Caesar (cos. 90, vgl. o. Bd. I 997 Nr. 3). A. HEUSS RG 142 ff. **17.** Q. F. Flaccus, einer der bedeutenden Römer in der Z. des 2. Pun. Krieges und der bedeutendste Vertreter der Familie. Consul I 237, wobei er die oberital. Kelten zusammen mit seinem Collegen L. Cornelius Lentulus Caudinus bekriegte. 231 Censor, mußte jedoch wegen eines Wahlfehlers abdanken, ebenso wie sein College T. Manlius Torquatus, mit dem er 224 auch sein 2. Consulat bekleidete; dabei überschritt er als 1. Römer den Po (Pol. 2,31,8) gegen die Kelten. 217 übergab er dem Cunctator das eine consular. Heer, wurde 216 Pontifex und 215 Praetor urbanus (Küstenschutz u. a.), um dieses Amt auch 214 innezuhaben. Nachdem er 213 magister equitum des Wahldictators war, wurde er 212 Consul III mit Ap. Claudius Pulcher, eroberte ein karthag. Lager bei Benevent und schloß mit seinem Collegen Capua ein, das er auch 211 und 210 mit prorogiertem Imperium belagerte (Abwehr eines Entsatzversuches Hannibals), nahm und bestrafte, Liv. 25,13 ff. 26,1–34. 27,3. Ende 210 wurde er Dictator zur Abhaltung der Wahlen, 209 Consul IV (mit Q. Fabius Maximus), unterwarf Hirpiner und Lucaner, stand 208 als Proconsul und 207 mit verlängertem Imperium in Campanien und opponierte 205 im Senat gegen Scipio, wohl kurz vor seinem Tode. Verheiratet war er mit Sulpicia, die als die ehrbarste aller Matronen der Zeit genannt wird und von der er 3 Söhne hatte (Nr. 19. 15); vgl. MÜNZER Adelsp. 186 f. H. H. SCULLARD Rom. Politics 220–150 B. C. **18.** Q. F. Flaccus, Sohn von Nr. 13. Vielleicht brachte er 197 griech. Gesandte im Auftrag des Flamininus nach Rom (und war damals Volkstribun, vgl. BROUGHTON Mag. 2,568). 189 war er plebeischer Aedil, 187 Praetor (Sardinien), 181 Legat im Ligurerkrieg. Als Suffectconsul 180 siedelte er 7000 Apuaner in Samnium an. Söhne von ihm waren Nr. 12 und vielleicht Nr. 20. Lucil. 4, 149 M. hat CICHORIUS Unters. z. Lucilius 263 als Leichenspiele zu Ehren des F. gedeutet. **19.** Q. F. Flaccus, ältester Sohn von Nr. 17. 184 curul. Aedil, 182 Praetor mit der Provinz Hispania citerior (Einnahme von Urbicua), wo er auch 181–180 mit proconsular. Imperium stand (harte Kämpfe gegen die Keltiberer, u. a. Schlacht bei Aebura), feierte 180 einen Triumph, wurde Pontifex und 179 mit seinem leiblichen Bruder L. Manlius Acidinus Fulvianus Consul; er war gegen die Ligurer erfolgreich und triumphierte erneut, gründete vielleicht Forum Fulvii und ließ die Via Fulvia (von Dertona nach Pollentia) erbauen. 174 war er Censor mit A. Postumius Albinus (strenge Amtsführung, unter den aus dem Senat Ausgestoßenen befand sich auch ein Bruder des F.), weihte 173 den in Spanien gelobten Tempel der Fortuna Equestris (LATTE RRel. 179. 278) und starb 172 (vielleicht Selbstmord). MÜNZER Adelsp. 199 ff. **20.** Ser. F. Flaccus, Consul 135 mit Q. Calpurnius Piso, besiegte die Ardaeer oder Vardaeer in Illyrien. Er trat wohl auch als Redner in Erscheinung (Cic. Brut. 81) und ist vielleicht der Consular F., der 133 dem Ti. Gracchus riet, keine Gewalt anzuwenden, Plut. Gracch. 11,1. **21.** Q. F. Gillo, 203 Legat des Scipio in Sizilien (Begleiter einer karthag. Gesandtschaft nach Rom), 202 curul. Aedil, 200 Praetor (Sizilien). **22.** Q. F. Lippinus, Latifundienbesitzer und Tierzüchter im 1. Jh. v. Chr., Varro rust. 3,12, 1. **23.** P. F. Longus legte 313 Saticula als Colonie an. **24.** Cn. F. Maximus Centumalus, bedeutender Namensträger um 300: 302 Legat des M. Valerius Maximus im Kampf gegen die Etrusker (Schlauheit), 298 Consul mit L. Cornelius Scipio Barbatus, erfolgreiche Kämpfe in Samnium und wohl auch Etrurien, Triumph, 295 mit propraetor. Imperium in Etrurien, schlug einen Teil der Etrusker; 263 Dictator zur Nagelschlagung, 100 J. nach dem 1. Dictator mit dieser Kompetenz, vgl. MOMMSEN RStR 2,156 f. **25.** M. F. Nobilior, 196 curul. Aedil mit C. Flaminius, mit dem er auch 193 die Praetur bekleidete; er zeichnete sich 193 und in den beiden folgenden J. mit verlängertem Imperium in Spanien (H. ulterior) aus und feierte 191 eine Ovatio, Liv. 36,21,10. 39,1. 189 war er Consul mit Cn. Manlius Vulso (in den Fast. Cap. auch die Filiation M. f. Ser. n., DEGR. I. 13,48 f. 454 f.) und übernahm den Krieg gegen die Aitoler (Quellen o. Bd. I 209); aus Ambrakia ließ er viele Kunstwerke nach Rom bringen und dort z. T. in dem dafür erbauten Tempel des Hercules Musarum aufstellen (Basisinschr.: DESS. ILS 16), einige auch der Heimatgemeinde der gens, Tusculum, zukommen, DESS. 17; anschließend nahm er Kephallenia und blieb auch 188–187 (als Proconsul) in Griechenland, um nach der Rückkehr glanzvoll zu triumphieren und Festspiele durchzuführen, Liv. 39,5,13 ff. Ennius feierte die Verdienste des F. in den ann. und in der Dichtung Ambracia (F. SKUTSCH, RE V 2591. 2599), Cato richtete eine Rede gegen F. (Gell. 5,6,24 ff.). 179 war er Censor, versöhnte sich mit seinem ehemaligen Gegner und jetzigen Collegen Lepidus und zeichnete sich durch eine umsichtige und auch für das Bauwesen bedeutsame Amtsführung aus (Reform der Tributcomitien, Basilica Aemilia et Fulvia auf dem Forum). Münzer Adelsp. 200. Schanz-Hos. 1,87ff. **26.** M. F. Nobilior, älterer Sohn von Nr. 25, Volkstribun 171, curul. Aedil 166, Consul (mit Cn. Cornelius Dolabella) 159, Triumph *[de Liguri]bus Eleatibus* als Proconsul 158. Broughton Mag. 1,446. **27.** M. F. Nobilior, Anhänger des Catilina 63 v. Chr., Sall. Cat. 17,4, vielleicht ident. mit dem 39,5 Genannten. **28.** Q. F. Nobilior, jüngerer Sohn des Aitolersiegers Nr. 25, legte 184 als IIIvir col. deduc. Potentia und Pisaurum an und ließ Ennius als Kolonist zu. 160 curul. Aedil, ca. 156 Praetor, 153 Consul (mit T. Annius Luscus) – das 1. Consulnpaar, das sein Amt am 1. Januar antrat –; er übernahm Spanien, erlitt aber gegen die Keltiberer erhebliche Verluste (App. Ib. 45,184ff., vgl. Pol. 35,4,2), weshalb er im Senat von Cato scharf angegriffen wurde, gegen den er dann 149 als Verteidiger des Ser. Sulpicius Galba auftrat. 136 bekleidete er zusammen mit Ap. Claudius Pulcher die Censur. **29.** M. F. Paetinus, Sohn und Enkel eines Cn., Consul 299 mit T. Manlius Torquatus, nahm Nequinum in Umbrien (Umwandlung zur Colonie Narnia) und triumphierte. Broughton Mag. 1,173. **30.** Ser. F. Paetinus Nobilior, Sohn und Enkel eines M., 255 Consul, erzwang mit seinem Collegen M. Aemilius Paullus (o. Bd. I 93 Nr. 25) nach Besetzung von Kossyra (h. Pantelleria) und einem Seesieg am Hermaiischen Vorgebirge (nach Münzer, RE VII 269f. wohl Anfang 254) den Übergang nach Africa, um dort die Reste des Heeres des Regulus aufzunehmen, erlitt aber auf der Rückfahrt bei Kamarina durch einen Seesturm schwerste Verluste, Pol. 1,37,1ff. Beide Consuln feierten 254 (oder 253) einen *triumphus navalis*, Degr. I. 13,76f. 548. **31.** Fulvia, moralisch haltlose Frau von vornehmer Herkunft, die 63 von ihrem Geliebten Q. Curius (o. Bd. I 1345 Nr. 5) Nachrichten über die Verschwörung Catilinas erhielt und an Cicero weiterleitete, Sall. Cat. 23,3f. 26,3. 28,2. Nach Val. Max. 9,1,8 fiel sie auch 52 durch ihre Sittenlosigkeit auf. **32.** Fulvia, Tochter von Nr. 6. Verheiratet 1. mit dem berüchtigten Volkstribunen P. Clodius Pulcher (o. Bd. I 1227f.), dem sie 2 Kinder schenkte, 2. mit C. Scribonius Curio, der 49 fiel (ein Sohn), 3. mit M. Antonius, dem Triumvirn (o. Bd. I 410ff.), dem sie 2 Söhne gebar. Polit. bedeutsam wurde sie nach dem Tode Caesars (44) bis zu ihrem Tode 40. Man warf ihr Habgier vor (Cic. Phil. 2,113. 6,4. 13,18) und Beteiligung an den Proskriptionen 43 (bes. Cass. Dio 47,8,2; unwahrscheinlich ihre Schändung des Kopfes des toten Cicero). Als Antonius zum Krieg gegen die Caesarmörder nach dem O. ging, vertrat sie dessen Interessen in Rom, anscheinend Anfang 41 auch gegen ihren jüngsten Schwager L. Antonius (Cass. Dio 48,4,1ff., o. Bd. I 410 Nr. 4). Mit diesem entfachte sie dann 40 den Perusin. Krieg gegen Octavian, der soeben die Ehe mit ihrer Tochter aus 1. Ehe gelöst hatte (Cass. Dio 48,5,3), Quellen o. Bd. I 746; wahrscheinlich wollte sie dadurch auch Antonius von Kleopatra losreißen (App. civ. 5,75). In späterer Historiographie wird freilich ihr die Initiative zugeschrieben; sie wird als bewaffnetes Mannweib, Herrin von Praeneste und betriebsame Helferin für den in Perusia eingeschlossenen L. Antonius hingestellt, Liv. epit. 125. Vell. 2,74,3. Flor. 2,16,2. Inschr. auf Schleuderbleien CIL XI 6721,3ff. Martial. 11,20,3–8 (angeblich von Octavian gegen F., Gardthausen 1,196. 2,93). Nach dem Fall von Perusia (Frühjahr 40) reiste sie unbehelligt nach Athen zu Antonius und starb Mitte 40 in Sikyon. Sie wurde auch auf Münzen (röm. und phryg.) abgebildet, Grueber Coins 1,570. 575. pl. LVI 1.10. Die ungünstige Beurteilung bei Drumann[2] 1,288ff. 2,310ff. ist wohl kaum zu halten. J. P. V. D. Balsdon Roman Women, 1962, 49f. In Rom war sie »die 1. Frau eines Herrschers, die sich als solche gefühlt und benommen hat« (Münzer, RE VII 284). H. G. G.

II. Kaiserzeit: **1.** F. Stadtpraefekt, Nachfolger des Valerius Comazon, nach Elagabals Ermordung (11. März 222) selbst umgebracht, Dio-Xiphil. 79,21,1f.; er ist vielleicht mit dem *vir consularis* F. Diogenianus (Cass. Dio 78,36,5. 37,1) ident. **2.** L. F. Gavius Numisius Petronius Aemilianus. Italiker, Patrizier, dessen Ämterlaufbahn CIL VI 1422, gesetzt von seiner Gattin Attia Cervidia Vestina, und CIL XIII 1806 (gesetzt von der Bürgerschaft von Lyon, s. a. 1805. 1801) verzeichnen. Er brachte es zur Quaestur, war *curator [col(oniae) Lugdunens(is)]* und wahrscheinlich 169 *praetor tutelarius candidatus Aug(ustorum)* (= Marcus-Verus), s. Frg. Vatic. 189 (Reskript des Marcus an F.) und 210. **3.** M. F. Gillo aus Forum Novum im Sabinerland, cos. suff. 76, CIL IX 4776. XVI 21. Ca. 91/92 war er procos. Asiae, Smyrna 3,180. Keil, Num. Ztschr. 52, 1919, 117 Nr. 4; 118 Nr. 5. 6, s. D. Magie, Rom. Rule Asia Min. II 1432, 1582. **4.** Q. F. Gillo Bittius Proculus. Praefectus aerarii Saturni im J. 97/98, Plin. epist. 9,13,13, s. Otto, SBAW 1919, 10,62ff. Cos. suff. E. 98, Plin. epist. 9,13,23, s. Vidman Fast. Ost. 17. R. Syme, JRS 43, 1953, 154. Procos. Asiae 115/16, Hicks, Inscr. Brit. Mus. 3 p. 146 Nr. 500. Bull. hell. 12, 1888, 63; auf einer Mz. Head, Brit. Mus. Lydia p. LXV, s. D. Magie Rom. Rule Asia Min. II p. 1583. Im Kollegium der Arvalbrüder erscheint er von 101–118 (CIL VI 2074. 2078). Vor dem 7. Februar 120 gestorben, CIL VI 2089 = 32375. Gatte der Pompeia Celerina, Stiefvater der 97 verstorbenen Frau des Plinius, epist. 9,13,13. **5.** Imp. Caes. T. F. Iunius Macrianus Aug. Sohn von Nr. 7, Zon. 12,24 p. 145 D. Erst Militärtribun Valerians (SHA trig. tyr. 12,10), wurde sein Vater in Samosata nach dessen Gefangennahme zum Augustus erhoben und verlieh F. und seinem Bruder Nr. 6 den Purpur, Eus. hist. eccl. 7,10,3. Sie wurden im Orient und Äg. anerkannt, Mattingly, RIC 5,2,589f. Vogt Alexandr. Münzen 1,204f. F. war *imperator* vom Sept. 260 (Pap. Flor. 2,273 verso. Pap. Lips. 1,57) bis gegen E. 261, Pap. Straßb. 7,1. F. zog mit seinem Vater von Asien nach Europa, wo ihnen in Illyricum im Auftrag des Kaisers Gallienus dessen Feldherr Aureolus entgegentrat, der sie gemeinsam mit seinem Unterfeldherrn Domitianus besiegte, worauf die eigenen Soldaten F. und seinen Vater töteten, Zon. a.O. F. Delbrück Münzbildnisse, p.126f. **6.** Imp. Caes. T. F. Iunius Quietus Aug. Jüngerer Bruder von Nr. 5, Zon. 12,24 p.146 D. Er wurde 260 vom Vater wie dieser mit dem Purpur bekleidet und zum *imperator* ausgerufen, Mattingly, RIC 5,2,582f. SHA vit. Gall. 1,3–5. trig. tyr. 12,10–12. F. blieb mit dem Gardepraefekten Ballista im Orient. Nach der Ermordung von Vater und Bruder erhob sich gegen F. der Herrscher von Palmyra Septimius Odaenathus und drängte ihn auf Emesa zurück, dessen Einwohner F. töteten, Zon. a.O. F. Delbrück Münzbildnisse p.126f. **7.** (F.) Macrianus. Feldherr des Valerianus, SHA trig. tyr. 12,1. 15–18. Als rationalis Aug. in Äg. bewog er den Kaiser zu einer Christenverfolgung, Eus. hist. eccl. 7,10,4–7. Während dessen pers. Feldzuges Präfekt der Militärkasse und der Getreideversorgung (Petr. Patr. exc. de sent. p. 264 Nr. 159 Boiss.), verriet er E. Juni 260 Valerianus an die Perser, Eus. hist. eccl. 7, 23,1, s. G. Lopuszanski La date de la capture de Valér. (Cahiers Int. d'étud. polon. en Belgique 1951). Den ihm angetragenen Purpur lehnte er ab, Zon. 12,24 p.145 D., und überließ ihn seinen Söhnen Nr. 5 und 6. Mit ersterem zog er nach Illyricum, wo er von Domitianus, dem Feldherrn des Aureolus, besiegt wurde, SHA vit. Gall. 2. 3,1. 6. G. Barbieri Alb. senat. p. 404 Nr. 15. **8.** C. F. Plautianus. Afrikaner aus Lepcis Magna (P. Romanelli, Arch. Class. 10, 1958, 258ff.), niederer Herkunft, doch mit Septimius Severus befreundet, Herodian. 3,10,6. Im J. 193 schickte ihn dieser nach dem O., wo er sich der Söhne des Pescennius Niger bemächtigte, vit. Sever. 6,10. Er war seit 197 praefectus praetorio CIL VI 224, erhielt die *ornamenta consularia* und stieg zu ungeheurer Macht und Reichtum empor, Dio-Xiph. 75,14,1. Herodian. 3,10,5. Er bekam das *ius gladii*, den Clarissimat (CIL VIII 25526), Herodian. 3,11,2, ließ seinen Amtskollegen Aemilius Saturninus töten und war eine Zeitlang allein praef. praetor., ebd. 3,11,1. Infolge seines ungeheuren Einflusses auf den Kaiser wurde seine Tochter Fulvia Plautilla dem Caracalla verlobt (CIL XI 1336) und im J. 202 vermählt, Dio-Xiph. 76,1,2. CIL VI 226. F. wurde als *necessarius* oder *adfinis Augg.* (CIL XI 1337. V 2821) in den Senat aufgenommen und war schon im J. 203 cos. ord. mit Geta. Seine Familie wurde den patriz. zugezählt, CIL XI 8050; doch F. blieb auch als cos. und pontifex (CIL VI 1074) praef. praetor. Er begleitete Severus auf seinem Partherfeldzug, Dio-Xiph. 75,15,3. CIL VI 226. 227. Viele Statuen wurden ihm errichtet, Dio-Xiph. 75,14,6. CIL XIII 1681. Nach einer vorübergehenden Verstimmung des Severus (Dio-Xiph. 76,2,4. 16,2) brachte F. seine Verfeindung mit Iulia Domna (s. L. de Regibus, Athen. 1946, 129ff.) und Caracalla zu Fall; letzterer beschuldigte ihn des Mordplanes gegen Severus und ließ F. am 22. Januar 205 töten, Herodian. 3,11,4–9. Amm. Marc. 26,6, 8. Dio-Xiph. 76,2–5, s. E. Hohl Herodian und der Sturz Plautians, SDAW 1956, 2. G.J. Murphy Reign of Sept. Sev., 1945, 36ff. A. Calderini Severi 80ff. F. verfiel der *damnatio memoriae*, seine Statuen wurden zerstört, Dio-Xiph. 75,16,4, sein Name eradiert, CIL VI 1035. Sein Sohn C. F. Plautus Hortensianus (Dess. 9004. CIL XIV 4392) und seine Tochter wurden nach Lipara verbannt und ca. 212 getötet, Dio-Xiph. 76,6,3. 77,1,2. – J.J. van Norren Plautianus, Diss. Amsterdam 1953. G. Barbieri Alb. senat. p. 63 Nr. 255. R. H.

III. Literarische Persönlichkeit:

F. Sparsus. Rhetor der august. Epoche, von dem wir durch die Controversien des älteren Seneca, bes. B. 10, wissen. Zeitlich steht F. zwischen Porcius Latro († 4 v. Chr.), dessen *sententiae* er zum Vorbild nahm (ebd. praef. 11. 5,26), und seinem Rivalen Iulius Bassus (ebd. praef. 12), den Senecas Söhne noch selbst hörten. Soweit längere Zitate ein Urteil erlauben (ebd. 4,8ff. 5,8ff.), bemühte sich F. bei kleinteiliger Antithetik um ein Gleichgewicht der Satzteile; manche seiner *colores* galten als geschmacklos (ebd. 4,23. 5,23). Seneca, der eine Anzahl seiner *sententiae* anführt, kommt zu einem ausgeglichenen Urteil über F.' Stil (ebd. praef. 11) u. Persönlichkeit (ebd. 1,7,15). P. L. Sch.

H. Bornecque Les Déclamations, 1902, 167. *H. Bardon* Litt. Lat. Inc. 2, 1956, 86f.

Fulvus = T. Fulvius Aurelius Antoninus nach Dess. 8911; doch wird der Name richtig T. Aurelius Fulvus Antoninus lauten. Es handelt sich um den am 31. Aug. 161 geborenen Zwillingsbruder des Commodus, Sohn des Marc Aurel, HSA vit. Comm. 1,2, erwähnt bei Fronto ad Antonin. imp. 1,3 p. 88,23 van den Hout (s. auch p. 92,10. 93, 28ff. 94,14ff. 214,5), dargestellt bei Cohen 3^2,152, 189–194. Mattingly, RIC 3,95.271.346. Er starb vierjährig, vit. Comm. 1,4. R. H.

Funale. Der Kandelaber mit aufgesteckten Kerzen sowie die Kerzen selbst können f. heißen, doch ist meist eine Fackel damit gemeint, vor allem dasjenige f., mit dem man sich nachts auf den röm. Straßen leuchten ließ. Das stand jedem Bürger frei, doch gab es ein besonderes Beamtenrecht darauf, dessen Einzelheiten trotz Mommsen RStR I^3 423,4 noch unklar sind. W. H. G.

Fundanius. Röm. plebeischer Gentilname, auch in der Form *Φονδάνιος*, der inschr. an vielen Orten nachweisbar ist und nach Ausweis des Suffixes in die Gruppe ital. Toponomastica, vielleicht aus dem Gebiet der Hernici Volsci Aurunci, gehören dürfte, SCHULZE Eigennamen 357.533.592 (zu 357). Namensträger sind seit dem 3.Jh. v.Chr. hervorgetreten.

1. C.F. Mehrere Nachrichten dürfen wohl auf eine Person bezogen werden. Zwischen 104 und 84 wird ein Quaestor (oder Münzmeister, so GRUEBER) C.F. erwähnt, 81 ein Senator [*Γ*]*άιος Φουδάνιος Γαί*[*ου υἱός*] (OGIS 441,20f., BROUGHTON Mag. 2,491), 68 der Volkstribun und Curator viarum C.F.C.f. (l. Antonia de Termess. CIL I² 2,589, DESS. ILS 38; CIL I 593 = VI 1299; Datierung nach BROUGHTON 2,138). Er war Schwiegervater des M. Terentius Varro und wird von diesem rust.1,2,1 (u.ö.) als Dialogpartner (etwa im J. 59) vorgestellt. Wahrscheinlich ist er ident. mit dem von Cic. ad Q.fr.1,2,10 im J. 59 genannten C.F., vielleicht auch mit dem von Cicero 66 verteidigten F. (ed. C.F.W. Müller 4, 3,235f.). Nach ihm dürfte auch Varro seinen Logistoricus F. de admirandis benannt haben, SCHANZ-HOS.1,561. **2.** C. F., röm. Ritter, der 45 in Spanien zu Caesar überging, Bell.Hisp.11,3. Vielleicht war er ident. mit dem Komödiendichter und Erzähler der Cena Nasidieni, den Hor.s.1,10,42. 2,8,19 erwähnt, vgl. SCHANZ-HOS.1,608. **3.** M.F., Volkstribun 195, erwirkte zusammen mit seinem Kollegen L. Valerius gegen den Widerstand des Consuls M. Porcius Cato die Aufhebung der lex Oppia (gegen übermäßigen Schmuck der Frauen), Liv. 34,1,2. 2.6. **4.** M.F., nach der Überlieferung bei Q. Cic. pet. cons.19 von Cicero im J. 66 oder kurz darauf verteidigt, vgl. o. Nr.1. **5.** C.F. Fundulus, der 1. histor. bedeutende Namensträger: Volkstribun 248, plebeischer Aedil 246, Consul 243. Er war Sohn eines C. und Enkel eines Q. (Fast.Capit.). 248 klagte er wohl den Consul von 249 P. Claudius Pulcher und 246 dessen Schwester erfolgreich an, vgl. o. Bd. I 1209 Nr. 33.37. Als Consul war er in Sizilien gegen Hamilkar Barkas erfolgreich, Einzelheiten bei Diod. 24,9,2f., von der späteren aristokrat. Geschichtsschreibung tendenziös gefärbt. **6.** M.F. Fundulus, plebeischer Aedil 213. **7.** Fundania, Tochter von Nr. 1, Gemahlin des M. Terentius Varro; ihr ist rust.1 gewidmet.

H. G. G.

Fundi (NISSEN It. Ldk. 2,658), Stadt Latiums (Ptol. 3,1,63. Plin.nat. 3,59: 1. Region) am Fuß der *Fundani montes* (Tac.ann. 4,59) an der via Appia (Strab. 5,233) 74 mp von der porta Capena (Itin.Ant.108,1.121,9. Burd. 611,9) in weinreicher (Strab.Plin.nat.14,65. Martial.13,113.115, Vitr. 8,3) Gegend. F. erhielt *civitas sine suffragio* 338 v. Chr. (Liv. 8,14,10) oder 332 v.Chr. (Vell.1,14,4), das Vollbürgerrecht (Fest. 262,13 L.: als *praefectura;* vgl. ENSSLIN, RE XXII 1309ff.) 188 v.Chr. in der tribus Aemilia (Liv. 38,36,9. KUBITSCHEK Imp. Rom. trib. discr. 21), so daß seine Geschichte der von Formiae sehr ähnlich ist. Im J. 174 v.Chr. bauen die röm. Censoren eine Wasserleitung in F. (Liv. 41,27,11). Hor.s.1,5,34 verrät wenig Interesse an F.; Porph.Hor.epist.1,1,4 erwähnt Herculeskult.

G. R.

Funditores. Die f., die zweifellos seit jeher einen Bestandteil des röm. Heeres bildeten (Liv. 1,43,7), gewannen seit dem 2. pun. Krieg (Liv.22, 37,7) und den röm. Eroberungen im ö. Mittelmeergebiet (Liv.38,21,2.29,4) erhöhte Bedeutung, weil diese Waffengattung zunehmend bei den Gegnern Roms in Anwendung kam. Als Leichtbewaffnete waren die f. in der Regel an den Flügeln des zur Schlacht aufmarschierten Heeres aufgestellt (Veg.mil.1,20) und hatten den Kampf zu eröffnen. Mit der aus einem oder mehreren Lederriemen oder Leinwandstreifen (Veg.mil.3,14) bestehenden Handschleuder wurden Steine (Veg.mil.2,15) und Bleikugeln (Liv.38,20,1) geschleudert. Wie wichtig die Waffengattung der f. geworden war, ist am besten daraus zu erkennen, daß seit der marian. Heeresreform auch für einen Teil der Legionäre die Ausbildung im Schleuderwerfen vorgeschrieben war (Veg.mil.1,16).

A. N.

Krom.-Veith 370.587. Philol. Suppl. Bd. 23, H. 2, Lpz. 1931, 1. Class. Phil. 43, 1948, 166.172f.

Fundius. Röm. Personenname. Inschr. Belege bei SCHULZE Eigennamen 357.

H. G. G.

Fundulus. Cognomen bei den Fundanii Nr. 5 6., vgl. A. DEGRASSI FCap. 145. Zur deminutivischen Form (von Fundanius) vgl. SCHULZE Eigennamen 176.

H. G. G.

Fundus. Grundstück, Landgut im röm. Reich, auf dem vor allem Sklaven als Arbeitskräfte eingesetzt waren, einschließlich abgegrenzter kleiner Parzellen, die in der Kaiserzeit meist von Kolonen bewirtschaftet wurden; Bezeichnung des vom Staat durch Assignation von Gemeindeland *(→ ager publicus)* einem Bürger zu Privateigentum übergebenen Bodens (vergleichbar mit *κλῆρος* im ptol. und röm. Äg.: BGU 349). Der f. trug, unabhängig von späteren Besitzveränderungen, den Namen des 1. Eigentümers. Name ist im italischen Sprachbereich ein vom nomen gentile, selten vom cognomen hergeleitetes Adjektiv auf *-anus (F. Antianus, Caerellianus, Pullenianus;* vgl. CIL IX 1147), im kelt. Sprachbereich oft auf *-acus* (noch heute in Italien und Frankreich häufig erhaltene Ortsnamen, z.B. Bassiano = F. Bassianus, Flavigny = F. Flaviacus).

Der f. ist ein großer landwirtschaftl. Organismus, der im wirtschaftl. Differenzierungsprozeß in der Zeit der röm. Republik entstand und sich in der Kaiserzeit durch Zukauf kleiner und schwacher Höfe in den Händen der Großgrundbesitzer stetig vergrößerte. Wie Domäne, *saltus, latifundium* bestand er aus: 1. der *villa*, dem Gutshof, mit allem Inventar, so Herrenhaus, Wirtschaftsgebäude, Arbeitsgeräte, Vieh, Sklaven und umliegende Felder (Dig. 33,7,15) und 2. den *vici*, den Dörfern und Ansiedlungen, deren ehemals freie Bauern in der Kaiserzeit in zunehmendem Maße zu abhängigen Kolonen wurden, die als Parzellenpächter das

Land des Großgrundbesitzers bewirtschafteten (CIL VIII 11735: *coloni fundi Var.*), bes. nach der *glebae adscriptio d*es Constantin (332 n. Chr.: Cod. Theod. 5,17,1).

In den einzelnen Provinzen war der f. mit unterschiedlichen Rechten ausgestattet, der italische war juristisches Privateigentum und damit bis Caracalla steuerfrei, der provinziale juristisches Staatseigentum, das zur privaten Nutzung mit Steuerpflicht übergeben wurde. Grundbücher wurden im röm. Reich nicht geführt; diese kennen wir nur aus dem Äg. der Pharaonen, der Ptolemäer; sie erhielten sich dort auch in der Römerzeit. Katasterähnliche Aufstellungen gab es lediglich in Form der Alimentarurkunden, z. B. die Tabula Veleias und die Urkunde von Vulci (CIL X p.43ff.).

Großgüter der röm. Kaiserzeit lassen den Übergang von der Waren- zur Naturalwirtschaft erkennen, d. h. jeder f. strebte nach wirtschaftl. Autarkie. Je größer der f., um so mehr versuchte der Grundbesitzer, auch politische Autonomie zu erreichen, was indirekt gefördert wurde durch eigene Gutsgerichtsbarkeit, durch das jeweilige Steuer- und Rekrutierungssystem. Ohne Zweifel hatte schon der ältere Plinius diese Entwicklungstendenz des sozialökonomischen Niedergangs des Reiches vor Augen, als er aussprach (Plin. nat. 18,35): *latifundia perdidere Italiam iamque vero et provincias.* G. Sch.

G. Schrot Über die Rentabilität der röm. Landwirtschaft der ausgehenden Republik, phil. Diss. Lpz. 1957.

Funisolanus. 1. L. F. Vettonianus. Seinen cursus honorum verzeichnen CIL XI 571. III 4013. AE 1946, 205. Nach Quaestur, Volkstribunat und Praetur war er legat. leg. IIII Scythicae und drang als solcher im J. 62 unter Caesennius Paetus in Armenien ein, Tac. ann. 15,7,1. Er war curator viae Aemiliae und (als Beisitzer) curator aquarum, praef. aerari Saturni; er gelangte wahrscheinlich im J. 78 zum Suffektconsulat, CIL XIV 4276. Um 80/83 wird er legat. Aug. pr. pr. Dalmatiae gewesen sein (J. Jagenteuffel Statth. Dalmat. p. 45ff. Nr. 13), um 84/85 legat. Aug. pr. pr. Pannoniae, CIL XVI 30. 31 (W. Reidinger Statth. Pannon. p. 52ff.), ca. 85/86 legat. Aug. pr. pr. Moesiae sup. (A. Stein Legat. Moes. p. 35ff.) und wurde von Domitian (für Erfolge gegen Decebalus) mit hohen Auszeichnungen bedacht (Patsch, SAWW 217,1, 1937, 7ff.). F. wurde unter die sodales Augustales aufgenommen. Schließlich gelangte er um 90 zum Proconsulat von Afrika, B. Thomasson Statth. Nordafr. 2,50f. Anf. 98 scheint er gestorben zu sein, AE 1936, 95. Sein Grab lag an der via Latina, AE 1913, 224. Sein Sohn wird T. Pomponius Mamillianus Rufus Antistianus F. Vettonianus (CIL XVI 46. Inscr. It. XIII 1, p. 158) sein. **2.** Funisolana Vettulla. Wohl Tochter von Nr. 1, Gattin des Präfekten von Äg. im J. 82, C. Tettius Africanus, CIL III 35. R. H.

Funus publicum. Öffentliche Leichenfeier durch Senatsbeschluß auf Kosten des Staates (oder der Municipien) zu Ehren des Verstorbenen. In Rom zuerst für fremde Gesandte, Fürsten, später für verdiente Persönlichkeiten, zuerst für L. Cornelius Sulla (78 v. Chr.), dann C. Iulius Caesar, auch für die im Mutinens. Kriege Gefallenen (43 v. Chr.), Augustus und nunmehr überwiegend für Mitglieder des Kaiserhauses (auch für Frauen). Die Bahre des Verstorbenen trugen Magistrate, der Leichnam wurde auf einem öffentlichen Platz aufgebahrt, ein Magistrat hielt die Trauerrede. Es folgte ein → *iustitium* von verschiedener Zeitdauer (in Municipien meistens 1 Tag). G. Ü.

É. Cuq, Dar.-Sagl. 2,2,1406ff. *Marqu.-Mau* 350. *Blümner* PrAlt. 489. *Hug,* RE Suppl. III 530–532.

Furca. Die zweizinkige »Forke« diente den nämlichen Zwecken wie noch heute, bes. in der Landwirtschaft. Außerdem können alle entsprechend geformten Gegenstände f. genannt werden, sogar ein V-förmiger, enger Paß *(furculae Caudinae).* Speziell heißt ein gabelförmiges Holz f., das als Züchtigungs- und Strafmittel diente. Dabei wurde der Nacken des Delinquenten in die Gabelmitte eingespannt, die Arme nach vorn an die f.-Enden gebunden; er mußte die f. tragen und wurde unter ihr gepeitscht. Zunächst Sklavenstrafe *(sub f. virgis caedere)* tritt die f. in der Kaiserzeit schließlich an die Stelle der → *crux;* es handelt sich dann um eine senkrecht stehende f. als Hinrichtungsgerät. W. H. G.

Furfanius. Seltener röm. Familienname. Inschr. Belege bei Schulze, Eigennamen 592 (zu 357). – T. F. Postumus, 52 v. Chr. Richter im Prozeß des Clodius (Cic. Mil. 75), 51 und 50 in Sizilien als Quaestor bzw. Proquaestor pro praetore. Später wahrscheinlich Praetor, 45 proconsular. Statthalter von Sizilien, Cic. fam. 6,9. 8. 3. Broughton Mag. 2,309. H. G. G.

Furfo (Nissen It. Ldk. 2,442), vestin. Ortschaft am Platze der h. Kirche S. Maria di Furfona ca. 15 km s.ö. von L'Aquila, bekannt durch Kult des Iuppiter Liber, dessen Tempel im Monat Floralis (= April; vgl. Radke, RhM 106, 1963, 313) 58 v. Chr. (CIL I² 756) gestiftet wurde. G. R.

Furiae. Dämon. Unterweltsgottheiten, deren urspr. ital. oder etr. (Müller-Deecke 2,109) Wesen durch die Identifizierung mit den → Erinyen völlig überdeckt ist. Der etym. Zusammenhang mit *furere* »rasen, wüten« läßt vielleicht die urspr. Bedeutung vermuten (vgl. Paus. 8,34,1 *Μανίαι* sei Name einer Örtlichkeit in Arkadien mit einem Heiligtum dieser »Göttinnen«; Paus. hält *Μανίαι* für einen Beinamen der Eumeniden; Orest soll dort in Raserei verfallen sein). Die röm. Dichter haben es an der schaudererregenden Ausmalung ihres Aussehens nicht fehlen lassen. Daher ist es sinnlos, durch Herausarbeitung im Griech. nicht vorkommender Züge auf das Wesen der ital. F. schließen zu wollen. Aussehen und Bezeichnung solcher dämonischen Gestalten gehen oft durcheinander; so nennt die Harpyie Celaeno sich *F.-arum maxima* Verg. Aen. 3,252, und zwischen F. und Dirae pflegen die Dichter nicht zu unterscheiden. Zur Identifizierung mit Furrina(e) s. den Art. W. E.

Furius. Name eines altröm. Patriziergeschlechts, gelegentlich noch in der wohl urspr. Form *Fusius* vorkommend und in Verbindung zu bringen mit dem Praenomen *Fusus* (FRÄNKEL, RE XVI 1656,43; weitere Ableitungen vom Stamm *Fus-* bei SCHULZE Eigennamen 171). Nicht gesichert ist die Herkunft der Gens aus Tusculum wo man ein Grab von 7 *Fourii* gefunden hat (CIL I 66–72 = XIV 2700–2707, vgl. auch SCHULZE 470). Bei den röm. Namensträgern treten die Praenomina Agrippa, C., L., M., P., Sex., Sp. entgegen, MOMMSEN RF 1,16. In der Republik sind die folgenden Familien nachweisbar: Bibaculi, Crassipedes, Fusi, Medullini, Camilli, Pacili, Phili, Purpureones, wobei die Fusi, Medullini und Camilli der älteren, seit dem 5. Jh. v. Chr. in Erscheinung tretenden Schicht angehören. Die Gens stellte auch Salier. Der berühmteste Namenträger war → Camillus Nr. 16. Agrippa F., Consulartribun 391, ist nicht histor.

I. Republikanische Zeit: **1.** C. F., Duumvir navalis 178, stand bis 170 in Istrien. **2.** C. F., Volkstribun (oder Praetor) vor 169, vielleicht 183, Urheber der wichtigen lex Furia testamentaria, vgl. STEINWENTER, RE XII 2356–2360. – Ein sonst gar nicht bekannter F. (?) brachte eine lex de sponsu durch, vgl. Gai. 3,121 ff. BROUGHTON Mag. 2,469. **3.** Num. F., röm. Ritter, befreundet mit dem Redner L. Crassus. **4.** P. F., Sohn eines Freigelassenen, wurde 102 aus dem Ritterstand gestoßen, war 99 Volkstribun, ging zu den Optimaten über (Antrag, das Erbe des Saturninus und Glaucia einzuziehen). 98 wurde er in einem Prozeß zunächst freigesprochen, dann aber von C. Canuleius erneut angeklagt und von der erbitterten Masse zerrissen, Cic. Rab. perd. 24. App. civ. 1,147 u. a. **5.** Sex. F., Consul 488 (mit Sp. Nautius), Liv. 2,39,9. **6.** Sp., später erfundene Gestalt, nach Liv. 1,24,6 *Pater patratus* unter dem König Tullus Hostilius. **7.** Sp. F., Consulartribun 378. **8.** S(p). F., Münzmeister zwischen 150–133. Beste Übersicht über die weiteren Münzmeister aus der Gens bei BROUGHTON Mag. 2,441 (2. und 1. Jh. v. Chr.). **9.** C. F. Aculeo, 190 Quaestor des Consuls L. Scipio, später mit diesem wegen Bestechung durch Antiochos angeklagt, verurteilt, aber gegen Kaution in Freiheit belassen, Val. Ant. bei Liv. 38,55, 5–8. 58,1. **10.** L. F. Bibaculus, fiel 216 als Quaestor bei Cannae. **11.** L. F. Bibaculus, Praetor und Salier, gegen MÜNZER, RE VII 320 mit BROUGHTON Mag. 1,237 in die Zeit vor 218 (und nach 227) zu datieren. Sein Vater (F. B.) war magister des Saliercollegiums, Val. Max. 1,1,9. **12.** L. F. Brocchus, Münzmeister um 61. SYD. LXIV. **13.** L. (F.?) Camillus (zum Cognomen o. Bd. I 1030), Vertrauter und rechtskundiger Berater Ciceros, in dessen Korrespondenz zwischen 51 und 45 er öfters genannt wird. **14.** L. F. Camillus, Sohn des berühmten Camillus, soll 389 am Volskerkrieg teilgenommen haben, war 350 Dictator zur Abhaltung der Wahlen, 349 Consul zusammen mit dem Patrizier Ap. Claudius Crassus (DEGR. I. 13,34 f. 106. 406 f.), wobei er erfolgreich gegen die Gallier focht, die griech. Seeräuber aber nicht ausschalten konnte, Liv. 7,25,3–26,11 (Einzelheiten bedenklich wegen des Zweikampfes des M. Valerius Corvus gegen einen Gallier). 345 Dictator II, BROUGHTON 1,131; zum Gelöbnis des Tempels für Iuno Moneta durch F. (Liv. 7,28,4) zuletzt LATTE RRelG 169. **15.** L. F. Camillus, Enkel des berühmten Camillus (Sp. f. M. n.), Consul I 338 mit C. Maenius (nach Liv. 8, 13,1–9. Act. Tr. Sieg und Triumph des F. über Pedaner und Tiburtiner, Ende des Latinerkrieges, Ehrung durch eine Reiterstatue), Consul II 325 mit D. Iunius Brutus Scaeva, wobei er wegen Krankheit den L. Papirius Cursor zum Dictator ernannte und ihm die Kriegführung gegen die Samniten übertrug, Liv. 8,29,2. 8 f. **16.** M. F. Camillus, Sohn eines L., Enkel eines Sp., der Retter Roms nach der Katastrophe an der Allia, vgl. o. Bd. I 1030 f. **17.** Sp. F. Camillus, Sohn von Nr. 16, Vater von Nr. 15, 366 erster Praetor nach den Licinisch-Sextischen Gesetzen, Liv. 7,1,2. **18.** C. F. Chresimus, Freigelassener und Landwirt in der Mitte des 2. Jh. v. Chr., wegen Zauberei angeklagt, aber freigesprochen, Piso HRR frg. 33. **19.** F. Crassipes (Cognomen illustriert durch Münzdarstellungen eines dicken Fußes), 56 Verlobter von Ciceros Tochter Tullia, von der er sich nach verhältnismäßig kurzer Ehe vor 50 wieder trennte, vgl. GROEBE, RE VII A 1330. 51 ging er als Quaestor nach Bithynien (Cic. fam. 13,9) und besuchte 49 trotz der Entfremdung Cicero auf dem Formianum (Cic. Att. 9,11,3). **20.** L. F. Crassipes, Beamter in Griechenland, Mitte 2. Jh. v. Chr., ließ sich in die Samothrak. Mysterien einweihen. **21.** M. F. Crassipes. Vielleicht ident. mit dem Gesandten M. F., der 200 aus Makedonien an den Senat geschickt wurde, mit dem Legaten in Gallien 200 und mit dem Kriegstribun, der in Tusculum Weihgeschenke stiftete (DESS. ILS 3142). 194 begann er eine dreijährige Amtszeit als IIIvir col. deduc., gründete 192 Vibo Valentia und entwaffnete als Praetor 187 in Gallia (Cisalpina) die Cenomanen, wofür er von dem Consul bestraft wurde, Liv. 38, 42,4. 6. 39,3,1 ff. Als Praetor II im J. 173 verwaltete er Sizilien. **22.** Agrippa F. Fusus, Consul 446 mit T. Quinctius Capitolinus; angeblich Sieg über die Volsker, Liv. 3,66–70. **23.** M. F. Luscus, plebeischer Aedil 197. **24.** L. F. Medullinus (Cognomen nach dem Ort Medullia, MOMMSEN RF 2,292), Consul 474 mit C. Manlius Volso; sie widersetzten sich angeblich dem Cassischen Ackergesetz, vgl. o. Bd. I 1073 f. **25.** L. F. Medullinus. Aus der Überlieferung sind mit MÜNZER, RE VII 354ff. und BROUGHTON Mag. (2,569) wohl 2 Persönlichkeiten wie folgt zu scheiden: a) L. F. Sp.f., – n. M. Consulartribun 432, 425, 420, Consul 413, II 409. b) L. F. L. f. Sp. n. (evtl. Consul 413, II 409, s.o.), Consulartribun 407, 405, 398, 397, 395, 394, 391. Eine weitere Person war Consulartribun 381, 370 und Censor 363, ein Sp. F. M. Consulartribun 400. **26.** P.F. Medullinus Fusus, Consul 472 mit L. Pinarius Mamercinus Rufus, legte als einer der ersten IIIviri agr. dandis die Colonie Antium 467 an und soll 464 gegen die Aequer gefallen sein. **27.** Sp.F. Medullinus Fusus, Consul 481. **28.** Sp. F. Medullinus Fusus, Consul 464 mit A. Postumius Albus, Bruder von Nr. 26, soll von den Aequern geworfen und von T. Quinctius aus dem Lager befreit worden sein (vgl. MOMMSEN RStR 1,689,1). Nach Dion. Hal. 10,53,6 war er 453 Consul suffectus und starb wie sein Vorgänger an der Pest. **29.** C.F. Pacilus, Consul 412. **30.** C.F. Pacilus Fusus, Consul 441, Censor 435 (erstes Censorenkollegium mit M. Geganius Macerinus), Consulartribun 426. **31.** L.F. Philus, stand mit Terenz in Beziehung und soll 155 die Philosophengesandtschaft gehört haben. 136 Consul mit Spanien als Provinz (vgl. zuletzt H. SIMON Roms Kriege in Spanien 154–133 v.Chr., 1962, 155ff. 168f.); zum Gesetz beider Consuln (l. Furia Atilia) über die Auslieferung des C. Mancinus an die Numantiner s. WEISS, RE XII 2360. Hervorragendes Mitglied des Scipionenkreises, von Cic. rep. 1,17 u.ö. als Gesprächspartner herangezogen (rep. 3 Vertreter der Staatstheorie des Karneades). Aus einer Schrift von ihm scheinen die von Macr. Sat. 3,9,7–11 genannten Devotionsformeln zu stammen, TEUFFEL-KR.-SK.1 § 131,6. **32.** P.F. Philus (Sp. f. M. n.), Consul 223, siegte und triumphierte mit seinem Collegen C. Flaminius (Nr. 1) über Gallier und Ligurer. 216 Praetor urbanus; übernahm nach Cannae die Flotte, hatte aber mit einem Landungsversuch in Afrika keinen Erfolg, Liv. 22,35,5ff. 53, 4. 57,8. 23,21,2. 214 war er Censor (mit M. Atilius Regulus, strenge Bestrafung des M. Metellus u.a.). Augur bis zu seinem Tod 213. **33.** P.F. Philus, stand als Praetor 174 und im folgenden J. in Spanien, wurde nach der Rückkehr von Cato (Charis. p. 224,14 Keil) wegen Erpressungen angeklagt und ging ins Exil. Münzen sind ihm wohl nicht zuzuweisen. **34.** L.F. Purpureo (das Cognomen wird illustriert durch Münzdarstellungen einer Purpurschnecke, MOMMSEN RF 1,44; RMW 496 Nr. 27. 512 Nr. 75). 210 Kriegstribun, 200 Praetor in der Provinz Gallia (angeblicher Sieg über die Kelten unter Hamilkar, Liv. 31,47ff.). Consul 196 mit M. Claudius Marcellus (BROUGHTON Mag. 1,335), wiederum Kämpfe mit den Kelten u. irgendwann Gelübde eines Iuppiter-Tempels (194 wurde ein Tempel des Veiovis auf der Tiberinsel geweiht, LATTE RRel 82,1). 189 ging er als Mitglied der Zehnerkommission zur Ordnung der Verhältnisse nach

Kleinasien, opponierte 187 gegen Cn. Manlius Vulso und L. Scipio Asiaticus und bewarb sich 184 erfolglos um die Censur. 183 führte er eine Gesandtschaft zu den in Oberitalien eingefallenen transalpinen Kelten, Liv. 39,54,13. Er ist wohl ident. mit dem im Winter 200/199 an die Aitoler geschickten Gesandten. **35.** L. F. Purpureo, 2 gleichnamige Münzmeister um 150–133 bzw. 137 bis 134, vgl. BROUGHTON Mag. 2,441. H. G. G.

II. Röm. Kaiserzeit: **1.** M.F. Camillus. Nach den Fast. Cap. CIL I² p. 29 war er P. f. P. n., beide unbekannt. Er entstammte der gens des Diktators Camillus, Tac. ann. 2, 52,5. Cos. ord. in der 1. Hälfte des J. 8 n.Chr., Cass. Dio 55,33,1. CIL VI 36841. Inscr. It. XIII 1, p. 302. Procos. Africae 17/18 (B. THOMASSON Statth. Nordafr. 2,23); er schlug mit der leg. III Aug. und Auxiliartruppen die Musulamii unter dem Numider → Tacfarinas, und erhielt auf Antrag des Tiberius die *triumphalia insignia*, Tac. a.O. † wahrscheinlich im J. 37, CIL VI 2031. Vater von Nr. 2 und 3 und der Livia Medullina (CIL X 6561). **2.** M.F. Camillus, frater Arvalis im J. 37, CIL VI 2031 und 38, ebd. 2028a–d. **3.** F. Camillus Scribonianus, so Suet. Claud. 13,3. Cass. Dio 60,15,2, Sohn von Nr. 1, nach der Adoption durch L. Arruntius (cos. 6 n. Chr. MOMMSEN Ges. Schr. 4,465f.) hieß er L. Arruntius Camillus Scribonianus, s. Bd. I 608 Nr. 7. **4.** C.F. Octavianus mit dem Signum Amphilochius, Sohn der Furia Camilla, CIL VI 1423. Er verlor früh den Vater und kam unter die Tutel der Prokuratoren Furius Alcimus und Pontius Uranius, die die großen Güter der *domus Furiana* in Moesia sup. verwalteten, CIL III 8238 (PREMERSTEIN-VULIČ, ÖJ 6, 1903, Beibl. 27f. Nr. 35 = CIL III 8169). Frg. Vat. 220. Er gehörte dem Clarissimat an, war Patron von Canusium, CIL IX 338, und gelangte vor 223 zum Suffektconsulat und Pontifikat, CIL VI 1423. G. BARBIERI Alb. senat. p. 63 Nr. 256. p. 595. **5.** C.F. Sabinius Aquila Timesitheus. Er begann seine Laufbahn vor 220 als Kohortenpräfekt, verwaltete dann zahlreiche Prokuraturen in der Belgica, Germanien, Arabien (AE 1936, 151), Rom, Syrien, Bithynien, Pontus, Paphlagonien, in der Provinz Asia, und war schließlich procurator provinciarum Lugdunensis et Aquitaniae, wie eine Basen-Inschr. einer Ehrenstatue aus Lyon bezeugt, CIL XIII 1807 (H.G. PFLAUM Carrières proc. éq. 2, p. 811–821 Nr. 317). Den viel bewährten und gebildeten Mann machte der junge Gordian III. im J. 241 zum praefectus praetorio und heiratete seine Tochter Nr. 8, vit. Gord. 23,5.6.24,2.25,1. Zos. 1,17,2. Zon. 12,18 p. 129f. Er war die treibende Kraft im siegreichen Perserkrieg gegen Sapor, vit. Gord. 27,2.4–8, und erhielt hohe Auszeichnungen, ebd. 27,9f. Doch schon im J. 243 raffte eine Krankheit den tüchtigen Mann hinweg, vit. Gord. 28,1. 5. 6. 29,1. **6.** P. Fu(rius?) Pontianus, Statthalter von Moesia inf. 217/18 nach Mz., s. B. PICK bei IMHOOF-BLUMER,

Mz. Nordgriech. 1,1, p. 234ff. Nr. 708–784; p. 432 Nr. 1680. 1681 u. a.; s. A. STEIN Legat. Moes. 91. **7.** P. F. Saturninus. Legat. Aug. pr. pr. Daciae um 161, AE 1944, 59. CIL III 1177. 1460. 943. 1412; zugleich cos. desig., CIL III 1171, daher entweder noch 161 oder 162 cos. suff. **8.** T. F. Victorinus. Nach den *tres militiae* führte ihn die prokurat. Laufbahn (H. G. PFLAUM Carrières proc. éq. 1 p. 328–331 Nr. 139) nach Gallien und Hispania cit.; er wurde Praefekt der Flotte von Ravenna und Misenum, procur. a rationibus, praef. vigilum, CIL VI 39440 = DESS. 9002, und praef. Aegypti im J. 159/61 (L. ROBERT, Hellenica 11/12, 1960, 249f. CIL VI 39449, s. REINMUTH, RE XXII 2372f.). Noch Antoninus Pius erhob ihn zum praef. praetorio, vit. Pii 8,8; von ihm oder den Nachfolgern erhielt F. die *ornamenta consularia*, vit. Pii 10,6; er blieb praef. praetor. unter Marc Aurel, CIL VI 39449 (J. 163) und nahm am Partherfeldzug des Verus 164/65 teil, wobei er hohe Auszeichnungen bekam, CIL VI 39440. Zu Beginn des Markomannenfeldzuges 168 erlag er der Pest, vit. Marci 14,5. **9.** F. Sabinia Tranquillina, Tochter von Nr. 5, Gattin des Gordian III. (vit. Gord. 23, 5. 6. Zos. 1,17. Zon. 12,18 p. 129) seit 241, CIL VI 2114. 130. R. H.

III. Literarische Persönlichkeiten:

1. M. F. Bibaculus. Lyriker des 1. Jh. v. Chr. aus Cremona (Hier. chron. p. 148 H. mit irriger Angabe des Geburtsj. 103 v. Chr.); seine Akme ergibt sich aus der Zugehörigkeit zum Dichterkreis um Val. Cato (vgl. Suet. gramm. 4,3) und daraus, daß er Schmähgedichte gegen Cäsar und Augustus verfaßte (Tac. ann. 4,34,5). Die Identifikation mit einem von Catull mehrfach angegriffenen F. (c. 23. 24. 26. 81 u. ö., vgl. RICHARDSON, CPh 1963, 93ff.) ist zweifelhaft (anders GREEN, Class. Journ. 1940, 348ff. [2],366). Die spärlichen Fragmente weisen F. als Neoteriker aus: Der Nachwelt galt er – neben Catull und Horaz – als Vf. scharfer Spottgedichte (Quint. inst. 10,1,96. Diom. GrL 1,485), vgl. Frg. 3 (gegen Orbilius) und 4. Zartere Töne schlagen die Hendekasyllaben auf Val. Cato an (Frg. 1 und 2). Ein Prosawerk *lucubrationes* (Plin. nat. praef. 24) scheint Wissenswertes in bunter Folge behandelt zu haben (ein Witz Ciceros Macr. Sat. 2,1,13; zur Tracht des Liv. Andronicus Charis. p. 161,25 B., vgl. USENER Kl. Schr. 2,193. [2],351f.). Form und Qualität des Erhaltenen sprechen gegen die Identität von F. mit dem Hor. s. 2,5,40f. verhöhnten Epiker (vgl. s. 1,10,36f.), für die die Sch. z. St. eintreten (akzeptiert von [1],44ff. [2],349ff. dagegen FRAENKEL Horace 1957,130 n. 1. KIESSLING-HEINZE z. St.); diesem gehören wohl die von Macr. zit. Frg. aus 11 B. *annales* (*belli Gallici;* Nr. 7–14 M.). P. L. Sch.

Morel FPL 80ff. 1. *L. Alfonsi* Poetae Novi, 1645, 40ff. 2. *H. Bardon* Litt. Lat. Inc. 1, 1952, 347ff. 3. Poetae Novi, ed. *A. Traglia*, 1962, 10ff. 64ff. 130ff. 4. *G. Brugnoli* I tre Furi, Lanx Satura N. Terzaghi oblata, 1963, 95ff.

2. F. Antias s. Nachtr. am Schluß des Bandes

Furnius. Plebeischer Familienname, von SCHULZE Familiennamen 217 mit etr. *furnial* verbunden (ebd. inschr. Belege). Sehr verdächtig ist ein von Dion. Hal. ant. 11,53,1 zum J. 445 genannter Volkstribun C. F. (BROUGHTON Mag. 1,52) und erfunden ist ein F. bei Sil. 7,619 zum J. 217. Histor. gesichert sind Namensträger seit dem 1. Jh. v. Chr. **1.** C. F., ca. 85 bis nach 17 v. Chr., Politiker und Redner. Republikaner, der sich bis 44 eng an Cicero anschloß, dann bis 31 Anhänger des Antonius war und schließlich von Augustus begnadigt und 29 in die Rangklasse der Senatoren eingeordnet wurde. Ämter: Volkstribun 50, Legatus 44–43, Praetor 42?, Legatus 41–40, Gesandter 40 und 39, Promagistrat (proconsular. Imperium?) in Asia 36–35. BROUGHTON Mag. 2,570. Als Redner gelobt u. a. von Cic. fam. 10,26,2. Hor. sat. 1,10,86 (oder auf Nr. 2 zu beziehen). Tac. dial. 21, vgl. TEUFFEL-KR.-SK. I § 209,9. **2.** C. F. d. J., Sohn von Nr. 1, 25 Legat des Augustus in Spanien, 22 Statthalter in Spanien, 17 Consul ord. War auch literar. tätig. H. G. G.

Furnus. **1.** Maius. Röm. Stadt der Byzacena, h. Aïn-Fourna. Atl. Arch. Tun. 1/100000e Jama, Nr. 187. *Municipium Furnitanum* CIL VIII 12039. Ein Bischof anwesend beim Konzil von Karthago im J. 525: Coll. Concil. II, p. 1082. Vita S. Fulgentii 29. MORCELLI Afr. crist. 1,163. 3,268. Inschr.: CIL VIII 12026. 23805. ILT 617. **2.** F. Minus. Stadt in Africa proconsularis, h. Hr. Msaadine. BABELON, CAGNAT, REINACH, Atl. Arch. Tun., fe 21 (Tebourba), Nr. 235. *Municipium Aurelium Antoninianum Furnit(anorum) minor(um)* unter Caracalla: CIL VIII 25808b. Reste: Basilika, Wasserleitung, Zisternen, Brunnen. M. L.

Tissot Géogr. comp. Afr. 2,322. *Gauckler*, Bull. Ant. Fr. 1898, 170. 206. Inschr.: CIL VIII 10609. 14751. 25807.

3. Antike Backöfen sind vor allem in Pompei erhalten. Auf einem massiven Podium wird der runde oder ovale f. (Durchm. bis zu 3 m) etwa 25 cm hoch senkrecht, dann als Wölbung (kuppel- oder kegelförmig) gemauert; den oberen Abschluß bildet oft eine Amphorenspitze oder ein Dachziegel. Der Boden besteht meist aus Dachziegeln, die, sorgfältig mit Kalkmörtel verstrichen, oft auf einer etwa 10 cm hohen Sandschicht liegen. Die rechteckige Öffnung wurde durch eine vorgestellte Platte verschlossen. Vor ihr befindet sich in der Regel ein Tisch für die Bedienung. Nur bessere f. haben eine Abzugsöffnung für den Rauch. Kuchenbäckereien und Privathäuser hatten kleinere f. Kleinere griech. f. s. [2]. → Bäckerei W. H. G.

1. *Overbeck-Mau* Pompeji 4388f. *Mau* Pompeji in Leben und Kunst 2407ff. 2. *Sparkes*, JHS 82, 1962, 127f.

Furor (Geisteskrankheit). Die Wahnsinnigen *(furiosi*, aber auch die übrigen Geisteskranken, *dementes, mente capti)* sind nach röm. Rechtsauffassung delikt- und geschäftsunfähig (Dig. 50,17, 40), werden unter Kuratel *(curator furiosi)* gestellt (so schon in den XII tab. 5,7a). In den etwa eintretenden lichten Zwischenräumen *(lucida intervalla)* ist der *furiosus* handlungsfähig, die *cura furiosi* hört jedoch auch zeitweilig nicht auf (Cod. Iust. 5,70,6). Geisteskranke konnten keine gültige Ehe schließen (Inst. 1,10 de nupt. pr.). G. Ü.

R. Leonhard, RE VII 380ff. *E. Renier*, Rev. intern. du droit de l'antiquité 5, 1950, 429, mit Quellen und Lit.

Furrina (Hss. auch Furina). Göttin, die schon z. Z. Varros »nur noch wenigen kaum dem Namen nach bekannt« war (Varro l.l. 6,19), obwohl sie offenbar früher größere Bedeutung gehabt haben muß, denn sie hatte ein Fest, Furrinalia (*Furnalia* wahrscheinlich Paul. Fest. 88 M.), am 25. Juli (CIL I² S. 323. Fasti Ant. vet.), einen Hain mit Heiligtum am Ianiculum und einen eigenen *flamen Furrinalis (→ flamines)*. Auch außerhalb Roms war sie bekannt (Cic. ad Q. fr. 3,1,4). – Reine Spekulationen sind neuere Deutungsversuche (ALTHEIM: etr. Erdgottheit, lautlich und sachlich mit → Anna Perenna übereinstimmend) ebenso wie die ant. Zusammenstellung mit den → Fŭriae: Cic. nat. 3,46 (»vermutlich nach Varro«. WASZINK Gn 34, 1962, 445). Plut. C. Gracchus 17 (sein Tod im Hain Ἐρινύων), vgl. Mart. Cap. 2,164 (*Fura Furinaque* unter den Totengottheiten). Man vermutet heute meist, die Zusammenstellung mit *Fŭriae (ŭ!)* sei wegen der Ähnlichkeit des Namens erfolgt (anders ALTHEIM 43: beide seien Erdgottheiten).

Im hl. Bezirk der F. ließen sich später oriental. Kulte nieder, die noch eine schwache Erinnerung an die alte Herrin des Ortes gehabt zu haben scheinen (CIL VI 422 *genio Forinarum*; 36802 *Νυνφες Φορρινες*; dazu 10200, falls nicht Fälschung [HÜLSEN, MDAI(R) 10, 1895, 293f.]; die Plurale dürften die Gleichsetzung mit den Erinyen spiegeln). W. E.

Wissowa Rel.² 240f. *Platner-Ashby* 317f. *Altheim* RRelGesch 1, 1931, 41ff. *Latte* RRel 137. *S. M. Savage*, Mem. Amer. Acad. Rome 17, 1940, 26ff.

Furtum. Unter f. versteht man im röm. Recht jedes heimliche »Wegtragen« einer Sache, bei dem fremde Gewahrsame gebrochen wird. Es erschöpft sich jedoch nicht im heutigen Begriff des Diebstahls, sondern wird, bes. in der jüngeren Republik, auf Tatbestände ausgedehnt, die miteinander nur mehr die bewußte Schädigung fremder Interessen gemeinsam hatten. So fällt auch das unberechtigte Vorenthalten einer anvertrauten Sache (Unterschlagung), die Verheimlichung des Täters oder der Beute (Begünstigung, Hehlerei), die Ausnutzung fremden Irrtums durch wissentliches Annehmen eines *indebitum* ebenso unter die Deliktsobligation f. wie der unberechtigte Gebrauch einer Sache *(f. usus)* und das Wegnehmen der eigenen Sache aus fremdem Ersitzungs- oder Pfandbesitz *(f. possessionis)*. Erst in klass. Z. war das f. auf das vorsätzliche, heimliche Zueignen *(contrectare, attrectare, surripere, subtrahere, amovere)* beweglicher Sachen aus fremdem Rechtsbereich beschränkt.

Solange das Eigentum noch mit der fakt. Sachgewalt gleichbedeutend war, durfte die Sache nur von dem verfolgt werden, der den jeweiligen Besitzer des f. beschuldigte. In der späten Republik war jeder zur Klage berechtigt, der ein Interesse daran hatte, daß die Sache unangetastet blieb (so etwa jeder für *custodia* Haftende).

Nach XII-Tafelrecht unterschied man ein *f. manifestum* und ein *f. nec manifestum*. Bei jenem konnte der auf frischer Tat ertappte Dieb sofort getötet werden. Es bedurfte für die Rechtmäßigkeit der Tötung keines weiteren Beweises. Ertappte man den Dieb bei Nacht oder wehrte er sich bei Tag mit der Waffe, so konnte der Dieb ebenfalls getötet werden, der Verletzte mußte nur seine Tat kundtun (*endoplorare*, dem deutsch-rechtlichen Gerüfte vergleichbar). Dieses Tötungsrecht verblaßte mit dem Zurückweichen des Vergeltungsgedankens; der Täter wurde wirtschaftlich nutzbar gemacht, er kam in Schuldknechtschaft. In klass. Z. konnte man gegen den handhaften Dieb mit der *actio furti manifesti* vorgehen, die auf den vierfachen Wert der gestohlenen Sache ging. Dem auf frischer Tat Ertappten wurde der gleichgesetzt, bei dem die Sache nach Spurfolge auf Grund einer vom Bestohlenen selbst durchgeführten feierlichen Hausdurchsuchung *(quaestio lance et licio)* gefunden wurde. Neben dieser feierlichen Hausdurchsuchung, die allmählich außer Übung kam (vgl. Gai. Inst. 3,193 a. 194), findet sich noch die einfache, urspr. bei nicht mehr frischer Spur unter Zeugen durchgeführte Hausdurchsuchung (Gai. Inst. 3,186. 191). Wird hierbei die gestohlene Sache gefunden, so haftet derjenige, bei dem die Sache gefunden wird, mit einer *actio furti concepti* auf den dreifachen Wert der Sache. War ihm die Sache von jemandem Dritten unterschoben worden, so konnte er gegen diesen mit der *actio furti oblati*, die ebenfalls auf das Dreifache des Sachwertes ging, Regreß nehmen (Gai. Inst. 3,187. 191). Wurde die bei der einfachen Hausdurchsuchung gefundene Sache nicht zur Sachverfolgung *in iure* vorgelegt, so konnte das durch die prätor. *actio furti non exhibiti* durchgesetzt werden. Mit der ebenfalls prätor. *actio furti prohibiti* wurde die Zustimmung zur einfachen oder feierlichen Hausdurchsuchung erzwungen.

Neben der *actio furti*, die ihrem Charakter nach eine Poenalklage war, konnte der Eigentümer gegen den *fur* die sachverfolgende *condictio ex causa furtiva* anstellen. Beide Klagen standen nicht in Konkurrenz. Unter Ehegatten war die *actio furti* ausgeschlossen; entfernte jedoch die Gattin im Hinblick auf eine Scheidung Gegenstände des Mannes, so stand diesem gegen sie eine *actio rerum amotarum* zu. F. R.

Wieacker, Festschr. Wenger, 1944, 129ff. *Watson*, Tijdschr. v. Rechtsgesch. 28, 1960, 197ff. *Ders.*, Law Quarterly Rev. 77, 1961, 526ff. *Ders.*, Stud. doc. hist. iur. 28, 1962, 321ff. *Thomas*, Iura 13, 1962, 70ff. *Ders.*, Iura 14, 1963,

180ff. *Ders.* Roczniki theologiznokanonizne tom X/4 (Ann. de théol. et du droit canon, Mélanges Plodzien) 1963, 153ff. *Haymann*, Bull. dell'ist. di dir. rom. 59/60, 1956, 1ff. *Niederländer*, ZRG 67, 1950, 185ff. *Ders.*, Iura 5, 1954, 344ff. *Longo*, St. Francisci 3, 1956, 249ff. *Gaudemet*, Labeo 7, 1961, 7ff. *Kaser*, Bull. dell'ist. dir. rom. 65, 1962, 79ff. *Wacke* Actio rerum amotarum, 1963. *Kaser* Das röm. Privatrecht 1, 1955, 513ff.

Fuscus. 1. Arellius F., berühmter Rhetor und Deklamator der augusteischen Zeit, über den wir nur durch Seneca unterrichtet sind. Er stammte aus Asia. Wie er nach Rom gekommen ist, wo er eine Rhetorenschule eröffnete, und wie er zu seinem lat. Namen kam, ist unbekannt. Seine Redeweise bewegte sich mit Vorliebe in der asian. Manier, wobei er in seine Vorträge in lat. und – häufiger – in griech. Sprache, die ihm geläufiger war, homer. Verse einzuflechten pflegte (Sen. Contr. 1,7, 14. 8,15). Von den beiden Gattungen der Rede, den Controversien und Suasorien, bevorzugte er die letzteren. Einen ausführlichen Bericht über seine Diktion gibt Seneca (contr. II praef. 1): sie war glänzend, aber mühsam erarbeitet und verwickelt, ihr Schmuck allzu gesucht und die Rede sehr unausgeglichen mit zu schlaffem Periodenbau, die Eingänge waren trocken, ebenso die Beweise und Erzählungen, die Schilderungen nur auf glänzende Wirkung eingestellt und daher übermäßig stilisiert. Damit machte er bei der Jugend großen Eindruck, während er von den Älteren abgelehnt wurde. Maecenas suchte er dadurch bes. zu gefallen, daß er viele Zitate aus Vergil, dem Lieblingsdichter des Maecenas, entlehnte. Unter seinen Schülern waren die bedeutendsten der Philosoph Papirius Fabianus und Ovid. Die umfassendsten Proben seiner Beredsamkeit gibt Seneca in contr. 2,1,4–8. 7,6,7; suas. 2,1.

Brzoska, RE II 635f. *F. G. Lindner* De Arell. Fusco, Breslau 1862. *H. Bornecque* Les declamations et les declamateurs, 1902, 150. *Schanz-Hos.* 2,1,206. PIR 1,202, Nr. 1030.

2. Aristius F., ein humorvoller Freund von Horaz. Sie waren nach epist. 1,10,2ff. in der Einschätzung des Stadt- und Landlebens *multum dissimiles*, aber *cetera paene gemelli fraternis animis*. Ihm hat Horaz c. 1,22 *(integer vitae)* und epist. 1,10 gewidmet. In s. 1,9,61 zeichnet ihn Horaz als *improbus* (Schalk) und gibt eine Probe von dieser Eigenschaft. In den Kommentaren zu H. tritt uns F. teils als *scriptor comoediarum*, teils als *grammaticus* entgegen, was wohl richtiger ist. **3.** s. T. Manilius F. **4.** s. Cn. Pedianius F. W. S.

Fusius. Personenname, ältere Nebenform von → Furius. Inschr. Belege bei SCHULZE Eigennamen 171. H. G. G.

Fussala. Kastell in Africa, an der Grenze des Gebiets von Hippo Regius, verbunden mit der Diözese von Hippo. Die genaue Lage ist unbekannt. Augustin setzte dort einen Bischof ein (epist. 209), und F. blieb Bischofssitz (Not. episc. von 484: *Numid. 2 Fossalensis*). Auf einem privaten Besitz *(fundus)* eine Kapelle mit Erde vom Hlg. Grabe (August. civ. 22,8,6). M. L.

S. Gsell, Atl. Arch. Alg. f[e] 9 (Bône) Nr. 59 (p. 11, col. 1).

Fusus. Cognomen (vgl. WALDE-HOF. [3]1,574), in den Fasten in republikan. Zeit bei den Furii (Nr. 22), in der Kaiserzeit nicht mehr vorkommend. H. G. G.

G

Gaba, *Gabaa, Gabatha, Gabe, Geba, Gebatha* geben im Lat. und Griech. wechselnd die hebr. Ortsnamen *gäbă'* und *gib'ā* wieder, eig. »Hügel«. Die wichtigsten Orte dieser Namen in Palästina sind:

1. Geba (hebr. *gäbă'*) im Gebiet des Stammes Benjamin (Jos. 18,24. Ri. 20,33 = *Γάβα* Eus. onom. 56,1) gegenüber Michmas (1. Sam. 13,16. 18 (LXX); 14,5; vgl. Jes. 10,29) am N.-Rand des Königreiches Juda (2. Kön. 23,8. Sach. 14,10), v. Asa gegen Israel befestigt (1. Kön. 15,22. Ios. ant. 8,306: *Γαβαα*); Priesterstadt (Jos. 21,17. 1. Chr. 6,45); das h. Dorf *ǧeba'*, 10 km nnö. von Jerusalem. **2.** Gibea des Pinehas (hebr. *gib'ăt pīnḥas*) auf dem Gebirge Ephraim, nach Jos. 24,33. Ios. ant. 5,119 (*Γαβαϑα*); Eus. onom. 70,22f. (*Γαβααϛ*); Hier. 71,23f. *(Gabaath)* Ort des Grabes von P.s Vater Eleazar (die Samaritaner verehren dies in *'awerta*, 6 km s. *nāblus*). Kaum mit *Γηβα* Eus. onom. 74,2 gleichzusetzen. **3.** Ort in Benjamin (Jos. 18, 28. Ri. 19 bis 21. 1. Sam. 13,2), Heimat und Residenz des ersten israelit. Königs Saul (daher »Gibea Sauls«, hebr. *gib'ăt šā'ūl;* 1. Sam. 11,4. 15,34; *Γαβαϑ Σαουλ* Ios. bell. 5,51, vgl. Eus. onom. 18,15f. [*Γαβαα*]. 70,11f. [*Γαβαϑα*]); nach bell. 5,51 ein Dorf 30 Stadien (ant. 5,140: 20) n. Jerusalem, der *tell el-fūl* 5 km n. Jerusalem.

Zu den amerik. Ausgrabungen 1922, 1933, 1964 vgl. *W. F. Albright*, AASO 4, 1924, und BASO 52, 1933, 6–12. *L. A. Sinclair*, AASO 34/35, 1960, 1–52 und BA 27, 1964, 52–64. *P. W. Lapp*, BA 28, 1965, 2–10.

4. Gibea im s. Juda (Jos. 15,57. 1. Chr. 2,49), ident. mit *Γαβαα* oder *Γαβαϑα* »im O. des Daroma« Eus. onom. 70,10f.; nicht lokalisiert. **5.** *Γαβα*, Stadt am W.-Rand der Esdrelon-Ebene am Karmel (Ios. ant. 15,294; vgl. bell. 2,459), in der Hero-

des Reiter ansiedelte (daher »Reiterstadt« Ios. bell. 3,36); vgl. Ios. vit. 115 ff.; das h. *ḳīre*?
A. Alt, ZDPV 62, 1939, 3–21.

6. *Γαβαϑα* in Galiläa, nach Eus. onom. 70,9 f. Dorf im Gebiet von Diokaisareia (*ṣaffūrije*), h. *ǧebāta* 8 km wsw. von Nazareth. **7.** *Γαβαϑα*, nach Eus. onom. 70,23 f. 12 mp. von Eleutheropolis (*bēt ǧibrīn*, 35 km s.w. Jerusalem), mit Grabmal des Propheten Habakuk. **8.** Gabe, *Γαβε*, nach Eus. onom. 70,8 16 mp. von Kaisareia entfernt, h. *ǧeba'* s.w. des Karmel. E. Ku.

Gabali. Gallischer Volksstamm in Aquitanien, s. von den Arverni, n. von den Ruteni. Caes. Gall. 7,7,2. 64,6. 75,2. Strab. 4,191 (*Γαβαλεῖς*). Plin. nat. 4,109 (*Gabales*). Ptol. 2,7,11 (*Τάβαλοι*). Not. Gall. 12,8: *civitas Gabalum (in Aquitania prima)*. H. Gévaudan (Lozère). Sie trieben Bergbau (Silbergruben) und Viehzucht (Käse: Plin. nat. 11, 240). Hauptstadt: Anderitum. Sidon. epist. 5,13,2. 7,6,7. LONGNON Géogr. Gaule VIe 528 ff. M. L.

Gabaon (*Γαβαώ[ν]*, Ios. auch *Γιβεών*, *Ἰβρῶν*; äg. *qb'n*; hebr. *gib'ōn*), alte Kanaanäerstadt, die bei der Landnahme der Israeliten zunächst eine gewisse Selbständigkeit bewahren konnte (Jos. 9. 10,1 ff. 2. Sam. 21,1 ff.), mit bedeutendem Heiligtum (1. Kön. 3,4); später Levitenstadt (Jos. 21,17; 1. Chr. 6,45). Für eine Identifizierung von G. mit *el-ǧīb*, 9 km n.w. Jerusalem, sprechen zahlreich dort gefundene Krughenkel mit dem Namen »G.« sowie Ios. bell. 2,516. 544. E. Ku.
M. Noth, ZDPV 73, 1957, 7–14. *K. Elliger*, ebd. 128–132 (sucht G. bei *rāmalla* 15 km n. Jerusalem). *J. B. Pritchard*, G. where the sun stood still, 1962. BA 26, 1963, 27–30.

Gabara (*Γαβαρώϑ*). Eine der 3 größten Städte Galiläas (Ios. vita 25), im jüd. Krieg auf der Seite des Zeloten Johannes von Gischala (Ios. vita 40. 45. 61), von → Iosephus auf die Seite der priesterlich-theokrat. Partei gebracht (Ios. bell. 2,21,7; vita 15. 47), von Vespasian vernichtet (bell. 3,7,1; nicht *Γαδάρων*!). H. *'arrabe* (vgl. Eus. Onom. 16, 12 ff. K.: *Ἀραβά* und Ios. vita 15 P: *Γαραβεῖς*). C. C.
G. Dalman, Palästinajahrbuch 8, 1912, 43.

Gabba. Hofnarr unter Augustus, Martial. 1,41, 16. 10,101,1 ff. Iuv. 5,4; es muß eine Slg. seiner Aussprüche gegeben haben, aus der Quint. inst. 6,3,27. 62. 64. 66. 80. 90 geschöpft hat, auch Plut. quaest. conv. 8,61 p. 726 A; amator. 16 p. 759 F. 760 A. R. H.

Gabienus. Familienname (zum Suffix vgl. z. B. Labienus). Ein G. war 36 v. Chr. Flottensoldat des Octavian gegen Sex. Pompeius, wurde gefangen und hingerichtet, Plin. nat. 7,178 f. H. G. G.

Gabii (NISSEN It. Ldk. 2,602. PINZA Bull. com. 31, 1903, 320 ff. ASHBY, PBSR 1902, 180 ff. TOMASETTI Camp. Romana 65 ff. ALFÖLDI Early Rome and the Latins 378 ff.), Latinerstadt (Dion. Hal. ant. 5,61) ö. Rom am O.-Rand des Lago di Castiglione auf halbem (App. civ. 5,23) Wege der Straße nach Praeneste (Strab. 5,238: 100 Stadien. It. Ant. 302,3. Tab. Peut. 5,5: 12 mp), von Sikulern (Solin. 2,10) oder Alba Longa (Dion. 1,84. Verg. Aen. 6, 773) gegründet; Jugendaufenthalt des Romulus (Dion. 4,53. Plut. Rom. 6). G. wurde nach einer Zeit der Feindschaft (Fest. 402,12 f. L. Macr. Sat. 3,9,13) durch List der Tarquinier erobert (Liv. 1, 53 ff. Dion. 4,43 ff. Ov. fast. 2,690 mit BÖMER z. d. St.); Urkunde des Vertrages in augusteischer Z. angeblich aufgefunden (Dion. 4,58. Hor. epist. 2,1, 25. Paul. Fest. 48,19 ff. L.). Im Volskerkrieg (Liv. 3,8,6) und gegen Praeneste (6,21,9) auf röm. Seite; 211 am Anmarschwege Hannibals (26,9,12). Bedeutungslos 54 v. Chr. (Cic. Planc. 23) bei sprichwörtlicher Verödung (Hor. epist. 1,11,7. Prop. 4,1, 34). Aus G. kam der → *cinctus Gabinus*; eine Sonderstellung fordert auch die von der Augurallehre getroffene Einteilung in *ager Romanus*, *Gabinus*, *peregrinus*, *hosticus*, *incertus* (Varro l. l. 5,33). Bei G. wurde *saxum Gabinum* (= Peperin) gebrochen (Strab. Tac. ann. 15,43). Geringfügige Ruinen. G. R.

Gabina via (s. Gabii). Straße von der porta Esquilina nach → Gabii (Liv. 2,11,7. 3,6,7. 5,49,6), 1. Teil der via → Praenestina. G. R.

Gabinius. Ital. Familienname, zusammenhängend wohl mit Gabii, SCHULZE Eigennamen 532 f. (die Stadt nach der Gens benannt: RE XVI 1655). Älteste Zeugnisse (3. Jh. v. Chr.) auf Calener Tonwaren, DESS. ILS 8566 a–d. PAGENSTECHER Calen. Refiefkeram. 153. Im 2. Jh. v. Chr. wird G. als röm. pleb. Gentilname hist. greifbar; der hier häufige Vorname A. und Freigelassene A. Gabinii im Raum Cales und Capua können auf Zusammenhänge zwischen allen Namensträgern deuten. Stammbaum bei DRUMANN² 3,38. Gabinia via später zwischen Salona und Burnum. Lex Gabinia von 67 v. Chr.: RE XII 2360 f.; vgl. Nr. 2. 3. 6.

I. Republikanische Zeit: **1.** G. 167 nach dem röm. Sieg in Illyrien Stadtkommandant von Scodra, Liv. 45,26,2. BROUGHTON Mag. 1,436. Vielleicht der Stammvater der röm. Namensträger. **2.** G., sonst unbekannter Initiator einer l. Gabinia, nach der im Februar zunächst fremde Gesandte im Senat gehört werden mußten, vor 60 bzw. 71 v. Chr. MOMMSEN StR 3,922,2. **3.** A. G., 146 Gesandter zu den Achaiern, 139 Volkstribun (erste l. tabellaria über geheime Abstimmung bei Wahlen), vielleicht Enkel von Nr. 1 und ident. mit Nr. 2 (neue Lit. bei BROUGHTON Mag. 2,643). **4.** A. G., Quaestor 102–101 (Teilnahme an Kämpfen gegen Seeräuber), wohl ident. mit dem legatus, der 89 im Bundesgenossenkrieg erfolgreich führte und fiel, vgl. E. BADIAN, Philol. 103, 1959, 86 f. **5.** A. G., zeichnete sich 86 als tribunus militum im Heere Sullas bei Chaironeia aus. 81 überbrachte er als Gesandter dem L. Murena nach Asien die Weisung zur Einstellung des 2. Mithr. Krieges. Gegen MÜNZER, RE VII 424,49 ff. identifiziert ihn BADIAN, Philol. 103, 1959, 87 ff. mit Nr. 6. **6.** A. G., Sohn eines A. (Nr. 4?). Als Anhänger des Pompeius und Volkstribun 67 brachte er 2 wichtige Gesetze durch über den Oberbefehl im Mithridat. Krieg und im Seeräuberkrieg, der dem Consul M. Acilius Glabrio bzw. Pompeius übertragen wurde (Sall. hist. 5,13. Cic. Manil. 12.52 u.a. M. GELZER Pompeius 76ff.); ein gesetzliches Darlehensverbot für Provinzialen in Rom gehört vielleicht auch schon in dieses Jahr. 65–63 befand er sich als legatus bei Pompeius (Vermittlung zwischen Hyrkanos und Aristobulos in Judaea), wurde von Cic. in einem Kapitalverfahren erfolgreich verteidigt, war wohl 61 Praetor und – als Gefolgsmann des Pompeius – 58 Consul zusammen mit L. Calpurnius Piso (o. Bd. I 1020 Nr. 22), DEGR. I 13,56f. 492f., stützte Clodius' Vorgehen gegen Cicero. 57–54 war er Statthalter in Syrien; in dem unter Aristobulos und Alexander mehrfach aufständischen Judaea mußte er Ruhe und Ordnung schaffen; ein 56 über den Euphrat geplanter Vorstoß nach Parthien wurde vom Senat untersagt; 55 führte er mit seinen Truppen den König Ptolemaios XII. Auletes nach Äg. zurück, besiegte Alexander am Tabor, ordnete die Verhältnisse neu und übergab die Provinz seinem Nachfolger Crassus. Eine beantragte *supplicatio* war ihm im Mai 56 vom Senat verweigert, seine Abberufung jedoch verhindert worden. In Rom wurde G. 54 in einem *maiestas*-Prozeß wegen der Rückführung des Auletes freigesprochen, in einem Erpressungsprozeß jedoch trotz Ciceros Verteidigung verbannt, womit ein noch anstehendes *ambitus*-Verfahren entfiel. GELZER Kl. Schr. 1,84. 49 kehrte er mit Erlaubnis Caesars zurück, wurde legatus, führte 48/47 Truppen nach Illyrien, mußte sich gegen die Dalmater nach Salonae durchkämpfen (auf der späteren Gabinia via; vgl. CIL III 3200. 10158), wo er Anf. 47 starb. Die Überlieferung über den nicht ganz unbedeutenden Mann ist parteipolit. verzerrt. Aus der Ehe mit Lollia stammte sein Sohn Sisenna. DRUMANN^2 3,29ff. R. SYME D. röm. Rep. 73f. **7.** P. G. Praetor 89. XVvir sacr. fac. 76, später wohl Verurteilung in einem Repetundenprozeß. **8.** P. G. Capito, Ritter, am 5. Dez. 63 als einer der eifrigsten Catilinarier hingerichtet, Sall. Cat. 17,4. 47,4. 55,6 u.ö. Cic. Cat. 3,6. 12. 14 u.ö. DRUMANN^2 3,59. H. G. G.

II. Röm. Kaiserzeit: **1.** P. G. Secundus. Cos. suff. 35. L. VIDMAN Fast. Ostiens. p. 14. 38. Legat. Aug. pr. pr. Germaniae inf. im J. 41; als solcher kämpfte er gegen die → Chauker und nahm ihnen den letzten Legionsadler aus der *clades Variana* ab, wofür ihm Claudius den Ehrennamen *Chaucius* verlieh, Cass. Dio 60,8,7. Suet. Claud. 24,3. Sein jüngerer Bruder wird A. G. Secundus, cos. suff. vor 45 gewesen sein, CIL X 4881. III 6983. R. H.

2. G., König der Quaden, wurde 374 von Marcellianus (dux Valeriae) zum Mahl geladen und ermordet. Daraufhin fielen die Quaden in das röm. Reich ein (Amm. 29,6,5f.; 30,5,3). A. L.

Gabrielus. Praefectus urbi a. 543, erhielt wieder die durch Johannes den Kappadoker an den praefectus praetorio übergegangene Getreideversorgung Konstantinopels unterstellt (Lyd. mag. 3, 38. Iust. Nov. 125). A. L.

Gadara. 1. Stadt s. des unteren Jarmuk (Plin. nat. 5,74), h. *umm qēs*. In hellenist. Z. einer der Mittelpunkte griech. Kultur im Ostjordanland, Heimat des Meleagros, Menippos, Philodemos (Strab. 16,759) und Oinmaos (Midrasch Gen. rabba 65,20). Aus seiner älteren Gesch. ist Sicheres nicht bekannt (Pol. 5,71. 16,39. Ios. ant. 13,356 beziehen sich wohl auf G. 2). Anf. des 1. Jh. v. Chr. stand G. unter jüd. Herrschaft. 63 v. Chr. durch Pompeius »befreit« (Ios. ant. 14,75), wurde es Glied der Dekapolis und besaß unter röm. Oberhoheit (Provinz Syria) kommunale Selbständigkeit (Münzrecht). 30–4 v. Chr. gelangte es nochmals in jüd. Hand (Herodes d. Gr.; Ios. ant. 15,217. 17, 320), nicht hingegen während des jüd. Aufstandes 66–70 n. Chr. (Ios. bell. 2,459). Nach einer Inschr. der späteren Kaiserzeit war G. röm. Kolonie (CIL III 181). Das zu G. gehörige Gebiet reichte im N. über den Jarmuk – dort die berühmten heißen Quellen von G. (Eus. onomast. 248,11) – und im W. bis zum Jordan und (?) See Genezareth (Ios. bell. 3,37; vita 42; Mt. 8,28 vgl. dazu BAUER 295). **2.** Stadt n.ö. Jericho beim h. *es-salṭ*. Wahrscheinlich mit dem von Antiochos III. (Pol. 5,71. 16,39) und Alexander Jannai (Ios. ant. 13,356) eroberten G. ident. (1,48ff.). Seit dem 1. Jh. v. Chr. in jüd. Besitz, war es Metropole Peraias (Ios. bell. 4, 413ff.). Als Herd des jüd. Aufstandes wurde es 68 n. Chr. von Vespasian besetzt (ebd.). B. Sch.

1. *A. Schlatter* Zur Topogr. und Gesch. Palästinas, 1893, 44–51. 2. *Schürer* 2, 1907^4, 157–161. 3. *Abel* Géographie 2, 1938, 323. 4. *C. Kopp* Die heiligen Stätten der Evangelien, 1958, 282–287. 5. *H. Bietenhard*, ZDPV 79, 1963, 24–58.

Gades. Älteste, phoinikische Namensform: *Gadir* = Burg, Festung (Avien. or. m. 85.267.269, dazu [1], I^2 119. [4],101f.), griech. Gadeira, lat. Gades, h. Cádiz. Alter Name Κοτινοῦσσα, von κότινος = wilder Ölbaum, für G. oder doch für die größere Insel mit der röm. Stadt (Plin. nat. 4,120. [4],72.75f. [6],51, A. 4. [9],264). G. ist zweifellos eine tyrische Gründung (Strab. 3,5,5. Dazu: [1], VI 280ff.). Das Gründungsdatum hängt eng zusammen mit der Frage nach der Gründung von → Utica und → Karthago; die ant. Quellen mögen es richtig auf die Zeit um 1100 v. Chr. ansetzen (Vell. 1,2. Iustin. 44,5,2. Mela 3,46. Plin. nat. 16, 216. Dazu: [4],5–12. [5], 1, 35ff. 44 A. 1. 47 A. 1 [7],92. [8],153ff.). Doch sind Zweifel erlaubt, da die Funde m. W. bis 1963 nichts ergeben haben, was älter ist als das 8. Jh. v. Chr. ([8],164 A. 2 und 3. [4],17–21. [5], I 44 A. 1. 47 A 1). Bei der Auswertung der Quellen ist Vorsicht geboten, da nach der Zerstörung von → Tartessos dieses ständig mit Gades verwechselt wurde.

Das ant. G. lag auf 3 Inseln (Karten: [5], 1, 36. [6], Karte 1. [3],67. Vgl. die Skizzen [4],96). Das alte, phoinik. G. lag auf der h. landfest gewordenen Insel S. Sebastian (Plin. nat. 4,120). Es besaß einen Tempel der Venus Marina (Avien. or. m. 315) mit einer noch h. vorhandenen Orakelhöhle (Ad. SCHULTEN, AA 1927, 210), weshalb die Insel auch Aphrodisias hieß (Plin. nat. 4,120. Steph. Byz.). Auch nach Hera wurde sie benannt (Plin. a. O.), die der phoinik. Tanit entspricht ([9],263).

Ö. von ihr, h. mit ihr verbunden, liegt die langgestreckte, größere Insel, durch den Kanal Sancti Petri vom Festland getrennt. Sie ist etwa 18 km lang und liegt von NNW. nach SSO. Auf ihr lag das röm. G., *G. nova*. Alt- und Neustadt zusammen wurden *G. gemina* genannt (Strab. 3,5,3. [9], 264; AA 1927, 210f. mit Stadtplan). – 18 km s. von Cádiz liegt die Insel Santipetri. Auf ihrem s. Teile lag der Tempel des Herakles, urspr. des tyrischen Melkart. Über ihn sind wir vor allem durch Poseidonios unterrichtet, der ihn während seines einmonatigen Aufenthaltes in G. besucht hat (vgl. Strab. 3,5,7.9). Zu beachten ist auch der Bericht des Philostratos über den Aufenthalt des Apollonios von Tyana in G. (Vita Apoll. 5,1–7) und Sil. It. 3,14ff. Alle Nachrichten hat Ad. SCHULTEN gesammelt und durch lokale Untersuchung erläutert ([3]. AA 1922, 38–43. 1927, 211ff.). Von dem Tempel sind nur spärliche Reste vorhanden, da an seiner Stelle im 17. Jh. ein spanisches Fort erbaut worden ist. Doch ist seine Lage sicher festgestellt, da sich die beiden Brunnen gefunden haben, deren wechselnder Wasserstand im Alt. viel Beachtung fand. Funde: eine bronzene Victoria und eine marmorne röm. Porträtstatue (AA 1922, 42). Einst enthielt der Tempel 2 berühmte Kultsäulen (Bild: [3],71), die vielfach irrig für die Säulen des Herakles gehalten wurden, einen Altar des tyrischen und einen des griech. Gottes. – Auch die Reste des phoinik. und röm. G. sind gering (AD. SCHULTEN, AA 1927, 210f.). Über die meist unbedeutenden Funde s. [5], 2, 114f.143.186/87.203, bes. über die phoinik. und karthag. [4],253–284, CIL II Suppl. p. 873. Zahlreich sind die Münzfunde ([2], I 51ff. III 8ff.) und die allerdings wenig ergiebigen Inschr. (CIL II Suppl. p. 1145).

G. war lange von Karthago abhängig und spielte eine Rolle bei den Kriegszügen Hamilkars (Diod. 25,10,1), Hannibals (Liv. 21,21,9), Hasdrubals und Magos (206 v. Chr. Liv. 28,16,8.13.28,36,1. App. Ib. 28.31). Dann unterwarf es sich rechtzeitig Rom (Liv. 28,37,10). In den späteren spanischen Feldzügen wird es öfters erwähnt, bes. Caesar leistete es bei seinen Feldzügen gegen Pompeius wertvolle Hilfe (Caes. civ. 2,18–21). Nach 206 war es *civitas foederata*, Caesar verlieh ihm das röm. Bürgerrecht, unter Augustus wurde es *oppidum civium Romanorum qui appellantiur Augustani urbe Iulia Gaditana* (Plin. nat. 4,119). Es war *municipium* (über diese Wandlungen s. RE VII 455–457). L. Cornelius Balbus (RE IV 1269) baute seiner Vaterstadt die Neustadt und einen neuen Hafen (Strab. 3,5,3). G. war jahrhundertelang reich und blühend durch Schiffahrt, Fischindustrie und Fruchtbarkeit der Umgebung ([1], II 42.46f. VIII 325. Strab. a. O. Avien. or. m. 270 usw.). Berühmt waren seine Tänzerinnen ([1], VIII 252.259.267. [4], 107–109). Es war Hauptstadt eines *conventus* (Plin. nat. 3,7.15), an Einwohnerzahl nur hinter Rom zurückstehend (Strab. 3,5,3). Ein ungelöstes Rätsel ist es, daß G. nach Avien. or. m. 271–274 im 4. Jh. n. Chr. zerstört, arm und klein war. Diese Nachricht wird dadurch bestätigt, daß es in der Folgezeit überhaupt nicht mehr erwähnt wird, nur daß es für die Griechen sprichwörtlich das »Ende der Welt« bleibt ([1], IX 432.439). Man kann nur an einen Einfall eines afrikan. Volkes denken ([1], VIII 41f.). Erst im 8. Jh. unter Abd er Rhaman gewann es wieder (militärische) Bedeutung (Encicl. Univ. Ilustr. 10,331). R. G.

1. Fontes Hispaniae Antiquae, I²–IX, Barc. 1925–1959. 2. *Antonio Vives* La moneda hispánica. 4 tom. und Atlasbd., Madr. 1926.1924. 3. *Ad. Schulten* Der Heraklestempel von G., Festschr. der Univ. Erlangen zur 55. Philol.-Vers., Erl. 1925. 4. *Antonio García y Bellido* Fenicios y Carthagineses en Occidente, Madrid 1942. 5. *Ders.*, Hispania Graeca, 2 Bde, Barc. 1948. 6. *Ad. Schulten* Tartessos², Hamburg 1950. 7. *Emil O. Forrer* Carthago wurde erst 673–663 v. Chr. gegründet. Festschr. Franz Dornseiff, Lpz. 1953. 8. *Edmond Frézouls* La fondation de Carthago, BCH 79,1955. 9. *Ad. Schulten* Iber. Landeskunde, Strasbourg/Kehl 1955. Weitere, bes. ältere Lit. in RE VII 439ff.

G(a)eli (*Γῆλαι*). Ein zuerst von Strab. 11,503. 508.510 (auf → Theoph. von Mytilene fußend) genanntes Volk Mediens, skyth. Ursprungs, zuweilen mit den → Kadusiern identifiziert (Plin. nat. 6,48 *Gaeli, quos Graeci Cadusios appellavere*) am SW.-Winkel des Kasp. Meeres wohnhaft. Ptol. 6,2,5 nennt sie *Λῆγαι* und setzt sie ebenfalls den *Καδούσιοι* gleich. Vgl. Steph. Byz. s. *Γηλύς* u. Dion. Per. 1019 (GGM II, p. 167 M.): *Γηλοί*. Am Kasp. Meer hat sich bis h. der Name erhalten: Gīlān (armen. und neupers.) heißt jetzt die dortige Provinz (arab. G'īlān), und der syr. Name des Volkes lautet Galājē, der armen. Gelokh. Vgl. RE VII 986f. (WEISSBACH) und *Καδούσιοι* RE Suppl. VII 316f. (G. MEIER). Atlas of the World II, Plate 32. H.T.

Gaesati. G. (*γαισάται*) hießen Söldner, die im Rhônegebiet angeworben wurden (Pol. 2,22,1). Die Bezeichnung hängt mit *gaesum* (*γαῖσος*) zusammen, das kelt. Ursprungs ist (Serv. Aen. 7,664. COUISSIN 214ff.) und allgemein einen Wurfspeer aus Eisen (COUISSIN 214ff. BJ 157, 1957, 178ff.), im bes. den gall. bedeutet. Nach E. BENINGER Germanenzeit 6, handelte es sich bei den g. um Halbgermanen in kelt. Diensten. G. finden sich in den röm. Provinzialmilizen (DESS. 2623. CIL VII 1002. VIII 2728), Strab. 5,212 versteht unter den g. ein Volk im Pogebiet. A. N.

Ed. Meyer, APrAW 1923, Phil. hist. Kl. 3,21 Anm. 4. *P. Couissin* Les armes Rom., Paris 1926, 10.214ff. *E. Beninger* Die Germanenzeit in Niederösterreich, Wien 1934, 6.

Gaetuli. Berberischer Volksstamm in N.-Africa (Libya interior), in der Wüste zwischen der Kl. Syrte und dem Atlant. Ozean. Strab. 2,131. 17, 826.828.838 setzt sie n. von den Charusoii, Nigritai und Garamantes, diese n. von den Aithiopes an. Sie waren also Nachbarn der Neger (Ptol. 4,6, 15 erwähnt die *Μελανογαιτοῦλοι*, Plin. nat. 5,10. 17.30 zählt die gaetulischen Stämme auf, unter ihnen die Gnades und die Nicives im S. von Benghazi, die Mazices und die Musulami (die Flor. 2,31 von den Gaetuli unterscheidet, während Apuleius, aus Madaura im musulam. Gebiet gebürtig, apol. 24 sie halb gaetul., halb numid. nennt), die Baniurae, die Darae, die Salathi und die Autololes in Mauretanien (diese von Plin. 5,17 als *validissimi* bezeichnet). Zu ihrem Gebiet gehörten die Inseln (Mogador?), woher Iuba den gaetul. Purpur bezog (Plin. 6,201). Die G. wurden im J. 5/6 n. Chr. von C. Cornelius Lentulus unterworfen, der das Cognomen Gaetulicus annahm. Tert. adv. Iud. 7 bemerkt, in Numidien würden die G. von den Römern eingeschlossen, damit sie nicht ihr Gebiet verließen. Sall. Iug. 18. Varro r.r. 2,11. Bell. Afric. 25. Mela 1,23. 3.104. Tac. ann. 4,42. Cass. Dio 43,3. Not. dign. or. 35,32. M. L.

Gaetulicus. S. Cn. Cornelius G.; Cossus Cornelius Lentulus G.; C. Iulius Tiro G.; D. (Iunius) Silanus G. R. H.

Gaia (*Γαῖα*), die Erde als göttliches Wesen (Hes. theog. 45). Die kürzere Form *Γῆ* (Hom. Il. 3,104), dor. *Γᾶ* (Eur. El. 1177) nach K. BRUGMANN, IF 29, 1911/12, 200ff. altes Lallwort wie *δᾶ* und *μᾶ* (Aischyl. Ag. 1072m. Sch. Hik. 890. P. KRETSCHMER, WSt 24, 1902, 523ff. Vgl. W. MERLINGEN *Μνήμης χάριν*, Gedenkschr. Kretschmer 2, 1957, 54,11) zum Anruf der mütterlichen Urgottheit (→ Demeter. [7],75f. Vgl. CH. PICARD, Eranos-Jb. 6, 1938,113f. [3],338f.); entspr. *Γαῖα* Reimwort zu *Μαῖα* (»Mütterchen«) und *Αἶα* (»Ahnmutter« = »Land«): H. GÜNTERT Reimwortbildungen im Arischen und Altgriech., 1914, 126f. S. aber KRETSCHMER, Gl 5, 1914, 307. Idg. Vorstellungen von der Erde als »Mutter« ergeben sich aus phryg. *Γδανμαα* (MAMA 1,339) = *Χθὼν Μᾶ* (J. FRASER, TCPhS 6,2, 1913, 19ff. KRETSCHMER, Gl 20, 1932, 65f.[7],76) und skyth. *Ἀπί* (Hdt. 4,59. E.H. MINNS Scythians and Greeks, 1913, 85) »Mutter (Erde)« neben *Παπαῖος* »Vater (Himmel)«: L. ZGUSTA, Arch. Or. 21, 1953, 270f. Eine umfassende altgriech. Rel. der Terra Mater wird allerdings von [3],353ff. und NILSSON GgrR 1,456ff. gegen [1] geleugnet. Hymn. Apostrophen der G. *Μήτηρ* oder *Παμμήτωρ* (Hom.h. 30. Aischyl. Prom. 90. Eur. Iph. A. 1498. K. KEYSSNER, WüSt 2, 1932, 24f.), z. T. mit naturphilos. Nuance (Aischyl. Choeph. 128f. Eur. frg. 839.1023), knüpfen an volkstümliche Anschauungen an, die das physikalische Element Erde zu einem nährenden und hegenden Wesen (W. PÖTSCHER, G 70, 1963, 413) personifizierten (Aischyl. Hept. 16ff. Vgl. Choiril. Trag. frg. 2 N. I. WAERN *ΓΗΣ ’ΟΣΤΕΑ*, 1951, 96), das alles Sterbliche hervorbringt und wieder einfordert (Eur. frg. 195. F. ALTHEIM Terra Mater, 1931, 115f. W. PEEK, ZKG 61, 1942, 28ff. A. JOSEPHSON, Eranos 54, 1956, 259f.). Dazu stimmen gewisse Epitheta der G. in vereinzelten Restkulten autochthonen Gepräges (*Μάτηρ*[Dodona] Paus. 10,12, 10; *Κουροτρόφος* [Athen] Paus. 1,22,3; *Εὐρύστερνος* [Gaios-Aigai] Paus. 7,25,13. Vgl. Eur. Heraclid. 748.770ff.) mit mant. (Dodona: [1],60; Olympia: Paus. 5,14,10; Delphi: Aischyl. Eum. 2ff. [4],13f. → Themis) und meteor. Aspekten (Dodona: SGDI 1567 [Zeus *Νάϊος*]; Athen: Paus. 1,24,3 [Regengebet der G.]; 1,18,7 [Deukal. Flut]). Der Omphalos als maternales Wahrzeichen ([2], 10ff. H.V. HERRMANN, Orbis Ant. 13, 1959, 100ff.) bezieht beide Aspekte (→ Baitylia. Orakel) in den Bereich weiblicher Urkräfte ein. Der genealog. Mythos (Hes. theog. 117ff.), mit mancherlei oriental. Motiven durchsetzt (H. ERBSE, Philol. 108, 1964, 2ff.), findet in der G. *πελώρη* den elementaren Ursprung der Göttergenerationen (Soph. frg. 268 N.), aber auch widergöttlicher Ungetüme und niederer Naturwesen; im übrigen präsentiert er seinerseits die erwähnten Kultcharakteristika (M. MARCONI, Acme 5, 1952, 564ff.): den kosm. Akt des Hieros Gamos von → Uranos und G. mit meteor. Hintergrund (v. 132f. [5],76. Vgl. Aischyl. frg. 44. Eur. frg. 839), den Kronos-Stein (v. 485f. → Omphalos), die mant. Potenz der G. (v. 464), ihre Kurotrophos-Funktion (v. 479f.). Primitiv-archaische Weltsicht einer frühgriech., später vielfach überlagerten oder verdrängten Erdverehrung (vgl. W.K.C. GUTHRIE, BICS 6, 1959, 39f. J. PIRENNE Civilisations Antiques, 1957, 207f. 260f.) setzte die Schwerpunkte in der mag.-chthon. (Aischyl. Pers. 219f. 523f. Theophr. h. plant. 9,8,7. H. LEWY, ARW 30, 1933, 207f. [4],12ff. 16ff. 19f. → Baubo) und kosm.-iurid. Dimension (Hom. Il. 19, 258ff. Eur. Med. 148ff. H. USENER, RhM 58, 1903, 18); sie brachte in der Schwurtriade Zeus, G., Helios (Il. 3,278ff.) wie im chthon. Dreiverein Pluton, G., Hermes (Aischyl. Pers. 628ff. Paus. 1,28,6) die Erdmutter zu dämon. Kraft- und göttlichen Ordnungsträgern in Bezug (Sol. frg. 24 D.). Grundsätzlich lebt diese Sicht, wenn auch allegor. überspielt, fort in dem späten Mosaik von Ḫahba-Philippopolis (Hauran), auf dem G. im Triumph über → Aion von Hermes, Prometheus, Triptolemos, Psyche Alata, den *Ὧραι*, den *Τροπαί* und anderen Genien umgeben ist (E. WILL, Ann. Arch. Syr. 3, 1953, 27ff. PICARD, RA 45, 1955, 73ff. A.J. FESTUGIÈRE, Rev. des Arts 7, 1957, 195ff.). W. F.

1. *A. Dieterich* Mutter Erde, 1905. 2. *E. Maass*, JOEAI 11, 1908, 1ff. 3. *H. Matakiewicz*, Eos 31, 1928, 337ff. (Belege und ält. Lit.). 4. *A. Mayer* Erdmutter und Hexe, 1936. 5. *M. Eliade*, Eranos-Jb. 22, 1953, 57ff. 6. *I. Opelt*, RACh 5,1113ff. 7. *A. Heubeck* Praegraeca, EF 12, 1961, 75ff.

Gaia Taracia oder (Gaia) **Fufetia.** Vestalin aus der sagenhaften röm. Vorzeit. Sie schenkte der

Stadt den *campus Tiberinus* (Plin. nat. 34,25. Gell. 7,7; vgl. Plut. Popl. 8. Gell. setzt ihn dem *campus Martius* gleich). Sie erhielt dafür außerordentliche Ehren. Doch die bei Gell. erwähnte lex Horatia, die die allen Vestalinnen zustehenden Vorrechte aufzählt, ist sagenhaft. Die Erzählung geht wohl auf Val. Antias zurück (Boehm, RE VII 480). Man vergleicht auch die → Acca-Larentia-Geschichte. Der Name T. ist wahrscheinlich etr. (Schulze Eigenn.). W. E.

Gaianus aus Tyros, Heide, Advokat, 362/63 consularis Phoeniciae, lebte wohl noch 388 (Liban. epist. 119. 336. 799 f. 1218. 1364). A. L.

Gaieochos (*Γαιήοχος*, dor. *Γαιά(Ϝ)οχος*). Altes Beiwort des → Poseidon (bei Hom. häufig mit *ἐννοσίγαιος* verbunden), auch als selbständiger Name des Gottes gebraucht. Hes. theog. 15. Pind. I. 6,37. Aischyl. Hept. 292. Soph. Oid. K. 1071. Kultische Epiklese bei Therapne, in Gytheion und Thera. Xen. hell. 6,5,30. Paus. 3,20,2. 21,8. IGA 79,9. IG XII 3. In Athen gab es einen Priester *Ποσειδῶνος Γαιηόχου καὶ Ἐρεχθέως* bzw. *Ποσειδῶνος Ἐρεχθέως Γαιηόχου*. CIA III 276. 805. »Die eigentliche Bedeutung von G. ist unbekannt« Frisk. Im 2. Bestandteil sieht man gewöhnlich, ant. Etymol. folgend, *ἔχειν* »die Erde tragend« oder »einheimisch«, oder *ὀχεῖσθαι* »über, auf oder unter der Erde einherfahrend«. – Sekundär ist G. Beiname von Zeus und Artemis. Aischyl. Hik. 779. Eur. Tro. 884. Soph. Oid. T. 160 mit Sch. H. v. G.

Prell.-Rob. 1,572,1 und sonst. *Nilsson* GgrR 1,419. *Ders.* Griech. Feste 65 f. *Wide* Lakon. Kulte 38. *Wilam.* GldH. 1,207.

Gainas. Gote, Arianer, kam von jenseits der Donau, stieg im röm. Heer rasch empor (Theodoret. h. e. 5,32. Soz. 8,4) befehligte 394 im Krieg gegen → Eugenius barbar. Hilfstruppen (Ioh. Ant. frg. 187 = FHG 4,609. Zos. 4,57,3), erhielt 395 von → Stilicho den Oberbefehl über die am Eugeniuskrieg beteiligten, nun von → Arcadius zurückgeforderten Einheiten des Ostens. 395 am Sturz des praefectus praet. Orientis Rufinus beteiligt, war er 396–399 magister utriusque militiae (Zos. 5,7,4 f. Ioh. Ant. frg. 190. Sokr. 6,6). Als er 399 gegen den rebellierenden Goten Tribigild unglücklich operierte, bezichtigte man ihn des Verrates (Zos. 5, 13 ff.). Als nach dem Sturz des → Eutropius (Nr. 3) die antigerman. Partei am Hof siegte, erhob sich G. im J. 400 mit Erfolg; als er am 11./12. Juli Constantinopel verlassen hatte, wurde → Fravitus beauftragt, ihn zu bekämpfen. G. mußte fliehen und wurde am 23. Dezember 400 durch den Hunnen Uldin getötet (Zos. 5,18 ff. Eunap. frg. 60. 80/82. Synes., de prov. = Migne PG 66,1256 ff.). A. L.

Gaios (*Γάϊος*). Platoniker zu Beginn des 2. Jh. n. Chr., Lehrer des Albinos; durch Proklos in remp. 2,98,11 Kroll als Vf. einer kommentierenden Schrift zur Politeia bezeugt. Seine (verlorenen) *Ὑποτυπώσεις τῶν Πλατωνικῶν δογμάτων* in 9 B. gab Albinos heraus. Nach Ausweis von Proklos in Tim. 29 B; I 340,14 Diehl legt G. mit Albinos den Grund zu method. Platon-Erklärung: Platon lehrte entweder *ἐπιστημονικῶς* oder *εἰκοτολογικῶς*. Der Erklärer habe dem jeweils zu folgen. Da Albinos eine zum Peripatos hinneigende Richtung im Platonismus vertritt, dürfte das auch für G. gelten. H. D.

K. Praechter Zum Platoniker G., H 51, 1916, 510–529.

Gaiso. 1. G. verfolgte 350 den vor dem Usurpator Magnentius fliehenden Kaiser Constans und tötete ihn; 351 wurde er durch Magnentius Consul (Zos. 2,42. Epit. de Caes. 41,23. Chr. min. 1, 69). **2.** G., um 410 comes sacrarum largitionum im W. (Cod. Iust. 4,61,12), wenig später comes et magister officiorum (Cod. Theod. 9,38,11). A. L.

J. Sundwall Weström. Studien 1915, Nr. 192.

Gaison. Von Hdt. 9,97 erwähntes Flüßchen Ioniens am S.-Rand des Vorgebirges Mykale (Mela 1,87 *Gaesus*, Plin. nat. 5,113 *Gessus*), h. ein kleiner Bach, doch im Alt. wasserreich nach Ausweis des Namens (*γαῖσος* = Wurfspeer). Am G. lag ein Ort *Σκολοπόεις* (h. Kelebésch) mit einem Tempel der Demeter von Eleusis (Hdt. ebd.). Die bei Athen. 7,311 e bezeugte *Γαισωνὶς λίμνη* ist h. nur ein versumpftes Becken. Strab. 14,636 schildert die Gegend ohne Nennung des Namens G. Hesych. s. *Γαίσων*. RE VII 489. H. T.

Gaius. Altes Praenomen, dessen Herkunft trotz Auct. de praen. 5 *Gai iudicantur dicti a gaudio parentum* (vgl. RE XVI 1668,14 ff.) unbekannt ist, → C. H. G. G.

Gaius. 1. Die in der Ant. am meisten verbreitete und in Spätant., MA. und Neuzeit weitaus einflußreichste elementar-systemat. Darstellung des röm. Privatrechts stammt von einem Juristen, den wir nur als G. kennen. Für Lebenszeit, Lebenslauf, gesellschaftliche Stellung und Wirkungsort sind wir auf Rückschlüsse und Vermutungen angewiesen, an denen von Kniep und Mommsen bis auf Honoré kein Mangel herrscht. Der Grund dafür, daß man gerade bei diesem ant. Juristen immer wieder versucht, eine Biographie zu entwerfen, liegt wohl vor allem in der Eigenart seines Rechtsdenkens. Dieses steht der dogmat. Tradition kontinentaler Jurisprudenz (also dem Systemstreben, der Bemühung um Begriffsbildung und Einteilung sowie der Tendenz zur Abstraktion) viel näher als die Methode irgendeines anderen ant. Juristen, deren Arbeitsweise eher an das Rechtsdenken des anglo-amerikan. Bereiches gemahnt. Der vor der Entwicklung des sog. Pandektensystems bedeutendste Systementwurf, dem unter anderem das Allgemeine Landrecht für die preuß. Staaten (ALR) und Österreichs Allgemeines Bürgerliches Gesetzbuch (ABGB) folgten, geht als »Institutionensystem« auf die Trias *personae – res – actiones* zurück, die jener meist als *institutiones* zitierten Schrift des G. das Gepräge gab, die vom Autor selbst *commentarii* genannt werden.

Diese Institutionen des G. bringen einen offenbar für den Unterricht von Anfängern bestimmten, außerordentlich klaren Überblick über das röm. Privat- und Zivilprozeßrecht. Trotz oder vielleicht gar wegen dieses elementaren Charakters kommen in diesem Werk bis h. wichtige dogmat. Kategorien erstmals klar zum Ausdruck. Dies gilt insbesondere für die Unterscheidung zwischen *res corporales* und *res incorporales* (vgl. Gai. inst. 2,12ff. mit § 292 ABGB), für die Gruppierung der Erwerbsarten, für die Gliederung der Entstehungsgründe von Obligationen und für die Einteilung der Kontrakte.

Das wahrscheinlich um 160 v. Chr. geschriebene Werk ist uns vor allem durch einen Veroneser Palimpsest erhalten, von dem NIEBUHR 1816 feststellen konnte, daß es die Institutionen des G. enthielt. Außer diesem Codex aus dem 5. Jh. überliefern Iustinians → Digesten, die → Collatio und 2 Papyrusfragmente (POxy. 2103, wohl aus der Mitte des 3. Jh., und PSI XI 1182) Partien der Institutionen des G. Wir dürfen sie daher für die am meisten verbreitete Juristenschrift des 4. und 5. Jh. n. Chr. halten. Das → Zitiergesetz von Theodosius II. und Valentinian III. (426) stellte G., der von Klassikern nie oder höchstens einmal (zu Dig. 45,3,39 vgl. MAYER-MALY, Roczniki teologiczno-kanoniczne 10 [1963] 55ff.) genannt wurde, als Autorität neben Paulus, Ulpian, Papinian und Modestin. Wichtige nachkl. und just. Werke hängen deutlich von den Institutionen des G. ab. So sind Iustinians Institutionen mehr an den G.-Institutionen als an irgendeinem anderen Werk orientiert. Im westgot. Kodifikationsversuch, dem Breviarium Alaricianum, ist G. durch die Übernahme einer (wohl älteren) Kurzfassung mit vulgarisierenden Zügen, der Epitome Gai, vertreten. Einer gall. Rechtsschule des 5. Jh. wird die Paraphrase zu G. entstammen, die 1898 von Chatelain in einem Codex aus Autun entdeckt wurde. Wenn auch die These von SCHULZ, daß die Tituli ex corpore Ulpiani ebenfalls auf G. zurückgehen, bestritten ist (vgl. SCHÖNBAUER, Studi De Francisci 3 [1956] 303ff.), fällt doch auf, daß Anlage und Charakter dieser Schrift stark an die Institutionen des G. gemahnt. Jedenfalls aber hängen die Res cottidianae (libri aureorum) mit den Institutionen des G. zusammen. Viele halten sie für eine nachgaianische (und meist auch für eine nachklass.) Bearbeitung der Institutionen. Es kann aber nicht ausgeschlossen werden, daß die uns nur durch Digestenfragmente (die allesamt G. als Autor nennen) bekannte Schrift eine noch vom Vf. der Institutionen selbst hergestellte Neuauflage darstellt.

Außer den Institutionen und den Res cottidianae überliefern die Digesten noch andere Fragmente von Schriften, die sie dem G. zuschreiben. Auch bei ihnen fällt eigenwillige Aufgabenstellung auf. Der Kommentar zu den 12 Tafeln (6 *libri ad legem duodecim tabularum*) bildet nebst dem Enchiridion des Pomponius die am stärksten rechtshist. ausgerichtete Arbeit eines Juristen der klass. Zeit. Die hist. Neigung distanziert G. von seinen Zeit- und Zunftgenossen ähnlich wie sein Systemstreben. Neben dem Edikt des Stadtpraetors kommentierte G. auch (in 32 libri) ein *edictum privinciale*, das entweder Musteredikt für mehrere (oder alle) Provinzen oder aber das Edikt einer uns unbekannten Provinz war; diesem Interesse wird im Hinblick auf die Fragen um Herkunft und Wohnort des G. besondere Bedeutung zugemessen. Schließlich sind Monographien über die augusteischen Ehegesetze, über Manumissionen, Stipulationen und Fideikommisse zu erwähnen. In allen diesen Schriften verrät G. zwar auch Neigung zu abstrahierender Dogmatik, wirkt aber längst nicht so elementar wie in den Institutionen. Es wäre daher falsch, ihn als Schulmeister zu disqualifizieren. Daß er jedoch gegenüber den führenden Klassikern die Stellung eines Außenseiters hatte, gehört zu dem wenigen Gesicherten, das wir über seine Person aussagen können: Dem Unterschied der Methode verbindet sich für diese Diagnose das Fehlen von mehr Zitaten durch Zeitgenossen und Spätere sowie das Fehlen einer Nachricht über eine für Juristenkarrieren typische soziale Position.

Alles Weitere, was man zur Person des G. aussagen kann, ist nur Vermutung. Für die Lebenszeit geben die von ihm gebotenen Zitate einige Anhaltspunkte: G. kennt Schriften Iulians und Reskripte von Antoninus Pius (den er überlebt haben muß). Da er noch das SC Orfitianum behandelte, dürfte er erst um das Jahr 180 n. Chr. gestorben sein. Völlig dunkel sind Herkunft und Wirkungsart: MOMMSENS berühmter These von dem aus Troas stammenden Privinzialjuristen fehlen ebenso wie der kühnen Biographie HONORÉS, nach der G. von Rom über Dyrrhachium und Troas nach Berytos gezogen sei, stärkere Anhaltspunkte. Die relativ häufige Bezugnahme auf griech. Wörter sowie das Interesse für peregrine Rechtsverhältnisse sind auch bei einem Mann erklärbar, der in Rom geboren wurde und dort den Schwerpunkt seines Wirkens hatte. Die Unsicherheit aller Anhaltspunkte wird am besten dadurch gekennzeichnet, daß es nicht einmal an der Behauptung fehlt, G. sei Frau oder Sklave gewesen.

Aussichtsreicher als weitere Hypothesen zur Biographie des G. erscheinen mir Versuche, den Einfluß seiner Kategorien auf die spätklass. Jurisprudenz nachzugehen. Dieser Einfluß dürfte bisher stark unterschätzt worden sein. Th. M.-M.

Archi Epitome Gai, 1937. *Bizoukides* Gaius I–V (1937 bis 1941). *David* Studia Gaiana (seit 1948). *Flume* ZRG rom. Abt. 79, 1962, 1ff. *Fuhrmann* Das systemat. Lehrbuch, 1960, 104ff. 183ff. *Honoré* Gaius, 1962. *Kaser* ZRG rom. Abt. 70, 1953, 127ff. *Kniep* Der Rechtsgelehrte G., 1910. *Kunkel* Herkunft und soziale Stellung der röm. Juristen, 1952, 186ff. *Mommsen* Ges. Schr. 2,26ff.

2. G., ein z.Z. des Bischofs Zephyrinos (198 bis 217) in Rom lebender, griech. schreibender Theologe, der nach Eus. (h.e. 2,25,6f. 3,28,1f.31,4) einen *διάλογος πρὸς Πρόκλον* verfaßt hat, in dem er vom kathol. Standpunkt aus den Montanismus zu widerlegen sucht. Nach Eus. ist G. auch Gegner der Apokalypse des Johannes, hält den Hebr.-Brief für unpaulin. und weiß die Gräber des Petrus und Paulus zu zeigen. Der röm. Presbyter Hippolytos († 235) hat eine verlorene Schrift *ὑπὲρ τοῦ κατὰ Ἰωάννην εὐαγγελίου καὶ ἀποκαλύψεως* – vielleicht ident. mit den *κεφάλαια κατὰ Γαΐου*, von denen syr. 5 Frg. erhalten sind –, in der er die Abfassung der Apokalypse durch den Apostel Johannes verteidigt, gegen G. gerichtet. Text der syr. Frg. gegen G. bei A. Harnack TU 6,3, 1890, 121–128. Altaner 110.149. **3.** G., 282–295 Bischof von Rom. Nach dem Liber Pontificalis Verwandter des Kaisers Diokletian. Sein Epitaph erhalten (De Rossi, Roma sotter. 3,114f.). Er soll ein Dekret über Vorbedingungen für die Erlangung der Bischofswürde verfaßt haben. Kl. W.

Gaizatorix (*Γαιζατόριξ*, aus hsl. Pol. 24, 14,6 *Γαιζοτόριος* und Strab. 12,562 *Γεζατόριγος* von F. Stähelin Gesch. der kleinasiat. Galater, ²1907, 116 hergestellt. Die Echtheit der zum Vergleich angeführten Silbermünze aus Noricum mit *Gesatorix re*[*x*] bezweifelt K. Pink Wien. Prähist. Z. 24, 1937, 74ff.; Einführung in die kelt. Münzkunde, ²1960, 45,2), Galaterfürst, verbündet mit Pharnakes I. von Pontos gegen Eumenes II. (→ 3) von Pergamon 180 v. Chr. H. V.

Galaad, *Γαλαάδ* (LXX. Eus.), Gilead (hebr. *gil'ad*). **1.** Stadt im O.-Jordanland (Ri. 10,17. Hos. 6,8. 12,12) die h. *ḫirbet ǧel'ad* s. des Jabbok 10 km nnö. von *es-salṭ*, auf dem gleichnamigen Gebirge (Gen. 31,21 u.ö.: *hăr* [*hăg*]*gil'ad*, h. *ǧebel ǧel'ad*) gelegen (vgl. Eus. onom. 62,1f.). **2.** Landschaft ö. des Jordan (LXX neben *Γ.* auch *Γαλαδ*[*ε*]*ῖτις*, Ios. ant. 1,324 u.ö. *Γαλαδηνή*, 5,164 u.ö., *Γαλα*[*α*]*δῖτις*, 12,336 u.ö. *Γαλάτις*). Urspr. beschränkte sich das »Land Gilead« auf ein Gebiet s. des Jabbok vom »Berg Gilead« (s. Nr. 1; daher der Name) aus nach W. (vgl. Gen. 31. Ri. 10,17 und dazu Noth, ZDPV 75,30ff.). Von hier aus haben offenbar die Israeliten die Bezeichnung »Gilead« auf ihr Siedlungsgebiet zwischen dem *'aǧlūn*-Gebirge und dem Jarmuk ausgedehnt, vgl. die Städte Jabes-Gilead (1. Sam. 11,1ff. u.ö.), Ramoth-Gilead (1. Kön. 4,13 u.ö.), Kamon (Ri. 10,5) und Thisbe-Gilead (1. Kön. 17,1 LXX). Schließlich umfaßt G. das Land zwischen Arnon und Jarmuk (Dtn. 3,10. 2. Kön. 10,33), und Dtn. 34,1; Eus. onom. 60,15ff. 44,9ff. schließen auch Basan (zwischen Jarmuk und Hermon) ein. – In den Aramäerkriegen des 9. und 8. Jh. zeitweise unter der Herrschaft von → Damaskos (2. Kön. 10,33. Am. 1,3; dagegen 2. Kön. 14,25. Am. 6,13), wurde G. 733 assyr. Provinz. Alexander Iannaios eroberte große Teile des Landes (Ios. ant. 13,356. 393f. u.a.; vgl. 13,397). Durch Pompeius verblieb den Juden nur ein schmaler Streifen unter dem Namen → Peraia. E. Ku.

N. Glueck, AASO 18–19, 1939, 151–251. 25–28, 1951. *M. Noth*, ZDPV 75, 1959, 14–73.

Galaesus (Nissen It. Ldk. 2,870. Weiss, RE VII 513 irrig **Galacum*), Bach 40 Stadien (Pol. 8,35,8) = 5 mp (Liv. 25,11,8) von Tarent bei der Kirche Mad. di Galeso, den Verg. georg. 4,126 (m. Serv.). Hor. c. 2,6,10 (m. Sch.). Vib. Sequ. p. 148 Riese nennen; sein Wasser bes. zum Waschen der Wolle geeignet (Martial. 2,43,3. 4,28,3. 5,37,2. 12, 63,3. Stat. silv. 3,3,93); auch Eurotas genannt (Pol. 8,35,8). G. R.

Galaistes (*Γαλαίστης*). Sohn des Athamanenkönigs → Amynandros, Freund des Ptolemaios VI., 145 v. Chr. Kommandant der äg. Truppen im Kampf am Oinoparas, floh vor Ptolemaios VIII. nach Griechenland und versuchte 140 einen angeblichen Sohn des Ptolemaios VI. auf den Thron zu bringen. Diod. 33,20.22. H. V.

M. Launey Recherches sur les armées hellénistiques, 1949, 212.

Galaktophagoi (*Γαλακτοφάγοι*). Aus Hom. Il. 13,6, wo *γλακτοφάγοι* Beiwort zu → *Ἱππημολγοί* ist, konstruiertes skyth. Volk im n. Balkan oder im s. Rußland. In Hes.' angeblicher *Γῆς περίοδος* wird Phineus von den Harpyien *Γλακτοφάγων εἰς γαῖαν* verfolgt. Ptol. 6,14. Eratosthenes und Apollodoros sahen in den G. nur ein Volk der Fabel, die Stoiker ein wirkliches Volk, dessen Name einen Hinweis auf die Lebensweise der n. Nomaden enthalte (Stutenkäse und -milch; Kumys). Strab. 7,296.298.300ff. 12,553. Vgl. → Abioi. H. v. G.

Galanthis s. Galinthias

Galaria (nicht Galeria; die Bewohner *Γαλαρῖνοι*). Siculerstadt im Innern Siciliens, nach der Namensähnlichkeit wohl das h. Gagliano n. von Agira (→ Agyrion), prägte schon um die Mitte des 5. Jh. Silbermünzen mit griech. Aufschriften und griech. Typen (Zeus Soter, Dionysos), Head HN² 139. Histor. Erwähnungen nur für 334 (Diod. 16, 67,3, Unterstützung → Entellas gegen Karthager) u. 312/11 (Diod. 19,104, vergebliche Empörung gegen → Agathokles). Steph. Byz. s.v. *Γαλαρίνα*. K. Z.

Galata. 1. Kleine, aus Eruptivgesteinen aufgebaute Insel zwischen S.-Sardinien (990 Stadien von Caralis entfernt) und der N.-Küste Afrikas. Ptol. 4,3,12 *Καλάθη νῆσος*, h. Galita. Die Entfernung von Tabraca (300 Stadien = 55,5 km). nach dem Itin. Mar. 494f. ist zu gering (tatsächlich 88,8 km). Sie wird von Mela 2,220. Plin. nat. 3,92. Tab. Peut. Geogr. Rav. 5,25. Mart. Cap. 6,645 genannt. **2.** Insel zwischen Sardinien und Afrika. Ptol. 4,3,44 (12 M.): *Καλάθη*, 300 Stadien von Tabraca entfernt. H. Galita oder La Galite, zu Tunesien gehörig, n. von Cap Negro. M. L.

Tissot Géogr. comp. Afr. 1,232. *Toutain*, MEFR 11, 1891, 454ff.

Galateia ($\Gamma\alpha\lambda\acute{\alpha}\tau\epsilon\iota\alpha$). **1.** Nereide, Hes. theog. 250. Hom. Il. 18,45. Apollod. 1,11. Der Name, wenn überhaupt griech., wohl mit → Galene verwandt, wurde auf den milchweißen ($\gamma\alpha\lambda\alpha\varkappa\tau$-) Schaum des Meeres gedeutet (Duris frg. 43 M. Lukian. v.h. 2,3. Himer. ecl. 13,21), auch auf das milchgebende Vieh bezogen, als dessen Schützerin sie am Aetna einen Kult hatte. Vgl. Theokr. 11,20. Auf Sizilien brachte man sie auch mit dem ungeschlachten Hirten → Polyphemos in Verbindung, als dessen Geliebte und Mutter des Gala(te)s; dieser wurde später von Timaios (frg. 37) als Eponym der Galater (Gallier) bemüht, während andere ihn von Herakles und einer kelt. Häuptlingstochter abstammen ließen (App. Ill 2. Amm. 15,1, 3. Diod. 5,24). Das Motiv des ungeschliffenen Liebhabers der zarten, schalkhaften Nereide, die Odysseus ihm ausspannt, benutzte Philoxenos von Kythera in einem als Satire gegen Dionysios von Syrakus gemeinten Dithyrambos (DIEHL Anth. Lyr. II), der schon bald in Aristoph.' Plutos (im J. 388) parodiert wurde (Sch. 290. 298). Das Motiv (ohne Odysseus) wurde in der mittleren Komödie mehrfach verwendet und von bekannten hellenist. Dichtern ebenso brillant variiert wie in der gleichzeitigen Malerei (hellenist. Reliefs und palatin. und pompejan. Wandgemälde): Kallim. (PFEIFFER zu frg. 378), Theokr. id. 11 (in id. 6 ist umgekehrt Polyphemos der spröde Umworbene), Bion (s. Mosch. 3,57). Natürlich fehlt dieses Motiv nicht bei Verg.: ecl. 7,37. 9,39; Aen. 9,103. G. als Name für geliebte Mädchen: Verg. ecl. 1,31. 3,64.72. Hor. c. 3,27,14. – Ov. met. 738 ff. steigert die Groteske durch Erfindung eines begünstigten Nebenbuhlers (→Akis), der von Polyphemos in rasender Eifersucht mit einem Felsen zerschmettert wird, zur Tragik, gemildert nur durch die Verwandlung des Toten in einen Fluß. Danach Sil. 14,221 ff. Bei Prop. 3,2,7 f. erhört G. den ungestümen Liebhaber. Diese Sagenfassung führt Nonn. Dion. 6,360 ff. 40,553 ff. breit aus. Sprichwörtlich: *Οὐ δύνασαι Θέτιδος καὶ Γαλατείας ἐρᾶν.*

Holland De Polyphemo et G., Lpz. Stud. 7, 1884, 141. *J. Mewaldt* Ant. Polyphemgedichte, AAWW 1946, 269. Myth. Lex. 1,1586ff. *Prell.-Rob.* 1,556.625. *W. Helbig* Campan. Wandgemälde N. 1042ff. *Jax* Die weibl. Schönheit in der griech. Dichtung, 1933, 74f.106f.

2. Tochter des Eurytios, Gemahlin des Lampros im kret. Phaistos. Sie sollte nach Weisung ihres Gatten das zu erwartende Kind töten, wenn es ein Mädchen werde. Sie gebar ein Mädchen, verbarg aber dessen Geschlecht und zog es unter dem Namen Leukippos auf. Als nach Jahren die Entdeckung des Trugs bevorstand, verwandelte auf ihre Bitte Leto das Mädchen in einen Jüngling. Dies war nach Anton. Lib. 17 (= Nikandros) das Aition des in Phaistos zu Ehren der Leto Phytia (zu φύσις) gefeierten Festes Ekdysia und des Brauches, daß die Bräute sich vor der Hochzeit neben die Statue des Leukippos betteten. NILSSON Gr. Feste 370 f. sieht in Leukippos eine alte hermaphrodit. Gottheit und in Leto die Nachfolgerin der altkret. Bergmutter. PRELL.-ROB. 1,319,3. **3.** G. nennt man vielfach die von Pygmalion geschaffene und durch seine Liebe zum Leben erweckte Statue. So noch R. v. RANKE-GRAVES Griech. Mythol. 1960, 1,189. Diese Benennung ist nicht durch ant. Überlieferung gerechtfertigt. H. v. G.

Galates (Γαλάτης). **1.** Nach Plut. Phok. 33 der spätere Name des Akrurion, einer wichtigen Höhe des Gebirgsstocks Kallidromon (s. v. GEISAU, RE X 1633). Die Umbenennung geht vielleicht auf ein Ereignis bei einem Einfall der Galater zurück. **2.** → Galateia 1. H. v. G.

Galatia (Γαλατία). Der von kelt. Volksstämmen, den Galatern, nach 278/77 v. Chr. besetzte Teil der phryg. Hochebene in der Mitte Kleinasiens zwischen dem mittleren Sangarios und dem Halys, zum Unterschied von Gallien auch Gallograecia (Liv. 37,8. Iust. 25,2,11. *Γαλλογραικία* Strab. 12,566), *ἡ Γαλατική* (Arr. an. 2,4,1), *Γαλατία ἡ ἑῴα* (App. Mithr. 114) und *Γαλάται οἱ ὑπὲρ Φρυγίας* (Paus. 10,36,1) genannt. Das fast rechteckige, ca. 350 km lange und 160 km breite Gebiet grenzte n. an Bithynien und Paphlagonien, ö. an Pontos, s. an Kappadokien und Lykaonien, w. an Phrygien. E. MEYER Die Grenzen der hellenist. Staaten in Kleinasien, 1925, 132 f. Neben rauhem, bewaldetem Gebirgsland mit dem Olympos (Çile daği, 60 km von Ankara, ROHDE 241 ff.) im N. und dem Dindymos im W. gab es an den Flüssen fruchtbare Ebenen und Viehweiden, die im S. die Axylos, die waldlose Salzsteppe um den Tatta-See, abschloß. Der Mist der zahlreichen Weidetiere diente zur Heizung unterirdischer Ofengruben. Liv. 38,18. Auf die sommerliche drückende Hitze folgte der schneereiche, lange Winter. Als Naturschätze nennt Plin. Rauchtopas (nat. 37,121. 173), Opal (84), Bibergeil (32,28), Bienen (14,80), würzige Kräuter (20,132. 21,160. 25,157) und Schafe mit feiner Wolle (29,33). Auf felsigen Stellen wuchsen Kermeseichen (kelt. ὗς Paus. 10,36,1. Plin. nat. 9,141. 16,32. 22,3. Diosk. 4,48. Tert. de pall. 4) und Ölbäume (Plin. nat. 15,31). Über der Mischbevölkerung mit überwiegend phryg. Einschlag bildeten die kinderreichen, kriegerischen (Iust. 25,2) Galater (*Γαλάται*, lat. *Galli*, erst Cic. har. 13,28 *Gallograeci;* Att. 6,5,3 *Galatae*) eine Herrenschicht, die trotz starker Hellenisierung und folgender Romanisierung an kelt. Rechtsbräuchen wie der *patria potestas* und ihrer dem Dialekt der Treverer verwandten Sprache festhielt. Gai. inst. 1,55. Lukian. Alex. 51. Hier. comm. in ep. ad Gal. II 3 (PL 26,357). Das Nebeneinander kelt., griech. und röm. Kultur zeigen die Phylennamen in Ankyra (die ersten 5 Maruragene, Pakalene, Menonizeiton, Hiermene, Diagezon aus der Zeit 183–166 v. Chr. heben sich von den späteren 7, z.T. nach Kaisern benannten, Sebaste, Dios Taenu, Claudia Athenaia, Hierobulaia, Nea Olympia, Dios Trapezon, Nerva ab), die Teilung der 10 Priesterstellen in Pessinus unter 5 Phryger und 5 Galater und die Priesternamen an dem Augustus-Romatempel in Ankyra (Amyntas, Sohn des Gaizatodiastos... Q. Gallius Pulcher...). OGIS 533. 540. E. Bosch Die Kelten in Ankara, JKAF 2, 1952/53, 283ff.; le rôle des Galates et des Phrygiens dans la vie de la cité et l'organisation des tribus, JKAF 3, 1955, 57ff.

Die Geschichte von G. begann, als 2 Schwärme der 279 auf den Balkan vorgedrungenen Kelten, 20000 Köpfe, davon 10000 Bewaffnete, unter Lutarios und Leonnorios 278 in Kleinasien von Nikomedes, dem König von Bithynien, zum Kampf gegen dessen Bruder und Thronrivalen Zipoites vertraglich eingesetzt wurden. Pol. 1,6,5. Memnon FGrH 434 F 11. Liv. 38,16,2.9. Paus. 1,4,5.10,23, 14. Iust. 25,2,11. Nach dem Söldnerdienst unternahmen die Galater, zu denen ein 3. Stamm stieß, gefürchtete Raubzüge, die Trokmer an der Küste des Hellespont, die Tolistoagier (*Τολιστοάγιοι* OGIS 275.276. *Τολοστοάγιοι* Sylloge³ 591. *Tolistobogii* Liv. 38,15f. *Tolostobagi* Plin. nat. 5,146. Urform wohl *Tolistovagi* vgl. Bellovaci Stähelin 42,3) in der Aiolis und Ionien, die Tektosagen im mittleren Kleinasien. Liv. 38,16,11. Sie plünderten 277/76 das Apollonheiligtum in Didyma bei Milet, Kyzikos verteidigte sich ebenso wie Priene. OGIS 748.765. Erythrai zahlte Gelder an die Barbaren. Sylloge³ 410. Nach Liv. 38,16,13 kamen die Galater dann zu festen Wohnsitzen, nach Strab. 12,566. Iust. 25,211 durch Nikomedes von Bithynien, nach Paus. 1,8,1 erst später durch Attalos I. (→ 4). Die in einem längeren Zeitraum erfolgte Ansiedlung wird 275 mit dem Sieg des → Antiochos I. über sie in der »Elefantenschlacht« begonnen haben. P. Moraux L'établissement des Galates en Asie Mineure, Istanb. Mitt. 7, 1957, 56ff. Die Tolistoagier wohnten schließlich im W. um Pessinus und Gordion, in der Mitte um Ankyra die Tektosagen und im O. auf dem r. Ufer des Halys die Trokmer um Tavium. Trotzdem kämpften Galater als Söldner für hellenist. Fürsten, für den bithyn. König Ziaelas und Antiochos II. (→ 3), unter dem eine »Keltensteuer« (*τὰ Γαλατικά*) für Tribute an die Galater erhoben wurde. Memnon FGrH 434 F 14. Polyain. 7,50. OGIS 223,28. Mit ihrer Hilfe schlug Antiochos Hierax seinen Bruder Seleukos II. bei Ankyra (Trog. prol. 27. Iust. 27,2,10ff.) und Ptolemaios IV. den → Antiochos III. Pol. 5,65,10. Attalos I. von Pergamon verweigerte die Tribute und besiegte die Galater an den Kaikosquellen bei Pergamon. Trotz weiterer Siege, die er durch Plastiken wie den »sterbenden Gallier« verherrlichte, holte Attalos den Keltenstamm der Aigosagen aus Thrakien und siedelte ihn am Hellespont an, aber Prusias I. von Bithynien vernichtete die raublustigen Banden. Pol. 5,77.111,7. Die Stadt Lampsakos bat 196 Massalia und den röm. Senat um Schutz gegen Übergriffe der Tolistoagier. Sylloge³ 591. Bei Magnesia fochten 5500 Galater im Heer des Antiochos III. gegen die Römer. Liv. 37,8.18.38. Deshalb unternahm auf Bitten der Kleinasiaten 189 der Konsul Cn. Manlius Vulso den von Hannibal (Nep. Hann. 13,2) in einem Pamphlet an die Rhodier geschilderten Strafzug gegen die Galater. Die Bergfestung der Tolistoagier auf dem Olympos und die der Tektosagen und Trokmer auf dem Berg Magaba (etwas mehr als 15 km ö. von Ankyra) wurden erstürmt, 40000 Gefangene als Sklaven verkauft. Pol. 21,33ff. Liv. 38,18ff. 39,7,2. Claudius nannte 40000 Tote, Antias 10000. Liv. 38,23, 6f. Nach dem Aufgebot von 60000 Tektosagen (Liv. 38,26,3) schätzt J. Beloch Die Bevölkerung der griech.-röm. Welt, 1886, 239 die Volkszahl der Galater auf 360000–400000 Köpfe. Chiomara, die gefangene Frau des Tolistoagierhäuptlings Ortiagon, befreite sich kühn. Pol. 21,38. Liv. 38,24. Plut. mor. 258d–f. Infolge der Verluste wurden die Galater gezwungen, ihre Streifzüge aufzugeben und sich in ihren Grenzen zu halten. Liv. 38,40,2. Von nun an waren sie treue Anhänger der Römer. 184 versuchte Ortiagon die 3 Stämme unter seiner Herrschaft zu einigen, wurde aber mit seinem Verbündeten Prusias II. von → Eumenes II. geschlagen. Pol. 3,36. Trog. prol. 32. G. E. Bean, JHS 68, 1948, 46ff. Im Kriege gegen Eumenes brachte Pharnakes I. von Pontos die Galaterführer → Gaizatorix und Kassignatos auf seine Seite, verpflichtete sich dann aber, Galatien nicht zu betreten und erklärte die geschlossenen Verträge für ungültig. Pol. 25,2,4. Als Symbol seiner Galatersiege erbaute Eumenes 180 den Zeusaltar in Pergamon mit der Gigantenschlacht der olymp. Götter. 171 kämpften Galater unter Kassignatos im Heer des Eumenes gegen Perseus von Makedonien. Liv. 42,57,7.9. Als die Römer 168 Eumenes mißtrauten, brachen die Galater unter Solovettius in das pergamen. Reich ein. Pol. 30,1,2.19,12. Liv. 45,19,3. Die durch → Attalos in Rom erbetene Gesandtschaft des P. Licinius ergab nichts Ernsthaftes gegen die Galater. Liv. 45,34,11.13f. Vielmehr erklärte der Senat 166 die Galater für autonom, sofern sie in ihren Wohnsitzen blieben. Pol. 30,28. Wie die merkwürdigen Briefe an den Oberpriester Attis zeigen, der in Pessinus gegen seinen Bruder Aioiorix für Pergamon arbeitete, suchten Eumenes und Attalos dort wieder Einfluß zu gewinnen. C. Bradford Welles Royal corresp. 1934, 55–61. Streitigkeiten der pergamen. Herrscher mit den Galatern hatten 162 Ti. Sempronius Gracchus, L. Cornelius Lentulus und Servilius Glaucia zu schlichten. Pol. 31,15, 9ff. Nach der Umwandlung Pergamons in die Provinz Asia 129 wurden die Galater von den Königen des Pontos bedroht. Daher kämpften sie 90 unter Manius Aquillius gegen Mithradates VI., erkannten ihn aber nach seinen Erfolgen als Herrn an und stellten 60 Angehörige des Tetrarchenadels als Geiseln. App. Mithr. 11. Plut. mor. 259A. Nach Sullas Sieg 86 ließ Mithradates den galat. Adel bis auf 3 Tetrarchen ermorden, verzichtete aber 85 im Frieden von Dardanos auf G. App. Mithr. 46. 58. Durch die Bluttat des Mithradates änderte sich die Verwaltung der 3 Stämme. Bisher waren sie in je 4 Tetrarchien gegliedert, an deren Spitze ein Tetrarch, ein Richter und ein Zeugmeister (*στρατοφύλαξ*) mit 2 Gehilfen standen. Die 12 Tetrarchien hatten gemeinsam den Rat der 300, der im Drynemeton den Blutbann ausübte. Strab. 12,567. Pompeius unterstellte 63 jeden Stamm e i n e m Tetrarchen; → Deiotaros, der alle röm. Feldherren gegen Mithradates unterstützt hatte, behielt als König die Herrschaft über die Tolistoagier, Brogitaros wurde Tetrarch der Trokmer, Kastor Tarkondarios über die Tektosagen. Die Dreizahl der Tetrarchen verminderte sich über 2 auf einen. Nach dem Tode des Brogitaros erhielt Deiotaros 52 vom Senat die Tetrarchie der Trokmer, verlor sie durch Cäsar, besetzte sie nach dessen Tod wieder mit Zustimmung des Antonius, eignete sich durch Ermordung des Kastor die Tetrarchie der Tektosagen an und war 44–40 König der vereinigten Galater. Ihm folgte sein Enkel Kastor und 36 Amyntas, Staatsschreiber des Deiotaros, seit 39 bereits König von Pisidien, der von Antonius noch Teile von Lykaonien und Pamphylien erhielt. Cass. Dio 48,33,5. 49,32,3. Strab. 12,569. H. BUCHHEIM Die Orientpolitik des Triumvirn Antonius, 1960, 56ff. Da er vor Aktium sich Augustus anschloß, bestätigte ihm dieser 31 die Herrschaft und fügte das rauhe Kilikien hinzu. Cass. Dio 51,2,1. Strab. 14,671. Als Amyntas 25 im Kampf gegen die Homonadenser, ein pisid. Bergvolk, fiel, wandelte Augustus den galatischen Klientelstaat in eine röm. Provinz um.

Da die Schriftsteller mit G. oft nur die Landschaft bezeichnen, deren Landtag das *κοινὸν τῶν Γαλατῶν* unter dem *γαλατάρχης* (Liste MAGIE 2, 1609) ist, ist der Wechsel in Umfang und Benennung der Provinz allenfalls aus Beamteninschr. faßbar. So werden, obwohl zu der Provinz unter dem *legatus Augusti* mit prätor. Rang noch Pisidien, Lykaonien, Pamphylien, Isaurien, Paphlagonien und Pontus Galaticus gehören, C. Rutilius Gallus und L. Pupius Praesens singulär als *legatus provinciae Galaticae* bzw. *ἐπίτροπος Γαλατικῆς ἐπαρχείας* geführt, weil sich die Amtsbezirke dieser Unterbeamten nicht mit der Provinz decken. DESS. ILS 9499 (55 n. Chr.). 8848. Zu diesen Ländern tritt seit Vespasian Kappadokien; vgl. den Konsularlegaten A. Caesennius Gallus leg. Aug. pro pr. provinciarum Galatiae Cappadociae Ponti Pisidiae Paphlagoniae Lycaoniae Armeniae minoris. DESS. ILS 263 (80 n. Chr.). Nach 114 scheidet Kappadokien aus, vgl. DESS. ILS 1017 (von H. G. PFLAUM Hist. 2, 1953/54, 431ff. auf 118 datiert): L. Caesennius Sospes leg. Aug. pro pr. provinc. Gal. Pisid. Phryg. Lyc. Isaur. Paphlag. Ponti Galat. Ponti Polemoniani Arm. Dieser Komplex verringert sich, bis 192 L. Fabius Cilo nur leg. Aug. pro pr. prov. Galatiae ist. DESS. ILS 1142. Der mehrdeutige Begriff G. erschwert die Entscheidung, ob sich die Adressaten des paulinischen Galaterbriefes in der ganzen röm. Provinz oder nur im eigentlichen G. befinden. H. SCHLIER Der Brief an die Galater[11], 1951, 5,1. 12*. Das Provinzenverzeichnis des Polemius Silvius 7,4 nennt nach 385 nur e i n e Provinz G., das Veroneser 2,4 ebenfalls, die Not. dign. or. 25,16 dagegen *G. prima* mit Ankyra und 1,111. 25,19 *G. secunda* oder *salutaris* mit Pessinus. Hierokl. 697. G. stellte Rom stets gute Truppen und aus dem romanisierten Adel Führungskräfte wie die Iulii Severi im 2. Jh., ROHDE 254. H. V.

F. Stähelin Gesch. der kleinasiat. Galater, [2]1907. *D. Magie* Roman rule in Asia Minor, 1950. *R. K. Sherk* The legates of Galatia, 1951, dazu *H. G. Pflaum*, Hist. 4, 1955, 119ff. und die unedierte Inschr. des Saevinius Proculus bei Rohde 254. *I. W. Macpherson* Roman roads and milestones of Galatia, Anatolian Studies 4, 1954, 115ff. *G. Rohde* Studien und Interpretationen, 1963.

Galaxaure (*Γαλαξαύρη*). Okeanine, Hes. theog. 353, »Windstille« neben Plexaure »aufpeitschender Wind«. Gespielin der Kore vor dem Raube, Hom. h. 5,423. H. v. G.

Galaxias s. Milchstraße

Galba. Cognomen, dessen Herkunft und Deutung trotz der von Suet. Galba 3,1 gegebenen 4 Versionen unklar bleibt, vgl. RE IV A 751 f., zumindest aber als »Schmerbauch« aufgefaßt werden konnte, WALDE-HOF.[3] 1,577, und somit zu den Spitznamen gehörte, RE III A 1828,22 f. Es bezeichnete die seit etwa der Mitte des 3. Jh. v. Chr. nachweisbare und bald vornehmste Familie der Sulpicier (RE IV A 751 ff., Nr. 47–64), zu der auch der Kaiser G. (68–69) gehörte, kommt aber in der Kaiserzeit auch bei den Livii vor, DEGRASSI FImp. 253. H. G. G.

1. S. C. Sulpicius G. (cos. suff. in dem J. 5 v. Chr.); C. Sulpicius G. (cos. suff. 22 n. Chr.); Sulpicia Galbilla. **2.** G., röm. Kaiser. Voller Name erst Servius Sulpicius G., Tac. hist. 1,11,3. Suet. Galba 3,2. * als Sohn des C. Sulpicius G. (cos. suff. 5 v. Chr.) und der Mummia Achaica am 24. Dezember 3 v. Chr., Suet. 4,1 (s. W. R. TONGUE, TAPhA 1938 p. XLIX). Am 1. Jan. 14 n. Chr. legte er die *toga virilis* an, Cass. Dio 56,29,5. Als sein Vater eine zweite Ehe mit Livia Ocellina einging, die mit der → Livia Augusta verwandt war, adoptierte ihn die Stiefmutter; G. soll auch den Namen L. Livius Ocella angenommen haben, Suet. 4,1, doch s. A. DEGRASSI, Epigraphica 3, 1941, 25 f. G. betrieb vor allem Rechtsstudien, Suet. 5,1, und schlug früh die Staatslaufbahn ein; nach der Praetur war er Statthalter von Aquitanien, Suet. 6,1 f. Vom 1. Jan. bis 30. Juni 33 cos. ord., L. VIDMAN Fast. Ostiens. p. 13. 37. Cass. Dio 58,20,5. Als legat. Aug. pr. pr. Germaniae sup. 39–41/42 übte er strenge Disziplin im Heer, drängte die Germanen zurück, Suet. 6,3 ff., legte das Lager bei Hofheim am Taunus an und besiegte die → Chatten, Cass. Dio 60,8,7 (s. auch Tac. hist. 1,49,4). Im J. 43 begleitete er Claudius auf seinem Britannienfeldzug, Suet. 7,1. Von 45 bis 47 hatte er den Prokonsulat von Afrika inne, den er ohne Los erhalten hatte, ebd. 7,1. Eutr. 7,16,2. G. vertrieb die eingefallenen Musulamier, Aurel. Vict. Caes. 4,2 (B. THOMASSON Statth. Nordafr. 2,32f.), erhielt die Triumphalinsignien und wurde in die Priesterschaften der XVviri sacr. fac., der fratres Titii und der fratres Augustales aufgenommen, Suet. 8,1. Bei Nero nicht beliebt, erhielt er doch im J. 60 als legat. Aug. pr. pr. die Hispania Tarraconensis, die er bis 68 verwaltete, Suet. 8f. Schon im J. 67 bemühte sich Iulius → Vindex, G. für den Aufstand zu gewinnen, Suet. 9,2, s. M. RAOSS La rivolta di Vindice e il successo di G., Epigraphica 19, 1958, 46–120. 23, 1961, 37–151. J. B. HAINSWORTH Hist. 11, 1962, 90ff. G. E. F. CHILVER, JRS 47, 1957, 29ff. Anf. April 68 kündigte G. in Carthago nova Nero den Gehorsam, Suet. 10,1 ff.; er tat dies zur Wiederherstellung der *libertas* (s. auch AE 1948, 3) vom Joch Neros als »Legat des Senates und des röm. Volkes«. Nur M. Salvius → Otho, Statth. von Lusitanien, und A. → Caecina Alienus, Quaestor in der Baetica, schlossen sich G. an, Tac. hist. 1,13,4. 53,1; doch bezog G. hinsichtlich der Übernahme der Kaiserwürde keine eindeutige Stellungnahme, gewährte auch dem Vindex keine direkte Unterstützung. Von Nero geächtet (Plut. Galba 5) wurde G. am 8. Juni 68 vom Senat als Kaiser anerkannt, Zon. 11,13. Cass. Dio 63,29,1; Plut. Galba 7, worauf sich Nero tötete. G. nannte sich imp. Caes. Aug. pont. max., trib. potest. pater patriae, s. L. LESUISSE, AC 30, 1961, 415–428. Als G. dann im Juli 68 nach Rom aufbrach, schritt er gegen vermutliche Gegner ein: In Gallien u. bei den obergerman. Legionen wurde L. → Verginius Rufus abgelöst, Cass. Dio 64,4,1, → Fonteius Capito in Germanien ermordet, desgleichen → Clodius Macer in Afrika, Tac. hist. 1,7,1 f. Den in Rom nach der Herrschaft strebenden Praetorianerpräfekten C. → Nymphidius Sabinus (Tac. hist. 1,5,1) erschlugen die Praetorianer, Plut. Galba 14, widerspenstige Flottensoldaten ließ G. ca. 4,5 km vor Rom niedermetzeln, Plut. 15; Tac. hist. 1,6,2. Cass. Dio 64,3,2. Etwa im Oktober kam er in der Hauptstadt an, wo die maßgebenden Parteigänger Neros hingerichtet wurden, Cass. Dio 64,3,4, und G. Ordnung zu schaffen suchte. Doch schon am 1. Jan. 69, während G. mit dem mächtig gewordenen T. → Vinius, der einen unheilvollen Einfluß auf ihn ausübte, den Konsulat (G. als cos. ord. II) antrat (Inscr. It. XIII 1 p. 266 f.), zertrümmerten in Mainz die Soldaten der leg. IV und XXII seine Bildsäulen, Tac. hist. 1,55,3. Bei dem Vierlegionenheer in Germania inf. betrieb der Legionslegat → Fabius Valens die Erhebung des seit Dezember 68 (Tac. hist. 1,52,1) kommandierenden Statthalters Aulus → Vitellius, und durch A. Caecina Alienus trat am 3. Jan. 69 das Dreilegionenheer von Germania sup. zu diesem über, Tac. hist. 1,57,1; die Statthalter der Belgica und Gallia Lugdunensis schlossen sich an, ebd. 1,59,2, bald auch das Dreilegionenheer in Britannien, ebd. 60. Mit zwei Heeressäulen drangen Fabius Valens und Caecina in Italien ein, ebd. 61,1 f. G. glaubte, die Situation am 10. Jan. durch Adoption eines Jüngeren retten zu können. Statt des allgemein erwarteten (Plut. Galba 23,2) Otho adoptierte G. den → Calpurnius Frugi Licinianus, der zum Caesar ernannt wurde, Plut. Galba 23. Tac. hist. 1,18,2. 19,1. Doch die Praetorianer waren verstimmt, weil sie kein Donativ erhielten, Tac. 1, 18,3, und ihren Unmut nützte der gekränkte Otho für sich aus und inszenierte eine Verschwörung, der G. am 15. Jan. 69 im 73. Lebensjahr, auf dem Forum zum Opfer fiel, Tac. 1,41,2. Plut. Galba 27. Seine M ü n z e n bei C. M. KRAAY, NC ser. 6, vol. 9 (1949) 129–149. DERS. The Aes Coinage of G. (1956). MATTINGLY RIC I p. 196–217. – B i l d n i s s e: BERNOULLI, Röm. Ikonogr. 2,2,1–5. B. M. FELLETTI MAI, Encicl. dell'arte ant. 3, 1960, 757f. L. CHARBONNEAUX, Latomus 58, 1962, 397ff. (Louvre). R. H.

E. Koestermann Das Charakterbild G.s bei Tacitus, in: Navicula Chiloniensis (Festschr. Jacoby, 1956) 191–206. *P. Zancan* La crisi del principato nell' anno 69 (1939). *G. Corradi* G., Othone, Vitellio (1941).

Galea. Die urspr. Bedeutung von g. bezieht sich auf eine Kappe aus Leder oder Fell (Isid. orig. 18,14,2), die anfangs allgemein an Stelle eines Metallhelmes getragen wurde (FORRER 340. COUISSIN 80f. Sil. Ital. 8,493). Doch ist der Metallhelm in Italien schon früh bezeugt (COUISSIN 91. BRGK 30, 1940, 38). In der Frühzeit des Milizheeres waren die ersten 3 Zensusklassen mit Metallhelmen (Dion. Hal. ant. 4,16,2) ausgerüstet. Später (Plut. Cam. 40,4) wurden durchwegs Helme aus Metall verwendet und seitdem bedeutete g. neben *cassis* den Helm schlechthin (Veg. mil. 2,13,16). Doch noch in der Zeit Caesars ist g. der Helm der Infanterie (Gall. 7,45,2), *cassis* der der Reiter. Die ersten mittelital. Metallhelme sind nicht griech. Herkunft (COUISSIN 91), sondern stammen aus dem N. und NO. (BRGK 30, 1940, 38ff.) Mitteleuropas. Im 5. Jh. v. Chr. entwickelte sich in Italien jene Helmform (Mitt. Präh. Komm. Akad. Wiss. Wien 2, 1937, 169. Germania 26, 1942, 56f., 29, 1951, 41f.), von der sich die in den Legionen verwendeten Typen ableiten (COUISSIN 255ff. 264. Germania 29, 1951, 41 f.). Zur Zeit der Manipulartaktik hatte das Gros der Legionsinfanterie Metallhelme mit hohen Federn (Pol. 6,23,8), die *velites* jedoch einfache glatte, manchmal mit einem Fell überzogene (Pol. 6,22,3). Im 1. Jh. v. Chr. kam der für die Kaiserzeit typische Helm auf (COUISSIN 325ff. 336. 403ff.). Bei der Infanterie hatte er eine niedrige, kugelkalottenartige Form (LINDENSCHMIT Altert. V Taf. 34: 567. 568), bei der Kavallerie eine hohe und schlanke (LINDENSCHMIT Altert. IV Taf. 8: 1. Germania 29, 1951, 38 Anm. 5.

Fundber. aus Schwaben, N. F., 14, 1957, 110. Germania 14, 1930, 149ff.). Die Haube war auf verschiedene Art befestigt, z. B. durch im Kreuz gearbeitete Spangen (Dar.-Sagl. 2,3397), Metallkämme (Lindenschmit Tracht Taf. IX: 2) und wulstförmige Versteifungen (Lindenschmit Altert. V Taf. 22: 369). Auf dem Scheitel befand sich ein verschieden gestalteter *apex* (RE I 2700), z. B. in Form eines Kegels, Ringes und Knopfes zur Befestigung der *crista* (Verg. Aen. 3,468), eines roten Helmbusches (Verg. Aen. 12,89). Stirn und Schläfe wurden durch einen Schirm an der Vorderhaube, die Kopfseiten durch Wangenbänder *(bucculae)* und das Genick durch einen Nackenschirm geschützt. Das Gesicht war frei. Helme mit einer das Gesicht verdeckenden Maske wurden nur von der Reiterei bei Paraden und Übungen getragen (Arr. takt. 34,3. Lindenschmit Altert. IV Taf. 39: 2,3). Die Helme der Kaiserzeit waren oft reich verziert (Germania 14, 1930, 149ff.). Am Nackenschirm diente ein Ring oder Griff (Fundber. aus Schwaben N. F., 14, 1957, 108f.) zum Tragen oder Aufhängen, Ringe an den Enden der *bucculae* für den Riemen zum Festbinden des Helmes. Nacken- und Stirnschutz hatten oft Inschr., die den Besitzer oder Eigentümer des Helmes anzeigten (Mitt. Präh. Komm. Akad. Wiss. Wien 2, 1937, 191ff. A. Neumann Ausgrab. und Funde im Wiener Stadtgebiet, Wien 1950, 2). In der späten Kaiserzeit (Couissin 503ff.) kamen E. des 4. Jh. die Maskenhelme und Anf. des 5. Jh. im w.-röm. Reich der Helmschutz überhaupt außer Gebrauch. A. N.

R. Forrer RL. der präh.-klass. und frühchr. Altertümer, Bln.-Stuttg. 1907, 340ff. *L. Lindenschmit* Tracht und Bewaffnung des röm. Heeres, Braunschweig 1882. Alterthümer der heid. Vorzeit. I-V, Mainz 1871–1911. *P. Couissin* Les armes Rom., Paris 1926. *J. Keim-H. Klumbach* Der röm. Schatzfund von Straubing, Münch. 1951. *A. Neumann* Ausgrab. und Funde im Wiener Stadtgebiet 1950, Wien 1953, 2. Veröffent. des Hist. Mus. der Stadt Wien, Heft 3, 13ff. BursJb 201, 1924, 56f. 218, 1928, 97f. 248, 1935, 188f. 274, 1941, 145. Mitt. der Präh. Komm. der Akad. der Wiss. Wien 2, 1937, 168ff. 169 Anm. BRGK 30, 1940, 38ff. Germania 28, 1944–1950, 224ff. 29, 1951, 37ff. 75f. 38, 1954, 215. Fundber. aus Schwaben N. F., 14, 1957, 107ff.

Galene (*Γαλήνη*). Nereide, Hes. theog. 244. Anth. Pal. 7,668 (Leonidas). Lukian. dial. mar. 5. Eine Statue von ihr und Thalassa sah Paus. 2,1,9 im Poseidontempel auf dem Isthmos. Ihr Bild, wie sie aus der Flut auftaucht und ihr Stille gebietet, findet sich auf Gemmen, Furtwängler Ant. Gemmen T. 35; vgl. Anth. Pal. 9,544 (Adaios, ca. 10 n. Chr.): in indischen Beryll geschnitten. Inschr. auf rf. Vasen bezeugt, Baumeister Denkm. 1,657 Abb. 723. Auch als Name von Mänaden auf rf. Vasen belegt, Heydemann Satyr- und Bacchennamen 21. Prell.-Rob. 1,556. Nebenform *Γαλάνεια*, Tochter des Pontos, Eur. Hel. 1458. H. v. G.

Galenos aus Pergamon, 129–199 n. Chr. Über das Leben dieses letzten großen Arztes der Antike sind wir durch ihn selbst sehr reich unterrichtet; er ist daher auch für die Gesch. der Autobiographie wichtig (vgl. G. Misch Gesch. der Autobiogr. I 1, 1951, 344ff.). Sein Vater war Mathematiker und Architekt. G. hat bereits mit 14 J. eklektisch Philosophie und Mathematik, mit 16 dann Medizin u. a. in Alexandrien studiert. Er begann mit etwa 25 J. zunächst als Gladiatorenarzt in Pergamon und Rom zu praktizieren. Während seines 1. röm. Aufenthalts (161–166) wurde er bald als geschickter Diagnostiker berühmt und von einflußreichen Persönlichkeiten gefördert (→ Flavius Boethus). In diese Zeit fällt z. B. die Konzeption der beiden anatom. Hauptwerke (s. u.). Der Ausbruch einer großen Pest vertrieb dann den G. aus Rom zurück nach Pergamon. Wenig später forderten aber Marc Aurel und Verus ihn als Leibarzt an; so gelangte G. wieder nach Rom (2. röm. Aufenthalt, bis zum Tode). Er stand von da an bes. bei Hofe dauernd in hoher Gunst. Sein Ruhm war weit verbreitet – allerdings nicht nur aufgrund seiner ärztlichen Leistungen, sondern auch durch seine Reklamesucht und durch üble Polemiken mit Kollegen, die seinem zänkischen und eitlen Charakter entsprachen.

Schriften: Von G. ist uns ein riesenhaftes Oeuvre erhalten; nicht weniges ging außerdem verloren. Auch wenn man seine oft ermüdende Weitschweifigkeit und zahllose Wiederholungen abrechnet, bleibt so ein Zeugnis imponierender Arbeitskraft und Fruchtbarkeit. G. selbst gibt 2 Verzeichnisse eigener Schriften, *περὶ τῆς τάξεως τῶν ἰδίων βιβλίων* (XIX 49ff. Kühn) und *περὶ τῶν ἰδίων βιβλίων* (XIX 8ff. K.). Außer medizin. hat er auch philosoph. (z. B. *περὶ ἀποδείξεως*, ed. I. v. Müller, ABAW 1895; vieles andere verloren) und grammat.-rhetor. Schriften (verloren; Titel z. B. *περὶ σαφηνείας καὶ ἀσαφείας*; zahlreiche gramm. Exkurse auch in den Hippokr.-Komm.) verfaßt. Aus der Reichhaltigkeit seiner medizin. Schriftstellerei nur ganz wenige Stichproben: Innerhalb der theoret. Medizin sind die beiden anatom.-physiolog. Hauptwerke *περὶ χρείας μορίων* (17 B.; funktionell-anatom. mit stark physiolog. Einschlag) und *Ἀνατομικαὶ ἐγχειρήσεις* (15 B.; deskriptiv-anatom.) hervorzuheben. Für die klin. Medizin sei auf die *θεραπευτικὴ μέθοδος* (14 B.) verwiesen. Daneben steht eine Fülle von Spezialschriften, u. a. über hygien.-diätet., pharmakolog., patholog. Themen; der Chirurgie und der Gynäkologie scheint G. demgegenüber geringeres Interesse entgegengebracht zu haben. Am Herzen lag ihm die Ausbildung der jungen Ärzte; hierfür zeugen seine isagog. Schriften (z. B. der *Προτρεπτικός* oder die programmat. Schrift *ὅτι ὁ ἄριστος ἰατρὸς καὶ φιλόσοφος*) und nicht zuletzt die Reihe seiner Hippokrates-Kommentare. – G. stand vor der ungeheuren Aufgabe, der Medizin seiner Zeit (die in einzelne Schulen und Sekten auseinanderklaffte und teilweise resignierend in völlige theoret., ja sogar prakt.-therapeut. Skepsis verfallen war) noch einmal eine verbindliche wissenschaftliche Basis zu geben. Er griff dafür bewußt auf Hippokrates – einen von ihm sehr subjektiv interpretierten – zurück, d.h. also auf die Humoralpathologie in ihrer bes. Ausprägung als Viersäftelehre, der er die jüngeren Erkenntnisse und Theorien anzugleichen suchte. Das Ganze ruht bei G. fest auf dem aristotel. Glauben an das Prinzip der Teleologie, mit all seinen Konsequenzen. Es ist klar, daß hierbei neben der Empirie die Theorie und die spekulative Konstruktion stark hervortreten mußten, bes. typisch etwa bei der galen. Puls- und Harndiagnostik. Eben dieser spekulative G. hat dann das MA. autoritativ beherrscht, freilich oft in noch vergröberter und verfälschter Gestalt. Bei allen Fehlern, Irrtümern und Schwächen aber wird man ohne Frage diesen Arzt als den letzten wirklich großen, überhaupt als einen der bedeutendsten nicht nur der Antike zu bezeichnen haben.

Überlieferung: G.'s Schriften sind in vielen griech. Hss., außerdem oft in arab. und lat. Übers. und Bearbeitungen erhalten; manches haben uns allein die Araber (vor allem Ḥunain ibn Isḥaq und seine Übersetzerschule) oder lat. Übersetzer (z.B. Nicolaus von Reggio; vgl. H. SCHÖNE Galenus De partibus artis medicativae, Festschr. Univ. Greifswald 1911, 6ff.) bewahrt. Der größte Teil harrt noch der (in diesem Fall bes. mühevollen) krit. Edition. F. K.

Ta.: *C. G. Kühn*, 20 Bde., Lpz. 1821–1833 (völlig unkrit., aber noch immer die einzige Gesamtausgabe); für einige Schriften liegt eine krit. Ausg. im Corpus Medicorum Graecorum vor (CMG V 4; V 9; V 10; wird fortgeführt). Lit.: Eine monograph. umfassende Gesamtwürdigung G.s gibt es nicht; einiges bei *K. Deichgräber* G. als Erforscher des menschlichen Pulses, SDAW, Kl. f. Sprachen, Lit. und Kunst Jg. 1956 Nr. 3 (s. bes. die bibliogr. Bemerkungen S. 31–33).

Galeoi (*γαλεοί*). **1.** Bezeichnung für → Haie. **2.** Spottname für das Wahrsagergeschlecht der *Γαλεῶται* aus Hybla in Sicilien (KAIBEL zu Rhinthon frg. 17 CGF 1,188); Phanodemos FGrH 325 F 20). Die *Γαλεῶται-Γαλεοί* (Philist. bei Cic. div. 1,20,39. Ail. var. 12,46) hatten ihren Namen wohl von einer Eidechsenart (Aristoph. Nub. 174), welche auch *γαλεός* oder *ἀσκαλαβώτης* genannt wurde (Hesych, Steph. Byz., Suda *γαλεώτης*). → Eidechsen galten als mantische Tiere. An der Statue des sog. Apollon *σαυροκτόνος* erscheint eine Eidechse; nach Paus. 6,2,4 zeigte die Statue des Thrasybulos (3. Jh. v. Chr.) in Olympia eine an der Schulter hinaufkriechende Eidechse. Zu Recht vermutet u.a. BOUCHÉ-LECLERQ Histoire de la div. 2,67f. und 75, daß Thrasybulos so als Wahrsager gekennzeichnet werden sollte, und die G. ihren Namen von dem Tier erhielten, welches sie zur Mantik benutzten (anders KJELLBERG, RE VII 593), → Orakel. Als Eponym der G. wurde auch G., Sohn des Apollon und der Themisto genannt (Steph. Byz. s. v.). C. Z.

Kern, RE VII 591 f. 597. *Kjellberg*, RE VII 592–594. *Hopfner* I § 463.

Galeos s. Hai

Galepsos (*Γαληψός*). **1.** Griech. Stadt an der W.-Küste der Halbinsel Sithonia, zwischen Torone und Sermyle, wahrscheinlich von euboiischen Siedlern gegründet (h. Tripotamos). An G. vorbei fuhr die pers. Flotte unter Xerxes, Hdt. 7,122.

A. Struck Makedon. Fahrten, I, Chalkidike, 1907 mit Karte. *Λουκούδης* in *Μεγάλη Ἑλλην. Ἐγκυκλ.* 8,86. *J. Bérard*. L'expansion et la colonisation grecques jusqu'aux guerres médiques, 1960, 67.

2. Thas. Kolonie an der thrak. Küste ö. der Mündung des Strymon. Der Name zeugt für thrak. (edon.) Herkunft der vorgriech. Siedlung. Von Brasidas 424 und von Kleon 422 eingenommen, 356 von Philipp II. zerstört, später wieder aufgebaut. Nach der Schlacht bei Pydna 168 floh König Perseus von G. aus nach Samothrake. Erwähnt von Hekat. frg. 152 (Jac.). Thuk. 4,107,3. 5,6,1. Diod.. 12,68,4. Skyl. 67. Strab. 7,331 frg. 33; h. Leftero-Limani 30 km ö. von Gajdurokastro (?). Chr. D.

1. *W. M. Leake* Travels in northern Greece, 3,178 ff. 2. *Casson* Macedonia, Thrace and Illyria, 35.88.193, Anm. 1.262. 3. *Detschew* Thrak. Sprachreste, 98.

Galeria s. Faustina am Schluß des Bandes

Galerianus s. Calpurnius

Galerius. 1. C. G., Oheim des Philosophen → Seneca, Gatte der → Helvia, der Schwester der gleichnamigen Mutter Senecas, ad Helv. 19,6; er war 16 J. lang, ca. 16–31 n. Chr., Präfekt von Äg., SEG VIII 654. IGR I 1150. Plin. nat. 19,3. POxy 2,294 u.a., s. REINMUTH, RE XXII 2369. A. STEIN, Praef. Aegypt. 25. G. war verwandt mit Nr. 4, E. BIRLEY, Gn 23, 1951, 443. **2.** M. G. Aurelius Antoninus. Sohn des späteren Kaisers → Antoninus Pius und der Annia Galeria Faustina, H.A. vit. Pii 1,7, † vor 138, DioXiph. 69,21,1, im Mausoleum Hadrians beigesetzt, CIL VI 989. Eine Mz. mit seinem Kopf bei COHEN 2^2,443, s. HÜTTL Ant. Pius 1,37.39. **3.** G. Maximus. Procos. Africae 258. Auf Grund des Ediktes → Valerians ließ er Cyprian (14. Sept. 258) hinrichten, CSEL III 3 p. CXI bis CXIII (facta procos.). Ennod. carm. 1,12,28 f. (CSEL VI 543). Augustin. serm. 309,4 Mi. 38, 1410 f.). Unmittelbar darauf starb er selbst, s. B. THOMASSON Statth. Nordafr. 2,124. **4.** P. G. Trachalus. Wahrscheinlich aus → Ariminum, Fest. p. 504 L., gewaltiger Sachwalter der Zeit Neros, Quint. inst. 12,5,5. 10,11. In einem Erbschaftsprozeß erhob er Anklage gegen eine Spatale, die Vibius Crispus verteidigte, ebd. 8,5,17.19 (s. 10,1, 119), und gegen Suelius (= P. Suillius Rufus), ebd. 6,3,78 (Tac. ann. 13,43,1). Cos. ord. 68, erst mit Silius Italicus, DESS. 9059. 6125. 5025. Frontin. aq.

102, dann mit Nero V, CIL VI 8639.9190. Nach Tac. hist. 1,90,2 soll sich Otho seine Reden von G. haben aufsetzen lassen. → Vitellius schonte G. auf Fürbitten seiner Gattin Galeria Fundana (Nr. 5), Tac. hist. 2,60,2. Unter Vespasian erlangte er wahrscheinlich den Prokonsulat von Afrika, CIL V 5812, B. THOMASSON, Statth. Nordafr. 2,48. Als Verstorbenen bezeichnet ihn Quint. inst. 10,1,119.

5. Galeria Fundana, 2. Gattin des Vitellius, Tac. hist. 2,64,2. Plut. Otho 5.16; von ihr hatte er einen Sohn und eine Tochter, Suet. Vitell. 6,2; sie reiste zu ihrem Gatten nach Gallien, Cass. Dio 65,1,2a. R. H.

Galerius s. Maximianus

Galgala. 1. Das Heiligtum Gilgal (hebr. *hăggilgal* »der (Stein-)Kreis«; LXX. Ios. Eus. onom. 64,24ff. *Γαλγαλα* [64,18: *Γολγωλ*, *Γαλγαλ*]) in der Jordansenke bei Jericho. Die Überlieferung bringt G. mit der Besetzung des W.-Jordanlandes durch die Israeliten unter Josua in Verbindung (Jos. 4f. 14,6). Urspr. wohl Kultstätte des Stammes Benjamin, war G. zu Beginn der Königszeit zentrales Heiligtum der → Stämme Israels (1. Sam. 11,14f. 13,4; vgl. noch 2. Sam. 19,16.41). Der Wertschätzung bei Elia und Elisa (2. Kön. 2,1. 4, 38ff.) steht die Ablehnung durch Hosea (4,15. 9,15. 12,12) und Amos (4,4. 5,5) gegenüber. – G. lag nach Jos. 4,19 »am O.-Rand (der Flur) von Jericho«, nach Ios. ant. 5,20 10 Stadien, nach Eus. onom. 66,5 2 mp. von J., nach Pilgerberichten n. oder nö. Danach vermutet man G. jetzt in einem der unbenannten Ruinenhügel bei der *ḫirbet el-mefǧir* (2 km n. des alten Jericho), die selbst nach dem bisherigen Grabungsbefund für eine Identifizierung nicht in Betracht kommt.

J. Muilenburg, BASO 140, 1955, 11–27. RGG³ 2, 1958, 1577f. Bibl. histor. HWB 1, 1962, 572f. *K.-D. Schunck*, Bh. z. ZAW 86, 1963, 39ff.

2. Nach Eus. onom. 66,6 vermuten einige ein weiteres G. bei Bethel, wohl im Anschluß an 2. Kön. 2,1–8 (Weg des Elia: Gilgal–Bethel–Jordan). Dort ist aber weder ein Heiligtum ö. Sichem noch ein Ort 12 km n. Bethel (h. *ǧilǧilīja*), sondern G. (Nr. 1) gemeint. E. Ku.

Galilaea, die n. der 3 westjordan. Landschaften. Der Name kommt von der zu *gālīlā* aramaisierten Abbreviatur von *gᵉlil ha-gojim* (Jes. 8,23) »Kreis, Bezirk der Heiden« (noch 1. Makk. 5,15 *ἀλλοφύλων*, Eus. Onom. 72,18.116,7 K.: *τῶν ἐθνῶν*), weil das Gebiet schon nach der Landnahme, vornehmlich durch die Stämme Naphthali, Sebulon u. Asser, nicht völlig israelitisiert u. im syr.-ephraimit. Krieg wieder stärker heidnisch durchsetzt wurde. Erst dem → Aristobulos (Nr. 1) scheint dann eine stärkere Judaisierung gelungen zu sein, doch wohl nur im ituräischen Teil (Ios. ant. 13,11,3). Nach der röm. Eroberung fiel G. mit Judaea Hyrkan dem II. zu, nach diesem Herodes, zunächst als Statthalter von seines Vaters Antipater, dann als König von Roms Gnaden. Die antiröm. und damit antiherodian. Unruhen, die er gewaltsam niederzuschlagen hatte, brachen unter seinem Nachfolger für dieses Gebiet, Herodes Antipas, wieder aus und wurden durch die Schatzung des Quirinius verschärft: so entstand in G. die zelot. Bewegung. Unter Herodes Antipas, der zuerst Sepphoris und später das von ihm neugegründete Tiberias zur Hauptstadt machte, wirkte Jesus von Nazareth in G. Caligula gab G. dem Herodes Agrippa, nach dessen Tode (44 n. Chr.) es unter die Herrschaft der Prokuratoren kam. Abermals wurden hier die antiröm. Affekte am stärksten, G. wurde unter dem Kommando des von Jerusalem dorthin entsandten Josephus für ein Jahr (bis zur Unterwerfung 67 n. Chr.) zum Zentrum des jüd.-röm. Krieges. Nach der Eroberung Jerusalems kam es zur röm. Provinz Judäa und scheint sich im Barkochba-Aufstand ruhig verhalten zu haben; hinfort war es das Zentrum des jüd., polit. nicht mehr tätigen Gesetzesstudiums (Sitz des Synhedriums seit 125 n. Chr. in verschiedenen Städten G.s, zuletzt in Tiberias, wo auch die bedeutendste Masoretenschule war), später auch die Heimat bedeutender Philosophen und Kabbalisten. G. spielte diese Rolle das ganze islam. MA. hindurch. Die gute arab.-jüd. Nachbarschaft besteht z.T. bis h., wo G. Teil des Staates Israel ist. C. C.

K. H. Rengstorf, Bibl. Hist. HWB 2, 1962, 510ff. (Lit.).

Galinthias (*Γαλινθιάς*). Tochter des Proitos, Freundin → Alkmenes, der sie in Kindesnöten beistand, indem sie Eileithyia und die Moiren, die im Auftrage Heras mit zauberisch verschränkten Händen im Vorhof saßen, um die Geburt des Herakles zu verzögern, durch die falsche Nachricht von der erfolgten Geburt so erschreckte, daß sie die Hände frei machten und der Zauber schwand. Die zürnende Hera verwandelte G. in ein Wiesel (*γαλῆ*), das Hekate zu ihrer Tempeldienerin machte, und Herakles stiftete ihr ein Bild und opferte ihr. Das erzählte Nikandros (frg. 60. Anton. Lib. 29) als Aition des theban. Voropfers an G. beim Heraklesfeste. Bei Ov. met. 9,285ff. heißt G. Galanthis und ist Alkmenes Magd. Bei Ail. nat. 12,5 ist es ein wirkliches Wiesel, das die Moiren erschreckt. Bei Paus. 9,11,3 überrascht Historis, Teiresias' Tochter, die von Hera gesandten Zauberinnen (*Φαρμακίδες*) durch einen lauten Jubelruf. Zugrunde liegt diesen Mythologemen wohl die Erfahrung, daß ein Schreck eine Geburt befördern kann, und die im Alt. verbreitete merkwürdige Vorstellung, daß das Wiesel aus dem Munde gebäre, weshalb man ihm einen Einfluß auf das Gebären der Frauen zuschrieb und im Volksglauben der Griechen noch heute zuschreibt. H. v. G.

Nilsson Griech. Feste 447. *Ders.* GGrR 1,104. *N. G. Polites* *Παραδόσεις* I n. 333f. II 926ff.

Galla. 1. G., Schwester des Valentius (Consul 347), 1. Frau des Iulius → Constantius (Nr. 4), Mutter des Caesars → Constantius (Nr. 5) Gallus (Amm. 14,11,27. Iulian. epist. ad Athen. 270 D,

272 D). **2.** G., Tochter Valentinians I. und der Iustina (Sokr. 4,31,17), wurde 387 Gemahlin Theodosius I., gebar 388 Galla Placidia (Zos. 4,43f., Philostorg. 10,7), geriet 390 in Konflikt mit ihrem Stiefsohn → Arcadius (Chr. min. 2,62), starb 394 an einer Fehlgeburt (Zos. 4,44,2. 55,1. 57,3). Ihre Schönheit wurde gerühmt. A. L.

3. s. Placidia

Gallia. Der westlichste Teil des europäischen Rumpfes, zwischen Rhein, Alpen, Mittelmeer, Pyrenäen und Ozean. Fünf große Flußsysteme entwässern das Land: im SW. der Garumna (Garonne), in der Mitte und im W. der Liger (Loire), im N. die Sequana (Seine), im NO. die Mosa (Maas) und ein Nebenfluß des Rheins, die Mosella (Mosel); im SO. die wichtigste Wasserader, der Rhodanus (Rhône) mit seinem Nebenfluß, dem Arar (Saône), beide schiffbar (*corpus nautarum Rhodanicorum et Araricorum:* Waltzing Et. corporations profess. Romains 3,524ff.).

Die älteste Bevölkerung waren im S. die Ligurer und die Iberer, im übrigen G. die Kelten. Vermischung von Kelten und Ligurern stellen z. B. die Salluvii um Entremont (Benoit Entremont, capitale celtoligure des Salyens, 1957) und die Bevölkerung um Ensérune (Jannoray Ensérune. Contribution à l'étude des civilisations prérom. de la Gaule mérid., 1955) dar. Die indogerman. Kelten zerfielen in viele Stämme und Gauverbände (Jullian HG I. Grenier Les Gaulois, 1945). Sie wanderten in Oberitalien ein (Pol. 2,17) und breiteten sich zu beiden Seiten des Po aus (G. Cisalpina). Seit der Begründung von Massilia durch Phokaier um ca. 600 v. Chr. verbreitete sich griech. Kultur im Inneren von G. (Villard La céramique grecque de Marseille VI–IVe s., 1960; Actes Coll. sur infl. hell. en Gaule. Publ. Univ. Dijon XVI, 1958). Zum ersten Mal traten die Germanen um das J. 113 v. Chr. mit dem Einbruch der Kimbern und Teutonen auf, die bei Aquae Sextiae von Marius im J. 102 v. Chr. und bei Vercellae im J. 101 vernichtet wurden. Von der Verfassung und dem Leben der Gallier spricht Caes. Gall. (M. Rambaud L'art de la déformation histor. dans les Comment. de César, 1952).

Zwei Teile bildeten G.: S.-Gallien mit mediterranem Klima, Vegetation und Landwirtschaft, wo die Römer im J. 154 eindrangen und die Consuln Q. Fabius Maximus und Cn. Domitius Ahenobarbus in den J. 125–118 die Provinz Gallia Narbonensis gründeten. Im J. 118 wurde die 1. Bürgerkolonie nach Narbo geführt (Vell. 1,15. 2,7,8. Eutr. 4,23. Cic. Brut. 43. Duval, Gallia 7, 1949, 207); in dieser χώρα εὐδαιμονεστάτη (Strab. 4,177) gedeihen die charakteristischen Kulturbäume des Mittelmeerklimas: Ölbaum, Feigenbaum und bes. die Rebe; Plin. nat. 3,31 vergleicht die Provincia Narbonensis mit Italien *(Italia verius quam provincia)*. N.-Gallien mit ozean. und kontinentalem Klima ist G. Comata, die Caesar in den J. 58–51 eroberte. Es wurde bes. Getreide angebaut und Vieh gezüchtet. Gründung von Lugdunum im J. 43.

Die Neuordnung der gall. Provinzen durch Augustus im J. 27 brachte folgende Änderungen: die Übergabe der Provincia Narbonensis in die Senatsverwaltung und die Teilung des Landes in die Tres Galliae (Lugdunensis, Belgica, Aquitania), kaiserliche, praetorische Provinzen, deren Mittelpunkt die Ara Romae et Augusti bei Lugdunum wurde. Dort trat das Concilium Galliarum zusammen (Audin Topogr. de L. 1958). Unter Augustus wurden viele Kolonien gegründet, die seinen Namen tragen, und unter Tiberius viele Denkmäler errichtet. Claudius gewährte den Tres Galliae das *ius honorum* (CIL XIII 1668. Tac. ann. 11,25). Die Romanisierung griff um sich. Trotz mehrerer Empörungen (Florus und Sacrovir unter Tiberius, Vindex unter Nero, Civilis unter Vitellius) herrschte in G. Frieden, der seinem Wohlstand zugute kam. In die Zeit der Flavier (69–96 n. Chr.) fällt die Einrichtung der Decumates Agri, die Anlage des Limes, die Erneuerung der Grundbücher. Produkte: Wein (Dion Hist. vigne et vin en France, 1959) und Cerealien, Nahrungsmittelerzeugung (Käse, Schinken, Bier), Textilindustrie (Woll- und Leinenwaren), Metallindustrie, Keramik (La Graufesenque, Lezoux, Banassac, Montans), Glasherstellung (Rheinland).

Unter Marcus Aurelius fand der 1. Einbruch von Germanen statt. Damit begann der Niedergang von G. Im J. 193 wurde im Krieg zwischen Septimius Severus und Clodius Albinus Lugdunum durch Plünderung und Einäscherung schwer getroffen. In der Folge wurden die Germaneneinfälle häufiger. Von 258 bis 273 bildete sich ein gallisches Reich (→ Postumus und → Tetricus), um die Rheingrenze gegen die Germanen zu schützen (H. A. tr. tyr. 3,4.6. Zon. 12,27). Die Neuordnung der gesamten Reichsverwaltung unter Diocletian führte zur Schaffung einer Dioecesis Galliarum (Trier) mit den Provinzen Lugdunensis I (Lyon) und II (Rouen), Belgica I (Trier) und II (Reims), Germania I (Mainz) und II (Köln), Sequania (Besançon), Alpes Graiae et Poeninae (Moutiers) und einer Viennensis Dioecesis (Vienne) mit den Provinzen Viennensis (Vienne), Narbonensis (Narbonne), Alpes Maritimae (Embrun), Aquitania (Bourges), Novempopulania (Eauze). Unter Constantin wurde die Praefectura Galliarum (Trier) errichtet, die in die Diözesen Spanien, Britannien und die 2 gallischen Diözesen zerfiel.

Im 2. Jh. fand das Christentum in G. Eingang. Die 1. heftige Verfolgung 177 n. Chr. betraf Gemeinden in Vienna und Lugdunum, dann mehrere Bistümer in der Narbonensis und im übrigen G. (Harnack Mission und Ausbreitung des Christentums 2^{2},223ff.). Das 4. Jh. brachte den Einbruch der Alamannen, Franken und Sachsen, die viele Städte zerstörten; die übrige Bevölkerung zog sich in ihre Festungen zurück. Julian gewann die

Schlachten gegen diese german. Stämme. 406 erfolgte der gewaltige Einbruch der Alanen, Vandalen und Sueben, dann der Burgunder, Goten und Hunnen. Am E. des 5. Jh. ist ganz G. unter die german. Reiche aufgeteilt. M. L.

Jullian Hist. Gaule. *Grenier* Les Gaulois, 1945. *Ders.* Gaul in *T. Frank* An economic Survey 3, 1937, 379. *Hatt* Hist. de la Gaule rom., 1959. *Harmand* L'Occident romain, 1960. *Griffe* La Gaule chrétienne à l'époque rom., 1947. *Longnon* Géogr. de la Gaule au VIe s.

Gallia Cisalpina (NISSEN It. Ldk. 1,76ff. 2, 160f. MARQU. RStV 1²,61f. NIESE, RE VII 615f. 621ff. LACKEIT, RE Suppl. III 1250.1259ff. PITTIONI, RE Suppl. IX 355ff.), urspr. allg. Bezeichnung des Polandes (ἡ περὶ τὸν Πάδον χώρα bei Pol.; s.u.) nach den seit ca. 400 v. Chr. dorthin eingewanderten (Pol. 2,17; nach NIESE 615 durch das Etschtal) Galliern, dem Teil der Bevölkerung, der den von der Adriaküste kommenden Römern zuerst bekannt wurde, und nach der n. Begrenzung durch die Alpen (bei den griech. Autoren: ἡ ἐντὸς Ἄλπεων Κελτική, bzw. Γαλατία): *quia citra Alpes* (Isid. orig. 14,4,26; vgl. *Gallia citerior* bei Caes. Gall. 1,24,3 u.a.). Die Bezeichnung konsular. *provinciae* im 3. und 2. Jh. v. Chr. lautet: nur *Gallia* (Liv. 25,3,5), *Ligures et Gallia* (Liv. 38, 35,8), *Ariminum* (Liv. 24,44,3. 28,38,13: *Ariminum, ita Galliam appellabant*). Wenn daher Fab. Pictor frg. 23 PETER (Oros. 4,13,5) von einer *defectio Cisalpinae Galliae* 225 v. Chr. schreibt, ist das jüngere (Livius?) Formulierung, zumal der aus Fab. schöpfende Pol. nur von den »Ebenen« (2, 19,13. 3,39,10 u.a.) bzw. dem »Lande« (2,13,3. 3,34,2) περὶ τὸν Πάδον spricht. Wann terminologisch der Name G.C. aufkam, ist ungewiß (NIESE 624: Sulla; LACKEIT 1250: Sulla oder 133 v. Chr.). Älteste Bezeugungen: Lex Vatinia 59 v. Chr. (Suet. Iul. 22,1). Caes. Gall. 6,1,2 (53 v. Chr.); in der lex Rubria (BRUNS-GRAD. 16 p. 97) alternieren *Gallia Cisalpeina* (2,3. 54) und *Gallia cis Alpeis* (2,26; vgl. ἐντὸς Ἄλπεων), was für Neuartigkeit des Ausdrucks spricht. Seit der lex Iulia des J. 90 v. Chr. (Cic. Balb. 21. Gell. 4,4,3. App. civ. 1,49) war G.C. in das Gebiet der nun mit der *civitas* beschenkten, ehemals latin. Kolonien Ariminum, Aquileia, Bononia, Cremona, Placentia sowie der Bürgerkolonien Mutina und Parma (dazu Dertona und Eporedia) und andererseits das Gebiet der durch die lex Pompeia des J. 89 v. Chr. (Ascon. Pison. p. 3 Or. Plin. nat. 3,138) mit latin. Recht ausgestatteten Gemeinden Bergomum, Brixia, Comum, Laus Pompeia, Mantua, Mediolanum, Novaria, Vercellae, Verona (= *Transpadani*: Catull. 39,13. Cic. Att. 5,2,3. 11,2 u.a.; vgl. NISSEN 2,160,4) geteilt. Die latin. Gemeinden erstrebten das volle Bürgerrecht (zum J. 66 v. Chr. Suet. Iul. 8), das diejenigen s. des Po schon besaßen (Cic. Att. 1,1,2. Cass. Dio 37,9,3). Die Verleihung der *civitas Romana* an alle Bewohner der G.C. erfolgte durch die lex Roscia des J. 49 v. Chr. (Cass. Dio 41,36,3. BRUNS-GRAD. 17 p. 101. VON DER MÜHLL, RE I A 1123). Seit 41 v. Chr. ist der Provinzialcharakter der G.C. aufgehoben (App. civ. 3,30. 5,3.22. Cass. Dio 48,12,5). Mit dem Namen *Gallia togata* (d.h. Gallien in der *toga*, dem Zeichen des *civis Romanus;* vgl. LACKEIT 1260) bezeichnet Ptol. 3,1,46 (vgl. Mela 2,59) die Städte der Aemilia, was dem Zustand vor 49 entspricht; Hirt. Gall. 8,24,3. 52,1f. überträgt den Namen zuerst auf die ganze G.C.; Antonius (Cic. Phil. 8,27) und der junge Caesar (Cass. Dio 46,55,4f. 48,12,5) wenden ihn nach der Bürgerrechtsverleihung an. Die bekannteste Rolle spielt G.C. als eine der caesarischen Provinzen (Suet. Iul. 22,1. Cass. Dio 38,8,5. Plut. Caes. 14; Pomp. 48); sie reichte im W. bis zum Varus (Strab. 4,178.184. 5,209. Plin. nat. 3,31f.; für 49 v. Chr. bes.: Caes. civ. 1,86,3. 87,5), im O. bis zum Formio b. Tergeste (Plin. 3, 127), so daß Venetia dazugehörte (Serv. Aen. 1,1. 10,201. Caes. Gall. 8,24,3) in Ligurien bis s. Luca (Suet. Iul. 24,1), an der Adriaküste bis zum Rubico (Strab. 5,217. Plin. 3,115. Sidon. ep. 1,5,7. Schol. Lucan. 1,185), mit dessen Überschreiten (Suet. Iul. 31,2. App. civ. 2, 35. Plut. Caes. 32; Pomp. 60. Lucan. 1,215) Caesar G.C. verließ. Seit der august. Neuordnung umfaßt die ehemalige G.C. die Regionen 8 (Aemilia), 9 (Liguria), 10 (Venetia et Istria), 11 (Transpadana), wobei freilich in 9 die Grenze auf die Macra zurückgezogen, in 8 auf den Ariminus (Plin. 3,115; nicht Crustumium!), in 10 auf die Arsia (Plin. 3, 132. Strab. 5,210) vorverlegt wurde. Plin. berücksichtigt diese Grenzen bei seinen Berechnungen vom Varus bis (codd. zur Arsia, was nach der Entfernung unmöglich ist; lies daher:) zum Ariminus (3,44: 410 mp), vom Varus *subter radices (Alpium)* bis zur Arsia (3,132: 745 mp), vom Varus bis zur Macra (3,49: 211 mp). Die G.C. wurde durch die via Flaminia (220 v. Chr.) zugänglich und durch die viae Livia (188) und Aemilia (187) erschlossen; die viae Cornelia (181) und Aemilia II (175) folgen den harten Ligurerkämpfen. Systemat. Durchdringung der G.C. durch die viae Licinia (168?), Fulvia (159), Annia (153), Postumia (148), Popilia (132), Aemilia Scauri (109?), Vibia (103?). Augustus erneuert das durch die Bürgerkriege vernachlässigte Straßennetz. Seit alters wurden die Alpen als Mauer Italiens angesehen (Cato frg. 85 Peter. Liv. 21,35,8. Cic. Phil. 5,37); G.C. war die »Akropolis« Italiens (Cato bei Plut. Cato min. 33) oder *flos Italiae* und *firmamentum imperii populi Romani* (Cic. Phil. 3,13). Die Vermischung röm., gall., ligur., venet. Bevölkerung führt bald zu Dialektunterschieden (vgl. Serv. auct. georg. 1, 104 *comminus = statim, sine intermissione*). Heimat bedeutender Dichter (Caecilius, Catull, Vergil) und Schriftsteller (Livius, Cornelius Nepos, Plinius). G. R.

Gallica (gallicula, τροχάς, τροχάδιον). Der sandalenartige, mit ein oder zwei Sohlen versehene derbe, zugleich leichte Schuh stammt urspr., wie der Name sagt, aus Gallien. Er ist seit der ausgehenden Republik in Rom eingeführt. Vgl. Gell. 13,22 (21). Sowohl einfache Ausführung (für Bauern, Hirten, sp. Mönche) wie kostbarere Exemplare sind belegt (Sch. Iuv. 3,67). Die recht allg. Bedeutung von g. macht es unmöglich, eine bestimmte Schuhform unserer Denkmäler damit zu verbinden; viele der leichteren Schuhsorten werden unter diese Bezeichnung fallen. W. H. G.

Gallicus ager (NISSEN It. Ldk. 2,376f.; P. FRACCARO, opuscula II 191ff.; App. Hann. 8 Ἰταλίαν Γαλατικήν): Seit Beginn des 4. Jahrhunderts v. Chr. bewohnten die gall. Senonen den Adriaküstenstreifen zwischen Aesis-Esino und Utens (Liv. 5,35,3); der Utens wäre bei Gleichsetzung mit Vites (Plin. nat. 3,115) nach der Reihenfolge der Flüsse Sapis Vites Anemo der Montone oder der Ronco, bei Annahme zweier unterschiedlicher Flüsse vielleicht mit BENGTSON-MILOJČIĆ, Großer Histor. Weltatlas ^{2}I 30, der Uso. In den J. 284/83 v. Chr. vertrieben die Römer die Senonen (Pol. 2,19,7ff.) und gründeten die Bürgerkolonie → Sena Gallica (A. HEUSS Röm. Gesch. 78). Nach einem Gesetz des Volkstribunen C. Flaminius wurde der G. a., d. h. das Gebiet zwischen Aesis und Ariminus-Marecchia 232 v. Chr. (Pol. 2,21,7; nach Cic. Cato 11: 228 v. Chr.) an röm. Bürger aufgeteilt: *ager Gallicus Romanus vocatur, qui viritim* (Cic. Cato 11; Brut. 57) *cis Ariminum* (Plin. nat. 3,112 *citra Ariminum*) *datus est ultra agrum Picentium* (Cato frg. 43 Peter bei Varro rust. 1,2,7). Im J. 216 v. Chr. wurden Kohorten *ex agro Piceno et Gallico* aufgestellt (Liv. 23,14,3). Sonstige Erwähnungen: Cic. Sull. 53. Cat. 2,5.6.26. Liv. 24, 10,3. – Ptol. 3,1,22 nennt als Städte des G. a.: Sena Gallica (Strab. 5,227), Fanum Fortunae, Pisaurum (Cic. Sest. 9. Liv. 39,44,10), Ariminum (Liv. epit. 15 unvollkommen: *in Piceno*). In Pisaurum lat. Inschr. (MEISTER, IF 26, 1909, 69ff.) vom Anf. des 2. Jh. v. Chr. (CIL I^2 368–381). N.-Grenze des G. a. fällt seit 283 mit der Grenze Italiens zusammen: 232/28 v. Chr. ist es der Ariminus (vgl. die Formulierung *cis Ariminum;* s. o.); z. Z. der Straße des Livius (cos. 188 v. Chr.; vgl. Forum Livi) der Uso (RADKE, G 71, 1964, 215; zur Gleichsetzung mit Utens s. o.; = Αἶσις bei Strab. 5,217?); von 133 v. Chr. (CUNTZ Polyb. und sein Werk 33) der Rubico-Fiumicino (Strab. 5,217. Plin. nat. 3,115. Sidon. ep. 1,5,7. Sch. Lucan. 1,185; dazu passen die Lage von Forum Gallorum zwischen Placentia und Rubico sowie die Meilenzählung der via Popilia des J. 132 v. Chr.: nach CIL I^2 637 vom Rubico über Forum Popili-Ravenna bis Atria 81 mp) bis auf Caesars Zeit (Suet. Iul. 31,2. App. civ. 2,35. Plut. Caes. 32. Pomp. 60. Lucan. 1,215); seit Augustus wieder der Ariminus (Plin. nat. 3,115: Grenze zwischen 6. und 8. Region. Ptol. 3,1,23. Viv. Sequ. p. 150 R.: Rubico Fluß Galliens), womit die Station *Ad medias* (Itin. Burd. 616,7) zwischen Placentia und Ariminum übereinstimmt. Unterminologisch gebraucht: Liv. 42,4,3. Serv. auct. Aen. 10,198. G. R.

Gallienus. G. = imp. Caes. P. Licinius Egnatius G., Sohn des Kaisers P. Licinius → Valerianus und der (Egnatia) Mariniana; sein jüngerer Bruder war (Licinius) Valerianus. * nach Epit. Caes. 33,3 um 218 bei Mailand. Über die äußerst umstrittene Chronologie der Ereignisse unter seiner Regierung s. G. WALSER Krise des röm. Reiches 28–50. Als sein Vater in Raetien wohl vor der Mitte des J. 253 zum Kaiser ausgerufen wurde, machte er (wohl im September 253) den in Rom weilenden G. zum Mitregenten, Zos. 1,30. Epit. Caes. 32,2. CIL XVI 155 (trib. pot. II cos., vom 7. Jan. 254). Da im O. die Perser einbrachen, teilte Valerian das militär. Oberkommando und übertrug G. im J. 254 die Truppen in Europa zur Abwehr der Markomannen und Goten, Zos. 1,30,2f. G. eilte zuerst an die Donau, dann an den Rhein, wo er Gallien vor den Alamannen schützte und schon E. 254 den Siegerbeinamen *Germanicus* annehmen konnte, CIL XI 2914; später wurde er auf Mz.en als *restitutor Galliarum* gefeiert, RIC 5/I p. 70f. Nr. 27–35. Während G. am Rhein auch mit den nach S. bis Spanien vordrängenden Franken kämpfte (H. KOETHE BRGK 32, 1942 [1950], 199–224), und seine Heere sich im J. 257 mühsam in Dakien gegen die Karpen hielten (CIL II 22: *Dacicus maximus*), überrannten die → Alamannen Raetien und kamen bis Mailand, wo G. sie 258/59 vernichtete, Zon. 12,24 (III p. 143 D). Anf. 258 (nicht erst 260) erhob sich in → Pannonien → Ingenuus, dessen Aufstand G. mit Hilfe seines Generals → Aureolus niederschlug, desgleichen im Sommer den des → Regalianus, der sich in Pannonien vom Rest des Heeres hatte zum Kaiser ausrufen lassen, Aurel. Vict. Caes. 33,2. Epit. Caes. 32,3, s. C. PATTI, Epigraphica 15, 1953, 66–89. Schon vor seinem Aufbruch vom Rhein, ca. 256, hatte G. seinen älteren Sohn Cornelius Valerianus zum Caesar erhoben (gemeinsame Inschr. von Valerian, G. und Valerianus iun. Caes. AE 1950, 63); als er nach Pannonien ging, bestimmte G. den Sohn zum Stellvertreter und unterstellte das Heer dem → Postumus. Valerianus iun. starb (RE XIII 239ff. Nr. 47) in der 1. Hälfte des J. 258, sein jüngerer Bruder → Salonius wurde (ebd. 236ff. Nr. 46) Caesar, Epit. Caes. 32,2. 33,1. Im O. geriet wohl schon 259 Kaiser Valerian in pers. Gefangenschaft, G. LOPUSZANSKI La date de la capture de Valérien (1951). Das war vielleicht für Postumus der Anlaß, den Caesar Salonius zu ermorden (trig. tyrr. 9,1) und ein gall. Sonderreich zu gründen, das er bis Britannien und Spanien (A. BALIL, Emerita 27, 1959, 269–295) ausdehnte und bis 268 innehatte. G. aber war durch einen großen → Goten- und → Roxolaneneinfall in Pannonien gebunden, L. BARKÓCZI, Intercisa 2, 1957, 527f. J. FITZ, RE Suppl. IX 566. Seit 259 faktisch Alleinherrscher, hob G. christenfeindliche Edikte seines Vaters, denen neben anderen → Cyprian in Afrika und → Xystus II., Bischof von Rom, zum Opfer gefallen waren, auf; G. war ein gebildeter Mann, mit → Plotin befreundet (Porphyr. vit. Plot. 12), und hat sich im J. 254/56 in die eleusin. Mysterien einweihen lassen (M. ROSENBACH Galliena Augusta, 1958). Über sein Verhältnis zu den Christen s. Eus. hist. eccl. 7,23. Im Spätherbst 260 begab sich G. nach Rom. Im O. ließ → Macrianus seine Söhne zu Augusti erheben, doch dauerte die Herrschaft nicht lange; auch in Afrika revoltierten Stämme gegen Rom, H. PAVIS D'ESCURAC-DOISY, Libyca 1, 1953, 181 ff., und als sich → Aemilianus in Äg. 261/262 zum Kaiser ausrufen ließ, besiegte ihn G.' General → Theodotus, vit. Gall. 4,2. G. aber hatte in Byzanz 262 eine Soldatenrevolte niederzuschlagen; hernach eilte er zur Dezennalienfeier nach Rom, vit. 7,2. Erst um 263 dürfte er seine große Heeresreform durchgeführt haben, durch die selbständige Reiterverbände (aus Illyriern und Mauren) als Reserve geschaffen wurden, M. R. ALFÖLDI Zu den Militärreformen des Kaisers G., Limes-Stud., Vorträge 3. Limes-Kongreß 1957 (1959), 13 ff.; Senatoren wurden von hohen Militärposten ausgeschlossen. Erst nach dieser Reform wird G. nach Gallien zum Krieg gegen Postumus gezogen sein, Zon. 12,24 (III p. 144 D.). Vor Trier wurde G. verwundet, H. A. trig. tyr. 3,5; vit. 4,4–6. Die Kämpfe zogen sich sicher bis über 265 hin, Petr. Patr. frg. 165, G. ELMER, BJ 146, 1941, 1–106. R. GÖBL Die Chronol. des Valerianus- und G.-Mz. Num. Ztschr. 74, 1951, 8–43. 75, 1953, 5–35. Während dieser J. drangen im O. Goten und → Sarmaten bis Kleinasien, Mösien und Griechenland vor, und anderseits drohten die Perser. Diese drängte → Oedenathus, der in → Palmyra ein Sonderreich gegründet hatte, im Einvernehmen mit G. zurück, vit. Gall. 3,3; Zon. 12,23 (III p. 142 D.); CIL VIII 22765 (J. 262/63); vit. Gall. 12,1 (J. 265), bis Oedenath 267 ermordet wurde. Ein Heer des G., das unter → Heraclianus das Sonderreich von Palmyra beseitigen sollte, wurde aufgerieben, vit. 13,4 f. G. selbst mußte einem Einfall der → Heruler auf dem Balkan entgegentreten; er überließ den Krieg gegen Postumus seinem General Aureolus und schlug sie am Fluß → Nestos, vit. 13,9. Zos. 1, 40,1. Zon. 12,24 (III p. 143 D.); dann wollte G. zur Abwehr der Goten nach Kleinasien, als Aureolus in Mailand revoltierte, Zos. 1,40,1. G. schloß ihn in der Stadt ein, fiel aber einer Verschwörung illyr. Generale zum Opfer (Aurelian, Claudius Gothicus), Aurel. Vict. Caes. 33,21. Zon. 12,25 (III p. 147 D.), wohl im Frühsommer 268. – Von seiner Gattin Iulia Cornelia Salonia (AE 1950, 208) hatte er außer den beiden oben genannten Söhnen (FELLETTI-MAJ Iconogr. 235–246) noch den → Marinianus, cos. 268. Seine trib. pot. und Konsulate, MANNI, Epigraphica 9, 1947, 133 f. Mz.en bei MATTINGLY, RIC 5/I 130–190 Nr. 1–679. R. GÖBL s. o. Bildnisse bei FELLETTI MAJ Iconogr. 53.220–234, Tav. XL 134 – XLIII 143. Enciclop. arte ant. III 764 ff. R. DELBRÜCK Münzbildnisse 95–124. H. v. HEINTZE Röm. Porträtplastik (1961) Taf. 35. R. H.

Enßlin, CAH 12,130 ff. *L. de Regibus* La monarchia milit. di G. (1939). *E. Manni* L'impero di G. (1949). *G. Patti*, Epigraphica 15, 1953, 66–89. *G. Pugliese-Carratelli* L'età di Valeriano e di G. (1951). *R. A. Hornsby* Stud. in the Reign of Valer. and G., Diss. Princ. (1952).

Gallinaria 1. Insula (NISSEN It. Ldk. 2,141), unbewohnte (Soz. 3,14) Insel an der ligur. Küste (Varro rust. 3,9), Zufluchtsstätte des hlg. Martin (Sulp. Sev. v. S. Mart. 6,5)

2. G., silva (NISSEN It. Ldk. 2,713), Küstenwald zwischen Cumae und Volturnusmündung (Strab. 5,243. Iuv. 3,307. Cic. fam. 9,23). G. R.

Gallio. G. = L. Iunius Gallio Annaeanus, Bruder Senecas und Melas, Tac. ann. 16,17,3. Sen. nat. quaest. 4, praef. 10; dial. 7,1,1. Cass. Dio 60,35,3 f. Urspr. Name L. Annaeus Novatus, ältester Sohn des Rhetors Seneca, contr. 1, pr. 1, adoptiert von dem Senator Iunius Gallio, Tac. ann. 6,3,1. Über sein Äußeres Plin. nat. 7,55; lungenkrank, Sen. nat. quaest. 4 praef. 10; epist. 104. Plin. nat. 31,62. Seneca widmete ihm *de ira* und *de vita beata*. Als er procos. Achaiae 51/52 (SIG^3 801) war, stand Paulus vor ihm, act. apost. 18,12–17. Cos. suff. zwischen 53/55, CIL IV 3340 XLV. IG VII 1676. Im J. 65 fürchtete er für sein Leben, Tac. ann. 15,73,3, und verübte Selbstmord, Cass. Dio 62,25,3. Hieron. chron. p. 183 $Helm^2$. R. H.

Gallius. Lat. Familienname, vgl. SCHULZE Eigennamen 424, urspr. vielleicht die Abstammung von einem Gallus bezeichnend, vgl. RE XVI 1656 f. **1.** G., Empfänger von Cic. fam. 13,44 (und – entgegen der hsl. Überlieferung – 13,43). **2.** M. G. Mehrere Nachrichten lassen sich wohl auf eine Person beziehen; er war vor 44 Praetor (BROUGHTON Mag. 2,321, diente 43 bei Mutina unter Antonius, auf dessen Seite er auch gegen Octavian kämpfte, und adoptierte testamentar. den späteren Kaiser Tiberius. Cic. Phil. 13,26. Suet. Tib. 6,3. **3.** Q. G. 67 pleb. Aedil, gab 66 prunkvolle Spiele, sympathisierte mit Catilina, wurde 66 in einem von M. Calidius angestrengten Prozeß wegen versuchten Giftmordes freigesprochen und war 65 als Praetor Vorsitzender im Prozeß gegen C. → Cornelius Nr. 3. Vater von Nr. 2 und 4. **4.** Q. G., Praetor 43, von Octavian seines Amtes enthoben und vermutlich beseitigt, Suet. Aug. 27,4. App. civ. 3,95. BROUGHTON Mag. 2,338. H. G. G.

Gallonius. Familienname, auch *Galonius*, *Calonius* (vgl. SCHULZE Eigennamen 171), Namensträger inschr. mehrfach bezeugt, hist. hervorgetreten jedoch nur wenige. – **1.** C. G., röm. Ritter, war 49 von L. Domitius Ahenobarbus (o. Bd. II 128 Nr. 12) zu einer Erbschaftsregelung nach Gades geschickt worden, wurde dort im Bürgerkrieg Stadtkommandant, räumte aber den Platz vor

Caesar. Caes. civ. 2,18,2.20,2f. BROUGHTON Mag. 2,270. **2.** P. G., als Schlemmer und Prasser durch Lucil. 1238 M. sprichwörtlich geworden. H. G. G.

Gallos 1. Nebenfluß des Sangarios (Sakarya). Nach Strab. 12,543 entspringt der G. in Phrygia Epiktetos bei der Stadt Modra und war im Unterlauf teilweise schiffbar. Die weiteren Angaben bei Strab., daß der Gallos in seinem Mündungsgebiet die Grenze Bithyniens gebildet habe und die Entfernung von Nikomedeia dorthin 300 Stad. betrage, führt zu einer Identifizierung des G. mit dem Göksu (früher Gökçe Su), der unterhalb von Osmaneli (früher Lefke) in den Sangarios einmündet. F. K. D.

2. s. Kybele

Gallus. Cognomen, in den Fasten der republikan. Zeit bei den Anicii, Asinii, Caninii, Ogulnii, Volumnii (DEGRASSI FCap. 145), in der Kaiserzeit bei zahlreichen anderen Familien, nachgewiesen bei DEGRASSI FImp. 253. H. G. G.

1. G., C. Cornelius (s. Bd. I 1317 Cornelius Nr. 20. Über seinen Prozeß s. [9]).

Um das J. 40 verfaßte G. 4 B. Elegien, worin er seine Geliebte Lycoris besang (Serv. ecl. 10,1. Über Lycoris = Cytheris/Volumnia Cic. fam. 9,26; Phil. 2,58 u. ö.). Außerdem ließ er sich durch Euphorion zu mytholog. Dichtungen anregen (Serv. ecl. a. O. 6,72); → Parthenios widmete ihm eine Slg. erot. Mythen, die ihm als Hilfsmittel dienen sollte. Die Werke des G. gingen bis auf das Zitat eines einzigen Verses (MOREL FPL S. 99) verloren. Der Versuch von SKUTSCH [1.2], G. als Dichter der ps.-vergil. Ciris zu erweisen, muß als mißglückt gelten.

Nach Inhalt, Stil und Haltung vermittelten seine Dichtungen offenbar zwischen den Neoterikern und den Elegikern der augusteischen Zeit (Ov. trist. 4,10,51–54). Man betrachtet ihn daher als den eigentlichen Schöpfer der sog. subjektiven röm. Liebeselegie, der, an Catulls genialen Wurf (carm. 68) anknüpfend, unter Benutzung mannigfacher Elemente (erot. Epigramm, alexandrin. Elegie, Bukolik, Komödie) die neue Gattung konstituierte. Beschaffenheit und Motive seiner Dichtungen lassen sich nur umrißhaft aus den Elegien des Properz, Tibull und Ovid sowie aus den beiden Huldigungen erschließen, die Vergil dem Freunde dargebracht hat (ecl. 6,64–73. 10, woselbst nach Serv. ecl. 10,46 Verse des G. verwendet sind). Wie Servius behauptet (ecl. 10,1; georg. 4,1), enthielt auch der Schluß der Georgica urspr. einen Preis des G.; Vergil habe diesen Teil später geändert. Glaubwürdigkeit und Bedeutung dieser Nachricht sind heftig umstritten; s. [7]. M. F.

1. *F. Skutsch* Aus Vergils Frühzeit, 1901. 2. *Ders.* G. und Vergil, 1906. 3. *F. Jacoby*, RhM 60, 1905, 38–105. 4. *A. A. Day* The Origins of Latin Love-Elegy, 1938, bes. 76ff. 5. *E. Bréguet*, REL 26, 1948, 204–214. 6. *H. Bardon* La littérature lat. inconnue 2, 1956, 34ff. 7. *W. Richter* Vergil: Georgica, 1957, 107ff. 8. *G. Luck* Die röm. Liebeselegie, 1961, 47ff. 9. *J. Bleicken*, AAG 3. Folge 53, 1962, 32f. 10. *W. Steidle* Serta philologica Aenipontana, 1962, 320–334.

2. P. G., befreundet mit dem Gardepraefekten Neros, L. → Faenius Rufus, und dem Konsular L. → Antistius Vetus (Nr. 11); daher im J. 65 verbannt, Tac. ann. 16,12,1. R. H.

3. s. Trebonianus

4. G. et Galla s. Menschenopfer

Galus. Cognomen bei den Sulpiciern während der Republik (DEGRASSI FCap. 145) und der Kaiserzeit (FImp. 253). H. G. G.

Gamala. Stadt in der unteren Gaulanitis (Ios. bell. 4,1,1), von → Alexander Iannaios judaisiert (ant. 13,15,3; bell. 1,4,8), unter den Zeloten und → Iosephus (vgl. vita passim) ein Bollwerk gegen die Römer (bell. 2,20,4.6), nach einem Aufstand 68 n. Chr. von Vespasian, der alle Einwohner zur Strafe töten ließ, erobert (bell. 4,1,3–10). H. *ḫirbet ehdeb.* C. C.

G. Dalman, Palästinajahrbuch 7, 1911, 25ff. 8, 1912, 52ff.

Gamaliel (*Γαμαλιήλ*, hebr. *Gamlī'ēl*, etwa »Gotthilf«), at.-jüd. Name. U. a. bedeutende Rabbinen, bes. **1.** G. I. »der Alte«, Nachkomme (?) Hillels, zu dessen Schule er gehört, 25/50 in Jerusalem wirkend. Kaum noch faßbar, doch steht sein epochaler Ruf fest, den auch das NT. spiegelt (Apg. 5,34–39; 22,3). Nach der Legende Christ (zuerst Ps. clem. rec. 1,65ff.). **2.** G. II., Enkel von 1, jüd. Patriarch *(nāśī')*, leitete etwa 80–110 das Lehrhaus von Iamnia, das die Neuordnung des Judentums nach 70 vollzog. Unter ihm wurden Text und Kanon des A.T. fixiert, viele strittige Gesetzesfragen geregelt, die Judenchr. endgültig ausgeschieden. Sein Haus behielt das Patriarchat bis zur Aufhebung vor 429 nach **3.** G. VI. »dem Letzten«, † um 425. Gilt als der anon. *πατριάρχης*, dem → Libanios 388–393 epist. 914. 917. 973f. 1084. 1097f. 1105 schrieb (unsicher). Chr. B.

Über RGG[3] 2, 1958, 1197 hinaus: *D. J. Bornstein* Encyclopaedia Judaica 7, 1931, 80–89. 89–92 (andere G.). *H. Mantel* Studies in the History of the Sanhedrin, Harvard Semitic Series 17, 1961, (zu 3 bes. 2,4). – Chr. Legende: *Schürer*[4] 2,430. *M.-A. van den Oudenrijn* Gamaliel, 1959.

Gambreion. Von Xen. hell. 3,1,6 erwähnter Ort Mysiens, von Steph. Byz. s. v. zu Ionien gerechnet. Xen. nennt neben G. *Παλαιγάμβρειον*, wohl eine ältere Siedlung, die zugunsten G.s verlassen wurde. Der Name ist kaum griech. G. lag ö. von Pergamon am oberen Karkasos, einem Nebenfluß des Kaikos (h. Bakýr tschai). Die Reste, darunter Spuren eines Artemistempels, nahe dem h. Kinik. Inschr., Mz. H. T.

»Les Guides Bleus« Turquie 256. Atlas of the World II, Pl. 36.

Gambrivii. Germ. Volk, erwähnt bei Strab. 7,291 zusammen mit Cheruskern, Chatten und Chattuariern, und bei Tac. Germ. 2 als einer der germ. Urstämme neben Marsern, Sueben und Vandiliern (vgl. L. SCHMIDT Gesch. der deutschen

Stämme. Die Ostgermanen² 1934, 81). Nach ZEUSS Die Deutschen 83 die seltenere Bezeichnung für die Sugambri, deren Wohnsitze am Rhein und an der Lippe lagen. G. C.

Ihm, RE VII 691.

Gamedes. Korinthisierender boiotischer Töpfer der 1. Hälfte 6. Jh. v. Chr. Signierte *ΓΑΜΕΔΕΣ ΕΓΟΕΣΕ* auf bildlosem Aryballos aus Thespiae, Brit. Mus. A 189; auf Kanne aus Tanagra mit Idyll: Ein Hirt mit Gras abweidender Herde, Louvre L 195, A. MERLIN Vases Grecs T. 10 r. Die Eigenart von Vasenform und Bild läßt Identität von Töpfer und Maler vermuten. H. Ma.

Pfuhl I § 124, 126. *R. Elgnowski* Festschr. für E. v. Mercklin, 1964, 32ff. T. 19,4.

Gamelion (*Γαμηλιών*). Der 7. Monat des um die Sommersonnenwende beginnenden athen. Jahres, der erste nach dem Wintersolstitium, also in die Monate Januar auf Februar fallend. Der Name scheint auf ein nicht weiter bekanntes Fest der *Ἥρα Γαμηλία*, als der Göttin der Frauen und der Schützerin des Eherechts, zurückzuführen zu sein. Der Monat war der Hera heilig und war der besondere Eheschließungs-Monat, was M. P. NILSSON Die Bedeutung des griech. Kal. (Lund 1962) 58 ablehnt. W. S.

Gandaridai treten in den Berichten der Alexanderschriftsteller neben den Prasioi, die bald nach Alexander den mächtigsten Staat des eigentlichen Indien bildeten, sehr bedeutsam hervor und scheinen diesen mindestens ebenbürtig gewesen zu sein. Als Megasthenes Indien besuchte, waren sie den Kalingai unterworfen. Während Candragupta (Sandrakottos) das ganze eigentliche Hindustan eroberte und dem Reiche von Pataliputra angliederte, gründeten im Dekkhan die Kalingai ein Reich, das von der Godavari bis zum unteren Ganges reichte. Zwischen den beiden hatten sich die G. nicht halten können. Unter Augustus war der Namen der G. dem röm. Publikum wohlbekannt, ein Zeichen, daß damals das Volk zu neuer Blüte gelangt war. Es konnte geradezu als Vertreter des ö. Indien gelten. Über die geograph. Sitze besteht kein Zweifel. Die G. sind die *novissima gens* am Ganges (Plin. nat. 6,65); sie bewohnen Niederbengalen (Ptol. 7,1,81). Ihre Hauptstadt und Königsburg nannten die griech. Kaufleute Gange. Ihre kulturelle Blüte verdankten die G. in der Periode des röm. Reichs der Vermittlung des binnenländischen ind. und des ozean. Handels.

Die richtige Form des Namens ist gewiß G. Offenbar hat die Nachbarschaft des Ganges die griech. Schilderer Indiens verführt, aus G. *Gangaridai* zu machen. Der ethnische Zusammenhang der G. mit den berühmten Gandara am Kabul liegt auf der Hand. J. D.-G.

Gandaritis. Landschaft am Kabul (auch *Gandarai, Gandarioi, Γανδαρικὴ χώρα*). Nach Herodot bildeten im altpers. Reich die Gandarioi zusammen mit den Stämmen der Sattagydai, Aparytai und Dadikai die 7. Satrapie, die im wesentlichen das vom Kophen durchflossene Alpengebiet Kabulistans zwischen Paropanisos (Hindukuš) und dem oberen Indus und das genannte Gebirge selbst umfaßte. Die Griechen hatten erkannt, daß die G. ein ausgeprägtes Übergangsgebiet in Vegetation und Fauna von den Naturbedingungen der gemäßigten n. Zone zu dem tropischen Charakter Indiens war.

Auch ethnographisch ist es ein Übergangsgebiet, und zwar nach dem Pamir das allerwichtigste Asiens, eine verbindende Brücke zwischen Hoch- und Vorderasien, zwischen Indien einerseits und Iran, Turkestan und Tibet-China anderseits. Alle Wege konvergieren hierhin, und so schwierig auch die Pässe längs des Kophen sind, sie bilden die Hauptpforten zwischen W. und O. und N. und O. Handel und Kultur sind hier immer durchgegangen, zuweilen wohlorganisierte Heere marschiert, und ganze Völker haben sich hindurchgedrängt, so zuerst wohl die arischen Inder, dann arische Skythen, dann Turkvölker und endlich die Mongolen.

Von hier aus entstand ein ansehnliches griech.-ind. Reich, dessen mächtigster König → Menanros war (um 100 v. Chr.). J. D.-G.

Ganges (*Γάγγης*). **1.** Sohn des Indos und der Kalauria (?). Als er erfuhr, daß er in betrunkenem Zustande mit seiner Mutter verkehrt hatte, stürzte er sich in den Fluß Chliaros, der seitdem G. heißt. Ps.-Plut. fluv. 4,1. Seine Tochter Limnatis gebar den Athis, der im Kampf mit Perseus fiel. Ov. met. 5,47. H. v. G.

2. G., zweitlängster Fluß Vorderindiens (2700 km), von Hdt. noch nicht genannt, erstmalig vom Hörensagen um 400 v. Chr. dem W. durch → Ktesias (bei Plin. nat. 37,39), dem Namen nach bekannt geworden, von Alexander d. Gr. auf seinen Feldzügen zwar nicht erreicht, aber damals schon als bedeutender Fluß Indiens geläufig (Arr. an. 5,4, 1; 6,7 *τῷ Γάγγῃ τῷ μεγίστῳ*. 9,4. 26,1. Curt. 8,9,5 u. ö.). In frühhellenist. Zeit wurde sein ganzer Lauf bekannt und vermessen (Strab. 15,689). Das freundschaftliche Verhältnis der Griechen zu dem ind. König Sandrokottos (Tschandragupta: 321–297) ermöglichte Megasthenes und Patrokles ausgedehnte Forschungen im Gangesland entlang der »königlichen Straße«, die dem Lauf des Ganges folgte und deren Länge mit 10000 Stadien (= 1850 km) berechnet wurde. Seine Quelle lag nach Strab. 15,719 in den *Ἠμωδὰ ὄρη* (w. Himalaya). Von Ptol. wird der G. mehrfach erwähnt (7,1,29. 30. 42. 51 N. u. ö.), das Delta (7,1,18) mit 5 Armen ausführlich beschrieben und auch der *Γαγγητικὸς κόλπος* (Beng. Meerbusen) genannt, in den der G. mündet (1,13,6 M. 7,1,16 N. u. ö.). In der Vorstellung des Ptol. n.w.–s.ö. fließend, galt ihm der G. als Grenze zwischen India intra Gangem (7,1), also h. dem größten Teil Vorderindiens entsprechend, und India extra Gangem (7,2), welches das Tiefland Bengalen und das h. Hinterindien bis an die Grenze der *Σῖναι* umfaßte. Weitere Quellen: Strab. 15,686. 690. 698. 702. 718. Arr. Ind. 4,2,15 (GGM I p. 310. 313 M.) u.ö. Per. Mar. Erythr. 47 (GGM I p. 293). Marc. Heracl. 1,34 (GGM I p. 534) u.ö. Mela 3,67. 69. 70 u.a. Unter den zahlreichen vom Himalaya dem G. zuströmenden Nebenflüssen sei der *Διαμούνας* (Ptol. 7,1,29. 42), bei Arr. Ind. 8,5 (GGM I p. 318) *'Ιωβάρης* und bei Plin. nat. 6,69 *Iomanes* genannt, der h. Jamuna (andere Lesart Dschamna), bes. erwähnt. Metropole: Pali(m)bothra (Ruinen beim h. Patna) und innerhalb des Deltas, vermutlich am h. Hugli, *Γάγγη βασίλειον* (Ptol. 7,1,81; RE VII 702), eine Vorläuferin Kalkuttas. Polit. gehörte das Flußgebiet des G. überwiegend in das Reich der → *Πράσιοι* (RE XXII 2548ff.), über den unteren Abschnitt herrschten die *Γανδαρίδαι*. G. und → Pali(m)bothra erscheinen auch in den röm. Itinerarien (K. MILLER Itin. Rom. S. 801 mit Skizze Nr. 256, S. 799–800). Vgl. RE VII 703–707. Gr. Hist. Weltatl. I, S. 9a und b. H. T.

Gangra. Stadt Paphlagoniens, später Galatiens (h. Çankiri; auch in den Namensformen Changreh, Kiankari, Tschangri), n.ö. von Ankara unweit des Irmak-Flusses, des alten Halys, bestand schon als älterer Platz, ist aber erst spät bezeugt (Strab. 12,562. Athen. 3,82. Steph. Byz. s. *Γάγγρα* und *Κάνδαρα* u.a.). G. ist das *Gangaris* der röm. Itinerarien (K. MILLER Itin. Rom. S. 668 mit Skizze Nr. 210, S. 642) und ident. mit dem *Γερμανικόπολις* des Ptol. 5,4,4 M. (mit Comm.). Mz. H.T.
Les Guides Bleus, Turquie, 439. *W. M. Ramsay* The histor. Geogr. of Asia Min. 257/58. 318/19 u.ö. Gr. Hist. Weltatl. I, S. 34. Atlas of the World II, Plate 36.

Gannascus. Ein Cannenefate, desertierte aus röm. Kriegsdienst, trieb Seeräuberei und unternahm dann mit Chauken einen Einfall in Germania inf. (J. 47 n. Chr.). Der neue Legat Cn. Domitius Corbulo vertrieb ihn und veranlaßte die Groß-Chauken, G. hinterlistig zu ermorden, was jedoch zu erneuten Unruhen und zur Zurückverlegung der vorgeschobenen röm. Kontingente auf das l. Rheinufer führte (Tac. ann. 11, 18f.). W. S.

Gannys. Im Haus der → Iulia Maesa erzogen, hatte G. trotz niederer Herkunft intimen Umgang mit deren Tochter → Soaemias, der Mutter → Elagabals, Cass. Dio 79,6,2, dessen Erzieher er wurde, ebd. 6,1. G. und → Valerius Comazon ließen am 16. Mai 218 Elagabal in → Emesa zum Kaiser ausrufen, ebd. 78,31,2–4. G. schlug am 8. Juni 218 → Macrinus vor Antiocheia, ebd. 78,38,3. 39,1. Doch im Winter 218/19 tötete Elagabal den G., weil er ihm unbequem geworden war, ebd. 79,6,3. R. H.

Ganos (*Γάνος*). Anhöhe und Feste (*χωρίον*) an der europäischen Küste der Propontis nahe dem Hellespont (Xen. an. 7,5,8). Das Gebiet von G. hieß *Γανιάδα*, eine Göttin des Ortes *θεὰ Γανήα*; h. Ganos. Chr. D.
I. F. X. Schaffer Landeskde. von Thrakien, Sarajevo 1918, s.v. 2. *Λουκούδης*, *Μεγ. 'Ελλην. 'Εγκυκλ.* 8,137ff.

Gans (*χήν*, *anser*, von Varro l.l. 5,75 vom Klang der Stimme hergeleitet). Eine in allen Erdteilen lebende Gruppe der Ordnung der Gänsevögel, allen ant. Völkern bekannt.

1. Wildgans. Für die Mittelmeerwelt kommen fast nur die größere Grau-G. (Anser cinereus) und die kleinere Saat-G. (Anser segetum) in Betracht (zuerst unterschieden bei Aristot. hist. an. 593 b 22. 597 b 30; sonst meist ohne Unterscheidung genannt). Reste beider Arten wurden in Troia II und in Schweizer Pfahlbausiedlungen gefunden. In Griechenland und Italien kannte man sie vornehmlich von ihren Zügen nach N., bei denen sie scharenweise in die Saatfelder einfielen (Plaut. Truc. 253. Verg. georg. 1,119. Priap. 61,11 u.a.), und zurück (Keilformation im Flug mit wechselnder Führung: Plin. nat. 10,63; dabei angeblich Steine im Schnabel: Plut. soll. 10; garrul. 14. Dionys. de av. 2,18. Ail. nat. 5,29; Aufenthalt an Flüssen und Sümpfen: Hom. Il. 2,460. 15,692. Nemes. cyn. 315 u.a.). Beschreibungen bei Aristot. hist. an. 499 a 28. 509 a 3ff. Plin. 10,51ff. Dionys. a.O. Ihr Geschrei (*clangere*, *gingrire*, *gliccire*, *graccitare*, kein griech. Analogon) galt als rauh und häßlich (Aristot. aud. 800 b 23. Verg. ecl. 9,36. Prop. 2,34, 84 u.a.). Man schrieb ihr hitzige Natur zu, deretwegen sie das Wasser und feuchte Pflanzen liebe, ferner Vorsicht (Aristot. hist. an. 488 b 23. Plin. 10, 44), feinen Geruchssinn (Lucr. 4,681. Serv. Aen. 8, 652), Geschwätzigkeit (Eubul. bei Athen. 12,519 a. Dionys. a.O. Martial. 3,58,13), Gefräßigkeit (Varro rust. 3,10,5. Plin. 10,163 u.a.), fälschlich auch Dummheit (Dionys.). Ihre Jagd (mit Netzen und Fallen: Dionys. a.O.; Longus 2,12) war schwierig, weshalb man sie mit hölzernen Lock-G. zu überlisten suchte (LENZ Zool. der Gr. und R. 406). Eine nur in Äg. verbreitete Art ist die »Fuchs-G.«, *χηναλώπηξ* (Chenalopex aegyptiacus, neugr. *πάππια τῆς Αἰγύπτου*), als Jungtier auch *χηναλωπεκιδεύς* (Ail. nat. 7,47). Sie ist, wie alle G., ein Wasservogel (Plin. 10,56. 166) und dem Nilgott heilig (Hdt. 2,72; dazu Ail. 10,16), aber auch dem Erdgott Seb (KELLER Ant. Tierwelt 2,226); der Größe nach steht sie zwischen G. und Ente (Alex. Mynd. 9,395 d). In Griechenland sah man sie sicher selten, wenn überhaupt (vgl. Aristoph. Av. 1295), in Italien blieb sie fremd. Was Ail. 5,30 über ihr Wesen mitteilt, ist ganz aus der angenommenen »Fuchs«-Natur herausgesponnen. Daß man sie in Äg. auch zähmte, und zu Wasserjagden abrichtete, geht aus Bildern hervor (s. z.B. KELLER a.O. 226); auch mumifizierte Fuchs-G. wurden gefunden (LEPSIUS Denkmäler 3,263). – Eine kleine in Britannien vorkommende Art hieß *cheneros;* sie galt als Leckerbissen (Plin. 10,56).

2. Hausgans. Die Zähmung der G. ist leicht und in den meisten Stromkulturen sehr alt. In Äg. blühte die G.-Zucht vom Alten Reich an (WIEDEMANN Äg. Gesch. 1.17; ein schöner Fries weidender G. aus der 4. Dyn. im Mus. Kairo bei BREA-

STED Gesch. Äg., Phaidon-Ausg.² T. 245). Die G. diente dort als Speise der Pharaonen und Priester (Hdt. 2,37. Diod. 1,7,11), auch zur Fütterung heiliger Tiere (Diod. 1,84), in Indien als Ehrengeschenk an Könige (Ail. 13,25). Ungewiß, sicher unbedeutend ist die Rolle der G.-Zucht in Vorderasien. Bei den Griechen begegnet sie zuerst in der Od. 15,164. 19,536, offenbar als Liebhaberei adeliger Damen (Penelope; Helena?); die weiße zahme G. bleibt im ganzen Alt. ein Objekt menschlicher Zärtlichkeit (Plin. 10,51. Plut. soll. 18. Ail. 1,6.7,41. Athen. 13,606c) und bes. ein Frauenvogel (s. auch am E. des Art.). G.-Haltung zu wirtschaftlichen Zwecken ist daneben nicht auszuschließen, aber erst vom 6. Jh. an (Aisopos) nachweisbar (vgl. → Geflügelzucht). Man verwertete vor allem das Fleisch, das zwar schwer verdaulich (Cels. 2,18. Gal. 6,702f. Oreibas. coll. 2,43,1 u. a.), aber kräftig und wohlschmeckend ist (bes. Brust und Flügel), daher gern gegessen wurde (Eur. bei Athen. 14,640b; oft bei Kom.; vgl. Aisop. fab. 277 Hausr. Petr. 69.93. HA. Lampr. Alex. 37,6), oft mit anderem Fleisch vermischt (Athen. 14,664e), und auch für Ärmere ein erschwinglicher Leckerbissen war (z. B. Ov. met. 8,684f.); Rezepte bei Apic. 231.237, ein Gedicht auf die gebratene G.: PLM 4,312. Baehrens. Die Leber war eine Kostbarkeit; ihre Vergrößerung wurde durch spezielle Fütterung erstrebt (Geopon. 14,12,12ff. Galen. 6, 704; vgl. Pers. 6,71. Stat. Silv. 4,6,9. Iuv. 5,114 u. a.; eine kulinarische Erfindung des Caecilius Metellus Scipio, cos. 52, bei Plin. 10,52). Die Flaumfedern dienten zur Füllung von Kissen und wurden zweimal jährlich gerupft (Colum. 8,13,3. Plin. 10, 53f.); der G.-Kiel war bevorzugtes Vomitivgerät (Oreib. 8,6,15. Alex. Trall. 1,417), als Schreibgerät ist er nicht vor Theoderich bezeugt (Anon. Val. 79. Isid. 6,14,3. Paul. Aigin. 6,91). In der Medizin spielt neben der Verwendung von Blut, Zunge und Hoden vor allem das Fett eine wichtige und äußerst vielseitige therapeut. Rolle (auch mit bes. Aromata versetzt: Diosc. 2,86.91. Plin. 10,55.29, 55.134), z. T. auch in der Veterinärkunst (bes. bei Verbänden: Pelag. 336. Veg. mul. 6,28,24). Der Gebrauch der Eier tritt dagegen zurück; meist interessieren sie nur unter züchterischem Aspekt (Varro rust. 3,10,3. Colum. 8,14,4. Plin. 10,162f. Geopon. 14,22,37; das Problem der unbefruchteten Eier [ᾠὰ ὑπηνέμια] bereits bei Aristot. hist. an. 559 a 3; gen. an. 751 a 12); gegen ihren Genuß für Menschen gab es Bedenken (Gal. 6,706. Oreib. 2,45,1; positiver Alex. Trall. 2,193).

Im G ö t t e r k u l t zählt die G. zu den 6 klass. Opfertieren (STENGEL Opferbräuche der Gr. 226f. ZIEHEN, RE XVIII 590), allerdings vornehmlich (nicht ausschließlich) für Isis (Paus. 10,32,16. Ov. Fast. 1,454. Iuv. 6,540); ein heiliger Vogel im engeren Sinn war sie in Griechenland nie, in Italien nur auf dem röm. Kapitol nach dessen bekannter Rettung vor dem Gallierangriff 390 (Lucr. 4,681. Prop. 3,3,12. Verg. Aen. 8,655. Liv. 5,47,4. Dion. Hal. ant. 13,7 u. a.; zur Deutung des Geschehens Plut. fort. Rom. 12. Ail. nat. 12,33. Isid. 12,7,52). Zugehörigkeit zu Juno ist daraus nicht zu erschließen; auch die Verbindung mit Priapus (Petr. 136) ist sonst nicht erweisbar. Der Schwur »bei der G.« (sog. Eid des Rhadamanthys, vgl. HIRZEL Der Eid 96².100¹) diente frommer Schonung der Götternamen, hatte aber keine Rechtsbedeutung. Eine gewisse Rolle spielte die G. wie die meisten Vögel in der Traumdeutung (Artemid. oneir. 4,83) und Wetterprognose (Ps. Theophr. de sign. 39. Arat. 1021 vgl. Plin. 18,363). Zur G. in der Fabel s. Aisop. fab. 89 (goldene Eier). 256 Hausr. (Symbol des Reichen); die G. in der Sage s. ROSCHER, Lex. 2, 1923, 47ff.

In K u n s t und K u n s t h a n d w e r k bietet die G. ein ungewöhnlich beliebtes und verbreitetes Thema von den myk. und geom. Vasen an (»Gänsemarsch«-Bänder, Ornamentfelder-Füllung) bis zu spätant. Terrakotten und Genrebildern, und zwar in allen Kunstzweigen (Zusammenstellungen bei STEPHANI, Comptes rendus comm. arch. Acad. Imp. pour les ann. 1859–1881. OLCK, RE VII 723–735). Hier nur Ausgewähltes: Beliebt und oft reproduziert war das Motiv: Knabe mit G. ringend (vgl. Herond. 4,31f.), bzw. sie kosend, fütternd, auf ihr reitend; ferner: Aphrodite (Frau, Mädchen) oder Eros mit G. oder auf ihr sitzend (vgl. Paus. 9,39,3; gutes Beispiel bei RUMPF, HB Arch IV 1. T. 26,1 nicht Schwan!); G. mit Frau(en), bes. im Bad, entweder mit aphrodis. Bedeutung oder als Spieltier (JENNISON, s. Index ‚goose'); G. mit Marsyas, Seilenos, Mänaden; G. als Schmuck auf Frauenartikeln. Sehr häufig begegnen G. in reinen Landschaftsbildern (vgl. Philostr. imag. 1,9,2). Zur G. auf Mz. und Gemmen: IMHOOF-BLUMER u. KELLER Tier- und Pflanzenbilder usw., T. VI. XVII. XXII. Massenhaft sind g.-förmige Kannen und Gefäßteile. Besonders altertümlich sind die sog. Cheniskoi, g.-förmige Verlängerungen an Schiffshinterteilen, Thron- und Sessellehnen und dgl., vielleicht aus später nicht mehr verstandenem religiösem Ursprung. W. R.

O. Keller Thiere des class. Altert. in culturgesch. Beziehung (1887). *Ders.* Ant. Tierwelt 2 (1913). *Hehn* Kulturpflanzen und Haustiere (1911). *Jennison* Animals for Show and Pleasure in anc. Rome (1927). *G. Ives*, Domestic Geese and Ducks (1947). *G. M. Richter* Animals in Greek Sculpture (1950).

Ganyktor (*Γανύκτωρ*, auch *Γάνυξ*) spielt in der Überlieferung von Hesiods Wettstreit und Tod eine Rolle. Die genealog. Einreihung variiert: **1.** Chalkidier, Sohn des → Amphidamas Nr. 5. **2.** Lokrer, Sohn des Phegeus. Mit seinem Bruder Amphiphanes erschlug er Hesiod im heil. Hain des nemeischen Zeus zu Oinoe, Euboia gegenüber, weil er angeblich ihre Schwester Ktimene verführt hatte. Die Mörder flohen und wurden auf dem Meere von Zeus' Blitzstrahl getötet. **3.** Naupaktier, Vater des Antiphos und Ktimenos, die Hesiod aus demselben Grunde töteten. Sie wurden von einem Wahrsager blutig geopfert oder von den Lokrern ertränkt. S.o. *'Αγών* mit Lit. Thuk. 3,96. Anth. Pal. 7,55 (Alkaios von Messene, um 200 v. Chr.). Plut. soll. an. 13,10; Sept. sap. conv. 19. Paus. 9,31,6. Suda s. *'Ησίοδος*. H. v. G.

O. Friedel Die Sage vom Tode Hesiods, JbPhPäd. Suppl. 10, 1878f., 235ff.

Ganymedes. 1. (*Γανυμήδης*, etr. *catmite*, lat. auch *Catamitus*) Sohn des dardan. Königs Tros (und der Kallirrhoe, Hellanikos), Bruder des Ilos und → Assarakos, → Dardanidai. Nach Hom. Il. 20,231ff. als schönster der Sterblichen von den Göttern in den Olymp entrafft, um als Mundschenk des Zeus sich ewiger Jugend zu erfreuen. Tros erhält zur Entschädigung unsterbliche Rosse ebd. 5,265. Nach Hom. h. 4,202 entführt Zeus ihn für die Götter durch eine Windsbraut. Die Kleine Il. macht G. zum Sohne Laomedons; ihm gibt Zeus einen goldenen Weinstock. Seit Ibykos und Pindar sieht man das Motiv der Entführung in der Knabenliebe, die dadurch eine Art himmlischer Rechtfertigung erfährt. Theogn. 1345. Soph. frg. 320 N². Plat. Phaidr. 255c benutzt den Mythos für die Liebestheorie, doch leg. 1,8 p. 336 werden die Kreter wegen des Lasters und ihrer Berufung auf Zeus getadelt. Im 4. Jh. war G. eine beliebte Figur der Komödie. Damals trat auch das Motiv der Entführung durch den Adler als Boten des Zeus neu auf, und zwar zunächst in der bildenden Kunst, liter. viel später, z.B. Hor. c. 4,4,4. Erst im Hellenismus wird Zeus selbst in Adlergestalt der Entführer, Anth. Pal. 12,64f. (Alkaios von Messene und Meleagros), dann Ov. met. 10,155ff. Hellenist. ist auch das Motiv von Heras Eifersucht Anth. Pal. 9,77 (Antipatros von Thessalonike); vgl. Verg. Aen. 1,28. In euemerist. Art wurde damals von Phanokles, Mnaseas u.a. der göttliche Räuber auch durch Heroen ersetzt: Tantalos, Minos. Späthellenist. ist die Verstirnung des G. als Wassermann (*ὑδροφόρος*, *aquarius*) ebenso wie die des Adlers, Eratosth. katast. 26. In der Kaiserzeit wird der G.-Mythos äußerst häufig bei Philosophen und Kirchenvätern polemisch erwähnt. Literar. gestaltet ist er in Lukians Dialogen und in den Dionysiaka des Nonnos. Viel zahlreicher sind aber Darstellungen der bildenden Kunst auf Vasen, Spiegeln, Gemmen, Münzen, Mosaiken, Wandgemälden, Reliefs und Rundplastiken. Auf Grabsteinen und Sarkophagen Frühverstorbener haben sie zweifellos symbolische Bedeutung. Unter den Darstellungen lassen sich folgende Szenen unterscheiden: a) Zeus und G. als Mundschenk, b) Zeus als Entführer (Z. als bärtiger Mann, meist mit Stock oder Zepter, verfolgt den knabenhaften, gewöhnlich nackt gebildeten G., der mit Hahn oder Reifen spielt). Für solche Darstellungen hatten die Vasenmaler des 5. Jh. kein literar. Vorbild. Großartig ist die von KUNZE im 100. Winckelmannprogramm beschriebene Gruppe aus gebranntem Ton aus Olympia c. 470: Zeus mit G. im Arm, abgebildet bei K. SCHEFOLD, G 61, 1954, 285ff. c) Der Alder hebt G. in die Luft empor. Berühmtestes Beispiel die Bronzeplastik des Leochares (c. 340), Plin. nat. 34,79, von der die Marmorkopie im Vatikan einen Begriff gibt. Als Vorbild vermutet FURTWÄNGLER ein Gemälde. Vgl. auch das Außenrelief einer Klappspiegelkapsel in Berlin, TH. SCHEFFER Die Kultur der Griechen, Abb. 123. Hierhin gehört ferner die Bekrönung der Igeler Säule. d) Der Adler ergreift G. oder will ihn eben ergreifen, der auf ein Knie sinkt. e) Pompejan. Wandgemälde geben gern eine Szene vor der Entführung, etwa G. schlafend und den Adler auf einem Baum sitzend. f) G. tränkt den Adler. Beispiel BAUMEISTER Denkm. 1,581. Abb. 628. H. v. G.

Prell.-Rob. 1,499f. RE VII 742ff. Myth. Lex. 1,1595ff. *R. Herbig* G. und der Adler, Heidelb. Beitr. zur ant. Kunstgesch., 1949, 1–10. *H. Sichtermann* G., Mythos und Gestalt, 1953. *G. Lippold* Leda und G., 1954.

2. G., Eunuch, Kämmerer der jüngeren Schwester Kleopatras, der → Arsinoe (5). Als diese von Caesar im Palast von Alexandreia festgehalten wurde, verhalf ihr G. zur Flucht, ließ den General der gegen Caesar und Kleopatra revoltierenden Aegypter, → Achillas, töten und brachte als deren Anführer die Römer in Schwierigkeiten, Cass. Dio 42,39f. Bell. Alex. 4–6. 12ff. Nach dem Sieg Caesars kam G. etwa im April 47 auf der Flucht um, Flor. 2,13,60. R. H.

Garama. Hauptort der Garamantes. Plin. nat. 5,26,36. Solin. 29,5. Ptol. 1,8,4. 10,2. 4,6,12 (*Γαράμη μητρόπολις*). 8,16,7. Ruinen bei Djerma, n.ö. von Murzuk, Hauptstadt Fezzans. ROMANELLI Tripolitania antica. PACE, CAPUTO, SERGI, Mon. Ant. XLI 1951: Gräber, Mausoleum, Häuser. G. stand in Beziehungen zu Lepcis Magna und Rom schon im 1. Jh. n. Chr. und wurde von Cornelius Balbus im J. 20/19 v. Chr. erobert, um die Wende des 1. Jh. führten Septimius Flaccus und Iulius Maternus einen Feldzug gegen die Garamanten. M. L.

Wheeler Rome beyond the imperial frontiers, 1953.

Garamantes. Berberischer Volksstamm Innerlibyens (Hdt. 4,174.183). Strab. 2,131. 17,835. 838 setzt sie s. von den Gaetulern an, Liv. 29,33 nicht weit von den Emporia an der Kl. Syrte. Mela 1,33,45 folgt Herodot. Plin. nat. 5,26. 36 nennt als ihre Hauptstadt *Garama*, ebenso Ptol. 4,6,12, der ihnen ein weites Gebiet in Innerlibyen zuweist. Im J. 21 v. Chr. unternahm der Procons. Africae L. Cornelius Balbus einen Feldzug gegen sie. Im 1. Jh. n. Chr. erscheinen sie in der Umgegend von Lepcis Magna (Tac. ann. 3,74 für J. 22; hist. 4,50 für 69); auf den Mosaiken von Zliten: AURIGEMMA I Mosaici di Zliten. Ihr äußeres Erscheinungsbild war gemischt: libysch-negroid (anthropolog. Ausgrabungen von S. SERGI, Scavi sahariani 443ff., Mon. Ant. XLI, Rome 1951). Zahlreiche, aber undeutliche Anspielungen bei späten Schriftstellern (Amm. 22,15. Oros. 1,2,88. Cor. 6,198). M. L.

J. Desanges Cat. tribus afric. Ant. class., Dakar 1962.

Gargaphia. Quelle bei Plataiai, bei der die Griechen vor der Schlacht von 479 lagerten, Hdt. 9,25,2. 49,2–51,1. 52. Paus. 9,4,3. KIRSTEN, RE XX 2270,19ff. E. M.

Gargara (Gargaron). Bereits von Hom. Il. 8, 48. 15,152 u. ö. in der Form *Γάργαρον* genannter südlicher und höchster Gipfel des Ida-Gebirges in der Landschaft Troas mit einem Zeustempel. Nach Ps.-Plut. fluv. 13,3 soll G. der frühere Name des ganzen Ida-Gebirges gewesen sein. H. heißt es Kaz-dag. Schon früh entstand am Fuß des G. auf aiol. Gebiet eine Örtlichkeit gleichen Namens: Strab. 13,583. Steph. Byz. s. v. (aus Hekat.), die später in das röm. Straßennetz einbezogen war (h. Tschepini; K. MILLER Itin. Rom., S. 698 mit Skizze Nr. 228, S. 693). H. T.

K. Baedeker Konstantinopel und Kleinasien 188. *W. M. Ramsay* The histor. Geogr. of Asia Minor, 1962, 166 Anm.

Gargilius, Q. Martialis. Lat. Schriftsteller des 3. Jh. n. Chr. Von seinem landwirtschaftlichen Werk, das auch medizin. Aspekten Rechnung trug, sind nur noch Auszüge vorhanden, deren umfangreichster die *Medicinae ex oleribus et pomis* (ed. Rose Lpz. 1875, 129–238) sind. Neben Plinius sind hauptsächlich Celsus und Columella seine Quellen, doch zeigt G. größere Sachkenntnis und besseres Urteil als Plinius. Bes. benützt wurde G. von → Palladius, der ihn wiederholt namentlich zitiert und ihn gekürzt und auch teilweise wörtlich ausgeschrieben hat. Vor allem die Cap., in denen Landwirtschaft und Medizin miteinander in Verbindung erscheinen, sind auf G. zurückzuführen. Dagegen ist es fraglich, ob die Ansicht, Palladius kenne Columella, den er 26 mal zitiert, nur durch G., in dieser Ausschließlichkeit richtig ist (J. SVENNUNG De auctoribus Palladii, Eranos 25, 1927, 123. 230; 26, 1928, 145. H. WIDSTRAND ebd. 121. W. S.

Stadler, RE VII 760f.

Gargonius. Rhetor der august. Z., Schüler des Buteo (BORNECQUE 156f.), dann Nachfolger in der Leitung der Schule; seine Stimme war rauh und aggressiv (Sen. contr. 1,7,18). Der ältere Seneca verbindet die wenigen Zitierungen seiner *colores* stets mit scharfem Tadel (*stultitia* contr. 10,5,25; suas. 7,14; ein *foedum genus cacozeliae* contr. 9,1, 15; unter *insanientes* suas. 2,16 genannt). Vielleicht identisch mit dem von Hor. s. 1,2,27 (vgl. s. 1,4,92) erwähnten Beispiel für mangelnde Körperpflege. P. L. Sch.

H. Bornecque Les Déclamations, 1902, 168.

Gargoris. König von Tartessos (Iust. 44,4, 1 ff.). Der Name ist iberisch (Font. Hisp. Antiquae VIII, Barc. 1959, 352f. AD. SCHULTEN Tartessos², 1950, 130–132) und wird auf richtiger Überlieferung beruhen; was aber von G. berichtet wird (Erfindung der Bienenzucht, Verfolgung seines Sohnes Habis. Dazu a.O. und AD. SCHULTEN Iber. Landeskunde 1957, 2,578), ist sicher Legende. HOLDER 1,1983 vermutet, wohl irrig, der Name sei kelt. (= *Gargo- rix*). R. G.

Garizim (870 m). Im westjordan. Palästina, seit Dtn 11,29 als Berg des Segens gegenüber dem dicht n. von ihm gelegenen Ebal, dem Berg des Fluches, und später mit diesem zusammen als doppelgipfliger Weltberg mit kosmischer Bedeutung verstanden. Beides ist Nachhall archaischer Heiligkeit. Die Samaritaner, deren Zentrum Sichem in der Ebene liegt, auf die sich der Paß zwischen beiden Bergen öffnet, erbauten nach ihrer Trennung vom Jerusalemer Judentum, wohl gegen E. des 4. Jh. v. Chr., einen eigenen Tempel auf dem G. (Ios. ant. 11,8,2. 13,3,4), den Antiochos IV. dem Zeus Xenios oder Hellenios weihte (2. Makk. 6,2. Ios. ant. 12,5,5), und den Johannes Hyrkanos, dem der Tempel nun auch als seleukid. Heiligtum doppelt verhaßt war, 128 v. Chr. zerstörte (Ios. ant. 13, 9,1). Kaiser Zeno baute im 5. Jh. an der Stelle für die Maria Theotokos eine Kirche mit Apsis und Narthex (Ioh. Malalas Chronogr. 2,93), um die Justinian eine Festung errichtete (Procop. de aedif. 5,6,324ff.). Nach der Zerstörung beider in der Auflösung des abbasid. Kalifates nahmen die Samaritaner den Berg wieder ganz in Besitz und feiern auf ihm bis h. alljährlich ihr Passa. C. C.

RGG³ 2, 1958, 1202 (Lit.) *(H. W. Hertzberg)*.

Garsyeris (*Γαρσύηρις*). Offizier des → Achaios 5, riet ihm 221 v. Chr. zur Empörung gegen Antiochos III., half der pisid. Stadt Pednelissos gegen Selge und zwang Selge zum Frieden mit Achaios. Pol. 5,57. 72–76. H. V.

P. Meloni, RAL Ser. 8,5, 1950, 168ff. *H. H. Schmitt* Untersuch. zur Geschichte Antiohos' des Großen 1964, 172f.

Gartenbau im Sinne der Kultur von Ziergewächsen ist sicher aus der natürlichen Freude an Blumen entsprungen, die schon aus der myken. Vasen- und Wandmalerei und aus den idyllischen Gärten der Myth. (Inseln der Seligen, Elysium, Hesperiden usw.), sowie aus verschiedenen hom. Stellen (z. B. Od. 12,159; Il. 14,348; vgl. *λειριόεις* u. a. Epitheta) ersichtlich ist. Bei Hom. findet auch das Pflanzen von Zierbäumen (bes. auf Gräbern, z. B. Ulmen, Il. 6,419), unter welche wohl auch die offenbar importierte Dattelpalme (*φοῖνιξ*, Od. 6,162; vgl. Theophr. h. plant. 4,13,2) zu rechnen ist, öfters Erwähnung; aber im Ganzen sind die hom. *κῆποι* und *ὄρχατοι*, mit eventueller Ausnahme der *πρασιαί* im Garten des Alkinoos (Od. 7,112ff.), auf → Obst- und Gemüsebau beschränkt, wogegen Blumenkränze usw., zu welchen nicht nur die zuerst um 648 v. Chr. ausdrücklich erwähnte kultivierte Rose (Archil. frg. 29; vgl. aber das hom. Epitheton *ῥοδοδάκτυλος* und »Rosenöl« in Il. 23,186), sondern auch Dill, Eppich, Myrte, Lorbeer, Goldranke, *ἴα* (wahrscheinlich sowohl Veilchen wie Levkoje und Goldlack) u. a. verwandt wurden, erst in nachhom. Dichtung erscheinen. Hdt. 8,138 spricht von 60blättrigen Rosen in den sagenhaften Gärten des Midas in Makedonien (100blättrige bei Theophr. h. plant. 6,6,4), was einerseits an die Rosenölfabrikation im s. Balkan, andererseits an die meist aus Parkbäumen (Kiefer, Zypresse, Lorbeer, Myrte, Buchsbaum usw.) bestehenden königlichen Gärten Persiens erinnert. Derartige παράδεισοι wurden wohl erst in nachchr. Zeit auch von reichen Griechen angelegt (Longus 4,2. Geop. 10,1), während Götterhaine, gewöhnlich ἄλσος genannt, wohl schon sehr früh nicht nur natürliche Waldbestände waren.

Obgleich gelegentliche Nachrichten über private und öffentliche Gärten aus vielen griech. Gegenden sowie aus Kleinasien und dem ptolem. Äg. (bes. Alexandreia) vorliegen, sind wir am besten über Athen unterrichtet, wo bes. die Gärten der Philosophen (Akademie, Plut. Kim. 13; Sulla 12. Lykeion, seit 335, Cic. ac. 2,1,17. Epikuros, Diog. Laert. 10,10,15 usw.) zu den Hauptzierden der Stadt gehörten, der Markt mit Platanen, Pappeln usw. bepflanzt war, u.a.m. Hausgärten, die nicht nur dem Gemüsebau dienten, waren in der Stadt und auf dem Land mindestens seit dem 4. Jh. v. Chr. (Isai. 5,11) und vielleicht schon früher (z. B. Aristoph. Av. 1067) bekannt, wie auch gewerbsmäßige Treibzucht von Blumen bereits im 5. Jh. ausgeübt wurde (Aristoph. b. Athen. 9,372b). Genauere Schilderungen von griech. Gärten finden sich jedoch erst aus dem 3. und 4. Jh. n. Chr.; vgl. bes. Alkiphr. frg. 6,1–9. Liban. 1,338ff. 4,1077 R. Longus 2,3. Ach. Tat. 1,15.

Mit den Zierpflanzen selbst (bes. Kranzblumen) befaßt sich ausführlich zuerst Theophr. h. plant. 6, welcher, neben rosen- und veilchenartigen Gewächsen (ῥοδωνιά, ἰωνιά), noch 7 andere Arten als die gewöhnlichsten aufzählt, aber noch verschiedene weitere erwähnt. Später handelt ein Frg. des Nik. (74 Schn. bei Athen. 15,683) darüber, und in der Kaiserzeit erwähnt Dioskorides (z. B. 3,43) bei manchen seiner Heilpflanzen, daß sie auch zur Zierde kultiviert würden. Endlich geben die im 10. Jh. zusammengestellten, doch aus älteren Quellen stammenden Geop. (B. 11) genaue Auskunft über das Anpflanzen vieler Zierbäume und -blumen. (Einzelheiten und Besprechung der Arten in RE VII 787–810; vgl. J. André Lexique des Termes de Botanique, 1956.)

Auch in Rom diente der *hortus*, der zu dem *heredium* gehörte (vgl. aber Plin. nat. 19,50), lange Zeit meist dem Gemüsebau, obgleich von späteren Autoren schon dem Garten des Tarquinius Superbus auch Zierpflanzen zugeschrieben wurden (z. B. Ov. fast. 2,703). Vom 2. Jh. v. Chr. ab verbreitete sich jedoch auch der Lustgarten, für welchen der Plural *horti* gebräuchlich wurde, so sehr, daß z. B. Horaz (c. 2,15) gegenüber dem Luxus seiner Zeit die Einfachheit früherer Gartenanlagen preist. (Unter den frühesten waren wohl die *horti Luculani*.) Derartige Parkanlagen, in welchen unter sorgfältiger Bewässerung freie Natur mit Wegen (*ambulationes* und *gestationes*, CIL VI 29774. 29975) und der Kunstgärtnerei des *topiarius* (auch *nemora tonsilia*, vgl. Plin. nat. 12,13) verbunden wurde, konnten natürlich nur von Kaisern, Aristokraten und reichen Freigelassenen gehalten werden, obgleich ihre Anzahl in Rom (meist außerhalb der servian. Mauer) und auch im übrigen Italien nach und nach sehr zunahm (Richter Top. 265ff. 314 usw.); aber auch im *xystus* und *viridarium* des Peristylhauses wurden oft Blumengärten angelegt, wie auch das *solarium* mitunter mit Pflanzen besetzt war. Arme Leute dagegen begnügten sich mit Fensterkästen, wenn sie nicht die Fenster gegen Einbrecher vergittern mußten. Daneben waren Götterhaine in Rom nicht seltener als in Griechenland.

Röm. Gärten sind auf Wandgemälden gut illustriert (z. B. Röm. Mitt. 5, 1890, 78ff. JDAI 1904, 103; vgl. Plin. nat. 35,116) und in der Lit. öfters beschrieben (z. B. Plin. epist. 2,17,13ff. 5,6,16ff.). Auch die Handelsgärtnerei ist gut bezeugt (z. B. Varro rust. 1,16,3. Overbeck-Mau Pompeji[4], 1884, 384); aber unter den script. rei rust. handelt fast nur Colum. (B. 10) eingehend über den G., wobei freilich auch ihm der Gemüsebau die Hauptsache ist. Einige Ziergewächse sind von Cato (agr. 8,2) knapp angeführt, der aber nur die Baumzucht – wohl des Holzes wegen – genauer beschreibt; Varro erwähnt kaum mehr als *violae* (= ἴα, s.o.), *rosae*, *lilia* und *croci* und auch Verg. befaßt sich nur kurz mit Ziergewächsen (georg. 4,116ff.; über die Bepflanzung von Gräbern vgl. Cul. 395ff.), während die ausführlicheren Beschreibungen bei Plin. nat. 17,60ff. 21,1–85 meist Theophr. und Colum. entlehnt sind. L. A. M.

P. Grimal Les Jardins rom., 1943 (mit Bibliogr.).

Garum (ὁ und τὸ γάρος; γάρον). Die scharfe Fischsauce, urspr. aus dem Fisch γάρος hergestellt und bei den Griechen schon in klass. Zeit beliebt, in Rom im 2. Jh. v. Chr. Luxus (Plin. nat. 19,7), ist seit der späten Republik so allg. üblich geworden, daß g. spät zur Bezeichnung von Sauce generell werden konnte. G., etwas allgemeiner *liquamen*, wurde aus sehr verschiedenen Fischen gewonnen, Isid. orig. 20,3,19, je nach Gegend, Zeit, Zweck, Preis. Genannt werden kleine Fische (die Sauce daraus auch *allex*, Plin. nat. 31,95), Salm, Aal, Alse, *sardina*, Hering, Thunfisch, Stör, *maena*, Muräne, vor allem *scomber* (Makrele?). Die Fabrikation des g. blühte in Pompei, Puteoli, Antium, Klazomenai, Leptis, Mauretanien, bes. Spanien (spez. Neukarthago und Barcinona); auch Antipolis, Thurii, Dalmatien werden (für die nah verwandten *muria*) genannt, Plin. nat. 31,94, in der Spätzeit noch Istrien und Bithynien. Am höchsten geschätzt war das span. g. *(g. sociorum)*. – Geop. 20,46 überliefert verschiedene Rezepte zum Ansatz von g.: die Fischeingeweide (auch ganze kleine Fische) werden mit Salz vermengt in einem

Topf 2–3 Monate in der Sonne gegoren, öfter umgerührt, dann das *liquamen* vom Satz *(allex)* durch ein Sieb geschieden; viele Würzkräuter gehören dazu. Das beste g. ist das blutige oder schwarze, mehrfach gut durchgeseihte (*liquamen optimum saccatum* CIL IV Suppl. 7110). Wegen der Gärung heißt g. auch *putrescentium sanies, pretiosa sanies* (Plin. nat. 31,93. sonst oft); der durchdringende Geruch war entsprechend, Martial. 7,94,2. In schlanken Tonkrügen und kleinen Amphoren verschickt, wurde g. unter vielerlei Qualitätsbezeichnungen gehandelt: *g. sociorum, g. scombri, gari flos, g. flos scombri, gari flos per se* (»unverdünnt«), *liquamen primum (optimum)* usw., für kult. Fasten spez. *g. castimoniale* (bei den Mönchen gehörte es später zur Askese, sich des g. zu enthalten!). Neben Öl, Wein, Essig ist g. ein so übliches Gewürz, daß es in fast allen Rezepten des »Apicius«, oft mit Wein oder anderen Flüssigkeiten gemischt, vorkommt. G. regte den Appetit an und förderte die Verdauung, es wurde zu Vor- und Hauptgängen aller Art gereicht, z. B. Hor. s. 2,8,42 ff. Manche warnten davor (Sen. epist. 95,25). Die Ärzte verschrieben das g., teils allein, teils mit anderen Mitteln zusammen, zum Einnehmen (nicht nur als Abführmittel!); äußerlich wird es als trocknendes Mittel bei frischen Brandwunden, gegen Tierbisse, Geschwüre und nässende Wunden, auch gegen Ohrenschmerzen usw. gegeben, endlich als Klistier; auch die Tierärzte verwenden g. – Das feine Gewürz – g. war sehr kostspielig, Plin. nat. 31,94. Von seinem Geschmack haben wir keine ausreichende Vorstellung, doch geht aus allem hervor, daß es sehr scharf war und vielfach verdünnt wurde. Die billigen Sorten waren schon im Alt. übel beleumdet. – Ausführliche Nachweise bei ZAHN, RE VII 841 ff. W. H. G.

Garumna (*Garunna, Γαρούνας*). Einer der Hauptströme Galliens (*magnusque Garumna* Tib. 1,7,11), h. Garonne und Gironde, vor der röm. Besetzung Grenze der Aquitania, bei Caesar Grenze der Galli und Aquitani (Gall. 1,1,1. 5. 7. Strab. 4, 177. 189. 191. 193. 199. Mela 3,20. Plin. nat. 4,105. Amm. Marc. 15,11,2). Schiffbar auf eine Strecke von etwa 2000 Stadien (370 km). Gute Schilderung bei Mela 3,21. Die Endung *-ona, -mna* auch sonst bei Namen gallischer Flüsse. DESJARDINS Géogr. Gaule 1,145 ff. Über Beziehungen zwischen G. und Burdigala vgl. ETIENNE Bordeaux antique, 1962. M. L.

Gasthäuser s. Wirtshäuser

Gastmahl s. Symposion

Gates. Volk in Aquitanien, nur bei Caes. Gall. 3,27 erwähnt, zwischen Elusates und Ausci. Man hat an Garites gedacht, um das Volk im Comté de Gaure (bei Auch) anzusetzen, jedoch ohne Gewähr. M. L.

Desjardins Géogr. Gaule 2,364.

Gauanes (*Γαυάνης*). Nach der makedon. Gründungssage (Hdt. 8,137 f.) Nachkomme des Temenos, der mit seinen Brüdern Aeropos und → Perdikkas aus Argos nach Makedonien floh, wo sie erst als Knechte dem König von Lebaia dienten, dann aber vom Berge Bermion aus das ganze Land eroberten. Anknüpfung an Argos lag für die Argeadendynastie wegen des sprachlichen Anklangs nahe. RE XIV S. 684. 699. H. v. G.

Gauda. Sohn des Mastanabal, Enkel des Numiderkönigs Massinissa. Da er körperlich und geistig anfällig war, kam er für die Thronfolge nach dem Tod des Micipsa nicht in Frage, meldete aber während des Iugurthin. Krieges (111 bis 105) seine Ansprüche an und wurde – von Marius unterstützt – nach dem röm. Sieg über Iugurtha König von O.-Numidien, Sall. Iug. 65,1. Hiempsal II. war sein Sohn und Nachfolger. H. G. G.

Gaudentios 1. (*Γαυδέντιος φιλόσοφος*). Vf. einer Einführung in die Harmonik (*ἁρμονικὴ εἰσαγωγή*), die, fußend auf Aristoxenos, aber auch anderweitig beeinflußt, die Grundbegriffe der Musik, Töne, Intervalle, Systeme, Tongeschlechter, Harmonien, Tetrachorde, behandelt und schließlich ein beschreibendes Verzeichnis der *σημεῖα μουσικά*, der Notenzeichen, gibt, z. T. abweichend von den uns sonst überlieferten. Genauere Datierung der Schrift ist nicht möglich, doch liegt sie jedenfalls zwischen → Ptolemaios und → Cassiodor, der eine (uns verlorene) lat. Übersetzung eines Mucianus erwähnt. Maßgebende Ausg. mit Einleitung von C. JAN Musici scriptores Graeci 317–356. K. Z.

2. G., Araber, Advokat, später Lehrer der Rhetorik in Antiochia; galt 362 schon als Greis (Lib. epist. 329. 543. 749). Gegen seinen Sohn Silvanus ist Liban. or. 38 gerichtet. **3.** G., 355 agens in rebus, spionierte als notarius bei dem Caesar Iulianus, sollte 361 die Verteidigung Afrikas gegen Iulianus übernehmen, wurde 362 hingerichtet (Amm. 17,9,7. 21,7,2 f. vita S. Artemii 21 = Philostorgios ed. Bidez p. 75). **4.** G. aus Durostorum (Scythia), Vater des → Aetius, zerstörte als comes Africae (399–401) Tempel und Götterbilder in Karthago (Chr. min. 1,246. Aug. civ. dei 18,54. Cod. Theod. 11,17,3). Später wurde er mag. equitum und kam bei einer Revolte in Gallien um (Greg. Tur. 2,8. Chr. min. 1,658. Merobaud. paneg. 111 f.). A. L.

Enßlin, Klio 24, 1931, 470 f. *S. Mazzarino* Stilicone 1942, 394.

5. G., Bischof von Brixia (Brescia), † nach 406. Nach dem Tode des Bischofs Filastrius war er, im Orient abwesend, zu dessen Nachfolger gewählt und von Ambrosius († 397) und den oriental. Bischöfen zur Annahme der Wahl gedrängt worden, wie er tract. 16,2 berichtet. Im J. 405 gehörte G. zu den 5 Bischöfen, die den Protest der lat. Bischöfe und des Kaisers Honorius gegen die Absetzung des Patriarchen Johannes Chrysostomos nach Konstantinopel überbrachten. G. war ein gebildeter Mann mit vielfältigen Beziehungen zu den bedeutenden Männern seiner Zeit. Erhalten sind von ihm 21 Predigten. O. H.

Ta.: *Ambr. Glueck*, CSEL 68, 1936.

6. Nach Servius und vor dem Verfasser der Sch. Bernensia zu Vergil (also wahrscheinlich 5./6. Jh. n. Chr.), allem Anschein nach ein Christ, Vf. eines Kommentars zu Vergil, der (nebst dem Kommentar eines T. Gallus und des Iunius Phylargyrius) in die sog. Scholia Bernensia eingearbeitet worden ist: Vgl. zu Verg. Buc. 10 (Schluß): *haec omnia de commentariis Romanorum congregavi, i.e. Titi Galli et Gaudentii et maxime Iunii Phylargyrii (Iunilii Flagrii* Hss.*) Mediolanensis.* Der Kommentar des G. umfaßte wahrscheinlich die Bucolica und Georgica. Zwischen G. und Servius finden sich manchmal enge Berührungen, wobei Servius als Gewährsmann, G. als Benutzer zu betrachten ist, obwohl man auch das Umgekehrte zu beweisen versucht hat, was mit Recht abgelehnt worden ist. W. Str.

Funaioli, RE VII 857f. *Schanz-Hosius* 2^4,108f.

Gaugamela. Örtlichkeit Assyriens (h. Gōmal) an einem Gewässer *Βούμηλος* (Arr. an. 3,8,7; bei Curt. 4,9,10 *Boumelus*, h. Gōmel-su) zwischen den Flüssen Tigris und Lykos (Gr. Zab), näher dem Tigris, unweit des alten Ninive, bekannt durch die Schlacht, in der Alexander d. Gr. die Perser besiegte (331 v. Chr. → Arbela, Strab. 2,79. 16,737. Arr. an. 3,8,7. Plut. Alex. 31,3. Curt. a. O.). Weitere Erwähnungen: Ptol. 6,1,5. Cass. Dio 68,26,4. Steph. Byz. s. v. Plin. nat. 6,118. Eine volksetymolog. Deutung des Ortsnamens als »Haus des Kameles« geben Strab. 16,737 und Plut. a. O. H. T.

H. Delbrück Gesch. d. Kriegskunst 1,171ff. *J. Kromayer* Ant. Schlachtfelder 4,372ff. Gr. Hist. Weltatl. I, S. 15c.

Gaukler. *θαυματοποιοί* (Plat. rep. 514 b 5), *θαυματουργοί* (Heron 1,342,2), *praestigiatores* (Plaut. Amph. 830), *circulatores* (Sen. benef. 6,11), *circumscriptores* (Iuv. 15,136). Unter G. fallen die verschiedensten Gruppen von Darstellern belustigender Kunstfertigkeiten (vgl. Kroll, RE Suppl. VI 1278f.). Zu unterscheiden ist a) der G., der seine Zuschauer mit artist. Fähigkeiten belustigt (z.B. *χειρονομεῖν* Xen. symp. 2,19; *pilis ludentes* Firm. Mat. math. 8,8,1); b) der »Zauberer«, der übernatürliche Kräfte vortäuscht (*παίγνια* PGM 7,169ff.). Oft rückt der G. in die Nähe des Wahrsagers (Aristot. oec. 1346 b 21. Firm. 8,20,2). Die Riten der Mysterien und der neuplat. Theurgie waren oft nur sublimierte Gaukelei, doch versuchte man den G. vom echten Philosophen zu scheiden (→ Zauber). C. Z.

Gaulanitis s. Batanaia

Gaulos. N.w. Insel der Maltagruppe (h. Gozzo), zuerst erwähnt von Hekat. bei Steph. Byz. s. v., dann von Skyl. Per. 111 (GGM I, p. 89 M.), Strab. 6,277 (*Γαῦδος* mit Größenangabe). Diod. 5,12,4 beschreibt sie als Insel im offenen Meer (*πελαγία*) mit günstigen Häfen. Ihr Name ist wohl phoinik.: *γαῦλος* = rundes Lastschiff. S. auch Prok. bell. Vand. 1,14. Plin. nat. 3,92. G. wurde im 8. Jh. v. Chr. von Phoinikern besiedelt, war dann in karthag., griech. und seit um 220 v. Chr. in röm. Besitz. Im Innern der Insel lag ein gleichnamiger Ort etwa dort, wo h. das Städtchen Victoria liegt, das bis 1887 Rábat bzw. Raboto hieß. – Mz. griech. Typs mit griech. und pun. Aufschriften. – Inschriften. H. T.

K. Baedeker Unter-Italien, 1910, 460ff. *Ders.* Das Mittelmeer, 1911, 422ff. *Weiss*, RE VII 875–876 mit Lit. Gr. Hist. Weltatl. I, S. 30–31.

Gaurion. Noch h. gleichnamiger befestigter Ort an einer tiefen Hafenbucht an der NW.-Küste von Andros, in der Kriegsgesch. öfters genannt. Xen. hell. 1,4,22. Diod. 13,69,4f. Liv. 31,45,3ff. Stad. m. m. 283 (GGM I 500). E. M.

1. *L. Roß* Reisen auf den griech. Inseln 2, 1843, 14ff. *Philipps.-Kirst.* 4, 1959, 92.

Gaurus mons (Nissen It. Ldk. 2,736. Beloch Campanien 25) oder *Gaurani montes* (Plin. nat. 3, 60), Kraterrand in Kampanien ö. Cumae, bes. für Weinbau geeignet (Plin. nat. 14,38. 64); Platz eines Sieges der Römer über die Samniten im J. 343 v. Chr. (Liv. 7,32,2). Es ist sehr unwahrscheinlich, daß Iuno Gaura in Capua (CIL I^2 686) ihren Namen vom G. m. erhielt (Meister Lat.-griech. Eigennamen 1,48. Degrassi Inscr. lat. lib. reip. Nr. 722). G. R.

Gausape (*-pa, -pum, γαυσάπης*). Der auf einer Seite haarige Wollstoff, von Lucilius erstmals erwähnt, seit Augustus in Mode gekommen (Plin. nat. 8,193), nach dem 1. Jh. n. Chr. nicht mehr (oder anders) genannt, wurde gern aus der Wolle von Patavium hergestellt und als Decke, Bett- oder Tischtuch, Serviette sowie als Stoff für warme Kleider (für beide Geschlechter) und Hüte benützt. W. H. G.

Gavius. Familienname, inschr. häufig – auch in der Form *Cavius* – bezeugt, Belege bei Schulze Eigennamen 76f., hist. jedoch wenig hervorgetreten.

I. Republikanische Zeit: **1.** L. G. Als Beauftragter des Brutus wurde er dem Proconsul Cicero in Kilikien 50 für eine Praefectenstelle empfohlen, erhielt aber keine Verwendung. Cic. Att. 6,1,4. 3,6. Broughton Mag. 2,254. **2.** P. G. aus Compsa (Unteritalien) wurde 72 von Verres als angeblicher Spion des Spartacus gefangen und gekreuzigt, Cic. Verr. 5,158–170. A. W. Mischulin Spartacus, 1952, 92f. H. G. G.

II. Röm. Kaiserzeit: **1.** G. Bassus, praefectus orae Ponticae im J. 112, Plin. ad Tr. 21. 22. 86. H. G. Pflaum Carrières equ. Rom. 1,481. **2.** M. G. Maximus. Italiker aus → Firmum Picenum, Procurator von Mauretania Tingitana unter Hadrian zwischen 129/132, CIL XVI 173 = AE 1949, 73; procur. Asiae, H. G. Pflaum Carrières equ. Rom. 1,247 Nr. 105. Unter Antoninus Pius wurde er mit M. → Petronius Mamertinus praefect. praetor. und blieb dies, zuletzt ohne Amtskollegen,

20 J. hindurch bis zu seinem Tod, ca. 138–158, H. A. vit. Pii 8,7. CIL IX 5358–5360. VI 31147a. 1009. 31150a. 31151 u.a. Er hat wie alle Praetorianerpräfekten unter Antoninus Pius die *ornamenta consularia* erhalten, CIL IX 5358 (A. Stein Ritterstand 248). Fronto ad Pium 4.7 (p. 159,12. 15. 160,8 van den Hout) spricht mit Hochachtung von G. **3.** G. Silo. Spanier aus → Tarraco, Rhetor, den Augustus im Winter 26/25 v. Chr. dort oft hörte, Sen. contr. 10 pr. 14. 10,2,7. 16,3,14, 4,7. 5,1 (*sententiae* von ihm). **4.** C. G. Silvanus. Als Centurio der leg. VIII Aug. im J. 43 anläßlich des Feldzuges gegen Britannien von Claudius mit militär. Ehrenzeichen belohnt, dann *primipilus* dieser Legion, hernach in Rom Tribun der coh. II vigilum, der coh. XIII urbana, und der coh. XII praetor. In dieser Stellung nahm er im J. 65 an der pison. Verschwörung teil, Tac. ann. 15,50,3. Selbst noch nicht verdächtigt, wurde er beauftragt, Seneca das Todesurteil zu überbringen, was er durch einen Centurio tun ließ, ebd. 60,4–61,3. Später tötete er sich trotz Freispruches selbst, ebd. 71,2. **5.** M. G. Squilla Gallicanus. Sohn des gleichnamigen cos. ord. 127 (Inscr. It. XIII 1, p. 204). G. selbst war cos. ord. 150, CIL XVI 98. II 5992. VI 209 u.a. Procos. Asiae ca. 165, Lukian. Dem. 30, D. Magie Rom. Rule Asia Min. 2,1584. Verheiratet war G. mit Pompeia Agripinilla; sein Sohn war M. G. Cethegus, cos. ord. 170 (Forsch. Ephes. 2,178 Nr. 68); seine Tochter G. Cornelia Cethegilla, Dess. 8825. R. H.

III. Literarische Persönlichkeiten:

1. G. Bassus, 1. Jh. v. Chr., lat. Grammatiker – *eruditus vir* nennt ihn Gell. 3,19,1 –, Vf. einer auf uns nicht gekommenen Schrift De origine verborum et vocabulorum in mindestens 7 B. Fragmente verdanken wir 3 Gewährsmännern: Quintilian, Gellius und Macrobius, die den Titel in verschiedenen Formen anführen (de origine vocabulorum, de significatione verborum, commentarii), die nur Varianten des echten Titels sind. Außerdem schrieb er ein ebenfalls verlorenes Werk de dis (zitiert bei Macrobius), das unter stoischem Einfluß entstanden sein mag. Frg. bei Funaioli GrRFr. 1,486ff. vgl. Funaioli, RE VII 866ff.

2. G. Sabinus, august. Zeitalter, ein von Seneca dem Älteren einige Male erwähnter Rhetor. Vgl. Münscher, RE VII 869f. W. Str.

Gaza. Wohl seit Anf. des 2. Jt. v. Chr. bedeutender Seehafen in Palästina auf der Höhe von → Bersabe, wo die von dort und Petra kommende auf die syr.-äg. Karawanenstraße traf. G. tritt unter Thutmose III. (1502–1448 v. Chr.) ins Licht der Gesch. und ist dann etwa 350 J. meist äg. beherrscht, seit dem 12. Jh. die wichtigste der 5 philistäischen Kapitalen. Unter David israelit., unter Tiglatpileser III. und Sargon assyr., im 7. Jh. wieder äg. kontrolliert, behielt G. doch immer eine gewisse Selbständigkeit und konnte sie in der Perserzeit vom 6. bis 4. Jh. zu voller Blüte entfalten. Alexander d. Gr. widerstand G. 332 v. Chr. für 5 Monate (Arr. 2,26f. Curt. 4,5f. Diod. 17,48. Ios. ant. 11,8,3–4), erhielt nach der Eroberung einen neuen Hafen (Maiumas Gazae), wurde dann ptolemäisch (Paus. 1,6,4f. Diod. 19,59.93) und 198, jedoch mehr nominell, seleukid. Alexander Iannäus zerstörte Gaza 96 v. Chr. völlig (Ios. ant. 13, 13,3; bell. 1,4,2), es wurde wieder aufgebaut und von den Römern zur freien Stadt gemacht, deren Ausbaupläne Gabinius (Prokonsul von Syrien) seit 57 v. Chr. verwirklichte (Ios. ant. 14,5,3). Von da an nahm G. wirtschaftlich wie kulturell an der Prosperität des Imperiums teil und wurde bes. von Hadrian gefördert. Hauptkult wurde der des Marnas (am ehesten ein zum Repräsentanten des Zeus Κρηταγενής gemachter Baal), daneben gab es ein Heroon und Tempel für Helios, Aphrodite, Apollo, Athene, Hekate und Tyche. Fast alle wurden schon kurz nach der Christianisierung unter Bischof Porphyrius (396–420) zerstört (Marc. Diac., Vit. Porph.). Mit seiner nun entstehenden mediterran-christlichen Kultur erreichte Gaza bald den Rang von Konstantinopel und Alexandrien, an seiner berühmten, platon. geprägten Rhetorenschule lehrten Prokopios von G. (unter Anastasius, 491–518), sein Schüler → Chorikios (zwischen 520 und 530), Iohannes, Zosimos, → Aineias (Nr. 3) und Timotheus über alle Gegenstände der klass. und chr. Welt und durften als Christen die ersteren auch nach Schließung der Akademie in Athen durch Justinian noch weiterhin behandeln. Prokopius von Caesarea ging aus dieser Schule hervor. Kirchenbauten in G. (z.B. für St. Sergius) wurden für einen großen Teil der byzantin. Architektur maßgebend. 635 islamisiert, war G. lange fatimidisch, von den Kreuzfahrern erobert und nach 1149 wieder aufgebaut, von Ṣalāḥ al-Dīn und Richard Löwenherz teilweise wieder zerstört. Unter Hülägü war G. westlichster Punkt des Mongolenreiches, es blühte unter den Mamluken, weniger unter den Osmanen (7 Moscheen, 1 armen. und 1 griech. Kirche). Nach dem 1. Weltkrieg unter brit. Mandat, nach dem 2. Weltkrieg oft Brennpunkt israel.-arab. Streitigkeiten und unter UNO-Kontrolle. H. Ġazze, 40000 Einw. C. C.

K. Seitz Die Schule von G., Diss. Heidelb. 1912. *P. Friedländer* Johannes v. G., 1912. RGG³ 2, 1958, 1207 *(K. Galling)*. *G. Downey* G. in the Early Sixth Century, Norman 1963 (Lit.). Encycl. of Islam 2, 1965, 1056f. *(D. Sourdel)*; (Lit.)

Gazara, Γαζαρα (1. Makk. 9,52 u.ö.; Ios. ant. 5,83 u.ö.; bell. 1,50. Eus. onom. 66,21), wichtige Festungsstadt im w. Palästina, das atl. Gezer (hebr. *gäzär*, äg. *qḏr*, LXX. Eus. Γαζερ, Γαζηρα; Ios. ant. 13,261 Γαζωρα, mit Γαδαρα gemeint ant. 14,91; bell. 1,170. Strab. 16,2,29. Georg. Kypr. 1019), der *tell ǧezer* bei dem Dorf *abu šūše* 7 km nnw. von *ʿamwās* (Nikopolis, vgl. Eus.). Von Thutmosis III. (15. Jh.), Merenptah (um 1225) und

andererseits Tiglatpileser III. (734 v. Chr.) erobert, in den Amarnabriefen (14. Jh.) oft erwähnt; unter Salomo israelit. (1. Kön. 9,15ff.), später Levitenstadt; in den Makkabäerkriegen wechselnd in syr. und jüd. Hand (1. Makk. 9,52. 13,43–48 u. ö.).
E. Ku.

R. A. S. Macalister The Excavation of Gezer, 3 Bde, 1912. *K. Galling*, Palaest. JB. 31, 1935, 75–93. Lex. f. Theol. u. Kirche^{2} IV 878f.

Gazelle. Unter den Antilopen (dazu u. a. Kuhantilope und Spießbock [→ Oryx] gehörig) ist die Gattung der G. die artenreichste, doch begegnet vorwiegend die gemeine G. (Antilope dorcas bzw. Gazella africana): *ζορκάς, δορκάς* (auch »Reh«), *δόρκων, δόρκος, δόρξ, ζόρξ, damma* (auch »Reh«, kaum → »Gemse«; kelt. Ursprungs?), vereinzelt *dorcas (dorcus, dorx)*. Die G. (Plin. nat. 11, 124: *cornua . . . in adversum adunca;* Gegensatz: *in dorsum*) lebt in der Wüste (Hdt. 4,192. Theophr. h. plant. 4,3,5), nach Timotheos von Gaza (anon. Matth. c. 17; s. Steier, RE III A 1339ff.) mit Steinhühnern (*πέρδικες*) befreundet und mit Wildeseln Herden bildend. Zwar scheu (Gratt. cyn. 200. Ail. nat. 7,19), doch langsamer als der Wildesel (Arr. kyn. 24,1), wird sie vom Pferd aus mit Hunden, Pfeil, Speer, Netz und Lasso gefangen (Arr. a. O.; A. Kees, Ägypten, Handbuch III 1,3,56). Gezüchtet wurden G. in Äg. und wohl auch im röm. Reich: Da auf pompeian. Bild G. im Fleischerladen erscheinen, werden die *dammae* in den Vivarien (Colum. 9,1,1) und als geschätzte Delikatesse (Iuv. 11,121) G., nicht Gemsen, sein. Aus G. gewonnen wurden *δορκάδειοι ἀστράγαλοι* (Theophr. char. 5,9; s. Steinmetz, Komm. z. St.), aus dem Gehörn verschiedenes Werkzeug, aus dem Leder wertvollstes Pergament. Für Darstellung (Äg., Mykenai, Pompei), s. Lit.; für den Kult Kees a. O. (Index); für den Personennamen Bauer s. v. *δορκάς*; zu Antilopen bei Venationen s. Friedländer-Wiss. 4,273ff.
E. Mg.

Keller Ant. Tierwelt 1,286ff.

Gaziura (*τὰ Γαζίουρα*). Stadt in Pontos (Kappadokien) = Ibora in byz. Zeit, h. Turkhal am Iris (h. Ješil-Irmak), wo er nach N. biegt, die alte Residenz der Könige von Pontos, Ort der Schlacht zwischen Mithradates VI. und den Römern unter Triarius (68 v. Chr.). Z. Z. Strabons war G. bereits verödet (12,547). Cass. Dio 36,12.
Chr. D.

1. *Ramsay* Asia Minor 325. *Anderson-Cumont* Studia Pontica 1,69ff. 3,250. *Grégoire* Rapport sur un voyage d'exploration dans le Pont en Cappadoce, BCH 36, 1909, 22ff. *G. de Jerphanion* Mél. Fac. Or. Beyrouth 5,336ff. *Ders.* Inscr. de Cappadoce et du Pont., Mél. Fac. Or. Beyrouth, 1917–1921, 15ff. 395ff.

Gebärden. Alle Mittelmeervölker benützten im Alt. (wie noch h.) zahlreiche, allg. übliche und verständliche G., die teils mit dem ganzen Körper, teils mit den Extremitäten (bes. Händen), teils mit dem Gesicht, spez. mit den Augen, ausgedrückt wurden. Sie unterscheiden sich von den bei uns üblichen stark, etwa der Händedruck ist bedeutungsvoller und bestimmten Gelegenheiten vorbehalten. Der Übergang von den G. des Tages zum Tanz einerseits, der Schauspielkunst – vor allem die Komödie benützte zahlreiche G. des täglichen Lebens sowie eine Fülle obszöner G. – andererseits war fließend. Die meist sehr ausdrucksvollen G. waren variabel nicht nur nach dem Inhalt, sondern vielfach auch nach dem Adressaten (z. B. Gruß-G., Gebets-G. für olymp. und Unterweltsgötter), im Rom der Kaiserzeit auch nach dem Rang dessen, der die G. machte. Jede Dramengattung hatte ihre eigenen G. (Dion. Hal. Demosth. 53), Redner kontrollierten u. U. ihre G. vor dem Spiegel (Quint. inst. 11,3,68) und sollten sie bei Schauspielern lernen. Da sie stets mit G. sprachen, standen die Redner immer frei, nie (auch beim Lehrvortrag) hinter einem Pult. Unsere Kenntnis der ant. G. beruht weitgehend auf Quint. inst. 11,3,65ff. und den Werken der bildenden Kunst und ist überaus lückenhaft; nur eine einzige G. ist bisher gut untersucht [3], die meisten anderen kennen wir nur in den allg. Zügen [1], neue Untersuchungen dazu sind dringend erforderlich.
W. H. G.

1. *Sittl* Die G. der Griechen und Römer, 1890. 2. *Deonna* Expression des sentiments dans l'art grecque, 1914. 3. *I. Jucker* Der Gestus des aposkopein, 1956. 4. *Brilliant* Gesture and Rank in Roman Art, 1963. 5. *Neumann*, Gesten u. G. in der griech. Kunst, 1965,

Gebet. Eine der wichtigsten Ausdrucksformen des Kultus: die Hinwendung an eine numinose Macht in Wort, Geste und Haltung (G. van der Leeuw Phänomenologie der Rel., 1956^{2}, 480ff.), erwachsen aus einer urspr. mag. Kraftübung (Aischyl. Choeph. 721. R. R. Marett, Folk-Lore 15, 1904, 134ff. K. Beth Rel. und Magie, 1927^{2}, 262. [5],63f.), praktiziert in den beiden Grundelementen Anruf *(invocatio)* und Spruch *(carmen)*: F. Heiler Das G., 1923^{5}, 39. 134. [5],3ff.). Paradigmata des Frühstadiums: *Mars vigila* (Serv. Aen. 8,3. Latte RRel. 114); *ὗσον, ὗσον, ὦ φίλε Ζεῦ* M. Aur. 5,7. E. Norden Agnostos Theos, 1913, 156,1). – Anlaß und Inhalt des ant. G. ([9],22ff.) sind ebenso mannigfaltig wie sein Gefühlswert und das äußere Gewand von Sprache und Stil ([5],35ff. 53ff.). Formal werden die verschiedenen G.-Typen von der jeweiligen Situation und der individuellen Gemütsverfassung bestimmt; andererseits unterliegen sie dem Zwang der Tradition, die gewisse Stereotypa (Eingangsformeln: Hom. Il. 1,37; Apostrophen: Il. 16,233ff.; relevante Epitheta: Il. 6, 305; exemplar. Reminiszenz: Il. 10,284ff.) schafft ([7],5ff.), von denen manche zu trivialen Redewendungen der Umgangssprache absinken (*ἄναξ Πόσειδον* Aristoph. Vesp. 143; *hercle* Ter. Eun. 732). Theoretisch läßt sich von dem Typ des Lob- und Dank-G. (*ἔπαινος* Aristoph. Plut. 745. Xen. symp. 4,49. [9],20ff.) mit seinem ausschließlichen

Venerationscharakter in → Hymnos (Apollon-Asklepios: WILAMOWITZ Nordion. Steine, 1909, 43. [4],81 f.) und → Proskynese (Helios: Plat. symp. 220d. Plut. Marc. 6. Marin. v. Procl. 22. J. HORST *Προσκυνεῖν*, 1932, 74ff.) das spez. Bitt-G. abgrenzen, dem ein positiver (*εὐχή*) oder negativer Wunsch (*ἀρά*) ursächlich zugrunde liegt ([4],78 f.). Im letzteren Falle nimmt das (verwünschende) G. die Sonderform des → Fluchs an ([4],82 ff. J. BERGMANN, Philol. 70, 1911, 501 ff.); diese wiederum ist verwandt mit dem → Eid (*ὅρκος*) als hypothet. Selbstverfluchung ([4],85 ff.), der sich durch seinen rit. Vertragscharakter mit dem Gelübde (*εὐχή* = votum) berührt (E. HIRZEL Der Eid, 1902, 65 ff. 137 ff.). In der Praxis verfließen die genannten Genera nicht selten ineinander. Da der Mensch der Antike, bes. der Frühzeit, den Verkehr mit seinen Göttern auf einem zweckbedingten Verhältnis der Gegenseitigkeit gestaltet ([9],10 ff.), versäumt er nicht, sie in jeder Lebenslage als Retter, Schützer, Spender, Hüter, Rächer, Zeugen und Eideshelfer zu bemühen (Il. 2,400 f. 3,275 ff. 5,115 ff. 15,318 ff. H. SCHRADE Götter und Menschen Homers, 1952, 15 ff.). Wichtigere offizielle oder private Handlungen und Unternehmungen (Plat. Alk. 2,148 c. Tim. 27c) entbehrten daher nie des zeremoniellen G. (Hes. erg. 338 f. Lykurg. in Leocr. 1. Xen. oik. 6,1). Schablonenhafte Veräußerlichung blieb nicht aus, wie die lit. Parodie phrasenhafter G.-Elemente durch die att. Komödie zeigt (Aristoph. Equ. 551 ff.; Pax 433 ff.; Lys. 833.; Thesm. 1136 ff. [10], 20 ff.). Doch bewahrte sich persönliche Frömmigkeit einen originellen Ausdruckswillen (Aischyl. Ag. 160 ff. Xen. mem. 1,3,2), der in den großartigen Chor-G.-en der griech. Tragödie (E. J. STRITTMATTER, CW 16, 1922, 66 ff.) seinen künstlerischen Höhepunkt erreicht hat. In einer anderen Schicht behaupten sich die krausen Formeln mag. Beschwörung bis in die exorzist. G.-e chr. Zeit (F. PRADEL, RVV 3,3, 1907, 259 ff.); ihnen verwandt, leben die volkstümlich-kurzen Sprüche apotrop. oder prophylakt. Inhalts mit naiv-egoist. Apo- und Epipompe des Unheils (O. WEINREICH, ARW 18, 1915, 9 ff. 35, 1938, 307 ff. [6],175 ff. [11],161 f.), gelegentlich sogar literar. wirksam geworden (Aischyl. Hik. 529 f. Kall. h. 6,102 ff. Catull. 63,90 ff. WEINREICH Mél. F. Cumont 1, 1936, 489 ff.), im europ. Volksgut der Neuzeit fort (WEINREICH Festgabe K. Bohnenberger, 1938, 263 ff. Universitas 1, 1946, 275 ff.). Dagegen hat der ant. G.-Gestus, der den Blick und die offenen Handflächen der Gottheit zukehrte (Il. 5,174. 8,364. Hdt. 9,61. Eur. Phoin. 1372. [4],80), somit also für die himmlischen und die chthon. Götter unterschiedliche Schemata kannte (Il. 7,177 f. Aristot. mund. 6. – Il. 9,568 ff. 14,272 ff. Eur. El. 677 f. CH. PICARD, RHR 114, 1936, 137 ff.), keine Nachfolge gefunden. Außer einigen akzessor. Riten, wie dem Händewaschen vor und dem Niedersitzen nach dem G. (Plut. mor. 270 d. Ov. fast. 6,307 f. Apul. flor. 1,1. Tert. de or. 16. F. J. DOELGER, Ant. u. Christentum 5, 1936, 116 ff.), ist ferner auch die der heidn. Antike geläufige Sitte des lauten Betens (Il. 1,450. Xen. symp. 4, 55. Plaut. Rud. 260. Val. Flacc. 2,256 ff. 4,79) vom Christentum aufgegeben worden (Tertull. de or. 17. Cyprian. de domin. or. 4 f. Cassian. conlat. 9,35. J. BALOGH, ARW 23, 1925, 345 ff.). Freilich war der G.-Ton seit jeher abhängig von Stimmung, Anlaß und Milieu (S. SUDHAUS, ARW 9, 1906, 185 ff.): neben der *ὀλολυγή* (Hdt. 4,189. Eur. frg. 351. 9, 18 f.) und dem öffentlichen G. mit *εὐφημία* der Umstehenden (Charit. 3,8,4 f. Xen. Eph. 1,10,10) findet sich die Spontanäußerung des Stoß-G. (Isokr. 2,47. C. ROBERT Bild und Lied, 1881, 81), aber auch das stumme Beten (Od. 5,444) oder das *murmur modicum* (Iuv. 10,289 f.), meist situationsbedingt (Il. 7,194 f. Eur. El. 808 f. Ach. Tat. 3,10), ferner das Flüstern geheimer Wünsche (Aphrodite *Ψίθυρος* H. USENER, RhM 59, 1904, 623 f.), die *preces tacitae* aus unlauterem Begehren (Hor. epist. 1,16,59 ff. Pers. 2,1 ff.), nicht zuletzt die leisen oder lautlosen *voces magicae* des Beschwörungs- und Zauberwesens (Lukian. Menipp. 7. Val. Flacc. 7,464. Lucan. 5,104. 6,701. Apul. apol. 54. A. DIETERICH Eine Mithrasliturgie, 1903, 17, Z. 3. E. MAASS Tagesgötter, 1902, 246 f. SUDHAUS 197 ff.).
W. F.

1. *C. Sittl* Die Gebärden der Griechen und Römer, 1890. 2. *G. Appel* De Romanorum precationibus, RVV 7,2, 1909. 3. *Th. Schermann* Spätgriech. Zauber- und Volks-G., 1914. 4. *Stengel* 78 ff. (ält. Lit.). 5. *F. Schwenn* G. und Opfer, 1927. 6. *O. Weinreich* G. und Wunder, Genethl. W. Schmid, 1929, 169 ff. 7. *W. Blascak* Götteranrufung und Beteuerung, 1932. 8. *J. Th. Beckmann* Das G. bei Homer, 1932. 9. *H. Braune* Veterum de precibus sententiae, 1935 (Lit.). 10. *H. Kleinknecht* Die G.-Parodie in der Antike, 1937. 11. *W. Havers* Hommages M. Niedermann, 1956, 159 ff.

Geburtstag s. Kultus

Gedrosia *(Gadrosia)* entspricht einigermaßen dem h. Balučistan. Über die Landesnatur G. hat die griech. Erdkunde durch den kühnen Rückmarsch Alexanders eine recht gute Vorstellung erhalten; trotz der furchtbaren Strapazen, die das Heer dezimierten, arbeitete der Stab von Gelehrten auch hier fleißig, die Wüstennatur G.s erweckte das höchste Interesse, namentlich die allgemeine Botanik wurde ungemein bereichert.

Nearchs Periplus war vorzüglich und genau; danach stellte sich die Küste im ganzen als außerordentlich unwirtlich und öde dar, so daß für die Schiffsmannschaften kaum der notdürftigste Proviant aufzutreiben war. Darum mußte sich Alexander meist in den Längstälern des Inneren halten und sich begnügen, von Zeit zu Zeit von den Bergwällen Ausschau zum Meer zu halten. Da die Verbindung mit dem Innern durch die zahllosen Parallelfalten des Mittelgebirges aufs äußerste erschwert ist, trägt G. durchaus kontinentalen Charakter. Die Küste ist für das Land ohne Wert. Der hervorstechendste Zug in der Landesnatur G. ist die außerordentliche Dürre und Wasserarmut, die der durchlässige Kalkstein des Bodens und die langen regenlosen Sommer bedingen. Dort wächst hauptsächlich der Oleander, dessen Giftblättern zahlreiche Lasttiere in Alexanders Heer erlagen; außerdem wurden kaktusartige Euphorbien, eine Nardenart und der Myrrhenbaum festgestellt.

Der größte Teil der Bevölkerung bestand aus Nomaden, wie noch h. die Balučen meist Wanderhirten sind. Ethnologisch muß h. scharf unterschieden werden zwischen der im Aussterben begriffenen, aber im MA. viel weiter nach W. ausgedehnten Sprache der Brahui im ö. Randgebirge G.s und dem herrschenden Idiom der Baluči. Dieses ist ein ostiran. Dialekt, seine Träger haben sich aber erst im 18. Jh. von Mekran her über das n.ö. Balučistan ausgebreitet; noch früher saßen sie nach den arab. Geographen in einigen wenigen Tälern des Grenzdistrikts von Fars und Kerman am Eingang des Persischen Meerbusens. Im 6. und 5. Jh. v. Chr. waren der Hauptstamm des w. G. die Mykoi oder Maka, welche die Brhat-samhita des Varahamihira unter den w. Nachbarvölkern Indiens als Makara aufzählt. Die pers. Verwaltung hat ihren Namen auf das ganze kontinentale G. ausgedehnt, wie die Keilinschr. des Dareios I. lehren. Sie waren nicht arischer Abkunft, sondern offenbar die Hauptvertreter jener autochthonen Rasse, die im MA. von den Balučen unterworfen wurde und deren letzte Reste heute die Brahui sind. Das Brahui steht den Dravidasprachen der vorderind. Dekkhan nahe, und die älteste Bevölkerung G.s ist demnach den Dravidavölkern zuzurechnen.

J. D.-G.

Gefängnis s. Carcer. Desmoterion

Gefäße (Gefäßnamen) s. Vasen

Geflügelzucht. In Griechenland hat sie sich als Nebengebiet der Landwirtschaft erst in hist. Z. entwickelt, in Italien war sie von der klass. Z. bis ins ausgehende Alt. ein Wirtschaftszweig von großer Bedeutung. Neolith. Knochenfunde (z. B. Hagia Marina) sowie frühhellad. Funde von Gänseeierschalen (vgl. VICKERY Food in Early Greece 34. 66 f. KERAMOPOULOS, Ἀρχ. Δελτίον 4,99 f.) beweisen zwar, daß man in vor- und frühgesch. Z. Geflügelfleisch und -Eier genoß, nicht aber, daß man Geflügel züchtete (nur GLOTZ Civilis. égéenne 194, hält Hühnerzucht im minoischen Kreta für wahrscheinlich, vgl. aber VENTRIS-CHADWICK Documents in Myc. Greek 132); es dürfte sich meist um gejagte wilde Vögel handeln (vgl. Il. 2, 460 ff.). Dagegen kennt Äg. seit ältester Z. Gänse- und Entenzucht, und die Halbzähmung der Taube gehört dort wie im vorderen Orient noch dem 2. Jt. v. Chr. an (LORENTZ Die T. im Altertum, Progr. Wurzen 1886). Von dort dringt auch die Zucht von Hühnern und Pfauen zu Beginn der klass. Z. nach Griechenland vor, von da sehr rasch nach Sizilien und Unteritalien, einzelne Zweige wohl schon vorher durch phoinik. Kaufleute nach Gallien und Britannien (s. u. z. Huhn). Die Od. kennt nur zahme Gänse; die griech. Dichter des 6. Jh. nennen vereinzelt Geflügel; erst bei den Komikern und in der Batrachomachie begegnen wir einer voll entwickelten G., doch ohne daß sie in den spärlich vorhandenen landwirtschaftlichen Texten der Griechen eine Rolle spielte. Der große Aufschwung der G. in Italien seit dem 1. Jh. v. Chr. hängt z. T. mit dem Eindringen hellenist. Lebensgewohnheiten und den Bedürfnissen einer raffinierten Kochkunst, z. T. auch mit dem Bekanntwerden des Lehrbuches des → Mago in Rom (vgl. Varro rust. 3,2,13) zusammen. Während sie bei Cato noch eine untergeordnete Rolle spielt, begegnet in den Lehrbüchern → Varros (3,2–11) und → Columellas (8,2–15) eine hoch entwickelte G., nicht nur als Teil der *pastio villatica*, sondern in der Nähe größerer Städte, bes. in Latium und Campanien, auch als spezialisierter gewerblicher Betrieb von hohem Ertragswert (vgl. DOHR 42 f.), zuweilen in Händen röm. Adeliger oder Kaiser (z. B. Lamprid. Alex. Sev. 41,7). Neben dem Erwerbsstreben ist dabei oft auch reine Liebhaberei im Spiel (Varro 3,4,2), bes. in der Zucht der Pfauen, Fasane und Gänse. Zu den einzelnen Tieren s. die einschlägigen Artikel; hier folgen nur ausgewählte Angaben, soweit sie die Zucht betreffen.

1. Gänse: Für uns sind sie die ältesten in Griechenland nachweisbaren Zuchtvögel; in der Od. (15,161 f. 19,536 ff.) erscheinen sie als Liebhaberei vornehmer Damen. Wann die G. zum landwirtschaftlichen Zuchttier wird, ist unbekannt; spätestens in hellenist. Z. finden wir systemat. G.-Zucht (*χηνοβόσκιον*, *χηνοβόσκος* in Pap. des 3. und 2. Jh. v. Chr. Vgl. Varro 3,10,1); in großem Stil wird sie in Rom von → Scipio Metellus und M. Seius eingeführt (Varro a. O.). Zuchtziel sind große weiße Tiere; außer dem Fleisch werden die Daunen verwertet (Colum. 8,13,3); Plin. nat. 10, 54; nicht bei Varro). Neben der normalen Fütterung mit Wicken, Klee, Endivie, Lattich und dgl. kennt man Mästung mit Körner- und Brotfutter auf die Dauer von 30–40 Tagen, z. T. mit Sonderfutter zur Vergrößerung der Leber (gedörrte Feigen). Den legenden Gänsen nahm man die ersten Eier weg, um sie zum Weiterlegen zu zwingen, und ließ diese durch Hühner ausbrüten. Solange sie legten, sperrte man sie in besondere Verschläge. Brutdauer 25–30 Tage; Aufzucht der Jungen mit Gerstengrütze, Gartenkresse u. ä., zunächst bei der Mutter, danach in gesondertem Stall.

2. Enten: In Äg. massenhaft gezüchtet, spielen sie in Griechenland erst seit hellenist. Z. eine bedeutendere Rolle. Die E. ist zwar leichter zu zähmen als die Gans, aber ihre Zucht ist kostspieliger, bes. dort, wo der unerläßliche Teich bei der Zuchtstation (*νησσοτροφεῖον*) künstlich angelegt werden muß. Über deren Anlage s. Varro 3,11,1. Colum. 8,15,1). Die E. fordern außerdem peinliche

Sauberkeit, viel Baumschatten und besondere Vorrichtungen zum Schutz vor Raubzeug. Fütterung mit Hirse, Weizen, Gerste, Trester, Trauben, Eicheln, Fischen und anderen Wassertieren. Die Eier ließ man ebenfalls gern durch Hühner ausbrüten.

3. Hühner: Während sie in O.- und S.-Asien durchweg in der Mitte, z.T. im Anfang, des 2.Jt. v.Chr. gezüchtet wurden, tauchen sie in der griech. Welt erst im 6.Jh. durch Vermittlung der Perser (das AT. kennt keine H.!) auf (vgl. Athen. 14,655; erste lit. Zeugnisse Theogn. 863f. Pind. O. 12,15; Aischyl. Eum. 813). Ein Zentrum der H.-Zucht wurde Delos (Varro 3,9,2. Colum. 8,2,4. Plin. 10, 139). Durch Kreuzung bildete man verschiedene legetüchtige Rassen heraus, wie die tanagräische, rhod., chalkid. und med. (auch »melisch« genannt). Mit der W.-Kolonisation und dem hellenist. Welthandel gelangen sie nach W. und begegnen in Italien, Sizilien, Nordafrika und wohl auch Spanien. Wichtigster Zuchtzweck ist die Gewinnung der Eier (über Legeleistungen bereits Aristot. hist. an. 544 a 32. 599 a 1), daneben die Mast, vor allem des Hahnes (den man zuvor kastrierte) in besonderen Ställen und Behältern (außer Varro und Colum. a.O. Aristot. a.O. 564 b 2). »Künstliches« Brüten der H.-Eier in warmem Mist oder Sand lernte man von den Ägyptern (Diod. 1,74; vgl. Plin. 10,153; ebendort 154 über einen »Brutversuch« am weiblichen Busen). – Seltener, aber nicht unbeliebt war die Zucht des Perlhuhns (*μελεαγρίς*, *gallina Numidica*), das aus Afrika nach Italien gekommen war (Varro 3,9,18. Colum. 8,8, 2. Plin. 10,74. Hor. epod. 2,53. Petron. 93,2 u.a.); daneben spielt das Zwerghuhn (*pumilio*, *ἀλεκτορὶς Ἀδριανική*?, vgl. Aristot. 559 a 17) eine untergeordnete Rolle (Colum. 8,2,14. Plin. 10,156. 11,260).

4. Pfauen: Sie kamen in früher Z. aus Indien nach Vorderasien, von da auf die griech. Inseln. Ihre Zucht, nach der griech. Legende eng mit Samos und seinem Heraheiligtum verbunden (Varro 3,6,2. HEHN Kulturpfl.[8] 356), hatte zunächst reinen Luxuswert ohne ernährungswirtschaftliche Bedeutung (so schon bei Salomo, 1, reg. 10,22). Im 5.Jh. in Griechenland noch sehr selten, nimmt sie im 3.Jh. in den hellenist. Staaten, im 1.Jh. v. Chr. in Rom einen rapiden Aufstieg und wirft durch die für schöne Tiere gezahlten Liebhaberpreise hohe Gewinne ab (nach Varro 3,6,6 und Plin. 10,45 brachten gegen E. der Republik 100 Pfauen jährlich 40000–60000 Sesterzen ein). Über die Zuchtbedingungen belehren Varro 3,6 und Colum. 8,11. Gern hielt man die Pfauen auf kleinen Inseln, wo sie vor Raubzeug sicher waren und nicht fliehen konnten, u.a. auf Planasia (h. Pianosa s. Elba). Ihre Wartung forderte Sachverstand und große Sorgfalt, weshalb mit jedem Pfauen-Hof eine Wärterwohnung verbunden sein sollte. Die Tiere waren in dem für sie bestimmten Gebäude

nach Familien getrennt, mußten aber auch so wegen ihrer Eigenart im Legen (Colum. 8,11,9. Geop. 14,18,5) und ihrer Boshaftigkeit (Aristot. 488 b 24. Plin. 10,44. Pallad. 1,28 u.a.) ständig beobachtet werden. Nur das letzte Gelege des Jahres ließ man von den Pfauen ausbrüten; alle früheren durch Hühner; die 7 Monate dauernde Aufzucht der Jungen ähnelte im übrigen derjenigen der Hühner. Pfauen aufzutischen war zunächst eine ambitiöse Marotte des Q. → Hortensius (Varro 3,6,6. Plin. a.O. u.a.), die aber bald Nachahmung fand (Cic. fam. 9,18,3. Hor. sat. 1,2,116. 2,2,23ff. Iuv. 1,143. Suet. Vitell. 13).

5. Fasanen: Sie kamen Anf. 5.Jh. aus Kolchis nach Griechenland, von da in hellenist. Z. nach Rom und waren wie die Pfauen fast nur Luxusvögel; Ptolemaios II., der sie für die Küche züchten ließ (Athen. 14,654c), war eine Ausnahme. Noch bei den klass. Agrarschriftstellern der Römer fehlt der Fasan in der *pastio villatica;* sonach war er auch dem Mago fremd. Zuchtanweisungen finden sich erst bei Pallad. 1,29 und Geop. 14,19. Doch bereits Vitellius ließ sich Fasanen-Hirn vorsetzen (Suet. a.O), und später wurden die Fasanen wie Hähne gemästet; das Ed. Diocl. nennt als Preis je Stück 250 Denare.

6. Tauben: Ihre Halbzähmung erfolgte sehr frühzeitig in Äg., Syrien, Palästina und Assyrien (LORENTZ a.O.); vor allem bei den Juden (vgl. schon Genes. 8,8ff.) spielt sie eine wichtige Rolle als Opfertier (Näheres s. KITTEL Theol. Wört. 6, 63ff. GOLDAMMER, RGG 6,622). Die weiße zahme Taube, im O. der Aphrodite-Astarte heilig, kam angeblich 492 nach Griechenland (Charon Pers. FGrH 262 F 3; vgl. Soph. frg. 781). Man hielt sie in »Türmen«, d.h. in freistehenden oder mit dem Gutshaus verbundenen Hochbauten (sog. *περιστερεῶνες*, bei Plat. Tht. 197d bereits verallgemeinert = »Vogelhaus«), wie sie ein Mosaik aus Praeneste zeigt. Ihre Anlage und Pflege schildern Varro 3,7. Colum. 8,8. Pallad. 1,24; ebendort Näheres über Fütterung und Schutzmaßnahmen gegen Habichte, Falken u.dgl. Die ungewöhnliche Fruchtbarkeit der Tauben (bis zu 10 Gelegen jährlich Aristot. 558 b 23 u.a.) garantierte hohe Rentabilität; trotz beträchtlicher Anlagekosten (z.Z. Varros 100000 Sesterzen für ein Taubenhaus für 5000 Tauben) überstiegen die Verkaufsgewinne (bis zu 400 Denaren für das Paar: Varro 3,7,3. Plin. 10,110) die Investitionen um ein Vielfaches. Auch die Tauben wurden planmäßig gemästet (meist mit vorgekautem Weißbrot), teils in engen Zellen, teils mit gebrochenen oder gefesselten Beinen. Zur Mehrung der Bestände diente außer der Zucht das Einfangen wilder Tauben, das oft durch werbende zahme Tauben (Plin. 10,109) sehr erleichtert wurde; zum Eingewöhnen der gefangenen Wild-Tauben wendete man außerdem Sympathiemittel an (Colum. 8,8,7. Pall. a.O.; Plin. a.O.). – Neben der gewöhnlichen Taube (*περιστερά*, *πέλεια*, *co-*

lumba) hielt man in Rom auch Ringeltauben (*φάττα, palumba*) und Turteltauben (*τρυγών, turtur*); ihre Zucht war einfacher, da sie nicht den Bau geschlossener Brutnester forderte, aber auch weniger einträglich, weil sie stark saisongebunden war (Varro 3,8,3. Colum. 8,9,1. Pallad. 1,25. Geop. 14,24). W. R.

Gummerus Der röm. Gutsbetrieb, Klio-Bh. 5, 1906; ^{2}1963. *Hehn* Kulturpfl. ^{8}1911; ^{9}1963. *Heitland* Agricola, 1921. *Hauger* Zur röm. Landwirtschaft und Haustierzucht, 1921. *Scalais* Les revenues etc., Mus. belge 31, 1927, 93. *Jennison* Animals for Show and Pleasure, 1937. *Sergeenko* Die Landwirtschaft der röm. suburbana (russ.), 1955. *Foucher* La vie rurale a l'époque de Caton etc., Bull. Assoc. Budé 1957, 2,41. *Fuchs* Varros Vogelhaus in Casinum, Röm. Mitt. 69, 1962, 96. *Dohr* Die ital. Gutshöfe nach den Schriften Catos und Varros, Diss. Köln 1965.

Geganius. Alter röm. patriz. Gentilname; zum Suffix *-anius* vgl. RE XVI 1652,39, zu der Scheidung vom Namen *Giganius* SCHULZE Eigennamen 273. Die Gens stammte wohl aus Alba und kam mit anderen unter Tullus Hostilius nach Rom, Liv. 1,30,2. Dion. Hal. 3,29,7. MÜNZER Adelsp. 133f. Da jedoch nach Plut. Numa 10,1 eine der beiden ersten Vestalinnen Gegania hieß, ist Vorsicht am Platz; spätere Konstruktion sind wohl auch weitere Frauen dieses Namens aus der Königszeit und bestimmt die Rückführung des Stammbaums auf → Gyas, einen Gefährten des Aeneas, Serv. Aen. 5,117 (RE VII 1955). Hist. unsicher ist L. G., der 492 nach Dion. Hal. 7,1,3 als Gesandter nach Sicilien geschickt worden sein soll. Die Gens ist seit dem 4. Jh. v. Chr. völlig zurückgetreten. – **1.** Gegania, 1. Jh. v. Chr., heiratete einen buckligen Sklaven, der daraufhin den Namen G. Clesippus annahm, Plin. nat. 34,11f. Die Grabinschr. dieses G. ist erhalten (DESS. ILS 1924) ebenso wie die eines anderen spätrepubl. G. (CIL I 1056 = VI 18945). MÜNZER Adelsp. 49,1. **2.** M. G. Macerinus, bedeutendster Namensträger im 5. Jh., Consul I 447, II 443, III 437, Censor 435 (mit C. Furius Pacilus, wohl 1. Censorenpaar), Legatus 431; CIL I^{2}. DEGR. I 13. BROUGHTON Mag. 1. Nach der Tradition besiegte er 443 die Volsker unter Cluilius und triumphierte über sie (Act. tr. Liv. 4,9,13–10, 7). **3.** M. G. Macerinus, Consulartribun 367 (ebenso wie 378 ein L. G. dieses Amt bekleidete). **4.** Proculus G. Macerinus, Consul 440. **5.** T. G. Macerinus, Consul 492 mit P. Minucius Augurinus; nach der Überlieferung herrschte damals große Hungersnot. H. G. G.

Gegeneis (*Γηγενεῖς* »Erdgeborene«). **1.** Beiname der → Giganten (Soph. Trach. 1058 u. a.), der Aloaden, der Sparten, des pyth. Drachen, des Typhon, des Argos (Nr. 2). Subst. gebraucht = Giganten, urspr. genealog. verstanden, später im Sinne der Kulturlosigkeit, Aristoph. Nub. 853: die *ἄθεοι* als Himmelsstürmer. **2.** Fabelvolk auf dem Bärengebirge bei Kyzikos mit 6 Armen, das die Argonauten im Hafenbecken durch Felsblöcke einsperrte, Apoll. Rhod. 1,941ff. 989ff. m. Sch.; urspr. Meerungeheuer, vgl. (En)cheirogastores. KNAACK, H 37. WILAM. GldH 1,272 zieht die Laistrygonen heran. **3.** Gleichbedeutend mit *αὐτόχθονες*; als solche galten bes. Arkader (Palaichthon), Attiker (Kekrops, Erechtheus), Boioter (Alalkomeneus). H. v. G.

M. Mayer Giganten und Titanen, 1887, 125 u. s. *Prell.-Rob.* 1,83 mit Anm. 2.

Geier, *γύψ*; *voltur, volturius, volturus, vultur* (von *vello* »rupfe« oder etr. Ursprungs [→ Volturnus]?). Die G. wurden offensichtlich nur ungenau beobachtet, so daß von den 13 im Mittelmeerraum anzutreffenden Arten auch Aristot. hist. an. 592 b 7 nur 2 scheidet: *ὁ μὲν μικρὸς καὶ ἐκλευκότερος* (Schmutzg., neophron percnopterus; 70 cm lang, 160 cm breit), *ὁ δὲ μείζων καὶ σποδοειδέστερος* (Mönchsg., Aegypius monachus, 116 cm lang, 230 cm breit; von Aristot. vielleicht nicht vom Gänseg. [gyps fulvus, 100 cm lang] geschieden). *αἰγυπιός* ist in terminolog. Sprache der Lämmergeier (ebenso *περκνόπτερος* bei Aristot. hist. an. 618 b 32?), der eine Stellung zwischen → Adler und G. einnimmt (s. Ail. nat. 2,46 *ἐν μεθορίῳ γυπῶν ... καὶ ἀετῶν*. Aristot. hist. an. 610 a 1 *μάχεται δὲ καὶ ἀετῷ αἰγυπιός*); in poet. Sprache dürfte *αἰγυπιός* meist Arten des G. bezeichnen (THOMPSON 16). – Der G. legt auf unzugänglichen Felsen 2 Eier (Aristot. a. O. 563 a 11: charakterist. für Schmutzg.) bzw. 1 oder 2 (Aristot. a. O. 615 a 14; nach äg. Ansicht soll es keine männlichen G. geben, s. Plut. mor. 286 C). Seine Hauptnahrung besteht aus Aas (Gorg. Vors. 82 B 5a *γῦπες ἔμψυχοι τάφοι*): Häufig spricht Hom. von Leichen, die Hunden und G. vorgeworfen werden. Die Perser (Hdt. 1,140) und ein span. Volk (Ail. nat. 10,22) überließen die Leichen allg. bzw. die der Gefallenen den G. Es war bekannt, daß G. in großer Zahl den Heereszügen folgten (Aristot. hist. an. 563 a 10. Ail. nat. 2,46); daraus wohl wurde eine prophetische Gabe erschlossen (Plin. nat. 10, 19: G. fliegen 3 Tage vorher zu einem Platz, wo es Leichen geben wird). Die Vorliebe für Aas als Zeichen der Ungefährlichkeit verstanden (zur Feigheit s. Quint. Smyrn. 3,353) führte zu der Bezeichnung *δικαιότατος τῶν σαρκοφάγων πάντων* (Plut. mor. 286 B). – Vom Aas (Soph. Fr. 364 N.^{3} *τοὺς γλαμυροὺς κατὰ φορβὰν* = G.?) kommt ihr widerlicher Geruch. – Medizin. Wirkungen schrieb man zu der Feder des G. (Plin. nat. 25,44: geburtshelfend), dem Herz und der Leber (Plin. 29,24. 38), dem Kot (Dioskurid. 2,80,5).

Für die große religiöse Bedeutung der G. in Äg. (Hieroglyphen, Geierhauben, Darstellungen) s. H. KEES, Handbuch III 1,3 Ind. KELLER (Lit.). – Im griech. Mythos erscheint Zeus in Gestalt eines G. (wohl wegen des Orakels) als Vater der → Palikoi (Clem. Rom. recogn. 10,22: letztlich aus Aischyl.? Vgl. ZIEGLER, RE XVIII 2. H. 118f.); bei Hom. (Il. 7,59) sitzen Apollon und Athene als G. auf einem Baum. Der Unterweltsdämon Eurynomos wurde von → Polygnotos (Nekyia, s. Paus. 10,28,6) auf dem Balg eines G. sitzend dargestellt. Ein G. nennt → Melampus den Weg zur Gesundung des Iphiklos (Apollod. bibl. 1,9,12). Die Geier, die die Leber des → Prometheus und → Tityos fressen, überraschen etwas, da die Vorliebe für edle Eingeweide zwar anerkannt ist, der G. aber als ἀνθρώποις πάντων ἀβλαβέστατος gilt (Plut. mor. 286 C; v. Rom. 9,6). Nach Cornut. N.O. 21 soll der G. dem Kriegsgott heilig sein, was für → Mars zutreffen könnte, da es ἐν Ἰταλίᾳ νόμιμον παλαιόν war, die Tötung von G. für Frevel zu halten (Artemid. On. 1,9). Wohl etr. Ursprungs ist die Bedeutung des G. als Auguralvogel (Plin. nat. 29,112. 30,130); nach der bekannten Szene bei der Gründung Roms (z. B. Liv. 1,7,1; vgl. Ogilvie, Komm. S. 54f.) wurde für Octavian die Erscheinung von 12 G. erfunden (Cass. Dio 46,46,2).

E. Mg.

Thompson A Glossary of Greek Birds 47–50. *Keller*, RE VII 931ff. *Ders.* Tierwelt 2,30ff. *Pöschl* Bibliogr. zur ant. Bildersprache, 1964, 483.

Geisericus (zum Namen Courtois 394), König der Wandalen und Alanen 428–477. * 389 als Sohn des → Godegiselus und einer Sklavin, wurde 428 Nachfolger seines Halbbruders Gundericus (Chr. min. 2,21. Prok. 3,3,23) Nach einer Volkszählung (Vict. Vit. 1,1 spricht von insgesamt 80000 Menschen) führte G. 429 von Iulia Traducta (bei Tarifa) aus, wohl vor allem in der Hoffnung auf bessere wirtschaftliche Bedingungen, sein Volk von Spanien nach Afrika. Nach der Landung, einer organisator. Glanzleistung, schlossen sich G., der beim Vormarsch nach O. zunächst keinen Widerstand fand, maur. Stämme an. Die Donatisten begrüßten G. teils als Befreier. 430 schlug G. den Statthalter → Bonifatius, der zunächst die Invasion sogar begünstigt hatte; 431 fiel Hippo in G.' Hände (Possid. vita Aug. 28. Prok. 3,3,30ff.). Als Versuche, die Wandalen wieder zu vertreiben, gescheitert waren, schloß Rom am 11. Februar 435 in Hippo einen Foederatenvertrag, durch den G. Mauretania Sit., Numidia und den NW. der Proconsularis erhielt (Chr. min. 1,474. 3,458). In den folgenden Jahren unternahm G. Plünderungszüge nach Sicilien und besetzte (am 19. Oktober 439) Karthago, wo er von nun an residierte. Durch einen neuen Vertrag im J. 442 wurde G. als 1. König eines german. Reiches auf röm. Boden von Valentinian III. als Souverän anerkannt. G. garantierte dafür Getreidelieferungen und sandte seinen Sohn Hunerich als Geisel nach Ravenna. Schon vor 442 hatte G., der (von 439 an) nach Königsjahren datierte und auch zu eigener Münzprägung überging, seine de facto Unabhängigkeit dokumentiert (Chr. min. 1,156. 477f. 2,23. Prok. 3,4.13, Courtois (171ff.) hat bes. nach Vict. Vit. 1,13 wahrscheinlich gemacht, daß G. ab 442 O.-Numidien, Proconsularis, Byzacene und einen Teil Tripolitaniens okkupierte, dafür 435 zugesprochene Gebiete aufgab.

Als man 455 die 445 geschlossene Verlobung Hunerichs mit → Eudokia (Nr. 2) nicht anerkannte, griff G. Italien an, eroberte Rom (2. Juni 455) und plünderte es 14 Tage lang; außer reicher Beute wurde auch Eudokia nach Afrika geschleppt (Prok. 3,5. Leo, sermo 84 = Migne PL 54,433. Chr. min. 2,28). In der Folgezeit ließ G., der nun vielleicht den Rest des röm. Afrika an sich brachte, Plünderungszüge nach Sicilien, Italien und Spanien unternehmen (Prisk. frg. 27.29. Sidon. 5,388ff. und 441ff.; Chr. min. 2,29. Prok. 3,7). Mit O.-Rom kam es dann 462 zum Frieden, doch bereits 467 sah G. den Vertrag als gebrochen an und ließ nun auch in Griechenland plündern. Die röm. Regierungen einigten sich jetzt auf eine gemeinsame Aktion zur Vernichtung von G.' Reich. Während Streitkräfte des W. Sardinien eroberten und eine Armee von Äg. her in Tripolitanien eindrang, fuhr eine gewaltige Flotte unter → Basiliskos nach Karthago. Als G. mit Hilfe von Bestechung und List mehr als die Hälfte der Flotte vernichtet, den Rest zum Abzug gezwungen hatte, war das röm. Unternehmen gescheitert (Prok. 3,6. Theophan. 5961/5963). Noch 468 schloß G. Frieden mit dem O., 471 mit dem W. Als G. am 24. (25.?) Januar 477 starb, herrschte Frieden mit Rom, umfaßte sein Reich neben den nordafrikan. Prov. Sardinien, Korsika, die Balearen und das w. Sicilien (Lilybaeum), also ca. 140000 km.

Das Reich, das die wesentlichen Getreideversorgungsbasen Italiens umfaßte, hatte wirtschaftlich eine gesunde Basis. Durch eine starke Handelsflotte suchte G. den Reichtum seines Staates zu sichern und zu mehren. Ein Problem dürfte es für G. von vornherein dargestellt haben, daß sein Volk nur eine schwache Minderheit gegenüber der Urbevölkerung und den Romanen bildete (Verhältnis etwa 1 : 30).

Die Wandalen und die mit ihnen aus Spanien eingewanderten Volkssplitter bildeten die führende Schicht des Staates. Sie hatten allein Recht und Pflicht des Kriegsdienstes, der weiterbestehenden röm. Jurisdiktion wurden sie nicht unterstellt. Während G. den Kriegern in der Proconsularis steuerfrei Landlose zuteilte, schuf er in den übrigen Teilen des Landes ausgedehnte, durch die bisherigen Bewohner (nun leibeigene *coloni*) bearbeitete königliche Domänen (Vict. Vit. 1,13). Eine von G. grausam unterdrückte Adelsrevolte im J. 442 (Chr. min. 1,479) ergab sich wohl daraus, daß G., der schließlich das Prinzip der Erbmonarchie durchsetzte, von Anfang an absolutist., angestammte Rechte des Adels bedrohende Neigungen zeigte (Vict. Vit. 2,12f. Iord. Get. 269). Widerstand des Adels veranlaßte auch, daß G., vermutlich in der Erkenntnis der Schwäche seines Volkes, die von ihm als Bundesgenossen betrachteten Mauren für seinen Staat zu engagieren suchte. Die roman.

Bevölkerung, aus deren Oberschicht viele auswanderten oder vertrieben wurden, betrachtete G. als unterworfen. Rechtsprechung und Verwaltung jedoch wurden für sie in überwiegend röm. Formen und durch Römer ausgeübt. Zwischen Zentralregierung und Städten (mit Autonomie) gab es keine Zwischeninstanz.

Eine Grundlage des Staates bildete für den urspr. kathol. G. das Bekenntnis zur arian. Form des Christentums. Auch wenn G. später außerhalb der wandal. Siedlungen kathol. Prediger duldete, so gab es doch Einschränkungen für die Katholiken, wurden Kleriker vertrieben oder verfolgt, kirchlicher Besitz enteignet. Brutale Ausschreitungen, wie sie vor allem in den ersten Jahren nach der Invasion vorkamen, dürften vorwiegend zu Lasten fanatischer Geistlicher und der die Gelegenheit zur Rache ergreifenden Donatisten gehen. Darstellungen kath. Autoren, wie Victor v. Vita und Apollinaris Sidonius (c. 5,377ff.), sind tenziös.

Die von G. gezeigten Fähigkeiten als Feldherr, Organisator und Diplomat (vgl. die Charakteristik bei Iord. Get. 168) gingen weit über das bei Germanenfürsten seiner Zeit übliche Maß hinaus. Sicher hatte G. auch seine Schattenseiten, hatte er vor allem durch sein autoritatives Denken das Heil des Staates zu sehr auf seine Person abgestellt, doch verdient G., dessen Bemühen um Sittenreinheit gerühmt wurde (Salvian. de gub. dei 7,85ff.) und den schon Prokop neben Theoderich d. Gr. gestellt hat (7,1), als erster Germane das Prädikat eines Staatsmannes. A. L.

Chr. Courtois Les Vandales et l'Afrique 1954. *E.F. Gautier* Genséric, roi des Vandales 1937 (romanhaft). *F. Miltner*, RE VIII A 311ff. *L. Schmidt* Gesch. der Wandalen² 1941. *Stein* I.

Gela (*Γέλα*; *Γελῷοι*, *Gelenses*). Stadt an der SW.-Küste Siciliens, benannt nach dem Flüßchen Gelas, an dessen Mündung sie liegt, seit 1928 wieder Gela statt Terranova, wie Friedrich II. die 1230 von ihm auf den Trümmern G.s gegründete Stadt genannt hatte.

Gegründet wurde G. nach Thuk. 6,4,3 als dor. Kolonie von dem Rhodier Antiphemos und dem Kreter Entimos im 45. J. nach der Gründung von Syrakus, d.h. nach dem üblichen Ansatz 690; wahrscheinlich etwa 20 J. früher (→ Sicilien); der älteste befestigte Platz hieß Lindioi (nach Lindos auf Rhodos). Hdt. 7,153 nennt als Gründer neben den Lindiern aus Rhodos und Antiphemos Gelon von Telos, den Vorfahren des großen Tyrannen Gelon. Thuk.' Angaben stellen wohl eine stillschweigende Berichtigung der herodoteischen dar. Diod. 8,23 gibt das den beiden Gründern in Delphi erteilte Orakel (echt?). Nicht der Stadthügel selbst, aber das fruchtbare Hinterland von G. war stark von Sicanern oder Siculern besiedelt; das beweisen nicht so sehr die spärlichen Nachrichten über Kämpfe der Neusiedler mit den Eingeborenen (Sch. Pind. Ol. 2,16. Paus. 8,46,2) wie die archäologische Erforschung des Gebietes, die die allmähliche Hellenisierung bis ins Landinnere aufgehellt hat und im Fortschreiten begriffen ist. Von inneren Zwistigkeiten in G. zu unbestimmter Zeit berichtet Hdt. a.O.: die Unterliegenden sezedieren nach Maktorion, einer Stadt »über G.«, und Telines, ein Nachfahre des Stadtgründers G., bewegt sie zur Rückkehr mit Hilfe der Heiligtümer der chthonischen Götter, deren Priesteramt (als Hierophant) er danach für sich und seine Nachkommen erhält. 108 J. nach der eigenen Gründung (also 582, wenn nicht früher) gründen die Geloer durch Aristonus und Pystilos die Kolonie → Akragas (Thuk. 6,4,4). Dann schweigt die literar. Überlieferung bis etwa 505, doch muß nach den archäol. Befunden G. im Laufe des 6. Jh. zu einer der reichsten Städte Siciliens geworden sein (obschon auch die neuesten Grabungen keine Reste so bedeutender Kultbauten wie in Akragas und Selinus festgestellt haben). Um 505 macht sich Kleandros, Sohn des Olympioniken Pantares, gestützt auf siculische Söldner, zum Tyrannen von G., und sein ihm nach 7 J. folgender Bruder Hippokrates erobert einen großen Teil O.-Siciliens und besiegt am Heloros die Syrakusier, die ihm Kamarina abtreten. Nach seinem Tode gewinnt sein Reiterführer Gelon, Sohn des Deinomenes, die Herrschaft in G., das nun die mächtigste Stadt Siciliens ist, doch nur für kurze Zeit, denn als es Gelon gelingt, Syrakus zu gewinnen, macht er diese Stadt zu seiner Residenz und überführt mehr als die Hälfte der Bürger von G. – das er seinem Bruder Hieron unterstellt – nach Syrakus (Hdt. 7,154–156). Doch kommt G. bald wieder hoch, wirkt 466 mit beim Sturz der Deinomeniden und baut das von Gelon zerstörte Kamarina wieder auf (Thuk. 6,5,3. Diod. 11,68,1. 76,5). In G. verbringt Aischylos seine letzten Jahre und wird dort begraben. Der Kongreß der Sikelioten, der 424 die Streitigkeiten zwischen Doriern und Ionern beilegt, findet in G. statt, das zuerst sich mit dem – ionisch gesinnten – Kamarina vertragen hat (Thuk. 4,58), und 422 widersetzt es sich dem Bestreben des athenischen Kommissars Phaiax, einen Bund gegen Syrakus zustande zu bringen (Thuk. 5,4,6) und unterstützt es in dem großen Kampfe mit Athen mit allerdings nicht bedeutenden Kontingenten (Thuk. 7,1,5. 33,1. 58,1. Diod. 13,4,2). Wenig später wird auch G. ein Opfer der 409 beginnenden großen karthagischen Offensive. Nachdem es 406 dem belagerten Akragas nach Kräften geholfen hat (Diod. 13,85,3. 86,5. 89,3), verfällt es 405 der Zerstörung. Die Belagerung und die große Schlacht um G., die Dionysios verliert, ist von Diod. 13,108–111 ausführlich geschildert, doch nicht so klar, daß sie topographisch überzeugend rekonstruiert werden könnte. Die Geloer, zunächst nach Leontinoi gebracht, dürfen nach dem Friedensschluß mit Karthago in ihre Stadt zurückkehren, sie aber nicht befestigen. So bleibt sie – obschon 397 am Zuge des Dionysios gegen → Motya, 357 an dem des Dion gegen Dionysios II. beteiligt – ein unbedeutendes Landstädtchen bis zur Neubegründung mit Siedlern aus Keos und Befestigung durch Timoleon um 340 (Plut. Tim. 35,2), auf die wohl die neuerdings aufgedeckten großartigen Mauern zurückgehen. Die Wirren unter → Agathokles, zu dessen Gegnern G. zählt, übersteht es trotz schwerer Einbußen (Diod. 19,4.70.71.107.110. 20,31.62.90), wird aber um 280 von den → Mamertinern total zerstört, die Bewohner von dem Tyrannen Phintias von Akragas am O.-Hang des → Eknomon w. der Mündung des → Himeras (fiume Salso) an der Stätte des h. Licata angesiedelt. Der Gründer *Φιντίας* nennt die Stadt *Φιντιάς*, die Bewohner sich weiter *Γελῷοι*. Eine in Licata gefundene Inschr., vom »Volk der Geloer« gesetzt (IG XIV 256), hat lange dazu verführt, dort das alte G. anzusetzen, das tatsächlich seit der Zerstörung verödet war bis zur Gründung von Terranova durch Friedrich II.

Der Stadthügel von G. erstreckt sich, 4 km lang, 500–700 m breit und bis 50 m hoch, w. der Mündung des Gelas längs des Meeres von SO. nach NW. Die alte Stadt stand auf seinem ö. Teil, etwa auf dem Areal der Altstadt Terranova; der w. Teil enthielt Nekropolen und ist erst in hellenist. Zeit teilweise überbaut worden (darunter ein Bad). Erst die Entdeckung der unter hohen Sanddünen begrabenen Mauern am S.-Hang des W.-Teiles des Hügels im J. 1948 und ihre Freilegung bewies, daß der ganze Stadthügel ummauert war; ob schon im 5. Jh. oder erst seit der Neugründung um 340, ist noch nicht gesichert. Das Besondere der Mauern von G. ist, daß ihr unterer Teil – stellenweise bis 4 m ansteigend – aus vorzüglich gearbeiteten rechteckigen Quadern gebaut ist, der obere aus ungebrannten Lehmziegeln, die man jetzt durch Verglasung und Überdachung gegen Verwitterung geschützt hat. Die übrigen architektonischen Reste sind, bis auf die Trümmer eines ziemlich großen dor. Tempels am O.-Hang, von dem eine Säule aufrecht steht, unbedeutend. Außerordentlich reich aber ist die Ausbeute der Stadt und ihrer Umgebung an edelster Keramik – Importware: protokorinth., korinth., att. Gefäße, und eigene Produktion – und vor allem an Terrakotta-Skulpturen und Ornamentik offenbar örtlicher Produktion, womit auch das im 6. und 5. Jh. errichtete Schatzhaus der Geloer in Olympia geschmückt war. Viel Material aus älteren Raubgrabungen ist weit verstreut, die Funde der Grabungen Orsi's von 1901 ab ins Nationalmuseum in Syrakus gebracht worden, erst der reiche Ertrag der Grabungen seit 1948 in G. geblieben und in dem 1958 errichteten Museum vereinigt. Die schönen Münzserien von G. zeigen häufig, sozusagen als Stadtwappen, den Flußgott Gelas als menschenköpfigen Stier, Ganzfigur oder Protome, später auch in Menschengestalt, Head HN² 139 ff. Ergiebige Ölfunde haben G. jetzt zu einer Industriestadt gemacht. K. Z.

Hauptwerk: *Pietro Griffo* und *Leonard von Matt*, Gela, Genua 1964 (dt. Würzburg 1964 von *Ursula Carl-Ratzlaff*, ganz schlecht), reich bebildert, mit Bibliogr. 217 ff. *J. Schubring* RhM 28, 1873, 65. *P. Orsi* Mon. Ant. 17, 1906. RE VII 946 *(Ziegler)*.

Gelanor (*Γελάνωϱ*). Sohn des Sthenelas, der seine Herrschaft über Argos nach längerem Streit vor dem Volk, das einen Kampf zwischen Stier und Wolf (Poseidons und Apollons Tiere, Serv. Aen. 4,377) als vorbedeutend auffaßte (Paus. 2,16, 1; 19,3 f. 7.) oder nach Kampf (Plut. Pyrr. 32) oder ohne weiteres (Apollod. 2,13) dem von Äg. kommenden → Danaos überließ. Ein Relief mit der Darstellung des Kampfes der Tiere vor dem Tempel des Apollon Lykeios in Argos wurde auf Danaos zurückgeführt. In Aischyl. Hik. 266 heißt der abtretende König → Pelasgos. H. v. G.

Gelasios. 1. G., Bischof von Kaisareia in Palästina, † wahrscheinlich 395. Photios nennt ihn Bibl. 102 als Vf. einer Streitschrift *κατὰ Ἀνομοίων* (Gegen die Anomoier, die extreme Richtung des Arianismus) und Bibl. 89 unter Zweifeln an der Identität als griech. Übersetzer von Rufins KG., d. h. der B. 9 und 10, welche Rufins lat. Übers. der KG. des Eusebios fortsetzen. Da Rufinus diese Bücher erst 401/02 geschrieben hat, muß vielmehr G. vor Rufinus die KG. des Eusebios in griech. Sprache weitergeführt und Rufinus ihn für seine lat. Ausg. benutzt haben. Katechet. Frg. ed. F. Diekamp Analecta patristica, 1938, 42 ff. Quasten 3,347 f. **2.** G. von Kyzikos stellte um 475 eine KG. des Konzils von Nikaia in 3 B. zusammen aus Eusebios, G. (Nr. 1), Rufinus, Sokrates, Theodoretos; darüber hinaus nennt er als Quelle für sonst nicht bekannte Urkunden zweifelhaften Wertes einen Pergamentcodex. Phot. Bibl. 88 (vgl. 15) scheidet ihn von G. (Nr. 1), dem eine Hs. das Werk zuschrieb.

Ta.: *G. Loeschke – M. Heinemann*, GCS 28, 1918. Zu 1. und 2.: *Loeschke*, RhM 60, 1905, 594–613. 61, 1906, 34–77. *A. Glas*, Byz. Archiv 6, 1914. *F. Scheidweiler*, ByzZ 46, 1953, 277–301. 48, 1955, 162 ff. 49, 1956, 2–6. 50, 1957, 74–98. *Friedhelm Winkelmann*, FF 38, 1964, 311–314.

3. G., röm. Papst 492–496. Im Kampf gegen das Schisma des → Akakios (Nr. 4) bestand er auf dem Primat Roms und erklärte Kirche und Staat für 2 gleichberechtigte, nebeneinander stehende Gewalten, was für Byzanz undenkbar war. Unter den meist diesem Kampf geltenden 60 Briefen und 6 Traktaten [1] findet sich ein Brief gegen dem Namen nach chr. Römer, die das alte Fest der Lupercalia feiern wollten [2]. Das sog. Sacramentarium Gelasianum (Slg. von Meßtexten) [3] ist später entstanden, enthält aber wie die ältere Slg. des Sacr. Leonianum vielleicht von G. verfaßte Stücke. Unecht das sog. Decretum Gelasianum [4]. O. H.

Ta.: 1. *A. Thiel* Epist. Romanorum pontificum, 1868.

S.Löwenfeld Epist. Rom. pont. ined., 1885. *O.Günther* Collectio Avellana, CSEL 35, 1895. *Ed. Schwartz*, ABAW NF. 10, 1934. *Migne* PL Suppl. 3,739–787. 2. *G.Pomarès*, Sources chrét. 65, 1959. 3. *L.C. Mohlberg*, 1960. 4. *E. von Dobschütz*, 1912. – Bibliogr.: *Altaner*[6] 426f.

Gelbes. Kleiner Fluß an der n. Küste der Propontis (Marmarameer), erwähnt von Plin.nat.5, 143. Die von H. KIEPERT, FOA IX vorgeschlagene Ansetzung des G. ö. von Eşkel Liman bleibt jedoch zweifelhaft. F. K. D.

Geld (außer Münze, → Münzwesen). G. ist ein in und von Gemeinschaften verschiedenster Natur allg., wenn nicht ausschließlich zu Tausch, Zahlung, Wertbemessung, -übertragung und -aufbewahrung, aber auch zur Erlangung sozialen Ranges verwendetes Mittel. Zahl, Rangfolge und Art der G.-Dienste wechseln nach Ort, Zeit, Kulturstufe oder durch staatlichen Eingriff. Dasselbe gilt für die G.-Substrate und ihre Form. Das G. hat, jedenfalls in der Frühzeit, nicht nur materiellen, sondern auch mag.-myth. Wertgrund, entspricht so im Verein mit wirtschaftlichen Zwecken sozialen und religiösen Anschauungen. Die G.-Eigenschaft der unten genannten Güter ergibt sich neben den bes. angeführten Gründen allg. aus ethnolog. Parallelen, Fundverhältnissen oder Etymologien.

Das G. entstand mit der Aufgabe der Eigenwirtschaft, d.h. mit beginnender Arbeitsteilung, indem der so erwachsende Bedarf an fremden Erzeugnissen oft nicht mehr direkt zu befriedigen, der eigene Überschuß nicht unmittelbar abzusetzen war. Für den nun beginnenden Handel war man als Vermittler auf Sachen angewiesen, die örtlich oder überlokal allg. verlangt wurden (Absatzfähigkeit) und sich leicht sowie ohne wesentliche Minderung vom Empfänger weitergeben ließen (Umlauffähigkeit). Weitgehende (nicht nur wirtschaftlich begründete) Anerkennung (Massengewohnheit der Annahme) und damit G.-Qualität erlangte zunächst das Nutzg.: Nahrungsmittelg., Geräteg., Kleider- und Schmuckg. Nahrungsmittelg. ist in der Form von Viehg. (Rind und Schaf) bei Griechen und Römern durch Wörter wie *pecunia*, *peculatus*, Strafbestimmungen u. dgl. (Plut. Solon 23,3. Poll.9,61. XII tabulae), vielleicht auch Münzbilder (vgl. Poll. 9,60), bes. aber bei Homer bezeugt. Dort fungiert Vieh als Wertmesser (Il. 2, 448f. 6,235f. 23,703ff. 885. Od. 1,430f. 22,57), als Preise, Geschenke, Bußzahlungen und Schatzgut figurieren jedoch Geräte aus verschiedenem Metall: Becken, Dreifüße und Beile (Il. 6,48. 8,290f. 9,122f. 11,700. 22,163f. 23,259ff. 485. 851. Od. 4, 129. 13,13. 217. 15,84. 21,75 und ö., Eust. zu Od. 19,573). Beile und Anker nennt mit Wertgleichung Hesych. s. ἡμιπέλεκκον, πέλεκυς und ἄγκυρα, Sicheln erscheinen in frühen del. Gräbern und noch spät als Kampfpreise in Sparta, schließlich führen → Obol = Spieß und → Drachme = Handvoll = 6 Spieße im Verein mit Funden in Argos, Sparta, Naukratis u.s. auf eine weitere Form (s. Plut. Lys. 17,5. Fab. Max. 27,3. Poll. 9,77. Etym. m.s. ὀβελίσκος, vgl. Hdt. 2,135,3f., → Pheidon), die vielleicht auch in Ancona, Etrurien und Gallien belegt ist. Kleider- und Schmuckg., bes. Ringg., sind für die klass. Völker nicht einwandfrei bezeugt. Indem das Geräteg. mit der Zeit auf Gebrauchsfähigkeit verzichtete (Kümmer- bzw. Wucherformen, so die ital. Picken und die – aber auch als Tierfelle gedeuteten und mit dem Viehg. verknüpften – doppelbeilähnlichen Barren wohl kypr. Ursprungs), ungefähre Gewichtsgleichheit und Teilungsmarken auftraten, ging es zum Rohmaterial über. Die Voraussetzung dazu, Waage und → Gewicht (vgl. Hom. Il. 8,72. 12,433. 19,223. 22, 209ff.), war nun gegeben. Auf dieser Stufe, die im Alten Orient schon früh, zwischendurch auch in Mykene erreicht war, konnte das nun allein herrschende Metall seine Vorzüge: geringe Ausdehnung bei hohem Wert, unbegrenzte Haltbarkeit, vielseitige Verwendbarkeit und beliebige Teilbarkeit, voll zur Geltung bringen. In Frage kamen, wie beim Geräteg., Gold, Silber, Kupfer (Bronze) und und Eisen. G. waren vielleicht in Troia, Kypros, Mykene, Kreta, Etrurien und Latène gefundene Gold- und Silberklumpen, sicher das ψῆγμα der Inder (Hdt. 3,94,2) und das ital. → *aes rude*. Kugelsegmente u. andere dem Schmelztiegel verdankte Formen finden sich in Äg., Syrien, Persien (Hdt. 3, 96,2), Italien *(aes formatum)*, u. so gestaltet waren wohl auch die eisernen πέλανοι (»Opferkuchen«) der Spartaner von angeblich 1 aeginet. Mine Gewicht und dem Wert von 4 → Chalkoi (oder 1 Obol. Wohl noch im 4. Jh. v. Chr. gebräuchlich. Vgl. Plut. apophth. Lac. Lyc. 3. Hesych, Photios und Suda s.v., ferner Poll. 7,105), die φθοῖδες χρυσίου des att. Verzeichnisses IG I² 301 (422/21 bis 419/18?) und das χύμα des orop. IG VII 303, 102 (ca. 240 v. Chr.). »Hacksilber« erscheint in äg. und vorderasiat. Funden, in einem Schatz von Tarent (E. 6. Jh.), in Spanien (vgl. Strab. 3,155) u. s. Barren in Ziegelsteinform gab es in Äg., in Assur (vgl. auch Hdt. 1,50,2), im Schatz von Tarent, kreisförmige waren vielleicht die hom. τάλαντα (eigentlich Waagschalen) unterschiedlichen Gewichts (Il. 9,122. 23,269. 751, bes. 19,247). Stangen von Elektron erscheinen in Troia, eiserne in Britannien (Caes. Gall. 5,12,4, durch Funde bestätigt). Verzierte Erzbarren kursierten im 4./3. Jh. in Italien (→ *aes signatum* [I 1520]), goldene und silberne *lateres* im Staatsschatz erwähnen Varro bei Non. p. 520 M. und Plin.nat. 33,56 (später *regulae* genannt), Stangen (Gold) und geschweifte Platten (Silber) mit Stempeln (*coxit* = Läuterung, *probavit* = Prüfung, *signavit* = Garantie) erbrachten spätröm. Funde (vgl. auch Cod. Theod. 12,7,1). Abgewogenes Metall in Beuteln stellte das karthag. »Ledergeld« dar, für ähnliche Beutel → *follis* und *tessera*. Auch als die Münze als handlicher Barren mit privat oder staatlich durch Prägebild garantiertem Feingehalt und Gewicht die Entwicklung zum Abschluß gebracht hatte, wurden frühere G.-Formen weiter verwendet, um in Krisensituationen (Inflationen) wieder vorzuherrschen und auch staatlich anerkannt zu werden. – Zum Buchg. → Banken und Giroverkehr, zum Privatg. → tessera, zum Kreditg. → Münzwesen. H. Ch.

K. Regling, RE VII 970ff., bei *Ebert*, RLV 4,204ff., bei *Schrötter*, WBMzK unter den angesprochenen Stichworten. *F. Wieser* HWB der Staatswissensch. 4^{4},681ff. *H. Gebhart* Numismatik und Geldgesch. (1949). *R. Thomsen* Early Roman Coinage I–III (1957–1961). *H. Chantraine*, Jahrb. f. Num. und Geldgesch. 8, 1957, 61ff. *F. Heichelheim* An Ancient Economic History I (1958) und im HWB der Sozialwissensch. 4,273ff.

Geldbeutel s. Marsupium

Gelduba. Auxiliarkastell in Germ. inf., das im Bataveraufstand eine Rolle spielte; h. Gellep bei Krefeld. Bezeugt bei Plin. nat. 19,90 *Gelduba appellatur castellum Rheno impositum* und mehrmals bei Tac. (hist. 4,26.32.35.36.58). Im Itin. Anton. erscheint der Ort mit dem Zusatz: 9 Leugen von Novaesium entfernt. Bei Grabungen im Bereich des Auxiliarkastells wurden mindestens 10 aufeinanderfolgende Bauperioden festgestellt, die vom frühen 1. Jh. bis an das E. der röm. Herrschaft am Rhein reichen. Grabfunde sichern die Besiedlung des Platzes von der niederrhein. Grabhügelkultur bis ins 8. Jh. n. Chr. mit bes. reichen fränk. Gräbern. H. C.

Ihm, RE VII 984. *E. Norden* Die germ. Urgesch. in Tac. Germ. 1923, 216f. *H. v. Petrikovits* Das röm. Rheinland. Arch. Forsch. seit 1945 (Arbeitsgemeinschaft für Forsch. des Landes Nordrhein-Westf. H. 86), 1960, 50–52.

Geldumni. Volk der Gallia Belgica, in der Gegend von Gand (Caes. Gall. 5,39). M. L.

Geleontes (*Γελέοντες*). Eine der 4 alten ion. Phylen, bei deren Aufzählung in der Ant. zumeist als erste genannt (Hdt. 5,66,2. Eurip. Ion 1579). Außer in Athen werden sie noch in Kyzikos, Teos und Perinthos erwähnt. Der Name bedeutet wohl »die Glänzenden« (von *γελᾶν*, glänzen), vielleicht übernommen vom Schutzgott der Phyle, dem Zeus Geleon. Wie die anderen ion. Phylen gehen auch die G. offenbar auf myken. Zeit zurück, weshalb ihre Entstehung im Dunkeln liegt. Nach Plat. Tim. 24 bedeutete G. urspr. Priester, nach Plut. Sol. 23 Bauern. Fr. Kie.

H. Bolkestein Zur Entstehung der ion. Phylen, Klio 13, 1913, 424ff. *M. P. Nilsson* Cults, Myths, Oracles and Politics, Lund 1951.

Geli s. Gaeli

Gelimer (Geilamir). Sohn des Gelaris, letzter König der Wandalen (530–533). G. kam durch Sturz des Hildericus auf den Thron. Einmischungsversuche Iustinians in den Thronstreit wies G. schroff ab, worauf der Kaiser → Belisar mit dem Krieg gegen ihn beauftragte (Prok. 3,9,6ff. Iord. Get. 33). Obwohl Iustinian gezögert hatte, kam der Angriff des E. August 533 bei Caput Vada gelandeten Belisar für den mit Bekämpfung der Mauren beschäftigten G. überraschend. 15 km von Karthago *(Ad Decimum)* wurde G. am 13. Sept. geschlagen, konnte jedoch nochmals Truppen sammeln. Eine 2. Schlacht bei Tricamarum wurde Mitte Dezember 533 durch G.s Flucht entschieden. G. zog sich in das Gebirge Pappua an der numid. Grenze zurück und ergab sich im Frühjahr 534. G. und seine Familie wurden 534 bei Belisars Triumphzug in Konstantinopel mitgeführt. G. erhielt reichen Grundbesitz in Galatien zugewiesen; seinem arian. Glauben blieb er treu (Prok. 3,14ff. 4,3ff. 9. Lyd. de mag. 3,55. Malal. 459.478 Bonn.). Nach den nicht immer tendenzfreien Notizen Prokops war G. militär. durchaus fähig, jedoch charakterlich äußerst labil und versagte in entscheidenden Situationen (Prok. 3,9,8. 19,25ff. 4,3.7.9). Die Unberechenbarkeit G.s, der ein Gedicht über sein Unglück verfaßte und rezitierte (Prok. 4,6,33), trug dazu bei, daß er in den Quellen als Tyrann und in der Moderne als dekadent bezeichnet wurde. A. L.

Stein II; ferner Art. Geisericus.

Gellias (Variante Tellias). Ein Bürger von → Akragas, über dessen Reichtum, Freigebigkeit und großzügige Gastfreundschaft Diod. 13,83, Athen 1, 4a und Val. Max. 4,8 ext. 2 anekdotisch klingende Berichte geben, die für den Glanz und Reichtum von Akragas in den Jahrzehnten vor der Zerstörung durch die Karthager im J. 406/05 (bei der auch G. den Tod fand, Diod. 13,90) charakteristisch sind. K. Z.

Gellius. Röm. Gentilname, der auf das seit dem Anfang des 3. Jh. v. Chr. bezeugte Praenomen G. im samnit. Raum zurückzuführen sein wird (Liv. 10,18,1. 21,2. 29,16 G. Egnatius, vgl. o. Bd. II 205, Nr. 3. CIA 3,606. 871 *Γελλιος ʽΡοτίλιος*. SCHULZE Eigennamen 519). Namensträger in Rom seit dem 2. Jh. v. Chr. DRUMANN^{2} 3,60ff.

I. Politische Persönlichkeiten. A) Republikanische Zeit. **1.** G. Stiefsohn des L. Marcius Philippus (cos. 91), Ritter, der sich von der Politik zurückhielt, aber doch 57 und 56 Clodius stützte, ungünstig gezeichnet von Cic. Sest. 110–112. **2.** Cn. G. Münzmeister ca. 135–134 (vgl. BROUGHTON Mag. 2,441: *Cn. Gel[lius]*). Vielleicht identisch mit dem Cn. G., gegen den der alte Cato sprach (Gell. 14,2,21.26), und mit dem Annalisten. Dieser hatte wohl die Säkularspiele von 146 miterlebt, Cens. 17,11, und schrieb ein Werk *annales*, das von den breit geschilderten Anfängen bis auf seine Zeit reichte (im 33. B. war das J. 216 erreicht!). Es wurde noch von Dion. Hal. benutzt, im übrigen aber wohl durch Varro ersetzt. HRR CCVI ff. 148; frg. 92–97. SCHANZ-HOS. 1,197f. **3.** L. G. L. f., Erbauer des Rundtempels (sog. Sibyllen- oder Vestatempel) in Tibur in sullan. Zeit. CIL XIV 3573. RE VI A 840,15ff. H. KÄHLER Rom und seine Welt, 1960, 113, Taf. 72. Wohl kaum identisch mit dem L. G., der nach Cic. fam. 10,17,3 im J. 43 in

Gallien war. **4.** M. G., 44 Senator, vielleicht unfreier Abstammung und von Cic. verspottet, Plut. Cic. 27,2. **5.** Statius G., Samnitenfeldherr, bei Bovianum 305 besiegt und gefangen. Liv. 9,44,13 (unhaltbar die Annahme einer Dublette des G. → Egnatius Nr. 3, PAIS Storia 1,2,416,1). **6.** Q. G. Canus, Coaetane und Freund des T. Pomponius Atticus (geb. 109), lebte zurückgezogen, wurde 43 auf Bitten des Atticus von der Proskriptionsliste gestrichen. Nep. Att. 10,3,4. Er hatte eine Tochter Cana, Cic. Att. 13,31,4 u. ö. **7.** L. G. Poplicola (um 136–55/52), angesehenster Namensträger in der Republik. Aedil um 96, Praetor (peregrinus) 94 (Bündnis mit Thyrreion in Akarnanien, Sylloge^3 732. RE VI A 745,60 ff.). 93 war er Proconsul in Asia oder Kilikien, wollte wohl damals im Streit der athen. Philosophenschulen vermitteln (Cic. leg. 1,53) und wird nach längerer Pause 74 als Anwalt erwähnt. 72 war er Consul, zusammen mit Cn. Cornelius Lentulus Clodianus, DEGR. I 13,131. 486 f. (Sieg über Crixus, Niederlage durch Spartacus); dieser war auch sein Kollege in der Censur 70, BROUGHTON Mag. 2,126 f. Beide waren im Seeräuberkrieg Legaten des Pompeius, wobei G. 67 bis 65 im Tyrrhen. Meer kommandierte. 63 stützte er Cicero gegen die Catilinarier, opponierte 59 gegen Caesars Ackergesetz und trat noch 57 und 55 im Senat auf. Die erfolgreiche Laufbahn des *homo novus* erfuhr eine persönlich betrübliche Verdüsterung: mit seiner 2. Gattin trieb sein Sohn (Nr. 8) Ehebruch, Val. Max. 5,9,1. **8.** L. G. Poplicola (um 80 bis um 31), Sohn von Nr. 7, Halbbruder des M. Valerius Messalla Corvinus. Zunächst gehörte er zu dem mehr als ausgelassenen Kreis um P. → Clodius Nr. 8 und wurde von Catull (bes. 88–91) in wohl übertriebenem Stadtklatsch wegen Blutschande scharf angegriffen. Als Freund des Brutus war er 43 im O., ging jedoch zu den Triumvirn über, ließ als Quaestor (pro praetore?) ca. 41 v. Chr. Münzen schlagen (GRUEBER Coins 2,493. BROUGHTON Mag. 2,372), war 36 Consul (DEGR. I. 13,58 f. 506 f.), wurde 35 von Hor. s. 1,10,85 anerkennend genannt, ging dann wieder zu Antonius in den O. und kommandierte 31 bei Actium dessen einen Flottenflügel. Dort oder bald darauf dürfte er das Leben verloren haben. Seine Frau war Sempronia. H. G. G.

II. Literarische Persönlichkeit:

A. Gellius (im MA. irrtümlich *Agellius*), lebte im 2. Jh. n. Chr., wahrscheinlich in Rom geboren. Weder das Geburts- noch das Todesjahr sind bekannt: durch verschiedene Kombinationen versuchte man sein Geburtsjahr auf 113, 123 oder 130 festzusetzen: sämtliche Daten sind unsicher. Sein Lehrer in der Grammatik war Apollinaris Sidonius; die Rhetorik studierte er bei Antonius Iulianus, vielleicht auch bei Fronto; großen Einfluß übte auf ihn → Favorinus aus, den G. *homo ille fandi dulcissimus* nennt (N.A. 16,3,1). G. wurde zum Richter in den *iudicia privata* ernannt; im

Alter von 30 J. begab er sich zu weiteren Studien nach Athen: ob er zuerst Richter war und dann nach Athen ging oder umgekehrt, läßt sich mit Sicherheit kaum sagen. In Athen verkehrte G. mit dem Platoniker Calvisius Taurus, mit dem Sophisten Herodes Atticus, dem Kyniker Peregrinus Proteus u. a. Jedenfalls fiel sein Aufenthalt in Athen, der ein Jahr dauerte, vor das J. 165 n. Chr., (Todesjahr des Peregrinus Proteus). Dem dortigen Aufenthalt verdanken die Noctes Atticae ihre Entstehung und ihren Titel *(quoniam longinquis per hiemem noctibus in agro . . . terrae Atticae commentationes hasce ludere ac facere exorsi sumus, idcirco eas inscripsimus noctium esse Atticarum,* praef. 4), die mit Ausnahme des 8. B. auf uns gekommen sind. Sie erörtern verschiedene Probleme aus Philosophie, Textkritik, Rechtswissenschaft, Sakrallehre usw.; außerdem enthalten sie viele Zitate aus Autoren, deren Texte verlorengegangen sind. Bes. für die Slg. der Frg. des M. Valerius Probus Berytius ist G. von größter Bedeutung, da eine Verwechslung mit dem jüngeren Probus aus chronolog. Gründen nicht in Frage kommt. Viele Schriftsteller, die in den N.A. zitiert werden, hat G. überhaupt nicht gelesen, sondern verdankt ihre Zitate anderen – genannten und ungenannten – Quellen; in dieser Hinsicht ist er den meisten ant. Antiquaren und Grammatikern nicht unähnlich. Charakteristisch ist für G. die Inszenierung einzelner Abschnitte: Anstatt diese oder jene Frage einfach zu referieren, führt er oft zwei darüber streitende Grammatiker oder den Vortrag eines Philosophen usw. ein.

In der Folgezeit wurde G. verschiedentlich benutzt: Augustin nennt ihn *vir elegantissimi eloquii:* bes. stark haben ihn Nonius Marcellus und Macrobius ausgebeutet, ohne jedoch seinen Namen je zu nennen. Die Hss. zerfallen in 2 Gruppen, von denen die eine B. 1–7, die andere B. 9–20 umfaßt. Nur jüngere Hss. enthalten sämtliche Bücher.

Edit. princ. Rom 1469; maßgebend ist h. die ed. mai. von HERTZ (2 Bd. 1883/85) und die ed. min. von HOSIUS (1903); mit engl. Übers. von J. C. ROLFE 3 Bd. 1946 ff. W. Str.

Hosius, Praef. XXII ff. (Zusammenstellung unmittelbarer Quellen einzelner Cap.) und RE VII 992 ff. *Aistermann* De M. Valerio Probo Berytio 1910, 115 ff. *Teuffel-Skutsch* 3^6 § 365. *Schanz-Hosius-Krüger* 3^3, 175 ff.

Gello (*Γελλώ*). Urspr. Eigenname einer Jungfrau aus Lesbos, die vorzeitig (*ἀώρως*) starb. Als Schreckgespenst bedroht sie darum die Kinder mit frühem Tod (Zenob. 3,3; die Erwähnung bei Sappho frg. 178 LP ist ironisch gemeint). G. wird als schädlicher weiblicher Dämon gleichgestellt mit der Empusa (Hesych. *Γελώ*) und der Lamia (Sch. Theokr. 15,40). Der Glaube an solche Gespenster war im MA. (Psellos) bis zur Neuzeit in Griechenland lebendig. C. Z.

Maas, RE VII 1005. *Hopfner* I §§ 28.214.350.

Gelon. 1. Sohn des Deinomenes, einem angesehenen priesterlichen Geschlecht Gelas entstammend. Unter dem Tyrannen →Hippokrates v. Gela stieg er zum Befehlshaber der Reiterei auf. Nach dessen Tod um 491 und nicht erst 485 (so R. HACKFORTH, CAH 4, 1925, 370. G. VALLET Rhégion et Zancle, 1958, 346ff.) schob er dessen Söhne beiseite, warf eine Erhebung der Geloer gegen die Tyrannis nieder und brachte Hippokrates' gesamten Herrschaftsbereich – Gela, Kamarina, Kallipolis, Leontinoi, Katane, Naxos und zahlreiche sikel. Gemeinden (Hdt. 7,154) – in seine Hand. Um 485 wurde er von den syrakusan. Gamoren, die vom Demos und ihren eigenen Hörigen, den Kyllyriern, nach Kasmenai vertrieben worden waren, zu Hilfe gerufen (Hdt. 7,155,2). Er brachte Syrakus in seine Hand und machte es zu einer Großstadt und zu seiner Residenz (Hdt. 7,156). Einen Teil der Geloer und die Kamarinaier (Thuk. 6,5,3) verpflanzte er dorthin, ebenso die Oberschicht von Megara Hyblaia, während er dessen Demos in die Sklaverei verkaufte. Bewußt aristokrat. eingestellt (Hdt. 7,156), regierte G. als Inhaber einer gewissermaßen monarchischen Stellung im Gegensatz zu den meisten anderen Tyrannen auf die grundbesitzende Oberschicht gestützt, daneben freilich auch auf Söldner: 10000 von ihnen, zumeist Arkadern, soll er das syrakusan. Bürgerrecht verliehen haben (Diod. 11,72,3), weshalb er dort Rat und Volksversammlung als gefügige Abstimmungsmaschinen bestehen lassen konnte. An seiner Tyrannis hatte seine Familie Anteil, sein jüngerer Bruder Hieron gebot als Statthalter in Gela. Als Herr des ö. Sizilien der mächtigste griech. Herrscher seiner Zeit, wurde G. auch der Schöpfer der syrakusan. Kriegsflotte. Im Bunde mit dem Tyrannen Theron von Akragas (Agrigento), dessen Tochter → Damarete er zur Frau nahm, verhinderte er bereits nach 488 ein weiteres Vordringen der Karthager nach der Katastrophe des → Dorieus (Hdt. 7,158. Iust. 19,1,9). Die hierdurch entstandene Gegnerschaft führte 480 zu einer mit jener des Xerxes gleichzeitigen karthag. Offensive. Nach einem Hilferuf des von Theron vertriebenen Tyrannen Terillos von Himera und seines Schwiegersohnes → Anaxilas von Rhegion-Zankle landete ein karthag. Heer bei Panormos (Palermo) und belagerte Theron in Himera. G. eilte diesem zu Hilfe und beide errangen vereint einen entscheidenden Sieg (Diod. 11,24. Polyain. 1,72,2), bewilligten jedoch hierauf den Karthagern, deren König Hamilkar den Tod gefunden hatte, gegen Zahlung von 2000 Talenten einen Frieden auf Grund des Besitzstandes bei Kriegsausbruch. Anaxilas mußte sich nunmehr an G. anschließen. Bei seinem Tod 478 hinterließ G. die Herrschaft seinem Bruder Hieron.

H. Berve Zur Herrscherstellung der Deinomeniden. Stud. D.M. Robinson 2, 1953, 537ff. *A. v. Stauffenberg* Trinakria, 1963, 176ff.

2. G., Sohn und Mitregent König Hierons II. von Syrakus, starb bereits vor seinem Vater 216/15. **3.** G., Molosser, Freund des Königs Neoptolemos und Gegner des Pyrrhos, verschuldete durch ein gescheitertes Komplott gegen letzteren, daß dieser um 295 v. Chr. Neoptolemos beseitigen ließ (Plut. Pyrrh. 5). Fr. Kie.

Geloni (*Γελωνοί*). Mächtiger iran.-skyth. Stamm im Waldsteppen-Dongebiet, urspr. jenseits des Tanais (Don) ansässig. Sie scheinen wiederholt vom Wolgagebiet nach W. und später wieder nach O. gewandert zu sein, wohl im Zusammenhang mit der großen Indogermanenwanderung, die von den Indern und den O.-Iraniern ausging. Nach Hdt. 4,109 trieben die G. Acker- und Gartenbau, waren aber nach Sprache und somatischem Typus (Haut- und Haarfarbe) von den umwohnenden Budinen völlig verschieden. Ihre Sprache war nach Hdt. halb skythisch, halb hellenisch, Ergebnis des starken kulturellen Einflusses der Griechenstädte am N.-Gestade des Schwarzen Meeres Hdt. 4,102.109. Chr. D.

Gelonos (*Γελωνός*). **1.** Sohn des Herakles von der → Echidna (Nr. 2), Eponymos der griech.-skyth. Gelonoi. Er und sein Bruder Agathyrsos mußten den von Herakles zurückgelassenen Bogen und damit die Herrschaft dem jüngsten Bruder → Skythes überlassen. Hdt. 4,10. Eustath. Dion. Per. 310. H. v. G.

2. Wie Herodot (4,108ff.) berichtet, gab es im Gebiete des starken Stammes der Budinoi eine Stadt namens G. (für die man einen myth. Eponymos Gelon erfand), ungewöhnlich groß und ganz aus Holz gebaut, von einer riesigen hölzernen Mauer umgeben und mit Heiligtümern griech. Bauart geschmückt, in denen griech. Götter verehrt und regelmäßig wiederkehrende, orgiastische Dionysosfeste gefeiert wurden. Hierin prägt sich der starke Einfluß der griech. Kolonien am N.-NW.-Gestade des Schwarzen Meeres aus. Wallburgen des Typs, den Herodot schildert, sind vielfach aufgedeckt worden. Chr. D.

Gemeindeland s. Ager publicus

Gemellae. Im s. Numidien, Lager Hadrians und Stadt, 25 km s. von Biskra. Ein Detachement der legio III^a Augusta und, unter Gordian, die Ala I^a Pannoniorum lagen hier. Es war ein Teil des → fossatum. Im 4. Jh. hatte hier der *praepositus limitis Gemellensis* (Not. dign. occ. XXV) sein Quartier. M. L.

Baradez Gemellae, Rev. Afr., 1949. *Ders.* Fossatum Africae, 1949. *Gsell* Atl. Arch. Alg. fe. 48 Biskra, 65.

Gemellus. 1. G., Ratgeber Herodes d. Gr. und Erzieher seines Sohnes Alexander, mit diesem 12 v. Chr. vom Hofe verbannt (Ios. ant. 16,8,3). C. C.

2. G., Sohn des Anatolius, Kilikier, pflegte 391 den Sohn seines Lehrers Libanios (Liban. epist. 233.806.1023; or. 1,279); wohl ident. mit dem Christen G., der um 405 praefectus urbi Const.

war (Ioh. Chrys. epist. 79,124 = MIGNE PG 52).
A. L.

Gemini s. Sternbilder

Geminius. Weniger bekannter röm. Familienname, wohl hergeleitet von und in Hss. öfters verwechselt mit *Geminus* (vgl. RE XVI 1656f.), inschr. auch in der Form *Gemenius*, SCHULZE Eigennamen 108). RE XVI 1653,20.

I. Republikanische Zeit: **1.** G., Freund des Pompeius, in dessen Auftrag er 77 den M. Brutus → Nr. 8 ermordete. Plut. Pomp. 2,4.16,3. **2.** G., Freund des Antonius, versuchte 32 vergeblich, Antonius zur Rückkehr nach Rom und zur Aussöhnung mit Octavian zu bewegen. Plut. Ant. 59,1.
H. G. G.

II. Kaiserzeit: **1.** G., röm. Ritter, Freund Seians, im J. 32 hingerichtet, Tac. ann. 6,14,1. **2.** G. Chrestus. Praefekt von Äg. 219/20, IGR I 1179. WILCKEN Chrest. 248. STEIN Praef. Aegypt. 124f. REINMUTH, RE XXII 2375. Unter Severus Alexander wurde er praefectus praetorio, H. A. vit. Alex. 19,1. Mamaea stellte über ihn und seinen Amtskollegen Flavianus den Juristen Ulpian, Zos. 1,11,2. Dieser ließ beide vor 224 töten, Cass. Dio 80,2,2.
R. H.

Geminos. Stoiker des letzten Jh. v. Chr. aus der Schule des Poseidonios auf Rhodos. Schrieb unabhängig von diesem die *Εἰσαγωγὴ εἰς τὰ φαινόμενα* (ed. C. MANITIUS mit dt. Übers. Lpz. 1898. Teilabdr. mit niederl. Glossar: Textus Minores Vol. 22, Leiden 1957). Diese Schrift steht in der Tradition des Eudoxos, Aratos und der Epiker-Exegese des Krates von Mallos, die oft zitiert werden, und diente wohl der Einführung in die anspruchsvollere Spezial-Literatur (z. B. Hipparchos). Leicht verständlich und klar, ohne streng math. Beweise und Berechnungen, schildert Kap. 1 den Zodiacus und erklärt die jährliche Anomalie der Sonne durch die Exzentrizität ihrer Sphäre. Es wird ausdrücklich geschieden zwischen den Tierkreisbildern und den nach ihnen benannten Zodiakal-Zeichen. Kap. 2 stellt die Aspekte der Zodiakal-Zeichen dar (Gegenschein, Geviertschein usw.) und weist auf die Fehler hin, die in der Nativitäts-Astrologie dadurch entstehen, daß MC und IC nicht, wie gelegentlich angenommen, um ¼ der Ekliptik vom auf- bzw. untergehenden Zeichen entfernt zu liegen brauchen. Kap. 3–5 beschreibt den Fixsternhimmel und die Himmelskoordinaten ähnlich wie Aratos und Manilius. Kap. 6 und 7: Der Unterschied zwischen Sonnen- und Sterntag, der Lichttag in den verschiedenen Jahreszeiten und Breiten sowie die Gesetze für die Aufgangszeiten der Zodiakalzeichen nach Art des Hypsikles. Kap. 8 behandelt ausführlich die verschiedenen Kalendersysteme mit den Versuchen, Mond- und Sonnenjahr in Einklang zu bringen (Oktaeteris, kallippische Perioden) bzw. den Verzicht auf diesen Versuch (äg. Kalender). Kap. 9 bis 11: Die Lichtphasen des Mondes an den einzelnen Tagen des Monats sowie die Mond- und Sonnenfinsternisse. Kap. 12 greift die seit Aristoteles De caelo 2,8 immer wieder diskutierte Frage auf, ob die Planeten eigene Bewegung gegen die der Fixstern-Sphäre haben oder ob sie nur vermöge ihrer Trägheit hinter dieser zurückbleiben, und beantwortet sie gegen Zenon im ersteren Sinne. Kap. 13 gibt sehr anschaulich die Theorie der Sternphasen (heliakische Auf- und Untergänge), wobei die augenfällig sachlichen Fehler S. 150,14 und 152,4 M. wohl kaum dem Vf. angelastet werden können. Kap. 14 handelt über die täglichen Fixsternbahnen und 15–16 über die Geogr. und Vermessung der Erde sowie die Ausdehnung der Oikumene im Sinne des Eratosthenes. Kap. 17 bringt Bemerkungen über Wetterzeichen (Hesiods erga zitiert), 18 die Theorie der Voraussage von Mondfinsternissen, wobei erstmals der sog. Saros-Zyklus erscheint, und den Schluß bildet ein Kalendarium, in dem für die einzelnen Zodiakal-Monate nach Kallippos, Eudoxos, Euktemon und Dositheos die Wetterzeichen und Fixstern-Phasen aufgeführt werden.

Thematisch hiermit verwandt, aber ganz von Poseidonios abhängig ist die verlorene *Ἐπιτομὴ τῶν* (oder *τῆς*?) *Ποσειδωνίου μετεωρολογικῶν ἐξήγησις* (Simpl. In Ar. Phys. S. 291,22 DIELS). Dem Wortlaut nach hat G. des Poseidonios Meteorologica (vgl. Diog. Laert. 7,133.135.144.152) kommentiert und aus dem Kommentar einen Auszug veröffentlicht. Liest man ob. *τῆς*, führt das auf einen Kommentar des Poseidonios zu Aristoteles' Meteorol., den G. gekürzt hätte, jedoch ist ein so früher Aristoteles-Kommentar unwahrscheinlich. Die Annahme eines Kommentars des G. zu Poseidonios' Meteorol. wird gestützt durch Priscianus, sol. ad Chosroen S. 42,8 (Lit. s. M. POHLENZ Stoa 2,105, Manitius' Ausg. und zu folgendem bes. TITTEL, RE VII 1026ff.).

Ob G.' *Περὶ τῆς τῶν μαθημάτων τάξεως*, dem Proklos im Euklid-Kommentar Ansichten des Poseidonios entnimmt, ein Teil der folgenden oder eine bes. Schrift ist, läßt sich nicht entscheiden, jedenfalls zitieren Proklos und die Euklid-Scholien ein mehr als 6 B. enthaltendes Werk des G. *Μαθημάτων θεωρία.* An Quellen kommen hinzu: Teile in arab. Übers. (Cod. Leid. 399 ed. BESTHORN-HEIBERG Kopenhagen 1893, 1897, 1900), Abschnitte der v. HULTSCH in »Heronis reliquiae«, Bln. 1864, aufgenommenen Variae collectiones und Zitate bei Pappos und Eutokios. Dieses enzyklopäd. Werk greift vom stoischen Standpunkt in den Streit zwischen skept. Akademikern und Epikureern auf der einen und strengen Mathematikern auf der andern Seite ein über die logischen Grundlagen der Mathematik nach dem Muster Euklids. Auch hier folgt G. dem Poseidonios, von dem wir aus Proklos In Eucl. I S. 200,2 Friedlein, wissen, daß er eine Streitschrift gegen den Euklid angreifenden Epikureer Zenon geschrieben hat. G.

als Quelle des Proklos für Poseidonios' Lehre z. B. Prokl. ebd. S. 176f.

Unsere Kenntnisse der Gesch. der Math. beruhen größtenteils auf Proklos' (ebd. S. 66ff.) Angaben, die höchstwahrscheinlich aus G. stammen. Vgl. die Nachricht über die Entdeckung der Kegelschnitte bei Eutokios, In Apoll. P. S. 168,17 Heib.

J. M.

Geminus. Cognomen (»Zwilling«, vgl. WALDE-HOF.^{3} 1,586f.), in den Fasten der republik. Zeit bei den Servilii und Veturii (vgl. DEGRASSI FCap. 145), in denen der Kaiserzeit bei zahlreichen weiteren Gentes (Nachweise bei DEGRASSI FImp. 253). Zu dem 340 im Zweikampf gefallenen Tusculaner Maecius G. bei Liv. 8,7,2ff. vgl. RE XIV 235 Nr. 10.

H. G. G.

Gemmen. Wenn die Römer alle zu kleinen Kunstgegenständen verarbeiteten Steine *gemmae* nannten (Edelsteine, im übertragenen Sinne zuerst Plaut. Curc. 606), so ist das folgerichtig, waren doch ihre Ringsteine, die den Hauptbestand der G. bildeten, aus edlem oder halbedlem Material gearbeitet. Die bunten Glaspasten boten lediglich einen billigen Ersatz dafür. Der Begriff umfaßte sowohl die vertieft geschnittenen Steine *(intagli, intailles)* wie auch die erhabenen, in der Relieftechnik gearbeiteten *(τὰ ἔκτυπα, eminens gemma, cameo)*. In Griechenland waren die Edelsteine erst seit den Feldzügen Alexanders d. Gr. häufiger. Vorher waren sie so selten, daß sie in der Praxis der Steinschneider keine Rolle spielten. So verwundert es nicht, wenn für das Wort *gemma* im Griech. kein befriedigendes Synonym zu finden ist. Man gebrauchte dort das Wort *λίθος* oder *σφραγίς* im Sinne von Stein schlechthin oder Siegel (Hippokr. Nat. Mul. 99. Hdt. 2,44. 3,41. 7, 69. Aristot. meteor. 387b17). In den früheren Jh. (9.–6. Jh. v. Chr.) waren nicht einmal die Halbedelsteine gebräuchlich, sondern man ritzte ausschließlich in weiche Steine, meist Steatit, mit dem Handgriffel, bis man während des 6. Jh. allmählich das rotierende Rad in Gebrauch nahm. Die Träger der unbeholfen wirkenden Darstellungen waren in der Form ihrem Gebrauch angepaßt: Quader, mitunter Kegel, Petschafte also. Bei den Griechen waren die vertieft geschnittenen Steine stets mit der Funktion des Siegelns verbunden, so auch die Skarabäen, die Skarabäoide wie auch die späteren Ringsteine (Aristot. aud. 801^a,4: *τὰς τῶν δακτυλίων σφραγῖδας*). Der berühmte Smaragd des Polykrates Hdt. 3.41 war eher ein kostbares Siegel mit beweglichem Haltering als ein Ringstein in unserem Sinne. So bedarf der über das Italienische zu uns gelangte Ausdruck G. der Begriffsfixierung: h. sind wir geneigt, darunter alle vertieft geschnittenen Arbeiten *(intagli)* zu verstehen – sowohl die frühen Siegel wie auch die späteren Skarabäen und Ringsteine, mit denen man, der Technik entsprechend, Abdrücke in Wachs oder Ton herstellen konnte – im Gegensatz zum Kameo, der als

Schmuck oder zur Repräsentation diente und stets in Relieftechnik gearbeitete Bilder trägt. G. und Kameen sowie die in Kameentechnik hergestellten Stein- oder Glasgefäße sind die Erzeugnisse der Glyptik, der Steinschneidekunst.

Herodot (1,195) erzählt, daß die Babylonier neben dem Stab mit dem Wappenabzeichen auch ein Siegel (*σφραγίς*) zu tragen pflegten. In der Tat ist Babylonien als die Heimat der ältesten Stempelsiegel anzusehen, eine geniale Erfindung, der dann der für Mesopotamien charakterist. Siegelzylinder folgte. Große Sammlungen oriental. Zylinder konnten in moderner Zeit zusammengetragen werden. Neben Steatit, Hämatit, Marmor und Serpentin wurden auch härtere Steinarten verarbeitet wie Bergkristall, Lapislazuli, Jaspis, später Karneol, Sard, Chalcedon und Amethyst. Die Härte des Materials, die Feinheit der Arbeiten machen die Verwendung des rotierenden Rades offensichtlich (s. FURTWÄNGLER a. O. 3, 4). Die oft vermutete Verwendung von Korundpulver beim Schneidevorgang ist gut möglich (vgl. Plin. nat. 37,60). Die ältesten Petschafte und Zylinder waren freilich mit dem Handstichel geritzt. Die äg. Glyptik scheint nur eine sekundäre Rolle gespielt zu haben, sie ist auch in der Tat künstlerisch gering. Vor allem die Form des Skarabäus fand im Mittelmeerraum, bei den Phoinikern, den Griechen und den Etruskern, eifrige Nachahmung. Unter dem Einfluß der hethit. Stempelsiegel entstanden die kret.-myken., die freilich zunächst mit dem Stichel in Steatit oder Bein gearbeitet waren und die Petschaftform der oriental. Glyptik übernommen hatten. Eigenständiger waren hingegen die mittel- und spätminoischen Lentoide und Amygdaloide aus hartem Material, vorwiegend Karneol, Jaspis und Bergkristall. Man konnte durch ihren Bohrkanal sowohl einen Siegelbügel wie auch den Faden einer Schmuckkette ziehen. Die kret. Siegel zählen wegen ihrer hohen künstlerischen Qualität mit Recht zu den Haupterzeugnissen der kret.-myken. Kunst. Darstellungen von Dämonen und Tieren und dem Kampf mit ihnen, Szenen aus dem Bereich der kult. Spiele oder der Jagd, Ornamentmotive und sogar Porträtköpfe waren das Thema jener Gemmenkunst. In der Nachpalastzeit schnitt man gern Symbole aus dem kult. Bereich: Kultgefäße mit Pflanzen und Meerestieren. Auch Reminiszenzen an die kret. Schrift sind hier nicht von der Hand zu weisen. Man beherrschte die Technik des Rades.

Um so eindrucksvoller ist es, wenn – unberührt davon – die Glyptik im Griechenland des 10. bis 7. Jh. ab ovo begonnen zu haben scheint. FURTWÄNGLER a. O. 3,57f. erklärt dieses Phänomen mit der Zersetzung und Auflösung der myken. Kultur, die die Dorische Wanderung verursachte. Die ältesten griech. Gemmen zeigen Würfel, Quader oder kegelförmige Petschafte aus weichem, undurchsichtigem Material, meist Steatit, mit groben menschlichen Figuren, Tierbildern oder Ornamenten geschmückt. Die hohe Technik der minoisch-myken. Glyptik scheint vergessen. Hingegen findet die mächtige Strömung des geometr. Stils, die bald alle Kunstbereiche Griechenlands durchzieht, auch in der Glyptik ihren Niederschlag. Funde von Siegeln aus Argos, Perachora, Delos, Samos und Cypern zeigen verschiedene Nuancen des geometr. Stils innerhalb der Glyptik; 2 Quader aus Steatit, in München und Paris (Staatl. Münzslg. ehem. Slg. Arndt 1292/93. MüJb. 3. F. 2, 1951, 21 Abb. 21 und Taf. II 7a–c; Cab. des Méd. M 5837) bieten die besten Beispiele für den Höhepunkt dieser Kunst. Während des 7. Jh. sind die handgeritzten mel. Lentoide und Amygdaloide aus weichem Stein die Hauptrepräsentanten des sog. Orientalisierenden Stils, bei denen die griech. Sage neben Dämonen- und Tierbildern eine Rolle zu spielen beginnt. Die Darstellung des Menschen wird auf den durch äg.-phoinik. Einfluß aufkommenden Skarabäen des 6. Jh. zur Hauptsache. Die Gemmenschneider gravieren in Analogie zu den Vasenmalern erstmalig ihre Meistersignatur ein, die vollkommene Beherrschung der Bohrtechnik führt zu wahren Meisterwerken der Glyptik. Während des 5. und 4. Jh. ist der Skarabäoid, der einen glatten Rücken anstelle des Käfers trägt, die vorherrschende Form, der bläuliche Chalcedon das Hauptmaterial sowohl der graecopers. wie auch der ostgriech. Gemmen. Bei den letzteren sind nach alter Tradition die Tierbilder das Hauptthema. Den Höhepunkt erreicht diese Kunst mit → Dexamenos von Chios, der sogar Porträtbilder schnitt. In Etrurien entsteht im letzten Drittel des 6. Jh. die bedeutende Skarabäenkunst. Bis in das 3. Jh. spielt sie eine entscheidende Rolle.

Eine Wandlung bringt der Beginn des Hellenismus; neben Karneol, Chalcedon und Sardonyx kommen aus fernen Ländern neue Steinarten auf: Granat, Almandin, Praser, Amethyst, und der Ringstein wird allmählich zur ausschließlichen Gemmenform. Eine Reihe von Gemmenschneidern ist uns bekannt: → Skopas, → Onesas, → Protarchos, → Boethos. → Athenion arbeitete auch in der Technik der Kameen, die bes. in der Ptolomäerzeit, dann aber während der röm. Kaiserzeit zu einer beliebten Kunstgattung wurden: Prunkschmuck zur staatlichen oder privaten Repräsentation. Hervorzuheben sind Prachtstücke wie die berühmte Gemma Augustea in Wien oder der Pariser Cameo im Cab. des Méd., die zu besonderen Anlässen von namhaften Meistern für das Kaiserhaus angefertigt wurden. Die Bemühungen unterital. hellenist.-griech. und etrusk. Gemmenwerkstätten um die Eroberung des Weltmarktes führten zu einer Angleichung der Arbeitsweise und der Thematik, die röm. Gemme wurde zum Gebrauchsgegenstand: das Intaglio als Ringstein dient zugleich als Schmuck und Siegel. Das Material ist jetzt Gold oder Eisen für die Ringe, in die farbenprächtige Edel- oder Halbedelsteine eingefaßt werden. Das Volk begnügt sich hingegen mit der Massenware der bunten Glaspasten. Seit der Z. der Republik spielt das Porträt bis in die späte Kaiserzeit eine primäre Rolle neben Bildern aus Sage, Kult und dem täglichen Leben. Der Klassizismus der august. Periode bringt es zu einer wahren Blüte der Glyptik: Namen wie → Aspasios, → Dioskurides, Gneios, Agathangelos, → Hyllos und viele andere sind uns durch Meistersignaturen bekannt. Tausende von Ringsteinen aus der späteren Kaiserzeit sind gefunden worden, qualitativ sind sie gering, wie auch die zahlreichen sog. gnost. G., die wegen ihrer mag. Bedeutung bis ins MA. verbreitet waren. P. Z.

A. Furtwängler Die Ant. Gemmen (1900). *H.B. Walters* Catalogue of the Engraved Gems. in the BM (1926). *G.M.A. Richter* Catalogue of Engraved Gems (1956). *P. Zazoff* Gemmen in Kassel, AA 1965, 1ff. *H. Frankfort* Cylinder Seals (1939). *O.E. Raun* A Catalogue of Oriental Cylinder Seals. Kopenhavn (1960). *R.M. Boehmer* Die Entwicklung der Glyptik während der Akkad-Zeit (1965). *V.E.G. Kenna* Cretan Seals (1960). *A. Xenaki-Sakellariou* Les Cachets Minoens de la Collection Giamalakis (1958). *Dies.* Die minoischen und myken. Siegel des Nat. Mus. in Athen, Corpus d. min. und myk. Siegel, hg. von *Fr. Matz* und *H. Biesantz*, Band I (1964). *J. Boardman* Island Gems (1963). *H.M.L. Vollenweider* Republ. Gemmenporträts (im Druck). *C. Bonner* Stud. in Magical Amulets (1950). *A. Delatte-Ph. Derchain* Les intailles magiques gréco-égypt. (1964). *A.J. Borissoff-B.G. Lukonin* Sasanidskije Gemmg (1963).

Gemoniae scalae (Val. Max. 6,3,3. 9,13. Tac. ann. 3,14. 6,4; hist. 3,74.85. Suet. Tib. 53,2,61), Treppe. die vom *carcer* auf die *arx* führte und in der Nähe des Tempels der Iuno Moneta endigte; der genaue Verlauf ist jedoch unbekannt, da keine Überreste gefunden wurden. Dorthin wurde vom Henker der Leichnam eines hingerichteten Verbrechers an einem Haken geschleift (*unco trahere* Iuv. 10,66. 13,245) und dem öffentlichen *ludibrium* preisgegeben. Die volkstümliche Ableitung des Namens von *gemere* (Seufzertreppe, Plin. nat. 8, 145) ist nicht haltbar; wahrscheinlich geht er auf einen Verbrecher namens Gemonius zurück, an dem zuerst die seit Tiberius regelmäßig geübte Praxis vollzogen wurde. Rud. G.

RE VII 1115. *Lugli* Centro, p. 14 und 75.

Gemse. Die echte G. (rupicapra rupicapra) wird ausschließlich von Plin. *rupicapra* genannt: *cornua rupicapris in dorsum adunca, dammis* (→ »Gazellen«) *in adversum* (nat. 11,124); er weist sie zusammen mit den *ibices* (→ »Steinböcken«) den *Alpes* zu (nat. 8,214). Nur diese 2 Stellen können mit großer Sicherheit auf die G. bezogen werden (Autopsie wegen Plin.' Heimat Como bzw. der Aufenthalte in der Narbonensis und Germanien möglich). Plin.' 3. Angabe, daß Talg der G. im Verhältnis 1:1 mit Wasser gemischt Schwindsucht heile (nat. 28,231), mag schon auf einer anfechtbaren Identifizierung beruhen, da er sich auf einen *certus auctor* beruft. – Cato (Orig. frg. 50 P. = Varro rust. 2,3,3) erwähnt *(in Sauracti et Fiscello) caprae ferae;* obwohl sie angeblich *e saxo pedes plus LX* springen sollen, handelt es sich kaum um G., sondern eher um Wildziegen oder verwilderte → Ziegen (s. gegen KELLER: STEIER, RE III A 2238, 48). Damit fällt ein für die G. beanspruchtes Zeugnis Varros fort: *in Samothrace (genera) caprarum, quas latine rotas appellant. sunt enim in Italia circum Fiscellum et Tetricam montes multae* (rust. 2,1, 5). Die Bedeutung von *rota* muß offenbleiben. Die sonst mit G. identifizierten *caprae ferae* sind irgendwelche wilden Ziegen (z. B. Verg. Aen. 4,152; s. AUSTIN, Komm. z. St. »wild mountain-goats«), die *dammae* bei Colum. und Iuv. → Gazellen. – Die Ablehnung der Varro-Stelle (Samothrace) nimmt uns die einzige sichere Bezeugung der G. im O.; unter den vielen »wilden Ziegen«, von denen griech. Autoren berichten (*αἴξ ἄγριος* [s. Hom. Od. 9,118; Insel bei den Kyklopen] bzw. *ἀγροτέρα, αἴγαγρος, χίμαιρα, ψίναθος, σαννάς, σαννάδη, ἴορξ* [Belege bei KELLER, Thiere d. cl. Alt. 49]), können auch G. sein, von uns aber, da genauere Beschreibungen fehlen, nicht mehr als G. identifiziert werden. E. Mg.

Gemüsebau, dessen Bedeutung schon aus der Fülle der Lit. hervorgeht (bes. script. rei rust., z. B. Colum. 11,3, aber auch Ärzte, wie Gal. 6,524 bis 568 K., sowie Plin. nat. 19,52–189), lieferte mindestens für das gewöhnliche Volk, neben dem Getreide, Öl und Wein lange die Hauptnahrungsmittel (*ex horto plebei macellum,* Plin. nat. 19,52). Obgleich wir nur aus röm. Zeit ausführlich unterrichtet sind, zeigt allein Plat. rep. 2,372c, wie hoch auch in Griechenland Gemüse als gesunde, einfache Nahrung geschätzt (vgl. z. B. Aristoph. Nub. 981. Plut. mor. 157f) und wie enge es überall auch mit den schlichten »alten« Sitten verknüpft wurde (so auch Plin. a. O. Hor. c. 1,31,15; epod. 2,57. Iuv. 11,78 usw.). Unter den Gemüsen, die gewöhnlich in Salzwasser abgekocht und mit mancherlei Zutaten angerichtet, manchmal aber auch roh (*a manu,* Apic. 3,101) gegessen wurden, waren *legumina* (= griech. *ὄσπρια,* CGlL 6,634) hauptsächlich Hülsenfrüchte, wie Bohnen (s. RE III 609 ff.), Schminkbohnen, Linsen, Lupinen, Erbsen und Kichererbsen, während Blattgemüse, Knollengewächse, die Salatarten u. a. als *olera* (= *λάχανα,* CGlL 6,525) bezeichnet wurden. Zu diesen gehörten Artischocken, Spargel, Endivien, Malven, Lattich, Kresse, Lauch, Schnittlauch, Rettiche, Mangold, sowie verschiedene Arten von Kohl und Rüben und die ärmliche Nessel. Auch Zwiebel, mancherlei Gurkengewächse, Kürbisse und Melonen gehörten zu den *olera,* wogegen Küchenkräuter – teils einheimisch, wie Eppich, Dill, Fenchel usw., teils naturalisiert, wie Petersilie, Kümmel, Sesam, Senf u. a. – *olera odorata* oder *condimenta (viridia)* genannt wurden (Einzelheiten und lat. Namen bei BLÜMNER PrAlt. 164 ff.; griech. Namen bei Theophr. h. plant. 7,1). Gemüsegärten, ob zum eigenen Verbrauch oder zum Verkauf in die Stadt bestimmt, waren, weil der G. mehr Pflege als der Ackerbau erfordert, meist eng mit dem Wohnhaus verbunden und sorgfältig in Beeten angelegt, aus Fluß, Bach oder Brunnen gut bewässert und mit Hecken, Zäunen oder Mauern umfriedigt. Soweit die Vermehrung nicht durch Ableger oder Wurzelteilung geschah, fand die Aussaat nach zweimaligem Düngen und Umgraben je nach der Saatzeit der betr. Pflanzen mit sorgfältig ausgewähltem und vorbereitetem Samen statt. Die wachsenden Pflanzen, von denen man Ungeziefer durch allerhand (oft auch magische) Mittel fernzuhalten suchte, wurden begossen, gejätet und öfters auch versetzt, um schließlich zur rechten Zeit (manchmal bevor sie ganz reif waren) geerntet zu werden. (Vor allem durfte Lattich usw. nicht in Samen schießen.) Große Sorgfalt galt auch der Aufbewahrung der Gemüse durch Einmachen in Salz- und Essiglaugen (*ἅλμευσις, salitura,* manchmal nach vorherigem Trocknen, s. bes. Colum. 12), welches allein bis in die neueste Zeit einen Vorrat für das ganze Jahr sicherstellen konnte. L. A. M.

Blümner PrAlt. 84 ff. 164 ff. 571 ff.

Genauni. Nach Strab. 4,6,8 f. p. 206 illyr. Stamm in Raetien, 15 v. Chr. durch Drusus besiegt, Hor. c. 4,14,10. Plin. nat. 3,137 *(Caenauni),* Flor. 2,22,14 *(Cenni).* Ptol. 2,12,4 (*Βένλαυνοι*), entweder im Inntal oder wahrscheinlicher im Werdenfelser Land um Partenkirchen. E. M.

1. *R. Heuberger* Rätien im Alt. und Frühmittelalter, 1932, 39 ff. 47 ff. RE IX A 8 f. 2. *How.-Meyer* 360 f. 3. *K. Christ* Nero Claudius Drusus, Masch.-schr. Diss. Tübingen 1953, 135.

Genava. Das h. Genf, urspr. Namensform Genua (G. BONFANTE. BSL 40, 1938, 119 ff.), schon vorröm. *vicus* des Stammes der Allobroger mit der Hauptstadt Vienna – Vienne. Das ant. G. lag auf dem l. Rhôneufer an der Stelle der h. Altstadt auf dem Hügel zwischen Genfer See, Rhône und Arve. Befestigtes kelt. *oppidum,* schon von Caesar (Gall. 1,6,3. 7,2) erwähnte Brücke über die Rhone etwas unterhalb des h. Pont de l'Ile. In röm. Zeit stadtähnlicher Ausbau, ausgedehnte Hafenanlagen mit Gewerbebetrieben an der Rhône und am See für die Schiffahrt auf dem Genfer See und der Rhône. Forum auf der Senke Bourg-de-Four außerhalb des alten *oppidum,* Ausdehnung auf das s.ö. anstoßende Plateau des Tranchées. Tempel auf der Stelle der Kathedrale St. Pierre und der Madeleinekirche am N.-Fuß des Stadthügels über dem ant. Hafen (Maia). In spätröm. Zeit Neubefestigung des Hügels mit z. T. noch erhaltener Mauer, wahrscheinlich unter Probus. Seit etwa 379 n. Chr. eigene *civitas* mit reicher ausgestattetem Praetorium bei der Kathedrale und Bischofssitz; ältester bekannter Bischof Isaac um 400 n. Chr. Nach der Ansiedlung der Burgunder in Savoyen und der W.-

Schweiz (443 n.Chr.) wurde G. zunächst Sitz der Könige bis zur Verlegung der Residenz nach Lyon (470 n.Chr.). E. M.

1. Genava I 1923ff. 2. *R. Montandon* G. des origines aux invasions barbares, 1922, 98ff. *Ders.* RE A 27, 1925, 125ff. 3. *L. Blondel* Le développement urbain de G. à travers les siècles, 1946. 4. *F. Stähelin* Die Schweiz in röm. Zeit³, 1948, 614f. u.ö. 5. Histoire de G. des origines à 1798, 1951. 6. *L. Blondel* La prieuré de Saint Victor, les débuts de christianisme et le royauté burgonde à G., Bull. de la Soc. d'hist. et d'arch. de G. 11, 1956/59 (1960), 211ff. 7. *H. von Petrikovits* Vorträge und Forsch. 4, 1958, 75. 8. *How.-Meyer* 219ff.

Geneleos. Sam. Bildhauer um 560 v.Chr. Signierte am Mantelsaum der Thronenden einer »an der nördlichen Heiligen Straße zur Stadt« (E. Buschor Altsam. Standbilder V 86) aufgestellten Gruppe von 6 Personen: *ἡμᾶς ἐποίησε Γενέλεως*: Thronende Phileia (Inschr.); wohl Knabe, weil nach der kleineren Einlassung das l. Bein vorgestellt war (verloren); Ornithe (Bln. 1739, C. Blümel Die archaisch-griech. Skulpturen etc. Bln. 1963, 36 Abb. 102–105); ihre ältere Schwester Philippe (Buschor a.O. II Abb. 92–95); stehende Frauenfigur (nur in Frg. erhalten, Buschor a.O. II Abb. 97, 98); gelagerte Person, nach Buschor eine Frau, überzeugender von Himmelmann-Wildschütz als Familienvater gedeutet (Marbg. WPr. 1963, 13ff.). Von der Weihinschr. auf seinem Gewand ist nur das Ende sicher (G. Dunst, Bearbeiter der sam. Inschr.). Drei Deutungen liegen vor: ...*οχη εἰμι* [*ἡ*] *κἀν*[*ε*]*θηκε τηι* ʽ*Ηρηι* (Buschor a.O. II 28); ...*ναρχη ἡμεας ἀνεθηκε τηι* ʽ*Ηρηι* (L.H. Jeffery The Local Scripts of Archaic Greece 329 Anm. 3); ...[*α*]*ρχης ἀνέθηκε τῆι* ῞*Ηρηι* (Himmelmann-Wildschütz a.O. 15). H. Ma.

Genethlios (*Γενέθλιος*). Griech. Rhetor der 2. Hälfte des 3. Jh. n.Chr. aus Petra (Suda s.v. *Γ.*), Schüler des → Minukianos und Agapetos. Er lehrte als Gegner des → Kallinikos in Athen, wo er 28jährig starb. G., dem man Talent und ein ausgezeichnetes Gedächtnis nachrühmte, verfaßte (verlorene) epideikt. Reden und wohl auch Demosth.-Komm. (vgl. Sch. Demosth. 18,8.51.19, 148.22,3). Unsicher ist die Zuweisung der gewöhnlich als Werk des → Menandros aus Laodikeia betrachteten *διαίρεσις τῶν ἐπιδεικτικῶν* (hsl.: *Μενάνδρου ῥήτορος ἢ Γ.-ίου*) an G. (so [2], skeptisch [1],13). H. Gä.

1. *Conr. Bursian* Der Rhetor Menandros, ABAW 16,3, 1882, 11ff. 2. *Wilh. Nitsche* Der Rhetor Menandros u. d. Sch. zu Demosth., Progr. Bln. 1883.

Genetyllis (*Γενετυλλίς*). Sondergöttin der Geburt (= *γενέτειρα*, lat. *genetrix* Sch. Aristoph. Lys. 2. Usener Götternamen 124); zur Namenbildung Chantraine Formation des noms 252. M. Leumann, Gl 32, 1953, 219,3. Wie → Eileithyia tritt G. auch plural. auf (Aristoph. Thesm. 130. Paus. 1,1,5. Lukian. pseud. 11). In Athen neben der Kolias bzw. den Koliades (Alkiphr. ep. 3,11. Lukian. am. 42) an → Aphrodite angeschlossen (Aristoph. Lys. 2; Nub. 52 m.Sch.). Üppige Frauenfeste mit Hundeopfern: Hesych. s.v. Vgl. Prell.-Rob. 1,377,4. W. F.

C. Lugebil De Venere Coliade Genetyllide, 1858.

Genista, auch genesta (zuerst bei Colum. und Plin.), it. ginestra, frz. genêt, dt. Ginster, sind mehrere Gattungen der zumeist gelbblühende Sträucher umfassenden Leguminosentribus Genisteae, bes. viele, auch baumförmige Arten im w., weniger im ö. Mittelmeer- und Schwarzmeergebiet, neben den Gattungen Genista L., Ulex und Calycotome (Stechginster, → Aspalathos) bes. auch Spartium junceum L. (*σπάρτον* schon bei Homer, *σπάρτιον*, *σπάρτη* bei Galen., Diosk. u.a., it. spartio, maggio, dt. Pfriemenginster), dessen rutenförmige Aeste seit der Ant. zu Flechtwerk, der Bast zu Tauen und Geweben, die Blüten und Samen wie die des w.-europ. Sarothamnus scoparius (L.) Wimm. (it. ginestra scopareccia, engl. broom, dt. Besenginster) wegen des Gehalts an dem giftigen Alkaloid Spartiin als Abführ- und Brechmittel verwendet werden. Nahe verwandt sind u.a. Laburnum (*laburnum* und *alburnum* bei Plin., Goldregen) und Cytisus L. (sicher nicht *κύτισος* des Hippokr., Aristot., Theokr., Diosk. u.a., *cytisus* bei Verg. Plin., *cytisum* bei Varro, Colum., Geißklee bei Lonicer und Cordus, sehr wahrscheinlich der nicht zu den Genisteen, sondern zu den Trifolieen gehörige, seit der Ant. als Ziegenfutter und Bienenweide geschätzte Strauch Medicago arborea L.). Viele Ginster sind Hauptbestandteile sowohl der mediterranen Macchien und Phrygana, wie auch der s.- und w.-europ. Gebirgsheiden. H. G.

Genita Mana. Plut. quaest. Rom. 277 A berichtet, man habe dieser Gottheit einen Hund geopfert (so auch Plin. nat. 29,58) und gebetet, niemand von den Hausgenossen möge *χρηστός* werden. Bisher nahm man an, der lat. Wortlaut habe gelautet: *neminem manum* (gut) *fieri*, was »niemand möge sterben« bedeute. Gebet und Hundeopfer würden auf eine Totengottheit hinweisen, wogegen *Genita* mit der Geburt in Beziehung stehe. So wären mit G. M. die beiden Pole menschlicher Existenz ausgedrückt. Dazu paßt, daß bei Mart. Cap. 2,164 unter den Unterweltsgottheiten *Mana* genannt wird, während *Geneta* in der Inschr. von Agnone erscheint (Vetter HB 147,15). Latte dagegen, der die Verbindung *manus: manes* bestreitet, hält es für wahrscheinlich, daß der lat. Wortlaut *n. probrum f.* (zur Schande gereichen) gelautet habe, was falsch *probum* gelesen und mit *χρηστός* übersetzt worden sei. G. M. deutet er als »Geist der guten Geburt«. Es ist allerdings nicht einzusehen, weshalb man bei der Geburt gebetet haben sollte: »niemand von den Hausgenossen solle Schande bringen«. (Lattes Deutung wäre annehmbarer, wenn im Text stünde, was er 95,3 schreibt: »er [der Neugeborene!] möge keine Schande über das Geschlecht bringen«.) W. E.

Wissowa Rel.^{2} 240. *Ders.* Myth.Lex. 1,1612. *Mommsen* Unterit. Dial. 137. *Latte* RRel 95.379. *Bugge*, KZ 5, 1856, 10 (zur Namensform).

Genius (zur Wz. *gen*) ist die dem Manne innewohnende »Macht«, die sich nicht nur in der Zeugungskraft dokumentiert, sondern umfassend die Persönlichkeit an sich bezeichnet; G. ist weder »Seele« noch »Leben«. Er ist jedem eigen und erlischt mit dem Tode. Der Geburtstag ist sein Fest. Dem G. des Mannes entspricht die → »Iuno« der Frau.

Da G. als eine Art »Wirkungsprinzip« aufgefaßt wurde, ist es verständlich, daß auch Kollektiva, wie Truppenteile, Kollegien usw. einen G. haben können. Aber es wird auch Örtlichkeiten, wie Provinzen, Städten, sogar Theatern, Marktplätzen usw. ein G. zugesprochen (→ Lares).

Aus Macht und Ansehen, das vor allem der *pater familias* als Exponent der *familia* genoß, erklärt sich, daß das Gesinde seinen G. verehrt und bei ihm schwört. Daran knüpft die Verehrung des G. des Kaisers an. Der Eid beim G. des Kaisers wird üblich im öffentlichen wie privaten Bereich; Meineid ist Majestätsverbrechen.

Das Bedürfnis nach persönlichem Schutz, das sich mehr und mehr geltend machte (vgl. [6], 331ff.), empfindet den G. als Schutzgeist (vgl. Cens. 3,1. ganz unröm. 2 G.: Cens. 3,3 [Lucil]. Serv. Aen. 6,743), ohne daß definiert würde, inwiefern er immanent ist oder eigene Existenz hat. (Späte Grabinschr. der Form *D.M. Genio* . . . [Schwarzlose Diss. Halle 1913, 33ff., vgl. [6],103] sprechen nur für Vermischung mit der Seelenvorstellung.) Auch der *G. loci* wird als Schutzgeist aufgefaßt (häufig auf Inschr., vgl. *G. Tutelae* CIL II 2991 aus Zaragoza).

Aus der Vorstellung vom G. als Summe der Persönlichkeit konnte sich der Gedanke an G. von Göttern entwickeln: *G. Iovis* schon CIL I^2 756,16 vom J. 58 v.Chr. aus Furfo; aus der Kaiserzeit viele Zeugnisse für *G.* und *Iunones* (Stellen [1],85f. [3],180,11). Dies setzt die voll personifizierte Gottheit voraus (etwas anders [3],181).

Bedeutsam ist der *G. populi Romani (G. publicus, G. urbis Romae)*: Er ist kaum als »Zusammenfassung der *genii* aller Römer«, noch weniger als röm. Umformung der Tyche einer Stadt ([6],241) zu verstehen. Ein staatliches Opfer erwähnt Liv. 21,62,9 zum J. 218, einen Tempel Cass. Dio 47,2. 50,8. Am 9. Okt. verzeichnen die Kalender für *G. publico, Faustae Felicitati, Veneri Victrici* Opfer (CIL I^2 S. 331). Auch in den Götterreihen der Arvalakten erscheint *G.pop.Rom.* (Henzen 72.121). Im 4.Jh. werden am 11. und 12. Febr. *ludi Genialici* gefeiert (CIL I^2 S. 309).

Auf Grund mancher Schwierigkeiten hat sich W.F. Otto ([4], vgl. Philol. 64,305,178ff.) gegen

die auch jetzt herrschende Lehre gewandt. Er faßt G. als außerhalb des Menschen existierenden Schutzgeist auf (vgl. Cens. 3,1. Mart. Cap. 2,152: das ist aber wohl eine spätere Anschauung. Die Schlangengestalt ist Vermengung mit der bekannten Inkarnations- und Seelenvorstellung [anders Wissowa: »Symbol des G.«]). Der G. sei zwar an den Menschen gebunden, mit ihm aber nicht ident. Das Leben entstehe »durch Hinzutritt des G.«, der es auch »fortwährend erhält«. Ant. Zeugnisse können scheinbar diese Auffassung stützen: Doch verraten diese sämtlich schon dadurch ihre Verlegenheit, daß sie jeweils mehrere Etym. bieten, nach denen sich die Deutung richtet (Paul.-Fest. 94. Aufustius ebd. Aug. civ. 7,13 [Varro]. Cens. 3,1. Isid. orig. 8,11,88. Apul. Socr. 15 [hier die – nicht erst von Apul. vollzogene – Identifizierung mit (ἀγαϑὸς) δαίμων]). Ob Otto mehr recht hat mit der Behauptung, G. sei urspr. auch Frauen eigen, ist trotz der verhältnismäßig späten Bezeugung von → *Iunones* und trotz Serv. auct. Aen. 2,351 (auf dem Capitol sei ein Schild gewesen mit der Aufschrift *Genio urbis Romae sive mas sive femina*) mehr als fraglich (s. [6]. Schwarzlose a.O. 30ff.).

Auf Mz. und in der Kunst ist G. häufig dargestellt, meist bärtig (später auch jugendlich), mit freiem Oberkörper, Füllhorn im l. Arm und meist Opferschale r. Zuweilen trägt er Porträtzüge. Oft hat er, bes. als *G. loci*, Schlangengestalt (Hartmann, RE II A, bes. 518f. [4],1167ff.).

Die Verehrung des G. ist, wenn auch mit mancherlei Vorstellungen vermischt und entstellt, lebendig geblieben bis ins ausgehende Heidentum. Der Cod. Theod. 16,10,12 verbot die Verehrung aller häuslichen Götter, *Lares, Genii, Penates*. W.E.

1. *Prell.-Jord.* 1,76ff. 2,195ff. 2. *Birt*, Myth.Lex. 1,1613ff. (1613 reichhalt. Liste älterer Lit.). 3. *Wissowa* Rel.^{2} 175ff. (80.172.339). 4. *W.F. Otto*, RE VII 1155ff. 5. *Altheim* RRelG 1956, 1,60f. 2,79f. 6. *Latte* RRel 103ff. (188,3. 240f. 306f. 332f.).

Gennadios. 1. G., Patriarch von Konstantinopel 458–471, verfocht in seinen in Frg. kenntlichen dogmat. Schriften die Lehre des Konzils von Chalkedon (451). Von seinen umfangreichen Bibel-Komm. ist vieles in die Catenen eingegangen. Altaner^6 301. **2.** Gennadius, Priester in Massilia, † zwischen 492 und 505, Vf. eines Katalogs von chr. Autoren [1] zur Ergänzung von Hieronymus De viris illustribus. Cassiodor hat beide Bücher in einem Bd. vereint (inst. 1,17,2); sie werden seitdem gemeinsam überliefert. Die Versuche, etwas von des G. eigenen, im Schlußkapitel angeführten, theol. Werken wiederzufinden in unter andern Namen überlieferten Schriften, sind unsicher; am ehesten kann ihm der Schluß des Liber ecclesiasticorum dogmatum [2] gehören, dessen Vf. wie G. zum Kreise der Semipelagianer in der Nachfolge des → Faustus von Reii gehört. O. H.

Ta.: 1. *Wilh. Herding*, ^{2}1924. 2. *Migne* PL 58, 979–1000, Kurzfassung 42, 1213–1222. *Altaner*^{6} 8 und 438.

Gennesar (so 1. Makk. 11,67. Ios. bell. 3,10,7; Mc. 6,53, Matth. 14,34, Luc. 5,1 Γεννησαρετ), See in Palästina und fruchtbare Ebene w. davon, beide in israelit. Z. auch nach der Stadt Kinnereth (Jos. 19,35. 1. Kön. 15,20) und in hellenist. Z. auch nach der Stadt Tiberias benannt (Joh. 21,1). Beschreibungen bei Ios. bell. 3,10,7f. H. *er-ruwēr* und *baḥr eṭ-Ṭabarīje*. C. C.

G. Dalman Orte und Wege Jesu, 1924[3].

Gens. Bedeutet einmal das Volk. In diesem Sinne kommt g. etwa vor beim *ius gentium;* darunter verstehen die Römer das angeblich allen Völkern gemeinsame, zunächst für Streitigkeiten von Römern mit Peregrinen oder von Peregrinen untereinander angewendete Recht. So sagt Gai. 1,1 = Dig. 1,1,9: *quod naturalis ratio inter omnes homines constituit, id apud omnes homines peraeque custoditur vocaturque ius gentium, quasi quo iure omnes gentes utuntur.* Den begrifflichen Gegensatz dazu bildet das freilich auch in anderen Bedeutungen vorkommende *ius civile:* das den röm. Bürgern vorbehaltene Recht. Jedoch sind die Institutionen des *ius gentium* alsbald auch zwischen Römern angewendet worden. Vereinzelt (etwa Pomp. Dig. 50,7,18) erscheint *ius gentium* auch in der Ant. schon in der später vorherrschenden Bedeutung als das die Beziehungen zwischen den Völkern regelnde Recht = Völkerrecht. Dazu Max Kaser Röm. Privatrecht 1, 1955, 182f. mit Lit.

Bes. aber bedeutet g. die Sippe: einen Verband, der jedenfalls in der durch Überlieferung erhellten Zeit zwischen Familie und Staat steht. Seine Mitglieder haben einen gemeinsamen Gentilnamen (Cic. top. 6: *gentiles sunt, qui inter se eodem nomine sunt*) und rühmen sich gleicher Abstammung, die freilich nicht mehr nachweisbar und oft überhaupt nur rein fiktiv ist. Hierin unterscheiden sich die *gentiles* von den *adgnati:* Dies sind alle Personen, die durch den Fortfall eines gemeinsamen nachweisbaren *pater familias* gewaltfrei geworden sind, Ulp. Dig. 50,16,195,2. Es ergibt sich also die Reihe *populus – gens – adgnati – familia.*

Aber schon die genaue Umschreibung der g. wie alle ihre Einzelheiten sind heftig umstritten. Die g. wird nämlich ihre hauptsächliche Bedeutung in sehr früher Zeit besessen haben. In der Folge vermindert sich ihre Bedeutung ständig: Einmal, weil die staatliche Organisation des übergeordneten Verbandes, des *populus,* erstarkt und dadurch die polit. und militär. Rolle der g. herabdrückt. Auch wirtschaftlich werden die Grenzen der g. bald überwunden. Andererseits verliert sie deshalb an Bedeutung, weil die fortschreitende Individualisierung die privatrechtlichen Funktionen der g., vor allem als Vermögensträger, auf die *familia* oder die Einzelperson überträgt. So tritt später auch die Bezeichnung *familia* immer stärker hervor und wird bisweilen anstelle von g. verwendet, z. B. Ulp. Dig. 50,16,195,4: *(personae), quae ab eiusdem ultimi genitoris sanguine proficiscuntur (sicuti dicimus familiam Iuliam).*

Der Bedeutungsschwund der g. zeigt sich etwa im Erbrecht: Die XII T. 5,4/5 nennen die *gentiles* (schon nicht mehr die g. im ganzen) als Intestaterben nach den *sui* (Gewaltunterworfenen des Erblassers) und den *adgnati.* Belege für dieses Erbrecht finden sich noch am Ende der Republik; dagegen sagt Gai. 3,17: *totum gentilicium ius in desuetudinem abiisse.*

So sicher diese Entwicklung ist, so ungewiß ist ihr Ausgangspunkt in der quellenlosen Frühzeit. Manche sehen in der g. geradezu die urspr. Form polit. Organisation in einer vorstaatlichen Zeit Roms: Die g. sei ein im wesentlichen auf gemeinsamer Abstammung beruhender Kleinstaat auf geschlossenem Siedlungsgebiet *(pagus).* Geleitet werde sie von einer Mehrheit von *patres* (den Häuptern der einzelnen *familiae*?) oder – wenigstens zeitweise – von einem *princeps.* Gemeinsam seien auch Religion, Wirtschaft und Verteidigungswesen. Die polit. Entstehung Roms stellt sich von daher als die Vereinigung autonomer Gentildörfer dar. Überreste der gentiliz. Verbände werden von manchen in den 30 Abteilungen der Kurienverfassung und in der Zahl der Senatoren gefunden. Konsequenterweise muß dann für die frühe Zeit auch die Existenz plebeiischer gentes geleugnet werden. (Ähnlich vor allem 2. 3. 7. 8.; kritisch 6. 13. 14). Zudem erscheint die g. nach einer verbreiteten Auffassung als die urspr. Trägerin des Grundeigentums, das nicht privatrechtlich verstanden wird, sondern als öffentliches Gewaltverhältnis (vgl. 12).

Demgegenüber ist freilich vor allem zweifelhaft, ob man den gentes wirklich Autonomie im Sinne einer staatsähnlichen Organisation zusprechen darf. Bes. läßt sich schon in sehr früher Zeit an eine die Autonomie sprengende Sakralgemeinschaft mehrerer gentes denken. Auch die Gründung Roms ist in anderer Form wohl eher vorstellbar (vgl. 14). Weiter bleibt das Verhältnis zwischen der *familia* und der g. dunkel. Für ein stärkeres Eigengewicht der *familia* dürfte ihre klar hierarchische Struktur mit dem *pater familias* als Oberhaupt sprechen. Auch mag die Zugehörigkeit zu einer g. erst durch die zu einer *familia* vermittelt worden sein. Endlich wird jedenfalls an eine direkte Verbindung zwischen den gentes einerseits und der Kurienverfassung sowie der Zahl der Senatssitze andererseits schon wegen der runden, eine willkürliche Satzung verratenden Zahlen (100, später 300 Senatoren; 300 gentes als kleinste Zellen der Kurienverfassung) nicht zu denken sein.

Daß aber die gentes noch in der staatlichen Zeit Roms eine erhebliche polit. Rolle spielten, wird wahrscheinlich etwa durch die Erzählung von dem Privatkrieg der Fabier gegen Veii (Liv. 2,50). Jedoch ist dergleichen nur Ausnahme. Dagegen darf man folgende Funktionen der g. in der Periode staatlicher Organisation als normal ansehen: Die g. hat eigene *sacra*, wobei allerdings zwischen *sacra privata* und *publica* unterschieden wird; die zweiten dürften vom Staat wahrgenommen worden sein (KÜBLER, RE VII 1184ff.). Auch scheinen die Gentilen eine Grabgemeinschaft gebildet zu haben. In sie dürften gewöhnlich die Freigelassenen der g. eingeschlossen gewesen sein, für die im übrigen die Zugehörigkeit zur g. zweifelhaft ist. Vom Erbrecht der Gentilen war schon die Rede. Eine ganz ähnliche Entwicklung wie dort findet sich auch bei der *tutela* über Unmündige und Frauen (laudatio Turiae, CIL 5,1527 sub 1,21) sowie bei der *cura* über *furiosi* (XII T. 5,7), wie ja überhaupt *tutela und cura* als eigennützige Institute zur Sicherung des Erbgutes entstanden sind. Gewiß ist endlich eine erhebliche Bedeutung der gentes für die Zusammensetzung des Senates, wobei die schon zu Anfang im Senat vertretenen gentes als *gentes maiores* bezeichnet werden. Jedenfalls mit dem Aufsteigen der *plebs* scheinen sich als Nachahmungen der patrizischen auch plebeiische gentes gebildet zu haben. D. M.

Ältere Lit. RE VII 1197f.; aus der kaum übersehbaren neueren seien nur genannt: 1. *Vinc. Arangio-Ruiz* Le genti e la città, 1914. 2. *Pietro Bonfante* Scritti giur. 1, 1926 (ex 1915), 18ff. 3. *Ders.* Storia del dir. rom. 1, 1934[4], 60ff. 4. *Franz Altheim* Epochen der röm. Gesch. 1, 1934, 72ff. 5. *Carlo Castello* Studi sul dir. famigliare e gentilizio rom., 1942. 6. *Paolo Frezza* Scritti Ferrini Milano 1, 1947, 292ff. 7. *Pietro De Francisci* Arcana Imperii 3,1, 1948, 20f. 8. *Ders.* Primordia civitatis, 1959. 9. *Franc. De Martino*, Studi Arangio-Ruiz 4, 1953, 25ff. 10. *C.W. Westrup* Rev. internat. des droits de l'antiquité, 3. sér. 1, 1954, 435ff. 11. *Max Kaser* Röm. Privatrecht 1, 1955, 47ff. 12. *Ders.* Eigentum und Besitz, 1956[2], 3ff.164ff.228ff. 13. *Ugo Coli* Studi Senesi 71 fasc. 3, 1959 (zu 8). 14. *Wolfg. Kunkel*, ZRG 77, 1960, 352ff. (zu 8).

Gens Bacchuiana. Kleiner ländlicher Flecken in Africa Proconsularis nahe bei Bou-Djelida im Tal des Oued Siliane, nicht weit von Tichilla (Testour) und Thubursicum Bure (Teboursouk). Er war der Hauptort der gens Bacchuiana, eines durch Inschr. des 2. und 3. Jh. bekannten Volksstamms. Atl. Arch. Tun. f. 36, Bou-Arada, Nr. 74. Unter Antoninus Pius verwalteten ihn *undecimprimi. Saturnus Achaiae* wurde hier verehrt (CIL VIII 12331. 23922). M. L.

Genthios (*Γένθιος*). Sohn des Pleuratos II. und der Eurydike (Liv. 44,30,2), letzter König der illyr. Labeaten in Skodra 180–168. Liv. 40,42,3. 43,19,4. Im Streit zwischen den Römern und Perseus von Makedonien beiderseits umworben, hielt G. zunächst zu Perseus. 171 brachte L. Decimius den G. nicht zu einem Bündnis mit Rom. Liv. 42, 37,1f. 45,8. Doch stellte G. im 1. Kriegsjahr (170) 54 Lemben zur röm. Flotte. Liv. 42,8,8. Darauf suchte Perseus 169 durch 3 Gesandtschaften G. zu gewinnen, ohne dessen Geldforderungen zu bewilligen. Pol. 28,8f. Diod. 30,9. Liv. 43,19,13ff. 23,8. 44,23,2. Erst 168 sicherte Perseus G. unter Austausch von Geiseln und Eidesleistung 300 Talente bei einer Anzahlung von 10 Talenten zu. Pol. 29,3,3ff. Liv. 44,23,2ff. Sofort nahm G. die röm. Gesandten M. Perperna und L. Petillius als angebliche Spione fest und verwüstete mit 80 Lemben die Umgebung von Dyrrhachium und Apollonia. Liv. 44,27,11. 30,11.14. App. Mac. 18,1; Ill. 9. Plut. Aem. Paull. 13,2. Nach dem Bruch des G. mit Rom hielt Perseus den für G. bereits versiegelten Rest des Geldes zurück. Liv. 44,27,8ff. Durch den Übertritt des G. zu Perseus beeindruckt, beschlossen die Rhodier auf eine Gesandtschaft des G. hin, zwischen Rom und Perseus zu vermitteln. Pol. 29, 11. Liv. 44,29,6ff. G. griff die mit Rom verbündete Stadt Bassania an, aber der Prätor L. Anicius Gallus schlug die Flotte des G., entsetzte Bassania und besiegte G. vor Skodra. Da G. durch seinen Bruder Caravantius, der im N. gegen die Kaunier kämpfte, nicht unterstützt wurde, ergab er sich 168 dem Anicius. Der Krieg war in 30 Tagen beendet. Eutr. 4,6,4. Petillius und Perperna wurden befreit. G. und seine in Meteon gefangene Frau Etuta, seine Söhne Skerdilaidos und Pleuratos und sein Bruder zogen 167 im Triumphzug des Anicius mit, kamen dann nach Spoletium und später nach Iguvium in Haft. Pol. 30,22. Diod. 31,8,10. Liv. 44,30. 45,43. Vell. 1,9,5. App. Ill. 9. Eutr. 4,8,4. Der Senat schenkte 220 Lemben des G. den Bewohnern von Korkyra, Apollonia und Dyrrhachium. Liv. 45,43, 10. Das Land der Labeaten wurde wie das übrige Illyrien zum Freistaat erklärt. Liv. 45,26,15. G. soll den nach ihm Gentiana benannten Enzian zuerst gefunden haben. Dioskor. 3,3,1. Plin. nat. 25,71. H. V.

Zu den in Skodra geprägten Mz. des G. *J. M. F. May*, JRS 36, 1946, 52ff. *L. Robert*, Hellenica 10/11, 1960, 540f. *P. Meloni* Perseo, 1953, 354ff.

Gentiana. Diosk. (Mat. med. 3,3) und Plin. nat. (25,71) schreiben die Entdeckung der Heilkräfte der *γεντιανή*, *gentiana* dem Illyrerfürsten Genthius zu. Obgleich die Beschreibung bei Plin. *(folio fraxini, caule tenero, cavo et inani)* eher auf Umbelliferen paßt, wurde g. allgemein (schon bei Galen., Cels., Scribon. u.a.) als G. lutea L. (Gelber Enzian) gedeutet, aus deren großen Wurzeln ebenso wie aus denen ihrer Verwandten (G. punctata, purpurea u.a.) wohl schon seit der Ant. Enzianbitter destilliert wird. Weniger geschätzt werden die kleineren Wurzeln der großen blaublütigen Arten, wie G. cruciata L. (spätlat. *basilisca, basilica*, dt. Kreuzwurz, Madelger), G. pneumonanthe L. (Lungenwurz) und G. asclepiadea L. Von den gegen 200 (einschließlich der einjährigen Arten der Gattung oder Untergattung Gentianella etwa 400) Arten von G. sind in Griechenland 7, in Italien über 20, zumeist kleinere Gebirgspflanzen, vertreten. H. G.

Gentunis. Sohn des → Geisericus, Vater von Godagis, Guntamundus, Thrasamundus und Gelaridus. G. besaß reichen Grundbesitz, war 468 an der Seeschlacht gegen → Basiliskos beteiligt, starb vor 477 (Vict. Vit. 2,5,14. Prok. 3,5,11. 6,24. 8. 9,6). A. L.

Genua (NISSEN It. Ldk. 2,144. HOLDER 1, 2005f.), ligur. (Ptol. 3,1,3) *oppidum* der 9. Region (Plin. nat. 3,48), wo nach Strab. 4,201. 5,211.216 der Appennin beginnt; als Hafen (It. mar. 502,3f.) Umschlagplatz (*ἐμπόριον*) für Vieh, Häute, Honig gegen Öl und Wein (Strab. 4,202). G. spielt eine Rolle im 2. pun. Kriege (Liv. 21,32,5. 28,46,8. 30,1,10) und gegen die Ligurer (32,29,6); seit 148 v. Chr. Ausgangspunkt der via → Postumia (CIL I^2 624; zuerst genannt CIL I^2 584), seit 109 v. Chr. Station an der via Aemilia Scauri (Tab. Peut. 3,5), deren Strecke von G. bis Vado E. des 3. Jh. verfallen war, so daß It. Ant. 294,4 Umweg über Dertona benutzt (MILLER ItR 252). Seit wann G. als *municipium* zur trib. Galeria (CIL VI 2867. KUBITSCHEK Imp. Rom. trib. discr. 103) gehört, ist unbekannt. G. gewinnt größere Bedeutung in der Spätant. (Cassiod. var. 2,27. Prok. Goth. 2,12. 3, 10), wird 641 von Langobarden besetzt und 936 von Sarazenen verwüstet. Der Name dürfte ligur. sein. G. R.

Genucius. Name einer alten und im 4. und 3. Jh. v. Chr. bedeutenden pleb. Gens in Rom (zum Wechsel von *Genucius* und *Genicius* vgl. SCHULZE Eigennamen 110). Einige patriz. Namensträger im 5. Jh. (Nr. 9. 8) sind wegen ihres Cognomens Augurinus, das erst um 300 entstanden sein kann (s. Nr. 1), verdächtig (MOMMSEN RF 1,65ff. 111); ob man sie jedoch mit dem überwiegenden Teil der modernen Forschung (vgl. MÜNZER, RE VII 1206; Adelsp. 11ff. 14f.) als um 304 in die Fasten eingefügt und somit als unhist. ansehen muß, mag unentschieden bleiben, vgl. BROUGHTON Mag. 1, 45.52. Das pleb. Geschlecht gehörte zu den führenden unmittelbar nach den licin.-sext. Gesetzen (367/66), trat um 300 und um 270 hervor, erlosch aber nach 200. **1.** C. G., gehörte zu den ersten auf Grund der l. Ogulnia 300 eingesetzten pleb. Auguren, Liv. 10,9,2, so daß für ihn das Cognomen *Augurinus* angenommen werden muß (BROUGHTON Mag. 1,172), das man dann in retrospektiver Betrachtung auch früheren Gentilen zulegte, Nr. 7–9. **2.** Cn. G., Volkstribun 473, Liv. 2,54f. Dion. Hal. 9,37f.; soll ermordet worden sein, weil er die Consuln des Vorjahres wegen ihrer Gegnerschaft gegen das Cassische Ackergesetz gerichtlich belangt hatte. **3.** L. G., Volkstribun 342, Urheber eines – bald wirkungslosen – gesetzlichen Verbotes, Zinsen zu nehmen (l. *ne fenerare liceret*), Liv. 7,42, 1. RE VI 2192f. **4.** L. G., 210 Gesandter nach Numidien, Liv. 27,4,7ff. **5.** M. G., fiel als Kriegstribun 193 gegen die Boier, Liv. 35,5,14. **6.** T. G., Volkstribun 476, ältester bekannter Namensträger, Liv. 2,52,3. Dion. Hal. 9,27,2. BROUGHTON Mag. 1,27. Zu Einzelheiten vgl. o. Bd. I 1279,57ff. **7.** Cn. G. Augurinus, trib. mil. cos. pot. 399 und 396; zum Cognomen s. Nr. 1. Liv. 5,18,2f. Plebeier, soll im Kampf gegen Falerii und Capena gefallen sein. Vielleicht identisch mit dem von C. Gracchus in einer Rede irrtümlich als Volkstribun genannten G. (Plut. C. Gracch. 3,3), MÜNZER Adelsp. 12 (anders als RE VII 1207,9ff.), womit ein gleichnamiger tr. pl. vom J. 241 hinfällig wird, BROUGHTON Mag. 1,219. **8.** M. G. Augurinus, nach den Fasten Consul 445 mit C. → Curtius Chilo Nr. 7 (zur Tradition ebd.); zum Cognomen s. Nr. 1, zur möglichen Erfindung s. Vorbem. **9.** T. G. Augurinus, nach der anzweifelbaren Tradition (s. Vorbem.) Consul 451 zusammen mit Ap. → Claudius Crassus Nr. 10 und mit diesem dann Leiter des Decemviralcollegiums; zum Cognomen s. Nr. 1. **10.** Cn. G. Aventinensis (Cognomen nach dem Haupt»berg« der Plebeier in Rom), M. f., M. n., Consul 363. **11.** L. G. Aventinensis, M. f., Cn. n., Consul I 365, II 362, jeweils mit Q. Servilius Ahala (zur Rolle der Gens in diesen Jahren – vgl. Nr. 10 – s. MÜNZER Adelsp. 11f.); soll gegen die Herniker gefallen sein, Liv. 7,6,7ff. **12.** L. G. Aventinensis, Consul 303 mit Ser. Cornelius Lentulus (mit Rücksicht auf ihn Erfindung patriz. Namensträger?, s. Vorbem.). **13.** C. G. Clepsina, Consul I 276, II 270, soll Rhegion unterworfen haben, Dion. Hal. 20,16,1. Oros. 4,3,5. **14.** L. G. Clepsina, Consul 271, DEGR. I 13,40f. 430f. Begann wohl die Operationen gegen Rhegion, s. Nr. 13. H. G. G.

Genusia (NISSEN It. Ldk. 2,861) in der 2. Region (Plin. nat. 3,105) heißt h. Ginosa (s. ö. Matera). G. R.

Geographie. Lange vor der Entstehung einer wissenschaftlichen Erdkunde haben die Völker des Westens versucht, sich ein Bild von der Erde und ihrer Beziehung zum Universum zu machen. Der Schöpfungsbericht in der Genesis 1,1ff. oder die Argonautensage bezeugen schon auf ihre Weise ein Bemühen um die Grundfragen der G. Solche nichtwissenschaftlichen Formen geographischer Betrachtung haben bis zum Ende des Alt. gleichzeitig mit der rationellen Forschung bestanden. So beruht z. B. die Erdkarte Anaximanders zugleich auf einer philos. Spekulation, auf den phantastischen Erzählungen des Aristeas von Prokonnesos und auf den Reiseberichten der miles. Kaufleute, und noch bei Ptolemaios gehen die Insel Thule, die Stadt Issedon und das Volk der Ottorokorrai letztlich auf die Legende zurück. Daher darf eine korrekte Darstellung der Entwicklung der ant. Erdkunde nicht dem geläufigen Schema *vom Mythos zum Logos* folgen, sondern muß vielmehr zeigen, wie die genauen Erkundungen unablässig die Grenzen der myth. G. haben zurückweichen lassen.

1. Das flache Erdbild. 2. Die Erdkugelgeographie bis Eratosthenes. 3. A) Erdkunde und B) Kartographie nach Eratosthenes. 4. Verfall.

1. Das flache Erdbild. Die ältesten Weltdarstellungen stammen aus Mesopotamien und gehen

mindestens auf die Blütezeit des Sumerer-Reiches (3.Jt.) zurück. Die Erde ist begriffen als eine Scheibe, umgeben von Wasser oder auf dem Wasser ruhend nach Art einer Barke (Diod. 2,31,7). Diese Tradition wird noch im 10.Jh. auf semit. Boden repräsentiert durch den Anfang der Genesis und durch eine babylon. Weltkarte, von der wir eine im 6.Jh. hergestellte Kopie (Eckhard Unger Babylon, die heilige Stadt, 1931, 20ff. 254ff.) besitzen. Sie wird etwas später auf griech. Boden bezeugt durch die vorhesiod. *Τιτανομαχία* Frg. 8 K., durch die Theogonie Hesiods 116ff. und durch die Beschreibung des Schildes des Achilleus, Il. 18,483ff. Sie könnte aus der myken. Z. stammen. Einige eigentlich geograph. Elemente scheinen sehr früh in die griech. Fassung dieser traditionellen Darstellung eingeführt worden zu sein, z.B. die Identifizierung des Ortes des Sonnenaufgangs mit Aithiopien in der *Τιτανομαχία* (vgl. Albin Lesky Thalatta, 1947, 74). Ebenso verbindet sich in der Odyssee die Erinnerung an eine geograph. Beschreibung der Küsten Siciliens und S.-Italiens, die vom myken. Handel bereits im 14. Jh. erreicht wurden, mit der myth. Vision der W.-Grenze der Erde. Das Argonautenepos baute auf ähnlichen, bis zum Eingang des Schwarzen Meeres reichenden Kenntnissen auf. Vom 8. oder 7.Jh. ab erweitert sich im selben myth. Rahmen der geograph. Horizont in der Heraklessage und in den *Ἀριμάσπεια* des → Aristeas bis zu den Heraklessäulen im W., bis zur Krim im O.

Das Anwachsen der geograph. Kenntnisse, wie es im Epos zum Ausdruck kommt, ist verknüpft mit der Ausweitung des Handels und mit der Kolonisation. In der Folgezeit bringen die Reiseberichte einiger Seefahrer wie → Kolaios von Samos (um 660?) und → Euthymenes von Massalia (zwischen 580 und 550?) eine genaue Dokumentierung, reich an Ortsnamen und Beschreibungen von Küsten, Ländern und Völkern. Auf diese Daten gründet sich die 1. Erdkarte, die → Anaximandros um 550 entwarf. In Übereinstimmung mit den myth. und philos. Vorstellungen zeichnete sie die Erde in der Form eines Kreises, umgeben von den Wässern des Ozeans und kreuzweise geteilt durch 2 Wasserstraßen, das sog. Diaphragma (moderner Terminus) Heraklessäulen – Pontos Euxeinos – Phasisstrom von W. nach O., und die Linie Tanais–Nil von N. nach S., wobei diese beiden Flüsse wahrscheinlich in Kommunikation mit dem Ozean gedacht wurden. Die Karte des → Hekataios von Milet (um 510?) zeigt dasselbe Bild (vgl. auch Hdt. 5,49), aber, dank den neueren Reiseberichten (denen des → Skylax von Karyanda und des Gewährsmannes der *Ora maritima* des → Avienus), erweitert sie den Bereich der geograph. Kenntnisse nach O. bis zum Indus und dem pers. Golf (wobei jedoch Arabien unbekannt bleibt) und nach W. bis zu den W.-Küsten Spaniens und Mauretaniens. Dabei legt die Erdbeschreibung, die diese Karte unter dem allgemeinen Titel *Γῆς περίοδος* begleitet, den Nachdruck auf die Ethnographie, die sich so zu der Erdkunde gesellt und es bleiben wird bis auf → Strabon. Trotz neu gewonnener Erkenntnisse (s. → Hanno, → Sataspes) zeigen weder die geograph. Abschnitte Herodots noch, um 350, die beiden geograph. B. der *Ἱστορίαι* des → Ephoros noch die 7 B. der *Γῆς περίοδος* des → Eudoxos von Knidos eine merkliche Veränderung dieses Horizontes. Bei Ephoros sind die 4 halbmyth. Völker, die die 4 Seiten der als Rechteck gedachten Oikumene einnehmen, noch die Kelten, Skythen, Inder und Aithiopier (FGrH 70 F 30).

2. Die Erdkugelgeographie bis → Eratosthenes. → Poseidonios schreibt unter Berufung auf → Theophrast die Entdeckung der Kugelgestalt der Erde dem → Parmenides zu (Strab. 2,94 = Diels Vorsokr. 28 A 44a). Diese neue Vorstellung, ausgegangen von einer philos. Spekulation und nicht von wissenschaftlichen Beobachtungen, wurde bei Parmenides ergänzt durch eine Einteilung der Erde in 5 → Zonen (Gürtel), entsprechend den Stellungen der Sonne und begrenzt ungefähr durch die Polar- und die Wendekreise: 2 Eiszonen, 2 gemäßigte Zonen, eine heiße Zone. Schon um 400 durch den Demokriteer → Bion von Abdera angenommen (Diels Vorsokr. 77,1), stellt die Theorie des Parmenides den Geographen des 4.Jh. 2 neue Probleme bezüglich der Lage der Oikumene auf der Kugel. Es handelte sich darum, zu bestimmen, einerseits ob die Kontinente die Meere umschließen oder von ihnen umschlossen werden (gemäß der traditionellen Vorstellung), andererseits ob die Oikumene vom Äquator geteilt wird oder ganz n. von ihm liegt. Für das Problem der Kontinente vertritt Plat. Phaid. 112 E die alte Lösung, die die Kontinente zu Inseln machte. Ihm folgen später, mit verschiedenen Varianten, mehrere Geographen: → Pytheas von Massalia, der die Theorie vom »Weltmeer« als »Fessel der Welt« entwickelt (Frg. 7a M.), Eratosthenes, → Krates von Pergamon und Poseidonios. Die umgekehrte Lösung, inauguriert von Herodot, wird vertreten von Plat. Tim. 24 E, dann wahrscheinlich von Aristoteles, der Spanien von Indien durch ein schmales Meer getrennt glaubte (cael. 298a 9), endlich durch → Hipparchos, → Marinos von Tyros und Klaudios → Ptolemaios. Für das 2. Problem begegnen seit Plat. Tim. 63 A verschiedene Lösungen, die alle die Existenz von Antipoden annehmen, sei es auf mit der Oikumene verbundenen Kontinenten, sei es auf symmetrisch um die Kugel verteilten Oikumenen, z.B. 4 bei Krates: Oikumene, Antoikumene, Perioikumene, Antiperioikumene, vgl. Kleomed. 1,2. Aber die Mehrzahl der Geographen setzen die bekannten Kontinente n. des Äquators an, den man für unbewohnbar ansah. Jedoch → Nikagoras von Kypros (um 360?), Eudoxos, Hipparchos, Marinos und Ptolemaios

glaubten, daß Libyen sich bis in die s. Hemisphäre ausdehne.

Während die Lösungen dieser beiden Probleme ohne wissenschaftliche Beweise erarbeitet werden, wird hingegen die Theorie der Zonen durch Eudoxos astronom. Beobachtungen unterworfen, die sie tiefgreifend umformen. In seiner *Γῆς περίοδος*, verfaßt wahrscheinlich zwischen 347 und 340, führt er den Begriff des Klima in die Kartographie ein, d.h. der »Neigung« der Sonnenstrahlen an verschiedenen Punkten der Erde. Er scheint so, mit dem Worte *κλίματα*, gewisse Parallelkreise bestimmt zu haben (Strab. 9,391). Ebenso schreibt man ihm, nach einer anonymen Notiz bei Aristot. cael. 298a 17, die 1. Berechnung des Erdumfangs zu, wahrscheinlich unter Anwendung derselben Methode, mit einem Ergebnis von 400000 Stadien. Seine Beschreibung der Erde folgt im übrigen dem seit Hekataios traditionellen Programm mit einer ausgesprochenen Neigung zur Paradoxographie. Unter seinem Einfluß ersetzt → Dikaiarchos in seiner *Γῆς περίοδος* das alte Diaphragma durch einen über die Heraklessäulen, Rhodos, den Golf von Issos und das Imaos-Gebirge (Himalaya) verlaufenden Parallelkreis. Man dankt ihm auch die ersten mathemat. Messungen der Höhen gewisser Berge. Ebenso bedient sich Pytheas, der um 325 die Küsten des Atlantik ungefähr bis zum Kattegat erforscht und die Inseln Britannien und Thule entdeckt, der Methode des Eudoxos, um die Breiten von Massalia und der von ihm besuchten Örtlichkeiten zu bestimmen (vgl. H. J. Mette Pytheas von Massalia, 1952, 10–12). Endlich bestimmt in der 2. Hälfte des 3. Jh. Eratosthenes 8 Parallelkreise (Zimtküste = Kap Guardafui, Meroe, Syene, Alexandreia, Rhodos-Athen, Lysimacheia, Mündung des Borysthenes, Thule), und 9 Meridiane, die nun der Annahme nach die ganze Oikumene mit ihren entferntesten Inseln umrahmen sollten. Die Entdeckungen des Pytheas und die Feldzugsberichte Alexanders gestatten ihm, seinen Horizont gegen W. bis Irland, gegen O. bis zum äußersten Indien und der Insel Taprobane (Ceylon) auszudehnen. Indem er die Oikumene so weit reichen ließ, schätzte er ihre Längenausdehnung auf 77800, ihre Breite auf 38000 Stadien. Seine Berechnung des Erdumfangs, basierend auf der Messung des Meridianbogens Syene–Alexandreia, erreicht das bemerkenswerte Resultat von 252000 Stadien = 39690 km.

3. A) Erdkunde nach Eratosthenes. Das Wort *γεωγραφία*, geschaffen von Eratosthenes, bedeutet »Kartenzeichnung«; sie ist nach ihm die Hauptaufgabe des Geographen. Ohne die Beschreibung der Länder zu verwerfen, betrachtete er sie doch als zweitrangig und machte Front gegen ihre rein literar. Handhabung, zumal die Schätzung Homers als Autorität in Fragen der G. Diese Stellungnahme verursacht bis zum Ende des Alt. eine Spaltung der geograph. Literatur in 2 Strömungen, die der literar. Erdkunde, in Reaktion gegen Eratosthenes, und die der wissenschaftlichen Kartographie. Die literar. Erdkunde, noch vor Eratosthenes durch → Timaios vertreten, wird um 140 durch → Polybios wieder zu Ehren gebracht, der sie nach dem Beispiel des Ephoros in den Rahmen einer Universalgeschichte stellt (B. 34). Seine Fortsetzer, Poseidonios in den geograph. Exkursen seiner *Ἱστορίαι* (um 80/70) und → Strabon in seinen *Γεωγραφικά*, die er unter Kaiser Tiberius als Ergänzung seiner *Ἱστορικὰ ὑπομνήματα* verfaßte, befolgen dieselbe Linie und verschmähen gleichermaßen den Gebrauch der Astronomie und der Mathematik, ohne indes den ihnen innewohnenden Wert zu verneinen (vgl. Strab. 1,1,21). Bei diesen 3 Autoren und ihren Nachfolgern, von → Timagenes von Alexandreia bis zu → Tacitus, → Ammianus Marcellinus und → Prokopios, beschränkt sich die Erdkunde auf die Beschreibung der Länder und die Ethnographie, ausmündend in Geschichte und Wirtschaftsgeographie. Poseidonios fügt die Geophysik hinzu: Oro- und Hydrographie, Erdveränderungen, Vulkanismus. Er kehrt andererseits, gegen Eratosthenes, zu einem von Parmenides inspirierten Zonensystem zurück und reduziert den Erdumfang, auf der Basis einer Schätzung des Bogens Alexandreia–Rhodos, auf 240000 Stadien. Zur selben Zeit wie Polybios und im selben Sinne verfaßt → Agatharchides von Knidos eine Beschreibung der Oikumene in 59 B., gedacht als geograph. Werk mit rein literar. Zielsetzung. Demgemäß ist in ihm gelehrten Notizen und der Paradoxographie ein breiter Raum gewährt. Dieser Tendenz folgen auch nach 100 v. Chr. → Artemidoros von Ephesos (*Γεωγραφούμενα*) und um 40 n. Chr. Pomponius → Mela (*Chorographia*). Sie erzeugt ebenso die didakt. Gedichte des echten → Skymnos (*Περιήγησις* um 185 v. Chr.), des Pseudo → Apollodor (*Περὶ γῆς*), des → Varro von Atax (*Chorographia* um 50/40), endlich des → Dionysios Periegetes (*Οἰκουμένης περιήγησις* um 100 n. Chr. ?). Die notwendige Dokumentation wird in diesen Werken einerseits der Spezialliteratur der Reiseberichte, Periploi, Hafenaufzählungen wie auch den regionalen literar. Periegesen, andererseits der Geschichte und den Berichten der militär. Expeditionen entlehnt. Die Kenntnis Asiens und Oberäg. in den durch Alexander und seine Nachfolger erreichten Grenzen wird begünstigt durch den Weiterbestand griech. Reiche bis zu den Toren Indiens. Aber der geograph. Horizont erweitert sich bes. gegen W. dank den röm. Eroberungen. Er umfaßt in der Geographie des Plin. nat. 3–6 N.-Afrika, die iber. Halbinsel, Gallien und Germanien ungefähr bis zur Elbe, die britann. Inseln, die Alpen und das Donautal.

3. B) Kartographie nach Eratosthenes. Noch zur Zeit des Polybios, aber im umgekehrten Sinne, verfaßt Hipparchos von Nikaia eine Kritik

des Eratosthenes, in der er fordert, daß alle Orte auf der Karte durch die astronom. Daten bestimmt werden sollen, ohne auf die Entfernungs-Maßzahlen zurückzugreifen. Er liefert selbst eine Anzahl derartiger Daten durch präzise Beobachtungen und fixiert sie in einem System von Parallelkreisen mit regelmäßigen Abständen entsprechend einer Gradeinteilung von 360°. Nach ihm werden diese Beobachtungen in den *Οἰκήσεις* betitelten astrolog. Traktaten fortgesetzt, die die »klimatische« Position der Städte bestimmen wollen (vgl. Strab. 1,1,20): → Serapion von Antiocheia und → Theodosios aus Bithynien. – Die von → Agrippa vor seinem Tode (12 v. Chr.) entworfene Karte des Erdkreises basiert jedoch noch auf der des Eratosthenes und auf den Maßzahlen der Küstenstrecken und der Straßen, eine Tradition, die sich in der röm. Kartographie und in den → Itinerarien hält bis zur → Peutingerschen Tafel. Erst um 114 n. Chr. wendet → Marinos von Tyros die Lehre des Hipparchos auf eine Karte der Oikumene an, entworfen in zylindr. Projektion und mehrmals von ihrem Autor verbessert. Diese Karte umfaßte 8 Parallelkreise mit 87° (43 500 Stadien) und 15 Meridiane mit 225° (91 280 Stadien; s. die Rekonstruktion der Karte in RE XIV 1785). Sie wird um 150 n. Chr. von Ptolemaios kritisiert, der – ein Vorläufer Mercators – eine konische Projektion benützt, die es ermöglicht, der Schwierigkeiten Herr zu werden, welche sich aus der Anpassung der zahlreichen mangels astronom. Daten verwendeten Entfernungsmaße an das Koordinatennetz in den vom Zentrum entfernten Sektoren ergaben. Durchweg gegründet auf die von Marinos gesammelten Informationen, namentlich solchen aus den → Stadiasmen und Itinerarien des Orients, erstreckte sich die Karte des Ptolemaios im O. bis China, im S. bis zu den Ufern des Albertsees und des Tschadsees, die um 100 n. Chr. von 2 röm. Expeditionen erreicht worden waren, im W. bis Irland, im N. bis zum Kattegat und dem Mündungsgebiet der Weichsel. Asien umschloß der Annahme nach den ind. Ozean und stand in der s. Hemisphäre mit Libyen in Verbindung. Skythien mußte, über den N.-Pol hinausreichend, entsprechend einen Kontinent auf der anderen Seite der Erdkugel berühren.

4. Verfall. Der Verfall der ant. G. wird durch mehrere, ungefähr gleichzeitige Erscheinungen gekennzeichnet. Der Inhalt der klass. Werke der großen Geographen wird ausgezogen in den lexikal. Spezialwerken des 2. Jh., z. B. *Περὶ πόλεων* des → Philon von Byblos. Strabon wird nach dem 1. Jh. nicht mehr aus 1. Hand zitiert. Vom 3. Jh. ab wird die Theorie der Kugelgestalt der Erde verlassen, und die Mehrzahl der Kirchenväter bekämpfen sie. Noch um 550 bringt → Kosmas Indikopleustes in seiner *Χριστιανικὴ τοπογραφία* eine Widerlegung des Ptolemaios und beschwört das Erdbild des Ephoros wieder herauf. Der Erfolg des dürftigen Gedichtes des Dionysios Periegetes, ins Lateinische übersetzt von → Avienus im 4. und von dem Grammatiker → Priscianus im 6. Jh., mehrmals paraphrasiert und kommentiert, ist ein weiteres Zeichen des Rückganges der geograph. Bildung. Im Laufe des 5. Jh. jedoch beweisen die Wiederentdeckung Strabons, bezeugt durch eine schöne Hs. (Vat. gr. 2306 und 2061 A) und durch zahlreiche Zitate 1. Hand, die des Artemidor und des *Περίπλους* des → Menippos von Pergamon (um 26 v. Chr.), aus dem → Markianos von Herakleia Auszüge verfaßt, endlich die Kompilation der *Ἐθνικά* des → Stephanos von Byzanz im Anfang des 6. Jh. ein Wiedererwachen des Interesses für diese Disziplin, doch keine Wiederaufnahme der Forschung. Die byzant. Renaissance selbst hat zwar das Verdienst, vom 9. Jh. ab Strabon, Ptolemaios und einige späte, im sog. Corpus geographorum minorum zusammengefaßte Traktate vor dem Vergessen bewahrt zu haben, aber keine neuen Studien heraufgeführt. F. L.

Lit.: *E.H. Bunbury* A History of Ancient Geography among the Greeks and Romans from the earliest Ages till the Fall of Roman Empire, 2 Bde, 1879 (Neudruck 1959). *Hugo Berger* Gesch. der wissensch. Erdkunde der Griechen, 2 Bde., 1903². *W.A. Heidel* The Frame of the Ancient Greek Maps, 1937. *J.O. Thomson* History of Ancient Geography, 1948. *Chr. van Paassen* The Classical Tradition of Geography, 1957. – Ant. Karten: *H. Bengtson* und *Vl. Milojčić* Großer Histor. Weltatlas, I. Teil, 2 Bde, 1954².

Geometrie. Das Wort G. legt schon bei Aristoph. Nub. 202 die Bedeutung »praktische Feldmessung« ab und bezeichnet hier den Versuch, wissenschaftlich Erd- und Länderkarten zu zeichnen. Als Teildisziplin der Math. neben der → Arithmetik auf der einen (theoret.) und Mechanik, Astronomie, Optik, Geodäsie auf der andern (prakt.) Seite erscheint sie bei → Geminos (Proklos, In Eucl. El. I p. 38,4–12 Fr.). Schon für Aristot. ist G. die exakte, axiomat. aufgebaute Wissenschaft und Muster für andere Disziplinen. Sie befaßt sich im Gegensatz zur Geodäsie mit sinnlich nicht wahrnehmbaren Figuren (metaph. *B* 2,997 b 26). Ihm lagen bereits Elemente der G. aus dem 5. Jh. vor der Art, wie sie um 300 v. Chr. → Eukleides in abschließender Form zusammenstellte. Nach Geminos (Prokl. ebd. 66,7) stammten diese von → Hippokrates von Chios und → Leon (von ersterem ist uns nach Eudemos durch Simplikios [In Aristot. Phys. p. 60,22 ff. DIELS] auch ein Versuch der Kreisquadratur erhalten).

Enge Beziehungen zwischen G. und Arithmetik zeigen sich in Euklids Elementen, wo in B. 5 die Proportionslehre allg. entwickelt, B. 6 auf geometr. Größen und B. 7 auf Zahlen angewendet wird. Schon B. 2 würde für uns zur (geometr.) Algebra gehören, und seine Sätze werden durch die Definitionen zu B. 7 für Zahlenoperationen verwendbar. Auf die Ermittlung von Approximativwerten, wo infolge Irrationalität die Ergebnisse durch ganze Zahlen oder deren Verhältnis zueinander nicht ausdrückbar waren, verzichtete die strenge G.; dies ein Erbe der → pythagoreischen Schule, deren Anhänger → Hippasos umgekommen sein soll, weil er das Geheimnis der Irrationalitäten lüftete. Auch Demokritos soll *περὶ ἀλόγων γραμμῶν* geschrieben haben. Der Beweis für die Existenz irrationaler Größen, speziell $\sqrt{2}$, ist bei Euklid nach pythagoreischer Art überliefert (El. 10 app. 27) und von → Theaitetos (Plato Th. 147d) auf weitere Wurzeln ausgedehnt. Die Kreisquadratur ist nach Aristot. (phys. 1,2,185 a 16) mit den Axiomen der Geometrie unvereinbar, und → Archimedes (Dimensio circuli) beschränkt sich auf den Beweis von Ungleichungen, die eine gute Approximation liefern (prop. 2 ist suspekt). Euklid konstruiert und definiert in El. 10 eine Reihe von Typen irrationaler Größen, deren Namen in El. 13 ähnlich unseren Wurzelausdrücken zur eindeutigen Angabe irrationaler Größen dienen. Das hiermit verwandte Problem der Würfelverdopplung (Auffindung zweier mittlerer Proportionalen), für das uns → Eutokios (In Archim. De sphaera 2,1. p. 66ff. Heiberg) auch prakt. Lösungen durch Apparate überliefert, führte über → Menaichmos und → Eudoxos zur Lehre der Kegelschnitte des Archimedes und → Apollonios von Perge, die die geom.-algebr. Lösung von Gleichungen höheren Grades gestattet und in nuce das Cartesische Koordinatensystem einführt.

Anwendung fand die G. in allen exakten Wissenschaften wie Musiktheorie, Astronomie und Geographie, und wenn Platon (rep. 7,530 b 6) lehrt, die Astronomie müsse *προβλήμασιν ὥσπερ γεωμετρία* behandelt werden, dann meint er geometr. Propositionen, wie wir sie von Euklid kennen.

Eine kurze Gesch. der G. gibt Proklos (ebd. p. 66 Fr.) aus Geminos, der seinerseits den Aristot.-Schüler → Eudemos ausschreibt. Die G. wurzelt danach in der äg. Geodäsie, wird von → Thales nach Griechenland gebracht und durch eigene Beiträge bereichert. An bedeutenden Geometern werden in chronol. Reihenfolge genannt Mamertios, Pythagoras, Anaxagoras, Oinopides, Hippokrates, Theodoros, Platon, Leodamas, Archytas, Theaitetos, Neokleides, Leon, Eudoxos, Amyklas, Menaichmos und Deinostratos, Theudios, Athenaios von Kyzikos, Hermotimos, Philippos. Bis so weit dem Eudemos folgend, fügt Geminos die hellenist. Meister der G. Eukleides, Eratosthenes und Archimedes an, denen wir natürlich noch Apollonios von Perge einreihen müssen.

Zur Entwicklung der Logik hat die G. entscheidend beigetragen, und Aristot. benutzt gerne geometr. Beispiele für log. Erörterungen. (s. z. B. Proklos ebd. p. 211,18ff. Fr. Frege bei J. M. Bochenski, Formale Logik Freiburg 1956, 330. J. M.

Lit.: Gute Einführung und Bibliogr. O. *Becker*, Das math. Denken der Ant., Göttingen 1957. Ausführlich: *Thomas Heath* A History of Greek Mathematics, Oxf. 1921. G. als Wurzel der abendländ. Wissenschaft: O. *Becker* Grundlagen der Math., Freiburg 1964. O. *Neugebauer* The exact Sciences in Antiquity, Providence 1957. *B.L. van der Waerden* Erwachende Wissenschaft, Basel 1956. Weiteres unter den Einzelautoren.

Geometrischer Stil s. Vasenkunde

Geomoroi (*γεωμόροι, γαμόροι*). Der Begriff entstand aus *γῆ* und *μείρομαι*, Empfänger von Landlosen, kleine Grundbesitzer, Bauern, bildeten in der sagenhaften Theseuszeit einen der 3 Stände und zusammen mit den Demiurgen den Demos, der das polit. Gegengewicht zu den Eupatriden darstellte (Plut. Thes. 25. Diod. 9,18. Poll. 8,111). Bisweilen Bezeichnung für Grundeigentümer überhaupt (Plat. leg. 8,843), Vornehme im Staat (Thuk. 8,21), in Syrakus für alteingesessene grundbesitzende Familien mit politischen Machtbefugnissen (Hdt. 7,155); sonst für Bauern oft *γεωργοί* (Diod. 9,18) und *ἀγροῖκοι* (Aristot. Ath. pol. 13,2). In der Solonischen timokratischen Verfassung sind G. als die soziale Klasse der Zeugiten aufzufassen, sie waren die polit. Anhänger (radikaldemokratische Richtung in der frühen Tyrannis) und die Machtstütze des Peisistratos und wurden als sog. Partei landarmer Bauern Diakrier genannt (Hdt. 1,59–64). G. Sch.

Geoponica (*Γεωπονικά*). Gesamtheit der lit. Werke ant. Autoren über die Landwirtschaft. Aus der griech. Welt zählt man hinzu: Xen. oik., diesbezügliche Schriften des Aristoteles sowie aus der Alexanderzeit die des Nikandros aus Kolophon und des Menekratos aus Ephesos. Folgende röm. Landwirtschaftsschriftsteller gehören in die G.: Cato agr., der sich eng an das Kompendium des Karthagers Mago anlehnte, nach ihm die beiden Saserna und Tremellius, deren Schriften verloren sind, Varro rust. und Vergil georg. In der Prinzipatsepoche überragt das Werk des Columella die übrigen Autoren (Iul. Hyginus, Corn. Celsus, Iul. Atticus, Iul. Graecinus). Über die Landwirtschaft schrieben im 3. Jh. n. Chr. Qu. Gargilius Martialis aus Mauretanien und im 4. Jh. – von Garg. Mart. beeinflußt – Rutilius Taurus Aemilianus Palladius (eine wichtige Slg. der G. der Römer ed. J. G. Schneider 1794–1797). Hergehörig auch die → Gromatici.

Im 10. Jh. n. Chr. kompilierte Cassianus Bassus aus den erhaltenen und – deshalb für uns wertvoll – auch aus h. verlorenen Schriften, insgesamt von 30 griech. und lat. Autoren ein Werk mit dem Titel G. (20 Bücher in griech. Sprache), das auf Befehl des byz. Kaisers Constantin VII. zustande kam (Ta. und Übers. ins Lat. ed. Niclas in 4 Bden 1781, letzte Ausg. von Beckh, Lpz. 1895). In Form und Inhalt fußt Bassus auf 2 griech. Werken des 4. Jh. n. Chr.: der *συναγωγὴ γεωργικῶν* des Vindanius Anatolius aus Berytus in Phönizien, eines Vertreters rationeller Landwirtschaftsmethoden, und den *γεωργικά* des jüngeren Didymos aus

Alexandreia, der die Landwirtschaft und ihre Lehre mystifizierte und mit abergläubischen Manipulationen und Prophezeiungen verband. Die Bedeutung des Werkes G. liegt bes. in der relativ vollständigen Gesamtschau aller landwirtschaftl. Fragen des Alt., dagegen bleibt der Nutzen für die spezielle Kenntnis technischer, ökonomischer und kulturhist. Probleme gering. Charakteristisch für Bassus ist die Beschreibung von Spielereien und ausgefallenen Experimenten, z. B. im Obstbau die Kreuzung und Züchtung nicht zusammengehöriger Sorten (u. a. Geop. 10,9. 14. 27. 47. 60). Dieses Werk ist auch in einer syr. Übers. auf uns gekommen (ed. P. de Lagarde, Lpz. 1860; dazu G. Sprenger Darlegung der Grundsätze der syr. Übers. der griech. G., Diss. Gött. 1889). G. Sch.

W. Gemoll Unt. über Quellen, Verfasser ... der G., Bln. 1883 (ein abzulehnendes Werk, da Verf. den Kompilator der G. für einen bewußten Fälscher hält). Neue Ta. und Bearbeitung der G. sind dringendes Bedürfnis.

Georgios. 1. G., Bischof von Laodikeia, † 361. Er kam aus Alexandreia, wo er als Presbyter seiner Sympathien für Areios wegen von Athanasios abgesetzt worden war. Nachdem er gegen 335 Bischof geworden war, trat er unter der dem Arianismus freundlichen Regierung des Constantius als unversöhnlicher Gegner des Athanasios hervor. Frg. seiner Schriften sind nur durch Zitate erhalten, u. a. ein gemeinsam mit → Basileios (Nr. 3) verfaßter Brief über die Trinität (Epiphan. panar. 73,12 bis 22), ein Enkomion auf Eusebios von Emesa (Sokr. 2,9. Soz. 3,6,1–6). O. H.

J. Gummerus Die homöusianische Partei, 1900. *Bardenhewer* GAL 3,264 f.

2. G., ein Berater Belisars. Er überredete 541 die Bewohner von Sisauranon (ö. von Nisibis) zur Übergabe an die Römer. 547 soll er Dara (Nr. 2) vor einem Anschlag des auf der Reise nach Konstantinopel befindlichen pers. Gesandten Isdigusnas gerettet haben (Prok. 2,19,22 ff. 28,31 ff.). A. L.

B. Rubin Zeitalter Justinians 1, 1960, 338 f. 345.

Gepidae. Urspr. Teil der Goten, blieben im 2. Jh. im Weichseldelta zurück und entwickelten sich zum selbständigen Volk mit starkem Erbkönigtum (Iord. Get. 94 ff. Prok. 3,2. 7,34. 8,18. 27). Mitte des 3. Jh. wanderten sie unter Fastida südwärts bis Dakien; damals und später erfolgte Absplitterungen wurden durch Aufnahme fremder Gruppen in den Stammesverband mehr als aufgewogen. Um 400 wurden die G. von den Hunnen abhängig; 451 stellten sie ein starkes Kontingent für Attilas Feldzug nach Gallien (Iord. Get. 199 f. Sidon. 322). 454 hatten die G. unter Ardarich Hauptanteil am Sieg über Attilas Söhne an der Nedao (Pannonien). Als sie nun Herren des Gebietes zwischen Theiß, Donau, Aluta und Karpaten wurden, schloß Kaiser Marcianus ein *foedus* mit den G. (Iord. Get. 260 ff. Anon. Rav. 1,11. 4, 14). Das später okkupierte Gebiet von Sirmium und Singidunum mußten sie von 504 bis ca. 535 den O.-Goten überlassen (Prok. 3,2.7,33 f. Ennod. Paneg. 60 ff.). Bald nach 540 entstand Gefahr durch die Langobarden; Kaiser Iustinian spielte beide Völker gegeneinander aus (Prok. 7,34 f. 8,18. 25. 27). 567 wurde das Reich der dem Bündnis mit Rom meist treuen G. durch Langobarden und Awaren vernichtet (Menand. frg. 24 f. = FHG IV, Chr. min. 2,212. Paulus Diac. 1,27).

Für die Kultur der G. sind wir allein auf die Bodenfunde angewiesen (sicheres Material liegt bisher nur für das späte 5. und das 6. Jh. vor). Demnach lagen die Schwerpunkte gepid. Siedlung ö. der mittleren Theiß und in Siebenbürgen. Die G., die Ackerbau und Viehzucht betrieben, scheinen weniger reiternomad. beeinflußt als die Goten. Eigenarten der G. sind bes. bei Tonwaren und Fibeln festzustellen. A. L.

D. Csallány Arch. Denkmäler der G. im Mitteldonaubecken 1961 (dazu *Mildenberger*, Germania 41, 1963, 424 ff.). *L. Schmidt* Ostgermanen [2]1941, 529 ff. *H. Sevin* Die Gepiden 1955.

Geraistos (*Γεραιστός*). **1.** Das südlichste Kap von Euboia, h. Mandelo, Hdt. 8,7,1. 9,105. Strab. 10,1,2 p. 444. Plin. nat. 4,63. 65. Stadiasm. m. m. 283 (GGM I 500). Skyl. 58 u. a.

Fr. Geyer Topogr. und Gesch. der Insel Euboia, 1903, 111 ff.

2. Hafenort an der S.-Küste Euboias etwa 3 km n. des gleichnamigen Kaps zu Karystos gehörend, schon bei Hom. Od. 3,177 erwähnt, h. Porto Kastri. Als einziger sicherer Hafen an der gefürchteten S.-Küste der Insel oft erwähnt, Eur. Or. 993. Kykl. 295. Thuk. 3,3,5. Demosth. 4,34. Strab. 10, 1,7 p. 446. Plin. nat. 4,51. 64. Arr. an. 2,1,2. Liv. 31, 45,10. Ptol. 3,14,22. Zur Namensform O. Riemann, BCH 3, 1879, 497 f. In der Kriegsgesch. spielte der Hafen eine Rolle 396 v. Chr. für Agesilaos (Xen. hell. 3,4,4. Plut. Ages. 6,4), 376 v. Chr. bei der Blockade Athens (Xen. hell. 5,4,61) und im 1. makedon. Krieg (Liv. 31,45,10). Die Ergänzung des Namens in den att. Tributlisten war irrig, B. D. Meritt The Athenian tribute lists 1,478. Berühmt war das Heiligtum des Poseidon von G., Hom. Od. Strab. Aristoph. equ. 561. Apoll. Rhod. 3,1244 Steph. Byz. Schol. Pind. Ol. 13,159. Lukian. Iupp. trag. 25. Prok. b. Goth. 4,22,27 f. Etym. M. 227, 42 ff. u. a. Ant. Reste sind spärlich. E. M.

1. *Bursian*, GG 2,434 f. 2. *Fr. Geyer* Topogr. und Gesch. der Insel Euboia, 1903, 111 ff. 3. IG XII 9,9 f. Nr. 44–49.

Gerana (*Γεράνα* »Kranichfrau«). Ein schönes Pygmäenweib, das sich gegen Artemis und Hera überhob. Zur Strafe in einen Kranich verwandelt, umflog sie immer die Wohnung ihres Sohnes Mopsos und wurde schließlich von den → Pygmäen getötet. Seitdem ist Krieg zwischen Pygmäen und Kranichen, Hom. Il. 3,3 ff. Eustath. Hom. 1322,50. Die Geschichte stand in Boio(s) Ornithogonie; danach Anton. Lib. 16 (wo sie Oinoe heißt). Ail. nat. 15,29. Ov. met. 6,90. Athen. 9,393 e (G. Mutter der Landschildkröte). H. v. G.

E. Bethe H 39, 1904, 13.

Geraneia (*Γεράνεια*). Gebirge im Gebiet von Megara, das die Landenge vom saron. bis zum korinth. Golf durchzieht und abriegelt, h. im 1350 m hohen Mittelteil Makriplagi genannt, im O. ein nach S. steil abfallender Kalkkamm, im W. aus Hornstein und Serpentin bestehend. In der Mitte führt ein einziger Übergang über das Gebirge (Megalo Derveni 820 m). Am S.-Absturz zum saron. Golf führte der gefährliche und bis in die Neuzeit berüchtigte Fußpfad der »skironischen Klippen« (»Kaki Skala«) entlang, den Hadrian zur Fahrstraße ausbaute, wie hier h. Eisenbahn und Straße verlaufen. Auch im N. konnte das Gebirge an der Küste des korinth. Golfs nur auf schwierigen Pfaden mit großen Umwegen umgangen werden (Xen. hell. 5,4,16ff. 6,4,26). Vermutlich ist mit dem *αἰγίπλαγκτον ὄρος* bei Aischyl. Ag. 303 ebenfalls die G. gemeint, anders QUINCEY, JRS 83, 1963, 129f. Nach Skyl. 39. Plin. nat. 4,23. Suda gab es auch ein Kastell G. an der N.-Seite des Gebirges, dessen Lage unbekannt ist (RE XV 167,31ff.); auf der Höhe über den skiron. Klippen lag ein Heiligtum des Zeus Aphesios (Paus. 1,44,9), dessen ausgegrabene Reste verschwunden sind (RE XV 167,63ff.). E. M.

1. RE VII 1236ff. 2. RE XV 158,10ff. 169ff. 3. *Philipps.-Kirst.* 1,948ff.

Geranor (*Γεράνωρ*). Spartiat, ehemaliger Polemarch, 369 v. Chr. in Asine an der messen. Küste von den Arkadern überrumpelt und getötet. Xen. hell. 7,1,25. RE VII 1240 wohl irrtümlich als 2 verschiedene Personen behandelt. Fr. Kie.

Gerara (*Γέραρα*, hebr. *g^{e}rar*). Stadt im w. Palästina, an der S.-Grenze Kanaans (Gen. 10,19. 2. Makk. 13,24; vgl. Gen. 26. 20,1. 1. Chr. 4,39 LXX. 2. Chr. 14,12f. Ios. ant. 1,207, vgl. 8,294). Nach Eus. onom. 60,7ff. 25 mp. s. Eleutheropolis, der h. *tell eš-šerī'a* 25 km s.ö. von Gaza (A. ALT, Journ. Palaest. Explor. Soc. 12, 1932, 126–141) oder der *tell abu hurēre*, 7 km w. von jenem (Y. AHARONI, Israel. Explor. Journ. 6, 1956, 26–32). E. Ku.

Geras (*Γῆρας, Senectus*) öfters personifiziert und vergöttlicht. Ausgeburt der Nacht Hes. th. 225. Im Vorhof des Orcus Verg. Aen. 6,275. Sen. Sil. G. schwebt drohend über dem Haupt des Menschen Mimn. 5,5f. Theogn. 1021f. Simonid. 39,3. Eur. Herc. 637. Herakles' Kampf mit G. auf rf. Vase. Altar in Gades: Philostr. Apollon. 5,4 (S. 167 Kayser). GGM 2,302. H. v. G.

Gerasa (*Γέρασα*). Stadt im O.-Jordanland im alten Gilead, 55 km s.ö. des Sees → Gennesar. Schon in der Bronze- u. Eisenzeit besiedelt, wurde G. von → Antiochus IV. neu gegründet und von → Alexander Iannäus judaisiert. Unter Pompeius war die Stadt mit Selbstverwaltung ein Teil der → Dekapolis, Neubau unter Nero, ihre Blüte fällt in die Zeit der Antonine, bedeutende Bischofsstadt in konstantinischer und justinianischer Z. Die amerikan. Ausgrabungen brachten prachtvolle Reste aus allen Epochen der Gesch. G.s zutage. C. C.

C.H. Kraeling G., City of the Decapolis, New Haven 1938.

Gerberei. Verschiedene Techniken der G. gab es schon im 2. Jt., doch fehlen verläßliche Quellen. Bei Griechen und Römern hat die G. (*βυρσοδεψική, δερματουργική. βυρσοδεψεῖν. corium depsere, perficere.* Andere Ausdrücke gesammelt bei [1],264f.) beträchtliche Bedeutung für zivilen wie militär. Bedarf, einzelne Gerber (*βυρσοδεψής, βυρσεύς, coriarius, confector coriorum*) haben, wie der Besitzer eines größeren Betriebs, → Kleon, Vermögen und polit. Einfluß gewonnen (wenn Poll. 6,128 die G. unter die schimpflichen Gewerbe gerechnet wird, geht das wohl auf Angriffe gegen Kleon zurück). Die als Rohmaterial benötigten Häute wurden, wo die einheim. Produktion nicht ausreichte, z. T. von weit her eingeführt (im 4. Jh. vom Schwarzmeergebiet nach Athen, Demosth. 34,10. 35,34. In der Kaiserzeit von den Zinninseln, Britannien, Alpen, Sizilien, Südrußland, Kleinasien, Phoinikien, Babylon, Parthien, Indien, Mittel- und Ostasien, Africa; Nachweise bei [2],369). Die Tierhaut mußte zunächst gereinigt werden, was in 4 Arbeitsgängen geschah: Einwässern zum gleichmäßigen Erweichen und anschließenden Strecken, Reinigen der Fleischseite mit dem Schabeisen auf der Gerberbank (*θρᾶνος* Sch. Aristoph. Equ. 369), Schwitzen mit Hilfe von in Urin getauchten Maulbeerbaumblättern (Plin. nat. 23,140. 17,51) zum anschließenden Abspälen (Enthaaren mit dem Schabmesser), und Schwellen (Treiben, Blößen), von dem jedoch nichts überliefert ist. Zum eigentlichen Gerben (Garmachen) der Häute benützte man je nach dem erstrebten Endprodukt verschiedene Techniken: a) Loh-(Rot-) G., bei der die Gerbsäure (Tannin) aus der Rinde von Fichten, Erlen (Theophr. h. plant. 3,9,1. 3,14,3), der Schale von Granatäpfeln (Plin. nat. 13, 113, vgl. 23,107), den Blättern des Rhus (Theophr. h. plant. 3,18,5. Dioscur. 1,147. Plin. nat. 24,91 al.), aus Galläpfeln (Theophr. h. plant. 3,8,6. Plin. nat. 16,26) oder Eicheln (Paul. Aeg. 3,42) in die Poren der Tierhaut eindringen sollte; benützt für Sohlen- und Riemenleder, Juchten, Saffian, b) Weiß-G. mit Alaun (Plin. nat. 35,190) für bes. weiches Leder, *aluta* (Caes. Gall. 3,13,6) bzw. Kochsalz (Sch. Aristoph. Nub. 1237) für Glacé und Chevreau, c) Sämisch- (Öl-) G., Plin. nat. 15,34 für biegsames, geschmeidiges Leder, Waschleder; die Hom. Il. 17,389ff. beschriebene Vorstufe dazu ergibt Drehleder. – Die Herstellung von → Pergament fällt nicht unter die G., da die Tierhaut nur gereinigt, gekalkt und mit Bimsstein enthaart, aber nicht gegerbt wird. Nach der G. wurde das Leder noch gefärbt, für die weitere Verarbeitung → Leder. G.-Werkstätten kennen wir aus Pompei, wo auch die Schabeisen für die Reinigung der Häute gefunden wurden, [1],271ff. G.-Betriebe liegen oft am

Stadtrand oder außerhalb der Mauern, wegen des intensiven Geruchs; in Rom hatte das *corpus coriariorum magnariorum solatariorum* (Großhändler und Fabrikanten von Sohlenleder), CIL VI 1117. 1118. 1682, seine Geschäftslokale in der *regio trans Tiberim.* W. H. G.

1. *Blümner* Techn. 1^2,263ff. 2. *Schneider,* RE XIX 369ff. 3. *Forbes* Stud. in Anc. Technology V 1ff.

Gerellanus. Tribun einer Praetorianerkohorte, der im J. 65 den cos. ord. M. Iulius Vestinus Atticus töten lassen mußte, Tac. ann. 15,69,1 f. Vielleicht ist er mit dem Lagerpraefekten der leg. XII fulminata CIL III 14387 g. h., L. G. Fronto, ident. R. H.

Gerenia (bei Strabo auch *Γέρηνα*, inschr. *ἁ πόλις τῶν Γερηνῶν*). Spartan. Periökenstadt an der W.-Seite der Taygetoshalbinsel, in der Kaiserzeit zum Bunde der Eleutherolakonen gehörend. Ihre Lage ist nun inschr. gesichert beim h. Ort Kambos, wo sich bereits ein myken. Kuppelgrab befindet. Die Beziehung zu Nestor, der sich dort in seiner Jugend oder später als Flüchtling aufgehalten haben soll, ist nur aus Nestors Beinamen Gerenios herausgesponnen, der aber eher anders zu erklären ist (»alt, ehrwürdig« oder Patronymikon, s. RE XXIII 2159,41 ff.). Strab. 8,3,7 p. 340. 4,4 p. 360. Paus. 3,21,7. 26,8ff. 4,1,1. Ptol. 3,14,43. Steph. Byz. IG V 1 Nr. 1335–1338. SEG 11 Nr. 949 bis 952. 13 Nr. 268. E. M.

1. *Kolbe* IG V 1 S. 249. 2. *Bölte,* RE III A 1318,26ff. 3. *N. Valmin* Etud. topograph. sur la Messénie ancienne, 1930, 182ff. 196. 4. AA 50, 1935, 203ff. 5. *R. Hope Simpson,* ABSA 52, 1957, 236ff.

Gergis (*Γέργις*, auch *ἡ Γέργιθος*). Kleine Stadt in der n. Troas, nicht weit von Lampsakos am h. Ballyk-dagh, von Kypros aus gegründet und zum Teil mit Mysern besetzt. Auch die Landschaft hieß Gergithion oder Gergithia. In G. befand sich ein Heiligtum des Apollon Gergithios, in der Nähe das Grab der Sibylle von G. S. von G. wohnte die Völkerschaft der Gergithes, die vor der griech. (hier wohl miles.) Kolonisation bis an den Hellespont reichte. Ein Teil von ihnen wurde wohl nach Milet verschleppt, wo die niedere Bevölkerungsschicht diesen Namen führte. Im 5. Jh. stand G. unter pers. Herrschaft, im J. 399 v. Chr. wurde es von Derkylidas eingenommen. Im Frieden mit Antiochos III. wurde G. für »frei« erklärt. Die Umgebung von G. war wegen ihres Rebenreichtums berühmt, zu Strabons Zeit existierte G. nicht mehr, da Attalos I. von Pergamon die Bewohner an den Oberlauf des Kaikos verpflanzt hatte (Xen. hell. 3,1,15. 16ff. 19. 21. 22. Diod. 14,38,2f. Strab. 13, 589). Chr. D.

Cardinali Il regno di Pergamo, Roma 1906, 91ff. 101. *E. V. Hansen* The Attalids of Pergamon, Ithaca, N. Y., 1947, s. v. *M. Sakellariu* La migration Grecque en Ionie, Athènes 1958, 368.

Gergovia. Stadt der Gallia Celtica im Gebiet der Arverner, später zu Aquitanien gehörig, w. des

Elaver (Allier), s. von Augustonemetum (Clermont-Ferrand), auf einem schwer zugänglichen Hochplateau gelegen, h. Gergovie. G. war berühmt durch den siegreichen Widerstand des Vercingetorix gegen Caesar im J. 52 (Caes. Gall. 7,34. Liv. per. 107. Strab. 4,191. Suet. Caes. 25. Flor. 1,45 Polyain. 8,23,9. Cass. Dio 40,35. Sidon. 7,152). Neue Ausgrabungen in den 2 Lagern, dem großen und dem kleinen und in dem sie verbindenden Doppelgraben, haben die Richtigkeit der von dem Oberst Stoffel (der im Auftrag Napoleons III. die Schanzwerke Caesars untersuchte) entworfenen Pläne erwiesen. Auf dem Merdogne-Plateau wurden 3 Mauerringe gefunden, ein gallischer aus der Z. vor der Belagerung, ein gall.-röm. aus der Z. nach der Belagerung und einer aus der Z. des Tiberius (?). Im Innern: Häuser und zwei Tempel in einem Peribolos. G. blühte unter Augustus (keramische Werkstätten, Markt, Heiligtum) und verfiel seit Tiberius. Das *oppidum* wurde seit Claudius verlassen. M. L.

Gorce César devant Gergovie, Tunis 1940. *Fournier* La bataille de Gergovie, Clermont-Ferrand 1943. Ausgrabungen: Gallia 1947, 271. 1948, 31.

Germani. 1. Die G. gehören der idg. Sprach- und Völkerfamilie an. Über ihre Herkunft und den Zeitpunkt ihres Vordringens von den urspr. Wohnsitzen aus herrscht noch weitgehende Unsicherheit.

Der Name ist den Römern durch die Gallier bekanntgeworden, die damit ihre ö. Nachbarn bezeichneten, wobei der Name eines Einzelstammes (der G. cisrhenani, s. u. 2) auf das Gesamtvolk übertragen wurde (Tac. Germ. 2). In der ant. Überlieferung erscheint die Bezeichnung erst in augusteischer Zeit, nämlich in der im J. 12 v. Chr. erfolgten Redaktion der Capitolin. Triumphalakten, worin der Triumph des M. Claudius Marcellus *de Galleis Insubribus et Germ[an(eis)]* vermerkt ist. Die G. selbst haben diesen gemeinsamen, sie zu einer Nation zusammenschließenden Namen niemals gebraucht, und wie sie sich zwar als verwandt, jedoch nicht als Einheit empfunden haben, so ist auch ihre Gesch. nicht die des Gesamtvolkes, sondern ihrer einzelnen Völkerschaften.

Mit der griech.-röm. Kulturwelt kamen die G. erstmalig in Berührung, als einige ihrer Stämme – zuerst die Bastarnen und Skiren, dann die Kimbern und Teutonen – zum Zweck des Landerwerbs nach S. zogen, wobei bes. die beiden letzteren zusammen mit den Ambronen Angst und Schrecken verbreiteten (vgl. L. Schmidt Gesch. der deutschen Stämme. Die Westgerm. 1^2, 1938, 3ff.; zur Schlacht bei Noreia E. Swoboda Carnuntum. Seine Gesch. und seine Denkmäler^4, 1964, 230f.). Der 2. Zusammenstoß zwischen Römern und G. fiel in die Zeit der Eroberung Galliens durch Caes. (58 v. Chr.), als Sueben unter Ariovist den Rhein überschritten hatten, von Caes. aber ebenso zurückgeworfen wurden wie 3 J. später die Usipeter und Tenkterer. Von da an und seit der Rhein die Grenze des röm. Reiches bildete, waren die G. stets unruhige und gefährliche Nachbarn, deren Rom, die drohende Gefahr wohl erkennend (Tac. Germ. 33), sich durch Klientelverträge und nicht zuletzt bes. seit dem 3. Jh. durch die Aufnahme von G. in das röm. Heer zu versichern suchte. Die Markomannenkriege (167–181 n. Chr.) stellten den eigentlichen Höhepunkt in den Auseinandersetzungen zwischen Römern und G. dar (die umfangreiche Lit. zu den Markomannenkriegen bei E. SWOBODA a. O. 251 ff.) und waren gleichzeitig der Auftakt zu jenen Völkerverschiebungen, die zuletzt rund 3 Jh. später den Untergang des w. Römerreiches bewirken sollten.

Nachrichten, welche uns Angaben über die Stärke germ. Heere überliefern (z. B. Caes. Gall. 4,15. Tac. Germ. 33), führen durch ihre übertrieben hohen (in die Hunderttausende gehenden) Ziffern leicht zu falschen Schlüssen über die Volkszahl der G. Tatsächlich verbietet allein der durch den Waldreichtum beschränkte Siedlungsraum die Annahme einer sehr dichten Bevölkerung. Wir werden für das 1. Jh. n. Chr. die Gesamtzahl aller G. auf etwa 3–4 Millionen schätzen dürfen (MUCH, RE Suppl. III 556, SCHMIDT a. O. 51). Die früher verbreitete Vorstellung, die G. seien Nomaden oder Halbnomaden gewesen, hat sich als unrichtig erwiesen. Sie hatten vielmehr feste Wohnsitze und trieben schon frühzeitig Ackerbau, allerdings nur in untergeordnetem Maße (Caes. Gall. 6,22 *agriculturae non student;* vgl. zum Ackerbau einzelner Stämme 4,1,2. 19,1), denn die Viehzucht stand im Mittelpunkt des Wirtschaftslebens. Der Viehstand (bestehend aus Schafen, Ziegen, Schweinen, Pferden und Rindern: Tac. Germ. 5) bildete den Reichtum und die Hauptnahrungsquelle. Nach Caes. Gall. 6,22 (vgl. 4,1) hatten die G. keinen privaten Grundbesitz, sondern dieser wurde den Sippen alljährlich von der Obrigkeit nach deren Gutdünken zugewiesen.

Schon für vorgesch. Zeit lassen sich Anfänge gewerblicher Tätigkeit wie auch Handel und Handelsverkehr bei den G. nachweisen. Der Handel war teils Binnenhandel, teils wurden Beziehungen mit dem Ausland angeknüpft, wobei naturgemäß der Handel mit den Römern die größte Rolle spielte. Der Import umfaßte mannigfache Erzeugnisse der röm. Industrie (H. J. EGGERS Der röm. Import im Freien Germanien, 1951), Keramik, Glas, Email, Bronzegefäße, Gold- und Silberschmuck sowie Wein (Tac. Germ. 23), ausgeführt wurden Produkte der Landwirtschaft und Viehzucht (Cass. Dio 71,11,2. 19,1. 72,2,1. HA v. Prov. 14,3. Amm. 17,10,4. Tac. ann. 4,72,1), vor allem aber der in Rom so sehr begehrte Bernstein, für den Carnuntum an der Donau zu einem bedeutenden Umschlagplatz wurde (E. SWOBODA a. O. 89 ff. 271 ff.). Z. T., vor allem im Innern des Landes, wurde der Handel noch als Tauschhandel betrieben (Tac. Germ. 5), unter röm. Einfluß kam der Geldverkehr in Übung, wobei die G. *pecuniam probant veterem et diu notam, serratos bigatosque* (Tac. Germ. 5).

Der germ. Staat beruht auf dem Prinzip der Geschlechterverfassung. Der staatliche Verband wird von den Römern *civitas* genannt, deren Unterabteilung ist der *pagus* (spätere deutsche Bezeichnung »Gau«) mit festen Grenzen und Territorium, eigenem Kult, jährlich gewählten Vorstehern *(magistri pagorum)* und Versammlungen *(conventus)* der Gaugenossen (vgl. L. SCHMIDT a. O. 52 ff.). Die Unterabteilung des Gaues bildete das Dorf *(vicus)*, die Niederlassung eines oder mehrerer Geschlechter. Die Einheit der *civitas* symbolisiert die Landesgemeinde *(concilium civitatis)*, die Versammlung aller freien Angehörigen des Volkes. Sie übte die höchste Gewalt im Staate aus, sie entschied in polit., Verwaltungs- und Rechtsangelegenheiten sowie über Krieg und Frieden. Die meisten germ. (vorwiegend ost- und nordgerm.) Staaten standen unter Führung eines Königs *(rex)*, an der Spitze der Gaue standen Fürsten *(principes)*, und aus diesen wurde im Kriegsfall ein Herzog *(dux)* als Heerführer gewählt. Das Heer, der wesentlichste Faktor im öffentlichen Leben der G., wurde aus den Freien des Volkes gebildet, die zu unentgeltlichem Kriegsdienst verpflichtet waren (H. DELBRÜCK Gesch. der Kriegskunst, 1921, 2^3). Die germ. Gesellschaft teilte sich in 3 Stände: Freie, Halbfreie und Knechte. Aus den Freien *(ingenui)* ragte als ein besonderer Stand der Adel (*nobiles* vgl. Tac. Germ. 25) hervor, der aber erst im Laufe der Völkerwanderung zu einem rechtlich bevorzugten, von den übrigen Freien streng geschiedenen Stand wurde. Der Stand der Halbfreien oder Hörigen setzte sich teils aus freiwillig übergetretenen Freien, teils aus freigelassenen Knechten oder Angehörigen unterworfener Völker zusammen, die Knechte waren in erster Linie Kriegsgefangene (L. SCHMIDT a. O. 67 ff.).

Religion. Götter: Über die germ. Religion geben uns sowohl die ant. Schriftsteller wie auch Inschr., welch letztere eine Anzahl germ. Götternamen überliefern, Nachricht, auch wenn sie bei den Autoren meist der interpretatio Romana zum Opfer gefallen sind. Die älteste Nachricht Caes. Gall. 6,21 bezeugt die Verehrung von Sonne und Mond. Tac. Germ. 9 nennt Mercurius als den obersten der germ. Götter, womit zweifellos der Himmelsgott Wotan-Odin gemeint ist. Daneben stehen Hercules-Thonar und Mars-Zio-Tyr (Tac. hist. 4, 64 und ann. 13,57). Diese Rangstufung weist auf enge Kulturbeziehungen zu den Galliern, die nach Caes. Gall. 6,17 gleichfalls dem Mercurius den obersten Rang zuwiesen. Von weiblichen Gottheiten überliefert Tac. mehr Namen (Germ. 40 den der terra mater Nerthus mit ausführlicher Schilderung der mit ihr verbundenen Kulte und Feiern; ann. 1,51 Tanfana, 4,73 Baduhenna u. a. m.), und auch auf den Inschr. überwiegen die weiblichen Namen, unter denen die der Matres und Matronae eine Sonderstellung einnehmen, die auf kelt. und germ. Boden, bes. aber in Germania inferior verehrt wurden. Auf den Weihreliefs sind sie meist in der Dreizahl dargestellt; die verschiedenen Beinamen weisen sie als Schutzgottheiten von Völkerschaften, Geschlechtern, örtlichen Stammesgruppen und Familien aus. (Zu kelt. Einflüssen in diesem Kult vgl. HEICHELHEIM, RE XIV 2213 ff.) In den Heiligtümern, Hainen und heiligen Bezirken, feierten die Kultverbände (Tac. Germ. 7.9.10 und hist. 4,14.22) die Götterfeste mit Opfergelagen, Wagenumzügen und mimischen Darstellungen (Gesang, Tanz, z. B. Tac. Germ. 24 Schwerttanz). Neben Priesterinnen (Strab. 7,294) darf man entgegen Caes. Gall. 6,21 doch auch an einen Priesterstand bei den Germ. denken, wie durch Tac. Germ. 10 *sacerdos civitatis* nahegelegt wird. Den Priestern oblag neben anderen Aufgaben die Strafgewalt im Heere und die Beobachtung des Dingfriedens. Weissagung und Losorakel, bes. von Frauen ausgeübt, waren weit verbreitet. In Einzelfällen namentlich erwähnt, gelangten die »Prophetinnen« zu hohem Ansehen, polit. Macht und erhielten fast kult. Verehrung. MUCH, RE Suppl. III 579 ff.

Much, RE Suppl. III 546 ff. *E. Norden* Die germ. Urgesch. in Tac. Germania^{3}, 1923. *Ders.* Altgermanien 1934. *L. Schmidt* Gesch. der deutschen Stämme bis zum Ausgang der Völkerwanderung. I. Die Ostgermanen^{2} 1934; II. Die Westgermanen^{2} 1938; I und II im Neudruck 1941. *E. Schwarz* Germ. Stammeskunde 1956. *J. Haller* Der Eintritt der Germanen in die Gesch. (Slg. Göschen 1117)^{2} 1944.

2. G. nennt Caes. einige kleinere Stämme am Niederrhein (Gall. 2,4 Condrusi, Eburones, Caeroesi, Paemani; 6,32 Segni) und bezeichnet sie zum Unterschied von der großen Völkerfamilie als *G. cis Rhenum* (Gall. 2,3), *cisrhenani Germani* (6, 2) *Germani citra Rhenum* (6,32). Die → Eburones waren offenbar der Hauptstamm. An ihre Stelle traten nach ihrer Niederwerfung durch Caesar im J. 55 v. Chr. w. von den Ubiern die Sunuces und weiter im W. die Tungri. Von diesen hat nach Tac. Germ. 2 der Name *Germani* seinen Ausgang genommen. H. C.

Much, RE Suppl. III 545 f.

3. Nach Plin. nat. 3,25 (vgl. Pol. 3,33,9: *'Ορῆτες Ἴβηρες*) waren sie eine Unterabteilung der iberischen Oretani (s. u.), auch heißt nach Ptol. 2,6,58 eine Stadt dieses Stammes *Ὤρητον Γερμανῶν*. Im allg. denkt man h. nur an eine zufällige Übereinstimmung des Namens mit dem der Germani des Nordens (RE Suppl. III 545). Es ist aber auffallend, daß auf einem Stein von Lugo (= Lucus Augusti, am Miño) eine *dea Poemana* nachgewiesen ist (CIL II 2573), die Paemani aber nach Caes. Gall. 2,4,10 einer der 4 germ. Stämme Belgiens waren. Ferner könnten die span. → Cempsi trotz

ihrer Bezeichnung als Kelten identisch sein mit den *Καμψιανοί*, die Strab. 7,1,3 als germ. Stamm nennt. So ist es doch nicht unwahrscheinlich, daß einzelne germ. Volkssplitter mit den Kelten nach Spanien gelangt sind (Font. Hisp. Ant., Barc. 1925 ff., I^2 104. III 47. VI 201. VIII 258). R. G.

Germania. Über die Größe Germaniens und seine Grenzen herrschte lange Zeit keine genaue Vorstellung. Im N. zählten die Römer auch Skandinavien (Scandinavia, Scandia) noch zu G., im O. ließ man es bis an die Weichsel reichen (mit Ausnahme des Tac., der von den am r. Weichselufer wohnenden Goten wußte). Gegen S. umfaßte G. nach röm. Auffassung das Gebiet bis an die Alpen, ehe die Donau zur Grenze des Imperiums wurde, im W. allerdings bildete der Rhein schon früh eine geogr. und polit. Grenze.

Gewiß waren noch weite Teile G.s von Sümpfen und Wäldern bedeckt, deren Baumriesen die Römer in Erstaunen versetzten (Plin. nat. 16,5,6), doch waren ausgedehnte Landstriche bereits kultiviert und nutzbar gemacht. In den Wäldern waren noch Auerochsen *(urus)*, Wisent *(bison)* und Elch heimisch.

Im Laufe der Eroberung Galliens erkannte Caesar die Notwendigkeit, auch gegen die Germanen zu kämpfen und den Rhein zu überschreiten. Der Strom wurde Grenze des Römerreiches, das Gebiet l. des Rheins röm. Provinz. Die Fortsetzung dieser Grenze im S. wurde durch die Donau gebildet. Die Versuche seitens der Römer, Elbe und March als Grenze ihres Machtbereichs zu gewinnen, blieben ohne Erfolg. Lediglich die Gebiete zwischen der Reichsgrenze und dem Freien Germanien, das Limesvorland, lagen im Einflußbereich röm. Grenzpolitik, und wohl nur auf sie bezieht sich die Nachricht Vell. Pat. 2,97, daß sich G. kaum noch von einer steuerpflichtigen Provinz unterschieden habe. Das Land bis zur Elbe blieb durch die Niederlage des Varus davor bewahrt, in die pax Romana einbezogen zu werden, die dort ansässigen Stämme konnten als freie Germanen sich weiter untereinander befehden. Die rechtsrhein. Erwerbungen gingen Rom durch die Schlacht im Teutoburger Wald verloren, lediglich die *Decumates agri* (IHM, RE I 893 f. und IV 2316. SONTHEIMER, RE Suppl. VII 3 ff. s. Bd. I 1416) blieben unter Vespasian besetzt.

Älter als die röm. Provinz G. ist der Name *Germania* oder *Germaniae* für das l. Rheinufer. Denn hier siedelten schon vor Caesar germ. Stämme (Caes. Gall. 1,31.33. 4,16. Strab. 4,193), denen sich unter Agrippa die Ubier (Strab. 4,194), unter Tiberius die Sugambrer (Strab. VII 290. Tac. ann. II 26. Suet. Aug. 21; Tib. 9), zugesellten. Im J. 90 n. Chr. wurde die Provinz in G. superior und G. inferior geteilt. Jede dieser beiden provinciae Germaniae unterstand einem legatus Augusti pro praetore, dem sowohl die Zivilverwaltung wie auch das militär. Kommando oblag, während die Finanzangelegenheiten von dem in Trier residierenden *procurator provinciae Belgicae utriusque Germaniae* wahrgenommen wurden. Einfälle der Alemannen und Besetzung der Decumates agri durch diese führten zur Aufgabe der Rheingrenze um die Mitte des 3.Jh. H. C.

Fabricius, RE XIII 572ff. Art. Limes. *E.Nordèn* Àltgermanien 1934.

Germanianus. 1. Decimius G., consularis Baeticae unter Constantius II. (CIL II 2206), 361 durch Iulian interimistisch praefectus praetorio Galliarum (Amm. 21,8,1, vgl. 5,11f.). In diesem Amt ist G. dann wieder von 364–366 nachweisbar (Amm. 26,5,5. Cod.Theod. 8,7,9. Cod.Iust.10,32, 29). **2.** G., comes sacrarum largitionum am Hof Valentinianus I., nachweisbar von 366–368 (Cod. Theod. 7,7,1. Iust.11,62,3, vgl. SEECK Reg.). Vielleicht ident. mit *G. Artorius G. c(larissimus) v(ir)* in CIL XV 7462. A. L.

Germanicia (*Γερμανίκεια*). Von Ptol. 5, 14,8 M. (mit Comm.) und den röm. Itinerarien (K. MILLER Itin. Rom. S.763 mit Skizze Nr. 245, S.755) erwähnte Stadt (h. Marasch) der einst zu Kilikien, später zu Syrien gehörigen Landschaft Kommagene (an der Grenze Kappadokiens), nahe dem Flusse Pyramos (h. Djihan). Ihr Name sowie Mz. mit der Aufschrift *Καισάρεια Γερμανική* erweisen die bes. Beziehung zum kaiserzeitlichen Rom (Caligula). Im späten Alt. gehörte G. zur provincia Euphratensis (Steph.Byz. s.v.). Der einheimische Name war *Adata*. G. ist nicht mit *Ἀντιόχεια πρὸς Ταύρῳ ὄρει* identisch. Ein n.w. von Marasch gelegenes Dorf Germanik bewahrt den alten Namen. H. T.

Art. Germanicia RE Suppl. IX 70ff. *(Treidler)*. Les Guides Bleus (Turquie) 1958, 486f. *H.Kiepert* Atlas antiquus, T. IV. *F.W. Putzger* Hist. Schul-Atlas, 1928, 11. Atlas of the World II, Plate 36.

Germanicus. 1. Siegertitel, den erhielten: Nero Claudius Drusus posthum und vererbbar in der jul.-claud. Familie; daher Nr. 2, ferner Caligula, Claudius, Drusus Iulius G. Caesar, Britannicus, Nero; dann als Ehrentitel meistens von den german. Legionen verliehen an Vitellius, Domitian bis Hadrian, Marc Aurel, Commodus; G. maximus nannte sich als erster Caracalla, dann so die meisten Kaiser des 3.–5.Jh., noch Iustinian. **2.** G. Iulius Caesar (vor der Adoption wohl Nero Claudius G.), Sohn des Nero Claudius Drusus und der Antonia min., Enkel der Livia Aug. sowie des Marc Anton, Neffe (und Adoptivsohn) des Tiberius, Großneffe des Augustus, Bruder des Claudius, Vater des Caligula. * 24. Mai 15 v.Chr., Suet. Cal.1,1. CIL VI 28028,31. Über seine Erziehung und rhetor. Bildung (Suet.Cal. 3,1) s. E. R. PARKER, AJPh 1946, 29–50. Bei seiner Sorge um die Errichtung einer Erbmonarchie adoptierte Augustus am 27.Juni 4 n.Chr. den 46jährigen Stiefsohn Tiberius (Vell. 2,103,2), hatte jedoch diesen trotz des eigenen Sohnes Drusus vorher gezwungen, G. zu adoptieren, Suet.Tib.15,2. Tac.ann.1,3,5. Cass. Dio 55,13,2. Mit G. verlobte er wohl gleichzeitig seine Enkelin Vipsania Agrippina (I.); Hochzeit 5 n.Chr. All dies zielte auf G. als Princeps, KORNEMANN Tiberius, 1960, 41. Agrippina gebar G. 9 Kinder, Suet.Cal.7. Plin.nat. 7.57. Im J. 6 veranstaltete G. mit Claudius Leichenspiele für den Vater, Cass.Dio 55,27,3. Plin.nat. 8,4. Mitglied des Augurenkollegiums (Tac.ann.1,62,2), wurde er im J.7 Quaestor, Cass.Dio 55,31,1. G. führte Tiberius bei seinem pannon.-dalmat. Feldzug (E. KÖSTERMANN, H 81, 1953, 345–378) Verstärkungen zu und besiegte mit einer Truppe s. der unteren Save die Mazaeer, Cass.Dio 55,32,3f. Im J. 8 brachte er die Nachricht von der Kapitulation der Pannonier am Bathinus nach Rom, ebd. 56,17,1. Im J. 9 wurde G. zur Bekämpfung der Dalmater geschickt; durch seinen Vorstoß im Una-Tal konnte Tiberius die Kapitulation des Breukers Buto erzwingen, ebd. 56,11–16,1. Vielleicht damals erhielt G. die 1. Imperator-Akklamation. Wieder überbrachte er die Siegesnachricht und bekam die *ornamenta triumphalia* und verschiedene Vorrechte, ebd. 56,17,2. Das J.10 verbrachte G. in Rom, ebd. 56,24,7, das J.11 bei Tiberius am Rhein, ebd. 56,25,2f. Im J.12 war G. als cos.ord. (ganzjährig) in Rom, Inscr.It. XIII 1, p. 297.303. CIL VI 761. Cass.Dio 56,26,1. Zu Beginn des J.13 löste er Tiberius (Suet.Cal.1,1) am Rhein ab, mit dem *imperium proconsulare* über beide Rheinarmeen (Tac.ann.1,31,2) und die tres Galliae. Zu den Operationen der J.14–16 s. KORNEMANN Tiberius 71–82. 85–101. KÖSTERMANN, Hist. 6, 1957, 429–479. Im Sommer 14 begab er sich zur Beaufsichtigung des Census nach den tres Galliae, Tac. 1,31,2.33,1; in der Belgica erfuhr er vom Tod des Augustus (14.Aug.). G. leistete sofort den Eid auf Tiberius, Tac.1,34,1. Er erhielt auf dessen Antrag das *imperium proconsulare maius* über die Heere am Rhein, Tac.1,14,3. Die beim Regierungswechsel ausbrechende Meuterei bei Köln konnte G., den die Soldaten sogar zum Kaiser ausrufen wollten (Tac.1,35,3. Suet.Tib. 25,2. Cass.Dio 57,5,1, s. E. LIECHTENHAN, MH 1947, 52–67), nur durch ein auf den Namen des Tiberius gefälschtes Schreiben und eigenes Geld unterdrücken, Tac.1,36,3–37,2. Dem oberrhein. Heer machte er sofort Zugeständnisse, ebd. 1,38,1f. Bei neuen Unruhen bei Köln wollte G. Frau und Sohn nach Trier in Sicherheit bringen; gerade das brachte die Meuterer zur Vernunft, Tac.1,39–44; der Aufruhr in Xanten wurde blutig unterdrückt, Tac.1,45–49,2. Tiberius äußerte sich anerkennend, Tac.1,52,2. Cass.Dio 57,6,2–4. Schon frater Arvalis (CIL VI 2023) und flamen Augustalis (Tac. 2,83,1. CIL VI 909), wurde G. sodalis Augustalis, Tac.1,54,1. Noch im Spätherbst 14 unternahm er eine Expedition ins Marserland, Tac.1,49,3–51,4. Cass.Dio 57,6,1. Im Frühjahr 15 zogen G. von Mainz, Caecina von Xanten aus ins Germanenland. G. verwüstete das Gebiet der Chatten und ihren Hauptort Mattium; er befreite Segest aus der Belagerung durch Arminius, kehrte nach Mainz zurück und erhielt die 2. Imperator-Akklamation, Tac. 1,56,1 bis 58,5. Von Mainz brachte er die Legionen zu Schiff an die Emsmündung und zog in den Teutoburger Wald (KÖSTERMANN Kommentar zu Tac. I p. 209), wo er die Gebeine der Römer bestattete, Tac. 1,59–62. Doch nur unter schweren Verlusten gelang der Rückzug an den Rhein. Nach dem Bau einer Transportflotte (Tac. 2,6,1 ff.) und nochmaligem Vorstoß auf das Feld der Varusschlacht (Tac. 2,7,2) landete er die Legionen an der Emsmündung und marschierte an die Weser, Tac. 2,9,1; zwischen Minden und Rinteln jenseits der Weser kam es zu einer großen Schlacht, Tac. 2,16–18. Beim Rückzug erlitt G. mit der Flotte durch Herbststürme große Verluste, Tac. 2,23–26. Noch im J. 16 Rückgewinnung eines zweiten (erster im J. 15, Tac. 1,60,3) Legionsadlers aus der Varusschlacht, Tac. 2,25,1; dafür Ende 16 Errichtung eines Bogens beim Saturntempel, Tac. 2,41,1. Doch Tiberius erkannte die Zwecklosigkeit der Angriffsoperationen und berief G. zurück, Tac. 2,26,2 ff. Triumph am 26. Mai 17, Tac. 2,41,2. VIDMAN Fast. Ostiens. p. 12. 33. MATTINGLY, RIC I p. 108 Nr. 36 (Zeit des Caligula). G. erhielt den Konsulat für 18 und das *imperium proconsulare maius* über die Provinzen des O., E. KÖSTERMANN Die Mission des G. im Orient, Hist. 7, 1958, 331–375. C. QUESTA, Maia 9, 1957, 291–321. Im Herbst 17 verließ G. mit Frau und Caligula Rom. Nach einer Zusammenkunft mit dem jüngeren Drusus in Dalmatien trat er am 1. Jan. 18 in Nikopolis seinen 2. Konsulat an, Inscr. It. XIII 1, p. 184 f. 286. 298. 303. 309. Über Actium, Athen, Lesbos besuchte er das Orakel des klar. Apollon in Kolophon, Tac. 2.53,1–54,2. Dann kam er nach Syrien. Er ordnete das Thronproblem in Armenien, indem er in Artaxata Zenon unter dem Namen Artaxias einsetzte, Tac. 2,56,2. RIC I p. 104 Nr. 8–10. Kommagene und Kappadokien wurden als procurator. Provinzen eingerichtet, Cass. Dio 57,17,7 (s. K. H. ZIEGLER Die Beziehungen zwischen Rom und dem Partherreich, 58). G. erhielt eine *ovatio*, Tac. 2,64,1. In Syrien verstärkte sich der schwelende Konflikt zwischen G. und dem Statthalter Cn. Calpurnius Piso, Tac. 2,57. Im Frühjahr 19 begab sich G. auf Vergnügungsreisen; er besuchte inoffiziell Äg. (SDAW 1911, 796, Z. 27 ff. J. VAN OOTEGHEN, Etud. Class. 27, 1959, 241 ff.). Trotzdem ließ der philhellen., leutselige Prinz in Alexandreia aus den kaiserlichen Speichern Getreide verteilen (Ios. c. Ap. 2,63), was Tiberius rügte, Tac. 2,59,2. Suet. Tib. 52,2 (zu seiner imitatio Alexandri s. POxy. 2435, 2 ff., POxy. XXV ed. LOBEL-TURNER 1959, p. 102 ff. G. J. D. AALDERS, Hist. 10, 1961, 328 ff.). G. fuhr nilaufwärts über Theben bis Elephantine, besuchte Memphis (Apis, Plin. nat. 8,185), die Pyramiden und den Moerissee, Tac. 2,60–61. Im Frühherbst 19 traf er in Antiocheia ein. Die Fehde mit Piso (Tac. 2,69,1. Suet. Cal. 3,3) verschärfte sich. G. erkrankte schwer; auf dem Totenbett erklärte er (sicher zu Unrecht), Piso und dessen Gattin hätten ihn vergiftet. Er starb am 10. Okt. 19, Tac. 2,72,2. Er wurde am Markt von Antiocheia verbrannt, Tac. 2,73,4, überall tief betrauert, Tac. 2,82,1 f. Suet. Cal. 5,6. Eine *rogatio* der Totenehrungen (s. Tac. 2,83,1–4) auf der Bronzetafel von Magliano, (tab. Hebana), Text bei OLIVER-PALMER, AJPh 75, 1954, 225 ff., s. H. NESSELHAUF, Hist. 1, 1950, 105–115. M. GELZER, Festschr. R. Egger I 84–90. S. WEINSTOCK, JRS 47, 1957, 144–154. Seine Asche wurde im Mausoleum Augusti beigesetzt, Tac. 3,4, 1. CIL VI 911. 912.

G. als Schriftsteller: Erhalten sind *Claudi* (!) *Caes. Arati Phaenomena*, in 725 gut gebauten Hexametern, eine freie Nachdichtung des Arat, mit gelegentlichen Erweiterungen. *Prognostica* (?), Frg. über Planeten. – Epigramme. Ausg.: BREYSIG 1867. 1899², s. SCHANZ-HOSIUS 2,437–440. – Bildnisse: C. PIETRANGELI, Enc. art. ant. 3, 1960, 848 ff. (mit Lit.-Angaben). V. POULSEN Claud. Prinzen, 1960, 7 ff. Nr. 50–53. Wiener und Pariser Cameo s. L. ROCCHETTI Enc. art. ant. 2,290 ff. R. H.

Lit.: *W. F. Akveld* G., Diss. Utrecht, 1961. *K. Christ* Drusus und G., 1956, 65–112.

Germanus. 1. Vetter Iustinians I. (Prok. 4,16, 1. KALLENBERG, PhW 35, 1915, 991 f.), schlug ca. 525 als mag. mil. per Thracias die Anten an der Donau (Prok. 7,40,5 f.). 536/37 bewies G., inzwischen patricius, diplomat. und militär. Geschick bei der Niederwerfung des Soldatenaufstandes unter den durch Mauren unterstützten Stotzas in Afrika (Prok. 4,16–19. Marc. Comes. Theophanes 204). 540 wurde er gegen den in das Reich einfallenden Perserkönig Chosroes II. entsandt, konnte aber nichts ausrichten, da das von Kaiser Iustinian in Aussicht gestellte Heer nicht folgte (Prok. 2,6,9 ff. 7,18. B. RUBIN Iustinian 1, 1960, 326 f.). In den folgenden J. mußte G. nach Prok. (Anecd. 5, 8 f.) den Haß der Theodora spüren, die in ihm wohl einen unerwünschten Thronanwärter sah. Iustinian, einige Zeit nach Theodoras Tod wieder von der Loyalität des G. überzeugt, billigte, daß er nach dem Tod seiner Gattin Passara die Enkelin Theoderichs d. Gr. heiratete, und beauftragte ihn mit der Führung des Krieges gegen die Goten. G. starb jedoch beim Aufbruch zum Krieg nach Italien im Sommer 550 bei Sardika (Prok. 7,31 und 39 f.). **2.** Sohn des Dorotheus aus der Prov. Iustiniana prima. Iustinian I. ließ ihn erziehen und betraute ihn 559 mit der Abwehr der Hunnen in der thrak. Chersones. G. besiegte die Hunnen zur See und zu Lande (Agathias 5,21–23). A. L.

Germinius. Bischof von Sirmium, † um 367. Neben den Hofbischöfen Ursacius und Valens zählte er seit 356 zu den Führern der den Athanasianern feindlichen Kirchenpolitik des Kaisers Constantius. Der vulgärlat. Bericht der Altercatio

Heracliani laici cum Germinio episcopo Sirmiensi (C.P. Caspari Kirchenhist. Anecdota 1, 1883, 133–147) zeigt ihn im J. 366 in einem Streitgespräch mit dem Wortführer von 3 um ihres nikaenischen Glaubens willen verfolgten Männern, die nur mit Gewalt zur Unterzeichnung eines arian. Bekenntnisses gebracht werden können. O. H.

Bardenhewer GAL 3,593 f.

Germisara. Kastell in Dacien, im Tal der Maros, zwischen Sarmizegetusa und Apulum, in der Dorfflur des h. Cigmau (Csikmó, CIL III 1395). Aus G. sind uns die gestempelten Ziegel der legio XIII gemina bekannt (CIL III 8065, 14 h). Die Sarmizegetusa attribuierte Gemeinde war durch ihre Thermalbäder bekannt: es kam eine Badeanlage zutage; den Nymphen gewidmete Altäre nennen die Namen zweier Statthalter (CIL III 2882. 1393). J. F.

Gerontes (*γέροντες*). Mitglieder der Gerusia, des Ältestenrates in griech. Poleis. In vorhom. und hom. Zeit hochbetagte Ratgeber der Könige (Hom. Il. 18,503), in Troia Greise, die nicht mehr in den Krieg ziehen (Hom. Il. 3,149). G. hatten das Recht der Speisung auf staatliche Kosten (Hom. Il. 4,259. 7,313. Od. 13,7). Helden im besten Mannesalter heißen so Hom. Il. 2,404–408. 7,161 bis 168: Nestor, Aias, Menelaos u.a. Das Amt der G. ist vor allem in Sparta nachweisbar (Aristot. pol. 2,9. Hdt. 1,65. 6,57. IG II 2,687. Syll.[3] 434), sie erscheinen auch in anderen dor. Poleis (Elis: Aristot. pol. 5,6. Orchomenos: IG V 345. Korinth: Diod. 16,65. Argos: Thuk. 5,47. Kreta: Aristot. pol. 2,10. Strab. 10,484), selten Bezeichnung des Rates im ionischen Bereich (Athen: Syll.[3] 1109. Eleusis: Syll.[3] 872. Ephesos: Syll.[3] 353.833) und außerhalb Griechenlands (Karthago: Aristot. pol. 2,11; röm. Senat: Dion. Hal. ant. 2,14).

Die hist. Entwicklung der G. hat ihren Anfang in den Volksältesten, die als Oberhäupter der Stämme dem König und Heerführer zur Seite standen. Es ist eine spätere lit. Version, ihre Entstehung als einmaligen gesetzgeberischen Akt des Lykurg hinzustellen (Plut. Lyk. 5–6. Strab. 10,481. Iust. 3,3,2). Große polit. Bedeutung hatten die G. im Sparta des 8.–4. Jh. v. Chr., die sie jedoch durch demokratische Bewegungen im 3. Jh. verloren (nur noch erwähnt für 265 in einem Vertrag Athen–Sparta in CIA II 333 und zur selben Zeit als untergeordnetes Organ im Achaiischen Bund bei Pol. 38,11). In der Kaiserzeit sind G. ein jährlich wechselndes Amt (CIG I 1241–1259), als Rat jedoch selten (nur bezeugt für Tarsos: Dion Chrys. 30, 418 und Nikomedeia: Plin. ep. 10,42).

In Sparta setzte sich die Gerusia (auch *γερωχία*: Plut. Lyk. 6. Aristoph. Lys. 980 oder *γεροντία*: Xen. Lak. pol. 10,1) aus 2 Königen und 28 G. zusammen, in Argos 80, Elis 90 G. (Quellen: s.o.). Voraussetzung für die stets lebenslängliche Bekleidung des Amtes (Plut. Lyk. 5; Ages. 4. Aristot. pol. 2,9.10. Pol. 6,45) waren ein Mindestalter von

60 J. und untadeliges Vorleben (Plut. Lyk. 26. Xen. Lak. pol. 10,1). Die Amtstätigkeit der G. beruhte auf dem alten Gewohnheitsrecht, daß das Amt als höchste Staatsgewalt (Plut. Lyk. 26) und als höchste Ehrung galt (Aristot. pol. 2,9. Demosth. 20,107) und die G. niemandem rechenschaftspflichtig oder verantwortlich oder an fixierte Gesetze gebunden waren (Aristot. pol. 2,9.10). Die Macht der Könige und der Volksversammlung, der Apella (→ Ekklesia), war durch die G. eingeschränkt, andererseits war auch die Macht der G. begrenzt, da sie nicht den eigenen Vorsitzenden wählen (das waren die Könige) und nicht die Volksversammlung einberufen durften (das war Aufgabe der Ephoren) (Plat. leg. 3,692. Plut. Ages. 4). Zu ihren Befugnissen gehörte u.a.: Vorbereitung der Tagesordnung der Volksversammlungen, die die Beschlüsse der G. zwar annehmen bzw. ablehnen, aber nicht verhandeln durften (Plut. Agis 11), das Recht, Volksbeschlüsse über politische Maßnahmen (Krieg-Frieden, Staatsverträge, Gesetzgebung) zu annulieren (Plut. Lyk. 6), und ihre juridische Gewalt (Xen. Lak. pol. 10,2. Aristot. pol. 3,1. Plut. Lyk. 26. Paus. 3,5,2). G. Sch.

Geronthrai. Spartan. Periökenstadt an der W.-Seite des Parnon über dem Eurotastal, später zum Bunde der Eleutherolakonen gehörend, beim h. Geraki, noch in der Kaiserzeit bewohnt und daher sogar bei Hierokles genannt. Paus. nennt einen Arestempel mit Hain, Agora mit Brunnenhaus und einen Apollontempel auf der Burg. Paus. 3,2,6. 21,7. 22,6 f. Steph. Byz. s. *Γεράνθραι*. Hierokl. synecd. 647,9 (*Γερένθραι*). IG V 1,1110–1141 (1115 großes Stück des diokletian. Preisedikts. 1134/35 archai. Inschr.). E. M.

1. *A.J.B. Wace–F.W. Hasluck*, ABSA 11, 1904/05, 91 ff. 15, 1908/09, 163 f. 16, 1910/11, 72 ff. 2. *Bölte*, RE III A 1316,34 ff. 1327,10 ff. VII 1268.

Gerontis arx. Der Name geht zurück auf Geron oder Theron, einen vielleicht hist. König von Tartessos ([1],39 ff.). *G.a. et prominens fani* wird erwähnt von Avien. or. m. 261.263.304 (dazu Font. Hisp. Ant. I[2], Barc. 1955, 113.118.180.182). Das Heiligtum, über welches wir nichts Näheres erfahren, muß n. von der Baetismündung gelegen haben ([2],237), die a. G. s., und zwar zweifellos auf der Halbinsel Salmedina, von der h. nur noch einige vom Meer überflutete Klippen übrig sind ([1], Karte 1. S. 39.41.[2],236 f. AA 1922, 43–47). Sie wurde nach einer späteren Quelle (Sch. Apoll. Rhod. Arg. 2,767, dazu Font. Hisp. Ant. VIII 283) *ἄκρα Γλαύκου* genannt, König Geron also identifiziert mit dem Wassergott Glaukos ([1],41). Seit 139 v. Chr. stand auf der gefährlichen Klippe der Leuchtturm *Caepionis monumentum* ([2],237. RE III 1280). R. G.

1. *Ad. Schulten* Tartessos[2], 1950. 2. *Ders.* Iberische Landeskunde I, 1955.

Gerontius. 1. Armenier, lebte längere Zeit in Antiochia, war 361/62 praefectus Aegypti, hatte

364/65 ohne Amt Einfluß am Hof von Constantinopel (Liban. epist. 291.632f.1484.1524. Chronicon Acephalon 10). **2.** Befehlshaber von Tomi, wurde um 385 von Kaiser Theodosius vor Gericht gestellt, weil er im kaiserlichen Dienst stehende Barbaren, wegen eines angeblich geplanten Überfalles hatte niederhauen lassen (Zos. 4,40). Vielleicht ident. mit dem 395 in Griechenland gegen Alarich versagenden G. (Zos. 5,5,3ff. und 6,4). **3.** Britannier, magister militum des Usurpators Constantius III., dem er mit → Edobicus im J. 407 Entsatz nach Valentia brachte (Zos. 6,2). 408 operierte er erfolgreich in Spanien (Zos. 6,4,2.5,1), wo er 409, über Constantin verärgert, seinen *domesticus* Maximus zum Kaiser ausrufen ließ. 411 vertrieb er Constantius' Sohn → Constans (Nr. 3) aus Spanien und ließ ihn bei Vienna hinrichten. Als er Constantin III. in Arelate belagern wollte, desertierten viele seiner Soldaten. G. zog sich nach Spanien zurück und fiel dort (noch 411) nach hartem Kampf gegen die von ihm abgefallenen Truppen (Soz. 9,12,6.13. Olymp. frg. 16. Oros. 7,42,4). A. L.

Gerrha (*Γέῤῥα*, arab. al-Ǧarʿā bei Hamdānī Ṣifat Ǧazīrat al-ʿarab ed. D.H. Müller, 137) hieß ein in der h. Oase Hofhūf gelegenes altarabisches Staatswesen; es dürfte auch die h. Baḥrain-Inseln umfaßt haben, die nach sumerischen Texten (Dilmun, assyr. Tilmun) schon im 3. Jt. als Umschlagplatz für den babylonisch-indischen Seehandel dienten. In diesem dattelreichen Gebiet, in dem vielleicht das keilinschr. Magan gelegen hat, soll schon Sanherib um 694 Seeräuber aus dem Persischen Golf angesiedelt haben. Der gerrhäische Staat wurde nach Eratosth. (bei Strab. 16,766) aber erst als Folge der pers. Eroberung Babyloniens von chaldäischen Flüchtlingen gegründet; er kam, wie die ganze W.-Küste des Golfes, unter pers. Kultureinfluß und wurde um 320 n. Chr. sasanidisch. Sehr bedeutend war der Landhandel der Gerrhäer; nach Agatharchides (De Mari Erythraeo 87) erschienen sie in Petra als Konkurrenten der Sabäer im Weihrauch- und Gewürzhandel. Etwa 80 km von der Stadt entfernt lag der Seehafen von G., der durch den Indienhandel blühte; die griech. (und arab.) Geographen haben Hauptstadt und Hafen öfter verwechselt. Auch die in den Gewässern von al-Baḥrain (Hauptinsel: Tyros) betriebene Perlen- und Korallenfischerei (Plin. nat. 6,148) war für G. von wirtschaftlicher Bedeutung. Wenn die Vermutung zutrifft (H. von Wissmann Saec. 4, 1953, 100), daß G. mit dem Tamlīḥ (etwa »Salzland«) der Hierodulenlisten von Maʿīn identisch ist, hätten wir für die Stadt ein minäisches Zeugnis etwa aus dem 5. Jh. v. Chr. A. D.

Gerrhos (*Γέῤῥος*). Nur von Ptol. 5,11,5M. erwähnter Fluß der kaukas. Landschaft Albania, s. des Flusses Soana (h. Songa, Nebenfluß des Terek), ident. mit dem h. Sulak, der ins Kasp. Meer mündet. Der Lauf des G. zog sich nach seiner Quelle und dem Oberlauf im ö. Kaukasos am N.-Rand dieses Gebirges hin und berührte fast das Land der Sarmaten. Die Gradbestimmungen des Ptol. beziehen sich auf die Mündung des G. H. T. RE VII 1275. Atl. of the World II, Pl. 44.

Gerrunium. Illyr. Kastell, das zum makedon. Reich Philipps V. gehörte und im J. 200 v. Chr. von L. Apustius, dem Legaten des Konsuls Sulpicius Galba, erobert wurde (Liv. 31,27). Es lag n. von Antipatreia, wahrscheinlich in der Ebene des Apsos (Leake North. Gr. 3,326f.). Vielleicht ist es mit dem im Lande der Dassareten gelegenen Kastell *Γεροῦς* identisch, das Skerdilaidas 217 Philipp entriß, aber von ihm später zurückerobert wurde (Pol. 5,108). J. F.

Gerste (*κριθή, hordeum*), von welcher sowohl zweireihige (h. distichum Linné) wie sechs- und vierreihige Formen (h. hexastichum, h. vulgare L.) bekannt waren (Theophr. h. plant. 8,4,2. Colum. 2,9,14–16), ist seit ältester Zeit eine der wichtigsten Getreidearten. Im Alt. war sie noch viel wichtiger als heute, da sie damals weder mit Mais, Roggen und Reis noch mit Hafer, der sie jetzt als Tierfutter großenteils verdrängt hat, ernstlich zu konkurrieren hatte. Auch hatte sie den Brotweizen gegenüber lange den Vorteil, in vielen Teilen Griechenlands leichter und ertragreicher zu gedeihen, obgleich sie als weniger nahrhaft betrachtet wurde (z. B Aristot. probl. 23. Gal. 6,507 K.). (In Attika, wo heute die G. nur ein Drittel des Weizens ausmacht, wurde noch im 4. Jh. v. Chr. fast zehnmal soviel G. wie Weizen gebaut.) Als Futterkorn konnte die G., die fast immer ein Spelzgetreide (→ far) ist, auch im ganzen Alt. ihre Stellung behaupten, da sie, wie auch die Spelzweizen, den Ruf hatte, Tieren zuträglicher zu sein als der zu »konzentrierte« Nacktweizen (z. B. Colum. 2,9,14), mit dem sie in Äg. manchmal als Mischsaat (*κριθόπυρον*) gebaut wurde. In der menschlichen Nahrung jedoch mußte sie den Nacktweizen, sobald diese durch Einfuhr oder Akklimatisation erlangbar wurden, allmählich weichen, da sie sich durch ihren geringen Proteingehalt wohl zu Getränken und Brei (bes. der ärztlich oft empfohlenen *πτισάνη* [*tisana*]; Bier [*βρῦτον, ζῦθος, cervisia*] wurde durchweg nur von »Barbaren« getrunken) und zu ungesäuertem »Knetkuchen« (*μᾶζα*), welcher lang das »tägliche Brot« der Griechen war (z. B. Athen. 1,30f. 4,137e. 141a–b. Aristoph. Equ. 55), aber nicht zur Bäckerei des allgemein vorgezogenen Brotes eignete, so daß G.-Brot schon von Hipponax (35,6) als »Sklavenfutter« bezeichnet wurde. (Deshalb wurde G. auch nur grob zu *ἄλφιτα*, nicht zu feinem Mehl [*ἄλευρα*], vermahlen; vgl. L. A. Moritz, CQ 43, 1949, 113.) Der Name *σῖτος* (»Korn« = Hauptgetreide), welcher noch im 5. Jh. v. Chr. Weizen und G. umfaßt, ist daher schon ca. 336 v. Chr. auf Nacktweizen beschränkt (L. A. Moritz, CQNS. 5, 1955, 135), und im 1. Jh. v. Chr. wird G. für Menschen als »Hühnerfutter« verspottet (FGrH 87,36), wie auch in der röm. Armee G.-Kost bereits im 2. Jh. v. Chr. eine reguläre Strafe war (Pol. 6,38,3). Letzteres beruht aber wohl darauf, daß im röm. Italien G. von jeher nur als Tierfutter wichtig war und daß ihr Platz in der menschlichen Nahrung vor der Einführung der Brotweizen dort von → far eingenommen wurde. (Auch im röm. Kultus stand *mola salsa* aus *far* den griech. *οὐλαί* aus G. gleich.) Aber trotz Plin. nat. 18,84 war *polenta* (= *ἄλφιτα*) aus G. in Italien nicht ganz unbekannt; doch wurde sie dort hauptsächlich zu medizin. Zwecken verwandt und spielte offenbar nie annähernd die Rolle, die *ἄλφιτα* und *μᾶζα* in Griechenland gespielt hatten. L. A. M.

Aug. Schulz Gesch. der kult. Getreide, 1913. *A. Jardé* Les Céréales dans l'antiquité grecque, I, 1925. *Tenney Frank* (ed.) Economic Survey, 1933–1940, Ind. s. v. barley. *N. Jasny* Amer. Hist. Rev. 47, 1941–1942, 747–764.

Gerulata. Militärlager in Pannonia superior, in der Mitte zw. Carnuntum und Ad Flexum (Itin. Ant. 247,3). A. Graf (Diss. Pann. I/5, 1936, 86) stellte den Ort in der Gemarkung von Rusovce-Oroszvár bei dem »Bergl« genannten Hügel am einstigen Donau-Flußbett fest. Hier hat man Mauerwerk, Gebäudespuren, epigr. Denkmäler entdeckt. Der Inschr. CIL III 4391 gemäß war die ala I Cannanefatium c. R. die Besatzung des Lagers, die seit dem J. 116 in den Diplomen von Pannonia sup. erwähnt wird (CIL XVI 64. 76–77. 84. 178. 96. 97. 104). Im 4. Jh. lagen die equites sagittarii in G. (Not. dign. occ. XXXV 21). J. F.

J. Fitz, RE Suppl. IX 72.

Geruli. Die »Träger« von Sachen (Hor. epist. 2,2,72), Briefen (g. litterarum, Cod. Theod. 2,30. 31) usw. Die g. gehören, soweit sie im öffentlichen Dienst stehen, zu den *apparitores* und rangieren wie die *viatores;* sie überbringen dann Briefe, Akten usw. Die g. der hauptstädt. Magistrate scheinen meist Freigelassene gewesen zu sein. W. H. G.

Gerunda, h. Gerona. Der Name ist wohl iberisch (Holder 1,2015. Hier eine fast vollständige Sammlung aller Belegstellen). Ob die iberischen Münzen mit *Krsa*? G. zugeteilt werden können, ist fraglich (Antonio Vives La moneda hispánica II, Madrid 1924, 81). Auf Inschr. öfters erwähnt (CIL II p. 614. Suppl. p. 1145). Nach Plin. nat. 3,23 war es *oppidum civium Latinorum.* Eine Rolle spielte es in chr. Zeit als Stadt des Märtyrers Felix († unter Diocletian. Prud. Peristeph. 4,29 f.), als Bistum und w.-got. Münzstätte (Font. Hisp. Ant. IX p. 448). 713 fiel es vorübergehend in die Hände der Mauren; seine späteren Schicksale s. Encicl. Univ. Ilustr. 25,1476. R. G.

Gerunium (Nissen It. Ldk. 2,785. Miller ItR 372. Krom.-Veith 3,248 ff.), Stadt Apuliens, die 217/216 v. Chr. hart umkämpft Hannibal als Winterlager diente (Liv. 22,18,7. 23,9. 24,5. 32,4. 39,16. 44,1. Pol. 3,100,2 f. 101,2. 102,10. 107,2. 5,108,9. App. Hann. 15 f. Steph. Byz. s. v.); nach Tab. Peut. 6,3 an einer Straße, die zwischen Larinum und Teanum Apulum auf die Küstenstraße mündet; nach Pol. 3,100,3 von Luceria 200 Stad. (= 24 mp bei Pol.) entfernt. Die Maße treffen nicht auf den Mte. Gerione bei Larino (Miller), gut jedoch auf Castel Dragonara s. des Fortore (Nissen; nach Krom.-Veith Colle d'Armi) zu. Die livian. Namensform *Gereonium* bietet die ältere, *Γερώνιον* (App.) die jüngere messap. Schreibung (vgl. Haas Mess. Stud. 28), *Γερούνιον* (Pol.) die korrekte Aussprache. Die fehlerhafte Nennung des Aufidus bei App. ist durch Liv. 22,44,1 entstanden, was App. mißverstand. G. R.

Geryon (es, -eus) (*Γηρυών, Γηρυόνης, Γηρυονεύς*). Fabelgestalt, Riese mit 3 an der Hüfte zusammengewachsenen Leibern, meist gerüstet, auch geflügelt dargestellt, Sohn des → Chrysaor und der Okeanide Kallirhoe (Hes. theog. 287 ff. 979 ff.), der in → Erytheia am W.-Ende der Erde wohnt (in Mauretanien Ptol. 4,1,16, in Epeiros Hekat. frg. 349. Skyl. 26). Er besitzt stattliche Herden roter Rinder, die → Eurytion weidet, der zweiköpfige Hund Orth(r)os, ein Bruder des Kerberos, bewacht (oder Kerberos selbst, Palaiph. 24, mehrere Hunde Pind. I. 1,13). Raub dieser Herde war die 10. Arbeit des Herakles. Er erschlug Hund und Hirten mit der Keule und erschoß G. mit einem Pfeil; Zeus sanktioniert dies Unrecht, Pind. frg. 169). Unter vielen Abenteuern brachte er die Herde nach Mykenai, wo Eurystheus sie der Hera weihte. Der Kern dieser Erzählung, zu dem auch Herakles' Fahrt über den Okeanos im Sonnenbecher gehört (Stesich. Geryonis, Athen. 11,469 e–470 d), ist in liter. wie in künstler. Darstellung ziemlich einheitlich. Eur. Herc. 422 ff. Apollod. 2,106 ff. Hyg. fab. 30. 151 u. a. Hin- und Rückreise haben dagegen in der Zeit der zunehmenden geogr. Kenntnisse und der Romantik der Ferne manche Erweiterungen und Variationen erfahren. Auf dem Hinweg erlegt Herakles in Äg. den → Busiris, ringt in Libyen mit → Antaios und errichtet die »Säulen des Herakles« (Diod. 4,18). Den Rückweg nimmt er über Gallien (Parthen. 30: Bretannos, Keltos, Keltine; Diod. 4,19: Alesia; Strab. 4,182 f. u. a.: Steinfeld [von Crau]), Latium (→ Cacus), Sizilien (Gründung eines Heiligtums für G. und → Iolaos in Agyrion; Faustkampf mit → Eryx, Nr. 2; Abenteuer mit Skylla, Sch. Lykophr. 44. Prell.-Rob. 1,617 f.). Die Stationen knüpfen vielfach an Kultstätten des Herakles oder mit ihm gleichgesetzter einheimischer Götter an. So kommt Herakles auf der Rückwanderung mit G.s Rindern auch durch Skythien (Hdt. 4,8) und Epeiros (→ Kragaleus). Am Isthmos von Korinth oder auf den Feldern von Phlegra erlegt er → Alkyoneus. Nach einem »phoinik.« Bericht ist Herakles in Spanien umgekommen, Sall. Iug. 18,3. G.s Grab zeigte man in Gades, Paus. 1,35,7 f., kenntlich durch einen Wunderbaum, Serv. Aen. 7,662, seine Gebeine auch in Olympia und Theben. Ein Orakel des G. gab es in Patavium, Suet. Tib. 14. – Über bildliche Darstellungen des G.-Mythos handeln ausführlich FURTWÄNGLER, Myth. Lex. 1,2203 ff. und WEICKER, RE VII 1290 ff. Nicht erhaltene Kunstwerke erwähnt Paus. 3,18,13. 5,19,1. Wenigstens teilweise erhalten sind die entsprechenden Metopenreliefs vom Schatzhaus der Athener in Delphoi, vom Zeustempel in Olympia und vom Hephaisteion in Athen, ferner viele sf. und rf. Vasen. E. BUSCHOR Griech. Vasenmalerei 1913, 109 ff. Abb. 68 f. (chalkid. Amphoren). FRANK BROMMER Herakles, 1953, 39 ff. Taf. 1,9.2.14 b. 21 b.25. DERS. Vasenlisten 37 C 1. FURTWÄNGLER-REICHHOLD Taf. 22 (Schale des Euphronios). – Rationalist. Deutung der Sage war im Alt. verbreitet: Diod. a. O. Iust. 44,4,14. J. SCHOO, Mnem. ser. 3 Bd. 7, 1939, 1 ff. (G. = Vulkan auf den kanar. Inseln). Naturdeutung als Sturmriese mit etym. Begründung (γηρύειν brüllen) PRELL.-ROB. 2,204. Die neuere Deutung auf Jenseitsvorstellungen (Bezwingung des Totengottes und Entführung seiner Schätze, urspr. als Rinder, später als Gold und Silber aufgefaßt) kann sich auf manche Einzelzüge der Sage stützen. WILAM. Eur. 1,45. 74. RADERMACHER Jenseits 42. FRIEDLÄNDER Herakles 134. LESKY Thalatta 73 ff. K. KERENYI Die Heroen der Griechen 180 ff. sieht schon in dem Kampf des Herakles gegen Pylos (Hom. Il. 5, 392 ff.), der später zu einem Versuch des Neleus, sich an seinen Rindern zu vergreifen, abgeschwächt wurde (Isokr. 6,19), eine Urform des G.-Mythos. H. v. G.

Gruppe, RE Suppl. III 1061 ff.

Geschichtsschreibung (Historiographie = H.). Die griech. G. ist wie die Wissenschaft ion. Ursprungs; sie ging gegen E. des 6. Jh. aus der ἱστορίη, der Erkundung fremder Länder und Völker, hervor (zum Begriff ἱ. s. [10]. → Geographie, Periplus). Zwar konzentrierte sie sich seit Herodot auf eigentlich gesch. Gegenstände; die Verbindung mit der Erd- und Völkerkunde ging indes niemals gänzlich verloren. Die in hellenist. Zeit abgeschlossene formale Entwicklung brachte bestimmte Typen und Grundrichtungen hist. Schriftstellerei hervor: man kann zwischen universalgesch., die gesamte jeweils bekannte Menschheit einbeziehenden Darstellungen, und Monographien (Thukydides, Sallust) unterscheiden, und weiterhin konstituierten sich die Lokalgesch. (→ Atthis, Horographie) sowie die Beschreibung und Erklärung von Antiquitäten (bes. von Kultaltertümern und Kuriositäten aller Art) als ziemlich unabhängige Zweige der H. Der zeitlichen Fixierung und der Vermittlung dürren Tatsachenwissens diente die Chronik (Eratosthenes, Apollodoros 5, Nepos, Atticus, Varro, Iulius Africanus, Hippolytos, Eusebios; s. u. → Zeitrechnung). Die → Biographie unterstand eigenen Gesetzen; sie konkurrierte im Bereich der polit. Gesch. mit hist. Werken und herrschte unumstritten bei der Behandlung von Teilgebieten der Kultur (Philos.,

Lit., Kunst), da man niemals versucht hat, derartige sachlich begrenzte Ausschnitte in einer die Leistungen der Einzelnen übergreifenden Zusammenschau entwicklungsgesch. darzustellen (die einzige wichtige Ausnahme bildet die Kirchengesch. des Eusebios). Da die G. mitunter auch der Unterhaltung zu dienen suchte, näherten sich manche ihrer Erzeugnisse dem Roman und ähnlicher Lit. (→ Alexanderroman, → Utopie, → Historia Augusta). Zumal bei den Römern nahmen sich nicht selten poet. Gattungen hist. Stoffe an (→ Epos, Fabula praetexta); in der Spätzeit (seit dem jüngeren Plinius) trat weithin die → Panegyrik in Prosa oder Vers an die Stelle der Zeitgesch.

Nach modernen Begriffen hat sich die ant. G. im allg. nicht mit hinreichender Sorgfalt um die Erschließung und Verwertung primärer Quellen bemüht. Zumal bei der Behandlung vergangener Epochen begnügte man sich meist mit dem Rekurs auf ältere literar. Darstellungen. Da man überdies der Kategorien ermangelte, die das Verständnis für die Andersartigkeit der Vergangenheit ermöglicht hätten, erklärt sich leicht, daß die ant. H. ihre größten Leistungen auf dem Gebiete der Zeitgesch. vollbracht hat. Indes läßt dort die Art der Darstellung, bes. die Gewohnheit, Urkunden nicht im authent. Wortlaut mitzuteilen, oft die Prämissen nicht deutlich hervortreten, die jeweils das Urteil des Autors bedingt haben.

Diesen Mängeln in der Dokumentation stehen zwei miteinander zusammenhängende Vorzüge gegenüber, auf die sich die Eigenart der bedeutendsten Werke ant. G. gründet: die großen Historiker wußten zu deuten und darzustellen, d. h. sie waren imstande, die Vielfalt der Erscheinungen auf die entscheidenden Antriebe, auf die wesentlichen bewegenden Kräfte des gesch. Prozesses zurückzuführen, und verstanden sich andererseits darauf, ihrer Konzeption durch Anwendung künstler. Mittel und Gesetze eine Gestalt von schier unwiderleglicher Eindringlichkeit zu geben. Die ant. G. verdient daher nicht nur als »Quelle«, sondern auch als literar. Phänomen, als eine der vornehmsten Gattungen künstler. Prosa, gewürdigt zu werden. Diese Feststellung gilt für nahezu sämtliche großen Historiker von Herodot bis Ammianus Marc.; moderne Bezeichnungen für einzelne Richtungen wie »rhetor.« (Ephoros, Theopompos) und »trag.« G. (Duris, Phylarchos. Neuerdings lebhaft diskutiert; s. [13.14. K. v. FRITZ in 7.17.21]) wollen nur die exzessive, Objektivität und Richtigkeit gefährdende Bevorzugung bestimmter Mittel hervorheben. Die Bedeutung der Form läßt sich nicht nur an Stil und Aufbau der repräsentativen Werke ablesen, sondern auch an einem ziemlich konstanten Repertoire typ. Bestandteile: an den Proömien mit ihrer sich im wesentlichen gleichbleibenden Topik (s. [5.8.32]), an den Exkursen meist geo- oder ethnograph. Inhalts, an den abschließenden

Charakteristiken bedeutender Persönlichkeiten (s. [2]) und vor allem an den Reden (und Briefen), die, zumindest in ihrem Wortlaut frei erfunden, aus bestimmter Sicht über die Quintessenz eines Geschehens reflektieren. Größere Stoffmassen suchte man oft durch die Zusammenfassung mehrerer B. in Triaden, Pentaden, Dekaden usw. zu gliedern. Die Gewohnheit ant. Historiker, an das Werk eines Vorgängers anzuknüpfen (Xenophon setzte Thukydides fort, Poseidonios den Polybios, Sallust den Sisenna, Ammianus Marc. den Tacitus), war nicht selten auch durch literar. Motive bedingt, d.h. der Nachfolger wollte dokumentieren, daß er die Deutungs- und Darstellungskategorien des Vorgängers in gewissem Umfange als für sich selbst verbindlich erachtete. Schließlich zeigt die ant. Theorie der G. den Rang, den man der Form beimaß: die auf Stil, Darstellungsweise und Stoffanordnung bezüglichen Vorschriften herrschten gegenüber den method. Lehren vor (s. [20]). Außerdem unterschied man terminologisch das → Hypomnema oder den → Commentarius als ungeformte Materialdarbietung vom eigentlichen Geschichtswerk.

Die archaische G. der Griechen (→ Logographen) wurde durch Herodot vollendet und überwunden (s. [6.18.19.22]); die klass. Zeit wird durch das Werk des Thukydides, des Begründers der polit. G. und unerreichten Methodikers rationaler Darstellung (s. [16]) sowie durch die Schriftstellerei Xenophons repräsentiert. Das 4.Jh. und der Hellenismus brachten eine große Vielfalt der Gattungen und ein immenses Quantum an hist. Schriften aller Art hervor. Die wissenschaftliche und die künstlerische Seite der G. traten damals auseinander, d.h. die H.-en richteten im allg. entweder auf diese oder auf jene ihr Hauptaugenmerk. Umfängliche Reste blieben einzig vom Werk des Polybios erhalten, der die »pragmatische« G. zum Programm erhoben hatte (über den Begriff s. [23]). Mit ihm wurde Rom der Mittelpunkt universalgesch. Werke.

Die beiden Jh. v. und n.Chr. waren die Blütezeit der röm. G. (Caesar, Sallust, Livius, Tacitus), während die gleichzeitige griech. Produktion auf das Niveau umfangreicher, eilig zusammengeraffter Kompilationen herabsank (Diodor, Nikolaos, Dionysios von Halikarnass). Gesch. Sinn ging den fest in ihrer Tradition verwurzelten Römern von Hause aus ab (anders [29], aber Traditionalismus und Verständnis für die Andersartigkeit der Zeiten und Völker sind nicht dasselbe). Ihre G. entsprang prakt.-polit. Motiven, wie denn auch für die Mehrzahl der sog. Annalisten propagandist. Zwecke beherrschend blieben (→ Annales). Überhaupt lassen die röm. G.-er der späten Republik nach Herkunft (sie entstammten der Senatsaristokratie), Stoffwahl (Darstellung *ab urbe condita*, Beschränkung auf Rom und auf die Politik) und Tendenz (Moralismus) gemeinsame Züge erkennen, die z. T. noch bei Tacitus nachwirkten (s. [24.28]). Immerhin differenzierte sich seit dem Beginn der Revolution das Bild: → Coelius Antipater schrieb die erste Monographie, und seit → Sempronius Asellio gewannen die Werke an Bedeutung, die sich auf die Zeitgesch. beschränkten (über den Titel *Historiae* s. Gell. 5,18; vgl. [33]). Nach Livius, dem Geschichtsschreiber der augusteischen Restauration, der unter die Annalistik den Schlußstrich zog, dominierte die gegen den Prinzipat opponierende Richtung senator. H.; sie fand in Tacitus ihren abschließenden Höhepunkt (s. [30.31]).

Seit dem 2.Jh. n.Chr. wartete die griech. G. wieder mit achtbaren Leistungen auf (Appian, Cassius Dio, Dexippos, Eunapios); vor allem wußte sie trotz mancher Schwankungen im Niveau (Herodian, Zosimos) die Kontinuität bis zum Beginn der byz. Epoche (Prokop) zu wahren. Im W. dagegen bewirkten die Stürme des 3.Jh. einen katastrophalen Niedergang der G. und des gesch. Bewußtseins (→ Historia Augusta). Seit der 2. Hälfte des 4.Jh. erfreuten sich dort Kompendien (Aurelius Victor, Eutrop) und Chroniken großer Verbreitung; die von Hieronymus ins Lat. übersetzte Chronik des Eusebios machte Epoche für die frühma. G. (Sulpicius Severus, Prosper, Hydatius u.a.). Ammians reichsgesch. Darstellung blieb in ihrer Meisterschaft unwiederholbare Ausnahme; mit Cassiodors Gotengesch. (→ Iordanes) begann eine neue Entwicklung, die zu Gregor von Tours und Paulus Diaconus führte. M. F.

Slg. von Frg.: *Jacoby* Die Frg. der griech. Historiker, seit 1923. *C. Müller* Frg. Histor. Graec., 5 Bd., 1841–1870. *Peter* Histor. Roman. Reliquiae 1, ^{2}1914, 2, 1906.

Zur ant. G. allg.: Eine große Gesamtdarstellung fehlt. 1. *H. Bengtson* Einführung in die alte Gesch., ^{4}1962, 81ff. (Bibliogr.). 2. *I. Bruns* Das literar. Porträt der Griechen, 1896. 3. *H. Peter* Die gesch. Lit. über die röm. Kaiserzeit bis Theodosius I. und ihre Quellen, 2 Bd., 1897. 4. *Ders.* Wahrheit und Kunst, G. und Plagiat im klass. Alt., 1911. 5. *G. Engel* De antiquorum epic., didactic., historic. prooemiis, Diss. Marburg 1910. 6. *E. Howald* Vom Geist ant. G., 1944. 7. Histoire et historiens dans l'antiquité, Entretiens Fond. Hardt 4, 1956. Zur griech. G.: 8. *H. Lieberich* Stud. zu den Proömien in der griech. und byz. G. 1, Diss. Münch. 1899. 9. *P. Scheller* De hellenistica historiae conscribendae arte, Diss. Lpz. 1911. 10. *B. Snell* Die Ausdrücke für den Begriff des Wissens in der vorplaton. Philos., PhU 29, 1924, 59ff. 11. *Ders.* Die Entdeckung des Geistes, ^{3}1955, 203–217. 12. *E. Schwartz* Ges. Schr. 1, 1938, 67–87. 13. *Ders.* Griech. Geschichtsschreiber, 1957. 14. *F. Wehrli* Eumusia (Festg. Howald), 1947, 54–71. 15. *G. De Sanctis* Studi di storia della storiografia greca, 1951. 16. *H. Strasburger*, Saec. 5, 1954, 395–428. 17. *F. W. Walbank* Tragic History, BICS 2, 1955. 18. *F. Jacoby* Abh. z. griech. G., 1956. 19. *Ders.* Griech. Historiker, 1956. 20. *G. Avenarius* Lukians Schrift zur G., 1956. 21. *N. Zegers* Wesen und Ursprung der trag. G., Diss. Köln 1959. 22. *W. Schadewaldt* Hellas und Hesperien, 1960, 395–416. 23. *M. Gelzer* Kl. Schr. 3, 1964, 155–160.

Zur röm. G.: 24. *U. Knoche*, JbPhPäd N.F 2, 1939, 289 bis 299. 25. *M.L.W. Laistner* The Greater Roman Historians, 1947. 26. *A.D. Leeman*, REL 33, 1955, 183–208. 27. *Ders.* Orationis Ratio, 2 Bd., 1963. 28. *V. Pöschl*, G 63, 1956, 190–206. 29. *F. Klingner* Röm. Geisteswelt, [4]1961, 66–89. 30. *Ders.* ebd. 469–489. 31. *W. Richter*, G 68, 1961, 286 bis 315. 32. *T. Janson* Latin Prose Prefaces, 1964. 33. *M. Gelzer* Kl. Schr. 3, 1964, 93–110.

Geschütze. Nach Diod. 14,42,1: *καὶ γὰρ τὸ καταπελτικὸν εὑρέθη κατὰ τοῦτον τὸν καιρὸν ἐν Συρακούσαις* wurde um 400 v. Chr. bei der Vorbereitung des Krieges des älteren Dionysios von Syrakus gegen Karthago die Erfindung des Torsionsgeschützes gemacht, dessen Wirksamkeit auf der Drehung von Sehnenbündeln durch Bogenarme und gleichzeitiger Spannung der einzelnen Schläge des Bündels beruhte. Zu dieser Erfindung führten Vorstufen. Am Anf. der Entwicklung stand der einfache Handbogen (Heron D. und S. 75,4: *Τὴν μὲν ἀρχὴν ἤρξαντο γίγνεσθαι τῶν προειρημένων ὀργάνων αἱ κατασκευαὶ ἀπὸ τῶν χειρουργικῶν τόξων*), dessen beide Arten der einmal (*εὐθύτονον τόξον*) und nochmals gekrümmte (*παλίντονον τόξον*) waren. Der anfänglich aus Holz gefertigte Bogen wurde, als man größere Entfernungen erzielen und größere Geschosse abschießen wollte, aus Metall hergestellt. Das mit der Hand nicht mehr mögliche Spannen des Bogens erfolgte durch eine Konstruktion die E. Schramm bei [3],227 (Abb. 64) folgendermaßen beschreibt: »An dem Bogen ist die Pfeife befestigt, welche eine im Querschnitt schwalbenschwanzförmige Nute hat, in der sich der Schieber mit in die Nute passender Feder hin und her bewegt. Der Schieber hat oben eine Pfeilrinne und hinten die in Zapfenlagern befestigte, gespaltene Klaue, welche die Bogensehne festhält und wiederum in ihrer Stellung durch den Abzug festgehalten wird. Zieht man den Abzug zurück, so gibt die Klaue die Sehne frei. Wollte man den Bogen spannen, so machte man zunächst die Sehne mit der Klaue fest und stemmte dann den Schieber gegen ein Widerlager, indem man die Griffe des Querholzes mit den Händen festhielt und den Bauch in die Höhlung desselben drückte. Die Zahnstangen auf der Pfeife hielten in Gemeinschaft mit den Sperrklinken am Schieber diesen in jeder gewünschten Spannestellung fest. Dann legte man das Bauchgewehr (*γαστραφέτης*) auf eine Unterlage, zielte und zog ab.« Vergrößerung von Schußweite und Geschoß führte schließlich zur Verwendung der Spannwelle an Stelle des Querholzes und zur Montierung der ganzen Vorrichtung auf eine Basis. Dieses erste, offenbar wenig wirksame G. bildete die letzte Entwicklungsstufe vor dem Torsionsgeschütz, dessen beide Arten das Pfeil- (*εὐθύτονον*) und das Wurf-G. (*παλίντονον*) waren. Mit ersterem konnten bloß Pfeile, mit letzterem Pfeile und Steinkugeln abgeschossen werden. Obwohl beide G. auf den gleichen Grundsätzen beruhten, gab es beachtliche Unterschiede. So hatte z. B. das Pfeil-G. einen einzigen Rahmen (*πλινθίον*) für die beiden Spannsehnenbündel, das Wurf-G. jedoch für jedes einen eigenen. Der 2. Hauptbestandteil beim Pfeil-G. war die Pfeife (*σύριγξ*), an deren Stelle beim Wurf-G. die Leiter (*κλῖμαξ*) trat. Der 3. Hauptteil, das Gestell (*βάσις*), auf dem das G. ruhte, wurde beim Pfeil-G. aus einer in einem Dreifuß stehenden Säule mit einem Drehknopf zuoberst gebildet, beim Wurf-G. durch 2 Ständer mit Schwellen, Streben und Riegeln. Dabei war bei größeren Wurfgeschützen Gestell und Oberteil fest verbunden und die Höhe des ersteren, nahm mit dem Kaliber, d. h. dem Durchmesser der Spannlöcher zu. Das Kaliber wurde beim Wurf-G. nach der Formel $1{,}1\sqrt[3]{100\,\mu}$ – μ bedeutet das Gewicht der Steinkugel in Minen – ausgerechnet, beim Pfeil-G. entsprach es dem 9. Teil der Pfeillänge. Torsions-G. kamen allmählich auch im griech. O. in Anwendung. In Athen werden sie zuerst 355 v. Chr. in einem Inventar der Chalkothek erwähnt (IG II 120). Später bedienten sich ihrer bes. Philipp II. v. Maked., Alexander d. Gr. und die Diadochen, unter denen sie ihre höchste Vollendung erreichten. Ihre Treffsicherheit für alle Kaliber war dadurch gekennzeichnet, daß auf 100 Schritte ein guter Schütze einen einzelnen Mann sicher außer Gefecht setzen konnte. Gruppen ließen sich bis zu 200 Schritt erfolgreich bekämpfen. Bei Entfernungen von 500 Schritt, die bei einem Höhenwinkel von 45° erreicht werden konnten, war Treffsicherheit nicht mehr gewährleistet und auch die Durchschlagskraft sehr gering. Obwohl so die größten Schußweiten z. B. des mittels eines Bogens verschossenen Pfeiles und des aus der Hand geschleuderten Speeres weit übertroffen wurden, hatten die Geschütze auch erhebliche Nachteile. Sie lagen einmal im Transport: Die G. mußten dafür zerlegt und die Sehnen abgenommen werden. Sie wieder schußbereit zu machen, kostete viel Zeit. Andererseits ließ im Gefecht die Spannung der Sehnen nach, und da die Neubespannung sehr zeitraubend war, mußten Reserverahmen mitgeführt werden. So ist es verständlich, wenn die Einführung der G. auf die Schlachtentaktik ohne Einfluß und ihre Anwendung im wesentlichen auf den Belagerungskrieg beschränkt blieb.

Die Kenntnis des ant. G.-Wesens wird vor allem den einschlägigen Darstellungen der Kriegsschriftsteller (→ Poliorketik) verdankt, die noch andere G.-Typen erwähnen. So Philon (H. Diels–E. Schramm Philons Belopoiika, APrAW 1918/19, 20, Z. 10ff.) das Luft-G. (*ἀερότονον*) und das Erzspann-G. (*χαλκότονον*), beide von Ktesibios, das mittels des Keiles gespannte Pfeil-G. (*διὰ τοῦ σφηνὸς ἐντεινόμενον ὀξυβελὲς ὄργανον*) von ihm selbst und der Mehrlader (*καταπέλτης πολυβόλος*) des Dionysios von Alexandreia. Diese G. scheinen praktisch unerprobt gewesen zu sein, da Philon sie den erprobten gegenüberstellt. Es ist auch nicht bekannt, ob sie jemals im Alt. praktische Verwendung fanden. Dagegen bezeugen Athenaios, Apollodor und der Anonymos ([3], 233 f.) das Einarmgeschütz (*μονάγκων*) für die Griechen, das als *onager* wie das Pfeil- (*scorpio, καταπέλτη*) und Wurf-G. (*ballista*) von den Römern fast unverändert übernommen wurden. Den *onager* beschreibt Amm. 23,4,1. Dieses G. war gekennzeichnet durch einen Rahmen mit einem einzigen horizontal liegenden Sehnenbündel und einem Wurfarm, dessen Spannlage rund 30° und dessen Ruhelage rund 60° betrug.

Für die Herstellung der Spannsehnen (*νεῦρα*) waren die Römer anfangs auf die griech. Fabriken angewiesen, die sie aus Gelenkssehnen von Tieren mit Ausnahme des Schweins und aus Frauenhaaren herstellten ([3],229). Auch Seide und Roßhaar wurden verwendet. Als sich dafür eine eigene röm. Industrie entwickelt hatte, kam sie der griech. qualitätsmäßig nicht gleich, und die Leistungsfähigkeit der Torsions-G. mußte zurückgehen. Alle G. waren wie bei den Griechen metallbeschlagene Holzkonstruktionen. Ihre Anwendung setzte schon im röm. Milizheer der Manipulartaktik ein ([3], 373 ff.) und wurde z.Z. der Kohortentaktik allg. ([3],445). Bes. kennzeichnend ist, daß die röm. Artillerie von Anf. an nicht in eigenen Einheiten zusammengefaßt, sondern in die Infanterie eingegliedert war ([3],394). Für die Zeit des homogenen Heeres zeigt Veg. mil. 2,25 und 4,22, daß auf eine Legion 55 *corroballistae* und 10 *onagri* kamen. Für diese Zeit ist auch ihr häufiger Einsatz in der Feldschlacht charakteristisch (Krom.-Veith 548). Die G. waren fahrbar; die *onagri* wurden von Ochsen, die *corroballistae* von Maultieren gezogen ([3], 524). Mit *corroballistae* wurden damals die Pfeil-G. bezeichnet, während die Wurf-G. abgesehen von den *onagri* abgekommen zu sein scheinen. Während die Torsions-G. nach dem Zusammenbruch des weström. Reiches im Abendland nicht mehr verwendet wurden, sind sie bei den Byzantinern noch für das 10. Jh. nachweisbar ([2],338). Für das röm. G.-Wesen sind abgesehen von den Ausführungen Vitruvs im 10. B. und verschiedenen Reliefs der in Ampurias gefundene Spannrahmen eines Pfeil-G. aus dem 2. Jh. v. Chr. von Bedeutung ([3],244 f.). A. N.

1. *A. Neuburger* Die Technik des Alt., Lpz. 1919, 224 ff. 234 f. 2. *R. Grosse* Röm. Militärgesch., Bln. 1920, 337 f. 3. *Krom.-Veith* 216 ff. 227 ff. 244 f. BursJ 248, 1935, 186 f. 274, 1941, 88 ff. 145 f. 4. *F. Kretzschmer* Technik und Handwerk im Imperium Rom., Ausstellung des Vereines Deutscher Ingenieure, Köln 1958, 93 ff. 5. *A. Bruhn Hoffmeyer*, Antikens Artilleri, Kobenhavn 1958, 5 ff. 15 ff. 26 ff. 33 ff. 53 ff. 127 ff.

Gesetzgebung s. Lex

Geskon (*Γέσκων*, seltener *Γίσκων*, *Gisco*, *Gisgo*). Name verschiedener Karthager. **1.** G., Sohn des Hamilkar, der 480 bei Himera fiel, Vater des Hannibal, der 409 den Krieg gegen die sizil. Griechen wieder begann. **2.** G. Nach der karth. Niederlage am Krimisos 343 Heerführer gegen Timoleon bis zum Frieden von 340. Diod. 16,81 u.a. Holm G. Siciliens 2,211 f. **3.** Karthag. Heerführer am E. des 1. Pun. Krieges, wirkte beim Friedensschluß von 241 mit (Diod. 24,13) und leitete die Räumung von Lilybaion und Sicilien, Pol. 1,66,1 ff. Als der Söldneraufstand begann, wurde er nach Tunes gesandt, dort aber nach anfänglichen Vermittlungserfolgen festgenommen und ermordet, Pol. 1,68,11 ff. 79,10 ff. Sein Sohn war wohl der aus der Gesch. des 2. Pun. Krieges bekannte Hasdrubal. **4.** G., Gesandter Hannibals an Philipp V. v. Maked. Liv. 23,34,2. **5.** Giskon Strytános, 149 karth. Gesandter nach Rom vor Beginn des 3. Pun. Krieges. Pol. 36,3,8. H. G. G.

Gesoriacum. Stadt in Gallia Belgica im Gebiet der Morini, Hauptort des *pagus Gesoriacus* (Plin. nat. 4,106), h. Boulogne. G. wird im 1. Jh. n. Chr. von Mela 3,2,7. Plin. nat. 4,102, im 2. Jh. von Suet. Claud. 17. Flor. 2,30,26. Ptol. 2,9,1, im 3. Jh. im Itin. Ant. 363 und Paneg. Constant. Chlor. (297) 5,6,1. 14,4 genannt. Von 310 ab (Paneg. Constantin. 7,5) wird der Name G. durch *Bononia* ersetzt (Cod. Theod. 11,16,5 vom J. 343. Amm. 20, 1,2. Soz. 9,11. Olympiod. 9,11. Zos. 6,8,24. Not. Gall. 6,13). G. war nur der Name der Unterstadt, die sich am Aufstand des Carausius beteiligte. Nach seiner Niederwerfung durch Constantius Chlorus (zwischen 297 und 310) mit Hilfe der oberen Stadt, die *Bononia* hieß, wurden beide Stadtteile unter dem Namen *Bononia* zusammengefaßt. G. war Einschiffungshafen nach Britannien seit dem Frühröm. Reich, gewann an Bedeutung im Spätröm. Reich unter dem Namen *Civitas Bononensium* und wurde im 4. Jh. aus der *Civitas Morinorum* gelöst. M. L.

J. Heurgon Les problèmes de Boulogne, REA 1948, 101. De Gesoriacum à Bononia. Hommages Bidez-Cumont, coll. Latomus 2, 1949, 127.

Gessius. 1. G. Florus. Aus Klazomenai gebürtig, war er mit Kleopatra, einer Freundin der Poppaea Sabina, vermählt, Ios. ant. 20,252. Durch sie stand er in Neros Gunst und wurde als Nachfolger des Lucceius Albinus im J. 64 Procurator prov. Iudaeae, Ios. ant. 20,257; bell. 2,272. Tac. hist. 5,10. Daß G. geizig und hochmütig war (Ios. ant. 20,253–257) und die Juden peinigte (Ios. bell. 2,277–279), braucht nicht bezweifelt zu werden. Anderseits waren die Parteigegensätze unter den Juden groß. König Agrippa II. stand mit Teilen der Priesterschaft an der Spitze der römerfreundlichen Partei, bell. 2,345–401; die Zeloten aber schürten den Haß des Volkes gegen die Römer. G. verstand es jedenfalls nicht, mit den Juden zu einem erträglichen Verhältnis zu kommen. Sie erhoben zunächst beim Statthalter von Syrien, C. Cestius Gallus, als dieser zur Zeit des Passahfestes des J. 66 nach Jerusalem kam, Klagen gegen G.; er wies sie ab, bell.

2,280–283. Darauf brach im April–Mai 66 in Caesarea ein offener Aufstand aus, der (Tac. hist. 5,10) auf Jerusalem übergriff, als G. angeblich dem Tempelschatz 17 Talente zu entnehmen befahl. G. beorderte 2 Kohorten zur Verstärkung heran, die von den Juden in Straßenkämpfen zurückgedrängt wurden, worauf G. sich nach Caesarea zurückbegab, bell. 2,284–332; dort kam es zu einer Judenverfolgung, ebd. 457, während Cestius Gallus Jerusalem belagerte, aber nur Mißerfolge hatte, ebd. 431 f. Diese versuchte er E. 66 durch eine Gesandtschaft an Nero auf G. abzuwälzen, ebd. 558. Weiteres über G. ist nicht bekannt.

Schürer 1^4,600–610.

2. G. Marcianus. Syrer aus Arca Caesarea in Phoinikien, Aurel. Vict. Caes. 24,1, Prokurator, 2. Gemahl der Iulia (Avita) Mamaea; von ihr Vater des Bassianus, des späteren Kaisers Alexander Severus (* 208), Cass. Dio 78,30,3. R. H.

G. Barbieri Albo senat. p. 65 Nr. 264/65.

3. G., Ägypter. Verschwägert mit Gerontius (Nr. 1), Schüler des Libanios, 388/92 als angesehener Lehrer der Rhetorik in Äg. bezeugt (Liban. epist. 892. 1042. 1524), wurde vielleicht wegen der – als Zauberei verbotenen – Befragung von Orakeln hingerichtet (Anth. lyr. 7,681/88). A. L.

Gesta. Die bei einer Behörde geführten Akten, die zunächst *acta* und später g. genannt werden. Sie haben nicht nur interne Bedeutung für die Amtsführung, sondern geraten in der Nachklassik auch zunehmend in Verbindung mit den Wirksamkeitserfordernissen privater Rechtsgeschäfte. So bedürfen seit Konstantin Schenkungen der *actis insinuatio:* Die private Schenkungsurkunde muß zu den Akten eingereicht und zudem der Vollzug der Schenkung protokolliert werden (frg. Vat. 249,5–10). In anderen Fällen ist die rechtsgeschäftliche Erklärung vor einer mit dem *ius actorum conficiendorum* versehenen Behörde (z. B. *praeses provinciae*, Municipalmagistrate, *defensor civitatis*) abzugeben und von dieser zu protokollieren. So entsteht eine regelmäßig in Frage und Antwort abgefaßte öffentliche Urkunde. Diese Form kann verwendet werden etwa für das *testamentum apud acta conditum* (vgl. Cod. Iust. 6,23,19,1, a. 413), für Adoptionen, Emanzipationen und Freilassungen. Die von der Erklärung etwa betroffenen Dritten werden durch die Behörde benachrichtigt. Zu den Förmlichkeiten bei der Errichtung der g. vgl. Nov. Iust. 47,1 (Angaben über Errichtungszeit); 73,8 (Verfahren bei Analphabeten). D. M.

1. *Br. Hirschfeld* Die g. municipalia, Diss. Marburg 1904. 2. *E. v. Druffel* Papyrol. Stud. zum byz. Urkundenwesen, 1915, 48ff. 3. *A. Steinwenter* Beitr. zum öffentlichen Urkundenwesen der Römer, 1915. 4. *L. Wenger* Die Quellen des röm. Rechts, 1953, 751. 5. *M. Kaser* Röm. Privatrecht 2, 1959, 54f.

Gesten s. Gebärden

Gestio. Bezeichnet, enger als *actum*, eine rechtserhebliche Handlung, meist ohne ausdrückliche Erklärung. Vgl. Lab.-Ulp. Dig. 50,16,19: ... *gestum rem significare sine verbis factam.* So bedeutet *pro herede g.* den Antritt einer Erbschaft durch schlüssiges Verhalten, etwa durch den Verbrauch von Nachlaßsachen. – Noch wichtiger ist die *negotiorum g.*, die Führung fremder Geschäfte. Aus ihr erwirbt der Geschäftsherr (dessen Geschäft geführt wird) eine *actio negotiorum gestorum directa* auf Herausgabe des durch die Geschäftsführung Erlangten und auf Ersatz treuwidrig zugefügter Schäden. Umgekehrt kann der Geschäftsführer mit einer Gegenklage *(actio neg. gest. contraria)* Ersatz seiner Aufwendungen verlangen, wenn er nur, selbst bei Erfolglosigkeit, im Interesse des Geschäftsherrn gehandelt hat. Häufige Fälle der *neg. g.* liegen vor beim *cognitor*, *procurator* (hier wird seit der späten Republik auch *mandatum* angenommen) und beim *curator*. Dagegen sind die Geschäftsführungsverhältnisse aus *mandatum* (privatrechtlicher Auftrag) und *tutela* bes. geregelt. Das Vulgarrecht verwischt diese Unterschiede; die *neg. g.* wird jetzt allg. zur Geschäftsführung. Justinian kehrt weitgehend zum klass. Recht zurück, fordert aber zusätzlich den Willen, das Geschäft als fremdes zu führen. Vgl. Dig. 3,5. Cod. Iust. 2,18. D. M.

Max Kaser Röm. Privatrecht 1, 1955, 489ff. und 2, 1959, 301f., wo weitere Angaben.

Geta. 1. G., s. Hosidius, Lusius, Septimius, Vitorius. **2.** G., Sklave, der sich im J. 69 für seinen Herrn Scribonianus Camerinus ausgab, Unruhen anstiftete und gekreuzigt wurde, Tac. hist. 2,72,1 f. **3.** G. = imp. Caes. P. Septimius Geta Aug., jüngerer Sohn (* 27. Mai 189) des → Septimius Severus und der → Iulia Domna, Bruder des → Caracalla, Cass. Dio 77,2,5. Im Juli 197 zog G. wie Mutter und Bruder mit Severus gegen die Parther, CIL VI 225. 227 (AE 1942, 11). Am 2. Juni 198 wurde G. *Caesar nobilissimus*, H. A. vit. Sever. 16, 3,4. AE 1947, 106. 1948, 214. 1962, 304. Noch E. 199 reisten alle von Syrien nach Äg.; nach Aufenthalten in Alexandreia (IGR I 1113) und Memphis (H. A. vit. Get. 17,4; AE 1957, 204) zogen sie 201 wieder (IG XIV 917) über Andros (Sauciuc, MDAI(R) 25, 1910, 265ff.) nach Antiocheia, vit. Sev. 16,8. CIL VI 218. Über Byzanz, Mösien und Pannonien (J. Fitz, Acta ant. 11, 1959, 237–263) kehrten sie Mitte 202 nach Rom zurück. Bei einem Wagenrennen fuhr G. den Caracalla an, daß er ein Bein brach, Cass. Dio 76,7,2. Im J. 203 ging G. mit Vater und Bruder nach Africa; sie kehrten im Frühjahr 204 nach Rom zurück, wo (26. Mai bis 1. Juni) die Säkularspiele abgehalten wurden, CIL VI 32327. G. war mit Caracalla cos. 205, CIL VI 1670; damals wurde → Plautian ermordet. Wegen der Vergnügungssucht der Söhne trotz ständiger Feindschaft (Cass. Dio 76,7,1 f.) verbrachte Severus mit ihnen die J. 205–207 meist in Campanien, Herodian. 3,13,1 ff. Am 1. Jan. 208 war G. (mit Caracalla) cos. II. CIL VI 210, dann nahm der

Kaiser seine Familie nach Britannien mit, Cass. Dio 76,11,1. Herodian. 3,14,2; Iulia Domna und G. blieben in Eburacum, Cass. Dio 76,10,1. JRS 51, 1961, 192f. Im J. 209 wurde G. die Verwaltung des röm. Britannien übertragen, Herodian. 3,14,9. 15,6. E. des J. erhob Severus auch G. zum Augustus, IG III 10. AE 1946, 38. 1948, 14.211. 1950, 126.136, s. E. KORNEMANN Doppelprinzipat 85–90. Im J. 210 nahm auch G. den Siegestitel *Britannicus* an. Seit 4. Febr. 211 (Severus †) war G. Mitregent Caracallas, Cass. Dio 77,1,1. Beide brachten des Vaters Asche nach Rom (Aurel. Vict. 20,30), blieben aber verfeindet, Herodian. 3,15,7. 4,2,1–3. Nach einem mißglückten Anschlag auf G. an den Saturnalien 211 (Cass. Dio 77,2,1) ließ Caracalla im Frühjahr 212 G. in den Armen der Mutter ermorden, Cass. Dio 77,2,2–6. Herodian. 4,4,3 (E. HOHL, SDAW 1950, 1ff.). Gegen 20000 Freunde G.s sollen ermordet worden sein (Herodian. 4,6, 1f.), Bildsäulen umgeworfen, Name auf Inschr. eradiert (CIL VI 180, Severusbogen auf dem Forum). Inschr.: G.J. MURPHY The Reign of ... Sept. Sev. 1945, 104. – Mz.: MATTINGLY, RIC 4/I p. 314–343. – Bildnisse: B.M. FELLETTI MAJ, Enc. art. ant. 3,854f. (mit Lit.). L. BUDDE Jugendbildnisse des Caracalla u. G. (Orbis ant. 5), 1951. R.H.

L. Hasebroek Sept. Sever. *A. Calderini* I Severi 69ff. 87ff.

Getai (*Γέται*). Mächtiger Stammesverband zwischen der untersten Donau und dem O.-Balkan. Den meisten ant. Schriftstellern zufolge waren die G. die nördlichste Gruppe des thrak. Volkes, die im h. NO.-Bulgarien und in der rumän. Dobrudža ansässig war, also im Hinterland der griech. Küstenstädte Odessos, Kallatis, Tomoi und Histria und weiter landeinwärts. Aber Strab. 2,128. 7,295. 304ff. weiß wohl, daß die G. auch n. der untersten Donau saßen. Auch in prähist. Zeit läßt sich im getisch besiedelten Gebiet ein verhältnismäßig ununterbrochenes und einheitliches Bild der Entwicklung verfolgen. Dies gilt für die ältere Jungstein- und Steinkupferzeit, für die frühe Metallzeit und die Hochbronzezeit. Z.Z. Hdt.s waren die Krobyzen die südlichste Untergruppe der Geten, die das Hinterland von Odessos (Warna) bewohnten. Somit erstreckte sich der Siedlungsbereich der G. bis an den O.-Balkan (Thuk. 2,96, der die G. nirgends ausdrücklich als Thraker bezeichnet!), im W. wahrscheinlich bis an den Asemusfluß (Asamus), h. Ossăm. Für den so umrissenen Siedlungsraum sprechen die zahlreichen Ortsnamen dieses Länderkomplexes, die auf *-dava* enden. Hauptsächlich auf sprachliche Erscheinungen. Orts-, Fluß- und Gebirgsnamen baut der bulg. Sprachforscher VL. GEORGIEV seine These, daß die thrak. Sprache (vgl. DETSCHEW Die thrak. Sprachreste) aus 3 mehr oder weniger verwandten, jedoch selbständigen Sprachen, dem Dakomös., Thrak. und Phryg., bestand.

Um 513 v. Chr. werden die G. anläßlich des Skythenzuges des Dareios zum erstenmal erwähnt. Sie wehrten sich tapfer gegen die Perser, unterlagen jedoch bald den überlegenen Eroberern und bequemten sich zu Hilfeleistungen. Auch z.Z. der odrys. Hegemonie in Thrakien konnten die G. den überlegenen Streitkräften des Sitalkes nicht standhalten und mußten ihm für seinen Feldzug gegen Makedonien und die Chalkidier berittene Hilfskontingente stellen. Der Zerfall des Odrysenstaates im 4. Jh. v. Chr. fällt mit der Expansion der Skythen s. der unteren Donau zusammen. Ein Teil der G. mußte sich dabei den Skythen unterwerfen, ein anderer wurde aus der Dobrudža verdrängt (Iustin. 9,2). Die Feindseligkeiten zwischen Skythen und G. erleichterten die Einmischung Philipps II. von Makedonien auch im NO.-Winkel des Balkans. Anfangs trat er hier als Verbündeter des Skythenkönigs Atheas auf, trat aber dann den Skythen entgegen, wodurch ihrem weiteren Vordringen über die untere Donau nach S. für immer Halt geboten wurde. Alexanders Zug über den Haemus nach N. führte zur Unterwerfung auch der G. (Arr. an. 1,2ff.). Als Nachfolger Alexanders in Thrakien hat Lysimachos mit wechselndem Erfolg die G. bekriegt. Erst mit Einsatz starker Kräfte konnte er sie unterwerfen und auf get. Gebiet (bei Tirizis Akra, h. Kaliakra) einen am weitesten nach N. vorgeschobenen Stützpunkt errichten. Zu Beginn des 3. Jh. führte das Vordringen der Galater in die Balkanländer zur zeitweiligen Unterwerfung auch der G. (Iust. 25,1,3). Bereits um die Mitte des 3. Jh. scheinen sie sich in der N.-Dobrudža und jenseits der Donau, ebenso die übrigen G., als das »tylenische« Reich mit der Stadt → Tyle (SO.-Thrakien) dem Angriff der Thraker im J. 212 erlag, von dem Kelteneinbruch erholt zu haben. Diese Entwicklung im n.ö. Vorland des Balkans ist durch eine Reihe von Inschr. des 3. und 2. Jh. veranschaulicht, die hauptsächlich in Histria gefunden worden sind. Den Aufschwung der G. hemmten die Zusammenstöße mit den Bastarnern. Doch vermochten sie diese Invasion zu überstehen und am Anfang des 1. Jh. wieder aktiv zu werden. Dafür ist das Bündnis der G. mit den Griechenkolonien an der w. Pontosküste gegen die Römer z.Z. der Mithradat. Kriege bezeichnend. Dies gab den Römern Anlaß zum 1. Einmarsch in das Gebiet der G. M. Lucullus schlug sie und eroberte die w.-pontischen Griechenstädte. Doch beteiligten sie sich dann an dem Aufstand der nordthrak. Stämme gegen den Statthalter Antonius Hybrida von Makedonien, der daraufhin das Gebiet der G. räumen mußte (62/61 v. Chr.). Ein wesentliches Hindernis für die röm. Expansion über das Gebiet der G. bildete später das Erstarken des Dakerreiches unter Buresbistas, in dessen bis Apollonia sich erstreckenden Machtbereich auch die G. einbezogen wurden. Nach dem Tode des Burebistas wurden die G. wieder selbständig. Sie vermochten aber nicht, das Vordringen der Bastarner über die Donau aufzuhalten, was den

Statthalter von Makedonien M. Crassus zum Eingreifen in NO.-Bulgarien und der Dobrudža veranlaßte. Das Gebiet der G. wurde nun dem thrak. (odrys.) Vasallenstaat einverleibt, der 46 n. Chr. in die röm. Provinz Thracia umgewandelt wurde.

Die ant. Schriftsteller (vor allem Hdt., Thuk. und Strab.), und die Ergebnisse archäolog. Forschung des G.-Gebietes unterrichten uns über seine materielle und geistige Kultur ziemlich genau. Die G. gingen verhältnismäßig früh zu seßhaftem Ackerbau über. Thuk. bezeichnet die G. als Reitervolk, was für einen beträchtlichen Teil dieser Stämme während des 5. Jh. sicher stimmt; jedoch entsprechen die Nachrichten der kaiserzeitlichen und der spätant. Schriftsteller, daß noch damals die G. nomadisierende Viehzüchter waren, kaum den Tatsachen.

Die G. galten für tapfer und kriegerisch. Sprichwörtlich war ihre Todesverachtung, die die meisten Autoren mit ihrem Unsterblichkeitsglauben erklären (→ Zalmoxis). Auch als die »gerechtesten« unter allen Thrakern galten sie (Hdt. u. a.) entsprechend der Idealisierung der Naturvölker des N. in der ant. Ethnographie, doch auch als wollüstig. In ihren religiösen Gebräuchen sind Reste von Menschenopfern erkennbar, anscheinend auch die Sitte, die (Lieblings)frau nach dem Tode des Gatten zu töten. Gewisse höher entwickelte religiöse Vorstellungen wurden von den griech. Städten an der w. Pontosküste übernommen. Der Stammesname der G. wurde in der Spätant. öfters mit dem der Goten verwechselt (Hdt. 4,93–96.118. 5,3 ff.. Cass. Dio 38,10,3. 57,6). Chr. D.

Pârvan Getica, O protoistoriei a Daciei, Bukar. 1926 (mit ausführl. frz. Zusammenf.). *Ders.* Dacia, Cambr. 1928. *Werner* Gesch. des Donau-Schwarzmeerraumes im Alt., 1961, 103 ff. 123 ff. *Wiesner* Die Thraker, 1963. *Bengtson* Neues zur Gesch. des Hellenismus in Thrakien und in der Dobrudscha, Hist. 11, 1962, 18–28. *Pippidi* Contribuţii la istoria veche a Romîniei, Bukar. 1958 (mit ausführl. dt., frz. und russ. Zusammenf.) s. v. Geţi. *Ders.* Istros et les Gètes au IIIe siècle av. notre ère, Stud. Clasice, 3, Bukar. 1961, 53–66.

Zur Sprache der G.: *Detschew* Die thrak. Sprachreste, 1957, 103 ff. *Vl. Georgiev* Die thrak. Sprache (bulg.), Sofia 1957. *Ders.* Bulg. Etymol. und Onomastik (bulg. mit ausführl. frz. Zusammenf.), Sofia 1960. *Ders.* La toponymie ancienne de la péninsule Balkanique et la thèse méditerranéenne, Linguistique Balkanique, III, Fasc. I, Sofia 1961.

Geth, Gath (hebr. *găt* »Kelter«), Name mehrerer Orte in Palästina. **1.** Stadt der philistäischen Pentapolis (Jos. 13,3. 1. Sam. 6,17; vgl. 17,4. 21,11 u. a.), *Γεϑ* Eus. onom. 68,4, *Γιττα* Ios. ant. 6,8. 30 u. ö., akkad. *gimtu*, nach Eus. onom. 68,6 f. 5 mp. n. Eleutheropolis; von Salomos Sohn Rehabeam in das jud. Festungssystem einbezogen (2. Chr. 11, 8), später zu Asdod gehörend (26,6 f., vgl. 2. Kön. 12,18 f.). Wohl der h. *tell eṣ-ṣāfi*, 13 km n.n.w. von *bēt ğibrīn* (ZDPV 57, 1934, 148–152). ZDPV 54, 1931, 134–145 (G. = *tell šeḫ aḥmed el-ʿarēni* bei *ʿaraḳ el-menšīje*, 9 km w. von *bēt ğibrīn* [danach hier die neue israel. Stadt »Gath«]; dagegen: Oriens Ant. 1, 1962, 23–39). IEJ 11, 1961, 101–110 (G. = *tell en-nağileh*, 27 km ö. Gaza [?]).

2. *Γεϑρεμμων* (hebr. *găt rimmōn*), Jos. 19,45 dem Gebiet des Stammes Dan zugerechnet (Ios. ant. 5,87 *Γιττα* denkt wohl an Nr. 1), nach Jos. 21,24 (Eus. onom. 68,28: ein 2. Ort dies es Namens) Levitenstadt; nach Eus. onom. 70,15 f. 12 mp. s. von Diospolis. Nicht lokalisiert. **3.** *Geth quae est in Opher* (Hieron. praef. in Ion.), Gath-Hepher (hebr. *găt hăḥephär*, Jos. 19,13. 2. Kön. 14,25. LXX *Γεϑχοβερ*), die *hirbet ez-zerrāʿ* bei *el-mešhed*, 6 km nö. Nazareth. **4.** *Γεϑϑα*, *Γιϑϑαμ* Eus. onom. 72,2 ff., großes Dorf zwischen Antipatris und Jamnia, von Eus. und der Madebakarte (*Γεϑ*, *Γιττα*) irrtümlich mit Nr. 1 in Verbindung gebracht. **5.** *Γεϑϑειμ* Eus. onom. 72,4, vielleicht das atl. *gittăjim* 2. Sam. 4,3. Neh. 11,33 (= Gath 1. Chr. 8,13). E. Ku.

Get(h)a. Cognomen, in den Fasten der republ. Zeit bei den Liciniern (Degrassi FCapit. 145) und bei einem Hosidius (RE VIII 2490), in denen der Kaiserzeit – in der Form *Geta* – bei Hosidius und Septimius (Degrassi FImp. 253). H. G. G.

Gethsemane (*Γεϑσημανεί* u. ä., von hebr. *gaṯ šemānê* »Ölkelter«?) heißt Mk. 14,32 par. Mt. 26,36 (sonst nur in chr. und davon abh. Lit.) das Grundstück (*χωρίον*) am Ölberg ö. Jerusalem (Joh. 18,1: *κῆπος* jenseits des Kidron), wo Jesus nach dem Abendmahl betete (Mk. 14,32–42 par., vgl. Hebr. 5,7 f.; mindestens im Detail legendär) und verhaftet wurde (Mk. 14,43–50 par.). In der Tradition haftet der Name in der Gegend der Verratsgrotte (ö. vom Vorhof der Mariengrabkirche). Getrennt von G. zeigte man etwa 100 m s. die Stätte des Gebets Jesu (S.-Ende des seit dem Spät-MA. sog. Gartens G.); vom 4. Jh. bis 614, in der Kreuzfahrerzeit und seit 1924 Basilika. Chr. B.

Seit *G. Dalman* Orte und Wege Jesu, 1924^{3}, 338–346: *E. Power* DB Suppl. 3, 1938, 632–659. *D. Baldi* Enchiridion locorum sanctorum, 1955^{2}, 532–560 (Quellensamml.). *C. Kopp* Die hlg. Stätten der Evangelien, 1959, 387–399.

Getreide, d. h. Gräser, von welchen die im Samenkorn enthaltene vitaminreiche Stärke (von Natur zur Ernährung der keimenden Pflanze bestimmt) zur menschlichen und auch tier. Nahrung dient, ist, mindestens seit dem Beginn des → Ackerbaus, fast überall das Hauptnahrungsmittel, worauf schon die griech. Sage hinweist, die seine Einführung mit dem Anfang aller Kultur gleichstellte (vgl. z. B. Ov. fast. 4,401). Unter den verschiedenen G.-Arten (→ die betr. Art.) war jedoch Mais im klass. Alt. gar nicht und Reis und Mohrenhirse (Sorgum) nur wenig bekannt. Hafer und Roggen waren hauptsächlich auf n. Länder beschränkt, und (Rispen- und Kolben-) Hirse wurde im griech.-röm. Kulturkreis durchaus als Notspeise und Tierfutter betrachtet. Auch unter den übrigen Arten eigneten sich nicht überall die gleichen zu den gegebenen Anbauverhältnissen, sodaß z.B. dem frühen Griechenland die Gerste, dem frühen Italien die Spelzweizen (→ far) eigen waren. Da sich aber eine allg. Vorliebe für die »Nackt«-Weizen (*πυρός*, *triticum*, *siligo*; → Dreschen) entwickelte, welche sowohl durch deren weißeres Mehl wie durch ihre vorzügliche Eignung zu gesäuertem Brot (→ Bäckerei) bedingt war, konnten diese, sobald sie durch Naturalisation oder Einfuhr konkurrenzfähig wurden, jene weniger beliebten G.-Arten aus der menschlichen Nahrung großenteils verdrängen (N. Jasny, Amer. Hist. Rev. 47, 1941–1942, 747), weshalb diese Weizen später auch mit den generellen Namen für »Korn« (*σῖτος*, *frumentum*) bezeichnet wurden (L.A. Moritz, CQ NS. 5, 1955, 135). Nur als Spezialspeisen und als Tierfutter, welches kein Kochen oder Backen erfordert, da Tiere im Gegensatz zum Menschen auch rohe Stärke verdauen können, konnten Gerste und die Spelzweizen sich auch weiterhin behaupten.

Vom botan. Standpunkt wird G. von Theophr. h. plant. 8 und Plin. nat. 18 behandelt, aber über seine Verwendung und Verarbeitung geben alte Quellen sehr wenig Bescheid, wahrscheinlich weil allgemein Bekanntes keine Beschreibung benötigte. Hingegen geben die script. rei rust. u.a. (bes. Varro rust. 1. Colum. 2. Verg. georg. 1) ausführliche, wenn auch lückenhafte, Auskunft über die Anlage von G.-Feldern und den Anbau des G. (Pflügen, Auswahl und Vorbereitung des Samens, Saatquantum, Aussaat, Schutz gegen Unwetter, Unkraut, Tiere und Krankheiten, Ernte, Dreschen, Aufbewahrung usw.), welches, wie h., hauptsächlich im Herbst, doch unter Umständen auch im Frühling gesät wurde. Daß diese Beschreibungen größtenteils aus röm. Zeit stammen, ist wohl teilweise mit den Bestrebungen zur Wiederbelebung des in Italien seit dem 2. Jh. v. Chr. sehr geminderten G.-Baues verknüpft, die jedoch erst nach dem Verlust der Kornprovinzen erfolgreich waren. (Zu diesen u.a. sozial- und wirtschaftsgesch. Fragen vgl. RE VII 126–187; Suppl. VI 819–892.) L. A. M.

Lit.-Verzeichnis → Ackerbau.

Gewichte. Die G. sind nach Entstehungsart und -ort, nach Wanderung und Zusammenhang der Systeme, nach Norm und deren Ermittelungsmethode umstritten. Fraglich ist ferner, ob und wo die Einheit der Länge der der Fläche, des Hohlmaßes und Gewichtes zugrunde liegt (sog. geschlossenes System) und welche Genauigkeit des Messens wir den Alten zutrauen dürfen. Weitgehendes Fehlen verläßlicher Nachrichten, die geringe Zahl der allein verwertbaren geeichten, datierten, unbeschädigten G.-Stücke und die mannigfache Problematik der Münzg. erlauben keine sicheren Schlüsse.

Am Anfang mögen die Tragkraft von Mensch oder Tier, die Schwere von Naturprodukten u.a. gestanden haben. Systeme bildeten sich zuerst im Alten Orient. Duodezimale und sexagesimale Stückelung sowie der t.t. Mine weisen auf Mesopotamien, dezimale Staffelung auf Äg. Im Zweistromland findet sich schon im 3. Jt. die Mine (*manu* → *μνᾶ*) als G.-Einheit von ca. 502 g mit dem → Talent (*biltu*) als 60fachem und dem Shekel (→ Siglos) von ca. 8,4 g als Sechzigstel. Neben diesem sog. leichten System stand ein schweres von doppelter Norm, aber gleicher Terminologie. Sein Alter ist kontrovers, ebenso, ob Gold und Silber nach gesonderten, durch das Wertverhältnis von 1 : 13⅓ bestimmten Währungsg. mit Minen von nur 50 Shekeln verwogen wurden und ob leichte Differenzen Ungenauigkeiten, zeitliche bzw. lokale Sonderformen darstellen oder sog. erhöhte (königliche) Normen (vgl. Hdt. 1,178,3) bezeugen. Am Nil bildete die G.-einheit das Deben zu 90,96 g mit seinem Zehntel, dem Kite. Die at. Juden verwendeten ein Talent (*kikkar*) zu 3000 Shekeln (Exod. 39), das später (?) in 50 Minen zu 60 Shekeln oder 60 Minen zu 50 Shekeln (so Ezech. 45,12) zerfiel, $^1/_2$ Shekel hieß *beqa'*, ¼ *reba'*, $^1/_{20}$ oder $^1/_{24}$ *gera*. Die Norm war der babylon. verwandt, die 50-Teilung weist auf äg. Einfluß.

Bei den Griechen gingen auf das Talent stets 60 Minen zu je 100 → Drachmen (= 50 → Didrachmen = Statere) von je 6 → Obolen. Doch gab es viele und nicht immer konstante Normen: so etwa die aiginet. mit Talent von 37,44 kg, Mine von 624 g, Drachme von 6,24 g und die att. mit Talent von 26,196 kg, Mine von 436,6 g, Drachme von 4,37 g und Obol von 0,73 g. Die att. Werte sind Münzg., das Handelsg. stand laut Aristot. Ath. pol. 10 (abweichend von der sonstigen Praxis) 5% niedriger. Später ist eine att. Marktmine zu 138 Münzdrachmen belegt, auf die eine zu 150 folgt (IG II² 1013). Die sog. att. Mine der Kaiserzeit wog 341,1 g, ihr Talent 20,40 kg, ihre Drachme 3,41 g. In Angleichung an ihre Umwohner teilten die Griechen Siziliens ihr Talent att. Norm auch in 240, später (?) 120 → *litrai* zu 109,15 bzw. 218,3 g.

In Italien einheimisch sind Pfunde meist duodezimaler Teilung, so das sog. osk. zu 273 g, das vielleicht einst auch das Pfund Roms war, und die röm. → *libra* (→ *As*). Sie wog 327,45 g, ihr Zwölftel, die → *uncia*, 27,29 g. Die Unze hielt 4 → *sicilici* zu 6,82 g, 6 → *sextulae* zu 4,55 g (→ Denarius und Solidus), 8 Drachmen zu 3,41 g (s.o.), 24 → *scripula* zu 1,137 g und 144 → *siliquae* zu 0,189 g. Ein Pendant zum Talent fehlt, *centussis*, *centumpondium* oder *centenarium (pondus)* sind lediglich Vielfache des As bzw. der Libra.

Die G.-stücke Mesopotamiens haben die Gestalt von Birnen, Körnern, Stelen, Enten, Tönnchen und (assyr.) Löwen. Sie bestehen aus hartem Stein, später auch aus Bronze. In Palästina-Syrien finden sich Halbkugeln, Scheiben, Zylinder, Spindeln aus Stein, Bronze und Blei (letztere erst in hellenist.-röm. Zeit). Am Nil formte man die G.

als Rundkuchen, Blöcke, liegende Tiere (meist Rinder), Tierköpfe aus Stein, seltener aus Bronze. Die Griechen gebrauchten quadrat. und rechteckige Platten, auch dreieckige, polygonale, runde, kegelförmige Stücke, Stufenpyramiden und Astragale. Nicht selten waren figürlich geformte G. (vgl. IG V 2,125). Als Material diente Blei, selten Bronze (meist für Normalg.), für Großg. auch Marmor. Die Römer bevorzugten Kugelzone, Kugel, Halbkugel, Ellipsoidenstumpf, später auch Würfel, Prisma, viereckige Platte und runde Scheibe. Sie nahmen vor allem Bronze, selten Stein oder Blei. Die jeweilige G.-Stufe war teils durch Marke oder Schrift, oder auch beides angegeben, oft fehlt ein Hinweis. Bes. hübsch sind die Werte auf den att. G. durch Astragal, ganze und halbe Schildkröte, Amphora, Delphin usw. ausgedrückt. Für die Norm der G. sorgten nach Ausweis von Inschr., Stempeln oder Plomben im Alten Orient die Tempel, vielleicht auch die Königspaläste. In Attika bestanden am E. des 2. Jh. v. Chr. 3 Eichämter (in der Tholos, im Piräus, in Eleusis), die Urmaße der Münzen ruhten in der Münzstätte, andere Normalg. befanden sich auf der Burg (IG II² 1013 mit Hesp. 7, 1938, 127 ff. 1388,46. 1407, 40 f.). In Rom justierte man im Kastortempel, auf dem Kapitol, später in eigenen Lokalen in jeder der 14 Regionen. Solche → Ponderarien bestanden überall im Römerreich. Mit dem Eichwesen waren ferner die Münzstätten befaßt. Justierung und Überwachung der G.-stücke oblag in Athen den → Metronomen als Gehilfen der → Agoranomen, andernorts diesen selbst, Hipparchen, Asiarchen u.a., bei den Römern den → Aedilen, vielleicht ab Traian dem → Praefectus urbi, in der Spätzeit auch dem → Comes sacrarum largitionum und dem → Praefectus praetorio. Außerhalb Roms fungierten meist Lokalbeamte. → Münzwesen (für *exagium* = Kontrollg.), → Waage. H. Ch.

F. Hultsch Metrologie² passim. *E. Pernice* Griech. G., Bln. 1894. *Lehmann-Haupt*, RE Suppl. III 588 ff. VIII 791 ff. *O. Viedebantt* Ant. Gewichtsnormen und Münzfüße, Bln. 1923. RLV 4, 308 ff. (versch. Verff.). *K. Pink* Röm. und byz. G. in österr. Slg.en, Wien 1938. *K. Kraft*, Jahrb. f. Num. und Geldgesch. 10, 1959/60, 21 ff. *H. Chantraine*, RE IX A 604 ff. *M. Lang* in The Athenian Agora, Results of Excav. X, Princeton 1964.

Gewürznelken. Die Blütenknospen der auf den Molukken heimischen Myrtacee Caryophyllus aromaticus L. = Eugenia caryophyllata Thunberg (nach Prinz Eugen von Savoyen) sind, wie zuerst Plin. nat. 12,7 berichtet, über Indien und Hellas eingeführt worden *(est in India piperis grani simile, quod vocatur garyophyllon)*, ähnlich bei Alexander Trall., Serapion, Paulus von Aegina u.a. Karyophyllon (als arab. karanful, it. garofalo, garofano usw. bald auf die duftenden Blüten der einer ganz anderen Familie angehörigen Nelken übertragen, bes. Dianthus caryophyllus L., im 17. Jh. auch als »Garofali d'India«, »Indian. Nagelen« auf die aus N.-Amerika eingeführte Composite Tagetes patulus L.) ist wohl eine volksetym. Umdeutung von aind. *katuphalam* (beißende Frucht). H.G.

Gezeiten. Hdt. 7,198 spricht von täglicher *ἄμπωτις* und *ῥηχίη* im Malischen Golf, vgl. Capelle, RE Suppl. VII 209,9 ff. Gute G. Beobachtung (Britannien um 334 v. Chr.) finden wir bei Pytheas von Massilia, Aet. 3,17,3. Er begründet sie mit der Einwirkung des ab- und zunehmenden Mondes. Sarton Hist. Sc. 524/26. Ihm folgend lehrt Eratosthenes, daß der Flutstrom (Enge von Messina) bei Auf- bzw. Untergang des Mondes beginne und bei Meridianstellung (tags wie nachts) umkehre, Strab. 1,54 f. Tatsächlich verspätet sich das Hochwasser täglich um 50 Minuten gleichwie die Mondkulmination. Seleukos von Seleukeia, Mitte 2. Jh. v. Chr., nimmt Gleichmäßigkeit der G. an bei Stellung des Mondes in den *ἰσημερινὰ ζῴδια* (»Äquatornähe«) und Anomalien in den *τροπικαὶ ζ.* (»Äqu.-Ferne«), von Poseidonios bekämpft. Die stärksten G. treten de facto an den Äquinoktien auf, vgl. RE Suppl. V 963. Brockhaus Konv.-Lex. 7, 1893, 998. Aristoteles sah die winderzeugenden und -dämpfenden Stellungen der Sonne relativ zur Erde als Aition für den Wasserschwall an, *πρὸς ὄρθρον μάλιστα*, meteor. B 8 p. 366 a 19. Aet. 3,17; erst bei Ps.-Aristot. de mundo 4 p. 396 a 26 steht: *ἀμπώτεις . . . συμπεριοδεύειν ἀεὶ τῇ σελήνῃ κατά τινας ὡρισμένους καιρούς*. Heute rechnen wir den lunaren Impuls auf das 2⅓ fache des solaren. Poseidonios hat in 30 tägiger Beobachtung in Gades die astr. Bedingtheiten der Flutstärken studiert, die Zeiten des »Kenterns« relativ zum Mondstand ermittelt und die tägliche, monatliche und jährliche Periode systematisch getrennt. Aus der Falschmeldung der Gaditaner von den stärksten Fluten an den Wenden schließt er auf ein periodisches Fallen und Steigen der »Sonnenfluten« zwischen den Wenden, Strab. 3,174. Als Träger des Bewegungsimpulses von den Himmelskörpern auf die Weltmeere nehmen Aristot. und Theophr. die Winde an, Seleukos das Pneuma, Poseid. eine sympathetisch-organische Weltverbundenheit (RE XXII 671). Die Berichte der Römer über G. führt Capelle a.O. 218,59 ff. an, Belegstellen über Annahme von heptadischen Fristen gibt Roscher, ASGA ph.-h. Kl. 4 S. 55 Anm. Das G.-Phänomen ist im Mittelmeer im allgemeinen schwach ausgeprägt, doch an der Küste Venetiens gut spürbar, Strab. 5,212 f. aus Poseidon., desgl. sehr stark – aber unregelmäßig – am Euripos, s. RE VI 1282, 46 ff., vgl. Philippson Griech. Landsch. 1, 1950, 557. 241. 283.

Als Kuriosum sei erwähnt, daß Seleukos die der Translation des Mondes entgegengerichtete Rotation (sic!) der Erde als impulserzeugend annahm, Capelle a.O. 213,28 ff. nach Aet. 3,17,9, vgl. Sarton Introd. Hist. Science 1, 1953, 183. H. Berger Wiss. Erdk. der Griechen, passim. R. B.

Gezer. Ortschaft im judäischen Hügelland, ca. 30 km n.w. von Jerusalem, arab. tell ǧezer bei abū šūše. G. ist seit der Frühbronzezeit (3. Jt. v. Chr.) besiedelt gewesen; als kanaanäischer Stadtstaat ist es liter. in den Ortslisten der Pharaonen der 18. Dynastie (16.–15. Jh. v. Chr.) und in den Amarnabriefen (14. Jh. v. Chr.) bezeugt. Es gehörte zum s. Querriegel kanaanäischer Städte, der den N.- und S.-Teil des israelit. Siedlungsgebietes in Palästina trennte (Ri. 1,29 u. ö.), stand in der Eisenzeit abwechselnd unter philistäischem und israelit. Einfluß und erlosch in hellenist. Zeit. H. D.

R. A. St. Macalister The Excavation of G. I–III, 1912.

Gibeon. Ortschaft im ephraimit. Gebirge. G. gehörte zu den kanaanäischen Stadtstaaten des s. Querriegels, der den N.- und S.-Teil des israelit. Siedlungsgebietes in Palästina trennte (Jos. 9 u. ö.). Es muß nach den liter. Bezeugungen (A.T., hell.-röm., byz. Autoren; z. B. Eus. Onom. 66,11–16) mindestens seit der Spätbronzezeit (2. Hälfte des 2. Jt. v. Chr.) bis in nachchr. Z. besiedelt gewesen sein. Die Identifikation mit *el-ǧīb*, ca. 9 km n.w. von Jerusalem, ist durch die amerikan. Ausgrabungen (1956–1962) zwar nicht sicher erwiesen, aber wahrscheinlicher geworden. Die Grabungen erbrachten bronzezeitl. Schachtgräberanlagen (seit dem 20. Jh. v. Chr.), Einrichtungen zur Wasserversorgung, die »industrial area« der Weinmacher und eisenzeitl. Stadtmauern. H. D.

A. Alt, ZDPV 69, 1953, 1–27. *J. B. Pritchard* Gibeon, Where the Sun Stood Still, 1962; The Bronze Age Cemetery of Gibeon, 1963.

Gifte. Bezeichnungen: ἰός (»Saft«), φάρμακον (sowohl »Gift« wie »Medikament«), *venenum* (von »Venus«? [das entspräche φίλτρον]). Man wird, wie überhaupt bei den ältesten Vertretern der Menschheit, so auch bei den Griechen seit frühester Zeit Kenntnis von G.-Pflanzen voraussetzen dürfen. Schon früh sind vegetabil. und tierische, später auch mineral. G. unterschieden worden. Eines der berühmtesten und kulturgesch. interessantesten Pflanzeng. (Strafmittel der Athener) ist der Schierling (κώνειον), der schon früh auch bei Mord und Selbstmord benutzt wurde. Bei den ältesten Ärzten finden wir nichts Wesentliches über G., da die Hippokratiker ohnehin mit der medikamentösen Therapie zurückhielten; sie kannten freilich sehr gut die Gefahr zu starker Dosierung der wenigen pflanzlichen Mittel (z. B. Nieswurz), die sie als Emetika oder Diagogika anwendeten. Erst im 4. Jh. v. Chr. scheinen G. im eigentlichen Sinn von den Ärzten eingehender studiert worden zu sein (wir wissen von einer Schrift des → Diokles von Karystos περὶ θανασίμων φαρμάκων). Dafür hatte die magisch orientierte Volksmedizin schon längst auf G. (z. B. Liebes- und Zaubertränke, wobei etwa an die Mandragora ∼ Alraune zu erinnern ist) geachtet. Als die Volksmedizin dann in der röm. Kaiserzeit erheblichen Einfluß gewinnt, kommt die Kenntnis der G. auch bei den Ärzten in Mode, und so haben wir bei dem Pharmakologen → Dioskurides und in den pharmakolog. Schriften Galens eine Menge Material über G. Auch Monographien περὶ δηλητηρίων φαρμάκων sind aus dieser Zeit bekannt. Besonderen Anlaß hatten die Herrscher, sich mit G. zu beschäftigen: sie waren oft auf der Suche nach einem universellen Gegengift (ἀντίδοτος) gegen Mordanschläge, das möglichst total und dauernd immun machen sollte; und so sind uns einige berühmte Antidote unter dem Namen von Herrschern (z. B. des Mithridates) überliefert. Die Bisse und Stiche giftiger Tiere haben eine Speziallit. veranlaßt, sowohl im hellenist. Lehrgedicht (→ Nikandros, Oppianos Hal. 422–505) wie in der Fachprosa (→ Philumenos). Anorganische Gifte werden in der Antike nur spärlich, und meist erst spät, erwähnt und erörtert, z. B. Arsen, Bleiweiß und Quecksilber. F. K.

A. Schmidt Drogen und Drogenhandel im Altertum, 1924. *W. Artelt* Stud. zur Gesch. der Begriffe »Heilmittel« und »Gift«, Stud. Gesch. Med. 23, 1937 (von Homer bis zum Corp. Hippocr.).

Gigantensäulen (Iuppitergigantensäulen, Schuppens.). Bei dieser Gruppe von Steindenkmälern erhebt sich auf einem Fundament ein quaderförmiger Sockel, meist mit Reliefs verziert (Vièrgötterstein), darüber oft ein kleinerer achteckiger oder runder reliefierter Sockel (Wochengötterstein). Auf einem dieser Steine befindet sich die Weihung an IOM (= Iuppiter Optimus Maximus) oder IOM und IUNO REGINA. Darüber beginnt auf einer Basis die eigentliche Säule, meist mit Schuppen bedeckt; häufig finden wir auf den Schuppen Reliefdarstellungen von Göttern. Das Kapitell, oft mit Köpfen oder Büsten verziert (vgl. [10],85 ff.), trägt als Bekrönung einen Gott, der Blitz, Rad oder Waffe schwingend über einen Giganten (Menschenkörper mit Schlangenfüßen) hinreitet. Im Mainzer Raum besteht die Bekrönung öfters, in der Germania inferior immer, aus einem sitzenden Iuppiter, hie und da aus dem sitzenden Paar Iuppiter-Iuno. Die Höhe der gesamten G. beträgt etwa 2,5–3 m. Die G. sind hauptsächlich in den Gebieten der Treverer und Mediomatriker (Rheinzone, Moselgebiet, NO.-Gallien) verbreitet, bei den angrenzenden *civitates* weniger. Die Bekrönung mit dem sitzenden Iuppiter kommt nur dort vor, wo germ. Stämme lebten (vgl. [8],221). Die Aufstellung erfolgte oft in suo, aber nicht, wie öfters angenommen, nur von Soldaten; sehr viele G. gibt es in Gegenden, die nur oberflächlich romanisiert waren und die keine militär. Besatzung hatten (vgl. [8],233). Vielleicht war die große Mainzer Iuppitersäule Vorbild der G. Die frühesten G. kommen im Mainzer Raum vor und werden in frühflav. Z. datiert. Die meisten stammen aber aus dem letzten Viertel des 2. bis zur Mitte des 3. Jh. Nach der hist. Interpretation (vgl. [2]) soll der röm. Kaiser über Barbaren triumphierend dargestellt sein. HERTLEIN (vgl. [1]) u.a. sehen bei ihrer Interpretation in den G. eine romanisierte Form der Irminsul. H. werden allg. kelt. religiöse und myth. Vorstellungen als Vorbild für die Reitergruppe angenommen (vgl. [4].[7].[8].[9]): Iuppiter als Sonnen- und Gewittergott über Erde bzw. Unterwelt. THÉVENOT (vgl. [5]) versucht eine Verbindung zur griech.-oriental. Religion herzustellen; BENOÎT (vgl. [6]) dagegen deutet die Gruppe vom Grabkult her, was allg. abgelehnt wird. L.W.

1. *F. Hertlein* Die Juppitergigantensäulen, 1910. 2. *F. Haug*, RE Suppl. IV 689ff. 3. *P. Lambrechts* Contributions à l'étude des divinités celt.,.1942. 4. *F. Heichelheim*, RE Suppl. VII 220ff. 5. *E. Thévenot*, NClio 1/2, 1949/50, 602ff. 6. *F. Benoît* Les mythes de l'outre-tombe, le cavalier à l'anguipède et l'écuyère Epona. Coll. Latomus 3, 1950. 7. *P. Lambrechts*, AC 20, 1951, 107ff. 8. *J. Moreau*, NClio 4, 1952, 219ff. 415. 9. *P.-F. Fournier*, Rev. arch. du centre 1, 1962, 105ff. 10. *E. v. Mercklin*, Ant. Figuralkapitelle, 1962.

Gigantes (*Γίγαντες*, vorgriech.: FRISK). Riesen und Zwerge treten im griech. Volksglauben weniger hervor als bei anderen Völkern. Der Odyssee sind die G. ein Märchenvolk wie Kyklopen und Phaiaken, das Zeus wegen ihres Frevelmuts vertilgte. Die Abstammung von Gaia und den Blutstropfen des entmannten Uranos, Hes. th. 183ff., läßt sie als göttliche Urwesen erscheinen, jedoch werden sie hier wie Heroen gepanzert und mit Lanzen gerüstet vorgeführt. Der erste, der ausdrücklich den Kampf der G. gegen die Götter erwähnt, ist Pind.; er nennt ihren König → Porphyrion, preist Herakles als Bundesgenossen der Götter, der den ältesten G. → Alkyoneus, erlegt, und nennt als Schauplatz die Ebene von Phlegra. Eur. Ion. 206ff. bewundert der Chor die am delph. Tempel dargestellte Gigantomachie: Athena schwingt ihren Gorgoschild gegen → Enkelados, Zeus versengt → Mimas mit dem Blitz, Dionysos erlegt einen G. (Eurytos Apollod. 1,37) mit seinem Thyrsos. Eur. Her. 180 erinnert an Herakles' Siegesfeier mit den Göttern über die G. Es gab mehrere epische Gigantomachien, von denen wir aber nichts Näheres wissen, parodiert z.B. von Aristoph. Av. 824. Batrachom. 170f. 185f. Erhalten sind an poetischen Behandlungen des Stoffes nur 2 unvollständige Gedichte (1 lat., 1 griech.) des Claudianus (um 400 n.Chr.). Eine zusammenhängende Darstellung gibt nur Apollod. 1,34–38: Ge, grollend ob dem Schicksal der Titanen, gebiert von Uranos in Phlegra(i) bzw. auf der Halbinsel Pallene (andere denken an die campan. Küste) die furchtbaren G. mit Füßen wie beschuppte Schlangen. Sie schleudern Felsen und brennende Baumstämme zum Himmel. Ge sucht ein Kraut, das sie vollends unbesiegbar machen soll, aber Zeus pflückt es selbst. Da nur die Hilfe eines Sterblichen den Göttern den Sieg verbürgt, sichert Zeus sich den Beistand des Herakles. Dieser streckt zuerst Alkyoneus nieder; da er aber durch die Berührung mit der mütterlichen Erde immer wieder erstarkt (→ Antaios-Motiv), schleift er ihn auf Athenes Rat von Pallene fort. Jetzt stürmt Porphyrion gegen Herakles und gegen Hera vor; ihn erfüllt Zeus mit rasendem Verlangen nach Hera, und während er ihr Gewalt antun will, trifft ihn der Blitz des Zeus und der Pfeil des Herakles. → Ephialtes werden von Apollon und Herakles die Augen ausgeschossen. Andere werden anders erledigt. Auf den fliehenden Enkelados wirft Athena die Insel Sicilien, auf den fliehenden → Polybotes Poseidon ein Stück der Insel Kos. Solche Sagen haben dazu geführt, daß man in den G. Verkörperungen vulkan. Erdkräfte sah. Früh faßte man den Sieg der Götter über die G. als Sieg der Ordnung und Kultur über die chaotisch wilde Urzeit und bald auch als Symbol zeitgenössischer hellen. Kämpfe und Siege über Barbaren auf. Der Katalog der G. RE Suppl. III 737 gibt über 150 Namen; die meisten sind erst im Laufe der Zeit aus lokalen Sagen rekrutiert worden. Zudem wurden vielfach die Aloaden, Hekatoncheiren und Typhoeus zu den G. gerechnet, die Titanen mit diesen verwechselt oder identifiziert. Pind. P. 8,16. Eur. Iph. T. 224. Hor. c. 3,4,42ff. Ov. met. 1,152f. Lucan. 9, 655ff. H. v. G.

Ältere Lit. s. RE III 655. *F. Vian* La guerre des géants. Le mythe avant l'époque hellénist., Paris 1952. S.o. *Γηγενεῖς*.

Gigantomachie. Der spät bezeugte Titel einer ep. Dichtung, die aus bildlicher Überlieferung – d. Peplos der Athena an den Panathenäen stellte überwiegend Szenen aus der G. dar – erschlossen wird und den Kampf der → Giganten zur Entthronung der Götter behandelte. Eine »Gigantia« als Gegenstand hom. Dichtung erwähnt Philostr. vit. soph. 1,21,5. Jedoch wird die Kenntnis des Gigantenkampfes bei dem Dichter der Odyssee bestritten (A. KJELLENBERG, Eranos 12, 1912, 195ff.). Eine malerische Darstellung der G. wird als Vorbild des pergamen. Frieses betrachtet. W. S.

Christ-Schmid 1,1, 1929, 201,3. *K. Schefold* Frühgriech. Sagenbilder, Münch. 1964.

Gigthis. Afrikan. Ort an der Kleinen Syrte, h. Bou-Ghara, 30 km n.ö. von Médenine. Ptol. 4,3,11 *Γιχθίς*. Tab. Peut.: *Gigti*. Itin. Ant. 60: *Giti*. mar. 518: *Gitti*. Unter Hadrian erhielt die Stadt das Latium maius und wurde municipium unter Antoninus Pius (DESS. ILS 6779). Unter den Resten mehrere Tempel. M. L.

Inschr.: CIL VIII 1146. 2293. *Gauckler*, Nouv. Arch. Missions 15, 1907, 283.

Gigurri (Georres, Giorres). In Valdeorras am oberen Sil (Prov. Orense) hat sich der Stein CIL II 2610 = DESS. ILS I 2079 gefunden, auf dem ein röm. Soldat mit dem kelt. (nach HOLDER 2,1089) Beinamen *Reburrus* als *Gigurrus Calubrigensis* genannt wird. *Cabubriga* ist der (nach HOLDER 1,705) kelt. Name einer unbekannten Stadt (Vermutungen über sie bei AD. SCHULTEN Los Cántabros y

Astures y su guerra con Roma, 1943, 95). Der astur. Stamm der Gigurri wird Plin. nat. 3,28. Ptol. 2,6,37, Rav. Cosmogr. 4,45 p. 82,29 Schnetz erwähnt. Da Valdeorras im MA. Val de Geurrez oder Jurrez hieß (s. SCHULTEN und CIL a.O.), ist nicht zu zweifeln, daß die G. in dieser Gegend seßhaft waren. Ebenso ist nicht zweifelhaft, daß die öfters genannte westgot. Münzstätte Georres, Giorres (Font. Hisp. Ant. IX, Barc. 1947, 13.237. 253.281) identisch mit Valdeorras war. S. auch Encicl. Univ. Ilustr. 26,24. R. G.

Gilda. Stadt der Africa (Mauretania Tingitana) im NW. von → Volubilis bei Ptol. 4,1,7 (*Σίλδα*). Mela 3,10: *procul a mari Gilda*. Nach Steph. Byz., der sich auf die *Λιβυκά* des Alex. Polyh. beruft, bestand sie schon um 70 v. Chr. TISSOT Géogr. comp. 295. lokalisiert sie im h. El Haliyin, L. CHATELAIN Maroc des Romains 116 nahe bei Khenichet. M. EUZENNAT Voies rom. Maroc (Homm. A. GRENIER Coll. Latomus, 2, 1962, 599) schlägt Souk el Arba von Sidi Slimane, 40 km von Volubilis vor auf Grund von zwei dort gefundenen Ziegeln, *factae Gild(ae)*. M. L.

Gildas. Romanisierter Kelte aus dem w. Britannien, * vor 504 (Chr. min. 3,5), verfaßte vor 547 als frommer, der röm. Kultur verbundener Christ ein – nur für die Gesch. der eigenen Zeit wertvolles – Werk, in welchem auf die Beschreibung Britanniens und der Gesch. dieses Landes in röm. Z. (unter Betonung der kirchengesch. Ereignisse), scharfe Angriffe auf die führenden Schichten, welche durch ihre Unmoral das im Ende der röm. Herrschaft gipfelnde Elend verschuldeten, folgen. G., der vielleicht das Kloster Gildas de Ruys in der Bretagne begründet hat, starb 569. A. L.

Ausg.: *Mommsen* in Chr. min. 3,24ff. (MGAA 12). *E. Foord* The last age of Rom. Brit. 1925. *W. Bonser* An Anglo-Saxon and Celtic Bibliogr. 450/1087, 1957, 8f.

Gildilas. O.-Gote, 526/27 als *comes Syracusanae civitatis* zugleich got. Befehlshaber auf Sizilien. Die an G. gerichteten Erlasse (Cassiod. var. 9,11 und 14) geben Hinweise auf die Tätigkeit der *comites Gothorum* allg. und in G.' Amtszeit, teils durch seine Schuld, aufgetretene Mißstände. A. L.

W. Enßlin in Atti dell' VIII Congr. di Studi Bizant. 1, 1951, 357f.

Gildo. Ca. 330–398, Maure, Sohn des Nubel, kämpfte 373/74 im Dienst des *magister militum Theodosius* gegen seinen Bruder → Firmus (Amm. 29,5,6.21.24). Um 385 wurde G. *comes Africae*, 388 scheint er zuerst mit dem Usurpator Maximus sympathisiert zu haben, doch gewann ihn Kaiser Theodosius, der ihm vielleicht damals die außerordentliche Würde eines *comes et magister utriusque militiae per Africam* verlieh (vgl. Cod. Theod. 9,7,9 von 393) für sich. Seit 388 wurde G. zunehmend durch den Bischof Optatus von Thamugadi zugunsten der Donatisten beeinflußt (August. c. ep. Parm. 2 und 3; c. litt. Petil. 1f.; vgl. E. L. GRASMÜCK Coercitio 1964, 160). Während der Erhebung des → Eugenius nahm G. eine neutrale Haltung ein. Im Lauf der Zeit hatte G. vor allem durch Getreideverkauf große Reichtümer angesammelt (Claudian. bell. Gild. pass.). Seine um 395 erreichte Machtposition suchte er in erster Linie dadurch zu bewahren, daß er ö. und w. Reichsregierung gegeneinander ausspielte. Als G. im J. 397 nur noch Arcadius als rechtmäßigen Herrscher anerkannte, ließ ihn Stilicho vom röm. Senat zum *hostis* erklären (Symm. epist. 4,5). G. sperrte nun die schon vorher manchmal verzögerten Getreidelieferungen für Rom. Im Winter 397/398 entsandte dann Stilicho eine Armee unter Gildos Bruder Mascizel nach Afrika. Im April 398 wurde G., der den Angriff wohl noch nicht erwartet hatte und dessen Anhang rasch abfiel, n. von Theveste durch den zahlenmäßig weit unterlegenen Gegner (nach Oros. 7,36 wurde Mascizel durch den ihn im Traum erschienenen Ambrosius ermutigt) geschlagen. G. floh, wurde aber bei Thabraca gefangen und am 31. Juli 398 erdrosselt (Claudian. bell. Gild. pass.; de cons. Stil. 1,248ff. Oros. a.O. Zos. 5,11). Seinen Anhängern gegenüber verfuhr man insgesamt milde (Cod. Theod. 9,39,3. Oros. a.O. Hieron. epist. 79,9). Die nunmehr konfiszierten Güter G.s und seiner Freunde waren so umfangreich, daß zu ihrer Verwaltung eine eigene Abteilung beim *comes rerum privatarum* eingerichtet werden mußte (Not. dign. Occ. 12,5. Cod. Theod. 7,8,7.9). A. L.

E. Demougeot De l'Unité à la division de l'empire Rom., 1951, 173ff. *H. J. Diesner*, Klio 40, 1962, 178ff. *H. P. Kohns* Versorgungskrisen und Hungerrevolten im spätant. Rom, 1961, 190ff.

Gilgamos (Gilgamesch). Frühgeschichtlicher Herrscher von Uruk (bibl. *Erech*, h. Warka) in S.-Mesopotamien, der die (9 km lange) Mauer dieser Stadt gebaut haben soll. Die urspr. Namensform lautet *Bilgames(ch)*; die Bedeutung ist nicht recht klar (*bilga* bedeutet wohl »der Alte«, *mes(ch)* »Mann«). Bei Ail. nat. 12,21 kommt die Form *Γίλγαμος* vor.

Aus der Spätzeit des Sumerertums (± 2000 v. Chr.) haben wir einige kurze Gilgamesch-Epen, die noch nicht zu einem Zyklus zusammengefügt waren. Etwa 1800 entstand der altbabyl. G.-Zyklus, in dem Motive der sumer. Epen frei verarbeitet sind; er ist nur teilweise erhalten. Etwa 1250 entstand die letzte Fassung, das sog. Zwölftafelepos, das uns verhältnismäßig gut überliefert ist. Der Dichter (der letzten Fassung?) hieß Sin-leqeunninni.

Die uns bekannten sumer. G.-Epen sind: »G. und Aka von Kisch«; »G. und das Ungeheuer Chuwawa« (entspricht Tafel III–V des Zwölftafelepos); »G. und der Himmelsstier« (entspricht Tafel VI); »G., Enkidu und die Unterwelt« (die 2. Hälfte entspricht Tafel XII); »Der Tod G.'s« (verwandt mit Tafel IX–XI). Die sumer. Sintflutgeschichte ist eher ein Vorläufer des Epos »Ea und

Atrachasis«; die berühmte babyl. Sintflutgeschichte (G. Tafel XI, 1. Hälfte) dürfte aus diesem Epos übernommen sein.

Kurzer Inhalt des babyl. G.-Epos: G. unterdrückt seine Stadt Uruk. Die Götter erschaffen die Tarzan-Gestalt Enkidu, der die menschliche Kultur kennenlernt und in Uruk sich G. gewachsen zeigt. Aus dem Kampf der Heroen entsteht feste Freundschaft. Zusammen besiegen die Freunde im Libanon das Ungeheuer Chuwawa (Chumbaba). Darauf bewirbt sich die Stadtgöttin Ischtar um G., der sie jedoch ablehnt. Der Himmelsstier, den sie darauf Uruk angreifen läßt, wird von G. und Enkidu getötet. Damit verwirkt Enkidu sein Leben und er stirbt, von G. bitter beklagt. Da ergreift G. die Angst vor dem Tode. Er unternimmt eine Weltreise und überquert das Wasser des Todes, um auf der Insel der Seligen Utanapischtim, den babyl. Noah, zu befragen. Er erreicht ihn, vernimmt von ihm die Geschichte von der Sintflut, verpaßt einmal die ihm gebotene Möglichkeit, unsterblich zu werden, bekommt jedoch schließlich das Lebenskraut, das er nach Uruk mitnehmen will. Unterwegs frißt eine Schlange das Lebenskraut. Als einziger Trost bleibt G. das Wissen, daß seine Leistungen unvergessen bleiben werden. Die XII. Tafel ist deutlich ein Anhang; der Geist Enkidus steigt aus der Unterwelt empor und berichtet G. über das Leben im Jenseits. – Das G.-Epos ist auch in Kleinasien und Palästina (Megiddo) bekannt gewesen, die Sintflutgeschichte auch in Syrien (Ugarit). – Nach seinem Tode wurde G. Richtergott in der Unterwelt. Ri. Bo.

P. Garelli u. a. Gilgameš et sa légende, 1960. *A. Schott* und *W. von Soden* Das Gilgamesch-Epos neu übersetzt und mit Anm. versehen, 1959.

Gillium. Ort in Africa Proconsularis in der Gegend s. des Bagradas, 17 km von der Station Souk el Khmis. Heute Hr. el Frass. Atl. Arch. Tun. f^{e} Souk el Arba 11. Inschr. erwähnen *decuriones Gillitani* Anfang des 3. Jh. Ein Abt des *monasterium Gillitanum* oder *Gillense* wird von Victor Tonnensis zu den J. 553 und 557 erwähnt (MOMMSEN Chron. min. 2,203.204). M. L.

Gir. Fluß des inneren Afrika, bis zu welchem der röm. Feldherr Suetonius Paulinus von Mauretanien aus vordrang, Plin. nat. 4,15 *(Ger)*. Er wird von Ptol. 4,6,13.16.31 (4.5.12 MÜLLER: *Γεῖρ*), in der Tab. Peut. *(Girin)*, vom Geogr. Rav. p. 6.7. 136 Parthey *(Ger)*, Agathemeros 31 (GGM 2,502) und Claud. cons. Stil. 1,252 erwähnt. M. L.

Tissot Géogr. Afr. 1,91.

Giraffe. Die G. (Camelopardalis girafa) war nach Agatharch., mar. rubr. (Phot. bibl. 250,455 b 4 B.) in Nubien (*ἐν τοῖς Τρωγλοδύταις*), nach Plin. nat. 8,69 in Äthiopien, nach Artemidor (Strab. 16,775) in Arabien, vielleicht schon nach Paus. 9, 21,2 in Indien beheimatet; gewisse äußerliche Ähnlichkeiten mit Kamel u. Panther (Agatharch. a. O. Varro l. l. 5,100 *erat figura ut camulus, maculis ut panthera*. Hor. epist. 2,1,195 *diversum confusa genus panthera camelo*) führten zu dem Namen *καμηλοπάρδαλις*, *camelopardalis (-parda, -pardala)*; nach Plin. a. O. hieß die G. bei den Äthiopen *nabun*. Beschreibungen geben Agatharch. (a. O. *πάχος δὲ ὑπερφυές, τὸν δὲ αὐχένα τοιοῦτον, ὥστε ἀπ᾽ ἄκρων ἀμέλγεσθαι τῶν δένδρων τὴν τροφήν*), Artemidor (a. O. *τάχος ... ἀνυπέρβλητον* [von Strabo angezweifelt]; *οὐδεμίαν ... ἀγριότητα ἐμφαίνει*), Opp. Kyn. 3,461 ff. und bes. ausführlich von Heliod. Aethiop. 10, 27. – In Äg. seit Jt. bekannt und gejagt (s. H. KEES Ägypten, HB III,1,3; Ind.), wird die G. für uns zuerst bei Agatharch. und Artemidor erwähnt. Caesar führte sie 46 v. Chr. als vielbestauntes *spectaculum* (Hor. a. O. 198) im Triumphzug mit, worauf die erste röm. Erwähnung bei Varro a. O. (und Hor. a. O.) zurückgeht. Bei den Säkularspielen 247 n. Chr. sind 10 G. bezeugt (s. noch FRIEDLÄNDER-WISS. 4,272 f.). In Rom und anderen Zentren muß sie häufiger zu sehen gewesen sein, wie die recht genauen Beschreibungen und die bildlichen Darstellungen (mit Glocke um den Hals, von einem Neger geführt) zeigen. E. Mg.

Keller Ant. Tierwelt 1,284 f.

Giroverkehr. Es ist noch unbewiesen, ob die Praxis in der Bankbuchführung der Ant. überhaupt existierte, von einem Geldbankkonto auf Anweisung eine Teilsumme auf ein anderes Geldbankkonto direkt auf dem Buchführungswege zu überschreiben. Für die »Tafel des Bel« im Babylon der neubabylon. und pers. Z., für Buchführungsandeutungen im Athen des 4. Jh. v. Chr., für hellenist. und röm.-republikan. Autorenhinweise und Inschr. sowie für einige ptolemäisch-röm. Papyri ist G. behauptet, aber häufiger mit guten Gründen bestritten worden. Sicher bewiesen ist G. nur für die Getreidekonten von Privatpersonen bei den Staatsspeichern (*θησαυροί*) im röm. Äg., eine Praxis, die das ma. Bankwesen nicht beeinflußt hat. F. M. H.

RE Art. Giroverkehr (Suppl. III), Litterarum obligatio, Trapeza (2). *F. M. Heichelheim* An Ancient Economic History II^{2}, 1964, 71.77.195.197 f. *R. Herzog* Aus der Gesch. des Bankwesens im Alt., Abh. Giess. Hochschulges. 1, 1919, 34 f. *H. Michell* The Economics of Anc. Greece^{2}, 1957, 240. *Cl. Préaux* L'économie royale des Lagides, 1938, Ind. s. v. virement. *Sh. L. Wallace* Taxation in Egypt From Augustus to Diocletian, 1938, 35 f. 370 f. *Lidd.-Sc.* s. *μεταβολή*.

Gitiades. Nach Paus. 3,17,2–3.18,7–8 Architekt, Bildhauer, Dichter in Sparta, schuf aus Erz Tempel und Bild der Athena Poliuchos und Chalkioikos mit myth. Darstellungen (ob an Tempelwänden oder Gewand der Athena: HITZIG-BLÜMNER 1,801 T. 17,11) sowie eine Hymne auf die Göttin. Zwei der in Amyklai aus der Beute des messen. Krieges geweihten erzenen Dreifüße waren von ihm, ein dritter von dem Aigineten Kallon; unter ihnen standen Bilder der Aphrodite, Artemis,

Kore (4,14,2). Fragen zur Datierung (Tempel um 550: *Dickins*, ABSA. 13, 1906/07, 137ff.; Kallon Anf. 5.Jh.: LIPPOLD, RE X 1757) sind nur vermutungsweise beantwortbar, Hypothesen und Kontroversen widersprüchlich. H. Ma.

Lippold, HBArch. 32 mit Lit.

Glabrio. Cognomen (»kahlköpfig« – vgl. Glaber –, RE III A 1828. WALDE-HOF.[3] 1,603), in den Fasten der republ. Zeit bei den Acilii (Nr. 10ff.), der Kaiserzeit bei den Acilii (Nr. 6f.), Anicii, Cornelii, vgl. DEGRASSI FImp. 254. H. G. G.

Gladiatores. Die G.-Spiele, etruskischer Herkunft, sind von den Römern früh übernommen worden. Das erste nachweisbar römische fand im J. 264 v.Chr. statt (Val. Max. 2,4,7). Es waren Leichenspiele oder Teile derselben und erhielten sich als solche bis in die Kaiserzeit. Seit der ausgehenden Republik wurden G. auch für militär. und polit. Zwecke herangezogen, so 105 v.Chr., als das G.-Fechten im röm. Heere eingeführt wurde (Val. Max. 2,3,2. CPh 43, 1948, 162ff.). Als Kampftruppen wurden G. öfters, z.B. im Bürgerkriege zwischen Caesar und Pompeius und in den Markomannenkriegen des Kaisers Marc Aurel (H.A. 4, 21,7) eingesetzt. Politiker der Republik umgaben sich mit Leibwachen aus G. Die Kaiser entwickelten die schon seit dem E. des 2. Jh. v.Chr. entstandenen Ansätze zur Verstaatlichung des urspr. rein privaten G.-Wesens weiter in dem Bestreben, es ganz unter staatliche Kontrolle zu bringen. Veranstalter solcher Spiele wurden, abgesehen vom Kaiser, nun auch Beamte, wie Prätoren seit Augustus und Quästoren seit Claudius. Das allmählich sich auch außerhalb Roms verbreitende G.-Wesen war z.Z. des lex Iulia municipalis (46 v. Chr.) in allen röm. Landstädten vertreten. Die G., die sich aus Kriegsgefangenen (Cass. Dio 51,22, 6f.), Schwerverbrechern (Tert. spect. 19), Sklaven und seit dem Ausgang der Republik auch aus Freigeborenen zusammensetzten, waren in Kasernen zusammengezogen und erhielten dort ihre Ausbildung vor allem im Fechten mit dem Schwert. Die urspr. nur hierauf abgestimmte Ausrüstung differenzierte sich seit der frühen Kaiserzeit. Es gab z. B. *retiarii*, die ein Netz und einen Dreizack als Waffen führten, *laquearii*, die mit einem Lasso und einem Stock ausgerüstet waren, *dimachaeri*, die mit 2 Kurzschwertern kämpften u.a. Ebenso nahmen die Unterschiede in der Bekleidung und in der Schutzausrüstung zu. Die nun aus verschiedenen Anlässen stattfindenden Spiele wurden am Vorabend mit einem Festmahl für die G. eingeleitet. Die Veranstaltung begann mit der *pompa*, dem Aufmarsch der G., worauf die Begrüßung des auf erhöhten Platz sitzenden Spielgebers, die *probatio armorum* und ein Scheinkampf mit stumpfen Waffen folgte. Die Tuba gab darauf das Zeichen zum Beginn der ernsten Kampfhandlungen. Die G. kämpften paarweise, in Gruppen oder in Massen gegeneinander, die *bestiarii* gegen wilde Tiere. Der verwundete und nicht mehr kampffähige G. konnte um Begnadigung *(missio)* bitten, die der Spielgeber durch Heben oder Senken des Daumens gewährte oder ablehnte. Der Sieger erhielt einen Palmzweig, manchmal einen Kranz und verschiedene Geschenke, bes. Geld. Diese allgemein beliebten Kampfspiele – in der Kaiserzeit kam es zur Parteienbildung für einzelne Waffengattungen – wurden als Ertüchtigung für den Krieg betrachtet (Plin. paneg. 33,1), stießen aber ihrer Grausamkeit wegen auch auf Ablehnung (Cic. Tusc. 2,41. Sen. epist. 7,2f. 90,45. 95,3). 325 verbot Kaiser Konstantin die Gladiatorenkämpfe im ö. Teil des Reiches (Cod. Theod. 15,12,1. Cod. Iust. 11,41) und Anfang des 5. Jh. Honorius gänzlich. A. N.

Dar.-Sagl. 2,2,1563ff. RE Suppl. III 760ff. *Friedländer-Wiss.* II. *B. Schröder* Der Sport im Alt., Bln. 1927, Anm. 62. *P. Couissin*, RA 32, 1930, *L. Robert*, Bibl. Ecole des Hautes Etudes 278, 1940. Berl. Museen 61, 1940, 7ff. Mnem 7, 1954, 44ff. Bullettino del Museo della civiltà Romana 19,37ff. als Beibl. zu Bull. della Comm. Archeol. di Roma 76 (1956–1958).

Gladius. Mit dem Schwert, das in Italien seit der Bronzezeit bezeugt ist (COUISSIN 32ff. EBERT, RLV 425f. RE Suppl. IX 221ff.), waren in der Frühzeit des Milizheeres die ersten 3 Zensusklassen (Liv. 1,43,2ff. Dion. Hal. ant. 8,67,5) ausgerüstet. Die Hauptwaffe der Phalanx bildete jedoch die Stoßlanze, und dem Schwert kam nur eine sekundäre Rolle zu (KROM.-VEITH 278). Mit der Ausbildung der Manipulartaktik wurde aus dem Massenkämpfer der Frühzeit der mit → Pilum und Kurzschwert ausgerüstete Einzelkämpfer (KROM.-VEITH 290. 324f.). Dem Kampf mit dem Schwert kam nun bes. Bedeutung zu, und die Ausbildung im kunstmäßigen Fechten nach Gladiatorenart wurde im röm. Heer 105 v.Chr. eingeführt (Val. Max. 2,3,2, CPh 43,162ff.). Das bis zur Einführung des *g. Hispaniensis* E. 3. Jh. v.Chr. in der Z. der Manipulartaktik von den Römern gebrauchte Schwert muß daher bereits ein dem iber. verwandter Typ gewesen sein (COUISSIN 139f. Wien. Präh. Ztschr. 27, 1940, 33. 56. 62f. Der *g. Hisp.* war wahrscheinlich nur eine wirksamere Waffe als das bisherige Schwert und bildete nur eine unvollkommene Nachahmung des iber. (EBERT, RLV 439). Der zweischneidige (Diod. 5,33,3), spitzige (Cass. Dio 38,49,4), nicht wesentlich über 50 cm lange, rund 1500 g schwere (BJ 111,15) und zum Hieb und Stich geeignete g., dessen Schneiden fast nahezu parallel zueinander verliefen, ist in seiner Entwicklung dadurch charakterisiert, daß er nach den Funden aus dem 1. Jh. v.Chr. in der Klingenform dem Frühlatèneschwert der Stufe I, in Details der Scheide und des Griffes der Stufe Latène II und in der Form der Scheide der Stufe Latène III entspricht (COUISSIN 295ff.). In der Z. des homogenen Heeres der Kaiserzeit ist der Schwertknauf kugelförmig, oder er besitzt eine dem Antennenschwert der Bronzezeit ähnliche Form (COUISSIN

372f.). Das obere Ende der Angel bildete ein auf dem Knauf aufsitzender abgeplatteter Knopf. Der etwa 18 cm lange Griff bestand gewöhnlich aus Holz, war jedoch öfters mit Metall, Elfenbein u. a. verkleidet. Die Scheide bestand meistens aus 2 mit Metall verbundenen Holzplatten, deren unteres Ende spitz zulief und dessen Abschluß ein runder Metallknopf bildete (Couissin 376f.). Die Scheide war teilweise oder ganz mit Metallblech überzogen, oder sie bestand nur aus Leder. Mundstück und Ortband waren jedoch stets aus Metall, ebenso die beiden Querbänder am oberen Teil der Scheide, an deren Enden sich Ringe zur Befestigung des Schwertes am → *balteus* oder → *cingulum* befanden (Couissin 377ff.). Bis zur Einführung des *g. Hisp.* wurde das Schwert von den Römern links, später mit Ausnahme des Kaisers, der höheren Offiziere und einzelner Chargen gewöhnlich rechts getragen (Couissin 232ff. 377ff.). A. N.

M.Ebert RLV 11,425f.439. RE Suppl. IX 221ff. *P.Couissin* Les armes Rom., Paris 1926, 32ff.139f.220ff.295ff.371ff. BursJb. 201, 1924, 57f. 218, 1928, 97f. 248, 1935, 189, 274, 1941, 145. Wien. Präh. Ztschr. 27, 1940, 33.56.62f. *C.Lippold* Zum Schwert des Tiberius, Festschr. Röm. Germ. ZM. Mainz 1952, 4 (Anm. 1, Literatur).

Glanis (γλάνις). **1.** Fisch nach Art eines Wels. Der G. gehört zu den Fischen, welche man in Verbindung vor allem zu bösen Dämonen glaubte (vgl. Hopfner I § 458). **2.** Prophet; zusammen mit seinem jüngeren Bruder Bakis erwähnt ihn Aristoph. Equ. 1004.1035.1097. Den Namen hat Aristoph. wohl erfunden und G. als einen jener ἄνδρες ἰχθυομάντεις vorgestellt, die Athen. 8,333 D für Lykien erwähnt (→ Orakel). Suda s.v. nennt ihn χρησμολόγος. C. Z.

Glannaventa. Röm. Garnisonsfestung in Britannien, die in stark wechselnder Orthographie durch Itin. Anton., Not. dign. occ. und Rav. bekannt ist. Z.Z. wird G. mit guten Gründen in die Gegend von Ravenglass in Cumberland verlegt. Veraltet sind RE Art. Cohors (IV 317), Glanoventa (VII 1376), Magi (XIV 396), Maia (XIV 533). F. M. H.

E.Birley Research on Hadrian's Wall (1961), Ind. s. Ravenglass. *R. G. Collingwood–R. P. Wright* The Rom. Inscr. of Brit. I (1965), Nr. 795.

Glans. Kleine, verschiedenförmige Geschosse aus Blei stellten zuerst die Griechen her (Xen. an. 3,3,16). Griech. Schleuderer mit Geschossen dieser Art wurden von den Römern als Hilfstruppen herangezogen, bis sie selbst zur Eigenproduktion übergingen (Non. p. 533 M). Die runden, meist oblongen und beiderseits zugespitzten g. wurden gegossen, und zwar mittels zweier aus Ton bestehender Halbformen mit einem Loch zum Eingießen des Bleies. Das Gewicht der leichten g. belief sich auf 34–46 g, während die schweren durchschnittlich 47,13 wogen. Die g. trugen verschiedene, bereits in die Form eingeschnittene Aufschriften und Zeichen. Bei den Aufschriften handelt es sich um Namen von kriegführenden Völkern, Feldherren, Schleuderern, Herstellern, Legionsbezeichnungen und Ausrufen verschiedener Art. Die 1. Übersicht über das gesamte Fundmaterial gab 1844 De Minicis, Th. Mommsen schuf CIL I p. 189–194, 559ff. die Voraussetzungen für die wissenschaftliche Bearbeitung der g., und Zangemeister brachte 1885 die noch heute maßgebende Publikation des gesamten Materials heraus. Demnach stammt das älteste Schleuderblei mit dem Namen des Konsuls L. Piso aus dem J. 133 v. Chr., das jüngste aus dem perusin. Krieg. In der Kaiserzeit ist die Verwendung von g. nur vereinzelt nachweisbar, so z. B. durch Civilis (Tac. hist. 5,17). A. N.

De Minicis Sulle ant. ghiande missili e sulle loro iscrizioni, Roma 1844. *Zangemeister*, EE 5, 1885, 1ff. BursJb 200, 1924, 55.

Glanum. Stadt in Gallia Narbonensis im Gebiet der Salluvii (Ptol. 2,10,8 *Γλανόν*). Plin. nat. 3,36 *Glanum Livi*. Tab. Peut. *Clano*. Itin. Ant. 343, *Glano*. H. Saint-Rémy de Provence. In der Nähe einer Heilquelle befand sich ein kelt.-ligur. Heiligtum, das dem Gott *Glan* und den *Matres* geweiht war. Ein kleiner Flecken mit einheimischer Bevölkerung trat im 6./5. Jh. in Verbindung zu der griech. Kolonie Massalia. Ende des 3. Jh. wurde die griech. Ansiedlung *Γλανόν* im N. des Heiligtums gegründet. Ende des 2. Jh. besetzten die Römer G., das nach 40 v. Chr. wieder aufgebaut wurde. Unter den röm. Überresten ein Buleuterion, Heiligtümer, Häuser, ein Triumphbogen, das Denkmal der Iulier. Die röm. Stadt wurde um 270 n. Chr. geplündert, ein chr. Friedhof bei den Thermen angelegt; das Wohngebiet verlagerte sich in die Ebene um das Baptisterium. M. L.

H. Rolland Fouilles de Glanum, suppl. I und XI Gallia, 1946.1958. *Ders.* Glanum-Saint Rémy de Provence, Paris 1960. *Ders.* Inscr. ant. de Glanum, Gallia 3, 1944, 167. *Ders.* Le sanctuaire des Glaniques, Hommages A. Grenier 3, 1962, 1339. *J.Ch. Balty* Basilique et curie du forum de Glanum, Latomus, 21, 1962, 279. *G.Ch. Picard* Glanum et les origines de l'art romano-provençal, Gallia 21, 1963, 111.

Glaphyra (*Γλαφύρα*). **1.** Hetäre des Priesterfürsten → Archelaos (5) von Komana. Ihren Sohn → Archelaos (6) Sisines erhob Antonius, dessen Verhältnis mit G. Caesar (Augustus) in einem Epigramm angriff (Martial. 11,20), 36 v. Chr. zum König von Kappadokien. App. civ. 5,31. Cass. Dio 49,32,2f. OGIS 361. H. Buchheim Die Orientpolitik des Triumvirn Antonius, 1960, 56. **2.** Enkelin der vorig., Tochter des Kappadokerkönigs → Archelaos (6), um 16 v. Chr. vermählt mit Alexander, dem Sohn Herodes' des Gr. Ios. ant. Iud. 16,11; bell. 1,446. In die Familienintrigen des Herodes verwickelt, wurde G. nach der Hinrichtung Alexanders zu ihrem Vater geschickt. Ios. ant. 17,11; bell. 1,553. Nach ihrer 2. Ehe mit Iuba II. von Mauretanien heiratete G. zum Ärger der Juden Herodes Archelaos, den Stiefbruder Alexanders, und starb bald darauf. Ios. ant. 17,349ff.; bell. 2, 141ff. OGIS 363. H.V.

Glas (*κύανος, λίθος χυτή, ὕαλος, vitrum. crystallum?* [1],53.79). G. ist im Zweistromland und in Äg. seit dem 3.Jt. bekannt; es war in Kreta und Mykene vor allem als Schmuckmaterial geschätzt. In der archaischen und klass. Z. spielt (vor allem eingeführtes) G. eine geringe Rolle, wird aber z.B. als Schmuckmaterial am Zeus des Phidias verwandt. In hellenist. Z. entsteht in Syrien und bes. Äg. eine blühende G.-Industrie, die Schmuck (Imitationen farbiger Halbedelsteine!) und Gefäße aus farbigem Glas in verschiedener Zusammensetzung (z.B. Mosaik-G., Millefiori-G.), in die Form gepreßt oder, für Oberflächendekoration, ausgeschnitten, in großen Mengen herstellt [5]. Wohl im 1.Jh. v.Chr. wird in diesem Raum die Kameentechnik (Überfang-G., geschnittene Figuren usw. aus hellem G. auf dunklem, meist blauem G.-Grund) zur höchsten Blüte gebracht; das erhaltene Hauptstück ist die augusteische Portlandvase in London [3]. Gleichzeitig wird die entscheidende Erfindung des G.-Blasens gemacht. Noch unter Augustus wird Italien ein Zentrum der G.-Herstellung. In der Kaiserzeit kommen dann vor allem Gallien und das Rheingebiet (Hauptort wohl Köln) hinzu. Neben in die Form gepreßtem G. wird hier vor allem geblasenes G. gepflegt (Hersteller: *vitriarii*), das ein- oder mehrfarbig, dickwandig oder extrem dünn geschätzt wurde (Becher, Parfumflaschen, Krüge, Schüsseln, Opferschalen usw.). Daneben steht kunstvoll geschnittenes bzw. ausgeschliffenes G., bei dem dichtes Ornamentgeschlinge so aus- und unterschnitten ist, daß es nur noch an wenigen Stellen wie mit dünnen Stiften mit dem glatten daruntersitzenden Hauptkörper zusammenhängt (Hersteller: *diatretarii*); Hauptstücke dieser Diatret-G. in Trier und München (aus Köln) [6]. In der späten Kaiserzeit sind endlich die G. mit aufgelegter Fadenverzierung [6] und bes. diejenigen mit Blattgoldeinlage zwischen 2 G.-Schichten (Gold-G.) beliebt ([7]). Während die G.-Fabrikation in Gallien und am Rhein mit der Völkerwanderung bedeutungslos wird, lebt sie in Byzanz fort und hat von da die bedeutende islam. G.-Herstellung angeregt. – Von der Bedeutung der G.-Technik in der Kaiserzeit sprechen sowohl die erhaltenen Signaturen der Handwerker bzw. Fabrikanten ([1],115ff. 120ff.) wie die Bestimmungen des Alexander Severus (H.A. Al.Sev. 24,5: Sondersteuer für G.-Arbeiter wie Silber- und Goldschmiede usw.), Aurelians (H.A. Aurel. 45,1: Sonderzoll auf G., das aus Äg. nach Rom eingeführt wird) und Konstantins (Cod.Theod. 13,4,2 = Cod. Iust. 10,66,1: die G.-Arbeiter werden von allen *munera* freigestellt, damit sie sich in ihrer Kunst vervollkommnen und ihre Söhne besser unterrichten können). W. H. G.

1. *Trowbridge* Philological Studies in Ancient Glass, 1930 (Univ. of Illinois Studies in Language and Literature 13/3–4). 2. *Kisa* Das G. im Altertum, 1908. 3. *Simon* Die Portlandvase, 1953. *Haynes* The Portland Vase, 1964. 4. *Hardes* Roman Glass from Karanis, 1936. 5. *Fossing* Glass Vessels before Glassblowing, 1940. 6. *Fremersdorf* Röm. G. aus Köln, 1928. *Ders.* Die Herstellung der Diatreta, 1930. *Ders.* Röm. Gläser mit Fadenauflage, 1959. 7. *Morey* The Gold-Glass Collection in the Vatican Library, 1959.

Glaucia. Cognomen (die Identifikation mit *Γλαυκίας*, Fick-B. PN 86, bezweifelt unter Hinweis auf etr. *clauce* von Schulze Eigennamen 343. 357) bei den Servilii (RE II A 1796ff. Nr. 64f.), vielleicht aber auch als Nomen bei einem Praetor (?) G. im J. 103 (Broughton Mag. 1,563) und einem G., der 81 Klient der Roscii war. – C. Servilius G., Praetor 100 v.Chr., Nachkomme eines Servilius G., der 162 einer von Ti. Gracchus geleiteten Gesandtschaft nach Kleinasien angehörte. Umstritten ist die Datierung seiner Ämterlaufbahn vor 100 (nach Broughton Mag. 2,619. 645; Suppl. 59: Quaestor ca. 109, Volkstribun 101 [oder 104?]) und der von ihm eingebrachten l. Servilia Glauciae repetundarum (nach Mommsen z.B. RStrR 709,1 vor 111, nach Broughton Mag. 1, 571: 101; zum Inhalt RE XII 2414f.). Schon 101 arbeitete er eng zusammen mit dem Popularen und Mariusanhänger L. Appuleius Saturninus (o. Bd. I 469 Nr. 6), und setzte dies 100 fort, als Marius Consul VI, Saturninus tr.pl. II und G. Praetor war und sich um das Consulat für 99 bewarb. G. wurde in die Katastrophe des Saturninus 100 hineingezogen und im Haus eines Claudius ermordet. Cic. (z.B. Brut. 224) hob zwar seine Redegabe und seinen Witz hervor, charakterisierte ihn aber sehr ungünstig. W. Schur Das Zeitalter des Marius und Sulla, 1942, 75f. u.ö. A. Heuss RG 155f. 530. H. G. G.

Glauke (*Γλαύκη*). **1.** Homer. Epitheton des Meeres Il. 16,34 (blauglänzend; später: hellblau, blaugrün, auch: funkelnd, leuchtend, Frisk. Lesky Thalatta 161,184), substantiviert ohne Appellativum Hes. th. 440 und bei Späteren. Nereidenname Hom. Il. 18,39, Hes. th. 244, Hyg. praef. p. 28 und auf rf. Vasen. Weibliches Seitenstück zu → Glaukos. Auch eine arkad. Nymphe in Tegea hieß G. **2.** In Korinth war die ehemalige Seegottheit als Nymphe der ihr gleichnamigen Quelle lokalisiert. Iason wollte Medeia verstoßen und die Tochter des dortigen Königs Kreon heiraten. Sie heißt G. Paus. 2,3,6 und in mehreren Epigrammen der Anthol. Pal., sonst → Kreusa, Ov. her. 12,53. Sen. Med. 495, Apollod. 1,145 und Athen. 13,560d; bei Eur. ist sie namenlos. Sie stürzt sich in die Quelle, um das durch Medeias Geschenke entflammte Feuer zu löschen. Lesky a.O. 108.114. **3.** Amazone, Gemahlin des Theseus, Mutter des Hippolytos, Apollod. epit. 5,2. Hyg. fab. 163. H. v. G.

4. G., aus Chios, berühmte Sängerin, Kitharaspielerin, Dichterin und Komponistin lasciver

Trinklieder zur Z. des → Ptolemaios Philadelphos (dessen Geliebte sie auch gewesen sein soll), erwähnt von → Hedylos bei Athen. 4,176d u. Theokrit 4,31. Von widernatürlichen Neigungen G.s zu Tieren (Gänserich, Widder, Hund) wissen Plut. soll. an. 972f, Ail. nat. 1,6. 5,29. 8,11; var. 9,39, Plin. nat. 10,51 und Sch. Theokr. 4,31 zu erzählen. Für sie ist wohl auch das (fälschlich dem Theokrit zugeschriebene) Grabepigramm Anth. Pal. 8,262 gedichtet. K. Z.

Susemihl 2,521. *Maas*, RE VII 1306.

5. G., Ankerplatz in Ionien am Vorgebirge Mykale gegenüber der hier am nächsten gelegenen Insel Samos. G. hat während des Pelop. Krieges eine gewisse Rolle gespielt (Thuk. 8,79,2) und wird auch von Steph. Byz. s. *Γλαυκία* erwähnt, hier als *πολίχνιον Ἰωνίας*. G. ist wahrscheinlich mit dem im NT. (Apg. 20,15) genannten Trogyllion (3. Missionsreise des Apostels Paulus) ident. und wird dem h. St. Pauls Port gleichgesetzt. H. T.

RE VII 1394.

Glaukias (*Γλαυκίας*). **1.** Truppenführer Alexanders, nur erwähnt in der Schlacht von Gaugamela. Möglicherweise ist er identisch mit dem späteren Wächter und Mörder Roxanes sowie des jungen Alexander (Diod. 19,52,4. 105,21). **2.** Fürst der illyrischen Taulantier. Er unterstützte 335 den Aufstand des Kleitos, wurde jedoch von Alexander geschlagen. Später bekämpfte er Kassander in mehreren, z.T. erfolgreichen Kriegen (Diod. 19, 67–78) und nahm 317 den vertriebenen Molosserprinzen Pyrrhos bei sich auf, den er 307 für kurze Zeit wieder in sein Land zurückführte. Das Ende des G. ist unbekannt. G. W.

3. G., Erzgießer aus Aigina, schuf nach Pausanias 4 Denkmäler von Olympiasiegern. 1.) 6,10,1–3: Faustkämpfer Glaukos von Karystos, Ol. 65 (J. 520), Statue im Schema des *σκιαμαχεῖν*, vom Sohn geweiht, W. W. Hyde Olympic Victor Monuments and Greek Athletic Art 122,7. – 2.) 6,9,9: Faustkämpfer Philon aus Korkyra mit 2 Siegen spätestens Ol. 72.73 (J. 492. 488), Hyde a. O. 122, 7. – 3.) 6,9,5: Wagen und Standbild des Gelon von Syrakus, Ol. 73 (J. 488), Olympia V Nr. 143: 3 Blöcke für lebensgroße Figuren mit Inschriftresten: (*Γέλων Δεινομένεος Γέλων*)*ος ἀνέθεκε* und *Γλαυκίας Αἰγινάτας ἐ(π)οίεσε*. Zu Pausanias' Verwechslung der Namen vgl. Hyde a. O. 122,6. – 4.) 6,11,2.9 (vgl. 6,5): Faustkämpfer Theagenes von Thasos, Ol. 75.76 (J. 480. 476) Hyde a. O. H. Ma.

4. G., Arzt im 2. Jh. v. Chr., einer der ältesten → Empiriker. G. war seiner Schultradition entsprechend vor allem Hippokrateserklärer und verfaßte ein Hipp.-Glossar (Quelle für → Erotianos) sowie mehrere Hipp.-Kommentare (vgl. z. B. Galen CMG V 10,2,3 und 4); auch als pharmakolog. Autor nennt Plinius nat. ihn öfter. F. K.

Glaukon. 1. Athen. Flottenführer, 441/40 bei Samos Stratege, 433/32 Befehlshaber der nach Korkyra gesandten Flotte. **2.** Sohn des Kritias, Vater des Charmides und der Periktione, der Mutter Platons. **3.** Sohn des Ariston, jüngerer Bruder Platons, der ihn in seinem »Staat« als Gesprächspartner auftreten läßt. Er wollte sich früh dem polit. Leben widmen, wurde jedoch von Sokrates davon abgehalten (Xen. mem. 3,6). In der Schlacht bei Delion wurde er verwundet (Plut. de gen. Socr. 581 D). **4.** Athener, Bruder des Chremonides, 282/81 Stratege, olymp. Wagensieger (Paus. 6,16,9). Nach dem Chremonideischen Krieg ging er mit seinem Bruder nach Äg., wo beide bei Ptolemaios II. und Ptolemaios III. in großem Ansehen standen. Fr. Kie.

Glaukonome (*Γλαυκονόμη*). Nereide, Hes. th. 256. Apollod. 1,11. Der Name enthält das beliebte Epitheton des Meeres. Vgl. Glauke Nr. 1). H. v. G.

Glaukopis (*Γλαυκῶπις*). Hom. Epithet. der → Athene (Il. 1,206. Od. 1,44 u. ö. Bruchmann Epitheta deorum 7), von der ep. Dichtung und ihren Nachfolgern wohl als »strahlenäugig« (Paus. 1,14, 6. F. Focke Saec. 4, 1953, 398) verstanden; seit A. Mommsen Delphika, 1878, 138,1 erwägt man jedoch als Primärbedeutung »die mit dem Eulenantlitz« ([2],148 ff. Frisk 310 f.). G. würde demnach, analog zu *βοῶπις* »kuhgesichtig« als Beiwort der → Hera (Il. 1,551 u. ö. H. Schliemann Ilios, 1881, 318 f.), einen Hinweis auf urspr. Vogelgestalt der Göttin darstellen ([3],404 f. Vgl. Ch. Dugas, BCH 70, 1946, 172 ff. Abb. 8. Taf. IX. Nilsson GgrR 1,349,5. J. R. Marechal, Ogam 9, 1957, 93 T. VII). W. F.

1. *C. W. Lucas* De Minervae cognomine *Γλαυκῶπις*, 1831. 2. *M. Leumann* Hom. Wörter, 1950. 3. *W. Pötscher*, G 70, 1963, 394 ff.

Glaukos (*Γλαῦκος*; zur Bedeutung → Glauke). **1.** *Γ. Πόντιος* weissagender Meerdämon, teilweise fischgestaltig (Plat. rep. 10,611 d. Philostr. im. 2,15), von dessen Erscheinungen und Weissagungen über Glück und Unglück die Schiffer gern erzählten. Beheimatet im boiot. Anthedon, gegenüber Euboia, wo er Fischer gewesen und nach Genuß eines Wunderkrautes ins Meer gesprungen sein soll (*Γλαύκου πήδημα*, Paus. 9,22, 6 f.). Über den Volksglauben und die literar. Gestaltungen des Mythos handeln Athen. 7,296 f. und Suda: Euanthes, Kallimachos, Hedyle, Nikandros; bei den Römern: Q. Cornificius und Cicero (Plut. Cic. 2). Erhalten ist die Darstellung Ov. met. 13, 904 ff. Auf Delos hatte er mit den Nereiden ein Orakel, Aristot. frg. 490. Die Sibylle Deiphobe ist seine Tochter, Verg. Aen. 6,36. Er erscheint den Argonauten, Apoll. Rhod. 1,1310. Nonn. läßt ihn am Indienzuge des Dionysos teilnehmen. Er liebt die Nereiden (Prop. 2,26,13 ff.), Ariadne, Syme, → Skylla, Melikertes, wird geliebt von Nereus und Kirke (Ov. met. 14,1 ff.). Trotzdem wird er wie viele Meerdämonen als Greis aufgefaßt, Verg. Aen. 5,823. Sch. Apoll. Rhod. 2,767. S. *ἅλιος γέρων*. Nilsson GgrR 1,224. Aischyl.' Satyrspiel

Γ. Πόντιος: H.J. Mette, G 62, 1955, 402. **2.** *Γ. Ποτνιεύς*. Nach korinth. Sage König von Korinth, Sohn des Sisyphos und der Merope, Gemahl der Eurynome (Eurymede), Vater des Bellerophon und dadurch Stammvater der lykischen Könige (s. Nr. 4). Hom. Il. 6,154ff. Apollod. 1,85. 2,30. Hyg. fab. 157. Er hatte ein Gestüt in Potniai (zwischen Theben und Plataiai). Um seine Stuten für einen Wettkampf feuriger zu machen, ließ er die Hengste nicht zu ihnen. Sie wurden wild, streiften einen andern Wagen, G. stürzte und wurde von ihnen zerrissen. Das war die Strafe für die Übertretung des Gesetzes der Aphrodite. So Aischyl. im *Γ. Ποτνιεύς*, dem 3. Stück der Persertrilogie. H.J. Mette, G 62, 1955, 395f. Verg. georg. 3,267f. nebst. Serv. Der Grund zur Raserei der Pferde wird auch anders angegeben. Paus. 9,8,2. Zur Deutung: K. Kerenyi Die Heroen der Griechen 169f. **3.** Der kretische G., Sohn des Minos und der Pasiphae, fiel als Kind in ein offenes Honigfaß und erstickte. Die Auffindung und Wiederbelebung des Vermißten verhießen die Kureten dem, der für eine Wunderkuh des Minos, die täglich dreimal ihre Farbe wechselte (weiß, rot, schwarz), den besten Vergleich finde. → Polyidos aus Argos nannte die Brombeere und entdeckte auch den Knaben, konnte ihn aber nicht wiederbeleben. Da sperrte Minos ihn mit dem Toten in eine Grabkammer, und hier gelang es ihm mit Hilfe eines Wunderkrautes, das eine Schlange ihm zeigte. Minos verlangt, daß er dem G. auch seine Sehergabe spende. Das tut er, nimmt sie aber wieder zurück, indem er beim Abschied sich von ihm in den Mund speien läßt. Apollod. 3,17ff. Hyg. fab. 136. Sch. Lykophr. 811. (Hyg. fab. 49 schreibt Asklepios die Wiederbelebung zu.) Neben Märchenzügen weist die Geschichte auf charakteristische Erscheinungen der minoischen Kultur, so die Bestattung im Tonfaß und die Konservierung der Leiche mit Honig. J. Wiesner Olympos 238f. A.W. Persson Rel. of Greece in prehist. Times, 1942, bezieht die *πίθοι* auf kret. Siegeln auf diesen Mythos. Tragiker und Komiker behandelten den dankbaren Stoff. **4.** Mit Sarpedon Führer der Lykier in Troia, Hom. Il. 2,876, Sohn des Hippolochos, Enkel des Bellerophon (s. Nr. 2). Väterlicher Gastfreund des Diomedes, mit dem er den ungleichen Rüstungstausch vollzieht, 6,119ff. Von Aias verwundet, 12,387f., von Sarpedon zum Rächer aufgerufen, 16,491ff., von Apollon geheilt 16,508ff. Beim Kampf um die Leiche Achills fiel er von Aias' Hand, Apollod. epit. 5,4. Hyg. fab. 113. Quint. Smyrn. 3,277. Apollon ließ seine Leiche durch die Winde nach Lykien bringen, ebd. 4,4; Kullmann, H (E 14) 175. **5.** Die ep. Überlieferung kannte noch mehrere Troer mit Namen G., so einen Sohn Antenors (vielleicht Il. 17,215 gemeint, Kullmann a.O. 326), der beim Untergang Troias von Odysseus und Menelaos gerettet wurde, Paus. 10,27,3. Apollod. epit. 5,21. Verg. Aen. 6, 483, einen Sohn des Priamos, der von Diomedes getötet wurde, Apollod. 3,153. Hyg. fab. 90.112, und den Sohn des Lykiers Imbrasos, den Turnus tötete, Verg. Aen. 12,341. H. v. G.

6. G. von Rhegion, Vf. einer Schrift *περὶ τῶν ἀρχαίων ποιητῶν καὶ μουσικῶν*, aus der wir durch Ps.-Plut. de mus. – wahrscheinlich durch Vermittlung der *Συναγωγὴ τῶν ἐν μουσικῇ ⟨ἐνδοκιμησάντων⟩* des → Herakleides Pontikos – 3 Fragmente besitzen, die Terpandros, Archilochos, Olympos, Stesichoros, Thaletas und ihr gegenseitiges Verhältnis betreffen. Aus Diog. Laert. 8,52 erfahren wir, daß G. auch Empedokles behandelt habe, aus 9,38, daß er Zeitgenosse des Demokrit gewesen sei und diesen als Schüler eines Pythagoreers bezeichnet habe, aus Harpokr. s. *Μουσαῖος*, daß auch Musaios in dem Werk vorkam. Nach Ps.-Plut. vit. X or. 833 d haben einige das Werk dem Antiphon (natürlich dem Sophisten) zugeschrieben. Alle Nachrichten zusammengestellt in Müllers FHG 23f. Sicher ist, daß das Werk eines der ersten, vielleicht das erste über Literatur- und Musikgesch. gewesen und noch im 5. Jh. entstanden ist, wahrscheinlich, daß viel mehr, als durch namentliche Zitate bezeugt ist, auf es zurückgeht. Aber alles, was man im einzelnen darüber vermutet hat – bes. E. Hiller Die Fragm. des G. von Rhegion, RhM 41, 1886, 398–436, aber auch F. Jacoby, RE 1417–1420 –, ist ganz hypothetisch und mit großer Vorsicht aufzunehmen. K. Z.

7. Aus Samos, ein griechischer Grammatiker älterer (d.h. wohl frühhellenist.) Zeit. Von seiner Prosodielehre (6 Arten der Betonung) gibt das Referat Keil GrL 4,530,10ff. eine Vorstellung; vgl. auch Sch. Plat. Phaid. 108 d. H. Gä.

Susemihl 2,668.

8. G., aus Chios. Nach Hdt. 1,25 erfand er die Technik, Eisen zu schweißen (*σιδήρου κόλλησις*). Ob die *Γλαύκου τέχνη*, Sch. Plat. Phaid. p. 1080, sich darauf bezog, ist zweifelhaft. Berühmt war sein eiserner Untersatz für einen silbernen Krater, den Alyattes (617–560) nach Delphi weihte, und den Paus. 10,2–3 und andere Autoren beschreiben: Er sei wie ein Turm, der von einer breiten Grundfläche aus nach oben in einer abgestumpften Spitze auslaufe; das Ganze sei reich mit Figuren und Ornamenten geschmückt. Die zeitweise diskutierte Frage, ob mit *κόλλησις* das Löten oder Schweißen gemeint sei, muß wegen der größeren Haltbarkeit zugunsten des Schweißens entschieden werden.

RE VII 1421 f. (Nr. 46).

9. G., Erzgießer aus Argos um die Mitte des 5. Jh., nur von Paus. 5,26,2–6 erwähnt. Von den Weihgeschenken des Mikythos von Rhegion (um 460), habe er die größeren (*τῶν μειζόνων*, 26,6), sein Landsmann Dionysios die kleineren (*τοῖς ἐλάσσοσιν*, 26,7) geschaffen. Einzeln wird von diesen Werken nur eine Gruppe von Poseidon, Amphitrite und Hestia erwähnt (26,2). Die Aufstellung dieser Werke »beim großen Tempel« (παρὰ δὲ τοῦ ναοῦ τοῦ μεγάλου) und im Verhältnis zueinander läßt sich nur vermuten. Vgl. die Komm. bei HITZIG-BLÜMNER und FRAZER. H. Ma.

Glaukytes. Att. Töpfer um die Mitte des 6. Jh. v. Chr. Signierte 3 Vasen (Γλαυκυτες ἐποιέσεν), 2 Bandschalen mit reichem Bilddekor: London B 400, Corp. Vas. Ant. 18,1; München 2243, FR. T. 153,1 und III 219 (BUSCHOR); und eine Randschale ohne Bilder: Berlin 1761, Hoppin HBV. 113. Die Münchner Schale hat gleichzeitig → Archikles signiert (ἐποιεσεν), von dem wir ebenfalls 2 andere Schalen besitzen, die er je zweimal gezeichnet hat (BEAZLEY ABV. 160). Die Frage nach Töpfer oder Maler läßt sich mithin in beiden Fällen nicht definitiv entscheiden. Wahrscheinlich waren hier Töpfer und Maler derselbe. H. Ma.

J. D. Beazley a. O. 163 f.

Glevum. G. wurde als Vorpostenfestung gegen Wales, vermutlich am Orte einer kleinen Keltensiedlung, bereits unter Claudius I. von der röm. Armee aufgebaut, wie Ausgrabungsbefunde h. unwiderleglich machen. Die Legio XX Valeria war hier seit 49 n. Chr., gleichzeitig oder bald danach die Legio II Augusta, oder zumindest starke *vexilla* beider Legionen, bis in die Frühzeit Vespasians (etwa 75 n. Chr.) stationiert. Später wurde G. eine *colonia*, vor allem anscheinend für Veteranen der Legio II Augusta, vielleicht bereits seit Nerva. Im 2. Jh. n. Chr. wurden die noch h. erhaltenen Verteidigungswälle in mindestens 4 Baustufen erbaut, ein Anzeichen, daß die Pax Romana hier bereits wieder öfters bedroht war. G. teilte danach die Schicksale der röm. Provinz bis zur Eroberung der Stadt durch die Sachsen und Angeln 577 n. Chr. Eine Legionstöpferei und eine Legionsziegelei sind in der Nähe von G. nachgewiesen. Der Name *Glevum Castra* lebt in angelsächs.-engl. Umbildung im unverändert etwa das gleiche Territorium zumindest einnehmenden heutigen Gloucester fort. F. M. H.

RE VII 1424 (Glevum),XII 1459 f. (Legio). *R. G. Collingwood–J. N. L. Myres* Rom. Brit. and the English Settlement[2] (1937), Ind. s. Gloucester. *R. G. Collingwood*, in *Frank* ESAR III,1 f. *I. A. Richmond* Rom. Brit. I[2] (1963), Ind. s. Glevum. *R. G. Collingwood–R. P. Wright* The Rom. Inscr. of Brit. I (1965), Nr. 119–124. 161. Ausgrabungs- und Fundber. »Roman Britain« in JRS passim. *J. F. Rhodes*, Catalogue of the Romano-British Sculptures in the Gloncester City Museum (1964).

Glicia. Cognomen in republikan. Zeit z. B. bei den Claudii, DEGRASSI FCap. 145. H. G. G.

Glinditiones. Ein größerer illyr. Volksstamm in Dalmatien, der bereits während der Republik steuerpflichtig war. Octavianus besiegte die Volksgruppe im J. 35 aufs neue (App. civ. 3,16 Γλινδίωνες). In der Kaiserzeit gehörte sie zum Konvent von Narona und war auf 44 Decurien aufgeteilt. Ihr Siedlungsraum ist uns nicht genau bekannt; TOMASCHEK vertritt die Ansicht, daß sie am oberen Lauf der Drina seßhaft waren (Mitt. Geogr. Ges. in Wien 1880, 567), während BAUER der Meinung ist, daß sie im w. Teil der Provinz wohnten, weil sich ihr Name kaum von dem der Ditiones unterscheide, die vermutlich ihre Nachbarn waren (Arch.-Epigr. Mitt. 17,140). J. F.

Glisas. Kleiner Ort etwa 10 km n. ö. von Theben beim h. Sirtzi mit Resten einer Akropolis, zu Theben gehörend, zu Pausanias' Zeit zerstört. G. ist bereits im Schiffskatalog erwähnt (Il. 2,504) und galt als Ort des Kampfes der argiv. Epigonen gegen Theben (Paus. 1,44,4. 9,5,13. 8,6. 9,4. Sch. Pind. Pyth. 8,68), und man zeigte dort den Grabhügel der Gefallenen (Paus.). An das Heroengrab eines Phokos knüpfte sich die Plut. mor. 774 Eff. erzählte Gesch. (RE XX 501 Nr. 3). Strab. 9,2,31 p. 412. Paus. 9,19,2. Hdt. 9,43. Stat. Theb. 7,307 f. Steph. Byz. Eustath. Il. 269,18 ff. E. M.

1. *H. N. Ulrich* Reisen und Forsch. 2, 1863, 26 ff. 2. *J. G. Frazer* Pausanias 5,60 f. 3. *Bölte*, RE VII 1426 f.

Glitius. 1. Q. G. Atilius Agricola (= → Atilius II 1). Daß er dem Geschlecht der Atilii entstammte, zeigen die Fast. Ostiens., s. VIDMAN p. 17. 51. GROAG, RE Suppl. III 786 Nr. 1. Er muß durch Adoption in die gens Glitia gekommen sein, die in Turin beheimatet war; aber auch die Atilii stammen aus der Transpadana. G. war *sevir turmae equit. Rom.*, *Xvir stlit. iudic.*, *tribunus mil. leg. I Italicae*, *quaestor imp. Vespasiani*, *curul. Aedil*, CIL V 6974. 6975, *Praetor*, *legat.* (iuridicus) *cit. Hispaniae*, *legat. leg. VI ferratae*, *legat. pr. pr. imp. Nervae prov. Belgicae*, CIL V 6976. 6977, cos. suff. 97, VIDMAN p. 17, *VII vir epulonum*, *legat. pr. pr. Traiani Aug. prov. Pannoniae* im J. 101/02, CIL V 6976–6980, CIL XVI 47, s. W. REIDINGER Statthalter Pann. 63 ff.; nach dem 1. Dakerkrieg erhielt er hohe Auszeichnungen, CIL V 6976–6978. Cos. II vom 12. Jan. bis E. Februar 103, CIL XVI 48. XIV 4538. VIDMAN p. 18. 55. Er wurde *sodalis Augustalis Claudialis* und schließlich *praefectus urbi*, CIL V 6980 (s. Plin. epist. 6,11,1). **2.** P. G. Gallus. Den Beginn seiner Ämterlaufbahn verzeichnet CIL XI 3097, eine Sepulkralinschr., gesetzt von seiner 2. Gattin → Egnatia Maximilia, s. Tac. ann. 15,71,3; vor dieser war er wohl verheiratet mit Vestilia, Plin. nat. 7,39. Im J. 65 der Teilnahme an der pison. Verschwörung beschuldigt, Tac. ann. 15,56,3, und verbannt, ging er mit seiner Gattin ins Exil nach Andros, Syll.[3] 811. 812. Unter Galba kehrte er zurück, Otho gab ihm seine Güter wieder, Plut. Otho 1, vgl. Tac. hist. 1,90,1. Vater von Nr. 3. **3.** P. G. Gallus begann als III vir a. a. a. f. f., erhielt 73/74 bei der Zensur eine *hasta pura*, wurde in den Patriziat erhoben und gelangte nach Quaestur (als *quaest. Titi Caes.*) und Praetur (nach 79) zum Suffektkonsulat, CIL XI 7492. R. H.

Groag, RE Suppl. III 790 Nr. 3.

Globus (σφαῖρα). Demonstrationsgerät für den astron. und geogr. Unterricht. Zur Himmelsdarstellung wurden Armillarsphären (System von Ringen, die Äquator, Ekliptik, Koluren und Parallelkreisen entsprechen) und Vollkugeln, zur Erddarstellung natürlich nur Vollkugeln verwendet. Armillarsphären wurden mit Diopter und ohne Äquator und Wendekreise auch als Beobachtungsinstrument zur Vermessung des Himmels nach Ekliptikal-Koordinaten verwendet (Ptol. Synt. 5,1).

Die astron. Vollkugel soll nach Cic. rep. 1,22 von Thales stammen. Das ist unvereinbar mit Thales' Kosmologie. → Anaximandros (Diog. Laert. 2,2) wird sie benutzt haben (Mythisches: Diod. 3, 60,2. Diog. Laert. pr. 3). Verbreitet im 4. Jh. Auf Isokrates' Grabmal dessen Lehrer abgebildet, darunter Gorgias einen Himmelsglobus anschauend (Ps. Plut. mor. 838 D). Als Requisit beim Unterricht: Aristoph. Nub. 201. Strab. 1,1,21. Bei der Arat-Lektüre und -Erklärung: Arat-Scholien passim.

Das Ring-Modell liegt der Beschreibung der Weltseele in Plat. Tim. 35 A f. zugrunde. → Archimedes (Cic. a. O.) baute ein Ring-Modell als Planetarium aus: Wie bei vielen Modellen des 16. bis 18. Jh. liefen, wenn man den Äquator-Ring um seine Pole drehte, im Inneren des Systems Sonne, Mond und wohl auch die Planeten entsprechend ihren scheinbaren Bahngeschwindigkeiten um, wobei die Erde im Mittelpunkt der Ringe zu denken oder dargestellt war. Der astron. Kugel-G. ist in seiner größten Vollkommenheit als Präzessions-G. beschrieben Ptol. Synt. 8,3, die ekliptikalen Koordinaten für die einzelnen Sterne stehen übersichtlich in dem Sternkatalog 7,5–8,1.

Auch der geogr. G. ist von Ptol. mit Koordinatentabellen, die ja den Hauptteil seiner Geogr. ausmachen, und technischer Beschreibung in seine endgültige Form gebracht worden. Schon → Krates (von Mallos?) stellte einen geogr. G. her, der nach Strab. 2,5,10 allgemein bekannt war. Weil die Ökumene nur einen so kleinen Teil der Erdoberfläche einnimmt, spielt naturgemäß der geogr. G. eine weit geringere Rolle als der astronom.

J. M.

Erhaltene G. und G.-Teile besprochen von *A. Schlachter, F. Gisinger* Der G., Lpz. 1927 (Stoicheia H. 8). *O. Muris* und *G. Saarmann* G. im Wandel der Zeiten, Bln. 1961 (mit Bibliogr. und guter Repr. des Atlas Farnese). Die Lit. bei *Boll*, RE VII 1427ff. ist zu ergänzen aus der Bibliogr. von *W. Bonacker*, Janus 48, 1959, 81–132.

Glos (*Γλῶς*, so nach Wesseling aus hsl. *Γαω* Diod. und *Γλοῦς* Xen.), Sohn des Ägypters Tamos aus Memphis (Xen. an. 2,1,3. Diod. 14,19,6), zog 401 v. Chr. mit Kyros gegen Artaxerxes und ging nach Kyros' Tod zu Artaxerxes über. Xen. 1,4,16. 5,7. 2,1,3. 4,24. Als pers. Admiral und Schwiegersohn des Satrapen Tiribazos sorgte G. im kyprischen Krieg für den Getreidetransport aus Kilikien und schlug Euagoras 381 bei Kition. Diod. 15,3,2ff. 9,3. Polyain. 7,20. Ain. tact. 31,35. Um nicht in den Sturz des Tiribazos verwickelt zu werden, plante G. mit Sparta und dem äg. König Akoris einen Aufstand gegen den Großkönig, wurde aber 380 ermordet. Diod. 15,9,3ff. 18,1. H. V.

Beloch GG 3^2,2,229.

Glossographie. I. Griechisch. 1. Begriff. 2. Ältere Zeit. 3. Hellenist. Zeit. 4. Kaiserzeit und Ausklang. 5. Zweisprachige Glossare.

1. Der ant. nicht bezeugte Begriff (nur *γλωσσογράφος* seit Strab. 13,589) bezeichnet die Slg. und Erklärung schwer verständlicher Wörter (*γλῶσσαι*) Urspr. ist dabei an veraltete Ausdrücke zu denken (so noch archaisierend Dion. Hal. comp. 3 *γλῶτται παλαιαί*), bald werden auch Dialektformen und -ausdrücke (*ξένα* oder *ξενικὰ ὀνόματα*, Plat. Krat. 401 c. 417 c u. ö.) sowie fremdsprachliche Wörter einbezogen, alle Erscheinungen also, die der *κυρία λέξις* fremd sind (vgl. Aristot. poet. 1457 b 1 ff. 1461 a 3 f. 13 f.).

2. Aus dem zunächst im Schulbetrieb empfundenen Bedürfnis, obsolete ep. Wörter verständlich zu machen, entwickelt sich, für uns anonym, bereits im 6./5. Jh. v. Chr. der wichtige Zweig der Hom.-G. (vgl. Dion. Thrax 1. Spott bei Aristoph. Frg. 222. Vgl. K. Lehrs De Aristarchi stud. hom., Lpz. ^{3}1882, 36ff.). Die att. Tragiker (z. B. Aischyl. Ag. 276. Choeph. 185. Hik. 400. 795; Soph. Frg. 274; Eur. Herc. 1148. Dazu Wilam. Eur. 3,237 f. Isyll. v. Epid. 111 f. J. Wackernagel, KZ 33, 1895, 49ff.) benutzen bereits derartige Slgen. In der Tradition dieser älteren G. stand auch Demokrits Schrift *Περὶ Ὁμήρου ἢ ὀρθοεπείης καὶ γλωσσέων* (68 B 20 a ff. D.). Gelegentliches Interesse an der Slg. von Dialektformen zeichnet sich seit dem 5. Jh., zuerst bei den ion. (vgl. Hdt. 7,155,2. 197,2), später den peripatet. Historikern, Ethnographen und naturwissenschaftlichen Autoren (z. B. in der botan. und zoolog. Terminologie) ab. Aus Dialekten gesammeltes Glossenmaterial spielte auch in dem Streit um die Herkunft der Sprache eine Rolle, weil die Buntheit der Formen und Bedeutungen zu beweisen schien, daß die Sprache *θέσει* entstanden sei. → Ephoros argumentiert in seinem *Ἐπιχώριος* (FGrH 70 F 1; dazu [2],148ff.) mit kymeischen Glossen, um die Herkunft Homers aus seiner eigenen Heimatstadt zu erweisen.

3. Kräftig belebt wurde die Dialekt-G. in hellenist. Zeit, als man in dem Bemühen um eine »moderne« ep. Sprache systematisch abgelegenes Sprachgut aufsuchte (vgl. die Anspielung Theokr. 12,13 f. Über Apoll. Rhod. vgl. H. Erbse, H 81, 1953, 170ff.). In dieser Absicht entstanden die *Ἄτακτοι γλῶσσαι* des → Philitas von Kos, die *Γλῶσσαι* des → Simmias von Rhodos und zahlreiche weitere Slg.en (z. B. die des Moschos für den rhod., die des Hermonax für den kret., die des Diodoros für den unterital. Dialekt. → Neoptolemos sammelte sogar phryg. Material). Daneben treten seit dem 3. Jh. Onomastika, wie etwa die *ἐθνικαὶ ὀνομασίαι* des Kallimachos, in denen

u.a. Bezeichnungen von Fischen, Winden und Monaten verschiedener Dialektbereiche vereinigt waren. Eratosthenes stellte Benennungen technischer Geräte in seinem Ἀρχιτεκτονικός und im Σκευοφορικός zusammen. Außerdem wurde die vordem überwiegend auf die hom. Epen gerichtete G. auf weitere ältere Lit. ausgedehnt, darunter auch auf ausgesprochene Fach-Lit. (mit hippokr. Glossen befaßten sich → Xenokritos von Kos, später Bakcheios von Tanagra und → Kallimachos von Bithynien). Ein großartiger Versuch, das gesamte, bislang erarbeitete, z.T. auch in Komm. versteckte Material zu vereinigen, lag in → Aristophanes' von Byzanz Λέξεις vor, einem Werk, das teils nach sachlichen Kategorien, teils regional nach Dialekten angelegte Abschnitte umfaßte. In der Folgezeit wurde, nach allem, was wir wissen, das Niveau dieses Werkes nicht wieder erreicht. Die Späteren beschränkten sich entweder (wie der Krateteer Zenodotos, Silenos von Chios und Kleitarchos von Aigina) auf die Slg. reiner Dialektglossen oder beschäftigten sich in der Nachfolge der großen hellenist. Grammatiker des 3./2.Jh. mit einzelnen Autoren (etwa → Philoxenos Περὶ τῶν παρ' Ὁμήρῳ γλωσσῶν) oder engen Sachgebieten (z.B. Artemidoros von Tarsos ὀψαρτυτικαὶ γλῶσσαι).

4. Obwohl die G. der frühen Kaiserzeit noch eine Reihe bedeutender Namen (→ Didymos Chalkenteros, → Seleukos, → Apion) und riesige Sammelwerke aufzuweisen hat, auch noch neue Gebiete hinzunimmt (Platon, Historiker u.a.), beginnt sehr bald ein entscheidender Verflachungsprozeß. Als bes. störend wurde die »unpraktische« Anlage der älteren Slgen. empfunden. Die Reihenfolge der Lemmata war ja entweder am Text eines Autors orientiert, oder es handelte sich um Onomastika für bestimmte Sachgebiete, wobei manche Glossographen auf das allgemein übliche Wort mehrere Dialektbezeichnungen folgen, andere wiederum ein Dialektwort selbst das Lemma bilden ließen. In jedem Fall war längeres Nachschlagen unvermeidlich. Daher wurden neue Glossen-Slg.en von nun an gern alphabet. angelegt (für die att. Redner z.B. → Kaikilios von Kale Akte, → Harpokration); ältere Werke aber brachte man durch eine gründliche Überarbeitung, die oft radikale Kürzung bedeutete, in die gewünschte lexikal. Form (lehrreiches Beispiel: das Hippokr.-Glossar des → Erotianos). Selbst modernste Slg.en, die als zu umfangreich empfunden wurden, unterlagen bald der Epitomierung, wie etwa das gewaltige Werk des → Pamphilos (95 B.), dessen Reste schließlich, über → Iulius Vestinus und → Diogenianos, in das Lex. des → Hesychios eingingen, die für uns reichhaltigste Slg. namentlich von Dialektglossen. Kein einziges Werk, das die griech. G. in ihrer besten Zeit hervorgebracht hat, ist in seiner Originalfassung erhalten geblieben. Daran ist zu einem nicht geringen Teil auch der literar. Attizismus mit seinen verengten Interessen schuld, aber immerhin sind wenigstens die Konturen dieser Gattung dank dem in Lex., Etymologika und Scholien spätant. und byz. Zeit bewahrten Material noch kenntlich.

5. Die spätant. zweisprachigen (lat.-griech. bzw. griech.-lat.) Glossare entstanden vorwiegend aus dem Bedürfnis, die 2. Reichssprache zu erlernen. Sie stehen daher mit den »fremdsprachlichen« Lehrbüchern (→ Ps.-Dositheus' Hermeneumata) in Zusammenhang. Das Material der uns erhaltenen Glossare (am wichtigsten: Ps.-Philoxenos, CGlL 2,1 ff.; 2,123 ff. Lindsay und Ps.-Kyrillos) ist aus verschiedenen Quellen, darunter Spezialglossaren für jurist. Ausdrücke, geflossen. Ein botanisches Glossar läßt sich aus Ps.-Apuleius' De herbis (CML 4; vgl. CGlL 3,535 ff.) rekonstruieren.
H. Gä.

1. *Tolkiehn*, RE XII 2432ff. 2. *K.Latte*, Philol. 80, 1925, 136ff. 3. *Goetz*, RE VII 1436ff.

II. Lateinisch. 1. Allgemeines. 2. Republikan. Zeit. 3. Kaiserzeit. 4. Frühes MA. 5. Zweisprachige Glossare.

1. Die lat. G. ist ein Derivat der griech.; sie kam auf, als Rom in spätrepublikan. Zeit überhaupt die Probleme, Formen und Methoden der hellenist. Grammatik übernahm. Die gleichfalls rezipierten Fachausdrücke *glossa*, *glossema* (das Synonym *glossarium* Gell. 18,7,3) bezeichnen zwar wie im Griech. allg. das wenig gebräuchliche, der Erklärung bedürftige Wort (Quint. inst. 1,1,35. 8,15); indes konzentrierten sich die Bemühungen der republikan. und kaiserzeitlichen G. auf altertümliche Wörter und Wortbedeutungen. Im weiteren Sinne verwandte man den Begriff *glossa* für das schwer verständliche Wort einschließlich des Interpretaments (z.B. Varro l.l. 7,10). Der Plural *glossae*, *glossemata* konnte eine Slg. von Glossen bezeichnen (so in dem Titel *Liber glossematorum*: Ateius bei Fest. 181 a 18 M.). Die einfachste Form der Glosse erläuterte das Lemma durch einen einzigen bekannten Ausdruck (Isid. orig. 1,30); die gelehrte G. pflegte ziemlich ausführliche Beschreibungen darzubieten, etym. Bestimmungen hinzuzufügen und Belegstellen zu nennen. Glossare waren in vielfältigen Formen verbreitet; man kannte Vokabularien zu einzelnen Literaturwerken, deren Lemmata sich in ihrer Reihenfolge nach dem erklärten Text richteten, sowie mehr oder minder umfangreiche, alphabet. oder nach Sachgruppen geordnete Slg.en. Über die verwandte Gattung der Synonymenlexika → Differentiarum scriptores. Die glossograph. Werke sollten teils die in der Schule betriebene Schriftstellerlektüre erleichtern (vgl. Asinius Gallus bei Suet. gramm. 22. Quint. inst. 1,1,34 f.), teils wurden sie zu wissenschaftlichen, bes. zu hist.-antiquar. und philolog. Zwekken angefertigt. Für die moderne Forschung sind sie von vielfältigem Wert: sie vermitteln Frg. verlorener und Lesarten erhaltener Literaturwerke;

sie bereichern die hist. Kenntnis und dienen als Hilfsmittel der Exegese; sie steuern in lexikal. und sprachgesch. Hinsicht bedeutsames Material bei. Allerdings stehen im wesentlichen nur spätant. und frühmittelalterliche Slg.en zu Gebote, deren Inhalt verschiedenen, oft undefinierbaren Quellen (älteren Glossaren, glossierten Hss., Scholien, Grammatikerschriften usw.) entstammt; die meist anonymen Verfertiger pflegten das ihnen Erreichbare zu exzerpieren, zu epitomieren und auf mannigfache Weise zu kontaminieren. Es ist daher oft schwierig, die Spreu vom Weizen zu sondern; die glossograph. Werke geben ähnliche Quellenprobleme auf wie die Scholien.

2. Die spätrepublikan. G. erreichte offenbar in ziemlich kurzer Zeit ein achtbares wissenschaftliches Niveau. Vornehmlich durch Varro (l.l. 7) und Verrius Flaccus (Epit. des Festus) sind außer anonymen *glossematorum scriptores* (Fest. 166b 8 M.) vor allem → Aurelius Opilius (bis z.Z. Sullas) und → L. Ateius Praetextatus (bis etwa 29 v. Chr.) als Vf. glossograph. Werke bekannt. Zudem enthielten Schriften des → L. Aelius Stilo und des → Ser. Clodius (II 1, wo Sex. in Ser. zu bessern), des → Santra und des → L. Cincius glossograph. Material. Diese bis auf geringe Spuren verschollenen Slg.en wurden von Varro und Verrius ausgiebig benutzt. Zumal das große lexikal. Werk des → Verrius *(De verborum significatu)* nahm die ältere G. in sich auf und bot in abschließender Synthese dar, was eine über 100jährige Tradition antiquar. Forschungen geleistet hatte. Verrius steht zu seinen republikan. Vorgängern in einem ähnlichen Verhältnis wie sein Zeitgenosse Livius zur Annalistik.

3. Varro und Verrius wiederum wurden teils unmittelbar, teils mittelbar von der späteren G. ausgebeutet; Splitter des kostbaren Materials gelangten bis in die frühmittelalterlichen Glossare. Das wichtigste Erzeugnis dieser Art ist die z.T. erhaltene Epit. in 20 B., die → Pompeius Festus (2. Jh. n. Chr.?) von dem wohl seit spätant. Zeit verlorenen Werk des Verrius anfertigte. Über eigene glossograph. Arbeiten der Kaiserzeit verlautet so gut wie nichts. → Charisius erwähnt unbestimmbare *glossae antiquitatum* (297,24 B. Vgl. 315,25); der alphabet. geordnete *Stromateus* des → L. Caesellius Vindex behandelte wohl auch lexikal. Fragen (Gell. 2,16,5). Im Verhältnis zu grammat., antiquar. und enzyklopäd. Werken war die G. meist der nehmende Teil; so wurden Gellius, Donatus, Macrobius, Servius, Priscianus, Isidorus u.a. für lexikal. Zwecke benutzt, und aus Nonius sowie aus der *Expositio sermonum antiquorum* des Fulgentius stellte man reine Glossare her. Andererseits beschaffte sich → Martyrius das Material für seine orthograph. Monographie z.T. aus glossograph. Slg.en; vielleicht geht auch das 10. B. von Isidors Etymologien auf derartige Quellen zurück. Literaten der Spätzeit bedienten sich der Glossare,

um ihren Stil mit seltenen Wörtern auszuschmükken (s. bes. die prosaische Praefatio in der Anth. Lat. PLM 4,241–243); diese Gepflogenheit setzte sich über die *Hisperica famina* und Aethicus Ister bis ins MA. fort. Der einzige namentlich bekannte Glossograph der Spätant. ist → Placidus, dessen wertvolle Slg. in 3 Rezensionen überliefert ist.

4. Aus dem frühen MA. hat sich eine erhebliche Anzahl anonymer Glossare erhalten, die Materialien verschiedensten Ursprungs darbieten und untereinander auf mannigfache Weise verwandt sind. Man pflegt sie nach dem ersten Stichwort *(Glossae abstrusa, abolita, abrogans, affatim, abavus* usw.*)* oder nach dem Aufbewahrungsort der wichtigsten Hs. *(Glossae Sangallenses, Amplonianae* usw.) zu benennen. Die größte und bedeutendste Slg. unter ihnen ist der *Liber glossarum* (auch als *Glossarium Ansileubi* bekannt, nach einem angeblichen gotischen Bischof Ansileubus), der wohl während des 8. Jh. in Spanien entstand. Dieses Lex. beruht im wesentlichen auf den Etymologien u.a. Schriften Isidors; ferner wurden Vergil-Glossen, die Placidus-Slg., das Glossar Abstrusa, Exzerpte aus Werken der Kirchenväter u.a. verwendet. Paulus Diaconus fertigte z.Z. Karls d. Gr. einen Extrakt der Festus-Epit. an. Dieses Material, bes. der *Liber glossarum*, diente den großen lexikal. Werken des hohen und späten MA. als Basis: dem *Glossarium Salomonis* (nach Salomon III. von Konstanz, † 919), dem *Elementarium doctrinae rudimentum* des Papias (um 1050), der *Panormia* des Osbern von Gloucester (12. Jh.) sowie den Kompendien des Hugutio (12. Jh.) und des Johannes Januensis (13. Jh.). Unter den Spezial-Slg.en erfreuten sich außer medico-botan. Vokabularien vor allem bibl. Glossare größter Verbreitung.

5. Über die lat.-griech. und griech.-lat. Lexika, die der Spracherlernung dienten, s.o. I,5. Die Grammatiker der Kaiserzeit stellten außerdem zu Zwecken der Sprachvergleichung alphabet. geordnete Listen zusammen, die sog. *idiomata*, d.h. lat. Wörter, enthalten, deren Genus oder Rektion von den gleichfalls aufgeführten griech. Äquivalenten abweicht (s. z.B. Charis. 573ff. B.). Aus der spätant.-frühmittelalterlichen G. gingen die ersten lat.-volkssprachlichen WB.-er hervor. Die Abrogans-Slg., die Bischof Arbeo (764–783) aus der lombard. Heimat nach Freising mitgebracht hatte, erhielt dort eine bairische Interlinearversion; von dem Glossar Affatim wurde eine alemannische Bearbeitung angefertigt, und auch im *Glossarium Salomonis* brachte man althochdeutsche Glossen an. Der *Vocabularius Sancti Galli* (2. Hälfte 8. Jh.), ein nach Sachgruppen geordnetes lat.-deutsches WB., geht letztlich auf die pseudo-dosithean. Hermeneumata zurück. M. F.

Ta.: *Götz* Corpus glossariorum Latinorum, 7 Bde., 1888–1923. Glossographi Latini. Glossaria Latina, iussu Acad. Brit. edita, 5 Bde., 1926–1931.

1. *G. Götz* De glossariorum Latinorum origine et fatis,

CGlL 1, 1923 (grundlegend). 2. *Schanz-Hos.* 4,2,246–257. 3. *L. Strzelecki* Quaestiones Verrianae, 1932. 4. *F. Lammert*, BursJb 252, 1936, 157–162. 5. Oxford Class. Dict. 389 (Lit.). 6. *M. Niedermann* Recueil M. Niedermann, 1954, 65–136. 7. *J. André*, RPh 28, 1954, 52–64. 8. *Ders.*, Arch. Lat. Medii Aevi 26, 1956, 185–211. 9. *Ders.*, RPh 33, 1959, 237–245. 10. *H. Thoma* Reallex. der deutschen Literaturgesch. 1, 1958[2], 579–589. 11. *M. G. Bruno*, RIL 93, 1959, 115–154.

Glycerius. W.-röm. Kaiser vom März 473 bis Juni 474, vorher *comes domesticorum* unter → Olybrius. Der oström. Kaiser Leo erkannte G. nicht an und entsandte gegen ihn eine Flotte unter Iulius Nepos. G. ergab sich dem im Juni 474 bei Rom gelandeten und zum Kaiser ausgerufenen Nepos ohne Kampf. G., der als frommer Christ galt, ließ sich als Bischof von Salona ordinieren. 480 soll er die Ermordung des Nepos veranlaßt haben (Ioh. Ant. frg. 209,2. Malchus bei Phot. Cod. 78. Iord. Get. 239f. und 283f.). Mz.: COHEN 8,236. A. L.

Glykera s. Pausias

Glykon. 1. Unbekannter griech. Dichter (?), nach dem der versus glyconeus (Heph. 10,2) benannt wurde. Choirob. Komm. Heph. z. St. verwechselt ihn mit dem Komiker Leukon (CAF 1, 703; EDMONDS Fr. Att. Com. 1,792ff.). Unbekannt, aber jedenfalls späterer Zeit angehörend, ist ein anderer G., Vf. von Anth. Pal. 10,124 (auch 124b und 125?).

O. Leichsenring De metris gr. quaest. onomatologae, Diss. Greifswald 1888, 10.27.

2. Griech. Rhetor der frühen Kaiserzeit, mit dem Beinamen Spyridion (Sen. contr. 2,1,39 u. ö. Quint. 6,1,41). Der ältere Seneca, der ihn mehrfach lobend erwähnt (contr. 1,7,18; suas. 1,11 u. ö.), tadelt andererseits wiederholt seine Geschmacklosigkeit (contr. 10,5,27; suas. 1,16 u. ö.). H. Gä.

Buschmann Charakteristik der griech. Rhetoren b. Rhet. Sen., Progr. Parchim 1878, 4ff.

3. Als Arzt des Consuls C. Vibius Pansa (RE VIII A 1963, 15ff.) wurde er nach dessen Tod 43 verdächtigt, verhaftet und wahrscheinlich beseitigt. Cic. ad Brut. 1,6,2. Suet. Aug. 11 *(Pansae ... adeo suspecta mors fuit, ut Glyco medicus custoditus sit, quasi venenum vulneri indidisset)*, vgl. Cass. Dio 46,39,1. H. G. G.

4. *Γλυκων Ἀθηναιος ἐποιει* hat im 1. Jh. v. Chr. (LIPPOLD Kop. u. Umb. 57f.) der Bildhauer des Herakles Farnese im NM. Neapel signiert. Das Original gilt nach Inschr. der Replik in Florenz (Pal. Pitti, BrBr. 254, LÖWY Inschr. gr. Bildhauer Nr. 506) als Werk Lysipps, nach Mz. vielleicht als jenes, das Pausanias (2,9,8) auf der Agora in Sikyon sah (LIPPOLD HBArch. 281f.). Weitere Inschr. (LÖWY a.O. 507–509) sind umstritten. H. Ma.

Glykyrrhiza. Die Leguminosengattung G. L. (*γλυκύρριζα* schon bei Theophr., Diosk. u. a.), daraus spätlat. *liquiricia, liguricia*, dt. Lakritzen, frz. réglisse usw., Süßholz) umfaßt 12 vorwiegend subtrop. Stauden, deren Wurzelstöcke und Wurzeln den Süßstoff Glycyrrhizin enthalten; in S.-Europa weit verbreitet und aus alter Kultur verwildert Gl. glabra L., welsches Süßholz mit kahlen Hülsen und weniger weit verbreitet Gl. echinata L. (russisches Süßholz), wohl das *σκύθιον* des Diosk., radix scythica bei Bauhin u. a., mit bestachelten Hülsen. Ihr eingedickter Saft (Lakritzen, Bärendreck) findet als schleimlösendes Heilmittel vielfache Verwendung. H. G.

Glympeis (*Γλυμπεῖς*). Bei Pol. 4,36,4f. 5,20, 4f. Ort in der Landschaft Kynuria im Parnon, bei Paus. 3,22,8 *Γλυππία*, die Ruinenstätte Palaeochora beim h. Hg. Vasilios (*Λύμπια*). E. M.

1. *A. J. B. Wace–F. W. Hasluck*, ABSA 15, 1908/09, 165. 2. *Rhomaios* *Πρακτικά* 1911, 277f. 3. *Bölte*, RE VII 1476. III A 1316,23ff.; MDAIA 34, 1909, 376ff. 4. *J. Walker* Kynouria, 1936, 61ff. 5. *H. Waterhouse–R. Hope Simpson*, ABSA 56, 1961, 135.

Gnathia (NISSEN It. Ldk. 2,860. M. MAYER RM 12, 1897, 233ff.), Hafenstadt der Peuketier (Strab. 6,282f. Ptol. 3,1,15) bzw. Poediculi (Plin. nat. 3,102: 2. Region. Tab. Peut. 6,5) s. ö. Monopoli an der Vereinigung der via → Minucia (Tab. Peut.) und der Küstenstraße (Itin. Ant. 117,4. 315,4). Namensform nach Inschr. eines bei Fasano gefundenen Bronzestabes (IG XIV 685: *ΓΝΑΘΙΝΟΝ*). Wunderbericht über Selbstentzündung (Plin. nat. 2, 240) von Weihrauch verspottet bei Hor. s. 1,5,97; *Lymphis iratis exstructa* (Hor.) kann nicht durch Wasserarmut (Porph. z. d. St.) erklärt werden; h. Torre d'Egnazia. G. R.

Gnipho. Cognomen (*Γνίφων*, »Geizhals«, RE III A 1826). – M. Antonius G., Redelehrer und Lehrer Ciceros (114–64 v. Chr.), s. o. Bd. I 412, Nr. 12. H. G. G.

Gnome (*γνώμη*). **1.** Noch vor 380 v. Chr. wurde im att. Richtereid (Demosth. 20,118. 23,96. 39,40) u. in dem Richtereid der delph. Amphiktyonie (Syll.[3] 145) das Rechtslückenproblem in der Weise gelöst, daß die Richter angewiesen wurden: *κατὰ τοὺς νόμους δικάζειν, περὶ ὧν δ' ἂν νόμοι μὴ ὦσι, γνώμῃ τῇ δικαιοτάτῃ*. *Γ.* bedeutete also hier, aber auch noch im ptolem. Rechtsdenken (Pap. Gurob 2. [5]), die richterliche Rechtsüberzeugung. Über die sich aus dieser weiten Fassung in der Prozeßpraxis ergebenden Mißstände s. [4]. 2. Selten und nur in späterer Zeit: richterliches Urteil (IG IV 364; SGDI I 1154; s. [1], 1499). 3. In Athen, in klass. Zeit: Gutachten des Rats über den an die Volksversammlung einzubringenden Antrag eines einzelnen ([1],1485), später wie unter 4. 4. Außerhalb Athens: Der Antrag der mit der Antragstellung beauftragten Behörde oder eines Ratsausschusses ([1],1485. 1494. [2]. [3]). 5. Von der klass. bis in die hellenist. Zeit: Beschluß des Volkes, des Rates oder einer Gemeinde ([1],1496f.). 6. In privaten Verträgen: Einwilligung (vgl. BGU 1126). E. B.

1. *O. Schultheß*, RE VII, 2,1481f. 2. *H. Swoboda* Griech.

Volksbeschlüsse, 1890, 35f. 3. *W. Larfeld* Epigr. 344f. 4. *E. Ruschenbusch*, Hist. 6, 1957, 265f. 5. *H.J. Wolff*, Deutsche Landesref. zum 6. Internat. Kongreß für Rechtsvergl. in Hamburg, 1962, 16.

2. Gnome, term. techn. der Rhet., Poetik und Stillehre, lat. *sententia* (Quint. inst. 8,5,3). Etym.: zu ἔγνων gebildet, etwa nach Vorbild φήμη (E. Risch, briefl.); s. Brugmann Gramm. 218. B. Snell, PhU 29, 1924, 31 ff. Kittel, ThW s. γινώσκω. P. Chantraine La formation des noms en grec ancien, 1933, 148 ff. Benveniste, BSL 59, 1964, 37. Nach den im Detail variierenden ant. Angaben bezeichnet G. eine in allg., nach Möglichkeit prägnant-kurzer Formulierung mitgeteilte Erkenntnis, die infolge der stofflich-formalen »Abgeschlossenheit« für sich allein zitierbar ist als in einem gegebenen Milieu objektiv anerkannter Grundsatz bzw. als subjektiv im Sinn des Sprechenden anzunehmende Wahrheit; die G. bemerkt im Kontext über den vorliegenden Fall hinaus die Allgemeingültigkeit dessen, was sich hier und jetzt so oder so verhält. Sie hat zum Thema menschliches Leben und Befinden, bes. sittliches oder lebenskluges Verhalten (Stellung des Menschen in der Gemeinschaft; reale Beziehungen der Menschen und Dinge; Welt des Moralischen; transzendente Notwendigkeiten und Abhängigkeiten) oder bezieht sich mittelbar darauf, als Aussage (oft wertbestimmend) oder als fordernde G. Die G. gibt keine Feststellung theoret. Zielsetzung. Sie hat u.U. einen erklärenden ἐπίλογος (G. + ἐπ. = Enthymem); in der Schlußstellung wird sie zum ἐπιφώνημα. Normalform: Aussagesatz; auch Aufforderung, rhet. Frage. Neben den echten G. (nicht unbedingt vom Kontext formal völlig unabhängig) stehen gnomennahe Aussagen (Beispiele: Ahrens [12],154. Meister [19],18 ff. 37 ff.); Merkmale: a) gnom. Gedanke in nur halbwegs gnom. Form; fehlende Abgeschlossenheit des allg. Gedankens (z.B. ohne Rahmen unverständliche gnomoide Sätze); dem Inhalt nach eigentlich allg. Aussage mit individueller Fassung einzelner oder aller Teile; allg. Weisheit, auf die angespielt wird, in einem konkret-individuellen Ausspruch enthalten; etc.; längerer Gedanke allg. Prägung (»gnom. Partie«; »Reflexion«; kann mehrere G. umfassen); b) gnom. Form ohne gnom. Sinn. Früheste sichere Belege für die rhet. Bedeutung von G.: Alte Komödie (Bezugnahme auf die Sophistik: Phaiax, Agathon etc. [Belege: Meister (19),7 f.]; vgl. Polos b. Plat. Phaidr. 267c); Isokr. 2,44 (τὰς καλουμένας γνώμας). Die G. ist wohl schon im letzten Viertel des 5. Jh. Gegenstand der rhetor. Unterweisung. Ant. Äußerungen über Wesen, Verwendung, Nutzen etc. der G.: Ps. Aristot. rhet. Alex. 11 u.ö.; Aristot. rhet. B 21. Γ 17. Rhet. Her. 4,24 f. Quint. a.O.; → Progymnasmatiker (G. als Aufsatzthemen), etc. (Material: Framm [4], 2 ff.). Moderne Definitionen: Niemeyer [10],1 ff., der G. und Sentenz unterscheidet (behandelt auch Unterschied zum Sprichwort); Bielohlawek [14], der für die ältere griech. Z. bis Aristot. G. (»Sentenz der Dichtung und kunstmäßigen Rede«) und echte, selbständige Weisheitssprüche (ὑποθῆκαι) trennt; Lausberg [20]. Die G. wird, in Poesie oder Prosa eingeflochten, als Ausdrucks- und Kunstmittel verwendet, oder sie ist als selbständiger Weisheitsspruch Selbstzweck wie in der belehrenden Weisheits- und Spruchdichtung (bes. Hesiod, Theognis, Phokylides, Chares etc.; »gnomisch« heißt öfter eth. Dichtung überhaupt), bzw. in der die poet. Tradition fortsetzenden Prosalit. (Siebenweiseng., Demokr., Isokr.).

Die Stilform der G. war bei den Alten beliebt. A. Poesie: a) Homer (G. häufiger in der Odyss.); b) Musaios, → Pittheus, → Hesiod (Erga), Χίρωνος ὑποθῆκαι (vgl. Klearch. Frg. 75 W.), → Phokylides, Ps. Phokylides (jüd. Einfluß), Demodokos v. Leros, pythag. Χρυσᾶ ἔπη (Quelle ἱερὸς λόγος?) m. Komm. d. → Hierokles; alte Elegie, → Theognis; c) Semonides, Ananios, → Chares (wohl 4./3. Jh.; Versifizierung popul.-rhet. Paränese mit Anschluß an die Trag.); Skoliendichtung; gelegentlich Archilochos; d) Chorlyrik, zu deren Stil G. gehören (bes. seit Simonides. Bakchylides, Pindar; vgl. schon Alkman); e) Aischylos; bes. Sophokles und der σκηνικὸς φιλόσοφος Euripides (s.u.; G. stellen Interpolationsproblem); Agathon; jüngere Trag. (Chairemon, Theodektes etc.). Stob. gibt viele trag. Eklogen; f) Komödie: Epicharmos, γνωμικός (Einleitung zu einer G.-Slg. mit Empfehlung für eth.-rhet. Zwecke, in Tetrametern, auf PHib. I 1, 3. Jh. v. Chr. [Nr. 363 Pack²] erhalten; vgl. Pack² Nr. 364. 1567/69. 1572; Diels Vorsokr. 23 B p. 193 f.; Axiopistos als Vf. einer Slg. epicharm. G. bei Philochoros genannt: FGrH 328 F 79), wozu vgl. Sophron; μέση (Alexis. Antiphanes u.a.); νέα (Menander [s.u.], Philemon, Diphilos u.a.). Die ἀρχαία ist eher G.-arm. g) Stob. kennt auch die spätere »gnom.« Dichtung: Kyniker (vgl. → Phoinix v. Kolophon u.a. [PHeid. 310 (Pack² Nr. 1605): choliamb. Floril.; vgl. Pack² Nr. 238/39. 1349]; → Kerkidas), Stoiker, Krantor, Hippothoon, Simylos, Sotades (Echtheit der Sprüche [J.U. Powell Collect. Alexandr., 1925, 240 ff.] fraglich) etc. (Autoren: G.A. Gerhard Phoinix v. Kol., 1909); Naumachios (hexametr. Weiberspiegel; E. Heitsch, AAG 3. F., 49, 1961, 92 ff.); h) Palladas; etc.

B. Prosa: → Siebenweiseng., bes. jussiv (auch poet., z.T. lat. Einkleidungen: Gerhard 269 ff.; z.B. die Wölfflinschen Sprüche aus cod. Par. gr. 2720 [SBAW 1886, 287 ff.; vgl. W. Studemund, WklPh 3, 1886, 1584 ff. W. Meyer, SBAW 1890, II, 374 ff.]; vgl. RE II A 2255 f.); delph. Spruchweisheit; Aisopika (auch Verse); ältere Philos.: Herakl. (spruchartige Sätze), Antiph. und Demokr. dessen eth. Frg. (z.B. π. εὐθυμίης-ὑποθῆκαι [Diels Vorsokr. 68 B 119; wohl eher Originalwerk als späterer Auszug]) bes. in Gnomologien erhalten sind

(Stob. und »Demokrates-G.« [68 B 35ff.], wohl aus gemeinsamer Quelle; Maximus, Antonius etc.; vgl. 68 B 302ff., auch aus syr. und arab. Quellen); Herodot (G. nicht ganz selten); Thukydides (G.-Reichtum im Alt. gelobt); hippokrat. Aphorismen, *π. νούσων* IV, *π. τροφῆς*, *Κνίδιαι γνῶμαι* (Euryphon); Kritias *Ἀφορισμοί*; Hippias (Troikos); Isokrates (polit. Paränesen) und Ps. Isokr. ad Demon., in Byzanz und bis in die Renaissance beliebt; klass. Redner, mit mäßigem Gebrauch von G. (effektvolle G. bei Demosth.; gewisse Vorliebe auch bei Aischin., Lykurg, Hyp.); Anaximen (2), Ephoros, Theop.; Epikur (*Κύριαι δόξαι* [nach Demokrits Vorgang Originalwerk (v. d. Mühll) oder später exzerpiert (Usener)?]; Gnomol. Vat. gr.1950; Pack[2] Nr. 2574; Diog. v. Oin. und andere Slg.en [Horna, WS 49, 1931, 32ff.]; vgl. Wolfg. Schmid, RACh 5,695ff. 768. 771. 805); Pythagoras- und Pythagoreersprüche (*Γνῶμαι*, auch syr. überl.; Archytas, Theano; Symbola, Homoia etc.; s. A.; s.u.); Musonius; Epiktet (*ἐγχειρίδιον*); Favorin; Epistologr.). Die Paränese mit der scharfen Prägung der G. und ihrer losen Aneinanderreihung vermittelte auch der → Diatribe (s.o. A g) Formen und Gedanken. Viele Ps. Epiktetea (M. Spanneut, RACh 5,617f. [Fehler!]. 671f.) in den Gnomologien: Stob. (vgl. cod. Vat. gr. 1144), wovon manches bei → Moschion wiederkehrt; Slg. DIE (Maximus).

G.-Sammlungen (Gnomologien), Sonderfall der → Anthologie, waren von mannigfachem Nutzen (Elementar- und Rhetorikunterricht [Barns (17); vgl. Pack[2] Nr. 2643 (P. Bouriant 1). 2642 (Livre d'écolier). 1567/68 (?). 1574/75. 1577. 2712ff. etc.]; Unterweisung in Moral und prakt. Lebensweisheit; Erbauung, Hilfe für verschiedene Lebenslagen; persönlicher Gebrauch, etc.); vgl. schon Xen., Isokr., Plat., Aischin. (Belege: P. Wendland Anaximenes v. Lampsakos, 1905, 84. 100f.; Bielohlawek [14],58; über die Wirkung poet. Gnomik Sen., bei Gerhard 290), ferner die kyn.-stoischen Chrienslg.en (→ Metrokles, → Hekaton etc.; vgl. auch → Demetr. Phal., Simonideschrien [Pack[2] Nr. 1459]). Weitere Belege für das Interesse der hellenist. Frühzeit an Spruchslg.en: Kyzikener Slg. (Sylloge[3] Nr. 1268; ca. 300 v. Chr.; ≙ Sosiades [RE Suppl. VII 1220]), Epicharm (s. o.). Z.T. wissenschaftliches Interesse (Bedeutung alter Spruchweisheit für Aristot.!) leitete Demetrios v. Phaleron (Siebenweisensprüche) und Aristoxenos (*Πυθαγορικαὶ ἀποφάσεις*; vgl. Iambl. v. P.). Philosophen (Chrysipp) benötigten Dichterzitate als Belegmaterial für die eigene Lehre. G. sind auf z.T. schon frühptol. Pap., Ostraka etc. überliefert: Pack[2] Nr. 1567ff. 1878ff. (u. 1887a). 1991ff. (Prosaslg.en eher spät). 2292. 2588. 2603. Bes. beliebt bei den Gnomologen waren Euripides und Menander. Euripidesflorilegien: Vindob. philol. gr. 321 (Stob., ed. Meineke 4,264ff.); Marc. gr. 507 (WS 11, 1889, 309ff.); Gnomol. Venetum und Vatopedianum (CQ 53 [9], 1959, 129ff.). Nach Görler (s.u. Lit.) hat Menander selbst im Gegensatz zu den trag. Vorbildern nur selten in sich geschlossene, allg. formulierte G. gehabt, dagegen viel G.nahes und unauffällig in die Erzählungen eingelegte allg. Gedanken (*γνωμολογίαι*); die vielen gnom. Menanderfrg. verdanken die abgerundete Form den Gnomologen. Die weitverbreiteten, beliebten Slg.en der *Μενάνδρου γνῶμαι μονόστιχοι* (*Μ.ου παραινέσεις*; schon ab 1./4. Jh. n. Chr. belegt [bes. Pack[2] Nr. 1591; auch 1584. 1586. 1588/90. 2643]; auch in kopt., altslav. und arab. Tradition; bei den Arabern z.T. als Homer oder Greg. Naz.) geben Verse verschiedener Dichter, z.T. gnomolog. grob entstellt, auch viele junge Versifikationen geläufiger G.; nach Görler (s.u. Lit.) sind die gnom. Einzeiler, Endstadium einer längeren Entwicklung, letztlich auf themat. gegliederte Gnomologien aus mehreren Autoren zurückzuführen. Vgl. die 4 Spruchredenslg.en, wo Menand. und → Philistion (nicht Philemon; vgl. Publil. Syr.) einander gegenübergestellt werden (1. *γνῶμαι καὶ διάλεκτοι* [Athen. Spruchrede: cod. Athen. 1070]; 2. *Μενάνδρου καὶ Φιλήμονος σύγκρισις*; 3. Disticha Paris. [cod. Par. gr. 2720]; 4. *γνῶμαι* [cod. Par. gr. 1166]); zu Unrecht wurden diese Verse (auch in Maximus und Antonius eingeflossen) früher in die Slg.en der att. Komiker aufgenommen. Die Existenz von nur einem Autor (auch Demokr., Epicharm, Epikt., Epik., Pythag., Siebenweise etc.) gewidmeten, u.U. alphabet. nach Werktiteln geordneten Gnomologien erschließt man auch z.B. aus Stob., Orion und Pap., ab 3./2. Jh. (Pack[2] Nr. 426. 444. 1576. 1580); Gnomologien konnten auch themat. geordnet sein (Stob., Orion, Pap. [Barns (17),1f.]) oder (und) alphabet. nach den Anfangsbuchstaben der Eklogen (Menandermonost.; flor. *ἄριστον καὶ πρῶτον μάθημα*; pythag. G.), evtl. als Spruchalphabete (→ *abecedarii*; poet.: P. Bouriant 1; Pack[2] Nr. 1584. 1586. 2662; Sotadea; Gregor. Naz. carm. mor. 30; pros.: Theoktistos, Euagrios [Neilos; s. Sextus]; erbauliche Alphabete bei den Byzantinern sehr beliebt [Ignatios Diakonos etc.]; s. Krumbacher 717ff.). Die bei den Christen beliebten Sextus-G. berühren sich mit den Pythagorea und Porph. *πρὸς Μαρκέλλαν* (mosaikartig, mit den Florilegien verwandt: Epicurea, Pythagorea [Poseidonios?] etc.; vgl. Wolfg. Schmid, RhM 94, 1951, 144ff.); pythag.-sext. Lit. auch in der Slg. *ἄριστον καὶ πρῶτον μάθημα* (WS 11, 1889, 1ff.) benutzt, neben Demokr., plut.-sokrat. Homoiomata, Ps. Isokr. ad Demon., menandr. Monost. u.a.; vgl. Iambl. protr. Viele ps. ion. G. eines Eusebius (RE VI 1445) gibt Stob. Ältere Vertreter chr. Spruchweisheit (4. Jh.): Euagrios Pont. (s. Sextus; Neilos [A. Grilli, Paideia 12, 1957, 337f.]), Greg. Naz. (*γνωμολογία τετράστιχος* u. a. Dichtungen; mit syr. und arab. Übers.); vgl. Apophthegmata patrum etc. Noch kenntliches, spätant. Sammelbecken der – auch u.a. bei Plut., S. Emp. (auch Pol., M. Aur., Lukian., Themistius) und den Christen (Clem. Al., Greg. Naz., Boeth.; Apologeten: Ps. Iust., Athenagoras, Theophilos; z.T. mit Fälschungen usw.) benutzten – ant. Florilegien (jetzt ein Trümmerfeld) ist → Stobaios (vgl. Orion *συναγωγὴ γνωμῶν ἤγουν Ἀνθολόγιον*; nur dürftiger Auszug erhalten), der dann in die byzant. Florilegien eingeflossen ist: z.B. flor. cod. Laur. 8,22 (s. Stobaios); Parallela, sacro-profan (s. Maximus). Weitere byz. Florilegien: Makarios Chrysokephalos (*Ῥοδωνία*); Michael Apostolios und Arsenios (*Ἰωνιά*). Geistliche Florilegien enthalten Aussprüche eines Autors (Greg. Naz., Basil. d. Gr., Ioh. Chrys. etc.) oder sind weiter angelegt (Ioh. Damask.); verwandt sind die → Katenen. Vgl. auch die didakt. Werke des Photios (*παραίνεσις διὰ γνωμολογίας*; vgl. die Briefe), Konstantin Manasses (?), Spaneas (Grundlage: Ps. Isokr. ad Demon.), Georgios Lapethis, Sachlikis, Depharanas etc.; Fürstenspiegel: → Agapetos (Quelle: Isokr., Pythag., Basil., Greg. Naz.), Basilios I (? K. EMMINGER Stud. z. d. griech. Fürstenspiegeln, Diss. Münch. 1913, 23 ff.), Theophylaktos Bulg., Manuel II etc.; ferner *Χριστὸς πάσχων*, *Ἄνθος τῶν χαρίτων*, *Γνῶμαι καὶ ἐκφράσεις πρὸς χρῆσιν ἐν ἐπιστολαῖς*. Für das Studium der byz. Florilegien ist die slaw. G.- und Spruchlit. bes. wichtig.

Die h. vernachlässigte, einst bes. durch F. Ritschl, C. Wachsmuth, H. Diels, J. Freudenthal, W. Meyer, L. Sternbach, A. Elter (grundl.: De gnomologiorum Graec. hist. atque origine, 1893 ff.; Sammelbd. in Vorbereitung), H. Schenkl, V. Jagić, O. Hense u.a. geförderte gnomolog. Forschung untersucht die Filiation der Gnomologien (z.T. noch unpubl.) und die Arbeitsmethode der Gnomologen (gnomolog. Abänderungen des Originalwortlauts [GÖRLER 109/10]; Lemmatierung etc.); die Frage der Zuverlässigkeit der Gnomologien ist wichtig für die Textgestaltung mehrfach überlieferter Stellen (u. U. Ermittlung einer älteren, besseren Überlieferung), bei der Interpretation nur durch die Gnomologen erhaltener Frg. etc. Im Rahmen der Autoreninterpretation werden G. untersucht auf Ideengehalt, Funktion (psychol. und kompositionelle Verwendung), formale Gestaltung und Einfügung in den Kontext, Wirkung als Stilmittel etc. Mit den G. mehr oder weniger verwandt, in den Hss. und von den Hg. nicht immer getrennt: Apophthegmen, Apomnemoneumata, Homoia, *χρεῖαι* (lehrreiche kurze Anekdote, die eine Sentenzweisheit als Realität des prakt. Lebens erweist [LAUSBERG]), *ὑποθῆκαι*, Spruchweisheit, Sprichwörter (*παροιμίαι*) u.ä., *χρησμοί*, Rätsel, Fabeln etc. Im sog. Gnomol. Vatic. 743 (alphabet. nach Autoren geordnet; v. STERNBACH entdeckt, in WS 9/11, 1887/89, hg. [Neudr.: Texte und Komment. 2, 1963, mit Einl. von O. LUSCHNAT (Lit.)]; reichhaltigere Fassung als die von WACHSMUTH publ. Apophthegmenslg. [cod. Vind. theol. 149], 1882) stehen keine eigentlichen G., sondern Apophthegmen.

Die griech. Spruchweisheit wollte man gelegentlich mit dem Orient in Zusammenhang bringen; Benutzung griech. G.-Lit. in arab. Spruch- und Weisheitsslg.en: KRAEMER, ZDMG 106, 1956, 287 ff. G. auch inschr. belegt: Kyzikener Slg., Inschr. v. Thera (IG 12,3, Nr. 1020); vgl. die eth. Sprüche des Tyrannen Hipparchos, die delph. Sprüche (vgl. Isyllos), Epigr. v. Delos (Aristot. eth. Eud. 1,1) etc. Zur lat. Tradition s. → sententia.

W. Sp.

Ausg.: Eine Slg. Spruchweisheit enthaltender Texte erschien 1495 (Aldina); die ersten humanist. »gnomolog.« Drucke (vgl. *Horna*, s.u., 84 f.; *Bielohlawek*, s.u., 75 ff.) gingen bes. von der Schweiz aus. Erste Zusammenfassung der gedruckten Spruchslg.-en: *I.C. Orelli*, 1819/21; vermehrt durch *J.F. Boissonade* Anecdota Graeca, 1829/33 (Georgides u.a.). *K. Gass* Porphyr. in epist. ad Marcellam ..., Diss. Bonn 1927. *A. Phloros*, *Γνωμικὰ ἀρχαίων Ἑλλήνων φιλοσόφων καὶ ἁγ. πατέρων τῆς Ἐκκλησίας ἐκλογή*, 1952. *H. Chadwick* The Sentences of Sextus, 1959 (auch pythag. G.; s. Sextus). *D. Young*, BT, 1961 (Thgn., *χρυσᾶ ἔπη*, Ps. Phokyl., Chares [vgl. *Pack*^{2} Nr. 240], späte Skolien [*Pack*^{2} Nr. 1617/18]). Men. monost.: *J.G. Schneider*, 1812. *Mein.* FCG 4,340 ff. (mit Mängeln); ed. min. 2, 1847, 1041 ff.; beide m. Add. (s. *Łanowski*, s.u., 36); dazu *W. Meyer*, ABAW 15,2, 1880, 397 ff. (cod. Vat. Urb. 95); SBAW 1890, II, 355 ff. (cod. Par. suppl. gr. 690 [nach Meyer Imitation d. »Menandersprüche«] u.a.) und die Arbeiten v. *L. Sternbach* (WS 13, 1891, 57 ff. [cod. Par. suppl. 690] etc.; s. *Łanowski* 38 ff.). *S. Jäkel*, BT, 1964 (Pap.: XXII ff.; auch Chares; Comp. Men. et Philist. [früher, Slg. 1: *W. Meyer*, ABAW 19,1, 1890/91, 225 ff.; Slg. 2/4: *W. Studemund*, Ind. lect. Bresl., SS 1887]). Übers. slav.: *V. Jagić*, SAWW 126,7, 1892 (*Ullmann*, s.u., 13 ff.); arab. (auch Greg. Naz. carm. mor. 30): *M. Ullmann*, AKM 34,1, 1961 (Lit.; gekürzte und geänderte Fassung d. Tüb. Diss. »Griech. Spruchdichtung im Arab.«, die auch die arab. Übers. der *χρυσᾶ ἔπη* gab); vgl. *J. Kraemer*, ZDMG 106, 1956, 302 ff.; 107, 1957, 517 f.; kopt.: *Pack*^{2} Nr. 1583. Die syr. »Men.-Sprüche« (Weisheitslehre, jüd. Einfluß) haben offenbar nichts mit den Menand. G. zu tun (*J.-P. Audet*, Rev. Bibl. 59, 1952, 55 ff.). Epictetea: Epikt.-Ausg. von *H. Schenkl*, 1916, XLVIII ff. 476 ff.

Lit.: 1. *R. Volkmann* Die Rhet. der Griechen und Römer^2, 1885, 452 ff. 2. *Krumbacher* 600 ff. (Lit.). 216 ff. 378 ff. 453. 522 f. 717 ff. 749. 781 f. 802 ff. 910. Ind. s.v. Alphabete, Frauen-, Fürstenspiegel, Lehrgedichte, Paränesen. 3. *G. Reichel* Quaest. progymnasm., Diss. Lpz. 1909, 47 f. 4. *H. Framm* Quomodo oratores Attici sententiis usi sint, Diss. Straßb. 1912. 5. *Gerhard*, RE IX 659 ff. 6. *O. Hense*, ebd. 2549 ff. 7. *F.H. Colson*, CR 35, 1921, 150 ff. 8. *Christ-Schmid* 2^6,2,1087 ff. 9. *Schmid*, Ind., s. Sentenzen, Spruchdichtung, Spruchslg.-en. 10. *P. Niemeyer*, German. Studien 146, 1934 (bes. Schiller). 11. *K. Horna–K. v. Fritz*, RE Suppl. VI 74 ff. 12. *E. Ahrens* G. in griech. Dichtung,

Diss. Halle 1937. 13. O. *Guéraud–P. Jouguet* Un livre d'écolier du IIIe siècle avant J.-C., 1938, XXIVff. 14. *K. Bielohlawek* Hypotheke und G., Philol. Suppl. 32,3, 1940. 15. *H.L. Davids* De gnomologieën van Sint Gregorius van Nazianze, Diss. Amsterdam 1940 (vgl. *J. Schmid*, ByzZ 41, 1941, 194ff. 16. *H.-I. Marrou* Hist. de l'éducation dans l'Antiquité, 1948, 493f. (Lit.). 17. *J. Barns*, CQ 45 (1), 1951, 1ff. (ausgeh. v. *Pack*² 1574). 18. *J. Defradas* Les thèmes de la propagande delphique, 1954, 268ff. 19. *Cl. Meister* Die Gnomik im Geschichtswerk des Thukyd., Diss. Basel 1955. 20. *H. Lausberg*, HB lit. Rhet., 1960, §§ 872ff. 1117/21. 1244 (p. 804ff.); vgl. Elem. d. lit. Rhet.², 1963, 131f. 21. *H.-R. Hollerbach* Zur Bedeutung des Wortes *χρεία*, Diss. Köln, 1964, 74ff. 22. RACh, s. Apophthegma, Florilegium, G., Spruchlit. etc. Wichtige Lit. auch in: *R. Strömberg* Greek Proverbs, 1954, 113ff. *J. Werner*, DLZ 81, 1960, 1078ff.; Ztschr. f. Volksk. 57, 1961, 118ff.; 58, 1962, 114ff. *Görler*, s. u., 7². *J. Irigoin*, RPh 38, 1964, 318. Epicharm: *A. Pickard-Cambridge* Dithyramb, Tragedy and Comedy², 1962, 239ff. 245ff. 275f. Menand.: *Th. Kock*, RhM 41, 1886, 85ff. *A. Körte*, Gn 13, 1937, 646ff. *M. Pohlenz*, H 78, 1943, 270ff. (z.V. 1; vgl. ebd. 110f.) *G. Łanowski*, Eos 44, 1950, 35ff. (Lit.; behandelt auch *Pack*² Nr. 1582. 1588). *C. Gallavotti* BPEC 7, 1959, 25ff. 8, 1960, 11ff. *N.I. Stefanescu*, StudClas 2, 1960, 127ff. *W. Klinger*, Meander 17, 1962, 227ff. *F. Giancotti*, BPEC 11, 1963, 3ff. *W. Görler* *ΜΕΝΑΝΔΡΟΥ ΓΝΩΜΑΙ*, Diss. Bln. 1963 (vgl. AJPh 86, 1965, 315ff.) Philistion: *K. Zacher*, BPhW 13, 1893, 1093ff. *A. Körte*, RE XIX 2144f. Siebenweise: *W. Brunco*, Acta Semin. Philol. Erlang. 3, 1884, 299ff. *A. Delatte*, Miscell. G. Galbiati, 1, 1951, 13ff. (cod. Athen. 1070).

Gnomon. 1. G. war der auf eine waagerechte ebene Fläche – *σκιαθήρας* oder *σκιόθηρον* – senkrecht eingesetzte Stift, dessen mit der Sonne (auf Hyperbelbahnen, RE IX A 1210) wandernde Schattenspitze innerhalb eines eingravierten Liniennetzes die Zeitbestimmung der Wenden und Gleichen, der Sternphasen und damit der Jahreszeiten gestattete, andererseits aber auch den Mittagspunkt und (später) die Tagesstunden anzeigte. Zum anderen hieß G. der schattenwerfende Stift innerhalb einer waagerechten Hohlhalbkugel *πόλος*, *σκάφη* mit der Spitze in deren Zentrum und dem Befestigungspunkt im Nordpunkt des Apparat-»Horizontes« (so in der Regel, Ausnahme CIG III 6179). Hier beschrieb die Schattenspitze Parallelkreise zur täglichen Sonnenbahn – genau genommen eine Schraubenlinie von Wende zu Wende. Einstellung des App.-Meridians in die NS.-Richtung und des App.-Gleichenkreises in die Ebene des Himmelsäquators (RE VII 1500,49) war – oft nicht beachtete – Bedingung für saubere G.ik in den verschiedenen *κλίματα*. Ps.-Aristot. probl. 15,13 gibt eine physikalische Erklärung für das Flimmern der Schattenspitze auf dem Skiotheras. Nach Hdt. 2,109 sollen die Griechen *πόλον καὶ γνώμονα* von den Babyloniern überkommen haben. Anaximander hat schon G.-Instrumente konstruiert. Als math. Prinzip lag diesen die Lehre von der Konzentrizität der astralen Sphaeren mit der Erde als Mittelpunkt zugrunde (CH. H. KAHN Anaximander, 1960, 76), dazu das Wissen von den perspektiven und zentralprojektiven Ähnlichkeiten (nach neuzeitlichen Kommentatoren die Wurzel von Eukl. VI def. 2. prop. 18. s. HEATH Eukl. Elem. 2²,231f. Aristot. p. 850 b 2). R. B.

Hultsch, RE VIII 2416ff. *Diels* Ant. Techn.². *Borchardt* Alt.-äg. Zeitmessung, 1920, 26ff. *Schoy* G. ik der Araber, 1923.

2. →Arithmetischer terminus technicus aus dem Bereich der figurierten Zahlen. Die→ Pythagoreer stellten arithmetische Folgen durch geometrisch angeordnete Punkte dar, wobei die Summe der mit 1 beginnenden Glieder (G.e) ein regelmäßiges n-Eck bildete. Reihen mit Differenz = 1 bilden Dreiecke, mit Diff. = 2 Quadrate, mit Diff. = 3 Fünfecke usw. Nach Ps.-Iamblichos, Theol. arithm. p. 61 Ast., = p. 82 De Falco hat Speusippos nach→ Philolaos in *Περὶ Πυθαγορικῶν ἀριθμῶν* die Theorie allgemein, auch für nicht regelmäßige n-Ecke und stereometrische Figuren, dargestellt. Beschr. bei Theon Smyrn. p. 26–42 Hiller unter Verwendung des Wortes G. und bei Iamblichos, In Nicom. Arithm. introd., wo G. p. 58,19 Pistelli definiert wird. Ältester Beleg für G.: Aristot. Phys. III 4. 203 a 14, für die Theorie: Metaph. N 5. 1092 b 11. J. M.

Th. Heath Greek Mathematics, 1921, I 78. *O. Becker* Das math. Denken in der Antike, 1957, 40–44. *B.L. van der Waerden* Erwachende Wissenschaft, 1956, 162ff.

Gnosis. Gnostiker. 1. Begriff und Herkunft. 2. System und Systeme. 3. Die vorchr. G. 4. Die chr. G. 5. Die philos. G.

1. Mit G. bezeichnet man eine spätant. synkretist. Religionsbewegung, die sich durch einen mehr oder weniger ausgeprägten Dualismus und ein charakterist. Erlösungsdenken auszeichnet. Ihre Blütezeit liegt im 2. Jh. n. Chr. An ihrem erkennbaren Anfang (ihr Ursprung liegt zweifellos weiter zurück) stehen Gestalten wie Simon Magus (um 60 n. Chr.), dessen Schüler Menander u.a., deren Gedanken und Spekulationen in den verschiedensten religiösen »Gründen« des O. wurzeln. Trotz 150 J. intensiver Forschung und z.T. deutlichen Anklängen an Motive der alten Religionen des Iran, Mesopotamiens, des O.-Jordanlandes und der Mittelmeerländer sowie des Christentums sind als Folge der Quellenlage (nur wenige gn. Originalschriften, meist Referate der Kirchenväter) die Fragen nach dem Ursprung der G. und nach ihrem Verhältnis zu den alten Religionen nicht befriedigend geklärt. Ist die G. das Ergebnis einer akuten Hellenisierung des Christentums (HARNACK, BURKITT), die Folge oriental. Einflüsse auf die frühe chr. Gemeinde (MOSHEIM), eine in einem Erlösungsmysterium gipfelnde Spätform iran. Religion (REITZENSTEIN, WIDENGREN), eine dualist. Abart des synkret. Judentums (QUISPEL, SCHOEPS) oder der Ausdruck eines allg.-relig. Motivs, einer spezif. Welt- und Menschenauffassung, die sich

auf verschiedenste Weisen mytholog. verschlüsselt hat (Jonas, Bultmann, Schlier. Jonas unterscheidet 4 Grundtypen der G.: einen iran. [Mani], einen syr.-äg. [Valentinianer, Basilides, Pistis Sophia], einen alexandrin.-kirchl. [Origenes] und einen neuplat. [Plotin])? Mag auch weder der geogr. noch der religionsgesch. Ursprung der G. mit Sicherheit festgestellt werden können – wahrscheinlich sind das O.-Jordanland und Mesopotamien die Heimat und für ihr Zustandekommen werden jüd. Apokalyptik, iran. Spekulation, hellenist. Mysterienreligiosität und vieles andere in den verschiedensten Kombinationen zusammengewirkt haben –, die Frage nach dem Wesen der G. genannten Bewegung läßt sich auf Grund der uns bekannten Quellen wohl beantworten: G. ist die zur Vollendung des Menschen führende Erkenntnis seiner selbst als des Gottes, der er war; ist sein Vermögen, zu seinem verschütteten, fern seinem Ursprung weilenden eigentlichen Selbst, das göttlich ist, hinabzudringen (Corp. Herm. I,18 »Es erkenne der *ἔννους ἄνθρωπος* sich selbst als unsterblich«. Clem. Al., Excerpt. ex Theod. 78,2 *ἔστιν δὲ οὐ τὸ λουτρὸν μόνον τὸ ἐλευθεροῦν, ἀλλὰ καὶ ἡ γνῶσις· τίνες ἦμεν, τί γεγόναμεν, ἢ ποῦ ἐνεβλήθημεν· ποῦ σπεύδομεν, πόθεν λυτρούμεθα, τί γέννησις, τί ἀναγέννησις*). Weil die G. das Geschick des »trunkenen« Selbst, seinen »Fall« und seine Rückkehr beschreibt und dieses Geschick im Mythos mit der Welt, den Sternen, den Engeln und den Geistern verwoben ist, ist G. immer auch Kosmologie, Astrologie, Angelologie und Pneumatologie. Weil die G. dualist. ist und das eigentliche Selbst zu Gott, nicht zur Materie zählt, ist sie weltflüchtig, zuweilen asket., zuweilen libertinist.

2. Das beschriebene Grundverständnis der G. von Welt und Mensch hat sich im Verlauf der Ausbreitung gn. Denkens in vielen allegor. und märchenhaften Mythen, aber auch in mehr begrifflichen Darstellungen expliziert. Dabei hat die G. die verschiedensten Elemente relig. und philos. Tradition angezogen, die den Makrokosmos der Welt und den Mikrokosmos des Menschen betreffen. (In vielen gn. Systemen entspricht dem Makrokosmos mit seinen über der Materie angeordneten Geister- und Engelmächten und dem jenseits thronenden Allein-Guten der Mikrokosmos des Menschen mit seiner geistfeindlichen »Seele« und dem Geist-Ich, das dem Allein-Guten entspricht.) Trotz aller kosmolog., anthropolog., psycholog. und soteriolog. Spekulationen jedoch ist der gn. Mythos nie Darstellung myth. Welterfahrung geworden, sondern stets als die Objektivation eines Welt- und Menschenverständnisses Seins- und Daseinserhellung geblieben. Deshalb besitzen die im einzelnen vielfältig variierenden gn. Systeme immer dasselbe Grundschema, in dem die Hauptmomente gn. Selbstexplikation veranschaulicht sind: Der unendliche Abstand des ins Dasein geworfenen, in einer ihm wesensfremden Welt gefangengehaltenen Selbst des Menschen von seinem Ursprung (das Selbst des Menschen kann im Mythos Teil einer schuld- oder schicksalhaft von Gott abgefallenen Gestalt sein, die in den Bann einer gottfernen, von einem oder mehreren niedrigen Engeln geschaffenen Welt geraten ist. Bei Satornil und den Naassenern, im Poimandres und in den Thomasakten ist diese göttliche Gestalt männlicher, bei Simon Magus, dessen Schüler Menander, den Barbelognostikern und in der Pistis Sophia weiblicher Natur). Die trotz des »Falles« unverlierbare Möglichkeit einer »Entweltlichung« auf Grund des Besitzes eines Geist-Ich (das Geist-Ich ist nicht vernichtet, sondern nur eingeschläfert). Die Befreiung des *πνεῦμα*-Selbst durch einen Eingriff von »außen« (der selbstvergessene Lichtteil wird durch einen »Brief« oder einen Gesandten [Abbild des gefallenen Lichtengels] seiner selbst bewußt gemacht, bekommt Heimweh nach dem Licht und nimmt die Geheimnisse zur Kenntnis, die den Aufstieg zum Pleroma ermöglichen [erlöster Erlöser]), und der Aufstieg des *πνεῦμα*-Ich zum Ursprung (bei diesem Aufstieg werden die feindlichen Engelmächte durch geheime Formeln [Magie] entmachtet, Gottesboten stehen bei. Wenn alle Lichtteile heimgekehrt sind, folgt das Ende). Alle beschriebenen Momente begegnen z.B. in dem berühmten syr. Lied von der Perle (Act. Thom. 108–111). Zusammenfassend kann gesagt werden: Die G. objektiviert sich als Erhellung des Daseins in den vielgestaltigen Mythos, der wiederum Quelle der G. ist. Empfangen werden kann die G. nur von denen, die weder unwissende Heiden (Hipp. Ref. V,8,4) noch *ὑλικοὶ καὶ χοϊκοί* (V 8,22) noch blind von Natur sind (V 9,20), sondern *πνευματικοί* (V,9,6.21) oder *τέλειοι* (V 8, 9), unter diesen aber in besonderem Maße die, die einer Offenbarung gewürdigt worden sind (so z.B. Simon Magus [VI 18,2]).

3. *a)* jüd. G.: Seit den Textfunden am Toten Meer ist die Frage nach einer vorchr.-jüd. G. entschieden, begegnen uns doch in den z.T. aus dem 2. vorchr. Jh. stammenden Qumrantexten noch in weit größerem Maße als in der jüd. Apokalyptik (siehe dort bes. die Aufstiegsschilderung zur כבוד Gottes im äth. Hen. 14,71 und die dortigen Beschreibungen der Erlösergestalt) Anklänge an gn. Denken (Die Begriffe ידע und דעת tragen esoter. Charakter. Die דעת stammt von Gott, ist Schöpfungsmittlerin [1 QS 3,15. 11,11] und verbindet mit den Engeln [1 QS 11,3–8]. Ihr Gegenstand ist der »Urquell der Gerechtigkeit«, die Ansammlung der Stärke und der Ort der Herrlichkeit כָּבוֹד = *δόξα* = Himmelssphäre [1 QS 11,6f.]).

Allerdings muß, redet man von einer jüd. G., beachtet werden, daß diese »G.« den für die G. sonst charakterist. absoluten Dualismus nicht kennt, sondern stets monotheistisch bleibt (dualist. Züge finden sich 1 QS 3,25. 4,16, wo davon geredet wird, daß Gott die Geister des Lichtes und der Finsternis schuf. Vgl. auch die häufige Rede vom Kampf zwischen Licht und Finsternis). Um 150 n. Chr. läßt sich auch innerhalb des Rabbinats gn. Denken nachweisen (vgl. dazu die Merkaba-Spekulation b Sukka 28a; b Chag 14b).

b) Heidn. G.: Mögen wir die G. abgesehen von wenigen hellenist. (Hermetika) und jüd. (Qumran, Mandäer) Originalzeugnissen (hierher gehören auch die Funde von Nag Hammadi, die kopt. gn. Originalschriften umfassen) nur aus polem. Referaten chr. Kirchenväter kennen, die die G. als gefährliche Häresie bekämpfen (s. z.B. Iustin. Apol. 26,1–3. Hippolyt. Ref. VI 9,3–18,7 zu Simon Magus, Hipp. Ref. V 7,2–9,9 und 10,2 zu den Ophiten; ferner Clem. Al. Strom. Orig. c. Cels. Iren. adv. haer. und Epiphanius. panarion), so kann doch kein Zweifel darüber bestehen, daß gn. Gedanken schon in vorchr. Z. verbreitet waren. Dies geht schon daraus hervor, daß die ältesten uns erkennbaren Gnostiker wie Simon Magus, Menander u.a. (hierher gehören auch die nicht durch herausragende Persönlichkeiten ausgezeichneten gn. Sekten der Strationiker [Epiph., Pan. 26], der Archontiker [Orig. c. Cels. 6,27] und andere Gruppen der Barbelognostiker) keine chr. Züge tragen. Die hermet. Lit., namentlich die Spekulationen des Poimandres über den Urmenschen, beweist außerdem, daß die G. auch noch in chr. Z. außerhalb des Christentums eine beachtliche Aktivität entfaltete. Deshalb kann die G. kaum als Produkt des Christentums verstanden werden. Sie trat aber schon bald nach der Entstehung desselben auf dem Weg über den jüd. und hell. Synkretismus mit ihm in Verbindung und gewann dabei ihre bedeutendsten Ausformungen. Eine gegenseitige Beeinflussung erfolgte bes. auf dem Gebiet der Soteriologie. Daß sich Christentum und G. nicht endgültig miteinander amalgamierten, sondern nach Jh. dauernden Auseinandersetzungen trennten, liegt darin begründet, daß wichtige chr. Gruppen bei aller Affinität zu gn. Denken (so schon Paul. und Joh.) die Verbindung der Erlösung mit der konkreten gesch. Gestalt Jesu von Nazareth nicht aufgaben.

4. *a)* G. und NT.: Schon im NT. hat die G. deutliche Spuren hinterlassen. Bes. bei Paulus, in den Deuteropaulinen und in den johann. Schr. finden sich neben Zeugnissen der Bekämpfung der G. auch deutliche Anklänge an gn. Begriffe und Vorstellungen. In den späteren Teilen des NT. (Pastoralbriefe, 2. Petr., Jud., Acta) wird die G. dann nur noch als gefährliche Irrlehre betrachtet. Zu Paul.: Trotz aller Gegensätze zur G. lassen sich bei Paulus, bes. in seiner Erlösungslehre (1. Kor. 2,8 stellt er Jesus als das unerkannt herabgekommene, Phil. 2,6–11 und 2. Kor. 8,9 auch als das wieder zu Gott zurückgekehrte himmlische Wesen dar. Röm. 12,4f.; 1. Kor. 12,12–27 u.ö. begegnet der an die gn. Vorstellung vom erlösten Erlöser erinnernde Begriff *σῶμα Χριστοῦ*, der besagt, daß die Christen mit Chr. verbunden sind), aber auch anderswo nachweisen (Röm. 5,12ff. [die Lehre von Adams Fall]; 1. Kor. 2,14f. u.ö. [das Gegensatzpaar *ψυχικοί – πνευματικοί*]; 1. Kor. 7,32ff. [die negative Bewertung der Ehe] u.a.). Daß von Paulus gegründete Gemeinden unter gn. Einfluß standen, der weit über die von Paul. repräsentierte »g« hinausging, zeigt sich z.B. in seinen Auseinandersetzungen mit den Korinthern, die gegenüber der allgemeinchr. Auferstehungshoffnung die gegenwärtige Auferstehung im Geist propagieren (1. Kor. 15,29ff. 2. Kor. 5,1–5), auf ihre G. stolz sind (1. Kor. 8,1–3), ekstat. Zungenreden hochschätzen (12,3. 13,1. 14,2–19) und sich bereits in der Vollendung wähnen (4,8). – Deuteropaulinen: Der Vf. des Kol., der, wie schon Paul. in Galatien, eine judenchr. G. bekämpft, die neben der Verehrung Christi auch die von Elementarmächten (*στοιχεῖα τοῦ κόσμου*) fordert (2,8. 20), vertritt gegenüber seinen Gegnern eine Christologie, in der Chr. als Schöpfungsmittler und *εἰκὼν τοῦ θεοῦ ἀοράτου* allen Mächten übergeordnet ist, sie durch seinen Kreuzestod entmachtet (2,11ff.) und damit die Menschen befreit. Kol. 1,17 begegnet eine verchristlichte Form der gn. Vorstellung vom Erlöser als dem mit dem *κόσμος* verwandten Urmenschen. Mannigfache, wenn auch verkirchlichte gn. Motive, finden sich im Eph. (die in der G. den Aufstieg der »Seelen« hindernde »Scheidewand« ist 2,14ff. zum von Christus beseitigten *μεσότοιχον* geworden. 4,8–10 steht die gn. Lehre vom herabkommenden und wieder aufsteigenden Erlöser im Hintergrund.) Gn. Motive finden sich auch im Hebr.: KÄSEMANN Das wandernde Gottesvolk, [3]1959. – Joh.: Am deutlichsten lassen sich bei Joh. gn. Einflüsse nachweisen. Jesus ist hier der von Gott gekommene (1,18. 6, 33f. u.ö.) und wieder erhöhte (12,23) Gesandte (10,36), dessen Werk die Offenbarung der Worte des Vaters ist (3,34. 14,10). Wer in Jesus Gott erkennt (6,69. 10,38 u.ö.), wird gerettet. Wer seinem Wort glaubt, ist schon auferstanden (5,24f. 11, 25f.). Gn. klingende Gegensatzpaare wie *φῶς-σκότος* (1,5 u.ö.), Gott-Teufel (18,42ff.) u.a. fehlen bei Joh. nicht. Im Gegensatz zur G. jedoch ist der Erlöser für Joh. keine myth. Gestalt, sondern der ird. Jesus. Grund der Erlösung ist auch nicht eine phys. Beschaffenheit, sondern die Gnade Gottes. Weltschöpfer ist nicht ein abgefallener Engel, sondern Gott, der durch den *λόγος* schafft. – Spätere Schr.: Bedienen sich Paul., die Deuteropaulinen und Joh. bei allem Gegensatz zur G. gn. Begriffe und Vorstellungen, um ihrem Glauben Ausdruck zu verleihen, so gehen die Past.-Br., 2. Petr. u.a. von dieser Praxis ab und stellen der G. u. ihren vielfältigen Offenbarungen u. Traditionen die e i n e kirchliche Tradition als *παραθήκη* gegenüber (sie heißt auch gesunde Lehre 1. Tim.

1,10 u. ö. oder ἅπαξ παραδοθεῖσα πίστις Jud. 3). Zuweilen wird die Auseinandersetzung mit der G. verboten (1. Tim. 6,20 u. ö.). Von nun an wird die G. weithin nur noch als Irrlehre bekämpft, ihre Welt und Leib verneinende Lehre gilt als suspekt, und ihren Offenbarungen setzt die Kirche den Kanon, das traditionssichernde Amt und im W. auch die *regula fidei* entgegen (Tertullian).

b) G. und Alte Kirche: Können wir die frühchr. G. nur mühsam erschließen, so erscheint die chr. G. des 2. und 3. Jh. schon in hellerem Licht. Am Ausgang der apostol. Z. war die G. mit ihrem Zerreißen der Einheit Gottes und von Schöpfung und Erlösung, vor allem aber mit ihrem christolog. Doketismus zur tödlichen Gefahr für die Kirche geworden. Dennoch beginnt gerade jetzt die Blütezeit der chr. G., der eine ganze Reihe namhafter Führer und Schulhäupter erwachsen (→ Basileides um 130 in Alexandrien, sein Sohn → Isidoros, → Satornil um 100 in Syrien, → Valentin, aus Alexandrien kommend, 138–158 in Rom und seine Schüler → Ptolemaios und → Herakleon im W., → Theodotos und → Bardesanes im O., → Markion aus Sinope um 140 in Rom u. a.). Während die frühchr. G. ihre Gedanken, soweit sie schriftlich überliefert wurden, weithin mit dem Mittel der Pseudepigraphie zu verbreiten suchte (viele apokryphe Evangelien und Apostelakten unter dem Namen von Aposteln, Propheten, der Maria und anderer aus den Evangelien bekannten Begleiterinnen Jesu zeigen das [HENNECKE/SCHNEEMELCHER neutestamentliche Apokryphen I. II. ^{3}1959. 1964]), begegnen um die Mitte des 2. Jh. auch gn. Auslegungen der später kanon. Evangelien (Basileides verfaßte in 24 B. eine Auslegung des Evangeliums [frg. bei Clem. Al.] und → Herakleon einen Komm. zum Joh.-Evangelium). War der Zweck der Pseudepigraphen der Nachweis einer gegenüber der übrigen chr. Offenbarung höheren Erkenntnis (Jesus soll die Schr. zwischen Auferstehung und Himmelfahrt offenbart haben), so versuchen die Gnostiker mit ihren Auslegungen die chr. Tradition auf dem Wege der Allegorese als Beweisinstanz für ihre G. in Anspruch zu nehmen. Die Entwicklung der chr. G. von ihren Anfängen bis zu ihren z. T. verwilderten Spätformen weist 3 Spielarten myth. Systeme auf: Die Häretiker der paulin. Briefe, aber auch Satornil u. a., repräsentieren eine vom jüd. Synkretismus stark beeinflußte G., mag das von ihnen benutzte jüd. Material auch weitgehend umgestaltet sein. Häufig ist Christus in diesen Systemen der verborgen in die Welt gekommene Erlöser (er besitzt keinen realmenschlichen Leib), der die gottwidrigen Mächte bei seiner Auffahrt durch die Äonen entmachtet und so den zu ihm gehörigen Seelen den Weg zum Pleroma öffnet (die Voraussetzung der Rettung ist der Besitz eines Licht-Ich, die Rettung selbst die Entmischung von Geist und Materie). Im 2. Jh. steht die chr. G. vor allem in Äg. unter dem Einfluß einer philos. G. (s. 5), die uns z. B. schon bei → Philon greifbar wird. Diese G. steht unter dem Einfluß des hell. Judentums. Die Folge der Begegnung dieser G. mit der chr. G. zeigt sich in einer weitgehenden Spiritualisierung des Mythos. Die Gestalten des Mythos (Engel und Götter) werden hier zu bloßen Symbolen, die Entfaltung der Gottheit zum Pleroma ist Gegenstand vielschichtiger philos. Spekulationen (Iren. adv. haer. 1,11,3), und oft wird der Mythos durch begriffliche Darstellungen unterbrochen (Exc. ex Theod. 78,2; dazu PUECH, Eranos 4, 1936, 155ff. 20, 1951, 100 Anm. 59). Die Kluft zwischen dieser G. und der Kirche ist nicht unüberbrückbar, versteht sie sich doch selbst nicht im Gegensatz zur πίστις der Gläubigen, sondern nur auf einer höheren Stufe der Erkenntnis stehend. Neben dieser spiritualisierenden G. begegnet im 2.–4. Jh. noch eine 3. Spielart der chr.-gn. Bewegung, die durch einen hemmungslosen Synkretismus und durch eine beispiellose Verwilderung der Systeme gekennzeichnet ist. Neben Christus treten hier auch nichtchr. Mysteriengottheiten als Offenbarer auf (so schon bei den Naassenern). Philos. und fremdreligiöse Texte gelten hier wie Texte aus dem AT. und kirchliche Schriften als Offenbarungsurkunden. Gilt das bisher Gesagte vor allem für Äg. und den W., so liegen die Dinge im O. und in Kleinasien anders. Stärker als in Äg. ist hier der Anthropos-Mythos verbreitet (er geht auf jüd. Adamspekulationen und auf allg.-oriental. Quellen zurück). Im Gegensatz zur äg. G. die sich in Schulen organisierte, die sich um einen Lehrer scharen, versteht sich die ö. G. noch lange als Teil der Kirche (Bardesanes und → Tatian gelten noch lange als Kirchenväter). Markion begründet sogar eine eigene Kirche mit eigenem Kanon. Im → Manichaeismus wird die G. dann zur eigenen im 4. Jh. in O. und W. weitverbreiteten Religion, die von einem radikalen Dualismus ebenso bestimmt ist wie von mannigfaltigen babylon. und iran., der chr. G. fremden Vorstellungen.

5. Neben der religiösen G. findet sich schon im 1. Jh. auch eine philos., die ihre Vertreter nicht nur im hell. Judentum eines Philon besitzt. Zeugnisse dieser G. sind neben den philon. Schr. die sog. Hermetica (Schr. aus dem 2. und 3. Jh., die sich als Offenbarungen, des → Hermes Trismegistos geben und platonische Gedanken in der Form religiöser Offenbarungen vermischt mit neupythagor., orph. und jüd. Motiven, darbieten). Diese Form der G. hat auch im Neuplatonismus Spuren hinterlassen (→ Plotin). Im W. wirkt diese G. bei → Lactantius fort (WLOSOK). Kl. W.

1. Quellen: Die Frge. der griech. Gnostiker bei *A. Harnack* Gesch. der altchr. Lit. 1, 1893, 143ff. Das Wichtigste daraus bei *W. Völker* Quellen zur Gesch. der chr. G., in: Slg. ausgew. kirchen- und dogmengesch. Quellenschr. NF 5, 1932; dt. Übers. bei *H. Leisegang* Die G., ^{4}1955. Kopt.-gn. Texte: Evangelium Veritatis, ed. *M. Malinine*–

H.Ch.Puech–G.Quispel (Studien aus dem C.G.Jung-Institut VI, 1965); Evangelium nach Maria, Apokryphon des Johannes, Sophia Jesu Christi, ed. *W. Till* Die gn. Schr. des kopt. Pap. Berol. 8502 (TU 60), 1955; Pistis Sophia, ed. *C. Schmidt*, Kopenhagen 1925; Die beiden Bücher des Jeû, ein unbekanntes altgn. Werk, ed. *C. Schmidt* Ges. Schr. in kopt. Sprache aus dem Codex Brucianus (TU 8, 1–2), 1892; diese 3. Schr. dt. bei *C. Schmidt*, kopt.-gn. Schr. (GCS 13), 1905^2, hg. von *W. Till* (GCS 45), 1954. Photogr. Ausg. des Fundes von Nag Hammadi: Copt. Gn. Papyri in the Copt. Museum at Old Cairo I, ed. *P. Labib*, Kairo 1956; dt. Übers.: *J.Leipoldt–H.M.Schenke*, Kopt.-gn. Schr. aus den Papyrus Codices von Nag Hammadi (Theol. Forsch. 20) 1960 (Lit.); *W.C. van Unnik* Evangelien aus dem Nilsand, 1960; De Resurrectione, ed. *M. Malinine–H.Ch.Puech–W. Till*, 1962; Das Evangelium nach Philippos, ed. *W. Till* (Patr. Texte und Studien II), 1963. Zur mandäischen Lit. s. *K. Rudolph* Die Mandäer I (FRLANT 56), 1960, II (FRLANT 57), 1961. Zur manichäischen Lit. s. RGG IV, 721 f. Jüd.-gn. Schr.: Die Texte aus Qumran ed. *Lohse*, 1964. *H. Odeberg* 3 Enoch, or the Hebrew Book of Enoch, 1928; *A.Jellinek* Bet Ha Midrasch 3, 1855, 83–108. *A.J. Wertheimer* Bab. Midrashot 1, 1954^2, 63–136. *A.M. Habermann* Megilloth Midbar Jehuda (hebr.), 1951. Sonstige gn. Schr. in RGL, hg. von *A. Bertholet* ^{2}1926ff.: 1 (Avesta); 4 (Griechen); 5 (Römer); 10 (Ägypten). Hermetica: Ausg. und franz. Übers.: *A.D. Nock–A.J. Festugière*, 4 Bde 1945–1954.

2. Allg. Darstellungen: ThWB I, Art. *γνῶσις (Bultmann)*, 688–719; RGG ^{2}III, 1276ff.; RGG ^{3}II, 1652ff.; EKL I, 1610ff.; RE VII *(Bousset)* 1503–1547; LThK IV, 1019–1031; Hdb. Theol. Grundbegriffe I *(Schlier)*, 562 bis 573; Bibl.-Hist. HandWB I, 580f.; DThC VI, 1434–1467; DACl VI, 1327–1367; DBS II, 659–701.

3. Zum Begriff: *J.L. v. Mosheim*, De rebus Christianorum ante Constantinum Commentarii, 1753. *F.Chr.Baur*, Die chr. G. oder die chr. Religionsphilos. in ihrer gesch. Entwicklung, 1835. *W.Bousset*, Hauptprobleme der G., 1907. *E.Norden* Agnostos Theos, 1913 (^{4}1956). *R. Reitzenstein*, Das iran. Erlösungsmysterium, 1921. *Ders.* Die hell. Mysterienreligionen, ^{2}1927 (Nachdr. 1957). *H.Leisegang*, Die G., 1924 (^{4}1955). *H.H. Schaeder* Der Orient und das griech. Erbe, in: Die Antike 4, 1928, 226–265. *F.C. Burkitt*, Church and G., 1932. *A.Harnack* Dogmengesch. I, 1931, 243ff.; *H.Jonas*, G. und spätant. Geist I, 1934 (^{2}1954), II, 1954. *K.Kerényi* Mythologie und G., 1942. *G.Quispel* G. als Weltreligion, 1951. *E.Haenchen*, Gab es eine vorchr. G.? in: ZThK 49, 1952, 316–349. *G. Widengren* Der iran. Hintergrund der G., in: ZRGG 49, 1952, 97–114. *K.G. Kuhn* Die Sektenschr. und die iran. Religion, in: ZThK 49, 1952, 296ff. *G.Kretschmar* Zur religionsgesch. Einordnung der G., in: Evang.Theol. 13, 1953, 354–361. *R.M. Wilson* Gnostic Origins, in: Vig. Chr. 9, 1955, 193 bis 211. Ebd. 11, 1957, 93–110. *Ders.* The gnostic Problem. A Study of the Relation between Hellenistic Judaism and the Gnostic Heresy, 1958. *H.J. Schoeps*, Urgemeinde, Judenchristentum, G., 1956. *E.Peterson* Frühkirche, Judentum und G., 1959; *K. Rudolph* Die Mandäer I. II (FRLANT 56–57), 1960f. *Ders.* Theogonie, Kosmogonie und Anthropogonie in den mandäischen Schr. (FRLANT 88), 1965. *C.Colpe* Die religionsgesch. Schule, (FRLANT NF 60) 1961.

4. Jüd. G.: *M.Friedländer* Der vorchr. jüd. Gnostizismus, 1898. *G.Quispel* Philo und die altchr. Häresie, in: ThZ 5, 1949, 429–436. *Ders.*, Der gn. Anthropos und die jüd. Tradition, in: Eranos-Jb. 22, 1953, 195–234. *G.Scholem* Die jüd. Mystik in ihren Hauptströmungen, 1957. *K. Schubert* Der Sektenkanon von 'En Fešha und die Anfänge der jüd. G., in: ThLZ 78, 1953, 495–506. *H.Braun* Spätjüd.-häret. und frühchr. Radikalismus I. II, (BHTh 24), 1957. *Ders.* Qumran und das NT. Ein Bericht über 10 J. Forschung (1950–1959, in: ThR 28, 1962, 97–234; ebd. 29, 1963, 143–176). *C.Burchard* Bibliogr. zu den Handschr. vom Toten Meer (Bh. z. ZAW) 76, ^{2}1959.

5. Chr. G. a) G. und NT.: Außer den Kommentaren s. *W.Lütgert* Freiheitspredigt und Schwarmgeister in Korinth, 1908. *R.Bultmann*, ZNW 24, 1925, 100–146. *H. Schlier* Christus und die Kirche im Eph. (BHTh 6), 1930. *Ders.*, Die Erlösung des Menschen in urchr. und gn. Verkündigung, in: ThBl. 7, 1928, 189–197. *E.Käsemann*, Leib und Leib Christi, BHTh 9, 1933. *Ders.* Das wandernde Gottesvolk (FRLANT 37), 1939, ^{2}1957. *W.Bauer* Rechtgläubigkeit und Ketzerei im ältesten Christentum (BHTh 10), 1934. *E.Schweizer*, Ego Eimi (FRLANT 38), 1939; *G.Bornkamm* Die Häresie des Kol., in: Das Ende des Gesetzes, ^{3}1961 (urspr. in: ThLZ 73, 1948, 11–20). *R.Bultmann* Das Urchristentum im Rahmen der ant. Religionen, 1949. *Ders.* Theologie des NT., 1948 §§ 15 und 41ff., ^{4}1961. *G.Quispel*, Eranos Jb. 22, 1954, 195–234; *H.Schlier* Das Denken der frühchr. G., in: Neutest. Studien für R. Bultmann, ^{2}1957, 67–82. *H.Becker* Die Reden des Joh.-Evangeliums und der Stil der gn. Offenbarungsrede (FRLANT 50), 1956. *W.Schmithals* Die G. in Korinth (FRLANT 48), 1956, ^{2}1965. *Ders.* Paulus und die Gnostiker (Theol.Forsch. 35), 1965. *U. Wilckens*, Weisheit und Torheit (BHTh 26), 1959. *K. Wegenast* Das Verständnis der Tradition bei Paulus und in den Deuteropaulinen (WMANT 8), 1962. *D.Georgi* Die Gegner des Paulus im 2.Kor. (WMANT 11), 1964 (Lit.). *O.Böcker* Der johanneische Dualismus im Zusammenhang des nachbibl. Judentums, 1965 (Lit.).

b) Chr. G. des 2.–4.Jh.: Außer Lit. 1–3 und 5: *A.Harnack* Marcion, 1924^2 (Neudr. 1960). *E. de Faye* Gnostiques et Gnosticisme. Étude critique des documents du gnost. chrét. aux IIe et IIIe siècles, ^{2}1925; *M.Sagnard* La Gnose valentinienne, 1948; *L. Tondelli* Gnostici, 1950. *G.Quispel* Neue Funde zur Valentinianischen G. (ZRGG 6), 1954, 289–305. *E.Haenchen* Das Buch Baruch. Ein Beitrag zum Problem der chr. G., in: ZThK 50, 1953, 123–158. *H. Kraft* Gab es einen Gnostiker Karpokrates?, in: ThZ 1952, 434–443. *F. L. Cross* The Codex Jung, 1955; *J.Doresse* Les livres secrets des gnostiques d'Égypte, 1957; *Ders.* Nouveaux textes gnostiques coptes découverts en Haute-Égypte. La bibliothèque de Chénoboskion, in: VigChr 3, 1949, 132f. und 137; weitere Lit. bei *Altaner* 110ff. *S.Schulz*, ThR 26, 1960, 209–266. 300–334 und bei *H.Ch. Puech* Gn. Evangelien und verwandte Dokumente, in: *E.Hennecke* Neutest. Apokryphen 1, 1959, 158–271.

6. Phil. G.: *J.Kroll* Die Lehren des Hermes Trismeg., 1914. *A.J. Festugière* La révélation d'Hermès Trismég.,

4 Bde., Paris 1945–1954. Lit. zu Philon s. RE XX 1ff. *(Leisegang)*: *H. Dörrie*, Zum Ursprung der neuplaton. Hypostasenlehre, in: H 82, 1954, 331–342. *A. Wlosok* Lactanz und die philos. G., Abh. Heidelb. Akad., phil. hist. Kl. 1960/2 (Lit.).

7. G. im Iran, Arabien...: s. dazu RGG Art. Manichäer ^{3}IV, 721f. *H. H. Schaeder* Die islam. Lehre vom vollkommenen Menschen (ZDMG 79, 1925), 192–268. *F. Meier* Vom Wesen der islam. Mystik, 1943.

2. Signierte *Γνῶσις ἐπόησεν* auf einem überreich gerahmten Kieselmosaik in Haus II von Pella (BCH 86,1962 T. 27.28): 2 nackte Jünglinge mit Hund, schräg zueinander gestellt und pyramidal komponiert, erjagen einen Hirsch. Der abgesetzte Boden betont den Raum zusätzlich. Ein Vergleich mit der kelchförmig flächigen Komposition des Motivs am Alexandersarkophag (F. Winter Alexandersarkophag T. 12) datiert das Mosaik als frühhellenist. Umrisse und Innenzeichnung sind nicht mehr mit Bleiguß gezogen wie die von Haus I (Deltion 16, 1960, T. 40–42), sondern mit dunklen Steinen oder nuancierender Lagerung der Steine; Haare, Holz, Schwertgurt etc. sind zwischen Gelb und Dunkelbraun differenziert. H. Ma.

C. M. Robertson Greek Mosaics, JHSt. 85, 1965, 72ff.

Gobazes. König der Lazen, dankte 456 auf Grund des röm. Verlangens, daß nur e i n König bei den Lazen regieren solle, zugunsten seines mitregierenden Sohnes ab. 466 kam er nach Constantinopel; dort verehrte er den heiligen Daniel Stylites (Prisk. frg. 25.26.34 = FHG IV 102f. 107); Simon Metaphr., vita S. Dan. Styl. 51). A. L.

Gobryas. Persischer Name, altp. *Gaub(a)ruva*. **1.** Sohn der Mardonios, ein Perser aus dem Stamme der Patischoreer. Er war unter Kyros Statthalter von Gutium, bekleidete also einen mit Rücksicht auf Kyros' Absichten gegen Babylon ungemein wichtigen Posten. Nachdem am 14. Tišri Sippar eingenommen worden war, erschien G. am 16. vor Babylon, das sich ihm ohne Widerstand ergab. Doch scheint es, daß sich in Esagila noch babylon. Truppen behaupteten, die unter dem Befehl von Nabuna'ids Sohn Belšarusur standen und von G. eingeschlossen wurden. Am 3. Marcheschwan hielt Kyros seinen Einzug; in seinem Auftrag setzte G. in Babylon Statthalter ein. Bald darauf wandte sich G. gegen Belšarusur und tötete ihn; damit war Kyros unbestritten Herr von Babylon. Die Erzählung Herodots und Xenophons von Babylons Einnahme durch Ableitung des Flusses ist wohl nichts mehr als ein romanhafter Zug; noch weniger ist die Rolle, welche G. in Xenophons Kyropädie spielt, für die Geschichte nutzbar zu machen.

G. war mit einer Schwester des Dareios verheiratet und vermählte eine Tochter mit Dareios, die ihm 3 Kinder gebar, bevor er noch König wurde. G.s Beteiligung an dem Attentat auf Gaumata, das am 10. Bagayadiš 521 stattfand, wurde von Herodot und andern phantastisch ausgemalt. Die nahen Beziehungen des G. zu Dareios und sein Anteil an dessen Erhebung machen es begreiflich, daß er auch unter diesem Herrscher eine hervorragende Stellung einnahm; er wurde zu dessen »Lanzenträger«, einem der ersten Vertrauensposten am Hofe, ernannt und ist als solcher auf dem Grabmal des Königs in Naqš-i Rustam abgebildet. Der Umstand, daß G. unter Kyros Statthalter von Gutium gewesen war, bewog wohl Dareios dazu, als sich später Susiana erhob, ihn mit der Niederwerfung des Aufstands zu betrauen. Auf dem Feldzug gegen die Skythen soll G. die Rätselgeschenke, welche sie dem König zusandten, richtig gedeutet haben (Hdt. 4,132); dann gab er den Rat, den Feldzug abzubrechen und umzukehren. Obwohl diese Erzählungen einen durchaus märchenhaften Eindruck machen und Herodots Bericht über den Skythenzug überhaupt histor. nicht brauchbar ist, kann man an der Tatsache, daß G. sich in der Umgebung des Dareios befand, nicht zweifeln. Von da ab verschwindet er aus der Geschichte. – Zum Namen s. Brandenstein-Mayrhofer Handb. des Altpersisch, 1964, Lexikon, s. v.

2. Sohn des Dareios und der Artystone (Tochter des Kyros), Befehlshaber der Mariandyner, Lygier und Syrer (Kappadoker) im Xerxeszuge (Hdt. 7,72).

3. Pers. Feldherr in der Schlacht bei Kunaxa (Xen. an. 1,7,12). Er wird auf babylon. Kontrakttäfelchen als Statthalter von Akkad erwähnt. J. D.-G.

Godigisclus (Godegisel). Sohn des Burgunderkönigs Gundiok, seit ca. 474 wahrscheinlich in Genf residierend, trat meist hinter seinem älteren Bruder → Gundobad zurück. Im J. 500 siegte G., verbündet mit Chlodwig, bei Dijon über Gundobad, wurde aber nach dem Abzug des Frankenkönigs im J. 501 geschlagen und getötet (Greg. Tur. 2,32. Ennod. 80,174. Chr. min. 2,234). A. L.

Godigiselus (Godigisklos). Um 400 König der Vandalen, Vater des → Gundericus und des → Geisericus. G. führte sein Volk von Pannonien an den Rhein, wo er 406 in einer Schlacht gegen die Franken fiel (Prok. 3,3,23.22,3.5. Greg. Tur. 2,9). A. L.

Godomarus. Sohn des → Gundobad, König der Burgunder. G. wurde 524 König, nachdem er 523 mit seinem Bruder Sigismund von den Franken geschlagen worden war. Den ihn unterstützenden O.-Goten mußte er einige Gebiete überlassen. Auf Frieden zwischen den Konfessionen bedacht, bemühte sich G. um die Widererstarkung des Burgunderreiches, das jedoch durch den Sieg der Merowinger bei Autun – im J. 533 – endgültig vernichtet wurde (Greg. Tur. 3,6.11. Chr. min. 2,235. Prok. 5,12f.). A. L.

Goes s. Zauber

Gogarene (*Γωγαρηνή*). Von Strab. 11,528 u. Steph. Byz. p. 216 (*χωρίον μεταξὺ Κόλχων καὶ*

'Ιβήρων ἀνατολικῶν...) genannte Landschaft im h. w. Georgien. An ihren Namen erinnern eine in einer altarmen. Geogr. angeführte Provinz Gugark, aber auch die an die *montes Cissii* (n. Abzweigung des Kaukasos) sich anlehnenden *Gogari* (Plin. nat. 6,21). Wie manche Stämme des ö. Kleinasien und am Kasp. Meer n. (skyth.) Herkunft waren (Kl. P. s. Geli), so auch wohl die Bewohner der G. Die G. war im Alt. eine mit Feldfrüchten, immergrünen Gewächsen und Oliven reich gesegnete Landschaft, die später verfiel und erst in jüngster Zeit sich wieder zu erholen beginnt. H. T.

RE VII 1553–1555.

Gold (*χρυσός, aurum*). Im ganzen Alt. galt G. als das kostbarste und seltenste Metall; von daher hat das erste der myth. Zeitalter seinen Namen. Dank seiner verhältnismäßig leichten Gewinnung, Schmelzbarkeit und Dehnbarkeit war G. das früheste bearbeitete Metall, im Mittelmeergebiet seit der jüngeren Steinzeit bekannt und bei den Griechen mit vielfältigen »Erfinder«fabeln verknüpft ([9],765). Im 2. Jt. war G. in den Händen der minoischen und myken. Fürsten reichlich, nach der dor. Wanderung läßt der G.-Besitz stark nach, noch im 6.–4. Jh. spielt lyd. bzw. pers. G. in der polit. Einflußnahme eine große Rolle. Seit Alexander fließt wieder mehr G. nach Griechenland. Hatten die Etrusker in archaischer Z. offenbar reichlich G., so kommt es in Rom erst seit dem 3. Jh. in größeren Mengen vor, bis das Imperium durch seine Eroberungen und die span. G.-Minen zum goldreichsten Staat der Ant. wurde.

G. (spez. Gewicht 19,30–19,50. Schmelzpunkt bei ca. 1063°. Unempfindlich gegen Luft, Säuren, alkal. Lösungen. Löslich in Goldscheidewasser, Königswasser, Chlor- und Bromlösungen. So geschmeidig, daß es bis auf eine Dicke von $^2/_{1000}$ mm gebracht werden kann [Plin. nat. 33,61 weiß, daß aus 1 Unze mehr als 750 Plättchen von je 4 Quadratfinger gewonnen werden]) kommt nie chemisch rein vor, weder das aus den Goldwäschereien (*χρυσοπλύσια*) noch das aus Bergwerken (*χρυσωρυχεῖα, aurifodinae*) gewonnene. Fluß-G., einmal mechan. isoliert, konnte direkt verarbeitet werden, während das G.-haltige Gestein der Bergwerke nach der Förderung zerkleinert, zermahlen, geschlämmt und gesiebt werden mußte (Poll. 7,97), danach kam die Läuterung durch Verschmelzen (*ἕψειν, conflare, coquere*) erst mit Blei, dann mit Blei und Kochsalz; zur Trennung des G. von Chlorsilber wurde auch sowohl Amalgamation (mit einer Legierung aus Quecksilber und Silber, Plin. nat. 33,64) wie *Misy* (Plin. nat. 34,121) oder Alaun (Plin. nat. 35,183) verwandt. Die Reinheit des G. wurde mit dem Probierstein, *βάσανος, coticula, basanites* (Theophr. lapid. 4,45 f. Plin. nat. 33,126) oder nach dem spezif. Gewicht (seit Archimedes, Vitr. praef. 9,9 ff.) geprüft. G. kam in Griechenland nur wenig vor (Siphnos. Unsicher Laureion, Sch. Aristoph. Equ. 1093. Hesych. s. Laureia, vgl. [2],1562 f. Thasos) und war dort früh erschöpft. Etwas reicher sind die Vorkommen im Pangaion gewesen. In der ältesten Z. sind Nubien und Arabien, dann Skythien und Lydien (Fluß-G. vom Paktolos und Hermos; Berg-G. vom Tmolos) die Hauptlieferanten, in röm. Zeit Spanien, Gallien und die Donaugebiete.

Verarbeitet wird das G. ant. durch Hämmern, Treiben, Pressen, Prägen, selten durch Gießen, außerdem sind Lötverfahren (Lot aus Gold, Silber und Kupfer, letzteres aus *chrysocolla* = Malachit gewonnen) u. Granulationstechnik nachgewiesen. Neben (selten massiven) Götterbildern und Weihgeschenken in Heiligtümern und den meist wohl nur vergoldeten Porträts röm. Kaiser (Büste des M. Aurelius aus getriebenem Gold, in Avenches gefunden: Wegner Herrscherbildnisse in antonin. Z. T. 27) ist G. vor allem für Schmuck und Gefäße verwandt worden, von den ältesten Zeiten an (G.-Funde aus Troia, Kreta, Mykene, Vaphio, Pylos usw., [7], T. 1–23. [8], T. 1–11) über Klassik und Hellenismus ([5]. [7], T. 24–34. 80–90. 95–108. 113–125. [10]) bis zum Luxus der röm. und spätant. Epoche. Eine Sonderstellung nimmt die entwikkelte G.-Kunst der Etrusker ein, vor allem wegen des hervorragenden Granulats ([7], T. 46–65. 70–74. 78–79. 91–92. 109–112. [8], T. 34–44). Hingewiesen sei auch auf die im Totenkult verwandten G.-Bleche der griech. Frühzeit ([6]) und die zahlreichen Ehrenkränze aus G. (vor allem im Hellenismus). In Schmuck und Gefäßen aus G. hat die ant. Kunst ausgezeichnete, meist zu wenig gewürdigte Leistungen hervorgebracht, deren Gesch. noch zu schreiben bleibt. Außerdem spielt G. natürlich eine wichtige Rolle in der Münzprägung (vor allem der Dynasten und Kaiser), als Bestandteil der G.-Elfenbeinstatuen (→ Elfenbein) und als Blattgold zum Vergolden (→ Brattea). W. H. G.

1. *Blümner* Techn. 4,10 ff. 2. *Ders.*, RE VII 1555 ff. 3. *Rosenberg* Gesch. d. G.-Schmiedekunst auf techn. Grundlage, 1915–1922. 4. *Forbes* Metallurgy in Antiquity, 1950. ²1964. 5. *Amandry* Collection H. Stathatos. Bijoux Antiques, 1953. 6. *Ohly* Griech. Goldbleche des 8. Jh., 1953. 7. *Becatti* Oreficerie antiche, 1955. 8. *Higgins* Greek and Roman Jewellery, 1961. 9. *Magi*, Encicl. dell'Arte Ant. 5, 1953, 765 ff. 10. *Hoffmann-Davidson* Greek Gold, 1965.

Goldbrasse, *χρυσόφρυς, χρυσωπός* (Plut. 2,977 f.), *aurata* (Sparus aurata), die beliebteste der im Mittelmeer und O.-Atlantik lebenden Meerbrassen-Arten, ein hübscher Fisch von gedrungenem Profil, aber schmalem Querschnitt, mit langer Rückenflosse und von metallisch bunten Farben; den Namen hat er von einer goldgelben Binde über der Stirn und goldenen Längsstreifen. Seit → Epicharm (frg. 51 K. aus der »Hochzeit der Hebe«) und den alten Komikern (Eupol. frg. 150. Archipp. frg. 18) begegnet er unter den Tafelgenüssen. Archestratos (frg. 47 R.) rühmt die ephes. (*ἰωνίσκοι*) und selinunt. G. (*κἂν ᾖ δεκάπηχυς* ist burleske

Übertreibung) und gibt Kochanleitungen wie später Apic. (4,2.12,1). Hikesios (Athen. 7,328 B) gibt der G. nach *γλυκύτης* und *εὐστομία* den 1. Platz. Auch vom ärztlichen Standpunkt wird sie empfohlen, da ihr festes Fleisch weniger raschem Verderb ausgesetzt ist als das anderer Fische (Cels. 2,28; vgl. 18). Eupolis (a.O.) nennt als Preis für 12 G. 100 Drachmen (Meerwölfe waren um ein Drittel teuerer). Großenteils ihretwegen richtete man in Italien am E. der Republik mit dem Meer verbundene Fischzuchtbecken ein, deren Erfinder C. → Sergius Orata seinen Beinamen angeblich der G. verdankt (Varro rust. 3,3,10. Colum. 8,16,5. Plin. nat. 9,168ff.; anders Fest. 182). Vor allem der → Lucrinersee lieferte bedeutende Mengen (vgl. Cic. leg. agr. 2,36. Martial. 13,90. Serv. georg. 2,161). Biolog. Nachrichten sind spärlich (Aristot. hist. an. 543 b 3: Laichen in Flußmündungsgebieten; 598 a 10: Ernährung von Tieren; Plin. nat. 9,58: Ausweichen vor der Sommerhitze). Für die Bezeichnung als *ἱερεὺς Ἀφροδίτης Κυθηρίας* bei Archipp. a.O. fehlt uns jede Deutungsmöglichkeit. Darstellungen vereinzelt, u.a. auf einem Fisch-Fresko in Pompeji. W. R.

Golgoi (*Γολγοί*). Eine der Hauptstätten des Aphroditekults auf Cypern, Theokr. 15,100. Lykophr. 589. Paus. 8,5,2. Catull. 36,14.64,96. Plin. nat. 5,129. Steph. Byz. Zonar. lex. Lage in der Ruinenstätte n. des Dorfs Athienu in der Messaria-Ebene etwa 34 km w. von Famagusta (mit Apollonheiligtum in der Nähe) durch das Weiterleben des Namens (Jorgus) und mehrere Weihungen an die *Ἀρφοδίτη* oder *θεὰ Γολγία* aus der weiteren Umgebung (SGDI 1,61 = [4] 245f. Nr. 219. BCH 51, 1927, 151ff. Nr. 8–10 = SEG 6,830–833) sehr wahrscheinlich gemacht. E. M.

1. *L. Palma di Cesnola* Atti d. R. Accad. d. scienze di Torino 6, 1870/71, 554ff.; Cypern 1879, 90ff. 2. *P. Perdrizet*, BCH 20, 1896, 361ff. 3. *E. Oberhummer*, RE VII 1579ff. (mit weiterer Lit.). XII 96,58ff. 4. O. *Masson* Les inscriptions chypriotes syllabiques 1961, 275ff. 5. SGDI 1,65–119.

Golgotha (*Γολγοθᾶ*, von aram. *golgoltâ*' »die Kugel«, »der Schädel« [so das NT., daher lat. *Calvaria*]; ungedeutet, Bodenform?) heißt Mk. 15, 22 par. Mt. 27,33; Joh. 19,17 der *τόπος* vor einem der Tore Jerusalems, an dem Jesus gekreuzigt (Mk. 15,22ff. par.) und bei dem er in einem Garten (Joh. 19,41f.) begraben wurde (Mk. 15,42ff. par.). Die Angaben des NT. weisen auf eine Stelle vor einem der 4 Tore der 2. N.-Mauer. Zu ihnen paßt die Tradition, die einhellig am Gelände der Grabeskirche hängt (G. eine etwa 5 m hohe Felsmasse, h. verbaut unter der Kalvarienkapelle im Winkel von s. Querschiff und Chor; Grabort in der Rotunde). Zwar ist die Tradition erst seit der »Wiederauffindung« des Grabes unter Konstantin lokalisierbar, aber sicher älter. Echtheit gilt h. durchweg als mindestens erwägenswert. – Die chr. Legende sucht in G. auch Erdenmitte, Adams Grab und den Berg Moria von Gen. 22, alles urspr. am hlg. Felsen des Tempels haftende jüd. Vorstellungen. Chr. B.

Seit *G. Dalman* Orte und Wege Jesu, 1924^3, 364–402: *J. Jeremias* Golgotha, Angelos-Beih. 1, 1926. *D. Baldi* Enchiridion locorum sanctorum, 1955^2, 617–705 (Quellensamml.). *A. Parrot* Der Tempel von Jerusalem. Golgatha und das Heilige Grab, Bibel und Arch. 2, 1956. *C. Kopp* Die hlg. Stätten der Evangelien, 1959, 422–444.

Gomoarius. *Tribunus notariorum* im J. 350, verriet seinen Herrn, den Usurpator Vetranio, an Constantius II. 360 wurde er zum *magister militum* des Caesars Iulianus ernannt, der ihn aber 361 absetzte (Amm. 21,8,1.13.16). 365 wurde G. *magister militum* des Usurpators Procopius, dessen Niederlage er 366 durch den Übertritt zu Valens herbeiführte (Amm. 26,7,4.9,3ff. Philostorg. 9,5. Zos. 4,8,2. Sokr. 4,5 Soz. 6,8). A. L.

Gomorrha (hebr. '^{a}*morā;* LXX. Eus. onom. 60,5 *Γομοῤῥα*), eine der 4 Städte (Sodom, G., Adma, Zeboim) am Toten Meer (Gen. 10,19), die nach der israelit. Überlieferung zerstört wurden (Dtn. 29,22); meist nur mit → Sodom zusammen genannt (Gen. 13,10 u.ö.). E. Ku.

Gomphoi (*Γόμφοι*). Stadt der thessal. Hestiaiotis an der Grenze gegen Athamanien, mit geringen Ruinen beim h. Muzaki etwa 15 km s. von Trikkala. G. deckte 2 Übergänge nach Athamanien u. spielte daher in der Kriegsgesch. mehrfach eine Rolle. Nach Philipp II. von Mak. hieß sie vorübergehend Philippoi oder Philippopolis (Steph. Byz. s. *Φιλίπποι*. Mz.). Von 198–191 v. Chr. zu Athamanien, unter Justinian Erneuerung der Stadtmauer (Prok. aed. 4,3,5). Strab. 9,5,17 p. 437. Ptol. 3,12,41. Plin. nat. 4,29. Hierokl. synecd. 642,10. IG IX 2,287–298. BCH 45, 1921, 16 III 32f. HEAD HN^2 294f. E. M.

1. *Fr. Stählin* Das hellen. Thessalien, 1924, 124ff. RE VII 1584f. 2. *Philipps.-Kirst.* 1,56.

Gondebaud s. Gundobadus

Gonnos (Gonnoi). Bedeutendste Stadt Perrhaibiens (nach Eustath. Il. 291,42ff. Tzetz. Lykophr. 906. Steph. Byz. auch *Gonnussa*), im W.-Eingang des Tempetals mit z.T. gut erhaltener Stadtmauer aus verschiedenen Perioden auf 3 Hügeln beim h. Dereli. Siedlungsspuren schon neolith. Ausgrabungen haben einen hocharchaischen, später erneuerten Tempel der Athena Polias, einen Tempel der Artemis, beide mit sehr reichen Inschr. und anderen Funden, Asklepiostempel und weitere Tempel ergeben. Militär. bes. im Perseuskrieg genannt (Liv. 42,54,7f. 67,6f. 44,6,10. 7,1). Daß Antigonos Gonatas in G. geboren sei, ist nur aus dem Namen herausgesponnen (Steph. Byz. Porphyr. FGrH II Nr. 260 fg. 3 (4) 12). Hdt. 7,128,1. 173,4. Strab. 9,5,19 p. 440. Liv. 36,10,11 (u.s.o.). Ptol. 3, 12,39. Steph. Byz. IG IX 2,1040–1055. EA 1911, 123ff. 1912, 60ff. 1913, 25ff. 1914, 4ff. 167ff. 1915, 8ff. BCH 45, 1921, 17 III 46. 27f. V 10. 39f. E. M.

1. *Arvanitopulos* *Πρακτικά*, 1910, 241ff. 1911, 315ff.

1914, 208ff. 2. *Fr. Stählin* Das hellen. Thessalien, 1924, 33ff. 3. *Philipps.-Kirst.* 1,111.

Gophna (*Γοφνα*, Ptol. 5,15,5. Eus. onom. 26,2. 74,2 K. *Γου-*, rabbin. *Gwpn*' u.ä., von aram. *gûp̄nâ*' »Weinstock«), judäische Ortschaft 22 km n. Jerusalem an der röm. (nahe der h.) Straße nach Nāblus. Zuerst bei Plin. nat. 5,70 und Ios., dann öfter; in röm. Z. Vorort einer der 11 judäischen Toparchien, ma. *Jafenia* (Baureste), h. Djifnā (Jordanien). Chr. B.

P. Thomsen Loca sancta 1, 1907, 53. *Abel* Géogr. 153. 226f. 339.

Gordianus. 1. G. (I.) = imp. Caes. M. Antonius G. Sempronianus Romanus Africanus Aug. * im J. 159, Zon. 12,17 (III p. 124 D.). H.A. vit. Gord. 9,1, Sohn des Maecius Marullus und der Ulpia Gordiana, Herodian. 7,5,2. Nach Quaestur, Aedilität, Praetur (vit. Gord. 3,5; 4,1) gelangte G. um 223 zum Konsulat. Er verwaltete verschiedene Provinzen, darunter wohl Achaia (E. Groag Reichsbeamte 87f.), schließlich 237/38 Africa, Herodian. 7,5,2, s. B. Thomasson Statth. Nordafr. 2,120f. Im März 238 übernahm G. in Thysdrus den Purpur mit seinem Sohn Nr. 2 (P. W. Townsend, YClS 14, 1955, 49–105). Senat und Volk in Rom anerkannten beide, vit. Gord. 7,3–9,8. Aurel. Vict. 26,1ff. J. Pink, Num. Ztschr. 28, 1935, 23ff. R.A.G. Carson, Coins Brit. Mus. 6, 1962, 97; 245ff. Nr. 1–17. Doch gegen den Statthalter Numidiens Capellianus fiel der jüngere G. in der Schlacht, der ältere erhängte sich, Amm. 26,6,20, nach knapp einmonatiger Herrschaft, Zon. 12,17. Bildnisse: Felletti-Maj Iconogr. p. 127–132. Taf. XI 36. H. v. Heintze MDAI(R) 63, 1956, 63ff. tav. 29,1–2. **2.** G. (II.), gleichnamig mit seinem Vater Nr. 1, IGR III 791, * ca. 192, vit. Gord. 15,2. Er kam bis zum Suffektkonsulat, ebd. 18,5, ging 46jährig mit dem Vater als Legat nach Africa und wurde mit ihm Augustus, verlor aber gegen Capellianus Schlacht und Leben, Kornemann Doppelprinzipat 96. Carson Coins Brit. Mus. 6,247f. Nr. 18–32. Bildnisse: Felletti-Maj Iconogr. p. 132–134. Taf. XII 39.40. H. v. Heintze, Röm. Mitt. 63, 1956, 64f. **3.** G. (III.) = imp. Caes. M. Antonius G. Aug. Sohn der Schwester von Nr. 2 (AE 1942, 40. 1956, 127a) und des Iunius Balbus, vit. Gord. 4,2. Herodian. 7,10,7, * Anf. 225. Auf Verlangen des Volkes (Herodian. 7,10,5–9) im März 238 Caesar unter den Augg. → Pupienus und Balbinus (→ Caelius II 2), AE 1951, 48. Nach der Ermordung der Augg. vor E. August 238 erhoben die Praetorianer den 13jährigen G. zum Augustus. Durch Tullius Menophilus (RE VII A 1316 Nr. 45) hielt er in Mösien die Karper im Zaum. 239 war G. cos., CIL VI 1159b. AE 1960, 350. Im J. 240 gab es Unruhen in Africa, vit. Gord. 23,4. Cos. II im J. 241 (AE 1952, 42.43; 1948, 122), vermählte sich G. mit Furia Sabina Tranquillina, deren Vater → Timesitheus praef. praetor. wurde und die Regierung führte, Zos. 1,17f. Im J. 242 zog G. wegen Bedrohung Syriens durch Schapur I. gegen die Perser. Timesitheus errang gewaltige Erfolge, unterwarf ganz Mesopotamien, vit. Gord. 26,3. 27,2–8. Im J. 243 starb er, vielleicht durch M. Iulius → Philippus, der praef. praetor. wurde (ebd. 28,1) und am Euphrat im Febr. oder März 244 G. töten ließ, Zos. 1,18–19. Mz.: J. Pink, Num. Ztschr. 28, 1935, 24ff. Mattingly, RIC 4/III 1–52 Nr. 1–339. Bildnisse: V. Scrinari, Enc. art. ant. 3,977f. Felletti-Maj Iconogr. 147ff. H. v. Heintze, MDAI (R) 62, 1955, 174ff. 66, 1959, 175ff. R. H.

P. W. Townsend, YClS 4, 1934, 59–132. *Calderini* Severi 132–146. *Honigmann-Maricq* Recherches sur Res gest. divi Saporis, 1953, 111ff.

Gordion (*Γόρδιον*). Zuerst von Xen. hell. 1,4,1 genannte Stadt im n. Kleinasien am r. Ufer des Sangarios, alte Hauptstadt Phrygiens (um 800 v. Chr.), gegenüber dem auf dem l. Ufer gelegenen Polatli (s. Atl. of the World, Pl. 36). Die sagenhafte Frühgeschichte G.s nimmt Bezug auf einen Phrygerkönig Gordios, dessen Dynastie im 6. Jh. v. Chr. erlosch (Hdt. 1,14 u.ö. Strab. 12,568). Durch Alexander d. Gr., der 334 durch diese Stadt zog (Arr. an. 2,3ff. Curt. 3,1,11–18), kam sie zu einer gewissen Berühmtheit (gord. Knoten). G. gehörte später der Prov. Galatia an und ist von dem bithyn. *Γορδίου κώμη* (Strab. 12,574. Plin. nat. 5,143 *Gordiucome, quae Iuliopolis vocatur*) zu unterscheiden. Plut. Alex. 18. Steph. Byz. p. 211. Iust. 11,7,3. Plin. nat. 5,146 *(Gordium)*. Ausgr. – Nekropole. H. T.

»Les Guides Bleus« S. 242. *W. M. Ramsay* The hist. Geogr. of As. Min. 1962, 16. 29. 225 u. ö. *W. Sieglin* Schulatl. z. Gesch. des Alt. S. 8. Gr. Hist. Weltatl. I, S. 11a.

Gordios (*Γόρδιος*, Hdt. *Γορδίης*). **1.** Mythischer Gründer des phryg. Staates, vom Landmann zum König erhoben. Iustin. 11,7,5ff. erzählt: Vögel aller Art umflogen sein Gespann. Die deshalb befragte Seherin, die auf künftige Königswürde deutet, heiratet er. Bald bricht ein Bürgerzwist aus. Ein Orakel kündet, man solle den zum König wählen, den die Fragesteller auf der Rückfahrt zuerst auf einem Wagen zum Zeustempel fahren sähen. Das war G., der nun König wurde und seinen Wagen mit dem unauflöslichen Knoten in den Tempel weihte, wo ihn Alexander noch sah. Ähnlich Curt. 3,2. Arr. an. 2,3,4ff. schreibt G.' Sohne Midas die Wahl zum König und die Stiftung des Wagens zu. Ähnlich Ail. nat. 13,1. Plut. Alex. 18. Nach Hdt. 8,138 ist G. Vater des »thrakischen« Midas; in der Tat sind die Phryger Abkömmlinge der Thraker. Nach Strab. und Steph. Byz. ist G. der Gründer von → Gordi(ei)on. Die von Reineccius 1594 aus Hdt. 1,14 und 35 erschlossene Reihenfolge der Könige G. I – Midas I – G. II – Midas II – G. III – Midas III – G. IV – Adrastos ist problematisch. S. → Phrygien. G. und A. Körte Gordion, Ergebn. der Ausgrabungen, 1904. RE XX 864.886.889. H. v. G.

Prell.-Rob. 1,644.

2. Kappadoker. Er ermordete im Jahr 111 v. Chr. im Auftrag des → Mithradates VI. von Pontos den König → Ariarathes VI. Der Nachfolger Ariarathes VII. verweigerte G. die Rückkehr und wurde von Mithradates getötet, der 99 einen eigenen Sohn als Ariarathes IX. unter Vormundschaft des G. einsetzte. Als → Nikomedes III. von Bithynien einen Gegenprätendenten aufstellte, behauptete G. vor dem Senat in Rom vergeblich, Ariarathes IX. sei ein Nachkomme des Ariarathes V. Die Kappadoker erhielten statt G., den sie von Rom erbaten, Ariobarzanes als Herrscher. Doch Mithradates ließ Ariobarzanes 93 durch Tigranes von Armenien vertreiben und G. einsetzen. Aber 92 verjagte Sulla den G. Plut. Sulla 5,7. App. Mithr. 57. Iust. 38,1 ff. Gegen Murena führte G. 83 ein Heer des Mithradates. App. Mithr. 65. H.V.

Gordyaia (*Γορδυαία*). Landschaft an den Grenzen Armeniens, Assyriens und Mesopotamiens am Oberlauf des Tigris s. des Thospitis-Sees (h. Van-See). Hauptquelle: Strab. 11,527 (*Γορδυηνή*). 529.536. 16,739.746.750. Als *πόλεις* der G. werden von Strab. Sareisa (h. Šārīš), Satalka und Pinaka (h. Finek) genannt, Bewohner *Γορδυαῖοι*, die Strab. (11,747) den → *Καρδοῦχοι* gleichsetzt. Diese, zuerst von Xen. an. 4,1,8 erwähnt, stellen die urspr. Namensform dar; aus ihr bildete sich später die Form *Γορδυαῖοι*, die dann den Vorrang hatte (Plin. nat. 6,44). Aus der Identität der *Γορδ.* mit den *Καρδ.* ergibt sich die Ansetzung der G., die etwa dem Lande der h. Kurden entsprach, und ihre Bewohner waren ethnogr. die Vorläufer des Bergvolkes der Kurden. App. Mithr. 105 (*Γορδυηνή*). Cass. Dio 37,5,2 (*Κορδουηνή*). Plut. Luc. 21,26.29 u.ö.; Pomp. 36. Ptol. 5,12,9 M. (*Γορδυηνή*) mit Comm. Polit. bildete die G., nachdem sie auch einmal unter Königen selbständig war (ein König *Ζαρβιηνός* bei Plut. a. O.), den südlichsten Teil von → Armenia, in dem Tigranes II. die jüngere Hauptstadt Armeniens, Tigranocerta, gründete. Mit Armenien kam dann die G. unter röm. Herrschaft, die sich bis zum E. des Alt. noch z. Z. des Kaisers Iulianus Apostata (361–363) halten konnte. Unter Iovian (363–364) ging Armenia und mit ihr G. an das neupers. Reich verloren. H. T.

A. van Kampen Orb. terr. ant., tab. 4,12,15. *W. Sieglin* Schulatl. z. Gesch. des Alt., S. 8–9.

Gordyene s. Gordyaia

Gorgades insulae. An der W.-Küste Libyens, dem Hesperium prom. gegenüber (Mela 3,99 *Dorcades*). Plin. nat. 6,200 setzt sie gegenüber dem *Hesperu Ceras* an. Der Peripl. des Hanno 14.17.18 erwähnt die *Γορίλλαι*, die man für die Frauen der Pygmäen hält (J. Carcopino Maroc antique 1943, 152). Vermutlich bei Hanno aus der karthag. Bezeichnung *Γοργάδες* (hsl. *ΓΟΡΓΑΔΑΣ*) für Zwergstämme durch Verschreibung das Wort *ΓΟΡΙΛΛΑΣ* entstanden. Auch eine Beziehung der *Γοργάδες* zu den im äußersten W. angesetzten Gorgonen herzustellen, wurde versucht. Eine genaue geogr. Lokalisierung ist nicht möglich. M. L.

S. Gsell Hist. anc. Afr. N. I, 499.505.519.

Gorgasos und **Nikomachos** (*Γόργασος, Νικόμαχος*). Ein göttliches Brüderpaar, das in seinem von Isthmios gestifteten Heiligtum im messen. Pharai Kranke und Lahme heilte. Mit dem Vordringen des Asklepios wurde dessen Sohn Machaon zum Vater der Zwillinge. Von N. leitete der Philosoph Aristoteles sein Geschlecht ab. Paus. 4,3,2. 10. 30,2 f. H. v. G.

A. v. Gutschmid Kl. Schr. 3,456 ff. *Wilam.* Aristot. und Athen 1,311 f.

Gorge (*Γόργη*). **1.** Tochter des Oineus in Kalydon, Schwester des Meleagros, Apollod. 1,64 (Hes.). Ant. Lib. 2 (Nikandros). Ov. met. 8,543. Hyg. fab. 174. Sch. Hom. Il. 9,584. Kullmann, H(E 14) 144. Gattin des → Andraimon. Apollod. epit. 3,12. Paus. 10,38,5. Ihrer Verbindung mit dem eigenen Vater sollte Tydeus entstammen, Apollod. 1,75 (Peisandros). **2.** Gattin des Korinthos, Mutter des Megareus. Sie stürzt sich in den See Eschatiotis, der nach ihr Gorgopis hieß. Hesych. Aischyl. Ag. 302. G. ist wohl aus dem Namen des Sees entwickelt; ihre Genealogie deutet auf Kämpfe zwischen Korinth und Megara um das Gebiet des Sees. H. v. G.

Gorgias (*Γοργίας*). **1.** Von Leontinoi, Sohn des Charmantidas, der berühmte Redelehrer.

Leben: Gesicherter Fixpunkt ist G.' 1. Aufenthalt in Athen im Sommer 427 (Thuk. 3,86. Diod. 12,53). Als Führer einer Gesandtschaft von Leontinoi erbat G. Hilfe gegen Syrakus. Ferner sind alle ant. Zeugnisse darin einig, daß G. ein Lebensalter von 100 J. erreichte oder überschritt; die gängige Überlieferung schreibt ihm 109 J. zu. Seine Lebenszeit ist auf etwa 480–380 v. Chr. anzusetzen. Das Zeugnis Platons, Gorg. 449 B und Menon 71 C, sichert einen 2. Aufenthalt G.' in Athen; eine seiner letzten Stationen (Todesort?) war Larissa in Thessalien; vgl. Plat. Men. 70 B. In seiner 2. Lebenshälfte scheint er sich von Leontinoi gelöst zu haben; er führte das Leben eines wandernden Redners – so hielt er Festreden in Delphi und in Olympia. Zugleich unterwies er Jüngere in der Kunst des Redens; hierbei hatte er ungewöhnlich große – auch finanzielle – Erfolge. Man erzählte Fabelhaftes von den enormen Honoraren, die er forderte (Diod. 12,53,2) und von den Reichtümern, über die er verfügte (Ail. var. 12,32 läßt ihn Purpur tragen). In Delphi weihte er sein eigenes Bild – Pausanias, der es noch sah, (10,18,7) beschreibt es als vergoldet; die Legende hat ein massiv-goldenes daraus gemacht (Cic. de or. 3,129. Plin. nat. 33,83). – Ein apophthegma beim Herannahen des Todes berichtet Ail. var. 2,35. Trotz solcher (nicht immer verläßlich beglaubigten) Einzelheiten ist es nicht möglich, eine Geschichte dieses Lebens zu schreiben.

Schriften: Erhalten sind 1. *Ἑλένης ἐγκώμιον*,

eine Verteidigung der Helena gegen alle Vorwürfe, die ihr gemacht wurden oder gemacht werden könnten. Programmatisch wichtig darin das Axiom (c. 8–10), die Wirkung des Redners = πείθειν, weil auf die Affekte gerichtet, sei unwiderstehlich; sollte also Helena durch eine Rede des Paris verführt worden sein, so trifft sie keine Schuld. Ausg.: O. Immisch Kl. Texte 158 (1927). Diels-Kranz Vorsokr. 2,288–294. L. Radermacher artium scriptores 52ff.

2. Ὑπὲρ Παλαμήδους ἀπολογία. Diese Verteidigung des Palamedes gegen die Anklage des Odysseus ist ein lehrreiches Zeugnis davon, daß G. die Bestätigung seiner rhetor. Postulate nicht nur im aktuellen Erfolg suchte; er wandte sein Können auch dazu an, um vom Mythos vorgegebene Situationen aufzulösen. Beide im Bereich des Mythos spielende παίγνια enthalten den Anspruch auf universale Geltung von G.' Axiomen. Ausg.: Diels-Kranz Vorsokr. 2,294–303. L. Radermacher artium scriptores 59ff.

3. In 2 z.T. kongruenten Auszügen liegt vor: περὶ τοῦ μὴ ὄντος ἢ φιλοσοφίας.

Fundorte: a) Sextus Emp. adv. math. 7,65–87; b) Ps. Aristoteles de Melisso Xenophane et Gorgia 5–6, 979 a 11–980 b 21; in dieser Schrift werden – nach eleat. Vorbild – die 3 skept. Axiome entwickelt: es gebe nichts; gäbe es etwas, es müßte sich der Erkenntnis entziehen; wäre es dennoch erkennbar, so ließe es sich nicht mitteilen.

4. Verlorenes: G. verfaßte eine τέχνη, die nur aus verstreuten Zitationen kenntlich wird. Vielleicht gehörten ihr die beiden erhaltenen Schriften (1 und 2) als Musterstücke an. Ausg.: L. Radermacher artium scriptores 42–52. Von den großen Festreden, die einst den Ruhm des G. begründet haben müssen, Ὀλυμπικός, Πυθικὸς ἐγκώμιον εἰς Ἠλείους zitierte die spätere Ant. einige Wendungen; nur aus dem ἐπιτάφιος ist ein knappes Stück erhalten.

Bedeutung: Durch G., dem neben Protagoras erfolgreichsten Rhetor, trat der griech. Öffentlichkeit zum erstenmal deutlich in das Bewußtsein, was die Rhetorik zu wirken vermag. G. dürfte der erste gewesen sein, der Wirkungsmöglichkeit und Wirkungsweise des gesprochenen Wortes rational, und dabei losgelöst vom Gegenstand der Rede, durchdachte; hierbei kam er zu der Folgerung, daß eine Rede, wenn sie die Affekte der Hörer richtig ansprach, jede vom Redner gewünschte Wirkung müßte hervorrufen können. Dies Axiom, vergröbernd zusammengefaßt in der Wendung τὸν ἥττω λόγον κρείττω ποιεῖν wurde schon zu G.' Zeiten eingehend und mit Heftigkeit diskutiert; vgl. Aristoph. Nub. 888–1104. In der Generation darauf – aber noch zu Lebzeiten des G. – wählte Platon ihn als Gesprächspartner im Dialoge G., in dem bezeichnenderweise nicht an dem Axiom des G., die Rhetorik vermöge jede Wirkung hervorzubringen, Kritik geübt wird; sondern es wird gezeigt, wozu eine Rhetorik führen muß, die um vordergründiger Erfolge willen Wahrheit und ἀρετή mißachtet. Trotz dieser Kritik reichte die Wirkung des G. sehr tief; Euripides ist dem G. in vielen Punkten verpflichtet; im 4. Jh. setzte vor allem Isokrates die von G. begonnene Linie fort. Nachmals hat weniger die Rhetorik selbst als vielmehr die rhetorisierte, psychologisierende Geschichtsschreibung auf G. zurückgegriffen.

Um seinen Reden etwas Einschmeichelndes, den Hörer Bezauberndes (θέλγειν) zu geben, wandte G. ein für ihn bezeichnendes Stilmittel an: die sog. gorgian. Figuren. Damit bezeichnet man den Reim, der durch gleichklingende Flexionssilben erreicht wird. So tief im Geistesgeschichtlichen die Nachwirkung des G. reicht, diese Figuren sind von seinen Nachfolgern eher gemieden als gesucht worden; ihre allzu häufige Anwendung dürfte bald den Überdruß der Hörer bewirkt haben. Vgl. Norden AKpr. 1,15ff. und 63ff.

Eine monograph. Behandlung des G. fehlt leider gänzlich. H. D.

2. G., griech. Rhetor des 1. Jh. v. Chr., im J. 44 in Athen Lehrer des jüngeren M. Tullius Cicero, der aber auf Weisung seines Vaters den Verkehr mit dem als leichtsinnig geltenden G. aufgeben mußte (Cic. fam. 16,21,6. Plut. Cic. 24,8f.). Zu einer späteren, nicht genau fixierbaren Zeit hörte Seneca d. Ä. G. in Rom deklamieren (contr. 1,4,7, wo die beiden griech. Zit. ausgefallen sind). G. verfaßte ein Werk über die Redefiguren (Titel wahrscheinlich περὶ σχημάτων) in 4 B., das bald darauf von → Rutilius Lupus ins Lat. übersetzt wurde (Quint. inst. 9,2,102). Die erhaltenen Teile dieser Übertragung (Exc., in 2 B. gegliedert) umfassen 41 σχήματα λέξεως in unsystemat. Anordnung. Von den σχήματα διανοίας dürfte im anschließenden Teil des Werkes die Rede gewesen sein. Auf die Definition eines Begriffes folgen gewöhnlich Beispiele, die den att. Rednern entlehnt sind. Daneben begegnen aber auch Belege aus späterer Zeit (z. B. aus → Hegesias, → Demetrios von Phaleron, ferner dem Peripatetiker → Lykon), die verdeutlichen, daß G. kein Attizist gewesen sein kann. Fraglich bleibt die Zuweisung eines ὀνομαστικὸν βιβλίον (Poll. 9,1) an diesen G. H. Gä.

Susemihl 2,500f. *F. Blass* Griech. Bereds., Bln. 1865, 97ff. *H. Bornecque* Les déclamations et les déclamateurs d'après Sén. le père, Lille 1902, 169f.

3. G., φίλος und Feldherr Antiochos des IV. Epiphanes, zuletzt auch Statthalter von Idumäa, kämpfte mit wechselndem Erfolg für den Reichsverweser Lysias gegen Iudas Makkabaios (1. Makk. 3,38–5,59. 2. Makk. 8,9. 10,14. 12,32–37. Ios. ant. 12,7,3f. 8,6). C. C.

Gorgidas. Thebaner, neben Epameinondas und Pelopidas bedeutender polit. und militär. Führer seiner Vaterstadt, Hipparchos ca. 383 v. Chr. (Plut. gen. Socr.), verblieb nach Einnahme der Kadmeia durch die Spartaner unter Phoibidas 382 in Theben, während die meisten theban. Verbannten Asyl in Athen fanden. Während der Zeit der Besetzung Thebens durch Sparta bis 379 (Diod. 15,31) unterhielt er Verbindung mit den Geflüchteten und organisierte, indem er Jünglinge für die sog. Heilige Schar anwarb (Plut. Pelop. 14. 18. 19. Polyain. 2,5,1. Athen. 13,602 schreiben dies Epameinondas zu), den Widerstand gegen die spartan. Eindringlinge. G. wurde 379/78 Boiotarch (Plut. Pelop. 14) und befehligte 378 im Feldzug gegen Thespiai die theban. Reiterei (Xen. hell. 5,4,42. Polyain. 2,5,2). G. Sch.

Gorgippia (*Γοργιππία, Γοργίππεια*). Miles. Kolonie an der NO.-Küste des Pontos Euxeinos. Sie entsprach genau dem h. Sowjethafen Anapa. Im Hinterlande von G. wohnten die Sinder; daher auch die parallele, wahrscheinlich urspr. Benennung des Ortes *Σινδικὸς λιμήν*. Als die bosporan. Spartokiden das Gebiet der Sinder eroberten, wurde ihr früheres Stammeszentrum in G. umbenannt. Die ant. Siedlung, die während des 4. Jh. v. Chr. zu bes. Bedeutung als Handelsplatz gelangte, liegt unter dem h. Anapa. Daher sind Grabungen hier schwer durchführbar. Die meisten Funde: Inschr., Statuen, Architektur- und Keramikfrg., Mz. tragen einen überwiegend zufälligen Charakter. Die verstärkte Bautätigkeit der Neuzeit ermöglicht reichere Funde durch regelrechte Grabungen. Ähnlich wie in anderen Griechenkolonien an der n.ö. Küste des Pontos Euxeinos spielten in G. die einheimischen Elemente im wirtschaftlichen und kulturellen Leben eine wichtige Rolle. Sonst hatte G. die innere und äußere Struktur einer griech. Polis. Inschr. bezeugt sind die glanzvollen Wettspiele Hermaia, Festspiele, die die zentrale Bedeutung des Hermeskultes bezeugen. Z.Z. des Mithradates VI. Eupator von Pontos bewahrte G. wesentliche Elemente seiner Autonomie als ein noch immer wichtiges Gewerbe- und Handelszentrum.

Seinen 2. Aufschwung erlebte G. in der röm. Zeit während des 1. und 2. Jh. n. Chr. Plinius kennt sie als die *civitas Sindica*. Damals wurde die baufällig gewordene Festungsmauer wieder hergestellt. Dieser Zeit gehören auch die schönsten bisher in G. gefundenen Kunstwerke an. Im 3. Jh. n. Chr. wurde G. von der allgemeinen Krise der Zeit in Mitleidenschaft gezogen. Trotzdem zeigen die Grabungsergebnisse aus neuester Zeit, daß damals in G. die keramischen und Bildhauerwerkstätten noch immer tätig waren. Auch G. konnte natürlich dem für diese Zeit allgemeingültigen »Verdorfungs«-Prozeß nicht entgehen, der in anderen Bosporosstädten jetzt noch deutlicher in Erscheinung tritt (Strab. 11,495. Plin. nat. 6,17) Chr. D.

W. Gajdukewič Bosporskoje Zarstwo (russ.: Das Bosporan. Reich), Moskau 1949, 215–220. *Danoff* RE Suppl. IX 1137ff. Art. Pontos Euxeinos. *Kruglikowa* Goroda Bospora w. III w. n.e. (russ.: Die bosporan. Städte im 3. Jh. n. Chr.) im Sammelwerk »Die ant. Stadt« (russ.), Moskau 1963, 69.

Gorgo (*Γοργώ*, auch *Γοργών*, plur. *Γοργόνες*, zu *γοργός* »schrecklich für Blick und Anblick« Frisk). **1.** Hom. Il. 8,349 vergleicht Hektors Blick mit dem der G. und des Ares. Sonst erscheint das G.-Haupt des *δεινὸν πέλωρον* neben andern Apotropaia auf dem Schilde Athenas und Agamemnons 5,741. 11,36. Odysseus bricht seinen Besuch der Unterwelt ab aus Angst, Persephone könnte ihm das G.-Haupt schicken, Od. 11,634 (vgl. Aristoph. Ran. 475. Verg. Aen. 6,289). Hes. th. 274ff. kennt 3 G.: Sthen(n)o, Euryale, Medusa. Sie stammen von den Meergöttern Phorkys und Keto (Aischyl. *Φορκίδες*), sind jüngere Schwestern der Graien und wohnen jenseits des Okeanos im äußersten W. Mit der sterblichen G., Medusa, verbindet sich Poseidon, und als Perseus der Schwangeren den Kopf abschlägt, entspringen ihrem Leibe → Chrysaor und das Flügelroß → Pegasos; entsprechend erscheint Medusa roßgestaltig auf boiot. Gemmen und Reliefvasen. Unter dem Einfluß arch. Bildwerke gibt Ps.-Hes. Aspis 216ff. eine grauenerregende Schilderung ihres Äußeren. Die Verfolgung des Perseus durch die beiden unsterblichen Schwestern a.O. 232 findet sich gleichfalls auf arch. Kunstwerken. Nach den Tönen ihres Klagegesangs erfindet Athena den *νόμος πολυκέφαλος* auf der Flöte (Pind. P. 12. Wilam. Pind. 144f.). Sonst bleiben die Schwestern farblos. Die Enthauptung Medusas durch → Perseus unter Athenas Beistand ist in der Kunst wie in der Lit. häufig dargestellt worden, ausführlich z.B. Eratosth. astr. 1,22. Apollod. 2,37ff. Lukian dial. mar. 14,2. Ov. met. 4,779ff. Lucan. 9,659ff. Älter ist wohl die att. Sage, daß Athena selbst die G., hier eine Tochter der Ge, im Gigantenkampf getötet habe; sie heißt → Gorgophone, *γοργῶπις*, trägt das → Gorgoneion aus eigenem Recht, nicht als Gabe des Perseus; sie verschenkt Locken und Blutstropfen der Erschlagenen, Eur. Ion 989ff. Paus. 8,47,5. Apollod. 2,144. 3,119. Frühere Mythologen neigten dazu, urspr. Identität der beiden Feindinnen anzunehmen; mit der Wandlung Athenas zur Olympierin sei das Schreckdämonartige von ihr abgelöst und ihr als feindliche Macht gegenübergestellt worden. Annehmbarer ist die neuere Ansicht, Athena habe eine ägäische Vorgängerin chthon. Art überwunden und ihr dabei etwas von der Vernichtungskraft ihres bösen Blickes abgewonnen, s. W. Fauth o. I 683,45. 684,5. J. Wiesner Olympos 40. Pötscher, G 70, 1963, 537f. (hier neuere Lit.). H. v. G.

Kaiser Wilhelm II. Studien zur G., 1936. *H. Besig* G. und Gorgoneia, 1937. *Ziegler*, RE VII 1630ff. *H. J. Rose* Griech. Mythol. 277. *K. Kerenyi* Mythol. der Griechen 53ff. 182.

2. G., Tochter des Königs Kleomenes von Sparta, den sie vor den Überredungskünsten des → Aristagoras warnte (Hdt. 5,51), und Gemahlin der Thermopylenkämpfers Leonidas (Hdt. 7,205).

Sie soll auch erkannt haben, wie die geheimnisvolle Botschaft des Demaratos über den von Xerxes geplanten Feldzug zu entziffern sei (Hdt. 7, 239). Fr. Kie.

Gorgobina. Stadt der Gallia Celtica im Gebiet der Arverni; später der Aquitania. Sie liegt ö. des Elaver, unterhalb der Aquae Bormonis. Die Boii, die Gallien zusammen mit den Helvetiern besetzt hatten, setzten sich nach der Niederlage der Helvetier 58 v. Chr. in G. fest. G. wurde *Boiorum oppidum* (Caes. Gall. 7,9). Heute Saint-Parize-le-Châtel oder besser La Guerche (Nièvre). M. L.

A. Grenier A la recherche de Gorgobina, REA 44, 1942,116.

Gorgon (NISSEN It. Ldk. 1,367. RADKE, RE IX A 1000), bei Plin. nat. 3,81. Steph. Byz. s. v. auch Urgo bzw. *Ὀργών*, kleine Insel w. Livorno (Rut. Nam. 1,515. Ptol. 3,1,78 *Γοργόνη*); h. Gorgona. G. R.

Gorgoneion (*Γοργόνειον*). Das G. ist an sich älter als der Gorgomythos. Wann die Griechen von der unpersönlichen Auffassung der Fratze, der bei allen primitiven Völkern üblichen Schreckmaske, die den Glauben an den bösen Blick (vgl. die ion. Augenschalen) und an die Bannkraft des potenzierten Ausdrucks von Wut und Hohn voraussetzt, zu einer myth., persönlichen übergingen, ist nicht festzustellen. Hom. scheint den Perseusmythos schon zu kennen; versteinernde Wirkung des Gorgoblicks zuerst bei Pind. und Aischyl. In der arch. Kunst werden zwar Szenen aus diesem Mythos sowie ganzfigurige Gorgonen dargestellt (z. B. Metope des Tempels C aus Selinus, Nessosamphora aus Athen), aber es überwiegt das G. mit breitem Gesicht, gräßlichen Augen, gebleckter Zunge, mit Schlangen um den Gürtel oder in den Haaren, oft mit 4 Flügeln, manchmal bärtig. Es taucht jedoch erst im 7. Jh. auf, wohl unter orient. Einfluß (über Kleinasien aus N.-Syrien, FURTWÄNGLER Myth. Lex. 1,1705). Als mag.-apotropäisches Zeichen wird es an Schilden (→ Aigis) und Panzern, an Tür und Tor, an Schiffen und Pferden, Lampen, Trinkgeräten, an Gemmen usw., auch an Grabmälern angebracht. Im Laufe der Zeit wird es mehr dekorativ verwendet. Zugleich mildert sich die Häßlichkeit des Gesichts, und um 400 ist in der Medusa Rondanini (München, Glyptothek) ein ausgesprochen schöner Typ erreicht, allerdings von einer kalten, seelenlosen Schönheit; nur Schlangen und Flügel erinnern an das frühere Bild. Der Hellenismus sodann leiht dem G. die schmerzvollen Züge der Schwermut und zeigt nicht das peinigende, sondern das gepeinigte Wesen. H. v. G.

Brunn Götterideale 53ff. *Baumeister* Denkm. 910, Abb. 985. *J. E. Harrison* Prolegomena, 1903, 187ff. *Nilsson* GgrR 1,210f. 409f. *Furtwängler* Meisterwerke 352ff. *Em. Kunze* Neue Meisterwerke aus Olympia, 1948, N. 37. *R. Hamann* Griech. Kunst, 1949, 76ff. 121.

Gorgopas. Spartiate, Harmost auf Aigina, wo er in der Endphase des Korinth. Krieges (394/86 v. Chr.) 12 Kriegsschiffe befehligte und ständige Kriegshandlungen und Raubzüge gegen athen. Gebiet unternahm, begleitete 388 Antalkidas nach Ephesos und konnte sich während der Rückfahrt, als er auf athen. Schiffe stieß, nach Aigina retten, holte sofort zum Gegenschlag aus und kaperte 4 feindliche Schiffe. Als die Athener 387 auf Aigina landeten, wurde G. in einem Gefecht besiegt und mit zahlreichen seiner Anhänger erschlagen (Xen. hell. 5.1,5ff.). G. Sch.

Gorgophone (*Γοργοφόνη*). **1.** Beiname Athenas, Eur. Ion 1478 als Gorgotöterin verstanden, könnte auch »furchtbar leuchtend« bedeuten. RE II 1973. PRELL.-ROB. 1,193. **2.** Danaide, leibliche Schwester der Hypermestra. Apollod. 2,16. **3.** Tochter des Perseus, Gattin des → Perieres, Mutter des → Aphareus u. a. Nach dem Tode des Gatten heiratete sie Oibalos. Tyndareos wird als Sohn aus 1. oder 2. Ehe bezeichnet. Apollod. 1,87. 3,117 (Stesich.). Paus. 2,21,7. 3,1,4. 4,2,4. Ihr Grab in Argos neben dem des Gorgohaupts, Paus. a. O. H. v. G.

Gorgophonos (*Γοργοφόνος*). **1.** Beiname Athenas, Orph. h. 32,8. **2.** Beiname des Perseus, Nonn. Dion. **3.** Sohn des → Elektryon und der Anaxo, Enkel des Perseus, Apollod. 2,52. **4.** Vertriebener König von Epidauros, fabulierend anstatt des Perseus als Gründer von Mykenai bezeichnet, Ps.-Plut. de fluv. 18,7. H. v. G.

Gorgopis limne. Bei Aischyl. Ag. 302 wohl das halkyon. Meer, der O.-Teil des korinth. Meerbusens (nach QUINCEY, JHS 83, 1963, 129ff. die Bucht von Eleusis), sonst mit dem h. Vuliasmeni genannten See an der W.-Spitze der Halbinsel Peraia gegenüber Korinth gleichgesetzt, der bei Xen. hell. 4,5,6. Plut. mor. 304 F nur *λίμνη* heißt. PAYNES Gleichsetzung mit dem winzigen See Psatho ö. von Schino ist sehr unwahrscheinlich (Perachora 1940, 9. 21 A. 3). Hesych. Zonar. Etym. M. 384, 33ff. E. M.

1. *E. Curtius* Peloponnesos 2,553f. 2. *Bölte*, RE VII 1658f. 3. *Philipps.-Kirst.* 1, 1952, 1,954f. 4. *Ed. Fraenkel* Aeschylus Agamemnon 2,160f.

Gorsium. Knotenpunkt der Straßen Sopianae-Aquincum (Itin. Ant. 264,4) und Sopianae-Brigetio (Itin. Ant. 265.1) in Pannonia inferior. Ihrer Ausdehnung nach zu schließen, muß diese Siedlung neben Aquincum die größte Ansiedlung im n. Teil von Pannonia inferior gewesen sein. Vor der röm. Besetzung war G. ein wichtiges Zentrum der kelt. Eravisker. Aus dem 1. Jh. n. Chr. stammt das Ala-Lager zur Sicherung des Flußüberganges der Sárviz, wo in den fünfziger Jahren die ala I Scubulorum stationierte. Zu Beginn des 2. Jh. wurde das Lager aufgelöst. Die Entfaltung und Blütezeit der Zivil-Siedlung fällt ins 2.–4. Jh. z. Z. der Markomannenkriege und später um 260 wurde G. durch die Sarmaten verheert. Während der Tetrarchie wurde ihr Name zu Ehren des Kaisers Maximianus Herculius in Herculia geändert.

Die letzte Blütezeit G.s fällt in das 2. Drittel des 4. Jh., als seine Gebäude neu errichtet wurden. J. F.

J. Fitz G. Ausgrabungen und Funde, Székesfehérvár 1964.

Gortyn. Stadt auf Kreta etwa in der Mitte der großen südkret. Ebene Mesará zwischen den Dörfern Hg. Deka und Mitropolis, 90 Stad. (16 km) von der Küste entfernt (Strab. 10,4,7 p. 476; bei PHRANTZES 1,34 (25) p. 102,2f. Bonn 60 Stadien), am Fluß Lethaios. Name in den Inschr. und auch literar. Gortyn, *Γόρτυνς* in SGDI 4983 = [1] 64,2. Literar. ist aber die jüngere Form *Gortyna, Gortyne* bedeutend häufiger, inschr. lat. auch in [1] 290.291. *Γορτύναϑεν* SGDI 5018 = [1] 186,16. Lat. auch *Cort-*: Stat. Theb. 3,587. 4,530. 5,361. Varro rust. 1,7,6. Tab. Peut. Geogr. Rav. 5,21 (397, 24). Serv. buc. 6,60. Ethnikon *Gortynios.* Das *v* metrisch als kurz behandelt IG IV 1²,244,8. SGDI 5088,12 = Inscr. Cret. I,XVII Nr. 21. Zur Namensform s. auch Gortys.

G. ist bereits bei Homer genannt, Il. 2,646. Od. 3,294, und wird stets als eine der 2 oder 3 bedeutendsten Städte Kretas bezeichnet, teils in Rivalität zu Knosos, teils mit ihm verbündet. Bes. von der Mitte des 3. bis zur Mitte des 2. Jh. hatte G. die Vormachtstellung in Kreta inne anstelle von Knosos. Der mit dem arkad. Gortys gleiche Name, der Ort Amyklaion bei G. (Steph. Byz. s. v. SGDI 5025 = [1] 172), der Kult des Apollon Amyklaios (Gesetz von G. III 8) und der Monatsname Amyklaios (SGDI 5016. [1] 182,23) beweisen eine Gründung des griech. G. in vordor. Zeit, die auch die ant. Sagentradition annimmt (Paus. 8,53,4. Con. narr. 36). In hist. Zeit ist die Stadt dor. mit dor. Einrichtungen. Über die Gesch. in klass. Zeit ist kaum etwas bekannt, 330 v. Chr. erhielt auch G. bei der großen Hungersnot Getreide von Kyrene, SEG 9,2 = TOD Hist. inscr. 2,196,33. Literar. sind erst Ereignisse der hellenist. Zeit bekannt. Ptolemaios IV. soll begonnen haben, eine Stadtmauer zu bauen, die aber nicht fertig wurde und von der keine Spuren bekannt sind, Strab. 10,4,11 p. 478 (Eustath. Il. 2,645. PHRANTZES 1,34 (25) S. 102,5ff. Bonn).

In röm. Zeit war G. Hauptstadt der Provinz Creta et Cyrenae, daher großzügiger Ausbau. Sehr früh gab es eine Christengemeinde, Brief des Paulus an Titus, der als 1. Bischof gilt und kret. Lokalheiliger wird (LE QUIEN 2,526f.). G. ist kirchlich Metropolis der Insel (Hierokl. synecd. 649,4. Not. episc. oft), was im Namen des Dorfs Mitropolis weiterlebt. Erster beglaubigter Bischof Philippos im 2. Jh. (LE QUIEN 2,257f. [1],30). 825 Eroberung Kretas durch span. Sarazenen (PHRANTZES 1,34,23 p. 101,3f. Bonn. Cedrenus hist. 2,91ff. Bonn).

Die Ruinen von G., zumeist aus röm. Zeit sind sehr ausgedehnt. Kern der Siedlung war die Akropolis Hg. Joannis mit Spuren bereits seit neolith. Zeit. Auf der Burg Tempel des 7. Jh. v. Chr., mehrfach erneuert, der Athena Poliuchos mit sehr reichen Votivfunden von archaischer bis röm. Zeit. Die ausgedehnte Unterstadt scheint sich aus mehreren Kernen entwickelt zu haben. Spätminoische Villa beim h. Mitropolis 1958 ausgegraben, h. mit Schutzdach, Boll. d'arte 49, 1959, 237ff. ASAA 35/36,392f. Fasti archaeol. 13,111ff. Aus griech. Zeit Tempel des Apollon Pythios aus dem 7./6. Jh., etwa quadrat. Bau mit Eingang an der Breitseite, 8 röm. Innensäulen, hellenist. Säulenvorhalle, röm. Apsidenanbau mit dem Kultbild. Davor Altar und Opferbassin (röm.), dabei kleineres Theater röm. Zeit mit Kaiserstatuen und hellenist. Heroon. Im Mittelpunkt der Stadt aus röm. Zeit Heiligtum der äg. Götter, ausgedehnte Reste des Praetoriums, ein Nymphaeum, ein weiteres Theater, Amphitheater, Thermenanlagen, ganz im SW. der Circus (die *ludi circenses* erwähnt GLM 125), im NW. am Fuß der Akropolis großes Theater und das kleine Odeion mit der Gesetzesinschr. (s.u.), dabei die Basilika des Hl. Titus (6. Jh.). Viele weitere Ruinen, auch von Kirchen.

Sonst bes. berühmt das Recht von G., die einzige große griech. Rechtskodifikation, aus der Mitte des 5. Jh., von einem unbekannten älteren Rundbau in den Umgang des röm. Odeions versetzt, seit 1920 durch einen Überbau geschützt. Inhalt in 12 Kolumnen Personen-, Familien-, Erb-, Vermögens- und Schuldrecht [1],72. SGDI 4991. SCHWYZER Exempla 179. DARESTE-HAUSSOULLIER Inscr. jurid. 1,352ff. [5–7]. E. KIRSTEN Das dor. Kreta, 1942, 37ff.

Inschr.: SGDI 3,4962–5038. [1]. SCHWYZER Exempla 175–187. CIL III 5. Suppl. 12036–12048. SEG oft. Mz.: HEAD HN² 465ff. [1],37ff. E. M.

1. *M. Guarducci* Inscr. Cret. 4, 1950 (mit vollständigen Quellen, Bibliogr., Topogr., Gesch., Verfassung, Kulte, Plan S. XIV). 2. *L. Pernier–L. Banti* Guida degli scavi Italiani in Creta, 1947, 15ff. 3. *W. Johannowski* Enciclopedia dell'arte class. 3, 1960, 987ff. (mit Bibliogr.). 4. *H. van Effenterre* La Crète et le monde Grec de Platon à Polybe, 1948 passim (s. Index). 5. *J.* und *Th. Baunack* Die Inschr. von G., 1885. 6. *Fr. Bücheler–E. Zitelmann* Das Recht von G., RhM 40, 1885, Erg.-Heft. 7. *J. Kohler–E. Ziebarth* Das Stadtrecht von G., 1912.

Gortys. Ortschaft in Arkadien beim h. Atsicholos zwischen Dimitsana und Karytaena über dem r. Ufer des Gortynios, eines Nebenflusses des Alpheios (Fluß von Dimitsana) in einer Talerweiterung. Einheimische Namensform *Κόρτυς, Κορτύνιοι*, EDelph. II 2,247f. Syll. I³ 49. *Schwyzer* exempla 671 (Weihgeschenk in Delphi von einem Sieg). IG V 2,441,6. IG I² 488. Hesych. Mz., in der Lit. *Gortys. Gortyna* bei Paus. 5,7,1. Plin. nat. 4,20. Hesych. s. *Ἑκατόμβαιος*. Rhianos bei Steph. Byz. s. *Μέλαιναι* (die übliche Emendation von *Γόρτυναν* in *Γορτυν'* ist bei dem aus dem kret. Gortyn stammenden Rhianos bes. unnötig, s. d.). Bei Pol. 4,60,3 ist nicht G., sondern Stratos zu emendieren, RE VI A 1806, 3ff. IV A 331,13ff. Nach Paus. 8,27,4 gehörte G. zur Landschaft Kynuria und wurde zum Gebiet von Megalopolis gezogen; es bestand aber weiter, Kupfermünzen des achaiischen Bundes HEAD, HN² 418. Paus. nennt es Dorf und erwähnt nur den Asklepiostempel, angeblich, aber wohl irrig, aus pentel. Marmor mit Statue des Skopas. Gut erhalten sind 2 Mauerringe, ein größerer n. (100:425 m), wohl aus der Mitte des 4. Jh. v. Chr., und ein kleinerer s. (ca. 57:131 m), hellenist., beide unbewohnt. Gleich s. dieses s. Mauerrings lag ein Asklepiosheiligtum. Das von Paus. genannte Asklepiosheiligtum mit Tempel und mehreren Nebengebäuden, darunter großem Thermengebäude hellenist. Zeit, lag eine halbe Stunde n. auf einer Terrasse über dem Fluß, s. anstoßend reiche Privathäuser. Plat. leg. 708 A. Paus. 5,7,1. 8,28,1 f. SEG 11,1165–1167. 13,271. 15, 234–239. E. M.

1. *J. G. Frazer* Pausanias 4,307 ff. (mit der älteren Lit.). 2. *Bölte*, RE VII 1672 f. Nr. 5. 3. IG V 2 p. 125. 4. BCH bes. 64/65, 1940/41, 274 ff. mit Plan pl. XXII. 66/67, 1942/1943, 334 ff. 79, 1955, 331 ff. 80, 1956, 399 ff. 5. *R. Martin* Les enceintes de G. d'Arcadie, BCH 71/72, 1947/48, 81 ff. 6. *R. Ginouvès* L'établissement thermal de G. d'Arcadie, 1959.

Gossypium s. Baumwolle

Gotarzes II. Perserkönig, nach der Felseninschr. von Behistun aus dem hyrkan. Fürstenhaus Gew, HERZFELD Am Tor von Asien, 1920, 47 Taf. 12. Sakastan 58 ff. (= OGI 431 c). G. war wohl Stiefbruder des → Artabanos III. Nach dem Tod von dessen Vater Artabanos II. (nach DEBEVOISE Polit. Hist. of Parthia 116,75) im J. 38 n. Chr. griff G. nach der Herrschaft und tötete den rechtmäßigen Thronerben Artabanos sowie dessen Frau und Sohn, Tac. ann. 11,8,2 ff. Außer diesem war von den Söhnen des Artabanos nur noch → Vardanes übrig; 2 waren im J. 36 im Kampf gegen die Ibererkönige → Mithridates und → Pharasmanes gefallen, ein anderer (Dareios) befand sich als Geisel in Rom. Nach der Machtergreifung des G. floh Vardanes zu seinem Oheim → Vonones nach Atropatene. Doch G. machte sich bald sehr verhaßt; die parth. Fürsten riefen Vardanes zurück, Ios. ant. 20,69. Philostr. vit. Apollon. 1,21,2. 28,1. Mz. des G. wurden 40/41 geprägt, WROTH, Brit. Mus. Parthia p. XLV (solche des Vardanes ab 41/42). Vardanes drang mit Reiterscharen so rasch bis Babylon vor, daß G. in sein Stammland → Hyrkanien flüchten mußte, Tac. ann. 11,8,3. Von dort drang er etwa im Herbst 41 mit Dahern und Hyrkanern in das Partherreich ein und stieß mit Vardanes *Bactrianos apud campos* (wohl in Medien) zusammen. Doch als der Iberer Mithridates in Armenien einfiel, und die Masse der Parther mit ihm sympathisierte und sich des G. und Vardanes entledigen wollte, schlossen G. und Vardanes einen Vergleich. G. ging nach Hyrkanien zurück, Vardanes blieb König im Partherreich, Tac. ann. 11,9, 3. Doch bald waren parth. Fürsten des letzteren überdrüssig und riefen G. ins Land. Er drang im Frühjahr 44 vor, Vardanes zog gegen ihn, besiegte ihn am Fluß Erindes (h. Barferush)und verfolgte ihn bis zum Fluß Sindes, *quod Dahas Ariosque disterminat* (w. Gebiet von Baktrien), Tac. 11,10, 1 f. Etwa im J. 47/48 wurde Vardanes ermordet, ebd. 10,3. Wieder waren die parth. Fürsten uneins: ein Teil wollte G. als König, ein anderer verlangte in Rom die Einsetzung des → Meherdates, eines Sohnes des Vonones und Enkels des → Phraates, der sich in Rom befand, Tac. ann. 12,10. Der Statthalter von Syrien C. Cassius Longinus brachte diesen im J. 49 an den Euphrat. Ö. von Ninive besiegte ihn G.; ebd. 12,14,1 f. Doch schon 51 starb G. an einer Krankheit, ebd. 12,14,4 (WROTH p. 164 Nr. 31. 32), nicht durch eine Verschwörung (so Ios. ant. 20,74). Mz. bei W. WROTH. Brit. Mus. Parthia p. 161–177 Nr. 1–177. R. H.

Debevoise Polit. Hist. of Parthia (1938). *R. H. McDowell* Coins from Seleucia on the Tigris (1935). *V. Kahrstedt* Artabanos III. und seine Erben, 1950, 19 ff.

Gothicus. Siegerbeiname der Kaiser Claudius II., Aurelianus, Tacitus, Diocletianus, Maximianus, Constantinus (d. Gr.), Constantius II., Valentinianus I., Valens, Gratianus, Iustinianus. STEIN, RE VIII 1683. K. Z.

Goti *(Gutones;* germ. *Gutans)*, german. Volk, das urspr. in S.-Schweden (oder auf Gotland?) saß und vermutlich im späteren 1. Jh. v. Chr. seine Wohnsitze im Gebiet der Weichselmündung nahm. Im Kampf gegen Rugier und Vandalen dehnten sie ihr Gebiet nach O. (O.-Preußen) und S. aus. Zunächst waren die G. straffer als andere Germanen organisiert (Tac. Germ. 43; unhist. ist die Königsliste bei Iord. Get. 25 f.). Nach 150 setzte in kleineren Gruppen die Wanderung zur N.-Küste des Schwarzen Meeres ein. Teilstämme wie die → Gepiden blieben zurück. Um 230 dürfte die Ansiedlung am unteren Dnjepr abgeschlossen gewesen sein. U. a. wurden Kampfesweise (erhöhte Bedeutung der Reiter) und Kunsthandwerk (Metallfibeln) der G. stark von der neuen Umwelt geprägt (vgl. F. ALTHEIM Attila und die Hunnen 1951, 64 ff.). Erste Kämpfe mit den Römern fanden 238/39 statt (Petrus Patr. frg. 8. Dind.). Unter den Fürsten Argaith, Guntherich und Kniva begann 248/49 eine Reihe gefährlicher Einfälle der G., die meist Mösien betrafen, 254 z. B. jedoch bis vor Thessalonike führten. Ungeachtet einiger Erfolge mußten sich die Römer kurze Friedenspausen meist teuer erkaufen. Erst die Kaiser Claudius und Aurelian konnten 270/71 gegen die G. – damals unter anderem mit den Herulern verbündet – entscheidende Erfolge erzielen (Dexipp. frg. 25 ff. Amm. 31,5. Iord. Get. 89 ff. Zos. 1,23 ff. Zon. 12,21. 24. 26; Inschr. bei FIEBIGER-SCHMIDT 150/53). Beinahe ein Jh. ging nun von den G. keine ernste Gefahr mehr für Rom aus. Um die Mitte des 3. Jh. bildeten sich bei den G. 2 Stammesgruppen, deren weitere Entwicklung im wesentlichen getrennt verlief: die sog. → Ostgoten und → Westgoten. A. L.

E. Oxenstierna Die Urheimat der G., 1948. *Schönfeld*, RE

Suppl. Bd. III 797ff. *L. Schmidt* Die Ostgermanen, 1942. *R. Wenskus* Stammesbildung und Verfassung, 1961, 462ff.

Grabschrift s. Epigramm

Gracchus. Cognomen, das wahrscheinlich aus dem Etr. stammt (*cracnei, cracial,* Schulze Eigennamen 172.354.519. Ern.-M. Dict. étym. 410. Walde-Hof. ^{3}1,615) und beim Aequerkönig G. Cloelius möglicherweise als Praenomen auftrat (Liv. 3,25. o. Bd. I 1231 Nr. 5). Es bezeichnete die berühmteste Familie des alten und hochangesehenen Plebeiergeschlechts der Sempronii. Im polit. Leben traten Namensträger seit dem Consul von 238 (Nr. 4) hervor, erlangten Unsterblichkeit durch die beiden Volkstribunen Ti. und C. (Nr. 8.1) und verschwanden im 1. Jh. n. Chr.

1. C. Sempronius G. (153–121 v. Chr.), der Volkstribun von 123/22. Sohn von Nr. 7, jüngerer Bruder des Ti. G. (Volkstribun 133, Nr. 8), verh. mit Licinia, Vater von 2 Kindern (vgl. Stammbaum RE II A 1370). Hochbegabt, als Redner noch besser und wirkungsvoller als sein 9 J. älterer Bruder (Cic. Brut. 33,125; de or. 3,56,214. N. Häpke C. Sempronii G. oratoris Rom. frg., 1915. Schanz-Hos. 1,217ff.) erkannte er mit dem klaren Blick des Staatsmanns die großen innenpolit. Probleme seiner Zeit und suchte in Fortführung der von seinem Bruder begonnenen Linie Abhilfe durch Reformen zu schaffen. Aber auch er scheiterte im Konflikt mit den reaktionären Teilen der Nobilität, die sich zur Gruppe der Optimaten zusammenschlossen. Seine polit. Laufbahn ist durch folgende Stufen gekennzeichnet (vgl. Broughton Mag. 1): 134–132 Kriegstribun (?), 133–121 IIIvir agris iud. assign. (d. h. ausführendes Organ für das Ackergesetz des Bruders), 126 Quaestor (Verwaltungsbeamter unter dem Cos. L. Aurelius Orestes – o. Bd. I 765 Nr. 21 – in Sardinien), 125–124 Proquaestor (?) in Sardinien (eigenmächtige Rückkehr nach Rom zu den Wahlen), 123 und 122 Volkstribun, dabei Mitglied mehrerer Kommissionen. In seinem Bestreben, Staat und Gesellschaft wieder gesund zu machen, wollte er die Nobilitätsherrschaft durch eine Interessengemeinschaft zwischen Plebs und Ritterschaft ersetzen. Durch umfassende legislative Tätigkeit gewann er das Volk (neue lex agraria, l. frumentaria, l. militaris) und die Ritter (leges iudiciariae, l. de provincia Asia), minderte damit den Einfluß des Senats (auch durch die l. de provinciis consularibus) und brachte ein Gesetz zur Anlage neuer Kolonien durch. 122 verlor er an Einfluß: er war längere Zeit von Rom abwesend, um die Colonie Iunonia an der Stelle von Karthago anzulegen, suchte dann erfolglos das Bundesgenossenproblem durch entsprechende Gesetze zu lösen, fand in dem tr. pl. M. Livius Drusus einen entschiedenen Gegner und Oppositionsvertreter und wurde für 121 nicht wiedergewählt. Als der tr. pl. (M.?) Minucius Rufus die Aufhebung der Gesetze des C. beantragte, kam es zu Unruhen, zur Erklärung des Notstandrechts (das sog. SC ultimum, cos. L. Opimius) und zu Kämpfen auf dem Aventin. C. entkam zum Hain der Furrina und ließ sich durch einen Sklaven töten. Seine Gesetze wurden z. T. aufgehoben (l. Minucia), z. T. – l. agraria – später abgeändert; bestehen blieben Getreidegesetz, Richtergesetz, Asiengesetz. Es begann die 1. Reaktionszeit der Senatsherrschaft (121–111). Wenn C. auch keinen Erfolg hatte, war er doch »eine der größten Erscheinungen der röm. Geschichte« (A. Heuss RG 144). Biogr.: Plut. Lit. vgl. Nr. 8. **2.** C. Sempronius G., angeblich Sohn des Ti. Nr. 8, in Wirklichkeit → L. Equitius. **3.** P. Sempronius G., Volkstribun 189, Ankläger des M.' Acilius Glabrio. **4.** Ti. Sempronius G., pleb. Aedil 246 (zusammen mit → C. Fundanius), erbaute einen Libertas-Tempel auf dem Aventin (Latte RRG 256). Als Consul 238 kämpfte er wohl zunächst gegen die Ligurer und gewann dann Sardinien. Degr. I. 13, 42f. 438f. Broughton Mag. 1,221. **5.** Ti. Sempronius G. (Ti. f., Ti. n.), Sohn von Nr. 4. 216 cur. Aedil, nach der Schlacht bei Cannae Reiteroberst, 215 Consul (zu den Nachwahlen s. Collegen s. Broughton Mag. 1,254f.), kämpfte nicht ohne Erfolg in Campanien und – mit prorogiertem Imperium – 214 bei Beneventum gegen Hanno (Liv. 24,14,1–16,9), hatte jedoch in Lucanien Verluste. 213 cos. II (mit Q. Fabius Maximus), kämpfte in Lucanien und fiel 212 in einem Hinterhalt. Liv. 25,15ff. **6.** Ti. Sempronius G., Augur 204 bis zu seinem Tod 174. Münzer Adelsp. 130. **7.** Ti. Sempronius G. (um 220 bis um 150), Vater der Gracchen Nr. 1 und 8, Enkel von Nr. 4, Sohn eines P. G., wohl jüngerer Bruder von Nr. 3. Erst in seinem 6. Lebensjahrzehnt und nach dem Tode ihres Vaters heiratete er die etwa 30 J. jüngere → Cornelia, T. d. Scipio Africanus Maior; aus der Ehe stammten 12 Kinder, von denen nur Ti. (Nr. 8), C. (Nr. 1) und Sempronia, die um 149 ihren viel älteren Adoptiv-Vetter P. Scipio Aemilianus heiratete, am Leben blieben, vgl. Münzer Adelsp. 104ff. Im polit. Leben war er erfolgreich und erreichte die höchsten Staatsmänner (vgl. Broughton Mag. 1). 204 wurde er Augur, 190 befand er sich in der Umgebung der Scipionen im Krieg gegen Antiochos und ging als Gesandter zu Philipp V. von Maked., war (187 oder 184) Volkstribun, wobei er trotz persönlicher Gegnerschaft den Scipio Africanus unterstützte, befand sich 185 als Gesandter in Makedonien und gab 182 als curul. Aedil prächtige Spiele. Sein Ruhm begann mit seiner Prätur 180: als Statthalter von Hispania Citerior eroberte er viele celtiber. Siedlungen und triumphierte prunkvoll. In seinem Consulat 177 (zusammen mit C. → Claudius Pulcher) hatte er auf Sardinien große Erfolge und triumphierte erneut 175 nach 2jähriger Tätigkeit als Proconsul auf Sardinien, Act. tr. Als Censor 169 (zusammen mit Claudius Pulcher) ließ er die Basilica Sempronia erbauen. 165 (und 161) war er als Gesandter in Asien. 163 war er Consul

II, zusammen mit M.' Iuventius Thalna (Degr. I 13,460f.), wobei er nach den Wahlen Corsica und Sardinien übernahm, um dort auch 162 als Proconsul zu bleiben. Er war ein markanter Vertreter der damaligen röm. Nobilität, dessen *virtus* und *gravitas* man später feierte. **8.** Ti. Sempronius G., der Volkstribun von 133. Sohn von Nr. 7, verh. mit Claudia (o. I 1209 Nr. 38), Vater von 3 Söhnen (RE II A 1370), doch vgl. o. Nr. 2. Nach sorgfältiger Erziehung (→ Blossius, Diophanes) diente er als Offizier unter seinem Schwager, dem jüngeren Africanus, und zeichnete sich 147–146 vor Karthago aus. Bald darauf wurde er Augur. Als Praetor 137 unter dem Consul C. Hostilius Mancinus erfuhr er einen schweren Rückschlag, als ein auch von ihm verantworteter Kapitulationsvertrag mit den Numantinern vom Senat kassiert wurde. Damals schon erkannte er die sinkende Wehrkraft und die Not der Bauern (bes. in Etrurien). Er hoffte auf eine Gesundung der wirtschaftlichen und sozialen Lage durch eine Agrarreform, die er als Volkstribun 133 energisch in Angriff nahm. Er suchte einer alten angeblichen lex Licinia wieder Geltung zu verschaffen, nach der niemand mehr als 500 *iugera* (bei 2 Söhnen 1000 *iugera* = ca. 250 ha) Staatsland *(ager publicus)* besitzen durfte; der freiwerdende Rest sollte an kleinbäuerliche Neusiedler aufgeteilt werden nach dem Entscheid einer Dreimännerkommission. Im Kampf um die Gesetzesvorlage intercedierte auftrags des Senats der tr. pl. M. Octavius, den jedoch Ti. durch die Volksversammlung absetzen ließ (Bruch des Herkommens!). Daraufhin wurde die l. agraria angenommen, Ti., sein Bruder C. (Nr. 1) und sein Schwiegervater Appius Claudius in die Kommission gewählt, deren Arbeit jedoch bald schwierig wurde und Ergänzungsgesetze nötig machte. Ein Gesetz über diesbezügliche Verwendung der Attal. Erbschaft (o. I 720,1ff.) beurteilte der Senat als Eingriff in seinen Bereich. Die Erregung stieg, als sich Ti. entgegen der »Verfassung« für 132 zum tr. pl. wiederwählen lassen wollte: die Senatsopposition, geführt vom Oberpontifex Scipio Nasica, erschlug auf dem Capitol und dem clivus Capitolinus den Ti. und 200–300 seiner Anhänger; die Leichen wurden in den Tiber geworfen. Das Ackergesetz blieb bestehen, seine Durchführung wurde aber allmählich lahmgelegt. Das Andenken des Ti. hielt man in Ehren. Mit ihm begann das Zeitalter der röm. Revolution. Biogr.: Plut. Hauptquellen: App. civ. 1,35–72.. Vell. 2,2f. Flor. 3,14. Oros. 5,8f. Val. Max. 1,4,2. 3,2,17 u.a.

H. G. G.

Die neuere Lit. ist sehr umfangreich. Übersichten bei *Münzer*, RE II A 1410f. CAH 9,906ff. 913 *Schanz-Hos.* 1, 218f. *A. Piganiol*, Hist. de Rome, 1949, 154ff. *A. Heuss*, RG 553f. Bes. genannt seien: *I. Carcopino* Autour des Gracques, 1928. *F. Taeger* Tiberius Gracchus, 1928. *H. von Rimscha* Die Gracchen, 1947. *A. Heuss*, Propyläen WG 4, 1963, 185ff.

Grac(c)urris. Stadt im oberen Ebrotal; ihre genauere Lage ist unbekannt. Sie wurde 179 v. Chr. als Gracchuris von Tib. Sempronius Gracchus an Stelle der Ibererstadt Ilurcis gegründet (Liv. ep. 41. S. Pomp. Festus p. 86,5 L.). Erwähnt wird sie später im Kriege gegen Sertorius 76 v. Chr. (Liv. frg. l. 91). Plin. nat. 3,24 nennt sie unter den *oppida Latii veteris* des *conventus* von Caesaraugusta. Inschr. fehlen, aber auf einigen Mz. aus der Zeit des Tiberius erscheint sie als *municipium* (Antonio Vives La moneda hispánica IV, Madrid 1924, 113f.). Später verschwindet sie aus der Gesch. S. auch Font. Hisp. Ant., Barc. 1925ff. III 223f. IV 189. VIII 134. RE VII 1687.

R. G.

Graecia Magna, gelegentlich dafür auch *maior Graecia* (Liv. 31,7,11. Val. Max. 8,7 ext. 2), übersetzt μεγάλη Ἑλλάς (Serv. Aen. 1,569), bezeichnet die griech. Küstenstädte Unteritaliens (Liv. Athen. 12,523e), und zwar von Lokroi bis Tarent (Plin. nat. 3,95. Mart. Cap. 6,649. Ptol. 3,1, 10ff.) oder von Terina bis Tarent (Skymn. 303ff. Steph. Byz. s. Τέρινα, wo sprichwörtliche Verwendung behauptet wird) oder von Cumae bis Tarent (Serv.) oder schließt Sizilien mit ein (Strab. 6,253); den Namen sollen die Griechen in ihrer Überheblichkeit als Anerkennung für die Schönheit des Landes gegeben haben (Plin. nat. 3,42). Meist und zeitlich zuerst (s.u.) wird der Name mit der Verbreitung der Pythagoreer verbunden (Tim. FGrHist 566 F 13. Cic. de or. 2,154; Tusc. 4,2. 5,10; Lael. 13. Val. Max. a. O. Pol. 2,39,1). Da Eur. Med. 440; Iph. A. 1378; Tro. 1115 (im J. 415 v. Chr.) μεγάλη Ἑλλάς noch für das griech. Mutterland sagt, kann der Name für Unteritalien frühestens anfangs des 4. Jh. aufgekommen sein, wenn ihn nicht überhaupt erst Tim. für die Heimat der Pythagoreer (diese seit Aristot. rhet. 2,23; metaph. 1,5f. Ἰταλιῶται oder Ἰταλικοί) in Anwendung gebracht hat; dann wäre urspr. Begrenzung Lokroi-Tarent berechtigt, zumal das späte Aufkommen des Namens andernfalls unbegründet bliebe: Die griech. Kolonisation begann schon Mitte des 8. Jh.; gegen E. des 8. Jh. gab es außer Kyme die Griechenstädte Poseidonia, Rhegion, Kroton, Sybaris, Tarent in G. M., denen im 7. Jh. Lokroi, Siris, Metapont folgten (Lokroi sendet selbst früh Kolonien aus). Wie Pythagoras und seine Schüler in Kroton und Metapont und schließlich der ganzen G. M. eine bedeutende Rolle spielten, sind Rhegion durch Charondas, Lokroi durch Zaleukos, Elea durch Xenophanes und Parmenides, Kyme durch Aristodemos berühmt. Von G. M. aus griech. Einfluß auf Italien: Vermittlung des Alphabets, formale Ausgestaltung des Kults (Dioskuren mit Legende vom Eingreifen am Sagraflusse wie am See Regillus, Demeter und Kore, Cerespriesterinnen aus Neapel und Velia, Hera, Apollon, Herakles), Handel (Getreide), Geldwirtschaft (kampan. Münzfuß, →

nummus nach herakleiot. und tarentin. *νόμος*), Kunst. Jedoch darf die Bedeutung des kerkyr. Alphabets, des korinth. Münzfußes, des att. Vasenexportes, der phokäischen Gründungen (Artemis) und unmittelbarer Beziehungen (kapitolin. Trias, Zwölftafeln, Delphi und Caere) nicht übersehen werden. Seit Mitte des 5. Jh. v. Chr. dringen osk. sprechende Bruttier, Lukaner, Samniten in G. M. ein; seit Einnahme Tarents (272 v. Chr.) überwiegt die röm. Macht. Moderne Gräzismen in G. M. stammen aus byzantin. Zeit. G. R.

J. Bérard La colonisation Grecque de l'Italie méridionale et de la Sicile dans l'antiquité, ^{2}1957. *E. Ciaceri* Storia della Magna Grecia, ^{2}1927/32. *T. J. Dunbabin* The Western Greeks, 1948. *G. Gianelli* Culti e miti della Magna Grecia, 1924. *P. Grimal* Auf der Suche nach d. ant. Italien, 1965, 218ff. *L. von Matt* Großgriechenland, 1961. *E. Meyer* Kl. Schr. 1^2, 1924, 225ff. *H. Nissen* It. Ldk. 1, 1883, 59ff. *E. Pais* Storia della Sicilia e della Magna Grecia 1, 1894, 513ff. *L. Pareti* Studi Sicelioti et Italioti, 1914. *A. Schenk v. Stauffenberg* Trinakria, 1963, 64ff.

Graecinius. 1. (Iulius) G. Vater des → Agricola, Senator; wegen seiner Anklage gegen M. → Silanus ließ ihn → Caligula im J. 39 hinrichten, Tac. Agr. 4. Vf. eines Werkes über Weinbau, Colum. 1,1,14. **2.** P. G. Laco. Italiker, wohl aus Verona, CIL V 3340. Als praefectus vigilum (CIL VI 31857) unterstützte er im J. 31 n. Chr. → Macro bei der Unterdrückung der Verschwörung → Seians, Cass. Dio 58,9,3.6.10,6,8; der Senat verlieh ihm dafür die *ornamenta quaestoria*, ebd. 58, 12,7f. Später erhielt er die Prokuratur der tres Galliae (Wuilleumier L'administr. de la Lyonnaise 43). Im J. 44 verlieh ihm Claudius die *ornamenta consularia;* er erhielt die Ehrung einer Statue und das Recht, sooft er den Princeps in den Senat begleitete, an der Sitzung teilnehmen zu dürfen, Cass. Dio 60,23,3. R. H.

H. G. Pflaum Carrières eq. Rom. 2,26f.

Graecostadium. Ein Gebäude, das nach 30 v. Chr. errichtet wurde und die → Graecostasis der republik. Z. ersetzte. Die Lage zwischen vicus Tuscus, bas. Iulia und vicus Iugarius ist erkennbar auf einem Fragment der Forma Urbis (Jordan n. 29) mit der Inschr. *Grecost(adium)*. Das G. ist vielleicht ident. mit der bei Plutarch (de soll. anim. 19) erwähnten Ἑλλήνων ἀγορά. Rud. G.

Lugli Centro, 93f.

Graecostasis. Nach Lugli ein Gebäude oder ein Bezirk gegenüber der Curia an der Grenze zwischen Comitium und Forum, in der Nähe der Rostra (Varro l. l. 5,155 redet von einem *locus substructus*), benannt nach den Gesandten der hellenist. Welt, die sich dort versammelten und ihren offiziellen Sitz hatten. Nach Plin. nat. 33,19 lag der Platz erhöht *(supra comitium)*. Auch berichtet Plin. nat. 7,212, daß der öffentliche Altar auf den Stufen der Curia die Mittagsstunde anzeigte, wenn die Sonne zwischen G. und Rostra stand. Im Zuge der Neugestaltung des Comitium und der Verlegung der Rostra unter Caesar und Augustus verschwand die G. Rud. G.

Ch. J. O. Connor The G. of the Roman forum, Madison 1904. *Lugli* Centro, p. 63,85f. 93f. 116.

Grai (*Γραικοί*, *Graeci*) ist ältere Bezeichnung für die Hellenen und in der jüngeren Lit. Gesamtname für die Griechen der älteren Zeit (Apollod. 1,7,7. Aristot. meteor. 1,352a). Wissenschaftliche Deutungen suchten den Zusammenhang mit dem Ortsnamen *Γραῖα* in Boiotien und auf Euboia (Hom. Il. 2,498), mit dem Beinamen der Demeter *Γραῖα*, mit den aiol. Gründern von Parion am Hellespont, den *Γραῖκες*, mit dem 1. griech. Siedler *Γρᾶς* auf Lesbos (Strab. 13,1,3), mit dem Namen des alten att. Demos *Γραῆς* (CIA II 991). Trotz dieser zahlreichen Ansatzpunkte gibt es noch keine gesicherte Etymologie.

Die Frage, warum die Italiker die Hellenen G. nannten, hat die Forschung lange beschäftigt. Busolt und nach ihm Meyer, Pais u. a. glaubten, die bei der Gründung von Kyme (Cumae) beteiligten Bewohner von Graia auf Euboia hätten den Anlaß zur Benennung der griech. Kolonisten in Italien gegeben. Dies haben v. Wilamowitz, Beloch u. a. bestritten und – ausdrücklich als Hypothese – auf den Zusammenhang mit den G. bei Tanagra in Boiotien verwiesen, die einem aiol. Stamme angehörten und in der Zeit der Kolonisation ausgezogen, aber untergegangen seien. G. Sch.

G. Busolt GG. 1^2 43ff. 198. 1^2. *Beloch* GG 1,174,3. *Meyer* GdA 2,66.471ff. *Pais* Storia 1,1,276f. 336. 617f. *v. Wilamowitz*, H 21,114.

Grammateion. *γραμματεῖον*. **1.** Schreibtafel, allg. und als *γ. λελευκωμένον* (→ Album) für amtliche Bekanntmachungen. **2.** Liste, bes. a) *γ. ληξιαρχικόν*, die in jedem Demos vom Demarchen geführte Bürgerliste, Grundlage aller athen. Bürgerverzeichnisse, und b) *γ. κοινόν*, *φρατορικόν*, das Stammregister der Phratrienmitglieder. **3.** Jeder Schriftsatz, bes. a) Urkunde, Vertrag, Schuldschein, b) Testament, c) Eingabe, Gesuch. **4.** Schule (Suda s. v.). **5.** Amt und Büro der → *γραμματεῖς*. **6.** Öffentliches Speiselokal (in Syrien). Das Diminutivum *γραμματείδιον* soll nach Grammatikertradition zu *γράμματα* gehören (Herodian. Techn. rell. 2,488 Lentz); es bezeichnet außerdem das »Menu«, die geschriebene Speisefolge (Athen. 2,49d). W. H. G.

Grammateis. Es war die Tragik der Politendemokratie, daß ihr auf das Los aufgebautes Gleichheitsprinzip freier Bürger ohne bürokrat. Verwaltungsspezialisten, meist G. genannt und gewöhnlich zur Protokollführung oder Beschlußpublikation bestimmt, nicht lebensfähig war. Bes. im klass., hellenist. und kaiserzeitlichen Athen wurde mit diesem bereits vorplaton. Existenzwiderspruch der Polis erfolglos experimentiert. Die G. in Athen mußten entweder flüssig zu lesen und schreiben imstande oder reich genug sein, um über literar. geschulte Sklaven, Freigelassene oder Freunde verfügen zu können. War es besser für die Polis oder war es demokratischer, zu wählen oder auszulosen? Im 2. Falle, war es allzu gesellschaftsschädigend, Schreib- und Rechenfehler zu riskieren, die uns noch h. amüsieren? Wichtig war in Athen der von der Chronol.-Forsch. heiß umstrittene Schreibbeamte, der aus dem Bulékontingent einer jeden → Prytanie entweder gewählt oder ausgelost werden mußte. In diesem Falle mußten diese Prytanie-G. durch einen spezial. ausgebildeten Buléschreiber, einen Rechnungsspezialisten (*ἀντιγραφεύς*) und einen Spezialisten für Gesetzeskontrolle gegen katastrophale Irrtümer geschützt werden. Im hellenist. und kaiserzeitlichen Athen finden wir den oligarch. *ἀναγραφεύς* und allerlei G., deren Funktionen und bürokrat. Einordnung noch nicht immer voll erforscht werden konnten. Schlimmer noch steht es mit den in wechselnder Terminologie häufig auftauchenden G. der Poleis außerhalb Athens, der Städtebünde und Vereine. Sie sind bereits für das 6. Jh. v. Chr. quellenmäßig bezeugt. Trotz Quellenreichtums sind auch die G. des ptolemäisch-röm. Äg. noch ungenügend behandelt. F. M. H.

S. a. Bulé. Vgl. RE Art. Anagrapheis (Suppl. I), Antigrapheus mit Suppl. I), Grammateis, Komogrammateus, Nomographos, Topogrammateus. Oxf. Cl. Dict. s. v. *W.B. Dinsmoor* The Archons of Athens, 1931, 3f. *Ders.* The Athenian Archon List in the Light of Recent Discoveries (1939), Ind. s. Fictitious, Registrars, Secretaries, Undersecretaries. *St. Dow* Prytaneis (1937), Ind. s. *γραμματεύς*. *W. S. Ferguson* The Athenian Secretaries (1898). *Ders.* Hellenistic Athens, 1911, 244. *Ders.* Athenian Tribal Cycles in the Hellenistic Age (1932), Ind. s. secretaries, secretary. *P. Graindor* Athènes sous Auguste (1927), Ind. s. *γραμματεύς*. *Ders.* Athènes de Tibère à Trajan (1931), Ind. s. *γραμματεύς*. *Ders.* Athènes sous Hadrien (1934), Ind. s. *γραμματεύς*. *R. Laqueur* Epigr. Unters. (1927). *D. Magie* The Romans in Asia Minor (1950), Ind. s. Grammateus. *B. D. Meritt* The Athenian Year. Sather Cl. Lect. 32, 1961, Ind. s. secretaries. *Cl. Préaux* L'économie royale des Lagides (1938), Ind. s. (taxes) *γραμματικόν*, (institutions) *γραμματεύς - γραφεῖον*. *Sh. L. Wallace* Taxation in Egypt From Augustus to Diocletian (1938), Ind. s. *ἀντιγραφεύς*, *γραμματεία - γραφεῖον*, *κωμογραμματεία*, *κωμογραμματεύς*, *νομογράφος*.

Grammatici s. Einzelartikel

Gramme (*γραμμή*). Die Startlinie, an der der Lauf begann, und die Ziellinie, an der er endigte, auch in bildlicher Übertragung, z. B. der Anfang und das Ende des Lebens (Eur. El. 955. Sch. Pind. P. 9,208 *ποτὶ γραμμᾷ μέν· ἔστησε γὰρ αὐτὴν πρὸς τῇ ἐσχάτῃ γραμμῇ τοῦ δρόμου ... ἐχάρασσον δὲ γραμμήν τινα, ἣν ἀρχὴν καὶ τέλος εἶχον οἱ ἀγωνιζόμενοι*. Die *βαλβίς* war das Seil, das beim Pferderennen am Start quer gespannt war, im Plural die Pfähle, an denen es befestigt war. Die G. wurde in Steine eingemeißelt (gewöhnlich 2 parallele Linien), die in den Boden eingelassen wurden. Solche *γραμμαί* wurden in Olympia, Delphi, Epidauros und Priene gefunden. O. W. R.

Granarium, *σιτοφυλακεῖον*. Der Getreidespeicher, Sonderform eines → *horreum*, für dessen Anlage (vor allem trocken, feuersicher, mit getrennten Abteilen für jede Getreideart; bes. behandelter Fußboden, um das Eindringen von Schädlingen zu verhindern) zahlreiche Vorschriften erhalten sind (Varro rust. 1,57. Colum. 1,6. Plin. nat. 18,302. Pall. 1,19). Die G. hatten für Rom seit Einführung der *frumentationes* eine erhöhte Bedeutung und wurden in der Kaiserzeit zur Sicherung der Getreideversorgung auch in den Provinzen erbaut. Wir kennen allein 18 stadtröm. G. mit Namen (meist als *horrea*), die ältesten scheinen die *horrea Semproniana* gewesen zu sein. Über Anlage und erhaltene G. → *horreum*. W. H. G.

Gramineen. Gramineae oder Poaceae (echte oder Süßgräser) sind ein engerer Familienbegriff als Gräser (Glumifloren, *πόαι* bei Theophr.), die auch Cyperaceen und Juncaceen (→ Binsen, Byblos) umfassen, und dieser ein engerer als *herbae* (*ποιώδη* bei Theophr.), die auch Kräuter enthalten. Echte Gramina sind die Rohrgräser, wie Arundo (*δόναξ*, *κάλαμος* bei Homer, Theophr. u. a., bes. das wahrscheinlich aus Kleinasien über Cypern und Kreta eingeführte, im ganzen Mittelmeergebiet vielfach zu Zäunen, Flöten u. a. verwendete Pfahlrohr, A. donax L.), Phragmites (Schilf, dazu oder zu Imperata wohl das schon bei Homer zum Dachdecken benützte *ὄροφος λαχνήεις*), Ampelodesmos (seit der Ant. zum Rebenanbinden, in Italien auch für Flaschenhüllen verwendet), Saccharum (Zuckerrohr) u. a.; ferner die Wiesengräser (*ἄγρωστις* und *πόαι* auch schon bei Homer, Hesiod u. a., darnach bei Hesych. *νύμφαι ἀγρωστῖναι*) und vor allem die im Orient mindestens seit dem älteren Mesolithikum, im größten Teil Europas seit dem Neolithikum gebauten Getreide *(frumenta)*. H. G.

Granate. Der Granatapfelstrauch (Punica granatum L., gr. *ῥοά*, *σίδη*, die Blüten *κύτινος*, lat. *malum punicum*) ist im vorderen Orient von Afghanistan bis Transkaukasien und Kurdistan wild, eine zweite Art auf Sokotra. Mindestens seit der 16. Dynastie in Äg. und seit dem Neolith. wohl durch Phoiniker in S.-Europa als Fruchtbaum eingebürgert und wegen der vielen, in saftiges Fruchtfleisch gehüllten Samen als Fruchtbarkeitssymbol sowohl der phoinik. Astarte wie der Demeter, Hera, Aphrodite und Athene geweiht, bei Mysterien verwendet und vielfach dargestellt. Nach Paus. 7,17,11 u. a. ist der Granatbaum aus dem Blut des → Agdistis erwachsen, durch Berührung mit ihm die Mutter des Attis schwanger geworden, durch Granatapfelgenuß Persephone dem Hades verfallen, ein Granatbaum auf den Gräbern des Menoikeus und Eteokles gepflanzt worden. Rhoio (Diod.

5,62) wird als Tochter des Staphylos (Weinstock) und Geliebte Apollos genannt, *῾Ροιαί* als Granatbäume bewohnende Nymphen. H. G.

Grand. Wichtige Stadt der Leuci (Gallia Belgica) nahe bei Neufchâteau (Vosges). Der alte Name ist unbekannt, doch liest man den Namen *Granno* auf fränkischen Münzen, und der in G. verehrte Apollo hieß → *Grannus* (wahrscheinlich Heilgott: CIL XIII 5933. Bull. Ant. Fr. 1936, 180). Nach Paneg. 7,21 hat man vermutet, daß dem Kaiser Constantinus hier der Gott Apollo erschienen sei (JULLIAN Hist. Gaule 7,107. J. J. HATT La vision de C. au sanctuaire de G. et l'origine celtique du labarum, Latomus 1950, 427). Überreste: Basilica, Amphitheater, Skulpturen und ein Mosaik. M. L.

A. Grenier Man. Arch. gallo-rom. 3,488.904. *R. Billoret* Grand. Le site gallo-romain, les nouvelles fouilles, 1960 bis 1962. *Ders.* La mosaïque, 1963.

Granikos (*Γράνικος*). Fluß in Kleinasien, entspringt im Hochland der Troas, wendet sich nach NO. und mündet an der Küste der Adrasteia ins Schwarze Meer. Etwa 10 km vor der Mündung wird der Übergang vermutet, an dem Alexander 334 ein Heer aus Truppen pers. Satrapen u. griech. Söldnern unter Memnon schlug. G. W.

Granit. Der Name G. ist nicht antik; die Griechen scheinen dieses Gestein durch die Äg. kennengelernt und aus diesem Grunde »äthiopischen« (Hdt. 2,127) oder »ägyptischen« oder auch »thebanischen« Stein genannt zu haben. Weitere Bezeichnungen wie *πυρροποίκιλος* oder *ψάρανος* veranschaulichen uns die Schwierigkeit genauer Identifikation. Erst die Römer haben unter Claudius begonnen, den G. (*Lapis Claudianus*) zu brechen und in der Baukunst zu verwenden; es sind signierte G.-Blöcke aus der Zeit des Septimius Severus gefunden worden. F. K.

Granius. Lat. Gentilname, nach SCHULZE, Familiennamen 480 vielleicht in Verbindung zu bringen mit der Nymphe Crane (Ov. fast. 6,107. 151). Namensträger im 1. Jh. v. Chr. bes. in Puteoli (Grabinschr. CIL X 2187.2484–2489.2607.2651) als angesehene Kaufleute und auf Delos.

I. Republikanische Zeit: **1.** G. geriet als Duumvir von Puteoli 78 mit Sulla in eine Kontroverse, die diesen so erregte, daß er starb. Val. Max. 9,3,8. Plut. Sulla 37,3. **2.** A. G., fiel als Anhänger Caesars und angesehener Ritter aus Puteoli bei Dyrrachion 48. Caes. civ. 3,71,1. **3.** Cn. und Q. Granii wurden 88 als Anhänger des Marius von Sulla geächtet; zumindest einer von ihnen entkam. App. civ. 1,271. Plut. Mar. 35,8. **4.** Q. G., ein durch Witz, treffende Bemerkungen und Wortspiele bekannter Praeco, dessen Auftreten für 111 und 91 v. Chr. bezeugt ist, der mit dem Redner L. Crassus → Nr. 1 befreundet und mit Cicero bekannt war. Um 107 mag das Gastmahl bei G. stattgefunden haben, von dem Lucil. im B. 20 (und 21?) zweimal erzählt hat, Cic. Brut. 43,160. SCHANZ-HOS. 1,155. **5.** G. Petro wurde als designierter Quaestor (für 46?, BROUGHTON Mag. 2, 296) von den Pompeianern gefangen, schlug die angebotene Freilassung aus und verübte Selbstmord. Plut. Caes. 16,4. H. G. G.

II. Kaiserzeit: M. G. Marcellus. Er war im J. 14/15 n. Chr. procos. Bithyniae, wie eine Mz. bei CL. BOSCH Kleinas. Münzen 2,1, 1935, 78f. beweist. Zum J. 15 berichtet Tac. ann. 1,74,1, der ihn ungenau als *praetor Bithyniae* bezeichnet, sein Quaestor Caepio Crispinus habe ihn wegen *maiestas* angeklagt; von diesem Vergehen wurde er freigesprochen, doch lief ein Repetundenverfahren bei den *recuperatores* an, s. D. MAGIE Rom. Rule As. Min. 2, 1591, 1,505. Er war in Tifernum Tiberinum begütert, CIL XI 8107. 6689,118. Sein Sohn war wohl G. Marcianus, der im J. 35, wegen *maiestas* angeklagt, sich tötete, Tac. ann. 6,38,4; vielleicht war er procos. Hispan. ult. gewesen, CIL IX 2335. R. H.

III. Literarische Persönlichkeiten:

1. G. Flaccus. Vf. sakralrechtlicher Werke. a) Einen Cäsar gewidmeten Komm. der Gebetsformeln (*de indigitamentis*) erwähnt Cens. 3,2; darauf beziehen sich wohl Macr. Sat. 1,18,4. Arnob. 3,31 (mit anerkennender Charakteristik). 38f. 6,7 und wahrscheinlich 5,18. b) Von einem Komm. zum *ius Papirianum* (vgl. SCHANZ-HOS. 1,35) berichtet Paul. Dig. 50,16,144, daraus wohl Fest. 342 L. P. L. Sch.

FunGrRF 433ff. *Schanz-Hos.* 1,603.

2. G. Licinianus. Historiker und Antiquar des 2. Jh. n. Chr. a) Reste seines Kompendiums der röm. Gesch. wurden 1853 auf 12 Palimpsestbl. des Brit. Mus. (Add. 17212, vgl. CLA 2, 1935, Nr. 166) entdeckt. Die Abfassungsz. erhellt aus einer Erwähnung des Athener Olympieions, die seine Vollendung durch Hadrian vorauszusetzen scheint (p. 6 F.). Die Ereignisse dürften von der Gründung der Stadt ab in annalist. Gliederung behandelt worden sein. Erhalten sind Bruchstücke der B. 26 (?), 28 (nach Pydna), 33 (?; Schlacht v. Arausio), 35 (Marius und Sulla), 36 (Lepidus). Zu Grunde liegt hauptsächlich Livius. Die Darstellung ist trocken und ungelenk, mit einer Vorliebe für Anekdoten, während Sallusts Exkurse als rhetor. getadelt werden (p. 33). b) Dem von Serv. Aen. 1,737 angeführten Werk *cenae suae* dürften die Zit. bei Macr. Sat. 1,16,30 (B. 2). Solin. 2,12.40 zuzuweisen sein, die sich mit den verschiedensten Themen befassen; Titel und Inhalt entsprechen der Mode der Zeit (Gellius!). P. L. Sch.

Ta.: *K. A. F. Pertz* 1857 (Ed. princ.). *M. Flemisch* 1904. *Schanz-Hos.* 3,78ff. *S. Jannacone* Giorn. Ital. Filol. 1961, 303ff.

Grannus. Kelt. Wasser- und Bädergott. Er wurde bes. als der Heilgott des h. Wiesbaden und in Lauingen (an der Donau) verehrt. Über das kelt. Einflußgebiet hinaus bezeugen z. Z. über 25 Inschr. von Tyckling in Schweden über die Galliae, Germaniae, das Decumatland bis nach

Rom, und von Musselburg (Midlothian, Schottland) bis Sarmizegetusa in Dakien und sogar Ephesos in Ionien ein ungewöhnlich weites Verehrungsstreugebiet. G. wird entweder allein oder mit Sirona oder Nymphen als Gefährtinnen angebetet. Manchmal sind weitere Beinamen hinzugefügt (bes. *Mogounus*), ein Indiz für Verschmelzung des bes. von Caracalla geförderten Kultes (Cass. Dio 77,15,16 für 212 n. Chr.) mit Lokalnumina. F. M. H.

RE VII 635, Galli, VII 1823 Grannus, XVII 1019 Noricum, Suppl. IX 731 Pannonia, III A 354 Sirona, Myth. Lex. 1, 1738f. Indic. zu AE, CIL III, XII, XIII, Suppl. zu CIL XIII und III in BRGK. *P. Wuilleumier*, Inscr. lat. des Trois Gaules. Gallia Suppl. XVII (1963). Vgl. weiter *G. Behrens* Germ. und gall. Götter in röm. Gewande. Zentralmus. Mainz, Wegweiser 18, 1944, 16f. 41. *R. G. Collingwood–R. P. Wright* The Rom. Inscr. of Brit. I (1965), Nr. 2132. *J. Déchelette–A. Grenier* Manuel d'Arch. Gallo-Romaine III,1 (1958), p. 487 note 4. *G. Drioux* Cultes indigènes des Lingons (1934), Ind. *J. Keil* Ein ephes. Anwalt des 3. Jh. durchreist das Imp. Rom. SBAW (1956,3), 6f. *W. Meid* in Beitr. zur Namensforsch. 8, 1957, 73. 113f. *E. Norden* Altgermanien, 1934, 45. *L. Robert* in REG 71, 1958, 306f. *F. Staehelin* Die Schweiz in röm. Zeit³, 1948, 541. *J. Toutain* Les cultes paiens dans l'Emp. rom. 3, 1920, 202. *R. Vaillat* Le culte des sources dans la Gaule Ant., 1932, 31f. 104f. *H. Wagner* in ZVS 75, 1957, 67.

***Γραφή*.** 1. Schriftklage. In Griechenland wurden allg. die Prozesse in öffentliche und private, *ἴδιαι* und *δημόσιαι* eingeteilt, je nachdem – mittelbar oder unmittelbar – öffentliche oder nur private Interessen durch sie betroffen waren ([4], 10). Dementsprechend schied man in Athen auch die diese verschiedenen Prozeßverfahren (über die Unterschiede s. [4],9f.) einleitenden Klagen, nämlich die Privatklage, *ἰδία δίκη* oder *δίκη* schlechtweg und die – spätere (s. [3] Bd. 2,3) – öffentliche Klage, *γ.* (vgl. Lys. 1,44. Isokr. 18,51. Demosth. 21,42f.). Aus diesem Sprachgebrauch ist wohl darauf zu schließen, daß bei den öffentlichen Klagen, die jeder beliebige im Besitze der Ehrenrechte befindliche Staatsbürger, *ὁ βουλόμενος*, erheben konnte, zuerst die schriftliche Aufzeichnung und Einbringung üblich wurde, da es hier erforderlich war, den Namen des öffentlichen Anklägers und sein Vorbringen aufzuzeichnen ([1], 240,9. [3] Bd. 1,171). Von da verbreitete sich die Schriftform auch auf die Privatklagen (s. u. 2.). Die *γ.* deckte sich jedoch nicht im vollen Umfang mit dem Begriff der *δημοσία δίκη*, denn einige öffentliche Klagen, nämlich die → *φάσις*, → *ἔνδειξις*, *ἀπαγωγή* u. a., wurden wegen der Besonderheiten des durch sie in Gang gesetzten Verfahrens von den *γ.* regelmäßig unterschieden ([2],545). 2. Klageschrift, auch bei Privatklagen ([1], 263,1). E. B.

1. *J. H. Lipsius* Das att. Recht und Rechtsverf., 1905–1915. 2. *Busolt* GStk. 3. *Bonner-Smith* The administration of justice from Homer to Aristotle, 1930–1938. 4. *E. Gerner* Zur Unterscheidbark. von Zivil- und Straftatbest. im att. Recht, 1934.

Graptus (Ti. Iulius). Freigelassener des Tiberius, CIL XV 7466, durch dessen Verleumdungen Faustus Cornelius Sulla Felix, cos. 52, im J. 58 n. Chr. nach Massilia verbannt wurde, Tac. ann. 13,47,1. R. H.

Gratiae s. Charites

Gratianus. 1. G., Vater der Kaiser Valentinian I. und Valens, * bei Cibalae, aus niederem Stand. Nach 305 war G. *protector domesticus* in Salona, ca. 321 *tribunus* in Illyricum. Später wurde er noch *comes Africae* und *comes Britanniarum.* Nachdem G. 350/51 als Privatmann den Usurpator Magnentius bewirtet hatte, wurde sein Vermögen konfisziert (Vict. Epit. 45,2. Amm. 30,7). Nach 364 erhielt er Ehrenstatuen (Themist. or. 6, 81 d. Dess. ILS 758). Solari, Ath. 10, 1932, 160ff.

2. Flavius G., 367–383 Kaiser im W. des röm. Reiches, Enkel von Nr. 1, * 359 in Sirmium als Sohn des späteren Kaisers Valentinian I. und der Marina (Hier. chron. 2375. Chron. Pasch. zu 359. Vict. Epit. 47). G., 366 erstmals Consul (dann 371, 374, 377,380), wurde am 24. August 367 zum Augustus erhoben (Chr. min. 1,241. Amm. 26,9. 27,6). 369 hielt ihm Symmachus einen Panegyricus (or. 3). 374 wurde G. mit → Constantia (Nr. 3) vermählt. Seit G. nach dem Tode des Vaters E. 375 die Herrschaft selbständig ausübte, hatte sein Lehrer Ausonius (vgl. bes. Aus. grat. actio pass.), nunmehr *quaestor sacri palatii*, entscheidenden Einfluß auf ihn (Themist. or. 13. Symm. epist. 1,13; dazu Alföldi Conflict 83ff.). Der neben G. zum Augustus im W. ernannte Valentinian II. blieb praktisch ein Herrscher ohne Land (Palanque, REA 46, 1944, 59f.). Ausonius, teils sehr auf Förderung seiner Verwandten bedacht (Auson. epic. in patr. 49), bestimmte G. vor allem zu einer Politik der Milde (Schuldenerlaß, Amnestie, vgl. Themist. a. O.; Auson. grat. actio), ferner zur Beilegung des unter Valentinian ausgebrochenen Zwistes mit dem Senat (vgl. Auson. a. O.; Symm. or. 4. Cod. Theod. 9,1,13 und 6,1f.). 376 besuchte G. Rom, um dessen Wohl er sich besorgt zeigte (Themist. a. O. Symm. epist. 10,2. Cod. Theod. 10,19,8. 15,1,19). G., der meist in Trier residierte (vgl. z. B. Cod. Theod. 9,35,3. 1,15,9) zog 378 nach Abschluß von Kämpfen mit den Alamannen nach Sirmium (Amm. 31,10). Vergeblich hatte er Valens gemahnt, den Kampf gegen die Goten bis zu seiner Ankunft im O. aufzuschieben. Nach Valens' Tod in der Schlacht bei Adrianopel (9. August 378) erhob G. am 19. Januar 379 in Sirmium Theodosius zum Mitkaiser. 380 zog G. zur Unterstützung des Theodosius nochmals in den O. und siedelte Goten und Alanen in Pannonien an (Iord. Get, 141). Im Anschluß an eine erneute Reise nach Pannonien residierte G. im Winter 382/83 längere Zeit in Mailand (vgl. Cod. Theod. 1,6,8. 11,13,1), dessen Bischof Ambrosius seit 378 immer stärkeren Einfluß auf ihn gewonnen hatte. Infolge von Mißernten herrschte 383 in weiten Teilen von G.' Herrschaftsbezirk Hungersnot (Symm. rel. 3,15; epist. 2,6. 4,74). G., der sich nach dem Tod der Constantia Anfang dieses Jahres mit Laeta vermählt hatte (Zos. 4,39), zog im Frühjahr von Mailand aus zur Abwehr eines Einfalles der juthung. Alamannen nach Raetien. Hier erfuhr er, daß Maximus von der Armee in Britannien zum Kaiser erhoben (nach GRUMEL, REByz 12, 1954, 18ff. schon im Herbst 382) und nach Gallien übergesetzt war (Sokr. 5,11. Soz. 7,13). G. eilte dem Usurpator bis Paris entgegen. Da seine Soldaten von ihm abfielen u. vom O. offenbar keine Hilfe zu erwarten war, floh G.; am 25. August wurde er in Lyon durch → Andragathius getötet (Zos. 4,35. Vict. ep. 47).

G. galt von früher Jugend an als sehr fromm und an theolog. Fragen interessiert; bes. Kenntnisse erwarb sich der Kaiser, dem Ambrosius die B. de fide und de spiritu sancto widmete, auf dem Gebiet der Dogmatik (Ambros. epist. 1; de spir. sancto 1,1,19 = MIGNE PL 16,709. Auson. grat. act. 43.63). Im J. 379, vielleicht angeregt durch Theodosius (vgl. W. ENSSLIN Die Religionspolitik Theodosius d. Gr., 1953, 9f.), legte G. den Titel des *pontifex maximus* ab (Zos. 4,36,5). Am 3. August 379 erließ er auf Betreiben des Ambrosius ein Edikt, das die 378 verfügte Duldung der nichtnicaen. Glaubensmeinungen aufhob (Cod. Theod. 16,5,5; J. R. PALANQUE S. Ambroise, 1933, 64ff.). Namentlich trat G. den Donatisten in Afrika entgegen (Cod. Theod. 16,5,4. 6,2). G. begünstigte das Streben des Bischofs von Rom, den Bereich seiner Gerichtsbarkeit über andere Bischöfe auszuweiten (vgl. STEIN I 184f.). Dem Heidentum gegenüber zunächst tolerant, bekämpfte es G. bes. seit 382: so entzog er den heidn. Kulten und Priesterschaften in Rom ihre Mittel und befahl den Altar der Victoria aus der Kurie zu entfernen. Vergeblich versuchte eine Gesandtschaft der Mehrheit des Senates unter Führung des über gute Beziehungen zu G. verfügenden Symmachus, einen Widerruf dieser Maßnahmen zu erreichen (Symm. rel. 3. Ambros. epist. 17/18; WYTZES Der Streit um den Altar der Victoria 1936). Ergaben sich bei der Begünstigung der Orthodoxie sowie bei der Bekämpfung von Häretikern und Heiden zwar auch Gemeinsamkeiten mit der Politik des Theodosius, so trugen aber doch gerade religionspolit. Fragen zur Entfremdung zwischen den beiden Herrschern bei (vgl. z. B. FORTINA 258,25). Es ist jedoch zu weitgehend, wenn man wie O. SEECK (Untergang 5,168ff., vgl. z. B. PEARCE, RIC IX p. XX) aus solchen und anderen Differenzen heraus folgert, daß Theodosius die Beseitigung des als Herrscher unbedeutenden und weitgehend unselbständigen G. gefördert habe. Mz.: RIC IX pass. A. L.

A. Alföldi The Conflict of Ideas in the Late Roman Empire, 1952. *M. Fortina* L'Imperatore Graziano, 1955. *E. Gigli* Il regno dell'imperatore Graziano, 1963. *Stein* I.

Gratidianus. → Gratidius Nr. 2 und RE XIV 1825–1827. H. G. G.

Gratidius. Name einer aus Arpinum stammenden röm. Gens. Inschr. auch *Grattidius*, SCHULZE Eigennamen 427; zum Suffix *-idius* vgl. RE XVI 1666, Weiterbildung von dem Namen *Grattius*.

1. G. 88 von Marius als Legat dem Consul Sulla zugewiesen, wurde er von den Soldaten als 1. Opfer des Bürgerkriegs ermordet. Val. Max. 9, 7b,1. Oros. 5,19.4. **2.** M. G. aus Arpinum, gefallen 102 als Praefect (BROUGHTON Mag. 1,569) im Kampf gegen Seeräuber in Kilikien, das damals seinem Freund, dem Redner M. Antonius (o. Bd. I 410 Nr. 7) unterstand. Bei dem Versuch, in Arpinum die geheime Abstimmung einzuführen, hatte ihm sein Schwager M. Cicero, der Großvater Ciceros, opponiert, Cic. de or. 3,36. Er war ein gebildeter Mann (Cic. Brut. 168) und brachte Fimbria (→ Flavius Nr. 10) wegen Erpressung vor Gericht. Sein Sohn M. wurde vom Bruder des Marius adoptiert und von Catilina im Zuge der Sullan. Proskriptionen getötet, o. Bd. I 1085. **3.** M. G., 61–59 Legatus des Q. Cicero in Asia (BROUGHTON Mag. 2,182), wahrscheinlich ein Enkel von Nr. 2 und somit verwandt mit Cicero, Cic. ad Q. fr. 1,1, 10; Flacc. 49. **4.** Gratidia, Schwester von Nr. 2, verheiratet mit M. Tullius Cicero, dem Großvater des Redners, Cic. leg. 3,36. **5.** Gratidia, wahrer Name der von Hor. mehrfach angeprangerten Zauberin Canidia, vgl. o. Bd. I 1037,9ff. H. G. G.

Grattius. Vf. eines Lehrgedichts über die Jagd *(cynegetica)* in mehreren B.; von B. 1 sind 541 V. (Hexameter) erhalten. G., von Hause aus wohl Falisker (vgl. V. 54 V.), wird im Dichterkatalog Ov. Pont. 4,16,34 erwähnt, dürfte also, zumal wenn er dessen Metamorphosen kannte (vgl. [1], 45ff.), in den ersten J. n. Chr. geschrieben haben. Nach einer Einl. (V. 1–37) geht er auf die Jagdgeräte (V. 38–149), Jagdhunde (V. 150–496) und Pferde (V. 497ff.) ein. Die Erzählungen von den εὑρεταί Derkylos (V. 95ff.) und Hagnon (V. 213ff.) sowie die Schilderung der Vulkansgrotte (V. 430ff.) bilden kleinere Einheiten. G. hat den Widerstand der spröden Materie nicht durchweg überzeugend überwunden; der Versbau weist keine Besonderheiten auf. Die vorauszusetzende griech. Quelle, wohl ein hellenist. Lehrgedicht, ist nicht sicher auszumachen; von den Späteren greift bes. → Nemesianus, dem gleichen Thema zugewandt, auf G. zurück. Träger unabhängiger Überlieferung scheint nur der Vind. Lat. 277 (8./9. Jh., vgl. Cod. Lat. ant. 10, 1963, Nr. 1474) zu sein (nicht überzeugend [1],83ff.). P. L. Sch.

1. Ta. und Komm. von *R. Verdière*, 1/2, 1964. 2. *R. Helm*, Lustrum, 1956, 127ff. (Bibliogr. bis 1942). 3. *Schanz-Hos.* 2,264f. 4. *J. Aymard* Les Chasses Romaines, 1951.

Gratus. 1. Proröm. gesinnter Offizier Herodes d. Gr., der nach dessen Tode (4 v. Chr.) verschiedene antiherodian.-antiröm., z.T. messian. jüd. Prätendenten mitbesiegte (Ios. bell. 2,3,4–5,2; ant. 17,10,3–9). **2.** Valerius G., 15–26 n.Chr. Prokurator von Judäa (Ios. ant. 18,2,2. 6,5). C. C.

Graupius Mons. Name des Schlachtfeldes (wohl etym. *Craup-ius,* »Hügelrücken« = *mons:* Watson, Holder), auf dem Agricola die nordbritann. Kelten 84 n.Chr. (kaum 83, Kraay) besiegte. Crawford möchte G. auf das spätflav. röm. Marschlager bei Raedykes n. von Inchthutil und Stonehaven festlegen, wo sogar anscheinend Räder von kelt. Kriegswagen ausgegraben wurden. Weitere sowohl s. wie n. von Raedykes gelegene etwa gleichzeitige Römerlager sind dann freilich als von Tac. Agr. 29,2–38,2 in ihrer Manövrierevidenz völlig übergangen zu interpretieren. Strategisch sind nach Sir Henderson-Stewart die nördlichsten dieser Lager in der Nähe des Grange-Passes für G. am logischsten. Bekanntlich liegen die Probleme der arch.-geogr. Festlegung der Drusus-, Varus -und Germanicusfeldzüge ähnlich. F. M. H.–R. M. Ogilvie

Vgl. RE Art. Graupius Mons. Iulius Agricola (X 136). Oxf. Class. Dict. Art. Agricola (1). *E. Birley* Roman Britain and the Roman Army (1953), Ind. s. Mons Graupius. *A. R. Burn* Agricola and Roman Britain^2 (1962), Ind. s. Grampians. *R. G. Collingwood–J. N. L. Myres* Roman Britain and the English Settlement^2, 1937, 115f. *O. G. S. Crawford* Topogr. of Roman Scotland North of the Antonine Wall, 1949, 74.76.108f.130f. *Sir David Henderson-Stewart,* in Proc. of the Ancient Monument Society, 1961. *Holder* 1,2040. *C. M. Kraay* Two New Sestertii of Domitian I. Amer. Numism. Soc. Mus. Not. 9, 1959, 109f. *R. Till* Tacitus, Agricola, 1961, 41f.71f. *William John Watson* The History of Celtic Place Names in Scotland, 1926, 55f.

Graviscae (Nissen It. Ldk. 2,331. Rehm Philol. Suppl. 24,2,13), im J. 181 v.Chr. gegründete röm. Kolonie (Liv. 40,29,1. Vell. 1,15,2. CIL I^2 p. 200) s. der Martamündung in Etrurien (Ptol. 3,1, 4), zur trib. Stellatina gehörig (CIL VI 2928. Kubitschek Imp. Rom. trib. discr. 85. Plin. nat. 3, 51: 7. Region). G. besaß einen unbedeutenden Hafen (It. mar. 498f.) und blieb wegen der ungesunden Lage (Cato frg. 46 P. Verg. Aen. 10,184 m. Serv.) eine kleine Stadt (Strab. 5,225. Rut. Nam. 1,181f.), die nur durch eine Verbindungsstraße (Cels. Dig. 31,30), ein *compendium* (Tab. Peut. 5,2), mit der via → Aurelia verbunden war (Radke G 71,1964,223); zur Entfernung b. Strab. vgl. Radke, RE XXIV 29, zum Namen RE IX A 775. Export: Wein, Korallen (Plin. 14,67. 32,21); h. Porto Clementino (Bormann CIL XI p. 511). G. R.

Gregorios. 1. G. der Wundertäter (*ὁ θαυματουργός*), Bischof von Neokaisareia in Pontos, wo er um 213 geboren war und um 270 starb. G. wurde mit 14 J. Christ und um 233 für 5 J. Schüler des → Origenes in Kaisareia. Die Dankrede *Εἰς Ὠριγένην προσφωνηματικὸς καὶ πανηγυρικὸς λόγος* [1], die er dem Lehrer zum Abschied widmete, schildert seinen Werdegang und die Schule des Origenes. Während der etwa 30 J. seines Bischofamtes gab er dem Lande ein chr. Gepräge. G. von Nyssas Predigt über das Leben des G. (Migne PG 46,893–958), Quelle der späteren Biogr., erzählt vor allem Wundertaten. O. H.

Ta.: 1. *P. Koetschau* 1894. Übrige Werke *Migne* PG 10,963 bis 1232, z.T. unecht. Lit.: *Bardenhewer,* GAL 2,315–332. *Altaner*^{6} 187f. *Quasten* 2,123–128.

2. G., Bischof von Nyssa, jüngerer Bruder des → Basileios (Nr. 4), * nach 330, † 394. Unter dem arian. Kaiser Valens abgesetzt und verbannt, stieg G. nach seiner Rückkehr (378) zu überörtlicher Bedeutung in der Reorganisation der Kirche auf und war maßgeblich am Konzil von Konstantinopel (381) beteiligt, das die Göttlichkeit des Hl. Geistes ausdrücklich festlegte. In ausgedehnter Polemik bekämpfte G. die Gegner der Trinitätslehre, bes. Arianer (3 B. *Πρὸς Εὐνόμιον*) und Apollinaristen (*Ἀντιρρητικὸς πρὸς τὰ Ἀπολιναρίου*). Die orthodoxe Lehre legte er dar im großen *Λόγος κατηχητικός*. Als der bedeutendste philos.-chr. Denker nach Origenes, dem er in vielem folgt, unternimmt er es, auf der Grundlage der allegorisch gedeuteten Schrift die chr. Lehren in vernunftgemäßer Argumentation zu begründen und zu ergänzen. Von bes. Bedeutung wurde seine Entwicklung einer asket.-myst. Theologie, die in das kleinasiat. Mönchstum eingedrungen ist und über → Ps.-Dionysios (Nr. 8) Areopagita auch auf das Abendland eingewirkt hat.

Ta.: *Migne* PG 44–46 (unzulänglich). Neuausg. *Werner Jaeger* u.a., 1952ff. (bisher 9 Bde.).

Lit.: *H. v. Campenhausen* Griech. Kirchenväter, 1956^2, 114ff. *H. Urs v. Balthasar* Présence et Pensée, 1942. *J. Daniélou* Platonisme et Théologie Mystique, 1954^2. *W. Völker* G. von Nyssa als Mystiker, 1955.

Bibliogr.: *Altaner*^{6} 271ff.

3. G. von Nazianz, * 329/30 in dem Dorf Arianzos bei → Nazianzos, † 390/91 ebd., wurde von seinem Freunde Basileios (Nr. 4) gegen seinen Willen zum Bischof von Sasima (in Kappadokien) geweiht (372), trat das Amt jedoch nicht an. Zeitweilig verwaltete er das verwaiste Bistum Nazianzos, im übrigen lebte er zurückgezogen teils in Seleukeia in Isaurien (375–379), teils in Arianzos (ab 383). Von 379 an leitete er mit großem Erfolg die zusammengeschmolzene nikaen. Gemeinde in Konstantinopel. Dort wurde er vom 2. Konzil (381) als Bischof eingesetzt, trat jedoch noch während der Sitzungen zurück. Kränklich und sensibel, eine mehr ästhet. als prakt. Natur, schuf der literar. hochgebildete G. formvollendete Reden (44 [Nr. 35 unecht]), Briefe (244) und Gedichte (rund 400, darunter *Περὶ τὸν ἑαυτοῦ βίον* in 1949 Trimetern), die bereits in byz. Zeit philolog. kommentiert wurden. Mit seinen Reden, die ihm den Ehrennamen des Theologen eintrugen, hat er schon früh auch auf das Abendland gewirkt. B. R. V.

Ta.: *Migne* PG 35–38. Briefe 1–100 ed. *P. Gallay* 1965. Lit.: *H. v. Campenhausen* Griech. Kirchenväter, 1956^2, 101ff. *P. Gallay* La vie de S.G. de N., 1943. *G. Misch* Gesch. der Autobiogr. 1,2, 1950^3, 612ff. *K. Holl* Amphilochius von Ikonium, 1904. *J. Plaignieux* S.G. de N. théologien, 1951.
Bibliogr.: *Altaner*^{6} 266ff. *F. Lefherz* Stud. zu G., Diss. Bonn 1958.

4. G., Bischof von Iliberris (Elvira bei Granada), E. 4. Jh., Parteigänger des → Lucifer von Calaris. Sicher gehören ihm 6 Predigten zum Hohen Lied [1]. Ihm zugewiesen werden Ps.-Foebadius De fide orthodoxa [2], der Traktat De arca Noe [1] u.a.
1. *Migne* PL Suppl. 1,352–528 und 1744–1746. 2. *Migne* PL 20, 31–50. Bibliogr.: *Altaner*^{6} 333.

5. G. I., der Große, röm. Papst 590–604, * um 540 aus röm. Hochadel, war 572/73 praefectus urbi, zog sich dann als Mönch in eines der 7 von ihm gestifteten Klöster zurück; 579–585 weilte er als Gesandter des Papstes am Hofe von Konstantinopel. Die 854 Briefe [1] zeigen G. als Wahrer der Kirchendisziplin und Verwalter der Kirchengüter, diplomat. im W. erfolgreich (Sicherung Roms gegen die Langobarden, Missionierung Englands), während das Verhältnis zum O. belastet blieb durch G.' Protest gegen den Titel οἰκουμενικός des Patriarchen von Konstantinopel. G. schrieb ferner die 4 B. der Regula pastoralis (HB. der Seelsorge [2]), 35 B. Moralia in Iob (HB. der Moraltheologie in Form eines Komm. zu Hiob [3]), 4 B. Dialogi (ital. Heiligenlegenden, das 2. B. über → Benedictus [4]). Seine Reform der liturg. Texte zeigt das sog. Sacramentarium Gregorianum [5]; sein Anteil an der Schöpfung des Gregorian. Kirchengesangs bleibt unsicher. O. H.
Ta.: 1. Registrum epistolarum, *P. Ewald–L. M. Hartmann*, 1891/92, MG Epp 1 und 2. 2. *H. Hurter*, 1872. 3. *Migne* PL 75/76. 4. *Umb. Moricca*, 1924. 5. *H. Lietzmann*, 1921. Kleinere Werke: *P. Verbraken*, 1963, CChr. 144. *Migne* PL 76.
Lit.: *Bardenhewer* GAL 5,284–302. *Erich Caspar* Gesch. des Papsttums 2, 1933, 306–514. *E. H. Fischer*, ZRG kanon. Abt. 67, 1950, 15–144. *Altaner*^{6} 430–436.

Gregorius. Bischof von Tours, Geschichtsschreiber, * ca. 540 in Averna, † 594 (593?). G., aus senator. Familie, zum geistlichen Beruf erzogen, stark beeindruckt durch eine Wallfahrt zum Grab des hl. Martin (563). Von 573 an Bischof von Tours, verstand G. durch diplomat. Geschick, das Wohl der Stadt zu fördern und Einfluß am Hof der Merowinger zu gewinnen. – Sein Hauptwerk sind die nach 573 abgefaßten Historiae Francorum. B. 1 enthält einen Überblick zur Weltgesch. bis ca. 400, B. 5–10 bieten Zeitgesch. unter Verwertung eigener Aufzeichnungen. G. bemüht sich in einfachem Stil um genaue Berichterstattung, ohne jedoch frei vom Wunderglauben seiner Zeit und Vorurteilen (gegenüber Heiden und Arianern) zu sein; im allg. ohne die Fähigkeit, in der Darstellung über das mehr Anekdotenhafte hinauszugelangen. Nach 575 ist auch das vor allem Heiligenviten und Wundergeschichten umfassende Sammelwerk Miraculorum libri VIII und de cursu stellarum ratio (zur Bestimmung der Zeit der nächtlichen Offizien nach Stand der Sterne) zu datieren. Wichtig ist Gregors Werk als Zeuge der Verschmelzung der roman. und fränk. Bevölkerungsschichten. A. L.
Ausg.: *Migne* PL 71. MG script. Merov. 1 (1884/85 *W. Arndt*) und 7 (*B. Krusch*); ^{2}1937f. (*Krusch-Levison*). Übers. (mit Einl.) von *R. Buchner*, 1956 (Ausgewählte Quellen zur deutschen Gesch. des MA.).
Lit.: *G. Kurth* in Études francques 1/2, 1919. *K. F. Stroheker* Der senator. Adel im spätantiken Gallien, 1948, 179f. *Wattenbach-Levison* Deutschlands Geschichtsquellen im MA. I, 1952, 99ff.

Greif (γρύψ, -πός, offenbar ident. mit hebr. *kerûb* [Gen. 3,24. Exod. 25,18ff.], spätlat. *gryphus*, daraus *griffon, griffone*, Greif). Das in fast allen oriental. Kulturkreisen (äg., babylon., assyr., chetit., pers., phoinik., hebr.) beheimatete, von da in die kret.-myken., seit der geometr. Z. in die griech. Kunst übernommene Fabeltier, ein Mischwesen aus, meist geflügeltem, Löwenkörper und Adlerkopf, doch mit manchen Varianten: Löwenkopf, Schlangenkopf, Vogelhinterfüße, Skorpionschwanz u.a. Überall erscheint der G. als dämon., höchst gefährliches Raubtier, oft als Trabant, Diener und Wächter von Göttern, bes. Apollon und Dionysos, auch Artemis, in röm. Zeit Nemesis, der er als rächender Quälgeist beigesellt wird. (Aus eigenem ordnet Aischyl. Prom. 803 ihn Zeus zu.) Die griech. Sage kennt die G. seit Hesiod (Sch. Aischyl. Prom. 803). Ausgestaltet worden ist sie im 6. Jh. durch → Aristeas in seinem Epos Ἀριμάσπεια, aus dem Aischylos und Herodot 3,116. 4,13.16 (aus ihm Paus. 1,24,6 und Plin. 7,10) schöpften. Danach hüteten die G. im hohen N. das dort in großen Mengen vorkommende Gold, das ihnen die einäugigen Arimaspen in ständigen Kämpfen zu entreißen suchten. Aischylos verlegt aber die Arimaspen nach dem fernen O., ebenso Ktesias, der die G.-Sage mit der verwandten Goldameisensage bei Hdt. 3,102 kontaminiert und sie im n. Indien lokalisiert. Auf Aristeas, Aischylos und Ktesias ruhen die vielfachen späteren Erwähnungen und mannigfachen Ausschmückungen, bes. bei Ail. nat. 4,27 und Philostr. v. Apoll. 3,48; mehr bei Ziegler, RE VII 1919ff. – In der griech. Kunst erscheint der G. schon in der geometr. Periode, dann von der archaischen Z. bis zum Ausgang des Alt. außerordentlich häufig, zumeist als apotropäisches Symbol, oft in wappenartiger Paarung, oft auch in Kampfscenen (mit Arimaspen und anderen, auch berittenen Gegnern, Amazonen, anderen Tieren) sowie rein ornamental in verschiedentlichster Verwendung. Hervorzuheben die großen Greifenkessel, wie einen solchen Hdt. 4,152 beschreibt: Weihgeschenk des Tartessosfahrers Kolaios an die Hera von Samos, ein großer Bronzekessel mit 6 G.-Protomen auf seiner Schulter. Bruchstücke solcher Kessel sind mehrfach erhalten. Die G.-Darstellungen spiegeln in ihrer Entwicklung den Verlauf der griech. Kunstgesch. Charakteristisch für den arch. griech. G.-Kopf ist der mächtige, drohend aufgesperrte Schnabel, lange, spitze, steil aufragende Ohren und ein seltsamer Knopf wie eine Art Horn über den Augen. K. Z.

A. Furtwängler, Myth. Lex. I 1742–77; Olympia Ergebnisse IV 1890, 119. *Prinz-Ziegler*, RE VII 1902–29. *Frankfort*, ABSA 37, 1936/37, 106. *U. Jantzen* Griech. Greifenkessel 1955; MDAI(A) 73, 1958, 26. *B. Goldman*, AJA 64, 1960, 319. *E. Simon*, Latomus 21, 1962, 749. *K. Schauenburg*, G 64, 1957, 216. 67, 1960, 379; Art. Lex. 1136.

Greuthungi. Anderer Name für die → O.-Goten, bezeugt bei HA Claud. 6,2 unter doppelter Bezeichnung: *Grutungi Austrogoti* neben *Tervingi Visi(goti)* für die W.-Goten. Der Name G. bedeutet »Bewohner sandiger Ebenen«, während die Tervingi die »Waldbewohner« sind. Nach Amm. 31,3,1 bildete der Don die O.-Grenze des Reiches der G. gegen die Alanen. Die Grenze gegen die W.-Goten lag in der Nähe des Dnjestr. H. C.

Ihm, RE VII 1872f. *L. Schmidt* Gesch. der deutschen Stämme. Die Ostgermanen[2], 1934, 202. 242.

Griechische Dialekte s. Dialekte, griechische. Nachtr. am Schluß des Bandes

Griechische Sprache s. Sprache, griechische

Griffel (*γραφεῖον, γραφίς, graphium, stilus*). Der G. aus Knochen, Elfenbein, Metall, an der einen Seite spitz, an der anderen meist mit flacher Verbreiterung, diente zum Schreiben auf Wachstafeln (Blei, Hauswänden usw.) bzw. zum Ausstreichen (weswegen »den G. umdrehen« gleich »tilgen«, Hor. s. 1,10,72). Antike G. verschiedener Länge und Ausgestaltung im einzelnen sind zahlreich erhalten (z. B. SCHUBART Das Buch bei den Griechen und Römern 21). Da eiserne G. leicht, wo Dolche fehlten, zur Waffe wurden (Plut. mor. 968 E. Suet. Caes. 82; Cal. 28) ließ Claudius Besuchern die Schreibutensilien abnehmen (Suet. Claud. 35). Wer viel zu schreiben hatte, trug mehrere G. in einer Griffelbüchse *(graphiarium, γραφιοθήκη)* mit sich. W. H. G.

Grillius. Lat. Grammatiker des 4. Jh. n. Chr., von Priscian als Vf. einer auf Vergil bezogenen Akzentlehre zitiert und mit dem gleichnamigen Vf. eines nur z. T. erhaltenen Kommentars zu Cic. inv. identifiziert. Dieser – nur teilweise veröffentlicht und nur bis 1,22 reichend – beginnt mit einem Abschnitt *argumentum artis rhetoricae*, in dem die Forderung erhoben wird, daß der Redner zu Beginn seiner Rede die entgegenstehenden *gravia* beseitigen müsse, geht dann über auf die *controversiae* und auf die *genera causae*, bes. auf das *exordium*, wobei er zahlreiche Stellen aus Cic.' Reden anführt, auch aus nicht erhaltenen, und auch auf den Charakter des Redners eingeht (ungünstige Beurteilung der Gracchen in Cic.' philos.-rhetor. Schriften und Senatsreden, günstige in den Volksreden). Vielfach ist auch Vergil herangezogen. W. S.

Ausg.: *K. Halm* Rhet. Lat. min., Lpz. 1863, 596ff.
Lit.: *Münscher*, RE VII 1876ff. *Schanz-Hos.* 4,2,263f.

Grinario ist der vermutlich kelt. Name eines *vicus* im Bereich der civitas Sumelocennensis (Rottenburg a. N.), h. Köngen. G. ist bezeugt durch 2 Inschr. CIL XIII 11726. 11727 und erwähnt in der Tab. Peut. Das Kohortenkastell Köngen-Grinario (2,42 ha Fläche), dessen Besatzung nicht bekannt ist, liegt erhöht über dem linken Ufer des Neckars. Aufgegeben zwischen 148 und 161, als der Limes in diesem Gebiet nach O. vorgeschoben wurde. H. C.

Ihm, RE VII 1880. Der ob.-germ.-rätische Limes in Deutschland Abt. B Bd. V 1 Nr 60. *W. Schleiermacher* Der röm. Limes in Deutschland, 1959, 139. 222.

Griphos s. Rätsel

Groma (vermittels etr. Zwischenform aus griech. *γνώμων* oder *γνῶμα*), auch *machina, machinula, ferramentum*, hieß das Visiergerät der röm. → Feldmesser. Aussehen und Anwendung lehren die Schr. der Gromatici, Herons *π. διόπτρας* 23, die Abb. auf dem Grabstein DESS ILS 7736 und ein von della Corte rekonstruiertes Exemplar aus Pompeji. Sie bestand aus 2 Teilen: dem eigentlichen *ferramentum*, einem mannshohen Stockstativ mit Eisenschuh zum Einrammen und oben einer Bronzehülse mit horizontal drehbarem Arm von 24 cm Länge sowie der eigentlichen G., einem rechtwinkligen Holzkreuz mit Eisenkern und -mantel, dessen Mittelpunkt auf einem Drehzapfen am freischwebenden Schwenkarmende *(umbilicus soli)* saß. Die beiden Kreuzbalken maßen je 3 Fuß, an ihren Enden *(cornicula)* hingen an Fäden *(fila, nerviae)* Gewichte *(pondera, perpendicula)* bis in Bodennähe. Das Gerät wog ca. 15 kg. Visiert wurde unter dem Kreuz durch vermittels der Fäden, indem sie mit den Richtlatten zur Deckung gebracht wurden. Man stellte zunächst nach Auguralritus die G. ins Zentrum der Metation (Lager, Stadt, Flur), das gleichfalls *groma* hieß, bestimmte mit ihr das Koordinatenkreuz (→ *cardo, decumanus)*, setzte auf die Achsen (in der Regel alle 2400 Fuß = 710,4 m) Grenzsteine, durch die, wieder mittels der G., parallele Linien gezogen wurden. Auch unregelmäßig begrenzte Flächen ließen sich erfassen, Berge und Täler sowie Flüsse meistern *(cultellare, variatio fluminis)*. → Limitation. H. Ch.

A. Schulten, RE VII 1881ff. *M. della Corte*, Mon. ant. 28, 1922, 29ff. *E. Nowotny*, Germania 7, 1923, 22ff.

Grumentum (NISSEN It. Ldk. 2,909. KROM.-VEITH 3,414ff. MILLER ItR 378), feste Stadt im Innern Lukaniens (Strab. 6,254. Ptol. 3,1,70) am Agri-Aciris bei Einmündung der Sora-Sciagra, die im 2. pun. Kriege (Liv. 23,37,10. 27,41,3) und Bundesgenossenkriege (Flor. 2,6. App. civ. 1,41 u. a.) hart umkämpft war. G. gehörte zur trib. Pomptina (KUBITSCHEK Imp. Rom. trib. discr. 45) und

3. Region (Plin. nat. 3,98); Straßenverbindung nach Potentia und Herakleia (Tab. Peut. 7,1) sowie zur via → Popilia (It. Ant. 104,6). Plin. nat. 14,69 nennt Weinbau; h. Ruinen n.ö. Grumento (vordem: Saponara). G. R.

Grundbuch. G. wird von uns als ein rechtlich bedeutsames und bei einer öffentlichen Behörde angelegtes Liegenschaftsverzeichnis aufgefaßt. Für verschiedene Perioden des pharaon. Äg., der Linear B Kleinmonarchien, der Keilschriftstaaten und für die babylon. und äg. Satrapien des Achämenidenreiches sind G.-artige Register oder für Grundsteuern benötigte Kataster dokumentar. erwiesen, z. B. für das spätere Babylon die »Tafel des Bel«. Im postmyken. Hellas existierte so etwas wie ein G. für den Tempelstaat von → Delos und vermutlich andere Tempelstaaten wie → Delphi, → Eleusis, nicht unmöglich als Überlebsel der myken. Z. In Athen wurden G.-artige Listen von den *δημάρχοι* geführt und hatten bes. für Tempel-, Demen- und Poliseigentum Bedeutung. So etwas wie ein Kataster oder G. ist auch für andere Poleis sichergestellt (Ainos, Ephesos, Mitylene, Mylasa, Petelia, Tenos u.a.). Das ptolem. und das röm. Äg. führten die Kataster der Pharaonen- und Perserzeit in erheblich verfeinerte Form für Steuer- und Rechtszwecke fort und ergänzten diese schließlich durch die wohl erst frühröm. *βιβλιοθήκη ἐγκτήσεων*. Für das Seleukidenreich und alle seine wichtigeren Nachfolgestaaten von Indien bis nach Kleinasien und Syrien/Palästina existieren Zeugnisse für G. und Kataster, aber leider nur fragmentarisch. Im röm. Italien und den lat. regierten Provinzen war die durch → Feldmesser durchgeführte → Limitatio Voraussetzung für allerlei Formen von G. und Kataster, bes. für röm. Kolonien, Municipia u.ä. Siedlungen. Diokletian (s.d.) führte dann für seine → Capitatio – Iugatio einen allg. Reichskataster ein, der auch als G. gedient haben muß und das MA. von W.- und O.-Europa, von Abessinien und der Welt des Islams stark beeinflußt hat. Der Einzelaufbau dieses Katasters des spätröm. Reiches ist noch stark umstritten. F. M. H.

S.a. Cardo, Decumanus, Demarchoi, Demoi (1), Feldmesser, Groma, Limitatio. Vgl. RE Art. Agrimensores, Demarchoi (1), Demoi, Grundbücher (Suppl. III), Horoi, Kataster, Mensor (1), Limitatio, Valerius (Nr. 142). Reallex. der Assyr. Art. Ackerwirtschaft in sumer. Zeit, Ackerbau und Ackerwirtschaft in babylon. und assyr. Z. Oxf. Cl. Dict. Art. Gromatici. Atlas des centuriations romaines de Tunisie[3] (1959/60). *A. Caillemer – R. Chevalier* Die röm. Limitation in Tunesien, Germania 35, 1957, 45f. *A. Ch. Johnson*, in Frank, ESAR 2, 1936, 25f. 29f. *A. H. M. Jones* The Later Roman Empire (1964), Ind. s. iugatio. *J. Karayannopulos* Das Finanzwesen des frühbyzant. Staates. S.O.-Europäische Arbeiten 52, 1958, 42f. *A. Piganiol* Les documents cadastraux de la colonie rom. d'Orange. Gallia Suppl. 16, 1962. *Cl. Préaux* L'économie royale des Lagides, 1931, 117f. *Rostovčev* Soc. a. Ec. Hell. W. u. GuW, Ind. s. *βιβλιοθήκη ἐγκτήσεων*, Grundbuch (oder Kataster). *Sh. L. Wallace* Taxation in Egypt From Augustus to Diocletian, 1938, Kap. I und Ind. s. *βιβλιοθήκη ἐγκτήσεων*.

Gryps s. Greif

Grylloi (*γρύλλοι* »Ferkel«) nannte man Karikaturen, häßliche, mißproportionierte, meist zwerghafte Figuren mit übergroßen Köpfen und zu kurzen Gliedmaßen, die, nach Plin. nat. 35,114 erst von dem Maler → Antiphilos (3) im späten 4. Jh. »erfunden«, tatsächlich in der Vasenmalerei seit der spätarch. Zeit begegnen. Auch auf einen angeblich aus Äg. stammenden Tanz (und Tänzer) wurde das Wort angewendet. Verwandt, aber nicht ident., sind die → Pygmäen. K. Z.

W. Binsfeld Grylloi, Diss. Köln 1956. *Ders.* RE Suppl. IX 76.

Gryllos. 1. Athener, Vater Xenophons (Diog. Laert. 2,48. Paus. **5**,6,5. Arr. an. 2,8,11. Athen. **10**, 427f.). **2.** Sohn Xenophons (Diog. Laert. 2,52. Paus. 1,3,4. 7,9,5. 9,15,5. Ail. var. 3,3), * nach 399 v. Chr. (Xen. an. 7,6,34), wurde zusammen mit seinem Bruder Diodoros in Sparta erzogen (Diog. Laert. 2,54); beider Aufenthalt ist für 371 in Korinth und für 362 in Athen nachweisbar (Diog. Laert. 2,53). G. fiel in einem Reitergefecht kurz vor der Schlacht bei Mantineia (Paus. 1,3,4). G. Sch.

Gryn(e)ion (*Γρύνειον*). Zuerst bei Hekat. (Steph. Byz. s. *Γρῦνοι*), dann bei Hdt. 1,149 (*Γρύνεια*) und Skyl. Per. 98 (GGM I p. 71 M. *Γρύνειον· Ἀχαιῶν λιμήν*) erwähnte aiol. Stadt (h. Tschifutkaleh), s. des Flusses Kaikos (h. Bakyrtschai) und n. der Stadt Kyme (h. Namúrt Kjöi). Strab. bezeichnet *Γρύνιον* als ein *πολίχνιον Μυριναίων* mit einem Apollonheiligtum und einem Orakel. Vgl. auch Xen. hell. 3,1,6 (*Γρύνειον*). Das von Nep. Alcib. 9 erwähnte *Grynium in Phrygia castrum* ist vielleicht mit G. ident. 335 v. Chr. nahm Parmenion, der General Alexanders d. Gr., die Stadt ein und verkaufte ihre Bewohner in die Sklaverei (Diod. 17,7,9). G. bestand auch weiterhin, von Plin. nat. 5,121 als *portus (Grynia)* bezeichnet, zu dem früher noch eine Insel gehört hätte, ohne die ehemalige Bedeutung wieder zu gewinnen. H. T.

Gr. Hist. Weltatl. I, S. 14b.

Guido. Autor des MA., verfaßte eine Geogr., die h. unter dem Namen *Guidonis Geographia* geht, mit einer bloßen Aufzählung von zahlreichen Orten und Ländern bes. Europas, spez. des Mittelmeergebiets, und mit kurzen Bemerkungen über die anderen Erdteile. Sie zeigt in ihrer Anlage starke Verwandtschaft mit dem benutzten Geographus Ravennas. Mit diesem ist sie in der Ausg. von PINDER-PARTHEY (Neudruck 1962, p. 449–556) vereinigt. Dazu kamen aber noch, meist wörtliche, Entlehnungen aus weiteren Vorlagen (Isidor. Hispal., Solin. u.a.). Trotz des geringen Wertes dieser Geogr. unterstützt sie mit ihrer Fülle von

Namen nicht nur das Studium der röm. Itin., sondern liefert auch für die geogr. und topograph. Forschung innerhalb der ant. Überlieferung brauchbares Material. H. T.

RE VII, 1931/32.

Gulussa. Numider, 2. Sohn des Massinissa, König seit dessen Tod (149) zusammen mit seinen Brüdern Micipsa und Mastanabal bis zu seinem Tod (vor 118); sein Sohn war Massiva. Sall. Iug. 5,6. 35,1. – 150 war er Gesandter seines Vaters nach Karthago, unterstützte dann die Römer im 3. Pun. Krieg, verhandelte dabei mit dem Karthager Hasdrubal und wurde auch mit Polybios bekannt. App. Lib. 317. 336. 502. 509. 516. 597. Pol. 34,16. 38,7 (gr. Form: *Γολόσσης*). H. G. G.

Gummi (*κόμμι*, äg. Wort). Herodot erwähnt G. im Griech. zuerst (2,86), als Klebstoff bei der äg. Leichenbalsamierung. G. wurde im Alt. aus der Nilakazie gewonnen (zahlreiche Beschreibungen bei Theophrast, Dioskurides, Plinius nat. u. a.). Bei den Ärzten spielte G. sowohl in der Chirurgie (Verbände) wie als Medikament gegen Haut- und Augenkrankheiten (sogar als stopfendes Mittel!) eine Rolle; vgl. Dioskur. 1,93 ed. Wellmann. F. K.

Gundericus. Sohn des → Godigiselus, König der Vandalen von 406–428. Nach dem Tode des Vaters vereinigte G. die Vandalen mit den Alanen Respendials (Greg. Tur. 2,9), besiegte die Franken, setzte E. 406 über den Rhein, durchstreifte Gallien bis zu den Pyrenäen (Chr. min. 1,299.465. Oros. 7,40. Zos. 6,3). 409 zog G. mit seinen Scharen nach Spanien und machte sie in der Gallaecia ansässig (411). Es gelang G., seinen Machtbereich gegen die Sueben auszudehnen, den Vandalen das Übergewicht über die Alanen zu verschaffen und sich in langwierigen Kämpfen gegen die Römer zu behaupten (Chron. min. 1,469. 2,18 ff. Salvian. de gub. dei 7,66). A. L.

Miltner, RE VIII A 304 ff.

Gundicharius *(Gundahar; Gunther)*. König der Burgunder, als diese 435 unter Bruch eines 413 mit Kaiser Honorius geschlossenen *foedus* in die Belgica I einbrachen. G. wurde von → Aetius geschlagen. 436 überfielen hunn. Scharen (aufgehetzt von Aetius?) die Burgunder. In einer – mit den histor. Kern der burgund. Heldensage bildenden – Schlacht sollen außer G. 20000 Burgunder gefallen sein (Chr. min. 1,66. 475. 2,22 f.; Sid. Apoll. 7, 234). Zur Lokalisierung der Schlacht und damit zu der noch ungelösten Frage, ob die Burgunder um 435 in der Germania II oder etwa im Raume Worms/Speyer siedelten, vgl. F. ALTHEIM Gesch. der Hunnen 4, 1962, 193 ff. L. SCHMIDT Die Ostgermanen[2] 4, 1941, 135 f. STEIN I 558,43. Es ist nicht ausgeschlossen, daß G. bereits 406 König war. A. L.

Gundobadus *(Gondebaud)*. Sohn des Gundiok, König der Burgunder, Arianer, wahrscheinlich ident. mit dem G., der 472 an der Ermordung des → Anthemius beteiligt war, von → Olybrius zum Patricius erhoben wurde und → Glycerius zum Kaiser machte (Ioh. Ant. frg. 209; Chr. Min. 1,664. 306). G. vermutlich in Vienne residierend, kämpfte erfolgreich gegen die Alamannen, fiel um 490 in Oberitalien ein und vermählte um 494 seinen Sohn Sigismund mit einer Tochter Theoderichs d. Gr. Die Unzufriedenheit der Katholiken mit G. nutzte der Franke Chlodwig im J. 500 zum Angriff. Im Gegenzug schlug G. seinen mit den Franken verbündeten Bruder → Godigiselus und wurde nun Alleinherrscher der Burgunder (Avit. epist. 5. Greg. Tur. 2,32 f.). Verluste erlitt G. im Kampf gegen die W.-Goten von 507–510. Unter G., der 516 starb (Chr. min. 2,234), wurde das burgund. Recht kodifiziert (Leges Burg.-MGH Leges sectio I,I,1, vgl. R. BUCHNER in Wattenbach-Levison, Deutschlands Geschichtsquellen im MA., Bh. 1953, 10 f. A. L.

L. Schmidt Die Ostgermanen[2], 1941, bes. 146 ff. und 185 f.

Guneus (*Γουνεύς*). **1.** Aus Kyphos, Führer der Ainianen, Perrhaiber u. a. im Schiffskatalog Il. 2,748 an einer Stelle, die anachronist. die Verhältnisse nach der dor. Wanderung berücksichtigt (KULLMANN H(E 14) 117.151.389. JACHMANN Der hom. Schiffskatalog 189); sonst weder bei Hom. noch in den Resten des Kyklos erwähnt. Eur. Iph. A. 278. Aus einer Nostendichtung stammt sein Schiffbruch am Kaphereus oder in Libyen, Lykophr. 877 ff. Ps.-Aristot. pepl. 32. WILAM. Il. und Hom. 512,1. G. rettet sich und gründet Kinyps, Apollod. epit. 6,15 a. MALTEN Kyrene 129 ff. Eponymer Gründer von → Gonnoi Steph. Byz. **2.** Vater der Laonome, aus Pheneos (Arkadien), Großvater des Amphitryon. Apollod. 2,50. Paus. 8,14,2 (*Γούνης*). 18,2. H. v. G.

Guntarith. Usurpator in Afrika z. Z. Justinians. 539 bei der Bekämpfung des Berberaufstandes als Doryphoros bewährt (Prok. 4,19), wurde G. 544 *dux Numidiae*. G. trieb ein Doppelspiel, indem er sowohl die Maurenführer (bes. Antalas) aufhetzte, als das Vertrauen des patricius Areobindus zu gewinnen suchte. Als er sich entdeckt fühlte, ließ er E. 545 Areobindus ermorden, bemühte sich aber zugleich um die Bestätigung als dessen Amtsnachfolger. Da ihm Teile der Armee abgeneigt waren und der sich enttäuscht fühlende Antalas abfiel, wurde G. bereits 36 Tage nach seiner Erhebung ermordet (Prok. 4,25 ff. Zur Chronol.: STEIN II 553,1). A. L.

Gunthamundus. König der Vandalen von 484–496, schlug eine Politik der Toleranz gegenüber den Katholiken ein (Chr. min. 3,458 f.), bekämpfte erfolgreich die Mauren (Prok. 3,8,6 f., CIL 8,9286), und versuchte vergeblich Sizilien zurückzugewinnen (Chr. min. 2,159. Ennod. Paneg. Theod. 70). A. L.

Gunther s. Gundicharius

Gunugu. Punischer Handelsplatz auf dem Vorgebirge Sidi-Brahim (Algerien). Pun. Gräber wurden hier gefunden (3. Jh. v. Chr.). Röm. Kolonie unter Augustus, der Quirina tribus zugeteilt. Plin. nat. 5,2,20. Ptol. 4,2,2 (*Κανουκίς*: *Λάγγουντον*? Müller verbessert *Λάγγουντος* in *Γούνουγον κολωνία*). CIL VIII 21451: *resp(ublica) G(unugitanorum)*. 21449. 9071 verzeichnet einen *ordo decurionum*. Der Geogr. Rav. gibt *Gunubus*, *Gunagus* zwischen *Cartennae* (Ténès) und *Caesarea* (Cherchel). Die not. episc. 484 (Mauret. Caes. 111) nennt einen *episcopus Gunagitanus*. M. L.

Missonnier, MEFR 45, 1933, 87. Rev. Afr. 74, 1933, 54. *Gsell* Atl. Arch. Alg. f^e 4 Cherchel, N° 3.

Guraios (*Γουραῖος*). Auf dem ind. Kaukasos (Hindukusch) entspringender, in den Kophen (h. Kabul) sich ergießender Nebenfluß (h. Panğkora), über den Alexander d. Gr. auf seinen Feldzügen zog (Arr. an. 4,25,7), bei Arr. Ind. 4,11 (GGM I, p. 313 M.) *Γαροίας* genannt (Quelle Megasthenes). An ihm wohnten die *Γουραῖοι* (an. 4,23,1. 25,6). Ihr Land hieß nach Ptol. 7,1,42 N. *Γωρυαῖα* und ihre Stadt *Γώρυα* (7,1,43), diese vielleicht mit dem h. Gelalabad ident. H. T.

Atl. of the World II, Pl. 31.

Gurges. Cognomen, das körperliche Abnormität oder mit der »Kehle« zusammenhängende Eigenart bezeichnen kann (Macr. Sat. 3,13,6. RE III A, 1829, 22. WALDE-HOF.³ 1,627; vgl. »Gurgulio«, »Schlemmer«). In republikan. Zeit bei den Fabiern (Nr. 36f.), DEGRASSI FCapit. 145. H. G. G.

Gurken. Aus der großen, vorwiegend trop. Familie Cucurbitaceen werden bes. einjährige Arten mit großen Beerenfrüchten viel gebaut, als Gurke im engsten Sinn Cucumis sativus L. (gr. *σίκυς*, *σίκυος*, *ἀγγούριον*) aus Vorderasien, wo wohl auch Lagenaria vulgaris Ser. (vielleicht *σικύα Ἰνδική* bei Athen. 9,58 und *cucurbita* bei Plin., Flaschenkürbis, Kalebasse) und Luffa cylindrica (L.) Röm. (arab. luff, als Badeschwammersatz bes. in Äg. und auf Kreta viel gebaut) einheimisch sind. Alle ant. Angaben über kugelfrüchtige Cucurbitaceen (*πέπων*, *μηλοπέπων*, *κολοκύντη*, *pepo*, *melo*) beziehen sich nicht auf die durchwegs erst aus Amerika eingeführten Arten von Cucurbita (Kürbis), sondern teils auf Melo sativus Sag. (= Cucumis melo L., Zuckermelone) aus Vorderasien, teils auf Citrullus vulgaris Schrad. (= Cucurbita citrullus L., Wassermelone), einzelne vielleicht auch auf Momordia balsamina L. Giftige Früchte haben die in N.-Afrika verbreitete Koloquinthe Citrullus colocynthis (L.) Schrad. und die auch in S.-Europa verbreiteten Spritzgurken (Ecballium elaterium [L.] Rchb.) und Zaunrüben (Bryonia L.). H.G.

Gurza. Stadt in Byzacium (Africa), n. von Hadrumetum (*Gurra* Tab. Peut. *Γόρζα* Pol. I 74). H. Akuda. Eine Patronatsurkunde von 12 v. Chr. erwähnt das *hospitium*, das *senatus populusque civitatium stipendiatiorum pago Gurzenses* mit dem Proconsul von Africa L. Domitius Ahenobarbus geschlossen haben (CIL VIII 68). Eine andere Patronatsurkunde aus dem J. 65 n. Chr. (CIL VIII 69) für die *civitas Gurzensis*. Inschr. CIL VIII 68. 23021. L. POINSSOT R. T. 1942, 137 nennt noch ein anderes G. in Africa Proconsularis, in der Gegend von Utica. M. L.

Gustatio (*gustus* [*gustum*], auch *promulsis*, *frigida mensa*), die vor der → *cena* gereichten Vorspeisen, aus appetitanregenden und verdauungsfördernden Gerichten bestehend (kalte Gemüse und Salate mit pikanten Zutaten; Eier, woher die Redensart *ab ovo ad mala*, vom Anfang bis zum Ende, Hor. s. 1,3,6f. mit Porph. z. St.). Verzeichnis von für g. geeigneten Speisen bei Cels. 2,29. W. H. G.

Gutta. Cognomen einer unbekannten Familie (bei G. aus Capua, einem Feldherrn der Demokraten im Bürgerkrieg gegen Sulla, App. civ. 1,416, vielleicht Familienname?). Ein Ti. G. ließ sich 74 als Richter bestechen, wurde später angeklagt (*ambitus*) und 70 aus dem Senat gestoßen. Cic. Cluent. 71. 98. 127 u. ö BROUGHTON Mag. 2,491. Ein anderer G. war um 55 Praetor und trat 53 zusammen mit Milo als Kandidat für das Consulat auf, Cic. ad Q. fr. 3,8,6. H. G. G.

Guttus (*gutus*, *gut*[*t*]*ulus*, *gut*[*t*]*urnium*). Gefäße zum tropfenweisen Ausgießen von Flüssigkeit wurden bei verschiedenen Gelegenheiten benützt, beim Opfer zur Flüssigkeitsspende, täglich für Salböl, Speiseöl, Wasser. Material und Grad der Kostbarkeit wechselten stark. In der Verwendung vergleicht Varro l.l. 5,124 dem g. die *ἐπίχυσις*. Beide Gefäße sind nicht sicher identifiziert. Weder die in der heutigen Archäologensprache so bezeichneten Gefäße (FURTWÄNGLER Beschreib. der Vasenslg., Bln. T. 6,242–244) noch die anderweit vorgeschlagenen Formen ([1. 3. 4]) sind mehr als Vorschläge. Wahrscheinlich haben Gefäße ganz verschiedener Form die Bezeichnung g. getragen ([2]). W. H. G.

1. *Cohausen* Annalen des Vereins für nassauische Alt.kde., 1879, 272ff. 2. *Zahn*, RE VII 1953. 3. *Snijder*, Mnem. 1934, 36ff. 4. *v. Schaewen*, Röm. Opfergeräte, 1940, 15ff.

Gyaros, kleine öde Insel der n.w. Kykladen, h. Jura (19 qkm, 1928 nur 28 Einwohner), zu Strabos Zeit winziges armes Fischerdorf, in der Kaiserzeit gefürchteter Verbannungsort (Tac. ann. 3, 68. 4,30. Plut. mor. 602 C. Iuv. 1,73. 10,170. Lukian. Tox. 17f. Philostr. v. Apoll. 7,16,2). Strab. 10,5,3 p. 485f. Plin. nat. 4,69. 8,104. 222. Mela 2,111. Ail. nat. 5,14. Antig. hist. mir. 18 (21). Steph. Byz. Itin. Anton. 529,2. IG XII 5,651. XII Suppl. S. 117. HEAD HN² 486. E. M.

1. *L. Roß* Reisen auf den griech. Inseln 1,5. 2,170f. 2. IG XII 5 S. XXXI. 3. *A. Philippson*, RE VII 1954f. *Philipps.-Kirst.* 4,81.

Gyas. 1. Gefährte des Aeneas, Verg. Aen. 1,222. 612. 5,114ff. 12,460. Wird als einziger der 4 Schiffsführer der Regatta zu Anchises' Leichenspielen (5,114ff.) nicht als Ahnherr eines Geschlechtes genannt. Nach Serv. Aen. 5,117 leiteten die patriz., nur in den Anfangszeiten der Rep. bedeutenden

Geganii sich von ihm ab; wohl spätere Konstruktion (vgl. MÜNZER, RE VII 927). **2.** Latiner, Sohn des Melampus, wird zusammen mit seinem Bruder Cisseus von Aeneas getötet, Verg. Aen. 10, 317 ff. Melampus kam mit Herakles nach Italien. seine Söhne führen Keulen als Waffen. W. E.

Γύη, doch wohl zu γύης, Krummholz, Joch, als Vielfaches eines Landmaßes bei Hom. Il. 9,579, Od. 7,113. 18,374, auch sonst vereinzelt erwähnt, wird in Kommentaren (Eust.) und Lexika (Hesych. Etym. m.) verschieden gedeutet: als ½ → Plethron, als 1 oder 2 P., während sie Od. 7,113 vielleicht 12 P. hält. In Unteritalien begegnet ein γύης von 50 (?) P. H. Ch.

Hultsch Metrologie² 40 ff. 668 ff.

Gyes (Γύης, oft verschrieben Γύγης) einer der 3 von Uranos und Gaia gezeugten → Hekatoncheiren. Hes. theog. 149.618.714.817. Als Gigant Ov. fast. 4,593 und sonst. H. v. G.

Gygaia(e) limne (Γυγαία λίμνη). Von Hom. (Il. 20,391), Hdt. 1,93 (λίμνη μεγάλη) und Strab. 13,626 erwähnter See im w. Kleinasien (Lydien), von Plin. nat. 5,110 *Gygaeum stagnum* genannt. Die G. war ein von Menschenhand geschaffenes, abflußloses Becken, das später den Namen Κολόη λίμνη erhielt (Strab. a. O.) und dem h. Mermeré Gölü (= Marmorsee) entsprach. H. T.

RE VII 1956. XI 1107 s. Koloe Nr. 2. »Les Guides Bleus« (Turquie), S. 297.

Gyges (Γύγης). **1.** König Lydiens, ca. 680/650 v. Chr. Begründer der Dynastie der Mermnaden, Er steht in der Geschichte zwischen sagenhafter und hist. glaubwürdiger Berichterstattung (Nikol. Dam. FGrH 90. F 49.62.63. Hdt. 1,8–14. Plat. rep. 2,359. Plut. quaest. Graec. 45. Iust. 1,7,17. Cic. off. 3,9). Die legendären Nachrichten beziehen sich auf seine Machtergreifung und auf die Kämpfe gegen Rivalen (Name des von G. gestürzten Königs war nach Hdt. und Plut. → Kandaules, nach Nik. Dam. → Sadyattes), auf ausschmückende Erzählungen, u. a. über den goldenen Ring des G., der den Träger unsichtbar machte, um seine Gegner mühelos zu beseitigen und sich Zugang zu allen Schätzen der Welt zu verschaffen (Plat. rep. a. O. und 10,612. Cic. a. O.) sowie auf seinen sprichwörtlichen Reichtum, der in der Verteilung wertvoller Weihgeschenke Ausdruck fand (Hdt. 1,14). G. soll durch Entthronung des assyr. Herakliden-königs Kandaules und nach der Beseitigung des rivalisierenden Prätendenten Lixos zur Herrschaft gelangt sein (Hdt., FGrH a. O.), suchte zunächst friedliche Beziehungen zu Griechenland durch Übersendung kostbarer Weihgeschenke nach Delphoi, ging jedoch allmählich zur Eroberung griech. Kolonien in Kleinasien über, dehnte sein Reich bis zum Ägäischen Meer, zur Propontis und zum Hellespont aus: Milet, Priene, Kolophon (Hdt. 1,14), Smyrna (Hdt. a. O. Paus. 4,21,3. 9,29, 2), Magnesia (FGrH 90 F 62) und die ganze Troas (Strab. 13,20) wurden lyd. G. nutzte den sozialen Kampf zwischen Demos und Aristokratie in den griech. Städten für seine militär. und polit. Ziele aus. Um 675 erstrebte er angesichts des Einfalls der iran. Kimmerier nach Kleinasien wieder Verbindung mit Assyrien unter Assurbanipal (die Angaben Hdt. 1,103. 4,1.12. decken sich inhaltlich mit assyr. Inschr., sind also glaubwürdig), verbündete sich auch mit Pharao Psammetich (nach 663) und soll bei einem erneuten Vorstoß der Kimmerier kämpfend den Tod gefunden haben.

H. Gelzer Das Zeitalter des G., RhM 1875, 230 ff. *H. Bengtson* GG 67 ff. Weltgesch. in 10 Bden, red. *I. P. Franzew*, I. Bd., Bln. 1961, 583 ff.

2. Trojaner, der von dem König der Rutuler Turnus, dem Hauptgegner des Aeneas in Latium, getötet wurde (Verg. Aen. 9,759). G. Sch.

3. s. Gyes

Gylippos (Γύλιππος). Spartiate, Sohn des Kleandridas, 415 v. Chr. von Syrakus als Befehlshaber nach Sizilien erbeten (Thuk. 6,93). Nach einem Zwischenaufenthalt in Tarent, wo er Verbündete zum Kampf gegen die Athener zu finden hoffte (Thuk. 6,94. 104), gelangte er über Rhegion und Messana nach Himera. Mit mehreren Tausend Mann aus Himera, Gela und Selinus traf er in Syrakus ein; in der umsichtigen und entschlossenen Ausübung des Oberbefehls (Plut. Nik. 19) verhinderte er die Einschließung der Stadt und brach die militär. Überlegenheit der Athener (Thuk. 7,3.5). Nunmehr entsandten weitere sizil. Städte Hilfstruppen, die das von Nikias verteidigte Fort Plemmyrion einnahmen (Thuk. 7,21) u. feindliche Vorstöße zunichte machten (Thuk. 7,43). G. plante Angriffe zu Wasser und zu Lande, erwog eine Entscheidungsschlacht zur See (Thuk. 7,46. 50.65) und leitete den Kampf gegen die abziehenden Athener (Thuk. 7,74). Als diese zu entkommen schienen, wurde er beschuldigt, ihre Flucht begünstigt zu haben. Die weitere Verfolgung der Feinde führte jedoch bald zur Kapitulation der athen. Feldherren Demosthenes und Nikias, die beide gegen G.' Willen umgebracht wurden (Plut. Nik. 27 ff.). 412 kehrte G. nach Sparta zurück.

Für die Jahre 412 bis zum E. des Peloponnes. Krieges sind keine Nachrichten über sein Schicksal erhalten. 404 führte er den Auftrag Lysanders aus, die in Athen gemachte Beute nach Sparta zu transportieren, wurde aber überführt, einen Teil der Beute für sich selbst beiseite geschafft zu haben. Nach Poseid. bei Athen. 6,234a beging er Selbstmord, nach anderen Berichten (Diod. 13, 106. Plut. Lys. 16 f.; Nik. 19.28; Per. 22) wurde er verbannt. G. Sch.

Bengtson GG 224 f. *H. Wentker* Sizilien und Athen, Heidelbg. 1956. *A. G. Woodhead* The Greeks in the West, Lond. 1962.

Gylis (Γῦλις). Spartiate, 394 v. Chr. Polemarch. Nach der Schlacht bei Koroneia (Boiotien) Stellvertreter des verwundeten Agesilaos, fiel in Lokris ein und wurde auf dem Rückzug von den verfolgenden Lokrern gefangengenommen und erschlagen (Xen. Ag. 2,15; hell. 4,3,21). G. Sch.

Gylon (*Γύλων*). Aus dem athen. Demos Kerameis, wurde unter d. Beschuldigung, die pont. Stadt Nymphaion verraten zu haben, nach Aischin. 3, 171 in Athen zum Tode verurteilt. Er erwarb am Kimmerischen Bosporos ein großes Vermögen. Seiner dort geschlossenen Ehe mit einer angeblich skyth. Frau entstammten 2 Töchter, deren eine Demosthenes aus dem Demos Paiania, den Vater des Redners, heiratete (Demosth. 28,3. Aischin. 3, 172). G. Sch.

A. Schaefer Demosth. und seine Zeit 1^2, 267f.

Gymnasion. Übungs- und Ausbildungsstätte der griech. Jugend, bestehend aus 1. dem Dromos: in der Länge ein Stadion überschreitend mit offener (*δρόμος, παραδρομίς*) und gedeckter Laufbahn (*ξυστός*): Olympia, Delphi, Elis, Sparta, Knidos; zwischen Hallen liegt das Hypaithron, die große Fläche für die weiträumigen Übungen (Würfe, Läufe, Spiele); 2. der Palästra: meist quadratischer Säulenhof für die Übungen im Springen, Ringen, Faustkampf, dazu Räume (*οἶκοι*) für Körperpflege (*κονιστήριον, ἐλαιοθέσιον, λυτρόν*), Ballspiel (*σφαιριστήριον*) und Unterricht (*ἀκροατήριον*), z.T. mit Bibliothek (Delphi, Pergamon u.a.), schon früh herausgehoben der Ephebensaal (*ephebeum* – Vitruv, *ἐφηβικὴ ἔξεδρα* – Priene); 3. den besonderen Anlagen für die Körperpflege, in älterer Zeit mit 1. und 2. verbunden, später mit vielteiligen Thermen (Ephesos); Schwimmbad (*κολυμβήθρα*) nachgewiesen in Olympia (5. Jh.) und Delphi (4. Jh.). – Die erhaltenen Anlagen sämtlich nachklass., aber für 6. und 5. Jh. literar. gesichert, z.B. Hdt. 6,126. W. Z.

W. Zschietzschmann Wettkampf- und Übungsstätten in Griechenland, 2, 1961. *Delorme* Gymnasion, Études s.l. monum. consacrés à l'éducat. en Grèce, 1960.

Gymnasios von Sidon. Sophist (4. Jh. n. Chr.), bes. durch die Briefe des Libanios bekannt. G. wirkte in Konstantinopel und vorübergehend in Antiocheia (wohl Consularis Syriae). Werke: *μελέται, εἰς Δημοσθένην ὑπόμνημα* u.a. W. Sp.

O. Seeck Die Briefe des Libanius, 1906, 166; RE VII 2026. *Gerth*, RE Suppl. VIII 753.

Gymnastik (*γυμναστική* [*τέχνη*]) ist die Kunst des Gymnasten, des sportärztlich gebildeten Trainers, die Wissenschaft von der Leibespflege und schließlich der zusammenfassende Begriff für die (nackt betriebenen) Leibesübungen im Alt. Das Wort ist erst im 5. Jh. nachzuweisen, als Trainingstheorien entstehen, in denen Lehren der Naturphilosophen, Ärzte und »Gymnasten« verwertet sind. Platon hebt den Begriff aus der Bindung an die Diätetik in den Rang einer Schwesterwissenschaft der Iatrik. Im Kompetenzstreit zwischen Gymnasten und Ärzten um das Recht der Ordination verliert die G. ihren hohen Rang und wird der Hygiene untergeordnet. Seitdem verstehen Ärzte und Hygieniker unter G. die Wissenschaft von der therapeut. Wirkung der *γυμνάσια*. Für Philostratos dagegen ist die G. die Wissenschaft von der rechten Ausbildung der Berufsathleten, Philostr. Gym. 1. 14.

Der Mythos versetzt die G. in die Sphäre der Götter und Heroen. Apollon ist Vorbild der adligen Jugend. Hermes besiegt er im Wettlauf, Ares und Phorbas im Faustkampf. Seinen Liebling Hyakinthos tötet er mit dem Diskos. An Hermes werden Kraft und Schnelligkeit gerühmt. Als Schutzherr der G. und der Wettkämpfe heißt er (Pind. P. 2,10. I. 1,60) *ἀγώνιος* oder *ἐναγώνιος*. Gymnasien und Palästren tragen seinen Namen. Ihm zu Ehren werden Wettkämpfe veranstaltet (*Ἕρμαια*). Herakles, gewaltiger Ringer und Pankratiast, hat sich mit Unholden im Kampf gemessen (Antaios, Acheloos, Eryx u.a.). Ein getreues Abbild des Herakles ist Theseus. Er hat kunstgerechte Griffe im Ring- und Faustkampf erfunden. Die Vereinigung von 5 Übungen zum Pentathlon wird Iason zugeschrieben (vgl. die Szenen auf der Cista des Novios Plautios). Bei den *ἆθλα ἐπὶ Πελίᾳ*, die am amykläischen Thron und auf der Kypseloslade dargestellt sind, messen sich Admetos und Mopsos im Faustkampf, Iason und Peleus im Ringen. Ein beliebtes Motiv bildet der Ringkampf zwischen Peleus und Atalante (vgl. den Ringkampf zwischen Peleus und Thetis [Teller v. Praisos?]).

Die Geschichte der G. läßt sich im Alten Orient anhand figürlicher Darstellungen akrobat. Szenen bis zur Mitte des 3. Jt. v. Chr. zurückverfolgen (L. Jakob-Rost, Alt 11, 1965, 3–8). In den Felsengräbern von Beni-Hassan finden sich Wandgemälde mit Gruppendarstellungen von Akrobaten, Ringern, Ballspielern usw. Berühmt sind die Faustkampfszenen auf dem »Boxerbecher« (Steatit) von Hagia Triada und das Stierspielfresko mit weiblichen Akrobaten aus dem Palast von Knossos. In homer. Z. gehört die Körperschulung und die Teilnahme an Wettkämpfen zu den Vorrechten des Adels. Bei den Leichenspielen für Patroklos, Il. 23,257–897, wird bereits in Disziplinen gekämpft, die sich auch in hist. Z. finden. Erwähnt werden das Wagenrennen (vornehmster Wettbewerb), der Lauf, der Speerkampf, das Schleudern der Wurfscheibe, *σόλος*, das Bogenschießen und der Speerwurf. Während diese Agone zum Totenkult in Beziehung stehen (vgl. Il. 23,630–642 und 679f.), dienen die *ἄεθλα* bei den Phaiaken dem Spiel und der Unterhaltung (vgl. Od. 4,625ff. Diskos- und Speerwurf der Freier). In einem allmählichen Prozeß wird der agonale Gedanke aus der Beschränkung auf die Adelswelt gelöst und von der entstehenden Poliswelt übernommen. Die einstigen »Familientreffen der Tausend« entwickeln sich zu Festen von panhellenistischer Bedeutung (Olympia, Delphi, Korinth, Nemea u.a.). Pindar und Bakchylides preisen in ihren Liedern den Sieger, seinen Trainer, *τέκτων*, Pind. N. 5,49 und die Polis, die solche Männer hervorgebracht hat.

Sparta hat die G. in den Dienst einer umfassenden Ausbildung, ἀγωγή, zum vollwertigen Krieger gestellt. Die Spartaner nutzen als erste die Nacktheit und salben sich bei den Übungen in der Palästra mit Öl, Thuk. 1,6,5. Auch die Mädchen werden im Laufen, Ringen, Schwimmen, Diskos- und Speerwurf unterwiesen, Xen. Lak. pol. 1,4. Plat. rep. 5,452a; leg. 8,833 c.d. Plut. Lyk. 14,3. Sparta verliert die überragende Stellung auf dem Gebiet der G., als auch in anderen *πόλεις* trainiert wird, Arist. pol. 8,4,1338 b 24–29. Eine solche Hochburg gymnast. Ausbildung ist die achaiische Pflanzstadt Kroton. Die Krotoniaten stellen die besten Läufer Griechenlands. Milon, der berühmteste Athlet des Alt., stammt aus dieser Stadt, Hdt. 3,137, ebenfalls der legendäre Weitspringer Phayllos und Philippos, der Sohn des Butakides, Olympionike und *κάλλιστος Ἑλλήνων*, Hdt. 5,47. Auch Athen erringt nach den Reformen Solons und einer sich anschließenden »Demokratisierung« eine führende Stellung auf dem Gebiet der G. (Panathenäen, vgl. HBArch 4,1 [6. Lfg.], 41. »Burgon Amphora«). Freilich beginnt schon seit 490 v. Chr. das Interesse an Leibesübungen nachzulassen (A. BRUCKNER Palästradarstellungen auf früh-rf. att. Vasen, Diss. Basel 1950, 79). Aristophanes klagt am Ende des Jh. über mangelnden Besuch der Palästren, Ran. 1070, über die *ἀγυμνασία* der Jugend, ebd. 1087 (vgl. Nub. 961–973.985–997.1002–1019). Eine Synthese zwischen alter und neuer Erziehung versucht Plat. rep. 3,410a–412a. Im Zusammenwirken mit der *μουσική* soll die G. zur harmon. Ausbildung des Menschen beitragen. Eine ähnliche Ansicht wie Platon vertritt Aristoteles Pol. 8, 4,1338 b 4–16. b 38–1339 a 10. Er berücksichtigt aber individuelle Anlagen und bestimmt nach ihnen die Eignung für einzelne Übungen. Der Forderung nach allseitiger Ausbildung entspricht in der schöpferischen Kunst der Bildhauer das vergeistigte Athletenideal, wie es in den Siegerstatuen des Pheidias, im *δορυφόρος* des Polykleitos oder im *δισκοβόλος* des Myron verkörpert ist. Dieses Streben nach innerer Ausgewogenheit wird durch immer härtere Formen des Wettbewerbs, durch Kommerzialisierung und Spezialistentum vereitelt (→ *Ἀθληταί*). Die Theorie der G. fächert sich in Spezialgebiete und erscheint dann als Teil eines Erziehungssystems (Platon, Aristoteles), als Heilgymnastik (Herodikos v. Selymbria) und als Wissenschaft vom rationellen athlet. Training (Ikkos v. Tarent). Die Entdeckung einer Art Leistungsbegriff (*πόνος*) ist mit der Suche nach dem richtigen Verhältnis zwischen Nahrungsaufnahme und Leibesübungen verknüpft. Lehren der Naturphilosophen, traumatolog., physiolog. und bewegungstherapeut. Erfahrungen bilden ein ständig verfeinertes System athlet. Diätetik. Eine nach festen Vorschriften geregelte Ernährung *ἀναγκοφαγία* soll zu einer Hochform *εὐεξία(ι)* beitragen, die sich freilich nicht stabilisieren läßt und in ein Übertraining, in *κόπος*, Erschlaffung, umzuschlagen droht, Hippokr. Aph. 1,3 (vgl. W. THÖRNER Biolog. Grundlagen d. Leibeserziehung, [3]1966, 379–381). Von Trainingsformen ist allein das Tetradensystem (Theon v. Alexandreia und Tryphon) überliefert, Philostr. Gym. 47. Der viertägige Zyklos umfaßt die Phasen der Vorbereitung, Hochleistung, Entspannung und des Aufbaus. Die Anfälligkeit der *ἀθληταί* gegenüber jeder Änderung ihrer Lebensweise macht sie für einen anderen Beruf, bes. aber für den Kriegsdienst unbrauchbar, Philostr. Gym. 44. Seit Tyrtaios Anth. lyr. Frg. 9 D u. Xenophanes Frg. B 2 ist die Kritik an den Athleten und an ihrer für die Polis nutzlosen Tätigkeit nicht mehr verstummt (vgl. K. ZIEGLER, G 72, 1965, 298 ff.). Während die Athletik verfällt, ist die G. ein wichtiger Bestandteil im Tageslauf eines Griechen des 4. Jh. v. Chr., Diokl. Frg. 141 W. Gymnast. Übungen gehören auch zum Ausbildungsplan der → Ephebie, die sich in Athen (322 v. Chr.) und in anderen Poleis der hellenist. Reiche aus einer Wehrpflichteinrichtung zu einem »höheren Institut für Leibeserziehung« wandelt. In der Fremde entstehen Gymnasien und Palästren, in denen die privilegierte Bevölkerung ausgebildet wird (*οἱ ἀπὸ τοῦ γυμνασίου* in Äg.). Noch im J. 323 n. Chr. üben Epheben in Oxyrhynchos (POxy 42).

Die Römer haben eine G. im griech. Sinne abgelehnt. Sie verabscheuen die Nacktheit, die ihr Schamgefühl verletzt, Cic. Tusc. 4,70; rep. 4,4. Gymnasien und Palästren gelten als Stätten der Verweichlichung und Sittenverderbnis, Plut. mor. 274d. (vgl. Plin. nat. 15,19. Tac. ann. 14,20,4 f.). Die Leibesübungen dienen der Abhärtung und Wehrertüchtigung. Laufen, Springen, Ringen, Faustkampf (ohne Armatur), Werfen und Fechten werden auf dem Marsfeld geübt, im Tiber wird geschwommen. Großer Beliebtheit erfreut sich das Ballspiel. Bei den *ludi* messen sich zumeist Berufswettkämpfer. M. Fulvius Nobilior läßt erstmalig 186 v. Chr. griech. Athleten in Rom auftreten, Liv. 39,22 (vgl. LATTE RRel 157). Aus polit. Ambitionen oder imperialem Denken haben Sulla, Pompeius, Caesar u.a. solche Wettkämpfe zur Volksbelustigung veranstaltet. In der Kaiserzeit werden aus mancherlei Anlässen polit.-religiöser Art → Agones gestiftet. IG II[2] 2199 (ca. 200 n. Chr.) werden 11 Feste genannt, an denen Epheben beteiligt sind. Während die griech. G. als Bestandteil der Erziehung abgelehnt wird, findet die Heil-G. (Iatraliptik) bereitwillig Aufnahme. Leibesübungen sollen zu frischer Hautfarbe, Cic. off. 130, und Hor. s. 2,1,8 zu gutem Schlaf verhelfen. Zu einem herrschaftlichen Landsitz gehört die Palästra, Varro rust. 2 praef. 2. In der Kaiserzeit erfreuen sich Bäder und Massagen, Petron. 28,3, großer Beliebtheit. Gegen das Eindringen der griech. G. in die Jugenderziehung kämpft in der Kaiserzeit die nationale Opposition, Tac. ann. 14,20,1–4. Plin. nat. 15, 19. 29,26. 35,168. Lucan. 7,270. Plin. paneg. 13,5. Seneca wehrt sich epist. 15,2. 88,18 aus philosoph. Überzeugung gegen eine übertrieb. Körperkultur.

Unter den Wettkämpfen besitzt das Laufen, δρόμος, den höchsten Rang. Im στάδιον (Kurzstrecke) wird über eine Bahn (in Olympia 192,25m), im δίαυλος und ὁπλίτης δρόμος über 2 Bahnen (hin und zurück), manchenorts über 4 Bahnen (Nemea) wie beim ἵππιος gekämpft (Mittelstrecke). Der Langlauf, δόλιχος, umfaßt Strecken zwischen 7 und 24 Bahnen. Der Start, ἄφεσις, ist entweder durch Striche gekennzeichnet, ἀφετηρία (→ γραμμή), oder erfolgt von βαλβῖδες (vgl. W. Zschietzschmann Wettkampf- u. Übungsstätten I, 1960, 32ff. Abb. 19f.). In hellenist. Z. wird eine Startmechanik, ὕσπληξ, verwendet. Der (Hoch-) Start erfolgt in leicht gebückter Haltung aus den durch Pfosten abgeteilten Plätzen. Ziel bzw. Wendepunkt der einzelnen Bahnen sind wieder βαλβῖδες. Weit ausholende Armarbeit und große Schritte auf den Zehenspitzen, Anth. Plan. 4,54, kennzeichnen den Kurzstreckler; δολιχόδρομοι laufen so nur beim Endspurt, sonst mit kurzen Schritten, die Fäuste etwa in Brusthöhe, Philostr. Gym. 32. Der Weitsprung, ἅλμα, mit Sprunggewichten, ἁλτῆρες, ist in seiner Ausführung umstritten. Die Annahme eines aus Standsprüngen zusammengesetzten Mehrsprunges könnte die Weiten des Phayllos IG I² 655 und des Chionis (16,28 m bzw. 16,66 m) erklären. Man springt von einer besonderen Schwelle, βατήρ, in eine mit der Hacke gelockerte Sprunggrube, σκάμμα. Gültige Sprünge werden nach »richtigem« Aufkommen durch Querstriche gekennzeichnet. Der Bewegungsablauf beim Diskoswurf ist ebenfalls kontrovers. Den Aufschlagsort markiert man durch Pflöcke. Der Speer, ἀκόντιον, wird mit einem hinter dem Schwerpunkt zur Schlinge gebundenen Lederriemen, ἀγκύλη (→ amentum), auf ein Ziel oder auf Weite geworfen. Ein oder 2 Finger der Wurfhand spannen die Schlinge und geben nach Sprungschritten, Schwungholen und Übersetzen beim Abwurf Drall (?) u. Effet. Das Ringen, πάλη, ist ein reiner Standkampf, der als Teil des πένταθλον durch Würfe und Schwünge, als Spezialdisziplin durch Hebegriffe bestimmt ist. Dreimaliges Werfen genügt zum Sieg. Bodenkampf ist unzulässig. Der ganze Körper ist Gegenstand der Griffe. Beinausschlagen (Beinstellen) ist erlaubt. Die Ermittlung des Gesamtsiegers im Pentathlon erfolgt vermutlich nach dem Prinzip des dreifachen relativen Sieges. Der Kampf kann also schon nach 3 Disziplinen beendet sein, wenn immer der gleiche Athlet siegt. Beim E. nach der 3., 4., 5. Disziplin steht jeweils der Gesamtsieger auf dem 1. Platz. Der Faustkampf, πυγμή, wird mit einer Armatur durchgeführt, die sich vom einfachen Riemen zum Schutze der Hände bis zu den metallenen *caestus* der Römer verschärft. Alle Schläge mit der bewaffneten Faust gelten der Kopfpartie. Im παγκράτιον sind alle Griffe und Maßnahmen bis auf δάκνειν, Beißen, und ὀρύττειν, Augenausdrücken (?) erlaubt. Schläge mit der offenen Hand oder der (unbewaffneten) Faust sind ebenso zugelassen wie Treten, Würgen und Verdrehen der Gelenke. Die Entscheidung kann auch im Bodenkampf fallen. Andere Wettkämpfe, Fackelläufe, Bootsrennen usw. haben lokalen Charakter (→ Agones).

Zu den Übungen (unter Aulos-Begleitung) gehören Graben und Hacken in der Palästra, das Laufen oder Stehen auf den Zehen mit Mühlkreisen, πιτυλίζειν, auflockernde Rundläufe zu einem Mittelpunkt ἐκπλεθρίζειν, Übungen mit den Halteren, Gal. 6,141 und 147 K, Seilklettern, Gal. 6,140 K, und ein Spezialtraining mit der Arbeit am, κώρυκος, einer Art Punchingball oder Sandsack (je nach Größe und Füllung). Ferner werden das Schattenboxen, σκιαμαχία, Gal. 6,144 K, und ein Partnerkampf auf Distanz erwähnt. Als besondere Anstrengung gilt das Schlammringen, Plut. mor. 638c. Lukian. Anach. 16. 28. Nach den Übungen wird das Öl-Staub-Schweiß-Gemisch mit einem Striegel abgekratzt. Die στλεγγίς ist Kennzeichen des Gymnasten (vgl. Zwieselrute des Paidotriben). N. L.

J. Jüthner, RE VII 2030–2085. *E. N. Gardiner* Greek Athletic Sports and Festivals, 1910. *Ders.* Athletics of the Ancient World. 1930. *B. Schröder* Der Sport im Alt., 1927. *Fr. Mezö* Gesch. der Olymp. Spiele, 1930. *L. Moretti* Iscrizioni Agonistiche Greche, 1953. *Pan. G. Sakellariou* (Πρακτικὰ τῆς Ἀκαδημίας Ἀθηνῶν) 32, 1957, 244–247. *M. Michler* Die Leibesübungen in der griech. Medizin, Diss. 1958. *Ders.* Das Problem der westgriech. Heilkunde, Sudh. Arch. 46, 1962, 141. *J. Ebert* Zum Pentathlon der Antike, 1963 (Abh. Leipzig 56,1). *W. Rudolph* Olymp. Kampfsport in der Antike, 1965 (ADAW Schrift. der Sekt. für Alt. 47).

Gymnosophisten (Γυμνοσοφισταί). Indische Asketen, eine Klasse der Brachmanes. Nackt in Wäldern lebend, ernährten sie sich von Früchten. Geschlechtsverkehr schränkten sie ein oder verabscheuten ihn. Sie widmeten sich Gebet, strenger Lebensweise, Prophetie, der Verehrung der Natur und übten Selbstverbrennung. Da sie allg. verehrt wurden, interessierte sich Alexander für sie, aus dessen Zeit unsere beste Nachricht stammt (Nearch. FGrH 133 F 6,23. Aristob. FGrH 139 F 41. Arr. an. 7,1–2; Ind. 1,11,1–8. Ptol. 7,1,51. Vgl. Anon. in Ps.-Pallad. De Vita Bragm. 1,11–13 D). In der (verderbten) Debatte mit Alexander (Plut. Al. 64. Vgl. Ps.-Kallisth. 3,6) zeigten sie sich eher gewandt als weise. Dandamis und → Kalanos bewiesen Onesikritos (FGrH 134 F 17) und vielleicht Alexander ihre geistige Freiheit und Verachtung der Begierden. Heiden, Juden und Christen zitierten Alexander Polyh., Bardesanes usw. (B. Breloer-Fr. Bömer Fontes Hist. Rel. Indicarum, 1939) und Fassungen von Arrians Werk

(Derrett, Cl. Med. 21, 1960, 64ff. mit Lit.) und priesen G. als vorchristliche Heilige, ein Thema, das im 14.–17. Jh. wieder auftaucht (Petrarcha, Gem. Plethon, F. Mithridates, Pico della Mirand., usw.). J. D. M. D.

Fr. Pfister, PhW 41, 1921, 569–575. *R. Merkelbach* Die Quellen des griech. Alex.-Romans, 1954, 50ff. 104ff. *Derrett*, J. Royal As. Soc. 1962, 21f.; J. Am. Or. Soc. 82, 1962, 21ff. *D. J. A. Ross* Alex. Historiatus, 1963, 30ff.

Gymnetes. Urspr. hießen die griech. Leichtbewaffneten G. (γυμνῆτες). Sie lassen sich z. B. in Athen (Thuk. 4,94), in Sparta (Hdt. 9,29) und Sizilien (Thuk. 7,37,2) nachweisen. Sie standen hinter den Schwerbewaffneten oder neben der Reiterei an den Flügeln und eröffneten den Kampf durch den Wurf von Feldsteinen. In Sizilien sind jedoch unter ihnen auch Speerwerfer und Bogenschützen (Krom.-Veith 68f.). A. N.

Gymnias (*Γυμνίας*). Von Xen. an. 4,7,19 erwähnte Stadt der *Σκυθηνοί* (h. Bayburt), bei Diod. 14,29,2 *Γυμνασία, πόλις μεγάλη*, am l. Ufer des Harpasos (h. Džoroch, türk. Tscharuksu) unweit der Quelle des Flusses Lykos (h. Germeli-Tschai, auch Kelkit gen.). Xen. beschreibt G. als eine große, wohlhabende und stark bevölkerte Stadt. Die Skythener waren wohl kein einheim. Stamm, sondern, wie schon der Name sagt, ein Volk, das aus dem s. O.-Europa im 7. Jh. v. Chr. in Kleinasien eingewandert war und sich dort festgesetzt hatte. Wie weit eine Verschmelzung mit den Vorbewohnern stattgefunden hat, läßt sich nicht mehr erweisen. H. T.

RE VII 2086–2087. Gr. Hist. Weltatl. I, S. 15c. Atl. of the World II, Pl. 37.

Gynaikonomoi (*γυναικονόμοι*). Beamte mit Strafbefugnis, die in griech. Städten (auch Äg.s: P. Hib. II 196) zunächst die Sittsamkeit der Frauen (und Mädchen: H. I. Marrou Gesch. d. Erziehung, 1957, 543,23 zu Syll.⁴ 589,20), dann überhaupt Maß bzw. Ordnung bei Gastmählern, Trauersitten, religiösen Festen überwachten. Aristot. pol. 1300a bezeichnet die G. als aristokratischen Staaten eigen, doch gilt dies nicht ausschließlich (vgl. die G. in Thasos: J. Pouilloux Recherches sur l'hist. et les cultes de Thasos, 1, 1954, 409f.). Das Alter des Amtes (*γυναικονομία*: Aristot. pol. 1323a) läßt sich nicht sicher bestimmen. In Athen scheint → Demetrios von Phaleron es eingeführt zu haben (Philochoros bei Athen. 6,245c). Es begegnet noch im 2. Jh. n. Chr. (IG V 1,170. 209 [Sparta]). H. B.

C. Wehrli, MH 19, 1962, 33–38 (mit Ind. loc.).

Gynäkologie. Die sog. knidischen Ärzte haben als erste sich eingehend mit G. und Geburtshilfe befaßt; das bezeugen im Corp. Hippocrat. Schriften wie »Über Sterilität«; »Frauenkrankheiten«; »Über die operative Entfernung des Embryos«; »Über Krankheiten der Jungfrauen«; »Über die weibliche Natur«. Die anatom. und physiolog. Kenntnisse der weiblichen Genitalien und ihrer Funktionen waren zumindest im 4. Jh. noch gering; der Uterus z. B. wurde – den Tieren entsprechend – für mehrkammerig gehalten, die männlichen Embryonen sollten angeblich rechts, die weiblichen links liegen, man sprach von »Saugwarzen« im Uterus, weiblichem Samen usw., und über die Menstruation ist man sich weder im Alt. noch lange nachher recht im klaren gewesen. Demgegenüber sind in den genannten Schriften viele Einzelbeobachtungen (z. B. über krankhafte Ausflüsse) und manche geburtshilflichen Eingriffe hervorragend. Die alexandrin. Ärzte, vor allem → Herophilos und seine Schüler, schenkten dann den inneren weiblichen Organen besondere Aufmerksamkeit; Herophilos scheint die Tuben gesehen zu haben (vgl. Galen 4,193 Kühn), und seine Beschreibung der Ovarien – die er für ein Gegenstück der Hoden hielt und auch als *δίδυμοι* bezeichnet hat – ist durch Galen (4,596 K.) erhalten. Spätere Herophileer haben (ohne daß wir Einzelheiten wissen) sowohl Anatomie und Physiologie wie auch Pathologie der Frau weiter erforscht. Trotz dieses durch die Alexandriner erreichten Erkenntnisfortschritts schleppen sich aber gerade in der G. nebenher uralte mag.-volksmedizin. Anschauungen bis in die kaiserzeitliche Medizin; so hält noch → Aretaios (CMG II p. 32,21ff. Hude) nach alter Weise (vgl. Plat. Tim. 91 B/C) den Uterus für ein »Lebewesen« mit eigenen Bewegungen. Sein jüngerer Zeitgenosse → Soran jedoch hat dann das ant. Standardwerk über G. (CMG 4, 1927, ed. Ilberg; bes. komplizierte Überlieferung), ein Buch von hohem Niveau, verfaßt. Hier wird, jeweils mit reicher Doxographie, über weibliche Hygiene und Diätetik, über die Schwangerschaft, ihre Kennzeichen und Beschwerden, aber auch über weibliche Anatomie und Physiologie ebenso wie über spezielle Frauenkrankheiten (Ausfluß, Prolaps, Entzündungen, Dys- und Amenorrhöe usw.) ausführlich gehandelt. Mit Soran hat die ant. G. ohne Zweifel ihren Höhepunkt und Abschluß erreicht; Galen, der zwar eine Schrift *περὶ μήτρας ἀνατομῆς* schrieb, bleibt mit dieser in manchem hinter Soran zurück und zeigt im übrigen für G. relativ wenig Interesse. So ist Sorans Werk in zahlreichen Bearbeitungen (→ Mustio) Traditionsträger für das MA. und Hauptanknüpfungspunkt für die Renaissance-G. gewesen. F. K.

Gyndes (*Γύνδης*). Ein von Hdt. 1,189. 202. 5,52 erwähnter ö. (l.) Nebenfluß des unteren Tigris (h. Dijala), der in der Nähe von Ekbatana entspringt. Assyr. hieß der Fluß Turnat, woraus Plin. nat. 6,132 die Namensform *Tornadotus* ableitete. Hdt. 1,202 hat den G., den Kyros II. d. Gr. anläßlich seines Feldzuges gegen Babylon (539 v. Chr.) angeblich auf 360 Kanäle verteilte, in eine Parallele zum → Araxes gebracht, der in 40 Mündungen auslaufe, außer einer, die das Kasp. Meer erreiche. Mit diesem Fluß ist indessen an dieser Stelle nicht der h. armen. Aras gemeint, sondern der Amudarja, der alte Oxos, der sich in zahlreichen Mündungen in den Aralsee, aber mit einem Arm einst in das Kasp. Meer ergoß. An der Identität des G. mit dem h. Dijala ändert sich durch den geogr. Irrtum Herodots nichts. Seine Bemerkung von der Quelle des G. bei den *Ματιηνοί* (med. Stamm) ist zutreffend, der hier genannte Araxes entsprang jedoch im n. Hindukusch. H. T.

Stein Comm. zu Hdt. 1,202. RE VII 2091–2092. Gr. Hist. Weltatl. I, S. 15c. Atl. of the World II, Pl. 34.

Gypsum (*γύψος*). Mit G., »Gips«, wird im Alt. wie h. sowohl das Mineral (wasserstoffhaltiger schwefelsaurer Kalk) wie die durch Glühen daraus hergestellte pulvrige Masse bezeichnet. G. wurde an vielen Stellen gewonnen, Theophr. de lapid. 64 nennt Kypros, Phoinikien, Syrien, Thurioi, Tymphaia, Perrhaibia und andere Orte, Plut. mor. 914 C Zakynthos. Angaben über das Glühen des (vielfach erdigen) Minerals geben Theophr. a. O. 69 (dazu Blümner, RE VII 2094) und Plin. nat. 36,182. Verwandt wird G. zum Verputzen von Wänden und Decken (bei Griechen und Römern) und für das sog. Weißwerk, *opus albarium*, aus dem Gesimse, Gewölbezierate, aufgesetzte Profile hergestellt werden; für solche Dekorationen (z.T. figürlich) wird G. meist mit Kalk und Sand zu G.-Stuck verarbeitet (Plin. nat. 36,183. Vitr. 7,3,3 rät freilich von G. hierfür ab). Stuckdekorationen dieser Art sind in Pompei und Rom zahlreich erhalten. In der großen Plastik wird G. nur als Surrogat benützt (Zeusbild in Megara, Paus. 1,40,3. Dionysos in Kreusis, Paus. 9,32,1) oder für kurzlebige dekorative Werke (H.A. Sev. 22,3). Im röm. Äg. werden Mumienporträts aus bemaltem G. gearbeitet (z.B. Zaloscer Porträts aus dem Wüstensand 40f. Abb. 6). Kleinplastik wird gelegentlich aus G. geformt (Anecd. Bekk. 272,31. Etym. m. 530,11), vor allem benützen Goldschmiedewerkstätten G., um daraus Modelle (und Abgüsse) für ihre Arbeiten herzustellen (Erhaltenes: Rubensohn Hellenist. Silbergerät in ant. Gipsabgüssen, 1911. Ippel Guß- und Treibarbeit, 97. Berl. Winckelmann-Pr. 1937). Wann G. zum erstenmal für Abgüsse von Statuen benützt wurde, ist unbekannt, eine Notiz darüber bei Plin. nat. 35,153 steht kaum an richtiger Stelle. Die eklekt. Plastik des späten Hellenismus und der Kaiserzeit setzt solche Abgüsse voraus. Die 1. sichere Nachricht darüber zielt auf die Zeit um 300 v. Chr. (Plut. mor. 984 B: Abguß einer Statue in Kirrha für Ptolemaios Soter). Lysistratos, Lysipps Bruder, hat nach Plin. nat. a. O. als erster eine Gesichtsmaske aus G. von Lebenden genommen, eine Technik, die auch für die röm. Ahnenmasken (Wachsausguß einer G.-Form, wie bei Lysistratos, danach überarbeitet) vorauszusetzen ist. Neben den bildenden Künstlern, die im 1. Jh. v. Chr. jedenfalls G.-Modelle herstellten, nach denen die Werke dann gearbeitet wurden (Plin. nat. 35,155 f.), bedurften Technik und Landwirtschaft des G.: tymphaischer G. wird an Stelle von Walkererde verwandt (Plin. nat. 35,198), Eisen wird durch einen Überzug aus Bleiweiß, Pech und G. vor Rost geschützt (Plin. nat. 34,150), Fässer, Amphoren usw. wurden für luftdichten Abschluß vergipst (Colum. 2,10,16. 12,10,4; 12,2; 16,2 usw.), Früchte zum Konservieren in G. eingelegt (Colum. 12,44,4. Plin. nat. 15,64), Wein, der leicht umschlug, gegipst (Theophr. de lapid. 67. Colum. 12, 28,3. Plin. nat. 14,120) und anderes mehr. W. H. G.

Ausführlich vgl. *Blümner*, RE VII 2092ff.

Gyrton (*Γυρτών*) oder **Gyrtone,** in der thessal. Pelasgiotis, Nachbarstadt von Larissa (vit. Hippocr. sec. Soranum 11 = MG 4,177), wahrscheinlich die Stadtanlage mit gut erhaltener Stadtmauer und schon neolith. Siedlungsspuren (*Πρακτικά* 1911, 335) auf dem r. Peneiosufer beim h. Bakrena 13 km n. von Larissa. G. galt als Heimat der Phlegyer und Lapithen und ist schon im Schiffskatalog genannt (Il. 2,738), in älterer Zeit zu Perrhaibien gerechnet. Die Lage ergibt sich aus den Ereignissen des Perseuskrieges, Liv. 42,54,6 f. Neues Ehrendekret für einen Gyrtonier aus dem 1. Jh. v. Chr. BCH 48, 1924, 369ff. Nr. 4 = SEG 3,468. Strab. 7 frg. 14. 16 p. 329. 9,5,19 p. 439. 5,20–22 p. 441–443. Thuk. 2,22,3. Steph. Byz. Sch. Apoll. Rhod. 1,40. BCH 45, 1921. 28 V 45 f. E. M.

1. *Fr. Stählin*, RE VII 2101 f. *Ders.* Das hellen. Thessalien, 1924, 91 f. 2. *Philipps.-Kirst.* 1,271 Anm. 1.

Gyth(e)ion (*Γύϑ(ε)ιον*). Lakon. Periökenstadt an der NW.-Küste des innersten lakon. Golfs in verhältnismäßig geschützter Lage und mit guten Verkehrsverbindungen. In hist. Zeit der Haupthafen Spartas, befestigt und mit Schiffswerften und künstlich angelegtem Hafen. Skyl. 46. Strab. 8,3 p. 343. 5,2 p. 363. Paus. 3,21,6–9. Xen. hell. 1,4,11. 6,5,32. Pol. 5,19,6. Ptol. 3,14,32 mit Sch. Steph. Byz. Davor die Insel Kranae (h. Marathonisi und durch Damm mit dem Festland verbunden), auf der Paris das erste Beilager mit Helena gehalten haben sollte (Hom. Il. 3,445. Paus. 3,22,1. Steph. Byz. s. v.). In der röm. Zeit gehörte G. zum Bund der Eleutherolakonen (Paus. 3,21,6 f.) und erlebte seine größte Blüte. Aus der Kaiserzeit stammt der größte Teil der zahlreichen Inschr., die Mz. und zumeist die ausgedehnten, aber unbedeutenden Ruinen n. des h. G., am ansehnlichsten das Theater. Neue wichtige Inschr.: Brief des Tiberius über den Kaiserkult Ann. épigr. 1929 Nr. 100. V. Ehrenberg–A. H. M. Jones Documents illustrating the reigns of Augustus and Tiberius, 1949 (^{2}1955), 102. SEG 11,922. Spätant. wird G. nicht mehr erwähnt. Die h. Stadt stammt erst aus dem 19. Jh. Inschr.: IG V 1,1143–1213. 1523 f. SEG 1,91. 2,176–179. 11, 921–936 mit Add. 13,257 f. 15,222 f. Mz.: Head HN^2 433 f. E. M.

1. *J. G. Frazer* Pausanias 3,376ff. mit der älteren Lit. 2. *E. S. Forster*, ABSA 13, 1906/07, 220ff. 3. *A. Skias* *Πρακτικά* 1891, 27ff. 71ff. EA 1892, 55ff. 4. *F. Versakis* *Ἡ σκηνὴ τῆς ἐν Γυθείῳ Ῥωμαϊκοῦ θεάτρου*, EA 1912, 193ff. 5. *Philippson-Bölte*, RE VII 2102ff. 6. Enciclop. dell'arte class. 3, 1960, 1076.

H

Haaropfer s. Opfer

Haartracht. Haarschmuck. Grundsätzlich ist in der vor- und frühgriech. Zeit ungekürztes Lang-H(aar) die H.-t(racht) der freien Personen beider Geschlechter. Im minoischen Kreta trugen die Männer ihr H. meist frei herabfallend ([15], T. 33.38.47.51,2.63.64.66); ob die kurzen H. der Schnitter auf dem Rhyton [15], T. 67 Zeichen der Unfreiheit sind, ist unklar. Frauen trugen schon im 3. Jt. in Troia reichen goldenen H.-s(chmuck), [15], T. 6, im minoischen Kreta mindestens als Festtracht teils hochfrisiertes H. mit Bändern umwunden, [15], T. 23, teils komplizierte Frisuren, darunter solche mit einer in die Stirn herabfallenden Locke oder mit Bändern im herabfallenden H. ([15], T. 32.36.37.47.51,2.58.60.61). Diese Ht. übernehmen die Frauen der myken. Höfe ([15], T.104–106. Ausführlich [14],48ff.), während wir über die Ht. der myken. Männer weniger gut orientiert sind ([15], T.109).

Seit dem 1. Jt. tragen in Griechenland Männer, Frauen und Kinder langes H., in der Trachtentwicklung sind für Jahrhunderte die Männer führend ([4],4), die wie die Frauen auch reichen Hs. lieben. Das H. wird frei herabfallend getragen (Hom. Il. 6,509/10. Od. 6,230/31. [12], Abb. 42.56), Hs. aus Gold und Silber wird genannt (Hom. Il. 17,52). Im 7./6. Jh. wird das im Rücken frei herabfallende H. mit Bändern umwunden und zusammengefaßt, dazu treten verschiedene, z.T. sehr komplizierte Anordnungen der Locken über der Stirn; einzelne Strähnen können über die Schulter nach vorn fallen, ein Reif oder eine Binde (*ἄμπυξ*, *στεφάνη*) und anderer Hs. können hinzutreten ([12], Abb. 48.54.75–78.81.97.99. [10],10–83). Eine bes. prunkvolle Sonderform, bei der das im Rücken herabfallende H. wieder hochgenommen und so durch die Kopfbinde gesteckt wird, daß es nochmals über die Binde herabfällt, scheint *κρωβύλος* geheißen zu haben ([3],50ff. [4],44ff. [12], Abb. 168). Seit wann die Sklaven als Zeichen der Unfreiheit kurzes H. tragen, wissen wir nicht; im 5. Jh. ist der Brauch allg., doch unterscheidet er damals nur noch die Sklavinnen von der freien Frau. Denn, ausgehend von den Athleten, hat sich seit der 2. Hälfte 6. Jh. v. Chr. das kurze H. für die Männer durchgesetzt ([10],85f. 92f. 100–106. 110. 113f. 139f. [12], Abb. 147f. 160f. 163f. 209ff.). Im frühen 5. Jh. begegnen dabei vereinzelt auch weit in die Stirn hineingekämmte H.-Partien ([12], Abb. 157f.) und Querscheitel (von Ohr zu Ohr verlaufend, [12], Abb. 150; den uns geläufigen Längsscheitel kennt die Ant. nicht). Die Götter bleiben noch eine Zeitlang, einige bis in die Spätzeit, beim alten Lang-H. ([12], Abb. 223–228. 233–236), und die Frauen entwickeln eine Fülle neuer kunstvoller Frisuren; weit über die Klassik des 5. und 4. Jh. hinaus begegnen immer neue Variationen (z.B. [12], Abb. 153.156.161.173.212.250.253/54.278–282.323.358–361.369.387/88.393). Kinder haben oft eine eigene Ht., zu der spätestens seit dem 4. Jh. ein Scheitelzopf gehören kann. Zeitweise hat die Ht. Alexanders d. Gr. modebildend gewirkt (Wirbel über der Stirn, *ἀναστολή*, H. wieder etwas länger, [11]. [13], T. 59ff., zur Wirkung etwa [9], 113. [12], Abb. 314), doch blieb die Mode nicht so lang wie seine Barttracht (→ Bart).

In Rom trug in der Frühzeit der Mann langes H. wie in Griechenland, nach Varro rust. 2,11,10 bis nach Alexander d. Gr., doch galt schon der augusteischen Zeit kurzes (wenig gepflegtes, *incomptis . . . capillis* Hor. c. 1,12,41) H. als typ. für die *maiores*. Seit der ausgehenden Republik bilden sich für die männliche Ht. wechselnde Frisuren (diesen Begriff kann man für die griech. Männer-Ht. nicht anwenden) heraus, glatter oder gewellter (die *coma in gradus formata*, Nero und Domitian), strähniger oder lockiger, vielfach von den Frisuren der Kaiser beeinflußt, vgl. etwa [13], T. 127ff.; Augustus, Nero, Traian, Hadrian, Caracalla, Gallienus, Constantinus haben in bes. Maß neue Anstöße gegeben. Die röm. Frauen setzen die reiche Frisurentradition der hellenist. Z. fort. Während im 1. Jh. v. Chr. zunächst noch einfach gewelltes H. mit Mittelscheitel vorherrscht, kommen während der Bürgerkriege Scheitelzopf, Stirnwelle und Nackenknoten auf ([16],2 Nr. 1–10), die in verschiedener Höhe und Anordnung die Ht. bis ins 3. Viertel des 1. Jh. n. Chr. beherrschen ([16],2 Nr. 11ff. [7]. [8]). Die Mode wird weitgehend durch die Damen des Kaiserhauses bestimmt, doch scheinen nach Ausweis der Grabsteine einfachere Frauen oft die Frisur ihrer Heirat bis zum Tode nicht mehr gewechselt zu haben. Noch vor Claudius kommen gedrehte Löckchen in einer oder mehreren Reihen in Aufnahme ([16],2 Nr. 25.26.35ff.), die unter den Flaviern mit hohen Toupets kombiniert werden ([13], T. 236, b. 238–239); der Aufwand dieser Frisuren wird nur noch von der traianischen Z. überboten ([5],283 Nr. 1–4). Unter Hadrian bringt Sabina die Rückkehr zu einfacherer Ht., die bis zum E. des 2. Jh. mit Mittelscheitel, gewelltem H., verschieden breiten, wechselnd hoch sitzenden Knoten und Nestern herrschend bleibt ([5],284ff.). Iulia Domna nimmt dann eine schon unter Commodus aufgekommene Mode auf, die reiches und schweres H. gewellt und z.T. mit Zöpfen eingefaßt bis auf den Nacken herabfallen läßt. Im weiteren Verlauf des 3. Jh. kommen wieder Löckchen hinzu, die Zopfnester auf der Rückseite werden immer kunstvoller geflochten ([6]), bis auch hier eine neue Beruhigung Platz greift. In konstantin. Z. werden vielfach wie bei den Männern ältere Frisuren neu aufgenommen ([6]).

Wohl von Anfang an ist H. oft gefärbt, mit fremdem H. ergänzt oder durch eine Perücke ersetzt worden (Weihung einer Perücke durch eine Hetäre: Anth. Pal. 6,208.211.254), vor allem Letzteres ein beliebtes Thema für Satiriker. Auch der Hs. der Kaiserzeit war reich, neben Edelmetallzierat begegnen vor allem H.-Nadeln aus Bein und Elfenbein, oft kostbar verziert, z. B. DAVIDSON The Minor Objects [Corinth XII] 279 f. W. H. G.

1. *Bremer, Steininger*, RE VII 2109 ff. 2. *Stephan*, RE Suppl. VI 90 ff. 3. *Bremer* Die Haartracht des Mannes in archaisch-griech. Zeit. Diss. Gießen 1911. 4. *Fink* Die Haartrachten der Griechen in der 1. Hälfte des 1. Jt. v. Chr. In: Fink, Weber, Beitr. z. Trachtgeschichte Griechenlands, 1938. 5. *Wegner*, AA 1938, 276 ff. 6. *Wessel*, AA 1946/47, 62 ff. 7. *Bartels* Studien z. Frauenporträt der augusteischen Z., Diss. Bln. (1959/60) 1962. 8. *Gross* Iulia Augusta, AAG III/52, 1962. 9. *Schefold* Die Bildnisse der ant. Dichter, Redner und Denker, 1943. 10. *Buschor* Frühgriech. Jünglinge, 1950. 11. *Ders.* Das hellenist. Bildnis, 1949. 12. *Schuchhardt* Die Kunst der Griechen, 1940. 13. *Hekler* Die Bildniskunst der Griechen und Römer, 1912. 14. *Reusch* Die zeichnerische Rekonstruktion des Frauenfrieses im boiot. Theben, ADAW 1955/1 (1956). 15. *Matz* Kreta Mykene Troia, 1956. 16. *Furnée-van Zwet* Bulletin van de Vereeniging tot Bevordering der Kennis van de Antieke Beschaving 31, 1956, 1 ff.

Habicht und Verwandte. Die Gattung H. (Astur) zählt in der modernen Zoologie zur Unterfamilie der Adler in der Familie der Falconiden, die zur Ordnung der Tagraubvögel (Accipitres) gehört. Hauptvertreter von Westeuropa bis Mittelasien ist der Hühner-H. (Astur palumbarius). Den Alten war nicht nur eine solche Klassifizierung fremd, sondern man vermißt auch eine klare Unterscheidung und konsequente Bezeichnung der Raubvogelarten. Das Wort ἱέραξ (hom. ἴρηξ) umfaßt den H., einige Sperberarten und die meisten Falken. Daneben steht κίρκος (Hom. Aischyl. Batrach. Aristot.; Od. 13,86 ἴρηξ κίρκος!) wahrscheinlich für den Hühner-H.; daß er und der Sperber bei den W.-Griechen wohl (ἱέραξ) ὠκύπτερος (»schnellfliegend«) hieß (vgl. Il. 13, 62), ist aus lat. *accipiter* zu erschließen, welches in der Mehrzahl der Belege den H. oder Sperber bezeichnen muß (zum Wort vgl. FUNK, ALex. 9,587; Volksetym. von *accipere* bei Isid. orig. 12,7,55; in Wortspielen vorbereitet: Plaut. Persa 406 f. Apul. Plat. 2,15; volkstüml. Nebenf. *acceptor:* Lucil. 1130. Dioscor. 4,126 u. a., vgl. Caper KEIL GrL 7,107). Die ant. Einteilungsversuche für ἱέραξ und *accipiter* sind unzulänglich und weichen stark voneinander ab. Hom. Il. 15,237 unterscheidet ἴρηξ und φασσοφόνος (= φαβοτύπος »Taubenstößer«?); Aristot. hist. an. 592 b 2 kennt 2 Arten verschiedener Größe: φαβοτύπος und σπιζίας (»Finken-H.« [KELLER 14]? »Finkensperber« [KELLER 18]?) und stellt den τριόρχης (Schlangenbussard, lat. *butio*, von der Größe des Hühnergeiers) außerhalb. Theophr. (Ps. Aristot. hist. an. 620 a 17 ff.) nennt 11 Arten, von denen mehrere unbestimmbar sind; die 3 größten sind τριόρχης, αἰσάλων (eine Falkenart?) und κίρκος; die Reihe enthält aber auch den Adler (πέρκος). Plin. nat. 10,21 f. zählt in seinen Quellen 16 Arten *accipitres*, darunter den *triorches (buteo)* und 2 undeutbare (*aegithus*, *epileus*, beide Namen zweifelhaft), und gibt an, man habe die übrigen nach der Form des Raubfangs unterschieden (dies letztere in Übereinstimmung mit einer zweiten, nur angedeuteten Systematik bei Theophr. [Ps. Aristot. a. O. 1,22], die jedoch nur 10 Arten kennt). Plin. 10,28 zählt die Gabelweihe *(miluus)*, 29,127 die *cenchris* (eine Falkenart?) zu den *accipitres*, Colum. 8,8,7 den Turmfalken *(tinnunculus)*, die sonst sämtlich von jenen geschieden werden.

Folgende Angaben gelten für den H. und die meisten seiner Verwandten gleichermaßen: Eine auffallende, vor allem von Hom. (Il. 13,62.819; 15, 237; 16,582; 18,616; Od. 13,86; vgl. Paus. 7,12,2 u. a.) betonte Eigenschaft sind Schnelligkeit und Wendigkeit; Spätere rühmen den scharfen Blick (Polemon, Physiogn. 1,184,10 Foerster; Phil. de post. Caini 161; daher eine Augensalbe aus dem in Schweinefett gekochten H. bei Galen. 14,242, vgl. Marc. med. 8,66), vor allem aber die Raub- und Gewaltnatur (Plat. Phaid. 82 A. Polemon a. O. Lucr. 4,1009. Ov. ars 2,147. Sen. dial. 4,16,1 u. a.), der kleinere Tiere wehrlos zum Opfer fallen, in erster Linie Vögel (Il. 13,64; 16,583. Alkm. frg. 15 D. = 82 Page. Ps. Aristot. 615 a 4. Varro Men. 289. Ov. met. 11,344. Sen. Oed. 903 u. a.), für die meist die Taube als wichtigstes Beispiel steht (Il. 21,494; 22,139. Eur. Andr. 1141. Varro rust. 3,7,6. Verg. Aen. 11,721. Hor. c. 1,37,16. Ov. trist. 1,1,75 u. a.). Daneben erscheinen Mäuse (Batrach. 49), aber auch Füchse und junge Wölfe (Ps. Aristot. 620 a 18) unter den Opfern, was nur vom H., nicht von Sperbern oder Falken gelten kann. Der Räuber H. gab Anlaß zur ältesten gr. Fabel (Hes. op. 203 ff. vgl. Aisop. fab. 4 Hausr. Plut. mor. 158 B), aber auch zu krassen Paradoxien (Lucr. 3,750 *accipiter fugiens veniente columba;* Ov. fast. 2,90 *accipitri iuncta columba*). Geflügelhöfe müssen vor ihm geschützt werden (Varro rust. 3,9,15. Colum. 8,2,7; 4,6; 15,1); z. T. fängt man ihn mit Netzen, Leimruten usw. (Ter. Phorm. 330; Varro a. O. 3,7,7. Hor. epist. 1,16,50). Er wird zum Symbol räuberischer Menschen (Plat. a. O. Plaut. Persa 406. Apul. Plat. 2,15), zuweilen aber auch stolzer Kraft und Unbesieglichkeit (Hierax als Eigenname! Boshafte Doppelsinnigkeit bei Aristoph. equ. 1052 von Kleon; ähnlich Epicr. com. frg. 2,4 p. 350 Edm. Ἱέρακος νόμον αὐλεῖν mit Bezug auf teuere Hetären; dazu Poll. 4,79). Manches über den H. Berichtete ist Fabelei: er fresse kein Vogelherz (Ps.

Aristot. 615 a 5. Plin. 10,24); er wechsle den Schrei mit den Jahreszeiten (Lucr. 5,1079); sein Schrei verderbe die Hühnereier (Plin. 10,152); er verwandle sich zeitweilig in einen Kuckuck (obwohl er den Kuckuck frißt: Aristot. 543 b 14 [nach AUBERT-WIMMER interpoliert]; Plin. 10,25) oder in den Wiedehopf (Geop. 15,1,22); er habe unter der Verfolgung durch Schlangenbussard, Turmfalken und Chamäleon zu leiden (Paul. Fest. 32. Plin. 10, 109. 28,113. Gell. 10,12,2).

Schwer zu entscheiden ist die Frage, ob die dem *ἱέραξ* zugeschriebene Heiligkeit (Aristoph. av. 516 [Apollo]. Serv. Aen. 11,721 [Mars]; vgl. Philo de decal. 79) und mantische Bedeutung (Iambl. de myst. 6,3 p. 243 Parthey. Cic. nat. deor. 3,47. Obsequ. 58. Sil. 4,104. Stat. Theb. 3,503) sich nur auf den Falken oder auch auf den H. beziehen. Die meisten Erwähnungen religiöser Bedeutung weisen nach Äg. (z. B. Hdt. 2,65. Hekat. Vors. 73 B 6. Strab. 17,812. 817f. Diod. 1,87), wo der Falke das Tier des → Horus ist (RE VIII 2450; Abb. von Horos-Falken z. B. bei BREASTED Gesch. Äg.s, Phaidon 1936, T. 178f. und Titel). Nach Aristot. 606 a 24 leben in Äg. kleinere *ἱέρακες* als in Griechenland; auch dies weist auf den Falken. Dagegen läßt sich die Traumdeutung *ἱέραξ* = Raub und Diebstahl (Artemid. on. 2,20 p. 137 P.; 4,56 p. 279) unbedenklich auf den H. beziehen.

Nur Falkenarten betreffen die spärlichen Zeugnisse über die Beizjagd. Sie wird zuerst von Ktesias frg. 11 für Indien, dann von Theophr. (Ps.-Aristot. 620 a 30ff., vgl. Antig. mir. 28) für Thrakien erwähnt; in der griech.-röm. Welt bleibt sie bis zum 5. Jh. n. Chr. von untergeordneter Bedeutung (vgl. GOSSEN, RE Suppl. III 473f. KELLER 2. 24f. DOMBROWSKI Gesch. der Beizjagd [1886]). W. R.

Keller Ant. Tierwelt 2,13ff. *Brehms* Tierleben 6, 1911, 409ff. *L. Brown* Eagles (1955). *B. K. Stegmann* Dnevnye Chiščniki (Falconiformes) (1937; russ.).

Habitancum (schwerlich *-ium*). Röm. über den Hadrianswall vorgeschobene Militärstation in der Nähe des heutigen Risingham. Begründet in der flav. Kaiserzeit, wird H. unter den Severen wichtig, mußte unter Diokletian wiederhergestellt werden, blieb aber für die Zukunft in Trümmern, als comes Theodosius den Hadrianswall 368/69 n. Chr. neu befestigte. H. wurde in der Severenzeit durch eine Vangionen-, eine Gallierkohorte und rhaet. Gaesati verteidigt. F. M. H.

RE VII 2150 Habitancium. *E. Birley* Research on Hadrian's Wall, 1961, 235f. *R. G. Collingwood–R. P. Wright* The Rom. Inscr. of Brit. I (1965), Ind. s. Risingham.

Habitatio. Neben der Bezeichnung für Wohnsitz und Wohngebäude (vgl. Scaev. Dig. 33,7,20. Ulp. Dig. 11,5,1,2. 19,2,5) ist h. die meist durch Legat eingeräumte Befugnis, ein Haus oder eine Wohnung zu Wohnzwecken zu gebrauchen. In klass. Z. war es strittig, ob die h. zur Servitut → *usus* oder → *usus fructus* gehörte (vgl. Ulp. Dig. 7,8,10 pr. ff. Cod. Iust. 3,33,13); doch deutet Pompon. Dig. 7,1,32 und Ulp. Dig. 7,8,12,1 darauf hin, daß mit h. der *usus* an einem Wohnobjekt bezeichnet wurde. War dies der Inhalt der h., so durfte der *usuarius* das Haus nur für eigene Zwecke verwenden; Gewinn daraus zu ziehen, etwa durch Vermietung, war ihm verboten. Doch bereits vor Justinian wurden h. und *usus* unterschieden. Unter Justinian war die h. vollends zu einem eigenen Recht gediehen, das durch → *capitis deminutio minima* nicht mehr erlosch. Die Weitergabe dieses Rechts an andere Personen war erlaubt. F. R.

G. Grosso Usufrutto², 1958, 436ff. 494ff. 501. *E. Bund* ZRG 73, 1956, 166. 212. 216f. *G. Wesener*, RE IX A 1133ff. *Kaser* Das röm. Privatr. 2, 1959, 222.

Habitus. Cognomen bei den → Vibii, vgl. DEGRASSI FCap 145. H. G. G.

Habron (*Ἅβρων*). **1.** Griech. Grammatiker der augusteischen Zeit in Rom, *Φρὺξ ἢ Ῥόδιος* (Suda s. v. *Ἅ.*), also vielleicht ein Phryger, der zeitweise auf Rhodos lebte, nach → Hermippos urspr. Sklave. H. war Schüler des → Tryphon und gehörte somit letztlich zur Schule des → Aristarchos, mit dessen Ansichten er sich jedoch gelegentlich kritisch auseinandersetzt. Frg. seiner Schriften über Pronomina und aus *Περὶ παρωνύμων* entstammen hauptsächlich polemischen Erwähnungen in den Werken des → Apollonios Dyskolos und → Herodianos. H. Gä.

Frg.: *R. Berndt*, PhW 35, 1915, 1451ff. 1483ff. 1514ff.

2. H., Athener aus dem Demos Bate, Sohn des Kallias, Exeget (2./1. Jh. v. Chr.?). Vf. von *π. ἑορτῶν καὶ θυσιῶν*. Die Frau des Redners → Lykurg stammte aus der H.-Kallias-Familie (Inschr.). W. Sp.

Frg.: FGrH 359; Komm. z. Nr. 352/56, p. 115f. *F. Jacoby* Atthis, 1949, 253f. 424 s. H. (vgl. REG 63, 1950, 154).

Habronichos (*Ἁβρώνιχος*), oder Abronichos. Aus Athen, Sohn des Lysikles, meldete der griech. Flotte beim Artemision die Niederlage des Leonidas bei den Thermopylen (Hdt. 8,21). Im J. 479 v. Chr. wurde er zusammen mit Aristeides nach Sparta zu Themistokles geschickt, um über den Mauerbau zu berichten (Thuk. 1,91,2). Zur Namensform vgl. M. H. CHAMBERS, CPh 54,42ff. K. W.

Hadad. Einer der Hauptgötter im semit. Pantheon Syriens; Etym. des Namens unbekannt. Zuerst bezeugt in Mesopotamien E. 3. Jt. (J. BOTTÉRO, Studi Semit. 1,29ff.), wo er als *Adad*, *Addu*, *Adda* (gewöhnlich mit Sumerogramm ᵈ*IM* geschrieben) zum akkad. Wettergott und Sohn des Himmelsgottes Anu wurde. In den amurrit. theophoren Personennamen des 19./18. Jh. ist er bes. in Mari sehr häufig belegt (H. HUFFMON Amorite Personal Names 156ff.). A. in Mesop. verkörpert den fruchtbringenden Regen (»Deichgraf des Himmels«), den Gewittersturm, Blitz, Donner, Hagel und ist verantwortlich für Dürre, Überschwemmung und Bodenversalzung (oft in Fluchformeln). Sein Symboltier ist der Stier, sein Emblem der zwei- oder dreifach gezackte Blitz (hg. HAUSSIG, Wb. der Myth. 1,35f. Nr. 26). In Syrien wurde H. als Baal-H. zum → Baal schlechthin. *hd* (Haddu oder Hadd), selten *hdd* (Hadad) spielt in den Mythen von Ugarit (15./14. Jh.) eine bedeutende Rolle; sein Sitz ist der Ṣapōn, Mons Casius (M. J. DAHOOD, Studi Semit. 1,75ff.; hg. HAUSSIG Wb. der Myth. 1,253ff.; dort T. VI 8 Stele des H. aus Ugarit). Im 8. Jh. erwähnen Inschr. Panamuwas I. und II. von Sam'al sowie der Staatsvertrag zwischen Barga'jā von KTK und Matī'-el von Arpad den H. (H. DONNER-W. RÖLLIG Kanaan. und aram. Inschr. Nr. 214f. 222). Zu H. als Gemahl der Atargatis im hellenist. und röm. Syrien vgl. → Dea Syria; für Reflexe des H. in der griech. und röm. Lit. sowie H.-Kult im Römerreich der Kaiserzeit s. DUSSAUD Art. Hadad RE VII 2157–2163. D. O. E.

E. Dhorme Religions de Babylonie et d'Assyrie 96–102. 126–128. *D. O. Edzard, M. H. Pope, W. Röllig* (hg. Haussig) Wb. der Myth. 1,135–137. 253–269.

Hades (Ἅδης). Urspr. Bezeichnung des Gottes der Unterwelt, einer der 3 Kronossöhne (Hes. theog. 453ff. Hom. Il. 15,187), der im Titanenkampf die Hadeskappe (κυνέη s. RE XI 2482) und danach bei der Teilung der Welt durchs Los die Unterwelt zugeteilt bekam (Apollod. 1,6,3. [1],1779, [8],72. [9],282). Ableitung von ἰδεῖν (Wz. ϝιδ), Ἀΐδης, Ἄϊς und Ἅιδης = unsichtbar, unsichtbar machend Steph. Byz. s. v. Plat. Gorg. 495b [2], bes. [3]. Encicl. Arte Class. 3,1081. Etr. Schreibung *AITA(S) EITA;* Wandmalereien der Tomba Golini, 1 in Orvieto und tomba dell' Orco in Tarquinii [1],1807. L. BANTI Welt der Etrusker T. 94. Homer führt wohl ebenso häufig das Reich des H. im Gen. an wie H. selbst (Od. 10,175. 11,151). Er kennt H. nur als finsteren Gott und Richter der Toten, der als ἄναξ ἐνέρων in der Unterwelt herrscht wie Zeus im Himmel. (Nicht als Richter im Elysion [4],^{2}324. [8],74,2.) Die ihm von Homer und den anderen Dichtern zugelegten Beiwörter, z. B. πελώριος, κρατερός, στυγερός, auch νεκροδέγμων, charakterisieren das Furchtbare, Gewaltmäßige seines Wesens (Hom. Il. 9,158). Man vermied, H. beim Namen zu nennen und ersetzte ihn deshalb immer häufiger durch euphemist. Ausdrücke ἀγανώτατος, κλύμενος, Ζεὺς καταχθόνιος (Hom. Il. 9,457), Εὐβουλεύς [3],1003f. Der sicher erst nachträglich entstandene Mythos, daß H. → Persephone, bzw. Kore [1], s. v. RE XIX 946) in sein dunkles Reich entführt habe, wird zuerst bei Hes. theog. 912f. angedeutet, ausführlich erst im Hom. h. 2,17 erzählt. Sonst bestanden für H. kaum Mythen, und auch keine Kulte [8], 73,1; nach Paus. 6,25,2 waren die Eleer die einzigen, die ihn in einem Tempelbezirk verehrten. Als Zeichen seiner Herrschaft trägt H. das Zepter, als Hadeswächter auch den Schlüssel (s. Paus. 5,20,3). Zu seiner Begleitung gehört der dreiköpfige Kerberos (Hom. Il. 8,368). Trotz der Bemühungen um das Beiwort κλυτόπωλος, s. MALTEN, JDAI 29, 1914, 186. [4],^{2}452 scheint eine endgültige Deutung nicht erreicht. Die andere Seite des H., die ihn zum Walter über die Schätze der Erde machte, Hes. op. 465, zu dem man um Wachstum und Gedeihen flehte, wie zu Kore, brachte den Wandel zum gütigen und wohltätigen καταχθόνιος und dem diesem wesensverwandten Pluton zustande, der im Laufe des 5. Jh. und sicher unter dem Einfluß des eleusin. Kultes tatsächlich an die Stelle des H. tritt (vgl. Plat. Krat. 403. [1],1786). In Lit. zuerst Soph. Ant. 1200. In den hom. Gedichten findet sich noch keine Spur dieser Gleichsetzung, wie dort ja auch Demeter kaum erwähnt wird. [4],^{2}453. Plutons Attribut ist vor allem das Füllhorn. Die bildliche Überlieferung ist bis zu dieser Zeit äußerst spärlich, und, da völlig namenlos, ist schwer feststellbar, wann wirklich H. gemeint ist. Vermutlich sind auszuschließen die frühert oft mit H. benannten spartan. Heroenreliefs [2],873. [3], 1020; nicht dagegen wenigstens ein Teil der lokr. Reliefs [1],1797. Ausonia 3, 1903, 175ff., aus dem dort nachgewiesenen Heiligtum der Persephone. Auf 2 Vasen des frühen 6. Jh. ist H. jedoch unzweideutig zu benennen [2],873. [3],1023f. 1. Auf dem korinth. Skyphos AZ 1859 (= PAYNE NC 127 Fig. 45c) ist H. vom Thron aufgesprungen, da er bei der Kerberosentführung von Herakles mit einem Stein bedroht wird. 2. Auf der Schale des Xenokles, Lond. B 425 [11],2,421. BEAZLEY, ABV 184, sind die 3 Kronossöhne zwar namenlos als kaum unterschiedene Götter dargestellt, aber Zeus und Poseidon durch Blitz und Dreizack gekennzeichnet [8],73,2. Die bildliche Überlieferung beginnt erst gegen Mitte des 5. Jh. sich zu festigen; zunächst beschränkt auf Vasenmalerei und vereinzelte Reliefs. Jetzt H.-Pluton mit Füllhorn (oft neben dem Zepter) in Götterversammlungen und -gelagen. Wichtig die Zusammenstellungen von K. SCHAUENBURG [6] und [7] mit vielen Abbildungen und Lit. Oinokles, Hermonax, Abb. COOK Zeus 3,1052. Mit Namensbeischriften *(Pluton* und *[Ph]errepha)* Schale des Kodrosmalers, Lond. E 82. Mon. Inst. 5,49. [9], T. 8. [10],425,5. Auf den zahlreichen unterital. Unterweltsvasen [7] begegnet H. oft im eleusin. Kreis als Herrscher in Chiton und Mantel thronend, zuweilen auch stehend, neben Persephone (in Büßerdarstellungen selten), aber vielfach bei der Heraufholung des Kerberos (E. BROMMER Vasenlisten zur griech. Heldensage 51ff.), oder mit Gespann beim Raub der Kore. Außer Alkestisdarstellungen ist der Raub der Kore das Hauptthema auf den röm. Sarkophagen [3],1019. OVERBECK K. Myth. T. 17 und 18. Zu ähnlichem Relief mit verschleierter Persephone im Vatikan HELB. ^{4}Nr. 253. Daß in den rundplast. Darstellungen der thronende H. bis auf den für ihn typ. kurzärmeligen Chiton im wesentlichen dem Erscheinungsbild des Zeus folgte, wurde stets beobachtet, nur ist sein Ausdruck düsterer, s. bes.

die Wiedergabe des Haares. Die Wandlung der H.-Gestalt vom 4. Jh. an behandelt eingehend E. THIEMANN [5],15 ff. 25 ff. Es scheint, daß die Mehrzahl der im einzelnen variierenden plast. Typen auf das durch Clem. Al. Protr. FHG 3,487 bezeugte Kultbild des Serapis in Alexandreia zurückgehen, das → Bryaxis geschaffen hat [5],130. [3], 1004 f. G. LIPPOLD Festschr. P. Arndt 124 ff. Myth. Lex. s. Serapis 4,373 ff. Dieser dem Pluton verwandte Segenspender trägt gewöhnlich den Modius auf dem Haupt. H. S.

1. Myth. Lex. s. v., 1778 ff. 2. RE Suppl. III 867 ff. 3. RE XXI 990 ff. 4. *Nilsson* GgrR ^{1}1941/50; ^{2}1955/61. 5. *E. Thiemann* Hellenist. Vatergottheiten, 1959. 6. *K. Schauenburg* Pluton und Dionysos, JDAI 68, 1953. 7. *Ders.* Totengötter in der Unterital. Vasenmalerei, JDAI 73, 1958. 8. *H. J. Rose* Griech. Mythol. 1955. 9. *L. R. Farnell* Cults of the Greek States (1896–1909), 3,/1907. 10. *Beazley*, AVI, 1925. 11. *Hoppin* BF-Handb. of gr. blackfig. Vases, 1924.

Hadravasen s. Vasen

Hadria (NISSEN It. Ldk. 2,431), in Picenum (Ptol. 3,1,52) auf s. des Vomanus (Sil. 8,438) gelegenem Höhenzug 6 mp vom Meere (Plin. nat. 3, 110) auf älterer Siedlung (NS 1901, 190 f. 1902, 229 f.) im Censurjahre 289 v. Chr. (Liv. epit. 11) gegründete latin. Kolonie mit unbedeutendem Hafen gleichen Namens (Strab. 5,241). Die Mz. haben den Namen *HAT* (HEAD HN^2 23), wozu Steph. Byz. s. Ἀτρία paßt; nach ihm angeblich Gründung des Diomedes mit echtem Namen *Αἰθρία*, während das Gebiet urspr. den Siculern und Liburnern gehörte (Plin. nat. 3,112). H. war vermutlich Endpunkt der via Caecilia (Forum Caecili); die Küstenstraße macht offenbar einen Umweg landeinwärts (It. Ant. 310,4. 315,5. Tab. Peut. 6,1), aber nicht so tief, wie MILLER ItR 214 annimmt. H. blieb Rom im 2. pun. Kriege treu (Pol. 3,88. Liv. 22,9. 27,10) und kam später in der 5. Region (Plin. 110) zur trib. Maecia (KUBITSCHEK Imp. Rom. trib. discr. 64). Herkunftsort der Familie des Kaisers Hadrian (H. A. Hadr. 1,1), der dort das Amt eines *quinquennalis* führte (19,1); h. Atri. G. R.

Hadrianeum. Tempel des vergöttlichten Kaisers Hadrian auf dem Marsfelde, 145 n. Chr. von Antoninus Pius eingeweiht (H. A. Ant. 8. H. aug. Ver. 3). Der früher fälschlich als bas. Neptuni bezeichnete Tempel war ein korinth. Peripteros von wahrscheinlich 8x15 Säulen (Höhe 15 m) und erhob sich auf einem 5 m hohen Unterbau, der h. unter dem Straßenniveau liegt. Erhalten sind von der n. Langseite noch 11 Säulen und dazwischen die (einst mit Marmorplatten verkleidete) Cellawand aus Peperinquadern, die h. in das als Börse dienende moderne Gebäude an der Piazza di Pietra verbaut ist. Der Tempel war umgeben von einer Porticus, zu der die 1878 gefundenen, h. im Mus. Naz. in Neapel und im Palazzo Odescalchi in Rom aufbewahrten Reliefplatten gehörten; sie tragen Darstellungen der personifizierten röm. Provinzen und Waffentrophäen. Rud. G.

Curtius-Nawrath-Nash Das antike Rom. *Nash* Bildlex. 1, p. 148 ff.

Hadrianion (Ἁδριανιών). Im 2. Jh. n. Chr. erhielt der athen. Schaltmonat *Ποσιδεών β* als Ehrung für den Kaiser Hadrianus den Sondernamen H., wohl im Zusammenhang mit den in Athen (IG III 20. XIV 739) und auch anderwärts inschr. bezeugten Festen, den Ἁδριάνεια. Der H. ist das einzige sicher bezeugte Beispiel der Benennung eines Schaltmonates mit einem Eigennamen. Einen Vorgang bilden u. a. die Neronia und der Monat Neroneus. W. S.

Hadrianopolis (Kaisareia H.). **1.** Stadt im bithyn.-paphlagon. Grenzbereich, durch glückliche Inschriftenfunde von G. MENDEL bei dem h. Eskipazar (Viranşehir) lokalisiert (BCH 25, 1901, 9 ff. Nr. 145 f. = IG Rom III 149 f.). Der zu Ehren des Kaisers umbenannte Ort hieß vorher Kaisareia Proseilemmene (BCH a. O. Nr. 144 = IGRom III 148 = OGIS 539). Für neue Inschriftenfunde vgl. F. K. DÖRNER, AAWW 1963, 138 f. F. K. D.

2. H., Stadt in Phrygien oder Lykaonien, die in der Liste des Hierokles 672 auf Tyraion folgt. Sie ist an verschiedenen Orten in der Umgebung von Ikonion gesucht worden (H. KIEPERT, FOA VIII 12 f. ANDERSON JHS 18, 1898, 116 f. W. RUGE, RE VII 2174 Nr. 5). Vorzuziehen ist wohl Adaras bei Balki (W. H. BUCKLER–W. M. CALDER, AJA 36, 1932, 456 f. Vgl. L. ROBERT Villes d'Asie Mineure^2, 125. 461. D. MAGIE Roman Rule in Asia Minor I 622. II 1484). Mz.: IMHOOF-BLUMER Kleinasiat. Münzen I 232 f. HEAD HN^2 674. BMC Phrygia LXIV 225. A. M. M.

3. H., eine Stadt in Thrakien, türkisch Edirne, bulgarisch Odrin, sie ist nahe gelegen bei der Mündung des Tundžafl. (ant. *Tonzos*) in den Hebros. Von H. an wurde im Alt. der Hebros schiffbar. Schon vor der Gründung einer neuen Stadt durch Hadrian bestand hier eine Siedlung der Thraker, deren urspr. Name vermutlich *Uscudama* (»Wasserburg«) war. Dort wird auch das urspr. Stammeszentrum bzw. die Hauptstadt des Odrysenreiches angenommen. Doch sind von ihr bisher keine sicheren Überreste gefunden worden. Möglicherweise befand sich *Uscudama* nicht an der Stelle des späteren H. Die zu Hadrians Zeit vergrößerte Siedlung erhielt den Namen ihres Stifters. Die Festungsmauer hatte einen nur mäßigen Umfang. Mz.-en von Hadrian bis Gordian. Wenige Inschriftenfunde sowie die hagiograph. Lit. bezeugen die ethn. Zähigkeit des thrak. Elementes in der Umgebung von H. Das Territorium von H. scheint sich in s.w. Richtung weit ausgedehnt zu haben: Nachrichten von zahlreichen Villen und Vororten, auch die Aufdeckung einer großen, mit prachtvollen Mosaikböden ausgestatteten Villa bei Ivajlovgrad am Flüßchen Armira, etwa 40 km s.w. von H. Einen bedeutsamen Aufschwung nahm

H. in der Spätant. Dazu trug seine äußerst günstige Verkehrsgeogr. und strateg. Lage an einer der wichtigsten Etappen auf der Heerstraße Serdica–Philippopel–Constantinopel bei. Damals wurde H. Hauptstadt der Provinz → Haemimontus. In H. befanden sich große Waffenfabriken. In seiner Umgebung fanden u.a. die Kämpfe zwischen Konstantin und Maximinus Daia im J. 313 und die Kämpfe gegen die Goten statt, im August 378 die große Schlacht, in der Kaiser Valens fiel. 586 hielt H. einer Belagerung durch die Avaren stand, nicht aber den wiederholten Angriffen der Bulgaren und später der Kreuzritter. Amm. 14,11, 15. 27,4,12. 31,6,1–16. Eutr. 6,8. H.A. Heliog. 7,8. Zon. 17,23. Theoph. Simok. 1,7,5. 11,17. Chr. D.

D.P. Dimitrov, Bull. Inst. Arch. Bulg. 8, 1934, 133 ff. *V. Velkov* Die thrak. und dak. Stadt in der Spätant., Sofia 1959, 96. – Türk. Lit. (wichtig): *O.N. Peremeci* Edirne Tarihi, Gesch. v. H., Istanbul 1940, pass. *S.Eyice* H. in der byzant. Zeit und das zugehörige Schrifttum (türk.). Sonderdruck aus dem Jubiläumsband für H., Ankara 1964. *Gerassimov* Unedierte Münzen von H. in Thrakien, Ann. Mus. Nat. Bulg. 6, 1936, 201 ff. (deutsch) Belege für öffentl. Bauanlagen: Festungstore (Nr. 125, 127, 130, 131, 132, 134, 137), Schiffahrt am Hebros (Nr. 33, 85), das kult. Leben und einige Kultstätten (Nr. 57, 77, 125, 127, 131). *G. Mateescu, E. Rossi, C. Manfroni* u. *V. Zlatarski*, Enciclop. Ital. 1, 1929, 543 f.

Hadrianos (Ἀδριανός). Mit vollem Namen wohl Claudius H., * etwa 113 in Tyros, † gegen 193 in Rom, bedeutender Rhetor und Sophist, zählte als 18jähriger bereits zu den bevorzugten Schülern des → Herodes Attikos (Philostr. v. soph. 2,10; Suda s.v. 'A. 2). Später lehrte er in Ephesos (vgl. [3]), dann als Nachfolger des → Iulius Theodotos in Athen. Allgemeine Bewunderung, auch von seiten des Kaisers Marcus, fand seine pathetische Beredsamkeit, der in der Lebensführung eine Neigung zu übertriebenem Pomp entsprach. H. folgte schließlich einem Ruf nach Rom (vgl. Gal. 14,627 K.) und starb kurz nach seiner Ernennung zum kaiserlichen Privatsekretär (*ab epistulis Graecis;* vgl. FRIEDLÄNDER-WISS. 4,43) unter Commodus. Die Schriften des H., darunter techn. Abh. zur Statuslehre, *περὶ ἰδεῶν λόγου*, Reden, Briefe, eine Trostschrift an Celer (→ Celer 6) und ein »Metamorphosen« betiteltes Werk, sind bis auf eine kurze Übungsrede (»Giftmischerin«) verschollen (3 weitere, früher H. zugeschriebene *μελέται* entstammen den Babyloniaka des → Iamblichos, Frg. 101.35.1 Habrich), wie sie auch in der späteren Lit. keine Spuren hinterließen. Die Inschr. zu einer Statue, die H. seinem Gönner C. Claudius Severus (→ Claudius 51) in Ephesos errichtete, bei EpGr. 888a; vgl. [2] und [3]. H. Gä.

Ta.: *Walz* Rhet. 1,526 ff. Polemo Decl. ed. Hinck 44 ff. Lit.: 1. *Christ-Schmid* 2,2,696 f. 2. *E. Groag*, WS 24, 1902, 261 ff. 3. *J. Keil*, JOEAI 40, 1953, 13 ff.

Hadrianus. 1. H. = P. Aelius H. = imp. Caes. Traianus H. Aug. Sohn von P. Aelius H. und Do-

mitia Paula aus Gades, entfernt verwandt mit Traian, H.A. vit. Hadr. 1,2. * 24. Jan. 76 in Italica, vit. 1,3. Eutr. 8,6,1, s. R. SYME H. und Italica, JRS 54, 1964, 142–149. H. kam ca. 85 unter die Vormundschaft des Traian und des P. → Acilius Attianus, vit. 1,4. Seither lebte er mit kurzer Unterbrechung (90/91 in Spanien, vit. 2,1) in Rom, vit. 2,1 f. Im J. 93 XV vir stlit. iud., um 94/95 trib. leg. II adiutr., 95/96 trib. leg. V Maced. in Moesia inf., CIL III 550. Anf. Nov. 97 überbrachte H. die Glückwünsche des mös. Heeres anläßlich Traians Adoption diesem nach Mainz, vit. 2,5; H. blieb dort als trib. leg. XXII Primig., CIL III 550. Anf. Febr. brachte er die Nachricht vom Tod Nervas zu Traian nach Köln, vit. 2,6. Im J. 100 heiratete H. die Großnichte Traians, Vibia Sabina. 101 Quaestor als cand. princ., vit. 3,1; trotzdem begleitete er Traian im Frühjahr auf den dak. Kriegsschauplatz (vit. 3,2) und wurde zweimal ausgezeichnet, CIL III 550. Im J. 103/04 ab actis, vit. 3,2; Volkstribun 105, ebd. 3,4. Zugleich nahm H. am 2. Dakerkrieg als legat. leg. I Minerv. teil, vit. 3,6; er muß 106 zugleich (in Abwesenheit) die Praetur innegehabt haben, CIL III 550. H. war 107 erster legat. Aug. pr. pr. Pannoniae inf., vit. 3,9 (RE Suppl. IX 591) und Mai–Aug. 108 cos. suff., Inscr. It. XIII 1, p. 155. Dio 69,1,2. Im J. 111/12 Archon in Athen, Phleg. FGrH 2 B, 257 p. 1184. In dem 114 beginnenden Partherkrieg stand H. im Generalstab Traians, vit. 4,1. Seit Sommer 117 legat. Aug. pr. pr. Syriae, Dio 68,33,1. Er war zum cos. II für 118 designiert (RIC 2,341), als Traian am 7. (?) Aug. 117 starb. Wahrscheinlich fingierten → Plotina und Attianus die Adoption des H. durch Traian, Dio 69,1,1 f. Nachricht darüber erhielt H. am 9. Aug. (vit. 4,6. RIC 2,339. 341 f.), die vom Tod Traians am 11. Aug., vit. 4,7. Dio 69,1,3 f. Das syr. Heer rief H. zum Kaiser aus; seine trib. pot. I reicht vom 11. Aug. (CIL XIV 4235) bis 9. Dez. 117. H. erneuerte die senat. Privilegien und gab den Soldaten ein doppeltes Donativ. Er rückte wegen der finanziellen Belastung von der Eroberungspolitik Traians im O. ab und gab Assyrien, Mesopotamien, Armenien auf, vit. 5,3. Fronto, princ. hist. 8 (p. 195,8 v. d. Hout). Auch die traian. Führungsgarnitur wurde abgelöst, so → Lusius Quietus aus Judaea. Während H. über Ancyra (SEG VI 57) nach Dakien zog (cos. II 118 in Abwesenheit, AE 1951, 208), um die Grenze gegen Roxolanen und Sarmaten zu schützen (RE Suppl. IX 553 f.), wobei er die Provinz in Dacia sup. (CIL XVI 68) und Dacia inf. (CIL XVI 75) teilte, wurden dieser und → A. Cornelius Palma, L. → Publilius Certus und C. → Avidius Nigrinus als angebliche Anstifter einer Verschwörung durch den Gardepraef. P. → Acilius Attianus getötet, Dio 69, 2,5. Vit. 7,1 f. H. traf am 9. Juli 118 in Rom ein (CIL VI 32374 a.b) u. verfügte zur Dämpfung der Erregung eine Schuldentilgung von 900 Mill. Sest. und eine Erweiterung von Traians Alimentationsstiftungen, vit. 7,6–8. Als cos. III 119 ersetzte H. den Attianus und Kollegen durch Q. → Marcius Turbo und C. → Septicius Clarus, vit. 9,4f. In diesem Jahr hielt H. der älteren → Matidia die Grabrede, CIL XIV 3579, und bereiste Italien. Im J. 121 brach H. nach Gallien auf, vit. 10,1, weilte an der Donau und am Rhein, vit. 10,1–11, und setzte 122 nach Britannien über, wo er den Hadrianswall (Solway-Tyne-Linie) errichten ließ, AE 1947, 123. vit. 11,2. E. Birley Roman Britain, 1953, 36ff. Als H. nach Gallien zurückkehrte, starb Plotina; H. erbaute ihr zu Ehren in Nemausus einen Tempel (Dio 69,10,3) und eine Basilika, vit. 12,2, enthob aber in Rom den Günstling seiner Gattin, den Praetorianerpraef. C. → Septicius Clarus (auch Sueton!) seines Amtes, vit. 11,3. Hadrianus zog nach Spanien, vit. 12,3, setzte wohl noch im Spätherbst 122 (CIL XVI 169) über Gades nach Mauretanien über, um dort einen Aufstand zu unterdrücken, vit. 12,7. Ein drohender Partherkrieg veranlaßte ihn zu einer Reise über Kreta nach Ephesos und durch Lydien-Phrygien nach Ancyra und Melitene (Erik Gren Kleinasien und der Ostbalkan, 1941, 116ff.); er legte ihn durch Verhandlungen bei, vit. 12,8. Schon damals traf er Neuordnungen in Antiocheia und reiste nach Palmyra, E. Honigmann, RE IV A 1680ff. Das J. 124 verbrachte er mit Reisen in ganz Vorderasien; dabei fand er in Bithynien (s. D. Magie II 1471 Anm. 9) seinen Liebling → Antinous, Dio 69,11,2. Noch 124 kam er nach Pannonien (Gründung von Aquincum, A. Mócsy, Intercisa I Nr. 294. Archaeol. Ertesitö 82, 1955, 67. 69) und Dakien und schuf die Dacia Porolissensis, Daicoviciu-Protase, JRS 51, 1961, 63–70 (= AE 1962, 255). Er überwinterte in Athen, Kolbe, MDAI(A) 46, 1921, 112f. Im J. 125 besuchte er die Inseln der Aegaeis vit. 13,1, und 125/26 Athen, Dio 69,16,1f. P. Graindor Athènes sous H. (1934). A. S. Benjamin, Hesp. 32, 1963, 57–86; er ließ sich in die eleusin. Mysterien einweihen, vit. 13,1. Er dürfte aber kurz in Rom gewesen und erst Anfang März nach Sizilien gereist sein, wo er den Aetna bestieg; er kam dann E. 126 nach Rom, AE 1945, 36, weihte Tempel (Lugli Mon. ant. 3,118ff.) und gab Spiele, Vidman Fast. Ost. p. 21. vit. 13, 3–4. Im J. 127 war er teils in Rom, Syll.^{3} 837, von Anf. März bis 20. Okt. in Italien, AE 1946, 36. Vidman Fast. Ost. p. 21. W. Weber Unters. zur Gesch. H.', 199f. Nachdem er wohl am 21. April 128 das *templum Romae et Veneris* geweiht und seine Gattin → Sabina den Augusta-Titel erhalten hatte, besuchte H. Afrika, CIL VIII 2532. vit. 13,4; nach kurzem Aufenthalt in Rom (vit. 13,4–6) begann er etwa im August 128 seine 2. Reise in den O., vit. 13,6. In Athen eröffnete er das Olympieion, Paus. 1,18,6ff., besuchte anfangs 129 Eleusis und reiste über Ephesos (D. Magie 1,618) nach Antiocheia (vit. 13,8). Im J. 130 wandte er sich nach Judaea, wo er Jerusalem als Aelia

Capitolina (→ Hierosolyma) wieder aufbaute, Dio 69,12,1, und Gaza förderte, dann nach Arabien (vit. 14,4) und Äg. (Dio 69,11,1); nach zweimonat. Aufenthalt in Alexandreia fuhr er mit Sabina nilaufwärts, wobei Antinous starb, Dio 69,11,2–4 (Gründung von → Antinoupolis); am 21. Nov. war H. in Theben, CIG 4727. Erst im Herbst 131 verließ er Äg., zog nach Syrien, überwinterte aber wieder in Athen, Dio 69,12,2. 16,1f. Während H. im J. 132 von Athen auf den Balkan ging (Gründung von → Hadrianopolis), brach in Syrien ein schrecklicher Judenaufstand unter Barkochba wegen der Errichtung eines Iuppiter-Tempels an Stelle des Jahweheiligtums in Jerusalem aus, Dio 69,12,2f. s. L. Schürer 1,562–589. P. M. Fraser H. and Cyrene, JRS 40, 1950, 84ff. Während des dreijährigen Krieges begab sich H. im J. 133 selbst nach Judaea, Eus. h. e. 4,6,1. Dio 69,14,3. Im J. 134 befand sich H. in Rom und ließ das Athenaeum (J. Toynbee The Hadrianic School, 1934), das Mausoleum und seine Villa bei Tibur bauen, Aurel. Vict. Caes. 14,2f.; vit. 19,11. Dio 69,23,1. Der jüd. Krieg wurde 135 beendet, Eus. h. e. 4,6,3, Iudaea als prov. Syria Palaestina eingerichtet. Bithynien kam in kaiserl., Pamphylien in senat. Verwaltung, Dio 69,14,4. H. kehrte nach Tivoli zurück. Anf. 136 erkrankt (vit. 23,1), adoptierte er Mitte des J. den L. → Ceionius Commodus als L. Aelius Caesar, Dio 69,17,1. vit. 23,11. AE 1956, 151; 1951, 44 (E. Kornemann Doppelprinzipat 72ff.), was die Hinrichtung des L. → Iulius Ursus Servianus und → Pedanius Fuscus nach sich zog, Dio 69,17,2–6. E. 136 starb Sabina, epit. Caes. 14,8. H. verbrachte das J. 137 und den Anf. 138 krank in der H.-Villa bei Tibur. Am 1. Jan. 138 starb der praesumptive Nachfolger, für den H. am 25. Febr. den T. Aurelius Fulvus Boionius Arrius → Antoninus als imp. T. Aelius Caesar Antoninus (SEG IX 136) an Sohnes Statt annahm mit der Verpflichtung, daß dieser den M. Annius Verus (= → Marcus Aurelius) und den L. Ceionius Commodus (= → Verus) mit Nachfolgerecht adoptierte, Dio 69,21,1. H. starb im 63. Lebensjahr am 10. Juli 138 in Baiae, vit. 25,6; anf. 139 wurde er im Mausoleum beigesetzt (CIL VI 984) und konsekriert, Dio 70,1. H. ist der 1. große Hellenist und Philosophenkaiser, im O. Gottherrscher *(Zeus Olympios, Panhellenios* [AE 1947, 17, Milet I 2 p. 119f. Nr. 20, s. D. Magie 2,1485, Anm. 49], *Eleutherios)* auf dem Thron (»*Graeculus*«, vit. 1,5), mit dem die große Renaissance des Griechentums begann, sein Ziel war die *pax Augustea.*

Provinzverwaltung: Assyrien, Armenien, Mesopotamien aufgegeben; Dakien ca. 118/19 in D. sup. und inf. geteilt, dazu 124 D. Porolissensis; Germania sup. und inf. selbständig gemacht, Limes durch defensive Holzpalisade gesichert. 135 Syria Palaestina eingerichtet, Bithynien kaiserl. Provinz. Die Provinzen wurden mit Städten, Straßen, Bauten, Wasserleitungen ausgestattet. Heeresreform (CIL VIII 2532. DESS. 2487.9133. Dio 69,9,2f.). Ausbau des Beamtenapparates aus dem Ritterstand (HIRSCHFELD VB 1,253ff. 290ff. u.a.). Instituierung des *concilium principis* (J. CROOK cons. pr., 1955, 56–65), stärkerer Einfluß des O. im Senat, s. M. HAMMOND, JRS 47, 1957, 77; Verbesserung des Finanz- und Rechtswesens: Kodifikation des *edictum perpetuum* (O. LENEL Palingenesia 1899) durch Salvius → Iulianus, E. SEIDL Röm. Rechtsgesch. 1962, 177–186. Wichtigste Bautätigkeit in Rom: Pantheon, Roma-Venus-Tempel, Mausoleum, Villa bei Tibur, s. H. KÄHLER H. und seine Villa bei Tivoli (1950), in Athen: H.-Stadt, Olympieion, Bibliothek (W. JUDEICH Topogr. Ath. 100ff. 377ff. 382ff.).

Literar. Tätigkeit: Autobiogr., Sermones u.a., s. H. BARDON Les empereurs et les lettres Lat., 1940, 393–424. SCHANZ-HOS. 3,3ff.

Mz.: P. STRACK Unters. zur röm. Reichsprägung II (1933). MATTINGLY Coins Brit. Mus. 3, 1936, 236–552. RIC 2, p. 314–485. Hadriansvilla: S. AURIGEMMA Villa Adriana (1962). E. HANSEN La »Piazza d'Oro« (1960).

Bildnisse: B. M. FELETTI MAJ Enc. art. ant. 1, 83–88. M. WEGNER D. röm. Herrscherbild II 3 (1956).

J. Dürr Reisen des Kaisers H. (1881). *E. Kornemann* Kaiser H. (1905). *Ders.* Weltgeschichte des Mittelmeerraumes 2, 1948, 125–145. *W. Weber* Trajan und H. (1923). *W. Henderson* Life and Principate of ... H. (1923). *W. Weber* Unters. zur Gesch. Kaiser H.'. *B. d'Orgeval* L'emp. H. (1950). *D. Magie* Rom. Rule in Asia Min. 1, 1950, 611–629. 2,1469–1490. *S. Perowne* H. ³1960. *M. Yourcenar* Mémoires d'Hadrien, 1951 (deutsch: Ich zähmte die Wölfin, 1953; Roman).

2. H., procos. Asiae unter Traian zwischen 102/13 nach Mz. aus → Thyateira, Brit. Mus. Lydia p. CXXII, p. 304; SYME, JRS 43, 1953, 156 denkt an L. Dasumius H., völlig unsicher, s. D. MAGIE Rom. Rule Asia Min. 1583; es bleibt in der Liste höchstens 102/03 Platz für H., s. HANSLIK, RE Suppl. X 1066ff. **3.** H. aus Alexandreia war 395 comes sacrarum largitionum, Cod. Theod. 5,14,35; 397–399 magister officiorum, ebd. 6,26,11. 27,11; praefectus praetor. Italiae (Symmach. epist. 6,34); vom 27. Febr. 401 (Cod. Theod. 8,2,5) bis 5. Okt. 405 (ebd. 11,20,3) und nochmals vom 3. Aug. 413 (ebd. 15,14,13) bis 3. März 414 (ebd. 6,29,11). Gegen ihn richtet → Claudianus das Epigr. carm. min. 21. R. H.

Hadrumetum. Phoinik. Handelsplatz an der afrikan. Küste, 143 km s. von Tunis (h. Sousse). H. ist der röm. Name (Sall. Iug. 19); griech. Ἀδρύμης, Ἀδρύμητος, Ἀδρούμητος. Aus pun. Z. stammen ein im J. 1946 ausgegrabenes Tophet (P. CINTAS, Rev. Afr. 1947, 1) und Gräber. Im 3. pun. Krieg stand H. auf seiten der Römer und erhielt nach 146 als *populus liber* seinen Besitzstand garantiert. Unter Caesar verlor H. seine Freiheit, erhielt sie aber im J. 36 wieder (*oppidum liberum* Plin. nat. 5, 25). Traian gründete die röm. Kolonie *col. Concordia Ulpia Traiana Augusta Frugifera Hadrumetina* (CIL VI 1687 = DESS. ILS 6111). H.s Blütezeit fiel in die Zeit der Severer. Sitz des *legatus proconsulis Africae*, des *procurator regionis Hadrumetinae*, Hauptstadt eines Domänen- und Steuerbezirks. Unter Diocletian wurde H. Hauptstadt der neuen *Provincia Valeria Byzacena*. Viele öffentliche Gebäude festgestellt: Zirkus, Amphitheater, Theater, Thermen, auch viele Privathäuser oder Villen mit Mosaiken, Nekropolen und frühchr. Katakomben. M. L.

L. Foucher Hadrumetum, Paris 1964.

Hadylion (Ἁδύλιον, Ἡδύλιον). Der ö. Teil des Gebirgsriegels ö. des Kephisos zwischen Phokis und Boiotien, h. Vitriza, bis 543 m hoch. Plut. Sulla 16,7. 17,3. Demosth. 19,148 mit Sch. Strab. 9, 3,16 p. 424. Harpokr. Theopomp FGrH 115 frg. 157. 385. E. M.

1. *Bölte*, RE VII 2180f. 2. *Philipps.-Kirst.* 1,425. *N. G. L. Hammond*, Klio 31, 1938, 186ff.

Haedui (oder *Aedui*). Mächtiges und reiches Volk in Gallia Celtica, später Lugdunensis, zwischen Arar und Dubis. Nach Liv. 5,34 nahmen sie im 6. Jh. am Feldzug nach Oberitalien teil. Früh schlossen sie sich den Römern an und wurden von diesen Brüder und Verwandte genannt. Nach langer Vorherrschaft wurden sie von den Sequanern unterworfen, aber Caesar setzte sie wieder in ihre frühere Stellung ein, Caes. Gall. 1,.31. 6,12 Sie ließen sich, wenn nicht im J. 54, so doch im J. 52 v. Chr. (EM. THEVENOT Coll. Latom. L [1960]) und im J. 21 n. Chr. zur Empörung aufreizen. Als Claudius den Galliern das ius honorum erteilte, traten sie als erste in den Senat ein: Tac. ann. 11,25. Ihre Hauptstadt war erst Bibracte, dann Augustodunum. Ihr höchster Magistrat hieß *vergobretus*. In ihrem Gebiet wurden viele Altertümer gefunden. P. W.

Haemimontus (Αἱμίμοντος ἐπαρχία). Nach der Reichsteilung Diokletians von 297 eine Provinz der Dioecese Thracia, benannt nach dem → Haimosgebirge, von einem Praeses mit dem Sitz in Hadrianopolis verwaltet. Ihre n. Grenze (mit Moesien) folgte dem Zuge des Haimos, nach W. reichte H. bis an den Tonzosfluß (h. Tundža) oder etwas w. davon. Nach NW. umfaßte H. wahrscheinlich auch einen Teil des mittleren Hebros-Tales. Städte: Anchialos, Deultum, Plotinopolis, Tzoides u.a. Chr. D.

V. Velkov Die thrak. und dak. Stadt in der Spätant., Sofia 1959 (bulg. mit dt. Zusammenf. 95ff.).

Haemus s. Haimos

Hafenanlagen (λιμήν, *portus*). Ihrer Grundform nach teilt man die ant. H. ein in See-H. und Fluß-H. Die wichtigste Rolle spielen die See-H., über die sich der größte Teil des griech. und röm. Schiffsverkehrs abwickelt (die meisten Flüsse des Mittelmeergebiets sind für die Schiffahrt ungeeignet außer in Äg., Babylonien, Germanien, Gallien,

Pannonien, Dakien). Ihrer Funktion nach sind 3 H.-typen zu unterscheiden: der Verkehrs-, Handels- und Kriegs-H. Davon fallen die ersten beiden oft zusammen, da dem reinen Reiseverkehr nur die heiligen H. dienen, die für den Transport von Besuchern der Heiligtümer angelegt sind (Panhormos bei Didyma, Hieros Limen beim ephes. Artemision, Itea bei Delphi, Eleusis). Die meisten ant. H. dienen dem Handel, wobei der Schwerpunkt im Export (Phylakopi mit seinem Obsidian), Import (Puteoli, Portus, also H. der röm. Republik und Kaiserzeit), Umschlagshandel (Samos, Rhodos) oder der Synthese dieser Formen (Milet, Alexandreia, Peiraieus) liegen kann. Die Kriegs-H. sind im allg. räumlich mit dem Handels-H. verbunden. Erst in augusteischer Z. entstehen eigenständige Kriegs-H. (Misenum, Portus Iulius, Ravenna).

I. Von H. des 2. Jt. v. Chr. im kret.-myken. Kulturbereich sind nur geringe Reste an der N.-Küste Kretas erhalten: 15 km ö. von Knossos findet sich ein planmäßig angelegter H. Die Sandküste, durch felsige Landzungen geschützt, bildet einen idealen Landeplatz. Schon vor der Mitte des 2. Jt. entsteht dort auch ein Markt, ähnlich der Agora der Phaiakenstadt (Hom. Od. 6,265 ff.). (Diese Märkte liegen außerhalb der Stadtmauer, sind gesondert umfriedet und dem H. zugeordnet. Die Trennung äußert sich auch in der eigenen sakralen Sanktionierung dieses Gebietes [Hom. Od. 6,262], dessen Exterritorialität in der bes. Stellung des Emporions fortlebt.) Der weiche Porosfelsen zeigt künstliche, auf H. hindeutende Einschnitte. Dies sind die ältesten H., die ähnlichen phoinik. um viele J. vorausgehen. Ein anderer großer H. Kretas ist Amnissos, wo sich ebenfalls ein Landeplatz mit Niederlassungen (u.a. eine Villa mit Fresken), ein Brunnen und ein Heiligtum mit Altar befindet. 3 km w. davon liegt ein H., dessen Mauern (Molen?) noch h. unter Wasser sichtbar sind ([7],18). Bei den meisten küstennahen Siedlungen dieser Z. fehlen Reste von H. Man begnügt sich mit flachen, windgeschützten Sandstränden, auf die man die leichten Schiffe aufschleppt (Hom. Od. 2,389. Hes. erg. 623. 670).

II. In archaischer Z. ([1],45 ff.) machen größere Schiffe künstliche H.-bauten notwendig, deren guterhaltene Reste schon wesentliche Züge des klass. H. zeigen; vor allem Delos, das im 8. und 7. Jh. v. Chr. einen starken Aufschwung erlebt. Es entsteht zum Ankern ein Quai (*κρηπίς, ripa*), eine aufgeschüttete Kiesterrasse, die vorn und seitlich Futtermauern aus unregelmäßigen Steinblöcken zusammenhalten. Ein Bestreben nach gradlinigem Verlauf ist bereits erkennbar. Etwa gleichzeitig entsteht eine 280 m lange, 4–5 m breite Mole (*χώματα, bracchia*) aus geböschten Steinschüttungen zum Schutz der am Quai liegenden Schiffe gegen die offene N.-Seite. Der nächste Schritt des H.-baus ist der Kontakt der Mole mit der Stadtummauerung. In Samos steht das H.-system in direktem Zusammenhang mit der Stadtmauer des Polykrates. Die konsequente Fortführung dieses Systems schafft den *λιμὴν κλειστός*, dessen Einfahrt in späterer Z. durch Sperrvorrichtungen geschlossen werden kann ([1],65 ff.).

III. Die klass. Z. ([1],74 ff.) zeigt allg. den geschlossenen H. mit den zugehörigen Handelsanlagen und Schiffshäusern. Eine verbesserte Technik des Molen- und Quaibaus verwendet nur noch für die Fundamente unbehauene Steine, während der Oberbau aus sorgfältig gefügtem Mauerwerk (2 Quadermauern mit Steinfüllung) besteht. Wo die Innenseite der Mole zugleich als Quai dient, lösen die alten Böschungen senkrechte Steinwände mit beidseitiger Abfütterung mit häufig verklammerten Quadermauern ab (für die Errichtung vgl. Vitr. 5,12). Seit dem 5. Jh. v. Chr. baut man auch die Quaimauern nach diesem System. Zum Handels-H. gehört an Landbauten vor allem die Halle (*στοά, porticus*), die als Stapelplatz (*ἀποθήκη*), Warenbörse (*δεῖγμα*), Laden- und Büroraum dient. Daneben entstehen Niederlagen für bestimmte Produkte (Mehl-, Topfstoa in Mytilene, Lederhalle in Syrakus). Es sind lange, offene Hallen mit rückwärtigen Kammern, basilikenähnliche Säle oder einfache Schuppen. Zum Kriegs-H. gehören Schiffshäuser (*νεώσοικος, navalia*) zur Erhaltung der Kriegsschiffe in Friedenszeiten. Dies sind lange, mit der Schmalseite zum Wasser gebaute Schuppen mit Bodenneigung zum Einschleppen des Kriegsschiffes. Im allg. nimmt ein Schuppen nur je ein Schiff auf, doch bereits 404 v. Chr. vereint man in Syrakus 2 Schuppen unter einem Satteldach (ebenfalls im Peiraieus, dort inschr. *δμοτεγεῖς* genannt IG II² 1668,6). Arsenale (*σκευοθήκη, armamentarium*) nehmen die Schiffsausrüstung auf. Sehr wenig ist über Werften (*ναυπηγία, textrinae*) bekannt, die keine dauernden Anlagen gewesen zu sein scheinen. Der Schiffsbau findet im allg. am Strand auf hölzernen Helgen und Stapelanlagen statt. Daneben gibt es Kalfateranlagen (*ψύκτρα*).

IV. Im Hellenismus ([1],122 ff.) werden keine grundsätzlichen oder techn.-konstruktiven Neuerungen eingeführt. Der wachsende Schiffsverkehr bringt eine Vergrößerung der H. Die Molen sind z.T. bis 1 km lang und 30 m breit. Eine der glänzendsten hellenist. H. findet sich in Alexandreia. Eine gewaltige Mole verbindet die Stadt mit 2 Inseln und bildet 2 große H.-becken, deren ö. der Haupt-H. ist. Er liegt im Mauerring der Stadt. Im w. Teil der Einfahrt erhebt sich der berühmte Pharosturm. Seine Stellung am E. der über die Mole laufenden Stadtmauer weist auf die alten Befestigungstürme seitlich der H.-Einfahrt (Verwendung als → Leuchtturm erst später).

V. Die Römer ([1],161 ff.) führen zunächst den hellenist. H.-bau weiter. Neu jedoch ist die monumental wirkende Beherrschung alles Konstruktiven. Man legt Wellenbrecher, Rampen, Landungstreppen, künstliche Inseln, große Kurvenmolen ohne Rücksicht auf Naturgegebenheiten an. Der Zusammenhang des H. mit einer Stadt wird z.T. aufgegeben (Portus Iulius, Misenum, Ravenna). Eine wichtige Neuerung ist der Mörtelgußwerkbau, der die Wölbetechnik ermöglicht bei der Errichtung der durch Bögen verbundenen Pfeiler im Molen- und Quaibau. Durch freie Wasserzirkulation in diesen Bogengängen soll die Versandung des H. verhindert werden (vgl. Puteoli, wo die vordere Quaimauer in 2 auf Lücke angeordnete Pfeilerreihen mit Bögen darüber aufgelöst ist). Auch die Schiffshäuser baut man in Wölbetechnik, die der Forderung nach geringer Verwendung von Holz (Vitr. 5,12) der Brandgefahr wegen entspricht. Die Vorstellung von ant. H. orientiert sich bes. an dem seit der Renaissance immer wieder rekonstruierten H. von Portus. Er wurde unter Claudius geschaffen, um Rom mit den notwendigen Konsumgütern *(→ annona)* versorgen zu können. Das H.-becken (70 ha) ist an der ungegliederten Küste völlig frei angelegt (Cass. Dio 60,11). Es zeigt strenge Symmetrie mit einem geraden Innenteil, halbkreisförmigen Molen und einem Turm auf einem Wellenbrecher zwischen den Molenenden. Bringt die Z. des Claudius einen H. von hohem architekton. Rang hervor, so herrscht unter Nero der Geist des Ingenieurs. Er äußert sich in den großen Kanalprojekten (Isthmus von Korinth) und im H. von Antium, der in seiner Größe (60 ha) nicht weit hinter dem Claudius-H. liegt. Seine unregelmäßige Form bestimmen nur techn. Erwägungen. An die Tradition des Claudius-H. knüpft Traian wieder an. Der unter ihm gebaute H. von Centumcellae wiederholt den Plan von Portus (Plin. epist. 6,31), ist techn. aber fortgeschrittener, was ihm eine dauernde Bedeutung sichert. In Portus läßt Traian hinter dem Claudius-H. ein sechseckiges Becken anlegen, das massive, 12 m breite Quais einfassen. Den H. umgeben Magazine, die nach den Mz.-bildern zweistöckig sind. Die Bautätigkeit Traians bleibt wohl auf den W. beschränkt, so daß die Anlagen im O. seinen Nachfolgern zuzuschreiben sind. H. der späteren Kaiserzeit zeigen das Gepräge reiner Nutzanlagen, die oft große Ingenieurleistungen darstellen, aber eines architekton. Grundgedankens entbehren. S. O.

1. *Karl Lehmann-Hartleben* Die ant. H. des Mittelmeeres, Klio, Bh. 14, 1923 (dort auch die gesamte vorhergehende Lit.). 2. *Ders.* RE XIII 547ff. 3. *Nereo Alfieri* und *Paolo Enrico Arias* Spina, Münch. 1958, 20ff. 4. *Renato Bartoccini* Il porto rom. di Leptis Magna, Suppl. Nr. 13 des Bollettino del centre studi per la storia dell'architettura, 1958. 5. *Russell Meiggs* Rom. Ostia, Oxf. 1960. 6. *Cecil Torr*, Anc. Ships, Chicago 1964. 7. *Spiridon Marinatos* Kreta und das myken. Hellas, Münch. 1959. Bildliche Darstellungen: 8. *Amedeo Maiuri* La peinture rom., Genf 1953, 123. 9. *Carlo L. Ragghianti* Pittori di Pompei, Milano 1963, T. 96. 10. *P.E. Visconti*, Catal. del Museo Torlonia, Rom 1876 Nr. 338. 11. *Ernest Nash* Bildlexikon zur Topogr. des ant. Rom, Tüb. 1961, 1 T. 462–472. 12. *Karl Lehmann-Hartleben* Die Traianssäule, Bln. 1926 T. 6.18.19.24.61. 13. *T.L. Donaldson* Anc. Architekture on greek and roman Coins and Medals, Nachdr. Chicago 1965, T. 89–92.

Hafer (avena sativa Linné; griech. βρόμος, lat. *avena;* die Unterscheidung bei Plin. nat. 22,161 zwischen der angebauten *avena* und dem Unkraut βρόμος ist unhaltbar) ist h. in Europa das zweitwichtigste Getreide. Er wird aber größtenteils als Tierfutter verwandt und spielt nur in wenigen Gegenden in der menschlichen Nahrung eine mehr als untergeordnete Rolle. Sein Anbau scheint sich seit dem Alt. sehr ausgedehnt zu haben; denn damals war H. hauptsächlich als Unkraut bekannt (z.B. Theophr. h. plant. 8,9,2. Verg. georg. 1,154; wahrscheinlich avena sterilis L.), obgleich er manchmal auch als Futter (Gal. 6,522–523 K. Colum. 2,10, 32) und als Material für Graupen und Brei zu medizin. Zwecken (z.B. Hippokr. vict. 2,43. Plin. nat. 22,137) Verwendung fand. Sein geringer Preis im diokl. Edikt von 301 n.Chr. (1,17) läßt wohl auf seine Verwertung als Tierfutter schließen und nach Gal. a.O. wurde er nur bei größter Hungersnot zur Ernährung gesunder Menschen verwandt (und zwar als Brot, obwohl H. zur Brotbäckerei ganz ungeeignet ist). Nördlich der Alpen jedoch war, zur Überraschung der Römer, H. (als Brei) ein Hauptnahrungsmittel german. Völker (Plin. nat. 18,149), zweifellos weil er ein bescheidenes Getreide ist, welches in kälteren Gegenden besser gedeiht als der anspruchsvollere und überall beliebtere Weizen. L. A. M.

V. Hehn-O. Schrader Kulturpflanzen und Haustiere, 1911[8], 561–565. *Aug. Schulz* Gesch. der kult. Getreide, 1913.

Hageladas s. Ageladas

Hagesandros s. Agesandros

Hagesias s. Hegias

(H)agias. Unter dem Namenpaar Ἀγίας καὶ Δερκύλος gehen Ἀργολικά, die, in gemäßigtem Dorisch verfaßt, für die eingehend behandelte myth. Z. bei den Benutzern mit → Deinias (Hauptwerk über Argos) konkurrieren; Benutzer u.a. Kall. (Aitia, Λουτρὰ Παλλάδος [?]), laut Antimachos- und Kall. Sch. (u. Dieg.). H., in dem manche H. v. Troizen, nach Prokl. Chrest. Vf. der kykl. Νόστοι, sehen, scheint der ältere der beiden Autoren zu sein; ihr Verhältnis zueinander ist nicht geklärt. W. Sp.

Frg: FGrH 305 (Lit.) m. Add.; vgl. 288, wozu RE Suppl. VII 123/24. *Pack*[2] Nr. 89.196.205.

Hagnias (Ἁγνίας). Vater des Steuermanns der Argo, Tiphys. Apoll. Rh. 1,105. Orph. Arg. 122. Apollod. 1,111. H. v. G.

Hagno (Ἁγνώ). Eine der Nymphen, die den in Arkadien geborenen Zeus Lykaios aufgezogen haben (Paus. 8,38,2). An einer nach ihr benannten Quelle auf dem Lykaion wurde in Zeiten der Dürre Regenzauber geübt. Ein Zeuspriester berührte nach einem Opferritus das Wasser mit einem

Eichenzweig, worauf Nebel aufstieg, der sich zu Regen verdichtete. Vermutlich ist der Ort die h. Quelle Korites [4],162 T.7. H. S.

1. *Nilsson* GgrR² 1, 1955. 2. *Süss*, RE VII 2207. 3. *A.B. Cook* Zeus, 3,284ff. 4. *Kuruniotis* Ἐφ. ἀρχ. 1904.

Hagnon (Ἅγνων). **1.** Athener, Sohn des Nikias, trat 440 v.Chr. als Stratege beim Sam. Aufstand hervor (Thuk. 1,117); möglicherweise ist er ident. mit dem *οἰκιστής* von Amphipolis (Thuk. 4,102. 5,11). H. war erneut 431 und 429 Stratege, unterzeichnete den Nikiasfrieden mit (Thuk. 2,58. 2,95. 5,29. 24) und war 413 einer der 10 *πρόβουλοι* (Thuk. 8,1. Lys. 12,65). Er besaß Ansehen beim Volk (Xen. hell. 2,3,30) und war 431/30 an den Angriffen gegen Perikles beteiligt (Plut. Per. 32). H. war wohl der Vater des Theramenes. **2.** Aus Teos, gehörte zu den Hetairoi Alexanders d. Gr. (Athen. 12,539c). Er scheint zur Verurteilung des Kallisthenes beigetragen zu haben (Plut. Alex. 55). H. Ca.

Berve Alex. 2,9f.

3. H., von Tarsos, Schüler des → Karneades, dessen Vorlesungen H. trefflich edierte; vgl. Cic. Luc. 16; Ind. Acad. Hercul. 23,4 (84 Mekler). Da Karneades nichts schrieb, wurde H.s Nachschrift wichtig für die Fixierung des von Karneades Gelehrten. Wenn Cic. Luc. 16 H. dem Kleitomachos lobend gleichstellt, so zielt dieses Lob wohl auf dieses Verdienst der Fixierung. Quint. 2,17,15 bezeugt eine Anklageschrift des H. gegen die Rhetorik. Isolierte Zitationen bei Athen. 13,602 d. Plut. soll. an. 12,968 d. Sch. Il. 4,101. H. D.

Hagnonides (Ἁγνωνίδης). Athener aus Pergase, Sohn des Nikoxenos, Antragsteller in einer Urkunde von 325/24 (IG II 809a), wurde im Prozeß gegen → Harpalos wegen Bestechung verklagt. Nach dem Lam. Krieg flüchtete er aus Athen (Plut. Phok. 29). Zurückgekehrt verklagte er im J. 318 → Phokion (33f.). Später wurde er zum Tode verurteilt (38). K. W.

Berve Alex. Nr. 18.

Hagnus (liter. zumeist Ἀγνοῦς). Mittelgr oßer att. Demos der Inlandtrittys der Akamantis, von 306–201 v.Chr. zur Demetrias, nach 200 zur Attalis gehörend, s. vom h. Markopulo, Steph. Byz. Zum Namen Brückner, MDAIA 16, 1891, 206 A. 1. E. M.

1. *Kolbe*, RE VII 2210. 2. *Philipps.-Kirst.* 1,828 A. 2.

Hahn s. Huhn

Hahnenkämpfe (ἀλεκτρυόνων ἀγῶνες). Ein eifrig betriebener Sport in Athen, Plat. Lys. 211 E und nach Ail. nat. 2,28 ein Agon im Theater des Dionysos seit dem Ende der Perserkriege. Die Angabe des Ail. wird bestätigt durch die Darstellung einer 2 Hähne gegeneinander setzenden Göttin am Stuhle des Dionysospriesters und ein altes Relief, das 2 Hähne vor einem Tisch darstellt, auf dem Siegerkränze liegen und hinter dem 3 Richter sitzen. Männer militärfähigen Alters verlangte das Gesetz zur Beobachtung des Ausgangs, Lukian. Anach. 37. Hähne wurden für den Kampf gezüchtet, Plat. leg. 7,789 B. Plin. epist. 10,48. Varro rust. 3,9,6. Paus. 9,22,4; sie wurden mit Lauch gefüttert, um ihren Kampfinstinkt aufzustacheln, Xen. symp. 4,9. Aristoph. Ach. 165; Equ. 494 mit Sch. und mit Bronzesporen versehen, Aristoph. Av. 759. 1365 mit Sch. Die Beliebtheit dieses Sportes wird bezeugt durch viele Darstellungen auf Vasen, Sarkophagen und den Hahn auf att. Tetradrachmen. In Spielkasinos (*κυβεῖα*, Aischin. 1,53), Palästren, Gymnasien oder auf offenen Plätzen wurden zwei Hähne auf einer Plattform (*τηλία*) oder einem Tisch einander gegenübergesetzt und von ihren Herren zum Kampf gereizt. Ein Mosaik in Pompeji zeigt das Ende eines solchen Hahnenkampfes: der siegreiche Hahn sich spreizend, sein Herr den Siegeskranz empfangend, der geschlagene Hahn mit beschmutzten Federn und blutigem Kopf, während sein junger Herr kummervoll das Gesicht bedeckt. O. W. R.

Hai. Von dieser der Ordnung der Knorpelfische (*σελάχια*, *χονδράκανθα*, vgl. Aristot. hist. an 489 b 6. Ail. nat. 11,37) zugehörigen Familie waren den Mittelmeervölkern die meisten wichtigen Arten geläufig, so der Hunds- oder Schweins-H. (*κύων*, *γαλεὸς νεβρίας*), der glatte H. (*γαλεὸς λεῖος*), der Fuchs-H. oder Meerfuchs (*ἀλωπεκίας*), der Katzen-H. (*σκύλιον*, *scyllium*), der Dorn-H. (*ἀκανθίας*), endlich der Blau-H. (*καρχαρίας*, vielleicht auch mit *πρηστίς*, *pristis*, pistris u.ä. gemeint). Aber ihre wirkliche Unterscheidung ist in den Quellen ganz unsicher, und mit Verwechslungen und schwankenden oder zusammenfassenden Bezeichnungen muß fast überall gerechnet werden. Aristot. hist. an. 566 a 31 unterscheidet *γαλεοί* und *γαλεώδη* (»Haiartige«) und zählt zu den letzteren den *κύων*, den Fuchs-H. und andere, während er den Katzen-H., Stern-H., Dorn-H. und glatten H. zu den eigentlichen H. rechnet (565 a 17 – 566 a 19); dagegen trennt Theophrast ([Aristot.] ebd. 621 b 16) den Dorn-H. von den *γαλεοί* ab. Ail. nat. 1,55 wiederum kennt 3 Arten von *κύνες*: 1. *οἱ μέγιστοι* (Blau-H.?), 2. *κατεστιγμένοι* (Stern-H. und andere), 3. *κεντρῖναι* (Dorn-H.). *Κύων* »Hund« ist wohl die allgemeinste volkstümliche Bezeichnung; schon Hom. Od. 12,95f. spricht nur von *κύνες* (neben Delphinen); Paus. 2,34,2 nennt sie gefährlich für Schwimmer, wie Plin. nat. 9,110 die *scyllia* für Perlenfischer (ebenso unbestimmt *pistris* Val. Fl. 2,530). Noch verwirrender ist das Auftreten der Wörter *καρχαρίας* (Plat. com. 173,13. Mnesim. 4,36), *ἀλωπεκίας* (Diphil. Siphn. bei Athen. 8,356 C al.; Opp. Hal. 1, 381), *γαλεός* (Plat. com 137; Aristoph. frg. 318 K.), *κύων* (Kratin. 161) in kulinar. Listen und Anweisungen, während h. nur der Dorn-H. als eßbar gilt. Biolog. Angaben von Wert gibt fast nur Aristot., bes. über Fortpflanzung aus Eiern, die im Mutterleib ausgebrütet werden (565 a 15ff. vgl. Ail. 11,37; von den Angaben Ail. 2,55 ist nur richtig, daß das Weibchen Neugeborene zuweilen verschlingt); zur Jagd und dem Verhalten der Artgenossen dabei Ail. 1,55 (z.T. Fabelhaftes). Bei der Entstehung der Sagen von → Andromeda und → Hesione dürften Erlebnisse mit H. mitgespielt haben, doch nur selten tragen Darstellungen des »Meerungeheuers« (κῆτος) wirklich Züge des H. (z.B. Zähne und Flossen auf der Berl. Hydria Nr. 3238, vgl. KUHNERT b. ROSCHER 3,2,2053). W.R.

Aubert-Wimmer Aristot. Tierk. 1. § 146ff. *Keller*, Ant. Tierwelt 2,369ff.

Haimatites, »Blutstein«. Heute: eine Abart des Roteisensteins. Der ant. H. scheint mit unserm H. ident. gewesen zu sein. Die Benennung stammt von der Farbe (Theophr. lap. 37 »wie getrocknetes Blut«). Der H. war schon in altoriental. Kunst als Edelsteinschmuck beliebt. Seine Bedeutung im Aberglauben (Abwehrzauber, fördernde Kräfte) war recht groß (s. z.B. Plin. nat. 37,169). Die kaiserzeitliche Medizin benutzte den H. als innerliches und äußerliches Medikament, meist bei Blutungen. F. K.

Haimon (*Αἵμων*; »kundig« Hom. Il. 5,49). Verbreiteter Heroenname. **1.** Eponym der thessal. *Αἵμονες* (Pind. N. 4,56), Sohn des Pelasgos, Vater des Thessalos (Rhianos, Sch. Apoll. Rh. 3,1090, Strab. 9,443f.) oder Sohn des Zeus und der → Melia (IG IX 2,582,1 [Larisa]. Val. Fl. 4,118) oder Sohn des Ares (Sch. Apoll. Rh. 2,504). **2.** Sohn des Lykaon, Gründer von Haimoniai in Arkadien. Paus. 8,44,1. Apollod. 3,97. **3.** Führer der Pylier, Gefährte Nestors, Hom. Il. 4,296. **4.** Thebaner, Vater des Maion, der mit Polyphontes dem Tydeus einen Hinterhalt legt, Il. 4,394ff. **5.** Thebaner, Sohn Kreons. Nach der Oidipodie (BETHE Theban. Heldenlieder 7) und Apollod. 3,54 der schönste aller Knaben, die die Sphinx verschlang. Im att. Drama Verlobter der → Antigone (N. 2). Das Liebesmotiv, nach BETHE (s.o.) aus der alten Sage stammend, kommt bei Soph. nur lyrisch zur Geltung. Bei Eur. bewahrt H. Antigone vor dem Tode und darf sie schließlich heimführen. Ihr Sohn ist Maion. Über Hyg. fab. 72 s. C. ROBERT Oedipus 1,305ff. 381ff. und o. I 380,5. M. POHLENZ Die griech. Tragödie 187ff. 373. 379. H. v. G.

6. H., Bach bei Chaironeia, nur bei Plut. Demosth. 19,2. Thes. 27,6 genannt, wohl der h. Bach von Lykuresi. E. M.

1. *Bölte*, RE VII 2218f. 2. *N.G.L. Hammond*, Klio 31, 1938, 199. 204ff.

Haimos (*Αἷμος*). **1.** Personifikation des thrak. Gebirges (= Balkan), auf Münzen dargestellt. Sohn von Boreas und Oreithyia (Steph. Byz.), Gemahl der Rhodope, Vater des Hebros (Serv. Aen. 1,317. 321). Die Liebenden (nach Ps. Plut. fluv. 11,3 Geschwister) nennen sich Zeus und Hera und werden zur Strafe in Berge verwandelt, Ov. met. 6, 87ff.: ein hellenist. Motiv, vgl. → Keyx. H. v. G.

2. H. (*Αἷμος*, *Haemus*, bulg. Stára Planiná, der »Alte Berg«, türk. Balkán), thrak. Name des als Wasser- und Länderscheide am schärfsten ausgeprägten Gebirges der Balkanhalbinsel. Der H. erstreckte sich vom Timacusfluß (h. Timok) bis zum Pontos Euxeinos. Die frühesten Nachrichten gelangten zu den Griechen wohl durch ihre Kolonien an der Pontos- und der Ägäisküste. Erste Erwähnung des *Θραΐκιος Αἷμος* bei den Logographen (Hekat. frg. 169) als eines der höchsten Gebirge Altthrakiens neben der Rhodope und dem Donax (Rilageb.) bei Strab. 4,6,12. Laut Strab. 7,313 bildete der H. zusammen mit den Illyr., Paion. und Thrak. Gebirgen von der Hadria bis zum Pontos eine Gebirgskette *ὄρη μίαν πως γραμμὴν ἀποτελοῦντα* und zerschnitt Altthrakien in 2 fast gleiche Teile. Vom H. gingen nach Hdt. 4,48ff. die wichtigsten Zuflüsse der unteren Donau aus. Die thrak. Gebirgsstämme, die den H. bewohnten, werden bereits bei Thuk. 2,96, erwähnt. Die Legende bei Ps. Plut. de fluv. 10 vom H. und der Rhodope spiegelt die Bedeutung beider Gebirge für Altthrakien sowie des sie »trennenden« Hebrosflusses wider. Über die Pflanzenwelt im H. s. Theophr. h. plant. 4,5,7. 2,9,1–2.

Die ersten Feldherren des Alt., die den H. überquerten, waren die Odrysenkönige, von fremden Eroberern Alexander d. Gr. auf seinem Feldzug gegen die Triballer u. Geten. Eine Reihe wertvoller Angaben über den H. bei Amm. 21,10,3ff. u.ö. S. auch Haemimontus. Chr. D.

Oberhummer, RE VII 2221ff. *Jireček* Die Heerstraße von Belgrad nach Constantinopel, pass. *Ders.* Fürstentum Bulg., 1881, pass. *Ders.* Reisen durch Bulg., bulg., 2 Bde., Plovdiv 1899, pass. *Danoff* Zu den hist. Umrissen Altthrakiens I, Sofia 1944, bulg. mit dt. Résumé, 16ff. *Detschew* Die thrak. Sprachreste 9ff. *Ders.* Haemus und Rhodope, Jahrb. der Univ. Sofia, Hist. Philol. Fak. 21, 1925, 17ff. (bulg. mit d. Résumé).

Halaesa s. Alaisa

Halai (*Ἁλαί*). »Salzpfannen«, Name verschiedener Ortschaften, in Attika → Halipedon und Name zweier Demen, Demotikon *Ἁλαιεύς*. **1.** H. *Αἰξωνίδες*, großer Demos der Küstentrittys der Kekropis (Steph. Byz. Inschr.), nach Strab. 9,1,21 p. 398 zwischen → Aixone und Anagyrus (beim h. Vari), danach der südlichste Teil der Küste w. des Hymettos zwischen Kap Punta und → Zoster, das nach Steph. Byz. und Inschr. zu H. gehörte. Demendekrete IG II² 1174. 1175.

1. *Kolbe*, RE VII 2226f. 2. *W. Wrede* Attika 1934, 30. 3. *Philipps.-Kirst.* 1,904. 4. *Westermanns* Atl. z. Weltgesch. 1956 Bl. 13.

2. H. *Ἀραφηνίδες*, mittelgroßer Demos der Küstentrittys der Aigeis, nach Strab. 8,1,22 p. 398 und Steph. Byz. n. von Brauron, danach das h. Aliki; Tempel der Artemis Tauropolos, Strab. Eurip. Iph. Taur. 1451ff. Kallim. h. 3,173f. Demendekrete, EA 1925/26, 168ff. 1932, *παρά*, 30ff.

1. *Kolbe*, RE VII 2227. 2. *W. Wrede* Attika 1934, 30. 3. *Westermanns* Atl. z. Weltgesch. 1956 Bl. 13. 4. *Philipps.-Kirst.* 1,819.

3. Seit 272 v. Chr. (BELOCH GG 4,2^2,430ff.) nordwestlichster Ort Boiotiens, vorher lokrisch; am O.-Ende der Bucht von Opus (Atalanti) beim h. Theologos, 85 v. Chr. durch Sulla zerstört, aber neu besiedelt (Plut. Sulla 26,3f.) und bis in byzantin. Zeit bewohnt. Mauerring am Meer mit Tempel der Athena Poliuchos, Nekropole u. a. mit reichen Funden seit dem 6. Jh. v. Chr. Unter der griech. Stadt neolith. Siedlung. Strab. 9,2,13 p. 405 4,2 p. 425. Paus. 9,24,5. Steph. Byz. E. M.

1. *Bölte,* RE VII 2227f. Nr. 3. 2. *Oldfather,* RE XIII 1137, 2ff. 3. *K. Lehmann-Hartleben* Die ant. Hafenanlagen des Mittelmeeres, Klio Bh. 14, 1923, 78. 4. *Philipps.-Kirst.* 1,357. 5. *A. L. Walker–H. Goldman* Report on excavations at Halae of Locris, AJA 19, 1915, 418ff. 6. *H. Goldman* The acropolis of Halae, Hesp. 9, 1940, 381ff. 7. *H. Goldman–Fr. Jones* Terracottas from the necropolis of Halae, Hesp. 11, 1942, 365ff. 8. Inschr. [5] 438ff. [6] 428ff. *A. Jardé–M. Laurent,* BCH 26, 1902, 333, Nr. 38. *C. D. Buck,* CPh 11, 1916, 211ff.

Hales (NISSEN It. Ldk. 2,895), Fluß Lucaniens, der bei Velia (unbegründete Annahme von Namensverwandtschaft bei Steph. Byz. s. Ἐλέα) mündet (Cic. fam. 7,20,1; Att. 16,7,5); Vib. Sequ. p. 146 R. nennt ihn *Alyntos;* h. Alento. G. R.

Halēsus (Halaesus). Natürl. Sohn (Ov. am. 3, 13,31ff. Serv. Aen. 7,723) oder Gefährte (Serv. a. O.) Agamemnons, floh nach dessen Tod aus Argos und gelangte nach vielen Irrfahrten nach Italien (Ov. a. O.; fast. 4,73), wo er Stamm-Heros der Falisker u. Gründer von Falerii wird (Ov. a. O. vgl. Plin. nat. 3,51 [nach Cato]. Anlautwechsel *h:f,* Serv. Aen. 7,695. Solin. 2,7. NEHRING, Glotta 14, 1925, 254f.). Sil. 8,474f. bringt ihn auch mit *Alsium* zusammen (von Namensform *Alesus*). Nach Serv. auct. Aen. 8,285 aber wird er als Sohn des Neptunus und Gentilheros der Könige von Veii im dortigen Salierlied gefeiert. H. kämpft als Führer kampan. Stämme mit Turnus gegen Aeneas (Verg. Aen. 7,723ff.). Bei Verg. Aen. 10,352ff. fällt H. durch Euanders Sohn Pallas: Hier aber wird als Vater H.' ein Mann *fata canens* genannt, der ihn bis zu seinem Tode im Wald versteckt gehalten habe (daher von manchen unterschieden von dem H. in Aen. B. 7). Anknüpfungspunkt zwischen Falerii und Argos scheint der Iuno-Kult gewesen zu sein (vgl. Ov. a. O. Dion. Hal. 1,21). W. E.

Müller-Deecke Etr. 1,169. 2,285f. *Deecke-Wissowa,* Myth. Lex. 1,1818f. *B. Rehm* Philol. Suppl. 24,2,15.95.

Halex (NISSEN It. Ldk. 2,955), Fluß an der S.-Küste von Bruttium, der nach Tim. FGrH 566 F 43b. Strab. 6,260 die Grenze zwischen Rhegion und Lokroi bildete; selbst die Zikaden zu beiden Ufern waren verschieden; an seiner Mündung Gefecht der Lokrer mit Athenern 426 v. Chr. (Thuk. 3,99); h. Alice. G. R.

Halia (Ἁλία). Der Name deutet auf das Meer. Schwester der kunstreichen Telchinen, bei denen Poseidon aufgezogen wurde. Dieser zeugte mit H. 6 Söhne und eine Tochter, Rhodos. Die gewalttätigen Telchinen, von Aphrodite in Wahnsinn versetzt, tun der eigenen Mutter Gewalt an. Poseidon bestraft sie, indem er sie in der Erde verbirgt. H. wirft sich ins Meer, wird aber in Ino-Leukothea verwandelt [3],1819,2. H. S.

1. *K. Kerenyi* Mythol. der Griechen, 1951. 2. *Malten,* RE VII 2232. 3. *Drexler* Myth. Lex. 1, 1819.

Haliartos (Ἁλίαρτος). Ältere einheim. Namensform Ἀρίαρτος, Ἀρίαρτος: Steph. Byz. Mz. Inschr.), bereits myken. Stadt auf Felshügel Kastri am S.-Rand des Kopaissees 2 km w. des h. Mulki, schon bei Hom. Il. 2,503 genannt. Bekannt durch den Tod Lysanders beim Angriff auf H. 394 v. Chr. 171 v. Chr. im Perseuskrieg von Rom erobert und zerstört, Gebiet an Athen gegeben. Zum Gebiet von H. gehörte das boiot. Bundesheiligtum des Poseidon von Onchestos. Auf der Akropolis Tempel der Athena aus dem E. des 6. Jh. Die Bewohner galten nach Herakleides 25 (GGM 1,104) als stumpfsinnig. Strab. 9,2,27 p. 410f. 30 p. 411. 33 p. 412. Paus. 9,33,3. Inschr. IG VII 2848–2857. SGDI I 660–664. CAUER-SCHWYZER 499–501. [4] 1926/27, 134ff. 1931/32, 187. 197ff. Mz. HEAD HN^2 345. E. M.

1. *J. G. Frazer* Pausanias 5,164ff. mit älterer Lit. 2. *Bölte,* RE VII 2241ff. 3. *V. Burr* Νεῶν κατάλογος, Klio Bh. 49, 1944, 25 mit Abb. 13. 4. *R. P. Austin* Excavations at H., ABSA 27, 1925/26, 81ff. 268ff. 28, 1926/27, 128ff. 32, 1931/32, 180ff.

Halieis (Ἁλία bei Skyl. 50 und Hesych, Ἄλυκος bei Kall. bei Steph. Byz. PFEIFFER 1,456 frg. 705. Sch. Aristoph. Lys. 403, Ethnikon Ἁλικός), kleine Hafenstadt an der Bucht von Cheli (h. Portocheli), begründet durch von Hermione angesiedelte vertriebene Tirynthier ca. 465 v. Chr., Niederlage der Athener 458 v. Chr., in der Kaiserzeit verlassen. Hdt. 7,137. Strab. 8,6,3 p. 369. 6,11f. p. 373 (ALY Parola del passato 5, 1950, 244ff.). Paus. 2,36,1. Steph. Byz. s. Ἁλιεῖς, Τίρυνς, Ἁλαί. Mz. HEAD HN^2 443. E. M.

1. *Bölte,* RE VII 2246ff. 2. *Ad. Wilhelm,* Anz. Wien 1948, 58.

Halikarnassos (Ἁλικαρνασσός). Hafenstadt Kariens, h. Bodrum. Über die Stadtanlage Ps.-Skyl. 98a. Strab. 14,656f. Plin. nat. 2,204. Arr. an. 1,23,3. Steph. Byz. s. v. Vitr. 2,8,10ff. – Um eine kreisförmige Hafenbucht (κλειστὸς λιμήν), im O. von dem Landvorsprung Zephyrion (urspr. Insel) und im W. von der Salmakis eingefaßt, erhob sich die Stadt wie die Cavea eines Theaters terrassenförmig im Halbkreis (R. MARTIN L'Urbanisme dans la Grèce ant., 147f.). Über den Hafen und den *secretus portus* (s. K. LEHMANN-HARTLEBEN Ant. Hafenanlagen des Mittelmeeres, Klio Bh. 14,86f.). – Uralte kar. Siedlung. Vom 11. Jh. ab von der Argolis aus (Troizen: Hdt. 7,99. Paus. 2,30,8. Argos: Vitr. 2,8,12. Mela 1,16,3) besiedelt. Die griech. Stadt, höchst wahrscheinlich auf dem Zephyrion gelegen, enthielt kar., ion. und dor. Elemente. Die älteste Gesch. liegt im Dunkeln.

Nach Hdt. 1,144 Mitglied der dor. Hexapolis. Von Kroisos, dann von den Persern erobert (Hdt. 1, 174f.). Um 468 Mitglied des Del.-Att. Seebundes. Am Ende des pelop. Krieges wieder unter pers. Herrschaft, aber von einheimischen Dynasten verwaltet. Mausolos (ca. 377–351) verlegte seine Hauptstadt von Mylasa nach H. (Diod. 15,90,3). Erobert von Alexander d. Gr. nach langer Belagerung (334) und zerstört (Arr. an. 1,20,5. Diod. 17, 23f.), in der hellenist. Z. Streitobjekt zwischen den Großmächten, im 3. Jh. vorwiegend unter ptolem. Einfluß, 192 wieder frei und auf Seiten Roms (Liv. 37,10,16), nach 189 Rhodos angegliedert (Pol. 22,7,27. 23,3. Liv. 27,55. App. Syr. 44), 88 kurze Herrschaft des Mithridates (App. Mithr. 21), 62–58 Plünderung durch die Seeräuber (Cic. ad Q. fr. 1,1,8), dann der Provincia Asia angegliedert. Von 395 n. Chr. ab Stadt des byzant. Reiches, 1402 von den Johanniterrittern erobert (Burg auf dem Zephyrion), 1522 endgültig unter türk. Herrschaft.

Einige Bauten untersucht von C. T. NEWTON (1856/57), vgl. auch Vitr. a. O. In der Mitte des Hafenviertels die Agora; auf einer höher gelegenen Straße, die die Stadt in 2 Teile teilte, lag das Mausoleion (s. u.). Ö. davon das Demeterheiligtum, w. wurde ein röm. Haus mit Mosaiken aufgedeckt. Im N. das Theater, ö. davon eine hellenist. Stoa (30 Säulen gefunden); alle diese Bauten überragte der Tempel des Ares (wahrscheinlich auf dem Göktepe). Auf dem Zephyrion lag der Palast des Mausolos, auf der Salmakis im W. (beim türk. Arsenal) der Tempel der Aphrodite und des Hermes oder des Hermaphrodites (eher als auf dem Kaplankalesi). – Der defensive Charakter der Stadtmauer, die den Höhenrücken im N. mit einbezieht und der mit einem tiefen Graben versehen war (Arr. an. 1,20,8), wird von Diod. (15,19. 17,23) hervorgehoben. Im O. das Mylasator (jetzt zerstört), im W. das Tripylon. Gesch.: G. JÜRGENS De rebus Halicarnensium 1,3ff. BÜRCHNER, RE VII 2255ff. D. MAGIE Rom. Rule in As. Min. 1,86f. 2,909ff. Anm. 133ff. B a u t e n: C. T. NEWTON A hist. of discoveries at H. etc. 2,1 und 2,2. L. BÜRCHNER, 2261ff. G. KARO, AA 1919, 61f. A. MAIURI, ASAA 4/5, 1921/22, 271ff. G. E. BEAN–J. M. COOK, BSA 50, 1955, 85ff. L. ROCCHETTI, Encicl. dell' Arte Ant. 1,251ff.

Das M a u s o l e i o n, vielleicht von Mausolos geplant, von seiner Schwester-Gemahlin Artemisia erbaut und kurz nach 351 vollendet, Architekten Pytheos und Satyros, gehörte zu den 7 Weltwundern. Wahrscheinlich durch Erdbeben nach dem 12. Jh. zerstört und lange, vor allem von den Johanniterrittern, als Steinbruch benutzt. Für die Baumaße und die Beschreibungen, die teilweise unklar, sogar unrichtig sind: Plin. nat. 36,30 (vgl. Hyg. astr. fab. 223,2. Vib. Sequ. sept. mirab. 2). Ausgegraben von NEWTON 1856/59. Unter den über 50 Rekonstruktionsversuchen sind die von F. KRISCHEN maßgebend. Maßeinheit: der zur altion. oder sam. Elle von 52,5 cm gehörige Fuß von 35 cm. Über einem mit Stufen versehenen Sockel rechteckigen Grundrisses, der wahrscheinlich die Grabkammer enthielt, erhob sich ein Pteron mit 36 ion. Säulen (9x11), die eine Cella umgaben. Säulen, Kapitelle und Gebälkfragmente (ohne Fries) bei der Grabung gefunden. Darüber eine 24stufige Pyramide, auf deren Spitze auf einer Basis eine Quadriga stand, Werk des Pytheos. Gesamthöhe 140 F. – S k u l p t u r e n: 2 übereinander gesetzte Friese (Amazonomachie und Kentauromachie) dienten wahrscheinlich als Bekrönung des Sockels, ein 3. Fries (Wagenrennen) wohl am oberen Abschluß der Cella. Nach Plin. schuf im O. Skopas (führender Meister), im N. Bryaxis, im S. Timotheos, im W. Leochares. Die Zuteilung an die 4 Bildhauer, ja sogar das Datum der vorhandenen Friesplatten (Brit. Mus.), ist umstritten. Nur die Platten Nr. 1013/15 und 1025 werden fast einstimmig Skopas zugeschrieben. Von den zahlreichen rundplast. Werken sind zu erwähnen die Bildnisstatue eines kar. Fürsten (Mausolos?) und einer Fürstin (Artemisia?), deren Standort (auf der Quadriga oder im Pteron) umstritten ist, wahrscheinlich Werke des Bryaxis. Die Löwen standen wohl nicht in den Intercolumnien des Pteron, sondern auf dessen Dach, am Fuß der Pyramide.

A. M. M.

F. Krischen Weltwunder der Baukunst in Babylonien und Ionien, 73ff. 96ff. Guter Überblick mit vollständ. Lit. *H. Riemann*, RE XXIV 372ff.

Halikyai (*Ἁλικύαι*). Kleine Stadt im w. Sicilien zwischen → Lilybaion und → Entella (Theopomp bei Steph. Byz. s. v.), also im Einflußgebiet der Karthager gelegen und ihnen untertänig, wie ihre Haltung während des Feldzuges des Dionysios gegen Motya 397/96 beweist (Diod. 14,48,4. 54,2. 55,7). Während des pelop. Krieges wie Segesta mit Athen verbündet nach Thuk. 7,32,1 (wo die Nennung neben Kentoripa nichts gegen die Lage von H. im W. der Insel beweist) und dem Inschr.-Frg. IG I² 20, das RAUBITSCHEK TAPhA 75, 1944, 10 mit Wahrscheinlichkeit auf 427/26 datiert und die H. für Elymer erklärt. 278/77 wird H. von Pyrrhos, 263 von den Römern erobert (Diod. 22,10,2. 23,5). Cicero rechnet die *Halicyenses* zu den *civitates immunes ac liberae* (Verr. 3,13. 91. 5,15), Plin. nat. 3,91 zu den *stipendiarii*. Über die genaue Lage gibt es nur unsichere Vermutungen. Keine Mz.

K. Z.

Halimus (*Ἁλιμοῦς*). Kleiner att. Demos der Stadttrittys der Leontis (Harpokr. Inschr.) nach Strab. 9,1,21 p. 398 an der Küste zwischen → Phaleron und → Aixone, nach Demosth. 57,10 von Athen 35 Stadien (6,2 km) entfernt, danach beim h. Chasani landeinwärts von Kap → Kolias (Hg. Kosmas), hier inschr. bestätigt. Paus. 1,31,1 Heiligtum der Demeter Thesmophoros und Kore, wohl = Hesych s. *Κωλιάς* und vielleicht s. von Trachones, W. WREDE Attika 13. 29. AA 45, 1930, 100.

Inschr. ist ein Dionysosheiligtum belegt. Aus H. stammte der Historiker Thukydides. E. M.

1. *Hondius* A new inscription of the deme Halimous, ABSA 24, 1919/21, 151ff. 2. *J. Day*, AJA 36, 1932, 1f. 3. *Philipps.-Kirst.* 1,903 A. 2. 4. *Westermanns* Atl. z. Weltgesch. 1956 Bl. 13.

῞Αλιος γέρων. Der Meergreis kommt als selbständiges Wesen oder als Bezeichnung von Meergöttern wie → Proteus (Hom. Od. 4,365. 349), → Phorkys (Od. 13,96.345), → Nereus (Od. 24,58. Il. 1,538 u. a. Hes. theog. 234.1003. Cornut. epidr. 23), → Glaukos vor. Heiligtümer des ἅ.γ. am Bosporos (Dionys. Byz. p. 20 Wescher), eines γέρων (= Nereus) in Gytheion (Paus. 3,21,9), eines anderen γέρων (= Glaukos) in Spanien (Sch. Apoll. Rh. 2,767); vgl. Avien. or. m. 263 *Gerontis arx*. Man sah in ihm einen großen vorposeidon. Meergott, der sich in Einzelwesen gespalten habe, aber noch als eine Art Oberbegriff fungiere. O. KERN Rel. der Griechen 1,197. E. BUSCHOR Meermänner, SBAW 1941, hat jedoch festgestellt, daß alle Meermänner selbständig neben dem ἅ.γ. stehen, daß sie wohl untereinander ihren Platz nicht tauschen, aber alle mit dem Namen des ἅ.γ. bezeichnet werden können; denn alle werden als Greise vorgestellt, besitzen Verwandlungsfähigkeit und Weissagemacht. Der Schlangenleib mit Fischschwanz entspricht den Bewegungen des Elements. H. v. G.

Herzog-Hauser, RE XVII 25. *Herter*, RE VII 245.266. *A. Lesky* Thalatta 107.112f. *Prell.-Rob.* 1,554,4.

Halipedon (Ἁλίπεδον) oder Halai, die sumpfige Ebene n. der großen Hafenbucht des Piraeus, auf der 403 v. Chr. der Zusammenstoß der Spartaner unter König Pausanias u. der athen. Demokraten stattfand. Xen. hell. 2,4,30–34. Harpokr. E. M.

1. *Judeich* Topogr. von Athen² 425.426 A. 1. 2. *Philipps.-Kirst.* 1,879.

Halirrhothios (Ἁλιρρόθιος). Att. Sagengestalt, an die die Gründungslegende des Areopags anknüpft. H., Sohn Poseidons und der Nymphe Euryte, entehrt die Tochter des Ares und der Kekropstochter Aglauros, Alkippe, und wird von Ares erschlagen. Poseidon verklagt Ares, die 12 Götter sitzen zu Gericht und sprechen Ares frei (mangels Zeugen: RANKE-GRAVES Griech. Mythol. 1,63, Nr. 19, der mit Recht in H. einen Decknamen für Poseidon, in Alkippe die pferdeköpfige Göttin sieht). Hellanik. FGrH 4 F 169a. Eur. El. 1258. Iph. T. 945. Demosth. 23,66. Marm. Par. ep. 3. Aristeid. Panathen. 13,170 D mit Sch. Paus. 1,21,4.28,5. Apollod. 3,180. Nach Panyassis (Clem. Alex. Protr. 2,35) wird H. zu einem Jahr Knechtschaft bei einem Sterblichen verurteilt. In einer anderen Fassung will H., um seinen Vater an Athena zu rächen, mit eiserner Axt den heiligen Ölbaum umhauen, kommt aber dabei ums Leben, und Poseidon verklagt Ares als Herrn des Eisens. Sch. Aristoph. Nub. 1005. Serv. Verg. georg. 1,18. Der Areopag hatte die Aufsicht über die heiligen Ölbäume (γραφὴ ἀσεβείας). WILAM. Isyll. 190ff. H. v. G.

Halisarna (Ἁλίσαρνα). **1.** Von Xen. an. 7,8, 17 und Xen. hell. 3,1,6 (mit dem gesch. Hintergrund von Ereignissen des J. 399 v. Chr.) genannte Stadt der Landschaft Troas, später zu Mysien gehörig. Sie erscheint auch bei Theopomp (s. Steph. Byz. p. 75 πόλις τῆς Τρῳάδος χώρας). **2.** Ort auf der Insel Kos (Strab. 14,657 χωρίον Ἁλίσαρνα). H. T.

Halitherses (Ἁλιθέρσης). **1.** Sohn des → Ankaios Nr. 2 nach Asios frg. 7 Ki. **2.** Ithakesier, Freund des Odysseus, dem er einsame Rückkehr nach 20 J. weissagt, und des Telemachos, Od. 2, 157ff. 253. 24,454. H. v. G.

Halkyone s. Alkyone.

Halkyoneus (Ἁλκυονεύς und richtiger Ἀλκυονεύς), Sohn des Antigonos Gonatas (→ 2), brachte ihm 273 v. Chr. den Kopf des in Argos gefallenen Pyrrhos und wurde deshalb von ihm getadelt. Den gefangenen Helenos, Sohn des Pyrrhos, behandelte H. besser. Er fiel noch zu Lebzeiten des Antigonos. Plut. Pyrrh. 34,7ff.; mor. 119c. Ail. var. 3,5. H. V.

Halmydessos s. Salmydessos

Halonnesos (Ἁλόννησος). Insel der n. Aegaeis, nur durch den Konflikt zwischen Athen und Philipp II. v. Maked. bekannt geworden, Brief Philipps [Demosth.] 12,12. [Demosth.] 7 hypoth. und 2. Demosth. 18,69. Aischin. 3,83. Plut. Demosth. 9,5. Dion. Hal. Demosth. 9.13. Athen. 6,223 D – 224 B. Steph. Byz. Sonst Strab. 9,5,16 p. 436. Plin. nat. 4,74 (Verwechslung mit Imbros). Mela 2,106. Harpokr. Inschr. des 2. Jh. v. Chr. IG XII 8,45. Die Insel gehörte wahrscheinlich wie die Nachbarinseln Athen, war aber von Seeräubern besetzt, die Philipp vertrieb. Sein Angebot, sie an Athen herauszugeben, von Demosthenes vereitelt; 348 v. Chr. von Peparethos überfallen, später makedon. Gleichsetzung mit Hg. Evstratios (6:11 km, 45 qkm, 296 m höchste Erhebung, [1]) ist trotz moderner Zweifel sicher. Einzige in Betracht kommende Insel mit Siedlungsspuren vom Alt. bis MA. und noch h. bewohnt. E. M.

1. *C. Fredrich* Halonnesos, Progr. Posen 1905. 2. IG XII 8 S. 17f. 3. *Bürchner*, RE Suppl. III 879ff. 4. *J. Sarris*, Ἀθηνᾶ 36, 1924, 214ff.

Halos (῞Αλος). Wohl schon Hom. Il. 2,682 genannte Stadt der Achaia Phthiotis am S.-Rand der krokot. Ebene dicht am Meer, Strab. 9,5,8 p. 432f. 5,14 p. 435. Steph. Byz. In frühklass. Zeit und vorher Haupthafen Thessaliens, 346 durch Philipp II. zerstört, Gebiet an Pharsalos, hellenist. wieder selbständig. Hauptkult des Zeus Laphystios mit altertümlichen Riten, Hdt. 7,197. Geometr. Gräber in der Ebene [4]. [3],180. Genau rechteckiger Mauerring von 750:710 m mit Türmen in der Ebene, wohl frühhellenist., 2. großer Mauerring den Berg ansteigend, hellenist. Inschr. IG IX 2, 107–131. 1321–1325. Add. ult. p. X 205 I A. Mz. HEAD HN² 295f. E. M.

1. *Fr. Stählin*, MDAIA 31, 1906, 23ff. 2. *Ders.*, RE VII

2281ff. 3. *Ders.* Das hellenische Thessalien 177ff. 4. *A.J. B. Wace–M.S. Thompson* Excavations at H., ABSA 18, 1911/12, 1ff. 5. *V. Burr* *Νεῶν κατάλογος*, Klio Bh. 49, 1944, 89. 106f. 6. *Philipps.-Kirst.* 1,180. 286. 294 A. 1.

Halosydne (*Ἁλοσύδνη* »Meerestochter«). **1.** Poet. Bezeichnung → Amphitrites bzw. des Meeres, Hom. Od. 4,404 mit Sch. **2.** Beiwort der Thetis, Il. 20,207, und der Nereiden, Apoll. Rh. 4,1599 mit Sch. H. v. G.

Halotus. Eunuch, Vorkoster am Hof des Claudius, durch den Agrippina dem Kaiser Gift in die Speisen mischen ließ, das ihn tötete, Tac. ann. 12, 66,2. Suet. Claud. 44,2. Er ist auch jener Schurke in neron. Z., dem Galba trotzdem eine einträgliche Prokuratur gab, Suet. Galba 15,2. R. H.

Haltér (*ἁλτήρ*). Sprunggewicht, bestimmt, aus der Standhaltung heraus Schwung zu geben, hergestellt aus Stein, Blei oder Bronze, im Gewicht schwankend von 2.018 zu 4.629 kg. Die schwereren vielleicht zum Üben im Gymnasium benützt. *Ἁλτῆρες ἀρχαῖοι* werden bei Paus. 5,27,8. 5,26,3. 6,3,4 beschrieben als halbkreisförmig auf einer Seite, die andere leicht gekrümmt mit einem Handgriff. Sie wurden im 6. Jh. in Olympia eingeführt. Später waren sie bogenförmig, das eine Ende in einen Knopf auslaufend, das andere dünn zum Halten. O. W. R.

J. Ebert, ASAW, Lpz., 56 H. 1, 1963.

Halykos (*Ἅλυκος*) oder Lykos, der zwischen Agrigento und Sciacca mündende sicilische Fluß Platani, an dessen Mündung → Herakleia Minoa lag. Er wird in den Verträgen von 383 (Diod. 15, 17,5) und 339 (16,82,3) zwischen Dionysios I. bzw. Timoleon und den Karthagern als Grenze der beiderseitigen Herrschaftsgebiete stipuliert. Erwähnungen noch Diod. 23,9,5. 24,1,8. RE XIII 2389. K. Z.

Halys (*Ἅλυς*). Längster Fluß Kleinasiens mit 915 km (h. Kisil Irmak), im frühen Alt. im Mittel- und Unterlauf Grenze zwischen Kappadokien und Phrygien, erstmalig von Aischyl. Pers. 865 genannt, dann im Peripl. Skyl. 89 (GGM I p. 66) zugleich mit der Stadt *Κάρουσσα* (h. Gerze) w. seiner Mündung, bei Strab. 12,546. 561. Ptol. 5,4,2 M., Mela 1,105, Plin. nat. 6,6 u. a. erwähnt. Über den Lauf des H. s. Hdt. 1,6. Strab. a. O. Plin. nat. a. O. Im Zuge der »Königlichen Straße« befand sich ein wichtiger Übergang über den H. (Hdt. 5,52). Bekannt ist die Antwort des delph. Orakels an den lyd. König → Kroisos: *Κροῖσος Ἅλυν διαβὰς μεγάλην ἀρχὴν καταλύσει* (Aristot. rhet. 3,5; 1407a. Vgl. Thuk. 1,16). Der Name weist auf h. noch vorhandene Salzlager am H. hin, bes. in dem Landstrich → Ximene. H. T.

F. W. Paul Lehmann Länder- und Völkerkde. 2,253–256. *W. M. Ramsay* The hist. geogr. of Asia Min., 1962, 20. 27. 28 u. ö. *W. Sieglin* Schulatl. z. Gesch. des Alt., S. 8. Gr. Hist. Weltatl. I, S. 15c. Atl. of the World II, Pl. 36.

Ham (hebr. *ḥam*, LXX *Χάμ* [*Χάφ*], Ios. *Χαμᾶς*), nach überlieferungsgesch. sekundärer Verdrängung von Kanaan (vgl. Gen. 9,18ff.) 2. Sohn Noahs neben Sem und Japhet (Gen. 5,32 u. ö.), fiktiver Stammvater von Kusch (→ Chus; = Nubien), Mizraim (= Äg.), Put (= Somaliküste), Kanaan (Gen. 10,6. 1. Chr. 1,8). Später war H. auch Bezeichnung allein für Äg. (Ps. 78,51. 105,23. 27. 106,22; Suda s. v.). E. Ku.

Hamadryades (*Ἁμαδρυάδες*, auch *Ἁδρυάδες*, *Ἀδρυάδες* Prop. 1,20,12. Anth. Pal. 4,3b, 15. 9,664. Nonn. Dion. 22,14). Baumnymphen, die sich dadurch von den Dryaden unterscheiden, daß diese im Bereich von Bäumen leben, jene zu einem einzelnen Baum gehören, mit dem sie entstehen und vergehen, gewissermaßen Baumseelen. So Serv. Verg. ecl. 10,62 und Sch. Apoll. Rh. 2,477. Sie sind langlebig, aber nicht unsterblich, Hom. h. 4, 257–272 (hier als *ὀρεσκῷοι* bez.). Pind. frg. 165 (Plut. def. orac. 11,415c). Kallim. h. 4,78ff. Sympathetisch empfinden sie Schonung und Schädigung ihres Baumes. Paraibios muß für einen Baumfrevel seines Vaters büßen, Apoll. Rh. 2,475. → Erysichthon fällt eine heilige Eiche, die sterbende Nymphe droht ihrem Mörder aus dem blutenden Stamme Strafe an, Ov. met. 8,755ff.; vgl. Verg. Aen. 3,34. Rhoikos (Sch. Apoll. Rh. a. O.). Bei Nonn. Dion. leben die H. nach Vernichtung des Baumes weiter (2,93 u. a.). Man fragte sich, ob die Nymphe aus dem Baum entstanden sei oder umgekehrt, Paus. 10,32,9. Eustath. Il. 6,420. Wie Dryaden und → Nymphen überhaupt, scherzen und tanzen auch die H. mit Pan (Anth. Pal. 9,823 Platon), Satyrn und Faunen. Bei zunehmender Unklarheit der Vorstellungen verwischen sich die Grenzen zwischen den Nymphenbenennungen, z. B. H. und Naiade: Moiro Anth. Pal. 6,189. Prop. 1,10. Ov. fast. 4,231. Einzelne H.: Chrysopeleia Sch. Lykophr. 480, → Syrinx Ov. met. 1,690, → Pomona ebd. 14,624, → Byblis, → Dryope. Vgl. Meliai. → Nymphen. H. v. G.

Mannhardt Ant. Wald- und Feldkulte 2,4ff. *Prell.-Rob.* 721ff. *L. Malten*, H 74, 1939, 200. *Wilam.* GldH. 1,185.

Hamaxa s. Wagen

Hamaxitos (*Ἁμαξιτός*). Städtchen in der Troas an der See, am N.-Ende des kleinen Akliman nicht weit vom h. Göztepe, nördlicher als gewöhnlich angenommen, da die Salzquelle von Tragasai *πρὸς Ἁμαξιτῷ* lag (Strab. 13,605), vermutlich von Achaiern gegründet. Als das alte Chrysa von einem Teil der Kiliker, die nach Pamphylien wanderten, verlassen war (Strab. 13,612), ließen sich die übrigen in der Nähe von H. nieder. Die Stadt wurde 425 v. Chr. Athen tributpflichtig. Derkylidas eroberte H. 399 v. Chr. Mz. aus dem 4. Jh. v. Chr. 310 wurden die Bewohner von H. durch Lysimachos in Antigoneia (Alexandreia-Troas) angesiedelt, Strab. 13,593. Thuk. 8,101. Diod. 14, 38. Ail. hist. 12,4 (göttliche Verehrung der Mäuse). Chr. D.

Bürchner, RE VII 2296ff. *Ruge*, RE VII A 552ff. 572. *Leaf* Strabo on the Troad, Geogr. Journal, Lond. 47, 1911.

H. Prokesch v. Osten Denkwürdigkeiten und Erinnerungen aus dem Orient, 3,362. *L. Robert* Étud. Anatol., 171 u.ö. *Tscherikower* Hellenist. Städtegründungen, 1927, 16. *Jones* The cities of the Eastern Rom. Prov., Oxf. 1937, 35. *Calder* und *Bean* A classical map of Asia Min.

Hamilkar = Abd-Melkart, Diener Melkarts. **1.** Sohn des Mago und einer Syrakusanerin, König (G. CH.-PICARD REL 41, 1963, 272,4) der Karthager, landete 480 v. Chr. im Einvernehmen mit Xerxes in Panormos und belagerte mit Heer und Flotte das von Theron verteidigte Himera. Gelon von Syrakus eilte herbei und vernichtete die Karthager. Während des Kampfes opferte H. im Lager und warf sich schließlich in das Opferfeuer. Daß die Schlacht am gleichen Tage wie die bei Salamis bzw. den Thermopylen stattfand, ist eine Gleichzeitigkeitsfabel. Hdt. 7,165f. Diod. 11,20f. Iust. 19,1f. R. HENNIG Ztschr. f. Psychol. 1942, 289ff. A. Schenk Graf v. STAUFFENBERG Trinakria 1963, 196ff. **2.** Feldherr der Karthager auf Sizilien, verhalf 319 Agathokles (→ 2) zum Aufstieg in Syrakus und vermittelte 314/13 zwischen ihm und Akragas den Frieden, der Syrakus die Hegemonie über die Griechenstädte außerhalb des pun. Gebietes zusprach. Deshalb von den karthag. Bundesgenossen Siziliens in Karthago angeklagt, starb H. plötzlich. Diod. 19,71,6. 72,2. Iust. 22,2,6. 3,2ff. H. BERVE Die Herrschaft des Agathokles (SBAW 1952, H. 5) 28.46. **3.** Barkas (*Baraq*, der Blitz), Sohn eines Hannibal (Nep. Hann. 1), Vater Hannibals (→ 5), plünderte im 1. pun. Krieg als Flottenkommandant und Meister des Kleinkrieges seit 247 v. Chr. von der fast unzugänglichen Bergfeste Heirkte bei Panormos aus die Küste Italiens bis Kyme und störte die röm. Operationen auf Sizilien. Pol. 1,56ff. 244 bezog er die feste Land- und Seestellung am Berge Eryx, konnte aber Drepana nicht entsetzen. Nach der Niederlage des Hanno (→ 4) bei den Ägat. Inseln 241 handelte H. als Oberbefehlshaber mit unbeschränkter Vollmacht die Friedensbedingungen mit freiem Abzug für sich und sein Heer aus und legte das Kommando nieder. Pol. 1,62. 64,6. 66,1. Nach Mißerfolgen des Hanno (→ 5) mit der Niederwerfung des Söldneraufstandes betraut, entsetzte H. Utika, schlug die Söldner des Spendios mit Hilfe des Numiders Naravas (Pol. 1,78), erzwang durch sein Heer die Abberufung Hannos, vernichtete einen Teil der Söldner im Engpaß Prion, mußte aber die Belagerung von Tunis aufgeben. Pol. 1,84ff. Nach Versöhnung mit Hanno beendete H. den Söldnerkrieg durch den Sieg über Mathos und die Unterwerfung Utikas. Pol. 1,87f. Mit Hilfe seines Schwiegersohnes Hasdrubal (→ 2) durch das Volk gegen die Regierung zum Strategen über Libyen und die karthag. Stützpunkte der span. Südküste (Diod. 25,8. H. BENGTSON, Aegyptus 32, 1952, 159) gewählt, ging H. 237 nach Spanien, nahm den neunjährigen Sohn Hannibal (→ 5) mit und ließ ihn ewige Feindschaft gegen Rom schwören. Pol. 2,1, 5. 3,11. App. Ib. 4. In 8 J. unterwarf H. S.-Spanien um den Baetis mit Erz- und Silbergruben, verpflichtete Stammesfürsten zur Stellung von Geiseln, Heeresfolge und Tributzahlung und gründete 230 Akra Leuke (Alicante). H. begann so selbständig die neue, für Karthago ungewohnte Politik der Annexion größerer Gebiete und schuf sich und seiner Familie, gestützt auf das Heer, eine fürstliche Stellung und Hausmacht. Einer röm. Gesandtschaft erklärte er 231 seine Eroberungen mit dem Zwang, nur so die Kriegsentschädigungen von 241 zahlen zu können. Cass. Dio Frg. 48. Im Kampf gegen die Oretaner fiel er 229 im Quellgebiet des Baetis. Pol. 2,1,7. Zon. 8,19,1. App. Ann. 2. In dem Römerhaß Hamilkars, der, über den Verlust Siziliens und Sardiniens empört, in Spanien Mittel für einen neuen Krieg gegen Rom zu gewinnen hoffte, findet Pol. 3,9ff. ex eventu die Ursache des 2. pun. Krieges. Tatsächlich wich H. in eine »politisch windstille Zone« aus, um mit seiner eigenen Macht die Karthagos zu stärken. W. HOFFMANN Hannibal 1962, 28f. **4.** Flottenchef des Hasdrubal (→ 3) in Spanien, blieb als Teilnehmer des Zuges Hasdrubals in Oberitalien, wiegelte 200 die Ligurer und Gallier auf, eroberte Placentia und Cremona. Da seine von Rom verlangte Auslieferung unmöglich war, verbannten ihn die Karthager. H. fiel im Kampf vor Cremona. Pol. 3,95,2. 8,1,8. Liv. 30,10f. 19f. **5.** H. wurde 149 v. Chr. nach Rom gesandt, um die deditio Karthagos zu erklären. Pol. 36,3,8ff. **6.** H. Phameas, bei App. Himilkon Phameas, karthag. Feldherr im 3. pun. Krieg, ging schließlich zu Scipio über, kam 147 nach Rom und wurde dort reich beschenkt. Pol. 36,8,1f. App. Lib. 97. 100. 109. H. V.

Hammon s. Ammon

Hampsicora (Liv. 23,32,10. 40,3–41,6; *Hampsagoras* graecisiert Sil. 12,342ff.), 215 v. Chr. Führer der Sarden in dem von dem karthag. Feldherrn Hasdrubal (→ 4) unterstützten Aufstand gegen die Römer, wurde nach der Niederlage seines Sohnes Hostus in einem 2. Kampf von T. Manlius Torquatus geschlagen und tötete sich auf der Flucht. H. V.

Hamster. Die früher vertretene Gleichung μυωξός (Opp. Kyn. 2,574. 585) = H. ist von LAMER, RE Suppl. III 885 endgültig widerlegt (μ. = Siebenschläfer; vgl. LIDD.-SC.: dormouse, FRISK: Siebenschläfer, Haselmaus). Da auch das Lat. kein Wort für den H. kennt, fehlt es an Bezeugungen des H., der zudem s. der Alpen nicht nachzuweisen ist (s. LAMER a. O.). E. Mg.

Handel. Güterumlauf gegen Entgelt ist seit ca. 30000 v. Chr., d.h. dem Jungpaläolithikum, archäol. nachweisbar. Schmuck- und Werkzeugmaterialien wandern z. B. vom Ind. Ozean in die Alpen. Im Meso- und Neolithikum wird Fernhandel in Werkzeugmaterial, Fertigprodukten und Schmuck intensiver. Nahhandel mit hauptsächlich billigen Lebensmitteln und Geräten beginnt, als Geschenkhandel, Tausch oder Kauf, manchmal intensiviert durch als Wertmesser und Zahlungsmittel dienende Geldformen.

Spätestens mit den altoriental. Stadtkulturen werden einige billige Waren, z. B. Getreide, Bronze, Kupfer, Zinn, Früchte, Häute, Vieh, Töpferwaren, Waffen auch im Fernhandel marktmäßig eingesetzt, ein Strukturbefund, der bis zum Aufkommen des griech. Münzgeldes um 600 v. Chr. nur durch die sich zwischen ca. 1500 und ca. 800 durchsetzende Erfindung billigen Eisens intensiviert wird. Die griech. Münzgeldrevolution machte bereits im 6. Jh. v. Chr. 2 getrennte Fernhandelsberufe, ἔμπορος und ναύκληρος, sowie den Nahhandelsberuf des κάπηλος möglich, die im wesentlichen vom enorm anwachsenden H. als Spezial- und Dauerberufe leben konnten. Billige Massenwaren wogen vom 6. Jh. bis zum 3. Jh. v. Chr. nicht nur im Nah-, sondern auch im Fernhandel vor. Perikles von Athen wird als erster für täglichen Markteinkauf seines Haushaltsbedarfes bei Plut., Per. 16 (Quelle wohl ein Komödienvers, nicht die Atthis) aufgeführt, was dann ca. 412 v. Chr. für Attika auch inschr. beweisbar wird (Hesperia 22, 1953, 225f. 25, 1956, 178f. 27, 1958, 163f. 30, 1961, 23f.).

Das 4. Jh. v. Chr. sah die Ausbreitung der griech. Münzgeldmethoden von Spanien bis zur ind. Grenze und von der Krim bis nach S.-Arabien. Warenspezialisierung im Fern- und Nahhandel nach att. Muster als Wirtschaftsgrundlage für höchst zahlreiche κάπηλος-Berufe, für bereits bazarartige Agorai und gelegentliche Warenbörsen ist für diese Zeit charakteristisch. Von Alexander d. Gr. bis zu Kleopatra VII. und dem E. der röm. Republik werden das kelt. Europa, S.-Rußland, W.-Sibirien, Indien und O.-Afrika dem mediterranen Fernhandelsgebiet eingegliedert, vor allem für Wertwaren. Ein Zentralgebiet von Italien bis W.-Iran übertrifft den Fern- und Nahhandel des 4. Jh. v. Chr. strukturell und mengenmäßig selbst im Agrarsektor bei weitem.

Von Augustus bis Carinus (30 v.–284 n. Chr.) schwächten der Übergang vom Sklavenlatifundium zum Kolonenpatrocinium und Münzgeldinflation die Kaufkraft des enormen Dorfsektors und der sich verkleinernden Städte für Massenwaren. Gleichzeitig aber assimilierte sich die Welt von Skandinavien bis zur chines. Grenze und bis nach O.- und W.-Afrika an die Agrarstruktur des Imperium Romanum. Die Zeit von Diokletian bis Heraklios I. (284–641 n. Chr.) hatte dann Schwierigkeiten im Fern- und Nahhandel mit billigen Massenwaren und suchte dieses Problem im Imperium Romanum und im Sassanidenreich zwangswirtschaftlich mit nur zeitweiligem Erfolg zu regulieren. Fern- und Nahhandel mit Wertwaren blieb unverändert intensiv, der mit billigen Produkten immer noch so beträchtlich, daß der Umlauf von *minimissimi* und anderen Kleinstmünzen in Britannien, W.-Europa, S.-Sibirien, Palästina und N.-Arabien unautorisiert sich durchsetzte.

In der mittelbyz. Z. von 641–1081 n. Chr. sind der Wirtschaftsaufschwung der Islamgebiete von Spanien bis Indonesien, die langsamere abendländ. und russ. Wirtschaftsintensivierung für eine letzte Glanzzeit des byz. H. verantwortlich, bis dann zwischen 1081 und 1453 n. Chr. die Welt des Islams fast das ganze Ostmittelmeergebiet sich einverleibt. F. M. H.

Vgl. mit umfassender Bibliogr. *F. M. Heichelheim* Wirtschaftsgesch. des Alt. (1939); *Ders.* An Anc. Economic History I, II (1958/64); *Ders.* in Historia Mundi 4, 1956, 397f. *Ders.* in Handw. der Sozialwissenschaft, Art. Geld- und Münzgesch., Wirtschaftsgesch. *Ders.* in Oxf. Dict.[2] Art. Commerce. *A. H. M. Jones* The Later Rom. Empire I–III (1965).

Handwerk. Das Fehlen zusammenfassender Darstellungen zur Gesch. des H. kann auf den fragmentar. Zustand ant. Quellen zurückgeführt werden. Erst 1869 entstanden 2 Arbeiten lediglich beschreibenden Charakters: Büchsenschütz Die Hauptstätten des Gewerbefleißes und Blümner Die gewerbliche Tätigkeit der Völker des Alt. Dieser veröffentlichte weitere Forschungen gleicher Thematik, u. a. Das Kunstgewerbe im Alt., 2 Bde. 1885 und Techn., 4 Bde. 1874–1887. Das Verdienst, außer literar. auch arch., epigr. und papyrolog. Quellen ausgewertet zu haben, gebührt u. a. Gummerus, z. B. Darstellungen aus dem H. auf röm. Grab- und Votivsteinen, JDAI 28, 1913, 63–126, Reil Beiträge zur Kenntnis des Gewerbes im hellenist. Äg., 1913, Rostovtzeff GuW und Soc. a. Ec. Hell. W. In der modernen Forschung ist die komplexe Methode, d. h. Einbeziehung aller Quellenarten, Beachtung von Religion, Kult, Sitten, Bräuchen, allg. üblich, zudem wurden neue Fragen aufgeworfen, u. a. das Verhältnis von freier und Sklavenarbeit im H., die sich unter bestimmten hist. Bedingungen entwickelnde Verachtung der H.-Arbeit, die hist. Stellung der H.-Kollegien, z. B. J. Linderski Państwo a Kolegia, Kraków 1961, A. I. Nemirovskij Istorija rannego Rima i Italii, Voronež 1962, 214ff., R. E. Last K voprosu o sootnošenii rabskogo i svobodnogo najemnogo truda v remesle v rimskoj respubliki, VDI 2/1963, F. M. de Robertis Lavoro e lavoratori nel mondo Romano, Bari 1963, G. Schrot Unters. zur Gesch. des H. im republikan. Rom, Hab.-Schrift Lpz. 1963. (→ auch die allg. Begriffe Demiurgos, Technites, *artifices*, *fabri*, Berufsvereine und spezielle Berufe wie *fullo*, *pistor*, *textor* u. a.).

Bereits im Paläolithikum liegt die Entstehung erster handwerklicher Arbeit des Menschen: primitive Bearbeitung des in der Natur vorgefundenen Materials (Stein, Holz, Knochen). Der Übergang zur Seßhaftigkeit der Stämme bedeutete eine wesentliche Steigerung der techn. Errungenschaften, so daß der Mensch lernte, erst das wichtigste Arbeitsmaterial selbst zu schaffen, das Metall. Als die Produktivität der landwirtschaftlichen Arbeit stieg und die sog. Epoche der Mehrproduktion begonnen hatte, löste sich das selbständige H. im Prozeß der Zweiten Gesellschaft. Arbeitsteilung aus der Landwirtschaft: in der griech.-röm. Welt Ende des 2. Jt. v. Chr. Dies findet seinen mytholog. Ausdruck in der Sage, König Theseus habe die Bewohner Attikas in soziale Schichten gegliedert, deren 3. die *δημιουργοί* waren (Plut. Thes. 25; nachweisbar in homer Zeit: Od. 17,383. 19,135). Die röm. Tradition setzt eine bereits stark differenzierte H.-Entwicklung in die beginnende Königszeit (Plut. Numa 17,3. Liv. 1,56,1). Heute ist als sicher erwiesen, daß die Blütezeit des H. in Griechenland im 5., in hellenist. Großstädten im 3., in Rom im 2. Jh. v. Chr. und in den w. Provinzen Roms im 1. Jh. n. Chr. begonnen hat. Die Verwendung neuer techn. Geräte blieb bis zum Ende des Alt. beschränkt, da Sklaveneinsatz, bes. durch Kooperation in der Arbeit, am billigsten war. Aus diesem Grunde entwickelten sich aus den Werkstätten keine Manufakturen, sie blieben reine »H.«-Betriebe, in denen die Zahl der Beschäftigten wohl zwischen 20 und 50 schwankte und nur selten die 100 überstieg (dies nur bekannt aus der Lex Fufia Canina: Gai. 1,43. Paul. Sent. 4,14,4). S. auch Art. Industrie. G. Sch.

Hanf (cannabis sativa Linné; griech. *κάνναβις, -ος*; lat. *cannabis, -us*) war weder im frühen Äg. und Vorderasien noch im neolith. Mittel- und W.-Europa bekannt und stammt wohl aus der kasp. Gegend, aus der er sich vor 500 v. Chr. bis nach China ausbreitete. Nach Hdt. 4,74–75, wo er als auch griech. Lesern offenbar fremd beschrieben ist, fand er sich, sowohl wild wie angebaut, bei den Skythen, die sich mittels des Samens in »Schwitzbädern« rituell reinigten und berauschten (dies mag »Haschisch« aus c. indica L. gewesen sein, vgl. Hesych. s. *κάνναβις*), während die Thraker aus der Pflanze selbst linnenähnliche Stoffe webten. Später wurde er auch in Griechenland gebaut (aber Athen importierte hanfene Schiffstaue, Xen. Ath. pol. 2) und nach Athen. 5,206f muß seine Kultur zum selben Zwecke schon im 3. Jh. v. Chr. auch an der Rhone geblüht haben. Auch in Italien, wo er jedoch mit dem span. Spartgras konkurrieren mußte (z. B. Plin. nat. 19,29), wurde er angebaut (Varro rust. 1,23,6. Colum. 2,10,21. Plin. nat. 19,174) und diente zu Netzen und Seilen (s. zuerst Lucil. Frg. 1325 M.), wobei sein Samen und Saft medizin. Verwendung fand (Plin. nat. 20,259). Die (kleinere) männl. und (größere) weibl. Form des H. wurden früh erkannt; aber infolge ihrer Verwechselung heißt noch h. die weibl. Mäschel und die männl. Fimmel. L. A. M.

V. Hehn-O. Schrader Kulturpfl. und Haustiere, 1911^{8}, 190. *Blümner* Techn. I^{2}, 1912, 200.

Hannas (NT *Ἅννας*, Ios. *Ἄνανος*, rabbin. Schrifttum *Elḥanan, Ḥanin*). **1.** Jüd. Hoherpriester 6–15 n. Chr., der als erster in dieses Amt von

den Römern eingesetzt wurde (Ios. ant. 18,26). Auch nach seiner Absetzung (ebd. 34) besaß er, als ehemaliger Hoherpriester Mitglied des Synhedrion, großen polit. Einfluß. Mit seinem Schwiegersohn Kaiphas war er entscheidend am Prozeß gegen Jesus (Joh. 18,13. 24; vgl. J. Blinzler Der Prozeß Jesu, 1960^{3}, 85–94) wie gegen die Apostel Petrus und Johannes (Apg. 4,6) beteiligt. Er war das Haupt eines der mächtigsten, aber auch bes. verrufenen (babyl. Talmud Pesaḥim 57a; Siphre Dt. 14,22 § 105) nichtzadoqitischen Hohenpriestergeschlechter. Von seinen Nachkommen amtierten 5 Söhne und 1 Enkel als Hohepriester (Ios. ant. 20,197. 223). **2.** Sohn von H. 1. Amtierte 62 n. Chr. für 3 Monate als Hoherpriester (ebd. 197). Er wurde abgesetzt (ebd. 203), da er die Abwesenheit des Prokurators Albinus ausgenutzt hatte, um durch das Synhedrion ihm mißliebige Leute, darunter Jakobus, den Bruder Jesu, wegen Gesetzlosigkeit zum Tode verurteilen zu lassen (ebd. 200; dieser Bericht ist kaum chr. Interpolation, vgl. M. Dibelius Der Brief des Jakobus, 1956^{8}, 12–14). Im jüd. Krieg spielte H. eine führende Rolle in Jerusalem (bell. 2,563. 647). Sein Versuch, die Diktatur der Zeloten zu beseitigen und den Aufstand in gemäßigtere Bahnen zu lenken, scheiterte nach anfänglichen Erfolgen (bell. 4,151–313). H. fiel 68 n. Chr. in Jerusalem bei den Kämpfen mit den von den Zeloten herbeigerufenen Idumäern (ebd. 315–316). B. Sch.

Schürer 1, 1901$^{3\text{-}4}$, 581–583; 2, 1907^{4}, 256. 270–275. *J. Jeremias* Jerusalem z. Z. Jesu, 1962^{3}, 216–223 u. ö.

Hannibal (*Ἀννίβας*). **1.** Sohn Giskons, Enkel Hamilkars (→ 1), König der Karthager (G. Ch. Picard, REL 41, 1963, 272,4), ging 409 v. Chr. auf Bitten Segestas mit einem großen Heer nach Sizilien und eroberte Selinus. Die entvölkerte, geplünderte, der Mauern beraubte Stadt zahlte seitdem Karthago Tribut. Dann belagerte H. Himera. Nachdem die meisten Bewohner, z. T. mit Hilfe einer syrakusan. Flotte, abgezogen waren, zerstörte H., der Griechenhasser (*μισέλλην*, Diod. 13,43,6), die erstürmte Stadt völlig, ließ zur Rache für die Niederlage seines Großvaters 3000 Gefangene töten, nahm die Kunstwerke mit und kehrte unter Belassung einer Besatzung nach Karthago zurück. Diod. 13,43 f. 54–62. Cic. Verr. 2,2,86. Nun begann Karthago eine Offensive, um ganz Sizilien zu unterwerfen. H. nahm 407/06 Verbindung mit Athen auf, das durch eine nach Sizilien geschickte Gesandtschaft ein Bündnis anbot. SEG X 136,8 ff. K. F. Stroheker, Hist. 3, 1954, 163 ff. H. schloß 406 Akragas ein, das den Anschluß an Karthago verweigerte, starb aber noch 406 vor Akragas an einer Seuche. Diod. 13,80. 85 f. **2.** H., karthag. Feldherr, brachte zu Beginn des 1. pun. Krieges eine karthag. Besatzung nach Messana, die aber bald abzog. Diod. 22,13,7. Zon. 8,8. Nach der Niederlage des Entsatzheeres des Hanno (→ 3) entkam H. 261 aus dem von den Römern belagerten Akragas ohne größere Verluste seiner Truppen. Pol. 1,18,7–19. Als Flottenkommandant verheerte er von Panormos aus die Küste Italiens. Pol. 1,21,6. Zon. 8,10. Oros. 4,7,7. Von H. gesandt, erbeutete Boodes 20 röm. Schiffe mit dem Konsul Cn. Cornelius vor Lipara. Pol. 1,21,6ff. Als H. aber 260 mit 130 Schiffen bei Mylai die mit Enterbrücken ausgerüstete röm. Flotte unter C. Duilius angriff, wurde er geschlagen, verlor das Admiralsschiff und entging knapp der Gefangenschaft. Pol. 1,23,2ff. Oros. 4,7,7ff. Dess ILS 65. E. Staedler, G 54/55, 1943/44, 117ff. In Karthago nicht bestraft und mit einer neuen Flotte 259 nach Sardinien geschickt, verlor er dort, in einem Hafen von den Römern eingeschlossen, viele Schiffe, entkam und wurde von den Karthagern gekreuzigt. Pol. 1,24,6. Liv. per. 17. Zon. 8,11. **3.** H., der Rhodier, brach mit einem schnellen Schiff mehrmals 250/49 die röm. Blockade von Lilybaion, bis er mit dem Schiff von den Römern gefaßt wurde. Pol. 1,46f. **4.** H., Sohn des Hamilkar, Trierarch, drang 250/49 mit 50 Schiffen in den Hafen des von den Römern belagerten Lilybaion. Die von H. mitgeführten 10000 Söldner ermöglichten den ersten vergeblichen Ausfall der Karthager aus Lilybaion; gleich darauf fuhr H. mit den Schiffen nach Drepana zu Adherbal. Pol. 1,44–46,1. **5.** H., Sohn des Hamilkar Barkas (→ 3), * 247/46, ging 237 mit dem Vater, der ihn ewige Feindschaft gegen Rom schwören ließ, nach Spanien. Pol. 3,11,5. Liv. 21, 1,4. 35,19,2ff. Unter Hasdrubal (→ 2) zeichnete er sich als Soldat in dreijährigem Dienst aus, wurde nach dessen Tod 221 vom Heer zum Oberfeldherrn gewählt und in Karthago vom Volk gegen den Widerspruch konservativer Aristokraten einstimmig bestätigt. Pol. 3,13,4. Liv. 21,3f. Er zerstörte die Stadt Althaia der Olkaden, besiegte 220 die Vaccaeer am oberen Duero und schlug auf dem Rückweg über das kastil. Hochland die Carpetaner, die ihm über den Tajo nachsetzten. Pol. 3,13f. Liv. 21,5. Nach diesen Erfolgen lehnte H. in Neukarthago die Forderung der von Sagunt erbetenen röm. Gesandtschaft auf Anerkennung des von Hasdrubal geschlossenen Ebrovertrages und der Selbständigkeit Sagunts ab. Pol. 3,15. Die darauf von Rom angerufene Regierung in Karthago gab H. Vollmacht, nach seinem Ermessen in Spanien zu handeln. 219 zerstörte er nach achtmonatiger Belagerung Sagunt. Pol. 3,17. Da Rom wegen des 2. illyr. Krieges passiv blieb, übergab H. das eroberte span. Gebiet seinem Bruder Hasdrubal (→ 3) mit Truppen (zu ihrer Verteilung Pol. 3,33, 6ff.) und überschritt Ende Mai 218 mit 90000 Mann und 12000 Reitern (Pol. 3,35,1f.) den Ebro, um mit der Unterwerfung N.-Spaniens die karthag. Herrschaft über ganz Spanien durch ein fait accompli zu sichern. Auf diese Nachricht hin rüstete Rom zum Angriff gegen Afrika und Spanien und erklärte, als Hannibals Auslieferung von Karthago abgelehnt wurde, den Krieg. H. brach die Kämpfe in N.-Spanien ab und durchkreuzte genial den röm. Kriegsplan mit dem raschen Vormarsch nach Oberitalien unter Verzicht auf rückwärtige Verbindungen. Anfang August überschritt er mit 50000 Mann, 9000 Reitern u. 37 Elefanten die Pyrenäen, setzte mit 38000 Mann, 8000 Reitern und den Elefanten n. von Avignon über die Rhône, ohne daß ihn P. Cornelius Scipio aufhalten konnte, überquerte in 15 Tagen (Pol. 3,56,3. Liv. 21,38,1; genaue zeit- und örtliche Berechnung bei E. Meyer, MH, 15, 1958, 227ff. 21, 1964, 69ff.) vom Isèretal aus im Gebiet des Mt. Cenis die vereisten Alpen und stand Oktober 218 mit 20000 Mann und 6000 Reitern in der Po-Ebene. Pol. 3, 47–60. Liv. 21,31–38. W. vom Ticinus siegte seine numid. Reiterei über die des Scipio. An 14000 Gallier, darunter 5000 Reiter, schlossen sich H. an. Dezember 218 schlug er dank der Reiterei, die den Angriff und die Umklammerung des Gegners unternahm, w. der Trebia das aus Sizilien herbeigeholte Heer des Sempronius. Skizze Hoffmann 59. E. März 217 überschritt er von Bologna aus über den Paß von Collina den Appennin und unter unerhörten Strapazen, die ihn ein Auge kosteten, die Arnosümpfe. In einem Engpaß am N.-Ufer des Trasimenischen Sees rieb er die 25000 Römer des Konsuls Flaminius auf, unmittelbar darauf 4000 Reiter des anderen röm. Heeres unter Servilius. G. Susini, Studi Ann. Taf. 27ff. G. Radke, G 71, 1964, 227, Abb. 6. Während H. in das n. Apulien, eine geeignete Basis zu weiterem Kampf, plündernd vorstieß und die Befreiung Italiens von der röm. Herrschaft ohne erheblichen Widerhall verkündete, vermied der Diktator Q. Fabius Maximus Cunctator eine Schlacht. 216 vernichtete H. bei Cannae mit nur 50000 Mann das röm. Aufgebot von 80000 Mann mit einer meisterhaft ersonnenen und durchgeführten Einkreisung. Pol. 3,107–117. Liv. 22,34–61. Skizze Hoffmann 71. Da Rom trotz der schweren Niederlage Verhandlungen ablehnte, H. eine Belagerung Roms nicht wagte (L. Laurenzi, Studi Ann. 141ff.), sicherte sich H. in Capua und anderen südital. Orten Stützpunkte. 213 eroberte er Tarent, Metapont, Herakleia und Thurioi. Nach dem Umfassungsprinzip seiner Schlachten weitete er den Kriegsschauplatz aus. 216 erhoben sich die Sarden gegen Rom, 215 schloß er mit Philipp V. v. Mak. und 214 mit Syrakus ein Bündnis gegen Rom. Von Afrika aus landete ein karthag. Heer auf Sizilien. Zum Einvernehmen der karthag. Regierung mit H. vgl. W. Hoffmann, H 89, 1961, 478ff. Aber 212 begann die Wendung des Krieges. Marcellus eroberte Syrakus zurück, ein röm.-aitol. Bündnis lähmte Philipp V. Vergebens marschierte H., um die Römer zum Abbruch der Belagerung Capuas zu verleiten, 211 auf Rom los (*Hannibal ad portas!* Cic. Phil. 1,11). Tarent gewannen die Römer 209 zurück. 207 wurde Hasdrubal nach seinem Zuge aus Spanien über die Pyrenäen und Alpen am Metaurus bei Sena Gallica geschlagen und getötet, bevor er sich mit H. vereinigen konnte. Liv. 27,47ff. Nach hoffnungslosem Kleinkrieg in Bruttium ließ H. im Tempel der Hera Lacinia bei Kroton seinen Tatenbericht in griech. und phoinik. Sprache anbringen. 203 von Karthago zurückberufen, wurde er, bis dahin unbesiegt, 202 bei Zama von P. Cornelius Scipio entscheidend geschlagen und riet zum Frieden. Pol. 15,9ff. Liv. 30,32ff. Skizze HOFFMANN 107. Vom Volk 196 zum Sufeten gewählt, aber wegen der Reform des Gerichtshofes der 104 und der Finanzen von den Aristokraten in Rom verleumdet, floh H. 195 zu → Antiochos III., der Hannibals Rat, den Krieg gegen Rom nach Italien hinüberzutragen, nicht folgte. Liv. 33,45ff. 34,60. Nep. Hann. 7. Als Admiral des Antiochos verlor H. 190 bei Side ein Seegefecht mit den Rhodiern. Um der Auslieferung an Rom zu entgehen, floh er über Kreta zu Prusias von Bithynien und schlug für ihn 184 die Flotte des → Eumenes II. Bereits 189/88 schrieb er in griech. Sprache einen Bericht an die Rhodier über den Raubzug des Cn. Manlius Vulso in Kleinasien. Nep. Hann. 13,2. Als Rom 183 wieder seine Auslieferung forderte, vergiftete sich H. in Libyssa. Liv. 39,50. Nep. Hann. 13. Septimius Severus errichtete H. in Libyssa ein großes Grabmal, Caracalla Standbilder. Tzetz. chil. 1,798ff. Herodian. 4,8,6. Das Feldherrngenie Hannibals wurde im Alt. einmütig anerkannt. Pol. 15,15f. Liv. 30,35. Diod. 29,19. Iust. 32,4,10ff. H. V.

Mz. *F.P. Rosati*, Studi Ann. 167ff. Bronzekopf Hannibals (?) aus Volubilis *G.Ch. Picard*, Studi Ann. 195ff. T. 38ff. *W. Hoffmann* Hannibal 1962. Studi Annibalici, Cortona 1964. *A.J. Toynbee* Hannibal's legacy 1665.

Hannibalianus (Afranius?), Consular des 3. Jh. aus Asia, GROAG, JOEAI 10, 1907, 282ff., wohl Vorfahre von Nr. 2. **2.** Afranius H., Feldherr unter → Probus, vit. Probi 22,3, vir eminentissimus und praefect. praetor. unter Diokletian, DESS. 8929; cos. ord. 292 mit Iulius Asclepiodotus, DEGRASSI Fast. cons. p. 76; praef. urbi 297, Chronogr. a. 354 p. 66 M. R. H.

Hanno. 1. H., König von Karthago, Seefahrer, unternahm eine Expedition an die W.-Küste Afrikas (spätestens 450 v. Chr.). Hauptquelle sein vollständig erhaltener Bericht (*Ἄννωνος Καρχηδονίων βασιλέως περίπλους*), eine schon früh erfolgte Übersetzung aus der pun. Urschrift (GGM I, p. 1–14 M. mit Comm.; dazu Prolegomena de Hannone Carthaginiense p. XVIII bis XXXIII und die Karte Hannonis navigatio bei C. MÜLLER Tab. in Geogr. Graec. Min., T. I). Der *περίπλους* begann bei den *Στῆλαι Ἡρακλέους* u. endete am *Κόλπος Νότου κέρας*, der h. Bucht von Sherbro in Sierra Leone. Von dort kehrte H. aus Mangel an Lebensmitteln nach Karthago zurück. Die einzelnen geogr. Positionen sind nicht alle einwandfrei zu identifizieren. Sicher ist, daß H. im S. über die Bissagos-Bai (Port. Guinea), den ant. *κόλπος Ἑσπέρου κέρας*, hinausgekommen ist. Unter den noch erreichten Küstenabschnitten verdient der »Götterwagen«, das *μέγιστον ὄρος Θεῶν ὄχημα*, in Verbindung mit den an ihm gesichteten *πυρώδεις ῥύακες* stärkste Beachtung, urspr. – und auch vereinzelt noch h. – auf das nicht als ganz erloschen zu betrachtende Kamerungebirge (Fako: 4075 m) bezogen, doch gegenwärtig fast allg. mit dem Mt. Kakoulima (1046 m) identifiziert. An der Guineaküste hatten aber die Eingeborenen bis in unser Jh. die Gewohnheit, zur Urbarmachung von Land große Vegetationsbestände niederzubrennen, womit die *πυρώδεις ῥύακες* erklärt werden könnten. Das Unternehmen H.s schildert Plin. nat. 2,69. Vgl. Mela 3,93. Plin. nat. 5,8. Arr. Ind. 43,11–12; GGM I p. 369 M. Marc. Heracl. epit. Peripl. Menipp. 2; GGM I p. 565 M. H. T.

Daebritz, RE VII 2360–2363. The Oxf. Class. Dict. Art. Hanno Nr. 1 (mit Lit.). *Harpers* Dict. of class. liter., 1962, 769.

2. Sohn Hamilkars (→ 1), Iust. 19,2,1, Sabellus genannt, Trog. prol. 19,2,1, unterwarf Libyen den Karthagern, er wurde wegen seiner tyrannischen Haltung gestürzt. Dio Chrys. 25,7. Plin. nat. 8,55. Plut. mor. 799 E, ident. mit H., der W.-Afrika bis Kamerun umfuhr, wenn dessen Fahrtbericht GGM 1,1 mit G. PICARD Das wiederentdeckte Karthago, 1957, 121f. um 450 v. Chr. angesetzt wird, nicht ident. bei der von W. ALY, H 62, 1927, 321ff. und R. HENNIG Terrae incognitae² 1944, 86ff. vertretenen Datierung um 525. **3.** H., d. Gr. karthag. Feldherr 368 v. Chr. im Kriege gegen Dionysios I., Polyain. 5,9, stürzte seinen pol. Feind Suniatos, Iust. 20,5,11, kämpfte erfolgreich in Afrika, Trog. prol. 20, belagerte 345 Entella auf Sizilien, Diod. 16,67,2f., plante Vergiftung des Rates, seine mit bewaffneten Sklaven und numid. Häuptlingen in Karthago entfachte Revolution wurde niedergeschlagen, H. hingerichtet. Iust. 21,4. **4.** H., Sohn des Hannibal, gewann 264 v. Chr. Akragas, dessen Burg er ummauerte, für Karthago, belagerte im Bunde mit Hieron II. vergebens Messana. Diod. 23,2f. Sein Versuch 262, das von den Römern belagerte Akragas zu entsetzen, mißlang völlig. Pol. 1,18f. Diod. 23,8. H. wurde in Karthago mit einer Geldstrafe belegt. Diod. 23,9,2. Nach dem Tode Hannibals (→ 2) besiegte er auf Sardinien 258 die Römer. Zon. 8,12,6. Bei Eknomos wurde 256 der von H. befehligte r. Flottenflügel geschlagen. Pol. 1,27ff. Nach vergeblichen Verhandlungen schützte H. Karthago mit der Flotte. Zon. 8,12,9f. **5.** H., sollte 241 Hamilkar (→ 3) Nachschub durch die röm. Blockade bringen, wurde von Lutatius Catulus bei den Aegatischen Inseln völlig geschlagen und in Karthago gekreuzigt. Diod. 24,11. Pol. 1, 60f. Zon. 8,17,1ff. **6.** H., führte am E. des 1. pun. Krieges als Stratege von Libyen dort mit Härte Krieg, schonte aber das eroberte Hekatontapylos. Pol. 1,72f. Diod. 24,10,2. Im Söldnerkrieg nach vergeblichen Verhandlungen mit den Meuterern mit dem Oberbefehl betraut, wurde H. wegen Unfähigkeit durch Hamilkar (→ 3) ersetzt. Pol. 1,67. 73f. Dieser beteiligte H. an dem Feldzug, bis das Heer einen Streit beider mit der Absetzung des H. entschied. Pol. 1,82. Durch Vermittlung der Regierung später versöhnt, beendeten beide den Söldnerkrieg. Pol. 1,87. Seitdem bekämpfte H. leidenschaftlich die Politik Hamilkars und der Barkiden, warnte vor dem 2. pun. Krieg, beantragte Hannibals Auslieferung an Rom, riet nach Cannae zum Frieden und ging am Kriegsende mit einer Friedensgesandtschaft zu Scipio. Liv. 21,10. 23, 12f. App. Lib. 49. **7.** H., als Statthalter Hannibals n. des Ebro eingesetzt, 218 v. Chr. von Cn. Scipio bei Kissa geschlagen und gefangen. Pol. 3,35,3. 76. Liv. 21,60. **8.** H., pun. Kommandant in Capua 212 v. Chr., bat 211 vergebens erneut Hannibal um Entsatz der belagerten Stadt. Liv. 26,12. App. Hann. 36. **9.** H., Führer der karthag. Truppen in Akragas 212 v. Chr., wurde von Marcellus an dem s. Himeras geschlagen, von Laevinus in Akragas belagert, überwarf sich mit dem von Hannibal gesandten Libyphoiniker Muttines, der die Stadt 210 an die Römer verriet, und floh nach Karthago. Liv. 25,40,5ff. 26,40. W. Hoffmann, H 89, 1961, 492f. **10.** Nach Abzug Hasdrubals (→ 3) 208 v. Chr. von Karthago als Feldherr nach Spanien gesandt, wurde H. mit Mago von Scipios Unterführer M. Silanus besiegt, gefangen und nach Rom gebracht. Liv. 28,1f. 4,4. **11.** Unterfeldherr Magos in Spanien, half bei der Neuaufstellung des karthag. Heeres 206, wurde am Guadalquivir von L. Marcius geschlagen und entkam mit wenigen Mann. Liv. 28,30,1f. App. Ib. 31. **12.** H., junger vornehmer Karthager, Unterführer der Reiterei, fiel 204 in einem Landungsgefecht gegen Scipio. Liv. 29, 29,1. **13.** Nach dem Tode von Nr. 12 brachte H., Sohn des Hamilkar, als Reiterführer die Truppe durch angeworbene Numider auf 4000 Mann, besetzte Salaeca, wurde von Scipio und Massinissa zum Kampf verlockt und getötet. Liv. 29,34. Wegen der Namensgleichheit mit Nr. 12 äußert Liv. 29,35,2 Bedenken. Nach Coelius Antipater und Valerius Antias wurde H. nur gefangen, nach App. Lib. 14 und Zon. 9,12,3 (hier als Sohn Hasdrubals → 5 bezeichnet) gegen Massinissas Mutter ausgeliefert. H. V.

Harii. Germ. Stamm, der nach Tac. Germ. 43 zu den zwischen Sudeten und Weichsel wohnenden Wandalen-Lugiern gehörte. Wahrscheinlich mit den Plin. nat. 4,99 aufgeführten *Charini* ident., erscheinen sie später nach ihrem Herrschergeschlecht benannt, unter dem Namen *Asdingen.* H. C.

L. Schmidt Gesch. der deutschen Stämme 2², 1934, 101.

Harioli (Wahrsager). Dem Wort liegt die gleiche Wz. *har-* wie → *haruspex* zugrunde (ant. Etym. unbrauchbar). Urspr. vielleicht in Ekstase weissagend (vgl. Sch. Ter. Phorm. 708: s. Thes. VI 2534), sinken sie auf die Stufe von Traumdeutern, Zauberern, Zirkusastrologen u.ä. herab (vgl. z. B. Enn. scaen. 272 R. = 319 V². Cato agr. 5,4. Cic. div. 1,4). Vielleicht schon bei Plaut. (Latte RRel 268 [Stellen wenig beweiskräftig]) und Ter. (Langen Beitr. z. Krit. u. Erkl. d. Plaut. 260f. Hauler zu Ter. Phorm. 492; anders Knapp CR 21, 1907, 47f.), sicher gegen E. der Rep. kann *hariolari* die Bedeutung »Unsinn reden« annehmen. Verächtlich werden auch die »höheren« Zukunftsdeuter, wie *haruspices*, h. genannt. – Vgl. Entwicklung der Bedeutung von → vates. W. E.

Harma 1. s. Wagen

2. H., schon Hom. Il. 2,499 genannter Ort bei Mykalessos zwischen Theben und Chalkis, in hellenist. Z. bereits verlassen, wegen des Namens mit dem Verschwinden des Amphiaraos oder der Rettung des Adrastos in Verbindung gebracht; kleiner Mauerring Kastri 3 km n.w. von Kapandriti, Strab. 9,2,11 p. 404. Paus. 1,34,2. 9,19,4. E. M.

1. *Bölte*, RE VII 2366f. 2. *V. Burr* Νεῶν κατάλογος, Klio Bh. 49, 1944, 22. 3. *Philipps.-Kirst.* 1,513.

Harmachis. 1. Bezeichnung der berühmten Sphinx von Giza, ein Abbild des Königs Chefren, das seit Mitte des 2. Jt. v. Chr. als das des morgendlichen Sonnengottes angesehen wurde. Daher resultiert der Name H.: altäg. *Ḥr-m-ꜣḫ.t* »Horus (als Sonnengott) im Horizont (: der Aufgangspunkt)«. **2.** Ephemerer nationaläg. Herrscher in Oberäg. um 200 v. Chr., z. Z. Ptolemaios' V. W. H.

Harmais. Bei Manetho Name eines Königs der 18. Dynastie, dem Haremheb *(Ḥr-m-ḥb)* der Inschr. gleichzusetzen. Urspr. war H. Offizier, wahrscheinlich alter Offiziersfamilie entstammend. Unter Tutenchamun stieg er zum Generalissimus und Regenten auf. Nach kurzer Zwischenregierung des Eje bestieg H. um 1334 v. Chr. selbst den äg. Thron und herrschte etwa bis 1306. Seine Herrschaft war gekennzeichnet durch Reorganisation der Verwaltung nach den Unruhen der vorausgegangenen Amarna-Zeit und durch konsequente Rückkehr zum alten Glauben. Unter ihm wurden die Bauten der »Ketzerkönige« abgerissen und ihre Namen ausgelöscht. W. H.

E. Otto Ägypten, ³1958, 170ff.

Harmamaxa s. Wagen

Harmatios s. Herakleides

Harmodios (Ἁρμόδιος). **1.** Liebling des → Aristogeiton, wies die Zuneigung des Hipparch zurück (Thuk. 6,54,3), der sich daraufhin rächte. Nach Aristot. Ath. pol. 18,2 handelte es sich nicht um Hipparchos, sondern um den jüngsten Sohn des Peisistratos, den Thessalos. Im weiteren kommt es 514 zum Tyrannenmord des H. und Aristogeiton, wobei auch H. getötet wird (Thuk. 6,56. 750). **2.** Nachkomme des Tyrannenmörders, Sohn des Proxenos aus Aphidna, erste Hälfte 4. Jahrhundert v. Chr. PA 2234. **3.** Aus Lepreon, arkad. Lokalhistoriker, schrieb in hellenist. Z. περὶ τῶν κατὰ Φιγάλειαν νομίμων FGrH 319. H. Ca.

Harmonia (Ἁρμονία). **1.** Tochter des Ares und der Aphrodite, Gemahlin des Kadmos, Mutter von Ino, Semele, Agaue, Autonoe und Polydoros, Hes. theog. 937.975. Apollod. 3,26. Dem Kreis der Aphrodite mit Chariten, Pothos u. a. angehörend (Hom. h. 2,17. Aischyl. Hik. 1040), ja urspr. wohl eine 2. Aphrodite (Prell.-Rob. 378. Kerenyi Heroen der Griechen 41), war sie in Theben Prototyp einer glücklichen Ehefrau (als »Vereinigende«) und in Verbindung mit Kadmos (boiot. Κάσμος, als Κόσμος aufgefaßt) Schutzgöttin des Bürgerverbandes (Plut. Pel. 19). In Dichtung und bildender Kunst war ihre Hochzeit ein beliebtes Thema. Wie zur Hochzeit von Peleus und Thetis erschienen auch hier die Götter und brachten Gaben, von denen sich freilich der prachtvolle Peplos und das von Hephaistos verfertigte Halsband den späteren Besitzern als verhängnisvoll erwiesen; s. → Alkmaion, Amphiaraos, Eriphyle. Die Musen sangen das Brautlied, in dem das sprichwörtlich gewordene ὅττι καλόν, φίλον ἐστί (Theogn. 15, wohl aus einem hesiod. Epyllion) vorkam, Pind. P. 3,92. frg. 29,6. Eur. Phoen. 822. Hellanik. frg. 41. Paus. 9,12,3. Vasenbilder zeigen, daß Kadmos für die Gewinnung der Braut bestimmte Aufgaben zu erfüllen hatte, z. B. Anschirrung von Ebern und Löwen. Über ihre weiteren Schicksale s. → Kadmos. Kerenyi a. O. 30 neigt zu der Annahme, daß die samothrak. Fassung des Mythos von H. und Kadmos die urspr. sei, und sieht in ihnen ein unterweltliches Götterpaar: Da ist sie Tochter von Zeus und → Elektra Nr. 3 (Elektryone) und wird von Kadmos geraubt (daher der Kultbrauch, daß Elektra ihre Tochter sucht wie Demeter Persephone). Auch die samothrak. Hochzeit wurde prachtvoll geschildert, Diod. 5,49. **2.** Hatte schon Aischyl. Prometh. 551 die segenspendende und staatserhaltende H. zur Tochter des Zeus, Eur. 829 ff. zur Mutter der Musen (anders die Schol.) gemacht, so haben philos. Erwägungen (Empedokles, Platon im Phaidon) und orph. Spekulationen immer mehr das theban. Kolorit von ihr abgestreift, so daß sie im Hellenismus zu einer allegor. Gestalt wurde, die unter neuplaton. Einflüssen in Nonnos' Dionysiaka gewaltige Umrisse gewann und als allbeherrschende, welterhaltende Gottheit (bes. 41,277) völlig von der theban. H. geschieden wurde. H. v. G.

Wilam. GldH. 1,317.400.

Harmostai (Ἁρμοσταί, ion. ἁρμοστήρ Xen. hell. 4,8,39. IG V 1,937). **1.** Befehlshaber spartan. Garnisonen oder Statthalter. Jährlich wurden 20 vom König ernannte oder vom Volk bestellte H. in die Perioikenstädte gesandt. Kontinuierung des Amtes und Kumulierung waren zulässig. Sch. Pind. O. 6,154. Thuk. 4,53. 8,61,2. Xen. hell. 3,2,6. U. Kahrstedt Griech. Staatsrecht 1, 1922, 229 ff. In auswärtige unterworfene Städte wurden H. als Träger der spartan. Herrschaft geschickt, bes. durch Lysandros nach Thasos, Herakleia Trachinia, Chalkedon, Byzantion, Athen und Abydos. Xen. hell. 1,1,32. 1,2,18. 1,3,5. 1,3,15. 2,3,13. 4,8, 3 ff. Über ihren Übermut wurde vielfach geklagt. Plut. Lys. 11. **2.** In achaiischen Städten setzten die Thebaner H. ein, in der Kolonie Kotyora deren Mutterstadt Sinope. Xen. hell. 7,1,43. 3,4 und 9; an. 5,5,19. H. V.

Harpagos. 1. Meder, Angehöriger des königlichen Hauses des Astyages (Hdt. 1,108 ff.). Er geht in der 1. Schlacht zu Kyros über und ist darauf dessen Feldherr im Kampf gegen die Lyder. Als Statthalter der Meeressatrapie weist er die Griechen ab, als sie nach Untergang des lyd. Reiches in ein Vertragsverhältnis zu Kyros treten wollen (Diod. 9,35). Als Nachfolger des Mazares unterwirft er die ion. Städte, die Karer und Knidos, die Lykier und Kaunier. In Xanthos wird auf einer Inschr. des 5. oder 4. Jh. der Sohn eines H. genannt. **2.** Pers. Feldherr, nimmt im ion. Aufstand den Histiaios gefangen und läßt ihn hinrichten (Hdt. 6,28 ff.). J. D.-G.

Harpalos (Ἅρπαλος). Fürstensohn aus der Elimiotis, Freund Alexanders d. Gr., mit diesem 337 verbannt. Am Perserkrieg nahm er als ἐπὶ τῶν χρημάτων (Chef der Kriegskasse) teil, entfernte sich jedoch 333–331 unter Veruntreuung von Geldern nach Megara. Von Alexander wieder eingesetzt, begann er als Verwalter des Achämenidenschatzes mit dessen Ausmünzung und leitete von Ekbatana aus Materialnachschub und Heeresergänzung. Seit 330 residierte er in Babylon als Leiter des Finanzwesens (Titel unklar, s. Diod. 17,108,9), veruntreute wiederum Gelder, warb ein Privatheer und knüpfte Beziehungen zu Athen an (Athen. 13,586–595). Dorthin flüchtete er im Sommer 324 nach Rückkehr Alexanders, wurde jedoch durch einen von Demosthenes bewirkten Volksbeschluß ausgesperrt. Auf Auslieferungsforderung durch Alexander hin verhaftet, entkam er nach Bestechung führender Politiker (darunter Demosthenes, Demades), wurde jedoch bald darauf in Kreta ermordet. Fraglich ist, ob seinem Verhalten ein polit. Plan (möglicherweise in Verbindung mit dem gleichzeitig beginnenden Aufstand in Baktrien und unter Spekulation auf die Freiheitsbestrebungen der Griechen) zugrunde lag oder dies lediglich durch Angst vor dem Strafgericht Alexanders bedingt war. G. W.

Berve Alex. II Nr. 143. *E. Badian* Harpalus, JHS 81, 1961, 16–43. *G. Kleiner* Alexanders Reichsmünzen, Bln. 1949.

Harpalyke (Ἁρπαλύκη). **1.** Tochter des thrak. Königs Harpalykos, der sie mit Kuh- und Stutenmilch aufzog und in allen männlichen Leibesübungen ausbildete. Nach des Vaters Tode führte sie ein Jäger- und Räuberleben, bis Hirten sie wie ein wildes Tier in Netzen fingen. Hyg. fab. 193. Verg. Aen. 1,315 ff. (Serv. ebd.), wo Venus dem Aeneas in H.s Gestalt entgegentritt. Sie ist auch das Modell für die vergil. Camilla. An ihrem Grabe wurden von Hirten rituelle Scheinkämpfe aufgeführt.

Mannhardt Mythol. Forsch. 262 vergleicht Vegetationsdämonen wie den »Kornwolf«. Knaack Rh. Mus. 49,529. **2.** Tochter des Arkaders Klymenos, deren grausige Geschichte Euphorion in den »Thrakern« (frg. 22 Scheidw.) behandelte (Entehrung durch den Vater, dem sie ihren Bruder oder ihr Kind zum Essen vorsetzt). Beide scheiden aus dem Leben, sie wird in einen Habicht verwandelt. Parthen. 13. Hyg. fab. 242. 246 u. a. Sch. Hom. Il. 14,291. **3.** Eine Jungfrau, die aus verschmähter Liebe den Tod suchte. Nach ihr heißt ein Wettgesang von Jungfrauen. Aristox. bei Athen. 14, 619 e. H. v. G.

Harpalykos (Ἁρπάλυκος). **1.** → Harpalyke Nr. 1. **2.** Fechtlehrer des Herakles aus Phokis, Sohn des Hermes. Theokr. 24,113. **3.** Gefährte des Aeneas, der unter dem Lanzenwurf Camillas fällt. Verg. Aen. 11,675. H. v. G.

Harpasos (Ἅρπασος). **1.** S. Nebenfluß des Maiandros (h. Menderoz), Hauptfluß Kariens, h. Aktschai, Plin. nat. 5,109. Ptol. 5,2,15 M. Steph. Byz. s. v. An seinem r. Ufer lag die Stadt Harpasa. Fluß und Stadt befanden sich im Bereich alter ion. Kolonisation, im Binnenland überwog das kar. Element. Erwähnung gelegentlich der Ereignisse des J. 189 v. Chr. bei Liv. 38,13,1.

W. M. Ramsay The hist. geogr. of Asia Min., 1962, 423. *Kiepert* FOA T. V. Gr. Hist. Weltatl. I, 13b. 14b.

2. Fluß im ö. Kleinasien, zunächst der Landschaft Kolchis, später Pontos zugehörig (h. Dzoroch, türk. Tscharuksu). An seinem l. Ufer lag → Gymnias. Ptol. 5,6,6 M. (mit Comm.) nennt den gleichen Fluß Ἄψορρος. Offenbar hieß der Oberlauf H., der Unterlauf Ἄψορρος oder Akampsis (s. RE I 1146). Etwas n. seiner Mündung liegt die Stadt Batum, der alte Βαθὺς λιμήν (Plin. nat. 6,12), ident. mit *Portu Altu* der Tab. Peut. H. T.

K. Miller Itin. Rom. 65. *Kiepert* FOA, T. IV. Gr. Hist. Weltatl. I, S. 15c. Atl. of the World II, Pl. 37.

Harpaston (ἁρπαστόν). Kleiner, harter Ball, dann das Spiel mit ihm, Poll. 9,10,5. Athen. 1,14f. sagt, es sei sein Lieblingsspiel. Ein Spieler fängt den Ball (ἁρπάζειν), wenn er verworfen worden ist, und sucht ihn dann allen Spielern außer denen seiner Mannschaft zu entziehen, von denen jeder ihn zugeworfen haben möchte, Plut. Alex. 39,3. Epikt. 2,5,16. Er tut, als würfe er ihn einem zu, wirft ihn aber einem andern, er täuscht also seine Mannschaft (φενακίζειν, ἀπατᾶν). Der Scholiast zu Clem. Alex. 3,10,50 nennt das Spiel φενίνδα Gal. de parv. pil. exercit. 2 lobt die gesundheitliche Wirkung des Spieles. Die Gewandtheit im Fangen eines verworfenen Balles aus dem Sand wird lebendig geschildert von Martial. 14,48; vgl. 7,67,4. 4,19,6; das Wandern des Balles von einem Spieler zum andern bringt Artem. Oneirokr. 1,55 auf den Vergleich mit einer Hetäre. O. W. R.

Harpokras (*arpocras* hsl. Sen.). Freigelassener des Kaisers Claudius, der ihm Benutzung einer Sänfte in Rom erlaubte und das Recht gab,

Spiele durch Edikt bekanntzumachen. Suet. Claud. 28,1. Sch. Iuv. 14,91. Später wurde H. auf Befehl des Claudius getötet. Sen. apocol. 13,5. Vielleicht ident. mit *Arphocras, Augusti libertus et procurator*, CIL VI 9016. H. V.

Harpokration (Ἁρποκρατίων). **1.** Aus Argos, Platoniker gegen E. 2. Jh. n. Chr. Nach isoliertem Zeugnis von Proklos, in Plat. Tim. 1,305,6 Diehl war H. Schüler des → Attikos; das voraufgehende Referat (ebd. 1, 304,22ff.) weist H. viel mehr in die Nähe des Numenios. Denn H. drückt die im Platonismus längst angelegte Stufungslehre nun extrem durch den Ansatz dreier Götter aus. H. wurde benutzt (durch Vermittlung des → Porphyrios) von Iamblich bei Stob. ecl. 1,375,15 und 380,14, sowie von Proklos in Plat. Tim. und in remp. mehrfach. Suda schreibt dem H. ein Platon-Lex. zu. H. D.

2. H., Valerius, griechischer Grammatiker der Kaiserzeit aus Alexandreia (Suda s. v. Ἁ.). Über seine Lebenszeit herrscht Unklarheit. Die spätesten von H. zit. Autoren sind → Dionysios ὁ Τρύφωνος und Dionys. Hal., so daß er frühestens unter Tiberius gelebt haben kann. In das 2. Jh. n. Chr. würde er gehören, wenn man ihn sicher mit dem Lehrer des L. Verus (H. A. Ver. 2,5) identifizieren könnte.

Seine ἀνθηρῶν συναγωγή (eine Slg. eigener oder fremder rhet. Glanzstücke; vgl. Apuleius' Florida) ist verloren, erhalten sein Lex. zu den att. Rednern (Λέξεις τῶν ι' ῥητόρων), das unter Benutzung älterer Erklärer (→ Didymos) und Historiker (→ Atthis) wichtige Notizen über Personen und gerichtliche Verfahrensweisen des 5. und 4. Jh. v. Chr. überliefert. Daß es nur einen stark verdünnten Extrakt aus älterer Gelehrsamkeit bietet, lehrt der Vergleich mit dem Demosth.-Komm. des Didymos (vgl. auch F. Blass, H 17, 1882, 148ff.). H.s eigene Leistung besteht im wesentlichen aus sprachlichen Erläuterungen einzelner Formen. Das Werk liegt in einer vollständigen und einer epit. Fassung (bereits im 9. Jh. nachweisbar, da in der Vorlage des Photios verarbeitet) vor, trägt aber auch in der umfangreicheren Spuren von Überarbeitung und Interpolation. H. Gä.

Ta.: *I. Bekker*, Bln. 1833. *W. Dindorf*, Oxf. 1853. Lit.: *Christ-Schmid* 2,2,876f.

3. H., Alexandriner. Vf. eines hsl. erhaltenen (s. Diels, Hss. d. antik. Ärzte, ADAW 1906, II 41) Werkes περὶ φυσικῶν δυνάμεων, in dem quacksalber.-mag. Therapie abgehandelt ist. Das entspricht einer auch sonst von Nichtärzten, z. B. → Sextus Iulius Africanus oder → Pamphilos, gepflegten Thematik. Unser H. könnte also durchaus mit dem bekannteren Rhetor → Valerius H. identisch sein. F. K.

Harpyien (Ἅρπυιαι, auch Ἀρεπυῖαι von ἁρπάζω, Hesych. s. v. Suda s. δαίμονες, meist Mehrz.), weiblich gedachte Windgeister, nach Hes. theog. 265 zwei Töchter der Okeanide Elektra und des Thaumas, geflügelten Winden oder Vögeln vergleichbar, Ἀελλώ und Ὠκυπέτη. Nirgends sind sie genau beschrieben, Od. 1,241 und 20,77 nur als Räuberinnen genannt. Il. 16,150 wird Ποδάργη hinzugefügt, die dem Zephyros die unsterblichen Rosse des Achill gebar, [1],1843. Die H. sind Mischbildungen: Menschengestalten mit Flügeln. Verg. Aen. 6,289 nennt sie (ähnlich Hes.) in einem Atem mit Chimära und anderen Schreckgestalten der Unterwelt. Der Raub der Pandareostöchter (Od. 20,60ff.) scheint bildlich nicht überliefert. Myth. erscheinen sie nur in der Gesch. des → Phineus, dem sie zur Strafe für seinen Frevel die ihm vorgesetzten Speisen rauben oder besudeln, bis die Boreaden sie verjagen. Darstellungen der Szene am Amykläischen Thron und an der Kypseloslade beschreibt Paus. 3,18,15 und 5,17,11. – Erhaltene Darstellungen: 1. Chalkid. Schale, Würzburg FR 41 [8],157: 2 H. von vierflügeligen Boreaden verfolgt. 2. Altatt. Schüssel von Aigina, Berlin [1],1843, Corp. Vas. Ant. T. 47,2. [4], T. 9: 2 menschengestaltige H. im Laufschritt nebeneinander fliehend; durch Beischrift ΑΡΕΠΥΙΑ gesichert (ohne Boreaden). 3. Lakon. Schale, Rom, Villa Giul. [4],T. 5–8. [10], Abb. 63; sehr ähnlich nach r. fliehend, von den im Knielauf folgenden Boreaden am Hals gepackt. Ähnlich 4. Elfenbeinreliefs aus Delphi [9], T. 64 b, S. 73, [3], 4,430. Abb. 500. Weitere sf. Beisp. [4],12, A, 2, T. 9. Spätere Darstellungen vgl. [3], s. Arpia 1, 670 und Myth. Lex. s. Boreaden, 800 = FR 60,2. Der Name der am sog. Harpyienmonument aus Xanthos [1], 1846, Br.-Br. 103. [6],67 dargestellten Vogelwesen kann nicht als gesichert gelten, eher sind diese den Sirenen zu vergleichen, denen sie wesensverwandt sind. Vgl. [5],228, A. 4 und 5f. H. S.

1. Myth. Lex. s. Harpyia 1, 1842. 2. *Sittig*, RE VII 2417. 3. *G. Cressedi* Encicl. Arte Class. 1, 1958 s. Arpia, 670, Abb. 857. 4. *M. Moretti*, Arch. Class. 4, 1952, 10. 5. *Nilsson* GgrR² 1, 1955. 6. *G. Lippold* Griech. Plastik (HB Arch. 3,1). 7. *W. v. Massow*, MDAI(A) 41, 1916, 48ff. 8. *A. Rumpf*, MDAI(A) 46, 1921, 157. 9. *K. Schefold* Frühgriech. Sagenbilder 1964. 10. *K. Kerenyi* Heroen der Griechen, 1959.

Haruspices (inschr. auch *hari-*, *arre-* u.ä. [4], 410,4). Etym.: *har(u)-* < *ĝher Darm (oder aus dem Babylon.? vgl. Dict. étym.) und *spex* (zu *specio*).

Die h. übten die Disciplina Etrusca aus (→ Etrusker o. Bd. II 388ff.). Doch hat in Rom nur die Leberschau wirklich Fuß gefaßt. Bedeutsam sind die h. auch als Deuter von Prodigien, wozu sie vom Senat berufen wurden (Cic. har. 25. Weiteres [5],544,4), und überhaupt als Seher bes. in Begleitung der Beamten (s.u.). Kaum wirksam gewesen scheint in Rom ihre Funktion als Blitzdeuter, obwohl in der Disc. Etr. Blitzbeobachtung und Leberschau eng zusammengehören: Man fand in der Leber des Opfertieres bestimmten Göttern zugehörige Regionen des Himmels wieder, nach diesen Regionen wurden auch die Blitze bestimmt; anders ist die röm. Auffassung des Blitzes als *ostentum*; → bidental, Summanus, Iuppiter, Consentes Dei.

Zwar ist die Untersuchung der *exta* von Opfertieren (→ hostia) altröm., doch diente sie dazu, die Eignung des Tieres und das Gefallen der Gottheit daran festzustellen, wie ja nach röm. Denken in erster Linie die Götter geneigt gestimmt werden bzw. durch Sühneleistung ihr Zorn besänftigt werden sollte, während die Etr. ein ausgebildetes, kompliziertes System der Zukunftsdeutung entwickelt hatten. (Ausführliche Darstellung von Theorie und Technik der Disc. Etr., soweit bekannt, s. [1]. [3]). Ein Modell einer Opferleber wurde in Piacenza gefunden [8]. [9]. Beachtlich sind babylon. Parallelen. Auch in Boghazköy wurden Lebermodelle entdeckt.

Die zweite wichtige Funktion der h. bestand in der Deutung von Wunderzeichen, wozu neben *ostenta* auch Blitze gehören konnten, die Auskunft, was mit *ostenta* oder den vom Blitz getroffenen Sachen oder Menschen geschehen solle und was an künftigen Ereignissen sich ankündige. Sonst sind für Sühneempfehlungen die Pontifices und die sibyllin. Bücher (→ Libri Sibyll.) zuständig. Heranziehung der h. zusätzlich z.B. Liv. 27,37, 6ff. 42,20,2 (s. Wülker Die gesch. Entw. des Prodigienwesens, Diss. Lpz. 1903,38); über die Zukunft äußerten sich aber nur die h. Die Ausführung des Empfohlenen oblag in allen Fällen den Staatspriestern.

Die Kunst der Haruspizin, urspr. wohl in privilegierten Familien tradiert, dann in einer umfangreichen Lit. niedergelegt (nicht zu verwechseln mit dem röm. Schrifttum über die Disc. Etr.: vgl. Kroll, Art. Tarquitius Priscus Nr. 7 RE IV A 2392f.) wurde auch in Rom in zunehmendem Maße von Staats wegen ausgenützt (wahrschl. bes. seit dem 2. Pun. Krieg; frühe Mitwirkung der h. etwa beim Bau des Capitols, beim Krieg gegen Veii, bei der → devotio ist ausgeschlossen ([5],547, 8. [4], 412mit Lit.). Da die Haruspizin mindestens bis in die Kaiserzt. hinein nur von Etr. ausgeübt wurde, sorgte der Senat dafür, daß in den Städten Etruriens Söhne vornehmer Familien darin ausgebildet wurden (Cic. div. 1,92). Möglich ist, daß aus solchen Maßregeln der seit E. der Rep. nachweisbare (CIL VI 32439) *Ordo haruspicum LX*, mit einem *h. maximus* (od. *primus*) an der Spitze, entstand (5x12? [3],2437f., vgl. [7],396f. gegenüber [7], 159,1, s. auch Pease zu Cic. div. 1,92.). Dagegen glaubt Wissowa [5],548 nur die apparitorischen h. (s.u.) seien in dem Ordo der LX organisiert gewesen. Staatspriester waren die h. (im Gegensatz zu den ebenfalls für auswärtige Religionsübung zuständigen → Quindecimviri sacris fac.) nicht.

Zu unterscheiden von den staatlich herangezogenen h. sind einerseits die oft als Bettelpropheten herumziehenden h., die auch Privatleuten ihre Dienste aufschwatzten (Cato agr. 5,4. Colum. 1,8, 6. Cic. div. 1,132. Catos Spott, er wundere sich, daß die h. nicht lachen müßten, wenn einer dem andern begegne, Cic. div. 2,51. Tiberius erließ ein Verbot, h. ohne Zeugen zu befragen, Suet. Tib. 63, 1), andererseits die h., die röm. Beamte begleiteten. Im Laufe der Z. war die altröm., im Vergleich zur Haruspizin (und den *signa ex tripudiis*) recht unbequeme Art, im Felde den Götterwillen zu erkunden (→ augures), ersetzt worden durch die Eingeweideschau. So bekamen die höheren Beamten h. als → Apparitores.

In der Kaiserzeit versuchte man durch gesetzl. Bestimmungen (wie bei anderen Zukunftspraktiken auch) Mißbräuchen zu steuern (was nicht recht gelang), zu einem Verbot der h. aber konnte es nicht kommen (MOMMSEN RStrR 861 ff.), im Gegenteil, der Glaube an die Haruspizin, von den Gebildeten ebensooft abgelehnt (vgl. Cic. div. 2, 51 ff.) wie ernst genommen (Kaiser Claudius bei Tac. ann. 11,15), war noch in der späten Ant. vorhanden ([6],161 mit vielen Zeugnissen). Das letzte bekannte Beispiel ist aus dem J. 408 bei der Einschließung Roms durch Alarich, sogar unter stillschweigender Zustimmung des Papstes Innocentius I. W. E.

1. *C. Thulin*, Göteb. Högsk. Årsskr. 11,5. 12,1. 14,1 (1905–1909). 2. *Ders.*, RE VI 725 ff. 3. *Ders.*, RE VII 2431 ff. 4. *Marqu.* RStV 3,410 ff. 5. *Wissowa* Rel.[2] 419. 533. 543 ff. 6. *Friedländer-Wiss.* 3,161 f. 7. *Latte* RRel 157 ff. 266. 366 396 f. – Zur Bronzeleber und Mart. Cap.: 8. *C. Thulin*, RVV 3,1 (1906). 9. *St. Weinstock*, JRS 36, 1946, 101 ff. – Babylon. Parallelen: 10. *W. Denner* WZKM 41, 1934, 180. 11. *J. Nougayrol*, RAss 38, 1941, 67 ff.

Hasdrubal (Ἀσδρούβας). **1.** Sohn des Hanno, 256 v. Chr. Feldherr, bei Adyn von Regulus geschlagen, dankte zugunsten des Xanthippos ab. Pol. 1,30. 32,5. Mit einem großen Heer fuhr H. 255 nach Sizilien, sein Unterführer Karthalo eroberte Akragas. Panormos mußte H. den Römern überlassen. Erst 250 griff er L. Caecilius Metellus in Panormos an, wurde trotz des Elefanteneinsatzes besiegt und in Karthago hingerichtet. Pol. 1,38, 2 ff. 40. Diod. 23,18,2. 21. Zon. 8,14,12. **2.** Führer des karthag. Demos, heiratete H. die Tochter Hamilkars (→ 3), Diod. 25,10,3. App. Hann. 4, begleitete als Trierarch ihn 237 nach Spanien. Von dort nach Karthago geschickt, unterdrückte H. einen Numideraufstand. Diod. 25,10,3. Der Bericht des Fabius Pictor (Pol. 3,8,1 ff.), H. habe Karthago in eine Monarchie umwandeln wollen, beruht wohl auf Verleumdung der Barkidengegner, doch erreichte H. nach dem Tode Hamilkars 229, vom Heer zum Oberfeldherrn gewählt und von der karthag. Regierung bestätigt (Pol. 2,1,9), in Spanien eine monarch. Stellung mehr durch geschickte Diplomatie als durch offene Kämpfe. H. heiratete die Tochter eines span. Stammesfürsten, die Spanier ernannten H. zu ihrem Oberfeldherrn. Diod. 25,11.12. Als Mittelpunkt seiner Macht gründete er an Stelle des alten Mastia eine Stadt, die er Karthago (h. Cartagena) wie die Heimat-

stadt nannte, während die Römer Mißverständnisse durch die Bezeichnung Carthago nova vermieden. Pol. 2,13,1. Diod. 25,12. H. VOLKMANN, Gn 35, 1963, 315. Eine röm. Gesandtschaft verpflichtete 226 H. durch den Ebrovertrag, den Fluß nicht mit bewaffneter Macht zu überschreiten. Pol. 2,13,7. App. Ib. 6,7. F. M. HEICHELHEIM, Hist. 3, 1954/55, 211 ff. H. wurde 221 von einem Kelten ermordet. Pol. 2,36,1. App. Hann. 2. Mz. mit diademgeschmücktem Kopf Hasdrubals (?) E. S. G. ROBINSON in Essays in Roman coinage pr. to H. Mattingly 1956, 37 f. **3.** H., Sohn Hamilkars (→ 3), jüngerer Bruder Hannibals (→ 5), 218 in Spanien als Oberfeldherr zurückgelassen, Pol. 3,33,6. Liv. 21,22,1 ff., wurde bei dem Angriff auf das von Hanno (→ 6) verlorene N.-Spanien 217 an der Ebromündung von Cn. Scipio geschlagen und konnte den Verlust Sagunts nicht verhindern. Pol. 3,95 ff. Liv. 22,19 ff. Sein Durchbruch nach Italien 216 scheiterte durch Cn. und P. Scipio am Ebro, 215 wurde H. bei Iliturgi besiegt. Liv. 23,26 ff. 49, 5 ff. In Afrika bezwang er den Aufstand des Numiders Syphax. Liv. 24,48. App. Ib. 15. Mit Mago und Hasdrubal (→ 5) schlug H. 211 Cn. Scipio. Liv. 25,35 ff. Spanien wurde bis zum Ebro zurückerobert. Während H. die Carpetaner bekämpfte, nahm aber P. Scipio 209 Neukarthago. Bei Baecula erzwang H. 208 den Durchzug zu den Pyrenäen. Pol. 10,38,7 ff. Liv. 27,18 f. Von den Winterquartieren in Gallien kam H. Frühjahr 207 über die Alpen in die Poebene und erhöhte sein Heer durch Kelten auf fast 30000 Mann. Seine Boten an Hannibal wurden abgefangen. Liv. 27,43. Am Metaurus bei Sena Gallica verlor H. Heer und Leben gegen die Konsuln Livius Salinator und Claudius Nero. Pol. 11,2 und Liv. 27,49,2 ff. rühmen sein Feldherrngeschick. **4.** H., der Kahle *(Calvus)*, wurde 215 den Sarden des → Hampsicora zu Hilfe geschickt, von Manlius geschlagen und gefangen. Liv. 23,32,12. 34,16 f. 40. **5.** H., Sohn des Gisko, seit 214 Feldherr in Spanien, besiegte mit Mago 211 P. Scipio und mit Hasdrubal (→ 3) Cn. Scipio. Nach Abzug Hasdrubals (→ 3) Oberfeldherr, wurde er 206 bei Ilipa von P. Scipio völlig geschlagen und floh über Gades nach Afrika. Pol. 11,20 ff. Liv. 28,14 ff. Da H. seine Tochter Sophoniba mit Syphax vermählte, gewann er den Numider, den auch Scipio umwarb, für Karthago. Pol. 11,24 a,4. Liv. 28,17,13 ff. 29,23,3 ff. Nach Scipios Landung in Afrika 204 Oberfeldherr, zwang H. ihn, die Belagerung von Utica aufzuheben. 203 überfiel Scipio das Lager H.s. Mit Syphax stellte H. ein neues Heer auf, wurde aber von Scipio auf den Großen Feldern am Mittellauf des Medjerda geschlagen. Pol. 14,8. Liv. 30,3 ff. Abgesetzt und des Verrats angeklagt, vergiftete sich H. vor der Schlacht bei Zama. App. Lib. 37. Zon. 9,13,10. **6.** H., Böckchen (ἔριφος, *haedus*) genannt, Gesandter mit Hanno (→ 5) nach der Niederlage von Zama bei Scipio, Führer der Friedensgesandtschaft in Rom, stieß mit Hannibal bei Beratung des Friedens zusammen. Liv. 30,42,12 ff. App. Lib. 49. **7.** H., Boetharch der Karthager, kapitulierte 150 v. Chr. im Krieg gegen Massinissa. Aus Furcht vor Rom zum Tode verurteilt, belagerte H. 149 Karthago. Im 3. pun. Krieg 149/46 wieder Feldherr und zunächst erfolgreich, peitschte H. den karthag. Widerstand durch Ermordung röm. Gefangener und karthag. Ratsherren auf, praßte aber selbst in der hungernden Stadt. Bei der Eroberung Karthagos ergab sich H. Scipio und starb als Gefangener in Italien, während seine Frau und Kinder sich in die Flammen des Eschmuntempels stürzten. Pol. 38,7 f. 20. 49 f. Diod. 32,23. App. Lib. 72 ff. 102 ff. 131. H. V.

Hase s. Spalte 951

Hasmonäer. Von Iosephos (*Ἀσαμωναῖοι, οἱ ἀπ' / ἐξ Ἀσαμωναίου* [*παῖδες*], *ἡ/τὸ Ἀσαμωναίου γενεά/γένος*, s. Ind. zur ed. Niese) gebrauchte Bezeichnung des jüd. Hohepriester- und seit 105 v. Chr. auch Königsgeschlechts, das auf Grund seiner durch → Iudas Makkabäus begründeten hist. Bedeutung mit dem Titel der die Bezeichnung H. vermeidenden Makkabäerbücher und Origenes (bei Eus. h. e. 6,25,2) auch für die Zeit nach 135 v. Chr. besser Makkabäer genannt wird. Namengeber ist ein hist. kaum greifbarer Ḥašmōn, nach Ios. ant. 12,6,1 (Auffüllung von 1. Makk. 2,1) Urgroßvater, nach bell. 1,1,3 Vater (falls nicht hier noch richtig als »der H.« gemeint, da der Name eigentlich *Ἀσαμῶνος* heißen müßte) des Priesters Mattathias, mit welchem folgende Genealogie beginnt:

Mattathias † 166

Johannes † 160 | 3. → Simon 143–134 | 1. → Judas 166–160 | → Eleazaros (Nr. 4) † 162 | 2. → Jonathan 160/52–143

Judas † 134 | Mattathias † 134 | 4. Johannes → Hyrkanos I. 134–105

→ Antigonos (Nr. 4) † 104 | 5. → Aristobulos I. (Nr. 1) 105–104 ∞ 7. → Alexandra Salome 76–67 ∞ 6. → Alexandros Iannaios (Nr. 14) 103–76

9. → Hyrkanos II. 67/63–40, † 30 | 8. → Aristobulos II. (Nr. 2) 67–63, † 49

Alexandra († 29) ∞ Alexandros († 49) | 10. → Antigonos (Nr. 5) 40–37

11. → Aristobulos III. (Nr. 3) † 35 | Mariamme ∞ Herodes d. Gr. † 29

(Personen, welche die Herrschaft ausgeübt haben, sind in der Reihenfolge ihrer Regentschaften durchnumeriert, zu ihnen s. die Einzelartikel; zur Rolle des Geschlechts in der hellenist. Gesch. des 2. und 1. Jh. v. Chr. → Judentum). C. C.

1. *Schürer* I. 2. *E. J. Bickermann* Die Makkabäer, 1936. 3. *Ders.* Der Gott der Makkabäer, 1937. 4. *Ders.* The Maccabees, 1947. 5. *C. Watzinger* Denkmäler Palästinas II, 1935. 6. *Abel* Histoire de la Palestine, 1952. 7. *A. Reifenberg* Ancient Jewish Coins, Jerusalem 1954[2].

Hase (Lepus europaeus), λαγωός (hom.), λαγώς, λαγῶς (att.), λαγός (ion., dor.), λέπορις (aiol., sizil.), *lepus;* daneben viele andere Bezeichnungen: πτώξ »Ducker« (Hom., Aischyl. Theophr., Theokr.), δασύπους »Rauhfuß« (Kom., Xen., Aristot.), ταχίνας »der Schnelle« (lakon. nach Ail. nat. 7,47), κέκην »Springer« (kret. nach Hesych.), und die Derivative λαγίον, λαγίδιον, λαγιδεύς »Häschen, Junghase«.

Der H. war in der Mittelmeerwelt ungemein verbreitet, auch auf vielen Inseln, bes. solchen, wo Füchse fehlten; Ausnahmen: Ithaka (Aristot. hist. an. 606 a 2. Plin. nat. 8,226), Kyrnos (Pol. 12,3,10 gegen Timaios) u.a.; Seltenheit des H. in Attika? (Nausikr. com. bei Athen. 9,399 F = CAF 2,296.) Das Vordringen des H. auf die Inseln läßt sich z.T. noch verfolgen (Astypalaia: Hegesandr., Delph. bei Athen. 9,400 D; Sizilien: Aristot. rep. Rheg. 1565 a 7). Man unterschied mehrere Arten, meist regional bestimmt (Makedonien: Aristot. hist. an. 507 a 16, vgl. Plin. 11,190; Äg.: Aristot. 606 a 24; Skythien: part. an. 619 b 15; Krastonien, Sizilien: mirab. 842 a 16. 836 b 19; Italien: Varro rust. 3,12,5; Alpen [Schnee-H.]: Varro a.O. Plin. 11,190), doch ohne zuverlässige Unterscheidungsmerkmale. Xen. Kyn. 5 (die weitaus beste Schilderung des H. und seiner Verhaltensweise; daraus und daneben bes. Ail. 13,14f.) unterscheidet nur 2 Arten, eine größere und eine kleinere; sie entsprechen der »makedon.« und der »ital.« Unterart (die letzte ziemlich sicher ident. mit dem χελιδόνειος λαγωός bei Diphil. frg. 1; vgl. Athen. 9,401 A. Eustath. 1925, 43. Athen. selbst setzt diesen dem Kaninchen gleich, sicher zu Unrecht) bei Varro, der als dritte Art das in Spanien heimische Kaninchen hinzufügt. Den Griechen war das letztere fremd; wo sie ihm begegneten, schenkten sie ihm besondere Beachtung, meist unter Belassung des iberisch-lateinischen Namens (s.u.).

Die Zoologen fanden an diesem Nagetier (Unterordnung der Doppelzähner, ἀμφόδοντες Aristot. hist. an. 511 a 31. 522 b 9) viele Merkwürdigkeiten, so die Schnelligkeit und Eigenart der Fortbewegung (Hom. Il. 17,676. Hes. scut. 302. Xen. a.O. Ail. a.O.), die starke, weiche Behaarung, selbst im Maul und unter den Läufen (Aristot. hist. an. 519 a 22; gener. 774 a 35. Xen. a.O. Plin. 11,229, nach dessen Zeugnis Trogus darin ein Merkmal der Geilheit erblickte; vgl. auch Poll. 5,68 zum Wort δασύπους bei Kratin. frg. 400), das Fehlen des Fibrins (ἶνες) im Blut, das folglich nur mangelhaft gerinnt (Aristot. 516 a 2ff.), angeblich Vorhandensein von Saugwarzen im Uterus des Weibchens (ebd. 511 a 31), die mancherorts beobachtete Zweiteiligkeit der Leber (ebd. 507 a 16. Plin. 11,190), die Produktion von Magenlab wie bei Wiederkäuern (Aristot. 522 b 9), bes. die fast unbegrenzte Fruchtbarkeit (Ausführliches über ὀχεία und τόκος Aristot. 579 b 31ff.), die der Häsin auch Nachbefruchtung während der Trächtigkeit erlaubt (Hdt. 3,108,3. Aristot. hist. 542 b 34; gener. 774 a 31. Plin. 8,219). Man hielt sogar Fortpflanzung ohne Begattung für möglich (Archel. bei Plin. 8,218; krasses Jägerlatein bietet Ail. 13,12: Embryonen im männlichen H.!). Auch die Vorstellung vom Schlaf des H. bei offenen Augen ging von Hand zu Hand (Xen. Kyn. 5,11. Plin. 11,147. Ail. 2,12. 13,13). Sein Verhalten ist durch Schlauheit, mehr noch durch Feigheit gekennzeichnet (Hdt. a.O.; Aristot. 488 b 15; physiogn. 805 b 28. Xen. a.O. Plin. 9,183. Ail. 7,19. Galen. 3,2; vgl. auch Sprichwort δειλότερον λαγὼ Φρυγός Strab. 1,36; λαγὼς καθεύδων [nur zum Schein] Zenob. 4,84); in der Fabel ist er meist feige und dumm (Aisop. fab. 143. 169. 254. Syntip. 10 Hausr.; ähnlich Antisth. bei Aristot. Pol. 1284 a 16 [»lächerliche« Forderung der H. nach Gleichberechtigung aller Tiere]).

Das Leben des H. ist ständig bedroht (Hdt. a.O.), bes. von Adlern (Hom. Il. 17,676. 22,310; Od. 17,295. Aisop. fab. 3; 273. Aristot. hist. an. 619 b 9), Hunden (Hom. Il. 10,362. Aisop. 139), Löwen (?) (Aisop. 153; Hasenhatz durch Löwen im röm. Zirkus Ov. fast. 5,372) und Füchsen (Ail. 13,11; vgl. Aisop. 169), am meisten durch den Menschen, der ihn wohl zu allen Zeiten als beliebtes Wild jagte, vor allem wegen des Fleisches, das sich köstlich zubereiten läßt (Hauptquelle Athen. 399 D ff. mit Komikerzitaten; bei Apic. nicht erwähnt) und angeblich Schönheit verleiht (Plin. 28, 260. Martial. 5,29. 13,92; dazu ein Scherzgedicht auf Alex. Sev. in der Hist. Aug. Alex. 19), und wegen der Wirksamkeit fast aller seiner Körperteile gegen unzählige Krankheiten und dgl. (das Meiste bei Plin. nat. 28). Seine Wertschätzung äußert sich im relativ hohen Preis für H. im Ed. Diocl. (bis 150 Den. gegen 40 Den. für 1 Kaninchen). Schon in rep. Z. hielten röm. Großgrundbesitzer H. neben anderem Wild in umzäunten Gehegen *(leporaria)* von z.T. beträchtlichem Ausmaß (Varro rust. 3,12; vgl. Colum. 9,1. Gell. 2,20). Die Jagd wurde als Einzeljagd oder Treibjagd, mit großen Stellnetzen (δίκτυον, πάναγρον) oder kleinen Weg- oder Fallnetzen (ἐνόδιον, ἄρκυς) oder nur mit Hunden betrieben; die Tötung erfolgte gewöhnlich mit dem Schlagstock (λαγωβόλον, hom. καλαῦροψ). Auch die meisten bildlichen Darstellungen des H. beziehen sich auf die Jagd. »H.« (πτώξ) nennen die Eumeniden den von ihnen gejagten Orestes mit geringschätzigem Beiklang, Aischyl. Eum. 326 (vgl. λαγὼ βίον ζῆν Demosth. 18,263). Andererseits ließ den H. sein possierliches Wesen und wohl auch seine erot. Natur zu einem Spiel- und Liebestier wie den Sperling u.a. werden (z.B. Meleagr. A.P. 7,207; so auch auf zahlreichen Abb. mit Bakchos, Eroten, Mädchen usw.); bei Plaut. Cas. 138 ist *lepus* Kosewort neben *passer* und *columba.* Religiöse oder kult. Bedeutung des H. ist nicht nachweisbar. Den Juden galt er als unrein

(Lev. 11,6; Deut. 14,7; falsch erklärt bei Plut. conv. 670 E).

Das Kaninchen (Oryctolagus cuniculus L.) wird den Alten erst in hellenist. Z. bekannt und genau vom H. unterschieden; man übernahm meist die iber. Bezeichnung *cuniculus;* daneben massil. *λεβηρίς* (Strab. 3,144), *ἡμίλαγος* (Ed. Diocl. 4,33), manchmal *λαγιδεύς* (Strab. a.O.) oder *δασύπους* (danach Plin. 8,219 im Gegensatz zu Aristot., wo hist. an. 606 a 24 ff. die Identität von *δασύπους* und *λαγωός* eindeutig bewiesen wird). Zunächst übernehmen auch die Griechen den iber. Namen *κύνικλος* u.ä. (Polyb. 12,3,10. Poseid. und Theop. bei Athen. 9,400 F f.). Das K. ist in Spanien heimisch (vgl. Catull. 37,18 *cuniculosa Celtiberia;* K. auf span. Mz.en!) und in röm. Z. in starker Expansion nach Gallien, den Balearen und westital. Inseln begriffen. Beschrieben wird es als »andere Art des H., dem ital. ähnlich, aber kleiner als dieser« (Varro a.O. § 6; vgl. Plin. 8,217f. Polyb. 12,3,10. Ail. 13,15); auch seine Lebensweise ist anders; charakteristisch vor allem seine Erdgänge (iber. *cuniculi* genannt), mit denen es manchmal ganze Städte unterhöhlt (Plin. 8,104); Strab. nennt es daher korrekt *γεώρυχος λαγιδεύς* (3,114). Wo die K. erschienen, wurden sie rasch zur Landplage; unter Augustus verursachten sie auf den Balearen eine Hungersnot, die staatliche Hilfe erforderlich machte (Plin. 8,218); die eifrig betriebene K.-Jagd (u.a. mit Einsatz von Frettchen mit Maulkörben) zielte daher nicht nur auf Beute, sondern auch auf Vernichtung. Als Leckerbissen galt bis ins MA. der fast ausgetragene Fötus (iber. *laurex*, Plin. a.O., vgl. Greg. von Tours 5,4). K.-Zucht scheint dem ganzen Alt. unbekannt gewesen zu sein. W. R.

Gossen, RE VII 2477 (Hase). X 1867 (Kaninchen). *Orth*, RE IX 558 (Jagd). XII 2068 (Leporarium). 2079 (Lepus). *Keller* Ant. Tierwelt 1,210ff. *Brehms* Tierleben 11, 1914, 23 ff. (Kaninchen). 82ff. (Feldhase). *L. v. Merey* Der H. (1933). *A.M. Kolosov* i *N.N. Bakeev* Biologija zajcarusaka (Die Biologie des Lepus europaeus Pall.) (1947, russ.). *Gerhardt* Das Kaninchen (1909). *H.V. Thompson* The Rabbit (1956). *L.I. Makepeace* Rabbits. A subject bibliogr. (1956).

Hasel. Mit ahd. *hasal* ist altlat. *cosulus* stammverwandt, woraus *corulus* (bei Verg., Ovid u.a.) und *corylus* (bei Colum. und Plin.), als Laubholzgattung Corylus L. für die in Europa weitverbreitete Strauchhasel C. avellana L. (*nux abellana* bei Plin. nach Abella, Avellino in Campania, it. nocciuolo, gr. *λεπτοκάρυον, καρύδιον*) und die von Vorderasien nur bis in die Balkanländer ausstrahlenden C. colurna L. (die bis 20 m erreichende Baumhasel, Bärennuß), C.pontica C. Koch (Byzantin. oder Zeller-Nuß) und C. maxima Mill. (= tubulosa Willd., Bart-, Lombard- oder Lambertsnuß), diese 3 bei Theophr. (3,15) als *Ἡρακλεωτικὴ καρύα*, bei Diosk. (1,179) als *καρύα Ποντική*, in mehreren Sorten seit der Ant. am Pontus, bes. um Kerasus viel gebaut und frühzeitig nach Unteritalien (bes. Avellino), Frankreich und Franken gebracht. Von *coruletum*, *colurnum* usw. leiten sich viele Ortsnamen (Coleri, Glurns u.a.) ab, ebenso von dt. Hasel (Haslach, Hasli u.a.). Während Haseln in S.-Europa und Vorderasien hauptsächlich der Nüsse wegen gebaut werden, spielen Haselruten als Lebens- und Wünschelruten bei Germanen, Kelten und Slaven auch eine mag.-kult. Rolle. H. G.

Hasmonäer s. Spalte 950

Hasta. Allg. = Stange oder Stab, war **1.** die altröm. Nationalwaffe, sabin. *curis* = *quiris* (Fest. 49,62), mit der in der Zeit der Phalanxordnung des röm. Milizheeres, deren sämtliche Glieder ausgerüstet waren (→ Hastati). Es handelte sich dabei um eine lange, schwere Stoßlanze, die anfangs nur aus Holz bestand und deren Spitze am Feuer gehärtet (Prop. 5,1,28), später aus Eisen gefertigt war. Im röm. Milizheer zur Zeit der Manipulartaktik hatten bloß noch die → Triarii diese schwere h. (Pol. 6,23,9). Daneben gab es auch eine leichte h., nach Plin. nat. 7,201 etr. Herkunft. Es ist die *h. velitaris* (Fest. 28), der *γρόσφος* (Pol. 6,22,3), kurz auch *iaculum* genannt. Nach Pol. hatte sie eine Länge von 2 Ellen und eine Dicke von einem Finger. Die leicht biegsame Eisenspitze soll eine Spanne lang gewesen sein. Später wurde die leichte, auch zum Wurf geeignete h. mit einer Wurfschlinge (→ *am(m)entum*, *ἀγκύλη*) versehen und führte auch die Bezeichnung *h. am(m)entata* (Cic. Brut. 271. Liv. 30,33,15). Mit der Schlinge konnte die h. 80 m weit geworfen werden (Fest. 12). Für Übungszwecke wurde auf ihre Spitze eine Kork- oder Lederkugel aufgesetzt (*h. praepilata*, Liv. 26,51,4), oder man verwendete dafür überhaupt spitzenlose h. (Speidel 44). Mit h. war auch die altröm. Kavallerie ausgerüstet (Pol. 6,25,5f. 8f.) und in der Kaiserzeit die Reiter der Legionen, der prätor. Kohorten und die → Equites singulares (Speidel 84). Auch die Flottensoldaten führten h. und vor allem die Hilfstruppen. Mit der zunehmenden Bedeutung der Fernwaffen fand die leichte h. auch bei der Legionsinfanterie Eingang. Sowohl von der schweren wie von der leichten h. haben sich im Laufe der Jh. verschiedene Typen herausgebildet (Philol. 21 ff.). Diese Mannigfaltigkeit befürworten bes. die Funde, deren eingehende und zusammenfassende Bearbeitung noch aussteht. Auch als Auszeichnung (→ *h. donatica* oder *pura*) wurden h. verliehen (RE Suppl. X 145f. 163f.) oder zum Zeichen der Degradierung als Strafe verwendet (Pol. 6,39,3. Tac. ann. 4,21).

2. Rechtlich gesehen war die *h. (festuca)* das Symbol des *iustum dominium* (Gai. 4,16). H. spielen beim Centumviralgericht (→ Centumviri), bei öffentlichen Versteigerungen, Verpachtungen u. Verkäufen eine Rolle. Auch bei der Hochzeit wurde ein Lanzeneisen mit gebogener Spitze zum Kämmen des Haares der Braut verwendet (Fest. 62).

3. Auf religiösem Gebiet symbolisierte die h. den Gott→ Mars. Bei der Kriegserklärung schleuderten → Fetiales anfangs eine h. mit eiserner Spitze und verbranntem blutigem Schaft in das feindliche Gebiet, später nahmen sie beim Tempel der → Bellona eine entsprechende symbol. Handlung vor. Schließlich spielte eine h. auch bei der → Devotio eine Rolle (Liv. 8,9,6). A. N.

ThlL. VI 2550ff. BursJb 200 (1924) 54. 218 (1928) 97f. *P.Couissin* Les armes Rom., Paris 1926, 537. *Krom.-Veith* 635. Philol. Sppl. Bd. XXIII H. II (1931). *W.Speidel* Die equites singul. Aug., Bonn 1965 (zu→ Equites milit.-singul. nachzutragen, o. Bd. II 338).

4. H. (NISSEN It.Ldk. 2,156), am N.-Ufer des Tanaro in Ligurien (Ptol. 3,1,45. Plin.nat. 3,49: 9. Region) gelegenes *municipium* der trib. Pollia (CIL V 7559.7566f.7577) mit keram. Industrie (Plin.35,160); H. war Station der via → Fulvia (Tab.Peut. 3,5). Den gleichen Namen führen auch 2 kleinere Straßenstationen in Etrurien (Tab.Peut. 4,3) und Ligurien (ebd. 3,5 w. Genua); h. Asti. G. R.

5. H., Stadt Südspaniens. Überreste auf dem Hügel Mesa de Asta 25 km n. von Puerto San Maria. Älteste Erwähnung 189 v. Chr. CIL II 5041, 187 von C. Atinius erobert (Liv. 39,21), nach Plin. nat. 3, 11 *colonia* mit Beinamen Regia, zuletzt erwähnt in den Märtyrerakten des Marcellus, in arabischer Zeit zerstört. R. G.

Ad.Schulten, AA 1940, 108; Asta Regia, Madrid 1941; Tartessos[2] 1950, 174.

Hasta donatica (pura). Die spätere Bezeichnung für das allen röm. Soldaten ohne Unterschied des Ranges erreichbare → *corniculum* (→ *dona militaria*). Sie wurde seit der ausgehenden Republik eine den Offizieren vom *primipilus* aufwärts zustehende Auszeichnung und war für die *militia equestris* bes. charakteristisch. Ihre Form in der Kaiserzeit ist aus der Darstellung auf dem Grabstein des S. Vibius Gallus aus Amastris kenntlich (BJ 157,165, Nr. 4). A. N.

BJ 157, 1957, 127ff.142ff.177ff. 117, 1908, 117ff.137ff. 184.

Hastati. H. waren in der Frühzeit des röm. Milizheeres die mit der langen Stoßlanze (→ Hasta) ausgerüsteten Soldaten (Varro l.l. 5,89). Urspr. hatten alle Phalangiten *hastae* (MEYER 20f.27f. 30). Später als das → Pilum zur Einführung kam, differenzierte sich die → Phalanx insofern, als die neue Waffe bloß ein Teil der Phalangiten erhielt, die aus kampftechn. Gründen in den ersten Gliedern stehen mußten (→ Principes, MEYER 30). Schließlich bekamen auch die h. *pila* und wurden vor die *Principes* gestellt (MEYER 30). Zur Z. der Manipulartaktik, wahrscheinlich schon am Ausgang der Frühzeit des röm. Milizheeres, gab es in einer Normallegion 1200 H. oder 10 Manipel zu je 120 H. oder 20 Zenturien zu je 60 H. Die Manipel der H. wurden als *primus* bis *decimus hastatus* oder *ordo hastatus* bezeichnet (Liv. 26,5,15). Auf dem Marsche bildeten sie eine eigene Kolonne (Pol. 6,40,10), und im Lager grenzten zu beiden Seiten der *via quintana* je 5 Manipel H. an je 5 Manipel *principes* (Pol. 6,28,3f.29,8f.). Mit der Einführung der Kohortentaktik verschwand die Differenzierung nach *h.*, *principes* und → *triarii*. Lediglich in der Bezeichnung der Rangordnung der Legionszenturionen hielt sie sich bis in die Kaiserzeit (RPh 11, 1937, 112. → Centuria, Centurio). A. N.

Krom.-Veith 635. APrAW 1923, Nr. 3.

Haterius. 1. H., Senator, Rechtsgelehrter, Cic.fam. 9,18,3 (J. 46 v.Chr.); im J. 43 proskribiert, von einem Sklaven verraten, App. b. c. 4,127. **2.** Q.H. Agrippa. Wohl Sohn von Nr.1. Nach Quaestur, Volkstribunat, Praetur (CIL VI 1426) war er 5 v.Chr. cos.suff., Inscr.It. XIII 1, p. 284. Trotz entfernter Verwandtschaft (KÖSTERMANN Komm. zu Tac.ann. I p. 348) war ihm Tiberius wegen seines Hanges zu Schmeichelei nicht gewogen, Suet. Tib. 29. Tac. ann. 1,13,4; im J. 14 schützte ihn nur Livia vor seinem Zorn, ebd. 1,13, 6. Im J. 16 sprach er im Senat gegen den Luxus, ebd. 2,33,1. Er war ein gefeierter Redner von schneller, wenig disponierter Vortragsweise, Sen. epist. 40,10. Sen.contr. 4 pr.7; 7,1,4, s. SCHANZ-HOS. 2,351. Frg. bei H. MEYER, Or.Rom.Frg. 525–527. Wahrscheinlich bezieht sich auf ihn die Inschr. Forsch. Ephes. 3, 1923, 119,31. Ein Sohn Sextus starb ihm, Sen.contr. 4, pr. 6. Durch einen Antrag auf übertriebene Ehrung für den jüngeren Drusus im J. 22 machte er sich lächerlich, Tac. ann. 3,57,2. E. 26 starb H. fast 90jährig, ebd. 4, 61. Hier.chron. p.172 Helm. H.PARATORE Tac. 687. R.SYME Tac.1,323f. 2,580. DERS. AJPh 79, 1958, 28.30. **3.** D.H. Agrippa. Sohn von Nr.2. Als Volkstribun 15 n.Chr. widersetzte er sich der körperlichen Züchtigung von Schauspielern, Tac. ann.1,77,3. Durch Ersatzwahl wurde er Praetor 17, da sich Germanicus und Drusus für H. als Verwandten einsetzten, ebd. 2,51,1f. Im J. 21 plädierte H. als cos.des. auf Todesstrafe für → Clutorius Priscus, ebd. 3,49,2. Cos.ord. 22, ebd. 3,52,1. Cass.Dio ind. l. 57. CIL VI 562. Inscr.It. XIII 1, p.298.309 (AE 1960, 63). Im J. 32 sprach er gegen die Konsuln des Vorjahres; durch sittenlosen Wandel verhaßt, drang er nicht durch, Tac.ann. 6,4, 2ff. **4.** Q.H. Antoninus. Sohn von Nr. 3 Cos.ord. 53, Tac.ann.12,58,1. Er vergeudete den Rest des Vermögens, erhielt aber trotzdem von Nero eine Jahresrente, ebd.13,34,1. **5.** T.H. Nepos. Ritter aus Foligno. Nach den *tres militiae* verwaltete er hohe Prokuraturen, darunter zwischen 114/17 Armenia maior, CIL XI 5213 und war vom 5.Aug. 119 bis 13.Apr. 124 praef. Aegypti, Pap.Oxy. 19, 2230. MITTEIS Chrestom. 84. A.STEIN Praef.Aeg. 63ff. REINMUTH, RE XXII 2371. H.G. PFLAUM Carrières eq. Rom. 217–219. In die Zeit des H. wird das H.-Grab im Lateranmuseum gehören, G.AMBROSETTI Enc. arte ant. 3,1112ff. **6.** T.H.

Nepos Atinas Probus Publicius Matenianus. Sohn von Nr. 5, CIL XI 5212. Frater Arval. seit 118, CIL VI 32374 II 60. Cos. suff. 134, CIL XVI 78. Seit Anf. 138 (A. E. R. Boak, Aegyptus 15, 1935, 266) legat. Aug. pr. pr. Pannoniae sup., erhielt er wohl von Hadrian die *triumph. ornamenta*, CIL XI 5212; XVI 84, s. W. Reidinger Statth. Pann. 75f. J. Fitz, RE Suppl. IX 590. **7.** Ti. H. Saturninus. Zwischen 161/63 *legat. Aug. pr. pr. Marci et Veri Pannon. inf.*, CIL III 3473. 3479, s. T. Nagy Budapest. Régis. 19, 1959, 28. Cos. suff. 164, CIL XVI 185. Patron einer Genossenschaft in Ostia, CIL XIV 246 I 18.19. R. H.

Hatra. Stadt im n. Mesopotamien n.w. von Assur (Ἄτραι, αἱ Ἄτραι, Amm. 25,8,5 *Hatra*. Tab. Peut. *Hatris*, Einwohner Ἀτρηνοί Cass. Dio 68,31,1. Herodian. 3,1,2. u.ö.), erwähnt erst von Arr. bei Steph. Byz. s.v. Cass. Dio 74,11,2. 75, 10,1. 80,3,2. Herodian. 3,9,3. Ein blühendes »Reich von Hatra« hat etwa um 100 n. Chr. bestanden, als die Arsakiden nicht mehr auf der Höhe ihrer Macht standen, die Sassaniden noch nicht aufgestiegen waren und die Römer, obwohl im Besitz Mesopotamiens, unter Traian und Septimius Severus die festen Mauern von H. vergeblich bestürmten. H. lag in einer Oase zwischen Euphrat und Tigris, doch erheblich näher dem Tigris an einem von N. nach S. laufenden Gewässer, dem W. ath Tharthar (s. Atlas of the World II, Pl. 34). H. war eine stark befestigte Karawanenstadt, wovon auch noch seine Ruinen zeugen, die den alten Namen bewahrt haben (h. Hoeddur, el Hadr). H. bestand schon in vorchr. Z., aber nicht im frühen Alt. Ausgrabungen ergaben nur Funde aus pers., griech., parth. Zeit. Im J. 241 n. Chr. wurde H. von dem Sassaniden Schahpur I. erobert. Die Stadt war an das röm. Straßennetz angeschlossen (K. Miller Itin. Rom. S. 772 mit Skizze Nr. 241, S. 742). H. T.

E. W. Andrae Vorderasien im HBArch 1, 1939, 746 mit Lit. RE VII 2516–2523. Gr. Hist. Weltatl. I, S. 10b.

Haus. 1. Im minoischen Kreta werden H. und Palast zu hochorganisierten, vielräumigen Bauten mit Binnenhof und Fenstern entwickelt, während das Festland einfachere H. mit wenig Räumen bevorzugt, die für repräsentative Zwecke additiv gereiht werden können (Pylos, Tiryns); Fenster sind dort nicht gesichert. Nach der Dor. Wanderung beginnt der H.-Bau auf der einfachsten Stufe neu. Einräumige Oval-H. mit First-Walmdach (Eingang an der Längs- oder Schmalseite) [5.6] begegnen neben Apsiden-H. und Rechteck-H. mit oder ohne Vorhalle, die mehrräumig sein können, vielfach mit Giebeldach, das ein eigenes Geschoß bilden kann (Homers ὑπερῷον). Dieser »Megaron«-typus (fortgebildet im Naos mit Pronaon des griech. Tempels) ist im Privat-H. der archaischen und klass. Z. selten, wird aber im um 500 errichteten Herrscher-H. der Burg von Larisa aufgegriffen (Boehlau, Schefold Larisa am Hermos 1, 1940, 27 Abb. 4; 53ff. T. 38a). Das Wohn-H. des 6. bis 5. Jh., oft schiefwinklig im Grundriß, ist meist um einen Hof angelegt, der den Altar für den H.-Kult und u. U. den Abtritt (→ Bedürfnisanstalten) enthält (→ Aule). Vom Hof aus sind die Wohnräume, Eß- und Gelagezimmer sowie Küche und u. U. Bad erreichbar, über die Treppe zum Oberstock die Schlafräume (für Frauen und Sklaven). Der Eingang liegt meist so, daß ein Einblick ins H.-Innere unmöglich ist ([7],224 Abb. 40. The Athenian Agora, A Guide, 1962, 116). Die Mauern sind über niedrigem Steinsockel aus Fachwerk (sonnengetrocknete Lehmziegel, Holzbalken) errichtet, was Einbruch (Isaios 6,39ff. [Demosth.] 35,47) und andern Verkehr (Thuk. 2,3) erleichterte, das Dach ist mit Ziegeln gedeckt (durch die ebenfalls Einstieg möglich war, Aristoph. Vesp. 139ff., vgl. [2],259). Vornehme H. konnten ausgemalt sein (→ Agatharchos), doch wohnte man in klass. Z. allg. einfach. In Olynthos sind für das 5./4. Jh. zahlreiche rechtwinklige, regelmäßig gebaute H. erhalten, deren Hof auf der N.-Seite durch eine Stützenhalle (προστάς, παστάς) von den dahinterliegenden (Haupt-) Räumen getrennt wird (danach modern Pastas-H.). Die Anlage entspricht recht gut Xen. mem. 3,8. Je 10 derartige H. von durchschnittlich 290 m^2 Grundfläche bilden einen H.-Block, in dem je 5 H. mit ihrer Rückseite auf beiden Seiten eines mittleren Entwässerungsgrabens angeordnet sind; sie haben Oberstock ([4]). Viele H. besitzen ein Bad, der Hof ist gepflastert, die Wände sind getüncht, repräsentative Räume können Fußböden aus Kieselmosaik haben. In Olynth begegnet in wenigen reichen H. (H. »des Schauspielers«, »Agathe-Tyche-Villa«) erstmals auch der Typus des Peristyl-H., der dann den Hellenismus hindurch sich immer stärker durchsetzt. In Priene ist der Hof zunächst noch nur an 1 oder 2 Seiten von Säulen gerahmt, erst spät setzt sich der Peristyltypus mit Säulen an allen 4 Hofseiten durch (Kleiner, RE Suppl. IX 1217f. Schede Ruinen von Priene[2], 1964, 96ff.); er kann mit einer Pastas verbunden sein. Die Straßenseite kann in Quadern aufgemauert sein, die übrigen Wände sind in der traditionellen Technik errichtet. Als Hauptraum ist in Priene gelegentlich das »Megaron« belegt, ebenso in Kolophon ([7],232f. Abb. 44), während dieser Raumtyp damals im Mutterland aufgegeben zu sein scheint. Fenster sind in Priene selten (Fensterfüllungen aus bogig durchbrochenem Ton), die Wände waren mit Stuck verkleidet, der im unteren Teil Quadern nachahmte. Im späthellenist. Delos hat sich dann für die wohlhabenderen H. der Peristyltypus ganz durchgesetzt (Explor. Archéol. de Délos VIII 1922/24. XIV 1933. [2],271ff.), hier sind eigene Latrinenräume die Regel. Bemalter Wandstuck, z. T. figürlich verzierte Mosaikfußböden, große Zisternenanlagen kommen vor, noch immer ist der Hof das Zentrum der ganzen Anlage, schließt sich das H. gegen die Straße ab. Fenster sind jedoch jetzt häufiger;

sie sind mit Eisenstäben oder Steinstützen und Eisenstäben verschlossen ([7],244f. Abb. 50/51). Dieser H.-Typus ist in seiner Vielräumigkeit und Anpassungsfähigkeit an Geländeschwierigkeiten (wofür Delos ein ausgezeichnetes Beispiel bietet), in seiner Variabilität und Aufnahmefähigkeit für Schmuckelemente (Wandstuck mit Quadergliederung, farbig) offenbar allen Ansprüchen der Zeit gerecht geworden; er ist nicht wesentlich weiterentwickelt worden. Für gehobene repräsentative Zwecke konnten mehrere Peristyleinheiten mit ihren Nebenräumen zu einem großen H.-Komplex vereinigt werden (z.B. Haus »der Masken«, Delos [2],275 Abb.14). Daß es daneben zu allen Zeiten einfachste H. gegeben hat, bedarf keines besonderen Nachweises.

2. Vom altitalischen H. wissen wir sehr wenig. Von früh an standen runde, ovale und rechteckige H. sowie Pfahlbauten nebeneinander; die einräumigen Bauten, deren Fußboden z.T. vertieft angelegt war, hatten Kegeldach (Rundbauten) bzw. Walmdach, oft mit kleinem Vordach verbunden, vielfach mit einer Stütze im Innern, die Wände mit Lehmbewurf. Vom Äußeren geben Graburnen in Hausform eine gewisse Vorstellung ([8]. [14],380f. Abb. 545/46). Mehrräumige H. kannten die Etrusker (ob sie sie entwickelten, ist sehr fraglich), Einzelformen lassen sich aus Aschenurnen und Grabanlagen ([8]) erkennen, eine gesicherte Gesamtvorstellung ergibt sich daraus nicht. Auch der Ursprung des streng rechtwinkligen H.-Blocks an breiten Haupt- und schmäleren Nebenstraßen (z.B. Marzabotto [14],393) ist noch ungeklärt. Das gleiche gilt für die Entstehung des Atrium-H., das nach Varro l.l. 5,161 etr. Erfindung ist. Entscheidend ist hier die Öffnung des Daches über der Mitte des Hauptraumes (obwohl ein Typus, das *atrium testudinatum*, diese Öffnung nicht hatte) → Atrium. Unter dieser Öffnung, *compluvium*, liegt im Fußboden das vertiefte Sammelbecken für Regenwasser, *impluvium*, oft mit einer Zisterne verbunden. Das Atrium, seinem Wesen nach Halle, nicht Hof, ist von der griech. Aule, dem Peristyl, grundsätzlich verschieden. Das Atrium-H. muß alt sein, da ein tabu des flamen Dialis damit zusammenhängt, Gell. 10,15,8. Serv. Aen. 2,57. Das Atrium hat Eingang von der Straße aus und bietet Zugang zum breiten Raum gegenüber dem Eingang, *tablinum* (urspr. Bestimmung unsicher [Schlafstätte des H.-Herrn?], seit dem 1. Jh. v. Chr. Empfangsraum des H.-Herrn), zu den türlosen Alae (→ Ala 1), in denen u.U. die *imagines maiorum* ihren Platz in Wandschränken hatten, sowie zu Zimmern, *cubicula*, verschiedener Zweckbestimmung. Durch das *tablinum* oder an ihm vorbei erreichte man urspr. den Garten, *hortus*, später das Peristyl. Das Atrium-H. empfing sein Licht nur vom *compluvium* aus, war zur Straße nur durch die Tür offen, aber von allen griech. H. von früh an dadurch unterschieden, daß im röm. H. auf

Blickachsen (Durchblick von der Tür zum *tablinum*, von diesem zum Garten [Peristyl]) großer Wert gelegt wurde ([16],6f.). Etwa seit dem 2. Jh. v. Chr. wird dieses röm. H. durch Umwandlung des Gartens in ein Peristyl (säulenumstandener Garten-Hof) mit Nebenräumen erweitert; Pompei und Herculanum bieten bedeutende Beispiele dieses ebenso repräsentativen wie aufwendigen Bautyps, der normal 2 Geschosse haben kann (der Oberstock: → Cenaculum); in Rom selbst soll es schon im 3. Jh. v. Chr. sogar 3 Geschosse gegeben haben, Liv. 21,62. Baumaterial ist zunächst Holz, Lehm und Stroh (Fachwerk auf niedrigem Steinsockel), im Hellenismus vielfach Kalkmörtelwerk aus Bruchsteinen (unregelmäßiger Verband: *opus incertum*. In der Front regelmäßig geschichtete auf der Spitze stehende Würfel: *opus reticulatum*. Weniger sorgfältig geordnetes Reticulatwerk: *opus quasi reticulatum*). Quadermauern sind kostbar und entsprechend seltener. Etwa seit augusteischer Z. wird das *opus incertum* usw. durch Bänder oder Pfeiler aus gebrannten flachen quadrat. Ziegeln verstärkt. Diese Ziegel bilden später die ganze Mauer; blieb diese unverkleidet, wurde gern ornamentale Wirkung durch Färbung oder Anordnung erstrebt, reicher war Verblendung mit Marmor oder Stuck. Im Inneren wurden die H. auf Stuck ausgemalt, wobei die Stilentwicklung von der Quaderimitation (wie in Delos) über immer stärkere Raumillusion (erst scheinbar reale, dann scheinbar irreale Räume) zu verstärkter Flächigkeit zurückkehrt. Für die Zeit bis zu den Flaviern bieten die Vesuvstädte, für die restliche Kaiserzeit Rom und die Provinzen zahlreiche Beispiele. Im übrigen gehören Unterkellerung, Vorrats- und Küchenräume sowie mehrräumige Bäder zu allen wohlhabenderen H. – Das röm. H. verbreitet sich im ganzen W. des Reichs, während im O. einheimische Typen vorherrschend bleiben, z.T. mit Raumbezeichnungen, die rein lat. sind (in Äg. z.B. καμάρα, κέλλα, [15]). In den Städten erzwang Raummangel immer höheren Bau der H., so daß mehrfach einschränkende Bauvorschriften erlassen wurden; von diesen natürlich atriumlosen H. gibt jetzt Ostia die besten Beispiele ([14],395ff. Scavi di Ostia I 1953). Die spätant. Entwicklung ([12]) steigert einerseits diese Tendenz, kehrt andererseits (vor allem in Landstädten und in der Provinz) zu einfacheren Formen des H. zurück. Terminologisch bezeichnet *insula* das mehrstöckige H. für viele Wohnparteien, *domus* das H. für (normalerweise) nur eine *familia*. – Zu den vornehmen Wohnbauten am Stadtrand, die schon früh mehrstöckig werden konnten, wenn die Situation danach war ([11]), und auf dem Lande → Villa. W. H. G.

1. *Fiechter*, RE VII 2523ff. I A 961ff. 2. *Robinson*, RE Suppl. VII 224ff. 3. *Pernice*, in: Gercke-Norden, Einleit. in die Altertumswissenschaft II 1, ^{4}1932, 14ff. 4. *Robinson* Excavations at Olynthos XII 1946. 5. *Drerup* Marburger Winckelmann-Pr. 1962, 1ff. 6. *Ders.*, AA 1964, 180ff.

7. *Martin* L'urbanisme dans la Grèce antique, 1956, 221 ff. 8. *Patroni* Architettura preistorica generale ed italica, 1941. 9. *Oelmann* H. und Hof im Alt. I 1927. 10. *Crema* L'architettura romana, 1959. 11. *Noack, Lehmann-Hartleben* Baugesch. Unters. am Stadtrand vom Pompei, 1936. 12. *Becatti* Bollett. d'Arte 34, 1948, 102 ff. 197 ff. 13. *Overbeck-Mau* Pompeji [4]1884. 14. Enciclopedia dell'Arte Antica 2,379 ff. 15. *Luckhard* Das Privath. im ptolem. und röm. Äg. Diss. Bonn 1914. 16. *Drerup*, Marburger Winckelmann-Pr. 1959, 1 ff.

Hausgerät s. Möbel

Hebdomas (ἑβδομάς) bezeichnet 1. eine 7tägige Frist im Rahmen des Mondumlaufes. Der Mondmonat mit 27½ Tagen kann entweder in 3 Dekaden eingeteilt werden, wobei die sichtbaren Gestalten des Mondes ganz unbeachtet bleiben, oder in 4x7 Tage, wobei nur ein Teil der Unsichtbarkeitstage nicht eingerechnet wird. Die Begründung der bes. Hervorhebung des 7. Tages innerhalb der Dekadeneinteilung findet NILSSON ([2],48 f.) auf kult. Gebiet. Er setzt die als altes Erbgut zu betrachtende Dekadeneinteilung, in die der 7. Tag als ein Fremdkörper eingedrungen sei, in Beziehung zu dem Kult des Apollo, dem die Zahl 7 heilig und der 7. Tag als Geburtstag eigen ist, was sich auch u.a. in den Reinigungs- und Sühneriten ausprägt. Dabei nimmt NILSSON an, daß Apollo die urspr. aus Babylonien stammende Zahl 7 über Kleinasien nach Griechenland mitgebracht habe. Diesem kult. Ursprung stellt BOLL ([1],2551) den natürlichen entgegen, mit dem Hinweis auf die 7tägigen Mondphasen (zwischen dem 1. Viertel und dem Vollmond und wieder zwischen diesem und dem letzten Viertel vergeht eine Zeit von 7 Tagen und zwischen Vollmond und Neumond ungefähr das Doppelte). Für diese Berechnung liegen auch liter. Hinweise vor, so bei Phil. de mund. opif. 34. Gell. 3,10. Macr. somn. 1,5,48. Clem. Al. Strom. 6,16,143. Zu einer kalend. Wirklichkeit ist diese Mondwoche nicht geworden.

2. Aber sie ist längst vorhanden gewesen, ehe man auf den Gedanken kam, jeden Tag dieser Mondwoche mit einem der 7 Planeten zu verbinden bzw. deren festes Schema in diese Woche einzufügen mit der Planetenreihe: Saturn, Sonne, Mond, Mars, Mercur, Iuppiter, Venus. Sie ist aus der richtigen Planetenreihe Saturn, Iuppiter, Mars, Sonne, Venus, Mercur, Mond (bei den Griechen ἑπτάζωνος, bei den Römern *septizonium*) mit mathemat. Exaktheit abgeleitet und beruht auf der Ordnung der Planeten nach ihrer Umlaufszeit. Als das organisierende Element, und als solches griech., wurzelt sie in der Zeit- und Zahlenmystik der hellenist. Zeit. (Näheres s. [1],2557 ff. und Art. Planetae.) Ihre Verbreitung läßt sich erst seit dem 1. Jh. n. Chr. nachweisen, und zwar zuerst in Rom (Tib. 1,3,18 läßt sich durch den Saturnstag von einer Reise abhalten, auf dem Kal. Frg. der Fasti Sabini aus august. Zeit CIL I² 220 stehen neben den Reihen von 8 Buchstaben zur Bezeichnung der röm. Woche solche mit 7 Buchstaben, Petr. c. 30 stehen 2 Tafeln im Speiseraum, darstellend *lunae cursum stellarumque septem imagines pictas*). Zur Zeit des Cassius Dio war die Planetenwoche bereits allg. verbreitet und drang seit E. des 3. Jh. auch in die chr. Kirche ein, 321 verbot Constantin d. Gr. Gewerbebetrieb und Gerichtssitzungen an den Sonntagen, wodurch die 7tägige Woche mit dem Sonntag an der Spitze auch bürgerliche Geltung erhielt. – Zahlreiche Darstellungen der Planetengötter an Bauwerken (Gigantensäulen-Wochengöttersteine, Wandgemälde), an Hausgeräten, Schmuckgegenständen u.a. W. S.

1. *Boll*, RE VII 2547 ff. 2. *M.P. Nilsson* Entstehung und Bedeutung des griech. Kal. 1960², 48 f. *E. Bickerman* Chronologie 1963², 35 f. (kurzer Überblick mit Lit.).

Hebe (Ἥβη). **1.** Personifikation der blühenden Jugend. Tochter von Zeus und Hera (Od. 11, 603. Hes. th. 922), bedient sie die Götter im Olymp (Il. 4,2 u.s.), tanzt im Reigen mit Chariten und Horen (Hom. h. 2,17). Braut und Gattin des vergöttlichten Herakles (Hes. theog. 950 ff. Pind.); Travestie Epicharm Ἥβας γάμος (Athen. 3,85 c). Kinder: Apollod. 2,160. Sie verjüngt Iolaos (Eur. Heraklid. 847 ff. Ov. met. 9,400). Ihr Kult, z.T. bildlos, in Argolis (→ Dia, → Ganymeda) und Attika bezeugt, ist von dem der παρθένος Ἥρα abgezweigt, WILAM. GldH 1,239. Ihr Name war Schlachtgeschrei bei Mykale (Hdt. 9,98). Darstellungen: FURTWÄNGLER-REICHHOLD Griech. Vasenmalerei Tafel 123. GERHARD Apul. Vasenbilder Taf. 15 = BAUM. Denkm. 1,630, Nr. 700. – Bei den Römern: → Iuventas. H. v. G.

2. s. Ephebia

Hebron (hebr. *ḥäbrōn;* LXX, Ios. ant. 7,389 u.ö. Χεβρών, Ios. auch Ἑβρών ant. 5,305, Γιβρών ant. 7,7 u.ö., und Var.), bedeutende alte Stadt 36 km s. von Jerusalem, wohl von den Hyksos (Anf. 17. Jh. v. Chr.) gegründet (vgl. Num. 13,22: 7 J. vor [der Hyksos-Hauptstadt] Zoan = Tanis = Auaris im Nildelta), h. *el-ḫalīl* (= der Freund [Gottes]: Abraham Jes. 41,8. Jub. 19,9. Jak. 2,23) in Nachfolge der alten Siedlung auf dem *ǧebel er-rumēde* w. der Stadt. Bei der israelit. Landnahme verdrängten die Kalebiter die Vorbevölkerung der damals noch Kirjath Arba genannten (Ri. 1,10) Stadt (Ri. 1,20 vgl. Jos. 15,13 f., gegen Jos. 11,21. Ri. 1,10). Kult. und polit. Zentrum des großjudäischen Stämmeverbandes, war H. unter David zeitweise Residenz (2. Sam. 2,1–5,5); von hier ging später der Aufstand Absaloms aus (2. Sam. 15,7 ff.). Unter Rehabeam wurde H. zur Festung ausgebaut (2. Chr. 11,10). Noch unter Josia Hauptort eines Gaues (Jos. 15,54), ging H. 597 v. Chr. an die Edomiter verloren. Judas Makkabäus schleifte 163 v. Chr. die Befestigungen (1. Makk. 5,65), die Römer zerstörten 68 n. Chr. die Stadt (Ios. bell. 4,554). Euseb. kennt H. als großes Dorf (onom. 6,8 ff.). Die israelit. Tradition bringt mit H. die Patriarchen in Verbindung: nach Gen. 23,19. 25,9.

49,31. 50,13 P wären hier in der Höhle (von) Machpela Sara, Abraham, Isaak, Rebekka, Lea und Jakob bestattet. Bauten des Herodes (die noch vorhandene Umfassungsmauer), Justinians (Basilika), eine Kreuzfahrerkirche (H. war 1167–1187 Bischofssitz) und jetzt die Moschee mit den Patriarchengräbern kennzeichnen den hl. Bezirk. – 3 km n. der Stadt liegt der hl. Ort Mamre mit eigener Abrahams-Tradition (Gen. 13,18. 18,1 ff. u. ö.); h. *rāmet el-ḫalīl*, mit Resten einer konstantin. Basilika und konstantin. (ZDPV 76, 1960, 11) Umfassungsmauern. E. Ku.

Vincent-Mackay-Abel H. le Haram el-Khalil, 1923. *E. Mader*, Mambre, 1957. L. für Theologie u. Kirche 5,51 (Lit.).

Hebros (Ἕβρος, byz. und neugr. Εὖρος, an der Quelle noch h. Ibăr genannt, bulgarisch-slav. Maritza). Der H. entspringt am Donax (Rilageb.) und nicht, wie die ant. Autoren annahmen, am Skomios (Skombros), d.h. dem h. Witošageb., fließt ostwärts an Philippopolis vorüber bis Hadrianopolis, wo er in die Talrichtung des ihm vom Haimos zuströmenden Tonzos (Tundža) übergeht und sich nach S. wendet. Vom Rhodopegeb. her strömt ihm, ebenfalls unweit Hadrianopolis, der h. Arda genannte Fluß zu. Von nun an fließt der H. gerade nach S. und erreicht nach der Einmündung des von O. kommenden Erginias (Ergene) das Ägäische Meer zwischen Doriskos und Ainos. Nach Strab. 7,331, frg. 51 und Mz.-Bildern nimmt man an, daß der H. schon im Becken von Philippopolis für kleine Fahrzeuge schiffbar war. Seine Bedeutung für die Wirtschaft Thrakiens war groß; er war früher wasserreicher, da das Land stärker bewaldet war. Die bildlichen Darstellungen des Flußgottes H. (bes. von Philippopolis) und seine Attribute (Ähren, Füllhorn, Kahn, Schilf) kennzeichnen seine wirtschaftliche Bedeutung. Hdt. 4, 90. 7,59. Thuk. 2,96,4. Eur. Herc. 386. Theokr. 7,3 ff. Hor. c. 1,25,19 ff. Chr. D.

Kazarow Ant. Nachr. für den Fluß Maritza, Sammelbd. zu Ehren des Metropoliten Maxim von Plovdiv, 1931, 1–6. *Danoff* Zu den hist. Umrissen Altthrakiens, 1, Sofia 1944, pass. *Končev* Wiss. Ztschr. der Univ. Greifswald 6, 1956–1957, 137 ff. *Detschew* Die thrak. Sprachreste 163.

Hecht. Im Griech. (z.B. Aristot. Ail.) ist der vorwiegend im n. und mittleren Europa zu findende H. unbekannt, im Lat. erscheint er als *lucius* (die Ableitung vom Praenomen Lucius muß trotz Auson. unsicher bleiben, s. Walde-Hof.[3]) erst sehr spät; neben Polemius Silvius p. 268 s. Auson. Mosell. 120 ff. *hic etiam Latio risus praenomine, cultor / stagnorum, querulis vis infestissima ranis, / Lucius, obscuras ulva caenoque lacunas / obsidet. hic nullos mensarum lectus ad usus / fervet fumosis olido nidore popinis* und Anthimus obs. cib. 40 (ed. Liechtenhan [2]1963 S. 18), der ein Rezept mitteilt. Für die zurückzuweisenden Versuche, *teco* und *esox* als H. zu identifizieren, s. Gossen, RE VII 2591. E. Mg.

Ἕδνα (ep. ἔεδνα) sind bei Hom. gew. Geschenke des Bräutigams an den Vater der Braut bzw. die Braut, abweichend Od. 1,277 und 2,196 Ausstattung der Braut durch ihren Vater (Mitgift, προίξ, φερνή). In letzterem Sinne werden gew. auch ἐδνοῦσθαι Od. 2,53 und ἐδνωτής Il. 13,382 gedeutet, anders A. Heubeck, G 71, 1964, 44 f.: »Auf Grund der vom Bräutigam dargebrachten Gaben die Tochter herausgeben.« H. v. G.

Hruza Beitr. zur Gesch. des griech. und röm. Familienrechts 1, 1892, 127. *Frese* Aus dem gräkoital. Rechtsleben. 48. *Theiler* MH 7,114. *Frisk* s.v.

Hedoniker s. Kyrenaiker

Hedyle (Ἡδύλη). Tochter der att. Iambendichterin Moschine, schrieb eine Elegie Skylla. Frg. bei Athen. 7,297b. Ihr Sohn

Hedylos (Ἡδύλος). Epigrammatiker des Meleagroskranzes (Anth. Pal. 4,1,45), lebte auf Samos, dann in Alexandreia, wo er ein Epigramm auf ein Trinkgefäß des Ktesibios (unter Ptolemaios II.) verfaßte (Athen. 11,497d). Seine Epigramme (in Anth. Pal. [11,123 und 414 unecht] und bei Athen.) entstanden in einem Kreise, der Asklepiades als Meister verehrte, und spiegeln die Lebenslust dieser Gesellschaft wider. R. K.

v. Wilamowitz Hellenist. Dicht. 1,144.

Heerwesen. I. Griech. Die älteste Periode des griech. H. reicht in das 2. Jt. v. Chr. zurück und endet nach verschiedenen, teilweise nicht mehr greifbaren Entwicklungsstufen vor den Perserkriegen. Sie ist bes. durch Änderungen in der → Bewaffnung charakterisiert, mit denen der Übergang vom lange herrschenden Einzelkämpfertum zum Massenkampfe verbunden war. Die → Phalanx, die zuerst in Sparta entstand, wurde vom ordentlichen Heerbann gebildet, der aus vollberechtigten Spartiaten und minderberechtigten Perioken bestand und in → Lochoi (im 4. Jh. → Morai), → Pentekostyes und Enemotiai gegliedert war. Dazu kamen noch Leichtbewaffnete und Reiter. Nach den Angaben des Thuk. für die Schlacht von Mantineia (418, Krom.-Veith 34) dürfte das Gesamtaufgebot rund 6400 Mann betragen haben. Den außerordentlichen Heerbann bildeten Neodamoden, befreite → Heloten. Die urspr. freie Ausübung des Oberbefehls durch anfangs 2, seit 507 einen König wurde bald durch Vorrechte der → Ephoroi und einen Beirat beschränkt. Auch konnte der König bloß leichte disziplinäre Strafen verhängen. Dienstpflichtig war der Spartiate vom 20. Lebensjahre ab. Als schwer gerüsteter Krieger führte er Knechte mit sich, die unter anderem die Waffen trugen und für den Proviant zu sorgen hatten. Erst im 4. Jh. wurden Verpflegung, Troß und Handwerker einheitlich geregelt. Die Seemacht der Spartaner war unbedeutend. Im J. 413 besaßen sie bloß 25 eigene Schiffe (Thuk. 8,3,3). Die Hauptlast hatten die Bundesgenossen zu tragen, bes. Korinth, Megara, Sikyon, Pellene, Elis, die Amprakioten und Leukadier (Thuk. 2,9,2). Die Ausbildung der

→ Phalanx bedingte über den Einzelkampf hinaus intensive militär. Schulung in der geordneten Massenbewegung, bes. in der Elementartaktik und der rangierten Schlacht. Die Aufstellung zu dieser erfolgte so, daß die Hopliten nach Beendigung des Aufmarsches in größeren Abteilungen nebeneinander in einer Front, getrennt durch kleine Intervalle, und in einer Rottentiefe von gewöhnlich 8 Mann standen. Die Schlacht selbst wickelte sich so ab, daß die beiden gegeneinander marschierenden Schlachtreihen nach dem Zusammenprall zum Einzelkampf übergingen, um schließlich durch einen neuerlichen Massenangriff (*ὠθισμός*) die Entscheidung herbeizuführen (Thuk. 5,68ff.). Die Ausbildung erfolgte in der → Krypteia.

In Athen, dessen Heereseinrichtungen seit Solon und Kleisthenes auf eine breite Basis gestellt wurden, war die Ausbildung Sache der → Ephebia. Bis zur sizil. Expedition wurden bloß die ersten 3 solon. Steuerklassen für den Hoplitendienst herangezogen, später auch die → Thetai. Seit Kleisthenes waren die 10 → Phylai maßgebend auch für die Aufstellung des Heeres. Die größten takt. Einheiten waren → Phylai oder → Taxeis, die 430 unter Heranziehung aller Wehrpflichtigen je 1000 Mann zählten (Thuk. 2,13,5. 31,2). Die Phylai zerfielen wieder in mehrere → Lochoi. Außer den athen. Bürgern, die vom 18. bis zum 60. Lebensjahr dienstpflichtig waren, konnten auch Fremde im Heere dienen. Neben den Schwerbewaffneten (→ Bewaffnung, Hoplitai) gab es auch eine Reiterei, was bes. die Bezeichnung → Hippeis für die 2. altatt. Steuerklasse beweist. Von der Mitte des 5. Jh. bis auf Demosthenes zählte sie 1000 Mann (Thuk. 2,13,7). Die Oberaufsicht über sie führte der Rat der 500. Vor ihm fanden auch Musterungen statt, bei denen Speerwurfübungen (*ἀκοντισμοί*), Geländereiten und Scheingefechte (*ἀνθιππασίαι*) vorgeführt wurden. Athen verfügte seit der Mitte des 5. Jh. auch über Bogenschützen zu Fuß (→ Toxotai) und zu Pferd (→ Hippotoxotai), → Peltastai und Söldner. Die Führung des Heeres hatte anfangs der Archon Polemarchos (→ *ἄρχοντες*), nach den Perserkriegen die 10 → Strategoi, die bis dahin Truppenoffiziere und Kommandanten je einer der 10 Phylai gewesen waren. In der Ausübung des neuen Amtes waren ihnen aber zahlreiche Beschränkungen auferlegt. Sparta war die bedeutendste Landmacht Griechenlands, Athen die mächtigste Seemacht (→ Flottenwesen, Schiffe, Seekrieg).

Das H. der übrigen griech. Kleinstaaten ist, von Argos, Boiotien und Sizilien abgesehen, ziemlich unbekannt (Krom.-Veith 63ff.). Mit der zunehmenden Verbreitung des Söldnertums (→ Söldner) seit dem E. des 5. Jh. entwickelte sich nicht nur ein Berufskriegertum, sondern es kam auch zur Ausbildung stehender Heere (Krom.-Veith 74ff.). Die urspr. getrennte Kampfart der Leichtbewaffneten und Reiterei wurde allmählich mit der der Schwerbewaffneten kombiniert und schließlich die Schlachtentaktik der Phalanx selbst durch die Anwendung der schiefen Schlachtordnung des Epameinondas verändert. Man gab die bisher übliche, gleichmäßig tiefe Aufstellung auf und gliederte sie in einen ziemlich tiefen Angriffs- und einen mäßig tiefen Defensivflügel, der in seiner Aufgabe durch Reiterei und Leichtbewaffnete unterstützt wurde. Damit setzte eine neue Entwicklung des griech. H. ein, durch die die maked.-hellenist. Z. charakterisiert ist. In der Schlachtentaktik wurde der entscheidende Schlag zwar auch mit einem Flügel geführt, doch nicht mehr mit schwerer Infanterie, sondern schwerer Kavallerie, deren Angriffsziel auch nicht mehr direkt der gegenüberstehende feindliche Flügel, sondern eine Stelle näher dem Zentrum bildete. So blieb Makedonien seiner urspr. einzigen Waffe treu. Erst König Archelaos stellte neben der Reiterei auch Fußvolk auf (Thuk. 2,100,1), während Philipp II. das Heer nach griech. Vorbild organisierte und damit die Vorherrschaft in Griechenland errang.

Das von Alexander d. Gr. für den Zug nach Asien bestimmte Heer zählte 45000 Mann Infanterie und 5500 Mann Kavallerie (Plut. de fort. Alex. 1,3, Polyain. 5,44). Es bestand aus dem makedon. Kernheer, das Pezetären, schwere Infanterie, Hypaspisten, leichte Infanterie, Hetären, schwere Kavallerie, Sarissophoren, leichte Kavallerie umfaßte, und aus Kontingenten der Bundesgenossen und geworbenen Truppen, größtenteils Griechen. Nach der Schlacht von Gaugamela kam es zu einer Neuordnung des Heeres, die bes. durch die Aufnahme asiat. Elemente und Verstärkung der Kavallerie und Leichtbewaffneten charakterisiert ist. Hauptgliederungen der Infanterie waren → Taxeis, der Kavallerie anfangs → Ilai, später Hipparchien. Auf die landschaftliche Geschlossenheit der einzelnen Verbände wurde bes. Rücksicht genommen. Der König war in der Kommandoführung und in der Ausübung der Disziplinargewalt weitgehend unbeschränkt. In der → Bewaffnung setzte eine allmähliche Uniformierung ein. Der Sold, der schon von Athen nach der Begründung des Seereiches eingeführt wurde (Krom.-Veith 49f. 78) und mit dem Aufkommen des Söldnerwesens und stehender Heere notwendig wurde, betrug in der Zeit Alexanders für den Pezetären 100 Drachmen, für den Hetären 300 (Krom.-Veith 111). Zur Verpflegung waren schon seit den Perserkriegen neben Requisitionen Proviantkolonnen notwendig, wozu im 4. Jh. das Marketenderwesen kam (Krom.-Veith 76ff.). Dieser Troß wuchs bei den großen Feldzügen Alexanders bedeutend an (Krom.-Veith 110ff.). Die nach seinem Tode entstandenen Reiche der Diadochen hielten große stehende Heere, in denen das einheim. Bevölkerungselement neben dem Kern aus Makedonen und griech. Söldnern zusehends stärker in Erscheinung trat. Bewaffnung und Reglement der

Makedonen kamen allg. zur Einführung. Die → Poliorketik erreichte unter den Diadochen ihre größte Vervollkommnung. Zur See gelangten → Schiffe besonderer Größe zur Anwendung (→ Flottenwesen, Seekrieg). Im Landkrieg wurden Elefanten mit Leichtbewaffneten dazwischen vor der → Phalanx oder an ihren Flügeln eingesetzt und die Phalanx selbst zur Erhöhung ihrer Stoßkraft enger und tiefer massiert. Dadurch verlor sie ihre Beweglichkeit und erlag der röm. Manipulartaktik.

Über das röm. Heerwesen → Exercitus. A. N.

Krom.-Veith 10ff. 18ff. 27ff. 95ff. 147ff. BursJb 274, 1941, 1ff. *A. Küsters* Cuneus, Phalanx und Legio, Würzb. 1939 (Diss. Bln.). *W. D. Kleeberg* Pferd und Reiter bei den Westgriechen, Diss. Tübing. 1958. *A. Snodgrass* Early Greek armours and weapons. Edinburgh 1964. *E. W. Marsdon* The campaign of Gaugamela, Liverpool 1964. *J. Meirat* Marines antiques de la Méditerranée, Paris 1964. Études myceniennes, 1956, 105ff. Das Altertum 3, 1957, 213ff. Studii classice 3, 1961, *Chr. Danoff*. Wiss. Ztschr. d. Univ. Rostock 13, 1964, 205ff. H 92, 1964, 144ff. 264ff.

Hegelochos (Ἡγέλοχος). **1.** Makedon. Truppenführer Alexanders d. Gr., bei Beginn des Perserkrieges Kommandant leichter Truppenverbände (Arr. an. 1.13,1). 333 mit Aufstellung einer Flotte zur Sicherung der Ägäis beauftragt, konnte er 332 die Inseln einzeln zurückgewinnen, da die pers. Kriegführung seit dem Tod Memnons im argen lag. Ab 331 wieder bei Alexander, führte er eine Ile der Hetairenreiterei und scheint bei oder kurz nach Gaugamela gefallen zu sein (Berve zu Curt. 6,11,22).

Berve Alex. 2 Nr. 341.

2. Nach Diod. 34.5,20 Feldherr Ptolemaios' IX. in dessen Krieg mit Kleopatra II. Er eroberte (wohl um 124) das aufständische Alexandria, das sich auch nach der Flucht Kleopatras und der Aussöhnung der Gegner noch hielt. G.W.

W. Otto, RE VII 2595–2596.

Hegemon (Ἡγήμων) von Thasos, mit Spottnamen *Φακῆ* (Linsengericht), war nach Arist. poet. 1448 a 12 der 1. Vf. von Parodien, d.h. der erste, von dem man wußte, daß er in einem Agon dieser Gattung aufgetreten war. Davon sprechen seine Hexameter Athen. 698d, die Wilamowitz, Kl. Schr. 4,219, erläutert; chronolog. berichtigt von F. Schachermeyr, SAWW 247/5, 1965, 5. Vorläufer waren nach Polemon, der über das Genos schrieb, Hipponax, Epicharmos und Kratinos, mit dem H. etwa gleichaltrig war. H. siegte in Athen u.a. mit einer Gigantomachie, parodierte aber nicht nur das Epos, sondern auch in Iamben, also Tragödie (Paroem. Gr. 1,406; anders Körte, RE VII 2596) und hinterließ eine Komödie Philine (2 belanglose Verse bei Athen. 108c). Chamaileon bei Athen. 406e ff., Polemon ebd. 698c ff. P. Brandt Corpus poeseos epic. Gr. ludibundae 1,37 ff. W.K.

Hegemone → Charites.

Hegesandros (Ἡγήσανδρος). **1.** Aus Thespiai, führte 413 v. Chr. ein boiot. Hilfskorps nach

Sizilien (Thuk. 7,19,3). **2.** Lochage der Arkader im Zuge der Zehntausend (Xen. an. 6,3,5). **3.** Athener, Sohn des Hegesias aus Sunion, Bruder des Hegesippos, wie dieser Anhänger der antimakedon. Partei (Aischin. 1,64). Als *ταμίας* (wohl vor 361/60) war er in Thrakien (Aischin. 1,56), 361/60 war er Schatzmeister der Athena (Aischin. 1,110); ihm wird von Aischines (a.O.) Bereicherung vorgeworfen. Nach Sylloge³ 192 beantragte er 356 die Entsendung eines Strategen nach dem durch Aufstand gefährdeten Andros. Die Nachrichten über H. entstammen im wesentlichen der Rede des Aischines gegen Timarchos und sind dementsprechend gefärbt. H. Ca.

4. H. von Delphi, Vf. von Ὑπομνήματα. Die meisten Frg. derselben (mindestens 6 B.; bunte Slg. von Anekdoten, Witzigem, Pikantem und Interessantem, das sich auf Menschen [bes. Gestalten der hellenist. Gesellschaft], Sitten, Kunst, Natur usw. bezog. Reservoir der älteren Anekdotenlit.?) sind uns durch Athen. erhalten (über *κόλακες*, *ὀψοφάγοι*, Hetären usw.). Die Anspielungen auf datierbare Ereignisse führen bis gegen Mitte 2. Jh. v. Chr. H. liegt wohl auch bei Plut. vor. W. Sp.

Frg.: FHG IV 412/22. Sylloge³ Nr. 654. *Pack*² Nr. 2127. Lit.: *F. Jacoby*, RE VII 2600/02. FGrH III b (Noten), p. 138, Anm. 13. *L. Robert*, Coll. Froehner, 1936, 30. *M. Launey*, REA 47, 1945, 33/45.

Hegesaretos (Ἡγησάρετος), aus Larissa in Thessalien, 63 v. Chr. in Rom ausgezeichnet, Führer der Pompeianer seiner Heimat, von Caesar begnadigt und 46 durch Cicero dem Statthalter Caesars von Achaia Ser. Sulpicius Rufus empfohlen. Caes. civ. 3,25,2. Cic. fam. 13,25. IG IX 2,549,7. H.V.

Hegesianax von Alexandreia (Troas). Dichter, Grammatiker und Historiker, nahm als »Freund« des Antiochos III. an Gesandtschaften an → Flamininus (196 Korinth, 193 Rom) teil, wurde 193 Proxenos der Delpher, dichtete vermutlich die astronom. *Φαινόμενα*; die Schrift *π. ἀνατολῆς* war zwischen → Arat und H. strittig. Er schrieb auch über Demokrits Stil, *π. ποιητικῶν λέξεων*. Unter dem Namen *Κεφάλ(ι)ων ὁ Γεργίθιος* schrieb er *Τρωικά* (wohl erster → Troiaroman, u.a. für Roms Anfänge zit. Historisierung und Ausmalung der Myth.). Fraglich ist, ob er auch eine Zeitgesch. (*Ἱστορίαι*) verfaßte (vgl. Demetr. Skeps. im *Τρωικὸς διάκοσμος*). W. Sp.

Frg: FGrH 45 (m. Add. in 2. Aufl.); 840 F 21; vgl. 763. *J. U. Powell* Coll. Alex., 1925, 8f. Lit.: *Susemihl* 2,31ff. *Stähelin-Jacoby*, RE VII 2602ff. *Christ-Schmid*⁶ 2,1533. *L. Robert*, Coll. Froehner, 1936, 29f.

Hegesias (Ἡγησίας). **1.** Haupt der hedonist. Schule gegen 290 v. Chr. zwischen Paraibates und → Annikeris einzuordnen. Er erhielt den Beinamen *Πεισιθάνατος* – wohl auf Grund seines Buches *Ἀποκαρτερῶν*, in dem er – wie auch in Vorträgen – den Selbstmord empfahl als das einzige sichere Mittel, Empfindungslosigkeit zu erreichen; vgl. Cic. Tusc. 1,83f. und Diog. Laert. 2,86 und 93ff. Wegen dieser Lehren wurde er genötigt, Alexandreia zu verlassen. H. D.

2. H. aus Magnesia/Sipylos, griech. Rhet. und Historiker des 4./3. Jh. v. Chr., galt konservativen ant. Beurteilern (z. B. → Agatharchides b. Phot. bibl. 250; π. ὕψ. 3,2; Cic. or. 226ff.), bes. den entschiedenen Attizisten (Dion. Hal. comp. 4.18. Theon prog. 2) als Begründer und schlimmster Repräsentant des Asianismus, obgleich er sich selbst als Fortsetzer att. Stils auffaßte (Cic. Brut. 286). Die zahlreichen Frg. seiner »Alexandergeschichte« (seine Enkomien auf Städte und seine Reden sind fast vollständig verloren) entstammen daher fast alle polem. Abschn. späterer rhet. Lit. Hauptmerkmale seines Stils (Analyse: [3],136f.) sind Vermeidung der klass. Periode, Verwendung kurzer, stark rhythm. Kommata, Wortspiele und Reime sowie sehr gewagte Metaphern. FGrH 142. H. Gä.

1. *F. Blass* Griech. Bereds., Bln. 1865, 25ff. 2. *Susemihl* 2,464ff. 3. *Norden* AKpr 134ff. 4. *Wilam.*, H 35, 1900, 1ff. 5. *L. Piotrowicz* De H. Magnete rerum gest. auct., Krakau 1915.

Hegesibulos, signierte um 490–470 zwei Schalen: *Εγεσιβολος εποιεσεν*. Der Maler der einen steht dem → Sotades-Maler nahe (Brüssel A 891, BEAZLEY ARV.² 771,2); den höchst originellen Maler der anderen (New York, Metr. Mus. 07.286.47; BEAZLEY ARV.² 175) nennt man Hegesibulos-Maler, Neuerdings reoxydiert (→ Vasentechnik), wurde der urspr. Zustand wiedergewonnen (AJA 62, 1958, 173 T. 37; KINDLERS Malerei Lexikon III). H. Ma.

Hegesileos (*Ἡγησίλεως*). Athener aus Probalinthos, verwandt mit → Eubulos, war 362/61 Stratege und Führer der athen. Truppen bei → Mantineia (Diod. 15,84,2. Diog. Laert. 2,54). Im J. 348 führte er das athen. Hilfskontingent für den Tyrannen Plutarchos von Eretria und wurde später als dessen Mitschuldiger verurteilt (Demosth. 19, 290 mit Sch.). K. W.

Schäfer Demosth. I² 193. II² 79. 85.

Hegesilochos (*Ἡγησίλοχος*). **1.** Aus Rhodos, führte im J. 356 v. Chr., unterstützt durch → Maussolos von Karien, einen oligarch. Umsturz herbei und übernahm selber die Macht (Theop. FGrH 115 F 121 mit Komm.). **2.** Aus Rhodos, Prytane während des 3. makedon. Krieges, trat für die Freundschaft mit Rom ein (Pol. 28,2. Liv. 42, 45). K. W.

H. H. Schmitt Rom und Rhodos, Münch. Beitr. zur Pap.-Forsch. 40, 1957, 139ff.

Hegesinos (*Ἡγησῖνος* oder Hegesilaos): die beiden Namensformen bezeichnen offenbar denselben Philosophen, der dem → Karneades in der Leitung der Akademie voranging und sein Lehrer war. Daher wird sein Name (in beiden Formen) oft genannt, aber ohne daß Lehrentscheidungen des H. kenntlich werden. Wichtigste Fundorte: Cic. Luc. 16. Ind Acad. Hercul. 21,29 (78 Mekler). Gal. hist. phil. 227 Kühn. Diog. Laert. 4,60. Klemens Al. strom. 1,63,6. Eus. praep. ev. 14,8,1; 737 a Viguier. H. D.

Hegesippos (*Ἡγήσιππος*). **1.** Athener, Sohn des Hegesias von Sunion, Anhänger der antimakedon. Partei (Sch. Aischin. 1,64), opponiert 346 v. Chr. gegen den Philokratesfrieden (Aischin. 2,137). Wohl März 343 führt er eine Gesandtschaft zu Philipp. (Demosth. 19,331), worauf die Verhandlungen mit Philipp scheitern, und versucht 342 mit Demosthenes auf der Peloponnes eine Front gegen Philipp aufzubauen. H. ist vermutlich Vf. der 342 gehaltenen Rede *περὶ Ἀλοννήσου*. H. Ca.

2. H., Komödiendichter, datiert durch frg. 2, in dem Epikur als bekannte Größe erwähnt wird. Athen. 290b überliefert eine Szene des H. mit saftiger Prahlerei eines Koches. W. K.

3. H., Epigrammatiker des Meleagroskranzes, gehört dem Stil nach in die 1. Hälfte des 3. Jh. v. Chr. Seine Weih- und Grabepigramme vereinigen Einfachheit der Sprache und Eleganz der Form. Anth. Pal. 7,276 ist unecht. R. K.

v. Wilamowitz Hellenist. Dicht. 1,48.

4. H. von Mekyberna (bei Olynth), Vf. von *Παλληνιακά* (wohl noch aus guter hellenist. Zeit, ca. 350/300 v. Chr.). Sie sind die einzige bekannte ältere Lokalgesch. chalkid. Städte in Thrakien. Auf die Sagenzeit bezügliche Frg. sind bei → Parthenios, Dion. Hal., Steph. Byz. und in den Eur. Sch. erhalten; auch Ephoros, Lykophron und Euphorion mögen H. benutzt haben ebenso wie vielleicht → Konon für in Thrakien und auf der Chalkidike spielende Geschichten. Die *Μιλησιακά* beruhen wohl auf Korruptel. W. Sp.

Frg.: FGrH 391. *F. Jacoby*, RE VII 2610f.

5. H., ein um 180 in Rom weilender, aus dem O. stammender (Eus. h. e. 4,22,2) Kirchenschriftsteller, dessen 5 B. *ὑπομνήματα* (h. e. 4,22,1) von Eus. häufig als Quelle für seine Darstellung der Schicksale der Jerusalemer Gemeinde zitiert werden (Tod des Jakobus 2,23,4ff.; Vorladung der Verwandten Jesu durch Domitian 3,20,1f. u. ö.). Außer einer Gesch. der ersten Jahrzehnte der Jerusalemer Gemeinde enthält das Werk einen Reisebericht. Es diente hauptsächlich der Ketzerbekämpfung, der H. sein Leben geweiht hatte. Gegenüber der Gnosis stellte es »die unverfälschte Überlieferung der apost. Predigt« (4,8,2) zusammen. Wie Iren. beruft sich H. der Gnosis gegenüber auf die bischöfliche *διαδοχή* (4,22,3ff. u. ö.), die auf die Apostel zurückführe. Irrtum und Ketzerei gibt es nach H. erst seit dem Tod der Apostel (3,32,7f.). Kl. W.

Textfrg. bei *Zahn* Gesch. des nt.lichen Kanon 6, 1900, 228ff. *Bardenhewer* GAL 1,483. *E. Caspar* Die älteste röm. Bischofsliste, 1926, 233ff. 443ff. *W. Bauer* Rechtgläubigkeit und Ketzerei im ältesten Christentum, 1964². *Quasten*

1,284ff. *H. v. Campenhausen* Kirchl. Amt und geistl. Vollmacht in den ersten 3 Jh., 1953. *Altaner* 117f. (Lit.). *K. Wegenast* Das Verständnis der Tradition bei Paulus, 1962.

Hegesipyle (Ἡγησιπύλη). Tochter des thrak. Königs → Oloros, wurde um 515 v. Chr. von → Miltiades zur Befestigung seiner Macht geheiratet (Hdt. 6,39. Plut. Kim. 4). K. W.

H. Berve Miltiades, H E. 2, 1937, 40. *N. G. L. Hammond*, CQ NS. 6, 1956, 123.

Hegesistratos (Ἡγησίστρατος). **1.** Sohn des Peisistratos mit der Argeierin Timonassa (Hdt. 5, 94. Aristot. Ath. pol. 17,3f.), war Tyrann von Sigeion (Hdt. a. O.). H. ist nicht ident. mit dem Peisistratossohn Thessalos (Beloch GG I 2,298). **2.** Aus dem elischen Sehergeschlecht der Telliaden, Seher im Heer des Mardonios, wurde von den Spartanern gefangen und hingerichtet (Hdt. 9,37f.). **3.** Samier, forderte 479 vor der Schlacht bei Mykale den spartan. König → Leotychidas auf, Ionien von den Persern zu befreien (Hdt. 9,90f.). **4.** Milesier, war 334 Befehlshaber der pers. Besatzung in Milet gegen Alexander (Arr. an. 1,18,4). H. Ca.

Hegetorides (Ἡγητορίδης). Aus Kos, Sohn des Antagoras, Freund des lakedaimon. Regenten → Pausanias, der die in pers. Gefangenschaft geratene und nach der Schlacht bei Plataiai zu ihm übergelaufene Tochter des H. freiließ (Hdt. 9,76. Paus. 3,4,9). K. W.

Hegias (Ἡγίας). **1.** Römerfreund in Phokaia, konnte die Anerkennung der Neutralität Phokaias 190 v. Chr. von Seleukos, dem Sohn des Antiochos III., nicht erreichen. Pol. 21,6,2ff. H. V.

2. H., Neuplatoniker, Schüler des Proklos, aus reicher und vornehmer Familie. H. teilte mit den übrigen Platonikern zu Athen die scharfe Gegnerschaft gegen das Christentum, war aber mit der offiziellen Richtung der platon. Schule zerfallen. Damask. vit. Isid. 221ff., bei Phot. 349 a 21ff. polemisiert recht scharf gegen H., er habe die Philosophie verachtet: Tatsächlich war H. Schulhaupt der Akademie nach Isidoros und zog sich während seiner Schulleitung Feindschaften zu. Vgl. die spärlichen Notizen bei Marin. vit. Procli 26. Suda s. Ἡγίας und Εὐπείθιος. H. D.

3. H. signierte die Basis einer Bronzestatue auf der Akropolis Εγιας εποιεσεν (JOEAI 31, 1938 Beibl. 41 Abb. 9; Raubitschek Dedications 94: vor 480). Plin. nat. 34,49 nennt ihn u. a. mit Kritio(a)s und Nesiotes zusammen. Nach Paus. 8,42,10 war er Zeitgenosse von Onatas und Hageladas. Dio Chrys. Or. 55 nennt Pheidias seinen Schüler. Als Werke erwähnt Plin. nat. 34,78 eine Athena, einen König Pyrrhus, Knaben auf Rennpferden und die Dioskuren in Rom vor dem Tempel des Iuppiter tonans. Lukian. Rhet. praec. 9 erwähnt aber Ἡγησίας als Zeitgenossen von Kritio(a)s und Nesiotes, beschreibt ihre Kunst als »knapp, sehnig, trocken und mit scharf und genau abgegrenzten Linien«. Ähnlich Quint. inst. 12,10,7 gleichfalls von Hegesias: *duriora*. Ist Hegias Abkürzung für Hegesias? Ist König Pyrrhus der Sohn Achills oder der hellenist. König von Epeiros? Lösungen dieser Fragen bleiben hypothet.

Overbeck Schriftquellen 422. 452–456. *Brunn* Gesch. der gr. Künstler 101ff. *Pfuhl*, RE VII 2615ff. *Lippold*, HBArch 108. *Orlandini*, Enc. Arte Ant. III 1128ff.

4. H. signierte zusammen mit Philathenaios, beide »Athener«, die Claudius-Statue in Olympia (III 244f. T. 60.61,1) in der Pose des Zeus. Die gleichartige, aber größere Statue aus Lanuvium, jetzt im Vatikan, geht auf dasselbe Programm zurück, ist aber als röm. Porträt charakteristischer; die griech. ist plastischer.

Orlandini a. O. III 1130 mit Lit.

5. H. hat es gemalt, εγρα(φσεν), steht auf dem Innenbild einer verschollenen Schale aus Athen, darstellend Nike und Athlet (Hoppin, Handbook II 12). Erinnert nach Beazley ARV.^{2} 1670 an den Euaionmaler, scheint aber stark restauriert zu sein. H. Ma.

Hegylos s. Theokles

Heilkunde s. Medizin

Heimarmene (εἱμαρμένη). Etym. zu μείρομαι (Frisk 196). Das unbedingt zwingende Schicksal (z. T. mit ἀνάγκη gleichgesetzt); anders → μοῖρα, die überschritten werden kann (ὑπὲρ μόρον z. B. Il. 20,30). Seit den Vorsokratikern Gegenstand philosoph. Spekulation. Bei Herakl. zentrale Stellung; er ließ die μεταβολὴ τοῦ κόσμου in τάξις und χρόνος nach einer εἱ. ἀνάγκη stattfinden (Simpl. Phys. 23,33, vgl. Aet. 1,27,1.28, 1). Für Plato vgl. leg. 904 cd. Die älteren Stoiker griffen εἱ. von neuem auf und übernahmen auch damit herakl. Gedanken; sie entwickelten die εἱ.-Vorstellung bis in Einzelheiten, wobei εἱ. dem Gott bzw. Klotho, Lachesis, Atropos, Adrasteia, Eunomia, Dike, Homonoia, Eirene, Nemesis, Tyche u. a. gleichgesetzt wurde. Das Verhältnis von εἱ. und πρόνοια bildete ein Problem; Chrysippos schaltete beide parallel, Kleanthes beschränkte im Sinne einer Theodizee πρόνοια auf das Wertvolle (vgl. H. von Arnim, RE XI 567). Ein anderes Problem bildete das Verhältnis von εἱ. und Willensfreiheit: [3],104ff., [4],135ff. – Zum Thema περὶ εἱ. gab es viele Abhn. (z. B. von Zeno, Epik., Chrysippos, Plut., Plot.) mit verschiedensten Auffassungen. Cic. div. 1,125 definiert εἱ. (nach der falschen, von den Stoikern vertretenen Etym. εἱ. zu εἴρομαι) betont philosoph. als *ordinem seriemque causarum* (vgl. Diog. Laert. 7,149). Griech. Definitionen der εἱ. vgl. SVF 2,912ff. Die Neuplatoniker stellten die Gleichung εἱ. = φύσις (vgl. Iambl. bei Stob. 1,5,18 W) auf und faßten somit εἱ. materiell, um wenigstens die Seele vom Zwang der εἱ. freizuhalten. Zur Verbindung der εἱ. mit der Astrologie vgl. Nilsson GgrR 2^2, 1961, 267ff. In dieser Form hat der εἱ.-Glaube eine breitere Wirkung gehabt als in der abstrakteren. Von philosoph. Seite wurde εἱ. von Epik. (in der uns verlorenen, bei Diog. Laert. 10,28 bezeugten Schrift) strikt abgelehnt. Lucr. 5,309f. stellt (wohl in poet. Form) neben *naturae foedera* auch *numen fati*. Wichtige und oft angeführte Argumente gegen die extreme Auffassung der εἱ. brachte Karneades (vgl. Cic. fat. 39; Phil. prov. 1,77ff., [4],139) vor. Dem drückenden Glauben an die zwingende Abhängigkeit des Menschen von der sich in den Gestirnen offenbarenden εἱ. trachteten Erlösungslehren (etwa Hermetik, Mithras- und Isisreligion) entgegenzutreten; sie verhießen ihren Anhängern Freiheit von εἱ. – Bei den Römern wurde εἱ. durch *fatum, fati necessitas, vis fatalis, fatalis lex et necessitas* u.a. wiedergegeben; wichtig für die Frage Cic. fat. Zur ant. Lit. über εἱ. vgl. [1],2624f. W. P.

1. *W. Gundel*, RE VII 2622ff. 2. *Ders.* Beitr. zur Entwicklungsgesch. der Begriffe Ananke und Heimarmene, 1914. 3. *M. Pohlenz* Die Stoa, 1, 1948, 101ff. (vgl. 2, 1949, 58ff.). 4. *Ders.* Griech. Freiheit, 1955, 135ff. 202f.

S. auch Fatum

Heirgmu graphe (εἱργμοῦ γραφή). Öffentliche Klage wegen Freiheitsberaubung (nur bei Poll. 6,153 erwähnt. Fälle: And. 4,17. Deinarch. 1,23). Objekt der Tat war der Freie ohne Rücksicht auf Alter und Bürgerrecht. Strafe: *μεγάλη ζημία* (And. 4,18), in schweren Fällen der Tod (Deinarch. 1,23). E. B.

J. Thonissen Droit pénal de la république Athénienne, 1875, 394f.

Heirkte (*Εἱρκτή* Pol. 1,56,3, *Ἑρκτή* Diod.). Ausgedehntes, schwer zugängliches Bergmassiv bei → Panormos, 278/77 von Pyrrhos den Karthagern abgenommen (Diod. 22,10,4), 248 von Hamilkar besetzt und 3 J. lang gegen röm. Angriffe verteidigt: Pol. 1,56–57, der eine genaue Ortsbeschreibung gibt, und Diod. 33,20. Offenbar der bis 606 m ansteigende Monte Pellegrino n. von Palermo. K. Z.

Heius. Lat. Eigenname, vgl. SCHULZE Eigennamen 459. – **1.** C. H., um 75 v. Chr. angesehener und reicher Bürger der sizil. Stadt Messana. Aus seinem Besitz raubte Verres 4 berühmte griech. Statuen und wertvolle Teppiche, Cic. Verr. 4,3–19. 27. Trotzdem trat er 70 im Auftrag seiner Gemeinde als Entlastungszeuge für Verres in Rom auf, wurde jedoch im Kreuzverhör Ciceros zum Belastungszeugen, Cic. Verr. 2,13. 4,15ff. 150. 5,47. Vielleicht ident. mit einem in Inschr. von Delos genannten H. vgl. RE VIII A 1594. **2.** Cn. Heius, Richter in Rom im Prozeß gegen Albius Oppianicus 74 v. Chr., Cic. Cluent. 107. Vgl. o. Bd. I 235 Nr. 4. Senator, BROUGHTON Mag. 2,492. H. G. G.

Heizung. Wohnräume mit fester Heizeinrichtung sind in Griechenland gar nicht, in Italien erst seit der ausgehenden Republik bekannt. Man begegnete der Kälte durch warme Kleidung (Ov. fast. 4,695ff.), wärmte sich am Herdfeuer (Varro bei Non. 83,15), in den öffentlichen Bädern oder am Backofen (Hor. epist. 1,11,13); wer es vermochte, sprach wohl auch dem warmen Gewürzwein mehr als sonst zu (Hor. c. 1,9,5ff.). Daneben sind von früh an tragbare Heizgeräte beliebt und weit verbreitet, Holzkohlenbecken (→ Kohle), an denen man seine Glieder wärmte, die aber gleichzeitig auch zum Warmhalten von Speisen und Getränken dienten, variabel nach Größe und Kostbarkeit, erhalten z. B. in Olynth (AJA 39, 1935, 235), Athen (SPARKES-TALCOTT Pots and Pans of Classical Athens Abb. 44), Pompei (OVERBECK-MAU Pompeji [4]1884 440ff.), in Rom auch tragbare Öfen (a. O. 441 Abb. 237). Mit den Kohlenbecken wurden auch größere Räume geheizt, Suet. Tib. 74, sie wurden sogar in Thermen zur Verstärkung der Wärmeentwicklung verwandt (OVERBECK-MAU 207f.). Die Nachteile dieser Art von H., Kohlendioxydvergiftung (vgl. etwa Lucr. 6, 803) und Erhitzung der oberen Raumteile bei kaltbleibendem Fußboden haben in den wohlhabenden Kreisen Roms zur Verbreitung der Hypokausten-H. (s. u.) beigetragen. Ortsfeste H.-Anlagen hatten in Rom nur die Reicheren. Wir hören vom *caminus* (Cic. fam. 7,10,2. Hor. epist. 1,11,19. Suet. Vitell. 8), einer offenen, überwölbten Feuerstelle, deren Rauch ungehindert ins Zimmer drang, Hor. s. 1,5,80f. Sidon. epist. 2,2,10f. Der *caminus* wurde mit Holz beschickt. Holzkohle, und zwar in sehr viel größeren Mengen, wurde für die luxuriöseste Form der H. benötigt, die aus den öffentlichen Bädern übernommene Hypocausten-H. Zur technischen Anlage → Hypocaustum. Hier traten, bei sorgfältiger Anlage, die Heizgase nicht direkt in die zu beheizenden Räume, sondern blieben hinter (in) den Hohlziegeln und wärmten von da Wände und Fußboden. Der Nachteil war, daß man die Wärme weniger schnell regulieren konnte; der andere Mißstand, der außerordentlich hohe Holzkohlenverbrauch, schreckte Leute von der Vermögenslage eines Plinius nicht (Plin. epist. 2, 17,11.23). In röm. Villen und vornehmen Privathäusern ist die Hypokausten-H. reichlich belegt; mit ihr ausgestattete Bäder gehören von den Kaiserthermen Roms oder Triers bis in die kleinsten Limeskastelle zur Normalausstattung. W. H. G.

Forbes Studies in ancient technology (1955) VI 1–100.

Hekabe (*Ἑκάβη*, Kurzform zu ἑκᾱβόλος FRISK, lat. *Hecuba*) Tochter des → Dymas (Nr. 1) oder des Kisseus oder des Flußgottes Sangarios; über die Mutter Suet. Tib. 70. Zweite Gemahlin des Priamos, dem sie 19 Kinder schenkte und fünfzig aufzog. Die Il. erzählt von ihrem Bittgang zu Athena (6,269ff.), von ihren vergeblichen Versuchen, Hektor vom Kampf mit Achilleus, Priamos vom Besuch bei Achilleus abzubringen (22, 79ff. 24,200ff.), von ihrer rührenden Totenklage (22,430). Die Kyprien kennen schon ihren Fackeltraum vor der Geburt des Paris nebst dessen Aussetzung auf dem Ida (Apollod. 3,148. Hyg. fab. 91. Etwas anders Pind. pae. 8a 27). In Stesichoros' Iliupersis wird sie bei Troias Zerstörung nach Lykien entrückt, was eine Beziehung zu Apollon nahelegt, als dessen Sohn Hektor diesem Dichter galt. Doch kennt ein alter Lyriker (bei Dion Chrys. 33,59 = Anthol. Diehl 2, S. 165) bereits ihre Verwandlung in eine Hündin. Auch, daß sie von den siegreichen Achaiern dem Odysseus zugesprochen wurde, scheint ein alter Zug zu sein (Apollod. epit. 5,24). Die Tragiker, bes. Eur., spinnen die Sage weiter aus und machen aus H. eine hoheitsvolle, aber durch namenloses Unglück, den grausamen Tod aller Kinder und des Gatten, zu dämon. Rachsucht aufgepeitschte Frau. Eur.' Hekabe wurde 424, die Troerinnen und Alexandros 415 aufgeführt, Danach schrieben Enn. und Acc. ihre *Hecuba*. Pacuv. seine *Iliona*, Sen. die *Troades*. Durch die Hinschlachtung der → Polyxene und Ermordung des → Polydoros aufs äußerste gereizt, lockt H. Polymestor, Polydoros' Mörder, in das Zelt der achaiischen Frauen, die seine beiden Kinder töten und ihn selbst blenden, mit stillschweigender Billigung Agamemnons. Polymestor prophezeit ihr, daß sie bei einem Sprung ins Meer in einen Hund verwandelt werden und daß sie ihr Grab im *Κυνὸς σῆμα* auf der thrak. Chersones finden werde (auch *Ἑκάβης τάφος* genannt, Strab. 7,331 frg. 56. 13,595. Diod. 13,40. Suda s. v.). In hellenist. Zeit hat Nikandros die Verwandlung gleich nach dem Tode des Priamos angesetzt; schon in Troia wird sie durch ihre dauernden Schmähungen gegen die Griechen zu einer Hündin und stürzt sich ins Meer. Infolge der Einfügung der thrak. Lokalsage von Polymestor mußte die Verwandlung wie die Polyxeneepisode notwendig nach Thrakien verlegt werden; hier greift dann die alte Version der aitiolog. Sage mit dem *Κυνὸς σῆμα* ein. So Lykophr. Alex. und Ov. met. 13. Bei Ov. entdeckt H. selbst Polydoros' Leiche und kratzt auch selbst dem Polymestor die Augen aus. Daraufhin wird sie von den Thrakern gesteinigt; sie beißt einen Stein an und kann nur noch bellen. In der Kaiserzeit wird H. von Diktys und Dares mehr in den Vordergrund der tro. Sagen gerückt. Typ der häßlichen Alten: Martial. 3,76,4. Anth. Pal. 11,408. Häufig dargestellt auf Vasen, den tabulae Iliacae, Sarkophagen. Die Verwandlungssage scheint ebenso wie der Name mit der gespenstischen Göttin → Hekate zusammenzuhängen, der der Hund heilig war, die selbst an Kreuzwegen nachts als Hund umgehen sollte. H. v. G.

Prell.-Rob. 1279f. *Nilsson* GgrR 1,686. *M. I. Deflandre* Hécube. Liège 1939. *Pohlenz* Die griech. Tragödie 277ff. 366f.

Hekademos s. Akademos

Hekaerge (*Ἑκαέργη* »aus freiem Willen wirkend« FRISK). **1.** Beiname der Artemis, Kallim. frg. 75. EpGr 460,6. **2.** Beiname der Fischgöttin *Ἀσπαλὶς Ἀμειλήτη* (= *ἀμείλιχος*?) im Heiligtum der Artemis zu Melite, Phthiotis. Anton. Lib. 13 (nach Nikandros). NILSSON Griech. Feste 233f. **3.** Beiname der zu Artemis in Beziehung stehenden Ktesylla, auch als Aphrodite Ktesylla verehrt. Anton. Lib. 1. Ov. met. 7,368ff. **4.** Hyperboreerin, Dienerin der Artemis auf Delos. → Opis und H., von Hdt. 4,33ff. Arge genannt, sollen schon mit Leto nach Delos gekommen sein; ihr Grab lag hinter dem Artemisaltar. Paus. 5,7,8. Bei späteren Autoren stehen Opis (Upis) und H., denen Kallim. h. 4,292ff. noch Loxo zugesellt, für das andere von Hdt. a. O. genannte Hyperboreerinnenpaar Hyperoche und Laodike, die weit später als Opis und Arge mit den heiligen Gaben des Nordens nach Delos kamen und deren Grab auch beim Artemisheiligtum lag. Serv. Aen. 11,532. Nach anderen sind Opis und Hekaergos Erzieher von Apollon und Artemis gewesen oder haben eherne Tafeln mit Aufzeichnungen über die letzten Dinge aus dem Hyperboreerland mitgebracht. Ps.-Plat. Axioch. 371 A. S. o. I S. 621,24. NILSSON Griech. Feste 207ff.; GgrR 1,356. H. v. G.

Hekaergos (*Ἑκάεργος*). **1.** Beiwort oder selbständige Bezeichnung des Bogenschützen Apollon seit Hom. **2.** → Hekaerge. H. v. G.

Hekale (*Ἑκάλη*). Eponyme Heroine des gleichnamigen att. Demos. Ihr, auch Hekaline genannt, und dem Zeus *Ἕκαλος* (so Plut. Thes. 14,2; später *Ἑκάλειος* Steph. Byz. Hesych.) brachte man ein Jahresopfer dar. Die *Ἑκάλεια*, *Ἑκαλήσια* wurden aitiolog. mit Theseus verbunden und so religionspolit. Athen untergeordnet. Die Überlieferung über H. geht auf Atthidographen zurück, aus denen Plut. a. O. und Kallimachos in dem teilweise durch Papyri erhaltenen Kleinepos H. schöpften. Theseus, auf dem Wege, den marathon. Stier zu fangen, kehrt, vom Gewitter überrascht, bei der armen, aber gastfreundlichen H. ein. Auf dem Rückweg findet er sie tot und stiftet ihr zum Dank den Kult. Nach KERENYI Heroen der Griechen 244f. war H., deren Name an Hekate erinnert, urspr. eine große Unterweltsgöttin. Kallim. frg. 230–377 Pf. H. v. G.

RE Suppl. V 386ff. *Lesky* GGrL 766f. *Deubner* Att. Feste 217. *Usener* Götternamen 29ff. *L. Malten*, H 74, 1939, 179.

Hekamede (*Ἑκαμήδη*). Sklavin Nestors, bei der Eroberung von Tenedos durch Achilleus erbeutet, Il. 11,624. 14,6. H. v. G.

Hekataios (*Ἑκαταῖος*). **1.** Tyrann von Kardia, stand auf seiten Alexanders und unterstützte die Makedonen auch im lam. Krieg, da die griech. Freiheit wohl sein Ende bedeutet hätte. Über seinen Tod ist nichts bekannt (Diod. 17,14,4). **2.** H., vornehmer Makedone, 336 von Alexander zur Vernichtung des Attalos nach Asien geschickt. Gleichsetzung mit dem Tyrannen von Kardia ist nicht möglich, vielleicht aber mit einem bei Curt. 7,1,38 erwähnten H., der bei Olympias in Gunst stand und z. Z. der Philotasaffäre Alexander gute Dienste leistete. G. W.

Berve Alex. 2 Nr. 291. 292.

3. H., von Milet, Sohn des Hegesandros, aus altem Adel. Wichtige Figur in der Geschichte der Prosa und – als alter Vertreter ion. ἱστορίη – der Wissenschaft (Gesch., Geogr.). H., der bedeutendste »Logograph« (seit Fr. Creuzer üblicher, schiefer term. für die frühesten griech. »Historiker« ausschl. Hdt.), ist mit den Milesiern und → Pherekyd. v. Syros (vgl. auch die Vf. von Seefahrtber.; Kadmos ist problemat.) einer der ältesten griech. Prosaiker (λογοποιός, Hdt.) und der erste, von dem eine beachtliche Zahl Frg. erhalten ist. * ca. 560/50 (?), trat H. z. Z. des ion. Aufstands (500/494) als nüchterner Rater und Warner hervor (Hdt. 5,36.125); nach dem Scheitern des Aufstands soll er sich beim Satrapen Artaphernes in Sardes für milde Behandlung der Ioner eingesetzt haben (Diod. 10,25,4). H. reiste viel (wohl auch zum Wissenserwerb): in Äg. mußte er feststellen, daß der eigene Stammbaum mit einem Gott als 16. Ahn vor der endlosen, nur durch Menschen vertretenen Überlieferung des uralten Kulturvolks verschwand (Hdt. 2,143); ob H. den W., Thrakien, Iran und S.-Rußland bereiste, ist nicht bekannt. Vielleicht erlebte H. noch die Perserkriege. Zweifelhaft ist, ob er noch direkter Schüler → Anaximanders gewesen sein kann, dessen Erdkarte, nach ant. Trad. die erste des Abendlands, er verbesserte und ihr eine lit. Erdbeschreibung beifügte; es mag H.' Karte gewesen sein, die → Aristagoras (3) in Sparta dem König Kleomenes vorlegte (Hdt. 5,49). Heraklit schloß auch H. in sein Urteil über die Nutzlosigkeit der πολυμαθίη ein (Diels Vorsokr. 22 B 40).

Werke (Frg.: Grammatiker, Sch., Lex., Athen., Paus., Strab.; bes. Steph. Byz.): 1. »Erdbeschreibung« (*Περιήγησις*, *Περίοδος γῆς*); 2 B.: *Εὐρώπη*, *Ἀσίη* (Echtheit der *Ἀσίη* im Alt. bestritten, Nesiotes als Vf. genannt); mit einer Erdkarte (*γῆς περίοδος*). Offenbar gegen 500 nach Dareios' Skythenzug publiz., ist das Werk Ausdruck des weltoffenen, seefahrenden, unternehmungslustigen Ionertums. Ein wirkliches Bild des Inhalts ist schwer zu gewinnen; von H.' Chorographie sind bes. Namen erhalten, da H. alte Namen hatte, die nach ihm niemand mehr nannte (polit. Änderungen: karthag. Expansion; Fall von Sybaris, mit Milet befreundet [511/10]). Vor H. gab es schon Schifferbücher (→ Periploi, *Λιμένες*; vorlit., vorwiss.), geogr.-ethn. Ber. (s. u.) und wohl auch ep. Periploi und Periegesen (Länderbeschreibungen; z. B. Quelle des hom. Schiffskat. [?]; vgl. auch die ps. hes. Kat.-Dichtung). H. beschreibt die Erde in der nunmehr üblichen Form der »Umwandelung«: wie Spätere wohl in Spanien beginnend und über *Εὐρώπη*, *Ἀσίη*, *Αἴγυπτος* und *Λιβύη* zu den Heraklessäulen zurückgehend (anders K. J. Neumann, J. Grossstephan etc.), folgt er dem Küstenlauf nach Art des *περίπλους* und stößt gelegentlich ins Binnenland bis zum Erdrand vor. Das Werk sollte ein »wissenschaftliches« Vollbild des geogr. Wissens von der gesamten Erde und ihren Bewohnern geben ohne die Absicht unmittelbar prakt. Verwendung: Aufzählung der *ἔθνη*; ihre Grenzen (Flüsse), Städte, Flüsse, Gebirge, Meerbusen, Häfen; Natur des Landes (Boden, Flora, Fauna); Urgesch. (Eponyme, Gründungssagen, Wanderungen; z. B. Pelasger, Gephyräer [Hdt. 6,137f. 5,57ff.; vgl. 1,56ff.]); mit starkem, von einer bis auf Hom. gehenden, durch ion. Schiffahrt und Physik belebten Tradition bestimmtem ethn. Interesse (Lebensweise, Gebräuche, *θαυμάσια*). H.' Erdbild entsprach wohl dem sehr konstruktiven, aus der empirist. Polemik Hdt.s (bes. 4,8.36ff. 2,15ff.20ff. 3,115f.) bekannten der *Ἴωνες*: kreisrunde Scheibe, bestehend aus 2 durch Gewässer geschiedene (Mittelmeer-Pontos; ö. Abgrenzung unsicher [(kolch.) Phasis; Hypanis (Kuban); Tanais; Kaukasus]; vgl. J. D. P. Bolton Aristeas, 1962, 55ff. 190) Hälften (*Εὐρώπη*, *Ἀσίη*; fraglich, inwieweit schon bei H. *Λιβύη* dritter Erdteil war [vgl. P. Pyth. 9,8: 474 v. Chr.]), vom Okeanos (mit ihm doch wohl Nil und Phasis verbunden) begrenzt; Zerlegung der Erde in einzelne *τμήματα*; Fabelvölker an den Erdrändern. Die Periegese, im 5. Jh. v. Chr. geogr. Haupt-B. (dann modernisierend bearbeitet und durch die Arbeiten des → Eudoxos und → Dikaiarchos verdrängt; später bes. der philol. Geogr. [Hom. Geogr.] interessant), wurde in Geogr. und Ethn. von Hdt. (bes. bis Anf. B. 5): Äg., Indien und Erdränder, Skythien, Libyen, Thrakien und Makedonien, Satrapienliste u. a. oft benutzt, wie schon das Alt. wußte (Pollio *π. τῆς Ἡροδότου κλοπῆς* [bei Porph.; RE XX 1980f.], betr. 2,70/73: Krokodiljagd, Nilpferd, Phoinix), und kritisiert. Fraglich ist H.' Anteil in den babylon., med. und pers. Logoi. Als Quelle für das eigentlich histor. Erzählende kommt H. trotz Heidel u. a. weniger in Frage (Jacoby). Weitere mögliche Benutzer H.': Aischyl., Vf. *π. ἀέρων ὑδ. τόπ.*, Soph., Eur., → Hellanikos, → Herodoros, Damastes (Erneuerung H.' bezeugt), Ktesias, Eudoxos, Ephoros (?), Theop., Aristot. (?), Periplus des → Ps. Skyl., → die Vorlagen Aviens (Grundstock wohl älter als H.) und Strabos, Apoll. Rhod. (? Pontosküste), → Skymnos, die (mittelb.?) Quellen der Periegese des Ps. Skymnos (Eph., Theop., etc.) etc.

2. *Γενεηλογίαι* (auch *Ἱστορίαι* und wohl *Ἡρωολογία*, 4 B.); nach Jacoby u. a. später als die Periodos (Prakken: 510–491); ältestes griech. Geschichtswerk; systemat., an Stelle der ep. Genealogien – im Anschluß an pros. Umsetzungen des Epos (?) – tretende Slg. und Ordnung der Heldensage in Prosa (keine Reste von Theogonie; auch Herabführung der Stammbäume auf die Gegenwart noch nicht erweisbar). H. überträgt das Erklärungs- und Systematisierungsbedürfnis und die krit. Grundhaltung (Suche nach dem Gesicherten) der ion. Naturwiss. auf die Tradition über die Vergangenheit; er versucht – am untauglichen Objekt und mit untauglicher Methode – aus dem dichter. gestalteten myth. Stoff Gesch.

zu machen mit Hilfe einer subjektiven, mehr oder weniger rationalist., die Mythensubstanz nicht angreifenden Kritik (wegen der Inkonsequenzen oft behandelt: A. Gitti, RAL 8. ser., 7, 1952, 389ff. [Lit.]), die Übertreibungen reduziert und Wunderbares und Unglaubliches umdeutet (so F 19 [Zahl der Aigyptossöhne]. 27a.b [Kerberossage]). Inhalt und Disposition im Detail schlecht bekannt; Heraklesgesch. offenbar ausführlich (B. 2). Hdt. verdankt dem bald von → Hellanikos verdrängten, wohl von den Trag. (Eur.) benutzten Werk vielleicht die heroische Gesch. (z. B. 1,1/5; B. 2, mit dem starken Rationalismus; 5,58 [Kadmos und die Schrift]; 6,53/5) – auf deren Darstellung, da schon von anderen behandelt, er verzichtet – und nach Ed. Meyer (F. Kiechle Messen. Stud. 1959, 95; anders F. Mitchel, Phoenix 10, 1956, 48ff.) etwa die Chronol. der griech. Sagengesch. (Rechnung nach Generationen zu 40 J. [van Compernolle s. Hellanikos, 577 v. H.]; Troias Fall ca. 1250; Herakles ca. 1330. Daten mit Hilfe der Liste der spartan. (Herakliden)-Könige [7,204. 8,131] oder anderer Ahnenreihen ermittelt).

Nachkommenschaft der Genealogien: eigentl. Genealogen, Mythogr. (Roman, HB); Fortsetzung der Linie rationaler Mythendeutung (bewußte Berichtigung eines im Mythos vermeintlich enthaltenen gesch. Faktums) u. a. bei → Herodoros, Ephoros, → Palaiphatos, und überhaupt solange die Sagenz. als Domäne der Hist. galt.

v. Gutschmid, Diels, Ed. Meyer, Jacoby u. a. bekämpften die mehr oder weniger große Teile von H.s Nachlaß betreffenden Verdächtigungen der Modernen (C. Müller, Hollander, Cobet, Wells, Sieglin, Grossstephan etc.).

Quellen, Sprache H.': bes. ὄψις und ἱστορίη (persönl. Erkundung: ἀκοή, Befragen; Berufung auf epichor. barbar. Tradition zur Berichtigung der hellen.); schriftl. Material (für die Chorogr. etwa Epen, → Aristeas, Schifferbücher, Reiseber. → [Euthymenes, → Skylax, → Hanno]). Hdt. zit. H., seinen sichersten nachweisbaren Vorgänger, und nur H. namentlich; auch in den sprachl. Observationen (etym. Versuche u. a.) ist H. Vorgänger Hdt.s. H.' reihende, schlichte ἄκρατος Ἰάς (sachl. Aufzeichnungen von Dingen, aber auch Erzählungen gefiel wieder den klassizist. kaiserzeitl. Literarästhetikern (π. ὕψους, Demetr., Hermog.) und war damals noch nicht ganz durch Hdt. verdrängt.

Als erster faßbarer Autor geogr. Schriftstellerei ist H. mit Anaximandros (allg. Erdbild; geogr. System) einer der Begründer der wissenschaftl. abendländ. Geogr.

Nachkommen der Periodos: 1. Gesamt- und Teilperiegesen, beschreibende Geogr. (Damastes, Eudoxos etc., bis Strab.; unter dem Bann der altion. Geogr. steht z. B. noch die geogr. Auffassung des Ephoros, Theop., Pol., Ps. Skymn., die Universalgesch. in geogr. Anordnung [Demetr. v. Kallatis, Agatharch.]). 2. Ethn., durch Verselbständigung der Einzelteile und Erweiterung mit gesch. Betrachtung (Jacoby, Klio 9, 1909, 83ff.; anders C. van Paassen The Class. Tradition of Geogr., 1957).

H., der das eigene Urteil (selbst-) bewußt gegen die hellen. Überlieferung setzt (Frg. 1), markiert, wenn auch nicht Hist. im modernen Sinn, den Beginn einer wissenschaftlichen Betrachtung gesch. Vorgänge, wie sie auch der Orient nicht kannte. Erster wirklicher abendländ. Gesch.schreiber in eminentem Sinn ist jedoch Hdt., der nach Jacoby u. a., als Geo- und Ethnograph beginnend, erst allmählich, sich gegen H. absetzend, zum eigtl. Hist. wurde, Vf. eines in der endgültigen Gestalt von H. in lit. Form und Abzweckung fundamental differierenden Werkes.

Frg.: *R. H. Klausen*, 1831. FHG 1,1ff.; 4,627f. FGrH 1 m. Add. d. 2. Aufl. (Lit.); Komm. z. 328 F 99/101. *G. Nenci*, 1954 (Lit.; vgl. CR 69 (5), 1955, 263ff.; Mnem IV 9, 1956, 258. MH 16, 1959, 69). *Pack*[2] Nr. 89 (Lit.).
Lit.: *H. Diels*, H 22, 1887, 411ff. (H. u. Hdt.; sehr lehrreich). *F. Jacoby*, RE VII 2667ff. (grundl.; Lit.); RE Suppl. II 341–473; Atthis, 1949, 424 v. H. *F. Gisinger*, RE Suppl. IV 521ff. 538–572. 590ff.; RE III A 629ff.; XVII 2321ff. *Geffcken* GrLG 1,116ff.; Anm. p. 115ff. (Lit.). *Schmid* I 693ff. II 755 s. H. *B. Lavagnini* Saggio sulla storiografia greca, 1933. *P. E. Legrand*, REA 38, 1936, 457ff. *K. v. Fritz*, TAPhA 67, 1936, 315ff.; Philos. natural. 2, 1952/54, 200ff. 376ff. *W. Sieveking*, BursJb 263, 1939, 100ff.; bes. 123f. 136ff. *L. Pearson* Early Ionian Historians, 1939 (Lit.; vgl. *K. v. Fritz*, AJPh 63, 1942, 113ff. *O. Regenbogen*, Gn 19, 1943, 8ff.). *O. Regenbogen*, Gn 17, 1941, 503. *J. O. Thomson* Hist. of Anc. Geogr., 1948. *E. Manni* Introd. allo studio della storia gr. e rom.[2], 1959, 110 (Lit.). *S. Mazzarino*, Acta Ant. 7, 1959, 85ff. *Bengtson* GG[2] 590 s. H. *W. Marg* Hdt., 1962, 677f. (Lit.: Chronol. bei H. u. Hdt.). *A. Roveri*, Studi Istit. filol. class. Bologna 13, 1963, 10ff. 49ff. (Lit.). *Nenci*, Critica storica 3, 1964, 269ff. (z. Frg. 1). *Lesky* [2]245/50 (Lit.). *T. S. Brown*, Historia 11, 1962, 259ff.; AJPh 86, 1965, 60ff. Weitere Lit.: APh 30, 1959; 32/35, 1961/64, v. H. Karte H.s (zur – immer unzulänglich bleibenden – Rekonstruktion reichen die überlieferten Angaben nur in etwa hin): Gr. Hist. Weltatl. I[3], 1958, 8 (vgl. *M. Ninck* Die Entdeckung von Europa durch die Griech., 1945, 35ff.). Ältere Lit. *Engelmann*, s. Herodian (Hist.). 351. *Klussmann*, ebd., 541.
Sprache: *W. Aly*, Philol. Suppl. 21,3, 1929, 44ff. (Lit.). *O. Hoffmann-A. Debrunner* Gesch. d. griech. Sprache 1, 1953, 134ff. *H. Fränkel* Wege und Formen frühgriech. Denkens[2], 1960, 62ff. 80f. *Nenci*, a. O. 275[39] (Lit.).

4. H. von Abdera (Teos). Philosophierender Literat der Übergangszeit zum Hellenismus: Staatsroman, ethn. Utopie. H.' Leben ist schlecht bekannt. Er war in Äg. (Theben) unter Ptolemaios I. (T 4. In dessen Auftrag in diplomat. Mission in Sparta?); die Regierung von Ptolemaios II. scheint er nicht mehr erlebt zu haben. Inwiefern die schwachen Spuren philosoph. Systematik (αὐτάρκεια als τέλος) auf engere Beziehung zu → Demokrit und den Abderiten (T 3b) hinweisen, ist fraglich. H.

war Pyrrhonschüler (T 3a). Bezeugt sind (keine Titel und sicheren Zitate von philos. Schriften): 1. *π. τῆς ποιήσεως Ὁμήρου καὶ Ἡσιόδου* (H. daher *κριτικὸς γραμματικός* [T 1]?), nicht direkt kenntlich. 2. *π. Ὑπερβορέων* (Diod. 2,47); philos., ethn. Utopie, etwa in Form eines Reiseromans (→ Hyperboreer als fromme Apollonverehrer am äußersten n. Erdrand auf dem okean. Idealeiland (H)elixoia dem Keltenland gegenüber; griech. Inschr. auf *ἀναθήματα* im Apollon-Rundtempel bezeugen den Verkehr mit Hellas), Vorbild für → Euhemeros. 3. *Αἰγυπτιακά*, die man aus Diod. B. 1 (außer Hdt. einziger erhaltener zusammenhängender griech. Bericht über Äg., weithin als äg. Tradition gegeben), rekonstruiert, wo nach Ed. Schwartz, Jacoby u. a. H. Grundlage ist (Einschränkungen bei Spoerri, der auch K. Reinhardts Zurückführung von Diod. 1,7ff. auf Demokrit über H. bekämpft): Äg. Ursprung von Leben und Kultur. Vorbildlichkeit der altäg. Politeia, rationalistische Theologie. Das Werk ist z.T. ein Idealstaatsgemälde (Protreptikos an Ptolemaios I. und die griech. Untertanen? ptolem. Kulturpropaganda). Als Quellen kommen in Frage: eigene Landeskenntnis, griech. Autoren über Äg., Spekulationen über die beste Staatsform (Plat. etc.; Ziel von H.s Staatsideal: *εὐδαιμονία* von Land und Leuten). H. ist wohl der erste von den Juden ausführlicher handelnde Grieche; diesem H. verdankt Diod. B. 40 (bei Phot. cod. 244; Einl. z. Judenkrieg des Pompeius) den berühmten Judenexkurs (*ξενηλασία τῶν ἀλλοεθνῶν* aus Äg., Gesetzgebung Moses; bei → Poseidonios [FGrH 87 F 69/70, Komm.] benutzt?). Auch → Theophr. (*π. λίθων*, *π. εὐσεβ.*), Krantor, → Ps. Aristeas, Artapanos mögen das Äg.-B. benutzt haben. Jacobys Ansicht, daß → Euhemeros H.' äg. Theologie ins Griech. übertragen habe, bekämpft Spoerri. Unecht ist wohl trotz Elter, Wendland u.a. 1. *π. Ἰουδαίων* (Auszüge bei Ios.; vgl. Orig.), ein z.B. dem Aristeasbrief ähnliches Erzeugnis der für das hellenist. Judentum charakterist. Propagandalit. unter heidn. Maske. Die geschichtlichen Dinge illustrieren wohl nur jüd. Eigenschaften; zitiert wird der Vortrag des Hohepriesters Ezekias, der mit vielen Juden mit Ptolemaios I. nach Äg. zog; nicht bei Alex. Polyhist. zit., wohl vor dem Aristeasbrief verfaßt (Datierungsversuche: 3. Jh. v. Chr.–1. Jh. n. Chr.; 165 [145]–100 v. Chr. [Schaller]). 2. Das doch wohl davon verschiedene, nicht unbedingt demselben Vf. gehörende, bei Clem. Al. (F 24) und wohl auch Ios. (T 8a) zitierte B. *κατ' Ἄβραμον καὶ τοὺς Αἰγυπτίους* (Ansprüche der Juden, Lehrer der anderen Völker, auf uralten Besitz aller Weisheit; mit gefälschtem Soph. Zit. Frage, ob die gefälschten Verse bei Aristobul, Clem. Al., Ps. Iust. u.a. alle auf Ps. H. zurückgehen). Ps. H. borgt Namen und Autorität von H.; über Abhängigkeit von H. besagt das nichts. W. Sp.

Frg.: *Diels* Vors. 73. FGrH 264 (Lit.). *Pack*² Nr. 2271. 2488. Lit.: JAW 127, 1905, 72f.; 142, 1909, 64. *F. Jacoby*, RE VII 2750ff. (Lit.). *Thomson* (s. H. 1) 150.403. *C.B. Welles*, Journ. of Jur. Papyrol. 3, 1949, 38ff. *F. R. Walton*, Harv. Theol. Rev. 48, 1955, 255ff. (Judenexkurs). *W.E. Brown*, CW 48, 1955, 57ff. (Utopien [Lit.]). *A. Peretti*, PP 11, 1956, 241ff. *W. Spoerri* Späthellenist. Berichte über Welt, Kultur und Götter, 1959. *Bolton* (s. H. 1) 252 v.H. Weitere Lit.: APh 3, 1928. 17/18, 1945/47. 23, 1952. 25, 1954, v.H. *M. Hadas*, Aristeasausg. 1951, 230. Ps. H.: *Schürer* 3,595ff. 603ff. *Christ-Schmid* 2^6,1,617ff. *B. Schaller*, ZNW 54,1963, 15ff. (Lit.). *L. Herrmann*, Latomus 25,1966, 76f. Weitere Lit.: APh 12, 1937. 14, 1939, v.H.

Hekate (*Ἑκάτη*). Eine nach der Verbreitung ihres Kultes und der mit ihrem Namen gebildeten Eigennamen (Hekataios, Hekatomnos etc.) [3],722 im s. Kleinasien (Karien) beheimatete Göttin; leider ist bisher ihre Herkunft noch nicht klar bestimmbar [1],20ff. Die frühesten Zeugnisse ihres Kultes, ein archaischer Rundaltar mit bustrophedon geschriebener Inschr. [1],11. [3],722 A. 2 und das um 100 v. Chr. aufgezeichnete Kultgesetz der Molpoi, das auf das 5. Jh. zurückgeht, [5],169, stammen aus Milet, und ein Hauptheiligtum ist → Lagina, wenn es auch erst hellenist. bekannt ist [4]. In der von vielen Forschern als Interpolation betrachteten, nicht unbedingt späteren Hesiodpartie ([1],60). theog. 411–452 wird H. als Allgöttin gerühmt, die als Hilfreiche mit zu Gericht sitzt, von Zeus einen Anteil an Erde, Meer und Himmel erhalten hat [3], 722, Jägern, Hirten und Fischern beisteht; selbst Kurotrophos wird sie genannt, also Artemis ähnlich, Helferin in vielen Lagen [1],69. So galt sie vor allem als Hüterin der Tore und der Dreiwege [1], 12; lit. Tragiker und Aristoph. [1],86ff. 90ff. womit, ebenso wie einer Kurotrophos, Reinigungsopfer, die für sie charakterist. Hundeopfer, verbunden sind [1],25. Der Hund, als dämon. Tier, gehört zur Betonung des Unheimlichen, Gespenstischen, zuweilen auch des Chthonischen. Über den Kult der H. in ihrem kleinasiat. Ursprungsland ausführlich [1],24ff., über das Hauptheiligtum in Lagina 41ff. [4] und [2],344–425, dessen Zeugnisse erst von 200 v. Chr. an zu erschließen sind. H. ist keine typisch kleinasiat. Gestalt, und Kultgebräuche lernt man nur aus den Inschr. kennen, sowohl die Funktion der Eunuchen (→ Ephesos), wie das Amt der *κλειδοῦχος*. Für Athen gilt dagegen die Feststellung des Paus. 2,30,2 anläßlich seiner Erwähnung des von Myron geschaffenen Kultbildes in Aigina, das er Xoanon nennt, Alkamenes habe mit seiner *ἐπιπυργιδία* als erster das dreigestaltige Bild der H. geschaffen, was durch das Fehlen eines dreigestaltigen Typus vor dem letzten Viertel des 5. Jh. bestätigt scheint. Eingestaltige H. auch inschr. gesichert auf klass. rf. Vasen, Artemis ähnlich, mit Fackeln: Hydria Brit. Mus. E 183 [7] s. v. 1902ff. [1],92; Kelchkrater Ferrara, Aurigemma² R. Mus. di Spina 106/07, E. Arias – M. Hirmer T. 89–93. Erst mit Alkamenes setzt die Menge dreigestaltiger, zunächst archaisierender, später archaist. Hekateia ein, die jeweils variieren (s. [1] Inhaltsverz. S. 7 und T. n). Die Dreigestalt mit drei Köpfen (T. 4 ff.), die umtanzte Herme (T. 7 ff.). Der Tanz um die dreifache Vollfigur oft mit Fackeln als Attributen; bis sie in hellenist. Friesen und Reliefs zu manchmal meisterhaften Phantasiegebilden ausgestaltet werden: eingestaltig, aber mit 3 Köpfen und 6 Armen (s. H. Kähler Pergamon T. 11). H. S.

1. *Th. Kraus* Hekate, 1960. 2. *A. Laumoinier* Les Cultes indigènes en Carie, 344 ff., 1958. 3. *M. Nilsson* GgrR² 1, 1955. 4. *A. Schober* Fries des Hekateions von Lagina, 1933. 5. *Wilamowitz* GldH. 1, 1931 f. 6. RE VII 2769 *(Heckenbach)*. 7. Myth. Lex. s. Hekate 1, 1885. 8. *E. Petersen* Die dreigestaltige Hekate 1 und 2, 1880/81.

Hekatombe s. Opfer

Hekatombaion (Ἑκατόμβαιον). **1.** Heiligtum s.ö. von → Dyme (Kato Achaia), bei dem Kleomenes III. 226 v. Chr. einen Sieg über die Achaier errang, genaue Lage unbekannt. Pol. 2,51, 3. Plut. Kleom. 14,2. Arat. 39,1. E. M.

2. H., (Ἑκατομβαιών). Monatsname der griechisch-ionischen Kalendergruppe, in Athen der 1. Monat nach dem Sommersolstitium, somit das Jahr beginnend u. etwa dem Juli/August entsprechend. Nach der Überlieferung soll der H. in ältester Zeit Κρόνιος bzw. Κρονίων geheißen haben (Plut. Thes. 12. Etym. m. 321). Der Monat H. findet sich noch auf Delos, in zeitlicher Übereinstimmung mit dem athen. H., in dem Opferkalender von Mykonos, auf Naxos und in Smyrna. Der Name H. geht auf ein altes Opferfest Ἑκατόμβαια zurück, das in Athen dem Apollon (nach Hesych. und Etym. m. s. Ἑκατομβαιών) gefeiert wurde und auch für Mykonos bezeugt ist. Wie auch andere athen. Monate hat der H. seinen Namen nach einem untergeordneten Fest, nicht nach den in ihn fallenden Panathenäen erhalten, was auf eine frühe Entstehungszeit des Kalenders schließen läßt (M. P. Nilsson Die Entstehung und Bedeutung des griech. Kal. 60). Der von Hesych. s. Ἑκατομβεύς· μὴν παρὰ Λακεδαιμονίοις, ἐν ᾧ τὰ Ὑακίνθια genannte H. ist zu streichen (RE VII 2787), seit uns ein spart. Monat Ὑακίνθιος bekannt geworden ist (IG V 1,18 B. M. P. Nilsson a. O. 62). W. S.

Hekatomnos (Ἑκατόμνος). Aus alter Familie in Mylasa (Strab. 14,659. Sylloge³ 167. 168), war Fürst ebendort. Münzdarstellungen lassen vermuten, daß er, der um 391 v. Chr. Satrap von Karien wurde (Diod. 14,98,3), auch Milet beherrschte (Babelon Traité 141 f.). Bei den pers. Maßnahmen gegen → Euagoras von Cypern führte H. die Flotte (Theop. frg. 101), unterstützte diesen allerdings heimlich mit Geld (Diod. 15,2,3). Er starb vermutlich 367/66, die Herrschaft ging an seinen Sohn → Mausollos über (Diod. 16,36,3. Isokr. Panegyr. 161 f.). H. muß enge Beziehungen zur griech. Kultur gehabt haben. H. Ca.

Hekatompedos (ἡ Ἑκατόμπεδος). Örtlichkeit, vielleicht eine 100 Fuß breite Straße, in → Syrakus, nahe dem Tor Hexapyla, genannt nur bei Plut. v. Dion. 45,5, vgl. Diod. 16,20,2. Nicht näher bestimmbar. K. Z.

Hekatompylos. Stadt an der Heerstraße von Tehran-Ray nach Chorasan, wurde nach dem 240 v. Chr. erfolgten Einbruch der Parner und der Begründung des parth. Königreichs wohl noch von dem Stifter desselben, Arsakes, zur Hauptstadt gewählt. Von Seleukos Nikator nach hellenist. Muster neugegründet (nach Plin. 6,62), 1064 Stad. ö. von den Kasp. Toren, also bei dem h. Shahrud, einem natürlichen Kreuzungspunkt vieler wichtiger Straßen (Pol. 10,28,7). Ob die frühere, achämenid. Stadt hier oder bei Komish (h. Semnan) lag, bleibt dahingestellt. Man hat vergebens (zuletzt E. Schmidt) nach Spuren dieser Stadt (bzw. Städte) gesucht. J. D.-G.

Hekaton (Ἑκάτων). Schüler und Landsmann des → Panaitios, nächst ihm und → Poseidonios Hauptvertreter der sog. »Mittleren Stoa«, unterhielt wie sie Beziehungen zu Rom (Widmung von περὶ καθήκοντος an Q. Aelius Tubero: Cic. off. 3,63), ist in seinem philos. Standpunkt aber orthodoxer, so daß Diog. Laert. 7 seine Schriften, u. a. περὶ τελῶν (oder τέλους), περὶ ἀγαθῶν (mindestens 19 B.), περὶ παραδόξων (13 B.), gern zur Belegung des stoischen Schuldogmas zitiert. Die Kardinaltugenden gründet er auf »theoret.« Erkenntnis, als »Folgeerscheinungen« nimmt er daneben »nichttheor.« Tugenden wie Gesundheit, Schönheit, Kraft der Seele an (Diog. Laert. 7,90 f., Stob. 2,7 p. 62,7 ff. W.). Die Pflichtenlehre des Panaitios ergänzte er in π. καθ. (benutzt von Cic. off., vgl. 3,63. 89) durch kasuist. Erörterungen unter Betonung des Gesichtspunkts der *utilitas*. Seneca, der H. auch in den epist. und in der verlorenen Schrift de off. benutzte, zitiert benef. 1,3,9. 2, 18,2. 21,4. 3,18,1. 6,37,1 wohl nicht π. καθ., sondern ein Spezialwerk περὶ χαρίτων. Versuche, Cic. fin. 3 (R. Hirzel Unters. zu Cic.s philos. Schr. 2, 1882, 592 ff.) und die Verbreitung der Ausdrücke κανών = *formula* (Gomoll) auf H. zurückzuführen, erwiesen sich als unzureichend begründet. G. Schm.

Frg.: *N. Fowler* Panaetii et Hecatonis librorum frg., Diss. Bonn 1885. *H. Gomoll* Der stoische Philosoph H., Diss. Bonn 1933 (vgl. GGA 1935, 104 ff.). *M. Pohlenz* Die Stoa 1, 240 f. 2, 123 f.

Hekatoncheiren (Ἑκατόγχειρες). Drei Urweltwesen, mit 50 Köpfen und 100 Armen, in Hes. theog. Söhne von Uranos und Gaia. Zeus befreit sie aus dem Tartaros, und sie zeigen sich in dem Krieg der neuen Götter unter Zeus gegen die Titanen unter Kronos als wirksame Verbündete. Jetzt werden die Titanen in den Tartaros geworfen und von den H. bewacht. Apollod. 1,1–7. In der kykl. Titanomachie stehen sie auf seiten der Titanen, Sch. Apoll. Rh. 1,1165. Spätere lassen sie mit

den → Giganten gegen Zeus kämpfen, zu denen sie vielfach gerechnet werden, in deren Typ auch die Kunst sie darstellt. Pind. pae. 8a 27. Kallim. h. 4,142. Verg. Aen. 10,565 u. a. Ihre Namen → Aigaion oder → Briareos, der durch Beziehung zu Poseidon eine Sonderrolle einnimmt, → Gyes und Kottos. Unzulänglich ist ihre Deutung auf Naturkräfte, Erdbeben u. Sturmfluten (PRELL.-ROB. 1,49) od. Winde, E. H. MEYER Myth. Lex. 3,2793). H. v. G.
W. Staudacher Die Trennung von Himmel und Erde, Diss. Tüb. 1942.

Hekatonnesoi (Ἑκατόννησοι). Eilande zwischen Lesbos und der mys. Küste gegenüber Ayvalik. Die größte Insel (Moschonisi, türk. Cunda) wurde lange als »Nesos« oder Nasos angenommen (so noch von W. SCHWAHN, RE XVII 70ff.). Richtiger ist wohl diese Insel mit »Pordoselene« zu identifizieren und die »Nesiotai« als deren Einwohner anzunehmen (E. KIRSTEN, RE XXII 240ff.) Quellen: Hdt. 1,151. Diod. 13,77. Strab. 13,618f. Plin. nat. 5,137. Ptol. 5,2,5. Ail. nat. 2,6. Hesych. s. v. Steph. Byz. Ἑκατόννησοι u. Σελήνης πόλις. Aiol. Siedlung, lange kulturell und polit. von Mytilene abhängig, Mitglied des Att. Seebundes, unter Alexander d. Gr. Befreiung und Neuorganisation der Stadt, Verfassung und Beamte aus Inschr. bekannt (KIRSTEN a. O. 247). Mz.: 5.–3. Jh. v. Chr. (Staat der Nasioten); röm. Kaiserzeit von Antoninus Pius bis Valerian (Pordoselene) HEAD HN² 563. Arch. Funde: TH. WIEGAND, AM 29, 1904, 256ff. A. M. M.

Hekatoste (ἑκατοστή). Steuerauflagen von 1%. Die wichtigsten sind: 1. Athen. a) Perikleischer Ein- und Ausfuhrzoll des Peiraieus vor dem Archidam. Kriege, umstritten, da nur durch Ps.-Xen. Ath. Pol. 1,17 bezeugt, b) Umsatzsteuer für Marktverkehr und wohl auch für kontraktliche Verkäufe und Versteigerungen in Attika, untergeteilt je nach Produktgruppe. c) Umbuchungsgebühr für att. Grundstücksverkäufe. d) in umstrittener Auslegung von Aristoph. Vesp. 656–660 vielleicht auch die Eisphorazahlung für eine gewisse Bürgergruppe. 2. Chalkedon. Gebühr für Kauf einer Priesterpfründe. 3. Chios. Grundsteuerabgabe. 4. Pidasa in Karien. Hellenist. Steuer von Getreideland. 5. Ptolem. Äg. a) Außenhandelszoll für gewisse Waren. b) Hafenzoll von Pelusion. c) Binnenzoll des Arsinoites für Wein. d) Umsatzsteuer beim Sklavenverkauf. e) Gebühr für Landverkauf (wohl nicht für Inanspruchnahme eines Staatsheroldes). 6. Ägypten der Prinzipatszeit. a) Zusatzgebühr bei Getreidelieferungen, vielleicht zugunsten der Sitologoi. b) Gebühr für Landverkauf. c) Vielleicht Binnenzoll, aber vorläufig nicht ohne Zufügung von weiteren 2% belegt. d) Vermögenssteuer röm. Bürger in Äg., die mehr als 20000 Sesterzen besaßen (→ *centesima*). Außerdem bedeutet H. oft einfach einen Zinsfuß von 1%. F. M. H.
Vgl. RE Ἐπώνιον und mit voller Bibliogr. und Stellenverzeichnis RE Art. Hekatoste, Peiraieus XIX (99). *A. M. Andreades* Gesch. der griech. Staatswirtschaft 1, 1931. Ind. s. Hundertster. *Busolt-Swob.* GStk 1920/26, Ind. s. Hekatostai, ἑκατοστή. *Bechtel* Dial., Ind. s. ἑκατοστηρίη γῆ. Sylloge³, Ind. s. ἑκατοστή. *A. Ch. Johnson*, in *Frank*, ESAR 2,1936,509. *Lidd.-Sc.* s. ἑκατοστήριος, ἑκατοστός. *Cl. Préaux* L'économie royale des Lagides, 1939. Ind. s. ἑκατοστή. *Rostovčev* Soc. a. Ec. Hell. W., 1941, 671. *R. Thomsen* Eisphora, 1964, bes. 185. *Sh. L. Wallace* Taxation in Egypt From Augustus to Diocletian, 1938. Ind. s. ἑκατοστή.

Hekebolios. Sophist in Constantinopel, Christ, 342 Lehrer des spät. Kaisers Iulian, der ihn 361 zum Heidentum bekehrte (Liban. or. 18,12. Sokr. 3,1,10f. und 13,5). A. L.

Hekebolos (ἑκηβόλος) ist mit den »metr. Streckformen« ἑκατηβόλος, ἑκηβελέτης, ἑκατηβελέτης ein seit Hom. häufiges Epitheton oder auch selbständige Benennung Apollons, vereinzelt auch der Artemis. Im Alt. meist als »ferntreffend« verstanden, wird es von PRELLWITZ und FRISK als »nach eigenem Belieben (ἑκών) treffend, treffsicher« gedeutet; o. I S. 442,29. Urspr. euphemist. Bezeichnung des Todbringers. Vgl. Hekaergos, -e und Hekatos, Hekate. H. v. G.

Hekte (ἕκτη). »Sechstel« einer Hohlmaßeinheit (MILET III Nr. 31a), bes. der Elektronstatere von Kyzikos, Phokaia (IG I² 301,100. 310. 339,33. 352,16) und Mytilene. Die Hälfte, das ἡμίεκτον, begegnet als Gewicht (Hesp. 7, 1938, 362) und als Münze (Sylloge³ 45, Halikarnaß, IG I² 310,118 und Krates bei Poll. 9,62). H. Ch.
Schrötter WBMzK s. v.

Hektemoroi (ἑκτήμοροι). Dieses Wort wird nur bei Aristot. Ath. pol. 2,2 und als ἑκτημόριοι (altatt. führt wohl auf eine Analogie zu γεωμόρος ohne ι) in Plut. Sol. 13 für die unterste Agrarklasse von Schuldhörigen oder Leibeigenen im vorsolon. Attika kurz erwähnt, Jh.e später als das Verschwinden der Institution. Die modernen Erklärer vertrauen einfach der Etym. von H. Etwa die Hälfte folgt der Quelle von Plut. und dem gesunden Menschenverstand und vermutet, daß die H. ein Sechstel der Ernte ihren Oberherren abzuliefern hatten, eine recht schwere Auflage. Die andere Hälfte zieht fünf Sechstel vor und ist schwierig zu widerlegen, da absurde Institutionen in der Gesellschaftsgesch. nicht fehlen. Die Etym. von H. ist indessen nur so durchsichtig, wie z. B. → Decumates agri. Wir sollten nicht vergessen, daß ἑκτήμορος bei Herond. 1,80 als ein Hohlmaß vorkommt, einem Alexandriner des 3. Jh. v. Chr., der antiquar. Worte überhaupt im Scherz auszugraben liebte. Hatten vielleicht die H. nur einen ἑκτήμορος (wohl ἑκτεὺς des μέδιμνος und nicht den winzigen κύαθος der κοτύλη wie bei Herondas) von ihrer Ernte per annum oder monatlich abzuliefern, was sie in ihrer Viehzucht nicht behindert haben kann, außer vielleicht für Milch und Käse. F. M. H.

Vgl. RE Art. Bauernstand (Suppl. IV 87), Hektemoroi; mit älterer Bibliogr. *F. M. Heichelheim* An Ancient Economic History 1, 1958, 517f. 524f. *Bengtson* GG, Ind. s. v., dazu jetzt *F. Cassola* Solone, la terra degli ectemori. Parola del Passato 94, 1964, 26f. *G. Ferrara* La politica di Solone, 1965. *M. I. Finley* La servitude pour dettes. Rev. Hist. Droit Franç. et Etranger 43, 1965, 169f. *A. French* Land Tenure and the Solon Problem. Hist. 12, 1963, 242f. *P. Groeneboom* Les Mimiambes d'Hérodas I–VI, 1922, 63. *N. G. L. Hammond* Land Tenure in Athens and Solon's Seisachtheia, JHS 81, 1961, 76f. *Lidd.-Sc.* s. ἑκτεύς, ἑκτημόριοι. *D. Lotze* Hektemoroi und vorsolon. Schuldrecht. Philol. 102, 1958, 1f. *A. E. Samuel* Plutarch's Account of Solon's Reforms. Greek, Rom. and Byzant. Stud. 4, 1963, 231f. *H. T. Wade-Gery* Solon of Athens, 1964.

Hekteus (ἑκτεύς). »Sechstel«, Hohlmaß für Getreide, 1/6 → Medimnos, somit = 8 → Choinikes und 32 → Kotylai. Moderne Ansätze sind: *1.* der att. H. = 8,75 l, der aiginet. = 12,12, ähnlich der sizil., der ptolem. = 13,13, *2.* der solon. = 8,64 l, der jüngere att. = 9,82, der aiginet. = 12,33, der sizil. = 8,73, *3.* der att. H. durchlief vom 7. Jh. bis zur Kaiserzeit die Stufen 4,56. 5,84. 6,56. 8,75. 10, 21. 10,94 l, der aiginet. maß 9,12, *4.* der att. hielt 7,25 l, *5.* er faßte 6,82, dann 6,53 l, *6.* der att. war = 7,84 l, der sizil. = 8,70, der ptolem. = 10,87. H. Ch.

1. *F. Hultsch* Metrologie ²501ff. 623ff. 657. 2. *H. Nissen* HB Altertumsw. 1²,842f. 868. 3.–5. *O. Viedebantt*, RE VII 2803ff.; Forsch. zur Metrologie des Alt., Lpz. 1917, 56ff. Festschr. A. Oxé, Darmstadt 1938, 135ff. 6. *A. Oxé*, BJ 147, 1942, 116ff.

Hektor (Ἕκτωρ). Bedeutendster Held der Troer, Lieblingssohn von Priamos und Hekabe (erstgeborener nach Apollod. 3,148), vermählt mit → Andromache, Vater des Skamandrios, der ihm zu Ehren → Astyanax genannt wurde. Heerführer der Troer, die ihn hoch verehren, für den altersschwachen Vater (Il. 2,802ff.). Seine Rolle in der Ilias: Er veranlaßt den Zweikampf zwischen Paris und Menelaos (B. 2). Mit Hilfe des Ares treibt er die Achaier zurück (5). Er geht in die Stadt, um Paris zu holen, und begegnet Andromache (6). Unentschiedener Zweikampf mit Aias (7). Im Kampf gegen Nestor, Diomedes und Teukros treibt er die Achaier zurück (8). H. schickt Dolon als Späher aus (10). Am 3. Schlachttag nimmt er führenden Anteil (11). Er sprengt das Tor der feindlichen Mauer (12) und hält die Achaier weiter in Schach (13). Durch einen Steinwurf des Aias betäubt, wird er ohnmächtig aus der Schlacht getragen (14). Von Apollon wiederhergestellt, verfolgt er die Achaier bis ans Schiffslager (15), wirft ein Schiff in Brand und erschlägt Patroklos, der ihm den nahen Tod weissagt (16). Dem Toten nimmt er Achills Rüstung ab und beteiligt sich am Kampf um die Leiche (17). Apollon rettet H. vor Achills Ansturm (20). Dieser jagt ihn dreimal um die Stadt. Nach der Seelenwägung verläßt Apollon seinen Schützling. Achilleus erlegt H., raubt ihm die Rüstung und schleift ihn zum Lager (22). Aphrodite und Apollon schützen die Leiche vor Mißhandlung und Verwesung (23). Ἕκτορος λύτρα, Totenklage, Bestattung (24). – Ritterliche Gesinnung, Pflicht- und Verantwortungsgefühl, Gottvertrauen trotz Verachtung der Zeichen leuchten aus H.s Gestalt hervor. Manchmal übereilt in Wort und Urteil, läßt er sich von Freunden wie Polydamas (E. Howald Der Mythos als Dichtung 21ff.), Glaukos, Sarpedon tadeln und beraten. Eine Fülle von Epitheta und Gleichnissen verraten des Dichters Sympathie mit H. – Die nachhom. Dichtung hat H.s Gestalt nur durch Einzelzüge bereichert. Die Kyprien schreiben ihm die Tötung des Protesilaos zu (Apollod. epit. 3,30). Sappho verherrlicht H.s Hochzeit in einem episierenden Gedicht in lebhaften Farben, frg. 55 D., 40 L-P (Wilam. und Schadewaldt bestritten Sapphos Verfasserschaft, dagegen H. Fränkel Dichtung und Philosophie des frühen Griechentums² 196f. M. Treu Sappho gr. und dt. 1954, 197ff.). Bei Stesichoros und Späteren ist H. ein Sohn Apollons. Aischyl. schrieb Ἕκτορος λύτρα (bearbeitet von Ennius, vgl. Hyg. fab. 106), → Astydamas II einen »Hektor«, danach Naevius *H. proficiscens*. Der Vf. des Rhesos entstellte H.s Charakter. – Noch in später Zeit genoß H. in Ilion und an seinem Grabe am Eingang des Hellesponts einen Kult, vorzugsweise als Heilheros (Lykophr. Dion Chrys. Philostr. Lukian.) Lykophr. 1208 und Paus. 9,18,5 berichten von der Überführung seiner Gebeine nach Theben (Pfister Reliquienkult 1909, 193f.). Daraus schlossen F. Dümmler Kl. Schr. 2,240 und E. Bethe Neue Jb. 1901, 657. 1904, 1, nicht ohne berechtigten Widerspruch zu finden, daß H. in Mittelgriechenland heimisch und von boiot. Siedlern nach Troas übertragen sei. Der Name H., der schon in Linear B-Tafeln in Knossos begegnet, wird seit Il. 5, 473 als »Erhalter« (der Stadt) gedeutet. Sapph. frg. 154 D (180 L-P) ist H. Beiname des Zeus. – Szenen aus dem Leben H.s und die Lösung des Toten kommen häufig auf Vasen, Gemmen, Münzen vor. H. v. G.

D. M. Bury Le merveilleux dans le thème d'H., Études class. 21, 1953, 28ff. *W. Kullmann* H (E 14), 1960, 182ff.

Heleios (Ἕλειος). Sohn des Perseus, Teilnehmer am Taphierzug, Eponym der Stadt Helos, Apollod. 2,49.59f. Paus. 3,20,6. Strab. 8,363. H. v. G.

Helena. 1. Flavia Iulia H., Mutter Constantins. * um 257 in Drepanon (Bithyn.), Eus. vit. Const. 3,46. Erst Inhaberin einer Herberge (CSEL 73,393); als solche bis ca. 289 halblegitime Frau des spät. Caesars Constantius (Zos. 2,8,2), dem sie um 285 Constantin gebar. Seit 306 an seinem Hof, wurde sie nach 312 durch ihn zum Christentum gebracht, Eus. vit. Const. 3,47,2. Sie wurde *nobilissima femina*, erreichte, daß die Stiefbrüder Constantins in Verbannung gehalten wurden. 325 Augusta mit Ehrenmünzrecht (R. Delbrück Kaiserporträts 63f. 84ff.), bald darauf mit Diadem. Reich begütert, spendete sie der Kirche und den Armen, Eus. vit. Const. 3,44.46,1.47,3. Der Tod der Kaiserin → Fausta kann ihr nicht angelastet werden. 327 Drepanon in Helenopolis umbenannt; dort lagen die Reliquien des von H. verehrten Märtyrers Lucianus, des Lehrers des Arius und Eusebius von Caesarea; H. neigte dem Arianismus zu. Gemeinsam mit H. baute Constantin die Apostelkirche, RAC 3,367ff. Nach der Einweihung Konstantinopels (330) unternahm H. ihre Pilgerfahrt nach Jerusalem, Eus. vit. Const. 3,42; über die im W. entstandene Legende von der Kreuzauffindung (Ambros. de obitu Theod. 43, CSEL 73,394) s. J. Vogt, RAC 3,372ff. H. errichtete im Hl. Land viele Kirchen (Geburtskirche). † 80jährig um 337 wohl in Rom (Rufin. h.e. 10,12), an der via Labicana begraben. Ihr Porphyrsarkophag im Vatik. Mus. Ihren Leichnam brachte noch Constantin nach Konstantinopel, ihre Reliquien kamen im 9. Jh. nach der Abtei Hautvillers. – Mz.: J. Maurice Num. Constant. 1,89ff. M. R. Alföldi Const. Goldpräg. 1963, 144f.; Dies. Jb. Num. 10, 1959/1960, 79ff. R. Delbrück Kaiserporträts 163ff. J. Maurice, S. Hélène (1930). RAC 3,367–374. R. Calza, Enc. arte ant. 3,297–299. **2.** H., Tochter Constantins; ihr Bruder Constantius vermählte sie 335 mit Iulian, Amm. 15,8,18. Sie erlebte noch Anf. 360 in Paris die Ausrufung des Gatten zum Augustus, starb aber 360/61 und wurde an der Via Nomentana bestattet, Amm. 21,1,5. R. H.

Helene (*Ἑλένη*). **1.** Vorgriech. Vegetationsgöttin (doch s. Wil. GldH 1,226,1), die zur sagenberühmten Heroine wurde. Ihre Verehrung ist bezeugt in Therapne bei Sparta (Hdt. 6,61. Isokr. Hel. 63. Paus. 3,19,9: Grab), in Sparta selbst (heil. Platane bekränzt und gesalbt: *Ἑλένας φυτόν εἰμι*, Theokr. 18,39ff.), in der argol. Kolonie Rhodos (Kult als *Δενδρῖτις* mit aitiolog. Legende, sie habe sich infolge eines plötzlichen Schreckens an einem Baume erhängt, Paus. 3,19, 10). Für → Kenchreai bei Korinth und → Chios ist Quellkult für sie gesichert. Die Menelaosplatane im → Kaphyai (Paus. 8,23,4) gehört in ihren Bereich. Durch Sagenspuren ist sie auch an anderen Orten der Peloponnes deutlich. Eine Insel an der O.-Küste Attikas trägt ihren Namen. Die Vorstellung, daß sie Schiffern in Gestalt eines Flämmchens (St.-Elms-Feuer) als gutes oder böses Vorzeichen (Eur. Or. 1637. Plin. nat. 2,101. Solin. 18,1) erschiene, ist wohl von ihren Brüdern, den Dioskuren, auf sie übertragen.

Aus dem reichen Sagenkranz, der sich früh um sie rankte, verrät vielleicht das Entführungs- und das Entrückungsmotiv die alte Vegetationsgöttin. Außerdem mühte sich die Sage, eine doppelte Vaterschaft (Zeus und Tyndareos) und eine doppelte Mutterschaft (Nemesis und Leda) für sie zu vereinigen. Nach den Kyprien, die Wesentliches

für das Werden des H.-Mythos leisteten, ist sie Tochter der → Nemesis, die vor Zeus flieht und von ihm verfolgt, schließlich in Gans- oder Schwanengestalt überwältigt, ein Ei gebiert. Diesem Ei, von einem Hirten gefunden und der Leda übergeben, entstammt H., Apollod. 3,127f. (nach Hor. ars 147; s. 2,1,26 auch die Dioskuren). Sappho frg. 105D (ed. Treu, 1954, S. 82.219). Hes. frg. 92 macht H. zur Tochter von Okeanos und Tethys. Echte Sage ist nach Bethe (RE) ihre Entführung durch Theseus und Peirithoos (Apollod. 3,128. Hyg. fab. 79. Paus. 1,41,4. Plut. Thes. 31) nach Aphidna in Attika, eine Weiterbildung ihre Wiedergewinnung in Theseus' Abwesenheit durch ihre Brüder, die Dioskuren; nach Krappe und Becker (s. u.) ist der als Todesgott gedeutete → Aphidnos der eigentliche Räuber. Dem Theseus gebar sie → Iphigeneia (Stesichoros, Euphorion [Paus. 2,22,7], Anton. Lib. 27), eine Genealogie, die nach Bethe aus dem nachbarlichen Verhältnis der Kulte dieser 3 in N.-Attika oder auch in der Argolis hervorgegangen ist. Ähnlich versteht sich ihr eheliches Verhältnis zu Menelaos aus ihrem gemeinsamen Kult in Therapne. Ein Erzeugnis der Katalogdichtung sind die Freierlisten, die uns bei Apollod. 3,129ff. Hyg. fab. 81 und teilweise Hes. frg. 94–96 (aus den Ehoien) vorliegen; über sie handelt ausführlich W. Kullmann, H (E 14), 1960, 137ff. Auf den Rat des Odysseus, der selbst um H. freit, läßt Tyndareos die Freier schwören, dem, der erwählt werde, in jedem Kampf um ihren Besitz beizustehen. Aus ihrem Ehebunde mit Menelaos geht eine Tochter hervor, Hermione, nach Hes. frg. 99 auch ein Sohn, Nikostratos. Es folgt die 2. Entführung durch Paris-Alexandros, die Sammlung der Freier zum Zuge gegen Troia, die vergebliche Gesandtschaft des Odysseus und Menelaos, der 10jährige Krieg. Auf die feine Verhaltens- und Charakterzeichnung, ihre Gespräche mit Priamos, Aphrodite, Paris, Hektor in der Il. kann hier nicht eingegangen werden; Ergänzungen Od. 4,240ff. 274ff.; auch Verg. Aen. 6,511ff. Nach Paris' Tod wird sie Gattin des → Deiphobos und gerät mit den Troerinnen in Gefangenschaft. Menelaos, trotz aller Rachepläne durch ihren Reiz gefangen, nimmt sie als Gemahlin mit auf die Heimfahrt; sie teilt seine Irrfahrten. Vgl. Eur. Tro.

Wie andere, stellte auch Stesichoros H. als schönes, aber treuloses Weib dar; dafür von ihr geblendet, dichtete er eine »Palinodie« (Plat. Phaidr. 243a b; rep. 586c): Paris hat nur H.s *εἴδωλον* nach Troia gebracht; die wirkliche H. ist nach Äg. entrückt, oder nach Hdt. 2,115 mit Paris nach Äg. verschlagen, wo sie unter Proteus' Hut jahrelang rein lebt, bis Menelaos auf seiner Irrfahrt sie findet und, nachdem das Eidolon verschwunden ist, heimführt, Eur. hat die Version von der äg. H. in seinem Intrigenstück »Helene« dramatisiert; sein »Orestes« enthält einen Anschlag von Orest und Pylades auf H. und deren Entrückung durch Apollon. Mit Eur. H. steht vielleicht das ἐγκώμιον Ἑλένης des Gorgias in Zusammenhang. An Gorgias schließt des Isokr. Helene an. Ein reizvolles Hochzeitslied auf H. hat Theokr. (18) mit Benutzung von Sappho und Alkman im Anschluß an lakon. Kultgebräuche gedichtet. – Über H. und Achilleus auf Leuke s. Bd. I 50,5 ff. – Die bildende Kunst hat von früh bis spät gewetteifert, die verschiedenen Szenen des H.-Mythos darzustellen. Berühmt waren die Arbeiten von Polygnotos, Agorakritos und Zeuxis. H. v. G.

A.H. Krappe, RhM 80, 1931, 124. *M.Becker* H. Ihr Wesen und ihre Wandlungen, Lpz. 1939. *D.Brunnhofer* H., Zür. 1941. *K.Kerenyi* Die Geburt der H., Zür. 1945. *K.Schefold* H. im Schutz der Isis, in Stud. pres. to D.M. Robinson 2, 1953, 1096. *L.B. Ghali-Kahil* Les enlèvements et le retour d'H. dans les textes et les documents figurés, Paris 1955. *E.Simon* Wiedergewinnung der H. in Ant. Kunst 7, 1964, 91 ff.

2. H., Königin von Adiabene (Ios. ant. 20,17; bell. 5,147), * E. 1. Jh. v. Chr., † um 65 n. Chr., die berühmteste Proselytin des Alt. Ihr Übertritt zum jüd. Glauben, dem ihre Söhne → Izates und → Monobazos folgten (ant. 20,34–48; Midrasch Gen. rabba 46,10), war der Anfang einer engen, auch polit. bedingten Verbindung des adiaben. Königshauses mit dem palästin. Judentum (vgl. bell. 2, 520). H. (ihr aram. Name vermutlich *Saddan*, CIS II,1, 156) lebte zeitweilig in Palästina, bes. in Jerusalem (bell. 6,355), wo sie auch bestattet ist (ant. 20,95 f. Paus. 8,16,5. Eus. h. e. 2,12,3). Das Judentum rühmte ihre Hilfe bei der Hungersnot 47/49 n. Chr. (ant. 20,51 f. 101), ihre Geschenke an den Tempel (Mischna Joma 3,10) und ihre Erfüllung eines Nasiräatgelübdes (Mischna Nasir 3,6). B.Sch.

Schürer 3, 1909^4, 169–172. *L.H. Vincent* Jérusalem de l'Ancien Testament 1, 1954, 346–362. *J.Neusner*, Journ. Bibl. Lit. 83, 1964, 60–66.

3. H., nach Ptolemaios Hephaistion bei Phot. Bibl. 482 (Overbeck Schriftquellen 1976) Tochter des Timon aus Äg., Malerin z. Z. Alexanders d. Gr., schuf ein Gemälde der Schlacht bei Issos, das unter Vespasian nach Rom auf das Forum Pacis versetzt worden sei. Die Kontroversen, ob das Alexandermosaik aus Pompeii auf dieses Bild zurückgehe (Pfuhl, RE VII 2837. B. Andreae, Das Alexandermosaik, Opus Nobile 14,22), entbehren der Grundlagen. H. Ma.

Helenion. Unter ἑλένιον, *helenium*, welche Namen Nikand., Athen. und Plin. (nat. 21,33) damit erklärten, daß die so genannten Compositen und Labiaten aus den Tränen der Helena entsprossen seien, verstanden Diosk., Lucrez, Colum., Hor. u. a. (als *henula, enula, inula*) die große, in W.-Asien und O.-Europa weitverbreitete Composite Inula helenium L. (dt. Alant), die seit der Spätant. als vitaminreiche Heilpflanze gezogen wird (Schola Salernitana: *Enula campana reddit praecordia sana*), auch als Weinzusatz und Schmuck, andere, wie Theophr., Krateuas und Plin. (nat. 21, 33), aber auch Labiaten (wahrscheinlich Satureja- und Sideritis-Arten, wie Satureja thymbra L., wohl τραγορίγανον des Diosk.). Im 17. Jh. wurde Helenium auf amerik., nicht mit Inula verwandte Compositen übertragen, wie Helianthus L. (Helenium indicum C. Bauhin, Sonnenblume) und Helenium L. H. G.

Helenius Acro. Lat. Grammatiker, wahrscheinlich z. Z. des Marcus Aurelius, sicher vor Porphyrio, dem Horazerklärer (3. Jh.), Vf. von Komm. zu Horaz und zu einigen Lustspielen des Terenz (sicher zu den Adelphoe, wahrscheinlich auch zum Eunuchus), die verlorengegangen sind. Auffallend ist, daß wir unsere Kenntnis der Terenzens Lustspiele betreffenden Frg. A.' fast ausschließlich Iulius Romanus (bei Charisius) verdanken. In den Donatscholien taucht der Name A. nicht auf. Ob er außerdem auch einen Komm. zu Persius verfaßt hat, wie man dies auf Grund einer Notiz in den Persius-Sch. (sat. 2,56) angenommen hat, ist zweifelhaft.

Unter dem Namen A. war eine Gruppe der Horazscholien früher im Umlauf (Pseudo-Acro), aber es stellte sich heraus, daß der Name A.s sich tatsächlich nur in jüngeren Hss. des 15. Jh. findet; jedenfalls bestehen diese Sch. aus 3 Rezensionen, deren ältester Bestandteil manches enthält, was auf Porphyrio's u. Acro's Horaz-Komm. zurückzugehen scheint. W. Str.

Ta.: Ps. Acro: *O.Keller*, 2 Bde, Lpz. 1902–1904. Lit.: *Wessner*, RE VII 2840 ff. *Teuffel-Skutsch* 3^6, § 365 a 1–2. *Schanz-Hos.* 3^3,165 ff. *V.D'Antò* Ps. acronia, Latomus 19, 1960, 768 ff.

Helenos (Ἕλενος). Sohn des Priamos, in der Il. als Seher (7,44) und Krieger (12,94. 13,576 ff.) lobend erwähnt, in der kykl. Epik stärker hervortretend: Bei Paris' Abfahrt prophezeit er Unheil; Odysseus fängt ihn und entlockt ihm die Bedingungen, an die Troias Untergang geknüpft ist; mit der Herbeischaffung Philoktets bringen ihn auch Bakchyl., Soph., Eur. in Verbindung. Sein Weggang von Troia wird dadurch motiviert, daß er nach Paris' Tode als Bewerber um Helene vor Deiphobos zurückstehen muß (Apollod. 3,51). Nach Troias Zerstörung geht er mit Neoptolemos nach Chaonien in Epeiros, wo er Buthroton gründet; hier weissagt er dem Aineias (Verg. Aen. 3, 294 ff.). Er heiratet Andromache (Eur. Andr. 1243) oder Deidameia (Apollod. epit. 5,9 f. 6,12 f.). H. v. G.

Prell.-Rob. 1207. *Klausen* Aeneas und die Penaten 1,188 ff. 418 ff. *Wagner* Epit. Vat. 216 ff. *Kullmann* H (E 14), 246 f.

Helenus. Freigelassener des Octavianus (C. Iulius Helenus, CIL X 5808 = Dess ILS 6267), okkupierte 40 Sardinien für Octavian, wurde jedoch von dem Pompeianer Menodoros verdrängt und nach Gefangennahme an Octavian zurückgeschickt, App. civ. 5,277. Cass. Dio 48,30,8. 45,5. H. G. G.

Helepolis (*ἑλέπολις*), Belagerungsmaschine. Da sowohl die Aufführung von Dämmen wie die Erbauung von Türmen unmittelbar an der Mauer des belagerten Platzes sich als zeitraubend und seit dem Einsatz von Geschützen auch als sehr schwierig erwies, schritt man zum Einsatz von Wandeltürmen, die über eine glatte und feste Bahn an die Mauer herangeschoben wurden. Mit einer Sturmbrücke gelangten die Angreifer dann vom Turm auf die Mauer. Ob die Assyrer bereits H. kannten, ist nicht zu entscheiden (J. HUNGER Heerwesen und Kriegführung der Assyrer, Lpz. 1911, 27, Der Alte Orient 12,4), doch verfügte bereits das Heer des älteren Kyros über H. (Xen. Kyr. 6,1,52ff.). Die höchsten Wandeltürme waren die des Diades und Charias bei der Belagerung von Tyros 332 v. Chr. und der des Epimachos 306 v. Chr. vor Salamis. A. N.

Krom.-Veith 70.174.219.226.236, BursJb 274, 1941, 92.

Heliadai (*Ἡλιάδαι*). Die 7 Söhne des Helios und der Nymphe Rhodos (Rhode), von denen einer (Kerkaphos) die Eponymen der 3 rhodischen Städte Kameiros, Ialysos und Lindos zu Söhnen hatte. So berichtet Pind. O. 7 (im J. 464) und fügt die Sage an, Helios habe seinen Söhnen befohlen, nach der Geburt Athenes der Neugeborenen als erste zu opfern, sie hätten aber das Feuer vergessen und daher *ἄπυρα* opfern müssen. Dennoch habe Athena ihnen hohe Kunstfertigkeit verliehen und Zeus sie mit einem goldenen Regen gesegnet. Die Einzelnamen der H. erfahren wir aus Sch. Pind. O. 7,132 (nach Hellan.) und Diod. 5,56,3 bis 57,8 (nach Zenon, der ihnen auch eine Schwester Elektryone [Alektrona] gibt). Eifersucht auf den schönsten unter ihnen, Phaethon (Tenages), und Streit veranlaßten 4 H. zur Auswanderung nach Kos, Karien, Lesbos, wo sie ihre Namen in Ortsgründungen verewigten. In Wahrheit sind, wie WILAMOWITZ nachwies, ihre Namen von dorther übernommen. H. v. G.

Wilam., H 18, 429ff. *Bethe*, H 24, 430ff. *Rose* Gr. Mythologie 66,3. 283.

Heliades (*Ἡλιάδης*). **1.** Offizier des → Alexandros (11) Balas, den er nach seiner Niederlage, die er 145 v. Chr. am Oinoparas durch Ptolemaios VI. und → Demetrios II. (6) erlitt (Ios. ant. 13,4,8), mit einem anderen Offizier und einem nordsyr. Beduinenscheich zugunsten von den Siegern angebotener Sicherheiten verriet und mitermordete (Diod. 32,10,1). C. C.

2. s. Helios

Heliaia (*ἡλιαία*). Erweiterte Abstraktbildung zu *ἁλίζω* »versammeln«: »Versammlung« (FRISK). **1.** »Volksversammlung«: nur auf dor. Gebiet (*ἁλιαία, ἁλία*: [1],349f.). Daneben finden sich für die ihre Souveränitätsrechte ausübende Bürgerschaft auch noch andere Ausdrücke, wie z. B. → *ἐκκλησία* ([1],442). **2.** Das von Solon eingesetzte (Lys. 10,16) Volksgericht (später → *δικαστήριον*). Es gab urspr. nur einen Geschworenengerichtshof. Über die Verfassung der Geschworenengerichte in den verschiedenen Epochen, ihre Konstituierung für den einzelnen Prozeß und den Abstimmungsmodus s. [2],31ff., über das Verfahren → *δικαστήριον* 2d, [1].1152. Als mehrere an verschiedenen Stätten tagende Geschworenengerichtshöfe gebildet wurden, bezeichnete *ἡ.* sowohl die Gesamtheit der Geschworenen als auch den einzelnen Gerichtshof, vor allem das unter dem Vorsitz der → *θεσμοθέται* tagende Gericht. **3.** Das Gerichtslokal des von den Thesmothetai geleiteten Geschworenengerichts ([1],1151). E. B.

1. *Busolt* GStk. 2. *H. Hommel* Heliaia, Philol. Suppl.-Bd. 19, H. 2, 1927.

Helikaon (*Ἑλικάων*). Sohn Antenors, Schwiegersohn des Priamos, Mitgründer von Patavium. Martial. 10,93. 14,152. H. v. G.

Helike (*Ἑλίκη*). **1.** Eine der 12 alten Städte von Achaia, Hdt. 1,145. Pol. 2,41,7. Hom. Il. 2,575. Strab. 8,7,1 p. 384, in deren Nähe das Bundesheiligtum → Homarion lag. 373 v. Chr. durch nächtliches Erdbeben mit Flutwelle zerstört und im Meer versunken, NEUMANN-PARTSCH Physikal. Geogr. von Griechenland 324ff. BÖLTE, RE VII 2855f. Hauptgott war Poseidon, weshalb man auch den Beinamen Helikonios von H. ableitete. H. lag nach Paus. 7,24,5ff. 40 Stadien (7,1 km) s.ö. von Aigion, danach auf dem rechten, ö. Ufer der Buphusia. Strab. 8,7,2 p. 384f. Mz. HEAD HN² 414. E. M.

1. *E. Meyer* Peloponnes. Wanderungen 1939, 140. 2. *Ders.*, RE Suppl. IX 79f.

2. s. Sternbilder

Helikon 1. (*Ἑλικών*, bei Korinna *Ϝελικών*, DIEHL Anthol. Lyr. 1,478,29). Gesamtname für das Gebirge zwischen Kopaissee und korinth. Meerbusen, bes. Strab. 9,2,25 p. 409f. Paus. 9,28,1–31,7. Mehrere parallele, W.–O. streichende Ketten aus Schiefer und Kalk mit Längstälern, höchste Erhebung im S. im h. Palaeovuno mit 1748 m. Der H. bildet ein großes Verkehrshindernis mit wenigen beschwerlichen Wegen, noch h. wald- und quellenreich, im Alt. berühmt durch seine Heilkräuter. Der W.-Teil gehörte zu Phokis, der O.-Teil zu Boiotien. Berühmt ist der Helikon durch seine Kulte an seinen O.-Ausläufern, auf dem bes. markanten Zagoragipfel (1526 m) offenes Zeusheiligtum, darunter die → Hippokrene und im Tal des Archontitsabachs das zu Thespiai gehörende berühmte Heiligtum der → Musen (→ Musental). Poseidonkult ist durch Hom. h. 22,3. ep. 6,2 bezeugt, doch ist unsicher, ob der Beiname Helikonios vom H. stammt. E. M.

1. *Bölte*, RE VIII 1ff. 2. *Philipps.-Kirst.* 1,434ff. 3. *A. R. Burn* Helikon in history, ABSA 44, 1949, 313ff.

2. H. von Kyrene, Mathematiker und Astronom aus dem Kreise des Platon, → Eudoxos und Isokrates (Plat. epist. 13,360c). Sagte die Sonnenfinsternis vom 12. Mai 361 voraus (Plut. v. Dion.

19). Zusammen mit Eudoxos an der Lösung des Problems der → Würfelverdoppelung beteiligt (Plut. De gen. Socr. 579c). J. M.

Boll, RE VIII 7.

3. H. und Akesas werden Athen. 2,48b als berühmte Weber aus dem kypr. Salamis genannt, und zwar als Sohn und Vater. Nach Zenob. Cent. 5,56 stammt Akesas aus Patara (Lykien), Helikon aus Karystos (Euboia), zusammen hätten sie den ersten panathenäischen Peplos für Athena Polias geschaffen. Als Werk Helikons des Älteren galt jener Mantel, den die Rhodier Alexander d. Gr. schenkten, der ihn dann in der Schlacht bei Gaugamela getragen habe (Plut. Alex. 32). Schließlich nennt ein Epigramm beide zusammen als Schöpfer eines Werkes in Delphi (Athen.). Der Ausdruck Ἀκέσεως καὶ Ἑλικῶνος ἔργα galt sprichwörtlich für »bewunderungswürdige« Webarbeiten (Zenob.). H. Ma.

RE I 1162f. VIII 8f. *E. Buschor* Beitr. zur Gesch. der griech. Textilkunst 47f. *G. Cressedi*, Encicl. Arte Ant. 3,1135.

4. Viersaitiges Instrument mit beweglichen Stegen, nicht für praktische Musikausübung, sondern zur Bestimmung einzelner Töne und Intervalle, beschrieben von Aristid. Quint. 3,3. Ptol. harm. 2,2. Porph. comm. Ptol. harm. p. 333. Georg. Pachym. 17. K. Z.

Helikonios, von Byzanz. Chr. Sophist, Vf. einer Χρονικὴ ἐπιτομή (von Adam bis Theodosios d. Gr. [379–395]), in 10 B. (Suda), mit lit. hist. Angaben. Eine der Hauptquellen des → Hesychios von Milet? W. Sp.

M.E. Colonna Gli storici bizantini dal IV al XV secolo 1, 1956, 41. *G. Wirth*, Hist. 13, 1964, 506ff.

Heliodoros (Ἡλιόδωρος). **1.** Sohn des Aischylos aus Antiocheia am Orontes, gemeinsam mit dem späteren König Seleukos IV. Philopator erzogen. F. Durrbach Choix d'inscriptions de Délos, 1921, 71ff. Unter ihm (187–175 v. Chr.) erhielt H. hochgeehrt die Stellung des Kanzlers (ὁ ἐπὶ τῶν πραγμάτων τεταγμένος). Nach einem Zusammenstoß mit den Juden wegen außergewöhnlicher Abgaben (Raffaels berühmtes Bild in den vatikan. Stanzen nach der Legende in 2. Makk. 3 betrifft diesen H.) ermordete er 175 den König und übernahm für dessen ältesten Sohn Antiochos die Vormundschaft. App. Syr. 45. II. Makk. 3,4ff. Hieron. ad Dan. 11,20. Jedoch wurde H. 175 von Antiochos IV. mit Hilfe des Eumenes II. und Attalos von Pergamon vertrieben. Ob er ein Memoirenwerk geschrieben hat, ist fraglich. H. V.

FGrH 373 F 8. *H. Volkmann*, Klio 19, 1925, 376ff. *H.H. Schmitt* Unters. z. Gesch. Antiochos' d. Gr., 1964, 20.

2. H., Perieget des 2. Jh. (?) v. Chr. aus Athen, Vf. einer ausführlichen Beschreibung seiner Heimatstadt (Περὶ τῆς Ἀθήνησιν ἀκροπόλεως) in 15 B. Die gelegentlich zit. Titel Π. τῶν Ἀθ. τριπόδων (Harpokr. s. v. Ὀνήτωρ) u. Π. τ. Ἀθ. ἀναθημάτων (Plin. nat. 1,34.35) bezeichnen wohl Teile des großen Werkes, von dem nur wenige gesicherte Frg. erhalten sind (b. Athen. und Harpokr.). FGrH 373 (mit Lit.).

3. H., griech. Metriker des 1. Jh. n. Chr., Lehrer des → Eirenaios (Suda s. v. Εἰρ.). Er verfaßte ein metr. HB (ἐγχειρίδιον; Anf. zit. von Longin. Proleg. zu Heph. 1,8; Sch. Heph. 1,1; Choirob. Komm. zu Heph. Proleg. 4), das wohl die Existenz umfänglicher Untersuchungen des H. voraussetzt. Es wurde später verdrängt durch das HB des → Hephaistion, der gelegentlich gegen seinen Vorgänger polemisiert (vgl. S. 6,16ff. Consbr.), obwohl er ihm viel verdanken mag. H. folgte dem alexandrin. System und ging von 8 metr. Grundeinheiten (πρωτότυπα) aus. Für röm. Grammatiker war H. Autorität (→ Iuba benutzte ihn in seinem mindestens 8 B. umfassenden metr. Werk. Vgl. die lobenden Bemerkungen von Mar. Vict. Keil GrL 6,94,7f.). Folgenreich war H.s Kolometrie des Aristophanes, die wohl in Verbindung mit einem Komm. vorgetragen wurde. Umfangreiche Reste (metr. Zeichen, Vers- und Strophentrennung) finden sich in den Scholien und Subscriptiones zu Aristoph. Pax und Nubes (vgl. W. J. W. Koster, Mnem 4. Ser. 8, 1955, 199. 11, 1958, 37). Gegenüber textkrit. Problemen zeigt H. eine gewisse Hilflosigkeit (vgl. Sch. Aristoph. Pax 939ff.).

O. Hense Heliodoreische Unters., Lpz. 1870. RE VIII 28ff. *Christ-Schmid* 2,1,445f.

4. H., ὁ Ἀράβιος, Sophist sever. Zeit (Philostr. v. soph. 2,32), vielleicht identisch mit T. Aurelius H. aus Palmyra (IG XIV 969–971; vgl. 1486). Caracalla, vor dem er in Gallien deklamierte, verlieh ihm die erbliche Ritterwürde und das Amt des *advocatus fisci*. Nach dem Tode des Kaisers (217) wurde H. verbannt, lebte aber in den dreißiger Jahren wieder in Rom. **5.** H., Sohn des Theodosios aus der Familie der Heliospriester von Emesa/Phoin., wohl im 3. Jh. n. Chr. (so [6], [7] und Weinreich; für das 4. Jh. [4] und [8]. Vgl. auch Nilsson GgrR ^{2}2,565ff.) lebender, spätester ant. Romanautor, Vf. der Αἰθιοπικά (zum Titel vgl. aber [13],129ff.) in 10 B., der Liebesgeschichte des Theagenes und der äthiop. Königstochter Charikleia. Die Abfassungszeit (Ansatz von [3] jedenfalls zu spät) ist immer noch umstritten, da die rel. Anschauungen (beherrschende Stellung des Helios = Apollon, synkretist. Züge, Dämonen) und Anspielungen auf hist. Ereignisse zu vage sind.

Der Roman dürfte, obwohl auch er mit geläufigen Motiven des genus (Trennung der Liebenden, Serien von Abenteuern, Räuber, Orakel, Nekromantie, exotische Szenerie, endlich Wiedervereinigung usw.) arbeitet, der formal gelungenste sein. Zu diesem Urteil berechtigt, abgesehen von dem stilist. Raffinement, die kunstvolle, letztlich an der Odyssee geschulte Komposition: Er setzt zu einem verhältnismäßig späten Zeitpunkt der Handlung ein und trägt die Vorgeschichte in geschickter

Technik (einander ergänzende, immer wieder unterbrochene Erzählungen) nach (Inhaltsangabe in »chronolog.« Reihenfolge merkwürdigerweise bei Phot. bibl. 73). Exkurse (z.T. nach → Artemidoros Nr. 1; vgl. W. Capelle, RhM 96, 1953, 166ff.) und novellenartige Einlagen fehlen nicht. Die Darstellung wird noch durch weitere Handlungsstränge kompliziert (erst ab B. 7 »geradlinige« Erzählung). Nimmt man hinzu, daß sich H., im Unterschied etwa zu → Achilleus Tatios (Nr. 1), krasser Frivolität enthält, seinem Werk vielmehr erbauliche Züge (den Priester Kalasiris, den edlen Räuber Thyamis, Gymnosophisten, unerschütterliche Treue und Keuschheit des Liebespaares; dazu [9]) eingefügt hat, so erklärt sich die ungeheure Nachwirkung des Romans in byz. Zeit (nachgeahmt z.B. in den Versromanen des → Theodoros Prodromos und → Niketas Eugenianos. Sonstige Testimonien in der Ausg. von Colonna 361ff.), wo man den zweifellos heidn. Vf. des beliebten Buches gar zum Bischof machte (z.B. Sokr. 5,22; dazu [10] und H. Dörrie, Philol. 93, 1938, 273ff.). Auch in der Neuzeit erfreute sich der Roman, bes. im 17. und 18. Jh., größter Wertschätzung, und viele seiner Motive fanden Eingang in Kunst und Lit. der Renaissance und des Barock (vgl. [13], 38ff. und [15]). H. Gä.

Ta.: Ed. pr. *V. Opsopoeus*, Basel 1534. *A. Korais*, Paris 1804. *I. Bekker*, Lpz. 1855. *R. M. Rattenbury–T. W. Lumb–J. Maillon*, Paris 1935/43 (3 Bde.). *A. Colonna*, Roma 1938. Dt. Übers.: Zuerst *Joh. Zschorn*, Straßburg 1554. *R. Reymer*, Zürich 1950 und Hamburg 1962 (mit vorzügl. Nachwort von O. *Weinreich*).

Lit.: 1. *Christ-Schmid* 2,2,820ff. 2. *Lesky* GGrL ^{2}922ff. 3. *Rohde* Roman 453ff. 4. *R. Helm* Der ant. Roman, Gött. 1956, 37ff. 5. *K. Kerényi* Die griech.-orient. Romanlit., Darmstadt ^{2}1962, 251ff. 6. *R. Merkelbach* Roman und Mysterium i. d. Ant., Münch.-Bln. 1962, 234ff. 7. *F. Altheim* Lit. u. Ges. 93ff. 8. *A. Colonna*, Ath. 28, 1950, 179ff. und Il mondo class. 18, 1951, 143ff. 9. *R. Rattenbury*, Proc. of the Leeds Phil. and Lit. Soc. 1, 1925/28, 59ff. 10. *Ders.* a. O. 168ff.

Stil: 11. *V. Hefti* Zur Erz.-Technik in H.s Aeth., Diss. Basel, Wien 1950. 12. O. *Mazal* Der Stil d. H. v. Emesa, Diss. Wien (maschschr.) 1955 und WS 71, 1958, 116ff.

Nachleben: 13. *M. Oeftering*, H. u. seine Bed. f. d. Litt., Bln. 1901. 14. *W. Stechow*, Journ. of the Warburg Inst. 16, 1953, 144ff. 15. *Ch. Prosch* H.s Aith. als Quelle f. d. dt. Drama d. Barockzeitalters, Diss. Wien (maschschr.), 1956.

Überlieferung: 16. *A. Colonna*, RAL 7, 1931, 185ff. 17. *H. Dörrie* De Longi Achillis Tatii Heliodori memoria, Diss. Gött. 1935.

6. H., Sohn des → Hermeias, Neuplatoniker und Astronom, nachmals Lehrer des Damaskios (vgl. Suda s. Ἑρμείας). H. kam als Ephebe mit Mutter und Bruder → Ammonios nach Athen, wo er sich der Schule des Proklos anschloß. H. nahm 498–509 astronom. Beobachtungen vor. Er wirkte an der Ausgabe der Syntaxis des → Ptolemaios mit (oder leitete sie sogar). Zwei astronom. Schr. werden ihm zugewiesen (W. Kroll, catal. codd. astrol. 6,41), von denen Stücke in den catal. codd. astrol. 4,81–83. 136–138. 152–154 und 7,101f. 113f. erhalten sind. H. D.

7. H., unbekannter byz. Gramm. in der Zeit nach → Georg. Choiroboskos, Vf. eines Komm. zur Techne des → Dionysios Thrax, teilweise erhalten im Cod. Oxon. Barocc. 116 (14. Jh.), benutzt in Sch.-Slg.en zu Dion. Thrax. H. Gä.

Ta.: *A. Hilgard* Gramm. Gr. I 3,67ff. *W. Hoerschelmann* De Dion. Thr. interpret. vet., Diss. Lpz. 1874, 42ff.

8. H., berühmter Chirurg aus der 2. Hälfte des 1. Jh. n. Chr.; von Juvenal (6,373) erwähnt, was für H.' großen Ruf in der röm. Gesellschaft charakteristisch ist. Seine *Χειρουργούμενα* (in mehreren B.) sind eins der spätalexandrin. Standardwerke dieses Fachs gewesen (Frgm. bei → Oreibasios und auf Pap.). H. gehörte offenbar zur → Pneumatischen Ärzteschule; sein Name war auch im MA. noch bekannt. F. K.

9. H. als Bildhauername wird vielleicht dreimal überliefert: 1. Plin. nat. 34,91 in der Aufzählung von Erzbildnern, die Athleten, Krieger, Jäger, Opfernde geschaffen haben. 2. Plin. nat. 36,35 als Schöpfer der Gruppe *Pana et Olympum luctantes*, ein *symplegma nobile*, das in der Porticus der Octavia stand (ob es statt Olympus Daphnis heißen müsse, vgl. RE VIII 43. Lippold HBArch. 323f.). 3. E. Löwy Inschr. griech. Bildhauer Nr. 403: Statuenbasis in Halikarnassos mit einer »sehr wahrscheinlich« als Signatur zu ergänzenden Inschr.: H. Sohn des Heliodoros ... Kombinationen dieser Namen miteinander oder gar mit jenem H., der als Vater der rhod. Künstler Demetrios und Plutarchos genannt wird (Löwy a.O. Nr. 193–195), bleiben hypothet. H. Ma.

Heliogabalus. H = Elagabal = imp. Caes. M. Aurelius Antoninus Aug. = Varius Avitus, s. II 230ff. Nr. 2. R. H.

Heliokles. 1. Vater des baktr. Königs Eukratides. **2.** H. Dikaios, wahrscheinlich Sohn des Eukratides, der letzte griech.-baktr. König. Er bestieg spätestens im J. 156 v. Chr. den Thron. Das ganze Reich, das Eukr. zuletzt besaß, hat H. nicht beherrscht: von den ind. Eroberungen scheint ihm nur ein Teil des Kabulgebietes geblieben zu sein. Um seine Herrschaft innerlich zu festigen, hat H. anscheinend das einheim. Element begünstigt. Bald nach 140 ist das Reich dem vom NO. aus erfolgenden Ansturm der Yuetschi allmählich erlegen. J. D.-G.

W. Tarn The Greeks in Bactria and India, 1938, ^{2}1950.

Helion. H. ist von 414–427 als magister officiorum Theodosius' II. nachweisbar (Cod. Theod. 13,3,17f. 6,27,17ff.). 422 schloß er im Auftrag des Kaisers Frieden mit den Persern, 424 wurde er Patricius, 425 überreichte er Valentinian III. die Ernennung zum Augustus (Sokr. 7,20 und 24. Olympiod. frg. 46. Theophan. a. 5915 und 5921). A. L.

Heliopolis. 1. H. in Äg., altäg. *Iwnw* (keilschr. *Ana*), AT. ʾōn, Hauptstadt des 13. unteräg. Gaues, 12 km n.ö. Kairo. Erhalten nur ein Obelisk Sesostris' I. im Bereich des einstigen Tempels des Sonnengottes Re. Hier wurde seit 4. Dyn. die Sonne am Morgen auf einem durch eine Steinsetzung gekennzeichneten »Urhügel« verehrt, theolog. verbunden mit dem Urgott Atum (der später zur Gestalt der untergehenden Sonne wurde). An H. wurde eine Kosmogonie der sog. »Neunheit von H.« angeschlossen: Atum schuf aus sich Schu (Luft) und Tefnut (Feuchte), diese wiederum Geb (Erde) und Nut (Himmel), diese Osiris (Fruchtland) und Isis, Seth (Wüste) und Nephthys. – Geschichtlich trat H. nicht hervor; es wurde in griech. Zeit gern von Reisenden besucht (Herodot, Platon, Eudoxos). In röm. Zeit zerfallen; Bauteile und Statuen wanderten über Alexandreia bis Rom. W. H.

2. s. Baalbek

Heliopolitanus. Der syr. Lokalgott Ba'al-Biq'āh, »Herr der Ebene« (zwischen Libanon und Antilibanon) mit Kultort Baalbek/Heliopolis erfuhr als Iuppiter Optimus Maximus H. in hellenist. Zeit und bes. im 3. Jh. n. Chr. im röm. Reich weithin Verehrung wie → Mithras und Dolichenus (→ Baal). Kurze Weihinschriften lassen nur wenig von seinem Charakter erkennen, mehr jedoch zahlreiche Wiedergaben seines Kultbildes auf Münzen und als Kleinbronzen. Donnerkeile in den Fächern seines Futteralgewandes, die den Thron des H. flankierenden Stiere, ein mit Ähren verzierter Kalathos auf dem Kopfe und ein Ähren-Blitzbündel in der linken Hand erweisen ihn als Erscheinungsform des alten Wetter- und Gewittergottes (syr. → Hadad), und als solcher galt er auch als Förderer des Ackerbaus. Die Umdeutung der meisten alten Ba'ale zu Sonnengottheiten in hellenist. Zeit machte aus ihm einen Himmelgott mit Epitheta wie κύριος, μέγιστος, *augustus*, *conservator*, *sanctissimus* usw. Tyche und die Planetengötter sind ihm unterstellt, und als Herr des durch die Planeten bestimmten Schicksals gilt er schließlich auch als Orakelgott (114 n. Chr. Weissagung an Trajan). Eine Herkunft des H. aus Äg., wie sie Macr. Sat. 1,23,10–12 bei Beschreibung des Kultbildes behauptet, ist unwahrscheinlich. Mit H. bilden eine Venus (Atargatis) und Hermes/Mercur eine Trias, doch treten Mutter und Sohn im Kult, der in den gewaltigen Anlagen von Baalbek lokalisiert war, stark zurück. W. Rö.

P. Ronzevalle, Mél. Univ. Saint Joseph 21/1, 1937, 1–181. *O. Eissfeldt*, AO 40, 1941, 46–50.

Helios (Ἥλιος, ep. Ἠέλιος, dor. Ἀέλιος, aus *σαϝελιος, lat. *Sol*). Aus dem religiösen Empfinden, das der Anblick der Sonne weckt (Soph. frg. 672 N^2), erwuchs den Griechen die Vorstellung eines göttlichen Wesens, ja eines persönlichen Gottes, der im O. aus einer Bucht (Hom. Od. 3,1) des Okeanos auftaucht, unermüdlich über den Himmel wandert (Il. 18,239 u. ö.) und abends ins nächtliche Dunkel wieder in den Okeanos (→ Aia Od. 12,4; Tore des H. 24,12) oder unter die Erde (10, 191) steigt. Wie er nachts zurückkommt, bleibt bei Hom. und Hes. offen; er fährt von den Hesperiden zu den Aithiopen schlafend in einer im Okeanos schwimmenden Schale zurück, Mimn. frg. 10. Aufenthalt bei Mutter, Frau und Kindern Stesich. frg. 6. Vgl. Athen. 11,469d–470d. Apollod. 2,107. 109.119. Das Gespann des H. mit feurigen Rossen zuerst bei Hom. h. 3,69. 5,88. 31,8f. 14ff. Pind. O. 7,71 (Stiergespann Il. 16,779 = Od. 9,58?). Namen der Rosse Hyg. fab. 183. Sch. Eur. Phoin. 3. Ov. met. 2,153. Martial. 8,21,7. Den Sonnenpalast schildern Eur. Phaethon und Ov. met. 2. – H. sieht und hört alles (Il. 3,277. Od. 11,109. Aischyl. frg. 192), ist Zeuge aller guten und bösen Taten (Aischyl. Cho. 982. Soph. Oid. K. 868), bringt Unrecht ans Licht (Od. 8,271. Aischyl. Ag. 654), wird als Zeuge, bes. als Schwurzeuge, neben Zeus und Ge, angerufen Il. 19,259; Schwuropfer 3,104. 17,197. Als Heilgott ist er Gott des Augenlichts (vgl. Plat. rep. 6,508a ff.), der Blindheit heilt (Hes. frg. 182 Rz. Eur. Hek. 1068) und Schuldige mit Blindheit schlägt (Soph. Oid. K. 868). H. ist die schöpferische Lebenskraft und daher Symbol des Lebens seit Hom.: bei der Geburt »erblickt man das Licht der Sonne«, beim Sterben verläßt man es, Il. 16, 188. 18,11. Kallim. epigr. 23. »Helios« konnte im täglichen Leben Glück, Freiheit, Kindersegen bedeuten. Schon Soph. Oid. T. 660 bezeichnet H. als ersten Gott. Doch hatte er eine Sonderstellung, da er streng genommen weder auf dem Olymp wohnen noch in enge Verbindung zu irdischen Kultstätten treten konnte. In der Dichtung ist er manchmal von mächtigeren Göttern abhängig: Il. 18,239. Od. 12,374ff. Eur. El. 726ff. Apollod. 1,35. Nach der Od. weiden auf der H.-Insel Thrinakie unsterbliche Herden des H. und zwar 7 Schaf- und 7 Rinderherden, jede zu 50 Tieren, bewacht von Phaethusa und Lampetie, den Töchtern des H. und der Neaira. Teiresias und Kirke hatten Untergang des Schiffes und der Gefährten verkündet, wenn die Herden verletzt würden. Aber Odysseus gestattet die Landung, indem er die Gefährten eidlich zur Schonung der Herden verpflichtet. Doch sie opfern die besten Rinder den Göttern und schmausen 6 Tage davon. Lampetie berichtet es H., und dieser bittet Zeus um Strafe. Zeus zerschmettert das Schiff bei der Abfahrt durch einen Blitz, und so nahm H. allen Gefährten des Odysseus den Tag der Heimkehr (Od. 1,8). Die ant. Homererklärer sahen in der Zahl der Tiere das Jahr (es war jedoch ein Mondjahr!) symbolisiert. Auch mit Orion, Phineus, vor allem mit → Phaethon ist H. mytholog. verknüpft.

Als Vater des H. galt meist → Hyperion: Hom. nur Od. 12,176 (sonst Beiname oder selbständige Bezeichnung des H.), Hes. theog. 371ff., als Mutter → Theia Hes. a. O., Pind. I. 5,1 (H. FRÄNKEL

Dichtung und Philos. des frühen Griechentums 188). Beide Eltern waren Titanen; daher war *Titan* Beiname oder Name des H., bes. bei röm. Dichtern. Cic. nat. 3,54 nennt Iuppiter, Volcanus u.a. neben Hyperion als Väter der verschiedenen *Soles*. Als Mutter wird auch Euryphaessa (Hom. h. 31), Nyx (Soph. Tr. 94), → Akantho (Cic. a.O.), Basileia (Diod. 3,57) angegeben. Als Gemahlin des H. begegnet Od. 10,139 die Okeanine Perse (Hes. theog. 957 *Perseis;* vgl. → Perseus), Mutter von Kirke und Aietes (nach Apollod. 1,83.147 auch von Pasiphae und Perses), Od. 12,133 Neaira (s.o.). Sonst werden H. als Gemahlinnen gegeben: → Aigle, Mutter der Chariten, Selene, Mutter der Horen, Rhodos (Rhode), Mutter der → Heliadai, → Klymene, Mutter des Phaethon (urspr. Name oder Beiname des H. selbst). In den Frauen, ebenso wie in der Mutter, möchte KERÉNYI Myth. der Griechen 188 die Mondgöttin erkennen. Ov. met. 4,194ff. erzählt die Verwandlung der Geliebten des H., Klytie und Leukothoe. Selene und Eos, Schwestern des H., wurden auch als seine Töchter aufgefaßt. Als Heliades bezeichnete man sonst Lampetie und Phaethusa nebst 5 anderen (Hyg. fab. 154) Schwestern Phaethons, die nach dessen Tod in Pappeln verwandelt wurden und Bernsteintränen (*ἤλεκτρον* wurde von *Ἠλέκτωρ*, einem alten Namen des H., abgeleitet) weinten. Bei Parmenides frg. 1,9 sind die Heliades die zur wahren Erkenntnis führenden Lichtgedanken, s. FRÄNKEL a.O. 400. 549 f. – Die Griechen verehrten H. weniger als die Barbaren, Aristoph. Pax 406, vgl. die vielen nichtgriech. Sonnenkulte bei Hdt. Verehrt wurde er in der Peloponnes, bes. auf der Burg von Korinth – in Elis wurde sein Sondername → Augeias zu einer selbständigen Gestalt, wie anderswo andere Sondernamen –, auch in Athen, vielleicht auf Kreta (WILAM. GdH. 1,113), vor allem auf Rhodos, s. Pind. O. 7 mit Sch. Hier stand eines der ant. Weltwunder, das Riesenstandbild des H. Eleutherios von → Chares (Nr. 4), hier gab es das Fest Halieia (Halia, NILSSON Griech. Feste 427), bei dem ein Viergespann ins Meer versenkt wurde, und den Kultverein der Haliasten.

Die Kunst stellte H. meist mit Strahlenkranz auf einem Apollon ähnlichen Haupte und auf einem Viergespann dar, z.B. auf der südital. Vase des 5. Jh. FURTWÄNGLER-REICHHOLD 3,126 = KERÉNYI a.O. Abb. 43. Die frühe Verschmelzung mit Apollon (o. I 442,5), die orph. Theokrasie, dann die stoische Philosophie und Theologie und die aus dem O. eindringende Astrologie bereiteten den Boden, auf dem im 3. Jh. n. Chr. unter Anlehnung an den pers.-phryg. Mithras und den syr. Astralgott → *Sol invictus* die beherrschende Stellung als Reichsgott gewann. H. v. G.

K. Kerényi Vater H. in: Eranos-Jb. 10, 1943, 81. *Ders.* Töchter der Sonne, Zürich 1944. *K. Schauenburg*, H. Arch.-myth. Stud. Bln. 1955. Zu Hom. h. 31: *E. Heitsch*, H 88, 1960, 140.

Helisson (*Ἑλισσών*). **1.** Fluß in Arkadien, Nebenfluß des Alpheios, entspringt am NW.-Abhang des Mainalongebirges, fließt zunächst nach S., durchbricht dann nach W. das arkad. Zentralgebirge, fließt durch Megalopolis und mündet w. von diesem in den Alpheios, h. Fluß von Davia. Paus. 5,7,1. 8,29,5. 30,1 f. Durch das Tal verläuft eine wichtige Wegeverbindung nach N.-Arkadien, h. die Fahrstraße Tripolis–Vytina.

1. *Bölte*, RE VIII 93 f. Nr. 1. 2. *Philipps.-Kirst.* 3,261 ff.

2. Fluß w. von Sikyon, vielleicht der Bach von Lechova, der w. von Kiato ins Meer mündet. Paus. 2,12,2. Stat. Theb. 4,52.

1. *Bölte*, RE VIII 94 Nr. 3. 2. *Philipps.-Kirst.* 3,161.

3. Ortschaft der Mainalier im Quellgebiet des gleichnamigen Flusses (Nr. 1), mit der ganzen Landschaft in Megalopolis einverleibt, Paus. 8,3,3. 27,3. 27,7. 30,1. Diod. 16,39,5. E. M.

Bölte, RE VIII 95 Nr. 5.

Helix. Praefect in Jerusalem 42. Ios. bell. Iud. 1,236; ant. Iud. 14,294ff. BROUGHTON Mag. 2,368. H. G. G.

Helixos (*Ἕλιξος*). **1.** Aus Megara, veranlaßte als Flottenführer im J. 411 den Abfall von Byzanz von Athen (Thuk. 8,80) und verteidigte es 409/08 gegen die Athener, bis er zur Kapitulation gezwungen wurde (Xen. hell. 1,3,15. 21). **2.** Aus Megara, vielleicht mit Nr. 1 verwandt, war ein Anhänger Philipps II. von Maked. (Demosth. 18,294). K. W.

Helkias. 1. Verwandter und Freund des Königs → Herodes Agrippa I. (Ios. ant. 19,9,1. 20,7,1), 40 n. Chr. Mitglied der Deputation an den syr. Statthalter P. Petronius (ant. 18,8,4), welche erreichte, daß Caligulas Statue nicht im Tempel aufgestellt wurde; danach hat er wohl die Stelle eines Oberbefehlshabers des Heeres von einem Silas (ant. 19,6,3. 7,1) übernommen, den er nach Agrippas Tod 44 n. Chr. umbringen ließ (ant. 19,8,3). **2.** Tempelschatzmeister (*γαζοφύλαξ*) in Jerusalem, kam als Mitglied einer Deputation des Synhedrions 61 oder 62 n. Chr. nach Rom, wo von Nero erreicht wurde, daß eine Mauer stehenbleiben durfte, die dem Agrippa II. den Blick in den Tempel versperrte. Die spätere Kaiserin Poppaea Sabina behielt H. in Rom (Ios. ant. 20,8,11), wohl um sich von ihm in der jüd. Religion unterweisen zu lassen. C. C.

Helladios (*Ἑλλάδιος*). **1.** Sohn des Besantinoos aus Antinoupolis/Äg., griech. Gramm. des 4. Jh. n. Chr., Vf. einer Chrestomathie in iamb. Trimetern (mind. 4 B.), die Photios (bibl. 279) exzerpierte. Gramm. Notizen (bes. über epische und att. Sprache und Etym.; daher auch benutzt von → Orion) überwiegen (spezielles Interesse des Photios?) gegenüber mythogr.-hist. (Quelle → Ptolemaios Chennos? Vgl. O. CRUSIUS, Philol. 58, 1899, 584ff.). Eine alphabet. Ordnung ist nicht mehr erkennbar, doch dürfte letztlich ein attizist. Lex. (→ Phrynichos? [2]) zugrunde liegen. Als Titel weiterer iamb. Gedichte, deren Thematik H. in die Tradition der 2. Sophistik rückt, nennt Phot. (a.O. 536 b 2ff. = FGrH 635) Enkomien (oder ἐκφράσεις?) auf Athen, Rom, Äg., Antinoupolis und den Nil sowie Deklamationen über die Themen φήμη, νίκη und einen προτρεπτικός.

1. *Christ-Schmid* 2,2,974. 2. *H. Heimannsfeld* De H. Chrestomathia quaest. sel., Diss. Bonn 1911. 3. *Ders.*, RhM 69, 1914, 570ff.

2. H., Rhet. und Gramm. um 400 n.Chr. aus Alexandreia (Suda s.v. Ἑ.), wo er Zeuspriester war. Nach den blutigen Unruhen unter Bischof Theophilos (389), an denen H. sich in bes. grausamer Weise beteiligt haben will, verließ er die Stadt. Später lehrte er in Konstantinopel (der Kirchenhistoriker → Sokrates gehörte dort zu seinen Schülern, hist. eccl. 5,16) und erhielt am 15. März 425 von Theodosius II. den Rang eines → comes primi ordinis (Cod. Theod. 6,21,1; auf diesen Anlaß bezog sich wohl die Rede ἔπαινος Θεοδοσίου τοῦ βασιλέως). Die epideikt. Reden des H. (vgl. Suda a.O.) sind verloren. Photios (bibl. 145; vgl. aber 158) rühmt sein in grober alphabet. Ordnung angelegtes (ebenfalls verlorenes) Lex. (Λέξεως παντοίας χρῆσις, 5 B. in 7 Bden.) wegen der reichen Belege aus Prosa und Dichtung. 2 Zit. (s.v. Ἀγβάτανα u. Βηρυτός) bietet Steph. Byz. Die Suda nennt es unter ihren Quellen. H.Gä.

Helladische Perioden. Für die Frühe, Mittlere und Späte Bronzezeit des griech. Festlandes wurde in Analogie zu den minoischen Perioden (s.d.) von Kreta im Jahre 1918 von Wace und Blegen die Bezeichnung Früh-, Mittel- und Späthelladisch vorgeschlagen (abgekürzte F.H., M.H. und S.H. oder besser F.Hell. usw.). Diese Terminologie wurde allg. angenommen und hat sich soweit bewährt. Nur die allzu weitgehende Unterteilung der S.Hell. Periode und ihre allzu rigorose Anwendung auf die myken. Keramik, so wie sie Furumark vorgenommen, wirkte sich ungünstig aus, da hierdurch die unerläßliche Klassifizierung der Tongefäße nach stilist.-techn. Gruppen hintangehalten wurde.

Die F.Hell. Periode umfaßt eine Zeit kleinstädt. Betriebsamkeit, in der das griech. Festland unter dem Einfluß der kleinasiat. Metallurgie zusammen mit den Kykladen (Frühkykladikum), dem frühminoischen Kreta, Makedonien und Anatolien eine Kultureinheit in weiterem Sinne bildete. An der Wende von F.Hell. zu M.Hell. erfolgte auf dem griech. Festland diejenige Siedlungs- und Kulturkatastrophe, welche die meisten Forscher mit der Einwanderung der ältesten Griechenelemente in Verbindung bringen. In der M.Hell. Periode bildete sich daselbst anscheinend eine Mischkultur aus traditionell ägäischen und aus indo-europäischen Elementen. An der Wende von M.Hell. und S.Hell. entstand durch Einflüsse aus Kreta und durch Übernahme des Streitwagens die sog. myken. Kultur (s.d.). Die S.Hell. Periode entspricht nun der myken. Z. Die Endphase nach

Zerstörung der myken. Paläste wird von den einen Forschern noch zur myken. Periode gerechnet, von den anderen aber als submyken. bezeichnet.

Die Periodengrenzen werden folgendermaßen angesetzt: Matz 2600 – 1850 – 1600 – 1100; – Schachermeyr 2500 – 1950 – 1600 – 1200; Vermeule 3000/2900 – 2000/1900 – 1550/1500 – 1200/1100. F. Sch.

Vgl. *Wace–Blegen*, ABSA 22,1916/18,175ff. *Schachermeyr*, RE XXIII 1427ff. 1452ff. *Ders.* Die ältesten Kulturen Griechenlands, 1955, bes. S. 28ff. *Matz*, HBArch. 4. Lief. (1. Lief. d. II. Bd.) 1950, 196ff. *Ders.* Kreta und Frühes Griechenland, 1962 (bes. S. 243). *Vermeule* Greece in the Bronze Age, 1964 (bes. S. 243).

Hellanikos, ὁ Λέσβιος (wohl aus Mytilene). Erster Vielschreiber der griech. Lit.; neben Hekat. (1) und Pherekyd. von Athen am häufigsten zitierter, im ganzen Alt. gelesener 'Logograph'. Von H.' Leben ist wenig bekannt. Entgegen der ant. Tradition (T 3 [FGrH 244 (Apollod.) F 7], mit Geburt i.J. 496/5; 5. 11/2 [Dion. Hal.]) war H. wahrscheinlich eher jüngerer als älterer Zeitgenosse → Hdt.', den er wohl in der späteren Z. voraussetzt, während Hdt. die Werke des H. vermutlich nicht benutzte. Die wenigen datierbaren Schriften H.' führen ins letzte Viertel des 5. Jh. v. Chr. Geb., vielleicht doch schon ca. 480 (T 1.6; ca. 454, nach Wilamowitz), mag H. ca. 400 gest. sein (85jährig, in Perperene: T 1.7.8). H.' vielseitige, an sophist. Weise erinnernde Schriftstellerei, nur in dürftigen Resten bekannt (die Modernen wie C. Müller u.a. wollten oft die Zahl der überlieferten Titel, bes. in der Ethnogr., reduzieren), gliedert sich nach F. Jacoby in:

A. Mythogr. Im Unterschied zu Hdt., der die mythische Z. nur gelegentlich berührte, aber in der Nachfolge von Hekat. (1), Pherekyd. und Akusilaos faßte H. die ganze myth. Genealogie unter Reduktion der Zahl der selbständigen Stammväter in 4 Monographien über einzelne große Geschlechter zusammen: 1. Φορωνίς (2 B.; peloponn. Ursprung der myth. Geschlechter; bezeugt: Pelasgerwanderungen nach Thessalien, Etrurien, der Ägäis u.a., Agenoriden und theban. Sagen, Herakles und Herakliden, Ableitung Hom'. u. Hes'. von Orph. usw.). 2. Δευκαλιωνεία (2 B.; Flut; Deukalioniden: Hellen, Amphiktyon; Aiolos, Doros, Xuthos) 3. Ἀτλαντιάς oder ähnl. (2 B.; Dardanos, Enkel des Atlas (und Nachfahren, Niobiden, Homeriden etc.), wovon POxy 1084 wohl wörtl. Auszug ist. 4. Ἀσωπίς (1 B.; → Aiakos, Aiakiden). Abschluß, in den fast alle Stammbäume münden, waren 5. die Τρωικά, 2 B., hist. Darstellung des Troiakrieges, Ausgangspunkt für die Troiaromane, wohl in stärkerem Maß erzählend als die genealog. Werke, wo die Stammbäume Hauptsache waren. H.' System der Sagengesch., das als klass. Darstellung bei den Späteren (schon Thuk'. Arch.?) viel Anklang gefunden zu haben scheint (→Apollod.), mündete gelegentlich in die Gegenwart: Stammbäume (Miltiades), Ätiologien (Wanderungen, *κτίσεις*; Etym. von Völker- und Ländernamen [Italia]).

B. Ethnogr. Die schlecht kenntlichen, ebenfalls in der Nachfolge des Hekat. (1) stehenden, aber vielleicht stärker hist. als geogr. Werke (keine Karte) behandelten Äg., Persien (2 B.; auch ältere oriental. Reiche, Xerxeszug), Skythien, Kypros, Lydien (?), Indien (?), Argos, Arkadien, Boiotien, Thessalien; dazu *Αἰολικά* u. (oder) *Λεσβιακά*, je 2 B. (wohl keine Chronik). *Φοινικικά* sind unwahrscheinlich, *Εἰς Ἄμμωνος ἀνάβασις* wurde schon im Alt. angezweifelt. Die 'barbar.' Ethnogr. mögen größtenteils auf Bücherstudium beruht haben und vor Hdt.' Werk erschienen sein. Dagegen schrieb H., während Hdt. hierzu nur sporadische Notizen bringt, wohl die ersten Monographien über festlandgriech. Länder (FGrH 3b III. IX. X. XII. XLV. LXXVII). Dazu war eigene Erkundung nötig, über die H., wie Hdt. und die Sophisten, Vorträge in Hellas gehalten haben mag.

C. Horogr. und Chronogr. H. ist der erste Universal-Chronograph und Atthidograph. Die *Ἱέρειαι*, 3 B., wohl hellen. Universalchronik und bedeutendstes Werk H.', nach 429 (423) publiz., datierten nach den Herapriesterinnen in Argos, deren Liste die Aufreihung der Fakten von der ausführlich behandelten myth. Z. an bis zur Gegenwart (Nikiasfrieden) erlaubte. Die Frg. geben Vortroisches, *κτίσεις* (wohl Roms Gründung durch Aineias [C. J. Classen, Hist. 12, 1963, 447 ff.]), Besiedlung Siziliens u.a. Thuk. mag die 'I. reichlich benutzt haben. Panhellen. waren wohl auch die *Καρνεονῖκαι*, Festchronik der → Karneen, mit musikhist. Detail. Die *Ἀτθίς*, vermutlich 2 B., nach 407/6 publ., behandelte die att. Gesch. von der Urzeit bis etwa E. des pelop. Krieges in Form einer Chronik, die nach einer wohl von H. geschaffenen Königsliste und im weniger ausführlichen 'republikan.' Teil nach einer urkundlichen Archontenliste datierte. Thuk. 1,97,2 nennt H. als einzigen Hist. mit Namen und tadelt seine Darstellung der Pentekontaetie (H.D. Westlake, CQ N.S. 5, 1955, 53 ff.); 5,20.26 polemisiert er wohl gegen H.' Datiermethode nach Archonten (O. Lendle, H 92, 1964, 129 ff.). Anders als Hdt. ist H. bemüht, die Kluft zwischen Heroenz. und Gegenwart zu überbrücken.

D. Mit B. verwandte Schriften über Wanderungen, Gründungen, Völkersitten u. -Namen, Erfindungen etc.: *Κτίσεις ἐθνῶν καὶ πόλεων* (=*π. ἐθνῶν*? *Ἐθνῶν ὀνομασίαι*?), *Νόμιμα βαρβαρικά* (wo Hdt. und Damastes, 'Schüler' H.', benutzt sein sollen). Zitiert wird auch eine *Χίου κτίσις*. H'. wichtige Chronol. der Urzeit, wohl von Thuk. übernommen (D. W. Prakken, AJPh 64, 1943, 417 ff.; Mitchel, s. Hekat. 1, 68 f.), ist ungenügend bekannt; er datierte Troias Fall auf den 12. Thargelion und gab Rechnung nach *γενεαί* (zu 30,33 1/3, 40 J.?), Synchronismen und annalist. Zählung. Aporien wurden oft gewaltsam gelöst. H. schließt gewissermaßen die ältere Historiogr. ab, bereitet aber auch neue Entwicklungen vor. Der Universalhist. → Ephoros sah in H. wohl seinen unmittelbaren Vorgänger. H. wurde in den Hist. Kanon aufgenommen; weniger der parataktischen, notizenartigen *Ἰάς* als des Materials wegen geschätzt, ist H. von Rhet. und Vf. *π. μιμήσεως* nicht beachtet worden. – Vgl. auch → Lokalchroniken; Hekat. 1 (Lit.). W. Sp.

Frg.: *F. W. Sturz*, 1826^2. FHG 1,45 ff. 4,629 ff. FGrH 4 (Add. in der 2. Aufl.). 323a (Lit.). *Pack*^{2} 459 m. Suppl.

Lit.: *G. Busolt* Gr. Gesch. 1^2, 1893, 151 ff. *F. Jacoby*, RE VIII 104 ff. (grundlegend). *F. DeRuyt*, AC 7, 1938, 281 ff. *F. Jacoby* Atthis, 1949. *J. Harmatta*, Act. Ant. Hung. 1,1951, 91 ff. *E. D. Phillips*, JHS 73, 1953, 57 f. *W. DenBoer* Laconian Stud., 1954, 35 ff. *M. Lang*, AJPh 75, 1954, 59 ff. *Ph. Derchain*, AC 25, 1956, 408 ff. *R. VanCompernolle* Ét. de chronol. et d'historiogr. sicil., 1960, 450 ff. (Lit.). 577 v. H. *T. S. Brown*, Hist. 11, 1962, 263 f. *Lesky*^{2} 961 (Lit.).

2. H., alexandr. Gramm. um 200 v. Chr. (vgl. Suda s.v. *Πτολεμαῖος ὁ Ἐπιθέτης*), wichtigster Vertreter der → Chorizontes (Prokl. v. Hom.). Geringe Reste seiner Anschauungen sind dank der Kritik des → Aristarchos und seiner Schüler in den A-Sch. zu Hom. (Il. 5,269. 15,651; Od. 2,185) kenntlich, häufiger allerdings werden dort Widerlegungen (die aristarch. *λύσεις* der von den Chorizonten konstatierten inhaltl. oder sprachlichen Widersprüche zwischen Il. und Od.) der gesamten Gruppe referiert. Nach Sch. Soph. Phil. 201 scheint sich H. auch mit Herodot beschäftigt zu haben.

Lit. → Chorizontes. H. Gä.

Hellanodikai (*Ἑλλανοδίκαι*). Aufseher der Spiele in Olympia und Nemea, IG IV 587, und der Asklepieia, IG IV 946.1508. Ihre Zahl schwankte zwischen 2 und 12. Erste Verwendung von 9 H. bezeugt für 480/79 bei Hesych. s.v.; die Zahl 10 wurde regulär im J. 348/47, Philostr. vit. Apoll. 3,30. Unter einem Vorsitzenden beaufsichtigten Dreierausschüsse den *δρόμος*, das *πένταθλον* und die anderen *ἀγωνίσματα*, Paus. 5,9,4.5. Ihre Ernennung erfolgte für eine Olympiade, in der sie 10 Monate lang von den *νομοφύλακες* über die Kampfregeln unterwiesen wurden, Paus. 6,24,3. Sie hatten sich Reinigungsriten zu unterziehen, 5, 16,8, leisteten einen Amtseid, 5,24,9, trugen ein Purpurgewand, Etym. M. s.v., und hatten ein Amtslokal, das Hellanodikeion, Paus. 6,21,1.3. Sie überwachten die vorbereitenden Übungen der Kämpfer, prüften ihre Qualifikation, wirkten als Kampfrichter, hatten die Preise zuzuerkennen, 6, 23,2, und führten die Siegerlisten. Sie konnten Körperstrafen und Geldstrafen verhängen. In der späten Kaiserzeit wurden sie durch den *ἀλυτάρχης* verdrängt, Inschr. v. Olymp. 240.433.437. – In Sparta waren die H. die Militärrichter der Könige im Feld, Xen. Lak. pol. 13,11. O. W. R.

Hellas, Hellenen (*Ἑλλάς*, *Ἕλληνες*). **1.** Der allg. Name histor. Z. für Griechen und Griechenland, urspr. Stammname und wie andere Stammnamen auch mit anderer Endung, → Hellopia. Die Kurzform *Ἑλλοί* statt *Σελλοί* bei Hom. Il. 16, 234 mit Sch. Strab. 7,7,10 p. 327 f. Etym. M. 709, 30 ff. Hesych. Steph. Byz. s. *Ἑλλοπία. Σελλοί.* Hes. frg. 134 Rz.², ist unsicher, Bölte, RE VIII 194 ff. M. Leumann Homer. Wörter 40 und die Lit. unten. Die Etymologie ist unbekannt.

In der Ilias ist H. entweder eine Landschaft für sich, so 9,447. 478, meistens als H. und Phthia das Reich des Peleus mit Kern in der Spercheiosebene, 9,395. 16,595. Od. 11,495 f. Il. 2,684. Später hielt man H. und Phthia auch für Städte und fand sie natürlich an verschiedenen Stellen, Strab. 9,5,5 ff. p. 431 f. Herakleides 3 (GGM 1,108) und Spätere. Die kurzen Erwähnungen genügen nicht, um zu erkennen, welche Landschaft genauer gemeint ist. In der Od. 1,344. 4,726. 816. 15,80, *καθ'* (*ἀν'*) *Ἑλλάδα καὶ μέσον Ἄργος* wohl schon Mittelgriechenland, die Verse daher von Aristarch athetiert, Sch. Ven. Il. 9,395. Die gleiche Bedeutung noch klass., Demosth. 19,303. Ptol. 3,14,1. Plin. nat. 4,23. H. als alter Name des Gebiets von Dodona ist wohl nur aus dem Namen der Helloi (s. o.) abgeleitet, Aristot. meteor. 1,14,352 a 33 ff. Sch. Townl. Il. 21,194.

Als Gesamtname für Griechenland erscheint H. zuerst bei Hes. erg. 653, *Ἕλληνες* als Gesamtbezeichnung der Griechen ist vorausgesetzt in den hesiod. Katalogen (frg. 7 Rz.) mit Hellen als Stammvater, sonst aber zunächst *Πανέλληνες*, Hom. h. 2,530. Hes. erg. 528. Archil. frg. 54 bei Strab. 8,6,6 p. 370. Unmittelbar belegt seit dem frühen 6. Jh. v. Chr.: Epigramm des Echembrotos nach 586, Paus. 10,7,6, gemeinsames Heiligtum Hellenion in Naukratis, Hdt. 2,178. Syll. I³ 110 Anm. 4. RE VIII 175 f. Nr. 4, Hellanodikai in Olympia und sonst, Inschr. Ol. 2. SGDI 1152. Cauer-Schwyzer 409, Hellenios als Götterbeiname RE VIII 176 f. Wie dieser nordgriech. Landschafts- und Stammname zum allgemeinen Namen geworden ist, ist unbekannt, man kann an den Einfluß der Dichtung oder des delph. Orakels denken, s. auch Thuk. 1,3,2 f. E. M.

1. *G. F. Unger* Hellas in Thessalien, Philol. Suppl. 2, 1863, 637 ff. 2. *Busolt* GG. 1²,196 ff. 3. *Ed. Meyer* Forsch. z. alten Gesch. 1,41 ff.; GdA 2,65 ff. 197. 534. 3², 1937, 493. 2,1², 269 f. 4. *Beloch* GG 1,1²,331 f. 5. *H. Bengtson* GG 78 (²84). 6. *J. Jüthner* Hellenen und Barbaren 5. 7. *V. Ehrenberg* Ost und West, 1935, 53 ff. 8. *M. P. Nilsson* Stud. z. Gesch. des alten Epeiros, Acta Univ. Lund. N. F. I 6,4, 1909, 34 f. 9. *V. Burr* *Νεῶν κατάλογος*, Klio Bh. 49. 1944, 89 ff. 10. *E. Bernert* Phthia, RE XX 949 ff. 11. *E. Schwyzer* Griech. Gramm. 1³,77 f. 12. *H. Frisk* Griech. Etym. WB. 498 f.

2. H., Gattin des Eretriers Gongylos, Mutter des Gongylos III. und des Gordion, gewährte Xenophon 399 v. Chr. bei seiner Rückkehr aus Vorderasien in Pergamon Gastfreundschaft (Xen. an. 7,8,8). H. Ca.

Babelon Traité II 2,92,93.

Helle (*Ἕλλη*). Eponymin des Hellespontos, Tochter von → Athamas und Nephele, Schwester des Phrixos. Nephele rettete ihre Kinder vor dem Haß ihrer Stiefmutter Ino, die Phrixos (bzw. Phrixos und H.) durch ein gefälschtes Orakel als Sühnopfer schlachten lassen wollte, indem sie sie durch einen Widder mit goldenem Vlies über Land und Meer nach Kolchis bringen ließ. Dabei stürzte H. über der nach ihr genannten Meeresstraße ab. Pind. frg. 51. 189. Aischyl. Pers. 68. Eur. Med. 1284. Bei Pherekyd. frg. 52 und in Eur. »Phrixos« opfert sich dieser freiwillig, Schadewaldt H 63,13. Apollod. 1,80 f. Hyg. fab. 1–3. Ov. fast. 3,581 ff. Sen. Tro. 1034 ff. Ihr Grab auf der thrak. Chersonesos (Hdt. 7,58) hat keine kult. Bedeutung. Spätere Erfindung ließ sie von Poseidon retten, dem sie mehrere Söhne gebar. Bei Val. Fl. 2,587 erscheint sie als Meeresgöttin den Argonauten. Der Flug auf dem Widder und der Absturz wurden gern bildlich dargestellt. Helbig Wandgemälde 266 ff. Nr. 1151 ff. Baum. Denkm. S. 1332. H. v. G.

Analyse der Sage *P. Friedländer*, RE VIII 161.

Hellebichus. Magister utriusque militiae per Orientem von 383 (Cod. Theod. 9,39,1) bis 387 mit Sitz in Antiocheia. Zusammen mit dem mag. officiorum Caesarius leitete H. im Auftrag Theodosius' I. a. 387 die Untersuchungen nach dem Aufstand der Antiochener. Zum Dank für seine Milde wurde er hoch geehrt; sein Freund Libanios hielt einen Panegyricus (or. 22). Wahrscheinlich war H. Germane (anders Petit Libanius, 1955, 180,9). A. L.

A. Downey A History of Antioch, 1961, 430 ff. *M. Waas* Germanen im röm. Dienst, 1965, 101 f.

Helleborus. Unter *ἑλλέβορος*, *helleborus consiligo* und dt. Nieswurz wurden Giftpflanzen ganz verschiedener Verwandtschaft verstanden, neben Ranunculaceen der Gattungen Helleborus L. (*ἑλλέβορος μέλας* bei Theophr. und Diosk., auch *μελαμπόδιον*, neugr. *σκάρφι*, wohl weniger H. niger L., die Christrose, als H. cyclophyllus Boiss. u. a.) und Adonis L. (so bei Hippokr. und Theophr., später auch Pseudohelleborus), die Liliacee Veratrum album L. (*ἑλλέβορος λευκός*, Helleborus candidus, dt. Germer), die ähnlich volksmedizin. verwendet wurde. Mit schwarzem H. soll Herakles in Phokis vom Wahnsinn geheilt worden sein. Die *ἑλλεβορίνη* oder *ἐπιπακτίς* des Diosk. (4,108) und Plin. (nat. 1,13 und 13,14) wird meist als Art der Orchideengattung Helleborine Miller = Epipactis Rich. gedeutet, wozu aber die Beschreibung bei Plin. *(parva herba exiguis foliis)* schlecht paßt. H. G.

Hellen (*Ἕλλην*). Eponym der Hellenes (*Ἕλληνες*), deren Bereich sich von Phthia aus mit der Ausdehnung des Umfanges von → Hellas erweiterte, bis er um 700 entsprechend der Entwicklung des Nationalbewußtseins das Gesamtgriechentum umfaßte. Hom. hat *Ἕλληνες* nur Il. 2,684, *Πανέλληνες* 2,530. In ethnolog. Konstruktion erscheinen Hes. Katal. frg. 28 Rz Doros, Xuthos (dieser ist Vater von Achaios und Ion) und Aiolos als Söhne des H. Dieser ist ein Sohn von → Deukalion (oder Zeus) und Pyrrha, oder von Prometheus und Klymene. Apollod. 1,49 f. Diod. 4,60. Paus. 7,1,2. Sch. Pind. O. 9,43. Thuk. 1,3. H.s Gattin ist eine Nymphe vom Othrys; der Name Orseis ist zweifelhaft, WILAM. GldH 1,64. – Vgl. → Graikos. H. v. G.

Wilam., SDAW 1925, 52. *A. Heuss* Die arch. Zeit Griechenlands, Ant. und Abendl. 2,31 f.

Hellenismus (Ἑλληνισμός) bezeichnet im ant. Sprachgebrauch die griech. Sprache und Kultur, bes. die gute, durch die Benutzung der alten Dichter und Schriftsteller gesicherte Schriftsprache. Alexandrin. Gelehrte wie Seleukos, Tryphon u. a. verstanden unter H. das att. Griechisch der Spätzeit. Plato Men. 82b. Athen. 9,367 A. 398 A. R. REITZENSTEIN Gesch. d. griech. Etymol., 1897, 375. 379. R. LAQUEUR Hellenismus, 1925, 22, 8. Entgegen diesem Sachgehalt sah J. G. DROYSEN in den Ἑλληνισταί, den griech. sprechenden Juden der Acta apost. 6,1, irrig orientalisierte Griechen, nannte daher in seiner Gesch. des Hellenismus 1, 1836 die durch Alexander d. Gr. eingeleitete Kulturepoche einschließlich der heidnisch-griech. Periode der röm. Kaiserzeit Hellenismus und betrachtete als dessen Charakteristikum die Verschmelzung des Griechischen mit oriental. Elementen. Trotz dieses Mißverständnisses, das außerdem die griech. oriental. Vermischung zu sehr verallgemeinert, hat sich der Terminus H. als chronolog. Hilfsbezeichnung in der modernen Forschung eingebürgert, nur englische Gelehrte wie A. J. TOYNBEE in Hellenism, the history of a civilization 1959, meinen mit H. die griech. Zivilisation schlechthin. Umstritten ist die zeitliche Abgrenzung. H. BENGTSON GG^2 290 versteht unter H. die Periode von 360 bis 30 v. Chr., E. MANNI Fasti ellenistici e romani (323–31 a. C.) 1961 beginnt die hellenist. Chronologie mit dem Tode Alexanders d. Gr., W. OTTO, Kulturgesch. des Alt., 1925, 93 ff. und SBAW 1940, 6,18 ff. umfaßt dagegen noch die Kultur der röm. Kaiserzeit mit dem Begriff des H. Der H. hat die Bildung der röm. ital. Kultur beeinflußt, wesentlich zur Vereinheitlichung der Alten Welt beigetragen und die Verbreitung des Christentums gefördert. Die typisch hellenist. Staatsform ist die dynast., auf Heer und ein vielgliedriges Beamtentum gestützte Monarchie (Antigoniden, Seleukiden, Ptolemaier) mit dem → Herrscherkult und Hofzeremoniell, während die Stadtstaaten des griech. Mutterlandes polit. bedeutungslos werden. Zwischen den Reichen entwickelt sich ein weiträumiger Handel mit ausgebautem Bankwesen. In der Philosophie zeigt sich die Überstaatlichkeit des H. in den Schulen der Kyniker, Stoiker und Epikureer, in der Religion in dem Synkretismus der Göttervorstellungen und den Mysterienreligionen. H. V.

P. Wendland Die hellenist.-röm. Kultur in ihren Beziehungen zum Judentum und Christentum³, 1912. *H. Herter* Hellenismus und Hellenentum in Das neue Bild der Antike 1, 1942, 334 ff. *M. Launey* Recherches sur les armées hellénistiques, 1949/50. *F. C. Grant* in RGG^3 3,209 ff. *M. Rostovtzeff* Gesellschafts- und Wirtschaftsgesch. der hellenist. Welt, 1955/56. *E. Kießling* Der H. in der deutschen Forschung 1938–1948, 1956. *V. Ehrenberg* Der hellenist. Staat, 1958. *Nilsson* $GgrR^2$ 2.

Hellenotamiai (Ἑλληνοταμίαι). Kollegium der 10 Kassenverwalter des 478/77 begründeten delisch-att. Seebundes, 411 auf 20 Mitglieder erhöht. Thuk. 1,96,2. Aristot. Ath. pol. 30,2. In diese Behörde wurden nur Athener aus der Klasse der Pentakosiomedimnoi vom att. Demos gewählt; ob sie bis zur Kassenverlegung von Delos nach Athen 454 von der Bundesversammlung mit bestellt wurden, ist fraglich. A. G. WOODHEAD, JHS 79, 1959, 149 ff. H. D. MEYER, Hist. 12, 1963, 439. Iteration des Amtes ist nicht bezeugt, das Amtsjahr begann an den Panathenaien, zu den H. des »Vorjahres« (ἕνοι Ἑλληνοταμίαι) U. KAHRSTEDT Unters. zur Magistratur in Athen, 1936, 96 ff. Amtssitz war ab 454/53 Athen mit neuer Zählung des Amtsjahres (z. B. ἐπὶ τῆς ἀρχῆς δευτέρας 453/52). Liste der H. von 454/53 bis 405/04 bei B. D. MERITT, H. T. WADE-GERY und M. F. MCGREGOR The Athenian tribute lists (= ATL) 1, 1939, 567 ff. 2, 1949, 125. Ab 443/42 wurde der Vorsitzende öfters mit ὁ δεῖνα Ἑλληνοταμίας ἦν angeführt, so Sophokles 443/42 ATL 2,12,36. Den H. halfen 10 Beisitzer und ein, mitunter auch zwei Schreiber. Die an den Dionysien erhaltenen Tribute buchten die H. und wiesen das von den Logisten berechnete Sechzigstel den Schatzmeistern der Athena an, vgl. die Tributquotenlisten ATL. Für Kriegszwecke zahlten sie nach Volksbeschlüssen an die Strategen, aber auch Zuschüsse für die Propylaeen und den Parthenon und für die Aufzeichnung von Ehrenbeschlüssen. 411/10 übernahmen sie die Aufgabe der Kolakreten. Zur Hinrichtung von 9 H. eines unbekannten Jahres Antiph. 5,69. KAHRSTEDT 44. ATL 1,184. Mit dem Untergang des att. Reiches 404 endete die Behörde der H. H. V.

Hellespontos (Ἑλλήσποντος). Meerenge zwischen der thrak. → Chersonnesos und der NW.-Küste der → Troas, die das Äg. Meer mit der → Propontis und dem → Pontos Euxeinos verbindet (über die Bedeutung für den Schiffsverkehr Pol. 16,29,9) und zugleich Europa von Asien scheidet (Plin. nat. 4,49). Sie ist ca. 65 km lang, durchschnittlich 5–6 km breit; die schmalste Stelle etwa 1220 m. Heute Dardanellenstraße oder türk. Çanakkale Boğazı genannt. Der Name wird mit dem Mythos → Helle und Phrixos in Verbindung gesetzt. Die Annahme, daß an älteren Stellen der homer. Gedichte mit H. auch die anstoßenden n. Teile des Aeg. Meeres und auch die Propontis gemeint sind, wird durch Hdt. 6,33, Xen. hell. 6,8,

31 unterstützt. Vgl. noch Strab. 7,330 frg. 58. Bei Aischyl. Pers. 875. Hdt. 4,85. 5,122 wird jedoch H. nur auf die Dardanellenstraße und deren Gestade bezogen, so auch z. B. von Pol., Liv., Strab., Mela, Plin., Arr., Lukian., Dion. Per., Ptol. und bei allen Schriftstellern, die aus ihnen geschöpft haben, obwohl Anfang und Ende des H., ferner die Gesamtlänge und die Breiten unterschiedlich gegeben werden. – Die starke, von der Propontis zum Aeg. Meer in s.w. Richtung ziehende Strömung erwähnt in Il. 2,845. 12,30. Aristot. meteor. 2,8, Hesych. s. v. Avien. 3,466. Über den Fischreichtum Il. 9,360, den Wind Hellespontias Aristot. meteor. 2,6. Plin. nat. 2,121. Von Flüssen und Bächen, die in den H. münden und zur Veränderung der Küstenlinien wesentlich beigetragen haben, seien auf der asiat. Seite erwähnt (von N. nach S.): Praktios, Rhodios, → Simoeis, → Skamandros, auf der europ. Seite Aigospotamoi. – Die Enge (vgl. Thuk. 8,106) ist nicht nur für die Durchfahrt, sondern auch für den Übergang von Land zu Land bes. geeignet, was sich in der Legende von Hero und Leander spiegelt (Ovid. her. 17 f.); noch in der Kaiserzeit wurde der Turm der Hero bei Sestos gezeigt (Strab. 13,591). Für die Sperrung durch Schiffe vgl. Pol. 4,50,6. 27,7,5. – Gesch.: Das Gebiet des H., vor allem die troian. Ebene schon im 4. Jt. besiedelt. Im 3. Jt. ist der »Protesilaoshügel« bei Elaius auf der thrak. Chersonnesos, vor allem aber Troia, wo sich Land- und Seewege schneiden, zu erwähnen. Die Ausbreitung der Kultur von Troia II nach Thrakien hinein zeigt, daß damals der H. als verbindendes Glied zwischen 2 Kontinenten eine wichtige Rolle gespielt hat. Ob Troia VI, die unter starkem myken. Einfluß steht, oder Troia VII a, die durch Feuer zerstört worden ist, mit dem homer. Epos in Verbindung zu bringen ist, ist noch umstritten. Jedenfalls spielte schon bei der achaiischen Expansion nach N. die Meerengenfrage eine gewisse Rolle. Troia VII a ist wahrscheinlich von den um 1200 von Thrakien nach Kleinasien wandernden thrak. Stämmen (vor allem den Phrygern: Ägäische Wanderung) zerstört worden; vgl. die »Buckelkeramik« von Troia VII b. Eine 2. Welle führte im 7. Jh. andere thrak. Völker (z. B. die Myser und Trerer) nach Kleinasien. Gegen E. des 8. Jh. setzte die griech. Kolonisation ein, die bis ins 7. Jh. dauerte und die von Aiolern, Ioniern (vor allem Milesiern) und vielleicht auch von Dorern durchgeführt wurde. Erwähnt seien auf der asiat. Seite (von N. nach S.) Paisos, Abarnos, Lampsakos, Perkote, Arisbe, Abydos, Dardanos, Ophryneion, Rhoiteion, Neu-Ilion mit dem »Hafen der Achäer«; auf der europ. Seite Kallipolis, Sestos, Madytos, Elaius. Am Eingang auf der asiat. Seite wurde Sigeion im 7. bis 6. Jh. von Athen gegründet, kennzeichnend für die Bedeutung des H. für die Expansion Athens über See und für seinen Handel mit den pont. Ländern. Von der Mitte des 6. Jh. ab steht H. unter pers. Einfluß. Mardonios setzte auf seinem thrak. Feldzug (493) mit Schiffen über den H. (Hdt. 6,43). Xerxes ließ von Abydos nach Sestos eine Schiffbrücke bauen (480), die von Hdt. 7,33 ff. ausführlich beschrieben wird. Dem Del.-Att. Seebund gehörten die meisten Städte am H. an; die Steuer wurde als *Ἑλλησπόντιος φόρος* bezeichnet. Die letzten Phasen des pelop. Krieges spielten sich dort ab (Seeschlacht von Aigospotamoi 405). Im 4. Jh. konnten weder die Spartaner noch die Athener eine ständige Kontrolle des H. durchführen, die später von den Makedonen verwirklicht wurde. Alexander d. Gr. setzte von Elaius nach Ilion über (334), während sein Heer von Sestos nach Abydos zog (Arr. an. 1,11,6–8). In hellenist. Z., als sich der polit. Schwerpunkt auf das ö. Mittelmeer verlegte, verlor H. an Bedeutung, blieb aber trotzdem Zankapfel zwischen den Großmächten. Im J. 278/77 überschritten die Galater den H. und verheerten die Küstenstädte (Liv. 36,16,2). In der 2. Hälfte des 3. Jh. ptolemäischer Einfluß; dann Streitobjekt zwischen den Seleukiden und Makedonen. Nach dem Griechenlandzug Antiochos' III. zog das Heer der Scipionen nach Kleinasien (190). Im 1. mithradat. Krieg spielte der H. eine gewisse Rolle. Der Friede wurde in Dardanos geschlossen (84). Später öfters Durchzüge röm. Truppen. In der Kaiserzeit, als beide Gestade, ferner ein großer Teil der pont. Länder unter derselben Herrschaft standen, verlor H. an Bedeutung und der Weg Europa-Asien verlegte sich nach Byzanz.

A. M. M.

H. Limpricht Die Straße der Dardanellen, 1892. RE VIII 182 ff. 188 ff. Für die Kolonien auf der asiat. Küste. *Ed. Meyer* Gesch. der Troas, 79 ff. *W. Ruge*, RE VII A 536 ff., auf der europ. Seite RE III 2247 *(Büchner)*. Für die Wege: *E. Gren* Pet. G.M. 88, 1942, 320 ff. Karten: Außer der engl. Admiralitätsk. und *Kiepert* Spezialk. von W.-Kleinasien, 1 : 250000, vgl. noch die türk. K.n 1 : 800000, 1 : 500000 und 1 : 200000 (nicht im Handel).

Hellopia (*Ἑλλοπία*). Der gleiche Name mit anderer Endung wie → Hellas, Hellenes, nach Hes. frg. 134 Rz. in Sch. Soph. Trach. 1167. Strab. 7,7,10 p. 328. Steph. Byz. Plin. nat. 4,2 das Gebiet von Dodona. H. oder Ellopia hieß auch ein Gebiet im N. von Euboia, danach dichterisch die ganze Insel, Hdt. 8,23. Strab. 10,1,3 ff. p. 445 f. Steph. Byz. Hesych. s. *Ἑλλοπιεῖς*. Kall. h. 4,20. Fr. Geyer Topogr. und Gesch. der Insel Euboia 84 f. Nach Steph. Byz. gab es Orte dieses Namens auch in Aitolien, Dolopien und bei Thespiai. E. M.

Hellotis (*Ἑλλωτίς* Etym. m. 332,43. [4],8). Hypostase der prähell. Erd- und Muttergöttin (F. Schachermeyr Poseidon, 1950, 122 f.); in Dodona ([1], 49 ff. → Gaia) neben einem Parhedros Hellos ([1], 54 ff. 114 ff.), dessen Nachfolger der pelasg.-epirot. → Zeus war (Ch. Picard Orig. du polytheisme hell. 2, 1930, 17. [3], 586 f.). Ihr Name daher mit dessen dodon. Priestern, den *Ἑλλοί* (Hom. Il. 16, 233 ff. F. Lochner-Hüttenbach Die Pelasger,

1960, 147ff. A.J. van Windekens, Names 9, 1961, 91ff.), weiter mit *Ἑλλά*, *Ἑλλάς*, *Ἑλλοπία* bzw. *Ἕλληνες*, *Ἕλλοπες* (Strab. 7,328. Aristot. met. 1, 14. Sch. Il. 16,234. H. Güntert, WuS 9, 1926, 132ff.) zusammengestellt (E. Maass Griechen und Semiten auf dem Isthmus von Korinth, 1903, 7. G. Bonfante, CPh 36, 1941, 14. [3],587.590). Auf Kreta als Baum- und Erdgöttin ([4],12.20. → Demeter) im hlg. Platanenhain von Gortyn (Theophr. h. plant. 1,9,5. F. R. Schroeder Germ.-Rom. Monatsschr. 22, 1934, 188ff.) der → Europa verschmolzen ([1],64ff. 169ff. [3],591. [4],11); auf hellenist. Münzen (C. Seltman Greek Coins, 1955², 170f. T. 37) nymphenhaft im Baum sitzend dargestellt (W. Technau, JDAI 52, 1937, 94f. Geistige Arbeit 5,6, 1938, 5). Feste (*Ἑλλώτια*) mit Pflanzen- und Feuersymbolik ([4],13f.) auf Kreta und in Korinth (Ath. 15,678a. Sch. Pind. O. 13, 56b. Hesych. s. v. [1],107ff. P. Mingazzini, Religio 1, 1919, 287. E. Gjerstad, ARW 27, 1929, 198f. J. G. O'Neill Ancient Corinth, 1930, 104), wo H., wie in Marathon (SEG 1,68. H. von Prott Fasti Sacri Nr. 26, Z. 35), an → Athena angeschlossen war ([2],140f. Nilsson Griech. Feste 94ff. N. Yalouris, MH 7, 1950, 27ff.). Der Versuch, für H. semit. Bezüge (Etym. m. 332,41) aufzuzeigen (H. = Elat-Allat: E. Assmann, Ph 67, 1908, 171f. J. G. Février Rel. des Palmyréniens, 1931, 15,6), stützt sich auf die Nachricht von einer phöniz. Elat-Europa-Astarte (Hdt. 1,2. R. de Langhe Miscellanea A. de Meyer 1, 1946, 94. G. R. Stewart, Names 9,84ff. [4],9f. 15ff. 19. [5],308. → El). W. F.

1. *A. Lesky*, WSt 45, 1927, 152ff. 46, 1928, 48ff. 107ff. 2. *O. Broneer*, Hesp. 11, 1942, 128ff. 3. *U. Pestalozza*, RIL 91, 1957, 583ff. 4. *R. F. Willetts*, Eirene 1, 1960, 5ff. 5. *S. Morenz*, FF 36, 1962, 307ff.

Hellusii *(Elisii, Elysii, Helysii)*. Name eines halb tiergestaltigen Fabelvolkes bei Tac. Germ. 46, von Müllenh. DA 2,354f. aus der Wz. *kel* hoch, erhaben abgeleitet und als Riesen gedeutet, richtiger von R. Much, GGA 1901, 463 und Tac. Germ. 422 als Ableitung aus einer germ. Entsprechung zu griech. *ἑλλός* (*ἐλνός*) Hirschkalb, lit. *elnis* = Hirsch, mit Weiterbildung zu Elne, erklärt. W.S.

Heloris (*Ἕλωρις*). Syrakusaner, gehörte zum engsten Vertrautenkreis Dionysios' I., vielleicht war er der Adoptivvater des Tyrannen (Diod. 14, 8,5). H. prägte bei einer Beratung in der Tyrannenburg während des Aufstandes der Syrakusaner 404/03 v. Chr. den bis in die Spätant. bekannten Satz: *καλὸν ἐντάφιόν ἐστιν ἡ τυραννίς* (Diod. a. O.). Er wurde später aus unbekannten Gründen verbannt, war 394 bereits in Rhegion und nahm den Kampf gegen Dionysios auf. Er belagerte 393 vergeblich Messana, verteidigte 392 Rhegion mit Erfolg gegen den Tyrannen (Diod. 14,87,1f. 90,4f.). Er fiel 388 als Feldherr des Bundes der italiot. Griechen mit der Vorhut seines Heeres am Elleporos (Diod. 14,103,5–104,3). H. Ca.

Heloros (*Ἕλωρος*). **1.** In pergamen. Sage Sohn des Flußgottes Istros, mit seinem Bruder Aktaios Bundesgenosse des Troers Telephos, von Aias im Kampfe erschlagen. Philostr. her. 2,15f. Vgl. den pergamen. Telephosfries. H. v. G.

2. H., ein Fluß in O.-Sicilien, der bei Palazzolo entspringt und 20 km n. der S.-Spitze der Insel ins Ion. Meer mündet. Oft genannt wegen der an ihm geschlagenen Schlacht, in der Hippokrates etwa 493/92 die Syrakusier besiegte (Hdt. 7,154), und wegen der *Ἑλωρίνη ὁδός*, der verhängnisvollen Rückzugsstraße der Athener 413 (Thuk. 6,66,3. 70,4. 7,80,5). RE VIII 199. **3.** Städtchen an der Mündung des gleichnamigen Flusses, genannt schon von Skyl. 13, im Friedensvertrag von 263 von den Römern dem Hieron zugesprochen (Diod. 23,4,1), 214 von Marcellus genommen (Liv. 24,35,1), von Verres ausgeplündert (Cic. Verr. 3,103.129. 4,59. 5,90f.), erwähnt noch Plin. nat. 32,16. Bei neueren Grabungen wurden eine hellenist. Stoa und ein Tempelchen oder Schatzhaus aufgedeckt. AA 1964, 675. K. Z.

Helos (*Ἕλος*). **1.** Ort im O.-Teil der Mündungsebene des Eurotas, Pol. 5,19,7. 20,12 *Ἑλεία*, nach dem die spartan. Heloten genannt sein sollen. Schon Hom. Il. 2,584. h. Apoll. 410 genannt. Nach 195 v. Chr. selbständig, Ethnikon jetzt *Ἑλείτες*, Steph. Byz. IG VII 1765. Nachantik Name eines Bischofssitzes, Georg. Cypr. ed. H. Gelzer 1639. Not. episc. 3,473. 10,580. 13,430. Genaue Lage noch nicht gefunden. Strab. 8,5,2 p. 363. 5,4 p. 365. Paus. 3,20,6f. 22,3. Thuk. 4,54,4. Xen. hell. 6,5,32.

1. *Bölte*, RE VIII 200ff. Nr. 3. III A 1335,3ff. 2. IG V 1 p. 195. 3. *Philipps.-Kirst.* 3,461f. 4. *H. Waterhouse–R. Hope Simpson*, ABSA 55, 1960, 87ff.

2. Nur bei Hom. Il. 2,594 genannter Ort im Reiche Nestors, anscheinend im Inneren, vielleicht zu verbinden mit dem Kult der Artemis Heleia (codd. *Ἠλεία*) bei Strab. 8,3,25 p. 350. E. M.

1. *Bölte*, RE VIII 202f. Nr. 4. 2. *E. Meyer* Neue peloponnes. Wanderungen 1957, 72f.

Heloten (*Εἵλωτες*, von *ϝαλίσκομαι*: Boisacq³ 225, nicht mit den ant. Autoren von *Ἕλος*), die von den einwandernden → Doriern in → Lakonien unterworfenen → Achaioi (Theop. FGrH 115 F 122), deren Schutzgott *Ποhοιδάν* = → Poseidon war (IG V 1,1228. 1230–1232 [Tainaron, hier H.-Asyl: Thuk. 1,128,1]). Zu den lakon. H. traten nach Eroberung → Messeniens dessen helotisierte Bewohner (beide Gruppen z. B. bei Theop. FGrH 115 F 13). Die H. waren an die ihnen zur Bewirtschaftung überwiesene Parzelle des → Kleros eines Spartiaten gebunden und mußten die Hälfte des Ertrags abliefern (Tyrt. frg. 5), befanden sich aber durch die ihnen verbleibende Hälfte wirtschaftlich in einer vergleichsweise selbständigen Position (Poll. 3,83: *μεταξὺ δὲ ἐλευθέρων καὶ δούλων*), die sich vielleicht auf die myken. Z. zurückführen läßt. Die H. standen nicht eigentlich im Privateigentum, sondern gehörten in gewisser Weise dem Staat, der Verkauf und Freilassung verbot (Strab. 8,365. Ephor. FGrH 70 F 117) und letztere nur als Belohnung für Kriegsdienst (Thuk. 4,80,3 f.!) oder aus finanziellen Gründen (Plut. Kleom. 23,1) gewährte. Als Unterworfene suspekt, wurden die H. von ihren Herren und durch die staatliche Institution der → Krypteia scharf überwacht. Die jährlich wiederholte Kriegserklärung ermöglichte Tötungen ohne Blutschuld (Aristot. frg. 538). Die großen H.-Aufstände in Messenien (Mitte 7. Jh. und 464) verschärften das Verhältnis zu den Spartiaten und wirkten für die Zukunft beunruhigend. H. gab es bis zum Beginn der Römerzeit (Strab. a.O.). H. B.

K.M.T. Chrimes Ancient Sparta, ^{2}1952, 272–304. *H. Michell* Sparta, 1952, 75–84. *D. Lotze* Μεταξὺ ἐλευθέρων καὶ δούλων, 1959, 26–47. *P. Oliva*, Historica 3 (Prag 1961) 5–34. *M.A. Levi*, RAL 96, 1962, 523–528. *G.L. Huxley* Early Sparta, 1962, 87–96. *F. Kiechle* Lakonien und Sparta, 1963.

Helpidius. 1. H. erscheint im Cod. Iust. 8,10,6 vom 30. Mai 321 als *agens vices praefectorum praetorio* und bekleidete dieses später als *vicarius urbis Romae* bezeichnete Amt wahrscheinlich bis 324 (Cod. Theod. 9,21,4 – dazu A. CHASTAGNOL La préfecture urbaine à Rome, 1960, 32). **2.** Claudius H., Paphlagonier, niederer Herkunft, Christ (Amm. 21,6,9. Hieron. vita Hilar. 14 = MIGNE L 23,39). H. war zunächst *notarius* (Liban. or. 42,24 f.), nach 337 *praeses Mauretaniae Sitif.* (CIL VIII 20542), wahrscheinlich 353 *consularis Pannoniae* (Cod. Theod. 7,20,6), 360/62 *praefectus praet. Orientis* (Cod. Theod. 11,24,1), starb nicht lange nach Kaiser Iulian (Liban. or. 37,3,11.13). Seine Tochter Prisca vermählte er 363 einem Verwandten des Libanios (Liban. epist. 1156. 1330. 1409 f. 1448). **3.** H. * vor 331, aus Antiocheia, verschwägert mit Libanios, trat in den Dienst des Caesars Iulianus, vielleicht als *comes rerum privatarum*. Unter Iulians Einfluß Heide geworden, nahm er 363 am Perserfeldzug teil, wurde 364 *proconsul Asiae*. Nach Beteiligung am Aufstand des Prokopios setzte ihn Kaiser Valens gefangen (Philostorg. 7,10. Theodoret. 3,12. Liban. epist. 35. 448. 1120. 1180). A. L.

Helva. Cognomen, wohl nach der Haarfarbe, »honiggelb, isabellfarben«, WALDE-HOF.^{3} 1,639. In den Fasten nur in republikan. Zeit bei den Aebutii (o. Bd. I 81 f.), vgl. DEGRASSI FCapit. 145. H. G. G.

Helveconae. Bei Tac. Germ. 43 ein Stamm des lugischen Volkes, wahrscheinlich ident. mit den *Αἰλουαίωνες* (*Ἐλουαίωνες*) bei Ptol. 2, 11,9, obwohl sie hier von den *Λούγιοι* durch die *Βουργοῦντες* getrennt erscheinen (Ungenauigkeit der Karte oder späterer geschichtlicher Zustand?). Die bei Tac. überlieferte Namensform ist trotz MÜLLENH. DA 4,562 als die richtige zu betrachten, abgeleitet von germ. **elwa* gelb, lohbraun, vgl. HOOPS Reall. s. v. R. MUCH Tac. Germ. 379. Was aus den sonst nicht bezeugten H. geworden ist, ist nicht bekannt. W. S.

Helvetum. Örtlichkeit im Ober-Elsaß, seit der caes. Eroberung im Gebiet der Triboker, h. Ell oder Ehl bei Benfeld am Illfluß (Hellelus). Archäolog. Bodenfunde reichen von der Spät-La-Tène-Zeit bis zum E. des 4. Jh. n. Chr., als ein befestigter Posten über Ill und Rhein hier bestand (Ziegelstempel der Leg. VIII Aug.). H. C.

Haug, RE VIII 216. CIL XIII 2,140. *Miller* Itin. Rom. 53.

Helvetii, der kelt. Hauptstamm im schweizer. Mittelland zwischen Bodensee – Genfer See – Alpen – Jura. Ob und wieweit die anstoßenden n. Alpentäler noch zum Gebiet der H. gehörten, ist ganz unsicher [4],141 ff. Die H. zerfielen in 4 *pagi* (Caes. Gall. 1,12,4. [2],241 Nr. 194. 195), von denen der *pagus Verbigenus* nur bei Caes. Gall. 1,27,4 genannt ist, während der Hauptstamm der Tiguriner in der W.-Schweiz ([2],241 Nr. 195) von einzelnen Autoren als besonderer Stamm bezeichnet wird (App. Celt. 1,3. Plut. Caes. 18,1 f.) und z.T. seine eigene Gesch. hatte (s.u.). Poseidonios bei Strab. 4,3,3 p. 193 nannte nur 3 Stämme, von denen 2, nämlich die Teutonen und Tiguriner, beim Kimbernzug vernichtet seien (7,2,2 p. 293). Urspr. saßen die H. in oder auch in SW.-Deutschland, woran die *Ἑλουητίων ἔρημος* bei Ptol. 2,11,6 erinnert (dazu Tac. Germ. 28,2. Caes. Gall. 6,25,2. [1],26 ff.). Nach der wohl richtigen Nachricht des Poseidonios bei Strab. 7,2,2 p. 293 waren auch die Teutonen ein Teilstamm der H., wohl ein in S.-Deutschland siedelnder Teil, dazu [1],55 ff. [2], 356 f. W. ALY Strabonis geographica 4, 1957, 300 ff. 455 ff.). Ebenso schlossen sich die Tiguriner dem Kimbernzug an und besiegten an der mittleren Garonne 107 v. Chr. ein röm. Heer unter L. Cassius Longinus, Caes. Gall. 1,7,4. 12,5 ff. 13,2. 14,7. Liv. per. 65. App. Celt. 1,3. Strab. 7,2,2 p. 293. 4,3,3 p. 193. [1],57 f. Der Katastrophe der Kimbern und Teutonen entgingen sie, weil sie sich getrennt hatten und noch in den O.-Alpen standen, von wo sie dann zurückkehrten, Flor. 1,38 (3,3),18. Ein Teil von ihnen scheint bei Klagenfurt zurückgeblieben zu sein, Carinthia 1,140, 1950, 494 ff. [4],141. Folge dieser Ereignisse war wohl die gänzliche Räumung S.-Deutschlands.

Den Versuch der H., die alte Heimat zu verlassen und in SW.-Frankreich neue Wohnsitze zu suchen, 58 v. Chr., vereitelte Caesar durch seinen Sieg bei Bibracte [1],66 ff. Das mit ihnen abgeschlossene »Bündnis« zeigt, daß sie noch außerhalb des röm. Reichs blieben, Cic. Balb. 32. [4], 145. Am Aufstand des Vercingetorix waren auch die H. beteiligt, Caes. Gall. 7,75,3. Danach Sicherung der Provinz Gallien durch die Sperrung der Juraausgänge mit den Kolonien Iulia Equestris-Nyon auf helvet. Gebiet und Raurica (Augst) auf dem Gebiet der Rauriker, [4],144 f. Ins röm. Reichsgebiet einbezogen wurden die H. erst mit dem Alpenfeldzug des Tiberius und Drusus im J.

15 v. Chr. [4],146f. Jetzt zunächst zur Provinz Belgica, später zur Germania Superior, [1],237f. Cass. Dio 53,12,6. 69 n. Chr. blutiger und verheerender Zusammenstoß mit den durchmarschierenden Truppen des Vitellius, Tac. hist. 1,67–70. [1],187ff. Vespasian machte den Hauptort → Aventicum zur röm. Bürgerkolonie, wobei die peregrine Stammesgemeinde der H. bestehen blieb und die Beamten der Kolonie zugleich die des Gesamtstammes waren. Röm. Bürger gehörten vorher der Tribus Fabia, später der Quirina an. Im 2. Jh. bestand eine cohors I Helvetiorum im Limeskastell Böckingen, später Öhringen. 259/60 verheerende Alemanneneinfälle mit Zerstörung aller Städte und Villen. Diokletian und Valentinian suchten die Rheingrenze durch Kastelle, letzterer auch durch eine dichte Kette von Wachttürmen am Rhein zu sichern. In der neuen Provinzeinteilung gehörten die H. zur Provinz Maxima Sequanorum der Dioecesis Galliarum zusammen mit den Sequanern und Raurikern und wurden daher nun auch als Sequaner bezeichnet. Erste Zeugnisse des Christentums seit konstantin. Zeit [4],154f., Bistümer sind sicher bezeugt für Avenches, später nach Lausanne verlegt, und Vindonissa, anscheinend, aber dann früh verschwunden, für Nyon und Yverdon, [1],587ff. Um 401 n. Chr. Rückzug der röm. Truppen und damit Aufgabe des Landes durch Rom, das sich selbst überlassen wurde und vom 5. Jh. an in langer Entwicklung von Burgundern in der W.-Schweiz und Alemannen in der N.-Schweiz besetzt wurde. E. M.

1. *F. Staehelin* Die Schweiz in röm. Zeit³, 1948. 2. *E. Howald–E. Meyer* Die röm. Schweiz, 1940. 3. *E. Meyer* Die Schweiz im Alt., 1946. 4. *Ders.* Neuere Forschungsergebnisse über die Schweiz in röm. Zeit, MH 19, 1962, 141ff. 5. *Ders.* Die Zahl der Helvetier bei Caesar, Ztschr. f. Schweiz. Gesch. 29, 1949, 65ff. 6. CIL XIII, II p. 5ff. Nr. 5025–5249. IV Nr. 11468–11538. 7. *H. Finke* Neue Inschr., 17. BRGK 1927, 1929, 31ff. Nr. 91–131. 8. *H. Nesselhauf* Neue Inschr. aus dem röm. Germanien und den angrenzenden Gebieten, 27. BRGK 1937, 1939, 66ff. Nr. 58–63. 9. *H. Nesselhauf–H. Lieb* Dritter Nachtrag zu CIL XIII, 40. BRGK 1959, 1960, 129ff. Nr. 18–94.

Helvidius. 1. s. Modesta; Severus. **2.** C. H. Priscus. Sohn eines Primipilars aus Cluviae (Samnium), Tac. hist. 4,5,1ff., schloß sich früh an die Stoiker an, Cass. Dio 66,12. Quaestor Achaiae unter Claudius, Sch. Iuv. 5,36. Forsch. Ephes. 3,130 Nr. 44. IG IX 2,555, s. GROAG Reichsbeamte 113f. Er heiratete in 2. Ehe → Fannia, die Tochter des → Thrasea Paetus, Plin. epist. 9,13,3. Im J. 51 war H. als quaestor Legionslegat in Syrien, Tac. ann. 12, 49,2, schritt als trib. pleb. 56 gegen Härten bei Versteigerungen ein, ebd. 13,28,3. Im J. 66 ging er mit Fannia nach dem Prozeß des Schwiegervaters nach Apollonia in die Verbannung, Tac. ann. 16, 35,1. Plin. epist. 7,19,4. Unter Galba zurückgekehrt (Tac. hist. 4,6,1), bestattete er Galbas Leichnam, Plut. Galba 28. Er tat sich als Redner hervor, Tac. hist. 4,7,1f., s. SCHANZ-HOS. 2,432f. Als Praetor 70 entsühnte er am 21. Juni den Bauplatz für den Juppitertempel auf dem Kapitol, Tac. hist. 4, 53,3. Wegen seines beleidigenden Auftretens gegen Vespasian (Cass. Dio 66,12) relegiert (Plin. epist. 7,19,4), wurde er bald darauf ermordet, Suet. Vesp. 15. Seine Grabinschr. CIL XIV 2844 (?). Auf Bitten der Fannia verfaßte → Herennius Senecio eine Biographie des H., Plin. epist. 7,19,5. Tac. Agr. 2,1, s. A. BRIESSMANN, Tac. u. d. flav. Geschichtsbild 1955, 94ff. **3.** H. Priscus. Sohn von Nr. 1 aus 1. Ehe, * vor 56, vor 87 cos. suff. Obwohl er auf dem Lande lebte (Plin. epist. 4,21,3; 3,11,3), glaubte sich Domitian in einem Stück des H., Paris und Oenone, verspottet (Suet. Dom. 10,4) und ließ ihn E. 93 ermorden, Tac. Agr. 45,1. Er hinterließ von seiner Gattin Anteia einen Sohn und 2 Töchter, die unter die Vormundschaft des Cornutus Tertullus kamen (Plin. epist. 9,13,16), jung (nach 97) verheiratet beide im Wochenbett starben, ebd. 4,21. R. H.

Helvii. Kelt. Volksstamm (*Elvii*, *Elvi* oder *Ilvi* Caes. civ. 1,35. Ἐλουοί Strab. 4,190). Sein Gebiet (h. Dép. Ardèche) am r. Ufer der Rhône grenzte n. an die Segusiavi, w. an die Vellavii und Gabali, s. an die Volcae Arecomici. Die Cevennen schieden sie von den Arvernern (Caes. Gall. 7,8). Im J. 52 v. Chr. standen die H. im Krieg gegen den Arverner Vercingetorix auf seiten Caesars und empfingen Vorrechte. Bei der Einteilung der Provinzen unter Augustus wurden sie zu Aquitanien geschlagen (Strab. 4,190) und gehörten bald darauf (Plin. nat. 3,36) zu Gallia Narbonensis. Hauptstadt war Alba Augusta Helviorum. Name Alba seit 1904, vorher Aps (F. DELARBRE Alba Augusta Helviorum, Privas 1958. M. LEGLAY, CRAI 1964; B. Ant. Fr. 1964, 140). Unter Diocletian wurde die *civitas Albensis* der *provincia Viennensis* zugeteilt. Im 6. Jh. n. Chr. wurde Vivarium (h. Viviers) die Hauptstadt. M. L.

Helvius. Name einer röm. pleb. Gens, möglicherweise abgeleitet von einem alten Praenomen und etr. sowie kelt. Namen nicht fernstehend, auch inschr. in Etrurien und Gallien bezeugt. SCHULZE Eigennamen 82.421. HOLDER 1,1430f.

I. Republikanische Zeit: **1.** C. H. und M. H., Kriegstribunen, die 203 bzw. 209 v. Chr. nach Liv. 30,18,15. 27,12,16 gefallen sind. Für C. H. ist die Todesnachricht erfunden, wenn er ident. ist mit Nr. 2. **2.** C. H. (Kriegstribun 203?, s. Nr. 1), pleb. Aedil 199, Praetor 198 mit dem Amtsbezirk Gallia Cisalpina, 189 Legat unter Cn. Manlius gegen die Galater. Liv. 23,7,13. 26,2 u. ö. Pol. 21, 34,2. BROUGHTON Mag. 1,327.330.364. **3.** M. H., pleb. Aedil 198, Praetor 197 mit dem jens. Spanien als Provinz. Dort blieb er infolge Erkrankung bis 195, besiegte die Keltiberer bei Illiturgi am Baetis und erhielt eine Ovatio, Liv. 34,10,1ff. Acta triumph. 194 Mitglied eines Dreimännerkollegiums zur Anlage der Kolonie Sipontum, Liv. 34,45,3.

4. C.H. Cinna, Volkstribun Caesars 44 v.Chr., s.o. Bd. I 1193 Nr. 6. **5.** H. Mancia, Freigelassenensohn aus Formiae, ein witziger Mensch – er verspottete 97 den Censor M. Antonius –, der aber auch wegen seiner Häßlichkeit den Spott etwa des C. Caesar Strabo (vor 87) auf sich zog. Als hochbetagter Greis klagte er – wohl 55 – den L. Scribonius Libo an. Cic. de or. 2,274.266. Val. Max. 6,2, 8. MÜNZER, RE II A 882f. **6.** Helvia, Ciceros Mutter, genannt von Suet. p. 80,5 Reiff. Plut. Cic. 1,1, nicht aber von dem Redner; ihr anderer Sohn Quintus kennzeichnet sie als peinlich genaue Hausfrau, Quint. Cic. fam. 16,26,2. Ihre Schwester war die Gattin des C. Visellius Aculeo, vgl. RE IX A 354. H. G. G.

II. Kaiserzeit. **1.** H. Agrippa aus der Baetica, procos. Sardiniae 68/69, CIL X 7852; er starb 83 im Senat während einer Untersuchung Domitians gegen Vestalinnen, Cass. Dio 67,3,3. **2.** T. H. Basila aus Atina in Latium. Aedil, Praetor, wahrscheinlich unter Tiberius procos. Achaiae, SEG XI 441, dann legat. Aug. pr. pr. Galatiae, OGIS 533. CIL X 5056. 5057, s. SHERK Legat. Galat. 30. **3.** H. Procula, Tochter von Nr. 2, CIL X 5056; ihre Grabinschr. ebd. 5086. – s. Pertinax. R. H.

III. Der Dichter C. H. Cinna. 1. Name: Gell. 19, 13,5 *Helvi Cinnae poetae;* Catull. 10,30 *C. Gaius;* 95,1 *Zmyrna mei C.* – 2. Leben: * ca. 85 in Oberitalien (Frg. 9; CIL 4237.4426 u.a.: Helvii um Brixia), lebt er in Rom im Kreis um Catull. Aus Bithynien (dort eher nach [2],57ff. in der *cohors Pompei* 66/65 als mit Memmius und Catull 57/56) brachte er Arats Phainomena (Frg. 11) und 8 Träger (Catull. 10,29f.), vielleicht auch Parthenios (*λάφυρον* Suda; [2],62ff.) mit, was 57/56 (vgl. Catull. 10,9. 28) wenig wahrscheinlich ist. Die Ermordung des Tribunen Cinna 44 (Val. Max. 9,9,1. Suet. Iul. 85 u.a.) wird durch Plut. Brut. 20,8 auf den Dichter beziehbar: gegen diese Beziehung K. ZIEGLER, RhM 81, 1932, 81ff.; Verg. ecl. 9,35 stammt aus Lebzeiten des H.: VRETSKA, Altspr. Unterr. 6,2, 1963, 40. – 3. Werke: Smyrna: gelehrtes Kleinepos, nach neunjähriger Arbeit (etwa 64–55 nach [2],69f.; Catull. 95,2) veröffentlicht, von Catull gefeiert, von Crassitius erklärt (Suet. gramm. 18). – Propempticon: gelehrt, von Hyginus erklärt (Char. GL 1,134,12K), für die Reise Pollios nach O.; in Rom gedichtet ([2],62ff. [1],226). – Erot. (?: Ov. trist. 2,435) Carmina (Gell. 19,13,5) und Epigramme (Non. 2,87 M). – 4. Nachwirkung: Bahnbrecher der Neoteriker ([3],58), von den Augusteern kaum beachtet (Geleitgedichte: Hor. c. 1,3. Prop. 3,21. Ov. am. 2,11. Stat. silv. 3,2), wird er später ungünstig beurteilt: Gell. 19,9,7 *inlepida carmina.* K. V.

Frg.: *Morel*, FPL S. 87–90. – 1. *F. Skutsch*, RE VIII 226ff. 2. *A. Rostagni* Scr. minori, II 2, 1956, 57ff. (urspr.: Atti R. Acad. Torino 1933). 3. *L. Alfonsi* Poetae Novi, Como 1945, 56ff. (vgl. auch Aevum 36, 1962, 319). 4. *A. Traglia* Poetae Novi, Rom 1963.

Hemiamphorion s. Amphora

Hemichorion (*ἡμιχόριον*, »Halbchor«, vgl. *διχορία* bei Poll. 4,107). Das Wort ist für uns erst in erklärender Lit. belegt, z.B.: Poll. a.O.; Sch. Eur. Alc. 77; Troad. 166.176; Rhes. 706. Aristoph. Ach. 564; Equ. 589; die Sache z.B.: Sch. Aischyl. Sept. 1054. Soph. Ai. 879. Eur. Or. 1539 (?). Aristoph. Ach. 557; Ran. 354.372. 440; Lys. Hypoth. Da sich Aristarch mit dem Problem beschäftigte (Sch. Aristoph. Ran. 354), wird die Sache der Theaterpraxis seit jeher angehören und das Wort vorhellenist. sein. Teilbarkeit des Chors in Halbchöre (zu unterscheiden vom Hinzutreten eines 2. Chors, also Chorverdoppelung) gibt dem Chorlied ein Element, aus dem sich Drama entwickeln kann. Das Problem der H. führt also (wie das der Doppelchöre) zum Problem der Ursprünge des Dramas. Bei der Dürftigkeit des ant. literarhistor. Materials muß unsere Anschauung über H. durch Interpretation der erhaltenen Chorlieder gewonnen werden, enthält also immer einen gewissen Unsicherheitsfaktor. Z. B.: Alkm. Fr. 1 P, Chorteilung jetzt wohl bestätigt durch POxy XXIV, 2387. Aischyl. Pers. 1ff. 532ff.; Sept. 822ff. (mit Sch. 1054). Soph. Ai. 805f. 866ff. (mit Sch. 879); Ichn. 94ff. 170ff. (?). Eur. Alc. 77ff. (mit Sch. 77); Suppl. 42. 598; Troad. 165ff. (mit Sch. 166 und 176); Ion 184ff. (?); Rhes. 538ff. 683ff. 820ff. (mit Sch. 706). Aristoph. Ach. 557ff. (mit Sch. 557); Equ. 242 (?); Lys. 254ff. 701ff. 805ff. Ob die in den Dramatikerhss. häufige Beischrift *ἡμιχ* Überlieferung ist, kann erst die Gesamtuntersuchung aller Sprecherbezeichnungen lehren. F. St.

J. Lammers Die Doppel- und Halbchöre in der ant. Tragödie, Diss. Münster 1931. *F. Stoessl* Die Trilogie d. Aisch., Wien 1936, 176ff. *Ders.* Die Phoinissen d. Phrynichos und d. Perser d. Aisch. MH 2, 1945, 148ff. *Ders.* Leben und Dichtung im Sparta des 7. Jh. v. Chr., Eumusia, Festschr. für E. Howald, Zürich 1947, 92ff.

Hemidrachmon s. Triobolon

Hemikypron s. Kypros

Hemilitron s. Litra

Hemimedimnon s. Medimnos

Hemina. Röm. Hohlmaß für Flüssiges und Trockenes, 1/96 → amphora, 1/32 → modius, 1/12 → congius, ½ → sextarius und ihrerseits 2 → quartarii, 4 → acetabula, 6 → cyathi haltend. Ihr Name: Halbmine, bezeugt Herkunft aus Mesopotamien und Hohlmaßbestimmung nach Gewicht. Ihr Inhalt: 0,273 l, war laut HULTSCH dem der att. → Kotyle gleich und wog bei Wasser- (Wein-) Füllung 10 → Unzen = 1 sog. osk. Pfund (→ Gewichte). Sie bildete bes. das Ölmaß. Als solches hieß sie *λίτρα ἐλαίου* oder *κέρας λιτραῖον*, Ölpfund bzw. Pfundhorn, und war ein aus Horn gefertigtes Meßgefäß mit Unzenskala. H. Ch.

F. Hultsch Metrologie ²116ff. *H. Nissen*, HB Altertumsw. I²,844. *H. Chantraine*, RE IX A 659ff. (Lit.).

Hemiobolion (*ἡμιωβόλιον*, *ἡμιωβέλιον* o. ä.). »Halbobol«, erscheint als Münze mit meist abgekürzter Wertangabe (H, E, HM) zahlreich in der Peloponnes, dann in Kolophon und mit bes. Prägebild in Korinth (Kopf des Pegasos), Orchomenos Boeotiae (halbes Getreidekorn) und Athen (Eule, statt Mondsicheln wie→ Obol und ¼ Obol). Vgl. Xen. an. 1,5,6. H. Ch.

Schrötter WBMzK s. v.

Hemiolion (*ἡμιόλιον*). Ein Aufschlag von entweder 150 oder auch 50% des Wertes von Geld- oder Warenzahlungen, der durch Strafklauseln von Urkunden griech. Rechtes in griech., demot. oder semit. Sprache von Althellas bis zur Prinzipatszeit im Falle der Nichterfüllung von Kontraktbedingungen häufig ausgemacht wird, in bes. großer Zahl in der Welt der Papyri. Im Äg. der Prinzipatszeit kommt H. auch als Strafe bei Nichtzahlung von Steuern vor. F. M. H.

Vgl. RE Art. *Ἡμιόλιον* (Suppl. III). *Lidd.-Sc.* s. *ἡμιολίζω, ἡμιόλιος*. *R. Taubenschlag* The Law of Greco-Roman Egypt in the Light of the Papyri² I, II (1955). Indices s. *ἡμιολία*. *Sh. L. Wallace* Taxation in Egypt From Augustus to Diocletian, 1938, 39.

Hemisphaerium. a) Als geom. Gebilde Eukl. opt. rec. Theon c. 23–27. b) Die *κύκλῳ περὶ τὴν γῆν φερόμενα δύο ἡ.* des Empedokles, Diels DoxGr p. 350. Sch. Germ. 187,13 Breys. Belege aus Aristot., Theophr. u. a. gibt Degering, RE VIII 253. Cic., Sen., Plin., Varro, Vitr. gebrauchen das von Naevius eingeführte Fremdwort in astron. oder geodät. Sinne nicht, sondern behelfen sich mit Umschreibungen. c) Die ober- und unterird. Hälften der Erdkugel (Bel. bei Degering). d) Kuppelgewölbe bei Varro und Vitr. e) Ein spezieller Typus der Sonnenuhr, Vitr. 9,8,1. Macr. somn. 2,7,15. Bel. bei Lewis-Short Lat. Dict. und Liddell-Scott s. v. R. B.

Henioche (*Ἡνιόχη*). **1.** Epiklesis der Hera in Lebadeia, Paus. 9,39,5. Wohl eine alte boiot. Lokalgottheit. **2.** Gemahlin Kreons in Theben, der mit ihr den flüchtigen → Amphitryon aufnimmt, Hes. asp. 83. H. v. G.

Heniochoi (*Ἡνίοχοι*). Starker Stammesverband an der kaukas. Küste des Pontos Euxeinos. Die urspr. Sitze der H. werden im Raum zwischen dem Siedlungsgebiet der Zygoi und der Achaioi im N. und dem der Sanegai im S. angesetzt, ihre späteren Wohnsitze, z. Z. der griech. Kolonisation, waren nahe der miles. Kolonie → Pityus (h. Pitzunda) an der W.-Küste von Grusien. Ptol. 5,9,25 zufolge lag das Stammesgebiet der H. zwischen den → Kerketai im N. und den Suannokolchen im S. Die Kerketai sind in späterer Z. in diese Gegend eingedrungen, ein Teil der H. scheint in späthellenist. Z. nach Kleinasien in die Gegend von Trapezus gezogen zu sein. Die H. sowie ihre Nachbarn, die Zygoi und Achaioi (d. h. die Stämme s. der → Sindike und → Gorgippia) lebten Strabon zufolge vom Seeraub, dort auch Beschreibung ihrer leichten Kähne (*καμάραι*). Gegen E. des 4. Jh. v. Chr. wurden die H. vom Bosporan. König → Eumelos (Nr. 4) unterworfen, der das Seeräuberunwesen im Pontos beseitigte. Strab. 11,495. Chr. D.

Latyšev Scythica et Caucasica, I, 1893 und II, 1904. *Kiessling*, RE VIII 295 ff.

Heniochos (*Ἡνίοχος*). Athener, Dichter der Mittleren Komödie. So die Suda, deren Quelle 8 Stücke aus einer größeren Anzahl zu nennen wußte. Frg. 5, aus dem Prolog eines ungenannten Stücks, stellt dem Publikum einen Chor von Frauen vor, die Athens ehemalige Bundesstädte personifizieren (vgl. Eupolis *Πόλεις*, Aristoph. *Βαβυλώνιοι* und *Νῆσοι*). Die wahrscheinlichste Datierung ist die auf die Zeit nach dem Bundesgenossenkrieg (357–355); dazu stimmt der Titel *Πολύευκτος*. Bemerkenswert der Chor und die polit. Tendenz zu dieser Zeit. Andere Titel erinnern an die Nea. W. K.

Körte, RE VIII 283. *T. B. L. Webster* Stud. in later greek comedy, 1953, 44–59.

Henna (so alle lat. Quellen von CIL I 530 [wahrscheinlich 214 v. Chr.] und Cic. ab, *HENNAION* die Mz. Head HN² 137, 5. Jh., sonst durchgehend *Ἕννα*). Alte, sehr feste Siculerstadt (Beschreibung Cic. Verr. 4,107. Diod. 5,3,2) auf steilem, fast 1000 m hohem Berg im Zentrum Siciliens, seit 5. Jh. hellenisiert, 403 vorübergehend, seit 396 dauernd von Dionysios I. besetzt (Diod. 14,14, 6–8. 78,7), fällt 309 von Agathokles ab (20,31,5), im 1. pun. Kriege umkämpft (Diod. 23,9,4.5. Pol. 1,24,12, der es zu den *πολισμάτια* zählt), 214 bei dem Versuch, zu den Karthagern abzufallen, ausgemordet (Liv. 24,37–39. Frontin. strat. 4,7,22. Polyain. 8,21. CIL I 530 *M. Claudius M. F. consol Hinnad cepit* zu Beutestück), im großen Sklavenkrieg, der 136 von H. ausging, Residenz des → Eunus, erst 132 nach langer Belagerung durch Aushungerung genommen. Daß das *mun(icipium) Hennae* (so Mz.) seitdem unbedeutend war, zeigen die bescheidenen Zahlen, die Cic. Verr. 3,100 über die Erpressungen des Verres gibt, die aber nach ihm die Bewohner nicht so sehr empörten wie die Entwendung des ältesten Tempelbildes der Ceres, 4,106–115, da ja H. ein Zentrum des Demeterkultes mit alljährlichen Festen war; galt doch der Pergus-See 5 km w. s. w. von H. als Ort des Raubes der Kore. Von diesem berichten noch viele spätere Quellen; H. selbst erscheint erst wieder in den byz. Berichten über die Invasion der Araber, denen die endgültige Eroberung von H. erst 859 gelingt. Am stärksten hat dann Friedrich II. die Festung ausgebaut. Der ma. Name Castrogiovanni (aus Castrum Hennae über arab. Kasr. Jânna) ist seit 1927 durch Enna ersetzt. Ant. Fundstücke im Museo Alessi. K. Z.

RE VIII 284. Mz. *Head* HN² 136 f.

Heosphoros s. Phosphoros

Hephaistion (*Ἡφαιστίων*). **1.** Freund Alexanders d. Gr., mit diesem erzogen und von ihm leidenschaftlich geliebt. Er führte bei Gaugamela die berittene Leibgarde, erhielt nach dem Philotasprozeß eine der beiden neuen Hipparchien, hatte später die Sogdiana zu besiedeln und marschierte zusammen mit Perdikkas 327 an der Spitze einer selbständigen Heeresgruppe in Indien ein, wo er den Indus überbrückte. Nach Gründung mehrerer Städte führte er als Trierarch der Indusflotte einen Heeresteil auf der linken Seite des Flusses zum Meer, wo er Patala anzulegen hatte, und gründete auch auf dem Rückmarsch nach Persien mehrere Städte. Ehrungen nach der Rückkehr lassen seine Ausnahmestellung erkennen: als Chiliarch war er mit einem militär. Rang Inhaber des von Alexander neu geschaffenen Veziramtes für das Reich und wurde 324 durch seine Heirat mit Dareios' Tochter Drypetis Schwager des Königs. Die mit den Jahren wachsende Zuneigung Alexanders gab der Lit. Stoff zu vielerlei Mutmaßungen, wird aber weder mit romant. Hochgefühlen noch griech. Homoerotik oder Achillesnachahmung zu erklären sein. Zu erkennen ist, daß H. von allen Feldherren am rückhaltlosesten Alexanders Perserpolitik unterstützte und dafür auch persönliche Feindschaften auf sich nahm (vgl. etwa sein Verhalten in der Kallisthenesaffäre, dazu Plut. Al. 47–55. Arr. an. 7,13,1). Sein Tod (Herbst 324) bedeutete daher einen polit. Verlust, sein Amt übernahm Perdikkas, was zweifelsohne die Grundlage von dessen späterer Macht bildete. H.s Scheiterhaufen in Babylon kostete 10000 Tal. (Iust. 12,12,12), das Ammonsorakel ordnete Heroenverehrung an, doch scheinen die beiden Heroentempel (in Alexandreia und auf der Insel Pharos) nicht mehr vollendet worden zu sein. G. W.

Berve Alex. 2, Nr. 357. *W. W. Tarn* Alexander the Great I. *C. McEwan* The Oriental Origin of Hellenistic Kingship, 1934.

2. H., griech. Grammatiker des 2. Jh. n. Chr. (Lehrer des Verus? Vgl. H. A. Ver. 2,5) aus Alexandreia (Suda s. v. *῾Η.*). Sein *ἐγχειρίδιον περὶ μέτρων* bietet die einzige vollständig erhaltene griech. Darstellung des alexandrin. Systems der Metrik (vorbereitet durch die einschlägigen Schriften der Metriker → Philoxenos und → Heliodoros). Es ist aus einem umfassenden Werk *περὶ μέτρων* in 48 B. hervorgegangen, das H. mehrfach epitomiert (zu 11, dann 3, schließlich 1 B.) hat (vgl. Choirob. zu Heph. S. 181,11 ff. Consbruch). Auf einleitende Bemerkungen über Silbenquantität, Synizese, Versfüße und Katalexe folgt die Behandlung der 9 metr. Grundeinheiten (*πρωτότυπα*, Iambus, Trochäus, Daktylus, Anapäst, Choriambus, Antispast, Ion. a mai., Ion. a min. und Päon, d. h. vor allem Creticus), aus deren Verbindungen, im Unterschied zu der wahrscheinlich pergamen. Lehre von der Ableitung aller Versarten aus dem daktyl. Hexam. und dem iamb. Trim., die zusammengesetzten Formen erklärt werden. Das Werk enthält eine Fülle wertvoller Zit. aus älterer Dichtung, in erster Linie aus Komödie und Lyrik (zu den äol. Frg. vgl. [4]), während Tragödie u. Chorlyrik kaum berücksichtigt sind. Dank seiner Knappheit und Übersichtlichkeit wurde das HB in der Folgezeit dem Schulunterricht zugrunde gelegt und bildet die Quelle fast aller byz. Traktate über Fragen der Metrik (vgl. die im Anhang S. 345 ff. bei CONSBRUCH abgedruckten Schriften). → Ioh. Tzetzes brachte es sogar in Verse. Natürlich wurde es auch kommentiert, teils unter Benutzung der vollständigeren Vorstufen (vgl. S. 246,15 f. C.; bes. nützlich der Komm. von → Choiroboskos, S. 175 ff. C.) und mit Sch. versehen (das disparate Material, z. T. aus Resten der älteren Komm. des → Longinos und → Oros, teils byz. Herkunft, bei CONSBRUCH S. 79 ff.). Ferner drangen Zusätze in den Text ein (so wohl die Kurztraktate *περὶ ποιήματος*, *π. ποιημάτων*, *π. σημείων*, S. 58 ff. C., einzuordnen), welche Anschauungen des H. mit fremder Terminologie verbinden. Der Text beruht auf 3 Klassen von Hss., die wohl auf einen Archetypus des 9./10. Jh. zurückgehen (Nachträge zur Überlieferung: [3]). In mehreren weiteren Schriften, deren Titel die Suda (a. O.) mitteilt, scheint H. metrisch schwierige Stellen in den Texten der Lyriker und des att. Dramas behandelt zu haben. H. Gä.

Ta.: Ed. princ.: Iuntina, Florenz 1526; maßgebl. *M. Consbruch*, Lpz. 1906 (S. XXXI f. Lit.-Angaben).
Lit.: 1. *Christ-Schmid* 2,2,891 ff. 2. *M. W. Humphreys*, TAPhA 46, 1915, 29 ff. 3. *W. J. W. Koster*, Mnem 3. Ser. 12, 1945, 258 ff. 4. *L. Righini*, SIFC 24, 1950, 65 ff.

3. H. von Theben hat um 381 n. Chr. ein astrologisches Werk in 3 Büchern verfaßt. Das 1. gibt die Grundbegriffe der A., das 2. die Voraussagen über das Leben des Neugeborenen, das 3. die über den Ausgang jeden Beginnens, beide nach dem Stand der Gestirne. Wichtig ist die von H. oft wörtlich angeführte ältere Lit., Nechepso, Hermes, Dorotheos, Ptolemaios u. a. E. Bo.

Ausg.: *A. Engelbrecht*, H. v. Th. und sein astrologisches Compendium, Wien 1887 (nur Buch 1); andere Teile von *A. Olivieri* Frammenti dell' A. di Efestione Tebano nel cod. Laur. 28,34 (SIFC 6, 1897, 1–27). *Fr. Cumont* in CCAG 8, 1,141 ff.; *C. E. Ruelle* ebd. 8, 2,57 ff.

4. H., aus Athen, Sohn des Myron, signierte 9 Basen v. Porträtstatuen auf Delos, darunter sicher 2 aus Bronze (J. MARCADÉ Recueil des signatures de sculpteurs Grecs 2,58–62). Datiert wird er in das letzte Viertel des 2. Jh. v. Chr. nach Archonten: Nikias und Isigenes 124/23; einem Priester: Demophilos 123/22; einem Epimeleten unter dem Archontat des Theodosios: Sarapion 100/99 (MARCADÉ a. O. Inscr. Délos 1647. 2076. 1870). H. Ma.

Hephaistos (*῞Ηφαιστος*. Vgl. KRETSCHMER Griech. Vaseninschr. 126 f. [1],239,1). Sohn des Zeus und der Hera (Hom. Il. 1,572. 578), griech. Gott des Erdfeuers und der Schmiedekunst (Il. 21, 342 ff. 15,309 ff.). Sein Name, bislang ungedeutet (pelasg.: A. CARNOY, Muséon 67, 1954, 359 f.), kann auch das von ihm vertretene Element bezeichnen (Il. 2,426. [1],226 f. H. CHANTRAINE, AC

22, 1953, 72. W. Pötscher, WS 72, 1959, 14); er wird von Kretschmer, Gl 30, 1943, 115ff., für tyrrhenisch erklärt, u.a. wegen der alten Kultsitze des Gottes auf dem lemn. Mosychlos (Soph. Phil. 986f. Antim. frg. 46 W. [2],253ff.), auf dem Yanartaš (*Hephaesti montes* Plin. nat. 2,136) beim lyk. Olympos (Skyl. Karyand. GGM 1,74. Sen. ep. 79, 3) und im übrigen Kleinasien ([3],234ff. Vgl. F. Ribezzo, RIGI 15, 1931, 68). Nach Il. 1,591ff. landet H., von Zeus aus dem Olymp geschleudert, auf Lemnos, wo die Sintier (= *Τυρσηνοί* Sch. Ap. Rhod. 1,608. Kretschmer 117) ihn aufnehmen ([3],233f.). Entsprechend kennzeichnen die Nachrichten über genuine Ansässigkeit des Gottes auf der von dunstigem Brodem erfüllten (Il. 24,753. G. Dumézil Crime des Lemniennes, 1924, 38f.), aber auch mit der Heilkraft und Fruchtbarkeit der Großen Mutter beschenkten Insel (Steph. Byz. p. 413 M. [2],72ff.) seiner zauberkundigen barbar. Verehrer (Od. 8,283f. 293f. Steph. Byz. p. 570 M. Sch. BT Il. 1,594) die Erdgebundenheit seines elementaren Wirkens (Eust. in Il. 157,37. Ktes. Ind. frg. 45 p. 492 Jac. Quint. Sm. 11,92ff. R. Hennig, JDAI 54, 1939, 230ff.). Beide Fakten verweisen für Herkunft und Charakter des lemn. H. bzw. seiner örtlichen Hypostasen, des Zwergenschmieds Kedalion (Eratosth. cat. 32. Sch. T Il. 14,296) und des übelriechenden Krüppels → Philoktetes (Apollod. epit. 3,27. Dict. Cret. 2,14. R. Pettazzoni, RFIC 37, 1909, 170ff.), auf ein in der subterranen Sphäre tekton. Gasbrände beheimatetes, aus ihrer Urkraft schöpferisch-bildnerisch und auch iatrisch tätiges Numen phall.-dämon. Wesensart ([1],241). Daß der Typ des koboldhaft-ungestalten, zauberisch-kunstvoll schaffenden Erddämons ([3],256ff.) in der prähellen. Welt eine feste Stelle hatte (S. Marinatos, Kadmos 1, 1962, 87ff. 93f.), zeigt sich an den plural. auftretenden rhod. → Telchinen (Diod. 5,55. [1],242ff. [5],88), den lemn. → Kabiren (Strab. 10,473. M. C. Waites, AJA 27, 1923, 45ff. E. Secci, SMSR 30, 1959, 101), den äg.-phöniz. → Pataiken (Hdt. 3,37. S. Morenz Festschr. F. Zucker, 1954, 275ff.) und den id. → Daktylen (Phoron. frg. 2. G. Kaibel, NGG 1901, 514ff.), durchweg dem H. nahestehend ([8],112ff. 165ff. O. Schrader Sprachvergleichung und Urgesch. 2, 1907^{3}, 22ff.). Man kann hier das Gesichtsfeld bis zu dem krummbeinigen Zwerggott der Luristan-Bronzen (S. Smith Archaeologica Orientalia E. Herzfeld, 1952, 204f. Abb. 1) oder der Zwergenschmiede des ugarit. Keret-Epos (W. F. Albright, IEJ 4, 1954, 1ff.) ausdehnen. Andererseits liegt die Heimstatt der Erzbereitung nachweislich im kleinasiat.-pont.-kaukas. Raum (Xen. an. 4,3,4. [5],87f. F. Cumont Études Syriennes, 1917, 198ff. R. Eisler, Caucasica 5, 1928, 81ff. B. Alfrink, Biblica 14, 1933, 61f. A. Salonen, Stud. Or. 17,2, 1952, 5ff.). Die auf ihr fußende, orientalisch inspirierte, z. T. mit mag. Amulettcharakter im Rel. verhaftete Metallkunst ([8],48ff.; Halsband der Harmonia: W. Deonna, Artibus Asiae 17, 1954, 265f.) ist wie Weinbau (Salonen 3f.) und Maultierzucht (Hehn Kulturpflanzen 132ff.) ein Geschenk der anatol.-ostmediterranen Kultur (vgl. A. Godard, Ars Asiatica 17, 1931, 64ff.); den Vorgang der Weitergabe an die griech. Welt spiegelt die Sage von der Olymp-Rückführung des lahmen, trunkenen H. auf dem ithyphall. Esel (P. Marconi, Boll. Art. 25, 1931/32, 64ff.) des dem Feuer eng verbundenen Weingottes → Dionysos (Paus. 1,20,3. [1],220ff. E. R. Goodenough Jewish Symbols in the Greco-Roman Period 6, 1956, 21ff. Abb. 187ff. L. Breitholtz Die dor. Farce, 1960, 136ff. Abb. 11). Übrigens bleiben auch im griech. Götterhimmel an der verkrümmten Gestalt (*ἀμφιγυήεις* Il. 1,607. Bechtel Lexilogus 40. L. Deroy, RHR 150, 1956, 129ff.), dem unförmigen Äußeren (Il. 18,410. [3], 252f. [6],108f. [8],27), dem rußigen Gesicht und hinkenden Gang des H. (Il. 18,371. 410ff. [8],110ff. E. Rosner, FF 29, 1955, 362f.) so viele Merkmale des arbeitstüchtigen, aber unansehnlichen Handwerkers, des gelähmten Schmiedes haften, daß die funktionale Ähnlichkeit mit dem etr. »Eimermacher« Sethlans (Kretschmer, Gl 33, 1954, 159f. [4],191ff. [5],90f.) sich ebenso aufdrängt wie die körperliche mit dem germ. Völund-Wieland (M. Ninck Wodan und germ. Schicksalsglaube, 1935, 252. [3],259f. [8],121f. Vgl. Schrader 13ff. 18ff.). Aus der stattlichen Schar asiat. und idg. Bildnergötter und Schmiededämonen (F. Altheim Krise der alten Welt 3, 1943, 185f. M. Leumann, Asiat. Stud. 8, 1954, 79ff. M. Eliade Forgerons et Alchimistes, 1956, 100ff. [5],89f.) tritt der griech. H. mit dem Wahrzeichen der Pelekys ([8],63f. 140ff. Vgl. E. Schwyzer, RhM 79, 1930, 314ff.) als Prototyp des sozial nachrangigen *βάναυσος* (Il. 18,468ff. C. Fries, Klio 4, 1904, 250f.), des göttl. Spezialisten (*δαίδαλος* [6],101ff. [8],157ff. L. Lacroix, Atti 7. Congr. Int. Arch. Cl. 1, 1961, 251ff. J. H. Croon, Hermeneus 33, 1962, 253f.), der die → Pandora bildet (Hes. theog. 571ff. [6],94f.), die → Athene entbindet (Pind. O. 7,35ff. F. Dornseiff Arch. Mythenerzählung, 1933, 21), den → Prometheus kettet (Aischyl. Prom. 1ff. [8],71ff.), des erfindungsreichen Mechanikers (Il. 14,167ff. 18, 369f. 417ff. [6],47f.), des von seiner Gattin betrogenen, von den olymp. Genossen belachten gutmütig-häßlichen Clowns (Il. 1,599f. Od. [8],264ff.) in deutlichen Kontrast zu seiner mythol. Umgebung. Gelegentlich sichtbar werdende Spuren elbischer List, mit der er Mißachtung und Unbill, mag. Bannkraft mächtig, vergilt (Ch. Picard, RA 20, 1942/43, 96ff.), etwa das unsichtbare, die Ehebrecher → Ares und → Aphrodite fesselnde Netz (Od. 8,272ff. I. Scheftelowitz, RVV 12,2, 1912, 8. [8],76ff.) oder der die unmütterliche → Hera festhaltende Zauberthron (Liban. narr. 7. [1],217ff. [8],86ff. T. B. L. Webster Die Nachfahren Nestors, 1961, 71ff.; zum Alkaios-Hymnus frg. 349 L.-P. W. Nestle, NJb 1905, 180. B. Snell Festschr. E.

Kapp, 1958, 15ff.), werden im Milieu der hom. Götterburleske aufgesogen vom Bild des Wundergerät fertigenden Märchenschmiedes (Il. 18,389ff. 400ff. 418ff. Od. 7,91ff. G. M. Calhoun, AJPh 60, 1939, 21. [7],84. E. Simon, JOEAI 42, 1955, 21) und ob seiner Fähigkeit bestaunten *τεχνίτης περίκλυτος* (Il. 1,607ff. [6],39ff.), der als Repräsentant einer überlegenen ö. Metallkultur (J. Wiesner Olympos, 1960, 51ff.) schließlich gleichrangig neben der → Athene *Ἡφαιστεία* (Cook, Zeus 3,213ff.) das Kunsthandwerk schützt (Od. 6, 233ff. Hom. h. 20. Plat. Kritias 109c.; leg. 920d. [3],244. [6],111). Im O gelangte H. mit den Diadochen bis nach Indien (=Atar-Athšo auf Münzen des Kaniška von Kušan: U. Monneret de Villard, Orientalia 17, 1948, 225f.). Im W. machte er sich zum Herrn der lipar. und sizil. Vulkane (Thuk. 3,88,3. Theokr. 2,133f. Ail. nat. 11,3. [3], 244f.); als Verdränger des sizil. Feuerdämons Adranos (Diod. 14,37. Ail. 11,20) wurde er zum Vater der → Palikoi (Steph. Byz. p. 491. K. Ziegler, RE XVIII 2. H. 118f. L. Bello, Kokalos 6, 1960, 71ff.); sekundär mit dem röm. → Volcanus P. M. Duval, Gallia 10,1952, 43ff. ausgeglichen ([5] 90. Kretschmer, Gl 33,160 gegen [4],194ff. Kern Rel. 3,2. → Velchanos), als Nachbar, dann Meister der erzbearbeitenden → Kyklopen (Eur. Cycl. 298. 599f. Kall. h. 3,46ff. Verg. Aen. 8,416ff.) zum Prototyp des hinkenden Teufels in der Vulkan-Höllenschmiede des Ätna-Mongibello (Aischyl. Prom. 366f. Pind. P. 1,25f. Ilias Lat. 857f. W. Pabst Venus und die mißverstandene Dido, 1955, 83). Daneben entwickelte äg.-hellenist. Synkretismus die alleg.-euhem. Auffassung vom Urkönig, Philosophen und *πρῶτος εὑρετής* H. bei Manetho, Hekataios von Abdera und Leon von Pella (Diod. 1,13,3. Diog. Laert. 1,1f. Ioh. Malalas p. 21,4 Bonn. Min. Fel. Oct. 21. W. Spoerri Späthellenist. Berichte über Welt, Kultur und Götter, 1959, 57f. 165ff. 181f. 195,33). Sie beruht letztlich auf der Gleichsetzung mit dem gnomenhaften äg. Schöpfer- und Bildnergott → Ptaḥ von Memphis (Hdt. 2,3. Dekret von Rosette: OGIS 90,2ff. W. Otto Priester und Tempel 1, 1905, 7f. E. Kiessling, APF 15, 1953, 37ff. [5],91f.), dem *μέγας θεὸς Ἥφαιστος* im Töpferorakel des Pap. Rainer (U. Wilcken, H 40, 1905, 543ff. A. von Gall *Βασιλεία τοῦ θεοῦ*, 1926, 70). Ptaḥ-H. wiederum berührt sich als äg.-phöniz. Qeserti (? J. Leibovitch, ASAE 48, 1948, 435ff.) mit dem ugarit. Kotar (*Χουσώρ* Moch. Sid. bei Damasc. de princ. 125. J. A. Montgomery, JAOS 53, 1933, 109f. Albright, JAOS 60, 1940, 296f. H. L. Ginsberg, Orientalia 9,1944, 39ff. O. Eissfeldt, ZDMG 98, 1944, 84ff. 94ff.), der seinerseits dem hom. *κλυτοτέχνης* wesensähnlich gedacht wurde (Eus. pr. ev. 1,10,11f. Th. H. Gaster, BASO 101, 1946, 21,4. Thespis, 1961², 161ff. J. Lewy, IEJ 5, 1955, 154ff. 159ff. Vgl. K. Galling, OLZ 39, 1936, 594ff.). W. F.

1. *U. v. Wilamowitz*, NGG 1895, 217ff. (= Kl. Schr. 5,2, 1937, 5ff.). 2. *C. Fredrich*, MDAI(A) 31, 1906, 60ff. 241ff. 3. *L. Malten*, JDAI 27, 1912, 232ff. 4. *F. Altheim*, RVV 22, 1, 1930, 172ff. 5. *R. J. Forbes* Metallurgy in Antiquity, 1950. 6. *H. Schrade*, G 57, 1950, 38ff. 94ff. 7. *Ders.* Götter und Menschen Homers, 1952, 78ff. 8. *M. Delcourt* H. ou la légende du magicien, 1957.

Heptanomia. Seit Augustus bestehende Verwaltungseinheit der 7 südlichsten Gaue Oberäg. (Memphites, Herakleopolites, Arsinoites, Aphroditopolites, Oxyrrynchites, Kynopolites, Hermopolites), unter einem Epistrategen. W. H.

Hera (*Ἥρα*). **1.** Name u. Herkunft nicht eindeutig erklärt. Möglichkeit etym. Ableitung a) von *ἘρϜα* oder *Ἐρρα* = Wurzel zu lat. *servare* [2], 2093f. mit Verweis auf Münzen von arkad. Stadt *Ἕραια* vgl. CIG I 11 *ΕΡϜΑΙΟΙ*; b) von *e-ra* fem. zu *ἥ-ρως* mit Hinweis auf Fehlen des *Ϝ* im Linear B, Ventris-Chatwick Docum. in Mycen. Greek, 1956, 126 Nr. 289; [5],304ff. Über ihr urspr. Wesen ist viel Entgegengesetztes verbreitet (Welcker Gr. Götterlehre 1, 1857, 362. 2, 1860, 316ff. erklärte sie für chthon., auch der fruchttragenden Erde gleichzusetzen. Farnell Cults of the Gr. States 1, 1896, 181ff. schrieb dagegen. Roscher Stud. z. vgl. Myth. II, Juno und Hera, 4ff. und [2],2087ff. suchte H. in 1. Linie als Mondgöttin zu deuten; er setzt hierbei die H. der Griechen der von den Italikern verehrten Juno gleich, deren Kult auf den der H. zurückgeht, die ja auch in Sizilien und Großgriechenland (z. B. Selinus; Foce del Sele und Caere) eigene Tempel besaß (Myth. Lex. s. Juno 574ff.). Bes. Juno und Hera 40f. sucht er seine Deutung zu stützen durch die angeblichen Beziehungen der Mondphasen (Katamenien) und der Selene auf das Wochenbett der Frauen. Es entspricht dies aber noch der früher verbreiteten Tendenz, die z. T. auch h. noch fortlebt, jeden Gott aus einer Naturbedeutung heraus zu erklären; vgl. [5] und die dort angeführte Lit. Eitrem weist die Beziehungen zum Neumond auf das diesen zukommende Maß zurück [1],387, betont jedoch, daß H. (wie auch Juno), jedenfalls erst in 2. Linie mit dem Mond in Verbindung gebracht wurde und nicht von Anf. an als Mondgöttin zu betrachten sei. Unter den [1],382ff. zusammengestellten Beinamen der H. zeigt kein einziger eine Beziehung zum Mond auf. Wilamowitz, in Fragen nach Vorformen mit Recht stets sehr zurückhaltend, läßt diese unentschieden; ebenso Eitrem [1],396. Dort 370ff. findet sich, außer bei [2],2075ff., wohl die vollständigste Aufzählung der Orte, an denen H. einen Kult besaß; dieser erscheint lokal begrenzt. Hauptverbreitungsgebiet muß die Peloponnes, bes. der NO. gewesen sein, wie überliefert (Paus. 2,17,2. 2,24,1. 8, 22 etc.) und durch Ausgrabungen bestätigt ist [4], 428 mit Anm. 1 und 2, Il. 4,51 werden Argos, Mykenai, Sparta als die der Hera liebsten Städte bezeichnet. Der bei Homer und anderen spezielle Beiname *Ἀργείη* könnte den Schluß zulassen, daß in ihr für Argos vielleicht eine alte Palastgöttin aus myken. Zeit fortlebt, wie es für Sparta und Mykenai Athena war; vgl. [4],350ff. mit Anm. 1 (Hinweis auf U. PESTALOZZA, der außer a.O. auch StEtr. 24, 1955/56, 115ff. H. als eine Form der großen vorolymp. mediterranen Hera »Pelasga« hinzustellen versucht). Der H.-Kult scheint sich von Argos aus verbreitet zu haben. In der Argolis waren alte Kulte und Tempel u.a. in Tiryns, Korinth, Sikyon; in Perachora, auf dem Isthmos, wurden 2 Tempel ausgegraben (H. G. PAYNE Perachora 1, 1940, 1ff. T. 1–9). Im 7. Jh. bestand ein Hauptkult auch in Olympia (Ergebnisse 1 T. 3. 18ff.). Auf den Inseln war das älteste und berühmteste H.-Heiligtum das auf Samos. Dortige Ausgrabungen des Deutsch. Arch. Inst. seit 1911 ADAW (TH. WIEGAND) und MDAI(A) 54, 1929ff. (E. BUSCHOR), für Delos s. Exploration archéol. de Délos 11 (A. PLASSART), 1928. Heraion bei Paestum; P. ZANCANI MONTUORO Heraion, Foce del Sele, 1954.

Als Kronos' Tochter ist H. einerseits Schwester, andererseits aber gleichzeitig Gattin des Zeus. Aus der Namensverwandtschaft *Διός*, *Διώνη* mit G. MURRAY Five stages of Gr. Relig. (1955/54) zu schließen, daß H. erst an die Stelle einer urspr. Zeus-Gattin *Διώνη* getreten sei, ist schwerlich erlaubt, da der Dionekult fast nur noch in dem Zeusheiligtum zu Dodona, und auch dort erst spät, nachweisbar ist [4],425f. und 522. Myth. Lex. s. *Νάϊος* 3,2f. und s. Dione 1,1028. C. CARAPANOS Dodone et ses ruines 1878, 5. 39f. *Ἀρχ. Δελτίον* 16,1960, 4ff. (*Δακάρη*) 1. Beih. z. Ant. Kunst 1963, 35ff. (Dakaris). Jedenfalls ist H. eine Göttin der Frauen, deren Rechte sie schützte, Braut und Gemahlin des höchsten Gottes Zeus zu sein, war der Kern ihres Wesens → *ἱερὸς γάμος*. Als Gattin des Zeus ist sie die Wahrerin und Schützerin des Eherechts; von der Göttin der Ehe zum allgemeinen Begriff einer Fruchtbarkeitsgöttin wäre der Schritt nicht weit gewesen; diese Behauptung ist seit WELCKER ohne Begründung immer wieder aufgetaucht. Indessen spielt H. eine Rolle nur als Gattin, nicht als Mutter von Zeus' Kindern [7], 237 Anm. 30. Für diese hat Zeus andere, göttliche und sterbliche Gemahlinnen. Heras männliche Kinder, die nicht von Zeus stammen, werden von ihr selbst nicht voll anerkannt, vgl. [7],100f.; weder Ares noch der schwächliche Hephaistos, den sie ins Meer hinabschleudert (wechselnde Darstellung der Mythen s. [3],2048ff.). Als Töchter gelten die → Eileithyien (Il. 11,270. Hes. theog. 922), deren Rolle vielfach H. selbst zugeschrieben wird. Außerdem gilt H. als Mutter der Hebe, der Hekate u.ä. vgl. [2] 2104.

An vielen Stellen der Ilias gilt H. als herrschsüchtig, stolz und eifersüchtig; häufig offener Streit zwischen ihr und Zeus. Im Kampf nimmt sie Partei für die Griechen, wie sie im Argonautenzug (Sch. Pyth. 4,156 u.ö.) persönliche Schutzgöttin des Iason ist.

Das in ihrem Kult gebräuchliche Opfertier scheint die Kuh gewesen zu sein; bes. in Argos wurden zahlreiche Votivkühe aus Terrakotta gefunden; nach den 100 Rindern, die dort geopfert wurden, bezeichnete man das Fest als *Ἑκατόμβαια*.

Mythen: Im allg. aus Homer und Hesiod bekannt. Die Bindung der H. mit unsichtbaren Fesseln an den goldenen Thron, den ihr Hephaistos geschickt hat, und die Rückführung des Hephaistos in den Olymp, um die Fesseln zu lösen, ist zwar nachhomer., aber nach Fragmenten der ältesten Lyrik und bes. nach bildlichen Darstellungen mindestens seit 7. Jh. bekannt (Korinth. Amphoriskos MDAI(A) 1894 T. 8. = PAYNE, NC 119 Fig. 44 G. Françoisvase [3],2054. JDAI 52, 1937, 198f.) und wird auch bei Platon 378 D als allbekannt vorausgesetzt (*Ἥρας δεσμοὺς ὑπὸ υἱέος*), uns im Zusammenhang aber erst durch Paus. 1,20,3. Zum Satyrspiel »Hephaistos« des Achaios (nach 450), von dem auch ein Satyrspiel »Iris« überliefert ist [9]. Hephaistos: S. 29ff. Abb. 20. S. 72 zu 14a. Iris: S. 28, Abb 17.18 S. 73 Nr. 31–34. Myth. Lex. s. Iris, 2,346, ebd. s. Satyros, 4,467, Abb. 6 = Lond. E 65 (Brygosmaler) FR 47,1. PFUHL, Abb. 429. H. mit ihrer Botin Iris von Satyrn überfallen, die der Göttin das Opfer streitig machen (G. BECKEL Götterbeistand 1961) »Silenomachie« 59. Etr. Bronzegruppe Heraion; Foce del Sele 2 T. 151.

Das Urteil des Paris, das bei Homer nur in einer Zeile Il. 24,29 erwähnt wird, nach Prokl. offenbar aus den Kyprien stammt, ist außer aus Fragmenten des Soph. und Eurip. lit. nur aus späteren Versionen (Lukian, Ovid u.a.) bekannt. Dargestellt jedoch sehr oft bereits vom 7. Jh. an: protokorinth. und auf der Kypseloslade, sowie auf spartan. Elfenbeinkamm (CHR. CLAIRMONT D. Parisurteil in d. ant. Kunst, 1951, passim, bes. 13ff. 107. Myth. Lex. s. Paris 3,1586ff. Festschr. B. Schweitzer 77ff. [8],101. Etr. Versionen: R. HAMPE und E. SIMON Griech. Sagen in früh. etr. Kunst, 1964, 37f. 40).

Nur die an den ältesten Kultorten wie Olympia und Samos gefundenen archaischen plast. Bildwerke der H. lassen sich mit einiger Sicherheit benennen ([11],26 T. 8. 56 T. 14,1). Vom ältesten Sitzbild aus Holz in Argos, das er selbst gesehen habe, berichtet Paus. 2,17,5. Weitere überlieferte Darstellungen s. [1],388ff. Außer beim Vorkommen in größerem Zusammenhang, wie z. B. Gigantomachie, ·Götterversammlungen, Athenageburt, Einführung des Herakles oder Hephaistos in den Olymp, ist in plast. Werken die Gestalt der H. schwer eindeutig zu erkennen; selbst da bestehen Meinungsverschiedenheiten (z. B. Friese des Schatzhauses der Siphnier in Delphi [11],71 T. 19; Ostfriese des Parthenon und des Hephaistostempels (Athen) [11],150 und 158, Anm. 6). Allg. erscheint H. in klass. Zeit als stattlicher, reichgewandeter Frauentyp in Chiton und Mantel, der häufig als Schleier ihr Haupt verhüllt [12], T. 9 und 10. Meistens mit Stephane oder Polos. Attribute: Granatapfel, Opferschale, Zepter (letzteres am Kultbild des Polyklet in Argos von Kuckuck gekrönt, Paus. 2,17,4). Der Pfau ist als der H. heiliges Tier sowohl durch zahlreiche Schriftstellen, wie Darstellungen auf Mz. und Reliefs bezeugt [1], 384; wie er für ihr ital. Ebenbild, Juno, das allg. verbreitete Attribut ist. Deutlich erkennbar ist der H.-Typus in Darstellungen auf Vasen, wo sie in Verbindung mit anderen Gestalten des griech. Göttermythus (Zeus, Iris, Athena) beim Opfer erscheint [10],58 ff. T. 4, oder auch durch Inschr. hinreichend gekennzeichnet ist. Hervorzuheben: Wssgrund. Schale des Saburoffmalers, Münch. Nr. 2685. FR T. 65. SCHUCHARDT Kunst der Griechen, 213, Abb. 178. H. S.

1. RE VIII 369 ff. *(Eitrem)*. 2. Myth. Lex. s. Hera, 1,2075 ff. *(Roscher)*. 3. Ebd. s. Hephaistos, 1,2048 f. *(Rapp)*. 4. *Nilsson* GgrR^1 1941/50; ^{2}1955/61. 5. *W. Pötscher* Hera und Heros, RhM 104, 1961, 202 ff. 6. *Ders.* ebd. 108, 1965. 7. *K. Kerenyi*, Saeculum 1, 1950, 228 ff. 8. *H.J. Rose* Griech. Mythol. 1955. 9. *F. Brommer* Satyrspiele^2. 10. *E. Simon* Opfernde Götter 1953, 58 f. T. 4. 11. *G. Lippold* Griech. Plastik (HBArch. 3,1). 12. *Overbeck*, K. Myth. 3,2, T. 9 und 10. 13. Encicl. Arte Class. 3, 1960, 1144 *(Homann-Wedeking)*.

2. Heraia, Feste zu Ehren H.' in etwa 6 Städten ([3], [5]), bes. glänzend in Argos (Festzug, Rinderhekatombe, Männer und Knabenwettkämpfe, Reiterstechen nach Schilden, Abb. [3],76). Kulturgeschichtlich weitaus am wichtigsten sind die H. in Olympia (Paus. 5,16,2) als einzigartiger Rest eines mutterrechtlichen vorhellen. Festes, das den vaterrechtlichen Olymp. Spielen eigenartige Züge und bes. Ehrwürdigkeit verliehen hat [1]. Hera erscheint hier als Nachfolgerin der mutterrechtlichen Mutter Erde.

Diese eigenartige Stellung der H. erklärt sich daraus, daß Elis nach BACHOFEN eine Hochburg des Mutterrechtes war [2],308. Daher waren die ältesten Heiligtümer in Olympia weiblichen Gottheiten gewidmet [4],28: Metroon (Erdmutter), Demeter Chamyne (Altar im Stadion, Tempel), Heratempel (älter als Zeustempel), Eileithyia (Geburtshelferin, bei einem Männerfestort unverständlich!). Die H. lassen ihren mutterrechtlichen Ursprung an folgenden Zügen erkennen (Paus. a. O.):

1. Ausschließliche Durchführung durch Frauen mit kult. Aufgaben: 16 vornehme elische Frauen mit ihren 16 Dienerinnen webten der Göttin ein Gewand und ordneten einen Wettlauf der Mädchen in 3 Altersstufen. Die von Paus. mitgeteilte Entstehungsgeschichte des Frauenkollegiums der 16 aus der Friedensstiftung zwischen Elis und Pisa ist typ. mutterrechtlich [2],15.37. Die polit. Aufgabe in der mutterrechtlichen Welt wandelte sich in der vaterrechtlichen in eine kultische um.

2. Der Altar der Demeter Chamyne im Stadion (Paus. 6,20,6, ausgegraben) beweist, daß der Mädchenlauf ein Fruchtbarkeitslauf war, der zuerst über die abgeernteten Felder geführt hat, wie er vielfach in Europa bis h. belegt ist, am schönsten im Schäferinnenlauf von Markgröningen [7],7, 985. Darum blieb der Lauf auch der einzige Bewerb (Nachwirkung auf die ersten 13 Ol. → Spiele!). Die Verlegung in ein Stadion war schon ein Absinken aus dem Kultischen ins Sportliche, aber noch immer mit kult. Gepräge ([6],234). Nachwirkung bei den Ol. Spielen im Ehrensitz der Demeterpriesterin.

3. Der Zeitpunkt der H., nach WENIGER [4],24, der Neumondtag am Beginn des Monats Parthenios (Beiname Heras) zeigt die mutterrechtliche Festzeit Nacht und Neumond (im Gegensatz zur vaterrechtlichen, Tag und Vollmond der Ol. Spiele vgl. [2],16).

4. Der Siegeskranz wurde vom Oleaster als dem hl. Baum der Demeter Chamyne genommen ([6], 236) und blieb es bei den Ol. Spielen.

5. Die 2. Zählung auf dem Diskos des Asklepiades, die auf 1580 v. Chr. als Ausgangsjahr führt, erklärt sich als ein Versuch, die Heraien zu datieren (DITTENBERGER-PURGOLD 351–354). E. Me.

1. *Erwin Mehl* Mutterrechtliche Reste in der Olymp. Festordnung. Festschr. für K. Diem, 1962, 71–81 (mit Lit.) 2. *Joh. Jak. Bachofen* Das Mutterrecht, 1861 (Neuausg. von Karl Meuli, 1948, 2 Bde). 3. *Dar.-Sagl.* 5, Heraia. 4. *L. Weniger*, Olymp. Festspielordnung, Klio 5, 1905, 1–38. 5. *Stengel*, RE VIII 416. 6. *F. M. Cornford*, The origin of the Olymp. Games in *J.E. Harrison*, Themis, 1912, 212–259. 7. *Hofmann-Krayer* und *Bächtold-Stäubli*, HWB d. dt. Aberglaubens s. »barfuß«, »Lauf«, »Wettlauf« (Sachweiser im 10. Bd.).

Heraclianus. H. wurde 408, nachdem er → Stilicho ermordet hatte, *comes Africae*. Als Lohn für seine Treue 409/10 erhielt H. für das J. 413 das Consulat. Im Frühjahr 413 erhob er sich in Afrika gegen Honorius und landete mit einer großen Flotte bei Rom. Bei Utriculi vom comes Marinus besiegt, wurde er am 3. August 413 zum Tode verurteilt (Cod. Theod. 15,14,13). Er floh nach Karthago, wo man ihn tötete (Zos. 5,37. 6,7 ff. Oros. 7,42. Chr. min. 1,467. 654. 2,18.71). A. L.

Stein I.

Heraclitus. 1. Von Septimius Severus geschickt, um Britannien seiner Herrschaft zu sichern, H. A. vit. Sever. 6,10; er hatte → Clodius Albinus den Caesarentitel anzubieten, Cass. Dio-Xiph. 73,15,1. BARBIERI Albo senat. p. 66 Nr. 269. **2.** (M. Aurelius) Heraclitus. Prokurator aus der Zeit von Sept. Severus-Caracalla; tätig in Zollfragen in Illyricum im J. 201, DESS. 423, in Dakien (Drobeta), AE 1944,100, in Mauretanien, AE 1927, 24. 25; s. H. G. PFLAUM Carrierès equ. Rom. 2,684–687. R. H.

Heragoras s. Hereas

Heraia (Ἡραία, Ἥραια, Ἡραιεῖς). Stadt im w. Arkadien am r. Ufer des mittleren Alpheios mit sehr geringen Resten beim h. Hg. Joannis, aber ausgedehntem Landgebiet, in dem mehrere befestigte Ortschaften lagen [3.4.5.]. Im 3. Jh. v. Chr. bestand eine Brücke über den Alpheios, Pol. 4,77, 5. 78,2. Nach Strab. 8,3,2 p. 337 entstand die Stadt H. durch Synoikismos von 9 Dörfern z. Z. der Schlacht von Leuktra. Bündnisvertrag mit Elis aus dem 6. Jh., Inschr. Olympia 9. SGDI I 1149. CAUER-SCHWYZER 413. Syll. I^3 9. Im 6. Jh. beginnt auch die Münzprägung von H., HEAD a. O. H. CHANTRAINE, Jahrb. f. Numismatik 8, 1957, 89 Nr. 26. Archaische Weihung an die Tyndariden, AJA 43, 1939, 193 ff. = SEG XI 1045. Vom 6. bis 4. Jh. stellte H. mehrere Sieger in den olymp. Spielen. In klass. Z. mit Sparta verbündet, auch nach Leuktra, Thuk. 5,67,1. Xen. hell. 6,5,11. 22, dann im arkad. Bund, IG V 2,1 = Syll. I^3 183,58 ff. 236 v. Chr. im achaiischen Bund, Polyain. 2,36. Ain. takt. 18,8 ff. Mz. BELOCH GG 4,1^2, 632; 227 von Kleomenes III. besetzt, Plut. Kleom. 7,3, 222/21 von Antigonos Doson, Pol. 2,54,12 f., im Winter 219/18 von Philipp V. erobert, Pol. 4,77,5 ff. 196 an den achaiischen Bund zurückgegeben, Pol. 18,47,10. Liv. 33, 34,9. Genannt noch Plin. nat. 4,20. Ptol. 3,14,40. Mz. bis ins 3. Jh. n. Chr. Strabos Angabe, 8,8,2 p. 388, H. sei zu seiner Zeit nahezu verlassen, stimmt nach Pausanias' Beschreibung nicht. Paus. 5,7,1. 8,25,12. 26,1–3. IG V 2 S. 103 f. Nr. 415–418. SEG XI 1136–1138. XVII 193. Mz. HEAD HN^2 418. 447 ff. E. M.

1. *J. G. Frazer* Pausanias 4,295 f. 2. *Bölte*, RE VIII 407 ff. 3. *A. Philadelpheus* Ἀνασκαφαὶ Ἡραίας. Ἀρχ. Δελτ. 14, 1931/32, 1935, 57 ff. 4. *E. Meyer* Peloponnes. Wanderungen, 1939, 100 ff. 5. *Ders.* Neue peloponnes. Wanderungen, 1957, 20 f.

Heraion (Ἥραιον). Das äußerste Kap der Halbinsel Peiraion (Perachora) gegenüber von Korinth mit Siedlung, Kastell und bedeutendem Heiligtum der Hera Akraia und Limenia an einer kleinen Hafenbucht an der S.-Seite des Kaps. Ausgrabung des Heiligtums mit sehr reichen Funden vom 9. Jh. v. Chr. an in den J. 1930–1933. Xen. hell. 4,5,5 ff. Ages. 2,18 f. Strab. 8,6,22 p. 380. Plut. Kleom. 20,3. Liv. 32,23,10. E. M.

H. Payne u. a. Perachora, The sanctuaries of Hera Akraia and Limenia, 2 Bde. (Bd. 2 von *T. J. Dunbabin*) 1940/62.

Heraiskos (Ἡραίσκος). Neuplatoniker vom E. des 5. Jh. n. Chr.; vor allem unterrichtet über ihn → Damaskios, vit. Isid. bei Phot. 343 a 22 ff.; b 17 ff. und das Suda s. H. Er vereinigte, auf → Iamblichos fußend, äg. religiöse Überlieferungen mit neuplaton. Doktrin. Obwohl Gegner des Christentums, wagte er es, in Konstantinopel aufzutreten. Das zog Gefängnis, Folter und Flucht nach sich. Auf dieser Flucht starb H. Vgl. Suda s. Γέσιος. H. D.

Heraklas. Philos. gebildeter (nach Orig. bei Eus. h. e. 6,19,13 f.), jedoch nur als Lehrer, nicht schriftstellerisch hervortretender Bischof von Alexandreia (232–248), urspr. Schüler des wirkungsreichen → Ammonios (Nr. 8, Sakkas), dann, Christ werdend, Schüler und Freund des → Orig., schließlich dessen Nachfolger im Katechumenen-Unterricht (215) und Haupt der gesamten → Katechetenschule nach der Verbannung des Orig. (231). Im Streit zwischen Orig. und den Alexandrinern hat H. den einstigen Freund und Lehrer trotz beiderseitiger wissenschaftlicher Übereinstimmung fallenlassen und ihn ein 2. Mal exkommuniziert (Belege bei [1]). J. Wi.

1. RE f. prot. Theol. und Kirche, ^{3}1896–1913, Bd. 1–24. Lex. f. Theol. und Kirche, ^{2}1957–1965, Bd. 1–10 s. v. 2. *Bardenhewer* GAL 2,195 f.

Herakleia (Ἡράκλεια). **1.** Ἡ. Τραχίς, Stadt an und in der Ebene unter dem steilen Burgfelsen am Ausgang des Asoposschlucht auf dem l. Ufer des Flusses, 40 Stadien (7 km) w. der Thermopylen, Thuk. Strab. 9,4,13 p. 428. 4,17 p. 429. Skyl. 66. Skymn. 587 ff. Liv. 36,22,5 ff. Reste der Stadtmauer und anderes erhalten.

H. wurde 426 v. Chr. auf Wunsch der Trachinier von Sparta gegründet, Thuk. 3,92. Diod. 12,59,3 ff., wurde aber doch als Fremdkörper empfunden und daher von den Nachbarn bekämpft, was zu vielen und oft brutalen Eingriffen Spartas führte. 371 v. Chr. Zerstörung durch Iason von Pherai, Gebiet an die Oitaier, Xen. hell. 6,4,27. Diod. 15,57,2. Nach dem Wiederaufbau neben Lamia wichtigste Stadt der Landschaft Malis. 280 v. Chr. zum aitol. Bund, Paus. 10,20,9 und oft Tagungsort des Bundes. 191 v. Chr. Eroberung durch M.' Acilius Glabrio, Pol. 20,9,1 ff. Liv. 36,22–24. 30,1. Die Stadt blieb aber bis 167 v. Chr. aitol., dann Hauptort des Koinon der Oitaier. Neubefestigung durch Justinian, Procop. aed. 4,2,17 ff. Inschr. IG IX 2,1–2. SEG III 452. Mz. HEAD HN^2 296.

1. *Fr. Stählin*, RE VIII 424 ff. Nr. 4. 2. *Ders.* Das hellenische Thessalien 206 ff. 3. *Y. Béquignon* La vallée du Spercheios, bes. 243 ff.

2. Ἡ. Λύγκου (Lynkestis). Stadt in Makedonien an der Via Egnatia, 2 km s. des h. Bitola (Monastir), Caes. civ. 3,79,3. Strab. 7,7,4 p. 328. Ptol. 3,12,30. Itin. Ant. 319,1. 330,3. Itin. Hieros. 606,9. Tab. Peut. VIII 1. Hierocl. synecd. 639,1. Steph. Byz. Wohl = H. ἡ ἐπὶ τοῦ Λύκου. Syll. II^3 762,35 (ἡ πρὸς Λύγγρον, AA 55, 1940, 247?). H. war vielleicht wie Nr. 3. Gründung Philipps II. v. Maked. (BELOCH GG 3,1^2,528), Im 3. Jh. n. Chr. *Septimia Aurelia Heraclea* [2], später Bischofssitz (LE QUIEN Oriens christ. 2,81 ff.) und nach der Landschaft Pelagonia benannt (Hierocl. synecd. app. 3,104), daher bei Byzantinern und in der modernen Lit. sehr oft Verwechslung mit P. und falscher Ansatz bei Florina.

1. *Ch. Picard*, ABSA 23, 1918/19, 7 f. 2. *F. Papazoglou*, Septimia Aurelia Heraclea, BCH 85, 1961, 162 ff. 3. *Dies.* Herakleja Linkestis, Herakleja I, Bitola 1961, 7 ff. 4. *R. Katičić* Beitr. z. Namenforschung 13, 1962, 126 ff.

3. H. Sintike, Stadt im ö. Makedonien am r. Ufer des Strymon beim h. Zervochori bei Nigrita, wohl Gründung Philipps II. v. Maked. Liv. 42,51,7. 45, 29,6. Diod. 31,8,8 (13). Strab. 7 frg. 36 p. 331. Plin.

nat. 4,35. Ptol. 3,12,27. Steph. Byz. Tab. Peut. VIII 2. Hierocl. synecd. 639,9. Mz. HEAD HN² 244.

P.Collart Philippes 503ff.

4. Kleine Insel (19 qkm) s. von Naxos mit ant. befestigter Siedlung und Heiligtum der Meter, h. mit 3 kleinen Dörfern. Plin. nat. 4,70. Steph. Byz. (?). IG XII 7,509. E. M.

1. *L. Roß* Reisen auf den griech. Inseln 2,34ff. 2. *Philipps.-Kirst.* 4,13f. 3. *P. Roussel*, BCH 35, 1911, 450ff. 4. *L. Robert* Les chèvres d'Hérakleia, Hellenica 7, 161ff. 11, 174f.

5. H., Stadt im n.ö. Winkel des Latm. Golfes (Bafa) (Strab. 14,635), h. Kapıkeren; vielleicht Nachfolgerin von → Latmos und später Sitz des → Pleistarchos (Steph. Byz. s. *Πλειστάρχεια*), z.Z. Strabons (14,658) ein *πολίχνιον*, in byzant. Z. Bischofssitz. Orthogonaler Stadtplan mit Tempeln, Agora, Buleuterion (F. KRISCHEN Ant. Rathäuser, 22ff.), Theater. Wichtiger die gut erhaltene, am Anfang des 3. Jh. v. Chr. (zwischen 300 bis 287) errichtete Befestigung, die mit Türmen verschiedener Form versehen ist; im oberen Teil der Kurtinen eine mit Schießscharten versehene Wand (*ἔπαλξις*). F. KRISCHEN Die Befestigungen v. H. a. L. in Milet 3,2. P. ROMANELLI, Encicl. dell'Arte Ant. 3,391. Für die Gesch.: L. BÜRCHNER, RE VIII 431ff. D. MAGIE Rom. Rule in As. Min. 2,882f. und Index.

6. H. Salbake. Stadt im n.w. Winkel der Hochebene von Tabai (Karien) und am s.ö. Abhang des Salbakos (Babadağ) gelegen, h. Vakıf. Erwähnt wird H. nur von Ptol. 5,2,15, später von Steph. Byz. s.v., Hierokl. 688 und als Bischofssitz in den Notitiae und Konzilslisten; in den Inschr. durchweg *Ἡρακλεία ἀπὸ Σαλβάκης* genannt. Die Gründungszeit steht nicht fest. In der Kaiserzeit erhielt H. vorübergehend den Beinamen Ulpia, was wohl mit dem Besuch Traians auf seinem Partherzug zusammenhängt und von dem Herakleoten Statilius Kriton, dem Leibarzt dieses Kaisers, veranlaßt worden ist. – Die Inschr. bezeugen die üblichen Stadtbeamten; die Bevölkerung war nach Altersklassen geteilt. Kulte: Hauptgott Herakles als Eponymos der Stadt. A. M. M.

L. Bürchner, RE VIII 432f. (Nr. 7). Umfangreiche Monogr.: *L. und J. Robert* La Carie. II. Le plateau de Tabai, 153ff. Inschr.: MAMA 6,33ff. (Nr. 87ff.) und *Robert* a.O. 162ff. Mz.: *Robert* a.O. 217ff. Syll. Copenh. Nr. 391ff. Syll. v. Aulock Nr. 2542ff.

7. H., am Pontos Euxeinos, h. Ereğli, etwa in der Mitte des 6. Jh. v. Chr. von Kolonisten aus Megara und Boiotien gegründet. Im Schutz des Vorgebirges Acherusia boten sich gute Ankermöglichkeiten – Voraussetzung für die beherrschende Stellung von H. im Schwarzmeerhandel. Außerdem besaß H. die Oberherrschaft über das Hinterland, bewohnt von den Mariandynen. Zunächst oligarch. geführt, geriet H. für fast ein Jh. unter die systemat. organisierte Tyrannis des Klearchos und seiner Nachfolger. In Machtkämpfen mit den bithyn. Königen auf das Stadtgebiet beschränkt, wurde H. im 3. Mithrad. Kriege nach zweijähriger Belagerung von Cotta restlos ausgeplündert und zerstört. Den Wiederaufbau läßt das h. Ereğli in seinem jetzigen Straßenbild noch gut erkennen. Aufnahme des Mauerrings und aller noch vorhandenen ant. Überreste mit Spolienplan in den J. 1961 und 1962 durch W. HOEPFNER und F. K. DÖRNER (vgl. AA 1962, 583ff.).

Nördlich von H. liegt das Acheron-Tal mit seinen natürlichen und künstlich erweiterten Höhlen. Von hier aus ist Herakles nach lokaler Tradition in die Unterwelt gestiegen, um den Kerberos lebendig vor König Eurystheus zu bringen. Die Stätte war im Alt. sehr berühmt (vgl. Xen. an. 6,2,2), und es ist hier auch wohl das Totenorakel zu lokalisieren (Plut. Kim. 6). F. K. D.

Frg.-e aus der reichen ant. lokalen Mythologie und Geschichtsschreibung bei *Jacoby* FGrH 1,215ff. Nr. 31 (Herodoros) und 3,325ff. Nr. 430–434. *D. Magie* Roman Rule in Asia Min. 1,307ff. (passim). Die Publikation der Untersuchungen von *F. K. Dörner* und *W. Hoepfner* in H. ist in Vorbereitung und erscheint als Band II der »Forschungen an der Nordküste Kleinasiens« (Ergänzungsbände zu den Tituli Asiae Minoris), herausgegeben von *F. K. Dörner*, in der Reihe der Denkschr. Öst. Ak. d. Wiss.

8. H., von → Dorieus mit lakedaimon. Siedlern am Fuß des Eryx um 510 gegründete Stadt, nach wenigen Jahren von Karthagern und Egestaiern zerstört. Hdt. 5,46. Diod. 4,23,3. Paus. 3, 16,4f. **9.** H., Stadt an der S.-Küste Siciliens 25 km w. von Akragas ö. der Mündung des → Halykos (h. Platani), h. Eraclea Minoa, gegründet zu unbestimmter Zeit von → Selinus aus, also nach dessen Gründungsjahr 628, auf dem Boden einer vorgriech., auf Minos zurückgeführten Siedlung und daher Minoa (*Μινῴα*) benannt, um 505 von Euryleon an der Spitze der Überlebenden aus der Katastrophe des Dorieus besetzt und in Herakleia umbenannt oder zubenannt: Hdt. 5,46. Diod. 4,79,1. 5.16,9,5. Der Doppelname H. Minoa erscheint nur selten, meist der neue Name H., doch öfters auch Minoa. Anscheinend wurde der letztere in den Zeiten karthag. Beherrschung bevorzugt. An der Identität der so oder so bezeichneten Örtlichkeiten kann kein Zweifel bestehen. Gemäß seiner Lage im griech.-karthag. Grenzgebiet hat H. öfters den Herrscher gewechselt. Als 357 → Dion dort landet, ist es karthag. (Diod. 16,9,4. Plut. v. Dion. 25), in der Zeit Timoleons sicher griech., 314 wieder karthag. (Diod. 19,71,1 Vertrag zwischen Agathokles und Karthago), dann unter Agathokles (Diod. 20,56,3), nach seinem Tode und nach dem Zwischenspiel mit Pyrrhos (Diod. 22,10,2) von den Karthagern als Flottenstützpunkt ausgebaut und nach dem Fall von Akragas 262 röm. Im 2. pun. Kriege fällt es nach dem Tode Hierons (214) ab und wird erst nach dem Fall von Akragas (210) wieder röm., nunmehr als *civitas decumana* (Cic. Verr. 3,103), nach dem großen Sklavenkrieg 132 mit röm. Siedlern besetzt (Verr. 2,125). Von Verres ausgeplündert, beteiligt es sich an der Klage gegen ihn. Bei neuerlichen Grabungen wurden Teile der Festungsmauern und eines Theaters freigelegt. Mz. (?) HEAD HN[2] 136.143. K. Z.

Ziegler, RE VIII 436. *De Miro* Eraclea Minoa, 1958. *Ders.* Kokalos 8, 1962, 144.

10. H. (NISSEN Ital. Landeskde. 2,915. BERARD La Colonis. Grecque de l'Ital. mér. ecc. 174f. 187ff. 191f. 409. v. STAUFFENBERG Trinakria 297), 433/32 v. Chr. (Diod. 12,36,4) von Tarent (dort Herakleskult) gegründete Griechenstadt (Skyl. 14) zwischen den Flüssen Aciris und Siris (Plin. nat. 3,97: 3. Region) 24 stad. landeinwärts von Siris, 330 stad. von Thurioi (Strab. 6,264 nach Antiochos; It. Ant. 313,5: 44mp); zur Lage vgl. auch App. Hann. 35. H. war Versammlungsort des italiot. Bundes (Strab. 6,280), in dieser Funktion aber von Alexander Molossus 326 aufgegeben (Liv. 8,24,4); bekannt durch den Pyrrhossieg 280 v. Chr. (Plut. Pyrrh. 16. Liv. 22,59,8; vgl. Cic. Balb. 22; Arch. 6); im 2. pun. Kriege umkämpft (Liv. 24,20. App.). Fundort der inschr. erhaltenen *lex Iulia municipalis* (NAP, RE XII 2368ff.). An der Einmündung der von Venusia kommenden (It. Ant.) Straße in die Küstenstraße zwischen Tarent und Thurii (Tab. Peut. 7,1) gelegen; h. Policoro. G. R.

Herakleidai. Die Nachkommen des Herakles. Der Sage nach befanden sich bei dessen Tod seine Söhne teils in Tiryns, teils in Theben, aber auch anderswo in Hellas. Vor den Nachstellungen des → Eurystheus flohen sie nach Attika, wo sie sich in der Tetrapolis um Marathon ansiedelten, welche die Spartaner deshalb im Peloponnes. Krieg verschonten (Diod. 12,45,1. Sch. Soph. Oid. Kol. 701). Im Bunde mit Athens König → Theseus schlugen sie Eurystheus' Angriffe ab und töteten ihn. Ein nunmehr unternommener Rückkehrversuch auf die Peloponnes scheiterte jedoch durch höhere Gewalt, worauf das delph. Orakel befahl, die 3. Frucht abzuwarten. Als die H. nach 3 J. abermals zurückzukehren versuchten, trat ihnen Eurystheus' Nachfolger → Atreus an der Spitze eines Heeres entgegen. Beide Parteien kamen jedoch überein, daß sich lediglich → Hyllos mit König → Echemos von Tegea (Hdt. 9,26. Sch. Pind. O. 10,79) im Zweikampf messen und im Falle seiner Niederlage die H. 50 J. lang keinen Rückkehrversuch mehr unternehmen sollten. Als Hyllos fiel, gingen sie nach Doris, dessen König → Aigimios nach Herakles' Tod Hyllos adoptiert hatte. Unter Vertragsbruch in den nächsten Jahrzehnten unternommene Rückkehrversuche schlugen fehl. Den Urenkeln des Hyllos – Temenos, → Aristodemos und → Kresphontes – eröffnete schließlich das delph. Orakel, daß mit der 3. Frucht sie gemeint seien (Apollod. 2,171f.). Während Temenos in Naupaktos Schiffe zur Überfahrt bauen ließ, wurde nach einer freilich von den Spartanern zurückgewiesenen (Hdt. 6,52) Sagenversion Aristodemos vom Blitz erschlagen. Der Aitoler → Oxylos führte die H. schließlich auf die Peloponnes, wo Orestes' Nachfolger → Teisamenos Schlacht und Leben verlor, worauf sie die Halbinsel verlosten. Temenos erhielt Argos, Kresphontes Messenien, Aristodemos' Söhne → Eurysthenes und → Prokles bekamen Lakonien; dem Oxylos gaben die H. Elis, und den Arkadern beließen sie ihr Land.

Ursprünglich betrachtete man, wie die Sage von Tlepolemos' Bluttat in Tiryns (Il. 2,653ff.) zeigt, die Söhne des Herakles nach dessen Tod als Fürsten in der Argolis. Die Erklärung des Eponymen der dor. Phyle der Hylleer, Hyllos, zum Sohn des Herakles und die Konstruktion der Sage von der Rückkehr der H. ist in Argos erfolgt, wo die Dorier infolge der starken Verwurzelung des Herakles als Lokalheros ihre gewaltsame Eroberung des Landes hierdurch legitimieren wollten. Die Translozierung von Mykenai's berühmtestem König, → Agamemnon, nach Amyklai veranlaßte dann die Spartaner wohl Mitte des 8. Jh. v. Chr., ihre Königshäuser – die → Agiaden und → Eurypontiden – in Analogie zu den Temeniden ebenfalls auf Herakles zurückzuführen, und die Aipytiden in Messenien folgten wenig später diesem Beispiel, um den Doriern Spartas jegliche Rechtsgrundlage für eine Eroberung dieses Landes zu nehmen. Um die Selbständigkeit Korinths gegenüber Argos zu rechtfertigen, wurde weiterhin dessen dor. Oikist, → Aletes, aus einem Nachkommen des Temenos (IG XII 5,444 = FGrH 239,31) zu einem H. gemacht, der bei der Verteilung der Peloponnes Korinth gesondert als seinen Anteil erhalten habe (Diod. 7,9; Paus. 2,4,3). Wesentlichen Anteil dieser Ausprägung der Sage unter polit. Zielsetzung hatte der nach der Mitte des 8. Jahrh. v. Chr. schaffende *ποιητὴς ἱστορικός* (Sch. Pind. O. 13,74. Sch. Apoll. Rhod. 1,146) → Eumelos von Korinth, ein Bakchiade. Die die Eroberung Messeniens durch Sparta gewissermaßen rechtfertigende Version, Kresphontes habe dieses Land bei der Verlosung durch Betrug an sich gebracht, geht vielleicht auf die »Herakleia« des spartan. Dichters → Kinaithon zurück; das älteste erhaltene Zeugnis hierfür bietet Soph. Aias 1285ff. Zum Ruhme ihrer Stadt haben weiterhin die Athener den Aufenthalt der H. in Attika erfunden. Auch → Thessalos, der Eponym der Thessaler, soll ein Nachkomme des Herakles gewesen sein (Strab. 10,444. Polyain. 8, 44). Infolge ihrer Zurückführung auf König Pheidon von Argos betrachteten sich Makedoniens Könige als H. Nach Hdt. 1,7 war die von → Gyges entthronte Dynastie Lydiens heraklid., später erklärte man die → Mermnaden als Abkömmlinge des Herakles und der → Omphale. Die Attaliden Pergamons leiteten sich von → Telephos ab, einem Sohn des Herakles mit Auge von Tegea. Schließlich machte man auch noch den → Tyrsenos zum H. (Dion. Hal. 1,28. Paus. 2,21,3). Quellen zur

Sage: Apollod. 2,167–177; Diod. 4,57 (bis zum Tod des Hyllos). Fr. Kie.

C. Robert Die griech. Heldensage 2, 1921, 649–675. *G. Vitalis* Die Entwicklung der Sage von der Rückkehr der H., Diss. Greifsw. 1930. *M. A. Levi* Dori ed Eraclidi, Rend. Ist. Lomb. Cl. Lett. 96, 1962, 479ff. *F. Kiechle* Die Ausprägung der Sage von der Rückkehr der H., Helikon 5, 1965 (im Druck).

Herakleidas. 1. H., signierte zusammen mit Hippokrates, beide aus Atrax in Thessalien, eine Weihung der Pharsalier an Apollon in Delphi, 4. Jh. v. Chr. Die Weihung Paus. 10,13,5: Achill zu Pferd, neben ihm herlaufend Patroklos, könnte nach POMTOW, Philol. 77,194 damit ident. sein (J. MARCADÉ Rec. des signat. de sculpt. grecs I Nr. 35 Taf. 8,2). **2.** H., dor. Grieche, vielleicht aus S.-Italien oder Sizilien, signierte mit [῾Ηϱ]ακλειδας ἐποει einen Goldring aus Capua in Neapel (NM. Inv. 25085. R. SIVIERO Gli ori e le ambre del Museo Nazionale di Napoli, 1954, Nr. 344 Taf. 212–213, Farbtaf.). Der ovale Ringschild (3 : 3,5 cm) trägt, aus versilbertem Gold geschnitten, das Bildnis eines Römers. Da die Verbform ohne ι überwiegend im 3.–2. Jh. v. Chr. nachweisbar ist (LÖWY Inschr. gr. Bildh. XIV), datierte FURTWÄNGLER den Ring »wenigstens« ins 2. Jh. Die neuere Forschung zieht aus stilistischen Gründen das 1. Jh. v. Chr. vor (vgl. SIVIERO a. O. G. BECATTI Oreficerie Antiche 1955, 116, 214 Nr. 508 A. STAZIO, Encicl. Arte Ant. 3,1149). **3.** H. aus Soloi, rhod. Bildhauer, signierte eine Statuen-Basis in Lindos, 225–220 v. Chr. Eine 2. Inschr. ebd. um 224 v. Chr. zeigt nur den Namen (CHR. BLINKENBERG Lindos II, Inscript. 1,360f. Nr. 128, 127; z. Datierung vgl. S. 53). H. Ma.

Herakleides.

I. Polit.-militär. Persönlichkeiten: **1.** Aus Klazomenai (Plat. Ion 541 d), mit dem Beinamen βασιλεύς, stand in pers. Diensten und konnte so 423 v. Chr. die athen. Gesandtschaft an den Großkönig unterstützen. Er erhielt dafür die Proxenie (Sylloge[3] 118). H. kam später nach Athen, wo er kurz nach 400 das Bürgerrecht erhielt (Sylloge[3] 118). H. war u. a. auch Stratege (Plat. Ion 541 d). Er stand auf seiten der radikalen Demokratie und sorgte, spätestens 393, für die Erhöhung des Ekklesiastensoldes (Aristot. Ath. pol. 41,3). **2.** Aus Ainos, Schüler Platons (Diog. Laert. 3,46), ermordete 359 v. Chr. den Odrysenkönig Kotys I. und wurde daraufhin von Athen mit dem Bürgerrecht und goldenen Kranz beschenkt (Demosth. 23,119. Aristot. Pol. 5,10). **3.** Syrakusaner, Sohn des Lysimachos, wurde 415 v. Chr. Feldherr im Kampf gegen die Athener (Thuk. 6,73,1. Diod. 13,4,1), aber 414 nach Mißerfolgen wieder abgesetzt (Thuk. 6,103,4). **4.** Syrakusaner, Sohn des Aristogenes, war einer der Führer des syrakusan. Ergänzungsgeschwaders für den Seekrieg an der kleinasiat. W.-Küste, wo er 410 v. Chr. anlangte (Xen. hell. 1,2,8). **5.** Syrakusaner, war unter dem älteren → Dionysios und bis zu seiner Flucht vor Dionysios II. im J. 361/60 v. Chr. militär. Befehlshaber. H. nahm, in Griechenland in enger Verbindung mit Dion stehend, an dessen Rückkehrvorbereitungen teil und erhielt den Auftrag, mit dem Gros der Streitmacht Dion auf der Küstenroute zu folgen. Von einer Entzweiung zwischen H. und Dion zu dieser Zeit (Plut. Dion 32,4) kann keine Rede sein. H. erreicht Sizilien 356 und wird offiziell Flottenkommandant. Er gewinnt durch seinen Seesieg über den Admiral des Dionysios eine starke Stellung und gerät dadurch in Gegensatz zu Dion. Er tritt offen an die Spitze des Demos und erreicht Dions Absetzung. Als Dion die Rückkehr zur Macht gelingt, wird H. geschont; er stellt auch den Antrag, Dion zum στρατηγὸς αὐτοκράτωρ zu machen. H. bleibt Führer der Flotte und hat damit, wieder an der Spitze des Volkes stehend, ein Machtmittel gegen Dion in der Hand. H. agiert auf dieser Basis erneut gegen Dion, tritt wohl auch in Verbindung mit Dionysios, wird aber dann durch Spartas Vermittlung zu einer Treueversicherung gegenüber Dion veranlaßt und verliert sein Amt als Nauarch. Immerhin wird er von Dion in dessen die Verfassung gebendes Gremium berufen, bleibt aber seiner demokrat. Gesinnung treu und lehnt die Berufung ab. Deshalb, und weil er erneut polit. gegen Dion opponierte, ließ dieser ihn, wohl im Frühjahr 354 v. Chr., ermorden (Quellen: Plut. Dion. Plat. epist. 7 und 8. Diod. 16).

H. Berve, AAMz. 1956, Nr. 19.

6. H., Sohn des → Agathokles (2), wurde von ihm 310 v. Chr. mit nach Afrika genommen u. bei dem Herrscher von Kyrene gelassen, wohl um diesen hinsichtlich seiner Pläne in Sicherheit zu wiegen. Letzterer adoptierte H. (Iust. 22,7,6. Polyain. 5,3, 4). H. wurde nach dem zweiten, geglückten Versuch des Agathokles, ohne das Heer Afrika zu verlassen, 307 von den Soldaten getötet (Diod. 20,68,3). H. Ca.

7. H., Truppenführer Alexanders im Triballerkrieg (Arr. an. 1.2,5), wohl ident. mit einem Offizier, der sich bei Gaugamela auszeichnete (Arr. an. 3.11,8). **8.** Sohn des Argeios, wurde von Alexander nach dem Tod des Hephaistion ausgesandt, um das Kasp. Meer zu erforschen. Über die Erfüllung seines Auftrages ist nichts bekannt.

W. W. Tarn Alexander the Great 2,10–12.

9. H., Kalchedonier, Gesandter seiner Vaterstadt an Dareios III., dem er bis zum Tode folgte. Alexander entließ ihn nach der Gefangennahme 330 (Arr. an. 3,24,5). G. W.

10. H., Truppenkommandant des Demetrios (→ 2) im Peiraieus 286 v. Chr. Polyain. 5,17. Paus. 1, 29,10. **11.** H., Thessaler aus Gyrton, Reiterkommandant Philipps V. von Makedonien. Pol. 18,22, 2. Sylloge[3] 552. **12.** H., aus Byzanz, suchte vergebens 190 v. Chr. L. und P. Cornelius Scipio für einen Frieden mit Antiochos III. zu gewinnen. Pol. 21,13ff. Liv. 37,34ff. Diod. 29,7. App. Syr. 29.

Iust. 31,7,4 ff. **13.** H., im Rang der Erzleibwächter (*τῶν ἀρχισωματοφυλάκων*), Hipparch *ἐπ' ἀνδρῶν* (zum noch nicht erklärten Titel Wilcken S. 49,2) und Epistates des Gaues *Περὶ Θήβας*. U. Wilcken Urkd. der Ptolemäerzeit 2, 1957, 160,1 f. 161,27 f. W. Peremans und E. van 't Dack, Studia Hellenistica 6, 1950, 45,379. 8, 1952, 49. Vielleicht ident. mit dem Epistates und Finanzbeamten 117/116 v. Chr. Wilcken 162,2 f. 196,1. H. V.

14. H., Tarentiner aus kleinen Verhältnissen und von schlechtem Ruf, Architekt, floh um 210 v. Chr. zu den Römern und dann zu Philipp V. von Maked., da er Tarentinern und Römern als unzuverlässig galt (Pol. 13,4). Auf Philipp übte er einen ungünstigen Einfluß aus (Diod. 28,2.9). Im J. 204 leitete er einen Anschlag auf rhod. Schiffe (Pol. 13,5. Polyain. 5,17,2). Im J. 200 und 199 führte er ohne großen Erfolg die makedon. Flotte (Liv. 31, 16,3. 46,8). 199/98 v. Chr. wurde er auf Drängen der Makedonen von Philipp entlassen (Liv. 32,5,7. Diod. 28,9). K. W.

II. Liter.-philos. Persönlichkeiten:

15. H. Pontikos, Sohn des Euthyphron aus → Herakleia am Pontos, platon.-pythagoreisierender Philosoph, ca. 390–310 v. Chr. H. traf ca. 365/64 in Athen ein und hörte dort zunächst → Speusippos, wurde dann Platons Schüler nach dessen Rückkehr von der 2. sizil. Reise. Vielleicht vertrat H. Platon in der Schulleitung während seiner 3. sizil. Reise, auf der → Xenokrates und Speusippos Platon begleiteten. Als nach Speusippos' Tod 338 das Schulhaupt zu wählen war, unterlag H. (mit ihm → Menedemos) nur knapp, vgl. Ind. Acad. Her. col. 6, p. 38 Mekler. Danach verließ H. Athen und gründete in Herakleia eine eigene Schule. H. war ein großer und schwerer Mann, der es liebte, sich prunkvoll zu kleiden. Sein gravitätisches Auftreten reizte zum Spott; man legte ihm – erstmals wohl in einer Komödie (vgl. Athen. 4,134 b) – den Beinamen *ὁ Πομπικός* zu.

Die 47 Titel, die Diog. Laert. 5,87/88 überliefert, bezeugen eine ausgedehnte Schriftstellerei des H. Diese bis auf geringe Reste verschwundenen Schriften waren zum großen Teil Dialoge; als Dialog-Partner wählte H. durchweg längst verstorbene Personen; daher nennt Cicero einen in vergangener Zeit spielenden Dialog, z. B. sein Werk de re publica, ein *Ἡρακλείδειον* (frg. 24 b und 27 a–f); H.' Dialoge waren offenbar reich mit Personen (auch stummen) ausgestattet. In der Welt-Erklärung (*περὶ φύσεως* frg. 118–123) suchte H. offenbar der Atomistik Demokrits entgegenzukommen; statt der Atome setzte er kleine Massenteile *(moleculas)* an, die nicht, wie die Atome Demokrits, miteinander verklammert sind; frg. 111 = Cic. nat. 1,34 weist darauf hin, daß H. auch den demokrit. Automatismus ablehnte. – In den Dialogen ist ein heliozentr. Planeten-System als Möglichkeit diskutiert worden; offenbar führte H. damit Unt. fort, die Platon auf Grund der Unregelmäßigkeit

der Planeten-Bewegung zur Diskussion gestellt hatte; vgl. Simplik. in Aristot. de caelo 488,19 Heiberg. Die erhaltene Bezeugung trennt davon die nach → Ekphantos von H. aufgestellte Vermutung, die Erde rotiere um ihre Achse; zu beiden Fragen, die vermutlich im Zusammenhang gesehen wurden, hat H. keine Entscheidung gefällt (frg. 104–117). In der Seelenlehre neigte H. der These zu, daß die Seele nicht in völliger Trennung vom Körper zu denken sei (frg. 97). Eine besondere Schrift war dem Problem des Scheintodes gewidmet; in ihrem Mittelpunkt stand ein Fall, den Empedokles beobachtet haben sollte; diese und die ähnliche Gesch. von → Hermotimos (oder Empedotimos) wurden für die Lösung der Frage ausgewertet, wie die Seele mit dem Körper verbunden ist. Außerdem sind Schriften zur Ethik kenntlich (*περὶ δικαιοσύνης, περὶ εὐσεβείας, περὶ ἡδονῆς*); H. hat viel auf dem Gebiet der Musiklehre gearbeitet; ein biograph. Werk ist bezeugt; endlich hat H. zur Erklärung des »dunklen« → Herakleitos und des → Pythagoras beigetragen.

Die erhaltenen Frg. zeigen, daß es H. an der nötigen Schärfe der Kritik fehlte. Neben bemerkenswerten Entdeckungen oder Schlüssen stehen Phantastereien, die schon Cicero als *pueriles fabulas* ablehnte (nat. 1,34); es hatte wohl gute Gründe, daß er weder im Peripatos (dem er gern zugerechnet wird) noch in der Akademie heimisch wurde. Später zitierte man ihn gern, weil er Zeitgenosse der klass. Ära der att. Philos. war; aber man zitiert vorwiegend *curiosa* aus ihm. Zu geschlossener Nachwirkung ist keines seiner Werke gelangt. H. D.

Slg. der Frg. mit Komm.: *F. Wehrli* Die Schule des Aristoteles, Heft 8, 1953.

16. H., Name zweier sonst unbekannter Syrakusaner des 4. Jh. (?) v. Chr., Vf. von *'Οψαρτυτικά*, aus denen Athenaios wenige Frg. mitteilt (2,58 b. 12,516 c. 14,661 e u. ö.). Auch eine Schrift *Περὶ θεσμῶν* eines der beiden wird zit. (a. O. 14,647 a). Susemihl 1,877 f.

17. H. *ὁ Κριτικός*, griech. Perieget des 3. Jh. v. Chr., Vf. einer Reisebeschreibung *περὶ τῶν ἐν τῇ Ἑλλάδι πόλεων* (Apoll. hist. mir. 19). Aus dem Werk sind 3 anon. Auszüge (Nr. 1 und 3 im Cod. Par. Suppl. 443 [12./13. Jh.], 2 im Cod. Par. 571 [15. Jh.], der auf einen verschollenen Gudianus zurückgeht) erhalten (früher → Dikaiarchos zugeschrieben). H. schildert sehr anschaulich eine Reise durch das eigentliche »Hellas« (mittleres und n. Griechenland mit Thessalien; begründet wird diese Abgrenzung in Frg. 3) etwa um die Mitte des 3. Jh. (zur Datierung vgl. [2],204 ff.). Erhalten sind die Schilderung Attikas, Boiotiens und Euboias (Frg. 1; hier wird bes. deutlich, daß Autopsie vorliegt) sowie Stücke aus der Schilderung Thessaliens (Frg. 2 und 3). H. folgt zwar einem festen Schema (Entfernung, Straße und Landschaft, Stadtbeschreibung, Produkte der Gegend,

Bewohner), trotzdem gehört aber seine Schrift zu den abwechslungsreichsten und ansprechendsten ihrer Art. Dazu tragen sowohl die stilist. Qualitäten (eigenwillige, nuancenreiche Sprache, unaufdringliche, wenngleich »asianische« Rhythmisierung; Stilanalyse: [2],212ff.) und die Auflockerung durch eingestreute Dichterzit. (überwiegend aus Komikern des 4./3. Jh.) wie auch die treffenden Beobachtungen (vorwiegend ethnogr.-geogr. Charakters; antiquar. Interesse fehlt beinahe völlig) des Autors bei. Frg. 2 und 3 wirken, wohl infolge stärkerer Epitomierung, gegenüber dem 1. weniger souverän. H. Gä.

Ta.: FHG 2,254ff. GGM 1,97ff. *F.Pfister*, SAWW 227,2, 1951 (mit ausführl. Einl. und reichen Lit.-Angaben, Komm. und einer nicht immer zuverlässigen Übers.). Übers.: *H.Hitzig*, Festgabe H.Blümner, Zürich 1914, 1ff. *F.Pfister*, G 51, 1940, 129ff.

Lit.: 1. *Susemihl* 2,1ff. 2. *G.Pasquali*, H 48, 1913, 199ff.

18. H. Lembos, lebte unter Ptolemaios VI. Philometor (2. Jh. v. Chr.), war in polit. Missionen tätig; zugleich war er Literatur-Forscher im peripatet. Sinne, Sammler und Epitomator (vgl. Phot. cod. 213). Sein *ὑπογραφεὺς καὶ ἀναγνώστης* war → Agatharchides. Nachmals wurde H.' Epitome der Philosophen-*βίοι* des Satyros wichtig, mehr noch die von H. besorgte Kürzung, Neuordnung und teilweise Verbesserung der Sammlungen des → Sotion, nunmehr in 6 B. Diese Epitome ist von Diog. Laert. unmittelbar benutzt. H. D.

19. H. *ὁ Ποντικός* (d. J.), Sohn des Herakleides aus Herakleia/Pontos, Schüler des → Didymos Chalkenteros in Alexandreia, unter Claudius und Nero Lehrer der Gramm. in Rom (Suda s. v. *Ἡ.* und *Ἀντέρως*). Er verteidigte seinen Lehrer gegen den sonst unbekannten Aristarcheer Aper mit einem wohl in Gesprächsform abgefaßten, *Λέσχαι* betitelten sapph. Gedicht (3 B.), das Artemid. onir. 4,63 wegen seiner schwer verständlichen Gelehrsamkeit mit → Lykophrons Alexandra und → Parthenios' Elegien vergleicht. Es scheint später auch komm. worden zu sein (Etym. m. 297,49ff.).

Frg. Anth. Lyr. 2 p. 208 D. *E.Heitsch* Griech. Dichter-Frg. der röm. Kaiserzeit 2, Göttingen 1964, Suppl. 1.

20. H. aus Miletos (Herodian. Il. Pros. zu 8,178), griech. Gramm. um 100 n. Chr. Seine Lebenszeit bestimmt sich daraus, daß er Aristonikos (→ A. Nr. 4) zit. und selbst von Apollon. Dysk. (→ A. Nr. 7) benutzt wurde. H. schrieb als erster eine zusammenfassende Darstellung *περὶ καθολικῆς προσῳδίας* (Titel: Apollon. Dysk. Synt. 4,56) in mehreren B. (vgl. Ammon. s. v. *νῦν*: ... *Ἡ. ἐν πρώτῃ π. καθ. προσῳδίας*), die aber kaum noch kenntlich ist, weil sie durch das gleichnamige Werk des → Herodianos verdrängt wurde. Besser ist seine Schrift *περὶ δυσκλίτων ὀνομάτων* (Titel gesichert durch Orion 54,1f.) bekannt, da sie sowohl bei → Eustathios wie auch in den → Epimerismen und Etymologica häufig zit. wird. H. ist Anhänger der Analogie. Bei der Erklärung ep. Wortformen geht er gern von den griech. Dialekten aus.

Gute Unters. und Frg.-Slg.: *L.Cohn* De H. Miles. gramm. Bln. 1884.

21. H., griech. Sophist aus vornehmer lykischer Familie, ca. 150 bis ca. 230 n. Chr., Schüler des → Hadrianos sowie des Chrestos und Aristokles, später Professor auf dem athen. Lehrstuhl für Rhet. (Philostr. v. soph. 2,26). Von dort wurde er, vor allem auf Betreiben des Prinzenerziehers und kaiserlichen Sekretärs Antipatros von Hierapolis, entfernt. Danach lehrte H. in Smyrna, wo er in großem Ansehen stand, obgleich er nur nach sorgfältiger Vorbereitung deklamieren konnte. Er war Oberpriester des Kaiserkultes in Lykien und *στρατηγός* von Smyrna (Mz.: BMCGr Ionia 261f. und Pl. 28,1). Von seinen Werken ist nur der Titel *ἐγκώμιον πόνου* bekannt. Philostratos (a. O.) rühmt seinen schlichten Stil. H. Gä.

Christ-Schmid 2,2,697.

III. Ärzte – Künstler:

22. H., koischer Arzt u. Asklepiade, Vater des → Hippokrates (Suda s. v. *Ἱπποκράτης* und Steph. Byz. s. v. *Κῶς*). **23.** H., aus Tarent, Arzt um 75 v. Chr., einer der bedeutendsten → Empiriker. Als solcher hat er die für diese Schule typischen Gebiete gepflegt, d. h. vor allem Pharmazie, Pharmakologie und Hippokrateserklärung. Bedeutend scheint sein großes Werk über äußerliche und innerliche Therapie gewesen zu sein (benutzt vor allem bei → Caelius Aurelianus). Über Diätetik hat er u. a. in einem *Συμπόσιον* gehandelt, welches nicht nur eine Quelle für → Athenaios' »Deipnosophisten« war, sondern mit dem sein Autor von Varro (in dessen »Quinquatrus«) literar. aufs Korn genommen wurde. Seine Hippokrateserklärungen diskutiert → Galen gründlich in den Hippokrateskommentaren; H. hat auf diesem Gebiet auch eine Streitschrift gegen → Bakcheios verfaßt. **24.** H. aus Erythrai, Arzt um 25 v. Chr., Herophileer; schrieb ein Buch über die »Schule des Herophilos« und war, wie sein bekannterer Namensvetter, auch Hippokrateskommentator. F. K.

25. Hera(klei)des, Sohn des Aga(u)os v. Ephesos, signierte zusammen mit Har(ma)tios eine als Mars ergänzte, frühkaiserzeitliche Statue im Louvre (CLARAC 313,1439; Photo Giraudon). Die Lesung seines Namens ist nur wahrscheinlich (vgl. E. LÖWY Inschr. gr. Bildhauer Nr. 293; E. PFUHL, RE VII 2373ff.). Der Typus: nackter Oberkörper, Mantel um Unterkörper bis zu den Knien, Zipfel über l. Schulter und Arm, geht zurück auf den Hellenismus (z. B. Poseidon von Melos, vgl. PFUHL a. O.), ist aber eine röm. Umbildung: Bei allen Vertretern dieses Typus ist das r. Bein Spielbein, schwingt folglich die rechte Hüfte aus; hier geraten dagegen umgekehrt Körperbewegung und Faltenwurf in eine peinliche Parallele.

G.Lippold Kopien und Umbildung 66; *G. Cressedi*, Enc. Arte Ant. 3, 1150.

26. H. malte zwischen 282–279 v. Chr. auf Delos am Proskenion des Theaters 2 Pinakes für den Lohn von 200 Drachmen: IG XI 2,158 A, 67. H. Bulle Unters. an griech. Theatern 175. **27.** H. signierte mit ἐποει eine Kalksteinbasis in Thermos, Mus. Inv. 55, dessen Weiheinschr. nicht erhalten ist. 3. Jh. v. Chr. (IG² IX Nr. 64).

28. H., bekannter Maler *(est nomen)* aus Makedonien, begann als Schiffsmaler, ging nach der Niederlage des Königs Perseus durch Aemilius Paulus (168 v. Chr.) nach Athen (Plin. nat. 35,135). Zusammen mit anderen Malern *(non ignobiles)* erwähnt ihn Plin. nat. 35,146 erneut.

L. Forti, Encicl. Arte Ant. 3,1150,6.

29. H. signierte als ἀρχιτέκτων ein Werkstück vom Mons Claudianus in Arabien und eines in Rom, das vielleicht ebenfalls von dorther stammt, wie sich aus der Nennung eines Lupus ergibt, der entweder 71–72 oder 115–117 n. Chr. praefectus Aeg. war (vgl. RE VIII 498 f.). H. Ma.

Herakleion (Ἡράκλειον). **1.** Hafen von Knosos an der N.-Küste von Kreta beim h. Iraklion (Kandia) ohne ant. Reste, Strab. 10,4,7 p. 476. 5,1 p. 484. Stad. m. m. 348 (GGM 1,514). Ptol. 3,15,5. Geogr. Rav. 5.21. Steph. Byz. s. Ἡράκλεια. Plin. nat. 4,59 *(Heraclea)*.

1. *C. Bursian* Geogr. Griechenlands 2,560. 2. *L. Mariani*, Mon. ant. 6, 1895, 218 ff. 3. *M. Guarducci* Inscr. Cret. I 93 ff.

2. Südlichster Ort Makedoniens in der Landschaft Pierien beim h. Platamon, im Perseuskrieg von den Römern erobert, Skyl. 66. Pol. 28,11 (12). 13 (11),3. 17 (15),1. Liv. 44,2,12. 8,8 ff. 9 f. 35,13. Plin. nat. 4,34. Steph. Byz. s. Ἡράκλεια. Bei Liv. und Plin. *Heraclea*. E. M.

W. M. Leake Travels in Northern Greece 3,404 ff.

3. H., kleine griech. Siedlung nicht weit von → Myrmekion und → Pantikapaion (h. Kerč). Mit diesem H. gehört möglicherweise auch das von ant. Autoren an der S.-Küste der Maiotis (Asowsches Meer) angesetzte H. zusammen. Strab. 11, 494. Ptol. 3,6,4.

Kiessling, RE VIII 500. *Danoff*, RE Suppl. IX 1131.

4. Nach Herakles waren an der kaukas. Steilküste des Pontos 2 Vorgebirge genannt. Das eine lag an der Mündung des Flusses Nesis, 420 Stadien n.w. von → Pityus, das andere noch 300 Stadien davon entfernt. Arr. per. P. E. 27.28. Anon. in FHG 5, 179 f. Chr. D.

Kiessling, RE VIII 500.

Herakleios. Angesehene Sizilianer vor 70 v. Chr., aus dem Verres-Prozeß bekannt; hervorzuheben sind: **1.** H., Sohn eines Hieron, reicher Bürger von Syrakus, erbte 73 von seinem Verwandten H. ein prächtiges Haus mit reicher Einrichtung und 3 Millionen Sesterzen, Cic. Verr. 2,14,35. Als Verres das Testament anfechten ließ, ging H. nach Rom und verlor Erbschaft und Vermögen, an denen sich Verres bereicherte. Die Immobilien erhielt er durch L. Caecilius Metellus, den Nachfolger des Verres, 70 zurück, durfte aber nicht persönlich in Rom als Belastungszeuge auftreten, Cic. Verr. 2, 19,47–50.27,65. RE VIII A 1583 ff. **2.** H. aus Egesta, Kapitän eines zur syrakusan. Flotte gehörenden Schiffes, das während seiner Erkrankung von Seeräubern vernichtet wurde. Auf Veranlassung des Verres wurde er verurteilt und hingerichtet. Cic. Verr. 5,44,115–120. Holm Gesch. Siz. 3,140. H. G. G.

3. H. *primicerius sacri cubiculi* regte Valentinian III. zur Ermordung des → Aetios an und wurde noch 455 selbst ermordet (Ioh. Antioch. frg. 201 = FHG 4,614. Chr. min. 1,483 f. 2,86). **4.** H. nahm 451 als *comes* am Konzil von Chalcedon teil (acta conc. oecon. II 1,2,139), siegte 470 über die Vandalen in Africa (Prok. 3,6,9–11. Theophan. a. 5963), wurde 474 durch got. Foederaten erschlagen (Malch. frg. 4 = FHG 4,115). A. L.

Herakleitos (Ἡράκλειτος). **1.** H., von Ephesos, bedeutender Philosoph um die Wende des 6. Jh. (wahrscheinlichste Datierung nach Diog. Laert. 9,1: ἀκμή 504/01 v. Chr.). Fixpunkt der Datierung ist H.' persönliche Beziehung zum Perserkönig → Dareios I.

H. stammte aus vornehmer, seit langem in Ephesos ansässiger Familie; in ihr erbte sich die vom ἥρως κτίστης der Stadt, → Androklos, herrührende Priesterwürde fort. Als dieses Priestertum auf H. kam, trat er es seinem Bruder ab. Als Angehöriger patriz. Stadtadels lehnte H. den Demos, der auch in Ephesos an Macht gewann, mit Haß und mit Verachtung ab.

H.' philos. Ergebnisse waren niedergelegt in einer Prosaschrift, welcher H. (wie zu seinen Zeiten üblich) keinen Titel gab. Die Titel, unter denen sie nachmals zitiert wird (darunter περὶ φύσεως) sind jung, ebenso die Untertitel der 3 Abteilungen, die man glaubte sondern zu können (Diog. Laert. 9,5). Wahrscheinlich behandelte H. in diesen Aufzeichnungen philos. Fragen nicht in größerem Zusammenhang. Das ganze Werk dürfte also den Charakter getragen haben, den die erhaltenen Frg.-e aufweisen: Diese muten wie Sentenzen oder Aphorismen an u. sind als solche, ohne Zusammenhang, überliefert worden. Daß H. den Beinamen des Dunklen – ὁ σκοτεινός – erhielt, hängt erstens damit zusammen, daß keiner seiner Lehrsätze aus systemat. Zusammenhang eine Erklärung findet. Zweitens hat schon die Ant. (Cic. fin. 2,15. Klem. Al. Strom. 5,89) vermutet, H. habe absichtlich den Logos verhüllt, um ihn nicht vor verständnislosen Plebejern zu profanieren. Drittens widersprach es H.' Verständnis vom Wesen des Logos, irgendeine Erkenntnis lehrsatzartig oder in systemat. Begründung festzulegen. Philos. Grundsatz-Erkenntnis und stilist. Gestaltung der Einzel-Aussage standen offenbar in enger Beziehung miteinander. So wenig ant. Tradition H. einer Schule oder einem Lehrer zuweisen konnte, so wenig kann moderne Forschung eine solche Zuweisung vornehmen.

Vielerlei Querverbindungen – namentlich zu → Xenophanes – sind nachzuweisen, denn H. war ein belesener Mann, der mit dem Stand philos. Forschung wohl vertraut war. Wichtiger aber als die Berührungspunkte sind die Trennungslinien, die H. zweifellos bewußt zog. Vor allem lehnte er jeden irgendwie gearteten stat. Begriff von Welt und Natur ab. Das setzte ihn ebenso in Widerspruch zu den früheren Naturphilosophen, die nach dem einen, alles begründenden Urstoff gesucht hatten, wie zum stat. Seins-Begriff der eben sich bildenden eleat. Schule. Wenn H. das Feuer zur ἀρχή erklärte, so vor allem darum, weil er damit einen Archetypos der ständigen Wandelbarkeit gewann. Wohl ersann er – hierin an → Anaximenes angelehnt – einen »Mechanismus« des Kreislaufs der Elemente, die aus dem Feuer hervorgehen und ins Feuer zurückkehren; aber die Hauptsache an dieser Konzeption war der Widerspruch gegen jede Ontologie. Damit wird H. zum Antipoden aller künftigen griech. Philos., die über den vordergründigen Aspekt des Werdens und Vergehens zum Sein vorzudringen suchte. Diesen Schritt zu tun, hat H. für durchaus illegitim gehalten (Zeugnis: Plat. Krat. 402 A). Die zahlreichen fließenden Übergänge erlauben es nicht, von irgendeiner Phase des Geschehens zu sagen: »sie ist«. Von hier tut H. einen doppelten Schritt, um die *παλιντροπία* der Gegensätze aufzuweisen: Im jungen Menschen ist sein Alter angelegt, im alten Menschen seine Jugend mit-existent (B 88). Aber auch im gleichen Augenblick können entgegengesetzte »Qualitäten« manifest werden: Das Meer ist für Fische lebensrettend, für Menschen tödlich (B 61). Auf Grund solcher Überlegungen muß das Wesen des Göttlichen als eine Fülle von Gegensätzlichkeiten bestimmt werden (B 67), die ständig umschlagen können. Im Unterschied zu allen späteren *θεολογούμενα*, die dem Göttlichen höchste Aktualität zuweisen wollen (z.B. Aristot. met. *Λ* 9), macht H. den Versuch, Gott als die höchst möglich gespannte Potentialität in höchster Wandelbarkeit zu erklären.

Mehrfach lehrte H., es gelte einen Logos zu erkennen (B 1. B 41. B 114); wohl zu Unrecht leitet man daraus ab, H. habe, fast illegitimer Weise, damit eine monist. Spitze angenommen; man wird H.' dahin gehende Lehre so zu verstehen haben: es gibt überhaupt nur eine Grundregel zu erfassen = *ἐπίστασθαι γνώμην ὁτέη ἐκυβέρνησε πάντα διὰ πάντων* (B 41) – nämlich das Grundgesetz vom ewigen Wandel; regelmäßig folgt dann die Polemik gegen die vielen, die zu dumm sind, das zu verstehen – aber auch gegen die Vielwisser (Hesiod, Pythagoras, Xenophanes und Hekataios), die hinter allem Wissens-Detail dies eine nicht sehen. Es wäre sicher irrig, aus diesen durchweg polem. Gedankengängen eine metaphys. Spitze (d.h. Überzeugung von einem Ur-Logos) zu konstruieren. In diesem Mißverständnis ist freilich nachmals die Stoa vorangegangen: Während die Epikureer auf Demokrit zurückverwiesen, beanspruchte die Stoa gern H. als ihren Archegeten: Schien er doch die beiden stoischen Dogmen vom Ur-Feuer als dem Anfang und Ende der Welt, und vom Ur-Logos als *πῦρ τεχνικόν* vorwegzunehmen. Vor allem der Kaiser Marc Aurel projiziert häufig stoisches Lehrgut auf den vermeintlichen Ahnherrn H. zurück – durchaus im Stil des Archaismus. Moderne Forschung hat das Verständnis H.' erst allmählich von solchen Stoizismen gereinigt. Am durchgreifendsten hat H. FRÄNKEL die Forderung erfüllt, H. aus sich selbst zu verstehen.

Slg. der Frg.: *I. Bywater*, Oxf. 1877. *Diels-Kranz* 1,139–190. Übers.: *Bruno Snell*, Münch. 1926. *A. Jannière* (frz.) Paris 1959.

Lit.: *J. Bernays* Heraclitea, RhM 7 und 9, auch: Ges. Abh. 1,66ff. *O. Spengler* H., Diss. phil. Halle 1904. *H. Fränkel* Dichtung und Philos. des frühen Griechentums[1] 1951, 474–505. [2]1963, 422–453 [grundlegend!]. *O. Gigon* Unt. zu H., 1935. *C. Ramnoux* H., ou l'homme entre les choses et les mots, Paris 1959, IX u. 504 S. *Ph. Weelwright* H., Princ. 1959, IX u. 181 S. *Christ-Schmid* I 1,745–753. *M. Marcovich*, RE Suppl. X 246–320.

Briefe. Das 2. Jh. n. Chr. brachte 9 Briefe des H. hervor; ihre teils stoisierende, teils kyn. Färbung macht es zur Sicherheit, daß die Briefe der Zeit des erneuerten Kynismos zuzuweisen sind. Planvoll ist H. durch den Briefwechsel mit seinen Zeitgenossen in Verbindung gesetzt, namentlich mit dem Großkönig Dareios. In Ephesos wird ein Asebie-Prozeß gegen H. angestrengt, in welchem H. sich mit Lesefrüchten aus Platons Apologie verteidigt (der Philosoph als *οἶστρος* seiner Vaterstadt). Die ganze Slg. ist ein eindrucksvolles Zeugnis für die Tendenzen des Archaismus, die allzu knappe Dokumentation über Philosophen des 6. Jh. zu verbreiten, zugleich aber diese Philosophen für eine der aktuellen Philos. (hier: Kynismos) zu gewinnen. H. D.

Ausg.: *R. Hercher* Epistologr. Gr., Paris 1871, 280–288. Lit.: *J. Bernays* Die heraklit. Briefe, Bln. 1869. *Ed. Norden* Agnostos Theos, Lpz.-Bln. 1913, 389f.

2. H., Kitharöde aus Tarent, musizierte bei der Hochzeitsfeier in Susa 324 (Chares FGrH 124 F 4). Seine von Diog. Laert. 9,17 erwähnte Entwicklung zum Spaßmacher beruht möglicherweise auf Verwechslung mit einem ebenfalls in Susa auftretenden Gaukler aus Mitylene. G. W.

3. H., *ἐλεγείας ποιητὴς Ἁλικαρνασσεύς* (Diog. Laert. 9,17), Freund des Kallimachos, der Anth. Pal. 7,80 auf seinen Tod verfaßte. Erhalten nur das schöne, die Form der Grabschrift abwandelnde Gedicht Anth. Pal. 7,465, nachgeahmt von Antip. Sidon. 7,464. R. K.

v. Wilamowitz Hellenist. Dicht. 2,122.

4. H., sonst unbekannter Mythograph wohl hellenist. Zeit, unter dessen Namen 39 Exc. im Cod. Vatic. 305 (a. 1314) erhalten sind (*'Ανα-*

σκευὴ ἢ θεραπεία μύθων τῶν παρὰ φύσιν παραδεδομένων). Jedem Mythos folgt eine z.T. sehr gesuchte rationalistische Erklärung (→ Dionysios Skytobrachion, → Euhemeros, → Palaiphatos). H. Gä.

Ta.: *N.Festa* Mythogr. Gr. 3,2, Lpz. 1902, 73 ff.

Herakleon (Ἡρακλέων). **1.** Aus Beroia, Günstling des Königs Antiochos (→ 9) VIII. Grypos, ermordete diesen 96 v.Chr., um den Thron zu besteigen, doch trat im gleichen J. Seleukos VI. die Regierung an. Dionysios, der Sohn des H., beherrschte Bambyke, Beroia und Herakleia. Athen. 4,153b. Ios. ant. Iud. 13,365. Trog. prol. 39. Strab. 16,751. H. V.

2. H., ein Seeräuberführer, siegte im Jahr 72 über die syrakusan. Flotte (→ Herakleios) und drang ohne Verluste mit 4 Schiffen sogar in den Hafen von Syrakus ein, Cic. Verr. 5,90f. 97–100. Bei Oros. 6,3,5 heißt der Pirat Pyrganio (nach MÜNZER, RE VIII 512 Nr. 4 möglicherweise Beiname des H.). Er wurde 70 von L. Metellus vertrieben. HOLM Gesch. Siz. 3,140. H. G. G.

3. H., aus Ephesos, unbekannter Grammatiker späthellenist. (?) Zeit, Vf. eines attizist. Lex. Athenaios zit. es mehrfach (2,52b. 3,76a. 111c. 7,303b u.ö.). Vielleicht ist er identisch mit dem H., dessen Werk → Claudius Didymus epitomierte.

4. H., Sohn des Glaukos aus Tilotis/Äg., griech. Grammatiker augusteischer Zeit in Rom (Suda s. v. *Ἡ.*; Steph. Byz. s. v. Ἀγυιά). Sein meistbenutztes (Hom.-Sch., Herodian., Steph. Byz., Hesych., Suda) Werk waren Komm. zu Homer κατὰ ῥαψῳδίαν (Suda a.O.), also wohl in 48 B. Gelegentlich wich er in der gramm. Erklärung von den Ansichten Aristarchs ab (vgl. Sch. Apoll. Rhod. 1,769). H. berücksichtigte auch die allegor. Exegese der stoischen Schule (vgl. DIELS DoxGr 90 ff.; dagegen K. REINHARDT, RE VIII 509,39 ff.). Seine Lyriker-Komm. und eine Schrift über imperat. Verbformen bei Hom. sind vollständig verloren. H. Gä.

Frg.: *R.Berndt*, Progr. Insterburg 1913 (Königsberg 1914). Lit.: *Susemihl* 2,20 ff. *A.Gudeman*, W. f. klass. Ph. 34, 1917, 91 ff.

Herakleopolis magna, altäg. *Ḥnn-nsw*, h. Ehnas, Stadt am Ausgang des Fajum, Metropole des 21. oberäg. Gaus, Verehrungsort des widderköpfigen Gottes Harsaphes, der sowohl mit dem Sonnengott Re wie mit Osiris gleichgesetzt wurde; die Griechen sahen in ihm Herakles. Vom Tempel sind Reste der Zeit Ramses' I. erhalten. Aus H. stammte die 9. (und 10.) äg. Königsdynastie (etwa ab 2133 bis um 2025 v.Chr.). W. H.

F.Petrie Ehnasya, 1905.

Herakles (Ἡρακλῆς). 1. Name und Lebensskizze. 2. ἆθλοι. 3. Strukturanalyse.

1. Name trotz kurzem α zu Ἥρα und κλέος (P. KRETSCHMER Glotta 8, 1917, 121 ff.); zur Etym. von Ἥρα ([6] mit Lit.). H. Sohn des Zeus (Hom. Il. 19,98 ff.) bzw. des Amphitryon (Hom. Il. 5,392) mit → Alkmene; von Hera verfolgt. Sie schickt ihm schon als Knaben Schlangen und später u.a. einen schweren Wahnsinnsanfall, in dem er seine Kinder (aus der Ehe mit Megara) tötet. Er besteht viele ἆθλοι (vgl. [2],133 ff.), die schon in frühklass. Zeit (anders [3],61 f.) auf die Zwölfzahl genormt worden sind (s. Metopen, Zeus-Tempel von Olympia). Vom Krieg gegen Eurytos von Oichalia heimgekehrt, erhält er von seiner auf Iole eifersüchtigen 2. Gattin Deianeira ein mit dem Blut des von H. getöteten Kentauren Nessos vergiftetes Gewand, das nach dessen Versprechen als φίλτρον wirken sollte. Entsetzt sieht Deianeira, daß sie getäuscht, H. bitteren Schmerz bereitet hat. Auf einem Scheiterhaufen auf dem Oite stirbt H. und wird unter die Götter aufgenommen, wo er Hebe zur Gattin erhält.

2. Durch Zeus' Spruch, der als nächster geborene Perseus-Sproß werde über Mykenai herrschen, und durch die von Hera verursachte Verzögerung der Geburt (Hom. Il. 19,95 ff.) muß H. im Dienste des nun früher geborenen → Eurystheus 12 Mühen (vgl. auch [2],146 ff.) bestehen: Tötung des nemeischen Löwen (Hes. theog. 326 ff.), der lernaeischen Hydra (Eur. Herakl. 419 ff.), Bezähmung der kerynit. Hirschkuh (Pind. O. 3,28 ff.), des erymanth. Ebers (Soph. Trach. 1097), Erschießen der stymphal. Vögel (Apoll. Rhod. 2,1054 ff.), Reinigung der Stallungen des Augeias (Theokr. 25,7 ff.), Zähmung des kret. Stieres (Diod. 4,13,4), der Rosse des Diomedes (Diod. 4,15,3 f.), Erbeutung des Gürtels und Tötung der Amazone Hippolyte (Eur. Herakl. 408 ff.), Raub der Herden des Geryoneus und Tötung dieses dreileibigen Riesen (Hes. theog. 287 ff. 979 ff.), Raub der Äpfel der Hesperiden (Hes. theog. 215 f. Eur. Herakl. 394 ff.), Bändigung des Kerberos (Hom. Il. 8,366 ff. Od. 11, 623 ff.). – Andere Abenteuer: Kampf mit Antaios, Busiris, Nereus, Thanatos, Laomedon, Neleus, Acheloos, Kyknos u.a. Wegen des Raubes des Dreifußes von Delphi und des Handgemenges mit Apollon (Apollod. Bibl. 2,6,2 u.a.) muß H. im Dienst der lyd. Königin Omphale die Kerkopen und Syleus überwinden. Am Argonautenzug nimmt H. nebenbei teil (vgl. L. RADERMACHER Mythos und Sage bei den Griechen, 1938², 196 f.). Auch die Gründung der olymp. Spiele wird ihm zugeschrieben. Belege und Materialsammlung bei GRUPPE, RE Suppl. III 910 ff., vgl. RE VIII 516 ff.

3. Die ob ihres äußerst heterogenen Wesens umstrittene Gestalt des H. ist noch nicht befriedigend gedeutet. Der adelig-tapfere H. (Epos, Tragödie) steht neben einem komisch-derben (Komödie), dieser wieder neben einem menschlich-selbstlosen der Philos. Die Pythagoreer vor allem machten H. zum sittlichen Dulder (vgl. M. DETIENNE, RHR 158, 1960, 19 ff.). Durch seine menschliche Größe war H. Vorbild von Philosophen, Athleten usw. (vgl. J. TONDRIAU, RIL 83, 1950, 397 ff.) und Herrschern (vgl. W. DERICHS Herakles, Vorbild des Herrschers in der Ant., Diss. Köln 1951). – H. ist

Mensch und doch wieder ein Gott (vgl. Pind. N. 3,22. L. R. Farnell Greek Hero Cults and Ideas of Immortality, 1921, 95. Wilam. GldH. 2,20). Schon Hdt. 2,44 hebt den Gott vom Heros ab. [1],58 ff. (vgl. Wilam. GldH. 2,20; variiert bei F. Vian Les origines de Thèbes, 1963, 117) erblickt im held. Leben des H. eine Entwicklung vom Menschen zum Gott. – Kristallisationspunkt für die fast zahllosen Züge, die H. im Laufe der Zeit erhalten hat, scheint der ἥρως gewesen zu sein. Der (urspr. anthropolog. konzipierte) ἥρως in myken. Zeit (*ti-ri-se-ro-e* = τρισήρως, schon weiterentwickelte Form) belegt (vgl. [6],344 ff.). Weitere Ausgestaltung und Einfügung in Mythologeme führten zum Typos des Kultheros und zu vegetationsgebundenen Erscheinungsformen. Hierher gehört die Verbindung des thas. H. mit Dionysos und Demeter ([4],153 ff., vgl. 135, Zanaldi–Baudo, RIL 85, 1952, 209). Jean Harrison Themis, 1912, 372 sieht in H. (zu Unrecht) einen Jahresgott (vgl. Ch. Picard Les religions préhelléniques, 1948, 189) und E. G. Suhr, The Class. Bull. 27, 1951, 43 f. den Paredros der (urspr. vorgriech., chthon.) Omphale. Vegetationselemente hafteten H. immer nur gelegentlich an; im großen gesehen, blieb er ἥρως in anthropolog. Sicht. – Die Abenteuer sind recht verschiedenen Ursprungs (vgl. Analysen des sog. Dodekathlos [2],133 ff., [5],53 ff.). Auf Drachenkampfmärchen des n. Europa verweist [2],196 ff. (vgl. A. Brandl, SDAW 1928, 161 ff.; [3],281 ff.) und betont (einseitig) ihre n. Heimat ([2],195 f.). Sicher zu weit geht Kern (Die Rel. der Griechen, 1, 1926, 123), der H.' Ursprung schlechthin im Märchen sucht. – Über das Verhältnis der Kämpfe mit Hades und Kerberos einerseits und mit Geryoneus und Orthros anderseits Wilam. GldH. 2,23; hier schimmert ein Jenseitsmythos durch; ähnliches in der Erzählung von den Hesperiden (vgl. A. Lesky Thalatta, 1947, 76). H.' Flammentod nach Nilsson (ARW 21, 1922, 310) als Jahresfeuer später der H.-Sage angefügt. – Über Zusammenhänge mit oriental. Vorstellungen Nilsson, ARW 21, 310 f.; [4],210. F. Dornseiff Ant. und alter Orient, 1956, 172. Zu H.' Verbindung mit heißen Quellen J. H. Croon, Mnem. Ser. 4,6, 1953, 283 ff.; Ders. Mnem. 9, 1956, 193 ff. und zu der mit Orakeln H. W. Parke and D. E. W. Wormell The Delphic Oracle 1, 1956, 340 ff. – Die Antinomie zwischen H.' Namen (»Heraberühmter«) und Heras Haß bleibt eine offene Frage. Kretschmer (Glotta 8,121 ff.) glaubt, von der Vorstellung des »Starken Hans« ausgehen zu müssen; dieser habe den in Argos üblichen theophoren Menschennamen H. getragen, aber seinem Wesen nach urspr. mit Hera nichts zu schaffen gehabt (vgl. Kern a. O. 1,123). Später seien viele Sagen, Mythen und Märchenmotive (vgl. Radermacher Mythos und Sage bei den Griechen, 94 f.) an H. angeschlossen worden. Besser kann die Antinomie erklärt werden, wenn man ein altes Mißverständnis annimmt: H., der wie alle ἥρωες der frühen Zeit unter Heras Schutz stand (vgl. [6],331 f. 336 ff.), wurde zu Abenteuern ausgesandt, um sich (und damit auch Hera) κλέος zu erringen. Diese harten Aufgaben wurden dann mißverstanden und als Verfolgung des H. durch Hera aufgefaßt, wobei Erzählungen wie die von Io auf den Zeus-Sohn übertragen werden konnten. – Für ein urspr. gutes Verhältnis von Hera und H. spricht der gemeinsame Kampf der beiden gegen einen feuerschnaubenden Giganten (vgl. Phot., bibl. 147 b 17) und gegen 4 Satyrn (vgl. Furtwängler–Reichold Griech. Vasen 1, Taf. 47). Das ungereimte Nebeneinander von gestorbenem H. (sein εἴδωλον im Hades, Hom. Od. 11, 601 f.; Il. 18,117 ff.) und H. im Himmel (Hom. Od. 11,602 f.) muß vor allem aus der Doppelheit von ἥρως H. und θεός H. verstanden werden (vgl. W. Pötscher Kairos Suppl. 7,1965), wobei der oben festgestellte Sachverhalt des göttlichen bzw. menschlichen (vgl. auch Zeus, bzw. Amphitryon als Vater) Wesens an der H.-Gestalt seine Ausgangsbasis in der göttlich-menschlichen Ambivalenz des alten Heros (vgl. [6],335 ff.) besitzt, an die sich andere Elemente anschließen konnten. Auch die Wurzeln vieler Erzählungen um H. stammen aus myken. Zeit (Nilsson Cults, Myths, Oracles and Politics in Ancient Greece, 1951, 69. H. Goldman, Hesp. Suppl. 8,164 ff.). Daß H. dor. Held schlechthin sei, wird von Gruppe (RE Suppl. III 1116) bestritten, von [2],239 behauptet; H. ist wohl im dor. Raum weit verbreitet, doch darf sein Wesen nicht zu eng gefaßt werden. H. zeigt deutliche Ähnlichkeiten mit Theseus, aber auch die Unterschiede können nicht übersehen werden (Nilsson GgrR 1^2, 1955, 665 f.). Die vitale Unmittelbarkeit des griech. H. scheint auch in den Abzeichen seiner Siege, der Keule und dem Löwenfell, sichtbar zu werden (über Vorformen seines Kostüms im O. vgl. Dornseiff Ant. und alter Orient, 170 ff.). Als ἀλεξίκακος und σωτήρ, aber auch als der siegreiche Kämpfer überhaupt konnte er eine nennenswerte Breitenwirkung erzielen. Die Übernahme der H.-Gestalt durch die Römer (unter dem Namen → Hercules) bildet den Abschluß einer langen Entwicklung.

Der H.- bzw. Hercules-Kult war bei den W.-Griechen, Oskern, Latinern und bes. bei den Etruskern verbreitet (vgl. Latte RRel 214 ff.; über die Namensform a. O. 214,2). Trotz Angleichung an ital. bzw. röm. Verhältnisse blieb Hercules in seiner Substanz (vgl. F. Sokolowski Lois sacrées d'Asie Mineure, 1956, Nr. 42. Charles Picard, BCH 47, 1923, 243) weitgehend mit dem griech. H. identisch. W. P.

1. *U. v. Wilamowitz* Eur. Her. 1959. 2. *B. Schweitzer* Herakles, 1922. 3. *J. Schoo* Mnem. ser. 3,7, 1939, 1 ff. und 281 ff. 4. *M. Launey* Le sanctuaire et le culte d'Herakles à Thasos, 1944. 5. *F. Brommer* Herakles, 1953. 6. *W. Pötscher* Hera und Heros, RhM 104, 1961, 302 ff. 7. *Konr. Schauenburg*, G 70, 1963, 113 ff.

Heras aus Kappadokien, Arzt um Chr. Geb., Empiriker; seine pharmakolog. Schriften schätzte → Galen sehr und benutzte sie bes. gern. F. K.

Herbessos (῾Ερβησσός). **1.** Städtchen in der Nähe von Akragas, das den Römern als Basis für ihren Angriff auf Akragas dient, dann durch Verrat in die Hände der Karthager fällt und zur Strafe 258 von den Römern vernichtet wird (Pol. 1,18,5. 9. Diod. 23,8,1. 9,5). Genauere Lage nicht bestimmbar. **2.** Siculerstadt im weiteren Bereich von Syrakus, die mehrfach in Kämpfen mit oder um diese Stadt eine Rolle spielt, mit Dionysios I. (Diod. 14,7,6. 78,7, J. 404, 396), Agathokles (Diod. 20,31,5, J. 309), bei der Belagerung von Syrakus durch Marcellus (24,30,2. 10. 11. 35,1. Paus. 6,12,4, J. 214–212). Erwähnung noch bei Plin. nat. 3,91, nicht in Ciceros Verrinen. Mz. Head HN^2 143. Lage nicht bestimmbar. Vgl. RE VIII 530. K. Z.

Herbita. Nicht unbedeutende Siculerstadt im Innern Siciliens. Ihr Fürst → Archonides ist Mitbegründer von → Kale Akte (Diod. 12,8,2, J. 447/446) und Freund Athens (Thuk. 7,1,4), sein Sohn Archonides II. gründet, nach Kampf und Versöhnung mit Dionysios I., im J. 403 → Alaisa, das bald die Mutterstadt überflügelt (Diod. 14,15,1. 16,1–4. 78,7). Erwähnung noch für das J. 317 (Diod. 19,6,1 f.: die von Agathokles vertriebenen Oligarchen sammeln sich in H.) und mehrfach in Ciceros Verrinen als Ausbeutungsobjekt des Verres. Über die Lage gibt es nur Vermutungen. Vgl. RE VIII 531. K. Z.

Herculaneum (Nissen It. Ldk. 2,759 f. Beloch Camp.^{2}214 ff. 460 ff. A. Mau Pompeji in Leben und Kunst ^{2}528 ff. Waldstein-Shoobridge Hercul. 1908. Maiuri Ercolano 1958. Grimal Auf der Suche nach dem alten Italien 149 ff.), zwischen Neapel und Pompei gelegen und der Sage nach von Herakles gegründet (Dion. Hal. ant. 1,44. Ov. met. 15,711 ff.), kleine (Strab. 5,246. Dion. Hal. Sisenna frg. 53 P.) Küstenstadt am Golf von Neapel (Flor. 1,11) zwischen 2 Bächen (Sisenna) in gesundem Klima (Strab.), *municipium* der 1. Region (Plin. nat. 3,62) in der trib. Menenia (Kubitschek Imp. Rom. trib. discr. 22. CIL X 1 p. 156), von Pompei durch Salzlagunen getrennt (Colum. 10, 135). Als Bewohner werden nacheinander Osker, Tyrrhener (so auch Theophr. h. plant. 9,16,6) u. Pelasger, Samniten (Strab. 5,247) genannt (statt Osker besser: Ὀπικοί); H. ist kaum mit dem gleichnamigen Orte identisch, der nach Liv. 10,24,9 f. im J. 293 v. Chr. von den Römern erobert wurde. In der vorröm. Z. wurde es von einem *meddiss. tûvtiks* (Vetter HB Nr. 107) regiert (Weihung an *Herentas Erukina*). Widerstand gegen Rom im Bundesgenossenkrieg (Sisenna frg. 54 P. Hortensius frg. 2 P. Vell. 2,16,2); später Villengegend (Sen. dial. 5, 21,5. Plin. epist. 6,16,8; schönstes Beispiel die Casa de' Papiri). Zerstörung durch ein Erdbeben am 5. Februar 63 n. Chr. (Sen. nat. 6,1,2. 26,5) und am 24. August 79 durch den Ausbruch des Vesuvs (Plin. epist. 6,16. 20. Suet. Tib. 8. Cass. Dio 66,22 ff. Martial. 4,44), der die Stadt auslöschte; ein Ausbruch des J. 1631 veränderte die Küstenlinie. Die lat. Namensform H. (vgl. *Herculanenses* CIL X 1424 ff.) wird auch von griech. Autoren gebraucht (Cass. Dio); nur Strab. sagt Ἡράκλειον (M. Aur. 4,48 Ἡράκλανον ist Vorbild für italien. Ercolano, frz. Herculanum geworden; Ov.: *Herculea urbs*). Grabungen – zuerst noch dilettant. – begannen 1688, erzielten außer reichen Einzelfunden, die das Mus. naz. in Neapel zieren, im 19. Jh. einigen Erfolg und wurden schließlich seit 1927 systematisch durchgeführt. Bedeutungsvoll das Theater und die Papyrusfunde (bes. Philodem), die durch den Erhaltungszustand beeinträchtigt sind. Die neueste Planskizze nach Maiuri bei Grimal 174. Die Ruinen H.s liegen unter dem h. Resina. G. R.

Herculaneus rivus (Richter Top. 318. Ashby Aqu. of Rome 252), Nebenleitung der aqua Marcia (Frontin. aqu. 19); vgl. NS 1888, 59. Hülsen, RM 1889, 235. G. R.

Hercules. I. Name. Etr. *Herkles* (Spiegel), osk. *Her(e)klos* (Vetter HB 147,13. 220). Da auch andere Eigenn. im Griech. zwischen -ῆς und *o*-Stamm wechseln, kann der *o*-Stamm griech. sein (vgl. Vocativ *hercle* W. Schulze Kl. Schr. 89 f. 311 f.). Durch Vokalanaptyxe entstand *Hercoles* > *Hercules* (Leumann-Hofmann 97. 100). Zu erwarten *-ērc-*, »doch ist die Kürzung auch im Osk. erfolgt, und das vermutlich kurze lat. *ĕ* ist vielleicht von dort übernommen« (Leum.-Hofm. 100; vgl. Schulze a. O. 90).

II. Um die H.-Gestalt ranken sich zahlreiche ungelöste Probleme: Viele Notizen, Bemerkungen, Bildwerke machen die Gestalt eher uneinheitlicher und unfaßbarer (vgl. die [1],2253 ff. verzeichneten Versuche), zumal wir damit rechnen müssen, daß Züge eingefügt und Gestalten »H.« genannt wurden, die nichts mit H. zu tun haben.

III. Herkunft. Daß H. aus Griechenland kam, steht außer Zweifel. Früher galt – wohl zu unrecht – als wahrscheinlich, daß er dabei einen alten ital. Kult aufgesogen habe. Von den vielen »Deutungen« (s. [1],2255 ff.) ist keine mehr als Spekulation. Auch sein Weg ist nicht sicher: Er könnte über Magna Graecia gekommen sein, wo er große Verehrung genoß; für Vermittlung durch ital. Gemeinden (Wissowa [2],272 denkt an Tibur; vgl. Waszink, Gn 34, 1962, 451; etwas anders [5]) spricht die dortige frühe und weite Verbreitung. In Mittelital. ist der Kult seit dem 6./5. Jh. nachweisbar (Inschr. [4],478). In Rom hat H. beim ersten → Lectisternium im J. 399 bereits seinen Platz. Eine Tonstatue soll Vulca, von dem auch der Capitolinische Iuppiter stammte, angefertigt haben (Plin. nat. 35,157). Als ältester Kult gilt der an der Ara maxima, die bei der zum → forum boarium blickenden Seite des Circus maximus stand [8], und zwar, obwohl griech. Kult, innerhalb des Pomeriums (Tac. ann. 12,24). Er gilt dem *H. Invic-*

tus (*Victor* für diesen Kult ist ungenau [3],560). Schon Euander soll das Heiligtum gegründet haben, nach jüngerer Version H. selbst (Prop. 4,9,67. Ov. fast. 1,581. Liv. 9,34,18. Solin. 1,10). H. stiftete den Altar des *Iuppiter Inventor* für Auffindung der von → Cacus gestohlenen Rinder. Während Peter den Mythos für alt hält, leugnet Latte [6],221 die urspr. Beziehung des Iuppiter-Altars zu H. und hält die Geschichten von H.' Anwesenheit in Italien für recht jung; ähnlich schon Wissowa (→ Acca Larentia). Der Kult (vgl. die Opferfeier des Euander Verg. Aen. 8,102ff. 268ff.), von dem Frauen ausgeschlossen waren (Aition: Macr. Sat. 1,12,28. Prop. 4,9,31ff. vgl. Gell. 11,6,2), wurde anfangs von den Geschlechtern der → Potitii und → Pinarii ausgeübt (daß beide verschiedene Aufgaben hatten, läßt sich aus Verg. a. O. 269 nicht schließen), bis im J. 312 während der Censur des → Appius Claudius der Staat ihn übernahm. Alljährlich opferte der praetor urbanus, und zwar *Graeco ritu:* er war barhäuptig und lorbeerbekränzt (Macr. Sat. 3,6,17. 3,12,2. Serv. auct. Aen. 8,288; vgl. 3, 407. 8,276), die → *hostia* war eine junge Kuh (Varro l.l. 6,54. Dion. Hal. ant. 1,40,3). Der Wein wurde aus einem von H. zurückgelassenen hölzernen Becher gespendet. Nur H. durfte genannt werden, nicht die in Rom übliche *generalis invocatio* erfolgen (Plut. qu. R. 285 E). Verg. Aen. 8,276ff. berichtet von Bekränzung mit Pappellaub und von Saliertänzen, die in Rom unseres Wissens aber nicht für H. aufgeführt wurden, wohl aber in Tibur (Macr. Sat. 3,12,7. Serv. auct. Aen. 8,285. Inschr. aus dem 2. Jh. n. Chr.).

Zahlreiche Inschr. zeigen, daß H. in Rom Gott des Gewinnes und der Kaufleute war (und insofern zu Mercurius in Konkurrenz stand). Kaufleute waren an der Übertragung des Kultes beteiligt ([4],475. [6],220). Damit dürfte H.' Funktion als Schützer von Gewicht und Münze zusammenhängen (CIL VI 44.298.336). Kaufleute opferten H. den Zehnten vom Ertrag: Ähnliches kennen wir sonst im hellenist. Bereich. Auch der Zehnte der Kriegsbeute gilt als Dank für materiellen Gewinn. Alles Eßbare durfte dargebracht werden; Überreste waren zu verbrennen. Die Höhe des Zehnten machte oft ein allg. Volksfest aus der Feier: ebenfalls unröm.

H. erscheint schon auf den ältesten röm. Mz., kenntlich an der Keule und den Zeichen seiner Arbeiten (Haeberlin, Syst. Sydenham CoinRom Rep. pass.). Viele Inschr. zeugen von seiner Verehrung (in den Provinzen aber ist H. oft interpretatio Romana für einen heimischen Gott, z. B. in Afrika für Melkart, in Gallien und Germanien steht er für Donar oder heißt *H. Magusanus* oder *Saxanus* oder *Deusoniensis* (Wissowa, ARW 19, 1916–1919, 1ff. [6],220,2. Haug, RE VIII 609ff.).

IV. H.-Heiligtümer gab es in Rom in großer Zahl. Am interessantesten wären unbestrittene Ergebnisse – die es noch nicht gibt – für die Gegend um das forum boarium. Sicher standen dort: 1. Die Ara max. (s. o.), 2. ein Rundtempel, aedes Aemiliana (Fest. 242 M. mit Scaligers Konj). Latte [6],218,3 zeigt durch Heranziehung von Plut. praec. r. p. ger. 816 C, daß er von Scipio Aemilianus geweiht wurde. Er stand n. ö. von S. Maria in Cosmedin. Dort wurde die vergoldete Bronzestatuette gefunden, die jetzt im Conservatorenpalast steht. Er dürfte der Tempel *ad forum boarium = ad Circum max.* sein ([9]). Mit Malereien vom Dichter Pacuvius geschmückt (Plin. nat. 35,19). Unter Sixtus IV. (1471–1484) zerstört. Ob er zur Ara max. gehörte oder vielmehr (Wissowa. Lyngby) 3. die sog. *aedes H.-is Pompeiani* (von Cn. Pompeius restauriert) war, ist schwer zu entscheiden. Sie war im etr. Stil erbaut. Sie dürfte ident. sein mit dem Heiligtum *ad portam Trigeminam.* Reste hinter S. Maria in Cosmedin werden auf sie bezogen ([9]). 4. Nicht liter. bezeugt ist ein Heiligtum, das offenbar der Erweiterung des Circus max. durch Caesar weichen mußte: Vasen mit *H HV HVI* (H. Victor Invictus) wurden entdeckt. Lyngby will aus den nicht genau zusammenstimmenden ant. Zeugnissen, obwohl sie in topograph. Angaben recht sorglos sind, in diesem Gebiet nicht 4, sondern 7 Tempel erkennen.

Auf diese Tempel beziehen sich die Kalendernotizen: fasti Allif. und Amit. zum 12. August: *H. Invicto ad circum max.* fasti Allif. zum 13. August: *H. Invicto ad portam Trigeminam.* fasti Ant. vet. zum 13. Aug.: *H. Victori.* Nur fasti Vall. zum 12. Aug.: *H. magno Custodi in circo Flaminio;* das ist Irrtum (Mommsen CIL I^2 p. 324), denn dieser Tempel hat am 4. Juni Stiftungstag. Er geht auf Anordnung der sibyllin. B. zurück. (Restauration durch Sulla, fasti Venus. Ov. fast. 6,209.) Das → Lectisternium und die → Supplicatio, die im J. 218 H. und Iuventus gefeiert wurden (Liv. 21,62,9), könnten daher zu diesem Tempel gehören. An der Ara max. darf kein Lectisternium stattfinden (Macr. Sat. 3,6,16. vgl. Serv. Aen. 8,176). *Custos* heißt H. wohl nicht als Schützer des Circus, sondern gilt allg.; »Custos ist als Götterbeiname in Rom sehr verbreitet« ([6],219,4).

M. Fulvius Nobilior erbaute nach der Einnahme von Ambrakia 189 einen Tempel für H. und die Musen. Die Musengruppe aus einem Heiligtum des Honos und der Virtus wurden in ihn überführt, außerdem wurden die Musen aus Ambrakia und H. Leier spielend aufgestellt. Auch ein Steinkalender wurde angebracht (Bömer Ovid Fasten 1, 23. Ob von Fulvius Nobilior selbst? s. [6],4,5 gegen 219; CIL I^2 p. 615. Ovid. fast. 6,799). Auf Mz. des Q. Pomponius Musa erscheint *H. Musarum* 69–66 v. Chr. (Sydenham a. O. 810. BMC RomRep 3602–3605). – Einen Tempel des H. Victor erbaute L. Mummius auf dem Caelius nach der Zerstörung Korinths (CIL I^2 626). Vielleicht »eine private aedicula« ([6],220).

Aus den Nachrichten lassen sich noch eine

ganze Anzahl von H.-Heiligtümern und auch Statuen erschließen, wie überhaupt der Kult bes. an eine Reihe kleinerer Heiligtümer gebunden war, die meist auf Privatleute zurückgingen. W. E.

1. *Peter*, Myth.Lex. 1,2253ff. 2901ff. 2. *Wissowa* Rel.^{2} 271ff. 405. 423,1. 3. *Boehm*, RE VIII 550ff. 4. *J.Bayet* Les origines de l'H. Rom., Par. 1926. 5. *Altheim* RRelGesch. 1932, II 32. 6. *Latte* RRel 213ff. 256. 338. 7. *Platner-Ashby* 251ff. 8. *Lyngby* Beitr. z. Topogr. des Forum-Boarium-Gebietes in Rom, Lund 1954 (Skrifter utg. av Svenska Inst. i Rom). 9. *Riemann*, Gn 64, 1957, 278ff. (Rez. zu [8]). 10. *Carcopino* Aspects mystiques de la Rome païenne, Par. 1941, 173ff. 11. *J.Bayet* Herclé (etr.), Par. 1926.

Herculis Monoeci portus s. Herculis portus

Herculis portus. Häfen dieses Namens gibt es an der ligur. Küste (Ptol. 3,1,2 von Monaco unterschieden; vielleicht Bucht von Villafranca ö. Nizza; vgl. NISSEN It. Ldk. 2,137), am Mte. Argentario w. Cosa (Strab. 5,225. Rut. Nam. 1,293. It. mar. 499,6f. Tab. Peut. 4,4; h. Port' Ercole; vielleicht mit NISSEN 2,310 = *portus Cosanus* bei Liv. 22,11,6. 30,39,1), an der brutt. W.-Küste nahe Cap Vaticano (Strab. 6,256. Plin. nat. 3,73) und an der S.-Küste Sardiniens (Ptol. 3,3,3). Am bekanntesten ist *Herculis Monoeci portus* (NISSEN 2,138), den schon Hekat. FGrH 1 F 57 erwähnt (Strab. 4,201f. Plin. 3,47. It. mar. 503,4f. Verg. Aen. 6, 830 m. Serv. Sil. 1,585f. Lucan. 1,405ff. Tac. hist. 3,42. Amm. 15,10,9) und Herakles auf der Rückkehr von Geryoneus gegründet haben soll (Serv.: weil er nach Besiegung der Ligurer allein wohnte oder keine weitere Gottheit in seinem Tempel duldete; beides unpassend); h. Monaco. Ob Val. Max. 1,6,7. Obsequ. 24 mit H. p. Monaco oder die Bucht von Villafranca meinen, ist nicht zu erkennen. Die Häufigkeit des Herculesnamens läßt an phöniz. Gründungen denken. G. R.

Herculius. 1. Um 398 Advokat in Rom, *vir clarissimus* (Symm. epist. 6,44. 8,66. 9,43). **2.** *Praef. praetorio per Illyricum* von 410–412 (Cod. Theod. 12,1,172. 15,149). Die Sophisten in Athen und Megara errichteten ihm Statuen (IG II^2 4224f.). **3.** S. Maximinianus. A. L.

Hercynia silva. Gesamtbezeichnung für die n. der Donau gelegenen Waldgebirge. Erstmals Aristot. meteor. 1,13,20 ὄρη Ἀρκύνια erwähnt, wird die Ausdehnung der H. s. bei Caes. Gall. 6,24 genauer angegeben, vom Rhein bis zum Gebiet der Daker, Jazygen und Sarmaten reichend. Mit dem Vordringen der Römer werden auch die Namen einzelner Gebirgsstöcke bekannt (*silva Bacenis, saltus Teutoburgiensis, mons Taunus, mons Abnoba*, Ἄλπεια ὄρη, der *mons Melibocus*, die Σούδητα ὄρη und die anderen Böhmen umgebenden Gebirge). Grenzgebirge zwischen Germanen und Kelten; bes. wird der Reichtum an wilden, unbekannten Tieren hervorgehoben (Caes. Gall. 6,25 bis 28) und der Eindruck eines urtümlichen Urwaldes vermittelt (Suda frg. δ'). H. C.

Haug, RE VIII 614.

Herd. Bei Griechen und Römern genießen H. und H.-Feuer besondere Verehrung (→ Hestia, Vesta), der H. ist Mittelpunkt aller häuslichen Kulte, daher auch terminolog. nicht streng vom → Altar geschieden (ἐσχάρα, ἑστία, βωμός; *focus, ara, lar*). Beim H. haben die Hausgötter (θεοὶ ἐφέστιοι, ἑστιοῦχοι; *Lares, Penates*) Sitz und Kult, H. kann geradezu an Stelle von Haus gesagt werden; auch bei größeren Einheiten (griech.: Geschlechter, Städte, Stammesverbände wie die Arkader in Tegea, Paus. 8,53,9. Röm.: der *populus Romanus* als Ganzes) gibt es oft einen gemeinsamen Kult-H. In Griechenland kann man beim H. schwören (Hom. Od. 14,159), hier fand der Schutzflehende Zuflucht (Hom. Od. 7,153, vgl. 248. Thuk. 1,136,3f., vgl. Plut. Them. 24,4ff.). Bei der Eheschließung wird die Braut im neuen Haus zum H. geleitet, dort mit καταχύσματα überschüttet und so in die neue Familie aufgenommen, Sch., Aristoph. Plut. 768 (wie ähnlich neuerworbene Sklaven, a. O.). In Rom soll der H. an *dies festi* mit Blumen geschmückt werden (Cato agr. 143,2), wird bei jeder Mahlzeit eine Schüssel auf den H. gestellt (LATTE RRel 90), die Braut legt bei der Aufnahme in das neue Haus ein As auf den H., Non. p. 531,8. Formal unterscheidet man gemauerte, ortsfeste (rechteckige oder runde, freistehende oder an eine Wand angesetzte) H. und tragbare H. aus Bronze oder Eisen (→ Heizung), die nach Größe und Ausführung sehr variabel sein können. W. H. G.

Herdoniae (NISSEN It. Ldk. 2,847), apul. (Ptol. 3,1,72) Stadt der 2. Region (Plin. nat. 3,105) am O.-Ufer des h. Carapelle mit Funden seit dem 5. Jh. v. Chr. (NSA 1907, 28ff. MAYER, RM 1908, 184). Die plural. Namensform (CIL IX 689f. 1156. It. Ant. 116,2. Burd. 610,5. Liv. 24,20,8) wird bei Hor. s. 1,5,87 (Name paßt nicht in den Hexameter) vorausgesetzt (RADKE, G 66, 1959, 336,57. ASHBY-GARDNER, PBSR 8, 1916, 110); singular. Herdonia (Strab. 6,282. Sil. 8,567. App. Hann. 48. Ptol.) bzw. bzw. Herdonea (Liv. 25,21,1. 27,1,6) nur literar. H. war im 2. pun. Kriege hart umkämpft (Liv. App. Polyain.); es lag an der via → Minucia 55 mp (Strab. 6,283. Plin. nat. 2,244: Rom–Brindisi 360 mp) von Benevent und 140 mp (H.-Butunti It. Ant. 116,3ff.: 60 mp; Butunti–Egnatia Tab. Peut. 6,5: 41 mp; Egnatia–Brundisium It. 118,1f.: 39 mp) und war auch mit Aeclanum (CIL IX 670: 44 mp) von Brundisium verbunden; h. Ordona. G. R.

Herdonius. Italischer Eigenname, vgl. Herdoniae in Apulien, SCHULZE Eigennamen 560, auch inschr. **1.** Appius H., Sabiner. Nach späterer Tradition (Kritik bei MÜNZER, RE VIII 618f.) besetzte er 460 v. Chr. das Capitol zusammen mit Verbannten, Clienten und Sklaven, wurde jedoch mit Hilfe der Tusculaner durch den Dictator L. Mamilius vernichtet. Liv. 3,15f. Dion. Hal. 10,14f. MOMMSEN RG 1,277. **2.** Turnus H. aus Aricia soll auf Veranlassung des röm. Königs Tarquinius

Superbus von den Latinern ermordet worden sein, nachdem er den König diskriminiert hatte. Liv. 1,50ff. Dion. Hal. 4,45ff. H. G. G.

Hereas (Heragoras?) von Megara. H. scheint jünger als → Dieuchidas (wohl bedeutendster Lokalautor von Megara) zu sein. Die Frg. bei Plut. Thes. und Sol. stammen – nach gängiger Meinung über Istros und Hermippos – aus *Μεγαρικά* oder aus sonst einer antiathen. Schrift (peisistrat. »Fälschungen« im Epos; Athens Ansprüche auf Salamis). Unsicher ist, ob H. mit Heragoras, Vf. von *Μεγαρικά*, ident. ist (H. Kurzname von *Heragoras*?). Der Name H. ist in Megara häufiger (Inschr.). Ist H. der Theoros in IG VII 39 (ca. 300 v. Chr.)? W. Sp.

Frg.: FGrH 486. Lit.: *F. Jacoby*, RE VIII 621. *J.* und *L. Robert*, REG 57, 1944, 211. *P. Von Der Mühll* Krit. Hypomnema zur Ilias, 1952, 56. *F. Krafft* Hypomnemata 6, 1963, 15ff.

Heredium. »Erbgut«, nach XII tabulae 7,3 = Garten, laut Paul. Fest. 99 M. *praedium parvulum*, hieß nach Varro rust. 1,10,2 das einst von Romulus jedem Römer zugeteilte Land von je 2 → *iugera*. Da die Centuria normal 200 *iugera* hielt, bestand sie aus 100 solchen Einheiten, vgl. Paul. Fest. 53 M. Bei Frontin. Gromat. p. 30 L. = 14 Th. erscheint dafür *quadratus ager* und *sors*. Mommsen sieht im H. den frühen privaten Gartenanteil (während das Ackerland noch Gemeinbesitz war). → Limitation. H. Ch.

F. Hultsch Metrologie ^{2}85ff. *Mommsen* StR 3,23ff. 168. 248. 775; G. Schr. 5,86f. *A. Oxé*, BJ 143/44, 1938, 54ff.

Herennianus. Jüngerer Sohn des → Odaenath und der → Zenobia, H. A. vit. Gall. 13,2; trig. tyr. 15,2. H. und sein älterer Bruder Timolaus erhielten als Kinder nach dem Tod des Vaters (266/267) die *ornamenta imperatoria*, trig. tyr. 27,1. 30,2; die Mutter führte für sie die Herrschaft, vit. Aurel. 22,1. In IGR III 1032 ist sein Name vielleicht zu *Herodianus* verschrieben, aber s. Alföldi, Cambr. Anc. Hist. 12 p. 177. 724,2. Ein (Stief-)Bruder war Vaballath. Wahrscheinlich wurde H. von Aurelian getötet, trig. tyr. 27,1.2. R. H.

Herennios (*Ἑρέννιος*) **Philon** aus Byblos, griech. Grammatiker und Historiker des 1./2. Jh. n. Chr. (Suda s. v. *Φίλων Βύβλιος*). Da H. ein (restlos verlorenes) Werk über die Regierung Hadrians schrieb, ist er wohl nach 138 gestorben (vgl. auch Suda s. v. *Ἕρμιππος Βηρύτιος* u. ö.) und wäre dann um 50 geboren, weil er ein hohes Alter erreichte. Sein röm. Name, der an dem seines Gönners H. Severus (cos. suff. unter Hadrian) orientiert ist, weist vielleicht auf unfreie Herkunft und Freilassung. Von H.' reicher liter. Produktion sind verhältnismäßig geringe Reste erhalten. Eine *παράδοξος ἱστορία* (3 B.) und eine Chrestomathie sind verschollen, ebenso die rätselhaften *Ἐθωθῶν* (?) *ὑπομνήματα*. Viel benutzt wurde seine nach geogr. Gesichtspunkten angelegte, wahrscheinlich alphabet. geordnete Kulturgeschichte *περὶ πόλεων καὶ οὓς ἑκάστη αὐτῶν ἐνδόξους ἤνεγκεν* (wichtige Quelle für Steph. Byz.), in der er alles erreichbare geogr., hist. und biogr. Material früherer Zeit in 30 B. zusammenfaßte (epit. zu 3 B. von dem Grammatiker → Aelius Serenus. Vgl. auch Hermippos von Berytos, den Schüler des H.). Im Zusammenhang mit dem großen Werk wird man die 12 B. *περὶ κτήσεως καὶ ἐκλογῆς βιβλίων*, sehen müssen. Zit. aus B. 9 (über Ärzte) führen darauf, daß hier nach Fachgebieten gesonderte Angaben über Herkunft und Schriften der bedeutendsten Männer der Vergangenheit, etwa in der Art einer ausführlichen Bibliogr., vereinigt waren. Ein Synonymen-Lex. (*περὶ διαφόρων σημαινομένων*) diente späteren Lexikographen und Erklärern mehrfach als Quelle (→ Eustathios; vgl. Ammonios Nr. 3). Von den hist. Werken des H. geben, neben einigen Frg. aus *περὶ Ἰουδαίων*, längere Exc. bei Eusebios (Pr. Ev. 1,9,19ff., nach Porph. adv. Christ.) eine genauere Vorstellung, leider nur für das 1. B. der *Φοινικικά* (9 B.), das eine Theogonie enthielt. Hierfür beruft sich H. auf einen angeblich von ihm übersetzten Phoiniker → Sanchuniathon, der vor der Zeit des Troian. Krieges gelebt haben soll. Da aber, ähnlich wie bei → Euhemeros, die Götter als wegen ihrer Verdienste erhöhte Menschen verstanden werden und der Mythos durch rationalist. Erklärung des Wunderbaren entkleidet wird, darf man hellenist. Herkunft des Gedankengutes vermuten. Auch der Anspruch, im Orient (Phoinikien und Äg.) sei alle Kultur entstanden, paßt dazu. Die romanhaften Züge (Auffindung einer »uralten« Schrift, Übersetzung) finden Parallelen bei → Dictys, → Dares (Nr. 3) und → Antonius Diogenes. Welchen Zeitraum die übrigen 8 B. umfaßten, läßt sich nicht ermitteln. FGrH 790. H. Gä.

Christ-Schmid 2,2,867f. *E. Rohde*, RhM 33, 1878, 175ff. 34, 1879, 561ff. (= Kl. Schr. 1,130ff. 365ff.).

Herennius. Ital. Name, der als Vorname und Gentilname nachweisbar ist, bei angesehenen Römern aber erst seit dem 1. Jh. v. Chr. als Familienname auftritt. Der osk., zu H. latinisierte Vorname lautete *Heirens* (z. B. bei dem Samnitenfeldherrn, der 321 bei Caudium siegte); als Gentilname ist er weit über das osk. Gebiet hinaus bezeugt (z. B. Praeneste CIL 1,111 = 14,3148), als Cognomen hingegen kommt nur *Herennus* vor. Man hat für den Ursprung des Namens auf ein zu osk. *herest* = *volet* gehörendes Gerundivum *herenno* – hingewiesen, s. RE XVI 1653,28ff. Das inschr. Material ausgewertet bei Mommsen Unterital. Dial. 261. Schulze Eigennamen 82. 282. Bei hist. bekannten Personen dürften die Cognomina *Etruscus*, *Gallus*, *Picens* bzw. *Siculus* Herkunftsbezeichnungen sein. In der Kaiserzeit Name eines Caesar (Q. H. Etruscus Messius Decius, Sohn des Decius), eines Historikers (H. Dexippos, o. Bd. I 1502 Nr. 2), eines Juristen (H. → Modestinus). – Zum Auctor ad Herennium o. Bd. I 728f.

I. Republikanische Zeit: **1.** H., nach App. Mac. 11,7 angesehener Einwohner von Brundisium um 172 v. Chr., bei dem Römer und Fremde Aufnahme fanden, der nach Liv. 42,17,2 L. *Rammius*, wahrscheinlich aber (SGDI 2,1339) *Rennius* hieß, vgl. RE I A 599. **2.** H., Centurio, der nach Plut. Cic. 48,1 f. Cicero (43 v. Chr.) ermordete. **3.** C. H. (aus Arpinum?) verweigerte 116 v. Chr. nach seiner Vorladung als Zeuge gegen Marius die Aussage. Plut. Mar. 5,5. MOMMSEN RStR 3,69.78. vgl. RE Suppl. VI 1368.1372. **4.** C. H., Anhänger popularer Tendenzen und Freund des unbekannten Schriftstellers, der ihm um 85 die Rhetorik *ad Herennium* widmete, s. o. Bd. I 728 f. **5.** C. H. *(Q. f. Ouf.)*, Senator 129 v. Chr., BROUGHTON Mag. 2,492. **6.** C. H., Volkstribun 80 (opponierte gegen den Antrag Sullas, dem Cn. Pompeius einen Triumph zu bewilligen), als Senator bald nach 80 verurteilt, 76/75 Unterfeldherr des Sertorius im diesseitigen Spanien, fiel 75 bei Valentia. Sall. hist. 2, 21.53 f. 98,6 u. a. **7.** C. H., Sohn des Sex. H., förderte als nicht begüterter Volkstribun 60 v. Chr. den Übergang des P. → Clodius zur Plebs, Cic. Att. 1,18,4. 19,5. **8.** L. H., röm. Kaufmann, der zwischen 73–71 von Verres als angeblicher Sertorianer hingerichtet wurde, Cic. Verr. 1,14. 5,155 f. **9.** M. H., Praetor um 96, Consul 93 zusammen mit C. Valerius Flaccus (DEGR. I 13,164 f.), homo novus und als Redner immerhin mittelmäßig (Cic. Brut. 166), wohl nicht ident. mit dem gleichnamigen Münzmeister um 101, BROUGHTON Mag. 2,441. **10.** M. H., nach Plin. nat. 2,137 Decurio in Pompeii (wo der Name auch später für Honoratioren inschr. bezeugt ist), der 63 v. Chr. bei schönem Wetter einem Blitz zum Opfer fiel (Prodigium für die Catilinar. Verschwörung, Cic. div. 1,18). Bei Obsequ. 122 heißt der Getötete Vargunteius (unwahrscheinlich), RE VIII A 377. **11.** M. H., Consul suffectus 34 v. Chr. (ab 1. Nov.) Fast. Ven. DEGR. I 13,251.254 f. BROUGHTON Mag. 2,411. **12.** T. H., nach Eutr. 5,3,2 einer der Führer im Bundesgenossenkrieg, wohl aus Picenum. **13.** L. H. Balbus, persönlicher Freund Ciceros, polit. jedoch dem P. → Clodius nahestehend. Cic. Cael. 25. 49.56 u. a. **14.** H. Bassus, vornehmer Einwohner von Nola, der in der Karthagernot 215 Rom treu blieb. Liv. 23,43,9. Auch sonst ist H. als Gentilname in früher Zeit in Nola bezeugt. **15.** H. Siculus, Haruspex und Freund des C. → Gracchus. 121 schied er im Gefängnis freiwillig aus dem Leben. Val. Max. 9,12,6. Vgl. Vell. 2,7,2. Möglicherweise findet sich auf den Münzdarstellungen des M. H. (s. Nr. 9: Kopf der Pietas) eine Anspielung auf ihn, BABELON Descr. 1,539 f. SYD. H. G. G.

II. Kaiserzeit: **1.** C. H. Capito. Nach seiner (s. Epigraphica 2, 1940, 25 ff.) Militärlaufbahn Prokurator im Dienst von Livia, Tiberius und Caligula, Athen. 18, 1940, 136–1440 = AE 1941, 105 (1947, 39), in den Besitzungen von Iamnia, einem Gebiet Judaeas (Ios. ant. 18,31). Nach Philo leg. ad G. 198–202 bereicherte er sich sehr, zeigte aber sogar → Herodes Agrippa I. im J. 36 wegen Schulden bei Tiberius an, Ios. ant. 18,158.163; er soll die Unruhen angestiftet haben, die zum Aufstand unter P. Petronius führten. H. G. PFLAUM Carrières equ. Rom. 1,23–26. **2.** Q. H. Etruscus Messius Decius → Decius Nr. 1 Bd. I 1411 f. **3.** H. Gallus. Legat. leg. I Germ. in Bonn während des Aufstandes der Bataver 69, Tac. hist. 4,19,2 f. Als sich H. durch die Soldaten zum Kampf zwingen ließ, erlitt er schwere Verluste, ebd. 20,1 ff. Dem Legaten Dillius → Vocula beigegeben (ebd. 26,3), war er unfähig, ein gestrandetes Getreideschiff vor den Germanen zu schützen. Von den erbosten Soldaten gefangen, von Vocula befreit (ebd. 27,1 f.), wurde er im J. 70 (ebd. 59,1) getötet, ebd. 70,5. **4.** M. H. Picens. Cos. suff. 1 n. Chr. DEGRASSI, Fasti. cons. p. 6 (fast. Capit.), um 7/8 n. Chr. procos. Asiae, Syll. [3]784. Als Patron von Veji, CIL XI 3797, hat er Gebäude errichtet, CIL VI 29739.29740. **5.** H. Rufinus, der Sohn eines römischen Ritters; er hetzte die Verwandten des Apuleius zur Anklage wegen Magie gegen ihn auf; in apol. 60. 67. 74. 76. 81 ff. u. a. greift ihn Apuleius heftig an. **6.** L. H. Saturninus. Procos. Achaiae 97/98 oder 98/99, E. GROAG Reichsbeamte 49 ff. Cos. suff. 100, CIL XVI 46. Inscr. It. XIII 1, p. 153. Zwischen 104/07 leg. Aug. pr. pr. Moesiae sup., CIL XVI 54, A. STEIN Moes. 40. Ihm hat Plutarch die Schrift adv. Coloten gewidmet. **7.** H. Senecio. In der Hisp. Baetica geboren, war er dort Quaestor, Plin. epist. 7,33,5 und blieb Quaestorier, Cass. Dio 67,13,2. Er verteidigte den → Valerius Licinianus, Plin. epist. 4,11,12, vertrat mit Plinius im J. 93 die Anklage gegen → Baebius Massa s. o. (I 801) ebd. 7,33,4, wurde aber von diesem wegen *impietas* belangt, ebd. 7. Da er eine Biographie des Stoikers → Helvidius Priscus verfaßt hatte (Tac. Agr. 2,1. Plin. epist. 7,19,5), ließ ihn Domitian anklagen und E. 93 töten, Tac. Agr. 45,1. Plin. epist. 3,11,3. 7,19,5 f. **8.** (P.?) H. Severus, Spanier, CIL II 4525. Er bat um 105 Plinius (epist. 4,28,1) um Kopien des Cornelius Nepos und T. Catius für seine Bibliothek; in hadrian. Z. cos. suff., war er Gönner von Grammatikern, Sud. II 414,32. IV 737,4 f. Adler. R. H.

Herillos (*Ἥριλλος*). Stoiker, Schüler des → Zenon von Kition. Aus Karthago gebürtig (Nichtgrieche? Vgl. NJb. f. Wiss. und Jugendbild. 2, 1926, 17), kam er jung nach Athen. Unter den 13 Nummern seines Schriftenverzeichnisses bei Diog. Laert. 7,166 fallen neben prakt. Ethik (*περὶ ἀσκήσεως, περὶ παθῶν*) Titel auf, die sich auf formaldidakt. Anliegen beziehen, z. B. *μαιευτικός, εὐθύνων*. Wie → Ariston Nr. 6 galt H. als Sektierer. Überliefert wurden nur Lehren (Diog. Laert. 7,165), in denen er von Zenon abwich. Das höchste Gut (*τέλος*), von dem er ein auch für Nichtweise gültiges Unterziel (*ὑποτελίς*) schied, legte er nicht ins prakt. Handeln, sondern ins Wissen (*ἐπι-*

στήμη; auf die ὑποτελίς zu beziehen wohl die Angabe, das τέλος ändere sich mit den Umständen, vgl. RE VIII 684). Die Außendinge μεταξὺ ἀρετῆς καὶ κακίας bewertete H. als ἀδιάφορα, verwarf also die Lehre vom Naturgemäßen. – Die Sekte der Herilleer (Cic. de or. 3,62) überdauerte die Zeit → Chrysipps nicht (fin. 2,43). In die *divisio* des → Karneades fand H.' Telos keine Aufnahme, wohl aber in deren doxograph. Beiwerk, vgl. Cic. ac. 1,129; fin. 3,31; off. 1,6, M. Giusta I dossografi di etica 1, 1964, 378ff. G. Schm.

Frg. SVF I 409–421. *M. Pohlenz* Die Stoa 1,28. 2,70.

Herippidas (Ἡριππίδας). Spartaner, begleitet 396 v. Chr. Agesilaos nach Kleinasien und begegnet 395 an der Spitze des Beratergremiums des Agesilaos (Xen. hell. 3,4,20). Im folgenden unternimmt er verschiedene diplomatische und kriegerische Aktionen (Xen. 4,1,11–14.20). Ihn trifft nach der Darstellung des Xenophon die Schuld daran, daß sich die Paphlagonier und Spithridates wieder Tissaphernes zuwandten (Xen. hell. 4,1, 21–28). Bei Koroneia eröffnete er den Kampf auf spartan. Seite (Xen. hell. 4,3,15). 393 übernahm er für kurze Zeit das Kommando über die spartan. Flotte im korinth. Golf. H. Ca.

Herius. Osk. Praenomen, z. B. bei H. Potilius (1. Pun. Krieg, Zon. 8,11), H. Pettius (2. Pun. Krieg, Liv. 23,43,9), H. Asinius († 90, o. Bd. I 638 Nr. 3). Doch auch als Gentilname bezeugt, möglicherweise schon bei dem angeblichen Ahnherrn der Asinii (Sil. 17,452) und einem Teilnehmer am Feldzug gegen Numantia (Claud. Quadr. frg. 75 Peter), bestimmt bei einem Teilnehmer des Bundesgenossenkrieges, Bull. com. 36,170. C. Cichorius Röm. Stud. 170. H. G. G.

Herkulianos. Neuplatoniker, † ca. 408 n. Chr. H. ist nur aus den Briefen des → Synesios 137–146 bekannt; er war Hörer der → Hypatia und Freund des Synesios. H. D.

Herkyna (Ἕρκυνα). Fluß von Lebadeia (h. Livadia) in Boiotien, am Ausgang einer Felsschlucht aus mehreren starken, z. T. lauwarmen Quellen entspringend, mit Höhlenheiligtum und Tempel, Paus. 9,39,2ff. IG IX 2,614,7. E. M.

1. *Bölte*, RE VIII 690f. 2. *Philipps.-Kirst.* 1,445ff.

Hermae pastor (Ποιμήν). Eine altchr., um 130 entstandene Apokalypse, die zu den Schriften der Apost. Väter gezählt wird. Viele Zitate bei griech. Kirchenschriftstellern und Übers. (s. u.) zeugen von weiter Verbreitung und hohem Ansehen der Schrift (Iren., Orig. und der Cod. Sinaiticus [4. Jh.]) zählen H. zur Hl. Schrift, nach dem Murat. Frg. darf H. wenigstens gelesen werden). Nicht mehr zum Kanon gehört H. seit Athanasius. Das in 5 Visiones (ὁράσεις), 12 Mandata (ἐντολαί) und 10 Similitudines (παραβολαί) eingeteilte Buch enthält neben dem Abriß einer Sittenlehre Mahnungen an alle, die nach der Taufe gesündigt haben, jetzt zur letzten gebotenen Frist Buße zu tun (Sinnesänderung und Sühneleistung).

Griech. ist H. in einer Hs. aus dem 14. Jh. ganz, im Cod. Sinaiticus zu einem Viertel und fragment. POxy 4,195ff. 18,4,68–81 erhalten. 2 vollständige lat. Übers.en (2. und 4. Jh.), eine äthiop. Übers. und Frg. in sahid. und mittelpers. Sprache sind ebenfalls erhalten. Kl. W.

Beste Ta.: *M. Whittaker* in: GCS 48, 1956; Kommentar: *M. Dibelius* in: HNT Erg. Bd. 1923 IV. *Bardenhewer*, GAL 1,465ff. *B. Poschmann* Paenitentia secunda, 1940, 134ff. *Quasten* 1,92ff. *Altaner* 69ff. (Lit.).

Hermagoras (Ἑρμαγόρας). **1.** Aus → Temnos (Strab. 13,621; Suda s. v. Ἑ.), griech. Rhetor des 2. Jh. v. Chr., Vf. von τέχναι ῥητορικαί in 6 B. (Suda a. O.). Dieses nach ant. Urteil ungewöhnlich langweilige Werk (Cic. Brut. 263. Tac. dial. 19,3) wurde, obwohl das Material im wesentlichen nicht neu war (Cic. inv. 1,8), wegen seiner übersichtlichen Anlage zur Grundlage des rhet. Unterrichts im republikan. Rom gemacht und ging in verschiedene HB der Rhet. (vor allem Auct. ad Herenn., Cic. inv., Ps.-Aug. rhet.; dazu [4]. Längere Referate auch bei Quint.) ein. Freilich fand die subtile Terminologie auch Kritiker (Quint. 3,11, 21; vgl. Cic. inv. 1,8).

H. bezog die Beredsamkeit in 1. Linie auf die Belange des staatlichen Zusammenlebens der Menschen (πολιτικὰ ζητήματα), wobei naturgemäß die Gerichtsreden hervortreten mußten. Mit dieser Einstellung hängt sein starkes Interesse für die bei der εὕρεσις entscheidende Frage nach der στάσις (*constitutio* bzw. *status*) zusammen, deren Zahl (στοχασμός, ὅρος, ποιότης) er um die μετάληψις (dazu [3] und [5]) vermehrte. Bemerkenswert ist ferner, daß H. die λέξις, die gewöhnlich als selbständiger Gesichtspunkt unter den 5 vom Redner geforderten Qualitäten (εὕρεσις, οἰκονομία, λ., μνήμη, ὑπόκρισις) erscheint, der οἰκονομία unterordnete.

Frg.-Slg.: *D. Matthes*, Lpz. 1962 (vgl. dazu *M. Fuhrmann*, Gn 36, 1964, 146ff.).

Lit.: 1. *D. Matthes*, Lustrum 3, 1958, 58ff. 2. *R. Nadeau*, Greek, Rom. and Byz. Stud. 2, 1959, 51ff. 3. *W. Kroll*, Philol. 91, 1936, 197ff. 4. *K. Barwick*, Philol. 105, 1961, 97ff. 5. *Ders.*, Philol. 108, 1964, 80ff.

2. H., griech. Rhetor, wie Kaiser Tiberius, den er aber weit überlebte (vgl. Quint. 3,1,18), Schüler des → Theodoros von Gadara. Er lehrte in Rom (Suda in dem wirren Artikel Ἑ.). Sen. (contr. 1,1, 25. 2,1,39. 3,22 u. ö.) zit. und lobt mehrfach die unauffälligen, aber treffenden Sentenzen des H. Unter den rhet. Schriften, welche die Suda (a. O.) H. von Temnos zuweist, dürften περὶ πρέποντος, π. φράσεως und π. σχημάτων dem Deklamator gehören, vielleicht auch eine Schrift über die θέσεις, die Quint. 3,5,14 mit einiger Ratlosigkeit erwähnt.

Frg.: *D. Matthes* a. O. 56ff. Lit.: *F. Blass* Griech. Bereds., Bln. 1865, 159f. *H. Bornecque*, Les déclam. ... d'après Sén. le père, Lille 1902, 171f. *D. Matthes*, Lustrum 3, 1958, 79.

3. H., griech. Rhetor der 1. Hälfte des 2. Jh. n. Chr. (ὁ νεώτερος im Unterschied zu dem Temnier bei WALZ RhGr 5,337,23). Er verfaßte eine rhet. τέχνη und eine Monographie über die στάσις πραγματική, die in byz. Komm. und Scholien mehrfach erwähnt wird. H. Gä.

Frg.: *D. Matthes* a. O. 59ff. Lit.: *Ders.*, Lustrum 3, 1958, 79ff.

Hermai (ἑρμαῖ, *hermae*) sind pfeilerartige, rechteckige Kultsteine mit bärtigem Hermeskopf, Phallos und einer meist epigrammat. Inschr.; an den Seiten vertreten eingesetzte, oft verloren gegangene kub. Pflöcke die Arme. – Die viel diskutierte Geschichte ihrer Entstehung umschließt mehrere sehr alte Traditionen vor allem in Arkadien und Attika: der aufrecht stehende Stein mit und ohne Steinhaufen als Wegzeichen, Grabmal, Götterbild (Paus. 8,48,6; vgl. NILSSON); der Phallos allein als Grabschmuck, als Bild des Hermes (Kyllene, Paus. 6,26,5). Die älteste liter. Erwähnung Hdt. 2,51, daß die Athener die H. als erste von den Pelasgern übernommen hätten, wird darum auf eine gute Überlieferung zurückgehen, und pelasg. Siedlungen sind in Attika »einigermaßen gesichert« (F. LOCHNER-HÜTTENBACH Die Pelasger, Wien 1960, 133; vgl. *Σπ. Ε. ΙΑΚΟΒΙΔΟΥ Ἡ μυκηναϊκὴ Ἀκρόπολις τῶν Ἀθηνῶν*, 1962). Auch scheint der Name des Gottes schon auf den Tafeln von Pylos zu stehen (M. VENTRIS-J. CHADWICK Documents in Mycen. Greek 1956, 126). Zwar lassen sich die ältesten H. in Attika in Plastik und Vasenmalerei erst um 520–500 nachweisen, ihre authent. Form mag eine Schöpfung Hipparchs gewesen sein (CROME). Aber schon vor Solon muß es *hermas* (= Grabstele? vgl. LULLIES 59) gegeben haben, denn er verbot ihre Aufstellung auf Gräbern (Cic. leg. 2,26,65). – Verwendet wurde die H. vielfältig: als Wegzeichen an Straßen, Grenzen, Kreuzungen in Stadt und Land; an Stadttoren, Hauseingängen, im Hof des Hauses, auf Marktplätzen; in Gymnasien und Palästren; in Bibliotheken; in Heiligtümern, auf Gräbern. – In der H. wurde der Gott verehrt, sie wurde bekränzt, gesalbt, Geschenke wurden ihr dargebracht wie Kupfermünzen, Früchte (Feigen, Trauben), Ähren, Opferkuchen, Vögel, Hasen usw.; sie wurde adoriert, spielte im Liebesleben der jungen Leute eine Rolle. Die Empörung über den Hermenfrevel 415 v. Chr. zeugt von ihrer Beliebtheit. – In H.-Form scheinen auch andere Götter dargestellt worden zu sein, vor allem Dionysos (GOLDMAN), Pan und Priapos (z. B. J. D. BEAZLEY Der Pan-Maler, T. 2). Ob es sich bei späteren Darstellungen von Göttern in H.-Form um originale Konzeptionen oder um Abkürzungen vor allem bei Kopien handelt, muß einzeln entschieden werden. Gleiches wird auch für die Theseus- und Herakles-H. gelten, die in Gymnasien und Palästren standen. – Zur Entstehung der Porträt-H. gehen die Meinungen erneut auseinander: Ob diese Form schon im hellenist. Griechenland oder erst in röm. Z. in Italien entstanden sei (SCHEFOLD, LULLIES). Eine Sonderform ist die Doppel-H. mit 2 oft zusammengehörigen Köpfen von Dichtern, Philosophen, Staatsmännern. H. Ma.

L. Curtius Die ant. Herme 1903. *Ders.* Phallosgrabmal im Museum von Smyrna, Festschr. L. Klages 1932, 19ff. *S. Eitrem*, RE VIII 696ff. *V. Müller*, RE Suppl. V 499f. *R. Lullies* Die Typen der griech. Herme, Diss. 1931. *Ders.* WJ 1949/50, 126ff. *Crome*, MDAI(A) 60/61, 1935/36, 300ff. mit Nachtrag 62, 1937, 149. *L. Deubner* Der ithyphall. Hermes, Corolla Curtius 1937, 201ff. *H. Herter*, RE XIX 1688ff. *M. P. Nilsson* GgrR 190ff. 474f. *H. Goldman*, AJA 46, 1942, 58ff. *E. van Hall* Over den Oorsprong van de Grieksche Grafstele 1942, 124ff. *K. Schefold* Die Bildnisse der ant. Dichter, Redner und Denker, 1943, 196f. *P. Mingazzini*, Enc. Arte Ant. 3 (1960) 420f.

Hermaios. 1. Soter, letzter indogriech. König und somit auch letzter griech. Herrscher im O. Seine Regierungszeit fällt in die 1. Hälfte des 1. Jh. n. Chr. Er stand irgendwie unter parth. Oberhoheit; andererseits beherrschte er als Vasall Chinas das Gebiet der Paropamisadai. Der griech.-ind. Herrschaft wurde um 50 n. Chr. durch die aus Baktrien weiter nach S. vordringenden Yuetschi ein Ende gemacht, unter denen der Stamm der Kushan die Führung hatte. Der Herrscher dieser K., Kadphises I., hat eine Zeitlang zusammen mit H. regiert. Über dessen Beziehungen zu Hippostratos, seinem griech. Nachbar in Indien, s. W. TARN The Greeks in Bactria and India, 337ff. J. D.-G.

2. H., vielleicht 1. Jh. n. Chr., schrieb *π. τῶν Αἰγυπτίων* (mindestens 2 B.), nur bei Plut. Is. et Os. zit. Man hat in H. den Vater des Grammatikers → Nikanor vermutet. W. Sp.

Frg.: FGrH 620. *F. Jacoby*, RE VIII 712.

Hermanifridus (Herminafrid), König der Thüringer; ihm verheiratete um 510 Theoderich d. Gr. seine Nichte Amalaberga. 534 wurde H. nach Siegen der Franken über sein Volk beseitigt (Iord. Get. 299. Prok. 5,12,22. 13. Cassiod. var. 4,1). A. L.

Hermaphroditos (Ἑρμαφρόδιτος). Myth. Gestalt, die nach Ausweis des Namens (Athen. 10, 448e) maskulinen (ithyphall. → Hermes) und femininen Sexus (hetär. → Aphrodite) in sich vereinigt (Paus. 6,26,6. Anth. Pal. 9,783). Das ihr inhärente Prinzip phys. Vollkommenheit (J. CAMPBELL The Hero, 1949, 152ff.) fand vor allem bildl. Niederschlag (Theophr. char. 16,10. [4], 55ff. T. 1–6). Die ätiol. Legende (Ov. met. 4,285ff.) erklärte das Phänomen des Zwitters (*ἀνδρόγυνος*) durch Metamorphosis des jugendlichen Sohnes von Hermes und Aphrodite (Luk. dial. deor. 15,2. Diod. 4,6,5 → Priapos). Tatsächlich ist H. eine mythol. Ausdrucksform des androgynen Wesens primitiv-undifferenzierter Göttlichkeit ([1], 4. 18ff. [2], 84. M. C. WAITES, AJA 27, 1923, 33f.), Relikt einer Frühstufe (J. WINTHUIS Das Zweigeschlechterwesen, 1928, 43ff.) maternaler Rel., die der Großen

Göttin männl. Attribute bzw. ein mit ihr ident. maskul. Komplement zuweist (J. PRZYLUSKI, Eranos-Jb. 6, 1938, 25 ff. [3],100. B. HEMBERG Die Kabiren, 1950, 277 f.). Beispiele sind etwa die Gottheit der Luristan-Bronzen (H. POTRATZ, Orientalia 21, 1952, 24; mit falscher Erkl.), die babyl. Ištar-Semiramis (J. PLESSIS Études sur les Textes concernant Ištar-Astarte, 1921, 85 ff.), Aštar-Aštart in Kanaan (G. GARBINI, Orientalia 29, 1960, 322 ff.), die äg. Neith (E. NEUMANN Die Große Mutter, 1957, 211. G. LANCZKOWSKI, Saec. 6, 1955, 241), die Tanit pᵉnê Ba'al von Karthago ([1],21), Aphrodite-Aphroditos auf Kypros (Macr. Sat. 3,8,2. Serv. Aen. 2,632. [2],82 f. J. G. PRÉAUX Mél. I. Lévy, 1953, 479 ff.), die etr. Paare Turms-Turan (C. CLEMEN Rel. der Etrusker, 1936, 35. [2],83) und Voltumna-Vertumnus (PRZYLUSKI, Rev. Hitt. As. 3, 1934, 165. Muséon, 49, 1936, 304), ferner Hypostasen der Dea Magna, wie → Agdistis, Mise-Mida und Sime-Seimios ([4],30 ff.), oder ihr zugehörige Kultkollektive, wie → Hyperboreer (L. RADERMACHER, RhM 93, 1950, 326 f.) u. → Amazonen ([3], 187 f. Heplenta auf dem Spiegel von Chiusi: HERBIG, RE VIII 367). Dazu treten Komplementärgestalten aus der kosmogon. und vegetat. Sphäre: → Phanes, Adonis, Attis, Dionysos, Eros ([2],83 f. 100. [4],17 ff.), schließlich mythol. Deckfiguren: → Iphis, Leukippe-Leukippos, Hymenaios, Siproites, Kaineus, Teiresias ([4],33 ff. RADERMACHER Hippolytos und Thekla, 1916, 37 f.), bei denen die Bisexualität des Numens durch kult. fundierte Akte (Geschlechtswechsel, Couvade, Kleidertausch, hierogam. Inzest usw.) signifiziert wird ([4],1 ff. H. USENER Der heilige Tychon, 1907, 24 f. M. RIEMSCHNEIDER Augengott und Heilige Hochzeit, 1953, 267. 271 f.). W. F.

1. *A. Bertholet* Das Geschlecht der Gottheit, 1934. 2. *Jung-Kerényi* Einführung in das Wesen der Mythologie, 1941. 3. *J. Przyluski* La Grande Déesse, 1950. 4. *M. Delcourt* Hermaphrodite, 1961 (Lit.).

Hermarchos (Ἕρμαρχος), aus Mytilene. S. d. Agemotos. Schüler, Freund und Nachfolger → Epikurs in der Leitung der epikur. Schule (271/70 v. Chr.). Aus armem Hause, betrieb er rhet. Studien (Diog. Laert. 10,24), schloß sich nach anfänglichem Widerstreben (Sen. epist. 52,3) jedoch frühzeitig Epikur an, offenbar als dieser in Mytilene lehrte (311/10). Der von Epikur (oder vielmehr → Polyainos?) stammende »Brief an ein Kind« (frg. 176 Us. = 113 Ar.) erwähnt H. als Reisebegleiter; teils an ihn (Athen. 13,588 b. Cic. fin. 2,96 = frg. 121 f. Us.), teils an Idomeneus gerichtet ist in der Überlieferung E.' Brief über seine Todeskrankheit. E.' Testament (Diog. Laert. 10,16–22) übertrug H. als Scholarchen den Nießbrauch an Haus und Garten und E.' Bibliothek. Neben → Metrodoros und → Polyainos galt er als maßgebender Vertreter der Schuldoktrin. Diog. Laert. nennt 10,25 Schriften gegen Platon, Aristoteles, περὶ τῶν μαθημάτων (inhaltlich verwandt der Brief an Theopheides, zit. bei Philod. π. ῥητ. I p. 78,19. II p. 248,3 Sudh.) und 22 B. ἐπιστολικά (wohl »in Briefform«) über Empedokles. Ein längeres frg. daraus b. Porph. de abst. 1,7–12 erklärt Verbote der Tötung von Tieren für unnütz, verfemt dagegen das Töten von Menschen und knüpft daran Gedanken über das Entstehen von Gesellschaft und Kultur. R. PHILIPPSON wies (Mnemos. 1941, 284 ff.) H. den Pap. hercul. 1251 zu, doch ohne zureichende Gründe, vgl. W. SCHMID, RhM 1944, 39 ff., M. GIGANTE in: Epicurea in mem. H. Bignone, 1959, 101 ff.

Bildnisse: K. SCHEFOLD Bildnisse der ant. Dichter, 121,2. HEKLER–V. HEINTZE Bildnisse berühmter Griechen, ³1962, 69 T. 61. V. POULSEN Les portraits grecs, 1934, Nr. 37. G. M. A. RICHTER The Portraits of the Greeks, 1965, 203, Abb. 1268 ff. G. Schm.

Frg.: *K. Krohn* Der Epikureer H., Bln. 1921.

Hermas. Einer der Apostol. Väter, Bruder des röm. Bischofs Pius (ca. 142–155), Vf. einer altchr. Apokalypse mit dem Titel Ποιμήν (Vis. 1,1,4. 2,4 u. ö.). Als Sklave von seinem ϑρέψας nach Rom verkauft (Vis. 1,1,1), war er später ein wohlhabender *libertus*, dessen Vermögen jedoch in unglücklichen Unternehmungen zerrann (Vis. 3,6,7 u. ö.). Selbst in einer Christenverfolgung standhaft geblieben, erlebt er den Abfall seiner Kinder, die jedoch später Buße tun (Sim. 7,4). Anläßlich einer neuen bevorstehenden Verfolgung (Vis. 2,3,4 u. ö.) erhält H. angeblich Offenbarungen durch die ihm erscheinende »Kirche« und durch einen Hirten (Doppelgänger des hermet. Poimandres?), die er zusammen mit eth. Weisungen und Gleichnissen zu dem genannten Ποιμήν zusammenfaßt. Kl. W.

Altaner 44. 69 ff. Weitere Lit. s. zu Hermae Pastor.

Hermathena. Hermerakles. Nach Cic. Att. 1,1–11 kündigt Atticus ihm u. a. Statuen für das »Gymnasium« in seinem Tusculanum (6,2), auch Hermen aus Marmor mit Bronzeköpfen an (8,2. 9,2), darunter mehrere »Hermeraclas« (10,3) und eine »Hermathena«, die Cic. *ornamentum Academiae proprium meae* nennt, denn Hermes gehöre in alle Gymnasien, und Athena bes. in seines (4,2). Die Hermathena stellt er so auf, *ut totum gymnasium eius ἀνάϑημα esse videatur* (1,5). – Herakles in Hermenform nach Skopas z. B. Vatikan Kat. III 2,490 Nr. 64 (vgl. NEUGEBAUER BrBr. 717/18); nach Polyklet z. B. Neapel NM 6164, BIANCHI-BANDINELLI Policleto T. 9 Abb. 49. Andere Typen z. B. Rom NM, PARIBENI 35; Vatikan Kat. 2,448,5. Athena in Hermenform z. B. Rom NM, PARIBENI 104; als Doppelherme J. OVERBECK Pompeii ⁴557 Abb. 291. H. Ma.

Gundel, RE VIII 725 f. *H. Jucker* Vom Verhältnis der Römer zur bildenden Kunst der Griechen 37 ff. *G. Becatti* Arte e gusto negli scrittori lat. 91 ff. *Ders.* Enc. Arte Ant. IV 2.

Hermeias. 1. H. von Methymna. 1. Hälfte 4. Jh. v. Chr.? Nicht genauer faßbarer, erster nichtsicil. Vf. von *Σικελικά*, 10 oder 12 B., bis 376/75 reichend (Diod. 15,37,3), vielleicht im Dienst des Dionysios I. geschrieben (Quelle für Ephoros?). Urzeit offenbar knapper als bei Antiochos, Zeitgesch. ausführlicher als bei Philistos.

Frg: FGrH 558. Lit.: *F. Jacoby*, RE VIII 731. *K.F. Stroheker* Dionysios I., 1958, 12. 187. 232f.

2. H., Vf. von *περὶ τοῦ Γρυνείου Ἀπόλλωνος* (mind. 2B.), woraus Athen. 4,149d ff. ein Stück über Festgebräuche der Naukratiten erhalten hat (→ Gryneion). W. Sp.

Frg.: FHG 2,80f. Lit.: *F. Jacoby*, RE VIII 731.

3. H. von Alexandreia, Neuplatoniker; weniges über sein Leben in der Suda s. *Ἑρμείας, Αἰδεσία, Παμπρέπιος*, H. studierte in Athen unter der Leitung Syrians; Proklos war sein Schulgenosse. Eine Verwandte Syrians, Aidesia, wurde seine Frau; beide Söhne → Ammonios und → Heliodor wurden nachmals platon. Philosophen. Ein Charakterbild ist nachzulesen bei Damask. vit. Isid. 74 (Phot. 341 a 7 ff.). Erhalten ist H.' »Kommentar« – richtig: Nachschrift eines Lehrvortrages von Syrian – zu Plat. Phaidr. (hg. von P. Couvreur, Paris 1901). Treffliche Beobachtungen über die dort verfolgte, von → Iamblich herrührende Interpretations-Methode bei K. Praechter, RE VIII 732 ff. Art. H. – H. lehrte in Alexandreia – wohl seit Beendigung seines Schüler-Verhältnisses zu Syrian. Er starb früh, als beide Söhne noch Kinder waren. Auf Grund seines hohen Ansehens wurden beide Kinder bis zur Mündigkeit von der Stadt Alexandreia unterhalten. Dann (→ Heliodoros) kehrte die Mutter mit beiden Söhnen nach Athen zurück. H. D.

Hermenericus. 1. H. (Ermenrichus, Ermanarich), aus dem Geschlecht der Amaler beherrschte um 360 als König der O.-Goten ein großes Reich in S.-Rußland (zwischen Dnjestr und Don); beim kurz nach 370 erfolgten Einfall der Hunnen und Alanen, der sein Reich vernichtete, beging H. Selbstmord (Amm. 31,3). Bei Iord. Get. 116 ff. liegt eine vorwiegend sagenhafte Schilderung seiner Taten vor.

L. Schmidt, Ostgermanen 1941, 240 ff. *G. Zink* Les légendes héroiques de Dietrich et d'Ermenrich dans les littérat. german., 1950.

2. Jüngster Sohn des → Ardabur, Consul 465 (Chr. min. 3,535), rettete sich bei der Ermordung seines Vaters, lebte 474 hochgeehrt in Constantinopel (Candidus = FHG 4,135. Theophan. a. 5964). A. L.

Hermericus. König der Sueben, kämpfte im J. 419 erfolglos gegen die Vandalen in Spanien, plünderte 430 und 433 die Galaecia, übertrug 438 die Herrschaft seinem Sohn Rechila, † 441 (Hydat. Chron. = Chr. min. 2,20 ff.). A. L.

Hermes (*Ἑρμῆς* Hom. Od. 5,54; *Ἑρμᾶς* Corinn. frg. 4,23 D.; *Ἑρμείας* Il. 15,214; *Ἑρμάων* Hes. frg. 23; *Ἑρμάν* SEG 2,165; myk. *E-ma-a₂* [Dat.] PY Nn 1357. 1. Tn 316. 7. Un 219. 8. Gallavotti-Sacconi Inscript. Pyliae, 1961, 105. 121. 126. L.R. Palmer, Eranos 53, 1955, 12 f. Mycenean Greek Texts, 1963, 263 f.; zu etr. *hermu* auf der Pulena-Rolle [CIE 5430. M. Pallottino Testimonia Linguae Etruscae, 1954, 34]: G. Devoto, SE 10, 1936, 277 ff. M. Runes Serta Hoffilleriana, 1940, 156). Griech. Gott, Sohn des Zeus und der → Maia (Hom. h. Herm. 579). Sein Name ist laut Nilsson Griech. Feste 388 ff. GgrR 1,503 f., P. Kretschmer Gl 13, 1924, 104 und Wilam. GldH 1,159. 285 von *ἕρμα(ξ)*, *ἑρμαῖον* »Steinhaufen« (Dion. Chrys. 78,19. Suda s.v. Sch. Nik. Ther. 150) abzuleiten (vgl. aber Frisk 563 f.), wobei die Frage indigener oder fremder (pelasg.?; vgl. Hdt. 2,51) Herkunft (E. Benveniste, Rev. Phil. 6, 1932, 129 f.) von der Etymol. her offen bleibt (P. Chantraine, Rev. Phil. 26, 1952, 229. AC 22, 1953, 69). Demnach wäre H. die Personifikation eines polylith. Hügelmals (*Ἑρμαῖος λόφος* Od. 16,471 ff. M.W. de Visser Die nicht menschengestalt. Götter der Griechen, 1903, 102 ff.) bzw. des urspr. aus ihm herausragenden monolith. Pfeilers (→ Herme: Thuk. 6,27. R. Lullies Die Typen der griech. Herme, 1931) als Typus des »Pfahlgötzen« (H. *τετράγωνος* Paus. 4,33,4. Babr. 48. R. Meringer, IF 17, 1904/05, 165 f. WuS 9, 1926, 109) oder des verlebendigten Phallos im Bereich des anikon. → Stein- oder Klotzkults (G. v. Kaschnitz-Weinberg Die mittelmeer. Grundlagen der ant. Kunst, 1944, 14 ff.). Entstehung und primärer Sinn dieser Objekte sind umstritten (De Visser 103 ff. [5],78 ff. K. Schefold, WJ 2, 1947, 46 gegen H. Goldman, AJA 46, 1942, 58 ff.; Lullies, WJ 4, 1949/50, 126 ff. gegen J.F. Crome, MDAI(A) 60/61, 1935/36, 304 ff.); immerhin werden, wenn man in H. ein Numen des Grenz-, Grab- und Wegsteins sieht (Paus. 2,38,7. Polyain. 6,24. Babr. 30. EpGr 1063, 4. Eust. in Od. 16,471. Or. Sib. aposp. 3,30. L. Curtius Die ant. Herme, 1903, 9 ff. E. Pfuhl, JDAI 20, 1905, 76 ff.), die wichtigen Funktionen des Hüters der Türen und Tore (*προπύλαιος* Paus. 1,22,8. F.G. Maier Eranion, Festschr. H. Hommel, 1961, 98 ff. L.A. Holland Janus and the Bridge, 1961, 70. 212 ff. 275 ff.), der Wege und Wanderer (*ὁδοιπόρος* Il. 24,375), des Grenzgängers und nächtlichen Geleiters (*πομπός* Il. 24,153), auch in die Totenwelt (*διάκτορος* Lukian. Char. 1. P. Thieme, SSAW 98,5, 1952, 52 f.), darin bereits angesprochen ([1],10 ff. Nilsson 1,507 f.), während die offenbar sekundäre Stimmsteinaetiologie (Sch. Od. 16,471. E. Simon, JOEAI 42, 1955, 11. [11],88) im Zusammenhang mit der Auffassung vom Steinhaufen als Fluch- und Sühnmal (B. Schmidt, JbPhP 1893, 369 ff. 1911, 662 f.) wohl zurückweist auf die Verbindung zwischen dem Unterweltsbezug des H. ([11],89) und seiner Rolle als Beseitiger weg- und lebenbedrohender Ungeheuer (*Ἀργεϊφόντης* Il. 16,181. Kern Rel. der Griech. 1,204. Zur Wortbd. Kretschmer, Gl 10, 1920, 45 ff. 27, 1939, 33 gegen Chantraine Mél. Navarre, 1935,

69ff. Vgl. F. Dornseiff, Ztschr. für Namenforschung 16, 1940, 217f.). Demgegenüber betont A. J. v. Windekens, RhM 104, 1961, 289ff., auch etymol. (BN 13, 1962, 290ff.: H. zu skr. *árṣati*, av. *arš-an*, griech. *ἄρσην*. Vgl. L. Deroy, Parola del Pass. 17, 1962, 421ff.), den ergänzenden Aspekt des in den phall. Hermen des elischen Kyllene (Paus. 6,26,5. G. Kaibel, NGG 1901, 499f.) und der arkad. Weidegebiete (K. Rhomaios, EA 30, 1911, 149ff.) repräsentierten animal. Fruchtbarkeitsgottes ([4],365. L. Deubner Corolla L. Curtius, 1937, 201ff.), des mit Nymphen (Od. 14,435. J. Pouilloux Recherches sur l'Histoire et les Cultes de Thasos 1, 1954, 339. F. Chamoux, REG 72, 1959, 363) und Bocksdämonen (K. Wernicke, H 32, 1897, 293ff. Vgl. Mon. Ant. 14, 1905, Tf. 56. Clara Rhodos 4, 1931, 103ff. Abb. 90.91) vertrauten Herdenwächters (Anth. Pal. 6,334. 16,190) und -vermehrers (Il. 14,489ff. 16,179ff. h. Herm. 491ff. 567ff. Hes. theog. 444ff. [8],141f.); er hält H. unter Hinweis auf seine Mobilität (*ἐριούνιος* Il. 20,72. K. Latte, Gl 34, 1955, 192ff.) und sein ethnisch-sozial relevantes Wegprotektorat (J. Toutain, RHPhR 12, 1932, 289ff.) für den Prototyp und Schutzpatron des wehrhaften Nomadenhirten (zu idg. Parallelgestalten: H. Collitz Festschr. H. Pipping, 1924, 574ff.). Aus ihm hätte sich, indem die spez. Herdenwacht in eine allg. Schutzfunktion überging (Aischyl. Eum. 90ff. Vgl. J. Pokorny, Vox Romanica 10, 1948/49, 228), der menschenfreundliche Begleiter und Bewahrer (W. C. Lawton, Art and Archaeology 6, 1917, 101ff. H. P. L'Orange Studies in the Iconography of Cosmic Kingship, 1953, 163f. Abb. 115b–d) reisender Könige und abenteuernder Heroen entwickelt (Il. 24, 333ff. 679ff. Od. 10,277ff. 11,626. R. v. Scheliha Patroklos, 1943, 153f. [7],90ff. 114. [8],22f.). In dieses Bild fügt sich sowohl der Charakterzug des primitiv-pastoralen Musikers (h. Herm. 24ff. Apollod. 3,115. Kern 1,111. J. Duchemin La Houlette et la Lyre 1: H. et Apollon, 1960. Vgl. CRAI 1960, 16ff. [8],147) als auch der des verschmitzten Rinderdiebs (h. Herm. 22.75ff. Nilsson Griech. Feste 391f. GgrR 1,507. → Autolykos Od. 19,394ff. [8],162f.); andererseits käme das zum *κηρυκεῖον* ([4],402ff.) bzw. zur Zauberrute (*ῥάβδος*) wie auch zum herrscherlichen *σκῆπτρον* des *ἄναξ* H. als *ποιμὴν λαῶν* (Il. 2,104f. [8], 144ff. Vgl. Benveniste Hittite et Indo-Européen, 1962, 100f.) umgestaltete Attribut des wegweisenden, die Herde schützenden u. antreibenden Hirtenstocks bei dem Menschengeleiter (Il. 24,343) wie bei dem Seelenführer (*ψυχοπομπός* Od. 24,1ff.) noch zu annähernd urspr. Geltung (Lukian. Katapl. 3. [4],490. Vgl. W. Burkert, RhM 105, 1962, 46). In der Tat gehören zu dem H., den nach Hdt. 5,7 die Stammeskönige des schafreichen Thrakien (Il. 11,222) als Ahnherrn und Schwurgott verehrten (R. Pettazzoni Serta Kazarowiana 1, 1950, 291ff.), die symbolhaltigen Motive des Stabes, des Phallos, des Widders und der Herde (St. Byz. s. *Ἴμβρος*. Diod. 5,48. [8],23f. 173f. J. Wiesner Die Thraker, 1963, 113f.). Der Widder des H. *Κριοφόρος* (Paus. 4,33,4. 5,27,8. 9,22,1. P. Perdrizet, BCH 27, 1903, 300ff. F. Focke Festschr. F. Zukker, 1954, 160), auf thrak. Reliefs dem Gott als Reit- oder Begleittier zugesellt (G. Kazarow, RE² VI 483.521. Vgl. O. Nardini, NSA 21, 1924, 510 Abb. 4. S. Eitrem Der vordorische Widdergott, 1910, 4ff.), im griech. Mythos als goldfelliges, die Luft durcheilendes Wunderwesen dem → Phrixos von H. selbst geschenkt (Apollod. 1,9,1. [8],16ff. R. Roux Le problème des Argonautes, 1949, 262f.), mit seinem kostbaren Vlies der Inbegriff königl. Hirtengewalt (→ Pelops: Eur. Or. 995 m. Sch. Sen. Thyest. 222ff. [5],99ff. [8],10ff. 28ff. A. H. Krappe, RhM 77, 1928, 182ff. F. Altheim Niedergang der alten Welt 1, 1952, 48), weist in die rel.-regale Sphäre der nomad. Skythen (Kul Oba, Temrjuk, Kelermes, Vettersfelde: E. H. Minns Scythians and Greeks, 1913, 196f. Abb. 90; 208 Abb. 106,15; 210.237ff. Abb. 145.146; 378), in der, wie u. a. aus den Tätowierungen und Gewandapplikationen der Pazyryk-Kurgane hervorgeht (K. Jettmar, Bull. Mus. Far East Ant. 23, 1951, 172ff. Taf. IXff. Wiesner, G 62, 1955, 547ff. 550. 561. Abb. 1–4), neben Pferd, Hahn und Cerviden (F. Hančar Artibus Asiae 15, 1952, 171ff. Abb. 3–17. R. D. Barnett, Iranica Antiqua 2, 1962, 81.93) das Widdersymbol dominiert, solares Zeichen der Einheit von herrscherlich-gentiliz. Macht und reichem Viehbesitz (skyth. *Κατίαροι* [Hdt. 4,6] = »Widderleute« W. Brandenstein, WZKM 52, 1953/55, 195f.). Da dieses Widdersymbol in der vom skyth. Nomadentum beeinflußten iran. Rel. als Sinnbild des Ḫwarnah, des sonnenhaften Königsglanzes (H. Lommel Die Yäšts des Awesta, 1927, 169ff.), dem → Mithra-Verethragna zugeordnet (H. S. Nyberg, MVAG 43, 1938, 71f. Wiesner 561), noch bei der Machtergreifung des Sasaniden Ardašir (226 n. Chr.) wirksam ist (Kârnâmak î Artaḫšîr î Pâpakan 3. Th. Nöldeke, BB 4, 1879, 22ff. 41ff. Altheim 14ff. 48f. E. Mudrak, Fabula 2, 1958, 129ff. [8],19f.), andererseits der Königsgott H.-Helios-Mithras gemeinsam mit → Herakles-Ares-Artagnes (Verethragna) als Protektor des → Antiochos von Kommagene auf den Monumentalreliefs des Nemrud Dag (um 35 v. Chr.) erscheint (OGIS 383,55f. F. Krüger Orient und Hellas in den Denkmälern und Inschr. des Königs Antiochos I. von Kommagene, 1937, 23ff. J. Keil Serta Hoffilleriana, 1940, 130f. G. Dumézil Naissance d'Archanges, 1945, 174), darf man in der den sog. »königlichen Skythen« (*Παραλάται* Hdt. 4,6. H. Humbach Kušan und Hephtaliten, 1961, 7f. Dumézil, Indo-Iranian Journ. 5, 1961/62, 188f.) bes. verbundenen, durch das von den *βασιλεῖς* gehütete und kult. verehrte Königsgold repräsentierten Gottheit (Hdt. 4,7) den solaren Widdergott H.-Mithras erkennen (vgl. Pettazzoni 294. Mél. H.

Grégoire 2, 1950, 498). Die Widderopfer für H. in den → Mysterien von Andania (Sylloge² 653,28ff. Vgl. Paus. 2,3,4. [8],173) und die in der Kriophoros-Symbolik der Pluton-Persephone-H.-Reliefs von Lokroi Epizephyrioi akzentuierte Verbindung des H. mit Widder und Hahn (Q. Quagliati, Ausonia 3, 1909, 179ff. Abb. 33ff. P. Orsi, Boll. Art. 3, 1909, 415ff. Abb. 8ff. E. R. Goodenough Jewish Symbols in the Greco-Roman Period, 8, 1958, 62ff. Abb. 40) lenken den Blick auf einen neben dem solaren und phallischen vorhandenen infernal. Aspekt der thrako-skyth. H.-Komponente (A. Closs, Wiener Beitr. z. Kulturgesch. u. Ling. 4, 1936, 669f.), der die Berührung des Psychopompos mit dem totengeleitenden thrak. Reiterheros (Pettazzoni 295ff.) bzw. dem ihm funktionsgleichen skyth. Herakles-Targitaos-Verethragna (Hdt. 4,5. 8.59. Brandenstein 186f. 192. 203) ermöglicht. Allen ist gemeinsam die Bewältigung dämon.-unterweltlicher Monstren (Heros und Kerberos: Kazarow Denkmäler des thrak. Reitergottes, 1938, Nr. 159 Abb. 72; Herakles und Echidna: Hdt. 4, 8ff. Brandenstein 182ff. Vgl. Benveniste-Renou Vṛta et Vrthṛagna, 1934, 78f.), für H. selbst konserviert in dem Titel Argeiphontes (»Schlangentöter« L. Deroy, AIPhO 13, 1953, 95. S. Davis, Greece and Rome 22, 1953, 33ff.; »Hundstöter« J. Chittenden, AJA 52, 1948, 24ff. R. Carpenter, AJA 54, 1950, 177ff.; anders Heubeck, BN 5, 1954, 19ff.) und der bei Hippon. frg. 4 D. (W. M. Ramsay Asianic Elements in Greek Civilisation, 1927, 174ff.) für den regalen *Κυλλήνης πάλμυς* überlieferten Epiklese *Κανδαύλας* (= *Κυνάγχης* »Hundswürger« Altheim Römische Religions-Geschichte 1, 1951, 134ff. R. Gusmani Lyd. WB. 1964, 274. → Ares), sprachlich dem Illyrischen (H. Krahe Sprache der Illyrier 1, 1950, 56 mit Literatur) oder Maionischen (O. Masson, Kratylos 2, 1957, 64. 5, 1960, 173) zuzuweisen (anders K. Treimer, Ogam 9, 1957, 354). Gleichwohl wird in dem Hundswürger, Drachenbezwinger und Sichelhelden H. (Ov. met. 1,717. [5],16. L. Schmidt, Veröff. Öst. Mus. Volksk. 1, 1952, 117. Fabula 1, 1958, 21. Vgl. G. Michailidis, ASAE 47, 1947, 61) der Bezug zum min.-ägäischen »Herrn der Tiere« (h. Herm. 569ff.) sichtbar, der das Zahmvieh des Hirten sowohl schützen als auch nächtlich raubwürgend (*Αὐτόλυκος* Sch. Od. 19,432) dezimieren kann (h. Herm. 286ff. 576ff. [7],93ff. 102f. AJA 52, 26f.). Darauf führt auch seine Gegenposition zu der prähellen. *Πότνια θηρῶν* → Kirke (Chittenden, AJA 52,30ff. Vgl. M. Marconi, RIL 74, 1940/41, 533ff.), die Verfügung über die altmediterrane Zauberwurzel → Moly (Od. 10,305ff. Diosk. 3,46. Brandenstein, Klotho 2, 1936, 67f. R. Ferrari, RIL 88, 1955, 12ff. V. Cocco, Arch. Glott. It. 40, 1955, 10ff.), schließlich sein Sohnverhältnis zu der Muttergöttin → Maia der arkad. Kyllene (Alk. frg. 2 D. h. Herm. 2ff. Paus. 8,17,1. Immerwahr Kulte und Mythen Arkadiens 1, 1891,

72ff.), wo vorgriech. Höhlenkult nach Kreta (Patsos: F. Halbherr, Mus. It. 2, 1888, 913ff. Tf. 14) und Kleinasien (Paus. 10,32,5) hinüberweist ([7], 96ff. 110f. [11],92ff.). Zwar mußte die Gleichung mit dem anatol. Mondgott Arma (Deroy, Ath. 30, 1952, 59ff. J. Vallejo, Emerita 20, 1952, 598f. Gusmani 61f.) inzwischen erheblich modifiziert werden (E. Laroche, RHR 148, 1955, 1ff. 13ff. Heubeck, EF 9, 1959, 31f.), dafür bleiben zu beachten die Berührungen mit → Dionysos (J. Marcadé, BCH 76, 1951, 596ff.) und die alte Vergesellschaftung des H.-Kadmilos (Sch. Lykophr. 162) mit den samothrak. → Kabiren (Hdt. 2,51. B. Hemberg Die Kabiren, 1950, 93ff. 165f. Focke 161. [5],93ff.). Die in der etr. Bezeichnung *Turms Aitaś* (Fabretti CIIt 2144. A. Grenier Les Rel. Etrusque et Romaine, 1948, 46. H. L. Stoltenberg Etr. Gottnamen, 1957, 93f.) ausgedrückte enge Bindung an Unterweltliches (Kerényi, SMSR 9, 1933, 28. [5],94f.) präsentiert sich durch das dem Hirten- und Heroldsstab angepaßte Signum des wegöffnenden und schatzspendenden goldenen Zweiges (h. Herm. 529ff. Anodos der Pherephatta: [3],19 Abb. 2. Nilsson 1,510. Tf. 39,1) als mag. Potenz eines seelenzwingenden (H. *χθόνιος* auf der Jenaer Lekythos: [3],64 Abb. 3. → Anthesteria) aber auch lebenschützenden Numens (H. *ψυχαγωγός* [4],509ff. 511) im Grenzbezirk zweier Welten (Aischyl. Choeph. 124ff. [12],18f. Vgl. Diog. L. 8,31. L. Philippart, RBPh 9, 1930, 549ff.). Die Zwielichtigkeit titan. Abstammung vom weisen und starken, aber auch verderblich sinnenden Weltriesen → Atlas (Od. 1,52f. [12],15f.) bewahrt dem H. vereinzelt, vor allem im Kindheitsmythos (h. Herm. 13ff. Kerenyi, Paideuma, 1, 1938, 268ff.), Eigenschaften einer Trickster-Gestalt: Gewandtheit, List, Erfindungsgabe, Schelmenwitz, Kraft, Dreistigkeit ([10],108ff.), doch ohne die metaphys. Bosheit etwa des german. Asenfeindes Loki ([8], 166ff. Vgl. A. Closs, Kairos 2, 1960, 89ff.). Die Andersartigkeit gegenüber den Olympiern spricht sich eher positiv aus in der mühelosen Behendigkeit des *deus ales* ([7],100f.), im Einfallsreichtum zauber. Hilfeleistung (Ares und Aloaden: Il. 5, 390ff. M. Riemschneider, Arch. Ant. Hung. 8, 1960, 7ff.), in der liebenswürdigen Verbindlichkeit des Götterboten (*ἄγγελος* Od. 5,29. [8],152f.), des Vaters der Dolmetscher und Herolde (Plat. Krat. 407e. E. Bosshardt Die Nomina auf *-εύς*, 1942, 36f. J. Bonet Palli, Helmantica 7, 1956, 345ff.). Wie wenige Götter, hat H., zu klass. Zeit in scheinbarer Zweitrangigkeit ([4],495ff.) zum Herrn der Bediensteten, Handwerker und Diebe gestempelt (Aristoph. Pax 201ff. Plut. 1100ff. Eitrem, Phil. 68, 1909, 348ff. [8],154ff.), eine Wiederbelebung seiner eigentümlichen Wesensseiten in der mysteriengetränkten Rel. der Spätant. erfahren. Das gilt nicht nur für den Angelos (J. Barbel Christos Angelos, 1941, 15ff. A. Ferrua, Civiltà Cattolica 98, 1947, 51ff.), den mit dem chthon. Herakles gekoppelten Unterweltsgott (J. SCHWARTZ, ASAE 45, 1947, 37ff. 47, 1947, 223ff. 235ff.) sowie die an den Μάγος und Λόγιος geknüpfte Moly-Symbolik (H. RAHNER, Eranos-Jb. 12, 1945, 117ff.), sondern auch für den Schutzpatron der hellenist.-röm. Herrscher (K. SCOTT, H 63, 1928, 15ff. PH. P. BOBER, Marsyas 4, 1945/1947, 30f.) und bes. für den »guten Hirten« (E. CONDURACHI, Ephemeris Dacoromana 9, 1940, 45ff. Abb. 7ff.) als Nachklang des Kriophoros (W. BAUMSTARK, Oriens Christ. 3, 1903, 535f. R. EISLER Orph.-Dionys. Mysteriengedanken in der chr. Antike, 1925, 374.390f. GOODENOUGH 8,77ff. Vgl. E. S. DROWER The Mandaeans of Iraq and Iran, 1962^{2}, 293.299). Alle diese Funktionen sind mehr oder weniger in Einklang zu sehen mit dem aus rel.-philos. Synkretismus geborenen Phänomen des H. Trismegistos (PGM 5,551ff. TH. HOPFNER Orient und griech. Philos., 1925, 71ff.), das im äg.-hellenist. Corpus Hermeticum (Manetho b. Synkell. p. 72,14. TH. ZIELINSKI, ARW 8, 1905, 321ff. 9, 1906, 25ff.) durch den graeco-kopt. Geheimbegriff des → Poimandres-Nous (R. MARCUS, JNES 8, 1949, 40ff.) und durch die Erscheinungsform des allweisen → Thoth-Logos (Diod. 1,16,1. Cic. nat. 3,56.[9],1,67ff. W. BOUSSET Kyrios Christos, 1935, 309ff. L. DÜRR, MVAG 42,1, 1938, 140ff. Vgl. G. NAGEL, Eranos-Jb. 9, 1942, 109ff.) samt seinen äg. Nebenfiguren Kamephis, Knephis u. Arnebeschenis (Iambl. de myst. 8,3. HOPFNER Font. Rel. Aeg. 3, 389ff.) die Vielfalt der H.-Eigenschaften spekulativ-umgedeutet zur Geltung bringt. So wird H. zum Rel.-Stifter, Verkünder, Mittler und Erlöser in den esoterischen hermet. Zirkeln und den gnost. Sekten der Naassener (Hippol. 5,7,28ff. H. LEISEGANG Die Gnosis, 1955^{4}, 123ff.) und der harran. Ṣabier (DROWER The Secret Adam, 1960, 111ff.) sowie in der sethian. Lit. der kopt. Bibliothek von Nag' Hammâdi-Chenoboskion (J. DORESSE H. et la Gnose, Novum Test. 1, 1956, 54ff. Livres Secrets des Gnostiques d'Egypte 1, 1958, 256ff. 306ff.), ferner zum κοσμοκράτωρ μέγας und πάντων μάγων ἀρχηγέτης der hellenist. Zauberpapyri und Defixionstäfelchen (PGM 5,400ff. 7, 668ff. [9],1,283ff. A. DIETERICH Abraxas, 1891, 62ff. E. HEITSCH, Phil. 103, 1959, 223ff.); er erscheint sogar als der »große Herr« Armasa Metatron in den Inkantationen der aram. Beschwörungstexte von Nippur (J. A. MONTGOMERY Aramaic Incantation Texts from Nippur, 1913, 98f. 121ff. 147). W. F.

1. *S. Eitrem* H. und die Toten, 1909. 2. *C. Pascal* Le Credenze d'Oltretombe 1, 1912, 78ff. 3. *F. M. de Waele* The Magic Staff or Rod, 1927. 4. *P. Raingeard* H. Psychagogue, 1935. 5. *K. Kerényi* H. der Seelenführer, 1944. 6. *N. O. Brown* H. the Thief, 1947. 7. *J. Chittenden*, Hesp. 16, 1947, 89ff. 8. *J. J. Orgogozo*, RHR 136, 1949, 10ff. 139ff. 9. *A. P. Festugière* La Révélation du H. Trismegiste 1, 1950–4, 1954. 10. *K. Deichgräber* Der listensinnende Trug des Gottes, 1952, 108ff. 11. *W. K. C. Guthrie* The Greeks and their Gods, 1962. 12. *W. Fauth*, G 69, 1962, 12ff.

Hermesianax (Ἑρμησιάναξ). Eleg. Dichter und Gelehrter aus Kolophon (Athen. 13,597a) um 300 v. Chr., Freund und Schüler des → Philitas, schrieb 3 B. erzählender Elegien, die er in Anlehnung an → Antimachos' Lyde nach seiner auch im Werk angesprochenen Geliebten Leontion nannte. Das bei Athen. 13,597b erhaltene größte Frg. (98 V.) aus dem 3. B., dessen Katalogcharakter H. in der Nachfolge Hesiods zeigt, berichtet von der Liebe, die Dichter (von Orpheus ab) und Philosophen bezwang, wobei H. aus Dichterstellen biograph. Fakten konstruierte (Penelope Geliebte von Hom., Sappho von Anakreon, Ehoie von Hes., vgl. dessen Ehoien-Dichtung). Urspr. zeitlose aitiolog. Sage stellte H. im 2. B. (Frg. 4 Powell) in jüngste Vergangenheit (Arkeophons Liebe zu Arsinoe; E. ROHDE Der griech. Roman, Bln. 1960, 85). Das einzige Frg. des 1. B. spricht von der Liebe Polyphems zu Galateia (B. 1 Liebesgeschichten von Hirten?). Anordnungsprinzip und Anliegen des Werkes (Epikedeion? F. JACOBY, RhM 60, 1905, 47; adhortativer Charakter wie frühgriech. Elegie? G. LUCK Die röm. Liebeselegie, Heidelb. 1961, 35) sind nicht zu ermitteln, subjektives Empfinden fehlt den Frg. Unklar ist die Verfasserschaft an Περσικά (Sch. Nik. Ther. 3). Frg.: J. U. POWELL Collect. Alexandrina, 1925, 96–106 und E. DIEHL Anthol. lyr. Gr., 1942, 56–64. I. B.

O. Ellenberger Quaest. Hermes., Diss. Gießen 1907. *Heibges* RE VIII 823–828.

Hermias 1. (Ἑρμίας Sylloge^{3} 229, z.T. hsl. Ἑρμείας), Philosoph und Tyrann von → Atarneus und → Assos. Sein Aufstieg ist z.T. gehässig dargestellt, vgl. Theop. FGrH 115 F 219. H. war Bithynier, angeblich Sklave des Tyrannen Eubulos von Atarneus, hörte in Athen Platon und wurde Schüler und Freund des Aristoteles. In Atarneus wurde er Mitherrscher des Eubulos, den er nach Diog. Laert. 5,3 ermordete. Als Tyrann schloß er ein Bündnis mit Erythrai (Sylloge^{3} 229), holte 348/347 Aristoteles, den er mit seiner Nichte Pythias vermählte, Xenokrates und andere Platoniker an seinen Hof und ließ in Griechenland seine Gespanne laufen, so daß die Eleer ihn zu den olymp. Spielen einluden. In einem Geheimabkommen lieferte H. Sommer 342 Philipp II. von Makedonien in der Aiolis einen asiat. Brückenkopf aus. Demosth. 10,31. Nun schickte Artaxerxes III. den Rhodier Mentor gegen den unbotmäßigen Dynasten. Er nahm H. bei einer Unterredung gefangen und sandte ihn zum Großkönig. H., der nichts von dem Abkommen mit Philipp verriet, wurde hingerichtet. Aristot. oec. 2,28. Diod. 16,52,5. Polyain. 6.4. Strab. 13,610. Die philos. Haltung des H. wurde viel gefeiert, von Kallisthenes in einem Hymnos (FGrH 124 F 2f.), von Aristoteles ebenfalls in einem Hymnos und einem Epigramm für das Kenotaph des H. in Delphi. Diog. Laert. 5,7. 11. Zusammenstellung aller Quellen bei I. Düring Aristoteles in the anc. biogr. tradit. 1957, 272ff. M. Sordi, Kokalos 5, 1959, 107ff. (datiert den Tod des H. auf 345/44). H. V.

2. H. ist von den J. 125/24 v. Chr. bis 117/16 v. Chr. als *στρατηγὸς καὶ νομάρχης* der Gaue *Περὶ Θήβας*, *Παθυρίτες* und *Λατοπολίτης* belegt; wurde zwischen 119 und 117/16 v. Chr. im Rang vom *τῶν ὁμοτίμων τοῖς συγγενέσι* zum *συγγενής* befördert. **3.** Sohn eines Offiziers Ptolemaios unter Ptolemaios V., der um 200 vor den aufständischen Thebanern nach Ombos geflohen war; dort ist H. 125 und 117/16 v. Chr. belegt. Auch er war Offizier (*ἡγεμὼν ἐπ' ἀνδρῶν*). Bekannt durch einen zehnjährigen Prozeß gegen theban. Choachyten um ein Grundstück, den er verlor.

E. Revillout Le procès d'Hermias.

4. *Ἑ. ἐπὶ τῶν προσόδων* im Fajum 113 v. Chr. Pap. Tebt. I 27. **5.** *Ἑ. ὁ ἐπὶ τῶν προσόδων* des Pathyrites und Latopolites im J. 112–108 v. Chr. Pap. Amherst. II 31. Pap. Grenfell II 23. W. H.

Herminius. Röm. Familienname etr. Herkunft (inschr. Belege bei Schulze Eigennamen 178), in den Fasten nur im ausgehenden 6. und im 5. Jh. v. Chr. **1.** Lar H. Coritinesanus (?), Consul 448 zusammen mit T. Verginius Tricostus Caelimontanus Diod. 12,27,1. Dion. Hal. 11,51. Bei Liv. 3,65,2 Sp. H.). Broughton Mag. 1,50. **2.** T. H., Consul 506 zusammen mit Sp. Larcius. Vielleicht mit dem Cognomen Aquilinus. Sie sollen mit Horatius Cocles am Pons Sublicius gegen Porsenna gekämpft haben. Dion. Hal. 5,36,1. Liv. 2,15,1. Nach Liv. 2,20,8f. Dion. Hal. 6,12,3f. soll er in der Schlacht am See Regillus gefallen sein. Broughton Mag. 1,6. H. G. G.

Herminones. Neben Ingaevones und Istaevones einer der 3 germ. Urstämme, die nach der Sagenversion Tac. Germ. 2 ihren Ursprung auf 3 Söhne des Mannus, des Abkömmlings der erdgeborenen Gottheit Tuisto, zurückführen. Von den H. stammen Angrivarier, Cherusker, Chatten und Sueben ab, zu denen Markomannen, Semnonen, Langobarden und Hermunduren gerechnet werden. H. C.

Haug, RE VIII 834. *L. Schmidt* Gesch. der deutschen Stämme. Die Ostgermanen ²1934, 81.

Herminos (*Ἑρμῖνος*). Peripatetiker des 2. Jh. n. Chr., Lehrer des → Alexandros von Aphrodisias, vielleicht Schüler des → Aspasios. H. verfaßte Kommentare zu Aristoteles' Kategorienschrift und zu *Περὶ ἑρμηνείας*. Vgl. Heinr. Schmidt De H. Peripatetico, Diss. Marb. 1907 (mit Slg. der Frg.). H. D.

Hermion, Hermione (inschr. u. liter. *Ἑρμιών* und *Ἑρμιόνη*, Ethnikon *Ἑρμιονεῖς*). Stadt an der O.-Seite der argol. Akte, h. Kastri, deren Landgebiet den SO. der Akte umfaßte vom Kap Thermisi 6 km ö. von H. (RE VII A 621ff.) bis zum Kap Iri s. des Bedenibachs, Hesp. 22, 1953, 160ff. (mit Karte). Die ant. Stadt lag am O.-Abhang des Berges Pron und auf der von dort nach O. vorspringenden kleinen Landzunge; erhalten sind Teile der Stadtmauer, Tempelfundamente, Theater, Thermen u. a. und eine große Nekropole. Eine andere Nekropole belegt das Vorhandensein des auch bei Hom. Il. 2,560 genannten Orts schon in myken. Z. [1]. RE Suppl. VI 606. H. war Mitglied der alten Amphiktyonie von Kalaureia, Strab. 8,6, 14 p. 374, tritt in gesch. Z. aber wenig hervor. Die urspr. Bewohner sollen Dryoper gewesen sein, Hdt. 8,43. 73,2. Diod. 4,37,2. Strab. 8,6,13 p. 373. Beteiligung am Perserkrieg, Hdt. 8,43. 9,28,4. Paus. 5,23,2. Syll. I^3 31,15; mit Sparta verbündet Thuk. 1,27,2. 2,56,5. 8,3,2. Xen. hell. 4,2,16. 6,2,3. 7,2,2. 229 v. Chr. Beitritt zum achaiischen Bund, Pol. 2, 44,6. Strab. 8,7,3 p. 385, dann vorübergehend bei Kleomenes III. von Sparta, Pol. 2,52,2. Plünderung durch Seeräuber, Plut. Pomp. 24. Noch bei Hierocl. synecd. 647,3 erwähnt (*Ἱερὰ Μιόνη*). Im Alt. war Purpurfischerei wichtig. Skyl. 51. Strab. 8,6,12f. p. 373. Paus. 2,34,4–36,3. Ptol. 3,14, 33. Inschr.: IG IV 679–746. Hesp. 2, 1933, 494ff. Nr. 12. 22, 1953, 148ff. BCH 73, 1949, 537. SEG XI 377–385. XVII 159–171. XVIII 152. Mz. Head HN^2 418. 442. E. M.

1. *Frickenhaus-Müller*, MDAIA 36, 1911, 35ff. 2. *A. Philadelpheus* *Αἱ ἐν Ἑρμιονίδι ἀνασκαφαί*, *Πρακτικά* 1909, 172ff. 3. *S. Wide* De sacris Troezeniorum Hermionensium Epidauriorum, 1888. 4. *Bölte*, RE VIII 835ff. 5. *Philipps.-Kirst.* III 113f.

Hermione (*Ἑρμιόνη*). Tochter des Menelaos und der Helene. Nach Hom. Od. 4,4ff. verlobte Menelaos sie vor dem Zuge nach Ilion dem → Neoptolemos und vermählte sie ihm nach der Rückkehr. Spätere Sage erzählt, ihr Großvater Tyndareos habe sie schon vor der Verlobung mit Neoptolemos ihrem Vetter → Orestes zugesprochen (Soph. Hermione); dieser habe Neoptolemos in Delphoi ermorden lassen oder selbst ermordet und H. entführt. Andere Fassung: Menelaos vermählt sie vor dem tro. Kriege (bzw. Tyndareos während des Krieges) mit Orestes; Neoptolemos raubt sie, wird aber in Delphoi erschlagen. Eur.' Andromache behandelt den Konflikt zwischen H., der kinderlosen Gattin des Neoptolemos, und der kriegsgefangenen Sklavin Andromache, die ihm ein Kind geboren hat. Apollod. epit. 6,14. Schol. Eur. – Verg. Aen. 3,325ff. Ov. her. 8. → Teisamenos, Prell.-Rob. 1453ff. H. v. G.

Prell.-Rob. 1453ff. *M. Pohlenz* Griech. Tragödie 284–290. *W. Kullmann* H(E 14), 47.

Hermippos 1. (*Ἕρμιππος*). Athener, Dichter der Alten Komödie, siegte an den Dionysien zum ersten Male 436/35 (E. Capps, Hesp. 12, 1943, 1.3), nach IG II² 2325 I viermal an den Lenäen. Man kannte 40 Stücke von ihm, die erhaltenen 11 Titel (neu *Ἰαπετός* POxy 1611,120) weisen z. T. auf polit. Aktualität, z. T. auf Mythen- oder Tragödienparodie. H. ist ein Zeuge für den Ernst der

Polemik in der Alten Komödie: Er griff nicht nur auf der Bühne Perikles an, dem er erot. Unersättlichkeit (*βασιλεῦ σατύρων*), Kriegshetze und zugleich Drückebergerei vorwarf (frg. 46), sowie später Hyperbolos und vielleicht (frg. 58) noch Alkibiades, sondern klagte auch vor Gericht Aspasia der Asebie und Gelegenheitsmacherei an (Plut. Per. 32). Außerdem schrieb er archiloch. Iamboi (DIEHL Anth. lyr. 3,64). Was Athen. 599 a von Parodien sagt, bezieht sich wohl auf Komödienstellen wie frg. 63. 82. W. K.

2. H. aus Smyrna (Athen. 7,327 C), *ὁ Καλλιμάχειος* (Athen. 2,58 F. 5,213 F), griech. Grammatiker des 3. Jh. v. Chr. Seine ungefähre Lebenszeit ergibt sich aus dem Schülerverhältnis zu Kallimachos und daraus, daß er den Tod des → Chrysippos (Nr. 2, † 208/05) noch behandelte (Diog. Laert. 7,184). H. verfaßte Biographien (*Βίοι*) bedeutender Männer (deshalb gelegentlich als *περιπατητικός* bezeichnet). Die Slg. war nach Gruppen gegliedert, z. B. *περὶ νομοθετῶν* in mind. 6 B. (Athen. 14,619 B) oder *περὶ τῶν ἑπτὰ σοφῶν* in mindestens 4 B. (Diog. Laert. 1,42), deren einzelne B. gewöhnlich eine Persönlichkeit oder einen Schülerkreis behandelten und entsprechend zit. werden, etwa *περὶ Πυθαγόρου*, *Ἀριστοτέλους* (dazu [5], [6], [7] und [8]), *Γοργίου*, *Ἱππώνακτος* usw.). H. stützte sich bei seiner Arbeit teils auf das wissenschaftl. Material der alexandr. Bibl., bes. die Pinakes (Schriftenverzeichnis des Theophrast bei Diog. Laert. 5,42 ff., vielleicht auch das des Aristoteles, a. O. 22 ff. [6], geht auf ihn zurück), andererseits füllte er Lücken der Überlieferung bedenkenlos mit Hilfe gewaltsamer Textinterpretation, unseriöser Quellen (Komödienklatsch) oder dreister Erfindungen (bes. einfallsreich bei Todesarten). Das Ansehen der alexandrin. Grammatik, der große Umfang des Werkes und der Eindruck des Authentischen, den zahlreiche anekdotische Einzelheiten der *Βίοι* hervorriefen, führten dazu, daß H. auf die gesamte biogr. Lit. der folgenden Jahrhunderte (Dion. Hal., Plut., Favorinus, Diog. Laert., Athen.) entscheidend eingewirkt hat und daß die echte Tradition vielfach bis zur Unkenntlichkeit entstellt oder sogar verdrängt wurde (eine Ehrenrettung versucht [4]). Ein *Φαινόμενα* betiteltes astron. Gedicht (vgl. MAASS Aratea S. 123) des H. ist verloren.

Frg.: FHG 3,35 ff. Lit.: 1. *Susemihl* 1,492 ff. 2. *Fr. Leo* Die griech.-röm. Biogr., Lpz. 1901, 124 ff. 3. *C. Fries*, W. f. klass. Phil. 21, 1904, 1043 ff. 4. *P. von der Mühll*, Klio 35, 1942, 89 ff. 5. *M. Plezia* Charisteria Sinko, Warschau 1951, 271 ff. 6. *Ing. Düring*, Class. et Mediaev. 17, 1956, 11 ff. 7. *Ders.*, Arist. in the Ancient Biogr. Trad., Göteborg 1957, 464 ff. 8. *A. H. Chroust*, REG 77, 1964, 53 ff.

3. H. aus Berytos (einem Dorf im inneren Phoinikien, nicht der Hafenstadt, nach Suda s. v. *Ἑ.*), unfreier Herkunft, Grammatiker hadrian. Zeit, Schüler des → Herennios Philon, verfaßte, offenbar die Schriftstellerei seines Lehrers ergänzend,

ein mehrbändiges Werk (aus dem 2. B. zit. Suda s. v. *Ἴστρος*) *περὶ τῶν παιδείᾳ διαπρεψάντων δούλων*, das in der Folgezeit häufig benutzt wurde (vgl. noch Suda s. v. *Ἅβρων* und *Νικάνωρ*; Etym. m. 118,11). *Ὀνειροκριτικά* (5 B.) erwähnt Tert. de an. 46, eine Schrift *περὶ ἑβδομάδος* Clem. Al. strom. 6,145,2. H. Gä.

FHG 3,35 Anm. *Christ-Schmid* 2,2,868.

4. *Ἕρμιππος ἢ περὶ ἀστρολογίας*. Den nicht genannten Vf. setzte man des neuplaton. und chr. Gedankengutes wegen in das 6. Jh. n. Chr. BOLL wies die Benutzung des Abu Masar († 886) nach und vermutete Johannes Katrarios als Vf., was G. MERCATI begründet abwies. Vielleicht ist Johannes Katrones, den eine Turiner Hs. nennt, aus der Zeit des Nikephoros Gregoras um 1322 der Autor. E. Bo.

Ausg.: H. de astrologia edd. *Kroll-Viereck*, Lpz. 1896. Lit.: *Kroll*, RE XV 854 ff. *Boll* Eine arab.-byzant. Quelle des Dialogs H., SHAW 3, 1912, Abh. 18. *G. Mercati* Su Giovanni Catrari ByzZ 24, 1923/24, 300–305; Studi e Testi 79, 1937, 193–197. *F. Juerss* Stud. z. spätbyzant. Dialog H. de Astrologia, Diss. Bln. 1964.

Hermochares (*Ἑρμοχάρης*). Ein Athener, der der von ihm geliebten Keerin Ktesylla einen Apfel in die Hand spielte mit der Aufschrift eines Schwures, daß sie ihn heiraten wolle. Sie las den Schwur laut und warf beschämt den Apfel fort. Ihr Vater Alkidamas versprach H. eidlich die Hand seiner Tochter, gab sie jedoch dann einem andern. Als nun H. beim Brautopfer eindrang, entbrannte auch Ktesylla für ihn und floh mit ihm nach Athen. Ihr Tod im 1. Wochenbett war die Strafe für den Meineid des Vaters. Aber aus ihrer Bahre erhob sich eine Taube, während der Leichnam verschwand. H. stiftete in Iulis auf Keos ein Heiligtum der Aphrodite Ktesylla oder der Ktesylla Hekaerge. Ant. Lib. 1 (nach Nikandros). Ov. met. 7, 367. Vgl. die Geschichte von Akontios und → Kydippe. H. v. G.

Hermodamas (*Ἑρμοδάμας*), Lehrer des Pythagoras nach Diog. Laert. 8,2. Porphyr. u. Iambl. v. P., angeblich Enkel (Schüler) des Kreophylos, der Homers Gastfreund und Rivale gewesen sein soll. Apul. flor. 15 nennt ihn Leodamas. H. v. G.

Hermodoros (*Ἑρμόδωρος*). **1.** Als »wertvollster Mann« aus Ephesos verbannt, da keiner dort der wertvollste sein sollte. Herakl. DIELS Vorsokr. 22, 121. Cic. Tusc. 5,105. H. soll in Italien mit den Decemvirn das Zwölftafelrecht geschaffen haben. Pomponius Dig. 1,2,2,4. Plin. nat. 34,21 (Statue des H. in Rom). Zur Kritik der Überlieferung L. WENGER Die Quellen des röm. Rechts, 1953, 365 f. H. V.

2. H., Syrakusaner, Schüler Platons, dessen Schriften er in Sizilien vertrieb (Zenob. 5,6. Cic. Att. 13,21,4). Aus seinem B. über Platon (Ind. Acad. Hercul. col. 6,34 Mekl.) erhielt Diog. Laert. 2,106. 3,6 eine biograph. Notiz, Simpl. phys. 247, 30–248,15 D. einen wichtigen Bericht über Platons mündliche Lehre vom Guten (K. Gaiser Platons ungeschr. Lehre, 1963, 495 f. = frg. 31). H. schrieb auch περὶ μαθημάτων. G. Schm.

Lit. zur Simpl.-Stelle bei *Gaiser* a. O., vgl. *A. J. Festugière* La révélation d'Hermès Trismégiste 4, 1954, 307 ff. *W. Theiler* in: Isonomia, hg. von Mau-Schmidt, 1964, 91 ff.

3. H., Syrer, Epigrammatiker des Meleagroskranzes (Anth. Pal. 4,1,43). Auf relativ späte Zeit deutet Anth. Pal. 16,170 (nachgeahmt von 169). Fraglich 9,77. Sonst nichts erhalten. R. K.

4. H., Architekt aus Salamis, baute in Rom: wahrscheinlich 146 v. Chr. in der Porticus des C. Metellus Macedonicus den Tempel des Iuppiter Stator (Vitr. 3,2,5), den ersten röm. Marmortempel (Vell. 1,11,3.5); 138 v. Chr. den Marstempel im Circus Flaminius (Nep. Frg. 13 bei Prisc. 8 p. 792); vielleicht auch die Navalien (Cic. de or. 1,14,63). H. Ma.

H. Jordan Topogr. der Stadt Rom im Alt. 1,3,538 f. 490. 1,1,437. *H. Brunn*, Gesch. der griech. Künstler 2,357 f. *E. Fabricius*, RE VIII 861 f. *M. B. Marziani*, Enc. Arte Ant. Cl. 4,11.

Hermogenes (Ἑρμογένης). **1.** H., aus Aspendos, stellte als Unterfeldherr 280 v. Chr. die beim Thronwechsel erschütterte Herrschaft des Antiochos I. im n. Kleinasien bes. in Herakleia am Pontos wieder her, kam dann im Kampf gegen Zipoites in Bithynien mit seinem Heer in einem Hinterhalt um, Memnon FGrH 434 F 1,9,1. **2.** H., kommandierte 219 v. Chr. bei der Belagerung von Seleukeia am Orontes durch Antiochos III. eine Sturmabteilung. Pol. 5,60,4. H. V.

3. Aurelius H., Procos. Asiae bald nach 284, CIL III 7069. Praefect. urbi 309/10, Chron. a. 354, p. 67 M. **4.** H., Praefect. Aegypti vor 328, noch 362 am Leben, Iulian. epist. 23. **5.** H., Magister equit. Orientis, Amm. 14,10,2, wohl aus Tyros, Liban. epist. 740. Von Constantius 341/42 nach Thrakien geschickt, versuchte er in Konstantinopel den Bischof → Paulus zu vertreiben, wurde jedoch von seinen Anhängern getötet, Soz. 3,7,6. Sokr. 2,13, vgl. Liban. or. 59,94 ff. **6.** H., Praef. praetor. und praef. urbi 349/50, von → Magnentius abgesetzt, Chron. min. 1,68 f. M. **7.** H. aus Pontus. Philosoph. und jurist. gebildet (Liban. epist. 20. or. 1,11, 15. Amm. 19,12,6). Berater des Licinius (?), Himer. or. 14,18 f. Nach weiten Reisen (ebd. 14,20–27) wurde er Constantinus des Gr. quaestor sacri palatii (ebd. 28–30), dann procos. Asiae, schließlich von 358–360 praefectus Orientis, Soz. 4,24,5. Cod. Theod. 1,7,1, mit Libanius befreundet, epist. 38. 42. 127. 138 u. a. Er dürfte 361 gestorben sein, Amm. 21,6,9. R. H.

8. H., Bruder des → Kallias, aus Athen, gehörte dem Kreise um Sokrates an; Platon, Phaid. 59 B nennt ihn unter den in Sokrates' Kerker Anwesenden; im Kratylos läßt ihn Platon als Dialog-Partner auftreten (daher irriges Zeugnis bei Diog. Laert. 3,6, anderer Irrtum 2,121). Xenophon nennt H. mehrfach; er zählt ihn unter die bedeutenderen Jünger des Sokrates. H. D.

9. H. aus Tarsos, griech. Rhetor (etwa 160 bis etwa 225 n. Chr.). Die einzige zuverlässige biogr. Quelle ist Philostr. v. soph. 2,7 (vgl. Syrian. 2,1,8 R.). In byz. Zeit (z. B. Suda s. Ἑ.) wurde dieses Material durch wertlose Erfindungen und Homonymenverwechslung erweitert (vgl. H. Rabe, RhM 62, 1907, 247 ff., dazu L. Radermacher, RE VIII 865 ff.). Bestaunt als Wunderkind, deklamierte H. bereits im Alter von 15 J. vor Kaiser Marcus, aber sehr früh verzichtete er auf öffentliches Auftreten (Spekulationen über den Grund hierfür: Suda a. O.) und widmete sich ausschließlich rhet. Schriftstellerei. Seine Werke sind nicht auf die rednerische Praxis, sondern, den Zuständen seiner Zeit gemäß, auf den Schulbetrieb zugeschnitten (fingierte Fälle). Philosophisches bleibt gänzlich aus dem Spiel. Die Statuslehre (Περὶ τῶν στάσεων) hängt letzten Endes von der des → Hermagoras ab, unterscheidet sich jedoch durch größere Zahl (13, z. T. durch Aufspaltung der ποιότης gewonnene στάσεις) und Terminologie. In dem Werk Περὶ ἰδεῶν (2 B.) gibt H. eine Lehre von den Stilarten, deren (durch das ältere starre System der γένη nur unvollständig erfaßten) Reichtum er mit verschiedenartiger Mischung zahlreicher Einzelqualitäten (7, mit mehreren Unterbegriffen) zu erklären sucht. Das Material der Schrift, die mit Charakteristiken bedeutender Redner, vor allem des Demosthenes, abgeschlossen wird, entstammt im Ansatz → Dionysios von Halikarnassos (20; vgl. [6]), originell sind Weiterentwicklung und Systematisierung. Περὶ εὑρέσεως (4 B.), mit den beiden erwähnten Werken von den Byzantinern (?) zu einer Τέχνη ῥητορική zusammengefaßt, liegt in stark überarbeiteter Fassung vor. Sicher unecht sind die Progymnasmata und die Abh. Περὶ μεθόδου δεινότητος (vgl. [4] und [6],84 f.). H., der zu Lebzeiten als Theoretiker kaum Beachtung gefunden hatte, wurde vom 5. Jh. an in zunehmendem Maße allererste Autorität. Daraus erklärt sich die große Zahl byz. Prolegomena, Scholien und Komm. (das meiste bei Walz Rhet. III–VII), wie auch die reiche und komplizierte Überlieferung, die mit dem 10. Jh. einsetzt. H. Gä.

Ta.: Ed. princ. Ald. Venedig 1508. *Walz* Rhet. 1,9 ff. 3,1 ff. *Spengel* Rhet. 2,3 ff. 133 ff. Maßgeblich: *H. Rabe*, Lpz. 1913 Π. τ. στάσεων: *G. Kowalski*, Bresl. 1947.

Lit.-Ber.: BursJb 125,159 ff.; 142,328 ff.; 248,121 ff.

Lit.: 1. *Christ-Schmid* 2,2,929 ff. 2. *M. Provot* De H. Tars. dicendi genere, Diss. Lpz. 1910. 3. *W. Jäneke*, De statuum doctrina ab H. tradita, Diss. Lpz. 1904. 4. *E. Bürgi*, WS 48, 1930, 187 ff. 49, 1931, 40 ff. 5. *W. Madyda* Über die Voraussetzungen der hermog. Stillehre, in: Schr. d. Sekt. f. Alt.-Wiss. 13, Bln. 1959. 6. *D. Hagedorn* Zur Ideenlehre des H., Hypomn. 8 (1964).

10. H. von Kythera verfertigte nach Paus. 2,2,8 eine Aphrodite-Statue auf dem Markt von Korinth. *H. Brunn* Gesch. der griech. Künstler 1,522.

11. H., nach Tert. adv. Hermog. 1,2 Stoiker, gegen den er polemisiert, weil dieser »illegitim malt« *(pingit illicite)* und das Gesetz Gottes für seine Begierden mißbraucht, in der Kunst mißachtet *(in artem contemnit)*.

H. Brunn Gesch. der griech. Künstler 2,309.

12. H., *ΕΡΜΟΓΕΝΕΣ ΕΠΟΙΕΣΕΝ ΕΜΕ* signierte ein Töpfer in Athen um die Mitte des 6. Jh. v. Chr. Skyphoi und vor allem, nach Beazley, ca. 23 zierliche Rand- und Bandschalen, sog. Kleinmeisterschalen, deren Hälfte etwa 3 Maler bemalt haben: mit Wagengespann und Krieger die Bandschalen, mit Frauenkopf oder Henne die Randschalen; die übrigen tragen Efeubänder, Palmetten oder nur die Inschr.

J. D. Beazley Attic Black-Fig. Vase-Paint. Oxf. 1956, 164 ff.

13. H., Architekt aus Alabanda (Vitr. 3,2,6), erbaute in Teos den Dionysostempel (Fries in London und Stambul) als Peripteros von 6 : 11 Säulen; in Magnesia den Artemistempel als eigens erfundenen Pseudodipteros (7 praef. 12) von 8 : 15 Säulen, wohl ident. mit dem von Strab. 14,647 erwähnten, wegen seiner Harmonie (*εὐρυθμία*) und Technik gerühmten, von C. Humann ausgegrabenen Tempel der Artemis Leukophryene (Teile in Berlin, Fries in Paris, Berlin, Stambul), der mit den Tempeln in Ephesos und Didyma zu den größten zählte. Nach Vitr. 3,3,7 ff. stammen die *rei ratio* von Tempeln wie auch die Verhältnisse *(symmetriae)* ihrer Säulen an Front und Seite aus »hinterlassenen Quellen« des H. Wegen des Triglyphenkonflikts habe er den dor. Stil abgelehnt (4,3,1). Seine Datierung um 200 oder 2. Hälfte des 2. Jh. v. Chr. ist umstritten. Sein Einfluß reicht über Vitr. bis zur Renaissance. H. Ma.

Fabricius, RE VIII 979 ff. *C. Humann, J. Kohte, C. Watzinger*, Magnesia am Mäander, Bln. 1904. *Béquignon* und *Laumonier*, BCH 49, 1925, 281 ff. *M. Schede, Thieme-Becker* s. H. *D. S. Robertson* A Handbook of Greek and Roman Archit., Cambr. 1929, 153 ff. *A. v. Gerkan* Der Altar des Artemistempels in Magnesia a. M. 1929. *Ders.* FuF 7, 1931 = Von ant. Architektur etc., 1958, 97 f. *W. Hahland* Bericht über den VI. Kongreß für Archäologie, Bln. 1940, 423 ff. *Ders.* JOEAI 38, 1950, 66 ff. *W. B. Dinsmoor* The Architecture of anc. Greece^3, 1950, 273 ff. *Drerup*, G 62, 1955, 140 f. m. a. Lit.

Hermogenianus. Einer der wenigen namentlich bekannten nachklass. Juristen, unter Diokletian anzusetzen ([1], 13 ff. 94 ff., bes. Fußn. 8), wohl aus dem griech. sprechenden O. des Reiches stammend. Der in den *Acta S^ti Sabini* in einem Reskript Maximians erwähnte Prätorianerpräfekt Eugenius H. ist vermutlich mit ihm ident. ([1], 31 ff.). H. war der Autor einer (wohl halbamtlichen) Slg. in den J. 293 und 294 (als H. Diokletians → *consilium* angehörte?) ergangener Konstitutionen Diokletians, des Cod. Herm. (zur Identitätsfrage [1], 26 ff.), der in Auszügen in die → *Lex Rom. Wis.* und schließlich in den Cod. Iust. einging. Dem Erfolg seines Codex ist es wohl zu danken, daß aus dem anderen Werk H.', den *iuris epitomarum libri sex*, unverdientermaßen eine stattliche Zahl von Fragmenten in Iustinians Dig. aufgenommen wurde. Die Schrift enthielt eine dürre Zusammenstellung geltender Rechtssätze, wofür H. spätklass. Juristenschr., aber auch jüngere Kaiserkonstitutionen ausgewertet hat. Mit den diokletian. Kanzleijuristen verbindet ihn dabei die auffällige Bevorzugung Papinians, dessen Texte er (wie jene) ungekürzt übernahm. Andererseits setzte H. sich aber auch – seit 212 für einen Praktiker unumgänglich – mit Einrichtungen der ö. Volksrechte auseinander. D. L.

Detlef Liebs Hermogenians iuris epitomae, 1964.

Hermokles. 1. Von Kyzikos, Dichter von Paianen auf Antigonos und Demetrios nach der Befreiung Athens von der makedon. Herrschaft im J. 307, so Athen. 15,697 a (aus → Philochoros); 6,253 b ff. bringt er (aus → Duris von Samos) ein großes Stück eines → Ithyphallos des H. auf Demetrios.

Anth. lyr. 22,6,104. Coll. Alex. ed. *Powell* 173.

2. H., Erzgießer aus Rhodos, schuf nach Lukian. de dea Syria 26 im Auftrage des → Seleukos Nikator für das Heiligtum der Hera in Hierapolis eine Statue des → Kombabos, eine weibliche Figur in männlicher Kleidung. K. Z.

Brunn Gesch. griech. Künstler 1,468.

Hermokrates. 1. Bedeutender konservativer Staatsmann in Syrakus während des Peloponnes. Krieges, erstmalig hervorgetreten auf dem Friedenskongreß zu Gela 424, wo er die Griechen Siziliens mit Erfolg aufrief, angesichts der von Athen drohenden Gefahr ihre Streitigkeiten beizulegen (Thuk. 4,58–64). Nach Bekanntwerden der athen. Rüstungen gegen Syrakus 415 riet er, eine über Sizilien hinausgreifende Koalition gegen Athen zu bilden (Thuk. 6,32–34). Zunächst zu einem der 3 Strategen mit unbeschränkter Gewalt gewählt und dann 414 wie seine Kollegen wegen Erfolglosigkeit abgesetzt (Thuk. 6,73,1. 103,4), wurde er schließlich der wichtigste Helfer des → Gylippos und hatte maßgebliches Verdienst am Durchhalten der Syrakusaner. Nach dem Sieg trat er gegen → Diokles ohne Erfolg für eine mildere Behandlung der athen. Kriegsgefangenen ein (Diod. 13, 19,4–6). Als Wortführer der Unterstützung Spartas (E. 412) mit 20 Trieren in die Ägäis gesandt (Thuk. 8,26,1), trat er gegen die Machenschaften des → Tissaphernes auf. Nach dem Verlust seiner Kriegsschiffe in der Seeschlacht bei Kyzikos (Xen. hell. 1,1,18) wurde er 410/09 von den Demokraten verbannt. 408 nach Sizilien zurückgekehrt, sammelte er in den Trümmern von Selinus Truppen, mit welchen er erfolgreich in der karthag. Epikratie operierte. Trotzdem wegen des Verdachts, nach der Tyrannis zu streben, nicht zurückberufen, unternahm er 407 mit seinen Anhängern, zu welchen auch → Dionysios (1) zählte, einen Handstreich auf Syrakus. Dabei ist er im Straßenkampf gefallen (Diod. 13,75). Fr. Kie.

H.D. Westlake H. the Syracusan, Bull. J. Ryl. Libr. 41, 1958, 239–268.

2. H., L. Flavius, griech. Sophist um 200 n. Chr. aus Phokaia, Urenkel des Sophisten → Polemon, Schwiegersohn des kaiserlichen Privatsekretärs Antipatros (Ehreninschr. aus Pergamon: APrAW 1932, Nr. 5, 49f. Philostr. v. soph. 2,25). H. starb sehr jung (mit 25 oder 28 J.) und hinterließ nur wenige Deklamationen, hätte aber wahrscheinlich, nach Philostrat (a. O. 25,6), bei längerer Lebenszeit alle anderen Sophisten durch seine geistige und rhet. Gewandtheit in den Schatten gestellt. H. Gä.

Hermokreon. Architekt, errichtete vom Baumaterial des Tempels eines aufgehobenen Apollon- und Artemisorakels in der Ebene zwischen → Parion und → Priapos in Parion einen Altar von »bemerkenswerter Größe und Schönheit« (*μέγεϑος καὶ κάλλος*), nämlich ein Stadion lang (Strab. 13,588. 10,487). Münzen von Parion des 4. Jh. v. Chr. (z. B. JDAI. 11, 1895, 56 Abb.) scheinen ihn darzustellen. H. Ma.

J. Overbeck Die ant. Schriftquellen 2086/87. *H. Brunn* Gesch. der griech. Künstler 1,523. *O. Puchstein*, JDAI 11, 1895, 56. *Fabricius*, RE VIII 890. *Sauer*, Thieme-Becker 16,513.

Hermolaos (*Ἑρμόλαος*). **1.** Junger Makedone aus dem Korps der → *βασιλικοὶ παῖδες*, zettelte, wegen eines Jagdvergehens körperlich gezüchtigt, eine Pagenverschwörung gegen Alexander an und wurde nach deren Niederschlagung in Marakanda getötet (327). Die Affäre (bes. von Curtius 8,6, 7–27 im Sinne alexanderfeindlicher Tradition ausgemalt) hatte anscheinend zur Folge, daß Kallisthenes als Erzieher der Knaben in den Verdacht der Opposition geriet, was seinen Untergang beschleunigte. G. W.

Berve Alex. II Nr. 305.

2. H., Bildhauer der frühen Kaiserzeit, schmückte nach Plin. nat. 36,38 zusammen mit → Polydeukes und anderen Bildhauerpaaren die palatin. Kaiserpaläste mit »ausgezeichneten Bildwerken« (*probatissimis signis*). H. Ma.

J. Overbeck Die ant. Schriftquellen 2300. *H. Brunn* Gesch. der griech. Künstler 1,528. *Pfuhl*, RE VIII 891,3.

Hermon 1. (hebr. *ḥärmōn;* LXX, Eus. *Αερμων*; Hieron. *Aermon;* Vulg. *Hermon*). Der Name bezeichnet im AT. in erster Linie einen Gebirgsrücken am S.-Ende des Antilibanon mit drei Gipfeln (der mittlere 2814 m); h. *ğebel et-telğ* (»Schneeberg«) oder *ğebel eš-šēḫ* (»Berg des Weißhaarigen«). Gelegentlich ist mit H. auch der ganze Antilibanon gemeint; so Jos. 11,17. 13,5, aber wohl auch dort (Dtn. 3,9), wo H. dem phoinik. Namen *širjōn* gleichgesetzt wird, der sonst im AT. (Ps. 29,6) wie im Ugarit. (*šrjn:* 51, VI, 18ff. Gordon) und im Hethit. (*šarijana*), gegenüber dem Libanon genannt, den (ganzen) Antilibanon bezeichnet. Dtn. 3,9 identifiziert H. auch mit dem »amorit.« Namen *ś^{e}nīr* (= assyr. *saniru*), der sonst (vgl. Hhld. 4,8. 1. Chr. 5,23) für einen nördlicher gelegenen Teil des Antilibanon steht. Der israelit. Schau der Landnahme galt der H. als N.-Grenze des eroberten O.-Jordanlandes (Jos. 11,17. Dtn. 3,8 u. ö.). Wie andere Berge (Libanon, Antilibanon, Ṣaphon [= Kasios], Tabor, Karmel u. a.) galt auch der H. als Sitz eines Gottes, des *Baal Hermon* (vgl. Ri. 3,3. 1. Chr. 5,23). Die Heiligkeit des Berges wird noch durch Eus. onom. 20,10ff. sowie durch Reste eines Tempels (vgl. Hieron. onom. 21,14) auf dem höchsten Gipfel bezeugt (vgl. auch äth. Hen. 6). E. Ku.

R. Mouterde Mel. Univ. Beyr. 29, 1951/52, 19–89.

2. H., aus Megara, Steuermann auf dem Admiralschiff des → Kallikratidas in der Schlacht bei den Arginusen (Xen. hell. 1,6,32), auf dem des → Lysander bei Aigospotamoi (Demosth. 23,212), durch eine Statue in der Gruppe des Lysander in Delphoi geehrt (Paus. 10,9,7). **3.** Athener, 411 Befehlshaber der Besatzung in → Munychia, beteiligte sich an den Unruhen des → Aristokrates (Thuk. 8,92,5). Im J. 410/09 war er Befehlshaber in Pylos (IG I 188). K. W.

Hermonaktos Kome (*Ἑρμώνακτος κώμη*). Nach Strab. 7,306 lag die Siedlung in der Nachbarschaft des Neoptolemosturmes und an der → Tyras (Dnjestr)-Mündung, nach Ptol. 3,10 700 Stadien s. davon. Die Nachrichten des Strab. a. O. werden durch den Anon. per. P. E. 63 gestützt. H. lag vermutlich in nächster Nähe der Mündung des Dnjestrlimans u. zw. in seiner s. ö. Ecke. Chr. D.

Kiessling, RE VII 894ff. *Sinitzin* im Sammelband »Materialien zur Archaeologie der w. Schwarzmeerküste«, Odessa, 1960, 18ff. [ukrainisch].

Hermonassa (*Ἑρμώνασσα*). **1.** Miles. Gründung, zweitwichtigste Stadt (nach Phanagoreia) im asiat. Teil des Bosporan. Reiches, an der Stelle der h. Tamanskaja-Station. Die bisherigen Grabungen an der Stätte von H. lassen die große Rolle der einheimischen (sind.) Bevölkerung erkennen. Kreuzungspunkt wichtiger Straßen, bequemer Ankerplatz. Skymn. 886. Strab. 11,495. Mela 1,112. Plin. nat. 6,18. Dion. Per. 552. Anon. Per. p. E. 47. Ptol. 5,9,8.

Kiessling, RE VIII 895ff. *Minns* Scythians and Greeks in S. Russia, 23ff. und 627. *Danoff*, RE Suppl. Bd. IX. 1136.

2. H., Kleine Stadt (Strab. 12,548 *κατοικία μετρία*) an der Küste des Pontus Polemoniacus, w. von Trapezus, schon von Hekataios erwähnt, vermutlich urspr. ein Emporion von Trapezus bzw. von Sinope. Skymn. 886. Arr. Per. p. E. 24. Anon. Per. p. E. 34. Ptol. 5,6,4. Steph. Byz. Chr. D.

Hermonax. Vasenmaler in Athen um 480–450 v. Chr., signierte 10 mal *ΗΕΡΜΟΝΑΧΣ ΕΓΡΑΦΣΕΝ*, vor allem auf Stamnoi (4) und Peliken (5). Beazley schreibt ihm zuletzt 164 Vasen bzw. deren Fragmente zu. Schüler des Berliner Malers, übernimmt er die Großflächigkeit und Trockenheit von dessen Spätwerk, übertreibt sie, wohl auch unter dem Einfluß der Monumentalmalerei, bis zur Sprengung von Rahmen und Vasenform. Manieristische Reize wie Längung der Körper; entsprechende Linien, als Parallelen, Strichbündel, Schrägen, Haken; das Verwischen räumlicher Verhältnisse u.a. werden bis zur Leere ausgenützt. Dagegen sind die Köpfe mannigfaltig, sogar en face und in Dreiviertelansicht variiert und oft ausdrucksvoll. H. Ma.

J.D. Beazley ARV.² 483ff. (mit älterer Lit.). *P.E. Arias*, Enc. Arte Ant. 4,14. *H. Marwitz*, Kindlers Malerei – Lex. s.v.

Hermonthis. Stadt in Oberäg., 25 km s. Luxor, auf dem W.-Ufer des Nil, altäg. *Iwnw šmʿ*, h. Erment. Erhalten Reste des Tempels des Falkengottes Month, ferner die Begräbnisstätte der weißen Buchis-Stiere griech. Zeit. H. war alter Hauptort des 4. oberäg. Gaues und um 2100 v. Chr. Ausgangspunkt der 11. Dyn., die aber dann Theben bevorzugte. Erst in der röm. Kaiserzeit wurde H. wieder Gaumetropole. W. H.

Hermos (*Ἕρμος*). **1.** Kleiner att. Demos der Stadttrittys der Akamantis an der »Heiligen Straße« beim h. Kloster Daphni, Plut. Phok. 22,2. Paus. 1,37,5. E. M.

1. *Kolbe*, RE VIII 903. 2. *Philipps.-Kirst.* 1,857 A. 3. 1001.

2. H., Fluß im w. Kleinasien (Hom. Il. 20,392. Hes. theog. 343. Hdt. 1,55. 80. 5,101. Skyl. 98 [GGM I, p. 71 M]. Strab. 12,554. u.ö. Arr. an. 1,17, 4. 5,6,4.7. Ptol. 5,2,5 M. [*Αἰολίδος*]. Mela 1,89. Plin. nat. 5,119 u.a.). Der obere Abschnitt heißt h. Murad Daghi su, der untere Jedis tschai. Der H. entsprang am → Dindymos (h. Murad Dágh), floß n. an Sardes vorbei, erreichte die Ebene von Smyrna (Plin.) und mündete bei Phokaia (h. Eski Foca) in den *κόλπος Ἕρμειος*, den h. Meerbusen von Smyrna. H. T.

W. M. Ramsay The histor. geogr. of Asia Min., 1962, 59f. u.ö. Gr. Hist. Weltatl. I, S. 14b. Atl. of the World II, Pl. 36.

Hermotimos (*Ἑρμότιμος*). **1.** Aus → Pedasa, wurde als Kriegsgefangener an den Sklavenhändler Panionios verkauft und verschnitten. Später gelangte er bei Xerxes zu hohen Ehren, so daß er sich, als er im J. 480 v. Chr. den Panionios in Atarneus antraf, durch Talio an ihm rächen konnte. Nach der Schlacht bei Salamis brachte er die Söhne des Xerxes nach Ephesos (Hdt. 8,104ff. Athen. 6,266e). K. W.

2. H. von Klazomenai, legendärer Philosoph der Frühzeit, Datierung unbestimmt. In H. sollte zuvor die Seele des Pythagoras gewohnt haben, so Diog. Laert. 8,5. Porph. vit. Pyth. 45. Hippolyt. philos. 2,11 = Doxogr. 557,7. Vor allem galt H. später als Beweis dafür, daß die Seele den Körper verlassen kann, um frei im All zu schweifen, so Plut. gen. Socr. 22,592 cd. Als H.' Seele wieder einmal den schlafenden Körper verlassen hatte, verriet ihn seine Frau seinen Feinden, die den schlafenden Körper verbrannten, so Plin. nat. 7,2. Tert. de an. 44; vgl. den Komm. von J.H. Waszink z. St. H. D.

3. H. von Kolophon, Mathematiker, hat nach → Eudemos-Proklos (In Eucl. el. 1 S. 67,20 Fr.) die Studien des Eudoxos und Theaitetos fortgeführt, viele in den »Elementen« enthaltene Theoreme und einige *τόποι* (geom. Örter, Funktionen höheren Grades?) gefunden. J. M.

Heath Hist. of Gr. Math., 1921 (1960), 1,320.

Hermunduri. Germ. Stamm, der nach Plin. nat. 4,95 mit Sueben und Semnonen zum Urstamm der Herminonen gehörte. Die Stammesbildung mit eigener Kultur erfolgte wohl im 1. Jh. v. Chr. Strab. 7,290 bezeugt ihre Wohnsitze zu beiden Seiten der Elbe. Um 3 v. Chr. wurden s. herumziehende Teile des Stammes durch den Legaten von Illyrien, L. Domitius Ahenobarbus, in ehemaligem Markomannengebiet angesiedelt (nach L. Schmidt im h. Franken, anders Groag, RE V 1343). Beim Feldzug des Tiberius 5 n. Chr. werden im germ. Heerbann, der den Römern den Elbübergang wehrte, auch die H. erwähnt (Vell. II 106f.). Die H. waren Südnachbarn der Semnonen, deren Wohnsitze in der Mark Brandenburg sicher bezeugt sind. Tac. Germ. 41 ist nur zu entnehmen, daß die Elbequelle bzw. der Elbedurchbruch durch die Sudeten im Gebiet der H. lag. Ptol. 2,11,23 werden n. der Sudeten die *Τευριοχαῖμαι*, ein wahrscheinlich kelt. Volk der Teurier, erwähnt, deren Namen sich in dem der Thüringer bewahrt hat. Nach dem Zuge des Tiberius erscheinen die H. im Völkerbund unter Marbod. 58 n. Chr. sind sie in einen Grenzstreit mit den w. benachbarten Chatten verwickelt. Im Markomannenkrieg (166 bis 180 n. Chr.) fallen s. wohnende Teile der H. in Rätien ein. Fortan nicht mehr namentlich erwähnt, bilden die mitteldeutschen H. einen wesentlichen Teil bei der Entstehung des Stammes der Thüringer, während die s. wohnenden H. unter dem Namen der Juthungen als Teilvolk der Alamannen weiterbestehen. H. C.

L. Schmidt, Germ. 23, 1939, 262–269.

Hermupolis. 1. H. magna altäg. *Hmnw*, h. Aschmunēn, Hauptstadt des 15. oberäg. Gaues. Sein Hauptgott war Thot, der ibis- bzw. paviangestaltige Gott der Schreibkunst; Reste seines Tempels sind erhalten, wie auch Tempel und Agora griech. Zeit. Auch spielt schon seit alter Zeit eine »Achtheit« von Urgöttern eine wichtige Rolle (in Frosch- und Schlangengestalten). Geschichtlich war H. immer im Gegensatz zu Theben (Herakleopoliten-, Hyksos-, Äthiopenzeit) auf der Seite der n. Herrscher. **2.** H. parva, Hauptstadt des 15. unteräg. Gaues, h. Baklije (s.w. des alten Mendes). W. H.

Hernac (Iord. Get. 266; *Ἠρνᾶς* Prisc. frg. 8. = FHG 4,93), jüngster Sohn Attilas, entzweite sich nach dem Tode des Vaters mit den Brüdern, siedelte sich nach 454 mit seinen Leuten an der Grenze des röm. Skythien an; vielleicht reichte seine Herrschaft bis z. Dnjestr (Iord. Get. 259 ff. Prisc. frg. 36). *F. Altheim* Gesch. der Hunnen 4, 1962, 338f. A.L.

Hernici (NISSEN It. Ldk. 1,515. 2,647. WERNER Der Beginn der röm. Republik 468f. ALFÖLDI Early Rome and the Latins 107ff. DEVOTO Gli ant. Ital.² 127.292ff.), samnit. (?) Volk im mittleren Latium (Strab. 5,231.237), das seinen Namen nach dem sabin. (Serv. Aen. 7,684) oder mars. (Paul. Fest. 89,24 L.) Wort *herna* = *saxum* erhielt; pelasg. Herkunft nach Macr. Sat. 5,18,15 (mit Eponymos *Hernicus*). Zum Lande der H. gehören die Städte Alatrium, Ferentinum, Verulae (Liv. 9, 43,23 u.a.), Anagnia (Macr.), Capitulum (Plin. nat. 3,63). Die Haltung zu Rom wechselte (Zeugnisse: ALFÖLDI); bedeutend ihre Rolle im *foedus Cassianum* des J. 486 v. Chr. (Liv. 2,40f. Dion. Hal. ant. 8,64); seit der Gallierinvasion Rom feindlich (Liv. 6,2,3. 7,6,7ff. u.a.), 306 unterworfen (Liv. 9, 43). Eigenart des Kalenders: März war der 6. Monat innerhalb des Jahres (Ov. fast. 3,90). G. R.

Hero (*῾Ηρώ*) und **Leander** (*Λέανδρος*), berühmtes Liebespaar der alexandrin. Erotik. L. durchschwimmt nächtlich den Hellespont von Abydos zu der geliebten Aphroditepriesterin nach Sestos, weil ihre Eltern einer Ehe im Wege stehen. Als einst die wegweisende Lampe (Fackel) in einer stürmischen Nacht erlischt, ertrinkt er. Sie erblickt den zerschellten Leichnam am Ufer und stürzt sich von ihrem Turm herab, um im Tode mit ihm vereint zu sein. Die ausführlichste Darstellung des novellist. Stoffes ist in dem Kleinepos des Grammatikers → Musaios aus dem 5. Jh. n. Chr. erhalten. Dazu kommen Ovids Heroidenbriefe 17 und 18 in eleg. Versmaß. Beide Dichtungen gehen auf eine hellenist. Elegie zurück, die man aus den vielen Gemeinsamkeiten zu rekonstruieren suchte: SITTIG, RE VIII 914f. KNAACK Festgabe für Susemihl, 1898, brachte viele Gründe für Kallimachos' Aitia als Quelle bei. Die ersten Erwähnungen der Sage waren bisher Verg. Georg. 3,258ff. und Strab. 13,591. Neuerdings sind 10 Verse der ältesten poet. Behandlung der Sage aus dem 3. Jh. v. Chr. in einem Pap. der John Rylands Library N. 1411 P. zutage getreten. Im übrigen zeigt sich die Beliebtheit des Stoffes in vielen Erwähnungen und Anspielungen in der griech. und lat. Lit. sowie in Darstellungen der Kunst: pompejan. Wandgemälde, Mosaiken, Mz., Gemmen. Die Sage, die wohl an den der Aphrodite Euploia geweihten Leuchtturm von Sestos anknüpft, ist wahrscheinlich durch einen hellespont. Lokalhistoriker den Dichtern vermittelt worden. Ähnliche Sagenmotive bieten die verschiedensten Literaturen; vgl. Schiller und Grillparzer. H. v. G.

Zweisprach. Ausg. des Musaios: *H. Färber*, Heimeran, 1961. Übers. *A. Zimmermann*, Progr. Hildesheim 1914. *M. H. Jellinek* Die Sage von H. u. L. in der Dichtung, 1890. *Köppner* Die Sage von H. u. L., Komotau 1894. *L. Malten*, RhM 93, 1950, 65ff. *G. Schott* H. u. L. bei Mus. u. Ov., Diss. Köln 1957.

Herodas (*῾Ηρώδας*) (nur Athen. 3,86 b *῾Ηρώνδας*). Dichter von Mimiamben, d.h. Mimen in Jamben (Choliamben), die zu einem größeren Teil (9, von denen die 2 letzten verstümmelt) durch eine 1890 gefundene Papyrusrolle (Nr. 359 Pack, 1. Jh. n. Chr., ohne Verfassernamen; Bruchstück eines anderen Pap.: BARIGAZZI, MH 12, 1955, 113) bekannt wurden. Der Name zeigt dor. Herkunft an. Da 2 und 4 sicher, 3 wahrscheinlich auf Kos spielen, wird H. hier wenigstens zeitweise gelebt haben; 6 und 7 spielen anscheinend in Ephesos. Seine Lebenszeit wird durch 1,30, wo das Heiligtum der Geschwistergötter (seit 270) erwähnt wird und mit dem »guten König« Ptolemaios Euergetes (246 bis 221) gemeint sein muß, bestimmt. Dagegen werden 4,25 die Söhne des Praxiteles, für die von Plin. nat. 34,51 die 121. Ol. (296–293) angegeben wird, als lebend erwähnt, was auf Abfassung spätestens um 260 führt. Zur Beseitigung der Schwierigkeit hat man entweder 1,30 athetiert (öfters) oder 4,25 mit Unwissenheit der Sprecherin erklärt (KLEIN Praxitelesstudien 28). H. bildete den in Prosa abgefaßten Mimus des Sophron um, indem er Versmaß und Sprache, auch einzelne Ausdrücke, von Hipponax entlehnte; doch ist sein glossenreiches Ionisch nicht frei von Attizismen und Dorismen. Den Inhalt der zur Rezitation, nicht zur Aufführung bestimmten Mimiamben bilden Szenen aus dem bürgerlichen Alltagsleben, wobei dessen unerfreuliche Seiten stark hervortreten, mit z.T. vortrefflicher Charakteristik der Personen, in Dialog oder Monolog lebenswahr und in gesucht derber Sprache vorgeführt. Berührung mit der Komödie ist öfters zu bemerken. 1. Besuch einer Kupplerin bei einer Bürgersfrau, deren Gatte in Äg. weilt. 2. Anklagerede eines Kupplers gegen einen Schiffsherrn wegen versuchter Entführung eines Mädchens. 3. Züchtigung eines Jungen durch den Lehrer auf Verlangen der Mutter. 4. Besuch zweier Frauen im Asklepieion von Kos, Betrachtung der Kunstwerke; zu vergleichen Sophrons *Θάμεναι τὰ ῎Ισθμια* und Epicharms *Θεαροί*. 5. Eifersucht einer Frau auf ihren Sklaven. 6. Gespräch zweier Freundinnen über Beschaffung eines *βαυβών*. 7. Schuhkauf zweier Frauen, mit ausgezeichneter Charakteristik des Schusters. 8. Traum des H., infolge Zerstörung vielfach unklar. Sicher ist, daß H. seinen Traum so deutet, daß er, Kritikern (V. 72, *ἐν Μούσῃσιν* = *ἐν μουσείῳ*? CRUSIUS) zum Trotz, in der Choliambendichtung den Platz nach Hipponax einnehmen wird. Dazu Fragmente. H., den noch Plinius (epist. 4,3,4) las, hat vermutlich den Anstoß zur röm. Mimiambendichtung (Cn. Mattius) gegeben. R. K.

Ausg.: *Crusius* ⁵1914. *Headlam-Knox* 1922. *Herzog* 1926. *Nairn-Laloy* 1928. *Knox* 1929 (in Loeb Class. Libr. 225). *Puccioni* 1950.

Herodes (*῾Ηρώδης*). **1.** (Iulius) H. I. d. Gr., * um 73 v. Chr. als Sohn des → Antipatros (4) und der arab. Scheichstochter Kypros, also kein Jude. Nachdem sein Vater den → Hyrkanos II. (3) ausmanövriert hatte und zum eigentlichen Regenten des jüd. Staates aufgestiegen war, ernannte er 47 v. Chr. den H. zum στρατηγός von → Galiläa, von wo aus er, nach der Hinrichtung eines für den entthronten → Aristobulos II. (2) putschenden Ezechias vom Synhedrion zur Rechenschaft gezogen, unter Inanspruchnahme seines vom Vater ererbten röm. Bürgerrechts in den Dienst der Römer trat. Für sie besiegte er 43 v. Chr. den letzten → Hasmonäer → Antigonos (5) nach dessen erstem Versuch, das Königtum wiederzugewinnen; ergänzend sicherte er sich die Erbfolge dieser Dynastie durch Verlobung mit Hyrkans II. Tochter Mariamme (für die er später seine 1. Gattin Doris entließ). 41 v. Chr. gewann er den M. → Antonius (9) für sich, der für die Triumvirn auf dem Feldzug nach Äg. durch Palästina kam; dieser ernannte H. und seinen Bruder Phasael zu Tetrarchen. Die jüd. Reaktion gegen diesen Eingriff in ihre Selbstverwaltung verband sich mit den Auswirkungen des Parthereinfalls 40 v. Chr. in Syrien, der u. a. den Antigonos für 3 J. als parth. Vasallen auf den Thron brachte. Die Antipatriden wurden vertrieben, H. über Idumäa und Äg. nach Rom, wo ihn der den Triumvirn hörige Senat zum antiparth. Judenkönig einsetzte. Als solcher setzte er sich mit einem überwiegend röm. Heer in einem geschickt geführten Krieg auch faktisch durch. Die folgenden 10 J. (bis etwa 27 v. Chr.) waren mit der Sicherung der Königsherrschaft nach außen und innen angefüllt, u. a. durch Unterstützung des Octavian (→ Augustus), Einsetzung nichthasmonäischer und nicht sadduzäischer Hoherpriester, gelegentliche Hinrichtung von Verwandten und Hasmonäern einschließlich seiner Gattin Mariamme, sowie Festungsausbau (mit Umbenennung der Tempelburg in Antonia, → Hierosolyma 2). Als φίλος καὶ σύμμαχος Roms – so Nikolaos von Damaskos in seiner Rede vor Augustus 4 v. Chr. – konnte H. nun zwar keine selbständige Außenpolitik treiben, im Innern jedoch praktisch autonom herrschen, eine glänzende, nur in Judäa dem Judentum dienende und sonst nicht nur stilistisch hellenist. Bautätigkeit entfalten, zahlreiche außerpalästin. Städte beschenken, die Gerichtshoheit üben, die Steuern eintreiben und den Kaiserkult fördern (!). Sein Reich erreichte etwa die Größe der Davidszeit. Das Synhedrion war nur mehr eine Behörde. Theokrat. Reaktionen gab es mannigfach, gegen Verbreiter messian. Weissagungen wurde rücksichtslos eingeschritten (daher die Legende vom bethlehemit. Kindermord Matth. 2, 1–22). Gräßliche Krankheiten des H. machten schließlich das Nachfolgeproblem akut, das immer neue Gruppierungen in der weitverzweigten Dynastie (10 Ehen, aus 8 Nachkommen: 9 Söhne und 5 Töchter) für sich zu entscheiden suchten, die durch mit immer dämonischerer Selbstverständlichkeit herbeigeführte und vollstreckte Todesurteile zerschlagen wurden. H. starb 4 v. Chr. und wurde in seiner Residenz Herodeion beigesetzt (Ios. ant. 14,7,3–17,8,3; bell. 1,8,9–33,9; zu den Quellen → Iosephos, → jüd.-hellenist. Lit. Einzelnes bei App., Cass. Dio, Plut., Strab., Plin., Tac., Suet. und in der Mischna. Inschr. Mz.-en. Zu den chr. Chronographen seit Iulius Africanus: A. Schalit, Ann. Swed. Theol. Inst. 1, 1962, 109–160). Bildnis: Marmor-Stuck-Kopf im Mus. of Fine Arts Boston Nr. 59. 51 (H. Ingholt, Journ. Amer. Research Center Egypt 2, 1963, 125–145).

A.H.M. Jones The Herods of Judaea, Oxf. 1938. *St. Perowne* H. d. Gr., 1957. *A. Schalit* H. (hebr.), 1960.

2.–5. Söhne von 1, von denen 3 und 4 den Namen selbst (als Dynastienamen) angenommen haben; der Sohn Philippos hat den Namen H. nicht geführt (in Matth. 14,3 und Marc. 6,17 liegt Verwechslung mit 2 vor).

2. H., * 22 v. Chr., zeitweilig mit Herodias, der Tochter seines vom Vater ermordeten Halbbruders → Aristobulos (4) verheiratet (in Luc. 3,19 ohne Namensnennung erwähnt), in der Nachfolge seines Vaters ohne Ehrgeiz, vielleicht unter dessen 4 Söhnen, die bei Pontius Pilatus und später Tiberius gegen die Anbringung goldener Weihetafeln mit den Namen beider im Palast zu Jerusalem protestierten (Phil. leg. Gai. 38,300. Ios. ant. 17,1, 2f. 3,2. 4,2. 18,5,1. 4; bell. 1,28,2. 29,2. 30,3,7). **3.** H. Archelaos, * wohl schon 23 v. Chr., erhielt im letzten Testament seines Vaters, das ein anderes Erbfolgeprinzip als die vorigen einführte, die βασιλεία über das ganze Reich, die er (nach in Rom eingeholter Bestätigung) auch ausübte, ohne den Königstitel anzunehmen. Jüd. Forderungen nach Rückgängigmachung der Hellenisierungsmaßnahmen hat er erst, nachdem sie zu einem Aufstand führten, niedergeschlagen. Als er sich bei Augustus um Bestätigung bemühte, machte ihn dieser zum Ethnarchen von Judäa, Samaria und Idumäa, als welcher er so ungezügelt regierte (Matth. 2,22!), daß er 6 n. Chr., auch auf jüd. Betreiben, in Rom abgesetzt und nach Vienna in Gallien verbannt wurde, wo er vor 18 starb. Sein Gebiet wurde prokurator. und der Provinz Syrien angeschlossen (Ios. ant. 17,1,3–18,2,1; bell. 1,28,4–2,9,1. Strab. 16,765). **4.** H. Antipas (ionisiert für Antipatros), im letzten Testament seines Vaters zum Tetrarchen von Galiläa und Peraia bestimmt, was Augustus bestätigte, obwohl H. sich bei ihm um die ganze βασιλεία bemühte. Er war der Landesherr Jesu von Nazareth (Luc. 13,31 u. ö.). Im J. 17 n. Chr. gründete er eine neue Hauptstadt, die er nach dem neuen Kaiser Tiberias nannte, wobei er sich über viele Bestimmungen des jüd. Gesetzes hinwegsetzte. Um Jude zu sein, ging er nach Jerusalem, so auch zu dem Passa, nach welchem Jesu Prozeß stattfand (Luc. 23,7–15). Seine 2. Ehe mit Herodias wurde, da diese nicht nur seine Schwägerin (→ H. 2), sondern auch seine Nichte war, von Johannes dem Täufer getadelt (Marc. 6,14–29 par.), den er aber wohl auch aus polit. Gründen hinrichten ließ, und zog ihm militär. Sanktionen seines 1. Schwiegervaters → Aretas IV. (4) zu. Herodias wollte ihn als König an die Stelle ihres Bruders Agrippa I. setzen, worauf Caligula im J. 39 beide nach Lugdunum verbannte (Ios. ant. 17,8,1–18,7,2; bell. 1,32,7–2,9,6. Strab. 16,765. Cass. Dio 55,27). **5.** H., jüngerer Bruder des Tetrarchen Philippos, wurde in dem Testament, das diesem die → Gaulanitis, → Trachonitis, → Batanaia und → Panias (→ Caesarea 2) gab, übergangen, vielleicht wegen seiner gesetzlich-jüd. Gesinnung, die er mit → H. (2) teilte (Ios. ant. 17,1,3; bell. 1,28,4. 32,7).

6.–8. Großneffe und Enkel von 1 (Agrippa II. hieß M. Iulius). **6.** S. die genealog. Tabelle (nach Ios. ant. 18,5,4). Näheres nicht bekannt, da die Identität mit dem Ios. c. Ap. 1,9,51 genannten H. zweifelhaft ist. **7.** H. (II.), * zwischen 15 und 11 v. Chr. Claudius verlieh ihm 41 n. Chr. die Reste des alten Ituräerstaates als Königreich Chalcis ad Libanum (Ios. bell. 2,11,5), das nach seinem Tode im J. 48 von Rom eingezogen wurde. Er sorgte für die Erhaltung der Privilegien der Jerusalemer und der Diasporajuden (ant. 18,5,4–20,5,2; Cass. Dio 60,3). **8.** Iulius Agrippa I., darf seiner Bedeutung wegen mit Act. auch H. genannt werden, obwohl dieser Beiname in den andern Quellen fehlt. * 10 v. Chr. und in Rom aufgewachsen, wurde er von Caligula 37 n. Chr. zum König der verwaisten Tetrarchie des Philippos (→ H. 5) gemacht, der er 2 J. später die des Antipas (→ H. 4) und nach weiteren 2 J. das Gebiet des Archelaos (→ H. 3) hinzufügte. So vereinigte er mit Wohlwollen des Claudius bis zu seinem Tode (44 n. Chr.) noch einmal das ganze Königreich. Unjüd. Verhalten (z. B. hellenist. Bautätigkeit in Berytus und anderswo) glich er durch großen Einsatz für den Tempel (Phil. leg. ad Gaium 35,261–42,330) und Verfolgung der chr. Urgemeinde (Act. 12,1–23) aus (Ios. ant. 18,5,4–19,8,3; bell. 1,28,1–2,11,6). **9.** S. die genealog. Tafel (nach Ios. 18,5,4). Näheres nicht bekannt.

St. Perowne Herodier, Römer und Juden, 1958. Zu 4: *J. Blinzler* H. Antipas, 1947.

10. und **11.** H. ben Miar und ben Gamala, Führer der proröm. Aristokratenpartei in Tiberias 66 n. Chr. (Ios. vit. 9.18). **12.** Sohn des Aumos, Offizier Agrippas II. in der Trachonitis (OGIS 425). C. C.

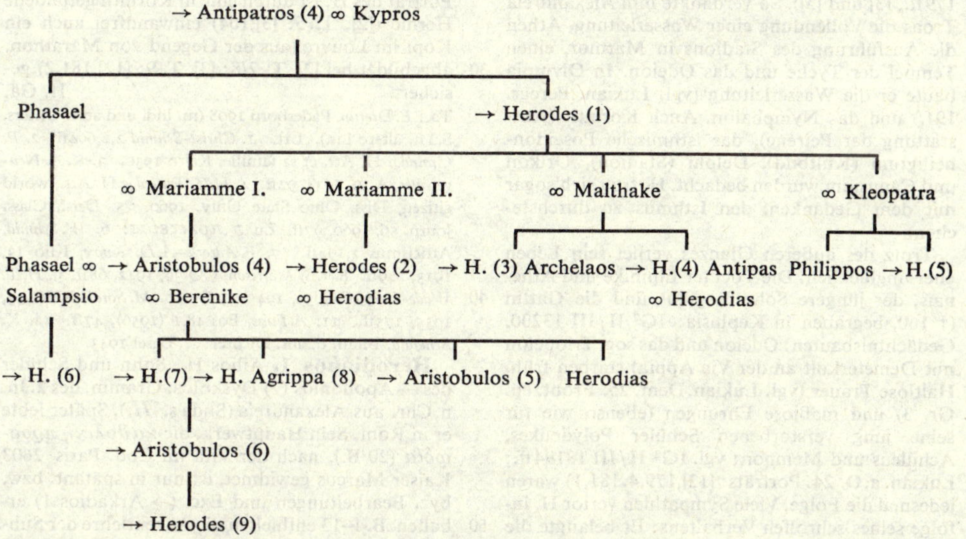

13. H. war in der 2. Hälfte des J. 164 v. Chr. *διοικητής* in Alexandreia; Dekret auf Pap. erhalten (Mahaffy Pap. Petr. III 18 ff.). **14.** H., Sohn des Demophon aus Pergamon, war unter Ptolemaios VI. *ἡγεμὼν ἐπ' ἀνδρῶν* und *ἀρχισωματοφύλαξ* von Elephantine, wo er außergewöhnlich hohe einheim. Priesterämter beim Chnum von Elephantine sowie im Abaton und auf Philae übernommen hatte. Unter Ptolemaios VIII. war H. *στρατηγός* des Dodekaschoinos; wurde im Rang vom *τῶν διαδόχων* zum *ἀρχισωματοφύλαξ* befördert, war Bürger von Ptolemais in der Phyle Ptolemais und Deme Berenikeus. W. H.

15. H., als Geschäftsführer des Atticus in den J. 50 und 44 v. Chr. bezeugt, Cic. Att. 6,1,25. 15, 27,3. H. G. G.

16. H., L. Vibullius Hipparchus Ti. Claudius Atticus aus Marathon, der Sophist. Wichtigste Quellen: Inschr. (vgl. Sylloge³ 853ff.); Philostr. v. soph. 2,1; Suda s. v. *῾Η.*).

H., * 101 n. Chr. als Sohn des Ti. Claudius Att. H. (angeblich aus der Familie der Aiakiden) und der Vibullia, erhielt seine Ausbildung in Athen vor allem bei → Skopelianos, → Secundus; dem Theokritkommentator → Munatius aus Tralleis und dem Platoniker → Tauros. Mit → Polemon und → Favorinus war er eng befreundet. An Ämtern fehlte es ihm nicht: 117/18 war er Sprecher der athen. Begrüßungsgesandtschaft an Hadrian, bald nach 120 *ἀγορανόμος* (IG III 160) und *ἄρχων* (IG III 735) in Athen, zwischen 130 u. 135 kaiserlicher *διορθωτής* in Asien. *᾿Αρχιερεύς* wurde er nach dem Tode des Vaters (vor 138). 143 machte ihn Antoninus Pius, dessen Gemahlin mit H.' Gattin Regilla verwandt war, zum Konsul und Prinzenerzieher (H. A. M. Ant. 2,4. Ver. 2,5). Die folgende Zeit verbrachte H. auf Reisen und als Lehrer der Rhet. in Athen. Wohl 177 starb er in Marathon und wurde in Athen bestattet.

Den riesigen Reichtum, den H. dank eines Schatzfundes seines Vaters besaß, verwendete er vor allem für großzügige Stiftungen (vgl. dazu [2], 179ff., [3] und [5]). So verdankte ihm Alexandreia Troas die Vollendung einer Wasserleitung, Athen die Ausführung des Stadions in Marmor, einen Tempel der Tyche und das Odeion. In Olympia baute er die Wasserleitung (vgl. Lukian. Peregr. 19f.) und das Nymphaion. Auch Korinth (Ausstattung der Peirene), das isthmische Poseidonheiligtum (Kultbild), Delphi (Stadion), Orikon und Canusium wurden bedacht. H. trug sich sogar mit dem Gedanken, den Isthmus zu durchstechen.

Trotz des äußeren Glanzes verlief sein Leben eher unglücklich. Die Töchter Elpinike und Athenais, der jüngere Sohn Regillus und die Gattin († 160, begraben in Kephisia: IG² II/III 13200. Gedächtnisbauten: Odeion und das sog. Triopeion mit Demeterkult an der Via Appia) starben früh. Haltlose Trauer (vgl. Lukian. Dem. 25. Front. ep. Gr. 3) und maßlose Ehrungen (ebenso wie für seine jung verstorbenen Schüler Polydeukes, Achilleus und Memnon; vgl. IG² II/III 13194ff.; Lukian. a. O. 24. Porträts: [12],179,4. 181,1) waren jedesmal die Folge. Viele Sympathien verlor H. infolge seines schroffen Verhaltens: Er belangte die Freigelassenen seines Vaters wegen Veruntreuung (Front. ad M. Caes. 3,3) und änderte Legate des väterlichen Testaments, was einen Prozeß in Rom nach sich zog (Fronto vertrat die Athener: a. O. 3,2ff.). 160/61 mußte er sich gegen den Vorwurf seines Schwagers Bradua verteidigen, er habe den Tod der Regilla verschuldet. Erneut stand H. 176 vor einem kaiserlichen Gericht, als sich die Athener über das Verhalten seiner Freigelassenen beschwerten. Unumstritten war H. als Rhetor. Aus seiner Schule (und einem *κλεψύδριον* genannten privaten Zirkel, Philostr. 2,10,1) gingen bedeutende Sophisten (z. B. sein Nachfolger → Hadrianos, auch → Gellius; vgl. Gell. 1,2,2. 18,10. 19,12 u. ö.) hervor. Obwohl der glänzende Deklamator, der vielseitig, auch philos. gebildete Schriftsteller und enge Freund des Kaisers Marcus anerkanntermaßen eine beherrschende Gestalt des 2. Jh. war (vgl. [6]), blieb seine literar. Nachwirkung gering. Seine zwar attizist. (Philostr. epist. S. 364 K.), aber an frühatt. Vorbildern wie → Kritias orientierte Einstellung sagte den folgenden Generationen offenbar nicht mehr zu. Von den Werken, die noch Philostratos vollständig vorlagen (Deklamationen, Tagebücher, Briefe und Slg.en von Exc. und Notizen) ist nur eine Rede *περὶ πολιτείας* (im Cod. Burneianus 95 des Brit. Mus., 13. Jh.) im Original überliefert (den Inhalt einer Rede gegen die stoische Lehre von der *ἀπάθεια* referiert Gell. 19,12, den eines reizvollen Briefes Philostr. 2,1,7). Hier ruft ein Larisäer seine Landsleute zur Verbindung mit Sparta gegen Makedonien auf (E. des Peloponnes. Krieges). Hist. Ungenauigkeiten, Stil und Rhythmus schließen die (von Drerup, ferner [9] und [10] vertretene) Datierung in das 5. Jh. v. Chr. aus (Quelle: Thrasymachos *ὑπὲρ Λαρισαίων* ?). Als Porträt des H. ist durch eine in Korinth gefundene Herme ([2], T. 5; [3],104) einwandfrei auch ein Kopf im Louvre (aus der Gegend von Marathon, abgebildet bei [2], T. 7/8; [3], T. 9; [12],181,2) gesichert. H. Gä.

Ta.: *E. Drerup*, Paderborn 1908 (m. Ind. und ausf. Unters. S. 1ff. ältere Lit.). Lit.: 1. *Christ-Schmid* 2,2,694ff. 2. *P. Graindor* H. Att. et sa famille, Kairo 1930. 3. *K. A. Neugebauer*, A 10, 1934, 92ff. 4. *H. C. Rutledge* H. Att., world citizen, Diss. Ohio State Univ. 1960. 5. *Ders.*, Class. Journ. 56, 1960, 97ff. Zu *π. πολιτείας*: 6. *W. Schmid*, Atticismus 1,192ff. 7. *F. Adcock–A. D. Knox*, Klio 13, 1913, 249ff. 8. *J. S. Morrison*, CQ 36, 1942, 68ff. 9. *H. T. Wade-Gery*, CQ 39, 1945, 19ff. 10. *M. Sordi*, RFIC 33, 1955, 175ff. 11. *A. Fuks*, Eos 48,1 (1956), 47ff. 12. *K. Schefold*, Bildn. d. ant. Dichter..., Basel 1943.

Herodianos 1. Ailios H., Sohn und Schüler des → Apollonios (7) Dyskolos, Gramm. des 2. Jh. n. Chr. aus Alexandreia (Suda s. *῾Η.*). Später lebte er in Rom. Sein Hauptwerk, die *καθολικὴ προσῳδία* (20 B.), nach der Vita im Cod. Paris. 2603 Kaiser Marcus gewidmet, ist nur in spätant. bzw. byz. Bearbeitungen und Exc. (→ Arkadios 1) erhalten. B. 1–13 enthielten die Akzentlehre der Substantiva, 14 behandelte Monosyllaba, 15 Zahlwörter, 16 Verba auf -*ω* und -*μι*, 17 Composita und Partizipien, 18 und 19 die übrigen Wortarten, 20 die Quantitäten der Dichrona. Aus nicht genau bestimmbaren Teilen dieser B. wurde in späterer Zeit ein Anhang über den Satzakzent zusammengestellt (»B. 21«). Die riesige übrige Produktion H.', die bis auf wenige Frg. verloren ist, betraf Sondergebiete der Akzentlehre (verhältnismäßig gut kenntlich *Περὶ ᾿Ιλιακῆς προσῳδίας* aus dem sog. Viermännerkomm. zur Ilias), ferner Fragen der »Pathologie« (Komm. zu Didymos' *Περὶ παθῶν*), der Orthographie, der Formenlehre (Verba defectiva, *Περὶ τοῦ ἦν*) und der Wortarten. Die einzige im Original erhaltene Schrift handelt von den Wörtern mit gramm. Besonderheiten, *Περὶ μονήρους λέξεως*.

H.' Ruhm (*ὁ τεχνικός*), der weniger auf stilist. Qualitäten als vielmehr auf der Tatsache beruhte, daß er das ältere Material systemat.zusammenfaßte, zeigt sich, neben der unablässigen Benutzung (Etym., Sch.) und Kommentierung seiner Werke (→ Theodosios, → Choiroboskos), auch darin, daß unter seinem Namen Fälschungen umliefen. Dazu gehören z. B. die → Epimerismen, die rhet. Schrift *Περὶ σχημάτων* (dazu R. Müller, H 39, 1904, 444ff.) und das attizist. Lex. *Φιλέταιρος*. H. Gä.

Ta.: Am umfassendsten, wenngleich nicht endgültig *A. Lentz*, Gramm. Gr. III, Lpz. 1867 (Zusammenstellung der krit. und ergänzenden Arbeiten *H. Schultz*, RE VIII 959ff.). *Περὶ μονήρους λέξεως*: *W. Dindorf*, Lpz. 1823, mit 2 anderen Schriften *K. Lehrs*, Königsberg 1848 und Bln. 1857. Einiges Unechte bei *Kramer* Anecd. Oxon. 3,237ff. Epimerismen: *J. Fr. Boissonade*, Lond. 1819 (Nachdr. Amsterdam 1963). *Περὶ σχημάτων*: *Spengel* Rhet. 3,83ff. *Φιλέταιρος*: zuletzt *A. Dain*, Paris 1954.

Lit.: *Christ-Schmid* 2,2,887f. RE a. O.

2. H., Historiker, * ca. 180 n. Chr. (Herkunft unsicher), also jüngerer Zeitgenosse des Cass. Dio. Wahrscheinlich war er kaiserlicher Freigelassener in nachgeordneten amtlichen Stellungen. H.' Kaisergesch. nach Marcus, 8 B. (von Marc Aurels Tod bis zur Thronbesteigung Gordians III.: 180–238), nach eigener Aussage Zeitgesch. (1,2,5), ist erhalten. H. tritt für Senatskaisertum und Besitzende ein u. schreibt nach F.-J. Stein u. a. Koine mit Anleihen an Frühere (Thuk., Xen., Demosth., Ios. u. a.). Einer positiveren Wertung H.' (Niese u. a.) steht gegenüber das vernichtende Urteil von E. Hohl (Stud. über Commodus, Pertinax, Plautian, Maximinus Thrax) u. a., der die Unzuverlässigkeit des »rhetorisierenden Belletristen« H. betont, Cass. Dio (auch H. A.) als den zuverlässigeren Gewährsmann ansieht und H. Irrtümer und Ungenauigkeiten nachweist. Infolge des Verlustes der anderen zeitgen. Gesch.-Werke (Cass. Dio ist lückenhaft erhalten) ist jedoch H. keineswegs wertlos. Die Späteren (Phot. u. a.) schätzten H. und haben ihn benützt. Umstritten ist die Deutung der Übereinstimmungen H.' mit Cass. Dio. W. Sp.

Ausg.: *K. Stavenhagen*, BT, 1922, auf *L. Mendelssohn*, 1883, fußend.

Übers.: *Ad. Stahr*, 1858 (dt.). *L. Halévy*, 1860 (frz.). *E. C. Echols*, 1961 (engl.).

Lit.: *Dopp*, RE VIII 954ff. *Christ-Schmid*[6] 2,799ff. 1496 *G. M. Columba*, Enc. it. 14, 1932, 258. *G. M. Bersanetti*, Ath 29, 1951, 151ff. *P. Noyen*, AC 23, 1954, 529f. *F.-J. Stein* Dexippus et H. quatenus Thucydidem secuti sint, 1957, 72ff. (Lit.). *G. Walser–Th. Pekáry* Die Krise des röm. Reiches, 1962, 123f. 140. *Lesky* GGrL[2] 906f. *F. Millar* A Study of Cass. Dio, 1964, 234.

Herodianus. Von 535–540 Unterfeldherr → Belisars in Italien. Seit 542 wieder in Italien, übergab er 545 Spoleto an → Totila, lief zu den Goten über und befehligte 552/53 mit → Aligern in Cumae (Prok. 5,5,3. 7,1,1. 6,10. 12,13ff. 21,15. 8,34, 19). A. L.

Herodikos (*Ἡρόδικος*). **1.** Aus Seleukeia am Tigris (so ist wohl *Βαβυλώνιος* bei Athen. 5,222 A zu verstehen), griech. Grammatiker des 2. Jh. v. Chr., *ὁ Κρατήτειος* genannt. Das gehässige Epigramm gegen die von Ptolemaios Physkon vertriebenen Aristarcheer (Athen. a. O.) weist ihn der ältesten Schülergeneration des → Krates von Mallos zu. Aus seiner Schrift *πρὸς τὸν Φιλοσωκράτην* überliefert Athen. (5,215 C ff. 11,504 E ff.) größere Stücke, in denen H. heftige Kritik an Platon und den übrigen Sokratikern übt, die grobe Unwahrheiten über Sokrates verbreitet hätten. Die Feindseligkeit der Pergamener scheint sich an Platons Ablehnung Homers entzündet zu haben. Im 6. B. einer Slg. von *Κωμῳδούμενοι* behandelte H. Hetären der klass. Zeit (Athen. 13,586 A. 591 C). Sehr verschiedenartiges Material war in den *Σύμμικτα ὑπομνήματα* vereinigt. Vielleicht ist der Abschnitt Athen. 5,185 A ff. auf eine Schrift *περὶ συμποσίων* des H. zurückzuführen. H. Gä.

Jul. Schönemann, RhM 42, 1887, 467ff. *G. Ammendola*, Uno scritto di Erodico Crateteo, Napoli 1908. Ausführl. Behandlung mit Frg.: *Ing. Düring* H. the Cratetean, Stockholm 1941.

2. H. aus Selymbria. Paidotribe, Lehrer des → Hippokrates; schon Platon erwähnt ihn mehrfach als berühmten Gymnastiker und Diätetiker. H. war wohl tatsächlich einer der Begründer der → Diätetik und der med. Gymnastik; er wurde aber wegen übertriebener Maßnahmen öfter angegriffen (z. B. Hippokr. 5,302 L.). Die hipp. Schrift *περὶ διαίτης* steht anscheinend unter seinem Einfluß.

3. H., knidischer Arzt um 400 v. Chr., Schüler des → Euryphon, wichtig für die Entwicklung der Humoralpathologie (einiges über ihn im Anon. Lond., Suppl. Aristot. III). F. K.

Herodoros von Herakleia am Pontos. Erster in der Lit. hervortretender Herakleote; Vater des Sophisten → Bryson. H. schrieb wohl gegen 400 v. Chr. öfter gelesene Monographien über einzelne Gestalten oder Ereignisse des Mythos, die für die Kommentatoren neben Pherekydes und Hellanikos Autorität waren. Am besten bekannt ist die umfangreiche Gesch. des Herakles, mindestens 17 B., in Ionisch. In diesem Rahmen (vgl. den *Τρωικός* des → Hippias) trug H. naturgesch. und kosmolog. Seltsamkeiten (u. a. über die Mondwelt) sowie ethno- und geograph. Wissen vor. Kenntlich ist sowohl rationalisierende wie allegorisierende Mythendeutung (F 30. 57); Herakles lernt z. B. als *μάντις καὶ φυσικός* von Atlas Astronomie und ist im Begriff, zum Vorbild der strebenden Menschheit zu werden (F 13/14). Die Sage ist wohl nicht Selbstzweck, sondern hat belehrende und vielleicht eth. Tendenz. Zitiert werden auch – wohl für denselben H. – »Argonauten« (in den Apoll.-Sch. benutzt), eine *'Ορφέως καὶ Μουσαίου ἱστορία* und eine *Πελοπεία*; der *Οἰδίπους* beruht wohl auf Korruptel. Eust. zitiert öfter H. und Apion als Vf. eines Hom. B.s. Der Name H. ist häufig in Herodotos korrumpiert. Aristot. zitiert H. für zoolog. Paradoxa. Fraglich ist, inwieweit H. bei Apoll. Rhod., Lykophr., Diod. B. 4 (über Dionys. Skytobr., Matris), Apollod., Xenagoras (von Herakleia?) und den Lokalautoren über Herakleia (Promathidas, Nymphis) vorliegt. Etwaige stoffliche Neuerungen mögen H.s Lokalpatriotismus entspringen; von einem eigtl. Roman ist wohl nicht die Rede. W. Sp.

Frg.: FGrH 31 mit Add. der 2. Aufl. *Pack*[2] 1209.

Lit.: *G. Murray* A History of Anc. Greek Lit., [3]1902, 127f. *Jacoby-Gudeman*, RE VIII 980–988. *Schmid* 2,697–700. *W. Nestle* Vom Mythos zum Logos, 1940, 146ff. FGrH IIIb, XXIV. *E. Orth*, Emeita 26, 1958, 202. *W. Burkert*, Weisheit und Wissenscharft, 1962, 106f. 323–326.

Herodotos (*῾Ηρόδοτος*). **1.** 1. Leben: * nicht lange vor 480 (vielleicht 484) in Halikarnass (im SW. Kl.-Asiens); Sohn des Lyxes. Der Name des Vaters und der von H.' Verwandtem Panyassis legen kar. Abkunft nahe. Im Zusammenhang mit dem Versuch, den Tyrannen Lygdamis zu stürzen, floh H. nach Samos. Heimgekehrt, beteiligte sich H. am Sturze des Tyrannen (ca. 455). Offenbar bald darauf (3,12, vgl. aber auch [3],3) reiste H. aus echtem Forscherdrang nach Äg., Phoinikien und Mesopotamien und zu einem nicht ermittelbaren Zeitpunkt ins Skythenland. Jedenfalls war er im Athen der perikleischen Zeit anzutreffen, wo er auch eine Ehrung (nach Eus. im J. 445/44, vgl. [18],399) erhielt. In Thurioi wurde er Bürger (Aristot. 1409a 29). H.' Lebenszeit reicht zumindest bis in die ersten Jahre des peloponn. Krieges (6,91. 7,137. 233. 9,73). Vgl. [5],550,2. – 2. Werk: Die 9 B. umfassen die Zeit vom 1. Konflikt zwischen O. und W. bis zur Einnahme von Sestos. Nach der myth. Exposition (Frauenraub) Gesch. und Abkunft des Kroisos, seine Begegnung mit Solon und Krieg gegen die Perser. Rückblendung auf die med. Könige; Kyros' Jugendgesch. und Ausgreifen der pers. Macht, wobei auf pers. Brauchtum (1,131 bis 140), die Beschreibung Babyloniens (1,178 bis 200) und des Massagetenlandes (u. ä.) eingegangen wird. 2. B.: Kambyses' Äg.-Feldzug; Natur, Kultur, Rel. und Bräuche (2,5–98) und nach betonter Quellenangabe Gesch. des Landes (2,99 bis 182). 3. B.: Kambyses' Kriegstaten in Äg. und von Äg. aus (3,1–26), seine Hybris (3,27–38), Krieg Sparta–Samos, Polykrates' Schicksal (3,39–59), Kambyses' Tod, Dareios' Regierungsantritt (3,61 bis 88) mit Erörterung der Verschworenen über Regierungsformen (3,80–84). Satrapien, abgabenfreie Völker, die aber Geschenke bringen, und solche, die an den Grenzen der »Oikumene« wohnen (3,89–117), E. des Intaphernes (3,118/19). Mit der Einnahme von Samos und dem E. des babylon. Aufstands schließt das B.; 4. B.: Skythenkrieg, -logos über Land, Volk, Brauchtum (4,1–144), Gesch. Kyrenes und Libyenfeldzug (4,145–205). Die Unterwerfung der thrak. Stämme durch die Perser (5,1–27), die Vorbereitung des ion. Aufstandes (5,28–38), seine Entwicklung und das Ausgreifen auf Randvölker der griech. Oikumene bilden den Inhalt des 5. B. 6. B.: Seeschlacht bei Lade, Fall von Milet, E. des Histiaios, Angriffe auf griech. Städte, Kriegszug gegen Makedonien unter Mardonios (6,33–47). Die pers. Forderung nach Unterwerfung wird vielerorts, für Athen bes. schmerzlich von Aigina erfüllt, was zu einer Beschwerde in Sparta, wo wieder ihrerseits Kleomenes und Demaratos uneins sind (6,48–93), führt. Nach pers. Vorbereitungen (6,94–101) Schlacht von Marathon (6,102–120), Verteidigung der Alkmaioniden gegen den Vorwurf des versuchten Hochverrats (6,121–131), Lebensbild des Miltiades bis zu seinem Tod (6,132–136). 7. B.: Thronwechsel nach des Dareios' Tod (7,1–4), Xerxes' gewagter Entschluß (7,5–21); das Riesenaufgebot wird gegen Europa geführt, der Hellespont überquert und eine Heerschau gehalten (7,22–137). Vorbereitungen der Griech., Gesandtschaften, Kontaktnahme mit Gelon, Karthagerkämpfe; Aufstellung der griech. Kontingente bei den Thermopylen und Artemision (7,138–178), Truppenverlagerung der Perser (7,179–195); mit der Thermopylenschlacht endigt das B.; 8. B.: Schlacht von Artemision (8, 1–26), Zug durch Boiotien gegen Delphi (8,27–39), Schlacht von Salamis (8,40–129), mil. und diplomat. Aktionen (8,130–144). 9. B.: Auseinandersetzungen in Attika, Rückzug des Mardonios (9, 1–18), Schlacht von Plataiai samt Folgen (9,19 bis 89), Fall von Mykale (9,90–107), ein trag. Zwischenfall von Zorn und Leidenschaft im Stab der Perser (9,108–113), Eroberung von Sestos (9,114 bis 122).

Die Frage, ob das Werk H.' unvollendet geblieben ist, und wenn, ob des geänderten Interesses der Z. wegen, oder durch Tod ([2],376), wurde verschieden beantwortet. Die einen treten nicht ohne gute Gründe dafür ein, daß der Absicht des H. entsprechend gerade an diesem Punkt das E. der Darstellung sinnvoll sei (Ed. Meyer H.' Gesch.-Werk. Forsch. zur alten Gesch. 2, 1899, 217f., [4],81ff. B. A. van Groningen Verh. Nederl. Ak. N. R. 65/2, 1958, 70). [2],372ff. etwa hält (im Gefolge von Wilam.) das Werk für unvollendet. Zu allem vgl. [8],163 mit Lit.,[9],86: “finished but never revised.”

Der Aufbau des Werkes zeigt ein klares Konzept in großen Zügen (Europa–Asien, Expansion der pers. Macht und Krieg). H. fügt aber gelegentlich seinem geogr.-ethn. Interesse gemäß einen Logos – der größte ist der äg. – ein, und zwar dort, wo ein Volk ins Blickfeld der pers. Expansion tritt

([14],71.95. [16],189). Hier spielt u.a. die Assoziation eine wichtige Rolle. Über Exkurse [2],380ff. Die Darstellung nimmt im Fortschreiten (bes. im letzten Drittel des Werkes) an Straffheit zu (vgl. [18],355). Reden, Gespräche, Novellen dienen oft weniger dazu, Personen zu charakterisieren, als um die Deutung menschlicher Existenz im Sinne H.' erleben zu lassen ([6],116ff., [12],150f., [14], 74ff. 82ff.). Die Novellen bes. zeigen aber auch H.' Lust am Erzählen ([15],278 u.a.). Eine exponierte Stellung nehmen die Warner (vgl. die Funktion der Träume und Orakel) ein; sie sind nicht nur Gegebenheiten des Lebens, sondern auch Mittel, den Sinn des Geschehens zu verdeutlichen ([4],17ff. 26f.). Ethnol. und Geographisches hat neben dem Eigenwert erzählter Nachricht meist die Funktion, den Hintergrund für das Leben der Völker abzugeben, die – selbst Gegenstand der *ἱστορίη* – vor allem Glied im Ringen zwischen O. und W. sind. Obwohl die Elemente des Werkes zu einer höheren Einheit verbunden sind, haben sie doch ihre Eigenständigkeit nicht völlig verloren (vgl. [12],135). Dies u.a. hat zu der unbeweisbaren Annahme von einst selbständigen Logoi geführt ([2],330); freilich ist die Tatsache unabdingbar, daß H. das Material schon vor der Abfassung seines hist. Werkes in irgendeiner Form aufgezeichnet hat. Quellen für H., den *pater historiae* (Cic.leg.1,1,5) sind *ὄψις*, *γνώμη*, *ἱστορίη*, und wo diese fehlen, eben nur schriftliche Aufzeichnungen (2,99, vgl. Wolfg. Marius von Leyden Durham Univ.Journ., NS. 11, 1949/50, 93f., [18],351f.). Neben Urkunden ist Hekat., den H. kritisch benützt, am greifbarsten (vgl. 2,21.6,137). Für Autoren wie Charon von Lampsakos oder Xanthos läßt sich Sicherheit nicht gewinnen ([18],350f.). Zu einzelnen Partien vgl. [2],419ff. H. ist Historiker, wenn auch sein Erzählertalent und die metaphys. Schau seiner Darstellung Gesch.sbetrachtung im Stil des Thuk. verhindern; bei gleichem Maßstab für beide Autoren übersieht man denn auch Wesentliches ([6], 2f., [15],273ff.). H.' Kritik ist uneinheitlich, aber ehrlich und sein Wahrheitsstreben verantwortungsbewußt (vgl. [16],196ff.). Trotz mancher Mißverständnisse erweist sich H. in seinen Berichten über fremde Völker als verläßlich (vgl. Wilh. Spiegelberg Die Glaubwürdigkeit von H.' Bericht über Äg. im Lichte der äg. Denkmäler, 1926, 36ff., [3],20ff. Herman de Meulenaere H. over de 26ste dynastie, 1951, 156. Erich Lüddeckens, ZDMG 104 (N.F. 29), 1954, 333ff. K. Meuli, H 70, 1935, 121ff. Arn. Momigliano The place of H. in the historiogr. Ed. di Storia e Letteratura, 1960, 31; anders W.A. Heidel Hecataeus and the Egyptian priests in H. Book 2. Mem.Am.acad. of arts and scienc. 18, 1935, 113ff. Torgny Säve-Söderbergh Eranos 44, 1946, 68ff.). Vom Gedanken der in den Perserkriegen verteidigten Freiheit beseelt, ordnet H. die Elemente der großen Idee, deren stärkste Verfechter die Athener waren, unter, ohne damit blinder Bewunderer Athens zu werden ([10],2ff. mit älterer Lit., [16],196). H.' Ziel ist, das *κλέος* der Hellenen und Barbaren objektiv (vgl. [16]), durch Bewahrung der Vergangenheit, bes. der Perserkriege, in hist. Sicht zu erhalten (1, praef. Vgl. H. Erbse Festschr. Br. Snell, 1956, 209ff.).

Die Sprache H.' ist ein von att. ([5],594,8) und poet. Elementen, bes. von hom. (M. Leumann Hom. Wörter, 1950, 303), durchsetzter ion. Dialekt; wegen der Dürftigkeit des einschlägigen Inschr.-Materials und aus grundsätzlichen Erwägungen ([17], bes. 231ff.) völlige Angleichung der hsl. Überl. an die »wirkliche« Sprache H.' unmöglich. H.' Stil zeigt auf weiten Strecken starke »Mündlichkeit«, wozu Aristot. 1409 a 27 paßt; die stilist. Variationsbreite ist aber viel größer ([8],207ff., M. Untersteiner La lingua di Erodoto, 1949. H. Fränkel Wege und Formen frühgriech. Denkens, 1955, 65ff., [17]).

3. Weltanschauung: H. war den Strömungen seiner Zeit gegenüber offen, ohne sich an sie zu verlieren. Obwohl er einzelnes am Mythos in Zweifel zieht (z.B. 2,45.7,189), ist er religiös und gläubig im Sinne seines Freundes (Anth.Lyr.1,79D) Soph. H. glaubt an Götter (Nilsson GgrR 1², 762ff.), Orakel (Rol. Crahay La littérature oraculaire chez H., 1956) und Zeichen. Neben polytheist. Ausdrücken gibt es auch Stellen, wo (*ὁ*) *θεός* (oder *δαίμων*) die Gottheit im allg., »(den) Gott« bedeutet (vgl. G. François Le polythéisme et l'emploi au singulier des mots *ΘΕΟΣ*, *ΔΑΙΜΩΝ*, 1957, 201ff., [11] mit Lit.). Einen Schritt der Reflexion weiter zu einer abstrakteren Form der Gottheit stellt *τὸ θεῖον* (vgl. *δαιμόνιον* [11], 5,3) dar, das *φθονερόν τε καὶ ταραχῶδες* (1,32) genannt wird. Jene Eigenschaft umschreibt die *νέμεσις θεοῦ* gegenüber allem, was das Maß weit überschreitet (vgl.7,10,5), diese die grundsätzliche Unsicherheit des Menschen (vgl. [11],22ff.). Der menschlichen Aktivität (F. Egermann H.-Soph. Hohe Arete, in [1],249ff.) sind durch das Schicksal feste Grenzen gesetzt (1,8.9,16 u.a. Vgl. [11],23ff., [13],117, [16],188ff.). Ein Rahmen hist. Geschehens, dem nur die Gottheit enthoben ist, wird im *κύκλος τῶν ἀνθρωπηίων πρηγμάτων* (1,207) sichtbar. Schuld und Sühne (5,56. 7,133 u.a.), *συμφορή* (1,32,4.7,49,1, vgl. W. Marg, H 81, 1953, 205f.), *θείῃ τύχῃ* (4,8), *κατὰ συντυχίην θεοῦ ποιεῦντος* (9,91), *πεπρωμένη μοῖρα* (1,91) usw. Übernahme äg. Götternamen für die einheimischen *θεοί* (2,43ff.) setzt die Existenz von im Prinzip wesensähnlichen Göttergestalten voraus. Die Relativität betrifft nur Unwesentliches; den von Volk zu Volk verschiedenen *νόμοι* und Göttervorstellungen liegt eine gemeinsame Gegebenheit der Wirklichkeit zugrunde. Vgl. 3,38 mit Xenophan. Frg.14ff.; dazu W. Pötscher Emerita 32, 1964. Definition von *θεοί* 2,52, vgl. W. Pötscher, WS 72, 1959, 7. Dodona 2,52ff. Zalmoxis 4,94ff. Nilschwelle 2,20ff. usw.

Nachleben: Wertschätzung bei den Alexandrinern; Komm. des Aristarch., auf den die Einteilung in 9 B. (von der Diod. 11,37,6 weiß) zurückgehen dürfte. Auszug des Theop. in 2 B. Kritik bei Plut. (vgl. [18],360). – Über Hss. A. COLONNA Boll. Prep. Ed. Class. NS 1, 1945, 41–83 und ebd. NS 2, 1953, 13–25. Pap.: A.H.R.E. PAAP De Herodoti reliquiis in papyris et membranis Aegyptiis servatis, 1948. Ausg., Übersetzungen, Lit. usw. vgl. bei W. KRAUSE, AAHG 14, 1961, 25ff. und W. MARG und W. NICOLAI, in [1],748ff. W. P.

Lit.: 1. H. Eine Auswahl aus der neueren Forschung, hg. *W. Marg* W(ege) d(er) F(orschung) 26, 1962. 2. *F. Jacoby*, RE Suppl. 2,205ff. 3. *J. Vogt* H. in Äg., 1929. 4. *H. Bischoff* Der Warner bei H., Diss. Marburg 1932. 5. *W. Schmid* GgrL, HB der Alt.-Wiss. 2, 1934, 550ff. 6. *Fr. Hellmann* H. Kroisos-Logos. Neue Phil. Unt. 9, 1934. 7. *E. Wolff*, H 69, 1934, 121ff. 8. *M. Pohlenz* H., der erste Geschichtsschreiber des Abendlandes (Neue Wege zur Ant. 2,7/8), 1937. 9. *J.E. Powell* The history of H. (Cambridge Class. Stud. 4), 1939. 10. *H. Strasburger* H. und das perikl. Athen, Hist. 4, 1955, 1ff. 11. *W. Pötscher*, WS 71, 1958, 5ff. 12. *K. Reinhardt* H. Persergeschichten, in Vermächtnis der Ant., 1960, 133ff. 13. *O. Regenbogen* Die Gesch. von Sol. und Krösus, Kl. Schr., 1961, 101ff. 14. *Ders.* H. und sein Werk, Kl. Schr., 1961, 57ff. 15. *M. Gigante* H. der erste Historiker des Abendlandes, in W. d. F. 26, 1962, 259ff. 16. *W. Schadewaldt* Das Religiös-Humane als Grundlage der gesch. Objektivität bei H., W. d. F. 26, 1962, 185ff. 17. *Haiim B. Rosén* Eine Laut- und Formenlehre der h. Sprachform, 1962. 18. *Lesky* GGrL², 337ff.

2. H., Schüler Epikurs, der ihn rühmte (Diog. Laert. 10,5 = frg. 124 Us.) und ihm den ersten der 3 erhaltenen Lehrbriefe widmete (a.O. 10,35–83, Epit. der Physik). Reste eines weiteren Briefs an H. bei Philod. πραγμ. col. 33 = Epik. frg. 42 Ar. H. seinerseits äußerte sich, wohl in späterer Zeit, krit. über das Privatleben seines Lehrers, u.a. in einer Schrift Περὶ Ἐπικούρου ἐφηβείας (Diog. Laert. 10,4.5). G. Schm.

3. H., Arzt in traian. Z., → Pneumatiker eklekt. Richtung, Schüler des → Agathinos und Lehrer des → Sextus Empiricus (s. dazu F. KUDLIEN, RhM 106, 1963, 252f.). H. verfaßte u.a. eine Schrift Ἰατρός (die offenbar mit der im Corp. Hipp. überlieferten kleinen Schrift περὶ ἰητροῦ einige Ähnlichkeit gehabt hat) und internist.-therapeut. Werke (Frgm. bei → Oreibasios). Daß das von R. FUCHS im RhM 49,50 und 53 z.T. herausgegebene anonyme HB. über akute und chron. Krankheiten von H. stamme, ist eine unbewiesene These von M. WELLMANN. F. K.

Heroenkult. Der H. wurzelt in der myken. Zeit, beschränkte sich aber damals auf die Könige, die in Schacht-, später in prunkvollen Kuppelgräbern mit reichen Beigaben bestattet wurden und dann, wohl in regelmäßig wiederkehrenden Zeiten, feierliche Totenopfer empfingen, die das Gedeihen des Geschlechts verbürgen sollten. Die auswandernden Griechen nahmen den Totenkult nicht mit, wie denn Homer keinen Gräberkult kennt. Doch trug die Verbreitung des Epos, dessen Helden als halbgöttliche Wesen betrachtet wurden (Hesiods 4. Geschlecht, erg. 159ff.), zu dem in nachhom. Zeit im Mutterland wieder aufblühenden Heroenkult bei, der auf einem allgemeiner gewordenen Totenkult und auf der Verehrung alter vorolymp. Götter beruhte. Drakon stellte in seiner Ordnung der athen. Verfassung den Heroenkult neben den Götterdienst (Porph. abst. 4,22). Der Kult dieser Heroen knüpfte sich an die Gräber, in denen ihre Gebeine ruhten. So lagen in der Altis von Olympia die Gräber von Pelops und Hippodameia. Jede Stadt, ja jede Phyle, jedes vornehme Geschlecht verehrte einen H. (ἀρχηγέτης, κτίστης). Die spartan. Könige wurden auch in histor. Zeit in der Form des Heroenkults bestattet. Einzelnen hervorragenden Personen wurden nach ihrem Tode heroische Ehren zuerkannt. Bes. häufig wurden Städtegründer heroisiert. Galten doch alle Heroen als Menschen, die wirklich gelebt hatten und nach dem Tode eine bes. Kraft besaßen. In den Perserkriegen glaubte man die Hilfe bestimmter Heroen erfahren zu haben. So kam es zu Translationen von Gebeinen und einer Art von Reliquienverehrung. NILSSON Griech. Feste 96,3. Der berühmteste Fall dieser Art ist die Einholung der Gebeine des Theseus von Skyros nach Athen im J. 475, Plut. Thes. 36. Es störte nicht, daß manche Heroen mehrere Gräber hatten, Pelops 2 (Olympia und Pisa), Oidipus 4. Daneben gab es Kenotaphien. Eine kollektive Heroisierung wurde den im Krieg Gefallenen zuteil. Gentilkulte wurden vielfach vom Staat übernommen. Empfehlungen des delph. Orakels vermehrten die Zahl der Heroenfeste. Auch der Glaube an die Entrückung eines Heros hinderte nicht seine Verehrung in einem → Heroon. Viele Heroen waren ehemals Götter gewesen, Herakles wurde der Prototyp des ἥρως θεός (Pind. N. 3,22). Dionysos war der »Heros unter den Göttern«; vgl. Hdt. 2,44,3–5.

Aber der Kult der Heroen, mochte er auch infolge ihrer verschiedenen Herkunft und aus lokalen Traditionen nicht einheitlich sein, unterschied sich doch grundsätzlich von dem der Götter des Olymps. Er war im kleinen der gleiche, der den Unterweltsgöttern dargebracht wurde, und eine erhöhte Form des allgemeinen Totendienstes, so wie dieser eine herabgestimmte, im Laufe der Zeit durch Gesetze immer mehr eingeschränkte Art des Heroenkultes war. Das eingefriedigte, mit Bäumen bepflanzte Heroengrab, σηκός genannt gegenüber dem τέμενος der Götter, war mit einem niedrigen Altar (ἐσχάρα ἰσόπεδος, *ara*) ausgestattet, gegenüber dem höheren, meist steinernen der Götter (βωμός, *altare*). Durch trichterförmige nach unten offene Opfergruben (βόθροι) floß das Blut der Opfertiere oder die Trankspende in das Grab. Das Opfer für Totengötter und Heroen hieß ἐνάγισμα zum Unterschied von der den Himmelsgöttern zukommenden θυσία. Wurden ihnen Tiere geschlachtet (meist schwarze Stiere oder Widder, selten Pferde), so wurden sie mit dem Kopf nach unten über die Grube gehalten, nicht mit zurückgebogenem Hals, wie für die Himmelsgötter, in die Höhe gehoben. Und es schloß sich kein fröhliches Mahl an, in das sich Götter und Menschen teilten, sondern das Fleisch wurde völlig verbrannt (ὁλόκαυστα); in Ausnahmefällen mußte man dem H. ὡς θεῷ opfern, Pind. O. 7,79. Die Zeit des Heroenopfers war der Abend, den Göttern opferte man am Morgen, Sch. Pind. I. 4,65 (110). Auf Kos verbrannte man dem Herakles am Abend ein Schaf als Heroenopfer und brachte ihm am nächsten Morgen einen Stier dar ὡς θεῷ (Sylloge³ 1027). Die Heroenopfer fanden meist jährlich statt. Im Laufe der Zeit traten blutige Opfer an die Heroen zurück. Man bevorzugte die Erstlinge der Früchte, Kuchen, Käse, ein Honiggemisch, auch brachte man Blumenkränze, Haarlocken, Kleider, Waffen, Bilder und Gefäße dar. Dem Aias wurde eine phoinik. Triere verbrannt, Hdt. 8,121. Hatte der Heros eine Kapelle (Heroon) mit Kultbild, Speiseopfertisch, Räucheraltar oder gar ein »Mausoleum«, so ließen sich bequem Weihgaben sammeln. Die Feste großer und beliebter Heroen wurden feierlich ausgestaltet: zu dem Opfer traten Gebete, Lobreden, Gesänge, Prozessionen, gymn. und hipp. Agone (bes. Wettläufe und Fackelläufe). Auch die 4 großen nationalen Agone der Griechen hatten Heroen gehört, ehe sie in den Besitz der Olympier übergingen.

Eine anschauliche Schilderung von der noch zu seiner Zeit in Plataiai üblichen kult. Ehrung der in den Perserkriegen Gefallenen gibt Plut. Arist. 21: Vor dem Zuge geht ein Trompeter, der das Schlachtsignal bläst; ihm folgen Wagen mit Myrten und Kränzen, als Opfer ein schwarzer Stier, freigeborene Jünglinge, die die Spenden, Wein, Milch, Öl, Salbe, tragen. Den Beschluß macht der Archon der Stadt im roten Feldherrnmantel, mit einem Schwert umgürtet, und trägt eine Hydria. Am Grabe angelangt, wäscht und salbt er die Grabstelen (symbol. statt der Toten selbst), opfert den Stier über dem Scheiterhaufen, ruft unter Gebet an Zeus und Hermes Chthonios die Helden zum Mahle und zum Blutgenuß; darauf mischt er den Wein und gießt ihn aus mit den Worten: »Ich trinke den für die Freiheit der Hellenen gefallenen Männern zu.« H. v. G.

Rohde Psyche. *Stengel. L. R. Farnell* Greek Hero Cults, Oxf. 1921. *I. G. Frazer* Belief in Immortality and Worship of the Dead, 3 Bde, Lond. 1913–1924. *M. P. Nilsson* GgrR Bd. I.; Griech. Feste. Lpz. 1906 (1957). *Deubner* Att. Feste 1932 (1962). *W. F. Otto* Der Ursprung von Mythologie und Kult, Bln. 1940. *K. Kerényi* Die Heroen der Griechen, Zürich 1958 (Darmstadt 1959). *M. Delcourt* Légendes et cultes des héros en Grèce, Par. 1942. *Wilam* GldH 2,8ff.

Heron. H. von Alexandreia, Mathematiker und Ingenieur, lebte nach → Archimedes (212 v. Chr.), den er zitiert, und vor → Pappos (um 300 n. Chr.), der ihn zitiert. Den Zeitraum hat man auf verschiedene Weise einzuengen versucht. Bibliogr. Notizen in den Hss., die ihn zeitlich eng mit → Ktesibios und Archimedes zusammenrücken, scheinen dadurch bestätigt, daß H. Autom. 1,408,10 und 412,13 (Zitate in der Teubner-Ausgabe von 1899ff.) den → Philon, jüngeren Zeitgenossen des Ktesibios, wie einen noch Lebenden behandelt. Die Benutzung von Sinus-Tabellen Metr. 3,58,19 weist nicht auf Ptolemaios als term. p. q., sondern eher auf → Hipparchos, also auf ca. 150 v. Chr. Seine »Definitionen« sind itp., so daß der Schluß von der nach → Geminos-Proklos (In Eukl. I S. 176,6 Fr.) poseidon. Parallelen-Definition auf → Poseidonios als term. p. q. gewagt wäre. Das Schweigen → Vitruvs ist ein noch schwächeres Indiz für einen Spätansatz, doch wird in der echten Mechanik 2,62,28 Poseidonios zitiert und Dioptra 3,302,3 eine Mondfinsternis als Beispiel angeführt, die nach Neugebauer (Exact Sciences in Antiquity, Providence, R.I. 1957, 178. Lit. dort) am 13. März 62 n. Chr. stattfand. Daß H. das Datum (10 Tage vor den Frühlingsäquinoktien mit Uhrzeiten) völlig willkürlich gewählt haben sollte, entbehrt jeder Wahrscheinlichkeit. Somit ist als ungefähre Lebenszeit des H. die Wende des 1. Jh. n. Chr. gegeben.

Die theoret. Geom. behandelt H.s Euklid-Kommentar, griech. Frg. erhalten bei Proklos, arab. im Cod. Leid. 399,1 des Anaritius = An Nairizi. In den Abschnitten über Definitionen und Axiome, den ἀρχαι oder ὑποθέσεις der Math., greift H. in die Diskussion über Vollständigkeit und Notwendigkeit der Axiome ein und verteidigt die allg. Gültigkeit geom. Sätze gegen die Einwände der Skeptiker und Epikureer ähnlich wie Poseidonios und Geminos. Ferner vervollständigt er die Elemente durch Verallgemeinerung von Lehrsätzen und zusätzliche Beweise.

Als 1. Teil einer byz. Slg. math. Sätze sind die »Definitionen« erhalten, hg. von Heiberg nach W. Schmidt, Lpz. 1912. In 132 Paragr. werden Definitionen und Begriffserklärungen gegeben, die z. T. über Euklid und Klassiker hinausgehen. Interessant z. B. 123, wo ein logisch anfechtbarer Syllogismus die Definition für »Verhältnis« zu Fall bringen soll und seinerseits ad absurdum geführt wird. Auch hier ein Blick in den hellenist. Betrieb der math. Grundlagendiskussion. Rein auf die Praxis gerichtet sind dagegen die Paragr. 130–131 mitgeteilten Maßeinheiten. Bei Annahme der Heibergschen Spätdatierung des H. (nach 100 n. Chr.) besteht kein Grund, die Echtheit der Definition zu bezweifeln.

Die 3 B. Metrica waren bis 1896 nur aus Bemerkungen von Archimedes- und Ptolemaios-Sch. bekannt, der griech. Text entdeckt und mit dt.

Übers. hg. von SCHÖNE Bd. 3. Das Werk enthält Anleitungen zum prakt. Vermessen von ebenen und gekrümmten Flächen (B. 1), von Volumen (B. 2) und zum Teilen von Flächen und Volumen (B. 3). Prakt. Rechenregeln mit Zahlenbeispielen wechseln mit geom. strengen Beweisen ab. Letztere sind stark gedrängt, das Werk rechnet also mit Lesern, die ihren Euklid, Archimedes und → Apollonios studiert haben und sich der Praxis zuwenden. Wenn z. B. von der Seite eines Quadrats die Rede ist, das einem Rechteck mit den Seiten a^2 und b^2, also wiederum Flächen gleich ist, so erkennt man, daß der Übergang von der streng geom. Algebra zur arithm. Algebra des → Diophantes schon weit vorgeschritten ist. E. M. BRUINS Regular Polygons, Janus 48, 1949, 5–23 vergleicht die Sch., zu den Metrica mit babylon. Texten und zeigt, daß die Verwirrung, derentwegen sie von Schöne weggelassen wurden, auf der Verwechslung von sexagesimalen mit dezimalen Zahlen beruht.

De mensuris (5,164) ist eine minderwertige Kompilation von Rechenregeln für den Bau-Ausführenden, z. T. aus den Werken des H.

Noch stärker der Praxis zugewandt ist die Commentatio dioptrica (3,188 Schöne), die in allen feinmechan. Einzelheiten zum Bau eines Theodoliten anleitet und dessen Gebrauch dann bei Kanal- und Tunnelbauten, kartograph. Aufnahmen, naut. Peilungen, Landvermessungen, astronom. Beobachtungen usw. vorgeführt wird. Überraschend die Schlußkapitel, der im Prinzip noch heute in allen Kfz. verwendete Hodometer zum Vermessen langer Basen (3,292,16) und 3,303 die naut.-astron. Berechnung der Längendifferenz Alexandreia–Rom durch Beobachtung ein und derselben Mondfinsternis (s. o.).

Das Kapitel bricht unvermittelt ab, die angehängte Konstruktion eines Schwerlastkrans gehört natürlich nicht hierher (s. Mech. Anf.), sondern in die verlorene Schr. Barulkos (βαρουλκός), die das von Aristoteles gestellte und von Archimedes gelöste Problem behandelt: Eine gegebene Last mit einer gegebenen Kraft zu bewegen.

Griech. nur aus Frg. (Einschiebsel in H.s Dioptrica, → Eutokios, Pappos) bekannt, liegt die Mechanik in arab. Übers. des Kosta ibn Luka vor, ihre Echtheit gesichert eben durch die Griech. Frg. (hg. von L. NIX und W. SCHMIDT 2,1). B. 1 wird eingeleitet mit der Konstruktion einer Winde mit Zahnradgetriebe (Barulkos s. o.). Es folgt die Theorie der Zahnradgetriebe, geom. Sätze über Ähnlichkeiten und Proportionale und die Konstruktion von Geräten zum Wiedergeben ebener und räumlicher Figuren in gegebenem Maßstab, ferner die elementaren Sätze der Statik. B. 2, systemat. aufgebaut als B. 1, bietet die Theorie der einfachen Maschinen: Hebel, Flaschenzug, Keil, Schraube, sowie weitere Sätze der Statik, B. 3 praktische Anwendungen in Maschinen des täglichen

Gebrauchs und Anleitungen zu deren Bau, Verwendung und Bedienung.

Verglichen mit den echten Metrica sind die unter H.s Namen erhaltenen Sammlungen Geometrica und Stereometrica (4,172. 5.) noch weiter von der strengen Math. entfernt. Hier werden durchweg Rechenexempel mit bestimmten Zahlenbeispielen durchgeführt. Teile dieser Sammlung sind den Metrica entlehnt, andere z. B. dem verlorenen Buch des H. über Gewölbebau (Eutok. in Archim. 3 S. 86,9).

Unwahrscheinlich wird der Frühansatz auch durch die unter Ptolemaios' Namen überlieferte, nach vielen sachlichen und stilist. Merkmalen aber dem H. gehörende Katoptrik (2,1,303). Jedenfalls wurde weit eher eine jüngere Schrift dem älteren Autor untergeschoben als umgekehrt. Es liegt nur die lat. Übers., vermutlich des Wilh. von Morbeka vor. Dieser benutzte eine griech. Hs., die bereits den Autornamen Ptolemaios trug (F. EHRLE, Hist. Bibl. Rom. Pontif. 1, 1890, 95). Dargestellt sind die Grundgesetze des ebenen, konvexen und konkaven Spiegels und einige Vexierspiegelanordnungen, die an H.s Automatentheater erinnern.

Was der Philosophie trotz aller Bemühungen nie gelingen werde – den Menschen die echte Ruhe zu bringen –, das schaffe ein kleines Teilgebiet der Maschinenbaukunde, nämlich die Geschützbaukunde, sagt H. (Belopoika hg. von DIELS-SCHRAMM, APrAW Phil. Hist. 1918). Ein Bonmot, das unter dem starken Schutz der röm. Waffen besser motiviert ist als unter den schwachen Königen der ausgehenden Ptolemäer-Zeit. Die Schr. zeigt klar den Aufbau derjenigen Schußwaffen, die stärker sind als der Handbogen. Auffallend ist der ausgereifte und im Prinzip einheitliche Aufbau des Verschlußmechanismus. Nach dem maschinell erleichterten Spannen und Laden kann ein Finger am Abzug auch die schwersten Geschütze auslösen. Es handelt sich durchweg um bogenartige Waffen, eine schwere Handwaffe sowie Pfeil- und Steinkatapulte mit rasanter Flugbahn für direkten Beschuß. Am Schluß stehen Erfahrungsformeln für das Verhältnis zwischen Geschoßgewicht bzw. -Länge und dem Kaliber.

Die Pneumatica schließen an eine verlorene Schr. über Wasseruhren an, die vermutlich Werke beschrieb, wie wir sie in Vitruv 9 finden. Hier wird statt der hebenden Kraft des steigenden Wasserspiegels vorwiegend Druck- und Saugwirkung von Luft und Wasser als treibende Kraft verwendet, teils für Gebrauchsgegenstände, hauptsächlich aber für spektakuläre Vorführungen. Physikal. wichtig ist die Einleitung, die die Existenz des Vacuum zur Frage stellt und im Sinne des → Straton von Lampsakos antwortet, welcher zwischen Aristot. und Demokrit eine vermittelnde Stellung eingenommen hatte. Noch im 17. Jh. hat die von Guericke durch sein Vacuum-Experiment verursachte Diskussion neben Aristot. dieses H.-Kapitel zur Grundlage. Daß von der 1,202–207 geschilderten windgetriebenen Pfeifenspieluhr auf den Gebrauch von Windmühlen in der Ant. geschlossen werden kann, wird von A. G. DRACHMANN Heron's Windmill, Centaurus 7, 1960, 145–151 untersucht und verneint.

Die 2 Bücher (in den Hss. ungeteilt) über Automatenherstellung weisen auf eine lange Tradition dieser Kunst hin. Die 2 grundsätzlich verschiedenen Arten von Automaten, nämlich fahrende, die offenbar viel bestaunte Prozessionswagen im kleinen bewegten Modell nachbildeten, und stehende, die in einem Schaukasten eine Art Bühnenstück zeigten, sind beide angetrieben durch Gewichte, die über bald links, bald rechts herum gewickelte Schnüre Wellen drehen. Der langsam gleichmäßige Ablauf wird dadurch erreicht, daß das treibende Bleigewicht auf einer Sand- oder Körnerfüllung ruht, deren langsames Ausrinnen den Bewegungsablauf bestimmt (Prinzip der Wasser-Kunstuhren). Beispiele für stehende Automaten: ein Dionysos-Opfer mit tanzenden Bacchantinnen und weinspendendem Gott, für stehende: die Nauplios-Sage, dargestellt in 3 Scenen, zwischen denen sich die Bühnentüren schließen und das Auswechseln der bemalten und beweglichen Figuren und Versatzstücke verdecken. J. M.

Tittel, RE VIII 992–1080.

Herondas s. Herodas

Herophilos. 1. Aus Chalkedon, Arzt um 290 v. Chr. in Alexandreia, Schüler des → Praxagoras; einer der wichtigsten ant. Mediziner. H., der durch seinen Lehrer von den Hippokrateern herkam, hat als einer der ersten Ärzte im alexandrin. Museion reine, deskriptive → Anatomie an Menschenleichen getrieben und sich hierin, aufgrund der allgemeinen geistesgeschichtlichen Situation, auf einen empir.-skept. Standpunkt gestellt (»man muß die Phänomene als *πρῶτα* beschreiben, auch wenn sie nicht die *πρῶτα* sind«, vgl. Anon. Lond. 21,22f.). Diese Haltung bringt ihn in einen evidenten Gegensatz zu den Hippokratikern und zu Aristoteles. Offenbar ist H. dabei auch von der zeitgenössischen skept. Philos. (Pyrrhon; vgl. Diog. Laert. 9,11,78) beeinflußt; auf diese Weise kam er überhaupt zu einer grundsätzlichen *ἐποχή* (Zurückhaltung gegenüber der Ätiologie und der Interpretation der Phänomene), die sich an manchen Einzelheiten – etwa an seiner Einschätzung der Menstruation – noch zeigen läßt. Diese grundsätzlichen Fragen der Medizin hat H. in seiner Schrift *Πρὸς τὰς κοινὰς δόξας* behandelt. Seine anatom. Forschungen (Erstbeschreibung und Benennung des Duodenums; gehirnanatom. Unt. usw.) legte er in den *'Ανατομικά* und in einer Spezialschrift über das Auge (H. benannte die Netzhaut, *ἀμφιβληστροειδὴς χιτών*) nieder. In der Physiologie interessierte ihn das Phänomen des Pulses (2 B. *περὶ σφυγμῶν*). Als Praktiker

war H. ein »hemmungsloser« Therapeut (2 B. *Θεραπευτικὴ πραγματεία*), ohne Scheu gegenüber neuen bzw. fremdartigen Medikamenten (z. B. Krokodilkot als Augensalbe). Diese Vorliebe für Pharmakologie haben die → Empiriker weiter ausgebaut, als deren geistiger Vater H. in gewissem Sinne gelten darf, da ihr Schulgründer → Philinos v. Kos sein Schüler war. Eine Monographie über H. nebst Fragmentsammlung wäre in vieler Hinsicht sehr wichtig. F. K.

K. F. H. Marx De Herophili celeberrimi medici vita, scriptis atque in medicina meritis, Gött. 1840. *F. Kudlien* H. und der Beginn der medizin. Skepsis, Gesnerus 21, 1964, 1–13.

2. H., ein Gemmenschneider, der mit dem Zusatz *Διοσκουρ[ίδου*, also Sohn oder Schüler des → Dioskurides, einen türkisfarbenen Glaskameo in Wien signiert hat. Dargestellt ist sicher ein Mitglied des jul. Kaiserhauses, wahrscheinlich Tiberius, dessen Jugendbildnis auf Münzen denselben Bartflaum zeigt. H. Ma.

H. Brunn, Gesch. der griech. Künstler 2,344ff. *Furtwängler*, JDAI 3, 1888, 305f. *A. Stazio* Enc. Arte Class. 4,16.

Herostratos (*Ἡρόστρατος*), unbekannter Herkunft, zerstörte im J. 356 v. Chr. den Tempel der Artemis in Ephesos durch Brandstiftung, angeblich in der Nacht, in welcher Alexander geboren wurde (Ail. nat. 6,40. Solin. 183,23. Strab. 14,640). Da er auf der Folter aussagte, er habe aus Ruhmsucht so gehandelt, beschlossen die Ephesier, daß sein Name nie genannt werden dürfe (Val. Max. 8,14 ext. 5. Weitere Stellen ohne Namensnennung s. Forschungen in Ephesos 1, Wien 1906, 262ff.). Das wurde auch eingehalten. Nur Theopomp nannte den Namen des H.; von ihm übernahmen ihn Ailian, Solin und Strabon. K.W.

Herpyllis (*Ἑρπυλλίς*). Hausgenossin (anfangs Sklavin, dann Freigelassene) des → Aristoteles, die ihn überlebte. Im Testament (Diog. Laert. 5,13) wird sie mit einem recht reichen Legat an Geld, Dienerschaft, Wohnrecht und Hausrat bedacht, *ὅτι σπουδαία περὶ ἐμὲ ἐγένετο*. Falls sie heiraten will, sollen die Testamentsvollstrecker, vor allem Nikanor, darauf achten *ὅπως μὴ ἀναξίως ἡμῶν δοθῇ*. Dieser Satz läßt keine Entscheidung zu, ob H. mit Aristoteles durch eine Ehe verbunden war oder nicht. Daß → Nikomachos, Aristoteles' Sohn, Sohn der H. sei (also aus 2. Ehe des Aristoteles stamme), geht aus dem Testament nicht hervor, sondern scheint These des Historikers Timaios (FGrHist 566, F 157) gewesen zu sein, weitergetragen von Hermippos bei Athen. 13,589c. H. D.

U. v. Wilamowitz Aristoteles und Athen 1,328. *I. Düring* Aristotle in the anc. biograph. tradition, Göteborg 1957, 36 und 265–270.

Herrscherkult, kult. Verehrung des Herrschers, die ihn den Göttern gleich oder ähnlich stellte. **1.** Der griech. H. entwickelte sich aus der Heroisierung hervorragender Menschen, die wie

Herakles als Zwischenstufe zwischen Mensch und Gott betrachtet wurden. Sie wurden nach ihrem Tode mit Altären, Festen, Hymnen und Monatsbezeichnungen geehrt. Einige dieser Ehren erhielt bereits zu Lebzeiten Lysander. Alexander d. Gr., als Nachfolger der Pharaonen von den Ägyptern als Sohn des Gottes Ammon begrüßt, erreichte von den Griechen Anerkennung als Gott. In den hellenist. Reichen der Ptolemaier, Seleukiden, Attaliden u.a. wurde der H. in der 2. Königsgeneration (z.B. unter Ptolemaios II.) der für alle Untertanen verbindliche Staatskult, in dem das jeweils regierende Mitglied der Dynastie mit den verstorbenen unter griech. Kultbeinamen wie Soter, Euergetes, Epiphanes u.a. verehrt wurde. Auch Königinnen und Königskinder wurden so geehrt. Nur in Makedonien gab es keinen H. Der von den Herrschern eingerichtete Reichskult ist von den Kulten zu unterscheiden, die griech. Städte für um sie bes. verdienstvolle Herrscher beschlossen. Im H. fehlen die dem Götterkult eigenen Gebete, eine Ausnahme macht der an Demetrios (→ 2) als »einzig leibhaftigen Gott« 290 in Athen gerichtete Hymnus (FGrH 75,2.76,13). NILSSON GgrR 2, 158ff.

2. Römische Statthalter, zuerst T. Quinctius Flamininus, dann Sulla, Pompeius, Caesar u.a. wurden von griech. Städten mit verschiedenen Formen des H. geehrt. Unter die Staatsgötter Roms wurde Caesar 42 als Divus Iulius mit eigenem *flamen* aufgenommen und ihm 29 die *aedes divi Iulii in foro* erbaut. Augustus lehnte eine offizielle Verehrung als Gott in Rom und Italien ab, doch wurde seit 7 v.Chr. der Genius des Augustus zwischen den Lares compitales verehrt, die nun zu Lares Augusti erklärt wurden. Der Genius des Augustus wurde auch in die Eidesformel aufgenommen und das Kaiserbild Gegenstand kult. Verehrung. G. NIEBLING, Hist. 5, 1956, 303ff. In den Provinzen duldete Augustus seine Verehrung in Verbindung mit der dea Roma. Suet. Aug. 52. In den Hauptstädten des W. wurde meist ein Altar der Roma und des Augustus als kult. Mittelpunkt der Landtage (→ concilium II) errichtet, so in Lyon (12 v.Chr.), in Köln (→ ara Ubiorum), in Tarraco u.a., im O. wurden zahlreiche Tempel der Roma und des Augustus gebaut, so in Pergamon, Epidauros, Caesarea (→ 2), Mylasa, Pola u.a. Für den lebenden Kaiser beanspruchte Domitian die Bezeichnung *dominus* und *deus*, sie wurde aber erst seit Aurelian (270–275) üblich. Nach dem Tode wurden Augustus, dann Claudius, Vespasian, Titus und danach jeder Kaiser, der nicht der *damnatio memoriae* verfiel, durch Consecratio (→ 3) zum Divus erhoben. Selbst nach Anerkennung der chr. Religion wurden Konstantin und seine Nachfolger bis zu Theodosius I., wenn auch in veränderter Form, durch den heidn. Senat konsekriert, die Kaiserverehrung als Religion wurde aber durch Konstantin abgeschlossen und in eine Huldigung umgewandelt, an der auch die Christen teilnehmen konnten. H. V.

L. Koep, RAC 3, 1957, 284ff. *F. Taeger* Charisma, 1957. 1960. *R. Étienne* Le culte impérial dans la pénisule ibérique d'Auguste à Dioclétien, 1958. *Latte* RRel 306ff. 313ff. *J. Straub* Die Himmelfahrt des Julianus Apostata, G 69, 1962, 310ff.

Herse (῞Ερση »Tau«). Eine der 3 ᾿Αγλαυρίδες (Eur. Ion 23), → Aglauros (»mit klarem Wasser« PERSSON IF 35,199 od. Metathese aus ῎Αγραυλος), H. und → Pandrosos (»allbenetzend«), Naturgeister, die in nächtlichen Tänzen (Eur. Ion 496) das Gedeihen der Fluren fördern, als Kekropstöchter in die att. Urgesch. eingebaut, Paus. 1,2,6. Apollod. 3,180. Nach Alkm. frg. 48 B. ist H. Tochter von Zeus und Selene. H. und Pandrosos öffneten neugierig die geheimnisvolle Kiste, Apollod. a.O., Aglauros und H., Paus. 1,18,2. H. wurde Geliebte des Hermes und gebar → Kephalos, Apollod. a.O., laut IG XIV 1389 den Keryx, Stammvater der → Kerykiden; Paus. 1,38,3 gibt allerdings Aglauros, Poll. 8,103 Pandrosos als Stammmutter an. Aglauros' Versteinerung Ov. met. 2, 552ff. 708ff. 797ff. Über Hersephoren (Herrephoren) DEUBNER Att. Feste 13ff. H. v. G.

Prell.-Rob. 1,198ff. *Nilsson* GgrR 1,294. 413f. *A.B. Cook* Zeus 3, 1940, 237ff. *H. Fränkel* Ovid, Sather Class. Lect. 18, 1945, 209. *W. Wimmel* H 90, 1962, 326ff.

Hersilia. Als einzige der geraubten Sabinerinnen verheiratet (bleibt aus Liebe zur Tochter in Rom: Dion. Hal. ant. 2,45). Wird Gattin des Hostilius und Großmutter des Königs Tullus Hostilius (Plut. Rom. 14. 18. Dion. Hal. ant. 3,1. Macr. Sat. 1, 6,16). Hauptbeteiligte bei der Friedensvermittlung der Frauen. – Nach anderer Tradition (die auf Zenodotos von Troizen zurückgeht: Plut. Rom. 14) nimmt sie Romulus zur Frau (Plut. a.O. Liv. 1,11, 2. Ov. met. 14,829ff. Sil. 13,811ff. Serv. Aen. 8, 638). – H. wird (erst von Ov. a.O.: WISSOWA, Abh. 142) mit der alten Kultusgenossin des Quirinus, *Hora Quirini*, identifiziert. – (Nicht zu *Horta* [vgl. Plut. quaest. R. 275f.] oder *Heries Iunonis.*) W.E.

Heruli (so Iord. Rom. 363. Get. 23, u.a.), dem Germ. entsprechender ῎Ερουλοι (Prok. 6,14f. Gesch. der H.), germ. Stamm, ca. 250 von den Dänen aus Skandinavien vertrieben. Eine kleine Gruppe griff 287 von der See her Gallien an (Mamert. paneg. 5). Später gab es ein *auxilium* der H. (z.B. Amm. 20,1,3. 4,2). Mehrfach fielen die w. H. in röm. Gebiet ein, seit Anf. des 6. Jh. ist nichts mehr bekannt. Das nach S. gewanderte Gros der H. stieß 267 mit einer starken Flotte von der Mäotis bis zur Peloponnes vor; sie wurden zurückgedrängt und von Gallienus am Nestos geschlagen (Dexipp. frg. 21. H.A. vita Gall. 13. Zon. 12,24f. Synk. p. 717). Beteiligt waren die H. auch am Germaneneinfall von 269/70. Mitte des 4. Jh. verloren sie im Kampf mit → Hermenericus (Nr. 1) ihre Selbständigkeit (Iord. Get. 117f.); später waren sie von den Hunnen abhängig. Um 470 waren die

H.- wohl n. des Donauknies siedelnd – röm. Foederaten, 476–491 leisteten sie → Odoacer bedeutende Hilfe (Iord. Get. 242. Chron. min. 1,309. 313. 318f.). Um 500 erreichte der sich nun auch nach Pannonien ausdehnende Staat der H. den Höhepunkt seiner Entwicklung. Zahlreiche Stämme gerieten in Abhängigkeit von den H. Doch noch vor 512 wurde der zum Waffensohn Theoderichs d. Gr. gemachte König Rodulf (Cassiod. var. 4,2f.) von den tributpflichtigen Langobarden geschlagen, was zugleich das E. des Reiches der H. bedeutete (Prok. 6,14. Paul. Diac. Hist. Lang. 1,20). Die Masse der H. wurde von Anastasius ins Reichsgebiet aufgenommen, später dann durch Iustinian in der Pannonia II angesiedelt und christianisiert; ein kleiner Teil – mit der königl. Familie – wanderte in die skandinav. Heimat zurück (dazu RE XXIII 454f.); einzelne wurden von Theoderich aufgenommen (Marc. Comes a. 512,11 = Chron. min. 2,98. Prok. 6,14,23ff. Menand. frg. 9). Als Söldner leisteten die H. in den Kriegen Iustinians gegen Perser, Wandalen und O.-Goten wertvolle Hilfe (Prok. pass. Agathias 1,14f., 2,7f.). – Adel und Volk behielten bei den H. stets eine starke Stellung neben dem König (Prok. 4,3. 6,14). Wegen ihrer Tapferkeit und Geschicklichkeit im Kampf waren die H. berühmt (Iord. Get. 118). Eine negativ verzerrte Charakterisierung bietet Prok. 6, 14 (dagegen schon MÜLLENHOFF DA 2, 181), doch ist eine gewisse Roheit der sehr unsteten H. auch sonst bezeugt (Eugipp. vit. Sev. 24. Agathias 2,7. Ennodius vita Antonii 13f.). A. L.

L. Schmidt Ostgermanen 1941. *W. Enßlin* Theoderich d. Gr., 1947. *Rubin*, RE XXIII 451ff.

Hesiodos (Ἡσίοδος). Ep. Dichter aus Askra in Boiotien, um 700 v. Chr.; sein zeitliches Verhältnis zu Homer war schon im Alt. umstritten. Erhalten sind die Theogonie u. die Ἔργα καὶ Ἡμέραι. Außerdem wurden, neben der gleichfalls erhaltenen Aspis, im Alt. eine Reihe von Werken unter H.' Namen gelesen (s. u. III). Die biograph. Angaben in H.' Werk betreffen die Herkunft des Vaters aus dem aiol. → Kyme (erg. 633ff.), die Berufung zum Dichtertum (theog. 22ff.; erg. 658f.), die Teilnahme an den Leichenspielen für Alkidamas in → Chalkis (erg. 654ff.), ferner das Verhältnis zu seinem Bruder → Perses (s. u. II).

I. Die Theogonie (1022 V.) darf als das frühere Werk gelten. Sie ist als genealog. Katalog aufgebaut, dem ein zugleich das Thema angebender Hymnus auf die Musen vorangeht (1–115). Die eigentliche Theog. (116ff.) beginnt mit den Urwesen (Chaos, Gaia; Eros als Potenz der Zeugung) und deren Entfaltung: Von Chaos kommen Nyx und Erebos (die wieder Hemere und Aither hervorbringen), von Gaia (mit welcher der Tartaros mitgegeben ist) Uranos, die Berge und Pontos. An dieser Gegebenheit hängt alles Folgende: Gaia zeugt mit Uranos (dabei der Uranosmythos), Nyx und deren Tochter Eris bringen eine Reihe weiterer

Wesen hervor, Gaia zeugt mit Pontos (116–239). Es folgen die Verbindungen und Kinder der Pontiden (Nereus, Thaumas; Phorkys und Keto, 240–336), dann die der Uraniden (Okeanos ∼ Tethys, Hyperion ∼ Theia, Krios, Koios ∼ Phoibe; Kronos ∼ Rhea; Iapetos = »Titanen«), zu denen auch die Hundertarmigen gehören, in deren Abschnitt (617–819) sowohl die Titanomachie (die sie entscheiden) als auch die Unterweltsbeschreibung (sie werden zu Tartaroswächtern) eingefügt ist. Damit ist die Gesch. der (männl.) Kinder der Gaia von Pontos bzw. Uranos (die Kyklopen stehen 501–506) zu Ende, und es erfolgt (820ff.) die Verbindung der Gaia mit Tartaros, dem letzten der großen Weltteile. Typhon, ihr Sproß, wird aber von Zeus überwunden und Zeus daraufhin zum Götterkönig eingesetzt. Der Rest des Gedichts gilt den Ehen des Zeus und der Kroniden, niederen Verbindungen des Zeus, denen weitere Olympier entstammen, sowie dem Stammbaum des Helios, schließlich Verbindungen von Göttinnen mit sterblichen Männern (Heroogonie). Den Schluß bildet eine Überleitung zu den Frauenkatalogen (s. u. III), was zeigt, daß die uns tradierte Theog. diese voraussetzt.

Die Theog. ist Zeugnis einer hohen rhapsod. Kunst, bei der die Abstimmung der Partien eine wesentliche Rolle spielt; vgl. z. B. die Reihe 126–153, 154–182, 183–210, 211–237 = 28, 29, 28, 29 V. mit Nennung der Nymphen im jeweils 5. V. (130, 187, 215) oder die beiden parallelen Dekadenreihen der Titanomachie (644ff. 685ff.). Sie stellt ferner die einzige ganz erhaltene myth. Kosmogonie dar. Nach dieser entsteht zuerst das Chaos (dem das χάσμα μέγα 740 entspricht), dann die Erde, die sich weiter entfaltet. Aus ihr ergeben sich die 4 großen Weltteile (Erde, Tartaros, Meer, Himmel; vgl. 117–119 und 126ff. mit 736ff., 807ff.) und von ihnen ausgehend die weiteren Erscheinungen (z. B. Flüsse, Gestirne, Winde, aber auch Ungeheuer oder nymph. Wesen). Alles steht jedoch unter dem Gesichtspunkt der Göttergesch., die in der Herrschaft des Zeus ihr Ziel hat. Auf Uranos folgt Kronos, der den oppressiven Vater entmannt, und auf Kronos, der seine Kinder verschlingt und wieder freigeben muß, Zeus. Diese Mythen haben eine Reihe völkerkundlicher Parallelen (z. B. in Himmel–Erde–Trennungsmythen), und die dynast. Auffassung der Göttersukzession zeigt Berührungen mit Mythen altoriental. Völker (hethit.: Anu [sum. AN = Himmel], Kumarbi, Wettergott; vgl. RE Suppl. IX 1484), die als bloße Spontanparallelen nicht zu erklären sind. H.' Theog. hat auf spätere Theogonien, aber auch auf vorsokr. Philosophen (z. B. Anaximandros, Parmenides, Empedokles) eingewirkt. Ihre Göttergesch. hat den Widerspruch Späterer hervorgerufen (Xenophanes, Platon), sie ist jedoch, wenn auch nur in philos. Umdeutung, bis zu den Neuplatonikern immer wieder geglaubt worden.

II. *Ἔργα καὶ Ἡμέραι*. Anlaß des Gedichts (828 V.) ist ein Rechtsstreit H.' mit seinem Bruder Perses, der sich bei der Erbteilung mit Hilfe bestochener »Könige« Vorteil zu verschaffen gewußt hatte (10,34ff.). H. fordert den Bruder zur gerechten Schlichtung des Streits im Rahmen einer Parainese auf, die die Stellung des Menschen in der Welt des Zeus, deren Ordnung, die Notwendigkeit der Arbeit und ihren Ablauf im Jahr und im Monat (die »Tage«) zum Gegenstand hat. Schon im Prooimion (1–10) wird Zeus als der Gott, der erhöhen und erniedrigen kann, gepriesen und um das Recht angerufen. Es folgt die Unterscheidung von 2 Erides (die »Korrektur« von Theog. 225ff. ist für die relative Chronologie wichtig), eine schlechte (Zwist usw.) und eine gute (Wettstreit). Die Warnung (27) vor dem schlechten Streit führt zum persönlichen Anliegen, der Übervorteilung durch den Bruder (34). Der folgende Prometheusmythos liefert das abschreckende Beispiel, das zugleich erklärt, warum den Menschen Mühsal und Arbeit auferlegt ist (43ff.). Daran schließt der Zeitaltermythos (106), der mit einem Ausblick auf den Untergang des jetzigen (eisernen) Menschengeschlechts endet: dieser wird eintreten, wenn der Verfall der Sitte vollständig und die Zeit der schamlosen Gewalttäter gekommen ist (180). Die Fabel vom Habicht und der Nachtigall (202) zeigt daraufhin Gewalttat in einem gleichnishaften Bilde, an das sich die Warnung vor der Vergewaltigung der Dike (des Rechts), ein Bild vom glücklichen Zustand der Stadt der Gerechten, das Gegenbild vom Fluch auf der Stadt der Ungerechten und zuletzt wieder die Warnung vor dem Rechtsbruch, auch in H.' Fall (268f.), anschließt. Gewissermaßen die Lösung der Tierfabel bringt dann die Aussage (274), daß Zeus den Tieren das Gesetz gegeben hat, einander zu fressen, den Menschen jedoch die Dike: wer das Recht wahrt, den weiß Zeus zu belohnen, wer es meineidig bricht, den trifft der Fluch noch in den Nachkommen. Ab V. 286 wird die Parainese konkret: man muß arbeiten (298), wie die Götter es wollen, und braucht sich dessen nicht zu schämen; Nichtstun und Übeltat bringen Schande und Verderben. Es folgen Anweisungen über richtiges Betragen und Handeln in Einzelfällen (335–382), dann Ratschläge für die im Einklang mit dem Jahresablauf zu verrichtenden Arbeiten (383–694; zuerst Landbau, dann Schiffahrt), schließlich wieder Anweisungen zum rechten Betragen und Verhalten (695–764; die Reinheitsvorschriften lassen sich nicht eliminieren). Den Schluß bilden die (ebenso wie die Reinheitsvorschriften) viel angezweifelten »Tage«, deren Unechtheit keineswegs ausgemacht ist. Nach einem Scholion schlossen einige die Ornithomanteia an, über die sonst nichts bekannt ist.

Die Erga sind wie die Theog. ein planvoll aufgebautes Gedicht, dessen Aussage sich erst aus der richtigen Zuordnung der Bilder (Partien) ergibt. Die Gliederung ist zumeist durch deutliche Einsätze (z.B. Anreden) kenntlich. Die Ausdrucksformen der Parainese haben z.T. Entsprechungen bei Homer (vgl. H. Diller Die dicht. Form von H.' E., 1962). Wesentliches Vergleichsmaterial bietet P. Walcot H. and the didactic lit. of the Near East, REG 75, 1962, 13. Die Wirkung des Gedichts auf die Folgezeit ist kaum zu überschätzen (z.B. Solon, Lehrgedichte).

III. Ps.-Hesiodea. a) Die Aspis (480 V.) ist ein Einzelgedicht, das ein Stück des Frauenkatalogs (die Alkmene-Ehoie; V. 1–56; vgl. frg. 136 Rz.) als Ausgangspunkt übernimmt. Den Zusammenhang in den Katalogen bieten für den Anfang jetzt POxy 2494 A + 2355. Die Erweiterung gilt dem im Hain des pagasäischen Apollon stattfindenden Kampf des Herakles (und Iolaos), dem Athena beisteht, gegen Kyknos, mit dem sein Vater Ares ist. Herakles tötet dabei Kyknos und verwundet Ares. Hauptstück des Ganzen ist aber die im Rahmen der Wappnungsszene gegebene Beschreibung des Schildes des Herakles (139–320; Vorbild Hom. Il. 18), an der vor allem der Hang zum Grausigen auffällt.

b) Frauenkatalog(e), auch Ehoien, nach dem Eingang *ἢ οἵη* (vgl. Scut. 1; POxy 2481 frg. 5 III, 5; frg. 122. 128. 132). Sie boten (5 B.) den Heroenmythos in systemat. katalog. Gestaltung der Stammbäume und stellten damit die natürliche Fortsetzung der Theog. dar. Man konnte sie daher, freilich nicht im Sinn der Autorschaft, als hesiod. bezeichnen (eine hes. Vorstufe ist denkbar). Den an die Theog. anschließenden Eingang, der von der einstigen Gemeinschaft von Menschen und Göttern spricht, bietet POxy 2354 (= A, Merk.). Ferner sind größere Stücke erhalten u.a. über Sisyphos, die Aithontochter Mestra (~ Poseidon) und Glaukos (Eurynome ~ Poseidon: Bellerophontes), über Salmoneus, Tyro und die Nachkommen des Neleus, über Leda und Althaia samt Kindern, wobei der Katalog von Helenas Freiern bes. hervorgehoben werden muß. Das Werk war von höchster Wichtigkeit sowohl für die spätere Dichtung wie für die Mythographie. Man darf annehmen, daß die ps.-apollodor. Bibl. wie bei der Theog. so auch beim Heroenmythos vom Aufbau der Kataloge mit bedingt ist. Die neuesten Funde scheinen dies zu bestätigen (vgl. West, Gn 1963, 758).

c) Angaben über Megalai Ehoiai (vgl. bes. frg. 143) stellen diese z.T. den Katalogen (bzw. Ehoien) gegenüber. Die Megala Erga mögen eine Erweiterung der Erga bezeichnen, haben sich aber jedenfalls an diese angelehnt (frg. 175 Zeitalter). Bei der Hochzeit des Keyx scheint das Auftreten des Herakles das Hauptstück gewesen zu sein (Merkelbach und West, RhM 1965, 300). Die Melampodie handelte von Melampus und anderen Sehern (vgl. I. Löffler Die M., 1963). Die *Χίρωνος ὑποθῆκαι* enthielten die weisen Lehren → Chirons für seinen

Zögling Achilleus (Parainese). Auch eine Astronomia, ein Gedicht über die → Daktyloi Idaioi, eine → Katabasis des Peirithoos sowie der Aigimios wurden H. zugeschrieben. H. Sch.

Ausg.: *Rzach*, [2]1902, ed. mai.; [3]1913 mit Frg. *Mazon* 1928. *Jacoby*, Theog., 1930. *v. Wilamowitz*, Erga mit Komm., 1928. *A. Colonna*, Erga, 1959. *C.F. Russo*, Scut. [2]1965 mit Komm. Zu den Frg., die seit Rzach wesentlich vermehrt sind, *R. Merkelbach* Die H. frg. auf Pap., 1957, *J. Schwartz* Ps.-Hesiodeia, 1960, sowie den ganzen Bd. 28 (vgl. auch Bd. 30) der POxy.

Lit.: *H. Troxler* Sprache und Wortschatz H.', 1964. *F. Solmsen* Hesiod and Aeschylus, 1949. *W. Nicolai* H.s Erga, Beob. z. Aufbau (1964, dort Lit.). Ferner die Sammelbände: H. et son influence (Fond. Hardt, Entr. VII, 1962). Hes. (Wege der Forschung Bd. 44) hg. v. *E. Heitsch*, 1966.

Hesione (*Ἡσιόνη*, als »Asiatin« gedeutet, Wilam. Arist. u. Athen 2,181). **1.** Okeanide, Gattin des Prometheus. Aischyl. Prom. 558. **2.** Gattin des Meergottes → Nauplios, Mutter des Palamedes. Apollod. 2,23. **3.** Gattin des Atlas, Mutter der Elektra, durch → Dardanos Stammutter des tro. Königshauses. Diod. 1,9. 4,22. **4.** Tochter des tro. Königs → Laomedon, der sie zur Strafe seines Wortbruchs einem Seeungeheuer zum Fraße preisgeben muß. Herakles befreit sie, wird aber auch um den versprochenen Lohn geprellt. Er nimmt Troia ein, erschlägt Laomedon und gibt H. seinem Gefährten Telamon zur Frau. Der Schleier, mit dem sie ihren Bruder Priamos (vgl. *πρίασθαι*!) freikauft, weist sie als alte Meergöttin aus. Erste Andeutung der Sage Il. 20,144f., 5,638ff. Hellan. frg. 136f. Soph. Ai. 1299ff. Verg. Aen. 8,157. Ov. met. 11,211ff. Val. Fl. 2,376ff. Apollod. 2,103.136. 3, 146.162. Hyg. fab. 31.89. Helbig Wandgemälde N. 1129ff. Vgl. die Andromedasage. H. v. G.

Hesperia (*Ἑσπερία*). »Westland« (Macr. Sat. 1,3,15; Frisk s. *ἕσπερος*). Bezeichnung der Griechen für Italien (Dion. Hal. Ant. 1,35,3. Verg. Aen. 1,530), bes. von Dichtern verwendet (Hor. c. 3,6,8). Mit Erweiterung der geograph. Kenntnisse wurde auch Spanien als H. bezeichnet (Suda s. *Ἱσπανία*), zur Unterscheidung *H. ultima* genannt (Hor. c. 1, 36,4. Serv. Aen. 1,530). I. B.

Hesperiden (*Ἑσπερίδες*) »westl.« Nymphen, die hellstimmigen Töchter der Nacht (Hes. theog. 215,275), nach anderen des Phorkys und der Keto oder des Atlas und der Hesperis, die »jenseits des Okeanos« die goldenen Äpfel und die Fruchtbäume des Göttergartens pflegen, die von einem (hundertköpfigen) Drachen → Ladon bewacht wurden, der viele Stimmen von sich geben konnte (Apollod. 2,113.120). Den Baum mit den goldenen Früchten (Symbol ewiger Jugend oder der Liebe und Fruchtbarkeit) hatte Ge als Hochzeitsgeschenk für Zeus und Hera sprießen lassen; urspr. war wohl dieser Wundergarten der Schauplatz des *ἱερὸς γάμος* gewesen. Lokalisiert wurde er nach Apoll. Rh. 4,1396ff., wo die H., durch Orpheus beschworen, aus Staub und Erde zu Bäumen werden, schließlich als Nymphen erscheinen, den Argonauten von dem Besuch des Herakles erzählen und ihnen eine Quelle zeigen, in der Kyrenaika – sw. von Kyrene lag die Kolonie H. oder Euhesperides, später Berenike genannt –, dann bei den Säulen des Herakles am »Atlas« (bei den Hyperboreern Apollod. a. O.), schließlich auf atlant. Inseln (Strab. 3,150. Plin. nat. 6,31,36) s. Schoo Mnem. ser. 3,7, 1939, 15). Zahl (auf Vasenbildern bis zu 11) und Namen der H. variieren: Hes. frg. 280 Rz. nennt Aigle, Erytheia, Hesperethusa; der letze Name Apollod. a. O. in Hesperia und Arethusa zerlegt. Das H.-Abenteuer des Herakles kommt in bildlichen Zeugnissen erst gegen E. des 6., in der Lit. erst im 5. Jh. v. Chr. vor (Pherekyd. Soph. Trach. 1099ff. Eur. Her. 394ff.). Die älteste Version scheint gewesen zu sein, daß Herakles allein in den Garten eindrang, den Drachen tötete und selbst die Äpfel für sich pflückte, nicht im Auftrag des Eurystheus. In der späteren Sage schenkte Eurystheus dem Herakles die Äpfel, dieser der Athena, die sie den H. zurückgab. H. v. G.

Prell.-Rob. 1,562ff. *Sittig*, RE VIII 1243ff. *Wilam.* Eur. Her. 303ff.; *Ders.* GldH. 1,248.262. *W. Amelung* Herakles bei d. H., 1923. *Radermacher* Mythos und Sage 224. *Lesky* Thalatta 76ff. *Frank Brommer* Herakles, 1953, 47ff. *K. Kerényi* Die Heroen der Griechen, 1959, 179ff.

Hesperium promont. Vorgebirge an der W.-Küste Afrikas, den Inseln Gorgades gegenüber (*Ἑσπέρου κέρας* Ptol. 4,6,2. Plin. nat. 5,10. 6, 197.199.201. Mela 3,96.99. Solin. 56,10ff. Mart. Cap. 6,702). Sichere Identifikation ist nicht möglich. Man denkt bes. an das Vorgebirge Cap Vert, auch an die weiten Mündungen des Gambia, Rio Geba (Insel Orango), des Cestosflusses (Coffininsel) oder an die Küste von Guinea (Sierra-Leone, N.-Afrika, wohin der Periplus Hannos (§ 14) führte. M. L.

S. Gsell Hist. Anc. Af. N. 1,496.504.

Hesperius, Decimius Hilarianus (CIL VIII 14346.14398), Sohn des → Ausonius (2), proconsul Africae (Cod. Theod. 15,7,3 von 376), praefectus praetorio von 377–380, verwaltete 378/79 gemeinsam mit dem Vater die beiden w. Praefekturen (Cod. Theod. 1,15,8. 10,20,10. Auson. grat. actio 7,11,40). Zwischen 383 und 388 lebte H. in Trier (Auson. epist. 20). Mit H. korrespondierte Symmachus (Symm. epist. 1,75ff.). A. L.

S. Mazzarino Stilicone 1942, 23ff.

Hesperos s. Planeten

Hestia (*Ἑστία* IG XIV 433. *Ἱστία* IGA 396). Die Göttin des Herdes (Hes. erg. 734. Plat. leg. 745b). Die von F. Solmsen Unters. z. griech. Laut- und Verslehre, 1901, 191ff. 213ff. und H. Ehrlich, KZ 41, 1907, 289ff. abgelehnte etym. Zusammengehörigkeit mit lat. → Vesta (P. Kretschmer, Gl 1, 1909, 384. Frisk 576f.) wird jetzt wieder verteidigt ([3],32ff. Vgl. P. Chantraine, AC 22, 1953, 66f.);

nicht zuletzt im Hinblick darauf, daß im Kult des deifizierten Herdes (ἑστία) einmal das Moment des hlg. Mittelpunkts, welches H. am delph. Omphalos in die Nähe der → Gaia rückt (Hom. h. 24,1 ff. Ariston. h. in Hest. 1 ff. P. ROUSSEL, RA 18, 1911, 86 ff. J. AUDIAT, BCH 56, 1932, 299 ff. 310 ff.) und die rel. Grundidee der häusl. Rechts- und Schutzsphäre bildet (Hom. Od. 14,159. Hdt. 4,68. H. J. ROSE, Euphrosyne 1, 1957, 95 ff.), bes. Beachtung fordert, zum anderen, mit Rücksicht auf skyth. Tabiti (= H.: Hdt. 4,59. M. VASMER Iranier in S.-Rußland, 1923, 16 f.), das des nie verlöschenden, reinigenden, lebenspendenden Feuers (Cornut. 28), welches sowohl die Jungfräulichkeit der Vestalis ([3],27 ff.) als auch die Phallossymbolik des Herdes (F. ALTHEIM, RVV 22,1, 1930, 51.65. L. EUING Sage von Tanaquil, 1933, 29 ff. F. R. SCHROEDER, Germ.-Rom. Monatsschr. 22, 1934, 190 f.) einschließt. Die Bedeutsamkeit beider Momente läßt die präskyth. Tabiti (W. M. MCGOVERN Early Empires of Central Asia, 1939, 57) als »Königin« und »Große Göttin« neben → Zeus Papaios treten (Hdt. 4,127; vgl. Plat. leg. 848 d. T. TALBOT RICE The Scythians, 1958, 85 f.); die griech. Mythologie zählt H. entsprechend als Tochter des → Kronos (Hes. theog. 493 f.) und ewig virginale Schwester des Zeus (Hom. h. Aphr. 21 ff. F. JOUON, REG 69, 1956, 290 ff.) zu den Urgöttern (Pind. N. 11,1 ff. 8) und konzediert ihr ständigen Himmelssitz, althergebrachte Ehren und den Opferprimat (Hom. h. 29,1 ff.). Die Projektion des häusl. Herdkults auf den Staatshaushalt (Plat. leg. 856 a) sichert der H. den Platz im Prytaneion (Sch. Pind. N. 11,1. Ath. 4,149 d), so etwa in Olympia (Xen. hell. 7,4,31. CH. PICARD, Rev. Hist. 186, 1939, 260 ff.), Ephesos (J. KEIL Anat. Studies W. H. Buckler, 1939, 119 ff.) oder Milet (F. EICHLER, AAWW 98, 1961, 65 ff.), und im Buleuterion (Xen. hell. 2,3,52. PICARD, RHR 129, 1945, 31 ff. [3], 37 ff.). Die damit gegebene Verankerung im Schwur- und Fluchwesen (Aischin. 2,45. F. JACOBI Πάντες θεοί, 1930, 20 f.) erklärt ihre Stellung unter den θεοὶ ἵστορες des Ephebeneids von Acharnai (M. BOCK, Wiener Jahresh. 33, 1941, 46 ff.). Andererseits weist die Position neben → Aglauros und den → Charites auf die Nähe der feuerspendenden H. zu → Eirene mit Plutos und Füllhorn (C. ROBERT Arch. Hermeneutik, 1919, 61 f.). Damit vereinbart sich sowohl ihre von alters her beherrschende Rolle in der volkstüml. Rel. des Haussegens (Sophr. frg. 42 Kaib. Plat. Krat. 401 a. NILSSON Greek Popular Rel., 1947², 72 f. 75; GgrR 1, 337 f.) als auch ihr zentraler Sitz im Kosmos der Pythagoreer (Philol. frg. 7. Aet. 2,7,7. R. E. SIEGEL, Janus 49, 1960, 1 ff. 16 ff.), ihre Gleichsetzung mit der Erde bei Anaxagoras (Eur. frg. 944 N.), ihre himml. Hüterrolle im platon. Phaidrosmythos (Phaidr. 247 a. P. M. SCHUHL, RA 1949, 958 ff.), schließlich ihre späte Verherrlichung als πολύολβος in der orph. Hymnik (h. 27. 84) sowie auf der äg. Tapisserie von Dumbarton Oaks ([4],389 ff. G. MANGANARO, ArchClass 12, 1960, 189 ff.). W. F.

1. *L. R. Farnell* Cults of the Greek States 5, 1909, 345 ff. 2. *O. Huth*, ARW 36, 1939, 108 ff. 3. *L. Deroy*, RHR 137, 1950, 26 ff. 4. *P. Friedländer*, H 87, 1959, 389 ff.

Hestiaia s. Histiaia

Hestiaios (Ἑστιαῖος) von Perinth, ein Schüler Platons, schrieb Platons Vorlesung über das Gute mit und veröffentlichte sie: Simplik. in Arist. phys. 453,29 Diels nennt ihn (gewiß ohne die Nachschrift zu kennen) unter den Ohrenzeugen der berühmten Vorlesung. H. suchte die Lehre von den Idealzahlen weiterzubilden: Theophr. frg. 12,13 W. Vgl. ferner Ind. Acad. Hercul. 6,34 (34,1 MEKLER) Diog. Laert. 3,46 und Aet. 1,22,3 (Doxogr. 318 a 15). 4,13,5 (ebd. 403 b 19). H. D.

Hestiaiotis s. Thessalien

Hestiasis (ἑστίασις), das in den att. → Phylen an bestimmten Festen (Panathenäen, Dionysien) von bemittelten Bürgern (ἑστιάτορες) als enkykl. → Leiturgie ausgerichtete öffentliche Mahl (Demosth. 20,21 mit Sch. [BCH 1, 1877, 147]), zum Unterschied vom privaten täglichen → Deipnon auch φυλετικὸν δεῖπνον genannt (Athen. 5,185 c). H. B.

Hestiodoros (Ἑστιόδωρος). Athener, Sohn des Aristokleides, nahm als Stratege im J. 430/29 v. Chr. die Kapitulation von → Poteidaia entgegen (Thuk. 2,70,1) u. fiel 429 bei Spartolos (2,79). K. W.

Hesychios. 1. H. aus Alexandreia, griech. Grammatiker des 5. oder 6. Jh. n. Chr., Vf. des umfangreichsten erhaltenen Lex., dessen Titel nach der einzigen (ziemlich fehlerhaften) Hs. (Cod. Marc. Gr. 622, 15. Jh.) *Συναγωγὴ πασῶν λέξεων κατὰ στοιχεῖον* lautet. Im Widmungsbrief an einen nicht weiter bekannten Eulogios nennt H. die Vorlagen seiner Kompilation: Demzufolge bildet das alphabet. angelegte Lex. des Diogenianos (→ 2) die Hauptquelle; dort fehlende Erklärungen und Belege entnahm H. den *Λέξεις* der Grammatiker → Aristarchos (6), → Apion und → Heliodoros, unter Berücksichtigung der prosod. Vorschriften des → Herodianos. Der urspr. Bestand ist in mehrfacher Hinsicht verändert worden. Einerseits wurde er durch Übernahmen vor allem aus dem Material des sog. → Kyrillos-Glossars (das in verschiedenen Rezensionen überliefert ist, aber bislang nicht ediert wurde), eines Bibel-Onomastikons, einer Sprichwörter-Slg., eines attizist. Lex., auch durch willkürliche Interpolationen der Kopisten erweitert, andererseits wurden erhebliche Kürzungen vorgenommen, die in erster Linie die Zit. und Erklärungen betreffen. Trotzdem besitzt das Werk auch in der vorliegenden Fassung großen Wert, der nicht zuletzt auf der erheblichen Zahl von Dialektglossen beruht. H. Gä.

Ta.: Ed. princ. von *M. Musurus*, Venedig 1514 (Ald.). *M. Schmidt*, Jena 1858/68. *K. Latte*, Bd. I (*Α–Δ*), København 1953 (mit ausführlicher Praefatio; vgl. auch FF 28, 1954, 146 ff.).

Lit.: Ältere Arbeiten: RE VIII 1321f. *Latte* S. LIIIff.; vgl. Diogenianos (2). *Christ-Schmid* 2,2,1083. *J. Baunack* Philol. 70, 1911, 353ff. 449ff.; Xenia Nicolaitana, Lpz. 1912, 59ff.; Philol. 73, 1914/16, 19ff. 180ff. *A. v. Blumenthal* H.-Studien, Stuttgart 1930. *H. Gossen* Die zool. Glossen im Lex. des H., Quellen und Stud. zur Gesch. der Nat.-Wiss. und Med. 7, Bln. 1937.

2. H. ist nach Hieronymus (Praef. in Paralipomena; Apol. adv. Rufinum II, 27) der sonst unbekannte Veranstalter einer LXX-Ausgabe in Äg. und außerdem der Hg. eines zu tadelnden Textes des NT. (so Hier. Praef. in Evang.). Wohl auf Hier. fußend nennt das Decretum Gelasianum (→ Gelasios 3) diesen Text apokryph. Ob H. mit dem bei Eus. h.e. 8,13,7 genannten äg. Märtyrerbischof († 306) ident. ist, bleibt zweifelhaft. Die Vermutung Boussets (TU 11,4,74ff.), der die Codices Sinaiticus (א) und Vaticanus (B) ihrer äg. Herkunft wegen der Familie der H.-Hss. zurechnet, läßt sich nicht halten, da die Eigenart von א und B schon für die 1. Hälfte des 3. Jh. nachzuweisen ist (Chester Beatty Pap. 965). So ist A. Rahlfs (Septuaginta 1962, XIV) zuzustimmen, der die LXX-Rezension des H. für noch nicht nachgewiesen hält.

RE VIII 1327f. RGG 3^2,299. *E. Nestle* Einf. in das griech. NT. ^{4}1923. *Bardenhewer* GAL 2,212ff. *H. J. Vogels*, HB. der nt. Textkritik, 1923. *F. G. Kenyon* Der Text der griech. Bibel, 1952. *B. M. Metzger* Der Text des NT., 1966.

3. H., von Jerusalem ist um 400 Mönch und seit 412 Presbyter. Als Exeget, der wahrscheinlich die ganze Hl. Schrift erklärt hat, ist er ein Vertreter der allegorisierenden Auslegung der Alexandriner. Eine Übersicht über die echten und unechten Schriften des H. findet sich bei K. Jüssen Die dogmat. Anschauungen des H., 1. T. 1931, 10–47. Aus seinem reichen Schrifttum sind unter anderem erhalten: Glossen zu Jes. (Hesychii Hierosolymitani interpretatio Jesaiae prophetae ed. M. Faulhaber, 1900), größere Teile eines Psalmenkomm. (Migne PG 93,1179–1340), *Στιχηρὸν τῶν ιβʹ προφητῶν καὶ Ἡσαίου καὶ Δανιὴλ ἔχον ἐν παραθέσεσι τὰς τῶν δυσχερεστέρων ἑρμηνείας* (Migne PG 93,1340ff.), mehrere Predigten (Migne PG 93,1449–1480) u.a. Kl. W.

RE VIII 2,1328f. *Altaner* 215. 299f. (Lit.).

4. H. Illustrios (Rangbez.) von Milet. Sohn H.' und der Philosophia, erlebte Anastasios I. und noch Iustinian (527–565).

Werke: 1. *Ἱστορία Ῥωμαική τε καὶ παντοδαπή*, Weltgesch., vom assyr. Bel bis zum Tod des Anastasios I. (518 n. Chr.), in 6 Abt. (Phot. bibl. cod. 69); daraus – epitomiert? – im Heidelb. Paradoxographencod. Pal. 398 die *Πάτρια Κωνσταντινουπόλεως* (Gesch. von Byzanz bis Neugründung Konstantinopels) erhalten, die, auch in den *Πάτρια* des »Kodinos« und der Vita Constant. Magni (Angelicus gr. 22) herangezogen, trotz inhaltlicher Beschränkung und chronol. Mängel einen gewissen Ersatz für den Verlust der Lokallit. über Byzanz und des Exkurses bei Trog. bieten. Eine Fortsetzung der *Ἱστορία* behandelte Kaiser Iustinus (518/27) und Iustinians Anfänge. 2. *Ὀνοματολόγος ἢ Πίναξ τῶν ἐν παιδείᾳ ὀνομαστῶν*, ein verlorenes, nur heidn. Autoren behandelndes lit.-hist. Werk, das die → Suda offenbar über eine Epitome oder deren Bearbeitung benutzte; seit den Arbeiten von O. Schneider u.a. glaubt man, daß die urspr. H.-Viten mit ihrer charakterist. Form nach Sachklassen (Dichter, Philosophen, Historiker usw.) chronolog. geordnet waren (Reihenfolge aus den Homonymen der Suda ersichtlich), vom Epitomator jedoch in alphabet. Ordnung gebracht und um die chr. Viten und vielleicht auch um die Komikerviten aus Athen. bereichert wurden. Als Quellen des *Ὀνοματολόγος* wurden vermutet, z.T. aber auch abgelehnt: Asklepiades von Myrlea, → Dion. Hal. (*ὁ μουσικός*), → Helikonios, → Herennius Philon von Byblos, → Hermippos von Berytos, Homonymenautoren, Porph. u.a.; enge Verbindungen bestehen zwischen H. und den Quellen des → Diog. Laert. Was als Schrift des H. *π. τῶν ἐν παιδείᾳ διαλαμψάντων σοφῶν* vorliegt, ist, wie schon C. Lehrs (RhM 17, 1862, 453ff.) erkannte, eine Kompilation aus Diog. Laert. und Suda, entstanden im 11./12. Jh. nach E. Martini (Lpz. Stud. 20, 1902, 159ff.), der als Archetyp der Ps. H.-Hs. den cod. Vat. gr. 96 (*Φ*; 13./14. Jh.) ermittelte; Vf. des dort auch befindlichen »großen Diog.-Exzerptes« ist nach P. von der Mühll ebenfalls Ps. H. W. Sp.

Frg. (auch Ps. H.): FHG 4,143/77. FGrH 390 (gibt §§ 1–38). Vita Menag.: *I. Düring*, Arist. in the Anc. Biograph. Tradition, 1957, 80/93 (Lit.). Ps. H.: *J. Flach*, BT, 1880. *Krumbacher* 323/25 (Lit.). 423f. *H. Schultz*, RE VIII 1322/27 (Lit.). *Gudeman*, ebd. 655ff. *Christ-Schmid*^{6} 2,1039f. *Honigmann*, RE III A 2394. *A. Adler*, RE IV A 706ff. (Lit.). *A. Biedl*, Studi e testi 184, 1955. *Colonna* v. Helikonios, 60f. (Lit.). *G. Moravcsik* Byzantinoturcica 1^2, 1958, 471f. *G. Wirth* v. Helikonios (Lit.). *Ders.*, Klio 41, 1963, 223. 228.

Hetairai (*ἑταῖραι*, Gefährtinnen, lat. *amicae*), euphem. Sammelbegriff für Frauen, die für Geld Geschlechtsverkehr gewährten, meist im Gegensatz zu Dirnen (*πόρναι*) für gebildete Halbweltdamen gebraucht, zuerst bei Hdt. 2,134f. belegt. Dion. Hal. ant. 1,84,4. Plut. Sol. 15,2. Athen. 13,571 D.

Da die griech. Ehefrau bildungsarm nur für den Haushalt sorgte, galt der Verkehr mit H., die im Flötenspiel und Tanz geübt, in Literatur, Kunst und Philosophie bewandert waren, nicht als anstößig. In hom. Zeit gab es H. nicht, später nicht in Sparta und auf Keos. Phylarch. FGrH 81 F 42. Seit dem 7. Jh. begegnen H. in Ionien und Griechenland, in Athen z. Z. Solons. Plut. Sol. 22,4. 23, 1. Sappho klagte über die von ihrem Bruder Charaxes in Naukratis losgekaufte thrak. H. Doricha, gen. Rodopis, die dem delph. Gott eherne Spieße (d.h. Gerätegeld) weihte. E. Lobel und D. Page Poet. Lesb. frg. 1955, 202. In Korinth beteten über 1000 in sakraler Prostitution zum Aphroditetempel gehörige H. im Perserkrieg um Rettung der Stadt. Athen. 13,573 CD. Der Korinther Xenophon weihte 464 für seinen olymp. Sieg 1000 Mädchen der Aphrodite, die Pind. O. 13 besang. Kleidung, Kosmetik, Schmuck und Auftreten der H. schildern viele Vasenbilder, die mittlere und neuere Komödie (40 Stücke sind nach H. betitelt), Plaut. und Ter., die ἑταιρικοὶ διάλογοι Lukians die ἐπιστολαὶ ἑταιρικαί Alkiphrons und der λόγος ἐρωτικός des Athen. 13, der 7 weitere Autoren anführt. Der Lohn der H. schwankte zwischen Obolen und Riesenhonoraren der μεγαλόμισθοι (bis zu einer Mine, Athen. 13,569 A. 570 B.). Berühmte H. waren Aspasia (→ 1), die Phryne des Praxiteles, die Thais Alexanders d. Gr., einige erhielten nach dem Tode göttliche Ehren, so Belistiche, H. des Ptolemaios II. in Äg., Lamia und Leaina, H. des Demetrios (→ 2) in Athen und Theben (Demochares FGrH 75 F 1), Pythionike, H. des Harpalos, Grabmäler in Babylon und Athen. Paus. 1,37,5. Athen. 13,594 E. In Rom begegnen als H. zuerst Hispala (*nobile scortum* Liv. 39,9, 5.ff.) im Bacchanalienskandal 186, Phryne, Collyra und Hymnis bei Lucil., Lesbia bei Catull, Cynthia bei Prop., in Catilinas Verschwörung Fulvia und Sempronia. Sall. Cat. 23,3f. 25. Das Auftreten vornehmer Römerinnen als H. wurde in der Kaiserzeit gesetzlich und durch Senatsbeschluß verboten. Tac. ann. 2,85. Die Kaiserin Theodora, Gemahlin Justinians I., selbst früher H., bekämpfte die H. und wies sie in das »Kloster der Reue« ein. Prok. an. 9,11. 17,6; aed. 1,9,1 ff. Namenlisten der H. bei K. Schneider, RE VIII 1358f. 1362ff. H. V.

H. Herter, RACh 3, 1957, 1154ff. *Ders.* Die Soziologie der antik. Prostitution im Lichte des heidn. und chr. Schrifttums, JbAC 3, 1960, 70ff.

Hetaireseos graphe (ἑταιρήσεως γραφή). In Athen öffentliche Klage gegen einen Mann, der sich der Päderastie gegen Entgelt oder der Kuppelei dazu schuldig gemacht hatte (Aischin. 1,19f. 87. Aristoph. Plut. 153). Voraussetzungen der Klage: Bürgerrecht der Täter, Volljährigkeit des Beklagten z.Z. der Tat und Ausübung eines der den Tätern schon auf Grund der Verwirklichung des Tatbestandes gesetzlich entzogenen Bürgerrechte. Strafe: der Tod. E. B.

J.H. Lipsius Das att. Recht und Rechtsverf., 1905–1915, 436f.

Hetairia (ἑταιρία). **1.** In Kreta bezeichnet H. eine der att. → Phratrie entsprechende Abteilung der Bürgerschaft, die gemeinsame Mahle (ἀνδρεῖα) hält (Athen. 4,143 b. Strab. 10,480) und Ζεὺς ἑταιρεῖος verehrt (Hesych. s. ἑταιρεῖος). Die Jugend gelangt in sie über die → Ἀγέλαι. Die H. ist für → Adoptionen zuständig (IC 4,72 col. X 34–39) und hat richterliche Gewalt (IC 4,42 B 12). **2.** In Athen hat H. (daneben: συνωμοσία) im 5. Jh. die Bedeutung »politischer Klub«. Die Mehrzahl dieser Hetärien verfolgt oligarch., der bestehenden Demokratie zuwiderlaufende Ziele, die sie durch Gewinnung von Einfluß auf die Gerichte und die polit. Organe (Thuk. 8,54,4 ἐπὶ δίκαις καὶ ἀρχαῖς) zu erreichen sucht. Die H. dieses Typs geht zurück auf die gentiliz. organisierte H. des 6. Jh. (Thuk. 3,82,4–6). **3.** Im spätgriech. Sprachgebrauch ist H. t.t. für eine dem röm. → *collegium* entsprechende Vereinigung von Berufs- oder Kultgenossen (Dig. 47,224) wie der Bäcker in Magnesia (O. Kern Die Inschr. von Magnesia am Maeander, 1900, 114) oder der Atargatis-Verehrer in Dura-Europos (Frye/Gilliam/Ingholt/Welles, YClS 14, 1955, 129–131). Auch die Zusammenkunft von Christen zur → Agape konnte als H. betrachtet werden (Plin. epist. 10,96,7). H. B.

R.F. Willets Aristocratic Society in Anc. Crete, 1955, 22–27 u.ö. *F. Sartori* Le eterie nella vita politica ateniese del VI e V secolo a.C., 1957. *Th. Mayer-Maly*, SDH / 22, 1956, 323–325.

Hetairoi (ἑταῖροι). **1.** »Gefährten« heißen zunächst diejenigen makedon. Adligen, die ihren König beratend oder seiner Aufträge gewärtig umgeben. Seit → Archelaos (1) bezeugt (Ail. var. 13,4), unter → Alexander (4) d. Gr. ins Licht tretend, weichen sie in dessen letzten J. und vollends in den hellenist. Monarchien den φίλοι (→ Hoftitel) im pers. Sinne (Berve Alex. 1,30–37). **2.** In übertragener Bedeutung werden so bezeichnet die makedon. ἱππεῖς, die als Inhaber königlicher »Lehen« Kavalleriedienst leisten, z.Z. Philipps II. 800 (Theopomp. FGrH 115 F 224. F. Hampl Der König der Makedonen, 1934, 66–77). Numerisch verstärkt, in Ilen gegliedert, von → Philotas kommandiert, sind die H. neben den → Pezhetairoi maßgeblich an Alexanders Schlachtenerfolgen beteiligt. H. ist auch im Seleukidenreich die Bezeichnung für die Kavallerie (E. Bikerman Institutions des Séleucides, 1938, 52). H. B.

Hethiter. Zu Anfang des 2. Jt. v. Chr. gelangten die H., vermutlich von O. kommend, nach Zentralanatolien. Sie sprachen eine idg. Sprache, die zusammen mit dem Palaischen im n. Zentralanatolien und dem an der S.-Küste in Arzawa und Kizzuwatna (= Kilikien) gesprochenen Luwischen, zu dem das sog. Hieroglyphenheth. und das Lykische des 1. Jt. gehören, eine engere Sprachgruppe ausmacht (»Hethitito-Luwisch«, ungenauer: »Anatolische Sprachen«), an die vermutlich noch das Lydische des 1. Jt. anzureihen ist. – Anknüpfend an die einheimische (proto)hattische Tradition, mit der die urspr. Landbezeichnung Ḫatti (Chatti) und die hebräische Volksbezeichnung Ḥittîm sowie u.a. unser Name Hethiter verbunden ist, einigten die H. das zuvor – zur Zeit der altassyr. Handelskolonien – in kleine Königtümer zersplitterte Ḫatti. Nach den heth. Quellen, über 25000

Tontafeln, beschrieben mit der sog. akkadischen Keilschrift, aufbewahrt in der heth. Hauptstadt Ḫattusa (Chattusa) = Boğazköy im Halysbogen, herrschte eine ältere Dynastie seit Labarna I. (Mitte des 17. Jh. nach der mittleren Chronologie) zunächst in Kussar(a) und vom 2. König Labarna II. = Ḫattusili I. an in Ḫattusa. – Obgleich schon dessen Nachfolger Mursili I. im Rahmen der heth. Expansion nach N.-Syrien (Aleppo) Babylon zerstörte (1595), erreichte das H.-Reich erst unter Suppiluliuma I., dem Urenkel des Begründers der jüngeren heth. Dynastie Tudḫaliya II. (eigentlich I.), zu Beginn des 14. Jh. Großmachtgeltung. Bis zu seiner Vernichtung durch die sog. Seevölker um 1200 v. Chr. unter Suppiluliuma II. war das H.-Reich vorwiegend nach O. orientiert. – Im O., aus einer nordsyr. Schreiberschule, entlehnten die H. unter Ḫattusili I. die akkad. Keilschrift. Sumer.-akkad.-heth. Vokabulare, sumer. Schülertafeln u.a.m. bezeugen einen frühen, »gelehrten« mesopotam. Kultureinfluß. Vor allem nach Suppiluliumas I. Vernichtung des hurrischen Mitanni-Reiches, dessen Dynasten im 15./14. Jh. indo-arische Namen tragen, setzt ein starker hurr. Kultureinfluß ein. Über die Hurriter gelangten u.a. mesopotam. und hurr. Mythen wie z.B das Gilgameš-Epos, die Mythen vom Königtum im Himmel und um Kumarbi zu den H. – Obgleich in heth. Texten des 14. und 13. Jh. v. Chr. das Land Aḫḫiyawa (Bd. I S. 39b) eine gewisse Rolle spielt – auch Alasiya (Zypern) ist in dieser Zeit mehrfach bezeugt –, bewahrten die Griechen keine Erinnerung an die H. Einzelne Monumente mit Beischriften in der von den H. erfundenen Bilderschrift (»heth. Hieroglyphen«) aus dem 13. Jh. v. Chr. in W.-Kleinasien deuteten sie auf ihre Art um wie die Muttergöttin am Sipylos, ö. von İzmir (= Homers weinende Niobe, Il. 24,614 ff.) und den heth. Krieger vom Passe Karabel (= Herodots König Sesostris = Ramses II. von Äg.; Hdt. 2,106 ff.). A.K.

F. Sommer Hethiter und Hethitisch (1947). *Albrecht Goetze* Kleinasien (1957^2). *E. Laroche* Catalogue des textes hittites in Rev. hittite et asianique fasc. 58–60, 62 (1956–1958). *H. G. Güterbock* in Mythologies of the Ancient World, ed. by S.N. Kramer, 1961, 139 ff. *H. Otten*, MDOG 94, 1963, 1 ff. Neuere Hethiterforschung, hg. von Gerold Walser, Hist. ES. H. 7, 1964, mit Beiträgen von Th. Beran, Albrecht Goetze, H. G. Güterbock, H. Otten, E. von Schuler. HB Oriental. 1. Abt. Bd. 2: Keilschriftforschung und alte Gesch. Vorderasiens, Abschn. 1 und 2 Lfg. 2 ff. (im Druck): Hethitisch, Palaisch, Luwisch und Hieroglyphenluwisch *(A. Kammenhuber)*; Lykisch *(Günter Neumann)*, Lydisch *(Alfred Heubeck)*; (Proto)Hattisch *(Kammenhuber)*, Churritisch (Hurrisch; *Johannes Friedrich*).

Heuschrecke. Wie das dt. Wort H. bezeichnen auch *ἀκρίς* (seit Hom. Il. 21,12; von *κρίζω* »schreien«, s. FRISK) und *locusta* (seit Naev.; nach WALDE-HOF.^{3} Grundbedeutung »mit Gelenken versehen, . . ., springend«) nur allg. die Ordnung Saltatoria Latr. Da Definitionen (d.h. hier wohl differenzierende Beobachtungen) fehlen, ist die Identifikation der zahlreichen weiteren (bes. bei Hesych, Etym. M. belegten) Namen mit Spezies der H. unmöglich (trotz GOSSEN, RE Suppl. VIII 179 ff.): *βροῦχος, βρύκος, μάσταξ, πάρνοψ* (Aristoph. Ach. 150; Av. 588. Ail. nat. 6,19; dafür [?] Oitaier *κόρνοψ*, s. Strab. 13,613), *ἀττέλαβος* (Hdt. 4,172), *attelebus* (Plin. nat. 29,92).

Nach Aristot. hist. an. 555b 18 ff. legen die H., deren Begattung der der anderen Insekten gleicht, ihre bes. zarten Eier gegen E. des Sommers dicht unter die Erde in gepflügten Ackerboden der Ebene, wo sie im Winter bleiben; im Frühjahr (ein trockenes bes. günstig, s. Plin. nat. 11,102) kommen *ἀκρίδες μικραὶ καὶ μέλαιναι* aus der Erde (eine Erklärung des Hüpfens bei Aristot. part. an. 683a 33 ff.). Ihre Nahrung sind Kornähren (Nik. Ther. 803) und Weinblüten (Aristoph. Av. 588), ihre Feinde Nachteulen, Turmfalken (ders. a.O.) und Dohlen (Ail. nat. 3,12). – Die von den H. hervorgebrachten Töne (erklärt von Aristot. hist. an. 535b 11. Plin. nat. 11,107) werden in der Anth. Pal. gefeiert (7,189. 192 ff. 197 f.; 7,190: H. und Grille [*τέττιξ*]; s. noch Plin. nat. 34,57 über Erinna; s. SEELBACH Mnasalkes..., Klass. Phil. Stud. 28, 1964, 34 ff. GOW-PAGE Greek Anthology, 1965, zu Mnas. 12). – Die H.-Schwärme (Plin. nat. 11,104 ff. Quint. Smyrn. 2,196 ff.; für Äthiopien Agatharchides bei Phot. bibl. c. 250; zur Verwendung im Vergleich [bes. im AT.] s. Lit. bei BAUER und PÖSCHL Bibliogr. zur ant. Bildersprache, 1964, 492) sind als Landplage überliefert für Äg. (die »8. Landplage«, Exod. 11), Afrika im J. 125 v. Chr. (Iul. Obs. 30), Italien (202 bzw. 173/72 v. Chr., s. Liv. 30,2,10. 42,2,4. 10,7), für Griechenland zu erschließen (s. Paus. 1,24,8 [Athen], Strab. 13,613 [Oita]). Die Gefahr führte zu verschiedenen Abwehrmaßnahmen: Züchtung von Dohlen; jährlich dreimalige Ausrottung der H. (Kyrene); Verbrennung von H. oder Kochen einer Brühe aus H.; mag. Steine; Apollon- und Herakleskult (Athen und Oita, s.o.). – Als Nahrungsmittel (medizin. Verwendung ist selten) erscheinen die H. im mosaischen Gesetz (Lev. 11,22; zu Johannes d. Täufer s. Matth. 3,4. Marc. 1,6), in Äthiopien (*ἀκριδοφάγοι*, s. Diod. 3,29. Strab. 16,772), Parthien (Plin. nat. 11,107), Griechenland (Aristoph. Ach. 116). E. Mg.

Keller Tierwelt 2,455 ff. *Gossen*, RE VIII 1381 ff. Suppl. VIII 179 ff.

Hexas (*ἑξᾶς* oder *ἑξάντιον*). Sizil. Gewicht und Münze, $^1/_6$ der → Litra, also 2 *ὀγκίαι* (→ Uncia), lat. = → Sextans. Als Gewicht 18,2 g schwer, erscheint er seit dem 5. Jh. v. Chr. als Silber- und Bronzemünze mit 2 Wertkugeln oder -strichen (in Eryx auch mit voller Aufschrift) in vielen sizil. Städten, vereinzelt auch in S.-Italien. H. Ch.

H. Chantraine Jahrb. f. Num. und Geldgesch. 12, 1962, 51 ff.

Hiarbas (*Iarbas. Iapon* Solin. 27,10). **1.** Myth. afrikan. König, wirbt vergeblich um → Dido (Verg. Aen. 4,36. 196. 326. Ov. her. 7,125). Sohn → Ammons (Verg.). Verg. und Ov. her. nennen ihn *Gaetulus* (Ov. fast. 3,552 nur *Maurus*), Iust. 18, 6,1 *rex Maxitanorum* (= *Mazikes* [DESSAU RE XV 5 f.]) Eust. GGM 2, p. 251 *Νομάδων καὶ Μαζίκων βασιλεύς*. H. erobert Karthago nach Didos Tod (Ov. fast. 3,551 ff.). W. E.

2. H., vertrieb Hiempsal (→ 2) und wurde König von Numidien. Im Auftrag Sullas von Pompeius 83 v. Chr. bei Utica besiegt, floh H. nach Bulla, ergab sich Pompeius und wurde getötet. Plut. Pomp. 12,6. Liv. per. 89. Aur. Vict. vir. ill. 77,2. Oros. 5,21,13 f. H. V.

Hibernia. Kelt. **Iwerijo* oder *-ae* ist in der griech.-röm. Lit. wechselnd zu *Iris*, *Ierne*, *Iouernia*, *Hibernia*, *Iuverna*, *Hiverne*, *Hibero* geworden und lebt heute als Irland und Eire fort. Der Name ist bereits in Avien. Or. mar. 111 aus einer griech. Quelle übernommen, die um 500 v. Chr. zu datieren ist. Um 325 v. Chr. hören wir dann über H. durch Pytheas von Massilia, im hellenist. 3. und 2. Jh. v. Chr. durch die Geographen Eratosth. und Hipparchos. Im 1. Jh. v. Chr. folgen Poseidonios, Caes., Diod. und Strab. Das 1. Jh. n. Chr. hat Nachrichten in Ps.-Arist. mund. (vielleicht 1. Jh. v. Chr.), Mela, Plin. nat., Tac. Agr., das 2. Jh. in Iuv., Marinos und ausführlich in Ptol., das 3. Jh. in Solin. und Protagoras, das 4. Jh. in Claudianus, Marcianus und dem Geogr. Rav. Das 5. Jh. schließt mit St. Patricius die Ant. in H. ab.

Die kartograph. Festlegung von H. klärte sich nur allmählich von Erastosth. über Hipparchos, Caes., Strab., Mela und selbst nicht völlig bei Ptol. auf. Die volkskundlichen Nachrichten über die Inselbevölkerung sind leider durch die als Lesefrüchte ständig wiederholten Theorien des Poseidonios u. a. beeinflußt worden, nach denen das nord. Klima Wildheit, Kannibalismus, geschlechtliche Schamlosigkeit, Mangel an Bienen, Vögeln, Schlangen, landwirtschaftlich benutzbarem Boden und infolgedessen miserables Vegetieren zur Folge haben mußte (Diod. 5,32,3. Strab. 2,72. 4,201. Mela 3,6,53. Solin. 23,2. Claud. De IV Cons. Hon. 8,33. Gildas 19). Mit dem gleichzeitigen La Tène Ausgrabungsbefund von H. und der vgl. Indogermanistik steht das in Widerspruch, obwohl gelegentliche Rituale von heiliger Prostitution, Gastrechtsprostitution und matriarchalischer Mutter- oder Schwesterheirat, animist. Bluttrinken und totemist. Kannibalismusrituale als altindoeurop. nicht auszuschließen sind.

Caes. Gall. 5,13. Mela 3,6,53. Tac. Agr. 24 und Solin. 23,2 fügen dann in die Traditionsnachrichten realistischere Augenzeugenberichte ein, nach denen H. von Britannien, obwohl nur halb so groß, wenig unterschieden war, für Viehzucht ausgezeichnetes Gras erzeugte, weiter die gemeinindoeurop. Hochbewertung von Waffen auch die Keltensitten von H. charakterisierte, daß Segelboote aus Zweiggeflecht und Leder hier in Gebrauch waren, der Süden von H. mit der Pyrenäenhalbinsel in Potentialverbindung stand und ir. Angriffe auf Britannien früh vorkamen (Eumen. Paneg. 11), die schließlich zur Ansiedlung der Scoti in N.-Britannien, zur Aufnahme von Attacotti (Not. Dign. Oros. 7,40) in die spätröm. Armee und zum Export von ir. Wolfshunden bis nach Rom führten.

Daß Agricola 82 n. Chr. eine Probelandung in H. unternahm, kann aus Tac. Agr. 24 und Iuv. Sat. 2,159 vorläufig nicht geschlossen werden. Münzhorte, vor allem des 4., und Schatzhorte, vor allem des 4. und 5. Jh. n. Chr. zeigen einen nur allmählich sich steigernden röm. Einfluß. in H., bes. in O.- und NO.-Irland an. Terra Sigillata ist nur selten gefunden worden. Die ca. 432 n. Chr. beginnende Mission des heiligen Patricius leitet schließlich H. in das christliche MA. über.

F. M. H. – R. J. Maybee.

Vgl. mit älterer Bibliogr. RE Suppl. IV 521 f. Art. Geographie, ferner die Art. der RE Gildas, Hibernia, Iulius Agricola (X 135, dazu o. I 144). Marcianus (Suppl. VI 277), Marinos (2), Protagoras (5), Ptolemaios (Suppl. X 785 f.), Pytheas; Oxf. Dict.[2] (1966), s. Hibernia, Ptolemy. *L. Bieler*, The Life and Legend of St. Patrick (1949); *Ders.* Libri Epistolarum Sancti Patricii Episcopi I, II (1952). *Ders.* Ireland, Harbinger of the Middle Ages (1963). *E. H. Bunbury* A History of Anc. Geography (1879). *J. B. Bury* Life of St. Patrick (1905). *Ders.* History of the Later Rom. Empire[2] (1923), Ind. s. Ireland. *M. Cary–E. H. Warmington* Anc. Explorers 1929, 29 f. *C. I. Elton* Origins of Engl. Hist. (1891). *Frank* ESAR 3,118. *F. Haverfield* Anc. Rome and Ireland. Engl. Hist. Rev. 28, 1913, 1 f. *R. Hennig* Terrae Incognitae I[2] (1944), Ind. s. Irland, *J. N. Hillgarth* Visigothic Spain and Early Christian Ireland. Proc. Royal Irish Ac. 62 C 6, 1962, 167 f. *T. Rice Holmes* Anc. Britain and the Invasions of Iul. Caes. (1907), Ind. s. Ireland. *R. A. S. Macalister* The Archaeol. of Ireland[2] (1949), Ind. s. Romans. *R. K. McElderry* Juvenal in Ireland. CQ 16, 1922, 151 f. *R. W. Moore* The Romans in Britain (1938), Ind. s. Ireland. *T. F. O'Rahilly* Early Irish History and Mythology (1946). *I. A. Richmond*, Rom. Britain (1955), Ind. s. Ireland. *S. P. O. Riordain* Rom. Material in Ireland. Proc. Royal Irish Ac. 51 C 3, 1947, 35 f. *Rostovčev* GuW Kap. III Anm. 12. *E. Stein* I (1959), Ind. s. Irlande, Patrice. *I. O. Thomson*, History of Anc. Geography (1948), Ind. s. Ireland. *J. J. Tierney* Ptolemy's Map of Scotland, JHS 79, 1959, 132 f. *Ders.* The Celtic Ethnogr. of Posidonius, Proc. Royal Irish Ac. 60 C 5, 1960, 189 f. *Ders.* The Map of Agrippa, Proc. Royal Irish Ac. 63 C 4, 1963, 151 f. *M. Wheeler* Rome beyond the Imperial Frontiers, 1955, 16.

Hiberus. 1. (M. Antonius?) H., kaiserlicher Freigelassener, vielleicht der Antonia, der Gattin des Drusus (STEIN Aegypt. 26.177), Vizepraef. von Aeg. für einige Monate des J. 32, Cass. Dio 58, 19,6. R. H.

Reinmuth, RE XXII 2369.

2. s. **Iberus.**

Hiempsal (*Ἰάμψας* Plut., *Ἰέμψας* Cass. Dio 41,41,3. *Ἰεμψάλας* App.). **1.** Sohn Micipsas, Enkel Massinissas. Vom Vater zu Erben des numid. Reiches eingesetzt, beschlossen H., der ältere Bruder Adherbal und ihr Vetter Iugurtha, das Reich zu teilen. Verletzt durch die herrische Art des H., ließ Iugurtha ihn 117 v. Chr. in Thirmida ermorden. Sall. Iug. 9,3. 11 f. **2.** H., Sohn des Gauda, König von Numidien, nahm 88 den jüngeren Marius auf der Flucht auf, wurde von → Hiarbas vertrieben, aber von Pompeius 81 wieder eingesetzt. Plut. Mar. 40. App. civ. 1,62. 80. Gell. 9,12,14. Sein Gebiet wurde durch Gaetulien und andere Ländereien vergrößert. Cic. leg. agr. 2,58. Bell. Afr. 56. Die Auslieferung des nach Rom geflohenen Numiders Masintha, die H. 63 durch seinen Sohn Iuba forderte, vereitelte Caesar. Suet. Iul. 71. L. Teutsch Das Städtewesen in N.-Afrika, 1962, 52 f. H. schrieb eine Landesgesch. in pun. Sprache. Sall. Iug. 17,7. Zur kult. Verehrung des H. Tert. apolog. 24. Dess ILS 4489. St. Gsell Inscr. lat. de l'Algérie 1, 1922, 1242. H. V.

Hiera Kome (**Hierokaisareia**) (*Ἱερὰ Κώμη*). Ortschaft in Lydien an der Straße Pergamon–Sardeis, berühmt durch das Heiligtum der pers. Artemis, deren Feuerkult noch im 2. Jh. n. Chr. in Ansehen stand (Paus. 5,27,5). Die Ruinen bei Sazoba festgestellt. H. hat wahrscheinlich im 1. Jh. v. Chr. (vielleicht sogar schon im 2. Jh.) Stadtrecht gehabt und nach Ausweis der Münzen einen gewissen Wohlstand erlebt. Namenswechsel wohl durch das Erdbeben von 17 n. Chr. und die Hilfe des Tiberius veranlaßt (Tac. ann. 2,47,4). Der neue Name auf Mz. von Nero ab. Die Münzbilder zeigen von der hellenist. Z. ab einen einheitlichen Charakter und beziehen sich auf Artemis und ihren Feuerkult (Imhoof-Blumer Lyd. Stadtmünzen, 5 ff.). A. M. M.

L. Bürchner, RE VIII 1401. *L. Robert*, Hellenica 6, 1948, 27 ff. *D. Magie* Rom. Rule in As. Min. 1,140 f. 2,1019 f. (s. a. Index).

Hierakonpolis, altäg. *Nḫn*, Hauptort des 3. oberäg. Gaues, h. Kom el-Ahmar auf dem w. Nilufer. Hauptgott war Horus, dessen Tempel bis in vorgesch. Zeit feststellbar ist. H. spielte in religiösen Texten als s. Gegenstück zu Buto im Delta eine wichtige Rolle als »Hauptstadt« Oberäg. Vielleicht war H. in ausgehender Vorgesch. einmal Hauptstadt Äg., da ein »Königs«-Grab dieser Zeit gefunden wurde. W. H.

Quibell Hierakonpolis I/II, 1900/02.

Hiera nesos (*ἱερὰ νῆσος*) s. *Αἰόλου νῆσοι*

Hierapolis (*Ἱεράπολις*). **1.** Stadt im s.w. Phrygien nahe der kar. Grenze, n.w. von Kolossai, erwähnt von Paulus (ep. Col. 4,13) Strab. 12, 579. 13,629 u. ö. Ptol. 5,2,17 M., h. Pambuk (oder Pamuk oder Tambuk) Kalessi; nach Steph. Byz. s. v. zwischen Phrygien und Lydien und reich an heißen Quellen; ein Zentrum des Kybelekultes, was auf hohes Alter hinweist, doch erhielt sie diesen Namen wohl erst als hellenist. Neugründung. In dem röm. Straßennetz erscheint H. zwischen Tripolis (h. Jenidscheh) einerseits und Landicum pilycum (h. Eski Hissar) und Colossae (h. Chonas oder Honaz) andererseits (K. Miller Itin. Rom. S. 716 mit Skizze Nr. 229, S. 702). Inschr. Mz.

W. M. Ramsay The histor. geogr. of Asia Min., 1962, 73 Anm. 3. 83. 84. 130. 135 u. ö. Altertümer von H. JDAI 4. EG., 1898. *W. H. Buckler* Aphrodite Ourania at H. in Phrygia. JHS 16, 1936, 237 ff. RE VIII 1404 f. (mit Lit.). *W. Sieglin* Schulatl. z. Gesch. des Alt., S. 9. Gr. Hist. Weltatl. I, S. 20a. Atl. of the World II, Pl. 36.

2. Stadt der Landschaft → *Κυρρηστική* (Ptol. 5, 14,10), die vordem → *Βαμβύκη* hieß (Plin. nat. 5, 81, nur wenig vom r. (w.) Ufer des Euphrat entfernt. Die Stadt erhielt den Namen H. wahrscheinlich von Seleukos I., war aber keine Neugründung, sondern eine der hellenisierten Städte; später war sie an das röm. Straßennetz angeschlossen (K. Miller Itin. Rom. S. 776 und 822 mit Skizze Nr. 246, S. 755). Steph. Byz. s. v. und Mz. haben die Form *Ἱερόπολις*; h. el Manbedsch, in Anlehnung an *Βαμβύκη* auch Bumbug. Der Hauptkult war der der Astarte (Strab. 16,748: *Ἀτάργατις*), neben dem noch andere Kulte, standen, was H. zum Wallfahrtsziel selbst für weit entfernt wohnende Völker wie Ägypter, Aithiopen und Inder machte. In chr. Z. war H. Bistum und unterstand dem Erzbischof von Antiocheia am Orontes. Neben der religiösen Bedeutung war die Stadt mit ihrer fruchtbaren Umgebung auch strateg. wichtig und diente in röm. Z. als Bollwerk gegen Arsakiden und Sassaniden. Constantius II. machte H. zur Hauptstadt der von ihm eingerichteten Eparchie Euphratesia (361 n. Chr.). Um 500 begann ein Niedergang, von dem sich die Stadt nicht mehr voll erholte. Von Iustinian neu befestigt, wurde H. 540 den Sassaniden tributpflichtig, 637 arabisch, 1088 seldschukkisch, 1175 von Sultan Saladin genommen, im 13. Jh. ganz verfallen. Weitere Quellen: Ail. nat. 12,2. Cass. Dio 68,27,3. Plut. Ant. 37. Prokop. de aed. 2,9,12. Ptol. 1,11,2. Zos. 3,12,1–2. – Inschr. – Mz.

S. Bambyke o. Bd. I 818. Hierapolis RE Suppl. IV 733 bis 742. *Honigmann* *Κυρρηστική* RE XII 191–198 (mit Lit.). »Lex. der alten Welt«, 1965, 1295 (mit Lit.). »Les Guides Bleus«, Moyen-Orient, 1956, 326 f. *Kurt Schroeders* Reiseführer, Syrien, 1961, 197 ff. Gr. Hist. Weltatl. I, S. 20a.

3. Nur von Plin. nat. 4,59 erwähnte Stadt auf Kreta, vielleicht identisch mit → Hierapytna an der S.-Küste Kretas; vgl. Gr. Hist. Weltatl. I, S. 19b. H. T.

Hierapytna (*Ἱεράπυτνα*, auch *-πυδνα*, *-πυκνα*, *-πυγνα*, *-πέτρα*), h. *Ἱεράπετρος*, urspr. Pytna (= vorgriech. etwa »Fels«). Stadt an der S.-Seite der Landenge zwischen Mittel- und O.-Kreta. Ältere Gesch. unbekannt, Inschr. des 3. und 2. Jh. v. Chr. belegen vielfache Bündnisse und Verträge mit den Nachbarn, den makedon. Königen, Eumenes II. von Pergamon, Rhodos und anderen Städten. Nach 146 Krieg und jahrzehntelanger Gebietsstreit mit Itanos, in den Rom mehrfach eingriff, Syll. II³ 685. SEG II 511. III 775 = [3],91ff. Nr. 9f. Ca. 68 v. Chr. Eroberung durch Metellus, Cass. Dio 36,19,1f. Inschr. bis in die Z. Diokletians ([3] Nr. 64, Stück des Preisedikts), nachantik bedeutend und Bischofssitz, Hierocl. synecd. 649,7. Not. ep. Le Quien Oriens christ. 2, 266f. Inschr. [3]. SEG III 778. Mz. Head HN² 468f. [3],24. E. M.

1. *T. A. B. Spratt* Travels and researches in Crete 1, 253ff. 2. *C. Bursian* Geogr. Griechenlands 2,578f. 3. *M. Guarducci* Inscr. Cret. III 18ff. (mit vollständigen testimonia, Lit. usw.). 4. *K. Lehmann-Hartleben* Die ant. Hafenanlagen des Mittelmeeres, Klio Bh. 14, 1923, 201ff.

Hierax (Ἱέραξ). **1.** Antiochener, fiel von Demetrios (→ 5) von Syrien zu Alexander (→ 11) Balas ab (Diod. 33,3), von ihm zu Ptolemaios VI., den er durch die Antiochener zum König ausrufen ließ. Diod. 32,9c. Später Günstling Ptolemaios VIII., verhinderte H. als Stratege einen Söldneraufstand, wurde aber schließlich von Ptolemaios beseitigt. Diod. 33,22. Poseid. FGrH 87 F 4. **2.** Oberbefehlshaber 88 v. Chr. von Ptolemaios IX. Soter II. gegen einen Aufstand in Oberäg. gesandt. *U. Wilcken* Papyruskde. 1,2, 1912, 12. *H. Bengtson* Die Strategie 3, 1952, 107.

3. Stratege des Gaues Diopolites 5 v. Chr. Bengtson Die Strategie 3, 1952, 89. H. V.

4. H., Platoniker der frühen Kaiserzeit, Vf. einer Schrift *περὶ δικαιοσύνης*, von der mehrere Stücke bei Stob. erhalten sind. Von K. Praechter, H. 41, 1906, 593–618 wurde dieser H. mit überzeugenden Gründen unterschieden von

5. H., Bruder des → Synesios, Neuplatoniker. Zunächst in Alexandreia ansässig, siedelte er mit Aidesia, der Witwe des → Hermeias, und deren beiden Söhnen nach Athen über; dort wurde er Schüler des Proklos. Vgl. Damask. vit. Isidori, bei Phot. 341 b 18, und Suda s. Αἰδεσία. H. D.

Hiereis (Ἱερεῖς) s. Kultus

Hieroduloi (Ἱερόδουλοι) s. Kultus

Hieroglyphen. Seit ptolemäischer Zeit die Bezeichnung der dekorativen Schrift der Äg., wie sie bes. auf Stein verwendet wurde, im Gegensatz zum Hieratischen, der – in der späten Zeit religiösen Texten vorbehaltenen – Buchschrift und dem Demotischen, der im täglichen Leben benutzten Schreibschrift. Hierat. wie Demot. gehen auf die H.-Schrift zurück und sind nur durch Schreibstoff (Papyrus, Binse, Tinte) und Schreibweise abgekürzte Varianten. Die Zeichen der H.-Schrift stellen Menschen, Tiere und Dinge des täglichen Lebens dar, mit deren Bezeichnungen man die Worte der gesamten äg. Sprache zu schreiben versuchte. Dabei legte man 2 Grundvorstellungen zugrunde: 1. Darstellung und Dargestelltes sind letztlich identisch; 2. eine Gleichheit der Konsonanten bedeutet Identität. Damit konnte man nicht nur Gegenstände durch ihre Abbildung schreiben, sondern auch Worte gleicher Konsonanten durch das darstellungsfähigste Bild: *ḫpr* »werden« schrieb man durch das Bild des »Käfers« *ḫpr*. Nach gleichem Prinzip zerlegte man auch Worte in darstellbare Konsonantengruppen, wodurch auch Einkonsonantenzeichen entstanden in den Fällen, wo darstellbare Worte mit nur einem Konsonanten vorhanden waren, wie *jad* »Hand« für *d*, *ta* »Brot« für *t*. Aus diesen Wort-, Mehrkonsonanten- und Einkonsonantenzeichen wurde eine komplizierte Orthographie entwickelt, in der z. B. Einkonsonantenzeichen als »Lesestützen« Konsonanten von Mehrkonsonanten- bzw. Wortzeichen wiederholen, so daß ein Konsonant im Schriftbild mehrmals ausgedrückt werden kann. Als weitere Lesehilfe wurde ein System von Determinativen entwickelt, durch das der Sinn des betr. Wortes angezeigt werden konnte. Diese Determinative können das Wort unmittelbar in seinem Sinn darstellen: zu *ꜣbw* »Elephant« tritt ein Elefantenbild als Determinativ hinzu; oder es gab nur die große Sinngruppe an, in die das Wort gehörte: *wnm* »essen« wie *ꜣbj* »bitten« erhalten als Determinativ einen Mann mit der Hand am Mund; *ij* »kommen« wie *śqd* »fahren« 2 Menschenbeine, usw. – Die Entstehung der H.-Schrift ist noch im Dunkel; die Annahme eines bewußten Erfinders wird bezweifelt. Sie mag aus den vorgesch. Deltastädten stammen. Sie machte bes. in der späteren Zeit gewisse Entwicklungen durch Aufnahme neuer Zeichen, Neuinterpretation der vorhandenen durch, wobei sich seit Mitte des 2. Jt. sogar eine Geheimschrift (»änigmatische« H.) entwickelte. Als Geheimschrift galten die H. in röm. Zeit, wo sie nur noch von wenigen Priestern gelesen wurde. Mit dem Beginn des 4. Jh. n. Chr. starb die H.-Schrift aus. – In der klass. Welt ging die Kenntnis vom Wesen der H. schnell verloren, obwohl man im 1. Jh. n. Chr. auch in Rom davon wußte (Tacitus). Bald setzte sich aber der Glaube an allegor. Deutung durch (Diod. 3,4), der in Horapollon (Ende 5. Jh. n. Chr.) in seiner Abhandlung »Hieroglyphica« vollsten Ausdruck gewann und damit die Entzifferungsversuche bis zu Åkerblad, Young und Champollion zu Beginn des 19. Jh. in die Irre führte. W. H.

Hierokles (Ἱεροκλῆς). **1.** Karer, Offizier (*ξεναγός*) des Demetrios (→ 2), vereitelte 286 v. Chr. den Anschlag athen. Demokraten auf den Peiraieus. Polyain. 5,17, Phrurarchos ebd. 273/72 unter Antigonos Gonatas (→ 2), Freund des Philosophen Arkesilaos. Diog. Laert. 2,127. 4,39.40. M. Launey Recherches sur les armées hellénistiques, 1949, 34,3.453.638f. H. V.

2. H., kar. Sklave, Günstling → Elagabals; dieser verlieh seiner Mutter die Ehrenstellung konsul. Frauen und wollte ihn zum Caesar machen, Cass. Dio 79,15,1. H. A. vit. Elag. 15,2. H. wurde mit Elagabal getötet, Dio 79,21,1. **3.** Sossianus H. Nach 297 praeses von Arabia Aug. Libanensis,

SEG VII 152. CIL III 6661, s. SESTON Dioclet. 373–376. Bis nach 303 Statth. von Bithynien, Lact. mort. pers. 16,4. Christenverfolger, schrieb 2 B. φιλαλήϑεις (Wahrheitsliebende Reden an die Christen), Lact. div. inst. 5,3,22. Im J. 307 Praef. von Aeg., Eus. mart. Palaestin. 5,3. Epiphan. haer. 2,68,1. Pap. Cairo 57049 (C. PRÉAUX, Chron. Aeg. 53, 1952, 247–253). Eusebios schrieb gegen ihn Contra H., s. O. BARDENHEWER GAL 3,247f. J. QUASTEN Patrol. 3,333f. R. H.

4. H., Rhetor um 100 v. Chr. aus Alabanda, Bruder des → Menekles (Strab. 14,661), der oft gemeinsam mit ihm genannt wird (vgl. Cic. or. 231 *Asiaticorum rhetorum principes*). Cicero lobt seinen sentenzenreichen Stil (Brut. 325; vgl. de or. 2,95), rügt aber den eintönigen Rhythmus (or. a. O.). H. Gä.

F. Blass Griech. Bereds., Bln. 1865, 62ff.

5. H., Stoiker aus der Mitte des 2. Jh. n. Chr., nach Gell. 9,6,8 *vir sanctus et gravis*. Pap. Berolin. 9780 erhielt zwei Drittel seiner Ἠϑικὴ στοιχείωσις (»Grundlegung der Ethik«, weniger treffend die Übers. »Eth. Elementarl.«), eines auf Gemeinverständlichkeit bedachten Lehrbuchs mit Kap. über Selbstwahrnehmung (συναίσϑησις), Selbsterhaltungstrieb (πρώτη οἰκείωσις) und τέλος. Aus einer (daran anknüpfenden?) Anweisung zu rechtschaffenem Lebenswandel (die aber kaum mit den Suda ἐμποδών. λέσχη genannten Φιλοσοφούμενα ident. ist) bewahrte Stob. Exzerpte über die Pflichten gegenüber Göttern, Vaterland, Eltern, Geschwistern, Verwandten, in Haushalt und Ehe. G. Schm.

H. v. Arnim H. eth. Elementarlehre, Bln. 1906 (dort auch die Stob.-Frg.). *K. Prächter* Der Stoiker H., Lpz. 1901. *M. Giusta* I dossografie di etica 1, 1964, 170ff. 204.

6. H. aus Alexandreia, Neuplatoniker, Schüler des Plutarch von Athen († 431/32). Wertvolles Material über ihn bietet Damask. vit. Isidori (bei Phot. 337 b 34ff. und 338 b 20ff.) und Suda s.v. Ἱεροκλῆς. Schriften: Kommentar zum Goldenen Gedicht der Pythagoreer (letzte Ausg.: F. W. MULLACH, Bln. 1853!) und περὶ προνοίας. Hierüber referiert Phot. cod. 214 zusammenfassend; cod. 251 bietet er wörtliche Auszüge. Eingehende Unt. der Stellung H.' zu den Vorgängern Plotin und Porphyrios ist von J. HANNEMANN (Bern) zu erwarten. H. ist der erste Neuplatoniker alexandrin. Richtung, dessen Philosophieren nicht nur doxograph., sondern im Denkstil erkennbar wird. Vgl. K. PRAECHTER Chr.-neuplaton. Beziehungen, ByzZ. 21, 1912, 1ff. Ders. Schulen und Richtungen im Neuplatonismus, Genethl. für C. Robert, 1911, 141ff. H. D.

7. H., im 6. Jh. n. Chr. lebender Vf. eines συνέκδημος betitelten Verzeichnisses der Provinzen und Städte des röm. Reiches. Das Werk scheint zwar an Diözesanverzeichnissen orientiert zu sein, gibt aber in sorgfältiger geogr. Ordnung eine rein polit. Statistik des Reiches zu Beginn der Regierung Justinians (64 Provinzen, 935 [912] Städte). Es diente → Constant. Porphyrogennetos (6) als Quelle für De thematibus. Im 10. Jh. wurde es, mit Rücksicht auf den verminderten Umfang des Reiches, verkürzt. H. Gä.

Ta.: *A. Burckhardt*, Lpz. 1893. *E. Honigmann*, Bruxelles 1939. Lit.: *Krumbacher* 417f.

Hieromnemones (Ἱερομνήμονες) s. Kultus

Hieron (Ἱέρων). **1.** Aus Gela, Sohn des Deinomenes, der älteste der Brüder Gelons, erhielt von diesem 485 v. Chr. die Herrschaft über Gela übertragen und folgte ihm 478 in der Regierung über Syrakus nach (Hdt. 7,156. Diod. 11,38,7. 67, 3), die anfangs durch Auseinandersetzungen mit seinem Bruder Polyzalos beeinflußt war. Mit ihm erreichte die Tyrannis in Syrakus einen Höhepunkt. H. griff in die unterital. Verhältnisse ein: 477/76 schützte er die Lokrer gegen Anaxilaos von Rhegion Schol. Pind. P. 2, 36) und um 476 Skidros und Laos gegen die Angriffe Krotons (Diod. 11,48). Bes. bedeutsam war sein Sieg über die Etrusker 474/73 bei Kyme (Pind. P. 1,140. Diod. 11,51), woraufhin er auf Ischia eine syrakusan. Kolonie anlegte (Strab. 5,248). In Sizilien gründete er 475 Aitna (Diod. 11,49,1–2). An seinem Hofe weilten Simonides, Pindar, Bakchylides, Aischylos, Epicharmos. Er siegte mehrere Male beim Pferd- und Wagenrennen in Pytho (482/81, 478/77, 470/69) und Olympia (476/75, 472/71, 468/67). Sein Tod ist 466/65 anzusetzen. **2.** König von Syrakus, Sohn des Hierokles ($Syll.^3$ 427) * 307/306 v. Chr. Von seiner Jugend ist nichts bekannt. 278/76 nahm er, wohl im Kontingent von Syrakus, an den sizil. Unternehmungen des Pyrrhus teil und bewährte sich besonders. Bei Gelegenheit eines Feldzuges gegen die Karthager errichtete er 275/74 zusammen mit Artemidoros, vor allem mit Hilfe von Söldnern, eine Militärtyrannis über Syrakus und ließ sich dann zum στρατηγὸς αὐτοκράτωρ wählen. Der Stärkung seiner Position in der Stadt, vor allem gegenüber den Oligarchen, galt seine Heirat mit Philistis ($Syll.^3$ 429), der Tochter eines einflußreichen Oligarchen. 271 bis 269 – der Kampf gegen die Karthager war inzwischen beigelegt – unternahm er seine ersten Feldzüge gegen die Mamertiner. Dabei wurde er 269 nach der die Feldzüge erfolgreich abschließenden Schlacht von den Soldaten zum König ausgerufen, was durch die einzelnen Städte seines Herrschaftsbereiches (ganz O.-Sizilien außer Messana) bestätigt wurde. 264 nahm er erneut den Kampf gegen Messana auf. Im Zusammenhang mit dem Eingreifen Karthagos und Roms in diese Auseinandersetzung schloß H. ein Bündnis mit Karthago, woraufhin Rom gegen ihn militär. vorging. Angesichts der röm. Erfolge trat H. in Friedensverhandlungen mit den Römern ein. Winter 263/62 kam es zum Abschluß eines Friedens- und Bündnisvertrages. Dieser wirkte sich auf die innere Entwicklung von Syrakus und seiner Herrschaft sehr günstig aus. Der Herrscher hielt von da an immer an einem proröm. Kurs fest und ließ sich davon auch nicht durch die Ereignisse in den ersten J. des 2. pun. Krieges abbringen. Er unterstützte Rom militär. und durch Getreidelieferungen. Eine andere Haltung nahm freilich sein Sohn Gelon ein. Engere Beziehungen hatte H. auch zu den Ptolemäern; ebenso bemühte er sich um ein gutes Verhältnis zu den Griechen des Mutterlandes und der Aegaeis. Frühjahr 215 ist er gestorben. – Seine Herrschaft – urkundlich heißt er *Βασιλεὺς Ἱέρων* (Syll.³ 427f.) – war deutlich ein Königtum hellenist. Gepräges (Berve 56). Wohl nicht lange vor 240 hatte er seinen Sohn Gelon zum Mitregenten erhoben und ihm den Königstitel verliehen. Zwischen H. und dem syrakusan. Demos sowie den bäuerlichen Kreisen des sonstigen Herrschaftsgebietes scheint kein ungetrübtes Verhältnis bestanden zu haben, nicht zuletzt hervorgerufen durch die Bestimmungen der auf ihn zurückgehenden Lex Hieronica, die die Erhebung des Getreidezehnten und das Verhältnis zwischen Steuerpächtern und Grundeigentümern aufs Genaueste regelte. H. war ein Verwandter des → Archimedes. An ihn gerichtet ist → Theokrits id. 16.

H. Berve, ABAW 47, 1959.

3. Syrakusaner, Sohn des Timokrates, wurde z.Z. des chremonideischen Krieges vom ptolem. Strategen Patroklos als *ἐπιστάτης* in Arsinoë-Karthaia eingesetzt (IG XII 5,1061. Bengtson Strategie 3,185f.). **4.** Sohn des Simos, wahrscheinlich aus Kos. Ihm waren für einige Zeit die Kinder des Ptolemaios VIII. Euergetes II., wohl aus Sicherheitsgründen, anvertraut (OGIS 141). **5.** Bürger von Priene, machte sich 300/299 v. Chr. zum Tyrannen der Stadt (Paus. 7,2,10. H. v. Gaertringen, Inschr. v. Priene 37,66ff. 110). 297 unterlag H. dem Angriff der Verbannten (v. Gaertringen a.O. 37,80f. 111f.; vgl. auch Bengtson Strategie 1,195). H. Ca.

6. H., von Soloi (Kilikien oder Kypros), »Steuermann« (anscheinend bei der Nearchfahrt), wurde 324/23 von Alexander d. Gr. wie → Androsthenes und → Archias zur Erkundung der arab. Küste ausgesandt und gelangte bis zum Vorgebirge → Maketa. W. Sp.

Berve Alex. Nr. 382.

7. H., Töpfer in Athen um 500–470 v. Chr., signierte etwa 40 Vasen, darunter 35 Schalen mit *HIEPON ΕΓΟΙΕΣΕΝ*, von denen die meisten → Makron bemalt hat. Seine Schalen (Bloesch T. 25–26) haben einen hohen, schlanken, in der Stärke ausgeglichenen Stiel, ein flaches Schalenbecken mit deutlich abgesetzten, nach oben gebogenen Henkeln und einen flachen Fußteller, dessen Kerbe tief gegen den Rand gerückt ist. Die Funktionen dieser Teile: zu tragen, lasten, stehen; vom Benützer aus: die Schale an Stiel oder Henkel zu halten, werden auf einfache Weise verdeutlicht. Von den Zeitgenossen hat der älteste, → Euphronios (Bloesch T. 20–21) diesen Schalentypus ausgebildet, Tragen und Lasten werden endgültig als Einheit, nicht mehr als Gegensatz wie im 6. Jh. empfunden, aber der Stiel ist niedrig, kräftig und oben breiter. → Brygos (Bloesch T. 22–23) setzt diese Tendenz fort, profiliert aber die Kante des Fußtellers und setzt die Henkel kräftiger ab, biegt sie mehr ein. → Python (Bloesch T. 27), der Töpfer von → Duris, ist konservativer, der Stiel ist kürzer, der Henkel mehr eingebunden; dafür ist die Kerbe des Fußtellers tiefer gerückt, der Rand abgerundet, und statt auf der Kante steht er auf einem nach innen plastisch abgesetzten schmalen Standring: die Funktion des Stehens ist betont. Die Schalen H.s vermitteln zwischen diesen Möglichkeiten und weisen zugleich am meisten in die Zukunft. H. Ma.

H.J. Bloesch Formen att. Schalen, Bern 1940, 91ff. *J.D. Beazley* ARV.² 458. 481f.

Hieron oros (*Ἱερὸν ὄρος*). **1.** Berg und befestigter Platz in Thrakien an der Küste der Propontis im Gebiet der Apsinthier, unweit der Wurzel der thrak. Chersonesos, h. Tekiz-dag. Aischin. 2,90 mit Sch. Demosth. 7,37. 9,15. 19,156. 334. Strab. 7 frg. 56. Kiepert Formae IX. Oberhummer, RE VIII 1530.

Danoff Zur hist. Geogr. der ostthrak. Stämme v. u. Z. des Odryserreiches, Sammelbd. Étud. Hist. III, Sofia, 1966.

2. Kap zwischen Kerasus und Trapezus an der S.-Küste des Pontos Euxeinos (h. Ioros burnu); Ktesias bei Sch. Apoll. Rhod. 2,1015–1017, wo auch andere Zeugen genannt sind, erwähnen es. Arr. Per. p. E. 24. Anon. Peripl. p. E. 36. Ruge, RE VIII 1530. Chr. D.

Hieron Stoma (*Ἱερὸν στόμα*). Die größte der im Alt. gezählten 7 Ister-(Donau-)mündungen. So Strabon, vermutlich nach → Artemidor (1) oder → Demetrios von Kallatis (20). Sie war die südlichste Mündung und führte im Alt. die größte Wassermasse dem Meere zu. Nach der Christianisierung wurde sie unter den Schutz des hlg. Georg gestellt; daher findet sich auf der ältesten Kompaßkarte von 1318 die Benennung S. Georgy, worin offenbar die Verehrung, die im Alt. dieser Mündung gezollt wurde, nachwirkt. Strab. 7,305. Die anderen Quellen bei Kiessling, RE VIII 1530ff. Brandis, RE IV 2119ff. Chr. D.

Danoff Zur hist. Geogr. der ostthrak. Stämme v. u. Z. des Odrysserreiches (Sammelbd. Étud. hist. III, Sofia 1966, im Druck, deutsch).

Hieronymos (*Ἱερώνυμος*). **1.** Aus Elis, war Lochage im Zug der Zehntausend und einer der Gesandten an Anaxibios 400 v. Chr. (Xen. an. 3,1, 34. 6,4,10. 7,1,32). **2.** Oikist von Mainalos bei der Gründung von Megalopolis 370 v. Chr. (Paus. 8, 27,2), gehörte zu den leitenden Staatsmännern in Megalopolis und vertrat nach 351 die Politik Philipps II. (Dem. 18,295. 19,11). **3.** Athener, Stratege 395/94 v. Chr., war einer der Stellvertreter des Konon bei der Flotte (Diod. 14,81,4). **4.** Sohn

Gelons, Enkel → Hierons II. von Syrakus. Er folgte diesem im Frühsommer 215 v. Chr. im Alter von 15 J. als König nach, zuerst noch 15 Vormündern unterstellt (Liv. 24,4). Im Zusammenhang mit der Aufdeckung einer Verschwörung und der Entfernung des Rom zuneigenden Thrason gewannen bei H. Karthagerfreunde besonderen Einfluß; er wandte sich in immer stärkerem Maße Hannibal zu, nahm mit ihm und Karthago Verbindung auf und setzte sich damit in Gegensatz zu der romfreundlichen Politik seines Vorgängers (Liv. 24,5. 6). Schließlich beschloß der Staatsrat den Krieg gegen Rom, und H. begann die Feindseligkeiten (Pol. 7,5,1–8), fiel aber im Sommer 214 einer Verschwörung zum Opfer. Nach dem Bericht des Livius (24,26,1) plante H. ein gemeinsames Vorgehen mit Karthago und Äg. gegen Rom. H. Ca.

5. H., att. Tragiker u. Dithyrambendichter des 5. Jh. v. Chr. Von Aristophanes verspottet: Ach. 387 mit Sch. R. (dazu POxy VI, 856,27) und Suda s. Ἄϊδος κυνῆ; Nub. 349 mit Sch. R. und Suda s. Κλεῖτος. Vater: Xenophantes. Seine Kunst wird charakterisiert durch überbordendes Pathos und unklare Komposition (Sch. Aristoph. Ach. 387). Nichts erhalten. F. St.

6. H. von → Kardia, griech. Historiker, * um 360 v. Chr., schilderte die Diadochenkriege nach Alexanders Tod. Er war großenteils Augenzeuge, denn er stand zunächst im Dienst seines Landsmanns → Eumenes (1), dann des → Antigonos (1) Monophthalmos und seines Hauses. Er gehörte zum Kreis der φίλοι τοῦ βασιλέως, doch ist von seinen Aufgaben nur wenig überliefert: Aufsicht über den Asphaltsee in Idumaea (Diod. 19, 100,1 ff.); 291 v. Chr. Statthalter des Demetrios Poliorketes in Boiotien (Plut. Demetr. 39,3 ff.). Nach Agatharch. (FGrH 86 F 4) ist er bei voller Gesundheit 104 J. alt geworden.

Sein Geschichtswerk ist nur aus wenigen namentlichen Zitaten bekannt. Selbst Titel und Buchzahl sind unsicher. Die Einleitung berichtete offenbar die Entstehung der maked. Herrschaft (Frg. 1). Die eigentliche Erzählung begann wohl mit Alexanders Tod und führte bis mindestens zum Tod des Pyrrhos 272 v. Chr. (Frg. 15). Auch Pyrrhos' Kriege im W. waren behandelt; dabei schob H. eine ἀρχαιολογία Roms ein, die erste in der griech. Lit. (Frg. 13 = Dion. Hal. ant. 1,6,1). Er hat wohl nach Herodots Vorbild ethnograph. Exkurse gegeben. Von sonstigen Einlagen war seine Beschreibung von Alexanders Leichenwagen berühmt (Frg. 2). Das Werk ist nicht erhalten, da H. kein reines Attisch schrieb, vgl. Dion. Hal. comp. 4 p. 20,16 ff. Us.-Rad. Doch hat H.' Bericht stark auf spätere Historiker gewirkt: in Diod. B. 18–20 und in Arrians Diadochengesch. (FGrH 156) ist er benutzt, auch in einigen Viten Plutarchs (Eumenes, Demetrios, Pyrrhos).

F. Jacoby ([1]) hat es unternommen, um das Bild von H.' Werk zu vervollständigen, dessen Anteil an der Schilderung Diodors zu bestimmen und auszuwerten. Das Urteil bei Paus. 1,9,8, H. habe die Diadochenkönige außer seinem Gönner Antigonos parteiisch angegriffen, müßte danach eingeschränkt werden, denn er scheint objektiver berichtet zu haben. Als Politiker hat H. seinen Bericht mehr nach sachlichen und persönlichen, nicht wie Duris und Phylarch nach rhetor.-künstler. Gesichtspunkten geschrieben. Wie Thukyd. stellte er die αἰτίαι der Ereignisse heraus, gab auch sicher eingelegte Reden. Als Mann seiner Zeit erweist ihn die betonte Rolle der Tyche. FGrH II B 829 ff. Nr. 154, Komm. ebd. C 544 ff. K. St.

1. *F. Jacoby*, RE VIII 1540 ff. (= *F. J.*, Griech. Historiker, Stuttg. 1956, 245 ff.). 2. *T. S. Brown* H. of Cardia, Am. Hist. Rev. 52, 1947, 684 ff. 3. *R. H. Simpson* Abbreviation of H. in Diodorus, AJPh 80, 1959, 370 ff.

7. H. von Rhodos, Peripatetiker des 3. Jh. v. Chr. (etwa 290–230); lebte in Athen. H. trennte sich unter der Schulleitung → Lykons vom Peripatos, so Diog. Laert. 5,68. Er vertiefte die literargeschichtlichen Forschungen des Peripatos; ein Werk περὶ ποιητῶν ist bezeugt, in dem biograph. Detail gesammelt war. Dabei gelangen dem H. einige gute Entdeckungen, aber auch Mißgriffe wie die Behauptung von der Bigamie des Sokrates. Cicero kannte eine Schrift zur Ethik, aus der er mehrfach (frg. 8–10) zitiert. M. Pohlenz hat eine Schrift περὶ ἀοργησίας wahrscheinlich gemacht, H 31, 1896, 321, vgl. aber F. Wehrli Komment. 33. H. lebte stärker im literaturgeschichtl. Aspekt seiner Forschungen fort als in der philos. Überlieferung. Frg. gesammelt von F. Wehrli Die Schule des Aristoteles, Heft 8, 1959. H. D.

Hieronymus. Kirchenvater, * um 345 in Stridon an der Grenze von Dalmatien und Pannonien, aus chr. Familie, † 419 (420?) in Bethlehem. Im Knabenalter kam er nach Rom und erhielt bei Aelius → Donatus u. a. Lehrern eine gediegene lit. Bildung. Nach seiner Taufe begab er sich in die Kaiserresidenz Trier, wo er den Entschluß zur chr. Askese faßte. Von Aquileia, der Heimat seines Studienfreundes → Rufinus, brach er 373 zu einer Pilgerfahrt nach Jerusalem auf. In Antiocheia erkrankte er und blieb 3 J. als Einsiedler in der Wüste Chalkis (O.-Syrien), wo er zum Griech. auch Hebräisch lernte. Den Bischof → Paulinus von Antiocheia, der ihn 379 zum Priester weihte, begleitete er zum Konzil von Konstantinopel (381) und von dort nach Rom. Im J. 382 wurde er Sekretär des Papstes → Damasus und erhielt von ihm den Auftrag, den lat. Bibeltext zu revidieren. In den 3 J. in Rom war H. das Haupt eines Laienkreises mit asket. Idealen, dem Frauen des Adels angehörten. Nach dem Tode des Damasus kehrte H., im röm. Klerus angefeindet und bei der Papstwahl übergangen, in den Orient zurück. Die reiche Witwe → Paula mit ihrer Tochter Eustochium folgte ihm nach Antiocheia und Alexandreia. Seit 386 lebten sie in Bethlehem, wo Paula 3 Frauen-

und ein Männerkloster mit Schule und Bibl. unterhielt. H. verband eine gründliche klass. Bildung (zu seiner Kenntnis der Profanlit. O. GIGON, GGA 217, 1965, 119–122) mit dem chr. Gelehrtentum der Schule des → Origenes. Sein leicht erregbares Temperament ließ ihn in der Polemik maßlos werden (Streit mit dem Freund Rufinus, der Origenianer blieb, während H. seit 393 sich den Zweifeln an der Orthodoxie des Origenes anschloß).

Hauptwerke: Die später Vulgata genannte lat. Bibel (NT. überarbeitet [382–384], AT. [mit Ausnahme von Weisheit, Sirach, Baruch, Esdra 3–4, Makkab.] nach dem Hebr. [Tobias und Judith nach dem Aramäischen, späte Teile von Daniel und Esther nach dem Griech.] neu übers. [391–406]). Von den Psalmen gab er 3 Fassungen: Die Revision des sog. Psalterium Romanum, die Bearbeitung nach der Hexapla des Origenes (Psalterium Gallicanum = Vulgata) und das Psalterium iuxta Hebraeos, das nicht in liturg. Gebrauch genommen wurde. Auch von Hiob sind 2 Fassungen erhalten. [→ Bibelübers. 3]. Komm. zu den großen und kleinen Propheten, Psalmen, Prediger, Matth. und 4 Paulusbriefen. Übers. von exeget. Predigten des Origenes, der Chronik des → Eusebios (Nr. 7) mit Ergänzung bis zum J. 378, De spiritu sancto des → Didymos (Nr. 5) u.a. Hilfsb. zur Bibel: De situ et nominibus locorum Hebraicorum (nach dem Onomastikon des Eusebios), De nominibus Hebraicis (nach Ps. Philo Alex.), Quaestiones hebraicae in genesim. Streitschriften: Adversus Helvidium (über die Jungfräulichkeit Marias), 2 B. Adversus Iovinianum, Contra Vigilantium, Contra Ioannem (den Bischof von Jerusalem und Origenes-Anhänger), 3 B. Apologia adversus Rufinum, 3 B. Contra Pelagianos. Exeget. Predigten, 150 Briefe, darunter 26 von Korrespondenten an H. gerichtete (10 von Augustinus). H. verfaßte auch im J. 392 auf Wunsch des Freundes → Dexter (Nr. 2) die 1. chr. Lit.-Gesch. De viris illustribus.
O. H.

Ta.: *Migne* PL 22–30; Suppl. 2. Teilweise Corp. Chr. 72–78. Epist., *Isid. Hilberg*, 1910–1918, CSEL 54–56. *Jérôme Labourt*, 1949–1963. De viris ill., *E. Richardson*, 1896, TU 14,1a; *G. Herding* 1924^2. Bibel: AT. (bis Sirach), *Henri Quentin* u.a., 1926ff. NT., *J. Wordsworth, H. J. White* u.a. 1889–1949.

Lit.: *Georg Grützmacher* H., 1901–1918. *Ferd. Cavallera* Saint Jérôme, 1922. *Jean Steinmann* H., 1961 (populär). *Bardenhewer* GAL 3,605–655. *Altaner*[6] 354–365. Clavis Patrum Lat.[2] Nr. 580–642.

Hierophantes (*Ἱεροφάντης*) s. Eleusinia. Kultus. Mysterien.

Hieropoioi (*Ἱεροποιοί*) s. Opfer

Hieros Gamos (*Ἱερὸς γάμος*). Ein erst in klass. Zeit (Plat. leg. 841 D) als Symbol für Treue und eheliche Keuschheit angewandter religionsgeschichtlicher Begriff; vgl. Hesych. Phot. s.v. Es liegt nicht zugrunde der Mythus von der Vermählung des Himmels mit der Erde, aus der alles Le-

bende sprießt (A. DIETERICH Mutter Erde[3] 47. [1], 120, auch keine allg. Übertragung auf Götterehen; Stellenslg. hierzu: [12],7ff. Am bekanntesten die von Hes. theog. 969 und Hom. Od. 5,125 erwähnte Verbindung Demeters mit Iasion auf dem dreimal umgebrochenen Acker, aus der Plutos hervorgegangen sein soll. Nur für Zeus *τέλειος* und Hera *τελεία*, s. [3], ist der HG von größter Bedeutung geworden; diesen wurden von den Brautleuten die *προτέλεια* als Opfer dargebracht, da sie nach Sch. Aristoph. Thesm. 973 als *πρυτάνεις τῶν γάμων* galten, denn *τέλος δὲ ὁ γάμος* wird → Hera einer irdischen Braut gleichgesetzt, worauf ihre 3 Bezeichnungen *παῖς*, *νύμφη* und *παρθένος* beruhen. Zeus' alljährliche Verbindung mit der durch ein Kultbad immer wieder jungfräulichen Göttin wurde an vielen Orten feierlich begangen [2], [12],96. DEUBNER Att. Feste 177. (Davor zweifellos auch voreheliche Verbindungen: vgl. die schon im Alt. berühmte Iliasstelle 14,295ff.) Gut informiert sind wir über das Fest der *τόνεια* (Strickfest) oder *Ἡραῖα* auf Samos, das von Argos aus dorthin gekommen sein soll und durch die Ausgrabungen bestätigt zu werden scheint. Das urspr. aus einem grob behauenem Brett gefertigte Kultbild wurde zum Gestade geführt, gereinigt und mit Zweigen des Lygos (Keuschlamm) umwunden (Menodotos b. Athen. 15,672 C. [8],2ff.; dadurch erhielt die Göttin ihre Jungfräulichkeit wieder *ἀφαγνίζεσθαι*). Als früheste Darstellung des HG wird ein 10x6,5 cm großes TC-Relief aus Samos interpretiert, auf dem Hera noch in Form der nackten kleinasiat. Göttin in Vorderansicht mit Fassen an die Brust und Berühren des Leibes erscheint (Liebesbezeigung, Gestus der Fruchtbarkeit spendenden Göttin), eingerahmt von landschaftlichen Andeutungen (Fluß, Lygosstrauch) [9],123, Fig. 69, A 2 = AA 1933, 255,16. Noch deutlicher, ebenfalls aus Tradition ö. Darstellungen, erscheint der HG auf dem sam. Holzrelief [11], 77ff. Beil. 13–15. 18/19. [7]. Zwischen den beiden Köpfen ein Adler »als beschwörendes Vogelzeichen«. Die zum Fest gehörende Weihung gewebter Stoffe als Gewänder scheint durch Funde der zahlreichen Webegewichte in Samos bestätigt [8], 3. Charakterist. für alle nacharchaischen Darstellungen des HG auf Vasen, Reliefs und Wandgemälden: die von Schleiern umgebene Gestalt und der Gestus des sich Enthüllens der Hera vor Zeus: Metope des Heratempels Selinunt (H. KÄHLER Metopenbild 57–59); im Parthenon-Ostfries »Der große Mythos von der Heiligen Hochzeit« (BUSCHOR Phidias der Mensch 30 Abb. 18); die Metope von Bassai-Phigalia (B. SAUER Metopen von Phigalia = SB Lpz. 1895, 230, Fig. 3); Schale des Kodrosmalers, (Lond. E 82 [6],1054, Fig. 849; Pompeian. Gemälde, Szene auf dem Ida (HBr. Mal. T. 11 [6], T. 72.
H. S.

1. *M. Nilsson* GgrR[2]1, 1955. 2. Myth. Lex. s. Hera 1, 2098ff. 3. Ebd. s. Teleia 5,254. 4. *Dar.-Sagl.* s. HG. 5. RE

Suppl. VI 107 *(Klinz)*. 6. *A.B. Cook* Zeus, 3 Append. R. 1025ff. (1940). 7. Encicl. Arte Class. 3,1144 *(Homann-Wedeking*, 1960). 8. MDAI(A) 55, 1930 *(Buschor)*. 9. ebd. 58, 1933, 123 *(Eilmann)*. 10. ebd. 68, 1953, 77ff. *(Ohly)*. 11. *E. Simon* Opfernde Götter, 60ff. 12. *A. Klinz* *ΙΕΡΟΣ ΓΑΜΟΣ* Diss. Halle 1933. 13. *Overbeck* K. Myth. 3,2.

Hierosolyma, Jerusalem (hebr. *j^{e}rūšalem*, masoret. *-lă[j]im;* griech. *Ιερουσαλημ* [LXX, Test. XII, NT.; Phil. somn. 2,250; Eus. (neben *Αἰλία*); erst sekundär aspiriert], seit dem 2. Jh. v. Chr. *῾Ιεροσόλυμα* [LXX (nur in Apokr.), Aristeasbrief, NT.; Strab., Ios.]; lat. *Ierusalem* [Vulg. (meist); Hieron.], *Ierosolyma* [Vulg.: 1.2. Makk., NT.], *Hierosolyma* [Cic., Plin., Tac., Suet.]; akkad. *urusalim* [Amarna] u.ä., danach nabat., syr. *'urišlem*). Israel. *j^{e}rûšalăjim*, arab. *el-ḳuds* (das Heiligtum).

I. Bis zur hellenist. Zeit.

J. liegt am Kamm des w.-jordan. (judäischen) Gebirges 28 km w. des N.-Endes des Toten Meeres. Kern der h. Stadt ist die Altstadt (720–780 m hoch), begrenzt von der durch Suleiman d. Gr. (1520–1566) errichteten Mauer (h. jordanisch); ihr fügt sich nach W. und N. die (h. größtenteils israel.) Neustadt an. Das Gelände der Altstadt, im O. vom Kidrontal, im S. (in 400–700 m Entfernung) vom Hinnomtal und im W. von dessen Oberlauf umschlossen, ist durch das Stadttal (Ios. bell. 5,140: »Käsemachertal«) in 2 Höhenrücken geteilt. Auf dem sich von der h. Stadtmauer nach S. erstreckenden Teil des (niedrigeren und schmäleren) O.-Hügels lag die vorisraelit. Siedlung. Wohl seit dem 3. Jt. v. Chr. besiedelt, wird die Stadt literar. vielleicht in äg. Ächtungstexten des 19./18. Jh. v. Chr. (*'wš'mm;* K. Sethe, APrAW 1926, H. 5,53; Anc. Near Eastern Texts to the Old Test, ed. J. B. Pritchard, [=ANET] 329) und in einem Götterkatalog aus dem 18. Jh. (wenn sumer. ^{al}DI-ma = *urusilimma;* Fohrer 296), sicher in den Amarnabriefen des 14. Jh. v. Chr. (J. A. Knudtzon Die El-Amarna-Tafeln, 1915, Nr. 285–290; Rev. d'Ass. 19, 1922, 106; ANET 487ff.) greifbar, hier als Sitz eines der zahlreichen kanaan. Dynasten. Seine bes. polit. und religiöse Bedeutung verdankt J. nicht einer günstigen geograph. Lage, sondern dem Umstand, daß der König David zu Beginn des 10. Jh. v. Chr. die damals jebusit. Festung (Jos. 15,63. Ri. 1,21. 19,10f.) eroberte (2. Sam. 5,6–9. 1. Chr. 11,4–7; daher »Stadt Davids«: 2. Sam. 5,7. 1. Kön. 8,1 u.ö.; zum Verlauf der O.-Mauer vgl. jetzt K. M. Kenyon, BA 27, 1964, 34ff. Pal. Expl. Quart. 96, 1964, 7ff. M. Weippert, ZDPV 80, 1965, 166ff.) und sie zur Hauptstadt der in ihm in Personalunion vereinigten Königreiche Juda und Israel (vgl. 2. Sam. 2,4. 5,3) sowie durch Überführung des israelit. Kultgerätes der Lade (2. Sam. 6) auch zu einem kult. Mittelpunkt machte (Alt 3, 243–257). Davids Sohn Salomo baute, dem Gelände folgend, n. der Davidsstadt seinen Königspalast und (über dem Felsen im h. »Felsendom«) den Tempel (1. Kön. 6–8). Wohl w. des Tempels erfuhr J. im Laufe der Königszeit eine Erweiterung (*mišnā* 2. Kön. 22,14. Zeph. 1,10: »Zweit[stadt]«); der SW.-Hügel dagegen war – ausweislich von Grabungen – in vorhellenist. Zeit nicht besiedelt. Als nach Salomos Tod das Reich auseinanderbrach, blieb J. die Hauptstadt des kleineren S.-Reiches Juda und teilte dessen Gesch. Wiederholt bedroht (u.a. 922/921 durch den Pharao Schoschenk I. [1. Kön. 14, 25f.]; 701 Belagerung durch den Assyrer Sanherib [2. Kön. 18,13–16, vgl. ANET 287f.]), durch die Kultuszentralisation des Königs Josia von 622 zur allein legitimen israelit. Kultstätte erhoben (2. Kön. 22f.), erfuhr J. einen tiefen Einschnitt in seiner Gesch. im J. 587 v. Chr. durch die 2. Eroberung durch den neubabylon. König Nebukadnezar II. (die erste: 16. März 597), der Palast und Tempel zerstörte und einen Großteil der Bevölkerung nach Babylon ins Exil führte (2. Kön. 25,8–21. Jer. 52,12–30). In den J. 520–515 konnte mit pers. Zustimmung auf dem Fundament des alten ein neuer Tempel errichtet werden (Esr. 5,1–6,18). Um die Mitte des 5. Jh. versah Nehemia die Stadt wieder mit einer Mauer (Neh. 2–4. 7,1–4), die jedoch ein kleineres Areal als die frühere umschloß.

E. Ku.

G. Dalman J. und sein Gelände, 1930. *J. Simons* J. in the OT., 1952. *L.-H. Vincent–A.-M. Stève* J. de l'AT. 1–3, 1954–1956. *F. Maass*, RGG³ 3,593–597. *H. Haag*, LThK 5,899–906. *G. Fohrer*, ThWbNT 7,292–318. *H. Kosmala*, Bibl. Hist. HWB. 2,820–850.

II. In hellenistischer, römischer, byzantinischer und islamischer Zeit.

Nach dem Mauerbau Nehemias konnte Esra, der wohl unter → Artaxerxes II. (404–359) nach H. kam, die jüd. Gemeinde auch innerlich konsolidieren. Ihr Zentrum war H., in welchem fortan der Opferkult und die drei großen Wallfahrtsfeste ihre Stätte hatten und die Sammlung der hl. Schriften begonnen wurde (→ Bibel). 333 v. Chr. kam H. durch Parmenio unter makedon. Herrschaft, 312 nach der Schlacht bei Gaza, fest 301 unter die Ptolemaios' I. und seiner Nachfolger, 198 v. Chr. unter die → Antiochos' III. → Antiochos IV. errichtete u.a. ein Gymnasium in H. und stellte 167 das *βδέλυγμα ἐρημώσεως*, wohl einen Zeusaltar, im Tempel auf, der von → Judas Makkabäus im Dezember 164 wieder beseitigt wurde. In den folgenden Jahrzehnten wechselte die Akra (die alte Davidsburg) noch mehrfach den Besitzer. → Simon ließ sie (nur nach Ios.!) abtragen, → Hyrkanos I. (2) ließ über ihrem Platz die Tempelburg ausbauen. In den Streit der Söhne der → Alexandra Salome griff Pompeius ein, der von der Partei des → Aristobulos II. die Tempelburg erobern mußte, nachdem → Hyrkanos II. (3) ihm die Stadttore schon geöffnet hatte (63 v. Chr.).

H. gehörte nun zur neuen röm. Provinz Syria und wurde für deren Statthalter von Hyrkanos verwaltet, 57 v. Chr. wurde es einer der fünf von → Gabinius (6) geschaffenen Verwaltungsbezirke. In den Wirren, die der Einsetzung des Idumäers → Antipatros (4) durch Caesar 47 v. Chr. zum Procurator für Hyrkanos II. folgten, war H. zeitweilig in der Hand des Araberscheichs Malichos u. (von 40–37 v. Chr.) mit parth. (!) Hilfe in der des → Antigonos (5), bis es 37 v. Chr. → Herodes d. Gr. zur Hauptstadt seines Königtums machte, das ihm der röm. Senat verliehen hatte. Herodes errichtete Palast, Amphitheater, Agora, Senat und baute nach hellenist. Muster vor allem die Zitadelle und seit 20 v. Chr. sogar den Tempel prächtig aus ([16]). Nach dem Tode des Herodes war H. die Hauptstadt Judäas, der Ethnarchie seines Sohnes (→ Herodes 3) Archelaos; nach dessen Absetzung 6 n. Chr. behielt H. seine Bedeutung in der röm. Provinz Judäa als Stadt der Hohenpriester ([20]), obwohl die Prokuratoren in → Caesarea (3) am Meer residierten. In diese Zeit fällt die Entstehung der chr. Urgemeinde in H. Als das Gebiet des Archelaos 41 n. Chr. dem Reich des (→ Herodes 8) Agrippa I. zugeschlagen wurde, war H. noch einmal für 3 J. Hauptstadt ganz Palästinas (in dieser Zeit Bau der sog. 3. Mauer), in der Agrippa als gesetzestreuer Judenkönig residierte, danach (44–66 n. Chr.) unterstand es wieder Prokuratoren von Judäa. Mit Beginn des jüd. Krieges wurde Judäa mit H. selbständige Konsularprovinz, die dem Vespasian unterstand; sein Sohn Titus zerstörte 70 n. Chr. Stadt und Tempel, womit auch der Opferkult sein Ende fand ([2]). Die Juden durften in der Stadt wohnen bleiben, die Judenchristen waren nach Pella ausgezogen. Die 10. Legion *(Fretensis)* hatte ihr Lager in H. Hadrians Plan, aus der Stadt eine röm. Kolonie zu machen, wurde nach dem 2. jüd.-röm. Krieg (132–135), der dies verhindern sollte, ausgeführt: H. wurde Aelia Capitolina, ein Cardo maximus mitten hindurchgelegt. Hadrians Edikt, das den Juden jeglichen Aufenthalt in H. (einschließlich der Toparchien Oreine, Gophna und Herodium) verbot, blieb jahrhundertelang in Kraft, konnte aber nur fürs Wohnen (das den Heidenchristen erlaubt blieb [13]), nicht für gelegentliches Betreten exekutiert werden. Manch ein Pilger mußte seine Kleider zerreißen, wenn er auf dem Tempelplatz die Standbilder des Hadrian und des kapitolinischen Juppiter sah (außerdem gab es röm. Bäder, Theater u. Tempel).

Mit der Pilgerfahrt der Helena 326 n. Chr. und der Bautätigkeit (Grabeskirche [10]) ihres Sohnes → Constantinus (1) d. Gr. ([15]) wurde H. zur heiligen Stadt der Christen ([5]), welche von → Eudokia (Stephanusbasilika, Hospize, Klöster) und Justinian (Nosokomium, Theotokoskirche) weiter ausgebaut und 451 Sitz eines Patriarchen wurde. Im Kriege des Sassaniden → Chosroes II. (4) gegen Herakleios hatten von 614–621 die Perser H. in Besitz ([1]), 638 wichen die Byzantiner dem Kalifen Omar.

Die Omajjaden schätzten H. höher als Mekka und Medina. Unter ᶜAbd al-Malik (685–705) wurde der sog. Felsendom ([3]) und unter dessen Sohn al-Walīd (705–715) die Aqṣā-Moschee auf dem früheren Tempelplatz erbaut. Juden durften weiterhin nicht in H. wohnen, das Verhältnis zwischen Muslimen und griech. Christen, die Kirchen und Besitz behielten, war gut und blieb so unter den Abbasiden, verschlechterte sich aber unter Tuluniden und Fatimiden. Der 1. Kreuzzug brachte 1099 H. aus dem fatimidisch-selǧukischen Streit in chr. Hand ([9]) und führte zur Errichtung eines latein.-kathol. Königtums ([4], [7]), das 1187 vor Saladin kapitulierte. Durch die Diplomatie Kaiser Friedrichs II. (1229) und Ausnutzung von Zwist unter den Aiyubiden kamen die Lateiner noch einmal bis 1244 in den Besitz von H. (Aufhebung des lat. Patriarchats 1291, [19]). In der Mamlukenzeit tritt H. zurück. 1517–1917 war H. osman. (dazwischen unter Protektion Frankreichs 1831–1840 äg.) ([12]). Im 19. Jh. wurde H. für Christen zu einem Zentrum ökumen. Bestrebungen (anglikan.-preuß. Bistum 1841–1886, [22]) und für einwandernde zionist. Juden zum Symbol des kommenden Judenstaates. 1922–1948 war H. Hauptstadt des engl. Mandatsgebiets Palästina, im israel.-arab. Krieg heftig umkämpft und schließlich geteilt: die Altstadt mit den meisten heiligen Stätten (auch [18]) gehört zum Königreich Jordanien, die (s.) Neustadt ist seit 1950 Hauptstadt der Republik Israel. C. C.

Lit. (ohne Ausgrabungsberichte, Museums- und Hss.-Kataloge): 1. *P. Peeters* La Prise de J. par les Perses, Beyrouth 1923. 2. *A. Schlatter* Der Bericht über das Ende J.s, 1923. 3. *K. A. C. Creswell* The Origin of the Plan of the Dome of the Rock, Lond. 1924. 4. *C. Enlart* Les Monuments des Croisés dans le Royaume de J., Paris 1925. 5. *A. Bludau* Die Pilgerreise der Aetheria, 1927. 6. *H. Bordeaux* Le visage de J., Grenoble 1931. 7. *J. L. La Monte* Feudal Monarchy in the Latin Kingdom of J. 1100 to 1291, Cambr./Mass. 1932. 8. *H. Schmidt* Der heilige Fels in J., 1933. 9. *R. Grousset*, Histoire des Croisades et du Royaume Franc de J., 3 Bde, Par. 1934–1936. 10. *W. Harvey* Church of the Holy Sepulchre J., Lond. 1935. 11. *P. Deschamps* La Défense du Royaume de J., Par. 1939. 12. *F. Buhl*, Art. al-Ḳuds, HWB des Islam 1941, 336–345. 13. *S. G. F. Brandon* The Fall of J. and Christian Church, Lond. 1951. 14. *V. Cramer* Der Ritterorden vom Hl. Grabe von den Kreuzzügen bis zur Gegenwart, 1952. 15. *E. Wistrand* Konstantins Kirche am Hl. Grab in J. nach den ältesten literar. Zeugnissen, Göteborg 1952. 16. *A. Parrot* Le Temple de J., Neuchâtel 1954. 17. *Ders.* Golgotha et Saint Sépulchre, ebd. 1955. 18. (Franziskaner in J.) Gli Scavi del »Dominus flevit«, Monte Oliveto 1958–1964. 19. *St. Runciman* The Families of Outremer. The Feudal Nobility of the Crusader Kingdom of J. 1099–1291, Lond. 1960. 20. *J. Jeremias* J. zur Zeit Jesu (1923–1937)[3] 1962. 21. *I. Lande-Nash* 3000 Jahre J., 1964. 22. *K. Schmidt-Clausen*, Vorweggenommene Einheit. Die Gründung des Bistums J. im Jahre 1841, 1965.

Hierosylias graphe (ἱεροσυλίας γραφή). In Athen im 4. Jh. öffentliche Klage wegen Diebstahls oder Raubes von Sachen, die im Eigentum der Götter standen. Sie ersetzte die im 5. Jh. für diesen Tatbestand vorgesehene → εἰσαγγελία ([2],1169 f.). Der Angriff mußte an heiliger Stätte unternommen worden sein ([1],442). Zuständig waren die → ϑεσμοϑέται ([1],362,20). Strafe: der Tod, Verweigerung der Bestattung in heimischer Erde und Konfiskation des Vermögens ([2],1009). E. B.

1. *J. H. Lipsius* Das att. Recht und Rechtsverf., 1905–1915. 2. *Busolt* GStk.

Hikesios. Arzt im 1. Jh. v. Chr., Erasistrateer; schrieb über → Diätetik. Ein bekanntes Theriak trug seinen Namen (z. B. Gal. 13,780 K.). F. K.

Hiketas (Ἱκέτας). **1.** Syrakusaner, Freund → Dions, ließ nach dessen Ermordung seine Frau, Söhne und Schwester umbringen. Als Herrscher von Leontinoi unterstützte er die Syrakusaner gegen Dionysios II. Im J. 346 v. Chr. zog er vor Syrakus, verständigte sich aber wegen der heranziehenden Karthager mit Dionysios und bat mit diesem zusammen die Korinther um Hilfe, trat dann jedoch an die Seite der Karthager und bekämpfte mit ihnen Dionysios und Timoleon, bis sie sich, mißtrauisch geworden, 343 aus Sicilien zurückzogen. H. mußte sich mit Timoleon verständigen. Nach dem Beginn neuer Kämpfe zwischen Karthagern und Timoleon wechselte er wieder zu diesen über, wurde aber 339 von Timoleon gefangen und getötet. Seine schwankende Haltung entsprang wohl dem Bestreben, die beiden nichtsicilischen Mächte gegeneinander auszuspielen, um sie zu schwächen. Quellen: Diod. 16,68–82 und Plut. Tim. 1–33. Plut. berichtet jedoch tendenziös abwertend, was auf seine Quellen zurückzuführen ist. **2.** H., Syrakusaner, wurde nach dem Tode des Agathokles zum Feldherrn im Kampf gegen Menon von Egesta gewählt, aber durch das Eingreifen der Karthager zum Frieden und zur Aufnahme ital. Söldner in die Stadt gezwungen (Diod. 21,16, 6. 18,1 ff.). Durch Verhandlungen erreichte er schließlich ihren Abzug. Später kämpfte H. erfolgreich gegen Phintias von Akragas, wurde aber nach einer Niederlage gegen die Karthager im J. 279/78 v. Chr. von Thoinon vertrieben (Diod. 22,2,1. 7, 2–3). K. W.

3. H. aus Syrakus, Pythagoreer, zeitlich vor Ekphantos und Philolaos anzuordnen. Cic. Luc. 123 referiert aus Theophrast, H. habe Achsendrehung der Erde = Stillstand des Himmels gelehrt, was nachmals Ekphantos und Herakleides Pontikos vertraten. Möglicherweise habe sich dieser – oder spätere Parteigänger dieser Lehre – auf einen recht frühen Pythagoreer – nämlich H. – berufen, um eine Autorität zu gewinnen. Unvereinbar mit der Lehre von der Achsendrehung ist die Angabe bei Aet. 3,13,2 (Doxogr. 376 a 10), wonach H. die These von der Gegenerde vertreten habe. Wie andere Zeugnisse über frühe Pythagoreer, so müssen auch diese als völlig ungesichert gelten. H. D.

Hilaeira s. Leukippides

Hilariana basilica der *dendrophori matris deum magnae Ideae et Attis*, benannt nach ihrem Gründer M. Poblicius Hilarus, am Caelius, n. der Kirche S. Stefano Rotondo. Reste einer Treppenanlage und des Vorraums mit Mosaik und Inschr. wurden 1889 gefunden. Rud. G.

RE VIII 1598 ff.

Hilarianus s. Hesperius

Hilarius. 1. H., Bischof von Pictavi (Poitiers), * um 315 in Gallien aus vornehmer heidn. Familie, † 367 in Pictavi. Seit 355 trat H. als Führer des Kampfes gegen den → Arianismus im lat. Westen auf und sagte dem arian. Metropoliten von Gallien, Saturninus von Arles, die Kirchengemeinschaft auf. Von Kaiser Constantius nach Kleinasien verbannt, schrieb er dort sein dogmat. Hauptwerk, die 12 B. De trinitate. Nachdem ihm 359 die Rückkehr gestattet worden war, setzte er in Gallien den Sieg der Athanasianer durch; dagegen blieb der Versuch, auch in Mailand den arian. Bischof, Auxentius, zu stürzen, ohne Erfolg. Übrige erhaltene Schriften: 1. Exeget.: Komm. in Matthaeum (vor 355), Tractatus super psalmos (um 365), Tractatus mysteriorum (typolog. Vorbilder des AT.). 2. Kampfschriften: De synodis seu de fide Orientalium. Opus historicum (mit Urkunden). Ad Constantium. Contra Constantium. Contra Arianos vel Auxentium. Überdies dichtete H. die ersten lat. chr. Hymnen.

Ta.: *Migne* PL 9–10; Suppl. 1. Teilweise *Ant. Zingerle* und *Alfr. Feder*, 1891–1916, CSEL 22 und 65. Vgl. Clavis patrum Lat.^{2} Nr. 427–472. *Bardenhewer* GAL 3,365–393. *Altaner*^{6} 325–329.

2. H., Bischof von Arelate (Arles), *401, † 449 in Arelate. H. war Mönch des Inselklosters Lerinum (Lérins) unter dem Abt Honorius, der um 427 Bischof von Arelate wurde. In dieser Würde folgte ihm H. um 429. Erhalten sind von ihm der Sermo de vita Honorati und ein Brief an → Eucherius (Nr. 3). Ein Streit um die Metropolitanrechte von Arelate führte zum Entzug dieses Rechtes über Vienna durch Papst Leo I. Von H. zeugen eine Vita u. die Grabinschr. (CIL XII 949 = ILCV 1062). O. H.

Ta.: *Sam. Cavallin* Vitae sanctorum Honorati et Hilarii, 1952, Skrifter utgivna av Vetenskaps-Societeten i Lund 40. *Altaner*^{6} 419. Clavis patrum Lat.^{2} Nr. 500–509.

Hilarus. Personenname (»heiter, fröhlich«, ἱλαρός, vgl. Walde-Hof.^{3}1,646), gelegentlich auch als Cognomen, vgl. Schulze Eigennamen 156. **1.** H., Freigelassener Ciceros, vielleicht sogar 2 verschiedene gleichnamige Personen, die zum J. 62 und zum J. 45 erwähnt werden, Cic. Att. 1,12,2. 12,37,1. 13,19,1. **2.** Freigelassener des Cn. Otacilius Naso, im J. 46 erwähnt. **3.** Freigelassener des L. Scribonius Libo, 44 erwähnt. H. G. G.

Hildericus. Sohn des → Hunericus und der → Eudokia (Nr. 2), Vandalenkönig 523–530. H. begünstigte die Katholiken, suchte Anlehnung an das röm. Reich und ließ die Goten aus dem Gefolge der Frau seines Vorgängers Thrasamund umbringen (Prok. 3,9,4f. 4,5,8. Cassiod. var. 9,1, Chron. min. 1,269. 2,197). Als es H. nicht gelang, maur. Angriffe abzuwehren, setzte ihn der mit den Abweichungen von der Tradition ohnehin unzufriedene Adel unter Führung → Gelimers ab. 533 wurde H. hingerichtet (Cor. Ioh. 3,198ff. Prok. 3,9 Chr. min. 2,198). A. L.

Diesner, RE Sppl. X 967f.

Hildesheimer Silberfund s. Silberfund, Hildesh.

Hilinos. Att. Töpfer um 520–510 v.Chr., signierte 2 Alabastra, je eines in Karlsruhe (CVA T. 28) und Odessa (AJA 38, 1934, 548 T. 38) mit *ΗΙΛΙΝΟΣ ΕΠΟΙΕΣΕΝ*. Beide Gefäße sind gleichzeitig von → Psiax als Maler signiert: *ΦΣΙΑΧΣ ΕΓΡΑΦΣΕΝ*, der mithin u.a. für 3 Töpfer gearbeitet hat: → Menon (Philadelphia 5399, BEAZLEY ARV ^{2}7,3), → Andokides (Madrid 11008, BEAZLEY ARV ^{2}7,2) und H. (BEAZLEY ARV^{2} 7,4–5). H. Ma.

E. Paribeni, Enc. Arte Ant. 4,33f. *J.D. Beazley* Attic Red-Fig. Vase-Painters^{2} 6f.

Himation. ἱμάτιον. Urspr. allg. »Gewand« (Plat. polit. 279 E–280 A), auch »Decke« (Ail. var. 8,7. Diod. 14,109,1), ist H. vor allem der Mantel, »Umwurf« (περίβλημα) der griech. Männer und Frauen (spät auch Bezeichnung der röm. Toga, z.B. Plut. Brut. 17,4,6). Das rechteckige Tuch aus Wolle oder Leinen, oft buntfarben oder mit farbigen Streifen verziert, wird immer unbefestigt, also ohne Nadel bzw. Fibel, getragen. Im 6. und frühen 5. Jh. legte man eine der beiden Langseiten (ᾦαι Poll. 7,62.64) von hinten um Nacken und Schultern, zog die Schmalseiten nach vorn und ließ sie hier gleichmäßig herabhängen; da so die Mitte unbedeckt blieb, setzt diese Tracht den darunter getragenen Chiton voraus. Beispiele: ARIAS-HIRMER Tausend Jahre griech. Vasenkunst T. 23,1. 32.36,1.45,1.56.57.65.75.85.91. In klass. Zeit ist das H. vielfach einziges Kleidungsstück der Männer; es wird so umgelegt, daß über die l. Schulter ein kurzer Zipfel nach vorn herabhängt, die größere Masse des H. um den Rücken und unter der rechten Achsel hindurch nach vorn läuft, wo der andere Zipfel über die l. Schulter geworfen oder vom l. Unterarm herabhängend getragen werden kann; der r. Arm ist frei, die Brust halb oder ganz unbedeckt. Die Statuen des Sophokles, Aischines, Demosthenes, zahlreiche andere Standbilder von Männern und Frauen zeigen, daß diese Tracht reicher individueller Abwandlung fähig ist; sie hat sich daher im griech. Gebiet bis zum Ende der Ant. gehalten. → Tracht. W. H. G.

Bieber Griech. Kleidung 1928.

Himera (Ἱμέρα). Den nichtgriech. Ortsnamen verstanden die Siedler als ἡμέρα und machten den Tageskünder, den Hahn, zu ihrem Wappen (Mz.), worauf auch Pindar O. 12,13 (für Ergoteles aus H.) anspielt. H. war (außer Mylai) die einzige alte griech. Kolonie an der N.-Küste Siciliens, weit gegen den phoinik. Feind vorgeschoben, gegründet von → Zankle aus als gemischt ion.-dor. Siedlung (Thuk. 6,5,1) 240 J. vor der Zerstörung 409, also 649 (Diod. 13,62,4). Den Wohlstand der Stadt im 6. und 5. Jh. bezeugt das reiche Sortiment ihrer Mz. (HEAD HN^{2} 143–146). Der Bericht bei Aristot. rhet. 2,20,1393b 10 über ihre Bewahrung vor der Tyrannis des Phalaris durch ihren großen Sohn Stesichoros ist legendarisch. Das große Jahr H.s ist 480. Von dem durch Theron von Akragas bedrohten Tyrannen Terillos gerufen, landen die Karthager – im Einvernehmen mit dem im O. angreifenden Xerxes – bei H., werden aber von Theron im Bunde mit Gelon von Syrakus vernichtend geschlagen (Hdt. 7,165–167. Diod. 11,20–22). Innere Kämpfe führen 476 zu einem großen Blutbad und Auffüllung der Bürgerschaft mit neuen Siedlern (Diod. 11,48f.). Im pelop. Kriege steht H. treu zu Syrakus (Thuk. 3,115,1. 6,62,2. 7,1,1.3.58,2. Diod. 13,4,2. 7,6. 8,4.12,4). Dann fällt H. 409 – nach → Selinus – der großen karthag. Offensive zum Opfer und wird zur Rache für 480 total und für immer zerstört (Diod. 13,59–62. Strab. 6,272), die Überlebenden in der karthag. Kolonie → Thermai Himeraiai angesiedelt (Diod. 13,79,8. 114,1). Alle späteren Erwähnungen von H. beziehen sich auf Thermai. – Der steile Stadthügel liegt am W.-Ufer des n. → Himeras wenig oberhalb der Mündung. Reste eines dor. Tempels des 5. Jh. sind von KOLDEWEY-PUCHSTEIN Die gr. Tempel in Unterital. und Sic., 1899, 51f. beschrieben. Dazu P. MARCONI Lo scavo del tempio della Vittoria, Atti e mem. della Soc. Magna Grecia, 1930. Nach Luftaufnahmen konnte neuerlich ein älteres Tempelfundament festgestellt und Reste von Terrakotta-Dekor gefunden werden, s. AA. 1964, 695 Vgl. RE VIII 1613ff. K. Z.

Himeraios (Ἱμεραῖος), im Gegensatz zu seinem Bruder → Demetrios (25) von Phaleron Makedonenfeind. Plut. Demosth. 28c. Athen. 12, 542e, Poseidonpriester (Sylloge^{3} 289,18), klagte 324 Demosthenes (→ 2) im Harpalosprozeß an (Ps.-Plut. vitae X or. 846c), flüchtete 322 nach Aigina und wurde auf Befehl des Antipatros (→ 1) hingerichtet. Arr. succ. 1,13. Lukian. enkom. 31. E. BAYER Demetrios Phalereus, 1942, 129ff. H. V.

Himeras hießen im Alt. 2 Flüsse Siciliens, die, nicht fern voneinander entspringend, für einen und als n.s. Mittellinie der Insel galten, wobei freilich die ö. Hälfte fast doppelt so groß ist wie die w. (Pol. 7,4,2. Liv. 24,6,7. Strab. 6,266. Mela 2,119. Vitr. 8,3,7. Sil. 14,233. Vib. Seq. s.v., der Stesichoros zitiert. Solin. 5,17. Antig. hist. mir. 133). Der n. H., der der an seiner Mündung liegenden Stadt den Namen gegeben hat, ist der ca. 40 km s.ö. von Palermo mündende h. fiume Grande, der s. H. ist der am O.-Fuß des Eknomon beim h. Licata (dem alten → Phintias) mündende fiume Salso, einer der größten Flüsse Siciliens, Schauplatz des Sieges der Syrakusier über die Akragantiner 446 (Diod. 12,8, 4.26,3) und der schweren Niederlage des Agathokles durch die Karthager 311 (Diod. 19,108. 109. 20,3,1). K. Z.

Himerios (Ἱμέριος). Sohn des Rhetors Ameinias, Schwiegersohn des → Nikagoras, griech. Sophist aus Prusias/Bithynien, * zwischen 300 und 310, † wohl nach 380 n. Chr. Wichtigste Quellen: seine Reden, Eun. 14. Phot. bibl. 165 und 243, Suda. H. erhielt seine rhet. Ausbildung in Athen, wo er auch später, nach einem Aufenthalt in Konstantinopel (or. 41,2), als Konkurrent des → Prohairesios lehrte. Diese Tätigkeit in einem großen Schülerkreis (darunter → Basileios Nr. 4 und Gregor von Nazianz; Sokr. 4,26. Soz. 6,17) wurde öfter durch Reisen unterbrochen: nach Korinth (or. 30.11.75) und gegen 350 nach Nikomedeia (dort Redewettstreit mit seinem Freund → Libanios [vgl. dessen decl. 46; epist. 654; Phot. 108 b 7. Him. or. 53]). Differenzen mit Prohairesios vertrieben H. aus Athen (Aufenthalt in Boiotien? vgl. or. 8,22). 362 ging er zum Kaiser Iulianos nach Antiocheia. Unterwegs deklamierte er in Thessalonike (or. 39), Philippi (or. 40) und Konstantinopel (or. 41). Erst nach dem Tode des Gegners (368) kehrte er nach Athen zurück. In Schwierigkeiten geriet der Heide H. (eingeweiht in die Mithrasmysterien: or. 41) unter Valens oder Gratianus (376 oder 382? Dunkle Anspielungen or. 46, 1 f.). Der erblindete (Suda s. v. Ἱ.) Rhetor, der seinen begabten Sohn Rufinus (or. 8) und seine Tochter verloren hatte (Eun. 14,2), starb in hohem Alter an Epilepsie (Eun. a. O.).

Die Kenntnis von 73 Titeln des H. verdanken wir dem Kat. Phot. bibl. 165, große Stücke des Textes den Exc. bibl. 243. Daneben sind 32 Reden, z. T. mechanisch verstümmelt, im Cod. Par. Suppl. 352 (13. Jh.) erhalten (9 davon auch im Oxon. Barocc. 131,3 im Monac. 564), so daß etwa 80 Titel feststehen. Wie unzuverlässig der Text des hieraus zu rekonstruierenden Archetypus ist, zeigt ein Pap.-Frg. (5. Jh.) der 46. Rede (vgl. [10]).

Auf 6 fingierte *μελέται* über hist. Themen der klass. Zeit, darunter 1 Epitaphios (or. 6), folgen in unsystematischer Anordnung Reden mit aktuellem Anlaß, z. T. mit vorangestellter *προθεωρία* (Threnos auf den Sohn, Epithalamien, Deklamationen vor hohen Beamten, zahllose Begrüßungs- und Abschiedsreden für Schüler, Klagen über Unbotmäßigkeit der Hörer, über Gegner u. a. m.). Die gänzlich unpolit. Beredsamkeit des H. fand zwar in Eunapios und Phot. wohlwollende Beurteiler, erscheint aber neben der übrigen Prosa des 4. Jh. in abstoßendem Maße gekünstelt. Zahlreiche Zit. aus Epik und Lyrik (bes. Homer, Hesiod, Sappho, Anakreon und Simonides; vgl. [5], [8] und [9]) sind in eine Sprache eingebettet, die selbst poetisch sein will (lehrreich in dieser Hinsicht die Klage um den Sohn, or. 8. Vgl. auch [2]). H. gebärdet sich, trotz häufiger Anleihen bei Platon (hierzu [6] und [7]), Demosthenes und Rhetoren wie → Aristeides und → Longinos, als Dichter (Musenanrufe in fast allen Reden; *λόγος* = *μέλος*, *ᾠδή* oder *νόμος*) und übertrifft die ärgsten Beispiele aus hellenist. Zeit. Sogar Libanios mokiert sich über die *οὐ γνήσιοι* (d. h. nicht mehr attizist.) *λόγοι* des H. (epist. 742,1). An der stark rhythmisierten Prosa zeigen sich Übergänge zum akzentuierenden Satzschluß (vgl. [4]). Nachahmer scheint H. auch in byz. Zeit nicht gefunden zu haben. H. Gä.

Ta.: *G. Wernsdorf*, Gött. 1790. *A. Colonna*, Roma 1951. Lit.: 1. *Christ-Schmid* 2,2,1000 ff. 2. *Norden* AKPr 428 ff. 3. *C. Teuber*, Quaest. Him., Diss. Breslau 1882. 4. *D. Serruys*, Philologie et linguistique, Paris 1909, 475 ff. 5. *G. E. Rizzo*, RFIC 26, 1898, 513 ff. 6. *E. Richtsteig*, Jahresber. d. Schles. Ges. f. vaterl. Kult., 96, 1918, 4,1 ff. 7. *Ders.*, Byz.-ngr. Jbb. 2, 1921, 1 ff. 8. *J. Mesk*, WS 44, 1924/25, 160 ff. 9. *J. D. Meerwaldt*, Mnem 4. Ser. 7, 1954, 19 ff. 10. *S. Eitrem–L. Amundsen*, Class. et Mediaev. 17, 1956, 23 ff.

Himeros (Ἵμερος) »Liebessehnsucht«, zuerst personifiziert bei Hes. theog. 201, meist mit anderen Figuren wie → Eros und Pothos im Gefolge der Aphrodite, mit Musen und Chariten a. O. 64. In der bildenden Kunst von Eros nicht unterschieden, in der Lit. später gleichbedeutend mit Eros gebraucht (Anth. Pal. 7,421. 12,54. 16,167). Skopas versuchte wohl in seiner Gruppe des H. mit Eros und Pothos im Aphroditetempel zu Megara eine Differenzierung der 3 Gestalten, Paus. 1,43,6. Wie Eros erscheint auch H. in der Vielzahl. Lat. *Cupido*. H. v. G.

Furtwängler Eros in der Vasenmalerei.

Himilkon. Name karthag. Heerführer. **1.** Begleitete → Hannibal, wohl seinen Onkel, im J. 406 auf dem Feldzug in Sizilien. Nach Hannibals Tod übernahm er die Leitung des Heeres. Nach anfänglichen Erfolgen wurde er durch eine Pest im Heer im J. 405 zum Friedensschluß mit → Dionysios I. gezwungen, der aber den Karthagern die ganze Insel außer Syrakus, Messene, Leontinoi und dem Gebiet der Sikeler einbrachte (Diod. 13,80–114). Nach dem Kriegsausbruch im J. 397 wurde er wieder zum obersten Feldherrn ernannt, konnte aber die Eroberung von → Motya durch Dionysios nicht verhindern. Erst 396 landete er mit einem großen Heer in Panormos und eroberte die ganze Insel bis auf Syrakus zurück. Die Belagerung von Syrakus blieb erfolglos, da die Einschließung nicht ganz gelang. Als im Belagerungsheer eine Seuche ausbrach, wurde es von Dionysios vernichtet. Nur H. und die karthag. Bürgertruppen konnten auf Schiffen entfliehen. In Karthago starb H. bald darauf nach der Überlieferung eines freiwilligen Hungertodes (Diod. 14,49–76).

K. F. Stroheker Dionysios I, 1958.

2. H., einer der karthag. Befehlshaber im Kampf gegen die Heere des → Agathokles in Afrika, besiegte im J. 307 die Truppen des Eumachos (Diod. 20,60,4–8). Später sperrte er den Griechen die Verbindungen ins Landesinnere und trug so wesentlich zum endgültigen Erfolg der Karthager bei (Diod. 61,3–4).

H.Berve Die Herrschaft des Agathokles, SBAW 1952, 5, 57ff.

3. H., leitete erfolgreich die Verteidigung von → Lilybaion während der röm. Belagerung seit dem J. 250 v.Chr. Sein Ende ist unbekannt. Beim Friedensschluß wird Geskon als Kommandant genannt (Diod. 24,1,1–3.14. Pol. 1,42.44f.48.66).

4. H., landete im J. 214 v.Chr. ein karthag. Heer auf Sizilien. Nach Karthago zurückgekehrt, drängte er auf eine energischere Kriegführung. Wieder in Sizilien, besetzte er Akragas und zog vor Syrakus (Liv. 24,35). Im J. 213 blieb er nach einem vergeblichen Versuch, Henna zu erobern, bei Akragas (24,36.39). 212 zog er wieder vor das belagerte Syrakus. Dort starb er an der Pest (Liv. 25,26,14).

5. Reiterführer mit dem Beinamen Phameas, bei Pol. 36,8,1–2 Hamilkar genannt, operierte mit Erfolg gegen die röm. Truppen in Africa (App. Lib. 97.100.104). Im J. 148/47 v.Chr. ließ er sich von Scipio zum Übertritt zu den Römern bereden, wofür er von diesen später reich beschenkt wurde (App. Lib 107–109). K. W.

6. H., Karthager vornehmer Herkunft, berühmter Seefahrer des frühen Alt., der 1. mit Namen genannte Schiffskapitän, der die W.- und N.-W.-Küsten Europas befuhr. Die lit. Grundlage hierfür bieten uns nur 2 späte Überlieferungen, Plin. nat. 2,169 → Avienus in Ora maritima (v. 117–129. 380–389. 402–415. Vgl. A. SCHULTEN Font. Hisp. ant. I 1922). H.s Fahrt fand zu gleicher Z. wie die → Hannos, zur Z. der Blüte des karthag. Reiches statt (s.o.). Dies führt etwa auf die J. 520–450, vielleicht am besten auf das E. des 6. Jh. (JACOBY). Zwischen der Abfassungszeit der späten Quellen und den tatsächlichen Geschehnissen um H. liegen also bei Plin. fast 600 J., bei Avien. fast 900 J. Plin. und Avien. heben auch ausdrücklich die Benutzung vieler alten, unmittelbar oder aus 2. Hand übernommenen Quellen hervor, darunter Anaximander, Hekataios, Herodot, Skylax u.a. (s. Plin. nat. 1, p. 14 Mayh. Avien. 42ff.). Schließlich gab es alte pun. Aufzeichnungen (Avien. 414f.: *nos ab imis Punicorum annalibus prolata longo tempore edidimus*) nach eigenen Berichten H.s, auf die man zurückgreifen konnte. Die erhaltenen Nachrichten über H.s Fahrt an der W.-Küste Europas sind aber zu unbestimmt, als daß genaue örtliche Festlegungen über Verlauf und Ziel möglich wären, vgl. Avien. 122.383ff.403–415. Wahrscheinlich erreichte H. noch die s.-engl. Küste und die Nordsee. Er trat seine Fahrt nicht von ungefähr an. Landsleute von ihm, ungenannte Kapitäne, waren seine Vorgänger in der Erkundung w.-eur. Küsten (114–115), und die Bewohner von → Tartessos trieben sogar schon frühzeitig Handel bis zu den Oestrymnischen Inseln (113–114). Unter diesen, die gewöhnlich den → *Κασσιτερίδες* Herodots (3,115), den Zinninseln, gleichgesetzt werden, hat man entweder die n. der Bretagne gelegenen Kanalinseln oder das s.w. England (Cornwall) zu verstehen (Zinn). Die Fahrt H.s war jedenfalls, im Gegensatz zu dem gleichzeitigen Unternehmen Hannos an der W.-Küste Afrikas mit seinen kolonisator. Folgen, eine reine Forschertat ohne kommerzielle und polit. Nachwirkungen. H. T.

Berger Erdk. 231. *Müllenh.* DA 1,92ff. *Ehrenberg,* RE Suppl. V 232–235.

Himmelskreise s. Kykloi

Hin. Äg. Hohlmaß für Flüssiges und Trockenes, griech. ἶν, εἶν o.ä., 1/10 des Hekat, nach Zeit und Ort differierend und von ROEDER mit ca. 0,412 l angegeben. Laut VIEDEBANTT ging es im Betrag von 0,53 (0,56) l in die griech. Maßreihen über und stellte im ptolem. System 1/80 → Metretes, im att. das Dikotylon (→ Kotyle), den → Xestes, dar. Daneben bestanden H. anderer Norm. Gleichfalls 0,53 l maß VIEDEBANTT zufolge das Log in Palästina. Dort hielt das H. 12 Log, also 5,472 l. Andere Ansätze: 6,06 (HULTSCH). 3,83. 4,02. 5,25. 6,12. 6,56 l. → Chomer. H. Ch.

F. Hultsch Metrologie^2 (Index). *O. Viedebantt,* RE VIII 1644ff.; Forsch. zur Metrologie des Alt., Lpz. 1917 (Index). *G. Roeder* u.a. RLV 8,56ff. *A. Oxé,* BJ 147, 1942, 92ff. *J. Trinquet* DB Suppl. V 1221ff.

Hippalektryon (ἱππαλεκτρυών). Der »Roßhahn« ist ein fabulöses Mischwesen aus dem Hinterkörper eines Hahns (mit 2 Hahnenbeinen) und dem Vorderkörper eines Pferdes (mit 2 Pferdebeinen). In der bildenden Kunst, bes. der Vasenmalerei, begegnet er seit etwa 570 bis um 500/490, liter. seit Aischylos Frg. 134 N^2, worauf direkt oder indirekt alle weiteren Erwähnungen zurückgehen. Der von den Griechen nach allg. oriental. Anregung wie andere Mischwesen auch selbständig geschaffene H. ([4]. Anders [5.6]), gelegentlich als Reittier benützt, scheint fast ganz auf Attika beschränkt zu sein. Sonnensymbolik ([7]) oder apotropäische Bedeutung ([8]) kann man ihm schwerlich zuschreiben. W. H. G.

1. *Lamer,* RE VIII 1651ff. 2. *v. Bothmer,* Bull. Metropolit. Mus. New York 11, 1953, 135. 3. *Rohde,* AA 1955, 112ff. 4. *Schauenburg* Ars Antiqua (Luzern), Aukt.-Katalog 2, 1960, zu Nr. 146. 5. *Roes,* RA 4, 1934, 146. 6. *Alföldi,* H 86, 1958, 492. 7. *Deonna,* RHR 1915, 37. 8. *Hildburgh* Folklore 57, 1946, 175f.

Hipana (so die Mz. HEAD HN^2 147 und Steph. Byz., Ἱππάνα Pol., Σιττάνα verderbt aus Σιπάνα Diod.), Stadt Siciliens, 258 von den Römern zerstört, Pol. 1,24,9 und Diod. 23,9,5, an der See zu suchen nach dem Mz.-Bild Delphin und Muschel (5. Jh.). Verfehlt darum V. TUSA Kokalos 7, 1961, 13, der die auf dem Mte. Cavalli s. Prizzi aufgedeckten Reste wieder auf H. beziehen will. K. Z.

K. Ziegler G 73, 1966. RE VIII 1662.

Hippalos (*Ἵππαλος κυβερνήτης*), Seefahrer, etwa zu Anf. der chr. Aera anzusetzen (Ptol. 4,7,12 M. Anon. Per. Mar. Erythr. 57 [GGM I p. 298]. Plin. nat. 6,100), galt als bes. Kenner der Seefahrt im w. Ind. Ozean, wo schon lange vor ihm ein Schiffsverkehr vom Roten Meer durch die Straße von Bab el-Mandeb und den Golf von Aden nach Vorderindien bestand. Später, wohl gerade z. Z. des H., führte der Schiffsweg nach Verlassen des Golfs von Aden nicht gleich ins offene Meer, sondern erst die arab. Küste entlang bis zum Ras (Kap) Fartak, dem ant. *Syagrum promunturium*, und von da nach Indien mit einem günstigen Westwind (Plin. 6,100) bzw. mit den → Etesien, deren Regelmäßigkeit (Monsune) wohl erst H. voll erkannte und sie ausnützte, weshalb sie nach ihm benannt wurden (vgl. Per. Mar. Erythr. a. O. p. 299). Die Wertschätzung des H. geht daraus hervor, daß nach Ptol. (a. O.) der w. Teil des Ind. Ozeans einschließlich des h. Arab. Meers *πέλαγος Ἵππαλον* (besser: *Ἱππάλιον*) hieß. H. T.

Otto, RE VIII 1660f.

Hippana s. Hipana

Hipparchos (*Ἵππαρχος*). **1.** Sohn des → Peisistratos, jüngerer Bruder des → Hippias, mit dem zusammen er nach dem Tode des Vaters 528/527 v. Chr. die Herrschaft in Athen übernahm (Thuk. 6,55, der allerdings 1,20 und 6,54 nur Hippias als direkten Nachfolger nennt. Arist. Ath. pol. 16,7. 18, 1). H. tritt gegenüber seinem Bruder stärker in den Vordergrund. Vor allem H. scheint bewußt das väterliche Programm verfolgt zu haben. Er widmete sich bes. der Pflege der Kultur. Die Ausgestaltung der Panathenaeen durch Homer-Rezitationen war sein Gedanke; er zog Simonides und Anakreon nach Athen (Ps. Plat. Hipparch. 228 B ff.). 514 wurde er von Harmodios und Aristogeiton ermordet. H. Ca.

2. H., M. Antonius, Sohn des Theophilos aus Korinth, Freigelassener des M. Antonius, bereicherte sich bei den Proskriptionen 43, verließ aber als erster bei Actium 31 den Antonius und wurde später Duumvir in Korinth. Plin. nat. 35,200. Plut. Ant. 67,10. 73,4. Mz. H. G. G.

3. H., Komödiendichter, in der Suda fälschlich der Alten Komödie zugeordnet. Die 4 Titel und die 5 Zitate weisen auf die Neue (Körte, RE VIII 1665) oder die ausgehende Mittlere (Edmonds 2,584). Identität mit dem auf einer del. Inschr. genannten Schauspieler (Wilhelm Urk. 251) anzunehmen, ist nicht nötig. W. K.

4. H. von Stageira, einer der 5 Testaments-Vollstrecker, die Aristoteles in seinem Testament, Diog. Laert. 5,12, einsetzt. Durch die Suda wird H. kenntlich als Vf. einer Schrift *τί τὸ ἄρρεν καὶ θῆλυ παρὰ θεοῖς καὶ τίς ὁ γάμος*. Möglicherweise spielt Aristot. met. *B* 4, 1000 a 19 und *Λ* 8, 1074 b 3 auf Diskussionen über ein solches Thema an, die in seiner Umgebung stattgefunden hatten. **5.** H., Pythagoreer um 380 v. Chr. H. soll die Geheimhaltung der pythagoreischen Lehre durchbrochen haben; vgl. Diog. Laert. 8,12. Iambl. v. P. 75–79. Daher schloß man ihn aus der pythagoreischen Gemeinschaft aus und setzte ihm zu Lebzeiten ein Totenmal. Vgl. Lykurg. Leokr. 117. Klem. Al. strom. 5,58. – Die Bruchstücke *περὶ εὐθυμίας*, erhalten bei Stob. ecl. 4,108,81, sind das Werk eines Neupythagoreers. H. D.

6. H., von Nikaia, Bithynien, griech. Astronom und Geograph, arbeitete, nach seinen von Cl. Ptolemaios zitierten astron. Beobachtungen zu schließen zwischen 161 und 127 v. Chr. Einzig erhaltenes Werk: Ein astron.-krit. Kommentar zu den von → Aratos dichterisch geformten Phainomena des → Eudoxos. Dieser enthält: Berichtigung der Beschreibung des Fixsternhimmels für Athen (geogr. Br. 37°, zu Phaen. 19–558), eine Kritik an Arat-Eudoxos' Zuordnung der extra-zodiakalen Sterne zu den mit ihnen zugleich aufgehenden zodiakalen, wobei auch auf die verschiedene Aufgangsdauer der einzelnen Ekliptikzwölftel und auf die ungleiche Ausdehnung von Ekliptikzwölfteln und Tierkreisbildern hingewiesen wird (zu 559–732). Schließlich ein Sternkatalog, der die Ergebnisse der krit. Untersuchung zusammenfaßt und den Ekliptikgraden die für Rhodos (36°) zugleich auf- und untergehenden Fixsterne zuordnet. Angehängt ist ein Verzeichnis von markanten Sternen, mittels derer man am Himmel die 24 Äquatorialstunden ablesen kann, als Sternzeituhr zu verwenden. Es ist ausgeschlossen, daß H. alle diese meist horizontnahen Fakten direkt beobachtete, sie müssen auf Umrechnungen beruhen, jedoch verzichtet er im Kommentar auf math. Beweise unter Hinweis auf seine einschlägigen Untersuchungen. Diese setzen eine Sehnen- (Sinus-) Tabelle voraus, wie sie Ptolemaios Synt. 1,10–11 nach H.' Vorbild schuf. Nach Theon, Comm. in Synt. 1, S. 110 Halma gab es eine besondere Abhandlung des H. darüber. Der Weg der Untersuchung ist von O. Becker rekonstruiert. Dadurch wird H. zum Schöpfer der Trigonometrie. Vermutlich wurden sie in der Schrift »Über die gleichzeitigen Aufgänge« (Arat-Komm. S. 128, 6 M = Papp., Coll. 2 S. 600 H.?) benutzt, die dann die etwas ältere Schrift des → Hypsikles methodisch weit übertroffen hätte. Weitere theoret. Arbeiten: Nach Plut. qu. conv. 732 F und De Sto. rep. 1047 D kritisierte er die Lösung einer Aufgabe der Kombinatorik durch → Chrysippos (darüber Biermann-Mau s. u.). Die Zuweisung algebraischer Arbeiten an H. durch arab. Quellen beruht vermutlich auf Verwechslung. Über die Gravitation soll H. nach Simpl. In Arist. De cael. S. 264,25 H. geschrieben haben.

H.' Sternkatalog in Ekliptikkoordinaten setzt die Benutzung von Präzisionsinstrumenten nach Art der von Ptolemaios beschriebenen voraus. Er ist Plin. nat. 2,26 bezeugt, wurde von Ptolemaios erweitert und unter Berücksichtigung der → Präzession korrigiert. Diese wurde von H. zuerst festgestellt und in einer Monographie behandelt (Ptol. Synt. 3,1 S. 194,16 H). Ptol. weist die Schwankungen, die H. konstatieren zu müssen glaubte, als unter der möglichen Beobachtungs-Toleranz liegend zurück und verbessert den von H. gefundenen Wert. H.' von Ptol. benutzte Beobachtungen lassen den Schluß zu, daß er vorwiegend auf Rhodos arbeitete, somit also nicht zu dem alexandrin. Gelehrtenkreis gehörte (DICKS S. 5 gegen CARY und SARTON).

Unter Benutzung der wohl von ihm mit der Ekzenter-Theorie verbundenen geozentr. Epizykeltheorie bestimmte er Sonnen- und Mondbahn (Ptol. Synt. 3,4 S. 233,1 und 4,2 S. 270,19 H) und konnte so die → Kallippische Periode in einer Schrift über Schaltmonate und -tage verbessern. Über seine Benutzung babylon. Tabellen sowie seine Beziehungen zur Astrologie O. NEUGEBAUER s. u. Bezeugt (Papp. Coll. 6 S. 554 Hu.) ist ferner eine Arbeit über Größe und Entfernungen von Sonne und Mond, die die von → Aristarchos gefundenen Werte berichtigen sollte.

Die meisten Fr. sind erhalten von den 3 B. gegen die Geographie des → Eratosthenes bei Strabon, der gern für Eratosth. gegen H. Stellung nimmt. DICKS zeigt, daß Strabons Kritik an H. nur teilweise berechtigt ist und daß H. mit seinen überlegenen astron. Kenntnissen wirkliche Verbesserungen bringt. H.' Kritik besteht hauptsächlich in der Forderung, daß die herkömmliche Weltkarte zuverlässig nur an Hand von astron. Beobachtungen berichtigt werden kann. Daher wendet er sich auch dort gegen Eratosthenes, wo dieser gute Ergebnisse bringt, z. B. in der Erdperipheriemessung. O. VIEDEBANTT zeigt, daß sein im Prinzip dem des Eratosthenes gleiches Verfahren die Abweichung der Linie Syene–Alexandreia–Rhodos vom Meridian berücksichtigte. Großen Raum nimmt die Triangulation des Vorderen Orients und die ungefähre Breitenbestimmung Indiens ein. Bei seinem Mißtrauen gegenüber astron. nicht fundierten Neuerungen tritt er sogar wieder für die Autorität der homer. Epen als Geographie-Quelle ein.

Ohne H.' retardierende Skepsis wäre vielleicht das heliozentr. System rund 1700 J. früher akzeptiert worden, freilich zum Schaden der Wissenschaft, der ein genialer Geistesblitz zwar förderlich, die strenge, auf pedantischer Datenverarbeitung und math. Deduktion beruhende Methode aber unentbehrlich ist. J. M.

Ausg. und Frg.-Slgn.: Arat-Kommentar hg. *C. Manitius*, Lpz. 1894. *E. H. Berger* Geogr. Fragm. d. H., Lpz. 1896. *D. R. Dicks*, The Geogr. Fragments of H., Lond. 1960 (m. Bibliogr., Übers. und Komm., Slg. der astron. und math. Fragmente dort versprochen).

Ferner neben den bekannten Gesch. der Math., Astron. und Geogr.: *Rehm*, RE XVI 1666,22. *O. Becker* Das math. Denken in der Antike, Gött. 1957, 110. *O. Neugebauer*, Exact Sciences in Antiqu., Providence 1957 pass. (Lit. s. dort). *O. Viedebantt*, Klio 14,2,207. *K. Biermann–J. Mau* Journ. of Symbolic Logic 23, 1958, 129–132.

Hipparinos (*Ἱππαρῖνος*). **1.** Syrakusaner, Vater des Dion, wurde im J. 406 v. Chr. zusammen mit Dionysios zum Feldherrn gewählt (Plut. Dion. 3). Er unterstützte dessen Staatsstreich und gab ihm seine Tochter Aristomache zur Frau (Aristot. pol. 5,5,6). Platon rühmte ihn (epist. 8,353).

H. Berve Dion, AAMz 1956, 10,18f.

2. Syrakusaner, Sohn des Dionysios und der Aristomache, Enkel von Nr. 1, vertrieb im J. 353 Kallippos, den Mörder Dions (Diod. 16,36,5). Nach zweijähriger Herrschaft wurde er ermordet (Theop. FGrH 115 F 186 mit Komm.

H. Berve Dion, 1956, 122ff. u. ö.

3. Syrakusaner, Sohn Dions, überlebte wohl seinen Vater (Plat. epist. 7,324b. 8,355e, 357c). Sein Tod ist umstritten. K. W.

H. Berve Dion 1956, 77. 116f.

Hipparis. Das größere der beiden Flüßchen von → Kamarina, n. der Stadt mündend (s. der Oanis, *Ὤανις*), von Pind. O. 5,12 (auf den Wagensieg des Psaumis, wohl 456) als Wohltäter der Stadt gepriesen und auf ihren Mz. als gehörnter Jüngling dargestellt, HEAD HN² 129. RE VIII 1685. K. Z.

Hippasos (*Ἵππασος*). **1.** Vatersname dreier Helden in der Ilias. **2.** Vater des Argonauten Aktor, Apollod. 1,112. **3.** Sohn der Minyastochter Leukippe, von dieser und ihren Schwestern → Alkathoe und Arsippe in bakchant. Taumel zerrissen. Ant. Lib. 10 (Nikandros). H. v. G.

4. H., Pythagoreer aus der Magna Graecia (lokalisiert in Kroton, Sybaris, Metapont). Aristot. met. *Α* 984 a 7 nennt H. zusammen mit Herakleitos als Vertreter der Ansicht, das Feuer sei der Grundstoff der Welt. Nach Iambl. v. P. 81 soll H. die Richtung der Akusmatiker unter den Pythagoreern begründet haben. Die wenigen nacharistotel. Erwähnungen sind durchweg unzuverlässig (auch Diog. Laert. 8,84), was an der mehrfachen Verwechslung mit Hipparchos deutlich wird. H. D.

Hippe (*Ἵππη*). **1.** Gemahlin des Theseus = Hippolyte, Hes. frg. 105 (Athen. 13,557a). **2.** (Auch Hippo) Tochter Chirons, Geliebte des Aiolos, von ihm Mutter der weisen Melanippe, als *ἵππος* unter die Sterne versetzt. Sie mußte sterben, weil sie als Seherin Aiolos und den Menschen zu viele Geheimnisse mitteilte, oder weil sie auf der Flucht vor ihrem Vater selbst Artemis um ihre Verstirnung bat, oder weil sie über ihrer Liebe der Jagd und des Artemisdienstes vergaß. Hyg. astr. 2,18. Eur. *Μελανίππη ἡ σοφή*. Frg.: Kallim. frg. 569 Pf. Bei Eur. hieß sie urspr. Okyrhoe. Deren Verwandlung in eine Stute erzählt Ov. met. 2,636ff. 655ff. H. v. G.

Hippegos (*ἱππηγός, ἱππαγωγός* scil. *ναῦς*, *hippa(go)gus, hippago*). Eigene Schiffe für militär. Pferdetransport, nach Plin. nat. 7,209 sam. oder athen. Erfindung (vgl. Thuk. 2,56,2; Fassungskraft: 30 Pferde, Thuk. 6,43,2), vgl. jedoch Hdt. 6,48.95 (pers.), werden in allen ant. Marinen verwandt: Liv. 44,28 (Pergamon), Arr. an. 2,19,1 (Tyros), IG II² 1627 b 42ff.; 1628 b 8f. (Athen). Darstellung: [2]. W. H. G.

1. *Torr* Ancient Ships 1894, 14f. Anm. 38/39. 2. *Gauckler* Monuments Mémoires Piot 12, 1905, 130f. Abb. 10. 3. *Lammert*, RE VIII 1650. 4. *Miltner*, RE Suppl. V 958,58ff.

Hippeis (ἱππεῖς). Die Verwendung des Pferdes als Fortbewegungsmittel im Kampf ist sehr alt und schon in den Heeren des alten Orients und bei den Griechen in homer. Z. nachweisbar. Während einzelne griech. Freistaaten wie die Boioter und Thessaler seit alters über eine ausgezeichnete Reiterei verfügten, wurde sie in anderen, wie Athen und Sparta, unter dem Eindrucke ungünstiger militär. Erfahrungen vernachlässigt. Erst im 5. Jh. v. Chr. nach den Perserkriegen gewann sie auf Grund gegenteiliger Erfahrungen wieder an Bedeutung, bis sie unter Alexander d. Gr. eine der schwer gerüsteten Infanterie gleichgestellte Waffengattung wurde. A. N.

H. Delbrück Gesch. der Kriegskunst I³, Bln. 1920, 168ff. *Krom.-Veith*, 631 (Reiterei). *H. Popp* Ant. Kriegskunst, Münch. 1935 (Tusculum-Schr. 27).

Hippemolgoi s. Galaktophagoi

Hippias (Ἱππίας). **1.** Sohn des → Peisistratos, älterer Bruder des Hipparchos. Mit diesem zusammen übernahm er nach dem Tode des Vaters 528/27 v. Chr. die Herrschaft in Athen, die sie im liberalen Sinne des Vaters ausübten (Thuk. 6,54.55.57). Allerdings wurde nach der Verschwörung des Harmodios und Aristogeiton, der sein Bruder zum Opfer fiel, die Herrschaft drückender (Hdt. 5,62. Thuk. 6,59. Arist. Ath. pol. 19,1). In der Folgezeit konnte sich H., der damals auch Verbindung mit dem Perserkönig suchte (Thuk. 6,59), anfangs erfolgreich gegen die Versuche der Gegner wehren, seine Herrschaft zu stürzen, mußte dann aber doch, als die Spartaner in die Auseinandersetzungen eingriffen, 510 kapitulieren (Hdt. 5,62–65. Thuk. 6,59. Arist. Ath. pol. 19). H. suchte zuerst in Sigeion Zuflucht, ging dann nach Lampsakos und zum Großkönig. Auf pers. Seite nahm er am Zug des Datis u. Artaphernes gegen Griechenland teil (Thuk. 6,59). Kurz darauf soll er gestorben sein. **2.** Führer arkad. Söldner, die die antiathen. Partei in Notion vom Satrapen Pissuthnes, wohl Frühjahr 427 v. Chr., als Hilfsmacht erhalten hatte. Im Sommer 427 wurden seine Streitkräfte und Parteigänger von Paches überrumpelt, H. selbst getötet (Thuk. 3,34). H. Ca.

3. H., aus Beroia, *princeps amicorum* des maked. Königs Perseus, 172 Geisel bei dessen Unterredung mit Q. Marcius (Liv. 42,39,7), 171 nach Rom gesandt (Pol. 27,6,2), Führer der Phalanx in den Kämpfen 169 (Liv. 42,51,4. 59,7. 44,2,11. 4,1. 6,2. 7,8. Pol. 28,10,1f.), Gesandter zum Illyrierfürsten Genthios (Liv. 44,23,2. Pol. 28,9,3. 29,3,1), ergab sich 168 den Römern. Liv. 44,45,2. P. Pédech La méthode historique de Polybe, 1964, 361f. **4.** H., Stratege der Boioter 186/85 v. Chr., von Römerfreunden vertrieben, aber von Q. Marcius gegen die Thebaner geschützt. Pol. 22,4,12. 27,1,11. 2,2f. P. Meloni Perseo, 1953, 208. **5.** H., Mime in Rom, bei dessen Hochzeit 47 v. Chr. Antonius sich betrank. Cic. Phil. 2,62f. Plut. Ant. 9,6. H. V.

6. H. von Elis, Sophist gegen E. des 5. Jh., jüngerer Zeitgenosse des Protagoras. I. Die erhaltenen Zeugnisse (Vorsokr. 86) bewahren vor allem den Nachklang von H.' Theorie über das Wesen der Gesetze, die er als Tyrannen der Menschen und somit naturwidrig erklärt zu haben scheint (Plat. Prot. 337 D; dort offenbar zugleich Stil-Imitation des H.). Von einem Disput des H. mit Sokrates über das Wesen des Gerechten berichtet Xen. mem. 4, 4,5ff. Platon hat dem H. (außer der Einlage im Protagoras) zum Dialog-Partner des Sokrates in den beiden Dialogen »H.« gemacht (Echtheit des »Größeren H.« bestritten). In beiden Dialogen steht der berühmte Sophist H. der Dialektik des Sokrates hilflos gegenüber; dabei ist der satir.-spottende Grundzug im »Größeren H.« bei weitem schärfer herausgearbeitet. Den Anlaß dazu bot H.' Anspruch, die volle Autarkie des Sophisten zu verwirklichen: Er könne alles (so verfertigte er seine Kleidung und sein Schuhwerk selbst, Plat. Hipp. min. 368 B), er wisse alles und habe darum die höchsten Geld-Einnahmen. Diese Zeugnisse naiver Eitelkeit dürfen indes nicht darüber hinwegtäuschen, daß H. zu den bedeutendsten Geistern seiner Zeit gehörte. Seine (vermutlich umfängliche) schriftliche Hinterlassenschaft ist verloren; nur die Titel dreier (peripherer) Werke sind bekannt; vgl. FGrH 6. H. D.

Frg.-Slg.: *Diels-Kranz* Vorsokr. 86, II 326–334.
Lit.: *Th. Gomperz* Griech. Denker I⁴, 357–360.

Ein greifbares wissensch. Verdienst des H. ist die Konstruktion der Quadratrix (s. Abb.), s. Prokl. In Eucl. I prop. 9, S. 272,7 Fr. Das Verfahren dient

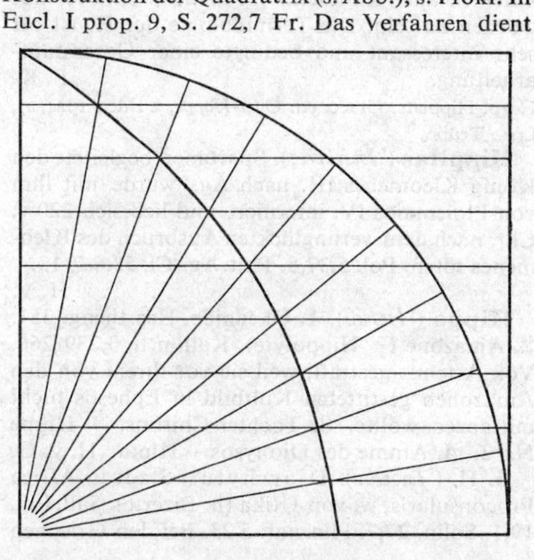

der Lösung des klass. Problems der Drei- und Mehrteilung des Winkels und ist auch zur Kreisrektifizierung und -Quadrierung geeignet, beschr. v. Pappos, Coll. 4 S. 250,33 Hultsch. Eine Seite eines Quadrats gleite parallel zu sich mit konstanter Geschwindigkeit, bis sie mit der gegenüberliegenden Seite zusammenfällt. Eine andere Seite drehe sich um einen Eckpunkt in der gleichen Zeit, bis sie mit der anliegenden Seite zusammenfällt. Die Schnittpunkte beider ergeben die »Quadratrix« gen. Kurve. Teilt man die (s. Abb.) senkrechte Seite im gegebenen Verhältnis a : b, dann gibt der Schnittpunkt der in Höhe des Teilungspunktes gezogenen Parallele mit der Quadratrix die Teilung des Winkels im Verhältnis a : b. Auf die hierin liegende petitio principii weist schon Pappos nach Sporos hin. Bei all seiner Eleganz würde dieses graph. Verfahren auch Platon nicht befriedigt haben, und das math. Verdienst des H. ist daher mit Platons mokanter Darstellung des von ihm repräsentierten Gelehrtentyps durchaus vereinbar. J.M.

M. Untersteiner, Sofisti 3, Firenze 1954, 38–109 (mit reichen Lit.-Ang.). *B. Snell*, Philol. 96, 1944, 170–182. *G.B. Kerferd*, Proc. cl. ass. 60, 1963, 35–36.

Hippiatrika. Titel von spätkaiserzeitlichen griech. Schriften der Veterinärmedizin, die in byzantin. Z. zu einer gleichbetitelten Slg. zusammengeschlossen wurden (für Lateinisches → Mulomedicina); sie behandeln vorwiegend Pferdeheilkunde. Der Begriff ἱππιατρός ist inschr. im 2. Jh. v. Chr. belegt, aber die med. Beschäftigung mit großen Vierbeinern ist viel älter und naturgemäß im Bereich der Landwirtschaft zu finden (schon in Hesiods Erga). Eine so eingehende und interessante Bemerkung wie Hippokrates De articulis 8 über verstärkte Luxationsneigung bei Rindern im Frühjahr (mit Berufung auf Homer) zeigt die schon damals reiche Empirie auf diesem Gebiet. Handbücher der Tier- und bes. Pferdeheilkunde scheinen aber frühestens im 3. Jh. n. Chr. verfaßt worden zu sein. Die Terminologie der H. ist oft sehr interessant und bedürfte einer Gesamtaufarbeitung. F. K.

Corp. Hippiatr. Graec. ed. *Oder-Hoppe*, 2 Bde., 1924/27, Lpz., Teubn.

Hippitas (Ἱππίτας). Spartaner, begleitete den König Kleomenes III. nach Äg., wurde mit ihm von Ptolemaios IV. interniert und ließ sich 220 v. Chr. nach dem verunglückten Ausbruch des Kleomenes töten. Pol. 5,37,8. Plut. Ag.-Cl. 58,6.7.13. H. V.

Hippo (Ἱππώ). **1.** Okeanide, Hes. theog. 351. **2.** Amazone (= Hippolyte), Kallim. h. 3,239.266. Von Artemis gestraft, weil sie vor ihrem von den Amazonen gestifteten Kultbild in Ephesos nicht mittanzen wollte. **3.** Tochter Chirons, = Hippe Nr. 2. **4.** Amme des Dionysos → Hipta. H. v. G.

5. H. (Ἱππών). Diarrhytus. Stadt in Africa Proconsularis, w. von Utika (h. Bizerte). Sall. Iug. 19,1. Solin. 27,7. Plin. nat. 5,23. Bei den Griechen Ἵππου ἄκρα Skyl. 111. Diod. 20,55,3. ἡ τῶν Ἱππακριτῶν πόλις Pol. 1,82,2. 88,2. Ἱππάγρετα App. Lib. 111 ff. Zuerst pun., wurde H. unter Caesar oder Augustus röm. Kolonie: *col. Iulia Hippo Diarrhytus* (CIL VIII 1026). Keine Spur von ant. Gebäuden, ausgenommen Mauern des zum Meere führenden Kanals und 2 Molen (E. Babelon, R. Cagnat, S. Reinach, Atl. Arch. Tun. f^e 2, No. 63). **6.** Regius. Phoinik. Handelsplatz aus dem 12. Jh. v. Chr. an der Mündung des Flusses Seybouse in O.-Algerien, 2 km von Bône (h. Hippone). Pun. Stadt, nach Zama (201 v. Chr.) zweite Residenz der Könige von Numidien (Sil. 3,259), davon *H. Regius*. Nach dem Sieg Caesars bei Thapsus im J. 46 röm. geworden und der Provinz Africa Nova zugeteilt, zu Africa Proconsularis gehörig. Zuerst *municipium Augustum Hipponiensium Regiorum* (ILAlg. I 109), dann *colonia* (Ptol. 4,3,2. Itin. Ant.). Als wichtiger Hafen in Verbindung mit Ostia, hatte H. große *horrea*. Ausgrabungen: Theater, Thermen, Forum, Tempel, Villen mit reichen Mosaiken. Viele Inschr.: ILAlg. I,1 ff. Bischöfe von H. R. seit 259 genannt, bes. Augustinus († dort 430). Die Basilica Pacis mit Anbauten (Baptisterium, Consignatorium, Episcopium) wiedergefunden, auch eine Basilica der Donatisten H. R. wurde von den Wandalen im J. 431 erobert und geplündert, von den Byzantinern 533 zurückerobert, von den Arabern Mitte 7. Jh. besetzt. M. L.

S. Gsell Atl. Arch. Alg. f^e 9 Bône, No. 59. *E. Marec* H. la Royale, antique H. R. Alger 1954. *Ders.* Monuments chrétiens d'H., ville épiscopale de saint Augustin, Paris 1958.

Hippobotai (ἱπποβόται, Pferdezüchter) wurden die adligen Grundbesitzer in Chalkis (→ 1), die παχεῖς (Fetten), die Träger der Oligarchie genannt. Hdt. 5,77. Aristot. pol. 4,3,1289 b. Strab. 10,447. Die H. mußten 506 nach einer Niederlage 4000 athen. Kleruchen Land abtreten, die bei der Landung der Perser 490 nach Attika zurückkehrten. Hdt. 5,77. 6,100. Nach dem Aufstand von 446 wurden die H. aus Chalkis vertrieben, ihr Grundbesitz athen. Eigentum und an 2000 Kleruchen verpachtet. Plut. Per. 23,4. Ail. var. 6,1. H. Nesselhauf Unters. zur Gesch. der delisch-att. Symmachie, 1933, 137 ff. H. V.

Hippobotos (Ἱππόβοτος). Vf. eines Philosophen-Registers, oft von Diog. Laert. zitiert (1,19 περὶ αἱρέσεων; ebd. 1,42: τῶν φιλοσόφων ἀναγραφή. H. dürfte in hellenist. Z. gelebt haben (E. 3. Jh. v. Chr.?). Sein Werk ist nur durch die Zitationen des Diog. Laert. bekannt. Darin scheint es dem H. vor allem auf die Chronologie (Lehrer- und Schüler-Verhältnis) angekommen zu sein; es fanden sich aber auch Notizen zum persönlichen Habitus einzelner Philosophen (so Diog. Laert. 6,102 über → Menedemos in der Funktion strafender Gerechtigkeit). H. D.

Hippodamas (Ἱπποδάμας). **1.** Sohn des Acheloos und der Perimede, Vater der Euryte,

Apollod. 1,52. 63. Nach Ov. met. 8,573 ff. Vater der Naiade Perimele, die die Geliebte des Acheloos war, deshalb vom Vater ins Meer gestoßen und von Poseidon in eine der Echinadeninseln verwandelt wurde. **2.** Name mehrerer Trojaner, Il. 20, 401. Apollod. 3,152. Hyg. fab. 113. H. v. G.

Hippodameia (Ἱπποδάμεια, auch Ἱπποδάμη). **1.** Tochter des Königs → Oinomaos von Pisa u. der Sterope. Der Vater suchte ihre Vermählung zu hindern, weil ein Orakel ihm den Tod von der Hand seines Schwiegersohns ankündigte oder weil er selbst H. sträflich liebte, Apollod. epit. 2, 3–9. Hyg. fab. 84. Er verlangte von den Freiern eine Wettfahrt (ein Bild urspr. Brautraubs, Myth. Lex. 3,769,63) bis zum Isthmos, holte sie mit seinen windschnellen Rossen, einem Geschenk seines Vaters Ares, ein und durchbohrte sie mit der Lanze; ihre Köpfe nagelte er an das Dach seines Hauses oder eines Tempels. Trotzdem erschien → Pelops mit seinen von Poseidon geschenkten Flügelpferden als Freier. Er siegte nach Pind. O. 1,67 ff. mit Hilfe Poseidons, nach der geläufigen Sage nur durch Betrug, mit Hilfe des Wagenlenkers → Myrtilos. Hyg. fab. 84. Diod. 4,73. Seiner Ehe mit H. entsprossen u. a. → Atreus und Thyestes. Da Pelops seinen Sohn aus 1. Ehe mit der Nymphe Axioche, → Chrysippos, ihnen vorzieht, veranlaßt H. ihre Söhne, Chrysippos zu töten; H. flieht mit ihnen nach Mideia in Argolis oder tötet sich selbst, Paus. 6,20,7. Hyg. fab. 85. Eine andere Version s. Laios. Pelops soll ihre Gebeine nach → Olympia überführt haben, wo in der Altis ein Hippodameion errichtet war. Ein Herafest soll H. selbst dort eingerichtet haben, Paus. 5,16,4 ff. NILSSON Griech. Feste 459.

Behandlung in den großen Ehoien, bei Soph., Eur., Accius. Bildliche Darstellungen häufig, z. B. im O.-Giebel des Zeustempels in Olympia. MÉAUTIS H., in: Mythes inconnus, Paris 1949, 57 ff. **2.** Tochter des Adrastos, Gemahlin des Peirithoos, Mutter des Polypoites, Hom. Il. 2,740 ff. Ov. met. 12,210 ff. Apollod. epit. 1,21. Hyg. fab. 33. Ihretwegen entbrennen die Kämpfe zwischen Kentauren und Lapithen. S. Eurytion. **3.** Gattin des → Amyntor, Mutter des → Phoinix, der von ihr angestachelt wird, dem Vater die Kebse Phthia abspenstig zu machen, deshalb von ihm verflucht und geblendet wird und fliehen muß. **4.** → Briseis. **5.** Dienerin der Penelope, Hom. Od. 18,182. **6.** Gattin des rossereichen Autonoos, s. → Anthos. H. wird in eine Haubenlerche, Autonoos in eine Rohrdommel verwandelt. Ant. Lib. 7. H. v. G.

Hippodamos. Sohn des Euryphon aus Milet, bedeutender Architekt und Städtebauer des 5. Jh. v. Chr. Die Überlieferung berichtet von 3 Städte-Anlagen, an denen er beteiligt war: Peiraieus (»Nach den Perserkriegen«; Aristot. pol. 1267 b 22. Hesych. s. v. Harpokr. s. v. Bekk. Anecd. 1,266, 28. Sch. Aristoph. Equ. 327. Strab. 14,654); Thurioi (444/43 v. Chr.; Hesych. s. v. Sch. Aristoph. Equ. 327; vgl. Diod. 12,10); Rhodos (408/07 v. Chr.; Strab. 14,654: ὥς φασιν). Aristoteles überliefert ihn außerdem als Staatstheoretiker, der das Land und seine Bevölkerung sozial eingeteilt und eine neue Prozeßordnung entworfen habe. – Die Datierung ist umstritten, Milet wurde 497 zerstört, danach in eben der Ordnung wieder aufgebaut, die später unter dem Namen des H. ging (v. GERKAN Abb. 6). Mit vielen Ionern ging er nach Athen, wo er κατὰ τὰ Μηδικά (Sch. Aristoph.) den Peiraieus gebaut hat. Heißt das: nach Plataiai oder Eurymedon (v. GERKAN, CASTAGNOLI) oder konkret nach dem Kalliasfrieden von 448? Im ersten Fall wäre seine Beteiligung am Aufbau von Rhodos problemat. – Die Überlieferung schreibt ihm keine Bauten, sondern eine zweckmäßige und gut abgestimmte Anordnung von Wohnquartieren »nach der neuen, eben hippodam. Art« zu (κατὰ τὸν νεώτερον καὶ τὸν Ἱπποδάμειον τρόπον: Aristot. pol. H 11,1330 b 21): parallele, rechtwinklige, sich schneidende Straßen, die regelmäßige Quartiere abteilen, und eine bes. Anordnung und Anlage des Marktes. H. Ma.

Diels Vorsokr.[5] 389 ff. Nr. 39. *H. Brunn* Gesch. der Griech. Künstler 2,362–365. *G. Cultrera*, Mem. dei Lincei 17, 1923, 261 ff. *A. von Gerkan* Griech. Städteanlagen, 1924, 42 ff. *E. Fabricius*, RE VIII 1731 ff. III A 1992 ff. *W. Judeich* Topogr. v. Athen, 1931, 430 ff. *R. Martin* L'Urbanisme dans la Grèce Ant., 1956, 103 ff. *F. Castagnoli* Ippodameo di Mileto etc. (1956). *Ders.* Arte Ant. 4, 1961, 183 f.

Hippodromos. 1. Rennbahn für Pferde- u. Wagenrennen. Das homer. Wagenrennen, Il. 23, 262. 650, auf offenem Feld war typisch: eine ellipt. Bahn, begrenzt durch τέρμαι als Wendepunkte. In Olympia waren die τέρμαι Säulen, Paus. 5,15, 4. 6,20,7. Es gibt keinen Beweis für eine *spina* wie in Rom. Jede Seitenlänge maß etwa 2 Stadien = 384,5 m. Beim Wagenrennen waren nach Pind. O. 3,33. 2,55. 6,75; P. 5,33 die τέρμαι zwölfmal zu umrunden = 9228,96 m; aber einige Gelehrte möchten dies auf die Hälfte reduzieren. An den Längsseiten waren Logen für die Magistrate und die Hellanodikai. Das halbrunde Ende war der Einlaufplatz, entsprechend der *porta triumphalis* im röm. Circus. Hier wurden Sitze für Zuschauer errichtet. Der Startplatz hatte die Form eines Keiles mit 120 m langen Seiten, die ἄφεσις τῶν ἵππων. Standplätze längs den Seiten wurden den Wagen durchs Los zugeteilt. Auf das Startzeichen wurden die Seilbarrieren nacheinander entfernt für die Wagen, die in gleichem Abstand auf den Seiten des Keiles standen, so daß sie zu dem Punkt ihres Zusammentreffens, ἔμβολον, und zur Startlinie zu gleicher Zeit kamen. Eine modifizierte Form dieser Vorrichtung war offenbar in Korinth gebräuchlich, s. O. BRONNER, Archaeology 10, 1956, 134. 137. 268. 275. Die ἄφεσις bot Raum für 40 Wagen, aber gewöhnlich lagen weniger Meldungen vor. H. oi befanden sich auch in Athen, Delos, Delphi, Sparta, Theben, Korinth, Nemea,

Alexandreia und an anderen Orten. Der H. in Istanbul ist vielmehr ein röm. Circus. – Bei den Römern bedeutete H. eine Art Park mit Bäumen, Blumenbeeten, Wasserbassins, wie Plin. epist. 5,6, 32 sie beschreibt. O.W.R.

2. H., von Larissa. Sophist (2./3. Jh.), Schüler des Chrestos; Sohn eines reichen Pferdezüchters, mit dem Sophisten → Philiskos verwandt. H. leitete zweimal die pyth. Spiele; im J. 213 war er in Olympia; nach einer 4jährigen athen. Professur ging er wieder auf seinen thessal. Besitz. † 70jährig (vor der Publik. von → Philostr. vit. soph.). Er verfaßte διαλέξεις in Anlehnung an Plat. und Dion Chrys., an Polemon erinnernde μελέται und lyr. νόμοι. Schüler: → Philostr. III (und II?), Aspasios von Ravenna Philostr. vit. soph. 2,27 (Bios). W.Sp.

RE VIII 1745ff. *(Münscher)*. Suppl. VIII 755. 774 *(Gerth)*.

Hippokampos (ἱππόκαμπος), biolog. = lat. *equus marinus*, Seepferdchen; sachlich nach Paus. 2,1,9 »ein Pferd, das von der Brust an einem Seeungeheuer (κήτει) gleicht«. Er ist liter. nur wenig, vor allem in der lat. Lit. bezeugt; um so häufiger in der bild. Kunst. Myken.: Goldplättchen, Gemmen (Inselsteine). – Griech. archaisch: sehr verbreitet, oft beflügelt, dient als Reittier für Poseidon oder einen Meergreis. – 5. Jh.: selten, auf Mz.en (Poseidonia, Tarent) und Gemmen. – 4. Jh.: häufiger, in der Plastik Gruppe des Skopas mit Achilleus, Thetis, Poseidon und *Nereides supra delphines et cete aut hippocampos sedentes* (Plin. nat. 36,26); auf Mosaiken und Vasen von Olynth (vor 346 v. Chr.); auf unterital. Vasen. – Hellenist.: am N.-Fries des Pergamon-Altars ziehen H. den Wagen Poseidons; häufig auf Mz.en, Gemmen, Edelmetall. – Späthellenist.: Basis des Domitius Ahenobarbus in München (35–32 v. Chr.). – Etr.: häufig, allein oder als Reittier einer Nereide auf Vasen, Kohlenbecken, Bronzen, Spiegeln; sepulkral auf Grabsteinen, Sarkophagen, Aschenkisten, Grabgiebeln; selten auf Mz.en. – Röm.: sehr verbreitet, vor allem in der Kaiserzeit, überwiegend auf Aschenkisten, Sarkophagen; sonst als Marmorgruppen, Bronzen; auf TC.-Platten; Wandgemälden, Mosaiken; seltener auf Gemmen, Mz.en, Ringen, Sigillaten. – Zur Bedeutung des H. ist wichtig seine weite Verbreitung im Sepulkralbereich. H. Ma.

Lamer, RE VIII 1748ff. *E. Boehringer* Die Mz.en von Syrakus, 1929, 84ff. *A. Rumpf* Die ant. Sarkophagreliefs 5,1: Die Meerwesen, 1939, 115ff.

Hippokleides (Ἱπποκλείδης). Athener, Sohn des → Teisandros, aus dem Geschlecht der Philaiden, gehörte 575 v. Chr. zu den Freiern der → Agariste (1), der Tochter des Tyrannen → Kleisthenes von Sikyon. H. hatte zuerst die meisten Aussichten unter den Freiern, unterlag aber schließlich doch dem Alkmeoniden → Megakles (Hdt. 6,126–129). Die bei Hdt. dafür angegebenen Gründe sind wohl nicht als hist. anzusehen. 566/65 war H. Archon. H. Ca.

Hippokles (Ἱπποκλῆς). **1.** Athener, Sohn des Menippos, bekämpfte als Stratege im J. 413/12 v. Chr. die aus Syrakus heimkehrenden Schiffe des Gylippos ohne großen Erfolg (Thuk. 8,13). **2.** H., gründete zusammen mit Megasthenes das ital. Kyme (Strab. 5,243). Vielleicht liegt aber eine Verwechslung mit dem kleinasiat. Kyme vor. K. W.

Hippoklos (Ἵπποκλος). Tyrann von Lampsakos, nahm am Skythenzug des → Dareios teil (Hdt. 4,138). Sein Sohn Aiantides heiratete Archedike, die Tochter des → Hippias (Thuk. 6,59). K. W.

Hippokoon (Ἱπποκόων). **1.** Sohn des Oibalos und der Nymphe Bateia in Sparta, Halbbruder des Tyndareos und Ikarios, die er vertrieb, um König von Sparta zu werden. Wegen H.s Weigerung, ihn zu entsühnen, und wegen der Ermordung des Oionos durch H.s Söhne zog Herakles gegen H. zu Felde, besiegte und tötete ihn und 10 von den 20 Hippokoontiden und setzte Tyndareos wieder als Herrscher ein. Im Kampfe verlor er aber seinen Bruder Iphikles, wurde selbst schwer verwundet und mußte sich von Asklepios heilen lassen. Alkm. frg. 15. 23 B. Apollod. 3,123ff. 2,143ff. Paus. 3,1,4f. 15,3ff. 19,7 u. ö. Diod. 4,33,5f. S. Wide Lakon. Kulte 19. 322. **2.** Thrakerfürst, Verwandter des Rhesos und dessen Begleiter vor Troia, Il. 10, 518ff. **3.** Sohn des Hyrtacus, Begleiter des Aeneas, guter Bogenschütze, Verg. Aen. 5,492ff. H. v. G.

Hippokrates (Ἱπποκράτης). **1.** Athener, Vater des → Peisistratos (Hdt. 1,59. 5,65. 6,103. Plut. Sol. 30). **2.** H., Athener, Alkmaionide, Sohn des → Megakles, Bruder des → Kleisthenes, Vater der → Agariste, der Mutter des Perikles (Hdt. 6,131. Aristot. Ath. pol. 22,5). Prosop. Att. 7633. Stammbaum s. 9688. **3.** H., Athener, Sohn des Ariphron, Neffe des Perikles, Stratege im J. 426/25 (IG I 273) und 424/23 (Thuk. 4,66,3. 67. Diod. 12,66), besetzte zusammen mit → Demosthenes im Einvernehmen mit megar. Demokraten Megaras Hafen → Nisaia. 424 fiel er bei Delion im Kampf gegen die Boioter (Thuk. 4,77,1. 89f. 93. 101,2). **4.** H. aus Gela, Sohn des Pantares, übernahm nach der Ermordung seines Bruders → Kleandros um 498 v. Chr. mit Hilfe → Gelons die Tyrannis. Nach der Eroberung der benachbarten sikel. Gebiete unterwarf er bis 493 die chalkid. Städte und übergab sie Freunden (Hdt. 7,154). Mit den Samiern, die um 493 → Zankle eroberten, traf er aus Furcht vor einer Einmischung des → Anaxilas von Rhegion ein Abkommen, das ihnen die Stadt überließ (Hdt. 6,23). Die Syrakusaner besiegte er 492 am → Heloros (Hdt. 7,154). Auf Vermittlung von Korinth und Korkyra blieb Syrakus unabhängig. Dafür erhielt H. → Kamarina (Hdt. 7,154. Thuk. 6,5,3). Er fiel 491 bei → Hybla im Kampf gegen die Sikeler (Hdt. 7,155).

T. J. Dunbabin The Western Greeks, 1948, 376–409.

5. H., lakedaimon. Flottenführer, verteidigte im J. 412 v. Chr. Knidos gegen die Athener (Thuk.

8,35,1–4). 410 nahm er an der Schlacht bei Kyzikos teil und fiel wenig später bei der Verteidigung von Kalchedon gegen Alkibiades (Xen. hell. 1,1,23. 3,5–7. Plut. Alk. 30. Diod. 13,66,2). K. W.

6. H., wie sein Bruder Epikydes * in Karthago, Sohn einer Punierin, Enkel eines syrakus. Verbannten. Pol. 7,2,3. Liv. 24,6,2. Als Gesandter Hannibals drängte H. in Syrakus 215 v. Chr. den König Hieronymos zum Abfall von Rom. Pol. 7,4, 4. 5,5. Nach dessen Ermordung durch Intrigen zum Feldherrn gewählt, griff H. zum Schutz von Leontinoi die Römer an. Liv. 24,27,1. Plut. Marc. 14. Marcellus verlangte seine Auslieferung, der die Oligarchen in Syrakus zustimmten. Liv. 24,29. H. gewann das gegen ihn gesandte syrakus. Heer für sich und mit dem aufgehetzten Volk die Herrschaft in Syrakus. Liv. 24,30–32. Als Marcellus Syrakus belagerte, übergab H. die Verteidigung dem Bruder und vereinigte sich 213 mit dem karthag. Entsatzheer des Himilkon. Liv. 24,36,2. Ihr Sturm auf das röm. Lager vor Syrakus mißglückte, 212 vernichtete eine Seuche H. und das Entsatzheer. Liv. 25,26. W. Hoffmann, H 89, 1961, 484 ff. H. V.

7. H. von Chios, bekannt als Mathematiker und Astronom des 5. Jh. v. Chr. Schriften verloren, Frg. und Test. zuletzt gesammelt von M. Timpanaro Cardini, Pitagorici, fasc. II, Firenze 1962, 38–73. Diels Vorsokr. 42 (30). Nach Prokl. In Eucl. I 66,4 Fr. Vf. der ersten »Elemente«. Als Kaufmann verlor er sein Vermögen durch Betrüger oder Seeräuber (Aristot. Eth. E. 1247 a 17. Plut. Sol. 2. Philop. In Aristot. Phys. 31,3 Vit.). Iambl. De comm. math. 25 S. 78,1 Festa nennt ihn zusammen mit (→) Theodoros von Kyrene als bedeutendsten Vertreter der math. Sekte der Pythagoreer und macht ihn damit zum älteren Zeitgenossen des Sokrates (Chronol. bestätigt Simpl. in Aristot. Phys. S. 68,32 Diels). Nach Eutok. In Archim. De sph. et cyl. II S. 104,12 H. (vgl. Prokl. In Eucl. 212,24 Fr.) trug er zur Lösung des del. Problems dadurch bei, daß er das Problem der Würfeldoppelung auf die Lösung der Gleichungen $a^3 : x = x : y$ und $x : y = y : 2a^3$ zurückführte, was den Anstoß zur Entwicklung der Theorie der Kegelschnitte gab. Aristot. bemerkt Anal. pr. 69 a 30, die Quadratur von Möndchen plus Kreis sei eine *ἀπαγωγή* auf dem Wege zur Kreisquadratur (vgl. Prokl. a. O.); Soph. el. 171 b 15, die Kreisquadratur durch Möndchen sei zwar ein Pseudogramm, aber kein erist. Paralogismus; Phys. 185 a 16, die Kreisquadratur mittels Segmenten beruhe auf den Prinzipien der Geometrie und sei dabei falsch; es sei somit Aufgabe des Geometers, sie aufzulösen. Zu letzterer Stelle führt Simplikios das Verfahren des H. vor, zuerst nach → Alexander Aphrod. (In Aristot. Phys. S. 55,25–57,24) mit eigenen und fremden Stellungnahmen (ebd. 57,25–60,21), dann aus der zuverlässigsten Quelle, nämlich aus → Eudemos, den er wörtlich zitiert und mit eigenem

Kommentar ergänzt (ebd. 60,22–68,32. Stellungnahmen bis 69,34. Der Eudemos-Bericht aus Simplikios herausgeschält von O. Becker, QStGM. B 3, 1936, 411–419. Frühere Arbeiten s. d.). Nach beiden Berichten handelt es sich um Versuche, den Kreis selbst, nicht nur von Kreisbögen eingeschlossene Figuren zu quadrieren.

Der von Simplikios nach Alexander berichtete Beweis läuft (Abb. 1): Über der Hypotenuse eines

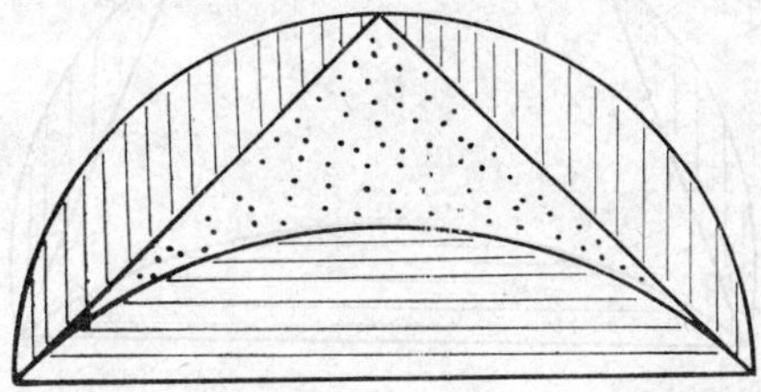

Abb. 1

rechtwinkligen gleichschenkligen Dreiecks ist ein Halbkreis geschlagen sowie ein den Kathetensegmenten ähnliches Segment gezeichnet. Geometr. einwandfrei wird bewiesen, daß F|||| = F≡. Addiert man zu beiden F▦, ergibt sich: Möndchen = Dreieck. Das Möndchen ist damit gleich einem Euthygramm, also quadriert. Abb. 2: Der Radius der kleinen Halbkreise sei ½ Rad. des gr. Halbkr.

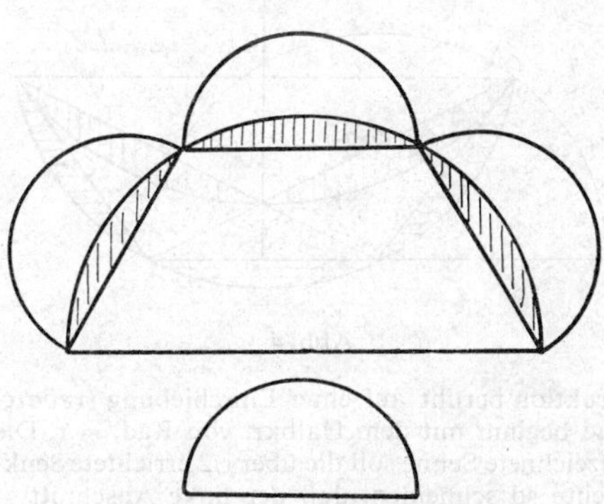

Abb. 2

Also: 4 kl. Halbkr. = gr. Halbkr. Beiderseits abgezogen F||||. Bleibt 3 Möndchen + kl. Halbkr. = Trapez. Abgezogen 3 Möndchen, deren Quadrierbarkeit oben bewiesen, bleibt kl. Halbkr. Das Doppelte des diesem gleichen Euthygramms ist also gleich dem Vollkr., womit der Kreis quadriert wäre. Der Trugschluß ist offenbar, weil das Abb. 1 quadrierte Möndchen den letzteren nicht ähnlich ist.

Der nach Eudemos berichtete Beweis will generell alle Möndchen quadrieren. Voraussetzung: Außenbogen des Möndchens gleich, größer oder kleiner als Halbkr., womit alle möglichen Fälle erfaßt sein sollen. Bew. für »gleich Halbkr.«: s.o. nach Abb. 1. Bew. für »größer als Halbkr.« (Abb.

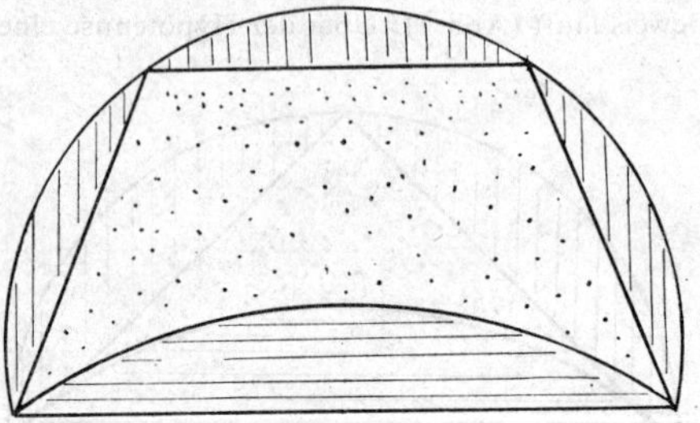

Abb. 3

3): Gegeben ein Trapez mit den Seiten s, s, s, $s\sqrt{3}$. Kreis umgeschrieben und über der längeren Seite ein den übrigen ähnliches Segment gezeichnet. Einwandfrei bewiesen, daß F|||| = F≡, also F⁙ + F≡ = F⁙ + F≡, also Möndchen = Trapez. Bew. für »kleiner als Halbkr.« (Abb. 4): Die Kon-

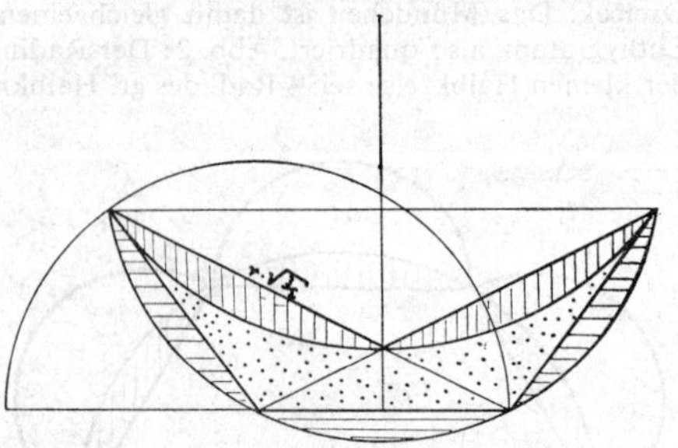

Abb. 4

struktion beruht auf einer Einschiebung (νεῦσις) und beginnt mit dem Halbkr. von Rad. = r. Die bezeichnete Sehne soll die über r/2 errichtete Senkrechte so schneiden, daß der linke Abschnitt = $r\sqrt{3/2}$ ist. Einwandfreier Beweis, daß dann F|||| = F≡, also F|||| + F⁙ = F≡ + F⁙. Also: Möndchen = Euthygramm ||||⁙. Der Beweis, daß hier wirklich der Möndchen-Außenbogen kleiner ist als ein Halbkr., ist korrupt und schwierig. Die ebenso radikalen wie überzeugenden Konjekturen O. Beckers (Philol. 99, 1955, 313–316, Lit. dort) hätte Timpanaro-Cardini nicht ignorieren sollen. Die Anlage des Ganzen und die ausdrückliche Feststellung S. 67,3–6 Diels zeigen, daß damit generell die Quadrierbarkeit jedes Möndchens bewiesen sein soll. Da die Beweise nach Abb. 3 und 4 nicht allgemein sind, stimmt das natürlich nicht. Es wird darum vielfach angenommen, H. habe nur die Möndchen-, nicht die Kreisquadratur behandelt. Das häufig gebrauchte Argument, H. sei für einen derartigen Irrtum ein zu guter Mathematiker gewesen, schließt nicht aus, daß er den Trugschluß vielleicht absichtlich beging (einen Irrtum nimmt auch an Philopon., In Aristot. Phys. 31,6 Vitelli). Sorgfältige Argumentation mit absurder Konklusion ist im Zeitalter der Sophistik gut denkbar, und Plato hält weit primitivere Trugschlüsse für lohnende Objekte dialekt. Übung. So kann der letzte Beweis wirklich, trotz des Zweifels Simplikios' (S. 69,13 D.), als Kreisquadratur gedacht sein, wird doch hier ein Kreis plus Möndchen quadriert. Bei Abzug des angeblich quadrierbaren Möndchens wäre also der Kreis quadriert. Abb. 5,

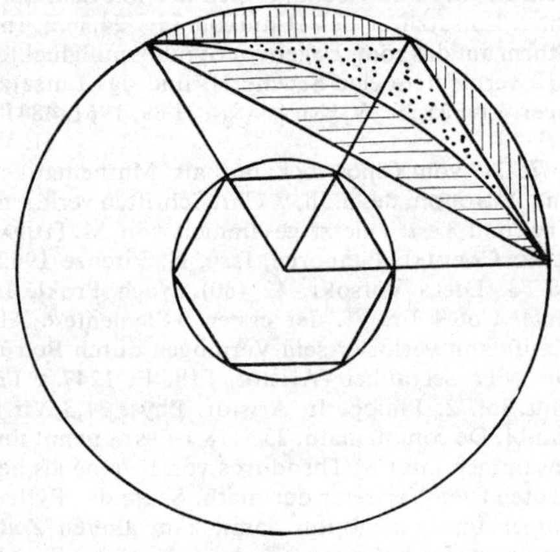

Abb. 5

Konstr.: Großer Radius = kleiner Radius $\cdot\sqrt{6}$. Korrekt bewiesen, daß dann Dreieck ≡⁙ + F|||| – F≡ = Möndchen. F≡ = 18 · Segm. kl. Krs. F |||| = 12 · Segm. kl. Krs., also: Möndchen + 6 Segm. kl. Krs. = Dreieck. Beiderseits kleines Sechseck addiert gibt: Möndchen + Kreis = Dreieck + Sechseck. Quod erat demonstrandum.

Als bewiesene Voraussetzungen, also Inhalt von H.'s »Elementen« (s.o.), nennt Eudemos ausdrücklich: Ähnliche Kreissegmente verhalten sich zueinander wie die Quadrate ihrer Basen, Kreisflächen wie die Quadrate ihrer Durchmesser (vor Eudoxos!). Ferner wurden z.B. benutzt die Sätze über Winkel und Kreisbögen und der Satz des Pythagoras mit seiner Anwendung: Wenn die Summe der Quadrate zweier Dreiecksseiten gleich der dritten, ist der eingeschlossene Winkel ein rechter, wenn kleiner, ein stumpfer, und wenn größer, ein spitzer. Die Einschiebung von Strecken gilt offenbar noch als legitim.

Als Astronom wird H. z. B. von Aristot. meteor. 345 b 9 und 342 b 29 genannt mit seiner der Pythagoreischen ähnlichen Erklärung von Kometen und Galaxias. Der Kometen-Schweif sei eine durch räumliche Bewegung hervorgerufene optische Täuschung, der Komet selbst ein selten sichtbarer Planet wie Merkur, der Galaxias eine Blendung.

J. M.

B.L. van der Waerden Erwachende Wissenschaft, Basel 1956, 216–224. Weiteres → Geometrie.

8. H. aus Kos. Berühmtester Arzt der Ant., lebte von 460 bis etwa 370 v. Chr.; † in Larissa. Aus den nur z. T. vertrauenswürdigen biograph. Nachrichten (z. B. 2 Viten, von denen eine unter → Sorans Namen geht) wissen wir wenig über sein Leben: H., Sohn eines Arztes → Herakleides, entstammte einer schon vor ihm auf Kos ansässigen Asklepiadenfamilie (in der der Name H. öfter vorkam); als Lehrer kommt, neben seinem Vater, unter mehreren in der Ant. genannten Namen → Herodikos v. Selymbria in Frage; H. ist offenbar viel und weit gereist. Wohl schon zu Lebzeiten, spätestens bald nach dem Tode, galt H., den bereits Platon an 2 berühmten Stellen (Phaidr. 270 C, Prot. 311 B) erwähnt, als ganz großer Arzt. Trotzdem fällt es uns, wie schon der Ant. außerordentlich schwer, auch nur eine der zahlreichen (die Zahlen schwanken, je nach der Einteilung; mindestens 60) unter seinem Namen überlieferten und als »Corpus Hippocraticum« fungierenden Schriften mit Sicherheit ihm zuzuweisen. Weder die genannten Platonstellen noch Textanklänge etwa bei Sophokles oder Euripides (z. B. Eurip. Hipp. 7f. ~ *περὶ ἀέρων* 22) helfen dafür bisher weiter. In den letzten 3 Jahrzehnten stehen sich daher totale Skepsis (Wilamowitz und Edelstein) und ein besonnener, gedämpfter Optimismus (Deichgräber, Diller) in dieser Frage gegenüber – ohne daß dieser jene vollkommen widerlegt hätte. Wichtig ist: wie und wo ist das hipp. Schriftencorpus bzw. sein 1. Grundstock entstanden? Nur auf dem Wege der Aussonderung möglichst alter koischer Bestandteile des Corpus nähern wir uns der Person des H. als Autor. Fest steht, daß für das Zustandekommen »aphoristischer« Sammelschriften des Corpus – z. B. Epidemien VI und »Koische Prognosen« – andere Schriften des Corpus die Voraussetzung bilden; diese müssen dann also älter sein. Berücksichtigt man nun das jeweilige Abhängigkeitsverhältnis, dazu dann äußere Indizien wie gewisse Personennamen in den Epidemienbüchern, die sich mit einigermaßen datierbaren koischen Inschriften konfrontieren lassen, dann kommt man per exclusionem auf »Epidemien« I und III und das mit diesen engstens zusammenhängende *προγνωστικόν* als älteste koische Schriftengruppe, aus der Zeit um 410 v. Chr. Stammen diese 3 Schriften von H. selbst? Vielleicht; sie haben jedenfalls am ehesten Anrecht auf ihn als Vf. (andernfalls wäre sein Name wirklich nur legendär). Sehen wir ihn als ihren Vf. an, dann ist H. ein expektativer, in der Therapie zurückhaltender Arzt gewesen (»passiver Kliniker« ist eine sehr treffende Formel der modernen Medizingeschichtsschreibung), der viel Wert auf genaue Beobachtungen (was nicht heißt, daß diese immer ganz unvoreingenommen angestellt und ausgewählt wurden) und auf die Umweltfaktoren (Klima usw.) legte, dessen Hauptanliegen die Prognose war und dessen theoret. Rüstzeug u. a. humorale Vorstellungen, ein spezif. Naturbegriff und der Begriff der Krise, verbunden mit einem Schema »kritischer Tage«, gehörten. Neuerdings wird nun auf Unterschiede zwischen den 3 genannten Schriften – zwar nicht in den Grundlehren, aber in (vielleicht bedeutsamen) Einzelheiten – hingewiesen: Verschiedener Katastasenaufbau (Deichgräber Die Epidemien . . . 9f.); verschiedene Haltung zur Therapie (Temkin, Isis 44,220,47 und 223,73); Beobachtung von jeweils anderen Symptomen (K. Weidauer Thukydides und die hipp. Schriften; Heidelberg 1954, 85,31); sprachliche Unterschiede (G. H. Knutzen, AAMz 14, 1963, 19,2); singuläre Züge im Prognostikon (B. Alexanderson Die hipp. Schrift Prognostikon, Stockh. 1963, 16–24). Das macht die Annahme eines einzigen Vfs. erneut zum Problem; es können natürlich auch mehrere bzw. andere koische Asklepiaden in Frage kommen. Rechnet man trotzdem mit ein und demselben Vf., so ist die Annahme einer Art von Entwicklung bei diesem eine des (kritischen!) Nachdenkens werte Möglichkeit – mehr nicht (als solche schon in der Ant. versucht; Edelstein, RE Suppl. VI 1315). Neben alten koischen Schriften haben wir im Corp. Hipp. offenbar alte Schriften der Ärzteschule von Knidos (→ Euryphon), so z. B. die gynäkolog. Schriften oder einige der B. *περὶ νούσων*. Die beiden Schulen unterscheiden sich voneinander grundsätzlich dadurch, daß die Koer von der Konzeption einer Allgemeinerkrankung und einer Semeiotik mit individuellen Abwandlungen ausgingen, während die Knidier bestrebt waren, lokalisierte Einzelerkrankungen zu fixieren und diese in ein mehr oder weniger festes, umfassendes Schema zu stellen; ferner waren die Knidier viel therapiefreudiger (auch operativ-chirurg., s. z. B. *περὶ νούσων* 2,47 = 7,70 L.) als die Koer. Diese alten knid. Bestandteile im hipp. Corpus kann man sich eigentlich nur erklären mit der Annahme einer koischen Schulbibliothek, in welche die wichtigsten ärztlichen Schriften der Nachbarinsel unter dem gleichsam magnet. Zwang des großen Namens H. im Laufe der Zeit mit hineingerieten. Weitere sicher alte, aber kaum mehr näher lokalisierbare Schriften im Corpus sind *περὶ ἀγμῶν* – *περὶ ἄρθρων* (bei diesem viel benutzten Fachtext muß man mit den Urtext bes. stark verändernden allmählichen Umgestaltungen rechnen, s. J. Kollesch – F. Kudlien, H 89, 1961, 324ff.); *περὶ ἀρχαίης ἰητρικῆς* (Berührungen mit platon. Philos.; s. die vieldiskutierten Ausführungen von H. DILLER, H 80, 1952, 385ff.); περὶ ἀέρων ὑδάτων τόπων; περὶ ἱερῆς νούσου (eine »aufklärerische« Schrift); περὶ φύσιος ἀνθρώπου (wahrscheinlich von Polybos, dem Schwiegersohn des H., verfaßt); περὶ διαίτης; περὶ διαίτης ὀξέων; περὶ τέχνης. Diese Schriften werden alle letzten Endes ins 4. Jh. gehören, ebenso wie die übrigen 5 B. »Epidemien« und einiges von den bes. populär gewordenen »Aphorismen«. Schließlich enthält das Corp. Hipp. jüngere Schriften, deren vermutlich jüngste – die offenbar stoisch beeinflußten περὶ τροφῆς (dazu H. DILLER, Sudh. Arch. 29, 1936, 178ff.), περὶ καρδίης (dazu K.-H. ABEL, H 86, 1958, 192ff. und F. KUDLIEN, H 90, 1962, 425ff.) und die sog. deontolog. Schriften wie Παραγγελίαι und περὶ εὐσχημοσύνης (s. die diesen gewidmete Monographie von U. FLEISCHER, Neue Dtsche. Forsch. 240, Bln. 1939) – vielleicht sogar ins 1. Jh. n. Chr. gehören. Damit sind also unter dem einen Namen H. Schriften aus rund 500 J. vereinigt – ein schlagender Beweis für die rätselhafte Wirkungskraft dieser hist. so schwer faßbaren Persönlichkeit! Gegen A. des 2. Jh. n. Chr. entstanden 2 einflußreiche große H.-Ausgaben; die H.-Glossierung und -Kommentierung, die mit den → Empirikern eingesetzt hatte, blüht hier noch einmal auf (→ Erotian). Zu dieser Zeit hatten auch bereits die → Pneumatiker eine ganz bewußte H.-Renaissance eingeleitet, welche dann von → Galen entscheidend weitergeführt und gekrönt worden ist. Dem Galen haben wir das für die gesamte Folgezeit verbindliche H.-Bild zu verdanken – des H., der in chr., oriental. und europ. Ausdeutung und Verehrung schließlich bis in unsere Tage hinein der »wahre Arzt« schlechthin ewigen Ranges und damit zu einem echten Symbol geworden ist, um welches sich immer wieder, zumal in Krisenzeiten der Medizin, Epochen einer Rückbesinnung, eines sog. »Hippokratismus« (etwa im 17. Jh. durch SYDENHAM und um 1930 durch AUG. BIER und E. LIEK) kristallisierten (weniges zur Nachwirkung bei EDELSTEIN, RE Suppl. VI 1335ff.; eine umfassende Gesch. des Hippokratismus fehlt). F. K.

Ausg. und Übers.: *E. Littré* Oeuvres complètes d'H., 10 Bde., Paris 1839–1861 (mit frz. Übers.; noch immer die umfassendste Ausg., mit wertvollen Einführungen); H. opera ed. *Kühlewein-Ilberg*, 2 Bde. Lpz. (Teubn.) 1894 und 1902 (nicht weitergeführte Teilausg.); dtsche. Gesamt-Übers. von *R. Kapferer–G. Sticker*, 5 Bde., Stuttg. (H.-Verlag) 1933ff.

Lit.: *L. Edelstein* Περὶ ἀέρων und die Slg. der hipp. Schriften, Bln. 1931. *K. Deichgräber* Die Epidemien und das Corp. Hipp. Vorunt. zu einer Gesch. der koischen Ärzteschule, ADAW 1933. *Ch. Lichtenthaeler*, Études Hippocratiques, Lausanne/Genf 1948ff. (bisher 10 Teile; hier bemüht sich ein Medizinhistoriker, Deichgräbers Forderung nach ärztlicher Interpretation der Schriftengruppe Epid. I–III Prognostikon zu erfüllen). *J. Ilberg* Die Ärzteschule von Knidos, SB Leipz. Akad. 1924. *H. Diller* Stand und Aufgaben der H.-Forschung, Jb. Akad. Mainz 1958, 271ff.

Hippokrene (Ἱπποκρήνη). Ein Brunnen wenig unterhalb des Gipfels des Helikon über dem Musental, h. Kryopigadi, nach späterer ant. Vorstellung durch Hufschlag des Pegasos entstanden und als Quelle dichterischer Begeisterung gefeiert, so schon Hes. theog. 6. Strab. 8,6,21 p. 379. 9,2,25 p. 410. Paus. 9,31,3. E. M.

1. *H. N. Ulrichs* Reisen und Forsch. in Griechenland 2, 97ff. 2. *E. Sittig–F. Bölte*, RE VIII 7,6ff. 1853ff.

Hippolochos (Ἱππόλοχος). **1.** Sohn des Bellerophon, Vater des Glaukos, lyk. Fürst, Hom. Il. 6,119 u. a. H. v. G.

2. H., Thessaler, trat von Ptolemaios IV. 218 v. Chr. mit 400 Reitern zu Antiochos III. über und führte 5000 griech. Söldner des Antiochos in der Schlacht bei Rapheia 217. Pol. 5,70,11. 71,11. 79,9. M. LAUNEY Recherches sur les armées hellénistiques, 1949, 216. H. V.

Hippolyte (Ἱππολύτη). **1.** Amazone, Tochter des Ares und der Otrere, in die Herakles- und Theseussage verwoben, Apollod. 2,98; epit. 1,16. 5,1f. Hyg. fab. 30. Herakles' 9. Arbeit galt der Erringung des Wehrgehenks der H. für Admete, Tochter des Eurystheus. Das geschah friedlich nach Apoll. Rh. 2,778. 966ff. Diod. 4,15. Überwiegend erzählt die Sage aber von einem blutigen Kampfe, H. wird getötet. Eur. Her. 407ff. Der Gürtel wurde später in Mykene gezeigt. Bildliche Darstellungen des Abenteuers auf att. Vasen deuten nicht auf den Gürtel als Kampfziel. F. BROMMER Herakles, 1953, 36. – In der Theseussage konkurriert H. mit → Antiope als Theseus' Gemahlin. Isokr. 12,193. Plut. Thes. 27. FURTWÄNGLER-REICHHOLD Tafel 113. RADERMACHER Mythos und Sage, 1942, 284ff. Die H. der Theseussage gilt als die urspr., ihr Name aus dem des Theseussohnes → Hippolytos abgeleitet. – Unabhängig von der Amazone ist von Haus aus wohl die Kultheroine in Megara, Paus. 1,41,7. **2.** Tochter des → Dexamenos. **3.** Tochter des Kretheus, Gattin des → Akastos in Iolkos, auch → Astydameia genannt. H. v. G.

Hippolytos (Ἱππόλυτος). **1.** Göttlich verehrter Heros in Troizen, wo er Tempel und Kultbild besaß, durch einen lebenslänglichen Priester jährliche Opfer erhielt, wo die Bräute vor der Hochzeit (nach Lukian. de dea Syria 60 auch die Jünglinge) ihm eine Haarlocke weihten und seinen Tod betrauerten. Das Stadion und das Gymnasion (IG IV 754) waren nach ihm benannt. Der Tempel der Artemis Lykeia galt als seine Stiftung. Auch die Gräber des H. und der in der Sage mit ihm verbundenen → Phaidra wurden dort gezeigt. Paus. 2,32,1–4. 31,4. Als Heros wurde er auch in Athen (Paus. 1,22,1; unweit seines Grabes lag das angeblich von Phaidra gestiftete Heiligtum der Ἀφροδίτη ἐφ' Ἱππολύτῳ, IG III 202) und in Sparta (Paus. 3,12,9) verehrt. Der Sage entsprechend wurde sein Name (»der mit den gelösten Pferden«) als »der von den Pf. Zerrissene« gedeutet, Ov. fast. 3,265. Das Motiv, daß auf Bitten der Artemis Asklepios ihn wieder zum Leben erweckt habe, scheint alt zu sein; Apollod. 3,121 beruft sich dafür auf ein archaisches Epos Naupaktika; Artemis selbst belebt ihn wieder Ov. fast. 6,746ff. Als Gott durfte H. natürlich nicht sterben, so erfand man seine Versetzung in das Sternbild des Fuhrmanns, Paus. 2,32,1. Eratosth. katast. 6. Rätselhaft ist seine Identifizierung mit → Virbius im Hain der Diana bei Aricia am Nemisee, Verg. Aen. 7,761ff. Paus. 2,27,4. Kall. frg. 190 Pf. – Die Sage machte H. zum Sohn des Theseus und einer Amazone (Hippolyte oder Antiope) und arbeitete mit dem Potipharmotiv (→ Bellerophon, R. Peppermüller Die B.-Sage, ihre Herkunft und Gesch., Diss. Tüb. 1961), dem Motiv der den Stiefsohn liebenden Stiefmutter und dem des spröden Jägers, der Wald und Einsamkeit liebt. Fixiert wurde die Sage von Eur. in seinen beiden H.-Dramen. Über die Unterschiede der beiden Fassungen s. M. Pohlenz Die griech. Trag. 1,265ff. Der nicht erhaltene, von den Athenern abgelehnte Ἱ. καλυπτόμενος (der sich vor der schamlosen Aufdringlichkeit Phaidras verhüllt) läßt sich aus den Fragmenten, aus Ov. her. 4, Senecas Phaidra, Apollod. epit. 1,16ff. einigermaßen rekonstruieren. Im Ἱ. στεφανηφόρος (428, benannt nach dem Kranze, den H. für Artemis, s. I 621,11, pflückt) ist Phaidras Wesen gemildert, mehr von der Rücksicht auf den guten Ruf beherrscht. Sie erhängt sich bereits vor der Rückkehr des Theseus und hinterläßt ihm einen Brief mit der Verleumdung des Stiefsohns, und dessen Charakter ist etwas einseitig gezeichnet (Vegetarianer, Orphiker, Weiberhasser). Er hält sich an das Schweigeversprechen, das er der Amme gegeben hat, und so erfährt Theseus die Wahrheit nicht. Er verstößt und verflucht H. und bittet seinen Vater Poseidon, ihn zu vernichten. Der Meeresgott läßt vor H. bei einem heftigen Erd- und Seebeben aus den überschäumenden Fluten einen Stier auftauchen, die Pferde scheuen und schleifen H. zu Tode. In der ersten H.-Tragödie endete Phaidra erst nach H.s Untergang durch Selbstmord, nachdem sie voll Reue die Wahrheit an den Tag gebracht hatte. Ov. hat den Mythos dreimal dargestellt: met. 15,497ff.; her. 4; fast. 6,737ff. Hyg. fab. 47,243. Plut. Thes. 26ff. Künstlerische Gestaltung auf att. Vasen, apul. Krateren, röm. Wandgemälden, Reliefs und Sarkophagen, s. Eitrem, RE VIII 1870ff. Myth. Lex. I 2686.

v. Wilam. Eur. H., Bln. 1891. *W. Barrett* Eur. H. (Kommentar und Einführung) 1964. *M.P. Nilsson* Griech. Feste 460. *H. Herter*, RhM 89, 1940, 273f. *H. Hunger* Lex. der gr. und röm. Mythol. [5]1959, 283.

2. König v. Sekyon, Liebling Apollons, Paus. 2,6,7. **3.** Vater des Deiphobos aus Amyklai, der Herakles nach der Ermordung des Iphitos entsühnte, Apollod. 2,130. Diod. 4,31. **4.** Gigant, von Hermes, den die Hadeskappe unsichtbar machte, besiegt, Apollod. 1,38. H. v. G.

5. H., Presbyter in Rom, wegen seiner strengen Haltung in Fragen der Christologie und des Bußwesens in Gegensatz zur Kirche geraten, wurde unter → Kallistos (217–222) zum Gegenpapst gewählt. Später zusammen mit Papst Pontianus nach Sardinien verbannt, ist er dort, offenbar mit der Kirche versöhnt, 235 gestorben. Von den Schriften H.', der, wahrscheinlich aus dem O. stammend, einer der fruchtbarsten, jedoch mehr prakt.-polem. als wissenschaftlich interessierten frühchr. Schriftsteller war (unvollständiges Schriftenverzeichnis auf einer Statue), ist wenig erhalten, z.T. nur in Übers. Die Echtheit einiger Schriften ist angefochten. Der *Κατὰ πασῶν αἱρέσεων ἔλεγχος* [1], vornehmlich gegen die Gnosis gerichtet, führt die haeret. Lehren auf die griech. Philos. zurück. Der Daniel-Kommentar [2] dient wie die Chronik [3], deren verlorene Teile aus lat. und armen. Überarbeitungen zu rekonstruieren sind, der Bekämpfung chiliast. Strömungen. Die *Ἀποστολικὴ παράδοσις* [4], nur indirekt überliefert, ist als älteste Kirchenordnung von hervorragender Bedeutung für die Gesch. der Liturgie. B. R. V.

Ta.: 1. *P. Wendland*, 1916, GCS 26. *P. Nautin*, 1949. 2. *N. Bonwetsch*, 1897, GCS 1. *M. Lefèvre*, 1947, Sources chr. 14. 3. *A. Bauer – R. Helm*, 1955[2], GCS 46. 4. *G. Dix*, 1937. *B. Botte*, 1963.

Lit.: *A. d'Alès* La théologie de S.H., 1929[2]. *A. Hamel* Die Kirche bei H., 1951. *P. Nautin* H. et Josipe (zur Echtheit), 1947. *Christ-Schmid* 2,2,1331–1341. *Altaner*[6] 46–48 und 144–150.

Hippomanes (*τὸ ἱππομανές*) Stutengeil. **1.** Ein Ausfluß aus der Scheide rossiger Stuten als Folge übersteigerten Gattungstriebes (Nymphomanie). Die Hauptstelle bei Aristot. hist. an. 572a 9ff., auf die alle einschlägigen Erwähnungen bei Späteren (Verg. georg. 3,280. Tib. 2,4,58. Prop. 4,5,18. Ov. am. 1,8,8. Plin. nat. 28,181, meist im Zusammenhang mit Liebeszauber) zurückgehen, enthält nacheinander 2 Darstellungen, die anscheinend dasselbe meinen und sich gegenseitig ausschließen: a) Die brünstigen Stuten trennen sich von den übrigen, rennen nach N. oder S., bis sie erschöpft sind oder eine Küste erreichen, und »scheiden etwas aus« (*ἐκβάλλουσί τι*), was man H. nennt. Die Pharmazeuten (*οἱ περὶ τὰς φαρμακείας*) sind sehr darauf aus, es zu bekommen. – b) In der Brunstzeit berühren sich die Stuten, usw.; . . . »aus ihrer Scham fließt etwas aus, was dem männlichen Samen ähnelt, aber viel dünner ist; man nennt es H.«. Beide Male wird hinzugefügt, es sei nicht dasselbe wie Nr. 2. Die Darstellung b) ist reicher, genauer und in voller Übereinstimmung mit dem patholog. Befund (vgl. Stangwirth, Tierheilkunde und Tierzucht 2, 1928, 519. 538. Richter-Götze Tiergeburtshilfe [1960], 28; ähnlicher Ausfluß auch bei Kuh und Hündin: Wirth Lexikon der Therapie und Prophylaxe für

Tierärzte 1, 1956, 205). Die Darstellung a) ist ärmer, undeutlicher und legendär, hinsichtlich des H. ohne zusätzlichen Inhalt, also wohl fremder Einschub. **2.** Nach Aristot. 577 a 3 ff. ein der Stirn des neugeborenen Fohlens anhaftender Zellkörper, platt, rund, dunkel und in der Größe einer kleinen getrockneten Feige, den die Stute sofort nach dem Wurf frißt. Nimmt man ihn vorher weg, wittert es die Stute und wird wütend. Deshalb suchen und sammeln ihn die Zauberinnen (*αἱ φαρμακίδες!*). Teilweise erweiternde und ins Erotomagische abbiegende Wiedergaben bei Theophr. frg. 175 W. Plin. nat. 8,165.28,181. Ail. nat. 14,18; vgl. auch Verg. Aen. 4,515. Lucan. 6,455. Iuv. 6,616. Es handelt sich um »abgeschnürte oder verödete Teile der äußeren Fruchthülle . . . aus strukturloser . . . Grundsubstanz und nekrotischen Zellmassen« (Albrecht Geburtshilfe beim Pferde = Bayer-Fröhner Hdb. der tierärztl. Chirurgie und Geburtshilfe [1909] VII 2,136; eingehend Thieke Die H. des Pferdes [1911]), die im Fruchtwasser schwimmen und zuweilen am Körper des Fohlens kleben. Auch diesem H. schrieb man sexuelle Zauberkraft zu. **3.** Danach Bezeichnung für beliebige sexuelle Stimulantia (Colum. 6,27,4). **4.** Eine in Arkadien heimische Pflanze, nach Diosk. 2,173 die Kapernstaude, nach Ps. Diosc. 4,80 das *ἀπόκυνον* (»Hundetot«); sie macht angeblich Stuten und Fohlen toll (Theokr. 2.48 und Gow z. St. Serv. georg. 3,280). W. R.

Hippomedon (*Ἱππομέδων*). **1.** Sohn des Talaos (oder des Aristomachos), Bruder (Neffe) des Adrastos, stammte aus Argos (oder Mykene), wohnte auf einer Burg bei Lerna, deren Grundmauern Paus. noch sah, 2,36,8, und zeichnete sich durch Wuchs und Körperkraft aus. Er nahm am Zuge der Sieben gegen Theben teil und fiel von der Hand des Ismaros (oder Hyperbios). Sein Sohn Polydoros gehörte zu den → Epigonen. Aischyl. Hept. Hik. 881. Soph. Oid. K. 1317. Eur. Phoen. Stat. Theb. 6,728 ff. 9,514. Apollod. 3,63.68.74. Paus. 10,10,3. H. v. G.

2. H., Sohn des Eurypontiden Agesilaos, Vetter und Anhänger des Reformkönigs Agis IV. (→ 4). Pol. 4,35,13. Plut. Agis 6,2 f. Nach dessen Ende 241 verließ H. Sparta. Als Statthalter der hellespont. und thrak. Gebiete (*στρατηγὸς τοῦ Ἑλλησπόντου καὶ τῶν ἐπὶ Θράικης τόπων*) des Ptolemaios III. besorgte H. für Samothrake zollfreie Getreideeinfuhr aus der Chersonesos, schoß Geld für Anwerbung illyr. Söldner vor und nahm an den Mysterien der Kabiren teil. Teles *περὶ φυγῆς* ed. Hense² 23,12. H. Bengtson Die Strategie 3, 1952, 178 ff. P. M. Fraser Samothrace, The inscriptions 2, 1960, 39 f. Der Gemahl seiner Tochter, König Archidamos (→ 4), wurde 227 ermordet, H. bei der Königswahl 219 übergangen. Pol. 4,35,13. H. V.

Hippomenes (*Ἱππομένης*). **1.** Boioter aus Onchestos, Sohn des Megareus bzw. des Ares, gewann im Wettlauf → Atalante (Nr. 2) zur Frau. Sie wurden in Löwen verwandelt, die den Wagen der Göttermutter ziehen mußten. Apollod. 3,105–109. Sein gleichnamiger Großvater war ein Sohn Poseidons, a. O. 211. **2.** Ein Kodride, dessen Tochter mit einem Pferde lebend begraben wurde, Nikol. Damask. frg. 51: Aition für bestimmte Pferdeopfer, s. RE VIII 1888,44. H. v. G.

Hippon (*Ἵππων*) (lokalisiert in Metapont, Kroton, Rhegion, Samos), einer der Natur-Philosophen, jünger als Empedokles, vgl. Aristot. an. *A* 2, 405 b 1. Hier und met. *A*. 3, 984 a 3 drückt Aristot. seine Geringschätzung des H. aus: er sei einfältig und umständlich. Ein einziges Lehrstück liegt in wörtlicher Bezeugung vor: Vorsokr. 38 B 1 = Sch. Homer Genev. 195.197,19 ff. Nicole. Da lehrt H. den Zusammenhang alles Grund- und Brunnenwassers mit dem Meere. Die jüngere Doxographie ordnet H. gern mit Thales zusammen: H. scheint das Wasser als *ἀρχή* angesehen und aus dem Zuviel oder Zuwenig an Wasser die Aitiologie der Krankheiten hergeleitet zu haben. H. war einer der ersten, die sich in Athen den Vorwurf zuzogen, *ἀσεβεῖς* zu sein (→ Anaxagoras, → Sokrates); der Komiker Kratinos (frg. 155) verspottete den H. in den *Πανόπται*. H. D.

Hippon (*Ἱππών*) s. Hippo

Hipponax (*Ἱππῶναξ*). Iambograph, lebte in der 2. Hälfte des 6. Jh. v. Chr. (Plin. nat. 36,11: Ol. 60 = 540–536; Marm. Par. 42: ca. 541/40; Prokl. Chrestom. 31: unter Dareios [522–486]) zuerst in Ephesos, dann, von den Tyrannen Athenagoras und Komas vertrieben, in Klazomenai (Suda). Nach den Fragmenten spielte sich sein Leben in den untersten Schichten ab, unter Handarbeitern und Dirnen, es fehlte ihm an Kleidung (frg. 24 Diehl), Nahrung (42) und Geld (29). Diesem Milieu, in dem auch lydisch gesprochen wird (14 A), entspricht es, daß er im Streit mit dem Bildhauer Bupalos vor Rohheiten nicht zurückschreckt (70). Angeblich (Plin. nat. 36,12; Suda) war Ursache des Streites ein karikierendes Porträt des H.; doch scheint es vielmehr um eine Frau, Arete, gegangen zu sein. Sicher Legende ist es, daß Bupalos und sein Bruder Athenis infolge der Angriffe des H. Selbstmord begangen hätten (Ps.-Acro Epod. 6,14; dagegen Plin. a. O.). Vom Inhalt der Gedichte ist wegen der Trümmerhaftigkeit des Erhaltenen (Zitate und Pap.) kein genaues Bild zu gewinnen. Kenntlich sind Invektiven gegen Bupalos, Athenis und andere, meist von maßloser Schärfe, selten gutmütigem Witz (45), auch dialogisch, auch in der Form der Homerparodie, ferner Prügelszenen und Erotisches von derbstem Realismus. Welche Rolle Mythologisches (Rhesos, Heraklestaten) spielte, ist unklar; ein *Οδυ[σσε. . .* überschriebenes Gedicht (frg. 74–77 Masson), das Phäaken und Bupalos nennt, war wohl parodisch, wie denn H. von Polemon als Erfinder der Parodie bezeichnet wurde (Athen. 15,698 b). Metr. Formen: Choliamben, von H. in die Lit. eingeführt, dazwischen reine Trimeter, hinkende trochäische Tetrameter, katalekt. iamb. Tetrameter (nur frg. 79 Diehl), Epoden (iamb. Trimeter + Dimeter; wenn von den »Straßburger Epoden« wenigstens ein Teil [Archil. frg. 80 Diehl] H. gehört, auch iamb. Trimeter + Penthemimeres), Hexameter (parod.). Wie H. den nach ihm benannten Hipponacteus verwendete, ist unklar. Die Sprache ist die ion. Umgangssprache, mit einzelnen lyd. und phryg. Wörtern, der Ausdruck dem Inhalt angemessen derb. H. war im 5. Jh. in Athen populär (Aristoph. Lys. 361; Ran. 659–661). Bei Diphilos traten Archil. und H. als Liebhaber der Sappho auf (Athen. 13,599 d). Unter H.s Einfluß steht schon der Iambograph Ananios, dann im Hellenismus, den sein Realismus anzog, Phoinix von Kolophon und vor allem Herodas; Kall., nach dem die Choliambendichter ihr Feuer aus Ephesos holen (frg. 203,13 Pf.), nennt ihn zu Beginn seiner Iamben, auch Lykophr. (Alexandra) kennt ihn. Epigrammatiker verfaßten Grabschr. auf ihn (Anth. Pal. 7,408. 536. 405), auch Theokrit (13,3). Ausgaben (mit Bucheinteilung, Buch 1 und 2 werden zitiert) werden damals gemacht sein, auch Kommentare (Athen. 7,324 a, Nachwirkung in POxy 2176, 2. Jh. n. Chr.). Später nennt H. als verwerflich Clem. Alex. Strom. 1,1 p. 3,11 St., Iul. epist. p. 300 c Sp. warnt vor der Lektüre. Noch im 12. Jh. hat Ioh. Tzetzes wenigstens einen Teil des Textes besessen. R. K.

Neuere Ausg.: *Diehl*, Anth. lyr. fasc. 3^3, 1952. *Adrados* Liricos Griegos 2, 1959. *Medeiros* 1961 (vol. 1). *Masson* 1962.

Hipponikos (Ἱππόνικος). **1.** Athener, Sohn des Kallias (Thuk. 3,91,4), war Daduchos und 427/426 v. Chr. Stratege (And. 1,115. Thuk. 3,91,4. Diod. 12,65,3 f.); als solcher führte er neben → Eurymedon (4) das Aufgebot des Landheeres bei dem erfolgreichen Kriegszug gegen die Tanagraier. Kurz vor 422 ist er gestorben. H. galt bei seinen Zeitgenossen als bes. reich (And. 1,130. Lys. 19,48) und war dem Spott der Komödie stark ausgesetzt (CAF I 111. 262). Seine Frau heiratete nach der Scheidung Perikles (Plut. Per. 21), seine Tochter Hipparete Alkibiades (Plut. Per. 8,3). **2.** Enkel des vorigen, war mit der Tochter des Alkibiades verheiratet (Lys. 14,28). H. Ca.

Hipponion s. Vibo

Hipponoos (Ἱππόνοος). **1.** Angeblich alter Name des Bellerophon, Sch. Il. 6,155. Vielleicht ein Erklärungsversuch des unverstandenen Namens. **2.** Sohn des Adrastos (Nr. 1), der sich mit ihm auf einen Spruch Apollons freiwillig auf den Scheiterhaufen warf, ein von der sonstigen Überlieferung völlig abweichender Zug, Hyg. fab. 242. Kerényi Die Mythen der Griechen 319. **3.** Vater des Kapaneus und der Periboia von Astynome, Apollod. 1,74. 3,63. Hyg. fab. 70. H. v. G.

Hippos (ἡ Ἵππος, Eus. onom. 22,21 K. Ἵππη, aram. *Sûsîṭā* »Stute«), hellenist.-byz. Stadt (region) ö. des Sees Genezareth. Zuerst Plin. nat. 5, 71. 74. Ios. bell. 1,156, dann oft; seleuk. Gründung (?), später zur → Dekapolis gehörig (Mz.), noch in byz. Z. blühend (Bischof); h. Qalʿat el-ḥöṣn, (Mt.) Susita (Israel), unausgegr. Wüstung auf steiler Bergnase, reiche ant. Reste. Chr. B.

G. Schumacher Der Dscholan, ZDPV 9, 1886, 327–334 (Plan T. VI). *P. Thomsen* Loca sancta 1, 1907, 73. *Schürer* 2^4, 1907 (= 1964), 155–157. *Abel* Géogr. 2, 1938, 471 f. *H. Bietenhard* Die Dekapolis von Pompeius bis Traian, ZDPV 79, 1963, 24–58.

Hippostratos (Ἱππόστρατος). **1.** Sohn des Amarynkeus aus dem achaiischen Olenos. Er verführte → Periboia, die von ihrem Vater Hipponoos nach Kalydon zu Oineus geschickt wurde, mit dem Auftrag, sie zu töten. Der aber nahm sie zur Frau. Hes. frg. 73 Rz. H. v. G.

2. H., 3. Jh. v. Chr.? Vf. eines Werkes über sizil. Genealogien (z. B. Emmeniden; wohl mind. 7 B.), in dem wohl auch noch von anderen sizil. Dingen die Rede war; B. 1 scheint ganz von Minos gehandelt zu haben. Schol. (Pind. und Theokr.) und die Thaumasiographie zitieren H. Die Datierung nach Olympiaden setzt, falls häufiger vorkommend, wohl → Timaios voraus. W. Sp.

Frg.: FGrH 568

Lit.: *F. Jacoby*, RE VIII 1922. *Van Compernolle* v. Hellanikos, 579 v. H.

Hippotes (Ἱππότης). **1.** Vater des Windbeherrschers Aiolos (Nr. 2). Hom. Od. 10,2. 36. Apoll. Rh. 4,778. **2.** Herakleide, Sohn des Phylas, Vater des → Aletes. In Naupaktos, wo die Herakleiden zur Peloponnes übersetzen wollen, erschlägt er den für einen Betrüger gehaltenen Seher Karnos. Da gehen die Schiffe unter, und das Heer läuft wegen Hungers auseinander. Ein Orakel verurteilt H. zu 10jähriger Verbannung. Paus. 3,13,3. Apollod. 2, 174. **3.** Sohn Kreons und König von Korinth, der nach einer von Eur. abweichenden Sagenfassung Iason aufnimmt und ihm seine Tochter zur Frau gibt. Sch. Eur. Med. 19. Diod. 4,55,5. In Hyg. fab. 27 gibt sich Medos, Medeias und Aigeus' Sohn, vor König Perses als H., Kreons Sohn, aus. H. v. G.

Hippothoe (Ἱπποθόη). **1.** Nereide, Hes. theog. 251. Apollod. 1,11. **2.** Eine der Peliastöchter, die ihren Vater auf Anraten Medeias töteten und aufkochten. Apollod. 1,95. Hyg. fab. 24. **3.** Tochter des Mestor, Sohnes des Perseus, und der Lysidike, einer Tochter des Pelops. Poseidon entführte sie nach den Echinaden, wo sie ihm den Taphios gebar. Apollod. 2,50. H. v. G.

Hippothoon (Ἱπποθόων). Sohn des Poseidon u. der → Alope, Eponymos der Phyle Hippotho(o)ntis, hatte ein Heroon vor Eleusis und eine Statue auf dem Markt in Athen. Paus. 1,39,3. Urspr. roßgestaltig nach Schachermeyr Poseidon, 150 f. H. v. G.

Hippothoos (Ἱππόθοος). **1.** Sohn des Priamos, Il. 24,251. **2.** Pelasger, Sohn des Lethos, führt den Troern pelasg. Hilfstruppen aus Larisa zu, Il. 2,840ff., vom Telamonier Aias getötet 17,288–318. **3.** Sohn des → Aleos und der Neaira, von seinem Neffen Telephos getötet; darauf Selbstmord der Mutter. Hyg. fab. 243. **4.** Sohn des Kerkyon, Herrscher im arkad. Trapezus, Paus. 8,5,4. Teilnehmer an der kalydon. Jagd, Hyg. fab. 173. Ov. met. 8,307, von Skopas im Giebel des Athenatempels vor Tegea dargestellt, Paus. 8,45,7. **5.** = Hippothoon. Hyg. fab. 187.252. H. v. G.

Hippotoxotai (ἱπποτοξόται). H. waren berittene Bogenschützen, die neben solchen zu Fuß (→ Toxotai) in griech. und pers. Heeren vertreten waren. Ihre Verwendung – meistens handelte es sich um Skythen und Asiaten – nahm bes. in hellenist. Z. zu. Neben der städt. Polizei in Athen, die ebenfalls aus Bogenschützen bestand, gab es H., eine militärische Truppe, aus Bürgern oder Söldnern, die gelegentlich als Feldgendarmerie fungierte (RE VI A 2, 1854. 1855. 1857. 1858). A. N.

Hippys, von Rhegion (chalkid. Kolonie); Name oft korrumpiert. Viel behandelt, rätselhaft; nach der verwirrten Sudavita Zeitgenosse der Perserkriege und Vf. von 5 B. *Σικελικά*, die später → Myes (bei Iambl. v. Pyth. 267 Name eines Pythagoreers aus Poseidonia) epitomiert habe, einer *Κτίσις 'Ιταλίας*, 5 B. *Χρονικά (π. χρόνων)* und *'Αργολικά ('Αρχαιολογικά*: Eudokia; dann = *Κτίσις 'Ιταλίας*?), 3 B. Inhalt der Frg. (F 3: Datierung nach Olympiade, nicht unbedingt Timaios voraussetzend, und att. *βασιλεύς* (?) »Hippon« überliefert) und Titel haben die Kritiker z.T. zu einer späteren Datierung bestimmt (Neubearbeitung des alten H., Fälschungen auf H.s Namen etc.). Nach F. JACOBY hat ein angeblicher Myes den angeblichen H. erfunden (um 300 v. Chr.?), und *Σικελικά* und *π. χρόνων* könnten – als westgriech. Chronik – ident. sein (*'Αργολικά* Schwindelzit.?). Für andere (vgl. neuerdings MOMIGLIANO, DE SANCTIS, PRESTA, MANNI) ist H. ältester Hist. Siziliens und Quelle für Antiochos von Syrakus, Hdt. (B. 7), Thukyd. (6,2–5), Hellanikos. Die Frg. geben Paradoxa (F 2: Eisenbartkur im epidaur. Asklepieion; vgl. IG[2] IV,1,122,23 [ca. 320]; Frage, welche Tradition die ältere ist), Details aus Urgesch. und *κτίσεις* u.a. → Phainias von Eresos (F 5 = Frg. 12 W) zitiert – wohl als erster bekannter Benutzer – H. für die seltsame Kosmologie (183 Kosmoi) eines sonst unbekannten → Petron von Himera (wohl ein Pythagoreer; DIELS Vorsokr. 16). Die Beziehungen H.' zu → Hekataios von Abdera sind unsicher. W. Sp.

Frg.: FGrH 554 (Lit.). *Pack*[2] Nr. 1205.

Lit.: *F. Jacoby*, RE VIII 1927ff. (z.T. abweichend von FGrH). *Schmid* 2,701ff. *A. Momigliano*, Encicl. ital., App. I, 736f. *G. Vallet* Rhégion et Zancle, 1958, 312 Anm. 7. *L. Pareti*, Riv. cult. class. e med. 1, 1959, 106ff. *Van Compernolle* v. Hellanikos, 579 v.H. (Lit.). *E. Manni*, Kokalos 7, 1961, 238f. *A. Presta* Almanacco Calabrese 1961, 75ff. *W. Burkert* Weisheit und Wissenschaft, 1962, 180 (Lit.). *E. Manni*, Kokalos 9, 1963, 260. 264f.

Hipta (*"Ιπτα*, v.l. *"Ιππα* O. KERN, H 49, 1914, 480; Rel. der Griech. 1,270,3. [4],118). Kleinasiat. Göttin, der → Ma-Kybele verwandt (H. SEYRIG, Syria 14, 1933, 379f.), daher in der orph. Lit. (h. 48,4. 49,1ff. frg. 199. [1],92f.) gefeiert als Erdmutter, Königin, Bergbewohnerin Phrygiens und Lydiens (A. DIETERICH, Philol. 52, 1894, 5f.), Teilnehmerin an den → Sabazios- und Iakchos-Mysterien, Amme des → Dionysos (J. KEIL Wiener Eranos, 1909, 102f. NILSSON Min.-Mycen. Rel. 568f. [1],90ff. [3],190f.). Entsprechend *Μήτηρ* H. auf den Weihinschr. von Meniye, Kula und Göldis (KEIL-PREMERSTEIN, Denksch. Ak. Wiss. Wien 54, 1911, 85 Nr. 169.96 Nr. 188. W. H. BUCKLER, ABSA 21, 1914/16, 169. KEIL Anat. Stud. W. Ramsay, 1923, 257. [4],117f.) neben *Ζεὺς Σαβάζιος* ([1],90.92. [3],95. NILSSON GgrR 1,579). H. ist eine alte Gottheit ([4],119), sie war vielleicht schon bei Hesiod erwähnt (KERN Rel. 1,270). Vorderasiat. Namenbelege (SAL Ḫi-pa-ta-a K. TALLQUIST Neubabyl. Namenbuch, 1905, 68; kar. Ipdeaä (?) auf einer äg. Ichneumonbronze W. SPIEGELBERG, OLZ 31, 1928, 545ff. [4],119; hier.-heth. ^{d}Ip(a)-ta-na (?) Karatepe A 6 obv. 1. P. MERIGGI, Ath. 29, 1951, 39f.) unterstützen die Auffassung, daß H. mit der anat. Ḫepat (^{d}Ḫe-pa-tu [Yazilikaya]; GAL ^{d}Ḫi-pa-tu-s [Gürün]: H. TH. BOSSERT, OLZ 36, 1933, 85), luw. Ipaduš (BOSSERT Asia, 1946, 98), mitann. Ḫipa (I. J. GELB Hittite Hieroglyphic Monuments, 1939, T. I 2. II 2. KNUDTZON El Amarna Nr. 285–290. [3],96), der Hauptgöttin des ḫurrit. Pantheons (BOSSERT, Belleten 15, 1951, 315ff. E. LAROCHE, Journ. Cuneif. Stud. 2, 1948, 121ff. [4],115ff.), identisch ist (E. BURROWS, Journ. Royal Asiat. Soc. 1925, 277f. P. KRETSCHMER, Kleinasiat. Forsch. 1, 1927/30, 2f.; Gl 15, 1927, 76ff. 21, 1932, 79; AAWW 87, 1950, 545f. [5],49. A. HEUBECK, EF 9, 1959, 63,22), auf deren kriegerisches Wesen W. LEONHARD ([2],239) und E. CAVAIGNAC ([5],53) zufolge die nach *"Ιππο* – volksetymol. umgebildeten griech. Amazonennamen hinweisen (L. DEROY, REG 64, 1951, 426). Ḫepat-H. war im kappadok. Kummanni-Komana Kultvorläuferin der wehrhaften → Ma-Enyo (G. FURLANI Rel. degli Hittiti, 1936, 33,248. [3],108ff.), einer Hypostase der Meter → Kybele (CUMONT[4] 50f. [5],48f.). W. F.

1. *O. Kern* Genethliakon C. Robert, 1910, 90ff. 2. *W. Leonhard* Hettiter und Amazonen, 1911. 3. *R. Pettazzoni* La Confessione dei Peccati 3, 1936, 95ff. 190ff. 4. *H. Th. Bossert* Ein heth. Königssiegel, Istanb. Forsch. 18, 1944, 115ff. 5. *E. Cavaignac* Hépat de Comana et les Amazones, Jahrb. Kleinasiat. Forsch. 1, 1950/51, 48ff.

Hira (Strab. 8,360 *'Ιρή*. Paus. 4,17ff. *Εἶρα*). Befestigte Bergstellung in dem unzugänglichen, schluchtenreichen Gebiet s. der oberen Neda am N.-Rand Messeniens nahe der Grenze zu Arkadien, vielleicht die 864 m hohe Bergkuppe H. Athanasios hinter dem Dorf Kakaletri, die ant. Befestigungen trägt. Von hier aus führte der Freiheitsheld → Aristomenes von etwa 500–490/89 v. Chr. den 3. Messen. Krieg gegen die Spartaner. Sicherlich nicht hiermit ident. ist die Il. 9,150 ἱρὴ Ποιήεσσα (nicht, wie in den Homerausgaben gedruckt: Ἱρὴ ποιήεσσα; vgl. F. Kiechle, Hist. 9, 1960, 62 Anm. 2) genannte Ortschaft am Messen. Golf. Fr. Kie.

F. Hiller v. Gaertringen und *H. Lattermann* Hira und Andania. 71. Berl. Winckelmannsprogramm, 1911. *M. N. Valmin* Ét. topogr. sur la Messénie anc., 1930, 118ff. *Philipps.-Kirst.* 3,2, 1959, 357. *F. Kiechle* Messen. Studien, 1959, 86ff.

Hirpi Sorani s. Soracte

Hirpini (Nissen It. Ldk. 2,803f. Devoto Gli ant. Ital.² 129. 337. Altheim Gesch. der lat. Spr. 27), samnit. (Strab. 5,250) Bergvolk (Sil. 8,569), das seinen Namen nach dem Wolfe (= *hirpus*) haben soll, der es zu seinen hist. Wohnsitzen führte (Strab. Paul. Fest. 93,25f. L.), wo der Ofanto entspringt (Plin. nat. 3,102). Als Städte der H. gelten Aeclanum, Abellinum, Aquilonia (Ptol. 3,1,71. Plin. 105) und Compsa (Liv. 23,1,1. Vell. 2,68,2); Benevent gehört nach Ptol. 3,1,67. Liv. 22,13,1 nicht dazu (anders in der augusteischen 2. Region bei Plin. 105). Im Lande der H. liegt auch die Ampsanctusquelle (Verg. Aen. 7,563ff. m. Serv. Cic. div. 1,79. Plin. 2,208). Unsichere Haltung der H. im 2. pun. Kriege (Liv. 22,13,1. 61,11: Abfall nach Cannae. 23,1,1. 37,12. 41,13. 27,15,2 Unterwerfung 209. Pol. 3,91,9) und im Bundesgenossenkriege (Liv. epit. 75. App. civ. 1,39. 51. Vell. 2,16,2). Im Gebiet von Aeclanum *termini* aus der gracch. Aufteilung des *ager publicus* (CIL I² 643. 644. 645). G. R.

Hirrius. M. H. Fronto Neratius Pansa. Cos. suff. vor 78, CIL XIII 1675. Legat. Aug. pr. pr. Galatiae et Cappadociae 78/79, IGR III 125. Wroth Coins Galat. p. 48, Nr. 23, s. R. K. Sherk Legat. Galat. 42f. R. H.

Hirsch. Die Unterscheidung zwischen Rot- (Edel-) und Dam-H. ist nicht exakt durchzuführen, doch bezeichnen ἔλαφος (seit Hom. Il.) und *cervus* (seit Plaut.; Walde-Hofm.³: »Horntier«) sowie νεβρός (»H.-Kalb«; Hom. Il. 8,248 ἐλλός) ganz überwiegend den Rot-H. (wohl auch *inuleus* [Hor. c. 1,23,1. Prop. 3,13,35]: »H.-Kalb«). – Der kleinere, feingliedrigere, hellere Dam-H. (speziell πρόξ [Hom. Od. 17,295] und spät *damma* [auch → »Gazelle«] genannt) stammt aus Asien (s. A. Goetze Kulturgesch. des alt. Orients, Kleinasien, HB III 1,3², 1957, 39f.; Arr. an. 7,20,4 über H.-Herden an der Euphratmündung, Ail. nat. 5,56 über syr. H., die nach Cypern schwammen), ist bes. bekannt durch die Verbindung mit der Artemis von Ephesos; in Italien blieb er stets ein fremdes Tier. – Für Afrika glaubt Keller auf Grund von Mosaiken den Berber-H. nachweisen zu können (trotz Aristot. hist. an. 606a7. Plin. nat. 8, 120). – Da der Rot-H. in Griechenland (Taygetos: Hom. Od. 6,104. Elis: Xen. an. 5,3,10) sowie in Italien (Verg. georg. 3,412), Spanien (Martial. 1, 49,26) usw. bestens bekannt ist – vor allem durch die → Jagd (vom Pferd aus mit dem → Hund) –, liegt eine Vielzahl von Beobachtungen vor, bes. bei Aristot. hist. an. (u. a. über großes Herz, Blut, fehlende Galle [der ἀχαίνης habe sie am Schwanz: Damit wohl der Rot-H. gemeint; hist. an. 606a24]): Die H.-Kuh trägt etwa 8 Monate, wirft etwa im Mai/Juni in der Nähe der Wege ein, selten zwei Junge, die rasch heranwachsen und zu einem bes. sicheren σταδμός gebracht werden (hist. an. 578b 5ff.). Das männliche H.-Kalb bekommt im 2. J. κέρατα εὐθέα, καθάπερ παττάλους, im 3. J. δίκρουν (»Gabler«); bis zum 6. J. nimmt das Geweih jährlich um 1 Zacke zu; das hohle und glatte Geweih wird im Mai/Juni abgeworfen an versteckter Stelle; bis das neue Geweih nachgewachsen ist (Prüfung durch πρὸς τὰ δένδρα κνᾶσθαι [»Fegen«]), verbirgt sich der H. (hist. an. 611a 15ff.). Die Langlebigkeit ist allg. anerkannt, nach Plin. nat. 8,119 ist ein Alter von 100 J. möglich. – Als herausragende Eigenschaften betrachtet man Schnelligkeit, Sprungkraft und bes. Furchtsamkeit (seit Hom. Il. 1,225 κραδίην ἐλάφοιο; Aristot. hist. an. 488b15 φρόνιμος καὶ δειλός), bes. des νεβρός (Hom. Il. 4,243); zur Verwendung des H. im Vergleich s. V. Pöschl Bibliogr. zur ant. Bildersprache, 1964, 494. – Aus den Knochen des H.s werden Mundstücke für Musikinstrumente, aus den Fellen Decken (Hom. Od. 13,436) u. a. gefertigt, das Fleisch des jungen H.s wird gern gegessen (für Kranke: Plin. nat. 8,19). Bes. dem Geweih wurde apotropäische Wirkung zugeschrieben (auch gegen Schlangen gedacht). Zahlreiche Notizen berichten von der medizin. Verwendung (Plin. nat. 8,115. 28,178. 211). – Der H. ist bes. eng verbunden mit → Artemis (o. I 620,55. 622,48. 623,1; für Darstellungen s. Orth 1945, 42ff.), vgl. das Epitheton → Elaphebolos (s. noch → Elaphebolion); an ihren Festen wurden H. geopfert, zogen H. einen Wagen (Paus. 7,18,12; für gezähmte H. s. noch Ail. nat. 7,46. Verg. Aen. 7,483. Plin. nat. 8, 117). Seltener ist die Verbindung mit Apollon (Paus. 8,46,3. 10,13,5: Statuen in Milet und Delphi), Eros, Nemesis (Paus. 1,33,3: Pheidias' Statue in Rhamnus). Ob der H. bzw. die H.-Kuh im röm. Kult geopfert wurde, ist unklar (zu Fest. 57 M. *cervaria ovis quae pro cerva immolabatur* s. Latte RRel. 380; eine *cerva* als *omen* bei Liv. 10,27,8f.). – Darstellungen sind verzeichnet bei Orth 1948, 34ff. (u. a.: H. von Hunden, Löwen, Panther, Greif angefallen oder erlegt). E. Mg.

Orth, RE VIII 1936ff.

Hirse umfaßt 2 Getreidearten, Rispen-H. (panicum miliaceum Linné) und Kolben-H. (setaria Italica L.), sowie auch die von Plin. nat. 18,55 als exotisch erwähnte Mohren-H. (sorgum vulgare L.). Griech. μελίνη oder μέλινος bezeichnet

manchmal alle H. (z. B. Hdt. 3,117), manchmal nur die Kolben-H. (z. B. Theophr. h. plant. 8,1,4), ἔλυμος = lat. *panic(i)um* (wahrscheinlich »Büschelfrucht«, Plin. nat. 18,53; nicht von *panis*, s. ebd. 54) aber nur die Kolben-H. und κέγχρος = lat. *milium* gewöhnlich nur die Rispen-H. Obgleich in manchen »barbarischen« Gegenden Rispen-H. das Hauptgetreide war (z. B. Xen. an. 7,5,12), ließ ihr kleines Korn, ihr geringer Ertrag und ihre große Empfindlichkeit die H. im griech.-röm. Kulturkreis trotz ihrem wertvollen Stroh nie mit den Weizen konkurrieren; aber da sie noch spät im Jahr gesät werden können, waren sie als »Aushilfssaat« nicht ohne Bedeutung. Kolben-H., welche, bes. am Schwarzen Meer, aber auch in N.-Italien, als Brei (kaum je als Brot) gegessen wurde (Plin. nat. 18,101), kam anscheinend nur in den Spelzen (→ far) zum Verkauf (Edict. Diocl. 1,6), wogegen die bedeutendere Rispen-H. mit oder ohne Spelzen verkauft (ebd. 4–5; spelzlos kostete sie soviel wie Weizen) und sowohl als Brei (auch für Kranke) verzehrt wurde wie auch als Brot, welches jedoch schlecht schmeckte (Gal. 6,523 K., vgl. Colum. 2,9,19) und als wenig nahrhaft galt (Diosc. m. m. 2,97–98 W.). Seit dem Alt. mußte die H. den beliebteren Getreidearten noch weiter weichen.
L. A. M.

V. Hehn-O. Schrader Kulturpflanzen und Haustiere, 1911[8], 60. 569–571.

Hirtius. Röm. pleb. Gentilname (urspr. Individualname, »borstig, zottig«, RE XVI 1667. WALDE-HOF.[3] 1,650). Die im 1. Jh. v. Chr. hervorgetretenen Namensträger stammen vielleicht aus Ferentinum im Hernikerland, wo A. H. um 80 Censor war (DESS. ILS 5342 ff.). **1.** A. H. (A. f.), Gefolgsmann und nächster Vertrauter Caesars, bei dem er sich zwischen 54 und 52, dann 51/50 in Gallien, vielleicht als Kanzleichef, aufhielt. Im Dez. 50 ging er in Caesars Auftrag nach Rom, zog 49 mit Caesar nach Spanien und war mit ihm 47 in Antiocheia, nahm aber nicht am äg. und afrikan. Feldzug teil. 46 Praetor (Ausschluß der Pompeianer von Ämtern, *rogatio Hirtia* CIL I 627). Nähere Beziehungen zu Cicero, bei dem er rhetor. Unterricht nahm. 45 Propraetor (Gallia Narbonensis und comata; Imperatorentitel), Schmähschrift auf Cato; die Verwaltung der Provinz (Germanengefahr!) übergab er einem Aurelius bis zum Eintreffen des Munatius Plancus. 44 designierte ihn Caesar zum cos. für 43 und machte ihn (wohl 45 schon) zum Augur. Nach den Iden des März 44 trat er – teils wegen Krankheit – nicht bes. hervor. 43 Consul, zusammen mit C. Vibius Pansa (Quellen: DEGRASSI I. 13,58 f. 134. 502 f. BROUGHTON Mag. 2,334 – mit neuerer Lit. –. RE VIII A 1953 ff.). Er ging, um dem in Mutina von Antonius eingeschlossenen D. Brutus Hilfe zu bringen, nach Ariminum, übernahm den Oberbefehl auch über die Truppen Octavians, besetzte nach dem 15. März Bononia und Forum Gallorum, erlitt zwar eine Schlappe, siegte aber dann über Antonius (Mitte April), der soeben den am 19. März aus Rom aufgebrochenen Pansa besiegt hatte, und fiel am 21. April in siegreichem Kampf gegen Antonius vor Mutina (Pansa starb am 23. April). »Der schöne Soldatentod hat H. aus einer Stellung erlöst, deren Schwierigkeit er weder seiner Begabung noch Energie nach gewachsen war. Achtbar aber schwach, verdankte er alles Caesar«, VON DER MÜHLL, RE VIII 1961. Von seiner Korrespondenz mit Cicero sind nur Fragmente erhalten. Da er Caes. Gall. das 8. Buch hinzugefügt hat, erwarb er sich bleibendes literar. und hist. Verdienst. DRUMANN[2] 3,65 ff. SCHANZ-HOS. 1,344 f. O. SEEL, H., Unters. über d. pseudocaesar. Bella und den Balbusbrief, 1935. K. BÜCHNER RLitG 213 f. **2.** Hirtia, Schwester von Nr. 1, die man 46 mit Cicero, der sich gerade von Terentia getrennt hatte, verheiraten wollte.
H. G. G.

Hirtuleius. Lat. Familienname, Weiterbildung von Hirt(ius) mit dem Suffix *-uleius*, RE XVI 1667. SCHULZE Eigenn. 458. Mehrere Namensträger aus dem Anf. des. 1. Jh. v. Chr. sind bekannt, bes. L. H. (vielleicht ident. mit dem Quaestor H., der 86 doppelte Rechnungen – *tabulae dodrantariae et quadrantariae* – einführte, BROUGHTON Mag. 2,54), einer der wichtigsten Parteigänger des Sertorius, Quaestor 79, Proquaestor oder Legatus 78–75. 79 schlug er den Statthalter M. Domitius Calvinus am Anas, 78 den L. Mallius (oder Manlius), er war Meister in Kriegslisten (Frontin. strat. 1,5,8), fiel aber 75 zusammen mit seinem Bruder bei Segovia gegen Metellus. Liv. epit. 91. Sall. hist. 2,31. Flor. 2,10,7. Oros. 5,23,12 u. a. DRUMANN[2] 4,365. 378 f.
H. G. G.

Hispal(is). Spalis, h. Sevilla. H. wird zuerst genannt als Stützpunkt Caesars in seinen span. Feldzügen, war aber sicher eine alte iber. Siedlung; auch phoinik. Ursprung hat man vermutet (Encicl. Univ. Ilustr. 55,876). H. gehört zu den wenigen alten Städten, die von Anf. an bis zur Gegenwart stets ihre Bedeutung bewahrt haben. Für das Alt. beweisen das alle literar. Zeugnisse, die Inschr. (CIL II Suppl. p. 1145 f. HÜBNER Bol. de la Acad. de Hist. 1899, 465. 1900, 402), und die Mz. (ANTONIO VIVES La moneda hispánica IV, Madrid 1924). Ihre Bedeutung beruht vor allem auf ihrer Lage an der Mündung des Baetis – noch h. ist sie für Seeschiffe erreichbar – und auf ihrer fruchtbaren Umgebung. Wichtigste Daten: 45 v. Chr. von Caesar zur Kolonie erhoben als *Col. Iulia Romula* (Isid. Etym. 15,1,71 [1] IX 271). – 428 n. Chr. Eroberung durch die Vandalen, 441 Eroberung durch den Suevenkönig Rechila, vorübergehend in den Händen von Byzanz ([1], IX 411), etwa 567 von dem Westgotenkönig Athanagild erobert ([1], IX 141 f.). – Eine große Rolle spielte H. in chr. Zeit als Bischofssitz. Den Höhepunkt bedeutet der Metropolit Leander (vor 579 bis etwa 600. [1] IX 450); 590 Concilium

Hispalense I, 619 oder 620 C.H. II ([1], IX 217. 252); 712–1248 arab. Zeit. R. G.

Fontes Hispaniae Antiquae, Bd. I²–IX. Barc. 1925–1959.

Hispallus. Cognomen in den Fasten der republikan. Zeit bei den Corneliern, DEGR. FCapit. 145. Bei dem Sohn des Cn. Cornelius Scipio. H. ist die Form Hispanus bezeugt, s.o. Bd. Bd. I 1313 Nr. 77f. H. G. G.

Hispania. Seit dem 1. Jh. n. Chr. wird die verkürzte Form *Spania* immer häufiger – nannten die Römer die ganze Pyrenäenhalbinsel. Der Name ist erst in der Zeit des 2. Pun. Krieges nachweisbar (Liv. 21,2. Enn. ann. 503), ist aber der älteste von allen, da er höchstwahrscheinlich von phoinik. *ī-schephannīm* = Küste der Kaninchen herkommt. Ein anderer alter Name war *Ophiussa* = Land der Schlangen (Avien. or. m. 148. 152. 172. 196). Diesen Namen erfanden wahrscheinlich die Griechen (Phokäer), als sie mit den Sefes der W.-Küste bekannt wurden (Avien. 195. 199, vgl. 156). Da in dieser Gegend Schlangenkult herrschte (CUEVILLAS Os Oestrimnios, os Saefes e a ofiolatria en Galiza, in: Arquivos do seminario de Estudos galegos II), identifizierten sie den kelt. (laut Mitteilung von AD. SCHULTEN) Namen mit σῆπες = Schlangen. An anderen Namen kommen vor Ἰβηρία und Κελτική. Jener bedeutete urspr. nur die von Iberern besiedelten Gebiete, später das ganze Land, dieser wohl immer nur das Keltenland. *Oestrymnis*, urspr. Land der galicischen Oestrymnier, wird einmal von Avien (154) als uralter Gesamtname zitiert, Λιγυστική (Ligurerland) von Eratosth. ([2] 6,28). *Hesperia* war ein poet. Name für Italien, später auch für Spanien. Näheres über all diese Namen s. [1] 1,3–7.

Von der Größe und Gestalt der Halbinsel hatte schon der Vf. des alten Periplus, der in Aviens or. m. enthalten ist, eine ziemlich richtige Vorstellung. Die Zukunft brachte sodann viele Erkenntnisse auf den Gebieten der Topo- und Ethnographie, aber auch, bes. durch Polybios, geograph. Irrtümer, die sich bis ins MA. behaupteten ([1] 1,12–22). Heutige Karten Altspaniens: HEINR. KIEPERT in CIL II Suppl.; FOA. SIEGLIN Atl. ant. SPRUNER–MENKE Handatl. Im Folgenden zähle ich die wichtigsten Gebirge, Vorgebirge und Flüsse auf, die im Alt. genannt werden. Näheres s. die einzelnen Artikel im Kl. P. und in der RE.

Pyrenaei (montes etc.*)*, *Pyrene*, Πυρηναῖα ὄρη, die Pyrenäen. Älteste Erwähnung Avien. 472. 533. 555. 565. Pyrene heißt auch eine alte Stadt, von der der Name wohl hergeleitet ist (a. O. 559). Die w. Fortsetzung der Pyrenäen ist das K a n t a b r i s c h e Gebirge. Bezeugt ist nur für den W.-Teil *iuga Asturum* (Plin. 3,6). *Mons Vindius* ist das Bergland n. von h. Villafranca del Vierzo, wird aber auch in weiterer Bedeutung gebraucht ([3] 18. 81. 139f.).

Iuga Carpetana (Plin. 3,6) = Das Kastilische Scheidegebirge.

Idubeda (Strab. 3,4,10.12. Ptol. 2,6,20) = Iber· Randgebirge (Cordillera Ibérica). Darin der Mons *Caius* = Moncayo (Martial. 1,49,5. 4,55,2). Der *Vadavero* (Martial. 1,49,6) ist wohl die Sierra de Madero ö. von Numantia ([2] 8,252), *Voberca* (Martial. 1,49,14) entspricht dem h. Ort Bubierca bei Ateca am Jalón, etwa 20 km w. von Calatayud.

In Galicien wird genannt der *Mons Medullius* (Flor. 2,33,50. Oros. 6,21,7). Seine Lage ist umstritten ([3] 146ff. [1] 1,170). Von den *Montes Nerbasii* (Hydat. 71. XXV = Chron. Min. 2,20 MOMMSEN) wissen wir nur, daß sie in der Gegend von Orense zu suchen sind ([1] 1,171).

Im S. werden genannt: *Iuga Oretana* = Sa. Morena (Plin. 3,6). *Mons argentarius* bei Castulo und der Quelle des Baetis (Avien. 291. Strab. 3,2, 11). Ὀρόσπεδα (Strab. 3,4,12 = Ὀρτόσπεδα Ptol. 2,6,20), das Gebirge von der Mitte der O.-Küste bis Cartagena. In der Spätzeit eine westgot. Provinz. Richtige Bestimmung [1] 1,191). *Mons Silurus* (Avien. 433) = M. Solorius (Plin. 3,6) = Sierra Nevada. Ἰλ(λ)ίπουλα (Ptol. 2,4,12) = Sierra de Ronda ([1] 1,192. RE Suppl. III s. Ilipula 5). *Haren(e)i montes* (s. RE Suppl. X).

Vorgebirge der O.-Küste: *Prominens Pyrenae*, *Pyrenae(um) iugum* (Avien. 533. 472. 565. Weitere Zeugnisse s. [1] 1,178) = Cap Béar. *Promunturium Ferrarium* (Mela 2,91) = Τενέβριον ἀκρωτήριον (Ptol. 2,6,16) = cabo de la Nao. – *Iugum Trete* (Avien. 452) = *Prom. Saturni* (Plin. 3,19) = Σκομβραρία ἄκρα (Ptol. 2,6,14) = Cap Palos. – *Veneris iugum* (Avien. 437) = Χαριδήμου ἀκρωτήριον (Ptol. 2,4,7) = Cap. Gata. – S.-Küste: *Calpe* = Gibraltar. Erste Erwähnung Avien. 344. *Prom. Iunonis* (Mela 2,96. Plin. 3,7) = Cap Trafalgar. – *Cautes sacra Saturni* (Avien. 215) = Cap Sagres. – *Prom. sacrum* (Strab. 3,1,2. Mela 3,7. Plin. 2,242. 4,115 etc.) = *Iugum Cyneticum* (Avien. 201) = Cap. S. Vincent. – W.-Küste: *Prom. Magnum* (Mela 3,7. Plin. 4,113) = *Prom. Olisiponense* (Plin. a. O.) = *Prom. Ophiussae* (Avien. 172) = *Mons sacer* (Colum. r. r. 6,27,7) = Cap. Roca. Plin. 4,113f. verwechselt es mit Prom. Artabrum. *Prom. Nerium* (Strab. 3,1,3. 3,3,5) = *P. Celticum* (Plin. 4,111. 115) = *P. Artabrum* (Plin. 2,242) = Punta de Nariga w. von Coruña. Plin. 4,113f. verwechselt sie mit Cap Roca. – *Aryium iugum* (Avien. 160) = Λαπατία = Κώρου ἄκρον = Τρίλευκον (Ptol. 2,6,4) = Cap Ortegal. – N.-Küste: *Veneris iugum* (Avien. 158) = Οἰασσώ ἄκρον (Ptol. 2,6,10) = Cap Higuer, W.-Ende der Pyrenäen ([1] 1,246). – Genaueres über die Küstengestaltung [1] 1,207–246. 268–293.

F l ü s s e d e r O.-K ü s t e: *Anystus* (Avien. 547) = Ticis (Mela 2,89. Nicht zu verwechseln mit *Ticis* = h. Tech, s. RE Ticis 2 und 1) = *Ticer* (Plin. 3,22), wahrscheinlich auch = *Dilunus* (Sall. hist. 3,6, s. [2] 4,232) = h. Muga. – *Rubricatum* (Mela 2,90. Plin. 3,21 = h. Llobregat. –*Subi* (Plin. 3,21) wohl nicht = Gaya (so RE VIII 1992), sondern =

Riera de Riudecañes oder = Francoli bei Tarragona ([1] 1,306). – *Hiberus* (älteste Erwähnung bei Cato, [2],3,186) = Ἴβηρ (ä. E. b. Pol. 2,13,7 etc.) = *Oleum flumen* (Avien. 505) = *Ebro*. Linker Nebenfluß: *Sicoris* (oft genannt, bes. in Caes. civ.) = h. Segre, mit der *Cinga* (a. O. 1,48,3) = noch h. Cinga. – Rechter Nebenfluß: *Salo* (oft gen. von Martial. 1,49,12 etc.) = h. Jalón. – *Tyrius* (Avien. 482) = *Turia* ([2] 4,206.213. [4] 88) = *Turis* (Ptol. 2,6,15) = h. Guadalaviar. – *Sicanus* (Avien. 469) = *Sucro* ([2] 4,208f. [4] 88) = h. Jucar. *Tader* (Plin. 3,19) = *Taber* (Ptol. 2,6,14) = *Theodorus* (Avien. 456) = h. Segura. – S.-Küste: *Menace* (Avien. 427 vgl. 431) = *Maenuba* (Plin. 3,8) = h. Velez. – *Chrysus* (Avien. 419) = Barbesula (Plin. 3,8. Ptol. 2,4,7) = h. Guadiaro. – *Tartessus* (Avien. 225.284. [2] 1^2,182) = *Baetis* = Guadalquivir. – Linke Nebenflüsse: *Singilis* (Plin. 3,10.12) = h. Genil und *Salsum flumen* (Bell. Hisp. 7,1.3 u.ö.) = h. Guadajoz. – *Hiberus* (Avien. 248) = *Luxia* (Plin. 3,7) = h. río Tinto. – *Anas* (Plin. 3,6 etc.) = Guadiana. – W.-Küste: *Tagus* ([1] 1,341ff.) = Tajo. – *Tagonius* (Plut. Sertor. 17) = h. Tajuña, r. Nebenfluß des Tajo. – *Munda* (Strab. 3,3,4. Plin. 4,115 etc.) = h. Mondego. – *Durius* = h. Duero, Douro. – *Urbicus* (Hydat. 173. Chron. Caesaraug. ad a. 458. Isid. Hist. Goth. 31. Jordan. Get. 44), r. Nebenfluß des Astura = h. Orbigo. – *Limia* (Mela 3,10. Ptol. 2,6,1. Plin. 4,112) = *Λιμαίας* (Strab. 3,3,4. Plin. 4,115) = *Oblivio* (Sall. hist. 3,44. Plin. 4,115 etc.) = *Λήθης* (Strab. a. O., App. Ib. 73 etc.) = *Βελιών* (Strab. a. O.) = *Aeminius* (Plin. 4,115) = h. Lima. – *Minius* ([1] 1,354) = *Βαῖτις* (Strab. a. O.) = *Βαίτης* (App. Ib. 73) = h. Miño, Minho. – N.-Küste: *Navia* (Plin. 4,111. Ptol. 2, 6,4) = h. Navia. – *Melsos* (Strab. 3,4,20) = h. Canero, aber vgl. RE XV 590 und [2] 6,267. – *Namnasa* (Mela 3,15) = h. Nansa. – *Nerva* (Ptol. 2,6,7) = h. Nervión bei Bilbao. – *Deva* (Mela 3,15. Ptol. 2,6,8) = h. Deva (RE s. Deva 3).

Bevölkerung: Die Halbinsel ist seit dem Altpaläolithicum bewohnt und hat immer wieder Einwanderungen erlebt. Deshalb bietet ihre Ethnologie zahllose, großenteils noch nicht mit Sicherheit gelöste Probleme. Einen guten Überblick über den heutigen Stand der Forschung in [5]; hier 359ff. eine Auswahl aus der unübersehbaren Lit. Hier können nur die wichtigsten Ergebnisse der hist., nicht der prähist. Forschung kurz skizziert werden. Man muß unterscheiden zwischen der bodenständigen Bevölkerung, die h. noch den Kern der Spanier und Portugiesen bildet, und den Fremdvölkern, die vorübergehend als Eroberer, Kolonisten, Händler ins Land gekommen sind, vor allem gelockt durch seine reichen Metallschätze. – Die Einheimischen: Die Ligurer. Älteste literar. Zeugnisse: Hes. frg. 55 ([2] 1^2,179f.). Avien. 132.135.196.284. Ihre Herkunft ist fraglich, AD. SCHULTEN ([6],111) hält sie für Afrikaner, aber vielleicht waren sie Indogermanen ([5],257f.). Die Iberer. Sie sind wahrscheinlich ein im Neolithicum eingewandertes nordafrikan. Volk *(iber – berber)* und bilden bis h. den Hauptteil der Bevölkerung ([5],286ff. AD. SCHULTEN Numantia 1,27ff.). Älteste Erwähnung: Avien. 250.472.480.253.613. [2] 1^2,188/89. Aber noch h. hat die Hypothese, daß diese Iberer mit denen des Kaukasus identisch, also ein kaukas. Volk seien, ihre Anhänger ([5], 290). Die Zugehörigkeit der Tartessier zu den Iberern ist unsicher ([5],256); wenn Schulten Tartessos für eine tyrsen. Kolonie hält ([6],12ff.), so ist dies eine ansprechende, aber bisher unbeweisbare Vermutung. Daß die Keltiberer Iberer auf kelt. Boden seien, hat SCHULTEN in Num. 1 mit viel Scharfsinn verfochten, aber nicht sicher erwiesen; es kann auch umgekehrt gewesen sein. – Die Kelten drangen zwischen 800 und 500 v. Chr. über die Pyrenäen ein und überfluteten zeitweise fast die ganze Halbinsel. Ob sie in einer oder – wahrscheinlicher – in mehreren Wellen kamen, ist strittig (P. BOSCH-GIMPERA Die Kelten und die kelt. Kultur in Sp., 1922; Two celtic waves in Spain, 1939. [5], 266f.). Quellen, Funde (Hallstatt) und unzählige Orts- und Personennamen bezeugen die Bedeutung dieser Einwanderung; die Spanier sprechen von einer »Indoeuropeización«. Mit den Kelten kamen wahrscheinlich auch einige german. Splitter (→ Germani 2). – Die Basken werden literar. erst im 1. Jh. v. Chr. genannt (RE s. Vascones), sind aber nach archäolog. und sprachl. Merkmalen ein Urvolk rätselhafter Herkunft – man hat neuerdings auf kaukas. geraten. Sie haben sprachlich ligur., iber. (später auch kelt. und röm.) Einflüsse erfahren; es ist aber falsch, ihre Sprache als ligur. oder iber. oder ein Gemisch von beidem zu bezeichnen ([5],289.312). – Die Fremdvölker: Viele Funde beweisen, daß schon in prähist. Zeit Handelsimport aus den Ländern des ö. Mittelmeeres stattgefunden hat ([6],1ff.), aber ob direkt oder durch Vermittler, durch die Kreter oder andere Seefahrer, läßt sich nicht entscheiden. Quellenmäßig gesichert ist aber das Auftreten der Phoiniker (s. o. Gades) etwa von 1100 an. Sie gründeten Faktoreien, aus denen sich dann Städte entwickelten: für Sexi und Malaca kann man phoinik. Herkunft annehmen. Den Phoinikern folgten die Griechen, bes. die Phokäer, die erst auf ihren Fahrten nach Tartessos, dann, etwa von 600 v. Chr. an, von Massalia aus viele Faktoreien und Städte, bes. an der O.- und S.-Küste gründeten ([5],269ff. [6],44ff. A. GARCÍA BELLIDO Hispania Graeca, Barc. 1947. AD. SCHULTEN Die Griech. in Sp., RhM N.F. 85 [1936]). Ob zu den Fremdvölkern auch die Tyrsener zu rechnen sind, wie AD. SCHULTEN (Klio 23, 1930, 365 und FF 16, 1940, Nr. 21) zu erweisen sucht, ist strittig. – Während die bisher genannten Fremdvölker im allg. friedliche Händler und Kolonisatoren waren, kamen die Karthager als Eroberer und zerstörten um 500 v. Chr. Tartessos und die Griechenstadt Mainake. Sie haben sich wahrscheinlich auf die alten phoinik. Niederlassungen gestützt; eine Neugründung ist Carthago Nova. Ihr kultureller Einfluß wird vielfach unterschätzt, doch ist er mit dem der Griechen nicht zu vergleichen. – Das Eindringen der Römer beginnt 218 v.Chr. Bis 206 gelang es ihnen, gestützt auf die karthagerfeindlichen Griechenstädte, die Karthager zu vertreiben, aber die völlige Unterwerfung der Halbinsel gelang ihnen erst unter Augustus gegen den heroischen Widerstand der iber. und keltiber. Bevölkerung. In der Folgezeit haben sie das Land so romanisiert, daß die alten Sprachen mit Ausnahme des Bask. völlig verschwanden und die Bevölkerung weitgehend den h. Charakter annahm ([5],546ff.). Daran änderten später Einfälle anderer Fremdvölker nichts. Die Westgoten und Sueben bildeten nur eine dünne Herrenschicht, die vom E. des 6.Jh. an romanisiert wurde ([2] 9,195); die Mauren wurden nach der reconquista restlos ausgerottet.

Die einheimische Bevölkerung gliederte sich in Stämme, die wohl ethnolog., aber geringe polit. Bedeutung hatten und im Laufe der röm. Zeit allmählich verschwanden. Sie werden in diesem Werk im einzelnen behandelt. Sie bestanden aus Clans (*gentilitas*, *gens*, *centuria*. [3],58ff.). Die einzige polit. Einheit war aber die Stadt oder Burg, und aus dieser Zersplitterung erklären sich großenteils die Schicksale des Landes. R. G.

1. *Adolf Schulten* Iber. Landeskunde, 2 Bde., 1955. 1957. 2. Fontes Hispaniae Antiquae, 1925ff. 3. *Adolf Schulten* Los Cántabros y Astures y su guerra con Roma, 1943. 4. *Ders.* Sertorius, 1926. 5. *Luis Pericot* García La España primitiva, 1950. 6. *Adolf Schulten* Tartessos², 1950.

Hispellum (Nissen It.Ldk. 2,396), umbr. Stadt zwischen Fulginiae und Asisium w. der via → Flaminia (Strab.5,227. CIL XI 5265); Augustus erhob H. zu einer *colonia* innerhalb der 6. Region (Plin.nat. 3,113; nach Kubitschek Imp.Rom. trib.discr.71 zur trib. Lemonia) und schenkte ihr die Clitumnusquellen (Plin.epist. 8,8,6). Durch Verfügung des Kaisers Constantin *urbs Flavia Constans* (CIL XI 5265); h. Spello (mit Resten). G.R.

Histiaia (*Ἱστίαια*). Stadt an der N.-Küste Euboias, einheimische Namensform Histiaia, att. Hestiaia, liter. beide Formen, nach Gründung der att. Kolonie von den Schriftstellern zumeist Oreos (Ὠρεός) genannt. H. lag etwas landeinwärts an der Stelle des h. Orei, Oreos anscheinend an der Küste beim h. Molos mit dem Hafen, ant. Reste an beiden Orten sehr gering, einige Mauern, Tempelfundament. Nach dem Abzug der att. Kolonisten schlossen sich anscheinend beide Orte zusammen und erhielten eine gemeinsame Mauer und damit auch 2 Akropolen, am Meer und in der Oberstadt, Liv. 28,6,2. 31,46,9, wie es noch h. hier 2 venezianische Festungen gibt. Ein Theater erwähnt Athen.1,19b. Das Gebiet von H. umfaßte den ganzen Norden, ein Viertel (Demosth. 23,213) der Insel Euboia.

Prähist. Funde sind nicht bekannt. Genannt ist H. bei Hom.Il. 2,537. Die urspr. Bewohner sollen Ellopier gewesen sein, wonach der N. Euboias Ellopia hieß (→ Hellopia); daß die thessal. Landschaft Histiaiotis nach von den Perrhaibern verschleppten Einwohnern von H. genannt sein soll, dürfte nur aus dem Namen entnommen sein (Strab. Skymn. 578). Im Xerxeszug von den Persern besetzt, Hdt. 8,23f. 66,1. Diod.11,13,5, dann im 1. att. Seebund mit der niedrigen Tributsumme von 1000 Drachmen, die nach Gründung der att. Kolonie fortfiel (B.D. Meritt The Athenian tribute lists 1,274f. 3,22. 197. 239. 267f. 288 und öfter). Nach der Niederwerfung des euboi. Aufstandes 446 v.Chr. wurden die Bewohner vertrieben und att. Kolonisten in Oreos angesiedelt, die aber 404 zurückkehrten. Im korinth. Krieg war H. mit dem ganzen Euboia auf seiten der Gegner Spartas, dann wieder spartan. Besatzung bis zur Befreiung im J. 377, Diod. 15,30,1ff. Xen.hell. 5,4, 56f. Nachher im 2. att. Seebund, unterbrochen von 371–357/56 durch Bündnis mit Theben und 343–341 durch die Tyrannis des von Philipp unterstützen Philistides. In hellenist. Z. zumeist unter makedon. Herrschaft. 208 (Liv. 28,5,18ff.) und wieder 199 (Liv. 31,46,6ff.) Eroberung durch die Römer und Attalos von Pergamon. Nach 197 als frei erklärt, Pol.18,47 (30), 10. Liv. 33,34,10. 34, 51,1. Die weit verbreiteten Münzfunde und viele Proxenien erweisen große Handelsbedeutung in hellenist. Z. [7]. Aus röm. Z. ist nichts mehr bekannt, Plin.nat. 4,64 nennt es noch, Mela und Spätere nicht. Nachantik Bistum, Nea taktika 1587 (H. Gelzer Georg. Cypr. 75) = not. episc. 3,424. Le Quien Oriens christ. 2,203f. In venezian. Z. Sitz eines der »Dreiherren« von Euboia. Skyl. 58. Strab. 9,5,17 p. 437. 10,1,3–5 p. 445f. Ptol. 3, 14,22. Steph. Byz. s. *Ἑστίαια, Ἱστίαια, Ὠρεός*. Inschr.: IG XII 9 Nr. 1186–1231. Suppl. Nr. 684 bis 688. Mz. Head HN² 364. Jahrb. f. Numismatik 9, 1958, 23ff. 42f. Nr. 51. 45 Nr. 62. 49f. Nr. 82. 51 Nr. 88 und passim. Testimonia IG XII 9 p.169f. E. M.

1. *H.N. Ulrichs* Reisen und Forsch. in Griechenland 2, 230ff. 2. *B.Pace* Histiaea-Oreos, ASAA 3, 1921, 276ff. 3. *Fr. Geyer* Topogr. und Gesch. der Insel Euboia 82ff. 4. *Ders.* RE Suppl. IV 749ff. 5. *Philipps.-Kirst.* 1,575ff. 692.723 A. 32. 6. *K.Lehmann-Hartleben* Die ant. Hafenanlagen des Mittelmeeres, Klio Bh.14, 1923, 52. 7. *L. Robert* La circulation des monnaies d'Histiée. Etudes de numismatique Grecque 1951, 179ff.; Hellenica 11,63ff. 8. *A.Buchon* Voyage dans l'Eubée, 1911, 36ff.

Histiaios (*Ἱστιαῖος*). **1.** Tyrann von Milet. Hauptquelle ist Hdt. 5 und 6. Wohl als Führer der ion. Flotte begleitete er den Skythenzug des → Dareios. Er widersetzte sich bei einer Beratung der kleinasiat. Tyrannen der Vernichtung des Heeres des Dareios durch den Abbruch der Donaubrükken, da dieser die Stütze der kleinasiat. Tyrannis sei. Als Dank erhielt er von Dareios → Myrkinos in Thrakien. Als Berater nach Susa berufen, übergab er die Tyrannis seinem Schwiegersohn → Aristagoras. Sein Verhalten während des ion. Aufstandes war undurchsichtig. Nach der Rückkehr aus Susa billigte er ihn, konnte aber nicht nach Milet zurückkehren. 493 v. Chr. wurde er vom Satrapen → Artaphernes, seinem persönlichen Feind, gefangen und gekreuzigt.

J. A. S. Evans, AJPh 84, 1963, 113–128.

2. Sohn des Tymnes, Herrscher von → Termessos. Während des ion. Aufstandes von den Griechen gefangen (Hdt. 5,37), war er 480 v. Chr. Befehlshaber einer Flottenabteilung des Xerxes (7,98). K. W.

Histonium (NISSEN It. Ldk. 2,782. HAAS Messap. Studien 164), frentan. (Ptol. 3,1,18) Küstenstadt der 4. Region (Plin. nat. 3,106), *municipium* der trib. Arnensis (CIL VI 221. IX 2858 ff. u. a.) an der adriat. Küstenstraße (It. Ant. 314,1. Tab. Peut. 6,2); h. Vasto. G. R.

Historia Augusta. Scriptores historiae Augustae hat Casaubonus (aus vit. Tac. 10,3) eine Slg. von 30 Biographien röm. Kaiser, Thronanwärter und Usurpatoren von Hadrian bis Numerianus (117–285) betitelt; allerdings fehlen in der Überlieferung die Viten von 244 bis 253. Wahrscheinlich fehlt auch der Anf. (echter Titel daher unbekannt), falls das Werk an Suetons Kaiserbiographien anschloß. Die Überlieferung bietet 6 Namen von Vf.: Aelius Spartianus, Iulius Capitolinus, Vulcacius Gallicanus (als Vf. der vita des Avidius Cassius), Aelius Lampridius, Trebellius Pollio und Flavius Vopiscus. Die Viten hat man in 2 Gruppen scheiden wollen: 1–21, die auf die ersten 4 der genannten Autoren zurückgehen, und 22–30, die den beiden letztgenannten angehören sollen. In der 1. Gruppe wird in 7 Biographien Diokletian angesprochen (Avidius Cassius, Marcus, Verus, Opilius Macrinus, Aelius, Severus, Pescennius Niger), in 6 wird Constantinus angeredet (Geta, Heliogabalus, Alexander Severus, Clodius, Maximinus, Gordiani), s. SCHANZ-HOS. 4^2, 1914, 51 ff., wo der ältere, unter anderen von H. PETER Die SHA (1892) oder CH. LÉCRIVAIN Étud. sur l'HA, Paris 1904, vertretene Grundsatz, das Werk gehe auf 6 Vf. zurück und gehöre in die dioklet.-konstant. Z., festgehalten erscheint (so auch F. DORNSEIFF, DLZ 1947, 72 ff.). Die moderne SHA-Forschung hat sich an der scharfsinnigen Kritik gegen diese Anschauung durch H. DESSAU Über Zeit und Persönlichkeit der SHA, H. 24, 1889, 337 ff. entfaltet, der die HA als Werk eines einzigen obskuren Fälschers aus dem ausgehenden 4. Jh. ansprach. Die wesentlichen Probleme der neueren Forschung spiegeln sich in dem von N. H. BAYNES geformten Buchtitel »The HA, its date and purpose«, 1926, wider; er sah allerdings in der HA eine julian. propagandist. Tendenzschrift aus dem J. 362/63. Der Versuch von H. STERN Date et destinataire de l'HA (1953), die Abfassung des Werkes vor diese Zeit zu setzen, ist nicht geglückt. Sowohl durch J. STRAUB (s. u.) als durch die letzten Arbeiten von E. HOHL (s. u.) kann als gesichert gelten, daß die HA das Werk eines einzigen anonymen Fälschers ist, eines scholasticus von heidn.-senator. Einstellung, der aber auch mit chr. Lit. (Hieronymus!) gut vertraut war, und daß dieser die Caesares des Aurelius Victor und wohl auch Amm. Marc. (J. SCHWARTZ Sur la date de l'HA, Bull. Fac. Strasbourg 40,2 [1961], 169 ff.) schon gekannt hat, so daß sich als term. p. quem nicht so sehr das J. 360/61 (HOHL) als vielmehr 394 (Schlacht am Frigidus), wahrscheinlicher noch 405 (Zinsverfügungen in der vita des Alex. Severus 26,3, s. STRAUB), als äußerster term. a. quem des Werkes das J. 525 (Symmachus min., der in seiner Hist. Rom. die HA ausgeschrieben hat, s. JORDAN Get. 15,83 ff. aus Symmachus), ergibt. Die Tendenz des Werkes hat J. STRAUB durch den Titel seines Buches: »Heidnische Geschichtsapologetik in der chr. Spätantike« (s. u.) auf den kürzesten Nenner gebracht. Die HA ist ihrer Tendenz nach als »pamphlet against Christianity« anzusprechen, A. ALFÖLDI, Cambr. Anc. Hist. 12,223, will aber zeigen, »wie ersprießlich sich die Toleranz ausgewirkt hatte, die von den guten Kaisern einst grundsätzlich den Christen zugestanden, von den chr. Kaisern aber nunmehr grundsätzlich den Heiden verweigert war«, J. STRAUB a. O. 193. Die Diskrepanz zwischen diesen Erkenntnissen und der Tatsache, daß die Angaben der HA (»eine der elendsten Sudeleien, die wir aus dem Alt. haben«, MOMMSEN, H. 25, 1890, 228 ff.) in der hist. Forschung doch immer wieder, und zwar wegen wertvollen Materials, mit Recht verwertet werden, könnte erst durch den von TH. MOMMSEN geforderten, von A. ALFÖLDI geplanten (MH 8, 1951, 340) Kommentar zu dem Werk überbrückt werden, »welcher für jede einzelne Notiz die in der Slg. selbst sowie außerhalb derselben auftretenden Parallelstellen vor die Augen führt oder auch deren Mangel konstatiert« (MOMMSEN). Die Klärung der Probleme der HA ist gegenwärtig eine der dringendsten Aufgaben der Altertumswissenschaften; sie kann nur durch Gemeinschaftsarbeit von Historiographie und klass. Philologie geleistet werden. Der Darstellung nach steht die HA im Gefolge der Biogr. Suetons, Maxim. et Balb. 4,5, und betont das auch, v. Probi 2,7; an sein Schema hält sich auch der Aufbau der Viten, so vor allem die vita Pii; doch nähern sich die Viten durch eingestreute Wundergeschichten, Novellen und Anekdoten der Romanlit. Der Vf. strebt nach *curiositas* (Firm. 1,3. Aur. 10,1) und will außer der Belehrung der Unterhaltung dienen; wenn aber behauptet wird, auch Wahrhaftigkeit und hist. Treue werde erstrebt (trig. tyr. 1,1. 11,6 f.), so wird damit die wahre Absicht des Vf. verschleiert. Von den zahllosen eingelegten Aktenstücken ist nur ein einziges Dokument (vit. Commod. 18,2) echt, alle anderen sind frei erfunden. Gerade durch das Einfügen verläßlich erscheinender Quellen (so der Vater des Vopiscus, vit. Aurel. 43,2) hat der Vf. die gewollte Anonymität erreicht. Die HA behauptet, *frivola, levia* (Aur. 3,1. 6,6 u. a.) oder *obscena* (Heliog. 18,4) abzulehnen; aber Maximin. 4,7. quadr. tyr. 12,2f. beweisen das Gegenteil. Trotzdem hat der Vf. z. T. gute Quellen benutzt; so in der vit. Hadr. den Marius Maximus, die Selbstbiographie Hadrians; anderswo die Selbstbiogr. des Septim. Severus; die gleiche Quelle, die Zos. gehabt hat (vit. Claud. 6,1 ff. Zos. 1,42 ff.); Dexippos (vit. Gord.); Aelius Cordus (Albin. 5,10), Phlegon, Herodian, Aurelius Victor, wohl auch Ammianus Marcellinus. So ist in der HA gesch. Wertvolles oft absichtlich verschleiert und mit Legendenhaftem gespickt zu einem fesselnden Ganzen vereint.

Überlieferung: Die HA hat sich in einem einzigen verlorengegangenen Exemplar über das MA. hin gerettet, von dem ein Abkömmling der Vat. Pal. 899 s. IX ist (aus ihm sind die übrigen Hss. und Excerpte, die in 2 Gruppen zerfallen, abgeschrieben, s. Ausg. E. Hohl I^2 [1955] p. V).

Ed. princ. von B. Accursius, Mail. 1475 (aus Vat. 5301), wichtig die des J. Casaubonus Par. 1603. Führende Ausgabe von E. Hohl, Teubn. I^2 1955. II^1 1927. A. Bellezza, HA I: Le edizioni (Ist. stor. ant. Univ. Genova II 1959). Übers.: C. Aug. Closs, Stuttg. 1856. D. Magie (Loeb), 3 Bde, Lond. 1960/61. L. Agnes (ital.), Torino 1960. C. Lessing, SHA-Lexicon (1901/06) (nach cod. P.). R. H.

H. Dessau, H 24, 1889, 337–392. *E. Hohl* Bericht über die Lit. zu SHA in: BursJB 200, 1924, 167–256. *Ders.* Zur HA-Forschung, Klio 9, 1934, 149–164. *P. Lambrechts* Le problème de l'HA, AC 1934, 503–516. *E. Manni* Recenti studi sulla HA, PP 8, 1953, 71–80. *A. Momigliano* An unsolved problem of histor. forgery: the SHA, JWI 17, 1954, 22–46. *Ders.* Secondo contributo alla storia degli studi class., 1960, 105 ff. *N. H. Baynes* The HA, its date and purpose, Oxf. 1926. *W. Hartke* Röm. Kinderkaiser (1951). *E. Hohl* Über die Glaubwürdigkeit der HA, SDAW 1953, 2. *Ders.* Die HA und die Caesares des Aurel. Vict., Hist. 4, 1955, 220–228. *Ders.* Über das Problem der HA, WS 71, 1958, 132–152. *J. Straub* Stud. zur HA, Diss. Bernens. I 4, 1952. *Ders.* Heidn. Geschichtsapologetik in der chr. Spätant., Unters. über Zeit und Tendenz der HA (Antiquitas, 4. Reihe, Beitr. zur HA-Forsch. Bd. I Bonn 1963). *A. Castagnol* Rapport sur l'HA in: HA-Colloquium 1963, Antiquitas 4. Reihe Bd. II, 43–71.

Historia monachorum. Anon. Bericht über die äg. Wüstenmönche zu E. des 4. Jh. O. H.

Ta.: Griech., *A.-J. Festugière*, 1961, Subsidia Hagiographica 34. Lat. Übers. des Rufinus, *Migne* PL 21,387–462. Lit.: *Rich. Reitzenstein* H. m. und Historia Lausiaca, 1916. *A.-J. Festugière*, H 83, 1955, 257–284. *Ders.* Les Moines d'Orient 4, 1964f.

Historis (Ἱστορίς). Tochter des Teiresias, überlistet die von Hera zur Verzögerung der Wehen Alkmenes gesandten Zauberinnen, Paus. 9,11, 3. s. Galinthias H. v. G.

Histria s. Istria

Histrio. Die ersten Schauspieler (im folg. = Sch.) waren nach ant. Überlieferung aus Etrurien nach Rom berufen, aber schon der 1. röm. Dramatiker Livius Andronicus war zugleich Darsteller seiner Werke. Plaut., ebenfalls selbst Sch., übergab später seine Werke zur Aufführung Sch.n vom Fach. Ebenso verfuhren Caecilius und Ter. Die Sch. waren meist von besonderen Lehrern ausgebildete Sklaven. Zu Cic. Zeit war Roscius als Lehrer bes. berühmt. Die Sch. bildeten eine Truppe *(grex, caterva)*. Mitgliederzahl ist unbekannt, muß aber 3 überstiegen haben, da außer Plaut. Stich. alle Stücke mehr als 3 erfordern. Bestand die *grex* aus Sklaven, konnten sie nicht einzeln verkauft werden. Die Truppen wurden an Unternehmer vermietet. Jede Truppe hatte einen Direktor *(dominus)*, der selbst Sch. war, aus der Staatskasse besoldet wurde, am Erfolg des Stückes materiell beteiligt war und nach gelungenem Spiel die Sch. belohnte, sonst auch bestrafte. Der Lohn war dürftig. Nach Schwierigkeit der Rollen waren die Sch. in Gruppen *(primarum, secundarum partium)* eingeteilt. Den Prolog pflegte der jüngste Sch. zu sprechen. Daß ein Sch. komische und tragische Rollen spielte, galt als unerlaubt. Da in der Kom. gewisse Partien recitatorisch gesungen wurden, mußte der komische Sch. singen können. Die Verteilung der Rollen geschah nach Charakter und äußerer Erscheinung, jedoch nicht immer nach Wunsch der Dichter. Z. Z. von Plaut. und Ter. wurden auch Frauenrollen von Männern gespielt. Die Atellanendarsteller spielten mit Maske. Ob in Kom. und Trag. z. Z. von Plaut. und Ter. mit Maske gespielt wurde, ist umstritten. Sicher spielte Roscius z. Z. Cic.' maskiert. Auf Gebärdenspiel, für das es feste Regeln gab, und beim Spiel ohne Maske auf Mimik wurde besonderer Wert gelegt, ebenso auf klaren Ausdruck und Reinheit der Stimme, die durch method. Übungen verstärkt wurde. Von der Bühnentracht läßt sich kein vollkommenes Bild gewinnen. – Sch.-Vereine sind nur aus Inschr. der Kaiserzeit bekannt. Einen besonderen Verein gab es für den Apollonkult, die *parasiti Apollinis*. – Da Arbeit *quaestus causa* den Römern schändlich schien, war die Stimmung des Volkes gegen die Sch. unfreundlich. Ausnahme machten die Atellanendarsteller, die inkognito und als Dilettanten aus Liebe zur Kunst spielten. Der Ruf der Sch. von Beruf war schlecht. (Verführer röm. Damen! Vgl. Ov. ars 3,351). In der Republik waren die Sch. der Züchtigungsstrafe der Magistrate *(coercitio)* unterworfen und nach röm. Recht *infames* (Dig. 3,1,1 § 6). Die Einstellung der Kaiser war unterschiedlich; Caligula, Nero, Otho, Vitellius, Traian, Hadrian, Caracalla waren ihnen freundlich, Domitian war sehr streng gegen sie. C. F.

O. Ribbeck Die röm. Tragödie im Zeitalter der Republik, Lpz. 1875, 647–677. Weitere Lit. ausführlich besprochen bei *C. Fensterbusch* BursJb. Bd. 253 (1936 III) 44. 57.

Hochzeit. 1. Griechenland. Die Übergabe (→ ἔκδοσις) der Braut gemäß dem Ehevertrag (→ ἐγγύησις) an den Bräutigam, die H., ist in Griechenland von zahlreichen örtlich z.T. variierenden Riten begleitet. Der richtige Monat (bevorzugt der → Gamelion) und Tag mußten bestimmt werden (Hes. erg. 780ff. m. Sch.). Auf eine Vorfeier (προτέλεια) mit Gebet zu den Ehegöttern (vor allem Zeus und Hera, dazu die Familien- und Stadtgötter) und Opfern (Haar. Kinderspielzeug der Braut) folgte das kult. Bad für Braut und Bräutigam (in einem bestimmten Fluß, oder mit Wasser aus einer heiligen Quelle, in → λουτροφόρος und → λέβης γαμικός gefaßt). Die eigentliche H. beginnt mit einem Essen beim Brautvater; dabei wird die Braut entschleiert (ἀνακαλυπτήρια) und vom Bräutigam beschenkt. Abends wird die Braut auf einem Wagen, auf dem Teile ihres Hausrats liegen, in Begleitung ihrer Mutter (mit Brautfackeln) vom Bräutigam (war dieser schon verheiratet gewesen, vom νυμφαγωγός) eingeholt, im neuen Haus empfangen (→ Herd) und vor dem Brautgemach mit H.-Kuchen und einer Quitte bedacht. Vor der von einem Freund bewachten verschlossenen Tür des H.-Gemachs trieb die H.-Gesellschaft allerlei Scherze. Am folgenden Tag, den ἐπαύλια, erhält die junge Frau Geschenke und wird, in Athen, die Ehe in die Register der Phratrie eingetragen. In Sparta erinnert noch manches an Brautraub (Plut. Lyk. 15): die Braut wird gewaltsam von der Mutter weggerissen, ihr werden die Haare geschnitten, in Männerkleidung erwartet sie den Bräutigam auf dem Lager.

2. Rom. Für die in Rom sehr bedeutsamen rechtlichen Aspekte der verschiedenen Formen der Eheschließung und ihrer Riten → coemptio, confarreatio, usus. Der H. ging eine Art Verlöbnis voraus, wobei die Braut meist einen Ring (am 4. Finger der linken Hand zu tragen) erhielt. Die H.-Riten sollten vor allem die Ehe vor Unfruchtbarkeit bewahren und den Übergang der Braut in das neue Haus sichern. Am Vorabend der H. legte die Braut die bisherige Kleidung ab (sie wird mit dem Kinderspielzeug geopfert) und eine *tunica recta (regilla)* mit Wollgürtel (als Heraklesknoten geknüpft) und rotem Kopftuch, *flammeum*, an, die sie auch am H.-Tage trug. Ihr Haar wurde mit der *hasta caelibaris* (Lanzenspitze) in 6 Flechten geteilt. Am Hochzeitsmorgen vereinigt nach den → Auspizien (später: Eingeweideschau) die *pronuba* die rechten Hände der Brautleute *(dextrarum iunctio)*. Nach Opfer und Anrufung der Ehegottheiten (Tellus und Ceres, Picumnus und Pilumnus, Iuno) wird die Braut unter (uns unverständlichen) Talassio-Rufen durch 3 Knaben, deren beide Eltern noch leben müssen, ins neue Haus geleitet, dabei Lärm, → *fescennini versus*, Ausstreuen von Nüssen durch den Bräutigam, bei Licht von glückbringenden Weißdornfackeln. Am neuen Haus salbt die Braut den Türpfosten, umwickelt ihn mit Wolle, läßt sich, damit sie nicht anstoße, über die Schwelle heben, wird im Atrium, wo das Brautbett steht, vom Ehemann empfangen mit Wasser und Feuer (Aufnahme in die neue Hausgemeinschaft), auf die Darstellung des Mutinus Titinus (zur Namensform Herter, RhM 76, 1927, 418), eines männlichen Gliedes, das die Fruchtbarkeit der Ehe gewährleisten soll, gesetzt. Die junge Frau bietet von 3 mitgebrachten Assen eines dem Ehemann (Vertretung der Mitgift?), eines dem *Lar familiaris* auf dem → Herd, das 3. dem *Lar* des nächsten *compitum*. Die Nachfeier am folgenden Tag, *repotia*, bringt Verwandtenbesuch, Opfer und Festmahl. W. H. G.

Zu 1. *Brueckner*, AM 22, 1907, 79ff. *Heckenbach*, RE VIII 2129ff. *Nawrath* De Graecorum ritibus nuptialibus e vasculis demonstrandis, Diss. Breslau 1914. *Erdmann* Die Ehe im alten Griechenland, 1934. *Paoli* Die Frau im alten Hellas, 1955, 45ff. *Flacelière* La vie quotidienne en Grèce au siècle de Périclès, 1959, 75ff. Zu 2. *Heckenbach*, RE VIII 2131ff. *Rose* The Roman Questions of Plutarch, 1924. *Carcopino* Das Alltagsleben im alten Rom der Kaiserzeit, 1950, 132ff. *Latte* 96f. *Kupizewski*, ZRG 77, 1960, 125ff. *Mühl* Anulus pronubus. Der Ursprung des röm. Verlobungsringes, Diss. iur. Erlang.-Nürnb. 1962.

Hodometron (ὁδόμετρον). Heron Dioptr. 34 (p. 292,16ff. Schöne) und Vitr. 10,9 beschreiben (nach Ktesibios?) eine mechanische Vorrichtung zur Distanzmessung auf dem Lande (Wegemesser), bei der eine Verbindung von auf verschiedenen Ebenen montierten Schrauben ohne Ende und Zahnrädern (wie im Prinzip noch h.) jede Radumdrehung verlangsamend auf ein Anzeigesystem (bei Heron einen Zeiger, bei Vitruv fallende Kugeln) überträgt. Das H. sollte für je eine Tagesreise ausreichen und mußte dann wieder auf Null gestellt werden. Vitr. kennt eine entsprechende Vorrichtung für Seereisen, die von einem Schaufelrad ausgeht. Der H. wird im 16. Jh. genauso wiederbenützt. → Automaten. W. H. G.

Diels Antike Technik, ^{3}1924, Kap. 3. *Kellermann-Treue* Kulturgesch. der Schraube, ^{2}1962, 39. *Drachmann* The Mechanical Technology of Greek and Romand Antiquity 1963, 157ff.

Hodopoioi (Ὁδοποιοί, Wegebauer). Phot. s. v.: οἱ ὁδῶν ἐπιμεληταί. Aufseher der Wege war Metiochos, Freund des Perikles. Plut. mor. 811 F. Als reguläres Amt (ἀρχή) hielten in Athen im 4. Jh. 5 erloste H. mit Staatssklaven die öffentlichen Wege in Ordnung. Von 348–322 fungierten die Vorsteher des Theorikon als H. Aischin. 3,25. Demosth. 3,29. 13,30. Aristot. Ath. pol. 54,1. Soldaten als H. nennt im Heere des Kyros Xen. Kyr. 6,2,36. H. V.

Hoftitel sind Ehrenbezeichnungen für die den hellenist. Königen wirklich oder fiktiv nahestehenden, d.h. am Hof als Ratgeber tätigen oder im Reich mit administrativen bzw. militär. Aufgaben betrauten Persönlichkeiten. Das hellenist. H.wesen ist im Grundstock bereits unter → Alexander (4) d. Gr. erkennbar. Verbindungsglieder des 3. Jh. reichen hinüber zu der bes. in Äg. seit → Ptolemaios V. Epiphanes voll ausgebildeten H.-ordnung (Rangklassen, Beförderungssystem, Privilegien). Deren im Laufe des 2. Jh. hypertrophierte (weil prakt. alle Beamten und Offiziere umfassende) Gestalt verliert im 1. Jh. an Gewicht; nur die höchsten Klassen bestehen bis in die Römerzeit. Bei den Seleukiden entwickeln sich unter pers. Einfluß bes. Gewandung und Schmuck der H.-träger. Keiner der von den hellenist. Königen verliehenen H. ist erblich (M. L. STRACK, RhM 55, 1900, 179). Im einzelnen handelt es sich um folgende: **1.** *Συγγενής*. Aus Persien stammend, von Alexander d. Gr. rezipiert (Arr. an. 7,11,6), taucht dieser höchste H. erst mit dem 2. Jh. in Äg. und Syrien auf (in Makedonien bereits unter Philipp V. nachweisbar, Liv. 30,42,6). Name (stets individuell: »Verwandter«) und Attribute (Purpurmantel, goldene Spange, Diadem [1 Makk. 10,89. 11,58. Griech. Versinschr. 1, 1955, 1151,4]) drücken die engste Verbindung zum König aus. Im Ptolemäerreich ist der *σ.*-Titel, der an *ṛh-njśwt* = »Königsenkel« (H. JUNKER Gîza 12, 1955, Reg. s. v.) erinnert, für die höhere Beamtenschaft reich belegt; gering sind dagegen Erwähnungen der in der 2. Hälfte des 2. Jh. hinzutretenden Klasse *τῶν ὁμοτίμων τοῖς συγγενέσιν* (vgl. aber schon Arr. a. O.). Bei den Seleukiden scheint *σύντροφος* mit *σ.* gleichrangig gewesen zu sein (MAMA 3,62). **2.** *Φίλος* ist als H. durch Einwirkung der pers. Hofetikette auf die makedon. → *ἑταῖροι* entstanden (BERVE Alex. 1,36 f.). Im 3. Jh. hat jeder hellenist. König von ihm erwählte, u. U. bereits vom Vater herangezogene »Freunde« um sich, die ihn morgens begrüßen, mit ihm speisen, sein → Synhedrion bilden, ihm als Diplomaten dienen und überhaupt in allem zur Verfügung stehen. Im 2. Jh. wird in Äg. dieser Kreis durch im Reiche tätige Amtsträger titular erweitert und auf mehrere Rangklassen (*τῶν πρώτων φίλων, τῶν ἰσοτίμων τοῖς πρώτοις φίλοις, τῶν φίλων*) verteilt. Eine ähnliche Einteilung ist für den Seleukidenhof bezeugt. Als eigentlicher Repräsentant der *φίλοι*-Gruppe gilt jetzt der *πρῶτος φίλος* (vgl. den seit dem AR belegten Titel *śmr wʿ. tj* = »einziger Freund« [JUNKER a. O.]). Die Ernennung dazu wird in ein Verzeichnis eingetragen, er selbst mit dem Purpur beehrt (1 Makk. 10,62. 65). Die *φίλοι*-Institution als solche besteht in den → *amici Augusti* in Rom fort (vgl. Pilatus als *φίλος τοῦ Καίσαρος*, Joh. 19,12, E. BAMMEL, ThLZ 77, 1952, 206–210). **3.** *Ἀρχισωματοφύλαξ* (bis Mitte des 2. Jh. Sing., dann Gen. plur.) kommt nur in Äg., in der ersten Phase meist von Strategen geführt (T. C. SKEAT, Mizraim 2, 1936, 30–35), im Range auf *πρῶτος φίλος* folgend (T. B. MITFORD, APF 13, 1939, 35 f.), vor. Ob dieser H. sich aus einem Amt (Kommandeur der Leibwächter) entwickelt hat (vgl. die Titularisierung des Somatophylax-Amtes unter Alexander d. Gr., BERVE Alex. 1,28 f.) oder gleich als solcher (Erzleibwächter) auftritt, ist strittig. Andere mit *ἀρχι-* gebildete H. wie *ἀρχεδέατρος* (F. DURRBACH Choix d'inscr. de Délos, 1921, 127) und *ἀρχικύνηγος* (OGIS 143) gehen auf wirkliche Ämter zurück (G. LUMBROSO, Bull. Soc. Alex. 21, 1925, 34), doch ist nicht ersichtlich, wo sie in der Rangordnung ihren Platz haben. **4.** *Διάδοχος* (immer Gen. plur.) verleiht als niedrigster der ptolemäischen H. im 2. Jh. die »Anwartschaft« auf die höheren. Er wird bes. von Offizieren getragen. H. B.

G. Corradi, Studi ellenistici, 1929, 229–343. *E. Bickermann*, RE IV A 1368 f. *A. Momigliano*, Ath. N. S. 11, 1933, 136 ff. *E. Bikerman* Institutions des Séleucides, 1938, 40–50. *H. Kortenbeutel*, RE Suppl. VII 46–49. 124–126. RE XX 95–103. *H. Henne*, REA 42, 1940, 172–186. *M. Trindl* Ehrentitel im Ptolemäerreich, Diss. Münch. 1942. *W. Peremans* Symbolae van Oven, 1946, 129–159. *K. Chrimes Atkinson*, Aegyptus 32, 1952, 204–214. *Chr. Habicht*, Vierteljahresschr. f. Sozial- und Wirtschaftsgesch. 45, 1958, 1–16.

Hohlmaße. Da H. und → Gewichte eng verknüpft sind, sei auf die dort skizzierten Probleme verwiesen. Die Systeme Mesopotamiens können hier beiseite bleiben, für Palästina-Syrien → Chomer (und dazu TRINQUET und DE VAUX), für Äg. → Artabe, Hin. Die H. der Alten scheiden sich in Maße für Trockenes (Getreide, *μέτρα ξηρά*) und für Flüssiges (Wein, Öl, *μ. ὑγρά*), nur die kleinsten Stufen sind gemeinsam. Bei den Griechen finden wir den → Medimnos (52,53 l) zu 6 → Hekteis (8,75 l), 48 → Choinikes (1,094 l), 96 → Xestai (0,547 l), 192 → Kotylai (0,2736 l) für Trockenes, für Flüssiges den → Metretes (39,39 l) zu 12 → Choes (3,28 l), 72 Xestai, 144 Kotylai, 576 → Oxybapha (0,0684 l), 864 → Kyathoi (0,0456 l). Die beigefügten Zahlen geben die att. Beträge nach HULTSCH. Die bes. im Peloponnes gültigen aiginet. liegen ca. 40% höher. Für andere Ansätze s. die Einzelart. Daneben bestanden viele Sonderbezeichnungen und -normen, vgl. etwa → Kypros. Die Römer verwendeten den → modius (8,733 l) zu 2 semodii (4,366 l), 16 → sextarii (0,546 l), 32 → heminae (0,273 l), 64 → quartarii (0,136 l), 128 → acetabula (0,068 l), 192 → cyathi (0,0455 l) für Trockenes, für Flüssiges die → amphora oder das → quadrantal (26,196 l) zu 2 → urnae (13,098 l), 8 → congii (3,275 l), 48 sextarii, 96 heminae, 192 quartarii, 384 acetabula, 576 cyathi. Als Großmaß diente der culleus zu 20 amphorae (523,9 l). Die Werte sind NISSEN entnommen, HULTSCHS Beträge sind etwas höher, die anderer Metrologen etwas niedriger. Die röm. H. sind nach Ausweis der Werte, der Staffelung und Namen wie acetabulum = *ὀξύβαφον*, cyathus u. a. von den griech. H. abhängig (über Sizilien), umgekehrt sextarius und quartarius als *ξέστης* und *τέταρτον* in die griech. Maßreihen eingedrungen. Die kleinsten Einheiten sind, wie bei den Gewichten, Medizinermaße. Strittig ist die Existenz und Norm besonderer Ölmaße.

Ob den griech. H. der Kubus eines Längenmaßes (Fuß oder Elle) zugrunde liegt, steht dahin, das röm. quadrantal stellt jedenfalls nach Name und Zeugnissen den Kubikfuß dar. Es war wie die meisten H. nach Gewicht bestimmt (→ Hemina): eine lex Silia von ca. 200 v. Chr. (Fest. 246 M.) normierte es zu 80 → librae (von 327,45 g) Wein. Analog ist der Congius Dess ILS 8628 zu *p(ondo) X* bestimmt. Zum Eichwesen allgemein → Gewichte. Die IG II^2 1013 erwähnten bleiernen Eichmarken sind an att. Gefäßen gefunden. Das Gesetz regelte auch die Füllhöhe und setzte für manche Produkte eigene H. fest. Die H. für Trokkenes waren stets Zylinder, die für Flüssiges von variabler Gestalt. Über die Herstellung der H. handelt Lang. H. Ch.

F. Hultsch Metrologie^2 passim. *H. Nissen*, HB Altertumsw. 1^2,842ff. *O. Viedebantt* Forsch. zur Metrologie des Alt., Lpz. 1917. *P. Tannéry*, Dar.-Sagl. 7,1729ff. RLV 8,56ff. (verschiedene Vf.). *A. Oxé*, BJ 147, 1942, 91ff. *M. Crosby*, Hesp. 18, 1949, 108ff. *J. Trinquet*, DB Suppl. V 1221ff. *R. de Vaux* Das AT. und seine Lebensordnungen 1, 1960, 314ff. *M. Lang*, BCH 76, 1952, 18ff. *Dies.* The Athenian Agora, Results of Excavations, Princeton 1964.

Hoi hendeka (*οἱ ἕνδεκα*). Eine aus 11 Männern zusammengesetzte, schon für die solon. Verfassung bezeugte (Aristot. Ath. pol. 7,3) Jurisdiktionsbehörde, mit einem für die Geschäftsführung verantwortlichen Schreiber und mehreren »Helfern«, *παραστάται* ([1],74ff. [2],980,4). Die *ἕ* und ihr Schreiber wurden aus den Phylai erlost ([2],1062,3). Ihre urspr. Zuständigkeit beschränkte sich auf die stets mit der Todesstrafe bedrohten Verbrechen gegen das Eigentum und wurde später auf alle anderen Fälle, in denen die → *ἀπαγωγή* und → *ἀπογραφή* zulässig war, erweitert ([2],1107). Bei offenkundigem Tatbestand wurde der geständige Verbrecher sofort hingerichtet, während gegen den Nichtgeständigen ein Gerichtsverfahren, vor Solon durch die *ἕ.*, später durch ein Geschworenengericht unter deren Vorsitz, durchgeführt wurde. Aus ihrer strafrechtlichen Zuständigkeit ergab sich auch ihre Aufgabe, die Aufsicht über das Gefängnis, → *δεσμωτήριον*, zu führen (daher auch die spätere Bezeichnung: *δεσμοφύλακες*). E. B.

1. *J. H. Lipsius* Das att. Recht und Rechtsverf., 1905–1915. 2. *Busolt* GStk.

Holitorium forum. Gemüsemarkt Roms. Schon gegen E. der Republik war aus dem primitiven *antiquum macellum ubi olerum copia* (Varro l.l. 5,146) ein monumentaler Platz geworden, entsprechend der wichtigen Rolle, die der Verkauf von Gemüse vor allem im Leben der Armen spielte (Cic. sen. 16). Im O. erstreckte sich das h. f. bis an den Fuß des Kapitols: Reste der den Platz dort begrenzenden Portiken wurden n. des vicus Iugarius gefunden. Die n. Hälfte entsprach ungefähr der h. piazza Montanara, nach W. reichte der Platz bis zu den Tempeln der → Iuno Sospita und der → Spes (ein 3. Tempel konnte noch keiner Gottheit zugewiesen werden). Die Überreste wurden unter der Kirche S. Nicola in Carcere nachgewiesen. Im S. reichte das Forum bis an die Serv. Mauer. Rud. G.

Lugli Centro, p. 530ff. *Nash* Bildlex. 1,418ff.

Holophernes (*Ὀλοφέρνης*). Nach dem apokryphen Judithbuch *ἀρχιστράτηγος* des *Ναβουχοδονοσορ* (= Nebukadnezar), Königs der Assyrer (!) (2,4), unterwirft H. die Völker Syriens (2,14–3,10), greift auch die Israeliten an (5,1 f.) und wird bei der Belagerung der Stadt Bethulia (in der Gegend von → Dothan [4,6]; nicht lokalisiert) von einer Jüdin namens Judith überlistet und enthauptet (8,1–14,19), worauf die Assyrer die Flucht ergreifen (15). Ereignisse und Gestalt des H. sind legendär. Der Name H., gut pers., ist wohl ident. mit dem Namen Orophernes bei 2 Angehörigen des Satrapen (4. Jh.) bzw. des Königs (2. Jh. v. Chr.) von Kappadokien (Diod. 31,19,2–3. 31 f.). E. Ku.

Holunder. Die Caprifoliaceengattung Sambucus L. (*sambucus* bei Plin. nat. 27,43, dt. Holunder, Holler) ist in Europa durch 2 Sträucher: S. nigra L. (Schwarzer Holler, bei Theophr., Hippokr. und Diosk. *ἀκτῆ*, dagegen nicht *actaea* bei Plin. nat. 27,43 und auch nicht Actaea L.) und S. racemosa L., roter oder Bergholler (Verg. ecl. 10,27 nennt den Plan *sanguineis ebuli baccis minioque rubentem*) und eine krautige Art vertreten: S. ebulus L. (lat. *ebulus*, *ebulum*, gr. *χαμαιάκτη* bei Diosk., auch *ἥλιον*, dt. Attich, Hirschholler). Alle Teile dieser und auch der asiat. und amerikan. Arten finden (mindestens die in süd- und mitteleurop. Kulturschichten gefundenen Kerne seit dem Neolithikum) vielfache Verwendung: Wurzeln und Stammrinde wegen des Emulsingehalts als Brech-, Abführ- und Wurmmittel (nach weitverbreitetem, schon von Hippokratikern überliefertem Glauben aufwärts geschabt aufwärts, abwärts geschabt abwärts treibend), die Blätter und der am Stamm schmarotzende Holunderschwamm (Auricularia sambuciauricula Judae) zu kühlenden Umschlägen, die Blüten und Früchte des schwarzen und roten Hollers (weniger die stärker giftigen von S. ebulus) zu Speisen und Getränken, ausgehöhlte Stämme zu Pfeifen, Stammark technisch. Die Sträucher sollen vor Blitz, Schlangen und Krankheiten wie Epilepsie, Masern u.a. schützen, weswegen bes. S. nigra oft um Häuser gepflanzt wird. Die *actaea* (Plin. nat. 27,43) mit rauhen Stengeln, herb riechenden Blättern und weichen Beeren ist weder Sambucus noch die Ranunculacee Actaea L., vielleicht Ecballium (→ Gurken). H. G.

Homarion (*Ὁμάριον*, *Ἀμάριον*). Heiligtum des Zeus bei → Helike, Versammlungsort des achaiischen Bundes, nach dem Untergang von Helike zu Aigion gehörend, Strab. 8,7,3 p. 385. 7,5 p. 387. Pol. 2,39,6. 5,93,10. IG V 2,344 = Syll. I^3

490,8. Inschr. v. Magnesia 39,36f. E. Breccia Iscrizioni greche e latine Nr. 110 = Fr. Preisigke SB. I Nr. 357. E. M.

1. *Bölte*, RE VIII 2143ff. 2. *A. Aymard* Les assemblées de la Confédération Achéenne, 1938, 277ff.

Homeridai, hom. Dichter, die sich als Nachkommen Homers bezeichneten und als → Rhapsodengilde auf Chios tätig waren. S. auch Ep. Zyklus u. Homeros. W. P.

Homerische Hymnen s. Homeros, Hymnos

Homeritae (Ὁμηρῖται), ein bedeutendes, nach dem von Plin. überlieferten Feldzugsbericht des Aelius Gallus (24 v. Chr.) das größte Volk des alten SW.-Arabien (Arabia Felix) (peripl. m. Erythr. 21f. Plin. nat. 6,158.161. Ptol. 7,9,25), die Ḥimyar der altsüdarab. Inschr. und der arab. Schriftsteller. Sie werden zuerst von Uranios (um 80–46 v. Chr.) genannt, den Plin. und Iuba ausschreiben. Ihr Wohngebiet war wohl schon im 5. Jh. v. Chr. das Bergland s. von Ḥabbān und Maifa^{c}a; von dort eroberten sie große Teile des qatabānischen Gebietes und gründeten weiter w. ihre Hauptstadt Ẓafār (peripl. Σαφαρ, Ptol. Σαπφαρ, Plin. *Sapphar*) mit der Burg D̲ū Raidān. Nach langwierigen Kriegen konnten die sabäischen Könige (→ Sabaioi) Ẓafār erobern und nannten sich seitdem (etwa 25 v. Chr.) in den Inschr. »Könige von Saba und D̲ū Raidān«, d.h. von Saba und Ḥimyar. Infolge dieser Fusion gebrauchen die klass. wie die arab. Schriftsteller den Namen H. sehr häufig für die Sabäer. Peripl. 23 wird ein Χαριβαήλ (der inschr. Kariba'il Watar Yuhan^{c}im) als König der H. und Sabäer genannt und als »Freund der röm. Kaiser« bezeichnet. Im beginnenden 3. Jh. durch innere Auseinandersetzungen geschwächt, wurde das sabaeo-ḥimyar. Reich um 335 n. Chr. von den Abessiniern besetzt, deren König die Herrschaft über Ḥimyar und Saba in seine Titulatur mit aufnahm. A. D.

1. *Adolf Grohmann* Arabien (Handb. der Altertumswissensch., 3. Abt., 1. Teil, 3. Bd., 3. Abschn., 4. Unterabschn.), Münch. 1963, 91–252. 2. *Jacques Ryckmans* Petits royaumes sud-arabes d'après les auteurs classiques: Le Muséon 70, 1957, 75–96.

Homeros (Ὅμηρος). 1. Bios 2. Ilias 3. Odyssee 4. Sprache 5. Kulturschichten 6. Religion 7. Analyse 8. Pseudohomerica.

1. Der Name des Dichters ist nicht als redender, sondern als Eigenname (»Bürge«) zu verstehen. Urspr. soll er Melesigenes geheißen haben. Erhalten sind 7 ant. Biographien und die Geschichte vom Wettkampf H.s und Hesiods, alles in kaiserzeitlicher Fassung, aber aus älterer Überlieferung. Text: Wilamowitz KlT 137. T. W. Allen Homer 5. Übers. und erklärt W. Schadewaldt 1959. H.s Heimat war der n. Teil des ion. Kleinasiens; Smyrna hat guten Anspruch auf seine Geburt, Beziehungen zu Chios (Gilde der Homeriden; H. T. Wade-Gery The Poet of Iliad, 1952, 19) und Tod auf Ios können histor. sein. Auf Beziehungen

zu den Aineiaden in der Troas und den Glaukiden in Lykien deuten Partien der Ilias; F. Jacoby FGrH III b 2,407. Bildnisse: R. und E. Boehringer Homer 1939.

2. Die Ilias erzählt vom Zorn des Achill am E. des 9. Kriegsjahres, erweitert aber durch Szenen wie Rivalen-Zweikampf und Mauerschau, die an sich in den Kriegsbeginn gehören, sowie durch Vorblicke auf Achills Tod und Troias Fall das Epos zum Gesamtbild des troischen Krieges. Die Teilung beider Epen in 24 Gesänge wurde von den Alexandrinern auf Grund rhapsod. Tradition normiert. Der 1. Gesang berichtet in raschem Tempo den Konflikt zwischen Achill und Agamemnon um Briseis, der 2. enthält die bedenkliche Erprobung des Kampfwillens der Griechen und die Kataloge der Streitkräfte. Für den der Griechen hat man histor. Gehalt vermutet, Page ([26],120), dagegen Jachmann [23]. Ein Waffenstillstand ermöglicht den ergebnislosen Zweikampf Paris–Menelaos (3) und wird im 4. Gesange durch den Pfeilschuß des Pandaros gebrochen. In den folgenden Gesängen, bes. in 5, tritt Diomedes in den Vordergrund, 6 bringt Hektors Gang in die Stadt und die Homilie mit Andromache, 7 den Mauerbau um die Schiffe. Zeus untersagt den Göttern jede Kampfhilfe, die wachsende Not der Griechen führt in 9 zur Bittgesandtschaft an Achill, der sich Worten und Gaben weigert und so alles folgende Unheil heraufführt. 10 mit Dolons Spähergang ist spätere Einfügung. 11–15: nach Agamemnons Aristie wachsende Not der Achäer; Heras Liebeslist, die Zeus ablenkt und Poseidons Eingreifen ermöglicht (14). In 16 entsendet Achill in seinen Waffen den Patroklos, der nach großen Erfolgen fällt. 17–19 berichten den Kampf um seine Leiche, Achills Schmerz, die Fertigung einer neuen Rüstung durch Hephaistos mit dem bilderreichen Schild und die Versöhnung mit Agamemnon. An der letzten großen Schlacht (20–22) nehmen die Götter teil, die Troer fliehen, Hektor hält vor den Mauern stand und fällt. Nach den Leichenspielen für Patroklos (23) bringt der 24. Gesang des Priamos Bittgang und die Lösung von Hektors Leiche.

Trotz Episodenreichtum ist die Handlung in dramat. Ballung auf wenige Tage konzentriert, da von den 50 Tagen mehrere aktionsarme Fristen abzuziehen sind. Richtig würdigt den Aufbau Aristoteles, poet. 23,1459 a 30.

In der Frage, ob hinter der Ilias ein myken. Unternehmen gegen Troia steht, vertritt u. a. Page Zuversicht [26], während Fr. Hampl volle Skepsis äußert: Serta Philol. Aenipontana 1962, 37. Rückschlüsse auf Mykenisches bei Webster [24]. Über die Frage der Realität des troischen Krieges debattieren M. J. Finley, Caskey, Kirk und Page im JHS 84. Histor. Fakten stehen hinter der Ilias, doch ist mit weitestgehender Umformung zu rechnen (Nibelungensage!). – Daß hinter dem Zornmotiv eine aus dem 9. Gesange zu erschließende Meleagris steht, nimmt Kakridis [14] an. Motive der Ilias wollen auf die Aithiopis zurückführen Schadewaldt ([27],155) nach H. Pestalozzi, W. Kullmann [28], G. Schoeck Il. und Aith. 1961; dagegen U. Hölscher, Gn 27, 1955, 385. Gegen den Ansatz der Aith. vor der Il. auch Reinhardt ([31],349), der aber mit der Einwirkung von Dichtung vor der Aith. rechnet.

3. In der Odyssee sind mittelmeerische Seefahrermärchen (L. Radermacher, SAWW 178/1, 1915) mit der weltweit verbreiteten Novelle von dem Spätheimkehrer und den Freiern seines Weibes vereinigt. Den Namen Penelopes deutet aus ihrer List, den Einschlag der Webe auszuzupfen, P. Kretschmer, AAWW 1945, 80. Beide Motivgruppen wurden in den heroischen Bereich der Troiasage gezogen: K. Reinhardt Die Abenteuer der Od. Tradition und Geist, 1960, 47. Die Telemachie (1–4) erzählt die Erweckung des Telemachos durch Athene und seine Fahrt zu Nestor und Menelaos. Für ihre Echtheit Reinhardt a. O. 37; als Dichtung würdigt sie Fr. Klingner, Verh. Sächs. Ak. 96/1, 1944 = Studien 39. Im 5. Gesange entläßt Kalypso über Zeus Befehl Odysseus, der in 6 auf Scheria von Nausikaa aufgenommen wird. 7–12 weilt Odysseus bei den Phäaken, gibt sich (8) zu erkennen und erzählt seine Abenteuer: Kikonen, Lotophagen, Kyklop, Aiolos, Laistrygonen, Kirke, Totenwelt (11), Sirenen, Skylla und Charybdis, Thrinakia mit den Heliosrindern, Landung auf Ogygia. Diese Insel ist weit im W. gedacht (V. 5, 272), die der Kirke, der Schwester des Aietes, gehört als *Αἰαίη νῆσος* zum Ostlande Aia, dem myth. Ziel in der Argonautensage; über deren Einwirkung auf die Od.: K. Meuli Od. und Argonautika, 1921. A. Lesky, WS 63, 1948, 52. Dort auch der Einspruch gegen die dilettantischen, bereits von Eratosthenes bespöttelten Versuche, die Irrfahrten des Odysseus aus dem myth. Bereich in Geographie umzusetzen. Odysseus wird von den Phäaken nach Ithaka gebracht, kehrt bei dem treuen Sauhirten Eumaios ein und gibt sich dem heimgekehrten Sohne zu erkennen (13–16). In Bettlergestalt betritt er den Palast, hat von den Freiern Unbill zu leiden, spricht mit Penelope und wird bei der Fußwaschung von der Amme Eurykleia erkannt. Eine ältere Fassung brachte hier wohl die Erkennung der Gatten. Vorbereitungen für den Kampf mit den Freiern (17–20). Es folgen Bogenwettkampf (21), Freiermord (22) und die Wiedervereinigung der Gatten (23). Der 24. Gesang mit dem Abstieg der Freierseelen in die Unterwelt und der Versöhnung auf Ithaka trägt den Charakter einer späteren Zufügung.

Die Frage, ob die Od. von demselben Dichter stamme wie die Ilias, wurde schon im Hellenismus von den Chorizonten verneint. Viel spricht für die Trennung, s. Heubeck [19]. Über die Versuche, Grundschichten beider Epen Homer zuzuweisen, s. u. Analyse.

4. In der Sprache des Epos sind aiol. und ion. Elemente vereinigt. Attizismen sind erst durch die Überlieferung hinzugekommen. Nach mißglückten Versuchen, die Epen ins Aiolische zurückzuübersetzen (Fick 1883 und 1886) hat sich die Überzeugung gefestigt, daß dieses sprachliche Gemenge im Wesen der von beiden Stämmen gespeisten epischen Dichtung liegt: K. Meister Die hom. Kunstsprache, 1921. Im Formenbestand Mycenaean, pre-migration, post-migration diction zu scheiden versucht T. B. L. Webster, Eranos 54, 1956, 34. Die Stellung der hom. Sprache zum Linear B ist trotz erkennbarer Beziehungen noch nicht geklärt, auch sind Genesis und Alter der Dialekte erneut zum Problem geworden: E. Risch, MH 12, 1955, 61. Die beste Gesamtdarstellung: P. Chantraine [22]. Für die Struktur des Hexameters grundlegend: H. Fränkel Wege und Formen frühgr. Denkens, ²1960.

5. Die hom. Dichtung archaisiert, indem sie Geschehnisse einer vergangenen Heroenwelt berichtet (Il. 12,447 u. a.). Die Entstehungszeit der Epen (2. Hälfte des 8. Jh. mit dem Abstand etwa einer Generation zwischen Il. und Od.) wird mehrfach in den Gleichnissen sichtbar. Nur dort gibt es Reitkunst (Ausnahme die Dolonie 513), Trompetensignale, Sieden des Fleisches und eifriges Fischen. Tempel und Kultbild, Leichenverbrennung und reichlicherer Gebrauch des Eisens gehören in die Zeit der Dichtung, die Rolle der Phoiniker weist auf 1000–800. Die lange, in Il. und Od. sich vollendende Entwicklung epischer Dichtung hat auch Elemente myken. Zeit bewahrt, doch führen die Texte in Linear B eher dazu, sie stärker von Mykene abzusetzen. Einzelheiten der Rüstung wie Eberzahnhelm und Turmschild, die Goldringe an den Speerspitzen und die Schwertgriffe mit Silberbuckeln gehen in myken. Zeit zurück; so auch die Verwendung der Bronze, der Nestorbecher, der Kyanosfries im Palaste des Alkinoos und das Wissen um das äg. Theben. Auf Kreta weisen die Vorzugsstellung Aretes und der Reigenplatz des Daidalos für Ariadne. Ob Elemente dieser Art auf myken. Dichtung oder auf der Erinnerung der dunklen Jh.e beruhen, ist nicht zu entscheiden. Neben den Büchern von Webster [24], Page [26] und Whitman [25] wichtig für Datierungsfragen: G. S. Kirk ([33] und MH 17, 1960, 189) und R. Hampe, G 63, 1956, 1.

6. Die hom. Götterwelt ist das Ergebnis einer langen Entwicklung. Dem entspricht das stark differenzierte Verhalten dieser Gottheiten zu den Menschen, von denen sie durch Unsterblichkeit und Macht (E. Ehnmark The Idea of God in Homer. Uppsala 1935) geschieden sind: Nähe (Athene) steht neben Distanz (Apollon), Huld neben Grausamkeit, Willkür neben Recht. Dieses garantieren die Götter der Od. in höherem Maße als jene der Il.; doch stehen in dieser die Verse 16, 386ff. Neben Zeus bestimmt ein unpersönliches

Schicksal den Gang der Dinge, dessen Anerkennung jedoch nie zum Fatalismus führt. Zeus und Schicksal sind konkurrierende Vorstellungen und logisch nicht auszugleichen. Der hom. Mensch fühlt sich ganz im Kraftfeld göttlicher Gewalten, was jedoch weder selbständiges Handeln noch eigene Verantwortung ausschließt: A. LESKY, SHAW 1961/4. Die hom. Götterwelt in verschiedener Sicht: W.F. OTTO Die Götter Griechenlands, ^{3}1947. M.P. NILSSON GgrR I^{2}, 1955.

7. Die analyt. Betrachtung der hom. Dichtung hat ihren Vorläufer in dem Abbé FRANÇOIS HÉDELIN D'AUBIGNAC, der in seinen 1644 geschriebenen, 1715 gedruckten Conjectures acad. das Epos gegen die Geringschätzung seiner Zeit mit der Annahme verteidigte, ein Unbekannter habe Einzelstücke vereinigt. Die wissenschaftliche Analyse setzte 1795 mit den Prolegomena ad Homerum von FR. AUG. WOLF ein und behauptete bis weit in das 20. Jh. hinein das Feld in verschiedenen Spielarten. KARL LACHMANN begründete die Liedertheorie; andere wie G. GROTE gingen von dem später erweiterten Kern einer Urilias aus; am meisten Anhänger fand die Kompilationstheorie, die selbständige Kleinepen voraussetzt. Ihr bedeutendster Vertreter war WILAMOWITZ [2], nahe steht ihr W. THEILER, der schichtenweises Wachstum der Epen annimmt: zuletzt MH 19, 1962, 1. P. VON DER MÜHLL Krit. Hypomnema zur Il. 1952 meint, mit Urilias und Bearbeiter auszukommen, radikaler geht G. JACHMANN [23] vor. Für die Od. hat die Fundamente analyt. Kritik A. KIRCHHOFF im Sinne der Kompilationstheorie gelegt. Ein guter Überblick über die Ansätze der Analyse bei PAGE [20]. SCHADEWALDT nimmt eine urspr. Od. und e i n e n Bearbeiter an (Zitate AAHG 13, 1960, 13); er überlegt, wie VON DER MÜHLL (RE Suppl. VII 696), der Vf. der 1. Dichtung könnte Homer gewesen sein. – Während sich Unterschiede in Sprach- und Kulturelementen und weitgehend auch logische Widersprüche als unbrauchbare Instrumente der Analyse erwiesen, arbeitet diese nunmehr vielfach mit ästhet. Wertungen, wobei bes. die Frage, wo versus iterati ihren urspr. Platz haben, eine große Rolle spielt. Für die Ilias hat sich neben die analyt. eine auf eingehender Interpretation basierende unitar. Betrachtung gestellt. Sie wurde vorbereitet u.a. von M. BOWRA [8] und durchgesetzt von SCHADEWALDT [10]. Auf ihrem Boden steht auch die genet. Interpretation von K. REINHARDT [31]. Die manifesten Unebenheiten des Epos erfuhren eine neue Erklärung in der von J. TH. KAKRIDIS begründeten Neoanalyse ([14]; dazu KULLMANN [28]), die wohl e i n e n Dichter annimmt, anderseits aber mit einer großen Zahl von voraufgehenden Behandlungen des Stoffkreises und deren Nachwirkung rechnet. – Kräftige neue Impulse erfuhr die Homerforschung durch die von MILMAN PARRY begründete Schule, vgl. AJA 52, 1948, 34. In ausgedehnter Feldarbeit haben er und

A. B. LORD lebende südslawische Volksepik aufgenommen und so die Erkenntnis erhärtet, daß auch die hom. Dichtung die Elemente einer in mündlicher Improvisation jeweils neu entstehenden, an bestimmte Stoffkreise und Formelbestände gebundenen Epik enthält. J. A. NOTOPOULOS (zuletzt HSPh 68, 1964, 1) zieht daraus den Schluß, daß die Epen selbst als oral composition entstanden und erst später aufgeschrieben worden seien, während A. B. LORD Diktat für möglich hält. Die von der amerikan. Schule bestrittene Auffassung, daß sich epische Dichtung lange Zeit in mündlicher Tradition wortgetreu erhalten konnte, vertritt G. S. KIRK [33]. Nicht so sehr der Umfang der Dichtung als Feinheiten der Komposition in Aussparung, Steigerung und Verklammerungen legen aber die Vermutung nahe, daß Homer wohl von einer reichen Tradition mündlicher Dichtung abhängt, selbst aber bereits bei der Konzeption der Epen die Schrift verwendete.

8. Mehrfach wurde in der Ant. der ganze → Epische Zyklus Homer zugeschrieben, wenngleich auch andere Verfassernamen genannt wurden. Unter dem Namen Homers gingen 33 Hymnen, hexametr. Gedichte auf Götter, die stofflich und sprachlich rhapsod. Tradition zugehören. Sie sind in einer Sammlung mit Hymnen des »Orpheus«, Kallimachos und Proklos erhalten. Das älteste Zitat bei Thuk. 3,104, der unter Homers Namen aus dem *προοίμιον Ἀπόλλωνος* zitiert. In der Tat dürfen wir die Gedichte als Vorspiele vor den epischen Rezitationen der Rhapsoden verstehen. Aus Sch. Nik. Alex. 130 und der 5. Homervita ist zu ersehen, daß Homers Autorschaft bereits in der Ant. bestritten war. Die Alexandriner urteilten ebenso. Die Slg. enthält 4 große Hymnen: auf Apollon, in unserer Slg. aus dem del. und dem delph. Hymnos zusammengesetzt; auf Hermes (komm. Ausg. L. RADERMACHER, 1931) mit frischem, oft derbem Humor, wohl aus Mittelgriechenland stammend; auf Aphrodite, ein zierlichion. Gebilde (K. REINHARDT Festschr. Snell, 1); auf Demeter, nur im cod. Mosquensis, wertvoll als heilige Gesch. von Eleusis. Unter den kleineren Gedichten ist so Junges wie der 8. Hymnos auf Ares mit hellenist. Astrologie. Gesamtausgabe: T. W. ALLEN–E. E. SIKES–W. R. HALLIDAY 1936^{2}. Die Homerapotheose des Archelaos von Priene (2. Jh. n. Chr.) zeigt am Throne des Dichters Maus und Frosch. Damals galt die Batrachomyomachie, der Froschmäuselerkrieg, also für echt. Zugeschrieben wurden Homer auch das Gedicht vom Tölpel Margites (vgl. M. FORDERER Zum hom. Margites, 1960) und etliche Epigramme in den Viten.

9. Nach einer Verderbnissen und Interpolationen bes. ausgesetzten rhapsod. Phase brachte die auf Solon oder Hipparch zurückgeführte Maßregel geschlossenen Vortrages an den Panathenäen eine 1. Sicherung des Textes. Zur sog. pei-

sistrat. Redaktion J. A. DAVISON, TAPhA 86, 1955, 1. Entscheidend für die Texte war die Arbeit der Alexandriner Zenodot von Ephesos, Aristophanes von Byzanz, Aristarch von Samothrake. Vom vorher stark schwankenden Versbestand vermitteln unter den zahlreichen Homerpapyri (LESKY GGrL 95,2) die frühptolemäischen ein Bild (G. JACHMANN, NAG 1949, 167). Die Kritik und Exegese der Alexandriner haben in den reichen Scholien ihren Niederschlag gefunden, die aber viel späteres, auch byzantin. Material mitführen: H. ERBSE, Zet. 24, 1960. M. VAN DER VALK Researches on the Text and Sch. of the Il. 1963. – Gegen die im allg. geringe Einschätzung H.s in der Romania, die in Jul. Cäs. Scaliger gipfelt, stellte England im Zeichen von Young's Preis des Originalgenies ein neues Homerbild: ROBERT WOOD An Essay on the Orig. Genius of H., 1769. Mächtig war die Wirkung auf die deutsche Klassik, auf Lessing, Herder, Goethe. Homer wurde weit mehr als die Tragödie zum bestimmenden Element des deutschen Neuhumanismus. A. Le.

Bibliographie: *A. Lesky* Die Homerforschung in der Gegenwart, 1952. Forschungsber. AAHG (Zitate u. → Epos, Berichte 1964 und 1965 im Druck). Fifty Years of Class. Scholarship, 1954, 1–37. *H. J. Mette*, Lustrum 1, 1956. Nachträge: 2, 1957. 4, 1959. 5, 1961. 2. Aufl. 1963. *A. Heubeck*, G 66, 1959. 71, 1964.

Textausgaben: *D. B. Monroe–Th. W. Allen* 5 Bde. 1912 bis 1946. Il.: *W. Leaf* (komm.) 2 Bde. 1900/02^2 (Nachdr. 1960). *P. Mazon* (doppelspr.) 2 Bde. 1947/55. *V. Stegemann–H. Rupé* (doppelspr.) 2 Bde. 1948 (Nachdr. 1961). Od.: *P. Von der Mühll* 1946. *V. Bérard* (doppelspr.) 2 Bde. 1956^5. *W. B. Stanford* (komm.) 2 Bde. 1958^2. Für beide Epen noch immer brauchbar der alte Komm. von *Ameis-Hentze-Cauer*.

Literatur: 1. *G. Finsler* H. in der Neuzeit von Dante bis Goethe, 1912. 2. *U. v. Wilamowitz-Moellendorff* Die Ilias und H., 1916. 3. *K. Meister* Die hom. Kunstsprache, 1921. 4. *P. Cauer* Grundfragen der Homerkritik 2 B., 1921/23^3. 5. *E. Schwartz* Die Od., 1924. 6. *E. Bethe* H. 1, 1914; 2^2, 1929; 3, 1927. 7. *U. v. Wilamowitz-Moellendorff* Die Heimkehr des Od., 1927. 8. *M. Bowra* Tradition and Design in the Il., 1930. 9. *M. P. Nilsson* H. and Mycenae, 1933. 10. *W. Schadewaldt* Iliasstud., 1938. 11. *F. Focke* Die Od., 1943. 12. *A. Severyns* H. 1^2, 1944; 2, 1946; 3, 1948. 13. *P. Mazon* Introd. à l'Il., 1942. 14. *J. Th. Kakridis* Hom. Researches, 1949. 15. *H. L. Lorimer* H. and the Monuments, 1950. 16. *R. Merkelbach* Untersuchungen zur Od., 1951. 17. *B. Marzullo* Il problema omerico, 1952. 18. *P. Von der Mühll* Krit. Hypomnema zur Il., 1952. 19. *A. Heubeck* Der Od.-Dichter und die Il., 1954. 20. *D. L. Page* The Hom. Odyssey, 1955. 21. *L. A. Stella* Il poema di Ulisse, 1955. 22. *P. Chantraine* Gramm. Homérique 1^3, 1958; 2, 1953. 23. *G. Jachmann* Der hom. Schiffskatalog und die Il., 1958. 24. *T. B. L. Webster* From Mycenae to H., 1958; deutsch 1960. 25. *C. H. Whitman* H. and the Heroic Trad., 1958. 26. *D. L. Page* History and the Hom. Il., 1959. 27. *W. Schadewaldt* Von Homers Welt und Werk, 1959^3. 28. *W. Kullmann* Die Quellen der Il., 1960. 29. *A. B. Lord* The Singer of Tales, 1960. 30. *H. Fränkel* Dichtung und Philos. des frühen Griechentums, 1961^2. 31. *K. Reinhardt* Die Ilias und ihr Dichter, 1961. 32. *J. B. Wace–Fr. H. Stubbings* A Companion to H., 1962. 33. *G. S. Kirk* The Songs of H., 1962. 34. *R. Adrados* u. a. Introduccion a Homero, 1963. 35. *A. Lesky* GGrL, 1963^2.

2. H. von Byzanz, Grammatiker und Tragiker, wirkte am Hof Ptolemaios Philadelphos', Blüte 124. Ol. (284–281); wird in allen Listen zur trag. Pleias gezählt. Vater: Andromachos, Mutter: Dichterin Myro von Byzanz. Werke: Tragödien (57 oder 45); Epos Eurypyleia (TZETZ. Vit. Hes. p. XCIV Fl.). Ehrenstatue in Byzanz (Anth. Pal. 2,407 ff. Testimonia: Suda s. *Ὅμηρος* 253; *Μυρώ*; *Σωσίθεος*; Vit. Lykophr. p. 4 Sch.; Vit. Hes. p. XCIV Fl.; Sch. Heph. p. 140,11. 236,9. 278,8 Consbr.; Steph. Byz. s. *Ἱεράπολις*; Diog. Laert. IX 112 f. F. St.

F. Schramm Tragic. Graec. hellenisticae quae dicitur aetatis frg. eorumque de vita atque poesi testimonia, Diss. Münst. 1929, p. 15–19.

Homicidium bedeutet Mord, Totschlag, auch unbeabsichtigte Tötung. Das Wort ist vor Sen. rhet. nicht nachweisbar (bei Cic. dreimal *homicida*), begegnet bei den klass. Juristen noch selten, häufig dagegen in den Kaiserkonstitutionen. Bis zur spätrepublikan. Z. war die Bezeichnung für dolose Tötung *parricidium*. Schon eine vordezemvirale pontifikale Norm bestimmte, daß nur der absichtliche Täter *parricidas* sein solle. Er verfiel nach altröm. Recht der vom Gemeinwesen kontrollierten Privatrache. Der absichtslose Täter mußte vor versammeltem Volk den Agnaten des Getöteten einen Schafsbock anbieten, den diese anstelle des Täters töteten. Der privaten Verfolgung des Mordes trat seit dem Beginn des 2. Jh. v. Chr. allmählich eine Verfolgung von Amts wegen an die Seite, welche sie schließlich völlig verdrängte. Die ihr zugrunde liegenden materiellrechtlichen Normen werden nicht anders ausgesehen haben als diejenigen des Kernstücks der → lex Cornelia de sicariis et veneficis (81 v. Chr.), das in erster Linie das Bewaffnetsein in verbrecherischer Absicht und erst an zweiter Stelle die vorsätzliche vollendete Tötung eines (auch unfreien) Menschen sowie die Giftmischerei betraf. Die lex Cornelia blieb mit mancherlei Veränderungen bis Justinian in Kraft. Seit Hadrian ist die Tendenz zur Bestrafung auch der fahrlässigen Tötung zu beobachten. D. V. S.

Kunkel Unters. z. Entwicklung des röm. Kriminalverfahrens in vorsullan. Z., 1962. *Ders.*, Art. quaestio, RE XXIV 720 ff. *Mommsen* RStR.

Homoioi (*ὅμοιοι*, altatt. *ὁμοῖοι*, Etym. m. p. 224,42, die Gleichberechtigten). **1.** Die Angehörigen der durch Geburt oder Besitz regimentsfähigen und unter sich gleichberechtigten Familien in aristokrat.-oligarch. Verfassungen. Nach Aristot. pol. 5,8,1308 a 11 entspricht die Gleichheit der H. in der aristokrat. Verfassung der Gleichheit, die in der Demokratie für die Menge gefordert wird. Die H. bilden gewissermaßen einen Demos für sich (ἔστι γὰρ ὥσπερ δῆμος ἤδη οἱ ὅμοιοι). Damit alle H. an der Regierung teilnehmen können, empfiehlt Aristot. Halbjährigkeit der Ämter. **2.** In Sparta die Spartiaten, die durch Teilnahme an der Agoge und den Syssitien und den Besitz eines Kleros als Vollbürger ausgewiesen sind. Ihre Benennung als H. wird nur fünfmal erwähnt: Xen. hell. 3,3,4.5; Lak.pol.10,7.13,1.7; an. 4,6,14. Aristot.pol.1306 b 30. Sie scheint erst im 4.Jh. v. Chr. aufgekommen zu sein, als die durch Verarmung polit. minderberechtigten Bürger mit der nur bei Xen.hell. 3,3,6 vorkommenden Bezeichnung Hypomeiones belegt wurden. H. V.

Homole (Ὁμόλη). N. Teil der Ossa, daher dichterisch = Ossa, und nordöstlichste Grenzstadt der Landschaft Magnesia am Ausgang des Tempetals am r. Ufer des Peneios. Die Stadt, meistens Homolion genannt, stellte in klass. Z. oft einen der manetischen Hieromnemonen und blieb bei der Gründung von Demetrias selbständig. Spärliche Reste beim h. Laspochori. Skyl. 33. Strab. 9,5,22 p. 443. Paus. 9,8,6. Schol.Theokr. 7, 103. Dion.Call. 34 (GGM 1,239). Plin.nat. 4,32. Liv. 42,38,10. Steph.Byz. Inschr. SEG XII 372. Mz. HEAD HN^2 296. E. M.

1. *A.Arvanitopullos* Πρακτικά 1910, 188ff. 1911, 284ff. 2. *Fr.Stählin*, RE VIII 2259f. 3. *Ders.* Das hellenische Thessalien 40.46f.

Homonoia (ὁμόνοια). **1.** Ὁ. bedeutet Eintracht der Familie, der Bürger, dann der Städte (vgl. H. KRAMER Quid valeat ὁμόνοια in litteris Graecis, 1915, 45ff.); schließlich auf alle Menschen ([3], 402f.411ff.), stoisch auf das All ([3],419ff.) bezogen. Im Hellenismus als Göttin verehrt. Nach NILSSON GgrR 2^2, 1961, 206 ist Ὁ. Personifikation. Ὁ. gehört aber (wenn auch mehr am Rande) zu den Erscheinungen, in denen ein Sachbereich (ὁ.) und die darin wirkende Göttin (Ὁ.) Komponenten eines einheitlichen Erlebnisses sind. Zum Problem vgl. W.PÖTSCHER, WS 72, 1959, 5ff., bes. 23. ALFR. HEUBECK, G 71, 1964, 67. Kult für Ὁ. bezeugt (z.B. Paus. 5,14,9; numismat. Belege [1],2268). Sie wird öfters mit anderen Göttern verbunden (vgl. Dion Chrys., περὶ ὁ., 8 Loeb 4. NILSSON GgrR 2^2,357). Griech. Autoren nennen → Concordia H. W. P.

1. *H.Zwicker*, RE VIII 2265ff. 2. *E.Skard* Zwei religiös-polit. Begriffe, Euergetes-Concordia, Norske Videnskaps Akad. Afhandlinger, 1931. 3. *W.W. Tarn* Alexander the Great, 1950, 399ff. mit Lit.

2. H. ist Prinzip der polit. Rel. im Pythagoreismus (W.W.TARN, Proc. Brit. Acad. 1933, 34f. [3], 86f.); demokrat. (Thuk. 8,75) wie aristokrat. (Pol.6, 46,7) Ideal. Hellenist. Zentralbegriff in sozialutop. Staatsgebilden, wie der Οὐρανόπολις des Makedonen Alexarchos (Athen. 3,98e. TARN Alexander the Great and the Unity of Mankind, 1933, 21f.) oder der Ἡλίου πολιτεία des Nabatäers Iambulos (Diod. 2,58,1ff. F.ALTHEIM–R.STIEHL Die Araber in der alten Welt, 1, 1964, 89f.). Demgemäß als Göttin (θεά IG IV 994,4) personifiziert (Apoll.Rhod. 2,718 m. Sch.Paus. 5,14,9. App. Mithr. 23); inschr. Belege (RE VIII 2266f.) u. Mz. (R. v. SCALA Staatsverträge des Alt. 1, 1896, 222f.) weisen auf ihre Bedeutung in hellenist. Vereins- und Stadtkulten (Dion. Chrys. 39,8. [1],20,3. 226. [2]), so etwa der Bomos des Artemidoros von Perge zu Thera (IG XII 3 Suppl. 1336. WILAM. GdH 2, 387ff. NILSSON GgrR 2,189f.). W. F.

1. *F.Poland* Gesch. des griech. Vereinswesens, 1909. 2. *Th. Sauciuc-Saveanu*, Dacia 2, 1958, 207ff. 3. *A.T. Ehrhardt* Polit. Metaphysik von Solon bis Augustin 1, 1959.

Honestiores nennen die Juristen die Angehörigen der sozialen Oberschicht: Senatoren, Ritter, Veteranen, Dekurionen; ihnen räumt die Praxis der Rechtsprechung seit Beginn des Prinzipats (Vorstufen in republikan. Z.: W.KUNKEL, Abh. Münch. NF. 56, 1962, 78), die Gesetzgebung seit → Antoninus Pius Privilegien ein, bes. im Strafverfahren (Ausnahme vom peinlichen Verhör; Provokationsrecht) und Strafmaß (Schutz vor entehrenden Formen der Todesstrafe, körperlicher Züchtigung, Zwangsarbeit). Während die H. so die Vorrechte des freien *civis* weitgehend wahren, wird die Volksmasse *(humiliores, plebei)* im Zuge der Ausdehnung des Bürgerrechts (A.H.M. JONES The Later Rom. Empire, 1,1964, 17f.) auf die Stufe der Peregrinen oder gar Sklaven herabgedrückt. W. Ki.

1. *Mommsen* RStrR 1031ff. 2. *G. Cardascia*, Rev. hist. du droit IV 28, 1950, 305ff.461ff. 3. *J.Gagé* Les classes sociales dans l'empire rom., 1964.

Honestus. Epigrammatiker des Philipposkranzes, nach der Überschrift zu Anth.Pal. 9,216 aus Korinth, nach der zu 7,274 aus Byzanz. Auffallend oft behandelt er boiot. Themen. 9,216 und 292 sind von Philippos (253 und 262) nachgeahmt. Mit Ονεστου signiert sind 11 Epigramme für das Musendenkmal bei Thespiai, darunter eines für eine σεβαστή, wohl Livia. Charakteristisch für H. ist das Haschen nach Antithesen. R. K.

Die inschriftl. Epigr.: *J.Geffcken* Griech. Epigr. Nr. 196. *W.Peek* Die Musen von Thespiai, in: Γέρας Ἀ. Κεραμοπούλλου, 1953, 609–634.

Honig (μέλι, *mel*) wurde schon in praehist. Zeit (Höhlenmalereien bei Valencia) gesammelt. Über Erzeugung (u.a. Verg.georg. 4,125ff.) und Arten (Thymian-H. sei der beste und süßeste, Aristot.hist.an. 9,40. Varro rust. 3,16,26. Plin.nat. 9,38) → Biene. Bevor sehr spät die Kenntnis der Zuckergewinnung aus Rohrpflanzen von Chinesen und Arabern nach Europa gelangte (Dioskur. 2, 104. Strab. 15,693. Plin.nat. 12,32), war H. das Grundmittel – wie später Zucker – zu vielseitigster Verwendung:

a) zum Süßen von Speisen und Getränken (Hom.Il. 2,87. Od. 10,235. Hes.erg. 232. Gal. 2, 155. Athen. 14,646. Plin.nat. 19,168. AT. 2.Sam.

17,29. NT. Matth. 3,4) und zum Konservieren von Obst und Gemüse (Plin. nat. 22,108. Colum. 12,45. 56).

b) In einigen Gewerben, u. a. bei Bäckern (πεμματουργοί, πλακουντοποιοί Athen. 4,172. 14, 644; *crustularii, dulciarii* Sen. epist. 56,2. H. A. Lampr. Elag. 27,3. Treb. Poll. Claud. 14,11), in der Färberei (Vitr. 7,13,3. Plut. Alex. 36. Cass. Dio 36, 38) und in der Edelsteinbearbeitung (Plin. nat. 37, 47. 194).

c) Zur Herstellung von Salben und Medikamenten, für Heilmittel gegen Geschwüre (Theophr. h. plant. 9,11,3), Husten (ebd. 9,20,3), Bandwürmer (ebd. 9,18,8), für Behandlung der inneren Organe (Dioskur. 2,104. Colum. 12,38), für Säuglingsnahrung (Ail. nat. 15,7). Dem H. wurde allg. prophylakt. und Heilwirkung zugeschrieben (Aristot. eth. Nic. 5,13,14. Cels. 2,18. 3,27).

Außerdem spielte H. in Religion, Kult und Volksbrauch eine große Rolle, wurde Hades und Persephone (Verg. Aen. 4,486. 6,420. Ov. met. 7, 246) und Hestia (Sil. Ital. 7,184) geopfert, im Mithraskult verwendet (Pap. Parth. II,19), diente als Grabbeigabe (Hom. Il. 23,170. Od. 10,519. 24,67. Eurip. Or. 114). Da H. als Sinnbild für den Übergang in eine andere Welt galt, steht er in engem Zusammenhang mit Bräuchen bei Geburt (Verg. georg. 4,149. Apoll. Rhod. 4,1136) und Tod (Hom. Od. 11,27. Lucan. 24,42). Er steht als ideelles Attribut des Goldenen Zeitalters (Ov. met. 1,111. Tib. 1,3,45) und einer verheißungsvollen Zukunft (AT. II. Mos, 3,8. Esra 5,2,19. Hes. erg. 232). G. Sch.

Honorarium bezeichnet **1.** gelegentlich (z. B. Plin. epist. 10,113) den Geldbetrag, den Priester und Magistrate in vielen Städten und Landgemeinden des röm. Reiches bei Amtsantritt an die Gemeindekasse, Priester in Rom an das betr. Kollegium zahlen mußten (*summa honoraria;* über Verbreitung und Höhe der Zahlung [1],54ff.; [2], 949ff.); **2.** die zunächst freiwillige, später übliche und obligator. Remuneration für höhere, vornehmlich intellektuelle Dienste. Freigeborene Lehrer der→ *artes liberales* (über die Höhe ihrer Gebühren A. CAMERON, CR 79, 1965, 257f.), Ärzte (K.-H. BELOW Der Arzt im röm. Recht, 1953, bes. 57ff. 108; s. aber K. VISKY, IURA 10, 1959, 37ff.), Feldmesser und Anwälte (zuletzt K. VISKY, IURA 15, 1964, 10ff.) können den Honorar-Anspruch in der Kaiserzeit zunehmend auf dem Wege der→ *cognitio extra ordinem* geltend machen (Dig. 50,13,1; nach neuerer Auffassung konnten die genannten Dienste auch Gegenstand einer→ *locatio conductio* sein: M. KASER Das Röm. Privatr. 1, 1955, 474f.). Den Anwälten, denen die lex Cincia (204 v. Chr.) die Annahme jeglichen Entgelts untersagte, wurde seit → Claudius (39) ein H. in begrenzter Höhe zugestanden (Tac. ann. 11,5,3. 7,4). W. Ki.

1. *W. Liebenam* Städteverwaltung im röm. Kaiserreiche, 1900. 2. *T. Campanile,* Diz. epigr. III, 1922, s. honores. 3. *A. Bernard* La rémunération des professions libérales en droit rom. class., 1935. 4. *K. Heldrich–H. Siber* Iherings, Jahrb. 88, 1939/40, 139ff. 161ff. 5. *F. M. de Robertis* I rapporti di lavoro nel diritto rom., 1946, 183ff.

Honoratus 1. H., zunächst Consularis Syriae und 354 Comes Orientis (Liban. epist. 251. 386. Amm. 14,1,3. 7,2), war 359–361 als erster *praefectus urbi Constantinopolis,* wobei er den Prozeß gegen den Häretiker Aëtius zu führen hatte (Chr. min. 1,239. Sokr. 2,41. Soz. 4,23. Liban. epist. 264f.).

2. Sohn des Quirinus, Schüler des Libanios seit 355, erhielt um 364 die Würde eines Senators, war vielleicht 368 consularis Byzacenae (Cod. Iust. 1, 33,1. Vgl. Liban. epist. 300. 310. 358f. 365f.). A. L.

Honorius. 1. Großvater Theodosius' d. Gr., Spanier, Christ (Ps.-Aurel. Vict. Epit. de Caes. 48,1 nennt ihn irrtümlich als Vater des Kaisers). **2.** Älterer Bruder Theodosius' d. Gr., verheiratet mit → Maria, Vater der → Serena, † vor 384 (Ambros. epist. 40,22. Claud. laus Ser. 69. 96. 110. 117f.). **3.** Flavius H. (DESS. ILS 795. CIL IX 6027. X 6840, XIV 431), röm. Kaiser 393–423, Sohn Theodosius' d. Gr. und der Aelia → Flacilla, * 9. Sept. 384 in Constantinopel, † 15. (?) Aug. 423 in Ravenna. Bereits 386 zum erstenmal Consul (insgesamt 12mal), wurde H. im Januar 393 zum Augustus ausgerufen (Chr. min. 1,298. Sokr. 5,25). E. 394 ließ Theodosius H. nach Mailand kommen und vertraute den als Augustus im W. bestimmten Sohn auf dem Totenbett der Obhut des magister utriusque militiae → Stilicho an (Ambros. de obitu Theod. 34f. Claud. c. 7,151ff.). H. residierte zunächst in Mailand, seit 402 in Ravenna, das er fast nur zu Reisen nach Rom in den J. 403/04 (zum Consulatsantritt 404 Claud. c. 28), 407/08 (Cod. Theod. 16,2,38 vom 15. Nov. 407. 1,20,1 vom 3. Febr. 408) und 416 (Chr. min. 2,73) verließ. H., der fast nie selbständig handelte, wurde bis 408 von Stilicho, 408/09 von dem magister officiorum → Olympius und seit 411 von → Constantius (6) weitgehend beherrscht. Großen Einfluß hatten z. B. auch Ambrosius von Mailand († 397) und H.' Schwester Galla → Placidia (von 416–422). Die Ehen des H. mit → Maria (398–408 vgl. Claud. c. 10; H. und Maria wahrscheinlich auf dem Pariser Cameo bei VOLBACH-HIRMER Frühchr. Kunst, 1958, T. 59) und Thermantia (408, schon 408 wieder geschieden, Zos. 5,28. 35), den Töchtern Stilichos, blieben kinderlos. War es Stilicho gelungen, → Gildo zu besiegen, so wie gegen → Alarich und → Radagais mit einigem Erfolg zu operieren, konnten andererseits die seit 395 mit → Arcadius bestehenden Spannungen nur selten gemindert werden und mußte E. 406 die Überschreitung des Rheins durch starke german. Volksgruppen hingenommen werden (Greg. Tur. 2,9. Chr. min. 1, 299. Oros. 7,38). Nachdem 410 mit der Einnahme Roms durch Alarich ein Tiefpunkt erreicht war, gelang es dank der Tüchtigkeit des 421 zum Mitregenten erhobenen → Constantius (6; † 421) und anderer Generale, die german. Invasion einzudämmen, Usurpatoren wie → Constantinus (3), → Heraclianus und → Iovinus zu besiegen und somit Grund für einigen Optimismus zu schaffen (vgl. Oros. 7,40/43. Rut. Namat. 1,129ff. Chr. min. 2, 19f.). Die Niederlage des magister militum Castinus gegen die Vandalen in Spanien, das illoyale Verhalten des → Bonifatius (1) und der Konflikt des H. mit Galla Placidia führten dann bis zum Tode des H. wieder zu einer wesentlichen Verschlechterung (Olymp. frg. 40/42 = FHG IV. Chr. min. 1,469f. 2,20. Philostorg. 2,13). Der fromme H. (bzw. seine Ratgeber), bedacht auf die Privilegien des Klerus und den Schutz der Kirche (Cod. Theod. 16,2,29ff.), versuchte 404 vergeblich bei Arcadius für die aus dem O. geflüchteten Anhänger des Ioh. Chrysostomus einzutreten (Soz. 8,22ff. Pallad., dial. 1–3 = MIGNE PL 647,5ff. Coll. Avell. epist. 38 = CSEL 35), 419 entschied er das röm. Schisma zugunsten des → Bonifatius (2; Coll. Avell. epist. 14ff.). Die Bekämpfung der Häretiker, bes. der Donatisten (Cod. Theod. 16,5,43f. und 46ff.), wurde ebenso energisch betrieben wie die der Heiden (z. B. Cod. Theod. 16,10,15ff. Theodoret. 5,26. Rut. Namat. 2,52ff.), doch da infolge der unruhigen Verhältnisse, bes. der Invasion Italiens, die heidnische Reaktion, mit ihrem Zentrum in Rom neuen Auftrieb erhielt (vgl. z. B. Flavianus (3), Macrobius, Rutilius Namatianus, Symmachus u. o. Bd. I 1545 s. Attalus), mußte man gelegentlich Kompromisse schließen (vgl. Cod. Theod. 16, 10,17f. STEIN I 227) und sah sich Augustinus 410 veranlaßt, unterstützt durch → Orosius, Vorwürfen der Heiden, daß die Christen am Elend der Gegenwart schuld seien, entgegenzutreten. Maßnahmen der Regierung (darunter Steuernachlaß) zur Linderung der durch die Barbaren entstandenen Nöte (z. B. Cod. Theod. 7,4,33. 11,28,7. 12. 15,14,14) blieben unzureichend; in Gallien ging der Einfluß der Zentrale stark zurück, in Britannien war er kaum noch vorhanden. Die Beziehungen mit dem O. blieben von 408 an meist (Spannungen 421) ungetrübt. Mz. und Porträt des H.: COHEN emp. 8, 196ff. R. DELBRÜCK Spätant. Kaiserporträts, 1933.

→ Arcadius. *P. Courcelle* Hist. Litt. des Grandes Invasions Germaniques[3] 1964. *Jones* The Later Roman Empire, 1964.

4. Iusta Grata Honoria (DESS. ILS 818), Tochter → Constantius III. (6) und der Galla → Placidia, Schwester → Valentinians III., * 417/18, noch vor 437 Augusta, verlobte sich um 444 mit → Attila, der 451 in Gallien einfiel, als man ihm H. (und die Hälfte des W.-Reiches) nicht auslieferte. STEIN I 333f. A. L.

Honos. Personifikation der »Ehre«, die man zum Lohne der Tüchtigkeit zuerkannt bekommt. Daher oft verbunden mit → Virtus. Tempel in Rom: 1. Vielleicht der älteste lag vor der porta Collina (Cic. leg. 2,58). In der Nähe Inschr. CIL I[2] 31 für H. gefunden und VI 31061 für Virtus. 2. Der berühmteste lag vor der porta Capena, von Q. Fabius Maximus Verrucosus im Krieg gegen die Ligurer 233 gelobt. M. Marcellus gelobte in der Schlacht bei Clastidium 222 und bei der Einnahme von Syrakus 212 einen Tempel für H. und Virtus. Da religiöse Bedenken gegen die Verehrung zweier Gottheiten in einem Tempel bestanden, soll Marcellus 2 gebaut haben. Da die Ortsangaben jedoch zusammentreffen, muß es sich wohl um Renovierung des H.-Tempels des Fab. Max. mit Anbau einer Cella für Virtus handeln, wobei zur Ausschmückung reiche Kunstschätze aus Syrakus verwendet wurden: Cic. nat. 2,61; Verr. 4,121; rep. 1,21. Liv. 25,40,1ff.; 27,25,7ff.; 29,11,13. Plut. Marc. 28. Val. Max. 1,1,8. Von Vespasian restauriert (Plin. nat. 35,120). Von ihm oder dem daneben liegenden Marstempel ging die → *transvectio equitum* aus. 3. Marius erbaute (am Abhang der Arx: RICHTER Top. 120) aus der cimbr. Beute für H. und Virtus einen Tempel (CIL XI 1831). 4. Auf der Höhe des Pompeius-Theaters standen Heiligtümer von Venus, H., Virtus und Felicitas beisammen (C. KOCH, RE VIII A 864). Stiftungstag 12. Aug. (Fasti Amit. und Allif.).

Man opferte barhäuptig (Plut. Quaest. Rom. 266 F); im J. 66 opferten die → Arvales fratres eine Kuh: Beides spricht für Kult Graeco ritu (anders LATTE 236f.) → hostia. – Hauptfest war später (Kal. des Philocalus) der 29. Mai. Cass. Dio 54,18 berichtet, Augustus habe das Fest auf den zu seiner Z. gebräuchlichen Tag verlegt. Falls der in den Fasti Ant. vet. (republikan. Z.) genannte 17. Juli nicht nur einem bes. Tempel gilt, ist die Verlegung von diesem Tag erfolgt.

Zahlreich sind die Inschr., meist von Soldaten, sehr oft mit Virtus verbunden. Gelegentlich auch *H. legionis, stationis* u. ä. Mz.: Schon in republikan. Z. Kopf des H. allein (SYDENHAM a. O. 961. BMCRomRep 4014–4015. Aus dem J. 14, Rs. Augustus, BMC 4558–4564) oder verbunden mit Virtus (SYDENHAM a. O. 797. BMC 3358–3363). In der Kaiserzeit häufig ganze Figur; Attribute Füllhorn und Lanze oder Szepter. W. E.

Wissowa, Myth. Lex. 1,2707ff. *Latte* RRel 235f. 200. 363. *Toutain* Cult. 1,1,419ff. *Platner-Ashby* 258ff. *M. Bieber*, AJA 49, 1945, 25ff. (Kameen und Mz.).

Hopletes (Ὅπλητες, »Krieger«, M. P. NILSSON Cults, myths ... in ancient Greece, 1951, 146f.), wie → Aigikoreis eine ionische Stammesphyle, nach Hoples, dem Sohn des Ion (Hdt. 5,66) oder nach dem Beruf (Strab. 8,383. Plut. Sol. 23,5) benannt, in Attika bis Kleisthenes Hdt. 5,66. Aristot. Ath. pol. 41,2, Milet Sylloge[3] 57, Kyzikos CIG 2,3665, Tomi, V. PARVAN, Dacia 1, 1924, 273ff. J. STOIAN, Studii Clasice 1, Bukarest 1959, 105ff. 3, 1961, 175ff. C. ROEBUCK, TAPhA 92, 1961, 497f. H. V.

Hoplitai (ὁπλῖται). Die H., das schwer bewaffnete Fußvolk der griech. → Phalanx wurde in der Zeit der Freistaaten von den vollberechtigten und teilweise von minderberechtigten Bürgern gestellt. Für die Ausrüstung mußten die H. zunächst zur Gänze oder teilweise selbst aufkommen (Thuk. 6,72,3). In Athen (Thuk. 6,43,2), Syrakus (Plut. Nik. 14) u. vermutlich auch in allen anderen griech. Staaten waren sie in Listen eingetragen. Die → Bewaffnung bestand aus Lanze, Schwert, Schild, Helm, Panzer und Beinschienen. Die Ausbildung (→ Phalanx) erfolgte in Athen in der → Ephebia, in Sparta in der → Krypteia. Als die jeweils erforderliche Zahl an H. von den betreffenden Bürgern nicht mehr aufgebracht werden konnte, wurden die minderberechtigten wie → Metoikoi und → Perioikoi zur Gänze und im Notfall auch Sklaven herangezogen (KROM.-VEITH 39f. 48f.). Mit der zunehmenden Ausbreitung des Söldnerwesens (→ Söldner) bildete man H.-Einheiten auch aus Söldnern (KROM.-VEITH 76). In makedon.-hellenist. Z. entsprachen den H. die Pezetären. A. N.

Krom.-Veith 33ff. 38f. 40. 42f. 47ff. 65f. 69. 76. 99. 108f. 111. 132ff. CPh 22, 1927, 201ff. 264ff. Eos 35, 1934, 79. H 72, 1937, 1ff. 31ff. → Heerwesen.

Hoplites (Ὁπλίτης). **1.** Örtlichkeit n.ö. von Sparta, Pol. 16,16,2, vielleicht genannt nach der archaischen Kultstatue des Apollon in Thornax (RE VI A 347ff. Nr. 2).

1. *E. Curtius* Peloponnesos 2,321 A. 54. 2. *S. Wide* Lakon. Kulte 90.

2. Bach bei Haliartos, von anderen bei Koroneia gesucht, Lys. 29,3ff. Plut. mor. 408 AB. E. M.

Bölte, RE VIII 2296f.

Hoplomachia (ὁπλομαχία). Die Kunst des Fechtens mit Waffen im ernstlichen oder im Übungskampf, beliebt als Sport oder als Leibesübung, aber der General Laches zog ihren Wert als militär. Übung in Frage, Plat. Lach. 183 E. Sie war kein Agon bei den Wettspielen wie in homer. Zeit, Il. 23,811. Sechs Jahrhunderte lang war sie ein regelrechter Teil der Ephebenausbildung, auch nachdem die Unterweisung im Bogenschießen, Speerwerfen und Katapultschießen eingestellt worden war. O. W. R.

Horai (Ὧραι). Verkörperungen des Wachsens, Blühens und Reifens in der Natur, auch der vollen Reife und Schönheit, später überwiegend der Jahreszeiten; appellativer und personhafter Gebrauch des Wortes ist oft nicht zu scheiden. In der Il. regeln sie den Jahreslauf, öffnen und schließen die Wolkenpforten des Himmels, dienen Hera, in der Od. lassen sie Korn und Wein reifen, in den Kyprien tragen sie Gewänder mit eingewebten bunten Blumen (Athen. 15,682e), im 2. hom. Aphroditehymnos empfangen, kleiden und kränzen sie die aus dem Meere steigende Göttin. Bei Hes. lassen sie zwar auch das Korn reifen und schmücken Pandora, zugleich aber werden sie durch ihre Abstammung von Zeus und Themis und durch ihre Namen (Eunomie, Dike, Eirene) in die sittlich-polit. Sphäre erhoben (erg. 75; theog. 901ff.). Pind. N. 8,1 ruft Hora in der Einzahl an als Göttin der Jugendschönheit, stimmt aber sonst in Zahl, Namen und Abstammung der H. mit Hes. überein. Sie sichern dem Staate Bestand und Reichtum, sie schützen die Gesetzmäßigkeit des Zeitablaufs und die aufblühende Jugend, spiegeln in ihrer Erscheinung die blühende Natur wider, tanzen den Reigen nach himmlischen Klängen, ziehen den jungen Aristaios auf und machen ihn unsterblich; vor allem sind sie wahr und zuverlässig (O. 4,1. 13,6f. P. 9,60. pae. 1,6. frg. 30,6. 75,14). Je mehr später Eunomia, Dike, Eirene als selbständige Wesenheiten gedacht und verehrt werden, tritt die sittliche Bedeutung der H. wieder zurück; sie bilden das schmückende Geleit der größeren Götter und sind Symbole der Jahreszeiten, daher nun ihre Vierzahl, in der Spätzeit auch der Monate (Nonnos), ja der Tagesstunden (Hyg. fab. 183. Qu. Sm. 2,659). Literatur u. Kunst bringen sie häufig mit Chariten, Musen, Nymphen zusammen, mit denen sie in gewissem Sinne auswechselbar sind. Die Trinksitte heischte den ersten Trunk für die Chariten, H. und Dionysos (Panyassis, Athen. 2,36d). Beim Brechen der 1. reifen Feige singt der Bauer ein Lied auf die H. (Aristoph. Pax 1168). Kult der H. ist durch Paus. für mehrere Orte der Peloponnes und für Athen bezeugt, aber ihre ausschließliche Verehrung ist selten. In Athen heißen sie nach Paus. 9,35,1f. Karpo und Thallo (diese zugleich mit Pandrosos verehrt), während er Auxo und Hegemone als Chariten bezeichnet. Auxo gehört offenbar mit Thallo und Karpo zusammen: diese 3 können ebenso gut Horen wie Chariten sein, WILAM. GldH 1,187ff. Über ihr Vorkommen im att. Ephebeneid s. o. I 1135,50. Über ihre Rolle bei den att. Pyanopsien und Thargelien und die → Eiresione DEUBNER Att. Feste 190f. 201. Die Darstellung der H. in der bildenden Kunst wurde durch die Literatur beeinflußt, und umgekehrt. Frühe Darstellungen zeigen die Würzburger Phineusschale, die Françoisvase und die Sosiasschale (FURTWÄNGLER-REICHHOLD 123). Das Motiv der tanzenden H. ist wesentlich älter als die erhaltenen Darstellungen ihres Tanzes: Die »borghesischen Tänzerinnen« auf dem Relief im Louvre und die auf den sog. »neuatt. Reliefs« (F. HAUSER JOEAI 6, 1903, Taf. 5–8. F. WEEGE Der Tanz in der Ant., 1926, 63f. Abb. 76f.). Beisp. von Wandmalereien aus Stabiä und Pompeji: »Blumenpflückende H.« und »Pan und H.«: L. CURTIUS 1929, 292, Abb. 169 und Taf. VI. Vgl. Xen. Symp. 7,5. Philostr. imag. 2,34. Verz. aller ant. Darstellungen G. M. A. HANFMANN The Season Sarcophagus in Dumbarton Oaks. Cambr. Mass. 1951, Bd. 2,129ff. F. MATZ Ein röm. Meisterwerk, Bln. 1958. BAUM. Denkm. S. 700ff. Abb. 759f.

H. v. G.

Horapollon. Ein vermutlich im 5. Jh. n. Chr. lebender Ägypter aus Nilopolis, der eine Abhandlung über die Lesung der altäg. Hieroglyphen in kopt. Sprache verfaßte, die ein Philippos als »Hieroglyphika« ins Griech. übersetzte. In 2 B.

zu 70 bzw. 119 kleinen Abschnitten werden einzelne Hieroglyphen erklärt, wobei die Lesung des Zeichens häufig richtig ist, was auf wirkliche, wenn auch beschränkte Kenntnisse des H. hinweist. Jedoch ist ihm das Wesen der Hieroglyphenschrift nicht mehr bekannt gewesen, da er sie als reine Wortzeichenschrift angesehen hat; von Lautwerten spricht H. nicht. Seine Begründungen jedoch, die er für die Schreibungen gibt, sind allerdings reine Spekulationen, die keine Kenntnisse des Prinzips der Hieroglyphenschrift mehr verraten. Gerade aber diese Deutungen, zusammen mit der Annahme einer reinen Wortschrift, haben die Entzifferung der Hieroglyphenschrift lange verhindert, da man erst seit Young und Champollion das wirkliche Wesen der altäg. Schrift wieder erkannt hat. Ob H. der Hieroglyphika mit anderen Trägern dieses Namens identisch ist, bleibt fraglich: So nennt Suda einen H. aus Phainebythis im koptit. Gau unter Theodosius als Grammatiker; Steph. Byz. bezeichnet ihn als Philosophen. W. H.

Fr. Sbordone Hori Apollinis Hieroglyphica, 1940. *B. van der Walle–J. Vergote* Traduction des Hieroglyphica d'Horapollon, in Chronique d'Égypte 18, 1941, 39–89. 199 bis 239. 22, 1947, 251–259. *L. Keimer* Interprétation de quelques passages d'Horapollon (Suppl. aux Annales du Services des Antiquitées Nr. 5), Kairo 1947. *George Boas* The Hieroglyphics of Horapollo, translated, New York 1950.

Horatius. Name einer alten patriz. Gens, nach der eine Tribus benannt wurde, die aber bereits im 5. Jh. v. Chr. ausstarb (zur Form vgl. Schulze Eigenn. 356. 483). Spätere Namensträger sind nach der Tribus benannt, auch der Freigelassenensohn aus Venusia, der berühmte Dichter H.,

I. Historische Personen. **1.** Horatii (Königszeit). Nach späterer Tradition wurde unter dem König Tullus Hostilius der Streit zwischen Rom und Alba Longa um die Vorherrschaft durch einen Zweikampf der Drillingspaare der H. (Römer) und der Curiatier (Albaner, s. o. Bd. I 1343) entschieden. Als 2 der H. gefallen waren, besiegte der 3. (P. oder M.) die bereits verwundeten Curiatier und sicherte damit Roms Herrschaft. Bei der Rückkehr erkannte die Schwester des H. unter den erbeuteten Waffen die ihres Verlobten und wurde, als sie zu klagen begann, von ihrem Bruder mit dem Schwert getötet: »So soll jede Römerin sterben, die um den Feind weint.« Vor Gericht wegen Schwestermordes verurteilt, durfte H. Berufung beim Volk einlegen und wurde freigesprochen, allerdings mit der Auflage feierlicher Sühne. Liv. 1,24–26. Dion. Hal. 3,13,4–22,10. Die ganze Erzählung trägt in Sachgehalt und Komposition sehr alte Züge und war spätestens im 3. Jh. v. Chr. fester Bestand der röm. Tradition geworden. Näheres bei Münzer, RE VIII 2324 ff. **2.** P. H. soll nach Dion. Hal. 10,53,1 im J. 453 Consul und 451 Decemvir legibus scribundis gewesen sein – Verwechslung mit Curiatius. Broughton Mag. 1,46,6. **3.** L. H. Barbatus, Name als Consulartribun 425 gefälscht (ebenso wie bei einem M. H. 378 und bei L. H. Pulvillus 386). **4.** M. H. Barbatus. Consul 449 zusammen mit L. Valerius Potitus (Quellen: CIL I² 56. Degrassi I 13,146.155. Broughton Mag. 1,47); er war Sohn eines M. und Enkel eines L. (oder P.) und trug noch ein Cognomen, von dem in den Fast. Capit. nur . . *rrin.* erhalten ist (Turrinus?). Beide Männer hatten sich gegen die weitere Amtsführung der Decemvirn ausgesprochen, fügten als Consuln die beiden noch fehlenden Gesetzestafeln hinzu und stellten die 12 Tafeln öffentlich auf (Diod. 12,25,2 ff. Liv. 3,57,10). Spätere Tradition hat ihnen unter Hinaufdatierung von Einzelergebnissen der Ständekämpfe 3 *leges Valeriae Horatiae* zugelegt (Liv. 3,55,3–7), von denen jedoch lediglich das über den Schutz des Volkstribunats 449 echt sein kann. Weiter soll H. nach einem Sieg über die Sabiner mit Genehmigung des Volkes triumphiert haben, Liv. 3,57,9. 60,11–63,11. Dion. Hal. 11,48,1 ff. 49,1–50,1. **5.** H. Cocles (der Einäugige) steht »geradezu an der Spitze« aller exempla röm. virtus, Münzer, RE VIII 2331. Er verteidigte den *pons sublicius* am r. Tiberufer gegen die Etrusker (unter Porsenna) – bis die Brücke von den Römern abgerissen war – und rettete damit Rom. Er sprang dann in den Tiber und fand dabei nach Pol. 6,54 ff. den Tod, während er sich nach einer anderen Version (Liv. 2,10,2–11) schwimmend – wenn auch verwundet (z. B. Frontin. strat. 2,13,5) – in Sicherheit brachte. Man errichtete ihm eine Statue *in comitio*, schenkte ihm Verpflegung (Hungersnot!) und Land. Abändernde Ausschmückung der verschiedenen Bestandteile der Erzählung bei Dion. Hal. 5,24 f. Mz.-Darstellungen, z. B. auf einem Medaillon des Antoninus Pius, Gnecchi Med. Romani 2,9 Nr. 5, Taf. 43,4. **6.** C. H. Pulvillus, Consul 477 (mit T. Menenius), cos. II 457 (mit Q. Minucius), jedoch mit Schwankungen hinsichtlich Praenomen und Filiation *(M. f. M. n.)*. 477 soll er gegen die Volsker gekämpft und dann nach dem Untergang der Fabier an der Cremera Rom gegen die Etrusker geschützt haben, Liv. 2,51,1–3. 457 Aequerkrieg, Zerstörung von Corbio, Erhöhung der Volkstribunenzahl auf 10, Dion. Hal. 10,28 f. (ausgeschmückt). Er ist wohl der Augur gleichen Namens, der 453 an der Pest starb. **7.** M. H. Pulvillus, einer der ersten Consuln im J. 509. Nach später Tradition (Dion. Hal. 4,85,3 f.) einer der Stellvertreter des Königs Tarquinius im Lager bei Ardea. Nach der Verbannung des L. Tarquinius Collatinus und dem Tod des L. Iunius Brutus und des Sp. Lucretius war er 509 Suffektkonsul zusammen mit P. Valerius Publicola (Liv. 2,8,4 u. a., vgl. Broughton Mag. 1,3). Er weihte den Iuppitertempel auf dem Capitol, wie man später noch aus der Inschrift ersehen konnte, Dion. Hal. 5,35,3. Latte RRelG 150. Ungeklärt ist, inwiefern er dabei etwa als pontifex handelte. Nach einem Teil der Überlieferung (nicht bei Liv.) bekleidete er 507, wiederum mit Puplicola, ein 2. Consulat. DEGRASSI I 13,88. 348f. H. G. G.

8. Qu. Horatius Flaccus. I. Leben. Quelle: Vita des Suet. (De vir.ill.), gekürzt erhalten (A. ROSTAGNI Atti d. R. Acc. Torino, 70, 1934, 3,14) und H. selbst (W. NÖTZEL Q.H.F., Des Dichters Leben in Selbstzeugnissen, Bln. 1962). Der Vater war *libertinus* (s. 1,6,6), Nachkomme aus Apuler- oder Lukanerstamm (s. 2,1,34), vielleicht Staatssklave: »Horatius« dann nach tribus Horatia (wozu Venusia gehörte); Besitzer einer Landwirtschaft (s. 1,6,71). Die Mutter war frei geboren (MOMMSEN RStR 3,73,2). – * in Venusia (s. 2,1,35) am 8. Dezember 65 Iulian. Kal. = 23. Januar 688 a.u.c. (G. RADKE, G 71, 1964, 82). † am 27. November 8 v. Chr., bald nach Maecenas (c. 2,17,9). Seine Namen sind durch ihn bezeugt: s. 2,6,37; c. 4,6,44; epod. 15,12. – Vater und Amme (c. 3,4,9) hüteten seine Jugend (R. PERNA Ricordi di Puglia in O., Bari 1960). Der Vater wurde in Rom *coactor* (Versteigerungskommissär: MOMMSEN, H 12, 1877, 97); seine Obsorge um H. hinterließ tiefe Eindrücke (s. 1,4,105f. 6,70; epist. 2,1,70. 2,41). Seit ca. 45 in Athen, studiert H. Philos. (epist. 2,2,44) und altgriech. Lit. ([7],10: erste Gedichte griech.? [5],18). Begeistert schloß sich H. (c. 3,14,27; epist. 2,2,46) M. Brutus an, folgte bis Asien (s. 1,7) und nahm als Militärtribun an Philippi teil (s. 1,6,47). Über die Flucht spricht H. (c. 2,7. 3,4; epist. 2,2, 49) knapp in vorgeprägten Formen (Schildverlust, Rettung durch Merkur in der Wolke: Archil. frg. 6. Alk. bei Strab. 13,600. Anakr. frg. 51. Hom. Il. 20,443), daher symbolisch ([7],13. [18a],16). Er kehrte – wann, ist unbekannt – nach Rom zurück, erschüttert (epist. 2,2,50) und für immer vom Gesetz der goldenen Mitte überzeugt ([9],80). Dort kaufte er sich in die *decuria* der *scribae quaestorii* ein. Seinen Kollegen wie seinen Kriegsfreunden hielt er auch als Freund der Mächtigen die Treue (c. 2,7; s. 2,6,36). Vergil und Varius stellten ihn im Frühj. 38 dem Maecenas vor (s. 1,6,55), der ihn nach 9 Monaten in den engeren Kreis aufnahm, dem später auch Properz angehörte, dem H. nicht Feind war: W. EISENHUT Gedenkschr. G. Rohde, 1961, 91. H. lebte zurückgezogen (s. 1,6,111. [5], 37) und speiste nur auf Einladung bei Maecenas ([15],9). Diese Freundschaft (s. 1,5: K. MEISTER, G 57, 1950, 3) bestand unerschüttert (epist. 1,7 ist kein Krisenzeichen: [14],156. [7],398. [10],25) bis zum Tod. Im J. 32 erhielt H. von Maecenas sein Sabinergut (epist. 1,18,104; c. 1,17), das (TH. PRICE Mem. Am. Ac. 10, 1932, 135ff.) aus der Lebensgrundlage (s. 2,3.7; [5],41) zum Symbol der stillen Einkehr wurde (c. 2,16.18.3,1.29.4,3; epist. 1,14. 16; [15],54; [10],17). Erst später tritt Tibur hervor; dort mag H. von den Geschenken des Augustus ([6],124. [7a]) ein Haus gekauft haben. Tibur wurde Inbegriff seiner Dichterlandschaft (J. TROXLER-KELLER Die Dichterlandschaft des H., Heidelberg 1964), ein Land dionys. Verzückung (V. PÖSCHL Gedenkschr. Rostagni, Turin 1963, 620). Über Beginn und Verlauf der Freundschaft mit Augustus (H. schweigt darüber) sagt die Vita: Bald *(mox)* nach Maecenas habe er ihn kennengelernt; sei sein Freund trotz Ablehnung des angebotenen *officium epistularum* geblieben, ja Augustus habe H. zur Dichtung des c.s. und weiterer Oden gezwungen. H. wäre demnach »Hofpoet«, die Panegyrik Zwangspoesie gewesen, mit mehr (HERDER; VILLENEUVE) oder weniger (ORELLI zu c. 3,14) Geschick gemacht, also unehrlich ([15],65), ja voll Opposition, Ironie, Haß (S. JANNACONE, GIF 13, 1960, 289). Oder doch ehrlich und aufrichtig? Somit eine Wandlung vom Republikaner zum Augusteer? Fehlen doch polit. Lieder von 38 bis 33 ([5],37), dann nehmen sie zu ([5],117. [9],93)! Aber die epikureischen Gedanken bis in die letzten Gedichte? Dies alles klärt sich bei Annahme einer Spannungspolarität zwischen polit. und privater Sphäre in H. und Berücksichtigung des Zwanges topischer Herrscherpanegyrik: H. bekennt nicht, sondern ist Herold der allg. Friedenssehnsucht ([18a],7); ja, er zeigt sogar Zurückhaltung, Ablehnung ([17],32), die freilich zu indirektem Lob werden kann (G. RADKE, G 71, 1964, 75). Auch Religion, Weltanschauung und Staatsauffassung lassen sich nicht mit dem Wandel von Epikur zu Stoa, von Skepsis zu Glauben oder mit dessen Leugnung ([15],24. [9],99. 237) erklären. H., nie einer Sekte verschworen, trug auch hier polare Spannungen in sich (vgl. epod. 16: c. 1,26. 2,11: 3,1. 2. 4): ein echter Glaube an Rom, an die Notwendigkeit der Reformen und an den *vates* steht in Spannung mit den Bereichen der Persönlichen. H. bewies in Überzeugung und Haltung eine sich festigende Konstanz und war ein Mann von seelischer Harmonie ([15],21), von Einsicht in seine Fehler (s. 1,3,76; c. 3,9; epist. 1,20,25) und von einem Humor (E. ZINN, G 67, 1960, 41), der Witz (s. 1,7,9), Ironie und Parodie (c. 3,21) besaß. Wie er sie hielt, so pries er die Freundschaft (c. 1,3.4.9. 26 u.a.), liebte den Wein in Dezenz und Maß (16 echte Weinlieder: [5],217), lehnte den Exzeß ab (c. 3,18. 4,12). Seine Liebeslieder sind weder Bekenntnis noch Phantasie (U. KNOCHE, G 65, 1958, 147); Konvention und Erleben verbindend, singt er bald aggressiv (c. 1,19), bald dezent (c. 3,9), spielend (c. 1,5) oder ernst (c. 2,12); allein im Rückblick auf Cinara (epist. 1,7,25; c. 4,1) klingt echtes Gefühl durch ([5],167. [17],141).

II. Werke: H. dichtete zu gleicher Zeit, doch nicht mehr trennbar ([10],240), Satiren und Epoden, beide aggressiv, beide mählich ruhiger. Die Epoden – H. nennt sie *iambi* 14,7 – gab er bald nach Aktium (epod. 9) heraus als Buch mit 17 Gedichten. 7 und 16 sind um 40 gedichtet; 1.3.9.14 setzen die Freundschaft mit Maecenas voraus. Die Anordnung (M. SCHMIDT, PhW 52, 1932, 1005) achtet auf Metrik (1–10 dasselbe Maß, 11 und 17 (mit iamb. Trimetern) umrahmen 12–16 (mit dakt.

Hexametern) und inhaltliche *variatio* ([5],48). 2.4. 6.7.8.10.12.17 haben iambograph. Inhalt; Archil. ist Archeget und H. der *inventor* für Rom (epist. 1,19,23). Die *imitatio* wahrt Selbständigkeit ([7],71). Von den restlichen ist 9 problemreich (nach [7],85 u.a. in Rom gedichtet, nach R. HANSLIK, Sert. Aenip. Innsbruck 1961, 335 u.a. vor Aktium).

Die Satiren (saturae s. 2,1,1.2,6,17; sermones: epist. 1,4,1.2,2,60; so auch die epist.: 2,1,4; beide zur *musa pedestris* s. 2,6,17) haben Lucil. zum Vorbild. Der Hexameter ist jedoch statt der Versvielfalt bei Enn. und Lucil. alleiniges Maß, freier als im Epos gebaut (N.-O. NILSSON, Metr. Stildiff. in d. Sat. d. H., Uppsala 1952; Ind. metr. bei Bo und KLINGNER). Locker ist die Komposition mit gleitenden Übergängen, Exkursen (U. KNOCHE, Ph 90, 1936, 372) und Themenmehrzahl, was vor voreiligem Zerschneiden warnt (zu s. 1,1: [19]). Die Satire des Freigelassenensohnes ist – anders als die polit.-aktuelle, die persönlich-rücksichtslose des reichen Ritters – unpolit. und allg.-menschlich: Habsucht (1,1), Ehebruch (1,2), Lieblosigkeit unter Freunden (1,3), Hexenunfug (1,8), Zudringlichkeit (1,9), Erbschleicherei (2,5), Kurzszene vor Gericht (1,7), Eßprobleme (2,2.4.8.), stoische Paradoxa (2,3.7), bes. die Freundschaft mit Maecenas und sein eigenes Leben (1,6.2,6) u.a. sind die Themen. Trotz mancher Anleihe bei der stoischen Diatribe (A. OLTRAMARE Les origines de la diatribe Romaine, Lausanne 1926) kann H. Stoisches verspotten und zugleich ernst nehmen (V. PÖSCHL, Fond. Hardt 2, 1953, 105); er schreibt nicht aus Gewinnsucht (E. WISTRAND, Fond. Hardt X, 260 ff.), Verzweiflung ([6], 33) oder aus reinliterarischen Gründen ([7], 91 ff.), sondern weil es ihn drängte (epist. 2,2,51. c. 1,16,22) zur Kritik an Lucil., an seinen Bewunderern, an menschlichen Schwächen und – seiner sicher – zur Kritik an sich (BURCK 2,387). Die Entstehungsfolge bleibt mangels äußerer und innerer Anhaltspunkte unbestimmbar (BURCK 2,385 gegen [7],91 f.). Die Zehnzahl ist durch Vergils Eklogenbuch bedingt. H. hat das 1. Buch um 35/34 hg., oder 33? Nach Sallusts Tod: R. SYME Sall., 1964, 281. Anordnung ist triadisch ([5],86): 1–3 menschliche Fehler, 4–6 der Dichter, 7–9 Episoden, 10 Epilog. Außerdem bilden 4/5 und 9/10 je ein chiastisch geordnetes Themenpaar ([14],124). Das 2. B. hat 8 Satiren; der etwa gleiche Umfang (1030 : 1084) und die Komposition (H. BOLL, H 48, 1913, 143) erweisen die gewollte Einheit: 1/5: je eine Konsultation; 2/6 Bauer Ofellus: Gutsherr Horaz; 3/7 Paradoxa; 4/8: das Essen. – Da 3,85 die Ädilität Agrippas im J. 33 voraussetzt, 6 vor die Landanweisungen nach Aktium fällt, 5 vor die Rückkehr des Augustus nach Rom, gab H. das B. 30/29 heraus. Es zeigt mimiamb. Dramatisierung des Dialogs (außer in 2 und 6) und straffere Gliederung; H. läßt andere Personen sprechen (außer in 1), meidet persönliche Angriffe, freut sich am abseitigen Spott ([5],99), scherzt über Augustus 1,20), stellt Lucil. über sich ((1,29); aus der Banalität des Eßthemas (s. 2) steigt die Weite des Reichsschicksals auf; das Dichterglück steht über dem ironisierten Stadtruhm (s. 6).

Die Oden (bei H. immer *carmina;* 3,4,2 *melos*) begann H. zur Zeit der Satiren (HEINZE zu 1,14. 3,24) oder bald nachher (epod. 1.9; s. 2,1.6 weisen auf sie voraus ([12],327.353. [10],241). Der *sermo pedester* weicht der strengen Form, in deren schon hellenist. vornormalisierten Versen (BURCK 1,606) vielfach *imitatio* altgriech. Lyrik spricht. Neben Alk. ([7],183: 1,9.10.14.18.32.37.2,13.3,12) tritt als Vorbild Sappho (4,9,10), Anakr. (1,23.27.3,11,9), vor allem Pindar: in der triad. Komposition (1,12. c.s.); in Motiven: 3,4 (Pyth. 1); bes. 4,2 im Vergleich zwischen Strom und Biene ([5],253. [7] s.v. Pindar); endlich Bakchyl. (1,15.2,18). Mit dem Rückgriff in die Klassik verbindet H. die hellenist. Ablehnung der Großform, die Feile und die Pflege des Kleinpoems (W. FAUTH, G 69, 1962, 12). Gottheit und Staat, Freundschaft und Lebenskunst, Wein und Liebe sind Inhalt des Dichtens, und dahinter das Todeserlebnis (2,13.17.3,4.8), das nicht rein poetisch zu deuten ist ([7],197; dagegen [13], 325). Über den Tod siegt der Bacchus-Geführte (2,19) durch die Ewigkeit des Ruhms (2,20). H. gab zuerst 3 B. im J. 23 (t.p.qu.: 1,24 nach Varus' Tod 24/23; t.a.qu.: Augustus erhält sie – epist. 1,13 – noch in Italien vor Aufbruch nach O. 23/22). Die B. enthalten 38,20,30 Oden, das 1. also den Rest des Vorhandenen. Ordnungsprinzipien zeigen sich nur im Kleinen; allzu konstruiert W. LUDWIG, H 85, 1957, 336: 38 + 12 + 38 Oden, die 12 um eine Mitte (6/7) als σφραγίς der Dichtung des *vates;* aber 6/7 sind zu unbedeutend! Einzelnes Nebeneinander klärt [16]. H. beginnt mit der Vorstellung der neuen Metren (»Paradeoden«: 1–9 nach [15]; 1–12 KIESSLING; 2–10 STEMPLINGER). Maecenas erhält 1,1, dann 2,20.3,16 (Mitte). 29 (vorletzte); Augustus 1,2; Vergil 1,3; 3,1–6 bilden, durch gleiches Maß gebunden, die »Römeroden«: entstanden sie als geplante Einheit oder als zufälliger Zyklus früherer Einzeloden oder als Zudichtung von 1–3 und 5 zu frühen 4 und 6 ([14], 125)? – Die Ode, kaum je unmittelbare Gefühlswiedergabe, ist Ansprache an ein Du, sprachlich und gedanklich von höchster Prägnanz. Kontrast, Dramatik, Gedankensprünge, »offener« Abschluß sind Eigenheiten (F. HEINIMANN, MH 9, 1952, 193). Vierzeiligkeit ist nicht Gesetz (1. Meinekiana), sondern zunehmende Übung ([14],52). Mannigfache Teilsymmetrien (2 oder mehrere gleiche Teile, Mittenkomposition u.a.: [16]) formen das Odenganze. Die Versmaße, z.T. erstmals in Rom verwendet: das alk. 37 mal, meist für ernste, gewichtige Stoffe; das sapph. 26 mal für hellere; für Liebesgedichte meist die asklep. Formen 34 mal; andere seltener. Gesang der Oden wird behauptet (G. WILLE, Arch. f. Mus. Wiss. 11, 1954, 71) und geleugnet ([5],166. [7],474). Augustus und die Freunde anerkannten Leistung und Vollendung des *Romanae fidicen lyrae*. Andere übten Kritik; darüber klagt H. erregt (epist. 1,19); seine Absage an die Lyrik ist nicht Scherz ([5],346) noch Folge dichter. Erschöpfung ([7],363), sondern ernste Reaktion (a.p. 304; epist. 2,2,55, aber Burck 3, 433).

Erst für die Saekularfeier im J. 17 dichtete H. wieder ein Lied, das c. s.; auf dem Palatium und dem Kapitol von je 27 Mädchen und Knaben gesungen, behandelt es in 2 gleichlangen Teilen zu 3x3 Strophen mit 1 Schlußstrophe die phys. und polit. Grundlagen des Staates. 4 J. später gab H. das 4. B. mit 15 Oden heraus (nach der Rückkehr des Kaisers aus Gallien: c. 15), angefeuert durch den Erfolg des c. s. (c. 6). Das Lob des Herrscherhauses singt er als dessen Freund in ergreifender Bescheidenheit (2.4.14.15), singt von Glück *Caesare duce* und Schuld der Römer (c. 15), jetzt selbstbewußter als einst und gestraffter ([10],157). Alle Liebe (*Maecenas meus* nur hier!) klingt aus c. 11. – Vielfache Bezüge und Symmetrien zeigt das Buch ([10],191. W. Ludwig, MH 18, 1961, 1): Venus eröffnet und schließt; 4 : 5 entsprechen 14 : 15; 8 (Mitte) ist Höhe dichter. Verkündung.

Das Verlangen nach philos.-literar. Aussprache bewog H. zur Dichtung der Versepisteln. Inhaltliche Vorgänger fand H. bei griech. Philosophen, bes. Epikur, formale bei Lucil. (Gell. 18,8), Sp. Mummius (Cic. Att. 13,6) und Catull. (65.68). Für lucil. Angriff steht hier Betrachtung (1,1,31. 7,26. 20,24). Das 1. B., das B. der größten Harmonie ([7],364), ist für Heinze das 1. Selbstporträt der Antike (NJb 43, 1919, 305), für E.P. Morris, YCSt 2, 1931, 79 aber dichter. Erfindung, für [10], 25 wesentlich Lehre bei nur anregender Funktion des Realen. Kaum einfach als »echt« oder »fiktiv« klassifizierbar, sind die Briefe Selbstgespräche des Dichters, einem realen Du und damit den Lesern anvertraut, jeder in sich geschlossen: [20].[21]. Über buntestem Stoff – von ernster Untersuchung bis zu heiterster Selbstpersiflage – spürt man überall die *cultura animi* im Streben nach *sapientia caelestis* ([5],291; anders [10],46). Zur Datierung: 12,27 fällt in den Sommer 20; 13,4 in den Herbst 23, dazwischen entstanden die andern, hg. also im J. 20. Das 2. B., problemreich und viel behandelt, enthält je 1 Brief an Augustus, Florus und die Pisonen (»Ars poetica« seit Quint. 8,3,60, mit eigener Überlieferung), zusammen so lang wie B. 1 (962 : 987); epist. 1 wurde nach dem J. 14 (Aufnahme des *genius Augusti* in den Larenkult), 2 vor dem J. 19 (Rückkehr des Tiberius) gedichtet; die a.p. zwischen 23–18 oder 13–8: die Entscheidung brächte eine sichere Bestimmung der Pisonen (R. Syme, JRS 50, 1960, 12. [22],239). Kritik an unberechtigter Hochschätzung der Alten und an der dilettierenden Moderne, ein Abriß der Lit.-Gesch., bes. des Dramas, Lob des Augustus für Förderung der Dichter, dies das Wichtigste aus 1 und 2. Die

a.p., ein Werk von jahrhundertelanger Nachwirkung, behandelt Fragen der Dichtung und Forderungen an den Dichter: Einheit und Ganzheit des Werks, Ordnung der Teile, Sorgfalt in Wortwahl und Ausdruck, Entwicklung und Gestalt des Dramas; *ingenium* und *ars* des Dichters, Feile, Streben nach Vollkommenheit, Vermeidung alles Mittelmäßigen. Quellen und Benützungsart sind umstritten; vermittelnd B. Otis, Gn 36, 1964, 265: Benützung von Arist., Neoptolemos, Cic. or. unter Wahrung der Selbständigkeit, Einheit von Stoff und Form in Anforderung und Darstellung.

Die Sprache des H. (Burck 1,604), ob ihrer Prägnanz gerühmt, reicht vom Volkston bis zur feierlichen Aussage, mit ungewöhnlichen Wortbeziehungen (a.p. 46), Graecismen, kunstvollen Sperrungen, Bildreichtum, symbol. Aussage, Überwiegen des substantiv. Ausdrucks.

III. Nachleben: Kritik wie Nachahmung fanden Satiren wie Oden; Persius und Juvenal sind erhalten, Caesius Bassus und Passenus Paulus bleiben schattenhaft. H. wird Schulautor. Er wird bis ins 6. Jh. gelesen und nachgeahmt, Mavortius, cos. 527, macht eine Ausgabe. Später lebt H. in Florilegien; Alkuin wird wegen seiner Liebe zu ihm Flaccus genannt. Petrarca leitet die Renaissance ein; fast unübersehbar ist jetzt H.' Nachwirkung: gelesen, vertont, nachgeahmt in Latein und den Sprachen des Abendlandes. Dem Rückschlag in der Romantik (»Hofdichter«, »Epigone«) folgt die Hyperkritik des 19. Jh. mit Athetierung und Streichungen. Erst das 20. Jh. lernt H. aus seiner Zeit heraus verstehen und daher besser beurteilen. Unzählig sind seit dem 16. Jh. die Übersetzungen.

IV. Überlieferung: Die recht gute Überlieferung liegt in rund 250 Hss. (die ältesten aus dem 9. Jh.) vor, die auf 2 (–4?) Stämme zurückgehen. Klingner hat – nicht ohne Widerspruch – 2 auf ant. Überlieferung fußende Stämme und einen 3. aus karoling. Zeit, der auf Vergleichung der beiden beruht, zu erweisen versucht. K. V.

Lit.: BursJb 196.226.267. *G. Radke*, G 61, 1954, 231. 71, 1964, 93. *R. J. Getty*, CW 52, 1958, 167 (1945–1957). *E. Thummer*, AAHG 15, 1962, 129 (1958–1962). *E. Burck* in Nachträgen zu *Kießling-Heinze*, Oden, Satiren und Episteln Bln. 1, 1964^{11}. 2, 1961^{8}. 3, 1961^{7} (zitiert als Burck 1.2.3). Brink (s.u.) zu den lit. Episteln.

I. Ausg.: Erstausg. Florenz 1482. *R. Bentley*, Cambr. 1711. *O. Keller-Holder*, Lpz.-Jena 1899–1925^{2}. *F. Villeneuve*, Paris 1927–1934. *A. Rostagni*, Turin 1948. *M. Lenchantin-D. Bo*, Turin 1958–1960^{2}. *F. Klingner*, Lpz. 1959^{3}. Teilausg. (z.T. m. Komm.): Oden und Epoden: *Kießling-Heinze* (s.o.). *E. Turolla*, Turin 1957. *F. Arnaldi*, Mailand 1959^{5}. *F. Plessis*, Paris 1926. – Satiren: *Kießling-Heinze* (s.o.). *P. Lejay*, Paris 1911. *E. Turolla*, Turin 1958. – Episteln: *Kießling-Heinze* (s.o.). *G. Stégen*, Namur 1958.

II. Übers.: *R. A. Schröder*, Ges. Werke V, 635, Bln. 1952. *Färber-Schöne*, Münch. 1957^{2}. *R. Helm*, Stuttg. 1954^{2}.

III. Indices: *L. Cooper* A Concordance to H., Washington, 1961^{2}. *E. Staedler-R. Müller*, Thesaurus Horat., Bln. 1962.

IV. Allg. Werke: 1. *E. Stemplinger*, RE VIII 2336–2399. 2. *A. Y. Campbell*, Lond. 1924. 3. *G. Funaioli* H. als Mensch und Dichter, Köln 1936. 4. *Th. Zielinski* H. et la société Rom., Paris 1938. 5. *W. Wili* H. und die august. Kultur, Basel 1948. 6. *H. Hommel* H., Der Mensch und sein Werk, Heidelb. 1950. 7. *E. Fraenkel*, H., Oxf. 1957 (zit. nach der dt. Ausg., Darmstadt 1963). 7a. *G. Petrocchi*, O. e la società di Augusto, Rom 1958. 8. *B. Riposati*, O., Mailand I 1960. 9. *Z. F. D'Alton* H. and his Age, N. York 1962. 10. *C. Becker* Das Spätwerk des H., Gött. 1963. – Sammelwerke mit wichtigen Aufsätzen: 11. *R. Heinze* (E. Burck) Vom Geist des Römertums, Darmstadt 1960[3]. 12. *F. Klingner*, Röm. Geisteswelt, Münch. 1961[4]. 13. *Ders.* Studien zur griech. und röm. Lit., Zürich 1964. 14. *K. Büchner* H., Wiesb. 1962. 14a. *A. La Penna* O. e la ideologia del principato, Turin 1963. – Spezialwerke: 15. *L. P. Wilkinson* H. and his Lyric Poetry, Cambr. 1951. 16. *N. E. Collinge* The Structure of H.s Odes, Lond. 1961. 17. *St. Commager* The Odes of H., Lond. 1962. *R. G. R. Nisbet* The Odes of H. (in Sullivan Critical Essays on Rom. Lit., Lond. 1962). 18a. *V. Pöschl* H. und die Politik, Heidelb. 1956. 19. *W. Wimmel* Zur Form der h. Diatribensatire, Frankf. 1962. 20. *G. Stégen* Essay sur la compos. de cinque Epîtres d'Horace, Namur 1960. 21. *Ders.* L'unité et la clarté des Epîtres d'H., Namur 1963. 22. *C. O. Brink* H. on Poetry, Cambr. 1963.

V. Nachleben: *E. Stemplinger* Das Fortleben der Horazischen Lyrik seit der Renaissance, Lpz. 1906. *Ders.* H. im Urteil der Jahrhunderte, Lpz. 1921. *Gr. Showerman* H. and his Influence, N. York 1963 (mit weiterer Lit.).

9. H., ein Heros, welcher jenseits des Tiber einen Hain hatte. Dieser heißt bei Liv. 2,7,2 und Val. Max. 1,8,5 *silva Arsia*, bei Dion. Hal. ant. 5,14,1 δρυμὸς ἱερὸν ἥρωος Ὁρατίου (Ὀράτου), bei Plut. Popl. 9,2 Οὖρσον ἄλσος. Aus dem Hain soll nach (vor: Val. Max.) der Schlacht, in der Brutus und Ar(r)uns Tarquinius, der Sohn des Superbus (»Fiktion«, SCHACHERMEYR, RE IV A 2367f.), fielen, eine Stimme erschollen sein, die die Römer Sieger nannte, da die Verluste der Gegner um einen Mann höher seien. Die Stimme galt Liv. a. O. und Val. Max. a. O. als die des → Silvanus, Dion. Hal. ant. 5,16,3 als die des H. oder des → Faunus. Plut. Popl. 9,6 spricht nur von göttlicher Stimme. W.E.

Hordeonius. 1. H. Flaccus. Cos. suff. vor 68, Tac. hist. 1,56,1. Galba schickte ihn gegen 68 als legat. Aug. pr. pr. nach Germania sup. (Nachfolger des Verginius Rufus), Tac. hist. 1,9,1. Plut. Galba 10,3; diesem Posten war H. nach Tac. hist. 4,24,2 (innerlich Anhänger Vespasians, 4,13,3, aber Kommandant Vitelliustreuer Truppen, G. WALSER Rom, das Reich . . . 1950, 99. A. BRIESSMANN Tac. und das flav. Geschichtsbild, 1955, 100) nicht gewachsen; Plut. Galba 18,3f. Unruhe stiftende Gesandte der Lingonen verwies er noch des röm. Lagers, Tac. 1,54,2. Aber am 1. Jan. 69 verhinderte er nicht, daß die Soldaten Galbas Bilder zerstörten, Tac. 1,55f. Galba 23ff. Als Vitellius gegen Italien zog, übertrug er H. den Schutz der ganzen Rheinlinie, Tac. 2,57,1. Trotzdem neigte H. Vespasian zu und verhinderte die Unterstützung des Vitellius durch Hilfstruppen der Bataver, Tac. 4, 13,3. Auch als die Bataverkohorten sich Civilis anschlossen, griff er nicht durch, Tac. 4,19,2ff. Die Erfolge des Civilis brachten die Legionen gegen ihn auf, ebd. 4,24,1–25,4. Nach der Schlacht von Cremona vereidigte er die Legionen auf Vespasian, 4,31,2. Bald darauf erschlugen ihn die meuternden Soldaten in Castra Vetera, 4,36,2.

2. P. H. Lollianus s. Lollianus. R.H.

Hor(e)ia. horiola. Das ungedeckte Fischerboot (Plaut. Rud. 910. 1020. Non. p. 530,20) diente auch als Transportschiff auf Flüssen (Plaut. Trin. 942). Darstellungen: DAR.-SAGL. v. horia Abb. 3882 (mit 2 Masten, vgl. Gell. 10,25). Monuments Mémoires Piot 12, 1905, 136f. Abb. 19. Kunsthistor. Jahrb. (Wien) 9, 1915, 143 Abb. 6. W. H. G.

Miltner, RE Suppl. V 959,54ff.

Horkos (ὅρκος) s. Eid

Hormisdas. 1. Zweiter Sohn d. Hormisdas II., der 303–309 König des sassanid. Reiches war, Enkel des Narses. Wurde um 309, als sein älterer Bruder Adanarses vom Thron gestürzt wurde, in Fesseln gelegt, aber durch eine List seiner Gattin befreit und floh um 324 zu Constantin d. Gr. Von Constantius zum Führer eines Reitergeschwaders ernannt, diente er ihm im Kampfe gegen die Perser und befand sich in seiner Begleitung, als er 357 in Rom einzog. 363 war er mit Iulian in Antiocheia, und dieser soll daran gedacht haben, ihn an Stelle seines Bruders Sapor (II.) auf den pers. Thron zu erheben. Bei dem Perserfeldzuge Iulians begleitete ihn H. und leistete ihm durch seine Kenntnis des Landes und seiner Sprache mannigfache Dienste. **2.** Sohn des Vorhergehenden, von dem Usurpator Prokopios 365 zum Proconsul Asiae ernannt, wobei ihm nicht nur die zivile, sondern auch die militär. Gewalt übertragen wurde, kämpfte tapfer gegen Valens. Um 380 erscheint er als Feldherr des Kaisers Theodosius (Zos., Amm., Zon., Ioh. Ant., Liban.). J. D.-G.

3. H., röm. Papst 514–523, erreichte im J. 519 die Beilegung des 484 durch → Akakios (Nr. 4) ausgelösten Dogmenstreites. Der Text der Glaubensformel und die meisten Briefe des H. sind in der Collectio Avellana (ed. OTTO GUENTHER 1895, CSEL 35,2) gesammelt. O. H.

Briefe, vollst. Ta., *A. Thiel* Epist. Rom. pontificum, 1868, 741–990. *W. Haacke* Die Glaubensformel des Papstes H., 1939. *Altaner*[6] 428.

Hormus. Freigelassener des Vespasian, einer seiner Heerführer, Tac. hist. 3,12,3; er zeichnete sich vor Cremona aus, ebd. 28. Am 1. Jan. 70 erhielt H. vom Senat für seine Verdienste die Ritterwürde, ebd. 4,39,1. R. H.

Horoi (ὅροι). **1.** Grenzsteine. Durch sie wurden die Grenzen zwischen Staats-, Tempel- und Privatgrundstücken, aber auch Staatsgrenzen (Sylloge[3] 935) bezeichnet. Die ὅ., für die eine bestimmte Mindestgröße vorgeschrieben war (IG II[2]

2492,23f.), waren teils unbeschriftet, teils beschriftet, und zwar entweder nur mit »ὅ.«, gelegentlich aber auch noch mit beigefügten Zahlangaben oder mit anderen Zusätzen. Obwohl sie unter dem Schutz der ϑεοὶ ὅϱιοι standen, findet sich auch eine besondere Strafandrohung gegen die Verrückung der Steine (CAUER-SCHWYZER Nr. 688 A 9). Über die ὅ. zu Solons Zeit s. [6]. **2.** Hypothekensteine, meist unbearbeitete, nach unten spitz zulaufende Platten aus Kalkstein mit kunstlos eingegrabenen Inschriften ([1]. [5]). Diese privaten, an Ort und Stelle angebrachten Marksteine, die keine Publizitätswirkung hatten (H.J. WOLFF, ZRG 70,420), ersetzten die fehlenden öffentlichen Register und dienten vor allem in Attika im 5. und 4. Jh. dem Schutz des bebauten oder unbebauten Grundstücks gegen anderweitige Verfügung ohne Zustimmung des Gläubigers ([2]. [3]. [4]). **3.** Schandsäulen (Plut. vit. X orat. 834a). E. B.

1. *H.F. Hitzig* Das griech. Pfandrecht, 1895, 67ff. 2. *E. Weiss* Griech. Privatrecht 1, 1923. 3. *J.V.A. Fine* Horoi, Hesp. 1951, Suppl. IX. 4. *M.I. Finley* Land and Credit in ancient Athens, 1952. 5. *F. Pringsheim* Festschrift Lewald, 1953, 143f. 6. *L. Gernet* Studi U.E. Paoli, 1956, 345ff.

Horologium s. Klepsydra und Sonnenuhr

Horreum. Speicher, Magazin, Lagerhaus für Waren aller Art, ist uns der allgemeinste Typus des H. (meist pl., *horrea*) vor allem in Rom belegt (Dig. 10,4,5. 18,1,74). Dort begegnen auch Spezial-H. wie die *H. chartaria* (für äg. Papier), *H. candelaria* (für Beleuchtungsmaterial. [1],2459) oder *H. piperataria* (Basar für oriental. Waren, Pfeffer und Gewürze. NASH 1,485ff.). Als H. werden auch Gebäude bezeichnet, in denen man Kostbarkeiten deponieren konnte (Dig. 1,15,3,2. 34,2,32,4. 32,84), sowie private Vorratsräume aller Art (z. B. Plin. epist. 2,17,13. 8,18,11. Sen. epist. 5,4(45),2. Apul. met. 4,18,10. 5,2). Meist meint H. jedoch Lebensmittel-, bes. Kornspeicher für öffentliche, militärische oder private Zwecke, ist also nahezu synonym mit → Granarium. Solche H. waren in Rom, Italien und den Provinzen häufig, sie dienten vor allem der Sicherung der Kornversorgung der Städte (bes. Roms) und der Truppe, doch wurden auch andere Lebensmittel und Waren dort gespeichert. Meist liegen die einzelnen *cellae* oder *apothecae* an 3 oder 4 Seiten um einen mittleren Korridor oder Hof, welcher bei größeren Anlagen mit einem Säulen- bzw. Stützenumgang versehen ist. Bei zweistöckigen Bauten liegen die Treppen in den Winkeln, manchmal zusätzlich in der Mitte der Längsseiten. Die *cellae* des Obergeschosses dienten wohl der Verwaltung und der Lagerung kostbarer Güter. Die stadtröm. H. kennen wir teils aus erhaltenen Resten (*H. Agrippiana*, [2]. NASH 1,475ff. *H. Galbae*, NASH 1,481ff.), teils aus dem ant. Stadtplan (z. B. *H. Lolliana* [6],770 Abb. 931). Am besten erhalten sind die zahlreichen H. in Ostia, das einen wesentlichen Teil der Getreideimporte für die Hauptstadt zu bewältigen hatte ([3]. [5], Index v. H. [6],769 Abb. 930). Hier sind z. T. sogar die vielfach in den Boden versenkten Vorratsgefäße für Öl oder Wein kenntlich, die *dolia defossa* (Dig. 18,1,76), deren Fassungskraft um die 40 Amphoren variiert ([5],274f. T. 25, d). Für provinziale H. kann auf Narbo verwiesen werden, wo die Galerien und *cellae* unterirdisch angelegt waren ([4]), und etwa auf Patara (PETERSEN-LUSCHAN Reisen in Lykien 1,116 m. Abb. 68/69). Die sehr viel einfacheren H. in den Militärlagern finden sich meist nahe der Lagermitte und dem Praetorium, an der Via Principalis (→ Castra o. I 1080f.). Dem gleichen Zweck wie die H. scheinen in Rom einige als Porticus bezeichnete Bauten gedient zu haben, die sich im Bautypus den H. annähern, die → *Porticus Aemilia* (192 v. Chr.), die *Porticus Margaritaria* (beim Forum. Zeit Domitians?) und die *Porticus Minucia Frumentaria* (am Marsfeld). Als hellenist. Vorformen vor allem der militär. H. sind die Magazine in → Aigai und das Arsenal in → Pergamon zu nennen. W. H. G.

1. *Fiechter,* RE VIII 2458ff. 2. *Bartoli* Monumenti Antichi (Lincei) 27, 1921, 373ff. 3. *Calza,* NSA 1921, 360ff. 4. *Grenier,* Gallia 12, 1954, 93ff.; MAN III 1,305ff. 5. *Meiggs* Roman Ostia 1960. 6. *Staccioli,* Enciclopedia Arte Antica 4, 1961, 767ff. 7. *Ders.,* Hommages Grenier (Coll. Latomus 58, 1962) III 1430ff.

Horta (NISSEN It. Ldk. 2,362), *municipium* der trib. Stellatina (KUBITSCHEK Imp. Rom. trib. discr. 85) der 7. Region (Plin. nat. 3,52; vgl. Verg. Aen. 7,716) am W.-Ufer des Tiber gegenüber Castellum Amerinum, mit dem es durch eine Brücke verbunden war (vielleicht Endpunkt der via → Claudia vor 241); gewinnt größere Bedeutung mit der stärkeren Benutzung der via Amerina im 6. Jh. n. Chr. (Paul. hist. Lang. 4,8); h. Orte. G. R.

Hortarius. Alamannenfürst, nahm 357 an der Schlacht bei Straßburg teil, unterwarf sich 358 → Iulianus, unterstützte 359 Rom (Amm. 16,12. 17, 10. 18,2). A. L.

Hortator. Cognomen, in den republ. Fasten bei C. Claudius H., Reiteroberst im J. 337. BROUGHTON Mag. 1,139. H. G. G.

Hortensius. Name einer röm. pleb. Gens. Herkunft nicht von *hortus* (vgl. WALDE-HOF.[3] 1, 660), sondern von Ortsnamen wie *Hortense*, *Hortenses* (SCHULZE Eigenn. 175.177.534), im einzelnen aber nicht festlegbar. Namensträger sind seit dem 3. Jh. v. Chr. (Nr. 4) hervorgetreten, ohne daß sie zusammenhängen müßten mit denen um 100 v. Chr., unter denen der Redner Q. H. Nr. 7 bes. berühmt wurde. Stammbaum: DRUMANN[2] 3,75 (L. Hortensius, Volkstribun 422 v. Chr., ist wohl später erfunden; ein unmittelbar vor seinem Amtsantritt bereits verurteilter Consul für 108 hieß vielleicht Q.? H., BROUGHTON Mag. 1,548). **1.** L. H. hatte 170 als Praetor das Flottenkommando im 3. maked. Krieg gegen Perseus, wurde vom Senat wegen Plünderung von Abdera und Vorfällen in Chalkis mit einem Verweis bestraft, aber von

Athen und auf Delos geehrt, Liv. 43,4,8 ff. 7,5 ff. IG^{2} 2,907. I. de Délos 3,461 A a, 83. 155 war er Mitglied einer Dreiergesandtschaft nach Asia, Broughton Mag. 1,449. **2.** L. H., zeichnete sich als Praetor durch gute Verwaltung Siziliens aus (111 bzw. später, vgl. Broughton Mag. 1,541,2), war verheiratet mit Sempronia und Vater des Redners Q. H. Nr. 7. **3.** L. H., kämpfte (als gewesener Prätor?) als Legatus 86 unter Sulla bei Chaironeia und andernorts erfolgreich, auch im folgenden J. Sohn von Nr. 2? **4.** Q. H., Dictator 287, ernannt anläßlich einer *secessio* der Plebs auf das Ianiculum. Es gelang ihm, die »Ständekämpfe« dadurch zu beenden, daß er durch Gesetz die Gültigkeit der Beschlüsse der Plebs *(plebiscita)* auf das ganze Volk ausdehnte, Liv. per. 11. Plin. nat. 16,37. Gell. 15,27,4 (Lael. Fel.), Gaius 1,3 u. a.: lex Hortensia, mindestens der entscheidende Abschluß einer Entwicklung, die spätere Tradition bereits der Lex Valeria Horatia von 449 und der Lex Publilia von 339 zulegte. Ferner stammte von ihm ein Gesetz, nach dem an Markttagen Gerichtsverhandlungen stattfanden (l. de nundinis, Gran. Lic. bei Macr. Sat. 1,16,30. Mommsen RStR 3,373). Er starb im Amt. **5.** Q. H., Sohn des Redners Nr. 7, gehörte – wie z. B. Catull und Sallust – zur leichtsinnigen Jugend der fünfziger Jahre und war bereits verheiratet und Vater, als sein Vater 50 starb. 49 stand er sofort auf Caesars Seite (Einnahme von Ariminum nach Plut. Caes. 32,1, nicht genannt bei Caes. civ. 1,8,1, vgl. Drumann^{2} 3,103). Im April erhielt er den Oberbefehl über die Flotte im Tyrrhenischen Meer (App. civ. 2,166, M. Gelzer Caesar^{6} 194), verhandelte mit Cicero, wurde aber beim Versuch, dem im Adriat. Meer eingeschlossenen C. Antonius (o. Bd. I 409 Nr. 3) Hilfe zu bringen, geschlagen, Oros. 6,15,8. Im J. 45 war er Praetor, 44–42 Statthalter von Makedonien mit proconsular. Imperium, Broughton Mag. 2,306. 328. Er übergab die Provinz 43 nicht an C. Antonius, der sie beanspruchte, sondern an D. Brutus. Nach der Schlacht bei Philippi wurde er hingerichtet. **6.** M. (H.) Hortalus, Enkel des Redners Nr. 7, Sohn von Nr. 5, wurde von Augustus finanziell unterstützt (Tac. ann. 2,37,1 ff.), verarmte aber wieder; sein Bruder war H. Corbio. **7.** Q. H. Hortalus (114–50 v. Chr.), Consul 69, der berühmte Redner. Sohn des L. H. Nr. 2. Seine politische Laufbahn ist für uns mit folgenden Stationen faßbar: tribunus militum ca. 89 (im Bundesgenossenkrieg, Cic. Brut. 304, M. Gelzer Kl. Schr. 1,27,79), Quaestor um 80 (Broughton Mag. 2,476), Aedil 75 (aufwendige Spiele und Getreidespenden; Cicero – 8 J. jünger als H. – war damals Quaestor), Praetor 72 (Vorsitz in der *quaestio repetundarum*), Consul 69, zusammen mit Q. Caecilius Metellus (Quellen: CIL I^{2} 904–955 und bei Degr. I. 13,131. 486 f.); die ihm zugefallene Provinz Makedonien überließ er seinem Kollegen im Amt (Kriegführung gegen die kret. Seeräuber). Augur war er seit vor 67 bis

zu seinem Tod 50. H. war in polit. Haltung und prunkvoller Lebensführung ein bewußter und ahnenstolzer Vertreter der damaligen Nobilität. 67 opponierte er gegen die Lex Gabinia, 66 gegen die Lex Manilia, weil er beide für verfassungswidrig hielt. Seit 63 trat er nach gegenseitiger Aussöhnung öfters mit Cicero gemeinsam auf. Drumann^{2} 3,78–101. – Als Redner war H. nicht nur der markanteste Vertreter des Asianismus in Rom, sondern auch neben Cicero der bedeutendste Redner der republ. Zeit. Er trat auf von 95 bis kurz vor seinem Tod im J. 50. Seine Entwicklung zeigte bis 70 einen steigenden, dann einen stagnierenden bzw. absinkenden Verlauf. Er verstand es, unterstützt durch hervorragendes Gedächtnis und schauspielerische Begabung, in seinen Reden die Forderungen nach Zierlichkeit und Pathos zu vereinigen (sorgfältige Vorbereitung, genaue Disposition, scharfe Zusammenfassungen). Cic. Brut. 301 ff. 326. Quint. inst. 11,3,8. Gell. 1,5,2 u. a. Er faszinierte mehr durch das gesprochene Wort als durch die veröffentlichte Rede; er gewann die Jugend, erlahmte jedoch selbst mit fortschreitendem Alter, Schanz-Hos. 1,385 ff. Der Umschwung bahnte sich schon in seiner Verteidigung des Verres gegen Cicero (70) an. In späteren Prozessen, in denen er gemeinsam mit Cicero die Verteidigung übernahm (so für C. Rabirius, Murena, Cornelius Sulla, L. Valerius Flaccus, P. Sestius, Aemilius Scaurus), überließ er dem Jüngeren das Schlußwort. In einer rhetor. Schrift hatte er Erörterungen allgemeiner Art *(communes loci)* behandelt, Quint. inst. 2,1,11. 4,27. Auch als Dichter hat er sich versucht, wobei er dem Kreis der Neoteriker nahegestanden haben dürfte – auch wenn er nicht gerade das Lob Catulls, der ihm im übrigen seine »Locke der Berenike« (carm. 65, vgl. 95) zuschickte, erhielt. Er schrieb auch *annales* über den Bundesgenossenkrieg, vielleicht als Gedicht, Vell. 2,16,3. HRR 2,XXIX. H. war zweimal verheiratet (seit um 56 mit Marcia, der früheren Gattin des Cato) und hatte im späteren Leben manchen Kummer (Entwicklung seines Sohnes Nr. 5). Cic. anerkannte und ehrte ihn öfters, nicht nur im – verlorenen – »H.« (Teuffel-Kr.-Sk. 1,344. M. Ruch L' H. de Cicéron, 1958), sondern in den ac. 2,9 f. u. ö. und vor allem in de or. (Schluß) und Brut., nach dem H. und Cic. die beiden letzten großen Redner Roms sind. Von den Reden ist nichts erhalten (vgl. Malcovati Or. Rom. Frg.). Büste in der Villa Albani. Baum. Denkm. 1,704. **8.** Hortensia, Schwester von Nr. 7, Gattin des M'. Valerius Messala, Mutter des Messala, den H. Nr. 7 im J. 53 verteidigte. **9.** Hortensia, Tochter des Redners Nr. 7, trat 42 als Rednerin auf dem Forum vor den Triumvirn auf, wobei es ihr gelang, den Personenkreis zu verkleinern, der durch eine bevorstehende Besteuerung reicher Frauen (zu Kriegszwecken gegen die Caesarmörder) betroffen wurde. Val. Max. 8,3,3 u. a., Schanz-Hos. 1,387 f. H.G.G.

Horti. Die bedeutendsten Gärten und Parkanlagen in der Stadt Rom und deren nächster Umgebung waren:

1. Die Horti Agrippinae, ungefähr dort, wo h. die Peterskirche steht. Sie reichten bis zum Tiberufer und gingen später in den Besitz Caligulas über; aus dem Circus, den der Kaiser dort anlegen ließ, stammt der Obelisk auf dem Petersplatz (Sen. de ira 3,18. Cass. Dio 54,29,4).

2. Das Nemus Caesarum, 2 v. Chr. von Augustus auf dem r. Tiberufer angelegt (Mon. Anc. 23. Suet. Aug. 43) und zu Ehren seiner Enkel Gaius und Lucius benannt.

3. Die Horti Domitiorum, am Mons Pincius in der Nähe der Porta Flaminia; in ihnen lag das Familiengrab der Domitier, in dem auch Nero beigesetzt wurde (Suet. Nero 50).

4. Die Horti Lucullani, am Mons Pincius, angelegt um 60 v. Chr. von L. Licinius → Lucullus, später im Besitz der Messalina, die 47 v. Chr. dort ihre Hochzeit mit C. Silius feierte (Iuv. 10. 334) und auch ihren Tod fand (Tac. ann. 11,32,37).

5. Die Horti Maecenatiani, von Maecenas auf dem Esquilin angelegt. Sie gingen nach seinem Tode in kaiserlichen Besitz über. Gerühmt wurde die Aussicht von der *turris Maecenatiana* (Hor. c. 3,29,10). Von hier aus betrachtete Nero den Brand Roms (Suet. Nero 38).

6. Die Horti Neronis, bekannt durch den Bericht des Tacitus über die Martern der Christen (ann. 15,44).

7. Die Horti Sallustiani, im Tal zwischen Pincius und Quirinal und auf den Abhängen beider Hügel gelegen. Sie wurden wahrscheinlich von Caesar angelegt, später von dem Geschichtsschreiber Sallust erweitert und gingen schließlich in kaiserlichen Besitz über (Tac. ann. 13,47). Rud. G.

RE VIII 2482ff. *Nash* Bildlex. 1,488–499.

Hortona (Nissen It. Ldk. 2,602), frentan. Küstenstadt der 4. Region (Plin. nat. 3,106. Strab. 5, 242. Ptol. 3,1,19: pälign.) an der adriat. Küstenstraße (It. Ant. 313,8. Tab. Peut. 6,1); h. Ortona. Schreibweise des Namens nur bei Plin. mit H. (jedoch codd. Fd: *Ortana*), sonst *Ortona*, *Ὄρτων* (vgl. Ortona in Latium). G. R.

Horus. H., dem Namen nach der »ferne« *(ḥrj)* Gott, bezeichnete von alters den falkengestaltig vorgestellten Himmelsgott. Diese Vorstellung war in der nomad. Herrenschicht Äg. zu Haus, wodurch eine Identifizierung des herrschenden Königs mit H. ermöglicht wurde. Als Himmelsfalke spannte der König seine Flügel schützend über die »Welt« Äg. und hielt an den Grenzpunkten das Chaos zurück. Das Bild der »geflügelten Sonnenscheibe«, zuerst Symbol des Königs, wurde später zum Bild des H. von Edfu, in dem Königsvorstellungen bes. wirksam wurden. Immer blieb aber die Bezeichnung »Horus« für den äg. König bestehen: In Falkengestalt steht er in seinem 1. Namen über der sog. »Palastfassade«. – Diese enge Verbindung zum König führte den H. unter den Einfluß der Dualitätsvorstellung, die als Ordnungsprinzip die Welt des ältesten Ägypters und auch sein Königsbild geprägt hat. H. wurde mit Seth, einer Macht im Umkreis des Königs, zu einem Paar zusammengefügt, das, im Tiefsten sich feindlich, doch im König eine Einheit bildete: so ist der König H.-Seth. Um diese »beiden Herren« rankte sich die in vorgesch. Zeit zurückgehende Mythe von den »feindlichen Brüdern«: im Kampf reißt Seth dem H. die Augen, H. dem Seth die Hoden aus, die für beide Tiermächte entscheidenden Körperteile. Auf welche Erlebnisse diese Mythe zurückgeht, ist unbekannt; man mag hierin die Mythisierung der Reichseinigungszeit mit dem Gegensatz der beiden Bevölkerungsschichten der nomad. Herren und der unterlegenen Deltastädter sehen. Das geraubte Horusauge wird in gesch. Zeit dann Symbol für zahlreiche Riten: ein Opfer kann als Wiederbringen des geraubten Auges angesehen werden, ebenso aber auch das Krönen des Königs. Das Wiederaufbrechen des Bruderkampfes ist die theolog. Deutung des Todes eines Königs. – Die Identifizierung des H. mit dem König hatte in der Frühzeit zur Folge, daß zahlreiche Lokalnumina, die ihren Wirkungskreis durch Anschluß an die Königsvorstellung vergrößern wollten, auch ihre Gestalt in die eines Falken veränderten und sich H. nannten. Beispiele sind der Krokodilsgott Chenti-cheti von Athribis oder der »spitzzähnige« Gott Sopd im Wadi Tumilat, die sich in Falken verwandelten. – Während des Alten Reichs wurde das Geschick des »gestorbenen« O.-Deltagottes Osiris zum Präzedenzfall für den sterbenden König, der bald mit Osiris identifiziert wurde. Da der neue König für seinen Vater und Vorgänger die für das Weiterleben notwendigen Zeremonien durchzuführen hatte, dieser aber im myth. Bereich »Horus« war, gelangte damit H. in die Osirismythe: H. wird »Sohn des Osiris«. Damit verband man die ebenfalls im Delta (Isaeum) beheimatete Vorstellung vom Thron als Mutter des Herrschers und benannte die bis dahin wohl anonyme Beweinerin des Osiris »Isis« (: Thron). Daß aber die H.-Mythe sekundär zur Osirismythe hinzugetreten ist, erkennt man einmal daran, daß H. hier postum gezeugt wird: im urspr. Osirismythos hatte er keinen Platz. Zudem entstand nun ein Widerspruch zu älteren Vorstellungen: War H. im »Mythos der streitenden Brüder« Bruder des Seth, so wurde er jetzt, da man den Mörder des Osiris sekundär als Seth bezeichnet hatte (das geht auf die heliopolitan. Weltdeutung zurück, in der Osiris als das Fruchtland, als Gegner die Wüste erklärt wurden; Seth aber war Gott der Wüste), H. zum Neffen des Seth. Seine Gestalt teilte sich in den »älteren« H.: Haroeris und »H., Sohn der Isis«: Harsiese, wobei später die Gestalt des heiligen Kindes an Bedeutung gewann als »H., das Kind«: Harpokrates. – Der Kampf H.–Seth erhält nun durch Eingliederung in die Osirismythe einen neuen Sinn: es geht jetzt um die Nachfolge in der Weltherrschaft. Die Kampfschilderung wird immer ausführlicher im Laufe der Zeiten, wobei alte heilige Handlungen, wie die Nilpferdjagd, mit hineingezogen werden. Daneben schildert man im Alten Reich die Auseinandersetzung als einen Rechtsstreit, um den chaot. Kampf durch ein geordnetes Gericht zu ersetzen. In diesem Fall spielt sich der Vorgang in Heliopolis vor dem »Erbfürsten« Geb ab. Auch diese Mythenform hat später in der »Erzählung vom Streit des H. und Seth« weitläufige Ausschmückung erfahren. Natürlich bildet der Kampf des »H., Sohn der Isis« gegen den Mörder seines Vaters Osiris auch weitgehend die Deutung von Ritualen: so erklärt man die geopferte Gazelle als Seth; die Barke des Osiris ist der unterworfene Seth usw. Zahlreiche Lokalmythen werden zu Horusmythen: der Schauplatz der Jugend des H. wird ein Sumpfgebiet bei Buto, wo Isis ihn vor Seth versteckt. In Hierakonpolis verehrt man die Hände des H., die Isis abgehackt hatte, als sie von Seth befleckt worden waren. Zahlreiche Zaubersprüche haben Vorgänge der Horusmythe als Vorbild, als Isis den kleinen H. schützte. Geheime Deutungen schlossen sich an das Horusauge an, dessen Heilung mit dem »Füllen« des Mondauges gleichgesetzt wurde. – Als wichtigste Kultorte erscheinen Edfu und Hierakonpolis; an anderen Orten, wie Letopolis, Athribis, Philae, führten die Falkengottheiten bes. Namen und sind sekundär aus anderen Vorstellungen entstanden. Bekannt sind noch der »H. im Horizont« (Harmachis), Bezeichnung der Sphinx von Giza oder Horsomthus, »H. der Ländervereiniger«. W. H.

H.Kees Götterglaube, Bln.², 39ff. 205ff.; *Ders.* H. und Seth als Götterpaar, Lpz. 1923. *Rudnitzki* Das Auge des H., Kopenhagen 1956.

Hosidius. 1. C.H. Geta. Triumvir monetalis um 54, s. BROUGHTON 2,441, im J. 43 geächtet, aber durch List seines Sohnes gerettet und dann begnadigt, App. b. c. 4,171. Cass. Dio 47,10,6. **2.** C.H. Geta. Falls sich die akephale Inschr. CIL IX 2847 auf ihn bezieht, kann mit Hilfe von Cass. Dio 60,20,4 sein cursus hon. auf dieser dahin ergänzt werden, daß er legatus Caesaris (des Caligula) pr. pr. war, durch Claudius (?) in den Patriziat aufgenommen wurde, als Legionslegat im Gefolge des Claudius in Britannien durch Tapferkeit die *ornamenta triumph.* erwarb und schließlich als legatus pr. pr. in Hiberia (s. des Kaukasus) tätig war *ad se[dandas turbas?]*, s. R. SYME, AJPh 77, 1956, 270. Enkel von Nr. 1 und Bruder des Folgenden. **3.** Cn.H. Geta. Er kämpfte 42 n. Chr. als praetor. Legat in Mauretanien und besiegte den Maurenführer Salabus; bei der Verfolgung der Flüchtigen in die Wüste schrieb man ihm die Hervorbringung rettenden Regens durch mag. Mittel zu, Cass. Dio 60,9,1–5. Im J. 45 war er im August mit → Sabinus, dem jüngeren Bruder Vespasians cos. suff., AE 1953, 24, im Sept. mit L. Vagellius, CIL X 1401, s. B. THOMASSON Statth. Nordafr. 2, 242f. R. H.

Hospes. Cognomen in den kaiserzeitlichen Fasten bei den Iuliern und Vettiern, DEGRASSI FImp. 255. H. G. G.

Hospitium. 1. Der Fremde (*hostis*, später *peregrinus*: Varro l.l. 5,3. Cic. off. 1,37), in Rom wie überhaupt in der alten Welt urspr. rechtlos, erlangt seit ältester Z. Schutz durch das private oder öffentliche Gastrecht. a) Privat: Der röm. Vollbürger, der den Fremden in sein Haus aufnimmt, ihn in Rechtssachen und Geschäften vertritt bzw. unterstützt, übernimmt eine moral. Verpflichtung heiligster Art (Gell. 5,13,2.5; KASER, AJ 339). Das Gastverhältnis zielt auf Gegenseitigkeit der Rechte und Pflichten und bindet die Partner samt den Nachkommen (Plaut. Poen. 955ff.; vgl. bes. P. FREZZA, SDHI 4, 1938, 403ff.) für immer, sofern es nicht gekündigt wird (*renuntiare:* Liv. 25,18,9). Als Legitimation dient die → *tessera hospitalis* (Plaut. Poen. 1047ff.; markantes Beispiel: CIL I² 2,1764). Die nicht seltenen Fälle von H. zwischen einflußreichen Römern und Munizipien oder Kolonien gehören in die Z., als das private H. mit Zunahme der röm. Macht in die Klientel eingemündet war (E. BADIAN Foreign Clientelae, 1958, 12.155). – b) Öffentlich: Durch Senatsbeschluß vereinbart Rom mit auswärtigen Gemeinwesen das *h. publicum.* Urkundlich begegnet es nur im Rahmen anderer Verträge, von denen es aber wohl grundsätzlich zu unterscheiden ist (Dig. 49,15,5,2). Ein *h. publicum* mit Einzelpersonen (bes. SC de Asclepiade: CIL I² 2,588) ist erst denkbar, als dieses von Rom einseitig als Auszeichnung für treue Dienste zuerkannt wird. **2.** H. heißt auch die Stätte, an der man gastliche Aufnahme findet (Ov. Pont. 1,8,70). Neben dem Quartier für Soldaten (Liv. 33,29,2. Suet. Tib. 37,1) und dem für reisende Beamte (Plin. epist. 10,81,1) nennt man H. umgangssprachlich vor allem das Hotel (CIL IV 3779. Apul. met. 1,7). W. Ki.

1. *Mommsen* RF 1,319ff. 2. *M. Marchetti*, Diz. epigr. III, 1922, s.v. 3. *F. de Martino* Storia della costituzione rom. 2, 1960², 11ff. 4. *T. Kleberg* Hôtels, restaurants et cabarets dans l'antiquité rom., 1957, 11ff. 31ff.

Hostia (Opfertier). Etym. ungeklärt (ant. wertlos): zu *hostire* »vergelten, ausgleichen« (nicht = *ferire*): WALDE-HOF.³. ERN.-M. Dict. étym. sehen in h. urspr. Sühneopfer, in *victima* Dankopfer. Doch heißt in hist. Z. jedes Opfertier h.

Angeblich kannten die Römer anfänglich nur unblutige Opfer (Plut. Rom. 12; Num. 8.15. Plin. nat. 18,7), die früheste hist. Z. kennt aber schon Opfertiere, die immer mehr in den Vordergrund treten, ohne die unblutigen Opfer zu verdrängen.

Über die Beschaffenheit der h. gab es ausgeklügelte Ritualvorschriften, auch über ganz seltene Tiere, doch haben sie z. T. wohl nur theoret. Bedeutung. – Voraussetzung war Makellosigkeit, wozu auch Unberührtheit von Arbeit gehörte. Wichtig sind ferner: Geschlecht, Gattung, Farbe, Alter. Ritu Romano sind männlichen Gottheiten männliche Tiere, weiblichen weibliche zu opfern. Ausnahmen ([1],268ff.): a) falls die Gottheiten verschiedenen oder unbestimmten Geschlechtes sind, b) was KRAUSE [1],270 für Fehler der Hss. erklärt, *ovis Idulis* für *Iuppiter*, Lamm zur Weinlese für Iuppiter (s. d.), Ziege für → Veiovis (vgl. → Honos). Schwarze Tiere gelten den Unterirdischen und dunklen Mächten wie → Summanus, Hiems und den Tempestatibus (Verg. Aen. 3,118ff. Serv. z. St. C. KOCH, RE V A 480. Dagegen *Zephyris felicibus albam*, Verg. a. O.). Gottheiten des Feuers bekommen rötliche, weiße vor allem Iuppiter und Iuno. (Daß man dabei mit Kreide nachhalf, behauptet u. a. noch LATTE, [4],210 unter Berufung auf Lucil. Frg. 1145 M. und Iuv. 10,65, was KRAUSE [1],245 bestreitet.) Nur bestimmte Tiere waren bestimmten Göttern genehm (Cic. leg. 2,29. Listen bei MARQU. RStV 3,172ff. [1],248ff. s. auch Art. zu den Gottheiten). Nach röm. Ritus werden nur Rind, Schaf, Ziege, Pferd, Schwein, Hund und Fische (Blitzsühne, Volcanalia), nach griech. Ritus auch Hühner, erst in der Kaiserzeit alles mögliche geopfert. Die Tiere sind von einem Mindestalter von einigen Tagen an geeignet (Varro agr. 2,4,16. Plin. nat. 8,206; vgl. 183). Ausgewachsene, *maiores*, (Gegensatz: *lactentes*) wurden bei wichtigen, bes. staatl. Anlässen geopfert. Bei Schafen unterschied man noch geschorene und *altilanei* (Serv. auct. Aen. 12,170. Acta frat. Arv. zum J. 183, I 24. II 1).

Die Tiere zogen geschmückt mit Kränzen, Bändern usw. zum Altar. Sträubten sie sich, galt das als schlechtes Omen. Unter Flötenbegleitung wurden Weihrauch und Wein dargebracht, die h. gewaschen, das Gebet gesprochen (um Versprechen zu vermeiden wurde oft vorgelesen), der h. wurde Wein und Opferschrot *(mola salsa)* auf den Kopf geschüttet. Geschlachtet wurde die h. in hist. Z. nicht mehr von dem Priester, der nur Zeremonien vollzog (er trug die über den Hinterkopf gezogene Toga, nur nach griech. Ritus war er barhaupt), sondern von *victimarii*. Die *exta* wurden untersucht: Abnormitäten schlossen die Gültigkeit des Opfers aus *(→ haruspices)*. Die Gottheit bekam nur die *exta* (Leber, Lunge, Herz, Netz), die mit bes. Fleischstücken *(augmenta, magmenta)* sorgfältig bereitet und gekocht, dann zerkleinert (letzteres nicht beim Piacularopfer) und verbrannt wurden. Auf See für Meeresgottheiten wurden sie roh ins Meer geworfen. Den Rest verzehrten die Opfernden, bei staatl. Opfern die Priester und u. U. der das Opfer leitende Magistrat. Verkauf zugunsten des Heiligtums war im allg. zulässig. W. E.

1. *Krause*, RE Suppl. V 236ff. (sehr ausführlich). 2. *Wissowa* Rel.^{2} 409ff. 3. *Marqu.* RStV 3,170ff. 4. *Latte* RRel 45f. 209ff. 375ff. (allg. über »Opfer und Gebet«).

Hostilia (NISSEN It. Ldk. 2,208. MILLER ItR 280), zum Gebiet von Verona gehöriger (Tac. hist. 3,9) Ort mit Übergangsstelle über den Po, 30 mp (It. Ant. 282,4. Tab. Peut. 4,4: 33 mp) von Verona entfernt und Ausgangspunkt der Flußschiffahrt nach Ravenna (Tab. Peut.). In H. beginnt der w. Ast der via → Claudia Augusta (CIL V 8002); es wird bei den Kämpfen des J. 69 n. Chr. genannt (Tac. hist. 2,100. 3,9.14.21.40) und war durch seine Bienenzucht bekannt (Plin. nat. 21,73); h. Ostiglia. G. R.

Hostilianus = imp. Caes. C. Valens H. Messius Quintus Aug. 2. Sohn des Kaisers → Decius und der Herennia Cupressenia Etruscilla. 250 zum Caesar (AE 1942, 55. DESS. 518), im Mai 251 zum Aug. erhoben, DESS. 521, Syll.^{3} 890. Beim Tod des Vaters war er in Rom, J. F. GILLIAM Stud. Calderini-Paribeni, 1956, 305ff.; Excav. Dura-Europos V 1, 1959, 296ff. Adoptiert von C. Vibius → Trebonius Gallus, Zos. 1,25. Aurel. Vict. 30,1. Epit. Caes. 30,2. Eutr. 9,5. Erst nur als Caesar, dann auch als Aug. anerkannt. C. PRÉAUX Treb. Gallus et H., Aegyptus 32, 1952, 152ff. G. BARBIERI Alb. senat. p. 312 Nr. 1736. R. DELBRÜCK Münzbildnisse 85ff. MATTINGLY, RIC IV 3,159f. R. GOEBL Röm. Schatzfund von Apleton, 1954, 98.100.103. R. H.

Hostilius. Alter lat. Gentilname, dessen Herkunft unklärbar ist (vgl. *Hostus*, *Ostus* bei Venetern und Illyrern, *hustle* bei Etruskern), inschr. auch *Hostillius* und *Hostilus*, SCHULZE Eigenn. 30. 175. Allg. das hohe Alter bezeichnet der 3. röm. König Tullus H. (Nr. 5) und Bezeichnungen wie Curia Hostilia, Lares Hostilii und die Göttin Hostilina. Im 2. Jh. sind plebeische Namensträger hervorgetreten (Familien Catones, Mancini, Tubuli), im 1. Jh. erloschen. Anderer Herkunft sind die Sasernae Nr. 14ff. **1.** H., Volkstribun oder Praetor im 2. Jh. v. Chr., auf den man die *lex Hostilia* zurückführen könnte, Gai. 4,82. Iust. Inst. 4,10 pr. u. a., RE XII 2361. **2.** C. H. (Tubulus?), zusammen mit C. Decimius Mitglied der berühmten Dreiergesandtschaft unter C. Popillius Laenas im J. 168 an Antiochos IV. Epiphanes nach Äg. (Eleusis), Liv. 44,19,13. 29,1. BENGTSON GG^2 468. **3.** Hostius (oder Hostus), H., legendärer Großvater des Königs Tullus H., fiel auf dem Forum als röm. Führer im Abwehrkampf gegen die wegen des Frauenraubs angreifenden Sabiner, Liv. 1,12,2, und wurde auf dem Forum begraben. Nach Dion. Hal. 3,1 war er aus der alban. Kolonie Medullia nach Rom übergesiedelt und wurde ein treuer Anhänger des Romulus. Seine Frau soll Hersilia (Sabinerin) gewesen sein, sein Sohn stand noch im Knabenalter, als der Vater fiel. Der wohl von der älteren Annalistik erfundenen Gestalt fügte die jüngere weitere Züge hinzu. **4.** M. H. stammte wohl aus Picenum *(M. f. Vel[ina tribu])* und gehörte 90 v. Chr. zum Offizierskorps des Cn. Pompeius Strabo vor Asculum Picenum, CIL I^2 709 u.

p. 714. C. Cichorius Röm. Stud., 1961, 166. **5.** Tullus H., der 3. König Roms, Nachfolger des Numa, Enkel von Nr. 3. Ein – vielleicht nur im Praenomen faßbarer – hist. Kern mag in der mit Ennius für uns beginnenden Tradition verborgen sein. Das Bild, das man sich später von ihm machte, steht im Gegensatz zu dem seines Vorgängers (Numa) und seines Nachfolgers (Ancus Marcius), schließt sich aber mit dem kriegerischen Grundton *(gloria)* an das des Romulus an: er soll Alba Longa unterworfen (vgl. Horatius Nr. 1), die Albaner in Rom auf dem Caelius, wo er selbst wohnte, angesiedelt und auch die Sabiner besiegt haben. Obwohl er mit dem neugeschaffenen Fetialrecht und dem Bau von Comitium und Curia (Hostilia) zugleich der mit Numa begonnenen Reihe eingefügt wird, soll er wegen Vernachlässigung religiöser Pflichten den Blitztod erlitten haben (keine Apotheose!). Cic. rep. 2,31 f. Liv. 1,22 f. Dion. Hal. 3, 1 ff. 22 ff. Die Regierungszeit des hist. Königs T. H. würde in die Mitte des 7. Jh. fallen (672–640?). RE VII A 1340 ff. **6.** Tullus H. stand als designierter Volkstribun 43 bei M. Antonius vor Mutina, Broughton Mag. 2,359. **7.** A. H. Cato, bekleidete die Ämter zusammen mit seinem Bruder L. (Nr. 8): 207 Praetor (Provinz Sardinien), 201 Decemvir zur Aufteilung eingezogener Ländereien in Apulien und Samnium, 190 Legat unter L. Scipio im Krieg gegen Antiochos. 187 wurden beide (nach Val. Ant.) wegen Unterschlagung angeklagt, A. verurteilt, L. freigesprochen, Liv. 38,55,4 ff. 58,1. **8.** L. H. Cato, Bruder von Nr. 7, 207 praetor urbanus et peregrinus, sonst s. Nr. 7. **9.** L. H. (Dasianus?), Volkstribun um 68 (gegen Münzer, RE VIII 2505 f., der ins J. 72 datierte, nun Broughton Mag. 2,138. 141,8). **10.** A. H. Mancinus (L. f. A. n.), 180 Praetor (urbanus), 170 Consul (zusammen mit A. Atilius Serranus, Quellen Degrassi I. 13,50 f. 458 f.); er übernahm die Kriegführung gegen Makedonien, entging einem Überfall in Epirus, straffte die Disziplin, erzwang aber keine Entscheidung und überwinterte in Thessalien, wo er 169 von Q. Marcius Philippus abgelöst wurde. Pol. 27,16,1 ff. 28,3,1. Liv. 44,1,5–8. Vater des A. H. Mancinus (curul. Aedil 151?, Gesandter 149) und des C. Nr. 11. Stammbaum RE VIII 2507. **11.** C. H. Mancinus, Praetor um 140 (gegen frühere Datierungen auf vor 147, Sylloge^3 674, nun die Nachweise bei Broughton Mag. 2,643), Consul 137 (zusammen mit M. Aemilius Lepidus Porcina, Quellen bei Degrassi I. 13,52 f. 468 f. Broughton 2,484); er übernahm den Oberbefehl in Spanien und wurde von den Numantinern mehrfach geschlagen. Daraufhin schloß er nach Kapitulation einen Feldherrnvertrag, der jedoch von Senat und Volk nicht ratifiziert wurde; seine dann angebotene Auslieferung wurde von den Numantinern nicht angenommen; in Rom stieß man ihn aus dem Senat, nahm ihn aber wieder auf und wählte ihn später vielleicht nochmals zum Praetor. Vgl. zuletzt H. Simon Roms Kriege in Spanien, 1962, 145 ff. **12.** L. H. Mancinus, ältester uns bekannter Vertreter dieser Familie (Sohn eines A., Vater von Nr. 10), fiel 217 bei einem Aufklärungsunternehmen im Gebiet der Falerner, Liv. 22,15, 4 ff. **13.** L. H. Mancinus, Sohn eines L. (Bruder von Nr. 10), Enkel von Nr. 12. Praetor 149?, 148 als Legatus Flottenbefehlshaber im 3. Pun. Krieg (ohne bleibende Erfolge, auch bei einem Handstreich auf Karthago, App. Lib. 110. 113 f.). 145 Consul (zusammen mit Q. Fabius Maximus Aemilianus, Broughton Mag. 1,469). **14 ff.** H. Saserna. Cognomen etr. (Schulze Eigenn. 94). Alle Träger hatten vielleicht das Gentilicium H., obwohl es nicht für alle bezeugt ist, und stammten möglicherweise aus Oberitalien, wo auch die beiden landwirtschaftlichen Schriftsteller *Saserna pater et filius*, die vor 67 geschrieben haben dürften, wahrscheinlich ansässig waren, Schanz-Hos. 1,241 f. **14.** C. (H.?) Saserna, Legat (oder Praefekt) Caesars in Leptis 46, Volkstribun 44 (?, Broughton Mag. 2,324 f.). **15.** L. H. Saserna, Münzmeister um 48 (Verherrlichung der Taten Caesars in Gallien). Syd. LXV. **16.** P. (H.?) Saserna, Bruder von Nr. 14, Offizier Caesars in Africa, Bell. Afr. 10,1. **17.** C. H. Tubulus, ältester bekannter Vertreter dieser Familie, 209 Praetor urbanus. Sein Imperium wurde bis 204 jährlich erneuert: 208 stand er in Etrurien, 207 in Tarent und dann in Capua (nach Liv. 27,24,1 ff. verdächtiger Sieg über Hannibal). Vielleicht ein Sohn von Nr. 1. **17a.** C. H. (Tubulus?) s. o. Nr. 1. **18.** L. H. Tubulus (Enkel von Nr. 17?), Praetor 142 und Vorsitzender des ständigen Gerichtshofs in Mordprozessen *(quaestio de sicariis)*, Broughton Mag. 1,475. Einer wegen Bestechung bevorstehenden Verurteilung suchte er durch freiwillige Verbannung zu entgehen, wurde aber zurückgeholt und nahm Gift. Musterbeispiel für ruchloses Verbrechertum im Amt, Ascon. Scaur. 20 K.-S., Cic. Att. 12,5 b. Lucil. 1312 M. u. a. Mommsen RStrR 71,1,197,2 u. ö. **19.** Quarta Hostilia, Gattin zunächst des Cn. Fulvius Flaccus, dann des C. Calpurnius Piso. Wegen Vergiftung ihres 2. Gatten in dessen Consulat 180 wurde sie angeklagt und verurteilt, Liv. 40,37,5 ff. Münzer Adelsp. 210. H. G. G.

Hostis ist nach frühröm. Verständnis jeder Ausländer (Peregrine): Cic. off. 1,12,37. Er hat an der Rechtsgemeinschaft der Quiriten keinen Anteil. wenn ihm nicht das *commercium* zuerkannt wird. Unwahrscheinlich ist freilich, daß man sich dem h. ohne *commercium* gegenüber überhaupt nicht gebunden wähnte. Gastrecht, aber auch Sakralrecht (vgl. zum *ius fetiale* Cic. off. 3,29,108) schufen rechtserhebliche Maximen für das Verhältnis zum h. Ein *status dies cum hoste* (Fest. s. Status dies, ed. Lindsay 414; »tab. 2,2«) diente der Schlichtung von Streitigkeiten mit *hostes*, nicht nur aus Anlaß eines Friedensschlusses. Gegenüber dem h. war die Verpflichtung zur *auctoritas* (wohl im Sinn einer Gewährschaftshilfe für einen vom h. in Anspruch genommenen Römer) unbegrenzt. Später verstand man dies als Ausschluß des h. von der Ersitzung. Zu Ciceros Z. ist h. dann nur der Feind; vgl. auch Dig. 50,16,234. Th. M. M.

A. Heuss Die völkerrechtlichen Grundlagen der röm. Außenpolitik, 1933, 5. *Brecht* Perduellio, 1938, 121. *Mayer-Maly*, ZRG 78, 1961, 270ff.

Hostius. Röm. Dichter, 2. Jh. v. Chr., verfaßte ein Epos »Bellum Histricum« oder »Annales« (Prisc., GrL 2,270,9 *in I annali*) in 2 oder mehr B., worin er vermutlich den Feldzug des C. Sempronius Tuditanus vom J. 129 v. Chr. ([2],254) und nicht den von 178 v. Chr. ([1],10. [3],117) behandelte und den Sieger verherrlichte. Erhalten sind 7 Frg. Homer und Ennius waren seine Vorbilder. Übereinstimmung von Verg. Aen. 6,625 mit Frg. 3 (Morel) wohl eher auf gemeinsame Benützung von Homer, Il. 2,489, als auf solche des H. durch Verg. zu erklären. H. vielleicht Prop. 3,20,8 *(docto avo)* als Vorfahre der Cynthia = Hostia gemeint. Morel FPL S. 33 = FPR S. 138. I. B.

1. *M. A. Weichert* Poetarum Latinorum Hostii ... vitae et carminum reliquiae, Lips. 1830, 1–18. 2. *Th. Bergk* Kleine philolog. Schr. I, Halle 1884. 3. *L. Fronza*, RIL 82, 1949, 116f.

Hostus. Praenomen, nach Auct. de praen. 4: *in eo qui peregre apud hospitem natus erat.* → Hostilius Vorbem. und Nr. 2. Ferner bei H. Lucretius Tricipitinus. Walde-Hof.[3] 1,661f. RE XVI 1656. 1661. H. G. G.

Huhn (Hahn). Die ant. Mittelmeerwelt kennt nur das Haus-H. (die H. von Gallinaria bei Varro rust. 3,9,17. Colum. 8,2,2 waren sicher verwilderte H., vgl. Keller 2,133). Es ist ein altes Zuchtprodukt aus mehreren südasiat. Wildarten, bes. dem Bankiva H. (Indien, Sunda-Inseln); seine Verbreitung (ca. 1400 v. Chr. nach China, vor 1200 nach Baktrien und Iran [»persischer Vogel« bei Kratin. 259. Aristoph. av. 485.707; »medischer V.« bei Aristoph. Av. 276], von dort nach Mesopotamien und Kleinasien) hat Lorentz verfolgt; Palästina und Äg. hat es wahrscheinlich nie erreicht. Für das Vordringen nach Griechenland gibt das erste Auftreten der Bezeichnungen gute Hinweise: ἀλέκτωρ (Batrach. Pind. Aischyl. u.a., immer poet.), ἀλεκτρυών (seit Theogn.; fem. seit Aristoph.); ἡ ἀλεκτορίς (seit Hippokr. Epich. Hekat.); ὁ (ἐνοίκιος) ὄρνις (Aischyl., Soph.), ἡ ὄρνις (θήλεια) (seit Soph.). Das H. kommt also erst E. 6. Jh. nach Griechenland, von da rasch nach Sizilien und Unteritalien. Dem entspricht das Auftreten des Hahnes auf Münzen (Himera Anf. 5. Jh.; Phaistos, Dardanos Mitte 5. Jh.); spätestens in perikleischer Z. gehört es zum normalen Tierbestand der ländlichen Anwesen. Geschätzt und beliebt war der Hahn als Wächter und Zeitansager (Theogn. 863f. Plin. nat. 10,46), außerdem als Kampfhahn, den man in Gymnasien, Palästen und auf öffentlichen Plätzen auftreten ließ und für dessen Zucht verschiedene Orte berühmt waren (Plin. 10,48). Seine mutige und streitbare Natur (Pind. Ol. 12,14. Aischyl. Eum. 813. Plin. 10,47. Ail. nat. 4,29; in der Kunst Attribut von Ares, Herakles, Athene) steigerte man künstlich durch Fütterung mit Knoblauch und Zwiebeln (Xen. symp. 4,9. Sch. Aristoph. eq. 494). Hahnenkämpfe, angeblich von Themistokles eingeführt (Ail. 2,28; vielleicht nach kleinasiat. Vorbild, vgl. Plin. 10,50), gehörten zu den wichtigsten Volksbelustigungen der Griechen (Aristoph. av. 759. Lucil. 300 f. M.; Kampfdarstellungen auf Vasen, Reliefs, Gemmen usw.; palmentragende Sieger-Hähne auf Münzen aus Kleinasien und dem Mutterland; vgl. Schneider, RE VII 2210ff.), erfuhren aber frühzeitig die Kritik der Ernsthafteren (Plat. leg. 7,880. Aischin. c. Timarch. 53 u.a.). So ist der Hahn ein wertvolles Geschenk unter Freunden, oft mit erot. Bedeutung (H. und Eros auf vielen Gemmen, vgl. Imhoof-Blumer und Keller, Tierdarstellungen auf Münzen und Gemmen T. XVI 31. XXI 47–50. 54; ferner Aristot. hist. an. 488 b 4. 613 b 25). Pers. Ursprungs ist dagegen seine Verbindung mit Hermes, Helios-Apollon, Eos, Mithras, d.h. seine Auffassung als Vogel der Lichtgottheit. Als solcher kann er Dämonen bannen (Ail. 3,31; viele H.-Bilder auf Waffen, Grabsteinen, Urnen usw.; vgl. auch Plin. 37,144 über das Kampfamulett Milons). Auch die Vorstellung, daß der Löwe ihn fürchte (Aisop. fab. 84.292 Hausr. Ail. 5,50), kann religiösen Ursprung haben. Hierher gehört wohl auch seine Verbindung mit Asklepios (Plat. Phaid. 118. Ail. 10,17. Artemid. 255,24; vgl. Plut. qu. symp. 4,10, 1), dem neben Herakles Hähne in Massen geopfert wurden (vgl. CIG III p. 484). Die Christen übernahmen den Lichtvogel als Attribut Christi (darüber eingehend Prud. cathem. 1).

Das H. als Fleisch- und Eierlieferant tritt in Griechenland stark in den Hintergrund, obschon es als solcher eine Rolle spielt (vgl. Aristot. 558 b 9ff. [Legeleistung guter Züchtungen]. Ps. Aristot. hist. an. 631 b 25 [Kastration der Hähne zur Förderung des Fleischansatzes, vgl. Plin. 10,50]). Vor allem Delos scheint darin ein führendes Züchterzentrum gewesen zu sein (Varro rust. 3,9,2. Colum. 8,2,4. Plin. 10,139). Größere volkswirtschaftliche Bedeutung erhält die H.-Zucht erst in Rom, auch hier nicht vor dem 1. Jh. v. Chr. (s. Art. »Geflügelzucht«); Hauptdarstellungen: Varro 3,9. Colum. 8,2ff. Hier wurde wohl durch Kreuzungen jene rebhuhnfarbige Rasse entwickelt, die bis h. als »Italiener« zu den besten Lege-Rassen zählt. Längst vorher war das H. auf nicht näher bestimmbaren Wegen nach Germanien, Gallien und Britannien als Nutztier gekommen (Caes. Gall. 5,12. Hehn 334. Gandert 69ff.; neueste Forschungsübersicht bei Schweizer 6ff.), aber offenbar nicht vor der späten Hallstattzeit und frühen La-Tène-Zeit. Die frühen Funde weisen durchwegs kleinere Formen auf als die bei den Römern gezüchteten H. Das Aufkommen größerer Formen seit dem 1. Jh. n. Chr. verrät den Einfluß der Römer.

Interessante zoolog. Angaben bietet Aristot. (und Theophr.) hist. an. (z. B. 544 a 31. 558 b 9ff. über Fortpflanzung und Ausbildung der Eier; 561 a 6ff. über die Entwicklung des Kükens im Ei; 508 b 28 über den Vormagen; 536 a 28ff. über das Verhalten des siegreichen Hahnes; 631 b 8 über hageschlechtsfremdes Verhalten von Hahn und H.). Dagegen geht Plin. 10,46ff. hauptsächlich auf die Rolle des H. als mantisches Tier im röm. Staatskult ein. Aus Annahme oder Ablehnung des Futters durch die heiligen H. ermittelte man den Willen der Götter vor öffentlichen Unternehmungen, bes. im Krieg und bei Kolonialgründungen. Dieses sog. *auspicium ex tripudiis* (Cic. div. 1,28. 2,73; nat. 2,7; vgl. Mommsen StR³ 1,82ff. Wissowa Rel.² 532. Marbach, RE VII A 230ff.) ist zuerst für 325 v. Chr. bezeugt (Liv. 8,30), scheint aber, wie Fälle von Mißachtung und Manipulation sowie die Ironie Ciceros und die pathet. Entrüstung des Plinius erkennen lassen, nie ganz ernst genommen worden zu sein und verschwindet in der Kaiserzeit ganz. W. R.

B. Lorentz Die Hühnervögel, Progr. Wurzen 1904. *Hehn* Kulturpfl. ⁸326ff. *Keller* Ant. Tierwelt 2,131ff. *Schrader*, Reallex. der idg. Altertumskde. s. »Hahn«, »Huhn«. *G. Jennison* Animals for Show and Pleasure in Anc. Rome (1937). *O. F. Gandert* Zur Abstammungs- und Kulturgesch. des Hausgeflügels, insbes. des Haushuhnes, Beitr. zur Frühgesch. der Landwirtschaft 1, 1953. *W. Schweizer* Zur Frühgesch. des Haushuhns in Mitteleuropa, Diss. Münch. 1961.

Humanitas. Im Wort *humanitas* faßte der Römer vor allem der ciceron. Zeit und bes. Cicero selbst den verpflichtenden Wesenskern des Menschen zusammen. Es gehört zu den kostbarsten Konzeptionen und Vermächtnissen des Römertums. Es bezeichnet das im Menschen, was ihn im eigentlichen Sinne zum Menschen macht. Dahinter steht der Glaube, daß der Mensch an sich etwas Großes und Bejahenswertes ist. Man muß unterscheiden zwischen dem abstrahierenden oder intensivierenden Lebensbegriff, der sich im Wort formuliert, und dem Menschenbild, hinter dem das Wort steht, ohne daß es ausdrücklich zur Formulierung benützt würde.

Als gewachsener Lebensbegriff, der den Wesenskern des Menschen wenn nicht abstrahiert, so doch alles umfassend komprimiert, ist er zu unterscheiden von den optimistischen hellenist. Weltanschauungen, der Stoa und dem Epikureismus. Für beide ist der σοφός das Ziel, für die Stoa vollendet sich der Mensch im λόγος, für Epikur im λογισμός, also für beide intellektuell. Die Griechen überhaupt sehen das Höchste im Transzendenten, dem ϑεῖον, während das Menschliche höchstens durch seine Hinfälligkeit und Anfälligkeit [(7)] zur Solidarität des Leidenden führt ([30]).

Die Griechen haben darum keinen zusammenfassenden Begriff für das Menschliche im Menschen entwickelt ([7]), obwohl sie mit ihrer hervorragenden Offenheit für das Natürliche Werke höchster Menschlichkeit geschaffen haben ([11], [21]). Erst der Dichter des Hellenismus Menander hat im emphat. betonten Wort ἄνϑρωπος die Möglichkeit, das spezifisch Menschliche zu rühmen. φιλανϑρωπία ([3]) und ἀνϑρωπισμός ([15]) haben ebenso wie παιδεία (doch s. [10] partielle Bedeutung.

Im Römischen selbst tritt der Begriff in Konkurrenz zu einem ähnlich zentralen und umfassenden, dem der *virtus*. Während mit *virtus* der Gedanke an Kraft, Anspannung, Leistung, Elite und Dienst an der *res publica* verbunden ist, gehört zur h. Milderung des Herben, Lockerheit, Muße, wohlwollendes Miteinander, Erhebung und Sublimierung ohne Pathos, Freude am Geistigen und der schönen Sprache ([7], [14]). Sie ist zweckfreie Läuterung im bescheidenen Sichfügen. Denkbar, daß h. als zentraler Wert in einer Zeit entdeckt wurde, die in ihren ehrgeizigen Machtkämpfen und ihrem Materialismus und Funktionalismus sie bes. sehnsüchtig vermissen ließ.

Einen ersten Versuch, seinen Inhalt genauer zu bestimmen, machte Gellius (N. A. 13.17). Seine Auskunft, daß h. zu seiner Zeit gleich φιλανϑρωπία sei, daß die Alten, gemeint ist Cicero, darunter aber soviel wie παιδεία verstanden hätten, ist zu einfach und zu eng. Für Gellius war auffällig und bestimmend, daß für Cicero die *Graecae litterae* zur h. gehören. Doch ist die Reichweite des Begriffs nach dem Horizont des jeweiligen Autors verschieden. Sicher ist der Zusammenhang mit *pietas* ([19], [23]), vor allem bei Cornelius Nepos, und mit Gerechtigkeit, an deren Verletzung h. eine feste Grenze findet [28].

Stärker ist der Unterschied des Inhalts in den verschiedenen Zeiten ausgeprägt. Das Substantiv erscheint zuerst am Anf. des 1. vorchr. Jh. Seit Plautus findet sich in immer stärkerer Sinnfülle die von *homo* abgeleitete echt röm. Form (*-anus* zum Menschen gehörig) *humanus* und sein Gegensatz *inhumanus* [17]. Bei Terenz kann das Adjektiv die ganze Skala des als vorbildlich empfundenen menandrischen Menschenbildes einfangen. Zur Zeit des Scipio Aemilianus muß im Zuge der Sprachentwicklung zu größerer Abstraktion das Substantiv entstanden sein. Schon der Gegensatz zur *virtus* verbietet, an eine Herleitung aus außerpolit. (gegen [9]) Prinzipien der Schonung Unterworfener *(clementia)* zu denken, seine Allgemeinheit schließt ebenso wie der weite Gebrauch des Adjektivs bei Terenz den Gedanken an eine Adelstugend aus (gegen [2], [5], [9]). Der stoische Philosoph Panaitios [2], der in seinem System das eth.-ästhet. Leitbild des καλοσκἀγαϑός neu gestaltet und in erster Linie für die Griechen schreibt – wir können es aus Ciceros *de officiis* rekonstruieren –

ist weder der Schöpfer dieses Lebensbegriffes noch sein Ausgestalter. Dieses Konzept hat es vielmehr nie zu einer systemat. Grundlegung und Ausgestaltung gebracht, was seiner Fülle, Elastizität und Lebensnähe nur dienlich war. Doch kann kein Zweifel sein, daß der Scipionenkreis im Stile der h. lebte (Anekdoten über gelöstes Spiel zwischen Laelius, Scipio, Lucilius; interessant in dieser Hinsicht Horazens treffende Formulierung *mitis sapientia Laeli*) und darunter begriff, in der Schule der Griechen der Vorfahren würdig zu werden (Polybios' Bericht über das Einleitungsgespräch seiner Freundschaft mit Scipio Aemilianus; die gepflegte Sprache gehörte dazu: Cicero rühmte Laelius' Sprache).

Die Fülle des flüssigen Gebrauchs bei Cicero (vorgelegt von [22]) ruht auf dem Grund von *iustitia* und *pietas*, schließt außer den schon bewußten Wirklichkeiten jeder freien Verfeinerung und Milde neu Vertrautheit mit den *litterae*, d.h. der griech. Kultur ein und sublimiert sich in der Teilnahme und der Freude an schwereloser und verbindender Geistigkeit ([14]). Systemat. heißt das: h. ist bei Cicero der Inbegriff des Menschlichen, insofern es im Unterschied zum Tierischen Fähigkeit ist, nicht nur Umwelt, sondern geordnete und rhythmisierte Welt zu haben.

Daß der Mensch eine eigene Würde des Menschseins als solche besitzt, eine sittigende Kraft, die nicht nur das geistige Vermögen, sondern auch Herz umfaßt und die Menschen untereinander liebenswert macht, ist tragender Grund der klass. Dichtung. Doch verwenden ihre Dichter das Wort selbst nicht. Dagegen wäre es berechtigt, Horazens Darstellung des Lebens im Maecenaskreise unter dem Begriff h., wie er bei Cicero hervortritt, zu fassen ([20]). Auch bei Vergil kann man von einer neuen humanen Form des Heldentums sprechen, wenn man sich bewußt ist, daß h. nicht alles, z.B. nicht hist. Größe, einschließt (diese Einschränkung zu [2]).

In der Folge tritt der Begriff auch in der Prosa zurück bis zu der Verengung, von der Gellius zeugt. Bei Seneca nähert er sich stoischer Philos., die ihrerseits von ihm humanisiert und erweitert wird ([31]). Bei späteren klassizist. eingestellten Autoren spürt man die Nachwirkung der Konzeption, etwa bei Min. Fel. und auch bis zu gewissem Grade bei Boethius ([18]). Doch entfaltet sie ihre volle Blüte im freien Staate.

Der Begriff war geeignet, eine gewaltige hist. Wirkung auszuüben, weil er den Menschen als Menschen im ganzen zu fassen in der Lage war. Er erhält seine besondere Färbung durch die Reaktion gegen Scholastik, Aufklärung, Positivismus. Immer ist dabei das Ganzheitliche mit der Betonung sprachlicher Schönheit und Bildung verbunden. Bei Erasmus wird h. zum Kampfruf gegen barbar. Unbildung ([7]), mit Herder, der h. mit Humanität wiedergibt, wird sie in fruchtbarem Mißverständnis mit stoischer Anthropologie gleichgesetzt (entdeckt von [14]), in der neuen Zeit wirkt das Wort in den verschiedenen Humanismen, die allen vom Menschen her eine Anthropologie entwerfen. Das hat mit der röm. h. wenig zu tun, da von ihr jede Isolierung des Menschen ferngehalten werden muß ([16]). K. B.

1. *G. Boissier* A propos d'un mot latin. Comment les Romains ont connu l'humanité, Rev. d. deux mondes 36, 1906, 762ff. 37, 1907, 82ff. 2. *R. Reitzenstein* Werden und Wesen der Humanität im Alt., Straßb. 1907. 3. *S. Lorenz* De progressu vocis φιλανθρωπίας, Diss. Leipzig 1914. 4. *F. Zucker* Plinius ep. 8,24: ein Dokument ant. Humanität, Philol. 84, 1929, 209ff. 5. *R. Harder* Die Einbürgerung der Philos. in Rom, Die Antike 5, 1929, 291ff. 6. *I. Heinemann*, RE Suppl. V 282ff. 7. *R. Pfeiffer* H. Erasmiana, Stud. Bibliothek Warburg 22, 1931. 8. *P. de Labriolle* Pour l'histoire du mot humanité. Les Humanités 8, 1931/1932, 421ff. 478ff. 9. *R. Harder* Nachträgliches zur h., H 69, 1934, 64ff. 10. *W. Jaeger* Paideia I, 1934. 11. *F. Wehrli* Vom ant. Humanitätsbegriff, Neujahrsblatt zum Besten des Waisenhauses in Zürich, 1939. 12. *F. Arnaldi* H., Romana 5, 1941, 169ff. 13. *W. Ehlers*, ThlZ IV 3, 1942, 3075–3099. 14. *F. Klingner* Humanität und humanitas. Beitr. zur geistigen Überlief. 1, 1947, 1ff., jetzt Röm. Geisteswelt, 1956^4, 620ff. 15. *B. Snell* »Geistige Welt«, 1947, 1ff., jetzt in »Die Entdeckung des Geistes, 1955^3. 16. *H. Dahlmann* Römertum und Humanismus, Stud. Gener. 1, 1948, 78ff. 17. *S. Prete* Humanus nella letteratura arcaica latina, Milano 1948. 18. *L. Alfonsi* L'umanesimo boeziano della consolatio, Sodalitas Erasmiana, Rom 1949, 166–180. 19. *K. Büchner* H., Die Atticusvita des Cornelius Nep., G 56, 1949, 100–121. (jetzt Studien I). 20. *F. Wehrli* H. Horatiana, Hortulus amicorum, Fritz Ernst zum 60. Geburtstag, 1949. 21. *A. Lesky* Sophokles und das Humane, Almanach d. Österr. AWW 101, 1951, 222ff. 22. *J. Meyer* H. bei Cicero, Diss. Freiburg i. Br., 1951. 23. *F. Beckmann* H., 1952. 24. *H. Haffter* Die röm. h., Neue Schweizer Rundschau 21, 1954, 719ff. 25. *H. Haffter* Neuere Arbeiten zum Problem der h., Philol. 100, 1956, 287. 26. *K. Büchner* Humanum und h. in der röm. Welt, Stud. Gener. 14, 1961, 636ff. (jetzt Studien V). 27. *A. A. T. Ehrhardt* Imperium und h., Stud. Gener. 14, 1961, 646ff. 28. *P. J. Schneider* Unt. über das Verhältnis von h. zu Recht und Gerechtigkeit bei Cicero, Diss. Freiburg i. Br., 1963. 29. *Brooks Otis* Virgil, A Study in Civilized Poetry, Oxf. 1963. 30. *W. Schadewaldt* Der Gott von Delphi und die Humanitätsidee, Pfullingen 1965. 31. *P. Lipps* H. in der frühen Kaiserzeit, Diss. Freiburg i. Br. 1966.

Hummer. Der H. (*ἀστακός* [FRISK: »mit Knochen versehen, Knochentier«], *cammarus*, von *κάμμαρος* [»überwölbtes Tier«? s. WALDE-HOF.^{3}]), nach Aristot. hist. an. 490 a 12 zu den *μαλακόστρακα*, nach Ail. nat. 9,6 zu den *ὀστρακόδερμα* gerechnet, wird von Aristot. a. O. 526 a 11ff. sehr genau beschrieben (weiße Grundfarbe, schwarz gesprenkelt; Zahl der Füße; auffallende mit Zähnen besetzte Scheren; Zusammensetzung des Schwanzes). Er lebt im seichteren Meer (Aristot.

a. O. 549 b 14), so im Hellespont, bei Thasos, Alexandreia (s. Athen. 1,7 B), bei den liparischen Inseln. Frühere Erwähnungen (seit Epicharm) stellt Athen. 3,104 F ff. zusammen, darunter Diokles von Karystos (Athen. 3,105 B = frg. 134 Wellmann), der den H. wohlschmeckend nennt. Für Varro rust. 3,11,3 aber ist der H. Entenfutter, für Martial. 2,43,11 f. und Iuv. 5,84 f. die Speise der Armen; Heliogabal erfand die H.-Mayonnaise (HA Heliog. 19,6); Apicius 2,37 gibt ein Rezept für H.-Haché. E. Mg.

Hund *κύων* **1.** (Dem. *κυνίδιον, κυνίσκος; σκύλαξ, σκυλάκιον* »junger H.«), *canis* (Dem. *caniculus, -a; catulus, catellus* »Junger H.«); medisch Akk. *σπάκα = κύνα* (Hdt. 1,110), vgl. *σπάδακες· κύνες* Hesych. Eines der ältesten und wesentlichsten Haustiere der Menschheit, dessen erste Domestizierung spätestens im Mesolithikum erfolgt ist. In allen ant. Kulturvölkern ist der H. verbreitet und dem Menschen eng verbunden. Seine genet. Herkunft ist seit langem umstritten. Nach urspr. Annahme monophylet. Entstehung (Blainville, Hogson, Studer u.a.) setzte sich die Theorie unabhängiger Domestizierung mehrerer wilder Canidenarten durch (Darwin, Brehm, Jeitteles, mit Einschränkungen noch Hilzheimer), freilich mit stark abweichenden Vorstellungen im einzelnen, wobei Wolf und Schakal als Vorfahren des H. im Vordergrund standen. Von der neuesten Forschung wird dies mit gewichtigen Gründen in Zweifel gezogen; nach Hauck sind weder fossile noch rezente Wild-H. bekannt, weder Füchse noch Schakale als Ahnen des H. möglich. Monophylet. Abstammung (eher von einem hypothet. Caniden als vom Wolf) zieht man wieder in Betracht, kann jedoch vorerst weder die erheblichen Rassenunterschiede erklären noch den lokalen Ursprung und die Wege der Ausbreitung über die Erde festlegen.

Die alte Welt weist in Knochenresten und Abbildungen mehrere typ. Frührassen auf, von denen die meisten Rassen der hist. Z. abgeleitet werden können, so den Canis familiaris Putjatini Studer (dingo-ähnlich, breit und robust, Typus der Eberjagd von Tiryns [14. Jh. v. Chr.]); den Canis familiaris matris optimae Jeitteles (»Bronce-H.«), von dem Hauck die Pariah- und Wind-H. ableitet, ferner die Bracken (durch Kreuzung mit einer hypothet. zweiten Frühform) und die großen Hirten-H., letztere durch Kreuzung mit dem Canis inostranzewi Anutschin, dem Vorfahren der Bullenbeißer und Doggen; endlich den Canis familiaris palustris Rütimeyer (sog. Torf-H. oder Pfahlbauspitz), den Ahnen der Spitze, Laiki u.a. Einige dieser frühen Formen begegnen um 3000 im Alten Orient in vorzüglichen Abbildungen, so Doggen in Mesopotamien und Äg., Windhunde und terrierartige Formen in Äg. (3. Jt.), eine Putjatini-Art in Tiryns (s.o.); die griech.-röm. Welt kennt sie alle, teils rein, teils verbastert, teils künstlich gekreuzt. PLACHT hat aus dem griech. Bildmaterial und den ant. Beschreibungen folgende Gruppen unterschieden: 1. Melitäer (Zwergspitze). 2. Lakonier (geteilt in *καστόριαι* und *ἀλωπεκίδες*). 3. Kreter (Windhunde). 4. Molosser (geteilt in Doggen und Schäferhunde). Etwas abweichend davon unterscheidet HAUCK (S. 73) 6 Typen (Pariah- und Schäferhundtypus; Windhundtypus; Brackentypus; Doggentypus; Spitztypus; Hirtenhundtypus) und warnt davor, jede Darstellung als naturalist. Zeugnis zu werten. Auch die griech., von den Römern übernommenen Rassenbezeichnungen sind oft mehr formelhaft oder situationsbezogen als zoolog. zuverlässig und nicht in ein klares System zu bringen.

Homer (ca. 90 Stellen) und die übrigen alten Dichter unterscheiden keine Rassen, sondern nur Aufgaben der H. (z.B. Jagd: Il. 8,338 ff. 10,360 ff. 11,292 ff. Od. 19,428 ff. u.a.; Bewachung und Verteidigung der Herde: Il. 5,476. 10,183 u.a.; Bewachung des Anwesens: Od. 14,29 ff. 20,13 ff. u.a.); Rassennamen begegnen erst seit dem 5. Jh. (Pind. frg. 106 B. = 121 Tu.; Soph. Ai. 8: Lakonier; Hdt. 1,192: Inder; Aristoph. Thesm. 416: Molosser; noch bei Aristot. hist. an. 574 a 17 ff. steht nur *Λακωνική* trotz Behauptung mehrerer *γένη*), ihre Charakterisierungen meist in der zoolog. und jagdkundlichen Lit. (s. am E.). Daraus ist folgendes zu entnehmen: 1. Molosser (Epeiroten): die größte und stärkste H.-Rasse, scharf und furchterregend, überwiegend als Hirten- und Hof-H. verwendet, aber auch zur Jagd großen Wildes geeignet. Zugehörigkeit zum Doggentypus ist sicher, auch durch Darstellungen belegt; bei den Hof-H. des Eumaios ist wohl an sie gedacht (Od. 14,29 ff.); doch ist oft Kreuzung mit Lakoniern anzunehmen. Die »indischen« H. scheinen mit den Molossern ident. zu sein (Aristot. gen. an. 746 a 34. Xen. kyn. 10,1). – 2. Lakonier (spartan. H.): wahrscheinlich Kreuzung aus Dogge und einer oder mehreren anderen Arten; die eigentlichen Jagdhunde, stark wie Bullenbeißer, aber etwas kleiner und schneller, mit großer Sorgfalt gezüchtet und sehr kostbar; ihr Zuchtbild zeichnet Xen. kyn. 4, danach andere. Von ihrer Hauptform, der kastor. (nach Kastor als myth. Erst-Züchter) unterscheidet Xen. 3 die »Fuchs-H.« (Alopekiden), so genannt nach ihrem fuchsähnlichen Kopf (häufig auf Vasenbildern klass. Z.); später hat man beide Unterarten vermengt (Poll. 5,38 ff.). – 3. Kretische und sizilische H.: Windhundarten, die erstere kleiner und zarter als die letztere und oft zur Steigerung von Kraft und Ausdauer mit Lakoniern gekreuzt, beide zur Begleitung auch berittener Jäger bei der Jagd auf schnelles Wild verwendet. Die letztere Art findet sich auf Mz.-en von Panormos, Segesta, Eryx, war also nicht nur der Ruhm, sondern auch ein wertvoller Exportartikel dieser Orte. – 4. Melitäer H. (nach Malta als Züchtungsursprung): ein kleiner, langhaariger Spitz, schwach und kurzbeinig, als Wach-H. brauchbar, oft nur Schoß-H.

(Strab. 6,277. Ail. nat. 7,40; Abb. z. B. bei Dar.-Sagl. 834. 840. 1113). – 5. Der eigentliche Hirtenhund (Schilderung bei Varro rust. 2,9. Colum. 7,12. Vgl. Verg. georg. 3,404 f.), der Eigenschaften des Hof-H. mit denen des Jagd-H. vereinen sollte, war von Anfang an ein Kreuzungsprodukt, ist aber wohl auch weiterhin immer neu mit anderen großen Rassen eingekreuzt worden. Er war nützlich, aber nicht teuer, also auch für ärmere Bauern erschwinglich, während die reinen Rassen oft ein Vermögen in der Hand reicher Herren darstellten; nur die letzteren hat die kyneget. Lit. (bes. Xen. und Arr.) im Auge.

Hundehaltung und Jagd waren auch in Griechenland seit jeher eng verbunden (vgl. myken. *ku-na-ke-ta-i* = κυναγέτᾳ, Ventris-Chadwick, Documents 130 ff. 299; im übrigen s. Orth, RE IX 575 ff.). Dagegen blieb die Verwendung als Kampftier im Krieg, den Orientalen geläufig, im W. auf seltene Fälle beschränkt (Hdt. 5,1. Plin. nat. 8,143. Lucr. 3,750. Plut. soll. an. 969. Phot. Bibl. p. 148. Ail. 7,38 Schlacht bei Marathon; Veg. milit. 4,26 betrifft nur Wachhunde an den Limeskastellen, nicht Kampf-H.). Eine Besonderheit sind auch die Kampf-H. der Britannier (Claud. Stil. 3.301), während die Kelten sonst außer dem ordinären und häßlichen »egusischen« (d. i. segusischen) H. (Arr. kyn. 3,4) nur den schönen, schnellen und edlen *vertragus* (eine Windhundart) für Jagdzwecke züchteten (Arr. 3,6 f. Opp. kyn. 1,373. Gratt. 156. Martial. 3,47).

Daneben gab es im Orient wie in Griechenland und Italien massenhaft verwilderte, herrenlose H. (sicher nicht nur Pariah-H.), die wie Geier um Siedlungen, Tierhürden, Schlachtfelder usw. strichen, von Abfällen und Kadavern lebten und vom Haß der Menschen verfolgt wurden (vgl. z. B. Psalm. 59,7.15. Jer. 15,3. II Mos. 22,31. I. Kön. 21,19 ff.; bei Hom. formelhaft κορέει κύνας ἠδ' οἰωνούς u. ä. von den Leichen Gefallener: Il. 8, 379; vgl. 1,396. 17,242 f. 335. 18,271. 22,66 und oft; Od. 3,259. 14,135 u. a.; für Italien vgl. etwa Liv. 41,21,7. Hor. epod. 5,23) und denen in arch. Z. nicht nur die Leichen der Feinde überlassen, sondern ihre ausgerissenen Genitalien hingeworfen wurden (z. B. Od. 18,86. 22,476; vgl. Il. 22,75).

Dieser doppelten Stellung des H. im Leben der Menschen als Helfer, Begleiter und Wächter einerseits, als beutejagender Wildling und Leichenschänder andererseits entspricht doppelte Bewertung seines Charakters: einerseits ist er Inbild der Treue (Od. 17,291 ff. Plin. nat. 8,143 f. Ail. 6,25. 7,40 u. a.) und Klugheit (Xen. oec. 13,8. Ps. Aristot. hist. an. 608 a 27. Theokr. 21,15. Plut. soll. an. 973. Ail. 7,13 u. a.), wird von seinem Herrn als Liebling verwöhnt (Od. 10,216 ff. Arr. kyn. 9,1. 18,1) und mit Namen genannt (eingehend Xen. kyn. 7. Baecker Hundenamen des Alt., Diss. Königsberg 1884); ja »H.« kann ehrendes Prädikat für treue, wachsame Menschen sein (Aisch. Ag. 607. 869. Aristoph. eq. 1023; ähnlich vom Adler als Διὸς κύων: Aischyl. Prom. 1022. Soph. frg. 884; vom Greif: Aischyl. Prom. 803). Andererseits wird er Symbol des Gemeinen, Dreisten u. »Hündischen« (meist Fem.: Il. 6,344. 356. 8,423. 21,481. Od. 18, 338 u. a. Aristoph. Vesp. 1402 usw., auch auf Männer bezogen: Il. 13,623. 8,299. Od. 17,248) oder kläffender Angriffslust (Aischyl. Hik. 758. Soph. frg. 885. Eur. frg. 555. Theokr. 15,53; von den Furien Soph. El. 1388. Eur. frg. 383); daher auch der provozierende Beinamen κύων für → Antisthenes 1 (vgl. Joel Gesch. der ant. Philos. 1,881^1) und → Diogenes sowie der Anhänger der kyn. Philosophenschule (Aristot. rhet. 1411 a 24. Anth. Pal. 7, 65. 413. Plut. mor. 717 C u. a. vgl. Philod. vol. Herc. 339,8, ferner κυνογαμία bei Hes. s. Κράτης).

Bei dem engen Verhältnis zum Menschen (vgl. Od. 17,309. Prop. 4,3,55. Phaedr. 3,7,22. Martial. 1,109 usw.) und seinen ausgeprägten Eigenschaften ist der H. natürlich bei der Bildung von Sprichwörtern stark im Spiel (Otto Sprichw. 68 ff.) und spielt eine bedeutende Rolle in der Tierfabel (Aisop. fab. 41. 52. 64. 93. 94. 129. 134–139. 283 Hausr., Phaedr. 1,4. 17–19. 22. 3,7. Babr. 42. 48. 74. 79. 85. 87. 99. 104. 110). Ebenso verständlich ist, daß er in hist. Zeit fast nirgends gegessen wurde, obschon dies für die früheste Z. der Domestizierung angenommen wird. Eine angebliche Ausnahme im röm. Kult beruht auf einem Mißverständnis (Latte RRel 68^1); glaubwürdiger ist die Aufforderung des Dareios I. an die Karthager (Iust. 19,1,10), auf Opferung von Menschen und Verzehr von H.-Fleisch zu verzichten; denn der H. genoß im Iran als Wächter gegen böse Geister religiösen Schutz. Als Opfertier spielt er sowohl bei Griechen wie bei Römern eine sehr beschränkte Rolle, offenbar nur bei Reinigungsriten (Theophr. Char. 16. Klearch. bei Ail. 12,34. Athen. 3,99 e. Plut. qu. Rom. 52,277 B. Plin. 29,58. Scholz 27 f. 40 ff. Nilsson GgrR 1^2,95. 104 f. 724. 797). Daß er daneben in der Kunst als Begleiter von Gottheiten des Waldes und der Jagd (Pan, Apollo, Priapos, Silvanus) und des Iuppiter Custos auf dem Kapitol erscheint, hat mehr symbol. als religiöse Bedeutung. Zum H. des Hades s. → Kerberos. Im Aberglauben bes. der Römer hat der H. einen wichtigen Platz, namentlich der schwarze, heulende und trächtige (Burris, Cl. Phil. 30, 1935, 32 ff. Riess, RE XVIII 368); auch die zahlreichen mag.-med. Anwendungen von H.-Fett, Milch, Blut, Urin, Vomitum usw. sowie der verschiedenen Körperteile (Plin. nat. 29. 30) verraten noch den alten Glauben an geheime Kräfte des H. Im Vergleich dazu sind die zoolog. Beobachtungen der Alten am H. eher dürftig und z. T. falsch (z. B. Aristot. 516 a 17 über den Schädelbau; 501 b 5 ff. Plin. 11,160 über den Zahnwechsel; Plin. 11,265 über das Einziehen des Schwanzes). Besonderes Interesse fand die Tollwut (Ps. Aristot. 604 a 3 ff. Plin. 2,207. 7,64. 8,152 f. u. a.), für deren Verhütung oder Heilung Plin. eine große Zahl von

Mitteln aus der Lit. zusammenstellt (s. Ind. der Ausg.). Über Aufzucht und Abrichtung des H. (außer der u.a. Landwirtschafts- und Jagdlit. s. auch Sen. clem. 1,16) ist das überlieferte Material reich und großenteils vorzüglich.

Verzeichnis der wichtigsten ant. Texte: Aristot. hist. an. 6,574 a 17–575 a 13. Xen. kyn. 3–4.7. Arrian. kyn. Opp. Apam. kyn. 1,367–538. Geopon. 19,2. Varro rust. 2,9. Verg. georg. 3,404–413. Gratt. cyn. 151–327. Colum. 7,12–13; Plin. nat. 8, 142–154. Nemes. cyn. 103–236. W. R.

O. Keller Ant. Tierwelt 1, 1909, 91ff. *F. Orth* Der H. im Alt., Progr. Schleusingen (1910). *W. Tschudi* Gesch. des H. Abstammung und Rassendifferenzierung (1926). *E. Flor* Haustiere und Hirtenkulturen, Wiener Beitr. zur Kulturgesch. und Ling. 1, 1930, 36ff. *O. F. Gandert* Forsch. zur Gesch. des Haus-H. (1930). *G. M. A. Richter* Animals in Greek Sculpture (1930). *W. Placht* Die Darstellung des H. auf gr. Bildwerken, Diss. Wien 1933 (Masch.). *M. Hilzheimer* Dogs. Antiquity 6, 1932, 411ff. *E. E. Burriss* The Place of the Dog in Superstition, Cl. Phil. 30, 1935, 32ff. *H. Scholz* Der H. in der gr.-röm. Magie, Diss. Berlin 1937. *E. Hauck* Abstammung, Ur- und Frühgesch. des Haus-H. (1950). *B. Schlerath* Der H. bei den Indogermanen, Paideuma 6, 1954, 25ff. *W. Richter* Abschn. »Landwirtschaft« in F. Matz Archaeologia Homerica (in Vorbereitung).

2. s. Sternbilder

Hunericus (Hunerich), ca. 420–484, Sohn des → Geisericus, König der Vandalen von 477–484, vermählt (456–472) mit → Eudokia (2). H. zunächst nachgiebig gegenüber Kaiser Zeno und milde gegenüber den Katholiken (Malch. frg. 13. Vict. Vit. 2,2), verfolgte von 482 an die Katholiken mit aller Schärfe und zeigte dabei nach dem freilich tendenziösen Bericht bei Victor Vit. (2,5ff. und 3) die gleiche Grausamkeit wie beim Wüten gegen die Familien seiner Brüder und die von ihm der Opposition verdächtigten Vandalen. Den Mauren trat H. nur schwach entgegen (Prok. 3,8). Gegen seinen Willen folgte ihm nicht sein Sohn Hilderich, sondern → Gunthamund nach. A. L.

Chr. Courtois Les Vandales et l'Afrique, 1955. *Diesner*, RE Suppl. X 957ff.

Hunni. Reiternomaden, lösten 375 den Ansturm german. Stämme auf das Imp. Rom. aus. Trotz intensiver Bemühungen der neueren Forschung (bes. seit 1945) sind noch viele Fragen über die H. ungeklärt. Mit einiger Wahrscheinlichkeit stammen sie aus Zentralasien; allerdings ist es nicht gelungen, sie etwa mit den Hiung-nu oder den urspr. in der w. Mongolei und O.-Turkestan sitzenden Hun zu identifizieren (vgl. MAENCHEN-HELFEN, Gn 24, 1952, 500f. HAUSSIG bei ALTHEIM Die H. in O.-Europa, 1958, 15). Vielleicht schon seit Mitte des 2. Jh. n. Chr. hielten sich – nach 350 vermutlich durch neuen Zuzug verstärkt – H. zwischen unterer Wolga und Don auf und kamen dabei mit iran. Völkern, vor allem den Alanen, und ihrer Kultur in engere Berührung, aber auch mit den Sarmaten des Wolgagebietes. Im wesentlichen ist hier nur von den H. die Rede, die 375 über den Don nach W. vorstießen und nach Besiegung des → Hermenericus (375) und des Westgoten → Athanarich (376) an der unteren Donau erschienen. Von den anderen nur so viel, daß 1. H. im Kaukasusgebiet zurückblieben und von dort aus Armenien beunruhigten und 2. osthunn. Stämme die sog. weißen H. oder Hephthaliten bis zum Zusammenbruch des Hephthalitenreiches (558) stets gefährliche Nachbarn (gelegentlich mit Rom verbündet) der Sassaniden blieben; völlig gesichert scheint freilich nicht, daß die Hephthaliten (aus denen nach ALTHEIM die Awaren, Chazaren und Protobulgaren hervorgegangen sind) H. waren.

Von der unteren Donau her drängten gegen 400 starke hunn. Scharen nach W. und bewirkten so letztlich auch die Rheinüberschreitung der Germanen E. 406 (→ Honorius). Mächtigster »Häuptling« (»Khan«) der H. war um 400 Uldin, der für Rom gegen → Gainas kämpfte, 405 Stilicho gegen → Radagais unterstützte und 408 Thrakien beunruhigte (Zos. 5,22. Oros. 7,37. Soz. 9,5). Ebenso verdingten sich andere H. als röm. Söldner und kämpften dann wieder gegen Rom. Zwischen 409 und 433 bildete sich ein nach Stämmen gegliederter Staat der H., dessen Organisation ausgestaltet wurde durch den schließlich als autoritärer Monarch herrschenden, die H. auf den Höhepunkt ihrer Macht führenden → Attila (434–453). Die H., deren Stärke in ihrer Reitkunst begründet war, beherrschten damals weite Gebiete von der Ukraine bis zum Rhein, vorwiegend n. der Donau (kaum wie THOMPSON meint bis zur Ostsee). Zahlreiche german. Stämme befanden sich in Abhängigkeit von den H., teils als gleichberechtigt anerkannt, teils schwer bedrückt. Die röm. Regierungen in Ravenna und Constantinopel zahlten oft hohe Tribute. Das Zentrum des Reiches lag zwischen mittlerer Theiss und Donau. Mit der Besiegung von Attilas Söhnen durch german. Stämme, voran den → Gepiden, am Nedao (Pannonien) im J. 454 (455?) zerfiel das Reich der H. wieder. Teilgruppen hielten sich noch im röm. Skythien selbständig (→ Hernac), vor allem aber finden sich H. im späteren 5. und 6. Jh. häufig als Söldner in röm., aber auch german. Diensten.

Von der Sprache der H. sind fast nur Namen bekannt, und es ist unwahrscheinlich, daß sie eine eigene Schrift besaßen (hypothet. Schlüsse von der protobulgar. auf die hunn. Sprache bei ALTHEIM). Auch über die Religion der H. wissen wir so gut wie nichts, und bei allen Vermutungen (z. B. Adlersymbolik, schamanist. Elemente, Göttlichkeit des Herrschers) ist äußerste Vorsicht geboten. Künstliche Verformung des menschlichen Schädels, einschneidiges Hiebschwert, perlenförmige Schwertanhänger (als mag. Amulette iran. Ursprungs?) und verschiedene Ausrüstungsgegenstände für Reiter oder etwa Diademe als Zubehör der Frauentracht, bestimmte Arten von Metallspiegeln und gegossene Bronzekessel, finden sich für die 1. Hälfte des 5. Jh. im damaligen Expansionsbereich der H. weit verbreitet. Erst durch weiteres Material wird besser zu klären sein, wie weit in diesen Erscheinungsformen einer reiternomad. Kultur hunn., sarmat. oder alan. Elemente zu sehen sind, ob man von einer spezifisch hunn. Kunst sprechen darf oder ob sich die H. alles nur auf ihren Wanderwegen aneigneten. Sicherlich darf man mit mancherlei fremden Einflüssen bei den H. rechnen, Spuren einer Romanisierung allerdings sind kaum festzustellen. In den röm. Quellen werden die H. als furchterregend, grausam und unmenschlich charakterisiert und von den Germanen deutlich abgehoben. Die ausführlichste Schilderung besitzen wir bei → Priscus, der 448/49 als oström. Gesandter an den Hof Attilas gekommen war (FHG IV 71 ff.; das bes. wichtige frg. 8 besser in Exc. de legat. ed. de Boor 123). Daneben sei verwiesen auf Iord. Get. 24. 35 ff. (weitgehend von Priscus abhängig), Amm. 31,2, Hier. epist. 77. Claud. in Ruf. 1,320 ff. Sidon. c. 2,239 ff. (nach ALTHEIM sind hier Alanen gemeint) Malal. 402 ff. (Bonn) u. Zos. 4,20. Diese Quellen bieten freilich viel Legendäres. A. L.

F. Altheim Gesch. der H. I–V 1959/62. *H. Homeyer* Attila, 1951. *G. Moravcsik* Byzantinoturcica I² 1958 (mit Lit.). *M. Parducz* Die ethn. Probleme der Hunnenzeit in Ungarn, 1963. *E. A. Thompson* Attila and the Huns, 1948. *J. Werner* Beitr. z. Archäologie des Attilareiches, 1956.

Hut s. Tracht

Hyades (*Ὑάδες*, altlat. *Suculae*). Eines der ältesten Sternbilder der griech.-röm. Sphaira, im Kopf des Stieres, in der Nachbarschaft des Orion und der Plejaden. Hom. Il. 18,486 f. Der Name wurde im Alt. abgeleitet von *ὗς* (»Schweinchen«, die sich um die Muttersau gruppieren: so deutet W. GUNDEL, RE VIII 2616 gegen Manil. 5,125 und PRELL.-ROB. 1,468), von *ὕειν* (»Regensterne«, Hellan. frg. 56. Eratosth. katast. 14. Cic. nat. 2,111. Vgl. die poet. Beiworte *udae*, *pluviae*) oder vom Buchstaben *Υ* (Eratosth. a. O. Hyg. fab. 192; was nach gelehrter Konstruktion aussieht). Hes. erg. 615 ff. nennt die H. neben Orion und Plejaden als Merkgestirn für das Pflügen (es kann nur ihr Frühuntergang Mitte November gemeint sein, vgl. Colum. 11,89 ff.) und für das Anlandziehen der Schiffe (wegen der bevorstehenden Regenzeit, vgl. Eur. Ion 1156). Die Zahl der H. wurde in der Ant. meist mit 5–7, vereinzelt mit 2–4 angegeben. In der astronom. Lit. treten sie, da sie nur einen Bruchteil des Tierkreisbildes des Stieres bilden, nicht hervor. Der hellste Stern heißt bei Ptolemaios *Λαμπαδίας*. Astrolog. Deutung: Ihr Aufgang verheißt den Neugeborenen Unglück, den Staaten Aufruhr, Manil. 5,117 ff. Firm. math. 8,6; die beim Aufgang des Lampadias Geborenen können Ruhm und Reichtum erwarten, Firm. 6,1. 8,31. In den Verstirnungssagen spielen die H. infolge Verknüpfung mit andern Sternmärchen und Lokalmythen eine große Rolle.

Die ps.-hes. Astronomie (5. Jh.) sieht in den H. Nymphen und benennt sie mit Namen, die wohl aus der Dionysossage stammen. Als Ammen des Dionysos, der auf Naxos und in Dodona als → *Ὕης* verehrt wurde, bezeichnet sie Pherekyd. und setzt sie den Nymphen gleich, denen Zeus die Pflege des Neugeborenen übergeben hatte und die er zum Dank für ihre treue Obhut während der Verfolgung durch Lykurgos unter die Sterne einreihte: Hyg. fab. 192; astr. 2,21. Eratosth. katast. 14. Ov. fast. 5,163 ff.; Apollod. 3,29 und Ov. met. 3,314 verlegen die Gesch. nach Nysa. Die von den Autoren angegebenen Namen schwanken. Eine eigenartige Umformung des H.-Mythos bietet Nonnos. Eur. hatte in seinem »Erechtheus« dessen 3 Töchter mit den H. gleichgesetzt, s. frg. 357, WILAM. GldH 1,104,1, ohne damit Anklang zu finden. Vereinzelt blieb auch die Fassung, daß 6 Najaden auf Bitte des Zeus im Alter durch Medea verjüngt und später an den Himmel versetzt worden seien, Hyg. fab. 182. Nach Musaios waren die H. und die Plejaden Töchter des Okeanos und der Aithra (Hya, Pleione), die von Zeus ob ihrer Trauer um den toten Bruder Hyas verstirnt wurden (Eratosth. katast. 14. Hyg. astr. 2,21; fab. 192). Als Eltern der H. werden auch genannt Atlas und Pleione (Hyg. fab. 192), Atlas und Aithra (Ov. fast. 5,171), Okeanos und Hya, Hye (dies ein Beiname Semeles, Eratosth. a. O.), Hyas und Boiotia (Hyg. astr. 2,21). Cl. Claudianus endlich folgt vielleicht einem Alexandriner, wenn er die um ihren Bruder Phaethon weinenden Heliaden als H. an den Himmel versetzen läßt (28,170 ff.). → Sternbilder.

H. v. G.

Hyäne (*ὕαινα* von *ὗς* »Schwein«), zuerst Hdt. 4,92; *γλάνος* (Aristot. hist. an. 8,594 a 31); *κ(ο)ροκόττας* zuerst Ktes. frg. 87 M.; *hyaena, c(o)rocotta(s)*; nachkl. *belua (belva)* (H. A. Gord. 33,1). Die Alten kannten wahrscheinlich nicht nur die verbreitetere Gestreifte H. (Hyaena striata, Vorderasien, Afrika), sondern auch die seltenere Gefleckte H. (Hyaena crocuta, Afrika); vgl. Opp. kyn. 3,288 *περὶ στικτῇσιν ὑαίναις*; aber eine zool. Unterscheidung der Arten lassen weder die Namen noch die sachlichen Mitteilungen erkennen. Gewöhnlich hielt man die H. für einen Bastard aus Wolf und Hündin oder Hund und Wölfin (Plin. nat. 8,72. Ktes. a. O. Diod. 3,35,10); nach anderen sollte sie sich ihrerseits mit dem Wolf kreuzen (Aristot. hist. an. 607 a 3 f.; gen. an. 746 a 32 ff.). Alle Vermutungen über Kenntnisse weiterer Raubtiere, die hinter solchen Nachrichten stecken könnten, sind unbeweisbar. – Nach ant. Beschreibungen (Aristot. hist. an. 579 b 16 ff. 594 a 31 ff. Plin. 8,105 ff.) hat die H. die Größe und Farbe eines Wolfes, eine Mähne wie ein Pferd, doch dichter, härter und über den ganzen Rücken verlaufend, stark wechselnde (wohl schillernde?) Augen. Der alte Volksglaube, die H. habe männl. und weibl. Genitalien zugleich und wechsle jährlich das Geschlecht (noch bei Ov.met.15,409f. Ail. nat.1,25 u.a.), wird von Aristot. durch präzise Beobachtungen als töricht widerlegt (ähnlich Diod. 32,11). Irrtümer seien dadurch begünstigt, daß weibl. H. sehr selten erlegt oder gefangen würden. Als Aasfresser grabe sie als einziges Tier auch Leichen aus. – Man schrieb diesem Tier wunderliche Fähigkeiten zu: Es könne die Stimme des Menschen nachahmen und Namen rufen (Diod. 3,35. Plin. a.O. Ail.7,22), durch Berührung mit einer Tatze, ja sogar durch seinen Schatten andere Tiere hypnotisieren (Ail. 6,14. Plin. 8,106. Geopon. 15,1,12; etwas anders ebd. 15,1,10). Begreiflicherweise spielt sie in der Volksmedizin und Magie eine hervorragende Rolle: Alle Körperteile und Ausscheidungen der H. schätzte man um heilender oder anderer Sympathiewirkungen willen (bes. Plin. 28,92–106); ihr Fell schützte sogar die Saat und verhinderte Hagel (Colum. 2,9,9. Pallad. 1,35, 14); ihr oberster Halswirbel (»Atlas«) wirkte versöhnend (Lucan. 6,672). Der aus ihren Augen zu gewinnende Edelstein *Hyaenia* verlieh prophet. Gaben (Plin. 37,168 u.a.). Traumerscheinung der H. galt als Ankündigung geschlechtlich abnormer Wesen. – Autopsie des Tieres ist bei Aristot. anzunehmen; bei den Griechen fehlt sonst jeder Hinweis aus vorröm. Zeit. Die Römer selbst hatten erst spät Gelegenheit, die H. zu sehen, so unter Antoninus Pius (H.A. Ant. P. 3,10,9), unter Alex. Severus (Cass.Dio 77,1,3), unter Philippus (H.A. Gord. 33,1). Abbildungen sind dementsprechend selten, u.a. auf einem spätrep. (vgl. BESIG, RE Suppl. VIII 1248f.) Mosaik aus Praeneste. W. R.

O. *Keller* Ant. Tierwelt 1,152ff.

Hyagnis. Aus dem phryg. Kelainai, Zeitgenosse des Erichthonios (Marm.Par.10), eine der myth. Musikergestalten wie Orpheus, Marsyas (Sohn des H.), Olympos, brachte das → Aulos-Spiel aus Phrygien zu den Griechen. Dies mag hist. sein; was im einzelnen ihm zugeschrieben wird, ist Spekulation der griech. Musikforschung seit → Glaukos. RE VIII 2624 (ABERT). K. Z.

Hyakinthia (Ὑακίνθια). Urspr. Fest des → Hyakinthos, welches dann an Apollon angeschlossen wurde. Etym. erst von O. HAAS Naučo društvo nr Bosne i Hercegovine, Godisnjak II, Balkanološki Institut, 1961, 98, überzeugend gedeutet und aus **su̯o-ĝen-to-s* = »selbstgezeugt« abgeleitet; vorher P. KRETSCHMER, Wr. Eranos 1909, 118ff. Dafür spricht auch die Gestalt der Artemis *Ἰακυνθοτρόφος* (vgl. C. ROBERT Hellenika 7, 1949, 114ff.) und die Bedeutung der Geburt (vgl. NILSSON GgrR 1^2,317) des von MACHTELD J. MELLINK Hyakinthos, Diss. Utrecht 1943, als »*ἐνιαυτὸς δαίμων*« angesehenen Gottes. Das Fest der H. war bes. im dor. Gebiet verbreitet (vgl. den Monatsnamen Hyakinthios in dor. Kalendern; für Sparta IG V 1, 18 B. 8). Über Einzelheiten des Festes informiert Athen. 4,138 E ff. Die Feier im Freien, die Schlachtung von Ziegen und der Genuß von Käse ergeben für die Deutung der H. kaum etwas Greifbares, der Genuß von Bohnen aber, die Trauerfeier am 1. Tag der H. und das Grab an der Basis des Apollonthrones lassen die H. wahrscheinlich als Vegetationsfest erscheinen. W. P.

Hyakinthides (Ὑακινθίδες). Att. Jungfrauen, Töchter des zugewanderten Lakedaimoniers Hyakinthos, die zur Abwehr von Krieg und Seuchen von den Athenern vergeblich geopfert wurden, Apollod. 3,212. Eine andere Überlieferung macht → Erechtheus zu ihrem Vater und leitet ihren Namen von dem att. Hügel Hyakinthos als angeblicher Opferstätte ab, Eur. Ion 278. Demosth. 60,27. Phot. 397. Der Name des Hügels läßt sich aber ebensowenig wie der der Phyle Hyakinthis auf Tenos, IG XII 5,864ff., von dem Kult des Heros → Hyakinthos trennen, wenn auch der Zusammenhang der H. mit diesem rätselhaft bleibt. Die Sage von dem Opfertod geht auf alten Brauch von Menschenopfern in Notzeiten zurück. H. v. G.

Hyakinthos (Ὑάκινθος). **1.** Heros v. Amyklai bei Sparta, durch den Namen als vorgriech. ausgewiesen, Sein Kult in Amyklai wurde durch den Apollons überschattet, der auch die → Hyakinthia sich aneignete, die eines der bedeutendsten spartan. Feste wurden; am 1. Tage erhielt H. sein Voropfer durch die Tür seines Grabes, das die Basis der auf einem kunstvollen Thron stehenden archaischen Erzstatue des bewaffneten Apollon bildete. Das Grab war als Altar gestaltet und trug mehrere Reliefs von Bathykles (6. Jh.), darunter neben dem Einzug des Herakles in den Olymp auch den des H. und seiner unvermählt verstorbenen Schwester Polyboia, die von vielen Göttinnen, Demeter, Kore, Aphrodite, Athena, Artemis, den Moiren und Horen in den Himmel geleitet werden. Paus. 3,19,3f.; o. I 1536/37 Art. Amyklai. So scheint die Degradierung des früheren Gottes durch diese Apotheose ausgeglichen. Sein Fest und den Monatsnamen Hyakinthios finden wir auch auf Thera und bei den Doriern Asiens. Tarent verehrte das Grab eines Apollon H. Pol. 8,30,3. Knidos verehrte eine Artemis Iakynthotrophos. In Athen gab es eine Örtlichkeit H. und die Sage von dem Opfertode der 4 Töchter eines aus Sparta zugewanderten H. Apollod. 3,212. Hyg. fab. 238, → Hyakinthides. Während H. in Amyklai bärtig dargestellt wurde, erscheint er später immer als ein schöner Knabe, als Schwanenritter auf att. Vasen, auf dem Gemälde des Nikias (4. Jh.), Paus. a.O., als Liebling Apollons, durch einen unglücklichen Zufall beim Diskosspiel mit ihm getötet, Eur. Hel. 1465ff. Apollod. 3,116. Auch von der Liebe der Muse Erato und des Sängers Thamyris zu H. wird berichtet, Sch. Eur. Rhes. 347. Apollod. 1,16. An der letztgenannten Stelle wird er als Sohn der Muse Kleio und des Pieros (ihres eigenen Vaters, KERENYI, Myth. der Griechen 137) bezeichnet. Sonst gilt er als Sohn des Königs Amyklas und der

Diomede, stammt also letzten Endes von Zeus und Taygete ab, Apollod. 3,116; Sohn des Königs Oibalos, Hyg. fab. 271. Ov. met. 10,196. Ein hellenist. Motiv ist wohl die Eifersucht des Zephyros, die dem H. den Diskos ins Gesicht trieb, Palaiphat. 46 (Boreas nach Serv. Verg. ecl. 3,63), doch erscheint Z. schon auf att. Vasen. Auch die ov. Darstellung (met. 10,162 ff.) mit der Ätiologie des Festes und der Blume H. scheint aus alexandrin. Quelle geschöpft (vgl. Nikandr. Ther. 902 ff. Opp. Kyn. 362 ff.). Apollon kann den Geliebten nicht mehr zum Leben erwecken (anders Nonn. 19,102 ff.); da läßt er aus dessen Blut die Blume sprießen und schreibt ihren Blättern die später auf Aias gedeuteten Klagelaute AI AI ein. – Deutung: Rohde, Psyche 1,137 ff., sah in H. einen chthon. Lokalheros und bezog auf ihn auch die Bräuche des 2. Festtages; danach Eitrem, RE IX 14 ff. Mit größerem Rechte gilt H. als vorgriech. Vegetationsgott in der Art des Adonis, der das Sterben und Aufleben der Natur versinnbildlicht, so noch J. Wiesner Olympos 1960, 77. Die Deutung auf die Vergänglichkeit der Jugend (Prell.-Rob. 1,248 f.) darf als aufgegeben gelten ebenso wie die des Diskus auf die Sonnenscheibe. Nilsson (s. u.) betont, daß dem Feste Trauerklänge fehlen, und faßt H. als Fruchtbarkeitsgottheit, ebenso seine Schwester Polyboia (= Artemis oder Kore, Hesych.); Demeter und Kore geleiteten ja beide in den Olymp (s. o.). H. v. G.

Nilsson GgrR 1,294. 500; Griech. Feste 249 ff. *Wilam.* GldH 1,103 f. *Kern* Rel. der Griechen 2,68 ff. *M.H. Swindler* Cretan Elements, 1913, 33 ff. *M.J. Mellinck*, H., Diss. Utrecht 1943.

2. H., in der Frage, welche Blume unter dem schon von Homer (so Il. 14,384. Od. 6,231) oft genannten H. zu verstehen ist, sind die Ansichten geteilt. Gegen die Deutung als die in Kleinasien heimische, in Griechenland und Italien (so nach Colum.) wohl sicher schon in der Ant. als Zierpflanze gezogene Hyazinthe (Hyacinthus orientalis L.) wurde eingewandt, daß die Beschreibungen bei Theophr., Diosk. und Plin. eher für eine Art von Gladiolus (gr. *ξίφιον*), evtl. auch eine Iris- oder Delphinium-Art (→ Delphinium) passen, so die Angaben (Ov., Plin.), daß die Blütenblätter den Trauerruf AI zeigen, weil die Blume aus dem Blut des von Apoll geliebten Hyakinthos oder des Aias entsprossen sei. Nach Mitteleuropa ist H. orientalis kaum vor dem 16. Jh. (durch Türken aus Konstantinopel) gebracht worden. Noch Linné rechnete zu H. auch die Liliaceen Muscari (bes. M. comosum, *βολβὸς ἐδώδιμος* bei Diosk.) und Bellevalia, und h. wird unter *ὑάκινθος* meist die amerikan. Amarylliacee Polianthes tuberosa L. verstanden. H. G.

Hyampolis (*Ὑάμπολις*). Schon bei Hom. Il. 2,521 genannte Stadt im ö. Phokis, in einer n.s. streichenden Talsenke, h. ohne Dörfer, nur 2 km von → Abai. Gut erhaltener Mauerring wohl des 4. Jh. v. Chr. und andere Reste auf einem 30 m hohen Kalkhügel an der Einmündung des Tals von Exarchos in das des Bogdanorema (= Assos bei Plut. Sulla 16,7). *Ὕα πόλις* bei Strab. 9,2,3 p. 401 (vgl. 9,3,15 p. 424). Diod. 16,56,1. Sch. Eurip. Or. 1094, einheimisch angeblich auch *Hysampolis*, Sch. A Hom. Il. 2,521 = Herodian. ed. Lentz II 35,5. Gründung der → Hyanten, Strab. Paus. Eustath. Il. 2,521. Ethnikon *Ὑαμπόλιος* und liter. *Ὑαμπολίτης*.

H. lag an der wichtigsten Straße von N.- nach Mittelgriechenland, daher in der Kriegsgesch. mehrfach genannt. E. des 6. Jh. v. Chr. Niederlage der thessal. Reiterei bei H., Hdt. 8,28. Paus. 10,1, 3–10. Plut. mor. 244 A ff. 480 durch die Perser zerstört, Hdt. 8,33. Paus. 10,35,6, 395 vergebliche Belagerung durch die Boioter, Hell. Oxy. 18 (13),5. 371 die offene Unterstadt von Iason von Pherai verwüstet, Xen. hell. 6,4,27, 346 von Philipp. II. v. Maked. zerstört, Paus. a. O. 198 von Flamininus erobert, Liv. 32,18,6. Hadrian ließ eine Stoa erbauen, Paus. a. O. und eine Inschr. nennt anscheinend noch Septimius Severus [2],308 Nr. 4. Hauptkult der Stadt galt der Artemis. Strab. 9,2,3 p. 401. 9,2,42 p. 416. 9,3,15 p. 424. Paus. 10,1,2 ff. 10,35,1. 5–8. Plin. nat. 4,27. Ptol. 3,14,19. Inschr.: IG IX 1,86–96. [2] 304 ff. BCH 37, 1913, 444 ff. AJA 19, 1915, 334 f. *Ἀρχ. Δελτ.* 1916, 263 ff. SEG III 414. E. M.

1. *J.G. Frazer* Pausanias 5,442 ff. 2. *V.W. Yorke* Excavations at Abae and Hyampolis in Phocis, JHS 16, 1896, 291 ff. 293 ff. 303 ff. 3. *Fr. Schober* Phokis 1924, 31 f. 4. *Bölte*, RE IX 17 ff. 5. *Philipps.-Kirst.* 1,343. 426 f. 700. 716 f. A. 73. 6. *U. Kahrstedt* Das wirtschaftl. Gesicht Griechenlands in der Kaiserzeit 22 f.

Hyantes (*Ὕαντες*). Angeblich vorgriech. Volk in Boiotien in der Umgebung von Theben, danach dichterisch für Boiotien, bes. Strab. 7,7,1 p. 321. 9,2,3 p. 401. 3,4 p. 464. Paus. 9,5,1. 10,35,5. Tzetz. Lykophr. 434. Sch. Pind. Ol. 6, 148. Nach ihnen sollte → Hyampolis genannt sein. E. M.

Hyas (*Ὕας*). Vater bzw. Bruder der → Hyades, auch kollektiv für Hyades gebraucht, Stat. silv. 1,6,21. Ov. fast. 5,170. H. v. G.

Hybla. Name dreier Städte Siciliens, nicht immer mit Sicherheit zu unterscheiden. **1.** H. *Γελεᾶτις* (Thuk. 6,62,5) oder *Γερεᾶτις* (Paus. 5,23,6), das h. Paternò am S.-Hang des Aetna, 415 von den Athenern vergeblich angegriffen, die 414 sein Gebiet verwüsten (Thuk. 6,62,5. 94,3); vielleicht auch das H., vor dem 491 → Hippokrates fiel (Hdt. 7,155). Bei Cic. Verr. 3,102 werden die *Hyblenses* als *civitas decumana*, bei Plin. nat. 3,91 als *stipendiarii* genannt. Die Stadtgöttin Hyblaia (Paus. a. O.) wurde zur *Venus Victrix Hyblensis* (CIL X 7013). Sicul., griech. und röm. Reste bei Paternò, neuestens AA 1964, 680. **2.** Das »große« oder »größere« H. war wohl die Siculerstadt, deren König Hyblon um 728 den Megarern das Land zur Gründung von → Megareis Hyblaioi anwies (Thuk. 6,4,1), daher nicht fern von diesem zu suchen, berühmt für seinen Honig (Strab. 6,267. Biene als Münzbild HEAD HN² 148). **3.** H. ἐλάττων oder Ἡραία nach Steph.Byz. s.v., im Itin. Anton. 89 und Tab.Peut. zwischen Acrae und Calvisiana verzeichnet, in der Gegend von Ragusa zu suchen. **4.** S. Stiala (Stiela). RE IX 25. K. Z.

Hybreas (Ὑβρέας). Bedeutender griech. Redner und Politiker des 1.Jh. v.Chr. aus Mylasa/Karien (Strab.13,630. 14,659f.; Val. Max. 9,14 ext. 2; Hier.chron. z. J. 32). Er stammte aus einfachen Verhältnissen, brachte es jedoch in seiner Heimatstadt zu Reichtum und Einfluß (»*Καρικὸς αὐτοκράτωρ*«, Strab.14,660). Im J.41 trat er als Wortführer der kleinasiat. Städte den Tributforderungen des Triumvirn Antonius entgegen (Plut.Ant. 24,7f.). Als Gegner des Q.Labienus mußte er (40) nach Rhodos flüchten, gelangte aber nach der Rückkehr (wohl 39) erneut zu polit. Bedeutung (Mz.: BMCGr Caria 130 und Pl. 22,2). Von seinem Ruhm als rhet. Lehrer zeugen Zit. bei Seneca (contr.1,2,23. 2,5,20. 9,1,12 u.ö.), der ihn aber wohl nur durch Vermittlung anderer Rhet. kennt. H.' gleichnamiger Sohn war ebenfalls Redner (Sen.suas.7,14). H. Gä.

Susemihl 2,499f. *F. Blass* Griech. Bereds., Bln. 1865, 73. *H. Bornecque* Les déclam.... d'après Sén. le père, Lille 1902, 172f.

Hybreos graphe (ὕβρεως γραφή). Die ὕβρις war ein Generaldelikt, dessen objektiver Tatbestand in einer gesetzwidrigen Verletzung der – sehr weit gefaßten ([2]) – körperlichen Integrität eines anderen, nämlich Kind, Frau, Mann oder Sklave (s. das Gesetz bei Demosth. 21,47) bestand ([1]). Verbalinjurien fielen nicht darunter (unzutreffend [4]). Daß auch der – fremde – Sklave Angriffsobjekt war, erklärt sich aus dem vom Gesetzgeber verfolgten Präventionszweck (Aischin.1,17. Aristot.Ath.pol.1,10). Das Delikt empfing seinen Unrechtsgehalt aus der sich selbst überhebenden, das Opfer herabwürdigenden Gesinnung des Täters (Aristot.rhet.1,13,10. Demosth.21,72. [3]). Die Klage war eine öffentliche, → *γραφή*, sie war schätzbar, → *τίμητος ἀγών* und vererblich (Aristot. rhet. a.O.). Zuständig waren die → *θεσμοθέται*. E. B.

1. *J.H.Lipsius* Das att. Recht und Rechtsverf., 1905–1915, 420ff. 2. *K.Latte*, H 66, 1931, 146. 3. *H.F. Hitzig* Iniuria, 1899, 34ff. 4. *V.Steffen* Symbolae R.Taubenschlag II, 1957, 67ff.

Hybris (Ὕβρις). **1.** Grundlegender Begriff griech. Ethik schon bei Hom., stärker entwickelt bei Hes.Sol. Theogn. Pind. Hdt. Aischyl. Soph. Übergroßes Sicherheits- und Glücksgefühl, übermütiges Vertrauen auf eigene Kraft, Überschreitung der dem Menschen gesetzten Grenzen, Verachtung und Lästerung der Götter fordern göttlichen Unwillen und Vergeltung heraus, vgl. → Nemesis. Positive Gegenbegriffe: → Aidos, → Sophrosyne, → Dike, Metron.

Nilsson GgrR 1,696f.; Griech. Glaube 62ff. *Wilam.* GldH 2,121. *K.Latte* Ant. und Abendl. 2, 1946, 73. *M.Pohlenz* Die griech. Tragödie 59.100 u.s. *C. del Grande* Hybris, Napoli 1947.

2. H. personifiziert, z.B. H. als Mutter des *κόρος* Pind.Ol.13,10. Hdt. 8,77; *κόρος* Vater der H. Sol. frg. 5,9. Theogn.153. H. als Mutter der → Ate Aischyl. Pers. 821. H. als Gattin des Polemos, Babr.fab.170.

L.Petersen Zur Gesch. der Personifikation, 1939.

3. H. als göttliche Potenz kult. verehrt nach Xen. symp. 8,35. Theophr. (Zenob. 4,36). Cic.leg.2,28 tadelt die Athener, daß sie zur Sühnung des Kylon. Frevels auf Veranlassung des Epimenides der *Contumelia* (= H.) und *Impudentia* (= → Anaideia) Heiligtümer errichtet hätten: *virtutes, non vitia consecrari decet*. Vgl. Lact. inst. div.1,20,14ff. Clem. Alex. protr. 2,26. Anlaß zu dem grotesken Mißverständnis waren die *λίθοι ὕβρεως καὶ ἀναιδείας* auf dem Areopag als Standplätze für Angeklagten und Kläger. Paus.1,28,5. Vgl. Eur. Iph.T. 961ff. H. v. G.

C.E. v. Erffa Philol. Suppl. 30,2, 1937. *Judeich* Topogr. v. Athen 300.

Hydarnes (altpers. *Vidarna*). **1.** Sohn des Bagabigna, einer der 7 vornehmen Perser, die 522 auf Veranlassung des Aspathines dem Dareios bei Beseitigung des Magiers Gaumata in Medien halfen. Zur Belohnung erhielt er die erbliche Statthalterwürde in Armenien, die die Hydarniden bis in die Zeit Antiochos' d.Gr. bekleideten. Bei der nachfolgenden Unterwerfung der aufständischen Gebiete wurde H. als Oberbefehlshaber eines Heeresteils gegen die Meder geschickt, mit denen er in Marus zusammenstieß. Das Treffen scheint für ihn nicht günstig gewesen zu sein, denn er mußte sich in die westmed. Landschaft Kampada zurückziehen und die unter der Führung des Dareios heranrückenden Verstärkungen abwarten. **2.** Sohn des Hydarnes, war als Nachfolger des Artaphernes *στρατηγὸς τῶν παραθαλασσίων ἐν τῇ Ἀσίᾳ*. In dieser Stellung beteiligte er sich an der Vertreibung des Miltiades aus der Chersonesos. Z.Z. des 3. Perserzugs (480) führte H. das Korps der 10000 Unsterblichen und leitete den bekannten Umgehungsmarsch bei den Thermopylen. Nach der Schlacht bei Salamis begleitete er den Xerxes auf dem Rückzuge nach Persien, während die Unsterblichen in Griechenland zurückblieben. **3.** Satrap von Armenien, Nachkomme des vorigen. **4.** Sohn des pers. Satrapen Mazaios, mit dem er sich vermutlich 331 vor Babylon Alexander d.Gr. ergab. J. D.-G.

Hydaspes (Ὑδάσπης). Westlichster Fluß des Panğāb, des sog. Fünfstromlandes, ind. Namensform *Vitastâ;* nach anderer Version griech.-pers. Mischform aus dem ostiran. *widat-aspa* = rosseerlangend (h. Dschilam). Der H. entspringt im w. Himalaya im h. Kashmir, fließt in s. Richtung bis zur Vereinigung mit dem Tschinab, dem alten

→ Akesines, als dessen Nebenfluß er h. gilt. Urspr. wurde aber der Name Akesines nur auf den Abschnitt angewendet, der, beginnend bei der Vereinigung des Tschinab mit dem Dschilam, sich s. fortsetzt. Erst später, wahrscheinlich aber schon seit dem Hellenismus (Gr. Hist. Weltatl. I, S. 20b), erhielt der Oberlauf des Tschinab den Namen *Σανδαβάλ* (Ptol. 7,1,26.27.42 N.). Wegen des Vorkommens von Krokodilen (Abart) und einer der äg. Bohne verwandten Pflanze am Akesines galt der Indos mit seinen Zuflüssen in der Alexanderzeit für den Oberlauf des Nil. Der H. fällt, wie der gesamte Panǧāb, in das Staatsgebiet des h. Pakistan. Er wurde 326 v. Chr. durch den Alexanderzug der w. Welt bekannt. An ihm fand die Entscheidungsschlacht gegen → Poros statt, hier gründete Alexander die Stadt → Bukephala. Die uns erhaltenen Berichte gehen auf zeitgenössische Autoren (Aristobulos, Ptolemaios u. a.) zurück. Hauptquellen: Arr. an. 5,4,2. 8,4. 19,4. 6,1,1 u. ö. Curt. 8, 12,13. 13,3. 9,2,15. 4,1,8. Plut. Alex. 60. Strab. 15, 686. 691. 696. Ptol. 7,1,26. 27. 42. 45. 46 (*Βιδάσπης*). Plin. nat. 6,62 (Entfernung von → Taxila bis zum H. 120000 *passus* [= 180 km] 6,71). Mela 3,69. Sogar in der epischen Dichtung n. Chr. fand der H. Eingang (Nonn. Dion. 17,254. 46,22 u. ö.). H. T.

Kiessling, RE IX 34ff. (mit Lit.). *W. Sieglin* Schulatl. zur Gesch. des Alt., S. 7. Gr. Hist. Weltatl. I, S. 17a. Atl. of the World II, Pl. 31.

Hydatius. 1. H., Bischof von Emerita, klagte → Priscillianus der Häresie an und erreichte 385 seine Hinrichtung. **2.** H., Bischof von Aquae Flaviae (?) in Callaecia (N.-Spanien), * E. 4. Jh. in Lemica, † nach 468. Er schrieb eine Forts. der von → Hieronymus bis zum J. 378 weitergeführten Chronik des → Eusebios, die er bis ins J. 468 führte [1]. Weniger selbständig ist seine Consul-Liste, die er einer aus Konstantinopel nach Spanien gelangten Bearbeitung der Fasti consulares entnahm und von 390 bis 468 weiterführte. O. H.

Ta.: 1. *Th. Mommsen*, 1894, MGAA 11,1–36. 2. *Ders.*, 1892, MGAA 9,197–247.

Hydra (*Ὕδρα*, »Wasserschlange«). **1.** Als myth. Wesen Sproß von → Typhon und → Echidna, von Hera aus Groll auf Herakles aufgezogen, in den Sümpfen bei → Lerna (Argolis) hausend; Herakles tötet sie, von Athena beraten, von → Iolaos unterstützt. So Hes. theog. 313ff. Die Vielköpfigkeit der H. ist nach Paus. 2,37,4 erst von dem Epiker Peisandros (6. Jh.) erfunden, kommt aber schon auf einer boiot. Fibel des 8. Jh. vor, ebenso wie der von Hera gesandte (später verstirnte, Eratosth. katast. 11. Hyg. astr. 2,23) heimtückische Krebs. So sind fast alle Einzelheiten bei den späteren Mythographen (Apollod. 2,77ff. Hyg. fab. 30) altes Sagengut, wie aus den zahlreichen bildlichen Darstellungen hervorgeht: korinth. und att. Vasen (z. B. GERHARD Auserlesene Vasenbilder Taf. 148), Metopen vom Zeustempel in Olympia und vom Hephaisteion in Athen u. a. Die Vielköpfigkeit (9 bei Alkaios, 50 bei Simonides und Verg. Aen. 6, 576, 100 bei Eur. Her. 1190. Ov. met. 9,69ff., in der Bildkunst 5–12) ist ein altorient. und myken. (WIESNER Olympos 133) Motiv, das doppelte Nachwachsen der abgeschlagenen Köpfe ein Märchenmotiv (RADERMACHER, s. u.). Hellenist. Erfindung ist wohl, daß der mittlere der 9 Köpfe unsterblich war (von Herakles unter einem Felsblock vergraben). Dagegen eignet schon der att. Tragödie der Zug, daß Herakles seine Pfeile durch Eintauchen in die Galle der H. unfehlbar tödlich machte. Die Erlegung der H., unzweifelhaft uralter Bestandteil der Heraklessage, steht im Dodekathlos an 2. Stelle. Die schon ant. rationalist. Deutung auf die Austrocknung der lernäischen Sümpfe durch den kulturschaffenden Heros ist noch h. im Schwange. KERÉNYI sieht in der H. die von Herakles besiegte Wächterin des Eingangs zum Totenreich. Phantast. ist die Deutung von RANKE-GRAVES auf den Kampf gegen gewisse Fruchtbarkeitsriten und deren immer wieder neu auftretende Priesterinnen. H. v. G.

J. Schoo, Mnem. 1939, 281ff. *Fr. Brommer* Herakles, 1953, 12ff. 70. 83. Taf. 8–11, 24b. Abb. 3f. *K. Kerényi* Die Heroen der Griechen, 1959, 158ff. *L. Radermacher* Mythos und Sage bei den Griechen, ²1938, 91. *R. v. Ranke-Graves* Griech. Mythol., 1960, 2,102ff.

2. H., bei Strab. 10,2,22 p. 460 der auch Lysimacheia genannte h. See von Angelokastron in Aitolien, bei Ovid. met. 7,371ff. *lacus Hyries*, bei Anton. Lib. 12 (Mythogr. Gr. II,I) *Thyrie*. E. M.

1. *Bölte*, RE IX 50ff. XIII 2552ff. 2. *Philipps.-Kirst.* 2,336.

Hydraletes (*ὑδραλέτης*). Wassermühle, Wassermüller, Erbauer von H. Beschreibung des H. bei Vitr. 10,5,2 als von der Flußströmung getriebenes (vertikales) Schaufelrad mit Zahnradübertragung auf die Mahlsteine. Älteste Erwähnung bei Strab. 12,556, der von einem H. bei dem Schloß des Mithridates in Kabeira (in Pontos) berichtet. Die Erfindung ist also hellenist.; ob noch älter, wissen wir nicht. R. B.

Tittel, RE IX 53ff. *R. Bennet* u. *J. Eldon* Hist. of Corn Milling 2, 1899. *R. J. Forbes*, Stud. in anc. Technol. 2, 1955, 86ff. *A. P. Usher*, Hist. Mech. Invent., 1959, 440.

Hydraotes (*Ὑδραώτης*). Der mittlere der großen Ströme des Panǧāb (h. Ravi). Entspringt im w. Himalaya, fließt in annähernd s.w. Richtung und mündet n. der ind. Stadt Multan (Curt. 9,4,15 *regio Mallorum*) in den Akesines (h. Tschinab). Wie der → Hydaspes kam auch dieser Fluß erst durch die Alexanderzüge den Griechen zur wirklichen Kenntnis. Strab. 15,694. 697. 699. Curt. 9,1, 13 nennen ihn *Hyarotis*. S. auch Arr. an. 5,5,5. 6, 14,4. 7,10,6. Arr. Hist. Ind. 3,10. 4,8 (GGM I p. 310. 312). H. T.

Kiessling, RE IX 23f.

Hydrargyrum s. Quecksilber

Hydraulis. Musikinstrument, unserer Pfeifenorgel entsprechend. Techn. Beschreibung bei Heron Alexandrinus, Pneum. 1,42 und Vitr. 10,13. Der Luftdruck wurde anfangs durch Kolbenpumpen, später durch Blasebälge (im MA. auch durch Strahlgebläse) erzeugt. Den Druckausgleich für die intermittierend arbeitenden Kompressoren besorgte aus der Druck-Glocke (πνιγεύς) verdrängtes Wasser, daher »H.«. Die in der röm. Kaiserzeit zunehmende Verbreitung der H. bewirkte, daß spätestens z.Z. Augustins (Enarr. in Ps. 56,16, CCL 39,705 das Wort *organum* häufig »Orgel« statt »(Musik)-Instrument« bedeutete. Die Erfindung der H. schreibt Athen. 4,174b–175d einer Zufallsentdeckung des äg. Friseurs Ktesibios (2. Jh. v. Chr.) zu, dessen Identität mit dem berühmten Mechaniker (3. Jh. v. Chr.) schon damals umstritten war. Die H. des Heron besitzt ein, die des Vitruv vier, sechs oder acht mit der Klaviatur koppelbare Pfeifenreihen (Register). Die von L. Nagy 1931 gefundenen, inschr. auf 228 n. Chr. datierten und rekonstruierten Orgelteile von Aquincum besitzen 4 Register von je 13 Pfeifen. Das Terrakottarelief von Karthago (Degering S. 50 und Abb. T. 1) zeigt mindestens 3 Pfeifenreihen zu je 18 Pfeifen. Die bei Degering und Tittel genannten Literaturstellen lehren, daß mit Beginn der röm. Kaiserzeit die H. als Hausinstrument des reichen Mannes und wegen ihres großen Klangvolumens vor allem bei Massenveranstaltungen (Theater, Zirkus) verwendet wurde. Für die techn. Beschaffenheit bleiben trotz der von Degering sorgfältig gesammelten u. publizierten bildlichen Darstellungen Vitruv u. Heron die beste Information. Im chr. Gottesdienst des W. erscheint die Orgel nicht vor der Karolingerzeit. J. M.

H. Degering Die Orgel, Münster 1905. *H. Diels* Über Platons Nachtuhr, SPrAW 1915, 824ff. *Tittel*, RE 17,60–77, Suppl. in Vorb. *L. Nagy* Az Aquincumi Orgona (ungar. mit dt. Auszug) Budapest 1934. *W. W. Hyde* Inscribed water organ at Budapest, TAPhA 69, 1938, 392–410.

Hydrea (Ὑδρέα). Die h., bes. im Freiheitskrieg berühmt gewordene Insel Hydra an der O.-Küste der argol. Akte, felsig und wenig fruchtbar, schon myken. besiedelt (MDAIA 36, 1911, 38), in histor. Z. zunächst zu → Hermione, dann zu → Troizen gehörend, Hdt. 3,59. Paus. 2,34,9. Steph. Byz. Inschr. SEG I 79f. XVII 172–177. E. M.

1. *Bölte*, RE Suppl. III 1159ff. 2. *Philipps.-Kirst.* 3,123ff.

Hydria s. Vasen

Hydromanteia s. Mantik

Hydruntum (Nissen It. Ldk. 2,882); diese – ital. – Namensform nur bei Liv. 36,21,5. Plin. nat. 3,100. It. Ant. 118,4. Burd. 609,5. CIL X 1795, während sich sonst die griech. Form *Hydrus*, Ὑδροῦς (auch Plin. 101) findet. H. ist eine angeblich von Kretern gegründete (Steph. Byz. s. *Βίεννος*) unbedeutende (Strab. 6,281 *πολίχνη*) Griechenstadt mit Hafen (Skyl. 14 in Iapygien) in Kalabrien (Ptol. 3,1,1.14) und *municipium* (CIL IX p. 5) der 2. Region (Plin.). Bei H. endete 50 mp s. Brundisium die Küstenstraße (It. Ant.) und bot sich die kürzeste Überfahrt nach Griechenland (It. Burd. Plin. 101. Skyl. 27). Es war deshalb kaum *avius* (Lucan. 5,375; der Name H.s ist mascul. nach Steph. Byz. s. v.); vgl. Liv. Cic. fam. 16,9,2; Att. 15,21,3. 16,5,3. App. civ. 2,40. Bes. wichtig in der Spätant. (Cassiod. var. 1,2. Prok. Vand. 1,1; Goth. 1,15 u. a.); h. Otranto (zur Betonung auf der 1. Silbe vgl. Taranto, Brindisi, Pesaro, Termoli, Ofanto). G. R.

Hyettos (Ὑηττός). Stadt in Boiotien, inschr. gesichert in der kleinen Akropolis bei Dendra n.ö. des Kopaissees. Im 4. Jh. von Orchomenos abhängig, Hell. Oxy. 16(11),3 (Ὑσιαῖοι), dann selbständig, Inschr. noch auf Septimius Severus und Caracalla, IG VII 2833f., und noch bei Hierocl. synecd. 645,3 genannt. Pausanias erwähnt einen Heraklestempel mit archaischer Statue und Heilkult. Paus. 9,24,3. 36,6f. Steph. Byz. Inschr. IG VII 2808 bis 2838. 2840. 2846. BCH 62, 1938, 165 A. 5. E. M.

1. *Bölte*, RE IX 90ff. (mit Karte). 2. *Philipps.-Kirst.* 1,351 A. 2. 723 A. 28. 3. *O. Davies* Roman mines in Europe 246. 4. *P. Guillon* La Béotie ant. pl. X.

Hygieia (Ὑγίεια). Die als Göttin personifizierte »Gesundheit« (Hippokr. 4,628 L. Likymn. frg. 4. [1],32. [2],370); zum Namen P. Kretschmer, Gl 13, 1924, 104. B. Snell Aufbau der Sprache, 1952, 161f. P. Chantraine, AC 22, 1953, 72); lat. → Valetudo, aber der röm. → Salus angeglichen (Vitr. 1,2,7. Latte RRel 227,3. A. Abaecherli-Boyce, Journ. Hist. Med. 14, 1959, 79f.). Wohl zuerst in Titane bei Sikyon dem → Asklepios verbunden (Paus. 2,11,6. A. Koerte, MDAI(A) 18, 1893, 249f.): Hymnos des Ariphron (PLG 3,595. O. Schroeder, H 69, 1934, 450ff.); weibl. Haaropfer (Paus. a. O. P. Odelberg Sacra Corinthia, 1896, 100. Nilsson GgrR 1,138). Seit 420 v. Chr. erscheint H. neben ihm in Athen (Sylloge³ 88.[1],13. 29.31.[2],166ff.), wo die Epiklese Ὑγίεια der → Athena eigen war (IG I² 395. Plut. Per. 13. P. Wolters, MDAI(A) 16, 1891, 153ff. Nilsson, Eranos 50, 1952, 34f.). Ikonographisch ist sie, meist in der Triade Asklepios, H., → Telesphoros (U. Hausmann, MDAI(A) 69/70, 1954/55, 125ff.), selten ohne den berühmten Heilgott, vom 4. Jh. v. Chr. ab über die ant. Welt verbreitet (L. Polacco, ASAA 14/16, 1952/54, 471ff.), so in Thrakien (Malo Konare: G. Kazarow, BIAB 14, 1940/42, 54ff.; Pautalia-Kjustendil: T. Ivanov, BIAB 23, 1960, 228f.), Germanien (Sirona-H. von Hochscheid: W. Dehn, Germania 25, 1941, 109 T. 14), Gallien (M. Renard, Publ. Univ. Dijon 16, 1958, 99ff.), Nordafrika (R. Neveu, Archeion 9, 1928, 217ff.), Kleinasien (Pergamon: E. Ohlemutz Kulte und Heiligtümer der Götter in Pergamon, 1940, 145. 158f. 163f.) und Ägypten (Deir el Bahari: A. Bataille, ASAE 38, 1938, 63ff.). Alter und Herkunft der H. sind umstritten (Tambornino, RE IX 94ff.). Neuerdings meint H. D. Ephron, HSPh 66, 1962, 49, den Namen der H.-Tharso auf dem Diskos von Phaistos zu lesen. W. F.

1. *F. Kutsch*, RVV 12,3, 1913. 2. *H. Usener* Götternamen, 1948.

Hyginus. 1. C. Iulius. Philologe und Polyhistor der august. Z., aus Spanien oder Alexandreia (zur Biogr. vgl. allg. Suet. gramm. 20), Freigelassener des Augustus, nach 28 v. Chr. Präfekt der palatin. Bibliothek bei gleichzeitiger ausgedehnter Lehrtätigkeit; Ov. trist. 3,14 ist an ihn gerichtet (vgl. GRISART, Atti Conv. Ovid. 2, 1959, 134ff.). Dennoch wurde er zeitlebens von → Clodius Licinus unterstützt und starb arm. Von seinem umfangreichen Oevre, das philolog. (Komm. zum *Propempticon Pollionis* des → Helvius Cinna; Besprechung ausgewählter Stellen vergil. Werke), hist.-antiquar. (Biographien, vgl. SACCONI, Riv. Cult. Class. Med. 1961, 246ff. [6],75ff.; *Exempla*, vgl. [6],63ff.; *De familiis Troianis;* über ital. Städte; *De proprietatibus deorum; De dis penatibus*) und landwirtschaftliche Werke umfaßte *(De agricultura*, zum Verhältnis zu Verg. georg. vgl. [4],53. [5],106; *De apibus)*, sind zahlreiche Frg. erhalten. Auch die Zuteilung der unter 2. bis 4. genannten Schriften beweist seine Berühmtheit.

1. FunGrRF 525ff. 2. HRR 2, CIff. 72ff. 3. *R. Reitzenstein* De script. rei rusticae lib. deperditis 1884, 18ff. 53f. 4. *Schanz-Hos.* 2,368ff. 5. *H. Bardon* Litt. Lat. Inc. 2, 1956, 92–115 pass. 6. *A. Klotz* Stud. z. Val. Max. u. d. Exempla 1942. 7. *P. v. d. Woestijne* Hyginiana 1930.

2. H. Mythographus. Die Überlieferung schreibt H. ein mythol. HB. des 2. Jh. n. Chr. zu (t. a. 207, vgl. ROSE VIIf.), dessen urspr. Titel wohl *genealogiae* lautete; es umfaßt a) Stammbäume von Göttern und Heroen und b) 277 »Fabulae«, kurze Erzählungen und Listen myth. Inhalts, die ab fab. 221 dominieren (vgl. REGENBOGEN, RE XX 1470ff.). Bei der Umarbeitung der griech. mythograph. Quelle, die indirekt auf den Epikern und Tragikern basierte, kam nur wenig Römisches hinzu. Allerdings ist infolge zahlreicher Veränderungen und Interpolationen die urspr. Form des Textes nicht mehr feststellbar. Von der dem Erstdruck zugrundeliegenden, dann verschollenen, einzigen Hs. (9./10. Jh.) sind mehrere Frg. wiederentdeckt worden (LEHMANN, ABAW philos.-hist. Abt. 23, 1944, 37ff.).

Erstausg.: *J. Micyllus* 1535. Ta.: *H. J. Rose*[2] 1963 (vgl. dens., Mnem 1958, 42ff., zur 1. A. *Hosius*, PhW 1934, 858ff.). *Schanz-Hos.* 2,372ff. *K. Meuli*, Festschr. J. Wackernagel 1923, 231ff. (zur ed. princ.). *H. Matakiewicz*, Eos 1932/33, 93ff. *E. Liénard*, AC 1940, 47ff.; Latomus 1963, 56ff. *J. Schwartz* Ps.-Hesiodeia 1960, 297ff.

3. H. Mythographus. Wohl vom gleichen Vf. (vgl. Hyg. astr. 2,12) stammt ein astron.-mythol. HB. in 4 B. (B. 1 und 4: astron. Erklärungen; B. 2 und 3: Sternsagen und Sternkataloge). In dem Adressaten des Widmungsbriefes M. Fabius hat man Quintilian vermutet (zuletzt A. MARTIN, Latomus 1948, 209ff.). Als Quelle diente eine Arateinführung des Eratosthenes (J. MARTIN Histoire du texte . . . d'Aratos 1956, 58ff.). Zahlreiche, auch bebilderte Hss. vom 9. Jh. an zeugen für die Beliebtheit des Abrisses im MA. (vgl. HOLZWORTH, CPh 1943, 126ff.).

Ta.: *B. Bunte* 1875. Lit.: *Schanz-Hos.* 2,374ff.

4. H. Gromaticus. Unter dem Namen H.' stehen ferner 2 Schriften im Corp. der röm. → Feldmesser; von der älteren (traian. Z., vgl. p. 84,8. 95,2. 97,6 Th.) sind im Cod. Arcerianus B (5./6. Jh., vgl. CLA 9, 1959, Nr. 1374) mehrere umfangreiche Stücke erhalten, die von der Limitation, bodenrechtlichen Kategorien und Grenzkontroversen handeln. Das Lehrbuch, von einem Sachkenner in kunstloser Sprache verfaßt, gehört nach dem Werk → Frontins, den er benutzt, zu den klass. Zeugnissen seiner Gattung; der wenig jüngere → Siculus Flaccus sowie der Frontinkommentar (6. Jh., vgl. THULIN, RhM 1913, 110ff.), dem der Text noch vollständiger vorlag, bauen auf ihm auf. Die jüngere Schrift beschäftigt sich nur mit der *constitutio limitum*. Von einer weiteren Schrift *De divisionibus agrorum* ist in B nur die Subskription erhalten (vgl. p. 131. 171 Th.), die in jüngeren Hss. fälschlich an das vorausgehende Frg. einer Lagerbeschreibung als *De munitionibus castrorum* angeglichen wurde (ed. v. DOMASZEWSKI 1887, vgl. OXÉ, Saalburgjb. 1939, 65ff.). P. L. Sch.

Ta.: *Blume-Lachmann-Rudorff* Die Schr. der röm. Feldmesser 1, 1848, 111ff. und 281ff. (vgl. *C. Thulin* Eranos 1910, 185ff.) 166ff. *Thulin* Corp. Agrimens. Rom. 1,1, 1913, 71ff. 131ff. Lit.: 1. *Schanz-Hos.* 2,801f. 2. *Thulin*, Eranos 1913, 36ff. 3. *M. Fuhrmann* Das Systemat. Lehrbuch, 1960, 102ff.

Hykkara. Sican. Städtchen an der N.-Küste Siciliens 20 km w. von Palermo, h. Carini, im J. 415 von den Athenern, weil dem verbündeten Segesta feindlich, erobert und die Einwohner in die Sklaverei verkauft (Thuk. 6,62,3f.), unter ihnen die Hetäre → Lais, die dem Städtchen eine gewisse Berühmtheit und mehrfache Erwähnungen eingetragen hat. Vgl. RE IX 97. K. Z.

Hyksos. H., altäg. *ḥḳꜣ ḫꜣśw.t* »Herrscher der Fremdländer« war urspr. Bezeichnung asiat. Fürsten, wird aber mit Manetho bes. für die sog. 15. Dynastie verwendet, die nach dem Turiner Königspap. 108 J. regiert hat und etwa von 1650 bis 1542 anzusetzen ist. Nach Manetho waren sie »Fremde unbekannter Herkunft aus dem Osten«, die Äg. mit Gewalt eroberten. Trotz gegenteiliger Meinungen (bes. SÄVE–SÖDERBERGH Journ. Egypt. Arch. 37,53ff.) dürfte an dem erobernden Einbruch der H. (gegenüber einer angenommenen langsamen Unterwanderung) festzuhalten sein. Die Herkunft der H. ist noch umstritten: gegenüber angenommener semit. Abkunft erscheint der Personennamen wegen (HELCK Beziehungen 102f.) eine hurrit. wahrscheinlicher. Die H. gehörten dann als südlichster Ausläufer in die große hurrit. Ausbreitung der 1. Hälfte des 2. Jt. v. Chr., die die Verhältnisse in Syrien und Palästina grundlegend gewandelt hat. Die Namen der 6 von Manetho überlieferten Könige sind z.T. schlecht überliefert: der Gründer der Dynastie war Salatis (äg. *Šalaku*), ihm folgte ein Bnōn und ein Apachnan; von denen einer mit dem *Ḫj*ꜣ*n* äg. Denkmäler identisch sein muß. Der 4. Herrscher Apophis regierte über 40 J. und war der bedeutendste H. Gegen ihn richtete sich die Abfallbewegung theban. Unterkönige *(Šḳnn-Rc, Kamose)*, die der Gründer der 18. äg. Dynastie, Ahmose, gegen die beiden letzten H., Jannas (so Manetho) und Ḫamudi (Tur. Kgs.-Pap.) zum siegreichen Ende führte. – Die Hauptstadt der H. war Auaris im O.-Delta, wo sie ihren Hauptgott, einen Wettergott, verehrten (ägyptisiert Seth genannt). Reste ihrer Herrschaft sind sehr spärlich erhalten, weil von den folgenden äg. Königen beseitigt. Jedoch gab ihre »ritterliche« Lebenshaltung der äg. Geisteskultur der Folgezeit einen nachhaltigen Anstoß. W. H.

Pahor Labib Die Herrschaft der H. in Äg. und ihr Sturz, Bln. 1936. *R. M. Engberg* The H. Reconsidered, SAOC 18, Chicago 1939. *T. Säve-Söderbergh* The H. Rule in Egypt, Journ. Egypt. Arch. 37, 1951, 53–71. *A. Alt* Die Herkunft der H. in neuer Sicht (Sächs. Ak. Wiss., Lpz.), 1954. *W. Helck* Beziehungen Äg. zu Vorderasien, 1964, 92ff.

Hylaios (*Ὑλαῖος*). Kentaur, im Kampf gegen die Lapithen auf der Françoisvase dargestellt (6. Jh.), von Theseus oder Herakles erlegt, Verg. georg. 2,457. Aen. 8,294. Hor. c. 2,12,6, von Atalante, der er nachstellte, getötet, Kall. h. 3,221. Apollod. 3,106. H. v. G.

Hylas (*Ὕλας*). Sohn des Dryoperkönigs Theiodamas (bzw. des Theiomenes oder des Keyx). Herakles erschlug → Theiodamas, nahm aber den Sohn als jugendlichen Freund mit auf die Argonautenfahrt. Beim Aufenthalt an der mys. Küste wurde H. beim Wasserschöpfen von Quellnymphen in die Flut hinabgezogen, und während Polyphemos, Sohn des Elatos, und Herakles den Verschwundenen suchten, fuhr die Argo weiter. Polyphemos gründete an der Propontis Kios (das spätere bithyn. Prusias), Herakles fuhr nach Argos zurück (oder auch nach Kolchis), nachdem er die Myser verpflichtet hatte, weiter nach H. zu suchen. Apoll. Rhod. 1,1207ff. Apollod. 1,117. Nach Ant. Lib. 26 (aus Nikandros) machten die Nymphen H. zum Echo, das auf Herakles' Rufe antwortete; vgl. Theokrits fein empfundene 13. Idylle. Val. Fl. B. 3. Die Sage ist das Aition eines Kultbrauchs der Kianer: sie streifen an einem bestimmten Tage des Jahres durch die Bergwälder; dreimal ruft der Priester den Namen H., dreimal antwortet das Echo. Es handelt sich wie in den Riten des → Bormos, Priolas u. a. um das Rufen des mit der Ernte verschwundenen Vegetationsgottes oder Jahreskönigs (MANNHARDT Myth. Forsch. 55ff. NILSSON Griech. Feste 429f.). Die damit verbundenen schwermütigen mys. Volksweisen waren schon Aischyl. bekannt, Pers. 1055. Verg. ecl. 6,43f.: *ut litus* »*Hyla Hyla*« *omne sonaret*. KRETSCHMER, Gl. 14, 33ff. deutet: »heule, heule«. *Ὕλαν καλεῖν* war sprichwörtlich für vergebliches Tun. Zahlreiche lit. Erwähnungen und Kunstdarstellungen bezeugen die Beliebtheit der Sage bes. in röm. Zeit. H. v. G.

Ad. Könken Apoll. Rhod. u. Theokr. = Hypomnemata 12.

Hylli. 1. Geschichte. Ein alter balkanidg., nur einigen ant. Geographen bekannter Volksstamm in Dalmatien (in den Quellen *Hylles*, *Ὕλλοι*, *Ὑλλοί*, *Ὕλλατοι*, *Ὑλλῆες*), in Sch. Apoll. Rhod. 4,517 *ἔθνος Ἱλλυριῶν*, Steph. Byz. 647 *ἔθνος Ἰλλυρικόν*. Als Siedlungsgebiet des Stammes wird das O.-Ufer der Adria angenommen. Bei Apollod. lesen wir *ὑπὲρ τοὺς Ὕλλους Λιβυρνοὶ καί τινες Ἴστροι λεγόμενοι Θρᾷκες*. Andere Quellen bezeichnen die Chersones als ihre Siedlungsstätte. Plin. nat. 3,141 nennt die Halbinsel *Hyllis*, aber von dem Volk ist ihm offenbar nichts mehr bekannt. Daß die Aussagen der schriftlichen Quellen nicht übereinstimmen, ist vermutlich auf die durch die Wanderungen der Kelten verursachten Völkerbewegungen zurückzuführen. Zur Zeit der röm. Herrschaft war der Volksstamm wahrscheinlich mit den zugewanderten Völkern verschmolzen. J. F.

2. H., Sprache. Weder Texte noch auch nur Glossen der Sprache dieses Stammes sind erhalten. – v. WILAMOWITZ Hellenist. Dicht. 2,177 Anm. 1 vermutete, daß von den balkan. H. »ein Zweig als dor. Phyle fortlebt«, als *Ὑλλεῖς*. Daran knüpften LAGERCRANTZ [1], KRETSCHMER, Glotta 15, 1925, 194 und v. BLUMENTHAL [2–4] an. Von BLUMENTHAL suchte in lakon. Wörtern illyr. Spracheigentümlichkeiten. Energisch widersprach K. LATTE, Phyle, RE XX 995. – Die meisten Vergleiche VON BLUMENTHALS sind hinfällig, keine der Glossen ist ausdrücklich als »hylleisch« bezeichnet, im Namenschatz der Dorier fehlt jedes balkan-idg. Element. Da sich ferner erwiesen hat, daß der Ansatz der räumlichen Ausdehnung der illyr. Sprache wesentlich zu reduzieren ist (s. → Illyrische Sprache, und [10]), ist h. allenfalls als möglich zuzugeben, daß einige wenige Vokabeln und Ortsnamen des dorischen Bereichs an der balkan-idg. Vertretung der idg. mediae aspiratae *bh*, *dh*, *gh* durch *b*, *d*, g teilhaben. G. N.

1. *O. Lagercrantz*, in: Streitberg-Festgabe, 1924, 218ff. 2. *A. v. Blumenthal* Hesych-Stud., 1930. 3. *Ders.* in: Glotta 18, 1930, 153f. 4. *Ders.* in: Idg. Forsch. 49, 1931 169ff. 5. *H. Krahe*, in: Die Welt als Gesch. 3, 1937, 119ff. 284ff., bes. 292f. 6. *Ders.* Die Sprache der Illyrier, 1. T., 1955, 46. 7. *O. Haas* in: Ling. Posn. 7, 1958, 54ff., bes. 63ff. 8. *Ders.* in: Ling. Balk. 1, 1959, 43ff. 9. *F. Kiechle* Lakonien und Sparta, 1963, bes. 116ff. 10. *H. Kronasser* in: Die Sprache 11, 1965, 155ff.

Hyllos (*Ὕλλος*). **1.** Sohn des Herakles und der Deianeira. Nach seines Vaters Tode, für den er den Scheiterhaufen auf der Oite schichtete, floh er mit den Geschwistern vor → Eurystheus nach Attika, schlug und tötete ihn bei Marathon, ging dann nach Theben u. fiel auf ein mißverstandenes delph. Orakel hin im 3. Jahr in die Peloponnes ein,

»um das Erbe seines Vaters wiederzuerlangen«. Im Zweikampf fiel H. am Isthmos durch → Echemos von Tegea, und die → Herakliden zogen sich zurück. Sein Grab bekam H. in Megara, ein Heroon in Athen. Soph. Trach. Eur. Heraclid. Hdt. 6,52. 9, 26. Paus. 1,41,2. 8,5,1. 53,10. Apollod. 2,168 ff. Ant. Lib. 33. – H. galt als Eponym der dor. Hylleerphyle, s. o. S. 142,7. **3.** Sohn des Herakles und der korkyräischen Najade Melite, Eponym der illyr. Hylleer. Seinen Tod erzählt Apoll. Rhod. 4,523 ff.; vgl. 1149 f. H. v. G.

2. H., zuerst von Hom. Il. 20,392 und Hdt. 1,80 bezeugter fischreicher Fluß im w. Kleinasien (h. Kum tschai), r. (n.) Nebenfluß des → Hermos. Späterer Name *Φρύγιος* (Strab. 13,626 u. ö.), vermutlich weil seine Quelle im w. Groß-Phrygien liegt. H. T.

Bürchner, RE IX 122. *H. Kiepert* FOA T. V.

Hymen(aios) (*῾Υμήν*, *῾Υμέναιος*). Der Hochzeitsgott (Eur. Tro. 310. Ov. met. 1,480); nach Kern Rel. der Griech. 1,153. [4],8 f. gegen Usener Götternamen 326. [1],2 f. wie → Paian, Iobakchos, Linos Personifikation eines alten Kultrufs *ὑμήν*, *ὑμήν* (Eur. frg. 781,14. Bion Ad. 87 ff.) bzw. *ὑμὴν ὦ ὑμέναιε* o. ä. (Aristoph. Pax 1335; Av. 1736. Eur. Tro. 314. 331. Theokr. 18,58. Plaut. Cas. 800. Catull. 61. [2],590 f.); kaum mit H. Lamer, PhW 52, 1932, 381, als Neckruf an die Braut semant. = *membrana virginalis* ([2],594 ff.), eher etym. mit *ὕμνος* verwandt (Etym. m. 776,41. Soph. Ant. 813 ff. [2],596. Boisacq 1002; s. aber [4],14 ff. 22), zumal der H. sich zum Hochzeitslied (Hom. Il. 18, 493. Hes. asp. 274. Eur. Iph. Aul. 1036 ff. [4],23 ff.) von hymnischem Schwung entwickelte (Pind. P. 3, 17 ff. Opp. kyn. 1,341. Nonn. 16,290.) Personhaft steht H. zuerst bei Pind. frg. 139 als jung sterbender, bei der Hochzeit hingeraffter Genius (Serv. Aen. 1,651) und Musensohn (Sch. Pind. P. 4,313. Alkiphr. 1,13) neben → Linos und → Ialemos. Die Dichtung gibt ihm Schönheit (Claudian. Epithal. Pall. 30 ff.), blondes Haar (Anth. Pal. 9,321. Nonn. 13,84), Safrangewand (Ov. met. 10,2) sowie die Attribute Fackel (Sen. Med. 67 f.), Kranz (Ov. her. 6,44) und Flöte (Claudian. Epithal. 98 ff.). W. F.

1. *R. O. Schmidt* De Hymenaeo et Talasio dis nuptialibus, 1886. 2. *P. Maas*, Philol. 66, 1907, 590 ff. 3. *H. Färber* Die Lyrik in der Kunsttheorie der Ant., 1936. 4. *R. Muth*, WSt 67, 1954, 5 ff.

Hymettos. Der die Ebene von Athen im SO. abgrenzende, sie von der Mesogaia trennende Gebirgszug. Er streicht von N. nach S. von Chalandri (*Φλύα*) bis Kap Zoster (D. Kallergi *ὁ ῾Υμηττός* Athen 1948. RE IX 134 ff. W. Wrede Attika Taf. 1); vorgriech. Name (Fick Vorgr. Ortsn. 82,129), h. Imittos und Trelovuni. Der H. besteht aus 2 Teilen, dem *ἐλάττων* H. und dem *μέγας* H. mit der höchsten Erhebung von 1027 m, zwischen beiden Teilen der Pirnaripaß. Der hohe Rücken zwischen Liopesi und dem Paß besteht aus dem »Unteren weißen Marmor von Attika« (= der pentelische), der übrige Teil aus dem »Oberen Marmor von Attika«, von dem »Unteren« durch Glimmerschiefer getrennt. Der »Obere« ist bläulich-grau, man nennt ihn den hymettischen. Im Gegensatz zu Lepsius (Marmorstud. 1891) werden neuerdings beide Sorten aufgrund von Fossilfunden als metamorph veränderte, mesozoische Schichten angesehen (G. P. Marinos und W. E. Petroschek »Laurium« in Geolog. and geophys. Research IV 1 (Athen 1956) und Fr. Michels, Wiesbaden, brieflich). Der blaue Marmor wurde schon in früharch. Z. (Lippold HB. Arch. 37,1), seit E. 5. Jh. in steigendem Umfang im Oberbau att. Bauwerke, als Kontrast zum weißen, und auch sonst verwendet. Der H. war einst bewaldet und lieferte Holz für den Hausbau in Athen (Plat. Kritias 111 C). Der H. bot den Bienen die besten Weidegründe (Paus. 1,32,1), sein Honig war berühmt (Hor. c. 2,6,15. Plin. nat. 11,32), wie noch heute. Athen machte sich seinen Wasserreichtum durch Leitungen und Kanäle zunutze (Judeich Topogr. 202); kräftig fließt noch h. die Quelle bei Käsariani, einst mit einem Aphrodision verbunden (Milchhöfer Karten von Attika II 24. Ov. ars 3,687 ff., wird gewöhnlich auf diese Quelle bezogen), h. ein malerisch gelegenes, wiederhergestelltes Kloster mit ein wenig höher liegenden Kapellenruinen, Grabungen: Prakt. 1949, 44. 1950, 138). – Kultstätten besaß Zeus als Hymettios mit *ἄγαλμα* (Paus. 1,32,2) und als Ombrios, den man um Regen anflehte (Paus. 2,25,10) mit Altar. Ausgrabung des Heiligtums bei Koropi Prakt. 1950 T. A; n. des Gipfels eine Mulde mit geometr. Scherben: Art. a. Arch. 17/18, 1924, 245 f. Vgl. Kirsten-Kraiker Griechenlandkde. S. 161 Abb. 48. Überliefert ist ferner Kult des Apollon, als *Προόψιος* mit Altar (Paus. 1,32,2), als *῾Υμηττής* (Hesych s. v.) und als *Ἔρσος*, dieser in der Nymphengrotte von Vari in den ö. Vorbergen, wo hauptsächlich Pan und die Nymphen und Chariten verehrt wurden; Ausgrabung AJA 7, 1903, 263 ff. mit allen Inschr. und Funden, u. a. von Nymphenreliefs Svoronos 2007–1313. Ansicht des in die Tiefe gehenden Inneren: Wrede Attika T. 10. N. Himmelmann-Wildschütz *Θεόληπτος* Marb. 1957, Abb. 3, Zschietzschmann Hellas und Rom, Tübing. 1959, T. 36. Fr. Brommer, RE Suppl. VIII 994. W. Z.

Hymnos. Zusammenfassende Bezeichnung aller Arten sakraler Dichtungen u. Gesänge. (Paiane, Dithyramben, Prosodia, Partheneia, Hyporchemata können als Sonderformen von H. gelten, → Chor). Die Herkunft des Wortes ist ungewiß. Das Alt. wollte es von Wz. *ὑδ-* »singen« (*ὕδ-μος ∼ ὕν-μος ∼ ὕμνος*) oder *ὑφ-* »weben« (*ὕφ-μνος ∼ ὕμ-μνος ∼ ὕμνος*; vgl. Bakchyl. 5,9 *ὑφάνας ὕμνον*, Hom. Od. 8,429 *ἀοιδῆς ὕμνος*, Sol. 2,2 *κόσμον ἐπέων ᾠδήν*) ableiten. Ungern möchte man es von → Hymenaios trennen. Die Linguisten haben außer-gr. Etym. vorgeschlagen, s. Boisacq s.

v. Das Verbum ὑμνέω, noch fehlend bei Homer, b. Hes. nur auf Götter angewandt, heißt später allg. »besingen, preisen«. Ob das alte Lied der Frauen von Elis auf Dionysos als H. anzusprechen ist, geht daraus, daß Plut., der es qu. Gr. 299b überliefert, so nennt, nicht hervor. Als älteste Dichter von H. nennen Paus. (9,27,2. 1,22,7. 5,7,8) → Olen, → Pamphos, → Orpheus, → Musaios, Ps. Plut. De mus. 3 → Anthes und → Philammon. Über sie wissen wir so gut wie nichts. Die ältesten uns bekannten H. sind die sog. homerischen, die bestimmt nicht von dem Dichter der Il. oder dem der Od. stammen, aber ganz im homer. Stil gedichtet sind, kurze Epen, in denen einzelne Götter angerufen und gepriesen, ihre Herkunft und ihre Taten erzählt, ihre Huld und Hilfe erbeten wird. In zahlreichen Hss. ist uns eine Slg. von 34 solchen »homer.« H., 5 längere von einigen 100 Vs., 29 kurze, teils bis ins 7. Jh. reichend, teils viel jünger, erhalten, s. o. S. 1206. Inwieweit diese kleinen Epen im kultischen Gebrauch gewesen sind, ist nicht sicher zu bestimmen. Nicht kultisch, sondern rein literar. sind jedenfalls die hexametr. H. der hellenist. Z., der philosoph. Zeus-H. des → Kleanthes, die 6 H. des → Kallimachos (auf Zeus, Apollon, Artemis, die personifiz. Insel Delos, Demeter, der 5. auf das Bad der Pallas in eleg. Distichen), bei → Theokrit der in die Adoniazusen eingelegte H. auf Aphrodite und Adonis, die H. auf den kleinen Herakles (24) und die Dioskuren (22), dazu das Preisgedicht auf Ptolemaios (17), das in der Z. des hellenist. Herrscherkultes einem Götter-H. mindestens sehr nahe steht. H.-artige Partien enthalten die Epen des → Apollonios Rhod. und des → Aratos, für den auch ein H. εἰς Πᾶνα τὸν Ἀρκαδικόν bezeugt ist. Schon der Kaiser-Z., vielleicht dem 2. Jh. n. Chr., gehört die Slg. von 88 hexametr. H. des → »Orpheus« an, wohl echte Kult-H. einer orphischen Gemeinde, wesentlich aus einer Häufung von Epitheta bestehend. Den Ausklang dieser H.-Form bilden die philos. H. des Neuplatonikers → Proklos.

Dem eigentlichen Kultgebrauch haben sicherlich viel mehr als die episch-hexametr. H. die für den Chorgesang bestimmten H. in lyrischen Formen gedient. Aber kein einziges Werk dieser Art ist vollständig, und Bruchstücke sind mehr von Sonderformen (wie Paiane, Dithyramben usw.) als von eigentlichen H. erhalten. Doch wissen wir von H. des → Alkaios (auf verschied. Götter, 10 B.), → Alkman (nicht → Arion), → Lasos, → Pindar (H. auf Ammon, Persephone, Apollon von Ptoon, doch viel mehr Frg. seiner Paiane, Dithyramben, Prosodia, Partheneia, Hyporchemata erhalten), → Bakchylides (ἀποπεμπτικοὶ ὕ.). Den besten Begriff von dem Stil der lyrischen H. geben uns die umfangreichen sakralen Partien in den Chorliedern der uns erhaltenen 42 Tragödien nicht nur, sondern auch der Komödien des Aristophanes, vermehrt um viele tragische und komische Frg.e. Sie sind, dem Ursprung der Tragödie (und der Komödie) aus der Chorlyrik gemäß, der sakralen H.-Dichtung nachgebildet, wie zuerst Fr. Adami De poetis scaenicis Graecis hymnorum sacrorum imitatoribue, JbPhPäd Suppl. 26, 1901, 215 ff. gezeigt hat. Die lyr. H.-Dichtung ist auch im 4. Jh. und in der hellenist. Z. weiter gepflegt worden, nun auch auf lebende Menschen, zuerst Lysander (Plut. Lys. 18,5, ein Paian), dann Demetrios Poliorketes (Athen. 6,253d, vgl. 15,696 und → Hermokles) und T. Flamininus (Plut. Flam. 16,6): zufällige vereinzelte Belege für einen sicher verbreiteten Brauch. ὑμνογράφοι sind literar. bezeugt, Reste von H. auf Steinen erhalten, bes. in → Delphoi, → Epidauros, → Andros; dazu → Aristonoos, → Isyllos, → Philodamos und → Philikos, von dem uns ein Pap., große Teile eines H. auf Demeter in choriamb. Hexametern aufbewahrt hat. Auch in der Kaiserzeit lebte die H.-Dichtung fort. Es gab Kollegien von ὑμνῳδοί. Erhalten sind einige H. des → Mesomedes (z. T. mit Noten, Z. Hadrians). → Apuleius rühmt sich Flor. 18, einen H. auf Aesculapius griech. und lat. gedichtet zu haben. Wie auf anderen Gebieten trat seit dem 4. Jh. v. Chr. auch für den H. die Prosa neben oder an die Stelle der Poesie, doch haben wir bedeutende Proben dafür erst aus dem 2. Jh. n. Chr. in den ἱεροὶ λόγοι des → Aristeides (3). Die Theoretiker der Rhetorik haben die H. als bes. Art der Enkomien behandelt und bestimmte Typen unterschieden: → Theon progymn. 8 (Rhet. Gr. I 227 Walz) und → Menandros περὶ ἐπιδεικτικῶν 1,1 (IX 129 W.).

Eine genuine röm. H.-Dichtung hat es, von primitiven Anfängen (→ Salier-, → Arvallied) abgesehen, kaum gegeben. Catull 34 und Horaz (c. 1, 10.12.21.30.35. 2,19. 3,22 und bes. c. s.) folgen griech. Vorbildern, wenn auch frei umgestaltend. Ähnliches gilt für sakrale Partien bei Vergil, Ovid (bes. fast.) und späteren Epikern. Der schönste lat. H. ist das Proömium des Atheisten → Lucretius.

Texte in Anth. lyr. ²·³ ed. *Diehl*. Poetae mel. Gr. ed. *D.L. Page* 1962. – Lit. RE IX 140–183 (*Wünsch*). *E. Norden* Agnostos Theos 1913 (1956) 143–277.

Die chr. H.-Dichtung knüpfte zuerst an atl. Vorbilder an und bediente sich schlichter, volkstümlicher Formen. Als im 4. Jh. eine kunstmäßige chr. Dichtung entsteht (→ Ambrosius, → Hilarius, → Prudentius, → Synesios), bedient sie sich naturgemäß des seit Homer geprägten »heidnischen« sakralen Wortschatzes und zunächst auch der überlieferten metrischen Formen (um aber alsbald eigene, neue Formen zu entwickeln). Wo sich darüber hinaus Ähnlichkeiten des Gebets- und H.-Stiles – Anruf, Verherrlichung, Gestaltung der Bitten –, mit entsprechenden »heidnischen« Formen zeigen, handelt es sich kaum in erheblichem Maße um Übernahme oder Beeinflussung, sondern die Übereinstimmung beruht in erster Linie auf dem Emporwachsen aus demselben religiös-psychologischen Urgrund. K. Z.

Wolfg. Schmid, Lex. der Alten Welt 1346f. mit reicher Lit.

Hyoskyamos (ὑοσκύαμος) s. Bilsenkraut

Hypallagma (ὑπάλλαγμα). Nach dem Vorbild demotischer Urkunden ([1],140f.) wurde in Äg. auch in griech. Urkunden vereinbart, daß – im Gegensatz zur → ὑποθήκη ([2],275f. [3]) – das ganze Vermögen des Schuldners dem Gläubiger haften soll ([3]). Es war der Vollstreckung des Gläubigers im Falle der Pfandreife unterworfen. Erst in der Römerzeit nannte man diese besondere Form der Sicherung des Gläubigers ὑ. ([2],275f.). E. B.

1. *E. Seidl* Ptolem. R.-Gesch., 1962. 2. *R. Taubenschlag* The Law of Greco-Roman Egypt, 1955. 3. *A.B. Schwarz* Hypothek und Hypallagma, 1911.

Hypanis (Ὕπανις). **1.** In der ant. Lit. häufig erwähnter Fluß im s. Rußland (h. Bug). Hdt. 4,47. 52, der als einziger ihn und seine Umgebung mit phantast. Einzelheiten beschreibt, bezeichnet ihn, von W. nach O. gehend, als den dritten der beiden dem Pontos zufließenden skyth. Ströme nach Ἴστρος (Donau) und Τύρας (Dnjstr). Weitere Quellen: Hdt. 4,17.18. Skymn. v. 804 (GGM I, p. 229). Strab. 2,107. 7,298.306. Ptol. 3,5,2 M. Anon. Pont. Eux. 60 (GGM I, p. 417). Steph. Byz. s. Βορυσθένης und Ὕπανις. Mela 2,6. Plin. nat. 4,83f. u. a. **2.** Der im n. Kaukasos entspringende h. Kuban, der bei dem alten Phanagoreia (h. Gebiet von Sennaja) ins Schwarze Meer mündet. **3.** s. Hyphasis H. T.

Kiessling, RE IX 210ff.

Hyphasis (Ὕφασις). Der östlichste Fluß des ind. Panǧāb (h. Satledsch) (Strab. 15,697. Arr. an. 7,10,7). Sekundäre Quellen, mit dem Hintergrund der Alexanderzeit, nennen als Ströme des Panǧāb – außer dem Indos – von W. nach O. Ὑδάσπης, Ἀκεσίνης, Ὑδραώτης und Ὕφασις (Strab. a. O. Ὕπανις. Curt. 9,1,35 und Plin. nat. 2,183 *Hypasis*). Zu diesen Flüssen kam dann nach Ptol. 7,1,27.42 N. der Ζάραδρος (Plin. nat. 6,63 *Sydrus*), womit die Fünfzahl im Sinne des Panǧāb erfüllt wäre. In der Alexanderzeit bildeten H. und Z. einen Strom, in dem zwischen dem Ravi und dem Satledsch h. sich hinziehenden Trockenbett (s. RE-Art. Hypasis, IX 235ff.). Die Alexander-Historiker erwähnen den Z. nicht; umgekehrt macht Ptol. (a. O.) den H. nicht mehr namhaft, sondern allein noch den Z. In der Zwischenzeit flossen die beiden Ströme getrennt. Weitere Quellen: Arr. an. 5,4,2.24,8.29, 2. Arr. Ind. 3,10 (GGM I p. 310 M.) u. ö. H. T.

Kiessling Art. Hypasis RE IX 230f. (mit Lit.). Gr. Hist. Weltatl. I, S. 17a und 20b. Atl. of the World II, Pl. 31.

Hypata (Ὕπατα). Stadt der Ainianen im Spercheiostal am N.-Abhang des Oitegebirges, h. wieder Ὑπάτη, in prächtiger Lage auf einer Terrasse über dem Tal unter der 630 m hohen Akropolis, die die ma. Komnenenburg trägt, beiderseits von tiefen Schluchten geschützt, Teile der Stadtmauer erhalten. 4 km n.ö. der Stadt warme Schwefelquellen. H. erscheint erst spät in der Gesch., Mz. und Inschr. führen nicht über das 4. oder 5. Jh. v. Chr. hinauf, liter. Zeugnisse erst vom 2. Jh. an. H. war nach seiner Gründung Vorort der → Ainianen, daher von 274–167 v. Chr. im aitol. Bund. 191 v. Chr. Verwüstung des Gebiets durch M.' Acilius Glabrio, Liv. 36,14,15. 16,4f., dann Tagungsort der aitol. Bundesversammlung in den Verhandlungen mit Rom, Pol. 20,9–11. 21, 4(2)–5(1). Liv. 36,26–30. In der röm. Kaiserzeit gehörte H. zu Thessalien und wird sogar als erste Stadt Thessaliens bezeichnet, durch Justinian neu befestigt, Procop. aed. 4,2,16. Im MA. unter dem Namen Neai Patrai wichtige Festung, Dynastensitz und Bistum im Rang einer Metropolis, Hierocl. synecd. 692,7. Not. ep. Le Quien Oriens christ. 2,119f. 123ff. H. galt als besonderer Wohnort von Zauberern, Lukian. As. 1f. Apul. met. 1,5. 1,21. Heliodor. Aethiop. 2,34. [Aristot.] de mir. 133, 843 b 16. Ptol. 3,12,42. Steph. Byz. Inschr.: IG IX 2, 3–58. SEG III 453–460. XV 367. XVI 376. Mz. Head HN² 296. E. M.

1. *Fr. Stählin*, RE IX 236ff. 2. *Ders.* Das hellenische Thessalien 220f. 3. *Philipps.-Kirst.* 1,243f. 4. *Y. Béquignon* La vallée du Spercheios 307ff. 173ff. 5. *J.A.O. Larsen* A Thessalian family under the principate, CPh 48, 1953, 86ff.

Hypathios (Ὑπάθιος). Neffe des Kaisers → Anastasius, 500 Consul, 503 als magister mil. praesentalis erfolglos gegen die Perser (Prok. 1,8f. Theophan. 5997). Als H., nunmehr Patricius, mag. mil. per Thracias war, erhob sich 513 sein General Vitalianus und nahm ihn gefangen. H. der nach seiner Auslösung (Ioh. Antioch. frg. 214,7 = FHG IV 620), eine Pilgerreise nach Palaestina unternahm (Kyrill von Skyth., vita S. Sabae c. 56), war dann von 517–529 (mit Unterbrechungen) mag. mil. Orientis, führte (wahrscheinlich) 524 und 527 diplomat. Verhandlungen mit den Persern, kämpfte 529 erfolglos gegen sie (Prok. 1,11. Malal. 445 Bonn. Theophan. 6021. Zachar. Rhet. 8,5). Wider seinen Willen wurde H. am 18. Jan. 532 vom Volk zum Kaiser erhoben, jedoch noch am gleichen Tag von Belisar gefangen und am 19. Jan. hingerichtet (Prok. 1,24. Euagr. h. e. 4,13). A. L.

Peeters, Annuaire de l'Institut de Phil. et d'Hist. Orient et Slaves 10, 1950, 5ff. *Rubin* Iust. 52. *Stein* II.

Hypatia (Ὑπατία). Tochter des Theon, platon. Philosophin zu Alexandreia 370–415. Ihr Vater war Astronom und Mathematiker; von diesen Grundlagen fand sie den Weg zur platon. Philos., die sie als 1. Frau zu Alexandreia lehrend vertrat; sie hielt öffentliche Vorlesungen über Platon, Aristoteles und andere Philosophen; so die Suda s. v. Ὑπατία. Ihr bedeutendster Schüler war → Synesios; dieser hat 7 Briefe an sie gerichtet und vor allem in Brief 4 (E.), 124 (Anf.) und 136 (E.) Hochachtung und Bewunderung für diese Frau ausgesprochen. Demgegenüber besagt das abschätzige Urteil des → Damaskios, der seinen

Lehrer → Isidoros so hoch über Hypatia stellt, wie der Philosoph über dem Geometer stehe, wenig (vit. Isid. 164). Eigene Lehrentscheidungen der H. werden nicht kenntlich; sie dürfte die platon. Tradition in Alexandreia fortgeführt haben. Es scheint bedenklich, von der Sonderstellung, die Synesios oder → Hierokles einnimmt, mittelbar auf Besonderheiten in d, Lehre H.s zurückzuschließen.

Trotz der ungewöhnlichen Stellung, die H. in Alexandreia einnahm, wurde sie im J. 415 vom chr. Pöbel ermordet. Hierzu liegt nur arian. gefärbte Überlieferung vor, die sich bei Sokr. hist. eccl. 7,15 und im Suda s. H. niedergeschlagen hat. Diese Überlieferung macht für den Mord die Verhetzung verantwortlich, die von den Verfechtern des *ὁμοούσιον* ausgegangen sei. Diese Antwort auf die Schuldfrage ist zweifellos tendenziös und in sich unwahrscheinlich. Der Mangel an einschlägigen Zeugnissen erlaubt aber nicht, die wahren Gründe für dieses schreckliche Ende aufzuklären. Ihr Andenken ehrt das Gedicht Anth. Pal. 9,400. H. D.

R. Asmus H. in Tradition und Dichtungen, Stud. z. vergl. Literaturgesch. 7, 1907, 11–44. *J. M. Rist* H., Phoenix 19, 1965, 214–225.

Hypatios. 1. Phoenizier, Schüler des → Libanius, 360 consularis Palaestinae (Liban. epist. 137. 156–159). **2.** Flavius H., Bruder der Kaiserin Eusebia, wahrscheinlich Christ (Greg. Naz. epist. 96), Consul 359, um 372 in einen Hochverratsprozeß verwickelt und verbannt (Amm. 29,2), 378/379 praefectus urbi Romae (Liban. or. 1, 179/81. Cod. Theod. 11,36,26), 382/83 praef. praet. Italiae (Cod. Theod. 11,16,13. 2,19,5). **3.** Praefectus Augustalis 383 (Cod. Theod. 12,6,17), vielleicht nochmals 392 (Cod. Theod. 11,36,31); vgl. C. VANDERLEYEN Chronol. des préfets d'Egypte de 284 à 395, 1962. A. L.

Hypatodoros. 1. H. und → Aristogeiton aus Theben (vgl. den theban. Künstlerkatalog, H. BRUNN Gesch. der Griech. Künstler 1,205) schufen 2 Weihungen in Delphi: a) die der Argiver und Athener für den Sieg über die Spartaner bei Oinoe (456 v. Chr.: ED. MEYER GdA³ 4,1,553 f. E. POMTOW, RE Suppl. IV 1224), darstellend die Sieben gegen Theben (Paus. 10,10,3–4). – b) Die des Boioters Epizalos »aus Orchomenos« aus dem »letzten Viertel des 5. Jh.« (J. MARCADÉ Rec. des signatures de sculpt. Grecs 1,8. 38; T. 4,1. Vgl. E. BOURGET, Fouilles de Delphes 3,1,386 ff. Nr. 91. 574).
2. H., Bildhauer, blühte nach Plin. nat. 34, 19 Ol, 102 (372–369 v. Chr.) gleichzeitig mit → Polykles, → Kephisodotos, → Leochares, kann also nicht mit dem Schöpfer der Weihungen in Delphi ident. sein. Ein H. schuf nach Paus. 8,26,7 allein, nach Pol. 4,78,3 zusammen mit → Sostratos (vgl. den theban. Künstlerkatalog) eine Athena aus Bronze in → Aliphera, ein wegen ihrer »Größe« und »Technik« »sehenswertes Werk«. Aliphera wurde Ol. 102,2 (371) nach Megalopolis ausgesiedelt, die

Statue wird vorher, nach der superlativ. Beschreibung bei Polybios am ehesten im 4. Jh., also vom jüngeren H. geschaffen sein. H. Ma.

Hyperbolos (*Ὑπέρβολος*). Athen. Demagoge in der Zeit des Pelop. Krieges (PA II Nr. 13910). Als Lampenfabrikant gehörte er der Schicht von wohlhabenden Gewerbetreibenden an, welche nach Perikles' Tod in Athen polit. hervortrat und die bis dahin in der Staatsführung immer noch dominierenden aristokrat. Familien zurückdrängte. 425/24 v. Chr. war H. Stratege, 422 wurde er zum Hieromnemon nach Delphoi gelost, um 420 war er Ratsherr. Nach Kleons Tod 421 stieg er zum »Leiter des Demos« auf, wodurch er, da das Volk nicht in gleichem Maße hinter ihm wie vorher hinter Kleon stand, in besonderem Maße zur Zielscheibe des Spottes der Komödie wurde (vgl. Aristoph. Pax 681–692). Als Führer des radikalen Flügels der Demokraten opponierte er 421 gegen den Nikiasfrieden und traf sich danach in dem Bestreben, Spartas Schwierigkeiten auf der Peloponnes auszunützen, mit → Alkibiades, wobei er jedoch bald in den Schatten von dessen Popularität geriet. Der von H. nach dem Scheitern dieser Politik in der Schlacht bei Mantineia (418) wohl 417 (andere Ansätze schwanken zwischen 418 und 415) beantragte Ostrakismos sollte vielleicht weniger der Beendigung des polit. Tauziehens zwischen Alkibiades und → Nikias dienen als vielmehr dazu, ersteren als überlegenen Rivalen bei der Gewinnung der Volksgunst auszuschalten. Ein rasch geschlossenes Zweckbündnis zwischen den beiden Bedrohten führte jedoch zur Ostrakisierung des H. selbst (Plut. Alk. 13; Nik. 11). Er ging hierauf nach Samos, wo er 411 von Oligarchen umgebracht wurde (Thuk. 8,73,3). Fr. Kie.

H. Neumann, Klio 29, 1936, 36–49. *W. Peek* in: Kerameikos 3, 1941, 101–104. *F. Camon*, Giorn. ital. di Filol. 16, 1963, 46–59. 143–162.

Hyperboreioi (*Ὑπερβόρε(ι)οι*). Bewohner eines am Rande der Erde gedachten Wunsch- und Götterlandes der Ant. (vgl. Aithiopen, Arimaspen, Elysium u. a.), infolge ant. Etymologie (»jenseits des Boreas«) – FRISK: »jenseits der Berge«, vgl. nordgriech. **βόρις*, illyr. *bora*, slav. *gora* – meist im hohen N. lokalisiert, von Geographen realist., von Dichtern und Philosophen phantast. ausgestaltet; → Abaris, → Aristeas, → Hekataios v. Abdera (Insel Helixoia w. des Keltenlandes). Zweifel an der Realität des Volkes äußert Hdt. 4,32 ff. Die H. sind ein frommes, friedliches, heiteres Volk, ohne Leid, ohne Tod (wenn nicht selbstgewählt). Den Winter verbringt Apollon dort, bis er, von Delphoi durch Paiane und Lieder gerufen, auf seinem Schwanenwagen seinen Einzug am Parnassos hält, Alk. frg. 2–4 B.; vgl. Apoll. Rhod. 2,674. Bakchyl. 3,53 (Apollon bringt Kroisos zu den H.) und Pind. verbreiten den Glauben an das selige Volk (O. 3, 14 ff. Herakles holt von den Quellen des Istros den heiligen Ölbaum für Olympia; dort traf er Leto, als er die goldgehörnte Hinde verfolgte; P. 10,28 ff. Perseus gelang es, in ihr sonst unzugängliches Land zu kommen, ihre Reigentänze und Eselsopfer zu schauen; I. 6,23 H. als Gegenstück der Aithiopen). Delos, dessen Apollon von Lykien kam, suchte auch Beziehungen zu den H. Nach Hdt. a.O. kam Leto mit Eileithyia von den H. nach Delos, um hier Apollon und Artemis zu gebären. Ihnen folgen 2 hl. Jungfrauen, → Opis und Arge (später Hekaerge genannt, s.d. Nr. 4; dazu Loxo Kall. h. 4,292), um Eileithyia ein Dankopfer zu bringen. Später erscheinen noch 2 Hyperboreerinnen, Hyperoche und Laodike, von 5 *περφερέες* geleitet; sie bringen heilige Gaben – Näheres erfahren wir nicht –, in Weizenstroh eingebunden. Seit diese nicht in ihre Heimat zurückgelangten, bringen die H. ihre Gaben nicht mehr persönlich, sondern schicken sie von Volk zu Volk nach Delos. Hdt. nennt einige Stationen: Skythen, Adria, Dodona, Euboia, Tenos. Paus. 1,31,2 bringt die att. Version: Arimaspen, Issedonen, Skythen, Sinope, Prasiai (Attika). Von hier an führten die Athener die Festgesandtschaft. Die Gräber der Jungfrauen in Delos lagen nach Hdt. vor und hinter dem heiligen Bezirk der Artemis; sie sind bei den Ausgrabungen gefunden und als frühminoisch festgestellt worden. An den Gräbern vor dem Tempel legten die Verlobten das Opfer ihres Haars nieder. Auf die andern Gräber kam die Asche von den Brandopfern für Artemis, und ihren Inhabern galt eine Prozession von Mädchen, die ein altes Lied sangen und Gaben für Eileithyia einsammelten. Solche Riten dienten dem Kult von Vegetationsgottheiten. MANNHARDT Ant. Feld- und Waldkulte 219 ff. NILSSON Griech. Feste 147. 207 f. Die angeblichen H.-innen erweisen sich als geburtshilfliche Hypostasen der Artemis. PICARD, RA 25, 1927, 349 ff. Als der Keltensturm 279 sich vor Delphoi brach, erfand man nach dem Vorbild der del. Namen (RADERMACHER RhM 93, 1950, 325) die h.-ischen Nothelfer Hyperochos und Laodokos, Paus. 1,4,4. 10,23,2. Die Sitte, Erstlingsgaben aus den Gegenden am Unterlauf der Donau nach Delos zu senden, mag tatsächlich geübt worden sein. NILSSON GgrR 1,518. C.T. SELTMAN, CQ 22, 1928, 155 ff. Die Flüge Apollons zu den H. werden illustriert durch ein neuerdings im Donauraum (Dupljaja, Banat) gefundenes Tonmodell eines von Schwänen gezogenen Wagens aus myken. Zeit. J. WIESNER Die Thraker, 1963, 60 (mit Abb.). DERS. Olympos, 1960, 25 ff. Die Rolle der Schwäne im Mythos verführte WEICKER Seelenvogel, 24, in den H. Menschenseelen im Vogelgewand, Bewohner eines paradies. Totenlandes zu sehen. H.v.G.

O. Crusius, Myth. Lex. 1,2805 ff. *Daebritz*, RE IX 258. *Prell.-Rob.* 1,242 u.ö. *Rose* Griech. Mythologie 130f. *Schröder*, ARW 8, 1905, 69 ff. *L. Weber*, RhM. 82, 1933, 168 ff. *Wilam.* GldH 1,100 f. 247.

Hypereides (*Ὑπερείδης*). Sohn des Glaukippos aus dem att. Demos Kollytos, der Redner. Quellen: Inschr., [Plut.] mor. 848 d ff. (= Phot. bibl. 266), Suda s.v. *Ὑ.*

H., * 390/89 v.Chr. (330/29 *διαιτητής*, IG² II/III 1924), galt als Schüler des Isokrates (nach → Hermippos bei Athen. 8,342 C. Zum Schüler Platons macht ihn → Chamaileon bei Diog. Laert. 3, 46, wohl wegen Epitaph. 43 ~ Plat. apol. 40c). Er besaß Vermögen (Besitzer eines Erbbegräbnisses; Pächter heiligen Landes in Eleusis, IG² II/III 1672, 252 ff.; 340 stiftete er 2 Trieren; vgl. auch IG a.O. 1629 d 957 ff.), das er durch seine Tätigkeit als Logograph vermehrte, und liebte ein genußreiches Leben (vgl. den Komödienspott Athen. 8,341 E. Eindeutig die Verbindungen zur Halbwelt: 6 Reden hatten mit Hetären, darunter der Phryne [Frg. 202 ff.; vgl. A. SEMENOV, Klio 28, 1935, 271 ff. und A. FARINA Il processo di Frine, Napoli 1959] zu tun). Trotzdem war H. einer der kompromißlosesten Politiker Athens. Noch nicht 30jährig, begann er seine Laufbahn mit einer Reihe großer Prozesse (gegen → Aristophon Nr. 2, → Diopeithes, → Philokrates [im J. 343]). Patriot. Einstellung und Rednergabe trugen ihm wichtige diplomat. Missionen ein (in der delph. Amphiktyonie gegen die Delier, ferner auf Chios und Rhodos) und machten ihn zum wichtigsten Helfer des Demosthenes. 338 stellte er den Antrag, das Bürgerrecht auf die Metöken auszuweiten und die Sklaven freizulassen, wofür er sich später rechtfertigen mußte (gegen → Aristogeiton Nr. 2, frg. 32 ff.). Auch in den folgenden J. bekämpfte er die makedon. Partei (Reden gegen Philippides [um 336, teilweise erhalten] und gegen Demades [frg. 80 ff.]). Zum Bruch mit Demosth. kam es 324/23 im Harpalos-Prozeß (Rede teilweise erhalten). Die Ereignisse des J. 323 (Unterstützung des → Leosthenes) führten ihn wieder mit Demosth. zusammen. Im Frühjahr 322 hielt er die (großenteils erhaltene) Grabrede auf die Gefallenen des Lam. Krieges, geriet aber im Herbst in die Gewalt des Antipatros, der ihn am 5. Okt. auf grausame Weise hinrichten ließ.

Ps.-Plut., wohl nach → Caecilius von Kale Akte, kennt 77 Reden, darunter 52 (Suda: 56) echte. Auf Pap., die in den J. 1847/88 bekannt wurden (Pap. unsicherer Zuweisung PACK² Nr. 2499 ff.), sind 6 mehr oder weniger vollständig erhalten. Abgesehen von der Grabrede, die ihrem Anlaß gemäß (nicht ganz gemeisterte) feierlichere Töne anklingen läßt, handelt es sich um Gerichtsreden, wo H.' an Lysias geschultes Talent zu lebendiger Schilderung (bes. in der Rede gegen Athenogenes [nach 330] mit ihrem grotesken Anlaß) und geschickter Taktik sich am besten entfaltet. Aber auch ernste Gedanken vermag er wirkungsvoll vorzutragen, z.B. wenn er Verfahrensmißbrauch kritisiert (*ὑπὲρ Λυκόφρονος* 12, wo eine private Erbschaftsintrige, und *ὑπὲρ Εὐξενίππου* 1 ff., wo ein Grenzstreit und ein Traumorakel Gegenstand einer *εἰσαγγελία*, eines hochpolit. Prozesses also, bilden) oder in schmerzlicher Empörung die moral. Niederlage der Sache Athens durch die Harpalos-Affäre beklagt (*κατὰ Δημ.* col. 21f.). Diese und andere Vorzüge sicherten H. trotz seiner häufigen Zugeständnisse an die Umgangssprache in der Ant. große Wertschätzung (vgl. vor allem *π. ὕψ.* 34), die ihm auf die Dauer nur von Demosth. streitig gemacht wurde (Testim. in den Ausgaben von Jensen, S. XXXII ff. und Colin, S. 81 ff.). H. Gä.

Ta.: *F.G. Kenyon*, Oxf. 1906. *Chr.Jensen*, Lpz. 1917 (Nachdr. 1963), mit Ind. *G.Colin*, Paris 1946. *J.O. Burtt*, Minor Att. Orators 2, Lond.-Cambr./Mass. 1954, 363 ff. Komm.: *ὑπὲρ Εὐξ.* und *κατὰ Ἀθην.*: *V. de Falco*, Napoli 1947. *ὑπὲρ Εὐξ.*: *A.N. Oikonomides*, Athen 1958. Epitaph.: *A.Gonella*, Torino 1925, *G.Schiassi*, Firenze 1959. Übers.: *W.S. Teuffel*, Stuttg. ²1882.

Lit.: (ältere Arbeiten in der Ausg. von *Jensen* S. XLII ff.; vgl. auch *K.Emminger*, BursJb. 161, 1913, 186ff.) *Lesky* GGrL ²657f. *Blass* Att. Bereds. 3,2,1 ff. *M.Maykowska* Meander 6, 1951, 151 ff. *E. Wolf* Griech. Rechtsdenken 3,2, Frankf./M. 1956, 237ff. Stil und Sprache: *D. Gromska*, Stud. Leopolitana 3, 1957. *U.Pohle* Die Sprache des Redners H. in ihren Beziehungen zur Koine, Lpz. 1928. Zu einzelnen Reden: *ὑπὲρ Λυκ.*: *A.Körte*, H 58, 1923, 230ff. *G.Liebner* De causa Lycophronea, Diss. Lpz. 1923. *ὑπὲρ Εὐξ.*: *A. Röhlecke*, RhM 78, 1929, 68 ff. *κατὰ Δημ.*: *G.Colin* Le discours d'H. contre Démosthène..., Ann. de l'Est, Paris 1934. *Ders.*, CRAI 1933, 396ff. Epitaph.: *W.Schlau* De H. or. funebri, Diss. Lpz. 1913. *G. Colin*, REG 51, 1938, 209ff. 305 ff. *H.Hess* Textkrit. und erklärende Beiträge zum E. des H., Lpz. 1938. *E.J.* Bicker-*mann*, Ath 41, 1963, 70ff.

Hyperion (*Ὑπερίων*, Komparativbildung, kaum patronym. zu verstehen). **1.** Bei Hom. Beiwort (z.B. Od. 1,8) oder selbständige Bezeichnung des → Helios (z.B. Il. 19,398). Von den späteren griech. und röm. Dichtern nur in der letzteren Art verwendet. Entsprechend bezeichnet *Hyperionides* bei Val. Fl. und Stat. Söhne des Helios (Aietes, Phaethon). **2.** Bei Hes. ist der Titan H. der Vater des Helios, theog. 134. 371 ff. Apollod. 1,2.8. Bei Hom. so nur Od. 12,176 *Ὑπεριονίδαο*, was doch patronym. zu verstehen ist (anders Usener Götternamen, 1896, 20ff.) wie Hes. theog. 1011. Hom. h. 5,74. Pind. O. 7,39 u.a. Über die Namen der Gattin des H. → Helios. H. v. G.

Hypermestra (*Ὑπερμήστρα*). **1.** Danaide, die trotz väterlichen Gebots ihren Gatten → Lynkeus nicht ermordete; s. → Danaides und → Danaos. Als Motiv wird angegeben: Liebe (Aischyl. Prom. 863), *pietas* (Ov. her. 14), Wahrung ihrer Jungfräulichkeit durch Lynkeus (Apollod. 2,21). Danaos hielt ein Gericht über seine Tochter ab, vor dem sie von Aphrodite selbst verteidigt wurde: dargestellt in den »Danaides«, dem verlorenen 3. Stück der aischyl. Danaidentetralogie. Paus. 2, 19,6. 20,7. H. und Lynkeus setzen durch ihren Sohn → Abas das Geschlecht des Danaos fort und werden Stammeltern berühmter Heroen wie Perseus und Herakles. Ihr Grab in Argos: Paus. 2,21,2. – Apollod. 2,16. 21 f. 24. Hyg. fab. 168. 273. **2.** Argiv. Heroine, Tochter des Thestios, Gemahlin des Oikles, Mutter des Amphiaraos. Ihr Grab neben dem von H. Nr. 1: Paus. 2,21,2. – Apollod. 1,62. Hyg. fab. 73. **3.** Tochter des → Erysichthon bei Ant. Lib. 17, sonst Mestra genannt. H. v. G.

Hyperocha ist der Mehrwert, um den die Pfandsache die gesicherte Forderung übersteigt. Als feststehender jurist. Terminus hat der Ausdruck h. weder in der griech. noch in der röm. Rechtssprache Geltung erlangt. Die Worte *ὑπεροχή*, *ὑπερεχές* und *ὑπερέχειν* finden sich in dieser Bedeutung erstmals in Inschr. aus dem 2. Jh. v. Chr. u.a. aus Aigiale, IG XII 7,515, und Ephesos, Sylloge⁴ 364. In den Dig. kommt *h.* nur in Frg. 20,4,20 (Tryph.) vor. Die röm. Juristen drücken sonst den Pfandüberschuß durch das Wort *superfluum* oder durch Umschreibung aus.

Griech. Recht: Das griech. Pfand ist Verfallspfand mit reiner Sachhaftung (Ersatzpfand) gewesen, d.h. der Gläubiger erhielt bei Verzug des Schuldners seine Befriedigung nicht aus dem Erlös der Pfandsache (Verkaufspfand), sondern die Sache selbst und war weder zur Herausgabe einer etwa bestehenden h. verpflichtet, noch konnte er den Schuldner für einen etwaigen Minderwert (*ἐλλεῖπον*) in Anspruch nehmen. Mit der Berücksichtigung des *elleipon* und der *h.* bahnt sich die Entwicklung vom reinen Ersatzpfand zum Sicherungspfand an, das sich erstmals in Rom verwirklicht findet und heute in allen modernen Rechten üblich ist. Obwohl zur Rednerzeit offenbar bereits *elleipon*- und *h.*-Klauseln in Hypothekenverträgen vorkamen, ist das griech. Pfand doch grundsätzlich Verfalls- und Ersatzpfand geblieben, denn eine Pflicht des Gläubigers zum Verkauf des Pfandobjektes und zur Herausgabe der h. kraft Gesetzes bestand selbst dann nicht, wenn der Schuldner den Mehrwert der Pfandsache mit Zustimmung des Gläubigers nachverpfändet hatte. Eine gesetzliche Pflicht zur Herausgabe der h. findet sich vereinzelt erstmals in den oben genannten Inschr. Im Recht der griech.-äg. Pap. erfolgte, soweit ersichtlich, auch nur bei Pfandrechten für staatliche Forderungen die Verwertung durch Verkauf mit der Verpflichtung zur Herausgabe der h.

Röm. Recht: Auch in Rom sind *pignus* und *fiducia* urspr. reine Verfalls- und Ersatzpfänder gewesen. Dieser Zustand wurde durch Einführung des *pactum, ut vendere liceret*, bereits frühzeitig überwunden. Danach behielt sich der Fiduziar regelmäßig vor, die Pfandsache zu verkaufen. Deckte der Erlös die Forderung nicht, blieb insoweit eine Restforderung bestehen, überstieg er die Forderung, wurde dem Fiduzianten die *h.* geschuldet, die dieser mit der *actio pigneraticia* herausverlangen konnte. Die Verfallsabrede *(lex commissoria)*, die in klass. Z. offenbar nicht üblich war, wurde in nachklass. Z. wieder häufiger, bis sie schließlich zum Schutz der Fiduzianten vor Ausbeutung im J. 326 von Kaiser Konstantin generell verboten wurde. H. M.-L.

A. Manigk, RE IX 292ff.; weitere Angaben s. Art. Hypotheca.

Hypeuthynos (*ὑπεύθυνος*). **1.** In Athen, Sparta und wahrscheinlich auch in anderen griech. Staaten war jeder Beamte nach Ablauf seiner Amtszeit dem Rechenschaftsverfahren, → *εὐθύναι*, unterworfen ([1],472. [2],103. [5]). Bis zu seiner Entlastung mußte er Beschränkungen, bes. in seiner Freizügigkeit sowie in der Verfügung über sein Vermögen, dulden ([1],1076. [2],292). **2.** In Äg. in röm. Zeit: a) leistungspflichtig ([4]), Schuldner ([3],298). Insbesondere diente *ὑ.* als t.t. zur Bezeichnung der schuldrechtlichen Verpflichtung des Erben aus einem Damnationslegat ([3],196). b) als Bürge zur Ersatzleistung verpflichtet ([4]). c) In Äg. in byz. Zeit: Höriger ([4]). E. B.

1. *Busolt* GStk. 2. *J. H. Lipsius* Das att. Recht und Rechtsverf., 1905–1915. 3. *R. Taubenschlag* The Law of Greco-Roman Egypt, 1955. 4. *Preisigke* Pap. WB. s. v. 5. *Lidd.-Sc.* s. v.

Hypios. Oft in ant. Quellen erwähnter Fluß im ö. Bithynien; er entspringt ö. von Prusias ad Hypium, durchfließt die h. Düzce Ova genannte Ebene (Abb. bei F.K. Dörner Denkschr. Öst. Ak. 75, 1952, Taf. 1) und den See Daphnusis (h. Melen Göl). In vielfach gewundenem Lauf sucht sich der H. dann seinen Weg zum Schwarzen Meer, in das er w. von Akçakoca (früher Akşehir) einmündet. F. K. D.

Hypnos (*Ὕπνος*, lat. *Somnus*, *Sopor*). Die schon in volkstümlicher Vorstellung, mehr noch von dichter. Phantasie personifizierte Gestalt des Schlafes bzw. Schlafspenders. Die Zwillingsbrüder H. und Thanatos tragen den toten Sarpedon nach Lykien, Hom. Il. 16,454. 672. 682 (vgl. Rohde Psyche ^{2}86,1; das Motiv ist der Entrückung Memnons in der Aithiopis nachgebildet, Kullmann H (E 14), 34f. 319f.). Il. 14,231ff. holt Hera H. von Lemnos, um Zeus einzuschläfern, gegen den Schwur, ihm die Charitin Pasithea zu vermählen (Catull. 63,42f.); er erinnert an eine frühere Einschläferung des Zeus, nach der ihn nur die Flucht zur Nyx (s. u.) vor dem Grimm des Olympiers gerettet habe, ebd. 249ff., und nimmt daher diesmal die Gestalt eines auf der höchsten Tanne des Ida sitzenden Nachtvogels an. Bei Hes. theog. 211ff. sind H., Thanatos und die Träume Kinder der Nyx; sie wohnen im Tartaros als mächtige Götter, ebd. 756ff.; vgl. Verg. Aen. 6,278. 390. Dichter und Künstler (z. B. auf der Pamphaios-Euphronios-Schale, Brit. Mus. E 12) stellen H. meist geflügelt dar. So naht er dem pflichtgetreuen Steuermann Palinurus mit lethebefeuchtetem Zweige, Aen. 5,838–861; vgl. Kall. h. 4,234. Ov. met. 11,586ff. schildert die Grotte des H. und seiner Traumgötter, wie Morpheus, in Kimmerien, Lukian. v. h. 2,32ff. die Insel und Stadt des H. und der Träume, Front. de fer. Als. 228ff. N. die Erschaffung des H. durch Iuppiter. Die Paus.-Stelle 5,18,1 über die Darstellung von H. und Thanatos in den Armen der Nyx an der Kypseloslade war für die neuzeitliche Kunst richtunggebend, H. v. Einem, Asm. Jac. Carstens, Die Nacht mit ihren Kindern, Forsch. des Landes Nordrhein-Westfalen, 1958. Attribute des H. in der Kunst, bes. auf Vasen und Sarkophagen: der einschläfernde Stab, Mohnstengel, Horn mit Schlummersäften. Berühmt die Madrider Marmorstatue, die vielleicht auf eine Bronze des Leochares zurückgeht. Kultisch hat H. keine Bedeutung, mythol. Beziehungen finden sich zu → Alkyoneus und → Endymion. H. v. G.

Winnefeld H., Bln. 1886. *H. Schrader*, H., Bln., 1926. *I. Hjerten*, H. och Thanatos i dikt och konst, Stockh. 1951. O. *Seel* G 68, 1961, 492ff. (zu Stat. silv. 5,4). *Baum.* Denkm. S. 706ff. Abb. 523 u. a.

Hypoboles graphe (*ὑποβολῆς γραφή*). In Athen eine öffentliche Klage gegen den Nichtbürger, der bürgerlichen Eltern als Kind untergeschoben war (nur in Lex. Seg. V S. 311 a. E. erwähnt). Zuständig waren die → *θεσμοθέται*. Strafe: Verkauf in die Sklaverei. E. B.

J. H. Lipsius Das att. Recht u. Rechtsverf., 1905–1915, 417.

Hypocaustum. Eine wohl im ausgehenden 2. Jh. v. Chr. gemachte und von C. Sergius Orata für die Beheizung von Fischbecken (Plin. nat. 9, 168. Val. Max. 9,1,1) ausgenützte Erfindung ermöglichte die ausreichende Beheizung der röm. öffentlichen und privaten Bäder. In einer Ofenanlage *(hypocausis, praefurnium)*, die auch direkt Heißwasserkessel erhitzen konnte (Vitr. 5,10,1) wurde Holz, Holzkohle oder angekohltes, rauchloses Holz (*ξύλα ἄκαπνα* Gal. de sanit. tuenda 1,6 p. 127. *coctilia* H. A. Claud. 14,12, vgl. Dig. 32, 55,7) verbrannt. Von dort zogen die Gase und heiße Luft durch einen Hohlraum, in dem eng verteilte Ziegelpfeiler den darüber liegenden, oft 50 cm dicken Fußboden des zu heizenden Raumes trugen, entweder direkt zu einem Abzug oder in der Wand durch Hohlziegel (*tubuli*, meist rechteckig) bzw. hinter mit Warzen versehenen Ziegeln *(tegulae mammatae)* zu einem höher gelegenen Abzug. Letztere Erfindung wurde erst im 1. Jh. n. Chr. gemacht (Sen. epist. 14,2(90),25; noch nicht bei Vitr.). In kleineren Räumen wurde die heiße Luft auch direkt eingelassen, natürlich erst nach Löschen des Feuers und Abzug der giftigen Gase (Plin. epist. 2,17,23). Die Feuerung mußte vorsichtig bedient werden (*languidus ignis* Stat. silv. 1,5,58 (vgl. 44). *tenuis flamma* Martial. 6,42,15. Vgl. Sidon. 22,180) und lohnte nur bei längerer Benützungszeit (Plin. epist. 2,17,26). H.-Heizungen sind zahlreich erhalten. W. H. G.

Fusch Über H.-Heizungen, Diss. Hannover 1910. *Fabricius*, RE IX 333ff. *Krencker-Krüger* Die Trierer Kaiserthermen 1929, 175f. 332ff. *Kretzschmer*, Germania 33, 1955, 200ff. *Thatcher*, Memoirs Am. Acad. Rome 24, 1956, 170ff. und Am. Philos. Society Year Book 1957 (1958), 388ff.

Hypokrites (ὑποκριτής Nomen agentis zum Verb ὑποκρίνομαι). Bei Homer bedeutet das Verb etwa »in Beantwortung einer Aufforderung eine Entscheidung (auf Grund reiflicher Überlegung, Wissen und Intuition) äußern«, wobei häufig die Deutung von Orakeln oder Vorzeichen gemeint ist. Diese Bedeutung entwickelt sich in der Richtung auf einfaches »antworten«: Hymn. Apoll. 171, Herodot. Im Att. ist das Verbum sehr selten, alt höchstens in der aus Homer bekannten gehobenen Bedeutung, als bloßes »antworten« (att.: ἀποκρίνεσθαι) hat es poet. Färbung. Dieses seltene und feierliche Verbum samt dem davon abgeleiteten Nomen agentis ὑ. bezeichnete in der Sprache des Theaters konkret die Tätigkeit des Schauspielers und den Schauspieler; ob schon vom Beginn der Theatergeschichte an (Plut. Sol. 29. Diog. Laert. 1,59), läßt sich nicht entscheiden. Der Gebrauch war jedenfalls fest, als 449 v. Chr. der Schauspieleragon für die Tragödienaufführungen der großen Dionysien eingeführt und in den Urkunden festgehalten wurde (IG II^2 2325, Col. I. 2318). Der Terminus ὑ. galt sowohl für den Schauspieler der Tragödien wie der Komödien. Die weitere Bedeutungsentwicklung des Wortes ὑ. für den Redner und von »Schauspieler« zu »Heuchler«, wie es ins Latein. und in die roman. Sprachen gelangte, läßt sich leicht verstehen.

Thespis trat als erster dem trag. Chor als Einzelsprecher gegenüber und wurde so zum Schöpfer der Kunstform Tragödie und zum ersten Schauspieler. Den zweiten Schauspieler fügte Aischylos, den dritten Sophokles hinzu (Aristot. Poet. 4, 1449a, 10). Mehr als 3 Schauspieler hat die Tragödie nie verwendet, wie auch die erhaltenen Stücke zeigen (πρωταγωνιστής, δευτεραγωνιστής, τριταγωνιστής). Die Komödie scheint nicht auf 3 Schauspieler beschränkt gewesen zu sein.

Vor 449 konnte der trag. Dichter wahrscheinlich seine Schauspieler selbst wählen, nachher wurden sie wohl zugelost (Hesych. νέμεσις ὑποκριτῶν ~ Phot., Sud.); Prüfung für Komödienschauspieler Ps. Plut. X or., Lyk. 10.

Kostüm (wesentliche Bestandteile): des trag. ὑ. seit dem 5. Jh.: Maske, Chiton, Kothurn; des kom. ὑ.: a) alte und mittlere Komödie, Männer: Maske, Hemd, anliegende Hose, über dem Hemd Tricot in Fleischfarbe, Brust und Gesäß ausgepolstert (σωμάτιον), Phallos; Frauen: Alltagskleidung. b) Neue Komödie: Maske, bürgerliche Kleidung.

In der Ant. wirkten nur Männer als ὑ., auch Frauenrollen wurden von Männern gespielt (Luk. salt. 28. Synes. de prov. 1,13).

Schauspielerwettkämpfe in Athen: für die Protagonisten der Tragödien seit 449 (IG II^2 2318) an den Dionysien, wahrscheinlich seit ca. 430 (IG II^2 2325. 2319) an den Lenäen. Für die Protagonisten der Komödie: Jahr der Einführung an den Dionysien nicht bestimmbar, die Siegerliste (IG II^2 2325, 319–321) beginnt ca. 320 und läßt sich bis 142 verfolgen (IG II^2 2323,250); an den Lenäen beginnt der erhaltene Teil der Siegerliste ca. 375 (IG II^2 2325,199f.), vielleicht wurde der Agon schon ca. 440 zugleich mit dem Dichteragon eingeführt; die Liste der ὑ. wurde bis 220 oder 210 geführt (IG II^2 2325,234). Seit dem späten 3. Jh. v. Chr. sind auch Schauspielerwettkämpfe außerhalb Athens bezeugt (SCHNEIDER 226,9ff.). F. St.

Zur Übersicht über das reiche Material ist Heranziehung der Lit. unbedingt nötig; aus letzter Zeit etwa *B. Zucchelli* ΥΠΟΚΡΙΤΗΣ. Origine e storia del termine, Studi grammat. e linguist. 3, Milano 1962. *I. Parenti* Per una nuova edizione della »Prosopogr. Histrionum Graec.«, Dioniso 35, 1, 1961, 5ff. *G. F. Else* 'Υποκριτής WS 72, 1959, 75ff. *Ders.* The origin of Τραγωιδία, H 85, 1957, 17ff. *H. Koller* Hypokrisis und Hypokrites. MH 14, 1957, 100ff. *D. L. Page* 'Υποκριτής, Class. Rev. N. S. VI (LXX), 1956, 191f. *K. Schneider*, RE Suppl. VIII 187ff. *A. Lesky* Hypokrites, Studi in onore di U. E. Paoli. Firenze 1955, 469ff. *A. W. Pickard-Cambridge* The Dramatic Festivals of Athens, Oxf. 1953. *G. F. Else* The case of the third actor, TAPhA 76, 1945, 1ff. *M. Bieber* The History of the Greek and Roman Theatre, Princeton 1961. *G. Capone* L'arte scenica degli attori tragici greci. Padova 1935. *J. B. O'Connor* Chapters in the Hist. of Actors and Acting in Anc. Greece. Together with a Prosopogr. Histrionum Graec. Diss. Princeton, Chicago 1908. *A. Natoli* Arte rappresent. e mimica nel teatro greco, Firenze 1903.

Hypomnema (ὑπόμνημα). Die Aufzeichnung (oft im Plur.). Das Wort hatte urspr. die abstrakte Bedeutung »Erinnerung«, »Mahnung« (Thuk. 2, 44,2. Xen. an. 1,6,3) und konnte seit Platon (Tht. 143 A) Schriftstücke bezeichnen, die zur Unterstützung des Gedächtnisses abgefaßt waren. Als H. galten nichtliter. Aufzeichnungen privater und offizieller Art, z. B. Notizen, Listen, Kontoauszüge, Mahnungen, Eingaben und Gesuche (Belege vor allem in den Pap.; s. [5] und RE Suppl. VII 281f.) sowie Tagebücher, Hof- und Amtsjournale (seit Alexander. Hierfür auch ὑπομνηματισμοί; s. [1]. → Ephemerides), ferner amtliche Aktenstücke, Verfügungen, Protokolle und Urkunden (in der Kaiserzeit Wiedergabe des lat. t. t. → *acta*). Im Bereich der Lit. wurde H. seit dem 4. Jh. v. Chr. für Prosawerke verschiedensten Inhalts, jedoch nicht für Reden und Dialoge (s. aber Diog. Laert. 4,5) verwendet: für philos., histor., rhetor. und sonstige fachwissenschaftliche Schriften (Diog. Laert. 4,4f. 5,48f. u. ö.; 9,46 und 49 von fragwürdiger Authentizität. Pol. 1,1,1. 3,32,4 u. ö. Longin. 44,12. Strab. 18,1,36. Nikom. Harm. ench. 1. Gal. 6,460 K.); bei indirekter Bezeugung, z. B. durch Diog. Laert., darf man die Bezeichnung nicht ohne weiteres auf den Autor zurückführen (etwa als Buchtitel). Bei 3 Gattungen von Schriften war der Ausdruck H. bes. gebräuchlich, vor allem als Titel: 1. bei autobiograph. Memoiren polit. führender Persönlichkeiten (s. [4.7]. → Aratos von Sikyon, Ptolemaios VIII. Euergetes II., Herodes I. von Judäa. Bisweilen läßt sich den Quellen nicht entnehmen, ob Ephemerides [Hofjournale] oder als B. publizierte Memoiren gemeint sind), 2. bei Sammelwerken vermischten Inhalts (s. F. Wehrli Die Schule des Aristoteles, 2: Aristoxenos, 1945, 86. H. Fuchs, RACh 5,505f. → Aristoxenos, → Kallimachos, → Pamphila. Ein Reflex in später Theorie: Alex. Aphr. bei Simpl. cat. praef. p. 4 Kalbfl.; ähnlich Ammon. cat. praef. p. 4 Busse), 3. bei philolog. Kommentaren.

Gelegentlich wurde H. in prägnanter Bedeutung für die private Aufzeichnung (Gegensatz *σύγγραμμα* = publiziertes Werk: Gal. 16,532 und 543 K.; vgl. Simpl. a.O.) oder für die einem literar. Text beigefügten Erklärungen (Gegensatz *σύγγραμμα* = selbständige Abh.: Didym. bei Sch. Il. 2,111) verwendet. Zu diesen Präzisierungen des sonst farblosen und vieldeutigen Wortes kommt als dritte, ebenfalls stets nur aus dem Kontext ersichtliche Nuance die Bedeutung »Skizze«, »formloser Entwurf«. Sie ist einerseits durch eine wohl seit hellenist. Z. geläufige Theorie der Geschichtsschreibung bezeugt, deren Reflexe bei Cicero (Att. 2,1,2; fam. 5,12,10; Brut. 262. Vgl. Hirt. Gall. 8 praef.), Lukian (hist. conscr. 48; vgl. 16) u. Verus (Front. ep. ad Ver. 2,3 p. 125 v. d. H.) begegnen (s. [9]. Zweifelhaft Eunap. Frg. 8a, Hist. Gr. min. p. 216 D., da Eunapios sein eigenes, ausgearbeitetes Werk ebenfalls H. nennt); andererseits findet sie sich in späten Einteilungen der aristotel. Schriften (Ammon. a.O. Simpl. a.O.). Ferner bezeichnet H. mitunter das »Kollegheft« des Lehrers (Gal. 19,10 K.) oder die »Kollegnachschrift« des Schülers (Lukian. Hermotim. 2. Arr. ep. ad Gell. 2). Die moderne Philologie hat diese Tatsachen mit geringem Erfolg für die Erklärung von Wesen und Zweck der aristotel. Pragmatien benutzt (s. [3.8]). Hingegen ist es wahrscheinlich, daß die erwähnte Theorie vom H. als »Rohentwurf« die Titelgebung der → *commentarii* Caesars beeinflußt hat (s. [6.9]. Anders [8]. Vielleicht hatte Caesar in Sulla einen Vorgänger: Plut. Luc. 1,4 = HRR Sulla Frg. 1 u.ö.). Man darf indes diese spezielle Bedeutung nicht verallgemeinern: es ist verfehlt anzunehmen, H. habe schlechthin als t. t. für eine literar. Gattung, für Prosa ohne stilist. Ansprüche, gedient (so z.B. [2]. Vgl. Norden AKpr 1,94). M. F.

1. *U. Wilcken*, Philol. 53, 1894, 80ff. 2. *v. Wilamowitz* Die griech. Lit. des Alt., Die Kultur der Gegenwart 1,8, 1912^{3}, 158ff. 3. *W. Jaeger* Stud. z. Entstehungsgesch. der Metaphysik des Aristoteles, 1912, 135ff. 4. FGrH II B Nr. 227–238 und II D p. 639ff. 5. *E. Bickermann*, APF 9, 1930, 164ff. 6. *H. Oppermann* Caesar der Schriftsteller und sein Werk, 1933, 1ff. 7. *G. Misch* Gesch. der Autobiographie, 1,1, 1949^{3}, 209ff. 8. *F. Bömer*, H 81, 1953, 215ff. 9. *G. Avenarius* Lukians Schrift zur Geschichtsschreibung, 1956, 85ff.

Hypomosia (*ὑπωμοσία*). Nur in Athen: eidliche Erklärung. **1.** Im P r o z e ß: eidlich bekräftigter V e r t a g u n g s a n t r a g einer Partei oder ihres Vertreters. Er war nur bei Vorliegen wichtiger Gründe (Harpokr. Poll. 8,60. Sch. Demosth. 21, 84), die vom Gegner durch *ἀντωμοσία* bestritten werden konnten, zulässig (Demosth. 48,25f. [1], 229.901ff.). **2.** In der V e r h a n d l u n g ü b e r e i n e B e s c h l u ß v o r l a g e im Rate oder in der Gemeindeversammlung (nicht dagegen in den Verfahren vor der Kommission der Nomothetai: [4], 1289f.): die mit einem Eid bekräftigte A n k ü n d i g u n g einer Klage wegen Gesetzwidrigkeit, → *παρανομῆς γραφή*, oder wegen Unzweckmäßigkeit (*νόμον μὴ ἐπιτήδειον θεῖναι*) einer Gesetzes- oder Beschlußvorlage gegen den Antragsteller ([1],281. [2],1012ff.). Die Erklärung stand jedem Bürger vor Schluß der Verhandlungen sowohl vor als nach der Abstimmung zu. Sie bewirkte vor der Abstimmung deren Aussetzung und entzog nach der Abstimmung dem Beschluß bis zur Entscheidung des Geschworenengerichts die Rechtsgültigkeit. E. B.

1. *J. H. Lipsius* Das att. Recht und Rechtsverf., 1905–1915. 2. *Busolt* GStk. 1012ff. 3. *E. Gerner*, RE XVIII 2. H. 1282ff.

Hyporchema (*ὑπόρχημα*), zuerst bei Plat. Ion 534c in einer Beispielreihe neben anderen Dichtungsgattungen, *ὑπορχεῖσδαι* Aischyl. Cho. 1025; *ὑπορχηματικός* in Sch.-Lit. und Dion. Hal. Dem. 43, *ὑπόρχησις* Sch. Aristoph. Ran. 896. Weder die verstreuten theoret. Äußerungen noch die spärlichen Zitatfragmente geben ein deutliches Bild vom Wesen des H. Sicher ist nur, daß Musik, Lied, Tanz verbunden waren.

Ursprungsgebiet wahrscheinlich Kreta (Zeugnisse: Diehl 338f.). Thaletas von Gortyn soll als erster H. zur Begleitung des Waffentanzes der kret. Kureten gedichtet haben. Durch ihn Einführung in Sparta in der 2. Musikkatastasis, wo auch Xenodamos von Kythera als Dichter von H. genannt wird (Athen. 1,15d). Das H. blieb eine typ. dor. Kunstgattung.

Als spätere Dichter von H. werden zitiert: → Pratinas von Phleius (Athen. 14,617cff.), dessen wahrscheinlich aus einem Satyrspiel stammendes H. den meisten Aufschluß gibt; → Simonides? (Plut. quaest. conv. 9,748 Bf); Pindar 1 B. (POxy 26,2438,39; die vit. Ambros. nennt 2 B., vielleicht irrtümlich), daraus stammt POxy 26,2446 und die Zitate Frg. 105–113 Sn., Frg. 94–104 Bowra; → Bakchylides (Frg. 14,15?, 16? Sn.).

Hauptsächliche Quellen für Theorie: Sch. Pind. Pyth. 2,127 (Sosibios); Athen. 14,631c–d (Aristoxenos); Athen. 14,628d (Chamaileon); Plut. De mus. 9f. (Glaukos?); Athen. 1,15d (Autor nicht feststellbar); Plut. quaest. conv. 9,748 A (altperipatet.); Lukian De salt. 16. F. St.

H. Koller Die Mimesis in der Ant., 1954, 166ff. *H. Färber* Die Lyrik in der Kunsttheorie der Ant., 1936, I 34, 55. II 41f. *E. Diehl*, RE IX 338.

Hyporon (Nissen It. Ldk. 2,949), Stadt Bruttiums, von der Bronzemünzen aus der Z. um 300 v. Chr. (Head HN^{2} 105) erhalten sind; die notwendige Gleichsetzung mit *Hipporum* (It. Ant. 115

4) lehrt volksetym. Deutungsversuch kennen (ähnlich: Hipponion). G. R.

Hyposkenion. Das Wort erscheint nur bei Poll. 4,123 (*ὑποσκήνια*) und 4,124 *τὸ δὲ ὑποσκήνιον κίοσι καὶ ἀγαλματίοις κεκόσμητο πρὸς τὸ θέατρον τετραμμένοις, ὑπὸ τὸ λογεῖον κείμενον* und bei Ath. 14 p. 631. Da unklar ist, welcher Theatertyp den Schriftstellern vorschwebt, bleibt die Bedeutung ungewiß. Raum hinter der Logeionfront? C. F.

A. Müller Philol. Suppl. Bd. 7, 1898, 62.

Hypotheke (*ὑποθήκη*). **1.** In Athen: das Fahrnispfand. Der substantivische Ausdruck ist hierfür allerdings nicht überliefert, wohl aber das Verbum *ὑποτιθέναι* (Demosth. 49,51 f. [9], 61,4). Der übliche t. t. war *ἐνέχυρον*. Publizitätsmittel des Fahrnispfandrechts war der Besitz. Der Gläubiger, der zum Ziehen der Nutzungen nur bei besonderer Vereinbarung berechtigt war, mußte das Pfand auf seine Gefahr verwahren, hatte es nach Erlöschen des Pfandrechts zurückzugeben und erhielt es nach Eintritt der Pfandreife zum Eigentum ([1]. [2]). In den Pap. ist dagegen *ὑ.* an beweglichen Sachen die besitzlose Sicherungsübereignung ([13],142). **2.** Hypothek. Die Bezeichnung *ὑ.* findet sich als technische juristische Kategorie in Athen nur beim Seedarlehen ([9],62) und dürfte von hier aus als Rechtsfigur in den Bodenkredit übernommen worden sein (H. J. Wolff, ZRG 70,424). Sie wurde zur Sicherung von Darlehensforderungen auf Grundstücken bestellt und unterschied sich von der ebenfalls die Sicherung des Gläubigers bezweckenden → *πρᾶσις ἐπὶ λύσει* dadurch, daß dem Gläubiger nicht das Recht zum sofortigen Zugriff auf die Sache eingeräumt wurde (s. o. H. J. Wolff). Der Grundstückseigentümer war nach Bestellung der *ὑ.* gehindert, gegen den Widerspruch des Gläubigers, der sich durch → *ὅροι* schützte, über das Grundstück zu verfügen ([4]). Auch die *ὑ.* war ein Ersatz- und Verfallpfand ([10], unzutreffend [3]. [9]: Verkaufspfand). Über die Entwicklung zum Sicherungspfand in den Pap. s. [12],277 ff. Der Gläubiger erwarb das Eigentum (a. A. [7]) an dem Grundstück jedoch nicht schon durch den Verfall, sondern erst mit der → *ἐμβατεία*, [14],86. Zum Verkauf und zur Erstattung des Überschusses war der Gläubiger mangels einer besonderen Abrede auch dann nicht verpflichtet, wenn der Eigentümer den Mehrwert des Sicherungsobjektes an andere Gläubiger verpfändet hatte ([1],85. [12],86). Über öffentliche Grundregister, die in Athen fehlen, s. [1],5. [12],222 ff. Besondere Gestaltungen des Verfallpfandes waren das → *ἀποτίμημα* und das → *ὑπάλλαγμα*. E. B.

1. *H. F. Hitzig* Das griech. Pfandrecht, 1895. 2. *A. Manigk*, ZRG 30, 1909, 272 f. 3. *D. Pappulias* *Ἡ ἐμπράγματος ἀσφάλεια*, 1909. 4. *E. Rabel* Die Verfügungsbeschränkungen des Verpfänders, 1909. 5. *E. Weiss* Pfandrechtliche Untersuchungen, 1909. 6. *B. Schwarz* Hypothek und Hypallagma, 1911. 7. *U. E. Paoli* Studi di diritto attico, 1930, 141 ff. 8. *F. Pringsheim* The Greek Law of Sale, 1950. 9. *J. V. A. Fine* Horoi. Hesp., 1951, Suppl. IX. 10. *M. J. Finley* Land and Credit in ancient Athens, 1952. 11. *Ders.*, Studi Arangio-Ruiz 3, 1953, 473 ff. 12. *R. Taubenschlag* The Law of Greco-Roman Egypt, 1955. 13. *E. Seidl* Ptolem. R.-Gesch., 1962. 14. *A. Kränzlein* Eigentum und Besitz im griech. Recht, 1963.

3. In Rom: Die röm. hypotheca beruht nicht auf griech. Vorbild, sondern hat sich selbständig aus dem Faustpfand *(pignus)* zu einem besitzlosen, nur auf Vereinbarung zwischen Gläubiger und Schuldner beruhenden Pfandrecht entwickelt. Cicero gebrauchte hierfür als erster das griech. Wort *h.*, das jedoch von den klass. Juristen, mit Ausnahme von → Gaius und → Marcian, nur vereinzelt verwendet wurde. Zu einer strengen terminolog. Unterscheidung zwischen *pignus* und *h.* ist es im röm. Recht nicht gekommen. Zuerst kam das besitzlose Pfand bei der Landpacht und Miete auf und wurde dann in klass. Z. zur Sicherung von Forderungen aller Art üblich. Zum Schutz des Verpächters gewährte der Praetor seit dem 1. Jh. v. Chr. das *interdictum Salvianum* und schuf wohl nur wenig später die *actio Serviana*. Während das *interdictum Salvianum* auch in klass. Z. auf Landpachtverhältnisse beschränkt blieb, wurde die *actio Serviana* alsbald auch zugunsten anderer Pfandgläubiger erteilt und damit zur allg. dinglichen Pfandklage fortentwickelt, mit deren Hilfe man die Pfandsache von jedem Besitzer, auch von Dritten, herausverlangen konnte. H. M.-L.

L. Raape Verfall des Pfandes, 1912. *A. Manigk*, RE IX 343 ff. *Jörs-Kunkel-Wenger* Röm. Recht, 1949[3], 156 ff. *M. Kaser* Das röm. Privatrecht 1, 1955, 388 ff.

Hypothesis (*Ὑπόθεσις*). Im literarhist.-techn. Sinn zuerst im frühen Peripatos nachweisbar: → Dikaiarchos' *Ὑ. τῶν Εὐριπίδου καὶ Σοφοκλέους μύθων*; Frg. 63.78–82 W., Rest H. Eur. Alk. I (?), Hel. 2. Hälfte (?). Abfassung von H.s scheint bei Tragikertexten begonnen, dann auch bei anderen praktiziert worden zu sein. Verschiedene Typen entwickelten sich.

Typ 1: → Aristoph. v. Byz.; gestützt auf die gesamte vorherige Forschung (Peripatos, Kall.), gab er in knappster Form Inhalt, Paralleldramen der beiden anderen großen Tragiker, Schauplatz, Chor, Prologsprecher, Didaskalie, ästhet. Urteil. H. Aisch. Sept., Soph. Phil. II, Eur. Med. II, Alk. II mögen einen Begriff geben. Seine H. bildeten eher ein eigenes Werk (so Turner 8) als Einleitungen zu Ausg. (so Wilamowitz 146). Fast alle ganz verloren, keine in urspr. Gestalt erhalten, teilweise in späteren H. aufgegangen; ihre Methode beherrschte die ganze spätere H.-Lit. wissenschaftl. Charakters.

Typ 2: ca. 1. Jh. v. Chr. Slg.en von Inhaltsangaben der Werke eines Autors in bestimmter Reihenfolge – etwa alphabet. nach Titeln – jeweils mit Zitat des Anfangsverses zur Identifikation. Für

Euripides von WILAMOWITZ (Anal. Eur. 189) vermutet, jetzt durch Pap. erwiesen: POxy 420.2455. 2457.2534.2544. P.S.I. 1286; P. Mil. Vogl. 44. IFAO, PSP 248, PAPATHOMOPOULOS, Rech. Pap. III, 1964, 37ff. In vielen Fällen, teilweise verändert, von den H.s der Hss. übernommen (ZUNTZ 135), auch sonst vielfach benützt, etwa in mythol. HB (z.B. Hyg. 96), Scholien (z.B. Sch. Eur. Or. 432), Rhetoren (z.B. Moses Khorenatzi, Progymn. Ioh. Logothet., Komm. zu Hermog., RhM 63, 1908, 144). Vf. unbestimmbar. Für Men. POxy 1235 (von Homeros Sellios? KÖRTE). Für Kall. P. Mil. I 18.

Typ 3: Ca. 2. Jh. n. Chr. Inhaltszusammenfassung in runder Verszahl im Metrum des betr. Werkes, fast überall fälschlich als Ἀριστοφάνους γραμματικοῦ bezeichnet. Zu: Aristoph. Com. (bis auf Thesm.), je 10 Trim., alle von demselben Vf.; Soph. Oid. T.: 18 Trim., Phil.: 10 Trim. (exzeptionell H. Oid. K. III: 7 eleg. Dist., anonym); Men. Dyskolos (P. Bodm IV), Heros (P. Kair.), je 12 Trim. Im lat. Bereich: C. Sulp. Apollinaris zu Terenz, je 12 Senare, und zu den 12 B. Verg. Aen., je 6 Hexam. (jeweils mit den Anfangsworten des B. beginnend): zu Plaut. anonyme, nichtakrostich. argumenta (Amph. 10 Senare, alle anderen 15: Aul., Merc., Mil., Pers.? Pseud.); ferner akrostichische (zu allen bis auf Bacch., Vid.) – ein Sondertyp von Typ 3.

Typ 4: Außer Inhaltserzählung literarhist. Material: Aisch. Pers., Soph. Ai., Eur. Med. I, Rhes. I, Soph. Oid. T. und Eur. Phoin. I (beide mit Rätsel und Lösung aus Asklep.: Athen. 456 b); 2 H. dieser Art tragen den Namen eines gewissen Salustios: Soph. Ant. II und Oid. K. IV. Singulär H. Eur. Skiron in P. Amh. II 17 durch eingestreute Zitate aus dem Stück selbst.

Typ 5: Byzantin. Zeit. a) Moschopoulos zu Eur. Phoin. fußt auf besserem Text der H.-Slg. als die ma. Hss. (POxy 2455, 2544); b) Thomas Magister und andere, jetzt wertlos (Beschreibung bei ZUNTZ 131 ff.).

Nichttrag. Texte (soweit noch nicht erwähnt): Aristoph. Com., bes. viele H.'s auf uns gekommen; Gruppierung nach inhaltlichen, sprachlichen und stilist. Gesichtspunkten bei RADERMACHER Aristoph. Frösche, 1954², 74ff.: a) Ach. I, Equ. I, Lys. I, Nub. III, Ran. I, Plut. III und IV (?), Pax I. b) Alle metr. c) Vesp. I, Plut. I. d) Av. II, Equ. II, Nub. II, Pax II und III. Kratin. Com.: H. zum Dionysalexandros (POxy 663, s. II/III n. Chr.), erzählend, ähnlich Gruppe a, der aristophan., von KOERTE Symmachos (ca. 100 n. Chr.) als Vf. vermutet (H 39, 1904, 496ff.). Theokr.: zurückgehend auf Artemid. und Theon (Zeitwende), dann mehrfach überschichtet. Pind.: Didymos (Zeitwende), Neuredaktion 2. Jh. n. Chr. Apoll. Rhod. und Lykophr. (nur Inhaltsangaben). Ps. Hes. Aspis: 4 H.'s. Von Prosaikern vornehmlich zu Rednern, nach dem Muster des Aristoph. Byz.: Isokr., Isaios, Demosth. (von Liban.), Antiph., And. (3 und 4), Lykurg. Cic. (zu einigen Reden). Trog.
F. St.

Lit. (nur neueste, wo ältere zitiert): *R.A. Coles* and *J.W.B. Barns* Fragments of Dramat. H. from Oxy., CQ N.S. 15, 1965, 52ff. *W.S. Barrett* The Epitome of Eurip. Phoin., CQ N.S. 15, 1965, 58ff. *M. Papathomopoulos* Un argument sur pap. de la Médée d'Euripide, Rech. Pap. III, 1964, 37ff. *F. Stoessl* Die Palamedestragödien der 3 großen Tragiker und das Problem der H.-eis, WS 79, 1966, 93ff. *E.G. Turner* Euripidean H. in a new Pap., Proc. IXth Intern. Congr. Pap., Oslo 1958, publ. 1961, 1ff. *G. Zuntz* The Political Plays of Eurip., Manch. 1955, 130ff. *U.v. Wilamowitz-Moellendorff* Einleitung in die Griech. Tragödie, 1894, 146ff.

Hypozoma (ὑπόζωμα). Die Vorrichtung zur Versteifung des Schiffes, bes. des Kriegsschiffes der Griechen sollte offenbar eine Sicherung gegen die vertikal wirkende Gebrechlichkeit des Kiels darstellen, und zwar mit Hilfe einer Längsgürtung. Um Vorder- wie Hinterschiff ist eine einfache oder doppelte Tauzurring gelegt, die mit dem Schiffskörper fest verbunden ist. In diesen Zurringen wurden dann im Bedarfsfall Taue, die H., zweimal durch das ganze Schiff geführt und vermutlich in der Nähe des Mastes steifgesetzt. Die Vorrichtung wurde nur im Fall der Not angewandt, wir kennen sie vornehmlich von Kriegsschiffen (Athen. 5,204a. Pol. 27,3,3), während für Handelsschiffe nur auf das alexandrin. Schiff verwiesen werden kann, auf dem Paulus von Myrrha in Lykien aus reiste (Act. Apost. 27,17). Vgl. [4].
W. H. G.

1. *Schauroth*, HSPh 22, 1911, 178ff. 2. *Brewster*, HSPh 34, 1923, 63ff. 3. *Hartmann*, RE Suppl. IV 776ff. 4. *Miltner* RE Suppl. V 944f.

Hypsaeus. Cognomen in den Fasten der republ. Zeit bei den Plautiern (M. Plautius H.), vgl. DEGRASSI FCapit. 145. H. G. G.

Hypsas. Name zweier Flüsse des s.w. Siziliens. **1.** Der 3½ km ö. von → Selinus mündende h. Belice, einer der bedeutendsten Flüsse der Insel, unfern der N.-Küste entspringend. Er ist auf Mzz. von Selinus (Didrachmen 5. Jh.) dargestellt, durch Legende bezeichnet, als opfernder Jüngling, HEAD HN² 168. **2.** Der w. der beiden → Akragas umfließenden Flüsse, h. Fiume Drago, der sich unterhalb der Stadt mit dem sie ö. umfließenden Akragas (h. Fiume S. Biagio) vereinigt, Pol. 9,27,5. Ptol. 3,4,3. K. Z.

Hypseus (Ὑψεύς). **1.** Sohn des Flußgottes Peneios und der Najade Kreusa, Tochter des Okeanos und der Gaia (oder der Philyra, Tochter des Asopos), geboren in den Schluchten des Pindos, wurde König der thessal. Lapithen. Die Najade Chlidanope gebar ihm die Nymphe → Kyrene. Pind. P. 9,13ff. (nach einer Ehoie Hes.'), Kall. h. 2,92. 3,208. Apoll. Rhod. 2,500. Diod. 4,69.81. Bei Verg. georg. 4,355 ist Kyrene nicht Enkelin, sondern Tochter des Peneios. MALTEN Kyrene, 1911.–

H. als Vater der Themisto Apollod. 1,84. Hyg. fab. 1. **2.** Gegner des Perseus, der ihn erschlug. Ov. met. 5,98 f. H. v. G.

Hypsikles. Hellenist. Mathematiker und Astronom. Stammt nach seinem fälschlich als Eukl. El. 14 bezeichneten B. über die regelmäßigen Polyeder aus Alexandreia, lebte um 175 v. Chr. (Eukl. op., Bd 5,2 H.). Das dort folgende B. 15 kann wegen seiner geringen Qualität nicht von ihm selbst sein, ist aber thematisch eng verwandt. Erstere Schrift ist ausdrücklich als Erklärung zu Apollonios' verlorenem »Vergleich zwischen Dodekaeder und Eikosaeder« gemeint. Bewiesen wird durch eine Kette von Propositionen, daß Oberflächen ebenso wie Volumen des Oktaeders zu denen des Eikosaeders sich so verhalten wie die Hypotenusen gewisser rechtwinkliger Dreiecke. Diese haben eine Kathete gemeinsam, die andere ist gleich dem größeren bzw. kleineren Abschnitt der nach dem Goldenen Schnitt geteilten gemeinsamen Kathete. Im gleichen Verhältnis stehen auch die Kanten des in die selbe Kugel eingeschriebenen Würfels und Eikosaeders.

Die arithm. Folgen hat H. theoret. erfolgreich behandelt und praktisch verwertet. Nach Diophantos (De polyg. num. S. 470,27 Tannery) bewies er, daß die n-te a-gonale Zahl gleich der Summe einer arithm. Folge ist mit Anfangsglied = 1, Anzahl der Glieder = n und Differenz = (a–2). Beispiel: Die 4. Quadratzahl (16) ist = 1 + 3 + 5 + 7. Weitere Theoreme über arithm. Folgen hat H. als Hilfssätze zu seinem astronom. Traktat Ἀναφορικός abgeleitet (ed. K. Manitius, Progr. Dresden 1888. In Vorbereitung: H., Die Aufgangszeiten der Gestirne, hg. und übers. von V. de Falco und M. Krause m. Einf. v. O. Neugebauer, AGG 1966, 62. Gr. Text, arab. Übers., dt. Übers. mit Sch.). Für die Breite von Alexandreia soll errechnet werden, wieviel Zeitgrade (= Dauer zwischen 2 aufeinanderfolgenden Meridiandurchgängen desselben Sternes :360) ein Zodiakalzeichen braucht, um den Horizont zu passieren. Bekannt ist das Verhältnis längster zu kürzestem Tag wie 7:5. Vorausgesetzt wird, daß die Taglängen monoton (in arithm. Folge) zu- und abnehmen. Das ist falsch, beruht aber auf babyl. Tradition und liefert (im Vergleich mit den sphärisch trigonometr. Berechnungen des Ptolemaios, Synt. 2,7) brauchbare Approximationen. Die bewiesenen Hilfssätze für arithm. Folgen waren: a) Differenz zwischen den Summen der ersten und zweiten Halbfolge = Folgendifferenz × Quadrat der halben Gliederzahl (für gerade Gliederanzahl). b) Summe aller Glieder = Mittelglied × Gliederanzahl (für ungerade Gliederanzahl). c) Summe aller Glieder = Produkt der halben Gliederanzahl mit der Summe von Anfangs- und Endglied (für gerade Gliederzahl). Die Anwendung der Formel a gestattet die Errechnung der Folgendifferenz für die Aufgangszeiten der Zodiakalzeichen, Formel b die der Aufgangszeit des Löwen. Damit sind alle Aufgangszeiten gegeben. Schließlich werden mit Hilfe von Formel c noch die Aufgangszeiten jedes Zodiakalgrades berechnet. Wenn auch das anspruchlose Büchlein die relativ reiche Überlieferung wohl seiner bequemen Anwendbarkeit in der astrol. Praxis dankt, so ist es doch nicht zu diesem Zweck verfaßt, wie die Anwendung entsprechender Methoden bei der Aufstellung babyl. Ephemeriden aus der Zeit vor 200 v. Chr. lehrt. Damit werden auch die Zweifel an der Autorschaft des H. gegenstandslos. Auch die scharfe Kritik Manitius' an dem Werk ist unberechtigt. Es ist im Stile des Euklid mathematisch korrekt gearbeitet und stellt astronomisch ein interessantes Zwischenglied zwischen babyl. und hellenist. Wissenschaft dar. J. M.

Hypsikrates (Ὑψικράτης). **1.** H. von Amisos, Historiker und Grammatiker, wurde 92 J. alt (Ps. Lukian. makrob. 22). Die wenigen Frg. seines Geschichtswerks weisen auf caesar.-august. Z. Er schrieb aber auch über Homer, den er sich mit Hesiod gleichzeitig dachte, und gab Etymologien griech. und lat. Worte, die Varro ablehnte. Dabei leitete er wie Tyrannion den lat. Sprachschatz aus dem griech. ab.

Frg. (auch die grammat.): FGrH II B 923 ff. Nr. 190, Komm. ebd. C 618 ff.

R. Giomini, Maia 8, 1956, 49 ff.

2. Tatian. ad Graec. 37 erwähnt einen H. als Vf. von *Φοινικικά* in phoinik. Sprache. Sein Name und seine Existenz bleiben zweifelhaft. K. St.

Hypsipyle (Ὑψιπύλη, Ὑψιπύλεια). Tochter des Dionysossohnes Thoas, Königs von Lemnos. Aphrodite strafte die sie mißachtenden Lemnierinnen mit üblem Geruch. Die Männer holten sich thrak. Frauen. Die Lemnierinnen beschlossen, diese und alle Männer der Insel umzubringen und einen reinen Frauenstaat unter der Herrschaft der H. zu errichten. Vgl. → Amazonen. Als die → Argonauten landeten (nach Pind. P. 4,252 auf der Rückfahrt, vgl. O. 4,23), wurden sie liebevoll aufgenommen. H. gebar dem Iason Zwillingskinder, → Euneos (als Herrscher von Lemnos bekannt aus Hom. Il. 7,468 f.) und → Thoas (Nebrophonos). Apoll. Rhod. 1,607 ff. mit Sch. Apollod. 1,114 f. Hyg. fab. 15. Ov. her. 6. Reich ausgeschmückt Val. Fl. 2,82 ff. Stat. Theb. 5,335 ff. Als man später entdeckte, daß H. ihren Vater Thoas gerettet hatte, ward sie des Landes verwiesen. Durch Seeräuber kam sie nach Nemea zu dem König (oder Zeuspriester) Lykurgos und dessen Frau → Eurydike als Wärterin des kleinen → Opheltes. Während sie den »Sieben gegen Theben« eine Wasserstelle zeigte, wurde das Kind von einer Schlange getötet. Durch Vermittlung der »Sieben« und das Eingreifen ihrer Söhne wurde H. vor der drohenden Todesstrafe bewahrt. Zu Ehren des toten Kindes wurden die → Nemeen gestiftet. Stat. Theb. 4, 646 ff. Apollod. 1,104. 3,65 f. Hyg. fab. 74. Hypoth. zu Pind. N. Einfluß auf die Sagengestaltung hatten bes. die nachhom. Thebais und Eur. H.-Drama, von dem 1906 große Stücke gefunden wurden. Bildliche Darstellung u.a. auf der Prachtamphora von Ruvo, Baum. Denkm. Abb. 120. H. v. G.

C. Robert, H 44, 1909, 366ff. *Prell.-Rob.* 2,850ff. *Wilam.* GldH 1,384ff. (gegen *Prell.-Rob.* 2,934). *L. Radermacher* Sage und Mythos 198. *Nilsson* Gr. Feste 470. – Eur. H. ed. *G. Italie*, Bln. 1923. *Page* Greek lit. Pap., 1950, 76. *M. Pohlenz* Die griech. Tragödie, ²1954, 1,410. 2,169.

Hypsistos »der Höchste«, Gottesappellativ oder -epitheton, das seine religiöse Prägnanz als Übersetzung des semit. Äquivalents ᶜEljōn gewonnen hat. Dies ist zum Vorkommen (Hatch-Redpath, Concordance s.v.) in der LXX (deren Sprachgebrauch im NT. weiterlebt) belegt (Köhler-Baumgartner, Lexicon 708) und für die (meist epigraph., Belege bei Cumont, RE IX 444–450) Zeugnisse aus Syrien (schon vor 740 v. Chr. in der 1. Stele von Sfīre A 11 neben → El), Phönizien (Philo v. Byblos bei Eus. pr. ev. 1,10,14 b Mras: *Ἐλιοῦμ ὁ ὕ.*), Samaria und N.-Arabien zu erschließen, sofern nicht lokale Erwägungen für → Baal (sc. Šamēm) oder rein graeco-semit. Tradition sprechen (oder H. nicht ausdrücklich eine andere Gestalt wiedergeben soll, wie z.B. bei Hesych. s.v. einen Gewittergott (?) *Ῥαμας*). Zu dieser Übersetzung mag außer der Bedeutungsentsprechung auch die genuine Bedeutung von Zeus H. in Makedonien (seit dem 2. Jh. v. Chr. 6 Votivinschr. für Zeus H. allein in → Edessa Nr. 1, Relief für Zeus H. in Thessalonike, BCH 38, 1914, 89ff.) Anlaß gegeben haben, der von dort in den Orient mitgebracht wurde. Westsemit. (mehr als jüd.) Ausstrahlungen haben das Attribut nach Cypern (BCH 20, 1896, 361ff.; römische Zeit) und Delos (A. Plassart, Rev. bibl. 1914, 523ff.; Expl. de Délos 11,289ff.), die jüdisch-hellenistische Diaspora, welche die Bezeichnung Heiden gegenüber gern gebrauchte (Stellen bei Bauer s.v.), die sie ihrerseits bis zu Kaiser Julian (Lyd. mens. 4,53) als leicht verständliche Bezeichnungen des Judengottes übernahmen, hat es in breitester Streuung nach Kleinasien (Cumont, RE a.O.; in Lydien sogar die Muttergöttin als Thea Hypsiste, Keil–v. Premerstein, Denkschr. Wien 1911, Nr. 189), weniger ins bosporan. Reich ([4]) und nach Äg. (seit Anf. 2. Jh. v. Chr.: OGIS 96,7) gebracht, wo aber unabhängig davon vor 60 v. Chr. vielleicht hinter dem von einer *σύνοδος* in Philadelpheia (?) verehrten Zeus H. (P. Lond. 2710) → Ammon (2) stand ([3],71f.). Die durch weite Verbreitung fast entjudaisierte (bloßer Name in Zauberpapyri, daneben in PGM 4,1068 und 5,46 für nichtjüd. semit. Götter, in 12,63 für Iao Adonai) Bezeichnung traf in Griechenland auf das untechnisch bereits seit dem 5. Jh. (Pind. N. 1,90. 11,2. Aischyl. Eum. 28) ausgebildete Epitheton für den höchsten Gott des Olymp, der (oft auf Bergen liegende) Kultstätten als Zeus H. in Theben (Tempel, der einem Stadttor den Namen *πύλαι ὕψισται* gab, Paus. 9,8,15), Korinth (Statue, Paus. 2,2,8), Argos (Priesterin, IG IV 620), Olympia (2 Altäre, Paus. 5,15,5) sowie auf den Inseln Imbros und Korkyra, als Theos H. auf den Inseln Lemnos, Kos, Lesbos, als Zeus H. und Theos H. in Athen hatte ([2],876–889), wobei in manchen Fällen auch makedon. Einfluß wirksam gewesen sein mag ([3],56–62). Die Form Zeus H. ist hier wohl die frühere, Theos H. ein inoffizielles Synonym; im Orient war Theos H. früher und Zeus damit geglichen. H. wurde schließlich generalisierend verwendet (allein in CIG 499. 502; von Celsus nach Orig. 1,24. 5,41 für eine Reihe von Göttern) und dann je einmal dem Helios (als Himmelsgott; Pergamon), Apollon (Phrygien; JHS 10, 1889, 223), Attis (CIL VI 509; 370 n. Chr., Rom) und der Isis (Aretal. v. Kyrene 7 P) beigelegt. Lat. wurde (Zeus) H. mit *(Iuppiter) summus* (dafür oder dazu auch *exsuperantissimus*, von den Christen abgelehnt) wiedergegeben, was je übersteigerter nur desto unspezifischer gebraucht werden konnte (ARW 9, 1906, 326ff.). Obwohl H. als der, dem geweiht wurde, manchmal, z.B. in Alexandreia (Rachegebet, 2. Jh. n. Chr., Preisigke, Sammelbuch 1323) und Kyzikos, neben anderen Göttern steht, muß er im allg. henotheist. Charakter angenommen haben. Die Zeugnisse drücken selten mehr als das menschliche Abstands- und Unterlegenheitsgefühl aus, doch ist wenigstens bei astrolog. oder myst. Hintergrund anzunehmen, daß die Seelen als bei ihm im Himmel wohnend gedacht werden (z.B. Alexander Polyhistor nach Diog. Laert. 8,31: Hermes führt die reinen Seelen *ἐπὶ τὸν Ὕ.*). – Dem Judentum nahestehende Vereine von *(ἀδελφοὶ) σεβόμενοι τὸν θεὸν ὕ.*, welche Beschneidung u. Opfer nicht übten, sich aber an Sabbath, Speisegebote und Bilderverbot hielten, sind bes. in Kleinasien (Apg. 13,43.50. 16,14) und Makedonien (Thessalonike: Apg. 17,4; *ΙΟΥΕΣ* Rev. bibl. 1914, 529) bezeugt; sie ließen im Bereich der thrako-phryg. Mysterien (nordwestlichster gesicherter Punkt: Thiasos Sebazianos in Serdica, dem Theos H. weihend [1]; dazu gehören wohl Theos H. in Sarmizegetusa und Selymbria und Zeus H. in Philippopolis) eine Theokrasie zwischen deren (Iuppiter oder Dionysos) Sabazios und ihrem Jahwe Sabaoth zu, die beide auch H. hießen ([5],11–13), und sind im 4. Jh. in Kappadokien in der ganz synkretist. Gruppe der Hypsistarioi oder Hypsistianoi (Greg. Naz. Or. 18,5. Greg. Nyss. ref. conf. Eun. 38; Bd. 2 p. 310 J. aufgegangen. C. C.

1. *F. Cumont*, H. (Suppl. Revue de l'instr. publ. en Belgique, Brüssel 1897). 2. *A.B. Cook* Zeus I 2, 1925. 3. *C. Roberts–Th.C. Skeat–A.D. Nock* The Gild of Zeus H. (Harv. Theol. Rev. 29, 1936, 39–88). 4. *E. R. Goodenough* The Bosporus Inscript. to the Most High God (Jew. Quart. Rev. 47, 1956, 221–244). 5. *R. McL. Wilson* The Gnostic Problem, Lond. 1958. 6. *E.O. James* The Worship of the Sky-God, Lond. 1963

Hypso (Ὑψώ). Mutter der Zwillinge Deukalion und Amphion, die an der Argonautenfahrt teilnahmen. Val. Fl. 1,365ff., in Abweichung von Apoll. Rhod. 1,176. H. v. G.

Hyria s. Uria

Hyrie (Ὑρίη). Aitolerin, die, als sie beim Sprung ihres Sohnes → Kyknos vom Felsen in Tränen schmolz, zu dem See wurde, der nach ihr den Namen trägt, Ov. met. 7,371ff. Bei Ant. Lib. 12 (nach Nikandros) heißt sie Thyria; als Apollons und ihr Sohn Kyknos sich in den Konopischen See stürzt, folgt sie ihm; Apollon verwandelt beide in Schwäne. H. v. G.

Hyrieus (Ὑριεύς). Sohn Poseidons und Alkyones, Gründer der boiot. Stadt Hyria(i). Zeus, Poseidon und Hermes, von ihm trotz seiner Armut gastlich bewirtet, verhelfen dem Witwer auf eigenartige Weise – *pudor est ulteriora loqui*, Ov. fast. 5,532 – zu einem Sohne: Urion (etym. Spielerei mit οὐρεῖν) = Orion. Pind. frg. 73 (Strab. 9,404). Ov. fast. 5,495ff. Nonn. 13,96f. Hyg. fab. 195; astr. 2,34. Prell.-Rob. 1,453. Nach Paus. 9,37,5–7 erbauten ihm Agamedes und → Trophonios das Schatzhaus, an dem sich eine an die Novelle vom Meisterdieb (Hdt. 2,121) erinnernde Gesch. abspielt. Vater von Nykteus und Lykos. Apollod. 3, 111. H. v. G.

Hyrkania (Ὑρκανία). Ein in der ant. Lit. unter den Ländern des pers. Großreichs häufig genanntes Gebiet (Bewohner: Ὑρκάνιοι, Ὑρκανοί, *Hyrcani*). Geographie: H. (*Varkana* = Wolfland) lag am SO.-Winkel des Kasp. Meeres (Steph. Byz. s. v.), abgeschirmt durch dieses im N. und durch das ö. Elbursgebirge im S., während auf der O.-Seite des Kaspisees die hier bald beginnende aralokasp. Steppe eine natürliche Scheide bildete. H.s polit. Grenzen gegen Nachbargebiete bei Plin. nat. 6,46.113. Ptol. 6,9,1.3.4. Trotz einer gewissen Abgeschlossenheit war H. wohlbekannt; durch sie führte eine alte Straße (Curt. 6,4,3) von den *Portae Caspiae* (h. Paßstraße von Schamschembur) nach Baktrien (Arr. an. 3,23,1), der auch später annähernd die röm. Itinerarien folgten (K. Miller Itin. Rom. S. 794 mit Skizzen Nr. 201, S. 525–526 und Nr. 254, S. 785–786). H. war ein von Natur begünstigtes Gebiet (Strab. 11, 508–509, Wein, Feigen, Honig). Diese Fruchtbarkeit beruhte auf zahlreichen kleineren Gewässern, während eine stärkere Flußentwicklung nur am ö. Rande H.s festzustellen ist: Σάρνιος (h. Atrek, Strab. 11,511) und Μαξήρας (h. Rud-e-Gorgan bzw. Gürgen, Ptol. 6,9,2 N., vgl. 6,9,5). Beide Flüsse münden in das Kasp. Meer. W. Sieglin Schulatl. z. Gesch. d. Alt., S. 7) zeichnet an der S.-Grenze H.s ein kleines Gewässer *Rhidagnus* ein (Curt. 6,4, 6), in das der Στιβοίτης mündete (Diod. 17,75,2. Curt. 6,4,4). Die günstige Bewässerung gestattete eine verhältnismäßig dichte Besiedlung. Ptol. 6,9 (Ὑρκανίας θέσις), von der zahlreiche, kaum lokalisierbare, Ortsnamen zeugen. Nur wenige Orte, primär bezeugt von den Alexanderhistorikern, uns erhalten bei Arr. u. Curt. (auch Strab.), sind nennenswert u. topograph. einigermaßen gesichert: Ζαδράκαρτα, die Hauptstadt H.s (Arr. an. 3,23,6), bei Strab. 11,508 Κάρτα, ident. mit der Ὑρκανία μητρόπολις des Ptol. 6,9,7, das h. Sari am Tedju (s. Atl. of the World II a. O.). Strab. nennt noch das βασίλειον Τάπη, ident. mit der *urbs Hyrcaniae, in qua regia Darei fuit* (Curt. 6,5,22), das h. Täk. Curt. erwähnt ein *oppidum Arvae* (6,4,23), das entweder mit Zadr. ident. ist oder in seiner unmittelbaren Nähe lag. Vgl. noch Plut. Alex. 44. 47. Irrtümlich läßt Strab. 11,509 H. vom Ochos (h. Sangalak) und sogar vom Oxos (h. Amudarja) durchströmt sein, wenn nicht hier der Ochos ein weiterer ant. Name für den Atrek sein soll (s. Ochos RE XVII 1769). Die Tierwelt H.s war nicht unbedeutend. Ail. nat. 7,38.16,10 berichtet von stattlichen, für Jagd und Krieg abgerichteten Hunden. Auf Pferdezucht deutet der gute Ruf der hyrkanischen Reiter (Curt. 3,2,6). – Geschichtliches: Eine aktive Rolle hat das Land entsprechend seiner Lage niemals gespielt. Doch war es oft in Ereignisse bei den Nachbarstämmen und als Provinz des pers. Reiches, später des Seleukiden-, des Parther- und des neupers. Reiches verwickelt. Charakterist. für die Gesch. H.s ist die durch viele Jh. gleichbleibende Ausdehnung seines von der Natur vorgezeichneten Gebietes, mit einem kleinen Hinübergreifen auf das ö. Ufer des Kasp. Meeres, wo die H. mit den Δέρβικες in eine engere Verbindung traten (Strab. 11,514). Noch zu Beginn des MA. erscheint H. in seinen alten Grenzen vom Geogr. Rav. (2,8 u. 5,19) mit zahlreichen Orten aufgeführt.

Erste Erwähnung bei → Hekataios, nicht das Land, aber die Ὑρκανίη θάλασσα (FGrH 1 F 291), wahrscheinlich die ältere Bezeichnung für das Kasp. Meer, die sich neben diesem Namen fast das ganze Alt. hindurch erhalten hat. H. war seit dem 7. Jh. ein Teil des assyr., dann des med., dann des pers. Reiches (Xen. Kyr. 1,5,2. 4,2,20.21. 23), wird aber in der Satrapienliste Herodots nicht erwähnt. Vielleicht war es ohne bes. Nennung in die 11. Satrapie eingegliedert, der auch die Kaspier angehörten (Hdt. 3,92). Wahrscheinlicher ist jedoch, daß es zeitweilig unabhängig war. Xerxes leisteten die H. in pers. Ausrüstung (Hdt. 7,62) Heeresfolge und bildeten später eine eigene Satrapie (Curt. 6,4,25). Schon Hystaspes, der Vater des Dareios I., stand der H. als Satrap vor, doch nicht im Sinne der Verwaltung eines Steuerbezirks (νομός), sondern nur als Regent eines unterworfenen Gebietes. Übrigens war H. die Heimat der Dynastie des Dareios, eines jüngeren Zweiges der Achaimeniden. Der Name Ὑρκανία war weit verbreitet. Nach Steph. Byz. s. v. gab es eine Stadt des Namens in Makedonien, in Palästina eine κώμη und in Lydien ein Ὑρκάνιον πεδίον. Hieraus Schlüsse auf frühe große Wanderungen der H. zu ziehen, erscheint jedoch gewagt. Sicher aber gehörten sie der irano-ind. Völkerfamilie an. Ihre Sitte, die Toten den Hunden zum Fraß vorzuwerfen (Cic. Tusc. 1,108), erinnert an die von Hdt. 1, 140 bezeugte Gewohnheit der Perser, ihre Toten nicht eher der Erde zu übergeben, als bis sie ein Raubvogel oder ein Hund zerfleischt hatte. Noch h. setzen aus dem Iran stammende Parsen ihre Toten den Geiern zum Fraße aus (»Türme des Schweigens«). Hinter allen diesen Sitten steht das Gebot Zarathustras, dessen ursprüngliches Wirkungsgebiet Baktrien H. sehr nahe lag, wonach die heiligen Elemente Erde und Feuer durch die Körper Verstorbener nicht verunreinigt werden durften. Diese Lehre verknüpfte im Alt. die Länder des Iran miteinander und band auch die H. trotz einer gewissen Eigenständigkeit an das Perserreich im Sinne einer großen Einheit. Vgl. noch Agath. mar. Erythr. 60 (GGM I, p. 152 M.). Anon. Geogr. Compend. 6,22 (GGM II, p. 500 M.). Dion. Per. 45.699.733.1038 (GGM II, p. 146.149. 168 M.) mit Komm. und Eustath. H. T.

A. Forbiger HB. der alten Geogr. 2, 1877, 568ff. (§ 91 Hyrcania). *Kiessling* Art. Hyrkania RE IX 454–526 (mit Lit.). *W. Sieglin* Schulatl. zur Gesch. des Alt. S. 5.7. Gr. Hist. Weltatl. I, S. 17a.

Hyrkanos. Beiname von Juden nach der s.o.-kasp. Landschaft → Hyrkania, eingebürgert durch aus einem dortigen Exil heimgekehrte Personen. **1.** Prätendent aus der die Politik → Antiochos' III. und → Seleukos' IV. unterstützenden Familie der Tobiaden (Ios. bell. 1,1,1. Corp. pap. Iud. Nr. 1–6 und p. 115ff.), welche nach 200 v. Chr. die über H.' Großvater (nicht Vater, 2. Makk. 3,11 ist Abkürzung) Tobia mit ihr verschwägerte Hohepriesterfamilie der Oniaden durch komplizierte, wohl von Ptolemaios V. unterstützte Machenschaften bei der Steuerpacht in Koilesyrien ausmanövrierte. H.' Beteiligung daran ist in den Details und der Chronologie unklar, da sich die Berichte Ios. ant. 12,4,1–9; ant. 12,4,10f. (erzählt teilweise dasselbe über H.' Vater Joseph) und 2. Makk. 3–5 stark widersprechen. Zuletzt hat sich H. jedenfalls gegen seine Familie und damit gegen die Seleukiden selbständig gemacht und im O.-Jordanland im Kampf gegen die Nabataier eine Tyrannis (mit der Burg im h. ʿAraq el-emîr) gegründet, die nach seinem Selbstmord (zwischen 175 und 170) wieder zerfiel. **2.** Johannes H. I. (Abstammung: → Hasmonaer) setzte den von seinem Vater fest in die Familie gebrachten Hohepriestertitel auch auf Münzen, erweiterte das jüd. Reich um Samaria, Idumäa und Teile des O.-Jordanlandes zu seiner größten Ausdehnung unter den Makkabäern (und seit Salomo!) und machte es nach dem Tode → Antiochos' VII. (Nr. 8) im J. 129, der 135/34 oder 132/31 noch Jerusalem erobert und den H. zur Heeresfolge gezwungen hatte – sein Sieg über die Hyrkanier im Partherfeldzug brachte ihm vielleicht erst den Beinamen H. ein –, ganz von den Seleukiden unabhängig. Zur Festigung seiner Macht, die er im Innern gegen die Pharisäer auf die Sadducäer stützte, gelang ihm ein formelles Bündnis mit den Römern. Beigesetzt wurde er nicht mehr in Modein, sondern in Jerusalem (Ios. ant. 13,7,4–11,1. 14,10,22. 15,7,9; bell. 1,2,3–8. 5,6,2. 7,3. 9,2). **3.** (Iohannes) H. II. erbte nach dem Tode seines Vaters → Alexander Iannaios (Nr. 14) 76 v. Chr. das Hohepriester- und nach dem Tode seiner Mutter → Alexandra Salome 67 das Königtum, welche ihm beide kurz darauf von seinem Bruder → Aristobulos II. (Nr. 2) abgejagt wurden. Durch Vermittlung Antipaters, Vaters des späteren → Herodes d. Gr., kämpfte → Aretas III. (Nr. 3) für ihn um beides, er erhielt aber nur das Hohepriestertum, und zwar erst durch Pompeius nach der Eroberung Jerusalems. Nach der Schlacht bei Pharsalos ging H. von diesem zu Caesar über, der ihn in seiner Würde bestätigte, zum Ethnarchen mit voller innerjüd. Gerichtsbarkeit ernannte und zum Bundesgenossen Roms machte. Dies alles kam eigentlich Antipater und Herodes zugute, in deren Hand H. war. Unter Marc Anton von dem letzteren und dessen Bruder Phasael polit. noch weiter zurückgedrängt, wurde ihm 40 v. Chr. durch Abbeißen (?) der Ohren auch die Fähigkeit zum Hohepriesteramt genommen, und gleich darauf entführten ihn die Parther nach Babylon. Herodes holte ihn zurück, um ihn zunächst hoch zu ehren und 31/30 v. Chr. hinzurichten (Ios. ant. 13,16,1–14,14, 5. 15,2,1–4. 6,1–4; bell. 1,5,1–13,11. 22,1). **4.** Sohn des → Herodes v. Chalkis u. seiner 2. Gattin Berenike, * vor 48 n. Chr., infolge der Bevorzugung seines Halbbruders → Aristobulos (Nr. 6) polit. bedeutungslos (Ios. ant. 20,5,2; bell. 2,11,6). C. C.

Zu 1: *J. Wellhausen* Israelit. und jüd. Gesch. (1894) 1958[9], Kap. 16. *L. H. Vincent*, JPOS 3, 1923, 55–68. *V. Tscherikover* Hellenistic Civilization and the Jews, Philadelphia 1961, 126–142. 159. → Judentum.

Hyrnetho (Ὑρνηθώ). Eponyme der Phyle Hyrnethioi in Argos. Hier und in Epidauros hatte sie Heiligtümer. Sage und Kult haften an dem Hyrnethion bei Epidauros. Sie ist Tochter des → Temenos und Gattin des Herakliden → Deiphontes, zu dem sie im Kampf gegen ihre Brüder hält. Paus. 2,23,3. 28,3–7. H. v. G.

Hyrtakos (Ὕρτακος). **1.** Troer aus Arisbe, Vater des Asios, Hom. Il. 2,837f. 12,76. 13,759. Ihm hatte Priamos seine Gattin Arisbe überlassen, als er Hekabe heiratete, Apollod. 3,148. **2.** Bei Verg. Vater des Nisus, Aen. 9,177, Vater des Hippokoon (Nr. 3), Aen. 5,492. 502ff. **3.** Städtchen auf Kreta, Pol. frg. 24. H. v. G.

Hysiai (Ὑσιαί). Boiot. Stadt am N.-Abhang des Kithairon, → Erythrai benachbart, auf dem Hügelvorsprung mit der Kapelle der Pantanassa 2 km ö. von Kriekuki. Kam 519 v. Chr. mit Plataiai zu Athen, später gehörte es zu Plataiai, zu Pausanias' Zeit in Ruinen. Eurip. Bacch. 751. Hdt. 5,74,2. 6,108,6. 9,15,3. 25,3. Thuk. 3,24,2. Strab.

9,2,12 p. 404. Paus. 9,1,6. 2,1. Steph. Byz. s. Ὑρία und Ὑσία. Inschr. SEG XVI 302–304. E. M.

1. *Bölte*, RE IX 1171 ff. 2. *W. Kendrick Pritchett* New light on Plataia, AJA 61, 1957, 9 ff. 22 f.

Hystaspes. Altpers. *Vishtaspa* (Lact. setzt den Namen gleich mit Hydaspes, und unter dieser Form erscheint der Name oft in der Folgezeit). **1.** Ein Kavi (etwa Prinz, mit religiöser Bedeutung) im n.ö. Iran, Beschützer und 1. Anhänger Zarathustras. Ein Teil des Avesta, das sog. Vishtasp Yasht, wurde ihm – sicher falsch – zugeschrieben. In den ersten chr. Jh.en finden wir ihn oft neben der Sibylle und später bei Historikern, wo sie auf pers. Gesch. zu sprechen kommen. Die »Orakel des H.« waren von einem hellenisierten Magier verfaßt und schilderten in einer wesentlich dem Avesta und der noch jetzt lebenden Volkstradition entsprechenden Weise die letzten Dinge dieser Welt. Unsere Kenntnis von ihnen beruht einzig auf den Erwähnungen bei Iust., Clem., Alex., Lact., Amm. und Agath. Vgl. Bidez–Cumont Les Mages hellénisés 2, 1938, 361 ff., und Cumont La fin du monde selon les mages occidentaux, Rev. Hist. des Rel., 1931, 29 ff. **2.** H., Vishtaspa, Sohn des Arsames, Vater des Dareios, Verwalter von Parthien z. Z. des Kambyzes, schlägt einen Aufstand in Parthien und Hyrkanien nach der Thronbesteigung seines Sohnes nieder. Er war sicher nicht der Beschützer Zarathustras (wie Ammian annimmt und Agathias offen läßt); anderer Meinung in unserer Zeit waren nur Hüsing und Herzfeld. **3.** Sohn des Dareios und der Atossa, Statthalter von Baktrien und Sogdiana. **4.** Vornehmer Baktrer, vermutlich Nachkomme des 464 gestorbenen Sohnes des Xerxes H., der wie seine Vorfahren Satrap von Baktrien gewesen war, bekleidete unter Dareios III. eine hohe militär. Stelle. Nach der Ermordung des Perserkönigs suchte er Alexanders Gnade, der ihn im J. 324 mit der Führung des neugebildeten Agema der Ritterschaft betraute. J. D.-G.

I

Iabadiu (Ἰαβαδίου νῆσος). Nur von Ptol. 7, 2,29 N. erwähnte Insel SO.-Asiens, sehr fruchtbar und goldreich mit der Hauptstadt Ἀργυρῆ unfern der Χρυσῆ Χερσόννησος, der Halbinsel Malakka, schon wegen ihres Namens der Insel Java gleichzusetzen, die im späteren Alt. ein Hauptziel der Seeschiffahrt war. Das Vorkommen von Silber verbürgt der Name der Hauptstadt. H. T.

Herrmann, RE IX 1175. *Tomaschek*, RE II 801 (Argyre Nr. 2).

Iactus. Bedeutet wie *iactura* den Wurf und speziell den Seewurf. Bei ihm werden Teile der Ladung über Bord geworfen, um das Schiff mit der übrigen Ladung aus Seenot zu retten. Wenn die Ladung verschiedenen Eigentümern gehört, die durch den i. ungleiche Opfer erlitten haben, wird hierfür gewohnheitsrechtlich durch die auch im hellenist. Bereich geltende *lex Rhodia de iactu* ein Ausgleich geschaffen: Der Schaden wird gleichmäßig verteilt, indem die Geschädigten Ansprüche gegen den *nauta* erhalten, der gegen die Eigentümer der geretteten Waren Rückgriff nehmen kann. Diese Regelung ist auf Seeräubergefahr und den Verlust von Schiffsteilen ausgedehnt worden. Vgl. Dig. 14,2. D. M.

Max Kaser Röm. Privatrecht 1, 1955, 477.

Iader *(Iadera, Ἰάδαιρα, Ἰάδερα).* Stadt in Dalmatia (Zara). Zum Rang einer *colonia* im J. 33 v. Chr. erhoben. Tribus: Sergia. Die Inschr. nennen *decuriones, ordo, plebs, duoviri, aediles, pontifices, seviri, Augustales.* I. blühte unter der Römerherrschaft auf, bes. der Wein- und Ölhandel. Im 1. Jh. n. Chr. siedelten nach I. viele Veteranen, Kaufleute usw. ital. Abstammung, in der Spätzeit griech. und oriental. Elemente. Bei der Kirche S. Simeone fand man ein dreiteiliges Tor, das von 2 oktogonalen Stadttürmen flankiert war. Vom Forum ist ein gepflastertes Stück (unter den Mauern von S. Donato) mit Säulenstellung, die zu einer Porticus gehörte, erhalten. Die Wasserleitung von Traian gebaut. J. Sz.

Jagd. Die J. wird im Mittelmeergebiet seit den ältesten Zeiten ausgeübt. Zuerst standen Schutz der Herden und Pflanzungen als Zweck voran, dazu Gewinn von Fleisch und Fell. J. als Abenteuer, Erziehungsmittel, Sport kommt im Lauf des 2. Jt. v. Chr. auf und gewinnt dann bei Griechen und (in der Kaiserzeit) Römern immer steigende Bedeutung. J. zu Wagen, in Mykene bekannt, bleibt wesentlich auf den Orient beschränkt; Griechen und Römer jagen zu Fuß oder zu Pferd, allein oder mit Hunden, Locktieren, Treibern, oft in größerer Gesellschaft (→ Meleagros!). J.-Zeiten und Schonfristen waren unbekannt, ersatzweise treten J.-Verbote an einigen Götterfesten (bes. der Artemis) ein. Grundsätzlich war die J. frei, auch auf Gelände privaten Besitzes, doch galten oft gewisse Tierarten als Reservatrecht der Herrscher (Löwen und Wildesel in Persien usw.), immer waren Heiligtümer der J. verschlossen. Eigene J.-Gehege finden sich in Griechenland nicht, dagegen kennen wir sie sowohl aus Rom *(vivarium, leporarium, roborarium)* wie seit pers. Zeit in Kleinasien (*παράδεισος*), wo die hellenist. Könige, später die

Kaiser sie übernehmen. Schutzgottheit der J. ist vor allem Artemis/Diana, der J.-Opfer und J.-Trophäen gebühren.

Zur J.-Ausrüstung gehören Stell-, Fall-, Weg- und Fangnetze mit den dazu benötigten Stangen und Stäben, Schlingen und Fallen, Blendzeug (Lappen) und Waideisen. Als J.-Waffen dienten (außer der Keule des Herakles) Pfeil und Bogen, Speere und Lanzen, Hirschfänger und Saufedern, zur Hasen-J. ein gekrümmter Knotenstock (*λαγωβόλον, ῥόπαλον*. Vgl. KÖRTE, H 53, 1918, 320). Viel Wert wurde auf Zucht und Ausbildung der J.-Hunde gelegt; in der Kaiserzeit hat sich vor allem der aus Gallien eingeführte Vertragus ([7]) durchgesetzt. Was als J.-Wild bevorzugt wurde, hängt von Ort, Mitteln, Wildbestand ab. Weit verbreitet war die Hasen-J., bes. geschätzt als Wild der Hirsch, das Wildschwein (anschaulich Xen. kyn. 10), der Wildstier, daneben begegnen die Wildziege, im Orient Antilopen und (als königliches Wild) der Wildesel. Unter den Raubtieren begegnet als J.-Wild in Orient und Afrika sowie Randgebieten von Hellas vor allem der Löwe (von myth. Zeiten an; seit Alexander d. Gr. ist der Löwe bevorzugtes J.-Tier für die Herrscher-J. bis in die späte Ant. hinein), daneben Bär, Wolf, Fuchs, Luchs und Wildkatze, in Afrika auch der Elefant; die J. auf Tiger war ebenso geschätzt wie selten (vgl. jeweils die Einzelart.). Schon die Ant. kannte herrliche Beispiele für »Jägerlatein«, etwa Ail. nat. 13,12. Aristot. hist. an. 9,38.234. Xen. kyn. 10,17. Plin. nat. 8,214. Caes. Gall. 6,26f. Auch eine ausgedehnte J.-Literatur hat sich entwickelt, aus der als erhaltene Einzelschriften vor allem Xen. kyn., Arr. kyn., Grattius, Nemesianus und Oppianos zu nennen sind. W. H. G.

1. *R. Johannes* De studio venandi apud Graecos et Romanos. Diss. Göttingen 1907. 2. *Keller* Die ant. Tierwelt, 1909. 3. *Orth*, RE IX 558ff. 4. *Roussel*, REG 1930, 361ff. 5. *Wreszinski* Löwen-J. im alten Äg., 1932. 6. *Clouzot* La chasse au filet au temps des Romains, 1933. 7. *Rodenwaldt*, JDAI 48, 1933, 204ff. 8. *Wolff, Opitz* Archiv. f. Orientforsch. 10, 1935/36, 317ff. 9. *Lindner* Die J. der Vorzeit, 1937. 10. *J. Aymard* Essai sur les chasses Romaines, 1951. 11. *D. B. Hull* Hounds and Hunting in Ancient Greece, 1964.

Jahr. 1. Das Naturjahr. Es bildet den Vorläufer des geordneten Jahres der Kulturvölker, ohne begrenzte Länge, sich aus ungleich langen Zeitabschnitten zusammensetzend, die sich nach dem Wechsel der klimat. Verhältnisse in der Natur, nach den Veränderungen in der Tier- und Pflanzenwelt sowie für kleinere Zeitabschnitte nach der genauen Beobachtung des Auf- und Niedergangs der Gestirne richten, mit dem Zweck, ungefähr die Zeiten für die landwirtschaftlichen Arbeiten im voraus zu bestimmen oder auch die religiösen Feste mit den für sie vorgeschriebenen Naturalopfern zeitlich festzusetzen.

2. Die Entwicklung des lunisolaren Jahres bei den Griechen (Verbindung des 12- oder 13monatlichen Mondumlaufes mit dem Sonnenjahr). Um das Mondjahr mit $354^t\,8^h\,48^m\,36^s$ (= 12 synod. Monate von je $29^t\,12^h\,44^m\,2{,}9^s$ mittlerer Länge) mit dem mittleren trop. Sonnenjahr von $365^t\,5^h\,48^m\,46^s$ auszugleichen und damit im Einklang mit den Gegebenheiten der Natur zu bleiben, mußte im Mondjahr von Zeit zu Zeit ein Monat von 30 Tagen eingeschaltet werden. Als die Länge des Sonnenjahres hinlänglich bekannt war, ging man dazu über, das Sonnen- und Mondjahr in eine feste Relation mit einem 8jährigen Zyklus zu bringen (vermutlich in der 2. Hälfte des 6. Jh.), indem man 5 Gemeinjahre zu 12 Monaten und 3 Schaltjahre zu 13 Monaten ansetzte. Aber dieser Zyklus von 99 Mondmonaten war um 1½ Tage länger als 8 Sonnenjahre (8 trop. Jahre = 2921,938 T., 99 synod. Monate = 2923,528 T.). Versuche, diesen Zyklus zu verbessern, sind wiederholt gemacht worden (vielleicht schon von Solon), so von → Meton mit einem 19jährigen Zyklus mit 12 gemeinen Mondjahren u. 7 Mondschaltjahren = 6939,6884T., der dem trop. J. (6939,6018T.) sehr nahe kommt, mit einem Fehler, der gegenüber dem trop. J. erst nach 219 J. auf 1 Tag steigt. → Kallippos und → Hipparchos haben diesen Fehler durch die Ansetzung von größeren Zyklen beseitigt, Kallippos durch den Ansatz von 76 J. = 27759 T., Hipparchos von 304 J. = 111035 T. Da die Schaltungen in den Städten Griechenlands verschieden und willkürlich gehandhabt wurden, war auch der Jahresbeginn im griech. Lunisolarjahr nicht einheitlich. So begann, soweit aus Datierungen der Inschr. ersichtlich ist, das J. in Delos mit dem Monat Lenaion nach der Wintersonnenwende, das att. J. mit dem Hekatombaion nach der Sommersonnenwende.

Bei den Römern wird uns von einem höchst fragwürdigen J. von 10 Monaten mit 304 Tagen berichtet, als dessen wirkliche Bestandteile lediglich 10 auf Naturvorgänge bezügliche Zeitabschnitte zu betrachten sind, die weder mit dem Lauf der Sonne noch mit den Mondphasen im Einklang standen. Hist. faßbar ist das vorcaesar. J., auch J. des Numa genannt, (weil es nach Cic. leg. 2,12 von Numa eingeführt wurde), der auch einem Mondjahr von 355 Tagen die Monate Ianuarius und Februarius hinzugefügt haben soll. Um dieses seltsamer Weise um einen Tag verlängerte Mondjahr mit dem Sonnenjahr in Übereinstimmung zu bringen, wurde ein J. um das andere ein Monat von 22 bzw. 23 Tagen eingeschaltet und zwar am 23. Februar mitten im Monat. Dieser 4jährige Zyklus (Tetraeteris) mit seinen 355 + 377 + 355 + 378 = 1465 T. ergab aber im Durchschnitt 366¼ T. gegenüber den 365¼ T. des astronom. Sonnenjahres, weshalb Ausschaltungen vorgenommen werden mußten, deren willkürliche Handhabung im einzelnen nicht mehr feststellbar ist, um mit den Jahreszeiten in Übereinstimmung zu bleiben. Erst die Kalenderreform Caesars im J. 46 mit der Einführung des julian. J. von 365 T. und der alle 4 J. stattfindenden Doppelzählung des 24. oder 25. Februar *(bissextum)* brachte den röm. Kalender in eine feste, bleibende Form. Er wurde durch das gregorian. J. (eingeführt im J. 1582) dahin modifiziert, daß die nicht ohne Rest teilbaren Säkularjahre (1700, 1800 usw.) Gemeinjahre sind, wodurch die Jahreslänge 365,2425 T. wird, die nur um 26 Sek. von der mittleren Länge des trop. J. abweicht. W. S.

F.K. Ginzel, RE IX 604ff. *Ders.* HB der Chronologie, Lpz. 1906–1914 (unveränd. Nachdr. Lpz. 1958) Bd. II, Kap. X § 178. XI § 200f. *E.Bickerman* Chronologie, Lpz. 1963, pass.

Jahreszeiten. I. Bei den Griechen. In den alten Zeiten kannten die Griechen kaum mehr als 2 Jahreszeiten, Sommer θέρος und Winter χειμών, die sich allmählich in mehrere Unterabteilungen aufspalteten, die bes. seit der Z. Homers und Hesiods in Erscheinung traten, den klimat. Verhältnissen Griechenlands entsprachen und bei einem auf die Schiffahrt angewiesenen Volk zu dem jährlichen Umschwung des Sternenhimmels in Beziehung standen. Bei Homer finden sich 4 Bezeichnungen: θέρος, χειμών, ἔαρ und ὀπώρα, die Zeit des Reifens, die aber keine besondere J. darstellte, sondern nur der letzte Teil des Sommers war. Erst Hippokrates kennt als eine 4. J. den Herbst φθινόπωρον μετόπωρον. Nach ihm (de aere loc. aqu. 1,544f.) geht der Winter vom Frühuntergang der Plejaden bis zur Frühlingsnachtgleiche (4. Nov. bis 26. Aug.), der Frühling bis zum Frühaufgang der Plejaden (20. Mai), der Sommer bis zum Frühaufgang des Arktur (20. Sept.), der Herbst bis wieder zum Frühuntergang der Plejaden (4. Nov.).

II. Bei den Römern: Die urspr. Einteilung scheint mit der der Griechen ident. gewesen zu sein und sich ebenfalls an den jährlichen Auf- und Untergang markanter Sternbilder gehalten zu haben. Die röm. Autoren, die uns über die J. unterrichten, gehören dem 2. Jh. vor bis zum 1. Jh. n. Chr. an (Varro. Cato. Plin. Colum.). Aus ihnen entnahm Caesar in seinem reformierten Kalender den Ansatz der Jahrpunkte. Als Jahreszeittafel ergibt eine Berechnung: Frühlingsanfang 7. Febr., Sommeranfang 9. Mai, Herbstanfang 11. Aug., Winteranfang 10. Nov. W. S.

Ginzel HB. d. Chronol. II § 194. § 172f. 187.

Iaitia (Ἰαιτία). Städtchen Siciliens unweit von → Panormos, genannt nur bei Diod. 22,10,4 (zu J. 274) und 23,18 (254) und Steph. Byz. s.v. (aus → Philistos B. 2, was 5. Jh. oder früher bedeutet), das von Friedrich II. zerstörte Jato auf steilem Felsen 25 km s.w. von Palermo; wahrscheinlich ident. mit → Ietai. Mz. *IAITINΩN* röm. Z. bei Head HN^2 148. RE IX 613. K. Z.

Iakchos (Ἴακχος). Dem → Dionysos geglichener Dämon (Soph. frg. 874 K. Trag. Ad. 140) im Bereich der att. → Lenäen (Sch. Aristoph. Ran. 479. [2],125f.) und der eleusin. → Mysterien (IG II^2 847,21. Strab. 10,468. [2],73f.), dem weiblichen Paar → Demeter und Kore zugesellt (Aristoph. Ran. 398ff. Paus. 1,2,4). Sprachlich wohl Personifikation eines ekstat. Kultrufs (ἰά Hdt. 8,65. [2], 73. Frisk 703) bzw. der in seinem Zeichen sich vollziehenden, in Tänzen, Hymnen und Fackelschein endenden Prozession (Ran. 324ff. Plut. Alk. 34. Ninnion-Pinax: [1],66ff. 78ff. [2],74 Tf. 5, 1); nach Nilsson, Eranos 50, 1952, 35,3; GgrR 1, 599f., in Anlehnung an Βάκχος erst relativ spät gebildet. Doch will man die Person des Dionysos-I. bereits in der myken. Elfenbeingruppe des 15. Jh. v. Chr. (A. J. B. Wace Mycenae, 1949, 83ff. Tf. 101–103. S. Marinatos Kreta und das myken. Hellas, 1959, 23. 124. Abb. 218. 219) erkennen, die einen spielenden Kindgott in der Obhut der beiden maternalen Potniai zeigt (G. E. Mylonas Studies Hetty Goldman, 1956, 120. T. B. L. Webster From Mycenae to Homer, 1958, 43. G. von Lücken, FF 36, 1962, 243f. Abb. 3.4 mit Vergleich der eleusin. Pelike von Kertsch). W. F.

1. *H. G. Pringsheim* Arch. Beiträge zur Gesch. des eleusin. Kults, 1905. 2. *L. Deubner* Att. Feste, 1932/62.

Iakobos (Ἰακώβ[ος], Ἰακούβ[ος], hebr. *j*^{a}*aqob* Kurzform von *j*^{a}*aqob-el* »Gott möge schützen«) altsemit. Satzname für Personen (M. Noth Die israelit. Personennamen, 1928, 45f. 147f.) und Orte (J. M. Pritchard Ancient Near Eastern Texts, 1955^2, 242).

1. Nach der at. Überlieferung (Gen. 25–35; 46 bis 49) der eigentliche (auf Abraham und Isaak folgende) Ahnherr des Volkes Israel (Gen. 32,29; 35,10 selbst Israel genannt). Hinter der bibl. Gestalt dürfte eine hist. Person aus der vorpalästin. Gesch. eines der israelit. Stämme (Ruben?) stehen, deren Bild im Zuge der Landnahme und der Vereinigung der israelit. Stämme verschiedentlich um- und ausgestaltet worden ist ([3],45ff. [5],86ff.). Die Annahme einer urspr. Gottheit I. (RE IX 623f.) ist schon auf Grund der Eigenart des Namens (s.o.) demgegenüber unhaltbar. Ebenso verfehlt dürfte die Deutung als bloße Märchenfigur (Gressmann-Gunkel) oder Stammesname sein.

In den hellenist. Zaubertexten begegnet I. wie im A.T. und ant. Judentum in der Gottesanrede »Gott Abrahams . . . Isaaks . . . Jakobs« (PGM 4, 1231f. 13,817. 35,14; Tafel von Hadrumet s. R. Wünsch Ant. Fluchtafeln, KlT 20, 1912^2, Nr. 5), darüber hinaus häufig als Gottesname (PGM 3,76. 4,1736. 1803. 2224. 7,649. 12,287. 370. 461. 36,7. 21. 57,11; CIL VIII 12511). Letzteres geht nicht auf »alten Volksglauben« (RE IX 624) zurück, sondern dürfte sich aus der mißverständlichen griech. Übersetzung ὁ θεὸς Ἰακώβ (so meist Lxx, vgl. Florilegium M. de Vogüé bei Preisendanz PGM zu 35,14) von ^{ae}*lohe j*^{a}*aqob* (»Gott Jakobs«) erklären (Wünsch, a.O. 10) oder allg. aus der im ant. Judentum bereits greifbaren (Gebet Josephs bei Orig. in Ioh. 2,189 [GCS 36,88], vgl. babyl. Talmud Megilla 18a), im hellenist. Synkretismus verbreiteten (vgl. Pistis Sophia 147 [GCS 45,251]) Tendenz, die bibl. Urväter zu himmlischen Gestalten zu machen. B. Sch.

1. *H. Gressmann*, ZAW 30, 1910, 1–34. 2. *H. Gunkel*, Preuß. Jahrb. 176, 1919, 339–362. 3. *Alt* I, 1–78. 4. *C. H. Gordon*, BASO 66, 1937, 25–27. *Ders.*, JNES 13, 1954, 56–59; *Ders.* Gesch. Grundlagen des A.T., 1961², 108–128. 5. *M. Noth* Überlieferungsgesch. des Pentateuch, 1948, 58–62. 86–111. 216–218. 6. *D. N. Freedman*, Israel Exploration Journ. 13, 1963, 125f.

2. I. Psychrestos. Arzt im 5. Jh. n. Chr., ging von Alexandreia als einer der ersten nach Byzanz; dort hochgeehrt. Eine ergötzliche, wohl auf Kollegenpolemik beruhende Schilderung über ihn in der Suda s. v. F. K.

Ialemos (Ἰάλεμος, s. Frisk). Personifikation (Erfinder) der von Dichtern häufig erwähnten, ἰάλεμοι genannten Totenklagen (z. B. Aischyl. Hik. 107. Eur. Her. 109). Sohn Apollons und Kalliopes (Sch. Apoll. Rhod. 4,1304), Bruder des Hymenaios, Linos, Orpheus (Sch. Eur. Rhes. 895; I. = Linos, Sch. Eur. Or. 1390). Schon bei Pind. frg. 139,8 beklagen die Musen den von schwerer Krankheit dahingerafften I. H. v. G.

Prell.-Rob. 2,490.

M. Iallius M. f. Volt. Bassus Fabius Valerianus, Senator um die Mitte des 2. Jh. n. Chr. Seine Laufbahn angegeben in CIL XII 2718. 156–158 amtete er als *legatus Aug. pr. pr.* in der Prov. Pann. inf. (Inschr. aus Aquincum, neuestens: Bud. Rég. 16, 1955, 424). Dann war I. Consul; nach dem Consulat (vor dem J. 161) *curator operum publicorum*. Um 162 übernahm I. die Statthalterschaft von Moesia inf. Er zog als Comes Augusti (des Verus) in den Krieg gegen die Parther. Auf dem Höhepunkt seiner Laufbahn erscheint I. als *legatus Aug.* von Pann. sup. In dieser Funktion erlaubte I. den Truppen der Langobarden und anderer Germanenstämme freien Abzug aus seiner Provinz (während des Markomannenkrieges Marc Aurels), als sie dort eingefallen waren. J. Sz.

Ialmenos (Ἰάλμενος). Sohn des Ares und der Astyoche, führte mit seinem Bruder → Askalaphos die minyischen Orchomenier vor Troia, Il. 2,511. 13,518ff. Argonaut und Freier Helenes, Apollod. 1,113. 3,130. Paus. 9,37,7. Nach dem ps.-aristot. Peplos 19 mit seinem Bruder in Boiotien begraben. Stammheros der pont. Achaier in Kolchis, Strab. 9,416. – Vorhom. Gestalt: W. Kullmann H (E 14) 71. H. v. G.

Ialysos (Ἰάλυσος, Ἰαλυσός, ion. Ἰήλυσος, Ἰηλυσός), Anth. Pal. 7,716 πόλιν Ἰαλυσοῖο (◡◡ – ◡◡ – ◡). Eine der 3 alten Städte der Insel Rhodos auf u. an dem W.-Abhang des steilen 267 m hohen Filérimo mit den restaurierten Resten einer Johanniterburg, byzant. Kirche und Marienkirche, ca. 15 km s.w. von der Stadt Rhodos. Große spätmyken. Nekropole am Fuß des Berges beim h. Trianda, ebenso die myken. und spätere Siedlung. Der die Akropolis bildende Filerimo trug den Sondernamen Achaia (Diod. 5,57,6. Athen. 8,360e = FGrH 3 Nr. 513 frg. 1. Syll. I³ 338,17f.), später Ochyroma (Strab.). Auf der Akropolis Reste des hellenist. tetrastylen dor. Tempels der Athena Polias und des Zeus Polieus über älterem Tempel des 6. Jh. mit großem Votivdepot vom 9. Jh. v. Chr. an, dor. Brunnenhaus des 4. Jh. v. Chr. in der steilen S.-Flanke des Berges. Große Nekropole auch aus geometr. und arch. Zeit.

I. ist bei Hom. Il. 2,656 genannt und gehörte zur dor. Pentapolis (Hexapolis), Hdt. 1,144. Schol. Theokr. 17,69. Aus I. stammt einer der Söldner, die sich 591 v. Chr. in Abu-Simbel verewigten (letzte Lit. SEG XVI 863). Im 5. Jh. Mitglied des att. Seebundes mit einem Tribut von 5, 6 und 10 Talenten, B. D. Meritt The Athenian tribute lists 1,290f. 3,185. 191 A. 26. 213. 242. 349. 412/11 Abfall von Athen, Thuk. 8,44,2. Bestand auch nach der Gründung der Stadt Rhodos weiter, bei Strab. als κώμη bezeichnet. Zu dem sehr ausgedehnten Landgebiet gehörte der ganze N. der Insel, Namen von 11 Demen bekannt. Ferner dazu die Insel Syme (Athen. 7,296c. Steph. Byz. IG XII 3 Suppl. 1270) und Teile der festländ. Peraia (RE XIX 576,35ff. P. M. Fraser – G. E. Bean The Rhodian Peraea and islands 80f.). Außerhalb der Stadt Heiligtum der Alektrona (IG XII 1,677 = Syll. I³ 338) und des Apollon Erethimios (IG XII 1,730. Syll. I³ 724. Clara Rhodos 2, 1932, 77ff. ASAA 30/32, 1952/54, 259ff. Nr. 5b). Skyl. 99. Strab. 14,2,12 p. 655. Ptol. 5,2,19. Inschr. IG XII 1 Nr. 677–693. 1462f. SEG 3,688. 18,322. ASAA 30/32, 1952/54, 281ff. Nr. 51. 52. 54. 33/34, 1955/1956, 164f. Nr. 13–15. Parola del passato 5,1950, 80 Nr. 16. Mz.: Head HN² 636f. E. M.

1. *Fr. Hiller von Gärtringen*, RE Suppl. V 748ff. 771f. Suppl. IV 783. 2. *Ders.* Die Demen der rhod. Städte, III Jalysos, MDAIA 42, 1917, 179ff. 3. *N. Bonacasa*, Enciclopedia dell'arte antica 4,65ff. 4. *D. Fimmen* Die kret.-myken. Kultur 16. 5. *A. Fuvumark* The settlement at Jalysos and Aegean history c. 1550–1400 B.C., Opusc. archaeol. 6, 1950, 150ff. 6. Ausgrabungen: *A. Maiuri* u. a. ASAA 2, 1916, 271ff. 3, 1921, 252ff. 6/7, 1926, 83ff. 13/14, 1933, 253ff. Clara Rhodos 1,56ff. 8, 1936, 7ff. 10, 1941, 41ff. 185ff. AA 42, 1927, 407f.

Iambe (Ἰάμβη). Magd des Keleos in Eleusis, die durch ihre Späße die trauernde Demeter zum Lachen brachte, Hom. h. 5,195. 202. Sie verkörpert den Brauch des ἰαμβίζειν, der Spott- und Schmähreden bes. im Demeterkult. Apollod. 1,30. Etym. m. 463,23. Hesych. s. v. Die Darstellung des Hymnos ist ins Harmlose abgebogen, Wilam. GldH 2,52f. Aischrologie im Kult deuten als Fruchtbarkeitszauber Deubner Att. Feste 53 u. ö., Nilsson Gr. Feste 322, Wehrli, ARW 31, 1934, 78ff., als apotropäisch Hanns Fluck Skurrile Riten im griech. Kult, 1931, 11ff. → Baubo. – Neben I. erscheint ein Marssohn *Iambus* als Eponym der Iambographie, Diomedes GrL 1,477,4. Nilsson GgrR 1,622ff. Ch. Picard, RHR 95, 1927, 220ff. H. v. G.

Iambia (*'Ιαμβία κώμη*). Ort am Erythräischen Meer im n. Arabia felix (Ptol. 6,7,3; bei Plin. nat. 6,168 *Iambe*), im Gebiete der *῎Αρσαι* an der N.-Grenze des Landes der Kinaidokolpiten gelegen, sehr wahrscheinlich – schon nach Ausweis des Namens – identisch mit dem von Hamdānī, Yāqūt u.a. arab. Geographen oft genannten *Yanbuʿ* (»Quelle«), dem Hafen von Medina (→ Iathrippa). A. D.

Iamblichos. Personenname (zur Form: Schürer 1,234f., 25). **1.** I., syr.-arab. Dynast, wohl ident. mit dem von Cic. fam. 15,1,2 genannten Phylarchos I. von Arethusa und Emesa, wurde 31 v. Chr. im Heer des Antonius vor Actium hingerichtet. Sein gleichnamiger Sohn erhielt von Augustus 20 Emesa zurück. Cass. Dio 50,13,7. 51,2,2. Vgl. Strab. 16,753. H. G. G.

2. I., aus Chalkis, Neuplatoniker des 4. Jh. n. Chr. (*ἀκμή* nach Suda unter Kaiser Konstantin, † 337); Geburts- und Todesj. unbekannt. I. war Schüler vor allem des → Porphyrios († 303/05), wodurch 280 als spätestes Geburtsj. nahegelegt wird. I.' Philosophieren ist gründlich durch Porphyrios geprägt, aber I. zerstritt sich mit ihm, polemisierte scharf gegen ihn und suchte in der Folge seine Eigenständigkeit hervorzukehren. Nur durch Liban. or. 52,21 Förster ist bekannt, daß I. in Apameia lehrte.

Wie wohl alle Vertreter des kaiserzeitlichen Platonismus erblickte I. eine legitime Aufgabe darin, die im physikal. Ablauf sichtbar werdenden Sinnbezüge als Ausfluß des Transzendenten zu deuten: Die Physik weist über sich hinaus auf die Metaphysik. Weit radikaler als seine Vorgänger bezieht I. die Untersuchung des Okkulten hier mit ein: Wie Porphyrios ist er überzeugt, daß Scharen von guten und bösen Dämonen den Luftraum bewohnen, die auf Tun, Denken und Philosophieren der Menschen Einfluß nehmen; in den verschiedenen Disziplinen der Mantik und anderer superstitiöser Praktiken scheint ihm ein in vielen Jh.en gesammelter Erfahrungsschatz bereitzuliegen, den der Philosoph (= Kenner metaphys. und okkulter Zusammenhänge) nutzen soll. Porphyrios hielt diese Praktiken für erlaubt, I. hält sie für geboten, um mit Hilfe dienstbarer Dämonen zu einer »philosophischen« Erkenntnis aufzusteigen, die dem Menschen sonst verschlossen wäre. Diese Verbindung von Philos. und Okkultismus war zuvor im Neupythagoreertum hergestellt worden; stärker als → Plotin und Porphyrios weist I. auf → Pythagoras (wie I. ihn versteht) als auf den Urheber solcher »Philosophie«. Selbstverständlich hat I. zugleich die theoret. Philos., etwa wie von Plotin begründet, vertreten, wobei er sich um Unterteilung der 3 Hypostasen bemüht. Aber die theurgische Praxis ist dem I. weit wichtiger als die tradierte Lehre.

K. Praechter, Genethl. C. Robert, Bln. 1922, 122f. hat dem I. das Verdienst zugewiesen, der bisher planlosen und zufälligen Platon-Interpretation eine feste Methode gegeben zu haben: Alle Aussagen → Platons sind im Bereich der Physik oder der Ethik oder der Metaphysik sinnvoll und anwendbar. Aber keine Aussage gilt nur in einem dieser Gebiete: Da die gleiche Wahrheit physikal., eth. oder metaphys. ausgedrückt werden kann (denn Physik, Ethik und Metaphysik drücken die gleiche Wahrheit, die Einslehre aus), muß das gleiche für alle Aussagen Platons gelten, da Platon nur Wahres aussagte. Also muß alle Platon-Interpretation darin bestehen, zum jeweils vordergründig Bezeichneten das Analogon in den anderen Bereichen aufzufinden: Der Platon-Erklärer muß in 3 Ebenen operieren, um Platon gerecht zu werden. Damit wird Platon die Intention zugeschrieben, er habe jeweils durch Andeutungen – *αἰνίγματα* – in einer der 3 Ebenen auf den vollen Wahrheitsgehalt hingewiesen, der durch Nachvollzug des Gemeinten in den beiden anderen Ebenen evident werde.

In der Tat wird durch solche Systematik die bisher vorwiegend assoziierende Platon-Erklärung ihrer Zufälligkeit entkleidet, und tatsächlich ist I. im vollen Besitz dieser Systematik. Es wird indes noch zu prüfen sein, ob nicht I. auf Ansätzen, die bei Porphyrios sichtbar sind, aufbaut oder gar dieses System in seinen Grundzügen bereits übernahm. Bes. stark hat der (verlorene) Komm. des I. zum Alkibiades I Platons nachgewirkt; die Abfassung von 9 weiteren Komm.-en zu Dialogen Platons und Schriften des Aristoteles ist bezeugt.

Schriften des I.: a) *de mysteriis Aegyptiorum* (*'Αβάμμωνος διδασκάλου πρὸς τὴν Πορφυρίου πρὸς 'Ανεβὼ ἐπιστολὴν ἀπόκρισις καὶ τῶν ἐν αὐτῇ ἀπορημάτων λύσεις*, ed. G. Parthey, Bln. 1857, Neuausg. von M. Sicherl in Vorbereitung. b) *Συναγωγὴ των Πυθαγορείων δογμάτων* in 10 B.; davon nur erhalten die B. 1. 2. 3. 4. 7, nämlich: 1. de vita Pythagorica = *περὶ τοῦ Πυθαγορικοῦ βίου*, ed. A. Nauck, Petersb. 1884. L. Deubner, Lpz. 1937; 2. *λόγος προτρεπτικὸς εἰς φιλοσοφίαν*, ed. H. Pistelli, Lpz. 1888, übers. Th. Hopfner, Prag 1922. M. v. Albrecht, Zürich 1963. 3. de communi mathematicarum scientia = *περὶ τῆς κοινῆς μαθηματικῆς ἐπιστήμης*, ed. N. Festa, Lpz. 1891. 4. in Nicomachi arithmetica introductio = *περὶ τῆς Νικομάχου ἀριθμητικῆς εἰσαγωγῆς*, ed. H. Pistelli, Lpz. 1891. 7. theologoumena arithmeticae = *τὰ θεολογούμενα τῆς ἀριθμητικῆς*, ed. Vitt. de Falco, Lpz. 1922. Unter den verlorenen Schriften waren die Werke *περὶ θεῶν* und *περὶ ψυχῆς* von bes. Bedeutung; Frg.-e der letzteren Schrift bei Stob. ecl. eth. I, Analyse und Übers. (m. Komm.) von A. J. Festugière La révélation d'Hermès Trismégiste 3, 1950, 10–14. 177–264. H. D.

R. Asmus Der Alkibiades-Komm. des I. als Hauptquelle für Kaiser Julian, SHAW 1917. *M. Sicherl* Die Hss., Ausg. und Übers.-en von I. de mysteriis, TU 52, Bln. 1957.

3. I., Romanschriftsteller, * nach 100 n. Chr. in Syrien, von einem babylon. Sklaven erzogen. Neben Aramäisch erlernte er später Griechisch und soll es darin bis zum Rhetor gebracht haben. Lebte wohl unter Soaimos in Armenien und schrieb nach 165 den Roman »Babyloniaka« in 35 (oder 39) B. Fragmente (aus 16 B.) sind bei Photios und in der Suda erhalten. Darin sind 3 Novellen um das Paar Sinonis (babylon. »Schwalbe«) und Rhodanes (Name iran.) verknüpft. Deren abenteuerreiche Flucht vor dem Tyrannen Garmos und seinem Eunuchen Damas ist geschildert, wobei von Erzählmotiven der griech. Romanliteratur (Erlösungsmotiv mit Unterweltsbezügen wie Höhlenabenteuer, Scheintod, Schlaf in Grabkammer; Verwechslungsmotive in vielfältiger Abwandlung) ausgiebig Gebrauch gemacht wird. In Exkursen wurde auf Geheimlehren der Chaldäer (Mantik), Kultbräuche im Aphrodite/Ištar-Tempel (Inkubationstraum) u. ä. eingegangen, ohne daß man daraus auf einen Schlüsselroman zur iran. Mysterienreligion schließen sollte. Die Bezüge zu Babylonien sind vage und wahrscheinlich auf phantastische Lehren des Sklaven-Lehrers zurückzuführen, der keine exakten Kenntnisse von alter babylon. Kultur mehr hatte. W. Rö.

E. Habrich Iamblichi Babyloniacorum reliquiae, Lpz. 1960. *U. Schneider-Menzell* in *F. Altheim* Lit. u. Gesellschaft 1, 1948, 48–92.

4. I. aus Antiocheia, Sohn des Himerios, vielleicht Enkel des berühmten Philosophen; Heide, Philosoph, Verwandter des Libanios. 357 wurde I. an den Hof nach Italien gerufen, kam aber nie dort an und lebte dann seit 358 bis nach 391 wieder meist in Antiocheia (Liban. epist. 32. 327. 360. 569/77. 801. 984. 1007 u. ö. Symm. epist. IX 2). A. L.

Iambographen. Iamb. Dichtung hat ihren Ursprung im Kultus. Iamb. Verse sind für den Dionysos- und Demeterkult bezeugt (Wilam. Verskunst 207f.); die Spottreden im letzteren führten zur Erdichtung einer Magd Iambe (Hom. h. Cer. 202). Spott und Aischrologie sind Kennzeichen eines Teils der Iambographie. In die Lit. führte den volkstümlichen Vers → Archilochos ein, der hier das geeignete Metrum für seine Invektiven fand. Schmähung ist auch die Absicht des Weiberspiegels des → Semonides; aber auch eine Betrachtung über die Nichtigkeit menschlichen Daseins (frg. 1) ist iamb.; der Iambos also gleichwertig mit der Elegie. → Solon verfaßt Iamben sowohl wie Elegien zur Selbstverteidigung. Dagegen steigert der Ioner → Hipponax Invektive und Aischrologie bis zum Äußersten. Er fügt zum Trimeter und troch. Tetrameter die Hinkformen hinzu, desgleichen sein ungefährer Zeitgenosse Ananios. In Attika fällt im 5. Jh. die Invektive der Komödie zu; doch verfaßte der Komödiendichter → Hermippos auch iamb. und troch. Spottgedichte. Von der Iambendichterin → Moschine (4. Jh.; Athen. 7,297b) ist nichts erhalten. Zur Invektive tritt nun die iamb. Spruchdichtung (→ Chares, Sprüche → Epicharms, → Menanders). Im Hellenismus iamb. polit. Invektive noch bei → Alkaios von Messene (Porph. bei Eus. praep. ev. 10,3,23), philosoph. Polemik bei → Hermeias von Kurion (auch → Timon von Phleius? Diog. Laert. 9,110), literar. in den Choliamben des → Kallimachos. Die kritische Einstellung der Kyniker machte den Vers des Hipponax geeignet für ihre Diatriben (→ Phoinix von Kolophon, → Parmenon von Byzanz, → Kerkidas, dem manche die Verse gegen die Gewinnsucht Anth. lyr. 3^3,131 zuschreiben). An Hipponax knüpfen auch die Mimiamben des → Herodas an. Für die Erzählung verwenden den Choliamb Aischrion von Samos (Glaukossage, Athen. 7,296e), → Asklepiades von Samos, → Apollonios Rhodios (Kanobos), für die Chreia den komischen Trimeter → Machon. In dieser Periode beginnt das iamb. → Lehrgedicht. Gelehrte Beschäftigung mit den I.: → Lysanias *περὶ ἰαμβοποιῶν*. In der Kaiserzeit setzt die Tradition in Diatribe, Paränese, Invektive, Selbstverteidigung, Spruchpoesie → Gregor von Nazianz fort, der den Iambos auch für den Ausdruck persönlichen Gefühls verwendet; chr. Paränese auch bei seinem Vetter Amphilochios. Nachfolger des Herodas ist → Arrius Antoninus, Vf. des 1. choliamb. Fabelbuchs → Babrios. In der späten Epik verdrängt der Iambos öfters den Hexameter.

Die Römer folgen in der Iambendichtung den griech. Vorbildern: Invektiven des → Furius Bibaculus, → Licinius Calvus, → Catull, der sich auch sonst des Iambus bedient; auch der jüngere → Cato rächte sich an Scipio Metellus im Ton des Archilochos (Plut. Cat. min. 7). Auf ihn beruft sich Horaz epist. 1,19,23, aber seine Invektiven ohne Namen epod. 4. 6. 8 bleiben weit hinter dem Vorbild zurück. Von dem I. → Bassus ist nichts erhalten. Die Spruchpoesie ist vertreten durch die Senare und Septenare des → Publilius Syrus, die Fabel durch die Senare des → Phaedrus, die Mimiamben durch → Vergilius Romanus (Plin. epist. 6,21,4). R. K.

G. A. Gerhard Phoinix von Kolophon, 1909. Griech. Frg.: *I. U. Powell*, Collect. Alex. 1925. Anth. lyr. 3, 1952^3.

Iambulos. Griech. Schriftsteller des 3. (?) Jh. v. Chr., wahrscheinlich nabatäischer Abstammung. Bei Diod. 2,55–60 (vgl. Lukian. ver. hist. 1,3) ist sein phantastischer Reisebericht in Auszügen überliefert. Auf einer Karawanenreise nach S.-Arabien wird er erst von Räubern, später Äthiopen gefangen, von diesen mit einem Gefährten als Sühneopfer aufs Meer geschickt. Sie gelangen zu einer Inselgruppe am Äquator, auf der paradiesische Zustände herrschen: Gleichbleibende Temperatur, warme und kalte Quellen, Reichtum an Lebensmitteln. Die Bevölkerung besitzt vollkommene Gesittung in einer Art Urkommunismus: Gruppen zu je 400 werden von Ältesten geführt. Frauen und Kinder sind Gemeineigentum. Alte und Kranke suchen selbst den Tod. Kinder werden erst nach einer Mutprobe aufgezogen. Eine gespaltene Zunge ermöglicht das Sprechen mehrerer Sprachen. Man kennt eine Schrift mit 7 Grundzeichen, von oben nach unten geschrieben. Verehrung genießt vor allem der Sonnengott. Diese stoische Gedanken enthaltende Vision eines Utopia hat T. Morus und Campanella angeregt. I. wurde angeblich mit seinem Gefährten nach 7 J. von den Inseln verstoßen und nach Indien verschlagen, wo ihn der König von Palibothra (Pāṭaliputra) gastlich aufnahm. Daraus ergibt sich für die Entstehung der Erzählung die Zeit ca. 280–200 v. Chr. W. Rö.

E. Rohde Griech. Roman, 1961^{4}, 241–260. *F. Altheim* Weltgesch. Asiens 2, 1948, 155–162.

Iamos (*Ἴαμος*). Myth. Ahnherr des Sehergeschlechts der Iamiden in Olympia, gefeiert von Pind. O. 6,28 ff. → Euadne, Tochter Poseidons und der lakon. Heroine Pitane, wuchs bei → Aipytos in Phaisane am Alpheios auf, gebar von Apollon ein Kind und verbarg es im Gesträuch zwischen Veilchen (*ἴα*, daher I. genannt), wo Schlangen es mit Honig nährten. Dem Herangewachsenen verlieh Apollon die Sehergabe und begründete durch ihn das Orakel am Zeusaltar in Olympia. Nach WILAM. (s. u.) folgte Pind. einem kurz vorher entstandenen eleischen genealog. Gedicht. Urspr. war Euadne Tochter des Aipytos; die Erfindung der Ahnin Pitane sollte eine mythol. Verknüpfung der Iamiden mit Sparta herstellen. Urspr. besaßen sie in Pisa-Olympia Herrschaft und Prophetenamt; dieses behielten sie, als die Eleer ihnen die Herrschaft nahmen, zusammen mit den → Klytiaden (Hdt. 9,33) erblich fast ein Jahrtausend. Sie prophezeiten hauptsächlich aus der Flamme des Opferbrandes (Hdt. 8,134. Pind. O. 8,2). Neben dem eleisch-olymp. Zweig (Paus. 6,2,4. 8,10,5: → Thrasybulos) der Iamiden gab es einen messen. (Paus. 4,16,1), spartan. (→ Teisamenos), arkad. und sizil. Zweig; dem letzteren gehörte Hagesias, der Adressat von Pind. O. 6, an. H. v. G.

Wilam. Isyllos 162 ff. *Ders.* GldH 1, 201. 222. *Weniger*, ARW 18, 1915, 67 ff.

Ianeira (*Ἰάνειρα*). Name einer Nereide Hom. Il. 18,47. Apollod. 1,12 und einer Okeanide Hes. theog. 356, in die Liste von Persephones Gespielinnen übernommen Hom. h. 5,421. H. v. G.

Ianiculum. Der auf dem rechten Tiberufer gegenüber dem Marsfeld gelegene Hügel I. wurde wegen seiner militär. Bedeutung schon früh in den *ager Romanus* einbezogen (Liv. 1,33,6. 39,13. Cass. Dio 37,28) und war in republ. Z. mit der übrigen Stadt durch 4 Brücken verbunden (p. sublicius, Aemilius, Fabricius und Cestius). Der Name geht wahrscheinlich auf eine sehr alte Kultstätte des → Ianus zurück. Außerdem zeigte man auf dem I. das Grab des Numa und den heiligen Hain einer in republ. Z. hochverehrten Gottheit, namens → Fur(r)ina; hier fand C. Gracchus den Tod. Über den Hügel führte vom p. Aurelius aus in w. Richtung die via Aurelia nach → Alsium (h. Palo) an der Küste. Augustus machte das I. zu einem Teil der 14. Region und ließ über den Hügel die aqua Alsietina zur Speisung seiner Naumachie (bei S. Francesco a Ripa) führen. Die bekanntesten Parkanlagen des I. waren die horti Agrippinae und die horti Caesaris. Rud. G.

Jordan Top. 1, p. 242 ff. *Lugli* I monumenti antichi di Roma, Bd. 3, p. 657–673. RE IX 691 f.

Ianitor (*ostiarius*, *θυρωρός*, *πυλωρός*). **1.** In der Ant. sind die Türhüter in Privathäusern meist Sklaven und begegnen nur in reichen Häusern, in Griechenland nicht vor dem 5. Jh. (Aischyl. Choeph. 565. Plat. Prot. 314 C. Xen. mem. 1,11), in Rom seit der späteren Republik. Sklavinnen als I. gibt es nur dichterisch (Eur. Tro. 194. Plaut. Curc. 76). Der I. hatte die Tür zu bewachen, zu öffnen, unerwünschte Besucher abzuweisen, unerlaubte Transporte hinein und hinaus zu verhindern, das Haus zu reinigen, in Rom nachts den Hausschlüssel zu verwahren. Sein Gelaß, *πυλώριον*, *cella ostiaria*, lag beim Hauseingang. Der röm. Brauch, den I. anzuketten (Colum. 1 praef. 10. Ov. am. 1,6, 1) wird Suet. rhet. 3 als veraltet bezeichnet. **2.** Nach Poll. 3,42 derjenige Freund des Bräutigams, der an der Tür die Frauen abhielt, dem »Brautraub« entgegenzuwirken. W. H. G.

Iannes und **I(M)ambres.** Brüderpaar, zu dem die jüd. Tradition die »äg. Zauberer« von Ex. 7,11 u. ö. konkretisierte. Schwankende Namensformen (M- in der lat. und z. T. in der rabbin. Lit.), unsichere Etym. (< *Ιωαννης* < *Jôḥannā[n]*?; < *Mamrē*'?), dunkler Ursprung (Jannes zuerst allein?). Die ersten Belege – jüd.: Damasskusschr. (→ Qumran) 5,18 f. »Belial ließ erstehen *Jḥnh* und seinen Bruder«; heidn.: Plin. nat. 30,11 *magices factio a Mose et Ianne et Lotape ac Iudaeis pendens*, Apul. apol. 90 *Moses uel Iohannes* (dieselbe Quelle?), Numenius b. Eus. praep. ev. 9,8, vgl. Orig. c. Cels. 4,51; chr.: 2. Tim. 3,8 *Ἰάννης καὶ Ἰαμβρῆς ἀντέστησαν Μωϋσεῖ* – sind kurze Anspielungen; unentscheidbar, ob auf Ex., auf Legenden oder schon das später von Orig., Ambrosiaster u. a. bezeugte Apokryphon J. u. J. (verloren). Die rabbin. Lit. erwähnt *Jwḥnj wMmr*' zuerst b. Menaḥot 85 a; Legenden nur in späten Midraschim, aber z. T. alt. Die chr. Lit. zitiert seit 2. Tim. J. u. J. als Typoi von Feinden göttlicher Wahrheit; Legenden. Chr. B.

Schürer 3^{4}, 1909 = 1964, 402–405. *M. R. James* The Lost Apocrypha of the OT., 1920, 31–38. *P. Billerbeck* Komm. zum NT. aus Talmud und Midrasch 3, 1926, 660–664. *F. Cumont* La plus ancienne légende de saint Georges, RHR 114, 1936, 5–51: 19 ff. *M. Dibelius* Die Pastoralbriefe, HNT 13, 1955^{3}, 87 f.

Ianthe (*'Ιάνθη*). **1.** Okeanide Hes. theog. 349, Gespielin der Persephone Hom. h. 5,418. **2.** Braut des → Iphis, Ov. met. 9,668 ff. H. v. G.

Ianuarius. In der rep. Z. der 11. Monat des röm. J., der zusammen mit dem Februarius als dem 12. Monat dem J. von 10 Monaten angefügt wurde und 29 Tage zählte, bis er durch die Kalenderreform Caesars mit der Zusammenlegung der bisher verschiedenen Jahresanfänge (Amtsjahr 1. Jan. und Kalenderjahr 1. März) mit 31 Tagen an den Anfang des Jahres gelegt wurde. Wie der Monat, der der zweitletzte des vorcaesar. Jahres war, zu dem Namen I. kam und ob er überhaupt mit dem Gott Ianus zusammenhängt, ist unklar. LATTE RRG 132 hält es für möglich, daß er seinen Namen davon erhalten hat, daß er den Eingang zu einem neuen Sonnenlauf bildete, bei dem die Sonne durch ein Tor hindurch mußte, und versucht, ihn mit dem Fest der Divalia oder Angeronalia zusammenzubringen, das auf das Wintersolstitium fiel (21. Dez.), an dem man der Diva Angerona (nach MOMMSEN CIL I^2 337 danach benannt, daß sie die Sonne wieder heraufführt), ein Opfer darbrachte. Auch WASZINK, Gn 34, 1962, 448 bezeichnet die Ableitung von Ianus nicht als sicher und weist darauf hin, daß das zu gleicher Zeit gebildete *Februarius* von einem Appellativum abgeleitet ist. W. S.

Ianuarius Nepotianus. Epitomator der Exempla-Slg. des → Valerius Maximus, aus dem 3. (HIRSCHFELD) oder 4. Jh. n. Chr. (BÜCHELER mit sprachl. Argumenten, zur Kontroverse vgl. PFLAUM Carrières procurat. 2, 1960, 651 ff.). Bei Bewahrung der Anordnung wird die Vorlage stilist. bearbeitet und ergänzt (vgl. 7,3. 9,24. 32. 34. 15,1. 7. 17–20. 21, 3). Der Auszug, im Cod. Vat. Lat. 1321 (s. XIV) nur bis Val. Max. 3,2,7 erhalten, ist von Landolfus Sagax (um das J. 1000, → Eutropius) noch in einem vollständigen Exemplar benutzt worden, vgl. IHM, RhM 1894, 247 ff. P. L. Sch.

Erstausg.: *A. Mai* Script. vet. nova collectio 3,3, 1828, 93 ff. Ta.: *C. Kempf* 1888^2.

M. Galdi L'epitome nella letteratura latina 1922, 134 ff.

Ianus. I. Gen. *-i*. Auf *u*-Stamm führen der Dat. bei Fest. 189 *Ianui Quirino* und CIL X 4660 (frühe Kaiserzeit; anderes Exemplar NSA 1929, 31) sowie *Ianuarius*, falls der Monatsname direkt abgeleitet ist; *i*-Stamm angeblich im Salierlied: Tert. apol. 10,7. (Dagegen ist *Dianus* CIL V 783 sekundär: SOMMER HB 217).

II. Die große Bedeutung des Gottes steht in krassem Mißverhältnis zu unserer Kenntnis und auch zu der der röm. Antiquare. I. ist Schirmherr der öffentlichen Tore und Durchgänge, die ebenfalls *ianus* hießen (nicht der privaten Türen: → Portunus). I. ist aber auch der Gott allen Anfangs, er wird in allen Gebeten an erster (Vesta an letzter) Stelle genannt (die Bestimmung entstamme der Pontifikalreligion, die den Anfang mit der symbolischen Ausdeutung gemacht habe: [9],134). Wie die Verbindung Anfang und Durchgang zu beurteilen ist, ist umstritten. Am berühmtesten war der I. Geminus, 2 an der Seite verbundene Torbögen. Er stand an der N.-Seite des Forum (LUGLI Roma ant., centro monum. 82 ff.) und bildete den Durchgang zum Argiletum und damit zum Quirinal (DEUBNER, MDAI(R) 36/37, 1921/1922, 15. [9],132). Der Annalist Piso bei Varro l.l. 5,165 ist für uns der Älteste, der berichtet, Numa habe bestimmt, der Torbogen solle nur geschlossen werden, wenn Friede herrsche. Bis Augustus, der ihn dreimal schloß, hören wir nur einmal von einer kurzen Schließung, im J. 235 »nach dem 1. Pun. Krieg« (Varro a. O. Liv. 1,19, 3. Plut. Numa 20): doch der Krieg war 241 beendet (Verwechslung des T. Manlius T. f. Torquatus, cos. 235 mit A. Manlius T. f. Torquatus, cos. 241: [9],132,3); Augustus Mon. Anc. 2,42 spricht von zweimaliger Schließung, wobei er wohl die unter Numa mitrechnet. Auch wenn der Brauch alt ist ([2],1181 u. v. a.), scheint ihn doch erst Augustus aus polit. Gründen wiederentdeckt zu haben, obwohl Verg. Aen. 7,601 ff. vielleicht auf Ennius zurückgeht [NORDEN, Ennius und Verg. 53 ff.]; Nero und Vespasian schlossen ebenfalls den I. Die Deutungen: Der Krieg wird eingeschlossen (Verg. Aen. 1,293 ff.) oder der Friede festgehalten (Ov. fast. 1,281. Hor. epist. 2,1,255). Legende: Hier wurden durch heiße Schwefelquellen die Sabiner zurückgehalten (Ov. met. 14,781 ff.; fast. 1,263 ff. Macr. Sat. 1,9,17 ff. Serv. Aen. 1,291. WEINREICH, Tüb. Beitr. 5,1929, 246 ff. Daß dort einst heiße Quellen waren, sagt Varro l.l. 5,156). Irgendwie hängt damit zusammen, daß dieses Tor I. Quirinus (*I. Quirini* Hor. c. 4,15,19) genannt wird (»I. im Bereich des Quirinus«, wobei *Quirinus* Adj. ist: BÖMER [7] mit KOCH [6]; vgl. Macr. Sat. 1,9,16). → Spolia opima.

Es gab eine Kultstätte, die *Tigillum sororium* hieß: Ein Balken, der über eine Straße am mons Oppius an gegenüberliegenden Häusern befestigt war. An den Seiten befanden sich Altäre des I. Curiatius und der Iuno Sororia (Fest. 297. Paul.-Fest. 307. Dion. Hal. 3,22. Sch. Bob. Cic. Mil. 7). Am 1. Oktober wurde ein Opfer dargebracht. Da H. J. ROSE dargelegt hat (Mnem. 53, 1925, 407 ff. CQ 28, 1934, 157, zustimmend [9],97,3. 133). daß *sororius* hier zu *sororiare* »anschwellen« (nämlich *mammae*) gehört, ist folglich *Curiatius* mit *curia* zu verbinden ([9],133): Es dürfte sich um einen Durchgangsritus bei der Pubertät handeln, wenn die früher noch bedeutenden Curien die neuen Mitglieder aufnahmen. Die aitiolog. Legende, die die Namen mit dem Kampf der Curiatier und Horatier verband, hat das nicht mehr gewußt.

III. I. hatte auf dem forum holitorium beim Marcellus-Theater einen Tempel, der in der Seeschlacht von Mylae im J. 260 v. Chr. von C. Duilius gelobt worden war (Tac. ann. 2,49); Stiftungstag war der 17. August (→ Portunus); er wurde von Augustus restauriert und im J. 17 n. Chr. von Tiberius neu geweiht (Tac. a. O.), wobei der Festtag auf den 18. Oktober gelegt wurde (CIL I² S. 325.332). – Ein Fest des I. steht nicht in den alten Kalendern, aber das → Agonium des 9. Januar galt ihm. Eine unbeweisbare, höchstwahrscheinlich sogar falsche ([9],135), aber immer wiederholte Behauptung ist, daß der *rex sacrorum* Eigenpriester des I. gewesen sei und I. an allen Kalenden geopfert worden sei. Macr. Sat. 1,9,16 spricht nur von 12 Altären des I. Neben I. Geminus ist am bekanntesten der von Domitian auf dem forum transitorium (= Nervae) gestiftete → I. Quadrifrons, ein viertoriges Heiligtum mit einer viergesichtigen Statue, die angeblich aus Falerii stammte (falls sie wirklich aus dieser Stadt war, wurde sie nur wegen der 4 Gesichter als I. erklärt: [2],1182). Ein anderer, h. noch z. T. erhaltener I. Quadrifrons stand auf dem forum boarium über der Cloaca maxima, ein viertoriger Marmorbogen aus dem 3./4. Jh. n. Chr.

IV. Die personifizierte Vorstellung regte die Mythenbildung an, wenn auch nur spärlich: [1],41 f. → Carna.

V. Dargestellt wird I. doppelgesichtig. Der Typus, bekannt schon vom alten As, kann aber Übernahme des doppelgesichtigen Hermes oder Apollon sein ([9],135,4). Als Attribute kommen Schlüssel und Stab vor (→ Portunus). Seine Bronzestatue (Plin. nat. 34,33. Macr. Sat. 1,9,10. Lyd. mens. 4,1. Suda s. v. Prok. b. Goth. 1,25,20) im I. Geminus (anders [9],135,4: I. Quadrifrons auf dem Nervaforum: s. aber Plin. a. O.) soll mit den Fingern die Zahl 365 dargestellt haben: das ist schon wegen der Zahl, die die Tage des Sonnenjahres, nicht des numanischen, angibt, phantastisch und konnte erst aufkommen, als I. in Beziehung zu Sonne und Jahr gesetzt wurde, was über I. als Gott des Anfangs zustande kam.

VI. Warum allerdings der 11. Monat des alten Jahres Ianuarius hieß, ist unklar, sogar ob er überhaupt nach dem Gott benannt ist ([9],134 f. Waszink, Gn 34, 1962, 448). Über die noch ma. Feiern der Kalendae Ianuariae s. F. Schneider, ARW 20, 1920/21, 82 ff.

VII. Unsere Unkenntnis verleitete zu weitreichenden Spekulationen: I. sei Himmelsgott und über Etr. habe ein syr.-hethit. Gott Einfluß genommen (Grimal). Urspr. Gott der Wasserübergänge (Holland). Als Gott des Anfangs wurde er schon in der ausgehenden Rep. Schöpfer und Erfinder, und ihm wurde der Beiname *pater* mit bes. Betonung zuerkannt (Macr. Sat. 1,9,16 *quasi deorum deus*, ganz unröm.). Über alte und neuere Deutungen s. [2],1187 ff. Die Beinamen *Patulcius* und *Clusius* beziehen sich wohl nur auf Öffnen und Schließen des Tores (so [9],133,1. Vgl. Macr. Sat. 1,9,16). Weitere Spekulationen z. B. von Dumézil, Basanoff: »völlig unhaltbar« [6]. Weiteres s. Deubner, ARW 33, 1936, 109 ff. u. bes. [7], mit Lit.

VIII. Inschr. gibt es aus ganz Italien nur eine von 2 Sklaven aus Assisi (CIL XI 5374). Inschr. aus Afrika und den Donauprovinzen sind interpretatio Romana für einheim. Götter ([9],136,1).

W. E.

1. *Roscher*, Myth. Lex. 2,15 ff. 2. *W. F. Otto*, RE Suppl. III 1175 ff. 3. *Wissowa* Rel.² 103 ff. 4. G. *Giannelli*, RFIC 52, 1924, 210 ff. 5. *P. Grimal*, Lettres d'humanité 4, 1945, 15 ff. 6. *Carl Koch*, Religio, Nürnberg 1960, 22 f. 7. *Bömer* zu Ov. fast. 1,89 und 257. 8. *R. Pettazzoni*, SE 24, 1955/56, 79 ff. 9. *Latte*, RRel 132 ff. 205. 207. 298. 10. *R. Schilling*, MEFR 72, 1960, 89 ff. 11. *Platner-Ashby* 275 ff. 12. *Nash* 500 ff. 13. *L. A. Holland* J. and the Bridge, Papers and Monogr. of the Amer. Akad. in Rome. 21, 1961.

Iao (*'Iάω* Lyd. mens. 4,38; *'Iαώ* On. Vat. 217,80 Lag.). Der aus einer u. a. auf den aram. Pap. und Ostraka von → Elephantine (A. Dupont-Sommer, CRAI 1947, 175 ff. Massart-Nober in: F. König Rel. Wiss. WB., 1956, 180 f.) nachweisbaren Form *Jahu/o* bzw. *Jehō* (יהו/ה; kopt. *Jeû* [*'Ιεου*] PGM V 140. C. Schmidt Pistis Sophia, 1925, 261,14) ⟨*Jaụ* (יו G. R. Driver, ZAW 46, 1928, 7 ff. K. G. Kuhn Orient. Stud. E. Littmann, 1935, 25 ff. 38) in mehreren orthogr. Varianten (*'Ιαου(ε)* Clem. Al. strom. 5,6,34; *'Ιαώϑ* Al. Trall. 2,585 Puschm. Iren. 2,35,3. [7],97; *'Iά* Orig. c. Cels. 6,32. Euagr. 203,81 Lag.; *'Iάα* PGM XXIII 6; *Iaho* Hier. in psalm. 8; *'Iω* A. Deissmann Licht vom Osten, 1908, 297; *Iaô* LXX-Fragm. Qumran, Höhle IV: P. W. Skehan, Vetus Test. Suppl. 4, 1957, 157) transkribierte Name des israel.-jüd. Jahwe (יהוה M. Delcor, RHR 147, 1955, 145 ff. [17], 18 ff.; *'Ιαβέ* bzw. samar. *'Ιαβαί* Theod. in Exod. 15; haer. fab. comp. 5,3. Z. Ben Hayyim, Eretz Israel 3, 1956, 147 ff. N. Wieder, Judaean Scrolls and Karaism, 1962, 242; *'Ιαή* Orig. in Psalm. 2. O. Eissfeldt, ZAW 53, 1935, 63 f.): [1],183 ff. [2],189 ff. 193 ff. 215 ff. [3],3 ff. [4], 103. [14],2,192 f. B. D. Eerdmans, Oudtest; Stud. 5, 1948, 1 ff. G. J. Thierry ebd. 30 ff. Da der *'Ιευώ* (*'Ιαώ* Theod. cur. Graec. aff. 2,44) des Hierombalos von Byblos bei Sanchunjathon (Eus. praep. ev. 1,9,21. Eissfeldt Sanchunjathon von Berut und Ilumilku von Ugarit, 1952, 4. 32 ff.) hinsichtlich einer Identität mit dem jüd. I. problemat. bleibt, ebenso, trotz K. Buresch, Klaros, 1889, 48 ff. und R. Reitzenstein Hellenist. Mysterienrel., 1927, 145 ff., der sowohl dem → Iakchos-Dionysos als auch dem → Hypsistos-Aion geglichene *'Ιαώ* des klar. Orakels (Corn. Labeo b. Macr. Sat. 1,18 ff. H. Bauer, ZAW 51, 1933, 94. L. Vischer, RHR 139, 1951, 22 f. Vgl. [1],181 ff. 207 ff. [2],214 f. [7], 243 ff.), analog dazu auch die Legenden *JW* bzw. *JHW* in den Ras Šamra-Texten und auf der Gaza-Münze (A. Murtonen Studia Or. 16,3, 1951, 6 ff. J. Gray, JNES 12, 1953, 278 ff. Legacy of Canaan, 1957, 134), ist, abgesehen von dem Zeugnis bei Varro (Lyd. mens. 4,53; aus Poseidonios? E. Norden Festgabe A. v. Harnack, 1921, 298 ff.), die früheste gesicherte Transkription mit W. Jaeger, Journ. Rel. 18, 1938, 127 ff. 139,37, in den *Αἰγυπ-*

τιακά des Hekataios von Abdera (Diod. 1,94,2) zu fassen: BIDEZ-CUMONT Les Mages hellénisés 1, 1938, 240. 2, 1938, 30f. [2],202ff. Im übrigen fällt, mit Ausnahme der chr. Patres (Orig. in Ioh. 2,1. Tert. adv. Val. 14) und der sakr. Onomastika (P. DE LAGARDE Onomastika Sacra, 1887², 331 [Ind.]), das Vorkommen des vom hlg. Tetragramm (Pseudo-Transkr. *ΠΙΠΙ* A. SORLIN-DORIGNY, REG 4, 1891, 287ff. J. PARGOIRE, Echos d'Orient 5, 1901, 148. [8],104f.) abgeleiteten krafterfüllten Namens I. (Clem. Al. strom. 1,23,154. Iren. 1,1,7 [Sophia-Achamoth und I.-Formel]. [4],117ff. [5],1,180.184. R. MCWILSON The Gnostic Problem, 1958, 130. 200f. 204) – gegenüber dem betonten Namentabu thoragebundener Sekten (→ Essener: E. F. SUTCLIFFE The Monks of Qumran, 1960, 147) – durchweg in die Sphäre des graeco-äg.-jüd. Synkretismus (M. SIMON Verus Israel, 1948, 394ff.), wo das Formelgut der Zauberpapyri (PGM IV 1530ff. XII 154.207f. L. TRAUBE Nomina Sacra, 1907, 38f. W. H. WORRELL, AJSL 46, 1929/30, 239ff.; vgl. K. PREISENDANZ, APF 8, 1927, 104ff. [Lit.]) und -geräte (R. WÜNSCH Ant. Zaubergerät aus Pergamon, 1905, 13.35ff.), der Exorzismen und Defixionen (R. HEIM Incantamenta Magica Graeca Latina, JbPhP 19, 1893, 522ff. WÜNSCH Ant. Fluchtafeln, 1912², 7ff. → Fluch), der Phylakterien und sog. gnost. Amulette ([1],187ff. 191. [11],119ff. V. STEGEMANN, SHAW 1933/34,1. C. BONNER, Hesp. 20, 1951, 301ff.) mit ihrer iatrischen, aggressiven oder apotrop. Zielsetzung ([12],45ff. 95ff. 103ff. 249ff.), sowie bestimmte griech. bzw. kopt. Schriften apokryphen oder gnost.-esoter. Inhalts (A. DIETERICH Abraxas, 1891, 3ff. 17. 19ff. E. A. W. BUDGE Coptic Apocrypha in the Dialect of Upper Egypt, 1913, 5.183. CH. CH. MCCOWN The Testament of Solomon, 1922, 53*, 54*, 57*) sich seiner in zahlreichen Variationen, Wiederholungen und Verbindungen bedienen (EISSFELDT, Ztschr. f. Missionsk. 42, 1927, 161ff. [2],116ff. 206ff. [5],1,190). Nicht selten findet er sich mit anderen geheiligten Bezeichnungen des Judengottes gereiht (*πιπι ἰαώ ἐλωΐ ἀδωναΐ σαβαώθ σαδαί* Gloss. Colb. p. 228, 59 Lg. Vgl. Epiph. pan. 40,5,8ff.; *Saba Sabab Sabaoth Jao Jaoth napher* kopt. Traktat ROSSI 9,21. [9],1,70. 2,182); ebensooft wird er in den Zaubertexten absonderlich deformiert (PGM II 14ff. [3],16ff.) oder zu abstrusen Zahlen- und Figurenspielereien der Buchstabenmystik benutzt (PGM V 90. XIX 16ff. F. DORNSEIFF Das Alphabet in Mystik und Magie, 1922, 39f. B. ALFRINK, Oudtest. Stud. 5,43ff. [4],128ff. [5],1,194f. 197. [16], 203f.). Schon die apotrop. Talismane der altjüd. Magie verwenden nach Auskunft des Talmud die »Buchstaben des Gottesnamens« (יהוה צבאות יה יה Joma 84a. Baba Bathra 73a. [4],86ff. 94. 103. [14],2,163). Beschwörungstexte des hellen. Judentums, wie die Bleiplatte von Hadrumetum ([3],23ff. [4],96ff. [14],2,190f.) oder der *Ἑβραϊκὸς λόγος* des Pap. Par. 3009 ([4],112ff. DIETERICH 137ff.), halten sich zwar noch frei von Vermischung mit rel. Fremdgut, zeigen aber die typischen Symptome der Polyonymie und Polyvalenz des I. (Silberlamellen von Agábeyli: DUPONT-SOMMER, Jb. kl. Forschg. 1, 1950/51, 201ff. [15],84ff.), die in der synkretist. Magie zu bizarren Amalgamen durch Kombinationen, Kommutation und Korruption des hl. Namens führen (vgl. PREISENDANZ Raccolta G. Lumbroso, 1925, 212ff.), in den gnost. Systemen zu hypostasenhafter Aufspaltung (Orig. c. Cels. 6,32) bzw. Vergesellschaftung und Identifizierung mit anderen Dämonen oder Engelmächten (vgl. PGM I 300ff. III 211ff. L. FAHZ, ARW 15, 1912, 410ff.). So liest man auf einem Amulett aus Syrien die Folge *Ἰαω Μιχαηλ Γαβριηλ Οὐριηλ Ἀρβαθιαω Ἀβραθια Ἀδωναι Ἀβλαναθαναλβα Σαβαωθ Σεσενγενβαρφαραγγης Ἀκραμμαχαμαρι Σεμεσιλαμψ* (P. PERDRIZET, REG 41, 1928, 73ff. [5],1,36. [15],94ff.). Die Pistis Sophia bietet den I.-Sabaoth in mehrfacher Brechung ([1],186. SCHMIDT-TILL Kopt.-Gnost. Schr., 1954², 7f. 82f. 126); die 7 Äonen der Barbelognostiker heißen I., Saklas, Seth, Davides, Eloaeus, Ialdabaoth (Epiph. 1,26,10. [9],3,27); I. Sabaoth, Adonai, Eloi, Sesenges Barpharanges werden in den kopt. Schutzengelgebeten angerufen (40,96ff. [9],2,139. 3,31); Iaoel erscheint unter den Aion-Prädikationen der manich. beeinflußten »Jakobsleiter« (p. 4 Bonw. E. PETERSON, RhM 75, 1926, 404. [7],89. Vgl. SIMON Jüd. Sekten z.Z. Christi, 1964, 94), Iaobel mit Adonai, Sabaoth, Abiressia, Harmupiael usw. unter den 12 von Saklas geschaffenen Äonen des Ägypterevangeliums (J. DORESSE, Vigil. Christ. 2,1948, 141); im seth. Apokryphon Johannis (W. C. VAN UNNIK Evangelien aus dem Nilsand, 1960, 81ff. 185ff. 196f.) lauten die Namen der 7 von Ialdabaoth eingesetzten Planetenkönige Iaoth, Eloaios, Astaphaios, Sabbataios (zu den Varianten M. KRAUSE-PAHOR LABIB Die 3 Versionen des Apokryphon Johannis, 1962, 70ff. 137ff. 213ff.). Auch in der Ogdoas der ophit. Archonten ist I. nachgeordnet dem Ialdabaoth (Orig. c. Cels. 6,31. Iren. 1,28,1ff. [1],231ff. DORESSE Livres Secrets des Gnostiques d'Égypte 1, 1958, 38f. 268), dem bösen gnost. Demiurgen (BONNER, Hesp. Suppl. 8, 1949, 43ff.), der den Anthropos schafft (J. JERVELL Imago Dei, 1960, 155). Während die Pistis Sophia (SCHMIDT-TILL 28.166.247ff.) und die Schrift vom »Wesen der Archonten« (LEIPOLDT-SCHENKE Kopt.-Gnost. Schr. aus den Pap.-Codices von Nag Hammadi, 1960, 76ff.) diesen Doppelgänger des I. (Epiph. 37,3) mit satan. Zügen ausstatten (H. CH. PUECH Le Prince des Ténèbres, Études Carmelitaines, 1948, 136ff.), gibt ihm das Apokryphon Joh. eindeutig bibl.-jahwist. Kolorit (VAN UNNIK 200ff. DORESSE, Bull. Inst. Ég. 31, 1948/49, 413ff. R. HAARDT Vorderasiat. Stud. V. Christian, 1956, 39); demgemäß entspricht ihm bei den Phibioniten der eselsköpfige Sabaoth (Epiph. 26,10,6. SCHMIDT, TU 8, 1892, 568f. E. BICKER-

MANN, Monatsschr. Gesch. Judent. 71, 1927, 258 ff. W. DEONNA, RBPh 34, 1956, 625). Der personalen Brechung in verschiedenen Konfigurationen widerspricht nur scheinbar die hymn. Proklamation des I. als kosm. Pantokrator und omnipotentes schöpferisches Lichtwesen (PGM IV 1217 ff. V 175 f. 460 ff. VII 760 f. XII 261 ff. 285 ff. PETERSON Frühkirche, Judentum und Gnosis, 1959, 115 ff. 119. [5], 2,104. [8],72 ff. 91. [17], 7 ff.), dem, etwa im Rossi-Traktat ([9],1,63 ff. [14],2,174 ff.) oder im Großen Par. Zauberbuch (PGM IV 1200) der Titel Marmarioth »Herr der Herren« zufällt ([7],307 f. [9],3, 124 f. C. BROCKELMANN, BJ 104, 1899, 193. STEGEMANN 60; vgl. 39). Es liegt hier im Grunde nichts weiter als mag. Namensübertrag. auf einen aspezif. Allgott vor (vgl. NILSSON Op. Sel. 3, 1960, 134 f.); ähnliches gilt für die Koppelung der I.-Formel mit anderen myst. Gottgestalten eines synkretist. Pantheons: zunächst, meist unter dem Löwensymbol ([14],7,36 f. Abb. 22), mit solaren Göttern, wie → Helios-Sarapis (PGM IV 594 f. 1930 ff. XIII 620 ff. WESSELY Ephesia Grammata, 1886, Nr. 36. [12], 148 ff. [14],2,193 f.), → Re (*Φρῆ* PGM V 350 ff. NILSSON, Rev. Rel. 14, 1950, 160 ff.), → Horus-Harpokrates (PGM IV 989 ff. A. A. BARB, Carinthia 147, 1957, 102 ff. Abb. 7), dem kosmogon.-solaren → Eros ([14],8,4 f. Vgl. F. BENOIT Mars et Mercure, 1959, 43), konträr dazu gelegentlich mit dem eselsköpfigen Sonnenfeind → Seth-Kronos-Typhon (PGM IV 3260 ff. [5],1,108. [6],17 ff. [10],34 ff. 64 ff. [12],130 ff. A. JACOBY, ARW 25, 1927, 265 ff. 276. BICKERMANN 256. VISCHER 18 ff. BONNET RÄRG 714 f.), ferner mit dem viereinigen Weltengott → Zurvan-Kronos-Aion ([7],245 ff.), schließlich, unter der myst. Chiffre *'Ορωριουθ* und dem Uterus-Symbol (A. DELATTE, Mus. Belg. 18, 1914, 80 ff. [12],83 ff.) mit der Löwen-Schlange → Chnubis-Agathodaimon (R. MOUTERDE, Mél. Un. St. Joseph 25, 1942/43, 105 ff. BARB, Journ. Warb. Court. Inst. 16, 1953, 195 ff. 202 T. 26 f. [13],75. [16],204 f. Vgl. JACOBY, ARW 28, 1930, 269 ff.). Am stärksten ausgeprägt erscheint dieses Prinzip mag. Theokrasie auf den Gemmen und Amuletten in der Figur des durchweg von der Formel *'Ιάω 'Αβρασάξ* begleiteten hahnenköpfigen und schlangenfüßigen Giganten mit Peitsche und Panzer ([5],1,112. [12], 29 f. 123 ff. MOUTERDE 118 ff.), in dem man, analog zu dem Jo-Rabba (= »großer I.«) des mand. Draša d'Yahia (M. LIDZBARSKI Das Johannesbuch der Mandäer, 1905/15, 182 f. [7],265 f.), bald den himmlisch-chthon. Pantheos (NILSSON, HTh R 44, 1951, 61 ff.), bald ein solares Numen ([10],39. [11], 128. [12],127 f. 135. [14],8,60), bald ein Konglomerat aus Horus und Seth (H. STERN, Syria 29, 1952, 156 f.), bald den iran.-oriental. Weltriesen Adamas-Anthropos-Adam Kadmon ([13],76 ff. Vgl. A. ALFÖLDI, Jb. Schweiz. Ges. Urgesch. 40, 1949/50, 17 ff.) zu erkennen meint ([14],2,245 ff.). Das Wort → Abrasax hat – wie I. (*ἰ-α-ω* Pistis Soph. 136. [1],186 f. DORNSEIFF 39 f. DUPONT-SOMMER La doctrine gnost. de la lettre Waw, 1946, 35 ff. 36,2) – zahlensymbol. Wert (365: PGM XIII 456. [11],124.127. [16],208. REITZENSTEIN Poimandres, 1904, 272. P. FRIESENHAHN Hellenist. Wortzahlenmystik, 1935, 77 ff. 125 ff.); sprachlich hängt es wohl mit dem 1. Teil des Kompositums Arbath Iao (»Vierfacher I.« PGM XIII 78 f. [7],306 f. vgl. 227 f. PERDRIZET, Semin. Kondakov. 2, 1928, 249. M. R. CORMACK, HThR 44,25 ff.) zusammen: [13], 67 ff. Gemeinsam wäre beiden das arithmogriph. und buchstabenmyst. Moment, das in Form von gematrischen und isopsephist. Arkana, von palindrom. und anakrumat. Gebilden sich immer wieder an den Namen I. als mag. Kraftträger knüpft (DEONNA, Genava 22, 1944, 116 ff.). Es bleibt ungeschmälert wirksam sowohl für die Berührungen mit der chr. Gnosis (I.-Jecha: [9],2,191; Kutha-I.: [9],2,90. 3,32 f.; I. und *'Ιχθύς*: F. J. DOELGER, Ichthys 1, 1928, 267 ff. 297; I. Abrasax und KKK-Chiffre: DOELGER Sol Salutis, 1920, 66; Kultformel der Markosier: PETERSON, ZNW 27, 1928, 79 ff.) als auch für die in die ma. Kabbala eingegangenen obskuren Spekulationen der jüd. Merkaba-Mystik ([16],369 ff. Vgl. G. SCHOLEM, Qabbala 1, 1923, 77 ff.), u. a. für die in den Hekaloth-Texten dem Arbath-I. entsprechende Bezeichnung Tetrassija (טטרוסייא »Vierheit des I.« [13],70. 85. SCHOLEM Major Trends in Jewish Mysticism, 1946², 56. 363. K. SCHUBERT, Kairos 3, 1961, 12), für die Kabod-Gestalt des Iahoel-Metatron (R. AMBELAIN La Notion gnostique du Demiurge, 1959, 42 f. SCHOLEM Ursprung und Anfänge der Kabbala, 1962, 165 f. [15],41 ff.), für die Tetragramm-Symbolik der Torath JHWH und die darauf gestützte Golem-Magie (SCHOLEM Zur Kabbala und ihrer Symbolik, 1960, 61 ff. 219 ff. 236 ff.), endlich für die esoter. Schiur Koma-Doktrin und die Nomina abscondita der 10 kosm. Sefiroth ([16], 373. G. VAJDA, Sefarad 10, 1950, 38. SCHOLEM Von der myst. Gestalt der Gottheit, 1962, 12 ff. 103 ff. Vgl. DEONNA, Genava 22,182 ff. E. BOROWSKI ebd. 191 ff. J. MAIER, Kairos 5, 1963, 29). W. F.

AJSL = Am. Journ. Sem. Lang.; HThR = Harv. Theol. Rev.

1. *W. v. Baudissin* Stud. z. semit. Rel. Gesch. 1, 1876. 2. *Ders.* Kyrios 2, 1929. 3. *A. Deissmann* Bibelstud., 1895. 4. *L. Blau* Das altjüd. Zauberwesen, 1898. 5. *Th. Hopfner* Griech.-Äg. Offenbarungszauber 1, 1921. 2, 1924. 6. *K. Preisendanz* Akephalos, AO Beih. 8, 1926. 7. *E. Peterson* *Εἷς θεός*, 1926. 8. *R. Mouterde* Le Glaive de Dardanos, Mél. Un. St. Joseph 15, 1930, 72 ff. 9. *A. M. Kropp* Ausgewählte kopt. Zaubertexte 1 und 2, 1931. 3, 1930. 10. *R. Procopé-Walter*, ARW 30, 1933, 34 ff. 11. *M. Pieper* Die Abraxas-Gemmen, Mitt. Dt. Inst. Äg. Alt. Kde. Kairo 5, 1934, 119 ff. 12. *C. Bonner* Studies in Magical Amulets, 1950. 13. *A. A. Barb* Hommages W. Deonna, Latom. 28, 1957, 67 ff. 14. *E. R. Goodenough* Jewish Symbols in the Greco-Roman Period 2, 1953. 3, 1954. 7, 1958. 8, 1958. 9, 1964. 15. *G. Scholem* Jewish Gnosticism, Merkabah Mysticism and Talmudic Tradition, 1960. 16. *E. A. W.*

Budge Amulets and Talismans, 1961. 17. *C. Capizzi*, Orientalia Christ. Analecta 170, 1964.

Iapetos (Ἰαπετός, zu ἰάπτειν Frisk, zum bibl. *Japhet* 1. Mose 10,2 Welcker u.a.). Einer der Titanen, die von Zeus in den Tartaros gestürzt wurden, Hom. Il. 8,479. Hes. theog. 134 u.ö. Seine Mythologie beschränkt sich auf Angaben über seine Verwandtschaft. Als Gattin wird genannt Klymene (Hes. theog. 508), Asia (Apollod. 1,8. Lykophr. 1283), Asope (Hes. erg. 48), Gaia-Themis (Aischyl. Prom. 18). Kinder: Atlas, Menoitios, Prometheus, Epimetheus, auch Deukalion und Buphagos, ferner → Anchiale (Nr. 3). Wie die andern Titanen erscheint er später auch als Gigant, Hyg. fab. praef. Stat. Theb. 10,916. Lokalisiert auf Kreta (Diod. 5,66), in Kilikien (Steph. Byz.), unter der Insel Inarime (Ischia), Sil. 12,148. Als Kabire angerufen auf Imbros IG XII 8,74. – Patronymika: Iapetides, Iapetionides. H. v. G.

K. Kerenyi Prometheus, Zürich 1946 (= Rowohlt rde Bd. 95). *Wilam.* GldH 1,64. *Meyer* GdA 1,2 § 515.

Iapis oder **Iapyx.** Sohn des Iasos, Liebling Apollons, der ihm die Gaben der Weissagung, des Leierspiels und der treffenden Pfeile verleihen wollte. I. aber erbat die Heilkunst, um seinen Vater zu retten, und heilt Aeneas mit Hilfe von Venus. Verg. Aen. 12,383 ff. vgl. Auson. 19,41,7. Serv. Aen. 12,391, wo *Iapix* steht. W. E.

Iapodes. Iapudia (*Iapudes*, *Iapudiai*, *Iapudae*, *Iapydes*). Die I., die zu den Balkan-idg. Völkern (früher gern zusammenfassend Illyrier genannt) gehören, wurden um 400 v. Chr. von Kelten unterjocht. 129 v. Chr. demütigte C. Sempr. Tuditanus die I. Nach dem Befund der Personennamen stellten sie zur Römerzeit ein venet.-illyr.-kelt. Mischvolk dar (im N.W. von Dalmatien, n. von Salona). Nach Cass. Dio 49,34 waren I. um 40 v. Chr. den Römern tributpflichtig. Octavian zog 35 v. Chr. gegen die I. und besiegte sie. 29 v. Chr. wurde ein Triumph über die I. gefeiert. Unter der Römerherrschaft bildete I. den n. Teil des Conventus Scardonitanus.

Wichtigste Städte: Metulum (Vorort bis 33 v. Chr.), Arupium (Vital bei Otočac), Raetinium (Bihać), Avendo (Crkvina), Monetium (Brinje). Arupium erscheint 97 als röm. verwaltete Stadt; städt. Autonomie bekam es von den Flaviern. Metulum erhielt unter den Severern den Rang eines *municipium*. Die übrigen Siedlungen besaßen kein städt. Recht. Die *civitas* der I. bestand nachweislich noch in der 1. Hälfte des 2. Jh. An der Spitze ihrer Verwaltung standen *praepositi*. Ihr Sitz war wohl in Bihaćko polje, wo sich auch das Kultzentrum befand. Bei den I. wurde ein sonst unbekannter Gott *Bindus* (einheimischer Quellgott) verehrt, dessen Heiligtum in der Nähe von Bihać war. In Arupium befinden sich bedeutende Ruinen, in Golubić und Pritoka Jezerine sind zahlreiche Grab-, Architektur-, Relief-, Inschriftenfunde gemacht worden. J. Sz.

Iapyges (Nissen It. Ldk. 1,539 ff. 2,856. Bérard La Colonisation Grecque de l'Italie ecc. 178. 428 ff. Haas Messap. Studien 10 ff.; vor Philipp, RE IX 727 ff. muß wegen der vielen Fehler gewarnt werden!). Volk im äußersten SO. Italiens, dessen Land zuerst von Hekat. FGrH 1 mit Erwähnung der nicht lokalisierbaren Gemeinden Ἐλεύτιοι (F 87), Χανδάνη und Πευκαῖοι (F 88) als eine πόλις (d.h. *civitas* »Völkerschaft«; vgl. Steph. Byz. Φρεντανόν· πόλις Ἰταλίας) in »Italien« (stammt aus jüngerer Überarbeitung) genannt (F 86) wird. Nach Hellan. FGrH 4 F 79 vertrieben die I. die Ausoner aus dem späteren Bruttium nach Sicilien, wozu die Bezeugung von I. im Raum von Kroton durch Ephor. FGrH 70 F 140 gut paßt. Hdt. 4,99 kennt I. zwischen Tarent und Brentesion (vgl. 3, 138); er weiß von einer kret. Landung an der salentin. Küste und Gründung (7,170) der Stadt Hyrie-Veretum (Strab. 6,282) durch Kreter; hiervon berichten auch Konon FGrH 26 F 25,1. Plut. Thes. 16. Athen. 12,523 ab. Varro b. Prob. Verg. ecl. 6,31. Fest. p. 440,10 ff. L. Solin. 2,10. Davon zu trennen ist die Angabe des Antioch. FGrH 555 F 13, die I. seien nach → Iapyx, dem Sohne des Daidalos, benannt (Eustath. Dion. Per. 378. Plin. nat. 3,102. Solin. 2,7. Sch. Lucan. 2,609; nach Ant. Lib. 31 Sohn Lykaons). Für Antioch. F 3 liegt Tarent im Lande der I., wie schon ein Orakel (Diod. 8,21) vor Gründung Tarents verkündete (F 13); er setzt die Grenze zwischen Italien und I. bei Metapont an (F 12), was mit Ps.-Skyl. 14 (I. von Lukanien bis zum Mte. Gargano) übereinstimmt. Die Kämpfe zwischen Tarent und den barbar. (Paus. 10,10,6) I. werden mit größter Erbitterung geführt, wie das Verhalten gegenüber der Stadt Karbina lehrt (Athen. 12,522 ef); entsprechend schwer ist auch die Niederlage, die Tarent 473 hinnehmen muß (Hdt. 7,170. Diod. 11,52). Aristot. pol. 5,2,8 p. 1303 a 5 sieht darin die Ursache für die Einführung der Demokratie. Die tarentin. Weihgeschenke nach Delphoi im Stile des → Ageladas zum Andenken an den Sieg über Opis, den König der I., gehören in diese Zeit (Paus. 10,13, 10). Im J. 413 stellt der iapyg. Fürst Artos (der Name auch inschr.: Haas B. 1.77; vgl. S. 96) den Athenern Hilfstruppen (Thuk. 7,33,4. 57,11). Im J. 387 suchen Kelten das Land der I. heim (Diod. 14, 117); gegen E. des 4. Jh. wird es Schauplatz der Kämpfe zwischen Römern und Samniten (Diod. 20,35. 80). Die Namen der I. und Messapier werden teils geschieden (Pol. 2,24), teils gleichgesetzt (Strab. 6,277); meist sieht man in I. den zusammenfassenden (Ἰαπυγία ἄκρα = *Salentinum promuntorium*) Namen für Daunier, Apuler, Messapier, Kalabrer und Salentiner (Pol. 3,88,3 f. Nikandr. b. Ant. Lib. 31. Strab. 6,277. 282. Serv. georg. 3,475. Serv. auct. Aen. 8,710. Porph. Hor. c. 1,3,4); unklar die Ansetzung bei Ps.-Skymn. 363. Wie man vermutet, ist die Sprache der I. die der sog. messap. Inschr., doch läßt es sich nicht beweisen; ebenso stützt sich die (immerhin mögliche) Annahme illyr. Herkunft vorwiegend auf Hekat. F 86, der eine *πόλις* (s.o.) gleichen Namens in Illyrien nennt. Herakles-Sagen bezeugt Ps.-Aristot. mir. ausc. 97; einheim. Mythen bei Ant. Lib. 31,3. Serv. auct. Aen. 11,247. Bestattung im Innern einer Siedlung könnte Sitte der I. gewesen sein (so nach Pol. 8,30 in Tarent). Namensähnlichkeit mit den illyr. Iapudes ist vielleicht zufällig. G. R.

Iapyx (Böker, RE VIII A 2299 ff.), NW.-Wind (Verg. Aen. 8,710. Gell. 2,22,21. Apul. mund. 11), der günstige Überfahrt vom Iapygium promuntorium (danach der Name) nach Griechenland verschafft (Hor. c. 1,3,4 mit Porph. 3,27,20. Serv. Aen. 8,710); griech.: → Argestes (Serv. auct. a. O.). G. R.

Iardanos (*Ἰάρδανος*). Nur bei Hom. Il. 7,135 erwähnter Fluß in der w. Peloponnes, in gesch. Z. unbekannt. Die verschiedenen Versuche der ant. Homererklärer, mit den topograph. Schwierigkeiten dieser Stelle fertig zu werden, behandelt Bölte, RE XIX 1915 ff. (s. Pheia). VII A 190,18 ff. (s. Triphylien). E. M.

Iasdius. 1. Senator aus dem E. 2. Jh., nach dem Legionstribunat war er Quaestor in Achaia (Groag Reichsbeamt. 121 f.), curul. Aedil, Praetor, Curator von Fulginiae (Umbr.), legat. leg. XIII Gem., praef. aliment., [cos.], curator viae Aemiliae, Statth. in unbekannten Provinzen, CIL VI 1428, vgl. 31651. **2.** I. Domitianus, Sohn von Nr. 1, wohl Bruder des L. I. Aemilianus Honoratianus (frat. Arval. 9 im J. 240, CIL VI 39443, Magister 241, CIL VI 2114,6–7. 10). I. war Statth. von Dacia, CIL III 797 f. VI 1428 (s. Stein Dazien 69 f.). Macrea, Bull. Bulg. 16, 1950, 62 f. (Cumidava) = AE 1950, 16. Adamesteanu, AJA 54, 1950, 421 f. R. H.

Iasion (*Ἰασίων*, auch *Ἰάσιος*). Geliebter Demeters, von Zeus mit dem Blitz erschlagen, Hom. Od. 5,125 ff. Die Frucht ihrer Vereinigung »auf dem dreimal gepflügten Brachfeld« Kretas ist Plutos, Hes. theog. 969 ff. Nach Hellanik. frg. 23 f. 135 Jac. war I. Sohn des Zeus und der Elektryone (→ Elektra); nach der Sintflut war er der einzige, der Saatgetreide besaß, mit dem er die Erde befruchtete. Diod. 5,48 f. Diese Nachrichten wurden als agrar. Mythos eines *ἱερὸς γάμος*, I. als Vegetationsgott gedeutet, Mannhardt Myth. Forsch. 239 ff.; Ant. Wald- und Feldkulte 1,480; Prell.-Rob. 1,776. Bestritten von Wilam. GldH 1,130,2. Mit Hellan. begann auch die Verknüpfung I.s mit Arkadien (Dion. Hal. ant. 1,61) und mit Samothrake. Elektryone gebar dem Zeus 3 Kinder: → Dardanos, I. (mit → Eetion gleichgesetzt), Harmonia. I. schändet das Bild Demeters und wird von Zeus' Blitz erschlagen. Apollod. 3,113. 138. Andere machten I. zum Gatten Kybeles (ihr Sohn Korybas) und zählten ihn zu den Kabirengöttern, Diod. a. O. Verstirnung Hyg. astr. 2,22. Schließlich machte man ihn zum Sohn Elektras und des Tyrrhenerkönigs Korythos und ließ ihn von Italien nach Samothrake wandern; danach Verg. Aen. 3,167 f. S. o. Bd. I 1389. O. Kern Die Rel. der Griechen 1,65. Rose Griech. Myth. 93. Hunger Lex. der griech. und röm. Myth. ^{5}1959, 85. Wiesner Olympos 46. H. v. G.

Iaso s. Iatros

Iason (*Ἰάσων*). **1.** Thessal. Heros aus Iolkos, Führer der → Argonauten, Sohn des → Aison und der Alkimede (Polymede, Polymele). Als Aison (Sohn des Kretheus und der Tyro, Enkel des Aiolos) von seinem Halbbruder Pelias (Sohn Poseidons und der Tyro) an der Nachfolge des Kretheus gehindert wurde, ließ er I. bei dem Kentauren Chiron erziehen. Pelias erhält 2 Orakel (Tod durch einen Aioliden, Warnung vor einem Einschuhigen) und eine Traumerscheinung des → Phrixos, der verlangt, »seine Seele« und das goldene Widderfell aus Kolchis zurückzuholen (Pind. P. 4). Als nun I., herangewachsen, in Iolkos mit *einem* Schuhe (Begründung variiert; Aition für einen aitol. Brauch) erscheint, um sein Erbe von dem Oheim zu fordern, beauftragt dieser ihn mit der Expedition nach Kolchis, zu der sich die namhaftesten Helden auf der → Argo zusammenfinden. Auf der Fahrt selbst tritt I. wenig hervor; seine Heirat mit → Hypsipyle auf Lemnos ist aber schon der Il. bekannt, 7,467 ff. Auf der Aresinsel stoßen die Söhne des Phrixos zu ihm. In Kolchis stellt → Aietes ihm 2 Aufgaben: feuerschnaubende, erzfüßige Stiere vor den Pflug zu spannen und Drachenzähne zu säen und mit den daraus sprießenden gewappneten Männern zu kämpfen. Die letztere Aufgabe setzt eigentlich die Erlegung des Drachens voraus, und damit ergäbe sich die in den Märchen übliche Dreizahl von Aufgaben. Die Herkunft der Drachenzähne erklärt Apoll. Rhod. 3,1177 ff. wunderlich: Athene habe sie aus dem Rachen der Kadmosschlange gebrochen, und weist dadurch auf die Entlehnung aus der theban. Spartensage hin. Medeia, Aietes' Tochter, verliebt sich in I. und hilft ihm mit einer unverwundbar machenden Salbe und mit dem Rat, einen Stein unter die Gewappneten zu werfen, Radermacher Mythos und Sage 202. 361. Diese kehren sich gegeneinander, und I. kann sie einzeln erlegen. Da Aietes sein Versprechen nicht hält, so entwendet I. heimlich das Widderfell, nachdem Medeia den hundertäugigen Drachen, der es bewachte, betäubt hat. Über die Flucht I.s und Medeias und die Rückfahrt der Argo s. → Medeia, → Argonauten. Die Hochzeit fand nach Apoll. Rhod. bei den Phaieken in Drepane (Sizilien), nach anderen auf Korkyra statt. Die Darstellung in den Argonautika des Apoll. Rhod. reicht bis zur Heimkehr nach Iolkos. Dieses Epos wurde im großen ganzen maßgebend für die späteren Dichter: Val. Fl., Orph. Arg., Ov. met. 7. Die gelehrten Sch. zu Apoll. Rhod. belehren über die sehr variierenden früheren ep. und pros.

Darstellungen. Über die weiteren Schicksale I.s gab es mehrere Versionen: (a) er bleibt in Iolkos, nimmt an den Leichenspielen für Pelias teil und wird von Medeia verjüngt; (b) er siedelt mit M. nach Korkyra über; (c) er zieht mit ihr nach Korinth, wo er M. verstößt, um die Tochter des Königs Kreon zu heiraten (Eumelos, Korinthiaka; Eur. Medeia), schließlich wird er am Isthmos durch Reste der Argo erschlagen; (d) er kehrt nach Kolchis zurück, übernimmt nach Aietes' Tode die Herrschaft und macht große Eroberungszüge ins Innere Asiens (Tac. ann. 6,34. Iustin. 42,3,5).

Nach RADERMACHERS Analyse ist der Kern der Sage ein Märchen, das den Helden über See in ein Wunderland (→ Aia noch Mimn. frg. 11) führt, um eine Braut (als Helferin) und den Brautschatz zu gewinnen. Dieses Märchen wird durch Verknüpfung mit dem thessal. Helden I. (»vielleicht eine geschichtliche Persönlichkeit«, kein Heilgott, wie USENER Götternamen 156 meinte) zur Sage, die sich durch allerlei Episoden zu einer großen Gemeinschaftsfahrt ausweitet, in der sich die Erfahrungen pont. Kolonisation und die Ergebnisse sonstiger Erweiterung des geogr. Horizonts niederschlagen. – Mythogr. Darstellungen: Apollod. 1,107–146. Hyg. fab. 12 f. 15 f. 21 f. H. v. G.

Prell.-Rob. 2,758ff. *Robert*, H 44, 1909, 387. *Jessen*, RE. *Seeliger* Myth. Lex. *L. Radermacher* Das Jenseits im Mythos der Hellenen, 1903. *Ders.* Mythos und Sage der Griechen, 1938, 157–237 nebst Anm. Hierin 7 Abb. von einschlägigen Vasenbildern mit z.T. literar. nicht belegten Sagenzügen (z.B. Gewinnung des Vlieses mit Hilfe des Herakles; I. vom Drachen [verschluckt und] ausgespien). *K. Meuli* Od. und Argonautika, 1921. *Ders.* Scythica, H 70, 1935, 116ff. *R. Merkelbach* Unters. zur Od., 1951. *P. Friedländer*, RhM 69, 1914, 299ff. *E. Howald* Der Mythos als Dichtung 92ff. *H.J. Rose* Griech. Mythol., 1955, 289. 294f. 299f. (über Märchenzüge). *Kindler* Malerei-Lex. 2, 190: rf. Schale von Duris.

2. I., seit etwa 380 Tyrann von Pherai, Sohn oder Schwiegersohn des Lykophron, Begründers der Tyrannis ebd. Xen. hell. 6,4,24. Isokr. epist. 6,1. Als Anhänger des Gorgias, den I. dem athen. Sophisten Polykrates vorzog, meinte er, »man müsse zuweilen Unrecht tun, um viel Gerechtes tun zu können, er hungere, wenn er nicht Tyrann sei«. Paus. 6,17,9. Aristot. rhet. 1,12, 1373a; pol. 3,4,1277a. Er half Neogenes 379 zu kurzfristiger Tyrannis in Oreos auf Euboia. Diod. 15,30,3. Mit 6000 gut gedrillten Söldnern brachte I. Thessalien unter seine Führung. Polydamas von Pharsalos bat 375 vergebens Sparta um Hilfe gegen I., der mit der Einigung Thessaliens die Hegemonie in Griechenland erstrebe. Xen. 6,1,4ff. Nach dem Anschluß des Polydamas wurde I. Bundesfeldherr (ταγός) der Thessaler mit 20000 Hopliten, vielen Peltasten und 8000 Reitern. Xen. 6,1,18. Verbündet mit Amyntas, dem König der Makedonen, unterwarf I. die Maraker, Doloper und den Molosserkönig Alketas, mit dem er 373 in Athen den Freispruch des Timotheos erwirkte [Demosth.] 49, 10.22ff. 62. Damals trat I. dem 2. att. Seebund bei. H. BENGTSON Die Staatsverträge des Alt. 2, 1962, n. 257. Mit dem Bau einer Flotte (Xen. 6,4,21) erwog er – ein Vorläufer Philipps II. von Maked. – einen Krieg gegen die Perser. Isokr. 5,119f. Als Bündner Thebens vermittelte I. nach dessen Sieg bei Leuktra 371 den freien Abzug der Spartaner. Mit dem Besitz der Spartanerkolonie Herakleia Trachis in Phokis hatte I. freien Zugang zu Mittelgriechenland. Xen. 6,4,27. Diod. 15,57,2. Als er 370 die Pythienfeier in Delphi leiten wollte, wurde er bei einer Musterung der Reiter ermordet. Xen. 6,4,32. Diod. 15,60,5. Nach I., der wegen seiner listigen Politik mit Themistokles verglichen wurde (Cic. off. 1,108), zerbrach die Einheit Thessaliens. M. SORDI La lega Tessala fino ad Alessandro Magno, 1958, 156ff. H. V.

3. I. von Nysa. Sohn des Menekrates (nach A. GERCKE, RhM 62, 1907, 116ff. nicht der Aristarcheer, aber derselben Familie angehörend), Rhodier von Mutterseite; Tochtersohn, Schüler und Nachfolger des → Poseidonios (also um 50 v. Chr.). Faßbar sind nur die Schriftentitel: *Βίοι ἐνδόξων*, *Φιλοσόφων διαδοχαί*, wohl *π. ῾Ρόδου* (FGrH 3b, p. 430.293) und vielleicht ein *Βίος ῾Ελλάδος*, 4 B., für den wohl → Dikaiarchos Vorbild war (vgl. I. von Argos). Fraglich, welcher I. der Vf. *π. τῶν ᾿Αλεξάνδρου ἱερῶν*, mind. 3 B. (FGrH 632), war.

F. Jacoby, RE IX 780f.

4. I. von Argos. Nach der Suda, die vielleicht 2 Bioi vermischt, jüngerer Hist. als Plut. und *γραμματικός*, Vf. von *π. τῆς ῾Ελλάδος*, 4 B.: dieses Werk ist wohl nicht der *Βίος ῾Ελλάδος*, dessen Zuweisung schon im Alt. nicht eindeutig war (vgl. I. von Nysa), sondern eher ein bis zur Einnahme Athens durch Antipatros (322) gehender, gut ins 2. Jh. n. Chr. passender hist. Abriß mit wohl sehr ausführlichem letzten Teil.

FGrH 94. *Funaioli*, RE IX 781f. (z.T. ungenau).

5. I., von Kyrene. Wohl hellenisierter Jude; nicht mehr greifbarer Vf. eines offenbar griech. Gesch.-Werks, das laut 2. Makk. 2,19ff. in 5 B. über die Makkabäerkämpfe unter Antiochos IV. und Antiochos V. (175/62) berichtete. Das patriot.-relig. gefärbte, nach Art der trag. hellenist. Historiogr. geschriebene, mit den letzten Zeiten des Seleukos IV. beginnende und mit dem Sieg des Judas Makkab. über Demetrios' I. General Nikanor (161) schließende 2. Makk.-B. gibt sich als Epit. der vermutlich noch im 2. Jh. v. Chr. verfaßten Kriegsmonographie I.s. Das Verhältnis der Epit. zum Original ist nur z.T. bestimmbar. Nach SCHUNCK berichtet I. weithin hist. zuverlässig und benutzt z.T. dieselben Quellen wie 1. Makk. W.Sp.

Schürer 3,482ff. (Lit.). *F. Jacoby*, RE IX 778ff.; FGrH 182. *Christ-Schmid*^{6} 2,567ff. *K.-D. Schunck* Die Quellen des I. und II. Makk. B., 1954, 116ff. (Lit.). *Ders.*, RGG^3 4,620ff. (Lit.). *J. Schaumberger*, Biblica 36, 1955, 423ff. 524ff. *L. Gil*,

Emerita 26, 1958, 11ff. *O.Eissfeldt* Einl. in das AT.^{3} 1964, 781ff. 1021 (Lit.). *R.Hanhart*, Bibl.-Hist. HWB 2, 1964, 1127ff. Lit. auch in den Ausg. von 1. und 2. Makk.

6. I. von Athen, Bildhauer des frühen 2.Jh. n. Chr., ist uns durch seine Signatur auf einer Statue der Odyssee bekannt, die mit einer Ilias und einem Homer eine Gruppe bildete, die wohl in einer der athen. Bibliotheken (des Pantainos? des Hadrian?) stand. Figuren und Inschriften jetzt im Agora-Museum in Athen. W. H. G.

The Athenian Agora, A Guide (^{2}1962) 121f.

Iasos (Ἴασος, auch Ἰάσιος). **1.** Argiv. Könige: (a) Sohn des → Argos (Nr. 1) und der Euadne, Vater Agenors, Apollod. 2,3. (b) Sohn des → Argos (2) und der Ismene, Vater der Io, ebd. 2,5. (c) Sohn des Triopas, Bruder Agenors, Vater der Io, Paus. 2,16,1. **2.** Arkader, Sohn des Lykurgos, Bruder des → Ankaios (1) und des → Amphidamas (1), Gemahl der Minyastochter Klymene, Vater der Atalante, Theogn. 1288. Kall. h. 3,216. Apollod. 3,105.109. **3.** Führer der Athener vor Troia, von Aineias getötet, Hom. Il. 15,332. – In der Od. führen das Patronym. *Iasides* der Minyerkönig Amphion (11,283) und der kypr. König Dmetor (17, 443), in Verg. Aen. 5,843 Iapyx, 12,391 Palinurus. Ἴασον Ἄργος Od. 18,246 wird als Adj. zu I. oder als »ionisch« gedeutet. **4.** Idäischer → Daktyle, neben Herakles, Paionaios, Epimedes, Idas, denen der 1. Wettlauf in Olympia zugeschrieben wird. Paus. 5,7,6.14,7. H. v. G.

5. (Ἰασός). Eine Hafenstadt Kariens (Kleinasien), am N.-Ende des iasischen Golfes (Güllük Körfezi) gelegen (h. Asın), urspr. auf einem Eiland, mit dem sie später verbunden wurde. Der Sage nach von Argos gegründet (Pol. 16,12,1), ihrem Charakter nach jedoch rein ionisch. Um die Mitte des 5. Jh. v. Chr. Mitglied des Att. Seebundes, später von den Persern unterworfen (Thuk. 8,28), um 405 von den Spartanern zerstört, nach dem Königsfrieden (387/86) dem Satrapen von Karien angegliedert, von Alexander erobert. In hellenist. Zeit vorwiegend unter seleukid. Einfluß. Nach der Niederlage Antiochos' III. wahrscheinlich frei (Pol. 30,5. Liv. 44,15), seit 129 der Provincia Asia angegliedert; von da ab ziemlich unbedeutende Stadt, vom Fischfang und Handel lebend (Strab. 14,658). Kulte: Nach den Inschr. und Mz. waren die Hauptgottheiten: Ἄρτεμις Ἀστιάς und Ζεὺς Μέγιστος. Bauten: Hellenist. Mauer mit Türmen und Vorwerken, Theater, verschiedene Ruinen im N., alles sehr zerstört. Im W. zwischen Insel und Festland der ausgedehnte Hafen. Auf dem Festland ein mit einer starken Mauer und mit Türmen umgebenes Lager, wahrscheinlich Anf. 4. Jh. v. Chr. erbaut. Nekropole im N.O. auf dem Festland. A. M. M.

RE IX 786ff. *G.Jost* I. in Karien (Diss. Hamb., 1935). *D.Magie* Rom. Rule in As. Min., 2, 1950, 906f. *K.Lehmann-Hartleben* Die ant. Hafenanlagen des Mittelmeeres (Klio, Bh. 14, 1923, 256ff.). *A. u. T.Akarca* Milâs, 1954, 148ff. (türk.). *G.E. Bean–J.M. Cook*, ABSA 52, 1957, 100ff. *N.Bonacasa* Encicl. dell'Arte 4, 1961, 69f. Für die seit 1960 durchgeführten italien. Ausgr., die bis in die submyken. Z. reichende griech. Keramik zutage gefördert haben, s. *D.Levi*, Ann.Sc.Atene 39/40, 1961/62, 505ff. Neueste Inschr. (mit ält. Lit.): *D.Levi–G.P. Carratelli*, ebd. 573ff.

Iathrippa (Ἰάθριππα). Sehr alte Stadt im n. Arabia felix, arab. Yaṯrib. Die richtige Namensform überliefert Steph. Byz., während die meisten Hss. bei Ptol. 6,7,31 entstellte Formen (Λάθριππα u.a.) aufweisen. Die Stadt war ein wichtiger Handelsplatz an der Weihrauchstraße. Um 550 v. Chr. unternahm der babyl. König Nabonid von Taimā aus Vorstöße bis nach I. Auf alte Handelsverbindungen nach S.-Arabien weist die Erwähnung I.s in den sog. »Hierodulenlisten« aus der minäischen Hauptstadt Qarnāwu. Schon im 1. Jh. n. Chr. wohnten Juden in N.W.-Arabien; ihre Kolonie in I. spielte im Leben Muḥammads eine entscheidende Rolle. Durch dessen »Auswanderung« (Hiǧra) 622 n. Chr. von Mekka nach I. wurde diese Stadt, nunmehr al-Madīna genannt, das Zentrum des arab.-islam. Reiches. A. D.

Iatraleiptes. Berufsbezeichnung medizin. Masseure in der röm. Kaiserzeit. Meistens wird der I. vom *medicus* unterschieden (z.B. bei Celsus 1,1); vielleicht wurden auch Ärzte, die nach dem Vorbild des → Herodikos von Selymbria die Gymnastik bevorzugten, so bezeichnet (vgl. Plin. nat. 29,4). F. K.

Iatrokles (Ἰατροκλῆς). **1.** Athener, oligarch. gesinnter Trierarch im J. 411 v. Chr., floh nach der demokrat. Erhebung auf der Flotte vor Samos zusammen mit Eratosthenes u.a. nach Athen (Lys. 12,42). **2.** Athener, Sohn des Pasiphon, wurde 348 v. Chr. bei der Eroberung Olynths durch Philipp v. Maked. gefangengenommen, später aber ohne Lösegeld freigelassen (Aischin. 2,15.16). Im J. 346 wurde er zweimal, u.a. zusammen mit Demosthenes, als Gesandter zu Philipp geschickt (Aischin. 2,20.126. Demosth. 19,197.198). K. W.

3. Athen. 7,326 E. 14,646 A.B.F. 647 B nennt I. als Vf. von περὶ πλακούντων und ἀρτοποιικόν (- ποιητικόν die Epitome ed. Peppink). Alle Zitate betreffen Gebäck. Kaibel (index scriptorum s.v.) tritt dafür ein, es handle sich um nur *ein* Werk bzw. Teile eines Werkes, Gossen, RE IX 801f. glaubt an 2 verschiedene Werke. Die Zeit des I. ist nicht feststellbar. W. H. G.

Iatromathematike ist der Zweig der Astrologie, der ihre Bedeutung für die ärztliche Wissenschaft darstellt. Sie zeigt, wie dem Menschen auf Grund seiner Nativität, der Gestirnstellung bei seiner Geburt, und zwar im 6. Ort des Zwölf-Orte-Schemas, entsprechend dem dort stehenden Tierkreiszeichen und dem Planeten darin, die Prognose über Gesundheit oder Krankheit zu stellen ist. Jedem Tierkreiszeichen sind Teile des menschlichen Körpers zugeordnet, vom Kopf an, der dem

Widder, bis zu den Füßen, die den Fischen zugehören. Auch die Planeten haben ihrem Charakter gemäß günstigen oder ungünstigen Einfluß auf die Glieder des Menschen, doch werden ihre Herrschaftsbereiche verschieden angegeben. Nach der Katarchenlehre lassen sich beim Beginn einer Krankheit aus der Konstellation vor allem des Mondes in jedem der 12 Tierkreiszeichen oder einer der 28 Mondstationen der Verlauf, die Dauer und der glückliche oder unglücklicheAusgang voraussagen. Nicht eigentlich zur I. gehört die Lehre von den Klimakteren, den Stufenjahren, da sie Gefahren und Unglücksfälle, dabei auch Krankheiten anzeigt. Der Ursprung der I. scheint in Äg. zu liegen. Auf HermesTrismegistos und Nechepso-Petosiris berufen sich die späteren Autoren zumeist.

Nachwirken. Die I. drang mit der Astrologie zugleich schon in den ersten nachchr. Jh.en nach dem O. vor bis nach Indien und darüber hinaus. Verbunden mit eigenen Lehren fand sie in Persien und dann bei den Arabern Aufnahme, die auch von Byzanz her Einflüsse empfingen, aber auch zurückgaben, wie mittelgriech. Übers.en aus dem Arabischen zeigen (s. V. Stegemann Dorotheos von Sidon und das sog. Introductorium des Sahl ibn Bisr). Mit dem Vordringen der Araber nach dem W. kamen diese Lehren über Spanien durch die schon im 10. Jh. einsetzende Übersetzungstätigkeit nach Mitteleuropa; so wurden durch Lupitus Barcinonensis im 10., Johannes Hispalensis und Plato von Tivoli im 12., Yhuda ben Mose, Petrus de Regio, Aegidius de Tebaldis im 13. Jh. astronom. und astrol. Werke in lat. Sprache verbreitet.

Bestimmte Lehren der I. wurden in einfache Formeln gebracht, so die von den 4 Säften, Blut, Schleim, roter und schwarzer Galle, die mit den 4 Temperamenten, Jahreszeiten, Lebensaltern, Elementen, Himmelsrichtungen, Hauptwinden verbunden wurden. Die Auffassung des Menschen als Mikrokosmos, der in seinen Teilen dem Makrokosmos entspreche, von den Stoikern und bes. von Poseidonios betont, werden in zahlreichen Tierkreis- und Aderlaßmännern dargestellt, wie sie sich in den Stundenbüchern finden und schließlich in den Kalendern bis in das 19. Jh. hinein. Auch die Prognosen aus den Mondphasen bei Erkrankungen und der Krisen bei Fieberfällen sind noch nicht ganz verschwunden. E. Bo.

A. Bouché-Leclercq L'Astrologie Grecque, Paris 1899, 517ff. 319 u. ö. Hermes Tr. im CCAG I 118–128. *Ideler* Phys. et med. Gr. min. (1841) I 387–396 und 430–440; Nechepso-Petosiris' Frg. 27–32 ed. *Riess* (Philol. Suppl. 6, 1891). Manilius Astronomicon II 453–465. Dorotheus Frgg. hg. von *Stegemann* (QSt 1939. 1943) 1,68. 2,107/08. Ptolemaios, Apotel. I 3, S. 16 und III 13, S. 148, Vettius Valens Anthol. II 36 u. ö.

Iatros (Ἰατρός). Att. Heilheros, verehrt in Athen (CIA II 1,403.404. Demosth. 18,129. 19, 249 m. Sch.) und Eleusis (CIA IV 1,288 a. Anecd. Bekk. 263,11. [1],7 f. [2],149 f.), neben verwandten Gestalten wie → Aristomachos ([1],8 ff.) und → Amynos ([1],12 ff.) wohl lokale Sonderform eines alten Arztgottes ([2],151 ff. → Paian), der teils von → Asklepios ([1],16 ff.), teils von → Apollon (R. Wünsch, RhM 55, 1900, 76) zurückgedrängt wurde. Das weibliche Äquivalent Iaso gehört mit → Hygieia, Epio(ne), Panakeia und Aigle (CIA III 171 b 16. Hermipp. frg. 73 K. Herond. 4,5 f. Wünsch, ARW 7, 1904, 99 ff.) zum Kultgefolge des att. Asklepios (CIA II 1651 a 6. U. v. Wilamowitz, PhU 9,1886,100. [1],31 ff.) und des orop. → Amphiaraos (Paus. 1,34,3. Aristoph. frg. 21 K.). W. F.

1. *F. Kutsch*, RVV 12,3, 1913. 2. *H. Usener* Götternamen, 1948[4].

Iatrosophist. Bezeichnung und Begriff sind offenbar im spätalexandrin. Schulbetrieb (4. Jh. n. Chr.) aufgekommen. Gemeint ist ein Arzt, der weniger in der Praxis als in Theorie und Spekulation glänzt und mit rhetor.-dialekt. Geschick vorträgt. Nachrichten über den I.-en → Zenon von Alexandreia und seine Schüler bei Eunapios, Vitae sophistarum; manche Ärzte trugen ausdrücklich den Beinamen I. (→ Cassius). F. K.

O. Temkin Gesch. d. Hippokratismus im ausgehenden Alt., Kyklos 4, 1932, 41 f.

Iavolenus. 1. C. I. Calvinus Geminius Kapito, Polyonymus, der es in hadrian. Z. zu Volkstribunat und Praetur, unter Antoninus Pius (W. Hüttl 2,62) zur Statthalterschaft in Lusitanien und Prokonsulat der Baetica, schließlich zum Suffektkonsulat brachte, CIL XIV 2499 = Dess. 1060 (vgl. SHA vit. Ant. 12,1, dazu W. Kunkel Herkunft der röm. Jur. 139, Anm. 178). R. H.

2. I. P. (C. Octavius Tidius Tossanius L. Iavolenus Priscus), Schulhaupt der Sabinianer und Lehrer des Julian. Die Laufbahn des an der Wende von der Früh- zur Hochklassik stehenden Juristen ist inschr. gut bezeugt (CIL III 9960. VIII 23156 und 27854, XVI 36), er hatte hohe Kommanden in Dalmatien, Africa, Britannien *(iuridicus provinciae)*, Germania superior, Syrien und wieder Africa. Er saß im Consilium von Traian und Hadrian, Plinius machte sich über ihn lustig (epist. 6,15). Seine Schriften, insbesondere die 14 *libri epistularum*, sind Meisterleistungen der Fallanalyse und der problembezogenen, aber nicht verallgemeinernden Erfassung von Rechtsgedanken. *Omnis definitio* scheint ihm im Bereich des *ius civile* gefährlich (Dig. 50,17,202). Th. M.-M.

W. Kunkel Herkunft und soziale Stellung der röm. Juristen, 1952, 138 ff. *F. Schulz* Gesch. der röm. Rechtswissenschaft, 1961, 122 f.

Iaxartes. Fluß des w. Zentralasien, h. Syrdarja, 2860 km lang. Er entspringt im ö. Alaigebirge am Taidyk-Paß, nimmt nach kurzem n. Lauf von O. den unweit des Sees Issyk-kul entspringenden Naryn auf, betritt s.w. von Taschkent, wo er schiffbar wird, die Ebenen von Kasachistan und mündet in den Aralsee (→ *Oxia palus* Amm. 23,6, 59). Die einheim. Skythen nannten den I. *Silis*, Alexander d. Gr. Tanais, im Hinblick auf den europ. Tanais (h. Don), an dem auch Skythen wohnten (Plin. nat. 6,49), so überwiegend Arr. an. 3,30,7. 4,1,3. Curt. 7,6,13. 25 u. ö. Steph. Byz. p. 601, aber auch I. (iran.: *Yakhšart*) bei Arr. an. 7,16,3. Strab. 11,507. 510. 518. Ptol. 6,12,1; 3–5 N. Dion. Per. 749. Plin. nat. 6,36. Nach Ptol. fiel der I. in das Gebiet der Landschaft Sogdiana; in Wahrheit berührt der I. nur den N. dieses Landes. H. T.

Herrmann, RE IX 1181–1189. Gr. Hist. Weltatl. I, S. 17a.

Iazyges (*Ἰάζυγες*). Mächtiger Sarmatenstamm, z. Z. Hdts., ö. des Tanais an der Maiotis, s. der Roxolanen wohnhaft. Sie zogen um die Mitte 2. Jh. v. Chr. im Rahmen der dortigen allg. Völkerverschiebung nach W. bis über die Karpaten nach dem h. Ungarn, wo sie sich als I. Metanastai zwischen Donau und Theiß an Stelle der verdrängten Daker niederließen. In den letzten Jahrzehnten des 1. Jh. v. Chr. saßen I. bis an der untersten Donau (mehrfach von Ovid erwähnt). Domitian führte wiederholt Kriege gegen sie. Unter Traian standen sie auf seiten der Römer, nach seinem Tod erneuerten sie ihre Einfälle in Moesien, bes. um 170, als sie im Bund mit den Quaden und Markomannen gegen Rom kämpften, wobei der Statthalter Moesiens M. Claud. Fronto fiel. Im J. 174 mußten sie die Römer um Frieden bitten. Unter Commodus sind sie vollständig Rom untertan. Im 3. Jh. (bes. im J. 283) fanden erbitterte Kämpfe der Römer mit den Sarmaten, d. h. auch mit den I., statt.

Die I. waren wie die übrigen Sarmatenstämme, urspr. ein nicht seßhaftes Reitervolk. Im Zwischenstromland Ungarns entwickelten sie ihre mitgebrachten Fertigkeiten weiter, wovon die Erzeugnisse ihrer materiellen Kultur zeugen. Strab. 7,306. Ov. trist. 2,191. Pont. 1,2,79. 4,7,9 ff. Plin. nat. 4,80. Arr. an. 1,3,2. Ptol. 3,7. 8,6,2. Marcian. Peripl. m. e. 2,38. App. Mithr. 69. Cass. Dio 62–71 (pass.). Tac. ann. 12,29; hist. 3,5. Iord. Get. 75 u. a. Sen. nat. prol. 8. Chr. D.

K. Kretschmer, RE I A 2542 ff. *Vulič*, RE IX 1189. *Rostovtzeff* Iranians and Greeks in S. Russia, 113 ff. 115. 146. *Ders.* Skythien und der Bosporus 604. 609; *Ders.* The animal Style in South Russia and China, Princ. 1929, 41–61. *J. Harmatta* Stud. on the History of the Sarmatians, Budap. 1950, 3 ff.; *Ders.* Stud. in the language of the Iranian Tribes in S. Russia, Budap. 1952, 29 ff. *L. Zgusta* Die Personennamen griech. Städte der n. Schwarzmeerküste, Prag 1955, pass.

Iberia. 1. Landschaft Kaukasiens, vom Kyros (h. Kura) durchflossen, h. etwa das w. sowjetruss. Georgien. Städte: *Ἁρμάκτικα* (lat. *Hermastus*), das h. Armazi Tsiche, die spätere Hauptstadt Tiphilis (h. Tiflis), von Theoph. Byz. in Phot. bibl. 26 b p. 78 erwähnt, und die Grenzfestung *Σαραπανά* gegen Kolchis (Ruinen von Scharapani). Das röm. Straßennetz erreichte den unteren Kyros an seiner Vereinigung mit dem Araxes (h. Aras) bei dem Ort Teleda (h. Sejidler bzw. Kadatsch; s. K. MILLER Itin. Rom. S. 655 mit Skizze Nr. 215). Von Bedeutung war eine mindestens seit dem 4. Jh. v. Chr. bestehende O.-W.-Verbindung, die sog. ind. Handelsstraße (G. DROYSEN: Allg. Hist. Handatl. S. 9). I. kam erst im 3. Mithr. Krieg (66 v. Chr.) zur Kenntnis des W. durch die Berichte des → Theophanes von Myt. (Strab. 11,499–501). Zeitweilig war I. von Königen → (Pharnabazos, → Pharasmanes u. a.) regiert und spielte eine Rolle vor allem in den J. 35, 50 und 58 n. Chr. Zu Beginn des MA. ist das Volk noch nachweisbar, auch seine Hauptstadt Tiphilis. Kurze Gesamtdarstellung bei Ptol. 5,10 M. H. T.

H. Treidler, RE Suppl. IX 1899–1911. *W. Sieglin* Schulatl. z. Gesch. d. Alt., S. 9. Gr. Hist. Weltatl. I, S. 34. Atl. of the World II, Pl. 44.

2. s. Hispania

(H)Iberus. Name zweier span. Flüsse. Er ist von dem gleichlautenden Völkernamen abgeleitet, nicht, wie ant. Gelehrte (Plin. nat. 3,21. Iustin. 44, 1,2) glaubten, umgekehrt (AD. SCHULTEN Iber. Landesk. 1,308).

1. = Ebro. Alle Quellen stimmen darin überein, daß der ant. I. mit seinen Nebenflüssen fast völlig dem h. Ebro entsprach. Der einzige Unterschied: der ant. Fluß war bis Vareia (h. Varea ö. von Logroño) schiffbar (Plin. nat. 3,21), h. nur bis Tortosa, wohl eine Folge der Entwaldung. Ein rätselhafter alter Name des I. war *Oleum flumen* (Avien. 505). Ein Versuch seiner Erklärung bei SCHULTEN a. O.

2. = Rio Tinto (Avien. 248). Dazu SCHULTEN a. O. 1,336. Späterer Name: Luxia (Plin. nat. 3,7). R. G.

Alle Quellen, auch über die kriegsgesch. Bedeutung des Ebro, in Font. Hisp. Ant. (Barc. 1925 ff.) I²–IX (Indices!).

Ibis. War äg. der heilige Vogel des Thot; sein charakterist. Suchen nach Nahrung ließ ihn zum Gott der Klugheit werden. Anscheinend ging diese Vorstellung vom h. Baqlieh (gr. Hermupolis), der Hauptstadt des 15. u. äg. Gaues aus. Das Motiv des »Suchens« (und »Findens«) machte aus Thot (: Ibis) den Mondgott, der das bei Neumond verlorengegangene Mondauge wiederfand und füllte. Früh wurde der ibisgestaltige Thot nach Hermupolis (magna) in Mitteläg. (h. Ashmunein) übertragen, wo er auch eine Paviansgestalt erhielt. In der Spätzeit setzte man die verstorbenen Ibise als Mumien bei: Große Mengen fanden sich bei Tuna el-Gebel, der Nekropole von Hermupolis magna, aber auch in Saqqara, Abydos, Kom Ombo, Theben-West; Papyri aus Kom Ombo schildern die jährlichen Beisetzungsfeierlichkeiten der mumifizierten I. Zur Heilighaltung von I. in Äg. vgl. Hdt. 2,76. Diod. 1,83. Cic. nat. 1,29,82. Ail. nat. 10,29. Zwei I.-Arten, weiße und schwarze, unterscheiden Hdt. 2,76. Aristot. hist. an. 9,27 p. 617 b 27. Strab.

17,823. Ail. nat. 2,83. Über das I.-Gedicht des → Ovid s. d. W. H.

Roeder RE IX 808. *O. Keller* D. ant. Tierwelt 2,198.

Ibiu. Nach It. Ant. Ort zwischen Hermupolis magna und Oxyrhynchos, also etwa beim h. Minieh, von KEES, RE IX 815 fragend mit *Ḥbnw*, Hauptstadt des 15. oberäg. Gaus gleichgesetzt, wo ein Falke auf dem Rücken einer Gazelle (: Seth) verehrt wurde. W. H.

Ibykos. Lyriker des 6. Jh. v. Chr., aus Rhegion, Sohn des Phytios, aus vornehmer Familie (Diogen. prov. 2,71), ging nach Samos, nach der Suda in der 54. Olympiade (564–560; das Datum verteidigt von BARRON, CQ NS. 14, 1964, 223), während → Eusebios als Blüte des Dichters die 61. Olympiade (536–532) angibt, was zur Regierungszeit des Polykrates (etwa 538–522) stimmt. Nach der Legende wurde er von Räubern erschlagen, was durch Kraniche an den Tag kam (Suda. Plut. mor. 509 F. Antip. Sid. Anth. Pal. 7,745. Stat. Silv. 5, 3,152; Wandermotiv, wie Iambl. V. P. 126 erweist). Dagegen läßt ihn das Epigramm Anth. Pal. 7,714 in Rhegion bestattet sein. Daß I. zuerst in der Weise des → Stesichoros dichtete, d. h. Mythen in Chorliedern vortrug, wird durch das Schwanken in der Zuteilung der ᾿Αθλα ἐπὶ Πελίᾳ wahrscheinlich (Athen. 4,172 d). Mytholog. Besonderheiten (frg. 18. 20 u. a.) mögen dieser Dichtungsweise angehören. Möglich, daß auf Samos eine neue Schaffensperiode begann, die I. den Ruf eines ἐρωτομανέστατος περὶ μειράκια eintrug (Suda. Cic. Tusc. 4,71. frg. 7. 8). Mit welcher Sprachgewalt er in der Chorlyrik eigene Empfindungen auszudrücken vermochte, zeigen frg. 5 und 6. Dagegen fällt das wahrscheinlich I. gehörende Chorlied in Triadenform (frg. 1) ab; es schließt mit dem Preis der Schönheit des Polykrates, unter welchem der Tyrann (BARRON a. O.; SNELL Dichtung und Gesellschaft, 1965, 119) oder wahrscheinlicher dessen gleichnamiger Sohn (PAGE, Aegyptus 31, 1951, 158) verstanden wird. Die Sprache der in Alexandreia in 7 B. eingeteilten Gedichte ist ein literarischer, epische und dorische Einflüsse aufweisender Dialekt. R. K.

Frg.: *Page*, Poetae mel. gr., 1962, 282–345 (danach hier zitiert). *C. M. Bowra* Greek Lyr. Poetry, 1961², 241 ff. *A. Lesky* GGrL, 1963², 206.

Icauna. Name der Yonne, eines l. Nebenflusses der Seine, und auch der Flußgöttin: CIL XIII 2921 *deae Icaune* (Weihinschrift von Autessiodurum, h. Auxerre). Man liest auch *Igauna*, *Igona* und *flumen Ycaunense*, Vita S. Germani 12 (E. 5. Jh.). M. L.

Desjardins Géogr. Gaule rom. 1,140.

Iccius. Personenname kelt. Herkunft (HOLDER 2,18), inschr. bes. in Oberitalien bezeugt, SCHULZE Eigenn. 425. – **1.** I., Führer der Remer, 57 v. Chr. von Caesar gegen die Belgen gesichert, Caes. Gall. 2,3,1. 6,4. 7,1. **2.** I., Freund des Hor. Nach philos. Ausbildung beabsichtigte er 27 oder 26 die Teilnahme am Zug nach Arabien (Hor. c. 1,29) und war 20 v. Chr. Güterverwalter des Agrippa in Sicilia (Hor. epist. 1,12). GARDTHAUSEN 1,283. 792. H. G. G.

Icelus (Marcianus), ein Freigelassener Galbas, ca. Mai 68 von Nero ins Gefängnis geworfen; er verhinderte trotzdem nach seiner Freilassung die Schändung von Neros Leichnam, Suet. Ner. 49,4. Für die Überbringung der Nachrichten über die Ereignisse nach Neros Tod nach Spanien erhielt er Goldring und Ingenuität, Plut. Galb. 7. Seither von größtem Einfluß, war er für die Gardepraefektur ausersehen, Suet. Galb, 14,2. Habsüchtiger (Tac. hist. 1,37,5) Gegner des T. Vinius, ebd. 1,33,2, widersetzte sich der Adoption Othos, ebd. 1,13,2 und wurde dafür Mitte Jan. 69 von diesem getötet, ebd. 1,46,5. R. H.

Iceni. Kelt. La-Tène-Stamm, der, wohl nach 250 v. Chr., im ostengl. Suffolk und Norfolk Hallstattkelten überlagerte und als römerfreundlich bis 61 n. Chr. autonom blieb. Die letzte Königin der I. war → Boudicca. Die Hauptstadt der I. blieb das h. Caistor St. Edmunds. Metallarbeiten aus diesen Counties waren noch auf lange hinaus von andern Regionen O.-Englands verschieden. Eine Römerstraße wurde selbst noch in angelsächs. Zeit nach den I. Icenhylt, h. Icknield Street, genannt. F. M. H.

Vgl. mit Bibliogr. RE Art. Boudicca, Iceni, Prasutagus, Venta Icenorum. Oxf. Class. Dict. Art. Boudicca. *R. G. Collingwood – R. P. Wright* The Roman Inscr. of Britain I (1965), Nr. 214. *Chr.* und *J. Hawkes* Prehistoric Britain (1943), Ind. s. v. *T. R. Holmes* Anc. Britain and the Invasions of Iul. Caesar (1907), Ind. s. v. *R. W. Moore* The Romans in Britain (1938), Ind. s. v. *I. A. Richmond* Rom. Britain² (1963), Ind. s. v. *E. Thomas* The Icknield Way (1916); Victoria County History, Norfolk 1, 1901, 284 f. ebd. Suffolk 1, 1911, 279 f. *G. P. Welch* Britannia, the Roman Conquest and Occupation of Britain (1963), Ind. s. v.

Ichara. Nur von Ptol. 6,7,47 N. genannte und zur Arabia Felix gerechnete Insel im Pers. Golf, an der O.-Küste Arabiens, zus. mit Inseln, die sämtlich dem h. Bahrain-Archipel angehören. I. entspricht der h. Insel Abu ʿAlī (Atl. of the World II, Pl. 32 und 33). Sie ist von der im nördlichsten Abschnitt des Pers. Golfs gelegenen Insel → Ikaros zu unterscheiden. Wenn bei Plin. nat. 6,147 für die Insel *Barus* sowohl MAYHOFF als auch die engl. Ausg. die Lesart *Icarus* bevorzugen, kann dieses *Icarus* nur dem Ptol. ᾿Ιχάρα gleichgesetzt werden, zumal Plin. auf *Icarus* s. unmittelbar den *sinus Capeus* (h. Bucht von Qatyn) folgen läßt, was nach dem Kartenbild die Identität von I. mit Abu ʿAlī nahelegt. Die Gradangaben des Ptol. bieten nur ein annäherndes Lageverhältnis von I. zu den Bahraininseln. Vgl. KIEPERT Atlas ant. T. II, der ein *Ichara* Alexanders d. Gr. und ein anderes des Ptol. unterscheidet. H. T.

Tkač RE IX 821 ff.

Ichnai (῎Ιχναι). Befestigte Stadt s. von Karrhai am Balissos an der Straße nach Nikephorion (Er

Raqqa): Isid. Char. 1. Plut. Crass. 25,12. Cass. Dio 40,12,2 (-νίαι). Steph. Byz. Makedon. Gründung (?), nach einem makedon. I. (Hdt. 7,123. Steph. Byz.) benannt (?). Bei I. gewann Crassus 54 v. Chr. ein Reiterscharmützel gegen den parth. Satrapen Silakes und fiel sein Sohn Publius 53. Heute Ḫnêz am Nahr Belîkh bei Hîche (Syrien). Chr. B.

K. Regling Zur hist. Geogr. des mesopotam. Parallelogramms, Klio 1, 1901, 443–476: 465–467.

Ichneumon (Herpesta ichneumon), ἰχνεύμων, auch ἰχνευτής (-ήρ) »Aufspürer«. In Äg. heimische, nach Vitr. 8,2,7 auch in Marokko vorkommende wieselähnliche Schleichkatze, die meist im Schilf lebt und sich nach Aristot. hist. an. 580 a 25 wie der Hund nährt; h. bes. von Geflügelzüchtern gefürchtet. In Äg. war der I. berühmt als überlegener Feind des Krokodils (Eubul. frg. 107,10. Strab. 17,812. Diod. 1,87. Opp. ven. 3,407 ff.) und der Giftschlange ἀσπίς, gegen deren Biß er sich angeblich mit Schlamm panzert (Theophr. bei Aristot. a. O. 612 a 16. Nik. Ther. 190 ff. Plin. nat. 8,87 ff. u. a.; vgl. Hesych. s. ὀφιομάχος). In Letopolis und Herakleopolis war er heilig und wurde offiziell gefüttert und rituell bestattet (Strab. a. O. vgl. Diod. a. O. Hdt. 2,67. Cic. nat. 1,101. HOPFNER Tierkult der alten Ägypter 56). Als Symbol Äg.s erscheint er auf hadrian. Mz. aus Panopolis (KELLER und IMHOOF-BLUMER Tierdarstellungen auf Mz. und Gemmen 1,25). – Sein Fett galt als Antitoxicum (Philum. 6,2), sein geräuchertes Fleisch als Abwehrmittel gegen Gifttiere (Plin. 29,68). W. R.

O. Keller Ant. Tierwelt 1,158 ff.

Ἰχώρ. »Götterblut« (Hom. Il. 5,339 ff. 5,416), auch der Giganten (Strab. 6,3,5); allgem. »Blut« (Aischyl. Ag. 1480), Blutserum (Hippokr., Aristot.). Etym. umstritten; zu heth. *ešḫar* (vgl. A. HEUBECK, WJ 4,212 ff.), zu ἰκμάς (vgl. V. PISANI, Ist. Lomb. 73,492 ff.). Urspr. *ἰ.* syn. zu αἷμα (vgl. HERM. GÜNTERT Von der Sprache der Götter und Geister, Halle 1921, 103). Parallel zu Ambrosia und Nektar wurde das Blut (vgl. Hom. Il. 5,339 ff.) als Träger einer größeren Portion (→ Moira) an Leben vom menschlichen Blut abgesetzt. W. P.

Ichthyas. Philosoph der Megar. Schule, Sohn des Metallos, Schüler des → Eukleides (2), Schulhaupt nach diesem und vor → Stilpon, mit → Thrasymachos befreundet. An ihn hatte → Diogenes (14) einen Dialog gerichtet. Blütezeit demnach 1. Hälfte 4. Jh. Diog. Laert. 2,112 f. 6,80. Athen. 8,335 A. Sud. s. Εὐκλείδης. H. D.

Zeller PhdGr 2^4,1,246. *Gomperz* Griech. Denker 2^3,160. *Natorp*, RE V 769. *Fick–B.* PN 155. *Daebritz*, RE IX 830.

Ichthyes s. Sternbilder

Ichthyokentauros s. Triton

Ichthyophagen. Sammelname primitiver Völker, deren Nahrung überwiegend in Fischen bestand und deren Wohnsitze an den Enden der im Alt. bekannten Erde lagen, in Afrika und Asien verbreitet: a) an der W.-Küste des h. Roten Meeres (Hdt. 3,19–23. 25. Strab. 15,769 u. ö. Diod. 3,40. Agath. mar. Erythr. 42 ff. [GGM I 136]. Anon. Per. Mar. Erythr. 2 [ebd. 258]. Marc. Heracl. Per. 1,11 [ebd. 522]. Plin. nat. 6,176). b) An der W.-Seite des Pers. Golfs (Ptol. 6,7,14. Plin. nat. 6,149 u. ö. c) In Babylonien (Diod. 3,22). d) Am O.-Ufer dieses Golfs in den Landschaften Karmanien und Gedrosien (Strab. 15,720. 726. Diod. 3,15. Arr. an. 6,28,5; Ind. 26,2 [GGM I 343]). e) W. der Mündung des Indos (Ps.-Plut. de fluv. 25,1). Steph. Byz. p. 71,10 (Ἀλεξάνδρεια) ... πόλις Ὠριτῶν ἔθνους Ἰχθυοφάγων). f) An der O.-Küste Vorderindiens (Ail. nat. 15,8) *Περιμούλα*, Stadt der I., wahrscheinlich ident. mit dem h. Karikal bei 10^0 55' n. Br., dessen Name *fish pass* (= Fischdurchgang) bedeutet u. an die I. erinnert. g) In SO.-Asien am Golf von Tonking, dem alten κόλπος τῶν Σινῶν, die Ἰχθυοφάγοι Αἰθίοπες (Ptol. 7,3,3; vgl. Marc. Heracl. Per. 44 in GGM I 537). Somit gehörten die I., zwar übereinstimmend in ihrer Lebensweise, ethnogr. verschiedenen Völkergruppen an, der negroiden, der semit., der irano-ind. und der mongoloiden. Die bekannteste Gruppe der I. war die afrikan. an dem Τρωγ(λ)οδυτική benannten Uferstreifen. Paus. 1,33,4 nennt hier einen κόλπος Ἰχθυοφάγος. Vgl. Plin. nat. 15,28 Steph. Byz. s. Δαμαῖοι. H. T.

J. Partsch Die Grenzen der Menschheit, I. Teil; die ant. Oikumene, SBA Lpz. Phil.-hist. Kl. 68,2, 1916, 7 ff. *H. Treidler* Herodot, Reisen und Forsch. in Afrika. Lpz. 1926, 137 ff. *Tkač*, RE IX (Nachtr.), 2524 ff. und *Stein*, RE XIX 801. Gr. Hist. Weltatl. I S. 26a.

Ichthys (ἰχθύς). **1.** Fisch. In einigen orient. Rel. (Äg., Babyl., Phön., bes. Syr. vgl. Xen. an. 1,4,9. Lukian. dea Syr. 14) war I. tabu-behaftet. Der Atargatis-Kult verbot den I.-Genuß. Gesetzliche Bestimmungen im Sinne der Atargatis- bzw. Derketo-Verehrung in Smyrna: vgl. SIG^3 997. Bei den Griechen spielte die »Heiligkeit« des I. keine so große Rolle, obwohl man sich mancher Sorten enthielt (Paus. 7,22,4, vgl. J. G. FRAZER Pausanias' Description of Greece, 4, 1898, 153 f.) und I. im Brizo-Kult auf Delos verboten war. Das Verbot des I.-Genusses für die Hieromnemones in Megara, bzw. das I.-Opfer der Poseidon-Priester in Lampsakos (Plut. quaest. conv. 4,730 D) ist aus der lokalen Zugehörigkeit des I. zu dem zum Meeresgott gewordenen → Poseidon zu verstehen. Bei dem als Ersatzopfer gedeuteten (LATTE RRel 129) Fischopfer an Volcanus könnte vielleicht die Vorstellung des Opfers mit der eines, um so zu sagen, »rel.-symbol. Löschaktes« (I.-Wasser) kontaminiert sein. Der I.-Gestalt wollte man auch die Schiffe angleichen (vgl. W. PÖTSCHER, Mnem. 18, 1965). Teilw. I.-Gestalt des Triton (vgl. F. DÜMMLER, Kl. Schr. 3, 1901, T. 7) durch lokale Verbindung. – In Sura Weissagung durch I. (Ail. nat. 8,5. Plut. soll. an. 976 C. Steph. Byz. s. Σοῦρα· μαντεῖον Λυκίας). – In hellenist. Zeit in philos. Spekulation I. negativ aufgefaßt (vgl. [2],153).

I. als Symbol für Chr. (wahrscheinlich) in Syrien unter Benützung der äußeren heidn. Ausdrucksformen entstanden. Über mögliche Anknüpfungspunkte vgl. [2],154. Bereits im 2. Jh. I. als *ΙΗΣΟΥΣ ΧΡΙΣΤΟΣ ΘΕΟΥ ΥΙΟΣ ΣΩΤΗΡ* verstanden. – Zur Nachr. über die I.-Nahrung des Aberkios vgl. [1],1,8 ff. 87 ff. 134 ff. W. P.

1. *F. J. Dölger*, *ΙΧΘΥΣ*, Freiburg i. Br., 1–5, 1910–1943. 2. *J. H. Emminghaus*, Lexikon f. Theol. und Kirche, 4, 1960, 153 ff.

2. I., Kap an der elischen W.-Küste der Peloponnes, h. Katakolo, Thuk. 2,25,4. Xen. hell. 6,2,31. E. M.

1. *Fimmen*, RE IX 850. 2. *Bölte*, RE XIX 1909 ff. (s. Phea). 3. *Philipps.-Kirst.* 3,345.

Icilius. Name eines plebeischen Geschlechts, das im 5. Jh. v. Chr. führend hervorgetreten, später aber erloschen ist (zum Namen: SCHULZE Eigenn. 441, mit inschr. Zeugnissen). Man kannte auch 4 leges Iciliae (RE XII 2362 f.). – **1.** L. I., Volkstribun (nach wohl alten Listen) in den J. 456, 455, 449, vgl. BROUGHTON Mag. 1,42. 48. Angeblich Urheber der *lex de Aventino publicando* (Zuweisung des Aventin an die Plebs), Liv. 3,31,1. 32,7, vgl. 44,3. Dion. Hal. ant. 10,31,1–32,5 (u. ö. mit hist. nicht haltbarer Ausschmückung zur Person). Dann tritt er als Verlobter der Verginia in Erscheinung (Liv. 3,44,3, RE VIII A 1530 ff.), als treibende Kraft für den 2. Auszug auf den Aventin und als Wortführer der Plebs – ein Ergebnis späterer Konstruktion, Liv. 3,63,8 ff. Dion. Hal. ant. 11,50,1. Zon. 7,19. Er repräsentierte die mittlere Generation der in den Auseinandersetzungen mit den Patriziern hervorgetretenen Icilier. **2.** L. I., Volkstribun 412 (Beantragung eines Ackergesetzes, vielleicht im Amt auch 411. 410) und 409, zusammen mit 2 weiteren Iciliern, Liv. 4,54,4 ff. 56,1. BROUGHTON Mag. 1,78. 409 erreichten die Plebeier die Besetzung von 3 Quaestorenstellen (von 4) und die Wahl von Consulartribunen, die von 408 ab – mit Ausnahme von 393 und 392 – bis 367 als leitende Beamte fungierten. **3.** M. I., soll 455 mit seinem Vater unter L. Siccius Dentatus gedient haben, ungeschichtlich. **4.** Sp. I., einer der 3 Gesandten der Plebeier vom Hlg. Berg 494 (Dion. Hal. ant. 6,88,4), im übrigen aber in der Überlieferung verwechselt mit *Sicinius* (bzw. beides zu *Sicilius* verderbt). Sicher dann nur sein Volkstribunat 470, Piso frg. 23 (Liv. 2,58,1 f.). Diod. 11,68,6. BROUGHTON Mag. 1,31; damals dachte man sich wohl auch das – erst spätere – gesetzliche Verbot von Störungen plebeischer Versammlungen eingebracht (Dion. Hal. ant. 7,17,5. 10,32,1 datiert diese 1. Icilia ins J. 492, vgl. RE XII 2362 f.). Ungesichert ist das Nomen des Volkstribunen von 493 und pleb. Aedils von 491 C. Visellius (oder Viscellius, kaum I.). Ruga, RE IX A 350. 355. H. G. G.

Icorigium (h. Jünkerath, Reg.-Bez. Trier). Am Kyllübergang der Römerstraße Trier – Bitburg – Köln entstand im Laufe des 1. Jh. n. Chr. ein Straßendorf Egorigio-Icorigium mit Holz-, später Steinhäusern, die langrechteckig, mit der Schmalseite zur Straße standen. Im 3. Jh. n. Chr. zerstört, wurde die *mansio* in spätkonstantin. Z. befestigt (im Grundriß sechzehneckig mit 13 Türmen und 2 Torbauten). Gegen E. des 4. Jh. aufgegeben, wurden die Befestigungsmauern erst in der Neuzeit zerstört. Dabei gelangten zahlreiche Reste von reliefgeschmückten Grabdenkmälern, die in den Fundamenten verbaut gewesen waren, in das Landesmuseum Trier. H. C.

H. Koethe Straßendorf und Kastell bei Jünkerath, Trierer Ztschr. 11, 1936, Bh. 50–106.

Icosium (Ἰκόσιον). Stadt an der Küste von Mauretania Caesariensis zwischen Rusguniae und Tipasa, h. Alger. (Mela 1,6,31. Plin. nat. 5,30. Itin. Ant. 15. Ptol. 4,2,6. Geogr. Rav. 155,11. 346,6). Der Name wurde mit εἴκοσι zusammengebracht, den 20 Begleitern des Hercules, welche die Stadt gegründet haben sollten (Solin. 25,17). Amm. 29,5, 16. Pun. Zentrum (mit Namen *Ikosim*). I. wurde unter Vespasian eine lat. Kolonie (CIL VIII 20853). Bischöfe in den J. 411. 419. M. L.

S. Gsell, Atl. Arch. Alg. f. 5, Nr. 11. *M. Leglay* A la recherche d'Icosium, 1966.

Icovellauna. Einheimisch kelt. Bezeichnung einer Brunnen- und Quellgöttin, die von Weihinschr. aus Sablon (b. Metz) und dem Tempelbezirk im Altbachtal zu Trier bekannt ist. Mit Merkur gemeinsam verehrt, ist I. zugleich Heil- und Gesundheit spendende Göttin. H. C.

CIL XIII 3644. 4294–4298.

Ictis. Dieser Inselname ist nur durch Diod. 5, 22,2. 4 und Timaios (Plin. nat. 4,104) als vorröm. Zinnemporium erwähnt, beides schwierige Schriftstellerzeugnisse. I. wird h. in der Regel mit St. Michael's Mount bei Penzance (Cornwall) gleichgesetzt, vorläufig aber ohne Bestätigung durch Bodenfunde. F. M. H.

Vgl. mit Bibliogr. RE Art. Icht Mare, Ictis. Oxf. Class. Dict. Art. s. v. *Chr.* und *J. Hawkes* Prehist. Britain, 1943, 137. *T. R. Holmes* Anc. Britain and the Invasions of Iul. Caes. (1907), Ind. s. v. FGrH 566 F 74, in III B (1950); III B (1955), 571; III B (1955), 335 Anm. 384. *R. W. Moore* The Romans in Britain (1938), 108. *I. O. Thomson* History of Anc. Geography, 1948, 145 f.

Ida. Allg. Baum, Bauholz, Waldgebirge (Suda; Hesych.), bes. **1.** Das höchste Gebirge in Mittelkreta (auch Ἴδη, Ἰδαῖον ὄρος, Ἰδαῖα ὄρη, kret. Ϝίδα, Βίδα), h. Psiloritis mit dem höchsten Gipfel Timios Stavros 2498 m. Im Alt. waldreich, bes. Zypressen (Eur. Hipp. 1253. Theophr. h. plant. 3,2,6. 4,1,3. Plin. nat. 16,142). Strab. 10,4,4 p. 475. 4,12 p. 478. Dion. Per. 501 ff. Ptol. 3,15,6. Plin. nat. 4,60. Mela 2,113. Theophr. h. plant. 3,3,4. Berühmt war die Zeusgrotte, in der Zeus von den Kureten aufgezogen worden sein soll, Diod. 5,70,2. 4. Strab. 10,4,8 p. 476. Paus. 5,7,6. Arat. 31 ff. Pind. O. 5,42. Diog. Laert. 8,1,3. Porph. v. Pythag. 17. Suda.

MDAIA 44, 1919, 45 Nr. 36 = SEG 1,405 B 2f. Es ist die große dreiteilige Höhle am O.-Abhang der I., 160 m über dem Hochtal Nida, in dem der Name weiterlebt, in ca. 1250 m Höhe mit reichen Funden bes. archaischer Zeit. E. Fabricius–F. Halbherr, MDAIA 10, 1885, 59ff. 280f. A. L. Frothingham, AJA 4, 1888, 431ff. P. Faure, BCH 80, 1956, 97f. D. Levi, AJA 49, 1945, 313ff. S. Marinatos *Ἐπιστημονικὴ Ἐπετηρὶς τ. Φιλοσ. Σχολῆς τ. Πανεπιστημίου Ἀθηνῶν* 7, 1956/57, 239ff. E. M.

1. *Karo*, RE XI 1795,13–51. 2. *M. Guarducci* Inscr. Cret. 1,96f. 3. *R. F. Willetts* Cretan cults and festivals 143f. 239ff.

2. Bergzüge s.ö. der Troas im kleinasiatischen Mysien (h. Kazdağ). Lage und Begrenzung (Hom. Il. 2,284. 4,103. 8,170.410. 12,19. 14,238. Strab. 13,583): im W. das Vorgebirge Lekton, im N. eine Höhe bei Zeleia, im S. Gargaron, an dessen Fuß der adramytt. Meerbusen mit der Stadt Gargara liegt. Höchste Erhebung der Gargaros mit 1770 m (Il. 8,47. 14,292), auf dem Kybele und Zeus verehrt wurden (Il. 8,48). I. als »quellenreich« bezeichnet bei Hom. Il. 8,47. 14,157,283ff. Die orograph. Bedeutung für die Troas (auf ihr entspringt der bedeutendste Fluß Skamandros) hervorgehoben von Strab. 13,583. Das Waldgebiet liegt im O. und S. Das Holz für den Schiffsbau sehr geeignet (Strab. 13,606. Thuk. 4,52), daher der Besitz für die Pergamener von großer Bedeutung. Im Winter war die I. wegen des Schnees unpassierbar, im Sommer beliebte Weide. Das Parisurteil soll sich bei Antandros abgespielt haben. A. M. M.

Virchow SPrAW 2, 1892, 969ff. *Philippson* Peterm. geogr. Mitt. EH. 167. RE IX 862ff. VII A 531ff.

3. s. Ide

Idaia (*Ἰδαία*). **1.** Einer der vielen Beinamen der Göttermutter (→ Kybele), nach ihrem Kult auf der phryg. Ida. Eur. Or. 1453. Strab. 10,469. Auch selbständiger Name, Nikandr. alex. 220 mit Sch. (I. = *Μήτηρ ὀρεία*, da *ἴδη* jedes Waldgebirge bezeichnen könne). I. gewann große Bedeutung für die röm. Welt, als 205 der Kult der *Mater Deum Magna I.* aus dem phryg. Pessinus in Rom eingeführt wurde. Liv. 29,10,5. 14,5. Ov. fast. 4,179ff. Cic. leg. 2,22.40. Häufige Erwähnung bei röm. Dichtern seit Lucr. 2,611. Zahlreiche Inschr. in und außerhalb Roms. **2.** Nymphe der phryg. Ida, Gattin des Flußgottes Skamandros, Mutter des Teukros, des 1. Königs in der Troas. Apollod. 3, 139. Diod. 4,75. **3.** Deren Urenkelin, Tochter des Dardanos, 2. Gemahlin des → Phineus, die ihre Stiefkinder bei ihrem Gatten verleumdete. Soph. Ant. 966ff. Apollod. 3,200. Diod. 4,43f. **4.** Nymphe, die einem Hirten die Sibylle Herophile in einer Grotte bei Erythrai gebar, Paus. 10,12,3f. 7, der *ἴδη* als *τῶν χωρίων τὰ δασέα* erklärt. **5.** Nymphe der kret. Ida, Mutter der 10 → Kureten durch Zeus. Diod. 3,61. Vgl. → Kres. H. v. G.

Idaioi Daktyloi s. Daktyloi

Idaios (*Ἰδαῖος*). **1.** Beiname des Zeus, Hom. Il. 16,605. Eur. frg. 475 N, Pol. 27,16, und des Herakles, Paus. 5,8,1 u. ö. (Olympia, Erythrai). Prell.-Rob. 1,658,6. **2.** Sohn des → Dardanos und der Chryse, der mit seinem Vater aus Arkadien auswanderte und in dem angeblich nach ihm benannten Idagebirge den Kult der Göttermutter einführte, während Dardanos sich in Troia niederließ. Dion. Hal. ant. 1,61. 68. Paus. 8,44,5. **3.** In der Il. Name von Troern: ein Sohn des Hephaistospriesters → Dares, 5,9f., durch Hephaistos gerettet, ein Herold 3,248 u. ö., Wagenlenker des Priamos, 24.325. Verg. Aen. 6,485. H. v. G.

Idalion. Schon in den Inschr. der assyr. Könige Asarhaddon und Asurbanipal genannte griech.-phoinik. Stadt im Innern Cyperns, bei den ant. Dichtern als ein Hauptsitz des Aphroditekults oft, sonst kaum genannt. Ruinen beim h. Dali zwischen Larnaka und Nikosia mit 2 Akropolen, Stadtmauer- und anderen Resten, Ausgrabungen [2. 3. 4.]. In klass. Z. mit Kition vereinigt (»Könige von Kition und I.«). Viele wichtige Inschr. in kypr. Silbenschrift und phoinik., neue phoinik. Inschr. Journ. of the R. Asiat. Society 1960, 111f. Steph. Byz. Plin. nat. 5,130. Inschr.: SGDI I Nr. 59–64. [3] Nr. 217–224. [2] III 603. CIS I 88–94. SEG 6, 821. 13, 558c. 20, 132,2. Joh. Friedrich, WZ KM 52, 1953/55, 90ff. Mz.: Six BMCGr Cyprus XLVII–LIII, 24–28. Head HN^2 738f. [3] Nr. 225 bis 228. E. M.

1. *Oberhummer*, RE IX 867ff. mit der älteren Lit. und Plan. 2. The Swedish Cyprus Expedition II 1935, 460ff. IV 2, 1948. IV 3, 1950, passim. 3. *O. Masson* Les inscriptions chypriotes syllabiques 233ff. 4. Fouilles dans la nécropole d'I., BCH 88, 1964, 356ff.

Idas (*Ἴδας*). **1.** Sohn des → Aphareus (oder des Poseidon) und der Arene, bildet mit seinem Zwillingsbruder → Lynkeus das messen. Gegenstück zu dem lakon. Zwillingspaar der → Dioskuren. I. entführte die von Apollon umworbene Tochter des → Euenos, Marpessa; Apollon entriß sie ihm wieder. Den sich nun entspinnenden Kampf zwischen dem Gott und I. trennte Zeus, indem er dem Mädchen die Wahl überließ; es wählte I. Hom. Il. 9,555ff. Bakchyl. 19 (B. Snell, H 80, 1952, 156ff.). Darstellung auf der Kypseloslade (Paus. 5,18,2). Apollod. 1,60f. 69. 3,117. 135ff. An der kalydon. Eberjagd und der Argofahrt nehmen beide Apharetiden teil. Apollod. 1,67. 111. Apoll. Rhod. 1,151. Ov. met. 8,305. Sie sind Gegner der Dioskuren, mit denen sie als Geschwisterkinder (von Leda und Arene her) gemeinsam aufgewachsen waren. Anlaß zum Streit ist entweder ein gemeinsamer Rinderraub oder die Entführung der Töchter des Leukippos (→ Leukippiden), mit denen die Apharetiden verlobt waren, durch die Dioskuren. Pind. N. 10,60ff. (z. T. nach den Kyprien). Theokr. 22,137ff. Ov. fast. 5,699ff. Hyg. fab. 80. Die Darstellungen des Kampfes sind sehr verschieden, aber allen gemeinsam ist der Ausgang: Kastor und beide Apharetiden müssen ihr Leben lassen. **2.** → Akesidas. H. v. G.

Idatius s. Hydatius

Ide (Ἴδη). **1.** Nymphe des mys.-phryg. Idagebirges. Ihr Kopf schmückt Münzen von Skepsis und Skamandria. Charax macht sie zur 1. Königin von Troia. Bei Verg. ist *Ida venatrix* Mutter des Nisus, Aen. 9,177. **2.** Die Nymphe der kret. Ida ist Amme des Zeus. Ihr Vater ist Melisseus, Apollod. 1,5. Ihre Söhne von Zeus (oder Daktylos) sind die idäischen → Daktylen, Etym. m. 465 s. Ἰδαῖοι. Sch. Apoll. Rhod. 1,1129. Darstellung am Altar der Athena Alea in Tegea, Paus. 8,47,3. **3.** Freigelassene des röm. Ritters Decius Mundus, kupplerische Dienerin der Paulina, der Frau des Senators Saturninus, die mit Hilfe des Schwindels röm. Isispriester mit dem genannten Ritter als angeblichem Gotte Anubis verbotenen Umgang hatte. Tiberius ließ sie kreuzigen und den Isistempel in Rom schließen, 19 n. Chr. Ios. ant. Iud. 18,65 ff. Tac. ann. 2,85 und Tertull. apol. 15,2 spielen auf dieses Ereignis an. O. Weinreich Der Trug des Nektanebos, 1911, 19. H. v. G.

Idicra. Ort in Numidien, zwischen Milev und Cuicul, h. Aziz-ben-Tellis (Itin. Ant. 28. CIL VIII S. 704). Mehrere Inschr. mit einem Tarif der Opfer für die afrikan. Götter. Bischofsitz im 4. und 5. Jh. Vict. Vit. 65. M. L.

S. Gsell, Atl. Arch. Alg. f. 17, Nr. 214.

Idios Logos. I. bedeutete urspr. »Sonderkonto«. Seit dem frühen 2. Jh. v. Chr. wird ein Zweig der ptolem. Finanzverwaltung, und ähnlich der Provinz Äg. in der Prinzipatszeit, sowie außerdem der hier verantwortliche Hauptbeamte (in röm. Z. ein *procurator*) I. genannt. In diese Kasse flossen irreguläre und darum bes. drückende Spezialeinnahmen, z. B. von verlassenen Ländereien, von Strafauflagen oder von Tempeln. Das urspr. unter Augustus verfaßte Regelbuch (ein sog. Gnomon) ist uns mit den bis 150/61 n. Chr. erfolgten Zusätzen h. auf Pap. erhalten. Aus diesem wichtigen Text ersehen wir, wie das röm. Recht sich allmählich die hellenist. Praxis im Zuständigkeitsgebiet dieses 3. provinzialröm. Finanzkomplexes von Äg. unterwirft. F. M. H.

Vgl. mit weiterer Bibliogr. RE s. v. *H. I. Bell* Egypt from Alexander the Gr. to the Arab Conquest, 1948. Ind. s. v. *Bengtson* GG 509. *H. Braunert* Die Binnenwanderung, 1964, 1964, 164, 206. *Frank*, ESAR, vol. 2,711 f. *N. Lewis–M. Reinhold* Roman Civilization, Sourcebook 2. 1955, 363. 379 f. *Lidd.-Sc.* s. v. II b. *K. Preisendanz* Papyrusfunde und Papyrusforsch., 1933, Ind. s. Gnomon. *F. Preisigke–E. Kiessling*, WB. der griech. Papyrusurk. 3, 1931, 32 f. s. v. *Rostovčev* GuW Ind. s. Gnomon. *Ders.* Soc. a. Ec. Hell. W., Ind. s. v. *S. L. Wallace* Taxation in Egypt from Augustus to Diocletian, 1938, Ind. s. γνώμων, ἴδιος λόγος. Vgl. auch BGUV 1, 1919; 2, 1934. Fontes Iuris Romani Ant. I Nr. 99. *A. S. Hunt–C. C. Edgar* Select Papyri II, 1934, Nr. 206.

Idiotes (ἰδιώτης). Mit I. wurde im griech. Militärleben der gemeine Soldat im Gegensatz zu den mit Befehlsgewalt ausgestatteten Chargen bezeichnet (Xen. an. 3,2,32. Pol. 10,19,4). Als technischer Ausdruck wurde er dafür in den Heeren der hellenist. Zeit geläufig. A. N.

Idistaviso. Örtlichkeit, die Germanicus im J. 16 n. Chr. bei seinem Vorstoß nach Innergermanien berührte. Nachdem die Flotte in die Ems eingefahren war, waren die röm. Truppen inzwischen bis zur Weser vorgedrungen, überschritten den Fluß und hatten zwischen der Weser und einer bewaldeten Höhe *in campum cui Idistaviso nomen* sich gegen die verbündeten Germanen unter Arminius zu wehren (Tac. ann. 2,16). Die genaue Lage von I. (nach Grimm Mythologie 14,332: Idisiaviso = nympharum pratum, Elfenwiese) konnte bisher nicht nachgewiesen werden. H. C.

Rappaport, RE IX 903. RE X 447 s. Iulius Germanicus (Nr. 138). o. Bd. II 768.

Idmon (Ἴδμων »wissend«). **1.** Sohn des Abas (Apoll. Rhod. 2,815) oder Apollons (ebd. 1,142 ff.); die Mutter wird verschieden angegeben. Obwohl er seinen Tod voraus wußte, begleitete er die Argonauten als Seher (1,139 ff.). Er starb im Lande der Mariandyner durch einen Eber und wurde dort bestattet (2,815 ff.). Um sein Grab wurde später die Stadt Herakleia angelegt (2,846 ff.). Apollod. 1,126. Hyg. fab. 18.248. **2.** Vater der → Arachne, Ov. met. 6,8.133. H. v. G.

Idomenai (Thuk. Εἰδομένη). Stadt in Makedonien am Axios (Vardar). Lage unsicher, am unteren Ausgang der Vardarenge von Demir Kapu in Jugoslawien angenommen, h. offizieller Name der griech. Grenzstation der Bahnlinie Saloniki–Belgrad (Sechovo). Thuk. 2,100,3. Strab. 8,8,5 p. 389. Plin. nat. 4,35. Ptol. 3,12,36. Tab. Peut. VIII 1. Geogr. Rav. 4,9,196,5. Hierokl. synekd. 639,5. BCH 45, 1921, 17 III 68 (Ἰδομέναι). E. M.

1. *Kiepert* FOA XVI mit Text S. 2. 2. *Oberhummer*, RE IX 905 f.

Idomeneus (Ἰδομενεύς). **1.** Sohn Deukalions, Enkel des Minos (Stammbaum Hom. Il. 13, 449 ff.); Wappentier der Hahn wegen mütterlicher Abstammung von Helios, Paus. 5,25,9), Herrscher von Kreta; 7 seiner Städte aufgezählt Il. 2,645 ff., darunter Knosos, Gortyn, Phaistos, Lyktos. Freier Helenes, Hes. frg. 96,16, Gastfreund des Menelaos, Il. 3,230. Nahm mit seinem Waffengefährten Meriones mit 80 Schiffen am troj. Kriege teil. Die Il. schildert ihn als älteren Mann, der aber mit Hektor und Aineias kämpfte und speergewaltig manchen Feind erlegte (Aristie 13,361), auch aus den Wettkämpfen (23,476) sich Preise holte. Bei Q. Smyrn. und Diktys tritt I. stärker in den Vordergrund als in der Ilias, während Philostr. in seinem Heroikos ihn stark herabsetzt. Die Od. berichtet von seiner glücklichen Heimkehr nach Kreta (3, 191). Verg. Aen. 3,121.400.11,264 verwendet eine Sagenversion, nach der I., aus Kreta vertrieben, zu den Sallentinern Kalabriens geht. Als Veranlassung dazu erzählt Serv. von einem Gelübde I.' in Seenot, das erste, was ihm an Land begegne, Poseidon zu opfern. Das war sein Sohn (seine Tochter, Mythogr. Vat. 1,195), und weil er diesen opferte (oder: nicht opferte), wurde er vertrieben (Jephthamotiv). Anders Apollod. epit. 6,9 f.: Um seinen von den Griechen gesteinigten Vater Palamedes zu rächen, verleitete Nauplios den Leukos, I.' Frau Meda zu verführen und dann zu ermorden und sich zum Herrscher Kretas aufzuwerfen; als I. heimkehrend landete, vertrieb er ihn. Aus Lykophr. 424 ff. wurde eine weitere Wanderung des I. nach Kleinasien erschlossen; vgl. 1214 ff. Doch war nach Diod. 5,79,4 sein Grab in Knossos; in Kriegsgefahr wurden I. und Meriones als Helfer angerufen. Der Kampf zwischen I. und Leukos mag Auseinandersetzungen zwischen dem minoi. Herrscher von Phaistos und den spätmyken. Griechen widerspiegeln. Darauf möchte man auch den Kampf des I. mit Phaistos (Il. 5,43) beziehen, obwohl dieser als Lyder bezeichnet wird. H. v. G.

Wilam. GldH 1,70. *Wiesner* Olympos 239. *Kullmann* H(E 14), 103 f. 142. *Huhn* und *Bethe*, H 52, 1917, 618.

2. I. von Lampsakos, etwa 325–270 v. Chr. Freund Epikurs, war in seinem Heimatort als Politiker tätig. In Resten kenntlich sind 3 biograph. Werke: 1. *περὶ τῶν Σωκρατικῶν*. Hieraus hat Diog. Laert. 2,20 ein Frg. über den Sokratiker → Aischines erhalten. 2. *περὶ δημαγωγῶν*, benutzt von Plutarch und von Athenaios. 3. *Ἱστορία τῶν κατὰ Σαμοθρᾴκην*, nur bekannt durch eine Notiz in der Suda s. v. I. sammelte – offenbar darin peripatet. Biographie folgend – ungewöhnliche Anekdoten, ja Skandalgesch., dies vermutlich in polem. Absicht gegen Zeitgenossen. Slg. der Frg.e: H. Usener Epicurea 128–138. FGrH 338 F 1–18. H. D.

H. Usener Epicurea 128–138. FGrH 338 F 1–18.

Idrias (*Ἰδριάς*). Name einer Landschaft und einer Stadt in Karien, als Landschaft in der Nähe von Stratonikeia (Eskihisar) erwähnt von Hdt. 5, 118 Strab. 15,677, als Stadt erwähnt bei Steph. Byz. s. v. (nach dem kar. Dynasten Idrieus benannt); früher soll sie den Namen → *Chrysaoris* geführt haben, was aber unsicher ist. A. M. M.

Papalukas *Περὶ τῆς πόλεως Στρατονικείας*, Diss. Jena 1886, 7 ff. RE IX 912. III 2485 (Nr. 2). *H. Oppermann* Zeus Panamaros, 1924, 9 ff. *D. Magie* Rom. Rule in As. Min., 2, 1950, 1031 f.

Idrieus (*Ἰδριεύς*), karischer Satrap (Datierung in Tralles *βασιλεύοντος Ἀρταξεσσέω ἐξσατραπεύοντος Ἰδριέως* L. Robert Collection Froehner 1936, 143,96), Sohn des Hekatomnos, regierte gemeinsam mit seiner Schwestergemahlin Ada (→) 351–344, half dem Perserkönig auf Kypern. Isokr. 5,103. Diod. 16,45,7. Strab. 14, 656. Reliefbilder des I. und der Ada in Anbetung des Zeus von Labranda in Tegea IG V 2,89. Statuen beider von Milet in Delphi aufgestellt Sylloge ^{3}225. Die Hellenisierung des Herrscherpaares zeigen Inschr. griech. Sprache in Amyzon und im Heiligtum des Sinyri. L. Robert Le sanctuaire de Sinuri, 1945, 94,73. 98,75. A. Laumonier Les cultes indigènes en Carie, 1958, 50. 54. Mz. Head HN^{2} 629. H. V.

Idumaea. Der s. Landesteil Palästinas w. des wādi el-ʿarabā zwischen Hebron und der Isthmuswüste. Der Name ist von dem s. ö. des Toten Meeres gelegenen Edom hergeleitet, wo Angehörige der aramäischen Völkerwelle bereits im 13. Jh. v. Chr. seßhaft wurden und alsbald zur Staatenbildung gelangten (Gen. 36,31–39). Nach wechselvoller Geschichte, zumeist im Schatten des benachbarten Reiches Juda, wurden die Edomiter seit dem 5. Jh. v. Chr. von den Nabatäern aus ihrem Stammlande verdrängt und wanderten nach W. ab. Unter pers. Herrschaft bildete I. eine Eparchie innerhalb der phöniz.-arab. Satrapie (Diod. 19,95,2); diese Territorialeinteilung lebte in hellenist. Zeit weiter. Während der Makkabäerkämpfe wurde I. Gegenstand jüd. Expansion nach S.: Um 163 v. Chr. eroberte Judas Hebron; um 126 gliederte Johannes Hyrkanos die Idumäer durch Zwangsbeschneidung der jüd. Kultusgemeinde ein. Dadurch wurde die Familie Antipaters, des Vaters Herodes d. Gr., gewaltsam judaisiert. Nach der röm. Eroberung des Orients durch Pompeius (63 v. Chr.) war I. Toparchie mit eigenem Archon innerhalb der Provinz Syria, jedoch unter der kult. Oberhoheit Jerusalems. Im jüd. Krieg stand I. auf der Seite der Zeloten; danach (70 n. Chr.) verschwindet es aus der Geschichte. H. Do.

F. Buhl Gesch. der Edomiter, 1893. *Schürer* 1,618 ff. 2, 229 ff. *U. Kahrstedt* Syr. Territorien in hellenist. Zeit, 1926.

Idus s. Monat (röm.)

Idyia (*Ἰδυῖα*, auch *Εἰδυῖα*, »wissend«). Okeanide, Gemahlin des Aietes, Mutter Medeias, Hes. theog. 352. 958 ff. Soph. frg. 503 N. Apoll. Rhod. 3,243. Lykophr. 1023 mit Sch. Cic. nat. 3, 48. Apollod. 1,129. Hyg. fab. 25. Der Name deutet auf die weissagende Kraft des Wassers, Nilsson Griech. Feste 430,3 über Quellorakel. H. v. G.

Idylle s. Bukolik

Idyma (*Ἴδυμα*). Stadt Kariens, etwa 4 km landeinwärts von der O.-Spitze des Keram. Golfes, h. Kozlukuyu, erwähnt von Ptol. 5,2,15 und Steph. Byz. s. v., nahebei das Flüßchen Idymos. Alte kar. Siedlung. Mz. mit Panskopf vielleicht schon um 600; dann vom 5. Jh. ab. Gegen Mitte des 5. Jh. Mitglied des Att. Seebundes; in dieser Z. vielleicht von einem Dynasten Paktyes regiert. Zur Peraia von Rhodos gehörig. Anf. 2. Jh. von dem Strategen Nikagoras wieder für Rhodos gewonnen. A. M. M.

RE IX 219. XIX 566 ff. 574 f. 582. *L. Robert* Étud. Anatol., 1937, 472 ff. *G. E. Bean–J. M. Cook*, ABSA 52, 1957, 68 ff. (mit Plan der Akropolis, Beschreibung der Ruinen und der Nekropole).

Idyros (*Ἴδυρος*, auch *Ἰδυρίς*). Erstmalig von Hekataios von Milet FGrH 1 F 260 genannter Ort und Fluß Pamphyliens, an der Grenze Lykiens, zu dem es von Skylax (100, GGM I 74) gerechnet wurde, vielleicht beim h. Kap Awowa, während der Fluß I. dem Kemer Tschai entspräche. PUTZGERS Hist. Schulatl. 1913, S. 4. W. SIEGLIN Schulatl. z. Gesch. des Alt., S. 8. Atlas of the World II, Pl. 36. H. T.

Ruge RE IX 919 f.

Jericho. Stadt im s. Jordangraben (ca. –250 m) mit Palmenoase (Ri. 3,13), auf dem Gelände der arab. Ortschaft erīḥā zwischen dem tell es-sulṭān (Lage der alten Stadt von den Anfängen bis in hellenist. Zeit) und dem herodian. Winterpalast von tulūl abū'l-'alāyiq am wādi el-kelt. Die Besiedelung von I. begann im Mesolithicum um 8000 v. Chr.; bereits im 7. Jt. (vorkeram. Neolithicum) besaß die Stadt-Wehrmauer, Turm, Graben und reiche städt. Zivilisation. Nach einer Verfallsperiode im frühkeram. Neolithicum und Chalkolithicum (5.–4. Jt.) folgte um 3000 v. Chr. die bronzezeitliche Hochblüte von I., um 1580 v. Chr. durch Zerstörung gewaltsam unterbrochen. Die spätbronzezeitliche Stadt hatte wahrscheinlich keine Mauer und war nur schwach besiedelt. Die im 13.–12. Jh. einwandernden Israeliten fanden die älteren Zeugen der Vergangenheit in Trümmern vor; diesen Zustand und die Anwesenheit einer kanaanäischen Sippe namens Rahab begründen die aitiolog. Sagen Jos. 2/6. I. gehörte nach der theoretischen Stammesgeographie von Jos. 18,12 zu Benjamin; es scheint lange Zeit als verwunschene Stätte gegolten zu haben und bei geringer Besiedelung im 10. Jh. (2. Sam. 10,5) erst z. Z. Ahabs von Israel Mitte des 9. Jh. v. Chr. stärker bebaut worden zu sein (1. Kön. 16,34). Unter König Josia von Juda (639/38–609) fiel I. mit dem Gau Benjamin an Juda (2. Kön. 25,5 ff.; Neh. 3,2). In röm. Zeit erlebte I. eine 2. Blüteperiode: Gabinius machte es 57 v. Chr. vorübergehend zum Vorort eines selbständigen Bezirks (Ios. ant. Iud. 14,5, 4); Herodes d. Gr. erhob es zur Winterresidenz und errichtete prachtvolle Bauten am Ort (Ios. ant. Iud. 17,6,3/5. 8,2); vgl. auch Matth. 20,29 und Luk. 19,1 ff. Im jüd. Krieg wurde I. 68 n. Chr. von den Römern kampflos genommen (Ios. bell. Iud. 4,8,1/2). Die byz. Stadt (Eus. Onom. 104,25–31), Sitz eines Bischofs und mit zahlreichen Kirchen und Profanbauten auf der Mosaikkarte von → Medaba dargestellt, verfiel nach der arab. Eroberung (7. Jh.). I. versank, von einem vorübergehenden Aufschwung in der Kreuzfahrerzeit abgesehen, bis zum 19. Jh. in Bedeutungslosigkeit. – Ausgrabungen: E. Sellin und C. Watzinger 1907 bis 1909. J. Garstang 1929–1936. K. Kenyon 1952–1958. H. Do.

E. Sellin–C. Watzinger, I., WVDOG 22, 1913. *J. Garstang* The Story of I. (1938), 1948². *J.L. Kelso–D.C. Baramki* Excavations at New Testament I., AASO 29–30, 1955. *J.B. Pritchard* The Excavation at Herodian I., AASO 32–33, 1958. *K. Kenyon* Digging up I., 1957.

Jerusalem s. Hierosolyma

Jesus. I. Quellen. II. Analyse. III. Leben und Werk. IV. Aktuelle Probleme.

I. Die Quellen sind alle indirekt; J. hat nichts Schriftliches oder Nachschriftliches hinterlassen. 1. Nichtchr.: a) Griech.-lat. Autoren, soweit vom NT. unabhängig, erwähnen J. selten und knapp ([2],11–21). Ios. ant. 20,200: Das Synhedrium in Jerusalem läßt 62 n. Chr. bei einem Statthalterinterregnum Jakobus τὸν ἀδελφὸν Ἰησοῦ τοῦ λεγομένου Χριστοῦ hinrichten. Ant. 18,63 f. (»Testimonium Flavianum«) ist entweder stark itp. oder gefälscht (der Stil spricht für, der Aufbau gegen alten Kern). Die J. erwähnenden Überschüsse im altruss. bell. sind unecht. Tac. ann. 15, 44: Nero macht nach dem Brand Roms 64 zu Sündenböcken *quos per flagitia invisos vulgus Christianos appellabat. auctor nominis eius Christus Tiberio imperitante per procuratorem Pontium Pilatum supplicio adfectus erat; repressaque in praesens* (»fürs erste«, kaum »bis kurz vor 64«) *exitiabilis superstitio rursum erumpebat, non modo per Iudaeam, originem eius mali, sed per urbem etiam, quo cuncta undique atrocia aut pudenda confluunt celebranturque*. Plin. epist. 10,96,7: Bithynische Christen verteidigen sich damit, sie täten nichts als *stato die ante lucem convenire carmenque Christo quasi deo dicere secum invicem*. Suet. Claud. 25,4: Der Satz, daß Claudius *Iudaeos impulsore Chresto assidue tumultuantes Roma expulit* (vgl. Apg. 18,2, wohl 49), gilt oft als Reflex von Streit über J. (den Suet. sich in Rom denkt). Das Thallus-Zitat des Iul. Sext. African. bei Synk. p. 609, 21 B. (FGrH 2 Nr. 256) ist unauswertbar. b) Schwer datierbar ist Mara bar Sarapion (sonst unbekannter syr. Stoiker), Brief an seinen Sohn (bald nach 73? 2. oder 3. Jh.?): »Oder (was hatten) die Juden von der Hinrichtung des weisen Königs, da ihnen von jener Zeit an das Reich weggenommen war? ... Der weise König (ist aber nicht tot): wegen der neuen Gesetze, die er gegeben hat« ([2], 9). c) Die rabbin. Nachrichten sind meist polemisch (J. unehelicher Sohn des röm. Soldaten Panthera) und undeutlich ([2],44–57). 2. Chr.: a) Lit. zuerst bezeugt ist das in den echten Paulusbriefen (50/60 n. Chr.) zitierte Traditionsgut: der Abendmahlsber. (1. Kor. 11,23–25), einige J.-worte, kerygmatische Formeln (Röm. 1,3 f. 1. Kor. 15,3 ff. u. a.). b) Sonst geben die Paulusbriefe nur wenig her, ebenso c) die übrige nt. Lit. außer d) den 4 Evangelien (70/100 n. Chr.). e) Spätestens seit dem 2. Jh. gibt es eine sich ausdehnende J.-lit. ([3.4.5]) unterschiedlicher Form und Qualität. Sie wirkt u. a. stark im Islam nach (viele → Agrapha).

II. Analyse. 1. Die griech.-lat. Zeugnisse betreffen das Christentum, J. selbst nur als dessen *auctor*, der für die Lat. denn auch nur Christus heißt. Die Angaben über ihn dürften chr. Aussagen reflektieren. Die rabbin. und außerkanon. chr. Tradition, soweit nicht auf kanonischer fußend, ist fast ganz legendär (s.u. IV 1 b). Hist. ergiebig ist nur das NT., vor allem 2. die Ev. Sie sind eine lit. Gattung sui generis, die den Gemeinden der Zeit Leben und Werk J. im Licht at. Verheißungen und des Glaubens an seine Auferweckung und Wiederkehr deutet, also nicht Gesch.-schreibung, sondern Theologie aus Geschichte. Stofflich sind sie weithin Kompilation aus geprägtem Material, das eine komplizierte Entwicklung hinter sich hat. Die hist. J.-forschung setzt darum Scheidung von Redaktion und Tradition in den Ev. und Analyse der Tradition voraus. a) Grundlage ist die Bestimmung des Verhältnisses der in Aufbau und Wortlaut weithin parallelen »Synoptiker« Mt., Mk., Lk. zueinander (»synopt. Problem«) und zu Joh., der ihnen in der »Passionsgesch.« parallel läuft, sonst aber abweichend aus langen Reden und Disputen J. besteht, die sich öfter an eine Gesch. (Wunder) anspinnen. Heute meist: Mk., das kürzeste Ev., ist auch das älteste; es diente den beiden anderen Synopt. als Quelle. Mt. und Lk. sind voneinander unabhängig; wo sie beide oder allein mit Mk. konform gehen, benutzen sie Mk.; wo sie ohne Mk. konform gehen und z.T. darüber hinaus, folgen sie einer verlorenen »Logien«-quelle (»Q«; »Zweiquellentheorie«) oder, nach anderer Ansicht, mündlicher Tradition; dazu verarbeiten beide mündliches Sondergut. Joh. ist von den Synopt. unabhängig; ob und wieweit er schriftliche Quellen benutzte, ist umstritten (am stärksten erwogen wird eine »Semeiaquelle«). b) Hinter den vorhandenen und erschlossenen Ev.-quellen lassen sich noch Überlieferungskomplexe zeigen, aber keine Quellen mehr. Bei weiterer Analyse lösen sich vielmehr alle geogr.-chronol. Zusammenhänge (»Rahmen«) auf; die J.-reden erweisen sich als Kompilation. Der Stoff zerfällt in selbständige, meist undatierte, unlokalisierte und koloritarme kleine Einheiten: Worte, d.h. Gleichnisse und meist kurze »Logien«, oft von geprägter Form (Parallelismus membrorum, Rhythmus, Paronomasie usw.), und Gesch.en. Alle entstammen mündlicher Tradition. c) Sie lassen sich analog zu Volksüberlieferung formal gruppieren; die Formtypen bzw. -elemente ordnen sich z.T. direkt einem »Sitz im Leben« der Urkirche zu, in dem der Stoff geprägt und gebraucht wurde (Predigt, Liturgie, Prophetie, Unterricht, Kontroversen u.a.); ganz allg. läßt sich die J.-tradition als lebendiges Gebrauchsgut der urchr. Bewegung verständlich machen (»formgesch. Methode«). d) Sie ist also zunächst Quelle für den urchr. J.-glauben und seine Gesch. Quelle für den hist. J. wird sie erst durch Scheidung von Ursprünglichem und Zugewachsenem und (nicht mehr subtraktiv zu leistende) Reduktion des Ursprünglichen, das auch schon vom Glauben ausgesucht und durchdrungen ist, auf das Echte bzw. Geschehene. Dabei erweisen sich der »Rahmen« als nachträgliche Rekonstruktion, die joh. J.-reden als bis auf Kerne

unecht. Von den selbständigen Einzeltraditionen lassen sich dagegen sehr viele, obwohl nur griech. durch hellenist. Gemeinden überliefert, auf aram. sprechende Gemeinden (Jerusalem) und bis in früheste Zeit zurückführen. Erst dann kann der Echtheitsbeweis einsetzen. Formalkriterien gibt es einige für J.-worte (Amen als Einleitung, Gottesanrede Abba); trotzdem ist meist nur Sach-, nicht Formalauthentizität beweisbar. Materialkriterium ist, daß echt bzw. geschehen nur sein kann, was nicht Glaubenspostulat ist. Das ist zu ermitteln im Vergleich mit Judentum und Urchristentum. Dazu ist freilich der Anteil J. am Urchristentum zu bestimmen (s.u. IV 2), damit nicht ein minimalistisches bloßes Differentialbild entsteht. Es besteht also ein Zirkel zwischen der J.-forschung und der Erforschung des Urchristentums (ein traditionsgebundeneres Bild der urchr. Gesch., nicht etwa die Ablehnung der hist.-krit. Methode, begründet h. die Differenzen zwischen »konservativer« und »kritischer« J.-forschung). Daß vieles strittig ist und bleibt, ist nach alledem kein Wunder. Doch wird allgemein zugestanden, daß sich Ereignisse aus dem Leben J. am besten in der Passionsgesch., seine Lehre am besten in den Gleichnissen greifen lassen. e) Es läßt sich also keine Biographie J. schreiben. Über Jugend und Entwicklung bis zum öffentlichen Wirken ist fast nichts überliefert. Während des Wirkens sind Persönlichkeit und inneres Leben kaum faßbar, sondern nur die vita activa, freilich nicht im Zusammenhang. Erheben lassen sich die Typik seines Vorgehens, in den letzten Tagen auch ein gewisser Ablauf, und Grundzüge seiner Lehre.

III. Leben und Werk. 1. J. stammt aus galiläischer, sicher rein jüd. Familie; nach Röm. 1,3 (vorpaulinisch) u.a. galt sie als davidisch. Der Name (*Jēšûʿ* < *J^{e}hôšûaʿ* »Jahve hilf[t]«, griech. Ἰησοῦς wie schon in LXX) ist bis zum Anf. des 2.Jh. n.Chr. häufig. Der nur selten genannte Vater Joseph mag früh gestorben sein, die Mutter Marjam und Brüder (4 Namen Mk. 6,3 neben unbenannten Schwestern) gehören später zur Kirche (Apg. 1,14); Jakobus führt nach Petrus die Jerusalemer Gemeinde (s.o. I 1 a), Nachkommen des Judas leben noch unter Traian (Hegesipp. bei Eus. hist. eccl. 3,19f. 3,32,6). Unbekannt sind J. Geburtsjahr (noch unter Herodes d.Gr., † 4 v.Chr.?) und -ort (ein hist. Kern der Bethlehemlegenden Mt. 2 und Lk. 2 ist sehr zweifelhaft). Aufgewachsen ist J. in Nazareth (Mk. 6,1 πατρίς). Er war nach Mk. 6,3 τέκτων wie nach Mt. 13,55 sein Vater.

2. Hintergrund und Umwelt J. ist das palästin. Judentum, speziell das der galiläischen Provinz (mit Peraia 4 v.–39 n.Chr. unter Herodes Antipas); außerjüd. Kontakte fehlen. J. sprach Aramäisch; Hebräischkenntnisse sind wahrscheinlich. Fromme Erziehung, vielleicht pharisäischer Prägung, wird man voraussetzen dürfen (Bibelkenntnis, Gesetzesgehorsam, Gebetsernst, Messiashoff-

nung). J. besaß theol. Bildung, aber wohl ohne studiert zu haben. Von den direkten Voraussetzungen seines Wirkens kennen wir eine: er ließ sich von Johannes dem Täufer taufen, der am unteren Jordan »in der Wüste« als asket. eschatologischer Bußprediger wirkte, und gehörte wahrscheinlich zu dessen Bewegung. Die J.-überlieferung setzt aber erst ein, als er schon, offenbar als reifer Mann (vgl. Lk. 3,23), örtlich und sachlich von Johannes geschieden, aber gegen Mk. 1,14 wohl nicht erst nach dessen Verhaftung, mit einer eigenen Botschaft als Wanderprediger in Galiläa wirkt. Wie es dazu kam, ist unbekannt (die Überlieferung interpretiert die Taufe als Berufung).

3. Der geogr.-chronol. Rahmen dieser geschichtswirksam gewordenen Periode ist nur grob bestimmbar. Die Synoptiker beschreiben sie als längere *actio* in Galiläa, der ein Zug zur kurzen *passio* in Jerusalem folgt, alles wohl innerhalb eines Jahres zu denken. Joh. läßt J. außer auf 3 Reisen nach Galiläa vor allem in Judäa wirken, meist an Wallfahrtsfesten in Jerusalem, offenbar über mehr als 2 J. hin. Hist. wird man sagen können, daß J. öffentliche Wirksamkeit unbeschadet möglicher Jerusalemreisen auf Galiläa, und zwar die jüd. besiedelten Teile, konzentriert war, höchstens einige J., eher kürzer, dauerte und in Jerusalem endete. Wanderrouten sind kaum noch festzustellen, wohl aber örtliche Schwerpunkte, bes. um → Kapernaum am NW.-Ufer des Sees Genezareth. Der absoluten Chronol. gibt Pontius Pilatus' Amtszeit (26–36/37 *praefectus Iudaeae* in Caesarea) den Rahmen, Johannes d.T.s Auftreten (Lk. 3,1f.: 27/28?) den term. post, Paulus' Bekehrung (Gal. 1,18. 2,1: spätestens 35, eher früher) den term. ante. Halbwegs zu bestimmen ist sonst nur J. Todestag, zwar nach den Synoptikern der 1. Passatag, 15. Nisan (März/April), nach Joh. dagegen der 14., aber jedenfalls ein Freitag. Das ist astr. nur 27, 30, 31 (schwach), 33, 34 möglich; davon sind 27 und 34 ziemlich ausgeschlossen. Erwogen werden 33 (dann 3. April = 14. Nisan), was aber wegen der Pauluschronol. schwierig ist, meist 30 (dann 7. April, astr. wahrscheinlich = 14. Nisan).

4. Die typ. Züge der Tätigkeit J. sind gut zu erkennen: öffentliche Predigt (u.a. als Synagogenpredigt am Sabbat), Disputationen (aus denen viele Gleichnisse erwachsen sind), Lehre; bewußter Verkehr (u.a. Mahlzeiten) mit Verfemten; Heilungen, Exorzismen; Spuren eines intensiven Gebetslebens und von Ekstatik (Lk. 10,18), keine Askese (Mt. 11,19). Gelebt wird J. von Spenden haben, jedenfalls in Armut. Er dürfte von Anf. an von einem engeren Anhängerkreis mit Petrus als Sprecher umgeben gewesen sein. Insgesamt ist J. dem religionsgesch. Phänotyp nach eine jüd. bestimmte Charismatikergestalt, die Züge des Propheten und des Rabbi vereint, aber letztlich völlig eigenständig ist.

5. Zur Lehre. a) Zur Methode: Viele Äußerungen J. sind Bilder und Gleichnisse, die er aus dem AT., der Folklore und frischer Alltagsbeobachtung schöpft; man kommt ihm deshalb kaum begriffsstatist. und -analyt. nahe (Gnade, Buße, Rechtfertigung, Glaube, Liebe u.a. fehlen fast oder ganz, z.T. auch die Verben). Er ist freilich überhaupt nicht nur aus seinen Worten zu begreifen, weil er seine ganze Existenz als Modus seines Wirkens versteht, neben der Predigt verdichtet in Zeichenhandlungen, zu denen außer der Tischgemeinschaft etwa auch die Heilungen gehören. b) J. lebt und predigt ein radikal theonomes Welt- und Existenzverständnis, ausgelegt mit dem Material at.-jüd. Geschichtstheologie und Eschatologie, zutreffend summiert Mk. 1,15 als *πεπλήρωται ὁ καιρὸς καὶ ἤγγικεν ἡ βασιλεία τοῦ θεοῦ· μετανοεῖτε καὶ πιστεύετε ἐν τῷ εὐαγγελίῳ*, wobei *β. τ. ϑ.* etwa »Gott als Herrscher« oder »Gott selbst« bedeutet. *α*) Der Gott J. (den er meist umschreibend nennt) ist der des AT.; die gesch. Erwählung Israels ist seine spezielle Offenbarung, das Gesetz als deren bleibender Ausdruck ist gültig. Die Gottesbeziehung ist Grund der menschlichen Existenz; sie ist ganz als Gehorsamsverhältnis gedacht, dessen Wirkfeld die geschaffene gesch. Welt ist. Allerdings ist von den beiden Hauptzügen Jahves, schöpferischer Souveränität und erwählender Liebe, der zweite für J. der umfassende (der liebende Vater Lk. 15,11–32 u.ö.). So sind auch Erwählung und Gesetz vor allem Ausdruck von Gottes Liebeswillen (Mk. 2,27f.), Gottes- und Nächstenliebe Hauptmerkmale der Existenz im Gehorsam (12,28–34). *β*) Es geht J. nun aber nicht um eine neue Gottes*vorstellung*, sondern um die Nähe *Gottes selbst*, die die reale und bleibende Ermöglichung der schöpfungsgemäßen Existenz bedeutet. Daß die Nähe Gottes nicht als Unmittelbarkeit der Seele zu ihm, sondern endzeitlich-gesch. gedeutet werden muß, ist die Grundlage des mod. J.-verständnisses. Die Art der Eschatologie J. ist h. freilich eins der umstrittensten Probleme der Forschung (s.u. IV 1 d), wie auch die zeitgenössische Eschatologie, die, grob gesagt, die Welt in Naturkatastrophen und Gericht enden sieht, wonach Gott in einer erneuerten Welt von allen anerkannt sichtbar herrschen wird, immer noch nicht differenziert genug erforscht ist. Sicher ist, daß J. nicht einfach als gekommen verkündigte, was Zeitgenossen noch fern glaubten. Er betonte offenbar die Andersartigkeit der neuen Welt (Mk. 12,25), die er nie ausmalt, ebensowenig wie Untergang und Gericht (obwohl er drastisch vor ihnen warnt), und die Unberechenbarkeit ihres Kommens trotz ihrer Nähe (Lk. 17,20–24). Das hängt damit zusammen, daß das Eschaton für ihn souveräne reine Gottestat und seinem Wesen nach Heil ist. Wie immer aber J. eschatolog. Erwartungen aussahen, entscheidend ist, daß er sein Wirken als deren vorgreifende Verwirklichung verstand.

c) Die vorgreifende gesch. Darstellung der eschatolog. Gottesherrschaft in seinem Auftreten ist der Schlüssel zum Verständnis J. Hier ist auch sein Selbstverständnis begründet. Die kontroverse Frage, wieweit er sich selbst zur Person geäußert hat, ist demgegenüber sekundär (s.u. IV 1d). d) Konkret stellt J. die Nähe des liebenden Gottes vornehmlich als Zuwendung zu den »Sündern« dar. Er widersetzt sich damit den die Zeit beherrschenden Versuchen, das Gottesvolk revolutionär als polit. Größe zu restaurieren (Zeloten) oder es exklusiv bzw. stellvertretend als Sammlung der Gesetzestreuen (Pharisäer, Essener) rein darzustellen. J. verwirft die mündliche Auslegungstradition zum Gesetz als Perversion des urspr. Gotteswillens, durchgefochten etwa in den Sabbatkonflikten (Mk. 2,23 ff.). Das Gesetz selbst verschärft er souverän (»Ich aber sage euch«) bis zum »Liebet eure Feinde« (Mt. 5,21 ff.). J. respektiert sittliche Anstrengung und bagatellisiert Sünde nicht (sie ist auch nicht etwa Zeichen der Freiheit, sondern der Knechtschaft). Nicht der Sünder ist als solcher Gott nahe (wenn auch, falls er sich erkennt, für Gott offen), sondern Gott ihm. Angesichts dessen gelten aber weder Gerechtigkeit noch Sünde, sondern allein die Entscheidung für Gott. Wer sie vollzieht, reiht sich ein in ein neues Gottesvolk als Vor-Bild der erneuerten Menschheit. Erwählung Israels und Gesetz sind damit an ihrem gesch. Ziel; das Gesetz wird erfüllt, der Partikularismus eines aus den übrigen Völkern ausgewählten Gottesvolkes aufgehoben (im Doppelsinn), beides darum auch nicht in ein neues Gesetz oder eine Kirche (keine Taufe, trotz Joh. 3,22; 4,1 f.) hinein verlängert. e) Auf diesem Grund ruft J. zur Umkehr und zum Leben in sorglosem Vertrauen auf Gottes Fürsorge (Mt. 6,25 ff.) und in der Liebe (Lk. 10,25–37). Diese neue Existenz, wie die alte ein Gehorsamsverhältnis, braucht eine neue Welt, um sich zu verwirklichen. Die sieht J. durch Zuspruch der Vergebung, Gründung neuer Gemeinschaft, Heilung von Krankheit und Austreibung von Dämonen vorgreifend verwirklicht. Dadurch und nur dadurch ist die neue Existenz real möglich (und die Antinomie von Religion und Profanität aufgehoben). Wenn J. trotz offener Sympathie für die Unterdrückten und Protest gegen die Besitzenden und Herrschenden keine Änderung der sozialen und politischen Verhältnisse anstrebt, so nicht aus Indifferenz gegenüber dem Profanen oder weil er Änderung erst im Jenseits erhofft, sondern im Gegenteil, weil für ihn im Vorgriff Gottes neue Welt schon wirklich ist.

6. J. hat eine Bewegung zwar nicht organisiert, aber entfacht. Auf der anderen Seite wurde er stark abgelehnt. Die Ev.überlieferung zeigt die steigende Tendenz, die Pharisäer und mit ihnen zusammen das Rabbinat (vgl. Mt. mit Mk.!) geschlossen als *die* unversöhnlichen, von Anf. an auf J. Tod bedachten Gegner auftreten zu lassen, und darin

als pars pro toto des offiziellen Judentums. Das reflektiert die Kluft zwischen der Kirche und dem Judentum nach 70, in dem pharisäische Theologie und Ethik führend geworden waren. Z.Z. Jesu waren die Pharisäer eine Gruppe unter mehreren, ihr polit. Einfluß gering und lange nicht alle Rabbinen Pharisäer. J. hatte sachliche (Auferstehungshoffnung, Mk. 12,25–27) und nach Lk. auch persönliche (13,31 u.ö.) Kontakte zu ihnen (wie sehr, ist noch nicht genug geklärt). Doch mußte sein Auftreten neben anderen wie den Sadduzäern, mit denen ihn formal der Bezug auf die Schrift allein verband, gerade sie herausfordern. Daß sie ihn ans Kreuz brachten, ist damit nicht gesagt; sie kommen in der älteren Passionsüberlieferung auch gar nicht vor.

7. Zu konkreten amtlichen Maßnahmen gegen J. scheint es in Galiläa noch nicht gekommen zu sein. Dazu kommt es dagegen auf einer Reise in Jerusalem. Ihr Rahmen ist eine Passawallfahrt (religiös geboten), ihr Grund wohl der Versuch, das Gottesvolk als ganzes in der heiligen Stadt (in der J. wohl schon vor der »Kar«woche ankam) vor eine letzte Entscheidung zu stellen. Vor der Reise muß eine innere Wende stehen, die aber nicht mehr hist. zu lokalisieren (etwa mit Mk. 8, 27 ff. in Petrus' Messiasbekenntnis bei Caesarea Philippi) oder psycholog. zu analysieren (etwa als Sublimierung eines Mißerfolgs) ist. Wenn die Überlieferung die Reise als bewußten und geplanten Zug zu Kreuz und Auferstehung zeichnet, so präzisiert und verengt sie ex eventu. J. dürfte erwartet haben, daß sich Gott durch die Äonenwende zu ihm bekennen werde. Mit seinem möglichen Tod muß er gerechnet haben, damit auch mit dessen Sühnwirkung (Mk. 14,22 ff. par.), ohne daß damit schon die umstrittene Frage beantwortet ist, ob er sein Sterben als Ziel und Erfüllung seines Wirkens ansah. De facto dürften die unmittelbaren Gründe für seine Beseitigung sich erst in Jerusalem ergeben haben. Am Prozeß J. ist wegen der Quellen und der nur mangelhaft bekannten Rechtsverhältnisse auf jüd. wie auf röm. Seite (Schlüsselproblem: Kapitalgerichtsbarkeit des Synhedriums) vieles dunkel. Sicher ist, daß Furcht vor politischen Folgen des Auftretens J. und seiner Anhänger, reflektiert z.B. Mk. 11,1 ff. (Einzug, Tempelreinigung), der unmittelbare Anlaß waren; daß eine jüd. Behörde J. und nur ihn in der »Gründonnerstag«nacht nach einem Abschiedsmahl im engsten Kreis festnahm (→ Gethsemane); daß Pilatus (an Festen mit Sicherungstruppen in Jerusalem) ihn auf Anklage jüd. Würdenträger unter Akklamation des Volkes in cognitio extra ordinem als polit. Rebellen (Mk. 15,26) zu Kreuzigung verurteilte. Sehr umstritten ist vor allem, wie warum welche jüd. Behörde dazwischen tätig wurde, speziell, ob ein Prozeß stattfand, und wenn ja, ob formgerecht und als Religionsprozeß (z.B. WINTER: kein Todesurteil durch das Synhedrium, das

wohl das Recht, aber keinen Anlaß dazu hatte, sondern nur Verhör durch einen Beauftragten, womöglich auf röm. Veranlassung; polit. Anklage vor Pilatus. Blinzler: formgerechtes Todesurteil [Steinigung!] durch das Synhedrium, formal wegen des als Blasphemie ausgelegten Wortes Mk. 14,62; neue, polit. Anklage vor Pilatus, weil das Synhedrium zwar verurteilen, aber nicht vollstrecken durfte). Pilatus' Urteil wurde jedenfalls sofort n. vor Jerusalem vollstreckt und J. in der Nähe begraben (→ Golgotha). Fraglos hist. ist, daß schnell danach eine Reihe von J.-visionen einsetzte (1. Kor. 15,3ff.), aus denen sich J. Auferweckung (nicht Wiederbelebung, sondern Erhöhung zum ersten Glied der neuen Gotteswelt, die damit angefangen hat) als Erkenntnis unmittelbar aufdrängte (die Auferweckung – so, weil nicht als Selbsttätigkeit verstanden – erlebt zu haben, behauptet im NT. niemand). Sie gehören insofern noch zu J. Leben und Werk, als er nur durch sie geschichtswirksam geworden ist (s. u. IV 2).

IV. Aktuelle Probleme. 1. Hist. a) Notwendig ist genauere Differenzierung der Umwelt J. Einen neuen Sektor der jüd. Religionsgesch. öffnen seit 1947 die Hss. von → Qumran (→ Essener); zum unmittelbaren Verständnis J. scheinen sie vor allem e contrario beizutragen. Wieder in Gang gekommen ist die Erforschung der Apokalyptik; heurist. fruchtbar, wenn auch bisher nur Arbeitshypothese, ist die neueste Deutung, nach der die A. nicht allg. die Eschatologie des ant. (auch des pharisäischen) Judentums, sondern eine eigene theolog. Richtung ist. Dringend zu prüfen ist die communis opinio, daß das palästin. Judentum der Zeit J. als gradlinige Entwicklung aus dem at.en eine Reservation im Bereich des Hellenismus war und Hellenisierung sich auf die Oberschicht beschränkte. b) Neue J.-überlieferung enthalten die 1945 gefundenen chr.-gnost. Texte von Nag Hammadi (→ Gnosis). Sie ist weithin apokryph (s. o. II 1), doch wird erwogen, daß die z. T. bisher unbekannten Logien des Thomasev. teilweise auf vom NT. unabhängige alte mündliche Tradition zurückgehen. c) Von den Problemen des Lebens J. stehen die des Endes im Vordergrund (Passacharakter des letzten Mahles, Prozeß, hist. Voraussetzungen der Auferweckungsvisionen). Die Geschichtlichkeit J. wird h. kaum diskutiert; wo sie bestritten wird, da meist mit traditionellen Argumenten (oft in der Nachfolge B. Bauers) ohne Fühlung mit der mod. Forschung. d) Aus der Verkündigung ist bes. seine Eschatologie umstritten. Grundfragen sind, ob J. die *βασιλεία* primär überzeitlich als Unmittelbarkeit der Nähe Gottes oder zeitlich als Wende des Geschichtsablaufs durch Gottes Kommen dachte (religionsgesch. ausgedrückt, ob er gegen die Apokalyptik oder aus ihr zu verstehen ist), und wenn als letzteres, ob die *β.* gegenwärtig oder zukünftig oder beides ist (in den 2 letzten Fällen muß weiter gefragt werden, wie J. den Zeitraum zwischen sich und dem E. dachte). Daß die nichtapokalypt. Deutung J. aus Judentum wie Urchristentum heraushebt und ihn der h. Existentialtheologie nähert, macht sie ebenso bestechend wie hist. verdächtig. Mit der Eschatologie J. hängt sein Selbstverständnis eng zusammen. Man versucht es method. meist über die Frage zu erfassen, welche der im Judentum vorgegebenen oder im Urchristentum gebrauchten Hoheitstitel und -vorstellungen J. auf sich anwandte; das ist nur bei der Menschensohn- und der Knechtsvorstellung, allenfalls noch bei der vom messianischen Propheten, aussichtsreich, auf die sich denn auch das Interesse konzentriert (»Sohn Gottes« ist im palästin. Bereich kaum denkbar, »Messias/Christus« Ausdruck vor allem der polit. Erwartung, die J. ablehnte). Wo damit gerechnet wird, daß J. vom Menschensohn sprach, da meist so, daß er ihn als zukünftigen (vgl. Dan. 7,13f.) ankündigte und sich selbst meinte, ohne das auszusprechen (manche folgern daraus, erst die Urgemeinde habe ihn als M. identifiziert). Verbreitet ist die Annahme, daß er das Bild des M. um Züge des leidenden Knechts von Jes. 53 erweiterte (doch sind solche Züge in den Ev. selten, und das einzige M.-wort, das deutlich auf Jes. 53 anspielt, Mk. 10, 45, ist zumindest in dieser Form sekundär). Oft versteht man aber alle Titel durchweg als Gemeindebildung und rechnet damit, daß J. sich selbst nicht zum Inhalt seiner Verkündigung machte, wodurch der Zugang zu seinem Selbst*bewußtsein* weitgehend versperrt ist. Doch wird zunehmend erkannt, daß J. in einer Weise spricht und handelt, die auf Absolutheitsaussagen über ihn drängt, d. h. »eine Christologie impliziert«, auch wenn erst die Urkirche sie artikuliert haben sollte. e) Eine ausführliche Gesamtdarstellung J. fehlt seit langem ebenso wie eine neue Gesch. des Urchristentums, ohne die sie nicht geschrieben werden kann.

2. Das »Problem des hist. J.« ist nicht die Summe der unter 1 zu stellenden Fragen, sondern hist. das Problem der Kontinuität zwischen J. und der Kirche, theol. das der Bedeutung des hist., d. h. allein mit den Mitteln profaner Geschichtsforschung zugänglich gemachten J. für den Glauben. Nur die hist. Seite gehört in dieses Lexikon. Geht man, wie method. durch die Quellen geboten, von der Untersuchung des ältesten Christentums aus, dann ergibt sich, daß es theolog., institutionell und auch personell weithin und zunehmend etwas anderes ist als das, was J. lebte und predigte (die theolog. Differenz wird oft dahin zusammengefaßt, daß der Verkündiger zum Verkündigten wurde). Und zwar nicht erst seit Paulus, wie die ältere, am Modell einer durch Einzelpersönlichkeiten bewegten Gesch. orientierte Forschung meist annahm, sondern schon seit den vor Paulus faßbaren Entwicklungsrichtungen (hellenist. Heiden-, hellenist. Judenchristentum, palästin. Urgemeinde). Die Ursache des Vorgangs liegt nicht

im Denken eines Menschen, sondern in den Ostervisionen. Die konservative Forschung begriff und begreift ihn als Entfaltung der Botschaft J. und der vorösterlichen Gemeinschaft mit ihm, zu der Ostern die Energie lieferte. Die Diskontinuität wird hier als Ausdruckswechsel gedeutet, und zwar als einer, der sich vornehmlich mit jüd. Material vollzieht. Das wird weder ihrer Tiefe noch ihrem religionsgesch. Charakter gerecht. Daher entstand, als die »religionsgesch. Schule« einerseits das Judentum J. und andererseits die starken Verbindungen des frühen Christentums zur hellenist. Umwelt sehen lehrte (und dabei erstmals ein vorpaulin. hellenist. Christentum als solches identifizierte), eine Gegenposition, die das werdende Christentum als Artikulation des Osterglaubens im Gewand hellenist. Religiosität interpretierte. Hier wird die Diskontinuität zum Wesensunterschied zweier Religionen. J. gehört nicht zum Christentum, sondern zu seinen jüd. Voraussetzungen. Weitere Untersuchung gerade der religionsgesch. Zusammenhänge zwingt freilich dazu, diese Sicht zu modifizieren. Einerseits zeigt sich, daß die hellenist. Komponente im Urchristentum weitgehend über das hellenist. Judentum einkam (als Vermittler erscheint ein schon vorpaulin. hellenist. Judenchristentum). Damit stellt sich die frühchr. Gesamtentwicklung wieder stärker als Einheit dar, die wenigstens zeitlich direkt an J. Wirken anschließt. Andererseits wird deutlicher, daß dieses Wirken keinesfalls in Judentum aufgeht. Das bedeutet, daß die Frage nach der hist. Kontinuität in der Diskontinuität zwischen J. und der Kirche sinnvoll neu gestellt werden kann und muß. Als übergreifende Konstante läßt sich der eschatolog. Horizont des Welt- und Existenzverständnisses bestimmen, als Variable die Veränderung dieses Horizonts, markiert durch den Glauben an J. Auferweckung u. das Weiterlaufen der Gesch. (»Parusieverzögerung«). Hist. Kontinuität ist nicht nur da gegeben, wo J. nachweisbar fortgeführt wird, sondern auch da, wo sich Strukturen und Ausdrucksformen des werdenden Christentums als bewahrende Umformung der Botschaft J. infolge veränderter Eschatologie deuten lassen. Das scheint in vielem zu gelingen. Chr. B.

A. Quellen: 1. *E. Nestle–K. Aland* Novum Testamentum Graece, [25]1963. 2. *J.B. Aufhauser* Ant. J.-Zeugnisse, KlT 126, [2]1925. 3. *A. Resch* Agrapha, TU NF. 15,3–4, [2]1906. 4. *E. Hennecke* Nt. Apokryphen[3] 1, 1959; 2, 1964. 5. *A. Guillaumont – H.-Ch. Puech – G. Quispel - W. Till-Yassah ʻAbd al Masīh* Ev. nach Thomas, 1959. Forschungsgesch.: *A. Schweitzer* Gesch. d. Leben-J.-Forschung, [2]1913 = [6]1951. *W. G. Kümmel* Das NT. Gesch. der Erforschung seiner Probleme, 1958. *J. M. Robinson* Kerygma und hist. J., 1960. Einführung: *R. Bultmann* J., 1925 = 1961. *G. Bornkamm* J. von Nazareth, 1956 = [7]1965. *W. Grundmann* Die Gesch. J. Christi, 1957 = [3]1960. *H. Conzelmann* J. Christus, RGG[3] 3, 1959, 619–653. *A. Vögtle – R. Schnakkenburg* J. Christus I. II, Lex. f. Theol. und Kirche[2] 5, 1960, 922–932. 932–940. *J. Jeremias* Die Gleichnisse J., [6]1962 = [7]1965 (gek. Siebenstern-Taschenb. 43, 1965 = [2]1966). Aufsatz-Bibliogr.: *B. M. Metzger* Index to Periodical Literature on Christ and the Gospels, New Test. Tools and Studies 7, 1966.

B. Bücher seit RGG[3] 3, 1959: Hintergrund: *G. Jeremias* Der Lehrer der Gerechtigkeit, Stud. zur Umwelt des NT. 2, 1963. *K. Schubert* hg. Vom Messias zum Christus, 1964. *J. Leipoldt - W. Grundmann* hg. Umwelt des Urchristentums 1, 1965. *R. Meyer* Tradition und Neuschöpfung im ant. Judentum. Mit einem Beitrag von *H.-F. Weiss* Der Pharisäismus im Lichte der Überlief. des NT., SB sächs. Ak. d. Wiss., Ph.-h. Kl. 110,2, 1965. *H. Braun* Qumran u. das NT., 2 Bde., 1966. Quellenanalyse: *K. L. Schmidt* Der Rahmen der Gesch. J., 1919 = 1964. *R. Bultmann* Die Gesch. der synopt. Tradition, FRLANT 29, [2]1931 = [6]1964; Glauben und Verstehen 3, 1960; 4, 1965. *M. Dibelius* Die Formgesch. des Evangeliums, [2]1933 = [5]1966. *W. G. Kümmel* Einl. in das NT., [12]1963 = [14]1965. *W. Schrage* Das Verh. des Thomas-Ev. zur synopt. Trad. und zu den kopt. Ev.-übersetzungen, Bh. zur ZNW 29, 1964. Prozeß: *J. Blinzler* Der Prozeß J., [3]1960. *P. Winter* On the Trial of Jesus, Studia Judaica 1, 1961. *A. N. Sherwin-White* Roman Society and Roman Law in the New Test., 1963. Verkündigung J.: *J. Weiß* Die Predigt J. vom Reiche Gottes, [2]1900 = [3]1964. *G. Dalman* Die Worte J. 1, [2]1930 = [3]1965. *K. Jaspers* Die Großen Philosophen 1, 1957, 186–228. *W. Zimmerli-J. Jeremias* The Servant of God, Studies in Biblical Theology 20, 1957 = [2]1965. *E. Bloch* Das Prinzip Hoffnung, 1959, 1482–1504. *E. Käsemann* Exeget. Versuche und Besinnungen 1, 1960 = [3]1964; 2, 1964. *J. Jeremias* Die Abendmahlsworte J., [3]1960 = [4]1967 (auch Chronol.!); Unbek. J.-worte, [3]1963 = [4]1965. *F. Hahn* Das Verständnis der Mission im NT., Wiss. Monogr. zum A. und NT. 13, 1963 = [2]1965. *N. Perrin* The Kingdom of God in the Teaching of J., 1963. *A. J. B. Higgins* J. and the Son of Man, 1964. *J. Jeremias* Abba, 1966. Urchr. Christologie: *H. Graß* Ostergeschehen und Osterberichte, 1956 = [3]1964. *M. D. Hooker* J. and the Servant, 1959. *H. E. Tödt* Der Menschensohn in der synopt. Überlieferung, 1959 = [2]1963. *E. Jüngel* Paulus und J., Hermeneut. Unters. zur Theol. 2, 1962 = [2]1964. *F. Hahn* Christologische Hoheitstitel, FRLANT 83, 1963 = [2]1964. *W. Kramer* Christus, Kyrios, Gottessohn, Abh. zur Theol. des A. und NT. 44, 1963. *E. Haenchen* Der Weg J., 1966. Problem des hist. J.: *E. Fuchs* Zur Frage nach dem hist. J., Ges. Aufsätze 2, 1960 = [2]1965. *G. Gloege* Aller Tage Tag, 1960. *H. Ristow – K. Matthiae* Der hist. J. und der kerygmatische Christus, 1960 = [3]1964. *E. Stauffer* J., Paulus und wir, 1961. *K. Schubert* hg. Der hist. J. und der Christus unseres Glaubens, 1962. *J. R. Geiselmann* J. der Christus 1, 1965.

Ietai (*'Ιεταί* Steph. Byz. aus → Philistos B. 6, doch *Iētas* Sil. 14,171; *Ietini* (doch *letini* die Hss.) Cic. Verr. 3,103, *Ietenses* Plin. nat. 3,92). Städtchen Siciliens im karthag. Machtbereich, wenn bei Plut. Tim. 30,6 *ἱεράς* richtig in *'Ιετάς* verbessert ist, und wahrscheinlich ident. mit → Iaitia. Kaum richtig bei Thuk. 7,2,3 die Herstellung von *'Ιετάς* aus dem *γέτας* oder *ἰγέτας* der Hss., weil das von Gylippos auf dem Vorbeimarsch von Himera nach Syrakus genommene τεῖχος τῶν Σικελῶν nicht jenseits von Palermo gelegen haben kann. Vgl. RE IX 960. K. Z.

Ietragoras (Ἰητραγόρας), aus Milet, nahm im J. 499 v. Chr. im Auftrag der aufständ. Ionier auf der Flotte vor Myus perserfreundliche Tyrannen gefangen (Hdt. 5,37). K. W.

Iezdegerd. 1. Iezdegerd I. (pehl. *Iazdkart* »gottgeschaffen«), pers. König aus dem Geschlechte der Sassaniden, regierte vom 14. August 399 bis Spätsommer 420 n. Chr. Seine Regierung bedeutete die vollständige Abkehr von der durch Sapor II. eingeschlagenen Politik der Gegnerschaft zum Römer- und Christentum. Er war der 1. Sassanide, der den pers. Christen eine Rechtsstellung einräumte, und wurde von Kaiser Arcadius 408 in seinem Testamente zum Vormunde seines Sohnes und Nachfolgers Theodosius II. eingesetzt. Im J. 410 nahm er es in die Hand, die 40 Bischöfe seines Reiches nach Seleukeia-Ktesiphon zu einer Synode zu berufen. Erst nach dem Tode des Katholikos Iahballaha (420) scheint I.s Vorliebe für das Christentum abgenommen zu haben, und zwar infolge von Eingriffen einzelner pers. Christen in geheiligte Einrichtungen der Feuerreligion. **2.** Iezdegerd II., pers. König, Sohn und Nachfolger Bahram V., regierte 438 bis 30. Juli 457. Rom gegenüber hielt er sich an den von seinem Vater 422 geschlossenen Vertrag; nur an die darin den pers. Christen zugestandene Gewährung der Glaubensfreiheit fühlte er sich wenig gebunden, da er im 8. J. seiner Regierung eine Christenverfolgung einleitete. Er betätigte seine christenfeindliche Gesinnung auch gegenüber Armenien; von den armen. Notabeln verlangte er Übertritt zur Feuerreligion. J. D.-G.

Igel (ἐχῖνος, χερσαῖος, *ericius, irenaceus*, oft *erinaceus* geschrieben, selten *echinus*). Bei Aristot. hist. an. nur gelegentlich wegen seiner Stacheln (490 b 29. 517 b 24; vgl. Emped. frg. 83 D⁶. Aristoph. pax 1086), der Lage der Hoden im Körper (509 b 9) und der Begattungsstellung (540 a 3) erwähnt. Sein Stachelfell, mit dem man Tuche aufbereitete (Plin. nat. 8,135), machte ihn zum Jagd- und Handelsobjekt (Nemes. venat. 48). Nach Plin. 30,65 wurde er auch gegessen, meist aber nur medizin. verwendet (gegen Blasenschwäche, Spasmen, Wahnsinn, Strangurie, Geschwüre, Narben usw., bes. Haarausfall; s. Plin. Index). In früher Zeit auf Bildern als Haustier dargestellt (vgl. Aristot. 612 b 6); wegen seiner Klugheit sprichwörtlich (Vorratssammler: Plin. 8,133. Plut. mor. 971. Wetterprophet: Aristot. 612 b 4. Plin. 18,361; Selbstverteidigung: Archil. 118. Vgl. Lycophr. 1093 und Tzetzes z. St.). Um sich Jägern zu entziehen, soll er selbst sein Fell mit seinem angeblich giftigen Urin zerstören, weil er (ähnlich wie der → Biber) den Zweck der Jagd kenne; deshalb tötete man ihn durch Erhängen (Plin. 8,134. 30,65. A.P. 45.169). Auf einer altkorinth. Vase (Abb. bei KELLER Ant. Tierwelt 2,279) erscheint er unter anderen ominösen Tieren bei der Ausfahrt des → Amphiaraos; literarisch ist dieser Zug nicht belegt.

Seeigel (ἐχῖνος, *echinus*). Von Aristot. hist. an. 528 a unter die Schalentiere gerechnet, 530 a 32 ff. in der Vielfalt der Abarten beschrieben (Kritik in einem Punkt bei Plin. 11,165). Die Alten hatten ein doppeltes Interesse an ihm: die Eierstöcke einer bestimmten Art galten als Speise, z. T. als Leckerbissen, und wurden von den Fischern auf den Markt gebracht (Plaut. Rud. 297. Hor. sat. 2,4,33. Sen. ep. 95,26). Lebend zerstoßen oder zu Asche verbrannt dienten sie als Heilmittel gegen Vergiftungen, Haarausfall, Nachtblattern, Blasensteine, Drüsen- und Hodenschwellungen und dgl. (Plin. 32,58.67.72.88.103.106.130). Über ihre Lebensweise war nur wenig bekannt; außer Aristot. a. O. vgl. 544 a; Plin. 9,164: Laichzeiten; Plin. 9,100: Fortbewegung; 9,147: Gefährdung durch Seenessel; 9,100: Selbstbeschwerung mit Steinen vor drohendem Sturm (dies eine Mißdeutung richtiger Beobachtungen, vgl. KELLER Ant. Tierwelt 2,574). W. R.

Igeler Säule. 23 m hoher Grabpfeiler aus Buntsandstein an der Römerstraße Trier–Arlon, 4 Leugen = 8 km von Trier entfernt. Die an der Frontseite befindliche Grabinschr. nennt 2 Brüder L. Secundinius Aventinus und Securus, die ihren Angehörigen und sich das Grabmal zu Lebzeiten setzten. Alle Flächen der I. S. sind mit urspr. bunt bemalten Reliefs geschmückt und geben Szenen aus der ant. Mythologie (Apotheose des Herakles, Heraklestaten, Perseus und Andromeda) und aus dem Alltagsleben der Grabinhaber, die Grundbesitzer und Tuchhändler waren (Pachtzahlung, Wagenausfahrten, Tuchtransport). Das Grabmal wird von einem Adler bekrönt, der den kleinen Ganymedes in den Olymp entführt. Unweit der I. S., die in die 1. Hälfte des 3. Jh. datiert wird, wurden die Grabinschr. CIL XIII 4205 und 4207 gefunden. H. C.

H. Dragendorff-E. Krüger Das Grabmal von Igel, Trier 1924.

Igilgili. Stadt an der Küste von Mauretania Caesariensis, zwischen Saldae und Chullu, h. Djidjelli (CIL VIII 8369. 10331). Pun. Zentrum, dann röm. Kolonie, vielleicht seit Augustus (Plin. nat. 5,21). L. TEUTSCH Das röm. Städtewesen von N.-Afrika. Tab. Peut. und Itin. Ant. 39.40 nennen sie *colonia* (Ptol. 4,2,11. Geogr. Rav. 154,3. 347,3). Bischöfe im J. 411 und 484. M. L.

S. Gsell, Atl. Arch. Alg. f. 7, Nr. 77.

Igilium (NISSEN It. Ldk. 1,368. CIL XI p. 416), kleine (Mela 2,7) Insel w. Cosa (Plin. nat. 3,81) in einer Entfernung von 90 stad. (It. mar. 514,2; reicht gerade von I. bis zum Festland, während es bis Cosa ca. doppelt so weit ist) mit bewaldeten (Rutil. 1,325) Höhen (498 m) und einem brauchbaren Hafen (Caes. civ. 1,34,3). Der Name ist dem der n. Elba gelegenen Insel Aigilion (Plin. a. O. Solin. 3,2) ähnlich; h. Giglio. G. R.

Ignominia s. Infamia

Ignoratio. Bedeutet wie *ignorantia* die Unkenntnis. Dabei unterscheiden die Römer die *i. facti* (Tatsachenirrtum), die entschuldigt, und die *i. iuris* (Rechts- oder Verbotsirrtum). Sie wird meist (Ausnahmen bei Soldaten, Frauen, Bauern, Minderjährigen) nicht als Entschuldigungsgrund anerkannt. Zu der mannigfaltigen Kasuistik über die i. vgl. Dig. 22,6. Cod. 1,18. D. M.

Iguvium (Nissen It. Ldk. 2,390. Rosenberg Staat der alten Italiker 118 ff. Bücheler Umbrica 1883. v. Planta Gramm. d. osk.-umbr. Dial. 1892/1897. v. Blumenthal Die iguvin. Tafeln 1931. Vetter HB Nr. 239. Poultney The bronze tablets of I. 1959. Radke, RE Suppl. IX 1807 ff. Devoto Tab. Iguvinae^3 1962. Pisani Le Lingue dell'Italia antica oltre il Latino ^{2}1964, 126 ff. Pfiffig Religio Iguvina 1964), umbr. Stadt an der Verbindungsstraße vom Scheggiapaß nach Perugia (Strab. 5, 227. Ptol. 3,1,53) in regnerischer Lage (Sil. 8,461); Verbannungsort des illyr. Königs Gentius im J. 169 (Liv. 45,43,9). Eigene Münzprägung vor 268 v. Chr. (Head HN^2 21 f.), längere Zeit *civitas foederata* (Cic. Balb. 47), dann *municipium* (Cic. Balb. 46 ff. Sisenna frg. 94 f. P.) der tribus Clustumina (CIL XI 5838. 5857. 5866 u.a.) in der 6. Region (Plin. nat. 3,113); spielt eine Rolle im Bürgerkrieg (Caes. civ. 1,12,1); h. Gubbio. – Dort wurden im J. 1444 7 Bronzetafeln mit Text in umbr. Sprache gefunden (Erstveröffentlichung durch Lanzi 1749). Bis auf T. III und IV sind sie beidseitig beschrieben, T. Iab. IIab. III. IV. Va. Vb Zeile 1–7 linksläufig in nationalumbr. Schrift, T. Vb Zeile 8–18. VIab. VIIab rechtsläufig in lat. Schrift. Die sprachlichen Unterschiede zwischen dem altumbr. und neuumbr. Text sind sehr gering; beide Fassungen gehen vielleicht auf eine ältere Vorlage zurück. Die Fassung in nationalumbr. Schrift gehört in die Z. zwischen 240 und 150 v. Chr., die in lat. Schrift in die Wende vom 2. zum 1. Jh. v. Chr. (aber nicht nach 89 v. Chr.; Devoto 53). Die kult. Akte der 1. Tafel werden auf T. VI und VII ausführlicher mit genauer Angabe der Gebete und des Rituals wiederholt. Inhalt: a) Zur Weihe der »Burg« Opfer vor und hinter den 3 Toren und in den Hainen. b) Lustration des Volkes. c) Opfer an verschiedenen Plätzen. d) Opfer an Spektor und andere Götter. e) Opfer für die gens Petronia. f) Dekurienopfer für Iuppiter. g) Opfer für Pomonus und Vesuna. h) Beschlüsse der fratres Atiedii. i) Verpflichtungen. k) Vogelschau. l) Templum. m) Pomerium. n) Vorbereitungen zum Opfer. o) Vorschriften für den *magister* (vgl. Radke 1808). Diese Texte bilden die Grundlage unserer Kenntnis der umbr. Sprache; hinsichtlich ihrer Übersetzung besteht bis auf wenige Stellen weitgehende Übereinstimmung. G. R.

Ikaria. 1. → Ikaros 1. **2.** Ikaria, Ikarion, großer att. Demos der Inlandtrittys der Aigeis, von 306–201 der Antigonis, dann wieder Aigeis und ab 200 v. Chr. Attalis, beim h. Diónyso am N.O.-Abhang des Pentelikon. Ausgrabung des Dionysosheiligtums mit Tempeln, Theater und Nebengebäuden AJA 5, 1889, 9 ff. 154 ff. 461 ff. Aus I. stammte → Thespis. Inschr. AJA 4, 1888, 421 ff. 5, 1889, 27 ff. 304 ff. IG I^2 186/87. II^2 1178 f. 3094 f. 3098 f. 4976. Steph. Byz. Harpokr. Hesych. Suda. Athen. 2,40 b. E. M.

1. *Milchhöfer*, PhW 7, 1887, 770 ff. 2. *Philipps.-Kirst.* 1, 793 f. 3. *D. M. Lewis* The deme Ikarion, ABSA 51, 1956, 172. 4. *H. Bulle*, ABAW 33, 1928, 4 ff. 5. *O. A. W. Dilke*, ABSA 43, 1948, 177. 45, 1950, 30 f.

Ikarion s. Ikarios

Ikarios (*Ἰκάριος*, auch *Ἴκαρος* und *Ἰκαρίων*). **1.** Eponym des att. Demos Ikaria, nahm Dionysos gastlich auf und wurde zum Dank von ihm mit Weinreben und der Kenntnis der Weinbereitung beschenkt, die er dann im Lande zu verbreiten suchte. Die berauschten Bauern hielten sich für vergiftet und erschlugen ihn. Seine Tochter → Erigone (Aletis) fand sein Grab unter einem Baume und erhängte sich. Zeus verstirnte I. als Bootes, Erigone als Jungfrau, den Hund als Prokyon. Zur Strafe verhängte Dionysos über die athen. Jungfrauen eine Epidemie des Erhängens. Als Sühne richtete man das Schaukelfest (→ Aiora) ein. So etwa Eratosth. in seiner *Ἠριγόνη*, deren Inhalt uns vorliegt bei Apollod. 3,191 ff. Hyg. fab. 130; astr. 2,4 f. Nonn. 47,34 ff. Eratosth. hat wohl die Verbindung der Erigone, die urspr. die Aigisthostochter war (Nr. 2), mit I. geschaffen, Deubner Att. Feste 119,2. 117 f. und 135 (über den Askoliasmos). Die Sage spiegelt den Widerstand gegen Dionysos wider; I. starb als »Märtyrer des neuen Dienstes« Wilam. GldH 2,65,75. **2.** Sohn des Perieres und der Perseustochter → Gorgophone, Bruder des → Aphareus, → Leukippos, → Tyndareos. Stesich. Apollod. 1,87. 3,117. 123 f. Andere Verwandtschaftsverhältnisse ebd. 126. Paus. 3,1,4 u. s. I. muß mit Tyndareos vor → Hippokoon aus Sparta fliehen. Er heiratet in Akarnanien Polykaste, die Tochter des Thestios, und wird Vater von 2 Söhnen und der → Penelope. Für deren Freier stellt er einen Wettkampf an, in dem Odysseus siegt. Er möchte Penelope mit Odysseus in Sparta zurückhalten, aber sie entscheidet sich wortlos, durch schamhafte Verhüllung, mit Odysseus nach Ithake zu gehen; I. stellt eine Statue der → Aidos auf, Paus. 3,20,10 f. H. v. G.

Ikarisches Meer. Teil des Ägäischen Meeres zwischen Ikaros, Samos und Kos oder zwischen Samos und Mykonos (Plin. nat. 4,51). Der Name *Ἰκάριος πόντος* bei Hom. Il. 2,145, *Icarius pontus* bei Sen. Herc. Oet. 694, Auson. ep. 19. *Icarium mare* bei Hor. c. 1,1,15. Ov. fast. 4,283. 565. Plin. nat. 4,68. 6,215; *Ἰκάριον πέλαγος* Hdt. 4,95 f. Strab. 2,124. Ptol. 5,2,1–6. 17,2. Diod. 4,77. Claudian. in Eutr. 2,264 u.a. Es dehnt sich längs der w. Küsten der kleinasiat. Landschaften Ionien, Karien und Doris aus. In ihm liegen die Inseln Ikaros,

Samos, Patmos, Leros, Kalymnos und Kos (Strab. 10,488), an ihm der Latmische Golf (jetzt zum größten Teil Festland), die Buchten von Iasos und Bargylia und der Keramische Golf mit Milet, Iasos, Bargylia und Halikarnassos. Für die Angabe Ptol. 5,2,7, die genannten Städte seien an einem sonst nicht bekannten Myrtoischen Meer gelegen, vgl. C. MÜLLER Ptol. Geogr. I,2, 812,9. 813,10 und RE IX 977. Zu den in den Sommermonaten stürmisch wehenden Etesien (vgl. die *Icarii fluctus* bei Hor. c. 2,1,15) und den Felsklippen (Theait. Anth. Pal. 7,499. Hor. c. 3,7,21). Der Name wohl richtig von Strab. und Plin. von der Insel Ikaros abgeleitet. A. M. M.

Ikaros (*Ἴκαρος*). **1.** Daidalos' Sohn, der auf dem Rückfluge von Kreta in das nach ihm benannte Ikar. Meer bzw. auf die Insel Ikaros abstürzte (Ortsaition). Von Haus aus ist I. wohl identisch mit Ikarios, dem Eponymen von Ikaria in Attika, unweit des Demos Daidalidai, erst sekundär mit Daidalos verbunden. Auf der ältesten Darstellung des Daidalosfluges (sf. Skyphos, ca. 600) fehlt I., und in der Lit. kommt er zuerst Aischyl. Pers. 890 und Xen. mem. 4,2,33 vor. Die Sage verdankt ihre Ausbildung und Ausgestaltung dem att. Drama und der hellenist. Dichtung. Einzelzüge und Motivierungen variieren stark, ein Zeichen der Beliebtheit des Mythos, der der menschlichen Sehnsucht, es den Vögeln gleichzutun, entsprungen ist. Rekonstruktion von Eur. »Kretern«: HOLLAND Die Sage von Daidalos und I., 1902. KNAACK, H 37,1902, 598 ff. Ovid hat für seine Darstellung met. 8,183 ff. ein alexandrin. Epyllion benutzt, vielleicht auch Kall.' Aitien (Sch. Hom. 2,145). Dieser erzählte wohl auch die Bestattung des von den Wellen an die Küste der Insel Doliche gespülten Leichnams durch Herakles oder Daidalos. Apollod. 2,132; epit. 1,12 (nicht 126: o. Bd. I 1360,28). Hyg. fab. 40, Pompej. Fresko. Rationalist. Umdeutungen: Paus. 9,11,4. Diod. 4,77,6. Sternbild: Ov. met. 10, 450. **2.** König von Karien, der eine Tochter des Sehers Thestor kaufte und zu seinem Weibe machte. Hyg. fab. 190. H. v. G.

3. Ikaros, Ikaria (*Ἴκαρος, Ἰκαρία*), 257 qkm große, von O. nach W. 40 km lange felsige Insel vor der kleinasiat. W.-Küste, bis 1041 m Höhe ansteigend. Im Alt. 3 Orte, der Hauptort Oine an der N.-Küste, Thermai an der SO.-Küste und Drapanon an dem gleichnamigen O.-Kap. Ant. und byzant. Reste vor allem bei Kampos (Oine), aber auch an anderen Stellen. Tempel der Artemis Tauropolos bei Nas an der W.-Küste, *Πρακτικά* 1939, 193 ff. AA 1938, 581 ff. 1940, 284 ff.

Der Sage nach ist I. nach dem hier abgestürzten Ikaros benannt, die Besiedlung ging von Milet aus, im 5. Jh. v. Chr. waren Oine und Thermai Mitglieder des att. Seebundes mit 4000–8000 und 3000 Drachmen Tributsumme, B. D. MERITT The Athenian tribute lists 1,282 f. 360 f. 490. 528. 2,86. 3,190.

204. Wohl seit dem 2. Jh. v. Chr. gehörte I. zu Samos, Thermai scheint damals den Namen Asklepieis gehabt zu haben [2]. Strab. 10,5,13 p. 488. 14,1, 6 p. 635. 14,1,19 p. 639. Mz.: HEAD HN^2 602. E.M.

1. *L. Bürchner* Ikaros-Nikaria, eine vergessene Insel des griech. Archipels, Peterm. Mitteil. 1894, 256 ff. RE IX 978 ff. (mit Karte). 2. *L. Robert* Les Asklépieis de l'archipel, REG 46, 1933, 423 ff. Études épigraphiques 113 A. 1. 3. *Philipps.-Kirst.* 4,269 ff. 4. *G. Bermond Montanari*, Enciclopedia dell'arte antica 4,80 f. 5. *J. Melas* *Ἱστορία τῆς νήσου Ἰκαρίας*, 2 Bde. 1955/58. 6. *A. Rehm*, SPrAW 1962, 92. 7. *H. W. Pleket* The hot springs at Icaria, Mnem. 13, 1960, 240 f.

4. I., Insel im Pers. Golf, h. Failaka (Feledj) vor Kuweit, bereits prähist. besiedelt, im 3. Jt. v. Chr. Zwischenstation zwischen Babylonien und Indien, auch später weiter bewohnt, in hellenist. Zeit anscheinend von Alexander d. Gr. angelegte Festung und Heiligtum des Apollon und der Artemis. Arr. an. 7,20,3 f. Strab. 16,3,2 p. 766. Dion. Per. 608 ff. Ptol. 6,7,47 *(Ichara)*. Steph. Byz. JHS 63, 1943, 112 f. E. M.

1. Illustr. London News Nr. 6317, 27. August 1960, S. 351 ff. Nr. 6339, 28. Januar 1961, S. 142 f. 2. RA 1961 I. 60 ff. 3. Schweizer Münzblätter 11, 1961, 42.

Ikelos (*Ἴκελος* »ähnlich«). Traumgott, Bruder des Morpheus, Sohn des Hypnos, der den Menschen, die ihn Phobetor nennen, in Gestalt wilder Tiere, Vögel und Schlangen erscheint. Poet. Erfindung. Ov. met. 11,638 ff. H. v. G.

Ikkos. Sohn des Nikolaïdas von Tarent, berühmter Wettkämpfer und später der beste Trainer seiner Zeit. Als Sieger im Fünfkampf in Olympia durch ein Standbild geehrt, Paus. 6,10,5. Platon preist seine Gewandtheit, seinen Mut und seine Mäßigkeit, leg. 8,840 A, und erklärt, die Gymnastik sei für ihn der Deckmantel seiner Sophistik gewesen, Prot. 316 D. Vgl. Ail. var. 11,3. O. W. R.

Ikonion (*Ἰκόνιον*). Stadt Lykaoniens (Kleinasien), so bei Strab. 12,568. Ptol. 5,6,15. Plin. nat. 5,95, Cic. fam. 3,5,4. 6,6. 15,3,1. 4,2; Att. 5,20,1. 21,4. Amm. 14,2,1, nur bei Xen. an. 1,2,19 die östlichste Stadt Phrygiens. I. lag in der Tat im phryg. Kultur- und Sprachgebiet. Die auf dem künstlichen Hügel Alaeddintepe inmitten der Stadt von der türk. Geschichtskommission durchgeführten Ausgrabungen haben bis in die phryg. Zeit reichende Schichten ergeben (K. BITTEL, AA 1942, 97). Im 4. Jh. v. Chr. von Xen. als *πόλις*, in der Kaiserzeit von Strab. als *πολίχνιον*, von Plin. aber als *urbs celeberrima* bezeichnet, 25 n. Chr. der Provincia Galatia zugewiesen. Unter Claudius *Claudiconum* genannt, aber Kolonie wahrscheinlich erst unter Hadrian. In chr. Z. von Griechen und Juden bewohnte blühende Stadt. Von 1097 ab Hauptstadt der Seldschuken. A. M. M.

RE IX 990 ff. *D. Magie* Rom. Rule in As. Min. 2, 1950, 1312 (s. auch Ind.). Für weitere Lit. und die türk. Werke: Islâm Ansiklopedisi (H. 65, 1954) 853.

Ikonographie s. Porträt

Ikos. Insel der sog. Nördl. Sporaden, h. Chiliodromia oder Chelidromia, amtlich Alónnisos, 21 km lang, 5½ km breit, 62 qkm groß und bis 477 m hoch, nach Skylax mit 2 Städten (?), geringe Reste des ant. Hauptorts (h. Kokkinokastro) im S., wo auch h. die einzigen kleinen Siedlungen liegen. Auf der Insel zeigte man das Grab des Peleus, Anth. Pal. 7,2,9. Kall. Pap. Oxyrh. XI 1362,8.24. = frg. 178 Pfeiffer (Kroll RE Suppl. III 1206). Im 5. Jahrh. im att. Seebund mit einem Tribut von 1500 Drachmen, B. D. Meritt The Athenian tribute lists 1,290 f. 3,223. 199 v. Chr. von einer röm. Flotte angelaufen, Liv. 31,45,11, in der Kaiserzeit mit den Nachbarinseln athen., App. civ. 5,7,30. RE XIX 555,16 ff. Keine Inschr., Mz. Head HN^2 312. Skyl. 58. Skymn. 582. Strab. 9,5,16 p. 436. Steph. Byz. E. M.

1. *K. G. Fiedler* Reise durch alle Teile Griechenlands 2, 32ff. 51ff. 2. *L. Roß* Wanderungen in Gr. 2,39f. 3. *P. Girard*, BCH 3, 1879, 188. 4. *C. Fredrich* Halonnesos, Progr. Posen 1905, 16f. 5. IG XII p. 166. 168. Nr. 665. 6. *Philipps.-Kirst.* 4,47ff.

Ἴκριον. 1. Der Schiffsmast = ἱστός Eust. 1533, 31. Sonst fast immer Plur. τὰ ἴκρια, jede Art hölzernes Gerüst, spez.

2. Das Verdeck auf dem Achterschiff, auf dem der Steuermann seinen Platz hatte (Hom. Synesios. Heliod. Vgl. Torr Ancient Ships 57 Anm. 130), sowie

3. die Zuschauertribüne, das Schaugerüst, teils bei ἐκκλησίαι benützt (Suda s. ἴκρια. Sch. Aristoph. Thesm. 395), aber vor allem im Theater, in Athen gleich ob im Bezirk des Dionysos Eleuthereus oder im Lenaion. Vor der Erbauung des Theaters des Lykurgos bezeichnet i. in Athen den Zuschauerraum im Theater schlechthin (Aristoph. Thesm. 395. Kratin. 323 CAF). Auch die Gerüste für die Zuschauer bei einem Teil der panathenäischen Agone auf der Agora hießen so, Athen. 4,167 F; wie im Theater boten sie Sitzplätze und wurden für jedes Fest neu aufgeschlagen.

4. Holzschranken, z. B. um eine Statue (Kultbild) herum, IG IV 39,5 (Aigina. Vgl. Furtwängler Aegina 43 T. 31). IG I^2 94,28 (Hephaisteion, Athen). BCH 6,27 (Delos).

5. Baugerüste, auch ἰκριώματα, z. B. IG I^2 374, 67, vgl. die Pfahlbauten Hdt. 5,16. Strab. 12,549. Andere z. T. ungeklärte Bedeutungen vgl. Lidd.-Sc. W. H. G.

Iktinos. Architekt unbekannter Herkunft, erbaute zusammen mit → Kallikrates 448/47–438/37 den Parthenon auf der Akropolis in Athen (Plut. Per. 13,7; I. allein genannt Strab. 9,395. 396. Paus. 8,41,9) und soll auch über diesen Bau – mit einem sonst unbekannten Karpion – geschrieben haben (Vitr. 7 praef. 12). I. wird ferner als Architekt des Telesterion in Eleusis (Strab. 9,395. Vitr. 7 praef. 16. Andere Architekten nennt Plut. Per. 13,7) und des Apollontempels in Phigaleia (Paus. 8,41,9) genannt. Danach scheint I. (unter dem starken Einfluß des Pheidias? [2]) die eigentliche att. Bauform – Verbindung der dor. Ordnung mit ion. Elementen – begründet und als Raumarchitekt (Gestaltung des Innenraums) bahnbrechend gewirkt zu haben. Er gehört jedenfalls, soweit wir ihn zu erkennen vermögen, zu den ganz großen Architekten der Ant., wie schon Auson. Mos. 309 nach Varro gesehen hat. W. H. G.

1. *Weickert*, in: *Thieme-Becker* Allg. Lex. der bild. Künstler XVIII 560ff. 2. *Ders.*, Studien zur Kunstgesch. des 5. Jh. II (ADAW 1950/51). 3. *Mallwitz* MDAI(A) 77, 1962, 140ff.

Ilai (ἶλαι). **1.** I. waren Unterabteilungen, in die sich die in staatlicher Erziehung stehenden spartan. Knaben gliederten. **2.** Auch die Reiterei verschiedener griech. Staaten zeigte eine Unterteilung in I. Ihre Zahl und Stärke war verschieden. In dem Heere, mit dem Alexander d. Gr. seinen Feldzug in Asien begann, zerfiel die schwere makedon. Reiterei, die Hetären, in 8 I. (Arr. an. 3,11, 8) zu wahrscheinlich je 300 Mann (Krom.-Veith 100 Anm. 5). Die Neuorganisation des Alexanderheeres nach der Schlacht von Gaugamela brachte zunächst die Umbenennung der I. in Hipparchien (ἱππαρχίαι, Arr. an. 3,16,11) und ihre Teilung in je 2 λόχοι, für die später die Bezeichnung I. gewählt wurde (Arr. an. 6,21,3). A. N.

Krom.-Veith 68. 100. 103. 128. 138ff. S. auch turma.

Ilasaros. Altsüdarab. *Īlšaraḥ*. Name von 4 sabäischen Königen, die bis auf den 2. nur aus altsüdarab. Inschr., teilweise auch aus Hamdānī, bekannt sind: **1.** Ī., Bruder des Karib'īl Baiyin (um 135 v. Chr.). **2.** Ī., Sohn des Sumhuʿalī Yanūf, kabīr (Fürst) der Araimān, ident. mit I., dem Herrn der Rhammaniten (Strab. 16,24), der die Hauptstadt Mārib gegen Aelius Gallus verteidigte (24 v. Chr.). **3.** Ī. Yaḥḍub I., König von Saba und Ḏū Raidān (um 85 n. Chr.). **4.** Ī. Yaḥḍub II., regierte zuerst gemeinsam mit seinem Bruder Ya'zil Baiyin, dann allein als König von Saba und Ḏū Raidān (ca. 210–220 n. Chr.); er war der Erbauer der Burg Ġumdān in Ṣanʿā'. A. D.

H. v. Wissmann Zur Gesch. und Landeskde. von Alt-Südarabien: SAWW 246. Bd., 1964.

Ilerda. Alte Ibererstadt, vielleicht schon erwähnt Avien. 475. Sie spielte in der Kriegsgesch. mehrfach eine Rolle, bes. in den Kämpfen Caesars mit den Legaten des Pompeius. Von Augustus wurde sie zum *municipium* erhoben (Mz., Plin. nat. 3,24). Noch Ausonius erwähnt die Stadt öfters (z. B. Comm. profess. Burdigal. 23,10. Epist. 29, 59 Peiper), und in den Konzilsakten erscheint sie regelmäßig als westgot. Bistum (Mansi, Sacror. concilior. collectio IX–XII). Die Stadt lag am Sicoris (h. Segre) und heißt h. Lérida (Abstoßung der iber. Vorsilbe I). Ihre Überreste finden sich meist oberhalb der neuen Stadt. Über ihre späteren Schicksale s. Encicl. Univ. Ilustr. 50,138 ff. – Ad. Schulten vermutet ein zweites, noch älteres

I.: Font. Hisp. Ant. I² 132; Iber. Landesk. 1,309. R. G.

Alle liter. Quellen in Font.Hisp.Ant., Barc. 1925ff., I², III–IX (Indices!), die Mz. in *Antonio Vives* La moneda hispánica, Madrid 1924, 2,52ff. 4,43f. S. auch RE Suppl. III 1210. Inschr.: CIL II Suppl. p.1146. Ausgrabungen: *Rodrigo Pita Merce*, Datos arqueológicos ilerd., Ilerda 11, 1953, 99–110. 12, 1954, 201–218; D.a. provinciales, Ilerda 16, 1958, 33–75.

Ilergetes. Iber. Stamm in der h. Provinz Huesca mit der Stadt → Ilerda. Sie werden oft im 2. Pun. Kriege genannt, standen zunächst auf Seiten der Karthager, wurden aber 205 besiegt (Liv. 29,3) und waren dann *socii* (34,11). Strab. 3,161 und Plin. nat. 3,21 erwähnen sie noch; später verschwinden sie aus der Gesch. R. G.

Die Quellen gesammelt in Font. Hisp. Ant. III, Barc. 1935, 232 (Ind. s. v.), die Mz. in *Ant. Vives*, La moneda hispánica 2, Madrid 1924, 52.

Ilex s. Eiche

Ilia. In der älteren Sagenversion Tochter des Aeneas, durch Mars Mutter von Romulus und Remus. Von → Amulius verstoßen oder in den Tiber gestürzt. Dieser machte sie zu seiner Gattin (Enn. ann. 35ff. V.² mit Serv. Aen. 1,273. 6,777. Ov. fast. 2,598. Hor. c. 1,2,17). Naevius scheint statt des Tiber den Anio genannt zu haben (vgl. Porph. Hor. c. 1,2,17. Serv. Aen. 1,273. Ov. am. 3,6, 45ff.). Nach der geläufigeren Version ist jedoch → R(h)ea Silvia, die Tochter des → Numitor, die Mutter der Zwillinge. Auch R(h)ea Silvia wird oft (vgl. Verg. Aen. 1,274. Serv. a. O. Plut. Rom. 3,3) I. genannt (nicht aber umgekehrt). → Rom, Gründungssage. Romulus und Remus. W. E.

Ilias s. Homeros

Ilias Latina. Lat. Kurzfassung der Ilias in ca. 1070 Hexametern, von denen die ersten und letzten 8 die Akrosticha *Italicus* (v. 7 verbessert von N. Dane, Class. Journ. 1952, 189f.; zur Identifizierung mit Silius It. vgl. zuletzt L. Herrmann, AC 1947, 241 ff.) und *scripsit* ergeben; *Baebius It.* überliefert der Vindob. Lat. 3509, → Baebius 8. Term. a. der Abfassung ist nach v. 899 ff. das J. 68 n. Chr., für 60–68 tritt G. Scheda, G 1965, 303 ff. ein. Die ungleiche, bes. gegen E. stark kürzende Behandlung der Vorlage, Änderungen und Zusätze zeigen, daß der Vf. nicht einfach einen Auszug verfertigen wollte; seine Sprache ist stark von Vergil und Ovid beeinflußt. Zahlreiche Hss. beweisen die Beliebtheit des auch in der Schule benutzten Gedichtes im MA. P. L. Sch.

Ta.: *F. Vollmer* PLM 2²,3,1913. Lit.: *Schanz-Hos.* 2,505ff. *J. Tolkiehn* Homer und die röm. Poesie, 1900 96ff. *F. Vollmer*, SBAW phil.-hist. Kl. 1913, 3.

Ilias parva s. Epischer Zyclus

Ilici. In der Spätzeit *Elece*, h. Elche, alte Iberer-stadt. Hier fand Hamilcar Barcas 228 den Tod (Font. Hisp. Ant. III, Barc. 1935, 11 f.). In röm. Z. war sie *colonia immunis* (Plin. nat. 3,19). In ihrem Hafen wurde 460 die Flotte des Kaisers Maiorianus von den Vandalen vernichtet (Font. Hisp. Ant. IX 81 f.), in westgot. Z. erscheint sie oft als Bistum (a. O. 449 Ind.). Ihre späteren Schicksale s. Encicl. Univ. Ilustr. 19,504. Die alte Stadt lag etwas näher am Meere auf dem Hügel La Alcudia. Die Ausgrabungen zeugen von ihrer Bedeutung. Berühmt ist die Marmorskulptur La dama de Elche (Ant. García y Bellido, L. d. d. E., Madrid 1943). R. G.

RE Suppl. III 1217. Inschr.: CIL II p. 479; Suppl. p. 1146f. Mz.: *Ant. Vives* La moneda hispánica 4, Madrid 1924, 39ff. RE a.O. Ausgrabungen: *A. Ramos Folqués* Nuevos descubrimientos en Ilici (Elche), Archivo español de arte y arqueología 26, 1933, 103–111; Memoria de las excavaciones practicadas en la Alcudia, Elche. Noticiario arqueológico hisp., Madrid 1956, 102–113.

Ilienses. Bedeutendes und wohl auch altes Volk Sardiniens (Plin. nat. 3,85. Mela 2,7), das sich unter karthag. Druck in die Berge des Inselinneren zurückzog (Paus. 10,17,7.9); seines Namens wegen sagte man ihm Herkunft aus Ilion nach (Sall. hist. frg. 7 M. bei Serv. Aen. 1,242. 601. Sil. 12, 344). Die I. brachen im J. 178 durch einen Überfall auf Küstenorte den Frieden (Liv. 41,6,6). Die Namensähnlichkeit mit den *Iolaeis* dürfte zufällig und bedeutungslos sein. G. R.

Ilion, Ilios s. Troia

Ilione (*Ἰλιόνη*). Älteste Tochter des Priamos, Gattin des Königs Polymestor auf der thrak. Chersones. Neben ihrem eigenen Sohne Deipylos wuchs bei ihnen I.s jüngster Bruder Polydoros auf. Nach Kriegsende bewog Agamemnon den Polymestor durch große Versprechungen, den Priamiden umzubringen; er tötete sein eigenes Kind, weil I. den Polydoros für Deipylos ausgegeben hatte und umgekehrt, um ihren Bruder bei ungünstigem Kriegsausgang zu retten. Als der echte Polydoros die Wahrheit erfuhr, veranlaßte er I., ihren Gatten zu töten, Hyg. fab. 109. 240. Sie tötet sich selbst, ebd. 243. – Pacuvius schrieb eine Tragödie I. (Hor. serm. 2,3,61). Andere Darstellungen dieser Sage → Polydoros. H. v. G.

Ilioneus (*Ἰλιονεύς*). Sohn Amphions und Niobes, als letzter der Niobiden von Apollon getötet, Ov. met. 6,261. H. v. G.

L. Voit, G 64, 1957, 143.

Ilipa (h. Alcalá del Río) am r. Ufer des Baetis. Der Name und die urspr. Stadt sind iber. (RE Suppl. III 1221). Sie war bedeutend durch Schiffahrt (Strab. 3,142. CIL II 1085), durch nahe gelegene Silbergruben (Strab. a. O.), durch Landwirtschaft und Fischfang (Mz.), daher führte sie den Beinamen Magna (Ptol. 2,4,10. Plin. nat. 3,11?). Hier besiegte P. Corn. Scipio 206 entscheidend die Karthager. In westgot. Z. wird sie als Bistum erwähnt (Font. Hisp. Ant. IX 216), von den Arabern später umbenannt (A. d. R. = Festung des Flusses). R. G.

Die Quellen gesammelt in Font. Hisp. Ant., Barc. 1925ff., III. V–IX (s. Indices!). *Ad. Schulten* Forschungen in Spanien, AA 1940, I/2 113ff. Inschr.: CIL II Suppl. p. 1147. Mz.: *Ant. Vives* La moneda hispánica 3, Madrid 1924, 87ff. RE Suppl. III 1224. – Encicl. Univ. Ilustr. 28,996.

Ilipula. Es gab in Baetica mehrere Ortschaften dieses Namens, s. RE Suppl. III 1225. Oft sind sie schwer zu unterscheiden von → Ilipa, Ilipla, Elepla, Elipla (Font. Hisp. Ant. IX, Barc. 1947,12. 446). Hier können nur die wichtigsten kurz angeführt werden:

1. I. Magna (Ptol. 2,4,9) oder I. Laus (Iulia? Plin. nat. 3,10). Lage unbekannt. **2.** I. Minor (Plin. nat. 3,12. CIL II 1469f.), h. Repla, s. von Osuna. **3.** I., Ilipla (Ptol. 2,4,10. Ant. Vives La moneda hispanica 3, Madrid 1924, 81). Zwischen Baetis und Anas, h. Niebla. Die Ruinen der alten Stadt stammen meist aus arab. Z., doch gehen die Funde zurück bis ins 7. Jh. v. Chr. **4.** Gebirge s. vom Baetis (Ptol. 2,4,12), wohl = h. Sierra de Ronda. R. G.

Ad. Schulten, Iber. Landesk. 1, Strasbourg/Kehl 1955, 192. Encicl. Univ. Ilustr. 28,997. *J. P. Droop* Excavations at Niebla etc., Annals of arch. and anthrop. 12, Lond. 1925, 175–206.

Ilisos, Ilissos (Ἰλισός, Ἰλισσός att., inschr. zweimal *hιλισος*). Fluß in Attika, entspringt am N.W.-Abhang des Hymettos, empfängt aus dem Hymettos mehrere Nebenbäche, fließt am S.-Rand des ant. Athen vorbei in Richtung auf den Kephisos, den er h. nicht mehr erreicht, h. im Sommer kaum Wasser führend. Rechter Nebenfluß war der Eridanos. Im Alt. mündete der I. anscheinend selbständig in die Bucht von Phaleron (Strab. Ptol.). Der I. besaß in Athen eigenen Kult (IG I^2 310,206. 324,89). Paus. 1,19,5f. Strab. 9,1,24 p. 400. Ptol. 3,14,7. Plat. Phaidr. 229 Aff. Ἀρχ. Δελτ. 8, 1923, 96 Nr. 3 Z. 5f. = SEG 3,18. E. M.

1. *Kolbe*, RE IX 1067f. 2. *W. Judeich* Topogr. von Athen^2 48. 3. *Philipps.-Kirst.* 3,899ff.

Iliu persis (Ἰλίου πέρσις) s. Epischer Zyclus

Illiberis *(Iliberri)*. **1.** Ibererstadt, wahrscheinlich nahe bei Granada in der Sierra de Elvira. Zunächst in der Lit. nur genannt Plin. nat. 3,10. Ptol. 2,4,9, später öfters als Bistum, Ort des Concilium Eliberitanum (306 n. Chr.? Font. Hisp. Ant. VIII und IX, Barc. 1959, 1947, s. Indices). Oft genannt auf Mz. und auf Inschr., hier mehrfach als *municipium Florentinum* (z. B. CIL II 1572. 2070). Nach der arab. Invasion scheint die Stadt allmählich verfallen und die Bevölkerung nach Garnatha, h. Granada, übergesiedelt zu sein.

CIL II p. 285ff. Suppl. p. 1146. RE Suppl. III 1210ff. Encicl. Univ. Ilustr. 19,860 s. Elvira; 26,1036 s. Granada; 28, 993 s. Iliberis. *Ant. Vives* La moneda hispánica 2, Madrid 1924, 162.

2. Ibererstadt n. der Pyrenäen, nahe beim Mittelmeer, h. Elne, an dem gleichnamigen Flusse, h. Tech. Sie wird zuerst 218 als Station Hannibals auf seinem Marsche genannt (Liv. 21,24,1. 3. 5). In der Zeit des Plinius (nat. 3,32) verfallen, wurde sie zweifellos von Constantin I. aufgebaut und nach seiner Mutter Helena (davon Elne!) genannt. Hier fand Kaiser Constans 350 den Tod (Zos. 2, 42,5. Oros. 7,29,7). Seit dem 7. Jh. Bistum (Font. Hisp. Ant. VIII 69. IX 319. Encicl. Univ. Ilustr. 19,798 s. Elna). Weitere Belege s. RE Suppl. III 1215. R. G.

Illos. Einflußreicher Berater des Kaisers → Zenon. 474 führte er Verhandlungen mit Theoderich Strabo. 475 unterstützte er → Basiliskos, trat aber 476 wieder auf Zenons Seite. Wegen seiner diplomat. Fähigkeiten ernannte ihn der Kaiser, ungeachtet der 477, 478 und 481 zu Mordanschlägen auf I. führenden Spannungen mit Hofkreisen (bes. mit → Verina), 476 zum magister officiorum und patricius, 478 zum consul und 481 zum mag. mil. Orientis. Der im Gegensatz zu den meisten anderen damals mächtigen Isauriern der Bildung aufgeschlossene I. war seit 476 eng liiert mit dem heidnischen (neuplaton. geprägten) Dichter → Pamprepios. 478 setzte I. die Verbannung der Verina durch, 479 schlug er den Usurpationsversuch des Markianos (Sohn des → Anthemios 2) nieder, 480 wehrte er Theoderich Strabo von Constantinopel ab. E. 481 begab sich I. nach Antiocheia. Von dort aus bereitete er systemat. den Sturz Zenons vor, wozu er Verbindungen mit Odoaker, armen. Vasallen Roms und dem Perserkönig Peroz aufnahm. Kirchenpolit. verband sich I. mit dem papstfreundlich eingestellten Patriarchen Kalendion von Antiocheia. Am 19. Juli 484 ließ er die inzwischen mit ihm versöhnte Verina Leontius zum Kaiser erheben. Noch im Sommer 484 wurde I. geschlagen und in der isaur. Festung Papyrion eingeschlossen, die erst 488 (durch Verrat) fiel. I. wurde enthauptet, seine Familie verschont. Hauptquelle: Ioh. Antioch. frg. 210ff. = FHG IV 618ff. = Exc. de insid. 130ff. de Boor; ferner bes. Candidus frg. 1f. = FHG IV 136. Malal. 386ff. A. L.

Stein II 8ff. *G. Downey* A History of Antioch in Syria, 1961, 490ff.

Illustris vir (ἰλλούστριος z. B. Nov. Iust. 13,3. 15,1), Rangtitel der Spätant., jedoch schon in früherer Z. gelegentlich für hochgestellte Persönlichkeiten gebraucht. Galten bis Valentinian I. die Senatoren allg. als *clarissimi* (→ vir clarissimus), so wurden nun die → *spectabiles* und i. als höhere Klassen aus den *clarissimi* hervorgehoben. I. waren um 400 unter anderem die Praetorianer- und Stadtpraefekten, die *magistri militum* und die *comites rer. priv.* und *sacr. larg.* (zu den als i. geltenden Beamten: Not. dign. or. 2–15 und occ. 2–13; vgl. Cod. Theod. 6,7,1. 9,1. 14,1 und 22,4 von 372). Vielleicht erst unter Theodosius I., der vor 392 den jüd. Patriarchen zum i. erhob (Cod. Theod. 16,8,8), erhielten auch Bischöfe diesen Rang (nicht richtig Th. Klauser Der Ursprung der bischöflichen Insignien und Ehrenrechte, 1948, 10f.). Die Zahl der i. wuchs so stark an, daß Mitte 5. Jh. nur noch die i. im Senat sitzen durften. Die angesehensten i. waren die Konsulare und dann die i. kraft ihres Amtes; danach kamen die *vacantes* und die *honorarii* (Cod. Iust. 12,8,2 von 440/41). Eine bes. Ausweitung erfuhr der Illustrat unter Iustinian I. Nur die vornehmsten und dann bald als *gloriosi* bezeichneten i. bildeten jetzt den Senat (vgl. auch HORNICKEL Ehren und Rangprädikate in den Papyrusurk. 1930, 8f.). Der Rang, mit dem die Befreiung von *munera sordida* und anderen Lasten (z.B. Cod. Theod. 7,8,16. 11,16,23), ferner Privilegien im Zivil- und Kriminalprozeß verbunden waren (Cod. Iust. 12,1,16f.). ging auch auf die Frauen über (Cod. Theod. 2,1,7. CIL V 365. VI 512). Als i. wurden häufig auch die Ämter der *illustres* bezeichnet. A. L.

Stein I/II. *Berger*, RE IX 1070ff.

Il(l)urco. Ibererstadt in Baetica, h. Pinos Puente bei Illora la Vieja, w. von Granada. In der Lit. wird sie nur von Plin. nat. 3,10 genannt. Doch ist ihre Lage durch Inschr. (CIL II p. 284. Suppl. p. 1147) gesichert. Ihr Name findet sich öfters auf Mz. (ANTONIO VIVES La moneda hispánica 3, Madrid 1924, 107f. RE Suppl. III 1234). Encicl. Univ. Ilustr. 28,1022. R. G.

Illyricum. Illyrioi *(Inlyricum, Hillyricum, Hilluricum, Illuricum,* Ἰλλυρίς). Schon im Alt. wurde das von balkan-idg. Stämmen bewohnte Gebiet vom Adriat. Meer bis zum Morawafluß und von Epirus bis zur mittleren (?) Donau in Erweiterung des ursprünglichen Begriffes gelegentlich I. genannt. Zum Siedlungsgebiet der eigentlichen *I. (I. proprie dicti)* vgl. u. Illyr. Sprache. Schon früh bestanden Beziehungen zwischen den I. und den Griechen. Demosthenes reiste (342) durch I., um dort Feinde gegen Makedonien zu werben. Vorausgegangen waren wiederholte Kriege zwischen den I. und den griech. Kolonien. Die I.-Stämme bildeten nur in der 2. Hälfte des 3. Jh. v. Chr. einen festen Staat (Ardiaeerreich, Vorort: Skodra). Seine berühmte Königin war Teuta. Nach den Kriegen der J. 229/28 und 219 wurde das illyr. Reich auf seine n. Hälfte beschränkt. Die Hilfeleistung, die Gentius 168 dem maked. König Perseus gewährte, führte zur Ausplünderung und Versklavung seines Landes, doch erst nach weiteren, langen Kämpfen wurde das ganze illyr. Gebiet von den Römern erobert. Die neuen Erwerbungen erhielten den Namen I. (sc. *regnum*). Seit Sulla wurde I. bald mit Gallia Cisalpina, bald mit Makedonien vereinigt und selbständige Provinz erst unter Iul. Caesar. Gegen Roms Macht fanden öfters Empörungen statt, die letzte und gewaltigste im J. 6 n. Chr. Erst nach 4 J. gelang es Tiberius, die I. endgültig zu unterwerfen. Als das Gebiet der pannon. Stämme von den Römern erobert wurde, hieß es anfangs *inferior provincia I.* (die spätere Dalmatia: *I. superius*). In der Zollverwaltung schloß I. auch Rätien, Noricum und Dacien ein. Nach der Zeit des Diocletian bestanden 7 Provinzen: beide Noricum, Pannoniae I, II, Valeria, Savia, Dalmatia, Dacia (die Dioecesis I. occidentale). Der Praefectus per I. verwaltete Moesia sup., beide Dacien, Dardania, Macedonia, Thessalia, Achaia, beide Epirus, Praevalitana, Kreta. Die I. lieferten dem röm. Heer ausgezeichnete Soldaten und eine Reihe tüchtiger Kaiser, die seit dem 3. Jh. wiederholt die Geschicke des röm. Reiches bestimmten (Claudius Gothicus, Aurelianus, Diocletianus, Maximianus, Constantius, Iulianus, Iustinianus usw.). Die I. hatten schon seit dem 1. Jh. n. Chr. im Imp. Rom. hohe Verwaltungsposten inne. Unter der Römerherrschaft wurde I. in Bezirke eingeteilt, die von den städt. Mittelpunkten aus verwaltet wurden. Die Ortschaften, die die Voraussetzungen für die Verleihung des Stadtrechtes nicht erfüllten, blieben als Gaugemeinden bestehen mit einem Gauhauptmann, dem ein Gaurat beigegeben wurde. Am Ende des 5. und Anfang des 6. Jh. n. Chr. kamen die I. in den Machtbereich der O.-Goten. Vor der slavischen Völkerflut (seit der Mitte des 6. Jh.) flüchtete die alte Bevölkerung. Für die Wohnweise der I. vor der röm. Eroberung waren die Wallburgen, hochgelegene Siedlungen mit Holzbauten, eigentümlich. Seit der Besetzung des Landes durch die Römer verlagerten sich die größeren Ortschaften von der Höhe in die Talsohle, und die alten Siedlungen schrumpften oft zu Gehöften zusammen. In den Niederungen fand die röm. Bauweise ein weites Betätigungsfeld, und die Urbevölkerung hielt dort auch unter der Herrschaft der Römer lange an den alten Lebensformen fest. In den Städten aber setzte die Romanisierung rasch und gründlich ein, wenigstens in den oberen Gesellschaftsschichten, was Tausende von Inschr. usw. bezeugen. Die Truppen, die in I. in Garnison waren, setzten sich ausschließlich aus Einheimischen zusammen, wodurch der Rückgang der Urbevölkerung und die Verminderung der Besatzungstruppen gefördert wurden. – Von den altillyr. Göttern kennt man einige aus den Inschr., z.B. den Gewittergott Senjt Surd, den Quellgott Bindus, der mit Neptun identifiziert werden kann, Medaurus, der an Asklepios erinnert. Auch der Name Silvanus, dessen Kult alle Kreise der Bevölkerung umfaßte, deckte einen einheimischen Gott und blieb trotz des griech. Panbildes Landgott. Auch hinter dem röm. Namen Diana birgt sich eine alte illyr. Gottheit. Auf dem Traiansbogen in Benevent waren Silvanus und Diana die Vertreter von I. Unter der Römerherrschaft fanden auch die das Imp. Rom. vertretenden Gottheiten: Iuppiter O. M., Iuno, Minerva, I. O. M. Dolichenus usw. Verehrung. Geistige Regungen blieben den I. nicht ganz fremd. Der Schmuck der Grabsteine mit Flechtbandumrahmungen und Einzelfiguren bezeugen den Kunstsinn der I. Auch die Landwirtschaft wurde eifrig betrieben; so wird die Güte der Irispflanze, von Plin. nat. 21,40–41 hervorgehoben. Expos. tot. mundi 53: *I. . . . habundans emittit . . . caseum Dalmatenum, tigna tectis utilia, simili-*

ter et ferrum. Es gab eine blühende Weide- und Almwirtschaft, Holzausbeute. Seit alters wurden Bergwerke (Gold, Silber, Kupfer, Eisen) ausgebeutet, bei einer hochstehenden Berg- und Hüttenverwaltung. Berühmt waren die Marmorbrüche in Tragurium. Auch finden wir gewerbliche Betriebe: Erzeugung von Honigwein, Sabaium, Keramik, Schmieden des Drahtes. Als Stützpunkte des Handels blühten Scodra, Salona, Epetium, Tragurium auf. Die Handelsbeziehungen der I. reichten bis Dacien (Münzfunde der adriat. Städte in Dacien). Lebhafter Tauschhandel fand zwischen den Bewohnern der Hochgebirgstäler und der fruchtbaren Niederungen statt. In den Küstenstrichen fand das Christentum im 2.Jh. Eingang, größere chr. Gemeinden entwickelten sich aber erst seit dem 3.Jh. J. Sz.

Vulić, RE IX 1085ff. *Fluss* Suppl. V 311ff. V. *G.Alföldy* Bevölkerung und Gesellschaft der röm. Provinz Dalmatien. Budapest 1965.

Illyrische Sprache. I. hieß zunächst nur ein Stamm im Mittelteil der adriat. Küste, n. des Flusses Drin/Drilon beim alban. Shkodër/Skodra (Mela 2,56). Dann wurde es, z.B. im Periplus des Ps.-Skylax (um 350 v.Chr.) als Sammelname für eine Reihe offenbar verwandter Stämme benutzt, die im N. bis zum Fluß Krka/Katarbates, im S. bis zum Thyamis/Kalamos wohnten: Buliner, Nestaier, Manier, Autariaten, Encheleer, Taulantier, Atintaner, wohl auch Delmaten, Pannonier, Ardiaier. Im O. war etwa das Amselfeld Grenzgebiet gegenüber den Thrakern. – Die Römer bezeichneten mit »Illyricum« ein Zollgebiet, das Raetia, Noricum, Moesia, Pannonia, Dacia mitumfaßte. So erklärt es sich wohl auch, wenn Strab. 4,206 die Breuni und Genauni in Noricum I. heißen. Durch diese Erweiterung des Geltungsbereichs verleitet und durch Namensentsprechungen bestärkt, rechnete auch die moderne Sprachwiss. mit I. in diesen Gebieten, ja sogar in O.-Deutschland bis zur Ostsee, in Böhmen, N.- und S.-Italien und Sizilien. Extreme Ansichten suchten i. Sprachreste sogar in Gallien, auf den Brit. Inseln, in Spanien, der Troas und Bithynien (»Panillyrismus«). G. Kossinna u.a. setzten als Träger der Urnenfelderkultur »Nord-I.« an. All das hat sich als falsch erwiesen; h. wird mit i. Sprache nur noch in dem oben abgegrenzten Gebiet S.-Dalmatiens gerechnet. Schon die im NW. benachbarten Liburner werden nicht miteinbezogen, ebensowenig die Veneter. Weder für das moderne Albanisch noch für das Messapisch in Unteritalien ist Verwandtschaft mit dem I. sicher nachgewiesen. – Inschr. in i. Sprache kennen wir nicht; nur aus Namen von Personen, Orten, Flüssen in griech. und lat. Texten lassen sich die folgenden Sprachzüge erschließen, die das I. aber mit anderen Balkansprachen geteilt haben kann: Zugehörigkeit zur idg. Sprachfamilie, Vorherrschen der Kentumbelege (Fluß *Genusus* zu idg. **ĝenu-* »Winkel, Knie«), Fälle von Sibilierung der Palatale sind unsicher; die labiovelaren Mediae wurden zu labialen Mediae (Bergname *Bora* < idg. **g^{u}orā* »Berg«), die Mediae aspiratae fielen mit den Mediae zusammen (ON *Berginio* zu idg. **bhergh-*). Die PN entsprechen den idg. Typen: zweiteilige Vollnamen *(Epi-cadus)* und Kurznamen *(Aplius, Bato)*. G. N.

Bibliographie der älteren Arbeiten Krahes in »Sybaris«, FS Krahe 1958, 203ff. *N.Jokl* Illyrier, in RLV 6, 1926, 33ff. *J.Pokorny* Zur Urgesch. der Kelten und Illyrier, 1938. *H.Krahe* Die Sprache der Illyrier, 1.Teil: Die Quellen, 1955 (dazu *Pisani*, Gn 28,442ff.), 2.Teil: *C. de Simone* Die messap. Inschr., *J.Untermann* Die messap. Personennamen, 1964. *A.Mayer* Die Sprache der alten Illyrier I, 1957. II, 1959. *H. Kronasser*, Ling.Balk. 4, 1962, 5ff. *R. Katičić*, Živa Antika 12, 1962, 95 u. 255ff. *G.Alföldy*, BzN 15, 1964, 55ff. *Krahe*, IF 69, 1964, 201ff. Simpozijum o teritorijalnom i hronološkom razgraničenju Iliru u praistorijsko doba, Sarajevo 1965. *H. Kronasser*, in: Die Sprache 11, 1965, 155ff.

Ilorci. Iberertstadt in der Gegend des oberen Baetis mit dem Grabmal eines der beiden 211 v. Chr. gefallenen Scipionen, wahrscheinlich des Gnaeus (Plin.nat. 3,25. Sonst nicht erwähnt). Ihre Gleichsetzung mit h. Lorca (Prov. Murcia) ist nicht unbestritten. R. G.

RE Suppl. III 1229. CIL II p. 476. Font.Hisp.Ant. III, Barc. 1935, 91.145. Encicl.Univ.Ilustr. 28,1005.

Ilos (*Ἶλος*). **1.** Eponymer Heros von Ilion, Sohn des Tros und der Kallirrhoe, Gatte der Eurydike (Leukippe Hyg.fab. 250), Hom.Il.10,415 u. a., → Dardanidai. Die Gründungssage, reich geschmückt, liegt bei Apollod. 3,140ff. vor. Ob sein in der Il. mehrfach erwähntes Grab als Realität oder als Fiktion zu betrachten ist, bleibt fraglich. **2.** Angeblich urspr. Name (Beiname) des → Askanios, Sohnes des Aineias, Verg.Aen.1,267f. Die Erweiterung des Namens zu »Iulus« (Serv. z.St.; Cato orig.1,19 Pet.) bot die Möglichkeit, die gens Iulia über ihn auf Aineias und auf Aphrodite zurückzuführen, Aen.1,288 *Iulius, a magno demissum nomen Iulo*. H. v. G.

Ilurcavones (Ilercavones). Ein Ibererstamm am unteren Ebro mit der Hauptstadt Dertosa (h. Tortosa). 218 v.Chr. unterwarfen sie sich den Römern (Liv. 21,60,3). Nachher werden sie einige Male erwähnt (z.B. Liv. 22,21,6. Caes.civ.1,60,2. Ptol. 2,6,16. Plin.nat. 3,21), scheinen aber keine besondere Rolle gespielt zu haben und verschwinden später aus der Gesch. R. G.

Sämtliche Quellen in Font.Hisp.Ant., Barc. 1925ff., IV bis VIII (s. Indices). Hier I^{2} 132. III 68 eine fragliche Vermutung *Ad.Schultens* über eine frühere Wanderung der I.

Ilva (Nissen It.Ldk.1,367. 2,305. CIL XI p. 412. S.Diversi Isola d'Elba 1959. R.Cardarelli St. Etr. 31, 1963, 503ff. V.Mellini Memorie stor. dell'Isola dell'Elba 1965, 191ff.). Insel an der tyrrhen. Küste (Ps.-Skyl. 6) vor Populonia, von wo aus die dortigen Eisenvorkommen (Plin.nat. 3,81. Diod. 5,13) durch Etrusker ausgebeutet wurden

(Ps.-Aristot. mir. ausc. 93), was schon Hekat. FGrH 1 F 59 und Philist. FGrH 556 F 21 bekannt war. Nach Tim. FGrH 566 F 85 heißt der *Argous portus* auf I. nach den Argonauten (vgl. Strab. 5, 224). Der griech. Name lautet *Αἰϑαλία* (vgl. auch Serv. auct. Aen. 10,173, wo *Ithalen* herzustellen ist) volksetymologisch nach dem Ruß der Eisenverarbeitung. Im J. 453 kurzfristig in syrakusan. Hand (Diod. 11,88). Der Name I. ist ligur. (nach Ptol. 3,1,78 liegt I. im ligur. Meer) wie der des Volkes der → Ilvates. Liv. nennt die Insel teils I. (30,39,2), teils *Aethalia* (37,13,3); h. Elba. G. R.

Ilvates (Nissen It. Ldk. 1,551). Ligur. Volk, das sich im J. 200 einer Erhebung gegen Rom anschloß (Liv. 31,20,2) und erst 197 besiegt werden konnte (32,31,4); Wohnsitze im oberen Potal. G. R.

Imachara. Städtchen Siciliens, erwähnt nur von Cic. Verr. 3,47.100 (Ausplünderung durch Verres), Plin. nat. 3,91, Ptol. 3,4,12 (*Ἰμιχάρα*, var. *Ἡμιχάρα*) und vielleicht Diod. 23,18,5 (die *Ἠνατταρῖνοι* ergeben sich 254 den Römern). Nach dem Namensanklang wohl ident. mit Imbaccari s.w. des Aetna. Vgl. RE IX 1093f. K. Z.

Imaginarius (bzw. *imago*) bedeutet in den röm. Rechtsquellen grob zweierlei: 1. als tatsächliche Qualifizierung »vorgespiegelt«, ein Fall des → *dolus* oder von *fraus legis;* 2. als jurist., rechtstheoret. Kennzeichnung »nachgeformt«. In dieser Bedeutung begegnet i. (neben *dicis causa* u.a.) fast nur bei Gai. bzw. ihn ausbeutenden Quellen, und zwar für bestimmte Rechtsgeschäfte, die, ein schon anerkanntes nur äußerlich nachahmend, gleichwohl rechtliche Wirksamkeit erlangt haben. So wurde die abstrakte Übereignung, die → *mancipatio*, wohl wegen Lex XII tab. 7,11, nach altertümlichem Ritus als Kauf *nummo uno* vollzogen. Auch die übrigen Libral- und fast alle fiduziar. Rechtsgeschäfte gehören zu dieser Gruppe. D. L.

1. *Ernst Rabel*, ZRG 27, 1906, 290ff.; 28, 1907, 311ff. 2. *Giov. Pugliese* La simulaz. nei neg. giur., 1938. 3. *Em. Betti* Istituzioni di dir. rom. I, ^{2}1942, 131ff.

Imagines maiorum. *imago* (zur gleichen Wz. wie *imitari*) ist jedes Eben- oder Abbild ([7], 105,3). Es war den röm. Bürgern unbenommen, Bildnisse ihrer Vorfahren herzustellen, als Münzmeister sogar auf Mz. anzubringen, im öffentlichen Bereich aber wohl nur, sofern die Betr. ein kurul. Amt bekleidet hatten) [2],448f. [5],1099. [6], 32); zumindest war dies Gewohnheitsrecht (Lippold, Ph.W. 53, 1933, 1083f. R. Horn, Gn 9, 1933, 659). Bildnisse lebender Personen sind spätestens im letzten Jh. der Rep. aufgestellt worden ([2],449). Unter dem Prinzipat ist dies ein Vorrecht des Prinzeps, doch bestimmte Augustus, daß mit Zuerkennung eines Triumphes oder der Triumphalinsignien auch das Recht auf eine Bronzestatue verbunden war. Der Senat aber konnte auch sonst die Aufstellung des Bildes eines Lebenden genehmigen.

Etwas anderes sind die i. m.: Totenmasken der verstorbenen Angehörigen des Geschlechts. Die Masken waren aus Wachs (später auch aus Bronze); sie wurden in einem Schrein im Atrium aufbewahrt. Ob die Wachsmasken schon immer nach einer Art Abdruckverfahren hergestellt wurden (Bieber, RE XIV 2106) oder möglichst porträtähnlich modelliert wurden, ist nicht feststellbar. Später bediente man sich des Gipsabgusses, den der Sikyonier Lysistratos, Bruder des Lysippos, erfunden haben soll (Plin. nat. 35,153); aber vielleicht hat er das Verfahren nur verbessert ([5], 1100). Die Masken wurden möglicherweise zu Kopfmasken ausgearbeitet (zum Aufsetzen bei der *pompa:* s.u.) und mit einer Büste zum Aufstellen versehen ([5],1101). Inschr. belehrten über Namen und Taten (vgl. Nep. Att. 18,6). (Dagegen bezieht sich die Nachricht von der Herstellung eines Stammbaumes durch Linien, Plin. nat. 35,6, nicht auf i. m., sondern auf Tafeln mit Porträts (Lippold a. O. 1084 mit [6].)

Bömer ([7]) hat gezeigt, daß die Totenmasken in Rom nur indirekt mit dem Totenkult in Verbindung stehen: 1. Die in Ital. einwandernden Stämme kannten den Ahnenkult, die Maske kann aber erst mit der etr. Herrschaft gekommen sein (Lit. [7], 111,4. 113,3). 2. Im röm. Haus läßt sich keine kult. Verehrung der Masken nachweisen – die Verehrung der *di parentes* ist nicht an die i. m. gebunden. Das Öffnen der Schreine bei Festen steht parallel zum Öffnen der Tempel und hat nichts mit Kult zu tun, und selbst das Schmücken der i. m. mit Lorbeer (Cic. Mur. 88) muß nicht Ausdruck eines Kultes sein ([7],116f. gegen [6],26); Kränze sind nicht unbedingt Zeichen eines Kultes, und die Verehrung der *parentes* zog die i. m. von selbst mit heran. 3. Auch bei der Hauptfunktion der i. m., beim Leichenzug, kann keine primär sakrale Bedeutung behauptet werden, mit ihnen werden nur temporär die Ahnen dargestellt (anders [6],33ff. Horn, Gn 9, 1933, 658). 4. Die i. m. haben auch keine Beziehung zu einer möglichen ital. Wohnungsbestattung, die, wenn überhaupt, nur die Ureinwohner kannten und die im 2. Jt. außer Gebrauch gekommen sein muß, während die i. m. erst 5. Jh. einsetzen.

Gleichgültig, welche Gesichtspunkte für Etr. maßgebend waren, für Rom war ausschlaggebend der Wunsch, den zerstörenden Einfluß der beginnenden Verwesung zu verdecken (Aufbahrung in Rom bis 7 Tage). Manchmal wurde statt des Verstorbenen eine Puppe mit der Maske bedeckt: Tac. ann. 3,5. Ob die Maske abgenommen oder mit ins Grab gegeben wurde, ist nicht sicher. Eine Vervielfältigung war auf jeden Fall nötig, schon um die Repräsentationsfreude der *gentes* zu befriedigen. Sogar die Frauen brachten (ob schon immer, läßt sich nicht sagen) ihre i. m. mit in die Ehe. Die wichtigste Funktion erfüllten die i. m. bei der *pompa*, wo sie von Personen getragen wurden, die

Tracht und Insignien der höchsten erreichten Ämter, einschließlich der *fasces*, führten. Die *maiores* schritten also gleichsam dem Leichenzug voraus und holten den Verstorbenen in ihren Kreis (eindrucksvolle Schilderung Pol. 6,53). Auch Frauen konnten ausnahmsweise die *pompa* erhalten (vgl. VOLLMER, RE XII 993). Daß die i.m. gefahren wurden, erwähnen Pol. a. O. und Prop. 4,11,11 (WJ 1948, 190ff. mit Lit.). Keine i. durften angefertigt werden von Männern, die nicht im Vollbesitz der bürgerlichen Rechte blieben (z.B. die Caesar-Mörder) oder denen sie nach dem Tode aberkannt wurden, sowie von Kaisern, die unter die Götter versetzt wurden, da der Betr. dann aus dem Kreis der Verstorbenen ausschied ([2],443f.). Es liegt im Wesen des Brauches, daß er gentiliz. ist und wegen der vorausgesetzten Ämter in den patriz. *gentes* aufkam; doch haben sich plebeische Geschlechter, ohne daß Widerstand bekannt geworden ist angeschlossen. W. E.

1. *Bethe* Ahnenbild und Familiengesch. bei Römern und Griechen, München 1935, 1ff. 2. *Mommsen* RStR 1,442ff. 3. *Marqu.-Mau* 241ff. 4. *Ed. Courbaud* in Dar.-Sagl. 3, 412ff. (Bildniskunst allg. 389ff., Rom 402ff.). 5. *K. Schneider–H. Meyer*, RE IX 1097ff. 6. *Zadoks-Jitta* Ancestral portraiture in Rome and the Art of the last Century of the Republik, Amsterdam 1932. 7. *F. Bömer*, ARW Bh. 1, 1943, 104ff. (mit Lit.).

Imaginiferi, -arii. Nach Veg. mil. 2,7 waren die I. die Träger der auf Stangen befestigten Kaiserbildnisse (BRGK 27, Taf. 2 Nr. 2), und zwar nicht nur in der Legion, sondern auch in anderen Truppenteilen. Bisher sind I. in den Alen und Kohorten der Hilfstruppen, in den *cohortes urbanae*, *cohortes vigilum* und in den *numeri* nachgewiesen. Ob die *imagines* bloß das Bild des regierenden Kaisers zeigten, ist nicht sicher (BRGK 27,18, Anm. 47,2). Nach Veg. mil. 2,6 waren die I. in der 1. Kohorte eingeteilt, doch gibt es Inschr., die vermuten lassen, daß zu einer bestimmten Zeit jede Kohorte einen I. hatte. Nicht zu verwechseln sind diese *imagines* mit den Medaillons auf den Fahnen (JÖAI XXXV Beibl. 29ff.), die wahrscheinlich Auszeichnungen gewesen sind. Die I., die für das homogene Heer der Kaiserzeit charakteristisch sind, kannte das spätröm. offenbar nicht mehr (GROSSE 233). A. N.

BJ 117, 1908, 4.9.18.43.55.58.60.62 und Nachtrag zu S. 42 und 43. BRGK 27, 1938, 15ff. JÖAI 35, 1940, Beibl. 29ff. *R. Grosse* Röm. Militärgesch., Bln. 1920, 233.

Imbrasos (Ἴμβρασος). Ein Bach auf Samos, der die alte Stadt (h. Tigani) von dem Vorort mit dem Heratempel trennte, im Lauf der Zeit sein Bett oft verändert und die Umgegend versumpft hat. Strab. 10,457. 14,637. KIRSTEN-KRAIKER Griechenlandkunde, ^{4}1962, 547. An seinem Ufer zeigte man den Keuschlammbaum (Lygos = Agnos), an dem Hera geboren war. In seinem Wasser wurde ihr Kultbild jährlich gebadet, damit sie die Jungfräulichkeit zurückgewänne. Paus. 7,4,4. NILSSON Griech. Feste 48 (wo der Bach fälschlich Ismaros genannt wird); → Admete. Deshalb hieß der Bach auch Parthenios (Kall.). Tochter des Flußgotts war Okyrhoe (Apoll. Rhod. bei Athen. 7,283d). Kaiserzeitliche sam. Mz. zeigen ihn, bisweilen mit Pfauen. H. v. G.

Imbrios (Ἴμβριος). Sohn des Mentor aus Pedaion, der die Priamostochter Medesikaste zur Frau hatte und seit Beginn des troischen Krieges bei seinem Schwiegervater wohnte, beim Kampf um die Schiffe von Teukros getötet, Hom. Il. 13, 170ff. Paus. 10,25,9. Der Name ist willkürlich erfunden. H. v. G.

Imbros (Ἴμβρος), h. türk. Imroz adasī, Insel der n. Sporaden vor dem Hellespont, 30 km lang, 13 km breit, 225 qkm groß, zumeist Hügelland bis 597 m ansteigend. Die ant. Stadt, h. Kastro, lag im O. der N.-Küste mit geringen Resten der Stadtmauer. Funde schon prähist. [2],101f. Als urspr. Bewohner werden Pelasger oder Tyrrhener genannt [1],293. Wohl durch Miltiades wurde I. um 500 v. Chr. athen. und blieb es mit geringen Unterbrechungen bis in die Kaiserzeit. Hdt. 6,41.104. Thuk. 7,57,2. Xen. hell. 5,1,31 u.a. und die Inschr. Im 1. Seebund erscheint es mit einer Tributsumme von 3300 Dr. bis 1 Talent, B. D. MERITT The Athenian tribute lists 1, 292f. 3, 289f. u.ö. Hom. Il. 13, 33. 14,281. Skyl. 67. IG XII 8 Nr. 46–149. S. 2ff. Suppl. S. 148. HEAD HN^2 261f. E. M.

1. *E. Oberhummer* Imbros, Beiträge zur alten Gesch., Festschr. für H. Kiepert 1898, 81ff. 2. *C. Fredrich*, Imbros MDAIA 33, 1908, 81ff. RE IX 1105ff. 3. *Philipps.-Kirst.* 4,220ff.

Immarados (Ἰμμάραδος). Eleusinier, Sohn des → Eumolpos, vom Athener Erechtheus im Kampf getötet. Der Name scheint die Überlieferung von der thrak. Herkunft des Eumolpos zu bestätigen; vgl. Apollod. 3,202: Eumolpos flieht mit seinem Sohn Ismaros (sprachlich wohl mit I. verwandt) nach Thrakien, wo dieser die Tochter eines Thrakerkönigs heiratet. MAASS, H 23,617. Der Zweikampf war in einer Erzgruppe des Myron auf der Akropolis von Athen dargestellt. Paus. 1, 5,2. 27,4. 38,3. WIESNER Olympos 115. H. v. G.

Immiscere se (häufiger: *miscere se*) *alicui rei* bedeutet als jurist. Terminus »sich in etwas einlassen«, »sich mit etwas befassen«, »etwas wahrnehmen«, in klass. Z. fast immer »rechtmäßigerweise«, meistens sogar »berufenerweise«, unzutreffend BERGER, RE IX 1107f. Der Gegensatz ist *se abstinere*, urspr. Anwendungsbereich das → *beneficium abstinendi* des (nicht ausschlagungsberechtigten) Hauserben, Gai., Dig. 29,2,57 pr.; Kasuistik bei Ulp., ebd. 40 und 42 §§ 1–3. Ferner bezeichnet i. den Beginn der Wahrnehmung sonstiger (Amts-) Geschäfte, z.B. bei Severus, Cod. Iust. 2,18,6. Papinian. Dig. 50,1,13. Seit dem 4. Jh. bedeutet i. dagegen (unbefugt) sich einmischen oder (strafbare Handlungen) begehen (so vorher nur Collat. 15,2,3: Ulp., de off. proc.!). D. L.

Immolatio. → Opfer. Zum Opfer als »Mahl« → Epulo. → Iovis epulum. → Iuppiter Dapalis.

Anlaß zu Opfern boten alle bes. Gelegenheiten, zu Hause und im Staate. Der Wert der Gabe pflegt in direktem Verhältnis zum Vermögen des Opfernden zu stehen. Besondere Anlässe erfordern bes. starke Opfer.

Für blutige wie unblutige Opfergaben (daß die Römer urspr. nur unblutige Opfer kannten, ist nicht sehr wahrscheinlich, → hostia) kam alles Eßbare in Betracht (vgl. Fest. 253 für die *daps*, aber unvollständig; über die Opferkuchen LOBECK Aglaophamus 1079 ff. → fictores); dazu kamen bei letzteren Blumen und Kränze, bei ersteren Hunde (Piacularopfer [s. ORTH, RE VIII 2579 f.] z. B. bei Landarbeiten an Feiertagen). Zu jedem Opfer gehören Trankspenden, Wein (K. KIRCHER, RVV 9, 2,9 ff.) und Milch (diese bes. bei allen, wo Wein ungebräuchlich war, wie für Bona Dea, Iuppiter Latiaris, Rumina, Cunina, Ceres, Camenae, Pales. Angeblich hat Romulus in den von ihm eingerichteten Kulten Wein nicht zugelassen: Plin. nat. 14, 88). Der Wein mußte ungewässert sein, von beschnittenen und nicht *infelices* gewordenen (→ infelix arbor) Reben stammen. Darüber, welche Opfer welchen Gottheiten zu bringen waren, gab es genaue Vorschriften: → hostia. Ebenso gab es für die zu verwendenden Geräte bestimmte Regeln, über die wir ungenau unterrichtet sind; für einzelne Kulte blieben Geräte und Bezeichnungen einer älteren Kulturstufe in Gebrauch (R. v. SCHAEWEN Röm. Opfergeräte, Archäol. Stud. 1, 1940).

Berechtigt zum Opfer ist jeder Freie, der rein von Befleckung ist (Berührung mit Toten oder Besuch im Trauerhaus; kult. Keuschheit aber scheint unröm. [unklar FEHRLE, RVV 6; zu Bona Dea ebd. 126 ff.; zu den *dies parentales* s. BÖMER zu Ov. fast. 2,557]). Frauen waren im → Hercules- und → Silvanus-Kult, Männer im Kult der → Bona Dea ausgeschlossen. In reiner und nicht mit Toten in Berührung gekommener Kleidung sollte man erscheinen (Tib. 2,1,13 f. Serv. auct. Aen. 4,683. 12, 169. Fest. 249 M.).

Nötig war ein bestimmter Platz (Paul. Fest. 65), der entweder dauernd dafür vorgesehen war (Opferaltar bei Heiligtümern) oder durch Zeremonien bestimmt wurde (z. B. im Felde). Der Altar stand vor dem Tempel. Er mußte mit einer Rasendecke versehen sein (Serv. Aen. 12,119): d. i. ein Rest des alten Brauches, einfach Rasenstücke aufzuschichten. Diese Vorschrift scheint aber nicht streng befolgt worden zu sein (LATTE RRel 386; vgl. Serv. a. O.).

Zu Beginn der Opferhandlung wurde (bei staatlichen Opfern durch einen Herold) Schweigen geboten mit den Worten *favete linguis*, was eigentlich bedeutet, es solle kein Wort gesprochen werden, das ein böses Omen sein könnte; da Schweigen am sichersten ist, bedeutete *favete linguis* schließlich nur noch Schweigen (vgl. Thes. VI 376 f.). Nach einer Einleitungsformel und Handwaschung mit fließendem Wasser folgte die von Flötenspiel begleitete Handlung. Es gab ein *collegium tibicinum et fidicinum*. Rationalist. Erklärung für das Flötenspiel: um gegen störende Geräusche abzuschirmen (LATTE mit Plin. nat. 28,11). Man streute *mola salsa* (daher *inmolare*) und schüttete Wein auf den Kopf des Tieres. Der Schmuck (→ infula) wird ihm abgenommen. Die Schlachtung vollzog in histor. Z. (zumindest bei staatlichen Opfern) nicht mehr der Opfernde selbst, sondern er ließ dies durch *victimarii* (volkstümlicherer Name *popae*, LATTE RRel 384) besorgen, die zu einem Collegium zusammengefaßt waren (CIL VI 971; vgl. MOMMSEN RStR 1,367). Der Opfernde selbst vollzog nur eine symbol. Handlung, indem er das Opfermesser über den Rücken des Tieres vom Kopf zum Schwanz führte. Auch der bei manchen Opfern verwendete → cinctus Gabinus, der die Arme frei ließ, erinnert noch an das Schlachten durch den Opfernden. s. auch → agonium.

Ein Opferdiener betäubte das Tier mit einem Hammer, ein anderer stieß dann das Messer in die Schlagader. Wenig Blut galt als schlechtes Omen. Weiteres, auch über die *exta*, → hostia. W. E.

Latte RRel 375 ff. *Marqu.* RStV 3, bes. 169 ff. *Wissowa* Rel.² 409 ff.

Immunes. Nach Dig. 50,6,7 waren die I. *milites: quibusdam aliquam vacationem munerum graviorum condicio*. Befreiung vom schweren Dienst gab es schon im röm. Heerwesen der Republik (→ *beneficiarii*). In der Kaiserzeit zählten zu den I. die → *principales*, die urspr. nur die takt. Chargen umfaßten, später auch jene rangmäßig über ihnen stehenden, die den Stäben der höheren Offiziere mit Ausnahme der *tribuni militum* zugeteilt waren. Allen diesen *principales* stand die *vacatio munerum* schon der Dienstordnung nach zu. Unzutreffenderweise werden in diesen Kreis der *principales* auch die im Range unter den takt. Chargen Stehenden einbezogen, obwohl sie nie als *principales* galten. Ihre einzige Bezeichnung war I. und auf sie bezieht sich die zitierte Stelle Dig. 50,6,7. A. N.

BJ 117, 1908, 270.

Immunitas (*ἀτέλεια, ἀνεισφορία* FIR 408, 58, *ἀλειτουργησία* Dig. 27,1,6,2; nicht ident. mit *vacatio*, Dig. 50,5 *de vacatione* ...; 50,6 *de iure immunitatis*, B. KÜBLER, RE XVI 649 ff.), Freisein von öffentlichen Diensten (*munera, λειτουργίαι*). *I. personae* befreit von Lasten, die den einzelnen körperlich oder geistig beanspruchen, *i. patrimonii* von Vermögensabgaben, *i. omnium rerum* (FIR 316,9) von beiden. Die in der röm. Republik häufige Gemeinden-i. tritt in der Kaiserzeit durch staatsrechtliche Angleichung der einst verschiedenen Gemeinden zurück, die Kaiser fördern öfter durch i. Einzelpersonen und Sozialgruppen. In Italien hatten röm. Kolonien i. ipso iure, in Provinzen bei Verleihung der i. oder des *ius Italicum, coloniae Latinae* nur während der Republik. Ital. Städte waren als *civitates foederatae et liberae* abgabenfrei. Die *libertas* außerital. Gemeinden schloß i. nicht ein (Tac. ann. 2,47), diese wurde jeweils vom Senat gewährt (Delphi 189 v. Chr., Sylloge[3] 612. Illyrien 167 v. Chr., Liv. 45,26,13 f.), später durch kaiserliches Edikt oder Epistula (Volubilis, 44 n. Chr., FIR 416,70. Ilion, Dig. 27,1,17,1. Griechenland 67 n. Chr., Sylloge[3] 814. Tyras, Dess. ILS 423). A. H. M. Jones Anat. stud. to Buckler, 1939, 103 ff. Röm. Knaben, Frauen und Proletariern (Vermögensgrenze 1500 As) stand i. zu. Mommsen RStR 3,236 f. Alter, Kinderreichtum, körperliche Gebrechen gewährten in der Kaiserzeit *i. personae*. Stände und Berufsklassen wie Senatoren, Priester, hohe Beamte, Veteranen (FIR 315,56. 424,76. Dig. 50,4,3,1), Professoren, Rhetoren, Ärzte (FIR 420,73. Dig. 27,1,6,2), Athleten, Choristen (Mitteis Chrestom. 381), *navicularii* (Dig. 50,16,18), chr. Geistliche hatten i. H. V.

F. F. Abbot–A. C. Johnson Municipal administration in the Roman empire, 1926, 594. Fontes iuris Romani anteiustiniani (FIR) 1, 1941. *H. Jedin* HB der Kirchengesch. 1, 1963, 461 f. 469.

Impedimenta. Die Normierung des Marschgepäcks des röm. Legionärs durch Marius (Frontin. 4,1,7. CPh 43, 1948, 168 ff.), die vor allem erfolgte, um den Train zu entlasten, zog offenbar auch eine solche des Trains nach sich, für den es wohl bisher bestimmte Vorschriften nicht gegeben hatte (Krom.-Veith 313). Dagegen scheint die Gliederung der I. in Armee- und Truppentrain schon in sehr frühe Zeit zurückzureichen, da das Lagerschema und die Marschordnung des röm. Heeres dies voraussetzt. Der abteilungsweise gegliederte Truppentrain umfaßte die I. der Kampftruppen, also die Lederzelte, Handmühlen, Kochgeräte, Werkzeuge, Decken, leichten Geschütze u.a. Die Beförderung erfolgte durch Tragtiere, von denen wahrscheinlich je eines für ein *contubernium* notwendig gewesen ist. Zum Armeetrain zählten das Gepäck der Kommandos und der höheren Offiziere und vermutlich die schweren Geschütze einschließlich der Vorräte verschiedenster Art. Zur Beförderung des Armeetrains dienten auch Wagen (Plut. Pomp. 6). Darstellungen von Trainwagen für die Zeit des homogenen Heeres der Kaiserzeit geben die Traians- und die Marc Aurelsäule wieder (Krom.-Veith 500). Der gesamte Train erforderte zahlreiche Fuhrknechte, Treiber und Bedienungsmannschaften (→ *calones*). Nicht zum Train, wohl aber zu den I. im weitesten Sinne zählten die dem Heer stets folgenden Händler, Marketender und käuflichen Frauen. A. N.

Krom.-Veith 313 f. 352. 377. 394. 500. 546.

Impensae s. Dos. Rei vindicatio

Imperator (altlat. *induperator:* Enn. 33 Diehl; griech. αὐτοκράτωρ) bezeichnet urspr. ganz allg. den Magistrat, der das militär. Kommando (→ Imperium) innehat. Neben dieser Grundbedeutung, die niemals verlorengeht (z. B. Plaut. Amph. 223; *l. Iulia municipalis* Z. 121), tritt schon mit dem Einsetzen unserer literar. und epigraph. Überlieferung ein anderer, speziellerer Wortgebrauch, wonach I. im engeren Sinne sich nur derjenige Magistrat mit Imperium nennen darf, der nach seinem Sieg von den Soldaten als solcher begrüßt und später auch vom Senat anerkannt worden ist. Damit ist I. ein Ehrentitel geworden, der die Feldherrnqualität und vielleicht auch die übernatürliche Kraft eines Beamten dokumentieren soll. Genaue Bestimmungen gibt es für die I.enernennung nicht, und vielfach werden die Magistrate selbst ihre Akklamation arrangiert haben (vgl. Caes. civ. 3,31,1). Wird ein Feldherr mehrmals zum I. ausgerufen, so zählt er die Akklamationen (z. B. DessILS 876: *Cn. Pompeio Cn. f. Magno imper. iter.*). Gewöhnlich folgt der I.enernennung der Triumph in Rom; nach dem Triumph wird der Titel zugleich mit dem Imperium niedergelegt. Die frühesten Belege für solche Akklamationen stammen aus dem 2. Jh. (die Akklamation Scipios in Spanien aus dem J. 209 ist zweifelhaft). Auch jetzt nennen sich jedoch nicht nur die im Felde Akklamierten I., sondern es ist vielmehr zu beobachten, daß der im militär. Bereich *(militiae)* tätige Magistrat mit Imperium und bes. der Promagistrat den I.entitel führt, ohne daß immer eine Akklamation vorausgegangen zu sein scheint, und daß er ihn vor allem gegenüber den Untertanen so verwendet, als ob er seine reguläre Amtsbezeichnung wäre (z. B. der Praetor bzw. Prokonsul der Hispania Ulterior gegenüber Provinzialen in dem ältesten uns erhaltenen Edikt aus dem J. 190/89, DessILS 15: *L. Aimilius L. f. inpeirator;* der Prokonsul P. Dolabella im J. 43 gegenüber den Ephesiern bei Ios. ant. Iud. 14,225). Die Verwendung des I.ennamens an Stelle der regulären Amtsbezeichnung rechtfertigt sich hier nicht aus eventuellen I.en-Akklamationen, die keine amtlichen Qualitäten schaffen, sondern versteht sich als Herrschername, den gegenüber Untertanen zu verwenden angemessener ist als die auf röm. Verhältnisse zugeschnittene Magistratsbezeichnung. Mit der Militarisierung der Politik seit dem Bundesgenossenkrieg kehren große Feldherren und Machtpolitiker wie Sulla, Pompeius und Caesar auch gegenüber den Römern den I.ennamen hervor, da er einerseits keine bestimmte übergeordnete staatsrechtliche Stellung anzeigt, zum anderen aber – bes. bei mehrmaligen Akklamationen – seinen Träger als militär. Potenz ausweist und ihn damit von den regulären Magistraten abhebt; für Feldherren, die sich ihre militär. Macht usurpiert haben, dient er bisweilen als Ersatz für die mangelnde Magistratur (wie bei Fimbria, Sulla, Pompeius; vgl. [3], 53 f.). Hier geht also I. als Ehrentitel in einer allgemeinen Vorstellung von Militärgewalt auf. Caesar führt den I.entitel auch als Diktator, ohne die einzelnen Akklamationen noch zu zählen (DESS ILS 70), und betont damit den militär. Charakter seiner Herrschaft; wenn wir Cass. Dio folgen (43,44, 3; vgl. Suet. Iul. 76,1), wollte er sogar den I.ennamen vererben und ihn damit aus einer Titulatur zu einem Namensbestandteil machen. Z. Z. Caesars und der Triumvirn gestatten die Potentaten bisweilen auch einzelnen ihrer Unterfeldherren ohne Imperium, den I.ennamen zu führen bzw. bestätigen die Akklamationen der Soldaten für sie. Der Entwertung des Titels zu einem Lohn für gute Dienste macht Octavian ein Ende.

Kaiserzeit: An seinen Adoptivvater anschließend, hat Octavian mit dem I.entitel seine staatsrechtliche Stellung in bestimmter Weise charakterisieren wollen. Schon 38 v. Chr. legt er seinen Vornamen Gaius ab und ersetzt ihn durch *I.* (E. A. SYDENHAM The Coinage of the Rom. Republic, 1952, Nr. 1329. 1331). Da die Verwendung von I. als Namensbestandteil nicht mehr erlaubt, die einzelnen Akklamationen des Kaisers nach erfolgreichen Feldzügen zu zählen, hat Octavian/Augustus das Wort dann in seiner Titulatur doppelt geführt, einmal als Namensbestandteil *(praenomen imperatoris)*, zum anderen als reinen Titel (z. B. 25 v. Chr., DESS ILS 85: *imp. Caesari divi f. Augusto cos. nonum designato decimum, imp. octavom*). Auch nach der Niederlegung der Triumviralgewalt und der Neukonstituierung des Staates im J. 27 bleibt es bei diesem Usus, jedoch hat der I.enname nunmehr eine etwas andere Funktion. Die kaiserliche Gewalt ist jetzt nach republik. Staatsrecht als eine Summe von Magistraturen und Einzelprivilegien formuliert, unter denen das *imperium proconsulare* als die Befehlsgewalt über das Heer das bei weitem wichtigste Recht ist. Trotz der republik. Firmierung der Militärgewalt erinnert sie am stärksten an die Zeit der Militärdespotie und an die Entmachtung der Aristokratie; aus diesem Grund erscheint sie auch nicht in der offiziellen Titulatur des Kaisers, sondern tritt hier das unverbindlichere, weil rechtlich irrelevante I. ein. I. als Namensbestandteil umschreibt also das, was die ordentliche Ämtertitulatur nicht sagen darf: Der Charakter des Prinzipats als Militärherrschaft versteckt sich nunmehr im Namen des Kaisers, und der I.enname wird in gewissem Sinne Gegenstück zu der Benennung des Kaisers als Princeps, die den Staat als die Fortsetzung der Senatsherrschaft charakterisieren soll. Aber wenn auch I. als Name oder Ehrentitel (bei der Akklamation) die konkrete Benennung des militär. Oberbefehls in der Kaisertitulatur entbehrlich macht, so erhält der Begriff doch gerade durch seine Ersatzfunktion eine enge Verbindung zu dem *imperium proconsulare* und soll das ja auch; der häufige Wegfall des *praenomen imperatoris* ([7],2280 für Augustus) oder gar seine gänzliche Zurückweisung (Suet. Tib. 26,2) ist daher als Zeichen eines »rechten« Princeps zu verstehen, der die titulare

Formulierung der Militärherrschaft selbst in der kaschierten Form ablehnt. Aus der Ablehnung des Tiberius ergibt sich auch, daß die Imperatur im Namen stärker die Verbindung zum Truppenkommando ausdrückt (so [1],2,794) als die wohl eher als Ehrentitulatur empfundene gezählte Imperatur ([2],1146 ff.). – Die enge Zusammengehörigkeit des Wortes I. mit dem *imperium proconsulare* bewirkt, daß die Verwendung sich schnell auf den Kaiser und seinen designierten Nachfolger einschränkt. Q. Iunius Blaesus, Prokonsul von Africa, ist der letzte von den Soldaten akklamierte I., der nicht der kaiserlichen Familie angehört (22 n. Chr.: Tac. ann. 3,74,4). Die Nachfolger des Augustus haben zunächst das *praenomen imperatoris* nicht mehr geführt; in dieser Zeit erscheint also nur die gezählte Imperatur im Titel. Erst Nero nimmt es zeitweilig wieder auf, dann Otho und wieder Vespasian, von dem an es zum festen Bestandteil der Namen aller Kaiser wird. Seit Vespasian wird es auch immer mehr üblich, das aus der jul.-claud. Dynastie ererbte Cognomen *Caesar* hinter das *praenomen imperatoris* zu setzen; Marc Aurel und Verus verselbständigen dann *imperator Caesar* zu einem vom Namen des Kaisers unabhängigen titularen Begriff, indem sie es vor ihren vollen bürgerlichen Namen setzen (z. B. *imp. Caesar M. Aurelius Antoninus Augustus;* dem Prinzip verwandt ist schon die Inschr. DESSILS 162 für Tiberius). Dabei ist es dann bis zum E. des Prinzipats geblieben. – Unabhängig von der kaiserlichen Titulatur verwenden die literar. Quellen und vor allem auch die klass. Juristen zunehmend I. zur Bezeichnung des Kaisers schlechthin und wird also nicht *princeps* oder *Augustus*, sondern *i.* das gebräuchlichste Wort für »Kaiser«. Dieser Wortgebrauch ist davon beeinflußt, daß – vielleicht seit Gaius (Acta Arv. CIL VI p. 467; PASOLI 111 zum 18. März 38) – die Übertragung des *imperium proconsulare* an den neuen Kaiser durch den Senat in Form einer Akklamation zum I. vorgenommen bzw. sie von ihr begleitet und der Tag dieser Akklamation als Regierungsbeginn *(dies imperii)* betrachtet wird. I.enname und die durch die einzelnen Rechte bestimmte Machtfülle des Kaisers fallen seitdem immer deutlicher zusammen, und darum kann ein Mann, der vom Heere zum I. ausgerufen wurde, sich schon als »Kaiser« fühlen, auch wenn er (noch) nicht vom Senat als dem einzig dafür kompetenten Gremium mit der regulären Kaisergewalt bestallt worden ist. Als dann im 3. Jh. der Einfluß des Senats immer geringer wird, ist die Ausrufung zum I. gleichbedeutend mit der Übertragung der Kaisergewalt und folglich I. nicht mehr nur einer von mehreren Bezeichnungen, sondern die einzig korrekte Bezeichnung des Herrschers. – Schon im 3. Jh., vor allem aber seit der konstantin. Z. wird der Titel *imperator Caesar* allmählich durch *dominus noster (d. n.)* ersetzt und schließlich nur noch vereinzelt gebraucht, um nach Justinian ganz zu verschwinden. – Auch die gezählte Imperatur wird seit dem 3. Jh. dadurch entwertet, daß man bei Fehlen von militär. Siegen diese jährlich fingiert und so die Zahl der Akklamationen mit der Zahl der Regierungsjahre eines Kaisers gleichmacht. – I. bleibt aber bis zum E. der Ant. das allg. gebräuchliche (nichttitulare) Wort für »Kaiser« und überträgt sich weiter auch auf die Herrscher des Mittelalters.

Übersicht über die Kaisertitulaturen: DESS ILS III p. 257 ff. J. Bl.

1. *Mommsen* RStR [3]1,123; 2,767ff. 846. 2. *A. Rosenberg*, RE IX 1139ff. 3. *A. Momigliano*, Bull. com. 58, 1930, 42ff. 4. *D. McFayden* The History of the Title I. under the Rom. Empire, 1920. 5. *A. v. Premerstein* Vom Werden und Wesen des Prinzipats, 1937, 245ff. 6. *H. Nesselhauf*, Klio 30, 1937, 306ff. 7. *L. Wickert*, RE XXII 2060f. 2278ff. 8. *R. Syme* Imperator Caesar, Hist. 7, 1958, 172ff. 9. *D. Kienast*, ZRG 78, 1961, 403ff. 10. *Mommsen* Die Kaiserbezeichnung bei den röm. Juristen, GSchr. 2,155ff.

Imperios(s)us. Cognomen, in den republ. Fasten bei den Manliern im 4. Jh. v. Chr. MÜNZER Adelsp. 25. 186,1. DEGRASSI FCap 129. H. G. G.

Imperium ist die Amtsgewalt der höchsten röm. Magistrate und Inbegriff absoluter magistrat. Gewalt. Die moderne Rechtsdogmatik hat das I. zu dem zentralen Begriff der röm. Staatstheorie gemacht. Nach der Lehre MOMMSENS ist das I. die unbeschränkte, alle militär. jurisdiktionellen, polizeilichen und sonstigen Kompetenzen einschließende Vollgewalt des obersten Magistrats, erst des Königs, dann der Praetoren bzw. Konsuln; sie wird mit dem Beginn der Republik lediglich durch die Provokation eingeschränkt, die für kapitale Straftaten das magistrat. Urteil an ein zweitinstanzliches Urteil des Volkes bindet und damit das Strafrecht in *iudicatio* (magistrat.-komitialer Prozeß) und → *coercitio* (magistrat. Polizeigewalt) scheidet. Diese »totale Imperiumstheorie« ist neuerdings durch den Nachweis, daß in der röm. Frühzeit Zivil- und Strafrecht fast ausschließlich Sache der Geschlechter sind und daß es die Provokation als Rechtsmittel nicht gibt, zurückgewiesen worden; danach ist das I. urspr. reine (oder doch in erster Linie reine) Militärgewalt und zieht erst allmählich mit dem Eindringen des Staates in die zivil- und strafrechtlichen Domänen der *gentes* auch jurisdiktionelle Kompetenzen an sich; diese Entwicklung fördern vor allem die Ständekämpfe, in denen der Magistrat zum Bollwerk der patriz. Aristokratie gegen die privatrechtlichen und polit. Ansprüche der Plebejer wird ([6],57ff. [7],2444ff.). – Mit dem Ausbau des Staates werden viele Spezialkompetenzen durch die Schaffung neuer, niederer Magistraturen ohne I. (Quaestoren, Aedilen) aus der obersten Magistratur faktisch ausgeklammert. Die rechtliche Überordnung des I.strägers zeigt sich aber in seinem Verbietungsrecht (→ *intercessio)* gegenüber den niederen Magistraturen, das mit der Entwicklung der Beamtenschaft zu einem neuen Begriff der Amtsgewalt, der → *potestas*, führt, die als niedere, gleiche oder höhere *(minor, par, maior p.)* die Abhängigkeitsverhältnisse feststellt. Das militär. Kommando jedoch bleibt stets an den Besitz des I.s geknüpft; ebenso ist den Inhabern des I.s im allgemeinen die Gerichtsbarkeit vorbehalten, soweit sie nicht von der Volksversammlung oder von Geschworenenhöfen wahrgenommen wird; die → Praetoren, die als *praetor urbanus* und *peregrinus* zu besonderen Gerichtsmagistraten werden, bilden sogar das Zentrum für die Ausbildung des röm. Zivilrechtes und spielen seit Sulla auch als Vorsitzende der Geschworenenhöfe für Strafsachen *(→ quaestiones)* eine gewichtige Rolle. Trotzdem gibt es auch zahlreiche Magistrate ohne I., die Recht sprechen; das Verhältnis ihrer Jurisdiktionsgewalt zu der der I.sträger ist uns h. weitgehend unklar, da es von den Römern u. W. nicht dogmatisiert, sondern von Fall zu Fall reguliert wurde. In der Kaiserzeit jedoch, als das I. kaum noch ein lebendiger Begriff war, haben die Juristen das Verhältnis von *i.* und → *iurisdictio* in ein kompliziertes System gebracht (Ulp. Dig. 2,1, 3f. Paul. Dig. 50,1,26), was dann über die Glossatoren und Kommentatoren der Pandekten bis in das 19. Jh. hinein in der Juristenliteratur eine große Rolle spielt ([5],21ff.). – Hilfsbeamte der I.sträger und zugleich Symbol ihrer Macht sind die → *lictores*, die Rutenbündel *(fasces)* tragen, in denen Beile stecken. Die Beamten mit I. sind selbstverständlich Jahresbeamte u. urspr. alle kollegialisch organisiert. Sie werden von derjenigen Volksversammlung gewählt, die urspr. Heeresversammlung gewesen war *(→ comitia centuriata)*; sie müssen jedoch bei ihrem Amtsantritt zusätzlich noch bei der ältesten Volksversammlung, die nach Kurien organisiert ist (→ *comitia curiata)*, um ihr I. nachkommen *(l. curiata de imperio)*, was wohl ein Überbleibsel davon ist, daß in älterer Z. diese Versammlung die Magistrate mit I. gewählt hat ([6], 70ff.). Die Zahl der Beamten mit I. beträgt nach anfänglichem Schwanken seit 367 v. Chr. 3 (2 Konsuln und 1 Gerichtspraetor), zu denen um 241 noch ein Praetor hinzutritt, der zwischen Bürgern und Fremden Recht spricht *(pr. peregrinus)*. Da die Kompetenzen der Praetoren zu festen Spezialkompetenzen werden (Gerichtsbarkeit), gelten schon im 3. Jh. die Konsuln als die ranghöheren Magistrate *(maior potestas)* und damit als die Repräsentanten des Staates. Die Ausweitung des Herrschaftsraumes und die damit verbundene Notwendigkeit, röm. Herrschaftsträger in Übersee ständig zu postieren, führt dann zur Schaffung von 4 weiteren Praetoren als Kommandanten geograph. fest umrissener Herrschaftsräume (Provinzialpraetoren). Der fortschreitenden Machtstellung Roms genügte aber die Vermehrung der Praetoren allein nicht. Schon seit den Samnitenkriegen verlängert man daher häufig das I. des

Magistrats über das reguläre Amtsjahr hinaus bis zur Vollendung ihrer – meist krieger. – Aufgaben (prokonsular. und propraetor. I.). Sulla schließt dann diese Entwicklung dadurch ab, daß er Magistratur und Promagistratur in ein festes Verhältnis bringt: Die ordentlichen Magistrate mit I. (2 Konsuln, 8 Praetoren) verwalten in Rom die zivilen Amtsgeschäfte (ohne militär. Funktionen), anschließend übernehmen sie ein weiteres Jahr als Promagistrate eine Provinz mit mehr oder minder großen Truppenverbänden. Die durch diese Reform bewirkte Entmilitarisierung der ordentlichen Magistratur und Aufsplitterung der militär. Macht Roms auf zahlreiche Statthalter hatte innenpolit. Gründe, wurde aber den großen außenpolit. Aufgaben des Reiches nicht gerecht. Die nachsullan. Z. ist daher gekennzeichnet durch große außerordentliche prokonsular. Imperia *(imperia extraordinaria)*, die durch Konzentrierung mehrerer Provinzen und starker militär. Kräfte in einer Hand diese Aufgaben lösen, aber gleichzeitig die Republik aus den Angeln heben. Die Grundgewalt des Kaisers geht auf diese spätrepublik. außerordentlichen I. zurück: Das *i. proconsulare* bildet die rechtliche Basis für die kaiserliche Befehlsgewalt über die Legionen in den Grenzprovinzen; es wird wegen seines Umfanges in der modernen Lit. (gegenüber dem I. des Statthalters der Senatsprovinzen) bisweilen auch als *i. maius* gefaßt (z.B. [9]). Es wird dem neuen Kaiser vom Senat übertragen; der Tag der Übertragung gilt als Regierungsantritt *(dies imperii)*. Mit dem E. des Prinzipats geht das kaiserliche I. in dem Imperatorennamen auf; seitdem ist die Akklamation zum → Imperator durch das Heer gleichbedeutend mit dem Besitz der ganzen kaiserlichen Machtfülle und also auch des I.s. – Da das I. der Exekutive Sinnbild der Macht Roms ist, wird in den Quellen öfter untechnisch von dem *i. populi Romani* gesprochen und ist später auch die Herrschaftsgewalt Roms auf den Herrschaftsbereich übertragen worden, so daß im frühen Prinzipat die Bezeichnung des röm. Herrschaftsraumes als *i. Romanum* schon ganz kommun ist (z.B Tac. ann. 2, 61,2). J. Bl.

1. *Mommsen* RStR ³1,116ff. 2,74ff. 2. *P. de Francisci* Storia del diritto Romano, ²1943, 1,175ff. 2,1,271ff. 3. *H. Siber* Röm. Verfassungsrecht in gesch. Entwicklung, 1952, 70.ff. 274ff. 4. *E. Meyer* Röm. Staat und Staatsgedanke, ³1964, 117ff. 359ff. 5. *F. Leifer* Die Einheit des Gewaltgedankens im röm. Staatsrecht, 1914. 6. *A. Heuß*, ZRG 64, 1944, 57ff. 7. *J. Bleicken*, RE XXIII 2444ff. 8. *W.F. Jashemeski* The Origins and History of the Proconsular and Propraetorian I. to 27 B.C., 1950. 9. *H. Last* I. maius, JRS 37, 1947, 157ff.

Impluvium. Das rechteckige Regenwassersammelbecken im Fußboden des → Atrium unter dem → Compluvium (der Wortgebrauch schwankt) gehört zum ital. Haus. Das Wasser wird oft in einer Zisterne unter dem I. gesammelt und durch ein → puteal am Rande des I. geschöpft. Gute Beispiele zeigt Pompei. → Haus 2. W. H. G.

Imuthes. Äg. *Ij-m-ḥtp*. Baumeister König Zosers (27. Jh. v. Chr.), der als 1. einen großen Steinbau für seinen König errichtete, die Stufenpyramide von Saqqara mit den umliegenden Kultbauten; dort ist sein Name auf der Basis einer Statue des Zoser gefunden (Firth-Quibell Step Pyramid pl. 58). Er galt als ältester Vf. einer Weisheitslehre und im N. R. als Schutzherr der Schreiber, dem man einen Tropfen aus dem Schreibnapf opferte. So wurde er seit sait. Zeit (um 600 v. Chr.) zu einem Gott, der gern als Heilgott angerufen und daher von den Griechen als Asklepios bezeichnet wurde. Tempel gab es von I. bes. in Memphis, wohl am Ort seines Grabes in N.-Saqqara; dorthin verlegen den Kultplatz auch griech. Papyri; verehrt wurde I. auch in Theben im Tempel von Deir el-Medineh zusammen mit dem ebenfalls vom Mensch zum Gott gewordenen Amenophis, Sohn des Hapu. Er galt nun als Sohn des Ptah. Dargestellt wird I. dabei thronend, mit einem Papyrus auf den Knien. Zum Kult (etwa in Deir el-Bahari in Theben-West) gehörte der Tempelschlaf, durch den den Kranken die Medizin offenbart wurde. Die Einleitung einer Übers. eines zu seinem Preis geschriebenen äg. Werkes ins Griechische aus Dank für Heilung liegt im Pap. Oxy. XI 1381 vor. W. H.

Sethe Imhotep (Unters. Gesch. Äg. 2,4), 1902.

Ina. Städtchen Siciliens, nach den Koordinaten bei Ptol. 3,4,15 in der S.-Spitze der Insel zu suchen, näher nicht bestimmbar. Nach Cic. Verr. 3,103 wurden auch die *Inenses* von Verres ausgeplündert. K. Z.

Inachos (Ἴναχος). **1.** (Mythologisch.) Sohn des Okeanos und der Tethys, zugleich erster König von Argos und Stammvater der argivischen Fürsten. Entschied in dem Streit zwischen Poseidon und Hera um Argos zu Heras Gunsten und führte deren Kult ein, wofür Poseidon den Strom trockenlegte, Paus. 2,15,4f. Zeugte mit der Okeanide Melie oder mit seiner Schwester Argeia Phoroneus, Aigialeus und Argos, auch Io, Aischyl. Prom. 589. Hyg. fab. 143. 145. Hdt. 1,1. Der Name ist wohl vorgriech. Über das Fest Inacheia auf Kreta Nilsson Griech. Feste 432. Maass Griechen und Semiten auf dem Isthmos, 1903, 106. Über Soph.' Satyrspiel I.: M. Pohlenz Die griech. Tragödie, ²1954, 1,169. 2,72. H. v. G.

2. Inachos, Hauptfluß der Ebene von Argos, h. Panitsa, entspringt im Gebirge Lyrkeion (RE XIII 2499ff. XXIII 2314f. s. Prinos), n. des h. Malevó (Artemision) und fließt ö. von Argos durch die Ebene, schon im Alt. oft ohne Wasser. Bei Hekataios und danach Sophokles gilt der ebenfalls als I. bezeichnete Oberlauf des → Acheloos (Aspropotamos) als Oberlauf des argiv. I. (Steph. Byz. s. Λάκμων. Strab. 6,2,4 p. 271. 7,5,8 p. 316. 7,8 p. 327. FGrH I Nr. 1 frg. 102). Als Hauptfluß von Argos war I. Stammvater der argiv. Könige und Helden. Sophokles nannte eine Tragödie nach I. (TGF frg. 249–273). Paus. 2,15,4f. 18,3. 25,3. 8,6,6. Strab. 8,6,7 p. 370. E. M.

1. *Kroll*, RE IX 1218f. 2. *Philipps.-Kirst.* 3,137. 139.

Inaros (*Ἴναρος* oder *Ἰνάρως*), Sohn des Psammetichos, König in Libyen, überredete die Äg. nach dem Tode des Xerxes zum Abfall von Persien (um 460 v.Chr. Thuk. 1,104. Diod. 11,71, 3–6). Trotz anfänglicher Erfolge (Hdt. 7,7) und athen. Hilfe, die I. erbeten hatte, konnte er sich auf die Dauer nicht gegen die Perser halten. Nach dem Untergang der Athener um 454 v.Chr. wurde I. gefangen und gepfählt (Thuk. 1,110). Nach Ktes. Pers. 32ff. = FGrH 688 F 14 haben der Rest der Athener und I. auf freien Abzug kapituliert (vgl. Diod. 11,77,4.5), trotzdem sei I. gefangen und nach 5 J. gekreuzigt worden (Pers. 36). Die Glaubwürdigkeit dieses Berichtes ist umstritten. K. W.

J. Scharf, Hist. 3, 1954/55, 308–325.

Inauguratio. Findet für → augures, → flamines, → rex sacrorum bei Amtsbeginn statt (Labeo bei Gell. 15,27,1. Zeugnisse: Wissowa Rel.[2] 490,3. Nicht bei pontifices und anderen Priestern). In hist. Z. ist die uralte Zeremonie (wohl zu *augere*: s.o. Bd. I 734) nur noch formaler Investiturakt mit Einholung der göttlichen Zustimmung. Die i. findet unter Beteiligung der pontifices in → *calata comitia* statt. Die Beschreibung der i. Numas als König bei Liv. 1,18,6ff. ist Rückprojizierung. Den Unterschied zwischen auspicatio und i. definiert Mommsen RStR 2,9 so, daß bei jener der Betreffende selbst die Genehmigung der Gottheit einholt, bei dieser ein anderer, nämlich der pontifex maximus. → augures. W. E.

Latte RRel 141. 403. *Mommsen* RStR 2,9f. 33ff. *Marqu.* RStV 3,230f. *Wissowa* Rel.[2] 490. 524.

Inaures s. Ohrgehänge

Incantatio s. Zauber

Incendium. Bedeutet den Brand und speziell die Brandstiftung. Gegen sie enthielten schon die XII Tafeln 8,10 eine Strafdrohung (als Talion für den Vorsatztäter den Feuertod; die bei Gai. Dig. 47,9,9 außerdem angegebene mildere Strafe für den Fahrlässigkeitstäter dürfte jünger sein). Später haben andere Gesetze ähnliche Strafen angedroht, so etwa die lex Cornelia de sicariis et veneficiis (Dig. 48,8,1 pr.). Vgl. auch Dig. 48,19,28,12. D. M.

Incensus »nicht geschätzt«, d.h. der sich dem Zensus entzog, um der Besteuerung und dem Kriegsdienst zu entgehen, obwohl jeder Bürger verpflichtet war, sein Vermögen schätzen zu lassen und dabei meist persönlich vor dem Zensor zu erscheinen. Dem i. drohten harte Strafen: nach einem legendären Gesetz des Servius Tullius (Liv. 1,44) wurde der i. mit dem Tode bestraft, in der republikan. Z. wurde die Schuld des i. mit Vermögenseinzug und Verkauf in die Sklaverei geahndet (Cic. Caec. 34. Val. Max. 6,3.4. Suet. Aug. 24. Gai. 1,160. Ulp. 11,11). Dieses hohe Strafmaß, das lange beibehalten worden ist (vgl. Dion. Hal. ant. 4,15), erklärt sich aus der Schuld des i., mit Steuerhinterziehung den Staat betrogen zu haben. G. Sch.

Mommsen RStR 2,367,434[2]. 3,548[3].

Incestus. 1. I. ist zunächst ein religiöser Begriff, der die rituelle Unreinheit bezeichnet (Lucr. 1,98. Hor. c. 3,2,30; ars 472. Liv. 45,5,7. Latte RRel 49). In spez. Bedeutung bezeichnet i. den, der ein religiös-sexuelles Gebot mißachtet hat, wozu bes. die Verfehlung einer → virgo Vestalis gehört. *incestum* (oder *-us*) gehört zu den relig. Kapitalverbrechen; zuständig ist das Pontifikalkollegium. **2.** Im weltlichen Recht ist *incestum* das Delikt der Blutschande. Daß es in der relig. Sphäre seinen Ursprung hatte, ergibt sich aus der relig. Grundlage der Familie. Verboten war die geschlechtliche Verbindung in gerader Linie sowie zwischen Geschwistern und Halbgeschwistern. Unzulässig waren bis zum ausgehenden 3. Jh. Ehen zwischen Verwandten bis zum 6. Grad einschließlich, später bis zum 4. Grad (Ulp. 5,6), in der klass. Z. des röm. Rechts bis zum 3. Grad, aber auch Ehen mit (Ur-) Großneffen und -nichten. Zur Verwandtschaft, die ein Eheverbot begründet, gehören auch uneheliche sowie Adoptivverwandtschaft, letztere auch nach Aufhören des Adoptivverhältnisses in gerader Linie, in der Seitenlinie nur solange es bestand. In der Kaiserzeit begründete auch Affinität ein Ehehindernis; ob sich aus Cic. Cluent. 5f. schließen läßt, daß dies in der Rep. nicht der Fall war, ist bestritten (Kaser 1,270). Zwischen Claudius (aus eigenem Interesse: Tac. ann. 12,6) und Constantius II. war die Ehe zwischen Nichte und Vaterbruder erlaubt. Die Ehe zwischen Geschwisterkindern war früher durch den weiten Bereich der Eheverbote (s.o.) verboten, wurde später üblich (Tac. a.O.), dann wieder zwischen Theodosius I. und Iustinianus verboten (im O. aber wohl erlaubt). Seit Constantius II. bestand Eheverbot mit den Geschwistern des früheren Ehegatten und zwischen Vormund und Mündel. Obwohl die Gesetze seit der rep. Z. erheblich gemildert waren, waren sie auf Völker mit anderem Empfinden kaum anwendbar (Äg., auch Griechenland. Juristen wollten daher neben dem *ius civile* ein *ius gentium* konstruieren, nach dem nur Ehen in gerader Linie verboten waren). Diocletianus aber versuchte, die röm. Strenge überall durchzusetzen (im J. 295), was aber nicht recht gelang, wie spätere Wiederholungen u. die erhebliche Einschränkung der Schenkungs-, Erb- und Testierfreiheit (Verordnung vom J. 396) zeigen. Iustinianus schuf Nov. 12 darin eine wesentliche Milderung zugunsten aus solchen Ehen hervorgegangener Kinder, aber Nov. 89,15 gelten sie noch weniger als uneheliche Kinder und haben nicht einmal Unterhaltsanspruch.

Legal war die Todesstrafe, die aber regelmäßig durch Deportation oder, wie in der Kaiserzeit üblich, durch erhebliche Vermögensstrafen ersetzt wurde. → Matrimonium (mit Lit.). W. E.

Karlowa 2,174ff. *Mommsen* RStR 682ff. *M. Kaser* Das röm. Privatrecht, I, Münch. 1955, 269f.; II Münch. 1959, 113f. (HB Alt.-Wiss.). *Kunkel*, RE XIV 2266f.

Incia (NISSEN It. Ldk. 2,268), Appenninfluß, der in n.ö. Richtung bei Brixellum-Briscello in den Po mündet (Plin. nat. 3,118); h. Enza. G. R.

Incola. »Einwohner«, Mitglied einer Gemeinde, das auf deren Territorium wohnt und zu ihrer Bürgerschaft zählt (Dig. 50,16,239: *I. est, qui aliqua regione domicilium suum contulit, quem Graeci πάροικον appellant*), meist bezogen auf die Stadtbevölkerung (CIL II 12826). So beruht das i.-Verhältnis vor allem auf dem *domicilium:* der i. steht dem *civis*, dem Stadtbürger, gegenüber, der durch seine → *origo* die Stadtbürgerschaft besitzt; die Stadt ist dem i. der gewählte ständige Wohnort (nicht jedoch demjenigen, der sich hier nur vorübergehend aufhält: dem *peregrinus* [Cic. off. 1,34. Liban. or. 15,16. CIL V 376], dem *hospes* [CIL IX 2652. 5074. 5075. XI 6167], den → *negotiatores*), dem *civis* dagegen Geburts-, Heimatort (*civis et i.* Liv. 34,29. Cod. Iust. 7,62,11. CIL oft; ähnlich auch Wendungen wie *municeps et i.*, *originarius et i.* usw. mit zahlreichen Belegen in CIL).

Der i. behält das Bürgerrecht seiner Heimatgemeinde und ist nun zusätzlich der Gemeinde des Wohnortes verbunden. Die jurist. Beziehungen erstreckten sich also auf die *origo (civis)* und auf das *domicilium* (i.). Rechte und Pflichten des i. waren im ganzen Reichsgebiet nicht einheitlich, sie waren Angelegenheit der Gemeinden (CIL II 1964): das Recht des i., in einer Stadt sein Domizil zu wählen, schloß die Verpflichtung ein, bestimmte *munera*, Abgaben und Spenden, zu übernehmen (CIL V 875. Cod. Iust. 10,39 [38],1; dies betraf auch Ausländer nach App. civ. 4,34), den Weisungen und Gesetzen der Stadtherren Folge zu leisten (Dig. 50,1,29); der i. hatte das aktive Wahlrecht; ob er auch das passive besaß, ist nicht erwiesen, jedoch wohl vorgekommen (MOMMSEN RStR 3, 234. 767. 803. 804).

Die i.-Verhältnisse sind Teil der polit., sozialen und jurist. Verhältnisse der Gemeinden und Städte und deshalb für deren Gesch. von Bedeutung. G. Sch.

Incubatio s. Tempelschlaf

Incubus oder **Incubo.** Albdämon. Wie bei vielen Völkern glaubte man auch in der Ant., die beängstigenden, beklemmenden Träume würden durch ein koboldartiges Wesen hervorgerufen (griech. → Ephialtes). I. ist aber auch Bringer unzüchtiger Träume (Aug. civ. 15, 23. Isid. orig. 8, 11, 103. Serv. Aen. 6, 775). Beides, das Erschreckende und das Obszöne, führten zur Identifizierung mit → Faunus und → Silvanus. Besonders die *Fauni ficarii*, die in Feigenbäumen hausenden Faune, wurden als die Frauen verfolgenden I. gedacht. Aus der Wortbedeutung (vgl. OTTO Sprichwörter s. *incubare*) und weil solche Geister oft Schätze hüten, konnte man sich die I. auch als Schatzhüter denken, worauf Petron. 38 hinzuweisen scheint. Auch mit → Inuus identifiziert (Isid. a. O. Serv. a. O.). W. E.

Roscher Ephialtes, Abh. säch. Ges. Wiss. 20,2, 1900.

Index scheint in den Quellen in unterschiedlicher Bedeutung auf. Einmal versteht man darunter jene Person, durch deren Anzeige ein Verbrechen aufgedeckt wird, ohne daß diese Person notwendigerweise auch der formelle Ankläger gewesen sein muß. War der i. selbst an der Missetat beteiligt (vgl. Ulp. Dig. 48,18,1,26), so wurde ihm in späterer Z. bei einzelnen Delikten unter bestimmten Voraussetzungen Straffreiheit gewährt (vgl. Liv. 8,18. 39,19. Cod. Iust. 9,8,5,7). Bisweilen erhielt der i. auch eine Belohnung (vgl. etwa Ulp. Dig. 47,10,5,11. 29,5,3,13–15. Modestin. Dig. 37, 14,9,1). – Bei Amm. 29,1,41 sind jurist. Werke in Buchform überliefert, die *indices iuris* bezeichnet wurden. Als Literaturgattung begegnet i. vor allem in byzantin. Z. Iustinian (Const. Deo auctore § 12) gestattete Bearbeitungen seiner Dig. nur in Form von wortgetreuen griech. Übers.-en (κατὰ πόδα), von Slg.en von Parallelstellen (παράτιτλα) und von Zusammenfassungen, die streng dem Wortlaut der einzelnen Fragmente angepaßt sein mußten *(indices)*. Vf. solcher indices zu den Dig. waren Theophilus, Dorotheus, Stephanus und Kyrillos. Der h. nach seinem Fundort, der florentin. Dig.-hs., sog. i. Florentinus geht auf die Const. Tanta/Δέδωκεν § 20 zurück, wo Iustinian die Anfertigung eines Registers aller in die Dig. aufgenommenen Autoren und Schriften anordnet. F. R.

Mommsen RStrR, 1899/1955, 504f. *Kaser*, RE V A 1047ff. *Wieacker*, Textstufen klass. Juristen, 1960, 106. *A. Berger* Bull. ist. dir. rom. 55/56 (post bellum), 1952, 148ff. *Schulz* Gesch. röm. Rechtswiss., 1961, 404. *Wenger* Quellen röm. R., 1953, 578f.

India. Der Subkontinent, der sich in klass. Zeit kulturell von Baktrien und anderen Teilen des modernen Afghanistan bis an die W.-Grenze O.-Pakistans erstreckte und Ceylon (→ Taprobane) einschloß, wurde teilweise dem pers. Reich einverleibt, von Alexander d. Gr. erobert, seinen Nachfolgern von unabhängigen indo-griech. Herrschern weggenommen, diesen wiederum von Parthern, Śakas u. Kushān (→ Indoskythia) u. schließlich Sassaniden und weißen Hunnen. Danach begann wieder ein einheim. Regiment in diesen Gebieten (Indus-Tal, Panjab und w. davon, mit zweifelhafter Ausweitung nach Saurashtra und Gujarat) wie vor den pers. Invasionen. Der Reichtum des Indusgebiets, das Klima der n.w. Regionen, die Unbekümmertheit der Einwohner um nationale Verteidigung, all das ermöglichte diese aufeinanderfolgenden Invasionen und Eroberungen mit anscheinend unbedeutenden Streitkräften, wie später zu mohammedan. Zeit. Nur gutorganisierte kaiserliche Herrschaft im n. Zentral-Indien war imstande, fremde Eroberer oder ihre Nachfolger zu vertreiben, wie es mit den letzten seleukidischen Herrschern geschah, die zeitweise von einem Maurya-Kaiser verdrängt wurden. Der Reichtum, den die großen Völkerschaften und ihr Land hervorbrachten, und dazu ihre Fügsamkeit – vorausgesetzt, daß die fremden Herrscher ihre Sitten und Religionen achteten, wie es die Indo-Griechen und Parther taten – übten anfangs eine starke Anziehungskraft aus. Die barbar. Einfälle der weißen Hunnen zerstörten – nicht typisch für die übrigen Einfälle – charakteristischerweise einheimische Kulturelemente und führte neue ein, bis schließlich die Hunnen selbst assimiliert waren. Im Gegensatz dazu beweist die Säule des Heliodoros bei Besnagar (ca. 100 v. Chr.), daß Griechen Anhänger Vishnus werden konnten.

Das Interesse der klass. Alt.-Wiss. für I. betrifft mehr den Beitrag, den I. zum röm. und griech. Leben und Denken beisteuerte, als die Anregungen, die die ind. Kultur durch klass. Gedankengut empfing. In I., obwohl nie Sitz einer röm. Kolonie, bestand eine Reihe von Außenposten der hellenist. Welt. Die indo-griech. Mz.-Prägung lieferte hervorragende Beispiele hellenist. Kunst, die Gandharaskulptur kann sich mit der der Zeit Hadrians messen. Der Export von Gold und Silber nach I. im Austausch für Gewürze, Edelsteine, Elfenbein und Tiere spielte eine bedeutende Rolle im kaiserlichen Rom und beeinflußte Kriegführung und Politik. Indisches Kauderwelsch kommt in einer hellenist. Posse vor (P Oxy. 3,413).

Die I. betreffenden klass. Quellen sind von Wecker, RE IX 1264–1325 gesammelt und besprochen. Einige dieser Autoren, vor allem Ptolemaios (hg. L. Renou, 1925), der über die jüngsten Forschung in I. unterrichtet war, der Autor des Peripl. mar. Er. (hg. H. Frisk, 1927), der vielleicht nicht in den J. 50–70 v. Chr., sondern eher um 225 v. Chr. verfaßt wurde (Pirenne, Journ. Asiat. 249, 1961, 441 ff. Majumdar, Ind. Hist. Q. 38, 1962, 89 ff.), und bes. Megasthenes, der als Gesandter des Seleukos Nikator in die Hauptstadt der Mauryas, Pātaliputra, kam, sind immer noch Hauptquellen ind. Gesch. (s. R. C. Majumdar Cl. Accounts of India, 1960. Baijnath Puri India in Cl. Greek Writings, 1963), und alle Autoren, bes. Arrian in Anabasis und Indika, liefern eine Fülle von Einzelheiten. Die Zuverlässigkeit des Megasthenes ist angezweifelt worden, und einige seiner Erzählungen ähneln den Wundergeschichten des Ktesias (hg. Henry, 1947), aber trotz der darüber entfachten Debatten (Journ. Am. Orient. Soc. 78, 1958, 273 ff.; 80, 1960, 243. Dahlquist, Megasthenes and Indian Religion, 1962) spiegelt seine »Leichtgläubigkeit« indische Fabeln oder Mythen wider. Aber trotz der direkten Beziehungen, die der Seeweg bis zum frühen 4. Jh., als die Axumiten den Handel monopolisierten, vermittelte, und trotz des Aufenthalts fähiger griech. Beobachter mindestens während der 3 Jh. nach Alexanders Tod, sind die Auskünfte über die ind. Kultur spärlich und unzuverlässig. Die Dürftigkeit der Beschreibung der Gesandtschaft des Poros zu Augustus (die u. a. Sklaven, Tiere, einen Zwerg und einen Gymnosophisten, Zarmanochegas, der sich in Athen verbrannte, mitbrachte) verrät das schwache Interesse. Dazu und zu vielen anderen Gesandtschaften an röm. Kaiser aus verschiedenen Teilen Indiens und Ceylons s. B. A. Saletore India's Diplom. Rel. with the West, 1958. Die h. moderne Vermutung, die Griechen müßten mehr gewußt haben, als sie zu erkennen geben, überschätzt den ind. Einfluß auf den W. Eine krit. Quelle in diesem Zusammenhang ist Philostr. vit. Apoll. Lange für eine Slg. von gefälschten »Wundern« gehalten (Priaulx Ind. Travels of Apoll., 1873; ihm folgend Majumdar), ist der Wert von Apollonios' Erfahrungen im Lande des Iarchas durch die Entdekkung von Gebäuden in Taxila, wie Philostr. sie beschreibt, und durch Hinweise auf das vedische aśvamedha-Opfer in Apollonios' Bericht über die Brahmanen erhöht worden (Philostr. 2,19,15: Goossens, Journ. Asiat., 217, 1930, 280 ff. Meile, Journ. Asiat., 1943–1945, 451). Diese beiden Beispiele erheben Philostr.s Werk jedoch nicht über das Niveau einer mit Märchen ausgeschmückten Reisebeschreibung. Immerhin war die Zeit begierig nach ursprünglicher Weisheit aus dem O. und I. als Quelle dafür bekannt (→ Gymnosophisten). Der materielle Kontakt war sehr vielseitig. In dem Strom ind. Güter nach W. finden sich sogar solche des Lasters. Einige ind. Objekte sind in Italien gefunden und datiert worden: zu der in Pompei gefundenen Elfenbeinstatuette der Lakshmi (?) s. A. Maiuri, Le Arti 1, 1938–1939, 115. Puech, RHR 125, 1943, 87. Wein, Töpferwaren, und Mz. gingen in größeren Mengen nach I. bis z. Z. Marc Aurels; danach nahm der Handel ab. Kunstwerke waren geschätzt, denn Originale, wie die Statuette des Harpokrates und Embleme des Dionysos oder Silenos wurden in Taxila gefunden und Mengen steinerner Toilette-Geräte w. Stiles, aber ö. Herstellung zeugen von der Beliebtheit der Artikel. Funde röm. Mz., häufig in Schätzen zusammen mit ind. Währung (darüber s. J. Allan, Cat. of Ind. Coins in the Brit. Mus., Cat. of coins of Anc. India, 1936), kommen zahlreich in S.-I. und sogar im Dekhan vor (P. L. Gupta, Journ. Num. S. I. 19, 1957, 1 ff.) und es ist bezweifelt worden, ob sie gehortet wurden oder – durch einen Kratzer entwertet – bis zum Beginn des 2. Jh. im Umlauf waren.

Der Verlust der polit. Überlieferung ist sehr beträchtlich. Die Identität, Zahl und gegenseitige Beziehung der indo-griech. Könige ist strittig, ein Problem, das durch den relativen Quellenmangel (außer Mz.) erschwert wird, deren Studium seit etwa 1940 durch w. beeinflußte, geschickte Fälschungen kompliziert worden ist. W.W. TARNS ausgezeichnete, aber subjektive Darstellung Greeks in Baktria and India², 1951 wird in polit. Hinsicht von A.K. NARAIN Indo-Greeks, 1957, berichtigt. Auch so wird noch bezweifelt, ob Demetrios bis zur Mitte des Gangesbeckens geherrscht hat. Aśoka Maurya besaß das Kabul-Tal (→ Paropamisadai), über das Sophagasenos herrschte, als Antiochos III. ihn 206 v. Chr. besuchte. Demetrios I. eroberte nicht Gandhara (so NARAIN), sondern es war Demetrios II., Sohn des Euthydemos, König der Baktrier, der Teile von I. eroberte. Antimachos Theos († ca. 180) kam mit dem Tode des Euthydemos zur Macht. Demetrios II. folgte Antimachos. Er schlug zweisprachige Mz., die ersten, die die beiden Kulturen anerkennen, die noch 3 weitere Jh. miteinander bestanden. Eukratides folgte Demetrios ungefähr 165 und wurde von seinem Sohn (vermutlich Platon und nicht Heliokles Dikaios) ungefähr 155 ermordet. Apollodotos I. (bezweifelt von NARAIN 58.69, aber erwiesen von MACDOWALL und WILSON, Num. Chr. 20, 1960, 221 ff.) war Doppelkönig von Arachosia und Drangiana. Agathokles, der Teile von Gandhara besaß, starb ungefähr um dieselbe Zeit wie Demetrios II., so daß Eukratides über das Kabul-Tal, Arachosia und Teile von Seistān herrschte. Die Wirren nach seiner Ermordung ließen den größten indo-griech. König, Menander, an die Macht kommen. Über die Frage seiner angeblichen Bekehrung zum Buddhismus und das Milindapañha s. TARN, a.O. und FOUCHER, M. Ac. Ins. 43, 1943. Menander beherrschte Paropamisadai und größere Teile des Panjabs, aber anscheinend nicht das Indus-Delta und Gujarat. Seine Unterkönige waren Antimachos II., Polyxenos und Epander. Menander starb 130, und das indo-griech. Reich fiel an 5 »Häuser«, teilbar hauptsächlich (doch mutmaßlich) nach Münz-Typen: 1. Straton I. Apollodotos II. Zoilos II., Dionysios, Apollophanes, Straton II., die sich von Menander selbst ableiteten, 2. Antimachos II., Philoxenos, Nikias, Hippostratos, aus der Familie des Antimachos I., 3. Zoilos I., Lysias, Theophilos, vermutlich aus der Familie des Euthydemos; 4. Eukratides II., Archebios, Heliokles II., Antialkidas, Diomedes, Amyntas, Telephos, Hermaios, aus der Familie des Eukratides I.; 5. Artemidoros und Peukolos, ihre Familienzugehörigkeit ist bis jetzt noch nicht geklärt (s. NARAINS Tabelle auf S. 104). Hermaios' reichhaltige Münzprägung weist auf sein ausgedehntes Herrschaftsgebiet hin. Er oder möglicherweise Nikias, war der letzte indo-griech. König. Hermaios starb etwa 55 v. Chr., aber der Parther Azes hatte Gandhara am Ende der Herrschaft des Hippostratos, etwa 70 v. Chr. erobert. Der bedauerlichen Unsicherheit unseres Wissens von dem polit., ganz zu schweigen von dem kulturellen Leben der reichen und organisierten Königreiche, die durch Mz.-Funde bezeugt sind, entspricht das Problem, dem wir bei der Bestimmung der Bedeutung des griech. Beitrags zu der ind. Kultur und umgekehrt gegenüberstehen (G.N. BANNERJEE Hellenism in Anc. India³, 1961). Optimistische Einschätzungen des klass. Einflusses begegnen bei R.A. JAIRAZBHOY Foreign Influences in Anc. India, 1964, solche des ind. Einflusses auf den W. bei J. FILLIOZAT, Rev. Hist. 201, 1949, 1 ff., ebenso Relations extérieures de l'Inde, 1956, 1–30. Eine ausgewogene und umfassende Studie bei E. LAMOTTE, Nouv. Clio 5, 1953, 83–118. Die wenigen sicheren Tatsachen deuten auf das Gleichgewicht der beiden Kulturen und ihre wechselseitige Unvereinbarkeit.

I. als eine Quelle von Märchen und Legenden ist wohlbekannt, doch der mit Sicherheit als ind. anzusehende Anteil im Phaedrus oder Aisopos ist gering. Platons Timaios enthält eine der ayurvedischen ähnliche medizin. Theorie, aber die Ähnlichkeiten zwischen den Systemen bleiben an der Oberfläche (FILLIOZAT La Doctr. Cl. de la Méd. Indienne 1949). Geschichten von Beziehungen zwischen griech. und orient. Weisen sind oft Fälschungen (ebd. 209), und das Material über die Gymnosophisten wird mit wenigen originellen Ergänzungen in den Vordergrund gestellt (DERRETT, Journ. Am. Orient. Soc. 82, 1963, 21 ff.) Die wichtige Frage, ob I. Plotin beeinflußte (von A.B. KEITH verneint), hielt man für gelöst durch das angeblich originale Material zu ind. Weisheit bei Hippolytos in Rom (ca. 230 n. Chr. FILLIOZAT, RHR 1945, 59 ff. = Rel. Extér. 31–60), aber Hippolytos übernimmt meist aus Ps.-Palladios' Werk (RUGGINI, Ath. 43, 1965, 3 ff., bes. 36–38. HANSEN, Klio, 43–45, 1965, 371–372).

Arikamedu = Vīrapatnam, kl. Podukē, war Endstation für die Einfuhr von w. Waren, und Römer mögen dort gelebt haben (M. WHEELER, Arikamedu, Anc. India Nr. 2, 1946), jedoch finden sich in südind. Sprachen nicht mehr Spuren griech. Gedanken als im Sanskrit. Mit den in der tamulischen Dichtung genannten Yavanas können sehr wohl griech. oder röm. Besucher der ersten 2 Jh. n. Chr. gemeint sein (LAMOTTE, s.o. P. MEILE, Mél. Asiat., 1940–1941, 85–123), aber die Ergebnisse sind mager. Allein in I. unter allen kultivierten Ländern ging die Alexander-Dichtung spurlos unter, abgesehen von auf I. bezogenen Episoden, die sich im Milindapañha widerspiegeln (und nach TARN und anderen Griechenland beeinflußt haben sollen!). JAIRAZBHOY findet Spuren Homers und Vergils in ind., einschließlich buddhist. Schriften.

Ob von griech. Seite Beiträge zur ind. Astronomie geleistet wurden, ist nicht unbestritten (P.V. KANE Hist. of Dharm. 5,584–585). Indologen, wie RADHAKRISHNAN, NILAKANTA SASTRI und W. NORMAN BROWN, sehen buddhist. Elemente im NT. Die umgekehrte Strömung wird ebenso leicht nachgewiesen, wobei das Milindapañha als Beispiel einer ind. Rezeption der Alexander-Dichtung und neutestamentlicher Themen angeführt wird. Buddhist. Einfluß auf apokryphe chr. Lit. steht fest (D. M. LANG Wisdom of Balahvar 1957). Jedoch beweist eine ind. Vase die Kenntnis von Sophokles (TARN 382), eine ind. Tabula Iliaca zeugt von der Bekanntschaft mit Vergil (ALLAN, JHS, 1946, 21ff. Vgl. Dion Chrys. 53,6), und auf einer Mz., die lediglich eine Kharoṣṭhī-Inschrift aufweist, ist eine Stadt-Muttergöttin von rein griech. Typ abgebildet (GUPTA, J. Num. S. I. 20, 1958, 68ff.). Aśokas zweisprachige Inschr. in der Nähe von Kandahar aus dem J. 250 v. Chr. (SCHLUMBERGER etc., Journ. Asiat., 1958, 1–48. G.P. CARRATELLI, etc., Bilingual Graeco-Aramaic edict . . ., new edition, Rome, 1964) beweist die Kenntnis der griech. Sprache im zeitgenössischen I., und 2 seiner Edikte, ganz griech. abgefaßt, sind in Alt-Kandahar gefunden (SCHLUMBERGER, CRAI, 1964, 1ff.; BENVENISTE, Journ. Asiat., 252, 1964, 137ff.). Die griech. Schrift blieb im Gebrauch im Kushan-Reich bis nach der Zeit Kanishkas, dessen griech. Inschr. in Surkh Kotal (1. Jh. n. Chr.) den Ausweis der Mz. einwandfrei bestätigen (BENVENISTE, Journ. Asiat. 249, 1961, 113f. HENNING, ZDMG 115, 1965, 75ff.) J. LALLEMANTS mögliche Entdeckung von Mahābhārata-Elementen in Verg. Aen. 12 (LATOMUS 18, 1959, 262ff.) kann auch umgekehrt gedeutet werden. J. D. M. D.

L. Renou und *J. Filliozat* L'Inde Classique, 1947–1953. *E. H. Warmington* Commerce between the Rom. Emp. and India, 1928. *J. Marshall* Taxila, 1951. *M. Wheeler* Rome beyond the Imp. Frontiers, 1954. *R. Delbrück*, BJ 155/56, 1955/56, 8–58.229–308. *M. Wheeler* Chārsada, 1962. *E. Benz* Ind. Einflüsse auf die frühchristliche Theologie, 1951.

Indibilis (bei Pol. Ἀνδοβάλης). Mächtiger Häuptling der → Ilergeten, dessen Einfluß sich weit über ihr Gebiet hinaus erstreckte. Der Name ist kelt. nach HOLDER I s. Andobales, iber. (wahrscheinlicher!) nach Font. Hisp. Ant. III, Barc. 1935, 57. Er wird häufig erwähnt, bes. bei Pol. und Liv., meist mit seinem Bruder Mandonius zusammen. Alle Quellen gesammelt a. O. (Ind. 233); im Folgenden sind nur Hauptstellen angeführt. Als Bundesgenosse der Karthager wurde er 218 v. Chr. geschlagen und geriet vorübergehend in Gefangenschaft (Pol. 3,76,6). 211 nahm er an der Besiegung der Scipionen teil (Liv. 25,34,6ff.), aber verbittert durch manche Maßnahmen der Karthager, ließ er sich von P. Corn. Scipio (Africanus) 209–208 für ein Bündnis gewinnen (Pol. 10,35,6ff. 37,2ff. 6ff. Liv. 27,17,3.9ff., Diod. 26,22). 206 und 205 versuchte er, sich von der röm. Oberherrschaft zu befreien, jedesmal wurde er geschlagen, in der letzten Schlacht fiel er (Pol. 11,29,3ff. 31,1ff. 32,1ff., Liv. 28,24,3f. 25,11f. 26,4. 31,5ff. 29,1,19ff. 2,1ff. App. Ib. 37f. Zon. 9,10). – Über eine Stadt des gleichen Namens s. Font. Hisp. Ant. III 60.81. R. G.

Indictio. I. kommt zuerst unter Traian vor und bedeutet urspr. »irreguläre Requisition«. Von Septimius Severus bis Carinus wurde die I. allmählich eine Haupteinnahmequelle des Imperium Romanum. Diocletian erleichterte diese beträchtliche Steuerlast, indem er die I. seit 287 regulär machte und für jeweils 5 J. im voraus als fast unveränderlich festlegte. Dazu wurden diese Naturalabgaben allmählich mit der neuen → *capitatio/iugatio* möglichst voll identifiziert. Konstantin d. Gr. wandelte diese vernünftige Praxis seit 313 in einen theoret. bereits 312 beginnenden Zyklus von 15 J. um. In Zukunft blieb diese I. für byz. und westliche Chronol. und Finanzwirtschaft bis zur Auflösung des Heiligen Röm. Reiches Deutscher Nation von 1806 (!) und für Kalendermacher selbst h. noch von urspr. entscheidender Bedeutung. F. M. H.

Vgl. mit Bibliogr. RE Art. Indictio. Oxf. Class. Dict. Art. Indictio. *E. Bickerman* Chronologie² (1963), Abt. II, 5. *A.E. Boak–H.Ch. Youtie* The Archive of Aurelius Isidorus (1960), Nr. 122, 116/17. *Heumann-Seckel*, Ind. s. v. *A.H.M. Jones* The Later Rom. Empire (1964), Ind. s. indiction. *D.H. Lietzmann–D.K. Aland* Zeitrechnung der röm. Kaiserzeit, des Mittelalters und der Neuzeit für die J. 1–2000 n. Chr. ³(1956), 7,129. *G. Ostrogorsky* History of the Byz. State, 1954, 80. *O. Seeck* Die Entstehung des Indiktionencyklus, Deutsche Ztschr. für Gesch. 12, 1894/1895, 279f. *T.C. Skeat* Pap. From Panopolis, Chester Beatty Monogr. 10, 1964, 144 und Ind. XIII s. v. *H.C. Yontie*, in TAPHA 95 (1964), S. 312 Anm. 42.

Indiges (*-etis* CIL X 5779 und die meisten Hss., *-itis* die Kalender und einige Hss.; *Indigens* CIL X 8348 = DEGRI XIII 3 Nr. 85; *Indigentem* Tert. nat. 2,9,12, aber Konj. aus *diligentem*).

I. Überliefert ist I.: 1. für einen Kult des Sol Indiges am Quirinal: Fasti zum 9. (Vall. zum 8.) August (CIL I² S. 324. DEGRI XIII 2, S. 493); außerdem zum 11. Dezember Fasti Ostiens. (DEGRI a. O. 535f.) in Verbindung mit Lyd. mens. 4,155: → agonium (gegen γενάρχης = I.: H.J. ROSE, Harv. Theol. Rev. 1937, 165ff.). 2. Für einen Kult im Hain am Fluß Numic(i)us, wo alljährlich Opfer der Consules stattfanden; er galt einem Iuppiter Indiges (Plin. nat. 3,56. Liv. 1,2,6. Serv. Aen. 1, 259). Dion. Hal. ant. 1,64,5 gibt die Inschr. des Heiligtums in griech. Übers. πατρὸς θεοῦ χθονίου, ὃς ποταμοῦ Νουμικίου ῥεῦμα διέπει, wobei χθόνιος wohl als I. anzusehen ist (KOCH [1],77f.; vorsichtig DEUBNER [3],113, vgl. BÖMER [7],57). Zwar berichtet die alte Annalistik, Aeneas sei am Fluß Numicus entrückt worden, aber die Identität des Aeneas mit Iuppiter I. wird erst in augusteischer Z. behauptet, dann allerdings häufig. KOCH [1],105ff. versucht darzulegen, daß »Iuppiter I. und Sol. I. sich für Lavinium als Bezeichnungen einer und derselben Gottheit« erweisen: Dagegen DEUBNER [3],113, der das Auftauchen des Sol. I. am Numicus der Kontamination mit Sol. I. vom Quirinal zuschreibt. Daß die Identifikation Aeneas = pater I. = Iuppiter I. ebenso sekundär ist wie Romulus = Quirinus, ist klar. (Die Verquickung des aurelischen Sonnenkults mit Sol I. ist nur Vermutung: KOCH [9],259.)

II. Häufiger ist der Plural *di Indigetes*. Gesichert ist jetzt, daß dies kein Gegensatz zu → Novensides, »einheimische Götter« – »neue Götter« sein kann. Aber was darunter wirklich zu verstehen ist, war schon im Alt. unklar (vgl. Serv. Aen. 12,794. Sch. Bern. georg. 1,498. Paul.-Fest. 106; weiteres bei PETER Myth. Lex. 2,132 ff.), weshalb auch die Anrufung bei Liv. 8,9,6 (→ devotio) nicht weiterhilft. KOCH wollte die Indigetes genealog. als stammväterliche Gottheiten verstehen (zustimmend DEUBNER [3],112 f. WEINSTOCK [14]; ablehnend BÖMER [7],53 ff.). Di I. gab es auch in Praeneste (Serv. Aen. 7,678. Zweifel bei RADKE [15],151.)

III. Etym. ungeklärt. Frühere Versuche werden von Späteren jeweils als unmöglich abgetan (so durch RADKE [15],151 auch der jüngste: Ist *indi-* < **endo* (LATTE [11],43. WASZINK [12], dann gehört *-get-* zur Wz. *ĝen*, was (zusammen mit der Anrede *pater*) auf »heimisch« führt (nicht aber als Bezeichnung für den gesamten Götterkreis! WASZINK [12]. Die (umstrittene) Verbindung mit → indigitamenta ist dann aber ebenso wie bei Radkes eigenem, mehr als problematischen Versuch nicht herstellbar.

IV. Indigetes prinzipiell gleich den sabin. Novensides? so BORZÁK [5] und WAGENVOORT [6], der präanimistisch deutet: »indiges, he who is inwardly driven, with inward impulse« (S. 100), »novensilis, movable billed with motive power« (S. 85). W. E.

1. *C. Koch*, Frankf. Stud. 3, 1933. 2. *Ders.*, Frankf. Stud. 14, 1937, 39 ff. 3. *L. Deubner*, ARW 33, 1936, 112 ff. 4. *H. J. Rose*, Harv. Theol. Rev. 1937, 165 ff. 5. *St. Borzák*, H 78, 1943, 245 ff. 6. *Wagenvoort*, Roman Dynamism, Oxf. 1947, 83 ff. 7. *F. Bömer*, ARW Bh. 1, 1943, 49 ff. 8. *Ders.*, Gn 21, 1949, 355 f. 9. *C. Koch*, Theol. Lit.-Ztg. 69, 1944, 258 ff. (wo Koch seine Deutung zusammenfaßt und präzisiert). 10. *A. Grenier*, Miscelânea Coelho, Lisboa 1949, II 192 ff. 11. *Latte* RRel 43 ff. 12. *Waszink*, Gn 34, 1962, 444. 13. *St. Weinstock*, RE XVII 1185 ff. 14. *Ders.*, JRS 50, 1960, 117. 15. *G. Radke* Die Götter Altitaliens, Münster 1965, 149 ff.

Indigitamenta. Die endlose Diskussion über die I., die durch den Streit um Inhalt und Glaubwürdigkeit der in Frage kommenden Schriften Varros ausgeweitet wird, täuscht leicht über die tatsächliche Bedeutung im religiösen Leben hinweg. Deutlich ist nur, daß die I. *libri pontificales* waren (Serv. Georg. 1,21; vgl. Gell. 13,23,1), als deren Inhalt angegeben wird: 1. *nomina numinum*, nämlich der *dique deaeque omnes, studium quibus arva tueri* (Serv. a. O.), und überhaupt *dei complures hominum vitam pro sua quisque portione adminiculantes* (Cens. 3,4); 2. *et nomina deorum et rationes ipsorum nominum* (*num* – 2 Hss., in einer davon korr.) *continent, quae etiam Varro dicit* (Serv. a. O.). Was Serv. unter *rationes* versteht, macht er deutlich durch *nam . . . nomina numinibus ex officiis constat inposita, verbi causa ut ab occatione deus Occator dicatur, a sarritione Sarritor, a stercoratione Sterculinus, a satione Sator;* dazu ist Serv. auct. z. St. hinzuzufügen *Fabius Pictor hos deos enumerat, quos invocat flamen sacrum Cereale faciens Telluri et Cereri . . .*; es folgen 12 Namen, wie *Vervactor, Reparator, Inporcitor* usw. Damit haben wir eine Vorstellung über die Götter der I. landwirtschaftlichen Charakters. Viel schwieriger steht es um die Götter *hominum vitam adminiculantes*. Aufschluß könnte 1. das von Cens. 3,2 zitierte B. eines Granius Flaccus geben, wüßten wir von diesem mehr als nur den Namen; 2. käme Varro in Frage, und zwar bes. das 14. B. seiner Antiquitates rerum divinarum: doch sind davon nur magere Zitate erhalten. Aug. civ. 4,22 berichtet, Varro habe sich gerühmt, die Funktionen der Götter gelehrt zu haben. Aug. civ. 6,9 erwähnt, daß Varro von Gottheiten schrieb, die sich auf den Menschen von der Konzeption bis zum Tod beziehen, beginnend mit *Ianus*, endend mit *Nenia;* außerdem habe es Gottheiten gegeben für Nahrung, Bekleidung usw.: daß dies aus den I. stammen muß, zeigt der Vergleich mit Cens. Außerdem sind bei Non. einige Fragmente aus Varros Catus de liberis educandis überliefert, in denen er auf die I. hinzuweisen scheint (Non. p. 352 und 532, vielleicht auch 108 und 167), wobei er mehrere Gottheiten des Kindesalters nennt.

Man hat sich daran gewöhnt, die Götter, die nur für einen augenblicklichen, streng umgrenzten Vorgang zuständig sind, mit USENER (Göttern. 75) »Sondergötter« zu nennen; einen ant. Namen scheint es nicht gegeben zu haben. Die ergiebigsten Fundorte für »Sondergötter« sind neben der genannten Serv.-Stelle Augustinus (civ. 4,8.11.16. 21.34. 6,9. 7,2.3), Tertullianus (ad nat. 2,11.15) und Arnobius (4,3.7–9). Die Kirchenväter führen die Augenblicksgötter an, um die heidnische Religion lächerlich zu machen; daß sie ihr Wissen aus Varros Antiqu. rer. div. schöpften (Augustin und Tertullian direkt, Arnobius wohl durch eine Zwischenquelle [→ Cornelius Labeo? KETTNER Progr. Pforta 1877]), gilt als sicher (ERDMANN SCHWARZ, NJbch. Suppl. 16, 1888, 405 ff. PETER 131.139 f. RICHTER 336 f.). Aus den Kirchenvätern lassen sich Reihen ähnlich den landwirtschaftlichen »Sondergöttern« konstruieren: *di nuptiales* (die die Polemik bes. gern aufgriff), Gottheiten des Kindesalters, da ja überhaupt für den Menschen *a conceptione usque ad mortem* Gottheiten zuständig waren (s.o.). Doch die so gewonnenen Gottheiten haben, anders als die bei Serv. a. O. genannten landwirtschaftlichen, ganz verschiedene Wortbildungen, sind gemischt aus solchen mit Kult (Ianus, Mars, Venus, Consus u. a.), aus Gottheiten mit allgemeinen Funktionen (Bellona, Victoria, Mars, Liber u. a.) und kultlosen für speziellste Akte. Man hat daher vermutet, daß die Zusammenstellungen auf Systematisierung Varros zurückgehen (RICHTER); daß sie aus verschiedenen Gebieten und Quellen erst von den Kirchenvätern hergestellt wurden, darf man ausschließen (erst recht, daß diese die I. selbst kannten).

Je 2 Ansichten stehen gegeneinander: 1. a) Die »Sondergötter« sind ident. mit den Göttern der I.; b) in den I. standen alle von Staats wegen verehrten Götter. 2. a) Die I. waren lediglich Götterlisten; b) die I. enthielten neben den Namen und deren Deutungen auch Anrufungsformeln. Impliziert ist die Frage, wie weit sich Varro für seine Namensdeutungen und Funktionszuteilungen auf die I. stützen konnte. – Zu 1. a): Vor allem vertreten von PETER, der aber dann alle »großen« Götter streichen mußte, von denen er vermutet, sie seien erst von Varro in dem 14. B. der Antiqu. rer. div. in die Listen aufgenommen worden, da er unter *di certi* alle Götter, von denen er Genaueres feststellen zu können meinte, zusammenfaßte. Anders BICKEL, Gn 14, 1938, 265 mit AMBROSCH 155: Große Kultgötter können zu »Schutzgeistern« herabsinken; so seien sie in die Listen geraten. – Leicht aber wird übersehen, daß die Kirchenväter für ihre Polemik bes. die »Kleinen« hervorholten, so daß diese nun über Gebühr hervortreten. Zu 1. b): Vor allem von RICHTER 1348 und WISSOWA Ges. Abh. 304ff. vertreten; dieser tritt zwar dafür ein, daß die »Sondergötter« etwas anderes seien als die Götter der I., behauptet aber doch (307), alle z. Z. der Abfassung verehrten Gottheiten seien in den I. gestanden. Zu 2. a) und b): Gegen die ältere Ansicht, daß die I. lediglich Listen waren (vgl. PETER), trat vor allem RICHTER auf unter Hinweis auf Serv. a. O., der von den *rationes ipsorum nominumque (nu-)* spricht. Wir haben außerdem die Angabe des Paul.-Fest. 114: *I.: incantamenta vel indicia.* Die meisten, wenn nicht alle abenteuerlichen Etym. (von denen auch die großen Götter wie Venus nicht verschont wurden) und dementsprechende Deutungen scheinen nicht in den I. gestanden zu haben. – Vielleicht darf man daher folgenden Schluß wagen: In den I. standen die Namen und Anrufungsformeln der (bei der Abfassung bekannten [ob Ergänzungen vorgenommen wurden, dafür fehlt ein Zeugnis]) Götter, nicht aber Etymologien. Das würde zu dem unbestritten hohen Alter der I. passen: Der rechte Name und die rechte Gebetsformel waren schon immer wichtig, nicht aber die Etym., die erst Varro interessierten. Sicher Unrichtiges in der Erklärung der Funktionen einzelner Gottheiten kommt so teils auf Konto der treu bewahrten, aber schon Varro z. T. unverständlichen Formulierungen (vgl. die alten *carmina* der Salier, der Arvales fratres u. dgl.), zum vielleicht geringeren Teil auch auf Konto der Kirchenväter, denen es mehr um Polemik als um Genauigkeit zu tun war.

Zurückgestellt wurden im Vorhergehenden die Fragen der Etym. und des Zusammenhangs mit → *Indiges*, da sie belastet sind mit den Vorstellungen, die man sich von der Sache macht. *indigitare* ist nach der Überlieferung = *invocare, imprecari:* Paul.-Fest. 114. Serv. auct. Aen. 12,794 u. v. a., s. RICHTER 1347 (wo noch Macr. Sat. 1,17,15 hinzuzufügen ist). Dann aber kann I. (vgl. *impedimentum, armentum, vestimentum* usw.; s. LEUMANN-HOFMANN 242) nur Dinge, »die zum Anrufen dienen« d. h. »Anrufungen, Formeln von Gebeten oder Bitten« heißen.

Bei der Frage, ob ein Zusammenhang mit *Indigetes* besteht, wird leicht zur Erklärung einer Unbekannten eine andere herangezogen. Mit den Behauptungen, es handle sich »zweifellos« um »etym. wie sachlich zusammengehörige Wörter« (PETER 132) oder *indigitare* sei von *Indiges* nicht zu trennen (KOCH Gestirnverehrung 76 mit KRETSCHMER, Glotta 10, 1920, 153), ist nicht geholfen, und auch die Gleichung *indigitare : indiges = quiritare : quirites* (KRETSCHMER a. O. vgl. WASZINK 444. LATTE RRel 44), wobei dann *indigitare* hieße »einen *Indiges* anrufen«, hilft nicht weiter, solange wir nicht über *Indiges* im klaren sind (unglücklich PETER 132 mit REIFFERSCHEID »ich mache, schaffe einen *Indiges*«). Auch andere Versuche, das, was wir jetzt unter I. und *Indiges* zu verstehen glauben, etym. zu verbinden, führten zu gewundenen Erklärungen. (Die Versuche, I. mit *digitus* zusammenzubringen, sind ebenfalls gescheitert: LEUMANN, Glotta 36, 1957, 146.) W. E.

R. Peter, Myth. Lex. 2,129ff. *O. Richter*, RE IX 1334ff. Die ältere Lit. bei *R. Peter* a. O. 129 und *Richter* a. O. 1366f. Davon grundlegend: *I. A. Ambrosch* Über die Religionsbücher der Römer, Bonn 1843 (= Sond.-Abdr. aus Ztschr. für Philos. und kath. Theol. N. F. 3, 1842, H. 2,221ff. H. 4,26ff.). Weiter bes. wichtig: *H. Usener*, Götternamen, Bonn 1896. *R. Agahd* M. Varronis antiqu. rer. div. libri ..., Jb. Philol. Suppl. 24, 20ff., 123ff. S. die Lit. zu → Indiges!

Indigo *(Indicum)*. Der blaue Farbstoff, den die Alten – ohne anscheinend seine Herkunft aus der ostindischen Papilionaceengattung Indigofera zu kennen – auf dem Handelswege aus Indien bezogen und danach benannten, nicht lange vor Plinius: nat. 33,163 *non pridem adportari et Indicum coeptum est*, und zur Malerei und Färberei, auch offizinell benützten. Verschiedene, z. T. sich widersprechende Nachrichten bei Vitr. 7,9,6. 10,4. 14,2. Plin. nat. 33,163. 35,30. 43. 46. Dioskurid. mat. med. 5,107. K. Z.

Blümner Techn. 1,254,2. 2,2,507. *Stadler*, RE IX 1367.

Indischer Ozean (Ἰνδικὸς Ὠκεανός). Das große Meer auf der S.-Halbkugel (Hdt. 4,37. Strab. 2,121. Diod. 3,38. Ptol. 7,1,2), der die S.-Grenze Indiens bildet. Man kannte 3 Meerbusen: Perimulicus, Sarabacus, Gangeticus (Ptol.); häufig genannt als Erythraeisches Meer (z. B. Peripl. m. Erythr.), nicht wegen seiner Farbe, sondern nach einem mythischen König Erythros oder Erythras (Arr. Ind. 37,3 u. ö.). Die Hippalos zugeschriebene

Entdeckung des Monsuns (um 50 n. Chr.), ermöglichte es ind. und alexandrin. Kaufleuten, die Störung des Handels zwischen Rom und Indien und darüber hinaus durch Arabien auszuschalten, und eröffnete eine neue Zeit der Beziehungen und der Kenntnis des O. (E. H. Warmington Commerce bet. Rom. Emp. and India 1928. R. Delbrück, BJ 155/56, 1955/56, 229 ff.). J. D. M. D.

Indogermanen. Für eine Anzahl von Sprachen Europas und des w. Asien ist seit Franz Bopp (1791–1867) genetische Zusammengehörigkeit nachgewiesen worden. Es sind dies: Griechisch, die italischen Sprachen (Latino-Faliskisch, wozu vielleicht das Venetische in Istrien gehört, und Osko-Umbrisch), die kelt. Sprachen (einschließlich Kelt-Iberisch), die german. Sprachen, die hethitisch-luwischen Sprachen in Kleinasien (samt Palaisch im Pontosgebiet, Hieroglyphen-Luw. in Kappadokien, Kilikien, Nordsyrien, Lykisch, Lydisch, wohl auch Karisch, Pisidisch und Sidetisch), 2 Dialekte des Tocharischen (im Tarimbecken in Sinkiang [West-China]), Illyrisch, Liburnisch, Makedonisch und wahrscheinlich andere balkan-idg. Sprachen, Messapisch (in Kalabrien), ferner die indischen, die iranischen, die Kafirsprachen (im Hindukusch), die slawischen Sprachen, die baltischen Sprachen (Litauisch, Lettisch, Altpreußisch, Kurisch und wohl auch Jatwingisch), Armenisch, Albanisch, Phrygisch, Thrakisch. Daneben ist mit verschollenen Sprachen zu rechnen. Nur aus Lehnwörtern im Altgriech. wird das »Pelasgische« erschlossen; es ist daher hart umstritten. Analog postuliert jetzt H. Kuhn in NW.-Deutschland, Holland und Belgien eine weder german. noch kelt., aber idg. Sprache, die als Substrat Spuren im Niederdeutschen sowie in zahlreichen Ortsnamen hinterlassen habe.

Diese Einzelsprachen und Sprachzweige weisen so viele fest eingewurzelte gemeinsame Normen in Wortschatz, Wortbildung, Flexionssystem und Syntax auf, daß der Rückschluß auf eine gemeinsame »indogermanische« (oder »indo-europäische«) Grundsprache (nicht: »Ursprache«) gesichert ist. Hauptargumente: Die Verwandtschaftsbezeichnungen, die Namen vieler Körperteile, von Haustieren, Waldbäumen (Buche, Erle), die Reihe der niederen Zahlen; im Bereich der Morphologie das Ablautsystem, das System der Primär- und Sekundärendungen beim Verb, der Kasusendungen beim Nomen, Anzahl und Funktion der Kasus usw. Da schon früh im 2. Jt. idg. Einzelsprachen als Individualitäten faßbar sind (vom 17. Jh. ab das Heth., vom 15. Jh. ab das myken. Griech., vom 11. Jh. [?] ab das vedische Indisch), muß der Beginn des Vorgangs der »Ausgliederung« mindestens in die 2. Hälfte des 3. Jt. gesetzt werden; doch ist diese Entstehung immer neuer sprachlicher Individualitäten als ein (bis h.) andauernder Prozeß aufzufassen. In Mitteleuropa dagegen mag noch um 1500 v. Chr. ein relativ einheitliches »Alteuropäisch« existiert haben, Vorstufe von späterem German., Lat., Osk.-Umbr., Kelt., Illyr., Balt. (dazu vgl. Krahe 6). Auch voreinzelsprachliche Einheiten wie »Arisch« oder Indo-Iranisch (= die gemeinsame Vorstufe des Indischen, Iranischen und Kafirischen), und Balto-Slawisch lassen sich mit mehr oder minder großer Sicherheit nachweisen. Heftig umstritten ist die Existenz solcher Zwischenstufen wie »Ur-Italisch«, »Ur-Griechisch«.

Die früher stark betonte Trennung in Kentum- und Satemsprachen (nach der Bewahrung bzw. Sibilierung der grundsprachlichen palatalen Gutturale) gibt nur e i n e n von vielen Dialektunterschieden an. Vermutlich von den damaligen Sitzen der Arier in S.-Rußland ausgehend, erfaßt die Palatalisierung und die ihr folgende Sibilierung seit 1500 v. Chr. die Armenier, Thraker, Albaner, Slawen, teilweise die Balten (vgl. [7]). (Illyrier und Phryger gelten neuester Forschung als kentumsprachlich).

Der gemeinsame Wortschatz erlaubt, die Träger der Grundsprache im Neolithikum anzusetzen. Zucht von Schaf, Rind, Schwein, Pferd, Bau von festen Wohnhütten, Wollweberei, Frühformen des Ackerbaus im W. mit einem Pflug, Kenntnis von Gold, Silber und **ai̯os*, einem weiteren Metall, patriarchalische Familienordnung, Exodulie lassen sich auf Grund sprachlicher Argumente nachweisen (Forschungszweig der »linguistischen Paläontologie«). Gliederung in 3 »Stände«: Priester, Krieger, Bauern, die sich wohl auch durch »Sozialdialekte« unterschieden, ist wahrscheinlich. Die Gleichsetzung mit einer oder mehreren jungsteinzeitlichen Kulturen und die geograph. Festlegung der »Urheimat« sind bisher nicht geglückt. Selbst die wahrscheinlicheren Ansätze schwanken zwischen Mitteleuropa (F. Specht u. a.), S.-Rußland (W. Brandenstein u. a.) oder sogar der uralokaspischen Pforte (A. Nehring). Das früher häufig benutzte »Buchenargument« (der Baumname **bhāgo-* sei gemeinidg., die Pollenanalyse beweise, daß der Baum Fagus silvatica L. nur w. der Linie Königsberg-Krim vorkomme, also liege das Gebiet der Grundsprache w. dieser Linie), ist dadurch entwertet, daß die angenommenen Vertreter der Wortsippe im Lit., Kurd., also im Ostidg., offenbar nicht hierhergehören, so daß der Baumname nur im Germ., Kelt., Lat., Griech. sicher belegt ist.

Gegen die traditionelle Konzeption der idg. Grundsprache haben sich neuerdings krit. Stimmen erhoben: W. S. Allen, TPhS 1953, 52 ff. bestreitet in extremer Weise ihren wiss. Wert überhaupt; N. S. Trubetzkoy, Acta Ling. 1, 1939, 81 ff. und V. Pisani Linguistica generale e indeuropeo, 1947, lassen als Vorstufe des hist. Zustands nur eine Gruppe von Dialekten mit gemeinsamen Zügen gelten. Skeptisch beurteilt die Aussagekraft der linguist. Paläontologie H. Kronasser [14]. G. N.

1. *Brugmann* Grundr., ^{2}I–II 1897–1916 ^{1}III–V 1893–1900. 2. *A. Meillet* Les dialectes indoeuropéens^{2}, 1922 (1950). 3. *Ders.* Introduction à l'étude comparative des langues indo-européennes, ^{8}1937 (Repr. 1964). 4. *F. Specht* Der Ursprung der idg. Deklination, 1944. 5. *P. Thieme* Die Heimat der idg. Gemeinsprache, AAMz 1953, Nr. 11. 6. *H. Krahe* Sprache und Vorzeit, 1954. 7. *W. Porzig* Die Gliederung des idg. Sprachgebiets, 1954. 8. *P. Hartmann* Zur Typologie des Idg., 1956. 9. *J. Kuryłowicz* L'apophonie en indo-européen, 1956. 10. *R. A. Crossland* Indo-European Origins: The Linguistic Evidence, in: Past and Present XII, 1957, 16ff. 11. *J. Pokorny* Idg. Etym. Wb., I 1959, II 1965. 12. *V. Pisani* Geolinguistica e indeuropeo^{3}, 1961. 13. *Ders.* Glottologia Indeuropea^{3}, 1961. 14. *H. Kronasser* Vorgesch. und Indogermanistik, in: Theorie und Praxis der Zusammenarbeit der anthropolog. Disziplinen (Symposion 1959) 1961, 117–140. 15. *W. Brandenstein* Das Indogermanenproblem, in: FF 36, 1962, 45–49. 16. *G. Devoto* Origini indeuropee o. J. (1963) 17. *A. Scherer* Der Stand der idg. Sprachwissenschaft, in: Trends in European and American Linguistics, 1930–1960, 1963, 225ff.

Indos (*Ἰνδός*). **1.** Skylax von Karyanda (519 v. Chr.) verfolgte als erster den Lauf des I. bis zum Delta (Hdt. 4,44), und danach galt er als einer der größten Flüsse der Welt. Dem klass. Alt. war er zwar bekannt (z. B. Curtius), doch ohne genaue Kenntnisse. Die Gegend des I. und seiner Nebenflüsse umfaßte damals kulturell wichtige und polit. entwickelte Gebiete Indiens (zur Geographie s. B. C. LAW Hist. Geogr. of Anc. India, 1955). Indien erhielt seinen klass. Namen von dem Fluß schon vor Hdt., aber bis zu Plin. nat. 6,71. Ptol. 7,1,2. Peripl. mar. Er. 38 vertrat der griech. Name das sanskritische Sindhu.

Wunder werden von seiner Breite (Ktesias, Ind. 1 [Henry]), seinem Lauf und seinen Besonderheiten berichtet. Sein Flußbett hat häufig gewechselt, und die Identifizierung der Nebenflüsse und Arme des Deltas, wie auch von Städten an seinem Ufer ist schwierig. An einigen Stellen war er schiffbar (Diod. 2,74. Arr. an. 5,9. 3,29,4,4), und die Kultur des Indus-Tales, die der vedischen voranging, mit den histor. Überresten, mit denen das pers. Reich in Berührung kam, muß den Fluß auf seinem N.-S.-Lauf benützt haben. Obwohl ein schwieriger Fluß, hinderte weder er noch seine Nebenflüsse den w.-ö. Verkehr (und umgekehrt), und er bildete kein größeres Hindernis für Alexander d. Gr. Für den alexandrin.-ind. Seehandel waren die Arme des Deltas mit seinen Häfen von Bedeutung. Nach Strab. 15,701 teilt sich der Strom 2000 Stadien vor seiner Mündung in 2 Arme, die 1000 (Arist.) oder 1800 Stadien (Nearch.) voneinander entfernt sind. Peripl. 38 kennt 7 Mündungen, nämlich von W. nach O. Sagapa, Sinthon, »die goldene Mündung«, Chariphon, Saparages, Sabalasa, Lonibare. Das griech. Wissen von den Nebenflüssen ist umfangreich, aber von zweifelhafter Genauigkeit. Guraios und Soastos erreichten den → Kophen (= h. Kabul), bevor er in den I. einmündete. Auf der r. Seite werden Malamantos, Choes, Koas, Ptarenos und Saparnos erwähnt. Der Sonos ist der Swan. Auf der l. Seite mündet der Bidaspes oder → Hydaspes (= Jhelam) in den → Akesines (Skt. Chandrabhāgā, Cantab(r)a bei Plin., Sandabhaga bei Ptol., der h. Chināb), in den auch der Rhuadis (Ptol.), Hyarotis (Strab.) oder → Hydraotes (Arr. usw.) ebenso der Tutapos (Megasth. = Tohi oder Tawi) mündet. Arr. Ind. 4,8ff. erwähnt den → Hyphasis (Ptol. Bibasis, h. Bias), Saranges und Neudros als Nebenflüsse des I., die tatsächlich solche des Zadrades (Ptol.) oder Hesidros (Plin.), h. Satlej, sind zahlreiche Hinweise auf den I. und die Eigenheiten seiner Nebenflüsse und die Kultur im Gebiet des h. Panjābs bei R. C. MAJUMDAR Cl. Accounts of India, 1960, Index. J. D. M. D.

2. I., Fluß Lykiens nahe der kar. Grenze (h. Dalaman) zwischen den Flüssen → Harpasos (h. Aktschaï) und Xanthos (h. Koca), von Plin. nat. 5,103 als wasserreich mit 60 beständigen *(perennis)* Nebenflüssen und über 100 Sturzbächen *(torrentes)* beschrieben. Seine Quellen lagen *in Cibyratarum iugis* (h. Esler Dagi, 2254 m). Am I. lag das Kastell *Thabusion* (Liv. 38,14,2). H. T.

W. M. Ramsay The histor. geogr. of Asia Min. 1962, 135. 173 u. ö. *Ruge*, RE IX 1373. Atl. of the World II, Pl. 36.

Indoskythia (*Ἰνδοσκυθία*). Das Gebiet des Königreichs oder der Königreiche der Indoskythai (Ptol. 7,1,55), die nacheinander in Indien (einschließlich Baktrien und Arachosien) seit ca. 150 v. Chr. eindrangen. Zu den Skythen (Śakas) sind Bhūmaka, Nahapāna, Rajula, Śoḍāsa, Moga, Maues, Vonones, Śpalahora (ca. 60 v. Chr.), und Azes zu zählen. Zu den Indo-Parthern gehören Gondophernes (ca. 30 n. Chr.), Abdagases, Pakores, Sapedana, Satavastra, Phraotes. Aspavarma und Zeionises sind als Helfer eines Azes (Azes II.?) bekannt. Zu den Kushan (Kuṣāṇa) gehören Kujūla Kadphises, Wima Kadphises, Jihoṇika, Kanishka (78–101 n. Chr.), Vāsishka, Huvishka, Kanishka II., Vāsudeva I., Kanishka III., Vāsudeva II. (ca. 200 n. Chr.). Die Identität, Folge und Datierung sind umstritten. Die Herrschaft der Kushan im N. verdrängte nicht die Herrschaft der Parther im Sindh (Peripl. mar. Er. 38. Philostr. vit. Ap. 1,28. 2, 17. 26–31. 3,58). Kanishka herrschte über Baktrien und Indien vom Pamir bis zu dem w. Rand der Vindhyas; ob sich seine Herrschaft auch in Richtung auf Bihar (ALTEKAR, Journ. Num. Soc. Ind. 20,1958,1ff.) erstreckte, ist fraglich. Die parth. Herrscher und ebenso die Kushan waren griechenfreundlich. Griech., ind. (bes. buddh.) u. zoroastr. Religionen blühten nebeneinander, wie Mz. und Ausgrabungen bestätigen (SCHLUMBERGER, Proc. Brit. Acad. 47, 1961, 71ff.). Der Handel mit Rom auf dem Land- und Seeweg war umfangreich. Für die Beziehungen mit der röm. Welt → India. Die Gandhāra- und die griech.-iran. Kunst waren vor allem durch röm. Techniken beeinflußt (SCHLUMBERGER-D. AHRENS Die röm. Grundlage der Gandharakunst, 1961 mit Lit.) M. Waliullah Khan (East and West 15, 1964, 53–60) möchte annehmen, daß die Gandhara-Kunst unter den Śakas ihren Ursprung hatte und erst durch die Parther, dann durch die Kushan hellenisiert wurde (von ca. 50 n. Chr. bis ca. 200 n. Chr.) bis zu ihrem Niedergang durch das Überhandnehmen ind. Einflüsse. Über die angebliche indo-khoresmische Dynastie des 4. Jh. ist wenig bekannt (Tolstov, Bibl. Or. 20, 1963, 229 ff.). J. D. M. D.

A. Foucher L'art gréco-bouddhique du Gandhare, 1905 bis 1922. *L. Bachhofer*, Journ. Am. Orient. Soc. 61, 1941, 223 ff. *R. Ghirshman* Begram, 1946. *J. E. van Lohuizen–De Leeuw* Scythian Period, 1949. *J. Marshall* Taxila, 1951. *Ders.* Buddhist Art of Gandhara, 1960.

Indulgentia. Das Wort ist seit Cic. (Verr. 2,1, 112 u. a.) belegt und bedeutet zunächst »Nachsicht, Güte, Zärtlichkeit«. Als Ausdruck einer gnädigen Zuwendung geht i. bes. seit Traian und Hadrian in das Idealbild des Princeps ein. Die *i. principis* äußert sich in vielfältigen gnädigen Maßnahmen (CIL IX 1455,4. VIII 8813.8814. allg. Iav. Dig. 1,4,3; später häufig Nachlaß von Steuerrückständen, Cod. Theod. 11,28). Um die Wende vom 2. zum 3. Jh. kommen auch häufig strafrechtliche Begnadigungen *ex i. principis* vor (Scaev. Dig. 44, 7,30. Alex. Cod. Iust. 9,23,5 u. a.). Gleichzeitig entwickelt sich eine technische Bedeutung des Wortes i. für Begnadigung (bes. Alex. Cod. Iust. 9,51,4 und 5: *i. generalis* oder *communis*). Als i. werden sowohl Einzel- wie Massenbegnadigungen verschiedener Art bezeichnet, und zwar solche vor der Anklageerhebung (*ἀμνηστία*; Gord. Cod. Iust. 12, 35,5 pr.; Diokl. coll. 6,4,3. Aug. civ. 5,26), während eines anhängigen Verfahrens (Mod. Dig. 48,16,17. Diocl. Cod. Iust. 9,43,2. Valent. I. und Grat. Cod. Theod. 9,38,5. Theod. I. c. Sirmond. 7 und 8) oder nach dem Urteil (bes. Cod. Iust. 9,51,2 ff.). Seit Konstantin beseitigt die i. als Begnadigung nach dem Urteil grundsätzlich alle Urteilsfolgen (Cod. Theod. 9,43,1,3: *tantum ad restitutionem indulgentia valeat, quantum ad correctionem sententia valuit*). W. W.

Gaudemet Indulgentia principis, 1962. *Waldstein* Unters. zum röm. Begnadigungsr., 1964.

Industria (Nissen It. Ldk. 2,157. CIL V p. 845), Municipium (CIL V 7478) der tribus Pollia (7468.7478.7481.7491) in der 9. Region (Plin. nat. 3,49); der ältere Name lautete nach Plin. 122 *Bodincomagus*, was aus ligur. *Bodincus* (= Padus) und kelt. *magos* »Feld« zusammengesetzt ist. Über die Gründung der Stadt ist nichts bekannt; sie lag urspr. am Po, der sein Bett inzwischen nach N. verlagerte; h. Monteu da Po. G. R.

Industrie. I. als kapitalist. Staats- oder Privatunternehmen gibt es in der Ant. nur in Ansätzen. Handwerkstätigkeit dagegen beginnt in der Altsteinzeit (bes. in Erde, Farben, Zauberei, Speisebereitung, Flechten, Bein, Holz, Leder, Muscheln, Werkzeug), ein Prozeß, der sich vom Neolithikum (Textilien, Töpferei, Konstruktion, Schiffe, Bergbau) in die Metallzeiten (Glas, Metalle) hinein intensiviert. In indo-europ. und gemeinsemit. Z. ergänzten Wanderhandwerker die häusliche I. Mit der Bronzezeit wurden selbst die Dorfschmiede und alle von Königs-, Adels- oder Tempeloiken beschäftigten Stadtkulturhandwerker von China bis zum min.-myken. Hellas in der Regel seßhaft.

Homer und Hesiod kennen zahlreiche von der Oberschicht abhängige bewegliche Handwerksberufe, aber nur den Schmied als angesehen und seßhaft. Sein Berufsstand wird allmählich von Juwelieren und, zumindest in Korinth und Athen, von Schiffbauern und Töpfern im 7. Jh. v. Chr., mit der Münzgeldwirtschaft nach 600 v. Chr. auch vom Lederhandwerk erreicht. Das neue *ἐργαστήριον* des 6. Jh. v. Chr. produzierte mit Sklaven und freien Arbeitern, oft unter Aufsicht von Werkführern, für den Markt- und Fernhandel der frühen Münzgeldwirtschaft.

Im 5. und 4. Jh. v. Chr. wird dieses *ἐργαστήριον* für viele sich spezialisierende Handwerkszweige charakteristisch. Reichtum durch Staatslieferungen läßt manche att. *ἐργαστήριον*-Besitzer in die polit. Führerklasse aufsteigen, z. B. in Leder (Anytos, Kleon, Lysias, der Vater des Iphikrates), Töpferei (Hyperbolos), Metall-, Holz- und Beinarbeit (Kleophon, die Väter von Sophokles und Demosthenes). *Ἐργαστήρια* beschäftigten jetzt bis zu 30 Sklaven und konnten bis zu 15–30% des investierten Kapitals jährlich einbringen. In Athen wurde der Werkstattverkauf an Privatkunden durch den an ansässige Zwischenhändler im Fern- und bes. Nahhandel zurückgedrängt. Von der Polis wenig beeinflußte Barbarengebiete blieben urtümlicher. In Rom waren die *fabri* noch im Frühhellenismus ein unspezialisierter Handwerksberuf, freilich seit der späten Königszeit durch spezialisierte Metall-, Lederhandwerker, Töpfer, Färber und Musiker ergänzt und alle für Armeedienst in → *collegia* zusammengefaßt.

Von Alexander d. Gr. bis zum Freitod von Antonius und Kleopatra VII. wurde der klass. hell. Wirtschaftsstil mit Urbanisierung und *ἐργαστήριον* auf die Länder von Indien bis zum Atlantik allmählich übertragen, ohne daß aber (gegen Rostovčev) die neue Weltstruktur wirklich kapitalist. wurde. Erfindungen (Glasbläserei, Relieftöpferei, Agrarmaschinen), Geldverfeinerung, staatsorganisierte Produktion und gesteigerte Weltkaufkraft intensivierten die Handwerksproduktion, so daß dieselben Eigentümer gelegentlich Werkstätten in mehreren Zentren anlegten (Töpferei, Glas). Die Staats- und Monopolwerkstätten des Ptolemäerreiches und des hellenist. Indiens wuchsen zu manchmal gigantischen Föderativeinheiten an (ptol. Beer, Parfüms, Papyrus, Speiseöle, Textilien, Fischkonserven, Metallwerk, Ziegel). Die Handwerker waren hier Kontraktarbeiter, die unter Zugrundelegung eines jährlich veröffentlichten

Produktionsplans der Königszentralen durch Bürokraten und Steuerpächter kontrolliert wurden und Gehälter sowie (gelegentlich) einen Bonus für Überproduktion empfingen. Selbst in Äg. wurde aber die Agrarproduktion nicht von den Werkstätten getrennt verwaltet, bes. nicht wo Tempel oder Privatunternehmer Spezialprivilegien empfingen.

Im gleichzeitigen Rom tritt diese Tendenz noch stärker hervor. Der ältere Cato, Pomponius Atticus (Buchverlag), Rabirius Postumus (Töpferei) und ihre Zeitgenossen der Oberschichten kombinierten Handwerksgroßbetrieb und Latifundienverwaltung, bes. in der Verwendung oft derselben Sklaven und *vilici*. Wenn in unserer Zeit freie Handwerker (und gelegentlich selbst Sklaven) genug verdienten, schlossen sie sich zu Vereinen zusammen, die aber nur im Ptolemäerreich manchmal Regierungsaufträge kollektiv auszuführen hatten. Überall sonst war der Vereinszweck gesellschaftlich oder (bes. im Rom des Clodius) polit.

Die röm. Prinzipatszeit bis etwa Traian war im Handwerkssektor der vorhergehenden Periode ähnlich. Neue Erfindungen (Zement, Stahl, bessere Blasebälge, Glas) und Provinzialintensivierung standen im Vordergrund. Von Hadrian an aber erzwingt die schrumpfende Kaufkraft der Reichsbevölkerung den allmählichen Anschluß von abhängig werdenden Handwerkern an die langsam sich aus Sklavenlatifundien zu Kolonenpatrocinia umwandelnden Großgüter. Um den Untergang der lebenswichtigen Stadtzentren zu verhüten, wurde das verarmende städt. Handwerk normativisiert, in einigen unvermeidlichen Fällen bürokrat. kontrolliert (Armeelieferungen, Versorgung Roms und gelegentlich anderer Stadtzentren) oder durch Staatswerkstätten ersetzt.

Aus dieser Strukturänderung zogen Diocletian und Constantin d. Gr. die unvermeidlichen Konsequenzen. Alle Handwerker des Imperium Rom. wurden in Zukunft zwangsmäßig zu von der Staatsbürokratie kontrollierten Einheiten regional zusammengefaßt, die die Patrociniums- und Staatswerkstättenhandwerker mit dem unabhängigen Handwerk zusammenschlossen. Lieferung von Handwerksprodukten (bes. als Steuer) konnte in Zukunft durch die Staatsbehörden ohne Schwierigkeit anbefohlen werden. Söhne hatten in der Regel dem väterlichen Beruf zu folgen. Unkontrolliert waren seit Constantin gewöhnlich nur die Klosterwerkstätten, die in Äg. manchmal Hunderte von Mönchen beschäftigten.

Bereits im späteren 4. Jh. n. Chr. beginnt aber eine Handwerkerentwicklung, die sich vor allem in den Rechtsquellen und Papyrusdokumenten manifestiert und das Zunftwesen von Byzanz und wahrscheinlich auch des frühma. Italiens sowie der islam. Futuwa vorbereitet. Durch Gesetzesprivilegien und noch häufiger durch Bestechung sicherten sich die neuen *collegia* trotz häufiger staatlicher Gegenmaßnahmen Einfluß auf die Verkaufspreise, den (oft kollektiven) Einkauf von Rohmaterial, die (einkommensichernde) Beschränkung von Produktion, Verkauf, Gesellenbeschäftigung und Zulassung neuer Handwerker. Als Resultat blieben die techn. Handwerkskenntnisse der Ant. fast vollständig erhalten, bes. in den spätröm.-byz. Staatswerkstätten. Neue Erfindungen (Seidenweberei, Griech. Feuer) kamen auf oder wurden aus nichtant. Gebieten übernommen (Kompaß). Die neuen Gesellschaften des MA. von Indien bis Britannien fanden hier eine stabile und beachtlich hochstehende Handwerksstruktur vor, die seit der Prinzipatszeit von den neuen Völkern langsam und modifiziert übernommen wurde.

F. M. H.

Vgl. Art. collegium und mit voller Bibliogr. RE Art. Industrie und Handel. Oxf. Cl. Dict. s. v. *H. Bolkestein* Economic Life in Greece's Golden Age, 1958, Ind. s. v. *V. Ehrenberg* The People of Aristophanes, 1962^{2}, Kap. 5. *M. I. Finley* Technical Innovation and Economic Progress in the Ancient World. Econ. Hist. Rev. 18, 1965, 29f. *Frank* ESAR, Ind. s. v. *F. M. Heichelheim* An Anc. Econ. Hist. 1, 1958, 373f. 447f. 510f. 2, 1964, 205–218. *A. H. M. Jones* The Later Rom. Empire, 1964, Ind. s. craftsmen, guilds, industry. *H. Michell* The Economics of Ancient Greece^{2}, 1957, Kap. 5. *G. Ostrogorsky* Hist. of the Byzant. State, 1954, Ind. s. guilds, industry. *Rostovčev* GuW, Ind. s. v. *Ders.* Soc. a. Ec. Hell. W., Ind. s. v.

Indutiomarus. Kelt. Personenname, vgl. HOLDER 2,41ff. – **1.** I., Allobroger-Häuptling, Hauptbelastungszeuge im Fonteius-Prozeß 69 v. Chr., Cic. Font. 27.29 u. ö. vgl. o. II 591 Nr. 5. **2.** I., Führer der Treverer, der 54 die 1. große Erhebung gegen Caesar auslöste, die sich aus internen Machtstreitigkeiten mit seinem römerfreundlichen Schwiegersohn → Cingetorix entwickelte. Nach anfänglichem Einlenken vor dem Britannienfeldzug (Caes. Gall. 5,3,1–4.4) knüpfte er weitere Verbindungen an und wurde die treibende Kraft für die teilweise geglückten Überfälle auf röm. Lager im Winter 54/53. Er fiel im Kampf gegen → Labienus, Caes. Gall. 5,55–58. GELZER Caesar ^{6}128ff. H. G. G.

Inessa (Ἴνησσα). Alte Siculerstadt am S.-Hang des Aetna zwischen → Katana und → Kentoripa, die die von → Hieron I. in Katana angesiedelten, nach seinem Tode von da vertriebenen Kolonisten einnahmen (J. 461) und in → Aitne umbenannten unter Konsekrierung des Hieron als οἰκιστής: Diod. 11,76,3. Strab. 6,268. Steph. Byz. Der Name I. wird noch von Thuk. 3,103,1. 6,94,3 verwendet, dann verschwindet er. K. Z.

Infamia. Bedeutet eine mit Rechtsnachteilen verbundene Minderung der Ehrenstellung. Der Eintritt der i. ist geknüpft an die Ausübung bestimmter Berufe (z. B. Tierkämpfer, Schauspieler, Dirne), an Verurteilungen wegen einer Straftat, an die schimpfliche Ausstoßung aus dem Heer *(missio ignominiosa)*, endlich an manche Verurteilungen im Zivilprozeß (wegen *dolus malus*, Treubruch u.ä.). Folgen der i. sind der Ausschluß von Munizipalämtern und vom Anklagerecht im Strafprozeß sowie Beschränkungen der Befugnis zur Postulation für andere und der Vertretungsbefugnis im Zivilprozeß. Vgl. Dig. 3,2. Cod. Iust. 2,11. D. M.

Max Kaser, ZRG 73, 1956, 220ff.

Infans s. Pubertas

Infanterie s. Peditatus

Infanticidium s. Parricidium

Infelix arbor und der Gegensatz *felix arbor* sind rituelle Begriffe. Zu den i.a. gehörten (s. Macr. Sat. 3,20,3. Plin. nat. 16,108): stachlige Bäume und Sträucher und solche mit schwarzen Früchten, sowie unfruchtbare und verkümmerte, außerdem Unkraut, sowie eine wohl wegen ihrer blutroten Farbe *sanguis* genannte Pflanze. Auch vom Blitz getroffene Bäume zählten dazu. Mit i.a. wurden *portenta* und *prodigia* verbrannt. Auch für Exekutionen und Geißelungen wurde Holz eines i.a. verwendet. Im Aberglauben spielten i.a. als Zaubermittel eine Rolle, wie auch manchen *felic*es *a.* eine segensreiche Wirkung zugeschrieben wurde. Für Opferfeuer, Hochzeitsfackel u. dgl. kamen nur *felices a.* in Frage. – Die Ursprünge gehen auf alten Glauben zurück, auf die Systematisierung aber wird die etr. Disziplin stark eingewirkt haben (→ Veranius und → Tarquitius Priscus bei Macr. a.O. Plin. a.O. Vgl. Thulin, der den etr. Einfluß vielleicht überbewertet). W. E.

Thulin Die etr. Disziplin 3, Göteb. Högsk. Årsskr. 15, 1909, 94ff.

Inferi. Die Unterweltsvorstellungen waren recht vage u. durch alle möglichen Einflüsse nicht klarer geworden. Die Anschauungen von einem Totenreich, von in den Gräbern hausenden oder auf der Oberwelt umhergeisternden Toten stehen unausgeglichen nebeneinander. I. ist Sammelbegriff aller Bewohner der Unterwelt, Götter wie – falls man das glaubte – verstorbener Menschen. Ausdrücklich treten die *di inferi* den *di caelestes* und *terrestres* gegenüber in der Kriegserklärung der → fetiales, Liv. 1,32,9. Ähnlich *superi et iferi* (so!) auf einer Inschr. aus Picenum (CIL IX 5813). Die Opferbräuche unterschieden sich von denen für die Überirdischen z.T. grundlegend: → hostia, → immolatio. Meist aber sagte man für die Verstorbenen *di manes* (→ manes, → lemures, → larvae, → Orcus). Totenfeste sind → Parentalia mit → Feralia und anschließenden → Caristia, sowie → Larentalia, → Lemuria und die Tage an denen → *mundus patet.* W. E.

Infibulation. 1. κρίκωσις. Die Durchbohrung der Vorhaut mittels einer *fibula* (Cels. 25) sollte der Schonung von Gesundheit und Stimme dienen. **2.** κυνοδέσμη. Im archäolog. Sprachgebrauch bezeichnet I. die Abbindung der Vorhaut mittels eines dünnen weichen Riemens, die von Griechen, bes. Athleten, aus ästhet. und hygien. Gründen viel geübt wurde. Die griech. Bezeichnung ist nur spät belegt. Darstellungen sind häufig, z.B. Pfuhl Abb. 331.397. W. H. G.

Jüthner, RE IX 2543ff.

Inflation. Münzgeld – I. wird mit der Erfindung des griech. Münzgeldes um 600 v.Chr. und der m.E. etwas späteren chines. analogen Entwicklung möglich. Preis-I. ist bereits für die altor. Stadtkulturen der Bronzezeit überliefert, bes. aus Notzeiten. In Griechenland gibt es schon im Elektrongeld numismat. Indizien für I. Im 5. und 4. Jh. v.Chr. hören wir gelegentlich von Münzverschlechterung und finden »gefütterte« Silbermünzen. Das beträchtliche Ansteigen von Preisen und Dienstzahlungen im Griechenland und im pers. Babylonien ders. Periode und vor allem der Jahrzehnte unmittelbar nach den Welteroberungszügen Alexanders d.Gr. muß dazu wohl als Preis-I. bezeichnet werden.

Die Jh. von Alexander bis zum Untergang von Antonius und Kleopatra VII. sind durch Preis-I. seit ca. 220 v.Chr. und wieder in wechselnder Intensität seit ca. 140 v.Chr. bis zum Seeräubersieg des Pompeius und den Triumviratskriegen charakterisiert. Münzgeld-I. ist häufig dokumentar. und literar. gut belegt. Die röm. Silber- und Bronzewährung wurde im ersten und bes. im zweiten Pun. Kriege seit mindestens 217 v.Chr. einer ausgesprochenen I. ausgesetzt, ähnlich die Silberwährung des Ptolemäerreiches zwischen ca. 220 und 170 v. Chr.

Augustus hat hier wie überall eine neue Stabilisierung herbeigeführt. Seine Nachfolger von Nero bis Marcus haben die nachfolgende Preisdeflation durch eine fortschreitende inflationäre Münzverschlechterung des Silberdenars ungefähr ausgeglichen. Wohl noch unter Commodus und auf jeden Fall von Didius Iulianus bis zur Frühzeit von Septimius Severus führte dann die fortschreitende Münzverschlechterung zu einer ersten I. von etwa 300%. Septimius Severus stabilisierte diesen Stand indessen bald, wohl dadurch daß seine berüchtigten Vermögensbeschlagnahmungen des Besitzes seiner polit. Feinde die Kaufkraft der Reichsbevölkerung deutlich verminderten.

Unter seinen Nachfolgern ist nur fortschreitende Preisdeflation zu registrieren, die durch die unverändert sich steigernde Denarverschlechterung nicht völlig ausgeglichen wurde. Erst 267 n.Chr. beginnt eine neue I. des röm. Silbers, die 301 n. Chr. unter Diocletian bereits zur Gleichsetzung von 50000 Denaren mit einem Goldpfund führte und 345 n.Chr. mit einem Rekordtiefstand von 106424000% (!) im Vergleich mit der Zeit des Augustus abschloß. Eine absolute Preis-I. war dazu seit Diocletian mit dieser Münzgeld-I. gleichzeitig und verschärfte die Wirtschaftsschwierigkeiten dieser Periode. Der von Diocletian und Constantin d.Gr. als Hauptwährung eingeführte Goldsolidus machte aber dann weitere Münz-I. in Byz. bis etwa 1070 n.Chr. unmöglich. Preis-I. erscheint dagegen unverändert in unseren Quellen, vor allem eine fürchterliche I. seit etwa 550 n. Chr. als Folge der gleichzeitigen Pestepidemien. F. M. H.

Vgl. mit voller Bibliogr. RE Suppl. VI s. v. Handwb. der Soz. Art. Geld und Münzgeld. *F. M. Heichelheim* Wirtschaftliche Schwankungen der Zeit von Alexander bis Augustus, 1930. *Ders.* On Anc. Price Trends from the Earyl First Millennium B. C. to Heraclius I. Finanzarchiv 15, 1955, 498f. *Ders.* An Anc. Economic History 1, 1958, 197f. 2, 1964, 20f. 29f. 168f. *Ders.* in JRS 55, 1965, 250f. *Frank* ESAR, Ind. s. v. *A. H. M. Jones* The Later Rom. Empire, 1964, Ind. s. v. *M. H. Cranford,* in JRS 54, 1964, 29f. *E. S. G. Robinson,* in NC 7 Ser. 4, 1964, 37f.

Infula (meist Pl. *-ae*). Wollene Stirnbinde, breit oder gedreht, weiß oder scharlachrot (Serv. Aen. 10,538. Varro l. l. 7,24), dunkel nur im Totenkult (CIL XI 1420,20, vgl. Serv. auct. Aen. 3,64). Zu beiden Seiten hängen Bänder herab, die entweder zur i. gehören (Lucr. 1,87. Sil. 15,679. Frontin. strat. 1,12,5) oder → vittae genannt werden (Serv. a. O. vgl. Verg. georg. 3,487. Verg. Aen. 10,538. Val. Fl. 6,64. Lucan. 5,144. Stat. Theb. 2,99). Als Zeichen des Heiligen wurde sie von Priestern und Schutzflehenden getragen; aber auch Opfertiere (Paul. Fest. 113. Lucr. 1,87. Vgl. Suet. Cal. 27,2) und Tempel (Paul. Fest. a. O.) wurden damit geschmückt, und an der Tür des Bräutigams wurden sie von der Braut befestigt (Lucan. 2,355, vgl. Serv. Aen. 4,458). In der Kaiserzeit ist sie Abzeichen des Kaisers und der Magistrate. W. E.

Ingaevones. Nach Plin. nat. 4,96.99 und Tac. Germ. 2 Gesamtbezeichnung für die an der Küste wohnenden w.-german. Stämme der Cimbern, Teutonen, Chaucen, Angeln, Warnen, Sachsen, Friesen und Amsivarier. Nach SW. schließen an die I. die Istaevones an. H. C.

Ingauni s. Album Ingaunum

Ingenieure. Einen eigenen Beruf der I. hat es in der Ant. so wenig gegeben wie eine zusammenfassende Bezeichnung. Die Grenzen zu den Handwerkern (vgl. etwa den *praefectus fabrum*), Architekten (→ Vitruvius), Mathematikern (Archimedes) usw. sind fließend. Den griech. I. der archaischen und klass. Z. wird vor allem Übernahme und Weiterentwicklung äg. und oriental. Errungenschaften verdankt, doch werden auch wesentliche Neuentdeckungen gemacht, die für uns weithin namenlos bleiben, z. B. die Erfindung des Flaschenzuges (um 700?) für die Hebewerke, des Bronzehohlgusses aus der verlorenen Wachsform (6. Jh.) für die Plastik. Seit der Entwicklung der Mathematik und der eng mit ihr verbundenen Physik (seit 5./4. Jh.) werden, vor allem im Hellenismus, hervorragende Erfindungen gemacht (z. B. → Automaten), bleiben jedoch oft im Prinzipiellen stecken und führen nicht zur wirtschaftlichen Ausnutzung. Daneben stehen, etwa in Festungsbau, Belagerungs- und Geschütztechnik große praktische Leistungen, die z. T. auch literar. behandelt wurden (→ Poliorketiker). Die Römer übernahmen diese hellenist. Errungenschaften z. T. erst spät (ausgehende Republik), doch fanden I.-Leistungen hier ein interessiertes Publikum (Caesar!). Die großen röm. Erfindungen sind rein prakt. Art (z. B. in Straßen-, Wasserleitungs - Gewölbebau, Heizungstechnik usw.), das theoret. Interesse ist gering. W. H. G.

Forbes Studies in Anc. Technology, 1955–1965. *Aitchison* A History of Metals, 1960. *A. G. Drachman* The Mechanical Technology of Greek and Roman Antiquity, 1963. *F. Kretzschmer* Bilddokumente röm. Technik, ^{2}1964. *Sprague de Camp* I. der Antike, 1964.

Ingenuus. 1. 87 als Statthalter von Pannonien (SHA trig. tyr. 9,1. Aurel. Vict. Caes. 33,2, s. W. Reidinger Statth. Pann. 114f. A. Mócsy, RE Suppl. IX 568) 260 von den Donaulegionen in Sirmium zum Gegenkaiser des → Gallienus ausgerufen, bald durch → Aureolus in Mursa besiegt, Zon. 12,24 (p. 143 D.), auf der Flucht umgekommen, trig. tyr. 9,4. Eutr. 9,8,1. Oros. 7,22,10. R. H.

G. Barbieri Alb. senat. 280 Nr. 1599. *G. Walser* Krise des röm. Reiches 43f. Cambr. Anc. Hist. XII 182ff. *Calderini* Severi 169f.

2. Als Rechtsbegriff bedeutet ingenuus »frei geboren«, »von freien, wenn auch selbst erst freigelassenen Eltern (Näheres bei Marcian, Dig. 1,5, 5) abstammend«, im Gegensatz zu *libertus* (Suet. Vesp. 3: *Latinus*), Gai. 1,10f. Zur Herkunft vgl. Walde-Hof.^{3}, s. *genuinus* und ([1],3,14,3) zu Cincius bei Fest. s. Patricius und zu Liv. 10,8,10: urspr. plebeische Bezeichnung zur Abgrenzung von der untersten Bürgerklasse (unrichtig [2] eingangs). Im Privatrecht war der i. vor allem der Patronatslasten ledig; im öffentlichen Recht indessen gab es überhaupt keine Gleichberechtigung aller *cives i.*; z. B. wurde für bestimmte Ämter und Rangstellen eine gesteigerte, bis zum Vater oder Großvater reichende Ingenuität gefordert. Später haben die Kaiser die I. auch verliehen, was in der Form der *natalium restitutio*, Dig. 40,11, oder durch Gewährung des (die Patronatsrechte nicht tangierenden) *ius aureorum anulorum* (Dig. 40,10; z. Ursprung s. Cass. Dio 48,45; Lex Visellia de lib.; Plin. nat. 33,32) geschah. Adoption bewirkte keine I. (Mas. Sabinus bei Gell. 5,15,11f. Ulp. Dig. 1,5,27). Seit dem 4. Jh. rechnet man den → *colonus* nicht mehr zu den i., s. z. B. Cod. Iust. 11,68,4, während die Germanenrechte schließlich unter i. den Freien geringeren Standes, auch den Freigelassenen verstehen. D. L.

1. *Theod. Mommsen* Röm. Staatsr. I, ^{3}1887, 487ff. und III, ^{3}1887–1888, 14 und 72ff. 2. *Bernh. Kübler,* RE IX 1544ff. 3. *Arangio-Ruiz* und *Pugliese Carratelli* La Parola del Passato 3, 1948, 129ff., bes. 141ff. (z. Verfahren). 4. *Milan Bartosek* Czasopismo Prawno-Historyczne 3, 1951, 12ff. (in frz. Sprache).

Inguiomerus. Cherusk. Fürst, Oheim des Arminius, als Bruder des Segimer erst römerfreundlich, dann auf Seite des Arminius, Tac. ann.

1,60,1. Auf seinen Rat bestürmten die Cherusker im J. 15 n. Chr. vergeblich das Lager des Caecina Severus, I. wurde verwundet, ebd. 1,68,1–5. Vom Schlachtfeld von → Idistaviso (zwischen Minden–Rinteln) entkam er im J. 16, ebd. 2,17,5 (F. Miltner, RhM 95, 1952, 343–356), doch gelang ihm auch am Angrivarierwall (s. W. Jungandreas, Ztschr. dtscht. Alt. 81, 1944, 1 ff.) an der Weser der entscheidende Schlag gegen Germanicus nicht, ebd. 2,21,1. Bei der Auseinandersetzung zwischen Arminius und Marbod im J. 17 schlug er sich aus Eifersucht zu Marbod, ebd. 2,45,1. 46,1. R. H.

Ingwer (*ζιγγίβερι, zingiberi, alii vero zimpiberi* Plin.) Zingiber officinale Roscoë, Pflanze aus der Familie der Zingiberaceen, wurde im Alt. nach Plin. nat. 12,28 (aus Iuba) und Dioskurid. mat. med. 2,160 aus dem Trogodytenlande und Arabien importiert und verschiedentlich, teils als Gewürz, teils offizinell, auch in der Tierheilkunde, verwendet. Mehrfache spätere Erwähnungen notiert Stadler, RE IX 1554. K. Z.

In iure cessio. Sie ist ein Erwerbs- oder Verzichtsgeschäft *(cessio)* in Form eines Scheinprozesses vor dem Praetor *(in iure)*. So behauptet, wenn eine Übereignung beabsichtigt ist, der Erwerber wahrheitswidrig sein Eigentum an der erst zu erwerbenden Sache. In einem wirklichen Prozeß müßte der Veräußerer, der ja noch Eigentümer ist, widersprechen. Bei der i.i.c. unterläßt er das aber, so daß die Eigentumsbehauptung des Erwerbers unstreitig bleibt und daher der Praetor diesem die Sache zuspricht *(addictio)*. Der Erwerb beruht auf diesem Staatsakt und ist unabhängig von dem Grundgeschäft (Kauf). Aber schon im klass. Recht ist die i.i.c. wegen ihrer Umständlichkeit für den Eigentumserwerb ungebräuchlich und dient meist anderen Zwecken. Justinian hat sie völlig aus den Quellen beseitigt. D. M.

Iniuria. Bedeutet allg. jedes Unrecht (Inst. Iust. 4,4 pr.: *i. dicitur omne quod non iure fit*). Daneben gibt es mehrere spezielle Bedeutungen. So ist i. bei der lex Aquilia *(damnum iniuria datum)* das schuldhafte Unrecht. Im engeren Sinn bezeichnet i. einen Deliktstatbestand, nämlich die Persönlichkeitsverletzung durch Überhebung der eigenen Person über eine fremde (ähnlich der *ὕβρις* der Griechen, vgl. Inst. Iust. a. O.). Hieraus gaben schon die XII T. eine Klage auf eine feste Buße, die später durch die variable *actio iniuriarum aestimatoria* ersetzt wird. Vgl. Inst. Iust. 4,4. Dig. 47,10. Cod. Iust. 9,35. D. M.

Max Kaser Röm. Privatrecht 1, 1955, 21f. 139f. 520ff.

Inkrustation. Die Technik, Wände aus unscheinbarem Material mit dünnen, meist marmornen Platten *(crustae marmoreae* Vitr. 7,5,1. Plin. nat. 35,2. *incrustatio marmorea* CIL III 6671. Griech. *πλάκωσις)* zu verkleiden, scheint nach Vorstufen gegen 60/50 v. Chr. aufgekommen zu sein, hat aber erst seit etwa Nero stärker an Boden gewonnen. Durch Verwendung verschiedenfarbigen Marmors konnten geometr. Muster, aber auch freiere »Intarsien« hergestellt werden. Erhaltene Reste der ersten Jh.e sind dürftig, vielfach nur aus techn. Indizien zu erschließen. Die I. hat sich über das ganze röm. Reich verbreitet und mit der Sache auch das Material an die frühen Kirchenbauten weitergegeben. W. H. G.

Deubner, RE Suppl. VII 285ff. und MDAI(R) 54, 1939, 14ff.

Ino s. Leukothea

Inquilinus heißt der Mieter einer Wohnung. Seine kontraktsrechtliche Position ist die eines *conductor*. Da aber die Weite der röm. *locatio conductio* dazu führt, daß neben dem Mieter einer Wohnung der Pächter von Boden oder Vieh, der Werkunternehmer und der Dienstgeber als *conductor* bezeichnet werden kann, greift auch die Rechtssprache oft auf den Ausdruck *inquilinus* zurück und verwendet ihn vor allem für die Bewohner einer *insula* (= Zinshaus). Solche *inquilini* sind häufig Untermieter, da die Eigentümer von Zinshäusern diese an *conductores* zu vermieten pflegten, die ihrerseits den einzelnen *inquilini* vermieteten. Das in unserer Zeit weithin üblichen Zusammen-Wohnen von »Hausherr« und Mietern war in der Ant. ungebräuchlich. Th. M.-M.

Mayer-Maly Locatio conductio, 1956, 27ff.

Inregillensis (Inrigillensis), Cognomen, in den republ. Fasten bei den Claudiern (Nr. 8f.). Degrassi FCap 145. H. G. G.

Inschriften. 1. Allgemeines

Seit für die Menschheit die Möglichkeit besteht, sich der Schrift zu bedienen, gibt es I. Als Schriftträger hat der Mensch alle nur denkbaren Materialien verwendet wie z. B. Stein und Metall, getrockneten und gebrannten Ton, Holz und Wachstafeln, Textilien, Papyri und Leder (Pergament). Ebenso mannigfach wie die Schriftträger sind auch die Techniken, deren man sich bediente: Die Buchstaben wurden entsprechend den Schriftträgern entweder mit Farbstoffen geschrieben, mit Werkzeugen eingeritzt, vertieft eingehauen, erhaben herausgearbeitet oder mit Mosaiksteinchen gelegt, zuweilen auch ziseliert, tauschiert oder einfach punktiert, um nur die gebräuchlichsten Arten herauszuheben. I. erfassen alle Bereiche des ant. Lebens bei ganz verschiedenem Umfang. Oft sind nur noch Reste von Buchstaben erhalten, bisweilen aber auch großartige Dokumente, wie die »Königin der Inschriften«, die Kopie der *Res gestae Divi Augusti* in Ankyra (Ankara).

2. Aufgliederung der Bearbeitung des beschrifteten Materials.

Für alle Disziplinen der griech.-röm. Altertumswissenschaft hat das inschr. Material, das in den vergangenen Jahrzehnten in ständig zunehmendem Maße durch Neufunde bereichert worden ist, große Bedeutung. Gegenüber der geformten und vom ant. Autor für ein Weiterleben bestimmten Überlieferung, wie sie in den Werken der griech.

und lat. Literatur in Poesie und Prosa vorliegt, haben die inschr. Dokumente den großen Reiz, daß sie im allg. zunächst für den Alltag bestimmt gewesen sind. Ihre Erhaltung ist von keinerlei Überlegung wie bei der literar. Überlieferung gelenkt, sondern hängt in den meisten Fällen von irgendwelchen äußeren Zufälligkeiten ab.

Um Sammlung und Auswertung des Materials zu sichern und zu erleichtern, haben sich eine Reihe von Grundwissenschaften herausgebildet, nämlich → Numismatik, → Papyrologie sowie die griech. und lat. Epigraphik, wobei die Übergänge im einzelnen oft fließend bleiben. Aufgabe der Epigraphik ist es, unter Berücksichtigung der Schriftträger die erhalten gebliebenen inschr. Monumente verschiedenster Art und Form zu erschließen, zu ordnen, zu bearbeiten, zu publizieren und dabei, soweit wie nötig und möglich, zu kommentieren.

3. Frühe epigraphische Forschungen.

Die Anfänge von epigraph. Slg.en gehen bereits in die Ant. zurück. So zitiert die Suda eine Zusammenstellung von att. I. des Atheners → Philochoros (etwa 320–260 v. Chr.). Wissen wir auch nicht, welcher Art die Slg. von I. des Philochoros war, so ist von seinem Zeitgenossen → Krateros (* um 320), Sohn des makedon. Generals gleichen Namens, bekannt, daß er Volksbeschlüsse und Verträge, wohl mit besonderer Berücksichtigung Athens, gesammelt und in chronolog. Abfolge veröffentlicht hat. Dem im 2. Jh. v. Chr. lebenden berühmten Gelehrten → Polemon hat sein Interesse für I. sogar den Spitznamen *στηλοκόπας*, d. h. Stelenvertilger, eingetragen. Zahlreiche I. sind auch bereits bei ant. Schriftstellern zitiert oder in ant. Anthologien aufgenommen und so erhalten geblieben. Für unsere Kenntnis ant. Überlieferung ist es bes. wichtig, wenn sich für literar. überlieferte I. auch das ant. Original wiederfindet. Aus der Spätant. und dem MA. gibt es ebenfalls Nachrichten über das Sammeln von I., wobei sich die epigraph. Denkmäler Roms und der großen Städte Italiens besonderer Beachtung erfreuten. Einen Hinweis verdient Cyriacus von Ancona (* 1391), der auf seinen weiten Handelsreisen in Griechenland und im Vorderen Orient, nachdem er aus Passion lat. und griech. gelernt hatte, sich bemühte, alles aus der Ant. Bemerkenswerte festzuhalten und nach bestem Vermögen die Überreste, darunter zahlreiche inschr. Denkmäler, zu kopieren.

4. Die Idee eines Corpus der ant. I. und ihre Verwirklichung.

Wie auf so vielen anderen Gebieten war der Erforschung und Slg. ant. I. im Zeitalter der Renaissance ein Höhepunkt beschieden. Es entstand erstmalig die Idee eines *corpus absolutissimum* aller ant. I., die Janus Gruter (1560–1627), angeregt durch Joseph Justus Scaliger und in Gemeinschaft mit dem Augsburger Patrizier Markus Welser, zu verwirklichen in Angriff nahm. Eingeteilt nach sachlichen Gesichtspunkten, versehen mit Indices,

erschien das Werk in Heidelberg erstmals im J. 1603. Während bisher die lat. I. die Hauptmasse stellten, vermehrte sich infolge der zunehmenden Forschungsreisen, vor allem nach Griechenland und Kleinasien, sehr bald auch der griech. Anteil.

Wenn auch nach dem Corpus von Gruter noch eine Anzahl ähnlicher Werke erschienen sind, so ist doch erst das J. 1815 zur Sternstunde moderner epigraph. Forschung geworden. Denn am 20. April genehmigte die Berliner Akad. d. Wiss. den von August Böckh gestellten Antrag, »die Sammlung aller dem griech.-röm. Alterthum angehörigen oder damit in enger Verbindung stehenden Inschriften« durchzuführen und als *Thesaurus Inscriptionum* herauszugeben.

Der Anf. sollte mit den griech. I. gemacht werden und in 4 J. das *Corpus Inscriptionum Graecarum* vorliegen. Aber erst im J. 1859 kam mit Band IV (Indices 1877) das CIG zu einem Abschluß. Die Erschließung der ant. Welt brachte jedoch allen Zweigen der Altertumswissenschaft einen solchen Aufschwung, daß bereits 1868 eine neue Bearbeitung durch die Berliner Akademie, die *Inscriptiones Graecae* (IG) in Angriff genommen wurde, an deren weiterem Ausbau in internationaler Zusammenarbeit unter Leitung von Günther Klaffenbach noch h. gearbeitet wird.

Ebenso bedeutungsvoll wie CIG und IG wurde für die Wissenschaft das ebenfalls von der Berliner Akademie betreute Werk des *Corpus Inscriptionum Latinarum*, das in Theodor Mommsen seinen Initiator und Organisator fand. Nach Überwindung großer Schwierigkeiten konnte er 1863 mit der Publikation des CIL beginnen. Es ist ebenfalls wie das CIG nach geograph. Gesichtspunkten angelegt, jedoch wurde durch Mommsen die Edition verfeinert und vor allem Autopsie der I., soweit wie möglich, gefordert. Am CIL wird noch immer, jetzt unter Mitarbeit der Akademien beteiligter Länder, weitergearbeitet. Eine neue Ausgabe aller *Inscriptiones Italiae* hat die Unione Accademica Nazionale von Italien 1931 begonnen. Ferner wird von der Österreichischen Akad. d. Wiss. die Slg. und Publikation der epichor. und griech.-röm. Inschr. betreut. Die Corpusbände erscheinen als »Tituli Asiae Minoris« (TAM) seit 1901; der zügige Fortgang hatte leider sehr unter der Ungunst der Kriegsjahre zu leiden.

5. Sonstige epigraphische Arbeiten.

Aus den Standardpublikationen sind zahlreiche epigraph. Slg.en hervorgegangen, in denen nach allgemeinen oder sachlichen Gesichtspunkten wichtige I. zusammengestellt sind; es fehlt auch nicht an Slg.en etrusk., semit., chr., jüd. I. Öfter wurden auch die an einem Ausgrabungsort zutage getretenen I. in eigenen Editionen herausgebracht (z. B. von Olympia, Delphoi, Pergamon etc.) oder in Museen gesammelte I. publiziert. Dazu kommt eine Fülle von Publikationen, in denen die Forschung mit neuen Funden bekannt gemacht wird oder die Ergebnisse von auf Forschungsreisen gewonnenem Material publiziert werden. Artikel in den Ztschr. der Altertumswissenschaft in allen Kulturländern unterrichten außerdem ständig über neue Funde von I., verbesserte Lesungen oder neue Ergänzungsvorschläge – ein lebendiges Mosaik der steten Bemühungen, das reiche Bild der Ant. immer lebensvoller zu gestalten. F. K. D.

Guter Überblick über Standardwerke, I.-Slg.en, epigraph. HB.er etc. bei *H. Bengtson*, Einf. in die Alte Geschichte ([5]1965). Regelmäßige Berichte über Neufunde von griech. I. in REG (Bulletin épigraphique) und J. of Egypt. Archaeol.; Neufunde auch im SEG. Wichtig: AE (Rev. des public. épigr. rel. à l'Ant. Rom.) als Suppl. der RA. Auf dem IV. Kongreß für lat. und griech. Epigraphik in Wien (1962) wurden als nächste Tagungsländer England (1967) und Spanien (1972) festgelegt.

Insignia. Jeder Gegenstand, der als Abzeichen, als Merkmal zur Unterscheidung von Personen oder Sachen dient, kann *insigne* heißen. Spez. werden als I. außer den Schildzeichen und Helmzieraten der Krieger die Merkmale der Amts- und Standestracht und der Uniform, die Ehrenzeichen der Amtsträger (z. B. Szepter der Könige, *fasces, sella curulis, mappa*) und Soldaten (z. B. → *corona, hasta, phalerae*) bezeichnet, außerdem die Bildzeichen, die meist vorn am Schiff angebracht, zugleich Namenszeichen der Schiffe sind (griech. *παράσημον*, vgl. etwa das Dioskurenzeichen Act. Apost. 28,11), schließlich die → Aushängeschilder der Werkstätten, Läden, Gasthäuser usw. (dazu ausführlich Jordan, AZ 29, 1872, 75 ff. Kleeberg Hôtels, restaurants et cabarets dans l'antiquité Rom. [1957] 115 f.). Das *insigne* auf dem Schiff des Brutus, Caes. civ. 2,6, war möglicherweise eine Art Admiralsstander, aber auch die 3 Lichter als nächtliches Erkennungszeichen für das Schiff des Praetors können i. heißen, Liv. 29,25,11. Im militär. Bereich sind von den I. die *signa (aquila, vexillum, imagines* usw.*)* scharf zu trennen, da es sich bei ihnen nicht um Abzeichen, sondern um taktische Zeichen handelt. Zahlreiche I. sind auf röm. Grabsteinen, histor. Reliefs und Münzen abgebildet, nur wenige (wie die bekannten *phalerae*, Matz Die Lauerforter Phalerae, 92. Berl. Winckelmann-Pr. 1932) erhalten. W. H. G.

Forni, Enciclop. Arte Ant. 4, 1961, 163 ff. mit reichen Lit.-Angaben.

Insteius. Röm. Gentilname, vgl. Schulze Eigenn. 358 (mit inschr. Belegen), auch im *Vicus Instei(an)us* in Rom seit dem 3. Jh. v. Chr. faßbar. Namensträger sind jedoch erst im 1. Jh. v. Chr. hervorgetreten.

I. Republikanische Zeit. **1.** L. I. *(L. f. Fal[erna tribu])* war 90 Offizier des Cn. Pompeius Strabo vor Asculum (Cichorius Röm. Stud. 167) und 76 Unterfeldherr des Sertorius in Spanien, wo sich auch (sein Bruder?) C. I. befand, Liv. 91 frg. 22. Broughton Mag. Suppl. 29. **2.** M. I. aus Pisaurum, Anhänger des Antonius 43 v. Chr. im mutinens. Krieg, Cic. Phil. 13,26, und 31 bei Actium einer der Kommandeure des Zentrums, Plut. Ant. 65,1. Gardthausen 2,198,33. Broughton Mag. 2,574. **3.** I. Cato, Italikerführer im → Bundesgenossenkrieg 90 v. Chr., doch nur bei Vell. 2, 16,1 genannt, so daß eine Verwechslung mit Vettius Scato (RE VIII A 1884 f.) möglich ist. H. G. G.

II. Kaiserzeit: **1.** I. Capito. Centurio in Syrien, vom Statthalter ca. 54/55 zum Partherkönig Vologaeses zur Übernahme von Geiseln geschickt, die dann Arrius Varus erhielt, Tac. ann. 13,9,2. Als praef. castrorum eroberte er 58 ein Kastell in Armenien, ebd. 13,39,1.5. **2.** Attius I. Tertullus Populonius, cos. suff. vor 307, corrector Venetiae et Histriae, CIL VI 1696, vgl. VIII 876, praef. urb. Romae 27. Aug. 307–12. Apr. 308, Chron. min. I 67 M. R. H.

Institor. Ihn definiert Ulp. Dig. 14,3,3: *i. appellatus est ex eo, quod negotio gerendo instet: nec multum facit, tabernae sit praepositus an cuilibet alii negotiationi.* Man muß den i. also als den vom Inhaber eingesetzten Leiter eines Gewerbebetriebes verstehen. Ob er gewaltfrei oder gewaltunterworfen oder sogar Sklave eines Dritten ist, spielt keine Rolle. Aus den Geschäften eines solchen i. kann der Betriebsinhaber mit der *actio institoria* verklagt werden. Damit tritt, ähnlich wie durch das → *iussum*, eine der Stellvertretung ähnliche Wirkung ein. Vgl. Dig. 14,3. Cod. Iust. 4,25. Papinian hat darüber hinaus auch eine Haftung des Vermögensinhabers für die Geschäfte seines *procurator* begründen, also die Bindung an einen Gewerbebetrieb aufgeben wollen. Dies ist die *actio ad exemplum institoriae actionis*, Dig. 14,3,30 pr. Das Vulgarrecht endlich deutet die *a. institoria* in eine Haftung des i. selbst für seine Lehrlinge um, vgl. Paul. Sent. 2,8,3 und Ernst Levy Weström. Vulgarrecht, Obligationenrecht, 1956, 81 ff. In die Kompilation Justinians ist das nicht eingegangen. D. M.

Institutiones. I. sind Einführungsschriften, meist mit systemat. Ambition. Sie begegnen in Rhetorik (Quint.: *institutio oratoria*) und Theologie (Lact.: 7 *libri institutionum divinarum*), vor allem aber in der Jurisprudenz. Für diese repräsentieren I. die Literaturgattung des systemat. Lehrbuchs. Vf. jurist. I. sind → Florentinus, → Callistratus, → Paulus, → Ulpian und → Marcellus, vor allem aber → Gaius. Dessen Lehrbuch wird freilich von seinem Vf. *commentarii* genannt. Seine Bedeutung für die Literaturgattung liegt darin, daß es jenes System prägte, das von Iustinianus I. übernommen wurde und als Institutionensystem bis zu Beginn des 19. Jh. (ALR, Code Napoléon, ABGB) die Privatrechtsgliederung beherrschte: *personae – res – actiones* (Rechtssubjekt – Rechtsobjekt – Rechtsverfolgung). Th. M.-M.

Affolter Das röm. Institutionensystem, 1897. *Börner* De Quintiliani inst. orat. dispositione, 1911. *Fuhrmann* Das systemat. Lehrbuch, 1960, 104 ff.

Instrumentum heißt in seiner allg. Bedeutung »Werkzeug«, »Gerätschaft«. Im techn. Sinn bezeichnet es das Inventar, das Zubehör eines Hauses oder Landgutes. Dabei stellte sich sowohl in der agrar- als auch in der rechtsgeschichtlichen Forschung die Frage, wie weit es einen einheitlichen Begriff i. gab, und ob dieses eine Bindung zu Grund und Boden hatte. Erste Abgrenzungsversuche des i. vom *fundus* finden wir bei Varro (rust. 1,2,22f.), der eine *figlina* (Töpferei) nicht zum *i. fundi* zählte (vgl. dagegen Iav. Dig. 33,7,25, 1), im übrigen jedoch unter i. alle beweglichen Betriebsmittel einschließlich der Arbeitssklaven verstand (1,17f.). Diesem weiten Begriff gegenüber steht der engere des Cato (r. r. 1,5), der zum i. nur Ackergeräte, landwirtschaftliche Maschinen und Gefäße zum Aufbewahren der Früchte rechnete; dieser Auffassung waren auch Columella r. r, 1,8. 15,3. Val. Max. 4,4,6. Phaedr. 4,5,24 und Pallad., r. r. 1,43. Gegen E. der Republik hatte sich für i. ein einheitlicher Gesamtbegriff herausgebildet. Die Divergenz zwischen dem weiten und dem engen Begriff bestand auch bei den Juristen. Qu. Mucius (Ulp. Dig. 28,5,35,3), Vitellius (Ulp. Dig. 33,7,8 pr.) und Ulpian (Dig. 33,7,8. 10. 12) interpretieren weit, Alfenus etwa (Ulp. Dig. 33,7,12,2) eng. Neben seiner gutswirtschaftlichen Bedeutung existierte i. als buchhalterischer Begriff (vgl. Dig. 32,99 pr. 33,10,7,2. Varro 1,22,6) und als einheitliche Größe im Zensusrecht (Gell. 6,11,9). Von prakt. Bedeutung war die Diskussion um den Umfang des i.-Begriffes bes. im Vermächtnisrecht, wenn eine Sache *cum instrumento* vermacht wurde (vgl. den Digestentitel 33,7), und bei der Pacht. Für die Zugehörigkeit einer Sache zum i. war nach den Forschungen Steinwenters nicht die subjektive Zweckwidmung maßgebend, sondern es entschieden Kriterien, die einer objektiven Eingliederung in den landwirtschaftlichen Produktionsprozeß folgten. Bei der Pacht galt das i. im Zweifel als mitverpachtet (Ulp. Dig. 19,2,19,2), nicht dagegen beim Legat. Diese wirtschaftsfremde Einstellung der Juristen führte oft dazu, daß ein Legatar das Legat nicht übernehmen konnte, weil es ihm selbst am nötigen i. fehlte. Über Ansätze einer Grundlage für den Übergang des gesamten Unternehmens – etwa in der Diskussion um den Willen des Erblassers – kam man in klass. Z. nicht hinaus. Das i. wurde von den Geschäften über den *fundus* nicht betroffen, es bedurfte dafür einer ausdrücklichen Vereinbarung; zwischen *fundus* und i. bestand keine dingliche Bindung (vgl. etwa Ulp. Dig. 19,1,17 pr. 2). F. R.

A. Steinwenter Fundus cum i.-o, SB Ak. Wien, phil.-hist. Kl. 221. Bd. 1. Abh., 1942. *Arangio-Ruiz*, Dizion. epigr. s. i. *Riccobono*, St. Brugi, 1910, 171ff. *Bonfante* Corso di dir. rom. 1, 1926, 132f. *Oppikofer* Das Unternehmensrecht, 1927, 30ff.

Insubres (Nissen It. Ldk. 1,477. 2,177ff. Holder 2,48ff.), großes (Pol. 2,17,4. Strab. 5,212) kelt. Volk (nach Liv. 5,34,6 angeblich Gau der Haeduer) einfacher Lebensart (Pol. a. O.) in Oberitalien ö. der Salasser (Ptol. 3,1,34) und Libiker (36), w. der Cenomanen (33. Pol. 2,17,4. Strab. 5,216) und des *Κλούσιος* (Pol. 2,32,4) mit der Hauptstadt Mediolanium (Liv. 5,34,8. Plin. nat. 3,124. Strab. 213); andere Städte der I. (Ptol. 3,1,33): Comum, Ticinum (Cic. fam. 15,16,1), Novaria, Acerae (Pol. 2,24,4f.), Victumulae (Liv. 21,45,3). Die I. waren 225 v. Chr. der Hauptgegner Roms (Pol. 2,22ff.; Schlacht bei Telamon), lieferten den Römern aber auch 223 (Pol. 2,32f. T. Flaminius) und 222 (Pol. 2,34; Marcellus bei Clastidium) schwere Kämpfe; sie schlossen sich Hannibal an (Liv. 21,39,1) und blieben den Karthagern bis 203 treu (Liv. 30,18,1). Auch zu Beginn des 2. Jh. v. Chr. bildeten sie den Kern des kelt. Widerstandes gegen Rom und wurden in den J. 197 (Liv. 33,23,4), 196 (33,37,10), 194 (34,46,1. Cic. Balb. 32) besiegt (Triumphe: CIL I^2 p. 47f.). Der Jurist T. Catius (Cic. fam. 15,16,1) u. der Komödiendichter Statius → Caecilius (Hieron. chron. Abr. 1838) sind I. G. R.

Insula. Im Gegensatz zu *domus* (Haus für eine einzige Familie, Isid. orig. 9,4,3. 15,3,1) bezeichnet I. von früh an das Mietshaus für mehrere Wohnparteien (→ Haus 2, o. S. 960). Urspr. hatte jedes Haus einen *ambitus* gehabt, war von allen Seiten umgehbar gewesen und hieß daher I. (Fest. 111 M. mit Varro l. l. 5,22); die Einengung von I. auf Mietshaus muß sich noch vor dem E. 2. Jh. v. Chr. durchgesetzt haben. In den vielstöckigen Wohnbauten der späten Kaiserzeit scheint I. außerdem noch Teilbegriff eines größeren Mietshauses gewesen zu sein, doch bleiben noch viele Interpretationsschwierigkeiten. Die I.-ae wurden häufig nach dem Besitzer benannt, vgl. etwa die *I. Sertoriana* in Rom, CIL VI 29791. W. H. G.

Fiechter, RE IX 1593f. *Lugli* RPAA 18, 1941/42, 191ff. und Rivista del Catasto, 1946, 3ff. *Calza-Lugli*, Enciclop. Arte Ant. 4, 1961, 166ff.

Intaphernes (Vindafarnah), nach Hdt. 3,70ff. und Behistun 4,81 Teilnehmer an der Verschwörung gegen den Pseudo-Smerdes (Gaumata); nach Beh. 3,40ff. schlug er als Feldherr des Dareios den Pseudo-Smerdes Vahyazdata und die Babylonier. Ein übermütiges Benehmen, das er sich nachher erlaubte, erregte bei Dareios Argwohn gegen ihn, und er wurde hingerichtet (Hdt. 3,118f.). J. D.-G.

Intentio. Ein Bestandteil der meisten Prozeßformeln, und zwar nach Gai. Inst. 4,41 *ea pars, qua actor desiderium suum concludit*. Die i. bezeichnet also den Klagantrag (das Begehren des Klägers) und damit oft (s. aber zur i. incerta) auch den Streitgegenstand. Meist treten zur i. noch weitere Formelteile *(condemnatio, demonstratio)*, doch steht bei den Feststellungsklagen allein die i., z. B. »*an Stichus liber sit?*«, Gai. Inst. 4,44. – Die i. nennt als Begehren des Klägers entweder ein *certum* oder ein *incertum*. *Certum* ist eine bestimmte Sache, eine bestimmte Warenmenge oder eine

Geldsumme. Bei einer solchen *i. certa* wird der *iudex* durch die folgende *condemnatio* angewiesen, den Beklagten in dieses *certum* oder seinen Geldwert zu verurteilen oder ihn freizusprechen; einen Mittelweg gibt es hier nicht. Daher verliert der Kläger durch→ *pluris petitio* sein Klagerecht, Gai. Inst. 4,53. Die *i. incerta* lautet dagegen auf *quidquid dare facere oportet;* bei ihr ist eine *pluris petitio* unmöglich, Gai. Inst. 4,54. Andererseits aber bezeichnet sie den Streitgegenstand nicht hinreichend, so daß ihr eine mit »*quod*« eingeleitete *demonstratio* vorangehen muß, z.B. *quod Aulus Agerius de Numerio Negidio hominem Stichum quo de agitur emit.* – Eine weitere Einteilung ist danach möglich, ob der in der i. genannte Klagegrund aus Tatsachen besteht, die den Anspruch ergeben *(in factum concepta)*, oder ob sie mit »*oportere*« auf das als bekannt vorausgesetzte *ius civile* verweist *(in ius concepta)*. D. M.

Interamna. 1. (NISSEN It. Ldk. 2,405. CIL XI p. 611), umbr. (Strab. 5,227) Stadt der 6. Region (Plin. nat. 3,113) in der tribus Clustumina (CIL XI 4184. 4189). Der Name ist eine junge lat. Bildung, die keine Vokalschwächung mehr erfahren hat (vgl. hingegen *Antemnae*) und sich nicht der zu erwartenden umbr. Präposition *anter* bedient; vermutlich übersetzt sie (Varro l.l. 5,28 *inter amnis*) – ob richtig, sei dahingestellt (vgl. den Übersetzungsfehler bei Maleventum) – einen älteren Namen (vgl. *Interocrium* neben dem h. Namen *Antrodoco*, der auf eine epich. Form mit *anter* zurückgeht). Die Lage am Zusammenfluß von Nar und Velinus schuf besondere Fruchtbarkeit (Tac. ann. 1,79,2. Plin. 18,263), brachte aber auch ständige Überschwemmungsgefahr und Auseinandersetzungen mit Reate (Varro rust. 3,2,3), von denen ein Prozeß im J. 54 v. Chr. (Cic. Att. 4,15,5) und eine Senatsdebatte 15 n. Chr. (Tac. a. O.) bekannt sind. Die älteste Route der via→ Flaminia berührt I., das nach späterer Auffassung jedoch abseits liegt (Tac. hist. 2,64). I. wurde nach einer lokalen Inschr. (CIL XI 4170) 673 v. Chr. gegründet. Anerkennt man die bei Tac. hist. a. O. Tab. Peut. 5,4 bezeugte Schreibung *Interamnium* (It. ant. 125,3: *Interamnia*), wurde I. von Sulla hart gestraft (Flor. 2,9); h. Terni. **2.** (NISSEN 2,678), gegen die Samniter 312 v. Chr. gegründete latin. Kolonie (Liv. 9,28, 8. Vell. 1,14,4) mit dem Beinamen Lirenas (nach dem Liris; vgl. Strab. 5,237) Succasina (nach Casinum) der 1. Region (Plin. nat. 3,64), seit 90 (Cic. Phil. 2,105) *municipium* in der tribus Teretina (CIL X 4860). Nach Zeugnissen der J. 294 (Liv. 10,34,16) und 211 (26,9,1) lag I. an der via Latina, die jedoch seit 124 weiter n. verlief (Meilenstein CIL I² 654 des J. 127 v. Chr. zählt noch über I., nicht mehr die Steine des Calvisius, cos. 39 v. Chr.); h. Termini bzw. Pignataro I. G. R.

Interamnia (NISSEN 2,430). Stadt der Prätuttier (Ptol. 3,1,58) am Zusammenfluß von Tordino und Vezzola mit ungewöhnlichem Nebeneinander

von Munizipal- und Kolonialverfassung (CIL XI 5074); h. Teramo. G. R.

Interamnium (NISSEN 2,918), Straßenstation nahe Sybaris (Tab. Peut. 7,1). G. R.

Intercessio. Abgeleitet von *intercedere* = dazwischentreten, hat i. 2 spezielle Bedeutungen:

1. Im Staatsrecht ist i. das Veto gegen eine noch unvollzogene Amtshandlung mit der Folge, daß diese unterbleiben muß. Ein solches Interzessionsrecht hat a) jeder Amtsträger im Verhältnis zu seinen gleichrangigen Kollegen, b) jeder Amtsträger im Verhältnis zu niederrangigen Amtsträgern, c) jeder Volkstribun im Verhältnis zu jedem Amtsträger mit Ausnahme der Diktatoren. Diese i., deren Anerkennung aus den Ständekämpfen des 5. Jh. v. Chr. stammt, war die wichtigste Waffe der Volkstribunen zum Schutze der *plebs* gegen Übergriffe der Magistrate; Sulla hat diese i. stark beschränkt. Hinzu kommt die i. der Volkstribunen untereinander.

2. Im Privatrecht ist i. die Übernahme einer Verpflichtung oder Belastung in fremdem Interesse (*pro aliis reas fieri*, Dig. 16,1,2,1), z.B. durch Bürgschaft, Befreiung durch *novatio*, Darlehensaufnahme zur Weitergabe des Geldes, Verpfändung eigener Sachen für fremde Schuld. Diese i. ist um 50 n. Chr. den Frauen durch das SC Velleianum verboten worden. Der Praetor entkräftet solche Geschäfte durch *denegatio actionis* oder *exceptio* und eröffnet nötigenfalls dem Gläubiger den verlorenen oder versäumten Zugriff auf den Begünstigten. Vgl. Dig. 16,1. Cod. Iust. 4,29. D. M.

1. *Heinr. Vogt* Stud. z. SC Vell., 1952. 2. *Dieter Medicus* Zur Gesch. d. SC Vell., 1957.

Intercisa. 1. (NISSEN It. Ldk. 2,383), Station der via Flaminia (Tab. Peut. 5,2. It. Burd. 614,7) w. Forum Sempronii nahe der Gola di Furlò, deren Felsen neben älterem Tunnel durch eine 37 m lange Tunnelanlage des Kaisers Vespasian im J. 77 n. Chr. (CIL XI 6106) durchbrochen wurden, woher der Name (Aur. Vict. epit. 9,10: *Pertunsa petra*). Militär. Bedeutung im Gotenkrieg (Prok. Goth. 2,11. 4,28). G. R.

2. I., Lager und Stadt am Limes von Pann. inf. an der Donau, h. Dunaujváros, Dunapentele. Vollständige Freilegung wegen der Errichtung eines Eisenwerkes erfordert (1949). Das *castrum*, in dem ein Auxiliarbataillon wachte, maß 175 × 240 m, vom Beginn des 2. Jh. bis zum Anfang des 5. Jh. belegt. Von den *canabae* sind nur einige Gebäude freigelegt, von den Gräbern mehr als 1000. Die Etagengräber gehörten den syr. Bewohnern. Seit Gallienus ist die Ansiedlung von Vandalen durch Grabfunde bewiesen. Keine nennenswerte Schicht der Urbevölkerung. Eine Inschr. nennt *Cosmius, spondilla synag(ogae) Iudeor(um)*. Die meisten Inschr. usw. bezeugen den Kult von Mithras, *deo Soli Aelagabalo* (sic!) wurde ein Tempel errichtet. Monographie über I. in 2 B.: Intercisa, Budapest 1956–1957. J. Sz.

Interdictum. I. Begriff. Außer *actiones* verheißt das *edictum perpetuum* des Praetors auch *interdicta* (vgl. Gai. Inst. 4,138–170 und Otto Lenel Ed. Perp. 1927³, 446ff.). Sie bilden im klass. Recht ein besonderes Schnellverfahren zum Schutz tatsächlicher Machtlagen, vor allem des Besitzes, gegen eigenmächtige Veränderung. Im Interdiktenverfahren entscheidet, anders als bei der *actio*, nicht ein *iudex privatus*, sondern der Praetor selbst. Seine Entscheidung erfolgt ohne Beweiserhebung nur auf Grund des Vortrages des Klägers. Das i. nennt daher seine materiellrechtlichen Voraussetzungen und überläßt es den Parteien, diese auf den – ihnen ja bekannten – Sachverhalt anzuwenden und die Folgerungen zu ziehen. Nach dem Inhalt des i. sind zu unterscheiden *interdicta prohibitoria*, die ein Verbot aussprechen *(vim fieri veto)*, und *interdicta restitutoria* und *exhibitoria*, die einen Befehl zur Herausgabe oder Vorlegung enthalten (Gai. Inst. 4,140.142). Dabei können sich Verbot oder Befehl nur gegen den Beklagten richten *(i. simplex)* oder gegen beide Parteien *(i. duplex*, vgl. Gai. Inst. 156–160). Wird das i. befolgt, so entscheidet es praktisch endgültig. Wird dagegen eine Zuwiderhandlung behauptet oder geltend gemacht, der Kläger habe das i. zu Unrecht erwirkt, so kommt es zu einem Nachverfahren. Dieses ist nicht einheitlich und oft sehr umständlich gestaltet: Zunächst wird mit Strafstipulationen über die Rechtmäßigkeit gestritten, wobei erstmals Beweise erhoben werden. Daran schließt sich notfalls ein *iudicium secutorium*, das den im i. enthaltenen Befehl durchsetzt (Gai. Inst. 4,165–170). Ein Sonderzweck des Interdiktenverfahrens, der mit der Ausbildung des absoluten Eigentums hervortritt, ist die Zuteilung der im Eigentumsstreit günstigen Beklagtenrolle.

II. Entwicklung. Die Herkunft des klass. Interdiktenverfahrens ist strittig; wahrscheinlich ist die Abstammung von einem Verwaltungsverfahren, das bei Ungehorsam zu Geldstrafen führte (vgl. [2],11ff. [4],243ff.). – Die nachklass. Entwicklung ist vielgestaltig: Die Besonderheiten des i. gegenüber der *actio* verschwinden. Die Klage aus gewaltsam entzogenem Besitz (unten III 3) heißt jetzt *actio momentaria* oder ähnlich. Neben diese Klagen treten unter Konstantin öffentliche Strafen gegen die Eigenmacht. Endlich bilden sich statt solcher Strafen Rechtsfolgen aus, durch die das i. endgültige Wirkungen erhalten kann: Der Berechtigte verliert, wenn er sich den Besitz eigenmächtig verschafft hat, sein Eigentum; der Nichtberechtigte, der ein angebliches Besitzrecht gewaltsam durchsetzt, muß zu der Sachherausgabe noch eine Privatstrafe zahlen. Dabei wird also im Besitzprozeß auch die Eigentumsfrage entschieden, so daß Eigentums- und Besitzschutz miteinander verfließen. – Justinian übernimmt die verfahrensrechtlichen Neuerungen, kehrt aber materiellrechtlich weitgehend zum klass. Zustand zurück.

III. Einzelne Interdikte. Eine ziemlich vollständige Zusammenstellung aller Interdikte, auch derer, die sich nicht auf die Erlangung, Erhaltung oder Rückgewinnung des Besitzes beziehen *(interdicta adipiscendae, retinendae, reciperandae possessionis* nach Gai. Inst. 4,143), enthalten die 33 Titel des 43. Buches der Dig. Aus dieser großen Zahl seien beispielhaft die folgenden genannt:

1. das *i. uti possidetis*. Es untersagt als prohibitorisches *i. duplex* jede Gewaltanwendung gegen den letzten fehlerfreien Grundstücksbesitzer (welche Partei das ist, bleibt dabei offen). Fehlerfrei ist der *nec vi nec clam nec precario* erlangte Besitz (sog. *exceptio vitiosae possessionis*). Weil sich der danach Besitzberechtigte den Besitz vom Gegner auch selbst verschaffen darf, kann dieses i. zugleich restitutorisch wirken.

2. das *i. utrubi*. Es ähnelt dem *i. uti possidetis*, gilt aber für bewegliche Sachen und schützt den, der während des letzten Jahres die längste Zeit fehlerfreien Besitz hatte.

3. Das *i. unde vi*. Es befiehlt dem Beklagten, der dem Kläger gewaltsam den Besitz eines Grundstücks entzogen hat, die Rückgabe. Das *i. unde vi* ist also ein restitutorisches *i. simplex*. Im klass. Recht enthält es die *exceptio vitiosae possessionis*, die aber später gestrichen wird. Damit verliert die Entscheidung ihren vorläufigen Charakter (oben II am Ende).

4. Die *interdicta de liberis exhibendis* und *ducendis*. Beide sichern die *patria potestas:* Mit dem ersten kann die Vorführung der beim Beklagten befindlichen Kinder vor Gericht verlangt werden, damit sie identifiziert werden können (exhibitorisches *i. simplex*), mit dem zweiten verbietet der Praetor Gewalt gegen die Heimführung der Kinder durch den rechtmäßigen Gewalthaber.

5. Die *interdicta de itinere actuque, de aqua, de fonte, de rivis, de cloacis*. Mit ihnen schützt der Praetor prohibitor. die entsprechenden Servituten. Voraussetzung des Schutzes ist nicht der Bestand der Servitut, sondern die fehlerfreie *(nec vi nec clam nec precario)* Ausübung in der letzten Zeit. Diese Interdikte regeln die Parteirollen für die *vindicatio servitutis:* Wer im Interdiktenverfahren unterliegt, muß nachfolgend Kläger sein.

6. Das *i. Salvianum* und das *i. de migrando*. Sie hängen mit dem Pfandrecht von Verpächter und Vermieter zusammen: Das erste i. erlaubt dem Pächter, den Besitz an den *invecta* des Pächters zu ergreifen. Das zweite schützt den Mieter dagegen, daß der Vermieter sich auch dann eigenmächtig in den Besitz der Pfandstücke setzt, wenn kein Mietzinsrückstand besteht. D. M.

Ältere Lit. RE IX 1706f.; dazu 1. *Leop. Wenger* Inst. d. röm. Zivilprozeßrechts, 1925, 237ff. 2. *Arnoldo Biscardi* La protezione interdittale nel proc. rom., 1938. 3. *Ernst Levy* West Roman Vulgar Law, The Law of Property, 1951, 243ff. 4. *Max Kaser* Eigentum und Besitz im ält. röm. Recht, 1956² nach Register. 5. *Ders.* Röm. Privatrecht 1, 1955, 123ff. 335ff. und 2, 1959, 44. 184ff. 6. *G. Gandolfi* Contributo allo studio del proc. interdittale rom., 1955.

Interesse. Aus der wörtlichen Bedeutung (dazwischensein) haben die röm. Juristen 2 Fachbegriffe abgeleitet: Einmal unquantitativ das Beteiligtsein an einem Ereignis. Danach bestimmt sich dann, wer wegen dieses Ereignisses (etwa mit der *actio furti*) klagen darf. Zum anderen bedeutet *id quod interest* quantitativ den zu ersetzenden Schaden. Dieser Schaden wird im Gegensatz zum Sachwert *(quanti ea res est)* ziemlich frei ermittelt und kann daher auch mittelbare Folgen und entgangenen Gewinn umfassen. Solche freie Schadensberechnung setzt aber Elastizität der *formula* voraus und hat daher nicht überall gegolten. Iust. Cod. 7,47,1 beschränkt den Interesseersatz auf den doppelten Sachwert. D. M.

Dieter Medicus Id quod interest, 1962.

Internum mare s. Mittelmeer

Interpres. Urspr. wohl der Mittler bei Kaufgeschäften, bezeichnet I. später einerseits den Dolmetscher für fremde Sprachen (im Staatsdienst etwa Gell. 6,14,9. Val. Max. 2,2,3. Liv. 27,43,5. In den Provinzen hat der Beamte einen I., Caes. Gall. 1,19,3, vgl. MOMMSEN RStR 1^3,368), andererseits den Deuter göttlicher Willenskundgebungen (Isid. orig. 10,123) sowie den Interpreten jurist. (Varro l.l. 5,22) und anderer Texte, etwa den *grammaticus* als *i. poetarum* Cic. div. 1,18. W. H. G.

Interpretatio. I. meint Auslegung. Als Weg zum Verständnis bildet sie keine Eigenart der Behandlung rechtlicher Texte und Erklärungen. Musik, Literatur, Malerei, aber auch Theologie und Philosophie haben ihr Interpretationsproblem. Am Entwurf einer allgemeinen Theorie der Interpretation sind Römischrechtler maßgeblich beteiligt (BETTI).

Die jurist. Interpretation pflegt in Gesetzes- und Geschäftsinterpretation unterteilt zu werden. Sie beginnt bei den Römern mit der pontifikalen i. von Sätzen des Zwölftafelgesetzes. Die Tripertita des Sextus Aelius Paetus Catus (um 200 v. Chr.) hat nach Pompon. Dig. 1,2,2,38 ihren Namen davon, daß sie zunächst den Zwölftafeltext, dann dessen i., dann die Aktionenformulare bot. Die Bedeutung der i. durch Juristen für die Entwicklung der Rechtsordnung war so groß, daß Pompon. Dig. 1,2,2,12 vom *ius civile* sagen konnte, daß es *sine scripto in sola prudentium interpretatione consistit*. Fehlt auch eine klar umrissene Auslegungslehre, so stoßen wir doch (bes. in Dig. 1,3) auf anerkannte Grundsätze der Gesetzesinterpretation; den Schwerpunkt der Überlieferung von Regeln zur Interpretation von Rechtsgeschäften bildet Dig. 50,17. Nicht um Klärung von Zweifelhaftem, sondern um Erklärung von nicht (mehr) Verstandenem geht es in den Interpretationen zum Codex Theodosianus und zu den Paulussentenzen, die beide durch die Vulgarrechtsforschung große Bedeutung erlangt haben. Justinians Reichsrecht dagegen duldet nur authent. Interpretation. Die kaiserliche Autorität ist es, *cui soli concessum est leges et condere et interpretari* (c. Tanta § 21). Die Abwehr jurisprudentieller Interpretation durch Kodifikation begegnet auch in der Neuzeit, stets gleich vergeblich.

Doppelte Interpretation (unröm.: *duplex interpretatio*) fordert jeder Text, der aus der Gesch. für die Gegenwart gewonnen wird. Die Juristenstelle in Justinians Digesten muß zum einen als Ansicht eines Klassikers, zum anderen als Teil des kaiserlichen Kodifikationsversuches gedeutet werden. Von Justinian bis zu den Pandektisten des 19. Jh. steht so das dogmat. Verständnis neben dem hist., dieses oft (bes. bei Postglossatoren, im Usus modernus und eben bei den Pandektisten) verdrängend. Th. M.-M.

E. Betti Teoria generale dell'interpretazione, 1955. *R. Feenstra* Interpretatio multiplex, 1953. *H. Schellenberg* Die Interpretationen zu den Paulussentenzen, 1965. *H. Wagner* Archiv für die civilist. Praxis 165, 1965, 520ff.

Interrex heißt der röm. Beamte, der bei Vakanz des höchsten Amtes Ersatz (Suffect-) wahlen vorzunehmen hatte. Die Bezeichnung des Beamten als *rex* setzt voraus, daß die Einrichtung bereits in der Königszeit bestand, und sie hat für die Königszeit nur Sinn, wenn die Bestellung des neuen Königs an einen formalen Wahl- oder Akklamationsakt geknüpft war. Unsere ant. Berichte darüber sind aber legendär oder rekonstruiert. In der Republik tritt der *i.* ein, wenn durch den Tod beider Konsuln das Oberamt vakant wird *(interregnum)* und Ersatzwahlen stattfinden müssen, die ordentlicherweise für Konsuln nur Konsuln abhalten dürfen. Die Abhaltung der Konsularwahlen durch andere Magistrate wird vor allem dadurch gehindert, daß nur die Konsuln die Auspikation, bei der die Götter ihre Zustimmung zu dem Wahlakt geben, vornehmen können. Bei ihrem Ausfall tritt also ein Hiat in der Kette der höchsten Beamten ein. Nach röm. Denken erhält sich jedoch die Qualifikation zur Auspikation bei denjenigen, die zur Übernahme des Konsulats latent qualifiziert sind, d. h. in der Frühzeit bei den Senatoren des patriz. Senats; auch später, als Plebejer das Konsulat bekleiden konnten, ist die Qualifikation, die Auspizien der Konsuln wieder aufleben zu lassen, bei den patriz. Senatoren verblieben. So kehren bei Vakanz die Auspizien gleichsam zum Senat zurück *(auspicia ad patres redeunt)*, dessen Aufgabe es nun ist, aus sich heraus eine Exekutive zu erzeugen, die *auspicato* die Wahlleitung für die Suffectwahl der Konsuln übernehmen kann. Das geschieht in der Weise, daß die patriz. Senatoren einen der ihren zum *i.* bestimmen, der nach fünftägiger Regierung einen anderen ernennt, der ebenfalls wiederum 5 Tage regiert und so fort, bis die Konsulwahlen erledigt sind. Diese Wahlen werden unter Wegräumung aller verfassungsmäßigen Hindernisse schnellstens abgehalten, jedoch darf sie nicht der erste *i.* abhalten, wahrscheinlich deswegen nicht, weil er der einzige in der Kette der *i.ges* ist, der ohne Auspikation gewählt wird, während die folgenden *i.ges* bei dem Ernennungsakt des Vorgängers *auspicato* ernannt werden. Die Auffassung, daß der (patriz.) Senat die urspr. Quelle der höchsten Beamtengewalt ist, zu der bei Erledigung der höchsten Magistratur die Initiative zur Beamtenernennung »zurückkehrt«, ist wohl als der Reflex einer starken Abhängigkeit der Exekutive vom Senat aufzufassen (A. Heuss, ZRG 64, 1944, 79ff.). – Der letzte *i.* fungierte im J. 52 v. Chr., jedoch hat man noch 43 v. Chr. an die Möglichkeit eines Interregnums gedacht. – *I.ges* gab es in Analogie zu Rom auch in den Municipien bei Vakanz des höchsten Municipalamtes; sie wurden von Augustus durch Präfekten ersetzt. Verzeichnis der *i.ges* bei P. Willems Le Sénat de la république rom., ^{2}1885, 2,10ff. J. Bl.

Mommsen RStR ^{3}1,647ff.

Interrogatio. So heißt allg. die Befragung vor Gericht, etwa auch die des Angeklagten im Strafprozeß, ob er sich schuldig bekenne. Im Zivilprozeß hat sich als eigenes Rechtsinstitut die *i. in iure* herausgebildet: Der Kläger darf vor dem Prätor den Beklagten über bestimmte Umstände befragen, von denen der Kläger nichts wissen kann, die aber darüber entscheiden, wer der richtige Beklagte ist (Passivlegitimation). Dies sind vor allem bei der Klage gegen den Erben die Frage nach der Erbenstellung des Beklagten *(an heres sit et ex qua parte)* und bei den Noxalklagen die Frage, ob der Beklagte den Schadensstifter in seiner tatsächlichen und rechtlichen Gewalt hat. Bejaht der Beklagte, so wird er an seiner Antwort auch dann festgehalten, wenn sie falsch ist (Ulp. Dig. 11,1, 11,1/2). Verneint er, so bleibt dem Kläger der Gegenbeweis offen. Erweist sich dabei die Antwort als falsch, so wird der Beklagte unter Umständen noch ungünstiger behandelt, als es der wahren Rechtslage entspricht (Ulp. Dig. 11,1,11,3). Nach einer *i. in iure* werden die gewöhnlichen *actiones* in etwas veränderter, auf die i. hinweisende Form als *actiones interrogatoriae* erteilt. Vgl. Dig. 11,1. D. M.

1. *Jul. Georg Lautner*, Festschr. Hanausek, 1925, 52ff. 2. *Otto Lenel* Edictum Perpetuum, 1927^{3}, 145ff. 3. *Cesare Sanfilippo*, Scritti Jovene, 1954, 631ff.

Intestabilis. Als jurist. Terminus: wer bei solennen Geschäften (bei Iustinian vor allem noch: Testamentserrichtung) als Zeuge hinzugezogen zu werden, bzw. jemanden hinzuzuziehen verwirkt hat, namentlich der säumige Solennitätszeuge, Lex XII tab. 8,22; ferner (Lex Corn.) Verfasser und Herausgeber von Schmähschriften, *ob carmen famosum damn.*, im 4./5. Jh. Manichäer und Donatisten. D. L.

1. *Mommsen* RStrR 990ff. 2. *A. Manigk*, RE IX 1729f.

Intestatus. Zentraler Begriff des röm. Erb-(bzw. Vormundschafts-)rechts, Gai. inst. 3,1–76 (bzw. 1,155–157): eigentlich, wer, im Besitz der Testierfähigkeit, kein Testament errichtet (bzw., Dig. 26,4,6, über die Vormundschaft seiner minderjährigen Abkömmlinge keine testamentar. Bestimmung getroffen) hat; aber auch, wessen Testament aus irgendeinem Grunde von vornherein ungültig war oder später umgestoßen worden ist, Ulp. Dig. 38,16,1 pr. Dann erbten die Intestaterben (bzw. fiel dem *tutor legitimus* die Vormundschaft zu), nach *ius civile* (Lex XII tab. 5,4–6) in der Rangfolge *sui heredes, proximi agnati, gentiles;* nach prätor. Erbrecht *liberi, legitimi, cognati, vir et uxor* (anders beim *libertus i.*). D. L.

Giorgio La Pira La successione ereditaria intestata e contro il testamento in dir. rom., 1930.

Intimilii s. Album Intimilium

Inuus. Gott der Herden (Arnob. 3,23). Urspr. wohl selbständiger Gott (vgl. Ortsnamen *Castrum Inui* bei Ardea: Verg. Aen. 6,775), mit Faunus (Serv. Aen. 6,775. Prob. Verg. georg. 1,10.16. Orig. gent. Rom. 4,6. Rutil. Nam. 1,234. → Faunus o. II 521) oder Pan (Liv. 1,5,2. Serv. a. O. Prob. georg. 10. Macrob. Sat. 1,22,2. Orig. gent. Rom. a. O.) identifiziert. Zum Namen s. o. II 521 Art. Faunus. Ferner → Lupercalia. W. E.

Inykon (*Ἴνυκον, Ἰνυκηνοί*). Altes Städtchen Siciliens, nach Paus. 7,4,6 und Charax bei Steph. Byz. s. *Καμικός* Residenz des mythischen Königs → Kokalos. Nach Hdt. 6,23f. bringt → Hippokrates von Gela seine Gefangenen → Skythes und → Pythogenes nach I., von wo sie nach → Himera entweichen; nach Plat. Hipp. mai. 282e hat der Sophist → Hippias in dem *χωρίον πάνυ σμικρὸν Ἴ.* mehr als 20 Minen eingenommen. Keine spätere Erwähnung, Lokalisierung nicht möglich. K. Z.

Ziegler, RE IX 1732.

Io (*Ἰώ*, Kurzname für Iole, Iokaste o. ä.). Tochter des argol. Flußgotts und Königs Inachos und der Melie (andere Abstammung: Apollod. 2,5. Paus. 2,16,1. Hyg. fab. 145), von Zeus geliebte schöne Priesterin der Hera (*Καλλιθύεσσα* Hesych. s. *Ἰώ*, Wilam. GldH 1,241). Zeus verwandelt sie in eine weiße Kuh, um den Verkehr mit ihr vor Hera abschwören zu können (Hera verwandelt sie: Aischyl. Hik. 291ff.). Hera bittet sie sich als Geschenk aus und läßt sie von → Argos bewachen (in *Εὔβοια*: Wilam. a. O. 233,1), von dem Hermes sie im Auftrag des Zeus befreit, indem er ihn einschläfert und tötet. Nun versetzt Hera sie durch eine Bremse und das Schreckbild des toten Wächters (Aischyl. Hik. 308. 540ff.; Prom. 788ff. *Erinys* Ov. met. 1,725. *Tisiphone* Val. Fl. 4,394. *Formido* Hyg. a. O.) in Raserei, die sie über Land und Meer hetzt; die Namen des ion. Meeres und des thrak. und kimmer. Bosporos erinnern daran. Im Kaukasos begegnet sie Prometheus, der ihr künftiges Schicksal weissagt. In Äg. erhält sie die menschliche Gestalt wieder, Zeus legt ihr die Hand auf und haucht sie an, und sie gebiert ihm Epaphos (volksetym. zu ἐπαφᾶν, ἐφάπτεσθαι), den Gründer vieler Städte (Pind. N.10,5), bes. von Memphis, den Vater Libyes, der Mutter von Agenor und Belos, Apollod. 2,10. 3,1. Hyg.fab.149. Eine 2. Wanderung Ios galt der Suche nach Epaphos, den Hera durch die Kureten verbergen oder auf der Jagd zu Tode kommen ließ, Apollod. 2,8f. Hyg.fab.150. Sie fand ihn in Byblos. Nach Äg. zurückgekehrt, heiratete sie den König Telegonos und führte den Kult der Demeter = Isis ein. Auch Io selbst wurde mit Isis gleichgesetzt, Hdt. 2,41. Diod.1,24,8, wie Epaphos mit dem Apisstier, Hdt. 3,27. Ihr Katasterismos: Eratosth.14. Hyg.astr. 2,21.

Aischyl., der die Sage in Hik. und Prom. darstellt, hatte ep. Vorgänger: Danais, Phoronis, Aigimios, große Ehoien, Kataloge. Bakchyl. schrieb einen Dithyrambos 'Ιώ (18,43). In Aischyl. Prom. ist Io nicht mehr die Herapriesterin, sondern ein schüchternes Königskind, das von Zeus durch Träume heimgesucht wird, sich ihrem Vater anvertraut, um Schutz vor Zeus zu finden. Ein Orakel des Gottes verstößt sie auf weite Fahrt, bei deren Antritt Wahnsinn sie befällt und ein Kuhhaupt ihr erwächst. Sie wird vom Riesen verfolgt, nach dessen Ende von der Stechmücke gejagt. Die Irrfahrten gaben Anlaß zu geograph. Ausweitung: WILAM. Aischylosinterpret. 152ff. Durch alles Leid treibt aber Zeus sie dem Lande der Erfüllung zu. Soph. schrieb ein Satyrdrama »Inachos«, LESKY GGrL 329. Für den Kyrenaier Kallim. war der festliche Empfang Ios durch die äg. Götter ein Symbol der Verschmelzung griech. und äg. Kultur. Weitere liter. Behandlung: Mosch. 2,44ff. Verg. Aen.7,789ff. Prop.2,33,7ff. Ov.met.1,583ff.728ff. her.14. Val.Fl. 4,351ff. – Die ältere Kunst stellte Io als Kuh, die spätere als Mädchen mit angedeuteten Hörnern dar. Beliebt waren die Szenen »Io und Argos (und Hermes)« und »Ios Ankunft in Äg.« in der kampan. Wandmalerei: L. CURTIUS Die Wandmalerei Pompejis, 1960, 258ff.278f. mit Abb. 62 und 154ff. (Vorbild ein Gemälde des Nikias, 4.Jh., Plin.nat. 35,32) und 215ff. mit Abb. 127ff. – Die ant. Deutung Ios als Mondgöttin (Herod.techn.rell.1,347,30L. Ov.fast. 3,657f. ~ Anna Perenna. Suda s. 'Ιώ) fand noch bei USENER Kl. Schr. 4,23.44ff. Billigung. Sie ist eher aus dem Kultkreis der βοῶπις Ἥρη herzuleiten, deren Hypostase Io ist und deren älteste Erscheinungsform sie spiegelt. Zu vergleichen ist der Mythos von den Proitiden. H. v. G.

Prell.-Rob. 1,161.395ff. 2,253ff. *Friedländer*, Argolica 5ff. *A.B. Cook* Zeus 1, 1914, 441ff. *K.Kerényi* Die Mythol. d. Griechen, 1951, 111f. *J. Wiesner* Olympus, 1960, 56f.79.

Ioannes s. Iohannes

Iobakchoi s. Mysterien

Iobaritai s. Sachalitai

Iobates (Ἰοβάτης) heißt in Soph.' Tragödie I. und in Eur.' Stheneboia der Il. 6,170 namenlose König von Lykien, zu dem Proitos den → Bellerophon mit dem Uriasbrief sandte. Apollod. 2,30ff. Hyg.fab. 57. Abweichende Sagenform Plut.mul. virt. 248 A. H. v. G.

Iocheaira s. Artemis

Iodama (Ἰοδάμα). Urspr. Ortsgottheit von Koroneia, von Athena verdrängt. In der Sage Tochter des Itonos, Priesterin der Athena Itonia, von ihr versteint und vernichtet, Paus.9,34,1. Oder Schwester der Athena, von ihr aus Eifersucht getötet. Auch Mutter der Thebe von Zeus. Sch. Lykophr. 355.1206. Simonid. FHG 2,42,2. H.v.G.

Iohannes 1. I., Name eines Apostels u. Vf. urchr. Schriften von umstrittener Identität. Mit I., Sohn der Zebedäus (Bruder Iakobos, Mc.1,19; beide mit Petrus eine Gruppe von frühen und vertrauten Jüngern Jesu), welcher für Act. 3–8.12,2 (vgl. Lc.22,8 und Gal.2,9) die nächstwichtige Person der Urgemeinde nach Petrus zu sein scheint, identifiziert die spätere Tradition (Can. Muratori 9ff.) den Lieblingsjünger von Joh.13,23ff. 19,26f. 20, 2–8 und sieht in ihm den Autor des Joh.-Evg., der Apokalypse u. der 3 Joh.-Briefe ([1], 23–28); er sei unter Domitian nach Patmos verbannt worden (Tert. praescr. haer. 36,3; Eus. h.e. 3,18,1) u. habe dann bis zur Zeit Traians in Ephesos gelebt (Iren. haer. 3,3,4. Eus. h.e. 3,23,3f. 5,20,6), wo er in hohem Alter das Evangelium geschrieben habe (Iren.haer. 3,1,2. Eus. h.e. 5,8,4). Das Joh.-Evg. selbst verhilft aber weder zur Bestimmung seines Vf. noch zur Identifizierung des Lieblingsjüngers (nach 19,35 eine andere und erst für den Vf. des Nachtrags 21, dort v. 24, ein und dieselbe Person), mit dem der Evangelist Verbindung gehabt haben muß. Entsprechend bleibt uns auch der (anonyme) Vf. des sog. 1.Joh.-Briefes unbekannt, der von derselben Hand oder aus derselben Schule stammen wird wie das Evg. Daneben führt Papias (bei Eus. h.e. 3,39,4.14) einen πρεσβύτερος Ἰωάννης an, der ein anderer ist als der inzwischen verstorbene I. des Zwölferkreises; von beiden hat er nur durch deren Schüler gehört. Dieser »Presbyter« (eher wohl der »Alte«) ist keinesfalls der Vf. des Joh.-Evg. und des 1.Joh.-Briefes, eher der des 2. und 3.Joh.-Briefes, dessen Autor sich ebenfalls mit dieser Bezeichnung ausgibt. Der Vf. der Apokalypse (Johannes: 1,1.4.9; 22,8. Iust.Dial. 81,4 hält ihn für den Zebedaiden, Dionysios von Alexandreia bei Eus. h.e. 3,39,6 = 7,25,16 für den Presbyter) muß aus inneren Gründen ein anderer sein als der des Evg. und der Briefe, zumal er selbst sich weder Apostel noch Presbyter, sondern Prophet nennt (22,9). Für das Apokryphon des I. (p.109,6f. K.-L. 78,7ff. T. und die Johannesakten (hier 88f. auch = Lieblingjünger) ist I. der Zebedaide bevorzugter Offenbarungsempfänger. C.C.

1. *E. Hennecke – W. Scheermelcher* Neueste Apokryphen Bd. 2, ^{3}1964, 23–28 (W. Bauer), 44–48 (M. Hornschuh), 125–176 K. Schäferdick). *P. Feine–J. Behm–W. G. Kümmel* Einl. in das NT.^{14}, 1965, 161–172. 323ff. 328f. 344ff. (Lit.).

2. I., frommer Einsiedler in der Thebais. Als

ihn Kaiser Theodosius I. befragen ließ, weissagte er die Siege über Maximus im J. 388 und → Eugenius im J. 394 (Rufin. h.e. 11,19.32. Soz. 7,22.29. Aug. de civ. dei 5,26). **3.** I., 393 tribunus et notarius (Paulin. Nol. v. Ambros. 31), 408 primicerius not. und Gesandter des röm. Senates an Alarich (Zos. 5,40). Obwohl ihn → Attalus 409 zum magister officiorum ernannte (Soz. 9,8), wurde er 412/413 wahrscheinlich praefectus praet. Italiae (Cod. Theod. 13,11,13. 7,8,10. 2,13,1). **4.** I., Vertrauter des Kaisers Arcadius, 400 auf Betreiben des → Gainas verbannt, 401 comes sacr. larg., Gegner des → Fravitus u. des → Ioh. Chrys. (Zos. 5,18.23. Eun. frg. 85 = FHG IV 51. Palladius dial. 3 = Migne PG 47,14). Nach 405 (Synes. epist. 110) ist nichts mehr von I. bekannt. – E. Demougeot De l'unité à la division de l'empire Romain, 1951. **5.** I., primicerius notariarum, wurde im Dezember 423 in Rom zum Kaiser erhoben. Die Truppen in Italien unter dem mag. mil. Castinus folgten ihm; ebenso fand der bei Prok. 3,3,6f. als milde charakterisierte I. Anhang in Gallien (Sokr. 7,23. Olymp. frg. 41. Chr. min. 1,470. 658). Vergeblich suchte I. die Anerkennung durch Theodosius II. zu erreichen. Um den W. der theod. Dynastie zu erhalten, schickte Theodosius im Herbst 424 ein Heer unter Ardabur, dem sein Sohn Aspar (→ Ardabur) unterstellt war gegen I. Da das Gros seiner Armee zum Kampf gegen → Bonifatius aufgebrochen war, suchte I. durch Vermittlung des → Aetius Hilfe bei den Hunnen. Im Mai/Juni 425 wurde I. in Ravenna gefangen und dann in Aquileia hingerichtet (Sokr. a.O. Olymp. frg. 46. Philostorg. 12,13. Chr. min. a.O. und 2,21). Seine Verfügungen wurden für ungültig erklärt (Const. Sirmond. 6). Mz. Cohen emp. VIII 207f. **6.** I., 429/31 comes sacr. larg., sollte als Kommissar Theodosius' II. zwischen den streitenden Parteien auf dem Konzil von Ephesos vermitteln, 431/33 mag. officiorum (Mansi IV 1368. 1397f. 1404. 1408. 1436. V 781ff. u.ö.). † vor 450. A. L.

7. I., Bischof von Jerusalem 386–417, stand im 1. origenist. Streit gegen → Epiphanios (1) und → Hieronymus, der gegen ihn eine noch erhaltene Streitschrift verfaßte. Im Streit um → Pelagius versuchte er 415, den kirchlichen Frieden zu erhalten. Die Zuweisung von 5 Katechesen seines Vorgängers Kyrill an ihn ist unsicher.

Altaner ^{6}279 (unter Cyrill von Jerusalem).

8. I., Bischof von Antiocheia 428–441, ließ im Streit um → Nestorios auf dem Gegenkonzil von Ephesos (431) Kyrillos von Alexandreia exkommunizieren, schloß jedoch 433 einen Kompromiß mit seinem Gegner und stimmte der Verurteilung des Nestorios zu, setzte aber seine eigene Glaubensformel durch. Eine Reihe von Briefen und Synodalschreiben zu dieser Auseinandersetzung ist erhalten.

Christ-Schmid 2,2,1402,1.

9. I. Diakrinomenos, wahrscheinlich Monophysit, schrieb zwischen 512 und 518 eine KG. in 10 B. über die Zeit ab 429. Eine Slg. der bei byz. Historikern (Theodoros Anagnostes, Kodinos) erhaltenen Frg. fehlt.

10. I. Diaconus, vielleicht der spätere Papst Iohannes I. (523–526), gibt in einem Brief kulturgesch. wichtige Nachr. über kirchliche Riten. B. R. V.

Migne PL 59,399–408. Clavis Patrum Lat.^{2} Nr. 950.

11. I. von Gaza. Griech. Rhetor u. Dichter des 6. Jh. n. Chr., Vf. von anakreont. Gelegenheitsgedichten (ed. Bergk PLG 3, ^{4}1882, 342ff.) und einer zwischen B. 14 und 15 der Anth. Pal. überlieferten poet. Ekphrasis eines Kuppelgemäldes im Winterbad zu Gaza (oder Antiocheia, vgl. [3]), das den Kosmos in allegor. Figuren darstellte. Das Gedicht, aus 2 B. in Hexametern mit je einer iambischen Einleitung bestehend, lehnt sich in Stil und Metrik an → Nonnos an. Bei der Rekonstruktion der teils undeutlich geschilderten Vorlage leistet ein in Antiocheia entdecktes Mosaik partielle Hilfe, vgl. Hanfmann, Latomus 1939, 111ff. P. L. Sch.

Erstausg.: *J. Rutgers* 1618. Ta.: *P. Friedländer* 1912.

Lit.: 1. *R. Keydell*, BursJb 230,134ff. 272,47f. 2. *Christ-Schmid* 2,2,977. 3. *G. Downey* in: Antioch-on-the-Orontes 2, 1938, 205ff.

12. I. Aktuarios. Letzter bedeutenderer byzantin. Arzt im 14. Jh. Er ist Galenist, besitzt aber anscheinend auch eigenes, auf Erfahrung beruhendes krit. Urteil. Hauptwerke: 2 B. *περὶ ἐνεργειῶν καὶ παθῶν τοῦ ψυχικοῦ πνεύματος* und ein *σύνταγμα περὶ οὔρων* in 7 B., das umfangreichste Zeugnis der so typisch ma. Harnlehre. F.K.

Ausg.: *Ideler* Physici et medici Graeci minores 1,312–386 u. 2,3–192.

13. I. Alexandrinus, eine in griech. und lat. Hss. als Vf. von Hippokrates- und Galenkommentaren figurierende Persönlichkeit, deren Identifizierung nicht möglich erscheint. Früher hat man fälschlich diesen I. A. als Schöpfer des ma. Galenkanons (Auswahl von 16 Galenschriften) angesehen. F.K.

O. Temkin Gesch. d. Hippokratismus im ausgehenden Alt., Kyklos 4, 1932, 51ff.

14. I. Philoponos (*ὁ φιλόπονος*. Er selbst nannte sich *γραμματικός*), Philosoph und Theologe in Alexandreia um die Wende des 5. Jh., Schüler des Neuplatonikers → Ammonios (9). Er war von Geburt Christ [11]. Daß ein Christ nicht nur, wie Clemens (6), die Philos. als Weg zur chr. Erkenntnis ansah, sondern reine philos. Forschung betrieb, war neu: I. Ph. ist der 1. Vertreter des chr. Aristotelismus, in seiner Wirkung, besonders auf I. Damaskenos, vergleichbar der Bedeutung eines Thomas v. Aquino im Westen. Wie sein Schulgefährte und späterer Gegner → Simplikios schrieb er Komm. zu Aristoteles. Erhalten sind die Komm. zu: cat. (ed. A. Busse [1,13,1]), an. pr. und an. post. (ed. M. Wallies [1,13,2 und 3]), meteor. und an. (ed. M. Hayduck [1,14,1 und 15], an. 3 griech. unecht, aber lat. Übers. [7]), phys. (geschrieben im J. 517) und gen. corr. (ed. H. Vitelli [1,16–17 und 1,14,

2]). Unecht: metaph. (trotz H. Reiner, H 82, 1954, 480–482), gen. an. [1,14,3]. Von den übrigen nicht theol. Schriften besitzen wir einen Komm. zum 1. B. der Arithmetik des → Nikomachos [2], eine Beschreibung des → Astrolabium und in überarb. Form 3 gramm. Abh. In seinem theol. Hauptwerk den 7 B. *Διαιτητὴς ἢ περὶ ἑνώσεως* (»Schiedsrichter« oder »über die Einswerdung«) gab er der monophysit. Lehre [10] eine aristotelisierende Form, indem er die Trinität als 3 verschiedene Hypostasen von einer einzigen Natur (d. h. 3 Individuen einer Species) deutete, eine Ansicht, die später als »Tritheismus« für häret. erklärt wurde [14]. Das Werk selbst ist nur in syr. Übers. erhalten [3], griech. Zit. bei I. Damaskenos (Migne PG 94,744–753). Im griech. Text besitzen wir: Die 529 verf. 18 B. *Κατὰ Πρόκλου περὶ ἀϊδιότητος κόσμου* [4], wo I. Ph. in philos., nicht theol. Beweisführung die neuplaton. Lehre von der Ewigkeit der Welt bestreitet [13]. Die 7 B. eines sich an → Basileios (4) anlehnenden Komm. zum bibl. Schöpfungsbericht [5]. Ein B. über den Termin des Osterfestes [6]. O. H.

Ta.: 1. Commentaria in Aristotelem Graeca 13–17, 1897–1909. 2. *Rich. Hoche*, 1864–1867. 3. *A. Sanda* I. Ph. opuscula monophysitica, 1930. 4. *Hugo Rabe* I. Ph. De aeternitate mundi, 1899. 5. *Walter Reichardt* I. Ph. De opificio mundi, 1897. 6. *C. Walter*, 1899, Commentationes philolog. Jen. 6,2,195–229. 7. *M. de Corte* Le comm. de J. Ph. sur le 3me livre du traité de l'âme d'Aristote, 1934, Bibl. Fac. philos. et lettres Univ. Liège 65. Vgl. *A. Mansion* Mélanges A. Pelzer, 1947, 325–346.
Lit.: 8. *Gust. Bardy*, Dict. théol. cath. 8,831–839. 9. *Basile Tatakis* La philos. byzantine, 1959, 39–50. 10. *Th. Hermann*, ZNW 29, 1930, 209–264. 11. *E. Evrard*, BAB 39, 1953, 299–357. 12. *H. D. Saffrey*, REG 67, 1954, 396–410. 13. *Wolfg. Wieland* Die Gegenwart der Griechen im neueren Denken, Festschr. Gadamer, 1960, 291–316. 14. *H. Martin*, Studia patristica 5, 1962, 519–528, TU 80; vgl. *Joannou*, ebd. 508. 15. *Altaner*[6] 472.

Iohannes Malalas s. Malalas

Iohannes Mauropus s. Mauropus

Iohannes Stobaios s. Stobaios

Iokaste (*Ἰοκάστη*, auch *Ἐπικάστη*). Boiot. Heroine, von Zeus oder Apollon Mutter des Agamedes, → Trophonios, Sch. Aristoph. Nub. 508, urspr. Erdgöttin, Prell.-Rob. 2,130. Sie wurde als Gattin des Laios und Mutter des Oidipus in die theban. Heldensage einbezogen. Hom. Od. 11,271. Menoikeus war ihr Vater, Kreon ihr Bruder. Durch Schicksalsfügung heiratete sie ihren Sohn → Oidipus und gebar ihm 4 Kinder: Eteokles, Polyneikes, Antigone, Ismene. In der kykl. Oidipodie und der Thebais war ihre Ehe kinderlos; die genannten Kinder entstammten einer 2. Ehe des Oidipus, → Euryganeia. Anders bei den Tragikern. Bei Soph. Antigone 1235 erhängt I. sich bei der Entdeckung der Blutschande, bei Eur. Phoin. 1455 überlebt sie, erlebt aber auch den Bruderkampf ihrer Söhne, die sie vergeblich auszusöhnen trachtet; sie entleibt sich über deren Leichen. Apollod. 3,48 ff. Hyg. fab. 67. 70. Paus. 9,5,11. Darstellungen auf Sarkophagen und etr. Aschenkisten. H. v. G.

E. Bethe Theb. Heldenlieder 25 ff. *Prell.-Rob.* 2,879 ff. 894 ff. *M. Pohlenz* Die griech. Tragödie[2] 1,218 f. 374 ff. *C. Kappus*, G 59, 1952, 76 ff.

Iolaos (*Ἰόλαος*). **1.** Boiot. Heros, in Theben verehrt, Pind. I. 5,32; P. 9,79; Ol. 9,98. An seinem Heroon beschwuren *ἐρασταί* und *ἐρώμενοι* ihren Bund, Aristot. frg. 97. Vgl. Aristoph. Ach. 867. Neben dem Heroon lagen Gymnasion und Stadion, Paus. 9,23,1, wo die *Ἰολάεια*, später *Ἡράκλεια* genannt, gefeiert wurden (Nilsson Gr. Feste 446 f.). Auch in Athen verehrt, Paus. 1,19,3, überhaupt vielerorts *σύμβωμος* des Herakles, Plut. frat. am. 21. Der Herakleskult drängte I. in den Hintergrund. I. wurde nun dessen Neffe, Sohn des Iphikles und der Automedusa, sein treuster Gefährte und Wagenlenker, erster Olympionike. Hes. asp. 79.111. Pind. I. 1,18 f. Apollod. 2,70.78 ff. Paus. 5,8,3 f. 8,14,9. Er ist an den meisten Abenteuern des Herakles beteiligt, zieht mit ihm gegen Troia und Sparta, muß mit ihm aus Tiryns fliehen, begleitet ihn nach Pheneos, ist bei seiner Verbrennung am Oite zugegen und rächt ihn durch Erschlagung des Eurystheus, Paus. 1,44,10. Vgl. Eur. Herakliden. In Agyrion (Sizilien) birgt sich hinter dem dort verehrten I. eine einheimische Gottheit. Diod. 4,24,4 (Spiele und Mz.). Nilsson a. O. 449 f. Ähnlich steht es wohl mit I. auf Sardinien, wohin er als Kolonist gekommen sein soll; Strab. 5,225 c. Solin. 14,10. Diod. 4,29 f. 5,15. Paus. 7,2,2. 10,17,5. Die Nuraghen werden auf ihn zurückgeführt, Aristot. mirab. 100. Der I., der in dem Vertrag zwischen Hannibal und Philipp V. v. Mak. erwähnt wird (Pol. 7,9,2), ist nach W. v. Baudissin Adonis und Esmun, 1911, 282 f. interpretatio Graeca für → Eshmun, der in gleich enger Zusammengehörigkeit mit Melgart steht wie der griech. I. mit Herakles. H. v. G.

2. I., Makedone, von Perdikkas II. vorübergehend 432 zum Regenten (*ἄρχων*) in Maked. ernannt. Thuk. 1,62,2. F. Geyer Makedonien 1930, 60.2, soll für seinen Vater Antipatros (→ 1) als Obermundschenk Alexander d. Gr. vergiftet haben. Arr. an. 7,27,2 (hier *Ἰόλλας* überl.). Plut. Alex. 77; mor. 849 F. Iust. 12,14,6.9. Dem Perdikkas führte I. 322 seine Schwester Nikaia zur Vermählung zu. Arr. FGrH 156 F 9,21. † vor 317, Olympias zerstörte sein Grab. Diod. 19,11,8 (*Ἰόλλας*). H. V.

Iole (*Ἰόλη*, älter *Ϝιόλα*, weibl. Kurzform zu *Ἰόλαος*). Tochter des Eurytos zu Oichalia, Geliebte des Herakles. Apollon tötete den berühmten Bogenhelden Eurytos, der ihn zum Wettkampf herausgefordert hatte; dessen Bogen ging durch seinen Sohn Iphitos an Odysseus über, Iphitos wurde von Herakles wider alles Gastrecht umgebracht (Hom. Od. 8,224 ff. 21,33 ff.). Das Grab des Eurytos und Totenopfer in dem messen. Oichalia erwähnt Paus. 4,33,5. 3,10. 27,6. Herakles besiegte

Eurytos im Bogenschießen, aber der Siegespreis, I., wird ihm verweigert. Da zerstört er die Burg, tötet Eurytos und seine Söhne, I. gerät in Gefangenschaft. So erzählte das Epos *Οἰχαλίας ἅλωσις*, Gercke, Jb PhPäd. 1905, 400. Das sind die Voraussetzungen für Soph. Trach.; Bakchyl. 15 beschränkt sich auf Andeutungen. M. Pohlenz Die griech. Trag. 2,87f. Nach Soph. haben schwere Beleidigungen des Herakles durch Eurytos und dessen Söhne (vgl. Apollod. 2,128. Diod. 4,31,2) Herakles zur Ermordung des Iphitos veranlaßt. Der wahre Grund aber des Zuges gegen Oichalia für den bereits mit Deianeira vermählten Herakles ist Leidenschaft für I. Die Eifersucht der Gattin bringt ihm dann den Tod. Hyllos muß dem Sterbenden versprechen, I. zu heiraten. Zusammenhängend Apollod. 2,127ff. 156ff. Hyg. fab. 35. Ergänzungen und Varianten bieten die Vasen. Bemerkenswert sind ein korinth. Krater ca. 490 in Paris (Herakles zu Gast bei Eurytos; I., zwischen dem Werber und Iphitos stehend, wendet sich diesem zu: Buschor Griech. Vasen, 1940, 71 mit Abb. 74f. W. Kraiker Die Malerei der Griechen, 1958, 37f. mit Taf. 14) u. eine sf. att. Amphora in Madrid (Wettschießen in Oichalia: 4 Pfeile stecken im Ziel, 2 Söhne des Eurytos sind schon erschossen, Herakles legt auf I. an, die Gnade flehend neben dem Ziel steht, Eurytos und ein 3. Sohn suchen ihn zu hindern. Auf der Gegenseite bekränzt die Braut, während Dionysos eintritt, den Sieger: Fr. Brommer Vasenliste 32 A 1. K. Kerenyi Die Heroen der Griechen 205 mit Abb. 41). Auf einer anderen Vase greifen die Eurytiden den trunkenen Herakles an, dem sie schon Bogen und Keule entwendet haben. H. v. G.

Prell.-Rob. 2,581ff.

Iolkos (*Ἰωλκός*; bei Hom. Il. 2,712. Od. 11, 256. Hes. scut. 380. 474 und sonst in der Dichtung *Ἰαωλκός*, var. *Ἰαολκός*). Sagenberühmter Ort am innersten pagasaeischen Golf, Wohnsitz des Peleus und des Iason, Ausgangspunkt der Fahrt der Argonauten. Myken. Palast auf dem schon seit der frühen Bronzezeit besiedelten h. Kastro von Volo, das auch weiter besiedelt bleibt. Nach Hdt. 5,94,1 boten die Perser I. Hippias als Wohnsitz an. In hellenist. Zeit war I. Demos der neuen Großstadt → Demetrias mit einem Tempel der Artemis Iolkia, weiteren Kulten und Festspielen [1],65. [5]. In byzantin.-mittelalterlicher Zeit Festung. Skyl. 65. Strab. 9,2,40 p. 414. 5,15 p. 436. Plut. Demetr. 53,3. Liv. 44,12,8. 13,4f. E. M.

1. *Fr. Stählin* Das hellenische Thessalien 62ff. 75ff. 2. *Ders.*, RE IX 1850ff. 3. *Fr. Stählin-E. Meyer* Pagasai und Demetrias 163. 232. 239 A. 7 u. ö. 4. *Philipps.-Kirst.* 1,154f. 5. *E. Meyer* Eine Inschrift von I., RhM 85, 1936, 367ff. 6. *M. West* I. in der griech. Dichtung, Glotta 41, 1963, 278ff. 7. Ausgrabungen: [2],1852f. *D. Theochares* *Θεσσαλικά* 1, 1958, 3ff. Archaeology 11, 1958, 13ff. *Ἀρχ. Δελτ.* 16, 1960, B 169. 176f. BCH 86, 1962, 785ff.

Iomnium. Stadt an der Küste von Mauretania Caesariensis, ö. von Rusuccuru (Ptol. 4,2,8. Itin. Ant. Tab. Peut.). Durch die Lokalisierung von Rusuccuru bei dem Hafenort Dellys ist die Identität von I. mit den bei Tigzirt gelegenen Ruinen sicher gestellt. Pun. Zentrum; dann unter Septimius Severus röm. *municipium*. Ruinen: Thermen, Tempel, chr. Basilika. Ein Bischof im J. 411. M. L.

S. Gsell, Atl. Arch. Alg. f. 6, Nr. 34,35. *P. Gavault* Et. sur les ruines de Tigzirt, 1897. *E. Frézouls A. Hus*, MEFR, 1954, 147. *M. Euzennat*, ebd. 1955, 127. 1957, 75. Libyca 1955, 299.

Ion (*Ἴων*). **1.** Seit Hes. frg. 7(28) myth. Stammvater der Ioner, wie Achaios, Doros, Aiolos die der andern Hauptstämme. Aber sind Aiolos und Doros Söhne des Hellen, so sind I. und Achaios Enkel von ihm; durch ihre Abstammung von einem gemeinsamen Vater, → Xuthos, wird den Achaiern und Ionern innerhalb des griech. Stämmegefüges eine engere Zusammengehörigkeit zugesprochen. Indes werden die Insel- und kleinasiat. Ioner erst ganz spät als Nachkommen des I. bezeichnet (Vell. 1,4. Vitr. 6,1, wohl nach dem Vorgang von Eur. Ion 74). Urspr. ist vorzugsweise an das »ionische« Element in der N.-Peloponnes und in Mittelgriechenland gedacht. Früh suchten die Athener I. in ihre Vorgeschichte einzugliedern. Schon Hdt. weiß, daß die Athener ihn aus Achaia als Feldherrn gegen die Eleusinier zu Hilfe riefen und daß die 4 altatt. Phylen nach seinen Söhnen benannt waren, und anderseits, daß die pelasg. Aigialeer (in Achaia) sich nach ihm Ioner nannten, 5,66. 7,94. 8,44. Erleichtert wurde I.s Verpflanzung nach Attika dadurch, daß bei Thorikos I.s Grab gezeigt wurde und daß Geschlecht und Demos der *Ἰωνίδαι* sich auf I. zurückführten – allerdings auf einen I. von Gargettos, Paus. 1,31,3. 6,22,7. I. sollte einer Verbindung des aus Thessalien eingewanderten Xuthos mit Kreusa, Tochter des att. Königs Erechtheus, entstammen, Strab. 8,383. Paus. 7,1,2. Eur. versuchte in seinem eigenwilligen und verwicklungsreichen Drama »Ion«, den »Ahnherrn« zum Sohne Apollons zu machen. Aber außer Plat. Euthyd. 302c findet sich keine Nachwirkung davon. Die Mythogr. nahmen I. auch nicht in die att. Königsliste auf. Eine verwickelte Konstruktion der Verbindung I.s mit Achaia gibt Paus. 7,1,2f. H. v. G.

Prell.-Rob. 1,273. 2,145ff. *Nilsson* GgrR 1,525. *M. Pohlenz* Die griech. Trag. 1,400f. 2,165f. *Wilam.* Eur. Ion, Text und Komm. Bln. 1926.

2. I., aus Thessalonike, befehligte 171 v. Chr. Wurfschützen und Schleuderer bei dem Sieg des Perseus bei Larissa. Liv. 42,58,10. Nach der Niederlage bei Pydna lieferte I. die jüngeren nach Samothrake geflohenen Söhne des Perseus den Römern aus. Liv. 45,6,9. Plut. Aem. 26.6. H. V.

3. I. von Chios, Sohn des Orthomenes (mit Beinamen Xuthos), aus führendem Geschlecht. Tragiker, Lyriker, Philosoph. Studienzeit Mitte der Sechzigerjahre des 5. Jh. v. Chr. in Athen (Fr. 2);

blieb weiterhin mit Kimon verbunden: 463 Volksversammlung (Frg. 4); 462 Feldzug vor Ithome (Fr. 27); Ol. 72 (452–449) als Tragiker in Athen tätig; 441/40 in Chios (Fr. 8); 428 wieder Tragödienaufführung in Athen (L. 7); 421 nicht mehr am Leben (L. 2, L. 3). Bekannt mit Kimon, Perikles, Aischylos, Sophokles, Archelaos und (oder) Sokrates.

Werke: auf Kallimachos' Pinakes gehen letztlich die einander ergänzenden Listen bei Sch. Aristoph. Pax 835, Harpokration s. *Ἴων*, Suda s. *Ἴων* und *διθυραμβοδιδάσκαλοι* zurück. Fragmente und Zeugnisse aus a) Dichtung: *Μέλη*: Fr. 33,34; *διθύραμβοι* (ein Sieg in Athen: L. 3): Fr. 35,36, *Ἐγκώμια*: Fr. 37, *Ὕμνοι*: Fr. 38, *Ἐλεγεῖα*: Fr. 26,27,30 sympot.-erot.; Fr. 30 philos.; Fr. 29,19? antiquar. (Gründung von Chios). Tragödien: 12 oder 30 oder 40 (4 Tetralogien, 12 Stücke nach Alexandreia gelangt), 11 Titel noch bekannt (Agamemnon, Alkmene, Argeioi, Eurytidai, Laertes, Mega Drama, Omphale Sat., Teukros, Phoinix oder Oineus, Phoinix 2, Phrouroi); Fr. 40–117; POxy. 1083?; 1 Sieg in Athen (L. 3 und 6). b) Prosa: *Χίου κτίσις*: Fr. 16–18, 19? *Τριαγμός* oder *Τριαγμοί* »Dreibruch«-Dreiteilung, Welterklärung nach Prinzip der Dreiteilung (3 Grundelemente: Erde, Feuer, Luft), pythagoreischer Einfluß: Fr. 20–25. *Ἐπιδημίαι* (vielleicht ident. mit oder Teil der *Ὑπομνήματα*), 1. Memoirenwerk der Weltliteratur. Die erhaltenen Partien schildern Begegnungen mit berühmten Zeitgenossen, deren Bild aus dem Anekdotisch-Augenblickshaften lebensvoll entsteht: Fr. 1–15.

Nachleben bis ins 3. Jh. n. Chr. verfolgbar: Aristophanes, Platon, Aristoteles, Isokrates, Ephoros, Kallimachos, Epigenes, Baton v. Sinope (Biographie des I.), Aristarch, Didymos, Plutarch, Athenaios. F. St.

Lit.: I. v. Ch. Die Reste seiner Werke, von *A. v. Blumenthal*, Stuttg.-Berlin 1939 (danach zitiert). *F. Jacoby* Some remarks on Ion of Chios, CQ 1947, 1–17. *E. Diehl*, RE IX 1861 ff. *C. M. Bowra* Sophocles on this own development, AJPh 61, 1940, 385–401. *T. B. L. Webster* Sophocles and Ion of Chios, H 1936, 263–274. *P. B. Schmid* Stud. zu griech. Ktisissagen, Diss. Fribourg 1947, 43–52. *F. R. Levin* The Hendecachord of Ion of Chios, TAPhA 92, 1961, 295–307.

4. I., sonst unbekannter Erzgießer, den Plin. nat. 34,51 als Zeitgenossen Alexanders d. Gr. und Lysipps nennt (Ol. 113). W. H. G.

5. I., n. Nebenfluß des Peneios in Thessalien, nicht sicher zu identifizieren, Strab 7,7,9 p. 327. E. M.

1. *Fr. Stählin* Das hellenische Thessalien 114. RE IX 1856. 2. *E. Kirsten*, RE XVIII 2041 f. (s. Oxyneia). 3. *Philipps.-Kirst.* 1,43–49.

Ionathan (*Ἰωνάθης*) wurde 160 v. Chr. nach dem Tode seines älteren Bruders → Iudas Makkabaios, mit dem er zusammen gekämpft hatte (1. Makk. 5,24.55 u. ö.), zum Führer der gegen die graeco-syr. Politik rebellierenden Juden gewählt. Anders als sein Bruder mehr als Kondottiere operierend, konnte er mit → Bakchides Frieden schließen und hielt es in der mit der Ausschaltung → Antiochos' V. Eupator (6) einsetzenden Reihe von Gegenkönigen zunächst mit → Alexandros (11) Balas (der ihm die Strategie über Judaea und das Hohepriesteramt übertrug, in welchem er am Laubhüttenfest Oktober 152 erstmalig öffentlich zelebrierte) gegen → Demetrios I. (5) (der ihn durch Bewilligung von fürstlicher Macht und Herausgabe Jerusalems ohne die Akra zu halten versuchte) und gegen → Demetrios II. (6) (dessen Parteigänger Apollonios er Asdod und → Askalon abnahm, wofür ihn Balas zum »Vetter des Königs« ernannte), dann mit dem letzteren (der ihn nach Balas' Tod gegen Belassung der Akra im Hohepriesteramt bestätigte und gegen 300 Talente auf sein Steuerrecht verzichtete), dann wieder gegen ihn (weil er das nach Rettung vor einem antiochen. Aufstand gegebene Versprechen auf Herausgabe der Akra nicht gehalten hatte) und mit → Tryphon, dem Vormund → Antiochos' VI. (7). Für diese unternahm I. mehrere Feldzüge, deren Erfolg er aber für sich nutzte (Einbehaltung von Beute und Geiseln, Errichtung jüdischer Festungen, eigene Bündnisse mit Rom und Sparta), woraufhin er von Tryphon durch List gefangen und im Winter 143 hingerichtet wurde (1. Makk. 5,17–13,30. Ios. ant. 13,1–6; bell. 1,2,1). Sein ganz nach säkularer Zweckmäßigkeit ausgerichtetes Handeln, für welches er sogar, und dazu als Nichtaaronide, die Würde des Hohenpriesteramtes nutzte, rief aus dem Kreise der Frommen einen großen Gegner auf den Plan, der auf I.s Gesetzlosigkeit mit dem Anstoß zur Sezession der → Essener reagierte, vielleicht gleich nach → Qumran, in dessen Überlieferung (1QpHab) I. als »Frevelpriester« einging (G. Jeremias Der Lehrer der Gerechtigkeit, 1963). C. C.

F. M. Abel Les Livres des Maccabées, 1949.

Ionische Sprache s. Dialekte (Nachtr. Bd. II)

Ionische Wanderung. Eingehender berichtet uns über die I. W. erst Herodot, der sie 1,143 und 146 von der Peloponnes (bes. von Achaia) und von Athen ausgehen ließ. Auch stammten für ihn die großen att. Adelsgeschlechter der Medontiden, Neliden, Peisistratiden usw. aus dem messen. Pylos (5,65. 9,97). Einzelheiten über die Gründertätigkeit des Neleus und Androklos, welche als Brüder des att. Fürsten Medon und als Söhne des Königs Kodros galten, fanden sich wohl in der logograph. Lit., und einzelnes hat sich davon bei Strabon erhalten. Seit Usener, v. Wilamowitz und Malten (s. RE XVI 2278 ff. XXIII 2135 ff.) hat man diese Berichte aber bezweifelt, ja man ging soweit, im homer. Pylos des Nestor eine dichterische Fiktion zu erblicken und auch den Neleus-Namen allein in der Verbindung mit Unterweltsvorstellungen gelten zu lassen. Seitdem wir aber durch die Ausgrabungen Blegens und die Entzifferung der Linear B-Texte erfuhren, welch bedeutendes Reich in spätmyken. Z. in einem Pylos seine Hauptstadt hatte, sind alle diese hyperkrit. Auffassungen als überholt anzusehen. Es geht nicht an, den Stammbaum, der Medon, Neleus und Androklos als Söhne des Kodros annimmt, erst für eine att. Erfindung des 5. Jh. und für eine Fiktion im Interesse der att. Politik zu halten, da schon Solon Attika als die Heimat der Ioner auffaßte (Frg. 4 Diehl). Daher die Bereitwilligkeit Athens, die Ioner um 500 bei ihrem Aufstand zu unterstützen, daher auch sein Eintreten für die Erhaltung des ion. Siedlungsbereiches, als nach dem Sieg von Mykale die Peloponnesier daran dachten, die Ioner nach dem gr. Festland zu übersiedeln (Hdt. 9,106). Außerdem kennt schon die Ilias 13,685 ff. Ioner in Athen, und Mimnermos (Frg. 12 Diehl) erinnert an die Herkunft aus Pylos. Wir werden somit mit der Annahme kaum fehlgehen, daß sowohl aus Pylos wie aus anderen Teilen der Peloponnes in der Wanderungszeit des 12. Jh. Bevölkerungselemente nach Attika flüchteten und sich dort mit den Einheimischen vermischten. Im 11. und 10. Jh. wanderten dann aus Attika zahlreiche Scharen über See nach den Kykladen, nach Samos, vor allem aber nach Milet, Ephesos, Kolophon, Erythrai, Myus und anderen westanatol. Küstenplätzen aus. Hier handelte es sich um Bereiche, in denen sich verschiedentlich auch schon in myken. Z. Griechen angesiedelt hatten. Nun wurde die griech. Kolonisation entscheidend verstärkt. Daß dabei Führerpersönlichkeiten des damaligen att. Königshauses eine Rolle spielten, liegt nahe genug. Also könnte es sich bei Neleus, dem Neugründer von Milet und Androklos dem Neugründer von Ephesos, evtl. um hist. Persönlichkeiten handeln. Die Wanderung läßt sich archäolog. mit Hilfe des Auftretens der protogeometr. Keramik im Überseebereich auf das 11. und 10. Jh. ansetzen. Eine spätere Datierung (so bes. Desborough Protogeom. Pottery 1952) kann jetzt als überholt gelten.

Für die Auswanderung der Ioner aus dem att. Bereich spricht vor allem auch die Übereinstimmung in religiösen Festen, in Monatsnamen und das Vorhandensein der 4 ion. Stammphylen hier und dort. Der ion. Dialekt dürfte sich als eine bes. Sprachgemeinschaft aber erst nach der Wanderung gebildet haben. Daher steht ihm das Attische zwar nahe, ist aber nicht mit ihm ident. (vgl. dazu u.a. W. Porzig IF 61, 1954, 147 ff. E. Risch, MH 12, 1955, 61 ff. 16, 1959, 215 ff. J. Chadwick The Prehist. of the Greek Language, Cambr. Anc. Hist. 2, 1963). Einen extrem krit. Standpunkt nehmen gegenüber den Traditionen der I.W. vor allem Filippo Cassola La Ionia nel mondo miceneo, 1957 (es gab keine solche Wanderung, sondern nur eine Besiedlung Ioniens und der Inseln in myken. Z.) und M.B. Sakellariou La migration grecque en Ionie, 1958 ein (Ion. Zuwanderung aus verschiedenen Teilen Griechenlands, aber ohne Hervortreten von Attika und Athen). Gegen diese beiden Auffassungen vgl. F. Schachermeyr, Gn 1960, 207 ff. und Anz. für Altertumswiss. 14, 1961, 165. Schachermeyr nähert sich dabei in vorsichtiger Weise wieder der Tradition. Eine ganz ähnliche Einstellung finden wir bei J.M. Cook Greek Settlements in Eastern Aegean (Cambr. Anc. Hist. 1/2, 1961) und bei T.B.K. Webster Die Nachfahren Nestors, Mykene und die Anfänge griech. Kultur, 1961. Aus der älteren Fachlit. vgl. Wilamowitz Über die Ion. Wanderung, Kl. Schr. 5,1, 1937, 155 ff. Ed. Meyer Die Herkunft der Ionier und die Ionsage, Forsch. zur alten Gesch. 1, 1892, 127 ff. F. Sch.

Ionisches Meer (*'Ιόνιος κόλπος*, → Adria), seit Hekat. FGrH 1 F 91 f. genannt, in seiner Ausdehnung weitgehend mit dem Adrias übereinstimmend: Hekat. erwähnt es zu Istria (F 91), Hellan. FGrH 4 F 4 zur Mündung des Spines – beide also im N.-Teil des h. Adriat. Meeres –, Hdt. zu Epidamnos (6,127), zum Peneios (7,20), zu Apollonia (9,92), Thuk. 6,30,1 zum Iapyg. Vorgebirge, Pind. P. 3,121 beim Wege nach Sizilien, N. 4,86 zu Dodona. Der Name (das *o* immer kurz!) seit Aischyl. Prom. 840 (Apollod. 2,1,3. Eust. Dion. Per. 92 u.a.) von den Irrfahrten der Io, später nach dem Illyrier Ionios (Sch. P. Pyth. 3,120), Sohn des Dyrrhachos (App. civ. 2,39) oder Adrias (Sch. Lykophr. 631), erklärt, hat nichts mit dem der *"Ιωνες* zu tun. G. R.

Iophon (*'Ιοφῶν*). **1.** Aus Athen, Sohn des Peisistratos und der Argeierin Timonassa (Aristot. Ath. pol. 17,3.4. Plut. Cat. Mai. 24,8. Stammbaum s. PA 11793). Sein Schicksal ist unbekannt. K. W.

D. Loenen, Mnem 4,1, 1948, 81–89.

2. I. aus Athen, legitimer Sohn des Sophokles, Tragiker. 50 Stücke, 1. Preis 435, 2. Preis hinter Euripides, vor Ion von Chios 428, soll auch mit Soph. selbst konkurriert haben. Bekannt 7 Titel: *'Αχιλλεύς, Τήλεφος, 'Ακταίων, 'Ιλίου πέρσις, Δεξαμενός, Βάκχαι*[ἢ] *Πενδεύς* (Suda), *Αὐλῳδοὶ σατ..* (Clem. Al. Strom. 1,329). Auswahlausg. von 7 Stücken? 2 frg. N². 761. Für die Zeitgenossen stand er im Schatten des Vaters. Nachricht über Prozeß gegen den greisen Soph. (Satyros!) stammt wohl letztlich aus Komödiendarstellung, muß aber hist. Kern haben. Ehrungen für den toten Soph. vollzog er trotzdem als der legitime Sohn. Hauptquellen: Suda s.v. Vit. Soph. 11.13.19. Cic. Cato 22. Aristoph. Ran. 72 ff. mit Sch. 73.75.78. IG II² 2318 Col. IV; Hypoth. Eurip. Hippol. Anecd. Oxon. (Cramer) IV 315,31. F. St.

Iophossa (*'Ιοφῶσσα*). Bei Hes. und einigen Logographen ein anderer Name der → Chalkiope (Nr. 2), Schwester Medeias, Gattin des Phrixos. Sch. Apoll. Rhod. 2,1149. H. v. G.

Ioppe. Griech. Name für die Hafenstadt Japho (arab. yaffā) an der mittelpalästin. Küste. Literar.

seit der Mitte des 2. Jt. v. Chr. bezeugt, gehörte das kanaanäische I. zum Einflußbereich der Philister, Israels und schließlich der Seleukiden. 147/46 v. Chr. gewann der Makkabäer Jonathan die Stadt den Juden (1. Makk. 10,74 ff.); die Herrschaft fiel dann nacheinander an Pompeius (Ios. ant. Iud. 14, 4,4), Caesar (14,10,6), Kleopatra, Herodes (15,7,3) und Archelaos (17,11,4). Nach der Errichtung der röm. Provinz Iudaea stand I. unter den Procuratoren (Ios. bell. Iud. 3,3,5). H. Do.

Iordanes 1. (Iordanis, in einigen Hss. fälschlich Iornandes), röm. Geschichtsschreiber, 6. Jh. n. Chr., verfaßte eine Weltchronik *(De summa temporum vel origine actibusque gentis Romanorum)* und eine Geschichte der Goten *(De origine actibusque Getarum)*. I. war romanisierter Gote und betätigte sich vor einer *conversio* (Eintritt in den geistlichen Stand?) als *notarius* (Get. 266). Beide Werke wurden im J. 551 vollendet. Die einem Vigilius (wohl nicht dem Papst dieses Namens, 538–555) gewidmete Chronik beginnt mit Adam und läßt auf dürre Tabellen der assyr., med., pers. und ptolem. Herrscher eine zusammenhängende röm. Gesch. folgen (bis 551); sie beruht im wesentlichen auf Eusebios-Hieronymus, Florus, Rufius Festus und Marcellinus Comes. Da die Quellen fast sämtlich erhalten sind, hat die Schrift geringen Wert; ein spezif. Geschichtsbild bekundet sich nicht in ihr. Die Gotengesch. ist ein Auszug aus einem verlorenen Werk des → Cassiodorus; I. fügte im wesentlichen nur die letzten Jahrzehnte bis zum Tode des Witiges hinzu. Den legendären Anfängen (Cap. 1–13) folgt nach dem Stammbaum der Amaler die hist. Darstellung. Im Unterschied zu Cassiodor trat I. für ein byzantin.-got. Bündnis ein; sein polit. Denken orientierte sich an Justinian als dem legitimen Vertreter der Staatsgewalt. Die Schrift hat erheblichen Quellenwert; sie repräsentiert die älteste Gesch. eines german. Stammes. Die Werke des I. machen außer den sog. Excerpta → Valesiana die gesamte historiograph. Hinterlassenschaft des ostgot. Italien aus; sie sind durch zahlreiche Hss. erhalten. Die ungewandte Latinität des I. zeigt u. a. ein erschüttertes Casus-System. M. F.

Erstausg. Augsburg 1515. Ta.: *Mommsen* MGH Auct. ant. V 1, 1882. 1. *Th. Mommsen* Prooem. d. Ausg. 2. *F. Werner* Die Latinität der Getica des I., Diss. Halle 1908. 3. *H. Kalén* Studia in I. philol., 1939. 4. *D. Norberg*, Eranos 41, 1934, 33 ff. 5. *A. Momigliano*, Entretiens Fond. Hardt 4, 1956, 260 ff. 6. *D. Bianchi*, Aevum 30, 1956, 239 ff. 7. *D. R. Bradley*, Riv. Cult. Class. Med. 5, 1963, 366 ff.

2. Der griechische Name des palästinischen Flusses Jordan (hebr. yardēn, arab. šerī'at el-kebīre). Der I. entspringt aus mehreren Quellen am Hermongebirge und durchfließt auf einer Länge von ca. 200 km den palästin. Anteil an dem im Tertiär entstandenen syr. Graben bis zum Toten Meer. An der Mündung erreicht er mit –392 m die tiefste Depression der Erdoberfläche. Der alluviale Mergelboden des syr. Grabens zwingt den I. zwischen dem See von Tiberias und dem Toten Meer zu zahllosen Windungen (Mäandern), so daß seine tatsächliche Länge ein Vielfaches der Luftlinie beträgt. H. Do.

N. Glueck The River Jordan, 1946.

Ios (*Ἴος*). Insel der s. Kykladen zwischen Naxos und Thera, 103 qkm, bis 735 m hoch, wenig fruchtbar. Die gleichnamige ant. Stadt lag an der O.-Seite an der Stelle des h. Hauptorts, Reste gering, Hauptheiligtum des Apollon Pythios, BCH 28, 1904, 308 f.; an der W.-Küste Heiligtum des Phytalmios, BCH a. O. 310. Prähistor. Funde ebd. 309 f. Fimmen Kret.-myken. Kultur 14. I. beanspruchte, Heimat des Homer zu sein und zeigte auch sein Grab, Skyl. Paus. 10,24,2. Im 5. Jh. v. Chr. im att. Seebund mit einem Tribut von zunächst einem, dann einem halben Talent, B. D. Meritt The Athenian tribute lists 1,288 f. 3,33. 48. 198. Sonst gesch. wenig bekannt. IG XII 5 Nr. 14 und S. 217 Kopie des großen Isishymnos. Skyl. 58. Strab. 10,5,1 p. 484. Stad. m. m. 273. 284 (GGM I 497. 500). [Plut.] vita Hom. 3 f. = Aristot. frg. 76 R. = S. 71 ff. Nr. 8 Roß. Steph. Byz. Ptol. 3,14,23. Inschr.: IG XII 5 Nr. 1–23. Suppl. Nr. 167–176. BCH 38, 1904, 311 ff. Mz.: Head HN^2 486. E. M.

1. *L. Roß* Reisen auf d. griech. Inseln 1,154 ff. 3,151 ff. 2. *Bürchner*, RE IX 1930 ff. 3. *Philipps.-Kirst.* 4,141 ff.

Iosephos (*Ἰώσηπ[π]ος, Ἰώσηφ[ος]* von hebr. *josep̄* → *josip̄jah* »Gott möge [weitere Kinder] hinzufügen«) im ant. Judentum in Erinnerung an den bibl. Patriarchen J. (Gen. 35. 37–50) häufig verwandter Name, u. a.:

1. I. in der herodian. Familie.

a) Onkel (Ios. ant. 15,65) und Schwager (ebd. 81) Herodes d. Gr., zeitweise dessen Stellvertreter (ebd. 65), 34 v. Chr. von ihm wegen angeblichen Umganges mit → Mariamme hingerichtet (bell. 1,443; ant. 15,87). b) Jüngerer Bruder Herodes d. Gr. (bell. 1,181), unterstützte diesen in den Kämpfen mit dem Hasmonäer → Antigonos (bell. 1,266. 286 ff. 303; ant. 14,413), in deren Verlauf er 38 v. Chr. fiel (bell. 1,323 f.; ant. 14,448 ff.); c) dessen Sohn, Gemahl der Herodestochter Olympias (bell. 1,562; ant. 17,20), während der Unruhen nach dem Tod Herodes d. Gr. 4 v. Chr. einer der Führer der römerfreundlichen Partei (bell. 2,74; ant. 17,294). Seine Tochter Mariamme war die 1. Frau Herodes' von Chalkis (bell. 2,221; ant. 18, 134).

2. I., jüd. Historiker.

Leben: I., * 37/38 n. Chr. (ant. 20,267; vita 5) in Jerusalem (bell. 1,3), † nach 100 (in Rom?), entstammt dem jüd. Priesteradel (vita 2). Er wuchs im Bereich des palästin. Judentums (Muttersprache Aram., bell. 1,3) auf (vita 8–12 tendenziös im Stil hellenist. Schriftstellerbiogr. dargestellt, vgl. G. Misch Die Gesch. der Autobiogr. I, 1, 1949^3, 340). Seiner Herkunft nach stand er den → Sadduzäern nahe (vgl. vita 204), schloß sich aber angeblich mit

19 J. den → Pharisäern an (ebd. 12). 64–66 weilte er in Rom und erwirkte die Freilassung einiger jüd. Priester (ebd. 13–16). In dem bei seiner Rückkehr ausbrechenden jüd. Aufstand gegen die Römer spielte er in Galiläa eine führende Rolle (bell. 2,568–646; vita 28–335. 368–412 in der Darstellung z.T. sich widersprechend u. undurchsichtig), geriet 67 in → Iotapata unter zwielichtigen Umständen in röm. Gefangenschaft (bell. 3,340–391), wurde aber schonend behandelt, da er → Vespasian die Kaiserwürde weissagte (bell. 3,399 ff. Cass. Dio 66,1. Suet. Vesp. 5). 69 von dem zum Kaiser erhobenen Flavier freigelassen (seitdem Flavius I., bell. 4,622 ff.), war er 70 im Gefolge des → Titus bei der Eroberung Jerusalems zugegen (bell. 5 passim; vita 416 ff.; c. Ap. 1,48 f.). Nach dem Krieg lebte er in Rom seinen literar. Arbeiten, von Vespasian (vita 423), Titus (ebd. 428) und Domitian (ebd. 429) begünstigt (Bürgerrecht, Jahrespension). – Er war 4 mal verheiratet (bell. 5,419; vita 414 f. 427) und hatte 5 Söhne (vita 426 f.).

W e r k e: Von I.' Schriften (Überlief. beruht auf griech. Hss. des 10.–16. Jh., einer von → Zonaras benutzten griech. Epitome, Übers. ins Lat. [1. »Hegesippos«, freie Wiedergabe des bell., 4. Jh.; 2. Ps. Rufin (bell.)-Cassiodor, 5./6. Jh.], Syr. [bell. 6] und Altruss. [bell.] sowie Exzerpten altchr. und byz. Schriftsteller u.a. → Porphyrios, → Eusebios, → Joh. Chrysostomos, → Suda) sind vermutlich alle erhalten ([14]):

a) J ü d. K r i e g, I.' Erstlingswerk, nach 73 aram., zwischen 75/79 griech. veröffentlicht (bell. 1,3). Die aram. Fassung, im Dienst röm. Propaganda ([3],126 f.) an die Völker des nichtröm. Ostens gerichtet (bell. 1,3.6), ist verschollen. Alle h. bekannten Überlief., auch die syr. ([1],98) und altruss. ([26]), gehen auf die von I. mit einigen Gehilfen neu bearbeitete (c. Ap. 1,50) griech. Fassung zurück (Titel vermutlich *περὶ τοῦ Ἰουδαϊκοῦ πολέμου*, vgl. ant. 20,258; vita 27. 412, verrät röm. Standpunkt [3],98; in den meisten Hss. und bei den Kirchenvätern allerdings *περὶ ἁλώσεως*). Das Werk in 7 B. eingeteilt (ant. 13,72. 298. 18,11), schildert die Vorgesch. (bell. 1,31–2,283, beginnend 175 v. Chr.) und die Gesch. des jüd. Aufstandes bis zu seiner Niederwerfung. Für die Öffentlichkeit der röm.-hellenist. Welt bestimmt (bell. 1,6), ist es von der Tendenz geprägt, die → Zeloten als die eigentlichen Urheber des Aufruhrs zu belasten, das jüd. Volk und seine Aristokratie zu entlasten und unter den Römern bes. Vespasian und Titus zu verherrlichen. Über die Quellen gibt I. im Gegensatz zu ant. keine Auskunft. Der Darstellung des Krieges dürften eigene Aufzeichnungen (c. Ap. 1,48 f.) sowie Berichte von jüd. (ebd. 49) und röm. (vita 342. 358 f.; vgl. [4]) Seite zugrunde liegen. Hinter bell. 1,31–116 ist → Nikolaos von Damaskos ([2],1944 ff., vgl. dazu B. Z. WACHOLDER Nicolaus of Damascus, 1962, 4 ff. 60 ff.), hinter bell. 2,119–161 → Philon (RE Suppl. IV 404 ff.) vermutet worden.

b) J ü d. A l t e r t ü m e r, *Ἰουδαϊκὴ ἀρχαιολογία* (Titel nebst Einteilung in 20 B. [ant. 20,267] nach → Dionysios' von Halik. *Ῥωμαϊκὴ ἀρχαιολογία*), 93/94 erschienen (ebd.), wie die weiteren Schriften dem Mäzen → Epaphroditos (Identität umstritten, vgl. [3],23 ff.) gewidmet (vita 430; c. Ap. 2,296; vgl. ant. 1,8), eine Darstellung der israelit.-jüd. Gesch. mit dem Ziel, die »Griechen« mit dem Wesen des Judentums vertraut zu machen und die jüd. Existenz unter dem Gesetz Gottes als allein glückbringend zu erweisen (ant. 1,14 ff.). Ant. 1–10 behandelt die Z. von der Weltschöpfung bis zum E. der Perserherrschaft in Form einer von jüd. Haggada und Halacha bestimmten [7], durch Überlief. heidn. Autoren (u.a. → Berossos, → Manetho) erweiterten Paraphrase der at. Geschichtsbücher von Genesis bis Esther (meist nach LXX, daneben auch hebr. bzw. aram. Textvorlage, [12]), ant. 11–20 die Z. von Alexander d. Gr. bis zum Ausbruch des jüd. Krieges auf Grund verschiedener jüd. [20] und nichtjüd. Quellen, u.a. → Aristeasbrief [17], 1. Makk., → Polybios, → Nikolaos von Damaskos, → Strabon (Liste bei [2],1964 f.). Wie weit I. selbst diese Quellen gesammelt und bearbeitet hat, ist umstritten ([2]: Kompilation sekundärer Quellen; [7]: Unterstützung durch literar. gebildete Gehilfen). Angesichts zahlreicher sachlicher und stilist. Unausgeglichenheiten wird man seinen Anteil nicht zu hoch ansetzen dürfen.

c) G e g e n A p i o n, *Πρὸς Ἀπίωνα* (h. üblicher Titel, zuerst bei Hier. epist. 70,3 [CSEL 54,705], vgl. vir. ill. 13 [MIGNE PL 23,629 f.], kaum urspr. bei Orig. c. Cels. 1,16 [MIGNE PG 11,688] Eus. hist. eccl. 3,9,4: *περὶ τῆς [τῶν] Ἰουδαίων ἀρχαιότητος*, Porph. abst. 4,11: *πρὸς τοὺς Ἕλληνας*), nach ant. verfaßt (c. Ap. 1,1. 54), eine allg. Apologie des Judentums, bekämpft zeitgenöss. (u.a. des Alexandriners → Apion) judenfeindliche Äußerungen (1,1–2,144) und stellt ihnen ein Bild vom wahren Judentum (Kultus, Gesetz, Gottesvorstellung) entgegen (2,145–286). Bedeutsam als letztes Werk jüd. Apologetik und umfangreichste Slg. antisemit. Äußerungen im Alt. sowie wegen einiger Exzerpte aus z.T. verlorenen Schriften ant. Autoren (u.a. → Manetho's *Αἰγυπτιακά*).

d) *Ἰωσήπου βίος*, nach 100 ([1],88; anders [2], 1941 [16]) einer späteren Auflage der ant. als Anhang angefügt (ant. 20,266; vita 430; vgl. Eus. hist. eccl. 3,10,8) keine eigentliche Biogr., sondern eine »Mischung von militärpolit. Memoiren, moral. und relig. Apologie« (G. MISCH a.O. 329), behandelt, gegen die Darstellung des jüd. Krieges durch → Iustos von Tiberias gerichtet (vgl. vita 40. 336–367), die Tätigkeit des I. während des Aufstandes in Galiläa (ebd. 28–413; z.T. von bell. abweichend, nach [3] auf einem vor bell. aram. verfaßten Rechenschaftsbericht fußend, vgl. dagegen [11],92), daneben Herkunft und Jugend (vita 1 ff.) sowie die späteren Lebensj. bes. in Rom (ebd. 414 ff.). Stilistisch sehr schwach, vermutlich das einzige von I. ganz selbständig geschriebene Werk.

Nachwirkung und Bedeutung: Mit seinen Schriften hat I. das von ihm angestrebte Ziel der Aussöhnung zwischen Judentum und röm.-hellenist. Welt nicht erreicht. Auf jüd. Seite als Verräter betrachtet (im rabbin. Schrifttum totgeschwiegen, erst im ma. Judentum im sog. »Josippon« aufgenommen), auf röm. Seite offiziell zwar geehrt (Eus. hist. eccl. 3,9,2), aber ohne erkennbare Wirkung geblieben, gewann I. Bedeutung in der chr. Historiographie. Von den Kirchenvätern an galt er als einer der großen Historiker des Alt. (Hier. epist. 22,35 [CSEL 54,200] *Graecus Livius*) und war bis ins 18. Jh. einer der meistgelesenen ant. Autoren. Seine schriftstellerischen Mängel, seine Unselbständigkeit und Fehlerhaftigkeit als Historiker wurden erst von der Forschung des 19. und 20. Jh. erkannt und hat z. T. zu weitgehender Skepsis gegenüber I. und seinem Werk geführt. Indes bleibt I. die grundlegende Quelle für die Gesch. des Judentums im 1. Jh. v. und n. Chr. wie für die ant. Topographie Palästinas und darüber hinaus ein letzter und wichtiger Zeuge für den Geist des hellenisierten Judentums in der ant. Welt. B. Sch.

Ta.: *B. Niese*, 6 Bde. (+ 1 Bd. Ind. nominum), 1885–1897 = 1955 (grundlegende krit. Ausg.). *S. A. Naber*, 6 Bde., 1888–1896. *H. St. J. Thackeray–R. Marcus–H. J. Feldman*, 9 Bde., 1926–1965 (mit engl. Übers. und Komm.). *Th. Reinach–L. Blum*, 1930 (c. Ap., mit franz. Übers.). *G. Ricciotti*, 4 Bde., 1937–1939 = 1949 (bell., mit ital. Übers. und Komm.). *O. Michel–O. Bauernfeind*, 2 Bde., 1959–1960 (bell. 1–5, mit dt. Übers. und Komm.). *A. Pelletier*, 1959 (vita, mit franz. Übers.).

Alte Übers.: a) lat. 1: *V. Ussani*, CSEL 36, 1932 (vgl. *V. Bulhart*, Mnem 4,6 [1953] 314–317). lat. 2: *J. Froben*, 1524 (vgl. *V. Bulhart*, a. O. 140–157). *C. Boysen*, CSEL 37, 1898 (c. Ap.). *F. Blatt*, Acta Judlandica 30,1, 1958 (ant. 1–5). b) syr.: *A. M. Ceriani*, 1878. c) altruss.: *V. Istrin–P. Pascal–A. Vaillant*, 2 Bde., 1934. 1938 (mit franz. Übers. und Komm.). *N. A. Meščerskij*, 1958 (vgl. *S. Szyszman*, Rev. de Qumran 1, 1959, 451–458). *A. Berendts–E. Grass*, 1924–1927 (dt. Übers. von bell. 1–4).

Neue Übers.: a) dt.: *H. Clementz*, 4 Bde., 1900 = 1959–1960. b) engl.: *B. W. Whiston*, 1737 = 1963. c) franz.: *Th. Reinach–R. Harmand–J. Weill*, 7 Bde., 1900–1932. d) hebr.: *J. N. Simchoni*, 1923–1925 (bell. [= 1959. 1964] c. Ap.). *M. Stein*, 1932 (vita). *A. Schalit*, 3 Bde. 1944–1963 (ant.). *S. Haggai*, 1964 (bell.).

WB.: *H. St. J. Thackeray–R. Marcus*, A Greek Lexicon to J., 4 Lfg. (*ἀ-ἐμφιλοχωρεῖν*), 1930–1955.

Konkord.: *K. H. Rengstorf* (hg.), A Concordance to Flavius J., 4 Bde. + 1 Suppl. Bd., 1967ff.

Topogr. Lex.: *G. Boettger*, Topogr. hist. Lexicon zu den Schriften des Flavius J., 1879 = 1966.

Bibliogr.: *H. L. Feldman*, Studies in Judaica. Scholarship on Philo and J. (1937–1962), o. J.

Lit.: 1. *Schürer* 1, 1901$^{3.4}$, 75–106. 2. *G. Hölscher*, RE IX 1934–2000. 3. *R. Laqueur* Der jüd. Historiker Flavius J., 1920. 4. *W. Weber* J. und Vespasian, 1921. 5. *H. Guttmann* Die Darstellung der jüd. Religion bei Flavius J., 1928. 6. *H. St. J. Thackeray* J., the Man and the Historian, 1929. 7. *S. Rappaport* Agada und Exegese bei Flavius J., 1930. 8. *J. F. Foakes-Jackson* J. and the Jews, 1930. 9. *J. Gutmann* Encycl. Jud. 9, 1932, 394–420. 10. *A. Schlatter* Die Theologie des Judentums nach dem Bericht des J., 1932. 11. *A. Schalit*, Klio 26, 1933, 67–95. 12. *G. Ricciotti*, Atti del XIX Congr. internaz. degli Orient., 1938, 464–470. 13. *M. Gelzer*, H 80, 1952, 67–90. 14. *H. Petersen*, AJPh 79, 1958, 259–274. 15. *R. J. H. Shutt* Studies in J., 1961. 16. *T. Frankfort*, RBPh 39, 1961, 52–59. 17. *A. Pelletier* J. adaptateur de la lettre d'Aristée, 1962. 18. *N. G. Cohen*, Jew. Quat. Rev. 54, 1963/64, 311–332. 19. *J. A. Williamson* The World of Flavius J., 1964. 20. *A. Schalit*, Annual Swed. Theol. Inst. 4, 1965, 163–188.

Zum altruss. J.: 21. *R. Eisler*, *Ἰησοῦς βασιλεὺς οὐ βασιλεύσας*, 2 Bde., 1929. 1930. 22. *E. Bickermann*, Mél. F. Cumont, 1936, 53–84. 23. *F. Scheidweiler*, ZNW 43, 1950/51, 155–178. 24. *M. Philonenko*, Semitica 6, 1956, 69–73. 25. *A. Rubinstein*, VT 6, 1956, 307f. 26. *Ders.*, Journ. Jew. Stud. 2, 1957, 329–348.

Iotapata (*Ἰωτάπατα*, *Ἰωταπάτη* hebr. *jodpat, jotpat*), Ort in Untergaliläa 10 km n. Sepphoris, h. *ḫirbet ǧefāt*. Laut archäolog. Befund bereits in der späten Bronzezeit besiedelt ([4]), nach rabbin. Überlieferung (Mischna 'Arakin 9,6) schon z. Z. Josuas befestigte Stadt; ident. (?) mit *jotbah* 2. Kön. 21,19 ([5]). Im jüd. Krieg unter Führung des → Iosephos ein Zentrum des antiröm. Widerstandes (Ios. bell. 3,141–288), 67 n. Chr. nach 47tägiger Belagerung durch Vespasian eingenommen und weitgehend zerstört (ebd. 316–338). Als Ort mit jüd. Bevölkerung (u. a. Sitz einer der 24 Priesterklassen [2]) auch später noch bis ins 3. Jh. erwähnt (vgl. babyl. Talmud Zebaḥim 110b; Me'ila 13b). B. Sch.

1. *Schürer* 1, 1901$^{3.4}$, 611–613. 2. *S. Klein* Beitr. zur Gesch. und Geogr. Galiläas, 1909, 50. 3. *G. Dalman*, Paläst.-Jb. 8, 1912, 40–43. 4. *A. Saarisalo* Journ. Palest. Orient. Soc. 9, 1929, 37. 39. 5. *Abel* Géographie 2, 1938, 366.

Iotape. 1. Tochter des Antiochus IV. Epiphanes von Kommagene und dessen Schwester und Gattin I., vermählt mit Alexander, den Vespasian zum König eines Gebietes in Kilikien machte, Ios. ant. 18, 140. **2.** Stadt in Kilikien, nach Nr. 1 benannt, n. von → Selinus gelegen (Plin. nat. 5,92 [Thebe?]. IGR III 831). R. H.

W. M. Ramsay As. min. 373. *D. Magie* Rom. Rule As. Min. 2 p. 1408 not. 30.

Iotapianus = *imp. Caes. M. F . . . Ru . . . I. Aug. praef. praet. rectorq. Orientis*, CIL III 14149^{5}, als solcher von den Truppen wahrscheinlich in Syrien zum Gegenkaiser des Philippus Arabs 248 ausgerufen, Zos. 1,20,2. Aurel. Vict. Caes. 29,2, aber 249 getötet, Zos. 1,21,2. Mz., RIC IV 3 p. 105, s. R. Delbrück Münzbildnisse p. 84f. Barbieri Alb. senat. 405 Nr. 17. B. M. Felletti-Maj, Iconogr. p. 186f. Tav. XXVIII 90. R. H.

Iovianus Flavius (Dess. ILS 756/57), röm. Kaiser 363/64. * ca. 331 im Gebiet von Singidunum (Eutr. 10,18. Ps. Aurel. Vict. epit. 44. Amm. 25,10,13); I. war Christ, heiratete die Tochter des mag. equitum Lucilianus und hatte 2 Söhne. 361 war I. protector domesticus, und als er am 27. Juni 363 dank des Ansehens seines Vaters Varronianus vom Heer zum Kaiser erhoben wurde, hatte er die Stellung eines primicerius domesticorum erreicht (Amm. 21,16,20f. 25,5). Da sich bei dem von seinem Vorgänger → Iulianus begonnenen Perserkrieg immer mehr Schwierigkeiten einstellten, mußte sich I. bald in Verhandlungen mit dem Perserkönig Sapor II. einlassen und bei Abschluß eines 30jährigen – von den Römern als schändlich empfundenen – Friedens auf alle Gebiete jenseits des Tigris verzichten (Amm. 25,6f. Zos. 3,30f. Themist. or. 8,119. Rufin 11,1. Honigmann Die O.-Grenze des byz. Reiches, 1935, 5ff.). – Der Kirche gab I. alle Privilegien zurück. Anfänglich ergriff er auch Maßnahmen gegen die Heiden, ließ sich dann aber, vielleicht unter dem Eindruck der sofort wieder drastisch hervortretenden Zerwürfnisse unter den Christen, zur Toleranz bewegen (Theodoret. 4,2.4. Sokr. 3,24f. Sozom. 6,4–6. Themist. or. 5,67ff. Liban. epist. 1436). Über Edessa und Antiochia zog I. nach Ankyra, wo er am 1. Jan. 364 das Konsulat antrat (Themist. or. 5). Ohne die Gelegenheit, eine umfassendere Regierungstätigkeit zu entfalten, starb I. am 17. Febr. 364 auf dem Weg nach Constantinopel in Dadaszana (Sokr. 3,26; mit Charakteristik des Kaisers: Amm. 25,10, 12ff.). – Mz. Porträt: R. Delbrueck Spätant. Kaiserporträts, 1933, 26f. 88f. Stein I 170ff. A. L.

Iovinus 1. Flavius, Consul 367, Christ (CIL XIII 3256), 361 magister equitum → Iulians (Amm. 21,8.12. 22,3), 363 mag. militum per Gallias (Amm. 25,8,11. 10,6ff. 26,5). 366 besiegte I. die Alamannen an der oberen Mosel (Amm. 27,2); wohl ident. mit jenem I., dem der Vater → Theodosius d. Gr. in Britannien nachfolgte (Amm. 28,3,9). **2.** I., Gallier, wurde 411 durch den Alanen Goar und den Burgunder Gunthiarius veranlaßt, in Mundiacum den Purpur zu nehmen; mit Alanen, Burgundern, Alamannen und Franken zog er gegen → Arelate (Greg. Tur. 2,9). Weite Teile Galliens und Britanniens fielen ihm zu (vgl. Cohen emp. 8,202). I. suchte Kontakt mit dem Goten → Athaulf (s. I 1544), geriet aber in Konflikt mit ihm. Athaulf besiegte I., der praef. praet. → Dardanus tötete ihn (Greg. Tur. a. O. Olymp. frg. 17.19. Oros. 7,42,6. Chr. min. 1,466 und 54). A. L.

Iovis epulum. Götterbewirtung, wohl nach Art eines → lectisternium. An den Iden des November, während der ludi plebei, seit dem 3. Jh. durch Liv. bezeugt (Stellen bei Latte RRel 377). Erst die kaiserzeitlichen Kalender bezeugen ein I. e. auch an den Iden des September, während der ludi Romani (CIL I^2 S. 329). Beteiligt waren auch Iuno und Minerva, also die ganze kapitolin. Trias (Val. Max. 2,1,2). Für Teilnahme des Senats sprechen Gell. 12,8,2. Cass. Dio 39,30,4, vielleicht auch Liv. 38,57,5. Mommsen RF 2,45,4 meint, erst in der Kaiserzeit sei das I. e. in die ludi Romani eingedrungen, während Kroll, RE IX 2013, daraus, daß die Feier auf dem Capitol stattfand und der Festtag des capitolin. Tempels der 13. September war, schloß, daß das im September gefeierte I. e. das urspr. war. – Iuppiter hat vom I. e. den Beinamen → Epulo. W. E.

Iovius. 1. Seit 287 Beiname Kaiser → Diocletians, angenommen nach seinem angeblichen Vater Iuppiter, vererbt auf die von ihm adoptierten Kaiser → Galerius, → Maximianus, → Maximinus Daia und → Licinius (Paneg. lat. 5,4. Lact. de mort. pers. 52. Dess. ILS 620f. 634. 658f.). **2.** I. (᾿Ιοβῖνος), Bruder des Olympius, hervorragender Redner, 357 am Hof des → Constantius (2), 358 in Palaestina (Liban. epist. 554.577). → Iulian ernannte ihn zum quaestor sacri pal. (Amm. 21,8. 22,8,49. Cod. Theod. 11,39,5). 364, vielleicht auch 365, war I. praefectus urbi Const. (Cod. Theod. 14, 17,1. 17,15,3. Liban. epist. 1148.1194.1235.1503 u. ö.). **3.** I., 405 praef. praet. Illyrici, war dort aber wohl von → Alaricus abhängig (Soz. 8,25. 9,4. Zos. 5,48). 409 praef. praet. Italiae (Cod. Theod. 2,8,25. 16,5,49) und patricius, zwang er durch Inszenierung einer Militärrevolte → Honorius, verschiedene Berater zu entlassen. Selbst kaum zum Frieden bereit, führte I. 409 vergebliche Verhandlungen mit → Alaricus (Zos. 5,47–49). 410 lief I. zu Attalus (o. I 1545) über, bewegte aber dann Alaricus zu dessen Absetzung (Olymp. frg. 131. Tos. 6,8f.). An I. gerichtet: Symm. epist. 8,30.50. 9,59). A. L.

Iphianassa (᾿Ιφιάνασσα). **1.** Tochter des Argivers Proitos und der Stheneboia, mit ihren Schwestern Lysippe und Iphinoe wegen Mißachtung des Dionysos oder der Hera (Hes. frg. 27 Rz. Akusilaos frg. 14) von Wahnsinn ergriffen. Als Lohn für die Heilung seiner Töchter und der anderen argiv. Frauen gab Proitos I. dem Seher Melampus zur Frau. Apollod. 2,26ff. **2.** Tochter Agamemnons und Klytaimestras, Hom. Il. 9,144f. 286f. Kypr. frg. 12 K. Soph. El. 157. Lucr. 1,85. Bei Eur. Or. 23 ist für I. → Iphigeneia eingetreten, die schon die Kyprien als 4. Tochter hinzugefügt hatten. H. v. G.

Iphianeira (᾿Ιφιάνειρα). **1.** Tochter des argiv. Königs Megapenthes, von der dasselbe erzählt wurde wie von → Iphianassa (Nr. 1). Diod. 4,68,4. **2.** Schwester des → Amphiaraos. Diod. a. O. 5. H. v. G.

Iphidamas (᾿Ιφιδάμας). Sohn des Troers Antenor und der Theano, der bei seinem Großvater in Thrakien aufwuchs und dessen Tochter, seine Tante, heiratete. Zum Kampf gegen die Griechen stellte er 12 Schiffe. Beim Versuch, Agamemnon zu verwunden, fiel er durch dessen Hand. Il. 11,221ff. Hyg. fab. 113. Der Kampf um seine Leiche war auf der Kypseloslade dargestellt, Paus. 5,19,4. W. Kullmann H(E 14) 178. 277,1. H. v. G.

Iphigeneia (Ἰφιγένεια). Urspr. eine Sonderform der ägäischen »Großen Göttin«, als Epiklese oder als Priesterin der Artemis weiterlebend, dann eine Hauptfigur in der att. und in der Atridensage. In → Brauron brachte man ihr die Kleider der im Wochenbett verstorbenen Frauen dar. Eur. I. T. 1462ff. Ihr Grabheiligtum lag nahe bei dem Tempel der → Artemis Brauronia, im benachbarten Halai Araphenides Tauropolos (»Rossetummlerin« genannt, Deubner Att. Feste 208f., Paus. 1, 23,7 (Ταυρική); 33,1, bei den Ausgrabungen festgestellt. Auch in Megara befand sich ein Heroon mit ihrem Grabe, Paus. 1,43,1, der einen arkad. λόγος hinzufügt, sie sei bei der Opferung in Aulis von Artemis zur Hekate gemacht worden (vgl. Hes. katal. Stesich. Kiellberg, RE IX 2594) und auf Hdt. 4,103 verweist, sie sei mit der Menschenopfer heischenden Göttin Παρθένος bei den Taurern (Krim) identisch (Partheneia Nilsson Griech. Feste 258). In Hermione wurde eine Artemis I. verehrt, Paus. 2,35,1. In Aigeira stand im Artemistempel ein altes Bild der I., die von den Bewohnern als urspr. Inhaberin des Tempels bezeichnet wurde, Paus. 7,26,5. – Zu der Verknüpfung von Brauron und Taurien trug außer der Namensähnlichkeit der Tauropolos und der taurischen Artemis noch ein brauronischer Kultbrauch bei, der an alte Menschenopfer erinnerte: am Fest der Göttin mußte sich ein Mann durch einen Einschnitt am Halse einige Blutstropfen abzapfen lassen. Eur. T. 1458f. Das Kultbild der Artemis in Brauron wurde von den Persern entführt und gelangte später nach Laodikeia (Syrien), Paus. 3,17,8 Die att. Kultsage erzählte von einer früheren Entführung desselben zusammen mit att. Jungfrauen durch pelasgische Lemnier. Damit sind schon einige Anknüpfungspunkte für die in den Kyprien und von den Tragikern, bes. Eur., gestaltete Sage gegeben. Neben der üblichen Fassung, daß I. eine der Töchter Agamemnons und Klytaimestras war, gab es die andere, daß sie ein Kind von Theseus und Helene war und daß Helene sie im att. Aphidna geboren und ihrer Schwester Klytaimestra in Argos überlassen habe, die sie als eheliches Kind von Agamemnon ausgab und aufzog. Paus. 2,22,7 (Stesich. Lykophr. Euphor.). Ihre Opferung in Aulis wurde neben der Hybris Agamemnons und dem Spruch des Kalchas auch durch ein altes Gelübde Agamemnons, die schönste Jahresfrucht zu opfern, motiviert. Wilam. GldH 1,177f. Kennt die Il. I.s Opferung? Aristarch hielt Iphianassa Il. 9,144f. (vgl. Soph. El. 157. Lucr. 1, 85) für identisch mit I., bestritt also Hom.s Kenntnis dieser Sage. In der Tat ist ein Nebeneinander zweier Töchter mit den ähnlichen Namen I. und → Iphianassa sonderbar. Doch findet sich dieses Kypr. frg. 12 Ki. (14 Bethe, 15 Allen), das 4 Töchter Agamemnons kennt. Näheres Heubeck, DLZ 75, 1954, 207f.; G 71, 1964, 63. W. Kullmann H(E 14) 267ff., G 72, 1965, 200. Welche Sagenzüge und Motive in den beiden I.-Dramen des Eur. dem Dichter zuzuschreiben sind, welche er vorgefunden hat, ist nicht eindeutig zu beantworten. Grundlegend Wilam. H 18, 1883, 261ff.; abweichend F. Altheim Griech. Götter im alten Rom 105ff. Zahlreiche Orte beanspruchten, das von Orestes zurückgebrachte echte Kultbild der Artemis zu besitzen: außer Brauron (und Halai) Sparta (Paus. 3,16,7f.), Argos (1,33,1), Aricia in Latium (Serv. Aen. 2,116), das kappadok. und pont. Komana (Strab. 12,535.537) u.a. Ob in allen diesen Orten alter Kult der I. vorauszusetzen ist, bleibt fraglich. Hyg. fab. 121 (Thoas verfolgt I. und Orestes bis zur Insel Zminthe und wird dort von deren Halbbruder → Chryses (Nr. 2), erschlagen) geht wahrscheinlich auf ein Drama des Soph. zurück, desgl. fab. 122 (Zusammentreffen von I. und Orestes in Delphoi mit Elektra, die nach der Thronbesteigung des → Aletes (Nr. 2) in Mykenai dort Rat sucht). Nach Nikandros (Ant. Lib. 27), bei dem übrigens I. von Artemis nicht in eine Hinde, sondern in einen jungen Stier verwandelt wird, wird sie später als Göttin Orsilochia auf die Insel Leuke versetzt, um Gefährtin des seligen Achilleus zu sein. – Ov. behandelt I. mehrfach: met. 12,24ff. 13,181ff.; trist. 4,4,63ff.; Pont. 3,2, 43ff. – Bekannte Darstellungen des Opfers in Aulis in Pompeji, »unverdient berühmt« L. Curtius Wandmalerei 290ff. Taf. 5. Baum. Denkm. 1,755. Abb. 807, ebd. die Haarweihe vor der Opferung, Kiellberg a.O. 2618; diese auch als Relief auf der neuatt. »Ara des Kleomenes«, Baum. Denkm. 1,754f. Abb. 806. H. v. G.

Prell.-Rob. 1,303. *K. Hönn* Artemis, 1946. *S. Fazio* I. nella poesia e nell' arte figurata, Palermo 1932. *E. Philipp* Die I.-Sage von Eur. bis G. Hauptmann. Diss. (masch.), Wien 1948.

Iphikles (Ἰφικλῆς, auch Ἴφικλος). Sohn Alkmenes von Amphitryon, Zwillings(halb)bruder des Herakles, für dessen Heldentum er als Folie dient. Er flieht vor den Schlangen, die Herakles würgt (Pherekyd. frg. 69 Jac.). Teilnehmer an der kalydon. Jagd und am Troiazug des Herakles (Diod. 4,49,3). Vater des Iolaos von Automedusa, der Tochter des Alkathoos. Nach dem Kampf gegen Erginos bekommt Herakles die ältere Tochter Kreons, Megara, I. die jüngere zur Frau. Im Wahnsinn wirft Herakles auch 2 Kinder des I. ins Feuer (Apollod. 2,62.70.72). I. fällt im Kampfe gegen die Söhne des Hippokoon (Apollod. 2,145) oder stirbt in Pheneos, wohin er nach einer Verwundung im Kampf gegen die Molionen gebracht wurde und wo er ein Heroon erhält (Paus. 8,14, 9f.). Primär ist I. wohl Heros von Pheneos, erst sekundär in die Heraklessage gezogen. – Über sein Verhältnis zu Eurystheus (Hes. Asp. 89): Wilam. Eur. 50. H. v. G.

Iphiklos (Ἴφικλος). **1.** Sohn des Phylakos (oder Kephalos, Paus. 10,29,6) und der Klymene, Gatte der Diomede (oder Astyoche), Vater des

Podarkes und Protesilaos, aus Phylake am Othrys. Hom. Il. 2,704ff. 13,698. Od. 11,289ff. 15,225ff. Phylakos versprach dem Seher Melampus eine große Rinderherde, wenn er I. von seiner Kinderlosigkeit befreie. Paus. 4,36,3. Apollod. 1,98ff. KERÉNYI Die Heroen der Griechen 367f. Guter Läufer in Wettspielen, Il. 23,636. Hes. frg. 117. Paus. 5,17,10. **2.** Sohn des Thestios, Teilnehmer an der kalydon. Jagd und am Argonautenzug. Apollod. 1,62. 72. 113. Apoll. Rhod. 1,201. H. v. G.

Iphikrates. 1. Athener aus Rhamnus, prominenter Kondottiere in der 1. Hälfte des 4. Jh. v. Chr. Im Korinth. Krieg übernahm er 393 das Kommando über die von Konon angeworbenen Söldner und schuf daraus ein hervorragend ausgebildetes Korps von Peltasten, die infolge leichterer Bewaffnung beweglicher waren als die Hopliten. Eine andere militär. Neuerung des I. war das dauernd befestigte Lager. (Diod. 15,44. Nepos, Iph. 1,3f.) 392 unternahm er Streifzüge bis tief in die Peloponnes hinein, bes. nach Arkadien, 390 vernichtete er mit seinen Peltasten eine spartan. Mora bei Korinth (Xen. hell. 4,4,15–5,17. Diod. 14,91,2). 388/87 kommandierte er erfolgreich am Hellespont (Xen. hell. 4,8,34ff.), bis ihm → Antalkidas die Seeherrschaft entriß. Danach kämpfte I. mit Erfolg im Dienst des Thrakerkönigs → Kotys, dessen Tochter er heiratete und von dem er die Städte Drys und Antissa erhielt (Demosth. 23,132). 374/373 war er im Auftrag Athens Söldnerführer unter dem pers. Satrapen Pharnabazos gegen Äg. I. siegte über die Ägypter (Diod. 15,42,4f.), überwarf sich aber dann mit Pharnabazos und kehrte nach Athen zurück. 372 leitete er zusammen mit → Chabrias eine athen. Flottenexpedition ins Ion. Meer, 370/69 leistete er als Stratege den Spartanern wenig wirksame Hilfe gegen die Boioter, 365 zog er sich grollend nach Thrakien zurück, 360 kämpfte er sogar mit Kotys gegen Athen, überwarf sich dann aber auch mit diesem. 357/56 war er im Bundesgenossenkrieg wieder athen. Stratege. Wegen seiner zögernden Kriegführung von → Chares des Verrats angeklagt, wurde er zwar freigesprochen (Diod. 16,21,1ff.), mußte aber Chares trotzdem weichen. Wenig später starb er. **2.** Sohn von 1, einer der griech. Gesandten, die Alexander d. Gr. 333 im Lager Dareios' III. bei Issos vorfand (Arr. an. 2,15,2.4). Fr. Kie.

Iphimedeia (Ἰφιμέδεια, auch Ἰφιμέδη). **1.** Tochter des Triops, Gattin des Aloeus, Geliebte Poseidons, dem sie die → Aloaden, Otos und Ephialtes, gebar. Hom. Od. 11,304. Pind. P. 4,89. Apollod. 1,53. Hyg. fab. 28. Sie und ihre Tochter Pankratis (Pankrato) wurden in die Vorgesch. von Naxos verwoben, Diod. 5,50f. Parthen. 19. Die Aloaden setzen den Thrakern nach, die ihre Mutter und Schwester nach Naxos entführt haben, und befreien I., während Pankratis umkommt. Paus. bezeugt I.s Grab in Anthedon, ihren Kult im kar. Mylasa, ihr Bild von Polygnotos in Delphoi, 9,22,

5. 10,28,8. I. war wahrscheinlich eine bedeutende chthon. Göttin; ihr Name paßt dazu. **2.** Verwandlung einer I. in Artemis Enodia ist neuerdings bei Hes. bezeugt: POxy 28, ed. Lobel, 1962, Nr. 2075 und 2481. Es ist eine andere Fassung der Verwandlung der → Iphigeneia in Hekate (Stesichoros). H. v. G.

Iphinoe (Ἰφινόη). **1.** Megarische Heroine, an deren Grab die Mädchen vor der Hochzeit ihr Haar opferten. Sie galt als frühverstorbene Tochter des Alkathoos, Paus. 1,43,4. Mit ihr hängt I., die Tochter des Nisos und Gattin des Megareus, zusammen, Paus. 1,39,6. **2.** Älteste Tochter des Proitos, die bei der Verfolgung durch die Leute des Melampus im Wahnsinn starb, während die beiden jüngeren geheilt wurden. Apollod. 2,26. 29. S. Iphianassa. H. v. G.

Iphion. Korinther, Maler, den wir aus 2 Epigrammen (Anth. Pal. 9,757. 13,17) kennen. OVERBECK Die ant. Schriftquellen Nr. 1971/72 setzte ihn ins 4. Jh. v. Chr.; da jedoch das eine Epigramm ant. dem Simonides zugeschrieben wird, schwankte BRUNN Gesch. der griech. Künstler 2,57 zwischen frühem und spätem 5. Jh., während A. REINACH Recueil Milliet (1921) Nr. 68/69 und LIPPOLD, RE IX 2023 sich für die 1. Hälfte des 5. Jh. entschieden haben. W. H. G.

Iphis (Ἶφις, Kurzform für Ἴφιτος oder ähnl.). I. Heroen: **1.** König von Argos, Sohn des → Alektor, Apollod. 3,60. 63. 79. Paus. 2,18,4f. 10,10, 3. Eur. Suppl. 1032ff. Vater der Eriphyle, Gattin des → Amphiaraos; der → Euadne (2), Gattin des Kapaneus; des → Eteoklos, der vor Theben fiel; der Klymene, Mutter des → Iphiklos. **2.** (auch Iphiklos genannt). Verschmähte die Liebe der → Harpalyke (Nr. 3). **3.** Kyprier aus Salamis, ein armer Liebhaber der vornehmen Anaxarete, der, abgewiesen, sich vor ihrer Tür erhängt. Die Hartherzige, die seiner Bestattung zusehen will, wird versteinert. Ov. met. 14,698ff. Motivparallele bei Ant. Lib. 39 (Hermesianax): Arkeophron und → Arsinoe (Nr. 5). JOH. DIETZE Komposition und Quellenbenutzung in Ovids Met., Hamburg 1905, 35. USENER Legende der Pelagia XXII. **4.** Vater des Lygdos in Phaistos (Kreta), Großvater der Iphis (II 3). Ov. met. 9,676.

II. Heroinen: **1.** Mutter des Neoptolemos von Achilleus (= Iphigeneia), Lykophr. 323. **2.** Sklavin des Patroklos, aus Skyros, ein Geschenk Achills, Il. 9,667, auf Polygnots Iliupersis dargestellt, Paus. 10,25,4. **3.** Tochter des Lygdos und der Telethusa in Phaistos, als Knabe aufgezogen, weil der Vater geboten hatte, wenn ein Mädchen geboren würde, dieses zu töten. Vom Vater mit Ianthe verlobt, wurde sie vor der Hochzeit auf das Gebet der Mutter von Isis in einen Jüngling verwandelt. Die Geschichte wird nur von Ov. met. 9,666ff. erzählt; doch findet sich bei Ant. Lib. 17 (Nikandros) eine Parallelsage mit anderen Namen, → Galateia (Nr. 2). H. v. G.

RE Suppl. V 558f. Ov. Met., hg. u. übers. v. *H. Breitenbach*, Zürich 1958, zu 9, 724.

Iphitos (*Ἴφιτος*). **1.** Sohn des Eurytos von Oichalia, von Herakles getötet, weil dieser mit seinen Söhnen (I. ausgenommen, Apollod. 2,128) ihm → Iole vorenthielt. Die Sage erzählen Hom. Od. 21,14ff. (danach ist der Bogen des Odysseus ein Gastgeschenk des I., der ihn von seinem Vater erhalten hatte), das verlorene Epos *Οἰχαλίας ἅλωσις*, ferner Soph. Trach. 225ff., Diod. 4,31, 2ff. Apollod. 2,127ff. I. kommt auf der Suche nach seinen Stuten zur Burg Tiryns, wo Herakles ihn auf den Mauern herumführt und dann von einem Turm herabstürzt. – I. als Argonaut Apoll. Rhod. 1,86.

Darstellung auf rf. Amphora aus Vulci: *Furtwängler* Myth. Lex. 1,2206. *Kerényi* Heroen der Griechen 205.

2. Phoker, Sohn des Naubolos, Vater des Schedios und des Epistrophos, die phok. Mannschaften vor Troia führten. Beide fielen, Il. 2,517. 17,306ff. Lykophr. 1067. Doch s. Paus. 10,4,2. 30,8. 36,10. – I. als Argonaut Apoll. Rh. 1,207. **3.** König von Elis, Sohn des Haimon (oder Iphitos), dem man die Wiederherstellung der Olymp. Spiele, die Einführung des olymp. Gottesfriedens und des Herakleskults zuschrieb, Paus. 5,4,5f. 9,4, auch den Ölzweig als Siegespreis, Phlegon FHG 3,604. Auf einem von Aristoteles hervorgezogenen Diskos mit im Kreise herumlaufender Inschr. kamen angeblich die Namen I. und Lykurgos vor. Paus. 5, 20,1. Der dadurch nahegelegte Synchronismus dieser beiden rief schon im Alt. manche chronolog. Verwirrung hervor, unnötigerweise, da wenigstens I. eine Sagengestalt ist. MEYER Forsch. 1,240. Vor dem Zeustempel in Olympia stand nach Paus. 5, 10,10. 26,2 eine Statue des I., den Ekecheiria, die Personifizierung des Festfriedens, bekränzt, mit einem Epigramm. H. v. G.

Iphthime (*Ἰφθίμη*). Tochter des Ikarios, Schwester der Penelope, Gattin des Eumelos von Pherai, Od. 4,797. Ihr Schattenbild ließ Athena der Penelope erscheinen. H. v. G.

Ipsos. Ort im mittleren Phrygien (App. Syr. 35. Arr. an. 7,18,5. Plut. Demetr. 28f. 33; Pyrrh. 4,4) unbestimmter Lage, jedenfalls in der Nähe von → Synnada, nach W. M. RAMSAY (The histor. geogr. of Asia Min., 1962, 140.434) ident. mit dem röm. Iulia (Tab. Peut. *Iullae*, h. Tschai; K. MILLER Itin. Rom. S. 721 mit Skizze Nr. 227, 689f.), am Abhang des Sultan Daglari; bekannt lediglich durch die große Schlacht vom J. 301, in der → Antigonos (1) den verbündeten Diadochenkönigen unterlag und fiel. H. T.

A. Forbiger HB der alten Geogr. 2,354. *Ruge*, RE IX 2031. Gr. Hist. Weltatl. I, S. 20b. Atl. of the World II, Pl. 36.

Ira s. Hira

Irenaeus s. Eirenaios

Iria. Ligur. Ort der 9. Region, in der Mitte der Strecke Genua–Cremona der 148 v. Chr. erbauten Via Postumia, 10 m. p. n.ö. von → Dertona, h. Voghera. Plin. nat. 3,49. Itin. Anton. 288. Ptol. 3,1, 35 (irrig den Taurinern zugewiesen). Inschr. *Colonia Forum Iulium Iriensium* CIL V 785. 7375. Name nach dem Iriafluß (h. Scrivia, nicht Staffora P. FRACCARO Opuscula 3, 1957, 125,2), Forum wohl seit Augustus, seit wann Colonia, unbekannt. NISSEN It. Ldk. 2,159. G. RADKE, Klio 42, 1964, 306. 316 (Karte). H. V.

Iris (*Ἶρις*, »Regenbogen«, Etym. FRISK). **1.** Die Ilias trennt scharf zwischen dem Appellativum – mit volkstümlichen Vorstellungen: 11,27 Schlange, 15,547 Band, Fahne; unheilvolles Vorzeichen als Vorbote dauernden Regenwetters (Verg. georg. 1,380. Ov. met. 1,270) – und der Götterbotin, die von Göttern und Menschen, bis ins tiefe Meer und in die Unterwelt gesandt wird, aber auch selbständig als Helferin der Götter zu Göttern u. Menschen handelt (Achilleus 23,198), teils in göttlicher, teils in menschlicher Gestalt; Attribute u. a. *ἀελλόπος, χρυσόπτερος*. Hes.' Genealogie (theog. 265.780) setzt dagegen die physikalische und die göttliche Erscheinung in eins, der Name des Vaters Thaumas betont das Wunderbare, der der Mutter, der Okeanine Elektra, die Elemente von Licht und Wasser. Schwestern der I. sind die Harpyien. Alkaios frg. 8 D (ed. Treu S. 28) macht Eros zum Kind von Zephyros und I.; vgl. Il. 23,200f. In der Od. hat Hermes als Götterbote I. verdrängt; die Rolle der I. verrät sich aber in der etwas despektierlichen Benennung des Bettlers → Iros (2). Satyrdrama und Komödie versetzen I. gern in burleske Situationen. In hellenist. Dichtung (Kall. Theokr.) ist I. persönliche Dienerin Heras. Die röm. Dichter lassen bei I. die Naturerscheinung durchschimmern: der Regenbogen ist der von I. zurückgelegte Weg (Verg. Aen. 4,693. Ov. met. 11, 631) oder ihr buntschillerndes Gewand (Ov. met. 11,589): daher Attribute wie *aëria, roscida*. Darstellungen im Giebel und im Fries des Parthenon sowie auf Vasen, stehend oder schwebend. Ein Kult der I. ist kaum bezeugt. Eine richtige griech. Göttin ist sie nicht geworden; WILAM. GldH 1, 258f. vermutet kar. Ursprung. H. v. G.

Kern Die Religion der Griechen 2,16f.

2. I. (*ἶρις*) Schwertlilien, Pflanzen zu der Familie der Iridaceae gehörig, deren wohlriechender Wurzelstock – im ganzen oder zerkleinert oder das aus ihm gewonnene Öl – im Alt. mannigfach verwendet wurde: zum Würzen von Wein oder Mostsaft oder Speisen, zum Konservieren des Weines, als Beigabe zum Pech beim Verpichen von Weinfässern und medizinisch auf vielfältige Art: magisch (zum Daraufbeißen bei zahnenden kleinen Kindern) und als Öl zum Einnehmen oder Einreiben oder als einzunehmendes oder aufzustreuendes Pulver gegen allerlei Leiden. Eingehende Behandlung der Formen, Blütezeiten, der landschaftlichen Verteilung mit Beurteilung des Wertes der verschiedenen Arten (Adriagebiet, Illyrien, Makedonien, Thrakien, Leukas, Elis, Korinth, Kyzikos, Pamphylien, Kilikien), der Anpflanzung, Gewinnung, Verarbeitung usw. bes. bei → Theophrast (h. plant. sowohl wie c. plant., auch de odor.), → Dioskurides mat. med. 1,1 ff. und Plin. nat. passim. Reiches Belegmaterial, bes. aus landwirtschaftlicher und medizinischer Lit. bei Stadler, RE IX 2043–45. K. Z.

3. *Ἶ.*, ein Fluß in Kleinasien, der in das Schwarze Meer mündet, h. Yeschíl-Irmák, sein Oberlauf Tozanlý-Sú. Xen. an. 5,6,9. 6,2,1. Strab. 12,547. 556. 561. Ptol. 5,6,2. Apoll. Rhod. 2,368. 993. Arr. Peripl. P. Eux. 22. Anon. Per. P. Eux. 28. Chr. D.

Ruge, RE IX 2045. *Σ. Ε. Λυκούδης Μεγ. Ἑλλην. Ἐγκυκλ.* 8,258.

Iros (Ἶρος). **1.** Heros aus Opus (oder Phthia), Vater des Argonauten → Eurytion, den Peleus unabsichtlich tötete. Die ihm zur Sühne angebotene Schaf- und Rinderherde lehnte I. ab. Ein Wolf fraß sie und wurde in Stein verwandelt. Ant. Lib. 38 (Nikandros). Vgl. Apollod. 3,160. **2.** Botengänger und Bettler aus Arne, der auf Ithake lebte und von Odysseus im Faustkampf besiegt wurde, Od. 18, 6. 239. 393. Hyg. fab. 126. Ov. trist. 3,7,42. H. v. G.

Is. Gräzisierter Name der akkad. Stadt It(u) am Euphrat (arab. *Hīt*). I. berühmt wegen seiner Bitumenquellen (Karte bei Forbes Ancient Technology 1^2 2; s. a. 16); Reflex bei Hdt. 1,179; Bitumen seit dem 3. Jt. als Mörtel, für Gefäßdichtung und Kalfaterung. Akkad. *ittû* »Rohbitumen« wohl von I. abgeleitet. Zusammenhang mit sumer. *íd* »Fluß« (A. Poebel, Ztschr. f. Assyriol. 39, 145) wohl nur volksetym. Eine Städteliste aus Assur gleicht I. mit Tuttul (Landsberger, Ztschr. f. Assyriol. 41,226); doch ist unsicher, ob das schon im 21. Jh. (Ur III) genannte T. gemeint. Griech. und röm. Lit. zu I. s. Weissbach, RE IX 2047 f. Art. Is. D. O. E.

Lit.: *I. J. Gelb*, Am. Journ. of Sem. Lang. 52,75. *A. Goetze*, Journ. of Near East. Stud. 12,114 ff.; Chicago Assyr. Dictionary 7,311 f.

Isagogische Literatur (*εἰσαγωγαί*). Werke, die der Einführung in eine Wissenschaft oder prakt. Tätigkeit dienen. Es ist schwierig, dieses seit hellenist. Z. überaus verbreitete Schrifttum von sonstiger fachwissenschaftlicher Kompendienlit. abzugrenzen. Der Titel hat keine wesentliche Bedeutung. Er pflegt im Griech. *εἰσαγωγή*, *ἐγχειρίδιον*, *στοιχεῖα* / *στοιχείωσις*, *ὅροι* oder sonstwie zu lauten; lat. Autoren verwenden u. a. die Ausdrücke *institutiones* (s. u.), *regulae*, *definitiones*, *instructio*, *introductio* (Isid. orig. 2,25,1 für *isagoga*; vgl. Ps. Soran. quaest. med. 21. *isagoga* zuerst bei Gell. 1,2,6). Auch die Darstellungsform beweist wenig; das Schema *ars – artifex* ist kein in der i. L. übliches Einteilungsprinzip (so richtig [2.4] gegen [1]. Über die in manchen Disziplinen gebräuchliche Systematik und ihre Methodologie s. [6]). Man muß wohl von der Zweckbestimmung ausgehen, die sei es der Autor, sei es eine Schultradition einem Werke zugewiesen haben. Hiernach ist die i. L. vornehmlich ein didakt. Phänomen; ihr gehören im strengen Sinne nur Schriften an, die innerhalb des mehrstufigen Unterrichtsplanes einer Disziplin der Belehrung von Anfängern dienen. Somit scheiden Werke aus, die wie Vitr. arch. oder Quint. inst. einen Überblick über das Ganze einer Disziplin gewähren, ebenso Hor. ars, ein Lehrgedicht mit künstler. Anspruch (so richtig [5] gegen [1]). Dasselbe gilt wohl auch für sämtliche Schriften, die, sei es für die allg. höhere Bildung, sei es für popularwissenschaftliche Zwecke, für die Einführung von Laien, verfaßt sind. Hierzu gehören die *τέχνη* / *ars* betitelten Werke der Grammatik und Rhetorik sowie die sog. Enzyklopädien eines → Cato (5), → Varro, → Celsus (8) (anders [5]). Die Quellen pflegen denn auch den Ausdruck *εἰσαγωγή* und Verwandtes für das grammat.-rhetor. Schrifttum nicht zu verwenden (s. aber Dion. Hal. ep. ad Amm. 3; zu imit. 2,2 vgl. J. Chr. G. Ernesti, Lex. techn. Gr. rhet., 1795, s. *εἰσαγωγή*). Allerdings waren die Grenzen zwischen eigentlicher i. L. und sonstigen elementaren Kompendien fließend: die »Unterstufen-Werke« eines → Eukleides (3) → Geminos, → Nikomachos u. a. Mathematiker, Astronomen und Musiktheoretiker vermittelten in den »allgemeinbildenden« Schulen für die jeweiligen Disziplinen das gesamte Elementarwissen, das man als zur Bildung (im Sinne des Ideals der *ἐγκύκλιος παιδεία*) gehörig betrachtete; hier pflegte also der »Unterstufe« keine »Oberstufe« zu folgen. Außerdem verwendeten manchmal die Autoren selbst die ihnen durch den Fachunterricht vertraute isagog. Form für die elementare Belehrung von Laien, wie z. B. Nikomachos in seinem *Ἁρμονικὸν ἐγχειρίδιον* (s. Kap. 1); die ebenfalls für einen Laien verfaßte *Εἰσαγωγή* des → Porphyrios (s. Kap. 1: *ὥσπερ ἐν εἰσαγωγῆς τρόπῳ*) wiederum erhielt alsbald einen festen Platz im Lehrplan des neuplaton. Schulbetriebes (s. Ammon. in Porph. isag. praef. p. 20,15 ff. Busse u. a.). Man wird also den Gegebenheiten am ehesten gerecht, wenn man als i. L. lediglich 1. (im engeren Sinne) Unterrichtsbücher für Anfänger, 2. (im weiteren Sinne) elementare Kompendien für Laien ansieht. Außerdem mag man einen Typ von Schriften einbeziehen, der vor allem im lat. Bereich begegnet: er will das für eine prakt. Aufgabe, bes. für ein Amt, erforderliche theoret. oder techn. Rüstzeug bereitstellen (so z. B. der *Commentarius εἰσαγωγικός*, den Varro für Pompeius als designierten Consul anfertigte; hierüber Gell. 14,7, 1–3. Ferner das *Commentariolum petitionis* des Q. Cicero; Cic. ad Q. fr. 1,1; Frontin. aqu.; die zahlreichen Schriften *De officio consulis* / *proconsulis* / *praesidis* usw., s. [3],242 ff. Über chr. Einführungen in priesterliche Aufgaben, in den Mönchs- und Jungfrauenstand u. dgl. s. [5],888 ff.). Es bleibe dahingestellt, ob man auch die für die Praxis z. B.

des Offiziers (→ Asklepiodotos (1), → Vegetius u.a.), des Landwirts (→ Cato, → Varro, → Columella u.a.) oder der Hebamme (→ Soranus, → Mustio) bestimmten Kompendien u.ä. der i. L. zuschlagen darf (so [5]).

Feste Unterrichtstraditionen mit einem mehrstufigen Lehrplan hat es wohl zuerst in der Philosophie, bes. in der Logik, gegeben. Chrysipp ist der früheste bekannte Autor, der für Schriften den Titel εἰσαγωγή verwendet hat (SVF 2, p. 6, 28ff. 7,15f. 7,34f. 3, p.196,17ff. Der Stoiker Eudromos schrieb eine Ἠθικὴ στοιχείωσις [Diog. Laert. 7,39], Poseidonios eine Εἰσαγωγὴ περὶ λέξεως [ebd. 7,60]). Diese philos., vor allem stoischen Einführungen, die von der Gattung der sog. Bekehrungsschriften, dem → Protreptikos, unterschieden werden müssen, haben in der Lit. der Kaiserzeit manchen Reflex hinterlassen (Epikt. 1,29,23. 2,16,34. Gell. 1,2,6. 16,8,1. S. Emp. math. 8,223. 428. 10,216. Hier. ep. 121,10. Cassiod. inst. 2,3,3. Isid. orig. 2,23,3). In der Spätant. dienten außer der Εἰσαγωγή des Porphyrios, die von → Marius Victorinus und → Boethius ins Lat. übersetzt wurde, bes. die aristotel. Kategorien isagog. Zwecken; zudem kamen Einführungen auf, die einen Überblick über Leben und Werk der kanon. Autoren Platon und Aristoteles gewährten (frühestes Beispiel die isagog. Traktate des → Albinos).

Besonderer Pflege erfreute sich die i. L. seit platon.-aristotel. Z. in den mathemat. Fächern; dort verwendete man als Titel außer εἰσαγωγή vor allem die Bezeichnung στοιχεῖα (→ Aristoxenos, → Eukleides). Außer den Genannten verdienen noch → Kleoneides und Bakcheios Geron als Vf. musiktheoret. Kompendien Erwähnung; → Philon von Byzanz schrieb eine Εἰσαγωγή in die Mechanik (nicht erhalten; s. mech. synt. p. 56,12 Th.). Im Lehrbetrieb des mittleren und neuen Platonismus, als man eine gründlichere mathemat.-astronom. Propädeutik forderte, lebte diese isagog. Schriftstellerei, von spekulativen Elementen durchsetzt, wieder auf (→ Theon, → Porphyrios, → Proklos u.a.; ferner → Paulus von Alexandreia). Im lat. Westen dokumentierten sich ähnliche Bestrebungen durch die Schriften *De arithmetica* und *De musica* des Apuleius und bes. durch die erhaltenen Werke des Boethius, die denselben Materien gelten.

In der medizinischen Lit. haben einige Schriften des → Galenos einführenden Charakter (s. ord. propr. libr. 19,54 K.), ebenso die pseudogalen. Traktate Ὅροι ἰατρικοί und Εἰσαγωγὴ ἢ ἰατρός (vgl. hierzu Hier. a.O.); bei Galenos begegnet zuerst der Ausdruck οἱ εἰσαγόμενοι als t.t. für Anfänger des Medizinstudiums (s. a.O. und libr. propr. 19,11 K. Ferner Ps. Soran. op. cit. praef.). Als Kuriosum sei die Einführungsschrift eines anonymen → Physiognomonikers erwähnt, eine lat. Kompilation (Script. physiognom. 2,1 ff. Förster).

Bei den Römern brachte ein gestufter Rechtsunterricht, über dessen spätant. Phase die constitutio *Omnem* 2–5 (Corp. iur. civ. 1, Dig. p. XIVf. Mommsen) belehrt, eine überaus reiche i. L. hervor (s. [3]). Die röm. Juristen verwendeten zuerst den Titel *institutiones* im Sinne von »Einführung« (→ Florentinus (3), → Gaius u.a. Bei Quintilian hat *institutio* noch die allg. Bedeutung »Unterricht«); → Lactantius übertrug ihn auf sein isagog. Werk über den chr. Glauben (s. div. inst. 1,1,12). Außerdem finden sich in der i. L. der Juristen die Titel *enchiridion* (→ Pomponius), *sententiae* (→ Paulus) und bes. *regulae* (außer den Genannten → Ulpianus).

Die christliche Religion bedurfte für ihre εἰσαγόμενοι (Orig. Cels. 3,51 u.ö. Eus. praep. ev. 12,1,4), für die Taufbewerber und Neugetauften, neben der mündlichen Katechese auch einführender Schriften. → Clemens von Alex. konzipierte ein dreistufiges Unterrichtswerk, worin auf einen Protreptikos der Paidagogos als die der εἰσαγωγή entsprechende Stufe folgt. → Origenes trennte während seiner Lehrtätigkeit in Alexandreia Anfänger und Fortgeschrittene; er wies die πρώτη εἰσαγωγή einem Gehilfen zu, während er selbst die ἀκρόασις τῶν ἐν ἕξει übernahm (Eus. h.e. 6,15. Vgl. Orig. Cels. 7,60 u.ö.). Diese Unterrichtspraxis regte → Eusebios (7) an, die nur z.T. erhaltene Καθόλου στοιχειώδης εἰσαγωγή zu verfassen, die älteste chr. Schrift, die diesen Titel trägt; ihr folgte das zweistufige Werk der Εὐαγγελικὴ προπαρασκευή (über deren isagog. Charakter s. 1,1,12) und Εὐαγγελικὴ ἀπόδειξις. Die div. inst. des Lactantius, das erste chr. Einführungswerk des Westens, vereinigten Protreptikos und isagog. Unterweisung. Über weitere einschlägige Schriften, über isagog. Katechesen und Predigten sowie über die *Instructiones* des Niceta von Remesiana u.a. s. [5],881 ff. Seit dem ausgehenden 4. Jh. machte sich auch der Wunsch nach i. L. theolog. Charakters, d.h. nach Einleitungen in die bibl. Hermeneutik, geltend (vgl. Hier. ep. 53); so entstanden der *Liber regularum* des → Tyconius, → Augustins Werk doctr. christ. sowie ähnliche Schriften des → Hadrianus, → Eucherius (3) und → Iunilius. Cassiodor, der, angeregt durch das Vorbild der Hochschule zu Nisibis, dem theolog. Unterricht eine feste organisator. Form zu geben suchte, verfaßte seine inst. als *introductorii libri* (1 praef. 1. 24,1); der 2. Stufe des von ihm entworfenen sechsstufigen Theologiestudiums wies er die genannten Schriftsteller als *introductores scripturae divinae* zu (inst. 1,10,1). M. F.

1. *E. Norden*, H 40, 1905, 508 ff. 2. *J. Börner* De Quintiliani institutionis oratoriae dispositione, Diss. Lpz. 1911, bes. 50 ff. 3. *F. Schulz* History of Roman Legal Science, 1953^{2}, bes. 156 ff. 4. *H. Dahlmann* Varros Schrift De poematis und die hellenist.-röm. Poetik, AAMz 1953, 3,19 ff. 5. *K. Th. Schäfer*, RACh 4,862 ff. (Lit.). 6. *M. Fuhrmann* Das systemat. Lehrbuch, 1960.

Isagoras. Athen. Adeliger, in dessen Familie der Kult des Zeus Karios erblich war (Hdt. 5,66). Nach der Vertreibung des → Hippias übernahm er 510 die Führung der Mehrheit des Adels und zwang mit Hilfe König → Kleomenes' I. von Sparta, seines Gastfreundes, seinen sich auf den Demos stützenden Rivalen Kleisthenes zur Flucht, 508/07 Archon (Marm. Par. A 46), versuchte I., die Macht in die Hände eines aristokrat. Rates von 300 zu legen, wurde aber vom empörten Volk zusammen mit Kleomenes zur Flucht auf die Akropolis und nach 2 Tagen zur Kapitulation gezwungen. I. durfte mit den Spartanern abziehen, seine athen. Anhänger wurden getötet. Bei einem Feldzug zu seiner Rückführung gelangte Kleomenes jedoch nur bis Eleusis. I. wurde hierauf durch Volksbeschluß in Abwesenheit zum Tode verurteilt und sein Besitz konfisziert (Hdt. 5,70–75. Aristot. Ath. pol. 20, Sch. Aristoph. Lys. 273, nach Krateros). Fr. Kie.

Isaios (*Ἰσαῖος*). **1.** Sohn des Diagoras, wohl aus Chalkis/Euboia gebürtiger, somit als Metöke in Athen lebender Logograph und Redelehrer (die Zeugnisse für eine *Τέχνη* bei Radermacher, Artium Script. 190). Die spärliche biogr. Tradition (aus → Hermippos [2] und → Demetrios von Magnesia [24] stammendes Material faßt Dion. Hal. De Is. zusammen; davon und von → Caecilius [III 2] abhängig die späten Viten der Hss., [Plut.] mor. 839 EF, Harpokr., Suda s.v. *Ἰ.* und Phot. bibl. 263) erlaubt keine genaue Festlegung der Lebenszeit. Seine ausschließlich für Erbschaftsprozesse geschriebenen Reden (64, darunter 50 als echt anerkannte: Ps.-Plut. a.O.; davon 11 hsl. und ein Bruchstück bei Dion. Hal. a.O. 17 erhalten) gehören in die 1. Hälfte des 4. Jh. v. Chr. (mit hoher Wahrscheinlichkeit datiert: or. 5 *περὶ τοῦ Δικαιογένους κλήρου* um 389 [dazu F. Caccialanza, RFIC 29, 1901, 54ff. A. Ledl, WS 27, 1905, 147 ff.]; or. 6 *περὶ τοῦ Φιλοκτήμονος κλήρου* um 364 [vgl. A. Nikitsky, Philol. 62, 1903, 339 ff.]; or. 7 *περὶ τοῦ Ἀπολλοδώρου κλήρου* 354/53; or. 11 *περὶ τοῦ Ἁγνίου κλήρου* 359/358; or. 12 *ὑπὲρ Εὐφιλήτου* 344/43, Echtheit bezweifelt L. Gernet, Mél. Desrousseaux, Par. 1937, 171 ff.).

Die Nachwelt zeigte an I. selbst, dessen vorwiegend kleinbürgerliche Kreise betreffenden Reden es naturgemäß an Aktualität fehlte, geringes Interesse. Sein Nachruhm beruht vor allem darauf, daß er als Schüler des → Isokrates (strikte Hiatvermeidung in or. 7,8 und 11) und Lehrer des → Demosthenes galt, der ihn sogar plagiiert haben soll (Theon Progymn. S. 63 Sp.; vgl. A. Tramontano, SIFC N.S. 25, 1951, 169ff.). Als Vertreter des *ἰσχνὸς χαρακτήρ* wurde er Aischines, Andokides und bes. Lysias und Isokrates zugeordnet (Proleg. Syll. S. 213 Rabe; vgl. Hermog. Id. S. 396 R.). Dion. Hal. hebt in seiner feinsinnigen Charakteristik des Redners hervor, man fühle sich versucht, hinter der affektierten Schlichtheit, welcher treuherzige Biederkeit in der Argumentation entspricht, Verschlagenheit zu vermuten (zu I.' raffinierter Technik vgl. [4]; Wyse passim). Die Überlieferung beruht im wesentlichen auf dem Cod. Crippsianus Burneianus 95 (13. Jh.); einige Pap.-Bruchstücke: Nr. 1238 f. Pack^{2}.

Ta.: Ed. princ. Aldina 1513. *Th. Thalheim*, Lpz. 1903. *P. Roussel* Paris ^{2}1960 (m. frz. Übers.). *E. S. Forster*, London-Cambridge 1927 (1957) (m. engl. Übers.).

Komm.: ausgezeichnet *W. Wyse*, Cambridge 1907. Zu einzelnen Reden: 2 und 8 *G. Ammendola*, Napoli 1933; 3 *U.E. Paoli*, Firenze 1935; 9 *G. Patriarca*, Roma 1952.

Index: *W.A. Goligher–W.S. Maguiness*, Cambridge 1961.

Übers.: *K. Münscher*, Zt. f. vgl. Rechtswiss. 37, 1919, 32ff.

Lit.: Älteres bei *K. Emminger* BursJb 152, 1911, 195ff. 1. *Blass* AttBereds. 2,486ff. 2. *R.C. Jebb* Attic Orators 2,261ff. 3. *E. Wolf* Griech. Rechtsdenken 3,2,201ff. 4. *R. Lentzsch* Stud. zu I., Diss. Lpz. 1932. 5. *R.F. Wevers* I., Diss. Wisconsin Univ. 1962. 6. *W.A. Goligher*, Hermathena 14, 1906/07, 183ff.

Sprache und Stil: *W.W. Baden* The principal figures of language... in I., Diss. Baltimore 1906. *H.W. Miller*, CJ 31, 1936, 442ff.

2. I. (*Ἰσαῖος*) *ὁ Ἀσσύριος*, griech. Sophist flav. Zeit, Lehrer des Dionysios von Milet, gerühmt wegen seines Talentes zu improvisieren und einen Sachverhalt in treffender Kürze auszudrükken (Philostr. v. soph. 1,20). Bei einem Aufenthalt in Rom unter Traian machte er auf Plin. d. J. großen Eindruck (epist. 2,3; vgl. Iuv. 3,74). H. Gä.

Christ-Schmid 2,693. *P. Grimal*, Latomus 14, 1955, 370ff.

Isar(a). 1. Nebenfluß der Rhône, h. Isère, entspringt in den Grajischen Alpen als Bergstrom (*torrens* Plin. nat. 3,32; *maximum flumen* Cic. fam. 10,15,3) und durchfließt das Gebiet der Allobroger. Das Gebiet seiner Mündung in die Rhône, oberhalb von Valentia, spielt eine Rolle bei dem Zug Hannibals über die Alpen (Pol. 3,49. Liv. XXI 31) und bei dem Sieg des → Q. Fabius Maximus (34) im J. 121 (Flor. 1,37,4). Strab. 4,185.191. 204. Ptol. 2,10,4. Cass. Dio 37,47. **2.** Nebenfluß der Seine, h. Oise. Auf dem Meilenstein von Tongern (CIL XIII 9158) *Isara*. Itin. Ant. 384 Straßenstation *Briva Isarae* = Pont-Oise (CIL XIII 2, S. 682. 684). **3.** Nebenfluß des Istros, den Strab. 4,207 *Ἰσάρας* nennt. Ohne Zweifel die bayerische Isar, trotz der irrtümlichen Angabe, daß der Fluß aus dem gleichen See komme, wie der *Ἀτησῖνος* (Etsch). M. L.

Isarci (Nissen It. Ldk. 2,211). Raet. Volk, das auf dem Tropaeum Augusti (Plin. nat. 3,136) genannt wird und vermutlich im Tale des Isarcus (cons. ad Liv. 386; vielleicht auch Strab. 4,207) = Eisack wohnte. G. R.

Isaura s. Isauria

Isauria. Bergland im inneren Kleinasien zwischen Pisidien (w.), Lykaonien (ö.) und Kilikien (s.) mit den Hauptorten Ἴσαυρα παλαιά (h. Zengibar Kalesi) und Ἴσαυρα νέα (h. Dor[u]la). Dazu werden von Plin. nat. 5,94 *Clibanus* und *Lalasis*, von Ptol. 5,4,9 Σαύαρτα (ö. von Konya) und Λύστρα (h. bei Khatyn Serai; vgl. Apg. 14,8ff.) genannt, bewohnt von den räuberischen Ἴσαυροι (Zos. 1,69,1; Ἰσαυρεῖς Diod. 18,22; Plin. a.O. *gens Isaurica*). Obwohl erst spät bezeugt (s. noch App. Mithr. 75. Cass. Dio 55,28. Steph. Byz. s. Δέρβη, und Ψίμαδα), waren die Isaurier ein alter, meist freier Stamm, der viele Jh. hindurch die Nachbargebiete heimsuchte. Strab. 12,568 rechnet ihr Land als Ἰσαυρική zu Lykaonien. → Perdikkas zerstörte Ἴσαυρα παλαιά 322 v. Chr. (Diod. 18,22). Pompeius vereinigte 63 v. Chr. I. mit der Provinz Cilicien. P. Servilius erwarb als Prokonsul von Asien 46–44 den Siegerbeinamen Isauricus. Von Augustus wurde I. mit Galatien vereinigt und später Ἴσαυρα παλαιά unter dem Namen *Isaria* oder *Colonia Isauria* (Tab. Peut. Geogr. Rav. 2,17 p. 102; K. Miller Itin. Rom. S. 731f. mit Skizze Nr. 231, S. 710) Station des röm. Straßennetzes. Am E. des Alt. finden wir Isaurier oft in byz. Diensten. Aus ihrem Land stammte der oström. Kaiser → Zeno (474–491). H. T.

A. Forbiger HB der alten Geogr. 2,319f. *W. M. Ramsay* The histor. geogr. of Asia Min. 1962, 17.18.25.47 u.ö. *Ruge*, RE IX 2055f. *Putzgers* Hist. Schul-Atl. 1913, S. 4. Gr. Hist. Weltatl. I, S. 40. Atl. of the World II, Pl. 36.

Isauricus. Sieger-Cognomen, in republikan. Z. bei den Servilii, vgl. Degrassi Fast. Capit. 145, in der Kaiserzeit bei Antonius, Degrassi FImp. 1952, 255. H. G. G.

Isca. Kelt. Wort für Wasser, das genau wie in W.-Deutschland und Frankreich in Devon als Fluß Exe und als Stadt Exeter (röm. *Isca Dumnoniorum*) noch h. weiterlebt. Dasselbe Wort ist auch zum Flusse Usk in Wales geworden und hat dem am Usk liegenden röm. *Isca Silurum*, h. Caerleon, seinen ant. Namen als Legionslager und Provinzialsiedlung gegeben. F. M. H.

Vgl. mit Bibliogr. RE Art. Dumnonii, Isca (mit Suppl. III 1214), Silures. Oxf. Class. Dict. Art. Isca. *George C. Boon* Isca, the Roman Legionary Fortress at Caerleon³ (1962). *R. G. Collingwood – R. P. Wright* The Roman Inscr. of Britain I (1965), Ind. s. v. *Caerleon, Exeter*. *Aileen Fox* Roman Exeter (Isca Dumnoniorum) (1952). *I. A. Richmond* Rom. Britain² (1963), Ind. s. v.

Ischagoras (Ἰσχαγόρας), Spartaner, sollte im J. 423/22 v. Chr. ein Heer nach Thrakien zu Brasidas führen, wurde aber von Perdikkas daran gehindert, so daß er ohne das Heer nach Thrakien gelangte (Thuk. 4,132,2.3). Im J. 421 gehörte er zu den Lakedaimoniern, die den Frieden und, nachdem er in Thrakien die Durchführung der Friedensbestimmungen überwacht hatte (Thuk. 5,21), das Bündnis mit Athen beschworen (5,19,2.24,1). K. W.

Ischolaos (Ἰσχόλαος), Spartaner, kämpfte im korinth. Krieg in Thrakien gegen athen. Truppen (Polyain. 2,22). Im J. 370 v. Chr. fiel er bei der vergeblichen Verteidigung des Dorfes Oion in der Skiritis gegen die Arkader (Xen. hell. 6,5,24.26). K. W.

Ischys (Ἴσχυς). Sohn des → Elatos (N. 3), Geliebter der → Koronis, die, von Apollon schwanger, mit ihm den Gott betrügt, Pind. P. 3,8ff. Bei Hes. frg. 122 ist sie förmlich mit ihm vermählt. Apollon läßt sie durch Artemis töten und rettet die Leibesfrucht noch aus der Glut des Scheiterhaufens: → Asklepios. Bei Ov. met. 2,542ff. tötet Apollon Koronis und I. Weitere Erwähnungen: Hom. h. 2,31ff. Apollod. 3,118. Hyg. fab. 202. Paus. 2,26,6. Prop. 2,2,9f. Cic. nat. 3,56 (*Valens*). H. v. G.

Prell.-Rob. 1,515f. 520,3. *Wilam.* Isyllos 47ff. *K. Kerényi* Der göttl. Arzt, ²1956, 90ff. 96. *Ders.* Mythologie der Griechen 141f.

Isidas (Ἰσίδας), Sohn des Phoibidas, aus Sparta, zeichnete sich im J. 362 v. Chr. bei der Verteidigung Spartas gegen Epameinondas aus. Er soll mit einem Kranze geehrt, zugleich aber auch mit einer Strafe von 1000 Drachmen belegt worden sein, weil er ohne Schutzwaffen gekämpft hatte (Plut. Ages. 34,8–11. Polyain. 2,9). K. W.

Isidoros. 1. Piratenkapitän, der 78 v. Chr. die kilik. Seeräuber im Raum um Kreta organisierte und gegen P. Servilius Isauricus kämpfte, Flor. 1, 41,1. Im J. 72 stand er im Dienst der → Mithridates; in der Seeschlacht bei Tenedos von L. → Lucullus geschlagen (App. Mithr. 77), wurde er getötet, Plut. Luc. 12,2. **2.** I., Gymnasiarch in Alexandreia, war einer der Führer der Hellenisten bei den Judenverfolgungen im J. 38 n. Chr.; erst mit dem Praef. Aeg. A. Avillius Flaccus befreundet, hetzte er gegen ihn, weil er ihm zu wenig durchgriff; er trat als Ankläger bei dessen Prozeß in Rom auf, Phil. in Flacc. 15 (143 Cohn). Unter Claudius wurde er wegen der Ausschreitungen zum Tode verurteilt (Wilcken Chrestom. Nr. 14) und hingerichtet, ebd. Nr. 20, s. Schürer Gesch. jüd. Volk 1²,67. 503. R. H.

3. I., Flavius Anthemius (Mansi 5,416a) aus Alexandreia, proconsul, 424 praefectus praetorio Illyrici (Cod. Theod. 15,5,4), 435–436 praef. praet. Orientis (Cod. Theod. 6,28,8. 12,1,192), 436 Consul (Mansi 5,256,2), † vor 447 (Theodoret. epist. 42. 47). A. L.

4. I. von Alexandreia, Neuplatoniker um 490, Leiter der Akademie zu Athen nach Marinos. Leben und Persönlichkeit des I. sind in der Biographie, die sein Nachfolger → Damaskios verfaßte, ausführlich dargestellt. Im Unterschied zu Marinos und Damaskios scheint I. die Linie des → Proklos fortgeführt zu haben, ohne die Lehre der Schule weiter zu bilden. Die genannte vita des I. ist von → Photios, bibl. cod. 242 exzerpiert; dazu tritt der Art. 'I. der Suda. H. D.

Ausg.: *A. Westermann*, nach dem Diog. Laert. hg. von C. G. Cobet, Par., Didot, 1850. Photius, bibl., ed. *R. Henry* [erscheint demnächst].

Übers.: *J. Asmus* Das Leben des Philosophen I. von Damaskios, Lpz. 1911.

Lit.: *J. Asmus*, ByzZ. 18, 1909, 396ff.; 19, 1910, 265ff. (Rekonstruktion der urspr. vita).

5. I., von Charax (Südbabyl.). Nicht greifbarer Geograph, wohl aus august. Z., den Plin. d. Ä. benutzt. Falls nat. 6,141 I. zu lesen ist, wurde er dem Orientzug des C. Caesar (1 v.–4 n. Chr.) vorausgeschickt; T 3/4, bis ca. 100 n. Chr. führend, kann wohl nicht im ganzen Umfang I. zugeschrieben werden. Weissbach erwägt den Ansatz zweier I. v. Ch. Erhalten sind: 1. Frg. einer Vermessung der Oikumene mit Angaben über Entfernungen von Orten und Größenverhältnissen von Inseln, etwa aus einem *Περίπλους τῆς οἰκουμένης* (Plin. nat. B. 2.4.5). 2. Eine wichtige kleine Schrift *Σταθμοὶ Παρθικοί*, welche die das parth. Reich vom Zeugma am Euphrat bis nach Alexandreia-Ghazni (Arachosien) durchziehende Straße beschreibt. 3. Ein Frg. über die Perlenfischerei im pers. Meer aus *Παρθίας Περιηγητικόν* (Athen.). 4. Angaben über langlebige oriental. Könige (Ps. Lukian. macrob.). W. Sp.

Frg.: GGM 1,244ff. LXXXff. FGrH 781.

Lit.: *Weißbach*, RE IX 2064ff. *Jacoby*, ebd. 2392. *F. Gisinger*, RE Suppl. IV 629.677 (Lit.). RE XVII 2151. FGrH 275, Komm. p. 327.337. *M. Rostovtzeff* Soc. a. Ec. Hell. W. 3, 1941, 1583 (Lit.). 1703. *J. O. Thomson* Hist. of Anc. Geogr., 1948, 286.291. *W. Kroll*, RE XXI 302.306f. *W. W. Tarn*, The Greeks in Bactria and India^{2}, 1951, 522.551.

6. I., Sohn und Schüler des Gnostikers → Basileides, schrieb gegen 150 n. Chr. 3 Werke: *Περὶ προσφυοῦς ψυχῆς* (Die mit dem Leibe verwachsene Seele [im Gegensatz zur Vernunftseele]), *Ἐξηγητικὰ τοῦ προφήτου Παρχώρ* und *Ἠθικά*. O. H.

Frg.: *Völker* (→ Basileides) 41ff.

7. I. von Pelusion, † um 435, Mönch, wahrscheinlich Vorsteher des Klosters von Pelusion, hinterließ eine umfangreiche Korrespondenz vornehmlich exeget. und eth. Inhalts, aus der eine anziehende, ausgeglichene Persönlichkeit spricht. Rhet. gebildet, belesen in klass. (Demosthenes) und chr. (Clemens von Alexandreia) Schriftstellern, wurde er zu einem Muster chr. Epistolographie. B. R. V.

Ta.: *Migne* PG 78. Lit.: *Christ-Schmid* 2,2,1469f. *Altaner*^{6} 238. *U. Riedinger*, ZNW 51, 1960, 154–194. *Ders.*, ByzZ 57, 1964, 15–25.

8. I., Bischof von Hispalis (Sevilla) 600/01 bis 636. Sein älterer Bruder, Bischof Leander, hatte ihn zu seinem Nachfolger herangezogen. Um der Bildung des Klerus und des westgot. Königshofes zu dienen, sammelte I. exzerpierend ant. und chr. Gelehrsamkeit. Damit wurde er zum großen Vermittler der Wissenschaften an die auf rezeptive Aneignung des Stoffes angewiesenen, noch nicht zu eigenem Forschen reifen Völker des frühen MA. Das Hauptwerk des I. sind die Origines oder Etymologiae [2], die er unvollendet hinterließ. Sein

Freund, Bischof Braulio, teilte sie für die Ausg. in 20 B. ein [7]. In Form von Worterklärungen werden behandelt: Die 7 → artes liberales, Medizin, Recht, Zeitrechnung, Theologie, Philosophie, Gesellschaftslehre, Etymologie, Anthropologie, Zoologie, Physik, Geographie, Baukunst, Mineralien, Ackerbau, Krieg, Theater und Spiele, Handwerkskünste, Kleidung, Hausrat. Wichtigste kleinere Werke: De viris illustribus, eine Liste von Schriftstellern nach dem Vorbild von Sueton, Hieronymus, Gennadius. Am Schluß fügte Braulio eine Liste der Schriften des I. hinzu. De rerum natura [3], eine dem König Sisebut im J. 613 gewidmete Erklärung der Natur des Kosmos. 1 B. De ordine creaturarum, über die Hierarchie der Schöpfung. 2 B. Differentiae, ein Lexikon profaner und kirchlicher Synonyma mit Angabe der Bedeutungsunterschiede. 2 B. De fide catholica contra Iudaeos, seiner Schwester Florentina gewidmet (Althochdt. Übers. des 1. B. um 800). 3 B. Sententiae, Dogmatik und Ethik, vor allem aus den Leander, dem Bruder des I., gewidmeten Moralia des → Gregorius Magnus geschöpft. 2 B. De ecclesiasticis officiis, über Institutionen des kirchlichen Lebens, gewidmet seinem Bruder, Bischof Fulgentius von Astigi. 1 Mönchsregel. 2 B. Synonyma, eine Trostschrift an die über die Sünde verzweifelte Seele. 2 hist. Werke, eine Weltchronik und die Historia de regibus Gothorum, Vandalorum et Suevorum [4]. Mehrere Schriften zur Erklärung der Bibel. Die Tituli, 27 Epigramme auf die Autoren, welche in seiner Bibliothek standen [5,157–166]. O. H.

Ta.: 1. Gesamtwerk: *Migne* PL 81–84. 2. Origines: *W. M. Lindsay*, 1911. 3. De nat.: *Jacques Fontaine*, 1960. 4. *Th. Mommsen* Chronica minora 2, 1894, MGAA 11,241–304. 391–481.

Lit.: 5. *Ch. H. Beeson* I.-Studien, 1913. 6. *J. Sofer* Lat. und Romanisches aus den Etymologien des I. v. S., 1930. *Ders.*, Glotta 16–18, 1927–1929. 7. *W. Porzig*, H 72, 1937, 129–170. 8. *Jacques Fontaine* I. de Seville et la culture classique dans l'Espagne wisigothique, 1959, 2 Bde. *Ders.*, Vigiliae Christianae 14, 1960, 65–101. 9. Isidoriana, Estudios sobre San I. de S. en el 14 centenario de su nacimiento, 1961. 10. *F. Justo Pérez de Urbel* I. v. S., 1962 (dt., span. 1940). 11. *Altaner*^{6} 458–461.

9. I. von Milet. Bedeutender Architekt, gemeinsam mit → Anthemios im Auftrage Iustinians Erbauer der Hagia Sophia in Konstantinopel, Prok. de aed. 1,1,24.50.70. 2,3,7. Paul. Silent. ekphr. 552ff. Als Mathematiker veranstaltete I. die Ausgabe der Schriften des → Archimedes, die seinem Schüler → Eutokios bei der Abfassung seines Archimedes-Kommentars vorlag und die Grundlage unserer Arch.-Überlieferung bildet. Ferner verfaßte I. einen Kommentar zu → Herons Schrift *Καμαρικά*, »über Gewölbebau« (beide Schr. verloren). **10.** I. von Milet. Neffe von Nr. 9, Architekt und Ingenieur (*μηχανικός*), leitete nach Prok. de aed. 2,8,16ff. den Wiederaufbau von → Zenobia und nach dem Einsturz der Kuppel der Hagia

Sophia in Konstantinopel (infolge des Erdbebens von 557) den Bau der bedeutend erhöhten Kuppel, die h. noch steht, Agath. 5,9. K. Z.

A. M. Schneider Die Hagia Sophia, 1939.

Isigonos von Nikaia. Wohl nicht unwichtiger Paradoxograph. Vf. von Ἄπιστα, mind. 2 B. (Frg. bei Plin. nat.; Paradoxogr. Florent. [Wassermirabilia], als dessen Hauptquelle man gern I. ansieht), und π. Παλικῶν θεῶν (?[K. Ziegler, RE XVIII, 2. H., 101]). Die Datierungen schwanken vom 3. Jh. v. Chr. bis 1. Jh. n. Chr. (vor oder nach Varro, Nikol. Damask.?). Berührungen mit Antig. von Karystos, Ps. Aristot. Θαυμάσια ἀκούσματα. W. Sp.

Frg.: *A. Westermann* Paradox. Gr. 1839, 162f. FHG 4, 435ff. Für FGrH IV vorgesehen.

Lit.: *Gossen-Kroll*, RE IX 2082. *Christ-Schmid* 2[6],420f. *K. Ziegler*, RE XVIII, 2. H., 1155f. 1162f. (Lit.). FGrH 572, Komm. Anm. 7. *A. Giannini*, Acme 17, 1964, 124f. (Lit.). 135ff.

Isinda (Ἴσινδα). Mehrfach auftretender Ortsname im s.w. Kleinasien, in Ionien, Lykien und Pisidien.

1. Ἴσινδος πόλις Ἰωνίας ... λέγεται καὶ Ἴσινδα ... καὶ χωρίον Ἰσινδία καὶ Ἴσινδα Steph. Byz. s. v. **2.** Von Hekat. FGrH erster Teil A, p. 35 (Jacoby) F 257 bei Steph. Byz. s. Σινδία genannte πόλις Lykiens, ident. mit dem zus. mit 3 anderen lyk. Orten als Glied einer Tetrapolis auftretenden Ἴσινδα (W. M. Ramsay The histor. geogr. of Asia Min., 1962, 425), beim h. Bellenklü. Inschr. **3.** Lokalisierbare Stadt Pisidiens, h. Kyshlar bei Istanoz, an der Grenze Phrygiens, erstmalig erwähnt von Polyb. 21,35,1.5 (Ἴσινδα) anläßlich der Bitte der Isindier an den Konsul Cn. → Manlius Vulso um Hilfe gegen die Stadt Termessos (189 v. Chr.). Vgl. auch Liv. 38,15ff. (*Sindensis ager*). Das gleiche I. liegt bei Strab. 12,570 (Σίνδα) und 13,631 (Ἴσινδα) vor, so auch bei Steph. Byz. (s. Ἄμβλαδα). Dieses pisid. I. war an das röm. Wegnetz angeschlossen (K. Miller Itin. Rom. 1916, S. 717 mit Skizze Nr. 230, S. 706). Mz. H.T.

A. Forbiger HB der alten Geogr. 2,333. *W. M. Ramsay* a. O. 46. 421. *Ruge*, RE IX 2083.

Isis. Der Name I. bedeutet »Thron«, und so ist der Ausgangspunkt der Vorstellungen um diese Gottesgestalt der hl. Thron, der als Mutter des Herrschers betrachtet wurde. Bei der Anthropomorphisierung der Mächte erhielt sie die Gestalt einer sitzenden Frau, die ein Kind auf dem Schoß hält; dieses Motiv wurde letztlich Vorbild der Madonnenfiguren. Heimat des I.-Kultes wird der 12. unteräg. Gau gewesen sein mit der Hauptstadt *Pr-ḥbj.t*, später Iseum, h. Behbet el-Hagar. I. ist im A. R. erst seit der 5. Dyn. belegt, als die Osirismythe festere Form erhielt und zur Grundlage des Totenglaubens wurde. Jetzt belegte man die weibliche Gestalt, die den gestorbenen Osiris beklagt, mit dem Namen I., wobei die topograph. Nähe von Iseum zu Busiris, dem Heimatort des Osiris, eine Rolle gespielt hat. Das urspr. auch anonyme Herrscherkind der I. wurde mit Horus, der myth. Erscheinungsform des äg. Königs, identifiziert; dadurch wurde Horus zum Sohn des Osiris, doch zeigt die Mythe von seiner postumen Zeugung an, daß hier 2 urspr. getrennte Mythen zusammengewachsen sind. I. spielt innerhalb der Mythe zusammen mit Nephthys (einer des Dualitätsgedankens wegen hinzugeschaffenen Zwillingsgöttin der I.) eine bes. Rolle als diejenige, die den Leichnam des Osiris sucht, findet und begräbt. Andererseits versteckt sie Horus im Sumpf von Chemmis (b. Buto) vor Seth. Spätere Überlegungen über ihre Stellung zwischen ihrem Bruder Seth und ihrem Sohn Horus während deren Kämpfe um das Erbe des Osiris führen zu neuen Mythenzügen, nach denen Horus ihr wegen ihrer Hilfe für Seth den Kopf abgeschlagen, Thot ihn aber durch einen Kuhkopf ersetzt habe. In Wirklichkeit beruht der Hörnerkopfschmuck der I. auf einer Gleichsetzung mit Hathor, die ihrerseits – obwohl zunächst Vergöttlichung des kgl. Palastes – mit den zahlreichen Kuhgöttinnen Äg.s identifiziert worden war. – I. galt allgemein als Schutzgöttin, die zusammen mit Nephthys, Neith und Selkis den Toten vor Feinden bewahrte. Sie war aber auch die große Zauberin, deren Sprüche gegen Krankheit, bes. gegen Schlangen und Skorpionbisse schützte. Der Kult der I. verbreitete sich bes. in der Spätzeit zusammen mit dem Osiriskult über das ganze Land, doch war I. schon früh als »Gottesmutter« mit Min von Achmim verbunden worden. In der 2. Hälfte des 1. vorchr. Jh. begann I. den Osiris an Bedeutung zu überflügeln: Nicht nur herrschte sie mit ihm in der Unterwelt (daher b. Hdt. Demeter), sondern sie wurde auch zur Himmelskönigin, Weltherrin und Schöpferin aller Kultur. Als diese verbreitete sich ihr Kult über das gesamte Mittelmeergebiet, wobei neben alten äg. Zügen nun viele griech. Vorstellungen hinzutraten (D. Müller Ägypten und die griech. Isis-Aretalogien, 1961). Dieser Kult war sehr lebensfähig: der I.-Tempel von Philae war einer der letzten Tempel in chr. Zeit: er wurde erst 560 n. Chr. durch Justinian geschlossen. Ihre Gleichsetzung mit der Astarte als Retterin der Seefahrer brachte I. im 1. Jt. v. Chr. nach Byblos (Hdt. 2,59.156) und Kyrene (4,186), von da im 4. Jh. nach Athen. Mit der hellenist. Zeit drang I. weiter vor und ist im 2. Jh. v. Chr. bereits in Italien nachweisbar, während sich Rom bis z. Z. des Caligula wehrte, weil man in den Isiskulten unmoral. Dinge vermutete (Tac. ann. 2,85). Caracalla errichtete 217 n. Chr. dann einen Isis-Tempel in Rom selbst. Für diesen Kult in Italien sind wichtig die Tempel der Isis in Pompeji und bes. in Benevent. Nicht zu vergessen ist aber auch die Ausbreitung des Kultes in alle Provinzen des röm. Reiches, bes. auch im Donautal (Hdt. 2,41 f. 61. 156. Diod. 1,11–29. Plut. de Iside 12–20). W. H.

H. Kees Götterglaube[2], 1956, 256ff. *Bonnet*, RE 326ff.

Ismaris (*Ἰσμαρὶς λίμνη*). Strandsee an der Küste von Thrakien zwischen den Städten Maroneia und Stryme, ö. des → Bistonis-Sees. Hdt. 7, 109. Strab. 7,331 frg. 44. Chr. D.

Oberhummer, RE IX 2134. *Casson* Macedonia, Thrace and Illyria, Oxf. 1926, s. v. *Detschew* Thrak. Sprachreste 217.

Ismaros (*Ἴσμαρος*). Stadt der thrak. Kikonen, von Odysseus zerstört (Od. 9,140), nach Strab. 7,331 frg. 44 nahe bei Maroneia gelegen in berühmter Weingegend: *Ἰσμαρικὸς οἶνος* bei Archil. p. 22 Treu, danach Erwähnungen bei Verg. Prop. Ov. Chr. D.

Oberhummer, RE IX 2134ff. *Casson* Macedonia, Thrace and Illyria, 93. *Detschew* Thrak. Sprachreste 217.

Ismene (*Ἰσμήνη*). **1.** Theban. Heroine von urspr. wohl hervorragender Bedeutung; ihr Name begegnet in dem gleichnamigen Dorf bei Theben, in dem Fluß Ismenos, dem Sohn des Asopos und Vater zweier Quellen in Theben (Apollod. 3,156. Kall. h. 4,76), in Ismenos, dem Sohn Amphions und Niobes (Apollod. 3,45), in dem Hügel Ismenion, der Tempel und Orakel des Apollon Ismenios trug. In einer verschollenen Sage (Mimnerm. frg. 21) wird sie, vielleicht Priesterin Athenas, wegen ihres Verhältnisses zu Periklymenos von Tydeus getötet, dargestellt auf einer korinth. Amphora, Prell.-Rob. 2,925. Später wird sie an die Oidipussage angeschlossen; in der kykl. Oidipodie ist ihre Mutter Euryganeia, bei Soph. Iokaste. Seit Soph. tritt sie hinter Antigone zurück. Über die Verbrennung der beiden Schwestern durch Leodamas s. o. I 379,39ff. **2.** Als Flußnymphe Tochter des Asopos, wurde sie mit diesem nach Korinth übertragen und drang in argiv. Genealogien ein. So wurde sie Gattin von → Argos (1) und Mutter von Argos (2) oder Gattin von Argos (2) und Mutter von Iasos, Apollod. 2,2f. 5f. H. v. G.

Ismenias (*Ἰσμηνίας*). **1.** Thebaner, Sohn des Timokrates, wegen seines Reichtums bekannt (Plat. Men. 90a). Hauptquellen: Xen. hell. und Hell. Oxy. Nach dem E. des peloponnes. Krieges war I. zusammen mit → Androkleidas Führer der antispartan. Gruppe in Theben und damit polit. Gegner des → Leontiadas, der eine spartafreundliche Politik verfolgte. Ein Gegensatz in innenpolit. Fragen, etwa über die Form der Verfassung wie in anderen Städten (Oligarchie oder Demokratie), bestand in Theben nicht. I. unterstützte → Thrasybulos und die anderen athen. Flüchtlinge bei ihrer Expedition gegen die Dreißig und vermochte auch eine Unterstützung spartan. Unternehmen durch Theben zu verhindern. An der Parteinahme Thebens gegen Sparta bei Ausbruch des korinth. Krieges war er wesentlich beteiligt, eroberte selbst → Herakleia in Trachis und besiegte die Phoker bei → Naryx. Für die folgenden J. ist nichts über ihn bekannt. Offensichtlich konnte sich keine der beiden miteinander rivalisierenden Parteien endgültig durchsetzen. Denn im J. 382 v. Chr. war I. zusammen mit Leontiadas Boiotarch. Nach der Besetzung der Kadmeia durch Phoibidas wurde I. verhaftet und von einem Gericht, das aus Spartanern und ihren Bundesgenossen bestand, wegen seiner angeblich perserfreundlichen und deshalb ungriech. Einstellung (im J. 396/95) zum Tode verurteilt.

P. Cloché Thèbes de Béotie, Namur 1952, 95ff. *I. A. F. Bruce*, Emerita 28, 1960, 75–86.

2. Thebaner, vielleicht Sohn von Nr. 1, Freund des Pelopidas, wurde im J. 368 v. Chr. zusammen mit diesem zu Verhandlungen nach Makedonien und Thessalien geschickt. Von Alexander von Pherai gefangengenommen, wurden sie erst 367 durch das Eingreifen des Epameinondas wieder befreit (Diod. 15,71,2ff. Plut. Pelop. 27ff. u. a.). I. gehörte auch zu der Gesandtschaft, die noch im selben J. nach Susa zu Verhandlungen mit den Persern geschickt wurde (Plut. Artox. 22,8. Ail. var. 1,21). Um die Anerkennung seines Sohnes Philiskos mußte er einen Prozeß führen (Aristot. rhet. 2,1398 b 3ff.). Sein weiteres Schicksal ist unbekannt.

P. Cloché Thèbes de Béotie, Namur 1952, 147ff.

3. I., aus Theben, trat als Verfechter der Einheit des boiot. Bundes, dessen Bundesstratege er um 172 v. Chr. war (Liv. 42,43), im 3. maked. Kriege auf. Er befürwortete zunächst das Bündnis mit Perseus (Liv. 42,38). Als die Römer von Chalkis aus im J. 172/71 die Boioter zum Abfall von Perseus aufriefen, aber nur mit den einzelnen Städten verhandeln wollten, bestand I. darauf, daß der Bund gemeinsam zu den Römern übertreten solle (Pol. 27,1.2. Liv. 42,44). Dadurch gewannen die auf Vorschlag des I. in Abwesenheit zum Tode Verurteilten, die zu den Römern geflüchtet waren, die Oberhand. Zunächst mißlang ein Anschlag. Nachdem aber auch in Theben die Gegner des I. sich während seiner Abwesenheit durchgesetzt und den Abfall von Perseus beschlossen hatten, ohne auf die Einheit des Bundes zu achten, wurde I. zusammen mit den anderen Gesandten aufgrund der Anklagen der Flüchtlinge gefangengenommen. Im Gefängnis beging er Selbstmord (Pol. 27,2,9). K. W.

4. I., Sohn von Nr. 1, Flötenspieler (Plut. Per. 1,5; mor. 174 F. 334 B. 1095 F) und Gemmensammler, von dem Plin. nat. 37,6 eine diesbezügliche Anekdote erzählt. **5.** Maler aus Chalkis, der nach Ps.-Plut. vit. X orat. (Lykurg. 38/39) 843 E. F etwa um 300 v. Chr. einen *πίναξ τέλειος* (mit lebensgroßen Figuren?), die Herkunft der Eteobutaden, malte. Das Bild, Stiftung des Habron (Sohnes des Redners Lykurg), wurde im Erechtheion aufbewahrt. Zuletzt Marcadé, RA 31/32, 1949, 696ff. (Mélanges Ch. Picard II). W. H. G.

Ismenios (*Ἰσμήνιος*). Zu *Ἰσμηνός*, Fluß in Boiot. (vgl. Apoll. Rhod. 1,537. Paus. 9,10,2), gehörig. Menschlicher Name (E. Sittig De Graecorum nominibus theophoris, Diss. Halle 1911, 127) und Beiname des → Apollon. Aus dem Epithet. geht direkte oder indirekte (vgl. IG VII 2455) Subsumption des als → Person-Bereicheinheit erlebten Flusses → Ismenos unter die umfassendere Gestalt des Apollon hervor, der auch sonst (vgl. *Σμινθεύς*, *'Ερεθύμιος*; Hyakinthien u.a. Pyanopsien, vgl. L. Deubner, ADAW 1943, 12,8. Poll. 6,61) sekund. Beziehung zu Elementen des Vegetationskultes aufweist. Daß die Flüsse als Götter kraft ihres bewässernd-befruchtenden Bereichs aufs engste mit der Fruchtbarkeit verbunden waren, zeigt u.a. ihre Stiergestalt, bes. des Acheloos (vgl. *πρὸ Δήμητρος θύειν 'Αχελῴῳ, ὅτι ... ἐξ ὕδατος καρπός* POxy 2,221,9,18 ff.), und das Haaropfer der Epheben [1],238. Die Subsumption des *'Ισμηνός* unter Apollon läßt die daneben herlaufende Erlebnisweise jenes Gottes in seiner Selbständigkeit unangetastet (vgl. W. Pötscher, G 70, 1963, 539). Im Kult des *'I.* Prozession mit *κωπώ* [2], [3]; Opferschau (Hdt. 8,134). W. P.

1. *Nilsson* GgrR 1^2,236 ff. 2. *Ders.* Griech. Feste, 236 ff. 3. *F. Cumont* et *J. Bidez* Symbolique astronomique et mystique dans certains cultes publics grecs, Coll. Latom. 2, 1949, 12 ff.

Ismenos. Hismenos (*Ἰσμηνός* u. *Ἱσμηνός*). In der Dichtung oft genannter Bach, s.ö. der Kadmeia von Theben entspringend, durchfließt das Stadtgebiet von Theben ö. der Kadmeia, vereinigt sich außerhalb der Stadt mit der Dirke und mündet in den Hylikesee, h. Hg. Joannis. I. besaß mit Apollon gleichgesetzt in Theben einen Kult, der zu den bedeutendsten der Stadt gehörte; das Hismenion lag s.ö. der Kadmeia auf einem Hügel w. des Bachs, mit Resten eines Heiligtums seit geometr. Z., dor. Tempel des 7./6. Jh. und jüngerem dor. Peripteros des 4. Jh. darüber und zahlreichen Weihgeschenken. Hölzernes Kultbild von Kanachos. Paus. 9,10,2–6. Strab. 9,2,24 p. 408. Ail. var. 12,57. Hdt. 1,52.92. 5,59–61. Pind. P. 11,7. IG VII 2455. E. M.

1. *Fimmen-Eitrem*, RE IX 2143 ff. 2. *E. Schober*, RE V A 1426 f. 1441 f. 3. *Keramopullos*, *'Αρχ. Δελτ.* 3,1917,318 ff. u.ö. 4. Ausgrabung des Hismenion [3],33 ff.

Isodaites s. Pluton, Unterwelt, Zagreus

Isokrates (*Ἰσοκράτης*). **1.** Einer der korinth. Strategen in der Seeschlacht bei Naupaktos im J. 429 v. Chr. (Thuk. 2,83,4). K. W.

2. I., Sohn des Theodoros aus dem att. Demos Erchia und der Hedyto, der Redner (436–338).

Quellen: Seine Reden, vor allem der berühmte Rechenschaftsbericht *περὶ ἀντιδόσεως* (or. 15); daneben die von → Hermippos (2) begründete biogr. Tradition, die über Dion. Hal. und Caecilius von Kale Akte in spätere Viten Eingang fand: [Plut.] mor. 836 E ff., danach Phot. bibl. 260; Philostr. v. soph. 1,17; Zosimos (= Vita der Hss.); Suda s.v. 'I. (vgl. Westermann Biogr. Gr. 245 ff.). I. erhielt, den guten Vermögensverhältnissen seines Vaters, eines Flötenfabrikanten, entsprechend, eine sorgfältige Erziehung. Unter seinen Lehrern werden → Prodikos, → Teisias und → Theramenes genannt. Hinreichend gesichert ist nur sein Schülerverhältnis zu → Gorgias (1), den er zu einem nicht genau bestimmbaren Zeitpunkt in Thessalien traf (Quint. 3,1,13; vgl. die Darstellung des I. zusammen mit Gorgias auf einem Relief, das der Perieget → Heliodoros [2] beim Grabe des I. sah: [Plut.] mor. 838 C). Durch den Verlust des väterlichen Vermögens infolge des Peloponnes. Krieges zum Erwerb seines Lebensunterhaltes genötigt, betätigte sich I. zunächst als Logograph. Aus diesem Lebensabschnitt, den er später gern mit Stillschweigen überging und der nicht zuletzt deswegen Gegenstand zeitgenössischer Polemik werden sollte (→ Kephisodoros), sind 6 Reden (or. 16–21, z.T. wohl nur in Ausschnitten) erhalten. Die frühesten, die unvollständig überlieferte or. 21 *πρὸς Εὐθύνουν* (die Gegenseite vertrat Lysias) und or. 18 *πρὸς Καλλίμαχον*, gewähren aufschlußreiche Einblicke in die Zeit unmittelbar nach Wiederherstellung der Demokratie. Aus den Reden der 90er J. ragen hervor: or. 16 *περὶ τοῦ ζεύγους*, geschrieben für den jüngeren Alkibiades, gegen den in dieser Zeit mehrere Klagen angestrengt wurden (vgl. Lys. or. 14 und 15; I. Bruns Literar. Porträt 493 ff.), und der Aiginetikos (or. 19), eine vor einem Gericht auf Aigina verhandelte Erbschaftsangelegenheit betreffend.

390 oder etwas später gab I. die Logographentätigkeit auf und wirkte fortan, durch mangelnden Mut und Schwäche der Stimme an öffentlichem Auftreten gehindert (or. 12,10), bis zu seinem Tode als Oberhaupt einer angesehenen Schule, aus der namhafte Politiker wie → Timotheos und → Lykurgos hervorgingen und von der auch die Redner → Isaios (1) und Demosthenes sowie die Historiker → Ephoros und → Theopompos geprägt worden sein sollen. Sein Bildungsprogramm (eine *Τέχνη* des I. hat es demgegenüber nicht gegeben; vgl. Radermacher Artium Script. 153 ff. K. Barwick, Philol. 107, 1963, 43 ff.) ist in or. 13 (*κατὰ τῶν σοφιστῶν*, aus den 80er J.) enthalten, wo er seine Ziele gegen die der »eristischen« Philosophen, die in ihrem Optimismus die *ἀρετή* für lehrbar halten (wohl gegen den Sokratiker → Antisthenes [1], der seinerseits I. angegriffen hatte), sowie gegen die Lehrer einer auf das Formale beschränkten rhetor. Unterweisung für angehende Politiker oder Prozeßredner abgrenzt. Demgegenüber formuliert er das Ideal einer *φιλοσοφία*, die durch die Synthese von gewichtiger (= polit.) Thematik und gewissenhafter redner. wie stilist. Schulung charakter- und persönlichkeitsformend wirken soll. Trug dieses Programm wegen seiner Absage an die ältere Sophistik I. zunächst das vorsichtige Lob Platons (Phaidr. 278 e ff.; vgl. R. Flacelière, REG 46, 1933, 224 ff. G. J. de Vries, Mnem 4. Ser. 6, 1953, 39 ff.) ein, so entwickelte sich doch bald eine starke Abneigung zwischen den beiden, die ihren Ausdruck im Prooimion der »Helena« (or. 10) findet, eines im übrigen ganz und gar als Musterrede angelegten Prosa-Enkomions, mit dem eine neue

Literaturgattung begründet wurde. Als Prunkstück ist auch der »Busiris« (or. 11) gemeint, wobei I. allerdings die Gelegenheit wahrnimmt, seinen beim kypr. König → Euagoras (1) weilenden Zeitgenossen → Polykrates lehrhaft-herablassend anzugreifen.

Verbindungen zu Euagoras von Salamis und seinem Sohn und Nachfolger → Nikokles zeigen die Reden 2, 3 und 9 (wohl aus den späten 70er J.), von denen 2 (*πρὸς Νικοκλέα*) paränetisch, 9 (*Εὐαγόρας*) in der Form eines Enkomions auf den Verstorbenen den wahren Fürsten zeichnet, während 3 (*Νικοκλῆς*) die Pflichten der Untertanen behandelt.

Die übrigen epideikt. Reden, die oft den Charakter von Flugschriften tragen, sind vorwiegend durch ihre aktuelle polit. und auf ihre Art patriot. Thematik gekennzeichnet. Das erste große Werk dieser Gruppe ist der 380 nach mühevoller Arbeit abgeschlossene Panegyrikos (or. 4). In Anlehnung an Gorgias' Olympikos fingiert I. einen Vortrag vor den versammelten Griechen und wirbt für vereintes Vorgehen gegen die gemeinsame pers. Gefahr unter Führung Athens, dessen Rolle hist. begründet wird, und Spartas. Daß I. diese erträumte Einigkeit und somit die Verwirklichung seiner Lieblingsidee bes. durch Thebens Aufstieg gefährdet sah, zeigen »Plataikos« (or. 14; 373?) und »Archidamos« (or. 6; vor 362) mit ihrer thebenfeindlichen Tendenz (vgl. P. Cloché, Rev. Hist. 193, 1942/43, 277 ff.). Die Rückschläge, die Athen in den 50er J. erlitt, führten zu stark konservativen, durch ihre oligarch. Züge bemerkenswerten Besinnungen über mögliche Reformen der Stadt (Areopagitikos, or. 7 [Rückkehr zur »alten« Ordnung mit Primat des Areopags] und *περὶ εἰρήνης*, or. 8 [Rückkehr zum Frieden des Antalkidas]; zur Datierung P. Orsini, Pallas 12, 1964, 9 ff.). Immer stärker treten daneben Überlegungen in den Vordergrund, denen man polit. Einsicht schwerlich absprechen kann: Wenn keine der hist. legitimierten Mächte infolge innerer Schwäche und Zerrissenheit den Perserkrieg führen konnte, so bedurfte es zu diesem Zwecke einer starken auswärtigen Persönlichkeit. I. scheint zeitweise an Dionysios I. von Syrakus (vgl. 5,81; epist. 1) gedacht zu haben; nach dessen Tode setzte er seine Hoffnungen auf Philipp II., dem er bald nach 346 mehrfach seine Gedanken nahezubringen suchte (»Philippos« or. 5; epist. 2, vielleicht auch 3). Wahrscheinlich ist auch das ungeheuer breite und wenig konzinne Alterswerk, der Panathenaikos (or. 12, entstanden 342–339), in dem Rückschau auf das eigene Leben und Verherrlichung der Heimatstadt mit rätselhaften Anspielungen eine seltsame Verbindung eingegangen sind, auf dem Hintergrund dieses Wunschbildes zu verstehen. Bald nach der Schlacht von Chaironeia starb I., vielleicht durch freiwilligen Hungertod (vgl. Th. S. Tzannetatos, *Ἀθηνᾶ* 61, 1957, 289 ff.), u. wurde im Erbbegräbnis der Familie am Kynosarges beigesetzt.

Mehrere zeitgenöss. Darstellungen des I. sind bezeugt, darunter ein von seinem Vater geweihtes bronzenes Reiterbild des Knaben auf der Akropolis und eine Bronzestatue im Olympieion (Weihung des Stiefsohnes Aphareus). Erhalten ist nur eine stark überarbeitete röm. Inschriftenherme des 3. Jh. n. Chr. (Slg. Villa Albani; vgl. K. Schefold Bildn. d. ant. Dichter . . . 161,3), die vielleicht auf eine von Timotheos in Eleusis aufgestellte Statue (Werk des → Leochares) zurückgeht.

Anerkennung hat I. zu allen Zeiten gefunden. Das beweist sowohl die große Rolle, die seine Schüler spielten (vgl. R. Johnson, AJPh 78, 1957, 297 ff.), als auch die Nachwirkung seiner an den prakt. Möglichkeiten orientierten, allem Spekulativen abgeneigten *φιλοσοφία*, die er als 82jähriger (354) in seiner ausgedehnten Autobiographie, der (fingierten) Antidosis-Rede (or. 15), erneut ausführlich begründet und polemisch gegen die Linie der Akademie abgegrenzt hatte. Dieses Programm, in dem der Beredsamkeit ein entscheidender Anteil zukam, wurde vor allem von der 2. Sophistik aufgegriffen und gelangte von dort in den byz. Lehrbetrieb. Auch die röm. Vorstellungen von der Bedeutung der *eloquentia* für die Bildung dürfte es geprägt haben (vgl. H. M. Hubbell The influence of I. on Cic., Dionys. and Aristides, Diss. New Haven 1913. S. E. Smethurst, TAPhA 84, 1953, 262 ff.). Daneben aber bewunderte man den überragenden Stilisten, der die sophist. Periode des Experimentierens mit der Sprache überwunden und die ausgewogene Periode (dazu G. Wolgast Zweigliedrigkeit im Satzbau des Lys. und I., Diss. Kiel 1962) mit kunstvoller Rhythmisierung (vgl. K. Münscher, Progr. Ratibor 1908) und strenger Hiatvermeidung zum beherrschenden Element der literar. Prosa erhoben hatte. Gegenüber krit. (Dion. Hal. de Isocr. 13; vgl. Hermog. Id. p. 397,24 Rabe) überwiegen die lobenden Stimmen, die in ihm den vollendeten Vertreter des »mittleren« Stiles sehen, der, zusammen ausgerechnet mit seinem Widersacher Platon, endgültig die Gleichberechtigung der Prosa mit der Dichtung durchgesetzt hatte.

In späthellenist. Zeit liefen 60 Reden unter dem Namen des I. um, aus denen Dion. Hal. 25, Caecilius 28 als echt aussonderte (lückenhaftes Verz. von Pseudepigrapha in der Vita des Zosimos, p. 258, 128 ff. Westermann). Die zahlreichen Pap.-Bruchstücke (Nr. 1241–1282 Pack²) und Zit. bei kaiserzeitlichen und byz. Rhetoren stammen (abgesehen von den Apophthegmen in byz. Gnomologien) aus den erhaltenen Reden, so daß man folgern darf, daß der Umfang des überlieferten Corpus, unbeschadet der Tatsache, daß Unechtes wie or. 1 (dazu B. A. van Groningen, Mnem 3. Ser. 9, 1941, 51 ff.) und einige der Briefe (vgl. C. Woyte De I. quae feruntur epist., Diss. Lpz. 1907.

K. MÜNSCHER Sat. Viadr. altera 41 ff. L. F. SMITH The genuineness of the 9th and 3rd letters of I., Diss. Columbia Univ. 1940) darin enthalten sind, verhältnismäßig früh festgelegt war. Ebenso zeitig erfolgte eine Gruppierung nach rhetor. Kategorien. Dabei bildeten meistens die paränet. Reden aus pädagog. Gründen den Anfang, die Gerichtsreden und Briefe den Schluß (so z. B. auch in der Ausgabe, die Phot. [bibl. 159] vorlag), eine Anordnung, die sich noch in unserer Überl. (vgl. H. ERBSE Gesch. d. Textüberl. 1,264 ff.) spiegelt. Diese umfaßt 2 Klassen von Hss., vertreten durch den Urbin. gr. 111 (*Γ*, 9./10. Jh.; Besonderheiten: or. 1–3 nach or. 13; or. 18 und 21 fehlen; kleine Lücke or. 15 E. und 16 Anf.) und die Vulgata *α* (mehr als 100 Hss. unterschiedlichen Bestandes, alle ohne die Briefe), die jedoch beide wohl auf einen Archetypus des 9. Jh. zurückgehen. H. Gä.

Ta.: Ed. princ. der Reden: Dem. Chalkondylas, Mailand 1493, der Briefe (nur 8): Aldina 1499. 1. Gesamtausg.: Venedig 1542; die bis h. befolgte Anordnung der Reden zuerst in der Ausg. von *H. Wolf*, Basel 1553.

G.E. Benseler–Fr.Blass, Lpz. 1878/79 u.ö. *E.Drerup*, Lpz. 1906 (nur Bd. 1, Reden in chronol. Reihenfolge) *G.B. Norlin–L. van Hook*, Lond./Cambr. 1928/45 (3 Bde. m. engl. Übers.). *G.Mathieu–E.Brémond*, Paris 1928/62 (4 Bde. m. frz. Übers., chronol. Anordnung).

Unter den zahlreichen komm. Ausg. bes. zu nennen: or. 4 und 7: *R. Rauchenstein–K. Münscher*, Bln. ^{6}1908; or. 1.9. 7.4.5: *O. Schneider*, Lpz. ^{2}1874/75; or. 10.11.13.15.18: *R. Flacelière*, Paris 1961.

Übers.: *G.E. Benseler*, Prenzlau 1829/31 (unvollständig); *A.H. Christian*, Stuttgart 1833/36; or. 4: *O. Güthling*, Lpz. ^{2}1928.

Index: *S. Preuss*, Lpz. 1904 (Nachdr. Hildesheim 1963). Sch. (aus dem Komm. des Zosimos): *Dindorf*, Sch. Gr. in Aeschin et I., Oxf. 1852, 118 ff.

Lit.-Ber.: BursJb. 125, 1906, 115 ff. 142, 1909, 266 ff. 152, 1911, 76 ff. 248, 1935, 26 ff. 285, 1956, 68 ff.

Lit.: *Lesky* GGrL ^{2}629 ff. *Blass* AttBereds. 2,1 ff. R.C. *Jebb*, Att. Orators ... 2,1 ff. *W. Jaeger* Paideia 3,105 ff. *Norden* AK 113 ff. *E. Mikkola* I., Helsinki 1954. *A. Levy* I. Milano 1959. *P. Cloché* I. et son temps, Paris 1963. G. *Mathieu* Les idées politiques d'I., Paris 1925. *G. Schmitz-Kahlmann*, Philol. Suppl. 31,4 (1939). *H. Kehl* Die Monarchie im polit. Denken des I., Diss. Bonn 1962. *K. Bringmann* Stud. zu den polit. Ideen des I., Hypomn. 14 (1965). *U. Hirsch* Unters. zu I.' Paneg. und Areop. Diss. Gött. 1966. *G. Walberer*, I. und Alkidamas, Diss. Hbg. 1938. *H. Wersdörfer* Die φιλοσοφία des I., Lpz. 1940. *S. Wilcox*, TAPhA 74, 1943, 113 ff. *W. Steidle*, H 80, 1952, 257 ff. *K. Ries* I. und Platon im Ringen um die Philosophie, Diss. Münch. 1959.

Zu einzelnen Reden: 3: *J. Frey* Stud. zur 3. Rede des I., Diss. Freiburg 1946. 4: *E. Buchner* Der Paneg. des I., Wiesbaden 1958. 5: *S. Perlman*, Hist. 6, 1957, 306 ff. 9: *J. Sykutris*, H 62, 1927, 24 ff. *K. Münscher*, PhW 47, 1927, 1063 ff. 1098 ff. 10: *G. A. Kennedy*, TAPhA 89, 1958, 77 ff. 12: *F. Zucker* I.' Panathen., Bln. 1954. 15: *G. Misch* Gesch. der Autobiogr. ^{3}1,1,158 ff.

Überl.: *F. Seck* Unters. zum I.-Text, Diss. Hbg. 1965 (mit Ausg. der 2. Rede).

Isonomia (ἰσονομία), »gleiche Zuteilung« (von ἰσονέμειν) oder »Gleichheit vor dem Gesetz« (von νόμος). Polit. ist I. der tyrannisfreie Zustand (Hdt. 3,142,3. 5,37,2), der jedem Bürger gleiches Recht gibt, oft syn. mit Demokratie. »Die regierende Masse (πλῆθος ἄρχον) hat den schönsten aller Namen, die I. »Ihre Kennzeichen sind Erlosung der Ämter, Rechenschaftsablage und gemeinsame Beratung. Hdt. 3,80,6. H. APFFEL Die Verfassungsdebatte bei Hdt. 1957, 60 f. Thuk. 3, 82,8 wertet die I. πολιτική als ὄνομα εὐπρεπές der πλεονεξία ab, Isokr. 7,20 als παρρησία, Plat. Mx. 239 a lobt sie wegen der Isogonia der Athener, tadelt aber rep. 563 b die I. zwischen Mann und Frau. Philos. ist I. das kosmische Gleichgewicht (*aequabilis tributio*, *aequilibritas* Cic. nat. 1,50.109), medizin. das Kräftegleichgewicht im Körper. Alkmaion (→ 4). DIELS Vorsokr. 1,215,4. J. MAU und E. G. SCHMIDT Isonomia 1964. H. V.

Isopoliteia (Ἰσοπολιτεία, »gleiches Bürgerrecht«). Die vorher in anderer Form übliche Verleihung des Bürgerrechts an Fremde wird seit dem 4. Jh. v. Chr. inschr., seltener literar. (Pol. 16, 26,9. Diod. 15,46,6 anachronist., U. KAHRSTEDT Staatsgebiet ... in Athen, 1934, 86,2) als I. bezeichnet. Einseitig vergibt ein Staat wie die Molosser (SGDI 1334 um 340), Tegea (Sylloge^{3} 501. 510) und Oropos (IG VII 4264) die I. an einzelne oder wie Argos an Mykalessos (Strab. 9,404) und Phokis an Tenos (IG IX 97) an eine Gemeinde. Gegenseitige I. verbindet 2 Städte bei Wahrung ihrer Unabhängigkeit, so Temnos und Pergamon (OGIS 265 vor 260), Messene und Phigalia (Sylloge^{3} 472. 240 v. Chr.) u. a. G. T. GRIFFITH, Hist. 1, 1950, 247 ff. H. V.

Isoteleis (ἰσοτελεῖς). In den Abgaben und dem Wehrdienst den Bürgern gleichgestellte Fremde, die nicht das aktive Bürgerrecht, Teilnahme an Wahlen usw. haben, in Athen eine Mittelgruppe zwischen Bürgern und Metoiken, Anecd. Bekk. 1,298. Sylloge^{3} 346,50. Das Wort wurde oft neben dem Namen als Ehrentitel geführt. Demosth. 34,18.44. Sylloge^{3} 491,51. Die Isoteleia wurde in Athen fallweise Metoiken und Proxenoi verliehen, so dem Redner Lysias. Plut. mor. 836 a. Den Kämpfern gegen die Dreißig wurde sie 403 versprochen und 401 bewilligt. Xen. hell. 2,4,25. TOD IGH n. 100. Für viele andere Staaten ist sie inschr. bezeugt, bes. für Boiotien (Sylloge^{3} 644,30. OGIS 80,4), Kalchedon (Sylloge^{3} 645,71) u. a. Ephesos gab den I. im Kampf gegen Mithradates 86 das Bürgerrecht. Sylloge^{3} 742,44. H. V.

Israel s. Iuda

Issa. Westlichste Insel vor der dalmatin. Küste, h. Vis (Lissa), 17 km lang, 101 qkm, schon neolith. besiedelt, im 4. Jh. v. Chr. von Syrakus kolonisiert, im 1. illyr. Krieg an Rom angeschlossen, App. Ill. 7. Pol. 2,8,5. 11,11 f., auch später oft genannt, in der Kaiserzeit zu Salona gehörend, G. ALFÖLDY Bevölkerung und Gesellschaft der röm. Provinz Dalmatica 1965, 106f. Reste eines Amphitheaters, von Thermen u.a. in Vis. Skyl. 23. Skymn. 413f. Strab. 2,5,20 p. 124. 7,5,5 p. 315. Ptol. 2,16,9. CIL III 3074–3083. 6423. 13284–13286. 14018. HEAD HN² 317f. E. M.

1. *R.E. Petermann* Führer durch Dalmatien, 1899, 411ff. 2. CIL III p. 393. 3. *Fluß*, RE Suppl. V 346ff. 4. *A. Skinitzer* Dalmatien (Monographien z. Erdkde. 42), 1930, 43f. 5. *G. Nock* Issa i isejska država (Issa und sein Reich), Bull. d'arch. et d'hist. dalmate 54, 1955, 5ff. 55, 1956, 37ff. 6. Ausgrabungen Funde Bull. dalmate passim.

Issedones (*Ἰσσηδόνες*, *Ἰσσηδοί*, *Ἐσσηδόνες*). Skyth. Volk asiat. Herkunft. Zuerst bezeugt bei → Alkman (nach Steph. Byz. s. *Ἰσσ.* in der Form *Ἐσσηδόνες*), der in seiner Heimat Sardes Kenntnisse über Völker und Länder weit nach Asien hinein gewinnen konnte, dann bei → Hekataios (FGrH 1 F 193, dazu Komm.-Bd. p. 351–352) und → Damastes von Sigeion (FGrH 5). Erst von Hdt. 1,201. 4,13.16.25–26 erfahren wir Näheres über Wohnsitze und Gebräuche der I. unter Berufung auf → Aristeas von Prokonnesos. Hdt. lokalisiert die I. unter Beachtung der Tatsache, daß dieses Volk mit dem Fluß *Ἀράξης* (hier der Oxos gemeint, h. Amu-darja), den *Μασσαγέται* u. den → *Ἀριμασποί* in engeren Zusammenhang gebracht wird, s.ö. des Aralsees. Der Schwerpunkt ihrer Sitze lag aber in Mittelasien. Dies bestätigt Ptol. 6,16,5.7. 8,24,3.5 N., der die *Ἰ.* zur *Σηρική* rechnet und die den *Ἰ* zugehörigen, im chines. O.-Turkestan (Tarimbecken) gelegenen Städte *Ἰσσηδὼν Σκυθική* (h. Kutscha) n. des Tarim und *Ἰσσηδὼν Σηρική* (h. Tscharchlik) s.w. des Lobnor nennt (vgl. Karte von Zentralasien in A. HERRMANN Die Seidenstraßen zwischen China und Syrien, 1. Abt., Bln. 1910), dazu die *Κάσια ὄρη* bei *Ἰσσ. Σηρ.*, einen Vorposten des h. Altyn-tag (Teil des Kwenlun-Geb. s. RE X 2261). Für den festen Ansatz der I. durch Ptol. war Voraussetzung die Kenntnis der im 2. Jh. n. Chr. bereits hochaktivierten Seidenstraße, die in Liang-tschou, dem alten *Σήρα μητρόπολις*, einsetzte und von hier aus in einer s. und einer n. Abzweigung *Ἰσσ. Σηρ.* und *Ἰσσ. Σκυθ.* berührte. Strab. hat die *Ἰ.* nicht genannt. Spätere Nennungen: Paus. 1,24,6 und Ail. nat. an. 3,4, die beide auf die ältere Überlieferung (Aristeas, Hekat., Hdt.) zurückgehen. Doch gehören nach den röm. Quellen die E. der Scythia Europaea an (Mela 2,2.9.13. Plin. nat. 4,88. 6,20, welche die 'I. an die Maiotis u. an die O.-Seite des Schwarzen Meeres in die Nachbarschaft der Kolchis verweisen). Nur Plin. nat. 6,50 verlegt die Sitze der E., zusammen mit den Sacae, Massagetae, Dahae und Astacae, wieder erheblich weiter ö., so daß die gesamte Überlieferung über die 'I. das Bild eines durch Wanderungen weit verbreiteten Volkes bietet, ähnlich dem Volk der → Tocharer. Aus dem von Hdt. 4,26 für die 'I. berichteten

Brauch der Nekyophagie (nach Hdt. 1,216, Strab. 11,513.520 auch von den Massageten und Derbikern geübt, vgl. Mela 2,9) glaubt man einen Schluß auf die Zugehörigkeit der I. zu der idg. Völkergruppe ziehen zu können. Zu dem Problem, ob die 'I. mehr zu Europa oder zu Asien zu rechnen sind, vgl. A. HERRMANN Art. Issedoi RE IX 2235ff. mit Lit. H. T.

A. Forbiger HB d. alten Geogr. 2, 1877, 471. *H. Treidler* Die Skythen und ihre Nachbarvölker, Arch. f. Anthrop. N.F. XIII, H. 3,286.288 mit Skizze S. 285. Gr. Hist. Weltatl. I, S. 13a.

Issorion. Hügel am N.-Rand von Sparta mit Heiligtum der Artemis Issoria, Plut. Ages. 32,3. Polyain. 2,1,14. Nep. Ages. 6,2. Steph. Byz. Hesych., vielleicht der h. Hügel Klaraki. E. M.

Bölte, RE III A 1350f. 1366f.

Issos (*Ἰσσός*). Stadt Kilikiens an der Grenze Syriens am Flusse Pinaros (h. Deli-Tschai) und am *Ἰσσικός κόλπος* (Strab. 14,676, h. Golf von Iskenderun bzw. Alexandrette), nahe dem Aufstieg zu den Amanischen Toren n. von I. und den Syrischen Toren s. von I. (→ Amanos), berühmt durch den Sieg Alexanders d. Gr. über Dareios III. 333 v. Chr., zuerst erwähnt von Xen. an. 1,2,24. 4,1 (*Ἰσσοί*), dann vielfach; nach der Schlacht in *Νικόπολις* umbenannt nach Steph. Byz. s.v. und Sch. Dion. Per. 118. Itinerarstation des röm. Straßennetzes, K. MILLER Itin. Rom. S. 753. Mz. H.T.

H. Delbrück Gesch. d. Kriegskunst 1,154ff. *A. Forbiger* HB d. alten Geogr. 2, 1877, 283f. Les Guides Bleus: Turquie, S. 462ff. *J. Kromayer* Ant. Schlachtfelder, 4,354–368. *Kromayer-Veith* Schlachtenatl. z. ant. Kriegsgesch., griech. Abt. Nr. 6 (Granikos bis Issos).

Istaevones. Nach Plin. nat. 4,100 und Tac. Germ. 2 Gesamtbezeichnung für eine w.-german. Gruppe von Stämmen, zu denen die Sugambrer und die aus diesen hervorgegangenen Marsen, Chattuarier, Usipier, Tencterer, Tubanten, Bructerer, Chamaven und Ubier gehörten. Es sind dies alle jene Stämme, die später im Frankenbund wieder erscheinen. H. C.

Ister s. Istros

Isthmien. Nach den Olympien die bedeutendsten panhellen. Spiele, dank ihrer günstigen Lage bei Schoinus auf dem Isthmus von Korinth und wegen der zahlreichen, mit ihnen verbundenen Festlichkeiten. Athener waren zahlreich an ihnen beteiligt, und Theseus wird als Stifter genannt, IG XII 5,444 ep. 20. Triftige Gründe sprechen für die Richtigkeit der Überlieferung, daß die Umwandlung von örtlichen in panhellen. Spiele durch die Kypseliden 570 (oder 572, nach anderen 581) erfolgt sei, BELOCH GG² I 2,275f. (vgl. die Einführung der Panathenaeen durch Peisistratos). Die I. wurden gefeiert zu Ehren des Poseidon, dessen Tempel aus dem frühen 7. Jh. stammt (O. BRONEER, Klio 39, 1961, 250), und des Melikertes-Palaimon, zu dessen Ehren Sisyphos die I. gestiftet haben soll. Die I. wurden jedes 2. Jahr gefeiert, wahrscheinlich im April, und dauerten mehrere Tage. Der Siegerkranz, urspr. aus Fichte, wurde ab 475/74 durch Sellerie ersetzt, vom 2. Jh. v. Chr. ab wieder Fichte und/oder Sellerie (BRONEER, AJA 66, 1962, 259–263). Der Schauplatz der Spiele, die Lage der Tempel des Poseidon und des Palaimon sowie des Theaters wurden von BRONEER festgestellt und beschrieben a. O. und in einer Artikelfolge in Hesp. 1953, 1955, 1958, 1959, 1962; Archeology 1955, 1956, 1960 und in Antiquity 1958. BRONEER entdeckte ein »frühes Stadion« mit einer komplizierten Anlage der Startplätze in dem Areal, das später der Palaimontempel einnahm. Ein späteres Stadion, angelegt im frühen 4. Jh., erwähnt IG IV 203,24 und Paus. 2,1,7, hatte eine Breite von etwa 27 m und eine Länge von 600 dor. Fuß. Wagen- und Pferderennen gehörten zu den wichtigsten Kampfarten, Paus. 6,20,19. Pind. I. 1.2. SGDI 3,3123. Die üblichen Wettkämpfe – Laufen, Ringen, Fünfkampf und Pankration, aber auch Wettbewerbe in Musik, Vorträgen und Malerei – bildeten das normale Programm, bezeugt durch literar. Quellen und Inschr. (z. B. Plin. 33, 58. IG IV 428.591.682). Die Wettkämpfer wurden auf ihre Tauglichkeit geprüft; für auswärtige Athleten standen Unterkünfte bereit (IG IV 203,4.12). Während der I. herrschte Gottesfrieden (Thuk. 8,9). Zwischen 146 und 46 v. Chr. lag Korinth in Trümmern; in dieser Zeit wurden die I. von den Sikyoniern durchgeführt. Nach der Neugründung von Korinth fiel die Ehre wieder dieser Stadt zu, Paus. 2,2,2. Die Bedeutung der I. als panhellen. Versammlungen bezeugen Ereignisse, die dort stattgefunden haben: Die Zusammenkunft im J. 480/79, um Maßnahmen gegen Xerxes zu beraten, Hdt. 8,71, die von Philipp II. 338/37 einberufene panhellen. Konferenz, die Versammlung, in der sich Alexander zum Führer gegen die Perser machen ließ, u. die Proklamation der griech. Freiheit durch T. Quinctius Flamininus im J. 196/95. Nach dem Wiederaufbau des heiligen Bezirks – der vielleicht von Claudius begonnen und von P. Licinius Priscus Iuventianus, mit einigen Erweiterungen durch Herodes Atticus, fortgesetzt wurde – wurden seit der Mitte des 1. Jh. die Spiele wieder mit dem alten Glanz gefeiert. Gegen Ende des 2. Jh. verfiel Korinth. Die endgültige Zerstörung kam unter Justinian, der die Bauten des Heiligtums niederreißen ließ, um Befestigungswerke am Isthmos aufzuführen. O. W. R.

Isthmos (meistens ὁ, dichterisch auch ἡ Ἰσθμός), bes. die Landenge von Korinth zwischen Mittelgriechenland und der Peloponnes. Der eigentliche I. besteht aus stark verworfenen Schichten von neogenen Mergeln und Sanden mit alluvialen Anlagerungen und ist an seiner schmalsten Stelle etwa 6 km breit und bis 75–80 m hoch. Schon im Alt. ist mehrfach geplant und versucht worden, einen Kanal durch den I. zu graben; Periander

Diog. Laert. 1,7,99, Demetrios Poliorketes Strab. 1,3,11 p. 54, Caesar Plut. Caes. 58,4. Suet. Caes. 44. Cass. Dio 44,5,1, Caligula Suet. Calig. 21. Plin. nat. 4,10, Herodes Atticus Philostr. v. soph. 2,6. p. 237. Wirklich begonnen und ziemlich weit gefördert war nur der Versuch Neros (Suet. Nero 19. Cass. Dio 63,16. [Lukian.] Nero), dessen reichliche Spuren durch den modernen Kanalbau (1881–1893) verschwunden sind. Der h. Kanal ist 6,3 km lang, oben 24,6 und an der Sohle 21 m breit und 8 m tief. Als Ersatz diente der im Beginn des 6. Jh. v. Chr. angelegte »Diolkos«, eine ausgebaute Rillenschleifbahn, auf der man kleinere Schiffe anscheinend von Menschenhand über den I. zog und von dem am W.-Ende nun längere Strecken freigelegt sind [9], Strab. 8,2,1 p. 335. 8,6,4 p. 369. Thuk. 3, 15,1. 8,7. 8,8,3. Aristoph. Thesm. 647f. mit Sch. Pol. 4,19,7ff. 5,101,4. Plin. nat. 4,10. Cass. Dio 51, 5,2. Corinth VIII,II 1ff. Nr. 1.

Schon früh ist der I. durch eine Mauer gesperrt worden, schon spätmyken. Archaeology 11, 1958, 59. Antiquity 32, 1958, 81ff. Atti d. VII. Congresso Intern. Arch. Class. 1961 I, 243ff. Am bekanntesten ist die Befestigung des J. 480 v. Chr., Hdt. 8, 40,2.71. 9,7 β 1. Diod. 11,16,3, bis in die Neuzeit mehrfach erneuert. Die h. sichtbaren Reste stammen mit dem Kastell an der Stelle des Heiligtums aus justinian. Zeit, Prok. aed. 4,2,27f. Georg. Phrantzes 1,33 p. 96 B. IG IV 204. 205. [7]. Hesperia 27, 1958, 20ff. 28, 1959, 320f. S. des O.-Endes des I. und des h. Kanals sind die ausgedehnten Reste des Heiligtums des isthm. Poseidon ausgegraben mit den Tempeln des Poseidon (7. und 5. Jh. und spätere Neubauten) und des Palaimon, Theater, Stadion, Thermen und weiteren Nebenanlagen (IG IV 203 und [10]). Siege an den isthm. Spielen werden meistens auch als ἐν Ἰσθμῶι oder Ἰσθμοῖ bezeichnet. 390 v. Chr. Besetzung des Heiligtums durch Agesilaos mit nachfolgendem Brand des Tempels, Xen. hell. 4,5,1ff. Im Stadion die Verkündung der »Freiheit« Griechenlands durch Flamininus bei den isthm. Spielen 196 v. Chr., Pol. 18, 46,4ff. Liv. 33,32. Plut. Tit. 10,3ff. App. Mak. 9,4. Große Bautätigkeit in der Kaiserzeit. Skyl. 40. Strab. 8,6,4 p. 369. 6,22 p. 380. Paus. 2,1,5–2,2. Plin. nat. 4,9f. E. M.

1. *A. Philippson* Der I. von Korinth, Ztschr. der Gesellsch. für Erdkde. 25, 1890, 1ff. 2. *Ders.*, RE IX 2256ff. 3. *Philipps.-Kirst.* 3,71ff. 4. *Corinth*, Results of excavations I, *H. N. Fowler-R. Stillwell* Introduction, topography, architecture bes. 29ff. 49ff. 5. *L. Guerrini*, Enciclopedia dell'arte antica 4,246ff. 6. *B. Gerster* L'isthme de Corinthe, tentatives de percement dans l'antiquité, BCH 8, 1884, 225ff. 7. *R. J. H. Jenkins* Researches at Isthmia, ABSA 32, 1931/1932, 68ff. 8. *J. R. Wiseman* A Trans-Isthmian fortification wall, Hesp. 32, 1963, 248ff. (hellenist.). 9. *N. M. Verdelis* Der Diolkos am I. von Korinth, MDAIA 71, 1956, 51ff. 73, 1958, 140ff. 10. Ausgrabungen: O. *Broneer* u. a. Hesp. 22, 1953, 182ff., 24, 1955, 110ff. 27, 1958, 1ff. 28, 1959, 298ff. 31, 1962, 1ff. Archaeology 8,

1955, 56ff. 9, 1956, 134ff. 268ff. 13, 1960, 105ff. Antiquity 32, 1958, 80ff. AJA 65, 1961, 261ff.

Istros. 1. Insel beim → triopischen Vorgebirge an der W.-Küste Kleinasiens bei Knidos, h. *Γιαλί* mit gleichnamiger Siedlung nach Steph. Byz. s. v. *Bürchner*, RE IX 2268. *Ruge*, RE VII A 176.

2. I. (*ὁ Ἴστρος, Hister, Danuvius, Danubius, Δάνουβις*), h. Donau. Die Griechen kannten im 7. Jh. nur ihren Unterlauf. Erste Erwähnung bei Hes. theog. 339, der den I. unter den Söhnen der Tethys und des Okeanos nennt. Der obere und mittlere Lauf wird bereits früh den kelt. Namen *Danuvius* getragen haben, der erst um die Mitte des 1. Jh. v. Chr. auf den gesamten Fluß übertragen wurde; daneben bestand aber auch der Name I. bis zum E. der Ant. fort. Herodot kannte nur das Mündungsgebiet des I. aus Autopsie. Über sein Quellgebiet war er im Unklaren, Kenntnis von den Donauquellen brachten erst die röm. Eroberungszüge in der Kaiserzeit. Eine genauere Beschreibung des Gesamtlaufes gibt Ptol. 2,11. 5,15. Die Zahl der I.-Mündungen wurde im Alt. verschieden angegeben: 5 bei Hdt., 2–3 bei einigen hellenist. Schriftstellern; bei den Römern, bes. seit Augustus, dringt die Annahme von 7 Donaumündungen immer mehr durch.

Für die Schiffahrt dienten seit alter Zeit Einbäume (*μονόξυλα πλοῖα*) bei den Einheimischen (bes. den Thrakern und Pannoniern), später auch besser konstruierte Schiffe. Auch für kriegerische Operationen diente der Wasserweg. In der Kaiserzeit wuchs die Bedeutung des I. als → Limes des Reiches. Am Donaulimes waren 2 Kriegsflottillen stationiert: *classis Moesica* und *Pannonica*. In der Spätantike wird der I. im Zusammenhang mit den Barbareneinfällen öfters erwähnt, da damals auch der Donaulimes dem Anprall des Angreifers nicht mehr standhalten konnte.

Brandis, RE IV 2103–2133. *Besnier* Lexique de géogr. anc. 259ff. *Detschew* Thrak. Sprachreste 218ff. *Danoff* Art. Pontos Eux. RE Suppl. IX 923ff. *R. Senac* Le retour des Argonautes, Bull. Assoc. G. Budé, 24, 1965, 447–475.

3. I. (*Ἴστρος, Ἰστρίη, Histria, Histropolis*). Bedeutende miles. Kolonie s. der Donaumündung, 50 km n. von Tomi, um die Mitte des 7. Jh. angelegt. Ihre Erforschung wurde 1914 durch V. Pârvan begonnen, von seinen Nachfolgern fortgesetzt und erweitert, vor allem seit 1948/49, nunmehr nach dem Prinzip der Tiefenforschung, mit dem Ergebnis, daß die Vergangenheit der Stadt bis ins 6. Jh. einigermaßen aufgehellt wurde.

Aus dem 5. Jh. stammen beträchtliche Reste von Tempelbauten. Handelsbeziehungen mit der Mutterstadt Milet, Samos, Rhodos, etwas später Athen, sind bezeugt, auch mit den benachbarten Skythenstämmen und dem Odrysenreich. Im 5. Jh. begann auch die Münzprägung. In frühe Zeit fällt wohl auch der von Aristot. pol. 5,1305 b 15 bezeugte demokratische Umsturz. Im 4. Jh. hatte sich I. der Barbarenstämme im Donaudelta und der Makedonen zu erwehren und mußte sich zeitweilig → Lysimachos fügen. Um die Mitte des 3. Jh. war I. in den Krieg zwischen → Byzantion und → Kallatis mitverwickelt und half → Apollonia (2) gegen die Kelten. Von dieser Z. ab wird ein Anwachsen der nichtgriech. (thrak. u. a.) Elemente in der Stadt bemerklich. Im ausgehenden 2. Jh. mußte sie den Abzug eingedrungener Barbaren aus dem Stadtgebiet mit einer hohen Summe erkaufen und die verfallene Stadtbefestigung erneuern. Die Mithridat. Kriege scheint I. ohne allzu große Einbuße überstanden zu haben, litt aber schwer unter der Invasion und der zeitweiligen Herrschaft der Daker unter → Burebista. Im ganzen ging die einst mächtige und reiche Stadt im Laufe der letzten 2 Jh. v. Chr. so zurück, daß sie z. Z. des Augustus von Strabon nur als *πολίχνιον* verzeichnet wird. In der Kaiserzeit gehörte I. dem w. pont. Städtebund (*κοινόν*) an. Die Münzprägung reicht bis Gordian III.

Die Hauptgottheiten von I. in der klass. Z. waren Apollon Ietros, die Dioskuren, Zeus Polieus, Aphrodite (?) u. a. Bezeugt sind auch ein Kabirenkult und ein Kybelekult sowie ein solcher des Darzalas, des großen Gottes von Odessos.

Quellen: Hdt. 2,33. 4,78. Strab. 7,318f. Plin. nat. 4,44. 78. 79. Mela 2,2. Ptol. 3,10,3. App. 3,30. Amm. 22,8,43. Eutr. 6,10. Skymn. 769ff. Iust. 9, 12. FGrH III B, 13 (21).

Gegen 587 hatte I. unter den Avareneinfällen zu leiden, die wohl das E. von I. bedeuteten. Chr. D.

Danoff Die w. Pontosküste im Alt., bulg., Sofia 1947, 47ff. *Blawatskaja* Die westpont. Städte im 7.–1. Jh., russ., Moskau 1952 (pass.). *Danoff* Art. Pontos Eux., RE Suppl. IX 1082ff. *Ders.* Zur Gesch. der außenpolit. Beziehungen der griech. Kolonien an der Schwarzmeerküste in klass. und hellenist. Zeit. Ét. Histor. tome II, Rec. à l'occasion du XIIe Congrès internat. des Sciences Hist., Wien 1965, Sofia 1965, 3–17. *E. Condurachi* Istrija, russ., Bukarest 1962, mit Bildmaterial, pass. *Ders.* Les débuts de la cité pont. d'Histria, in Slg.: Griech. Städte und einheim. Völker des Schwarzmeergebietes, Bln. 1961, 1–10. *D. M. Pippidi* und *D. Berciu* Geten und Griechen s. der Donau(mündung), rumän., Bukarest 1965, pass., Ind. s. Histria. *Vulič*, RE IX 2268ff. (überholt). *Detschew* Die thrak. Sprachreste 217ff. *Danoff* Zur Rolle der Griechenkolonien an der nordwestl. und westl. Küste des Schw. Meeres im Wirtschaftsleben Griechenlands, Compt. Rend. du I. Congrès Internat. des Ét. Balk. et Sud-est europ., Sofia 1966 (im Druck).

4. I., etwa Mitte 3. Jh. v. Chr. Wohl Sklave von Geburt, Kallimachosschüler (*ὁ Καλλιμάχειος*) unbestimmter Herkunft (Paphos?). Gestützt auf die Bibl. von Alexandreia, verfaßte I., der auch dichtete, gelehrte Werke vorwiegend histor.-antiquar. Inhalts, z. T. Materialslg.-en. Nur Frg. erhalten (Lex., Sch. [Didymos], Ail., Athen., Clem. Al., Eust., Hyg., Plut., Porph.); etwa die Hälfte davon (bei Lexikogr.) betrifft Attisches. Bezeugt ist: A. Lokalhist. *Ἀττικά (Συναγωγὴ τῶν Ἀτθίδων)*, mind. 14 B., wohl Hauptwerk und allein häufiger zit. Es war keine Atthis im eigentlichen Sinn, sondern wohl eine Zusammenstellung der Überlieferung über Attika, die, vielleicht nach der Königsfolge angelegt, offenbar nur die Arch. behandelte (vielleicht bis Kodros), die für die Dichtererklärung und die hellenist. Dichter am wichtigsten war; Varianten, Angabe der Gewährsmänner etc. machten den Hauptwert des Werkes aus (auch aitiolog. Interesse an der Namenerklärung). Ähnlicher Art können die *Ἀργολικά* und die *Ἠλιακά*, mind. 5B., gewesen sein. – B. Ägyptisches. Je ein Werk über äg. *ἀποικίαι* (vgl. Diod. 1,28f.) und die von Ptolemaios I. gegründete Stadt Ptolemais (mind. 2B.). – C. Religionsgeschichtliches: *Ἀπόλλωνος ἐπιφάνειαι* (mind. 2B.), *Ἡρακλέους ἐπιφάνειαι*, *Συναγωγὴ τῶν Κρητικῶν θυσιῶν* und vielleicht eine Schrift (über Mantik?), in der metrische Orakelsprüche vorkamen. – D. Agonistisches: *π. ἰδιότητος ἄθλων*, *π. στεφάνων* (?) und *π. τῶν Ἡλίου ἀγώνων*, etwa als Ergänzung zu Kall. *π. ἀγώνων*. – E. Biographisches: *π. μελοποιῶν* (Pind.?) und wohl ein Werk über Sophokles. Diese Schriften haben wohl nichts mit dem zeitlich unbestimmbaren, doch vermutlich nicht mit I. ident. I. von Kallatis, Vf. von *π. τραγῳδίας*, zu tun. – F. Grammatisches und Vermischtes: Zur Lexikogr. gehörten die *Ἀττικαὶ λέξεις*; Miszellanslg.-en waren wohl die *Ὑπομνήματα* (Hom. Probleme), *Σύμμικτα* und *Ἄτακτα* (wohl mind. 4B.; vermischte Notizen, bes. über Attika [Trag.], die allerhand *ζητήματα* behandelt haben mögen). In den *Πρὸς Τίμαιον ἀντιγραφαί* polemisierte I. wie Polemon, der seinerseits I. bekämpfte, gegen → Timaios, den er *Ἐπιτίμαιος* nannte. Fraglich, inwieweit I. direkt benutzt ist bei Apollod., Hyg. fab., Paus., Plut. (Thes., Sol. etc.). W. Sp.

Frg.: FGrH 334 (Lit.). *Pack*² Nr. 1205.

Lit.: *F. Jacoby*, RE IX 2270ff. FGrH 3b IX p. 13; XVIII p. 222. *V. de Marco*, Par. d. Pass. 16, 1961, 81ff.

Isyllos von Epidauros, Sokrates' Sohn, Vf. von inschr. im → Asklepiosheiligtum dortselbst erhaltenen Gedichten. Diese enthalten einen Bericht über die Stiftung einer Prozession für Apollon Maleatas und Asklepios durch I., einen Paian des I. für Asklepios, in dem die Genealogie des Gottes gegeben wird (Koronis hier nur Beiname der Aigla, der Mutter des Asklepios [anders WILHELM, Symb. Osl. 27, 1949, 25]), einen Bericht über eine Erscheinung des Asklepios, der den Spartanern gegen den Angriff Philipps beisteht. Die Zeit wird durch die Angabe des I., daß er damals (338 v. Chr.) ein Knabe war, und durch die Schrift (vor 300) bestimmt. Die Verse des Sparta- und aristokratenfreundlichen Vf. (troch. Tetrameter, Hexameter, Ioniker) sind ohne Feinheiten, die Sprache ein Gemisch aus ep. und epidaur. Dialekt. R. K.

Letzte Ausg. IG IV, 1 ed. minor, 1929, nr. 128.

Itala s. Bibel

Italia I. Urgeschichte. Die z.Z. ältesten Nachweise menschlicher Besiedlung auf der Ap. Halbinsel reichen bis in das Mindel-Riss-Interglazial zurück (Mittellithisches Abbevillien). Umfangreiche Quellen stehen für die Zeit des Neandertalers (Rissglazial, Riss-Würm-Interglazial und frühes Würm-Glazial) aus dem ganzen Bereich (auch von der Küstenzone) zur Verfügung (Moustérien, Küstenmoustérien). Während des frühen Würm-Interstadiales setzt das Spätlithikum der Klingenformung ein, dessen 4 Stufen das letzte Glazial ausfüllen. Vom homo sapiens foss. getragen, wird eine regionale Gliederung während seines Ablaufes immer deutlicher. Im mittelital. Bereich hebt sich das Bertoniano heraus, im NO. werden die Verbindungen zum mitteleurop. Gravettien greifbar, im NW. wie im S. sind gleichfalls Sonderformen faßbar. Die im frühen Postglazial verankerte Umformung zum kleingerätigen Spätestlithikum ist über die gesamte Halbinsel verbreitet, im Einzelnen aber noch zu wenig bekannt.

C 14-Daten legen die Annahme nahe, daß während des 6. Jt. der Schritt zur bäuerlichen Kultur, zum Keramikum, erfolgte. Dessen Gliederung in 4 Stufen (Grund-, Früh-, Mittel- und Spätkeramikum) ist indirekt und direkt faßbar. Indirekt bezüglich der 1. Stufe unter Berücksichtigung der Aufschlüsse aus dem Nahen Osten, direkt für die 2.–4. Stufe durch kulturstratigraphisch geordnete Quellenbestände im Lande und durch die Beziehungen zum Nachbarbereich. Grundlage für die keramikzeitliche Kulturabfolge dürfte die bes. in den Küstenzonen nachgewiesene Cardium-Ware (ceramica impressa) sein. Während der 2. Stufe setzt eine ständig deutlicher werdende Regionalformung ein. Im N. (von Ligurien bis Venetien) wird sie während der 3. Stufe in der Chiozza-Quinzano-Kultur, in Mittelitalien in der Felci-Ripoli-Gruppe und im S. durch die Molfetta-Art greifbar. Während der 4. Stufe wird der N. in die westeurop. Kulturzone einbezogen (Lagozza- und Remedello-Gruppe), während das mittlere und südliche Gebiet ihre mediterran gebundene Eigenart fortsetzen (Typus Rinaldone, T. Gaudo, »Garganien«). Noch während der 4. Stufe wird der neue Werkstoff, das Kupfer, bekannt. Bemerkenswert ist die Verwendung von gediegen Antimon durch die Träger des T. Rinaldone, die vielleicht auch das gediegen Kupfer der toskan. Lagerstättenzone verwertet haben könnten.

Während des frühen 2. Jt. setzt das Metallikum mit dem Vorherrschen der Bronze ein. Seine Gliederung in 3 Hauptstufen gilt auch für die Ap. Halbinsel: Früh-M.: 1900/1850–800/750 v.; Mittel-M.: 800/750–400/380 v.; Spät-M.: 400/380 – Romanisierung.

Das Früh-M. selbst wird gleichfalls in 3 Stufen gegliedert (I, II, III), die ihrerseits wieder weiter unterteilbar sind. Kulturgeogr. zeigt sich ein deutlicher Unterschied zwischen dem Früh-M. n. und

s. des Apennin. Die n. Zone führt z.T. noch die Tradition des Spätkeramikums weiter, wird aber in das mitteleuropäische Kulturareal einbezogen, wie die Metallgeräte erkennen lassen. Die s. Zone baut ganz auf dem späten Keramikum auf, seine mediterrane Eigenart wird dadurch geprägt. Ihr kultureller Ausdruck ist die Belverde-Cetona-Kultur; am O.-Rand des Apennin greift sie in die ö. Padana über. Das Früh-M. I und II sowie der Beginn von III (a) zeigt eine in sich gefestigte Kulturstabilität. Erst während des Früh-M. IIIb greift die von Mitteleuropa ausgehende Urnenfelderwanderung auf Italien über und dringt ö. des Apennin nach S. (bis Calabrien) vor. Der bis dahin submitteleuropäische N. wird so endgültig in den mitteleuropäischen Kulturbereich einbezogen, der mediterrane S. setzt sich mit dem Urnenfelderelement auseinander. Die für das vorgeschrittene Früh-M. IIIc in beiden Regionen nachweisbaren Kulturformen (im N.: Este I, Melaun I, Golasecca I, Benacci I; im S.: Typus Terni, Tarquinia, Grottaferrata, Molaroni, Torre Galli) sind der Niederschlag dieser Vorgänge und die Grundlage für die Beurteilung der altstammeskundlichen Probleme der Ap. Halbinsel.

Das Mittel-M. mit der nun einsetzenden Eisenverwertung wird gleichfalls in 3 Stufen (I, II, III) gegliedert, sein Beginn durch die ab ca. 750 v. Chr. (Gründung Cumae) neu einströmenden Kulturgüter bestimmt, sein Höhepunkt durch die Vorherrschaft der Etrusker und sein Ende durch den Kelteneinfall (ca. 390 v. Chr.) herbeigeführt. Die regionale Gliederung bleibt weiter bestehen, doch tritt Mittelitalien an der tyrrh. Küste wegen des hier kumulierten Kulturpotentials eindeutig in den Vordergrund: Zone der [etrusk.] Marino-Kultur. Ihre Komponenten (mediterran gebundenes Substrat, urnenfelderzeitliches Superstrat, griech. [und phönik. Handels-] Einfluß) sind gut faßbar und erfahren durch die Übernahme der Schrift ihre literalhistor. Ergänzung. Das etrusk. Problem ist nicht bloß sprachgeschichtlich, sondern vorwiegend kulturhistor. orientiert, das die Bindung an die mediterrane Grundschicht zu berücksichtigen hat. Ähnliches gilt für die im O. Mittelitaliens lebende Novilara-Kultur mit ihren etwa im 6. Jh. v. Chr. einsetzenden Verbindungen zur ö. adriat. Küstenzone (illyr. Liburner). N. des Apennin steigen während des Mittel-M. die Villanova- (Padana), Este- (Venetien), Golasecca- (Seengebiet bis Ligurien) und Melauner Kultur (Trento, S.-Tirol) zu ihrer Blüte empor. Einen wesentlichen Einschnitt hierbei bedeutet das Vordringen der etrusk. Kultur um 500 v. Chr. über den Apennin in die Padana (Gründung Felsina und Melpum im Bereich der Villanova-K.). Folgen davon sind: Entstehung des Situlenstiles (Bologna, Este), Ausbreitung der Schrift (Este, Melaun) als Grundlage für die verschiedenen Alpenalphabete, Verlagerung des griech. Handels in das Mündungsgebiet des Po (Spina!) und Weitergabe des graeko-etrusk. Handelsgutes (Bronzegefäße, Keramik) in das n. anschließende Hinterland (vom Tessin über die Alpen bis in das mittlere Rheingebiet). Ein stark geändertes Kulturgefüge ist das Ergebnis dieser »Etruskisierung«, bevölkerungsmäßige Veränderungen dürften nicht allzu stark gewesen sein.

Die kelt. Wanderung bewirkt ein abruptes Ende dieser Entfaltung und leitet das Spät-M. ein, dessen Ende im Bereich n. des Apennin durch die Schlacht von Telamon (225 v. Chr.) gegeben ist (Einsetzen der Romanisierung). Als urzeitliche Kulturen verbleiben: etwa 150 J. die mit der einheimischen Grundschicht stark vermengte Latènekultur sowie die späte Este-, Golasecca- und Melauner Kultur, die letztgenannte wird erst durch den Alpenfeldzug (Drusus 15 v. Chr.) unter die röm. Botmäßigkeit genommen.

Schriftliche Quellen gestatten eine altstammeskundliche Orientierung der mittel- und spätmetallzeitlichen Kulturen. Das zentrale Problem betrifft die Etrusker, für die auf Grund der Bodenfunde keine geschlossene Einwanderung nachgewiesen werden kann. Tragend ist das mediterrane Substrat, durch idg. orientierte Superstrateinflüsse gewandelt. Auf diesen Einflüssen fußen die tragenden altstammeskundlichen Einheiten des n. Mittel- und Spät-Metallikum, aber auch des ital. Elementes s. des Apennin. Die Este-Kultur ist demnach den Venetern zuzuschreiben, die Villanova-Kultur ist allgemein idg. orientiert (eine Zuordnung an die Umbro-Sabeller ist schwer vertretbar), als ligur. wird die Golasecca-Kultur bezeichnet (deren voridg. Elemente vorwiegend im w. Verbreitungsgebiet nachwirken) und die Melauner Kultur den Rätern (Alpenillyriern) zugeordnet. Das kelt. Element ist durch die Latène-Kultur in der Padana wirksam geworden. Der Novilara-Kultur werden die Picenter an die Seite gestellt, damit überwiegend idg. orientiert und durch liburn. Einflüsse verstärkt. Die Romanisierung ist vorwiegend kulturgesch. greifbar und dürfte erst während des 1. Jh. v. Chr. einen stärkeren sprachlichen u. ethnischen Wandel bewirkt haben. R. P.

R. Pittioni Italien, urgeschichtliche Kulturen, RE Suppl. IX 105–372. – Die seither erschienene Literatur brachte vorwiegend heuristische Ergänzungen, das a. O. aufgebaute System einer Urgeschichte Italiens wurde dadurch weiter unterbaut.

II. 1. Name; 2. Ausdehnung; 3. Eigentümlichkeiten des Landes.; 4. Bewohner (NISSEN It. Ldk. 1,57 ff. 86 f. OLZSCHA, St. Etr. 10, 1936, 263 ff. RAUHUT Würzb. Jahrbb. 1, 1946, 133 ff. WIKÉN Die Kunde der Hellenen v. d. Lande und den Völkern der Apenninenhalbinsel usw. 152 f. BÉRARD La colonisation Grecque de l'Italie etc. 445 ff. DEVOTO Gli ant. Italici[2] 111 f. ALTHEIM Gesch. der lat. Sprache 25 ff. RADKE Romanitas 1966 im Satz).

1. Name: Quantität der 2. Silbe stets kurz, der 1. Silbe im Namen I. (Soph. Ant. 1119 cod. Laur.

bakcheisch 'Ιταλείαν, sonst choriamb. 'Ιταλίαν; zur Responsion vgl. Pind. N. 9,14. 19) in hexametr. Dichtung seit dem 3. Jh. (Kall. h. 3,58. frg. 635 Pf.) lang, in iamb. Dichtung (Ps.-Skymn. 300. 330. Lucil. frg. 825 M.) kurz, im Namen *Italus* in lyr. Dichtung (Ausnahme: Hor. c. 2,7,4) stets lang (Catull. 1,5. Hor. c. 2,13,18 u. a.), in hexametr. Dichtung nach Quantität der 3. Silbe: Ist diese lang, bleibt kurzes i, sonst wird es lang (Serv. auct. Aen. 1,2: *i contra naturam producta est, cum sit natura brevis*). Deutung bei Antioch. FGrH 555 F 5f. nach dem eponymen König Italos (Thuk. 6,2,4. Aristot. pol. 7,9,2 p. 1329 b 10. Serv. auct. Aen. 1,533. Paul. Fest. 94,10 L. Hyg. fab. 127), bei Hellan. FGrH 4 F 111. Tim. FGrH 566 F 85f. von ἴταλος, einem Worte der unterital. Griechen (Varro l. l. 5,96; rust. 2,1,9. 2,5,3. Gell. 11,1,1. Colum. 6 pr. 7. Serv. auct. a. O. Paul. Fest. a. O.; vgl. Apollod. 2,5,10,9), das diese mit auch sonst bezeugtem Verlust des anlautenden Digamma aus ital. **u̯ĭtlos (> vĭtulus)* »Jungstier« entlehnten, so daß sich die Herleitung von I. aus dem Grundwort von *vitulus* als irrige Volksetym. darstellt, der auch künstlich nach zeitgenössischem **vitel* gebildetes *víteliú* (VETTER HB Nr. 200 G 1. 3. 4. 5) auf den Mz. des Bundesgenossenkrieges folgt, ohne als echter osk. Name gelten zu können. Anlautendes Digamma ging in ital. Namen nie verloren: '*Ελέα- Velia*, '*Ενετοί- Veneti*, '*Ιππώνιον- Vibo*, '*Ολσοί- Volsci*. Der (vielleicht sikul.) Name I. hat mit *vitulus* nichts zu tun.

2. Ausdehnung: Z. Z. des Hekat. FGrH 1 F 80–85 hieß nur die S.-Spitze des h. Kalabrien I. (Antioch. FGrH 555 F 5; vgl. die Namen der Themistoklestöchter Plut. Them. 32); seit Hdt. dehnte sich der Name bis Metapont (4,15) und Tarent (1,24. 3,136. 138) aus (beide Stadien bei Ps.-Skymn. 300 ff. 324 ff.; wohl aus Ephoros). Antioch. F 3 anerkennt das ohne Tarent, im W. jedoch bis zum Laos, worin ihm Thuk. 6,44,2. 104,1 f. 7,33,4 folgt. Für Theophr. h. plant. 5,8,1 liegt Latium außerhalb I. Seit dem 4. Jh. entspricht die Ausdehnung des Namens I. der von → Graecia Magna. Vermutlich haben Griechen in der Mitte des 5. Jh. wegen sprachlicher Übereinstimmungen zwischen den Bewohnern des alten I. und den osk. Bruttiern und Lukanern den Namen I. auf deren Siedlungsgebiet ausgedehnt (vielleicht war Hdt.s Einfluß maßgeblich, der 443 in Thurioi lebte); das Land, das Soph. frg. 541 N.² (468 v. Chr.) noch Oinotria nennt, heißt Ant. 1119 (442 v. Chr.) I. Wenn auch die frühesten lit. Spuren einer Übertragung des Namens I. auf die ganze Halbinsel erst bei Plaut. Men. 237. Pol. 2,14,4 zu finden sind, dürfte sie nach der Einnahme Tarents und vor dem 1. pun. Kriege auf röm. Initiative hin als dessen propagandist. Vorbereitung (Zusammengehörigkeit der Römer mit den Mamertinern; Pol. 1,5,1) vollzogen worden sein; ein früherer Termin scheidet wegen Ausbleibens der Vokalschwächung (nicht: **Itĭlia*) aus! Für Cato frg. 85 P. gelten die Alpen als »Mauern Italiens« (vgl. Pol. 3,54,3. Liv. 21,35, 8). Seit 210 v. Chr. bei Liv. wiederholt I. als konsular. *provincia* (26,28,3. 27,7,7. 22,2. 30,40,16. 31, 6,1. 32,1,2 usw.). Als N.-Grenze dieses Verwaltungsbereiches haben seit 188 der → Uso (s. o. Bd. II 602), und seit 171 geogr. wohl auch Gallia (Liv. 43,1,4) bis zum → Formio (Plin. nat. 3.127), seit 133 der → Rubico (Strab. 5,217. Plin. nat. 3,115), seit 41 v. Chr. (App. civ. 3,30. 5,3. 22. Cass. Dio 48,12,5) der → Varus (Strab. 4,178. 184. 5,209) und die Arsia (Strab. 5,210. Plin. 3,132) zu gelten. 41 v. Chr. teilt der junge Caesar I. in 11 Regionen ein (Plin. 3,46): 1. Campania et Latium; 2. Apulia et Calabria; 3. Lucania et Bruttium; 4. Samnium; 5. Picenum; 6. Umbria; 7. Etruria; 8. Aemilia; 9. Liguria; 10. Venetia et Istria; 11. Gallia Transpadana. Eine Neuordnung fand unter Diokletian statt (Veron. Verzeichnis b. MOMMSEN, APrAW 1862, 489 ff. Not. dign. occ.; vgl. KORNEMANN, RE V 731), wo die *dioecesis Italiae* (Hauptstadt: Mailand) in eine *pars urbicaria* (verpflegt Rom) und eine *pars annonaria* (verpflegt den kaiserlichen Haushalt), beide unter einem *corrector utriusque Italiae* (CIL VI 1693), später unter *vicarius urbis Romae* und *vicarius Italiae*, zerfiel. *Regiones suburbicariae*: Picenum, Valeria, Tuscia et Umbria, Campania, Samnium, Apulia et Calabria, Bruttii et Lucania, Corsica, Sardinia, Sicilia; *regiones annonariae*: Raetia, Venetia et Histria, Aemilia, Liguria, Alpes Cottiae, Flaminia (neue Namen im 6. Jh. b. MOMMSEN Chron. min. I 533: Nursia, Alpes Apenninae).

3. Eigentümlichkeiten des Landes: Lob I.s bei Verg. georg. 2,136 ff. Varro rust. 1,2. Dion. Hal. ant. 1,36 ff. Strab. 6,286. Ail. var. 9,16. Plin. nat. 3,41. 37,201; einzige Einschränkung die Malaria (Varro rust. 1,12,2 f.). Das milde Klima gestattet den Anbau aller Kulturpflanzen und die Haltung aller Haustiere. An reißenden Tieren kennt man nur den Wolf (Plin. 8,80. Liv. 10,27,8. 27,37,3. 41,9,6. Hor. c. 1,17,9). Kennzeichnend ist der gebirgige Charakter des Landes. Gering sind die Bodenschätze: Eisen auf → Ilva, Gold bei Vercellae (Plin. 30,78. Strab. 5,218), Marmorbrüche (Plin. 36,135).

4. Bewohner: Die verschiedenen Völker und Stämme (s. die Namen) auf dem Boden von I. haben meist ihre eigenen Namen bewahrt. 'Ιταλίητες (Antioch.) und 'Ιταλιῶται (Hdt. Thuk.) wurden zu Namen der in I. wohnenden Griechen, bald zur Benennung der Pythagoreer; 'Ιταλοί erstmalig b. Aristot. pol. 7,9,2 p. 1329 b 10. Erst in den Bürgerrechtskämpfen zu Beginn des 1. Jh. v. Chr. unterscheidet man *Italici* von *Romani* (vgl. Vell. 2,16,1); Corfinium erhielt den Namen *Italica* (Vell. a. O. 4. Strab. 5,241. Diod. 37,2: 'Ιταλία; vgl. *víteliú* auf den Mz. o.) als neue Hauptstadt I.s im Kampf gegen Rom. Seit august. Z. werden *Romanus* u. *Italus* gleichbedeutend (vgl. Hor. c. 2, 13,18 *Italum robur*. Verg. Aen. 8,678 *Italos*). G.R.

Italica (dicht bei h. Santiponce bei Sevilla) wurde 206 v. Chr. von P. Corn. Scipio gegründet und mit Veteranen besiedelt (App. Ib. 38) als *vicus civium Romanorum* (CIL II 1119). Seit Caesar erscheint I. als *municipium* (Bell. Alex. 52,4. Mz.), seit Hadrian als *colonia* (Gell. 16,13,4. CIL II 1135. XI 2699. XII 1856), war Heimatstadt der Kaiser Traian und Hadrian, schwerlich aber des Dichters Silius Italicus. In Garnison lag da die legio VII (CIL II 1125f. etc.) und die coh. III Gall. (CIL II 1127). Nach ihren Überresten, bes. dem großen Amphitheater, zu urteilen, war I. bedeutend, hatte Ölexport (CIL XV 2631) und Steinbrüche (CIL II 1131). In westgot. Z. spielte I. 584 als Festung, später als Bischofssitz eine Rolle (Font. Hisp. Ant. IX, Barc. 1947, 449 (Ind. s. v.) und ging nach 711 zugrunde (García [s. u.] 49 ff.). R. G.

A. García y Bellido, Colonia Aelia Augusta Italica, Madrid, Instituto español de Arqueología, 1960 (Biblioth. arch. 2). Mz.: *Ant. Vives* La moneda hispánica 4, Madrid 1924, 125ff. Ausgrabungen: *A. García* a. O. CIL II p. 145. *Ad. Schulten*, Forsch. in Spanien, AA 1940, I/2 112f. *A. Parladé*, Excav. en el anfiteatro de Itálica, Junta sup. de excav., Madrid 1920–1921 Nr. 2, S. 1–7. 1921/22 Nr. 7, S. 1–6. 1923/24 Nr. 10. 1924/25 Nr. 11, S. 1–6.

Italicus. 1. I., Cheruskerfürst, Sohn des Flavus (des Bruders des Arminius, s. Tac. ann. 2,9,1 ff.) und einer Tochter des Chattenfürsten Actumerus, in Rom geboren und erzogen. Claudius setzte ihn im J. 47 als König über die Cherusker; durch Parteiintrigen vertrieben, wurde er von den Langobarden wieder eingesetzt, Tac. ann. 11,16.17. **2.** I., Suebenkönig, nahm als Flavianer im J. 69 an der Schlacht von Cremona teil, Tac. hist. 3,5,1.21,2. **3.** I., Cognomen bei den Gentilicien Annius, Aurelius, Baebius (8), Claudius, Iulius, Statius. R. H.

Italus (Bérard La Colonisation Grecque de l'Italie ecc. 445f. Grimal Dict. Myth. ^{3}239). König der Oinotrer (Antioch. FGrH 555 F 5.6), der diese zu seßhafter Lebensweise erzog (Aristot. pol. 7,9,2f. p. 1329 b 8 ff.); nach ihm erhielt Italien seinen Namen (Verg. Aen. 1,533. Eust. Dion. Per. 78. Steph. Byz. Ἰταλία). Da die aus Italien vertriebenen Oinotrer nach Sizilien gingen und dort Sikuler hießen, kennt Thuk. 6,2,4 den I. als König der Sikuler, und gilt er dem Philist. FGrH 556 F 46 als Vater des Sikelos. Spätere lassen ihn von Sizilien nach Latium kommen (Serv. Aen. 1,2.533); manche machen ihn zum Ligurer oder Lukaner (Serv. auct. Aen. 1,533) und mit Leucaria, der Tochter des Latinus, zum Vater des Romus (Dion. Hal. ant. 1, 72,6; vgl. Sch. Lykophr. 702. Plut. Rom. 2,1), andere zum Vater des Auson (Sch. Lykophr. a. O.). Bei Hyg. 127 gilt er als Sohn der Penelope und des Telegonos (nach Wilamowitz Hom. Unters. 192 aus der Telegonie des 6. Jh.). Zum Namen → Italia. G. R.

Itanos (Ἴτανος). Stadt an der N.O.-Spitze Kretas, h. Erimopolis, mit Resten der Stadtmauer, von Tempeln, anderen Gebäuden und Kirchen. Einzelereignisse der Gesch. nur aus Inschr. der hellenist. und röm. Z. bekannt. Hdt. 4,151. Plin. nat. 4,61. Steph. Byz. Ptol. 3,15,3. Inschr.: [3]. Mz.: Head HN^2 469f. [3] 78. E. M.

1. *L. Mariani*, Monum. ant. 6, 1895, 312ff. 2. *J. D. S. Pendlebury* u. a., ABSA 33, 1932/33, 97f. 3. *M. Guarducci* Inscr. Cret. 3, 1942, 75ff. (mit Quellen und Lit.). 4. *H. Gallet de Santerre*, RA 38, 1951, 134ff. 5. *A. J. Reinach* Inscr. d'Itanos, REG 24, 1911, 377ff.

Ithake (Ἰθάκη). Die als Heimat des Odysseus berühmte w.-griech. Insel, die ihren Namen bis h. bewahrt hat, vulgär Thiaki, 23 km lang, etwa 6 km breit und 103 qkm groß, ö. von → Kephallenia und von diesem durch einen 2–5 km breiten Meeresarm getrennt. Die felsige und wenig fruchtbare Insel wird durch die von N.O. tief eindringende Bucht von Molo, von der nach S.O. 2 weitere Buchten ausgehen, die Bucht von Vathy und Schino, in einen etwa gleichgroßen S.- und N.-Teil getrennt, im S. im Merovigli bis 671 m, im N. im Anoi bis 808 m hoch. Die an der schmalsten Stelle nur 600 m breite verbindende Landbrücke gipfelt im Aetos mit 380 m mit zwei Übergängen n. und s. von 180 und 130 m Höhe. Die W.-Seite gegen Kephallenia ist wenig gegliedert, die O.-Seite besitzt mehrere tiefe Buchten. Die Insel besteht überwiegend aus Kalk mit nur geringen tertiären anbaufähigen Ablagerungen von Flysch und Mergeln, h. fast waldlos und mit dürrer Phrygana- und etwas Macchienvegetation bestanden.

Der ant. Hauptort lag seit der frühen Bronzezeit stets im N. der Insel über der Polisbucht. Eine 2. Siedlung mit Heiligtum, → Alalkomenai (Bd. I 1531), lag auf und an dem Aetos, der h. Hauptort Vathy, offiziell wieder I., liegt an der Vathybucht im O. An der N.-Seite der Polisbucht befindet sich die »Loïsoshöhle« mit ununterbrochenem Kult vom 9. Jh. v. Chr. bis in die frühe Kaiserzeit mit hellenist. und späteren Weihungen an die Nymphen, Odysseus und weitere Gottheiten. Die Funde beweisen ununterbrochene Besiedelung der Insel im Alt. seit der frühen Bronzezeit. Von den Schicksalen I.s in gesch. Z. ist wenig bekannt. Hellenist. scheint es zu Kephallenia gehört zu haben, O. Kern Inschr. von Magnesia 26 Nr. 35 Z. 36f. Damals gab es in der Stadt ein Odysseion und Spiele Odysseia, Inschr. von Magnesia 36 = Syll. II^3 558. In der späteren Kaiserzeit gehörte I. mit den anderen ion. Inseln zur Provinz Epirus, Ptol. 3,13,9. Hierokl. synekd. 652,7.

Da einige homer. Angaben auf das histor. I. nicht gut passen, wie man schon im Alt. sah (Strab. Scholien), hat man diese Schwierigkeiten mit dichterischer Freiheit, mangelnder Autopsie oder damit zu lösen gesucht, daß bei Homer eine andere Insel gemeint sei. Am bekanntesten ist die viel diskutierte Theorie Dörpfelds (bes. [8]), der das homer. I. mit Leukas gleichsetzte (nicht als erster), andere dachten z. B. an Korfu (neu P. B. D. Andrews Institute of class. studies Bulletin 9, 1962,

17ff.). Das findet h. kaum noch Anhänger. Ausführliche Besprechung der älteren Lit. in [2] und RE XII 2239ff., neu bes. [9–12]. H. Lorimer [12] sucht die Widersprüche mit der Annahme verschiedener Überlieferungsschichten zu lösen. Von den in der Odyssee genannten Örtlichkeiten sucht man die Stadt im N. über der Polisbucht beim h. Stavros, den Palast ebenda auf dem Hügel Pelikata, das Neiongebirge im Bergzug Kavallares in der N.W.-Spitze (RE XVI 2187f.), den Reithronhafen an der N.O.-Küste, die→ Arethusaquelle in der Quelle Perapigadi im S. und damit Eumaios' Wohnsitz auf der Hochfläche Marathia, und schließlich den Phorkyshafen mit der Nymphengrotte bei Vathy (Marmarospilia). Das Neritongebirge gehört wohl urspr. nicht nach I. (Strab. 10,2,8 p. 452. RE XVII 38. R. B. Lloyd, AJPh 75, 1954, 288ff.) und wird mit dem Anoi gleichgesetzt. Hom. bes. Il. 2,632. 3,201. Od. 9,21–28 mit Sch. 13, 237–249. Skyl. 34. Skymn. 466. Dionys. Kall. 51f. Dionys. Per. 495f. Strab. 10,2,11–16 p. 453–456. Plin. nat. 4,55. Mela 2,110. Porph. de antr. Nymph. bes. 4. Cic. de or. 1,196. Inschr.: IG IX 1, 653–681. MDAIA 27, 1902, 372ff. REG 15, 1902, 132. BCH 29, 1905, 163ff. SPrAW 1935, 710f. SEG 1,245. 17,253–262. E. M.

1. *J. Partsch* Kephallenia und I., Peterm. Mitteil. Erg.-Heft 98, 1890. 2. *Bürchner*, RE IX 2289ff. 3. *Philipps.-Kirst.* 2,491ff. 4. *D. Levi*, Enciclopedia dell'arte antica 4, 1961, 249f. 5. *W. Vollgraff* Fouilles d'Ithaque, BCH 29, 1905, 145ff. 6. *W. A. Heurtley* Summary of conclusions, ABSA 40, 1939/40, 5ff. 7. *Ders.* The site of the palace of Odysseus, Antiquity 9, 1935, 410ff. *Ἡ θέσις τῶν ἀνακτόρων τοῦ Ὀδυσσέως*, EA 1937, 1,266f. 8. *W. Dörpfeld* Alt-Ithaka, 2 Bde. 1927. 9. *A. Shewan* Homeric essays, 1935, 1ff. 10. *Lord Rennell of Rodd* The Ithaca of the Odyssey, ABSA 33, 1932/33, 1ff. 11. *V. Burr* *Νεῶν κατάλογος*, Klio Bh. 49, 1944, 72ff. 12. *H.L. Lorimer* Homer and the monuments 494ff. 13. Ausgrabungen: Polis-Stavros-Pelikata, ABSA 35, 1934/35, 1ff. 40, 1939/40, 1ff. 47, 1952, 227ff. [7]. Odysseusgrotte (Loisos), ABSA 35, 1934/35, 45ff. 39, 1938/39, 1ff. Aetos, ABSA 33, 1932/33, 22. 43, 1948, 1ff. 48, 1953, 255ff.

Ithobalos (*Ἰθόβαλος, Εἰθώβαλος* u.ä., phön. *'ittōba'al* »mit ihm ist *Ba'al*), Name verschiedener phön. Fürsten. **1.** I., König von Byblos um 1000 v. Chr., bekannt aus seiner Inschr. auf dem Sarkophag seines Vaters Aḥīrōm (s. H. Donner–W. Röllig Kanaanäische und aramäische Inschr. Nr. 1). **2.** I. I. von Tyros (und Sidon), Astartepriester und – durch Revolte – 6. Nachfolger Hirams I. (Ios. c. Ap. 1,123). Wahrscheinlich ident. mit Ethbaal, Vater der Izebel (1. Reg. 16,31) und Zeitgenosse Ahabs von Israel. **3.** I. II. von Sidon (und Tyros?), 701 v. Chr. von Sanherib eingesetzt (*ITu-ba-'a-lu*, Luckenbill, Sennacherib 30, 47). **4.** I. III. von Tyros, wurde angeblich 13 J. lang (von 587–574 v. Chr.) von Nebukadnezar II. belagert (Ios. ant. Iud. 10,228; c. Ap. 1,156). W. Rö.

Ithome (*Ἰθώμη*). **1.** Der 802 m hohe, steile, imposante Kalkberg, der die Landschaft Messenien beherrscht und darüber hinaus weithin sichtbar ist, mit einem s. Nebengipfel Eua, h. Vurkano. Er bildet die natürliche Akropolis der gesamten Landschaft und damit auch in Sage und Gesch. ihren Mittelpunkt. Die lange Belagerung des I. ist ein Hauptinhalt des Prosaromans des Myron von Priene über den sog. 1. messen. Krieg (Paus. 4, 9–13). Beim großen Helotenaufstand von 464 v. Chr. konnten sich die Messenier hier ein Jahrzehnt behaupten (Thuk. 1,101–103. Diod. 11,64,4. 15,66, 4. Hdt. 9,35,2. Plut. Kim. 17,2), und nach der Befreiung Messeniens wurde die Hauptstadt Messene als eine der stärksten Festungen Griechenlands an den Abhängen des I. angelegt, Paus. 4,26, 6–27,8. 29,5. 31,4. 33,1f. Diod. 15,66. Plut. Pelop. 24,5. Arat. 50,2ff. Pol. 7,11,3. Strab. 8,4,1 p. 358. 8,4,8 p. 361. IG V 1,1399. Auf dem Gipfel befand sich ein Heiligtum des Zeus Ithomatas mit Kultbild von Hageladas, der Hauptkult der Stadt. Bei Tyrtaios frg. 4(5),8 muß mit *Ἰθωμαῖα μεγάλα ὄρη* wohl das ganze Bergland gegen Arkadien gemeint sein. Skyl. 45.

Philipps.-Kirst. 3,383f.

2. Stadt der thessal. Landschaft Hestiaiotis an der Stelle des h. Phanari mit ant. Mauerresten und ma. Kastell, in gesch. Z. zu Metropolis gehörend u. einheimisch auch *Θώμη, Θαμαί*(?), *Θούμαιον* genannt. Hom. Il. 2,729. Strab. 9,5,17 p. 437. Steph. Byz. Etym. m. 470,8ff. E. M.

1. *Fr. Stählin*, RE IX 2307. 2. *Ders.* Das hellenische Thessalien 129. 3. *Philipps.-Kirst.* 1,52.61.291.293.

Ithoria (*Ἰθωρία*). Nur bei Pol. 4,64,9f. genannter, 219 v. Chr. von Philipp V. zerstörter befestigter Ort auf dem linken Acheloosufer in Aitolien, Mauerring auf der Höhe Hg. Elias bei Stamna. IG IX 1^2 134. E. M.

1. *Fimmen*, RE IX 2307. 2. *E. Kirsten*, RE XVIII 2366, 37ff. 3. *Philipps.-Kirst.* 2,346 A. 3. 355.609.636 A. 19. 4. *K. M. Kontos* *Ἡ ἀρχαία Ἰθωρία, Πλάτων* 14, 1962, 384ff.

Itineraria bedeutet urspr. alles, was zum *iter* gehört, so z. B. bei Amm. 24,1,1 das mit dem *lituus* gegebene Aufbruchssignal; erst bei Veg. mil. 3,6 (ca. 400 n. Chr.) erfahren wir, daß sich ein guter Feldherr mit I. (also mit Marschkarten) *omnium regionum, in quibus bellum geritur*, zu versehen habe und daß es *I. non tantum adnotata, sed etiam picta* gab (im J. 325 n. Chr. lobte Lamprid. H. A. Alex. Sev. 45,2 die sorgfältige Marschvorbereitung des Kaisers ohne Verwendung des Wortes I.; das→ I. Alexandri des J. 340 n. Chr. gebraucht den Ausdruck I. im Titel und zweimal in der Vorrede). *Itinerarium* (CIL XI 3281) oder *itinerare* (32828. 3283) nennen sich auch die I. auf den 3 ersten Bechern von Vicarello, während der ältere (wegen Erwähnung der Rhônefähre bei Arles vor dem Brückenbau Konstantins zwischen 333 und 337) vierte (3284) die Bezeichnung I. noch nicht führt

(NISSEN setzt alle ins 3. Jh., so daß sie die älteste Bezeugung für I. böten, was fraglich ist). Was unter I. *adnotata* zu verstehen sei, ist ungewiß; möglicherweise waren urspr. den Wegstrecken und Stationen Angaben über Beschaffenheit, Unterkünfte, Zölle beigegeben, wie das manche Periploi (vgl. GGM I 433) entsprechend bieten, jedoch ist nichts davon erhalten. Als letzte Spur eines I. *pictum*, d. h. doch wohl eines in eine Karte eingetragenen I., ist die Tab. Peut. anzusehen. Dieser Überlieferungsbefund besagt nichts über das Alter der Abfassung von I. neben Karten, da sicherlich Caesar genau – und d. h. nach einem I. – berechnet hatte, auf welchem Wege er im J. 52 v. Chr. am schnellsten zu seinen Legionen kommen konnte. – Von den inschr. erhaltenen Denkmälern sind weder der aus republ. Z. stammende Stein von Polla (CIL I² 638 = DEGR. ILLRP Nr. 454) noch die Straßeninschr. des P. Cornelius Dolabella (GROAG, RE IV 1309) aus Spalato (CIL XIII 3198 bis 3201 = DESS. ILS 2478. 5829. 5829 a) noch die Steine von Tongern (CIL XIII 9158 = DESS. 5839), Vatari (CIL VIII 10118 = DESS. 5836), Alichamps (CIL XIII p. 171 = DESS. 5837) noch das eherne Gefäß von Froxfield (CIL VII 1291) noch die Bruchstücke aus Junglinster (CIL XIII 4085) oder Valentia (CIL II 6239) als I. anzusehen. Es bleiben als inschr. erhaltene I. die Bruchstücke des Marmorpfeilers von Autun (CIL XIII 2681 = DESS. 5838; wegen der Leugenrechnung nicht vor dem 3. Jh. n. Chr.) und die Becher von Vicarello (s. o.), das sog. I. *Gaditanum* mit der Strecke von Gades bis Rom (über Mt. Genèvre und Rimini). Von den hsl. überlieferten I. (nach sehr wahrscheinlicher Vermutung KUBITSCHEKS, RE IX 2321 f., auf Anregung Cassiodors!) stammt das I. *provinciarum Antonini Augusti* nach einer Vorlage der Z. Caracallas (daher der Name; RE X 2119) vermutlich aus den ersten Regierungsjahren Diokletians (RE IX 2338); ihm wurde das I. *Antonini Augusti maritimum* angehängt. Das I. *Burdigalense* (oder *Hierosolymitanum*) gibt sich als nachträgliche Darstellung einer Pilgerfahrt von Bordeaux nach Jerusalem mit Beschreibung der Sehenswürdigkeiten und zurück aus dem J. 333 n. Chr. (I. Burd. 571,6). Die *Tab. Peut.* (von Konrad Celtes in einer Hs. des 12./13. Jh. unbekannter Herkunft gefunden und kurz vor seinem Tode 1508 dem Augsburger Ratsherrn Konrad Peutinger übergeben, nach versuchsweisem Abdruck des zweiten – das erste war damals schon verloren – Segments verschollen, 1597 wiedergefunden, 1598 erstmalig veröffentlicht, durch Prinz Eugen angekauft und aus dessen Besitz 1737 für die Wiener Hofbibliothek erworben, wo sie h. noch liegt) besteht aus 11 Segmenten in unnatürlich langgestreckter Darstellung nach einer Vorlage der Z. um 170 n. Chr. (CUNTZ. KUBITSCHEK) oder nach einer Karte des Castorius aus dem J. 365 n. Chr. (nach Ausdeutung der Stadtbilder von Rom, Konstantinopel und Antiochia bei MILLER), was wohl vorzuziehen ist. Aus einer sehr ähnlichen Karte stammt die *Cosmographia* des Anonymus aus *Ravenna* (7. Jh.; vgl. FUNAIOLI, RE I A 305 ff.), der wiederum im MA. die *Geographia* des→Guido folgt. Die wichtigste Funktion der I. besteht außer in der Angabe der Wegstrecken in der Darbietung der Entfernungen zwischen den Stationen (in mp; in Gallien in Leugen). In allen hsl. überlieferten I. sind die Zahlenangaben außerordentlich unsicher, da zumal V und X, aber auch II und V oder III und IV bzw. VI (Tab. Peut. schreibt stets IIII und VIIII statt IV und IX) sehr leicht verwechselt werden konnten. Die Auffassung geht jetzt dahin, daß man in keinem der erhaltenen I. eine offizielle Aufzeichnung sehen dürfe.

Das I. Anton. läßt sich in 17 Hauptrouten gliedern, denen sich zahlreiche Nebenlinien anschließen; alle liegen innerhalb der Grenzen des Imp. Rom. Für Italien sind am wichtigsten die Strecken *a Mediolanio per Picenum et Campaniam ad Columnam, id est traiectum Siciliae* (98,2 ff.) und anschließend *ab urbe recto itinere ad Columnam* (106, 5 ff.; Überschrift: *Appia*!) sowie die Darstellung der *viae Clodia* (284,6 ff.), *Aurelia* (289,3 ff.), *Praenestina* (302,1 ff.), *Lavicana* (304,5 ff.), *Latina* (305, 7 ff.), *Salaria* (306,3 ff.), *Valeria* (308,4 ff.), *Flaminia* (310,5 ff.); entsprechend im I. Burd. Daß die viae Appia, Clodia, Flaminia anders als ihre übliche Ansetzung verlaufen, darf nicht als Nachlässigkeit gewertet werden, sondern folgt der Gewohnheit der Zeit (vgl. die Provinzialnamen Aemilia, Flaminia, Valeria und die Benennung der südgall. via Iulia Augusta als Aurelia). G. R.

Lit.: *Mommsen* Ges. Schr. 5,67. *Hirschfeld* Kl. Schr. 703 ff. *Nissen* It. Ldk. 1,22 ff. *Elter* Itnerarstud., Progr. Univ. Bonn 1908, 8 ff. *Cuntz* WS 15, 1893, 297 ff.; H 29, 1894, 586 ff.; JÖAI 2, 1899, 81 ff. *Kubitschek*, JÖAI 5, 1902, 30 ff. *SAWW*, 1919, 252 ff. *Miller* ItR 1916.

Ausg.: Tab. Peut. bei *Miller* a. O. Itin. Rom. I ed. *Cuntz* 1929. Ravennatis Anon. Cosmogr. et Guid. Geogr. ed, *Pinder-Parthey*, Nachdr. 1962. GLM, ed. *Riese*, Nachdr. 1964.

Itinerarium Alexandri wurde von einem anonymen Vf. etwa im J. 340 n. Chr. dem Kaiser Constantius II. während der Vorbereitung zum Perserkrieg geschickt. Es will durch Darstellung der Perserfeldzüge Alexanders d. Gr. und Traians Vorbilder bieten und Ratschläge geben, ist jedoch nur im Anfang erhalten, so daß Teile der Darstellung Alexanders und der ganze Traianszug fehlen. Hauptquelle ist Arrian, nach dem der Vf. ein Bild des Lebens und Charakters Alexanders entwirft. KUBITSCHEK, RE IX 2366, bestreitet mit Recht die vermutete Identität des Vf. mit Iulius Valerius. G. R.

Ausg.: *C. Müller* Par. 1846 hinter dem Text des Ps.-Kallisthenes 155 ff. *D. Volkmann* Progr. Schulpforta 1871.

Itium. Itius portus. Vorgebirge und Hafen in N.-Gallien, von wo Caesar sich für seine britann. Feldzüge einschiffte (Gall. 4,21–23. 5,2). Ptol. 2,9,1 setzt Ἴτιον ἄκρον etwas w. von

Gesoriacum. Seine Lage ist umstritten: teils wird Cap Gris-Nez, teils (so DESJARDINS Géogr. Gaule rom. 1,348 ff. 3,354 ff.) Cap d'Alprech angenommen. Auch der Ansatz des Hafens ist strittig. HAVERFIELD, RE IX 2368 denkt an Boulogne oder Wissant, A. GRENIER, CRAI 1944, 372 an den See von Sithiu (h. Saint-Omer), der durch das Fahrwasser von Watten mit der Nordsee in Verbindung steht; R. DION, REL 1963, 204 glaubt, daß Caesar 2 Häfen nennt, einen für die Hin-, und einen für die Rückfahrt: Sangatte und Wissant, ö. von Cap Gris-Nez. M. L.

Iti(us) oder *Iti(lius)*. Name eines Münzmeisters um 140 v. Chr. Nachweise bei BROUGHTON Mag. 2,442. H. G. G.

Iton. Itonos (ὁ ἡ Ἴτων, Ἴτωνος). Stadt in der Landschaft Achaia Phthiotis am W.-Rand der krok. Ebene, Strab. 9,5,8 p. 433. 5,14 p. 435. Steph. Byz. Apoll. Rhod. 1,551. P. BLOESCH Θεωρός 28. Prähistor. Siedlung auf dem Hügel Zerelia 5½ km s.w. von Halmyros in der Ebene mit dünner Kulturschicht des 4. Jh. v. Chr. und schwache Spuren einer hellenist. Akropolis und andere Reste auf einer Höhe eine halbe Stunde s. bei Kastraki (Karatzan-Dagli). I. galt als uralt (Anon. de incred. 1 = Mythogr. Gr. 3,2,88. Diod. 4,31,7. Apollod. 2,7,7.4,155) und ist bei Hom. Il. 2,696 genannt. Bei dem Ort befand sich ein berühmtes Heiligtum der Athena Itonia, dessen genaue Lage noch nicht gefunden ist, Sch. Apoll. Rhod. 1,551 = FGrH I Nr. 1 frg. 2. Anth. Pal. 9,743. 6,130. Plut. Pyrrh. 26,5. Paus. 1,13,2 f. 10,1,10. Pol. 25,3 (26,5), 2. Sch. A Hom. Il. 2,175. Etym. M. 479,47 ff. = FGrH I Nr. 8 frg. 1. Kall. h. 6,74 m. Sch. Catull. 64,228. Fest. 390,22 L. Athena Itonia war eine Hauptgottheit der Thessaler, die auch an anderen Orten Kult hatte und oft auf den Mz. erscheint. Monat Itonios häufig in den thessal. Kalendern.

Außerhalb Thessaliens begegnet der Kult in Athen, IG I^2 310,216 f., in Akesine und Amorgos, IG XII 7 passim, und bes. in dem einen Hauptheiligtum des boiot. Bundes bei Koroneia, in dem das Fest der Pamboiotia gefeiert wurde, Strab. 9,2, 29 p. 411. Paus. 9,34,1. Pol. 4,25,2. Plut. Ages. 19. Polyain. 7,43. Liv. 36,20,3. Plut. mor. 774 F. Stat. Theb. 2,721. 7,330. IG VII 2859–2869. 2871. 3426. 2711,70 ff. 2878 u.a. SEG XVIII 240. E. M.

1. *N. J. Giannopulos* Ἡ Φθιωτικὴ πόλις Ἴτωνος, BCH 16, 1892, 473 ff. 2. *A. J. B. Wace* u.a. Excavations at Zerelia, ABSA 14, 1907/08, 197 ff. 224. 3. *A. J. B. Wace-M. S. Thompson* Prehistoric Thessaly 150 ff. 4. *A. Arvanitopullos* Πρακτικά 1908, 152 ff. 5. *Fr. Stählin* Itonos, MDAIA 31, 1906, 15 ff. 6. *Ders.* Das hellenische Thessalien 175 f. 7. *Fr. Stählin-Adler-Bischoff*, RE IX 2371 ff. 8. *Philipps.-Kirst.* 1,180.267. 9. *Drexler*, Myth. Lex. 2,567 f.

Itonos (Ἴτωνος). Thessal. Heros, Sohn des Amphiktion, Eponym der Stadt Iton, Sch. Apoll. Rhod. 1,551.721. Vater des Boiotos Paus. 9,1,1.34, 1; Sohn desselben Diod. 4,67. Bez. zu Athena (Itonia) NILSSON Griech. Feste 89. → Iodama. H. v. G.

Ituraea (Ἰτουραία). Landschaft im N. Palästinas, umfaßte das Gebirge des Libanon und Antilibanon sowie die dazwischenliegende Ebene Massyas mit Chalkis als Mittelpunkt (Strab. 16,2, 10.18). Benannt nach den Ituräern (Ἰτουραῖοι), einem urspr. arab. Nomadenvolk (ident. mit dem bibl. *J^{e}tur* Gen. 25,15. 1. Chr. 1,31), das, vermutlich aus S.-Arabien (Teman) stammend, zeitweise im O.-Jordanland lebte (vgl. 1. Chr. 5,18 f. Eupolemos bei Eus. Praep. Ev. 9,30 [GCS 43, ^{1}538]), im 2. Jh. v. Chr. im n. Palästina eindrang (auch Galiläa, Ios. ant. 13,318 f.) und dort einen eigenen Staat bildete. Im 1. Jh. v. Chr. reichte die Herrschaft der als räuberisch berüchtigten (Cic. Phil. 2,112) I. unter Ptolemaios Mannaiou (ca. 85–40 v. Chr.) über die eigentliche Landschaft I. hinaus (Ios. ant. 14, 126. Strab. 16,2,10), wurde aber bereits 63 v. Chr. durch Pompeius wieder beschränkt (Ios. ant. 14, 39 f. Strab. 16,2,18. App. Mithr. 106). Die Auflösung des I.-Reiches leitete Antonius ein. 36 v. Chr. schenkte er einen Teil Kleopatra und beseitigte 34 v. Chr. den Nachfolger des Ptolemaios, Lysanias (Ios. ant. 15,92 ff., vgl. [2],362 ff.). In der Folgezeit war I. zerstückelt in: 1. Das Gebiet zwischen Trachonitis und Galiläa, zunächst in der Hand eines I. Zenodoros, dann Herodes d. Gr. (Ios. ant. 15,360), später z. T. dessen Sohnes Philippos (Ios. ant. 17,319. Lk 3,1). 2. Das Gebiet von Abilene, z. Z. des Tiberius unter der Herrschaft eines I. Lysanias, später der Herodianer Agrippa I. und II. (Ios. ant. 18,237. 19,257. 20,138). 3. Das Gebiet zwischen Heliopolis und Laodikeia, von Caligula einem I. Soaimos geschenkt (Cass. Dio 59,12. Tac. ann. 12,23) und 4. das eigentliche Kerngebiet I. um Chalkis, 41–48 n. Chr. unter Herodes von Chalkis (Ios. ant. 19,277). Alle diese Gebiete wurden nach und nach der Provinz Syria eingegliedert, als letztes das Gebiet von Chalkis vermutlich 92 n. Chr. B. Sch.

1. *E. Glaser* Skizze der Gesch. und Geogr. Arabiens 2, 1890, 441 ff. 2. *Schürer* 1, $1901^{3\cdot 4}$, 275 ff. 707–725. 3. *A. H. M. Stones*, JRS 21, 1931, 265–275. 4. *R. Dussaud*, La Pénétration des Arabes en Syrie avant l'Islam, 1955, 176 ff.

Iturius. Klient der Iunia Silana, von ihr im J. 55 zu falschen Anschuldigungen gegen Agrippina gedungen. Er hatte keinen Erfolg und wurde aus Rom verwiesen, Tac. ann. 13,19–22; im J. 59 konnte er wieder zurückkehren, ebd. 14,12,4. R. H.

Itylos (Ἴτυλος; s. FRISK). Sohn des Zethos und der → Aedon, Hom. Od. 19,518. Pherekyd. frg. 124,7. Catull. 65,14 nennt so den Sohn der → Prokne. H. v. G.

Itys (Ἴτυς). Sohn des thrak. Königs → Tereus und der att. Königstochter → Prokne. Aitiologie der Stimme der Nachtigall, als Klage um den gemordeten Sohn gedeutet. Aischyl. Ag. 1142. Soph. El. 147. Eur. Phaeth. frg. 773,23. Aristoph. Av. 203 ff. Ov. am. 2,6,7 ff.; ausführlich met. 6,424 ff. 619 ff. H. v. G.

Iuba (Ἰόβας). **1.** I., Sohn → Hiempsals II., seit einiger Z. vor 50 v. Chr. König von Numidien, dem während des röm. Bürgerkriegs eine bes. außenpolit. Rolle zufiel. 64/63 war I. noch ein *adulescens non minus bene nummatus quam bene capillatus* (Cic. leg. agr. 2,58 f.). Ein grausamer, machtgieriger und dem Caesar persönlich verhaßter Bundesgenosse der Pompeianer, vernichtete I. das Heer des C. Scribonius → Curio (2), der in Caesars Auftrag Africa den Pompeianern entreißen sollte (49). Nach Caesars Sieg bei Thapsus (46) floh I. nach Zama; von den Bürgern abgewiesen, suchte er gemeinsam mit dem Pompeianer M. → Petreius den Tod. I.s Reich wurde, soweit es nicht an P. → Sittius und an Mauretanien kam, röm. Provinz (Africa nova); 1. Statthalter war der Hist. Sallust. Quellen: Caes. civ. Bell. Afr. Lucan. Plut. (Caes., Cat. min.). App. Cass. Dio.

Lenschau, RE IX 2381 ff. *S. Gsell* Hist. anc. de l'Afrique du N., 7/8, 1928. *J. Mazard* Corpus numm. Numidiae Mauretaniaeque, 1955, 9.49 ff. (Suppl. in Libyca 4, 1956, und ff.). *J. Heurgon*, Libyca 5, 1957, 21 ff. *A. Alföldi*, Schweiz. Münzbl. 9, 1959, 1 ff. *Romanelli* v. Africa. Enc. Arte Ant., s. Cherchel, Giuba I (Lit.), Numidia (Lit.). *L. Teutsch* Das Städtewesen in N. Afrika, 1962. *G. M. A. Richter* The Portraits of the Greeks, 1965, 280.

2. I. II. (C. Iulius), Sohn von Nr. 1. * wohl ca. 50 v. Chr., wurde I. nach Thapsus in Caesars vierfachem Triumph mitaufgeführt (46) und in Italien erzogen. Augustus, in dessen Umgebung er war, gab ihm das Bürgerrecht und nach dem Kantabrerkrieg (26/25) anstelle der väterlichen Herrschaft, in die er wohl nie wiedereingesetzt worden war, → Mauretanien (Gebiete des Bocchus, Bogud und Teile von Gätulien [J. Desanges, REA 66, 1964, 33 ff.]). † wohl 23/24 n. Chr. I. leitete sich von Herakles und Tinge ab. Er heiratete wohl ca. 20 v. Chr. → Cleopatra Selene, die das hellenist.-äg. Wesen (Isiskult, Kunst) betonte. Eine 2. Ehe, über die wenig bekannt ist, schloß I. mit → Glaphyra ([2]; PIR^2 IV 1 Nr. 176). In Spanien, Athen etc. geehrt, machte sich I. um die Ausbreitung der griech. Kultur in N.-Afrika sehr verdient: die in Caesarea umgetaufte Residenz Iol (h. Cherchel) baute er zu einem Kulturzentrum aus; reiche Kunstschätze auch in Volubilis (nach J. Carcopino ebenfalls Residenz); Tamuda gibt das Bild einer mauretan. Stadt unter I. Ein Gätuleraufstand wurde mit Cossus → Cornelius Lentulus (II 26) niedergeworfen (6 n. Chr.), → Tacfarinas erst unter Ptolemaios beseitigt (24). Wie Hiempsal II. hatte I. gelehrte Interessen. Von seinen Werken, in denen er z. T. Kompilator wie Alexand. Polyh. war, z. T. über eigene Erkundung verfügte (W.-Afrika), sind nur Frg. erhalten: 1. π. Ἀσσυρίων, 2 B. 2. π. Λιβύης, mind. 2 B. (Nilquelle in W.-Afrika, Elefanten- und Löwengesch. etc.) 3. über die im Atlas entdeckte, nach I.s Leibarzt benannte Wunderpflanze εὐφόρβιον. 4. π. Ἀραβίας (Küsten ab Indien bis Rotes Meer), an Augustus' Enkel C. Caesar gerichtet, der einen O.-Zug unternahm (1 v.–4 n. Chr.), an dem I. vielleicht teilnahm. 5. Ῥωμαϊκὴ ἱστορία (ἀρχαιολογία), wohl 2 B.; schwer greifbarer Abriß, den die Quellenkritik oft auf Kosten der jungannalist. Lit. überschätzt hat und den Dion. Hal. benutzt haben mag. 6. Ὁμοιότητες, mind. 15 B., vergleichende Zusammenstellung von Sitten und Institutionen mit Ableitung röm. Dinge aus dem Griech., vielleicht Hauptquelle für Plut. aet. Rom. 7. π. φθορᾶς λέξεως, mind. 2 B. 8./9., mit I.s Liebhaberei zusammenhängend, Θεατρικὴ ἱστορία, mind. 17 B. (Musikinstrumente etc.), u. π. ζωγράφων (π. γραφικῆς), mind. 8 B. I.s wichtigste Quellen waren → Berosos, → Onesikritos und andere Alex.-Hist., Varro (?), Verr. Flacc. (?), pun. Lit. etc.; es benutzten ihn Ail., Alexand. von Myndos, Athen., Lexikogr., bes. Plin. nat. (für Geogr., Fauna, Flora, Steine etc. betr. Afrika und O.), Plut. (Tiere, Antiquarisches), Sopatros etc.; Didymos bekämpfte I. I. sammelte »pythag.« Schriften. W. Sp.

Frg.: FGrH 275. *Fun* GrRF 1,451 ff.

Lit.: s. Iuba 1. *R. Bloch*, CRAI 1946, 109 ff. RE XXI 306 ff. 861. Suppl. VI 1246 f. *E. Boucher-Colozier*, RA 41, 1953, 129 ff. *W. Capelle*, RhM 96, 1953, 166 ff. *J. Lassus* 25 ans d'hist. algér. II, 1956 (Lit.). Bull. arch. maroc. 2, 1957, 19. 201 ff. 242 ff. 247; 4, 1960, 523 ff. 583 ff. Enc. Arte Ant., s. *Cherchel, Giuba II, Mauretania. Bengtson* GG^2 516. *Ch. Picard*, RA 1962, II, 119 ff. *G.-Ch. Picard*, RA 1963, I, 89 ff. 8e Congr. int. arch. class. (1963), 1965, 275 Anm. 36 (Lit.). *F. Chamoux*, Mél. A. Piganiol, 1966, 395 ff. (Lit.). PIR^2 v. I. Regelmäßig Lit. in Fasti archaeologici, Bull. arch. maroc., Libyca, Rev. Afric.

3. I., wohl aus Mauretanien, worauf der Name hinzuweisen scheint, wahrscheinlich E. 2. Jh. n. Chr., Vf. einer Ars metrica in mindestens 8 B., die nicht erhalten ist. Es gab im Alt. 2 metr. Systeme, das sog. Derivationssystem, das sämtliche Metra aus 2 Grundformen, dem daktyl. Hexameter und dem jamb. Trimeter abzuleiten versuchte, und das andere, das von den sog. *metra prototypa* ausging. I., der die Lehren des griech. Metrikers Heliodoros wiedergab (*I. noster . . . insistens Heliodori vestigiis* GLK 6,94,6), gehört zu den Vertretern der letztgenannten Richtung. Auf dem röm. Boden mußte er sich den Lehren Varros und des Caesius Bassus entgegensetzen. Frg., die ausdrücklich als I.s Eigentum bezeichnet sind, kommen recht selten vor; deswegen stößt die Rekonstruktion seiner Ars auf große Schwierigkeiten und läßt sich praktisch kaum durchführen. Es ist möglich, daß I. den Terentianus Maurus benutzte. Seine Ars wurde von den Späteren zitiert, obwohl nicht alle I. anführenden Grammatiker seine Schrift unmittelbar benutzten. Auszüge aus I.s Schrift liegen im Frg. Bobiense (GLK 6,620–625) und Frg. Parisinum (ebd. 630) vor. W. Str.

Leo H 24,280 ff. *Kroll*, RE IX 2395 ff. *Schanz-Hosius-Krüger* 3^3,172 f. *Teuffel-Kroll-Skutsch* III^6 § 373^a,5–6.

Iucundus. 1. Nach Ios. bell. 1,527 ἵππαρχος, nach ant. 16,314 σωματοφύλαξ → Herodes' d. Gr., der ihn wegen einiger Verfehlungen absetzte und später (um 9 v. Chr.), da in die Intrigen des Herodessohnes Alexander verwickelt, hinrichten ließ (ant. 16,320). **2.** I., Offizier der röm. Besatzung in → Caesarea (3), griff dort 66 n. Chr. vergebens in die Kämpfe zwischen Griechen und Juden ein (Ios. bell. 2,291); möglicherweise ident. mit dem praefectus alae Aemilius I., der 66 n. Chr. bei dem Rückzug der Römer aus Jerusalem fiel (ebd. 2, 544). B. Sch.

3. I., Töpfersklave in der Fabrik des L. Titius, der in augusteischer Z. arretin. Sigillatagefäße herstellte, die außer nach Rom nach Gallien und Germanien exportiert wurden. **4.** I., Sigillatatöpfer neron. und frühflav. Zeit in La Graufesenque (S.-Gallien). Seine Ware – unverziertes Geschirr und Reliefgefäße mit Ranken und Medaillons – findet sich in Italien, Gallien, Germanien und Britannien. **5.** I., Sigillatatöpfer des 2. Jh. n. Chr., urspr. in Gallien, dann in Rheinzabern tätig. Seine Ware kennen wir aus Germanien, Gallien und Noricum. W. H. G.

Iuda und **Israel.** Die Gesch. Israels beginnt mit der nach der Landnahme erfolgten Begründung des sakralen Zwölfstämmeverbandes Israel im palästin. Kulturland (Jos. 24). Über die Vorgesch. ist trotz der umfangreichen sagenhaften Überlieferungen des Pentateuch nur wenig bekannt. Als sicheres Ergebnis hist. Forschung kann festgehalten werden: Als das Gleichgewicht der Kräfte zwischen den Großmächten des Alten Orients, zuletzt dem kleinasiat. Hethiterreich und Äg., um 1200 v. Chr. im Seevölkersturm zusammenbrach, entstand auf der syr.-palästin. Landbrücke zwischen den alten Stromkulturen eine machtpolitisch verdünnte Zone, in die die Angehörigen der sog. aram. Völkerwelle relativ ungehindert einströmen konnten. Es handelte sich um Kleinviehnomaden aus der syr.-arab. Wüste, die jetzt im Zuge des Weidewechsels auf dem Boden des Kulturlandes Fuß faßten, langsam zum Ackerbau übergingen und schließlich Staatswesen bildeten. Die israelit. Stämme gehörten zum äußersten s. Flügel dieser aram. Invasion (zusammen mit den Ammonitern, Moabitern und Edomitern ö. des Jordangrabens). Teile von ihnen waren früher im äg. Nildelta zum Bau der Residenz und der Vorratsstädte Ramses II. (ca. 1290–1223) herangezogen worden, hatten dann aber Äg. unter Führung des → Mose verlassen und waren äg. Verfolgung durch ein im einzelnen weder lokalisierbares noch rekonstruierbares Ereignis am Schilfmeer (Ex. 12–15) entronnen, das sie als Errettung durch den Gott erlebten und bezeugten. Andere waren in der Wüste an dem urspr. den Midianitern gehörenden Gottesberg (Sinai, Horeb) Zeugen der Offenbarung des Gottes Jahwe geworden, der mit ihnen einen Bund geschlossen hatte (Ex. 19. 20. 24. 32–34). Wie sich diese Überlieferungen auf die beiden Hauptgruppen des späteren Israel – die sog. Lea- und Rahelstämme – verteilten, ist nicht sicher zu ermitteln. Die Landnahme jedenfalls vollzog sich nicht als kriegerische Aktion des gesamten Zwölfstämmeverbandes unter der Führung Josuas (Jos. 2–11), sondern als langsames Einsickern nomad. Gruppen von S. (Lea-Stämme) und O. (Rahel-Stämme) in die damals landwirtschaftlich ungenutzten und kaum besiedelten Gebirgsgegenden. Kriegerische Auseinandersetzungen mit den kanaan. Vorbewohnern, deren städt. Zentren vor allem in den Ebenen lagen, erfolgten erst im Spätstadium der Landnahme. Während aber die benachbarten ostjordan. Völkerschaften Ammon und Moab und Edom bald nach ihrer Seßhaftwerdung Nationalstaaten bildeten (Gen. 36,31–39; Num. 22–24; Ri. 11), lebte Israel als sakraler Zwölfstämmeverband (Amphiktyonie) zunächst fast 2 Jh. lang um das zentrale Heiligtum der »Lade Jahwes«, deren Standort im Laufe der Zeit mehrfach wechselte (Sichem, Silo, vielleicht Bethel, Gilgal). In dieser Zeit erfolgte der Zusammenfluß der verschiedenen Traditionen zu einem einheitlichen Gesamtbild der Vorgesch. Israels von den Patriarchen über den Auszug aus Äg. durch die Wüste bis zur Landnahme als Stadien der Heilsgesch. Jahwes mit seinem Volk (Deut. 26,5–10 u. ö. und die zunächst davon unabhängige Sinai-Tradition). Übergreifende Institutionen und Ordnungen gab es kaum; jeder Stamm regelte seine außen- und innenpolit. Angelegenheiten selbst. Bei äußerer Bedrohung lag die Heerführung in den Händen einzelner charismatischer Rettergestalten, der sog. Großen Richter (Ehud Ri. 3; Gideon Ri. 6–8; Jephthah Ri. 10–12); erst im Laufe der Zeit kam es angesichts akuter militär. Gefahr zu gelegentlichen Zusammenschlüssen mehrerer Stämme unter gemeinsamer Führung (Ri. 4/5). Das genügte jedoch nicht mehr, als die Philister in der Rechtsnachfolge des äg. Neuen Reiches Hegemonieansprüche über ganz Palästina anmeldeten. Kurz vor der Wende des 2. Jt. v. Chr. begründete der Benjaminit Saul das erste israelit. Staatswesen, ein nationales Heerkönigtum wahrscheinlich nur der Nordstämme, dessen einzige Funktion in der Abwendung der Philistergefahr bestand (1. Sam. 8–11). Wenig später formierte der Judäer David aus → Bethlehem die Südstämme zum Reiche Juda mit der Hauptstadt Jerusalem (2. Sam. 2,1–4. 5,6–12), erlangte nach dem Zusammenbruch des saulidischen Staates auch die Krone über den israelit. Norden (2. Sam. 5,1–3) und errichtete unter Verzicht auf das nationalstaatliche Prinzip ein Großreich von Mittelsyrien bis an die Grenze Äg. (2. Sam. 8. 10–12). Unter Salomo verlor das Großreich viele seiner Außengebiete (1. Kön. 11); unter Rehabeam zerbrach dann auch das palästin. Kernland in seine urspr. 2 Teile (1. Kön. 12). Seitdem agierten das Nordreich Israel unter wechselnden

Königen und das Südreich Juda unter der Dynastie Davids als selbständige Glieder des syr.-palästin. Kleinstaatensystems. – Die 1. Hälfte des 1. Jt. v. Chr. ist das assyr. Zeitalter der israelit. Gesch. Nach ersten Berührungen Assurs mit Israel im 9. Jh. begann → Tiglatpileser III. (745–727) eine planvolle Expansionspolitik mit dem Ziel der Einverleibung der Kleinstaaten in das assyr. Provinzialgefüge. Das Nordreich Israel erlag dem assyr. Ansturm 722; Juda vermochte sich trotz ständiger Teilnahme an antiassyr. Koalitionen und assyr. Strafaktionen länger zu halten, da seine Existenz als Pufferstaat gegen Äg. im Interesse der Assyrer lag. Es überlebte auch die Eroberung des Landes und die Belagerung Jerusalems durch → Sanherib 701 (2. Kön. 18–20). In diese Zeit fällt das Auftreten der großen israelit. Propheten (Amos, Jesaja, Hosea, Micha), die die Gesch. ihres Volkes deutend, mahnend und warnend begleiteten und das E. des Bundes verkündigten, den Jahwe einst mit Israel geschlossen hatte. Nach 701 befand sich Juda bis zum E. des assyr. Reiches um 630 in einer Periode relativer Ruhe; seine Grenznachbarschaft mit Assur beförderte das Eindringen assyr. Religionswesens und damit die assyr. Krise der israelit. Religion unter → Manasse. Der Niedergang der assyr. Macht ermöglichte Josia von Juda (639/38–609) eine Politik der Emanzipation und Restauration: die Kultusreform im Innern (auf Grund des Deut.) verband sich mit dem Versuch der Wiederherstellung des david. Reiches (2. Kön. 22–23). Der Versuch scheiterte; nach vorübergehender Unterwerfung durch Äg. kam Juda in Konflikt mit dem neubabylon. Großreich unter → Nebukadnezar II.: Die Auflehnung des Königs Jojakim (608/07–598/97) führte zur Strafaktion von 597, der sein Sohn Jojachin zum Opfer fiel (2. Kön. 24). Nach einer letzten kurzen Zeit relativer Selbständigkeit unter Zedekia (597/96–586) erfolgte 586 die Eroberung und Zerstörung Jerusalems und damit das E. des Reiches Juda (2. Kön. 25). Wie 597 wurde auch 586 ein großer Teil der Bevölkerung (bes. die Oberschicht) nach Babylonien deportiert. Es begann die Zeit des babylon. Exils (bis mindestens 539), in der sich das religiöse und kulturelle Gewicht von Palästina weg auf die Exulanten verlagerte (Ezechiel, Deuterojesaja). Zur weiteren Gesch. → Judentum. H. Do.

Alt I–III. *R. Kittel* Gesch. des Volkes Israel I–III, $1923^{5.6}$–1929. *M. Noth* Gesch. Israels, 1956^{3}.

Iudas Makkabaios (wohl < hebr. *maqqaebaet* »der Hammer« wegen vieler militär. Siege), 3. Sohn des jüd. Priesters Mattathias (→ Hasmonäer). Als charismat. Führer übernahm er 166 v. Chr. den Befehl über die gegen Tempelschändung, Steuereintreibung, heidnische Opfer, Torarollenverbrennung usw. (→ Antisemitismus) durch → Antiochos IV. (5) rebellierenden jüd. Freischaren, entwickelte sie durch erfolgreiche Guerillataktik und Übergehung des kampfhindernden Sabbathgebotes zu einer immer ernster genommenen antisyr. Macht und wurde so zum Instigator des religiös-nationalen Befreiungskampfes der Juden, der schließlich zu neuer Staatsbildung mit eigenem Königtum führte, das erst 63 v. Chr. durch Pompeius sein Ende fand. Wichtigste Leistungen in den 6 an Ereignissen überreichen Jahren von I.' Wirken waren die auf Siege über → Gorgias und → Lysias folgende Wiedereinweihung des Tempels (→ Hierosolyma 2) am 14. Dezember 164, die seither im Judentum als Chanukka (ἐγκαίνια) gefeiert wird, die den I. sichernde diplomat. Beteiligung Roms an der Ausnutzung der seleukid. Thronwirren nach dem Tode Antiochos' IV. und die Bevölkerungsumsiedlungen nach den Schlachten im Sinn eines Modells jüd.-israelit. Reichstraditionen. I. fiel April oder Mai 160 im Kampf gegen → Bakchides, der vielleicht (1. Makk. 7,12 ff.) bereits mit den urspr. den I. unterstützenden Ḥasidim im Einvernehmen war, denen die über die von → Antiochos V. (6) wieder garantierte freie Religionsausübung hinausgesteckten polit. Ziele des I. zu weit gingen (1. Makk. 3,1–9,22. 2. Makk. 8–15. Ios. ant. 12,6,1–11,2; bell. 1,1,3–6). C. C.

R. Hanhart Zur Zeitrechnung des 1. und 2. Makkabäerbuches (BZAW 88, 1964, 55–96).

Judentum. Der Zielsetzung eines Lex. der vornehmlich griech.-röm. Ant. entsprechend, wird hier nur das Verhältnis des J. **1.** zu seiner hellenist., **2.** seiner röm., **3.** seiner byzantin. Umwelt skizziert, vor allem in Palästina (zu Babylonien [26], kurz [21]; zur Diaspora [4], [22], → Antisemitismus, → Jüdisch-hellenist. Lit.; zum J. außerhalb Palästinas nach 634: [9]). **1.** Das J., als solches nach der Rückkehr aus der babylon. Gefangenschaft zunächst durch Davididen (Scheschbazzar, Serubbabel), dann durch andere Beauftragte der pers. Regierung (Nehemia, Esra) sowie durch Einweihung des 2. Tempels (519 v. Chr.) konstituiert, kam nach der griech. Eroberung Palästinas 332 v. Chr. unter die Herrschaft der Ptolemäer 312–198, danach unter die der Seleukiden (die über das J. in Babylonien gleich die Herrschaft hatten, die sie dort 160 v. Chr. an die Parther verloren). Während beider Epochen wurde die herrschende Dynastie von der andern auch wegen des strateg. wichtigen Palästina befehdet. Politischen jüd. Parteiungen zugunsten der einen oder anderen Dynastie traten hier als in gleicher Weise gefährlichen Angleichungen an die hellenist. Kultur (unter den Hohenpriestern namentlich von den Tobiaden repräsentiert) konservativ-jüd. Gruppen gegenüber; diese wurden zunächst von Hohepriestern aus dem Hause der Oniaden, nach Duldung des griech. Sportbetriebs und seiner kult. Würde durch Teile der urspr. konservativen Priesterschaft (schon damals gab es vielleicht den Standesverband der Sadduzäer) vom Bund der Asidaioi vertreten. Unter → Seleukos IV. (187–175) und → Antiochos IV. (175–164) kam es zu

Forcierungen der Hellenisierung, mit denen die Garantie → Antiochos' III. (4) gebrochen wurde, die Juden dürften nach den Gesetzen ihrer Väter leben. Unter dem ersteren betrieb sie → Iason, der seinen Bruder, den Hohepriester → Onias III., verdrängte, dessen Nachkommen mit Unterstützung Ptolemaios' VI. in → Leontopolis am O.-Rand des Nildeltas (schon für fast 2 Jh.e vorher bezeugen Papyri [20] eine beträchtliche jüd. Einwanderung nach Äg.) einen Tempel nach dem Grundriß des jerusalemer gründeten, der Opferdienst hatte und erst 71 n. Chr. geschlossen wurde ([12]). Unter Antiochos rief die Hellenisierung den Widerstand der Asidaioi, dieser eine Religionsverfolgung und diese wieder eine polit. Revolte hervor. Fortan ist die Gesch. des J. die des → Judas Makkabaios u. der → Hasmonäer. In dem Maße, wie diese als hellenist. Dynastie unter anderen agierten (Beteiligung an der Machtminderung von Seleukiden und Ptolemäern, gleichberechtigte Eingliederung und Bündnisse mit diesen, Athenern, Spartanern, Römern; Münzrecht als Souveränitätsprivileg für → Simon, erste Belegstücke aus der Z. des Johannes → Hyrkanos I. [11], zweisprachig seit → Alexandros Iannaios; Mißbrauch des Hohepriesteramtes), entzogen ihnen die Asidaioi die Unterstützung; sie werden seit → Jonathan in den → Essenern, daneben seit Hyrkanos I. in den Pharisäern greifbar, die ihre Opposition unter → Alexandros Iannaios bis zum Bürgerkrieg trieben, den sie militär. verloren, aber durch bleibenden Einfluß auf die Bildung der rabbin. Orthodoxie gewannen. Beide Gruppen adaptierten, die Pharisäer vielleicht liberaler, die apokalypt. Traditionen des J. Äußerlich spiegelt sich seine Gesch., wie auch in den folgenden Epochen, im Geschick der Hauptstadt → Hierosolyma.

2. Nach der Eroberung durch Pompeius 63 v. Chr. stellte das Verhältnis zum Hellenismus dem J. dieselben Probleme wie vorher, da Rom nicht zuletzt zur Rettung der griech. Kultur den Orient unterwarf. Rein polit. kam die Auseinandersetzung mit Rom hinzu, das im J. 80 J. lang durch die Dynastie des → Herodes vertreten wurde. Ihr Hof und ihre Anhänger im Volk bejahten die griech. Kultur und die röm. Herrschaft; etwas weniger taten dies die neuen Sadduzäer, d.h. aristokrat. Familien, die einerseits als Verwalter des nichtgriech. Teiles des Königreichs und gesellschaftliche Nutznießer des Tempeldienstes an einem Kompromiß mit Rom interessiert waren, aber als Hüter der Religion Israels, oft im Amt des Hohenpriesters, gleichzeitig auch Distanz halten mußten. Ähnlich verhielten sich Teile der Pharisäer und das Sanhedrin ([17]). Die alten Sadduzäer, die an der nichtaaronit. Herkunft und der Vereinigung von König- und Priestertum in der Hand der Makkabäer keinen Anstoß genommen hatten, bestritten die Legitimität des Herodes und wurden damit zu Gegnern Roms; aus kleineren Gruppen, die ihnen nahestanden, u.a. makkabäertreuen Pharisäern, gingen die → Zeloten oder Sikarier hervor ([23]). Die Guerilla-Kriege dieser schärfsten Romgegner mündeten 66 n. Chr. in einen Volksaufstand, der nach Beitritt der hohepriesterlichen Aristokratie und anderer Kreise zu einem Kriege führte, welcher Aussicht auf jüd. Unabhängigkeit bot und deshalb von Rom bes. sorgfältig bis zum Untergang des jüd. Staates geführt wurde. Von da an war die Tempelsteuer an den röm. Fiskus zu zahlen, dazu eine Kopfsteuer. Das J. reagierte nachgiebig (Patriarch Juda I. empfahl E. des Jh. polit. und fiskal. Zusammenarbeit mit Rom), schwankend oder weiterhin zelotisch (Aufstände in Äg., Kyrene, Cypern, Mesopotamien 115–117 unter → Traian). → Hadrians (117–138) Pläne mit → Hierosolyma führten zum Bar-Kochba-Aufstand (132–135), nach dessen Niederschlagung die Überlebenden aus Judäa vertrieben und Beschneidung, Unterweisung im jüd. Gesetz und Ordination von Rabbinen unter Todesstrafe verboten wurden. → Antoninus Pius (1) (138–161) kehrte zu einer toleranteren Praxis zurück, die dem J. Religions- und Lehrfreiheit, viel innere Autonomie in Rechtsprechung und Organisation und für all dies die Errichtung eines mit zentraler Autorität ausgestatteten Patriarchats erlaubte (in Jamnia, wo seit 69/70 n. Chr. bereits die berühmte, von Jochanan ben Zakkai gegründete Gelehrtenschule bestand [24]; seit Juda II. 235–250 sie nach Tiberias verlegte, residieren auch die Patriarchen meist dort; sie sitzen außerdem dem Sanhedrin vor, das nach dem Untergang des jerusalemer um 140 n. Chr. zunächst in Uscha neu gebildet worden war). → Proselytenmachen blieb verboten, doch verzichtete das J. jetzt wie in den folgenden Jh.en nie darauf. → Septimius Severus (193–211) u. erst recht → Caracalla (211–217) erlaubten den Juden, die davon jedoch auch Dispens erhalten konnten, in den Bulai (→ Bule) bzw. → Curiae mitzuwirken, scheinen also von ihnen mindestens in Palästina keine Opfer verlangt zu haben. Die ganze severian. Dynastie blieb den Juden wohlgesonnen. Im 3. Jh. übten die Patriarchen die volle Straf- und Munizipalgerichtsbarkeit aus. Die jüd. Gemeinden litten in dieser Z. zwar sehr an Zwangsarbeit und hohen Steuern infolge der Wirtschaftskrise unter den bis zu → Diocletianus häufig wechselnden Kaisern. Doch sah sich das J. zwischen 135 und 351 zu keinen Aufständen mehr gezwungen und akzeptierte griech. Stil (aber nie die Sprache!) in Reliefs und Mosaiken (nie Skulpturen!) für Synagogen (oft Basiliken), Nekropolen usw. ([18]), sofern er nur Schmuck und nicht Anhaltspunkt für Verehrung war.

3. Die byzantin. Herrschaft stellte die bisherigen modi vivendi für das J. deshalb prinzipiell in Frage, weil sie unter Beibehaltung der heidn. Internationalität deren toleranten Polytheismus durch einen Monotheismus von der Exklusivität des jüd. selbst ablöste ([25],160). Die Regierung → Constantins (1) d. Gr. brachte dem J. zwar zunächst gewisse Erleichterungen: einmal im Jahr, am 9. Ab, durften die Juden Jerusalem betreten und den Felsen auf dem Tempelplatz beweinen. Das Ansiedlungsverbot wurde für die Umgebung der Stadt, z. B. für → Bethlehem, außer Kraft gesetzt. Zur Wahrnehmung von Stadtverordnetenämtern wurden die Juden nun verpflichtet, auch in der Diaspora (der Anstoß des heidn. Opfers war weggefallen). Getaufte Angehörige und chr. Sklaven von Juden wurden vor diesen natürlich durch Gesetze geschützt. Als aber gegenseitige Missionsversuche und Disputationen begannen, Christen und Juden als 2 getrennte Lager zu verklammern, zielte → Constantius (2) II. (337–361) mit Gesetzen, welche Ehen zwischen Juden und Christen und das Halten nichtjüd. Sklaven durch Juden verboten, auf völlige Trennung beider Gruppen. Sein Vetter Gallus provozierte als Caesar durch Grausamkeit einen Aufstand in → Galiläa, der blutig unterdrückt wurde. Gallus' Bruder → Iulianus (Caesar 355) lehnte als Philosoph das J. als eine der Grundlagen der Christentums ab, honorierte jedoch während seiner Alleinherrschaft 361–363 die seinen eigenen Grundsätzen entsprechende Toleranz des J. und mußte es sich in den zahlreichen mesopotam. Gemeinden (die nach 259 größtenteils von arsakid. unter sassanid. Herrschaft gekommen waren und unter einem Exilarchen in den Schulen von Nehardea, Nisibis, Nehar Pekod, Sura, Pumbedita, Machosa dem palästin. J. theolog. so den Rang abliefen, daß der babylon. Talmud normativer wurde als der jerusalemer) auch deshalb verpflichten, um dort einen Rückhalt in seinem Perserfeldzug zu haben. Um schließlich dem heidn. Fanatismus → Gazas und → Askalons auch in Jerusalem, der einzigen Stadt mit chr. Mehrheit, ein antichr. Pendant zu geben, proklamierte er die Wiederherstellung des Tempels, was in der Diaspora größere Begeisterung hervorrief als in Palästina, weil sich dort das Patriarchat zu einem etwaigen neuen Hohepriestertum nicht zu verhalten wußte. Die Arbeit am Bau wurde durch ein Erdbeben unterbrochen und nach dem gleich darauf erfolgten Tod des Iulianus nicht wieder aufgenommen ([10]). Das nunmehr unregulierte Verhältnis zum J. unter → Iovianus, → Valentinianus und → Gratianus wich massiven chr., nun vor allem von Mönchen getragenen Reaktionen unter → Theodosius (seit 379) und seinen Nachfolgern, die zu einer eindeutig antijüd., in den Cod. Theod. eingegangenen Gesetzgebung führten (gegen Proselytismus; kein Erb- und Vererbungsrecht für Proselyten; Erbrecht für Getaufte; Ausschluß aus öffentlichen Ämtern und Curien – dies in Übereinstimmung mit dem jüd. Willen; Beschränkung der jüd. Gerichtsautonomie; gegen das Purimfest; u. a.), in der jedoch die Synagogen tabu blieben. Die nun ermöglichte Entstehung einer chr. Majorität in Palästina wurde durch Pilgerwesen und Steuererleichterungen gefördert, was zu einem wirtschaftlichen Aufschwung des Landes führte. An ihm hatte aber auch das J. Anteil, dessen Patriarchat überdies die alljährlich aus der Diaspora einströmende Apostole in barem Gold einnahm. Der Reichtum des Patriarchen wurde schließlich zu einem solchen polit. Faktor, daß sich der oström. Kaiser zum Wohlwollen und der weström. zum Zorn veranlaßt sah. Etwaigen Verwicklungen, die daraus hätten entstehen können, beugte → Theodosius II. vor, indem er nach dem Tode → Gamaliels (3) VI. (400–425) keinen Nachfolger im Amt bestätigte. Damit hörte das Patriarchat auf, als legale Institution zu bestehen. Seine Funktion wurde praktisch vom Lehrhaus in Tiberias übernommen, das außerdem vom Nachlassen der antijüd. Gesetzgebung infolge der christolog. Streitigkeiten profitierte. Die Juden durften offenbar sogar wieder in Jerusalem wohnen, anscheinend dank der Fürsprache der Kaiserin → Eudokia (1), und prosperierten wohl auch sonst. Jedenfalls läßt die Verschärfung zahlreicher Gesetze des Cod. Theod. bei ihrer Übernahme in den Cod. Iust. darauf schließen, daß es mit bloßer Repristination nicht getan war, sondern Angriffsflächen für neuartige Restriktionen gewachsen waren. Unter → Iustinianus (527–565) hörte das J. formell auf, *religio licita* zu sein; Juden durften weder in der Armee noch in der Verwaltung noch an den staatlichen Hochschulen tätig sein; sie hatten die Lasten von Stadtverwaltungen zu tragen, ohne deren Ehren genießen zu dürfen; ihr Zeugnis vor Gericht war ungültig, wenn es gegen, und gültig, wenn es für einen orthodoxen Christen sprach; sie durften Passa nicht vor Ostern feiern; Zerstörung von Synagogen oder ihre Weihung zu Kirchen war nicht mehr verboten. Kein Wunder, daß Zelotismus und Messianismus wieder auflebten und dem neuen Kyros, der in der Gestalt → Chosroes II. (4) gegen »die frevelhafte Herrschaft« am Horizont erschien, sofort durch Aufstände vorgearbeitet wurde. Die Perser eroberten im Mai 614 Jerusalem und übergaben die Stadt den Juden auf Grund eines Vertrages. Diese haben dort nach dem allerdings nicht hist. berichtenden, sondern apokalypt. überhöhenden »Midrasch des Elijah« vielleicht sogar den Opferdienst wieder aufgenommen (!), jedenfalls die Christen zwangsbekehrt oder hingerichtet, die Kirchen zerstört. Als dann die Perser zur Befriedung des Landes die chr. Majorität loyal machen mußten, ihr deshalb Jerusalem zurückgaben und eine der bisherigen diametral entgegengesetzte Judenpolitik einschlugen, brach dies den polit. Willen der Juden bis hin zum Zionismus des 19. und 20. Jh. Die triumphale Rebyzantinisierung unter Herakleios (seit 628/29) ließen sie ebenso apathisch über sich ergehen wie die Islamisierung seit 634. C. C.

Lit.: Von → Antisemitismus vor allem Nr. 1, 3, 4, 8–10,

von → Hasmonäer Nr. 2, 5–7. Ferner: 11. *G.F. Hill*, British Mus. Catal. Greek Coins: Palestine, 1914. 12. *J. Mann* The Jews in Egypt and Palestine, New York 1920. 13. *N. H. Baynes* Israel amongst the Nations (Lit.), 1927. 14. *A. Schlatter* Gesch. Israels von Alexander d. Gr. bis Hadrian^3, 1925. 15. *J.B. Frey* CIIud, 2 Bde., Rom 1930/53. 16. *S. Lieberman* Greek in Jewish Palestine, N.Y. 1942. 17. *S.B. Hoenig* The Great Sanhedrin, Philad. 1953. 18. *E. R. Goodenough* Jewish Symbols in the Graeco-Roman Period, 12 Bde., N.Y. 1953/65. 19. Corp. Numm. Palaest. bisher 4 Bde, Tel Aviv 1956/61. 20. *V. Tscherikover–A. Fuks*, CPapIud, 2 Bde, Cambr./Mass. 1597/60. 21. *G. Stadtmüller* Gesch. der Juden vom babylon. Exil bis Mohammed, in: Abriß der Gesch. ant. Randkulturen 151–171, 1961. 22. *V. Tscherikover* Hellenistic Civilization and the Jews, Philad. 1961. 23. *M. Hengel* Die Zeloten, 1961. 24. *J. Neusner* A Life of Rabban Yohanan ben Zakkai, 1962. 25. *M. Avi-Yonah* Gesch. der Juden im Zeitalter des Talmud (Grundlage des obigen Art.), 1962. 26. *J. Neusner* A History of the Jews in Babylonia I: The Parthian Period, 1965; II: The Early Sassanian Period (im Druck). 27. *F. M. Heichelheim* Gesch. Syriens und Palästinas von der Eroberung durch Kyros II. bis zur Besitznahme durch den Islam (HB Oriental. 1,2,4,2 S. 99–290; umfassende Bibliogr., aus der hier nur Nr. 2, 3, 5–7, 10, 11, 15, 19, 20, 23, 24, 25 wiederholt werden konnten), 1966.

Iudex. Abgeleitet von *ius dicere*, bezeichnet i. den Richter, und zwar vor allem den *i. privatus* (= Einzelrichter) des röm. Zivilprozesses. Er teilt sich die Prozeßführung in der Republik und im Formularprozeß der Prinzipatszeit mit dem staatl. Gerichtsmagistrat, regelmäßig dem Praetor. Dieser leitet den 1. Prozeßabschnitt bis zur *litis contestatio* (Verfahren *in iure*), während der i. den 2. Abschnitt erledigt (Verfahren *apud iudicem*). Hierzu gehören vor allem Beweisaufnahme und Urteilsfällung.

I. Entwicklung. Manche sehen diese Verfahrensteilung als ursprüngliche, einem Schiedsverfahren entstammende Einrichtung an. Wahrscheinlicher wird sie aber erst das Ergebnis einer Entwicklung sein. Jedenfalls ist das geteilte Verfahren schon den XII Tafeln bekannt; die Überlieferung (Dion. Hal. 4,25) führt es auf Servius Tullius zurück. Streitig ist weiter der Grund der Teilung: Manche finden ihn in demokrat. Tendenzen. Eher glaubhaft ist aber der Gesichtspunkt einer Entlastung der Staatsorgane besonders von den zeitraubenden Beweiserhebungen. Hinzu kommt, daß die Abgabe des Urteils an die *centumviri* (so bei wichtigen Zivilprozessen, vgl. [3],343 f.) wohl auch die Richtigkeit sichern und die Richter vor der Rache des Verurteilten bewahren sollte. Der i. kann daher am ehesten als Gehilfe des Gerichtsmagistrats verstanden werden. Seit dem Prinzipat werden die Zivilprozesse dann zunächst ausnahmsweise *(extraordinaria cognitio)*, später regelmäßig durch beamtete Richter abgewickelt (Kognitionsprozeß). Damit verschwindet die Verfahrensteilung. Übergangserscheinungen kennt der klass. Provinzialprozeß: geteiltes Verfahren, dessen 2. Abschnitt vor einem Beamten des Statthalters stattfindet *(i. datus, pedaneus, delegatus)*.

II. Berufung zum i. Sie erfolgt seit der Republik durch den Praetor *(dare iudicem)*, der bald regelmäßig das Einverständnis der Parteien braucht. Dabei ist die Wahl im Legisaktionenverfahren wohl durch die Richterliste *(album iudicum selectorum)* beschränkt. Sie umfaßt zunächst nur die Senatoren, doch wird seit den Gracchen die Mitaufnahme von *equites* zum polit. Streitpunkt. Spätestens im Formularprozeß können sich die Parteien auch auf Listenfremde einigen. Eine Aufzählung der Gründe, die eine Berufung zum i. (*datus*; doch wird für den gewählten i. Ähnliches gegolten haben) ausschließen, enthält Paul. Dig. 5,1,12,2. Zudem darf er nicht in eigener Sache entscheiden, Ulp. Dig. 5,1,17. Der *i. qui litem suam fecit*, also bei der Prozeßführung vorsätzlich Fehler begeht (Ulp. Dig. 15,1,15,1), haftet der benachteiligten Partei auf Schadenersatz, vgl. Otto Lenel Edictum Perp., 1927^3, 167 ff. D. M.

Lit. (nur die neueste): 1. *Gerardo Broggini* Iudex arbiterve, 1957. 2. *Franz Wieacker*, ZRG 76, 1959, 582 ff. (zu 1.). 3. *Max Kaser*, Tijdschr. voor Rechtsgeschiedenis 32, 1964, 329 ff.

Iudicatum, bedeutet einmal das, wozu der Beklagte im Zivilprozeß verurteilt ist (z.B. *i. facere*), zum andern das Zivilurteil selbst (ähnlich *res iudicata*, vgl. Mod. Dig. 42,1,1). Dem i. entspringt, wenn es dem Beklagten eine Leistung auferlegt, die auf eine bestimmte Geldsumme gerichtete Judikatsobligation, vgl. Gai. Inst. 3,180. Sie wird vom Kläger nach Ablauf von 30 Tagen (XII Tafeln 3,1) durch *actio iudicati* geltend gemacht. Diese wird der Schuldner regelmäßig anerkennen. Verteidigt er sich dagegen, was er nur bei schweren Mängeln des i. erfolgreich kann, so läuft er die Gefahr der Litiskreszenz (Gai. Inst. 4,9.171). Bei Anerkenntnis des Schuldners oder nach erneuter Verurteilung auf die *actio iudicati* hin erläßt der Praetor das Vollstreckungsdekret: *duci iubere* bei Personalexekution, *bona possideri proscribi veniri iubere* bei Realexekution. – Von formeller Rechtskraft des i. kann man erst nach dem Aufkommen der *appellatio* sprechen. Materielle Rechtskraft hat das i. insofern, als die Konsumption oder die *exceptio rei iudicatae inve iudicium deductae* einen 2. Prozeß *de eadem re* verhindern. Auch kann das *ex causa iudicati* Geleistete nicht unter Berufung auf die Unrichtigkeit des i. kondiziert werden. Dagegen ist eine Rechtskrafterstreckung auf Dritte nur vereinzelt angenommen worden. Vgl. Dig. 42,1. D. M.

1. *Leop. Wenger* Zur Lehre v. d. actio iud., 1901. 2. *Otto Lenel* Edictum Perpetuum, 1927^3, 404 ff. 443 ff. 3. *Franca La Rosa* L'actio iud. nel dir. rom. class., 1963. 4. *Dieter Medicus*, ZRG 81, 1964, 233 ff. 465 ff.

Iudicium. 1. Zentraler Begriff der röm. Gerichtsverfassung. Von → *iudex* abgeleitet (also eigentlich »Richtersache«), bezeichnet i. das Gerichtsverfahren, wofür im Rom der Republik die Mitwirkung eines oder mehrerer Geschworenenrichter (*iudices*, bis C. Gracchus nur Senatoren) grundlegend war. Daher kann i. auch mit »Rechtsstreit«, »Rechtsmittel«, »Klage« übersetzt werden (s. das stereotype *i. dabo* im Edikt des Prätors), und diente schließlich zur Benennung des individuellen Klagetyps *(i.* [= *actio*] *empti)* oder des konkreten Rechtsstreits (*i. edere*, *dictare* = das Streitprogramm, metonym: die konkrete Formel ausbringen). Bei *in iudicio* (Gegensatz: *in iure*) bezeichnet i. speziell den (zweiten) Verfahrensabschnitt vor dem *iudex* im → *i. privatum.* **2.** I. contrarium heißen 2 ganz verschiedene Rechtsbehelfe (untechn. Cic. off. 3,70): a) Gewöhnlich ist i. c. = *actio c.a* die Gegenklage aus unvollkommen zweiseitig verpflichtenden Schuldverhältnissen wie *commodatum*, → *depositum*, → *pignus* und → *fiducia* (Rückgabeverträge) bzw. → *tutela*, → *mandatum* und *negotiorum* → *gestio* (Geschäftsführungsverhältnisse). In all diesen Fällen wird nur eine Partei immer verpflichtet; gegen die andere können ihr aber Aufwendungs- und Schadensersatzansprüche entstehen, die sie mit Hilfe des jeweiligen i. c. auch unabhängig vom Hauptanspruch des Gegners geltend machen kann. b) Gai. 4,174 ff. (einzige Quelle) berichtet von einem sehr speziellen Rechtsbehelf gegen leichtfertiges Prozessieren, den es für drei ganz spezielle Klagen (u. a. *a° iniuriarum*) gab. *Fritz Schwarz*, ZRG 71, 1954, 111 ff.

3. I. de moribus, Klage des Ehemannes gegen seine sittlicher Verfehlungen wegen geschiedene Frau auf Entrichtung einer Buße aus der (schon zurückerstatteten) → *dos* (a. A. [1]), vermutlich ein älteres dingliches Zugriffsrecht ablösend (arg. Gai. 4,102 und Serv. bei Gell. 4,3,2 [s. a. 1]: vor 230 v. Chr. behielt der Mann, der seine Frau verstieß, die *dos* ganz ein, s. A. Watson, Tijdschr. v. Rechtsgesch. 33, 1965, 38 ff.). Bequemer erreichte man den gleichen Zweck auf dem Zurückbehaltungswege gegenüber der *a° rei uxoriae* mit der *retentio propter mores.* Iustinian schaffte i. (und *retentio*) endgültig ab (Cod. Iust. 5,17,11 a. E.). *Hans Julius Wolff*, ZRG 54, 1934, 315 ff.

4. I. privatum (p. im Gegensatz zum → *i. publ.*, weshalb vor dessen Aufkommen und in rein privatrechtlichem Kontext i. schlechthin) heißt das röm. Gerichtsverfahren für Privatstreitigkeiten (in der älteren Republik wohl einschließlich der gemeinen Strafsachen), von Augustus in der *lex Iulia iudiciorum privatorum* endgültig geordnet (Schriftformelprozeß), aber in der Sache schon von der Lex XII tab. vorausgesetzt (Spruchformelprozeß). Kennzeichnend für das Verfahren ist 1. seine Gliederung in 2 Prozeßabschnitte (wohl schon zur Zwölftafelzeit die Regel, 5,353): das Verfahren *in iure*, d. h. vor dem Gerichtsmagistrat (seit 367 v. Chr. der Praetor), das in der → *litis contestatio* gipfelte; und das Verfahren *in iudicio*, d. h. vor einem Geschworenenrichter *(iudex)* oder mehreren → *recuperatores*, denen der Praetor Beweisaufnahme und Urteilsfindung überließ. 2. Die Herrschaft der Parteien über den Gang des Verfahrens, was sich beim Laden des Beklagten, der Festlegung des Streitprogramms, beim Laden der Zeugen u. a. m. bis hin zur Vollstreckung äußerte, wohingegen im Kognitionsprozeß, der schließlich (wohl im Laufe des 3. Jh. n. Chr.) den Formularprozeß ablöste, all das amtsseitig geschah und der Prozeß in allen seinen Stadien vor einem beamteten Richter stattfand. Kern des Spruchformelverfahrens *(→ legis actio)*, das bis zur Lex Aebutia (2. Jh. v. Chr.) vorherrschte und erst durch obige lex Iulia bis auf wenige Ausnahmen beseitigt wurde (Gai. 4,30 f.), waren kontradiktor. Rechtsbehauptungen der beiden streitenden Parteien, deren Wortlaut formelhaft festgelegt war, z. B. *te mihi HS X milia dare oportere aio*, was der Gegner mit den Worten ... *nego* bestritt, wodurch gleichzeitig der Streitgegenstand fixiert war (Einzelh. bei Gai. 4,12 ff.). Der Schriftformel- oder Formularprozeß zeichnete sich demgegenüber durch größere Formfreiheit aus. Die Parteien waren der streng gehandhabten Spruchformeln enthoben, und die Funktion der Streitfixierung übernahm jetzt eine vom Praetor schriftlich (aber ebenfalls nach festem Muster) ausgefertigte Instruktion an den Geschworenenrichter, die → *formula*. Die einzelnen i. p. beruhten entweder auf bes. Verheißung im Edikt des Praetors *(actiones in factum*, später die Mehrzahl), namentlich im (2., dem zentralen) Abschnitt *de iudiciis* (sc. *privatis*), oder auf Gesetz, vornehmlich der Lex XII tab. und ihrer Interpretation *(a.es in ius conceptae)*, in welchem Falle im Edikt aber wenigstens die Formel proponiert war. Hiermit wiederum nicht zu verwechseln ist die in obiger lex Iulia (wenig glücklich) getroffene Unterscheidung zwischen *i.a legitima* – wenn innerhalb der röm. Bannmeile vor dem *iudex unus* prozessiert wird und Parteien und Richter röm. Bürger sind – und *imperio continentia* – bei Fehlen einer dieser Voraussetzungen (Gai. 4,103 ff.); zu diesen gehören also z. B. alle *i.a recuperatoria* (beschleunigte Verfahren wie Freiheitsprozeß, wegen *iniuria* und a. m.). Schließlich sei noch die praktisch sehr bedeutsame Gegenüberstellung von *i.a bonae fidei* (Formel mit *ex fide bona*-Klausel) bzw. *arbitraria* (Arbiträr-Klausel) und *stricti iuris* (ohne jeden Spielraum) hervorgehoben. In nachklassischen Texten, zumal bei Iustinian, bedeutet i. p. ganz allgemein »Zivilprozeß«.

1. *Giov. Pugliese* Il Processo civ. rom. I: Le legis actiones, [2]1962. 2. *Ders.* II: Il proc. formulare 1, [2]1963. 3. *Ger. Broggini* Iudex arbiterve, 1957. 4. *Günther Jahr* Litis Contestatio, 1960. 5. *Max Kaser*, Tijdschr. v. Rechtsgesch. 32, 1964, 329 ff.

5. I. publicum. Das klass. röm. Kriminalverfahren, von Augustus durch die lex Iulia iudiciorum publicorum neu geordnet (z. d. Ursprung [1],

133 ff.). Charakteristisch für das Verfahren sind: Anklage durch irgendeinen röm. Bürger (urspr. formlose → *delatio nominis*, untechn.: → *accusatio*) und Verhandlung vor einem Schwurgericht unter magistrat. Leitung. Seit dem E. des 2. Jh. gesetzlich geregelt, erhielt es seine endgültige Gestalt durch die Kriminalgesetzgebungen von Sulla und Augustus. Danach gab es in der Kaiserzeit (vgl. [2],741 ff. 769 ff.) wahrscheinlich folgende 10 i.a p.a, für die (außer wohl für die letzten beiden) ständige Geschworenenhöfe *(quaestiones)* unter vermutlich je einem besonderen Praetor bestanden: *de sicariis et veneficis* und *de testamentis (= de falsis)*, geregelt durch leges Corneliae; *repetundarum* (lex Iulia Caesars); *maiestatis, de vi, peculatus, ambitus, de adulteriis* und *de annona* (leges Iuliae, wohl alle des Augustus) und schließlich de *plagiariis* (lex Fabia unbekannten Datums). Zum Verfahren s. den Art. → quaestio.

Das i. p. galt im Prinzip auch in den Provinzen und auch gegenüber Nichtbürgern (Kyren. Edikte des Augustus); freilich werden die veränderten Bedingungen Abstriche zumal bei der Auswahl der Geschworenen gefordert haben, so daß das i. p. hier bald denaturierte, während es in Rom noch zu Beginn des 3. Jh. bezeugt ist, allerdings nur noch für weniger schwere Straftaten. Im weiteren Verlauf des Jh. hat dann das schon seit dem 1. Jh. konkurrierende, schneidigere Gericht des → *praefectus urbi* die i.a p.a verdrängt. D. L.

1. *W. Kunkel* Unters. z. Entw. d. röm. Kriminalverf. etc., 1962. 2. *Ders.*, RE XXIV 720 ff. Art. quaestio. 3. *U. Brasiello* Sulla desuet. dei i. p., in: Studi onor. E. Betti 4, 1962, 559 ff.

Jüdisch-hellenistische Literatur konnte entstehen, nachdem das → Judentum mit seiner Diaspora in griech. Umwelt eingedrungen und in Palästina von griech. Herrschaftssystemen überlagert worden war. Das Prädikat »hellenistisch« wendet man auf die Lit. im engeren Sinne an, wenn sie ins Griech. übersetzt oder auf Griech. verfaßt ist (und dann entweder für Juden, die nur noch diese Sprache verstanden, und/oder für Griechen, denen man mit missionarischer Absicht die jüd. Überlieferung nahebringen wollte), und im weiteren Sinne, wenn sie, auch ohne ins Griech. übersetzt zu sein, in verschiedenster Weise die hellenist. Welt reflektiert (statt sich gegen sie abzusondern wie die rabbin. Orthodoxie). Im letzteren Falle kann bisher zwischen endogener Veränderung der jüd. Inhalte (z. B. zum → Essenertum hin, in das namentlich manche der »Apokalypsen« und der »Testamente« hineingehören mögen), die dann wegen bloßer Konvergenz mit hellenist. aus der jüd.-hellenist. Lit. eigentlich auszuschließen wären, und hellenist. Einfluß noch nicht deutlich genug unterschieden werden. – Es liegt im Wesen dieser Lit., daß die hier aus Übersichtsgründen unterschiedenen Gattungen sich vielfach überschneiden.

1. Hellenist. im engeren und im weiteren Sinn ist die Septuaginta, nur im engeren Sinn sind es ihre Konkurrenten (→ Bibelübers.-en 2; im folgenden wird daraus kein Text wiederholt, wo ein hebr. Gegenstück da ist).

2. Mit einst umfänglichen ἐξηγήσεις τῆς Μωυσέως γραφῆς, wohl um 160 v. Chr. für Ptolemaios VI. geschrieben, will Aristobulos die Priorität der israelit. Weisheit (= des Gesetzes) vor der griech. erweisen ([7],77–91; [22]). Seine immer wieder Allegorien oder Symbole konstatierende Auslegungsmethode kehrt differenzierter und erweiterter bei → Philon von Alexandreia wieder, dessen umfangreiches Werk, von 5 Titeln abgesehen, sich in einen großen allegor. Kommentar zur Genesis und ein Corpus von einzelnen Pentateuchstellen ausgehender, religionsphilos. Themen systemat. behandelnder Schriften gliedert.

3. Die Weisheit des AT., ihrerseits bereits aus Rezeption und Auseinandersetzung mit der des Alten Orients erwachsen, und die σοφία der Griechen interpretieren voneinander her die Sapientia Salomonis (LXX; bes. 6–10), die vom Enkel des Vf. nach 132 v. Chr. aus dem Hebr. übersetzten Sprüche Jesus', des Sohnes Sirachs (LXX; bes. 1.4.24) und das Baruchbuch (LXX; bes. 3,9–4,4) mit dem Brief Jeremias (LXX; Nichtigkeit der Götzen). Mit Beweisen aus den Märtyrergeschichten des 2. Makk. behandelt das sog. 4. Makkabäerbuch (LXX) die Herrschaft des εὐσεβὴς λογισμός über die Triebe.

4. Im Sinne der Weisheit unterweisen am Exempel vorbildlicher Lebensläufe und göttlicher Heimsuchungen die B. über Tobit (LXX), Judith (LXX) und die Propheten (ed. Th. Schermann, Prophetarum vitae fabulosae, 1907), ferner das Martyrium Jesajae (äth. und lat. ed. A. Dillmann 1877; äth. lat. griech. slav. ed. R. H. Charles 1900; 6–11: Ascensio, chr.), das Paralipomenon Jeremiae (oder »Rest der Worte Baruchs«, ed. J. R. Harris 1889) und die an Gen. 41,45 anknüpfende Bekehrungsnovelle »Joseph und Aseneth« ([24]) sowie am gegensätzlichen Beispiel der nach Ex. 7,1 ff. gegen Moses und Aaron wirkenden äg. Zauberer eine Schrift über Jannes und J/Mambres (Orig. Cels. 4,51 und zu Matth. 27,9).

5. Über hist. Ereignisse berichten legendenhaft und meist zugleich paränetisch das 3. Makkabäerbuch (E. 1. Jh. v. Chr., LXX; Errettung der Juden unter Ptolemaios IV.), 2 Zusätze zu Daniel (Susanna, LXX; Bel und der Drache, LXX), die Zusätze zu Esther (LXX), der → Aristeasbrief und das Jubiläenbuch (nach den Jobel-Perioden, in welche der Inhalt von Gen. 1 – Ex. 12 eingeteilt wird; auf die verlorene griech. Übers. des hebr. Urtextes gehen eine äth. [ed. A. Dillmann 1859] und eine lat. [Frg. ed. M. Ceriani 1861] Fassung zurück).

6. Unter den Namen eines Aischylos (Clem. Al. Strom. 5,14,131), Herakleitos (4. und 7. Brief, ed.

J. Bernays 1869; R. Hercher, Epistolographi Graeci 1873, 80–88), Diphilos oder Philemon oder Menander (Clem. Al. Strom. 5,14,119 ff. Eus. pr. ev. 13,13,45 ff. 62), Menander (Sprüche, nur syr., ed. J. P. N. Land 1862), Orpheus (Ps. Iust. coh. ad Graecos 15; Eus. pr. ev. 13,12,5), Phokylides (Lehrgedicht in Hexametern, ed. Th. Bergk 1915; jüd. nach [25]), Sophokles (Clem. Al. Strom. 5,14,113. 121 f. Eus. pr. ev. 13,13,40. 48) und anderer schrieben Autoren, die mit ihren klass. Vorbildern konkurrieren wollten. Nur ein wohl Euripides nachahmender »Tragiker«, der die Ἐξαγωγή aus Äg. dramatisierte, schrieb unter seinem jüd. Namen → Ezechiel. Pseudepigraph. Dichtungen in der Tradition der atl. Psalmen sind mehrere ᾠδαί (LXX; Nr. 7: Gebet des Asarja, zu Dan. 3,26–45; Nr. 8: Gesang der 3 Jünglinge im Feuerofen, zu Dan. 3,52–88; Nr. 12: Gebet des Manasse, zu 2. Chron. 33) und die Psalmen Salomos (LXX; nach 63 v. Chr., antiröm., propharisäisch).

7. Die Apokalypsen gehören insofern zur jüd.-hellenist. Lit., als sie Ausdruck der Auseinandersetzung des um seine Zukunft ringenden oder das Eschaton erwartenden jüd. Volkes mit hellenist. Herrschaft oder Umwelt sind und dabei aus der letzteren häufig hist. Ereignisse, Anschauungen oder Stilformen widerspiegeln. Urspr. wohl alle hebr. oder aram. verfaßt (z. T. erhalten Elia und Henoch), wurden die meisten von ihnen (nachweisbar, aber verloren 4. Esra, mit Anf. und E. als 5. und 6. Esra, chr. [35], 488 ff.; Testament des Mose, nach dem Titel eines zweiten, Jud. 9 und bei Kirchenvätern zitierten und nur in einem lat. Frg. aus dem 6. Jh. erhaltenen Teiles auch Himmelfahrt des Mose genannt) darüber hinaus ins Griech. übersetzt (erhalten Sedrach, Baruch [ed. M. R. James, Apocrypha Anecd. 1, 1893, 127–137, chr. itp.; 2,1897, 84–94], Esra [ed. K. v. Tischendorf, Apocalypses Apocryphae 1866, 24–33], Apokryphon Ezechiel [28], Henoch [ed. L. Radermacher, Griech.-chr. Schriftst. 5, 1901; C. Bonner 1937]), auf dem zumeist die kopt. (Elia, Sophonias), syr. (Baruch, 4. Esra), lat. (4. Esra [ed. O. R. Fritzsche 1871; B. Violet 1910; mit 5. und 6. Esra auch Vulg.], Test. Mose [ed. M. Ceriani, Monumenta sacra et profana 1,1, 1861, 9–13. 55–64], Henoch [ed. M. R. James, Apocr. Anecd. 1893, 146 ff.]), armen., georg., arab. (4. Esra), äthiop. (4. Esra, Baruch, Henoch, mit Einschränkungen Jubiläenbuch) und slav. (Abraham, Baruch, Henoch), inhaltlich vielfach selbständig werdenden Versionen zurückgehen. Jüd. Bearbeitungen heidnisch-griech. Sibyllendichtungen sind die Sibyllin. Orakel (ed. J. Geffcken 1902; A. Kurfess 1951).

8. Apologetisches Interesse, welches die Gesch. der Juden in den Rang der für griech. Tradition seit langem darstellenswerten Gegenstände erheben und dabei zugleich deren literar. Form etwas Verständliches und damit Gleichwertiges an die Seite stellen wollte, führte zur Geschichtsschreibung. → Demetrios (21) benutzte die in seiner Z. übliche Form der ἀπορίαι καὶ λύσεις, um in ihnen, von der LXX aus bis in kleinste Details chronolog. weiterkombinierend, einen chronograph.-genealog. Abriß der Gesch. Israels, für uns beginnend mit Jakob, bis auf seine eigene Zeit (= Regierung Ptolemaios' IV. 222–205) zu geben. Ihm folgen Anf. und Mitte 2. Jh. in Palästina → Eupolemos und ein vor Ausbruch des Makkabäeraufstandes schreibender samaritan. Anonymus ([31]) sowie ein sonst unbekannter Aristeas (nur Hiobs Gesch. erhalten), gegen E. 2. Jh. in Äg. → Artapanos u., wohl ebenfalls dort, ein angeblicher »Prophet Kleomedes (oder -demos), auch Malchos genannt«. In Hexametern schrieben im 1. Jh. v. Chr. Philon d. Ä. über Jerusalem und im 1. Jh. n. Chr. der Samaritaner Theodotos über Sichem. Aus Teilen der alttestamentl. B. Chronik, Esra und Nehemia wurde Anf. 2. Jh. v. Chr. das 3. (Vulg.) bzw. 1. (LXX) Esrabuch mit neuem Stoff zusammengestellt, sogleich auf griechisch. Chronistik der jeweils eigenen Zeit ist über Johannes → Hyrkanos (2) und in den Hypomnemata bekannt, die → Herodes (1) d. Gr. unter Mithilfe seines Hofhistoriographen Nikolaos von Damaskos (64–etwa 4 v. Chr., selbst kein Jude; vgl. FGrH 2 A Nr. 90) in seinem letzten Lebensjahrzehnt verfaßte (von Ios. ant. 15,6 verwendet; vgl. FGrH 2 B Nr. 236, dazu 2 D p. 660). Von weiteren nichtjüd. Darstellungen über die Juden (darunter Galenos, Teukros von Kyzikos, Ariston von Pella, Antonius Iulianus; nicht zu identifizieren Ptolemaios von Askalon und Judas) sind jüd. verwertet das fünfbändige Werk des → Iason von Kyrene (E. 2. Jh. v. Chr., über die makkabäische Erhebung) in dem Auszug, der das 2. Makkabäerbuch (LXX) darstellt, sowie die Schrift des Apollonios → Molon (z. T. polemisch) und die Αἰγυπτιακά des → Apion (3. und 4. B. Streitschrift) in der Widerlegung des → Iosephos c. Ap., schließlich → Hekataios von Abdera (4) in einem jüd. Bearbeiter, der sich nach ihm nennt ([32]). Hebr. verfaßt wurde E. 2. Jh. v. Chr. im Stile der atl. Chronistik eine Gesch. von 175–135/34 v. Chr., die nur in griech. Übers. als 1. Makkabäerbuch (LXX) überliefert ist, und gegen E. 1. Jh. n. Chr. (anders [30]), vielleicht in nachessenischen Kreisen Palästinas, eine Gesch. von der Weltschöpfung bis zu Saul, deren aus der gleichfalls verlorenen griech. Version gefertigte lat. Übersetzung in dieselben Hss. wie Übers.-en der Quaestiones in Genesin und von De vita contemplativa des Philon von Alexandreia geriet und deshalb diesem zugeschrieben wurde (ed. G. Kisch, Pseudo-Philo's Liber Antiquitatum Biblicarum, 1949). Alle älteren historiograph. Traditionen wurden aufgenommen und durch h. als Quellen unschätzbare Darstellungen der eigenen Zeit einschließlich des jüd. Krieges ergänzt von → Iustus von Tiberias und seinem größeren Antagonisten → Iosephos.

9. Jüd. hellenist. Frömmigkeit und Moral legitimierte sich in Vermächtnissen der Väter, z.B. in einem griech. Adambuch (ed. K. v. Tischendorf, Apocalypses Apocryphae 1866, 1–23 irreführend als Apoc. Mosis) und der damit weithin parallelen Vita Adae et Evae (lat. ed. W. Meyer, ABAW 1878, 185–250) und in den Testamenten des Adam (ed. M. R. James, Apocr. Anecd. 1893, 138–145), Abraham (ed. M. R. James 1892), Isaak und Jakob (nur kopt., arab. äth.), der 12 Patriarchen (ed. R. H. Charles 1908; M. de Jonge 1964), Hiob (ed. M. R. James, Apocr. Anecd. 2, 1897, 103–137), Salomo (ed. Ch. Ch. McCown 1922). An vielen Stellen sind biograph. sowie apokalypt. und visionäre Bestätigungen eingelegt, womit diese Gattung auch unter [4] und [7] gehört.

10. Je mehr das Judentum in Makkabäerkriegen, antiherodian. Reaktionen und Aufständen gegen die Römer auch die hellenist. Kultur abwehrte, desto weniger konnte es sich zum Griech.-Schreiben und -Denken bekennen. So blieb im Verhältnis zur sich langsam durchsetzenden Mischna und den stilistisch oft gleich-, inhaltlich aber ganz andersartigen Midraschim die jüd.-hellenist. Lit. Episode: 200 v. Chr.–100 n. Chr. Überliefert wurde sie zum kleineren Teil von dem Heiden → Alexander (19) Polyhistor ([34]) u. zum größeren Teil von den frühen Christen ([35]) und den Orientkirchen, die vielfach an ihr weiterarbeiteten. C. C.

Zum Ganzen: 1. *A. v. Gutschmid* Kl. Schr. 2, 1890. 2. Realenzykl. für prot. Theologie und Kirche^3, 1896–1903 (Einzelart.). 3. *H. Willrich* Judaica, 1900. 4. *E. Kautzsch* Die Apokryphen und Pseudepigraphen des AT., 2 Bde., 1900. 5. The Jewish Encycl. 1–12, 1901–1906 (Einzelart.). 6. *Schürer* I und III (grundlegend). 7. *W. N. Stearns* Fragments from Graeco-Jewish Writers, 1908. 8. *R. H. Charles* The Apocrypha and Pseudepigrapha of the OT., 2 Bde, 1913. 9. *G. Karpeles* Gesch. der jüd. Lit. 1^3, 1920, 109–204. 10. *Christ-Schmid-Stählin* II/1, 1920^6, 535–656. 11. *J. Gerharz* Der Gottesglaube in der hellen.-jüd. Apologie (Diss. theol. Münster 1922). 12. *H. Willrich* Urkundenfälschung in der hellenist.-jüd. Lit. (FRLANT NF 21), 1924. 13. *A. Schlatter* Gesch. Israels, 1926^3. 14. *P. Rießler* Altjüd. Schrifttum außerhalb der Bibel, 1928. 15. Encycl. Judaica 1–10, 1928–1934 (Einzelart.). 16. The Universal Jewish Encycl. 1–10, 1948 (Einzelart.). 17. *P. Dalbert* Die Theologie der hellenist.-jüd. Missionslit. unter Ausschluß von Philo und Josephus, 1954. 18. *V. Tscherikover* Jewish Apologetic Literature reconsidered (Eos 48,3, 1956 = Symbolae R. Taubenschlag dedicatae, 1957, 169–193). 19. *W. Speyer*, Art. Fälschung, literar. (RAC 7, 1966).

Zu 1: 20. *O. Eißfeldt* Einl. in das AT., ^{3}1964, 951–973. Zu 2: 21. *H. L. Goodhart* und *E. R. Goodenough* A General Bibliography of Philo Judaeus, in: E. R. Goodenough, The Politics of Philo Judaeus, New Hav. 1938, 127–321. 22. *N. Walter* Der Thoraausleger Aristobulos. Unters. zu seinen Frg.-en und zu pseudepigr. Resten der jüd.-hellenist. Lit. (TU 86), 1964. Zu 3: *Eißfeldt* 802–816, 831–834. 23. RGG^3 6, 1962, 1574–1581 (H. Gese). Zu 4: *Eißfeldt* 790–796. 825f. 24. *Chr. Burchard* Unters. zu Joseph und Aseneth, 1965 (Edd., Hss., Lit.). Zu 5: *Eißfeldt* 788f., 797–802, 817–824. Zu 6: *Eißfeldt* 796f., 799, 826–831. 25. *J. Bernays* Über das Phocylideische Gedicht, 1856. 26. *W. Frankenberg* Die Schrift des Menander, ... ein Produkt der jüd. Spruchweisheit (ZAW 15, 1895, 226–277). 27. *A. Kurfess* Das Mahngedicht des sog. Phocylides (ZNW 38, 1939, 171–181). Zu 7: *Eißfeldt* 834–855. 28. *K. Holl* Das Apokryphon Ezechiel, Ges. Aufs. 2, 1928, 33–43 (Edd., Lit.). Zu 8: *Eißfeldt* 777–789. 29. FGrH 3 C Nr. 722–737. 30. *A. Spiro* Samaritans, Tobiads and Judahites in Pseudo-Philo (Proceed. of the Amer. Acad. for Jewish Research 20, 1951, 279–355). 31. *B. Z. Wacholder* Pseudo-Eupolemus' Two Greek Frg.-s on the Life of Abraham (Hebr. Un. Coll. Ann. 34, 1963, 83–113). 32. *B. Schaller* Hekataios von Abdera über die Juden (ZNW 54, 1963, 15–31). 33. *Chr. Dietzfelbinger* Ps-Philo, Liber Antiquitatum biblicarum (Diss. Gött. 1964). Zu 9: *Eißfeldt* 855–864. Zu 10: 34. *J. Freudenthal* Hellenist. Stud. 1: Alexander Polyhistor (Jber. des jüd.-theol. Seminars Fraenkelscher Stiftung, Breslau 1874), 1875. 35. *E. Hennecke–W. Schneemelcher* Ntl. Apokryphen^3 2, 1964.

Iugerum. Nach Plin. nat. 18,9 das an einem Tage mit einem Gespann *(iugum)* Ochsen umzupflügende Feld. Das I. bildete die Einheit (→ As) des röm. Flächenmaßes und war ein Rechteck von 120x240 Fuß (zu 296 mm) = 35,52x71,04 m, also von 2523 m². Es zerfiel in 2 → actus (1262 m²), 8 climata (315,4 m²), 12 → unciae (210,3 m²), 288 → scripula oder → decempedae quadratae (8,8 m²), 576 dimidia scripula (4,4 m²) und → 28800 pedes quadrati, s. Colum. 5,1,4ff. Als Mehrfache nennt Varro rust. 1,10,2 → heredium (2), centuria (200) und → saltus (800). Doch finden sich auch andere Werte (→ Limitation). In den röm. O.-Provinzen wurde das I. mit passenden Einheiten gleichgesetzt oder deren Norm modifiziert. Das ἰούγερον μικρόν stellt eine spätant. Katastereinheit dar (→ Iugum). H. Ch.

F. Hultsch Metrologie^2 84ff. 610ff. *H. Nissen*, HB Altertumsw. 1^2, 841. 866f. *O. Viedebantt*, RE IX 2506f. *A. Oxé*, BJ 143/44, 1938, 54ff.

Iuglans oder iugulans (*a love et glande ... appellata* Varr. l.l. 5,102, übersetzt aus Διὸς βάλανος, das aber meist die Kastanie bezeichnet) hieß die Walnuß (mit oder ohne *nux*) und der W.-Baum. Sie wurde aus Pontos über Griechenland in Italien eingeführt. Cato agr. kennt sie noch nicht, sondern erst Varro (a. O. und rust. öfters) und Cic. Tusc. 5,58, aus dessen Erzählung, der Tyrann Dionysios habe sich, um kein Schermesser an sich heranzulassen, Haar und Bart von seinen Töchtern mit glühenden i.-Schalen absengen lassen, nicht geschlossen werden darf, daß es in Sicilien schon im Anf. 4. Jh. i.-Bäume gegeben habe; s. ZIEGLER G 74, 1967. Varro rust. 1,67 rät, die i. möglichst früh abzunehmen, 1,59,3, sie in Sand aufzubewahren; nach 1,16,6 saugen große i.-Bäume den Boden aus, nach Plin. nat. 17,89 ist ihr Schatten schwer und Menschen wie Pflanzen schädlich. K. Z.

Hehn-Schrader Kulturpflanzen und Haustiere⁸ 393 f. 400. 403.

Iugum. 1. »Joch«, hieß nach Varro rust. 1,10,1 in Hispania ulterior ein Feldmaß im Betrage des → iugerum. Seit Diocletian bildete das I. eine Steuerhufe von je nach Bodengüte wechselnder Größe. So gingen in Syrien auf ein I. 5 *iugera* Weinberg, 20,40,60 *iugera* Ackerland sinkender Bonität oder 220 bzw. 450 *perticae* (zu 100 Quadratfuß?) Ölpflanzungen (FIRA 2,795 f.). Andere Maße und Klassen begegnen in Palästina, Arabien und der Inselwelt, während die entsprechenden fiskal. Einheiten in Äg. auf der → Arure, in Africa auf der Centuria (zu 200 *iugera*), in Italien auf der *millena* basierten. → Iugatio. H. Ch.

Marqu. RStV. 2,225 ff. *A.H.M. Jones* The Later Roman Empire, Oxf. 1964, 62 ff. 453 ff. 820.

2. Das Joch an der Wagendeichsel, unter das Zugtiere gespannt wurden, griech. *ζυγόν, ζυγός*. Die älteste Beschreibung bei Hom. Il. 24,268 ff. Auf zahlreichen Darstellungen nachweisbar, ist das i. entweder fest mit der Deichsel verbunden oder mit Hilfe von Riemen an ihr befestigt. Es besteht meist aus Holz, seltener aus Metall, und wird den Tieren auf dem Widerrist, gelegentlich auf der Stirn, auch oben auf dem Hals oder unter der Brust angelegt. **3.** Die Holzstange, die man zum Transport von Lasten (in Körben oder Bündeln) auf den Schultern trug, griech. *ἄσιλλα* bzw. *ἀναφορεύς, ἀνάφορον*. W. H. G.

Iugurtha (*Ἰογόρθας*), * bald nach 160, Sohn des Mastanabal und Enkel des Massinissa, wurde von seinem Onkel Micipsa 134 mit einem Hilfskorps nach Numantia gesandt, lernte dort die lat. Sprache und gewann durch Tapferkeit und Freigebigkeit gute Beziehungen zu röm. Senatoren und dem Feldherrn Scipio Aemilianus, der ihn brieflich Micipsa empfahl. Sall. Iug. 7 ff. 101,6. W. ALLEN, CPh 33, 1938, 90 f. D. TIMPE, H 90, 1962, 334 ff. Micipsa adoptierte I. 120 und setzte die eigenen Söhne → Adherbal (4), und → Hiempsal (1) mit I. gleichberechtigt zu Erben des numid. Reiches ein. Sall. 9,3 f. Nach Micipsas Tode 118 erstrebte I. die Alleinherrschaft und ließ Hiempsal ermorden. Adherbal, von I. besiegt, bat Rom um Hilfe. → L. Opimius wies Adherbal den O., I. den fruchtbaren W. zu. Sall. 12 ff. Aber I. tötete 112 in Cirta Adherbal und dort ansässige ital. Kaufleute. Sall. 20 ff. Nun erklärte der Senat I. den Krieg. Er verlief in 3 Phasen mit innenpolit. Rückwirkungen. Zunächst erhielt I. 111 durch Bestechung des → L. Calpurnius Bestia einen günstigen Frieden, aber der Tribun → C. Memmius zwang I. zum Erscheinen in Rom. Als er dort seinen Vetter Massiva ermorden ließ, mußte er Rom verlassen und sagte angeblich: *o urbem venalem et mature perituram, si emptorem invenerit*. Sall. 35,10. I. kämpfte 110 erneut glücklich gegen → Sp. Postumius Albinus und dessen Bruder Aulus, der schimpflich mit einem für I. günstigen Frieden kapitulierte. Darauf setzte der Tribun → C. Mamilius Limetanus gerichtliche Bestrafung aller bestochenen Offiziere und Beamten, der *coniuratio Iugurthina*, durch. Sall. 40,1 ff. Cic. Brut. 127 f. Im 2. Kriegsabschnitt 109–108 erzielte → Q. Caecilius Metellus glänzende Erfolge mit der Eroberung von Vaga und Thala und dem Sieg am Muthul, aber keine Entscheidung. I. schloß sogar mit dem Schwiegervater → Bocchus von Mauretanien ein Bündnis. Mit der Kritik an Metellus erreichte dessen Legat Marius, ein homo novus, das Konsulat 107 und den Oberbefehl gegen I. Im 3. Teil des Krieges 107–105 eroberte Marius Capsa und schlug Angriffe am → Muluccha und bei → Cirta zurück. Sall. 87 ff. Zähe Verhandlungen mit Bocchus brachten endlich die Auslieferung des I. an den Quaestor des Marius, L. Cornelius Sulla, der den Erfolg auf seinem Siegelring darstellen ließ. Plut. Sull. 3; Mar. 10. Bocchus feierte das Ereignis mit einer Statuengruppe auf dem Kapitol. Plut. Sull. 6,1. Um 62 zeigte Faustus Cornelius Sulla auf Mz., wie sein Vater auf einem Podium den gefesselten I. von Bocchus entgegennahm. E. A. SYDENHAM The coinage of the rom. rep. 1952, Nr. 879, Pl. 24. Im Triumph des Marius am 1. Januar 104 vorgeführt, wurde I. 6 Tage später im Tullianum erdrosselt. Sall. 114,2. Liv. epit. 67. Plut. Mar. 12,4 (*Ἡράκλεις, ὡς ψυχρὸν ὑμῶν τὸ βαλανεῖον*). Zur Chronologie H. CHANTRAINE Unters. zur röm. Gesch. 1959, 29 ff. H. V.

Iulia Aug. Taurinorum s. Augusta T.

Iuliacum (h. Jülich, Reg.-Bez. Aachen). Rastort an der Römerstraße Tongern–Köln (Itin. Anton. 375,8 und 378,7) in Germ. inferior. Am E. des 1. Jh. n. Chr. *vicus* (Weihinschr. auf der Basis einer Iuppiter-Säule der *vicani Iuliacenses*), wird der Ort für die Folgezeit durch Inschriftfunde als Benefiziarierstation (Ziegelstempel der leg. VI Victr.) ausgewiesen. H. C.

B. J. 151, 1951, 300. *Keune*, RE X 8. *H. v. Petrikovits* Das röm. Rheinland. Arbeitsgem. f. Forsch. d. Landes Nordrhein-Westf., 1960, 74. 108. 125.

Iulianus (*Ἰουλιανός*) **1.** I., Anhänger des Didius Albinus, von Septimius Severus durch Folter gezwungen, Parteigänger zu verraten, Dio-Xiph. 74,9,6 (III p. 346 Boiss.). **2.** M. Aurelius I. Sabinus Aug. Corrector Venetiae (et Histriae), Aur. Vict. Caes. 39,10 (von Zos. 1,73 irrtümlich als praef. praetor. des Carinus bezeichnet). Nach dem Tod des Carus Usurpator im J. 284, anerkannt in Pannonien, COHEN VI² 410 f. Nr. 1–8 (Siscia). Von Carinus auf seinem Zug gegen Diocletian bei Verona besiegt und getötet, Epit. Caes. 38,6. BARBIERI Alb. senat. p. 257 (625) Nr. 1473. **3.** I. Nestor. Unter Caracalla princeps peregrinorum, Leiter der Geheimpolizei; im J. 217 praef. praetor.; begleitete den Carinus nach Syrien; dort durch Elagabal 218 oder 219 getötet, Dio-Xiph. 79,3,4. **4.** I., Beiname bei vielen Gentilicien, s. RE X 26 Nr. 25. **5.** Flavius Claudius I. = I. Apostata = D.N. Flavius Claudius I. Aug. Sohn des Iulius Constantius und der Basilina, Neffe Konstantins d. Gr. * 331 in Konstantinopel, Iulian. epist. 58 p. 567,13 H. (= I 2 p. 67 Bid., s. BAYNES, JHS 45, 1925, 252). Im J. 337 entgingen er und sein älterer Stiefbruder Gallus dem Blutbad der Soldaten, dem sein Vater und die meisten Verwandten zum Opfer fielen, Iulian. p. 349,2ff. H. Sokr. 3,1,6f. I. kam nach → Nikomedeia am Marmarameer, wo sich der arian. Bischof → Eusebius seiner annahm (Amm. 22,9,4) und → Mardonios sein Lehrer wurde (Iulian. p. 452,21ff. H.), der in ihm die Liebe zum Hellenismus entfachte. Er lernte Libanios kennen und blieb mit ihm in Verbindung. Im J. 345 mußte I. auf Weisung des Constantius nach Kappadokien in die kaiserliche Domäne Fundus Marcelli übersiedeln (Iulian. p. 349,21ff. H., s. A. J. FESTUGIÉRE, JRS 47, 1957, 53ff.), wo der arian. Bischof → Georgios von Laodikeia Einfluß auf I. nahm, er aber heidnische Literatur las, Iulian. epist. 36 p. 531, 20ff. H.; er blieb dort bis 351, dann ging er nach Kleinasien, Amm. 15,2,7. Sokr. 3,1,22. In Ephesos lernte er den Neuplatoniker → Maximos kennen, durch den der allem Schöngeistigen Aufgeschlossene 351/52 zum Heidentum, zur chaldäeisch-neuplaton. Theurgie, abfiel, Liban. or. 13,12 (2 p. 67, 3F.). Eunap. vit. soph. 7,2,12 (p. 475,36f. Didot). Iulian. epist. 38 p. 534,18ff. H., nach außen aber Christ blieb. 352–354 verbrachte er in Nikomedien, Iulian. epist. 40, p. 538,9f. H. Als E. 354 der Caesar Gallus, I.' Stiefbruder, hingerichtet wurde, wurde I. nach Mailand befohlen, wo er bis Juli 355 blieb, Iulian. p. 351,24 H. Auf der Heimreise wurde er durch → Eusebia, die Gattin des Constantius, die I. begünstigte (Iulian. p. 152,2ff. H.), nach Athen beordert (Amm. 15,2,8. Iulian. p. 336,19; 353,6 H.). Im Oktober vom Kaiser nach Mailand berufen, wurde I. am 6. Nov. 355 zum Caesar ernannt und mit der jüngsten Schwester des Constantius, → Helena, vermählt, Amm. 15,8,1–18. Anf. Dezember 355 reiste I. in sein Wirkungsgebiet Gallien, Amm. 15,8,18, von Generalen wie Ursicianus und Marcellus unterstützt. 356 cos. mit Constantius VIII. Im Sommer zog I. an den Ober- und Niederrhein, wo er das von den Franken besetzte Köln zurückgewann, Iulian. p. 359,18 H., und die Alemannen vergeblich versuchten, I. in Sens einzuschließen. 357 cos. II mit Constantius IX, übernahm I. die Oberleitung des Heeres selbst, Iulian. p. 359,4 H. Zos. 3,3,1. Trotz Behinderung durch den magister peditum Barbatio, der im Raum von Basel kommandierte, warf I. Barbaren, die Lyon bedrohten, zurück (Amm. 16,11,3ff.). Die Alemannen schlug er entscheidend bei Oberhausbergen (J. J. HATT & J. SCHWARTZ, BFS 42, 1964, 427–436), Amm. 16,12,63. Zos. 3,3,3. Er überwinterte von nun an jährlich in Paris, Iulian. p. 438,5 H. Amm. 17,2,4. 358 kämpfte er gegen die salischen Franken und die Chamaven (Amm. 17, 10,8f.); er sorgte 359 für die Getreidezufuhr aus Britannien (Amm. 18,2,3) und sicherte weitgehend die Rheingrenze (ebd. 18,2,13). Cos. III im J. 360 mit Constantius, konnte I. einen geplanten Zug gegen Britannien nicht unternehmen, weil Constantius von ihm starke Truppenkontingente für einen Perserfeldzug verlangte (Liban. 2,275,11. Zos. 3,8,1ff. Amm. 20,4,1ff.). Doch diese meuterten und erhoben I. in Paris zum Augustus, Amm. 20,8,20ff. Iulian. p. 367,7ff. H. E. 360 starb I.' Gattin Helena, Amm. 21,1,5. Nach einem Überfall auf die rechtsrhein. Alemannen (Amm. 20,10,1f.) zog er im Juli 361 ostwärts, erreichte am 10. Okt. Bononia und bald darauf Sirmium (Amm. 21,9,6. Zos. 3,10,3) und Naissus, (Amm. 21,12,1). Zum Kampf mit Constantius kam es nicht, da dieser am 3. Nov. 361 starb. Am 11. Dez. 361 zog I. in Konstantinopel ein, Amm. 22,2,4. Von einem Kriegsgericht in Chalkedon wurden Gegner I.' abgeurteilt, ebd. 22,3,1ff.; zahlreiche unwürdige Beamte, Diener und Eunuchen am Kaiserhof wurden entlassen, Sokr. 3,1,50. Noch 361 erließ I. die ersten Toleranzedikte, durch die die heidn. Bräuche erlaubt und Tempel wieder geöffnet (Amm. 22,5,2) oder neugebaut wurden (Cod. Theod. 15,1,3), aber auch verbannte Bischöfe in ihre Heimat zurückkehren durften (Amm. 22,5,3). Doch bald schlugen Edikte unter Einfluß des nach Konstantinopel berufenen Maximos von Ephesos (Amm. 22,7,3) zum Nachteil der Christen aus (Soz. 5,5,2. Sokr. 3,13,1ff.); Athanasios wurde zwar Anf. März 362 aus der Verbannung nach Alexandreia zurückberufen (LARSOW Festbriefe des hl. Athan. 39), aber bald wieder verbannt, Iulian. p. 514,23ff. H., s. O. SEEL, Klio 32, 1939, 175–188. Die Christen erhielten durch Edikt vom 17. Juni 362 (Cod. Theod. 13,3,5) Lehrverbot, Amm. 22,10,7. Iulian. p. 544, 6ff. H. Gregor. Naz. or. 4,4–6, pagane Institutionen dagegen wurden in Anlehnung an chr. geschaffen und gefördert, Greg. Naz. or. 4,112, Mithras- und Helioskult, sowie neuplaton. Mystizismus propagiert (s. P. DE LABRIOLLE La polémique antichrét. de . . . I., Rev. Quest. Hist. 17, 1930, 257–303. J. LEIPOLDT I. in der Rel.-Gesch., SB. Sächs. Akad. 110,1, 1964). Die steigenden religiösen Spannungen führten oft zu grausamer Entladung, Soz. 5,10,1ff. Doch hat I. durch zahlreiche Gesetze und Verordnungen die Stellung der Gemeinden gebessert, desgleichen das Finanz- und Postwesen, Justiz- und Heerwesen (Wiedereinführung heidn. Feldzeichen, Greg. Naz. or. 4,66, s. J. BIDEZ, Iulien. p. 247–260. W. ENSSLIN, Klio 18, 1922, 104ff. R. ANDREOTTI L'opera legislat. ed amministr., NRS 14, 1930, 342–383, im W. durch Vettius Agorius Praetextatus unterstützt. Zum Schutz der durch die Perser unter Schapur II. bedrohten O.-Grenze zog I. im Mai 362 nach Syrien und traf im Juli in Antiocheia ein, wo Libanios eine Begrüßungsrede hielt (II p. 46–82 FÖRSTER), geriet aber mit der chr., jedoch Üppigkeit liebenden Stadt in schwerste Konflikte (Niederbrennung des Apollontempels, Schließung der chr. Hauptkirche, Amm. 22,13,1 f. I. verfaßte »Misopogon«, p. 433–479 H. = Discours II 2 p. 141–199 Lacombr. und »Gegen die Galilaeer«. Versuch, den Tempel in Jerusalem wieder aufbauen zu lassen (Lyd. de mens. 4 p. 110,4 Wünsch. Amm. 23,1,2 f.). Cos. IV im J. 363 mit Flavius Sallustius, brach er am 5. März zum Feldzug auf, Amm. 23,2,3 ff. Er zog den Euphrat entlang bis Ktesiphon, Amm. 24,7,1, von da ins Binnenland; das erschöpfte Heer mußte aber an den Tigris zurück. In einem Gefecht bei Maranga wurde I. schwer verwundet und starb in der Nacht vom 26./27. Juni, Amm. 25,3,6 ff. Er wurde in Tarsos beigesetzt, ebd. 25,10,5.

Literar. Werke: Lobreden auf Constantius II. und Eusebia (or. 1,3, ca. 356/57), über die Taten des Constantius (or. 2), Propemptikos f. Sallustios (or. 8, ca. 358/59); gegen die »ungebildeten Hunde« (or. 6, Anf. Juni 362), gegen den Kyniker Herakleios (or. 7, Anf. 362); auf König Helios (or. 4, Dez. 362), an die Göttermutter (or. 5, E. 361, s. H. Bogner, Philol. 79, 1924, 258–297); Brief an die Athener (361), an Themistios (ca. 361); die Menippeische Satire »Symposion oder Kronia« (362); die Satire Antiochikos oder Misopogon (362/63, s. R. Asmus, Philol. 76, 1920, 266–292. 77, 1921, 109–141); ferner Briefe. Vieles ist verloren, vor allem 3 B. »gegen die Galilaeer« (362/63), s. des Kyrillos von Alexandreia Gegenschrift »gegen den gottlosen I.«).

Ausg.: *F.C. Hertlein* (Teub.) 1875/76. *J. Bidez* Briefe Bd. I 1 (1932); I 2 (1960). Sonstige Schr. bei *G. Rocheford*, Bd. II 1 (1963). *Ch. Lacombrade* II 2 (1964), Coll. Budé. Ferner *W.C. Wright*, Loeb 1913–1923.

Lit.-Ber. von *K. Gerth*, Bursian 272, 1941, 166–175; RE Suppl. VIII 755 f. – Mz.: *Cohen* VIII² p. 41–66. *Bachofen v. Echt* Röm. Mz.en (1903) p. 153.

Bildnisse: *Bernoulli*, Röm. Ikon. II 3, 1884, 241–251. *R. Delbrück* Spätant. Kaiserportr. 1933, 159. *R. Andreotti*, L'icon. dell'imp. Giul., BC 59, 1931, 47–58; tavv. I. II. *R. Jonas*, AJA 50, 1946, 277–282; tavv. XIII–XV, s. *V. Scrinari* Enc. art. ant. 3, 1960, 926 f.

Lit.: *G. Ricciotti* I. secondo i documenti (1956). *J. Bidez* La vie de l'emp. I. (1930; dt. von H. Rinn, 1940). *E. Stein* I 222–263. *J. Geffcken*, Kaiser I. (1914).

6. Amnius Anicius I., Sohn des Anicius Faustus cos. II 298 (G. Barbieri Alb. senat. 1802), Vater des Amnius Manius . . . Anicius Paulinus, CIL VI 1682. Er war procos. Africae um 297 (an ihn Diocletian gegen die Manichaeer, Collat. 15,3); cos. ord. 322, CIL VI 1686; praef. urbi vom 13. Nov. 326 bis 6. Sept. 329, Chr. min. 1,67. 68. M. Cod. Theod. 2,7,2. 3,32,2 u. a. **7.** Iulius I., Praef. praet. des Licinius, CIL III 13734. Vater der Basilina, Großvater von Nr. 5, Liban. or. 18,9 (2,240,1 f. Foester). **8.** I. aus Kilikien, Christ, Greg. Naz. epist. 67–69. Praeses Phrygiae vor 359, Liban. epist. 38 (X p. 38,13 F.). 1363 (XI p. 410,8 F.).

1368 (XI p. 416,9 F.). Im J. 361 praeses Euphratensis, Liban. epist. 678 (X p. 618,1 F.). Peraequator der pont. Diözese 363, Liban. epist. 1363 (XI p. 410,8 F.), s. M. M. Hauser-Meury Prosop. Greg. Naz., 1960, 110 f. **9.** I., Sohn von Nr. 7, Oheim mütterl. Kaiser Iulians, Philostorg. 7,10. 12 (GCS 21,97). Amm. 23,1,4. Praeses Phrygiae um 334, Cod. Theod. 11,39,3; um 338 praef. Aegypti, Soz. 5,7,9. Erst Christ, wurde er von Kaiser I. für das Heidentum gewonnen, Philostorg. a. O. Anf. 362 Comes Orientis (Amm. 23,1,4 f.), ließ er in Antiocheia Kirchen schließen und plündern, Ioh. mon. vit. S. Artemii 23. Er starb Anf. 363 im Amt, Iulian. misop. p. 472,3 H. (= II 2 p. 192,6 Lacombr.). Soz. 5,8,2–4. An ihn richtete Iulian. epist. 13 H. (= 28 p. 55 Bid.) und 80 p. 87 ff. Bid.; Liban. epist. 701 (X p. 635,19 ff. F.) und 725 (X p. 650,16 ff. F.). **10.** I., gebildeter Syrer, an den Liban. epist. 740 (X 667,1 f.) und 1318 (XI p. 377,8 ff. F.) richtete; er war 362 consularis Phoenices, Cod. Theod. 12,1,52, im J. 364 Comes Orientis, Cod. Iust. 4,63,1. R. H.

11. I. Salvius. Neben P. Iuventius Celsus der bedeutendste Jurist der hochklass. röm. Rechtswissenschaft. * um 100 n. Chr. in → Hadrumetum, vermutlich als Abkömmling einer aus Italien stammenden Ritterfamilie, † um 170. Über seinen vollen Namen und seine Laufbahn unterrichtet vor allem eine in Pupput gefundene Inschr. (CIL VIII 24094), die sich auf I. bezieht (herrsch. Meinung). Nach verschiedenen Ämtern unter Hadrian erreichte I. erst spät, unter Ant. Pius im J. 148, das Konsulat. Später war er legatus pro praetore in Niedergermanien und N.-Spanien (150–161) sowie Prokonsul in Africa (nach 166). – Seine Hauptwerke sind *digesta* (90 B.), die überwiegend den Charakter einer Fallsammlung haben, daneben *libri ad Urseium Ferocem* und *ad Minicium* (Komm. zu 2 weniger bekannten Juristen), ferner ein *liber singularis de ambiguitatibus,* sowie *quaestiones*, die sein Schüler Sex. Caecilius Africanus herausgab; alle auszugsweise überliefert in den Dig. Justinians. – I. hat zahlreiche Streitfragen des Privatrechts überzeugend und endgültig entschieden und es dadurch maßgeblich geprägt. Er vereinigt in sich Vorzüge und Eigenheiten des klass. röm. Juristen in hervorragender Weise: Scharfsinn ohne Spekulation, Originalität neben Traditionsbewußtsein, sicheres Gefühl für ausgewogene, praktikable Ergebnisse, keine Bindung an bestimmte Methoden. – Seine überragende Bedeutung wurde schon zu seinen Lebzeiten dadurch anerkannt, daß Hadrian ihn mit der abschließenden Redaktion des prätor. Edikts betraute. Mehrere spätere Juristen gaben seine *digesta* mit *notae* neu heraus. Er ist der in der Spätklassik am häufigsten zitierte Jurist. Auch Justinian erwähnt ihn mit Verehrung (vgl. Cod. Iust. 3,33,15,1; 4,5,10,1) und hat in seine Dig. zahlreiche Auszüge aus den Schriften Julians aufgenommen. H. H. S.

Pfaff, RE I A 2023 ff. *Berger*, Encyclop. Dict. of Rom. Law, 1953, 522. *Kunkel*, Herkunft u. soz. Stellung d. röm. Jurist. 1952, 157 ff. *Berger* Studi Albertario 1, 1953, 603 ff. *Guarino*, ebd. 623 ff. *Bund* Unters. zur Methode Julians, 1965.

12. I. (Ἰουλιανός), griech. Gramm. des 2. Jh. n. Chr., Vf. eines alphabet. angelegten Lex. zu den att. Rednern (Λεξικὸν τῶν παρὰ τοῖς δέκα ῥήτορσι λέξεων). Photios (bibl. 150) lobt die Erklärungen jurist. t.t. und den Reichtum an Belegen, wodurch es dem ähnlichen Lex. des Valerius Diodoros überlegen sei. H. Gä.

13. I., der Kappadoker. Im 1. Drittel des 4. Jh. n. Chr. hochangesehener Rhetoriklehrer und Sophist in Athen. I.' berühmtester Schüler war → Proairesios, dem er sein Haus hinterließ; ferner Diophantos von Arabien, → Epiphanios (4), Hephaistion, Tuskianos. Wegen Gewalttätigkeiten der Schüler I.' und des Apsines von Sparta kam es zu einem Prozeß vor dem Prokonsul, in dem Proairesios I. erfolgreich verteidigte. F. CUMONT u. a. haben I. einige unter Kaiser → I. Namen gehende Briefe zugeschrieben. Eunap. vit. soph. 9. W. Sp.

Gerth, RE X 10f. Suppl. VIII 756 (beides fehlerhaft). *E. v. Borries*, RE X 81 f. *Seeck*, RE X 92. *E. Groag* Die Reichsbeamten von Achaia in spätröm. Z., 1946, 26/29.

14. I., Arzt um 150 n. Chr., → Methodiker, Lehrer des Galen in Alexandreia. Dieser hat den I. heftig verlästert (vgl. Gal. 10,53 f. K.) und eine besondere Schrift gegen seinen Kommentar zu den hipp. Aphorismen verfaßt (ed. WENKEBACH CMG 5,10,3). F. K.

15. I. der Theurg, Sohn Iulianos' des Chaldaeers, dessen 4 B. περὶ δαιμόνων verloren sind. I. der Theurg soll unter Kaiser Markus 174 n. Chr. im Markomannenkrieg das Regenwunder bewirkt haben. Als Wundermann gilt er auch Späteren, → Proklos, → Psellos, → Sozomenos. Fälschlich wurde er als Vf. der Oracula Chaldaica angesehen. Seine Schriften, genannt bei Prokl. in Tim. 3,124, 32 und 3,27,10: Ὑφηγητικά und περὶ τῶν ζωνῶν sind verloren. E. Bo.

16. I., Bischof von Aeclanum bei Benevent, † nach 454. Zu seiner Hochzeit (um 404?) beglückwünschte ihn → Paulinus von Nola (carm. 25). Als Anhänger des → Pelagius wurde I. 418 abgesetzt und verbannt. Er lebte zeitweilig im Orient bei → Theodoros von Mopsuestia, dessen Psalmen-Komm. er übersetzte (ed. R. DEVREESSE, 1939, Studi e testi 99; vollst. G. ASCOLI, Archivio glottologico ital. 5, 1879) und bis 431 bei → Nestorios in Konstantinopel. I. eröffnete einen lit. Kampf gegen → Augustinus, dessen Lehre über Erbsünde, Gnade und Willensfreiheit er als Rückfall in den Manichäismus hinstellte. Die Hauptwerke des I. sind durch die an wörtlichen Zit. reichen Gegenschriften Augustins bekannt: 4 B. Contra duas epistulas Pelagianorum (ed. URBA-ZYCHA, 1913, CSEL 60,421 ff.). De nuptiis et concupiscentia, B. 2 (ed. URBA-ZYCHA, 1902, CSEL 42, 253 ff.). 6 B. Contra I. (ed. MIGNE PL 44,641 ff.). 6 B. Contra I. opus imperfectum (ed. MIGNE PL 45,1049 ff.). Nachdem Augustin vor Vollendung dieser letzten Schrift gegen I. gestorben war (430) und die Pelagianer auf dem Konzil von Ephesos 431 verurteilt waren, bleibt das Schicksal des I. im Dunkeln. Mit Wahrscheinlichkeit werden ihm zugeschrieben: Komm. zu 3 kleinen Propheten (ed. MIGNE PL 21, 959 ff.) und zu Hiob (ed. A. AMELLI, Spicilegium Casinense 3,1, 1897, 333 ff.). Andere Zuweisungen: CLAVIS PATRUM LAT.^{2}, 1961, Nr. 773–777. O. H.

A. Bruckner I. v. Ae., 1897, TU 15,3 a. *Ders.* Die 4 B. Iulians v. Ae. an Turbantius, 1910. *J. H. Baxter*, Bull. Du Cange 21, 1951, 5–54. *Gisbert Bouwman* Des I. v. Ae. Komm. zu den Proph. Osee, Joel und Amos, 1958. *Georges de Plinval*, Recherches de science religieuse 47, 1959, 345–366. *Altaner*^{6} 339.

17. I., Bischof von Halikarnassos, als Gegner des Chalcedonense 518 nach Alexandreia gegangen, † nach 527, vertrat einen extremen Monophysitismus, der ihn in Gegensatz zur Orthodoxie wie zu Severos von Antiocheia brachte. Die eine Natur Christi sei von Anfang an unvergänglich gewesen und habe also nicht wirklich gelitten. Die Anhänger seiner Lehre wurden als Iulianisten oder als Aphthartodoketen bezeichnet. B. R. V.

Ta.: *R. Draguet*, 1924 (s. Lit.). Briefe, *A. Sanda* Severi Antiiulianistica, 1931.

Lit.: *R. Draguet* I. d'H. et sa controverse avec Sévère d'Antioche, 1924. *Altaner*^{6} 471/72.

18. I. von Laodikeia, Astrolog, * 26. Oktober 497 n. Chr. (aus von ihm angeführten Sternpositionen errechnet). Seine CCAG 4,102 s. genannten Schriften könnten Teile seines Werkes ἐπίσκεψις ἀστρονομική sein. Die meisten Kapitel sind ed.: CCAG 1,134–137. 138/39. 4,103–110. 6,80. 8,4, 244–253. I. benutzt → Petosiris, → Ptolemaios, von dem er das meteorolog. cap. Ap. 2,14 übernimmt, auch → Dorotheos, bes. in den Katarchen-Cap. Später haben Palchos und Theophilos von Edessa den I. herangezogen. E. Bo.

1. CCAG (= Cat. cod. astrol. Graec.) 4,99–103. 2. *Cumont-Stroobant* La date où vivait l'astr. J. d. L. Bull. Ac. Belg. 1903, Nr. 8.

19. I., Ägypter, ἀπὸ ὑπάρχων (Sinn unsicher, ein Ἰ. ἀπὸ ἐπάρχων in Aphrodito Pap. Caire 67060), Epigrammatiker. Seine Zeit bestimmt durch Anth. Pal. 7,591 auf den nach dem Nika-Aufstand 532 hingerichteten → Hypathios. Von seinen zahlreichen Epigrammen sind die meisten Nachahmungen älterer Muster. Häufig dasselbe Thema in 2 aufeinander folgenden Epigr. Ein Anacreonteum Anth. Pal. 16,388. R. K.

20. Iulianos von Askalon, als ἀρχιτέκτων bezeichnet, schrieb wohl in byz. Z. über palästinens. Sitten und Gebräuche. Erhalten ist in 2 Fassungen das Kapitel über die Längenmaße. H. Ch.

F. Hultsch Metrologie^{2} 437 f. 597 ff. *O. Viedebantt*, RE X 17 ff.; Forsch. zur Metrologie des Alt., Lpz. 1917, 123 ff. *A. Oxé*, BJ 143/44, 1938, 50,2.

Iuliobriga (kelt. = Burg des Iulius, HOLDER 2,87), wahrscheinlich eine Gründung des Augustus im kantabr. Feldzuge (AD. SCHULTEN Los Cántabros y Astures etc., Madrid 1943, 195). Ihre Reste bei dem h. Dorfe Retortillo, 3 km s. von Reinosa, nicht weit von der Ebroquelle. In der Lit. selten erwähnt: Plin. nat. 3,21.27. 4,111. Ptol. 2,6,50. Not. Dign. occ. 42,30. Dann verschwindet der Name. R. G.

Ausgrab.: *Ant. García y Bellido*, Excav. en I. etc., Arch. español de arqueología 26, 1953, 193ff. 29, 1956, 131ff. Hier S. 167ff. die zahlreichen Mz.-Funde. *Ad. Schulten* Forsch. in Spanien, AA 1940, I/2,78f. Inschr.: CIL II Suppl. p. 1148.

Iuliopolis. Nach Plin. nat. 5,143 eine der 12 bithyn. *civitates*. Der Ort hieß urspr. Gordiukome und wurde im Anf. der Regierung des Augustus umbenannt (Strab. 12,574). Die Stadt lag nach Angabe der Itineraria an der großen Durchgangsstraße von Nikaia nach Ankyra, und zwar bereits im bithyn.-galat. Grenzraum. Die Bedeutung von I. für den Verkehr hebt Plin. epist. 10,77 hervor. Eine eindeutige Lokalisierung steht noch aus; nach G. LEJEAN (Bull. de Géogr. Paris 17, 1869, 62f.) ist der Ort bei den Ruinen s. von Nallıhan (»Yunus Emre«) anzusetzen. F. K. D.

Iulium Carnicum. Vorort der kelt. Carni, die im J. 35 v. Chr. von den Römern unterworfen wurden (h. Zuglio). Eine Kunststraße von Aquileia gabelte sich vor I. Plin. nat. 3,130 nannte I. *oppidum*. Den Rang *colonia* erhielt I. von Claudius (Tribus: Claudia). Der *procurator in Norico* hatte seinen Sitz in I. Paul. Diac. hist. Langob. 3,26 nennt einen Bischof von I. In Inschr. werden *magistri vici* genannt. J. Sz.

Iulius. Name einer altröm. patriz. Gens, dessen Herkunft über eine erschließbare Form **Iouilios* (inschr. *Iuilius*, SCHULZE Eigenn. 281) dem in »Iuppiter« faßbaren Stamm nicht fernzustehen scheint, Näheres bei WALDE-HOFM.[3] 1,729. Das Geschlecht gehörte zu den angeblich unter Tullus Hostilius aus Alba Longa nach Rom übergesiedelten Gentes (zum Sagenbestand s. u.). Hist. traten Namensträger zunächst im 5. und frühen 4. Jh. v. Chr. hervor, bes. als Angehörige der Familien der Iulli und der Mentones (Consuln in den J. 489, 482, 473, 431, 430, s. Nr. 1. 2. 10ff. 16, möglicher Stammbaum bei DRUMANN[2] 3,111. 693). Dann trat das Geschlecht zurück (Nr. 15 war Consul 267), um erst mit der Familie → Caesar (seit dem ausgehenden 3. Jh. v. Chr. nachweisbar) im 1. Jh. v. Chr. einen 2. Höhepunkt zu erreichen. In Gestalt der Iul.-Claud. Dynastie eröffnete es die röm. Kaiserzeit. Namensträger sind jedoch dann meist Freigelassene oder Nachkommen von Provinzialen, die von → Caesar (Nr. 12) oder → Augustus die *civitas* erhalten hatten. – Die Familientradition, die um 100 v. Chr. deutlicher erkennbar wird, führte in Ausgestaltung der Herkunft aus Alba Longa zurück auf → Askanios (= Ilos = Iulus) als Gründer Albas, um somit über dessen Vater Aeneas (der Lavinia heiratete und Lavinium gründete) und Großvater Anchises auf die Herkunft aus Troia und göttliche Abstammung von Venus zu kommen. Nr. 6 stellte eine Verbindung zu Romulus dar. Um 100 v. Chr. ist in Bovillae (Nachfolgerin von Alba) ein Kult der *genteiles Iuliei* nachweisbar (CIL I[2] 1438), und in Ilion übernahm man ein erbliches Gemeindepatronat. Vgl. F. BÖMER Rom und Troia, 1951, 12ff. 46. Später erwies man der Gens auf dem Capitol göttliche Verehrung: *ara gentis Iuliae*, vgl. RE III 1537,31ff. – → Monat Iulius seit 44 v. Chr., vgl. RE XVI 62. – → Leges Iuliae. – Gesamtbehandlungen: DRUMANN[2] 3,107–689. RE X 106–952.

A. Politisch-milit. Persönlichkeiten:

I. Republikanische Zeit. **1.** C. I., mehrfach Consul: I 447 (zusammen mit M. Geganius Macerinus), II 435 (mit Verginius, s. RE VIII A, 1527 Nr. 18a), III 434 (nochmals das gleiche Paar, aber ungewiß, ob gesch.) Quellen zuletzt bei BROUGHTON Mag. 1. Daraus wird man, zumal Einzelheiten nicht faßbar sind, nur auf die bedeutende Persönlichkeit des I. schließen können, der möglicherweise das Cognomen *Iullus* trug. **2.** C. I., versuchte als Dictator 352 erfolglos, 2 Patrizier zu Consuln wählen zu lassen, Liv. 7,21,9.22,1. **3.** C. I., sollte als Catilinarier 63 v. Chr. Anhänger in Apulien mobilisieren, Sall. Cat. 27,1 u. ö. **4.** L. I., Münzmeister ca. 133–126, Nachweise bei BROUGHTON Mag. 2,442 (2 weitere L. I. und ein Cn. I. könnten das Cognomen *Caesar* gehabt haben, vgl. BROUGHTON 2,574). **5.** L. I. wurde 56 von Cic. (fam. 13,6,3) dem Q. Valerius Orca empfohlen. **6.** Proculus I. (zum Praenomen RE XXIII 1234), Gestalt der Romulussage; ihm sei der verschwundene Romulus als Gott Quirinus erschienen. Aus durchsichtigen Gründen suchte man damit später die Verbindung sagenhafter Iulier in Alba Longa mit Romulus herzustellen, Cic. rep. 2,20; leg. 1,3 (also bereits vor Caesar), Ov. fast. 2,499. Dion. Hal. ant. 2,63,3. Plut. Rom. 28,1; Num. 2,3 u. a. Vgl. RE XXIV 1318. I A 1097ff. **7.** L. I. Bursio. Quaestor oder Münzmeister um 84–83, BROUGHTON Mag. 2,442. **8.** Iulii Caesares → Caesar. **9.** L. I. Calidus, begüterter Ritter und Dichter, der 43 auf Bitten des Atticus wieder von der Proscriptionsliste gestrichen wurde, Nep. Att. 12,4. TEUFFEL-KR.-SK. 1, § 212,8 (vielleicht ident. mit Nr. 5). **10ff.** Iulii Iulli, führender Zweig im 5. Jh. v. Chr.; zum gall. *Iullus* s. SCHULZE Eigenn. 24. 77. **10.** C. I. Iullus, Consul 489. Vielleicht ident. mit dem gleichnamigen cos. von 482 (zusammen mit Q. Fabius Vibulanus), der 451 auch Decemvir legibus scribundis wurde, BROUGHTON Mag. 1,23. 45. Exemplum für unparteiische Rechtspraxis der ersten Decemvirn (Cic. rep. 2,61. Liv. 3,33,10). 449 angeblich volksfreundlicher Gesandter zur Plebs auf dem Aventin. **11.** C. I. Iullus, Consulartribun 408 (wenig glaubhafte Erzählung bei Liv. 4,56,2ff.) und 405

(Beginn des Krieges gegen Veii). 393 Censor (mit L. Papirius Cursor), starb 392 im Amt an einer Seuche; Todesfall eines Censors wurde daher später als ungünstiges Omen gewertet, weil in diesem Lustrum der Galliersturm folgte. **12.** L. I. Iullus, Consulartribun 438, 432 oder 431 Reiteroberst des 1. hist. Dictators A. Postumius Tubertus, 430 Consul (mit L. Papirius Crassus, vgl. Broughton Mag. 1). Nach der *Lex Iulia Papiria de multarum aestimatione* wurden die Strafen von Vieh auf Geld umgestellt, Liv. 4,30,3. – Sein gleichnamiger Sohn war Consulartribun 401 und 397 (Erfolge gegen die Tarquinier). Ein weiterer gleichnamiger Consulartribun von 403 war wohl Bruder von Nr. 11. Wieder eine andere Person war der Consulartribun von 388 und 379. **13.** Sex. I. Iullus, Consulartribun 424. **14.** Vopiscus I. Iullus, Consul 473 zusammen mit L. Aemilius Mamercus (Tradition über innere Wirren unhist. Liv. 2,54f. Dion. Hal. ant. 9,37–39). Er war *C. f. L. n.* und Vorfahre mehrerer prominenter Namensträger im 5. Jh. **15.** L. I. Libo *(L. f. L. n.)*, Consul 267 zusammen mit M. Atilius Regulus, mit dem er nach Kämpfen mit den Sallentinern Brundisium nahm und triumphierte, Acta triumph. Degr. I 13,40f. 74. f. 432f. 547. **16.** C. I. Mento (Praenomen bei Liv. 4,26,1 Cn.), Consul 431, zusammen mit T. Quinctius Cincinnatus Poenus, vgl. Degr. I. 13,95. 372f. Er blieb – ebenso wie Nr. 10 – in Rom, während der andere Consul und der Dictator in den Aequerkrieg zogen, und weihte hier den ältesten Apollontempel *(ad theatrum Marcelli)* Liv. 4,29,7. Latte RRelG 222. 415. **17.** L. I. Salinator, Münzmeister um 83 (Broughton Mag. 2, 442), verteidigte 81 als Legatus des Sertorius die Pyrenäenpässe gegen die Sullaner und fiel, Plut. Sert. 7,1–3. Sall. hist. 1,96. Vgl. o. I 1019 Nr. 12. **18.** C. I. Salvius, Freigelassener Caesars und niederer Beamter. **19.** Iulia, Schwester des Vaters des Dictators Caesar, Gattin des C. Marius seit um 112, Mutter des jüng. Marius, † 68; eine glänzende Leichenfeier richtete der damalige Quaestor Caesar aus. Suet. Caes. 6,1. Plut. Caes. 5,1. Gelzer Caesar^6 14. 18. 28. **20.** Iulia, die Schwester des L. I. → Caesar Nr. 4, Tochter des L. → Caesar Nr. 3 und der Fulvia. Verheiratet war sie zunächst mit M. Antonius Creticus (o. I 410 Nr. 8), dem sie den späteren Triumvirn → Antonius Nr. 9 und 2 weitere Söhne gebar, und nach 71 mit P. Lentulus Sura, der 63 als Catilinarier hingerichtet wurde, Cic. Cat. 4,13. Trotzdem hatte sie persönlich einen untadeligen Ruf, vgl. Plut. Ant. 2,1, vertrug sich gut mit ihrer Schwiegertochter → Fulvia Nr. 32, linderte 43 persönliche Nöte während der Proskriptionen, floh 41 zu Sex. Pompeius und wirkte 40 für den Vertrag von Brundisium. **21.** Iulia, 2 gleichnamige Schwestern des Dictators → Caesar Nr. 12; die ältere war zweimal verheiratet und ist kaum bekannt. Die jüngere stand Caesar sehr nahe und wurde Gattin des → M. Atius Balbus; ihr Enkel (von ihrer ältesten Tochter) war der spätere

Augustus, dessen Erziehung sie von um 58–51 leitete und der ihr die Leichenrede hielt (51). Sie wohl trat mit ihrer Mutter Aurelia 61 als Belastungszeuge gegen → Clodius Nr. 8 auf. H. G. G.

II. Kaiserzeit: **1.** I. Africanus. Gallier aus dem Gau der Santonen, wohl Vater des gleichnamigen Redners III 1, im J. 32 der Teilnahme an der seianischen Verschwörung bezichtigt und verurteilt, Tac. ann. 6,7. **2.** I. Agrestis, Centurio des Vitellius, erkundete 69 vor Cremona die Stärke der Flavianer und tötete sich, als ihm Vitellius nicht glauben wollte, Tac. hist. 3,54,2f. **3.** I. Agrippa, als Teilnehmer an der pison. Verschwörung auf eine Insel des aegaeischen Meeres verbannt, Tac. ann. 15,71,4. **4.** C. I. Alexander Berenicianus. Verwandt mit dem Königshaus der Herodeer. Cos. suff. Oktober–Dezember 116, Inscr. It. XIII 1 p. 202f. 232 (Ostia); 132/33 procos. Asiae, Inschr. Ephes., IGR IV 1587. Calza, NSA 59, 1934, 251. BCH 1, 1877, 292 Nr. 80 = 6, 1882, 289. **5.** Ti. I. Alexander Iulianus, Sohn des Praefekten von Äg. (s. V. Burr, Antiquitas I [1955], jüd.-äg. Herkunft.) Schon zwischen 105/15 frater Arvalis, CIL VI 32374. I. und Sex. Erucius Clarus eroberten als praetor. leg. Aug. von Mesopotamien und Assyrien 116 die Stadt Seleukeia, Cass. Dio 68,30,2. Cos. suff. 117, Chr. min. I p. 255 M. **6.** C. I. Antiochus Epiphanes, Sohn des Antiochus IV. von Kommagene und der → Iotape (Babelon Rois Syr. 221,31 pl. XXX 13); sein Bruder war Kallinikos, sein Sohn → Philopappos, CIL III 552. Verlobt mit Drusilla, Tochter des Judenkönigs Agrippa, Ios. ant. 19,355; doch kam es nicht zur Ehe. Im April 69 kämpfte er für Otho gegen Vitellius, Tac. hist. 2,25,2, im Mai/Juni 70 im Heer des Titus vor Jerusalem, Ios. bell. Jud. 5,460–465. Trotzdem fiel Anf. 72 der Legat v. Syrien, L. Caesennius Paetus, unter dem Vorwand, der Vater des I. konspiriere mit den Parthern, in Kommagene ein; I. und Kallinikos, die kurz vorher den Königstitel erhalten hatten (Babelon Rois Syr. 222f., 38–46 pl. XXX 16–19. Wroth, Brit. Mus. Galatia 110f. pl. XV 5. 6, s. Mommsen Ges. Schr. 4,90), flohen nach tapferer Gegenwehr (Ios. bell. Iud. 7, 219–237) zu Vologaeses; sie erhielten aber von Vespasian Verzeihung (ebd. 241–243) und C. Velius Rufus brachte sie nach Rom, Dess. III 9200, wo der Sohn I. Philopappus 109 sogar cos. suff. wurde (Inscr. It. XIII 1, p. 198f.) **7.** C. I. Antiochus = Antiochus IV. Epiphanes, letzter König v. Kommagene, s. o. I 392 Nr. 15. **8.** L. I. Apronius Maenius Pius Salamallianus, arab. Herkunft (Salâm Allâh = Friede Gottes, Groag, WSt 25, 1903, 323f.), unter Alexander Severus zwischen J. 222 und 226 nach AE 1917/18, 51 *trib. laticl. leg. X Geminae, adlect. inter quaestorios, praepositus actis senatus, aedil. curul., praetor, legat. Aug. vice quinque fascium prov. Belgicae, legat. leg. I. adiutr. legat. Aug. pr. pr. prov. Galatiae* 222 (Sherk Legat. Galat. 82f.). 224/27 Statthalter v. Numidia, B.

THOMASSON Statth. Nordafr. 2,210. E. BIRLEY, JRS 40, 1950, 64, CIL VIII 17639. 18270, cos. design. CIL VIII 19131. AE 1942/43, 93; seine 4 Kinder CIL VIII 18271, BARBIERI Alb. senat. p. 214 Nr. 1065. **9.** C. I. Aquila, bithyn. Herkunft. Nach CIL III 6983 = IGR III 83 *Praef. fabr. bis*, dann im Aerarium (MOMMSEN STR I³ p. 300f., 5. II³ 98,1), im J. 49 als Kommandant von Kohorten in Bithyn. tätig; als im bosporan. Gebiet der von Claudius eingesetzte König Kotys von Mithridates angegriffen wurde, besiegte ihn I., Tac. ann. 12,18–20; er erhielt dafür die *ornamenta praetoria*, ebd. 21. Im J. 57/58 war er Procurator von Pontus und Bithynien und ließ bei Amastris eine Straße bauen, CIL III 346 = IGR III 15.

H. G. Pflaum Carrièr. procurat. éq. I p. 51–53 Nr. 21.

10. Ti. I. Aquila Polemaeanus, Sohn von Nr. 27, DESS. 8971. * um 75, cos. suff. 110, Inscr. It. XIII 1, p. 200f. (Ostia), GROAG JOEAI 29, 1935, 184; als Konsular genannt IGR III 173. Ungeheuer reich, hat er in Ephesos die Celsusbibliothek zu Ehren seines Vaters, in der dieser auch bestattet wurde, errichtet; erst die Erben des I. stellten sie fertig. R. HEBERDEY hat sie ausgegraben, s. JOEAI 8, 1905, Beibl. 67. RITTERLING, ebd. 10, 1907, Beibl. 61ff. Ephesos V 1, p. 1f. 81f. J. KEIL Führer Ephes.⁵ (1964) p. 105ff. Er starb zu Beginn der Regierung Hadrians ohne direkten Nachkommen. Eine Porträtstatue von ihm aus der Bibliothek s. REINACH Rép. stat. 4,360 Nr. 7. **11.** C. I. Asper. Cos. suff. unter Commodus, Procos. Africae, CIL VIII 24585; Inscr. lat. Afr. 355. Inscr. Rom. Tripol. 1047, B. THOMASSON Statth. Nordafr. 2,106, zwischen 200/210, cos. II ord. mit seinem Sohn C. I. Galerius Asper 212, zugleich wohl praef. urbi. Von Caracalla verbannt, zum procos. Asiae bestimmt (BARBIERI Alb. senat. p. 69f. Nr. 285), jedoch von Macrinus gehindert, lebte er in Rom, CIL VI 2003. 1063, Cass. Dio 77,5. 78,22,2ff. 79,4. Tert. adv. Scap. 4,3. **12.** C. I. Augurinus. Röm. Ritter, im J. 56 praef. der *ala Gallorum Petriana*, CIL XIII 6820, im J. 65 Teilnehmer an der pison. Verschwörung, Tac. ann. 15,50,1. **13.** I. Avitus. Junger Freund des Plinius, epist. 2,6; Quaestor in einer Provinz, ca. 105 auf der Rückreise †, ebd. epist. 5,21,3. **14.** C. I. Avitus, wohl Sohn von Nr. 13. Praetor, Statthalter von Lykien-Pamphylien im J. 148, IGR III 705. HÜTTL Ant. Pius 2,112f. Cos. suff. im Juli 149, CIL XVI 97. **15.** I. Avitus. Da BOISSEVAIN, Cass. Dio III p. 437 den verderbten Namen so richtig hergestellt hat, ist er Enkel von Nr. 14 und cos. ord. 209; vielleicht procos. Asiae, Cass. Dio 78,30,2, Gatte der I. Maesa Nr. 106, Vater von Nr. 98 und Nr. 108, Großvater des Elagabal und des Severus Alexander, Cass. Dio 79, 16,3. Sein Sohn war C. I. Avitus Alexianus, A. RADNÓTI, Germania 39, 1961, 383–412. **16.** I. Aurelius Zenobius. Feldherr im Perserzug des Severus Alexander 232. Auch im J. 243 gab er dem Statthalter von Syria Phoenice militär. Unterstützung; die Stadt Palmyra setzte ihm die Ehreninschr. IGR III 1033. Wohl Vater der Königin Zenobia. **17.** I. Auspex. Vornehmer Römer, der im J. 70 beim Aufstand des Civilis zum Frieden mit Rom riet, Tac. hist. 4,69,1f. **18.** Q. I. Balbus. Cos. suff. September–Dezember 85, Inscr. It. XIII 1 p. 192f. CIL XVI 31. Im J. 100/01 Statth. von Asia, CIL III 7150; er ließ die hlg. Straße Milet–Didyma wiederherstellen, DESS. 4051. AE 1937, 258. Ein gleichnamiger Sohn war cos. suff. 129, CIL XVI 74. 75. **19.** I. Basilianus. Als Anhänger des Macrinus (Cass. Dio 78,34,8. 35,1) Praef. Aegypti 217/18, DESS. 8919, STEIN Praef. Aeg. 123, wobei ihn Marius Secundus unterstützte. Schon zum Praef. praetor. designiert, floh I. nach Macrinus' Sturz (8. Juni 218) nach Italien; in Brundisium ergriffen, wurde er durch Elagabal in Nicomedia hingerichtet, Cass. Dio 78,35,2f. **20.** (I.) Bassianus. Aus Emesa, Priester des Sol Elagabalus, mütterl. Großvater Caracallas, Epit. Caes. 21,2 und Nr. 98 und 108, ebd. 23,2, Vater von Nr. 101 und Nr. 106, M. CAGIANO DE AZEVEDO Un ritratto di B.? MDAI(R) 69, 1962, 159ff. **21.** I. Bassus. Unter Vespasian angeklagt, aber freigesprochen, Plin. epist. 4,9,1. Quaestor in Bithynien, ebd. 6; von Domitian verbannt, von Nerva zurückberufen, ebd. 2. Procos. von Pontus-Bithynien 100/01, AE 1939, 294. Bronzemünze s. SMALLWOOD Docum . . . Nerva-Hadr. (1966) p. 78 Nr. 208. Im J. 102/03 *de repetundis* angeklagt, unter anderen von Plinius verteidigt und freigesprochen, epist. 4,9; seine *acta* aber erlitten eine *rescissio*, Plin. ad Tr. 56,4f. 57,2. Verschieden von Nr. 78, D. MAGIE Rom. Rule As. Min. 2,1456ff. **22.** I. Briganticus. Batayer, Schwestersohn des Civilis, aber verfeindet. Alenpraefekt in Othos Heer, ergab sich 69 bei Cremona dem Caecina, Tac. hist. 2,22,3. Von Vitellius zum Praef. der Ala singul. gemacht, ging er zu Vespasian über, kämpfte gegen Civilis, Tac. hist. 4,70,2. Im J. 70 fiel er, ebd. 5,21,1. **23.** C. (I.) Caesar. * 23. September (GARDTHAUSEN 3,2,750,22) 20 v. Chr. als Sohn des Agrippa und der Julia. 17 von Augustus adoptiert, Suet. Aug. 64,1; er wurde am Hof erzogen, unterrichtet von Verrius Flaccus (Suet. gramm. 17,2) und dem Princeps, Suet. Aug. 64,3. Im J. 13 v. Chr. nahm I. in Rom am Troiaspiel teil, Cass. Dio 54,26,1. Er wurde 8 v. Chr. dem Heer in Gallien vorgestellt, Cass. Dio 55,6,4, führte 7 den Vorsitz bei Votivspielen des Princeps, ebd. 54,26,1. Augustus wünschte für die Enkel höchste Ehrenstellen, Tac. ann. 1,3,2; I. erhielt Priesterämter, Cass. Dio 55,9, 4. CIL XI 3040, und war 6 *princeps iuventutis*, mit silbernem Schild und Speeren von der Ritterschaft beschenkt, Cass. Dio 55,9,9f. 12,1. Mon. Anc. 14,1–2, GAGÉ p. 96; damit galt er als möglicher *futurus Augusti successor*, CIL XI 1420f. Am 1. Januar 5 erhielt er von Augustus (cos. XII) die *toga virilis*, Cass. Dio 55,9,9 und nahm 2 an der Weihung des Mars Ultor-Tempels teil, ebd. 55,10,6. Als in Armenien der römerfreundliche Artavasdes vertrieben und der partherfreundliche Tigranes IV. als König eingesetzt war, wurde ein röm. Expeditionskorps geschaffen, das I. mit außerordentlicher procos. Gewalt befehligte, unterstützt von hervorragenden Generalen. Vor dem Aufbruch wurde I. mit Livilla, der Tochter des Drusus vermählt, Tac. ann. 4,40,4, Cass. Dio 55,10,18. Im Frühjahr 1 v. Chr. fuhr I. über Athen (IG III 65. 444) und Samos (Suet. Tib. 12,2) nach Äg., N.-Arabien und Syrien. Dort trat er am 1. Januar 1 n. Chr. den ordentl. Konsulat (ganzjährig) an, Inscr. It. XIII 1 p. 612 (Fast. Cap.). Am Ende des J. stand er schon in Armenien und setzte im J. 2 Ariobarzanes dort als König ein, Tac. ann. 2,4,1; als dieser bald darauf starb, den Artavasdes (Mon. Anc. 27,2). Es kam zu einem Treffen zwischen I. und dem Partherkönig, Cass. Dio 55,10,21, bei dem dieser die röm. Maßnahmen anerkannte. In Armenien aber, wo auch Artavasdes bald starb, führte die Nationalpartei Krieg gegen I., obwohl dieser den partherfreundlichen Tigranes als König anerkannte. Als bei der Belagerung der Stadt Artagiva I. mit dem armen. Kommandanten Addon zusammentraf, erlitt er bei einem Attentat eine gefährliche Wunde; bei der Heimfahrt starb er an ihr in der lyk. Küstenstadt Limyra am 21. Februar 4 n. Chr., Cass. Dio 55,10 a,6–90. CIL I^2 p. 68. Er wurde im Mausoleum des Augustus beigesetzt; die Grabinschr. CIL VI 884. Ein Kenotaph in Pisa CIL XIV 1421. Mz.-en: Mattingly I p. 21 f. Nr. 106. 108. 109. Pl. 4,3–5, p. 85 f. Nr. 498–503. Pl. 12,15–19, p. 88 ff. Nr. 513–543, Pl. 13,7–20. 14,1–7, p. 97 Nr. 589. Pl. 21,3. Bildnisse: Bernoulli Röm. Ikon. II 1 p. 131–137. L. Curtius, MDAI(R) 1948, 53 ff. C. Pietrangeli, BCH 1946/48, p. 57–65. Enc. art. ant. 2,523 f. **24.** Nero I. Caesar. Ältester Sohn des Germanicus und der Agrippina mai., Suet. Calig. 7. * im J. 6 n. Chr., 17 auf dem Triumphwagen des aus Germanien heimkehrenden Vaters, Tac. ann. 2,41,3. I. wurde nach dem Osten nicht mitgenommen; Anf. 20 zog er seiner Mutter mit der Urne des Vaters bis Tarracina entgegen, ebd. 3,2,3. Am 9. Juni 20 erhielt er die *toga virilis*, Inscr. It. XIII 1, p. 186 f. (Ostia). Suet. Tib. 54,1; auch das Recht, sich 5 J. vor dem Mindestalter um die Quaestur zu bewerben, Tac. ann. 3,29,1. Erst mit Iunia, der Tochter des C. Iunius Silanus, verlobt (CIL VI 914), heiratete er im J. 21 Iulia, die Tochter des Drusus, Tac. ann. 3,29,3. Nach dem Tod des Drusus 23 dem Senat vorgestellt (ebd. 4,8,4 f.), hielt er diesem die Leichenrede, Cass. Dio 57,22,4 a, im gleichen Jahr eine Dankrede im Namen der Städte Asiens, Tac. ann. 4,15,3. Außer mehreren Priesterämtern bekleidete er im J. 26 die Quaestur, CIL VI 913. Doch Seian stellte dem praesumptiven Thronfolger im J. 29 nach, Tac. ann. 4,59,3. 60,1 ff., und beeinflußte Tiberius, der an den Senat ein Schreiben voll von Anwürfen gegen I. und seine Gattin richtete, ebd. 5,3,1 ff. 5,1. I. wurde zum Staatsfeind erklärt, Suet. Cal. 7; Tib. 54,2 und auf die pont. Inseln verbannt, wo er vor Seian starb, Suet. Tib. 61,1. Seine Asche brachte im J. 37 Caligula nach Rom, Suet. Cal. 15,1 und setzte sie im Mausoleum Augusti bei; Grabinschr. CIL VI 887.

Münzen: Mattingly p. 154 Nr. 44, Pl. 29,1; p. 156 Nr. 60, Pl. 29,14.

Bildnisse: 1½ jährig auf dem Bogen von Pavia, CIL V 6416. Auf dem Cameo der Apotheose des Augustus 8 jährig, s. B. M. Felletti-Maj, Enc. art. ant. 5,4,26 f. V. Poulsen Claud. Prinzen 34 f. L. Curtius MDAI(R) 49, 1934, 119 ff. Bernoulli Röm. Ik. 2,1,252 ff. **25.** I. Calenus, Haeduer, Kohortentribun bei den Vitellianern, im J. 69 von den Flavianern mit der Botschaft von ihrem Sieg bei Cremona nach Gallien geschickt, Tac. hist. 3,35,2; s. auch CIL XIII 2805. **26.** Ti. I. Candidus Marius Celsus. Aus senator. Familie stammend, wohl verwandt mit Marius Celsus, cos. suff. 69, Syme, Tac. 2,682 f., gehörte er schon früh dem Kollegium der Arvalbrüder an (*magister* im J. 75, CIL VI 2054 = 32361; im J. 89 *magister II*, ebd. 2066). Cos. suff. Mai–August 86, CIL XVI 33. VI 15847. Inscr. It. XIII 1 p. 192 f. (Ostia). 93–95 legat. Aug. pr. pr. von Galatia-Cappadocia, CIL III 250, Sherk Leg. Gal. 52 f. Cos. II ord. 105, Inscr. It. XIII 1 p. 196 f. (Ostia), CIL XVI 33. Er war wohl zugleich praef. urbi (Groag). Ein Witzwort des I. bei Plin. epist. 5,20,5. Sein Sohn Ti. I. Candidus Capito, cos. suff. 122, AE 1947, 59. **27.** Ti. I. Celsus Polemaeanus. Er stammte wohl aus Sardes, Buckler-Robinson, Sardis VII 1, 1932, 61 Nr. 45; * ca. 45; sein cursus hon. bei Ritterling JOEAI 10, 1907, 299 f. = AE 1905, 120; Er war trib. leg. III Cyren. ca. 68/69 in Äg. Er schloß sich in Alexandreia Vespasian an, belohnt mit der *adlectio inter aedilicios;* noch unter Vespasian Praetor und 78/79 praet. legat. Aug. unter dem Konsularleg. M. Hirrius Fronto Neratius Pansa des Provinzkomplexes Cappadocia et Galatia, Pontus, Pisidia, Paphlagonia, Armenia min.; Sherk Leg. Gal. 43–46. Durch Titus 80–82 Legat der leg. IV Scyth. in Syria, dann um 84/85 procos. von Pontus-Bith., D. Magie Rom. Rule As. Min. 2,1439 f. Ca. 86–88 praef. aerarii milit., ca. 89–91 legat. Aug. (pr. pr.) prov. Ciliciae. Cos. suff. Mai–August 92, Inscr. It. XIII 1 p. 192 f., AE 1949, 23, Z. 25 (Potentia). 1954, 248. 250; IG XIV 1966, CIL XVI 37. Er wurde *XVvir sacr. fac.*, ca. 93–95 *curator aed. sacr. et operum locorumq. publicorum, procos. Asiae* 106/107, D. Magie 2,1445. Ihm zu Ehren errichtete sein Sohn Nr. 10 in Ephesos die Celsusbibliothek, in der I. auch beigesetzt wurde, Chr. Callmer, Opusc. Arch. 3, 1944, 145 ff., Sherk Leg. Gal. 43–46, Forsch. Eph. 5,1, 1945: Die Bibliothek. **28.** C. I. Civilis, Führer des Bataveraufstandes, aus fürstlichem Geschlecht, *ultra quam barbaris solitum ingenio sollers*, einäugig, Tac. hist. 4,13,1 f., Kohortenpraef. im niederrhein. Heer, ebd. 32,3. Im J. 68 angeblich wegen Aufruhres vom Statth. Fonteius Capito in Ketten nach Rom geschickt, ließ ihn

Galba frei; zurückgekehrt wäre I. am 3. Januar 69 fast ein Opfer der gemeinen röm. Soldaten geworden, ebd. 13,1. Rachedurstig benützte er nach der Erhebung Vespasians den Kampf um den Kaiserthron zum Abfall der Bataver von Rom, ebd. 4,13, 2f. Außer den 8 Bataverkohorten, die nach der Schlacht bei Bedriacum nach Mainz geschickt wurden (ebd. 2,69,1. 4,24,1), gewann I. die Canninefaten, später die Friesen, Usiper, Chatten u. a. So erlitt der Legat der leg. I in Bonn, Herennius Gallus, eine Niederlage, ebd. 4,19,2. 20,3; ebenso auf der Bataverinsel 2 röm. Kohorten, ebd. 4,16,2. I. konnte 2 Legionen in Castra Vetera belagern, 4,21,2. 22,1 ff. Gegen ein Entsatzheer unter Dillius Vocula wurde mit wechselndem Glück gekämpft, 4,33,1 ff., Meutereien im röm. Heer, denen Hordeonius Flaccus zum Opfer fiel (4,36,2), gestatteten I., Vetera weiterhin einzuschließen; der Kampf der Vitellianer und Flavianer führte zum Massenabfall gall. Auxiliartruppen, so der Ala Treverorum unter I. Classicus, 4,55,1 ff. Mit diesem und anderen gall. Führern plante I. im J. 70 ein unabhängiges german.-gall. Fürstentum, 4,55,4. Als Vocula zum Entsatz von Vetera anrückte, fiel er durch Verrat, 4,59,1 f. Fast alle Besatzungen am Rhein wurden auf das neue gall. Reich vereidigt, 4,61,1. Mit Köln schloß I. ein Separatbündnis, 4,65,4, fast alle anderen Stämme, außer den Sequanern und Remern (4,67,1 f.), neigten I. eingeschüchtert zu, 4,66,3. Eine Niederlage des Treverers Iulius Tutor (u. Nr. 78) bei Bingen einerseits (4,70,4), das Anrücken einer röm. Streitmacht unter Petilius Cerialis anderseits (4,71,1–72,1) brachte die Wendung. An der Mosel erlitt I. eine Niederlage, 4,78,2, bald danach bei Castra Vetera, 5,14–18. I. zog sich auf die Bataverinsel zurück; von dort aus griff er Vada und die röm. Rheinflotte an, 5,21,1. 22,1 f. Da er aber erkannte, daß seine Sache verloren sei, unterwarf er sich Cerialis, 5,24–26. Sein weiteres Schicksal ist nicht bekannt.

C. Jullian Hist. de la Gaule 4, 1914, 199–222. *G. Walser* Rom, das Reich und die fremden Völker, 1951, 86–128. *F. Münzer*, BJ 104, 1899, 67 ff. (Plinius als Quelle).

29. I. Classicus, Trevererfürst, der im J. 69 im Heer des Vitellius eine *ala* kommandierte, Tac. hist. 4,55,1. Er kämpfte erst gegen Civilis und die aufständ. Germanen, 4,28,1. 37,3, fiel jedoch im J. 70 von Rom ab, Ios. bell. Iud. 7,80 f., ließ sich von Civilis für den Plan eines gall. Reiches gewinnen (Tac. hist. 4,55,1 ff.) und schloß auch mit den Germanen einen festen Vertrag, 4,57,1. Er ließ den Legaten der leg. XXII, → Dillius Vocula, umbringen, und begab sich mit den Abzeichen eines röm. Befehlshabers in das Legionslager bei Neuß, wo er die Soldaten auf das gall. Reich vereidigte, 4,59, 1 f., bald hernach auch die Legionäre in Vetera, 59,3. Als die Flavianer Rom erobert hatten, begannen sie den Kampf gegen Civilis und I. Dieser überfiel Trier, erlitt durch Q. Petilius Cerialis eine Niederlage, 4,70–78, siegte jedoch bei Neuß, 79,4.

I. kämpfte weiter an der Seite der Bataver und bestürmte Grinnes im Batavergebiet, mußte aber schließlich über den Rhein flüchten, 5,19,3. 21,3; Weiteres ist nicht bekannt. Dessau Gesch. Röm. Kaiserzeit 2,385 ff. **30.** I. Clemens. Centurio im pannon. Heer 14 n. Chr., der dem Drusus die Wünsche der meuternden Soldaten überbrachte, Tac. ann. 1,23,4. 26,1. 28,3. Cass. Dio 57,4,3. **31.** Q. I. Cordus, procos. von Cypern unter Claudius, IGR III 978. 971. Im J. 69 praet. Legat von Aquitanien, verpflichtete das Land auf Otho, wandte sich aber bald Vitellius zu, Tac. hist. 1,76,1. **32.** C. I. Cornutus Tertullus. * um 45 n. Chr. Nach CIL XIV 2925 = Dess. 1024 (Inschr. aus seinem Landgut n. von Frascati), *quaest. urb.*, *Aedil*, 73/74 *adlectus inter praetorios*, *legat. pr. pr. prov. Cretae et Cyrenarum*, *procos. Gall. Narb.* Nach der Hinrichtung des Stoikers Helvidius Priscus Vormund seiner Tochter, Plin. epist. 9,13,16, schon damals mit Plinius (epist. 5,14,4) und Tacitus befreundet. Im J. 97 beantragte er ein Tadelsvotum für Publicius Certus, Plin. epist. 9,13,16. Er wurde mit Plinius 98–100 *praef. aerarii Saturni*, epist. 5,14,5; 7,21,1. Anf. 100 cos. des., beantragte er mit Erfolg die Bestrafung des Marius Priscus und Belobung der Anklagevertreter Tacitus und Plinius, epist. 2,11, 19. 24. Im September/Oktober 100 cos. suff. mit Plinius, paneg. 91,1. 92,2 f. 4 f. Ca. 105 *curator viae Aemiliae*, Plin. epist. 5,14, ca. 112/13 Statth. von Aquitanien mit dem Auftrag, den Census vorzunehmen. Nach dem Tod des Plinius 113/14 Statth. von Bithyn.-Pontus, Magie Rom. Rule As. Min. 2,1459. Etwa 118/19 *procos. prov. Asiae.* Seine Tochter I. Tertulla war mit L. Iulius Marinus Caecilius Simplex verheiratet, IGR III 562. An ihn Plin. epist. 7,21. 31. **33.** M. I. Cottius. Sohn des Donnus, der als König über Alpenstämme in Ligurien n. von Monaco (Strab. 4,504; 4,178 f.; 5, 270) herrschte. I., gleichfalls zuerst König (Vitr. 8,3,17), leistete den Annexionsbestrebungen des Augustus erst Widerstand, Amm. 15,10,2, schloß mit ihm aber dann einen Vertrag, nach dem er als *praef. civitatium* auf Lebenszeit kaiserlicher Beamter war; für Augustus errichtete I. den Ehrenbogen in Segusio (h. Susa), CIL V 7231, Studniczka, Arch. Jb. 18, 1903, 1–24. Kähler, RE VII A 412 Nr. 23. **34.** M. I. Cottius. Nachkomme von Nr. 33, dem Claudius im J. 44 wieder den Königstitel verlieh, Cass. Dio 60,24,4. Nach seinem Tod unter Nero wurde sein Gebiet röm. Provinz, Suet. Ner. 18. Aur. Vict. 5,2. Epit. Caes. 5,4, nach Hier. Chron. p. 184 b (Helm) im J. 65. **35.** I. Densus, Ritter, gegen den Claudius eine Anklage wegen Anhänglichkeit an Britannicus E. 54 nicht zuließ, Tac. ann. 13,10,2. **36.** Ti. I. Eupator, König des bosporan. Reiches (Nachfolger des Rhoimetalkes) von 154/55 bis ca. 175, Cat. Greek coins, Bosp. p. 65 Nr. 1–8. Latyschev Inscr. regni Bosp. II 422. 438 f. Er war dem Statthalter von Bithynien tributpflichtig, Lukian. Alex. 57. **37.** s. Eurykles o. II 453. **38.**

C.I. Eurycles Herculanus L.Vibullius Pius. Hochadeliger Spartaner aus hadrian. Z., Nachkomme von Nr. 37, IG V 1,971. Priester der Dioskuren u. Oberpriester des Kaiserkultes in Sparta, IG V 1, 1172. In jungen Jahren war er wohl schon *curator* (*κηδεμών*) von Sparta, IG V 1,380 (J. 116/17). Unter dem Philhellenen Hadrian war er Quaestor in Achaia, Volkstribun, Praetor, Legat des procos. von Hisp. Baet., Legat der leg. III (Gallica) in Syrien, IG V 1,1172; ferner Patron von Sparta, IG V 1,32 u.a. Mit Hadrian mindest seit dessen erstem Besuch 125 befreundet, erbaute I. nach dem Tod des Antinoos in Mantineia eine diesem dedizierte Stoa, IG V 2,281; Bauten auch in anderen Städten (Asopos IG V 1,971). Dafür erhielt er Standbilder (Asopos a.O.; Gythion IG V 1,1172; Mantineia IG V 2,311; Sparta IG V 1,489). † ca. 135. **39.** Ti. I. Ferox. Er stellte als cos. des. im J. 100 den dann angenommenen Antrag auf das Strafausmaß für den procos. Africae Marius Priscus, Plin. epist. 2, 11,5f. Cos. suff. demnach Juli–August 100. 101–104 *curator alvei Tiberis et riparum et cloac. urbis*, CIL VI 31549.37029 (J. 101). 31550 (J. 103), von Plin. abgelöst. Um 110 hat er als Statth. einer kaiserlichen Provinz ein Armeekommando geführt, Plin. ad Tr. 87,3. Im J. 116/17 procos. Asiae, Mz.: MIONNET IV 48 Nr. 251f. Suppl. VII 352 Nr. 168. HEAD, Coins Brit. Mus., Lydia 105 Nr. 19. An ihn gerichtet ist Plin. epist. 7,13. **40.** I. Florus. Angehöriger der *cohors amicorum* des Tiberius bei seinem Zug nach Asien im J. 20 v. Chr., Hor. epist. 1,3,3–6. 2,2,1. Erst Anwalt und Jurist, dann Liederdichter (1,3,23ff.), nach Porphyr. zu epist. 1,3,6 auch *saturarum scriptor*. An ihn ist Hor. epist. 1,3 und 2,2 gerichtet (KIESSLING-HEINZE[4] p. 36f. 244). **41.** I. Florus. Einem Adelsgeschlecht der Treverer entstammend, bewog er diese zur Teilnahme am gall. Aufstand des J. 21 n. Chr., wurde besiegt und gab sich selbst den Tod, Tac. ann. 3,40,1ff. 42,1ff. s. JULLIAN Hist. Gaule 4, 1914, 154ff. **42.** I. Florus. Aus Gallien stammender Redner asian. Richtung (E. NORDEN Kunstprosa 1^3,267), Oheim des I. Secundus, Quint. inst. or. 10,3,12f. Er studierte in Rom und ging dann nach Gallien zurück, Sen. contr. 9,2,23. **43.** I. Fronto. Kohortentribun der Vigiles, Anf. 69 von Galba entlassen, Tac. hist. 1, 20,3, dann im Heer Othos, während sein Bruder in dem des Vitellius stand; so wurden beide verhaftet, ebd. 2,26,1. **44.** C.I. Fronto. Sohn der Iulia Polla, Enkel des C. Antius A. I. Quadratus, cos. 93 und 105. Praetor. procos. einer Provinz unter Traian., Dig. 48, 19,5. **45.** Ti. I. Frugi. Legat von Lycia-Pamphylia um 114, IGR III 739,60 = TAM II 905. IGR III 249, s. RITTERLING, RhM 73, 1919, 40ff. GROAG, WS 54, 1936, 195–197. Sein Sohn CIL VI 31717.2095. **46.** P.I. Geminius Marcianus. Nach CIL VIII 7050 aus Cirta in Numidien, Fronto ad Marc. 3,4 (p. 39,2 v. d. Hout), war er unter Ant. Pius *IIIvir capit., trib. laticl. leg. X Fretensis* und *IV Scythicae*, Quaestor, Volkstribun, Praetor, Legat des Statth. von Afrika, *legat. Aug. leg. X Gem.* (Vindobona), unter Marc Aurel und Verus führt er 161/62 als legat. Augg. Vexillationen nach Kappadokien, 162–167 *legat. Augg. pr. pr. Arabiae*, CIL III 96, IGR III 1370,1370a und Meilensteine (z.B. CIL III 14173). Cos. suff. wohl 167, CIL VIII 7050–7052, *procos. Macedoniae, procos. Asiae* ca. 183, CIG 2742. IGR IV 406, L. ROBERT Ét. Anatol. 315. **47.** (L.) I. Graecinus, Vater des Agricola; Volkstribun, Praetor, AE 1946, 94; wegen seiner Weigerung, den M. Iunius Silanus anzuklagen von Caligula im J. 39 hingerichtet, Tac. agr. 4,1. Er verfaßte im Anschluß an Celsus (Plin. nat. hist. 14,33) ein Werk in 2 B. über den Weinbau, das Columella 1,1,14 benützte, SCHANZ-HOSIUS 2,791. **48.** I. Indus, Trevererfürst, der beim Abfall im J. 21 n. Chr. als Feind von Nr. 41 den Römern treu blieb und als Alenkommandant im Ardennenwald die aufrührerischen Stammesgenossen zerstreute, Tac. ann. 3,42,3; die Ala erhielt den Beinamen *Indiana Gallorum*, CIL XVI 80. **49.** Ti. I. Ininthimaios. König im bospor. Reich ca. 234/35–239/40, IGR I 925f. Mi. II 382,143f. Suppl. IV 535–537. 260–265. **50.** (I.) Kallinikos, er ist ein Sohn des Antiochus IV. von Kommagene, jüngerer Bruder von Nr. 6, DESS. 9200; abgebildet auf Bronzen bei BABELON Rois Syrie 222,38–46, Pl. XXX 16–19. WROTH Cat. Brit. Mus. Galatia 110f. Pl. XV 5.6; nach dem Einfall der Römer in Kommagene lebte er mit dem Bruder (s.d.) in Rom. **51.** C.I. Kallistos. Erst Sklave, dem Caligula verkauft, Sen. epist. 47,9, von diesem freigelassen. Da seine Tochter Nymphidia des Kaisers Geliebte wurde, Plut. Galba 9 (Tac. ann. 15,72,2), gelangte er zu Reichtum und Einfluß am Hof, Cass. Dio 59,19,6. Trotzdem war er an Mordanschlägen auf Caligula beteiligt, Zon. 11,6, p. 557, deren 2. gelang. I. bekam mit Pallas und Narcissus (Tac. ann. 11,29,1) größten Einfluß auf Claudius, Ios. ant. 19,64–69. Cass. Dio 59,29,1; er erhielt das Amt *a libellis*, Zon. 11,9, p. 564. Nach der Beseitigung der Messalina trat I. vergeblich für Lollia Paulina als neue Gattin des Claudius ein, Tac. ann. 12,1,2; trotzdem stieg sein Ansehen ebenso weiter wie sein Reichtum, Plin. nat. 33,134. 36,60. Scribonius Largus widmete ihm sein Rezeptebuch, das er mit anderen Schriften Claudius überreichen sollte, praef. 1. Sein weiteres Schicksal ist nicht bekannt. **52.** C.I. Laco I., Hegemon von Sparta, Sohn von Nr. 37, IG V 1,1243. Nach dem Sturz des Vaters erhielt er von Augustus das Herrschaftsrecht über Lakonien und Kythera, Strab. 8,366, das aber Tiberius bald nach seinem Regierungsantritt beseitigte, Tac. ann. 6,18,2. Anscheinend von Caligula wieder eingesetzt, Sylloge I^3 789, herrschte er unter Claudius über Sparta, GARDNER Cat. Brit. Mus. Pelop. 127. pl. XXV 7. Ehreninschr. für I. IG V 1,1242 (Tainaron). Mit seinem Tod endete wohl die Herrschaft in Lakedaimon. I. hatte mehrere Söhne, so I. Argolicus, Tac. ann.

6,18,2. **53.** I. Laetus. Auf sein Anraten wurde der praef. praetor. des Gegenkaisers → Didius Iulianus (II 5), → Tullius Crispinus, von → Septimius Severus getötet, obwohl er diesem die Schlacht von Lugdunum (19. Februar 197) gewonnen hatte, Herodian. 3,7,3–6. vit. Did. Iul. 7,4, 6. 8,1. **54.** I. Largus, reicher Bürger aus Pontus, der Plinius zum Teilerben einsetzte, ad Tr. 75. 76. **55.** I. Lupus. Praetorianercenturio, der nach dem 24. Januar 41 die Gattin des Caligula, Milonia Caesonia, und ihr Töchterchen Iulia Drusilla tötete, Ios. ant. 19,190–200. Suet. Cal. 59; von Claudius hingerichtet, Ios. ant. 19,269–271. **56.** Ti. I. Lupus. Praefekt von Äg., CIL III 31, erhielt von Vespasian den Auftrag, den Aufstand der Sikarier, einer jüd. Sekte, in Alexandreia zu unterdrücken, Ios. bell. 7,420–434, starb aber im J. 72 im Amt, Plin. nat. 19,11, A. Stein Praef. Aeg. 40. **57.** I. (Maior) Antoninus. Senator, wohl Sohn des Sex. I. Maior. Cos. suff. ca. 126, Statth. von Numidien, CIL VIII 10296, B. Thomasson Statth. Nord-Afric. 2,168. Statth. von Moesia inf. 134, CIL III 6178. XVI 78, Stein Leg. Moes. 67; vielleicht hat er auch zahlreiche Bauten im Asklepieion von Epidauros errichtet, IG IV 1179. 1510, und eine Wasserleitung, IG IV 1311, s. Paus. 2,27,6 f.; dafür erhielt er ein Standbild, IG IV 1416. In Rom hatte er ein Haus, IG XIV 980. 1013. **58.** I. Marinus. Vater des Philippus Arabs (244–249), unter dessen Regierung er starb und konsekriert wurde, IGR II 1199. 1200. Mi. I 419,360 f. **59.** L. I. Marinus. Procos. von Pontus-Bithynia ca. 89/90 CIL IX 4965, cos. suff. 93, s. Nesselhauf, Gn 1954, 267. Im J. 97/98 Legat von Moesia inf. (Stein Legat. Moes. 59. R. Syme, JRS 49, 1959, 26–33), CIL XVI 41. Sein Sohn von der Tochter des Cn. Caecilius Simplex ist Nr. 60. **60.** L. I. Marinus Caecilius Simplex. Nach CIL IX 4965. IGR III 470. 554 war er Militärtribun der leg. IIII Scythica in Syrien, quaest. pro praet. in Makedonien, Volkstribun, Praetor, legat. pr. pr. in Cypern, leg. pr. pr. von Pontus-Bithynia unter seinem Vater, curator viae Tiburtinae, wurde in das Arvalkollegium aufgenommen (CIL VI 2068), war Legat der leg. XI Claud. p. f. in Germania sup., in den J. 98/99 Statthalter von Lycia-Pamphylia, TAM II 567. 594 = IGR III 554. 562, in den J. 99/100 Statthalter von Achaia (Groag Reichsbeamte 52 ff.), wohl im Oktober–Dezember 101 cos. suff., CIL VI 1942. Gatte der Iulia Tertulla, IGR III 562. **61.** I. Martialis, Freund des Dichters Martial, Mart. 5,20, Sachwalter; er besaß ein Haus auf dem Monte Mario, ebd. 4,64, und eine Wohnung auf dem Marsfeld, ebd. 3,5,5; * ca. 25 (ebd. 1,15,3), lebte er noch 101, ebd. 12,34. Er ist in zahlreichen Martialgedichten genannt. **62.** I. Martialis, Praetorianertribun, der die Erhebung Othos auf den Thron nicht hinderte, Tac. hist. 1,28. Plut. Galba 25; trotzdem später von Soldaten verwundet, Tac. hist. 1,82,1. **63.** I. Martialis, evocatus aus der Leibwache des Caracalla, der diesen am 8. April 217 bei Carrhae ermordete, selbst aber von den Leibwächtern umgebracht wurde, Cass. Dio. 78,5,3 ff. 8,2. 18,3, Herodian. 4,13,6. **64.** I. Maternus. Röm. Offizier, der unter Domitian v. Leptis Magna südl. zu den Aethiopen von Agisymba zog, Marinus bei Ptol. 1,10,2. **65.** I. Maximus. Praefekt einer Bataverkohorte, Anhänger des Civilis, der im J. 69 eine röm. Ala in Asciburgium überfiel und nach einem Blutbad unter den Truppen des C. Dillius Vocula doch besiegt wurde, Tac. hist. 4,33,1 ff. **66.** Ti. I. Optatus Pontianus. Praefekt der misen. Flotte im J. 52, CIL X 6318, XVI 1; als Begründer einer Zucht des *scarus* bei Plin. nat. 9,62. **67.** C. I. Pacatianus. Reiterpraefekt vor 191, CIL III 865. Nach seinen *militiae equestres* verwaltete er die Prokuraturen in Osroene, in den Alpes Cottiae, war *Comes Augg.* wohl im Partherkrieg des Sept. Sev. und *procur. pro legat. prov. Mauret. Tingit.*, CIL VI 1642. XII 1856. Pflaum Carr. proc. équ. 2,605–610. Thomasson Statth. Nordafr. 2,305. **68.** I. Paelignus. Mit Claudius befreundet; procur. Cappad. 51 n. Chr., Tac. ann. 12,49,1, wo sein schändliches Verhalten in Armenien gebrandmarkt wird, Pflaum, Carr. proc. équ. 1,49 f. **69.** I. (?) Paulus, eher Claudius Paulus, Bataver, Bruder des Civilis Nr. 28; im J. 68 hingerichtet, Tac. hist. 4, 13,1. **70.** M. I. Philippus, → Philippus Arabs. **71.** M. I. Severus Philippus, Sohn des Kaisers Phil. Arabs und der Marcia Otacilia Severa, * 237/238, Epit. Caes. 28,3. Etwa Anf. März 244 zum Caesar erhoben, princeps iuvent., CIL III 8031. VI 32414 (11. Juli 247). Er blieb in Rom. Im Juli oder August 247 zum Augustus erhoben, erhielt er den Oberpontifikat und Prokonsulat. Nach dem Tod des Vaters 249 im Praetorianerlager in Rom ermordet, Aur. Vict. Caes. 28,11. Epit. Caes. 28,3. Mz.-en: RIC IV 3 p. 95 ff. Tav. VIII, IX. Bildnisse: B. M. Felletti-Maj Iconogr. p. 182–185, Tav. XXV 78. XXVI 80. 85. 86. XXVII 87. 88. **72.** I. Placidus, Kohortentribun, der Vitellius gefangennahm; dabei wurde ihm ein Ohr abgehauen, Tac. hist. 3,84,4 f. **73.** I. Pollio, bewachte die Giftmischerin Locusta und war Nero bei der Vergiftung des Britannicus behilflich, Tac. ann. 13,15,3. **74.** I. Priscus, von Vitellius im J. 69 zum praef. praet. erhoben, Tac. hist. 2,92,1. Er hatte gegen die Flavianer die Pässe des Appennin zu halten, ebd. 3, 55,1, was nicht gelang, 3,61,3. E. 69 beging er Selbstmord, 4,11,3. **75.** C. I. Priscus, Bruder des Kaisers Philippus Arabs. Er begann als Finanzprokurator in mehreren Provinzen (Hisp. cit.), war Stellvertreter von Statthaltern (Maked.), *iuridicus Alexandriae*, Stellvertreter des Statth. von Äg., CIL III 14149^{5} = Dess. III 9005. Zos. 1,19,2; *praef. Mesopot.*, IGR III 1201 f., *praef. praet.*, *rector Orientis*, CIL VI 1638 = Dess. I 1331; Stein Praef. Aeg. 135–137. **76.** C. I. Proculus, *IIIvir a. a. a. f. f.*, *Quaestor Augg.* (Nerva-Traian) im J. 98, *trib. leg. IV Scyth.* in Syrien, *ab actis imp. Traiani Aug.*,

Volkstrib., Praetor, *legat. leg. VI Ferratae* in Syrien, *legat. Aug. pr. pr.* der Transpadana (wohl 105/106), *legat. Aug. pr. pr. ad census prov. Lugdun.*, *curat. operum publ.*, CIL X 6658 (I. war Patron von Antium), cos. suff. September–Dezember 109, Inscr. It. XIII 1, p. 198f., CIL XVI 161. 162. H. Bloch BCH 65, 1937, 175 Nr. 148, *legat. Aug. prov. Dalmat.* 112–114, CIL XI 4646, Jagenteufel Statth. Dalm. 54ff. L. Herrmann, Latom. 21, 1962, 496ff. **77.** C. Antius A. I. Quadratus. Vornehmer Pergamener, dessen cursus hon. Dess. 8819 verzeichnet. Wohl von Vespasian *adlectus inter praetorios*, war er schon 78 *frater arvalis*, CIL VI 2056; dann unter Domitian *legat. pr. pr. Ponti et Bithyniae*, *legat. pr. pr. Asiae* II, ca. 84/85 *legat. Aug. Cappad. et Galatiae* (Sherk Leg. Gal. 48–50), *procos. Cretae et Cyrenar.* ca. 91/92, *legat. Aug. pr. pr. Lyciae et Pamphyl.* ca. 92/93; *cos. suff.* Mai–August 94, Inscr. It. XIII 1, p. 194f. CIL XVI 38; mit Traian befreundet (IGR IV 336), war er *legat. Aug. pr. pr. Syriae* 101–104 (G. A. Harrer, AJA 36, 1932, 287ff.), *cos. II ord.* 105, Inscr. It. XIII 1, p. 196f., schließlich *procos. Asiae* 108/09, Magie Rom. Rule Asia min. 2,1443. Atkinson Rev. Internat. d. Droit de l'Ant. 19, 1962, 261ff. **78.** C. I. Quadratus Bassus, Galater kgl. Abkunft; wie er mit Nr. 85 verwandt war, ist nicht feststellbar. * ca. 60; seinen problemat. cursus hon. bietet die Inschr. von Pergamon AE 1933, 268 = A. v. Premerstein, SBAW 1934, 3 p. 15 und das Frg. von Heliopolis, ebd. 53ff. Nach seinen *militiae equestres* und der Quaestur war er 76–78 *legat. pr. pr. Cretae et Cyren.*, ca. 79 Aedil, 82 Praetor, 83 *legat. leg. XI Claud.*, nahm 86–89 am Dakerkrieg teil, ca. 90–92 *legat. pr. pr. Iudaeae*, *cos. suff.* Mai–August 105, Inscr. It. XIII 1, p. 196f. CIL XVI 50. Im 2. Dakerkrieg *comes et legatus* Traians, erhielt die *ornam. triumph.* und eine Ehrenstatue in Rom; ca. 107–112 *legat. Aug. pr. pr. Cappad. et Galat.*, etwa 113–117 *legat. Aug. pr. pr. Syriae* und Kommandant im Partherkrieg, 117/18 *legat. Aug. pr. pr. Daciae;* er starb dort und wurde mit fürstlichem Gepränge nach Pergamon überführt. – Außer Premerstein s. Groag, RE Suppl. VII 311f. A. Stein Dazien (1944) 11–14. Syme, JRS 36, 1946, 161–163. F. A. Lepper Traian's Parthian War, 1948, 143–147. Magie Rom. Rule As. min. 2,1456f. Sherk Legat. Gal., 1951, 56ff. **79.** I. Sabinus, Lingonenfürst, der sich im J. 70 dem Civilis anschloß, Tac. hist. 4,55,2. Cass. Dio. 66,3,1. Frontin. strat. 4,13,14; er zog gegen die romtreuen Sequaner, wurde besiegt und 9 J. lang von seiner Gattin Epponina versteckt, Tac. hist. 4,67,1f. Cass. Dio 66,16,1. Plut. Erot. 25. Nach Rom gebracht, wurden beide 79 hingerichtet, Cass. Dio 66,16,2. **80.** I. Sacrovir, Haeduerfürst, der im J. 21 n. Chr. einen Aufstand in den Tres Galliae machte, Tac. ann. 3,40, 1ff. Er besetzte Augustodunum (Autun), ebd. 43, 1ff. In der Nähe der Stadt durch C. Silius besiegt, beging er Selbstmord, ebd. 45,1–46,4. Vell. 2,129,3.

Über den Triumphbogen von Arausio (Orange) und CIL XII 1231 s. Kähler, RE VII A 418ff. Nr. 17. **81.** P. I. Scapula Tertullus Priscus, cos. ord. 195, CIL XIV 4560. III 12802, procos. Afr. 212/13. Bald nach der Sonnenfinsternis vom 14. 8. 212 (Tert. ad Scap. 3,3), hat Tertullian die Schrift an ihn gerichtet, Thomasson Statth. Nordafr. 2, 112f. **82.** C. I. Septimius Castinus, *trib. leg. V Maced.* und *I. Adiutr.*, Quaestor, Volkstrib., *praetor tutelarius*, *curator* von Aeclanum, *curator viae Salariae*, *iuridicus* von Apulien, Calabrien, Lukanien, Bruttium, praetor. Statth. von Kreta und Kyrene, Kommandant eines Expeditionskorps von Abteilungen aus 4 Legionen gegen Abtrünnige und Aufständische unter Sept. Sev., CIL III 10471–10473, dann *legat. leg. I. Minerv.*, CIL XIII 7945 (wohl 202), zwischen 208 und 210 *legat. Aug. pr. pr. Pannon. inf.* (Mocsy, RE Suppl. IX 592. N. Tibor, Budap. Regis. 20, 1963, 23ff.), CIL III 3480, dort zugleich *cos. des.*, CIL III 10473, *legat. Aug. pr. pr. Daciae* 217, CIL III 7638 s. Stein Reichsbeamt. Daziens 65–67, nach der Ermordung Caracallas abberufen, Cass. Dio 78,13,2. **83.** C. I. Severus, aus galat. Königsgeschlecht, dessen Nachkommen unter Augustus das röm. Bürgerrecht und den Gentilnamen bekommen hatten, verwandt mit Nr. 77 und Nr. 10. * ca. 90 wohl in Ancyra; dort erhielt der reiche Jüngling Ehren- und Priesterämter; er sorgte 113/14 für die in den Partherkrieg ziehenden Truppen Traians, IGR III 173. Ca. 123 nahm ihn Hadrian in den Senat auf, ebd. 175. Um 130 Legat des Procos. Asiae, *legat. leg. IV Scyth.* in Syrien, als solcher 132/33 provisor. Verwalter Syriens. Um 133/34 *procos. Achaiae*, AE 1923, 4 (Groag Reichsb. Ach. 66–68), *legat. Aug. pr. pr. ad corrig. stat. prov. Bithyn. et Ponti*, Cass. Dio 69,14,4; AE 1938, 144, ca. 138/39 *praef. aerarii Sat.*, *cos. suff.* ca. 139, *pontifex*. Um 140/41 *curator operum publ.*, ca. 141–148 (?) Statthalter von Germ. inf. und wohl 152/53 *procos. Asiae*, IGR III 174. 175, R. Egger, JOEAI 9, 1906, Beibl. 72ff. Magie Rom. Rule As. min. 2,1486f. Er dürfte mit Aristeides in Beziehung getreten sein, or. 26 Dind. = 50, 71–93 K. Verheiratet mit Claudia Aquilia, IGR III 190, sein Sohn Nr. 76. – W. Hüttl Ant. Pius 2,51f. **84.** C. I. Severus, röm. Ritter, *Xvir stlit. iud.*, *trib. leg. IV Scyth.* um 132, *quaestor cand. princ.* (Hadr.), Volkstribun, *XVvir sacr. fac.*, *praetor urb.* ca. 143, *legat. leg. XXX Ulp. Victr.* in Xanten, *curator viae Appiae* nach 150; *cos. ord.* 155, CIL VI 2086. X 1208, *legat. Aug. pr. pr. Syriae Palaestinae*, etwa 156/57, IGR III 172 = Dess. 8829. Nach CIL III 7505 muß I. am orient. Feldzug des Verus 163/64 teilgenommen haben. **85.** C. I. Spartiaticus, Sohn von Nr. 52, Inhaber hoher Priesterämter in Sparta, IG III 805 = Sylloge[2] 363, sowie des Kaiserkultes, IG V 1,463. Von Nero aus unbekannten Gründen verbannt, Stob. flor. 40,9 (3 p. 750 Hense, aus Musonius). Er besaß Ehrenstatuen in Epidauros, IG IV 1469 und Athen, IG

III 805. Sein Sohn war C. I. Laco II. **86.** I. Tutor, vornehmer Treverer, von Vitellius zum Befehlshaber der Grenzwache am Rhein eingesetzt, schloß sich im J. 70 dem Aufstand des Civilis an, Tac. hist. 4,55,2, verließ das Heer des C. Dillius Vocula, 4,57,1, zog gegen Köln und vereidigte die Stadt auf das gall. Reich, 4,59,3. Beim Nahen des Petilius Cerialis zog sich I. nach Bingen und über die Nava (Nahe) zurück, wurde aber besiegt, 4,70, 4. Auf Rat des I. wurde die Schlacht um Trier geschlagen, aber verloren, 4,76,2–78,2. Auch an den Endkämpfen beteiligt, entkam I. über den Rhein, 5,21,2. **87.** I. Valens Licinianus. Im J. 250 in Rom zum Gegenkaiser des Decius erhoben, bald darauf ermordet, Aur. Vict. Caes. 29,3. Epit. Caes. 29,5. Barbieri Alb. sen. p. 406f. app. 19. **88.** I. Valentinus. Gallierfürst, der beim Aufstand des Civilis im J. 70 die Treverer zum Krieg aufhetzte, Tac. hist. 4,68,5–69,3. Nach der Ermordung zweier Legionslegaten rückte Q. → Petilius Cerialis an; I. wurde bei Rigodulum (an der Mosel) besiegt und gefangen, ebd. 71,4f., schließlich getötet, 85,1. **89.** Cn. I. Verus. Dalmatiner. Sein cursus honorum bei Dess. 1057. Er begann ihn noch unter Hadrian, war Quaestor, Volkstribun, Praetor, ca. 142/45 legat. leg. XXX Ulpia in Germanien, ca. 149–153 praef. aerar. Saturni, wohl 154 cos. suff., ca. 155/56 Statthalter von Germania inf., ca. 157/60 Statthalter von Britannien, s. G. Macdonald Rom. Wall in Scotland, 1934, 478. E. Birley Rom. Britain, 1953, 51; Legat von Syrien ca. 163–166 unter Verus, CIL III 199–201; nach Verdiensten im Partherkrieg cos. II design.; der Amtsantritt ist nicht bezeugt. Hüttl Anton. Pius 2,94.186. **90.** C. I. Verus Maximus Caesar. Sohn des Kaisers → Maximinus Thrax (235–238). Tribun in Äg. um 232, Wilcken Chrest. Nr. 41 col. III 14f. Er war Caesar seit Spätsommer 235, Deissmann Licht von Osten[3], 213.277. Mit dem Vater genannt auf Ehreninschr., IGR I 691.1356. III 1213. Im Frühj. 238 mit diesem in Aquileia von meuternden Soldaten erschlagen, Herodian. 8,5,9. Epit. Caes. 25,2. – R. Delbrück Münzbildnisse p. 64ff. 211. Taf. I fig. 8.11.12.14. Felletti-Maj Iconogr. 28f. 123. RIC IV 2, p. 154ff. **91.** L. I. Vestinus. Ritter aus Vienna, von Claudius im J. 48 rühmend hervorgehoben, CIL XIII 1668 col. II 10–14 (Ph. Fabia Tab. Claud. de Lyon, 1929). Praefect. Aegypti 59–62, IGR I 1374.1379 u. a., POxy II 250, s. Stein Praef. Aegypt. 34f.; 226. Im J. 70 beauftragte ihn Vespasian mit dem Wiederaufbau des Kapitols, Tac. hist. 4,53,1. Er dürfte als Mitglied des kais. Consiliums noch an einer Verhandlung unter Titus teilgenommen haben, C. H. Roberts, JRS 39, 1949, 79f. (Z. 13). Sein Sohn war M. (I.) Vestinus Atticus, cos. ord. 65. **92.** C. I. Vindex. Aus aquitan. Königshaus, der Vater war schon röm. Senator. * ca. 25, Cass. Dio 63,22,1. Im J. 67 Statthalter von Gallia Lugdunensis, Suet. Ner. 40, 1. Er erhob sich im Frühjahr 68 gegen Nero; die

Gründe (Tac. hist. 4,14,4. Iuv. 8,222f.) sind nicht ganz klar. Er zog Galba in Spanien auf seine Seite, indem er ihm Neros Nachfolge antrug, Zon. 11,13. Im Hinblick auf das Heer des Vindex (100000 Mann Plut. Galba 4f.) schloß Galba sich ihm an, Plut. Galba 29, was Nero Mitte März in Neapel erfuhr, Suet. Ner. 40,4ff.–42; die Größe der Gefahr richtig einschätzend, eilte er nach Rom, Cass. Dio 63,27,1, denn dem Aufstand schlossen sich auch die mächtigsten Gallierstämme (Häduer, Sequaner, Vienneser) außer denen am Rhein (Belger, Treverer, Lingonen) an, Tac. hist. 1,51,4. 65,1. 4,69,2. Nicht gewinnen ließ sich L. Verginius Rufus, Statthalter von Germania sup. (J. B. Hainsworth Verginius und Vindex, Hist. 11, 1962, 86–96), der I. in der Schlacht von Vesontio besiegte, Cass. Dio 63,24,1. Tac. hist. 4,57,2. I. verübte Selbstmord, Plut. Galba 6; Galba ehrte ihn durch Leichenopfer, ebd. 22. M. Raoss La rivolta di Vindice ed il successo di Galba, Epigraphica 22, 1960, 37–151. **93.** Ser. L. I. Ursus Servianus. Spanier, s. A. Balil, Zephyrus 11, 1960, 215ff. * ca. 47, vit. Hadr. 23,8. Cass. Dio 69,17,1. Sohn eines Servius, testament. adoptiert von L. I. Ursus. Durch seine (zweite?) Gattin (Aelia) → Domitia Paulina (II 25), die Schwester Hadrians, mit diesem und Traian verwandt, vit. Hadr. 1,2. Cos. suff. 90, AE 1949, 23,16 s. R. Syme, JRS 43, 1953, 156. Spätestens zu Beginn des J. 98 war er legat. Germaniae sup., vit. Hadr. 2,5f.; noch im selben Jahr begleitete er Traian nach Pannonien, Plin. epist. 8,23,5. Dort und in Dakien leitete er dann 100/01 die Vorbereitungen zum 1. Dakerfeldzug, an dem er während des J. 101 teilnahm, Plin. epist. 3,17. Cos. II ord. 102, CIL VI 2185.8826.10244; er richtete in einer Kriminalsache, Plin. epist. 7,6,8f. I. gehörte zum engsten Freundeskreis Traians; er verschaffte Plinius das Dreikinderrecht, ad Tr. 2,1. Ca. 106/07 vermählte er seine Tochter dem Cn. Pedanius Fuscus Salinator, Plin. epist. 6,26. Vielleicht war er Statthalter von Africa. Er war im Testament des L. Dasumius mit einem Legat bedacht, CIL VI 10229, 111f. Bei Hadrian stand er, schon über 70 J. alt, zuerst hoch in Gunst, vit. Hadr. 8,11. Um 130 verlor I. seine Gattin, Cass. Dio 69,11,4. Im J. 134 war I. cos. III, CIL VI 1432. Obwohl der Schwiegersohn des I. Hadrians nächster männlicher Verwandter war, adoptierte der Princeps 136 den L. → Ceionius Commodus. Den enttäuschten 90jährigen I. und dessen Schwiegersohn zwang er unmittelbar hernach zum Tode, Dio-Xiph. 69,2,5f.; 17,1f. I. verfiel der damnatio memoriae. Über eine Büste von ihm Bernoulli Röm. Ikon. 1,280f. Enc. art. ant. III 927f. **94.** Iulia. Tochter Caesars von Cornelia (der Tochter Cinnas). * ca. 76 v. Chr., Suet. Caes. 1,1. Plut. Caes. 5,3. Erst mit Q. Servilius Caepio verlobt (Suet. 21,1. Plut. 14,3), wurde sie E. April 59 dem Pompeius verheiratet, Cic. Att. 2,17,1. Vell. 2,44,3. Gell. 4,10,5–7; sie lebte in glücklicher Ehe, Val. Max. 4,6,4. Nach einer Fehlgeburt im Sommer 55 (Plut. Pomp. 53,3) brachte sie Anf. September 54 ein Kind zur Welt (Cass. Dio 39,64,1), starb aber im Wochenbett, das Kind wenige Tage nach ihr, Cic. ad Quint. fr. 3,1, 17.25. fam. 7,9,1. Ihr Leichnam wurde auf dem Marsfeld beigesetzt, Suet. Caes. 84,1 (s. Lucan. 1, 111 ff.); Caesar löste sein Versprechen (Suet. Caes. 26,2), glänzende Leichenspiele zu geben, im J. 46 ein, Plut. Caes. 55,3. **95.** Iulia. Tochter des Augustus von Scribonia (E. F. LEON, Scrib. and her daughters, TAPhA 82, 1951, 168–175), * 39 v. Chr., † 14 n. Chr. (Cass. Dio 48,34,3. Macr. sat. 2,5,2). Über die Geburt der I. und Vergils ecl. IV s. R. VERDIÈRE, RSC 12, 1964, 113–124. Im J. 37 mit dem Sohn des Marc Anton, Antyllus, verlobt (Cass. Dio 48,54,4), wurde sie im J. 25 mit ihrem Vetter M. Claudius Marcellus verheiratet, Vell. 2, 93,1. Suet. Aug. 63,1. Cass. Dio 53,27,5; er starb im August 23 v. Chr. Im J. 21 wurde sie, 18jährig, dem 41jährigen M. Vipsanius Agrippa verheiratet, Cass. Dio 54,6,5. Anf. 20 gebar sie C. Caesar (Cass. Dio 54,8,5); im J. 19 die Vipsania Iulia Nr. 96; Anf. 17 den L. Caesar, Dio 48,18,1. Im Herbst 17 reiste sie mit Agrippa in den Orient; zahlreiche Ehrenstatuen wurden ihnen gesetzt (so IG VII 64. 65 Megara), in Asien Mz.-en geprägt (COHEN I 179 Nr. 12 Parion; 180 Nr. 1 ff. Ephesos), auf Kos wurde I. als neue Artemis verehrt, IGR IV 1095. Den Winter 15/14 verbrachte sie auf Lesbos, im J. 14 weilte sie (CHR. HANSON und P. JOHNSON, AJA 50, 1946, 387 ff.) in Mytilene, IGR IV 1717, besuchte Ilion (Nicol. Damasc. FGrH 134), Priene (Inschr. 225), Pergamon und wieder Ephesos, dann Andros (IG XII 5,740) und Athen (Syll.[3] II 777), wo sie im Oktober die Agrippina mai. gebar. Dort traf sie im Frühj. 13 wieder mit Agrippa zusammen (Ehreninschr. aus Delphoi Syll.[3] II 779 und Thespiai, EHRENBERG-JONES Documents p. 70 Nr. 76), und kehrte mit ihm nach Rom zurück. Als Agrippa E. März 12 starb, war I. schwanger; sie gebar im J. 12 den Agrippa Postumus. Gerüchte, sie habe es schon während ihrer Ehe mit Agrippa mit anderen Männern, vor allem mit Sempronius Gracchus gehalten (Tac. ann. 1,53,1 ff.) übertragen in ihre 2. Ehe Vorkommnisse aus der dritten. Denn schon im J. 11 zwang Augustus sie und Tiberius zur Ehe, Cass. Dio 54,35,4. Vell. 2,96,1. Ehrenstatuen auf dem Magdalensberg von den Norikern, R. EGGER, Carinthia 145, 1955, 62; auf Lindos zwischen 9–6 v. Chr. AE 1948, 183. Der Tod eines 10 v. Chr. geborenen Sohnes zu Aquileia (Suet. Tib. 7,3) zerstörte die Basis der Ehe. E. 9 v. Chr. trat I. noch bei der Leichenfeier des Drusus hervor, Cass. Dio 55,2,4. Von Tiberius, der sich 6 v. Chr. nach Rhodos zurückzog, vernachlässigt, warf sie sich außer Sempronius Gracchus dem Iullus Antonius, T. Quinctius Crispinus, Appius Claudius Pulcher und Cornelius Scipio in die Arme, Vell. 2,100,4 f. Wahrscheinlich war sie unter diesen Hochadeligen die treibende Kraft zu dem Plan einer Beseitigung des Tiberius (vielleicht auch des Augustus, Plin. nat. 7,149), s. GROAG, WS 41, 1919, 84 ff. J. CARCOPINO Passion et Polit. chez les Césars, 1958, 129 ff. Nach anfänglicher Nachsicht des Augustus (Cass. Dio 55,10,13) löste E. 2 v. Chr. ein Bericht von ihm an den Senat über das Treiben seiner Tochter deren Katastrophe aus, Suet. Aug. 65,1. Cass. Dio 55,10,12 ff. Im Namen des Tiberius schickte ihr der Vater den Scheidebrief, Suet. Tib. 11,4; sie wurde nach Pandataria relegiert, Vell. 2,100,5. Cass. Dio 55,10,14, von Scribonia begleitet. Erst 3 n. Chr. durfte sie, im Genuß einer jährlichen Rente (Cass. Dio 56,32,4) nach Rhegium übersiedeln, Tac. ann. 1,53,1. Suet. Aug. 65,3. Dio 55,13,1, s. C. TURANO, Klearchos 5, 1963, 76–82 (Grabinschr. zweier Sklavinnen der I.). Tiberius verschärfte dann die Haft, so daß I. 14 n. Chr. an Hunger und Auszehrung starb, Tac. ebd.; Augustus hatte verboten, daß sie im Mausoleum beigesetzt werde, Suet. Aug. 101,3. Dio 56,32,4. – Darstellungen: Auf d. ara Pacis, s. G. MORETTI, Ara P. Aug. 1948, p. 228. 300,58. Berl. Büste s. R. WEST Röm. Porträtplastik 129 f. Taf. XXXII 132. Büste aus Glanum s. H. ROLLAND, BSAF 1950/51, 221 (J. CARCOPINO, ebd. 223 ff.); Gallia 11, 1953, 3–17. Auf Münzbildern vom J. 17/13 MATTINGLY, I p. CVII; 21. H. BARTELS, Stud. z. Frauenporträt der aug. Zeit (1963).

G. Giannelli Giulia e Servilia (1945). *R. Syme* Rom. Revol. 34 f. *M. Gelzer* Caesar[6] (1960) 60. *P. Sattler* I. und Tiberius (1962). *J. P. V. D. Balsdon* Rom. Women 1963. 86 f.

96. (Vipsania) Iulia. Tochter von Nr. 95. * 19 v. Chr. Am Hof des Augustus erzogen, Sch. Iuv. 6, 158. Im J. 4 v. Chr. wurde sie dem L. Aemilius Lepidus vermählt und gebar ihm 3 v. Chr. die Aemilia Lepida. Ihr Gatte wurde der Verschwörung gegen den Princeps bezichtigt, Suet. Aug. 19.1, I. vorübergehend relegiert, Sch. Iuv. 6,158. Im J. 8 wurde sie wegen lasterhaften Lebenswandels und Beziehungen zu D. Iunius Silanus (Tac. ann. 3,24,1 ff., s. R. SYME Rom. Revol. 432) auf die Insel Trimerus (h. Tremiti) lebenslänglich verbannt, Tac. ann. 4, 71,4. Dort gebar sie ein Kind, das Augustus aufzuziehen verbot, Suet. Aug. 65,4. Die Entrüstung des Princeps trug auch Ovid seine Verbannung ein, F. NORWOOD, CPh 58, 1963, 150–163. I. starb 28 n. Chr., Tac. ann. 4,71,4. Ihre Beisetzung im Mausoleum hatte Augustus verboten, Suet. Aug. 101,3. **97.** Iulia. Tochter des Drusus Caesar und der Livilla, * ca. 3 n. Chr., im J. 20 dem Nero Germanicus vermählt (Tac. ann. 3,29,3), der 29 auf Betreiben Seians starb, Suet. Tib. 54,2. I. wurde Seian verlobt, Cass. Dio 58,3,9, im J. 33 dem C. Rubellius Blandus vermählt, Tac. ann. 6,27,1, dem sie 2 Söhne und 1 Tochter gebar. Im J. 43 starb sie auf Veranlassung der auf sie eifersüchtigen Messalina, Cass. Dio 60,18,4. Tac. ann. 13,32,3. Suet. Claud. 29,1. **98.** I. Avita Mamaea, jüngere Tochter v. Nr. 15 u. der Iulia Maesa, Schwester v. Nr. 108, mit der sie verfeindet war, Cass. Dio 79,20, Gattin des syr. Prokurators Gessius Marcianus, Ulp. Dig. 1,9,12; ihr Sohn Bassianus, der spätere Kaiser M. Aurelius → Severus Alexander, Cass. Dio 78,30,3; ihn erzog sie sorgfältig, vit. Alex. 3,2 ff., u. beschützte ihn vor ihrer Schwester, Cass. Dio 79,19,2. Nachdem diese und Elagabal im März 222 ermordet worden waren und Severus Alex. den Thron bestiegen hatte, erhielt I. den Augustatitel, CIL II 3413, vgl. AE 1942, 7. 1950, 16, und führte für den 14jährigen Knaben erst mit ihrer Mutter, nach deren Tod 225 allein die Regierung, Herodian. 5,7 f., Zos. 1,13. AE 1958, 64 (J. 228); ihr *praef. praetor.* war Ulpian, Zos. 1,11,2. Dem Christentum gegenüber zeigte sie Toleranz und Interesse und ließ Origenes nach Antiocheia kommen, Eus. hist. eccl. 6,21. Oros. 7,19. Überaus geizig, bereicherte sie sich sehr, Herodian. 6,1,8. Ihren Sohn begleitete sie in den pers. Feldzug (RIC IV 2 p. 97 Nr. 124), 235 an den Rhein nach Feldberg (CIL XIII 7495 a) und Saalburg, wo I. um Geld mit den Germanen Frieden schließen wollte. Die meuternden röm. Soldaten ermordeten im März 235 I. und ihren Sohn, Herodian. 6,7,9. 9,1 ff. Inschr.: AE 1946, 20; Mz.-en.: V. Scrinari Le donne dei Severi nella monataz. BCH 75, 1953, 5,117–135. Bildnisse: M. Floriani Squarciapino, Enc. art. ant. 3,9,24. Felletti-Maj, Icon. p. 105 ff. tav. VII, 23.24. E. Kornemann Große Frauen des Alt.[4], 1954. J. Babelon Imperatrices syr. (1957). **99.** I. Balbilla. 4 Gedichte in lesb. Dialekt, eingehauen in die Memnonssäule, Kaibel Epigr. Graec. Nr. 988–992, zeigen, daß I. im Gefolge Hadrians im J. 130 Äg. besucht hat. **100.** I. Cornelia Paula Augusta, 1. Gattin Elagabals, CIL X 4554. Cohen 2,376 f. Die Ehe war nicht von langer Dauer, Cass. Dio 79,9. **101.** I. Domna, Syrerin, Tochter des Sonnenpriesters Bassianus aus Emesa. Im J. 185 heiratete sie in Lyon den *legat. Aug. pr. pr. Lugdunensis* L. Septimius Severus, Dess. 440. SHA vit. Sev. 3,8 f. Ihre Söhne sind Caracalla (* 4. April 186 Lyon) und Geta (* 27. Mai 189 Rom), AE 1957, 123 (J. 203). Nach der Erhebung des Sept. Sev. auf den Thron war sie erbitterte Gegnerin des praef. praetor. Plautianus, der ihren Einfluß auf den Kaiser schmälerte, Cass. Dio 75,16,4; ihrem Gatten folgte sie auf den Feldzügen, daher *mater castrorum* schon 196, CIL XII 4345. XIV 120, s. AE 1950, 230. 126. 136; 1941, 49. Sie ging auch 208–211 nach Britannien mit. Sie litt unter der Feindschaft ihrer Söhne, verhinderte deren Plan, das Reich zu teilen, Herodian. 4,3,1–4. In ihren Armen wurde Geta E. Februar 212 auf Betreiben Caracallas ermordet, Cass. Dio 77,2. Herodian. 4, 4,3. In Abwesenheit Caracallas führte I. die Regierung. Sie trug den Ehrentitel *Pia Felix mater Augusti et senatus et patriae*, AE 1946, 67. 1949, 111. 1956, 144. 1960, 226. Im J. 214 war sie in Nikomedia, Cass. Dio. 77,18,2, dann in Antiocheia, wo auch ihre Schwester mit ihren 2 Töchtern bei I. war, ebd. 78,30,3. Dort erhielt sie die Nachricht von der Ermordung Caracallas, ebd. 78,23. Zon. 12,13. Durch Macrinus verwiesen, gab sie sich den Tod, Cass. Dio 78,23,6; in Rom bestattet, ebd. 78, 24. Hochgebildet, beschäftigte sie sich mit Philosophie, war religiös interessiert (I. Mundle, Hist. 10, 1961, 228–237) und hatte einen Kreis von Literaten in Rom um sich, RE XX 137,33 ff. Auf ihre Anregung verfaßte → Philostratos das Leben des Apollonios von Tyana, 1,3. Durch sie erhielt Philiskos den Lehrstuhl in Athen, Philostr. vit. soph. 2,30. Inschr.: M. G. Williams, AJA 6, 1902, 259–305. Mz.-en: Mattingly IV p. 207 ff. tab. XIII 16–204. Bildnisse: R. Calza, Enc. art. ant. 3,922–924. K. A. Neugebauer Die Familie des Sept. Sev., Antike 12, 1936, 155 ff. **102.** I. Drusilla, 2. Tochter des Germanicus und der Agrippina. * ca. 16 n. Chr. in Germanien, Suet. Cal. 7. 8,3; sie nahm am 22. Mai 17 am Triumphzug ihres Vaters teil, Tac. ann. 2,41,3. Im J. 33 mit L. Cassius Longinus, 6, 15,1, im J. 38 mit M. Aemilius Lepidus vermählt, starb sie im selben J., Cass. Dio 59,11,1, maßlos betrauert von Caligula (Sen. ad Polyb. 17,4–6), dem man Blutschande mit der Lieblingsschwester nachsagte, Suet. Cal. 24,1. Schon zu Lebzeiten hoch geehrt (Cass. Dio 59,3,4) und der Venus gleichgesetzt (IG XII 2,172), wurde die Tote als Panthea konsekriert, Cass. Dio 59,11,3. Münzen: Cat. Brit. Mus. Ionia p. 269, tav. XXVIII 5.7.8. Mattingly I p. CXLV 156. Bildnisse: M. Floriani Squarciapino, Enc. art. ant. 3,184. **103.** I. Drusilla, Tochter des Caligula und der Milonia Caesonia, * 40 zur maßlosen Freude des Kaisers, Cass. Dio 59,28,7. Suet. Cal. 25; schon am 24. Januar 41 wurde sie ermordet, Suet. Cal. 59,1. Cass. Dio 59,29,7. **104.** I. Fadilla, Stiefschwester des Antoninus Pius, vit. Pii 1,4–6. **105.** I. Livilla, jüngste Tochter des Germanicus und der Agrippina, Suet. vit. Cal. 7. CIL VI 891, meist Iulia genannt, * 18 auf Lesbos, Tac. ann. 2,54,1; heiratete im J. 33 den M. Vinicius, Tac. ann. 6,15,1. In die Verschwörung des M. Aemilius Lepidus verwikkelt, wurde sie 39 auf die pontischen Inseln verbannt, Cass. Dio 59,22,8, von Claudius zurückgerufen, ebd. 60,4,1. Durch die eifersüchtige Messalina eines Verhältnisses mit Seneca bezichtigt, wurde sie 41 verbannt, Tac. ann. 14,63,2, und bald getötet, Suet. Claud. 29,1. Sen. Oct. 946 f. Im Mausoleum Augusti beigesetzt, CIL VI 891. Münzen: Cohen I p. 248 f. Bildnisse: A. Pietrangeli La famiglia di Augusto (1938) p. 76 Nr. 56. p. 106. **106.** I. Maesa. Gattin des I. Avitus Nr. 15, Schwester von Nr. 101, bei der sie bis 217 am Hof lebte, Herodian. 5,3,2. 8,3. Dann mußte sie auf Befehl des Macrinus Rom verlassen und nach Emesa gehen, vit. Macr. 9,1. Dort gewann sie die legio III Gall. für sich und ihren Enkel Bassianus-Elagabal, Herodian. 5,3,3–10 (S. Dušanić, Hist. 13, 1964, 487 ff.) und half mit ihren Schätzen nach, ebd. 5,4, 2. Am 16. Mai 218 wurde Elagabal zum Kaiser ausgerufen, Cass. Dio 78,31, in der Entscheidungsschlacht bei Antiocheia wurde Macrinus geschlagen und bald getötet, ebd. 78,40. I. übersiedelte nach Rom, Herodian. 5,5,1 f., und führte mit ihrer älteren Tochter Nr. 108 die Regierung, Cass. Dio 79, 17,2. SHA vit. Elag. 12,3. Als sich Elagabal immer verhaßter machte, schob sie den Sohn ihrer jüngeren Tochter Nr. 98, Severus Alexander, in den Vordergrund, Cass. Dio 79,19,4. Herodian. 5,7,2 ff., bis Elagabal und seine Mutter 222 ermordet wurden, Herodian. 5,8,8 ff. I. und Mamaea führten für Alexander Severus die Regierung, ebd. 6,1,1, bis I. 226 starb, ebd. 6,1,4. Inschriften: AE 1955, 260. 1961, 82.86. Münzen: RIC IV 2 p. 49,61. Cohen IV p. 391 f. Bildnisse: M. Floriani Squarciapino, Enc. art. ant. 3,924 f. **107.** I. Procilla, Gattin von Nr. 47, Mutter des Agricola, aus der Narbonensis. Nach dem Tod des Gatten ging sie nach Massilia; Anf. 69 von raubenden Othonianern an der ligur. Küste umgebracht, Tac. Agr. 7. **108.** I. Soaemia (Bassiana). Ältere Tochter von Nr. 15 und Nr. 106; vermählt mit dem Syrer Sex. Varius Marcellus, RE VIII A 407 ff., Mutter des Elagabal, den sie mit I. Maesa durch die Schlacht von Antiocheia (8. Juni 218) auf den Thron brachte, Cass. Dio 78,38,4, und für den sie als Augusta und *mater castrorum* die Regierung führte und in den Senat und ins Prätorianerlager ging, SHA vit. Elag. 2,1. 4,2. Cass. Dio 79,17,2. Herodian. 5,8,8. AE 1948, 212. Ihr sittenloses Leben erregte Anstoß, Cass. Dio 78,38. 79,6,2 f. Im März 222 wurde sie mit Elagabal ermordet, Herodian. 5,8,8 ff. Cass. Dio 79,20. Münzen: RIC IV 2 p. 48,60. Cohen IV p. 386 f. Bildnisse: V. Scrinari, BCH 75, 1953/1955, 129 ff. R. H.

Herrscher aus dem Hause des Herodes

109. I. = M. Iulius Agrippa I. = → Herodes 8.

110. I. M. Agrippa II., Sohn des Vorigen, führt den Namen Herodes in keiner Quelle (falsch → Bethsaida und → Caesarea 2). * 28 n. Chr. und als Prinz in Rom erzogen, war er dort mehrfach Anwalt jüd. Interessen und wurde deshalb sogar einmal von Isidoros, Gymnasiarchen von Alexandreia und Repräsentanten des dortigen → Antisemitismus (Lit. Nr. 2), verklagt (BGU 2,511 = Mitt.-Wilcken Grdz. 1,2,24–27). Im J. 49/50 erbte er durch Verfügung des → Claudius (39) das kleine Königtum Chalcis ad Libanum seines Onkels → Herodes (7), die Aufsicht über den Jerusalemer Tempel und das Recht, dort die Hohenpriester zu ernennen. Nach vierjähriger Regierung wurde ihm Chalcis gegen ein größeres Königreich, bestehend u. a. aus den wichtigsten Territorien seines Vaters und des → Philippos (d. h. vor allem → Batania einschließlich Trachonitis und Gaulanitis), eingetauscht, das Nero noch durch Ortschaften in Peraea und Galilaea vermehrte. Als König war I. ausschließlich röm. Vasall (im Titel u. a. *Φιλοκαῖσαρ* und *Φιλορωμαῖος*, OGIS 419 f. 424) und stand nicht nur im Partherfeldzug 54 n. Chr. (Tac. ann. 13,7), sondern sogar im jüd.

Krieg (dessen wahrheitsgetreue Schilderung er dem → Iosephos nach vit. 65 in 62 Briefen bezeugt haben soll) auf Seiten Roms (Tac. hist. 5,1), unternahm allerdings (vergebliche, vgl. RE Art. Xylophoria) Versuche zur Vermittlung mit den Juden. Vespasian erweiterte zum Lohn für seine sofortige Anerkennung (Tac. hist. 2,81) das Gebiet des I. nach N., wo sich nun ungestört eine graeco-aramäische Mischkultur entfalten konnte. Dem Christentum stand I. gleichgültig gegenüber (Act. 25 f.). † 92 oder 93, nach anderen 101 n. Chr. Sein Reich wird der Provinz Syrien einverleibt worden sein (Ios. bell. 2,11,6–4,9,3. 5,1,5; ant. 15,11,4. 18,6,6 E./19,9,1–20,9,4; vit. 9–74).

Schürer 1,585–600. *St. Perowne* Herodier, Römer und Juden, 1958. *F. M. Abel* Hist. de la Palestine 1, 1952, 443–455.

111. I. Alexander, Sohn Tigranes' VI. (V.) (z. Z. Neros König von Armenien, Tac. ann. 14,26. 15,1–6.24), des Sohnes des Alexandros, der, zusammen mit seinem Bruder (Ios. bell. 1,28,1) Tigranes V. (IV.) (von Augustus 11 n. Chr. zum König Armeniens gemacht [Mon. Anc. 15,27] und von Tiberius hingerichtet [Tac. ann. 6,40]), in der Jugend sein Judentum aufgegeben hatte (Ios. ant. 18,5,4 E.), des Sohnes des Alexandros (durch seine Gattin → Glaphyra Schwiegersohn des letzten Königs von Kappadokien → Archelaos IV. [6]), eines Sohnes → Herodes' (1) d. Gr. und der → Mariamme I. I. war mit Iotape, Tochter des Königs → Antiochos IV. (15) von Kommagene, verheiratet und scheint nach der Einziehung von dessen Reich im J. 72 n. Chr. durch Vespasian die Insel Elaiussa oder den W.-Teil Kilikiens erhalten zu haben (falls Ios. ant. 18,5,4, Bd. 4 p. 165,23 N. *νησῖδος* oder *Κνητίδος* statt *ἡσίοδος* zu lesen ist). Da sein Sohn C. Iulius Agrippa, *quaestor pro praetore*, nach OGIS 429 den Titel seines dort als *βασιλεύς* genannten Vaters nicht mehr führte und I. Alexander nach dem Ehrendekret eines Galaters aus Ankyra (OGIS 544) nicht nur *βασιλεύς*, sondern auch *ὑπατικός* ist, wird ihm ein Vorgänger Traians, wohl Domitian, sein kleines Reich wieder ab- und ihn dafür unter Belassung des Königstitels in den Senat aufgenommen haben. C. C.

Schürer 1^4,561 A. 41. Zum Hintergrund: *D. Magie* Roman Rule in As. Min. 1950, 540–610.

112. I. Alexander → Alexandros (16).

Lit.-Nachtr.: *V. Burr* Tiberius Iulius Alexander, 1955.

B. Literarische Persönlichkeiten:

1. C. Iul. Caesar war als Schriftsteller vielseitiger und fruchtbarer, als die – allein erhaltenen – Kommentarien vermuten lassen.

I. Verlorene Werke: 1. Laudes Herculis; tragoedia Oedipus (Suet. 56,7); griech. (Plut. 2) und erot. (Plin. ep. 5,3,5) Gedichte (Tac. dial. 21,6); Iter (über den Spanienzug 46): 2. Dicta collectanea (Bonmots: *veni, vidi, vici*); Reden (Cic. Brut. 252 *elegantissime*. 261 *oratoria ornamenta*); De analogia: Schrift gegen schlechte Redegewohnheiten

(H. Dahlmann, RhM 84, 1935, 258ff.), geschrieben beim Alpenübergang 54 (Suet. 56,5) als Antwort auf Cic. de or.; Anticatones: gegen Cic.s Lob auf Cato ([22],105), geschrieben 45 im Lager von Munda; wohl 1 Schrift in 2 B. (K. Abel, MH 18, 1961, 230f.); Episteln (Suet. 56,3: 3 Slg.en, erhalten Cic. Att. 9,6 A. 7 C. 13 A. 14,1. 16,2. 10,8 B).

II. Erhaltene Werke: Commentarii rerum gestarum (so der urspr. Titel: F. W. Kelsey, TAPhA 36,1905,211): 1. Gall.: 7 B., je 1 pro Jahr; Eroberung Galliens bis zur Kapitulation des Vercingetorix. – A) Literar. Charakter, Zweck: allg. anerkannt ist die Einmaligkeit; klar, schlicht, prägnant, anschaulich, von hoher, meist unvordringlicher Kunst ([1],271; [5],50ff. [16]; [19], 107ff.). Strittig ist die Herkunft der Form: aus röm. Dienstberichten ([1],267ff.; F. Bömer, H 81, 1953, 210ff. U. Knoche, G 58, 1951, 139ff.) oder – nach Cic. Brut. 262. Hirt. Gall. 8, pr. 2 – Materialsammlung und Vorstufe für Historiker ([2],1ff.; O. Seel, Ausg. XLIII); oder bewußte Anknüpfung an die hist. comment. der Annalisten ([19],74ff.)? C. schuf Höhe und Ende eines neuen Genus. Ist sein bewußt distanzierter Bericht (in 3. Person!) objektiv oder Fälschung? Die Antworten sind konträr. Als Rapport des Generals an das Volk ist er Rechtfertigung seiner Politik (Mommsen RG 3, 615f.); Objektivität vortäuschend, verschleiert er Willkür und Gewalt (E. Meyer C.s Monarchie, 1922, 245; [6]: doch vgl. J. H. Collins, Gn 26, 1954, 527ff.); als Politiker und Mensch fälscht er skrupellos ([7], einschränkend F. Hampl, Gn 29, 1957, 284). Entgegengesetzt u.a. H. Fränkel, NJb 9, 1933, (keine bewußten Fälschungen); Oppermann [2] und NJb. 7, 1931, 111ff.: Staatsmann, Feldherr, Künstler und Mensch verschmelzen in eins; [18],50ff.: C. zeigt die inneren Kräfte zum Verständnis seiner Ziele und der des Imperiums; durch bewußte Fälschung hätte er seinen Gegnern Material gegen sich selbst geliefert. – B) Abfassung, Veröffentlichung: Wandlungen in Sprache und Stil [15], Temposteigerung, Zunahme der direkten Reden (ab 4. B.; Höhe die Critognatus-Rede im 7. B. [20]) und zugleich der Exkurse [20], Fehlen der Verweise über die Buchgrenze hinweg, sowie der Korrekturen später erkannter Fehler, auch die allg. Wahrscheinlichkeit, daß C., bes. bei Legatenberichten, rasch sich Aufzeichnungen machte [3],57ff.; all dies u.a.m. spricht gegen die Annahme einer Abfassung des Ganzwerkes im Winter 52/51 oder 50 (Mommsen; [1],269; [12]; Drexler H 70, 1935, 203ff.; [6],9f.) und für sukzessive Niederschrift. Das muß nicht jahrweise Veröffentlichung ([4]; [5]) oder Veröffentlichung mehrerer B. zugleich (zuletzt Th. Hastrup Class. et Med. 18, 1957, 59ff.) bedeuten. C. kann nach Alesia die Niederschriften, leicht redigierend, zusammengefaßt und veröffentlicht haben (Seel, praef. XLVIff.). – C) Exkurse: Die geogr.-ethnogr. Exkurse (1,1,5–7. 2,3–5. 2,15,3–6. 4,1–3. 4,10.

5,12–14. 6,11–28) wurden aus sprachlichen, hist. und kompositor. Gründen athetiert (Meusel, Ausgabe; [11]). Für die Echtheit traten erfolgreich Beckmann, Barwick, Seel und Hering [14] ein. – D) Bewertung der Überlieferung: Übergroßem Vertrauen in die Hss. (Constans) stehen rigorose Eingriffe (»der Text ist heillos interpoliert«: ([10]; [11]; dagegen 13) gegenüber. Eingehende Interpretation erzielte vielfach gesicherten Text: Seel, Ausg. 2. Civ.: A) Frühabfassung: nach [4], [5] (ähnlich [3],64) wurden B. 1 und 2 (Ereignisse bis Dez. 49) noch 49, B. 3 (bis zum Tod des Pothinus) noch 48 geschrieben; ihr Zweck – Rechtfertigung, Entlarvung der Gegner – forderte rasche Veröffentlichung; an Fortsetzung dachte C. nicht. B) Für Spätabfassung, oder doch Nichtvollendung und posthume Veröffentlichung sprechen: der frühe Schluß, Flüchtigkeiten, Schweigen Cic.s darüber, das Urteil des Asinius Pollio (Suet. 56,4): A. La Penna, Maia 5, 1952, 191ff.; K. H. Abel, MH 15, 1958, 56ff.; Fabre, praef.; beachtenswert J. H. Collins, AJPh 80, 1959, 113: C. hat nach der Begegnung mit dem absoluten Staat Äg. seine Stellung zur res publica geändert; daher vorher abgefaßt, wurde das Werk abgelegt und posthum veröffentlicht. Das Werk ist sprachlich sorgloser, weniger anschaulich, sentenzenreicher, hat mehr direkte Reden und schnelleres Erzähltempo als Gall. ([5],137. [12],118. [2],51. [20],55ff.). Überlieferung: Bereits Sueton lag das ganze Corpus vor: Gall. 1–7, civ. 1–3; dazu die Ergänzungen: Gall. 8 von Hirtius; B. Alexandrinum (reicht bis 47) wohl von Hirtius mit Originalnotizen C.s [22]; B. Africum (bis 46) und Hispaniense (bis nach Munda) von unbekannten Autoren. Von den 2 Hss.-Zweigen enthält α nur Gall., β das ganze Corpus. Ihr Wert ist umstritten ([18],50), starke Reduzierung der maßgeblichen Hss. bei [21].

Nachleben: Die Comment. wurden von Sallust, Timagenes, Livius, Nikolaos von Damaskus, Tacitus (P. Thielscher, Alt. 8, 1962, 12ff.), Cassius Dio (RE III 1706) und Orosius benützt (Klotz, Ausg. XVff.; XXVIIff.), von Grammatikern erst spät zit., sonst wenig gelesen. Erst seit der Renaissance wächst das Interesse, bes. im 19. Jh. wurde C. von Politikern und Militärs studiert (Napoleon III.). K. V.

Lit.: BursJb 224.264 *(Kalinka)*. *J. H. Collins*, CW 57, 1963, 45ff. 81ff. In der Ausg. von *Meusel-Oppermann*.

I. Ausg.: A) des Corpus: *C. Nipperdey* Lpz. 1847. *A. Klotz:* Gall. Lpz. 1952^{4}; civ. 1950^{2}; *Bella*, Frg. 1927. B) Gall.: *H. Fuchs*, Frauenfeld 1944. *L. A. Constans*, Paris 1955^{6}. C) Civ.: *P. Fabre*, Paris 1947^{3}. D) Bella: Alex.: *J. Andrieu*, Paris 1954. Afr.: *A. Bouvet*.

II. Komm.: *Kraner-Dittenberger-Meusel-Oppermann* (Gall. und civ.) Bln. 1959–1960$^{18.12}$. B. Alex. und Afr.: *R. Schneider*, Lpz. 1888 bzw. 1905. B. Hisp.: *A. Klotz*, Lpz. 1905. Lexicon Caes. v. *H. Meusel*, Bln. 1887/93^{2}–1958.

III. Übers.: *G. Dorminger*, München 1962 (Gall. u. civ.).

IV: 1. *A. Klotz*, RE X 259–275. 2. *H. Oppermann* C., der

Schriftsteller und sein Werk, 1933. 3. *F.E. Adcock* C. als Schriftsteller, 1958. 4. *K.Barwick* C.s Comment. und das Corp.Caes., 1938. 5. *Ders.* C.s b. civ. 1951. 6. *M. Rambaud* L'Art de la déformation hist. dans les comment. de C., 1952. 7. *G. Walser* C. und die Germanen, 1956. 8. *H. Oppermann*, G 68, 1961, 258. 9. *A.Klotz* C.-Studien, 1910. 10. *G.Jachmann*, RhM 89, 1940, 161ff. 11. *H.Fuchs*, Gn 8, 1932, 241ff. 12. *F.Beckmann* Geographie und Ethnographie in C.s B. Gall., 1930. 13. *K.Barwick*, RhM. 91, 1942, 28ff. 14. *W.Hering*, Philol. 100, 1956, 67. 15. *J.J. Schlicher*, CPh 31, 1936, 212. 16. *H.Deichgräber*, G 57, 1950, 112. 17. *H. Schneider*, Unters. z. Darstellung von Ereignissen, Diss. Freiburg 1959. 18. *O.Seel* Ambiorix. Jb. f. fränk. Landesforsch., 20, 1960, 49. 19. *P.T.Eden*, Glotta 50, 1962, 74ff. 20. *D. Rasmussen*, C.s Comment., Stil und Stilwandel am Beispiel der dir. Rede, 1963. 21. *W.Hering* Die recensio der C.-Handschriften, 1963. 22. *O.Seel*, Hirtius 1935. 23. *H. Gundolf*, C., Gesch. seines Ruhmes, 1925.

2. I. Africanus. Redner des 1. Jh. n. Chr. aus Gallien (vgl. Quint.inst. 8,5,15); wenn der Tac. ann. 6,7,4 erwähnte I.A. sein Vater war, aus dem Gebiet der Santonen; Zeitgenosse und Rivale des 59 gest. → Domitius Afer. Quint.inst.10,1,118 hebt von der älteren Rednergeneration beide bes. hervor (vgl. Tac.dial.15,3), doch läßt sein Vergleich eine leichte Zurücksetzung des stilist. moderneren I.A. erkennen (vgl. Plin.epist.7,6,11): anerkannt wird der kraftvolle Stil (Quint.inst.12,10, 11), kritisiert die pedant. Wortwahl, Periodenbau und überreicher Gebrauch von Metaphern. Eine Sentenz aus der 59 nach dem Tode der Agrippina an Nero gerichteten Glückwunschadresse referiert Quint.inst. 8,5,15; zu 12,11,3 vgl. die Vermutung von Stroux, Philol. 1936, 228f. Eine vita des I.A. hatte sein Landsmann I. Secundus verfaßt (Tac.dial.14,4). P. L. Sch.

H.Meyer ORF ²1842, 570ff. PIR 2,160 Nr. 80. *H.Bardon* Litt. Lat. Inc. 2, 1956, 157f.

3. S. I. Africanus, der 1. chr. Chronograph, über dessen Leben vor allem die Überreste seiner verlorenen Schriften Auskunft geben, stammte wahrscheinlich aus Jerusalem und hatte Verbindungen zum Königshaus von Edessa wie zum Kaiser Alexander Severus, in dessen Auftrag er für die Pantheonbibliothek in Rom tätig war. Sein wirkungsmächtigstes Werk waren die 5 B. *Χρονογραφίαι* [1], in denen er bibl. und außerbibl. Daten in synchronist. Anordnung zu einer bis 217 (oder 221) reichenden Weltchronik zusammenstellte, mit der er Vorbild für → Eusebios und Spätere geworden ist. Das Alexander Severus gewidmete Sammelwerk *Κεστοί* [2] enthielt in 24 B. Notizen und Exzerpte zu fast allen Wissensgebieten. Der Inhalt ging teilweise ins Paradoxographische. Das Schwergewicht lag nach Ausweis der Frg.e offenbar im Bereich des Naturkundlichen und des Kriegswesens. In einem Brief an → Origenes [3] bestritt I. mit philolog. Kritik die Echtheit der Susanna-Perikope im Buch Daniel, in dem

Brief an einen sonst unbekannten Aristeides [3] erklärte er die Unterschiede in den Stammbäumen Jesu bei Matthäus und Lukas unter Rückgriff auf die jüd. Ehevorschriften. Als 1. chr. Vf. eines nichttheolog. Werkes verband er in merkwürdiger Weise Gelehrsamkeit, wissenschaftliche Kritik und Aberglauben. B. R. V.

Ta.: 1. Unzureichende Slg. der Frg.e bei *Migne* PG 10, 63–94 und *Routh* Reliquiae sacrae, 2, ²1846, 238–309. 2. Vollständige Slg. fehlt. Die Frg.e zum Kriegswesen bei *M. Thévenot* Veter. mathemat. opera, 1693, 275–316; Neuausgabe ohne die umstrittenen Stücke: *J. R. Vieillefond*, 1932. Frg.e anderen Inhalts in den Geoponika, Hippiatrika, Paradoxographoi, POxy 3,412 und REG 46, 1933, 197–203; nicht ganz sicher Pap. graec. Holmiensis, ed. *O.Lagercrantz*, 1913. 3. *W. Reichardt*, TU 34,3. 1909. Lit.: S.I.A. und die byz. Chronographie. 1.2. 1880. 1898. *E.Schwartz*, RE VI 1377 (s.v. Eusebios). *J. R. Vieillefond*, Einl. zur Ausg. 1932. *G.Björk*, Apsyrtus, J. A. et l'hippiatrique grecque. Uppsala Universitets Arsskrift 1944, 4. Uppsala 1944. *Christ-Schmid* 2,2, 1346–1348. *Altaner*² 185 bis 186.

4. I. Bassus, lat. Rhetor z.Z. des älteren Seneca (also: 1. Jh. v./1. Jh. n. Chr.) einer der Lehrer des jüngeren Seneca; über sein Leben wissen wir sonst nichts. Seneca, der größere Partien aus seinen Schulreden angeführt hat (controv. 1,6,2ff.), nennt ihn zwar *homo disertus*, stellt aber gewisse Fehler in seiner Beredsamkeit fest. Vermutet wurde, daß der iamb. Dichter Bassus, den Ovid als seinen Freund nennt (*Bassus quoque clarus iambo*, trist. 4,10,47, vgl. Prop. 1,4,1), ident. mit unserem Rhetor sei, doch läßt sich dies weder beweisen noch ablehnen. Außer dem Namen scheinen auch die Zeitumstände eher für die Identität beider Persönlichkeiten zu sprechen. W. Str.

Teuffel-Kr.-Sk. 2⁶, § 254,2. *Gerth*, RE X 178ff. *Schanz-Hos.* 2⁴,273.

5. I. Cerialis, ein Freund Martials (10,48,5), Adressat der Einladung 11,52, in der von seiner Gigantomachie und Georgica in der Art Vergils die Rede ist (V. 17f.). Möglich ist seine Identität mit dem Verfasser von Anth. Pal. 11,129.144 *Κερεάλιος*, weniger wahrscheinlich die mit dem Empfänger von Plin.epist. 4,21 *Velius C.* (2,19 nur *Cerialis*).

R.Hanslik, RE VIII A 627.

6. Sex. I. Gabinianus. Berühmter Rhetor und Deklamator der flav. Z. (vgl. Tac.dial. 26,8) aus Gallien. Die Biographie Suetons (vgl. gramm. Index, vor Quintilian) ist verloren, vgl. aber Hier. chron. zum J. 76 n. Chr., p. 188 H. und comm. Es. 8 pr.

PIR 2,193 Nr. 221. *R.Helm*, Philol. Suppl. 21,2, 1929, 85.

7. I. Genitor. Rhetor des 1. Jh. n. Chr., Bekannter und literar. Ratgeber (vgl. Plin.epist. 7, 30,4f.) des jüngeren Plinius, der ihn 3,3,5ff. als sittenstrengen (vgl. auch 9,17) und pflichtbewußten Lehrer der Corellia Hispulla empfiehlt. Adressat der Briefe 3,11.7,30.9,17.

8. I. Honorius. Grammatik- und Rhetoriklehrer des 4./5. Jh. n. Chr., der zu internem Unterrichtsgebrauch eine nach den 4 Himmelsrichtungen und geographischen Kategorien (Meere, Inseln, Berge, Provinzen, Städte, Flüsse, Völker) angeordnete Abschrift des Namensbestandes einer schwer leserlichen (c. 1) Weltkarte anfertigte, die von einem Schüler publiziert wurde (c. 51). Die urspr. Fassung, die Cassiodor (inst. 1,25,1) seinen Mönchen zum Studium empfiehlt, ist nur im Par. Lat. 4808 (6. Jh.) erhalten. Eine erste in mehreren Hss. überlieferte spätant. Umarbeitung (hs. Titel *cosmographia Iulii Caesaris*) streicht die auf I. H. bezüglichen Passagen und stellt einen wohl apokryphen (SCHANZ-HOS. 2,331) Bericht über eine Reichsvermessung der cäsar.-august. Z. an den Anfang. Eine wohl ebenfalls noch im 5. Jh. erweiterte (vgl. die Beschreibung des Tiber c. 25) Fassung dieser Bearbeitung stellt den ersten Teil der seit dem 12. Jh. sog. *cosmographia Aethici* dar, die sich um rhetor. Stilisierung des dürren Textgerippes bemüht.

Ta.: GLM 21ff. (Rez. A u. B). 71ff. *(Aethicus)*. Lit.: *Schanz-Hos.* 4,2,122ff. *J. O. Thomson* History of Ancient Geography 1948, 381f.

9. I. Marathus. Freigelassener und Archivar (?) des Augustus, aus dessen vita des Kaisers Suet. Aug. 94,3 ein Prodigium und 79,2 eine Angabe zur Körpergröße zitiert.

HRR 2, LXXXXVIIIIf. 70f. *H. Bardon* Litt. Lat. Inc. 2, 1956, 98.

10. I. Martialis. Einer der besten Freunde Martials (vgl. 1,15. 11,80,5ff. 12,34), der ihm B. 3 (3,5),6 (6,1) und dann die ersten 7 B. in einem eigenhändig korrigierten Exemplar (vgl. 7,17) übersandte; an M. sind außerdem die Epigr. 5,20. 9,97 und 10, 47 gerichtet. Er besaß eine reizvoll gelegene Villa (4,64, vgl. 7,17) auf dem Monte Mario (BRUNI, Capitolium 1949, 124ff.). P. L. Sch.

PIR 2,200 Nr. 277. *L. Friedländer* ed. Martial 1886, 174.

11. I. Modestus, lat. Grammatiker z. Z. des Kaisers Tiberius, Freigelassener des Iulius → Hyginus (Suet. gramm. 20); bekannt sind Fragmente zweier Schriften von ihm, und zwar *Quaestionum confusarum libri*, mindestens 2 (bei Gell. 3,9,1 angeführt), und *de feriis*, wahrscheinlich 1 B. (einige Male von Macrobius zitiert). Hinzu kommt eine Anzahl Fragmente, die ohne Angabe des Werkes hauptsächlich bei Iulius Romanus zitiert sind. Er wird den I. Modestus durch verschiedene Zwischenquellen (vor allem Plin. dub. serm. libri) kennengelernt haben. Viel behandelt worden ist die Frage, ob der in einigen Vergil-Sch. genannte M. mit unserem Iulius M. oder mit einem von Mart. 10,21 erwähnten Grammatiker M. (Aufidius Modestus, wie es scheint) gleichzusetzen sei. Eindeutige Antwort auf die Frage läßt sich kaum finden; dasselbe gilt für die Frage, wie der von Ps.-Acro erwähnte M., Kommentator des Horaz, zu beurteilen wäre (V. Hor. 1,3,7 Keller). W. Str.

Frg. Slg. *Mazzarino* GrRF 1,12ff.; vgl. *Froehde* Fleck. Jb. Suppl. 18, 608f. *Tolkiehn*, RE X 680f. *Teuffel-Kr.-Sk.* 2^7 § 282,1. *Schanz-Hos.* 2^4,730. *Mazzarino* 9ff.

12. I. Montanus. Dichter der frühen Kaiser zeit, erst in Gunst, dann in Ungnade bei Tiberius; wird von Ov. pont. 4,16,11f. als bekannter Epiker und Elegiker apostrophiert, nach Sen. contr. 7,1,27 *egregius*, nach Sen. epist. 122,11 nur *tolerabilis poeta:* er fiel auf durch seine Vorliebe für Sonnenauf- und -untergänge. Sen. epist. a. O. zitiert dafür je ein Beispiel, die den Einfluß Vergils verraten. Zudem wird Sen. contr. a. O. M.s Würdigung zweier Aeneis-Verse, Don. vit. Verg. 29 (ebenfalls nach Seneca maior) seine Anerkennung von Vergils Rezitationsstil referiert.

MorelFPL 120. *Schanz-Hos.* 2,271. *H. Bardon* Litt. Lat. Inc. 2. 1956, 59f.

13. I. Paulus. Dichter des 2. Jh. n. Chr., gehört zum Freundeskreis des Gellius; N. A. 19,7,1 diskutiert man auf seinem Gut im *ager Vaticanus*. Von Gellius mehrfach (vgl. z. B. 5,4,1) als *doctissimus* bezeichnet, äußert er sich 1,22,9f. 16,10,9ff. zur Semasiologie und Etymologie einzelner Begriffe. Vielleicht ist P. mit dem bei Charis. p. 161,8. 181,11. 281,25 B. zitierten Paulus ident., der Coelius Antipater kommentierte. P. L. Sch.

H. Bardon Litt. Lat. Inc. 2, 1956, 214. HRR 1, CCXXXIIf.

14. I. Paulus. Spätklass. Jurist, in den Digesten nächst Ulpian am reichsten vertreten, lebte, etwas älter als Ulpian, bis unter Alexander Severus. Neben Tryphonin Schüler des Cervidius → Scaevola (1,692f.; HONORÉ Gaius, 1962, 4ff.) begegnet er als Advokat (Dig. 32,78 § 6; s. a. Artemid. *'Ονειροκριτικά* 4,80); war Assessor beim Prätorianerpräfekten → Papinian (H. A., Pesc. N. 7,4; Al. Sev. 26,6, durch Dig. 12,1,40 wohl bestätigt); und noch unter der Samtherrschaft von Severus und Caracalla finden wir ihn neben Papinian, Tryphonin u. a. im kaiserlichen → consilium, aus welcher Tätigkeit 6 B. *imperiales sententiae in cognitionibus prolatae* hervorgegangen sind (2,181ff.): eine ungewöhnlich mitteilsame Juristenschrift (freimütige Beratungen!). Auch das Amt → a memoria mag er bekleidet haben (so H. A., Pesc. N. 7,4). Von Elagabal verbannt, rief ihn Alexander Severus bald zurück (Aur. Vict. 24,6), dessen consilium er wiederum angehört haben wird (so H. A., Al. Sev. 68,1), während eine Prätorianerpräfektur sehr zweifelhaft ist (zu H. A., Pesc. N. 7,4 und Al. Sev. 26,5 L. L. HOWE The pretorian prefect etc., 1942, 105f.). – P. war ein ungemein fruchtbarer und vielseitiger Schriftsteller: ca. 75 Titel von zusammen nahezu 300 libri sind überliefert. Die Hauptwerke sind ein 78 B. umfassender Kommentar zum praetor. Edikt, in dem er das Honorarrecht mit Einschluß der zugehörigen zivilrechtlichen Materien darstellt; 23 B. → *responsa*, eine Frucht seiner ausgedehnten Respondiertätigkeit, und 37 B. *quaestiones* (aus einer Lehrtätigkeit hervorgegangen?), eingehende Fallerörterungen. Sodann sind hervorzuheben: seine Kommentare zu Juristenschriften der frühen Kaiserzeit (16 B. *ad Sabinum*, 18 *ad Plautium*); *notae* (oft krit.) zu, z.T. in Auswahl, neu edierter älterer Lit. von Alfenus bis Papinian; weiter eine unübersehbare Fülle monograph. Abh. meist geringeren Umfangs *(libri singulares)*, wovon einige vielleicht nur später verselbständigte Teile größerer Werke sind (erwiesen beim *lb. sg. de iniuriis* [= *lib. 55 ad edictum*]: G. Scherillo Studi onore Solazzi, 1949, 439ff.), andere apokryph (so die *lb. sg. de gradibus, ad municipalem, de adulteriis*). Schließlich ist noch eine – nach Abzug der unechten Werke *(sententiae, regularum lb. sg., de variis lectionibus*, wohl auch *manualia)* geringfügige – Elementarlit. zu nennen: 2 B. *institutiones* und 7 B. *regulae*. – Charakteristisch für P. ist ein ausgeprägtes Selbstbewußtsein: nur ganz selten zitiert er eine Konstitution; fremde Meinungen – auf noch lebende Juristen beruft er sich so gut wie überhaupt nicht – führt er oft erst nach Kundgabe seiner eigenen an ([1],699f.); seine ablehnende Stellungnahme fällt zuweilen recht grob aus. Sein Urteil zeugt im Ergebnis fast immer von gutem Judiz, wenn auch die Begründung nicht immer Stich hält; bloßen Billigkeitserwägungen, zumal des Kaisers, tritt er mehrfach entschieden entgegen. Sein Stil ist oft zu beanstanden, zumal wenn er sich gesteigerter Breviloquenz befleißigt.

1. *Adolf Berger*, RE X 690ff. 2. *Fritz Schulz* Gesch. d. röm. Rwiss., 1961, passim.

15. I. Planta, von Claudius mit Untersuchung und Erledigung einer Fiskalsache betraut, Bruns-Grad. Nr. 79; ob Jurist (so Seeck, RE IV 626, 35ff.), sehr fraglich. D. L.

16. I. Romanus, lat. Grammat., wahrscheinlich 3. Jh. n. Chr., jedenfalls nach Apuleius, den er zitiert, und vor Charisius, von dem er oft benutzt oder vielmehr ausgeschrieben wurde. Der Schluß, den Froehde aus seinen Worten bei Charis. GLK 1,215,22 *hodieque nostri per Campaniam sic loquuntur* gezogen und Campanien als die Heimat des I.R. bezeichnet hat, läßt sich kaum halten. Sonst wissen wir über I.R. nichts; etwas besser sind wir über sein Werk unterrichtet, aus dem Auszüge bei Charis. vorliegen. Es hatte die Überschrift *ἀφορμαί* bzw. *ἀφορμῶν libri* (d.h. Materialien) und wird ein vollständiges Lehrgebäude der damaligen Grammatik gewesen sein. Einige Gelehrte verneinen das und verstehen die *ἀφορμαί* als *ἀφορμαί* Latinitatis. I.R. beruft sich auf gute Quellen, aber es läßt sich kaum sagen, welche der von ihm zitierten Quellen unmittelbar und welche nur mittelbar benutzt worden sind: jedenfalls gehört Plin. mai. zu seinen Hauptquellen. Charis. nennt den I.R. (GLK 1,232,7) *dissertissimus artis scriptor*. Auffallend ist, daß kein Grammatiker außer Charis. sich auf ihn beruft. W. Str.

Froehde Jahrb. f. Phil. Suppl. 18,565ff. *Wessner* bei Teuffel-Kr.-Sk. 3^6 § 379,3. *Tolkiehn*, RE X 788f. *Barwick*, Phil. Suppl. 15,2,250. *Schanz*-Hos. 3^3,168f.

17. I. Secundus. Röm. Redner des 1. Jh. n. Chr. aus Gallien, Zeitgenosse und Freund Quintilians (inst. 10,3,12), im J. 69 *ab epistulis* Othos (Plut. Otho 9), Lehrer des Tacitus (vgl. dessen Urteil dial. 2), der ihn einer Rolle im Dialogus würdigt (für den Verlust einer Rede des S. zuletzt W. Richter, NAG phil.-hist. Kl. 1961, 389ff., dagegen wohl richtiger K. Barwick Der Dialogus des Tac. 1954, 4,1), starb relativ jung (Quint. inst. 10,1,120f.). Quintilian macht bei aller Anerkennung (vgl. 12,10,11) auf seine übergroße Ängstlichkeit in der Wortwahl aufmerksam (10,3,12ff., vgl. Tac. dial. 2,1). S. verfaßte auch eine Biographie seines Landsmannes → I. Africanus (Tac. dial. 14,4). P. L. Sch.

PIR 2,213 Nr. 363. *H. Bardon* Litt. Lat. Inc. 2, 1956, 200. *R. Syme* Tacitus 1958, 104ff. 614f. 800. HRR 2, CLXXf.

18. I. Rufinianus, lat. Rhetor, wahrscheinlich z.Z. Konstantins d. Gr., da eine in die nachkonstantin. Z. gehörende Inschr. (*C. Iulio Rufiniano ... Rufiniani oratoris filio*, CIL X 1125) sich nach Mommsen auf den Sohn unseres Rhetors zu beziehen scheint. Er ist Vf. einer erhaltenen Schrift *de figuris sententiarum et elocutionis*, die der Erörterung verschiedener Figuren gewidmet ist. Auf Erklärungen, die in der Regel sehr kurz sind, folgen Beispiele, und zwar sowohl prosaische wie poetische; zu ersteren gehört hauptsächlich Cicero (daneben auch vereinzelt Cato, Sallust, Cornificius), zu den letzteren hauptsächlich Vergil (aber auch Plautus, Ennius, Caecilius, Terenz, Lucilius, Horaz). Nach eigenen Worten des Vf. soll seine Schrift einer Ergänzung der Slg. des Aquila Romanus dienen, indem der Vf. Figuren bespricht, die von diesem Rhetor nicht erwähnt, von anderen dagegen *(aliis quidem proditas)* behandelt werden. Zwei andere rhetor. Schriften *(de schematis lexeos* und *de schematis dianoeas)*, die durch die Überl. I. R. zugeschrieben werden, sind zweifellos unecht.

Für die Textgestaltung war seinerzeit maßgebend der jetzt nicht mehr vorhandene Codex Spirensis, auf Grund dessen Rhenanus seine Basler Ausg. (1521) hat erscheinen lassen. W. Str.

Ta. *Halm* Rhet. lat. min. 1863, 38ff. (unechte Schriften ebd. 48ff.). Vgl. *Teuffel-Kr.-Sk.* 3^6 § 427,7. Gerth RE X 790ff.

19. I. Valerius Alexander Polemius. Vf. einer wohl aus den J. 310–330 n. Chr. stammenden (vgl. [2]) Übers. des griech. Alexanderromans (Rez. *α*), wahrscheinlich ident. mit dem Konsul von 338 Polemius. Trotz mancher Zusätze hält sich die Übertragung im ganzen an den Text der Vorlage; ihr Stil, von poet. Wendungen, Archaismen und Neuerungen geprägt, wirkt gekünstelt. Sie ist im vielleicht ebenfalls von I. V. herrührenden → Itinerarium Alexandri (341–345 n. Chr., vgl. [2]) benutzt. Die Erhaltung des vollständigen Textes beruht auf wenigen, z.T. fragmentarischen Hss. (vgl. Lehmann, SBAW phil.-hist. kl. 1930, 2,8ff. Ross, Class. Med. 1952, 38ff.). Hingegen war eine Epitome im MA. weit verbreitet (Ross, Scriptorium 1956, 127ff.), die für einen beträchtlichen Teil der Wirkung des Alexanderromans verantwortlich ist.

Erstausg.: *A.Mai* 1817. Ta.: *B.Kübler* 1888. Epitome: *J.Zacher* 1867. Lit.: 1. *Schanz-Hos.* 4,1,47ff. 2. *R.Merkelbach* Die Quellen des griech. Alexanderromans 1954, 179ff. 3. *D.J.A. Ross* Alexander Historiatus 1963, 9. 4. *B.Axelson* Zum Alexanderroman des I. V. 1936. 5. *M.Galdi* L'Epitome 1922, 212ff.

20. C.I. Victor. Vf. eines allg. in das 4.Jh. n. Chr. gesetzten Lehrbuches der Rhet., das mit Ausnahme der Schlußkapitel über *exercitatio*, Konversations- *(sermocinatio)* und Briefstil in Disposition – Anordnungsprinzip sind die *officia oratoris*, unter der *inventio* sind auch Statuslehre und *partes orationis* behandelt – und Details die Ausprägung eines spätant. Typus darstellt. Soweit wir die in Titel und Subskription aufgezählten Quellenautoren (Hermagoras, Cicero – benutzt sind inv. de or. or. –, Quintilian, Aquilius [?], Marcomannus, Tatian [?]) kontrollieren können, hat V. im wesentlichen kompiliert. Die Schrift ist vollständig nur in einer vatik. Hs. des 12.Jh. überliefert; auf einen verlorenen Codex der Hofbibl. Karls d.Gr. gehen wohl die Exzerpte des Paris. 13955 und die von Alkuin in seine Rhetorik eingefügten Stücke zurück. P. L. Sch.

Erstausg.: *A.Mai* 1823. Ta.: *K.Halm* Rhet. Lat. Min. 1863, 371ff. Lit.: *Schanz-Hos.* 4,1,186f. *M.L. Clarke* Rhetoric at Rome [3]1965, 139ff. *A.Reuter*, H 1893, 73ff. *B.Bischoff* in: Karl d.Gr. 2, 1965, 60f.

C. Kirchliche Persönlichkeiten:

21. I., Papst in Rom 337–352. Er nahm im J. 339 den vertriebenen Bischof → Athanasios von Alexandreia in Rom auf und blieb dessen festeste Stütze bis zur Rückkehr 346. 2 Briefe sind in der 2. Apologie des Athanasios 21–35; 52–53 erhalten (Bd. 2,1 S. 102,12–113,25; 133,19–134,30 O.). Gefälschte Briefe des I. wurden E. 4.Jh. von Anhängern des → Apollinarios (3) in Umlauf gebracht (JAFFÉ Reg. Nr. 189ff.). O. H.

Erich Caspar Gesch. des Papsttums 1, 1930, 131–170.

22. Q.I. Hilarianus, Bischof, sehr wahrscheinlich aus Africa proconsularis. Er zerlegte im J. 397 eines seiner früheren Werke in 2 erhaltene Schriften: De ratione Paschae et mensis (Theorie der Berechnung des Osterdatums; MIGNE PL 13,1105–1114) und De cursu temporum (Chiliastische Chronol. der Weltgesch., die nach dem 6.Jt., 470 J. nach Christi Tod, im 1000jährigen Reiche enden wird; ed. C. FRICK Chronica minora 1, 1892, 153–174). O. H.

Bardenhewer GAL 3,560f. *Gelzer* (→ I. Africanus) 2,1, 121–129.

D. Weitere Iulii s. unter:

Augustus. Agricola. Agrippa. Caesar. Caligula. Celsus (3). Drusus. Florus (3). Frontinus. Germanicus (2). Historia Augusta. Hyginus (1). Obsequens. Paris. Pollux. Postumus. Severianus. Sohaemus. Solinus. Theodotus. Titianus. Tiberius. L. (I.) Caesar und I. (Maior) Antoninus s. Nachträge im Schlußband.

Iullus. Cognomen bei den Iuliern, s. Iulii I Nr. 10–14; vgl. DEGRASSI FCap. 145. H. G. G.

Iuncus. Cognomen (»Binse«, WALDE-HOF.[3] 1,729, z.B. bei den Aemiliern, Claudiern und Iuniern) und Nomen, auch inschr. bezeugt, SCHULZE Eigenn. 295.470. – **1.** M. Iuncus. Praetor 76, Promagistrat (als Proconsul?) in Asia 75–74, BROUGHTON Mag. 2,93.98. Er organisierte das durch Erbschaft an Rom gefallene Bithynien (o. I 910) als Provinz unter Anschluß an Asia. Er weigerte sich, die von Caesar festgenommenen Seeräuber zu bestrafen, woraufhin dieser sie hinrichten ließ, Vell. 2,42,3. Plut. Caes. 2,2. MAGIE Rom. Rule in As. Min. 1,250. 2,1126,44. 1200f. M. GELZER Caesar[6] 21. H. G. G.

2. I., nicht sicher bestimmbarer philos. Schriftsteller des 2.Jh. n.Chr. (Identifikation mit einem der Aemilii I., PIR Nr. 352ff., unsicher), Vf. eines Dialogs περὶ γήρως (rekonstruierbar aus Stob. flor. 4,50b,85. 50c,9. 50a,27.53,35). Auf den schroff formulierten ψόγος des Alters seitens des jüngeren Gesprächspartners folgt in zusammenhängender Rede die Verteidigung durch den älteren. Der Dialog spielt vor einer Zuhörerschaft. Verarbeitet sind platon., peripatet. und popularphilos. Gedanken. H. Gä.

R.Hirzel Der Dialog 2, Lpz. 1895, 252ff. *J.A.A. Faltin* Die I.-Frg. b. Stob., Diss. Freibg. i. Br. 1910. *F. Wilhelm* Die Schrift des I. π.γ. . . ., Progr. Breslau 1911. *M. Wallies*, PhW 36, 1916, 702ff. *A.Dyroff*, RhM 86, 1937, 241ff.

Iuncus Vergilianus. Senator, im Zug des Sturzes der Messalina im J. 48 hingerichtet, Tac. ann. 11,35,3. Sen. apocol. 13,4. R. H.

Iunianus s. Iustinus (5)

Iunilius (Iunillus) Africanus (6.Jh. n.Chr.), Nachfolger Tribonians im Amt des *quaestor sacri palatii* bei Justinian (Prok. anecd. 20,17), verfaßte eine Einführung in die bibl. Schriften in erotemat. Form *(Instituta regularia divinae legis*, 2 B.*)*. Der dem Aristotelismus verpflichtete Inhalt geht auf die sog. antiochen. Schule, bes. auf Theodoros von Mopsuestia, zurück. M. F.

Ta.: *Migne* PL 68,15ff. *Kihn* (s. [1]) p. 465ff.

Lit.: 1. *H.Kihn* Theodor von Mopsuestia und Junilius Africanus als Exegeten, 1880. 2. *E.Stein*, Bull. Acad. Roy. Belg., Cl. d. lettr., 5. Ser., 23, 1937, 378ff. 3. *M. Laistner*, Harv. Theol. Rev. 40, 1947, 23ff. (Hss.).

Iuniores. I. waren in der Frühzeit des röm. Milizheeres die für den Felddienst ausersehenen, wahl- und stimmberechtigten Bürger im Alter von 17 bis 46 J. (Pol. 6,19,2 und 5. Gell. 10,28), welche in Listen evident gehalten wurden (Pol. 2,23,9. Liv. 24,18,7). Im Heer der spätröm. Kaiserzeit hießen I. die Rekruten (Cod. Theod. 7,13,1), ferner jüngere Truppenteile (s. Not. dign.) und schließlich Polizeitruppen wie die *I. Italici* (Not. dign. occ. 43,6). Im polit. Leben gab es auch innerhalb der einzelnen → *tribus* in der späten Republik I. Schließlich wurde in augusteischer Zeit ein Teil der Ritterschaft als I. bezeichnet (Tac. ann. 2,83).

A. N.

Krom.-Veith 260.266f.271. *R. Grosse* Röm. Militärgesch., Bln. 1920, 107.

Iunius. Name eines angesehenen röm. Geschlechts, der zweifellos die Menschen als in näherer Beziehung zur Göttin → Iuno bzw. zum *mensis* → *Iunius* stehend erscheinen ließ, SCHULZE Eigenn. 470. WALDE-HOF.[3] 1,731. Patriz. Namensträger, die im Zusammenhang mit dem Republikgründer L. I. → Brutus Nr. 2 möglich wären, sind hist. nicht zweifelsfrei nachweisbar. Die gesch. Vertreter sind Plebeier; sie traten seit dem E. des 4. Jh. v. Chr. hervor, die → Bruti mit den Familien Scaevae, Bubulci und Perae. Zur republik. Nobilität gehörten auch die Silani, die als einziger Zweig der Gens in der Kaiserzeit fortlebten. Auch inschr. ist der Name häufig bezeugt; → Leges Iuniae. Gesamtbehandlung: DRUMANN[2] 4,1–59 (mit Stammbäumen). RE X 960–1114; Suppl. V–VII. – Eine Gesch. der Gens schrieb Atticus (Nep. Att. 18,3), als Ahnherr galt der legendäre Aeneas-Begleiter I., Dion. Hal. ant. 4,68,1.

I. Republikanische Zeit. **1.** C. I., Volkstribun 423. **2.** C. I., Münzmeister um 145–138, BROUGHTON Mag. 2,442. **3.** C. I., Aedil 75, Untersuchungsrichter 74 im Prozeß gegen Albius Oppianicus u. a.; wurde wegen Bestechung verurteilt (*iudicium Iunianum:* entscheidender Schlag gegen Sullas Gerichtsreform, die nur Senatoren als Geschworene zugelassen hatte). Cic. Cluent. 1.55.89–96 u. a. **4.** D. I., 212 Befehlshaber der Festung an der Volturnusmündung im Kampf gegen Capua, Liv. 25,22,5. **5.** L. I., 167 Mitglied der Zehnerkommission zur Ordnung von Makedonien, Liv. 45, 17,3. **6.** M. I. (Silanus?), Münzmeister um 137–134, BROUGHTON Mag. 2,442: Denare mit Eselskopf. **7.** M. I., Zeuge gegen Verres 70, Cic. Verr. 1,135ff. 151. **8.** M. I., Praetor 68 (67?), Vorsitzender im Prozeß des von Cic. verteidigten Matrinius. **9.** P. I., Bauunternehmer, der im J. 80 Arbeiten am Castortempel übernahm, aber bald starb; seinen Sohn machte 74 Verres haftbar und erpreßte ihn, Cic. Verr. 1,130–153. **10.** Q. I. Volkstribun 439, Anhänger des Sp. Maelius. **11.** Q. I., als Freund des Verres von Cic. 70 im Prozeß des Verres als Geschworener abgelehnt. **12.** T. I. *(L. f.)*, Volkstribun vor 90, als Redner von Cic. Brut. 180 gelobt. **13.** Iunii Bruti → Brutus. **14.** M. I. Congus Gracchanus, kenntnisreicher Schriftsteller um 120 oder später, entweder eine Person (WISSOWA, RE X 1031ff.) oder 2 Personen (TEUFFEL-KR.-SK. 1, § 138,2.3), von denen Gracchanus ein Werk *de potestatibus* in mindestens 7 B. geschrieben hatte (Plin. nat. 33,36. Ulp. dig. 1,13,1 pr. u. a.), Congus von Lucil. frg. 595f. als gebildeter Leser genannt wurde. Man wird wahrscheinlich mit SCHANZ-HOS. 1,235 an 2 Personen denken müssen, den älteren Schriftsteller Gracchanus und den jüngeren Gelehrten Congus. **15.** I. Damasippus, Kunsthändler und Makler, von Cic. 49 und 45 (fam. 7, 23,2f.; Att. 12,29,3.33,1) genannt und von Hor. s. 2,3,20ff. im Jahr 33 verspottet, vgl. Macr. Sat. 2,3, 2. **16.** M. I. Pennus, Sohn des gleichnamigen pleb. Aedils von 205 und Stadtpraetors von 201. Er stand 172 als Praetor in Hispania Citerior, war 167 Consul (zusammen mit Q. Aelius Paetus, vgl. DEGR. I. 13,50f. 460f.), wobei er von Pisa aus erfolglos gegen die Ligurer zog, Liv. 45,16,3.17,6. 44,1. **17.** M. I. Pennus, Sohn von Nr. 16, Volkstribun 126 (Gesetz über Ausweisung von Nichtbürgern aus Rom, gegen C. Gracchus gerichtet, MOMMSEN RStR 3,200,1). Bald nach seiner Aedilität (um 123) starb er, Cic. Brut. 109. **18.** D. I. Pera, Consul 266, triumphierte, wie auch sein College Num. Fabius Pictor, zweimal über Sassinaten und über Messapier. 264 gab er die ersten Gladiatorenspiele zu Ehren seines Vaters → Brutus Nr. 16. 253 Censor, legte das Amt nach dem Tod seines Collegen L. Postumius nieder. **19.** M. I. Pera, Consul 230 (zusammen mit M. Aemilius Barbula), zog gegen die Ligurer, Censor mit C. Claudius Centho 225, BROUGHTON Mag. 1,231. Dictator *rei gerundae causa* 216 nach der Schlacht bei Cannae, Neuaufstellung eines Heeres, das er nach Campanien führte, wo dann Casilinum gegen Hannibal verloren ging. **20.** L. I. Pullus *(C. f. L. n.)*, Consul 249, zusammen mit P. Claudius Pulcher; zunächst verlor er gegen die Karthager einige Schiffe, dann im Seesturm bei Kamarina die ganze Flotte, Pol. 1,54,1–8. Aber er besetzte dann den Eryx, wo er vielleicht gefangen wurde oder Selbstmord verübte. **21ff.** Iunii Silani, Cognomen vom griech. Silenos hergeleitet (Mz.), vgl. DRUMANN[2] 4,49f. Filiation, beginnend mit Nr. 25, RE X 1085. **21.** D. (I.) Silanus, 146 Leiter einer Kommission zur Übersetzung der landw. Schrift des Karthagers Mago ins Lat., Plin. nat. 18,22f. SCHANZ-HOS. 1,241. **22.** D. I. Silanus, Sohn des Patriziers T. Manlius Torquatus, wurde von dem Plebeier D. Silanus Nr. 21 adoptiert, MOMMSEN RF 1,75f. (Manlianus?). 141 Praetor in Macedonia (Kupferprägung m. Silensmaske), erhenkte sich, nachdem er 140 unsauberer Amtsführung überführt war. Val. Max. 5,8,3. **23.** D. I. Silanus (L. f.), Münzmeister (Denare m. Silen) ca. 90–89, BROUGHTON 2,442. **24.** D. I. Silanus (M. f.), um 107–um 60. Aedil um 70, Praetor um 67, Consul 62 (mit L. Licinius Murena), nachdem er am 5. Dezember 63 bei der Senatsverhandlung über die Catilinarier eine nicht ganz eindeutige Rolle gespielt hatte (Cic. Cat. 4,7.11. Sall. Cat. 51,16ff. u. a.). Lex Licinia Iunia über Veröffentlichung von Gesetzesanträgen. Pontifex seit um 75 bis um 60. Verheiratet war er mit → Servilia, der Mutter des Caesarmörders → Brutus Nr. 9 nach dem Tod des Brutus Nr. 8 (3 Töchter). **25.** M. I. Silanus, besetzte 216 Neapel, stand als Praetor 212 und im folgenden Jahr in Etrurien, war

Propraetor in Spanien 210–206 (207/06 militär. Erfolge). **26.** M.I. Silanus, fiel 196 als Praefectus socium gegen die Boier. **27.** M.I. Silanus, Volkstribun um 123 (lex Iunia repetundarum), Praetor 113 oder 112 in Spanien, Consul 109 (zusammen mit Q.Caecilius Metellus, BROUGHTON Mag.1, 545), wurde von den Kimbern im transalpin. Gallien geschlagen. 104 wurde er freigesprochen. **28.** M.I. Silanus, Münzmeister um 108–107, BROUGHTON 2,442. **29.** M.I. Silanus, Quaestor um 84, Proquaestor 83–82 in Asia, Praetor 77, Proconsul in Asia 76 (dabei Beobachtung einer Himmelserscheinung und Überführung eines Bildes nach Rom, das später in der Curia hing). **30.** M. (I.) Silanus, 53 Legat Caesars (Gall. 6,1,1). **31.** M.I. Silanus (M.f., Nr. 29), 43 unter Lepidus und Antonius Offizier, 34 Quaestor (m.procos. Imperium) in Griechenland (Mz.), ging vor 31 zu Octavian über, wurde 25 Consul, CIL I² p. 58. Augur seit vor 34. Er wohl ist im Senatsbeschluß über die Saecularfeier 17 genannt, CIL VI 877=32324. **32.** Iunia, Tochter von Nr. 24 und der Servilia, Gemahlin des M.Aemilius Lepidus, des späteren Triumvirn; sie wird in Ciceros Korrespondenz erwähnt und war 30 in ein Verfahren gegen ihren ältesten Sohn wegen eines Mordanschlags auf Octavian verwickelt, GARDTHAUSEN 2,247. **33.** Iunia Tertia, Schwester von Nr. 32, Gattin des Caesarmörders C.Cassius. Sie starb 22 n.Chr. im Alter von über 90 J., Tac.ann. 3,76. H. G. G.

II. Kaiserzeit. **1.** I. Avitus. Militärtribun unter L. Iulius Ursus Servianus 98–100 in Germ. sup. und 100/01 in Pannonien, Quaestor, er starb als aedilis design. ca. 109, CIL VI 10229 Z. 20 (Testam. d. Dasumius). Plin.ep.8,23. **2.** I. Blaesus, schloß sich als Statth. von Gallia Lugdunensis im J. 69 dem Vitellius an (Tac.hist. 2,59,2), der den vornehmen Mann, vom Bruder L.Vitellius aufgereizt, 69 vergiften ließ. **3.** Q. I. Blaesus. Procos. Siciliae, Bull. Napol. I 87. In Pompei oder Herculaneum begütert, CIL X 8058,4. Cos.suff. Juli–Dez. 10 n.Chr., Inscr.It. XIII 1,303, CIL X 6639. 8070, 4. In den J. 14–20 Statth. von Pannonien, wo nach dem Tod des Augustus die Legionen meuterten, Tac.ann.1,16,1 f. Vell. 2,125,4f. Cass.Dio 57,4,1 ff. (MÓCZY, RE Suppl. IX 548. W. REIDINGER Statth. 32f.), Tac.ann.1,18,3–19,5.21,1–23,2. Im J. 21 wurde er als Kandidat des Tiberius, da Seian sein Oheim war, Statth. von Africa, ebd. 3,35,1 f., blieb es auch 22/23, ebd. 3,58,1; für seine Erfolge im Kampf gegen Tacfarinas (R.BARTOCCINI, Epigr. 20, 1958, 6f.) erhielt er die ornamenta triumph. und eine Ehrenstatue, ebd. 3,73,3–74,4. 4,23,1. Vell. 2,125,5. B.THOMASSON Statth. Nordafr. 25. Mz.: M.GRANT Aspects Princip. of Tiberius (1950), 51,55. † bald nach Seians Tod, geschmäht von Tiberius, Tac. ann. 5,7,2. **4.** Q.I. Blaesus, Sohn von Nr. 3, Militärtrib. seines Vaters in Pannonien, Tac. ann.1,19,4.29,2, wohl sein Legat in Africa, ebd. 3,74,2. Cos.suff. Juli–Dez. 26, BC 68, 1940, p. 201 (tess. numm.). Ael. frg. 110 (2,240 H.). CIL VI 10293. DEGRASSI FImp. 9. Von Tiberius gekränkt, tötete er sich im J. 36 mit seinem jüngeren Bruder, Tac.ann. 6,40,2. **5.** I. Cilo. Im J.49 Praesidialprocurator von Pontus-Bithynia; er brachte den aus dem bosporan. Reich vertriebenen Mithridates nach Rom und erhielt dafür die *consularia insignia*, Tac.ann.12,21,1. Claudius verlieh ihm die Prokuratur ein zweites Mal im J. 52/53 (wohl bis 55), Cass.Dio 60,33,6, SELTMAN Num.Chron. 8, 1928, p.102. C.BOSCH Kleinas. Münzen (1935) II,1 p. 83f. D.MAGIE Rom. Rule As.Min. 2,1397f. **6.** M.I. Homullus. Cos.suff. Nov./Dez. 102, CIL XVI 47 (R.SYME, JRS 43, 1953, 158). Inscr.It. XIII 1 p.194f., Pontifex, CIL VI 31034.32445. Von 113–115 Statth. von Cappadocia–Galatia, Cass.Dio 68,19,1, E.SYDENHAM Coinage of Caesarea in Capp. (1933) 73 (J.113). R.K. SHERK Leg. Gal. 58f. Im J. 114 wurde von Traian, zu dessen Freundeskreis I. zählte (SHA vit. Alex. 65,5), an seiner Stelle sein Sohn, der unter Hadrian cos. suff. und Statth. von Hispan. cit. war, CIL XII 3168. II 3415, zu einer Unterredung mit dem Perserkönig Parthamasiris geschickt, Cass.Dio 68,19, 2. **7.** I. Mauricus. Wohl Enkel von Nr.10, N.-Italiker, G.CHILVER Cisalp. Gaule, 1941, 104. Wie sein älterer Bruder Nr.11 Stoiker, Plin. ep.1,14, 1f. 2,18. Senator schon 68, Plut.Galba 8. Im J. 70 trat er für die Verfolgung der Delatoren ein, Tac. hist. 4,40,4, auf Grund seiner *aequitas*, Mart. 5,28,5. Wahrscheinlich im J. 94 relegiert, Plin.ep. 3,11,3. Tac.Agr. 45,1, im J. 97 von Nerva zurückgerufen, Plin.ep.1,5,10, auch an dessen Tafel gezogen, Plin. ep. 4,22,4ff. Epit.Caes. 12,5. Etwa im J. 99 dürfte I. zum Suffektkonsulat gelangt sein, NESSELHAUF, Gn 1954, 267; als Konsular gehörte er dem kaiserlichen consilium an, Plin.ep.4,22,3 (CROOK Consil. princ. p.170). I., der selbst Kinder hatte, sorgte auch für die seines Bruders, ebd. 2,18,4. Ca. 107 noch am Leben, befand er sich in seiner Villa in Formiae, ebd. 6,14. **8.** A.I. Pastor L. Caesennius Sospes. Nach CIL III 6076 (Theater von Ephesos) = 12253 *sevir turmae equ. Rom., IIIvir a.a.a.f.f., trib.mil.leg. XIII Gem.* (Dakien), *quaest.Aug., trib.pleb., leg.pr.pr.Asiae;* nach CIL VI 1435 ferner *leg.Aug.leg. XXII Primig.* (am Rhein, Inschr. aus Mainz, Bramb. 1052), *leg. Aug.pr.pr. Belgicae; cos.ord.* 163, CIL VI 10743. **9.** Q.I. Rusticus, Sohn von Nr.11, Stoiker, SHA vit. Marci 3,3. Cos.suff. Juli 133, CIL VI 858. XVI 76. AE 1962, 255. Lehrer und Freund des Marc Aurel, *εἰς ἑαυτόν* 1,7. Cass. Dio 71,35,1. Der Kaiser machte ihn zum cos. II ord. 162, AE 1948, 115, wohl gleichzeitig praef. urbi bis ca. 168, Dig. 49,1, 1,3. Unter ihm 165 Martyrium des Iustinus, LAZZATI, Aev. 1953, 473–497. G. RAUSCHER Flor.patr. 3² 113ff. **10.**.I Rusticus. Wohl Großvater von Nr.7 und Nr. 11. Von Tiberius mit der Abfassung der Senatsprotokolle betraut; er warnte im J. 29 die coss. ordd. vor der *relatio* gegen die Gattin und die Kinder des Germanicus, Tac. ann. 5,4,1f. **11.** Q.I. Arulenus Rusticus. Als Volkstribun im J. 66 wollte er, selbst Stoiker, Plin. ep. 1,5,2, Plut. de curios. 15, gegen den Senatsbeschluß über den Stoiker Thrasea Paetus interzedieren, Tac. ann. 16,26,3f. Im J. 69 Praetor, wurde er von Vitellius den auf Rom anrückenden Flavianern entgegengeschickt, wobei er verwundet wurde, Tac. hist. 3,80,2. Cos. suff. Sept.–Dez. 92, Inscr. It. XIII 1 p. 192f. AE 1949, 23 Z. 27. Wahrscheinlich im J. 94 Opfer der Stoikerverfolgung Domitians, weil er Märtyrerbiographien des Thrasea Paetus und des Helvidius Priscus herausgegeben hatte, Cass. Dio 67,13,2, Suet. Dom. 10,2f. Tac. Agr. 2,1.45,1. **12.** C. Appius I. Silanus. Cos. ord. 28 n. Chr., AE 1961, 96 = Emerita 28, 1960, 143–146. CIL X 1196. Inscr. It. XIII 1 p. 299. Plin. nat. 8,145. Im J. 32 wegen Maiestätsverbrechens angeklagt, doch entlastet, Tac. ann. 6,9,3. Im J. 38 flamen der Arvalbrüder, CIL VI 2028, im J. 39 Magister, CIL VI 32346. Legat. pr. pr. Hispan. Tarrac. 40/41, im J. 41 nach Rom berufen, um die Domitia Lepida zu heiraten, die Schwiegermutter des Claudius durch Messalina, Cass. Dio 60,14,3. Suet. Claud. 29,1. Sen. apoc. 11,5. Durch diese und Narcissus fiel I. im J. 42 einer Intrige zum Opfer, Cass. Dio 60,14, 4. Suet. Claud. 37,2. Tac. ann. 11,29,1. **13.** C.I. Silanus. Flamen Martialis, Cos. ord. 10 n. Chr., Inscr. It. XIII 1, p. 303. 2, p. 114f. (16. Jan.). Procos. Asiae 20/21, D. Magie Rom. Rule As. Min. 2,1581, im J. 22 de repetundis und wegen maiestas angeklagt (R.S. Rogers Crimin. Trials under Tiberius 66f.), wobei sein Quaestor und sein Legat gegen ihn aussagten. Tiberius gestattete auf Bitten der Schwester Iunia Torquata, daß I. nicht nach Gyarus, sondern nach Cythnus verbannt wurde, Tac. ann. 3,66–69. 4,15,3. **14.** D.I. Silanus, Bruder von Nr. 16. Wegen Beziehungen zu Iulia sagte ihm Augustus 8 n. Chr. die Freundschaft auf, und I. verließ Rom. 20 n. Chr. gestattete Tiberius seine Rückkehr aus der *peregrinatio* (iron.), doch erhielt er kein Amt, Tac. ann. 3,24,3f., R. Syme Rom. Revol. 432. **15.** L. Iunius Silanus. Flamen Martialis im J. 22 an Stelle von Nr. 13, Howe 24 Nr. 3. Cos. suff. mit C. Vellaeus Tutor im J. 28 (P. Romanelli, Bullet. Mus. imp. Rom. 10, 1939, 41ff.), CIL V 4921f. **16.** M.I. Silanus, Bruder von Nr. 14. Freund des Tiberius, Tac. ann. 3,24,3. Cass. Dio 59,8,5. Cos. suff. (mit Drusus ganzjährig) in der 2. Hälfte 15 n. Chr., Inscr. It. XIII 1, p. 184f. RE XVII 1431 Nr. 111f. Bedeutender Redner. Im J. 22 stellte er den Antrag, die Jahreszählung künftig nach der trib. pot. des Princeps vorzunehmen, Tac. ann. 3,57,1. Seine Tochter Nr. 26 wurde im J. 33 mit C. Caesar, dem späteren Kaiser Caligula, verheiratet, Tac. ann. 6,20,1. Suet. Cal. 12,1. Cass. Dio 58,25,2. Dieser haßte ihn, brachte ihn im Senat um das Recht der 1. Stimme, drohte mit Maiestätsklage und trieb ihn so im J. 38 zum Selbstmord, Suet. Cal. 23,3. Cass. Dio 59,8,4, Philo, Leg. ad Gai. 62ff. **17.** M. I. Silanus Torquatus. Cos. ord. 19 n. Chr., Inscr. It. XIII 1, p. 184f. 306. 310 (ganzjährig), erst mit L. Norbanus Balbus, AE 1947, 3 (nach ihnen die Lex Iunia Norbana, RE XII 910), ab Juli mit P. Petronius, AE 1945, 33. Procos. Afr. 36–39, CIL VIII 14603, vgl. XIV 3665. B. Thomasson Statth. Nordafr. 2,28. Allerdings entzog ihm Caligula die Legion und unterstellte sie einem Legaten, Tac. hist. 4,48,1 (anders Cass. Dio 59,20, 7). Vermählt mit Aemilia Lepida, Urenkelin des Augustus, Söhne Nr. 18. 19. 21 und 2 Töchter Nr. 25. 27. **18.** M.I. Silanus. * 14 n. Chr., Plin. nat. 7,58. frater arv. seit ca. 40, Pasoli Act. fratr. arv. p. 14,11, p. 18,19. Cos. ord. 46, Cass. Dio 60,27,1 (ganzjährig). Procos. Asiae 54, Cass. Dio 61,6,4f.; als Abkömmling des Augustus ließ ihn Agrippina vergiften, Tac. ann. 13,1,1f. **19.** L.I. Silanus, * ca. 25, CIL XIV 2500. frater arv., Pasoli Act. fratr. arv. p. 114 Nr. 15 im J. 41 als Ururenkel des Augustus, Sen. apoc. 10,4, im kindlichen Alter mit der 2jährigen (?) Octavia, Tochter des Claudius, verlobt, Cass. Dio 60,5,7. 31,7. Suet. Claud. 24,3. 27,2. Er erhielt das Vigintivirat und wurde *praef. urbi feriar. latin.*, Cass. Dio 60,5,8, nahm 43 am britann. Feldzug und 44 am Triumph des Claudius teil, erhielt selbst die *triumph. ornam.*, Suet. Claud. 24,3. CIL XIV 2500, und vertrat ihn 45 bei der Verteilung von Geldspenden, Cass. Dio 60,25,8. Lange vor dem Normalalter, Cass. Dio 60,31,7, im J. 48 *praetor inter cives et peregrinos;* durch Agrippina, die Octavia dem Nero verloben wollte, am 29. Dezember 48 wegen angeblichen Verkehres mit Iunia Calvina, Schwester des Censors L. Vitellius, aus dem Senat gestoßen, Tac. ann. 12,4,3, am 1. Januar 49 zum Selbstmord getrieben, Suet. Claud. 29,2. Sen. apoc. 10,4. **20.** M.I. Silanus Lutatius Catulus. Sohn des D.I. Silanus Gaetulicus, *Xvir stlit. iud.*, *Salius Collinus*, † im 21. Lebensjahr, CIL VI 1439. **21.** D.I. Silanus Torquatus, nach IG III 612 *praef. urbi fer. lat.*, *flamen Iulianus* und *Augustanus*, *IIIvir monet.*, *quaestor principis* (Claud.). Seit 37 *Salius Palatinus*, MDAI(R) 17, 1902, 162. Cos. 53 (ganzjährig), CIL IV 3340 CXXXVIII^{13} (tab. cer. Pomp.). Tac. ann. 12,58,1. Phlegon 2/II 1, p. 1179, Z. 11. Dem Ururenkel des Augustus drohte durch Nero eine Klage, der er sich im J. 64 durch Selbstmord entzog, Tac. ann. 15,35, 1ff. 16,8,1. Cass. Dio 62,27,2 (p. 62 Boiss.). **22.** L.I. Silanus Torquatus, Sohn von Nr. 18. Im Haus seiner Tante Aemilia Lepida und ihres Gatten C. Cassius erzogen, Tac. ann. 15,52,2. Seit 60 *Salius Palatinus*, CIL VI 2002,8. Stoiker, Sch. Iuv. 1,33. Sowohl Calpurnius Piso, Tac. 15,52,1f., als auch Nero fürchteten ihn als möglichen Thronprätendenten; daher ließ ihn dieser im J. 65 verbannen und in Barium internieren; er widersetzte sich seiner Ermordung und fiel wie im Kampf, Tac. ann. 16,7–9. Ihm oder seinem Oheim Nr. 19 gilt CIL VI 1438, vielleicht auch die bei Plin. ep. 1,17,1.4 erwähnte Statue. **23.** C.I. Tiberianus. Wohl Sohn des CIL III 4558 genannten gleichnamigen Militärtribunen der Leg. X Gem. Pia Fid. (im J. 249). I. selbst war 281 cos. ord. mit Probus, CIL X 3728. Cos. ord. II im J. 291, ROSSI-SILVAGNI, Inscr. Christ. Urb. Rom. III 8718, Cod. Iust. 5,16,25 u. a., zugleich vom 18. Februar 291 bis 3. August 292 Stadtpraefekt. Vielleicht war er schon 292/93 procos. Asiae nach Inschr. auf Basen für Diocletianus, Constantius, Maximianus in Ephesos, MILTNER, JOEAI 44, 1959, 267f. Vom 12. September 303 bis 4. Januar 304 zum 2. Mal Stadtpraef., Chron. min. I p. 66 M. Er hatte mit 13 anderen Senatoren je 400000 Sest. für ein kaiserliches Bauwerk (wohl des Maximianus) gestiftet, CIL VI 37118. Das Gespräch des I. mit Flavius Vopiscus vit. Aurel. 1,2 ist wohl von dem Vf. der SHA frei erfunden, J. STRAUB Stud. zur Hist. Aug. 15f.

24. (Caecilia) I., Tochter des Q. Caecilius Metellus Creticus, cos. 7 n. Chr., seit 17 oder früher verlobt mit Nero Iulius Caesar, dem ältesten Sohn des Germanicus, Tac. ann. 2,43,2; doch sie starb unverheiratet vor dem J. 20, vgl. ebd. 3,29,2. Ihre Grabinschr. (aus dem Mausoleum Augusti) CIL VI 914 (Abschr.) = DESS. 184. **25.** I. Calvina. Tochter von Nr. 17, Gattin des L. Vitellius, cos. suff. 48, bald geschieden; lebenslustige (Sen. apoc. 8,2) Schwester von Nr. 19, mit dem sie der Vater des Vitellius fälschlicherweise der Blutschande bezichtigte, Tac. ann. 12,4,1f.; im J. 49 verbannt, ebd. 12,8,1. Im J. 59 ließ Nero sie zurückkehren, ebd. 14,12,3. Sie lebte noch gegen E. der Regierung Vespasians, Suet. Vesp. 23,4. **26.** I. Claudia. Tochter von Nr. 16; im J. 33 dem C. Caesar (Caligula) in Antium vermählt, Cass. Dio 58,25,2; sie starb (Cass. Dio 59,8,7 spricht falsch von Verstoßung) aber nach etwa 3 J. im Wochenbett, Suet. Cal. 12,2. Philo, Leg. ad Gai. 62 (VI 1915 Cohn). **27.** I. Silana. Tochter von Nr. 17. Ihr Gatte C. Silius ließ sich Messalinas wegen als cos. design. 47 scheiden, Tac. ann. 11,12,2. Mit Agrippina erst befreundet, später wegen ihres Freiers Sextius Africanus entfremdet, versuchte die sittenlose I., diese bei Nero zu verleumden, ebd. 13,19,2ff. Dafür im J. 55 verbannt, 59 nach Tarent zurückgekehrt, starb sie vor Agrippina, ebd. 14,12,4. **28.** I. Torquata. Schwester von Nr. 13, Vestalin, Tac. ann. 3,69,6, nach CIL VI 2128 noch mit 64 J., später Vestalis Maxima, CIL VI 2127. R. H.

III. Literarische Persönlichkeiten:

1. I. Gallio. Berühmter Deklamator der frühen Kaiserzeit (vgl. Sen. contr. 10, pr. 13; Hier. comm. Es. 8 pr.), wohl aus Spanien (Stat. silv. 2,7,32), was die Freundschaft mit dem älteren Seneca erklärt, dessen Sohn Novatus er adoptierte. Auch Ovid war mit ihm befreundet (Sen. suas. 3,7) und kondoliert (Pont. 4,11) zum Tode der Gattin. 32 n. Chr. fiel G. bei Tiberius in Ungnade, wurde aus dem Senat ausgestoßen und hart bestraft (Tac. ann. 6, 3. Cass. Dio 58,18). Die zahlreichen Zitate des ält. Seneca (vgl. bes. contr. 1,1. 2,3. 9,1.4.5. 10,1.2.4) ergeben ein gutes Bild seiner Deklamationen; er verstand sich bes. auf den *idiotismos* (contr. 7, pr. 5f.). Sein sententiös-pointierter, figurenreicher Stil (vgl. contr. 10,2,10; suas. 5,8) gilt dem Klassizisten Messalla in Tac. dial. 26,1 als *tinnitus*. Weder das Pamphlet gegen T. Labienus für Mäcens Günstling Bathyllus (contr. 10, pr. 8) noch der von Quint. inst. 3,1,21 erwähnte rhetorische Traktat sind erhalten.

H. Meyer, ORF ²1842, 543f. PIR 2,237 Nr. 493. *H. Bornecque* Les déclamations 1902, 173ff. *Schanz-Hos.* 2,349f.

2. I. Otho. Deklamator der frühen Kaiserzeit, betrieb zuerst eine Elementarschule, stieg später als Günstling Seians auf und klagte 22 n. Chr. als Praetor C. Silanus an (Tac. ann. 3,66). Die Charakteristik seiner Deklamationen bei Sen. contr. 2,1 33ff. 37ff. kennzeichnet ihn als Meister des Insinuierens; als *colores* verwandte er mit Vorliebe Träume (contr. 7,7,15). Sein Stil, an dem Antithesen und Alliterationen auffallen, und seine sophistischen Pointen (vgl. contr. 7,3,5) blieben nicht ohne Kritik (contr. 7,3,10. 10,5,25). Von seinen vier B. *colores* (contr. 1,3,11. 2,1,33) ist nichts erhalten.

PIR 2,241 Nr. 517. *H. Bornecque* Les déclamations 1902, 176f.

3. I. Philargyrius (*I. Fila[r]girius, Iunilius Flagrius* Hss., danach *Filagrius* HERAEUS, RhM 1930, 391,1). Vergilerklärer des 4./5. Jh. n. Chr.; eine genauere Datierung hängt davon ab, ob der Adressat der Widmung *Valentinianus* (*Valentianus* Rez. b) mit einem (und mit welchem) der 3 Kaiser dieses Namens zu identifizieren ist; wirkte in Mailand. Auszüge aus seinem Kommentar der Bucolica und Georgica bilden den Hauptteil einer Scholienkompilation zu diesen Werken; überliefert sind 2 Rezensionen, jede in 2 Versionen (Rez. a: Explanatio 1 und 2 zu ecl., Brevis expositio zu georg., in den Hss. LNP bis 2,91, in G bis 2,542; Rez. b in 2 Berner Hss. BC und V, vgl. [3],8ff.), von denen a weniger stark entstellt ist. Irische Glossen und Abbreviaturen bes. in a deuten auf einen insularen Archetyp des 7./8. Jh. hin. Unklar ist die Rolle, die der Expl. 1 zu ecl. 3,90 genannte Adamnan (zur Identifikation mit dem Abt [679–704] des Klosters Iona vgl. LEHMANN Erforsch. des MA. 2, 1959, 32) beim Zustandekommen dieser Kompilation gespielt hat. Zwei andere ebenfalls benutzte Erklärer, Gaudentius und Titus Gallus, geben sich durch ihre Verwendung des Servius-Kommentars zu erkennen, während P. weitgehend auf Donat aufgebaut zu haben scheint ([3],233ff.). P. L. Sch.

Ta.: Rez. a: Servius 3,2 ed. *H. Hagen* 1902; Rez. b: Scholia Bernensia ed. *H. Hagen*, JbPhPäd Suppl. 4, 1861/67, 675ff. (beide unzulänglich).

Lit.: 1. *Schanz-Hos.* 2,108f. 2. *K. Barwick* Comm. phil. Ien. 8,2, 1909, 57ff. 3. *G. Funaioli* Esegesi Virgiliana antica 1930 (vgl. dazu *P. Wessner*, BursJb 188,206ff. PhW 1927, 454ff. 1931, 206ff. *F. Lammert*, BursJb 231, 85ff. 252, 147f.)

4. M. Iunius Nipsus erscheint im Corpus der → Feldmesser als Vf. von Schriften über *fluminis variatio* (Übermessen eines Flusses, p. 285f. L.), *limitis repositio* (Wiederherstellung einer Limitation, p. 286ff.) und *podismus* (Vermessung nach Füßen, p. 295ff.). Zu Unrecht legt ihm eine Hs. auch die *demonstratio artis geometricae* (p. 393ff.) bei. N. schrieb wohl im 2. Jh. n. Chr. H. Ch.

Teuffel-Kr.-Sk. § 344,7. *Schanz-Hos.* 2^4,803.

Iuno. Der Name I. hat keinen Zusammenhang mit → Iuppiter, da der Anlaut immer *I* (nicht *Di*) ist, und vor allem, da das *u* nicht aus dem Diphthong *ou* entstanden ist: Das Nebeneinander von *Iunon-*, *Loucin-* und *Diov-* zeigt dies deutlich (s. aus ältester Zeit CIL I^2 360. 362. 371; vgl. 359); dazu kommt noch der nie diphthongisch geschriebene Name der gens Iunia (Schulze Eigenn. 470f. W. Otto [3],177. H. Ehrlich, KZ 41, 1907, 283ff.). Richtig wohl Wissowa 181f., der I. mit *iuvenis, iuvenca* u. ä. zusammenstellt und als »junge Frau«, »mannbares Weib« deutet (vgl. K. Brugmann Alex 15, 1908, 4f. Walde-Hof.^{3} s. v.).

Das zeigt, daß I. urspr. nicht die enge Verbindung mit Iuppiter gehabt haben muß und daß die Gleichsetzung mit *Διώνη* entfällt. Daher hat sich die Auffassung durchgesetzt, daß seit alters jede Frau ihre I. hatte wie der Mann seinen → Genius. In der Lit. ist das allerdings erst seit Tibull belegt, aber die fratres Arvales opfern beim Piacularopfer auch der Iuno Deae Diae (Henzen 144; vgl. *Genius Iovis* CIL I^2 756,16 aus Furfo), was allerdings nicht mit Sicherheit (wie Wissowa 182 wollte) auf die älteste Z. zurückzuführen ist. Dagegen, daß die Vorstellung von der I. jeder Frau erst aus späterer Z. stamme, spricht die Funktion der I.-Hera, wie sie uns dann begegnet (Latte 105).

Manche Beinamen der I. deuten auf Eheschließung, Gebären und das weibliche Geschlechtsleben: *Iuga* (Paul.-Fest. 104 M. *Iugalis* Serv. Aen. 4,16); ob nach der *dextrorum iunctio* bei der Eheschließung genannt (Kroll, RE IX 2506), ist zweifelhaft (St. Weinstock, RE XXIII 750ff.). – *Pronuba* (»Brautführerin«, Verg. Aen. 4,166 mit Serv. bzw. Serv. auct. zu 4,45.59.166). Ob die auf Sarkophagen und Mz. bei der *dextrorum iunctio* dargestellte Göttin *I. Iuga* ist (Kroll) oder *I. Pronuba* (Weinstock), mag unentschieden bleiben; *Concordia* aber ist sie erst auf Mz. Caracallas (Weinstock). – *Domiduca* (Mart. Cap. 2,149. Mythogr. Vat. 3,4,3). – *Cinxia* (vom Lösen des Gürtels, Paul.-Fest. 63 M.) – *Unxia* (vom Salben der Hauspfosten, Arnob. 3,25. Mart. Cap. a. O.). – *Flu(vi)onia (quod eam sanguinis fluorem in conceptu retinere putabant* Paul.-Fest. 92 M. Arnob. 3,30. Mart. Cap. a. O. Mythogr. Vat. a. O. *quae infantem in utero ⟨nutriat⟩* [allg. Anschauung im Alt.] Tert. ad nat. 2,11. Aug. civ. 7,3. – *Lucina* s. u. – Daß es sich zumindest bei manchen von diesen um urspr. selbständige (→ »Indigitamenten«-) Gottheiten handelte, die zu Beinamen herabsanken – wie das auch sonst möglich ist –, ist sehr wahrscheinlich (anders Peter Myth. Lex. 2, 173f.; richtig Wissowa Ges. Abh. 320). Dagegen wird (trotz Radke, RE XXII 95ff.) bestritten, daß *I. Populon(i)a* in diesen Bereich gehört; man stellt sie vielmehr zu *populus* als Gottheit, »die für den *populus*, also den Heerbann, sorgt«. (Latte 166 mit Mommsen Unterit. Dial. 143f., zustimmend St. Weinstock, JRS 51, 1961, 210).

I. Lucina als Geburtsgöttin ist von bes. Wichtigkeit; sie verdrängte in dieser Funktion die → Parcae. Etym. schon im Alt. mit *lux* verbunden (*lucere: luna* Mond/Monat im Leben der Frau: so St. Weinstock, RE XIV 2306f. gegen Latte, RE XIII 1651, der die ant. Etym. »die die Kinder ans Licht bringt« vertritt), seltener mit *lucus* (wegen ihres Haines). Sie hatte einen alten Hain auf dem mons Cispius am Esquilin (Ov. fast. 2,435; Varro l. l. 5,74, läßt Titus Tatius Altäre weihen u. a. *Lunae . . . Dianae Lucinaeque*); später wurde dort ein Tempel geweiht (Varro l. l. 5,50. Ov. fast. 3,246. Vgl. CIL VI 358. Die Stiftung erfolgte nach Plin. nat. 16,235 im J. 375 (vielleicht ohne echte Überlieferung: Latte 105). Stiftungstag war der 1. März (Ov. fast. 3,247. Paul.-Fest. 147 M. Fast. Praen. vgl. Fast. Ant. vet.). Nur mit gelösten Knoten von Haar u. Kleidung durfte man zu ihr beten ([Knoten verhindern die Entbindung] Ov. fast. 3,257f. Serv. auct. Aen. 4,518). Nach der Geburt wurde ihr eine Woche lang eine *mensa* für Speiseopfer aufgestellt (Tert. de anim. 39); auch eine Abgabe an die Tempelkasse wird entrichtet (Piso bei Dion. Hal. ant. 4,15,5, der diese auf Servius Tullius zurückführt: sie ist aber sicher später, Latte 106,1). Ihr Fest sind die → Matronalia.

Für die Gestalt der I. in histor. Z. sind entscheidend die ital. Einflüsse, bes. die etr. Auffassung, die im wesentlichen auf die griech. Hera zurückgeht. Die auffallend große Verbreitung des I.-Kultes in Italien hat schon W. Otto [3] nachgewiesen. Wir haben u. a. Nachrichten, daß I. in ital. Gemeinden Stadtgöttin war: in Teanum Sidicinum (CIL I 1573; X 4789–4791) und in Aesernia (CIL IX 2630) gab es einen Kult der *I. Populon(i)a* (s. o.), Lanuvium war die Stadt der *I. Seispes Mater Regina;* volksetym. wurde das (noch ungedeutete) *Seispes* zu *Sospes* oder *Sospita;* Stadtgöttin ist I. auch in Gabii (Verg. Aen. 7,682. Sil. 12,537), Veii (Liv. 5,21,3), Perusia (App. civ. 5,206. Cass. Dio 48,14,5).

Als Kultbrauch der I. von *Lanuvium* berichtet Prop. 4,8,3–14 von der Fütterung einer Schlange durch Jungfrauen (Tempelschlange? die Höhle wäre dann »novellist. Ausmalung unserer lit. Quellen«, Latte 167), die als Keuschheitsprobe und als Omen für die Fruchtbarkeit des Landes im nächsten J. galt, zwei heterogene Elemente (die Keuschheitsprobe sekundär? so Latte 167,1; nur diese berichtet Ail. nat. 11,16, der irrtümlich *Lavinium* schreibt). Im J. 338 wurde der Kult als Staatskult übernommen, blieb aber an der alten Stätte (Liv. 8,14,2). *Sacerdotes Lanuvini*, eine aus Rittern gebildete Priesterschaft, sind aus der Kaiserz. bekannt. Auch die Consules opferten der Göttin (Cic. Mur. 90). Im J. 194 erhielt sie auch in Rom, am → forum holitorium, einen Tempel durch C. Cornelius Cethegus, obwohl der Kult in Lanuvium nicht aufhörte (zu solchen Erscheinungen s. Vf. RE XXIV 1328 und o. Art. evocatio). Das Heiligtum war im Kampf gegen die Insubrer gelobt worden (Liv. 32,30,10. 34,53,3: hier sichere Konj., falls nicht Liv. selbst irrte [McDonald, Oxf. 1965]). Stiftungstag war der 1. Februar (Fasti Antiat. vet. Ov. fast. 2,55 f.). Die Darstellungen (E. M. Douglas, JRS 3, 1913, 61 ff.) zeigen die Göttin mit Lanze und einem dem Salierschild ähnlichen Schild bewaffnet und bekleidet mit an der Spitze aufgebogenen (etr.!) Schnabelschuhen und mit einem Ziegenfell, dessen Kopf helmartig über das Haupt gezogen war (vgl. Cic. nat. 1,82). In Schlange und Kultbild sieht Latte 167 die Zeichen eines etruskisierten Typus der Athena Polias.

Überhaupt sind alle Monatsanfänge der I. heilig. Den Eintritt des neuen Mondes hatte der pontifex minor dem rex sacrorum zu melden, mit dessen Beteiligung dann in der curia Calabra am Kapitol ein Opfer *I. Covella* (Name ungedeutet; zu *κοῖλος* = *cavus*?) vollzogen wurde. Danach rief der pontifex minor aus, ob die Nonen auf den 5. oder 7. Tag fielen (Varro l.l. 6,27. Macrob. Sat. 1,15,9 f. Serv. auct. Aen. 8,654. Plut. quaest. Rom. 269 c–d. Fasti Praen. zum 1. Jan. Ob hier I. als Mondgöttin anzusehen ist, ist strittig: Abgesehen von Roscher [1], der, von falscher Etym. ausgehend, I. ganz als Mondgöttin sah, geben doch auch Wissowa und Latte eine gewisse Beziehung auf den Mond zu (Latte 43,1 auf Grund der Spengelschen Konj. bei Varro a. O., nach der I. selbst angerufen wird [»gerufen ist die Mondgöttin . . . Die Formel soll ihr Erscheinen, den regelmäßigen Lauf des Gestirns sichern«; also eine Beschwörung], Wissowa 187 erklärt sie aus dem »Glauben an eine innere Beziehung zwischen den Phasen des Mondes und den Vorgängen im physiologischen Leben der Frau«), W. Otto (205 f.) bestreitet überhaupt jede Beziehung der I. zum Mond. – Macrob. Sat. 1,15, 18 ff. (vgl. 1,9,15 *Ianus Iunonius*) bringt I. in dieser Funktion mit Ianus, dem Gott des Anfangs, zusammen. Es gibt auch eine noch nachweisbare Verbindung: *I. Sororia* und Ianus s. o. S. 1312.

Zu I. *Caprotina* s. o. Bd. I 1046 f.

Auch der Kult der *I. Quiris, Quiritis, Curis, Cur(r)itis* (alle diese Formen erscheinen auf Inschr. und in lit. Texten: s. RE XXIV 1324 f.) kam aus Italien nach Rom. Der Name ist nicht sicher gedeutet; wohl zu *Quirinus, Quirites*, was aber seinerseits nicht recht klar ist (s. C. Koch, RE Art. Quirinus und Erlanger Beitr. 7,23 ff.). In Falerii war sie Stadtgöttin (Inschr.; vgl. Ov. fast. 6, 49. Später heißt die Stadt *Colonia Iunonia*). Als Heimat der Falisker galt Argos, der Mittelpunkt des griech. Hera-Kultes (→ Halesus). Auch in Tibur, das ebenfalls als argiv. Gründung galt, gab es einen Kult dieser I. (St. Weinstock, RE VI A 832 f.), so daß sie auch von dort nach Rom gekommen sein könnte (der Tiburtin. Kult möglicherweise falisk.: Weinstock a. O. mit L. R. Taylor, Pap. Mon. Am. Ac. Rome 2, 1923, 68). Von einer *evocatio* hören wir nichts. Die Göttin wurde an der alten Stätte weiter verehrt (vgl. den Festzug von der neuen Stadt Ov. am. 3,13, der die Kulthandlungen schildert. Sie erhielt aber auch in Rom auf dem Marsfeld ein Heiligtum. Stiftungsfest war der 7. Okt. (CIL I², S. 331). Auffallend ist, daß eine Ziege nicht geopfert werden durfte, weil sie, wie Ov. a. O. 18 meint, I. »verhaßt« sei. Daß es sich nicht um Schonung des heiligen Tieres handelt, zeigt das Jagen der Ziege durch Knaben. Ebenfalls einer *I. Curis* oder *Quiritis* galt ein Opfer in den Curien (Paul.-Fest. 62.64 M. Dion. Hal. ant. 2,50, 3; vgl. Varro l.l. 5,155), was einst sinnvoll war, da »auf Ehe und Familie die ganze Geschlechterverfassung beruht« (Wissowa 186). Diese I. kann dann aber mit der Stadtgöttin von Falerii kaum ident. sein. Eine Vermischung jedoch ist möglich.

Röm. scheint der Kult der *I.* → *Moneta* zu sein. Ihr Tempel wurde 344 auf der Arx nach einem Gelöbnis des L. Furius Camillus errichtet (Liv. 7,28,4 ff.). Festtag war der 1. Juni (CIL I², S. 319. Macr. Sat. 1,12,30. Ov. fast. 6,183). Worin die »Mahnung« bestand, ist unbekannt. Die Verbindung mit *moneta* = Münze ist sekundär (Mz.-Prägung in der Nähe des Tempels). Ein anderer Tempel der I. Moneta wurde 168 nach dem Krieg über die Korsen errichtet (Liv. 42,7,1. 45,15,10).

Der weitaus bedeutendste I.-Kult in histor. Z. war der der *I. Regina*, der im kapitolin. Tempel (s. o. I 1044 und u. Art. Iuppiter) die linke Cella gehörte. Die Trias Iuppiter-I.-Minerva wird aus Etr. nach Rom gekommen sein; die Verbindung Iuppiter-I. ist aber auch in Etr. griech. Entlehnung. Iuppiter-I. wurden mit *Ζεύς-῞Ηρα* identifiziert u. *῞Ηρα Βασίλεια* galt als *I. Regina*. Damit hat sich die altröm. Vorstellung entscheidend gewandelt. (Die Dreiheit gibt noch Probleme auf: In Griechenland ist sie [zufällig? so Latte 151] nur im Bundesheiligtum der Phoker zu belegen, in Etr. mit Sicherheit nirgends.)

Von Veii wurde 392 durch *evocatio* die dortige *I. Regina* von M. Furius Camillus nach Rom entführt. Ihr wurde auf dem Aventin ein Tempel errichtet (Liv. 5,21–23. 5,31,3). Weihetag war der 1. Sept. (Fasti fratr. Arval.). Frauenprozession u. a. zeigen die griech. Züge. Bei der Sühneprozession wegen schlimmer Vorzeichen im J. 207 dichtete → Livius Andronicus das Lied (Liv. 27,37,7. Fest. 333 M.).

Zwei weitere Tempel der *I. Regina* standen in der Nähe des Circus Flaminius: Der eine wurde 179 von M. Aemilius Lepidus dediziert (Liv. 39,2,

11. 40,52,2). Sein Fest war am 23. Dezember (Fasti Ant. vet.). Der andere wurde von Q. Caecilius Metellus Macedonicus 146 zusammen mit einem Tempel des → Iuppiter Stator geweiht. Sie waren aus Marmor erbaut (die ersten: Vell. 1,11,3) und prächtig ausgeschmückt (Vell. a. O.). Das Fest war am 23. Sept. (Fasti Palat. Urbin.: DEGRI XIII 2, S. 63. 512).

Weitere Bein. zu bes. Hilfe oder bei bes. Anlässen (*I. Paloscaria*, zu *palusa*, eine Feigenart, [WHATMOUGH, CQ 16, 1922, 190. LATTE 107] gehört zu den Nonae → Caprotinae. *I. Historia* [CIL XI 3573. Bedeutung unklar: LATTE 105,2]) und Identifizierungen sind nicht ganz selten (vgl. Art. Feronia o. S. 539), sicher mehr, als wir zufällig wissen. Identifizierungen fremder Gottheiten mit I. sind in der Kaiserzeit nicht so häufig, wie dies bei Iuppiter der Fall ist. Nur *I.* → *Caelestis* ragt einzigartig hervor.

Über I. im kelt.-german. Gebiet (Einfluß des Heeres!) s. HAUG, RE X 1124 und Myth. Lex. s. v.

W. E.

1. *Roscher* Myth. Lex. 2,574 ff. 2. *Ihm*, ebd. 615 ff. 3. *W. Otto* Philol. 64, 1905, 161 ff. 4. *Wissowa* Rel.² 181 ff. 5. *Latte* RRel 42 f. 104 ff. 166 ff. 6. *Platner-Ashby* 288 ff. 7. *G. Radke* Die Götter Altitaliens, Münster 1965, 152 ff.

ENDE DES ZWEITEN BANDES

NACHTRÄGE

Dialekte. 1. Griechisch: a) Die übliche Einteilung trennt 4 D., indem sie der hist. Gliederung nach Stämmen bzw. nach literar. D. (Ion.-Att., Aiol., Dor., das mit den nahverwandten n.w.-griech. D. von Elis, Delphi, Lokris, Phokis, Aitolien, Akarnanien, der Ainianen, der Malier und von Epirus zusammengefaßt wird) noch das Arkad.-Kypr. hinzufügt. D. entstehen durch gemeinsame sprachliche Neuerungen in einem begrenzten Gebiet. Beispiele (in Auswahl) für das Ion.-Att.: Wandel ᾱ > η, *u* > *ü*, Ausbreitung des ν ἐφελκυστικόν. Att. hebt sich von Ion. ab durch Erhaltung (bzw. teilweise Rückverwandlung) des ᾱ nach ε, ι, ϱ; Kontraktion von εο > ου; ττ statt σσ, ferner ϱϱ, wo die ion. D. außer Euboia ϱσ erhalten haben. Gegenüber ostion. Psilose bewahren Att. und Westion. das *h*. – Im Aiol. bestehend aus Lesb., Thessal., Boiot.: Tendenz. die Labiovelare zu Labialen zu wandeln, Dat. Pl. kons. Dekl. auf -εσσι, Endung -(κ)οντες statt -(κ)οτες im Part. Perf. Akt. – Im Arkad.-Kypr.: Tendenz, die Labiovelare vor *e* und *i* zu Dentalen und weiter zu Zischlauten zu wandeln, die Präp. ἐξ und ἀπύ regieren den Dat.

b) Die ältere Forschung hatte mit O. HOFFMANN [2] Aiol. und Arkad.-Kypr. als »Achaiisch« zusammengefaßt und mit KRETSCHMER Glotta 1, 1909, 9 ff. die Dreiteilung der Stämme in die Frühzeit zurückprojiziert. Sie rechnete mit 3 Einwanderungswellen nach Hellas, um 2000 die Ioner, im 17. Jh. die Achaier, um 1200 die Dorer. Aber RISCH, MH 6, 1949, 19 ff. 12, 1955, 61 ff. 21, 1964, 1 ff. und in Étud. Mycén. 1956, 167 ff. und PORZIG, IF 61, 1954, 147 ff. haben gezeigt, daß obige D.-Gliederung zwar so für das 5. und 4. Jh. v. Chr. gilt, daß sich aber mit den Methoden der D.-Geographie und der Beobachtung der relativen Chronologie der Lautwandel für das 2. Jt. v. Chr. eine andere D.-Einteilung ergibt. Keine der ion.-att. Sonderheiten ist älter als 1200 v. Chr., andererseits lassen sich zwischen Ion.-Att. und Arkad.-Kypr. alte Gemeinsamkeiten feststellen, z. B. der Wandel -τι > -σι; Inf. der athemat. Verba auf -ναι (sonst -μεν oder -μεναι); Temporaladverb ὅτε gegenüber lesb. ὅτα, dor.-n.w.-griech. ὅκα; Artikel οἱ, αἱ statt altem τοί, ταί. Diese »Isoglossen« erweisen einen vor der Dor. Wanderung bestehenden »südgriech.« (bzw. nach PORZIG und CHADWICK [19] »ostgriech.«) D., aus dem sich später Arkad.-Kypr., Ion.-Att. ausgliederten. Ihm steht ein nordgriech. (bzw. westgriech.) D. gegenüber, aus dem Dor. und NW.-Griech. hervorgehen. Dessen Neuerungen: Futur auf -σέ- durchgeführt (δωσέω gegenüber südgriech. δώσω). Zu ihm gehört von Haus aus wohl auch das Pamphyl. – Die Einordnung des Aiol. in dies Bild ist schwierig, da auf Thess. und Boiot. das NW.-Griech., aufs Lesb. das Ion. sekundär eingewirkt hat. – Dor. und Ion. haben ihre charakterist. Züge erst um 1000 v. Chr. entwickelt, die Rand-D. Kypr. und Ostthessal., auch Arkad. dagegen viel öfter Altes bewahrt.

c) Auch die Stellung des aus Linear B (Knossos, Pylos, Mykenai, Theben) erschlossenen Myken. (15.–13. Jh. v. Chr.) ist noch umstritten. RISCH und CHADWICK betonen die ihm mit dem Südgriech. gemeinsamen Züge; HEUBECK, Glotta 39, 1961, 159 ff. räumt diese ein, weist aber auf Sonderentwicklungen des Myken. hin, z. B. -ϑιο- > -σιο- regressive Dissimilation der Labiovelare: **qe-re-qo-no* > *pe-re-qo-no*, *kj* > *z*, *ke* > *ze*. – Noch anders GEORGIEV in Mycen. Stud., Wingspread 1961, 125 ff. und ADRADOS [15] 243.

d) Die beiden alten D.-Gruppen Südgriech. und Nordgriech. (und eventuell Aiol.) haben sich aus dem »Ur-Griech.« (Common Greek) ausgegliedert, das sich durch eine Reihe von spezif. Zügen von den anderen idg. Einzelsprachen und -sprachzweigen abhebt, vgl. CHADWICK [19],5ff., und das sich vermutlich in N.-Griechenland (Epirus?) oder im s. Balkan gebildet hatte. – (Grundlegend anders PISANI, RhM 95, 1952, 1ff. und 98, 1955, 10, der 4 idg. D.-Gruppen aus verschiedenen Richtungen nach Hellas eingedrungen und dort zur griech. Spracheinheit zusammengewachsen sein läßt.)

e) Vom 4. Jh. v. Chr. an werden die D. allmählich durch eine Gemeinsprache (*Κοινή*) verdrängt, die im wesentlichen att. mit starken ion. und schwächeren anderen D.-Einschlägen ist. – Nur im Tsakon. am Osthang des Parnon (Peloponnes), einer Fortsetzung des Junglakon., lebt ein alter D. bis heute. G. N.

1. *H.L. Ahrens* De Graecae linguae dialectis, 1839/41. 2. *O. Hoffmann* Die griech. D. 1–3, 1891–1898. 3. *F. Bechtel* Die griech. D. 1–3, 1921–1924. 4. *P. Kretschmer* Sprache, in: Gercke-Nordens Einl. in die A.-W. 1923. 5. *Thumb-Kieckers* HB der griech. D.[2] I, 1932. 6. *Thumb-Scherer* II, 1959. 7. *E. Schwyzer* Griech. Gramm. I, 1936, (1953) 75ff. 8. *Ders.* Dialectorum Graec. exempla epigr. potiora, 1923. 9. *Hoffmann-Debrunner* Gesch. der griech. Sprache[3] I, 1953, II 1954. 10. *W. Brandenstein* Griech. Sprachwiss. I 1954. II 1959. 11. *A. Meillet* Aperçu d'une histoire de la langue grecque[6], 1930. 12. *M. Lejeune* Traité de phonétique grecque[2], 1955. 13. *C.D. Buck* The Greek Dialects, 1955. 14. *F.R. Adrados* La dialectología griega como fuente para el estudio de las migraciones indoeuropeas en Grecia = Acta Salmant. V, 3 (1952). 15. *Ders.* IF 52, 1956, 240ff. 16. *M.S. Ruipérez*, Emérita 21, 1953, 253ff. 17. *J. Chadwick*, in: Cambr. Anc. Hist. Vol. II, Kap. 39, 1963, 5ff. – Zum Myken.: 18. *M. Ventris-J. Chadwick* Documents in Mycen. Greek, 1956. 19. *E. Vilborg* A Tentative Grammar of Myc. Greek, 1960. *R. Colemann*, TPhS 1963, 58ff.

II. D., **Italische**, sind – mit Ausnahme des Lat., von dem neben älteren Inschr. liter. Zeugnisse seit dem 3. Jh. v. Chr. vorliegen – lediglich durch wenige Glossen, durch Ortsnamen und eine geringe Zahl von Inschr. unterschiedlicher Zeit (7.–1. Jh.) bekannt. Die spärlichen Denkmäler gestatten immerhin die Aufstellung einer Reihe von Dialekten, die als ital. gelten können, und die Absonderung fremder nichtital. Sprachen wie des Griech., Hebr. und Pun. (Lit. bei PFIFFIG Uni-Hera-Astarte, Denkschr. AWW 1965), Etr. (Auswahlslg. bei PALLOTTINO Testimonia ling. Etr.; Lit. bei MÜLLER-DEECKE-PFIFFIG Die Etrusker I, 1965), Kelt. (vgl. die Slg. bei HOLDER), Messap. (O. HAAS Messap. Stud. 1962. C. DE SIMONE Die messap. Inschr. und ihre Chronol., 1964), Ligur. (PISANI, Manuale IV[2] Nr. 118ff. halte ich weitgehend für italisch), vielleicht Rät. (»Rät. Bibliogr.«: Der Schlern 37, 1963, 116f.) und die Sprache der Novilara-Stelen (PID Nr. 343 bis 345 (BRANDENSTEIN, RE XX 1190ff.). Wie die Italiker diesen Sprachen bes. im Lat. kenntliche Entlehnungen schulden (z.B. aus dem Griech.: *gubernare, oleum, ancora, machina;* aus dem Pun.: *tunica, mapalia, ave* und plur. *avo* (WALDE-HOF[3] I 30); aus dem Etrusk.: *atrium, idus, fenestra;* aus dem Kelt.: *alauda, carpentum, carrus*), sind auch die nichtital. Sprachen von denen ihrer ital. Nachbarn beeinflußt: Im Etr. Götternamen *(aisar, ani, apulu, fufluns, lusχne-i, mae, menerva, miriku, neϑuns, φersipna-i, selvans, tivs, vetisl, uni, usil)*, Personennamen (z.B. *avle, cae, cneve, mamarce, marce, ϑefarie, tite*), Appellativa (z.B. *cape, cupe*, der Eigenname *kalatur, laena, lautni, macstrna, nefts, putunia, sacni, ϑuϑcu*), Suffixe (*-fer* in Monatsnamen), Endungen *(-ia, -ias, -is, -i)*, Cognomina (RIX Das etrusk. Cognomen 227); im Griech. Unterital. Ortsnamen (z.B. Zankle, Hipponion (volksetym.), Krotalla, Rhegion, Taras), Appellativa (z.B. *ἄντομοι, γέρρα, ἔσβηνες, ἰταλός, κάγχαμος, ῥογοί, φέρτρυς*); im Messap. Appellativa (z.B. *allen, argorapandes, blamini, kalatoras, zikel*), der Ablaut *eu* > *ou*, den die außerital. illyr. Sprachen nicht kennen.

I. Allg. Beobachtungen: Unterscheidung in die sog. Dialektgruppen (s.u.) des Latino-Falisk. und Osk.-Umbr.-Sabell. ist erst nach Einsetzen der Labialisierung der Labiovelare *($q^{u̯} > p$, $g^{u̯} > b$)* gegen E. 5. Jh. v. Chr. (s.u.) möglich. Vorher werden weder kurze Mittelsilben synkopiert noch deren Vokale geschwächt (vgl. *Καμασήνη–Camăsīna, vhe ⋮ vhaked, numasioi, ϑefarie, mamarce*), jedoch kurze Endsilben (s.u.) und vortonige Kürzen (vgl. *Quirinus* < * *kŏu̯ĭrīnos*) synkopiert und Vokale je nach der Tonstelle abgelautet (vgl. kamunn. nom. plur. *oluíŏlōs:* nom. sing. *uéluiols*). An Hand solcher Beobachtungen bieten die wenigen Inschr. des 6. und 5. Jh. sowie die bei Hekat., Hdt., Thuk. genannten Ortsnamen die Möglichkeit zur Differenzierung in 2 Gruppen: In der einen lautet *eu*> *ou* ab (ältestes datierbares Beispiel Ortsname *Νῶλα*<* *nŏu̯ŏla* < * *nĕu̯ŏla* bei Hekat. FGrH 1 F 61 aus dem J. 510; jüngstes der Name der → *Lūcāni* < *Λευκανοί* vor Mitte 4. Jh. Dieser Ablaut schon im Altsabell. *sûaés, sûhûh* u.a., auf der Forums-Inschr. *iouxmenta*, in Madonetta *podlouqueique*), bleibt kurzer Vokal der Endsilbe erhalten (Altar von Tibur: *kauios*, Forumsinschr.: *sakros*, Inschr. in Reggio Cal.: *ov[i]śos*) und werden die anlautenden med. aspir. spirant. gesprochen (bh: falisk. *far*, venet. *vho. u. χo. n. tio. i.;* dh: praen. *vhe ⋮ vhaked*, falisk. *f[if]iqod*, venet. *vha. χ. s. ϑo;* gh: falisk. *huti̦[c]ilom*, venet. *ho. s. ϑihavo. s.*). In der anderen Gruppe bleibt *eu* erhalten *(Πευκέτιοι, Πευκαῖοι, Eupilis, Euganei)*, wird auslautende geschlossene kurze Silbe synkopiert *(aststuz* <**adstắtŏs* in Castaneda, kamunn. *ueluiols; Τάρας < Τάραντος*, * *opiks* zu *Ὄπικας* bei Thuk. 6,2,4 statt *Ὀπικός*) und verlieren anlautende med. aspir. die Aspiration (bh: sikul. *-brtom, bourenai;* dh: sikul. *dedaked;* gh: *gusus* in Castaneda, kamunn. *gemolos*, sikul. *gostiqo, gostike*, messap. *Χανδάνη* in griech. Umschrift für *Gandana*). Die Vertreter dieser Gruppe siedeln in Rückzugsgebieten des Alpensüdrandes, Apuliens und Siziliens, wohin sie von den Trägern der anderen Gruppe verdrängt wurden. Sie müssen lange vor Etruskern und Kelten, ja, noch vor der venet. Einwanderung im 9. Jh. an den Alpenrand gekommen, vor den Messapiern und vor Gründung Tarents im J. 707 in Apulien seßhaft gewesen und nach Thuk. 6,2,5 Mitte 11. Jh. nach Sizilien ausgewichen sein. Innerhalb der einen Gruppe schließen sich Latiner und Veneter enger zusammen u. bewahren manche der anderen Gruppe eigentümliche Züge: Verlust der Aspiration inlautender med. aspir., Ausbleiben von Assimilation bei *i̯* nach Liquiden und Nasal vor Dental sowie Wandelbarkeit des Vokalismus (Vokalschwächung im Lat., Ablaut im Venet.) gegenüber der Synkopierneigung der anderen; Unterschiede s. II d. Weder die meist kurzen Inschr. noch die Ortsnamen gestatten einen Einblick in die Regeln der Nominal- oder Verbalflexion.

II. Vor Einsetzen der Anfangsbetonung (zum Lat. und Falisk. s. u.) ohne Zuweisung an eine der späteren Dialektgruppen III A und III B (7.–5. Jh.): a) Lepont. (PID Nr. 255–321) nach den *Lepontii* in der Valle Leventina (oberer Tessin) benannt mit geringen, schwer abgrenzbaren Resten, zu deren ältesten die Inschr. auf der Kanne von Castaneda (Pisani Nr. 139) gehört. b) Kamunn. (Altheim-Trautmann Vom Ursprung der Runen, 1939; Altheim Gesch. der lat. Spr. 92ff.; Ders. Röm. Religionsgesch. 2, 1956, 149ff. E. Süss Le Incisioni Rupestri della Valcamonica. Vetter, Glotta 33, 1943, 67ff. Kretschmer, Glotta 33, 1943, 194f. Pisani Nr. 138. Untermann, Beitr. zur Namenforsch. 10, 1959, 155ff. Radke, G 69, 1962, 497ff.) mit etwa 30 kurzen mit Metallwerkzeugen in das Urgestein gehämmerten Inschr. inmitten unzähliger Felsbilder. Auffällig die Verwendung des *z* (⚶, nicht ⚵, wie in den anderen Alpenalphab.) zur Andeutung des Anfangsstadiums des Rhotazismus von intervokal. und auslautendem *s*. Die Artikulation von *o* und *u* ist durch V, (*ŭ*, *ū*, *u̯* vor *e*), ᗐ *(ŏ, ō, u̯ vor i)*, O (vortoniges *ā*) differenziert. Anlautendes *gh* wird *g* (geschrieben: χ wie im Venet.). c) Altsabell. (v. Blumenthal, IF 47, 1929, 48ff. Durante a. O. Pisani StEtr. 26, 1959, 75ff.; Ders. Manuale IV² Nr. 68f. Radke, RE Suppl. IX 1764ff. Olzscha, Glotta 41, 1963, 100ff.) verwendet teilweise Buchstaben des kerkyräischen Alphab., über deren Bedeutung noch unterschiedliche Auffassungen bestehen. Die Sprache der Inschr. bewahrt die Diphthonge; sie kennt Synkopierung kurzer vortoniger Silben *(pdu: em, kduiḥú)*, also noch keine Anfangsbetonung, aber Ablaut *eu* > *ou* (s. o.) und Labialisierung der Labiovelare *(petroh = τέττα-ϱα, suaipis = siquis, pomp*[. .] zu *quinque)*, die vielleicht von hier ausging. Das Altsabell. ist von den nordpicen. Novilara-Stelen völlig zu scheiden, wurde aber vermutlich vor Zuwanderung der sabin. Picenter (s. u.) gesprochen. d) Venet. (PID vol. I. Sommer, IF 42, 1924, 90ff. M. S. Beeler The Venetic Language 1949. Krahe Das Venetische, SHAW 1950. Pellegrini Le iscrizioni venet. 1954/55. Lejeune, RPh 25, 1951, 220ff. Untermann Die venet. Personennamen, 1961; Ders. Kratylos 6, 1961, 1ff.) hat sich nach Deutung des Punktiersystems der venet. Schrift als dem Lat. besonders nahestehend erwiesen, zumal es die mediae aspiratae anlautend und inlautend wie das Lat. behandelt; auch die Labiovelare scheinen nicht labialisiert zu sein. Abweichend: Wandel *-i̯ŏs* > *-is* in Samprasāraṇa *(va.n.t. s. = vantis < *vanti̯ŏs, *g^u̯ n̥ti̯ŏs = »Gunter«)* und die Stützung einiger sonant. Liquiden und Nasale *(n̥ > ăn, r̥̄ > rō)* vielleicht unter illyr. Einfluß. Die Verbalflexion kennt mediale Formen der 3. sg. auf *-to* wie das Griech. *(vha. χ. s. ϑo, zoto, zona. s. to)*. In den Personennamen-Schatz sind viele kelt. Elemente eingedrungen. e) Opik. (auch als Auson. bezeichnet) vom Osk. nur durch Fehlen der Synkopierung (vgl. *Νῶλα* < **nŏu̯ŏla* statt *núvlano-*) und der Labialisierung der Labiovelare (vgl. Hekat. FGrH 1 F 69 *Κυτέϱιον* = *Paternum* < **qu̯(ə) tĕr-i̯ŏ-/-nŏ-*; nicht zu *pater*) unterschieden, wurde vor Zuwanderung der samnit. Stämme etwa z. Z. des Hekat. in Unteritalien gesprochen. Spuren in Ortsnamen und wenigen Inschr. (de Franciscis-Parlangeli Gli Italici del Bruzio nei documenti epigrafici Nr. 15); im bantin. Dialekt (Vetter HB Nr. 2) ein gewisser Nachhall. f) Chon. (oder Iapyg.? Jedenfalls nicht illyr. Sprache) nur noch in Ortsnamen der Basilicata u. Apuliens wie dem von *Χανδάνη*, Taras, *Χῶνες* zu erkennen. g) Sikul. (Slg. der Inschr. und Glossen, Lit. Schmoll Die vorgriech. Spr. Siziliens, 1958; zuletzt noch Durante, Kokalos 7, 1961, 3ff. Vetter, Glotta 40, 1962, 62ff. Radke, G 70, 1963, 174ff. Olzscha, Glotta 43, 1965, 140ff.) nur unvollkommen bekannt, wenige Inschr. Anlautende mediae aspiratae verlieren die Behauchung (s. o.), inlautende (angebliches *tebei* = *tibi* ist nicht überliefert!) werden zur Tenuis (vielleicht: *manepos* = *Manibus*); Rhotazismus unwahrscheinlich. Ähnlichkeiten von Ortsnamen mit solchen Liguriens spät bezeugt und zufällig.

III. Nach Einsetzen der Anfangsbetonung. A. Dialekte mit Labialisierung der Labiovelare (C. Buck A Grammar of Oscan and Umbrian, 1904. Buck-Prokosch Elementarb. des osk.-umbr. Dial. 1905. v. Planta Gramm. des osk.-umbr. Dial. 1892/97. Vetter HB): Nach Ausweis von Formen wie osk. *fruktatiuf*, umbr. *fiktu*, *ninctu* setzte die Labialisierung der Labiovelare in den genannten Sprachen erst nach der Synkopierung unter Anfangsbetonung ein; diese beginnt mit E. 5. Jh. v. Chr. Die nachfolgend genannten Dial. zeigen außer Labialisierung der Labiovelare und Synkope Spiranten für inlautende mediae aspiratae. Der Vokabelschatz weist Übereinstimmungen mit dem Griech. auf: *ner*, *pure*, *pir* u.a. h) Osk. ist keine Stammesbezeichnung, sondern die Sprache der samnit. Stämme und ihrer Abkömmlinge wie Kampaner, Lukaner, Bruttier. Die 5 γλῶσσαι der Samniten bei Skyl. 15 (ALTHEIM Gesch. der lat. Spr. 265) können polit. Bedeutung haben. Neben den Inschr. von Capua ist die Erztafel von Agnone (VETTER HB 147) das wichtigste Denkmal. Der Dial. bewahrt Diphthonge und unterscheidet in der Schrift *i* und *í*, *u* und *ú*; häufige Beispiele von Anaptyxe. i) Mitteldialekte werden das Pälign., Marrucin. und Vestin. wegen ihrer geograph. Lage genannt; die inschr. Zeugnisse stammen meist aus jüngerer Z. Die Überlieferung schließt illyr. Einfluß nicht aus. k) Sabin. (M.G. BRUNO I Sabini e la loro lingua 1962) ist nur in wenigen jüngeren (die Inschr. von Tibur bei VETTER HB Nr. 512 ist nicht sabin. im späteren Sinne) Inschr. und unsicheren (Varro nennt oft »sabinisch«, was altertümlich ist!) Glossen erhalten, so daß die hohe Bedeutung eines bis in hist. Z. reichenden Einflusses auf das Lat. (vgl. *lupus*, *rufus* u.a.) schwer zu erkennen ist. Kein Rhotazismus. Assibilierung von *di̯* < *s* (*Clausus*, *rosa*); man beachte das »sabin.« *l* (RADKE, RE Suppl. IX 1759); Ausstrahlung nach Picenum überliefert. l) Umbr. (DEVOTO Tab. Iguv.^{3}. J.W. POULTNEY The bronze tablets of Iguvium, 1959. v. BLUMENTHAL Die Iguv. Tafeln, 1931. PFIFFIG Religio Iguvina, 1964. RADKE, RE Suppl. IX 1745ff.) ist bis auf wenige ältere Inschr. (zuletzt CIOTTI Atti del I. Convegno di Studi Umbri, 1963, 99ff.) nur durch die 7 Bronzetafeln von → Iguvium bekannt. Der Dial. neigt stark zur Monophthongisierung. Er kennt Rhotazismus des intervokalischen *s* und in den jüngeren Texten auch des auslautenden *s*. Durch starke Synkopierung und Assimilation hat die Erkennbarkeit der Formen gelitten; bedeutsam Palatalisierung des *k* vor *e* und *i* und gelegentliches Eintreten von *u̯* für *l* (*vuvçis* = *Lucius*). Das Umbr. kennt Übergang des *ū* > *ī*. m) Volsk. (ALTHEIM-STIEHL Philologia sacra, 1958, 92ff. RADKE, RE IX A 773ff.) weist weitgehende Übereinstimmungen zum Umbr. auf, was mit der Stellung des Vaternamens in beiden Dial. übereinstimmt; die Volsker dürften eine gegen E. 6. Jh. abgewanderte Gruppe der Umbrer sein. Die tabula Veliterna (VETTER HB Nr. 222) ist das einzige längere (4 Zeilen!) Zeugnis; das Volsk. kennt Rhotazismus und palatalisiert *k* vor *i* (*façia*).

B. Dialekte ohne Labialisierung der Labiovelare (lat. *bos*, *lupus*, *popina* sind aus einem der unter A genannten Dialekte in das Lat. entlehnt). n) Falisk. (G. GIACOMELLI La Lingua Falisca, 1963) stimmt mit dem Lat. in der Behandlung der Labiovelare überein, kennt aber spirant. Aussprache inlautender mediae aspiratae (*pipafo*); bes. auffällig sind *h* für anlautend *f* (*hileo*) und *f* für anlautend *h*

(*foied*) sowie der gen. sg. auf *-osio*. Rhotazismus seit ca. 300 v. Chr. (Nr. 5 *carefo*) nachweislich; etr. Einfluß in den Personennamen deutlich. o) Lat. als Kunstsprache (!) der ciceron. Z. ist von der lebendigen Entwicklung zu unterscheiden, die seit dem 6. Jh. beobachtet wird. Die Forums-Inschr. (CIL I^2 1), die Altarinschr. aus Tibur (CIL I^2 2658), die sog. Duenos-Inschr. (CIL I^2 4) stehen in der Orthographie von *k* und *f* gegen die praenest. Spange (CIL I^2 3; die Verschiedenheit von *feced* und *vhe* : *vhaked* kann durch Bedeutungsunterschied begründet sein) und die Inschr. von Madonnetta (DEGRASSI ILLRP Nr. 1271 a) zusammen. Das deutet Dialektdifferenzen innerhalb des Lat. schon in frühester Z. an, die durch volsk. und sabin. Einflüsse sowie vielleicht Reste älterer Zuwanderung (Venetulani, Olliculani) erweitert wurden (Bewahrung von *eu* in Inschr. von Lavinium aus dem 3. Jh. bei DEGRASSI Nr. 11f.; unterschiedliche Behandlung des anlautenden *dh* bei *Faunus* in Rom und *Daunus* von Ardea). Das Lat. hat während des 4. Jh. unter Einfluß der Anfangsbetonung Vokalschwächung kurzer Mittelsilben (*facio* : *conficio*) erfahren und seit Ende 4. Jh. Rhotazismus von intervokalischem *s* durchgeführt (*genus*, *generis*); beide Erscheinungen sind im 3. Jh. nicht mehr wirksam. In der Nominal- (gen. sg. *-ae*, nom. pl. *-ae*, gen. pl. *-orum*) und Verbal- (bes. Passivformen) Flexion Neubildungen. Bereicherung des Vokabelschatzes durch (bes. griech.) Lehnwörter. G. R.

F. Altheim Gesch. d. lat. Sprache, 1951. *A. v. Blumenthal* Hesych.-Studien 1930. *C. Bonfante* Mél. Marouzeau 1948, 163ff. *W. Borgeaud* Les Illyriens en Grèce et en Italie 1943. *G. Bottiglione* Manuale dei dial. Ital. 1954. *A. Braun* Stratificazione dei linguaggi indoeur. nell'Italia ant. 1933. *R. S. Conway* The Italic Dialects 1897; *Ders.* Cambr. Anc. Hist. 4, 1926, 383ff. 433ff. *Conway-Whatmough* The Prae-Italic Dial. of Italy 1933 [= PID]. *G. Devoto* Storia della lingua di Roma ^{2}1944; *Ders.* Gli antichi Italici ^{2}1951; *Ders.* Origini Indoeur. 1960; *Ders.* StEtr 3, 1929, 259ff. *M. Durante*, Ricerche linguist. 2, 1951, 163ff. *O. Haas* Das frühital. Element 1960. *J.B. Hofmann*, Festschr. Streitberg 361ff. *R. v. Kienle*, W. u. S. 17, 1936, 98ff. *H. Krahe* Indogermanisierung Griechenl. und Ital. 1949; *Ders.* Sprache und Vorzeit 1954. *M. Leumann-Hofmann* Lat. Gramm. I^5 1963. *Th. Mommsen* Unterital. Dial. 1850. *K. Olzscha*, StEtr 29, 1961, 485ff.; *Ders.* Hommages Grenier 1962, 1188ff.; *Ders.* Gl. 41, 1963, 70ff. *V. Pisani* Manuale stor. della lingua Lat. I, 1962 Storia della lingua Lat. *Ders.* IV^2 1964 Le lingue dell'Italia ant. oltre il Lat. *Ders.* Saggi di linguistica stor. 1959. *Ders.* Zur Sprachgesch. des alten Italien 160ff. *Ders.*, StEtr 26, 1959, 75ff. *W. Porzig*, Festschr. Krause 1960, 170ff. *G. Radke* Die Götter Altital. 1965. *F. Ribezzo*, Enciclop. Ital. 10, 1933, 1053ff.; *Ders.* Riv. Indogreca Ital. 6–19, 1923–1935. *R. v. Scala*, Mitt. Anthrop. Ges. Wien 42, 1912, 49ff. *W. Schulze* Eigenn. 1904/33. *F. Sommer* HB. *B. Terracini*, StEtr 3, 1929, 209ff. *E. Vetter* Cor. Ling. 235ff. *Ders.* HB ital. Dial. I 1953; *Ders.* Glotta 23, 1935, 189ff. 30, 1943, 15ff.

Dialogus (*διάλογος*) bezeichnet »Gespräche zwischen 2 oder mehr Personen« – so die D.-Definition bei Isid. etym. 6,8,2 – kennt schon das Epos. In Tragödie und Komödie entfaltet sich der D. im Gedankenaustausch Gleichgesinnter wie im Aufeinanderprall widerstreitender Meinungen, oft in Form von → Stichomythie. Die Geschichtsschreiber schreiten von eingelegten Reden und antithet. Redepaaren zur Wiedergabe von Rededuellen fort; Höhepunkt Thuk. 5,84–116 (der »Melier-D.«, vgl. [3]). Nach Diog. Laert. 3,48 galten Zenon v. Elea oder der sonst unbekannte Alexamenos aus Styra oder Teos (Quelle Aristot. *περὶ ποιητῶν* frg. 72 R. Favorin. var. hist. frg. 17 Mensch., vgl. Athen. 11,505 bc) als die ersten D.-Schreiber. Wenn damit für Griechenland letztlich auch nur eine Ausdrucksmöglichkeit gewonnen war, die Ägypten und der Orient längst kannten ([17], 929 ff., vgl. C. Fries, RhM 82, 1933, 145–161), wurde der D. zu einer klass. Form der philosoph. Debatte doch erst durch die Sokrates-Schüler, die in den »sokratischen D.« die Erinnerung an die Lehrweise des Sokr. wachhielten, auch wenn sie kaum wirkliche Gespräche wiedergaben (Xen. mem. 1,4,2 unglaubwürdig). Von ihnen schrieben D. → Platon, → Aischines, → Antisthenes, → Eukleides und → Phaidon (dialog. Abschnitte ferner in den sokr. Schriften → Xenophons). Platons Priorität (so [5], 22 und schon Diog. Laert. 3,48) ist nicht sicher, ja nicht einmal wahrscheinlich (Plat. Frühdialoge eingel. v. O. Gigon, 1960, XVI. Lesky GGrL^2 1963, 558), doch die Ausbildung dieser Lit.-Gattung beeinflußte er jedenfalls am nachhaltigsten; unhaltbare Kombinationen bzw. Legenden sind die Hinweise auf Protagoras (Diog. Laert. 9,55) und Epicharmos (fr. 170 f. K. vielmehr unecht) sowie die Behauptung, die D. des Aischines habe Sokr. selbst geschrieben (Athen. 13,611 d). Der sokr. D., der schon im Laufe des platon. Schaffens Veränderungen unterworfen war (Beschränkung im Szenischen und in der Charakterisierung der Sokr.-Gestalt, in leg. Verzicht auf Sokr. als D.-Teilnehmer; stereotyperer Gesprächsablauf), lebt bis in hellenist. Zeit fort; Zeugnis dafür ein Teil der unechten D. des Corpus Platonicum (→ Platon).

Von den exoter. Schriften des → Aristoteles hatten D.-Form u. a. *περὶ δικαιοσύνης*, *περὶ φιλοσοφίας*, Eudemos, Grylos, Politikos (kaum dagegen der Protreptikos, vgl. I. Düring Aristotle's Protr., 1961, 29–32). Anstelle kurzer Wechselrede treten längere Darlegungen unterschiedlicher Standpunkte, Proömien werden vorangestellt, und Aristot. führt sich, abweichend von Platon, selbst als D.-Partner ein (Cic. Att. 13,19,4). Diese D.-Form lebte u. a. bei den Peripatetikern → Theophrast, → Dikaiarchos, → Herakleides Pontikos (dessen D. Diog. Laert. 5,86 in »komische« und »tragische« einteilt. Herakl. Pont. selbst D.-Teilnehmer: Cic. ad Q. fr. 3,5,1), → Praxiphanes (in *περὶ ποιητῶν* Plat. und Isokr. D.-Partner. Gesprächsort ein Landhaus, wie später bei Cic.) und → Satyros fort; vgl. [11], 45 ff., Wehrli Schule des Aristot. (u. a. zu Herakl. frg. 22–24, Dik. frg. 5–12. 13–22, Prax. frg. 11–14).

Auch → Cicero, dessen philos. und rhetor. Schriften die D.-Form in Rom einbürgerten (Vorläufer u. a. M. Iunius Brutus mit de iure civili, 2. Jh. v. Chr.), ließ 'more Aristotelio' (fam. 1,9, 23, vgl. de or. 3, 21,80; fin. 5,4,10; Att. 13,19,4; zur Problematik des Verhältnisses Aristot.-Cic. O. Gigon, H 87, 1959, 150 f.) nach szenisch reich gestalteten Proömien (Att. 4,16,2, vgl. 16,6,4) die D.-Partner, bedeutende Männer des republ. Rom, das Für und Wider einer Sache in längeren einander entgegengesetzten Reden erörtern ([1], I 276^3, vergleiche ac. 1,3,7; Tusc. 2,3,9). Unter der umfangreichen D.-Literatur der Kaiserzeit zeichnen sich im röm. Bereich der d. de oratoribus des → Tacitus durch Einheit der sachlichen Erörterung und der Personencharakterisierung (K. v. Fritz, RhM 81, 1932, 276), die consolatio philos. des → Boethius durch Mischung verschiedenartiger D.-Stile aus. Im griech. Bereich ragen die 16 in der Nachfolge Platons und des peripatet. D. stehenden D.-Schriften Plutarchs (vgl. RE XXI 890–893) und die hellenist. Gesprächsformen fortführenden D. → Lukians hervor. Der Begriff d. weitet sich, so daß er auch die 'dialogi' Senecas einschließt (Schanz-Hos. 2, ^{4}1935, 683. A. M. Pusch Der dialog. Charakter von Senecas d., Diss. Wien 1942), obwohl sich in ihnen nur D.-Rudimente finden, wie sie für die → Diatribe charakteristisch sind. Zu eigenständiger Form entwickelt sich die → Symposion- und Deipnon-Lit. bei → Athenaios und → Macrobius. Die chr. D.-Lit. ([17.18.]) setzt um 140/50 mit dem antijüd. »D. zwischen Iason und Papiskos« (nicht erhalten, vgl. Orig. c. Cels. 4,52) und → Iustins »D. mit dem Juden Tryphon«. ein, erreicht lit. Rang im Octavius des → Minucius Felix und gipfelt in → Augustins D.-Schriften aus Cassiciacum.

Die ant. Theorie zählte den D. zur Dichtung (Aristot. poet. 1447 b) bzw. betrachtete ihn als Mischform aus Prosa und Poesie (Aristot. fr. 73 R., Lukian. bis acc. 33), vgl. [11], 18 f. G. Schm.

1. *R. Hirzel* Der D., 2 Bde., 1895. 2. *J. Andrieu* Le dialogue antique, 1954 (vorwiegend zum Drama). 3. *G. Deininger* Der Melierd., Diss. Erlangen 1939. 4. *J. Stenzel* Kl. Schrift. z. griech. Philos., 1956, 32–47. 333–344. 5. *Wilam.* Platon 2, 1919, 21–31. 6. *P. Friedländer* Platon 1, 1928 (^{3}1964), 180–198. 7. *H. Kuhn*, HSPh 52, 1941, 1–40. 53, 1942, 37–88. 8. *F. Muthmann* Unters. zur »Einkleidung« einiger platon. D., Diss. Bonn 1961. 9. *V. Bartoletti* SIFC 31, 1959, 100 ff. (Pap.-frg. eines Sokratiker-D.). 10. *E. Becker* Technik und Szenerie des ciceron. Ds., Diss. Münster 1938. 11. *M. Ruch* Le préambule dans les oeuvres philosoph. de Cicéron. Essai sur la genèse et l'art du dialogue, 1958. 12. *P. Levine*, CJ 53, 1958, 146 ff. 13. *G. Zoll* Cic. Platonis aemulus, Zürich 1962. 14. *W. Rasche* De Anth.

Graecae epigrammatis quae colloquii formam habent, Diss. Münster 1910. 15. *A. Maisack* Das dialog. Element in der röm. Satire, Diss.Tüb. 1949 (m.-schr.). 16. *E. Rhein* Die D.-Struktur der Cons. philos. des Boethius, Diss. Frankf./M. 1963. 17. RAChr. 3,928–955. 18. RAChr. 4, 342–370. 19. *M. Hoffmann* Der D. bei den chr. Schriftstellern der ersten 4 Jh., 1966.

Diatribai. Unter der Bezeichnung *διατριβαί* waren, nach Diog. Laert. 2,77 populärphilos. Vorträge aus dem Kreis → Bions des Borystheniten in Umlauf. Der gleiche Begriff bezeichnet (in der Subscriptio der ältesten Hs.) die von Arrian aufgezeichneten Gespräche Epiktets: D., eigentlich »Verweilen«, »Umgang mit jmd.«, hatte die Bedeutung »Gespräch«, »Vortrag im Gesprächston« angenommen, und seit USENER (Epicurea p. LXIX) wurde es der Begriff für die volkstümliche philos. Unterweisung hellenist.-röm. Zeit. Nachdem WILAM. (Antig. v. Karystos, 1881, 292ff.) deren Stil bereits an den von Bion abhängigen Frg. des »kyn. Predigers« → Teles erläutert hatte, bestimmte [3],3 (vgl. [18],998) die D. als die »in zwanglosem, leichtem Gesprächston gehaltene, abgegrenzte Behandlung eines einzelnen philos., meist eth. Satzes«, gekennzeichnet durch einfachen, paratakt. Stil, schlichte Stilmittel wie Isokola, Parallelismus, Antithesen, fingierten Dialog mit einem anonymen Gesprächspartner (Einwürfe durch *φησί, inquit* eingeleitet), Verwendung von Personifikationen, Wortspielen, Scherzen, Derbheiten, Dichterzitaten, Anekdoten, histor. und mythol. Exempla (Einflüsse der Sophistik, Sokratik und Rhetorik, aber auch volkstümlicher Erzählweise). Bevorzugte Themen waren Armut, Verbannung, Tod, Sinnenlust, Autarkie, Apathie u. a. (Liste von 94 Themen bei [12],44–65. 263–292). Über den engeren hellenist. Bereich (Phoinix v. Kolophon, Kerkidas [6], → Menippos) hinaus fand man die D.-Merkmale bei Autoren wie Seneca, Musonius, Epiktet, Dion Chrys., Maximos v. Tyros, in der röm. Satire, z. T. auch bei Cic. (parad.), Philodem, Philon, Plut., im NT. sowie in der chr. Predigtlit. Freilich wurde die Gesamtkonzeption immer wieder in Frage gestellt. Einerseits erwies sich die zunächst gebräuchliche Kennzeichnung der D. als »kynisch-stoisch« (z. B. [3]. [4]. [7]) als zu eng, da schon Bion nicht eigentlich Kyniker war und sich auch später Literaten aus ganz verschiedenen Schulen der D.-Form bedienten (POHLENZ, PhW 1911, 179f.), andererseits sind die Stilunterschiede zwischen dem *σπουδογέλοιον* der hellenist. D. und den zugleich ernsteren und trokkener-lehrhaften Schriften der Kaiserzeit (z. B. Musonius) unübersehbar, wie schon [3], 4. [4], 80 hervorhob. Auch die röm. Satire ist nicht unmittelbare Fortsetzung der D., [17]. [9] bemühte sich um den Nachweis, unter D. seien nur Nachschriften von Schülern zu verstehen, die Äußerungen ihrer Lehrer festhielten. Sollte man die sonstigen populären Schriften statt D. also *scholae* (PHILIPPSON, Gn 1927, 728 nach Cic. Tusc. 3,81) oder *θέσεις* (H. THROM Die Thesis, 1932, 191) nennen und D. als lit. Gattungsbezeichnung mit MÜNSCHER (BursJB 1915, 9) und [11] (vgl. LUSCHNAT, DLZ 1951, 54f.) ganz wieder verwerfen? Zur Kennzeichnung bestimmter Stilmerkmale und themat. Zusammenhänge der ant. populärphilos. Lit. ist der Begriff D., der sich eingebürgert hat ([15], [18], LESKY GGrL^{2}, 719), zweifellos nützlich, doch sollte er nicht im Sinne eines festumrissenen Genos verwendet und nicht (wie z. B. bei [7]. [12]. [14]) zu weit gedehnt werden. G. Schm.

1. *R. Heinze* De Hor. Bionis imitatore, Diss. Bonn 1889. 2. *H. Weber* De Sen. philos. dicendi genere Bioneo, Diss. Marburg 1895. 3. *P. Wendland* Philo und die kyn.-stoische D., 1895. 4. *Ders.* Die hellenist.-röm. Kultur, ^{2}1912, 75ff. 5. Teletis rel. rec. *Hense*, ^{2}1909. 6. *G. Gerhard* Phoinix v. Kolophon, 1909. 7. *J. Geffcken* Kynika und Verwandtes, 1909. 8. *R. Bultmann* Der Stil der paulin. Predigt und die kyn.-stoische D., 1910. 9. *O. Halbauer* De diatribis Epicteti, Diss. Lpz. 1911. 10. Hor. s. ed. *Lejay*, ^{5}1912 (Einl.). 11. *Th. Sinko*, Eos 21, 1916, 21–63 (vgl. PhW 1917, 630f.). 12. *A. Oltramare* Les origines de la d. romaine, Diss. Genève 1926. 13. *W. M. Edwards* Dialogos, D., Melete, 1929. 14. *N. Terzaghi* Per la storia della satura, Torino 1932. 15. Epikt., Teles und Muson. übertr. v. *W. Capelle*, 1948. 16. *A. C. van Geytenbeek* Muson. Rufus en de Griekse d., Diss. Amsterdam 1949. 17. *M. Puelma Piwonka* Lucil. und Kall., 1949, 96ff. 174ff. 18. RAChr 3,990–1009. 19. *E. G. Schmidt*, Wiss. Zs. d. Univ. Rostock 15, 1966, 507ff. – Ein neuer Kyniker-Pap.: MH 16, 1959, 77ff., vgl. 17, 1960, 34ff. und *G. C. Hansen*, Klio 43/45, 1965, 351ff.

Diogenes

17. Antonius D., Vf. des Romans *Τὰ ὑπὲρ Θούλην ἄπιστα* (24 B., wohl um 100 n. Chr. entstanden). Den Inhalt referiert Photios (bibl. 166), ergänzend treten Porph. v. Pyth. 10–14. 32–36. 44 (= Lyd. mens. 4,42) und PSI 1177 hinzu. Die Handlung spielte um 480 v. Chr. und war in die Form eines Berichtes gekleidet, den der Arkader Deinias in Tyros seinem Landsmann Kymbas von einer Weltreise gab, die ihn bis nach Thule und auf den Mond geführt hatte. In diesen Rahmenbericht waren Erzählungen des Geschwisterpaares Derkyllis und Mantinias eingelegt. Es handelte sich um ihre Abenteuer auf der Flucht vor dem äg. Zauberer Paapis und um Nachrichten über Pythagoras und seine Lehre, die Derkyllis von Astraios, dem Adoptivbruder des Pythagoras, erhalten hatte. Eine komplizierte Auffindungsgeschichte war in Briefform vorangestellt. Das Werk galt allgemein als Muster eines Lügenmärchens (parodiert von Lukian. Vera hist.; vgl. Eus. adv. Hierocl. 17. Serv. Verg. Georg. 1,30. Epiphan. Panar. 33,8,2. Synes. epist. 148), während Photios Stil und Erbaulichkeit rühmt. Symbol. Bedeutung (pythagor. Lehre) vermuten [3] und [5]. H. Gä.

Ta.: Phot.-Exc. auch bei *R. Hercher*, Erot. Script. Gr. I, Lpz. 1858, 231ff.; Pap.-Frg. zuletzt bei *F. Zimmermann*

Griech. Roman-Pap., Heidelb. 1936, 85ff. (mit weiterer Lit.).

Lit.: 1. *Christ-Schmid* 2,2,819f. 2. *E. Rohde* Der griech. Roman, Darmstadt [4]1960, 269ff. 3. *K. Bürger* Stud. zur Gesch. des griech. Romans II, Progr. Blankenburg 1903. 4. *R. Helm* Der ant. Roman, Göttingen [2]1956, 29ff. 5. *R. Merkelbach* Roman und Mysterium in der Ant., Köln-Opladen 1962, 225ff.

18. D. von Oinoanda, epikureischer Philosoph, E. 2. Jh. n. Chr. (Usener), bekannt nur durch die Rieseninschr. aus Oinoanda (Lykien), deren Reste M. Holleaux und P. Paris 1884 entdeckten, Ch. Diehl und G. Cousin 1885/89, R. Heberdey und E. Kalinka 1895 durch weitere Funde ergänzten und Cousin im BCH 1892, Heberdey-Kalinka ebd. 1897 veröffentlichten. D., ein vornehmer, reicher Mann (sein Name in Frg. 17 [col. III,10], 23, 64, 84 Grilli überliefert, in frg. 16 ergänzbar) bestimmte in hohem Alter (frg. 2 col. II, 7) in einem Brief an Freunde (frg. 83) bzw. testamentar. während schwerer Krankheit (frg. 84), sein philos. Vermächtnis zum Nutzen der Stadt und fremder Besucher (frg. 2 col. V,7 frg. 82,2) in Stein zu verewigen. Die Inschr., urspr. auf der Wand einer Halle (frg. 2 col. V,12) und mindestens 40 m lang, enthält außer den Stiftungsdokumenten 4 Schriften des D. über epikur. Physik (frg. 10/11 Ursprung des Menschen, Entstehung von Kultur und Sprache), über die Unendlichkeit des Weltalls, über Hauptthemen der Ethik (τέλος-, πάθος-Lehre) und über das Alter, ferner eine Reihe von Sprüchen (großenteils mit den κύριαι δόξαι Epikurs ident.) sowie den »Brief an die Mutter« (auch bei Diano Epicuri ethica, 1946, Nr. 162; Epicuro ed. Arrighetti, 1960, Nr. 65), dessen Verfasserschaft (Epikur: Usener, Philippson, Diano, Grilli; D.: William) noch strittig ist, vgl. W. Schmid, RAChr. s. Epikur, 712f. Von einzigartigem Wert sind die Texte als Zeugnis für die kanon. Geltung Epikurs, die Existenz epikur. Freundeskreise und den propagandistischen Eifer der Epikureer noch z. Z. der Antonine.
G. Schm.

Ausg.: *I. William*, Lpz. 1907. *A. Grilli*, Milano 1960. *C. W. Chilton*, erscheint Lpz. 1967. Ital. Übers. u. Komm.: *Grilli*, in: Studi di filos. greca, 1950, 345–435. – *H. Usener*, RhM 47, 1892, 414–467. *R. Philippson*, RE Suppl. 5, 154 bis 170. *N. Casini*, Riv. crit. di storia filos. 4, 1949, 279 bis 290. *G. Capone Braga* Studi su Epicuro, 1951, 36–46. *C. W. Chilton*, AJPh 83, 1962, 159–167.

Dius Fidius s. Semo Sancus

Domitius

27. D. Marsus, Epigrammatiker der augusteischen Epoche, älterer Zeitgenosse Ovids, der ihn im Dichterkatalog Pont. 4,16,5 als ersten nennt, wahrscheinlich identisch mit dem Adressaten des Quint. inst. 3,1,18 zit. Briefes von Apollodor, dem Redelehrer des Augustus. Daß Maecenas sein Gönner war, hebt Martial 8,55(56),21ff. hervor, aus dessen Erwähnungen vor allem sich D.s Bedeutung für die Kunst des literar. Epigramms in Rom ergibt (B. 1 praef. neben Catull und Albinovanus Pedo als Vorbild genannt, vgl. 5,5,6. 2,71,3. 7,99,7. Sidon. carm. 9,259f.). Doch machen uns die spärlichen, schlecht überlieferten Fragmente ein eigenes Urteil schwer: Aus der *Cicuta* zit. Philarg. Verg. ecl. 3,90 p. 65f. H. = frg. 1 4 Distichen, in denen 2 Brüder (Bavius und vielleicht Mevius, die *obtrectatores Vergilii*, vgl. Hor. epod. 10,2 und D. frg. 5) dem Spott anheimfallen, weil ihre Eintracht an einer Frau zerbricht. Dieser Beteiligung an literar. Fehden der Zeit entsprechen die bissigen Charakteristiken der Grammatiker Orbilius (Suet. gramm. 9,3 = frg. 4) und Caecilius Epirota (ebd. 16,3 = frg. 3), die wir ebenfalls der *Cicuta* zuweisen können: der Titel (= Schierling) weist auf ein B. mit skoptischen Epigrammen, während die Gedichte anderer Thematik wohl in selbständigen B. zusammengestellt waren: Martial erwähnt 7,29, 7f. analog zu eigenen Epigrammen ein Werk des D., in dem die *fusca Melaenis* besungen wurde, also ein Epigramm erotischen Inhalts, keine Elegie. Erhaltene Beispiele von Grabepigrammen sind der am E. des Corpus Tibullianum überlieferte Nachruf (frg. 7), dessen erste Verse Tib. 1,3,57f. beziehungsreich variieren, sowie die beiden Disticha auf Atia, die Mutter des Augustus (Epigr. Bob. 39/40); ihre Aufnahme in eine Slg. vom Anfang des 5. Jh. zeigt die damalige Wertschätzung des D.

Martial, der sich 4,29 für die Schar seiner *libelli* entschuldigt, wird deshalb, wenn er die *Amazonis* des D. (v. 7f.) von dem *unus liber* des Persius abhebt, eher auf eine Epigrammslg. in mehreren B. als auf ein Epos, wie die communis opinio will, anspielen (zu umfangreichen Epigr. vgl. ebd. 2,77,5f.). Von mindestens 9 B. mit dem nichtssagenden Titel *fabellae* wissen wir aus Charis. p. 91 B.

Eine rhetor. Schrift *de urbanitate* (vgl. E. S. Ramage, CPh 1959, 250ff.), die die witzige Pointe zum Thema hatte, erwähnt Quintilian im Abschnitt *de risu* (inst. 6,3); er referiert kritisch die Definitionen der *urbanitas*, des *urbanus homo* und die schematische Einteilung der *dicta urbana* (§ 102 bis 109, auch davor benutzt, vor allem die reichlich eingestreuten Prosabeispiele, vgl. F. Kühnert, Phil. 1962, 305ff. Plin. nat. 34 ind. auct. und § 48). Der *auctor* des röm. Epigramms befaßte sich also auch theoretisch mit der eigenen Kunstform.
P. L. Sch.

1. *Morel*, FPL 110f. 2. Epigr. Bob. ed. *W. Speyer* 1963, 49f. 3. *L. Alfonsi* Sulla poesia di D. M., Acc. Padova 1942/1943, 77ff. 4. PIR 3, [2]1943, 50f. 5. *H. Bardon* Litt. Lat. Inc. 2, 1956, 52ff. 6. RE Suppl. IX 62f.

Elaia (Ἐλαία). **2.** Mehrfach genannter Küstenplatz Kleinasiens an der Aegaeis (Skyl. 98 in GGM I p. 71. Pol. 21,8. Strab. 13,607. 622. App. Syr. 30. 38. Ptol. 5,2,5 M.) s. der Mündung des Kaikos (h. Bakýr tschai), das h. Klisseköi, einst Hafen (ἐπίνειον) von Pergamon (Steph. Byz. p. 263). Äol. Gründung, die auch den vorgriech. Namen Κιδαινίς trug, also sehr alte Siedlung. E. war im 5. Jh. Mitglied des att. Seebundes, später unter dem Namen *Ela* Station des röm. Straßennetzes (K. MILLER Itin. Rom. S. 714 mit Skizze Nr. 228, S. 699 und Nr. 229, S. 701). Der E. vorgelagerte Golf hieß Ἐλαΐτης oder Ἐλαϊτικὸς κόλπος (Strab. 13,615 u. ö.). Durch Erdbeben wurde E. im J. 90 n. Chr. zerstört. Les Guides Bleus (Turquie) 1958, S. 281. H. T.

Emerita s. Augusta Emerita

Emona, urspr. illyr. Siedlung, dann von den Tauriskern besetzt (h. Ljubljana, Laibach). Die 1. Stadtgründung (in der Prov. Pannonien) als Colonia Iulia E. Die Gründungszeit hat B. SARIA festgestellt (15 n. Chr.). Die Gründung erfolgte durch Ansiedlung von Veteranen der Legio XV Apoll., wohl auch von landlosen Italikern. Während des pann.-dalm. Aufstandes ein wichtiger Waffenplatz, wo die Geiseln der aufständ. Stämme in Gewahrsam gehalten waren. Die neue Stadt nahm das einstige Legionslagergebiet ein. Sie hatte ein rechteckiges Straßensystem, ihre Mauern wurden an der Stelle der Wehrbauten des Lagers erbaut (522x435 m). Die geraden Straßen waren 10 bis 16 m breit. Als ein Knotenpunkt der Italien mit dem O. und dem N. verbindenden Kunststraßen, gelegen an einem schiffbaren Flusse, gelangte E. zu wirtschaftlicher Blüte. Inschr. bezeugen ein *collegium naviculariorum*. E. gehörte zur Tribus Claudia (Plin. nat. 3,147). Reiche Wohnhäuser, Wasserleitungen usw. sind freigelegt. Das Territorium von E. gehörte erst zu Pann. sup., später (Ptol. 2,14,5) zu Italien. Von den Kulten sind der des Neptunus, der Aequorna und des Laburus hervorzuheben. Im 4. Jh. war E. Bischofsitz. Zum letztenmal wird E. im J. 408 erwähnt, als Alarich hier sein Lager aufschlug (Zos. 5,29). J. Sz.

Zu den Funden: *E. v. Premerstein*, JOEAI 1902, 7ff. *Müllner* Argo (Laibach), 1892ff. Laureae Aquincenses ... I. (Budapest) 252ff. *B. Saria* Hist. 1,454ff.

Emporion. Der Ausdruck E. kommt zuerst bei Hdt. vor und bezeichnet hier einen für den Handelsverkehr zwischen Fernhändlern und Einheimischen ausgesparten Platz mit oder ohne in der Nähe liegender Polissiedlung und häufiger am Meer als im Binnenland. Das E. von Athen und vermutlich vieler anderer Poleis war wahrscheinlich ein Freihafen im modernen Sinn und war auf jeden Fall rechtlich geld-, zoll- und handelsmäßigen Sonderbestimmungen und Sonderbeamten, getrennt vom Polisterritorium, unterworfen, wie vor allem aus den att. Rednern und Aristot. Ath. Pol. 51,4 hervorgeht. LEHMANN hat die verhältnismäßig wenigen erhaltenen Schriftzitate über das E. mit dem archäolog. Befund konfrontiert. Urspr. lag danach das E. außerhalb der Stadtmauer (Anthedon, euboiisches Chalkis, Epidamnos (?), Eretria, Histiaia (?), Iasos, Larymna, Milet, sizil. Naxos, Salonae, Tanais, Thasos), seit dem 5. (oder späten 6.) Jh. v. Chr. mit dem Auf-

kommen des λιμὴν κλειστός mehr und mehr als Sondergebiet innerhalb des Mauerrings (Alexandria, Karthago, Olbia, Peiraieus, Puteoli-Dikaiarcheia). F. M. H.

RE Art. Emporion, Limen, Peiraieus (1). *G. Glotz* Le travail dans la Grèce ancienne (1920), Ind. s. v. *K. Lehmann-Hartleben* Die ant. Hafenanlagen des Mittelmeeres. Klio Bh. 14 (1923), bes. Kap. II und S. 147f.; *Lidd.-Sc.* s. v.

Epona. Die Kelten des La Tène waren das westlichste der eisenzeitlichen Reitervölker Eurasiens. Es ist darum nicht überraschend, daß sie eine Göttin »Stute« weithin verehrten. Inschrifts- und Bildzeugnisse für E. (bis 1955 bereits fast 300 veröffentlicht) sind von Spanien, Portugal und Oberitalien (gelegentlich sogar S.-Italien) bis zu den Decumates Agri und nach Dacien, und von der Britannia bis Bulgarien entdeckt worden. Griech.-röm. Kunstgeschmack wandelte die urspr. Tier- in eine Menschengestalt um, eine Göttin, die in der Regel entweder reitet oder zwischen 2 Pferden sitzt und in den Händen Blumen, Früchte, Schalen oder Füllhörner hält. Später wird E. gelegentlich eine Maultiergöttin oder verschmilzt mit Maultiergöttinnen. In der Prinzipatszeit war E. eine Göttin des friedlichen Transportverkehrs mit Pferden oder Maultieren und wohl auch eine Stallbeschützerin.

Der Ursprung und die Eigenart des Kultes waren bis jetzt Teiluntersuchungen vorbehalten und sind darum nicht überzeugend erforscht. Wahrscheinlich gehören »totemistische« Stutendämonen vor allem der Pyrenäenhalbinsel, Stuten auf Keltenmünzen, »hill figures« von Stuten in England, aber schwerlich die Reittiere der Juppitergigantensäulen in den Bereich der E. Urzusammenhänge mit altmediterranen Mutter-, Sonnen-, Mond- oder Unterweltsgöttinnen, mit Altitalien oder uridg. Wassernumina waren wohl sekundär, soweit überhaupt anzunehmen. Ob E. urspr. eine kelt. Kriegsgottheit war, ist unbeweisbar. In röm. Zeit wird sie freilich oft genug von Soldaten verehrt. Irische Pferdeopfer und Reitergöttinnen im Frühmittelalter zeigen ein Nachleben der E. an, falls nicht hier german. Einflüsse vorliegen. Die Stutensagen und Stutenmärchen Frankreichs, Englands, Süddeutschlands und aller andern Keltengebiete bedürfen ebenfalls noch eingehender Analyse. F. M. H.

Vgl. mit Bibliogr. RE Art. Epona, Tierdämonen G, Virunum (286/87); Oxf. Class. Dict. s. v.; Reallex. f. Ant. und Christentum 4, 1958, 163. *R. Magnen* Epona (1953/55); und die folgenden Ind.: CIL XII. XIII; Ber. R. G. K. Comm. 17 (1927); 37/38 (1956/57); 40 (1959/60). Année épigr., Année philol.; Fasti Arch.; *R. G. Collingwood–R. P. Wright* The Roman Inscr. of Britain I (1965); *Espér.* Rec.; *Espér.* Inschr.; *Espér.* Rec. Germanie. *E. Howald–E. Meyer* Die röm. Schweiz (1940). *F. Staehelin* Die Schweiz in röm. Zeit³, 1948.

(Galeria) Faustina. 1. Annia Galeria Aurelia F., ältestes Kind des Marc Aurel und der F.

Augusta (II), Dess. 8803c, * im Frühjahr 146, vit. Marc. 6,6. Sie ist die *parvola nostra F.* bei Fronto ad M. Caes. 4,11.12 (p. 65,23; p. 66,3 van den Hout), die jedoch anscheinend ständig kränklich war (Stellenverz. s. bei van den Hout p. 246). Sie lebte noch beim Tod des Antoninus Pius am 7. März 161, Forsch. Ephes. 1,219, muß jedoch E. 161 gestorben sein (s. auch Herodian. 1,8,3), falls Fronto ad Ver. 1,3 Anf. 162 geschrieben ist und sich in diesem p. 113,5f. auf den Tod der F. bezieht, s. Hanslik Die Anordnung der Briefsammlung Frontos, Comment. Vindob. 1, 1935, 33.37. **2.** Annia Galeria F. (I) = F. Augusta, Gattin des T. Aurelius Fulvius Boionius Arrius Antoninus, des späteren Kaisers Antoninus Pius, Tochter des M. Annius Verus cos. III 126 und der Rupilia Faustina, * 105, vit. Pii 1,6. vit. Marci 1,3f., s. Bernoulli Röm. Ik. II 2,152. Nach der Thronbesteigung ihres Gatten 138 erhielt sie den Augusta-Titel, vit. Pii 5,2, und das Münzrecht, s. Strack, 3,10ff. Sie gebar ihm 2 Söhne und 2 Töchter, die eine von den letzteren war F. (II). Schon Anf. 141 starb F., CIL VI 987 (Mausoleum Hadrians), vom Senat konsekriert, vit. Pii 6,7. RIC 3, 164.168. Vogt Alex. Münzen p. 125. Ihr zum Gedenken wurde an der *via sacra* der später Antoninus Pius u. F. geweihte Tempel errichtet, CIL VI 1005, sowie die Institution der *puellae alimentariae Faustinianae* geschaffen, vit. Pii 8,1. RIC 3,74f. 165. Bildnisse: M. Wegner Herrscherbildnisse in antonin. Zeit 1939, p. 26–32. 153–166. 279f. T. 10–13. Mz.: P. L. Strack Röm. Reichsprägung 3, 1937, 10ff. – J. P. V. D. Balsdon Rom. Women, 1963, 142. **3.** Annia Galeria F. (II) = F. Augusta, Tochter der F. (I) von Antoninus Pius, vit. Pii 1,7. Inschr. Olymp. 382, erst dem L. Verus (vit. Ael. 6,9), nach Hadrians Tod, da sie älter als der 130 geb. Verus war, dem (121 geb.) Marc Aurel verlobt, vit. Marci 6,2; ihn heiratete sie im J. 145, vit. Pii 10,2. RIC 3,176 Nr. 1253. 177 Nr. 1269. Obwohl sie auf einer ital. Inschr. vom J. 147, CIL XI 5931, ferner von Fronto ad M. Caes. 5,21 (p. 74, 11), und auf Mz.-en (Mattingly, BMC Emp. IV p. CXII. Vogt Alex. Münzen 113 Anm. 591) vor der Thronbesteigung des Gatten Augusta genannt ist, kann ihr damals dieser Titel kaum offiziell gegeben gewesen sein. Sie gebar dem Marcus wenigstens 12 Kinder (s. Cohen 3²,143f. Nr. 93–105. 152 Nr. 189–194), das älteste Nr. 1. Das 3. Kind, Lucilla (* ca. 149), wurde 161 dem Augustus Verus verlobt und 164 verheiratet; gegen den Willen der F. wurde sie nach seinem Tod von Marcus dem Ti. Claudius Pompeianus vermählt, vit. Marci 20, 6f.; sie versuchte im J. 182 ihren 161 geb. Bruder Commodus zu beseitigen, Dio-Xiph. 72,4,4f. Diesen ließ F. als Kleinkind von Galen von einem Halsleiden heilen, Gal. 14,662f. F. begleitete Marcus nach 170 auf den pannon. Feldzug nach Sirmium, Philostr. vit. soph. 2,1,11; nach dem Quadensieg wurde sie als *mater castrorum* gefeiert, vit. Marci 26,8. Dio-Xiph. 71,10,5. RIC 3,346. 350. Obwohl Marcus εἰς ἑ. 1,17,18 (s. Fronto p. 157,4) ihr tugendhaftes Leben lobt, warf man ihr Schamlosigkeit und Ehebruch vor, vit. Marci 19.29,1–3 u. a. Dio-Xiph. 71,34,3f.; Veranlassung gab vielleicht nach einer Falschmeldung, Marcus sei im Kampf gegen die Sarmaten gefallen, ihre Aufforderung an C. Avidius Cassius im J. 175, sich der Herrschaft zu bemächtigen und sie zu ehelichen, Dio-Xiph. 71,22,3; nach dessen Ermordung begleitete F. den Marcus nach Syrien und Äg., starb aber plötzlich 176 in Halala am Taurusgebirge, vit. Marci 26,4. Dio-Xiph. 71,29,1. Marcus ließ dort einen Tempel errichten und machte das Dorf zur Colonia Faustiniana, vit. Marci 26,9. CIL III 12213. F. wurde konsekriert, vit. Marci 26,5.7. Dio 71,30,1ff. RIC 3,273. Auch ihr zu Ehren wurde die Institution von *puellae alimentariae Faustinianae* getroffen, vit. Marci 26,6. RIC 3,271 Nr. 718f. Bildnisse: Bernoulli Röm. Ik. II 2, p. 189ff. M. Wegner Herrscherbildnisse in antonin. Zeit, 1939, 48–55. 210–225. 281. T. 34–38. Enc. art. ant. 3, 1960, 601–603. Mz.-en: Strack, Röm. Reichsprägung 3, 1937, 120ff. J. P. V. D. Balsdon Rom. Woman, 1963, 143ff. R. H.

Fēralia. Als Abschluß der → Parentalia wird am 21. Februar ein Totentag als → *feriae publicae* begangen (CIL I² p. 310. Ovid. fast. 2,533ff., aber Irrtum V. 567: s. Bömer z. St.), während die vorhergehenden Tage (vom 13. an) den Familienfeiern vorbehalten waren. Daher stehen nur die F. in den Kalendern. Wie die staatlichen Feiern vor sich gingen, ist nicht überliefert. Die Bestimmungen der Parentalia gelten natürlich weiter. – Am folgenden Tag sind die → Caristia. – Die ant. Etym. *a ferendis epulis* (Varro l. l. 6,13. Macr. Sat. 1,4,14. Ovid. fast. 2,569. Paul.-Fest. 85 M.) ist unmöglich: Ihr zuliebe aber gebraucht Ovid. fast. 2,569 das *e* kurz. W. E.

Marquardt RStV 3,310f. *Wissowa* Rel.² 232. *Latte* 98. *Bömer* ARW, Bh. 1, 1943. *Ders.* Ovid Die Fasten, zu 2,533ff.

Furius Antias. Nur bekannt aus Gell. 18,11, der *ex poematis Furianis* 6 Hex. zitiert, die wegen der Vorliebe des Dichters für Incohativa *(notescere, opulescere* u. a.*)* von dem Grammatiker Caesellius Vindex getadelt wurden, was jedoch Gell. gegenüber dem *vetus poeta* ablehnt. Er ist wohl ident. mit dem bei Macr. Sat. 6,1,31ff. genannten und wiederholt zitierten F., der mit dem Sieger über die Cimbern, Q. Lutatius Catulus, befreundet war und an den Catulus (nach Cic. Brut. 35) eine Denkschrift über sein Konsulat und seine Taten schickte, um in der Dichtung des F. gebührend berücksichtigt zu werden. Das Gedicht scheint kriegerische Ereignisse der damaligen Z. behandelt zu haben. Als Lebenszeit des F. ergibt sich aus seiner Freundschaft mit Catulus etwa die 1. Hälfte des 1. Jh. v. Chr. W. S.

Schanz-Hos. 1,162.

CORRIGENDA UND ADDENDA

Spalte 38, 18	statt:	in Augustus	lies:	im Augustus
Spalte 70, 22	statt:	C. Pompeius	lies:	Cn. Pompeius
Spalte 82, 36. 37	lies:	terkultur (J. D. Vries Altgerman. Religionsgeschichte 1, 1935, 150f. E. A. Kock Stud. Germ. 1934, 392ff.).		
Spalte 122, 37	statt:	uff.	lies:	suff.
Spalte 165, 35	statt:	der	lies:	oder
Spalte 171, 56	ergänze:	II. s. Nymphen		
Spalte 186, 54	statt:	147	lies:	148
Spalte 202, 29	statt:	*'Ητιώνεια*	lies:	*'Ηετιώνεια*
Spalte 211, 13	statt:	Protheus	lies:	Proteus
Spalte 211, 14	statt:	Idyll	lies:	Bukolik I 964ff.
Spalte 214, 42	statt:	FGrH 2,51	lies:	FGrH 115 F 51
Spalte 231, 39	statt:	2. *Ders.*	lies:	*F. R. Franke*
Spalte 265, 48	streiche:	Empusa s. Hekate		
Spalte 271, 13	statt:	7	lies:	78
Spalte 272, 21	statt:	Andromeda	lies:	Andromacha
Spalte 272, 22	statt:	das	lies:	Eur. Andr.
Spalte 274, 21	statt:	B.	lies:	B. 12
Spalte 274, 35	statt:	111	lies:	11
Spalte 275, 9	statt:	ff.	lies:	ff. usw.
Spalte 343, 10	füge an:	Moderne Unt. bestätigen, daß der E. wirklich Ausfluß des Sees von Stymphalos ist. W. Kendrick Pritchett Stud. in anc. Greek topogr. 1, 1965, 123.132f.		
Spalte 368, 8	füge an:	W. Kendrick Pritchett Stud. in anc. Greek topogr. 1, 1965, 103ff. setzt E. nun weiter ö. beim Metochi des Klosters Hosios Meletios bei Darimari an.		
Spalte 410, 52	füge an:	Eudoxos von Knidos (Text der Frg., Übers. und Komm. von Fr. Lasserre [Bln., im Druck])		
Spalte 488, 22	füge an:	*M. Nigaard* La fable antique T. 1, 1964		
Spalte 534, 50	statt:	Feralia	lies:	Ferialia
Spalte 586, 32	statt:	*πολύλλιτος*	lies:	*πολύλλιστος*

Corrigenda und Addenda

Spalte 587, 10	statt:	KRETSCHMAR	lies:	KRETSCHMER
Spalte 602, 48	statt:	vom Silarus	lies:	von der Scultenna
Spalte 650, 17	statt:	Pedianius	lies:	Pedanius
Spalte 654, 8	statt:	Oinmaos	lies:	Oinomaos
Spalte 662, 7	statt:	*privinciale*	lies:	*provinciale*
Spalte 665, 12	statt:	frg. 37	lies:	FGrH 566 F 69
Spalte 906, 2	füge an:	Ein Teil der zum Hadrianeum gehörenden Reliefplatten ist in Rom im Konservatorenpalast aufgestellt (Provinzdarstellungen und Trophäen)		
Spalte 906, 4	statt:	p. 148 ff.	lies:	p. 457–461. *W. Helbig* Führer 2,243 ff.
Spalte 937, 35	statt:	1665	lies:	1965
Spalte 1038, 35	statt:	Anteil dieser	lies:	Anteil an dieser
Spalte 1067, 42	statt:	Agemotos	lies:	Agemortos
Spalte 1125, 54	füge an:	*Fr. Schachermeyr* Hethiter und Achäer. *Ders.* Minoica, Sundwall-Festschr. 1959, 365 ff.		
Spalte 1220, 34	statt:	der Persönlichen	lies:	des Persönlichen
Spalte 1231, 20	statt:	47 v. Chr.	lies:	47 n. Chr.

VERZEICHNIS DER MITARBEITER

von Albrecht, Prof. Dr. Michael, Heidelberg	M. v. A.
Becher, Dr. Ilse, Leipzig	I. B.
Bellen, Dr. Heinz, Düsseldorf	H. B.
Berneker, Prof. Dr. Erich, Würzburg	E. B.
Bleicken, Prof. Dr. Jochen, Hamburg	J. Bl.
Böker, Dr. Robert, Bad Homburg v. d. H.	R. B.
Boer, Dr. Emilie, Berlin	E. Bo.
Borger, Prof. Dr. Riekele, Göttingen	Ri. Bo.
Büchner, Prof. Dr. Karl, Freiburg	K. B.
Bund, Dr. Elmar, Freiburg	E. Bu.
Burchard, Dr. Christoph, Göttingen	Chr. B.
Callies, Akad. Rat Dr. Horst, Göttingen	H. Ca.
Chantraine, Privatdozent Dr. H., Mainz	H. Ch.
Colpe, Prof. Dr. Dr., Carsten, Göttingen	C. C.
Cüppers, Dr. Heinz, Trier	H. C.
Danoff, Prof. Dr. Christo M., Sofia	Chr. D.
Derrett, Prof. Dr. J. D. M., London	J. D. M. D.
Dietrich, Prof. Dr. Albert, Göttingen	A. D.
Dörner, Prof. Dr. F. K., Münster	F. K. D.
Dörrie, Prof. Dr. Heinrich, Münster	H. D.
Donner, Prof. Dr. Dr. Herbert, Göttingen	H. Do.
Duchesne-Guillemin, Prof. Dr. J., Liège	J. D.-G.
Edzard, Prof. Dr. Dietz Otto, München	D. O. E.
Eisenhut, Dr. Werner, Berlin	W. E.
Enking, Dr. Ragna, Rom	R. E.
Fauth, Dr. Wolfgang, Göttingen	W. F.
Fensterbusch, Dr. Curt, Gelsenkirchen	C. F.

Fitz, Dr. Jenö, Székesfehérvár

Fuhrmann, Prof. Dr. Manfred, Konstan

Gärtner, Dr. Hans, Göttingen

Gams, Univ.-Prof. Dr. Helmut, Innsbru

von Geisau, Oberst.-Dir. Dr. Hans, Wa

Groß, Oberstudienrat Rudolf, Stuttgart

Groß, Prof. Dr. Walter Hatto, Gießen

Grosse, Prof. Dr. Robert, Hamburg

Gundel, Prof. Dr. Hans Georg, Gießen

Hanslik, Univ.-Prof. Dr. Rudolf, Wien

Heichelheim, Prof. Dr. Fritz M., Toron

Helck, Prof. Dr. Hans Wolfgang, Hamb

Hiltbrunner, Prof. Dr. Otto, Münster

Kammenhuber, Prof. Dr. Annelies, Mü

Keydell, Prof. Dr. Rudolf, Berlin

Kiechle, Prof. Dr. Franz, Bochum

Kierdorf, Dr. Wilhelm, Köln

Kraus, Univ.-Prof. Dr. Walther, Wien

Kudlien, Prof. Dr. Fridolf, Kiel

Kutsch, Prof. Dr. Ernst, Erlangen

Lasserre, Prof. Dr. F., Lausanne

Leglay, Prof. Dr. M., Lyon

Lerche, Dr. Nikolaus, Weddel

Lesky, Prof. Dr. Albin, Wien

Liebs, Dr. Detlef, Göttingen

Lippold, Prof. Dr. Adolf, Bonn

Mansel, Prof. Dr. Arif Müfid, Istanbul

Mariotti, Prof. Dr. Scevola, Rom

Marwitz, Dr. Herbert, München

Mau, Prof. Dr. Jürgen, Göttingen

Mayer-Maly, Univ.-Prof. Dr. Theo, Salz

Medicus, Prof. Dr. Dieter, Tübingen

, Wien	E. Me.
ingen	E. Mg.
rg	H. M.
h	E. M.
reiburg i. Br.	H. M.-L.
iff	L. A. M.
ichard, Wien	A. N.
Gießen	G. N.
Dr. Kurt, Wien	K. N.
ßen	S. O.
ard, Wien	R. P.
lter, Wien – Salzburg	W. P.
	F. R.
erlin	G. R.
., Austin-Texas	O. W. R.
ngen	W. R.
n	W. Rö.
Köln	A. R.
	H. S.
r. Fritz, Wien	F. Sch.
gen	B. Sch.
Münster	J. Sch.
ünther, Berlin – Jena	G. Schm.
Vik	P. L. Sch.
Greifswald	G. Sch.
lin	H. Sch.
	H. H. S.
urg i. Br.	D. V. S.
Walther, Stuttgart	W. S.
âtel	W. Sp.
	H. St.
	K. St.